DICIONÁRIOS GARNIER

1. DICIONÁRIO LATINO-PORTUGUÊS - F.R. dos Santos Saraiva
2. VOCABULÁRIO DA LÍNGUA GREGA - Ramiz Galvão
3. DICIONÁRIO ESPANHOL-PORTUGUÊS - A. Tenório de Albuquerque
4. FRASES E CURIOSIDADES LATINAS - Arthur Vieira de Rezende e Silva
5. DICIONÁRIO ITALIANO-PORTUGUÊS - João Amendola
6. DICIONÁRIO INGLÊS/PORTUGUÊS-PORTUGUÊS/INGLÊS - João Fernandes Valdez e Levindo Castro Lafayete
7. DICIONÁRIO FRANCÊS/PORTUGUÊS-PORTUGUÊS/FRANCÊS - João Fernandes Valdez
8. VOCABULÁRIO LATINO-PORTUGUÊS - Ernesto Faria
9. DICIONÁRIO DAS DIFICULDADES DA LÍNGUA PORTUGUESA - Cândido Jucá (Filho)
10. DICIONÁRIO TÉCNICO INDUSTRIAL - Michel Feutry - Robert M. de Mertzenfeld - Agnès Dollinger
11. NOVO DICIONÁRIO ENCICLOPÉDICO ILUSTRADO DA LÍNGUA PORTUGUESA - Simões da Fonseca Inteiramente Refundido, Acrescentado, Melhorado e Atualizado por: João Ribeiro - Aires da Mata Machado Filho - Mário Casasanta - José Mesquita de Carvalho - Sami Sirihal - Hénio Tavares
12. DICIONÁRIO DE PALAVRAS CRUZADAS E CONHECIMENTOS GERAIS - M. L. Juncker Rivellino
13. DICIONÁRIO TÉCNICO INDUSTRIAL - J. Arthur Hanks
14. DICIONÁRIO DE ELETRICIDADE, ELETRÔNICA,TELECOMUNICAÇÕES E ENERGIA NUCLEAR - J.W. Chalmers
15. DICIONÁRIO DE SINÔNIMOS E ANTÔNIMOS DA LÍNGUA PORTUGUESA - Simões da Fonseca
16. DICCIONARIO PRÁCTICO DE LA LENGUA ESPAÑOLA - José Blanco Hernandez e Rafael Fierro Martinez
17. DICIONÁRIO INGLÊS-PORTUGUÊS - Oswaldo Serpa
18. DICIONÁRIO PORTUGUÊS-INGLÊS - Oswaldo Serpa

DICIONÁRIO INGLÊS-PORTUGUÊS

DICIONÁRIOS GARNIER

Vol. 17

LIVRARIA GARNIER
BELO HORIZONTE
Rua São Geraldo, 67 - Floresta - Cep. 30-150-070
Tel.: (31) 3212-4600 - Fax: (31) 3224-5151

OSWALDO SERPA

DICIONÁRIO INGLÊS-PORTUGUÊS

LIVRARIA GARNIER
118, Rua Benjamin Constant, 118
Rio de Janeiro
53, Rua São Geraldo, 53
Belo Horizonte

2003

Direitos de Propriedade Literária adquiridos pela
LIVRARIA GARNIER
Belo Horizonte

Impresso no Brasil
Printed in Brazil

ABREVIATURAS

a. adjetivo.
(abr.) abreviatura.
adv. advérbio.
(aer.) aeronáutica.
(agr.) agricultura.
(anat.) anatomia.
(arc.) arcaico.
(arit.) aritmética.
(arq.) arquitetura.
(arqueol.) arqueologia.
art. artigo.
(astr.) astronomia.
(astrol.) astrologia.
(astronáut.) astronáutica.
aum. aumentativo.
(aut.) automóvel, automobilismo.
(av.) aviação.
(b.a.) belas-artes.
(bact.) bacteriologia.
(biol.) biologia.
(bioq.) bioquímica.
(biotip.) biotipologia.
(bot.) botânica.
(burl.) burlesco.
(canal.) canalização.
(carp.) carpintaria.
(catol.) catolicismo.
(cin.) cinema.
(cir.) cirurgia.
(col.) coloquial.
(com.) comércio.
comp. comparativo.
conj. conjunção.
(cont.) contabilidade.
(contr.) contração.
(corrup.) corruptela.
(cost.) costura.
(coz.) cozinha.
def. definido.
dem. demonstrativo.
(deprec.) depreciativo.
(deriv.) derivado.
(des.) desenho.
(desus.) desusado.
(dial.) dialeto.
dim. diminutivo.
(ecles.) eclesiástico.
(econ.) economia.
(educ.) educação.
(eletr.) eletricidade.
(eletrôn.) eletrônica.
(en. atôm.) energia atômica.
(enc.) encadernação.
(eng.) engenharia.
(ent.) entomologia.
(equit.) equitação.
(esc.) escultura.
(escol.) escolar.
(esp.) esporte.
(estr. de f.). estrada de ferro.
(etnol.) etnologia.
(E.U.) Estados Unidos da América.
(ex.) exemplo.
(expl.) explosivo.
f. feminino; substantivo feminino.
(fam.) familiar.
(farm.) farmácia.
(fig.) figuradamente.
(fil.) filosofia.
(filol.) filologia.
(fin.) finanças.
(fís.) física.
(fisiol.) fisiologia.
(flex.) flexão.
(fon.) fonologia.
(for.) forense.
(fort.) fortificação.
(fot.) fotografia.
(fr.) francês.
(geog.) geografia.
(geol.) geologia.
(geom.) geometria.
(geralm.) geralmente.
(gír.) gíria.
(gram.) gramática.
(her.) heráldica.
(hidr.) hidrografia.
(hist.) história.
(h. n.) história natural.
(hort.) horticultura.
(ict.) ictiologia.
(igr.) Igreja.
imper. imperativo.
(impr.) imprensa.

ind. indicativo.
indef. indefinido.
(inf.) infantil.
(Ing.) Inglaterra.
int. interjeição.
(irl.) irlandês.
(ital.) italiano.
(joc.) jocoso.
(jorn.) jornalismo.
(jur.) jurídico.
(ling.) lingüística.
(lit.) literário; literatura.
(liturg.) liturgia.
loc. locução.
(lóg.) lógica.
m. masculino.
(maç.) maçonaria.
(maq.) maquinaria.
(mar.) marítimo.
(mat.) matemática.
(mec.) mecânica.
(med.) medicina.
(met.) metalurgia.
(meteor.) meteorologia.
(mil.) militar.
(min.) mineralogia.
(mit.) mitologia.
(mun.) munição.
(mús.) música.
(náut.) náutica.
(neg.) negativo; negação.
(neol.) neologismo.
(ocean.) oceanografia.
(ofic.) oficina.
(on.) onomatopaico.
(orn.) ornitologia.
(ópt.) óptica.
(parl.) parlamentar.
(pat.) patologia.
(ped.) pedagogia.
(pej.) pejorativo.
(petr.) petróleo.
(p. ex.) por exemplo.
(pint.) pintura.
pl. plural.
(poes.) poesia.
(pol.) política.
(pop.) popular.
(port.) português.
poss. possessivo.
pp. particípio passado.
p. pres. particípio presente.
pref. prefixo.
prep. preposição.
pres. presente.
pret. pretérito.
pron. pronome.
(prov.) provérbio.
(psic.) psicologia.
(psiq.) psiquiatria.
(quím.) química.
(rád.) rádio.
(refl.) reflexivo.
(rel.) religião.
(ret.) retórica.
s. substantivo.
(sid.) siderurgia.
(sin.) sinônimo.
sing. singular.
(sociol.) sociologia.
suf. sufixo.
super. superlativo
(teat.) teatro.
(tec.) tecelagem.
(técn.) técnico.
(tel.) telegrafia.
(telev.) televisão.
(teol.) teologia.
(tip.) tipografia.
(topog.) topografia
(trans.) transporte.
(univ.) universidade.
V. veja.
v. verbo.
(var.) variante.
(vet.) veterinária.
(vulg.) vulgar; vulgarismo.
(zool.) zoologia.

CHAVE DE PRONÚNCIA

Na representação da pronúncia são aqui usados os símbolos da "International Phonetic Association".

O sinal ['] precede sílaba tônica: baby ['beibi], letter ['letə], America [ə'merikə], remember [ri'membə].

O sinal [:] após uma vogal denota que a mesma é longa: tea [ti:], arm [a:m], law [lɔ:], too [tu:], first [fə:st].

VOGAIS

[i:]	como	em	*see*
[i]	"	"	*it*
[e]	"	"	bed
[æ]	"	"	cat
[a:]	"	"	calm
[ɔ]	"	"	not
[ɔ:]	"	"	saw
[o] (1)	"	"	obey (2)
[u]	"	"	book
[u:]	"	"	two
[ʌ]	"	"	cup
[ə:]	"	"	sir
[ə]	"	"	ago

DITONGOS

[ei]	como	em	day
[ou]	"	"	know
[ai]	"	"	my
[au]	"	"	now
[ɔi]	"	"	boy
[iə]	"	"	dear
[ɛə]	"	"	fair
[ɔə]	"	"	door (3)
[uə]	"	"	poor

SEMIVOGAIS

[j]	como	em	yes
[w]	"	"	wet

CONSOANTES

[b]	como	em	bed
[d]	"	"	do
[f]	"	"	fit
[g]	"	"	give
[h]	"	"	hat
[k]	"	"	kick
[l]	"	"	life, ill
[m]	"	"	me
[n]	"	"	name
[p]	"	"	pen
[r]	"	"	red, very
[s]	"	"	say
[t]	"	"	ten
[v]	"	"	voice
[z]	"	"	zone
[ŋ]	"	"	king
[ʃ]	"	"	ship
[ʒ]	"	"	rouge
[tʃ]	"	"	chin
[dʒ]	"	"	jam
[θ]	"	"	thin
[ð]	"	"	then

OBS.: No inglês falado no sul da Inglaterra (4) a letra *r* não é pronunciada quando em final de palavra ou seguida de consoante: *star* [sta:], *start* [sta:t]. Se a palavra seguinte começa por vogal, o *r* é geralmente pronunciado: *far* [fa:] ......mas — *far away* — ['fa:rə'wei], *never* [nevə] ... mas — *never again* [nevərə'gein]

(1) Alofone.

(2) [o'bei], [ou'bei] ou [ə'bei].

(3) [dɔə] ou [dɔ:].

(4) E essa é a pronúncia representada neste dicionário.

EXERCÍCIO

[i:]	key, [ki:],	read, [ri:d],	field, [fi:ld],	clean, [kli:n],	green [gri:n]
[i]	sit, [sit],	pretty, ['priti],	busy, ['bizi],	build, [bild],	Sunday ['sʌndi]
[e]	set, [set],	left, [left],	end, [end],	many, ['meni],	friend [frend]
[æ]	back, [bæk],	hat, [hæt],	have, [hæv],	sand, [sænd],	stand [stænd]
[ɑ:]	farm, [fɑ:m],	half, [hɑ:f],	laugh, [lɑ:f],	heart, [hɑ:t],	guard [gɑ:d]
[ɔ]	hot, [hɔt],	soft, [sɔft],	stop, [stɔp],	lock, [lɔk],	was [wɔz]
[ɔ:]	all, [ɔ:l],	broad, [brɔ:d],	sport, [spɔ:t],	talk, [tɔ:k],	bought [bɔ:t]
[o]	obey, [o'bei],	locate, [lo'keit],	molest, [mo'lest],	modality, [mo'dæliti],	November [no'vembə][1]
[u]	look, [luk],	good, [gud],	foot, [fut],	bull, [bul],	could [kud]
[u:]	rule, [ru:l],	group, [gru:p],	blue, [blu:],	fruit, [fru:t].	soon [su:n]
[ʌ]	does, [dʌz],	glove, [glʌv],	blood, [blʌd],	come, [kʌm],	sun [sʌn]
[ə:]	first, [fə:st],	girl, [gə:l],	burn, [bə:n],	verb, [və:b],	early ['ə:li]
[ə]	about [ə'baut],	admit, [əd'mit],	after, ['ɑ:ftə],	doctor, ['dɔktə],	breakfast ['brekfəst]
[ei]	face, [feis],	break, [breik],	tail, [teil],	play, [plei],	plain [plein]
[ou]	go, [gou],	boat, [bout],	soul, [soul],	foe, [fou],	sew [sou]

(1) Ou: [ou'bei, ə'bei], [lou'keit], [mou'lest, mə'lest], [mou'dæliti], [nou'vembə, nə'vembə].

EXERCÍCIO

[ai]	like, [laik],	pie, [pai],	buy, [bai],	eye, [ai],	guide [gaid]
[au]	loud, [laud],	out, [aut],	cow, [kau],	town, [taun],	pound [paund]
[ɔi]	boil, [bɔil],	noise, [nɔiz],	voice, [vɔɪs],	poison, ['pɔizn],	point [pɔint]
[iə]	fear, [fiə],	beer, [biə],	idea, [ai'diə],	here, [hiə],	hear [hiə]
[ɛə]	air, [ɛə],	pear, [pɛə],	dare, [dɛə],	spare, [spɛə],	Mary ['mɛəri]
[ɔə]	four, [fɔə],	more, [mɔə],	roar, [rɔə],	sword, [sɔəd],	store [stɔə] (1)
[uə]	doer, [duə],	truer, [truə],	tour, [tuə],	moor, [muə],	sure [ʃuə]
[j]	yet, [jet],	yard, [jɑ:d],	yacht, [jɔt],	million, ['miljən],	familiar [fəm'iljə]
w]	quite, [kwait],	wait, [weit],	word, [wə:d],	twelve, [twelv],	wood [wud]
[b]	big, [big],	tribe, [traib],	barber, ['bɑ:bə],	bulb, [bʌlb],	October [ɔk'toubə]
[d]	did, [did],	deed, [di:d],	add, [ed],	send, [send],	address [ə'dres]
[f]	free, [fri:],	coffee, ['kɔfi],	brief, [bri:f],	enough, [i'nʌf],	fifty ['fifti]
[g]	grape, [greip],	gulf, [gʌlf],	dig, [dig],	egg, [eg],	eager ['i:gə]
[h]	hot, [hɔt],	hill, [hil],	hair, [hɛə],	behave, [bi'heiv]	inhabit [in'hæbit]
[k]	cold, [kould],	cook, [kuk],	cake, [keik],	cap, [kæp],	character ['kæriktə]

(1) Ou: [fɔ:], [mɔ:], [rɔ:], [sɔ:d], [stɔ:].

EXERCÍCIO

[l]	leaf, [li:f],	help, [help],	wall, [wɔ:l],	dealer, [′di:lə],	double [′dʌbl]
[m]	meet, [mi:t],	lamp, [læmp],	home, [houm],	seem, [si:m],	amount [ə′maunt]
[n]	no, [nou],	number, [′nʌmbə],	nine, [nain],	learn, [lə:n],	and [ænd]
[p]	part, [pɑ:t],	paper, [′peipə],	pepper, [′pepə],	pipe, [paip],	tip [tip]
[r]	root, [ru:t],	grow, [grou],	correct, [kə′rekt],	right, [rait],	verify [′verifai]
[s]	sell, [sel],	horse, [hɔ:s],	since, [sins],	saucer, [′sɔ:sə],	slip [slip]
[t]	tea, [ti:],	better, [′betə],	eight, [eit],	taught, [tɔ:t],	attack [ə′tæk]
[v]	visit, [′vizit],	vital, [′vaitl]	five, [faiv],	avoid, [ə′vɔid],	vivacity [vi′væsiti]
[z]	zoo, [zu:],	zeal, [zi:l],	size, [saiz],	easy, [′i:zi],	zigzag [′zigzæg]
[ŋ]	long, [lɔŋ],	bring, [briŋ],	trunk, [trʌŋk],	sink, [siŋk],	finger [′fiŋgə]
[ʃ]	sugar, [′ʃugə],	fish, [fiʃ],	show, [ʃou],	ocean, [′ouʃən],	machine [mə′ʃi:n]
[ʒ]	measure, [′meʒə],	pleasure, [′pleʒə],	invasion, [in′veiʒən],	occasion, [ə′keiʒən],	vision [′viʒən]
[tʃ]	cheap, [tʃi:p],	chair, [tʃɛə],	much, [mʌtʃ],	orchard, [′ɔ:tʃəd],	church [tʃə:tʃ]
[dʒ]	joy, [dʒɔi],	jump, [dʒʌmp],	large, [lɑ:dʒ],	bridge, [bridʒ],	judge [dʒʌdʒ]
[θ]	throw, [θrou],	think, [θiŋk],	author, [′ɔ:θə],	month, [mʌnθ],	truth [tru:θ]
[ð]	that, [ðæt]	there, [ðɛə],	father, [′fɑ:ðə],	though, [ðou],	bathe [beið]

A

A [ei], *s.* primeira letra do alfabeto.

A [ei,ə], *art. indef.* um, uma. *V.* **AN.**

A [ə], *prep.* e *pref.* a, em, para, em direção a, para dentro.

AARDVARK ['ɑ:dvɑ:k], *s.* oricterope (mamífero sul-africano).

ABACK [ə'bæk], *adv.* atrás, detrás, para trás, a certa distância; (mar.) contra o mastro; (fig.) surpreso, perplexo, desapontado. # *be taken aback,* estar, ficar perplexo, surpreso, confuso.

ABACUS ['æbəkəs], *pl.* **ABACI** ['æbəsai] ou **ABACUSES** ['æbəkəsiz], *s.* ábaco.

ABAFT [ə'bɑ:ft], (náut.) *prep.* ante a ré de. *adv.* à popa, à ré.

ABANDON [ə'bændən], *s.* abandono, renúncia; despreocupação; espontaneidade. *v.* abandonar; ceder; desistir de.

ABANDONED [ə'bændənd], *a.* desamparado; libertino, dissoluto, devasso.

ABANDONMENT [ə'bændənmənt], *s.* abandono, renúncia, cessão; rendição; desamparo.

ABASE [ə'beis], *v.* humilhar, abaixar, abater, rebaixar, aviltar, desonrar.

ABASEMENT [ə'beismənt], *s.* descida; humilhação, degradação, desonra, aviltamento.

ABASH [ə'bæʃ], *v.* envergonhar, embaraçar, confundir, desconcertar alguém; humilhar.

ABASHED [ə'bæʃt], *a.* embaraçado, confuso, perturbado.

ABASHMENT [ə'bæʃmənt], *s.* vergonha, confusão, embaraço, perplexidade, humilhação.

ABASING [ə'beisiŋ], *a.* humilhante.

ABATE [ə'beit], *a.* abater, reduzir, diminuir; demolir; anular; usurpar. # *abate a nuisance,* reprimir um abuso. *abate a writ,* anular um mandado.

ABATEMENT [ə'beitmənt], *s.* abatimento, redução; extenuação; mitigação; anulação; usurpação.

ABBACY ['æbəsi], *s.* abadia, dignidade abacial.

ABBATOIR ['æbətwɑ:], *s.* matadouro.

ABBESS ['æbis], *s.* abadessa.

ABBEY ['æbi], *s.* abadia, mosteiro.

ABBOT ['æbət], *s.* abade.

ABBOTSHIP ['æbətʃip], *s.* abadia, cargo de abade.

ABBREVIATE [ə'bri:vieit], *v.* abreviar, encurtar, resumir, compendiar.

ABBREVIATION [əbri:vi'eiʃən], *s.* abreviatura, abreviação, redução, resumo.

ABC ['ei'bi:'si:], *s.* abecê, abecedário, alfabeto; rudimento .

ABDICATE ['æbdikeit], *v.* abdicar, renunciar, desistir; (jur.) deserdar.

ABDICATION [æbdi'keiʃən], *s.* abdicação, resignação, renúncia.

ABDOMEN ['æbdəmən, æb'doumən], *s.* abdome (= abdômen), ventre.

ABDOMINAL [æb'dɔminəl], *a.* abdominal.

ABDUCT [æb'dʌkt], *v.* seqüestrar, raptar; plagiar; (anat.) abduzir.

ABDUCTION [æb'dʌkʃən], *s.* seqüestro, rapto; plágio; (anat.) abdução.

ABDUCTOR [æb'dʌktə], *s.* raptor; plagiário; (anat.) abdutor (músculo).

ABEAM [ə'bi:m], *a.* (náut.) atravessado, em ângulo reto com a quilha.

ABED [ə'bed], *adv.* na cama, de cama.

ABERRANCE (CY) [æ'berəns, si], *s.* desvio, extravio, erro, ilusão.

ABERRANT [æ'berənt], *a.* aberrante, anormal; extraviado, errante; equivocado.

ABERRATION [æbə'reiʃən], *s.* aberração; desvio; erro.

ABET [ə'bet], *v.* instigar, incitar, induzir; sustentar, proteger, assistir, apadrinhar.

ABETMENT [ə'betmənt], *s.* animação, instigação, incitamento; cumplicidade.

ABETTOR [ə'betə], *s.* instigador, cúmplice; fautor; protetor.

ABEYANCE [ə'beiəns], *s.* expectativa; suspensão; vacância.

ABHOR [əb'hɔ:], *v.* abominar, detestar, odiar, aborrecer.

ABHORRENCE [əb'hɔrəns], *s.* aversão, repulsa, aborrecimento, ódio.

ABHORRENT [əb'hɔrənt], *a.* abominável, repugnante, detestável, odioso.

ABHORRER [əb'hɔrə], *s.* pessoa odienta, rancorosa.

ABIDE [ə'baid], *pret.* e *pp.* **ABODE.** *v.* suportar; residir, habitar; continuar; permanecer. # *abide by,* cumprir, executar, persistir em; aceitar (uma tarefa).

ABIDING [ə'baidiŋ], *s.* permanente.

ABILITY [ə'biliti], *s.* habilidade. *pl.* **ABILITIES,** inteligência, capacidade intelectual.

ABIOGENESIS [əbaiou'dʒenisis], *s.* abiogênese.

ABJECT ['æbdʒekt], *s.* humilde; abjeto, desprezível, baixo, vil.

ABJECTION [æb'dʒekʃən], *s.* abjeção, aviltamento, baixeza, vileza (ato); abatimento, humilhação.

ABJURATION [əbdʒu'reiʃən], *s.* abjuração, apostasia, renúncia; desterro.

ABJURE [əb'dʒuə], *v.* abjurar, apostatar, repudiar, renunciar.

ABJURER [əb'dʒuərə], *s.* abjurante, apóstata, renunciante.

ABLATIVE ['æblətiv], *s.* e *a.* ablativo.

ABLAZE [ə'bleiz], *a.* e *adv.* em chamas, chamejante, ardente, inflamado, aceso; excitado.

ABLE ['eibl], *a.* capaz, competente, eficiente, hábil.

ABLE-BODIED ['eibl'bɔdid], *a.* são, robusto; apto (mil.).

ABLOOM [ə'blu:m], *a.* e *adv.* florido, em flor, florescente.

ABLUTION, [ə'blu:ʃən], *s.* ablução, lavagem.

ABLY ['eibli], *adv.* habilmente, com talento, destramente.

ABNEGATION [æbni'geiʃən], *s.* abnegação, renúncia; apostasia.

ABNORMAL [æb'nɔ:məl], *a.* anormal; disforme; irregular.

ABNORMALITY [æbnɔ:'mæliti], *s.* anormalidade, anomalia; deformidade; irregularidade; monstruosidade.

ABOARD [ə'bɔ:d], *adv.* a bordo; (E.U.) dentro ou para dentro do vagão ferroviário. # *all aboard!* embarquem!

ABODE [ə'boud], *pret.* e *pp.* de **ABIDE.** *s.* residência, morada, domicílio; estada, permanência.

ABOLISH [ə'bɔliʃ], *v.* abolir, suprimir, cancelar, anular; derrubar, destruir, arrasar.

ABOLISHER [ə'bɔliʃə], *s.* anulador.

ABOLITION [əbə'liʃən], *s.* abolição, supressão, anulação, extinção; cassação.

ABOMINABLE [ə'bɔminəbl], *a.* abominável, detestável, odioso, desprezível.

ABOMINATE [ə'bɔmineit], *v.* abominar, odiar, detestar, aborrecer, desprezar.

ABOMINATION [əbɔmi'neiʃən], *s.* abominação, ódio, aversão; perversidade.

ABORIGINAL [æbə'ridʒənəl], *a.* aborígine, primitivo, indígena, natural do país.

ABORIGINES [æbə'ridʒini:z], *s. pl.* indígenas, primitivos habitantes.

ABORT [ə'bɔ:t], *v.* abortar.

ABORTION [ə'bɔ:ʃən], *s.* aborto.

ABORTIVE [ə'bɔ:tiv], *a.* abortivo; inútil; degenerado, malogrado.

ABOUND [ə'baund], *v.* abundar.

ABOUT [ə'baut], *adv.* e *prep.* quase, aproximadamente; pronto para; ao redor; aqui e acolá; perto de; ao redor de; a respeito de, sobre; com; por; no ato de. *v.* (mar.) virar de bordo. # *about face!* meia volta, volver! *be about to,* estar para. *the other way about,* exatamente o contrário.

ABOVE [ə'bʌv], *adv,* e *prep.* sobre, em cima, por cima, acima de; além de; fora de. # *above all,* além de tudo; sobretudo.

ABOVE-BOARD [ə'bʌv'bɔ:d], *a.* leal, franco, sincero.

ABRADE [ə'breid], *v.* raspar, desgastar, esfregar demasiadamente.

ABRASION [ə'breiʒən], *s.* abrasão; desgaste; raspadura, roçadura.

ABRASIVE [ə'breisiv], *s.* abrasivo; esmeril. # *abrasive wheel,* rebolo.

ABREAST [ə'brest], *adv.* lado a lado, ombro a ombro, par a par; a um certo nível; de frente. # *abreast of* (raramente *abreast with*), ao lado de, à altura de.

ABRIDGE [ə'bridʒ], *v.* abreviar, resumir, compendiar; encurtar, reduzir; privar.

ABRIDGEMENT [ə'bridʒmənt], *s.* resumo, compêndio, epítome; redução; privação.

ABROAD [ə'brɔ:d], *adv.* fora do país, no estrangeiro, no exterior; amplamente, largamente.

ABROGATE ['æbrogeit], *v.* anular, abolir.

ABROGATION [æbro'geiʃən], *s.* anulação.

ABRUPT [ə'brʌpt], *a.* abrupto, brusco, repentino, precipitado; sem conexão, áspero (estilo); alcantilado, íngreme; alto; rude.

ABRUPTNESS [ə'brʌptnis], *s.* brusquidão, precipitação, rudeza; aspereza; desconexão (estilo).

ABSCESS ['æbsis], *s.* abscesso.

ABSCOND [əb'skɔnd], *v.* fugir; esconder-se.

ABSENCE ['æbsəns], *s.* ausência; descuido, distração. # *absence of mind,* distração.

ABSENT ['æbsənt], *a.* ausente. # *long absent, soon forgotten,* longe dos olhos, longe do coração.

ABSENT [æb'sent], *v.* ausentar-se; retirar-se; esconder-se.

ABSENTEE [æbsən'ti:], *s.* pessoa ausente.

ABSENT-MINDED ['æbsənt'maindid], *a.* distraído; abstrato.

ABSENT-MINDEDNESS ['æbsənt'maindidnis], *s.* distração; abstração.

ABSINTH ['æbsinθ], *s.* absinto.

ABSOLUTE ['æbsəlu:t], *s.* o absoluto. *a.* absoluto; completo; positivo, categórico; arbitrário; incondicionado.

ABSOLUTELY ['æbsəlu:tli], *adv.* completamente; (col.) certamente; sem dúvida; francamente; com toda a certeza.

ABSOLUTION [æbsə'lu:ʃən], *s.* absolvição; perdão; remissão.

ABSOLUTISM, ['æbsəlu:tizm], *s.* absolutismo.

ABSOLVE [ə'bzɔlv], *v.* absolver, perdoar, remir. # *absolve from,* absolver de.

ABSORB [əb'sɔ:b, əb'zɔ:b], *v.* absorver, embeber, sugar, chupar; concentrar-se.

ABSORBENT [əb'sɔ:bənt], *a.* e *s.* absorvente, absorvedor.

ABSORBER [əb'sɔ:bə], *s.* absorvente, o que absorve. # *absorber tail gas,* (petr.) gás residual do absorvedor.

ABSORPTION [əb'sɔ:pʃən], *s.* absorção; concentração. # *absorption tube* (fís.), eudiômetro. *absorption wavemeter* (rád.), ondômetro de absorção.

ABSORPTIVE [əb'sɔ:ptiv], *a.* absorvente.

ABSTAIN [əb'stein], *v.* abster-se; jejuar; privar-se de; conter-se, refrear-se, comedir-se.

ABSTAINER [əb'steinə], *s.* abstêmio.

ABSTEMIOUS [æb'sti:miəs], *a.* abstêmio; moderado, sóbrio.

ABSTENTION [æb'stenʃən], *s.* abstenção, abstinência; (jur.) repúdio de uma herança.

ABSTERGENT [əb'stə:dʒənt], *s.* e *a.* abstergente, purificador.

ABSTINENCE, CY ['æbstinəns, si], *s.* abstinência, sobriedade; jejum; temperança, frugalidade.

ABSTINENT ['æbstinənt], *a.* abstinente, sóbrio.

ABSTRACT ['æbstrækt], *s.* resumo, sumário, epítome. *a.* separado, distinto; difícil; confuso, abstruso. # *abstract of account,* extrato de conta. *abstract of title,* escritura.

ABSTRACT [æb'strækt], *v.* abstrair; separar; compendiar, resumir, sumariar; desviar a atenção; roubar; (quím.) destilar.

ABSTRACTED [æb'stræktid], *pp.* e *a.* abstrato, abstraído; separado; refinado; puro.

ABSTRACTION [æb'strækʃən], *s.* abstração; separação; idéia, conceito; descuido, distração; desvio.

ABSTRACTIONISM [æb'strækʃənizm], *s.* abstracionismo.

ABSTRUSE [æb'stru:s], *a.* abstruso; confuso, obscuro; escondido, recôndito, oculto.

ABSTRUSENESS [æb'stru:snis], *s.* obscuridade; dificuldade.

ABSURD [əb'sə:d], *a.* absurdo, disparatado, ilógico.

ABSURDITY [əb'sə:diti], *s.* absurdo, disparate

ABULIA [ə'bju:ljə], *s.* abulia.

ABULIC [ə'bju:lik], *a.* abúlico.

ABUNDANCE [ə'bʌndəns], *s.* abundância, profusão, fartura.

ABUNDANT [ə'bʌndənt], *a.* abundante, farto, copioso.

ABUSE [ə'bju:s], *s.* abuso; ofensa, injúria, insulto; engano, sedução; erro.

ABUSE [ə'bju:z], *v.* ofender, maltratar, insultar, injuriar; exceder-se; enganar, lograr; seduzir.

ABUSER [ə'bju:zə], *s.* ofensor, sedutor.

ABUSIVE [ə'bju:siv], *a.* abusivo; injurioso; ofensivo.

ABUT [ə'bʌt], *v.* entestar.

ABUTMENT [ə'bʌtmənt], *s.* confim, limite; contraforte; escora; reforço, remate; (arq.) arcobotante, pegão.

ABUTTING [ə'bʌtiŋ], *a.* adjacente.

ABYSM [ə'bizm], *s.* abismo, precipício.

ABYSMAL [ə'bizməl], *a.* abismal, abissal, insondável.

ABYSS [ə'bis], *V* **ABYSM.**

ABYSSINIAN [æbi'sinjən], *s.* e *a.* abissínio, abexim.

ACACIA [ə'keiʃə], *s.* acácia.

ACADEMIC [ækə'demik], *a.* acadêmico.

ACADEMICAL [ækə'demikəl], *a.* acadêmico. *s. pl.* vestes acadêmicas, uniforme.

ACADEMICIAN [əkædə'miʃən], *s.* acadêmico.

ACADEMY [ə'kædəmi], *s.* academia.

ACAJOU ['ækəʒu:], *s.* acaju.

ACANTHUS [ə'kænθəs], *s.* acanto, erva-gigante.

ACATALEPSY [æ'kætəlepsi], *s.* acatalepsia.

ACATALEPTIC [ækætə'leptik], *a.* acataléptico.

ACCEDE [æk'si:d], *v.* aceder, assentir, aquiescer, consentir, concordar, anuir; condescender; conseguir, alcançar; suceder.

ACCELERATE [æk'seləreit], *v.* acelerar, apressar.

ACCELERATION [ækselə'reiʃən], *s.* aceleração, presteza, pressa, celeridade.

ACCELERATIVE [æk'seləreitiv], *a.* acelerativo.

ACCELERATOR [æk'seləreitə], *s.* acelerador.

ACCELEROMETER [æksələ'rɔmitə], *s.* (mec.) acelerômetro.

ACCENT ['æksənt], *s.* acento, acentuação; tom, inflexão da voz; sotaque, pronúncia característica. # *graphic (orthoepic, phonetic) accent,* acento ortográfico (prosódico, tônico).

ACCENT [æk'sent], *v.* acentuar; pronunciar com ênfase.

ACCENTUATE [æk'sentjueit], *v.* acentuar; pronunciar com clareza; dizer enfaticamente; fazer sobressair.

ACCENTUATION [æksentju'eiʃən], *s.* acentuação.

ACCEPT [ək'sept], *v.* aceitar, receber; admitir; assentir, aprovar; reconhecer como verdadeiro.

ACCEPTABILITY [əkseptə'biliti], *s.* aceitabilidade.

ACCEPTABLE [ək'septəbl], *a.* aceitável, plausível; agradável; bem-vindo.

ACCEPTANCE (CY) [ək'septəns, si], *s.* aceitação; (com.) aceite (duma cambial).

ACCEPTANT [ək'septənt], *a.* aceitante.

ACCEPTATION [æksep'teiʃən], *s.* acepção, significação de uma palavra; aceitação; recepção.

ACCEPTER [ək'septə], *s.* (com.) aceitante (de cambial).

ACCESS ['ækses], *s.* acesso, entrada, admissão, ingresso; promoção; aumento; ataque febril.

ACCESSIBILITY [æksesi'biliti], *s.* acessibilidade.

ACCESSIBLE [æk'sesəbl], *a.* acessível.

ACCESSION [æk'seʃən], *s.* acessão; acesso; aumento; (E.U.) livros novos, aquisições novas. *v.* (E.U.) catalogar novos livros em biblioteca.

ACCESSORY [æk'sesəri], *s* acessório; adjunto. *a.* acessório; adicional.

ACCIDENCE ['æksidəns], *s.* (gram.) morfologia.

ACCIDENT ['æksidənt], *s.* acidente, incidente, acontecimento; sinistro, desastre. # *by accident,* de forma inesperada; casualmente.

ACCIDENTAL [æksi'dentəl], *a.* acidental, casual. *s.* incidente.

ACCIDENTALLY [æksi'dentəli], *adv.* acidentalmente, casualmente, por acaso.

ACCLAIM [ə'kleim], *v.* aclamar. *s.* aplauso.

ACCLAMATION [æklə'meiʃən], *s.* aclamação, aplauso; aprovação de uma resolução.

ACCLIMATATION [əklaimə'teiʃən], *s.* aclimatação, aclimação.

ACCLIMATIZATION [əklaimətai'zeiʃən], *s.* aclimatação, aclimação.

ACCLIMATIZE (ISE) [ə'klaimətaiz], *v.* aclimar; aclimatar-se.

ACCLIVITY [ə'kliviti], *s.* subida, ladeira, encosta, aclive.

ACCOIL [ə'kɔil], *v.* (náut.) colher um cabo.

ACCOLADE ['ækoleid], *s.* acolada, abraço; louvor.

ACCOMMODATE [ə'kɔmədeit], *v.* acomodar, ajustar; obsequiar, favorecer, ajudar, emprestar dinheiro; hospedar; acomodar-se, conformar-se. # *accommodate someone with something,* fornecer a alguém alguma coisa. *accommodate to,* adaptar a.

ACCOMMODATING [ə'kɔmədeitiŋ] *a.* obsequioso, serviçal; acomodatício, amoldável; complacente.

ACCOMMODATION [əkɔmə'deiʃən], *s.* acomodação; ajuste; adaptação; conveniência; favor; alojamento. # *accommodation bill, accommodation paper* (com.), capital fictício, letra de favor, papagaio. *V.* **KITE.** *accommodation train* (E.U. col.), trem que pára em todas as estações.

ACCOMPANIMENT [ə'kʌmpənimənt], *s.* acompanhamento.

ACCOMPANIST [ə'kʌmpənist], *s.* (mús.) acompanhador.

ACCOMPANY [ə'kʌmpəni], *v.* acompanhar; associar-se a alguém.

ACCOMPLICE [ə'kɔmplis, ə'kʌmplis], *s.* cúmplice, participante.

ACCOMPLISH [ə'kɔmpliʃ], *v.* efetuar; completar, acabar; realizar, executar.

ACCOMPLISHED [ə'kɔmpliʃt], *a.* completo, acabado, perfeito; consumado, esmerado.

ACCOMPLISHMENT [ə'kɔmpliʃmənt], *s.* efetuação, realização, consumação; acabamento; aquisição; *pl.* prendas, talentos, conhecimentos.

ACCORD [ə'kɔ:d], *v.* acordar, conceder, outorgar, concordar, consentir. *s.* acordo, convênio; harmonia. # *of one's own accord,* espontaneamente. *with one accord,* unanimemente.

ACCORDANCE [ə'kɔ:dəns], *s.* conformidade, acordo, concordância, união de vistas. # *in accordance with,* de acordo com.

ACCORDANT [ə'kɔ:dənt], *a.* conforme, correspondente, adequado; próprio.

ACCORDING [ə'kɔ:diŋ], *prep.* segundo, conforme. # *according to,* de acordo com, conforme, correspondente a.

ACCORDINGLY [ə'kɔ:diŋli], *adv.* em conformidade; em conseqüência, conseqüentemente.

ACCORDION [ə'kɔ:diən], *s.* acordeão, harmônica, sanfona.

ACCOST [ə'kɔst], *v.* dirigir-se a alguém, interpelar, ir ao encontro de alguém; saudar.

ACCOSTABLE [ə'kɔstəbl], *s.* acessível, afável, familiar.

ACCOUCHEUR [æku:'ʃə:], *s.* parteiro.

ACCOUCHEUSE [æku:'ʃə:z], *s.* parteira.

ACCOUNT [ə'kaunt], *v.* considerar, julgar, reputar, estimar, computar; contabilizar. *s.* conta; importância, valor; narração, relato; explicação, justificação, motivo. # *account current,* conta-corrente. *account executive,* chefe de contabilidade. *account for,* explicar. *accounts payable,* contas a pagar. *accounts receivable,* contas a receber. *an account of long standing,* uma conta antiga. *attached account,* conta em juízo. *blocked account,* conta congelada. *including accounts,* despesas inclusive. *joint account,* conta de participação, conta conjunta. *non checking account,* depósito bancário em conta-corrente. *offsetting accounts,* contas compensatórias (fin.). *on account,* por conta. *on account of,* por conta de; devido a. *on no account,* de forma alguma. *on one's own account,* por sua própria conta. *overdrawn account,* conta a descoberto. *settling of accounts,* saldo de contas. *statement of account (= abstract of account),* extrato de contas. *to balance an account,* fechar uma conta. *to call someone to account,* chamar alguém à fala. *to draw an account,* tirar uma conta. *to enter into an account,* lançar em conta. *to keep accounts* (cont.) escriturar livros. *to place to account,* levar à conta, debitar. *to render accounts,* prestar contas. *to take into account,* levar em conta, tomar em consideração.

ACCOUNTABILITY [əkauntə'biliti], *s.* responsabilidade; obrigação; dever.

ACCOUNTABLE [ə'kauntəbl], *a.* responsável.

ACCOUNTANT [ə'kauntənt], *s.* perito-contador; guarda-livros; contabilista; calculista.

ACCOUNTANT'S OFFICE [ə'kauntənts'ɔfis], *s.* contadoria.

ACCOUNT-BOOK [ə'kauntbuk], *s.* livro contábil.

ACCOUNTING [ə'kauntiŋ], *s.* contabilidade; ato de contar.

ACCOUTREMENTS [ə'ku:təmənts], *s. pl.* vestes, trajes; (mil.) equipamento.

ACCREDIT [ə'kredit], *v.* acreditar, dar crédito; abonar; autorizar; sancionar.

ACCREDITED [ə'kreditid], *a.* acreditado; abonado; sancionado.

ACCRETION [æ'kri:ʃən], *s.* aumento, acréscimo, adição; crescimento.

ACCRUE [ə'kru:], *v.* aumentar, ampliar; resultar; provir; acumular (juros).

ACCUMULATE [ə'kju:mjuleit], *v.* acumular, amontoar; crescer, aumentar.

ACCUMULATION [əkju:mju'leiʃən], *s.* acumulação, amontoamento, acúmulo; reserva.

ACCUMULATIVE [ə'kju:mjulətiv], *a.* acumulativo; acumulado, amontoado.

ACCUMULATOR [ə'kju:mjuleitə], *s.* acumulador, o que acumula; (aut.) acumulador = (E.U.) *storage battery.*

ACCURACY [ækjurəsi], *s.* exatidão, precisão; cuidado.

ACCURATE ['ækjurit], *a.* exato, seguro, preciso, correto; apurado; cuidadoso. # *accurate machining* (mec.) usinagem de precisão.

ACCURATELY ['ækjuritli], *adv.* exatamente; primorosamente.

ACCURSE [ə'kə:s], *s.* amaldiçoar, maldizer.

ACCURSED [ə'ke:sid], *a.* maldito; execrável, detestável.

ACCUSATION [ækju'zeiʃən], *s.* acusação, denúncia, imputação, delação.

ACCUSATIVE [ə'kju:zətiv], *s.* acusativo (caso). *a.* acusativo, relativo à acusação.

ACCUSATORY [ə'kju:zətəri], *a.* acusatório, que contém uma acusação; difamatório.

ACCUSE [ə'kju:z], *v.* acusar, denunciar, culpar, censurar.

ACCUSER [ə'kju:zə], *s.* acusador, denunciante, delator.

ACCUSTOM [ə'kʌstəm], *v.* acostumar, habituar, acostumar-se, habituar-se, afazer-se.

ACE [eis], *s.* ás (carta, dado); ás (aviação); partícula; capitânia. # *ace of clubs,* às de paus; *ace of diamonds,* ás de ouros; *ace of hearts,* ás de copas; *ace of spades,* ás de espadas. *within an ace,* por um triz.

ACEPHALOUS [ə'sefələs], *a.* acéfalo.

ACERBITY [ə'sə:biti], *s.* amargura, severidade, aspereza; sabor acre; acrimônia, acerbidade.

ACETATE ['æsitit], *s.* acetato.

ACETIC [ə'si:tik], *a.* acético.

ACETOUS ['æsitəs], *a.* acetoso, ácido.

ACETYL ['æsitil], *s.* acetila.

ACETYLENE [ə'setili:n], *s.* acetileno.

ACHE [eik], *s.* dor. *v.* doer.

ACHE [eitʃ], *s.* nome da letra H.

ACHIEVABLE [ə'tʃi:vəbl], *a.* executável, exeqüível, factível.

ACHIEVE [ə'tʃi:v], *v.* executar, realizar, efetuar; acabar, completar, aperfeiçoar, concluir; obter, conseguir.

ACHIEVEMENT [ə'tʃi:vmənt], *s.* realização; acabamento; feito, façanha.

ACHING ['eikiŋ], *a.* dolorido.

ACID ['æsid], *s.* ácido, acre, azedo. # *acetic (arsenic, arsenious, carbolic, fatty, hydrochloric, hydrofluoric, hydrosulfuric, muriatic, sulphuric, uric) acid,* ácido acético, (arsênico, arsenioso, carbólico, graxo, clorídrico, fluorídrico, sulfídrico, muriático, sulfúrico, úrico).

ACIDIFY [ə'sidifai], *v.* acidificar.

ACIDITY [ə'siditi], *s.* acidez.

ACIDOSIS [æsi'dousis], *s.* acidose.

ACIDULATE [ə'sidjuleit], *v.* acidular.

ACK-ACK ['æk'æk], *s.* arma antiaérea *a.* antiaéreo.

ACKNOWLEDGE [ək'nɔlidʒ], *v.* reconhecer; conferir, admitir; confirmar. # *acknowledge the corn,* reconhecer, admitir, concordar.

ACKNOWLEDGMENT [ək'nɔlidʒmənt], *s.* reconhecimento, confissão, admissão, confirmação; acusação de recebimento; agradecimento.

ACME ['ækmi], *s.* apogeu, auge, cume; fase crítica de uma enfermidade.

ACNE ['ækni], *s.* (med.) acne, espinhas.

ACOLYTE ['ækolait], *s.* acólito, sacristão; noviço.

ACONITE ['ækonait], *s.* acônito.

ACORN ['eikɔ:n], *s.* bolota, fruto do carvalho.

ACOUSTIC [ə'ku:stik], *a.* acústico.

ACOUSTICS [ə'ku:stiks], *s.* acústica.

ACQUAINT [ə'kweint], *v.* fazer conhecer, informar, inteirar, comunicar, avisar, familiarizar; fazer conhecimento com.

ACQUAINTANCE [ə'kweintəns], *s.* conhecimento, relação, familiaridade, amizade; pessoa conhecida.

ACQUAINTANCESHIP [ə'kweintənʃip], *s.* conhecimento, relação, trato.

ACQUAINTED [ə'kweintid], *a.* conhecido, familiarizado.

ACQUIESCE [ækwi'es], *v.* aquiescer, anuir, concordar, aceder; submeter-se.

ACQUIESCENCE [ækwi'esns], *s.* aquiescência, anuência, consentimento; condescendência.

ACQUIESCENT [ækwi'esnt], *a.* condescendente, indulgente, paciente.

ACQUIRE [ə'kwaiə], *v.* adquirir, ganhar, obter, alcançar; contrair (hábito).

ACQUIREMENT [ə'kwaiemənt], *s.* aquisição; *pl.* saber, conhecimentos.

ACQUISITION [ækwi'ziʃən], *s.* aquisição.

ACQUIT [ə'kwit], *v.* pagar; libertar; cumprir; absolver; exonerar; satisfazer.

ACQUITTAL [ə'kwitəl], *s.* absolvição, libertação; pagamento.

ACQUITTANCE [ə'kwitəns], *s.* recibo; quitação; absolvição.

ACRE ['eikə], *s.* acre (medida agrária); campo.

ACREAGE ['eikəridʒ], *s.* área (em acres).

ACRID ['ækrid], *a.* acre, ácido, picante; corrosivo; mordaz; irritante.

ACRIMONIOUS [ækri'mounjəs], *a.* acrimonioso, áspero; mordaz, sarcástico.

ACRIMONY ['ækriməni], *s.* acrimônia, aspereza.

ACROBAT ['ækrəbæt], *s.* acrobata (= acróbata).

ACROBATIC [ækrə'bætik], *a.* acrobático.

ACROBATICS [ækrə'bætiks], *s.* acrobacia.

ACROPOLIS [ə'krɔpəlis], *s.* acrópole.

ACROSS [ə'krɔs], *adv.* e *prep.* de través, em sentido transversal; através de, de lado a lado; no outro lado; ao outro lado; em forma de cruz, transversalmente.

ACROSTIC [ə'krɔstik], *s.* acróstico.

ACT [ækt], *v.* atuar, obrar, produzir, agir, funcionar. *s.* ato, ação; lei. # *act of God,* motivo de força maior, imprevisto. *in the (very) act,* em flagrante.

ACTING ['æktiŋ], *s.* representação; arte de representar. *a.* ativo; interino.

ACTINIC [æk'tinik], *a.* actínico.

ACTINIUM [æk'tiniəm], *s.* actínio.

ACTION ['ækʃen], *s.* ação, feito; efeito; gesto; cena; movimento; combate; processo. # *reflex action,* ato reflexo.

ACTIONABLE ['ækʃənəbl], *a.* acionável, punível; criminal.

ACTIVE ['æktiv], *a.* ativo, diligente; eficaz; enérgico; ágil.

ACTIVELY ['æktivli], *adv.* ativamente; energicamente.

ACTIVITY [æk'tiviti], *s.* atividade; diligência, prontidão; habilidade; energia.

ACTOR ['æktə], *s.* ator; agente.

ACTRESS ['æktris], *s.* atriz.

ACTUAL ['æktjuəl]. *a.* real; efetivo, tangível; presente, atual, vigente.

ACTUALITY [æktju'æliti], *s.* realidade; atualidade.

ACTUALLY ['æktjuəli], *adv.* realmente, na realidade; atualmente.

ACTUAL PRICE ['æktjuəl prais], *s.* preço real, custo real.

ACTUARY ['æktjuəri], *s.* atuário.

ACUITY [ə'kjuiti], *s.* acuidade, agudeza, perspicácia.

ACUMEN [ə'kju:mən], *s.* agudeza, penetração, sagacidade, perspicácia; discernimento.

ACUTE [ə'kju:t], *a.* agudo, fino, penetrante; vivo; perspicaz.

ACUTENESS [ə'kju:tnis], *s.* agudeza, finura, argúcia, sutileza.

AD [æd], abr. de **ADVERTISEMENT**, anúncio, propaganda. *want ads,* (E.U.) pequenos anúncios = (Ing.) *classified advertisements.*

ADAGE ['ædidʒ], *s.* adágio, rifão, provérbio.

ADAMANT ['ædəmənt], *s.* diamante. *a.* adamantino; duro.

ADAMANTINE [ædə'mæntain], *a.* adamantino.

ADAM'S APPLE ['ædəmz'æpl], *s.* pomo-de-adão.

ADAM'S FIG ['ædəmz'fig], *s.* banana-de-são-tomé.

ADAPT [ə'dæpt], *v.* adaptar, ajustar, acomodar; apropriar.

ADAPTABILITY [ədæptə'biliti], *s.* adaptabilidade.

ADAPTABLE [ə'dæptəbl], *a.* adaptável.

ADAPTATION [ædæp'teiʃən], *s.* adaptação; acomodação, ajuste.

ADAPTER [ə'dæptə], *s.* adaptador; ajustador.

ADD [æd], *v.* adicionar, juntar.

ADDENDUM [ədendəm], *pl.* **ADDENDA** [ə'dendə], *s.* adenda, suplemento.

ADDER ['ædə], *s.* víbora.

ADDICT ['dikt], *v.* dedicar, devotar.

ADDICT ['ædikt], *s.* pessoa presa a algum hábito.

ADDICTED [ə'diktid], *a.* aplicado; dedicado; dado; afeito a; partidário.

ADDICTION [ə'dikʃən], *s.* inclinação, tendência; dedicação; apego; hábito, costume, vício.

ADDING-MACHINE ['ædiŋmə'ʃi:n], *s.* máquina de somar.

ADDITION [ə'diʃən], *s.* adição, soma; adiantamento; suplemento, apêndice; generosidade; favor; título.

ADDITIONAL [ə'diʃnl], *a.* adicional, suplementar. *s.* aditamento, suplemento.

ADDITIVE ['æditiv], *a.* aditivo.

ADDLE ['ædl], *a.* vazio; estéril, infecundo; pobre; corrompido. *v.* estragar, inutilizar; gorar.

ADDLE-HEADED ['ædlhedid], *a.* desmiolado, sem juízo, estouvado, inepto.

ADDRESS [ə'dres], *v.* dirigir-se a; sobrescritar, endereçar. *s.* endereço; petição; mensagem; discurso. *pl.* **ADDRESSES,** corte; atenções.

ADDRESSEE [ædre'si:], *s.* destinatário.

ADDRESSER [ə'dresə], *s.* remetente (= *sender*).

ADDUCE [ə'dju:s], *v.* aduzir; alegar; citar; fornecer; trazer.

ADDUCIBLE [ə'dju:sibl], *a.* aduzível.

ADENOID ['ædinɔid], *a.* adenóide.

ADENOIDS ['ædinɔidz], *s.* vegetações adenóides.

ADENOMA [ædi'noumə], *s.* (med.) adenoma.

ADEPT ['ædept, ə'dept], *s.* perito, conhecedor. *a.* versado, experiente, hábil, consumado.

ADEQUACY ['ædikwəsi], *s.* adequação; suficiência; aptidão; proporção.

ADEQUATE ['ædikwit], *a.* adequado, competente, proporcionado; suficiente; eficaz, razoável.

ADEQUATELY ['ædikwitli], *adv.* adequadamente; suficientemente; proporcionadamente.

ADHERE [əd'hiə], *v.* aderir; unir-se, juntar-se, apegar-se; relacionar-se com.

ADHERENCE [əd'hiərəns], *s.* aderência.

ADHERENT [əd'hiərənt], *a.* aderente. *s.* partidário, sectário.

ADHESION [əd'hi:ʒən], *s.* adesão, união, aliança, apego. *pl.* (med.) aderências.

ADHESIVE [əd'hi:siv], *a.* adesivo; pegajoso, viscoso; tenaz.

ADHESIVE TAPE [əd'hi:sivteip], *s.* esparadrapo; (eletr.) fita isolante.

ADIABATIC [ædiə'bætik], *a.* adiabático.

ADIEU [ə'dju:], *int.* adeus; até logo. *s.* despedida.

ADIPOCERE [ædipo'siə], *s.* adipocera.

ADIPOMA [ædi'poumə], *s.* (med.) adipoma.

ADIPOSE ['ædipous], *s.* adiposidade, gordura. *a.* adiposo, gorduroso, gordo, obeso.

ADIPOSITY [ædi'pɔsiti], *s.* adiposidade.

ADIT ['ædit], *s.* passagem, entrada subterrânea; galeria (minas).

ADJACENCY [ə'dʒeisənsi], *s.* adjacência, contigüidade; proximidade; vizinhança.

ADJACENT [ə'dʒeisənt], *a.* adjacente, contíguo, justaposto; próximo, chegado.

ADJECTIVAL [ædʒek'taivəl], *a.* adjetival.

ADJECTIVE ['ædʒiktiv], *s.* adjetivo.

ADJOIN [ə'dʒɔin], *v.* juntar, unir; acrescentar, ajuntar; estar junto a.

ADJOINING [ə'dʒɔiniŋ], *a.* contíguo, adjacente; vizinho, imediato.

ADJOURN [ə'dʒə:n], *v.* adiar, suspender, retardar; transferir; prorrogar.

ADJOURNMENT [ə'dʒə:nmənt], *s.* adiamento, prorrogação, demora, delonga.

ADJUDGE [ə'dʒʌdʒ], *v.* adjudicar; julgar; determinar, decretar, sentenciar; condenar.

ADJUDGEMENT [ə'dʒʌdʒmənt], *s.* adjudicação; sentença.

ADJUDICATE [ə'dʒu:dikeit], *v.* adjudicar; determinar, decretar; julgar.

ADJUDICATION [ədʒu:di'keiʃən], *v.* adjudicação; sentença.

ADJUNCT ['ædʒʌŋkt], *s.* e *a.* adjunto; auxiliar.

ADJURE [ə'dʒuə], *v.* adjurar; intimar.

ADJUST [ə'dʒʌst], *v.* ajustar, adaptar; harmonizar, coadunar, coordenar, retificar, regrar, regular; acomodar, conciliar. # *adjust oneself,* adaptar-se.

ADJUSTABLE [ə'dʒʌstəbl], *a.* ajustável, adaptável, conciliável.

ADJUSTMENT [ə'dʒʌstmənt], *s.* ajustamento, acomodação; ajuste, acordo, convênio; conciliação; conserto, reparo; transação; pacto; indenização, disposição; composição; método. # *adjustment letter,* carta de pedido de desculpas. *adjustment of average,* cálculo de perdas e danos. *adjustment strip,* (mec.) tiras metálicas para a obtenção de ajustes.

ADJUTAGE ['ædʒutidʒ], *s.* bocal de bebedouro.

ADJUTANT ['ædʒutənt], *s.* (mil.) ajudante.

ADMAN ['ædmən], *s.* (E.U. gír.) técnico de propaganda.

ADMINISTER [əd'ministə], *v.* administrar, dirigir; fornecer, dar, ministrar; desempenhar, exercer.

ADMINISTRABLE [əd'ministrəbl], *a.* administrável.

ADMINISTRATION [ədminis'treiʃən], *s.* administração, gestão, direção, governo, gerência; (E.U.) o Presidente e os Ministros.

ADMINISTRATIVE [əd'ministrətiv], *a.* administrativo.

ADMINISTRATOR [əd'ministreitə], *s.* administrador, curador.

ADMINISTRATRIX [əd'ministreitriks], *s.* administradora.

ADMIRABLE ['ædmərəbl], *a.* admirável, maravilhoso.

ADMIRABLENESS ['ædmərəblnis], *s.* admirabilidade; excelência.

ADMIRABLY ['ædmərəbli], *adv.* admiravelmente.

ADMIRAL ['ædmərəl], *s.* almirante. # *high admiral,* almirante-em-chefe.

ADMIRALTY ['ædmərəlti], *s.* almirantado.

ADMIRATION [ædmə'reiʃən], *s.* admiração.

ADMIRE [əd'maiə], *v.* admirar, contemplar; prezar, venerar; admirar-se; (E.U.) ter satisfação em, alegrar-se.

ADMIRER [əd'maiərə], *s.* admirador.

ADMISSIBLE [əd'misəbl], *a.* admissível, aceitável; permitido.

ADMISSION [əd'miʃən], *s.* admissão, entrada; confissão.

ADMIT [əd'mit], *v.* admitir, reconhecer; receber; permitir. # *admit into* (ou *within),* dar acesso a, introduzir. *admit of,* admitir, permitir, comportar. *admit to,* aceitar como verdadeiro ou justo, reconhecer, dar direito a.

ADMITTANCE [əd'mitəns], *s.* entrada, admissão; recepção, recebimento; acesso; concessão, permissão; (fís.) admitância.

ADMITTEDLY [əd'mitidli], *adv.* reconhecidamente, autenticamente; confessadamente.

ADMIX [əd'miks], *v.* misturar(-se), juntar(-se).

ADMIXTURE [əd'mikstʃə], *s.* mistura; admissão.

ADMONISH [əd'mɔniʃ], *v.* admoestar, repreender, censurar; aconselhar; prevenir.

ADMONITION [ædmə'niʃən], *s.* admoestação, repreensão; advertência.

ADMONITORY [əd'mɔnitəri], *s.* admonitório.

ADO [ə'du:], *s.* barulho, tumulto, alarido; trabalho. # *much ado about nothing,* tempestade em copo d'água. *without more* (ou *further) ado,* sem mais cerimônias, sem mais nem menos.

ADOBE [ə'doubi], *s.* adobe (= adobo).

ADOLESCENCE [ædo'lesns], *s.* adolescência, juventude.

ADOLESCENT [ædo'lesnt], *s.* adolescente.

ADOPT [ə'dɔpt], *v.* adotar, tomar; perfilhar; aceitar; assumir.

ADOPTION [ə'dɔpʃən], *s.* adoção.

ADOPTIVE [ə'dɔptiv], *a.* adotivo.

ADORABLE [ə'dɔ:rəbl], *a.* adorável.

ADORATION [ædo'reiʃən], *s.* adoração; culto, respeito, reverência.

ADORE [ə'dɔ:, ə'dɔə], *v.* adorar, respeitar, reverenciar, prestar culto.

ADORER [ə'dɔ:rə, ə'dɔərə], *s.* adorador.

ADORN [ə'dɔ:n], *v.* adornar, ornamentar, ornar, enfeitar, ataviar; guarnecer, honrar.

ADORNMENT [ə'dɔ:nmənt], *s.* adorno, enfeite, ornato, ornamento, atavio.

ADOWN [ə'daun], *adv.* para baixo. *prep.* ao longo de.

ADRENAL [ə'dri:nəl], *s.* uma glândula supra-renal. *a.* ad-renal; supra-renal.

ADRENALIN(E) [ə'drenəlin], *s.* adrenalina.

ADRIFT [ə'drift], *adv.* à deriva, à mercê do vento, das ondas, das circunstâncias; sem rumo.

ADROIT [ə'drɔit], *s.* destro, hábil.

ADROITNESS [ə'drɔitnis], *s.* habilidade, destreza.

ADULATE ['ædjuleit], *v.* adular, lisonjear.

ADULATION [ædju'leiʃən], *s.* adulação, lisonja.

ADULATOR ['ædjuleitə], *s.* adulador, lisonjeador.

ADULT ['ædʌlt, ə'dʌlt], *s.* e *a.* adulto.

ADULTERATE [ə'dʌltəreit], *v.* adulterar; falsificar, alterar; corromper; rebaixar; cometer adultério.

ADULTERATION [ədʌltə'reiʃən], *s.* adulteração, falsificação.

ADULTERATOR [ədʌltə'reitə], *s.* falsificador

ADULTERER [ə'dʌltərə], *s.* adúltero.

ADULTERESS [ə'dʌltəris], *s.* adúltera.

ADULTEROUS [ə'dʌltərəs], *a.* adúltero, adulterino; adulterado, falso, forjado.

ADULTERY [ə'dʌltəri], *s.* adultério.

ADULTHOOD [ə'dʌlthud], *s.* idade da razão, maioridade.

ADULTNESS [ə'dʌltnis], *s.* *V.* **ADULTHOOD.**

ADULTOID [ə'dʌltɔid], *s.* aquele que tem aparência de adulto, mas sem o desenvolvimento completo.

ADUST [ə'dʌst], *a.* adusto, queimado, abrasado.

ADUSTION [ə'dʌstʃən], *s.* adustão.

ADVANCE [əd'vɑ:ns], *v.* avançar; adiantar; promover; antecipar; precipitar (acontecimento); levantar (preço); pagar adiantado. *s.* avanço, adiantamento; progresso. # *advance of price,* elevação de preço.

ADVANCED [əd'vɑ:nst], *a.* adiantado.

ADVANCEMENT [əd'vɑ:nsmənt], *s.* adiantamento; progresso, promoção; subida; (jur.) adiantamento de dinheiro feito pelo pai para que o filho menor possa negociar.

ADVANTAGE [əd'vɑ:ntidʒ], *s.* vantagem, lucro; superioridade. *v.* ajudar, favorecer. # *advantage ground,* terreno propício. *advantage over,* vantagem sobre. *take advantage of,* aproveitar, aproveitar-se de, abusar de, tirar partido de. *take at advantage,* apanhar desprevenido, colher de surpresa.

ADVANTAGEOUS [ædvən'teidʒəs], *a.* vantajoso, proveitoso, lucrativo, útil.

ADVENT ['ædvənt], *s.* vinda, chegada; aparição, advento, período que compreende os quatro domingos antes do Natal.

ADVENTISM ['ædvəntizm], *s.* (relig.) adventismo, a doutrina da segunda vinda de Cristo; seita religiosa que guarda o sábado.

ADVENTITIOUS [ædven'tiʃəs], *a.* adventício.

ADVENTURE [əd'ventʃə], *s.* aventura, risco, sorte; incidente, acaso; especulação comercial. *v.* aventurar, arriscar; aventurar-se, arriscar-se.

ADVENTURER [əd'ventʃərə], *s.* aventureiro; especulador.

ADVENTURESS [əd'ventʃəris], *s.* aventureira.

ADVENTUROUS [əd'ventʃərəs], *a.* aventureiro, afoito; temerário, perigoso; arriscado; intrépido.

ADVERB ['ædvə:b], *s.* advérbio.

ADVERBIAL [əd'və:biəl], *a.* adverbial.

ADVERSARY ['ædvəsəri], *s.* adversário, inimigo; contrário, antagonista, rival.

ADVERSATIVE [əd'və:sətiv], *a.* adversativo.

ADVERSE ['ædvə:s], *a.* adverso, contrário, oposto; funesto.

ADVERSITY [əd'və:siti], *s.* adversidade; infortúnio, desgraça.

ADVERT [əd'və:t], *v.* fazer alusão, fazer referência; dar atenção.

ADVERTISE ['ædvətaiz], *v.* anunciar, informar, avisar; publicar, afixar; fazer publicidade.

ADVERTISEMENT [(Ing.) əd'və:tismənt; (E.U.) ədvə'taizmənt], *s.* anúncio, publicação, reclamo, aviso; admoestação.

ADVERTISER ['ædvətaizə], *s.* anunciante; notificador; noticiador.

ADVERTISING ['ædvətaiziŋ], *s.* método de anunciar; propaganda. # *advertising salesman* (ou *canvasser*), agente de publicidade. *aerial advertising,* publicidade no espaço, o mesmo que *sky advertising, sky writing.*

ADVICE [əd'vais], *s.* conselho; opinião; informação; *pl.* comunicação, aviso, informações (por carta, telegrama, etc.). # *to take legal advice,* consultar um advogado.

ADVISABILITY [ədvaizə'biliti], *s.* prudência, experiência; conveniência; oportunidade.

ADVISABLE [əd'vaizəbl], *a.* prudente; digno de consideração; oportuno; útil, conveniente, aconselhável.

ADVISE [əd'vaiz], *v.* aconselhar; informar; advertir; consultar; aconselhar-se.

ADVISED [əd'vaizd], *a.* cauteloso, judicioso (desus.). *V.* **ILL-ADVISED, WELL-ADVISED.**

ADVISER [əd'vaizə], *s.* conselheiro; consultor; informador.

ADVISORY [əd'vaizəri], *a.* consultivo.

ADVOCACY ['ædvəkəsi], *s.* advocacia; defesa, ato de defender alguém; justificação.

ADVOCATE ['ædvəkit], *s.* advogado; defensor; partidário; patrono.

ADVOCATE ['ædvəkeit], *v.* advogar, defender; interceder.

ADZ (E) [ædz], *s.* enxó.

AEON ['i:ən], *s.* eternidade.

AERATE ['eiəreit, 'ɛəreit], *v.* arejar; arteriolizar; gaseificar.

AERATED ['eiəreitid, 'ɛəreitid], *a.* gaseificado; exposto ao ar. *aerated water,* água gasosa.

AERATION [eiə'reiʃən, ɛə'reiʃən], *s.* aeração, ventilação.

AERIAL ['ɛəriəl], *a.* aéreo, atmosférico. *s.* (rád.) antena de vara; captador ou emissor da telegrafia sem fio.

AERIALIST ['ɛəriəlist], *s.* artista do trapézio, trapezista, acrobata aéreo.

AERIALS ['ɛəriəlz], *s.* antenas duma instalação de telegrafia sem fio.

AERIE ['ɛəri, 'iəri], *s.* ninho de águia; habitação humana situada em lugar alto.

AERIFICATION [ɛərifi'keiʃən], *s.* aerificação; vaporização; aerização.

AERIFORM ['ɛərifɔ:m], *a.* aeriforme, gasoso.

AERIFY ['ɛərifai], *v.* encher de ar; aerificar, tornar gasoso.

AERO-BOMB ['ɛərou'bɔm], *s.* bomba arremessada dum avião.

AERODROME ['ɛərədroum], *s.* aeródromo = (E.U.) *airdrome.*

AERODYNAMIC ['ɛəroudai'næmik], *a.* aerodinâmico.

AERODYNAMICS ['ɛəroudai'næmiks], *s.* aerodinâmica.

AEROLITE ['ɛərəlait], *s.* aerólito, meteorito, estrela cadente.

AEROMETER [ɛə'rɔmitə], *s.* aerômetro.

AERONAUT ['ɛərənɔ:t], *s.* aeronauta.

AERONAUTIC [ɛərə'nɔ:tik], *a.* aeronáutico.

AERONAUTICS [ɛərə'nɔ:tiks], *s.* aeronáutica.

AEROPLANE ['ɛərəplein], *s.* aeroplano, avião = (E.U.) *airplane.*

AEROSTAT ['ɛərostæt], *s.* aeróstato; aeronave.

AEROSTATIC [ɛərəs'tætik], *a.* aerostático.

AEROSTATICS [ɛərəs'tætiks], *s.* aerostática.

AERY ['ɛəri, 'iəri], *s.* *V.* **AERIE.**

AESTHETE ['i:sθi:t, 'esθi:t], *s.* esteta, admirador da estética.

AESTHETIC [i:s'θetik], *a.* estético.

AESTHETICAL [i:s'θetikəl], *a.* estético.

AESTHETICS [i:s'θetiks], *s.* estética.

AESTIVAL [i:s'taivəl], *a.* estival, do estio.

AETHER ['i:θə], *s.* éter = *ether.*

AETHEREAL [i:'θi:riəl], *a.* etéreo.

AETIOLOGY [i:ti'ɔlədʒi], *s.* etiologia.

AFAR [ə'fɑ:], *adv.* ao longe, a grande distância.

AFEAR(E)D [ə'fiəd], *a.* amedrontado.

AFFABILITY [æfə'biliti], *s.* afabilidade, amabilidade, cortesia; agrado.

AFFABLE ['æfəbl], *a.* afável, cortês, lhano.

AFFABLENESS ['æfəblnis], *s.* *V.* **AFFABILITY.**

AFFAIR [ə'fɛə], *s.* assunto, negócio; (col.) coisa. # *affair of honour,* caso de honra, questão de honra. *make an affair of,* exagerar.

AFFECT [ə'fekt], *v.* afetar, atingir; impressionar; fingir, aparentar; comover; influir; prejudicar.

AFFECTATION [æfek'teiʃən], *s.* afetação; aparência; emulação.

AFFECTING [ə'fektiŋ], *a.* comovedor, comovente; terno; patético.

AFFECTION [ə'fekʃən], *s.* afeição, afeto, amor, carinho; qualidade.

AFFECTIONATE [ə'fekʃnit], *a.* afetuoso, amoroso, carinhoso, afeiçoado.

AFFECTIONATELY [ə'fekʃnitli], *adv.* afetuosamente, carinhosamente.

AFFECTIVE [ə'fektiv], *a.* afetivo; comovedor, emocionante.

AFFERENT ['æfərənt], *a.* aferente.

AFFIDAVIT [æfi'deivit], *s.* depoimento de testemunhas juramentadas; certificado.

AFFILIATE [ə'filieit], *v.* perfilhar; afiliar(-se); adotar; filiar; filiar-se, associar-se; incorporar. *s.* [ə'filiit], filial; sociedade filiada.

AFFILIATION [əfili'eiʃən], *s.* perfilhação; adoção; afiliação; ingresso numa sociedade.

AFFINITY [ə'finiti], *s.* afinidade; parentesco; conexão.

AFFIRM [ə'fə:m], *v.* afirmar, declarar, assegurar; depor, atestar.

AFFIRMABLE [ə'fə:məbl], *a.* afirmável.

AFFIRMATION [æfə:'meiʃən], *s.* afirmação, confirmação, declaração, ratificação.

AFFIRMATIVE [ə'fə:mətiv], *a.* afirmativo.

AFFIRMATORY [ə'fə:mətəri], *a.* assertório, assertivo, afirmativo.

AFFIX ['æfiks], *s.* afixo, acréscimo, adição.

AFFIX [ə'fiks], *v.* afixar, fixar, juntar.

AFFLATUS [ə'fleitəs], *s.* inspiração; entusiasmo.

AFFLICT [ə'flikt], *v.* afligir, atormentar, atribular.

AFFLICTION [ə'flikʃən], *s.* aflição, tribulação, tormento; desgosto; pena; calamidade; infortúnio; dor; pesar; luto.

AFFLICTIVE [ə'fliktiv], *a.* aflitivo.

AFFLUENCE ['æfluəns], *s.* afluência, opulência, fartura, abundância, riqueza.

AFFLUENT ['æfluənt], *s.* afluente, tributário. *a.* abundante, opulento, farto; rico.

AFFLUX ['æflʌks], *s.* fluxo; confluência.

AFFORD [ə'fɔ:d], *v.* dar, produzir, fornecer; ter recursos para; poder. # *he cannot afford a car,* ele não pode arcar com as despesas de um carro.

AFFOREST [æ'fɔrist], *v.* reflorestar.

AFFORESTATION [æfɔris'teiʃən], *s.* reflorestamento.

AFFRANCHISE ['æfrəntʃaiz], *v.* libertar, emancipar, conceder direitos civis.

AFFRAY [ə'frei], *s.* refrega, assalto, distúrbio, rixa, pendência, disputa.

AFFRIGHT [ə'frait], *v.* aterrar, atemorizar.

AFFRIGHTED [ə'fraitid], *a.* aterrado, atemorizado.

AFFRONT [ə'frʌnt], *v.* afrontar, ofender, insultar, ultrajar, provocar. *s.* afronta, insulto, ultraje.

AFFRONTIVE [ə'frʌntiv], *a.* injurioso, afrontoso.

AFFUSION [ə'fju:ʒən], *s.* aspersão.

AFIELD [ə'fi:ld], *adv.* no campo, para o campo.

AFIRE [ə'faiə], *adv.* em chamas.

AFLAME [ə'fleim], *adv.* em chamas.

AFLOAT [ə'flout], *adv.* à tona, flutuando; a bordo; em movimento, em circulação.

AFOOT [ə'fut], *adv.* a pé; em ação ou movimento.

AFORE [ə'fɔ:], *prep.* e *adv.* antes de; diante de; anteriormente.

AFORENAMED [ə'fɔ:neimd], *a.* supramencionado.

AFORESAID [ə'fɔ:sed], *a.* supramencionado.

AFORETHOUGHT [ə'fɔ:θɔ:t], *a.* premeditado. *s.* premeditação.

AFORETIME [ə'fɔ:taim], *a.* anterior, antigo. *adv.* anteriormente, antigamente.

AFRAID [ə'freid], *a.* receoso, medroso, tímido, amedrontado.

AFRESH [ə'freʃ], *adv.* novamente, outra vez.

AFRICA ['æfrikə], *s.* África.

AFRICAN ['æfrikən], *s.* e *a.* africano.

AFRIKANDER [æfri'kændə], *s.* africano do sul, cujos pais são europeus.

AFT [ɑ:ft], *adv.* à popa; atrás.

AFTER ['ɑ:ftə], *prep.* depois de, detrás de; segundo; conforme. *adv.* em seguida, depois. *conj.* depois que. # *after all,* afinal de contas. *after comer,* sucessor. *after livers,* os descendentes. *soon after,* pouco depois.

AFTERBIRTH ['ɑ:ftəbə:θ], *s.* placenta.

AFTER-GAS ['ɑ:ftəgæs], *s.* gases venenosos (após explosão).

AFTERGLOW ['ɑ:ftəglou], *s.* resplendor crepuscular; arrebol.

AFTERMATH ['ɑ:ftəmæθ], *s.* conseqüências, resultados; segunda germinação; o que nasce após a ceifa.

AFTERNOON ['ɑ:ftə'nu:n], *s.* tarde.

AFTERPIECE ['ɑ:ftəpi:s], *s.* farsa; entremez.

AFTERTHOUGHT ['ɑ:ftəθɔ:t], *s.* pensamento, idéia ulterior; reflexão tardia.

AFTERWARD(S) ['ɑ:ftəwəd(z)], *adv.* depois, em seguida, mais tarde.

AGAIN [ə'gen, ə'gein], *adv.* outra vez; novamente. # *again and again,* repetidamente. *now and again,* ocasionalmente.

AGAINST [ə'geinst], *prep.* contra; junto de, perto de, encostado a; em frente.

AGAPE [ə'geip], *adv.* com a boca aberta; abobalhadamente. *a.* boquiaberto.

AGAPE ['ægəpi], *s.* ágape.

AGATE ['ægət], *s.* ágata.

AGAVE [ə'geivi, 'ægeiv], *s.* (bot.) agave (gênero de planta); piteira; sisal.

AGAZE [ə'geiz], *adv.* no ato de olhar.

AGE [eidʒ], *s.* idade; tempo, era, período, época; século. *v.* ficar velho, envelhecer; fazer envelhecer. # *ages ago,* há muito tempo, *atomic age,* era atômica. *decayed with age,* decrépito. *of age,* de maior idade. *under age,* de menor idade. *untold ages,* eras remotas.

AGED ['eidʒid], *a.* velho, idoso. [eidʒd], da idade de.

AGELESS ['eidʒlis], *a.* que parece não envelhecer; sem limites de duração.

AGENCY ['eidʒənsi], *s.* ação; agência; meio; interferência; intervenção; representação. # *bill posting agency,* empresa de afixação de cartazes. *sole agency,* (com.) representação exclusiva.

AGENDA [ə'dʒendə], *s.* agenda, notas, memorando; (mil.) ordem do dia.

AGENT ['eidʒənt], *s.* agente, comissário, representante; delegado; mandatário; intermediário; emissário. # *commission agent,* (com.) comissário. *regular agent,* (com.) agente permanente. *sole agent,* (com.) agente exclusivo.

AGGLOMERATE [ə'glɔmərit], *a.* aglomerado. *s.* aglomeração.

AGGLOMERATE [ə'glɔməreit], *v.* aglomerar.

AGGLOMERATION [əglɔmə'reiʃən], *s.* aglomeração.

AGGLUTINATE [ə'glu:tinit], *a.* aglutinado.

AGGLUTINATE [ə'glu:tineit], *v.* aglutinar, unir, ligar, juntar.

AGGLUTINATION [əglu:ti'neiʃən], *s.* aglutinação; aglomeração; ligação.

AGGRANDIZE (ISE) [ə'grændaiz, 'ægrəndaiz], *v.* engrandecer; elevar, exaltar, ampliar; exagerar; embelezar.

AGGRANDIZEMENT [ə'grændizmənt], *s.* engrandecimento; exaltação; exagero; ampliação

AGGRAVATE ['ægrəveit], v. agravar, aumentar, intensificar; exasperar, incomodar, impacientar, ofender, irritar.

AGGRAVATING ['ægrəveitiŋ], *a.* agravante irritante, ofensivo.

AGGRAVATION [ægrə'veiʃən], *s.* agravação, agravo, provocação, irritação, ofensa.

AGGREGATE ['ægrigit], *a.* agregado, unido, coligido, reunido. *s.* agregado; conjunto, agremiação, agregação total.

AGGREGATE ['ægrigeit], *v.* agregar, reunir, unir.

AGGREGATION [ægri'geiʃən], *s.* agregação; conjunto.

AGGRESSION [ə'greʃen], *s.* agressão.

AGGRESSIVE [ə'gresiv], *a.* agressivo; enérgico, vigoroso; empreendedor.

AGGRESSOR [ə'gresə], *s.* agressor.

AGGRIEVE [ə'gri:v], *v.* afligir, molestar, incomodar; lesar; vexar; agravar.

AGGRIEVED [ə'gri:vd], *a.* aflito; lesado; ofendido.

AGHAST [ə'gɑ:st], *a.* espantado, estupefato, perplexo; horrorizado, apavorado.

AGILE ['ædʒail] (E.U.) ['ædʒil], *a.* ágil, lépido, ligeiro; ativo, vivo, expedito.

AGILITY [ə'dʒiliti], *s.* agilidade; atividade.

AGITATE ['ædʒiteit], *v.* agitar, sacudir; revolver, mover; inquietar; debater.

AGITATION [ædʒi'teiʃən], *s.* agitação; movimento; perturbação.

AGITATOR ['ædʒiteitə], *s.* agitador, perturbador.

AGITPROP ['ædʒitprɔp], (E.U. [gír.]); *s.* agitador, especialista em agitação política.

AGLET ['æglit], *s.* agulheta.

AGLOW [ə'glou], *a.* incandescente, resplandescente, inflamado, ardente, abrasado, corado de alegria ou excitação.

AGNAIL ['ægneil], *s.* panarício, unheiro.

AGNOSTIC [æg'nɔstik], *s.* agnóstico.

AGNOSTICISM [æg'nɔstisizm], *s.* agnosticismo.

AGO [ə'gou], *adv.* há tempos atrás.

AGOG [ə'gɔg], *adv.* com curiosidade; com desejo; com veemência, ardentemente.

AGONISTIC [ægə'nistik], *a.* agonístico.

AGONIZE(ISE) ['ægənaiz], *v.* agonizar; sofrer angústia; padecer muito; agoniar, atormentar, martirizar.

AGONIZING ['ægənaiziŋ], *a.* agonizante; cruel, atroz, torturante.

AGONY ['ægəni], *s.* agonia; angústia.

AGOUTI [ə'gu:ti], *s.* cutia, aguti.

AGRARIAN [ə'grɛəriən], *a.* agrário.

AGREE [ə'gri:], *v.* concordar, convir; aceder; entender-se; harmonizar; igualar. # *agree in,* concordar em. *agree on* ou *upon,* concordar sobre; assentir, anuir, consentir. *agree with,* concordar com (pessoa); fazer bem à saúde, harmonizar-se com; combinar com (coisa); (gram.) concordar com, corresponder a.

AGREEABLE [ə'griəbl], *a.* agradável, aprazível, ameno; grato; adaptado, acomodado; conveniente; conforme.

AGREEABLENESS [ə'griəblnis], *s.* agrado, afabilidade, amenidade, doçura, graça, suavidade; conveniência; conformidade.

AGREEABLY [ə'griəbli], *adv.* agradavelmente; conformemente.

AGREED [ə'gri:d], *pp.* e *a.* ajustado, convencionado; fixo, determinado; admitido, combinado.

AGREEMENT [ə'gri:mənt], *s.* acordo, convênio; contrato; ajuste; transação; (gram.) concordância. # *agreement to sell,* promessa de venda. *as per agreement,* (com.) como foi combinado.

AGRICULTURAL [ægri'kʌltʃurəl], *a.* agrícola.

AGRICULTURE ['ægrikʌltʃə], *s.* agricultura, lavoura.

AGRICULTURIST [ægri'kʌltʃərist], *s.* agricultor, agrônomo.

AGRIMONY ['ægriməni], *s.* (bot.) agrimônia.

AGROUND [ə'graund], *adv.* imobilizadamente. *a.* (mar.) encalhado; fracassado. # *get* ou *run aground,* encalhar (navio).

AGUE ['eigju:], *s.* malária, febre intermitente, febre palustre, maleita, sezão, tremedeira.

AH! [ɑ:], *int.* ah! (desprezo, compaixão, prazer, admiração).

AHA! [ɑ:'hɑ:], *int.* ah! eia! (triunfo, satisfação, surpresa, estímulo).

AHEAD [ə'hed], *adv.* à frente, para a frente, avante, adiante. # *ahead of time,* antes da hora. *go right ahead!* pode começar!

AHOY [əh'hɔi], *int.* (náut.) olá!

AID [eid], *v.* ajudar, auxiliar, socorrer, apoiar, assistir. *s.* ajuda, auxílio, socorro, apoio, assistência; tributo, contribuição. *aid to development,* (econ.) ajuda para desenvolvimento.

AIL [eil], *v.* afligir, molestar, doer.

AILERON ['eilərɔn], *s.* (av.) aileron, leme para inclinação lateral.

AILING ['eiliŋ], *a.* doente, indisposto.

AILMENT ['eilmənt], *s.* dor; indisposição.

AIM [eim], *v.* mirar; apontar; dirigir. *s.* alvo, mira; objetivo, desígnio; aspiração. # *take aim at,* fazer pontaria, visar alguém ou alguma coisa. *take fair aim,* fazer pontaria segura.

AIMLESS ['eimlis], *a.* sem objetivo, sem desígnio, sem propósito.

AIN'T [eint], contração de *am not, is not, are not.*

AIR [ɛə], *s.* ar; atmosfera; *pl.* ares, aspecto, aparência; (mús.) ária. *v.* arejar, ventilar. # *air bleed,* (mec. aut.) escapamento; válvula de entrada de ar no carburador; suspiro de ar. *air furnace,* (mec.) fornalha; forno de revérbero. *air hammer,* (maq.) martelo pneumático. *air nozzle,* (rád.) tubeira de ventilação. *air scoop,* (aer.) manga de aspiração. *air shelter,* abrigo antiaéreo. *air steward,* aeromoço. *air stewardess,* aeromoça. *have a hang-dog air,* estar ou parecer desapontado. *grand air,* aparência distinta. *in the open air,* ao ar livre. *take the air,* ir(-se) embora, "dar o fora". *to suck up into the air,* impregnar o ar.

AIR-BELL ['ɛəbel], *s.* bolha de ar.

AIR-BLOWER ['ɛəblouə], *s.* compressor de ar.

AIRBRAKE ['ɛəbreik], *s.* freio de ar.

AIR-BUFFER ['ɛəbʌfə], *s.* amortecedor pneumático.

AIR-CARRIER ['ɛəkæriə], *s.* avião de transporte.

AIR-CHAMBER ['ɛətʃeimbə], *s.* câmara-de-ar.

AIR-CONDITIONED [ɛekən'diʃənd], *a.* provido de ar condicionado.

AIR-CONDITIONER ['ɛekən'diʃənə], *s.* condicionador de ar, aparelho de ar condicionado.

AIR-CONDITIONING [ɛəkən'diʃəniŋ], *s.* condicionamento de ar.

AIRCRAFT ['ɛəkrɑ:ft], *s.* aeronave; arte ou ciência da navegação aérea.

AIRDROME ['ɛədroum], *s.* (E.U.) aeródromo = (Ing.) *aerodrome.*

AIRFIELD ['ɛəfi:ld], *s.* aeródromo.

AIR GAGE, AIR GAUGE ['ɛəgeidʒ], *s.* manômetro.

AIR-GAP ['ɛəgæp], *s.* (mec.) folga.

AIR-GATE ['ɛəgeit], *s.* respiradouro.

AIR-GUN ['ɛəgʌn], *s.* pistola de ar comprimido, pistola para pintura.

AIRINESS ['ɛərinis], *s.* ventilação; vivacidade, viveza; atividade.

AIRING ['ɛəriŋ], *s.* arejamento, ventilação, exposição ao ar; ar fresco; excursão ao ar livre.

AIRLESS ['ɛəlis], *a.* sem ar; abafado; calmoso.

AIRLINE ['ɛəlain], *s.* linha aérea. *a.* reto.

AIRLINER ['ɛəlainə], *s.* avião de passageiros.

AIR MAIL ['ɛəmeil], *s.* mala aérea, correio aéreo.

AIRMAN ['ɛəmæn], *s.* aviador.

AIRPARK ['ɛəpɑ:k], *s.* pequeno aeródromo para aviões particulares.

AIRPLANE ['ɛəplein], *s.* (E.U.) aeroplano, avião = (Ing.) *aeroplane.*

AIR-POCKET ['ɛəpɔkit], *s.* (av.) bolsa de ar.

AIRPORT ['ɛəpɔ:t], *s.* aeroporto. (A palavra *airport* foi cunhada por Santos Dumont.) # *airport beacon,* farol de aeroporto.

AIRPROOF ['ɛəpru:f], *a.* impermeável ao ar.

AIR PUMP ['ɛəpʌmp], *s.* máquina pneumática.

AIR-RAID ['ɛə-reid], *s.* (mil.) incursão aérea.

AIR-RIFLE ['ɛə-raifl], *s.* espingarda de ar comprimido.

AIRSCREW ['ɛə-skru:], *s.* hélice de avião.

AIRSHIP ['ɛə-ʃip], *s.* dirigível.

AIR-SLEEVE ['ɛə-sli:v], *s.* (av.) biruta.

AIR-SOCKET ['ɛəsɔkit], *s. V.* **AIR-SLEEVE.**

AIRSPEED ['ɛəspi:d], *s.* (av.) velocidade aerodinâmica.

AIR-STRIP ['ɛə-strip], *s.* (av.) pista estreita e provisória; pista portátil, de metal.

AIR-TEE ['ɛəti:], *s. V.* **AIR-SLEEVE.**

AIR-TIGHT ['ɛətait], *a. V.* **AIR-PROOF.**

AIRWAY ['ɛəwei], *s.* (av.) rota aérea; (rád.) canal.

AIRY ['ɛəri], *a.* aéreo; arejado; airoso, alegre, orgulhoso; vão, volúvel, leviano; superficial.

AISLE [ail], *s.* nave lateral de uma igreja; passagem entre filas de bancos na igreja; (E.U.) corredor ou passagem em teatro, cinema, casa comercial.

AISLE-SITTER ['ailsitə], *s.* crítico teatral.

AIT [eit], *V.* **EYOT.**

AJAR [ə'dʒɑ:] *a.* e *adv.* entreaberto.

AKIN [ə'kin], *a.* consangüíneo; parente; aparentado; análogo.

ALABASTER ['æləbɑ:stə], *s.* alabastro. *a.* alabastrino.

ALACK [ə'læk], *int.* que pena!

ALACKADAY [ə'lækədei], *int. v.* **ALACK.**

ALACRITY [ə'lækriti], *s.* alacridade, alegria, vivacidade.

ALARM [ə'lɑ:m], *s.* alarma, rebate; tumulto. *v.* alarmar; tocar o alarma.

ALARM-CLOCK [ə'lɑ:mklɔk], *s.* despertador.

ALARMING [ə'lɑ:miŋ], *a.* alarmante.

ALARMIST [ə'lɑ:mist], *a.* assustador. *s.* boateiro, alarmista, amotinador.

ALARUM [ə'lɛərəm], *s.* rebate, alarma, brado às armas.

ALAS [ə'lɑ:s], *int.* ah!, ai de mim!

ALB [ælb], *s.* alba.

ALBATROSS ['ælbətrɔs], *s.* albatroz.

ALBEIT [ɔ:l'bi:it], *conj.* embora.

ALBINISM ['ælbinizm], *s.* albinismo.

ALBINO [æl'bi:nou], *s.* albino.

ALBION ['ælbjən], *s.* antigo nome da Inglaterra.

ALBUM ['ælbəm], *s.* álbum.

ALBUMEN ['ælbjumin, æl'bju:min], *s.* albume (=albúmen).

ALBUMIN ['ælbjumin, æl'bju:min], *s.* albumina.

ALBUMINOID [æl'bju:minɔid], *s.* e *a.* albuminóide.

ALBUMINOUS [æl'bju:minəs], *a.* albuminoso.

ALCHEMIST ['ælkimist], *s.* alquimista.

ALCHEMY ['ælkimi], *s.* alquimia.

ALCOHOL ['ælkəhɔl], *s.* álcool.

ALCOHOLIC [ælkə'hɔlik], *a.* alcoólico.
ALCOHOLISM ['ælkəhɔlizm], *s.* alcoolismo.
ALCOHOLOMETER [ælkəhɔ'lɔmitə], *s.* alcoômetro.
ALCOVE ['ælkouv], *s.* alcova.
ALDER ['ɔ:ldə], *s.* álamo.
ALDERMAN ['ɔ:ldəmən], *s.* ancião; magistrado logo abaixo do prefeito; senador; (E.U.) vereador.
ALE [eil], *s.* cerveja fraca; malte fermentado.
ALEATORY ['eiliətəri], *a.* aleatório, condicional.
ALEMBIC [ə'lembik], *s.* alambique.
ALERT [ə'lə:t], *v.* alertar. *a.* alerta, vigilante, pronto; vivo, perspicaz. # *on the alert,* alerta, atento.
ALERTNESS [ə'lə:tnis], *s.* vigilância, vivacidade, agilidade, atividade.
ALEXANDRINE [ælig'zændrain], *s.* e *a.* alexandrino (verso).
ALFALFA [əl'fælfə], *s.* alfafa, luzerna.
ALGA ['ælgə], *s.* alga. *pl.* **ALGAE** ['ældʒi:].
ALGEBRA ['ældʒibrə], *s.* álgebra.
ALGEBRAIC [ældʒi'breik], *a.* algébrico.
ALGEBRAIST [ældʒi'breiist], *s.* algebrista.
ALIAS ['eiliæs], *adv.* aliás; vulgarmente. *s.* nome falso.
ALIBI ['ælibai], *s.* (jur.) álibi.
ALIEN ['eiliən], *a.* alheio; estranho; estrangeiro; exótico.
ALIENABLE ['eiliənəbl], *a.* alienável.
ALIENATE ['eiliəneit], *v.* alienar; transferir; perder: (fig.) desafeiçoar, desviar. *a.* apartado, desviado, retirado da amizade de alguém.
ALIENATION [eiliə'neiʃən], *s.* alienação; transferência; separação; demência.
ALIENATOR ['eiliəneitə], *s.* alienador.
ALIENEE [eiljə'ni:], *s.* aquele a quem se transfere a propriedade de alguma coisa, alienatório.
ALIENISM ['eiljənizm], *s.* estudo e tratamento de doenças mentais.
ALIENIST ['eiljənist], *s.* alienista.
ALIENOR ['eiljənə], *s.* e *a.* alienante.
ALIGHT [ə'lait], *a.* aceso, iluminado. *v.* descer, apear-se, desembarcar; aterrar, aterrisar, pousar.
ALIGN [ə'lain], *v.* alinhar.
ALIGNMENT [ə'lainment], *s.* alinhamento.
ALIKE [ə'laik], *a.* semelhante, igual. *adv.* igualmente, do mesmo modo.
ALIMONY ['æliməni], *s.* (jur.) alimentos.
ALIQUOT ['ælikwət], *s.* alíquota.
ALIVE [ə'laiv], *a.* vivo, com vida, animado; esperto.
ALIZARIN [ə'lizərin], *s.* (quím.) alizarina.
ALKALESCENCE (CY) [ælkə'lesns, si], *s.* alcalescência.
ALKALESCENT [ælkə'lesnt], *a.* alcalescente.
ALKALI ['ælkəlai], *s.* álcali.
ALKALIFY ['ælkəlifai], *v.* alcalinizar, alcalizar.
ALKALINE ['ælkəlain], *a.* alcalino.
ALKALINITY [ælkə'liniti], *s.* alcalinidade.
ALKALOID ['ælkəlɔid], *s.* alcalóide.
ALKALOSIS [ælkə'lousis], *s.* (med.) alcalose.
ALL [ɔ:l], *a.* todo, toda, todos, todas. *adv.* inteiramente, totalmente, completamente. *s.* a totalidade. # *all abroad,* confuso. *all at once,* subitamente. *all at sea,* confuso. *all but,* quase. *all ear,* atento. *all fired* (E.U. gír.), extremo; extremamente. *all-in* (E.U.), exausto. *all in all,* ao todo; tudo, o que há de mais valioso. *all of a sudden,* subitamente. *all out,* completo, irrestrito. *all the better,* tanto melhor. *all the same,* não obstante. *all told,* ao todo. *be all there,* ser esperto, ser vivo. *be all over,* estar terminado; estar por toda parte. *for all I know,* ao que eu saiba. *not at all,* absolutamente, de forma alguma (em resposta a *thank you*). *once for all,* pela última vez. *taking all in all,* afinal de contas.
ALLAY [ə'lei], *v.* aliviar, acalmar; suavizar, mitigar; pacificar.
ALLEGATION [ælə'geiʃən], *s.* alegação, pretexto, escusa.
ALLEGE [ə'ledʒ], v. alegar, pretender; declarar afirmar, assegurar; objetar.
ALLEGED [ə'ledʒd], *a.* pretenso.
ALLEGIANCE [ə'li:dʒəns], *s.* lealdade, fidelidade; obediência devida pelos vassalos ao soberano.
ALLEGORIC (AL) [ælə'gɔrik], *a.* alegórico.
ALLEGORIST ['æligərist], *s.* alegorista.
ALLEGORY ['æligəri], *s.* alegoria.

ALLELUIA [æli'lu:jə], *s.* aleluia.
ALLERGIC [ə'lə:dʒik], *a.* alérgico.
ALLERGY ['ælədʒi], *s.* alergia.
ALLEVIATE [ə'li:vieit], *v.* aliviar, mitigar, suavizar, amenizar, moderar, diminuir.
ALLEVIATION [əli:vi'eiʃən], *s.* alívio, mitigação.
ALLEWAY ['æliwei], *s.* passagem estreita entre edifícios.
ALLEY ['æli]. *s.* aléia; viela, beco; rua estreita; alameda. # *blind alley,* beco sem saída.
ALL FOOLS' DAY ['ɔ:l'fu:lzdei], *s.* 1.º de abril.
ALL FOURS ['ɔ:l'fɔ:z], *s.* os quatro naipes. # *on all fours,* de quatro pés.
ALL-HAIL ['ɔ:l'heil], *int.* salve!
ALL-HALLOWS ['ɔ:l'hælouz], *s.* Todos os Santos; Dia de Todos os Santos.
ALLIANCE [ə'laiəns], *s.* aliança, liga, união, confederação; parentesco contraído por casamento.
ALLIED [ə'laid], *pret.* e *pp.* de **ALLY.** *a.* aliado, unido, relacionado.
ALLIGATOR ['æligeitə], *s.* jacaré; (mil.) veículo anfíbio usado para o transporte de pessoal e de material. # *alligator wrench,* (mec.) chave para tubos.
ALLIGATOR-PEAR ['æligeitə'pɛə], *s.* abacate.
ALLITERATE [ə'litəreit], *v.* aliterar.
ALLITERATION [əlitə'reiʃən], *s* aliteração.
ALL-MAINS ['ɔ:l'meinz], *a.* adaptável a qualquer voltagem (rádio).
ALLOCATE ['ælokeit], *v.* colocar; fixar; repartir; distribuir.
ALLOCATION [ælo'keiʃən], *s.* colocação; pagamento. *allocation of funds,* (econ.) distribuição de verbas, dotações orçamentárias.
ALLOCUTION [ælo'kju:ʃən], *s.* alocução.
ALLODIAL [ə'loudiəl], *a.* alodial.
ALLOPATH ['ælopæθ], *V.* **ALLOPATHIST.**
ALLOPATHIC [ælo'pæθik], *a.* alopático.
ALLOPATHIST [ə'lɔpəθist], *s.* alopata.
ALLOPATHY [ə'lɔpəθi], *s.* alopatia.
ALLOT [ə'lɔt], *v.* distribuir, repartir, adjudicar.
ALLOTMENT [ə'lɔtmənt], *s.* lote, parte, porção de terra, quinhão; distribuição, repartição; dotação, aquinhoamento; pensão dada à família de um soldado durante a guerra. # *allotment of pay,* (mil.) orçamento de despesa.
ALLOTROPIC [ælo'trɔpik], *a.* alotrópico.
ALLOTTEE [ælo'ti:], *s.* cessionário.
ALLOW [ə'lau], *v.* permitir, conceder, autorizar; tolerar, consentir, deixar; bonificar; (E.U.) declarar, afirmar; (Ingl. dial.) supor.
ALLOWABLE [ə'lauəbl], *a.* admissível, tolerável, permitido, lícito.
ALLOWANCE [ə'lauəns], *s.* concessão; verba de representação; pensão; ração, subsídio; bonificação; desconto; lambujem, vantagem (jogo, aposta); (maq.) tolerância (de montagem). # *allowance account,* (mil.) conta de subsídio. *clothing allowance,* (mil.) abono de fardamento. *daily allowance,* diária. *to make allowance for,* dar um desconto, levar em consideração. *to make allowances for,* desculpar.
ALLOY [ə'lɔi], *s.* liga metálica; mistura; quilate. *v.* ligar metais; misturar.
ALL-PERVADING ['ɔ:lpə:'veidiŋ], *a.* impregnante.
ALL RIGHT ['ɔ:l'rait], *adv.* bem; está bem; perfeitamente.
ALL ROUND ['ɔlraund], *a.* em redor (col.).
ALL SAINTS' DAY ['ɔ:l'seintsdei], *s.* Dia de Todos os Santos.
ALL SOULS' DAY ['ɔ:l'soulzdei], *s.* Dia de Finados.
ALLSPICE ['ɔ:lspais], *s.* pimenta-da-jamaica.
ALLUDE [ə'lu:d, ə'lju:d], *v.* aludir, insinuar, referir.
ALLURE [ə'ljuə], *v.* afagar, agradar, atrair, aliciar, engodar, seduzir; tentar.
ALLUREMENT [ə'ljuəmənt], *s.* afago, agrado, engodo, sedução, tentação.
ALLURING [ə'ljuəriŋ], *a.* atraente, atrativo, sedutor; tentador.
ALLUSION [ə'lu:ʒən], *s.* alusão, referência; insinuação.
ALLUSIVE [ə'lu:siv], *a.* alusivo.
ALLUVIAL [ə'lu:viəl], *a.* aluvial, de aluvião.
ALLUVION [ə'lu:viən], *s.* aluvião; inundação, enchente de águas; cheia.
ALLY ['ælai, ə'lai]. *s.* aliado, confederado; parente; amigo.
ALLY [ə'lai], *v.* concordar; aliar-se, confederar-

-se; unir-se; aparentar-se (por meio de casamento).

ALMANAC ['ɔ:lmənæk], *s.* almanaque, calendário.

ALMIGHTINESS [ɔ:l'maitinis], *s.* onipotência.

ALMIGHTY [ɔ:l'maiti], *a.* onipotente, todo-poderoso. *The Almighty,* Deus, o Todo-Poderoso, o Onipotente.

ALMOND [ɑ:mənd], *s.* amêndoa. # *almonds of the throat,* amígdalas.

ALMONER ['ælmənə], *s.* esmoler.

ALMOST ['ɔ:lmoust], *adv.* quase.

ALMS [ɑ:mz], *s.* esmola. # *live on the alms basket,* viver da caridade pública.

ALMSHOUSE ['ɑ:mzhaus], *s.* asilo de pobres, asilo de desamparados, asilo de mendicidade.

ALOE ['ælou], *s.* (bot.) aloés; babosa. # *bitter as aloe,* amargo como fel.

ALOFT [ə'lɔft], *adv.* em cima, no alto; para cima.

ALONE [ə'loun], *a.* só, isolado, solitário, único. *adv.* somente.

ALONG [ə'lɔŋ], *adv.* e *prep.* ao longo de; adiante; com, em companhia de.

ALONGSHORE [ə'lɔŋ'ʃɔ:], *adv.* ao longo da praia, pela praia.

ALONGSIDE [ə'lɔŋ'said], *prep.* e *adv.* ao lado; junto a; lado a lado. # *free alongside,* (com.) posto ao costado.

ALOOF [ə'lu:f], *adv.* a distância, ao longe, longe. *a.* distante, afastado.

ALOOFNESS [ə'lu:fnis], *s.* separação; distância.

ALOUD [ə'laud], *adv.* alto; em voz alta.

ALPACA [æl'pækə], *s.* alpaca.

ALPENSTOCK ['ælpənstɔk], *s.* bordão de alpinista.

ALPESTRIAN [æl'pestriən], *a.* alpestre, alpino.

ALPHA ['ælfə], *s.* alfa; princípio, começo.

ALPHABET ['ælfəbit], *s.* alfabeto, abecedário.

ALPHABETIC [ælfə'betik], *a.* alfabético.

ALPHABETIZE (ISE) ['ælfəbətaiz], *v.* alfabetar, dispor em ordem alfabética.

ALPINE ['ælpain], *a.* alpino, alpestre; alto.

ALPINIST ['ælpinist], *s.* alpinista.

ALREADY [ɔ:l'redi], *adv.* já; presentemente, agora mesmo.

ALSO ['ɔ:lsou], *adv.* também; igualmente, do mesmo modo; além disso.

ALT [ælt], *a.* (mús.) agudo, alto.

ALTAR ['ɔ:ltə], *s.* altar.

ALTAR-PIECE ['ɔ:ltəpi:s], *s.* retábulo.

ALTER ['ɔ:ltə], *v.* alterar, modificar, mudar, transformar, modificar-se.

ALTERATION [ɔ:ltə'reiʃən], *s.* alteração, mudança, modificação; inovação.

ALTERCATE ['ɔ:ltə:keit], *v.* altercar, discutir, disputar.

ALTERCATION [ɔ:ltə:'keiʃən], *s.* altercação, disputa, contenda.

ALTERNATE ['ɔ:ltə:neit], *v.* alternar, revezar.

ALTERNATE ['ɔ:ltə:nit], *a.* alternado, alternativo. *s.* (E.U.) substituto = (Ing.) *substitute.*

ALTERNATION [ɔ:ltə:'neiʃən], *s.* alternação; turno, revezamento.

ALTERNATIVE [ɔ:l'tə:nətiv], *s.* alternativa. *a.* alternativo.

ALTERNING ['ɔ:ltəniŋ], *s.* alternação; ação de alternar.

ALTHOUGH, ALTHO [ɔ:l'ðou], *conj.* ainda que, não obstante, bem que, posto que, embora.

ALTIMETER [æl'timitə], *s.* altímetro.

ALTIMETRY [æl'timitri], *s.* altimetria.

ALTITUDE ['æltitju:d], *s.* altitude, altura, elevação; cume; dignidade, honra.

ALTOGETHER [ɔ:ltə'geðə], *adv.* juntamente; totalmente, inteiramente; ao todo, conjuntamente.

ALTRUISM ['æltruizm], *s.* altruísmo.

ALTRUIST ['æltruist], *s.* altruísta.

ALTRUISTIC [æltru'istik], *a.* altruísta, altruístico.

ALUM ['æləm], *s.* alume; pedra-ume.

ALUMINA [ə'lju:minə], *s.* óxido de alumínio, alumina.

ALUMINIUM [ælju'minjəm], (E.U.) **ALUMINUM** [ə'lu:minəm], *s.* alumínio.

ALUMINOUS [ə'lju:minəs], *a.* aluminoso, aluminífero.

ALUMNUS [ə'lʌmnəs], *pl.* **ALUMNI,** *s.* pessoa diplomada por uma universidade; antigo estudante de universidade, ex-aluno.

ALVEOLAR ['ælviələ, æl'viələ], *a.* alveolar.

ALVEOLE ['ælvioul], *s.* alvéolo, célula, pequena cavidade.

ALVEOLUS ['ælviələs], *s.* alvéolo.

ALWAYS ['ɔ:lwəz, 'ɔ:lweiz], *adv.* sempre; constantemente; continuamente.

A.M. ['ei'em], abr. de *antemeridiem,* antes do meio-dia.

AMAIN [ə'mein], *adv.* (poes.) com veemência, vigorosamente; repentinamente; velozmente.

AMALGAM [ə'mælgəm], *s.* amálgama; mistura.

AMALGAMATE [ə'mælgəmeit], *v.* amalgamar; misturar, combinar, fundir; misturar-se, fundir-se, unir-se.

AMALGAMATION [əmælgə'meiʃən], *s.* amalgamação, amalgamamento; fusão, união; mistura, combinação; (E.U.) mistura racial de brancos e negros.

AMANUENSES [əmænju'ensi:z], *pl.* de **AMANUENSIS.**

AMANUENSIS [əmænju'ensis], *s.* amanuense; *pl.* **AMANUENSES.**

AMASS [ə'mæs], *v.* amontoar; acumular, juntar. *s.* montão, acúmulo.

AMATEUR ['æmətə:], *s.* amador; aficionado; diletante; conhecedor.

AMATEURISH [æmə'tə:riʃ], *a.* superficial, fraco, malfeito.

AMAUROSIS [æmɔ:'rousis], *s.* amaurose.

AMAZE [ə'meiz], *v.* espantar, assombrar, deixar atônito; aterrar. *s.* espanto, assombro.

AMAZEMENT [ə'meizmənt], *s.* espanto, assombro, estupefação.

AMAZING [ə'meiziŋ], *a.* espantoso, estupendo, admirável, maravilhoso.

AMAZON ['æməzən], *s.* amazona; guerreira; virago.

AMAZONIAN [æmə'zounjən], *a.* amazônico.

AMBASSADOR [æm'bæsədə], *s.* embaixador.

AMBASSADORIAL [æmbæsə'dɔ:riəl], *s.* relativo ao embaixador.

AMBASSADRESS [æm'bæsədris], *s.* embaixatriz.

AMBER ['æmbə], *s.* e *a.* âmbar.

AMBIDEXTER ['æmbi'dekstə], *s.* ambidestro; hipócrita.

AMBIDEXTERITY ['æmbideks'teriti], *s.* ambidestreza; hipocrisia.

AMBIDEXTROUS ['æmbi'dekstrəs], *a.* ambidestro; hipócrita.

AMBIENT ['æmbiənt], *a.* ambiente, circundante.

AMBIGUITY [æmbi'gjuiti], *s.* ambigüidade; incerteza; dubiedade.

AMBIGUOUS [æm'bigjuəs], *s.* ambíguo, incerto, dúbio, equívoco.

AMBIGUOUSNESS [æm'bigjuesnis], *s.* ambigüidade.

AMBIT ['ambit], *s.* âmbito, circunferência, contorno, periferia; recinto.

AMBITION [æm'biʃən], *s.* ambição; aspiração, desejo; cobiça. # *upon ambition,* por ambição.

AMBITIOUS [æm'biʃəs], *a.* ambicioso; pretensioso.

AMBIVALENCE ['æmbi'veiləns], *s.* ambivalência.

AMBIVERT ['æmbivə:t], *s.* (psic.) pessoa que não é extrovertida nem introvertida, pessoa sintônica.

AMBLE ['æmbl], *s.* esquipação, passo lento (de cavalo). *v.* andar a passo lento (cavalo).

AMBROSIA [æm'brouziə], *s.* ambrosia.

AMBULANCE ['æmbjuləns], *s.* ambulância; hospital de campanha. # *ambulance chaser* (E.U.), angariador de processos de indenização por acidente, advogado de porta de xadrez.

AMBULATORY ['æmbjulətəri], *a.* ambulatório, ambulante. *s.* lugar para passeio.

AMBUSCADE [æmbəs'keid], *s.* emboscada, cilada, tocaia. *v.* atacar de emboscada.

AMBUSH ['æmbuʃ], *s.* emboscada, cilada, tocaia. *v.* atacar de emboscada.

AMEBA [ə'mi:bə], *s. V.* **AMOEBA.**

AMELIORATE [ə'mi:liəreit], *v.* melhorar, aperfeiçoar; aperfeiçoar-se.

AMELIORATION [əmi:liə'reiʃən], *s.* melhoramento, aperfeiçoamento.

AMENABLE [ə'mi:nəbl], *a.* responsável, sujeito a; dócil, submisso, tratável.

AMEND [ə'mend], *v.* emendar, corrigir, consertar, reformar, melhorar; emendar-se, corrigir-se, reformar-se.

AMENDMENT [ə'mendmənt], *s.* correção, emenda (lei ou projeto).

AMENDS [ə'mendz], *s.* recompensa; indenização; reparação.

AMENITY [ə'mi:niti], *s.* amenidade; brandura; docilidade; suavidade.

AMERICA [ə'merikə], *s.* América; Estados Unidos.

AMERICAN [ə'merikən], *a.* e *s.* americano; norte-americano.

AMERICANISM [ə'merikənizm], *s.* americanismo.

AMERICANIZE (ISE) [ə'merikənaiz], *v.* americanizar.

AMERINDIAN [æme'rindjən], *s.* ameríndio, índio americano.

AMETHYST ['æmiθist], *s.* ametista.

AMIABILITY [eimiə'biliti], *s.* amabilidade, afabilidade.

AMIABLE ['eimiəbl], *a.* amável, afável, agradável.

AMIANTHUS [æmi'ænθəs], *s.* amianto.

AMICABILITY [æmikə'biliti], *s.* amizade, afeto; cordialidade.

AMICABLE ['æmikəbl], *a.* amigável, cordial.

AMID [ə'mid], *V.* **AMIDST.**

AMIDE ['æmaid], *s.* (quím.) amida.

AMIDSHIP [ə'midʃip], *adv.* (náut.) a meia-nau.

AMIDST [ə'midst], *prep.* entre, no meio de, cercado de, misturado com.

AMISS [ə'mis], *a.* errado; inoportuno. *adv.* mal, erradamente, impropriamente, fora do lugar. # *take amiss,* levar a mal.

AMITY ['æmiti], *s.* amizade.

AMMETER ['æmitə], *s.* (eletr.) amperômetro.

AMMO ['æmou], (mil.) abrev. de **AMMUNITION.**

AMMONIA [ə'mounjə], *s.* amônia.

AMMONIAC [ə'mounjæk], *s.* amoníaco. *a.* amoniacal.

AMMONIACAL [æmo'naiəkəl], *a.* amoniacal.

AMMONIUM [ə'mounjəm], *s.* amônio.

AMMUNITION [æmju'niʃən], *s.* munição; provisões.

AMNESIA [æm'ni:ziə], *s.* amnésia.

AMNESTY ['æmnesti], *s.* anistia.

AMOEBA [ə'mi:bə], *s.* ameba.

AMOK [ə'mɔk], *s.* fúria assassina, desejo de matar a todos. # *run amok* (ou *amuck*), agir desesperadamente; querer matar todo o mundo.

AMONG [ə'mʌŋ], *prep.* entre; no meio de; misturado com; dentro.

AMONGST [ə'mʌŋst, ə'mʌŋkst], *V.* **AMONG.**

AMOROUS ['æmərəs], *a.* amoroso; terno; apaixonado, enamorado.

AMORPHISM [ə'mɔ:fizm], *s.* amorfismo, amorfia, deformidade.

AMORPHOUS [ə'mɔ:fəs], *a.* amorfo, informe; anômalo.

AMORTIZATION [əmɔ:ti'zeiʃən], *s.* amortização.

AMORTIZE [ə'mɔ:taiz], *v.* amortizar.

AMOUNT [ə'maunt], *s.* quantia, soma, importância, importe total. *v.* importar em, subir, atingir, elevar-se.

AMOUR [ə'muə], *s.* amor, namoro; aventura amorosa, amor ilícito.

AMPÈRE ['æmpεə], *s.* ampère.

AMPHIBIAN [æm'fibiən], *s.* e *a.* anfíbio.

AMPHIBIOUS [æm'fibiəs], *a.* anfíbio.

AMPHIBOLE ['æmfiboul], *s.* (min.) anfibólio.

AMPHITHEATRE ['æmfiθiətə], *s.* anfiteatro.

AMPHORA ['æmfərə], *s.* ânfora.

AMPLE ['æmpl], *a.* amplo, espaçoso, extenso, grande; abundante.

AMPLENESS ['æmplnis], *s.* amplitude, amplidão; espaço; extensão; abundância.

AMPLIFICATION [æmplifi'keiʃən], *s.* ampliação; extensão; desenvolvimento.

AMPLIFIED ['æmplifaid], *pp.* e *a.* ampliado, amplificado.

AMPLIFIER ['æmplifaiə], *s.* ampliador, amplificador.

AMPLIFY ['æmplifai], *v.* ampliar; amplificar; aumentar, alargar, desenvolver, estender, dilatar.

AMPLITUDE ['æmplitju:d], *s.* amplitude, extensão; dilatação; abundância; grandeza; suntuosidade, magnificência.

AMPLY ['æmpli], *adv.* amplamente.

AMPOULE ['æmpu:l], *s.* ampola.

AMPUTATE ['æmpjuteit], *v.* amputar.

AMPUTATION [æmpju'teiʃən], *s.* amputação.

AMUCK [ə'mʌk], *V.* **AMOK.**

AMULET ['æmjulit], *s.* amuleto, talismã.

AMUSE [ə'mju:z], *v.* divertir, distrair, recrear, entreter; enganar.
AMUSEMENT [ə'mju:zmənt], *s.* divertimento, passatempo, entretenimento, distração, recreação. # *by way of amusement,* por passatempo.
AMUSING [ə'mju:ziŋ], *a.* divertido, agradável, engraçado.
AMYGDALA [ə'migdələ], *s.* amígdala.
AMYL ['æmil], *s.* amido, amilo.
AN [æn, ən, n], *art. indef.* um, uma. *V.* **A.**
ANACHRONISM [ə'nækrənizm], *s.* anacronismo.
ANACHRONOUS [ə'nækrənəs], *a.* anacrônico.
ANACONDA [ænə'kɔndə], *s.* anaconda.
ANAEMIA [ə'ni:miə], *s.* anemia.
ANAEMIC [ə'ni:mik], *a.* anêmico.
ANAESTHESIA [ænis'θi:ziə], *s.* anestesia.
ANAESTHETIC [ænis'θetik], *s.* e *a.* anestésico.
ANAESTHETIST [æ'ni:sθətist], *s.* anestesista.
ANAESTHETIZE [æ'ni:sθitaiz], *v.* anestesiar.
ANAGRAM ['ænəgræm], *s.* anagrama.
ANAGRAMMATIC [ænəgrə'mætik], *a.* anagramático.
ANAL ['əinəl], *a.* anal.
ANALECTS ['ænəlekts], *s.* antologia; analecto.
ANALGESIA [ænæl'dʒi:ziə], *s.* analgesia.
ANALGESIC [ænæl'dʒesik, ænæl'dʒi:sik], *a.* analgésico.
ANALOGIC (AL) [ænə'lɔdʒik, əl], *a.* analógico.
ANALOGIST [ə'nælədʒist], *s.* analogista.
ANALOGOUS [ə'næləgəs], *a.* análogo. # *analogous to* ou *with,* análogo a.
ANALOGY [ə'nælədʒi], *s.* analogia.
ANALYSABLE ['ænəlaizəbl], *a.* analisável.
ANALYSE ['ænəlaiz], *v.* analisar; dividir; separar.
ANALYSES [ə'næləsi:z], *pl.* de **ANALYSIS.**
ANALYSIS [ə'næləsis], *s.* análise; divisão; separação; *pl.* **ANALYSES.**
ANALYST ['ænəlist], *s.* analista.
ANALYTIC [ænə'litik], *a.* analítico.
ANANAS [ə'nɑ:nəs], *s.* ananás.
ANARCHIC (AL) [æ'nɑ:kik, əl], *a.* anárquico.
ANARCHISM ['ænəkizm], *s.* anarquismo.
ANARCHIST ['ænəkist], *s.* anarquista.
ANARCHY ['ænəki], *s.* anarquia; confusão; balbúrdia, desordem.
ANATHEMA [ə'næθimə], *s.* anátema, excomunhão.
ANATOMIC [ænə'tɔmik], *a.* anatômico.
ANATOMIST [ə'nætəmist], *s.* anatomista.
ANATOMIZE (ISE) [ə'nætəmaiz], *v.* anatomizar; dissecar.
ANATOMY [ə'nætəmi], *s.* anatomia; dissecação.
ANCESTOR ['ænsistə], *s.* antepassado, ancestral, avoengo, ascendente, progenitor. *fem.* **ANCESTRESS.**
ANCESTRAL [æn'sestrəl], *a.* ancestral; hereditário.
ANCESTRESS ['ænsistris], *s.* feminino de **ANCESTOR.**
ANCESTRY ['ænsistri], *s.* linhagem, ascendência, estirpe, raça.
ANCHOR ['æŋkə], *s.* âncora. *v.* ancorar. # *be* (ou *ride) at anchor,* estar fundeado. *cast anchor, drop anchor,* ancorar. *weigh anchor,* levantar ferros, zarpar.
ANCHORAGE ['æŋkəridʒ], *s.* ancoragem; ancoradouro; direito que se paga para ancorar.
ANCHOR BOLT ['æŋkəboult], *s.* cavilha de fixação da âncora.
ANCHOVY [æn'tʃouvi], *s.* (ict.) anchova, enchova.
ANCIENT ['einʃənt], *a.* antigo, velho. *s.* velho, ancião.
ANCIENTS ['əinʃənts], *s.* antepassados; os povos da antigüidade, os antigos.
AND [ænd], *conj.* e. # *and so forth, and so on,* e assim por diante.
ANDIRON ['ændaiən], *s.* cão (de lareira).
ANDROGYNOUS [ən'drɔdʒinəs], *s.* andrógino.
ANECDOTE ['ænikdout, 'ænekdout], *s.* anedota.
ANECDOTIC [ænek'dɔtik, ænik'dɔtik], *s.* anedótico.
ANELECTRIC [æni'lektrik], *a.* analétrico.
ANEMIA [ə'ni:miə], *V.* **ANAEMIA.**
ANEMOMETER [æni'mɔmitə], *s.* anemômetro.
ANESTHESIA, *V.* **ANAESTHESIA.**
ANEURISM ['ænjurizm], *s.* aneurisma.
ANEW [ə'nju:], *adv.* de novo, outra vez, novamente.
ANGEL ['eindʒəl], *s.* anjo, (gír.) o financiador de uma aventura comercial.
ANGELIC, AL [æn'dʒelik, əl], *a.* angélico, angelical.
ANGELICA [æn'dʒelikə], *s.* angélica.

ANGELUS, ES ['ændʒiləs, iz], *s.* Angelus.

ANGER ['æŋgə], *s.* cólera, ira; raiva; aborrecimento, desgosto; inflamação. *v.* irritar, encolerizar, enfurecer, enraivecer; agastar; enfadar; inflamar.

ANGINA [æn'dʒainə], *s.* angina.

ANGLE ['æŋgl], *s.* ângulo. *v.* pescar de anzol; (impr.) deturpar os fatos em uma reportagem. # *angle iron,* (mec.) cantoneira.

ANGLER ['æŋglə], *s.* pescador de anzol.

ANGLES ['æŋglz], *s. pl.* Anglos.

ANGLICAN ['æŋglikən], *s.* e *a.* anglicano.

ANGLICANISM ['æŋglikənizm], *s.* anglicanismo.

ANGLICISM ['æŋglisizm], *s.* anglicismo.

ANGLICIST ['æŋglisist], *s.* anglicista.

ANGLICIZE (ISE) ['æŋglisaiz], *v.* anglicizar, inglesar.

ANGLING ['æŋgliŋ], *s.* pesca de anzol.

ANGLISTICS [æŋ'glistiks], *s.* o estudo da filologia inglesa.

ANGLO-AMERICAN ['æŋglouə'merikən], *s.* e *a* anglo-americano.

ANGLOMANIA ['æŋglou'meiniə], *s.* anglomania.

ANGLO-NORMAN ['æŋglou'nɔ:mən], *s.* e *a.* anglo-normando.

ANGLOPHILE ['æŋgloufail], *s.* e *a.* anglófilo.

ANGLOPHOBE ['æŋgloufoub], *s.* e *a.* anglófobo.

ANGLOPHOBIA [æŋglou'foubiə], *s.* anglofobia.

ANGLO-SAXON ['æŋglou'sæksən], *s.* anglo-saxão. *a.* anglo-saxônio.

ANGRILY ['æŋgrili], *adv.* colericamente, raivosamente, iradamente.

ANGRINESS ['æŋgrinis], *s.* cólera, raiva, ira; aborrecimento.

ANGRY ['æŋgri], *a.* enraivecido, irado, colérico, aborrecido, zangado. # *angry about* ou *at (something),* zangado por. *angry at* ou *with (someone),* zangado com.

ANGUISH ['æŋgwiʃ], *s.* angústia, aflição, ânsia; dor.

ANGUISHED ['æŋgwiʃt], *a.* angustiado, aflito, atormentado.

ANGULAR ['æŋgjulə], *a.* angular.

ANGULARITY [æŋgju'læriti], *s.* angularidade.

ANHYDRIDE [æn'haidraid], *s.* anidrido (= anídrido).

ANHYDROUS [æn'haidrəs], *a.* anidro, anídrico.

ANIL ['ænil], *s.* anil.

ANILINE ['ænilain], *s.* anilina.

ANIMAL ['æniməl], *s.* e *a.* animal.

ANIMALCULE [æni'mælkju:l], *s.* animálculo, animal microscópico.

ANIMALISM ['æniməlizm], *s.* animalismo; sensualidade.

ANIMATE ['ænimit], *a.* animado, corajoso, vivo, vigoroso, brioso.

ANIMATE ['ænimeit], *v.* animar, alentar, encorajar.

ANIMATED ['ænimeitid], *pret.* e *pp.* de **ANIMATE** e *a.* animado. # *animated cartoon,* desenho animado.

ANIMATION [æni'meiʃən], *s.* animação. # *suspended animation,* morte aparente.

ANIMISM ['ænimizm], *s.* animismo.

ANIMOSITY [æni'mɔsiti], *s.* animosidade, aversão, ódio, ressentimento, prevenção; ousadia. # *animosity against,* animosidade contra.

ANISE ['ænis], *s.* anis, erva-doce.

ANISETTE [æni'zet], *s.* aniseta, licor de anis.

ANKLE ['æŋkl], *s.* artelho, tornozelo.

ANKLET ['æŋklit], *s.* tornozeleira.

ANKYLOSIS [æŋ'kilousis], *s.* (med.) ancilose.

ANNALIST ['ænəlist], *s.* cronista, analista.

ANNALS ['ænəlz], *s.* anais; crônicas.

ANNEAL [ə'ni:l], *v.* (met.) destemperar; temperar.

ANNEX ['æneks], *s.* anexo, aditamento; dependência; edifício anexo, um puxado = (E.U.) *extension.*

ANNEX [ə'neks], *v.* anexar, juntar, incorporar.

ANNEXATION [ænək'seiʃən], *s.* anexação, incorporação; união.

ANNIHILATE [ə'naiəleit], *v.* aniquilar, destruir, eliminar.

ANNIHILATION [ənaiə'leiʃən], *s.* aniquilação, aniquilamento, destruição, extermínio.

ANNIVERSARY [æni'və:səri], *s.* aniversário. *a.* anual.

ANNOTATE ['ænouteit], *v.* anotar, notar, observar, comentar.

ANNOTATION [ænou'teiʃən], *s.* anotação; apontamentos, observação.

ANNOTATOR ['ænouteitə], *s.* anotador, comentador.

ANNOUNCE [ə'nauns], *v.* anunciar; publicar; proclamar; apregoar judicialmente.

ANNOUNCEMENT [ə'naunsmənt], *s.* anúncio; aviso; proclamação, comunicação. # *personal announcements,* notas sociais.

ANNOUNCER [ə'naunsə], *s.* anunciador; anunciante; locutor (rádio).

ANNOY [ə'nɔi], *v.* aborrecer, incomodar, molestar, importunar, contrariar; vexar.

ANNOYANCE [ə'nɔiəns], *s.* aborrecimento, contrariedade, incômodo; prejuízo.

ANNOYING [ə'nɔiŋ], *a.* importuno, aborrecido, incômodo; vexatório.

ANNUAL ['ænjuəl], *a.* anual. *s.* anuário; planta anual.

ANNUALLY ['ænjuəli], *adv.* anualmente.

ANNUITY [ə'njuiti], *s.* anuidade.

ANNUL [ə'nʌl], *v.* anular; abolir, rescindir, invalidar, cassar, cancelar.

ANNULAR ['ænjulə], *a.* anular, anulado.

ANNULMENT [ə'nʌlmənt], *s.* anulação; rescisão, cancelamento, cassação.

ANODE ['ænoud], *s.* anódio.

ANODYNE ['ænodain], *a.* anódino.

ANOINT [ə'nɔint], *v.* ungir; consagrar; untar.

ANOINTMENT [ə'nɔintmənt], *s.* unção, consagração.

ANOMALOUS [ə'nɔmələs], *a.* anômalo.

ANOMALY [ə'nɔməli], *s.* anomalia, irregularidade.

ANON [ə'nɔn], *adv.* imediatamente, em seguida, logo, em breve. # *ever and anon,* freqüentemente.

ANONYM ['ænənim], *s.* anônimo.

ANONYMITY [ænə'nimiti], *s.* anonimidade, anonímia.

ANONYMOUS [ə'nɔniməs], *a.* anônimo.

ANOTHER [ə'nʌðə], *a.* e *pron.* outro, outra, mais um, mais uma, um outro, uma outra.

ANOXIA [æ'nɔksiə], *s.* (med.) anoxia, insuficiência de oxigênio.

ANSWER ['ɑ:nsə], *s.* resposta, contestação, réplica. *v.* responder, refutar, replicar; convir; comparecer.

ANSWERABLE ['ɑ:nsərəbl], *a.* responsável; correspondente, equivalente, conforme; refutável.

ANSWERER ['ɑ:nsərə], *s.* respondedor; fiador.

ANT [ænt], *s.* formiga.

ANTACID ['ænt'æsid], *s.* e *a.* antiácido.

ANTAGONISM [æn'tægənizm], *s.* antagonismo; oposição; rivalidade.

ANTAGONIST [æn'tægənist], *s.* antagonista, contendor.

ANTAGONISTIC [æntægə'nistik], *a.* antagônico, contrário.

ANTAGONIZE [æn'tægənaiz], *v.* opor-se a; neutralizar; contrariar.

ANTARCTIC [æn'tɑ:ktik], *a.* antártico.

ANTE ['ænti], *pref.* antes, precedente.

ANT-EATER ['ænt-i:tə], *s.* tamanduá.

ANTECEDENCE [ænti'si:dəns], *s.* antecedência, precedência.

ANTECEDENT [ænti'si:dənt], *s.* e *a.* antecedente, precedente.

ANTECESSOR [ænti'sesə], *s.* antecessor, predecessor.

ANTECHAMBER ['æntitʃeimbə], *s.* antecâmara.

ANTEDATE ['ænti'deit], *v.* antedatar. *s.* antedata.

ANTEDILUVIAN ['æntidi'lu:viən], *a.* e *s.* antediluviano.

ANTELOPE ['æntiloup], *s.* antílope.

ANTEMERIDIAN ['æntimə'ridiən], *s.* antemeridiano.

ANTENNA [æn'tenə], *pl.* **ANTENNAE,** antena.

ANTEPENULT ['æntipi'nʌlt], *s.* (gram.) antepenúltima sílaba.

ANTEPENULTIMATE ['æntipi'nʌltimit], *a.* antepenúltimo.

ANTERIOR [æn'tiəriə], *a.* anterior, precedente.

ANTEROOM ['æntirum], *s.* ante-sala.

ANTHEM ['ænθəm], *s.* antífona, canção, cântico, hino.

ANTHER ['ænθə], *s.* (bot.) antera.

ANTHILL ['ænthil], *s.* formigueiro.

ANTHOLOGY [æn'θɔlədʒi], *s.* antologia.

ANTHRACITE ['ænθrəsait], *s.* antracito.

ANTHRAX ['ænθræks], *s.* antraz.

ANTHROPOGRAPHY [ænθrə'pɔgrəfi], *s.* antropografia.

ANTHROPOID ['ænθrəpɔid], *s.* e *a.* antropóide.

ANTHROPOIDAL [ænθrə'pɔidl], *a.* antropóide.

ANTHROPOLOGIC [ænθrəpə'lɔdʒik], *a.* antropológico.

ANTHROPOLOGIST [ænθrə'pɔlədʒist], *s.* antropologista.

ANTHROPOLOGY [ænθrə'pɔlədʒi], *s.* antropologia.

ANTHROPOPHAGUS [ænθrə'pɔfəgəs], *a.* antropófago.

ANTHROPOPHAGY [ænθrə'pɔfədʒi], *s.* antropofagia.

ANTI ['ænti], prefixo, que indica oposição, negação.

ANTI-AIRCRAFT ['ænti'ɛəkra:ft], *a.* antiaéreo, contra aviões.

ANTIBIOTIC [æntibai'ɔtik], *s.* e *a.* antibiótico.

ANTIBODY ['æntibɔdi], *s.* anticorpo.

ANTIC ['æntik], *a.* ridículo, grotesco, extravagante. *s.* bobo; farsante; bobice; travessura, traquinada; antiqualha. *pl.* artimanhas; excentricidades; trejeitos. *v.* praticar atos ridículos.

ANTICHRIST ['æntikraist], *s.* Anticristo.

ANTICHRISTIAN ['ænti'kristjən], *s.* e *a.* anticristão.

ANTICIPATE [æn'tisipeit], *v.* antegozar; antecipar; preceder; prever; prevenir; adiantar; antecipar-se, impedir.

ANTICIPATION [æntisi'peiʃən], *s.* antecipação; prelibação; expectativa.

ANTICIPATIVE [æn'tisipeitiv], *a.* V. **ANTICIPATORY.**

ANTICIPATORY [æn'tisipeitəri], *a.* antecipador; antecipado; previdente; preventivo; auspicioso.

ANTICLIMAX [ænti'klaimæks], *s.* (ret.) anticlímax.

ANTICLINE ['æntiklain], *s.* (geol.) anticlino, anticlinal.

ANTIDOTAL ['æntidoutl], *a.* antidotal.

ANTIDOTE ['æntidout], *s.* antídoto; contraveneno.

ANTIFEBRILE ['ænti'fi:brail], *a.* antifebril.

ANTIMONIC [ænti'mɔnik], *a.* antimônico.

ANTIMONY ['æntiməni], *s.* antimônio.

ANTINOMIC, AL [ænti'nɔmik, əl], *a.* antinômico.

ANTINOMY [æn'tinəmi], *s.* antinomia, antinomismo; contradição.

ANTIPATHY [æn'tipəθi], *s.* antipatia.

ANTIPODES [æn'tipədi:z], *s. pl.* antípodas.

ANTIPOPE ['æntipoup], *s.* antipapa.

ANTIPYRETIC ['æntipai'retik], *s.* antipirético.

ANTIPYRIN [ænti'paiərin], *s.* antipirina.

ANTIQUARIAN [ænti'kwɛəriən], *s.* e *a.* antiquário.

ANTIQUATED ['æntikweitid], *a.* antiquado, antigo, arcaico, fora de moda, obsoleto.

ANTIQUE [æn'ti:k], *s.* objeto de arte antigo; antiqualha. *a.* antigo.

ANTIQUENESS [æn'ti:knis], *s.* antigüidade.

ANTIQUITY [æn'tikwiti], *s.* antigüidade. # *antiquities,* as obras dos antigos. *high antiquity,* remota antigüidade.

ANTISCORBUTIC ['æntiskɔ:'bju:tik], *s.* antiescorbútico.

ANTISEPTIC [ænti'septik], *s.* e *a.* antisséptico.

ANTISOCIAL ['ænti'souʃəl], *a.* anti-social.

ANTITHESIS [æn'tiθisis], s. antítese; oposição.

ANTITHETIC [ænti'θetik], *a.* antitético.

ANTITOXIC ['ænti'tɔksik], *a.* antitóxico.

ANTITOXIN (E) ['ænti'tɔksin], *s.* antitoxina; contraveneno.

ANTITRUST [ænti'trʌst], *s.* antitruste.

ANTLER ['æntlə], *s.* galhada do veado.

ANT-LION ['ænt-laiən], *s.* formiga-leão.

ANTONYM ['æntənim], *s.* antônimo.

ANTRE ['æntə], *s.* antro; caverna; cavidade.

ANUS ['einəs], *s.* ânus.

ANVIL ['ænvil], *s.* bigorna. # *stock of an anvil,* cepo da bigorna.

ANXIETY [æŋ'zaieti, æŋg'zaiəti], *s.* ansiedade; angústia; inquietação; importância.

ANXIOUS ['æŋkʃəs], *a.* ansioso, inquieto, impaciente; angustiado, preocupado; desejoso; penoso.

ANXIOUSLY ['æŋkʃəsli], *adv.* ansiosamente.

ANY ['eni], *a.* e *pron.* algum, alguma, alguns, algumas; qualquer, qualquer que, seja qual for; quaisquer.

ANYBODY ['enibɔdi], *pron.* alguém; qualquer pessoa; toda a gente.

ANYHOW ['enihau], *adv.* de qualquer modo; como quer que seja.

ANYONE ['eniwʌn], *pron.* alguém; qualquer pessoa.

ANYTHING ['eniθiŋ], *pron.* alguma coisa; qualquer coisa; tudo. # *anything but that,* tudo menos isso.

ANYWAY ['eniwei], *adv.* seja o que for; de qualquer modo.

ANYWHERE ['eniwεə], *adv.* em qualquer lugar; em qualquer parte; em lugar nenhum; em parte alguma.

ANYWISE ['eniwaiz], *adv.* de qualquer modo; de alguma maneira.

AORIST ['εərist], *s.* aoristo.

AORTA [ei'ɔ:tə], *s.* aorta.

APACE [ə'peis], *adv.* ligeiramente, rapidamente, apressadamente, depressa.

APART [ə'pɑ:t], *adv.* à parte, de parte, separadamente.

APARTMENT [ə'pɑ:tmənt], *s.* aposento (geralmente no plural); (E.U.) apartamento = (Ing.) *flat. apartment house* (E.U.), casa de apartamentos = (Ing.) *flats, block of flats.*

APARTNESS [ə'pɑ:tnis], *s.* separação; isolamento.

APATHETIC, AL [æpə'θetik, əl], *a.* apático, passivo, indiferente, desinteressado, insensível, indolente.

APATHY ['æpəθi], *s.* apatia, indiferença, passividade, indolência.

APE [eip], *s.* macaco; imitador; tolo. *v.* imitar, arremedar, macaquear.

APEAK [ə'pi:k], *adv.* (mar.) quase a pique.

APERIENT [ə'piəriənt], *s.* e *a.* aperitivo; (med.) laxativo, purgativo.

APERITIVE [ə'peritiv], *s.* aperitivo.

APERTURE ['æpətjuə], *s.* abertura, orifício, fenda, fresta; (fot.) diafragma.

APERY ['eipəri], *s.* macaquice.

APEX ['eipeks], *s.* ápice, cume, topo, vértice. *pl.* **APEXES** ou **APICES.**

APEXES ['eipeksiz], *s. pl.* de **APEX.**

APHASIA [æ'feisiə], *s.* afasia.

APHONIC [æ'fɔnik], *a.* afônico.

APHONY ['æfəni], *s.* afonia.

APHORISM ['æfərizm], *s.* aforismo; máxima; sentença.

APHORIST ['æfərist], *s.* aforista.

APHORISTIC [æfə'ristik], *a.* aforístico.

APHRODISIAC [æfro'diziæk], *s.* e *a.* afrodisíaco.

APHTHA ['æfθə], *s.* afta.

APIARIAN [eipi'εəriən], *s.* apiário.

APIARIST ['eipiərist], *s.* apicultor.

APIARY ['eipiəri], *s.* apiário, colmeal.

APICES ['eipisi:z], *pl.* de *apex.*

APIECE [ə'pi:s], *adv.* por cada um; por pessoa, por cabeça, por peça, por parte.

APISH ['eipiʃ], *a.* macaqueador, imitador, ridículo.

APISHNESS ['eipiʃnis], *s.* arremedo; macaquice, momice.

APOCALYPSE [ə'pɔkəlips], *s.* apocalipse, revelação.

APOCALYPTIC [ə'pɔkə'liptik], *a.* apocalíptico.

APOCOPATE [ə'pɔkəpit], *a.* apocopado.

APOCOPATE [ə'pɔkəpeit], *v.* apocopar, fazer apócope.

APOCOPE [ə'pɔkəpi], *s.* apócope.

APOCRYPHA [ə'pɔkrifə], *s.* livros apócrifos.

APOCRYPHAL [ə'pɔkrifəl], *a.* apócrifo.

APOD ['æpɔd], *a.* e *s.* ápode.

APOGEE ['æpodʒi:], *s.* apogeu, auge.

APOLOGETIC, AL [əpɔlə'dʒetik, əl], *a.* apologético.

APOLOGETICS [əpɔlə'dʒetiks], *s.* apologética.

APOLOGIST [ə'pɔlədʒist], *s.* apologista, defensor.

APOLOGIZE (ISE) [ə'pɔlədʒaiz], *v.* pedir desculpas, desculpar-se.

APOLOGIZER [ə'pɔlədʒaizə], *s.* o que se desculpa.

APOLOGUE ['æpəlɔg], *s.* apólogo, fábula.

APOLOGY [ə'pɔlədʒi], *s.* desculpa; defesa, explicação, justificação, escusa. # *a hasty apology for,* um arremedo de.

APOPLECTIC [æpə'plektik], *a.* apoplético.

APOPLEXY ['æpəpleksi], *s.* apoplexia.

APOSTASY [ə'pɔstəsi], *s.* apostasia.

APOSTATE [ə'pɔstit], *s.* apóstata.

APOSTIL [ə'pɔstil], *s.* apostila.

APOSTLE [ə'pɔsl], *s.* apóstolo.

APOSTLESHIP [ə'pɔslʃip], *s.* apostolado.

APOSTOLATE [ə'pɔstəlit], *s.* apostolado.

APOSTOLIC [æpəs'tɔlik], *a.* apostólico.

APOSTROPHE [ə'pɔstrəfi], *s.* apóstrofe; apóstrofo.

APOSTROPHISE (ISE) [ə'pɔstrəfaiz], *v.* apostrofar, interpelar; apostrofar, usar o apóstrofo.

APOTHECARY [ə'pɔθikəri], *s.* boticário, farmacêutico.

APOTHEOSES [əpɔθi'ousi:z], *pl.* de **APOTHEOSIS.**

APOTHEOSIS [əpɔθi'ousis], *s.* apoteose, *pl.* **APOTHEOSES.**

APPAL [ə'pɔ:l], *v.* atemorizar, aterrar, apavorar; espantar; desanimar.

APPALLING [ə'pɔ:liŋ], *a.* espantoso, aterrador, pavoroso, horroroso.

APPANAGE ['æpənidʒ], *s.* apanágio, atributo.

APPARATUS [æpə'reitəs], *s.* aparelho; apetrechos (= petrechos), instrumento; aparato. *pl.* **APPARATUSES, APPARATUS.** # *apparatus for coffee preparation,* máquina para fazer café. *apparatus for water control,* medidor de água.

APPARATUSES [æpə'reitəsiz], *pl.* de **APPARATUS.**

APPAREL [ə'pærəl], *v.* vestir, ornamentar, ornar. *s.* roupa, traje, vestuário, vestido; enfeites. # *wearing apparel,* artigos de vestuário.

APPARENT [ə'pærənt], *a.* aparente, visível, claro, evidente, certo.

APPARENTLY [ə'pærəntli], *adv.* aparentemente; pelo que se vê; segundo parece; evidentemente, certamente.

APPARITION [æpə'riʃən], *s.* aparição; visão.

APPEAL [ə'pi:l], *s.* apelo; apelação, petição, súplica, recurso; atração. *v.* apelar, recorrer; pedir auxílio; clamar. # *appeal for,* solicitar. *appeal to,* apelar para. *Court of Appeal,* Corte de Apelação. *give notice of appeal,* apelar. *sex appeal,* atração sexual.

APPEALER [ə'pi:lə], *s.* apelante.

APPEAR [ə'piə], *v.* aparecer, comparecer; parecer; assemelhar-se.

APPEARANCE [ə'piərens], *s.* aparência, aspecto, fisionomia, semblante; aparição; comparecimento. # *keep up appearances,* salvar as aparências.

APPEASABLE [ə'pi:zəbl], *a.* aplacável, conciliável.

APPEASE [ə'pi:z], *v.* aplacar, apaziguar, pacificar, conciliar; acalmar; mitigar.

APPEASING [ə'pi:ziŋ], *a.* pacificador; calmante.

APPELLANT [ə'pelənt], *s.* apelante.

APPELLATION [æpə'leiʃən], *s.* apelação judicial; nome, denominação.

APPELLATIVE [ə'pelətiv], *s.* apelativo. *a.* apelativo; comum.

APPELLEE [æpə'li:], *s.* apelado, réu.

APPEND [ə'pend], *v.* juntar, anexar, acrescentar; pendurar; atar.

APPENDAGE [ə'pendidʒ], *s.* apêndice, aditamento.

APPENDICES [ə'pendisi:z], *pl.* de **APPENDIX.**

APPENDICITIS [əpendi'saitis], *s.* apendicite.

APPENDIX [ə'pendiks], *s.* apêndice, aditamento, aditação, acessório. *pl.* **APPENDICES** ou **APPENDIXES.**

APPENDIXES [ə'pendiksiz], *pl.* de **APPENDIX.**

APPERTAIN [æpə'tein], *v.* pertencer; ser apropriado para.

APPETENCE, CY ['æpitəns, si], *s.* apetência, apetite; desejo, afinidade, inclinação.

APPETITE ['æpitait], *s.* apetite, desejo.

APPETIZE ['æpitaiz], *v.* abrir o apetite.

APPETIZER ['æpitaizə], *s.* aperitivo.

APPETIZING ['æpitaiziŋ], *a.* apetecível, apetitoso.

APPLAUD [ə'plɔ:d], *v.* aplaudir, dar palmas, bater palmas, louvar, aprovar, elogiar.

APPLAUDER [ə'plɔ:də], *s.* aplaudidor.

APPLAUSE [ə'plɔ:z], *s.* aplauso, aclamação; louvor; aprovação.

APPLAUSIVE [ə'plɔ:siv], *a.* laudatório, laudativo, lisonjeiro, aplausível.

APPLE ['æpl], *s.* maçã. # *apple of discord,* pomo de discórdia. *the apple of one's eye,* a menina dos olhos, pessoa ou coisa querida. *upset the apple-cart,* transtornar os planos, entornar o caldo.

APPLE-PIE ['æpl'pai], *s.* torta de maçãs. # *in apple-pie order,* em perfeita ordem. *make an apple-pie bed,* fazer cama rocambole (brincadeira de colegiais).

APPLE-SAUCE ['æpl'sɔ:s], *s.* molho de maçã; (E.U. gír.) tolices.

APPLIANCE [ə'plaiəns], *s.* ferramenta, utensílio, instrumento; aplicação; meio para conseguir um fim; (eletr.) acessório.

APPLICABILITY [æplikə'biliti], *s.* aplicabilidade.

APPLICABLE ['æplikəbl], *a.* aplicável.

APPLICANT ['æplikənt], *s.* pretendente, suplicante, postulante.

APPLICATION [æpli'keiʃən], *s.* aplicação; súplica, solicitação; pedido de inscrição; petição, requerimento. # *application form,* formulário para pedido de emprego.

APPLIED [ə'plaid], *a.* aplicado; adotado, empregado.

APPLY [ə'plai], *v.* aplicar; administrar; adotar. # *apply for,* procurar; solicitar; candidatar-se a. *apply to,* referir-se a; dirigir-se a; aplicar sobre.

APPOINT [ə'pɔint], *v.* nomear, designar; fixar; marcar.

APPOINTEE [əpɔin'ti:], *s.* pessoa nomeada ou designada para um cargo.

APPOINTMENT [ə'pɔintment], *s.* nomeação, indicação, designação; convênio, acordo; encontro marcado; *pl.* equipagem.

APPORTION [ə'pɔ:ʃən], *v.* fazer partilha, partilhar, repartir, distribuir.

APPORTIONMENT [ə'pɔ:ʃənmənt], *s.* partilha, divisão proporcional; rateio.

APPOSITE ['æpəzit], *a.* adaptado, adequado, apto, apropriado; pertinente; apósito.

APPOSITION [æpə'ziʃən], *s.* aposição, justaposição, adição.

APPRAISABLE [ə'preizəbl], *a.* apreciável, estimável.

APPRAISAL [ə'preizəl], *s.* avaliação.

APPRAISE [ə'preiz], *v.* apreciar, avaliar.

APPRAISEMENT [ə'preizmənt], *s.* vistoria.

APPRAISER [ə'preizə], *s.* (jur.) avaliador profissional; (E.U.) conferente de alfândega.

APPRECIABLE [ə'pri:ʃəbl], *a.* apreciável, estimável; estimado; notável; sensível.

APPRECIATE [ə'pri:ʃieit], *v.* apreciar, estimar; avaliar; encarecer, dar valor, valorizar.

APPRECIATION [əpri:ʃi'eiʃən], *s.* apreciação; avaliação; apreço; estimativa; encarecimento.

APPRECIATIVE [ə'pri:ʃiətiv], *a.* apreciativo, apreciável.

APPREHEND [æpri'hend], *v.* apreender, compreender; tomar, agarrar; imaginar; supor; perceber.

APPREHENSIBILITY ['æprihensi'biliti], *s.* apreensibilidade.

APPREHENSIBLE [æpri'hensəbl], *a.* compreensível, concebível; apreensível.

APPREHENSION [æpri'henʃən], *s.* apreensão, compreensão, concepção; noção; cuidado, receio, temor.

APPREHENSIVE [æpri'hensiv], *a* apreensivo, tímido, receoso; inteligente, perspicaz.

APPRENTICE [ə'prentis], *s.* aprendiz, principiante; noviço. *v.* pôr como aprendiz.

APPRENTICESHIP [ə'prentisʃip], *s.* aprendizagem (= aprendizado); noviciado.

APPRISE [ə'praiz], *v.* avisar, informar, prevenir; avaliar.

APPROACH [ə'proutʃ], *s.* aproximação, acesso, entrada; chegada. *v.* aproximar, aconchegar, juntar; aproximar-se, chegar-se; ser parecido com.

APPROACHABLE [ə'proutʃəbl], *a.* acessível.

APPROBATE ['æprobeit], *v.* aprovar, validar, sancionar.

APPROBATION [æprə'beiʃən], *s.* aprovação, aplauso; aceitação; sanção.

APPROPRIATE [ə'proupriit], *a.* apropriado; apto, conveniente, oportuno. *appropriate for (person or thing),* apropriado para, próprio para. *appropriate to (occasion, situation, etc.)* próprio para.

APPROPRIATE [ə'prouprieit], *v.* apropriar, destinar, adaptar; apropriar-se; (jur.) usurpar; (E.U.) votar ou conceder verba (no Congresso).

APPROPRIATION [əproupri'eiʃən], *s.* apropriação, posse, atribuição; (E.U.) verba orçamentária; (jur.) alienação.

APPROVAL [ə'pru:vəl], *s.* aprovação, adesão; acordo; sanção.

APPROVE [ə'pru:v], *v.* aprovar, consentir; sancionar; reconhecer. *approve of,* aprovar, concordar em.

APPROVER [ə'pru:və], *s.* aprovador, o que aprova ou sanciona; examinador.

APPROVING [ə'pru:viŋ], *a.* aprovativo.

APPROXIMATE [ə'prɔksimit], *a.* próximo, aproximado, semelhante.

APPROXIMATE [ə'prɔksimeit], *v.* aproximar; aproximar-se.

APPROXIMATELY [ə'prɔksimitli], *adv.* aproximadamente.

APPROXIMATION [əprɔksi'meiʃən], *s.* aproximação.

APPROXIMATIVE [ə'prɔksimətiv], *a.* aproximativo, aproximado.

APPURTENANCE [ə'pə:tinəns], *s.* pertence, acessório.

APRICOT ['əiprikɔt], *s.* damasco.

APRIL ['əiprəl, 'eipril, 'eiprl], *s.* abril. # *april fool,* alvo de brincadeira de 1.º de abril, vítima de 1.º de abril. *April Fool's Day,* dia de 1.º de abril.

APRON ['eiprən], *s.* avental; (com.) formulário anexo a uma fatura; (av.) área cimentada em aeródromo.

APROPOS ['æprəpou], *adv.* a propósito.

APSE [æps], *s.* (arq. e astron.) abside.

APT [æpt], *a.* apto, idôneo, capaz; competente; próprio, apropriado; (E.U.) inclinado a, tendente, com probabilidade de.

APTITUDE ['æptitju:d], *s.* aptidão, tendência, capacidade, disposição, facilidade.

APTNESS ['æptnis], *s.* aptidão, disposição.

AQUA-CELESTIS ['ækwəsi'lestis], *s.* (quím.) álcool retificado.

AQUA-FORTIS ['ækwə'fɔ:tis], *s.* água-forte, ácido nítrico.

AQUA-LUNG ['ækwə'lʌŋ], *s.* pulmão aquático (aparelho usado por mergulhadores).

AQUAMARINE [ækwəmə'ri:n], *s.* água-marinha. *a.* verde-azulado.

AQUA-REGIA ['ækwə'ri:dʒjə], *s.* (quím.) água-régia.

AQUARIUM [ə'kwɛəriəm], *s.* aquário.

AQUATIC [ə'kwætik], *a.* aquático. *s.* planta ou animal aquático.

AQUA-VITAE ['ækwə'vaiti:], *s.* aguardente; álcool não retificado.

AQUEDUCT ['ækwidʌkt], *s.* aqueduto.

AQUEOUS ['eikwiəs, 'ækwiəs], *a.* aquoso.

AQUILINE ['ækwilain], *a.* aquilino, próprio da águia; recurvo como o bico da águia.

ARAB ['ærəb], *s.* e *a.* árabe. # *Arab of the gutter,* garoto de rua, moleque = *street Arab.*

ARABESQUE [ærə'besk], *s.* e *a.* arabesco, ornado com arabescos.

ARABIA [ə'reibjə], *s.* Arábia.

ARABIAN [ə'reibjən], *s.* árabe.

ARABIC ['ærebik], *s.* língua árabe. *a.* arábico.

ARABLE ['ærəbl], *a.* arável, cultivável.

ARACHNID [ə'ræknid], *s.* aracnídeo, espécime dos Aracnídeos.

ARACHNIDA [ə'ræknidə], *s.* Aracnídeos.

ARACHNOID [ə'ræknɔid], *s.* aracnóide (membrana). *a.* aracnóide (relativo aos aracnídeos).

ARAEOMETER [æri'ɔmitə], *s.* areômetro.

ARAEOMETRY [æri'ɔmitri], *s.* areometria.

ARBITER ['ɑ:bitə], *s.* árbitro.

ARBITRAGE ['ɑ:bitridʒ], *s.* arbitragem; (com.) arbitragem de câmbio.

ARBITRAMENT [ɑ:'bitrəmənt], s. arbitramento.

ARBITRARINESS ['ɑ:bitrərinis], *s.* arbitrariedade, despotismo.

ARBITRARY ['ɑ:bitrəri], *a.* arbitrário, despótico; absoluto.

ARBITRATE ['ɑ:bitreit], *v.* arbitrar, decidir.

ARBITRATION [ɑ:bi'treiʃən], *s.* arbitragem.

ARBITRATOR ['ɑ:bitreitə], *s.* árbitro, arbitrador, medianeiro.

ARBITRESS ['ɑ:bitris], *s.* arbitradora, medianeira.

ARBOR ['ɑ:bɔ:], *s.* árvore.

ARBOR ['ɑ:bə], *s.* eixo de máquina ou de carro; árvore genealógica; mandril. *arbor press,* (mec.) prensa para eixo.

ARBORESCENCE [ɑ:bə'resns], *s.* arborescência.

ARBORESCENT [ɑ:bə'resnt], *a.* arborescente.

ARBORICULTURE ['ɑ:bərikʌltʃə], *s.* arboricultura.

ARBORIZATION [ɑ:bəri'zeiʃən], *s.* arborização.

ARBO(U)R ['ɑ:bə], *s.* caramanchão.

ARC [ɑ:k], *s.* arco do círculo, segmento; (eletr.) arco voltaico. # *arc lamp,* lâmpada a arco voltaico.

ARCADE [ɑ:'keid], *s.* arcada, galeria, abóbada, arco.

ARCH [ɑ:tʃ], s. arco, abóbada. *v.* arquear, abo-

badar. *a.* astuto, esperto, ladino. *pref.* principal; chefe; o superior; o pior; o melhor.
ARCHAEOLOGICAL [ɑ:kiə'lɔdʒikəl], *a.* arqueológico.
ARCHAEOLOGIST [ɑ:ki'ɔlədʒist], *s.* arqueólogo, arqueologista.
ARCHAEOLOGY [ɑ:ki'ɔlədʒi], *s.* arqueologia.
ARCHAIC [ɑ:'keiik], *a.* arcaico.
ARCHAISM ['ɑ:keiizm], *s.* arcaísmo.
ARCHANGEL ['ɑ:keindʒəl], *s.* arcanjo.
ARCHBISHOP ['ɑ:tʃ'biʃəp], *s.* arcebispo.
ARCHBISHOPRIC [ɑ:tʃ'biʃəprik], *s.* arcebispado.
ARCHDEACON ['ɑ:tʃ'di:kən], *s.* arcediago, arquidiácono.
ARCHDEACONRY [ɑ:tʃ'di:kənri], *s.* arcediago, arquidiaconato.
ARCHDIOCESE ['ɑ:tʃ'daiəsis], *s.* arquidiocese.
ARCHDUCHESS ['ɑtʃ'dʌtʃis], *s.* arquiduquesa.
ARCHDUCHY ['ɑ:tʃ'dʌtʃi], *s.* arquiducado.
ARCHDUKE ['ɑ:tʃ'dju:k], *s.* arquiduque.
ARCHDUKEDOM [ɑ:tʃ'dju:kdəm], *s.* arquiducado.
ARCHED [ɑ:tʃt], *a.* arcado, arqueado.
ARCHEOLOGICAL [ɑ:kiə'lɔdʒikal], *a.* *V.* **ARCHAEOLOGICAL.**
ARCHEOLOGIST [ɑ:ki'ɔlədʒist], *s.* *V.* **ARCHAEOLOGIST.**
ARCHEOLOGY [ɑ:ki'ɔlədʒi], *s.* *V.* **ARCHAEOLOGY.**
ARCHER ['ɑ:tʃə], *s.* arqueiro, besteiro.
ARCHERY ['ɑ:tʃəri], *s.* arte de atirar setas com a besta.
ARCHETYPE ['ɑ:kitaip], *s.* arquétipo.
ARCHIEPISCOPACY [ɑ:kii'piskəpsi], *s.* arcebispado.
ARCHIEPISCOPAL [ɑ:kii'piskəpəl], *a.* arquiepiscopal.
ARCHIEPISCOPATE [ɑ:kii'piskəpeit], *s.* arcebispado.
ARCHIL ['ɑ:kil], *s.* (bot.) urzela.
ARCHING ['ɑ:tʃiŋ], *a.* arqueado, curvado. *s.* curvatura.
ARCHIPELAGO [ɑ:ki'peligou], *s.* arquipélago.
ARCHITECT ['ɑ:kitekt], *s.* arquiteto.
ARCHITECTURAL [ɑ:ki'tektʃərəl], *a.* arquitetural.
ARCHITECTURE ['ɑ:kitektʃə], *s.* **arquitetura.**
ARCHITRAVE ['ɑ:kitreiv], *s.* **arquitrave, viga-mestra.**
ARCHIVE ['ɑ:kaiv], *s.* **arquivo.**
ARCHIVIST ['ɑ:kivist], *s.* arquivista.
ARCHON ['ɑ:kən], *s.* arconte.
ARCHWAY ['ɑ:tʃwei], *s.* **passagem abobadada,** arcada.
ARCHWISE ['ɑ:tʃwaiz], *adv.* em arco.
ARCTIC ['ɑ:ktik], *a.* ártico, setentrional; (E.U.) sapato de borracha e pano, usado sobre outro sapato quando há neve.
ARDENCY ['ɑ:dənsi], *s.* **ardência, calor, ardor;** ânsia.
ARDENT ['ɑ:dənt], *a.* ardente, veemente; fogoso; apaixonado.
ARDO(U)R ['ɑ:də], *s.* ardor, calor, veemência; paixão; fervor; zelo.
ARDUOUS ['ɑ:djuəs], *s.* árduo, difícil, penoso; laborioso; escabroso.
ARE [ɑ:], *pl.* do *ind.* de **BE.**
ARE [ɑ:], *s.* are.
AREA ['ɛəriə], *s.* área, superfície; zona, região, extensão. # *dead area,* (rád.) área de silêncio.
AREAL ['ɛəriəl], *a.* relativo ou pertencente a uma área.
ARENA [ə'ri:nə], *s.* arena.
ARENACEOUS [æri'neiʃəs], *a.* (geol.) arenáceo.
AREN'T [ɑ:nt], contração de *are not.*
AREOMETER [æri'ɔmitə], *s.* areômetro.
AREOMETRY [æri'ɔmitri], *s.* areometria.
ARGENT ['ɑ:dʒənt], *s.* prata; cor branca da prata. *a.* prateado.
ARGENTINE ['ɑ:dʒəntain], *s.* argentão. *a.* argênteo.
ARGENTINE ['ɑ:dʒəntain, 'ɑ:dʒənti:n], *s.* e *a.* argentino (da Argentina).
ARGENTINEAN [ɑ:dʒən'tinjən], *s.* e *a.* argentino (da Argentina).
ARGIL ['ɑ:dʒil], *s.* argila.
ARGOSY ['ɑ:gəsi], *s.* navio mercante; frota de navios mercantes.
ARGUE ['ɑ:gju:], *v.* argumentar; debater; discutir; disputar; discorrer; advogar. # *argue about,* discutir sobre, argumentar sobre. *argue against* ou *for (something),* argumentar contra ou a favor. *argue with* (a person), discutir com, debater.

ARGUER ['ɑ:gjuə], *s.* argumentador.
ARGUMENT ['ɑ:gjumənt], *s.* argumento; discussão; debate; tese; alegação.
ARGUMENTATION [ɑ:gjumən'teiʃən], *s.* argumentação; raciocínio.
ARGUMENTATIVE [ɑ:gju'mentətiv], *a.* argumentativo; lógico.
ARGUS ['ɑ:gəs], *s.* argos.
ARIA ['ɑ:riə, 'ɛəriə], *s.* (mús.) ária.
ARIANISM ['ɛəriənizm], *s.* arianismo.
ARID ['ærid], *a.* árido; estéril; seco.
ARIDITY [æ'riditi], *s.* aridez.
ARIGHT [ə'rait], *adv.* bem, acertadamente, propriamente.
ARISE [ə'raiz], *pret.* **AROSE**, *pp.* **ARISEN.** *v.* subir, surgir, originar, aparecer; levantar-se; elevar-se; apresentar-se.
ARISEN [ə'rizn], *pp.* de **ARISE.**
ARISTOCRACY [æris'tɔkrəsi], *s.* aristocracia.
ARISTOCRAT ['æristəkræt], *s.* aristocrata.
ARISTOCRATIC [əristə'krætik], *a.* aristocrático.
ARITHMETIC [æriθ'metik], *a.* aritmético.
ARITHMETIC [ə'riθmətik], *s.* aritmética.
ARITHMETICIAN [əriθmə'tiʃən], *s.* aritmético, perito em aritmética.
ARK [ɑ:k], *s.* arca; Arca de Noé.
ARM [ɑ:m], *s.* arma, *v.* armar(-se). # *carry arms,* andar armado. *pile arms!,* ensarilhar armas! *present arms!,* apresentar armas! *small arms,* armas portáteis. *to take up arms,* pegar em armas. *throw down the arms,* depor as armas.
ARM [ɑ:m], *s.* braço; ramo de árvore; braço de mar. # *arm in arm,* de braços dados. *keep one at arm's length,* manter alguém a distância. *with open arms,* de braços abertos. *arm waver,* político profissional.
ARMADA [ɑ:'mɑ:də], *s.* armada, marinha de guerra.
ARMADILLO [ɑ:mə'dilou], *s.* tatu. # *giant armadillo,* tatu-canastra.
ARMAMENT ['ɑ:məmənt], *s.* armamento.
ARMATURE ['ɑ:mətjuə], *s.* armadura; armamento; (biol.) garras; (eletr.) induzido.
ARMCHAIR ['ɑ:m'tʃɛə], *s.* cadeira de braço; poltrona.
ARMFUL ['ɑ:mful], *s.* braçada.
ARMHOLE ['ɑ:mhoul], *s.* cava de roupa; axila.
ARMIGER ['ɑmidʒə], *s.* armígero, escudeiro.
ARMISTICE ['ɑmistis], *s.* armistício.
ARMLESS ['ɑ:mlis], *a.* desarmado; sem braços.
ARMLET ['ɑ:mlit], *s.* bracelete; pulseira.
ARMORIAL [ɑ:'mɔ:riəl], *s.* heráldico.
ARMO(U)R ['ɑ:mə], *s.* armadura; cobertura de animais ou plantas; insígnia heráldica; brasões, blindagem. # *armour plate,* chapas de ferro ou aço (para blindagem).
ARMOURED ['ɑ:məd], *s.* blindado.
ARMOURER ['ɑ:mərə], *s.* armeiro, fabricante de armas.
ARMO(U)R-PLATE ['ɑ:mə-pleit], *s.* couraça, chapa de aço ou ferro.
ARMO(U)R-PLATED ['ɑ:mə-pleitid], *a.* encouraçado, blindado.
ARMO(U)RY ['ɑ:məri], *s.* arsenal, armaria, depósito ou sala de armas; (E.U.) fábrica de armas = (Ing.) *gun factory* ou *gun foundry.*
ARMO(U)RY ['ɑ:məri], *s.* heráldica; armaria; fábrica de armas.
ARMPIT ['ɑ:mpit], *s.* axila, sovaco.
ARMY ['ɑ:mi], *s.* exército; multidão. # *army contractor,* fornecedor do exército.
ARNICA ['ɑ:nike], *s.* arnica.
AROMA [ə'roumə], *s.* aroma.
AROMATIC [æro'mætik], *s.* e *a.* aromático.
AROSE [ə'rouz], *pret.* de **ARISE.**
AROUND [ə'raund], *adv.* e *prep.* em volta, em redor, ao redor de, em torno de.
AROUSE [ə'rauz], *v.* despertar, acordar; excitar, estimular, animar; sacudir.
ARRAIGN [ə'rein], *v.* processar; acusar publicamente.
ARRAIGNER [ə'reinə], *s.* acusador num processo.
ARRAIGNMENT [ə'reinment], *s.* (jur.) processo; acusação; denúncia, citação.
ARRANGE [ə'reindʒ], *v.* arranjar, dispor, ordenar, organizar; fazer preparativos; juntar-se.
ARRANGEMENT [ə'reindʒmənt], *s.* arranjo, disposição, acomodação; classificação; adaptação; preparativo.
ARRANT ['ærənt], *a.* notório, consumado; péssimo, vergonhoso, perverso.
ARRAS ['ærəs], *s.* tapeçaria.
ARRAY [ə'rei], *s.* ordem, disposição, colocação;

vestido, ornato, atavio. *v.* ordenar, armar; vestir; ornar, guarnecer.

ARREAR [ə'riə], *s.* retaguarda; atraso; *pl.* atrasados (dívidas). *adv.* em atraso.

ARREARAGE [ə'riəridʒ], *s.* atrasos.

ARREST [ə'rest], *s.* prisão; embargo; interrupção; ordem; sentença. *v.* prender; apreender; embargar; interromper; chamar a atenção.

ARRESTER [ə'restə], *s.* aparelho usado para limpar chaminé de navio = (E.U.) *cottrell.*

ARRESTING [ə'restiŋ], *a.* espantoso, assombroso; notável.

ARRIVAL [ə'raivəl], *s.* chegada, vinda.

ARRIVE [ə'raiv], *v.* chegar, arribar; conseguir; alcançar; acontecer, suceder.

ARROGANCE, CY ['ærəgəns], *s.* arrogância; insolência, altivez, empáfia.

ARROGANT ['ærəgənt], *a.* arrogante.

ARROW ['ærou], *s.* flecha, seta.

ARROW-HEAD ['ærouhed], *s.* ponta de flecha.

ARROWROOT ['ærəru:t], *s.* araruta.

ARROWY ['ærouі], *a.* em forma de seta.

ARSENAL ['ɑ:sinəl], *s.* arsenal.

ARSENATE ['ɑ:sinit], *s.* arseniato.

ARSENIC ['ɑ:snik], *s.* arsênico.

ARSENIC, AL [ɑ:'senik,əl], *a.* arseniado, arsenical.

ARSENIOUS [ɑ:'siniəs], *a.* arsenioso.

ARSENITE [ɑ:'sinait], *s.* arsenito.

ARSON ['ɑ:sən], *s.* (jur.) incêndio culposo.

ART [ɑ:t], *s.* arte; habilidade; ofício; astúcia, manha. # *art director,* diretor artístico. *art (stock* ou *coated) paper,* papel couché. *manual arts,* trabalhos manuais.

ART [ɑ:t], 2.ª *pess. sing. ind.* de **BE.**

ARTERIAL [ɑ:'tiəriəl], *a.* arterial.

ARTERIO-SCLEROSIS [ɑ:'tiəriou-skliə'rousis], *s.* arteriosclerose.

ARTERITIS [ɑ:tə'raits], *s.* arterite.

ARTERY ['ɑ:təri], *s.* artéria.

ARTESIAN [ɑ:'tizjən], *a.* artesiano.

ARTFUL ['ɑ:tful], *a.* astucioso, engenhoso, ardiloso, artificioso.

ARTFULNESS ['ɑ:tfulnis], *s.* astúcia; engenho, habilidade; artifício; malícia.

ARTHRITIC [ə:'θritik], *s.* e *a.* artrítico.

ARTHRITIS [ɑ:'θraitis], *s.* artrite, artritismo, gota.

ARTICHOKE ['ɑ:titʃouk], *s.* alcachofra.

ARTICLE ['ɑtikl], *s.* artigo; coisa, objeto; composição literária; *pl.* mercadorias; constituição, regulamento, estatutos. *v.* articular; contratar. # *articles of partnership,* cláusulas do contrato de sociedade. *definit article,* artigo definido. *indefinite article,* artigo indefinido. *leading article,* artigo de fundo. *small articles,* miudezas.

ARTICULAR [ɑ:'tikjulə], *a.* articular.

ARTICULATE [ɑ:'tikjulit], *a.* articulado.

ARTICULATE [ɑ:'tikjuleit], *v.* articular; pronunciar claramente, estipular, convencionar; fazer artigos.

ARTICULATION [ɑ:tikju'leiʃən], *s.* articulação.

ARTIFACT ['ɑ:tifækt], *s.* artefato.

ARTIFICE ['ɑ:tifis], *s.* artifício, engano, dolo, estratagema, ardil; fraude; indústria.

ARTIFICER [ɑ:'tifisə], *s.* artífice, artesão, operário.

ARTIFICIAL [ɑ:ti'fiʃəl], *a.* artificial, falso, fictício, postiço; feito com arte; artificioso.

ARTIFICIALITY [ɑ:tifiʃi'æliti], *s.* artifício; arte; astúcia; aparência.

ARTIFICIALIZE [ɑ:ti'fiʃəlaiz], *v.* artificializar.

ARTILLERIST [ɑ:'tilərist], *s.* artilheiro.

ARTILLERY [ɑ:'tiləri], *s.* artilharia.

ARTISAN [ɑ:ti'zæn], *s.* artesão, artífice, operário.

ARTIST ['ɑ:tist], *s.* artista, que pratica uma das belas-artes.

ARTISTE [ɑ:'tist], *s.* artista (cantor profissional, dançarino, etc.).

ARTISTIC, AL [ɑ:'tistik, əl], *a.* artístico.

ARTISTRY ['ɑ:tistri], *s.* carreira de artista.

ARTLESS ['ɑ:tlis], *a.* natural, sem arte: simples, ingênuo.

ARTSMAN ['ɑ:tsmæn], *s.* versado em alguma arte.

AS [æz], *adv.* e *conj.* igualmente; conforme; à medida que; quanto; enquanto; como. # *as far as,* tanto quanto, até onde. *as it were,* por assim dizer. *as long as,* enquanto; contanto que. *as for, as to,* quanto a. *as soon as,* logo que. *as well,* igualmente. *as yet,* até agora.

ASAFETIDA, ASAFOETIDA [æsə'fetidə], *s.* (bot.) assa-fétida.

ASBESTOS [æz'bestəs], *s.* asbesto, amianto.

ASCEND [ə'send], *v.* ascender, subir; elevar-se.
ASCENDANCE [ə'sendəns], *s.* ascendência, influência, predomínio.
ASCENDANCY [ə'sendənsi], *V.* **ASCENDANCE.**
ASCENDANT, ASCENDENT [ə'sendənt], *s.* ascendente; predomínio; superioridade; poder; elevação. *a.* ascendente; predominante.
ASCENDENCE [ə'sendəns], *V.* **ASCENDANCE.**
ASCENDENCY [ə'sendənsi], *V.* **ASCENDANCE.**
ASCENSION [ə'senʃən], *s.* ascensão, subida.
ASCENSIONAL [ə'senʃənl], *a.* ascensional.
ASCENSION-DAY [ə'senʃəndei], *s.* Dia da Ascensão.
ASCENT [ə'sent], *s.* ascensão, subida; elevação; encosta.
ASCERTAIN [æsə'tein], *v.* averiguar, indagar, verificar.
ASCERTAINABLE [æsə'teinəbl], *a.* averiguável.
ASCERTAINMENT [æsə'teinmənt], *s.* averiguação; determinação.
ASCETIC [ə'setik], *s.* asceta. *a.* ascético.
ASCETICAL [ə'setikel], *a.* ascético.
ASCETICISM [ə'setisizm], *s.* asceticismo.
ASCRIBABLE [əs'kraibəbl], *a.* atribuível, imputável; aplicável.
ASCRIBE [əs'kraib], *v.* atribuir, imputar; aplicar.
ASEPSIS [æ'sepsis], *s.* assepsia.
ASEPTIC [æ'septik], *s.* e *a.* asséptico.
ASEXUAL [æ'seksjuəl], *a.* assexuado, assexual, assexo.
ASH [æʃ], *s.* cinza; freixo; bengala. # *ash blue,* azul de cobalto. *white as ashes,* branco como cera.
ASHAMED [ə'ʃeimd], *a.* envergonhado.
ASH-CAN ['æʃkæn], *s.* (E.U.) lata de lixo = (Ing.) *dustbin.*
ASH-CART ['æʃkɑ:t], *s.* (E.U.) carroça de lixo, caminhão de lixo = (Ing.) *dust-cart.*
ASHEN ['æʃn], *a.* feito de freixo; cinza, cinzento, acinzentado; pálido.
ASH-GRAY ['æʃgrei], *s.* cor de cinza. *a.* cinzento.
ASHLAR ['æʃlə], *s.* silhar, pedra bruta de alvenaria.
ASHMAN ['æʃmæn], *s.* (E.U.) lixeiro = (Ing.) *dustman.*
ASHORE [ə'ʃɔ:], *adv.* em terra. # *to go ashore,* encalhar; dar à costa; vir à tona. *to get ashore,* desembarcar. *to run ashore,* dar à costa, embarrancar.
ASH-PAN ['æʃpæn], *V.* **ASH-TRAY.**
ASH-PIT ['æʃpit], *s.* fosso de limpeza (em estação de estrada de ferro).
ASH-TRAY ['æʃtrei], *s.* cinzeiro.
ASH-WEDNESDAY ['æʃ'wenzdi], *s.* Quarta-feira de Cinzas.
ASHY ['æʃi], *a.* de cinzas; cinzento, pálido, lívido.
ASIA ['eiʃə], *s.* Ásia.
ASIATIC [əiʃi'ætik], *a.* asiático.
ASIDE [ə'said], *adv.* de lado, de parte, à parte. *s.* aparte. # *aside from,* exceto; além de.
ASK [ɑ:sk], *v.* perguntar; pedir; requerer, solicitar; convidar. # *ask about,* indagar sobre. *ask after a person,* perguntar pela saúde de uma pessoa. *ask and you will know,* quem tem boca vai a Roma. *ask for,* pedir. *ask of (ou from) a person,* fazer um pedido a uma pessoa.
ASKANCE [əs'kæns, əs'kɑ:ns], *adv.* de soslaio, de esguelha, obliquamente; com desdém.
ASKEW [əs'kju:], *a.* torto, oblíquo. # *look askew,* olhar desconfiadamente.
ASLANT [ə'slɑ:nt], *adv.* e *prep.* obliquamente; de través, através de, de lado a lado.
ASLEEP [ə'sli:p], a. adormecido. # *fast asleep,* profundamente adormecido. *to fall asleep,* pegar no sono. *sound asleep,* profundamente adormecido.
ASP [æsp], *s.* áspide, víbora; (bot.) faia negra.
ASPARAGUS [əs'pærəgəs], *s.* aspargo, espargo.
ASPECT ['æspekt], *s.* aspecto, aparência; semblante; expressão; posição.
ASPEN ['æspən], *s.* faia negra. *a.* da faia. # *shake like an aspen,* tremer como vara verde.
ASPERGES [æs'pə:dʒi:z], *s.* Asperges.
ASPERITY [æs'periti], *s.* aspereza; rigidez; acrimônia.
ASPERSE [əs'pə:s], *v.* aspergir, borrifar; difamar, caluniar, desmoralizar.
ASPERSION [əs'pə:ʃən], *s.* aspersão; difamação; calúnia; desonra.
ASPHALT ['æsfælt], *s.* asfalto, betume. *v.* asfaltar, betumar.
ASPHALTIC [æs'fæltik], *a.* betuminoso.
ASPHYXIA [æs'fiksiə], *s.* asfixia.

ASPHYXIATE [æs'fiksieit], *v.* asfixiar.
ASPHYXY [æs'fiksi], *V.* **ASPHIXIA.**
ASPIC ['æspik], *s.* alfazema; (poes.) áspide.
ASPIRANT [əs'paiərənt], *s.* aspirante, candidato, pretendente.
ASPIRATE ['æspərit], *s.* sinal diacrítico do grego que indica aspiração; consoante aspirada. *a.* aspirado.
ASPIRATE ['æspəreit], *v.* aspirar, pronunciar com aspiração.
ASPIRATION [æspə'reiʃən], *s.* aspiração, anseio, desejo ardente.
ASPIRATOR ['æspəreitə], *s.* aspirador.
ASPIRE [əs'paiə], *v.* aspirar, ambicionar, pretender.
ASPIRER [əs'paiərə], *s.* aspirante.
ASPIRIN ['æspərin], *s.* aspirina.
ASS [æs], *s.* burro, asno, jumento. # *make an ass of oneself,* fazer papel de bobo.
ASSAIL [ə'seil], *v.* assaltar, atacar, arremeter, investir.
ASSAILABLE [ə'seiləbl], *a.* atacável, que pode ser atacado ou assaltado.
ASSAILANT [ə'seilənt], *s.* e *a.* assaltante.
ASSASSIN [ə'sæsin], *s.* assassino.
ASSASSINATE [ə'sæsineit], *v.* assassinar.
ASSASSINATION [əsæsi'neiʃən], *s.* assassínio, assassinato.
ASSAULT [ə'sɔ:lt], *s.* assalto, ataque, agressão. *v.* assaltar, atacar, agredir; acontecer.
ASSAULTER [ə'sɔ:ltə], *s.* agressor, salteador, assaltante.
ASSAY [ə'sei], *s.* ensaio, prova, verificação; análise. *v.* ensaiar; analisar, examinar. *dry assay,* análise física. *wet assay,* análise química.
ASSAYER [ə'seiə], *s.* ensaiador, analisador, experimentador.
ASSEMBLAGE [ə'semblidʒ], *s.* reunião, assembléia, concílio; ajuntamento; multidão; grupo; (mec.) montagem.
ASSEMBLE [æ'sembl], *v.* reunir, congregar, ajuntar, convocar; (mec.) montar; reunir-se, congregar-se.
ASSEMBLY [ə'sembli], *s.* assembléia, congresso, reunião; (mec.) montagem; (mil.) toque de reunir. # *assembly line,* linha de montagem.
ASSENT [ə'sent], *s.* assentimento, aquiescência. *v.* assentir, consentir.
ASSERT [ə'sə:t], *v.* afirmar, asseverar, manter, sustentar; defender; pretender.
ASSERTABLE [ə'sə:təbl], *a.* sustentável; que pode ser afirmado.
ASSERTION [ə'sə:ʃən], *s.* asserção, afirmação.
ASSERTIVE [ə'sə:tiv], *a.* assertivo, dogmático.
ASSERTOR [ə'sə:tə], *s.* afirmador, defensor.
ASSESS [ə'ses], *v.* taxar, avaliar, tributar.
ASSESSABLE [ə'sesəbl], *a.* sujeito a impostos; tributável.
ASSESSMENT [ə'sesmənt], *s.* cota, contribuição, taxa, tributo, imposto.
ASSESSOR [ə'sesə], *s.* assessor.
ASSET ['æset], *s.* posse; propriedade; *pl.* recurso, habilidade.
ASSETS ['æsets], *s. pl.* (jur.) espólio, herança, bens deixados por morte; o monte; (com.) o ativo duma casa comercial; massa falida; capital. # *assets and liabilities,* (com.) ativo e passivo. *current assets,* (com.) ativo circulante; ativo realizável. *earning assets,* títulos de rendimento. *fixed assets,* (com.) ativo imobilizado, capital fixo. *floating, liquid* ou *quick assets,* (com. e econ.), ativo conversível ao seu valor contábil. *personal assets,* bens móveis. *wasting assets,* bens em desuso; bens irrecuperáveis. *working assets,* capital de giro.
ASSEVERATE [ə'sevəreit], *v.* asseverar, afirmar, garantir; certificar.
ASSEVERATION [əsevə'reiʃən], *s.* asseveração, afirmação, garantia.
ASSIDUITY [æsi'djuiti], *s.* assiduidade; diligência; atenção, aplicação.
ASSIDUOUS [ə'sidjuəs], *a.* assíduo; persistente; atento.
ASSIGN [ə'sain], *s.* cessionário, concessionário. *v.* assinar, determinar, designar, consignar.
ASSIGNABLE [ə'sainəbl], *a.* assinável; transferível.
ASSIGNATION [æsig'neiʃən], *s.* cessão, transferência, traspasse; citação; (jur.) adjudicação, partilha.
ASSIGNEE [æsi'ni:], *s.* cessionário; síndico. # *assignee in bankruptcy,* síndico de massa falida.

[ɔə] - **door;** [uə] - **poor;** [j] - **yes;** [w] - **wet;** [g] - **give;** [h] - **hat;** [s] - **say;** [ŋ] - **king;** [ʃ] - **ship;** [ʒ] - **rouge;** [θ] - **thin;** [ð] - **then;** [tʃ] - **chin;** [dʒ] - **jam.**

ASSIGNER [ə'sainə], *s.* cedente, comitente.

ASSIGNMENT [ə'sainmənt], *s.* cessão, traspasse, transferência de domínio; a propriedade transferida; escritura de transferência; translado; (E.U.) comissão, tarefa, incumbência = (Ing.) *appointment, commission.*

ASSIMILABLE [ə'similəbl], *a.* assimilável.

ASSIMILATE [ə'simileit], *v.* assimilar; assemelhar; assemelhar-se.

ASSIMILATION [əsimi'leiʃən], *s.* assimilação; assemelhação.

ASSIST [ə'sist], *v.* assistir, ajudar, socorrer, auxiliar.

ASSISTANCE [ə'sistəns], *s.* auxílio, assistência, socorro.

ASSISTANT [ə'sistənt], *s.* e *a.* ajudante, auxiliar, assistente; segundo.

ASSISTER [ə'sistə], *s.* assistente, auxiliar.

ASSIZE [ə'saiz], *s.* tribunal ou júri que se reúne periodicamente nos condados da Inglaterra; julgamento. *pl.* sessões de um tribunal.

ASSOCIABLE [ə'souʃəbl], *a.* associável.

ASSOCIATE [ə'souʃiit], *s.* sócio; cúmplice; aliado.

ASSOCIATE [ə'souʃieit], *v.* associar, juntar, ligar; associar-se, juntar-se.

ASSOCIATION [əsousi'eiʃən], *s.* associação; sociedade; companhia. # *association football,* futebol de acordo com a Liga Internacional (11 jogadores). O mesmo que *soccer* ou *socker. V.* **RUGBY.**

ASSOCIATIVE [ə'souʃietiv], *a.* associativo.

ASSONANCE ['æsənəns], *s.* assonância.

ASSONANT ['æsənənt], *a.* assonante, assoante.

ASSORT [ə'sɔ:t], *v.* classificar, ordenar; sortir.

ASSORTED [ə'sɔ:tid], *a.* sortido, variado.

ASSORTMENT [ə'sɔ:tmənt], *s.* classificação; sortimento.

ASSUAGE [ə'sweidʒ], *v.* mitigar, acalmar, abrandar, aliviar.

ASSUAGEMENT [ə'sweidʒmənt], *s.* mitigação, alívio.

ASSUMABLE [ə'sju:məbl], *a.* assuntível.

ASSUME [ə'sju:m], *v.* assumir, arrogar, usurpar; supor, pressupor, presumir; arrogar-se; simular.

ASSUMED [ə'sju:md], *a.* suposto, falso, fingido, pretenso; usurpado.

ASSUMING [ə'sju:miŋ], *a.* pretensioso, arrogante, presumido.

ASSUMPTION [ə'sʌmpʃən], *s.* festa da Assunção de Nossa Senhora.

ASSUMPTION [ə'sʌmpʃən], *s.* suposição; apropriação; arrogância.

ASSUMPTIVE [ə'sʌmptiv], *a.* assuntivo, suposto.

ASSURANCE [ə'ʃuərəns], *s.* segurança, certeza, convicção; firmeza, audácia, arrojo; imprudência; seguro contra riscos.

ASSURE [ə'ʃuə], *v.* assegurar, afirmar; fazer seguro contra riscos.

ASSURED [ə'ʃuəd], *a.* seguro, certo. *s.* segurado.

ASSUREDLY [ə'ʃuəridli], *adv.* seguramente, certamente; sem dúvida.

ASSUREDNESS [ə'ʃuəridnis], *s.* segurança, certeza, confiança.

ASSURER [ə'ʃuərə], *s.* assegurador; segurador.

ASTER ['æstə], *s.* áster.

ASTERISK ['æstərisk], *s.* asterisco. *v.* marcar com asterisco.

ASTERN [əs'tə:n], *adv.* (mar.) à popa, da parte da popa, para a popa, atrás, à ré. # (náut.) *to keep astern,* conservar-se à popa.

ASTEROID ['æstərɔid], *s.* asteróide.

ASTHENIA [æs'θi:niə], *s.* astenia, fraqueza.

ASTHENIC, AL [æs'θənik, əl], *a.* astênico, fraco.

ASTHMA ['æsmə], *s.* asma.

ASTHMATIC, AL [æs'mætik, əl], *a.* asmático.

ASTIGMATIC [æstig'mætik], *a.* astigmático.

ASTIGMATISM [æs'tigmətizm], *s.* astigmatismo.

ASTIR [əs'tə:], *adv.* em movimento, excitadamente; fora da cama. *a.* agitado, ativo.

ASTONISH [əs'tɔniʃ], *v.* espantar, admirar, maravilhar; assombrar, pasmar.

ASTONISHED [əs'tɔniʃt], *a.* admirado, espantado.

ASTONISHING [əs'tɔniʃiŋ], *a.* espantoso, assombroso, admirável. *s.* coisa que causa espanto.

ASTONISHMENT [əs'tɔniʃmənt], *s.* espanto, assombro, admiração, pasmo.

ASTOUND [əs'taund], *v.* aterrar, aturdir; pasmar, surpreender.

ASTOUNDING [əs'taundiŋ], *a.* aterrador.

ASTRADDLE [əs'trædl], *a.* escarranchado.

ASTRAKHAN [æstrə'kæn], *s.* astracã.

ASTRAL ['æstrəl], *a.* astral.

ASTRAND [əs'trænd], *adv.* à margem.

ASTRAY [əs'trei], *adv.* e *a.* desviado, extraviado, em mau caminho, errado, perdido. # *go astray,* extraviar-se. *lead astray,* desencaminhar.

ASTRIDE [əs'traid], *a.* escarranchado.

ASTRINGE [əs'trindʒ], *v.* adstringir, apertar, comprimir.

ASTRINGENCY [əs'trindʒənsi], *s.* adstringência.

ASTRINGENT [əs'trindʒənt], *a.* adstringente, áspero, austero. *s.* adstringente.

ASTROLOGER [əs'trɔlədʒə], *s.* astrólogo.

ASTROLOGIC, AL [æstrə'lɔdʒik, əl], *a.* astrológico.

ASTROLOGY [əs'trɔlədʒi], *s.* astrologia.

ASTROMETER [æs'trɔmitə], *s.* astrômetro.

ASTROMETRY [æs'trɔmitri], *s.* astrometria.

ASTRONOMER [əs'trɔnəmə], *s.* astrônomo.

ASTRONOMIC, AL [æstrə'nɔmik, əl], *a.* astronômico; extraordinário.

ASTRONOMY [əs'trɔnəmi], *s.* astronomia.

ASTUTE [əs'tju:t], *a.* astuto, fino; sagaz, esperto.

ASTUTENESS [əs'tju:tnis], *s.* astúcia, sagacidade, finura.

ASUNDER [ə'sʌndə], *adv.* separadamente; em pedaços. # *strike asunder,* fender.

ASYLUM [ə'sailəm], *s.* asilo, albergue; casa de beneficência; hospício de alienados.

ASYMMETRIC [æsi'metrik], *a.* assimétrico.

ASYMMETRY [æ'simitri], *s.* assimetria; desproporção.

ASYNDETON [æ'sinditən], *s.* assíndeto.

AT [æt], *prep.* em, a, no, na; em casa de; por. # *at all,* de qualquer modo; absolutamente. *at all events,* em qualquer caso. *at best,* no máximo. *at first,* a princípio. *at last,* afinal. *at least,* no mínimo. *at once,* imediatamente. *at one with,* da mesma opinião. *at that,* também; mesmo assim, e por sinal que.

ATABRINE ['ætəbrin], *s.* (farm.) atabrina, atebrina.

ATAVISM ['ætəvizm], *s.* atavismo.

ATAVISTIC [ætə'vistik], *a.* atávico.

ATAXY [ə'tæksi], *s.* ataxia.

ATE [et, eit], *pret.* de **EAT.**

ATHEISM ['eiθiizm], *s.* ateísmo.

ATHEIST ['eiθiist], *s.* ateu.

ATHEISTIC, AL [eiθi'istik, əl], *a.* ateístico, ateu, ateísta.

ATHENIAN [ə'θi:niən], *s.* e *a.* ateniense.

ATHIRST [ə'θə:st], *a.* sedento; ávido.

ATHLETE ['æθli:t], *s.* atleta.

ATHLETIC, AL [æθ'letik, əl], *a.* atlético.

ATHLETICISM [æθ'letisizəm], *s.* atletismo.

ATHLETICS [æθ'letiks], *s.* atlética, atletismo.

ATHWART [ə'θwɔ:t], *adv.* e *prep.* através; obliquamente; contrariamente.

ATLANTIC [ət'læntik], *s.* Atlântico.

ATLAS ['ætləs], *s.* atlas.

ATMOSPHERE ['ætməsfiə], *s.* atmosfera.

ATMOSPHERIC, AL [ætməs'ferik, əl], *a.* atmosférico.

ATOLL [ə'tɔl], *s.* atol.

ATOM ['ætəm], *s.* átomo.

ATOMIC [ə'tɔmik], *a.* atômico.

ATOMICITY [ætə'misiti], *s.* atomicidade.

ATOMISTIC [ætə'mistik], *a.* atomístico, atômico.

ATOMIZATION (ISA) [ætəmai'zeiʃən], *s.* atomização.

ATOMIZE ['ætəmaiz], *v.* reduzir a átomos.

ATOMIZER ['ætəmaizə], *s.* vaporizador.

ATONE [ə'toun], *v.* expiar, purgar; reparar; aplacar.

ATONEMENT [ə'tounment], *s.* reparação, expiação; compensação, sacrifício.

ATONER [ə'tounə], *a.* expiador; reparador.

ATONIC [æ'tɔnik, ə'tɔnik], *s.* e *a.* atônico; fraco, débil.

ATONING [ə'touniŋ], *a.* reparatório, expiatório.

ATOP [ə'tɔp], *prep.* e *adv.* no topo, no cimo de.

ATRIUM ['ɑ:triəm], *s.* átrio.

ATROCIOUS [ə'trouʃəs], *a.* atroz, cruel.

ATROCITY [ə'trɔsiti], *s.* atrocidade.

ATROPHY ['ætrəfi], *s.* atrofia, definhamento. *v.* atrofiar, atrofiar-se, definhar-se; debilitar.

ATROPINE ['ætrəpin], *s.* atropina.

ATTABOY ['ætəbɔi], *int.* (col.) ótimo!

ATTACH [ə'tætʃ], *v.* ligar, atar, prender, juntar, amarrar; atribuir; ganhar; embargar.

ATTACHABLE [ə'tætʃəbl], *a.* que se pode ligar; que se pode unir.

ATTACHÉ [ə'tæʃei], *s.* adido (diplomata).

ATTACHÉ-CASE [ə'tæʃikeis], *s.* pasta para documentos.

ATTACHMENT [ə'tætʃmənt], *s.* amizade, união, afeto, ligação; fidelidade; adesão; (eletr.) ligação; (jur.) embargo; seqüestro, penhora. # (eletr.) *attachment cord,* fio de ligação ou de extensão.

ATTACK [ə'tæk], *s.* ataque, agressão, investida. *v.* atacar, combater, agredir.

ATTACKABLE [ə'tækəbl], *a.* atacável, que pode ser atacado; vulnerável.

ATTACKER [ə'tækə], *s.* agressor.

ATTAIN [ə'tein], *v.* atingir, conseguir, alcançar, obter.

ATTAINABILITY [əteinə'biliti], *s.* probabilidade de alcançar ou obter.

ATTAINABLE [ə'teinəbl], *a.* que se pode conseguir, obtenível.

ATTAINDER [ə'teində], *s.* proscrição, perda dos direitos civis; pena de morte; ignomínia; condenação.

ATTAINMENT [ə'teinmənt], *s.* obtenção, aquisição, consecução.

ATTAINT [ə'teint], *v.* desonrar, infamar; corromper; proscrever; privar dos direitos civis; condenar.

ATTAR ['ætə], *s.* essência de rosas.

ATTEMPT [ə'tempt], *s.* tentativa, esforço, ensaio; atentado, agressão (desus.). *v.* tentar, empreender, ensaiar, esforçar-se.

ATTEMPTABLE [ə'temptəbl], *a.* que se pode empreender ou tentar; suscetível de agressão.

ATTEMPTER [ə'temptə], *s.* empreendedor.

ATTEND [ə'tend], *v.* atender, servir, cuidar de; acudir; acompanhar; comparecer; assistir a; freqüentar. # *attend at,* comparecer. *attend to,* tomar nota; prestar atenção a; dedicar-se a. *attend upon,* cuidar de, acompanhar; servir a.

ATTENDANCE [ə'tendəns], *s.* assistência; presença; serviço; comitiva; freqüência (a aulas, etc.). # *attendance card, attendance sheet,* cartão de ponto. *to sign the attendance card* (ou *sheet),* assinar o ponto.

ATTENDANT [ə'tendənt], *s.* assistente; cortesão; criado. *a.* subordinado.

ATTENTION [ə'tenʃən], *s.* atenção, cuidado; *pl.* galanteios; obséquios. # *pay attention,* prestar atenção.

ATTENTIVE [ə'tentiv], *a.* atento, cuidadoso, obsequioso, aplicado.

ATTENUATE [ə'tenjueit], *v.* atenuar, suavizar, diminuir, enfraquecer; adelgaçar, afinar-se.

ATTENUATION [ətenju'eiʃən], *s.* atenuação, fraqueza; enfraquecimento, suavização; empobrecimento. # *attenuation equalizer,* (rád.) compensador de atenuação.

ATTEST [ə'test], *s.* V. **ATTESTATION.** *v.* atestar, declarar, certificar; afirmar; confirmar; provar.

ATTESTATION [ætəs'teiʃən], *s.* atestado, certificado, declaração; confirmação; testemunho.

ATTIC ['ætik], *s.* mansarda, sótão, água-furtada. *a.* ático, clássico; elegante.

ATTICISM ['ætisizm], *s.* aticismo.

ATTIRE [ə'taiə], *s.* atavio, adorno, enfeite; traje; galho, armação do veado. *v.* adornar, ataviar; vestir.

ATTIREMENT [ə'taiəmənt], *s.* atavio, adorno.

ATTITUDE ['ætitju:d], *s.* atitude, posição, postura.

ATTORN [ə'tə:n], *v.* transferir; reconhecer novo senhorio.

ATTORNEY [ə'tə:ni], *s.* agente, procurador, delegado; (E.U.) advogado = (Ing.) *barrister* e *solicitor.* # *attorney for defendant,* advogado de defesa. *attorney for prosecution,* advogado de acusação. *attorney general,* procurador público, (E.U.) procurador-geral.

ATTORNEYSHIP [ə'tə:niʃip], *s.* procuradoria.

ATTRACT [ə'trækt], *v.* atrair, captar, cativar, seduzir, chamar.

ATTRACTABILITY [ətræktə'biliti], *s.* atratividade.

ATTRACTABLE [ə'træktəbl], *a.* que pode ser atraído.

ATTRACTING [ə'træktiŋ], *a.* atrativo.

ATTRACTION [ə'trækʃən], *s.* atração, atrativo; simpatia; *pl.* belezas, encantos.

ATTRACTIVE [ə'træktiv], *a.* atrativo, atraente, cativante.

ATTRACTIVENESS [ə'træktivinis], *s.* atratividade; sedução, encanto.

ATTRIBUTABLE [ə'tribjutəbl], *a.* atribuível, imputável.

ATTRIBUTE ['ætribju:t], *s.* atributo; característica; predicado; símbolo; reputação.

ATTRIBUTE [ə'tribju:t], *v.* atribuir, imputar.

ATTRIBUTION [ætri'bju:ʃən], *s.* atribuição; atributo; qualidades; louvor; recomendação.

ATTRITION [ə'triʃən], *s.* atrito, desgaste, (teol.) contrição. # *attrition mill,* moinho de trituração.

ATTUNE [ə'tju:n], *v.* harmonizar, afinar, sintonizar.

AUBERGE [ou'bɛəʒ], *s.* albergue, hospedaria.

AUBERGINE ['oubədʒi:n], *s.* berinjela = (E.U.) *egg-plant.*

AUBURN ['ɔ:bən], *a.* e *s.* trigueiro, moreno, castanho.

AUCTION ['ɔ:kʃən], *s.* leilão. *v.* aleiloar. # *auction market,* leilão de mercadorias. *by public auction,* em hasta pública. *to be put up at auction,* ir a leilão.

AUCTIONEER [ɔ:kʃə'niə], *s.* leiloeiro; venda em hasta pública (E.U.). *v.* vender em leilão, aleiloar, leiloar.

AUDACIOUS [ɔ:'deiʃəs], *a.* audacioso, atrevido, destemido.

AUDACITY [ɔ:'dæsiti], *s.* audácia, ousadia, atrevimento, petulância.

AUDIBILITY [ɔ:di'biliti], *s.* audibilidade.

AUDIBLE ['ɔ:dəbl, 'ɔ:dibl], *s.* audível; perceptível; inteligível; distinto.

AUDIENCE ['ɔ:djəns], *s.* audiência; auditório, espectadores.

AUDIOMETER [ɔ:di'ɔmitə], *s.* audiômetro.

AUDION ['ɔ:diɔn], *s.* audição (desus.), válvula electrônica.

AUDIPHONE ['ɔ:difoun], *s.* audifone.

AUDIT ['ɔ:dit], *s.* exame ou ajuste de contas. *v.* examinar, conferir ou ajustar contas; freqüentar curso como ouvinte. # *audit bureau of circulation,* repartição ou agência de verificação de tiragens.

AUDITION [ɔ:'diʃən], *s.* audição.

AUDITOR ['ɔ:ditə], *s.* auditor. # *auditor office,* auditoria; tribunal de contas.

AUDITORIUM [ɔ:di'tɔ:riəm], *s.* auditório.

AUDITORSHIP ['ɔditəʃip], *s.* auditoria.

AUDITORY ['ɔ:ditəri], *s.* auditório. *a.* auditivo.

AUGER ['ɔ:gə], *s.* pua; broca; trado. # *auger bit,* goiva de trado. *auger in,* (av.) colidir.

AUGHT [ɔ:t], *pron.* algo, alguma coisa, nada (em frase negativa). *adv.* absolutamente; de qualquer forma.

AUGMENT ['ɔ:gmənt], *s.* aumento.

AUGMENT [ɔ:g'ment], *v.* aumentar, acrescentar, ampliar; crescer.

AUGMENTABLE [ɔ:g'mentəbl], *s.* aumentável.

AUGMENTATION [ɔ:gmen'teiʃən], *s.* aumento.

AUGMENTATIVE [ɔ:g'mentətiv], *a.* aumentativo.

AUGUR ['ɔ:gə], *s.* áugure, adivinho; presságio, augúrio. *v.* augurar; prognosticar, predizer; agourar.

AUGURAL ['ɔ:gjurəl], *a.* augural.

AUGURY ['ɔ:gjuri], *s.* augúrio, presságio.

AUGUST [ɔ:'gʌst], *a.* augusto; majestoso, imponente; nobre.

AUGUST ['ɔ:gəst], *s.* agosto.

AUK [ɔ:k], *s.* pingüim; corvo marinho.

AULIC ['ɔ:lik], *s.* e *a.* áulico, cortesão.

AUNT [ɑ:nt], *s.* tia.

AUNTIE ['ɑ:nti], *s.* (fam.) titia.

AURA ['ɔrə], *s.* aura; influência.

AUREOMYCIN [ɔriə'maisin], *s.* (med.) aureomicina.

AUREOLA [ɔ:'riələ], *s.* auréola.

AUREOLE ['ɔ:rioul], *V.* **AUREOLA.**

AURIC ['ɔ:rik], *a.* áurico.

AURICLE ['ɔ:rikl], *s.* aurícula; pavilhão auricular.

AURICULA [ə'rikjulə], *s.* aurícula; (bot.) orelha de urso.

AURICULAR [ɔ:'rikjulə], *a.* auricular; confidencial.

AURIFEROUS [ɔ:'rifərəs], *a.* aurífero.

AURORA [ɔ:'rɔ:rə], *s.* aurora, madrugada, o alvorecer.

AURORAL [ɔ:'rɔ:rəl], *a.* auroral.

AUSCULTATION [ɔ:skəl'teiʃən], *s.* auscultação.

AUSPICE ['ɔ:spis], *s.* auspício; proteção.

AUSPICIOUS [ɔ:s'piʃəs], *a.* auspicioso, próspero; feliz; de bom augúrio; favorável.

AUSTERE [ɔ:s'tiə], *a.* austero, severo, rigoroso.

AUSTERITY [ɔ:s'teriti], *s.* austeridade, severidade.

AUSTRAL ['ɔ:strəl], *a.* austral.

AUSTRALASIAN [ɔ:stre'leiʒjən], *a.* australásio.
AUSTRALIAN [ɔ:s'treiljən], *s.* e *a.* australiano.
AUSTRIAN ['ɔ:striən], *s.* e *a.* austríaco.
AUTARCHIC, AL [ɔ:'tɑ:kik, əl], *a.* autárquico.
AUTARCHY ['ɔ:tɑ:ki], *s.* autarquia.
AUTHENTIC, AL [ɔ:'θentik, əl], *a.* autêntico, verdadeiro, legítimo.
AUTHENTICATE [ɔ:'θentikeit], *v.* autenticar.
AUTHENTICATION [ɔ:θenti'keiʃən], *s.* autenticação; legalização.
AUTHENTICITY [ɔ:θen'tisiti], *s.* autenticidade.
AUTHOR ['ɔ:θə], *s.* autor, *v.* ser o autor de.
AUTHORESS ['ɔ:θəris], *s.* autora.
AUTHORITARIAN [ɔ:θəri'tɛəriən], *a.* autoritário.
AUTHORITATIVE [ɔ:'θɔriteitiv], *a.* autoritário, arrogante, sentencioso, positivo; autorizado, acreditado.
AUTHORITATIVENESS [ɔ:'θɔriteitivnis], *s.* autoridade; arrogância; imperiosidade.
AUTHORITY [ɔ:'θɔriti], *s.* autoridade, poder; domínio; superioridade; ordem, licença, permissão; citação.
AUTHORIZATION (ISA) [ɔ:θərai'zəiʃən], *s.* autorização, permissão; legalização; sanção.
AUTHORIZE (ISE) ['ɔ:θəraiz], *v.* autorizar; aprovar, confirmar, ratificar; legalizar, autenticar.
AUTHORSHIP ['ɔ:θəʃip], *s.* autoria; estado ou profissão de autor; paternidade.
AUTO ['ɔ:tou], *s.* (E.U.) automóvel = (Ing.) *motor-car. v.* (E.U.) andar de automóvel (col.). # *auto court (= autel, autotel, motel). auto spare parts,* peças e acessórios para automóvel. *V.* **MOTEL.**
AUTOBIOGRAPHER [ɔ:tobai'ɔgrəfə], *s.* autobiógrafo.
AUTOBIOGRAPHIC, AL ['ɔ:tobaio'græfik, əl], *a.* autobiográfico.
AUTOBIOGRAPHY [ɔ:tobai'ɔgrəfi], *s.* autobiografia.
AUTO-BUS ['ɔ:toubʌs], *s.* (E.U.) ônibus = (Ing.) *motor-bus.*
AUTO-CAR ['ɔ:toukɑ:], *s.* automóvel.
AUTOCRACY [ɔ:'tɔkrəsi], *s.* autocracia.
AUTOCRAT ['ɔ:təkræt], *s.* autocrata.
AUTOCRATIC, AL [ɔ:tə'krætik, əl], *a.* autocrático.
AUTOGENOUS [ɔ:'tɔdʒənəs], *a.* autógeno.
AUTOGIRO ['ɔtou'dʒaiərou], *s.* autogiro.
AUTOGRAPH ['ɔ:təgra:f], *s.* autógrafo.
AUTOGRAPHIC [ɔ:tə'græfik], *a.* autográfico.
AUTOGRAPHY [ɔ:'tɔgrəfi], *s.* autografia; autógrafo.
AUTOMATIC [ɔ:tə'mætik], *s.* qualquer aparelho automático. *a.* automático; espontâneo; involuntário; por força de lei.
AUTOMATICALLY [ɔ:tə'mætikəli], *adv.* automaticamente.
AUTOMATISM [ɔ:'tɔmətizm], *s.* automatismo.
AUTOMATON [ɔ:'tɔmətən], *s.* autômato; pessoa inconsciente; boneco automático.
AUTOMOBILE [ɔ:tə'moubi:l, 'ɔ:təməbi:l], *s.* automóvel. # *automobile parts,* peças de automóvel.
AUTONOMIC [ɔ:to'nɔmik], *a.* autonômico, autônomo, independente.
AUTONOMOUS [ɔ:'tɔnəməs], *a.* autônomo, independente, livre.
AUTONOMY [ɔ:'tɔnəmi], *s.* autonomia, independência.
AUTO-PING ['ɔ:toupiŋ], *s.* batida (de um motor de automóvel).
AUTOPSY ['ɔ:təpsi], *s.* autópsia.
AUTO-SUGGESTION ['ɔ:touse'dʒestʃən], *s.* auto-sugestão.
AUTOTRUCK ['ɔtoutrʌk], *s.* caminhão.
AUTOTYPE ['ɔ:toutaip], *s.* cópia exata, fac-símile; autotipia. *v.* tirar fac-símiles.
AUTUMN ['ɔ:təm], *s.* outono = (E.U.) *fall.*
AUTUMNAL [ɔ:'tʌmnəl], *a.* outonal.
AUXILIARY [ɔ:g'ziljəri], *s.* e *a.* auxiliar.
AVAIL [ə'veil], *s.* proveito, utilidade; *pl.* benefícios, proventos, proveitos. *v.* aproveitar-se, valer-se; servir, beneficiar. # *avail oneself of,* valer-se de. *of no avail,* em vão, inútil.
AVAILABILITY [əveilə'biliti], *s.* utilidade; eficácia; disponibilidade.
AVAILABLE [ə'veiləbl], *a.* útil; vantajoso; eficaz; disponível; livre; obtenível.
AVALANCHE ['ævəlɑ:nʃ], *s.* avalancha (de neve ou rocha), alude.
AVARICE ['ævəris], *s.* avareza.
AVARICIOUS [ævə'riʃəs], *a.* avaro, avarento.
AVENGE [ə'vendʒ], *v.* vingar; punir, castigar.

AVENGER [ə'vendʒə], *s.* vingador.

AVENUE ['ævinju:], *s.* alameda; estrada arborizada; rua arborizada; (E.U.) avenida, rua larga = (Ing.) *thoroughfare.*

AVER [ə'və:], *v.* asseverar, afirmar; certificar; assegurar.

AVERAGE ['ævəridʒ], *s.* média; avaria. *a.* médio; normal; proporcional. *v.* calcular a média de; ser o têrmo médio. # *common average,* avaria simples. *free of all average,* seguro contra avarias em geral *(F.A.A.). general average,* (com.) avaria grossa (no mar). *make good an average,* indenizar por uma avaria. *on an average,* em média. *particular average,* avaria simples (no mar). *petty average,* pequena avaria (no mar).

AVERMENT [ə'və:mənt], *s.* afirmação; verificação; prova.

AVERSE [ə'və:s], *a.* adverso, contrário; repugnante; inimigo.

AVERSION [ə'və:ʃən], *s.* aversão; ódio; antipatia. # *aversion for, from, to* ou *towards,* aversão a, em, para, por.

AVERT [ə'və:t], *v.* desviar, afastar, separar, impedir.

AVERTIBLE [ə'və:təbl], *a.* separável.

AVIARIST ['eiviərist], *s.* avicultor.

AVIARY ['eiviəri], *s.* aviário.

AVIATION [eivi'eiʃən], *s.* aviação.

AVIATOR ['eivieitə], *s.* aviador. # *aviator's ear,* (aero-otitis média), (med.) irritação no ouvido causada por excesso de pressão.

AVID ['ævid], *a.* ávido, ansioso.

AVIDITY [ə'viditi], *s.* avidez, ânsia; cobiça.

AVOCADO [ævou'kɑ:do], *V.* **ALLIGATOR-PEAR.**

AVOCATION [ævo'keiʃən], *s.* distração; passatempo; ocupação; vocação; obstáculo, embaraço, impedimento.

AVOID [ə'vɔid], *v.* evitar, prevenir, impedir; iludir; escapar; desalojar; anular; (jur.) invalidar.

AVOIDABLE [ə'vɔidəbl], *a.* evitável; revogável; anulável.

AVOIDANCE [ə'vɔidəns], *s.* ato de evitar; revogação; anulação; evacuação.

AVOIRDUPOIS [ævədə'pɔiz], *s.* sistema de pesos e medidas usado na Inglaterra e nos Estados Unidos, exceto para metais e pedras preciosas (libra = 16 onças).

AVOUCH [ə'vautʃ], *v.* afirmar, garantir.

AVOW [ə'vau], *s.* confissão; declaração. *v.* confessar; declarar.

AVOWAL [ə'vauəl], *s.* confissão, declaração.

AVOWED [ə'vaud], *a.* manifesto; claro; declarado.

AWAIT [ə'weit], *v.* esperar, aguardar.

AWAKE [ə'weik], *pret.* **AWOKE** ou **AWAKED,** e *pp.* **AWAKED** ou **AWOKE.** *v.* acordar, despertar; acordar-se.

AWAKEN [ə'weikən], *v.* acordar, despertar.

AWAKENING [ə'weikəniŋ], *s.* o despertar.

AWARD [ə'wɔ:d], *s.* decisão, julgamento, laudo; adjudicação; prêmio. *v.* adjudicar, outorgar, premiar.

AWARE [ə'wɛə], *a.* ciente, sabedor, inteirado; prevenido, precavido.

AWAY [ə'wei], *adv.* fora, longe, ao longe; embora. # *do* (ou *make) away with,* abolir, liquidar. *do* (ou *make) away with oneself,* suicidar-se. *throw something away,* jogar alguma coisa fora.

AWE [ɔ:], *s.* medo, pavor, temor reverente. *v.* apavorar, aterrar.

AWELESS ['ɔ:lis], *a.* irreverente; sem receio.

AWESOME ['ɔ:səm], *a.* terrível, horroroso, pavoroso.

AWE-STRICKEN ['ɔ:-strikən], *a.* apavorado.

AWE-STRUCK ['ɔ:-strʌk], *a.* = **AWESTRICKEN.**

AWFUL ['ɔ:ful (terrível)], ['ɔ:fl (considerável)], *a.* terrível; (col.) considerável, enorme, extremo.

AWFULLY ['ɔ:fuli (terrìvelmente)], ['ɔ:fli (extraordinariamente)], *adv.* terrìvelmente; (col.) extraordinariamente.

AWHILE [ə'wail], *adv.* por um instante.

AWKWARD ['ɔ:kwəd], *a.* desastrado; sem jeito, sem graça; grosseiro, estúpido.

AWKWARDNESS ['ɔ:kwədnis], *s.* grosseria, estupidez; inabilidade; inépcia; falta de graça, de jeito.

AWL [ɔ:l], *s.* sovela (sapat.); furador.

AWNING ['ɔ:niŋ], *s.* tenda; toldo; cobertura de pano.

AWOKE [ə'wouk], *pret.* e *pp.* de **AWAKE.**

AWRY [ə'rai], *a.* oblíquo; torto; torcido; perverso. *adv.* **obliquamente, de soslaio, de esguelha,** de través; perversamente.

AX(E) [æks], *s.* machado. *pl.* **AXES.** # *get the axe,* ser demitido. *have an axe to grind,* ter interesse subalterno.

AXES ['æksiz], *pl.* de **AX(E).**

AXES ['æksi:z], *pl.* de **AXIS.**

AXIAL ['æksiəl], *a.* axial.

AXIL ['æksil], *s.* (bot.) axila.

AXILLA [æk'silə], *s.* axila, sovaco; *pl.* **AXILLAE.**

AXILLAE [æk'sili:], *pl. de* **AXILLA.**

AXILLARY [æk'siləri], *a.* axilar.

AXIOM ['æksiəm], *s.* axioma.

AXIOMATIC, AL [æksiə'mætik, əl], *a.* axiomático.

AXIS ['æksis], *s.* eixo. (bot.) caule. *pl.* **AXES.**

AXLE ['æksl], *s.* eixo de roda # *axle bed,* (aut.) caixa de mancal. *axle shaft,* (aut.) árvore do eixo da roda; semi-eixo; bengala. *axle stub,* (aut.) munhão do eixo. *axle through,* (ofic.) eixo inteiriço. *axle tree,* (aut.) árvore do eixo.

AXLED ['æksld], *a.* com eixo.

AY, AYE [ei], *adv.* sempre.

AY, AYE [ai], *adv.* sim. *s.* (*pl.* **AYES**) voto favorável.

AYES [aiz], *s. pl.* de **AY, AYE.**

AYAH ['aiə], *s.* aia.

AZALEA [ə'zeiljə], *s.* azálea.

AZIMUTH ['æziməθ], *s.* azimute.

AZOIC [ə'zouik], *a.* azóico.

AZOTE [ə'zout], *s.* azoto, nitrogênio.

AZOTIC [ə'zɔtik], *a.* azótico, nítrico.

AZURE ['æʒə], *a.* azulado, azul. *s.* azul-celeste. *v.* azular.

AZYME ['æzim], *s.* ázimo, pão sem fermento. *a.* não fermentado.

B

B [bi:], *s.* segunda letra do alfabeto; (mús.) si.

BAA [ba:], *s.* balido de ovelha ou cordeiro. *v.* balar, balir.

BABBIT ['bæbit], *s.* antifricção, liga de antimônio que diminui o atrito nas máquinas. *v.* revestir de antifricção.

BABBLE ['bæbl], *s.* balbucio; algaravia; (eletr.) interferência múltipla. *v.* balbuciar; tagarelar; murmurar.

BABBLER ['bæblə], *s.* tagarela, conversador, falador, palrador. # *babbler mouth,* tagarela, falastrão.

BABBLING ['bæbliŋ], *s.* tagarelice, loquacidade, parolagem; murmúrio; sussurro (das águas). *a.* falador, loquaz, tagarela.

BABE [beib], *s.* bebê.

BABEL ['beibəl], *s.* Torre de Babel; babel; confusão, desordem.

BABOON [bə'bu:n], *s.* babuíno, cinocéfalo.

BABOONERY [bə'bu:nəri], *s.* bugiaria, modos de bugio; momice.

BABY ['beibi], *s.* criança de peito, criança de colo; boneca; (fig.) pessoa infantil. # *a baby in arms,* uma criança de colo. *baby blimp,* (gír.) moça gorda. *baby grand,* pequeno piano de cauda. *baby kisser,* politiqueiro. *pass the baby,* transferir para outrem uma dificuldade. *throw out the baby with the bath,* agir precipitadamente.

BABY BOTTLE ['beibibɔtl], *s.* mamadeira.

BABY-DOLL ['beibidɔl], *s.* pijama curto.

BABY-FARM ['beibi-fɑ:m], *s.* dispensário para crianças. *baby carriage, baby wag(g)on, baby coach,* (E.U.) carrinho de criança = (Ingl.) *pram (abr.* de *perambulator).*

BABY-FARMER ['beibi-fɑ:mə], *s.* ama.

BABYHOOD ['beibihud], *s.* primeira infância.

BABYISH ['beibiiʃ], *s.* infantil, pueril.

BABYISHNESS ['beibiiʃnis], *s.* puerilidade.

BABYLONIAN [bæbi'louniən], *a.* babilônico.

BABY-SITTER ['beibisitə], *s.* *V.* **BABYFARMER.**

BACCALAUREATE [bækə'lɔ:riit], *s.* bacharelado.

BACCHANAL ['bækənəl], *s.* e *a.* bacanal; ébrio, devasso.

BACCHANALIA [bækə'neiljə], *s. pl.* bacanais, festival de Baco.

BACCHANALIAN [bækə'neiliən], *a.* bacanal, orgíaco.

BACCHIC ['bækik], *a.* bacanal, orgíaco; báquico.

BACHELOR ['bætʃlə], *s.* solteirão, celibatário; bacharel.

BACHELORSHIP ['bætʃləʃip], *s.* estado de solteiro, vida de solteiro; bacharelado.

BACILLARY ['bæsiləri], *a.* bacilar.

BACILLUS [bə'siləs], *s.* bacilo, *pl.* **BACILLI** [bə'silai].

BACK [bæk], *s.* costas, costado, dorso, parte posterior; espinhaço, lombo; lombada de livro; espaldar; jogador da defesa (futebol). O mesmo que **FULL-BACK.** *a.* posterior; atrasado. *adv.* atrás, para trás; novamente. *v.* impelir para trás, fazer retroceder; apoiar; sustentar; montar; dar marcha à ré. # *at the back of,* atrás de. *at the back of beyond,* no fim do mundo, em local longínquo. *back and forth,* para cá e para lá = *to and fro. back away,* afastar-se, recuar. *back sight,* (arm.) alça de mira. *back out (of),* abandonar uma causa, faltar a um compromisso. *back up,* apoiar; recuar. *get one's back up,* ficar zangado. *small of the back,* lombo (corpo humano).

BACKACHE ['bækeik], *s.* dor nas costas.

BACKBITE ['bækbait], *v.* detrair, falar mal de ausente, caluniar.

BACKBITER ['bækbaitə], *s.* caluniador, detrator, maledicente, murmurador.

BACKBITING ['bækbaitiŋ], *s.* maledicência.

BACKBOARD ['bækbɔ:d], *s.* espaldar.

BACK-BONE ['bækboun], *s.* espinha dorsal.

BACK-DOOR ['bæk'dɔ:], *s.* porta de trás; porta dos fundos; porta falsa.

BACKER ['bækə], *s.* arrimo; apostador.

BACKET ['bækit], *s.* gamela; balde.

BACKFIELD ['bækfi:ld], *s.* (E.U.) jogadores da defesa (futebol).

BACKFIRE ['bæk'faiə], *s.* aceiro (para evitar incêndio), fogo de encontro; (aut.) contra-explosão. *v.* dar contra-explosão; fazer aceiro; fazer fogo de encontro.

BACKFIRING ['bæk'faiəriŋ], *s.* contra-explosão (de um motor).

BACKFLOW ['bæk'flou], *s.* (canal.) contracorrente.

BACKGAMMON [bæk'gæmən], *s.* gamão.

BACKGROUND ['bækgraund], *s.* fundo de paisagem; último plano; experiência; (rád.) cortina sonora.

BACKHAIR ['bæk'hɛə], *s.* tranças de cabelo.

BACKHAND ['bæk'hænd], *s.* escrita feita da direita para a esquerda; dorso da mão.

BACKHANDED ['bæk'hændid], *a.* ambíguo; irônico; feito da direita para a esquerda; dado com as costas da mão.

BACK-HANDER ['bæk'hændə], *s.* bofetada com as costas da mão; ajudante de ferreiro.

BACKING ['bækiŋ], *s.* proteção, apoio; reforço, descanso; espaldar, retrocesso.

BACKLAND ['bæklænd], *s.* sertão; (geol.) pós-país.

BACKLOG ['bæklɔg], *s.* (fin.) atrasados comerciais.

BACK-NUMBER ['bæk'nʌmbə], *s.* número atrasado (de jornal).

BACK NUT ['bæknʌt], *s.* contraporca.

BACK-ROOM ['bæk'ru:m], *s.* quarto dos fundos.

BACK-SET ['bæk'set], *s.* reverso; contratempo, revés; infortúnio.

BACKSIDE ['bæk'said], *s.* parte traseira, nádegas; assento.

BACKSLID ['bæk'slid], *pret.* e *pp.* de **BACKSLIDE.**

BACKSLIDE ['bæk'slaid], *v.* apostatar; desviar-se; reincidir.

BACKSLIDER ['bæk'slaidə], *s.* apóstata; reincidente; rebelde.

BACKSLIDING ['bæk'slaidiŋ], *s.* apostasia; reincidência. *a.* infiel, desleal, pérfido, traiçoeiro.

BACKSTAIRS ['bæk'stɛəz], *s.* escada secreta.

BACKSTAYS ['bæksteiz], *s.* estais (de navio); molas de tesoura.

BACKSTITCH ['bækstitʃ], *s.* pesponto.

BACKSTOP ['bækstɔp], *s.* batente; (arm.) retém posterior.

BACKSWORD ['bæksɔ:d], *s.* sabre.

BACKWARD ['bækwəd], *a.* retrógrado, atrasado, tardio; negligente.

BACKWARD, BACKWARDS ['bækwəd, 'bækwedz], *adv.* para trás, de costas; a montante.

BACKWARDATION [bækwə'deiʃən], *s.* percentagem paga pelo atraso de fornecimento de mercadorias ou títulos.

BACKWARDNESS ['bækwədnis], *s.* negligência, relutância; má vontade; atraso.

BACKWATER ['bækwɔ:tə], *s.* água represada. *v.* fazer recuar um barco.

BACKWOODS ['bækwudz]. *s.* zona afastada dos centros populosos.

BACKWOODSMAN ['bækwudzmən]. *s.* sertanejo; caipira.

BACK-YARD ['bæk'jɑ:d], *s.* pátio interior; quintal = (E.U.) *door-yard.*

BACON ['beikən], *s.* toucinho. # *a rasher of bacon,* uma tira ou fatia de toucinho. *bring home the bacon,* tirar a sorte grande. *hard fried bacon,* torresmo. *save one's bacon,* salvar a pele; arranjar-se, "defender-se".

BACTERIA [bæk'tiəriə], *pl.* de **BACTERIUM.**

BACTERIAL [bæk'tiəriəl], *a.* bacteriano.

BACTERIOLOGICAL [bæktiəriə'lɔdʒikəl], *a.* bacteriológico.

BACTERIOLOGIST [bæktiəri'ɔlədʒist], *s.* bacteriologista.

BACTERIOLOGY [bæktiəri'ɔlədʒi], *s.* bacteriologia.

BACTERIUM [bæk'tiəriəm], *s.* bactéria.

BAD [bæ:d], *a.* mau, perverso, ruim, nocivo; depravado; infeliz; enfermo. # *bad tempered,* de mau gênio, de mau humor. *go to the bad,* arruinar-se (moralmente).

BADDISH ['bædiʃ], *a.* um tanto mau; inferior.

BADE [beid], *v.* *pret.* de **BID.**

BADGE [bædʒ], *s.* insígnia; distintivo da polícia = (E.U.) *shield.*

BADGER ['bædʒə], *s.* texugo. *v.* cansar, fatigar, fastidiar.

BADLY ['bædli], *adv.* mal; gravemente. # *be badly off,* estar pobre, estar mal de vida.

BADMINTON ['bædmintən], *s.* refresco de água, vinho e açúcar, "sangria".

BADNESS ['bædnis], *s.* maldade; mau estado.

BAFFLE ['bæfl], *v.* enganar, frustrar; desviar; lutar em vão.

BAFFLER ['bæflə], *s.* enganador; impedimento; contrariedade.

BAG [bæg, bæ:g], *s.* saco; sacola; bolsa; ubre. # *bag and baggage,* com armas e bagagens, completamente.

BAG [bæg], *v.* emalar, ensacar; agarrar, (mar.) mudar de rumo; pender; apossar-se; uivar.

BAGASSE [bə'gæs], *s.* bagaço.

BAGATELLE [bægə'tel], *s.* bagatela; ninharia; bagatela (jogo).

BAGGAGE ['bægidʒ], *s.* (E.U.) bagagem = (Ing.) *luggage.*

BAGGINESS ['bæginis], *s.* flacidez.

BAGGING ['bægiŋ], *s.* aniagem, pano grosso para sacos; ubre de vaca.

BAGGY ['bægi], *a.* largo, mal ajustado, semelhante a um saco; intumescido, inchado, túmido.

BAGMAN ['bægmən], *s.* (col.) viajante de casa comercial, vendedor = (E.U.) *drummer.*

BAGNIO ['bɑ:njou], *s.* casa de banhos.

BAGPIPE ['bægpaip], *s.* gaita de foles.

BAGPIPER ['bægpaipə], *s.* gaiteiro, tocador de gaita.

BAH [bɑ:], *int.* exclamação que exprime desprezo.

BAIL [beil], *s.* fiança, caução; fiador; asa (de vaso, balde, etc.); divisão entre os compartimentos de um estábulo; *pl.* paliçada. *v.* afiançar, prestar fiança, caucionar; pôr em liberdade sob fiança; esvaziar. # *bail out,* saltar de pára-quedas = *bale out. go bail,* prestar fiança.

BAILABLE ['beiləbl], *a.* afiançável.

BAIL-BOND ['beil'bɔnd], *s.* termo de fiança; carta de fiança.

BAILEE [bei'li:], *s.* depositário.

BAILER, BAILOR ['beilə], *s.* fiador.

BAILEY ['beili], *s.* pátio de castelo.

BAILIFF ['beilif], *s.* beleguim; meirinho; bailio.

BAILIWICK ['beiliwik], *s.* mordomia, distrito que está sob a jurisdição de um bailio.

BAILMENT ['beilmənt], *s.* depósito; o que se dá como fiança; transferência por contrato.

BAILSMAN ['beilzmən], *s.* fiador.

BAIRN [bɛən], *s.* criança.

BAIT [beit], s. isca; engodo; ceva. *v.* iscar, engordar; cevar; molestar, importunar; tomar uma refeição frugal em viagem. # *to take the bait,* comer a isca.

BAIZE [beiz], *v.* cobrir com baeta. *s.* baeta.

BAKE [beik], *v.* cozinhar no forno, assar; calcinar; secar ao lume ou ao sol.

BAKELITE ['beikəlait], *s.* baquelita.

BAKER ['beikə], *s.* padeiro. # *baker's dozen,* dúzia de treze. *at the baker's,* na padaria.

BAKERY ['beikəri], *s.*(E.U.) padaria = (Ing.) *baker's shop.*

BAKING ['beikiŋ], *s.* cozedura; fornada.

BAKING-POWDER ['beikiŋpaudə], *s.* fermento em pó.

BALALAIKA [bælə'laikə], *s.* balalaica.

BALANCE ['bæləns], *s.* balança; oscilação, equilíbrio; (com.) balanço; saldo; resto. *v.* contrabalançar; equilibrar; pesar; balancear. # *balance arbour,* balancim. *balance bridge,* ponte levadiça = *bascule bridge. balance due,* (com.) saldo devedor. *to balance accounts with,* acertar contas com. *to show a balance,* (com.) mostrar um saldo. *balance weight,* contrapeso.

BALANCER ['bælənsə], *s.* aquele que balanceia; balanceiro; acrobata; (eletr.) compensador, instrumento elétrico para igualar duas correntes; *pl.* balancins (zool.).

BALANCE-SHEET ['bælənsʃi:t], *s.* (com.) balancete.

BALANCING ['bælənsiŋ], *s.* balanço, equilíbrio.

BALCONY ['bælkəni], *s.* varanda, sacada (E.U.) balcão (teat.).

BALD [bɔ:ld], *a.* calvo; pelado.

BALDACHIN ['bɔ:ldəkin], *s.* baldaquino.

BALDERDASH ['bɔ:ldədæʃ], *s.* disparate.

BALD-HEAD ['bɔ:ldhed], *s.* pessoa calva, careca; certa raça de pombos.

BALD-HEADED ['bɔ:ld'hedid], *a.* calvo, careca.

BALDLY ['bɔ:ldli], *adv.* grosseiramente.

BALDNESS ['bɔ:ldnis], *s.* calvície.

BALDRIC ['bɔ:ldrik], *s.* cinturão; talabarte (= boldrié, talim, tiracolo).

BALE [beil], *s.* fardo. *v.* enfardar, empacotar, embalar. # *bale out,* abandonar o avião saltando de pára-quedas.

BALEFUL ['beilful], *a.* maligno, pernicioso; pesaroso; funesto; triste.

BALER ['beilə], *s.* enfardador.

BALK [bɔ:k, bɔ:lk], *s.* obstáculo, dificuldade, impedimento; viga para construção. *v.* frustrar, impedir; empacar.

BALL [bɔ:l], *s.* bola, esfera, globo; baile; bala de canhão; (mec.) bilha. *v.* fazer novelos. # *at the (sight of the) three gold balls,* no penhor, no prego = *at uncle's, up the spout, at the pawnbroker's. ball bearing,* rolamento de esferas (mec.). *ball and sock joint,* junta universal (mec.). *ball cock,* (canal.) válvula de bóia. *ball nose,* boleado, de ponta arredondada (mec.). *be behind the 8-ball,* estar em palpos de aranha.

BALLAD ['bæləd], *s.* balada, canção.

BALLADE [bæ'lɑ:d], *s.* poema de uma ou mais estâncias de sete ou oito versos cada uma.

BALLAST ['bæləst], *s.* lastro (de um navio ou balão); cascalho (na via férrea). # *ballast tube,* (rád.) válvula compensadora. *v.* carregar um navio com lastro; lastrar.

BALLASTAGE ['bæləstidʒ], *s.* imposto pago pelo navio que recebe lastro.

BALLASTING ['bæləstiŋ], *s.* ato de lastrar um navio; lastro.

BALLET ['bælei], *s.* dança artística, bailado.

BALLISTICS [bə'listiks], *s.* balística.

BALLOON [bə'lu:n], *s.* balão.

BALLOONIST [bə'lu:nist], *s.* aquele que faz balões; aeronauta.

BALLOT ['bælət], *s.* voto; total de votos; cédula para votar; votação; esfera para votos.

BALLOT-BOX ['bælətbɔks], *s.* urna eleitoral; urna de votos.

BALLOTING ['bælətiŋ], *s.* votação; escrutínio secreto.

BALLROOM ['bɔ:lru:m], *s.* salão de baile.

BALLYHOO ['bælihu:], *s.* (E.U.) barulho; bulha; alarde; loquacidade; fanfarronice; fanfarrão; pregão (publicidade gritada).

BALM [bɑ:m], *s.* bálsamo; ungüento. *v.* untar com bálsamo, suavizar.

BALMINESS ['bɑminis], *s.* fragrância, aroma.

BALMY ['bɑ:mi], *a.* balsâmico, aromático, fragrante, reparador, calmante. (gir.) maluco, amalucado.

BALONEY [be'louni], *s.* (col.) tolice; insignificância, coisa desprezível.

BALSAM ['bɔ:lsəm], *s.* bálsamo.

BALSAMIC [bɔ:l'sæmik], *a.* balsâmico.

BALUSTER ['bæləstə], *s.* balaústre.

BALUSTRADE [bæləs'treid], *s.* balaustrada.

BAMBOO [bæm'bu:], *s.* bambu.

BAMBOOZLE [bæm'bu:zl], *v.* enganar, burlar, lograr, mistificar.

BAMFOOZLE [bæm'fu:zl], *v V.* **BAMBOOZLE.**

BAN [bæn], *s.* pregão, interdito; *pl.* banhos (de casamento). *v.* proscrever, banir; excomungar; proibir.

BANAL [bə'nɑ:l], *a.* banal, trivial, vulgar; feudal.

BANALITY [bə'næliti], *s.* banalidade, trivialidade; certos direitos dos senhores feudais.

BANANA [bə'nɑ:nə], *s.* banana. # *banana plantation,* bananal.

BANANA-TREE [bə'nɑ:nə'tri:], *s.* bananeira.

BAND [bænd], *s.* venda; atadura; faixa; fita; banda de música; (rád.) banda, faixa de sintonização; anúncio em rodapé de jornal. *v.* atar, ligar, unir, associar-se. # *band leader,* maestro de banda de música.

BANDAGE ['bændidʒ], *s.* atadura, ligadura, faixa; capa que protege a câmara de ar dos pneus.

BANDANNA [bæn'dɑ:nə], *s.* bandana, lenço de cores.

BANDBOX ['bændbɔks], *s.* chapeleira, caixa de papelão.

BANDEROLE ['bændəroul], *s.* banderola.

BANDING ['bændiŋ], *s.* cordas.

BANDIT ['bændit], *s.* bandido. # (E.U. gír.) *one armed bandit,* caça-níqueis.

BANDMASTER ['bændmɑ:stə], *s.* mestre de banda.

BANDOG ['bændɔg], *s.* mastim, rafeiro.
BANDOLEER (LIER) [bændə'lie], *s.* cartucheira, bandoleira.
BANDOLINE ['bændəli:n], *s.* bandolina.
BANDS [bændz], *s.* bandas de linho usadas no peito pelos eclesiásticos e pelos funcionários do foro da Inglaterra.
BANDSMAN ['bændzmən], *s.* músico de banda.
BANDSTAND ['bændstænd], *s.* palanque.
BANDY ['bændi], *s.* jogo da pela, frontão; raquete para o jogo da pela. *a.* arqueado, torto. *v.* trocar, mudar; jogar a pela; reenviar; passar de boca em boca; discutir, ponderar, examinar; conspirar.
BANDY-LEGGED ['bændilegd], *a.* com as pernas arqueadas, cambaio, cambado, cambeta.
BANE [bein], *s.* veneno (em vocábulos compostos) *v.* envenenar.
BANEFUL ['beinful], *a.* venenoso; pernicioso, funesto.
BANG [bæŋ], *s.* pancada; murro; ruído duma pancada. *v.* bater, dar pancadas, golpear; sacudir. *adv.* com ruído.
BANGLE ['bæŋgl], *s.* bracelete. *v.* desperdiçar, destruir.
BANIAN ['bæniən], *s.* baniano (membro de uma casta de mercadores da Índia); baniana, figueira da Índia; roupão.
BANISH ['bæniʃ], *v.* desterrar, deportar, expatriar, banir; expulsar; exterminar.
BANISHMENT ['bæniʃmənt], *s.* desterro, deportação, degredo, exílio, proscrição; expulsão.
BANISTER ['bænistə], *s.* corrimão; balaústre.
BANJO ['bændʒou], *s.* banjo.
BANK [bæŋk], *s.* margem (de rio); banco, casa bancária, baixio; ribanceira; banco (assento); (av.) inclinação de um avião ao fazer uma curva. *v.* depositar dinheiro em banco; aterrar; represar; formar banco de areia. # *bank balance,* saldo bancário. *bank book,* caderneta de depósito. *bank clerk,* bancário. *bank crash,* falência bancária. *bank examiner,* auditor de banco. *bank night,* sessão de cinema com entradas numeradas para sorteio de prêmios. *bank of circulation, bank of issue,* banco de circulação, banco de emissão, banco central. *country bank,* banco da província. *keep the bank,* bancar o jogo. *savings bank,* caixa econômica. *to burst the bank,* estourar a banca.
BANK-BILL ['bæŋkbil], *s.* letra de câmbio; (E.U.) cédula, nota.
BANKER ['bæŋkə], *s.* banqueiro.
BANK-HOLIDAY ['bæŋk'hɔlidi], *s.* feriado bancário = (E.U.) *legal holiday.*
BANKHOUSE ['bæŋkhaus], *s.* casa rústica.
BANKING ['bæŋkiŋ], *a.* bancário. *s.* negócio bancário.
BANK-NOTE ['bæŋk-nout], *s.* cédula, nota = (E.U.) *bank bill.*
BANK PAPER ['bænk-peipə], *s.* papel-moeda.
BANKRUPT ['bæŋkrept, 'bæŋkrʌpt], *s.* falido. *v.* falir. # *bankrupt's certificate,* (com.) concordata. *bankrupt's estate,* massa falida.
BANKRUPTCY ['bæŋkreptsi], *s.* bancarrota, falência, quebra; tribunal de falências. # *file a petition in bankruptcy,* (com.) dar-se por falido. *to declare fraudulent bankruptcy,* dar um tiro na praça, abrir falência fraudulenta.
BANNER ['bænə], *s.* bandeira, estandarte, pendão; insígnia. *a.* (E.U.) principal.
BANNEROL ['bænəroul], *s.* bandeirola.
BANNOCK ['bænək], *s.* bolo de farinha feito na torteira.
BANNS ['bænz], *s.* proclamas.
BANQUET ['bæŋkwit], *s.* banquete. *v.* banquetear.
BANQUETTE [bæŋ'ket], *s.* banqueta.
BANTER ['bæntə], *s.* gracejo, chacota; ironia; zombaria. *v.* gracejar; ridicularizar; zombar, troçar, escarnecer.
BANTLING ['bæntliŋ], *s.* fedelho.
BANYAN ['bæniən], *V.* **BANIAN.**
BAPTISM ['bæptizm], *s.* batismo.
BAPTISMAL [bæp'tizməl], *a.* batismal.
BAPTIST ['bæptist], *s.* batista.
BAPTISTERY ['bæptistəri], *s.* batistério.
BAPTISTRY ['bæptistri], *V.* **BAPTISTERY.**
BAPTIZE [bæp'taiz], *v.* batizar.
BAR [bɑ:], *v.* trancar, trancafiar, fechar; excluir, barrar; excetuar; impedir, vedar. *s.* barra; barreira; tranca; tribunal; foro; advocacia; classe dos advogados; botequim, bar; balcão; bridão; queixada de burro; obstáculo; empecilho, barreira; (mús.) barra, compasso. # *bar chart,*

gráfico de barras. *go to the bar,* fazer-se advogado. *horizontal bar,* barra fixa. *parallel bars,* paralelas (gin.). *round bar,* vergalhão de ferro.

BARB [bɑ:b], *s.* extremidade da seta, do anzol, etc.; barba (bot.); farpa (arame). *v.* prover de farpas; tornar incisivo.

BARBARIAN [bɑ:'bɛəriən], *s.* e *a.* bárbaro; selvagem.

BARBARIC [bɑ:'bærik], *a.* bárbaro.

BARBARISM ['bɑ:bərizm], *s.* barbarismo, barbárie.

BARBARITY [bɑ:'bæriti], *s.* barbaridade; crueldade.

BARBAROUS ['bɑ:bərəs], *a.* bárbaro; selvagem; inculto; cruel.

BARBAROUSNESS ['bɑ:bərəsnis], *s.* barbarismo.

BARBECUE ['bɑ:bikju:], *s.* assado de animal inteiro; churrasco; grade onde se assam animais inteiros.

BARBED-WIRE ['bɑ:bd'waiə], *s.* arame-farpado.

BARBER ['bɑ:bə], *s.* barbeiro. *v.* barbear.

BARBICAN ['bɑ:bikən], *s.* barbacã.

BARBITURIC [bɑ:bi'tjuərik], *a.* (quím.) barbitúrico.

BARCAROLE ['bɑ:kəroul], *s.* barcarola.

BARD [bɑ:d], *s.* bardo, poeta, trovador, vate; arreios.

BARE [bɛə], *a.* nu, descoberto, pelado; liso; simples; só; desarmado; pobre, indigente. *v.* descobrir.

BAREBACK ['bɛəbæk], *a.* e *adv.* em pêlo, sem selim. # *to ride bareback,* montar em pêlo.

BAREBACKED ['bɛəbækt], *a.* sem selim.

BAREFACED ['bɛəfeist], *a.* descarado.

BAREFACEDNESS ['bɛəfeistnis], *s.* descaramento.

BAREFOOT ['bɛefut], *s.* pé descalço.

BAREFOOTED ['bɛə'futid], *a.* descalço.

BAREHEADED ['bɛə'hedid], *a.* descoberto, sem chapéu.

BARELY ['bɛəli], *adv.* nuamente; simplesmente, pobremente; apenas.

BARE-NECKED ['bɛə'nekt, 'bɛənəkt], *a.* decotado.

BARENESS ['bɛənis], *s.* nudez, nudeza; desabrigo; pobreza; magreza.

BARFLY ['bɑ:flai], *s.* freqüentador de bares.

BARGAIN ['bɑ:gin], *s.* ajuste, contrato; pechincha; convênio, pacto. *v.* ajustar, contratar, negociar; regatear. # *bargain away,* vender por baixo preço. *bargain sale,* venda especial. *close a bargain,* (com.) fechar um negócio. *dead bargain,* preço de pechincha. *drive a good bargain,* fazer uma pechincha. *Dutch bargain,* troca em que as vantagens estão de um único lado, um negócio leonino. *into the bargain,* de quebra. *V.* **BOOT.**

BARGAINER ['bɑ:ginə], *s.* contratador; regateador; vendedor.

BARGAINING ['bɑ:giniŋ], *s.* regateio.

BARGE [bɑ:dʒ], *s.* barca, barcaça, barco, lancha, falua; aba do telhado; (gír.) discussão, bate-boca.

BARGEE [bɑ:'dʒi:], *s.* barqueiro.

BARGEMAN ['bɑ:dʒmən], *s.* barqueiro.

BARIC ['bærik], *a.* (quím.) bárico.

BARITONE ['bæritoun], *s.* barítono.

BARIUM ['bɛəriəm], *s.* bário.

BARK [bɑ:k], *s.* casca de árvore, cortiça; latido de cão; barca; (bot.) floema. *v.* descascar, esfolar, raspar; ladrar, latir; tossir. # *his bark is worse than his bite,* cão que ladra não morde.

BARKEEPER ['bɑ:ki:pə], *s.* (E.U.) caixeiro ou dono de bar = (Ing.) *barman.*

BARKER ['bɑ:kə], *s.* cão ladrador; o que remove as cascas de árvores; pistola, arma de fogo; (E.U.) agenciador, pregoeiro = (Ing.) *tout.*

BARKING ['bɑ:kiŋ], *s.* latido.

BARKY ['bɑ:ki], *a.* que tem casca.

BARLEY ['bɑ:li], *s.* cevada.

BARLEY-CORN ['bɑ:likɔ:n], *s.* grão de cevada; medida de meia polegada.

BARM [bɑ:m], *s.* levedura, fermento.

BARMAID ['bɑ:meid], *s.* caixeira de casa de bebidas.

BARMAN ['bɑ:mən], *s.* caixeiro ou dono de casa de bebidas = (E.U.) *barkeeper, bartender.*

BARMY ['bɑ:mi], *a.* fermentado; espumoso; ativo. # *be barmy on the crumpet,* estar sofrendo da bola.

BARN [bɑ:n], *s.* celeiro, granja, (E.U.) cocheira, estábulo = (Ing.) *stable, cowshed.* # *Dutch barn,* telheiro.

BARNACLE ['bɑ:nəkl], *s.* (zool.) craca, percevejo. *pl.* (vet.) aziar; (col.) luneta.

BARNSTORM ['bɑ:nstɔ:m], *v.* (E.U. col.) fazer uma excursão; fazer discursos em campanha eleitoral.

BARNYARD ['bɑ:njɑ:d], *s.* pátio ou curral junto ao celeiro.

BAROGRAPH ['bærogrɑ:f], *s.* barógrafo.

BAROMETER [bə'rɔmitə], *s.* barômetro.

BAROMETRIC, AL [bærə'metrik, əl], *a.* barométrico.

BAROMETRY [bə'rɔmitri], *s.* barometria.

BARON ['bærən], *s.* barão, (E.U.) magnata = (Ing.) *magnate.*

BARONESS ['bærənis], *s.* baronesa.

BARONET ['bærənit], *s.* baronete.

BARONY ['bærəni], *s.* baronia.

BAROQUE [bə'rɔk], *a.* grotesco; de forma irregular. *s.* estilo barroco.

BARQUE [bɑ:k], s. barca, barcaça, falua.

BARR [bɑ:], *v.* barrir.

BARRACK ['bærək], *s.* caserna, quartel, barracas (usa-se no plural). *v.* aquartelar.

BARRAGE ['bærɑ:ʒ], *s.* barragem.

BARRATRY ['bærətri], *s.* baratária, fraude, trapaça, (mar.) fraude de um capitão de navio, em detrimento do proprietário ou dos carregadores.

BARREL ['bærəl], *s.* barril; barrica; cano de arma de fogo; tambor de um cilindro; (mar.) sarilho, (E.U.) "caixinha", quantia destinada ao financiamento de uma campanha política. *v.* embarricar, embarrilar. # *barrel bushing,* (arm.) manga guia do cano. *barrel casing,* (arm) cilindro refrigerador (metralhadora). *barrel lock spring,* (arm.) mola de retenção do cano. *barrel maker,* tanoeiro.

BARREL-GUARD ['bærəlgɑ:d], *s.* (arm.) guarda-mão.

BARREL-ORGAN ['bærəlɔ:gən], *s.* realejo.

BÁRREN ['bærən], *a.* estéril, infrutífero; árido.

BARRENNESS ['bærənis], *s.* esterilidade, aridez; improdutividade.

BARRICADE [bæri'keid], *s.* barricada; trincheira; vala. *v.* levantar barricadas; entrincheirar; entrincheirar-se.

BARRIER ['bæriə], *s.* barreira; obstáculo; vala; dique, barragem; limite, restrição.

BARRING ['bɑ:riŋ], *p. pres.* de **BAR,** *prep.* excetuando, salvo, exceto.

BARRISTER ['bæristə], *s.* advogado (em tribunal de qualquer instância). *V.* **SOLICITOR.**

BARROW ['bærou], *s.* carrinho de mão; túmulo; porco castrado.

BARTENDER ['bɑ:tendə], *s.* (E.U.) caixeiro ou dono de bar = (Ing.) *barman.*

BARTER ['bɑ:tə], *s.* troca, permuta de mercadorias; escambo. *v.* permutar, trocar, dar em troca. # *barter trade,* comércio de compensação.

BARWOOD ['bɑ:wud], *s.* pau campeche.

BARYTONE ['bæritoun], *V.* **BARITONE.**

BASAL ['beisl], *a.* basal, básico, fundamental.

BASALT ['bæsɔ:lt], *s.* basalto.

BASCULE ['bæskjul], *s.* báscula, balancim. # *bascule bridge,* ponte levadiça = *balance bridge.*

BASE [beis], *s.* base, alicerce, pedestal, baixo *(mús.). a.* baixo, humilde; vil, ordinário, abjeto. *v.* apoiar, basear, assentar, estabelecer.

BASE-BALL ['beisbɔ'l], *s.* o jogo nacional americano.

BASEBOARD ['beisbɔ:d], *s.* rodapé.

BASE-BORN ['beisbɔ:n], *a.* bastardo, plebeu.

BASECOURT ['beiskɔ:t], *s.* galinheiro.

BASELESS ['beisliss], *a.* sem base; infundado.

BASELESSNESS ['beislisnis], *s.* temeridade, falta de base; inconsistência.

BASELY ['beisli], *adv.* vilmente.

BASEMENT ['beismənt], *s.* porão (de casa).

BASENESS ['beisnis], *s.* baixeza, vileza, ruindade; (mús.) profundeza de som.

BASES ['beisi:z], *pl.* de **BASIS.**

BASH [bæʃ], *v.* envergonhar-se.

BASHFUL ['bæʃful], *a.* envergonhado, acanhado; tímido; modesto.

BASHFULNESS ['bæʃfulnis], *s.* acanhamento, timidez.

BASIC ['beisik], *a.* básico, fundamental; (quím.) básico.

BASIL ['bæzl], *s.* manjericão; carneira, bisel; fio de um instrumento cortante.

BASILICA [bə'zilikə], *s.* basílica.

BASIN ['beisn], *s.* bacia; tijela; dique, estaleiro,

doca; bacia fluvial; prato de balança. # *catch basin,* (canal.) caixa de rolo.

BASIS ['beisis], *s.* base, fundamento; pedestal; *pl.* **BASES.**

BASK [bɑ:sk], *v.* aquecer (ao sol ou ao fogo).

BASKET ['bɑ:skit], *s.* cesto, cesta. # *give the basket,* rejeitar um pedido de casamento, dar um não, "dar uma tábua". *V. to get the mittens. go to the basket,* ir para a prisão.

BASKET-BALL ['bɑ:skitbɔ:l], *s.* basquetebol.

BASKET-CHAIR ['bɑ:skit'tʃɛə], *s.* cadeira de vime.

BASKETFUL ['bɑ:skitful], *s.* cestada.

BASKETRY ['bɑ:skətri], *s.* casa de artigos de vime; fabricação de artigos de vime.

BASKET-WORK ['bɑ:skitwə:k], *s.* obra de vime.

BASS [bæs], *s.* esparto (fibra); perca (peixe).

BASS [beis], *s.* (mús.) baixo.

BASSINET (TE) [bæsi'net], *s.* berço (de vime), carrinho em forma de berço.

BASSO ['bæsou], *s.* (mús.) baixo.

BASSOON [bə'su:n, bə'zu:n], *s.* fagote.

BAST [bæst], *s.* esteira ou corda feita de esparto; (bot.) esparto; parte fibrosa do floema.

BASTARD ['bæstəd], *s.* bastardo. *a.* bastardo, ilegítimo; degenerado. # *bastard file,* (mec.) lima bastarda.

BASTE [beist], *v.* alinhavar; untar ou umedecer (o assado) com gordura ou molho; espancar; bater (nas plantas dos pés).

BASTILLE [bæs'ti:l], *s.* fortaleza, prisão.

BASTINADO [bæsti'neidou], *s.* bastonada. *v.* dar bastonadas.

BASTING ['beistiŋ], *s.* alinhavo; unto; sova.

BASTION ['bæstiən], *s.* bastião, baluarte.

BAT [bæt], *v.* bater, golpear, manejar o bastão; piscar (olho). *s.* bastão usado no *base-ball, cricket,* etc. (zool.) morcego. # *go to bat,* recorrer a, pedir auxílio a. *have bats in the belfry,* ter macaquinhos no sotão. *like a bat through the hell,* como gato por brasas. *right off the bat,* imediatamente.

BATCH [bætʃ], *s.* fornada, cozedura; coleção, grupo; batelada; carga. *v.* enrolar.

BATCHY ['bætʃi], *a.* (gír.) louco.

BATE [beit], *v.* diminuir, reduzir, abater (preço); separar; bater as asas. *s.* debate, contenda, altercação; solução para amaciar peles.

BATH [bɑ:θ], *s.* banho; banheiro; banheira. *pl.* **BATHS** [bɑ:ðz], casa de banho; piscina interna.

BATH [bɑ:θ], *v.* (Ing.) banhar, banhar-se.

BATH-CHAIR ['bɑ:θ'tʃɛə], *s.* cadeira de rodas.

BATHE [beið], *v.* banhar, lavar; banhar-se; tomar banho (de mar, piscina, etc.). *s.* banho (no mar, lago, rio, na piscina. etc.).

BATHER ['beiðə], *s.* banhista; banheiro.

BATHING ['beiðiŋ], *s.* banho.

BATHING-COAT ['beiðiŋkout], *s.* roupão.

BATHING-HUT ['beiðiŋhʌt], *s.* cabina para banhista.

BATHING-SUIT ['beiðiŋsju:t], *s.* maiô.

BATHING-TRUNKS ['beiðiŋtrʌŋks], *s.* calção de banho.

BATH-ROBE ['ba:θroub], *s.* roupão de banho.

BATHROOM ['bɑ:θrum], *s.* banheiro, quarto de banho.

BATH-TUB ['bɑ:θtʌb], *s.* banheira.

BATISTE [bæ'ti:st], *s.* musselina.

BATMAN ['bætmən], *s.* (mil.) bagageiro, ordenança.

BATON ['bætən], *s.* batuta; cassetete.

BATRACHIA [bə'treikje], *s.* batráquios.

BATRACHIAN [bə'treikjən], *s.* batráquio. *a.* relativo aos batráquios.

BATSMAN ['bætsmən], *s.* o que empunha o *bat* (no *base-ball* ou *cricket*).

BATTALION [bə'tæljən], *s.* batalhão.

BATTEN ['bætn], *s.* sarrafo, ripa, caibro. *v.* construir com sarrafos; engordar, cevar; adubar; enriquecer à custa de outrem; *pl.* (náut.) tala.

BATTER ['bætə], *s.* murro. *v.* bater, espancar; destruir, demolir.

BATTERING-RAM ['bætəriŋræm], *s.* aríete.

BATTERY ['bætəri], *s.* (mil.) bateria; (eletr.) pilha, bateria; (jur.) agressão.

BATTING ['bætiŋ], *s.* algodão ou lã em pasta, o ato de bater (bola, algodão, lã).

BATTLE-AXE ['bætl-æks], *s.* acha (arma).

BATTLE ['bætl], *s.* batalha, luta, combate, peleja. *v.* batalhar, lutar, combater. # *to join battle,* travar batalha. # *in battle array,* em ordem de batalha.

BATTLEDORE ['bætldɔ:], *s.* raqueta.

BATTLEFIELD ['bætlfi:ld], *s.* campo de batalha.

BATTLEGROUND ['bætlgraund], *s. V.* **BATTLEFIELD.**

BATTLEMENT ['bætlmənt], *s.* seteira, ameia.

BATTLESHIP ['bætlʃip], *s.* couraçado.

BATTY ['bæti], *a.* (gír.) maluco, amalucado.

BAUBLE ['bɔ:bl], *s.* ninharia, bagatela, frioleira; brinquedo de criança.

BAULK [bɔ:k, bɔ:lk], *V.* **BALK.**

BAUXITE ['bɔ:ksait], *s.* bauxita.

BAWBEE [bɔ:'bi:, 'bɔ:'bi:], *s.* meio *penny.*

BAWD [bɔ:d], *s.* alcoviteiro.

BAWDY ['bɔ:di], *s.* alcovitice; linguagem obscena.

BAWDY-HOUSE ['bɔ:dihaus], *s.* lupanar, alcoice.

BAWL [bɔ:l], *s.* berro, grito. *v.* gritar, berrar, vociferar; apregoar, publicar. # *bawl out,* ralhar com, repreender.

BAWLER ['bɔ:lə], *s.* gritador.

BAY [bei], *s.* baía, enseada, braço de mar; cavalo baio; (bot.) loureiro; latido de cão na caça; balido; vão de janela ou porta. *a.* baio. *v.* ladrar, perseguir ladrando. # *at bay,* em apuros.

BAYONET ['beiənit], *v.* atacar ou ferir com baioneta. *s.* baioneta.

BAYOU ['baiu:], *s.* (E.U.) rio pantanoso.

BAYSALT ['bei'sɔ:lt], *s.* sal marinho.

BAY-WINDOW ['bei'windou], *s.* janela de sacada, janela saliente; varanda fechada.

BAZAAR [bə'zɑ:], *s.* bazar.

BAZOOKA [bə'zu:kə], *s.* (mil.) bazuca.

BE [bi:], *v.* ser, estar, ter de, ter que, ser obrigado a; dever, existir; acontecer, custar. # *be about to,* estar para. *be by,* apoiar, acompanhar, estar solidário com. *be in,* estar em casa. *be in for,* entrar em, estar inscrito em (concurso etc.); estar ameaçado de. *be off,* partir, estar para sair; estar de partida; estar louco. *be off!* retire-se! *be on,* estar no programa, estar no cartaz (cinema etc.). *be over* (ou *be up*), estar terminado. *be taken in,* ser enganado. *be up to,* ser capaz de, estar procedendo mal. *be up to someone,* depender de alguém.

BEACH [bi:tʃ], *v.* desembarcar; dar à praia; encalhar. *s.* praia, costa, ribeira, margem. # *beach comber,* vadio que perambula pelas praias. *beach ridge,* (geol.) restinga.

BEACON ['bi:kən], *s.* farol; baliza. *v.* guiar por meio de luz; colocar uma baliza, marcar com balizas; demarcar.

BEAD [bi:d], *s.* conta (do rosário), miçanga; bolinha, glóbulo; gota; bolha; espuma. *pl.* rosário. *v.* adornar com contas. # *count* (ou *tell*) *one's beads,* rezar o rosário.

BEADED ['bi:did], *a.* com a forma de conta; adornado com contas, com um fio de pérolas.

BEADING ['bi:diŋ], *s.* ornato de contas; gotas semelhantes a contas.

BEADLE ['bi:dl], *s.* bedel, porteiro.

BEADY ['bi:di], *a.* semelhante a contas; coberto de contas.

BEAGLE ['bi:gl], *s.* pequeno cão de caça; (fig.) espião; detetive.

BEAK [bi:k], *s.* bico de ave; cabo, promontório; qualquer coisa em forma de bico.

BEAKER ['bi:kə], *s.* copo de boca larga; copo de vinho; caneca; taça; provete. # *beakers folk,* braquicéfalos que introduziram o uso de metais na Grã-Bretanha no período neolítico.

BEAM [bi:m], *s.* viga-mestra, trave; travessão da balança romana; raio de luz; lança de carro ou arado; (tec.) pau de tear; (mar.) vau de embarcação. *v.* emitir raios de luz. # *beam aerial,* antena dirigida.

BEAMFUL ['bi:mful], *a.* luminoso.

BEAMING ['bi:miŋ], *a.* brilhante, luminoso; alegre.

BEAMY ['bi:mi], *a.* luminoso.

BEAN [bi:n], *s.* feijão; fava. # *Boston baked beans,* feijão de forno (com carne de porco e açúcar). *broad beans,* fava. *spill the beans,* entornar o caldo (= *to upset the apple cart*). *not to know beans about,* nada saber a respeito. *spill the beans,* revelar um segredo.

BEANFEAST ['bi:nfi:st], *s.* jantar anual servido aos trabalhadores do campo, festa na véspera de Reis.

BEAR [bɛə], *pret.* **BORE.** *pp.* **BORNE** ou **BORN** *v.* carregar, sustentar, levar, conduzir, sofrer, suportar, tolerar, usar, apresentar, produzir, frutificar, dar à luz. *s.* urso; (astr.) Ursa; baixista (termo de Bolsa). *V.* **BULL.** # *be a bear for,* (col.) ser louco por, gostar muito de. *bear down,* esmagar, destruir. *bear hug,* abraço apertado; abraço de amigo falso. *bear off,* ganhar, conquistar (prêmio). *bear out,* confirmar. *bear squeeze,* compra de ações com prejuízo (feita por um baixista). *bear with,* tolerar. *he-bear, she-bear,* urso, ursa.

BEARABLE ['bɛərəbl], *a.* suportável, tolerável.

BEARD [biəd], *s.* barba; pêlos no queixo de alguns animais; barba de milho e de cevada; barbatana (de peixe). # *French beard,* mosca (barba). *imperial beard,* pequena barba à moda de Napoleão III.

BEARDED ['biədid], *a.* barbado.

BEARDLESS ['biədlis], *a.* sem barba; imberbe.

BEARER ['bɛərə], *s.* portador; portador de uma letra de câmbio; árvore que dá frutos. # *bearer of stock,* acionista. *bearer warrants,* títulos ao portador. *to the bearer,* ao portador (cheque).

BEARING ['bɛəriŋ], *s.* procedimento; porte; atitude, gesto; paciência; relação; situação; produção, colheita; gestação, gravidez, prenhez; ponto de apoio; (mar.) rumo; linha de flutuação. *pl.* (mec.) mancais; chumaceira.

BEARING-REIN ['bɛəriŋrein], *s.* rédea do bridão = (E.U.) *side-check.*

BEARISH ['bɛəriʃ], *a.* grosseiro, rude; brutal.

BEARISHNESS ['bɛəriʃnis], *s.* grosseria.

BEARSKIN ['bɛəskin], *s.* pele de urso.

BEAST [bi:st], *s.* besta; quadrúpede; bruto; homem brutal. # *beast of burden,* animal de carga.

BEASTLY ['bi:stli], *a.* brutal, *adv.* brutalmente.

BEAT [bi:t], *pret.* **BEAT,** *pp.* **BEATEN** ou **BEAT**, *v.* bater, espancar; vencer, derrotar; tocar (tambor), marcar (tempo, compasso, etc.); palpitar, vibrar; dar uma batida, procurar, (E.U.) enganar, defraudar, espoliar. *s.* golpe, pancada; toque (de tambor); pulsação. (mús.) compasso, tempo; (caça) batida, ronda, (E.U.) furo de reportagem, reportagem exclusiva = (Ing.) *scoop.* # *a dead beat,* um mau pagador. *beat hollow,* derrotar, ser superior a. *beat it,* (gir) retirar-se, "dar o fora". *beat time,* marcar compasso. *beat up,* estragado, gasto (pelo uso). *make a beat,* (E.U.) fazer um furo de reportagem.

BEATEN ['bi:tn], *pp.* de **BEAT**. *a.* gasto, usado, batido; conquistado.

BEATER ['bi:tə], *s.* martelo, maça, pilão, batedor.

BEATIFIC, AL [bi:ə'tifik, əl], *a.* beatífico.

BEATIFICATION [bi:ætifi'keiʃən], *s.* beatificação.

BEATIFY [bi:'ætifai], *v.* beatificar.

BEATING ['bi:tiŋ], *s.* batimento, pulsação; surra, derrota; (caça) batida.

BEATITUDE [bi:'ætitju:d], *s.* beatitude.

BEAU [bou], *s.* galã, galanteador; janota; namorado.

BEAUTEOUS ['bju:tiəs], *a.* belo, formoso.

BEAUTIFIER ['bju:tifaiə], *s.* aformoseador.

BEAUTIFUL ['bju:təful, 'bju:tiful], *a.* belo, bonito, formoso, magnífico. *s. t..e beautiful,* o belo.

BEAUTIFULLY ['bju:təfli, 'bju:tifli], *adv.* belamente, com beleza.

BEAUTIFY ['bju:tifai], *v.* embelezar, aformosear.

BEAUTY ['bju:ti], *s.* beleza, beldade, formosura. # *beauty parlor,* salão de beleza.

BEAVER ['bi:və], *s.* castor; pele de castor; pano de castor; viseira de capacete; chapéu alto.

BEBOP [bi'bɔp], *s.* certo tipo de música de *jazz.*

BECALM [bi'kɑ:m], *v.* acalmar; (náut.) retardar ou parar navio (por calmaria).

BECAME [bi'keim], *pret.* de **BECOME.**

BECAUSE [bi'kɔz], *conj.* porque. # *because of,* devido a.

BECK [bek], *s.* sinal, aceno; arroio, regato; tina para tingir ou ensaboar roupa.

BECKON ['bəkən], *v.* acenar, chamar. *s.* aceno, sinal.

BECLOUD [bi'klaud], *v.* nublar, anuviar; escurecer.

BECOME [bi'kʌm], *pret.* **BECAME,** pp. **BECOME.** *v.* tornar-se, fazer-se, transformar-se, chegar a ser; convir, assentar, ser próprio. # *become of,* acontecer com, ser feito de.

BECOMING [bi'kʌmiŋ], *a.* próprio, conveniente, apropriado; decente; bem assentado.

BED [bed], *s.* cama, leito; camada; fundo; alicerce, base; canteiro; jazida. *v.* assentar, apoiar, colocar; plantar; fazer a cama; deitar-se. # *be bedridden, keep to one's bed,* estar de cama. *double-decker bed,* cama de beliche. *make the bed,* arrumar a cama. *roll over in bed,* virar na cama. *take to one's bed,* cair de cama. *tumble the bed,* desmanchar a cama.

BEDABBLE [bi'dæbl], *v.* salpicar, borrifar; umedecer, molhar.

BEDAUB [bi'dɔb], *v.* sujar, emporcalhar, enlamear.

BEDAZZLE [bi'dæzl], *v.* deslumbrar, ofuscar; confundir.

BEDBUG ['bedbʌg], *s.* percevejo.

BEDCHAMBER ['bedtʃeimbə], *s.* quarto de dormir.

BEDDING ['bediŋ], *s.* roupa de cama.

BEDECK [bi'dek], *v.* adornar, enfeitar, ataviar.

BEDEVIL [bi'devl], *v.* fazer diabruras; atormentar.

BEDEW [bi'dju:], *v.* orvalhar.

BEDFAST ['bedfɑ:st], *a.* (E.U.) acamado, de cama = (Ing.) *bedrid(d)en.*

BEDIGHT [bi'dait], *v.* ataviar, ornar.

BEDIM [bi'dim], *v.* obscurecer, toldar.

BEDLAM ['bedləm], *s.* manicômio; confusão, desordem.

BEDMAKER ['bedmeikə], *s.* marceneiro de camas; criado de quarto (em Oxford e Cambridge).

BEDOUIN ['beduin], *s.* *(pl.* invariável) beduíno. *a.* nômade.

BEDPAN ['bedpæn], *s.* comadre (vaso de cama); aquecedor de cama.

BEDRAGGLE [bi'drægl], *v.* manchar a roupa com lama; sujar com lama.

BEDRID ['bedrid], *a.* acamado, de cama = = (E.U.) *bedfast.*

BEDRIDDEN ['bedridn], *a.* acamado; inválido; (fig.) cediço. *V.* **BEDRID.**

BEDROCK ['bed'rɔk], *s.* leito de rocha, rocha viva.

BEDROOM ['bedrum], *s.* quarto de dormir. # *double bedroom,* quarto para casal. *single bedroom,* quarto para solteiro.

BEDSIDE ['bedsaid], *s.* lado da cama.

BEDSPREAD ['bedspred], *s.* coberta da cama.

BEDSTEAD ['bedsted], *s.* armação da cama.

BEDTIME ['bedtaim], *s.* hora de dormir.

BEE [bi:], *s.* abelha. # *a person with a bee in his bonnet,* uma pessoa com uma idéia fixa, pessoa maníaca. *in a bee line,* em linha reta.

BEECH [bi:tʃ], *s.* faia.

BEECHEN ['bi:tʃn], *a.* pertencente à faia; de faia.

BEEF [bi:f], *s.* carne de vaca, carne de gado bovino; boi para o corte; (gír.) força. # *beef about,* queixar-se de.

BEEFEATER ['bi:fi:tə], *s.* alabardeiro; guarda da Torre de Londres; oficial da guarda real.

BEEFINESS ['bi:finis], *s.* musculatura, gordura.

BEEFSTEAK ['bi:f'steik], *s.* bifesteque, bife.

BEEF-TEA ['bi:f'ti:], *s.* caldo de carne, caldo preparado com extrato de carne.

BEEFY ['bi:fi], *s.* carnudo, carnoso; musculoso; forte.

BEEHIVE ['bi:haiv], *s.* colmeia, cortiço, caixão de abelhas.

BEELZEBUB [bi:'elzibʌb], *s.* Belzebu; demônio.

BEEN [bi:n], *pp.* de **TO BE.**

BEER [biə], *s.* cerveja. # *beer plant,* fábrica de cerveja.

BEER-HOUSE ['biəhaus], *s.* cervejaria.

BEERY ['biəri], *a.* de cerveja, relativo a cerveja; ébrio.

BEESWAX ['bi:zwæks], *s.* cera virgem.

BEET [bi:t], *s.* beterraba; açúcar de beterraba.

BEETLE ['bi:tl], *s.* escaravelho; (tec.) pisão; malho de madeira; maço de calceteiro; (com.) nome comercial da matéria plástica. *v.* bater com malho, malhar; pisoar.

BEETLING ['bi:tliŋ], *a.* saliente. *s.* pisoamento, pisoagem.

BEETROOT ['bi:tru:t], *s.* beterraba.

BEEVES [bi:vz], *pl.* de **BEEF.** *s.* gado.

BEFALL [bi'fɔ:l], *pret.* **BEFELL,** *pp.* **BEFALLEN.** *v.* suceder, acontecer; sobrevir.

BEFALLEN [bi'fɔ:l(ə)n], *pp.* de **BEFALL.**

BEFELL [bi'fel], *pret.* de **BEFALL.**

BEFIT [bi'fit], *v.* convir, ir bem com, ser próprio.

BEFITTING [bi'fitiŋ], *a.* próprio, conveniente, adaptado.

BEFORE [bi'fɔ:], *prep.* antes de; em frente de; perante; anterior a. *conj.* antes que. *adv.* adiante, em frente; antes, anteriormente. #

before long, em breve, daí a pouco. *before you can say Jack Robinson,* rapidamente, previamente.

BEFOREHAND [bi'fɔ:hænd], *adv.* de antemão, antecipadamente, previamente.

BEFORETIME [bi'fɔ:taim], *adv.* em outros tempos; antigamente.

BEFRIEND [bi'frend], *v.* favorecer; ajudar, proteger, auxiliar.

BEFUDDLE [bi'fʌdl], *v.* confundir; desnortear; estontear.

BEG [beg], *v.* pedir, rogar, suplicar, implorar. # *beg of,* implorar, rogar. *beg off,* salvar de um castigo.

BEGAD [bi'gæd], *int.* por Deus!

BEGAN [bi'gæn], *pret.* de **BEGIN.**

BEGET [bi'get], *pret.* **BEGOT,** *pp.* **BEGOTTEN** ou **BEGOT.** *v.* gerar, engendrar; produzir, causar, motivar.

BEGGAR ['begə], *s.* mendigo; maltrapilho. # *set a beggar on horseback and he will drive to the devil,* quem nunca comeu melado quando come se lambuza.

BEGGARLINESS ['begəlinis], *s.* miséria, pobreza; mendicância; mesquinhez, mesquinharia.

BEGGARLY ['begəli], *a.* pobre, miserável, desprezível. *adv.* pobremente, miseravelmente.

BEGGARY ['begəri], *s.* miséria, extrema indigência; penúria.

BEGIN [bi'gin], *pret.* **BEGAN,** *pp.* **BEGUN.** *v.* começar; iniciar, principiar.

BEGINNER [bi'ginə], *s.* principiante, aprendiz; inventor, autor.

BEGINNING [bi'giniŋ], *s.* princípio, começo, origem.

BEGIRD [bi'gə:d], *v.* cingir; cercar, bloquear.

BEGONE [bi'gɔn], *int.* fora daqui! fora! rua!

BEGONIA [bi'gouniə], *s.* begônia.

BEGOT [bi'gɔt], *pret.* e *pp.* de **BEGET.**

BEGOTTEN [bi'gɔtn], *pp.* de **BEGET.**

BEGRIME [bi'graim], *v.* enfarruscar; sujar.

BEGRUDGE [bi'grʌdʒ], *v.* invejar.

BEGUILE [bi'gail], *v.* enganar, seduzir, divertir.

BEGUILEMENT [bi'gailmənt], *s.* engano, ilusão.

BEGUN [bi'gʌn], *pp.* de **BEGIN.** # *well begun is half done,* bom começo é meio caminho andado.

BEHALF [bi'hɑ:f], *s.* patrocínio; favor. # *in behalf of,* no interesse de. *on behalf of,* em nome de, como substituto de, como representante de.

BEHAVE [bi'heiv], *v.* proceder; comportar-se, conduzir-se. *Behave!* Porte-se bem! # *behave oneself,* comportar-se bem.

BEHAVIO(U)R [bi'heivjə], *s.* procedimento, comportamento, conduta.

BEHEAD [bi'hed], *v.* decapitar, degolar.

BEHEADER [bi'hedə], *s.* carrasco.

BEHEADING [bi'hediŋ], *s.* decapitação.

BEHELD [bi'held], *pret.* e *pp.* de **BEHOLD.**

BEHEMOTH [bi'hi:mɔθ, 'bi:himouθ], *s.* hipopótamo.

BEHEST [bi'hest], *s.* ordem, comando; mandado.

BEHIND [bi'haind], *prep.* atrás de; inferior a; após. *adv.* atrás, detrás; atrasado; anteriormente. # *behind time,* atrasado.

BEHINDHAND [bi'haindhænd], *adv.* com atraso; trás. *a.* atrasado; vagaroso, tardio.

BEHOLD [bi'hould], *pret.* e *pp.* **BEHELD.** *v.* ver, olhar, contemplar, observar, avistar. *int.* vede! eis aqui!

BEHOLDEN [bi'houldn], *a.* obrigado, agradecido.

BEHOLDER [bi'houldə], *s.* contemplador, espectador.

BEHOVE, BEHOOVE [bi'houv, bi'hu:v], *v.* convir, ser necessário, incumbir.

BEHOOF [bi'hu:f], *s.* proveito. # *in one's behoof,* em proveito próprio.

BEIGE [beiʒ], s. tecido macio, de lã ou de algodão; cor creme.

BEING ['bi:iŋ], *s.* ser, ente, entidade; existência. *p. pres.* de **BE.**

BELABO(U)R [bi'leibə], *v.* espancar, zurzir, desancar; cansar-se com trabalho.

BELATED [bi'leitid], *a.* tardio, atrasado; descuidado, negligente.

BELCH [beltʃ], *v.* arrotar; vomitar, lançar. *s.* arroto; vômito.

BELEAGUER [bi'li:gə], *v.* sitiar, bloquear, cercar.

BELFRY ['belfri], *s.* campanário.
BELGIAN ['beldʒən], *s.* e *a.* belga.
BELIE [bi'lai], *v.* desmentir; trair, enganar; caluniar.
BELIEF [bi'li:f], *s.* crença, fé, convicção, crédito; crença religiosa.
BELIEVABLE [bi'li:vəbl], *a.* crível.
BELIEVE [bi'li:v], *v.* acreditar, crer, confiar; supor, imaginar, pensar.
BELIEVER [bi'li:və], *s.* crente.
BELIKE [bi'laik], *adv.* possivelmente.
BELITTLE [bi'litl], *v.* diminuir, deprimir, fazer pouco de, dar pouco valor, depreciar.
BELL [bel], *s.* sino, campainha, guizo. *v.* tocar sino, colocar sino ou campainha. # *bell clapper,* badalo. *bell crank, bell lever,* (mec.) cotovelo, alavanca em cotovelo. *sound* ou *strike the bell,* tocar o sino. *to toll the bell,* dobrar o sino.
BELLADONNA [belə'dɔnə], *s.* beladona.
BELLBOY ['belbɔi], *V.* **BELL-HOP.**
BELL CRANK ['belkrænk], *s.* (arm.) alavanca angular.
BELLE [bel], *s.* mulher bela; beldade, beleza.
BELL-HOP ['belhɔp], *s.* (E.U.) criado de hotel = (Ing.) *hotel page,* (col.) *buttons.*
BELLICOSE ['belikous], *a.* belicoso, guerreiro.
BELLICOSITY [beli'kɔsiti], *s.* belicosidade.
BELLIGERENCY [bi'lidʒərənsi], *s.* beligerância.
BELLIGERENT [bi'lidʒərənt], *a.* beligerante.
BELLMAN ['belmən], *s.* pregoeiro (com campainha).
BELLOW ['belou], *v.* bramir, rugir, mugir; proclamar, roncar.
BELLOWS ['belouz], *s.* fole; (fig.) pulmões. *v.* tocar fole; soprar com o fole.
BELL-RINGER ['belriŋə], *s.* sineiro.
BELLY ['beli], *v.* inchar, intumescer, fazer barriga. *s.* barriga, ventre, pança; bojo; seio, entranhas.
BELLY-BAND ['belibænd], *s.* barrigueira, ventrilho.
BELLY-LAND ['beli'lænd], *v.* (av.) aterrissar (ou aterrar) sem o trem de aterrisagem.
BELLY-WORM ['beliwə:m], *s.* lombriga.
BELONG [bi'lɔŋ], *v.* pertencer, dizer respeito a; depender; ser.
BELONGING [bi'lɔŋiŋ], *s.* (geralmente no plural) pertences; o que é de uso pessoal; propriedade; anexo; parentes.
BELOVED [bi'lʌvd], *a.* e *s.* querido, amado.
BELOW [bi'lou], *prep.* debaixo de, abaixo de, por baixo de; inferior a. *adv.* abaixo, por baixo.
BELT [belt], *s.* cinto, cinturão, correias transmissoras (mec.); funda para hérnia, faixa, zona; estreito (no mar.). *v.* cingir, atar com uma faixa. # *belt saw,* (ofic.) serra de fita.
BELTED ['beltid], *a.* cintado; que usa cinturão; suspenso de um cinturão.
BELTING ['beltiŋ], *s.* correame; cinta; material para cinta.
BELVEDERE ['belvidiə], *s.* belvedere, pequeno mirante.
BEMOAN [bi'moun], *v.* lamentar, lastimar; deplorar, sentir.
BEMOANING [bi'mouniŋ], *s.* lamento, sentimento.
BENCH [bentʃ], *s.* banco; assento; tribuna. *v.* ser membro de um tribunal. # *bench dog,* (ofic.) unha de fixação. *bench warrant,* ordem de prisão.
BENCHER ['bentʃə], *s.* membro da diretoria de um dos antigos colégios de advogados de Londres *(Inns of Court).*
BEND [bend], *pret.* e *pp.* **BENT.** *v.* curvar, curvar-se, arquear, entortar; franzir (as sobrancelhas); dirigir. *s.* curva, curvatura, volta; nó; (canal.) cotovelo. # *half bend,* curva de 180º.
BENEATH [bi'ni:θ], *prep.* debaixo de, por baixo de. *adv.* debaixo, abaixo, mais abaixo.
BENEDICK ['benidik], *s.* homem recém-casado.
BENEDICTINE [beni'diktain], *s.* beneditino (monge).
BENEDICTINE [beni'dikti:n], *s.* beneditino (licor).
BENEDICTION [beni'dikʃən], *s.* bênção.
BENEFACTION [beni'fækʃən], *s.* benefício; obséquio, favor.
BENEFACTOR ['benifæktə, beni'fæktə], *s.* benfeitor.

BENEFACTRESS ['benifæktris, beni'fæktris], *s.* benfeitora.

BENEFICE ['benifis], *s.* benefício, favor; benefício eclesiástico.

BENEFICENCE [bi'nefisns], *s.* beneficência, caridade.

BENEFICENT [bi'nefisnt], *a.* benéfico; caritativo.

BENEFICIAL [beni'fiʃəl], *a.* benéfico; útil; proveitoso, vantajoso.

BENEFICIALNESS [beni'fiʃəlnis], *s.* utilidade, proveito.

BENEFICIARY [beni'fiʃəri], *s.* beneficiário.

BENEFIT ['benifit], *s.* benefício; favor, mercê; proveito, vantagem; privilégio. *v.* ser útil, ser proveitoso; beneficiar; ser beneficiado; ser ajudado; obter vantagem.

BENEVOLENCE [bi'nevələns], *s.* benevolência; caridade, bondade; boa vontade.

BENEVOLENT [bi'nevələnt], *a.* benevolente; benévolo; benigno.

BENGAL-LIGHT ['beŋgɔ:l'lait], *s.* fogo-de--bengala.

BENIGHTED [bi'naitid], *a.* surpreendido pela noite; ignorante.

BENIGN [bi'nain], *a.* benigno; afável; bondoso, clemente, humano; saudável, salutar, salubre.

BENIGNANT [bi'nignənt], *a.* benigno.

BENIGNITY [bi'nigniti], *s.* benignidade.

BENISON ['benizn], *s.* (poes.) bênção.

BENNIES ['beniz], *s.* (E.U. gír.) benzedrina. *V.* **BENZEDRINE.**

BENT [bent], *s.* curvatura, arqueamento; volta; ladeira, declive; tendência, propensão. # *to have a bent for,* ter queda por ou para.

BENT [bent], *pret.* e *pp.* de **BEND.** *a.* curvo, torcido, arqueado; inclinado; determinado. # *bent on* ou *upon,* inclinado a.

BENUMB [bi'nʌm], *v.* entorpecer.

BENZEDRINE ['benzi'dri:n], *s.* (farm.) benzedrina.

BENZENE ['benzi:n], *s.* benzeno, benzol.

BENZINE [benzi:n], *s.* benzina.

BENZOIC [ben'zoik], *a.* benzóico.

BENZOIN ['benzouin], *s.* benjoim.

BENZOL ['benzɔl], *V.* **BENZENE.**

BENZOLINE ['benzəli:n], *s.* benzolina.

BEPRAISE [bi'preiz], *v.* elogiar muito, demasiadamente.

BEQUEATH [bi'kwi:θ], *v* legar, deixar em testamento.

BEQUEST [bi'kwest], *s.* legado, doação.

BERATE [bi'reit], *v.* repreender.

BEREAVE [bi'ri:v], *pret.* e *pp.* **BEREAVED** ou **BEREFT.** *v.* despojar, privar, tirar, arrebatar, roubar, desolar.

BEREAVEMENT [bi'ri:vmənt], *s.* privação; aflição; roubo; luto.

BEREFT [bi'reft], *pret.* e *pp.* *de* **BEREAVE.**

BERET ['berit], *s.* boina.

BERG [bə:g], *V.* **ICEBERG.**

BERGAMOT ['bə:gəmɔt], *s.* bergamota.

BERIBERI ['beri'beri], *s.* beribéri.

BERRY ['beri], *s.* baga, grão.

BERSERK ['bə:sə:k], *a.* furioso; frenético.

BERTH ['bə:θ], *s.* beliche, cama, leito; ancoragem; ancoradouro; emprego, situação; nomeação para um emprego. *v.* ancorar. # *give someone a wide berth,* fugir de alguém, evitar alguém.

BERTHA ['bə:θə], *s.* capa para os ombros (para mulheres).

BERYL ['beril], *s.* berilo.

BERYLLIUM [be'riljəm], *s.* (quím.) berílio, glucínio.

BESEECH [bi'si:tʃ], *pret.* e *pp.* **BESOUGHT.** *v.* suplicar, implorar, rogar.

BESEECHING [bi'si:tʃiŋ], *s.* súplica, rogo.

BESEEM [bi'si:m], *v.* convir, enquadrar-se, calhar; parecer.

BESET [bi'set], *pret.* e *pp.* **BESET.** *v.* cercar, sitiar; bloquear; obstruir; rodear; apertar; guarnecer, adornar.

BESIDE [bi'said], *prep.* perto de, junto a, ao pé, fora de. *adv.* perto, junto, à mão. # *beside oneself,* fora de si, nervoso.

BESIDES [bi'saidz], *adv.* além disso, também, demais, além de.

BESIEGE [bi'si:dʒ], *v.* sitiar; assediar.

BESIEGER [bi'si:dʒə], *s.* sitiante.

BESMEAR [bi'smiə], *v.* sujar, lambuzar, emporcalhar; untar; enlamear.

BESMIRCH [bis'mə:tʃ], *v.* sujar, manchar, enodoar.

BESOM ['bi:zəm], *s.* vassoura; ramo usado como vassoura.

BESOTTED [bi'sɔtid], *a.* embrutecido; enlouquecido.

BESOUGHT [bi'sɔ:t], *pret.* e *pp.* de **BESEECH.**

BESPANGLE [bi'spæŋgl], *v.* ornar com lantejoulas.

BESPATTER [bi'spætə], *v.* sujar, manchar, salpicar; difamar.

BESPEAK [bi'spi:k], pret. **BESPOKE**, *pp.* **BESPOKEN**. *v.* encomendar, reservar, apalavrar; encarregar; mostrar, indicar; falar a alguém.

BESPOKE [bi'spouk], *pret.* de **BESPEAK.**

BESPOKEN [bi'spoukən], *pp.* de **BESPEAK.**

BESPRINKLE [bi'spriŋkl], *v.* borrifar, salpicar, aspergir; regar; umedecer.

BEST [best], *a.* *(sup.* de **GOOD)** o melhor; superior; ótimo. *adv.* *(sup.* de **WELL)**, da melhor maneira. *s.* o melhor. # *do one's best,* fazer o possível. *for the best,* com as melhores intenções. *make the best of,* tirar o melhor partido possível. *the very best,* o melhor de todos.

BESTIAL ['bestjəl], *a.* bestial, brutal.

BESTIALITY [besti'æliti], *s.* bestialidade.

BESTIR [bis'tə:], *v.* ativar. # *bestir oneself,* movimentar-se.

BESTOW [bi'stou], *v.* outorgar, conferir, conceder, dar.

BESTOWAL [bi'stouəl], *s.* dádiva, presente; concessão, outorga.

BESTRIDDEN [bi'stridn], *V.* **BESTRIDE.**

BESTRIDE [bi'straid], *pret.* **BESTRODE** e *pp.* **BESTRIDDEN.** *v.* montar, cavalgar, dar grandes passadas; subir; entrar.

BESTRODE [bi'stroud], *V.* **BESTRIDE.**

BEST-SELLER ['best'selə], *s.* romance popular; livro de grande saída.

BET [bet], *v.* apostar. *s.* aposta. # *double the bet,* dobrar a parada. *you bet! (you bet your life!),* certamente, certo como dois e dois são quatro, você tem razão.

BETAKE [bi'teik], *pret.* **BETOOK.** *pp.* **BETAKEN.** *v.* aplicar-se, dedicar-se; recorrer, ir.

BETHINK [bi'θiŋk], *pret.* e *pp.* **BETHOUGHT.** *v.* considerar, meditar, refletir, pensar.

BETHOUGHT [bi'θɔ:t], *pret.* e *pp.* de **BETHINK.**

BETIDE [bi'taid], *v.* suceder, acontecer.

BETIMES [bi'taimz], *adv.* a tempo, cedo, em breve.

BETOKEN [bi'toukən], *v.* indicar, significar; predizer, prognosticar.

BETONY ['betəni], *s.* (bot.) betônica.

BETOOK [bi'tuk], *V.* **BETAKE.**

BETRAY [bi'trei], *v.* atraiçoar, trair; denunciar; descobrir, divulgar, publicar; enganar; seduzir, aliciar; (pol.) prometer voto a um candidato e votar em outro, furar a chapa, virar a casaca, roer a corda = (E.U.) *to knife.*

BETRAYAL [bi'treiəl], *s.* traição; denúncia.

BETRAYER [bi'treiə], *s.* traidor; denunciante.

BETROTH [bi'trouð], *v.* prometer casamento.

BETROTHAL [bi'trouðəl], *s.* noivado.

BETTER ['betə], *a.* (comp. de **GOOD)** melhor, superior, preferível. *adv.* (comp. de **WELL)** melhor; mais. *s.* melhoria; vantagem; superior; apostador. # *better and better,* cada vez melhor. *better half,* cara-metade, esposa. *for better, for worse,* para o que der e vier, aconteça o que acontecer, (fórmula usada na celebração do casamento). *get the better of,* levar a melhor. *had better,* é melhor, é preferível.

BETTER, BETTOR ['betə], *s.* apostador.

BETTERMENT ['betəmənt], *s.* melhoria, melhoramento; *pl.* reservas para melhoramentos.

BETTING ['betiŋ], *s.* aposta. *p. pres.* de **BET.**

BETWEEN [bi'twi:n], *adv.* e *prep.* entre, no meio de.

BETWIXT [bi'twikst], o mesmo que **BETWEEN.**

BEVEL ['bevəl], *s.* bisel; chanfradura; recorte. *v.* biselar, chanfrar, recortar.

BEVELING ['bevəliŋ], *s.* (maq.) chanfradura.

BEVERAGE ['bevəridʒ], *s.* bebida, beberagem; gorjeta.

BEVY ['bevi], *s.* bando (de pássaros), grupo (de jovens).

BEWAIL [bi'weil], *v.* lamentar, sentir, lastimar, chorar, deplorar.

BEWARE [bi'wɛə], *v.* acautelar-se, tomar cuidado; olhar por. # *beware of,* cuidado com.

BEWILDER [bi'wildə], *v.* confundir, desconcertar; desviar, desnortear, desencaminhar.

BEWILDERMENT [bi'wildəmənt], *s.* confusão, perplexidade, atordoamento, aturdimento.

BEWITCH [bi'witʃ], *v.* encantar, enfeitiçar, cativar; fascinar; azarar = (E.U.) *to hoodoo.*

BEWITCHMENT [bi'witʃmənt], *s.* encanto, fascinação, feitiço.

BEY [bei], *s.* bei (governador muçulmano).

BEYOND [bi'jɔnd, bi'ɔnd], *adv.* além, mais longe, do outro lado. *prep.* além de, mais longe do que; do outro lado de; acima de. *s.* o além, vida futura, outro mundo.

BEZEL ['bezl], *s.* engaste, faceta, chanfradura; gume.

BI [bai], *pref.* duas vezes.

BIAS ['baiəs], *s.* inclinação, propensão, tendência; viés, direção oblíqua; parcialidade; preconceito. *v.* induzir, inclinar, influenciar, predispor; torcer.

BIAXAL [bai'æksəl], *a.* com dois eixos.

BIB [bib], *s.* babadouro, babador; (canal.) torneira pequena. *v.* beber com freqüência; bebericar.

BIBELOT [bib'lou], *s.* bibelô.

BIBLE ['baibl], *s.* Bíblia.

BIBLICAL ['biblikəl], *a.* bíblico.

BIBLIOGRAPH [bibli'ɔgrəf, 'bibliəgræf], *V.* **BIBLIOGRAPHER.**

BIBLIOGRAPHER [bibli'ɔgrəfə], *s.* bibliógrafo.

BIBLIOGRAPHIC, AL [bibliə'græfik, əl], *a.* bibliográfico.

BIBLIOGRAPHY [bibli'ɔgrəfi], *s.* bibliografia.

BIBLIOPHILE ['bibliofail], *s.* bibliófilo.

BIBULOUS ['bibjuləs], *a.* poroso, absorvente, esponjoso; dado a bebidas.

BICARBONATE [bai'kɑ:bənit], *s.* bicarbonato. # *bicarbonate of calcium,* bicarbonato de cálcio. *bicarbonate of magnesium,* bicarbonato de magnésio. *bicarbonate of potash,* bicarbonato de potassa. *bicarbonate of soda,* bicarbonato de sódio.

BICENTENARY [baisen'ti:nəri], *s.* bicentenário.

BICEPS ['baiseps], *s.* biceps.

BICKER ['bikə], *v.* alterar, disputar, ralhar, tremular, chilrear; murmurar. *s.* altercação, disputa.

BICKERER ['bikərə], *s.* altercador.

BICUSPID [bai'kʌspid], *a.* e *s.* bicúspide.

BICYCLE ['baisikl], *s.* bicicleta. *v.* andar de bicicleta.

BICYCLIST ['baisiklist], *s.* ciclista.

BID [bid], *s.* lanço (leilão); oferta; concorrência, coleta de preços; (E.U.) orçamento, proposta orçamentária = (Ing.) *tender.*

BID [bid], *pret.* **BADE, BAD** ou **BID,** *pp.* **BID** ou **BIDDEN.** *v.* lançar em leilão; licitar; oferecer; convidar; ordenar. # *bid and asked,* (com.) cotação para compra e venda.

BIDDEN ['bidn], *pp.* de **BID.**

BIDDER ['bidə], *s.* lançador, licitante (leilão); licitador.

BIDDING ['bidiŋ], *s.* ordem, mando; convite; lanço. *p. pres.* de **BID.**

BIDE [baid], *v.* esperar; suportar, tolerar; morar, permanecer, ficar; arrostar.

BIDENTATE [bai'denteit], *a.* (bot.) bidenteado (bordo de folha).

BIENNIAL [bai'enjəl], *a.* bienal. *s.* planta que vive só dois anos.

BIER [biə], *s.* ataúde; carreta fúnebre.

BIFOCAL [bai'foukəl], *a.* bifocal.

BIFURCATE ['baifə:keit], *v.* bifurcar.

BIFURCATION [baifə:'keiʃən], *s.* bifurcação.

BIG [big], *a.* grande, grosso, volumoso, alto; basto; prenhe (animal).

BIGAMIST ['bigəmist], *s.* bígamo.

BIGAMOUS ['bigəməs], *a.* bígamo.

BIGAMY ['bigəmi], *s.* bigamia.

BIGBUG ['bigbʌg], s. *V.* **BIGWIG.**

BIGHT [bait], *s.* enseada, golfo; reentrância; laçada numa corda; corda; cabo.

BIGNESS ['bignis], *s.* grossura, grandeza, volume.

BIGOT ['bigət], *s.* beato, carola; santarrão; fanático, intolerante; hipócrita.

BIGOTED ['bigətid], *a.* intolerante; hipócrita.

BIGOTRY ['bigətri], *s.* intolerância, fanatismo; beatice, carolice; superstição.

BIGPOT ['bigpɔt], *s. V.* **BIGWIG.**

BIGSHOT ['bigʃɔt], *s. V.* **BIGWIG.**

BIGWIG ['bigwig], *s.* pessoa importante, figurão; manda-chuva.

BIKE [baik], *s.* bicicleta (abr. de **BICYCLE**); ninho ou enxame de alguns insetos.

BILABIAL [bai'leibiəl], *s.* e *a.* bilabial.

BILATERAL [bai'lætərəl], *a.* bilateral.

BILBERRY ['bilbəri], *s.* arando; fruto do arando.

BILE [bail], *s.* bile, bílis; mau humor, azedume; ira, cólera.

BILGE [bildʒ], *s.* bojo (de barril, pipa, etc.); fundo do porão, sentina (mar.). *v.* fazer água; curvar, dobrar, abaular.

BILIARY ['biljəri], *a.* biliário.

BILINGUAL [bai'liŋgwəl], *a.* bilíngüe.

BILINGUISM [bai'liŋgwizm], s. bilingüismo.

BILIOUS ['biljəs], *a.* bilioso.

BILK [bilk], *v.* enganar, calotear, lograr.

BILL [bil], *s.* lista, relação, rol; conta, nota, fatura; anúncio, cartaz, programa, aviso, notificação; (fin.) letra; (parl.) bil, projeto de lei; bico (das aves). *v.* enviar uma conta a alguém; anunciar, afixar cartazes; acariciar, beijar. # *bill book,* livro de contas. *bill broker,* corretor de letras. *bill in hand,* letra em carteira. *bill of credit,* letra de crédito. *bill of entry* ou *customs,* nota de entrada, guia de importação (alfândega). *bill of health,* carta de saúde (navio). *bill of indictment,* libelo acusatório. *bill of parcels,* fatura, nota dos artigos comprados. *bill of right,* declaração de direitos. *bill of sight,* lista de mercadorias importadas. *bills payable,* letras a pagar. *bills receivable,* letras a receber. *clean bill of health,* atestado de saúde. *due bill,* letra vendida. *fill the bill,* servir, ser próprio para. *foot the bill,* assinar uma conta, assumir a responsabilidade de uma conta, pagar uma conta. *legislative bill,* projeto de lei. *padded bills* ou *padded accounts,* contas fraudadas. *post bills,* colocar cartazes. *prime bill,* letra excelente (quanto ao risco). *sell someone a bill of goods,* vender a alguém uma coisa imprestável. *square up a bill* (ou *a debt),* pagar uma dívida. *to honour a bill,* honrar uma letra, pagar uma letra. *unsettled bill,* letra em débito.

BILLBOARD ['bilbɔ:d], *s.* chumaceira (mar.); (E.U.) cartaz, quadro para afixar cartazes = (Ing.) *hoarding.*

BILL-COLLECTOR ['bilkə'lektə], *s.* cobrador = (Ing.) *debt-collector.*

BILLET ['bilit], *s.* bilhete, cartilha; ordem de alojamento; acha de lenha; lingote. *v.* aboletar; acantonar.

BILL-HOOK ['bilhuk], *s.* podadeira.

BILLIARDS ['biljədz], *s.* bilhar.

BILLING ['biliŋ], *s.* faturamento.

BILLION ['biljən], *s.* bilhão (Ing.) um milhão de milhões (1.000.000.000.000); (E.U.) mil milhões (1.000.000.000).

BILL OF EXCHANGE ['biləviks'tʃeindʒ], *s.* letra de câmbio; cambial.

BILL OF FARE ['biləv'fɛə], *s.* cardápio.

BILL OF LADING ['biləv'leidiŋ], *s.* conhecimento de embarque (marítimo ou terrestre); (E.U.) conhecimento de embarque por qualquer via. *V. consigment note.*

BILL OF SALE [biləv'seil], *s.* instrumento de venda.

BILLOW ['bilou], *s.* onda, vaga muito forte, encapelada. *v.* ondear, rolar, encapelar.

BILLOWY ['biloui], *a.* encapelado.

BILLY ['bili], *s.* clava, maça, cacete usado por salteador de estrada; (E.U.) cassetete de polícia = (Ing.) *truncheon.*

BILLYCOCK ['bilikɔk], *s.* chapéu-coco = (E.U.) *derby.*

BILLY-GOAT ['biligout], *s.* bode. *V.* **HE-GOAT.**

BILTONG ['biltɔŋ], *s.* carne cortada em pedaços e seca ao sol.

BIMENSAL [bai'mensəl], *a.* bimensal, quinzenal.

BIMESTRIAL [bai'mestriəl], *a.* bimestral.

BIMETALLISM [bai'metəlizm], *s.* bimetalismo.

BIMETALLIST [bai'metəlist], *s.* bimetalista.

BI-MONTHLY [bai'mʌnθli], *a.* quinzenal. *adv.* quinzenalmente.

BIN [bin], *s.* cofre, arca, caixão, caixa; despensa, celeiro; adega. *v.* guardar garrafas na adega.

BINARY ['bainəri], *a.* binário.

BIND [baind], *pret.* e *pp.* **BOUND.** *v.* atar, amarrar, ligar; obrigar; prender, segurar; debruar; encadernar; contratar.

BINDER ['baində], *s.* encadernador; enfeixador de trigo, cevada, etc.; ligadura; faixa; cinta; máquina para amarrar; prendedor; adstringente; apólice provisória (seguro).

BINDERY ['baindəri], *s.* oficina de encadernação.

BINDING ['baindiŋ], *s.* encadernação; debrum; faixa, cinta, ligadura. *a.* obrigatório, forçado.
BINDINGTAPE ['baindiŋteip], *s.* fita isolante.
BINDLE-STIFF ['bindlstif], *s.* (E.U.) biscateiro itinerante.
BINGO ['biŋgou], *s.* troça, farra.
BINNACLE ['binəkl], *s.* bitácula.
BINOCLE ['binɔkl], *s.* binóculo.
BINOCULAR [bi'nɔkjulə], *s.* binóculo; microscópio ou telescópio binocular.
BINOCULAR [bai'nɔkjulə], *a.* binocular.
BINOMIAL [bai'noumiəl], *a.* binômio. *s.* binômio.
BIOCHEMIST ['baiou'kemist], *s.* bioquímico.
BIOCHEMISTRY ['baiou'kemistri], *s.* bioquímica.
BIOGENESIS ['baiou'dʒenisis], *s.* biogênese.
BIOGRAPHER [bai'ɔgrəfə], *s.* biógrafo.
BIOGRAPHICAL [baio'græfikəl], *s.* biográfico.
BIOGRAPHY [bai'ɔgrəfi], *s.* biografia.
BIOLOGIC, AL [bæiə'lɔdʒik, əl], *a.* biológico.
BIOLOGIST [bai'ɔlədʒist], *s.* biologista, biólogo.
BIOLOGY [bai'ɔlədʒi], *s.* biologia.
BIOMETRY [bai'ɔmitri], *s.* biometria.
BIPARTITE [bai'pɑ:tait], *a.* bipartido.
BIPED ['baiped], *s.* bípede.
BIPEDAL ['baipedl], *a.* bípede.
BIPLANE ['baiplein], *s.* biplano.
BIRCH [bə:tʃ], *s.* bétula, vidoeiro; vara. *v.* vergastar, açoitar.
BIRD [bə:d], *s.* ave, pássaro. # *a bird in the hand is worth two in the bush,* mais vale um pássaro na mão que dois voando, mais vale um toma que dois te-darei. *a cute old bird,* um velhote matreiro. *an early bird,* um madrugador. *birds of a feather* (ou *birds of a feather flock together*), pessoas da mesma categoria (dize-me com quem andas, dir-te-ei as manhas que tens), farinha do mesmo saco. *bird of passage,* ave da arribação. *bird of prey,* ave de rapina. *bird shot,* chumbo miúdo. *early bird, early bird riser,* madrugador. *give the bird,* (gír.) não dar conversa, mandar embora. *kill two birds with one stone,* de uma cajadada matar dois coelhos. *old birds are not caught with chaff,* macaco velho não mete a mão em cumbuca. *the early bird catches the worm,* Deus ajuda a quem madruga.
BIRD-CAGE ['bə:dkeidʒ], *s.* gaiola de passarinho.
BIRDCALL ['bə:dkɔ:l], *s.* pio de ave; assovio para atrair pássaros.
BIRDIE ['bə:di], *s.* passarinho.
BIRD-LIME ['bə:dlaim], *s.* visco.
BIRDSEED ['bə:dsi:d], *s.* alpiste.
BIRD'S-EYE ['bə:dzai], *s.* (bot.) verônica-dos-bosques. *a.* visto do alto, aéreo; sumário; mosqueado, sarapintado, com desenhos ou pintas semelhantes a olhos de pássaro. # *bird's-eye view,* vista aérea, fotografia aérea; visão panorâmica; resumo.
BIRETTA [bi'retə], *s.* barrete de clérigo.
BIRTH [bə:θ], *s.* nascimento; origem, princípio; linhagem, descendência, prole; criação; parto. # *give birth to,* dar à luz.
BIRTHDAY ['bə:θdei], *s.* aniversário natalício, dia de anos.
BIRTHPLACE ['bə:θpleis], *s.* lugar de nascimento, terra natal, berço.
BIRTHRATE ['bə:θreit], *s.* índice de natalidade.
BIRTHRIGHT ['bə:θrait], *s.* direito de primogenitura.
BIS [bis], *int.* bis, outra vez!
BISCUIT ['biskit], *s.* biscoito, bolacha = (E.U.) *crackers;* bolinho; (E.U.) pãozinho; espécie de porcelana.
BISECT [bai'sekt], *v.* dividir em duas partes iguais.
BISECTION [bai'sekʃən], *s.* bisseção.
BISECTOR [bai'sektə], *s.* bissetor.
BISEXUAL ['bai'seksjuəl], *a.* bissexual.
BISHOP ['biʃəp], *s.* bispo.
BISHOPRIC ['biʃəprik], *s.* bispado; diocese.
BISMUTH ['bizməθ], *s.* bismuto.
BISON ['baisn], *s.* bisão.
BISTOURY ['bisturi], *s.* bisturi.
BISTRE ['bistə], *s.* bistre.
BISULPHATE [bai'sʌlfeit], *s.* bissulfato.
BIT [bit], *s.* pedaço, fragmento, bocado, migalha; bocado de freio, freio de cavalo; gume (de ferramenta); pua; moedinha; (E.U.) quantia de $12^1/_2$ cents. # *bit brace,* (ofic.) arco de pua. *countersink bit,* (ofic.) escariador.
BIT [bit], *pret.* e *pp.* de **BITE.**

BITCH [bitʃ], *s.* cadela, cachorra, fêmea dos caninos.

BITE [bait], *pret.* **BIT,** *pp.* **BITTEN** ou **BIT.** *v.* morder, picar; cortar; corroer; enganar. *s.* picada, mordedura, dentada; bocado; substância amarga; engano.

BITER ['baitə], *s.* mordedor.

BITING ['baitiŋ], *a.* afiado, cortante; mordaz, picante, sarcástico, satírico.

BITTEN ['bitn], *pp.* de **BITE.** # *once bitten twice shy,* gato escaldado de água fria tem medo.

BITTER ['bitə], *a.* amargo, acre, azedo; cruel, severo, mordaz, áspero; penetrante, cortante.

BITTERLY ['bitəli], *adv.* amargamente, acerbamente.

BITTERN ['bitə(:)n], *s.* (orn.) alcaravão; água-mãe (nas salinas); bútio; composição amarga.

BITTERNESS ['bitənis], *s.* amargor, amargo; azedume, mordacidade, severidade, rigor.

BITTERS ['bitəz], *s.* bebidas amargas; absinto.

BITTERSWEET ['bitə-swi:t], *a.* acre-doce.

BITUMEN ['bitjumin, bi'tju:min], *s.* betume.

BITUMINOUS [bi'tju:minəs], *a.* betuminoso.

BIVALVE ['baivælv], *a.* bivalve.

BIVOUAC ['bivuək], *v.* bivacar. *s.* bivaque.

BI-WEEKLY ['bai'wi:kli], *s.* publicação quinzenal. *a.* quinzenal.

BIZARRE [bi'zɑ:], *a.* bizarro, extravagante, exótico; caprichoso; grotesco, raro.

BLAB [blæb], *v.* revelar, divulgar um segredo, dar com a língua nos dentes, ser indiscreto.

BLABBER ['blæbə], *s.* indiscreto; tagarela.

BLACK [blæk], *a.* negro, preto, escuro, sombrio; tétrico, sinistro; zangado; mau; sujo. *v.* tingir ou pintar de preto, enegrecer; engraxar, lustrar (sapatos); fazer-se preto. *s.* negro; cor negra. # *black art,* magia negra. *go into black,* pôr luto. *in black and white,* preto no branco, por escrito.

BLACKAMOOR ['blækəmuə], *s.* negro.

BLACKBALL ['blækbɔ:l], *v.* votar contra; rejeitar, excluir. *s.* voto contra.

BLACKBEETLE ['blæk'bi:tl], *s.* barata (designação popular e errônea). *V.* **COCKROACH.**

BLACKBERRY ['blækbəri], *s.* amora silvestre.

BLACKBIRD ['blækbə:d], *s.* melro.

BLACKBOARD ['blækbɔ:d], *s.* quadro negro.

BLACKBOOK ['blækbuk], *s.* lista negra; livro com o nome dos criminosos.

BLACKCAP ['blækkæp], *s.* toutinegra; gorro usado pelos magistrados.

BLACK-CATTLE ['blæk'kætl], *s.* gado bovino; pessoas desprezíveis; escravos.

BLACKCOCK ['blækkɔk], *s.* galo silvestre.

BLACK-CURRANT ['blæk'kʌrənt], *s.* groselha preta.

BLACKEN ['blækən], *v.* tingir de preto; enegrecer; denegrir; manchar; infamar, macular; enegrecer-se.

BLACK-EYE ['blæk'ai], *s.* olho pisado, enegrecido; soco, murro.

BLACK-EYED ['blækaid], *a.* que tem olhos pretos.

BLACKGUARD ['blægɑ:d], *s.* indivíduo sem caráter, vil. *a.* vil, indecente, canalha. *v.* falar ou agir indecentemente.

BLACKING ['blækiŋ], *s.* graxa; engraxadela.

BLACKISH ['blækiʃ], *a.* escuro.

BLACK-JACK ['blækdʒæk], *s.* incursão (de piratas); caramelo; açúcar queimado; vinte-e-um (jôgo de cartas); (E.U.) cassetete de borracha; (bot.) espécie de carvalho.

BLACKLEAD ['blæk'led], *s.* grafita, plumbagina.

BLACKLEG ['blækleg], *s.* gatuno; traidor, o que fura as greves, grumiro = (E.U.) *scab.*

BLACK-LETTER ['blæk'letə], *s.* letra gótica em negrito.

BLACK-LIST ['blæklist], *s.* lista negra.

BLACKMAIL ['blækmeil], *s.* chantagem. *v.* fazer chantagem.

BLACKMAILER ['blækmeilə], *s.* chantagista.

BLACK-MARIA ['blækməraiə], *s.* carro para condução de presos, "viúva-alegre", "tintureiro" = (E.U.) *patrol van, patrol wagon. V. police van.*

BLACK-MARKET ['blæk'mɑ:kit], *s.* mercado negro. *a.* de mercado negro. *v.* negociar no mercado negro.

BLACKNESS ['blæknis], *s.* negrura, negrume, escuridão.

BLACKOUT ['blækaut], *s.* escuridão completa (precaução contra bombardeios).

BLACK-PUDDING ['blækpudiŋ], *s.* morcela.

BLACK-ROD ['blæk'rɔd], *s.* bedel do Parlamento inglês.

BLACK SHEEP ['blæk 'ʃi:p], *s.* **ovelha negra, a** vergonha da família; patife.

BLACKSMITH ['blæksmiθ], *s.* ferreiro; ferrador.

BLACKTHORN ['blækθɔ:n], *s.* (bot.) espinheiro negro.

BLADDER ['blædə], *s.* bexiga; vesícula; ampola, empola.

BLADE [bleid], *s.* lâmina, gume de instrumento cortante; folha, talo, cálamo, limbo, haste; pá; pessoa esperta e valente.

BLADE-BONE ['bleidboun], *s.* omoplata.

BLAH [blɑ:], *s.* (E.U.) tolice; balela; bravata.

BLAIN [blein], *s.* úlcera, ferida, chaga, pústula.

BLAMABLE ['bleiməbl], *a.* culpável, censurável.

BLAMABLENESS ['bleiməblnis], *s.* culpabilidade, culpa, falta.

BLAME [bleim], *s.* censura, repreensão, vituperação; culpa. *v.* culpar, censurar, repreender. # *be to blame,* ser culpado, ter a culpa. *blame for,* acusar de. *lay the blame on,* pôr ou deitar a culpa em. *to be to blame for,* ter a culpa de, ser culpado de.

BLAMELESS ['bleimlis], *a.* inocente, inculpável.

BLAMELESSNESS ['bleimlisnis], *s.* inocência.

BLAMEWORTHINESS ['bleimwə:ðinis], *s.* culpabilidade.

BLAMEWORTHY ['bleimwə:ði], *a.* culpável, censurável, repreensível.

BLANCH [blɑ:ntʃ], *v.* branquejar, alvejar; descorar, deslustrar; empalidecer; descansar.

BLANCHING ['blɑ:ntʃiŋ], *s.* ação de branquear, branqueamento.

BLAND [blænd], *a.* brando, manso, suave, doce, afável, benigno.

BLANDISH ['blændiʃ], *v.* acariciar, afagar; lisonjear.

BLANDISHMENT ['blændiʃmənt], *s.* carícia, afago, carinho; adulação, lisonja.

BLANDNESS ['blændnis], *s.* suavidade, brandura, moderação.

BLANK [blæŋk], *a.* branco, não escrito; vazio; sem adorno; sem interesse; pálido; descolorido; confuso; perturbado; solto (verso). *s.* claro, espaço em branco; lacuna; alvo (E.U.) fórmula (papel em branco para telegramas, etc.) = (Ing.) *form.* *v.* (E.U.) dar uma surra (em esporte) = (Ing.) *to beat hollow.*

BLANKET ['blaŋkit], *s.* cobertor, manta. *v.* cobrir com cobertor ou manta. # *a wet blanket,* um desmancha-prazeres, um pessimista = *spoilsport.* *blanket bond,* (fin.) título hipotecário dado como garantia.

BLANKETING ['blæŋkitiŋ], *s.* (rád.) interferência; tecido de lã para cobertor.

BLANKNESS ['blæŋknis], *s.* palidez; perturbação; confusão.

BLARE ['blɛe], *s.* clangor; estrondo; bramido, rugido. *v.* retinir, retumbar, trombetear; fazer estrondo.

BLARNEY ['blɑ:ni], *s.* adulação, lisonja.

BLASÉ ['blɑ:zei], *a.* cansado de prazer.

BLASPHEME [blæs'fi:m], *v.* blasfemar.

BLASPHEMER [blæs'fi:mə], *s.* blasfemo, blasfemador, ímpio.

BLASPHEMING [blæs'fi:miŋ], *s.* blasfêmia.

BLASPHEMOUS ['blæsfiməs], *a.* blasfemo, blasfematório, ímpio.

BLASPHEMY ['blæsfimi], *s.* blasfêmia.

BLAST [blɑ:st], *s.* golpe de vento, pé de vento; rajada, sopro; som (de instrumento de sopro); carga de explosivo; mina; explosão. *v.* queimar, talar, crestar, secar, arruinar; devastar; amaldiçoar; fazer voar pelos ares, explodir. # *blast gate,* (aer.) válvula de descompressão. *full blast,* a todo vapor, com toda a força.

BLASTED ['blɑ:stid], *a.* maldito; depravado. *pret.* e *pp.* de **BLAST.**

BLAST-FURNACE ['blɑ:stfə:nis], *s.* alto forno.

BLASTING ['blɑ:stiŋ], *s.* estouro; ação de fazer explodir. *a.* destruidor.

BLASTING-FUSE ['blɑ:stiŋfju:z], *s.* estopim.

BLASTING-POWDER ['blɑ:stiŋ'paudə], *s.* dinamite.

BLAST-PIPE ['blɑ:stpaip], *s.* cano de descarga ou de escape.

BLATANCY ['bleitənsi], *s.* barulho, ruído, berro.

BLATANT ['bleitənt], *a.* falador, ruidoso, barulhento.

BLAZE [bleiz], *s.* chama, labareda, fogo, fogueira; brilho, fulgor, ardor; marcas nas árvores para indicar o caminho; rumor; boato; fama; tumulto. *v.* queimar, inflamar, chamejar; luzir, brilhar, resplandecer; publicar, divulgar; marcar as árvores do caminho. # *like blazes,* furiosamente; velozmente.

BLAZER ['bleizə], *s.* desbravador, pioneiro; o que publica, o que divulga alguma coisa; dia resplandecente; paletó de cores berrantes (usado por esportistas).

BLAZING ['bleiziŋ], *a.* em chamas, inflamado, chamejante, flamejante, ardente; brilhante, resplandecente.

BLAZON ['bleizn], *v.* blazonar; publicar, proclamar, alardear. *s.* brasão.

BLEACH [bli:tʃ], *v.* branquear, alvejar, descorar; fazer-se branco.

BLEACHER ['bli:tʃə], *s.* branqueador, descorante; coradouro, lugar ou vasilha em que se põe roupa a corar; pessoa que cora roupa; (E.U.) assento, banco, arquibancada do lado do sol, em campo de esporte; (petr.) clarificador por borbulhamento.

BLEACHING ['bli:tʃiŋ], *s.* branqueamento.

BLEACHING-POWDER ['bli:tʃiŋpaudə], *s.* pó para branquear, cloreto de cálcio.

BLEAK [bli:k], *a.* frio, gelado; penetrante, cortante; desabrigado, exposto ao tempo, ao vento; deserto, ermo; pálido, desmaiado; triste, sombrio.

BLEAKNESS ['bli:knis], *s.* frio, frialdade; desabrigo, intempérie; palidez.

BLEAR [bliə], *a.* escuro, ofuscado; turvo; confuso de idéias.

BLEAR-EYED ['bliəraid], *a.* remeloso, remelento.

BLEAT [bli:t], *s.* balido. *v.* balir, balar.

BLEB [bleb], *s.* ampola; bexiga; bolha.

BLED [bled], *pret.* e *pp.* de **BLEED.**

BLEED [bli:d], *pret.* e *pp.* **BLED.** *v.* sangrar; tirar a seiva às árvores; gotejar, destilar; tirar dinheiro a alguém; morrer de morte violenta. # *bleed for something,* pagar por alguma coisa.

BLEEDING ['bli:diŋ], *s.* sangria; hemorragia.

BLEMISH ['blemiʃ], *s.* mancha, nódoa; desonra; cicatriz; defeito físico, deformidade.

BLENCH [blentʃ], *v.* recuar, retirar-se, fugir com medo; impedir, embaraçar, obstruir; pestanejar.

BLEND [blend], *s.* mistura, combinação; blenda. *v. pret.* **BLENDED,** *pp.* **BLENDED** ou **BLENT;** misturar, combinar, unir, fundir; misturar-se, fundir-se, combinar-se, mesclar-se.

BLENDING ['blendiŋ], *s.* mistura, combinação, fusão.

BLENDOR ['blendə], *s.* misturador, liquidificador.

BLENT [blent], *pp.* de **BLEND.**

BLESS [bles], *v. pret.* e *pp.* **BLESSED** ou **BLEST;** abençoar, benzer, consagrar, santificar; exaltar, louvar, glorificar; invocar a Deus; fazer feliz.

BLESSED ['blesid], *a.* abençoado, louvado, santo, bem-aventurado, feliz.

BLESSED [blest], *pret.* e *pp.* de **BLESS.**

BLESSEDNESS ['blesidnis], *s.* bem-aventurança, felicidade, graça de Deus, santidade.

BLESSING ['blesıŋ], *s.* bênção, graça, felicidade; benefício; prosperidade, boa fortuna; invocação.

BLEST [blest], *a.* abençoado. *pret.* e *pp.* de **BLESS.**

BLEW [blu:], *pret.* de **BLOW.**

BLIGHT [blait], *s.* certos estados patológicos das plantas; geada; murchidão; queima (pelo frio). *v.* afetar as plantas (com doenças), mangrar; murchar; crestar, queimar (com frio, geada, etc.); esterilizar.

BLIMP [blimp], *s.* pequeno dirigível não rígido; (col.) qualquer dirigível.

BLIND [blaind], *s.* estore, veneziana; véu, máscara, capa; *pl.* antolhos. *a.* cego; escuro; oculto; falso; fingido; secreto; imprudente, tonto; ilegível. *v.* cegar, vendar os olhos; enganar; ofuscar, deslumbrar; alucinar; assombrar. # *among the blind the one-eyed man is king,* na terra dos cegos quem tem um olho é rei. *blind flying,* (av.) vôo cego. *none so blind as those who won't see,* o pior cego é o que não quer ver. *strike blind,* cegar.

BLIND ALLEY ['blaind'æli], *s.* **beco sem saída.** # *blind alley job,* emprego sem probabilidade de promoção.

BLINDERS ['blaindəz], *s. pl.* (E.U.) antolhos = (Ing.) *blinkers.*

BLINDFOLD ['blaindfould], *a.* com os olhos vendados; ofuscado. *adv.* cegamente, às cegas. *v.* vendar os olhos; ofuscar.

BLINDLY ['blaindli], *adv.* cegamente, às cegas.

BLINDMAN'S BUFF ['blaindmænz'bʌf], *s.* o jogo da cabra-cega.

BLINDNESS ['blaindnis], *s.* cegueira.

BLINDWORM ['blaindwə:m], *s.* cobra-de-vidro.

BLINK [bliŋk], *s.* piscadela; clarão passageiro; vislumbre. *v.* piscar os olhos, pestanejar; tremeluzir; vacilar; ignorar; evitar; encobrir.

BLINKER ['bliŋkə], *s.* pisca-pisca, sinal luminoso intermitente; viseira, antolhos = (E.U.) *blinders*.

BLISS [blis], *s.* bem-aventurança, felicidade, glória; delícia, deleite.

BLISSFUL ['blisful], *a.* bem-aventurado, feliz; delicioso.

BLISTER ['blistə], *s.* ampola, empola, bolha; vesicatório. *v.* empolar; aplicar vesicatórios.

BLITHE [blaið], *a.* alegre, jovial, contente.

BLITHENESS ['blaiðnis], *s.* alegria, contentamento, júbilo.

BLITHESOME ['blaiðsəm], *V.* **BLITHE.**

BLITZ [blits], **BLITZKRIEG** ['blitskri:g], *s.* (alem.) guerra-relâmpago. # *blitz buggy,* (gír. mil.) = *jeep.*

BLIZZARD ['blizəd], *s.* tempestade de neve.

BLOAT [blout], *v.* inchar, intumescer; defumar.

BLOATED ['bloutid], *a.* inchado, túmido, intumescido; defumado.

BLOATER ['bloutə], *s.* arenque defumado.

BLOB [blɔb], *s.* bolha, borbulha, empola.

BLOBBER LIP ['blɔbəlip], *s.* beiçola.

BLOBBER LIPPED ['blɔbəlipt], *a.* beiçudo.

BLOC [blɔk], *s.* bloco (de nações); coligação.

BLOCK [blɔk], *s.* bloco; cepo; viga; moitão; lote, partida (de mercadorias, etc.); (tip.) clichê, forma; obstáculo; pessoa estúpida; um conjunto de edifícios, um bloco; (E.U.) um quarteirão; (med.) bloqueio. *v.* bloquear, fechar, obstruir. # *block buster,* (mil.) arrasa-quarteirão (bomba). *block chain,* (maq.) corrente plana articulada (de bicicleta). *block of flats,* edifício de apartamentos. *block pull,* prova de clichê = (E.U.) *engraver's proof.*

BLOCKADE [blɔ'keid], *s.* bloqueio, assédio, cerco, sítio; obstrução; (E.U.) interrupção de trânsito. *v.* bloquear, sitiar; obstruir.

BLOCKADER [blɔ'keidə], *s.* bloqueante.

BLOCKHEAD ['blɔkhed], *s.* pessoa estúpida, cabeça-dura.

BLOCKHOUSE ['blɔkhaus], *s.* fortim, casa-forte.

BLOKE [blouk], *s.* companheiro; camarada, indivíduo.

BLOND, BLONDE [blɔnd], *a.* *louro* (pele ou cabelos). *s.* pessoa de cor loura; tipo de renda de seda.

BLOOD [blʌd], *s.* sangue; raça, linhagem, parentesco; seiva; suco; indignação, cólera, ira; temperamento, gênio, índole; paixão; vitalidade; pelintra; assassínio; homem atrevido, ousado, destemido. # *blood bank,* banco de sangue. *blood pressure,* pressão arterial. *blood stream,* corrente sangüínea. *let blood,* sangrar, perder sangue. *get blood from a turnip,* fazer um boi voar, tirar água de uma pedra (fazer o impossível). *young blood,* sangue novo.

BLOODHEAT ['blʌdhi:t], *s.* temperatura sangüínea.

BLOODHORSE ['blʌdhɔ:s], *s.* cavalo puro-sangue.

BLOODHOUND ['blʌdhaund], *s.* sabujo, cão de caça; pessoa sangüinária.

BLOODINESS ['blʌdinis], *s.* sangüinolência; crueldade.

BLOODLESS ['blʌdlis], *a.* exangue, sem sangue; pálido; sem efusão de sangue, incruento.

BLOOD-MONEY ['blʌdmʌni], *s.* dinheiro ganho através de um assassínio.

BLOODPOISONING ['blʌdpɔizniŋ], *s.* envenenamento do sangue.

BLOODPUDDING ['blʌdpudiŋ], *s.* morcela; chouriço.

BLOOD-RED ['blʌd'red], *s.* vermelho sangüíneo

BLOOD-RELATION ['blʌdri'leiʃən], *s.* parente consangüíneo.

BLOODSAUSAGE ['blʌdsɔsidʒ], *s.* *V.* **BLOODPUDDING.**

BLOODSHED ['blʌdʃed], *s.* derramamento de sangue.

BLOODSHOT ['blʌdʃɔt], *a.* injetado de sangue (dos olhos).

BLOOD-STONE ['blʌdstoun], *s.* pedra preciosa avermelhada; hematita; heliotrópio.

BLOOD-SUCKER ['blʌdsʌkə], *s.* sanguessuga.

BLOOD-THIRSTY ['blʌdθə:sti], *a.* sangüinário, sangüinolento, cruel.

BLOOD-VESSEL ['blʌdvesl], *s.* vaso sangüíneo.

BLOODY ['blʌdi], *a.* sangüinolento, sangrento,

ensangüentado; sangüinário (= sanguinário); (vulg.) maldito. *adv.* extremamente. *v.* ensangüentar, manchar de sangue; sangrar.

BLOOM [blu:m], *s.* flor, florescência; florada; frescor; beleza; vermelho das faces; o ferro ao sair da forja; golpe de vento quente. *v.* florir, florescer, cobrir-se de flores; ostentar frescor. # *in the bloom of health,* em perfeita saúde.

BLOOMER ['blu:mə], *s.* erro, engano; planta em flor. # *make a bloomer,* dar uma rata, cometer uma gafe.

BLOOMERS ['blu:məz], *s.* calções usados em esportes; calças (de mulher).

BLOOMING ['blu:miŋ], *a.* florescente; eufemismo usado em vez de *bloody* (no sentido de maldito). *s.* florescência.

BLOOMY ['blu:mi], *a.* florido, florescente.

BLOSSOM ['blɔsəm], *s.* flor (de árvore). *v.* florir, florescer.

BLOT [blɔt], *s.* borrão, mancha, nódoa de tinta; traço de pena sobre o que está escrito; rasura; defeito; desonra, deslustre. *v.* manchar, borrar, sujar, secar (a tinta); riscar, difamar.

BLOTCH [blɔtʃ], *s.* pústula; mancha na pele; borrão de tinta. *v.* cobrir de pústulas.

BLOTCHY ['blɔtʃi], *a.* com pústulas ou manchas.

BLOTTER ['blɔtə], *s.* borrador; folha de papel mata-borrão; (E.U.) livro de ocorrência (delegacia de polícia, hospital, etc.).

BLOTTING-PAPER ['blɔtiŋpeipə], *s.* papel mata-borrão.

BLOUSE [blauz], *s.* blusa.

BLOW [blou], *pret.* **BLEW,** *pp.* **BLOWN.** *v.* soprar, ventar, fazer soar (instrumentos de sopro); desabrochar; bufar; respirar com força. *s.* golpe, pancada; murro, bofetada; desgraça, infelicidade, revés; florescência; vendaval, ventania. # *be blown up,* tomar uma surra. *blow case,* (petr.) tanque injetor; tambor de descarga sob pressão. *blow down,* derrubar. *blow hot and cold,* vacilar. *blow out,* extinguir (fogo); fundir (arame). *blow up,* explodir; destruir, fazer explodir; encher (de gás ou de ar). (com.) exportar. *have a blow out,* comer vorazmente. *I'm blowed!* (gír.) esta é de se tirar o chapéu! *to come to blows,* ir às vias de fato. *to land a blow,* dar ou assentar uma bofetada.

BLOWER ['blouə], *s.* soprador, ventilador; fole; ventoinha.

BLOW-FLY [blouflai], *s.* mosca varejeira.

BLOWHOLE ['blouhou], *s.* (fund.) bolha de ar.

BLOWING ['blouiŋ], *s.* sopro. *a.* que sopra.

BLOW JOB ['blowdʒɔb], *s.* (mil.) avião a jato.

BLOWLAMP ['blowlæmp], *s.* maçarico.

BLOWN [bloun], *pp.* de **BLOW.**

BLOWOUT ['blouaut], *s.* explosão.

BLOWPIPE ['bloupaip], *s.* tubo de soprar; maçarico.

BLOWTORCH ['bloutɔ:tʃ], *s.* (ofic.) maçarico.

BLOW-UP ['blouʌp], *s.* explosão; (E.U. fot.) ampliação = (Ing.) *enlargement. v.* (E.U.) ampliar (fotografia) = (Ing.) *enlarge.*

BLOWY ['bloui], *a.* ventoso.

BLOWZED ['blauzd], *a.* queimado do sol, tisnado; desalinhado, desgrenhado.

BLOWZY ['blauzi], *V.* **BLOWZED.**

BLUBBER ['blʌbə], *s.* gordura de baleia; choro. *v.* chorar até incharem os olhos.

BLUBBERED ['blʌbəd], *a.* inchado.

BLUDGEON ['blʌdʒən], *s.* clava, cacete, maça.

BLUE [blu:], *a.* azul; triste, melancólico; fiel; severo. *s.* azul. *v.* azular. # *blue paper,* papel prussiato. *feel blue (have the blues),* estar deprimido, desanimado, melancólico. *once in a blue moon,* uma vez na vida, outra na morte.

BLUEBELL ['blu:bel], *s.* campainha (flor).

BLUEBERRY ['blu:bəri], *s.* arando.

BLUE-BOTTLE ['blu:bɔtl], *s.* vareja, varejeira, mosca varejeira.

BLUE-JACKET ['blu:dʒækit], *s.* marinheiro = (E.U.) *jackie.*

BLUENESS ['blu:nis], *s.* cor azul.

BLUEPRINT ['blu:print], *s.* fotografia heliográfica.

BLUES [blu:z], *s.* melancolia, depressão moral; canção triste.

BLUESTOCKING ['blu:stɔkiŋ], *s.* sabichona; mulher instruída ou que afeta instrução.

BLUEY ['blu:i], *a.* azulado.

BLUFF [blʌf], *s.* blefe, logro, fanfarronada; ribanceira. *a.* franco; rude; escarpado. *v.* blefar, lograr, enganar.

BLUFFNESS ['blʌfnis], *s.* aspereza, rudeza; fanfarronada.

BLUISH ['blu:iʃ], *a.* azulado.

BLUNDER ['blʌndə], *s.* asneira, tolice; erro crasso; rata. *v.* cometer um erro crasso; enganar-se, desatinar. # *blunder into,* atingir por acaso, alcançar por acaso. *blunder upon,* encontrar por acaso. *make a blunder,* dar uma rata, cometer uma gafe.

BLUNDERBUSS ['blʌndəbʌs], *s.* bacamarte; (col.) trapalhão.

BLUNDERER ['blʌndərə], *s.* pessoa que dá ratas.

BLUNDERING ['blʌndəriŋ], *a.* disparatado.

BLUNGE ['blʌndʒ], *v.* amassar.

BLUNGER ['blʌndʒə], *s.* máquina de amassar (cal ou gesso).

BLUNT [blʌnt], *a.* embotado; obtuso; duro. brusco; rombudo; embotado; sem corte, cego. *v.* embotar, enervar; adormecer ou mitigar uma dor.

BLUNTLY ['blʌntli], *adv.* sem corte; asperamente. # *putting it bluntly,* para falar francamente, para dizer a verdade.

BLUNTNESS ['blʌntnis], *s.* embotamento; rudeza, aspereza.

BLUR [blə:], *s.* mancha, borrão. *v.* manchar, borrar; velar, nublar.

BLURT [blə:t], *v.* falar precipitadamente; falar inconsideradamente.

BLUSH [blʌʃ], *s.* rubor, vermelhidão. *v.* corar, ruborizar-se; envergonhar-se. # *at the first blush,* à primeira vista.

BLUSHING ['blʌʃiŋ], *s.* rubor na face. *a.* corado; modesto.

BLUSTER ['blʌstə], *s.* tumulto; barulho, ruído; jactância, fanfarronada. *v.* roncar, zunir, soprar com estrépito; blasonar.

BLUSTERER ['blʌstərə], *s.* fanfarrão.

BLUSTERING ['blʌstəriŋ], *s.* tumulto. *a.* fanfarrão, jactancioso.

BOA ['bouə], *s.* boa, jibóia; boa.

BOAR [bɔ:, bɔə], *s.* varrão.

BOARD [bɔ:d, bɔəd], *s.* tábua, tabuleta, tabuleiro; mesa; quadro; junta, diretoria; refeição, alimento; borda, lado; (mar.) bordo; palco; papelão. *v.* abordar; assoalhar; dar pensão; hospedar-se; (E.U.) dar abrigo e alimento a animais; (E.U.) embarcar, entrar (em um veículo). # *board of directors,* conselho diretor, diretoria. *board and lodge,* casa e comida. *board of trade,* câmara de comércio. *board of trustees,* junta de curadores. *board paper,* cartolina. *kneeling board,* genuflexório. *fall over board,* cair no mar. *free on board (F.O.B.),* posto a bordo (com.). *on board,* a bordo.

BOARDER ['bɔ:də], *s.* hóspede; pensionista (só para comida); aluno interno.

BOARDING ['bɔ:diŋ], *s.* abordagem; ação de assoalhar; cobertura de tábuas; tábuas.

BOARDING-HOUSE ['bɔ:diŋhaus], *s.* pensão, casa de pensão.

BOARDING-SCHOOL ['bɔ:diŋsku:l], *s.* colégio ou escola com internato.

BOARD-SCHOOL ['bɔ:dsku:l], *s.* escola administrada pela junta de instrução.

BOARDWALK ['bɔ:d'wɔ:k], *s.* (E.U.) calçada, passeio de madeira, tablado.

BOARISH ['bɔriʃ], *a.* brutal, cruel.

BOAST [boust], *s.* jactância, ostentação, vanglória. *v.* alardear, gabar, ostentar, vangloriar-se; exaltar.

BOASTER ['boustə], *s.* fanfarrão, prosa.

BOASTFUL ['boustful], *a.* jactancioso, prosa.

BOASTFULNESS ['boustfulnis], *s.* prosa, jactância.

BOAT [bout], *s.* barco, barca, bote, canoa; navio; paquete. *v.* navegar; remar. # *miss the boat,* perder a oportunidade.

BOATING ['boutiŋ], *s.* passeio de barco; manejo de um barco; transporte em barco.

BOATMAN ['boutmən], *s.* barqueiro.

BOATSWAIN ['bousn, 'boutswein], *s.* contramestre de navio.

BOB [bɔb], *s.* feixe; safanão; pancada leve; prumo; cabelo curto (de mulher); inclinação rápida; xelim; rapaz; estudante. *v.* bater de leve; sacudir; inclinar; burlar; zombar de. # *bob a curtsey at someone,* fazer uma mesura a alguém. *bob up,* surgir inesperadamente.

BOBBIN ['bɔbin], *s.* bobina; carretel.

BOBBINET ['bɔbinət], *s.* bobinete; filó.

BOBBY ['bɔbi], *s.* policial; agente de polícia, "tira" (pop.).
BOBBY-SOCKER ['bɔbisɔkə], *s.* uma adolescente, um "brotinho".
BOBBY-SOCKS ['bɔbisɔks], *s.* meias curtas, meias "soquete".
BOBBY-SOCKSER ['bɔbisɔksə], *s. V.* **BOBBY-SOCKER.**
BOBBY-SOXER ['bɔbisɔksə], *s. V.* **BOBBY-SOCKER.**
BOBSLEIGH ['bɔbslei], *s.* pequeno trenó.
BOBSTAY ['bɔsbstei], *s.* cabo que segura o mastro da proa; (náut.) cabresto.
BOBTAIL ['bɔbteil], *s.* animal rabão, cotó; rabo curto; cauda cortada.
BOBWHITE ['bɔbwait], *s.* (orn.) colim, codorniz, codorna.
BOB-WIG ['bɔb'wig], *s.* cabeleira postiça encaracolada.
BODE [boud], *v.* pressagiar, predizer.
BODICE ['bɔdis], *s.* espartilho; corpete; corpinho.
BODILY ['bɔdili], *a.* corpóreo; material; real.
BODKIN ['bɔdkin], *s.* agulheta, sovela, furador; alfinete de cabelo.
BODY ['bɔdi], *s.* corpo, matéria (em oposição a espírito); pessoa; corporação; esqueleto, carcaça, armação. # *body man,* lanterneiro (de automóvel). *body snatcher,* (gír. mil.) padioleiro. *main body,* casco (de navio).
BODYGUARD ['bɔdigɑ:d], *s.* guarda pessoal.
BOG [bɔg], *s.* pântano, atoleiro, lamaçal; turfa; cloaca; sentina. *v.* enlamear-se; atolar-se.
BOGEY ['bougi], *s.* espectro, espantalho, fantasma; demônio.
BOGEY-HAUNTED ['bougihɔ:ntid], *a.* mal-assombrado.
BOGGINESS ['bɔginis], *s.* qualidade do que é pantanoso.
BOGGLE ['bɔgl], *v.* hesitar; vacilar; equivocar. confundir.
BOGGLER ['bɔglə], *s.* pessoa irresoluta.
BOGGY ['bɔgi], *a.* pantanoso.
BOGIE ['bougi], *s.* carreta; (estr. de f.) truque. *V.* **BOGEY.**
BOGLE ['bɔgl], *s.* fantasma, espectro.
BOGUS ['bougəs], *a.* falso, fictício; espúrio. # *bogus firm,* empresa fictícia, firma fantasma.
BOGY ['bougi], *V.* **BOGEY.**
BOHEMIAN [bo'hi:mjən], *s.* e *a.* boêmio, habitante da Boêmia; boêmio, estúrdio; valdevinos.
BOIL [bɔil], *s.* ebulição, fervura; espinha, furúnculo. *v.* ferver, cozer; estar agitado. # *boil away,* evaporar-se. *boiled shirt,* camisa de peito duro.
BOILER ['bɔilə], *s.* caldeira; chaleira, tacho.
BOILER-MAKER ['bɔilə'meikə], *s.* caldeireiro.
BOILING ['bɔiliŋ], *s.* ebulição, fervura. *a.* que está a ferver, fervente.
BOILING-POINT ['bɔiliŋpɔint], *s.* ponto de ebulição.
BOISTEROUS ['bɔistərəs], *a.* barulhento, turbulento, violento; furioso; tempestuoso.
BOLAS ['bouləs], *s.* bolas que se colocam nas cordas usadas para laçar.
BOLD [bould], *a.* destemido, arrojado, intrépido, corajoso, valente, ousado; descarado, atrevido; íngreme. # *make bold with,* zombar de alguém.
BOLDFACE ['bouldfeis], *s.* (tip.) negrito, negrita.
BOLD-FACED ['bouldfeist], *a.* atrevido; negrito (diz-se de tipo de imprensa).
BOLDLY ['bouldli], *adv.* ousadamente.
BOLDNESS ['bouldnis], *s.* intrepidez, audácia, atrevimento, ousadia.
BOLDTYPE ['bouldtaip], *s. V.* **BOLDFACE.**
BOLE [boul], *s.* haste; tronco de árvore.
BOLERO [bə'lɛərou (dança)], ['bɔlerou (casaco)], *s.* bolero.
BOLIVIAN [bə'liviən], *s.* e *a.* boliviano.
BOLL [boul], *s.* casulo, cápsula.
BOLLARD ['bɔləd], *s.* (mar.) amarradouro, cabeço.
BOLSHEVIK ['bɔlʃivik], *V.* **BOLSHEVIST.**
BOLSHEVISM ['bɔlʃivizm], *s.* bolchevismo.
BOLSHEVIST ['bɔlʃivist], *s.* e *a.* bolchevista.
BOLSTER ['boulstə], *s.* almofada; travesseiro; chumaço; calço, suporte. *v.* sustentar, apoiar, reforçar.
BOLT [boult], *s.* dardo, flecha; grampo, cavilha; ferrolho, lingüeta, parafuso; rolo de pano; salto rápido; faísca, raio; fuga. *v.* aferrolhar;

prender; separar, peneirar; disparar (o cavalo); retirar-se, escapulir, fugir, abandonar; saltar rapidamente; engolir sem mastigar. *bolt and pipe machine,* (ofic.) tarraxa (máquina para abrir roscas). *hanger bolt,* (máq.) perno de suspensão. *shoot one's bolt,* jogar a última cartada.

BOLTER [boultə], *s.* peneira, crivo; cavalo fogoso.

BOLTING ['boultiŋ], *s.* ação de aferrolhar ou de peneirar.

BOMB [bɔ:m], *s.* bomba, granada. *v.* bombardear. # *atomic bomb,* bomba atômica.

BOMBARD ['bɔmbɑ:d], *s.* bombarda.

BOMBARD [bɔm'bɑ:d], *v.* bombardear.

BOMBARDIER [bɔmbə'diə], *s.* bombardeiro.

BOMBARDMENT [bɔm'bɑ:dmənt], *s.* bombardeio, bombardeamento.

BOMBARDON [bɔm'bɑ:dn], *s.* (mús.) bombardão.

BOMBASINE [bɔmbə'zi:n], *s.* bombasina.

BOMBAST ['bɔmbæst], *s.* linguagem bombástica; ênfase.

BOMBASTIC [bɔm'bæstik], *a.* bombásticó, retumbante; enfático.

BOMBER ['bɔmə], *s.* bombardeador, bombardeiro; avião de bombardeio.

BONANZA [bou'nænzə], *s.* (E.U.) sorte inesperada = (Ing.) *windfall, stroke of luck.*

BON-BON ['bɔnbɔn], *s.* bombom, confeito.

BOND [bɔnd], *s.* laço, ligação; vínculo, união, título, vale; ação, obrigação (título comercial); bônus, obrigação; debênture; apólice de dívida pública; (jur.) contrato; fiança; *pl.* cativeiro, prisão; grilhões. *v.* ligar, unir, amarrar; hipotecar; afiançar. # *bond holder,* (com.) obrigacionista. *registered bond,* (com.) título nominativo.

BONDAGE ['bɔndidʒ], *s.* cativeiro, escravidão; obrigação.

BONDED ['bɔndid], *a.* garantido (por escritura); depositado (como fiança); hipotecado.

BONDED WAREHOUSE [bɔndid'wɛəhaus], *s.* armazém de alfândega.

BOND-HOLDER ['bɔndhouldə], *s.* acionista, obrigacionista, pôrtador de um título.

BONDMAID ['bɔndmeid], *s.* escrava.

BONDMAN ['bɔndmən], *s.* escravo.

BONDSMAN ['bɔndzmən], *s.* fiador; escravo, servo.

BONDSWOMAN ['bɔndzwumən], *s.* escrava, serva.

BONE [boun], *s.* osso; espinha (de peixe); barbatana; *pl.* castanholas; restos mortais. *v.* (gír.) furtar. # *bone block,* (quím.) carvão mineral. *bone of contention,* pomo de discórdia. *feel in one's bones,* pressentir. *I have a bone to pick with you,* tenho umas contas a ajustar com você. *make no bones,* não hesitar; tornar público. *make no bones about,* falar francamente, sem papas na língua.

BONEHEAD ['bounhed], *s.* pessoa estúpida, um imbecil = (Ing.) *blockhead.*

BONER ['bounə], *s.* (E.U.) disparate, tolice, dislate, dispautério, erro grave (em exame) = (Ing.) *howler;* o que comete erros graves.

BONFIRE ['bɔnfaiə], *s.* fogueira.

BONNET ['bɔnit], *s.* certo tipo de chapéu pequeno (de senhora ou criança); capô (de motor de automóvel) = (E.U.) *hood;* (canal.) tampo de torneira. # *throw her bonnet* (ou *cap*) *over the windmill,* apaixonar-se desprezando convenções sociais.

BONNY ['bɔni], *a.* alegre; formoso, belo, bonito.

BONUS ['bounəs], *s.* bônus; prêmio; porcentagem.

BONY ['bouni], *a.* ossudo.

BONZE [bɔnz], *s.* bonzo.

BOO [bu:], *v.* vaiar; apupar. *int.* expressão de desprezo.

BOOB [bu:b], *V.* **BOOBY.**

BOOBY ['bu:bi], *s.* palerma, tolo, estúpido. # *booby prize,* prêmio de consolação.

BOOBYSH ['bu:biiʃ], *a.* estúpido, tolo.

BOOBY-TRAP ['bu:bitræp], *s.* armadilha. *v.* preparar armadilha.

BOOER ['buə], *s.* vaiador, apupador.

BOOGIE-WOOGIE ['bu:giwu:gi], *s.* (mús.) espécie de *blues;* dança popular norte-americana, ao rítmo dessa música.

BOOHOO [bu:'hu:], *s.* lamentação. *v.* lamentar-se (em voz alta).

BOOK [buk], *s.* livro, caderno; álbum; tomo, volume. *v.* anotar, registrar, garantir a compra (com pagamento adiantado); comprar passagem; fazer reserva de acomodações em hotel, navio, etc. = (Ing.) *to make a reservation.* # *cook the books,* falsificar uma escrita (cont.) comercial. *keep the books,* fazer a escrita. *purchase book* (= *bought book*), livro de registro de compras. *statutory books;* (com.) livros principais. *subsidiary books;* (com.) livros auxiliares.

BOOKBINDER ['bukbaində], *s.* encadernador.

BOOKBINDING ['bukbaindiŋ], *s.* oficina de encadernador, encadernação.

BOOKCASE ['bukkeis], *s.* estante de livros.

BOOK-HOLDER ['bukhouldə], *s.* ponto (de teatro).

BOOKING ['bukiŋ], *s.* registro (bagagem); inscrição.

BOOKING-OFFICE ['bukiŋɔfis], *s.* bilheteria (de estrada de ferro, de teatro, etc.).

BOOKISH ['bukiʃ], *a.* estudioso; versado em livros; teórico; pedante; livresco.

BOOKISHNESS ['bukiʃnis], *s.* aplicação aos livros, estudo; deficiência de senso prático.

BOOK-KEEPER ['bukki:pə], *s.* guarda-livros.

BOOK-KEEPING ['bukki:piŋ], *s.* escrituração mercantil.

BOOK-LEARNING ['buklə:niŋ], *s.* erudição; conhecimento obtido pelos livros.

BOOKLET ['buklit], *s.* livreto, folheto, fascículo, opúsculo.

BOOK-MAKER ['bukmeikə], *s.* compilador; o que faz livros; apostador profissional em corridas de cavalos = (E.U.) *handbookman.*

BOOK-MAKING ['bukmeikiŋ], *s.* compilação ou confecção de livros; aposta em corridas de cavalos = (E.U.) *hand-booking.*

BOOKMAN ['bukmən], *s.* pessoa estudiosa, um erudito, um sábio, amigo da leitura; pessoa interessada em livros.

BOOK-MARK ['bukmɑ:k], *s.* marca-livros.

BOOK-MONGER ['bukmʌŋgə], *s.* alfarrabista.

BOOK-PLATE ['bukpleit], *s.* ex-libris.

BOOKSELLER ['bukselə], *s.* livreiro.

BOOK-SHELF ['bukʃelf], *s.* estante de livros.

BOOK-SHOP ['bukʃɔp], *s.* livraria = (E.U.) *bookstore.*

BOOK-STALL ['bukstɔ:l], *s.* banca de jornais = (E.U.) *news-stand.*

BOOKSTORE ['bukstɔ:], *s.* (E.U.) livraria = (Ing.) *bookshop.*

BOOK-TRADE ['buktreid], *s.* comércio de livros.

BOOK-WORM ['bukwə:m], *s.* traça, cupim; pessoa muito dada aos livros; rato de biblioteca .

BOOM [bu:m], *s.* (náut.) pau de carga; retranca; botaló; braço de grua; barragem, estampido; surto de progresso; atividade ou progresso repentino. *v.* fazer grande barulho, troar, roncar, rugir; mover-se com violência; favorecer; fomentar; tornar-se popular; progredir rapidamente.

BOOMER ['bu:mə], *s.* empregado que constantemente muda de emprego.

BOOMERANG ['bu:məræŋ], *s.* bumerange (arma dos australianos).

BOON [bu:n], *s.* favor, dádiva, mercê. *a.* alegre.

BOOR [buə], *s.* campônio, camponês, rústico.

BOORISH ['buəriʃ], *a.* grosseiro, rústico.

BOOST [bu:st], *v.* elevar, ajudar, amparar, incentivar, entusiasmar alguém; (técn.) aumentar a força, pressão ou voltagem. *s.* impulso, auxílio; aumento de preço ou de valor.

BOOSTER ['bu:stə], *s.* indivíduo empreendedor, animador, pioneiro; (técn.) instrumento que aumenta a pressão ou energia; escorva (expl.).

BOOT [bu:t], *s.* botina; porta-malas (aut.) = (E. U.) *trunk;* (E.U.) bota = (Ing.) *high boot;* lambujem; ganho, proveito, gratificação. *v.* dar pontapé; demitir. # *die with one's boots on,* morrer trabalhando. *have one's heart in one's boots,* estar ou ficar apavorado. *mountaineering boot,* botina de alpinista; *riding boot,* bota de montaria. *what boots it?,* de que serve, que adianta?

BOOTBLACK ['bu:tblæk], *s.* (E.U.) engraxate = (Ing.) *shoeblack.*

BOOT-CUPBOARD ['bu:t'kʌbəd], *s.* sapateira, armário para sapatos.

BOOTED ['bu:tid], *a.* de botas calçadas.

BOOTEE ['bu:ti:], *s.* botina; botinha para criança; (E.U.) sapatinho macio.

BOOTH [bu:ð], *s.* tenda, barraca.

BOOTLACE ['bu:t-leis], *s.* cordão de sapato = (E.U.) *shoestring.*

BOOTLEG ['bu:'tleg], *s.* cano de bota, bebida alcoólica (de contrabando). *v.* fabricar ou vender bebida alcoólica clandestinamente.

BOOTLEGGER ['bu:tlegə], *s.* contrabandista de bebidas alcoólicas.

BOOTLESS ['bu:tlis], *a.* inútil; descalço.

BOOTLICKER ['butlikə], *s.* indivíduo servil.

BOOTS [bu:ts], *s.* engraxate (de hotel); moço de recados.

BOOTY ['bu:ti], *s.* presa; saque; despojo; espólio.

BOOZE [bu:z], *v.* embriagar-se. *s.* bebida alcoólica; bebedeira, embriaguez.

BOOZER ['bu:zə], *s.* ébrio.

BOOZY ['bu:zi], *a.* embriagado.

BO-PEEP [bou'pi:p], *V.* **PEEK-A-BOO.**

BORACIC [bə'ræsik], *a.* bórico.

BORATE ['bɔ:reit], *s.* borato.

BORAX ['bɔræks], *s.* bórax.

BORDER ['bɔ:də], *s.* borda, margem; fronteira, limite; orla, debrum. *v.* delimitar; orlar; guarnecer, debruar, limitar, confinar.

BORDER-LINE ['bɔ:dəlain], *s.* linha divisória.

BORE [bɔ:, bɔə], *pret.* de **BEAR.**

BORE [bɔ:, bɔə], *s.* furo, buraco, perfuração; calibre, alma (de canhão); (min.) sondagem; (mar.) macaréu; (mec.) broca; tédio; maçada; maçador, pessoa ou coisa enfadonha. *v.* perfurar; brocar; maçar, enfadar.

BOREALIS [bɔ:ri'eilis], *a.* boreal.

BOREDOM ['bɔ:dəm, 'bɔədəm], *s.* tédio, aborrecimento.

BORER ['bɔ:rə, 'bɔərə], *s.* broca, furador; sonda.

BORIC ['bɔ:rik], *a.* bórico.

BORING ['bɔ:riŋ, 'bɔəriŋ], *s.* furo, perfuração; sondagem. *a.* perfurante; cacete, maçante.

BORING MACHINE ['bɔ:riŋmə'ʃi:n], *s.* perfuratriz.

BORN [bɔ:n], *pp.* de **BEAR**, e *a.* nascido. # *be born,* nascer.

BORNE [bɔ:n], *pp.* de **BEAR.**

BOROUGH ['bʌrə], *s.* burgo, vila; cidade pequena; município.

BORROW ['bɔrou], *v.* tomar emprestado; imitar; apropriar-se.

BORROWER ['bɔrouə], *s.* aquele que pede emprestado; mutuário.

BORROWING ['bɔrouiŋ], *s.* empréstimo.

BOSH [bɔʃ], *s.* asneira, tolice, estultícia.

BOSOM ['buzəm], *s.* seio, peito; âmago, centro; (E.U.) peito de camisa postiço = (Ing.) *shirt-front.* *a.* íntimo. *v.* pôr no seio; esconder. # *bosom friends,* amigos íntimos.

BOSS [bɔs], *s.* bossa, corcova, protuberância; (pop.) patrão, chefe; (E.U.) cabo eleitoral; cravo, tacha; botão, pendente, pingente, adorno. *v.* gravar em relevo; mandar, dirigir; dominar. # *big boss,* chefão.

BOSSY ['bɔsi], *a.* saliente, proeminente, em relevo; adornado com pingentes; (fam.) mandão.

BOTANIC, AL [bə'tænik, əl], *a.* botânico.

BOTANIST ['bɔtənist], *s.* botânico.

BOTANY ['bɔtəni], *s.* botânica.

BOTCH [bɔtʃ], *s.* remendo; coisa imperfeita. *v.* remendar, atamancar.

BOTCHER ['bɔtʃə], *s.* remendão.

BOTH [bouθ], *a.* e *pron.* ambos; um e outro, os dois. *adv.* e *conj.* tanto como; assim como; ao mesmo tempo.

BOTHER ['bɔðə], *s.* incômodo, aborrecimento; confusão. *v.* aborrecer, enfadar, incomodar, fazer perder tempo. # *oh bother!* não me amole!

BOTHERATION [bɔðə'reiʃən], *s.* incômodo, aborrecimento, enfado; transtorno.

BOTHERSOME ['bɔðəsəm], *a.* aborrecido, fastidioso; incomodativo.

BOTTLE ['bɔtl], *s.* garrafa, vidro, frasco, cantil; líquido contido em uma garrafa; feixe. *v.* engarrafar, enfrascar. # *bottle cap,* tampinha de garrafa. *bottle opener,* abridor de garrafa.

BOTTLENECK ['bɔtlnek], *s.* gargalo; passagem estreita, garganta.

BOTTLER ['bɔtlə], *s.* engarrafador.

BOTTOM ['bɔtəm], *s.* fundo; base, assento; pé; leito do rio; planície ao lado de um rio; motivo, fim; o traseiro. *a.* fundo, baixo, inferior; puxada (no bilhar). *v.* pôr o fundo; atingir o fundo; fundamentar; apoiar-se, firmar; dar uma puxada (no bilhar). # *false* *bottom,* fundo falso, fundo duplo. *from the bottom of the heart,* do fundo do coração.

BOTTOM-GEAR ['bɔtəmgiə], *s.* (aut.) primeira velocidade = (E.U.) *low gear.*

BOTTOMLESS ['bɔtəmlis], *a.* sem fundo; abismal, insondável; visionário; sem fundamento.

BOUGH [bau], *s.* ramo de árvore, galho.

BOUGHT [bɔ:t], *pret.* e *pp.* de **BUY.**

BOUGIE ['bu:ʒi:], *s.* vela de cera; (cir.) algália, sonda.

BOULDER [bouldə], *s.* calhau, seixo; bloco errático, matacão.

BOULEVARD ['bu:lvɑ:], *s.* bulevar.

BOULTER ['boultə], *s.* linha de pesca com vários anzóis.

BOUNCE [bauns], *s.* salto; estalo; pancada forte; mola; fanfarronada, bravata, exagero, jactância. *v.* saltar; estalar; bravatear, jactar-se; arremeter; expulsar; (E.U.) demitir = (Ing.) *to sack.*

BOUNCER ['baunsə], *s.* fanfarrão; impostor; exagero; (E.U.) leão-de-chácara (empregado de bar, clube ou casa de diversões, encarregado de expulsar fregueses inconvenientes) = (Ing.) *chuckerout.*

BOUNCING ['baunsiŋ], *a.* vigoroso, forte; exagerado. *s.* estrondo; estalo.

BOUND [baund], *s.* limite, fim, termo; salto, ricochete; repercussão. *v.* saltar, fazer saltar; limitar, confinar, restringir. # *be bound for,* destinar-se a. *be bound to,* estar destinado a, ser obrigado a. *bounding lines,* linhas demarcadoras; fronteiras.

BOUND [baund], *a.* pronto para partir; com destino a.

BOUND [baund], *pret.* e *pp.* de **BIND.**

BOUNDARY ['baundəri], *s.* limite, confim, fronteira.

BOUNDER ['baundə], *s.* demarcador; pretensioso.

BOUNDLESS ['baundlis], *a.* ilimitado, imenso.

BOUNDLESSNESS ['baundlisnis], *s.* imensidão, imensidade.

BOUNTEOUS ['bauntiəs], *a.* magnânimo, generoso, liberal, pródigo, bondoso.

BOUNTEOUSNESS ['bauntiəsnis], *s.* magnanimidade, generosidade, liberalidade, prodigalidade.

BOUNTIFUL ['bauntiful], *a.* magnânimo, generoso, liberal, caridoso, beneficente, pródigo.

BOUNTIFULNESS ['bauntifulnis], *s.* generosidade, magnanimidade, liberalidade, bondade.

BOUNTY ['baunti], *s.* generosidade; liberalidade, prodigalidade; bondade; concessão; gratificação; prêmio.

BOUQUET ['bukei], *s.* buquê, ramalhete; perfume, aroma; toque (do vinho).

BOURGEOIS ['buəʒwɑ:], *s.* e *a.* burguês; pequeno comerciante; vulgar, comum, ordinário.

BOURGEOSIE [buəʒwa:'zi:], *s.* burguesia.

BOURSE [buəs], *s.* bolsa; mercado de títulos.

BOUSE [bu:s], *V.* **BOOZE.** (náut.) [baus], içar.

BOUT [baut], *s.* turno, vez, momento; ataque de alguma doença; assalto (na esgrima); contenda, peleja.

BOVINE ['bouvain], *a.* bovino; pesado; prosaico, insípido.

BOW [bau], *s.* proa de navio; cortesia, saudação, reverência, inclinação de cabeça. *v.* saudar, curvar-se, inclinar-se; submeter-se; dobrar, arquear, entortar; oprimir. # *bow rope,* espia da proa.

BOW [bou], *s.* arco de flecha; arco de instrumento musical; laço de gravata; laço de fita; arco-íris; curva; arção (de sela); canga; jugo. *v.* servir-se do arco de violino, etc., para tocar. # *draw* (ou *pull*) *the long bow,* exagerar, mentir.

BOWEL ['bauəl], *s.* intestino; tripa; *pl.* entranhas, vísceras.

BOWER ['bauə], *s.* camarim; residência, habitação; caramanchão; âncora da proa.

BOWERY ['bauəri], *s.* estufa, viveiro de plantas. *a.* sombrio, umbroso.

BOWIE-KNIFE ['boui'naif], *s.* faca de mato; facão.

BOW-KNOT ['bounɔt], *s.* nó corredio.

BOWL [boul], *s* taça; terrina; tigela; vaso; fornilho (do cachimbo); bola de madeira; côncavo (da colher); *pl.* boliche. *v.* jogar boliche; rebolar-se. # *mixing bowl,* amassadeira (utensílio de cozinha).

BOWLEGGED ['boulegd], *a.* com as pernas tortas, arqueadas.

BOWLER ['boulə], *s.* chapéu - coco = (E.U.) *derby.*

BOWLINE ['boulin], *s.* (náut.) bolina. # *running bowline,* nó corrediço.

BOWLING ['bouliŋ], *s.* jogo de boliche.

BOWMAN ['boumən], *s.* archeiro.

BOWSHOT ['bouʃɔt], *s.* flechada.

BOWSPRIT ['bousprit], *s.* gurupés.

BOWSTRING ['boustriŋ], *s.* corda do arco.

BOW-TIE ['boutai], *s.* gravata borboleta.

BOW-WINDOW ['bou'windou], *s.* janela saliente, em arco; sacada.

BOW-WOW ['bau'wau], *s.* latido do cão; cão (linguagem infantil).

BOX [bɔks], *s.* caixa, caixote, arca, mala, cofre, baú; compartimento; boxe, baia; camarote; côncavo, concavidade; boléia; guarita; boxe, jôgo de murro, murro, soco; (bot.) buxo. *v.* encaixar; encaixotar; meter em caixa; jogar boxe; esmurrar.

BOXCAR ['bɔkska:], *s.* (E.U. estr. de f.) vagão de carga fechado (= Ing.) *goods van.*

BOXER ['bɔksə], *s.* boxeador.

BOXING ['bɔksiŋ], *s.* jogo de boxe, pugilismo, luta de box; encaixotamento, embalagem.

BOXING-DAY ['bɔksiŋdei], *s.* dia seguinte ao Natal.

BOXING-GLOVE ['bɔksiŋglʌv], *s.* luva de boxe.

BOXING-MATCH ['bɔksiŋmætʃ], *s.* luta de boxe.

BOX-OFFICE ['bɔksɔfis], *s.* bilheteria de teatro.

BOXWOOD ['bɔkswud], *s.* madeira de buxo.

BOY [bɔi], *s.* menino, rapaz, moço; empregado para pequenos serviços e recados.

BOY-BLIND ['bɔiblaind], *a.* pueril.

BOYCOTT ['bɔikət], *v.* boicotar. *s.* boicote, boicotagem.

BOYCOTTING ['bɔikətiŋ], *V.* **BOYCOTT.**

BOYHOOD ['bɔihud], *s.* infância.

BOYISH ['bɔiiʃ], *a.* pueril, infantil.

BOYISHNESS ['bɔiiʃnis], *s.* puerilidade.

BOY-SCOUT ['bɔi'skaut], *s.* escoteiro.

BRA [bra:], *s.* (E.U. col.) *V.* **BRASSIÈRE.**

BRACE [breis], *s.* braçadeira, braçal; ligadura, atadura, cinta; tensão; parelha; gancho; argola; colchete de pressão; arco de pua. *v.* atar, ligar; cercar, rodear. # *brace up,* encher-se de coragem.

BRACELET ['breislit], *s.* bracelete; pulseira.

BRACER ['breisə], *s.* gole de bebida estimulante = *pick-me-up.*

BRACES ['brəisiz], *s. pl.* suspensórios = (E.U.) *suspenders;* correias do tambor.

BRACH [bræʃ], *s.* cadela de raça.

BRACHIAL ['breikiəl], *a.* braquial.

BRACING ['breisiŋ], *a.* fortificante; estimulante.

BRACK [bræk], *s.* falha, defeito; fenda, ruptura.

BRACKEN ['brækən], *s.* (bot.) feto.

BRACKET ['brækit], *s.* consolo, suporte; estante; forquilha; *pl.* parênteses, colchetes, chave. *v.* colocar entre parênteses.

BRACKISH ['brækiʃ], *a.* salobre (= salobro) (água).

BRACKISHNESS ['brækiʃnis], *s.* sabor salobre (= salobro).

BRAD [bræd], *s.* prego sem cabeça; ponta.

BRADAWL ['brædɔ:l], *s.* furador; buril; punção.

BRAG [bræg], *v.* blasonar-se, jactar-se, alardear. *s.* basófia, jactância, fanfarronada.

BRAGGADOCIO [brægə'doutʃiou], *s.* basófia, fanfarronada; fanfarrão.

BRAGGART ['brægət], *s.* e *a.* jactancioso, fanfarrão.

BRAGGING ['brægiŋ], *s.* jactância, pretensão, basófia, ostentação.

BRAHMAN ['brɑ:mən], *s.* brâmane.

BRAHMANISM ['brɑ:mənism], *s.* bramanismo.

BRAHMIN ['brɑ:min], *s.* brâmane.

BRAID [breid], *s.* trança; cadarço, galão, fita de alamar. *v.* entrelaçar, entrançar, guarnecer com fitas.

BRAIN [brein], *s.* cérebro, miolos; talento, inteligência; juízo. # *brain worker,* intelectual, trabalhador intelectual. *cudgel one's brains* ou *rack one's brains,* quebrar a cabeça, dar tratos à bola. *electronic brain,* cérebro electrônico. *to blow one's brains,* estourar os miolos.

BRAINFAG ['breinfæg], *s.* fadiga mental.

BRAINLESS ['breinlis], *a.* desmiolado, tolo, idiota, néscio, insensato.

BRAINLESSNESS ['breinlisnis], *s.* insensatez.

BRAINSTORM ['breinstɔ:m], *s.* uma ótima idéia, uma idéia genial.

BRAIN-WAVE ['brein-weiv], *s.* vibração com

que se pretende explicar a telepatia; idéia, lembrança.

BRAINY ['breini], *a.* sagaz, esperto, inteligente.

BRAISE [breiz], *v.* assar; guisar; refogar.

BRAKE [breik], *s.* freio, breque; matagal; samambaia. *v.* enfrear, brecar; colocar o freio. # *brake block,* sapata de freio. *brake drum,* (aut.) tambor de freio. *brake lining,* lona do freio. *hidraulic brake,* freio hidráulico.

BRAKE-MAN ['breikmən], *s.* guarda-freios.

BRAMBLE ['bræmbl], *s.* sarça, espinheiro.

BRAMBLY ['bræmbli], *a.* espinhoso, cheio de abrolhos.

BRAN [bræn], *s.* farelo.

BRANCH [brɑ:ntʃ], *s.* ramo, galho; ramificação; sucursal; seção; ramal; braço (rio), etc. *v.* ramificar, ramificar-se. # *branch of business,* ramo de negócios. *branch out,* expandir-se.

BRANCHIA ['bræŋkiə], *s.* brânquias, guelras.

BRANCHING ['brɑ:ntʃiŋ], *s.* ramagem; ramificação; derivação; bifurcação.

BRANCH LINE ['brɑ:ntʃlain], *s.* ramal = (E.U.) *spur line.*

BRAND [brænd], *s.* tição; espada; raio; (com.) marca; ferrete. *v.* marcar com ferro em brasa; infamar.

BRANDER ['brændə], *s.* grelha. *v.* assar na grelha.

BRANDING-IRON ['brændiŋaiən], *s.* ferrete.

BRANDISH ['brændiʃ], *v.* brandir, agitar.

BRAND-NEW ['brændnju:], *a.* novo em folha.

BRANDY ['brændi], *s.* conhaque; aguardente de frutas.

BRANT [brænt], *s.* branta.

BRASIER ['breiziə], *s.* funileiro, caldeireiro; latoeiro; braseiro. Var. de **BRAZIER.**

BRASLIP ['brɑ:-slip], *s.* combinação com porta--seios.

BRASS [brɑ:s], *s.* latão; metal amarelo; arame; instrumento de metal de uma banda de música; descaramento, impudência. # *brass hat* (gír. mil.) alta patente. *brass plate,* placa (de médico, etc.) = (E.U.) *shingle. get down to brass tacks,* entrar no assunto.

BRASSARD [bræ'sɑ:d], *s.* braçal, braçadeira, banda.

BRASSBAND ['brɑ:s'bæ:nd], *s.* charanga; fanfarra.

BRASSIÈRE ['bræsiɛə], *s.* porta-seios.

BRASSY ['brɑ:si], *a.* de latão; como latão; descarado, impudente; pretensioso.

BRAT [bræt], *s.* moleque; fedelho, pirralho; guarda-pó, avental.

BRATTLE ['brætl], *v.* produzir barulho prolongado.

BRAVADO [brə'vɑ:dou], *s.* bravata, fanfarronice, vanglória.

BRAVE [breiv], *a.* e *s.* bravo, corajoso, destemido, valente, intrépido. *v.* arrostar, desafiar.

BRAVELY ['breivli], *adv.* valentemente.

BRAVERY ['breivəri], *s.* bravura, valentia, destemor, coragem; proeza; ostentação.

BRAVO [brɑ:'vou], *s.* assassino assalariado; capanga. *int.* bravo! muito bem!

BRAWL [brɔ:l], *s.* disputa, rixa, briga; alvoroço; borborinho; murmúrio; uma dança francesa. *v.* alvoroçar; brigar.

BRAWLER ['brɔ:lə *s.* alvoroçador; brigão; barulhento.

BRAWN [brɔ:n], *s.* músculo; força muscular; carne dura; paio; carne de porco.

BRAWNINESS ['brɔ:ninis], *s.* musculatura; força muscular.

BRAWNY ['brɔ:ni], *a.* musculoso; forte; vigoroso.

BRAXY ['bræksi], *s.* carbúnculo.

BRAY [brei], *s.* zurro, orneio. *v.* zurrar; ornear; moer; triturar.

BRAZE [breiz], *v.* bronzear; estanhar; soldar.

BRAZEN ['breizn], *a.* feito de bronze ou de latão; semelhante ao bronze ou ao latão; bronzeado; descarado.

BRAZEN-FACED ['breiznfeist], *s.* descarado, desavergonhado, impudente.

BRAZENNESS ['breiznis], *s.* descaramento; impudência.

BRAZIER ['breizjə], *s.* funileiro, latoeiro, caldeireiro; braseiro. Var. de **BRASIER.**

BRAZIERY ['breizjəri], *s.* latoaria.

BRAZIL [brə'zil, bri'zil], *s.* Brasil.

BRAZIL [brə'zil, bri'zil], *s.* pau-brasil.

BRAZILIAN [brə'ziljən, bri'ziljən], *s.* e *a.* brasileiro.

BRAZILIAN PINE [brə'ziljənpain], *s.* pinho-do-paraná.

BRAZILIAN SPIDERFLOWER [brə'ziljən 'spidəflawə], *s.* flor-de-quaresma; quaresmeira.

BRAZILIAN WALNUT [brə'ziliən 'wɔ:lnət], *s.* imbuia.

BRAZIL-NUT [brə'zil'nʌt, bri'zil'nʌt], *s.* castanha-do-pará.

BRAZIL WAX [brə'zil'wæks], *s.* cera de carnaúba.

BRAZIL WOOD [brə'zil'wud], *s.* pau-brasil.

BRAZING ['breiziŋ], *s.* soldadura, soldagem.

BREACH [bri:tʃ], *s.* brecha, ruptura; infração, contravenção, violação; rompimento de relações. *v.* abrir brecha, fender. # *breach of confidence, breach of truth,* abuso de confiança. *breach of contract,* (com.) infração de contrato.

BREAD [bred], *s.* pão. # *French bread,* bisnaga (pão). *half a loaf is better than no bread,* mais vale pouco do que nada. *know on which side one's bread is buttered,* saber onde está sua própria conveniência. *on bread and water,* a pão e água. *the daily bread,* o pão de cada dia. *wholewheat bread,* pão integral.

BREAD-CRUMB ['bredkrʌm], *s.* miolo de pão.

BREADTH [bredθ], *s.* largura, toda a largura de uma peça de pano; liberalidade, largueza de vistas.

BREADTHWAYS, BREADTHWISE ['bredθweiz, 'bredθwaiz], *adv.* no sentido da largura, de través.

BREAK [breik], *pret.* **BROKE,** *pp.* **BROKEN.** *v.* quebrar, partir, romper, despedaçar; falir; transgredir, violar, vencer; infligir; domar, dominar, mudar (a voz); despontar (o dia); interromper. *s.* ruptura, quebra, fenda, rompimento; interrupção; vácuo; falha; começo; pausa; intervalo entre aulas, recreio = (E.U.) *intermission.* # *break away,* abandonar, libertar-se de. *break down,* dividir, classificar; deixar de funcionar; demolir; sucumbir, inutilizar-se; romper-se; parar por desarranjo (máquina). *break forth,* irromper (entusiasmo). *break in,* amansar, treinar. *break into,* arrombar. *break loose,* escapar, libertar-se. *break off,* interromper subitamente. *break open,* abrir violentamente. *break out,* acontecer inesperadamente; rebentar; ter erupção na pele; surgir. *break over,* ultrapassar; infringir. *break through,* penetrar, romper. *break up,* espatifar; encerrar, terminar; dispersar; começar as férias (no colégio); aclarar-se (o tempo). *break with,* romper relações com. *let off the break,* soltar o freio. *take a break,* interromper para descanso.

BREAKABLE ['breikəbl], *a.* quebradiço, friável, frágil.

BREAKAGE ['breikidʒ], *s.* ruptura, fratura.

BREAK-DOWN ['breikdaun], *s.* colapso, depressão, fadiga, diminuição de forças; transtorno; pane, desarranjo (máquina); esfacelamento; (E.U. col.) classificação, análise. # *breakdown of accounts,* (com.) desdobramento de contas.

BREAKER ['breikə], *s.* infrator, transgressor; onda que quebra na praia, onda de rebentação; (eletr.) interruptor; britador, britadeira.

BREAKFAST ['brekfəst], *s.* café da manhã, a primeira refeição do dia. *v.* quebrar o jejum de manhã, fazer a primeira refeição do dia.

BREAKING ['breikiŋ], *s.* fratura, ruptura (= rotura); transgressão; bancarrota.

BREAKING POINT ['breikiŋpɔint], *s.* limite da resistência, da paciência, da resignação, da capacidade de suportar.

BREAKING-UP ['breikiŋ'ʌp], *s.* dissolução, encerramento, colapso.

BREAK-NECK ['breiknek], *s.* despenhadeiro, desfiladeiro, precipício. *a.* precipitado, rápido; perigoso.

BREAKOFF ['breikɔf], *s.* interrupção.

BREAK-UP ['breik'ʌp], *s.* dispersão, dissolução.

BREAK-WATER ['breikwɔ:tə], *s.* quebra-mar.

BREAM [bri:m], *s.* (ict.) brema.

BREAST [brest], *s.* seio, peito; tetas; coração, entranhas. *v.* enfrentar, atacar pela frente. # *make a clean breast,* confessar, desabafar-se.

BREAST-BAND ['brestbænd], *s.* peitoral (arreios).

BREAST-BONE ['brestboun], *s.* (anat.) esterno.

BREASTPIN ['brestpin], *s.* alfinete de peito, alfinete usado como ornamento.

BREASTPLATE ['brestpleit], *s.* peitoral, peito de armas.

BREAST-WORK ['brestwə:k], *s.* parapeito; (mil.) espécie de trincheira.

BREATH [breθ] *s.* respiração, fôlego, sopro, hálito, alento; vida; momento, instante; pausa. # *fetch a deep breath,* respirar profundamente. *gasp for breath,* ofegar. *gather breath,* tomar fôlego. *out of breath,* sem fôlego. *short of breath,* quase sem fôlego. *speak* (ou *talk*) *under one's breath,* sussurrar, murmurar. *to get out of one's breath,* perder o fôlego. *to waste one's breath,* perder o latim.

BREATHE [bri:ð], *v.* respirar, tomar fôlego; suspirar; soprar; exalar; descansar; viver; revelar, comunicar.

BREATHED [breθt], *a.* (fon.) surdo.

BREATHER ['bri:ðə], *s.* o que respira.

BREATHING ['bri:ðiŋ], *s.* respiração, inspiração, fôlego.

BREATHLESS ['breθlis], *a.* esbaforido, sem fôlego, ofegante, desalentado; morto.

BRED [bred], *pret.* e *pp.* de **BREED.**

BREECH [bri:tʃ], *s.* nádegas, traseiro; culatra, retranca do selim.

BREECHES ['britʃiz], *s. pl.* calções. # *wear the breeches,* usurpar a autoridade do marido, mandar no casal.

BREECHING ['bri:tʃiŋ], *s.* retranca (arreios), açoite.

BREECHCLOTH ['bri:tʃklɔθ], *s.* tanga.

BREECHCOVER ['bri:tʃkʌvə], *s.* (arm.) ferrolho.

BREED [bri:d] *pret.* e *pp.* **BRED.** *v.* procriar, gerar, reproduzir-se; criar, fazer criação; educar, ensinar. *s.* raça; geração, casta, ninhada.

BREEDER ['bri:də], *s.* criador; autor; produtor; educador.

BREEDING ['bri:diŋ], *s.* criação, geração; produção; educação; civilidade, polidez.

BREEZE [bri:z], *s.* brisa, aragem, viração; rumor; agitação. # *shoot the breeze,* conversar, bater um papo.

BREEZINESS ['bri:zinis], *s.* jovialidade.

BREEZY ['bri:zi], *a.* ventilado; fresco, refrescado; jovial, vivo, alegre.

BRETHREN ['breθrin], *pl.* de *brother,* na acepção de irmão de uma sociedade.

BRETON ['bretən], *s.* e *a.* bretão.

BREVE [bri:v], *s.* breve (mús.); acento breve de sílaba.

BREVET ['brevit], *s.* permissão, certificado de vôo; diploma, patente; graduação. *v.* graduar.

BREVIARY ['bri:viəri], *s.* breviário.

BREVITY ['breviti], *s.* brevidade.

BREW [bru:], *s.* mistura. *v.* misturar, remexer; fermentar; fazer cerveja; tramar, urdir.

BREWER ['bru:ə], *s.* cervejeiro.

BREWERY ['bruəri], *s.* fábrica de cerveja.

BREWING ['bru:iŋ], *s.* fabricação de cerveja.

BRIBE [braib], *s.* suborno, peita. *v.* subornar, peitar.

BRIBER ['braibə], *s.* subornador.

BRIBERY ['braibəri], *s.* suborno.

BRIC-A-BRAC ['brikəbræk], *s.* bricabraque.

BRICK [brik], *s.* tijolo, ladrilho; cavalheiro; (col.) um bom camarada, uma boa pessoa. *v.* cobrir de tijolo. # *a regular brick,* um bom camarada, uma boa pessoa. *drop a brick,* dar uma rata, cometer uma gafe = *put one's foot in it, make a blunder, make a bloomer. to lay bricks,* assentar tijolos.

BRICKWORK ['brikwə:k], *s.* obra de tijolos ou de ladrilhos.

BRIDAL ['braidl], *a.* nupcial; da noiva. *s.* núpcias; noivado.

BRIDE [braid], *s.* noiva; recém-casada.

BRIDE-CHAMBER ['braidtʃeimbə], *s.* alcova nupcial.

BRIDEGROOM ['braidgrum], *s.* noivo; recém--casado.

BRIDESMAID ['braidzmeid], *s.* "demoiselle d'honneur" = (E.U.) *maid of honor.*

BRIDGE [bridʒ], *s.* ponte; bridge (jogo). *v.* construir pontes. # *to burn one's bridges behind,* ser imprevidente, criar situação irremediável.

BRIDGE-HEAD ['bridʒhed], *s.* cabeça de ponte.

BRIDLE ['braidl], *s.* freio, cabeçada do cavalo, amarra do navio. *v.* pôr cabeçada no cavalo; conter, refrear, sujeitar; levantar a cabeça como sinal de vaidade.

BRIDLE-PATH ['braidlpɑ:θ], *s.* caminho para passeio a cavalo.

BRIDOON [bri'du:n], *s.* bridão.

BRIEF [bri:f], *s.* resumo, compêndio; memorial; (E.U.) arrazoado = (Ing.) *pleadings. a.* breve, conciso, resumido, sucinto; fugaz. *v.* resumir, encurtar. # *in brief,* em suma, em resumo.

BRIEFCASE ['bri:fkeis], *s.* carteira ou pasta para papéis.

BRIEFLY ['bri:fli], *adv.* em resumo, sucintamente, resumidamente, brevemente.

BRIEFNESS ['bri:fnis], *s.* concisão, brevidade.

BRIER ['braiə], *s.* sarça, roseira brava. # *be in the briers,* estar em situação difícil, estar em maus lençóis.

BRIG [brig], *s.* brigue.

BRIGADE [bri'geid], *s.* brigada.

BRIGADIER [brigə'diə], *s.* brigadeiro.

BRIGADIER-GENERAL ['brigədiə'dʒenərəl], *s.* general-de-brigada.

BRIGAND ['brigənd], *s.* salteador, bandido.

BRIGANTINE ['brigəntain], *s.* bergantim.

BRIGHT [brait], *a.* resplandecente, brilhante, claro, reluzente; lúcido, evidente; notável; ilustre; vivo, perspicaz. *adv.* brilhantemente.

BRIGHTEN ['braitn], *v.* polir, lustrar, fazer brilhar; aclarar, esclarecer; alegrar, animar, avivar; ilustrar; enobrecer.

BRIGHTNESS ['braitnis], *s.* brilho, esplendor, claridade, fulgor, reluzência; vivacidade; agudeza.

BRILL [bril], *s.* rodovalho.

BRILLIANCE, CY ['briljəns, si], *s.* brilho, fulgor, esplendor.

BRILLIANT ['briljənt], *s.* brilhante, diamante; (tip.) certo tipo de corpo pequeno. *a.* brilhante, refulgente.

BRILLIANTINE [briljən'ti:n], *s.* brilhantina (cosmético).

BRILLIANTNESS ['briljəntnis], *s.* brilhantismo.

BRIM [brim], *v.* encher até as bordas; estar cheio até as bordas. *s.* borda, orla, aba do chapéu, extremidade. # *full to the brim,* completamente cheio. *V.* **BRIMFUL.**

BRIMFUL ['brim'ful, 'brimful], *a.* cheio até a borda, completamente cheio.

BRIMMING ['brimiŋ], *p. pres.* de **BRIM.** *a.* completamente cheio.

BRIMSTONE ['brimstən], *s.* enxofre = (E.U.) *sulphur;* pessoa mal-humorada.

BRINDLED ['brindld], *a.* malhado.

BRINE [brain], *s.* salmoura; o mar; lágrimas. *v.* pôr em salmoura.

BRING [briŋ], *pret* e *pp.* **BROUGHT.** *v.* trazer; levar; conduzir; persuadir, induzir; executar, realizar; causar, produzir. # *bring about,* efetuar; causar, criar, produzir. *bring down,* deprimir; rebaixar; humilhar; matar, derrubar (caça); (com.) passar a nova conta. *bring forth,* produzir; dar à luz. *bring forward,* pôr em discussão; adiar, transferir; empurrar. *bring in,* iniciar; tornar popular; apresentar (projeto no Parlamento); produzir; incluir. *bring off,* executar; resgatar; desembaraçar. *bring someone to,* fazer alguém voltar a si. *bring out,* apresentar; publicar; exibir. *bring over,* persuadir. *bring round,* levar ao fim. *bring up,* criar, educar.

BRINGER ['briŋə], *s.* portador.

BRINK [briŋk], *s.* bordo, beira, extremidade.

BRINY ['braini], *a.* salgado; salobre.

BRIO ['bri:ou], *s.* vivacidade.

BRISK [brisk], *a.* vivo, ativo, esperto, rápido, ligeiro.

BRISKET ['briskit], *s.* peito (de animal).

BRISKNESS ['brisknis], *s.* vivacidade; atividade.

BRISTLE ['brisl], *s.* pêlo; cerda. *v.* eriçar os pêlos, eriçar-se, entesar-se.

BRISTLY ['brisli], *a.* cerdoso, hirsuto.

BRITAIN ['britən], *s.* Grã-Bretanha.

BRITANNIA [bri'tænjə], *s.* nome antigo da Grã-Bretanha.

BRITANNIC [bri'tænik], *a.* britânico.

BRITICISM ['britisizm], *s.* anglicismo.

BRITISH ['britiʃ], *a.* britânico. *s.* o povo inglês. # *British Commonwealth,* o Reino Unido da Grã-Bretanha.

BRITISHER ['britiʃə], *s.* súdito britânico.

BRITISHISM ['britiʃizm], *V.* **BRITICISM.**

BRITON ['britən], *a.* e *s.* britânico; cidadão britânico.

BRITTLE ['britl], *a.* quebradiço, frágil.

BRITTLENESS ['britlnis], *s.* fragilidade; pouca consistência.

BROACH [broutʃ], *s.* espeto (para assar); sovela, furador; mandril; broche, alfinete de peito; sanfona, *v.* espetar; abrir uma pipa ou tonel; encetar; espalhar (uma novidade); levantar uma questão.

BROAD [brɔ:d], *a.* largo, amplo, extenso; cheio;

livre, liberal; indecente, impróprio; claro, categórico.

BROADBRIMMED ['brɔ:d'brimd], *a.* de abas largas.

BROADCAST ['brɔ:dkɑ:st], *s.* sementeira a mão; radiodifusão; programa de rádio. *a.* semeado a mão; muito espalhado; transmitido pelo rádio. *adv.* à toa, a esmo; (rád.) de maneira que se possa captar com qualquer aparelho receptor. *v.* espalhar, disseminar, semear; transmitir pelo rádio, irradiar. # *broadcast station,* estação emissora, radiodifusora. *broadcast listener,* rádio-escuta, rádio-ouvinte.

BROADCASTING ['brɔ:dkɑ:stiŋ], *s.* sementeira a mão; radiodifusão. *a.* (rád.) emissor, difusor.

BROADCLOTH ['brɔ:dklɔθ], *s.* fazenda preta enfestada.

BROADEN ['brɔ:dn], *v.* alargar; ampliar-se.

BROAD-GAUGE ['brɔ:dgeidʒ], *s.* bitola larga (nas estradas de ferro).

BROADLY ['brɔ:dli], *adv.* de um modo geral, no sentido lato.

BROAD-MINDED ['brɔ:dmaindid], *a.* liberal, tolerante.

BROADNESS ['brɔ:dnis], *s.* largura; grosseria; atrevimento.

BROADSIDE ['brɔdsaid], *s.* costado dum navio; descarga simultânea de todos os canhões de um lado do navio.

BROADSWORD ['brɔ:dsɔ:d, 'brɔ:dsɔəd], *s.* espada de folha larga.

BROCADE [brə'keid], *s.* brocado.

BROCADED [brə'keidid], *a.* entretecido com fios de ouro ou prata.

BROCCOLI ['brɔkəli], *s.* brócolos, brocos.

BROCK [brɔk], *s.* texugo.

BROGUE [broug], *s.* chanca; sotaque do irlandês, ao falar a língua inglesa.

BROIDER ['brɔidə], *V.* **EMBROIDER.**

BROIL [brɔil], *s.* tumulto; algazarra; carne assada na grelha. *v.* assar; tostar.

BROILER ['brɔilə], *s.* grelha; (fig.) perturbador, agitador.

BROKE [brouk], *pret.* de **BREAK.** *a.* quebrado, sem dinheiro. # *dead* (ou *flat, stone) broke,* sem dinheiro algum.

BROKEN ['brouk(ə)n], *pp.* de **BREAK.** a. quebrado; arrebentado; falido; pronto (liso, miqueado, na lona, sem dinheiro); interrompido, entrecortado; mal falado (idioma); domado.

BROKEN-DOWN ['broukən'daun], *a.* arruinado; falido.

BROKEN ENGLISH ['broukən 'iŋgliʃ], *s.* inglês mal falado (como por estrangeiros).

BROKEN-HEARTED ['broukən'hɑ:tid], *a.* oprimido; esmagado pela dor.

BROKER ['broukə], *s.* corretor de títulos. # *house and estate broker,* corretor de imóveis; avaliador de bens penhorados. *two-dollar broker,* (Bolsa) zangão, preposto de corretor.

BROKERAGE ['broukəridʒ], *s.* corretagem; comissão.

BROKERY ['broukəri], *V.* **BROKERAGE.**

BROMATE ['broumeit], *s.* bromato.

BROME [broum], *V.* **BROMINE.**

BROMIC ['broumik], *a.* brômico.

BROMIDE ['broumaid], *s.* brometo; (E.U.) palavra, frase trivial, sem originalidade; indivíduo sem personalidade, sem energia.

BROMINE ['broumi:n], *s.* bromo.

BRONC [brɔŋk], *s.* potro chucro.

BRONCHI ['brɔŋkai], *s. pl.* de **BRONCHUS.**

BRONCHIA ['brɔŋkie], *s. pl.* bronquíolos.

BRONCHIAL ['brɔŋkiəl], *a.* bronquial.

BRONCHITIC [brɔŋ'kitik], *a.* bronquítico.

BRONCHITIS [brɔŋ'kaits], *s.* bronquite.

BRONCHUS ['brɔŋkəs], *s.* brônquio. *pl.* **BRONCHI.**

BRONCO ['brɔŋkou], *s.* potro xucro (E.U.) # *bronco buster,* domador de cavalo (E.U.).

BRONZE [brɔnz], *s.* bronze; cor de bronze. *v.* bronzear.

BRONZY ['brɔnzi], *a.* bronzeado.

BROOCH [broutʃ], *s.* broche, alfinete de peito.

BROOD [bru:d] *s.* geração; descendência; ninhada; raça. *v.* chocar; (fig.) considerar, pensar. # *brood on* (ou *over*), meditar sobre, matutar.

BROODY ['bru:di], *s.* ave doméstica no choco. *a.* choca.

BROOK [bruk], *s.* riacho, córrego, regato = (E.U.) *creek. v.* digerir; tolerar.

BROOKLET ['bruklit], *s.* regato.

BROOM [brum], *s.* vassoura; (bot.) giesta. *v* varrer. # *get one's broom,* fugir.

BROOM-SEDGE ['brumsedʒ], *s.* (bot.) carriço.

BROOMSTICK ['brumstik], *s.* cabo de vassoura. # *jump* ou *marry over the broomstick,* casar atrás da porta, casar detrás da igreja.

BROS ['brʌðəz], abreviatura de *Brothers* (com.).

BROTH [brɔθ], *s.* caldo.

BROTHEL ['brɔθl], *s.* bordel, lupanar.

BROTHER ['brʌðə], *s.* irmão; colega, companheiro; confrade.

BROTHERHOOD ['brʌðəhud], *s.* fraternidade, confraria, irmandade; sociedade; união.

BROTHER-IN-LAW ['brʌðərinlɔ:], *s.* cunhado.

BROTHERLY ['brʌðəli], *a.* fraternal. *adv.* fraternalmente.

BROUGHT [brɔ:t], *pret.* e *pp.* de **BRING.**

BROW [brau], *s.* sobrancelha; fronte, testa; cume. # *knit one's brow,* franzir o sobrolho.

BROWBEAT ['braubi:t], *v.* enrugar a testa, franzir o sobrolho; impor; intimidar. *pret.* **BROWBEAT,** *pp.* **BROWBEATEN.**

BROWN [braun], *a.* castanho; pardo, trigueiro; moreno. *s.* cor castanha. *v.* acastanhar; amorenar; tostar. # *be done brown,* ser logrado. *in a brown study,* em meditação profunda.

BROWNIE ['brauni], *s.* (folclore) duende que trabalha secretamente (em serviços domésticos); máquina fotográfica barata; bolo chato de chocolate e nozes (partido em pedacinhos retangulares).

BROWNING ['brauniŋ], *s.* processo de dar a uma coisa a cor castanha.

BROWNISH ['brauniʃ], *a.* acastanhado; amorenado; pardacento.

BROWSE [brauz], *s.* broto, rebento. *v.* pastar; comer folhas e rebentos.

BRUIN ['bru:in], *s.* urso pardo.

BRUISE [bru:z], *s.* contusão, escoriação, mancha roxa. *v.* contundir, machucar, magoar.

BRUISER ['bru:zə], *s.* lutador, pugilista.

BRUNCH COAT ['brʌŋtʃkout], *s.* roupão feminino; casaco leve, três-quartos, usado com pijama.

BRUNETTE [bru:'net], *s.* mulher morena; moreninha; trigueira.

BRUNT [brʌnt], *s.* peso; choque.

BRUSH [brʌʃ], *s.* escova, pincel, broxa; vassoura; escovadela; matagal; feixe de lenha; cauda de raposa. *v.* escovar; pintar com pincel; roçar, tocar de leve. # *be tarred with the same brush,* ser vinho da mesma pipa. *brush up,* recordar, reviver. *distemper brush,* broxa de caiador.

BRUSH OFF ['brʌʃ'ɔf], *s.* (gír.) negativa brusca.

BRUSHWOOD ['brʌʃwud], *s.* matagal.

BRUSQUE [brusk], *a.* brusco, grosseiro.

BRUSSELS-SPROUTS ['brʌsl'sprauts], *s.* couve-de-bruxelas.

BRUTAL ['bru:tl], *a.* brutal.

BRUTALITY [bru:'tæliti], *s.* brutalidade.

BRUTALIZE ['bru:təlaiz], *v.* embrutecer, brutalizar.

BRUTE [bru:t], *s.* bruto, animal. *a.* bruto, estúpido; sensual; inconsciente.

BRUTISH ['bru:tiʃ], *a.* brutal, embrutecido; estúpido; sensual.

BUBBLE ['bʌbl], *s.* bolha (de ar, de sabão); projeto no ar; bagatela, ninharia; empola. *v.* borbulhar. # *bubble gum,* goma de mascar.

BUBBLE CAP ['bʌblkæp], *s.* (petr.) borbulhador.

BUBBLY ['bʌbli], *a.* cheio de bolhas; espumoso.

BUBO ['bju:bou], *s.* bubão, adenite.

BUBONIC [bju:'bɔnik], *a.* bubônico. # *bubonic plage,* peste bubônica.

BUCCANEER [bʌkə'niə], *s.* pirata, aventureiro, bucaneiro.

BUCK [bʌk], *s.* barrela; gamo; macho de certos animais; rapagão; (E.U.) índio ou negro; (E.U. gír.) dólar. *v.* fazer barrela; castigar; levantar as patas traseiras para jogar ao chão o cavaleiro; saltar, pular; (E.U.) protestar, reclamar, reagir. # *buck seat,* (aut.) banquinho dobradiço. *buck shot,* chumbo grosso. *buck slip,* memorando para uso interno, "papagaio". *buck up,* apressar-se. *fast and easy buck,* dinheiro ganho facilmente. *pass the buck* (ou *the baby*), passar a responsabilidade para outrem, fugir à responsabilidade.

BUCKET ['bʌkit], *s.* balde; êmbolo de bomba. # *contractor's bucket,* balde basculante. *kick the bucket,* bater as botas, morrer, bater os trinta-e-um, esticar as canelas.

BUCKETFUL ['bʌkitful], *s.* porção contida num balde.

BUCKET SHOP ['bʌkitʃɔp], *s.* Bolsa clandestina.

BUCKHOUND ['bʌkhaund], *s.* cão veadeiro.

BUCKLE ['bʌkl], *s.* fivela. *v.* afivelar; prender. # *buckle to,* (gír.) fazer um grande esforço.

BUCKLER ['bʌklə], *s.* escudo, broquel.

BUCKRAM ['bʌkrəm], *s.* bocaxim, tarlatana.

BUCKSAW ['bʌksɔ:], *s.* serra de mão.

BUCKSHOT ['bʌkʃɔt], *s.* chumbo grosso para caça, perdigoto.

BUCKSKIN ['bʌkskin], *s.* pele de anta, anta.

BUCKWHEAT ['bʌkwi:t], *s.* fagópiro.

BUCOLIC, AL [bju:'kɔlik, əl], *a.* bucólico, pastoril.

BUD [bʌd], *s.* botão (de flor). *v.* brotar, germinar, florescer.

BUDDHISM ['budizm], *s.* budismo.

BUDDHIST ['budist], *s.* budista.

BUDDY ['bʌdi], *s.* amigo, companheiro, camarada.

BUDGE [bʌdʒ], *v.* mexer, mover, agitar-se. *a.* cerimonioso, grave, austero.

BUDGET ['bʌdʒit], *s.* mochila; orçamento.

BUDGETARY ['bʌdʒitəri], *a.* orçamentário.

BUFF [bʌf], *a.* fulvo, amarelo pálido puxante a cinza. *s.* pele de anta ou de búfalo; cor amarelada; tolice; (ofic.) brunidor. *v.* polir.

BUFFALO ['bʌfəlou], *s.* búfalo.

BUFFER ['bʌfə], *s.* pára-choque = (E.U.) *bumper,* (fís. quím.) tampão.

BUFFET ['bʌfit], *s.* tapa, bofetada, bofete, tabefe. *v.* sacudir, bater, dar tapas, esmurrar.

BUFFET ['bufei], *s.* bufete (mesa ou pequeno balcão para serviço de iguarias, refrescos, licores, etc.); o serviço de iguarias, refrescos, etc.

BUFFOON [bʌ'fu:n], *s.* bobo.

BUFFOONERY [bʌ'fu:nəri], *s.* palhaçada, bobice, chocarrice.

BUG [bʌg], *s.* percevejo; (E.U.) inseto; mania. # *as snug as a bug in a rug,* confortavelmente. *bug out,* (mil.) sair rapidamente de uma área perigosa.

BUGABOO ['bʌgəbu:], *s.* fantasma, papão.

BUGBEAR ['bʌgbɛə], *s.* fantasma, papão, bicho papão.

BUGGER ['bʌgə], *s.* sodomita.

BUGGERY ['bʌgəri], *s.* sodomia.

BUGHOUSE ['bʌghaus], *s.* hospício. *a.* (E.U.) louco.

BUGLE ['bju:gl], *s.* clarim, trombeta, corneta.

BUGLER ['bju:glə], *s.* corneteiro.

BUHL [bu:l], *a.* e *s.* embutido, encravado; madeira ou móvel com incrustações.

BUILD [bild], *pret.* e *pp.* **BUILT.** *v.* construir, edificar, erigir, fabricar; formar, basear. *s.* construção, edifício, monumento; estrutura, forma.

BUILDER ['bildə], *s.* construtor.

BUILDING ['bildiŋ], *s.* construção, edifício; monumento.

BUILT [bilt], *pret.* e *pp.* de **BUILD.** # *built in,* embutido.

BULB [bʌlb], *s.* bolbo; bulbo. # *bulb of heel,* cutidura.

BULBACEOUS [bʌl'beiʃəs], *a.* bolboso.

BULBOUS ['bʌlbəs], *a.* bolboso; cheio de bolbos.

BULGARIAN [bʌl'gæriən], *s.* e *a.* búlgaro.

BULGE [bʌldʒ], *s.* bojo; saliência, desaprumo. *v.* fazer barriga ou bojo; fazer saliência; fazer água (navio).

BULGINESS ['bʌldʒinis], *s.* bojo; saliência; capacidade.

BULGY ['bʌldʒi], *a.* bojudo; desaprumado.

BULK [bʌlk], *s.* volume, capacidade; grandeza, corpulência, massa, grossura; a maior parte, o grosso; carga de navio. # *bulk buying,* compra de todo o estoque. *bulk shipment,* embarque a granel. *in bulk,* a granel.

BULK-HEAD ['bʌlkhed], *s.* tabique, divisão; anteparo, antepara.

BULKINESS ['bʌlkinis], *s.* volume, tamanho, grandeza.

BULKY ['bʌlki], *a.* corpulento, volumoso.

BULL [bul], *s.* touro; macho de alguns animais; bula (papal); contradição, disparate; erro; altista (termo de Bolsa); (E.U. gír.) policial, "tira". *v.* jogar na alta (Bolsa). *V.* **BEAR.** # *a bull in a china shop,* macaco em casa de louça. *bull session,* festa só para homens. *take the bull by the horns,* enfrentar a situação.

BULLACE ['bulis], *s.* abrunho.

BULL-CALF ['bul'kɑ:f, 'bu:lkɑ:f], *s.* novilho.

BULL-DOG ['buldɔg], *s.* buldogue; cão de fila.

BULLDOZE ['buldouz], *v.* (E.U.) intimidar, amedrontar; aplainar terra com motoniveladora.

BULLDOZER ['buldouzə], *s.* motoniveladora, trator usado para aplainar a terra; trator-lagarta.

BULLET ['bulit], *s.* bala. # *every bullet has its billet,* todos têm o seu dia, cada qual tem o seu destino.

BULLETIN ['bulitin], *s.* boletim.

BULLFIGHT ['bul-fait], *s.* tourada.

BULLFIGHTER ['bulfaitə], *s.* toureiro.

BULLION ['buljən], *s.* ouro e prata em barra; metal amoedado.

BULLIONIST ['buljənist], *s.* metalista.

BULLISH ['buliʃ], *a.* absurdo, disparatado.

BULLOCK ['bulə], *s.* boi, especialmente boi de corte.

BULL PEN ['bulpen], *s.* curral de bois.

BULL-RING ['bulriŋ], *s.* praça de touros.

BULL'S EYE ['bulzai], *s.* clarabóia; escotilha; lanterna; centro do alvo, mosca do alvo.

BULLWITTED ['bul'witid], *a.* simplório.

BULLY ['buli], *s.* fanfarrão, mata-mouros; capanga; tirano. *a.* tirano; brutal; insolente; (E.U.) ótimo. *v.* fanfarronar, bravatear; ameaçar; intimidar; dar trote (estudante) = (E.U.) *haze.*

BULRUSH ['bulrʌʃ], *s.* junco.

BULWARK ['bulwək], *s.* amurada; baluarte.

BUM [bʌm], *s.* zumbido; (E.U.) ébrio, vagabundo; o traseiro; orgia, farra. *a.* de qualidade inferior. *v.* zumbir; (E.U.) beber, embriagar-se, viver à custa alheia; vadiar. *a.* de inferior qualidade.

BUMBLEBEE ['bʌmblbi:], *s.* mamangaba; abelhão.

BUMP [bʌmp], *s.* galo, inchação, protuberância; solavanco. *v.* bater com força; ferir, contundir.

BUMPER ['bʌmpə], *s.* copo ou vaso cheio; copázio; (E.U.) pára-choque = (Ing.) *buffer;* (mec.) batente. *a.* muito grande; extraordinário. # *bumper crop,* colheita superabundante. *stop bumper,* (mec.) espera; batente.

BUMPKIN ['bʌmpkin], *s.* rústico, grosseiro; vilão; caipira, matuto, jeca = (E.U.) *hick.*

BUMPTIOUS ['bʌmpʃəs], *a.* vaidoso, pretensioso, presunçoso.

BUN [bʌn], *s.* bolo de passas; coque, cocó. # *to take the bun,* levar vantagem.

BUNCH [bʌntʃ], *s.* corcova, corcunda; tumor, inchação; molho, feixe; ramo; cacho. *v.* enfeixar; fazer corcova.

BUNDLE ['bʌndl], *s.* feixe, maço, pacote; trouxa. *v.* empacotar, entrouxar. # *bundle up,* agasalhar-se.

BUNG [bʌŋ], *s.* tampão, rolha. *v.* arrolhar, tamponar.

BUNGALOW ['bʌŋgəlou], *s.* bangalô.

BUNGLE ['bʌŋgl], *s.* erro, coisa mal feita, mau negócio. *v.* errar; estropiar, atamancar, estragar; "matar" o trabalho, trabalhar mal.

BUNGLER ['bʌŋglə], *s.* o que trabalha sem cuidado, sem gosto.

BUNION ['bʌnjən], *s.* joanete; calo.

BUNK [bʌŋk], *s.* tarimba. *v.* dormir na tarimba.

BUNKER ['bʌŋkə], *s.* carvoeiro de navio; arca.

BUNKHOUSE ['bʌŋkhaus], *s.* barracão onde dormem operários, casa rústica.

BUNKUM ['bʌŋkəm], *s.* fraude, dolo; disparate; discurso insincero.

BUNNY ['bʌni], *s.* coelhinho.

BUNSEN-BURNER ['bʌnsn'bə:nə], *s.* bico de Bunsen.

BUNT [bʌnt], *s.* bojo de rede ou de vela de navio; inchação; cavidade.

BUNTING ['bʌntiŋ], *s.* estamenha; bandeira; suporte para máquinas.

BUNTLINE ['bʌntlain], *s.* briol.

BUOY [bɔi], *s.* bóia; baliza. *v.* boiar, fazer boiar; proteger; sustentar-se.

BUOYANCY ['bɔiənsi], *s.* flutuação; ligeireza; vivacidade, animação.

BUOYANT ['bɔiənt], *a.* flutuante; vivo; ligeiro; alegre; elástico, flexível.

BUR [bə:], *V.* **BURR.**

BURB [bə:b], *s.* anúncio em termos exagerados; orelha (do livro).

BURBERRY ['bə:bəri], *s.* capa de borracha; pano impermeável.

BURDEN ['bə:dn], *s.* carga, fardo, peso; tonelagem, capacidade; cuidado, aflição; apreensão; estribilho. *v.* carregar, sobrecarregar; embaraçar, dificultar; oprimir, tiranizar, afligir.

BURDENSOME ['bə:dnsəm], *a.* pesado; incômodo, fatigante, oneroso; opressivo.

BURDOCK ['bə:dɔk], *s.* bardana.

BUREAU [bjuə'rou, 'bjuərou], *s.* secretária, escrivaninha; escritório, agência; (E.U.) cômoda; (E.U.) departamento (na administração pública). *V.* **DEPARTMENT** (E.U.).

BUREAUCRACY [bjuə'rɔkrəsi], *s.* burocracia.

BUREAUCRAT ['bjuərokræt], *s.* burocrata.

BUREAUCRATIC [bjuəro'krætik], *a.* burocrático.

BURETTE [bjuə'ret], *s.* bureta.

BURG [bə:g], *V.* **BOROUGH.**

BURGESS ['bə:dʒis], *s.* burguês; vereador.

BURGHER ['bə:gə], *s.* cidadão.

BURGLAR ['bə:glə], *s.* ladrão, arrombador, gatuno.

BURGLARY ['bə:gləri], *s.* roubo com arrombamento à noite.

BURGLE ['bə:gl], *v.* arrombar uma casa, à noite, para roubar.

BURGOMASTER ['bə:gəmɑ:stə], *s.* burgomestre.

BURIAL ['beriəl], *s.* enterro, enterramento, sepultamento, funeral, féretro.

BURIAL-GROUND ['beriəlgraund], *s.* cemitério.

BURIAL-PLACE ['beriəlpleis], *V.* **BURIAL-GROUND.**

BURIN ['bjuərin], *s.* buril, cinzel.

BURL [bə:l], *s.* nó na madeira.

BURLAP ['bə:læp], *s.* aniagem; serrapilheira, estopa.

BURLESQUE [bə:'lesk], *a.* burlesco, caricato, grotesco; teatro de revista (E.U.). *s.* farsa; paródia. *v.* ridicularizar.

BURLINESS ['bə:linis], *s.* corpulência; gordura; volume; grossura.

BURLY ['bə:li], *a.* corpulento, entroncado, forte; volumoso; grosso.

BURMESE [bə'ni:z], *s.* e *a.* birmanês.

BURN [bə:n], *pret.* e *pp.* **BURNED** ou **BURNT.** *v.* queimar, incendiar; carbonizar, calcinar; cauterizar. *s.* queimadura; fogo. # *burn away* (ou *down*), queimar-se, ser consumido pelo fogo. *burn out,* fundir-se. *burn up,* queimar-se, arder; incendiar-se; destruir (pelo fogo).

BURNER ['bə:nə], *s.* bico de gás ou de candeeiro.

BURNING ['bə:niŋ], *s.* queimadura; fogo, chama; incêndio; inflamação; ardor; combustão. *a.* ardente, abrasador, aceso.

BURNISH ['bə:niʃ], *v.* polir, dar lustro, brunir; tomar lustro. *s.* lustro, polimento.

BURNISHER ['bə:niʃə], *s.* lustrador, polidor.

BURNOUS [bə:'nu:s], *s.* albornoz.

BURNOUT ['bən-aut], *s.* combustão completa.

BURNSIDE ['bə:nsaid], *s.* (E.U.) suíças curtas, barba lateral.

BURNT [bə:nt], *pret.* e *pp.* de **BURN.**

BURP [bə:p], *s.* (E.U.) arroto; soluço.

BURR [bə:], *s.* ouriço de algumas árvores, como o castanheiro; lobo da orelha; rebarba de metal; pronúncia áspera, especialmente do *r;* broca (de dentista); disco em volta do sol ou da lua.

BURREL SHOT ['bʌrəlʃɔt], *s.* metralha.

BURROW ['bʌrou], *s.* toca, esconderijo; monte de lixo. *v.* entocar-se, fazer tocas, esconder-se; minar.

BURSER ['bə:sə], *s.* tesoureiro de um estabelecimento de ensino.

BURSERY ['bə:səri], *s.* tesouraria de um estabelecimento de ensino.

BURST [bə:st], *pret.* e *pp.* **BURST.** *v.* arrebentar, explodir; brotar; exclamar. *s.* explosão; estouro. # *burst out crying,* romper a chorar. *burst out laughing,* romper a rir, desatar a rir.

BURTHEN ['bə:ðən], *V.* **BURDEN.**

BURY ['beri], *v.* enterrar, sepultar; soterrar; esconder, ocultar.

BUS [bʌs], abreviação de *omnibus,* ônibus. # *bus stop,* parada de ônibus.

BUS-BOY ['bʌsbɔi], *s.* ajudante de garção.

BUSH [buʃ], *s.* moita, arbusto, mata, ramo; penacho; pendão. *v.* tornar espesso, copar; plantar arbustos. # *beat about the bush,* tergiversar, procurar evasivas.

BUSHED [buʃt], *a.* (gír.) exausto.

BUSHEL ['buʃl], *s.* alqueire, medida de capacidade, 35,239 l (E.U.), 36,348 l (Ing.).

BUSHINESS ['buʃinis], *s.* espessura formada pelo arvoredo.

BUSHING ['buʃiŋ], *s.* (maq.) bucha; revestimento de mancal; (arm.) bucha.

BUSHMAN ['buʃmən], *s.* boximane; lenhador.

BUSHWHACK ['buʃhwæk], *v.* atacar de emboscada.

BUSHWHACKER ['buʃhwækə], *s.* guerrilheiro; o que ataca de emboscada; sertanejo.

BUSHWHACKING ['buʃhwækiŋ], *s.* guerrilha.

BUSHY ['buʃi], *a.* espesso, cerrado, denso, cheio de arbustos, frondoso.

BUSILY ['bizili], *adv.* diligentemente, ativamente.

BUSINESS ['biznis], *s.* negócios; comércio; emprego, ocupação, profissão; local de trabalho; dever, tarefa; lucros; assunto; objetivo, fim. # *begin business,* (com.) estabelecer-se. *business affairs,* assuntos comerciais. *business connections,* relações comerciais. *business hours,* horas de expediente. *business is business,* amigos, amigos, negócios à parte. *go about your business,* trate de sua vida. *have no business to,* não ter o direito de. *know one's business,* entender do riscado, saber onde tem o nariz. *mind your own business,* vá cuidar de sua vida. *retire from business,* aposentar-se. *send one about one's business,* mandar alguém amolar outro, mandar pentear macaco, mandar lamber sabão. *shady business,* "marmelada", negócio escuso. *that is no business of yours,* isto não é da sua conta.

BUSINESSMAN ['biznismən], *s.* homem de negócios.

BUSKIN ['bʌskin], *s.* tipo de sapato alto, borzeguim.

BUSMAN ['bʌsmən], *s.* chofer de ônibus. # *bussman's holiday,* feriado em que se trabalha (carregar pedra enquanto descansa).

BUS-STOP ['bʌs-stɔp], *s.* poste de parada de ônibus.

BUSS [bʌs], *s.* beijo (arc.) *v.* beijar, beijocar (arc.).

BUST [bʌst], *s.* busto, peito.

BUSTARD ['bʌstəd], *s.* abetarda, betarda, peru selvagem.

BUSTLE ['bʌsl], *s.* movimento, animação, vivacidade, alvoroço, turbilhão, tumulto, motim. *v.* mexer-se, movimentar-se, agitar-se; apressar-se; cansar-se; fazer alarido, fazer bulha.

BUSY ['bizi], *a.* ocupado, atarefado; diligente, ativo; movimentado. # *busy line,* linha ocupada (tel.). *busy oneself about (over, with, in),* ocupar-se de (com, em). *get busy,* ocupar-se ativamente.

BUSYBODY ['bizibɔdi], *s.* intrometido, bisbilhoteiro, importuno.

BUSYNESS ['bizinis], *s.* grande atividade; desassossego; curiosidade; intrometimento.

BUT [bʌt], *conj., prep.* e *adv.* mas; que; senão; porém; não obstante; a menos que; exceto; somente. # *all but,* quase, aproximadamente. *but me no buts!,* nada de objeções!

BUTCHER ['butʃə], *s.* carniceiro, açougueiro. *v.* abater (reses); degolar. # *at the butcher's* no açougue.

BUTCHERY ['butʃəri], *s.* açougue; ofício de açougueiro; carnificina, mortandade.

BUTLER ['bʌtlə], *s.* despenseiro; chefe dos criados; mordomo.

BUTT [bʌt], *s.* alvo; coronha; marrada; tonel; feixe; limite; a extremidade mais grossa de qualquer coisa, oposto de "ponta"; "guimba" (ponta de cigarro ou charuto); pipa (de vinho). *v.* dar marradas; ligar, unir, ajustar, protestar, reclamar, reagir. # *butt hinge,* (carp.) dobradiça a topo. *butt in (on),* intrometer-se. *butt joint,* junção a topo.

BUTTE [bju:t], *s.* (E.U.) monte íngreme; (geol.) testemunho.

BUTTER ['bʌtə], *s.* manteiga. *v.* espalhar manteiga; (fig.) lisonjear.

BUTTER-BOAT ['bʌtəbout], *s.* molheira.

BUTTERCUP ['bʌtəkp], *s.* ranúnculo amarelo.

BUTTER-DISH ['bʌtədiʃ], *s.* manteigueira.

BUTTERFLY ['bʌtəflai], *s.* borboleta.

BUTTER-KNIFE ['bʌtənaif], *s.* espátula para espalhar manteiga.

BUTTERMILK ['bʌtəmilk], *s.* soro (do leite).

BUTTERY ['bʌtəri], *s.* despensa. *a.* que tem a aparência ou as qualidades da manteiga.

BUTTOCK ['bʌtək], *s.* nádega; anca; traseiro.

BUTTON ['bʌtn], *s.* botão; emblema usado na lapela; (E.U.) botão de colarinho = (Ing.) *collar-stud;* (E.U.) abotoadura de punho = (Ing.) *cuff-link.* *v.* abotoar.

BUTTON-HOLE ['bʌtnhoul], *s.* casa de botão; flor usada na lapela. *v.* fazer casas de botão; abotoar, segurar pela lapela.

BUTTON-HOOK ['bʌtnhuk], *s.* abotoadeira.

BUTTONS ['bʌtnz], *s.* (col.) *V.* **BELL-HOP.**

BUTTRESS ['bʌtris], *s.* esteio, suporte, reforço, contraforte. *v.* apoiar, escorar, sustentar. # *flying buttress,* (arq.) arcobotante.

BUTYRIC [bju:'tirik], *a.* butírico.

BUXOM ['bʌksəm], *a.* opulenta, rechonchuda e bonita (dito de mulher).

BUY [bai], *pret.* e *pp.* **BOUGHT.** *v.* comprar, adquirir. # *buy in gross* comprar por atacado. *buy long,* jogar na alta (Bolsa). *buy off,* subornar. *buy out,* resgatar, comprar a parte de (em uma sociedade comercial). *buy short,* (Bolsa) jogar na baixa. *buy up,* arrematar, comprar todo o estoque.

BUYER ['baiə], *s.* comprador.

BUZZ [bʌz], *s.* zumbido, zunido, zoada; murmúrio. *v.* zunir, zoar; cochichar; (av.) voar baixo; voar perto de outro avião.

BUZZARD ['bʌzəd], *s.* espécie de falcão. *a.* estúpido, retardado, idiota.

BUZZER ['bʌzə], *s.* cigarra (aparelho elétrico).

BUZZ-SAW ['bʌzsɔ], *s.* serra circular.

BY [bai], *prep.* e *adv.* por; a, em; pelo; sobre; de; com; multiplicado por; perto. # *by and large,* de um modo geral. *by oneself,* só, sozinho. *by the by, by the way,* a propósito, de passagem, por falar nisso.

BY AND BY ['baiənd'bai], *adv.* logo, daqui a pouco, dentro em pouco, dentro em breve.

BY-BURNER ['bai'bə:nə], *s.* bico-piloto (gás, etc.).

BYE [bai], *s.* assunto secundário; cama, sono (linguagem infantil); (esp.) jogador não escalado. *a.* secundário, superveniente. *int.* Psiu! (usada em acalanto). *Bye-bye,* adeus (principalmente em linguagem infantil) # *go bye-bye,* ir dormir (linguagem infantil).

BYE-LAW, BY-LAW ['bailɔ:], *s.* estatutos, regulamento.

BYGONE ['baigɔn], *a.* antigo, passado; morto. *s. pl.* coisas passadas. # *let bygones be bygones,* águas passadas não movem moinho.

BYLINE ['bailəin], *s.* (impr.) linha em que é escrito o nome do autor de um artigo.

BY-PASS ['bai-pɑ:s], *s.* passagem secundária, caminho secundário; atalho. *v.* contornar.

BYPATH ['bai-pa:θ], *s.* vereda, trilha, caminho particular.

BYPLAY ['baiplei], *s.* mímica, passatempo.

BY-PRODUCT ['baiprədekt], *s.* subproduto.

BYRE ['baiə], *s.* estábulo.

BY-ROAD '[bairoud], *s.* atalho, estrada secundária.

BYSTANDER ['baistændə], *s.* espectador, assistente.

BY-STREET ['bai-stri:t], *s.* travessa, beco, viela.

BYWAY ['baiwei], *s.* atalho.

BY-WEEKLY ['bai'wi:kli], *adv.* bissemanalmente.

BYWORD ['baiwə:d], *s.* provérbio, máxima.

BYZANTINE [bi'zæntain, bai'zentain], *s* e *a* bizantino.

C

C [si:], *s.* terceira letra do alfabeto.

CAB [kæb], *s.* cabriolé; carro de aluguel; táxi, automóvel de praça; cabina do maquinista (na locomotiva).

CABAL [kə'bæl], *s.* cabala; intriga; trama, conspirata; ciência oculta. *v.* tramar, maquinar, conspirar.

CABALISTIC, AL [kæbə'listik, əl], *a.* cabalístico.

CABARET ['kæbərei, 'kæbəret], *s.* cabaré.

CABBAGE ['kæbidʒ], *s.* repolho; (gír.) charuto barato; (col.) concessão ilegal por influência política. # *cabbage head,* cabeça de repolho; (col.) cabeça-de-pau (pessoa de pouca inteligência; pessoa teimosa).

CABBALISTIC [kæbə'listik], *V.* **CABALISTIC.**

CABBY ['kæbi], *s.* cocheiro de um *cab.*

CABIN ['kæbin], *s.* cabana; abrigo; guarita; cabina, camarote de navio. # *cabin class,* 1.ª classe em transatlântico. *cabin cruiser,* lancha-cruzeiro.

CABINET ['kæbinit] *s.* gabinete; ministério; escritório; armário, estojo. *a.* ministerial.

CABINET-MAKER ['kæbinitmeikə], *s.* marceneiro.

CABLE ['keibl], *s.* cabo, amarra; telégrafo submarino, cabograma. *v.* amarrar; telegrafar pelo cabo submarino. # *cable length,* (mar.) medida equivalente a 720 pés.

CABLEGRAM ['keiblgræm], *s.* cabograma, telegrama.

CABMAN ['kæbmən], *s.* cocheiro.

CABOOSE [kə'bu:s], *s.* cozinha de navio; (E.U.) vagão dos guarda-freios num trem de carga = (Ing.) *brakevan.*

CABOTAGE ['kæbətɑ:ʒ], *s.* cabotagem.

CAB-RANK ['kæb-ræŋk], *s.* ponto de automóveis = (E.U.) *taxi-stand.*

CACAO [kə'kɑ:ou, kə'keiou], *s.* cacau.

CACHALOT ['kæʃəlɔt], *s.* cachalote.

CACHE [kæʃ], *s.* esconderijo para provisões. *v.* esconder provisões.

CACHET ['kæʃei], *s.* selo, marca, sinal, sinete.

CACHOU [kə'ʃu:], *s.* pílula para perfumar o hálito.

CACKLE ['kækl], *s.* cacarejo; loquacidade, verbosidade. *v.* cacarejar; tagarelar; rir-se.

CACKLER ['kæklə], *s.* tagarela, palrador.

CACOEPY ['kækouepi], *s.* cacoépia.

CACOPHONOUS [kæ'kɔfənəs], *a* cacofônico.

CACOPHONY [kæ'kɔfəni], *s.* cacofonia, cacófato (= cacófaton), dissonância.

CACTUS ['kæktəs], *s.* cacto.

CAD [kæd], *s.* pessoa grosseira; canalha; condutor de ônibus.

CADASTRE [kə'dæstə], *s.* cadastro.

CADAVEROUS [kə'dævərəs], *a.* cadavérico.

CADDICE ['kædis], *s.* larva que se usa como isca.

CADDIE ['kædi], *s.* rapazinho que carrega os paus no golfe; mensageiro.

CADDISH ['kædiʃ], *a.* grosseiro.

CADDY ['kædi], *s.* latinha de chá ou caixa pequena.

CADENCE, CY ['keidəns, si], *s.* cadência.

CADET [kə'det], *s.* cadete; caçula.

CADGE [kædʒ], *v.* mascatear.

CADGER ['kædʒə], *s.* mascate; vagabundo; pedinte.

CADI ['kɑ:di], *s.* cádi.

CADMIUM ['kædmiəm], *s.* cádmio.

CADRE ['kɑ:də], *s.* quadro, caixilho; (mil.) quadro militar permanente.

CAECUM ['si:kʌm], *s.* (anat.) ceco.

CAESURA [si:'zjuərə], *s.* cesura, pausa.

CAFÉ ['kæfei], *s.* café (bebida); café (restaurante); (E.U.) bar.

CAFETERIA [kæfi'tiərə, kæfə'tiəriə], *s.* restaurante para lanches; (E.U.) restaurante ou bar em que o próprio freguês se serve.

CAFFEINE ['kæfii:n], *s.* cafeína.

CAGE [keidʒ], *s.* gaiola, jaula, prisão. *v.* engaiolar. # *cage antena,* (rád.) antena de quadro.

CAGEY ['keidʒi], *a.* cauteloso.

CAIQUE [kai'i:k], *s.* caíque.

CAIRN [kɛən], *s.* montão de pedras; túmulo.

CAISSON ['keisən], *s.* caixão flutuante, caixão pneumático; (mil.) caixa ou carreta de munições.

CAITIFF ['keitif], *s.* um patife, um covarde. *a.* vil.

CAJOLE [kə'dʒoul], *v.* lisonjear, bajular; seduzir.

CAJOLER [kə'dʒoulə], *s.* adulador, lisonjeador, bajulador.

CAJOLERY [kə'dʒouləri], *s.* lisonja, adulação, bajulação.

CAKE [keik], *s.* bolo. # *go and eat cake!* vá plantar batatas! *Johnny cake,* bolo de milho. *one can't eat one's cake and have it (one can't have one's cake and eat it),* dois proveitos não cabem em um saco. *to go like hot cakes,* ter muita saída (vender-se muito).

CAKE-EATER ['keik-i:tə], *s.* (gír.) papa-jantares, pão-de-ló de festa, assíduo freqüentador de festas.

CAKE-MO(U)LD ['keikmould], *V.* **CAKE-TIN.**

CAKE-TIN ['keiktin], *s.* forma de bolo = (E.U.) *cake-mo(u)ld.*

CAKY ['keiki], *a.* semelhante a bolo.

CALABASH ['kæləbæʃ], *s.* cabaça.

CALABOOSE ['kæləbu:s], *s.* (E.U.) calabouço, prisão (Ing.) *lock-up.*

CALAMITOUS [kə'læmitəs], *a.* calamitoso.

CALAMITY [kə'læmiti], *s.* calamidade.

CALAMUS ['kæləməs], *s.* cálamo.

CALASH [kə'læʃ], *s.* caleça; touca de mulher.

CALCAREOUS [kæl'kɛəriəs], *a.* calcário.

CALCES ['kælsi:z], *s. pl.* de **CALX.**

CALCIFICATION [kælsifi'keiʃən], *s.* calcificação.

CALCIFY ['kælsifai], *v.* calcificar; transformar em cal; petrificar.

CALCINATION [kælsi'neiʃən], *s.* calcinação.

CALCINE ['kælsain], *v.* calcinar, calcinar-se.

CALCITE ['kælsait], *s.* calcita.

CALCIUM ['kælsiəm], *s.* cálcio.

CALCULABLE ['kælkjuləbl], *a.* calculável.

CALCULATE ['kælkjuleit], *v.* calcular, contar.

CALCULATION [kælkju'leiʃən], *s.* cálculo, ato de calcular.

CALCULATOR ['kælkjuleitə], *s.* calculista; máquina de calcular.

CALCULUS ['kælkjələs], *s.* cálculo (mat.); (med.) cálculo. # *integral calculus,* (mat.) cálculo integral.

CALDRON ['kɔ:ldrən], *s.* caldeira, caldeirão.

CALEFACTION [kæli'fækʃən], *s.* calefação.

CALEFACTORY [kæli'fæktəri], *s.* calefator. *a.* que produz calor.

CALENDAR ['kælində], *s.* calendário; (jur.) relação dos casos a serem julgados; anuário de universidade = (E.U.) *catalogue;* (E.U.) ordem do dia = (Ing.) *order paper.*

CALENDER ['kælində], *s.* calandra; máquina para lustrar ou acetinar tecidos. *v.* calandrar.

CALENDERED ['kælindəd], *a.* calandrado. # *calendered paper,* papel acetinado.

CALENDS ['kælindz], *s.* calendas.

CALF [kɑ:f], *s.* bezerro, vitelo, novilho; bezerro (pele curtida de vitelo); um idiota. *pl.* **CALVES.**

CALF [kɑ:f], *s.* barriga da perna. *pl.* **CALVES.**

CALF LOVE ['kɑ:flʌv], *s.* namorico, namoro de adolescentes.

CALF'S FOOT ['kɑ:vzfut], *s.* mocotó; geléia de mocotó.

CALF-SKIN ['kɑ:fskin], *s.* couro de bezerro.

CALIBER ['kælibə], *V.* **CALIBRE.**

CALIBRATE ['kælibreit], *v.* calibrar, graduar.

CALIBRATION [kæli'breiʃən], *s.* calibragem.

CALIBRE ['kælibə], *s.* = (E.U.) *caliber* — calibre, capacidade, volume; diâmetro.

CALICES ['keilisi:z, 'kælisi:z], *pl.* de **CALIX.**

CALICO ['kælikou], *s.* percal; chita, chitão.

CALIF ['kælif], *V.* **CALIPH.**

CALIPER ['kælipə], *s.* calibrador.

CALIPH ['kælif], *s.* califa.

CALIPHATE ['kælifeit], *s.* califado.

CALIX ['keiliks, 'kæliks], *s.* cálice (da flor). *pl.* **CALICES.**

CALK [kɔ:k], *s.* ferradura; chapa de ferro para o sapato. *v.* decalcar; calafetar.

CALKER ['kɔ:kə], *s.* calafate.

CALKIN ['kælkin, 'kɔ:kin], *V.* **CALK.**

CALKING ['kɔ:kiŋ], *s.* calafeto (= calafetamento, calafetagem).

CALL [kɔ:l], *s.* chamado, chamada; visita; convite; direito; obrigação; comunicação. *v.* chamar, convidar, convocar, intimar; visitar; proclamar. # *at call,* quando reclamado, quando cobrado. *call at,* visitar. *call back pay,* pagamento por trabalho extraordinário. *call box,* cabina de telefone = (E.U.) *telephone booth. call down,* admoestar, repreender, invocar, pedir uma graça do céu. *call for,* ir buscar, ir chamar; perguntar; requerer; pedir a presença de, convocar. *call forth,* produzir; revelar (qualidades), (jur.) intimar. *call in,* convocar para uma consulta; recolher (moedas, selos). *call it a go,* está combinado, está feito (negócio, etc.). *call loan, call money,* empréstimo resgatável mediante chamada. *call off,* dissuadir; cancelar. *call on,* visitar; recorrer a. *call out,* desafiar para um duelo. *call over,* fazer a chamada *(call the roll). call pay,* pagamento feito a um operário pelo simples comparecimento ao local de trabalho. *call to quarters,* (mil.) toque de recolher. *call up,* convocar (para o serviço militar); telefonar; fazer lembrar. *long-distance* (ou *toll*) *call,* chamada interurbana, telefonema interurbano. *within call,* ao alcance da voz.

CALL-BOY ['kɔ:lbɔi], *s.* moço de recados; porteiro.

CALLER ['kɔ:lə], *s.* chamador; visitante.

CALLIGRAPHER [kə'ligrəfə], *s.* calígrafo.

CALLIGRAPHIC, AL [kæli'græfik, əl], *a.* caligráfico.

CALLIGRAPHY [kə'ligrəfi], *s.* caligrafia.

CALLING ['kɔ:liŋ], *s.* chamado; chamada; convocação; vocação; emprego, ofício; profissão; estado; classe.

CALLING-CARD ['kɔ:liŋkɑ:d], *s.* (E.U.) cartão de vista = (Ing.) *visiting-card.*

CALLIPER ['kælipə], *s.* (mec.) calibrador. # *sliding calliper,* (fís.) paquímetro.

CALLISTHENIC [kælis'θenik], *a.* calistênico.

CALLISTHENICS [kælis'θeniks], *s.* calistenia.

CALL OPTION ['kɔl'ɔpʃən], *s.* (com.) compra de ações a preço futuro.

CALLOSITY [kæ'lɔsiti], *s.* calosidade, calo.

CALLOUS ['kæləs], *a.* caloso, calejado, endurecido; indiferente, insensível.

CALLOUSNESS ['kæləsnis], *s.* calosidade; insensibilidade.

CALLOW ['kælou], *a.* implume; (fig.) inexperiente.

CALL PAY ['kɔ:lpei], *s.* pagamento feito a um operário pelo seu comparecimento ao local do trabalho (mesmo que não haja trabalho).

CALM [kɑ:m], *s.* calma, sossego, tranqüilidade; serenidade, calmaria; bonança. *a.* calmo, sossegado, sereno, tranqüilo. *v.* acalmar, calmar, tranqüilizar, sossegar, serenar.

CALMATIVE ['kælmətiv], *s.* e *a.* calmante.

CALMLY ['kɑ:mli], *adv.* calmamente, tranqüilamente, serenamente, sossegadamente.

CALMNESS ['kɑ:mnis], *s.* calma, tranqüilidade, serenidade, sossego, bonança.

CALOMEL ['kæləməl], *s.* calomelanos.

CALORIC [kə'lɔrik], *a.* calórico.

CALORIE, CALORY ['kæləri], *s.* caloria.

CALORIFIC [kælə'rifik], *a.* calorífico.

CALORIMETER [kælə'rimitə], *s.* calorímetro.

CALORIMETRIC [kæləri'metrik], *a.* calorimétrico.

CALORIMETRY [kælə'rimitri], *s.* calorimetria.

CALOTTE [kə'lɔt], *s.* solidéu; casquete.

CALOYER ['kælɔiə], *s.* monge da igreja grega.

CALUMNIATE [kə'lʌmnieit], *v.* caluniar.

CALUMNIATION [kəlʌmni'eiʃən], *s.* calúnia.

CALUMNIATOR [kə'lʌmnieitə], *s.* caluniador.

CALUMNIATORY [kə'lʌmniətəri], *a.* calunioso.

CALUMNY ['kæləmni], *s.* calúnia.

CALVARY ['kælvəri], *s.* calvário.

CALVE [kɑ:v], *v.* parir (a vaca).

CALVES [kɑ:vz], *pl.* de **CALF.**

CALVINISM ['kælvinizm], *s.* calvinismo.

CALVINIST ['kælvinist], *s.* calvinista.

CALVINISTIC, AL [kælvi'nistik, əl], *a.* calvinista.

CALX [kælks], *s.* cal; resíduos da calcinação. *pl.* **CALCES** ou **CALXES.**

CALXES ['kælksiz], *pl.* de **CALX.**

CALYCLE ['kælikl], *s.* calículo.

CALYX ['keiliks, 'kæliks], *V.* **CALIX.**

CAM [kæm], *s.* (mec.) cames, ressalto. # *cam shaft,* eixo de cames. *cam wheel,* (mec.) roda excêntrica.

CAMARILLA [kæmə'rilə], *s.* camarilha.

CAMBER ['kæmbə], *s.* caimento, abaulamento;

(mec. ant.) inclinação das rodas dianteiras. *v.* abaular. # *camber flap,* (av.) aleta de curvatura.

CAMBRIC ['keimbrik], *s.* cambraia. *a.* de cambraia.

CAME [keim], *pret.* de **COME.**

CAMEL ['kæməl], *s.* camelo.

CAMELEER [kæmi'liə], *s.* cameleiro; soldado montado em camelo.

CAMELLIA [kə'mi:ljə], *s.* camélia.

CAMELOPARD ['kæmiləpa:d], *s.* girafa. ['kæməl'lepəd], "girafa", pessoa muito alta. *V.* **GIRAFFE.**

CAMEO ['kæmiou], *s.* camafeu.

CAMERA ['kæmərə], *s.* câmara escura; máquina fotográfica. # *candid camera,* pequena máquina fotográfica para instantâneos. *camera shutter,* obturador de câmara fotográfica. *folding camera,* câmara fotográfica de fole.

CAMI-KNICKERS ['kæmi'nikəz], *s.* camisa-calça = *combinations.*

CAMISOLE ['kæmisoul], *s.* camisola.

CAMORRA [kə'mɔrə], *s.* camorra.

CAMOUFLAGE ['kæmufla:ʒ], *s.* camuflagem; disfarce. *v.* camuflar, mascarar, disfarçar.

CAMP [kæmp], *s.* acampamento; (mil.) campo. *v.* acampar. # *break camp,* levantar acampamento.

CAMPAIGN [kæm'pein], *s.* campanha. *v.* servir em campanha; fazer uma campanha.

CAMPAIGNER [kæm'peinə], *s.* veterano, campanhista; batalhador.

CAMPANILE [kæmpə'ni:li], *s.* campanário.

CAMPANULA [kəm'pænjulə], *s.* campânula.

CAMP-CHAIR ['kæmp'tʃɛə], *s.* espreguiçadeira = (E.U.) *canvas-chair.*

CAMPER ['kæmpə], *s.* soldado de acampamento.

CAMPHOR ['kæmfə], *s.* cânfora.

CAMPHORATED ['kæmfereitid], *a.* canforado.

CAMPHORIC [kæm'fɔrik], *a.* canfórico.

CAMPING ['kæmpiŋ], *p. pres.* de **CAMP.** *s.* acampamento.

CAMPUS ['kæmpəs], *s.* (E.U.) os terrenos de uma escola ou universidade; campo para provas atléticas (col.) = (Ing.) *college grounds.*

CAMSHAFT ['kæmʃa:ft], *s.* (mec. ant.) eixo de comando das válvulas.

CAN [kæn], *s.* (E.U.) lata, lata de conservas = (Ing.) *tin;* almotolia. *v.* (E.U.) enlatar, acondicionar conservas = (Ing.) *tin.* # *carry* (ou *take) the can,* pagar por culpa alheia.

CAN [kæn], *pret.* **COULD.** *v. def.* poder; saber,

CANADIAN [kə'neidjən], *s.* e *a.* canadense.

CANAL [kə'næl], *s.* *canal* (artificial). *V.* **CHANNEL.**

CANALIZATION [kænəlai'zeiʃən], *s.* canalização.

CANALIZE ['kænəlaiz], *v.* canalizar.

CANARY [kə'nɛəri], *s.* canário; vinho das Canárias; cor de canário; amarelo vivo. *v.* saltar; gracejar, galhofar.

CANASTER [kə'næstə], *s.* canastra; tabaco.

CANCEL ['kænsəl], *v.* cancelar, suspender; anular, eliminar, suprimir; riscar; inutilizar (com um carimbo). *s.* cancelamento.

CANCELLATION [kænsə'leiʃən], *s.* cancelamento; abolição, anulação.

CANCER ['kænsə], *s.* câncer, cancro.

CANCEROUS ['kænsərəs], *a.* canceroso.

CANDELABRA [kændi'la:brə], *pl.* de **CANDELABRUM.**

CANDELABRUM [kændi'la:brəm], *s.* candelabro. *pl.* **CANDELABRA, CANDELABRUMS.** Usa-se também **CANDELABRA** — *pl.* **CANDELABRAS.**

CANDID ['kændid], *a.* leal, justo, imparcial; franco; sincero; puro (desus.); alvo, branco.

CANDIDACY ['kændidəsi], *s.* *V.* **CANDIDATURE.**

CANDIDATE ['kændidit], *s.* candidato, pretendente, aspirante.

CANDIDATURE ['kændiditʃə], *s.* candidatura.

CANDIDNESS ['kændidnis], *s.* candura, ingenuidade, inocência, simplicidade, sinceridade, boa fé.

CANDIED ['kændid], *a.* confeitado; açucarado; feito, conservado ou coberto com açúcar.

CANDLE ['kændl] *s.* vela; candeia. # *burn the candle at both ends,* ser imprevidente; extenuar-se. *candle power,* (eletr.) vela. *it doesn't hold a candle to mine,* é muito inferior ao meu. *Roman candle,* pistolão (fogo de artifício). *top a candle,* espevitar uma vela.

CANDLEMAS ['kændlməs], *s.* Candelária; festa da Purificação de Nossa Senhora.

CANDLEPOWER ['kændlpauə], *s.* (eletr.) vela.
CANDLESTICK ['kændlstik], *s.* castiçal.
CANDOUR ['kændə], *s.* franqueza; imparcialidade; lealdade; simplicidade; sinceridade; honestidade.
CANDY ['kændi], *s.* açúcar cristalizado; açúcar cande; (E.U.) doce; bombom, caramelo. *v.* preservar, cobrir de açúcar cristalizado; cristalizar o açúcar. # *pull candy,* puxa-puxa.
CANDY-SHOP ['kændiʃɔp], *s.* (E.U.) casa de doces, confeitaria = (Ing.) *sweet shop.*
CANE [kein], *s.* bengala; cana. *v.* dar bengaladas.
CANE-CHAIR ['kein'tʃɛə], *s.* cadeira de palhinha.
CANINE ['keinain, 'kænain], *a.* canino.
CANISTER ['kænistə], *s.* canastrel, canistrel; caixa; caixa de hóstias.
CANKER ['kæŋkə], *s.* gangrena; úlcera; câncer; algumas enfermidades de animais e vegetais. *v.* gangrenar; corromper; consumir; tornar-se canceroso.
CANKEROUS ['kæŋkərəs], *a.* gangrenoso; canceroso; corrosivo.
CANNA ['kænə], *s.* cana para ornamentação (cana da Índia).
CANNED [kænd], *a.* enlatado, em conserva; (gír.) ébrio; (gír.) gravado (mús.).
CANNERY ['kænəri], *s.* fábrica de conservas.
CANNIBAL ['kænibəl], *s.* canibal.
CANNIBALISM ['kænibəlizm], *s.* canibalismo.
CANNIKIN ['kænikin], *s.* latinha; pequeno vaso; balde pequeno.
CANNILY ['kænili], *adv.* sagazmente, astutamente; meigamente.
CANNINESS ['kæninis], *s.* sagacidade, esperteza; astúcia; meiguice.
CANNING ['kæniŋ], *s.* preparação de conservas.
CANNON ['kænən], *s.* canhão (modernamente — *gun*); cano de arma de fogo; carambola (bilhar) = (E.U.) *carom.* v. carambolar = (E.U.) *carom;* bombardear. # *cannon ball,* bala de canhão (modernamente — *shell*).
CANNONADE [kænə'neid], *s.* canhoneio. *v.* canhonear; bombardear.
CANNONEER [kænə'niə], *s.* artilheiro.
CANNOT ['kænɔt], *can not. Pres. neg.* de **CAN.**
CANNULA ['kænjulə], *s.* cânula.
CANNY ['kæni], *a.* esperto, sagaz, fino; sossegado; bonito; prudente.
CANOE [kə'nu:], *s.* canoa, piroga. # *paddle one's own canoe,* contar consigo mesmo, não depender de outrem.
CANON ['kænən], *s.* cônego; cânone.
CANONESS ['kænənis], *s.* canonisa.
CANONIC, AL [kə'nɔnik, əl], *a.* canônico.
CANONICS [kə'nɔniks], *s.* direito canônico.
CANONIZATION (ISA) [kænənai'zeiʃən], *s.* canonização.
CANONIZE (ISE) ['kænənaiz], *v.* canonizar.
CANONRY ['kænənri], *s.* canonicato, conezia.
CAN-OPENER ['kæn'oupənə], *s.* (E.U.) abridor de latas = (Ing.) *tin-opener;* (E.U. gír.) móvel barato.
CANOPY ['kænəpi], *s.* abóbada, dossel, pálio, toldo. # *canopy switch,* (eletr.) interruptor coberto.
CANOROUS [kæ'nourəs], *a.* canoro; sonoro; harmonioso.
CANT [kænt], *s.* canto, esquina; declive; saliência; hipocrisia; calão, gíria. *v.* inclinar; chofrar; desajustar; falar com hipocrisia; falar em calão; pedir; virar (mar.); perder o equilíbrio (aer.).
CAN'T [kɑ:nt], [(E.U.) kænt], *contr.* de **CANNOT.**
CANTALOUP ['kæntəlu:p], *s.* tipo de melão.
CANTANKEROUS [kən'tæŋkərəs], *a.* desagradável; mau, ruim; rabugento; contraditório.
CANTANKEROUSNESSS [kən'tæŋkərəsnis], *s.* contradição.
CANTEEN [kæn'ti:n], *s.* cantina; cantil.
CANTER ['kæntə], *s.* meio galope (do cavalo). *v.* andar a meio galope (cavalo).
CANTERBURY ['kæntəbəri], *s.* estante de música.
CANTHARIDES [kæn'θæridi:z], *s.* cantáridas.
CANTICLE ['kæntikl], *s.* cântico.
CANTILEVER ['kæntili:və], *s.* suporte, viga.
CANTLE ['kæntl], *s.* fragmento, pedaço; extremidade; borla, orla; (mec.) patilha.
CANTO ['kæntou], *s.* canto.
CANTON ['kæntɔn, kæn'tɔn], *s.* cantão; distrito.
CANTON [kæn'tɔn], *v.* dividir em cantões.
CANTON ['kæntən], *s.* (her.) quadrado em um escudo.

CANTON ['kæn'tɔn, kæn'tɔn], *s.* Cantão (cidade).

CANTON [kən'tu:n, kæn'tu:n], *v.* acantonar.

CANTONAL ['kæntənl], *a.* cantonal.

CANTONMENT [ken'tu:nmənt], *s.* acantonamento.

CANTOR ['kæntɔ:], *s.* chantre.

CANVAS ['kænvəs], *s.* lona; tela; vela de navio; quadro a óleo. # *canvas chair,* (E.U.) espreguiçadeira = (Ing.) *canvy-chair. coarse canvas,* canhamaço (tecido de cânhamo).

CANVASS ['kænvəs], *s.* solicitação de votos, cabala; escrutínio. *v.* cabalar; solicitar; escrutinar; averiguar; discutir.

CANVASSER ['kænvəsə], *s.* propagandista, agente, agenciador = (E.U.) *solicitor;* cabo eleitoral; (E.U.) apurador, verificador, escrutinador.

CANYON ['kænjən], *s.* desfiladeiro, garganta, canhão (geol.).

CAP [kæp], *s.* gorro, boné, quepe, carapuça; capitel; coberta, tampa; pináculo; espoleta, cápsula (para arma de fogo); (tip.) letra maiúscula. *v.* cobrir, tampar; rematar; coroar; exceder; descobrir; descobrir-se para cumprimentar alguém; recauchutar (pneu). # *cap pistol,* garrucha de espoleta. *cap quartz,* (geol.) quartzo encapuzado. *if the cap fits, wear it,* se a carapuça lhe assenta, pode enfiá-la.

CAPABILITY [keipə'biliti], *s.* capacidade, aptidão; idoneidade.

CAPABLE ['keipəbl], *a.* capaz, apto, competente; idôneo.

CAPACIOUS [kə'peiʃəs], *a.* espaçoso, amplo, extenso, vasto.

CAPACIOUSNESS [kə'peiʃesnis], *s.* capacidade, extensão, largura, espaço, amplidão.

CAPACITANCE [kə'pæsitəns], *s.* (eletr.) capacitância.

CAPACITATE [kə'pæsiteit], *v.* capacitar, tornar capaz, habilitar.

CAPACITOR [kə'pæsitə], *s.* (eletr.) condensador elétrico.

CAPACITY [kə'pæsiti], *s.* capacidade; habilidade, faculdade, aptidão; qualidade; posição.

CAP-A-PIE [kæpə'pi:], *adv.* dos pés à cabeça, completamente.

CAPARISON [kə'pærisn], *s.* caparação, equipamento, jaezes. *v.* ajaezar; ornamentar; vestir pomposamente.

CAPE [keip], *s.* cabo, promontório; capa curta.

CAPER ['keipə], *s.* salto, cambalhota, cabriola; travessura; macaquice = (E.U.) *monkeyshine;* alcaparra. *v.* saltar, dar cambalhotas, cabriolar. # *cut capers,* dar cambalhotas, cabriolar; proceder de maneira estranha.

CAPILLARITY [kæpi'læriti], *s.* capilaridade.

CAPILLARY [kə'piləri], *a.* capilar.

CAPITAL ['kæpitl], *s.* capital (de país), capital (dinheiro); letra maiúscula; capitel. *a.* capital, principal; magnífico, excelente. # *capital consumption allowances,* (fin.) descontos por depreciação. *circulating* ou *floating capital,* capital circulante, capital de giro. *paid-in capital,* capital integralizado.

CAPITALISM ['kæpitəlizm], *s.* capitalismo.

CAPITALIST ['kæpitəlist], *s.* capitalista.

CAPITALIZATION (ISA) [kəpitəlai'zeiʃən, kæpitəlai'zeiʃən], *s.* capitalização.

CAPITALIZE (ISE) [kə'pitəlaiz], *v.* capitalizar; escrever ou imprimir com maiúsculas ou com inicial maiúscula.

CAPITATION [kæpi'teiʃən], *s.* capitação.

CAPITOL ['kæpitl], *s.* Capitólio.

CAPITULATE [kə'pitjuleit], *v.* capitular, render-se.

CAPITULATION [kəpitju'leiʃən], *s.* capitulação, rendição.

CAPON ['keipən], *s.* capão.

CAPOT [kə'pɔt], *s.* capote (no jogo). *v.* dar um capote (no jogo).

CAPOTE [kə'pout], *s.* capote militar.

CAPRIC ['kæprik], *a.* caprino.

CAPRICE [kə'pri:s], *s.* capricho, extravagância.

CAPRICIOUS [kə'priʃəs], *a.* caprichoso, extravagante, bizarro.

CAPRICIOUSNESS [kə'priʃəsnis], *s.* capricho.

CAPRICORN ['kæprikɔ:n], *s.* Capricórnio.

CAPRIOLE ['kæprioul], *s.* cabriola, cambalhota. *v.* cabriolar.

CAPROIC [kə'prouik], *a.* (quím.) capróico.

CAPRYLATE ['kæpriləit], *s.* (quím.) caprilato.

CAPSICUM ['kæpsikəm], *s.* pimenta.

CAPSIZE [kæp'saiz], *v.* (mar.) virar; emborcar; soçobrar; capotar (automóvel, etc.).

CAPSTAN ['kæpstən], *s.* cabrestante. # *capstan lathe,* (ofic.) torno revólver.

CAPSULAR ['kæpsjulə], *a.* capsular.

CAPSULE ['kæpsju:l], *s.* cápsula.

CAPTAIN ['kæptin], *s.* capitão; comandante de navio; comandante, capitão (no jogo de futębol).

CAPTAINCY ['kæptinsi], *s.* capitania, posto de capitão.

CAPTION ['kæpʃən], *s.* captura, prisão; cabeçalho, título (em jornal).

CAPTIOUS ['kæpʃəs], *a.* ardiloso; implicante.

CAPTIOUSLY ['kæpʃəsli], *adv.* capciosamente.

CAPTIOUSNESS ['kæpʃəsnis], *s.* insídia; embuste, fraude.

CAPTIVATE ['kæptiveit], *v.* cativar, seduzir, atrair, fascinar, encantar; capturar.

CAPTIVATION [kæpti'veiʃən], *s.* fascinação, sedução, atração; obsessão.

CAPTIVE ['kæptiv], *s.* e *a.* cativo, prisioneiro; cativado, fascinado, encantado.

CAPTIVITY [kæp'tiviti], *s.* prisão, cativeiro; fascinação, encantamento; obsessão.

CAPTOR ['kæptə], *s.* captor.

CAPTURE ['kæptʃə], *s.* captura, prisão, aprisionamento. *v.* capturar, aprisionar; tomar. # *free of capture and seizure (insurance),* garantido contra apreensão e confisco.

CAPUCHE [kə'pu:ʃ], *s.* capuz.

CAPUCHIN ['kæpjuʃin], *s.* capuchinho (monge).

CAR [kɑ:], *s.* automóvel; (E.U.) carro de trem de ferro, vagão = (Ing.) *carriage, coach;* cabine de elevador. # *armo(u)red car,* (mil.) carro de assalto; *horse car,* bonde de burro.

CARABINEER [kærəbi'niə], *s.* carabineiro.

CARAFE [kə'rɑ:f], *s.* garrafa para água.

CARAMBOLE ['kærəmboul], *s.* carambola. *v.* carambolar (no bilhar). *V.* **CANNON.**

CARAMEL ['kærəməl], *s.* caramelo.

CARAPACE ['kærəpeis], *s.* carapaça, concha, casca.

CARAT ['kærət], *s.* quilate.

CARAVAN [kærə'væn], *s.* caravana; habitação sôbre rodas.

CARAVEL ['kærəvel], *s.* caravela.

CARAWAY ['kærəwei], *s.* alcaravia (= cominho, armênio, cariz).

CARBIDE ['kɑ:baid], *s.* (quím.) carboneto, carbureto, carbeto.

CARBINE ['kɑ:bain], *s.* carabina.

CARBINEER [kɑ:bi'niə], *s.* carabineiro.

CARBOHYDRATE ['kɑ:bouhaidreit], *s.* (quím.) carboidrato, hidrato de carbônio.

CARBOLIC [kɑ:'bɔlik], *a.* carbólico.

CARBON ['kɑ:bən], *s.* carbônio; carvão; papel carbono. # *carbon dioxide,* gás carbônico ou bióxido de carbônio. *carbon monoxide,* monóxido de carbônio.

CARBONACEOUS [kɑ:bə'neiʃəs], *a.* carbonado.

CARBONATE ['kɑ:bənit], *s.* carbonato.

CARBONATED ['kɑ:bəneitid], *a.* carbonatado.

CARBONATION [kɑ:bə'neiʃən], *s.* carbonatação.

CARBONIC [kɑ:'bɔnik], *a.* carbônico.

CARBONIFEROUS [kɑ:bə'nifərəs], *a.* carbonífero.

CARBONIZATION (ISA) [kɑ:bənai'zeiʃən], *s.* carbonização.

CARBONIZE (ISE) ['kɑ:bənaiz], *v.* carbonizar.

CARBOY ['kɑ:bɔi], *s.* garrafão empalhado para ácidos.

CARBUNCLE ['kɑ:bʌŋkl], *s.* carbúnculo.

CARBURET(T)ER ['kɑ:bjuretə], *s.* carburador = **CARBURET(T)OR.** # *carburet(t)er barrel,* (mec. aut.) câmara de carburação. *carburet(t)er float,* (mec. aut.) flutuador de carburador.

CARCASE ['kɑ:kəs], *V.* **CARCASS.**

CARCASS ['kɑ:kəs], *s.* carcaça, esqueleto, armação, arcabouço.

CARCINOMA [kɑ:si'noumə], *s.* carcinoma.

CARD [kɑ:d], *s.* carta (de jogar); cartão; ficha; tabelas de preços; (tec.) carda; (gír.) indivíduo espirituoso, engraçado. *v.* cardar. # *be on the cards,* ser possível, ser provável. *deal (out) card,* dar as cartas no jogo. *filing card,* ficha (para arquivo). *make the cards,* embaralhar as cartas. *play at cards,* jogar cartas. *play one's last card,* jogar a última cartada. *put one's cards on the table,* pôr as cartas na mesa, falar francamente. *queer card* (ou *customer*), indivíduo excêntrico. *speak by card,* falar com conhecimento de causa. *stack the cards,* preparar as cartas para trapaça.

CARDBOARD ['kɑ:dbɔ:d, 'kɑ:dbɔəd], *s.* papelão, cartão = (E.U.) *pasteboard.*

CARDER ['kɑ:də], *s.* cardador.

CARD FILE ['kɑ:dfail], *s.* fichário.

CARDIAC ['kɑ:diæk], *a.* cardíaco.

CARDIACAL [kɑ:'daiəkl], *a.* cardíaco.

CARDIGAN ['kɑ:digən], *s.* pequeno casaco de lã.

CARDINAL ['kɑ:dinl], *s.* cardeal; púrpura; passarinho de plumagem vermelha. *a.* principal, fundamental, cardinal; purpurado.

CARDINALSHIP ['kɑ:dinlʃip], *s.* cardinalato.

CARDING ['kɑ:diŋ], *s.* cardação.

CARDIOGRAM ['kɑ:diəgræm], *s.* cardiograma.

CARDIOGRAPH ['kɑ:diəgræf], *s.* cardiógrafo.

CARDIOLOGIST [kɑ:di'ɔlədʒist], *s.* cardiologista.

CARDIOLOGY [kɑ:di'ɔlədʒi], *s.* cardiologia.

CARD-SHARPER ['kɑ:dʃɑ:pə], *s.* jogador trapaceiro.

CARE [kɛə], *s.* cuidado, precaução, atenção; preocupação. *v.* ter cuidado, tomar cuidado; inquietar-se, preocupar-se. # *care killed a cat,* tristezas não pagam dívidas. *free of care,* despreocupado. *I don't care,* não me importa. *(in) care of (c/o),* aos cuidados de.

CAREEN [kə'ri:n], *s.* querenagem; querena. *v.* querenar; adernar.

CAREER [kə'riə], *s.* carreira, profissão, curso, ocupação; corrida. *a.* (E.U.) profissional de carreira. *v.* galopar.

CAREFREE ['kɛəfri:], *a.* despreocupado, descuidado.

CAREFUL ['kɛəful], *a.* cuidadoso, atento, cauteloso; diligente, aplicado. # *to be careful,* tomar cuidado.

CAREFULLY ['kɛəfuli], *adv.* cuidadosamente; cautelosamente.

CAREFULNESS ['kɛəfulnis], *s.* cuidado, atenção; cautela; diligência, aplicação.

CARELESS ['kɛəlis], *a.* descuidado, negligente, desatento; imprudente; indiscreto. # *careless of,* indiferente a, descuidado de.

CARELESSNESS ['kɛəlisnis], *s.* descuido, negligência, relaxamento, desatenção.

CARESS [kə'res], *s.* carícia, carinho, afago. *v.* acariciar, afagar.

CARETAKER ['kɛəteikə], *s.* procurador, curador; zelador, o encarregado de um edifício = (E.U.) *janitor.*

CAREWORN ['kɛəwɔ:n], *a.* cansado, fatigado.

CARGO ['kɑ:gou], *s.* carga, carregamento; mercadoria. # *lose cargo,* carga a granel.

CARGO-BOAT ['kɑ:goubout], *s.* navio de carga = *freight-ship.*

CARIBOU ['kæribu:], *s.* caribu.

CARICATURE [kærikə'tjuə], *s.* caricatura. *v.* caricaturar, fazer caricaturas; ridicularizar.

CARICATURIST [kærikə'tjuərist], *s.* caricaturista.

CARIES ['kɛəriiz], *s.* cárie.

CARILLON [kə'riljən], *s.* carrilhão.

CARIOUS ['kɛəriəs], *a.* cariado.

CARLING ['kɑ:liŋ], *s.* (náut.) carlinga.

CARLOAD ['kɑ:loud], *s.* carrada.

CARMAN ['kɑ:mən], *s.* carroceiro, carreteiro; motorneiro.

CARMINATIVE ['kɑ:minətiv], *a.* e *s.* carminativo, antiflatulento.

CARMINE ['kɑ:main], *s.* carmim.

CARNAGE ['kɑ:nidʒ], *s.* carnificina, morticínio, matança, mortandade.

CARNAL ['kɑ:nl], *a.* carnal, sensual, lascivo.

CARNALISM ['kɑ:nəlizm], *s.* sensualismo, carnalidade.

CARNALITY [kɑ:'næliti], *s.* carnalidade, sensualidade, lubricidade.

CARNATION [kɑ:'neiʃən], *s.* encarnação; cravo encarnado; cor de cravo; cor de carne.

CARNELIAN [kə'niljən], *s.* cornalina.

CARNIVAL ['kɑ:nivəl], *s.* carnaval; (E.U.) empresa de diversões; parque de diversões = (Ing.) *fun-fair.*

CARNIVOROUS [kɑ:'nivərəs], *a.* carnívoro.

CAROL ['kærəl], *s.* canto de Natal; cânticos alegres; gorjeio; dança em círculo. *v.* cantar com alegria; celebrar; exaltar; gorjear.

CAROM ['kærəm], *s.* (E.U.) *(carambole),* carambola (bilhar) = (Ing.) *cannon. v.* (E.U.) carambolar (bilhar) = (Ing.) *cannon.*

CAROTID [kə'rɔtid], *s.* carótida.

CAROUSAL [kə'rauzəl], *s.* farra, pândega.

CAROUSE [kə'rauz], *s.* bebedeira, orgia, pândega, festim. *v.* embriagar-se; farrear.

CARP [kɑ:p], *s.* carpa. *v.* censurar, admoestar, criticar.

CAR-PARK ['kɑ:pɑ:k], *s.* ponto de estacionamento de automóveis = (E.U.) *parking-place.*

CARPEL ['kɑ:pəl], *s.* carpelo.

CARPENTER ['kɑ:pintə], *s.* carpinteiro. # *carpenter's chisel,* formão. *carpenter's clamp,* sargento (para prender tábuas).

CARPENTRY ['kɑ:pintri], *s.* carpintaria.

CARPER ['kɑ:pə], *s.* crítico; censor; maldizente.

CARPET ['kɑ:pit], *s.* tapete. *v.* atapetar.. # *call on the carpet,* censurar. *roll out the carpet,* receber com cerimônia, fazer recepção honrosa.

CARPET-BAGGER ['kɑ:pit'bægə], *s.* (pol.) candidato nôvo, pouco conhecido; (E.U.) político que foi para o sul do país durante o período da Reconstrução.

CARPETING ['kɑ:pitiŋ], *s.* pano para tapetes; tapetes.

CARRIAGE ['kærid3], *s.* carruagem, veículo; carro, carroça; carro de passageiros (estrada de ferro) = (E.U.) *car;* transporte; carreto; porte, frete; atitude, modo, maneiras. # *non-smoking carriage,* (estr. de f.) carro em que é proibido fumar.

CARRIER ['kæriə], *s.* carregador, portador; companhia de transportes; mensageiro = (E.U.) *expressman;* veículo; porta-aviões. # *give me your carrier wave,* (av.) ligue sua onda portadora.

CARRIER-PIGEON ['kæriə'pid3in], *s.* pombo-correio = *homing pigeon.*

CARRION ['kæriən], *s.* carniça, carne apodrecida; pessoa de maus costumes.

CARROT ['kærət], *s.* cenoura; cor de cenoura.

CARRY ['kæri], *s.* alcance (arma de fogo); transporte; ato de carregar. *v.* levar, conduzir, transportar; transmitir; comportar-se; produzir; ter à venda. # *carry away,* arrebatar, levar. *carry forth,* mostrar. *carry on,* continuar; realizar, efetivar; comportar-se mal. *carry on!* avante! ânimo! *carry out,* levar a cabo, executar. *carry-over,* (cont.) transporte.

CARRYALL ['kæriɔ:l], *s.* saco de viagem; (E.U.) um tipo antigo de carro.

CARRYINGS-ON ['kæriiŋz'ɔn], *s.* procedimento duvidoso; namoros.

CARRYING-TRADE ['kæriiŋ'treid], *s.* negócio de transporte.

CART [kɑ:t], *s.* carreta, carroça, carruagem. *v.* guiar carroça ou carro, servir-se de uma carroça. # *be in the cart,* estar em situação difícil. *put the cart before the horse,* pôr o carro adiante dos bois.

CARTAGE ['kɑ:tid3], *s.* carreto, carretagem.

CARTE [kɑ:t], *s.* bilhete; cardápio.

CARTEL ['kɑ:təl], *s.* cartel, carta de desafio; (com.) cartel; (mil.) convênio para extradição de prisioneiros. *v.* desafiar.

CARTER ['kɑ:tə], *s.* carreteiro.

CARTILAGE ['kɑ:tilid3], *s.* cartilagem.

CARTILAGINOUS [kɑ:ti'læd3nəs], *a.* cartilaginoso.

CARTOGRAPHY [kɑ:'tɔgrəfi], *s.* cartografia.

CARTOMANCY ['kɑ:tomænsi], *s.* cartomancia.

CARTON ['kɑ:tən], *s.* caixa de papelão.

CARTOON [kɑ:'tu:n], *s.* caricatura, desenho humorístico; desenho animado; desenho; esbôço. # *animated cartoon,* desenho animado.

CARTOONIST [kɑ:'tu:nist], *s.* caricaturista; desenhista.

CARTOUCHE [kɑ:'tu:ʃ], *s.* cartucho; cartucheira.

CARTRIDGE ['kɑ:trid3], *s.* cartucho de arma de fogo. # *belt cartridge,* fita de cartuchos (metralhadora). *blank cartridge,* cartucho de festim. *bag* ou *box cartridge,* cartucheira. *cartridge case,* cápsula vazia. *cartridge clip,* pente de balas. *dummy cartridge,* cartucho de manejo. *tracer cartridge,* cartucho de bala traçante.

CARTWHEEL ['kɑ:twi:l], *s.* salto de mão = (E.U.) *handspring.*

CARUNCLE ['kærəŋkl], *s.* carúncula.

CARVE [kɑ:v], *v.* esculpir, cinzelar, gravar, entalhar; trinchar.

CARVEL ['kɑ:vel], *s.* *V.* **CARAVEL.**

CARVER ['kɑ:və], *s.* escultor, entalhador, gravador; trinchante, trinchador.

CARVING ['kɑ:viŋ], *s.* escultura, gravação, entalhe; ação de trinchar.

CARYATID [kæri'ætid], *s.* cariátide.

CASCADE [kæs'keid], *s.* cascata.

CASE [keis], *s.* caso, acontecimento; exemplo; situação, conjuntura, circunstância; argumentos; (gram.) caso; (jur.) causa; caixa, estojo, bainha, cobertura, invólucro. *v.* encaixotar, encaixar, encerrar; revestir. # *case tray,* (arm.) bandeja de carregamento. *in no case,* em hipótese alguma. *lower (upper) case,* (tip.) caixa baixa (alta).

CASEIN ['keisiin], *s.* caseína.

CASEMATE ['keismeit], *s.* casamata.

CASEMENT ['keismənt], *s.* armação; batente, postigo de porta ou de janela; caixilho.

CASERN [kə'zə:n], *s.* caserna, quartel.

CASH [kæʃ], *s.* dinheiro em espécie, dinheiro de contado; pronto pagamento; caixa; cofre. *v.* descontar (um cheque, uma letra), converter em dinheiro, receber dinheiro. # *be out of* ou *short of cash,* estar sem dinheiro, ter pouco dinheiro. *cash and carry,* (com.) pegue e pague. *cash discount,* desconto feito por pagamento à vista. *cash down,* pagar à vista. *cash in* ou *on hand,* dinheiro em cofre. *cash on delivery* (C.O.D.), pagamento contra entrega; pagamento por reembolso postal. *pay cash,* pagar à vista. *ready cash,* numerário disponível. *to buy* ou *to sell for cash,* comprar ou vender à vista.

CASH-BOOK ['kæʃbuk], *s.* livro-caixa.

CASHEW [kæ'ʃu:, kə'ʃu:], *s.* caju. # *cashew (tree),* cajueiro. *cashew nut,* castanha de caju.

CASHIER [kæ'ʃiə], *s.* o caixa; contador.

CASHIER [kə'ʃiə], *v.* licenciar; despedir, demitir.

CASHMERE [kæʃ'miə], *s.* casimira.

CASH-REGISTER ['kæʃ'redʒistə], *s.* caixa registradora.

CASING ['keisiŋ], *s.* envelope; envoltório, cobertura, invólucro; tampa; encadernação; encaixotamento; revestimento; esquadria; parte externa do pneu.

CASINO [kə'sinou], *s.* cassino.

CASK [kæsk], *s.* casco; tonel, barril, pipa; barrica; elmo, capacete. *v.* acondicionar em barricas, embarricar, embarrilar.

CASKET ['kɑ:skit], *s.* caixinha para jóias; cofre, escrínio; (E.U.) ataúde, caixão fúnebre.

CASQUE [kæsk], *s.* elmo, capacete.

CASSATION [kæ'seiʃən], *s.* revogação, anulação, abolição, cassação.

CASSEROLE ['kæsəroul], *s.* caçarola.

CASSIA ['kæsiə], *s.* cássia.

CASSITERITE [kæ'sitərait], *s.* (min.) cassiterita (óxido de estanho).

CASSOCK ['kæsək], *s.* batina, sotaina; (fig.) sacerdócio.

CAST [kɑ:st], *pret.* e *pp.* **CAST.** *v.* arremessar, jogar, atirar, lançar; derrubar; sobrepujar; espalhar; distribuir; computar, calcular; moldar, fundir; pensar, imaginar, idear, delinear, planejar, idealizar; (teat.) distribuir os papéis. *s.* arremesso, lance, lanço; coisa arremessada; a distância a que uma coisa é arremessada; ar, aspecto, forma; forma; (teat.) personagens e papéis. # *a cast in the eye,* estrabismo. *cast about,* lançar em redor; pensar, planejar, procurar. *cast off,* perder; rejeitar. *cast up,* erguer (os olhos); calcular, somar. *cast out,* expulsar.

CASTANET [kæstə'net], *s.* castanhola.

CASTAWAY ['kɑ:stəwəi], *s.* e *a.* náufrago; abandonado, perdido; réprobo.

CASTE [kɑ:st], *s.* casta.

CASTER ['kɑ:stə], *s.* galheteiro; molheira; rodízio; o que lança alguma coisa.

CASTIGATE ['kæstigeit], *v.* castigar, punir.

CASTIGATION [kæsti'geiʃən], *s.* castigo, punição.

CASTILLIAN [kæs'tiliən], *s.* e *a.* castelhano.

CASTING ['kɑ:stiŋ], *s.* moldagem; fundição; ato de arremessar; jato; cálculo; (teat.) distribuição dos papéis.

CASTING-DIE ['kɑ:stiŋdai], *s.* matriz de fundição.

CASTING-NET ['kɑ:stiŋnet], *s.* rede de pesca, tarrafa.

CASTING-VOTE ['kɑ:stiŋ'vout], *s.* voto de desempate, voto decisivo, voto de qualidade.

CAST-IRON ['kɑ:st'aiən], *s.* ferro fundido ou ferro moldado.

CASTLE ['kɑ:sl], *s.* castelo; fortaleza, cidadela; torre (jogo de xadrez). *v.* encastelar, acastelar; rocar (jogo de xadrez). # *build castles in Spain* (ou *in the air*), construir castelos no ar.

CAST-OFF ['kɑ:st'ɔ:f], *s.* refugo, rebotalho, pessoa ou coisa inútil. *a.* posto de parte, posto de lado, posto à margem, abandonado, desprezado.

CASTOR ['kɑ:stə], *s.* castor; pele de castor; chapéu de castor.

CASTORBEAN ['kɑ:stəbi:n], *s.* mamona.

CASTOR-OIL ['kɑ:stər'ɔil], *s.* óleo de rícino.

CASTRATE [kæs'treit], *v.* castrar.

CASTRATION [kæs'treiʃən], *s.* castração.

CASUAL ['kæʒjuəl], *a.* negligente; despreocupado; acidental; fortuito, casual.

CASUALLY ['kæʒjuəli], *adv.* negligentemente, despreocupadamente; incidentemente; naturalmente.

CASUALTY ['kæʒjuəlti], *s.* acidente, desastre; um acidentado; *pl. casualties* (mil.) perdas. # *casualty insurance,* seguro contra acidentes.

CASUIST ['kæzjuist], *s.* casuísta.

CASUISTIC, AL ['kæzju'istik, əl], *a.* casuístico.

CASUISTRY ['kæzjuistri], *s.* casuística.

CAT [kæt], *s.* gato; pele de gato; chicote (abr. de *cat-o'-nine-tails*, mulher rancorosa; mulher de má conduta; embarcação usada no transporte de carvão e lenha; (mar.) guincho. *v.* içar (âncora); chicotear; (gír.) vomitar. # *all cats look gray in the night,* de noite todos os gatos são pardos. *bell the cast,* arriscar-se. *cat burglar,* ventanista. *cat house,* bordel; casa suspeita. *cat's cradle,* cama de gato (brinquedo, jogo). *cat party,* reunião em que só é admitida a presença de mulheres. *V.* **STAG.** *let the cat out of the bag,* revelar um segredo. *rain cats and dogs,* chover a cântaros. *see how the cat jumps, see which way the cat will jump, wait for the cat to jump,* ver em que param as modas.

CATACLYSM ['kætəklizm], *s.* cataclismo, calamidade, grande desgraça.

CATACOMB ['kætəkoum], *s.* catacumba.

CATAFALQUE ['kætəfælk], *s.* catafalco.

CATALEPSY ['kætəlepsi], *s.* catalepsia.

CATALEPTIC [kætə'leptik], *a.* cataléptico.

CATALOGUE ['kætəlɔg], *s.* catálogo; (E.U.) anuário de universidade = (Ing.) *calendar. v.* catalogar.

CATALYSIS [kə'tælisis], *s.* catálise.

CATALYST ['kætəlist], *s.* (quím.) catalisador.

CATALYTIC [kætə'litik], *a.* catalítico.

CATAPLASM ['kætəplæzm], *s.* cataplasma.

CATAPULT ['kætəpʌlt], *s.* catapulta; estilingue, atiradeira = (E.U.) *slingshot. v.* atirar com a catapulta.

CATARACT ['kætərækt], *s.* catarata.

CATARRH [kə'tɑ:], *s.* catarro.

CATASTROPHE [kə'tæstrəfi], *s.* catástrofe.

CATASTROPHIC [kætə'strɔfik], *a.* catastrófico.

CATAWBA [kə'tɔ:bə], *s.* variedade de uva norte-americana.

CATBIRD ['kætbə:d], *s.* tordo americano.

CATCALL ['kætkɔ:l], *s.* assobio estridente para manifestar desagrado ou aplauso, ou para incitar à vaia; assuada.

CATCH [kætʃ], *pret.* e *pp.* **CAUGHT.** *v.* apanhar, capturar; agarrar; alcançar; pegar; prender; surpreender; perceber; pegar na moda; agradar, encantar; adquirir (uma doença). *s.* captura; presa; vantagem; ganho; lingüeta; truque; fragmento; os peixes apanhados em uma redada; bom partido (para casamento); jogo de palavras; (esp.) pegada. # *catch as catch can,* luta livre. *catch a Tartar,* ir buscar lã e sair tosqueado. *catch it,* ser castigado. *catch on,* ficar na moda, pegar na moda, tornar-se popular. *catch* (ou *take*) *redhanded,* apanhar em flagrante. *catch up,* apanhar; superar; interpelar. *catch up on,* cuidar de, tratar de. *catch up with,* alcançar, nivelar-se a.

CATCHER ['kætʃə], *s.* o que prende, segura, agarra; armadilha.

CATCHINESS ['kætʃinis], *s.* atração, encanto.

CATCHING ['kætʃiŋ], *a.* contagioso; atraente. *s.* captura, prisão.

CATCHPOLE, CATCHPOLL ['kætʃpoul], *s.* meirinho, oficial de justiça.

CATCHWORD ['kætʃwə:d], *s.* deixa (teatro); palavra ou frase para chamar atenção; dístico; palavra guia (no alto das páginas de um dicionário).

CATCHY ['kætʃi], *a.* atrativo, atraente.

CATECHESIS [kæti'kesis], *s.* catequese.

CATECHETIC, AL [kæti'ketik, əl], *a.* catequético.

CATECHISM ['kætikizm], *s.* catecismo; catequese.

CATECHIST ['kætikist], *s.* catequista.

CATECHIZE (ISE) ['kætikaiz], *v.* catequizar; indagar, inquirir, interrogar.

CATECHIZER ['kætikaizə], *s.* catequista, catequizador.

CATEGORICAL [kæti'gɔrikəl], *a.* categórico.

CATEGORY ['kætigəri], *s.* categoria; classe.

CATENARY [kə'ti:nəri], *s.* catenária (geom.).

CATENATION [kæti'neiʃən], *s.* concatenação, encadeamento, entrosamento, ligação, relação.

CATER ['keitə], *v.* abastecer, fornecer, prover. *s.* quadra (no jogo).

CATER-CORNED ['keitəkɔ:nd], *a.* (**E.U.**) **diagonal** = (**Ing.**) *diagonal. adv.* **diagonalmente** = (Ing.) *diagonally.*

CATER-COUSIN ['keitəkʌzn], *s.* primo em 4.º grau; parente remoto; amigo íntimo.

CATERER ['keitərə], *s.* fornecedor; provedor.

CATERPILLAR ['kætəpilə], *s.* lagarta; trator.

CATERWAUL ['kætəwɔ:l], *s.* miado dos gatos. *v.* miar.

CATFISH ['kætfiʃ], *s.* lampreia, peixe-gato, bagre.

CATGUT ['kætgʌt], *s.* categute; uma espécie de lona. *pl.* os pontos (cir.)

CATHARTIC [kə'θɑ:tik], *s.* e *a.* catártico, purgativo.

CATHEAD ['kæthed], *s.* (náut.) turco.

CATHEDRA [kə'θi:drə, kə'θedrə], *s.* cátedra; cadeira pontifícia.

CATHEDRAL [kə'θi:drəl], *s.* catedral.

CATHERINE-WHEEL ['kæθərinwi:l], *s.* rosácea (arq.); rodinha de fogo de artifício.

CATHETER ['kæθitə], *s.* cateter.

CATHETOMETER [kæθi'tɔmitə], *s.* catetômetro.

CATHODE ['kæθoud], *s.* cátodo (= catódio).

CATHOLIC ['kæθəlik], *s.* católico; universal, geral; liberal, tolerante.

CATHOLICISM [kə'θɔlisizm], *s.* catolicismo; universalidade; liberalidade.

CATHOLICITY [kæθə'lisiti], *s.* catolicidade; universalidade; liberalidade.

CATLIKE ['kætlaik], *a.* felino; semelhante ao gato.

CATNAP ['kætnæp], *s.* soneca.

CATNIP ['kætnip], *s.* gatária, erva-dos-gatos.

CAT-O'-NINE-TAILS ['kætə'nainteilz], *s.* açoite (de nove pontas).

CATTISH ['kætiʃ], *a.* felino, traiçoeiro.

CATTLE ['kætl], *s.* gado. # *cattle breeding* ou *raising,* criação de gado, pecuária. *to brand cattle,* assinar o gado, marcar o gado.

CATTLEMAN ['kætlmən], *s.* boiadeiro, vaqueiro, o que lida com o gado, ou (**E.U.**) o que o possui.

CATTLE-PEN ['kætlpən], *s.* curral.

CATTLE-SHOWS ['kætlʃouz], *s.* exposição pecuária.

CATTY ['kæti], *a. V.* **CATTISH.** # *b catty,* ser maldizente.

CATWALK ['kætwɔ:k], *s.* passadiço.

CAUCASIAN [kɔ:'keiziən], *a.* caucasiano.

CAUCUS ['kɔ:kəs], *s.* reunião eleitoral; reunião política secreta.

CAUDLE ['kɔ:dl], *s.* gemada.

CAUGHT [kɔ:t], *pret.* e *pp.* de **CATCH.** # *be caught napping,* ser colhido de surpresa.

CAUL [kɔ:l], *s.* rede para cabelo; âmnio.

CAULDRON ['kɔ:ldrən], *s.* caldeirão.

CAULIFLOWER ['kɔliflauə], *s.* couve-flor.

CAULK [kɔ:k], *v.* calafetar.

CAULKER ['kɔ:kə], *s.* calafate.

CAUSAL ['kɔ:zəl], *a.* causal.

CAUSALITY [kɔ:'zæliti], *s.* causalidade.

CAUSATION [kɔ:'zeiʃən], *s.* causação, causa.

CAUSATIVE ['kɔ:zətiv], *a.* causativo, causador.

CAUSE [kɔ:z], *s.* causa, motivo, razão; origem; (jur.) causa, processo, demanda. *v.* causar, ocasionar, motivar, produzir; induzir, compelir, obrigar.

CAUSELESS ['kɔ:zlis], *a.* sem fundamento, infundado, sem razão, sem causa.

CAUSEWAY ['kɔ:zwei], *s.* calçada, passeio, caminho mais elevado, com aterro, para evitar a umidade.

CAUSTIC ['kɔ:stik], *a.* cáustico.

CAUSTICITY [kɔ:s'tisiti], *s.* causticidade.

CAUTCHOUC ['kautʃuk], *s.* caucho.

CAUTERIZATION (ISA) [kɔ:tərai'zeiʃən], *s.* cauterização.

CAUTERIZE (ISE) ['kɔ:təraiz], *v.* cauterizar.

CAUTERY ['kɔ:təri], *s.* cautério.

CAUTION ['kɔ:ʃən], *s.* cautela, cuidado, prevenção, precaução, aviso. *v.* acautelar, avisar, prevenir.

CAUTIONARY ['kɔ:ʃnəri], *a.* admonitório, que avisa.

CAUTIONER ['kɔ:ʃnə], *s.* fiador; avisador.

CAUTIOUS ['kɔ:ʃəs], *a.* cauteloso, cauto, prudente, reservado.

CAVALCADE [kævəl'keid], *s.* cavalgada.

CAVALIER [kævə'liə], *s.* cavaleiro. *a.* franco; desdenhoso, arrogante.
CAVALRY ['kævəlri], *s.* (mil.) cavalaria.
CAVATINA [kævə'ti:nə], *s.* cavatina.
CAVE ['keiv], *s.* caverna, antro, cova. *v.* cavar, escavar; habitar em caverna. # *cave in,* desabar.
CAVE-DWELLER ['keivdwelə], *V.* **CAVE-MAN.**
CAVE-MAN ['keivmæn], *s.* troglodita, homem das cavernas.
CAVERN ['kævən], *s.* caverna; cavidade.
CAVERNOUS ['kævənəs], *a.* cavernoso.
CAVESSON ['kævəsn], *s.* cabeção (dos arreios).
CAVIAR ['kævia:], *s.* caviar.
CAVIL ['kævil], *v.* cavilar, maquinar, sofismar, chicanar. *s.* cavilação, maquinação, astúcia, malícia, sofisma, ardil, chicana.
CAVILLER ['kævilə], *s.* cavilador, enganador, sofista.
CAVITATION [kævi'teiʃn], *s.* (fís.) cavitação.
CAVITY ['kæviti], *s.* cavidade.
CAVORT [kə'vɔ:t], *v.* (E.U.) saltar, cabriolar = (Ing.) *caper, prance.*
CAVY ['keivi], *s.* cobaia, porquinho-da-índia.
CAW [kɔ:], *v.* grasnar.
CAYENNE PEPPER ['keien'pepə], *s.* **pimenta** -malagueta.
CEASE [si:s], *v.* cessar, parar, paralisar, interromper, suspender; desistir.
CEASELESS ['si:slis], *a.* incessante, contínuo.
CEASING ['si:siŋ], *s.* cessação, paralisação.
CEDAR ['si:də], *s.* cedro.
CEDE [si:d], *v.* ceder, conceder, renunciar, desistir.
CEDILLA [si'dilə], *s.* cedilha.
CEIL [si:l], *v.* colocar ou forrar o teto de uma casa; revestir uma parede.
CEILING ['si:liŋ], *s.* teto; (av.) teto. # *ceiling unlimited,* céu sem nuvens; teto ilimitado. *ceiling zero* (av.) teto zero, sem visibilidade. *hit the ceiling,* subir pelas paredes, ficar enraivecido.
CELADON ['selədɔn], *s.* cor verde azulada, cor glauca, verde do mar.
CELEBRANT ['selibrənt], *s.* celebrante.
CELEBRATE ['selibreit], *v.* celebrar, comemorar; exaltar; realizar.
CELEBRATED ['selibreitid], *a.* célebre, famoso, ilustre, importante.
CELEBRATION [seli'breiʃən], *s.* celebração, comemoração.
CELEBRATOR ['selibreitə], *s.* celebrador.
CELEBRITY [si'lebriti], *s.* celebridade, notabilidade, fama, renome; pessoa célebre.
CELERITY [si'leriti], *s.* celeridade, velocidade, rapidez.
CELERY ['seləri], *s.* aipo.
CELESTIAL [si'lestjəl], *a.* celestial, celeste.
CELIBACY ['selibəsi], *s.* celibato.
CELIBATE ['selibit], *s.* e *a.* solteiro.
CELL [sel], *s.* cela; célula; alvéolo; cavidade; (eletr.) pilha.
CELLAR ['selə], *s.* porão, adega.
CELLARER ['selərə], *s.* despenseiro; encarregado da adega.
CELLARET [selə'ret], *s.* frasqueira, garrafeira.
CELLIST ['tʃelist], *s.* violoncelista.
CELLO ['tʃelou], *s.* violoncelo.
CELLOPHANE ['seloufein, 'seləfein], *s.* celofane. *a.* de celofane.
CELLULAR ['seljulə], *a.* celular; celuloso.
CELLULE ['selju:l], *s.* célula.
CELLULOID ['seljulɔid], *s.* celulóide.
CELLULOSE ['seljulous], *s.* celulose.
CELT [kelt, selt], *a.* celta.
CELTIC ['keltik, 'seltik], *s.* celta. *a.* céltico.
CEMENT [si'ment], *s.* cimento; argamassa. *v.* cimentar; tornar firme, consolidar. # *cement mixer,* betoneira. *neat cement,* argamassa de cimento puro (sem areia).
CEMENTATION [si:men'teiʃən], *s.* cimentação; ligação, consolidação.
CEMETERY ['semitri], *s.* cemitério, campo-santo.
CENOTAPH ['senəta:f], *s.* cenotáfio.
CENSE [sens], *v.* incensar.
CENSER ['sensə], *s.* turíbulo.
CENSOR ['sensə], *s.* censor. *v.* censurar (livros, cartas, jornais, etc.).
CENSORIAL [sen'sɔ:riəl], *a.* censório.
CENSORIOUS [sen'sɔ:riəs], *a.* crítico; severo; censurável.
CENSORIOUSNESS [sen'sɔ:riəsnis], *s.* tendência para censurar.

CENSORSHIP ['sensəʃip], *s.* cargo de censor; censura.
CENSURABLE ['senʃərəbl], *a.* censurável, repreensível, culpável.
CENSURE ['senʃə], *s.* censura, crítica, repreensão, admoestação. *v.* censurar, repreender, admoestar.
CENSUS ['sensəs], *s.* censo, recenseamento.
CENT [sent], *s.* cêntimo.
CENTAUR ['sentɔ:], *s.* centauro.
CENTENARIAN [senti'nɛəriən], *s.* e *a.* centenário.
CENTENARY [sen'ti:nəri, sen'tenəri, 'sentinəri], *s.* centenário.
CENTENNIAL [sen'tenjəl], *a.* centenário, secular.
CENTER ['sentə], *s.* *V.* **CENTRE.**
CENTERING ['sentəriŋ], *s.* (ofic.) centragem.
CENTESIMAL [sen'tesiməl], *a.* centesimal.
CENTIGRADE ['sentigreid], *a.* centígrado.
CENTIGRAM(ME) ['sentigræm], *s.* centigrama.
CENTILITRE ['sentili:tə], *s.* centilitro.
CENTIME ['sɑ:nti:m], *s.* cêntimo, centavo.
CENTIMETRE ['sentimi:tə], *s.* centímetro.
CENTIPEDE ['sentipi:d], *s.* centopéia.
CENTNER ['sentnə], *s.* unidade de peso igual a 50 quilogramas. # *metric centner,* quintal métrico.
CENTO ['sentou], *s.* centão (composição poética).
CENTRAL ['sentrəl], *s.* (E.U.) estação telefônica = (Ing.) *exchange;* (com.) borracha da América Central. *a.* central.
CENTRALITY [sen'træliti], *s.* centralidade.
CENTRALIZATION (ISA) [sentrəlai'zeiʃən], *s.* centralização.
CENTRALIZE (ISE) ['sentrəlaiz], *v.* centralizar.
CENTRE ['sentə], *s.* centro, meio, núcleo. *v.* centrar, passar a bola para o centro do campo = (E.U.) *center.* # *centre forward, (soccer)* centro-avante.
CENTRIC, AL ['sentrik, əl], *a.* central.
CENTRIFUGAL [sen'trifjugəl], *a.* centrífugo.
CENTRIPETAL [sen'triptl], *a.* centrípeto.
CENTUPLE ['sentjupl], *s.* cêntuplo.
CENTURION [sen'tjuəriən], *s.* centurião.
CENTURY ['sentjuri], *s.* século; centúria.
CEPHALIC [se'fælik), *a.* cefálico.
CEPHALOPODA [sefə'lɔpədə], *s.* *pl.* cefalópodes.
CERAMIC [si'ræmik], *a.* cerâmico.
CERAMICS [si'ræmiks], *s.* cerâmica.
CERASIN ['serisin], *s.* (quím.) ceresina.
CERATE ['siərit], *s.* cerato, ceroto.
CEREAL ['siəriəl], *s.* cereal, (E.U.) mingau.
CEREBELLA [seri'belə], *pl.* de **CEREBELLUM.**
CEREBELLUM [seri'beləm], *s.* cerebelo. *pl.* **CEREBELLUMS, CEREBELLA.**
CEREMONIAL [seri'mounjəl], *s.* e *a.* cerimonial.
CEREMONIOUS [seri'mounjəs], *a.* cerimonioso.
CEREMONY ['seriməni], *s.* cerimônia; etiqueta. # *stand on ceremony,* fazer cerimônia.
CEREOUS ['siəriəs], *a.* céreo.
CERISE [sə'ri:z], *a.* cor de cereja.
CERTAIN ['sə:tn], *a.* certo, exato; indubitável; fixo. # *a dead certain,* certeza absoluta. *for certain,* sem dúvida, por certo.
CERTAINLY ['sə:tnli], *adv.* certamente, verdadeiramente, indubitavelmente.
CERTAINTY ['sə:tnti], *s.* certeza.
CERTIFICATE [sə'tifikit], *s.* certificado, certidão, traslado. # *certificate of birth,* certidão de idade.
CERTIFICATE [sə'tifikeit], *v.* certificar.
CERTIFICATION [sə:tifi'keiʃən], *s.* certificação, afirmação, testemunho, atestação.
CERTIFY ['sə:tifai], *v.* certificar, atestar.
CERTITUDE ['sə:titju:d], *s.* certeza.
CERULEAN [si'ru:liən], *a.* cerúleo.
CERUS(S)ITE ['siərusait], *s.* (min.) cerusita.
CERVICAL ['sə:vikəl], *a.* cervical.
CERVINE ['sə:vain], *a.* cervino.
CESS [ses], *s.* taxa, contribuição.
CESSATION [se'seiʃən], *s.* cessação, paralisação, interrupção.
CESSION ['seʃən], *s.* cessão.
CESSIONARY ['seʃənəri], *s.* cessionário.
CESSPOOL ['sespu:l], *s.* cloaca, fossa, escoadouro.
CETACEA [si'teiʃiə], *s.* cetáceos.
CETACEAN [si'teiʃiən], *s.* e *a.* cetáceo.
CETACEOUS [si'teiʃiəs], *a.* cetáceo.
CHAFE [tʃeif], *v.* aquecer; irritar; incomodar.

CHAFER ['tʃeifə], *s.* escalfador; braseiro, máquina portátil para aquecer.

CHAFF [tʃɑ:f], *s.* palha cortada em pedaços; escória de cereais; zombaria, chacota. *v.* zombar, chacotear = (E.U.) *jolly.*

CHAFFER ['tʃæfə], *v.* regatear; baratear. *s.* regateio.

CHAFFINCH ['tʃæfin(t)ʃ], *s.* (orn.) tentilhão.

CHAFFY ['tʃɑ:fi], *a.* coberto de palhas.

CHAGRIN ['ʃægrin], *s.* desgosto, mortificação. *v.* mortificar; arreliar.

CHAIN [tʃein], *s.* cadeia (de ferro, etc.), corrente; grilheta; série; medida linear; fios de tecido. *v.* prender com cadeia, escravizar; medir com *chain.* # *chain stick,* (cost.) ponto de cadeia. *chain store(s),* casa com muitas filiais, lojas em cadeia = (Ing.) *multiple shop.*

CHAINING ['tʃeiniŋ], *s.* encadeamento.

CHAIR [tʃɛə], *s.* cadeira; presidência ou presidente (numa assembléia); (E.U.) cadeira elétrica; cadeira ocupada por uma testemunha. *v.* presidir; instalar ou conduzir em cadeira. # *high back chair,* poltrona de orelhas = (E.U.) *wing chair. invalid chair,* cadeira de rodas = (E.U.) *wheel chair. revolving chair,* cadeira giratória. *wicker chair,* cadeira de vime. *take the chair,* abrir uma sessão, presidir, assumir a presidência de uma reunião.

CHAIRMAN ['tʃɛəmən], *s.* presidente de uma assembléia; pessoa que impele cadeira de inválidos. *v.* (E.U.) presidir (assembléia, etc.).

CHAIRMANSHIP ['tʃɛəmənʃip], *s.* presidência de uma assembléia.

CHALDEE [kæl'di:], *s.* caldeu.

CHALET ['ʃælei], *s.* chalé.

CHALICE ['tʃælis], *s.* cálice (de igreja); taça.

CHALK [tʃɔ:k], *s.* giz; greda. # *as different as chalk is from cheese,* diferente como água do vinho; *as like as chalk and cheese,* parecidos como um ovo com um espeto. *by a long chalk,* em muito, por muito, por uma grande distância. *chalk it up to me,* (gír.) debite em minha conta, "pendure" (gír.). *not by a long chalk,* de forma alguma, absolutamente. *walk the chalk,* fazer um quatro (para provar não estar embriagado).

CHALLENGE ['tʃælindʒ], *s.* desafio, provocação; recusa. *v.* desafiar, provocar; contestar, contradizer, recusar, incriminar; objetar, criticar. # *take up a challenge,* aceitar um desafio.

CHALYBEATE [kə'libiit], *a.* ferruginoso. s. água férrea.

CHAMBER ['tʃeimbə], *s.* quarto, quarto de dormir; sala; câmara. # *Lower* (ou *Upper*) *Chamber,* Câmara Baixa (ou Alta).

CHAMBERLAIN ['tʃeimbəlin], *s.* camarista, camareiro.

CHAMBERMAID ['tʃeimbəmeid], *s.* criada de quarto, arrumadeira, quarteira.

CHAMBER-POT ['tʃeimbəpɔt], *s.* urinol.

CHAMBRAY ['ʃæmbrei], *s.* cambraia de lã ou de algodão.

CHAMELEON [kə'mi:ljən], *s.* camaleão; vira-casaca.

CHAMFER ['tʃæmfə], *s.* chanfradura, estria, chanfro.

CHAMOIS ['ʃæmwɑ:], *s.* camurça.

CHAMP [tʃæmp], *v.* mastigar, morder, mascar.

CHAMPAGNE [ʃæm'pein], *s.* champanha.

CHAMPAIGN ['tʃæmpein], *s.* campina; planície.

CHAMPIGNON [tʃæm'pinjən], *s.* cogumelo.

CHAMPION ['tʃæmpjən], *s.* campeão; herói; defensor, batalhador, paladino. *v.* patrocinar. *a.* campeão; excelente.

CHAMPIONSHIP ['tʃæmpjənʃip], *s.* honra de campeão, lugar de campeão; campeonato.

CHANCE [tʃɑ:ns], *s.* acaso, sorte, contingência, oportunidade; probabilidade; (E.U.) risco, perigo. *v.* acontecer, ocorrer; arriscar-se. # *a chance of a lifetime,* uma vez na vida, uma oportunidade única. *an odds-on chance,* uma ótima oportunidade. *by chance,* por acaso. *chance upon,* encontrar por acaso, dar com. *fat chance,* pouca probabilidade (por ironia). *stand a chance,* ter probabilidade. *take a chance,* arriscar-se.

CHANCEL ['tʃɑ:nsəl], *s.* presbitério, coro de igreja destinado ao clero.

CHANCELLERY ['tʃɑ:nsələri], *s.* chancelaria.

CHANCELLOR ['tʃɑ:nsələ], *s.* chanceler. # *Chancellor of the Exchequer,* Ministro das Finanças.

CHANCELLORSHIP ['tʃɑ:nsələʃip], *s.* chancelaria (cargo).

CHANCERY ['tʃɑ:nsəri], *s.* (Ing.) uma das divisões do Supremo Tribunal; (E.U.) um tribunal especial.

CHANCY ['tʃɑ:nsi], *a.* sujeito a risco; incerto.

CHANDELIER [ʃændi'liə], *s.* candelabro, lustre.

CHANDLER ['tʃɑ:ndlə], *s.* vendeiro, tendeiro; fabricante de velas; especieiro.

CHANGE [tʃeindʒ], *s.* mudança; variedade; alteração; câmbio; troco, moeda miúda; (com.) bolsa. *v.* mudar, trocar, transformar, converter; baldear, mudar de trem = (E.U.) *transfer.* # *change from,* mudar de, transformar de. *change into,* mudar em, transformar em. *change over,* comutar. *change-over switch,* comutador. *for a change,* para variar. *ring the changes,* lograr no troco, "dar o coice". *ring the changes on anything,* repetir a mesma coisa (frase, argumento, etc.). *small change,* dinheiro miúdo.

CHANGEABILITY [tʃeindʒə'biliti], *s.* mutabilidade, mobilidade; volubilidade, inconstância.

CHANGEABLE ['tʃeindʒəbl], *a.* mutável; inconstante.

CHANGEFUL ['tʃeindʒful], *a.* variável.

CHANGELESS ['tʃeindʒlis], *a.* invariável, imutável; constante.

CHANGER ['tʃeindʒə], *s.* o que muda; trocador; cambista.

CHANGING ['tʃeindʒiŋ], *s.* mudança, ação de mudar. *a.* mutável.

CHANNEL ['tʃænəl], *s.* canal (natural); passagem; riacho; estreito; via. *v.* sulcar; conduzir, estriar; canalizar. *V.* **CANAL.**

CHANT [tʃɑ:nt], *s.* canto, cantochão, salmo, melodia. *v.* cantar, salmodiar.

CHANTERELLE [tʃæntə'rel], *s.* cogumelo.

CHANTICLEER [tʃænti'kliə], *s.* galo.

CHANTRY ['ʃɑ:ntri], *s.* capela junto de um mosteiro; túmulo com grades.

CHAOS ['keiɔs], *s.* caos, confusão, desordem.

CHAOTIC [kei'ɔtik], *a.* caótico.

CHAP [tʃæp], *s.* fenda, abertura, (fam.) indivíduo. *v.* fender, abrir, gretar.

CHAPE [tʃeip], *s.* ponteira da bainha de uma espada; fivela; gancho de fivela, barrica de pólvora.

CHAPEL ['tʃæpəl], *s.* capela.

CHAPELRY ['tʃæpəlri], *s.* capelania.

CHAPERON ['ʃæpəroun], *s.* capuz, capelo, dama de companhia. *v.* acompanhar moças solteiras.

CHAPITER ['tʃæpitə], *s.* (arq.) capitel.

CHAPLAIN ['tʃæplin], *s.* capelão.

CHAPLAINCY ['tʃæplinsi], *s.* capelania.

CHAPLET ['tʃæplit], *s.* grinalda; terço; colar de contas; poupa, topete de ave.

CHAPMAN ['tʃæpmən], *s.* mascate, vendedor ambulante.

CHAPTER ['tʃæptə], *s.* cabido de Sé ou Colegiada; capítulo. # *give chapter and verse,* dar informações completas, dizer ou contar tintim por tintim.

CHAPTER-HOUSE ['tʃæptəhaus], *s.* casa do cabido; (E.U.) sede de fraternidade universitária.

CHAR [tʃɑ:], *s.* trabalho a jornal; trabalho extraordinário, biscate. *v.* fazer biscate, fazer um trabalho extraordinário, reduzir a carvão, carbonizar.

CHAR-A-BANC ['ʃærəbæŋ], *s.* ônibus grande, aberto, para excursões = (E.U.) *rubberneck wagon.*

CHARACTER ['kæriktə], *s.* caráter; índole, característica; reputação; boas qualidades; letra, marca, sinal; informações, referências, carta de recomendação; atestado de conduta; personalidade; (gír.) pessoa excêntrica, (teat.) personagem, papel.

CHARACTERISTIC, AL [kæriktə'ristik, əl], *a.* característico. *s.* peculiaridade, característica.

CHARACTERIZATION [kæriktərai'zeiʃən, kæriktəri'zeiʃən], *s.* caracterização.

CHARACTERIZE ['kæriktəraiz], *v.* caracterizar; individualizar; distinguir; descrever.

CHARADE [ʃə'rɑ:d], *s.* charada.

CHARCOAL ['tʃɑ:koul], *s.* carvão vegetal, carvão de lenha; carvão para desenhar.

CHARD [tʃɑ:d], *s.* (bot.) acelga.

CHARE [tʃεə], *s.* biscate, bico, tarefa. *v.* fazer biscates.

CHARGE [tʃɑ:dʒ], *s.* carga, fardo; acusação; débito. *v.* carregar; enfardar; (com.) debitar. # *bursting charge explosive train,* cadeia de detonação de carga explosiva. *carrying charge,* sobretaxa. *charge privilege,* crédito. *charge* *with,* acusar de. *be in charge,* estar de serviço. *free of charge,* isento de despesas. *give in charge,* entregar à polícia, mandar prender. *to be in charge of,* estar a cargo de.

CHARGEABLE ['tʃɑ:dʒəbl], *a.* imputável; responsável, cobrável, taxável.

CHARGE D'AFFAIRES ['ʃɑ:ʒeidæ'fɛə], *s.* encarregado de negócios.

CHARGER ['tʃɑ:dʒə], *s.* prato grande; cavalo de batalha.

CHARIOT ['tʃæriət], *s.* carro, carruagem.

CHARIOTEER [tʃæriə'tiə], *s.* cocheiro de *chariot.*

CHARITABLE ['tʃæritəbl], *a.* caridoso, benfazejo, caritativo, esmoler.

CHARITABLENESS ['tʃæritəblnis], *s.* caridade.

CHARITIES ['tʃæritiz], *s. pl.* obras de caridade. *V.* **CHARITY.**

CHARITY ['tʃæriti], *s.* caridade, instituto de caridade; esmola; virtude da Caridade. *pl.* obras de caridade. *V.* **CHARITIES.** # *charity hospital,* casa de misericórdia.

CHARLATAN ['ʃɑ:lətən], *s.* charlatão.

CHARLATANISM ['ʃɑ:lətənizm], *s.* charlatanismo.

CHARLATANRY ['ʃɑ:lətənri], *s.* charlatanice, charlatanaria; maneira de intrujão.

CHARM [tʃɑ:m], *s.* encanto, atrativo, sedução; berloque. *v.* encantar; seduzir.

CHARMER ['tʃɑ:mə], *s.* feiticeiro, encantador, sedutor.

CHARMING ['tʃɑ:miŋ], *a.* encantador, fascinador.

CHARNEL-HOUSE ['tʃɑ:nlhaus], *s.* carneiro, ossuário.

CHART ['tʃɑ:t], *s.* carta, mapa; gráfico; diagrama. *v.* representar por um gráfico.

CHARTER ['tʃɑ:tə], *s.* título; escritura pública; carta patente; carta-régia; decreto. *v.* fretar.

CHARTERED ['tʃɑ:təd], *a.* diplomado; garantido por lei ou decreto; fretado.

CHARTERER ['tʃɑ:tərə], *s.* fretador.

CHARTERING ['tʃɑ:təriŋ], *s.* fretamento.

CHARTER-MEMBER ['tʃɑ:təməmbə], *s.* (E.U.) sócio fundador = (Ing.) *foundation member.*

CHARTER-PARTY ['tʃɑ:təpɑ:ti], *s.* carta de afretamento, contrato de fretamento.

CHARTISM ['tʃɑ:tizm], *s.* sistema político dos radicais ingleses, que advogam o sufrágio universal; voto por escrutínio.

CHARWOMAN ['tʃɑ:wumən], *s.* mulher assalariada por hora ou dia para serviços domésticos, empregada por hora = (E.U.) *scrubwoman.*

CHARY ['tʃɛəri], *a.* prudente; econômico; sóbrio; relutante.

CHASE [tʃeis], *s.* caça (ato de caçar, lugar ou peça de caça); caçada; perseguição; (maq.) ranhura. *v.* caçar; seguir; gravar em relevo.

CHASING ['tʃeisiŋ], *s.* arte de gravação; caça, perseguição.

CHASM ['kæzm], *s.* abismo; rachadura; fenda; lacuna, vácuo.

CHASMY ['kæzmi], *a.* cheio de fendas; cheio de abismos.

CHASSIS ['ʃæsi], *s.* chassi.

CHASTE [tʃeist], *a.* casto, pudico.

CHASTEN ['tʃeisn], *v.* castigar, corrigir; moderar; restringir, depurar.

CHASTENESS ['tʃeistnis], *s.* castidade, pureza.

CHASTISE [tʃæs'taiz], *v.* castigar (com açoites); punir; reprimir.

CHASTISEMENT ['tʃæstizmənt], *s.* castigo, punição, correção.

CHASTITY ['tʃæstiti], *s.* castidade, continência, pureza.

CHASUBLE ['tʃæzjubl], *s.* casula.

CHAT [tʃæt], *s.* palestra, conversa familiar. *v.* conversar.

CHATEAU ['ʃɑ:tou], *s.* castelo.

CHATELAINE ['ʃætəlein], *s.* corrente para relógios, chaves, etc.; castelã.

CHATTEL ['tʃætl], *s.* (geralmente *pl.*) bens móveis; haveres.

CHATTER ['tʃætə], *v.* tagarelar, conversar; ranger (os dentes). *s.* garrulice, tagarelice; (ofic.) trepidação.

CHATTERBOX ['tʃætəbɔks], *s.* palrador, tagarela; (gír. mil.) metralhadora.

CHATTERER ['tʃætərə], *s.* palrador, falador.

CHATTERING ['tʃætəriŋ], *s.* o ranger (dos dentes, dos ferros).

CHATTINESS ['tʃætinis], *s.* loquacidade, verbosidade.

CHATTY ['tʃæti], *a.* conversador, loquaz.

CHAUFFER ['tʃɔ:fə], *s.* fornalha portátil usada em química.

CHAUFFEUR ['ʃoufə, ʃou'fə:], *s.* chofer, motorista.

CHAUVINISM ['ʃouvinizm], *s.* chauvinismo, patriotismo exagerado.

CHAUVINIST ['ʃouvinist], *s.* chauvinista, patriota exagerado.

CHAW [tʃɔ:], *s.* fumo de mascar. *v.* mascar; ruminar.

CHAYOTE [tʃɑ:'jout], *s.* chuchu.

CHEAP [tʃi:p], *a.* barato. # *feel cheap,* sentir-se diminuído, sentir-se humilhado.

CHEAPEN ['tʃi:pən], *v.* baratear; regatear.

CHEAP-JACK ['tʃi:pdʒæk], *s.* bufarinheiro.

CHEAPLY ['tʃi:pli], *adv.* barato.

CHEAPNESS ['tʃi:pnis], *s.* barateza.

CHEAT [tʃi:t], *s.* engano, fraude, embuste; enganador, trapaceiro. *v.* enganar, lograr, trapacear.

CHECK [tʃek], *s. xeque* (xadrez); resistência, obstáculo, embaraço, contratempo; ataque; (E.U.) cheque comercial = (Ing.) *cheque;* talão, senha; verificação, conferência, controle; etiqueta de preço; ficha (no jogo); padrão ou pano enxadrezado; (mec.) esbarro, espera; (carp.) rebaixo; (E.U.) conta = (Ing.) *bill. v.* reprimir, restringir, refrear, deter; confrontar, verificar contas; controlar; sacar; (E.U.) registrar entrada ou saída (em livro de hotel); depositar, conferir ou retirar bagagem (mediante um talão ou ficha); (col.) de acordo. # *altered check,* cheque adulterado. *blank check,* cheque em branco. *certified check,* cheque visado. *check book,* livro de cheques. *check girl,* guardadora de roupa (restaurante, teatro, etc.). *check in,* assinar o ponto; registrar-se em um hotel. *check on,* investigar. *check out* (ou *up*), deixar um hotel, pagar a conta e partir. *check up,* conferir. *check up on,* examinar, verificar, investigar. *holder of a check,* portador de um cheque. *to issue a check,* emitir um cheque. *V.* **CHEQUE.**

CHECKER ['tʃekə], *s.* tabuleiro de xadrez ou de jogo de damas; tecido em forma de xadrez. *v.* (E.U.) marcar com quadrados de cores alternadas.

CHECKERBOARD ['tʃekəbɔ:d], *s.* tabuleiro de xadrez ou de jogo de damas.

CHECKERS ['tʃekəz], *s.* (E.U.) jogo de damas = (Ing.) *draughts.*

CHECKING ['tʃekiŋ], *s.* prova, aferição, verificação. # *checking account,* (E.U.) conta movimentada por cheques. *checking copy,* comprovante.

CHECKMATE ['tʃek'meit], *s.* xeque-mate. *v.* dar xeque-mate.

CHECK NUT ['tʃeknʌt], *s.* contraporca.

CHECKOFF ['tʃekɔf], *s.* desconto destinado a instituição de previdência.

CHECK-UP ['tʃek-ʌp], *s.* (med.) exame geral e minucioso.

CHEEK [tʃi:k], *s.* face, bochecha; descaro, descaramento, atrevimento = (E.U.) *gall.* # *cheek piece,* faceira (dos arreios). *cheek tooth,* dente molar. *sunken cheeks,* faces encovadas.

CHEEKBONE ['tʃi:kboun], *s.* osso zigomático, osso molar.

CHEEKINESS ['tʃi:kinis], *s.* descaramento.

CHEEK-TOOTH ['tʃi:ktu:θ], *s.* dente molar.

CHEEKY ['tʃi:ki], *a.* descarado, impudente.

CHEEP [tʃi:p], *v.* piar; chilrear, chiar; pipilar.

CHEER [tʃiə], *s.* grito de aplauso ou aclamação; regozijo; prazer, gozo, alegria; provisões para um festim. *v.* encorajar, animar; (fam.) torcer = (E.U.) *root for.* # *be a good cheer!* tenha ânimo! *cheer up!* coragem! tenha ânimo! alegre-se!

CHEERFUL ['tʃiəful], *a.* alegre, jovial, animado, prazenteiro; divertido.

CHEERFULLY ['tʃiəfuli], *adv.* alegremente; animadamente.

CHEERFULNESS ['tʃiəfulnis], *s.* alegria, animação; prazer; jovialidade.

CHEERILY ['tʃiərili], *adv.* alegremente.

CHEERING ['tʃiəriŋ], *s.* aplausos, aclamações.

CHEERIO ['tʃiəri'ou, 'tʃə:riou], *int.* adeus, até logo! ora viva! coragem! saúde! à nossa!

CHEERLESS ['tʃiəlis], *a.* triste, descontente.

CHEERY ['tʃiəri], *a.* alegre, vivo.

CHEESE [tʃi:z], *s.* queijo. # *cheese-head screw,* parafuso de cabeça redonda. *cheese it!* (gír.) pare com isso!

CHEESECAKE ['tʃi:zkeik], *s.* queijada. # *cheesecake (picture),* fotografia escandalosa.

CHEESECLOTH ['tʃi:zklɔθ], *s.* gaze (ou gaza) de algodão.

CHEESEMONGER ['tʃi:zmʌŋgə], *s.* queijeiro.

CHEESY ['tʃ:zi], *a.* caseoso, parecido com o queijo. # *cheesy feet,* chulé.

CHEF [ʃef], *s.* cozinheiro-chefe.

CHEMIC, AL ['kemik, əl], *a.* químico.

CHEMICALS ['kəmikəlz], *s.* produtos químicos.

CHEMISE [ʃi'mi:z, ʃə'mi:z], *s.* camisa de senhora; camisa (revestimento das balas de canhão).

CHEMISETTE [ʃəmi:'zet], *s.* camiseta.

CHEMISM ['kemizm], *s.* quimismo.

CHEMIST ['kemist], *s.* químico; farmacêutico; droguista = (E.U.) *druggist.* # *chemist's shop, chemist's,* drogaria, farmácia = (E.U.) *drugstore.*

CHEMISTRY ['kemistri], *s.* química.

CHEMOTHERAPY [kemə'θerəpi], *s.* quimioterapia.

CHEQUE [tʃek], *s.* cheque comercial = (E.U.) *check.* # *bad cheque, rubber cheque,* cheque sem fundos. *blank cheque,* cheque em branco. *cheque to bearer,* cheque ao portador. *V.* **CHECK.**

CHEQUER ['tʃekə], *V.* **CHECKER.**

CHERIO ['tʃiəri'ou], *int.* ânimo!

CHERISH ['tʃeriʃ], *v.* acariciar; animar; nutrir, alimentar; apreciar.

CHERRY ['tʃeri], *s.* cereja, cerejeira. *a.* cor de cereja.

CHERUB ['tʃerəb], *s.* querubim. *pl.* **CHERUBIM.**

CHERUBIC [tʃe'ru:bik], *a.* querubínico.

CHERUBIM ['tʃerəbim], *pl.* de **CHERUB.**

CHERVIL ['tʃə:vil], *s.* cerefólio.

CHESS [tʃes], *s.* jogo de xadrez.

CHESSBOARD ['tʃesbɔ:d], *s.* tabuleiro de xadrez.

CHESSMAN ['tʃesmæn], *s.* peça ou figura de jogo de xadrez.

CHEST [tʃest], *s.* caixa grande de metal ou de madeira; cofre, arca; tórax, peito. # *chest of drawers,* cômoda.

CHESTED ['tʃestid], *a.* que tem peito.

CHESTERFIELD ['tʃestəfi:ld], *s.* espécie de sofá com encosto e braços.

CHESTNUT ['tʃesnʌt], *s.* castanha; castanheiro; (col.) anedota conhecida, anedota velha.

CHESTY ['tʃesti], *a.* (E.U.) teimoso, cabeçudo, obstinado = (Ing.) *opinionated.*

CHEVRON ['ʃevrən], *s.* divisa militar usada na manga do casaco. *pl.* barrotes do telhado.

CHEVY ['tʃevi], *s.* caça; montaria. *v.* caçar; perseguir.

CHEW [tʃu:] *v.* mascar, mastigar; ruminar; (fig.) meditar.

CHEWING ['tʃu:iŋ], *s.* mastigação; (fig.) reflexão.

CHEWING-GUM ['tʃu:iŋgʌm], *s.* goma de mascar, chiclete.

CHICADEE ['tʃikədi:], *s.* (orn.) (E.U.) espécie de chapim.

CHICANE [ʃi'kein], *s.* chicana, zombaria. *v.* chicanar.

CHICANER [ʃi'keinə], *s.* chicaneiro, chicanista.

CHICANERY [ʃi'keinəri], *s.* chicanice, chicana.

CHICAREE ['tʃikəri:], *s.* espécie de esquilo.

CHICK [tʃik], *s.* pinto, pintainho; menino (termo familiar e carinhoso).

CHICKEN ['tʃikin], *s.* frango; pinto; carne de frango, de galinha ou de galo; criança; pessoa inexperiente. # *chicken ladders,* poleiros. *count one's chickens before they are hatched,* contar com o ovo na galinha.

CHICKEN-BROTH ['tʃikinbrɔθ], *s.* caldo de galinha.

CHICKEN-HEARTED ['tʃikinhɑ:tid], *a.* tímido; covarde.

CHICKEN-POX ['tʃikinpɔks], *s.* varicela, catapora.

CHICKEN-RUN ['tʃikinrʌn], *s.* galinheiro, terreiro das galinhas.

CHICKEN-SOUP ['tʃikinsu:p], *s.* canja.

CHICKEN-TICK ['tʃikintik], *s.* piolho de galinha.

CHICKEN-WIRE ['tʃikinwaiə], *s.* galinheiro = (E.U.) *fowl-run.*

CHICK-PEA ['tʃikpi:], *s.* grão-de-bico.

CHICORY ['tʃikəri], *s.* endívia, chicória crespa; (E.U.) escarola, chicória lisa. *V.* **ENDIVE.**

CHID [tʃid], *pret.* e *pp.* de **CHIDE.**

CHIDDEN ['tʃidn], *pret.* de **CHIDE.**
CHIDE [tʃaid], *pret. chid* ou *chidden, pp. chid. v.* ralhar, censurar; increpar, repreender.
CHIDING ['tʃaidiŋ], *s.* censura, repreensão; increpação.
CHIEF [tʃi:f], *s.* chefe; comandante. *a.* primeiro, principal; importante. # *chief of police,* chefe de polícia, delegado de polícia. *district chief of police,* delegado de polícia.
CHIEF-JUSTICE ['tʃi:f'dʒʌstis], *s.* presidente dum tribunal.
CHIEFTAIN ['tʃi:ftən], *s.* chefe, comandante; caudilho; cabeça, capitão.
CHIEFTOWN ['tʃi:ftaun], *s.* capital de um país.
CHIFFON ['ʃifɔn], *s.* gaze; enfeite de vestido.
CHIFFONIER [ʃifɔ'niə], *s.* cômoda.
CHIGGER ['tʃigə], *s.* bicho-de-pé; micuim; (gír.) jipe.
CHIGNON ['ʃi:njɔ:ŋ], *s.* rolo de cabelo; chinó.
CHIGOE, CHIGO ['tʃigou], *s.* bicho-de-pé.
CHILBLAIN ['tʃilblein], *s.* frieira.
CHILD [tʃaild], *s.* criança; filho ou filha; *pl.* **CHILDREN,** crianças; filhos. # *a burned child dreads the fire,* gato escaldado de água fria tem medo. *a child* (ou *baby) in arms,* criança de colo. *child's play,* brincadeira de criança, trabalho fácil. *spoiled child,* criança mimada. *to be quick with child,* estar prestes a dar à luz.
CHILD-BEARING ['tʃaildbɛəriŋ], *s.* gravidez.
CHILD-BIRTH ['tʃaildbə:θ], *s.* parto.
CHILDHOOD ['tʃaildhud], *s.* infância; puerícia.
CHILDISH ['tʃaildiʃ], *a.* infantil, pueril.
CHILDISHNESS ['tʃaildiʃnis], *s.* puerilidade.
CHILDLESS ['tʃaildlis], *a.* sem filhos.
CHILDLIKE ['tʃaildlaik], *a.* como criança; próprio de criança, infantil.
CHILDREN ['tʃildrən], *pl.* de **CHILD.**
CHILI ['tʃili], *s.* pimenta-malagueta.
CHILIAD ['kiliæd], *s.* mil; milênio.
CHILL [tʃil], *s.* frio, calafrio; friagem; (fig.) desânimo. *a.* frio.
CHILLY ['tʃili], *a.* frio, fresco.
CHIME [tʃaim], *s.* carrilhão; harmonia de sons.
CHIMERA [kai'miərə, ki'miriə], *s.* quimera.
CHIMERIC, AL [kai'merik, əl, ki'merik, əl], *a.* quimérico, imaginário.
CHIMNEY ['tʃimni], *s.* chaminé; fogão; lar, casa. # *chimney stalk,* cano de chaminé. *chimney sweep,* limpador de chaminé.
CHIMPANZEE [tʃimpən'zi:], *s.* chimpanzé.
CHIN [tʃin], *s.* queixo.
CHINA ['tʃainə], *s.* China.
CHINA ['tʃainə], *s.* porcelana: louça de porcelana. # *china-porcelain, china-ware,* porcelana, louça.
CHINA-CLAY ['tʃainə'klei], *s.* caulim.
CHINA-INK ['tʃainə'iŋk], *s.* tinta nanquim.
CHINAMAN ['tʃainəmən], *s.* chinês.
CHINATOWN ['tʃainətaun], *s.* bairro chinês (em Nova York, por exemplo).
CHINCHILLA [tʃin'tʃilə], *s.* chinchila; pele de chinchila.
CHINE [tʃain], *s.* espinhaço, espinha dorsal.
CHINESE ['tʃai'ni:z], *s.* e *a.* chinês.
CHIN-FEST ['tʃinfest], *s.* bate-papo.
CHINK [tʃiŋk], *s.* greta, fenda, rachadura; o tinir de moedas ou copos. *v.* fender, rachar; tinir.
CHINTZ [tʃintz], *s.* chita.
CHIP [tʃip], *s.* cavaco, pedaço de madeira; lasca de pedra; *pl.* batatas fritas (à portuguesa), batatinhas fritas (para aperitivo). *v.* lascar, escavar; cortar em pedaços. # *a chip off the old block,* tal pai, tal filho.
CHIPMUNK, CHIPMUCK ['tʃipmʌŋk, 'tʃipmʌk], *s.* (E.U.) tâmia (espécie de esquilo).
CHIPPING ['tʃipiŋ], *s.* cavaco, lasca, estilhaço.
CHIROMANCER ['kaiərəmænsə], *s.* quiromante.
CHIROMANCY ['kaiərəmænsi], *s.* quiromancia.
CHIROPODIST [ki'rɔpədist], *s.* quiropodista, pedicuro; calista.
CHIROPODY [ki'rɔpədi], *s.* quiropodia, tratamento dos pés.
CHIRP [tʃə:p] *s.* gorjeio, chilro, trinado, trilo. *v.* trinar, chilrear, gorjear.
CHIRPINESS ['tʃə:pinis], *s.* alegria expressa pelo canto.
CHIRPY ['tʃə:pi], *a.* alegre, conversador.
CHIRRUP ['tʃirəp], *s.* chilreio; *pl.* aplausos. *v.* chilrar; aplaudir. (col.) anime-se!
CHISEL ['tʃizl], *s.* cinzel, formão, escopro. *v.* cinzelar, esculpir. # *bevel-edge chisel,* (ofic.) formão grosso. *boring chisel,* trépano. *drawer-lock chisel,* (ofic.) formão de unha. *socket chisel,* formão largo.

CHIT [tʃit], *s.* criancinha; meninote, garoto, fedelho.

CHITCHAT ['tʃit-tʃæt], *s.* tagarelice, falatório.

CHITIN ['kaitin], *s.* (zool.) quitina.

CHIVALRIC ['ʃivəlrick], *a.* próprio de cavaleiro andante.

CHIVALROUS ['ʃivəlrəs], *a.* cavaleiroso; bravo, denodado; cavalheiresco.

CHIVALRY ['ʃivəlri], *s.* cavalaria (instituição medieval); guerreiros; cavalherismo, fidalguia; cavalheiros.

CHIVE [tʃaiv], *s.* cebolinha.

CHIVY ['tʃivi], *s.* barra-manteiga (jogo infantil) = *prisoner's bar.*

CHLAMYS ['klæmis], *s.* clâmide.

CHLORAL ['klɔ:rəl], *s.* cloral.

CHLORATE ['klɔ:rit], *s.* clorato.

CHLORIC ['klɔ:rik], *a.* clórico.

CHLORIDE ['klɔ:raid], *s.* cloreto.

CHLORINE ['klɔ:ri:n], *s.* cloro.

CHLORITE ['klɔ:rait], *s.* (quím.) clorita.

CHLORODYNE ['klɔrədain], *s.* clorodina.

CHLOROFORM ['klɔrəfɔ:m], *s.* clorofórmio. *v.* cloroformizar.

CHLOROPHYLL ['klɔrəfil], *s.* clorofila.

CHLOROUS ['klɔ:rəs], *a.* cloroso.

CHOC-ICE ['tʃɔk-ais], *s.* sorvete envolto em uma casquinha de chocolate.

CHOCK [tʃɔk], *s.* baixete; escora; cunha; haste de ferro usada para prender cabos de navio; (mec.) chaveta. *v.* calçar. *adv.* à cunha.

CHOCOLATE ['tʃɔkəlit], *s.* chocolate; cor de chocolate.

CHOICE [tʃɔis], *s.* escolha, opção; privilégio. *a.* excelente, seleto; precioso. # *have Hobson's choice,* não ter direito a escolha.

CHOICENESS ['tʃɔisnis], *s.* escolha escrupulosa; excelência.

CHOIR ['kwaiə], *s.* coro (de igreja); coro (cantores).

CHOKE [tʃouk], *v.* sufocar, abafar; obstruir. *s.* sufocação; obstrução; a parte capilar da alcachofra; (ant.) afogador; (eletr.) reatância; reator. # *choke up,* entupir.

CHOKE-DAMP ['tʃoukdæmp], *s.* vapor; gás venenoso.

CHOKER ['tʃoukə], *a.* sufocante. *s.* sufocador (jocosamente aplicado a um colarinho alto ou a uma gravata ou gola apertada).

CHOKING ['tʃoukiŋ], *s.* sufocação.

CHOKY ['tʃouki], *a.* sufocante.

CHOLER ['kɔlə], *s.* cólera, raiva.

CHOLERA ['kɔlərə], *s.* cólera (doença).

CHOLERAIC [kɔlə'reiik], *a.* colérico (doente de cólera).

CHOLERIC ['kɔlərik, kɔ'lerik], *a.* irado, zangado, colérico, enfurecido.

CHOOSE [tʃu:z], *pret.* **CHOSE,** *pp.* **CHOSEN.** *v.* escolher; preferir, eleger; ter a faculdade de.

CHOOSER ['tʃu:zə], *s.* eleitor; o que escolhe.

CHOOSEY ['tʃu:zi], *a.* (E.U.) extravagante, fastidioso, afetado, caprichoso, luxento, esquisito = (Ing.) *faddy, finical.*

CHOP [tʃɔp], *s.* talhada, costeleta de carne, posta; *pl.* queixadas. *v.* cortar em postas; partir; desbaratar; interromper repentinamente; trocar, mudar.

CHOPPER ['tʃɔpə], *s.* cutelo para cortar carne; (E.U.) porteiro de teatro, cinema, estação de estrada de ferro, etc.

CHOPPING ['tʃɔpiŋ], *s.* corte; arte de cortar em pedaços. *a.* inconstante, variável (diz-se do vento); encapelado, cheio de ondas irregulares. # *chopping board,* tábua de bater carne.

CHOPPY ['tʃɔpi], *a.* cortado, picado; fendido, rachado; agitado (diz-se do mar).

CHOPSTICK ['tʃɔpstik], *s.* palito com que os chineses comem.

CHORAL ['kɔ:rəl], *a.* coral.

CHORD [kɔ:d], *s.* (mús.) corda, acorde, harmonia; (geom.) corda; (fig.) fibra.

CHORE [tʃɔ:], *s.* tarefa, incumbência; *pl.* trabalhos caseiros.

CHOREA [kɔ'riə], *s.* coréia, dança-de-são- guido.

CHORE GIRL ['tʃɔ:gə:l], *s.* empregada doméstica.

CHOREOGRAPHY [kouri'ɔgrəfi], *s.* coreografia.

CHORIN ['kɔrin], *s.* (col.) corista de teatro.

CHORIST ['kɔrist], *s.* corista de teatro.

CHORISTER ['kɔristə], *s.* corista (de igreja); (E.U.) maestro de coro.

CHOROGRAPHY [kou'rɔgrəfi], *s.* corografia.

CHORTLE ['tʃɔ:tl], *v.* rir às gargalhadas.

CHORUS ['kɔrəs], *s.* coro de vozes; concerto. # *chorus girl,* corista, bailarina.

CHOSE [tʃouz], *pret.* de **CHOOSE.**

CHOSEN ['tʃouzn], *pp.* de **CHOOSE.** *a.* escolhido, selecionado.

CHOW [tʃau], *s.* raça de cães (originária da China); (E.U. gír.) comida.

CHOWDER ['tʃaudə], *s.* sopa de peixe, batatas, cebolas, etc.

CHRISM ['krizm], *s.* crisma.

CHRISMAL ['krizməl], *a.* relativo à crisma.

CHRIST [kraist], *s.* Cristo.

CHRIST-CROSS ['kriskrɔs], *s.* cruz feita como assinatura pelos que não sabem escrever.

CHRISTEN ['krisn], *v.* batizar; dar nome.

CHRISTENDOM ['krisndəm], *s.* cristandade.

CHRISTENING ['krisniŋ], *s.* cerimônias do batismo.

CHRISTIAN ['kristjən], *s.* e *a.* cristão; civilizado. # *christian name,* nome de batismo.

CHRISTIANISM ['kristjənizm], *s.* cristianismo.

CHRISTIANITY [kristi'æniti], *s.* cristandade.

CHRISTIANIZE ['kristjənaiz], *v.* cristianizar; converter ao cristianismo.

CHRISTIAN-NAME ['kristjənneim], *s.* nome de batismo.

CHRISTLIKE ['kraistlaik], *a.* próprio de cristão.

CHRISTMAS ['krisməs], *s.* Natal. # *Christmas carol,* cântico de Natal. *Christmas Day,* dia de Natal. *Christmas Eve,* véspera de Natal.

CHRISTMAS-BOX ['krisməsbɔks], *s.* presente de Natal.

CHRISTMAS-CARD ['krisməs-kɑ:d], *s.* cartão de Natal.

CHRISTMAS-TREE ['krisməs-tri:], *s.* árvore de Natal.

CHROMATIC [krə'mætik], *a.* cromático.

CHROME [kroum], *s.* cromo; desenho impresso a cores.

CHROMIC ['kroumik], *a.* crômico.

CHROMITE ['kroumait], *s.* cromita.

CHROMIUM ['kroumiəm], *s.* crômio.

CHROMIUM-PLATED ['kroumjəmpleitid], *a.* cromado.

CHROMOSOME ['krouməsoum], *s.* cromossomo.

CHRONIC, AL ['krɔnik, əl], *a.* crônico, inveterado.

CHRONICLE ['krɔnikl], *s.* crônica. *v.* escrever crônicas.

CHRONICLER ['krɔniklə], *s.* cronista.

CHRONOGRAM ['krɔnəgræm], *s.* cronograma.

CHRONOGRAPH ['krɔnəgrɑ:f], *s.* cronógrafo.

CHRONOLOGIC, AL [krɔnə'lɔdʒik, əl], *a.* cronológico.

CHRONOLOGIST [krə'nɔlədʒist], *s.* cronologista.

CHRONOLOGY [krə'nɔlədʒi], *s.* cronologia.

CHRONOMETER [krə'nɔmitə], *s.* cronômetro.

CHRONOMETRIC, AL [krɔnə'metrik, əl], *a.* cronométrico.

CHRONOMETRY [krə'nɔmitri], *s.* cronometria.

CHRYSALIS ['krisəlis], *s.* *pl.* **CHRISALISES, CHRYSALIDES** ['krisəlisiz, kri'sælidi:z], (zool.) crisálida (ou crisálide).

CHRYSANTHEMUM [kri'sænθəməm], *s.* crisântemo.

CHRYSOLITE ['krisəlait], *s.* crisólito.

CHUB [tʃʌb], *s.* (ict.) caboz.

CHUBBINESS ['tʃʌbinis], *s.* gordura.

CHUBBY ['tʃʌbi], *a.* gordo, bochechudo.

CHUCK [tʃʌk], *s.* carícias no queixo; cacarejo; (mec.) mandril; carne de cernelha. *v.* acariciar (no queixo); atirar, arremessar; cacarejar. # *chuck up,* desistir de, abandonar.

CHUCKER-OUT ['tʃʌkəraut], *s.* leão-de-chácara (empregado de bar, clube ou casa de diversões, encarregado de expulsar fregueses inconvenientes) = (E.U.) *bouncer.*

CHUCKLE ['tʃʌkl], s. riso disfarçado, riso entre os dentes. *v.* zombar; rir entre os dentes.

CHUFF [tʃʌf], *s.* homem rústico; focinho.

CHUG [tʃʌg], *s.* estampido; som produzido pelo escape de um motor.

CHUM [tʃʌm], *s.* camarada, companheiro, fumo de mascar. *v.* fazer camaradagem.

CHUMP ['tʃʌmp], *s.* tronco, cepo; lombo de carneiro; (fam.) homem grosseiro.

CHUNK [tʃʌŋk], *s.* tronco, cepo; fatia; amostra; pedaço grande (de madeira ou de pão); (fam.) pessoa baixa e troncuda.

CHUNKY ['tʃʌŋki], *a.* baixo, troncudo.

CHURCH [tʃə:tʃ], *s.* igreja, templo, sociedade eclesiástica. # *go into the church,* receber as ordens sacras. *poor as a church mouse,* paupérrimo, pobríssimo.

CHURCHMAN ['tʃə:tʃmən], *s.* membro da igreja.

CHURCHWARDEN ['tʃə:tʃ'wɔ:dn], *s.* cachimbo de barro; fabriqueiro de igreja.

CHURCHY ['tʃə:tʃi], *a.* muito devotado à igreja.

CHURCHYARD ['tʃə:tʃ'jɑ:d], *s.* cemitério; adro de igreja.

CHURL [tʃə:l], *s.* pessoa rústica, mal-educada, grosseira.

CHURLISH ['tʃe:liʃ], *a.* brutal, rude.

CHURLISHNESS ['tʃe:liʃnis], *s.* brutalidade, grosseria.

CHURN [tʃə:n], s. desnatadeira. *v.* desnatar.

CHUTE [ʃu:t], *s.* corredeira, cachoeira; rampa; calha.

CHYLE [kail], *s.* quilo (da digestão).

CHYME [kaim], *s.* quimo.

CIBORIA [si'bɔ:riə], *pl.* de **CIBORIUM.**

CIBORIUM [si'bɔ:riəm], *s.* cibório. *pl.* **CIBORIA.**

CICADA [si'kɑ:də, si'keidə], *s.* cigarra.

CICATRICES [sikə'traisi:z], *pl.* de *cicatrix.*

CICATRIX ['sikətriks], *s.* cicatriz.

CICATRIZE ['sikətraiz], *v.* cicatrizar.

CICERONE [tʃitʃə'rouni], *s.* cicerone, guia.

CIDER ['saidə], *s.* cidra.

CIGAR [si'gɑ:], *s.* charuto.

CIGAR-CASE [si'gɑ:keis], *s.* charuteira.

CIGARETTE [sigə'ret], *s.* cigarro.

CIGARETTE-CASE [sigə'retkeis], *s.* cigarreira.

CIGARETTE-HOLDER [sigə'rethouldə], *s.* piteira.

CILIA ['siliə], *pl.* de **CILIUM.**

CILIARY ['siliəri], *a.* ciliário.

CILICE ['silis], *s.* cilício.

CILIUM ['siliʌm], *s.* cílio, pestana. pl. **CILIA.**

CINCH [sintʃ], *s.* cilha. *v.* apertar a cilha. # *it's a cinch,* (col.) é facílimo.

CINCHONA [siŋ'kounə], *s.* quinina (bot.).

CINCTURE ['siŋktʃə, 'siŋktʃuə], *s.* cintura, cinto.

CINDER ['sində], *s.* cinza, brasa.

CINECAMERA ['sini'kæmərə], *s.* câmara cinematográfica.

CINEMA ['sinimə], *s.* cinema, *abrev.* de **CINEMATOGRAPH.** # *cinema circuit,* cadeia de cinemas.

CINEMACTOR ['sinim'æktə], *s.* ator de cinema, artista de cinema.

CINEMACTRESS ['sinim'æktris], *s.* atriz de cinema, artista de cinema.

CINEMADDICT ['sinimədikt], *s.* freqüentador de cinema.

CINEMAGOER ['sinimə'gouə], *s. V.* **CINEMADDICT.**

CINEMATOGRAPH [sini'mætəgrɑ:f], *s.* cinematógrafo.

CINEMATOGRAPHIC [sinimætə'græfik], *a.* cinematográfico.

CINEMATOGRAPHY [sinimə'tɔgrəfi], *s.* cinematografia.

CINEMOGUL ['sinimougəl], *s.* magnata do cinema.

CINERARIA [sinə'rɛəriə], *s.* (bot.) cinerária.

CINGALESE [siŋgə'li:z], *s.* e *a.* cingalês.

CINNABAR ['sinəbɑ:], *s.* cinábrio, cinabarita.

CINNAMON ['sinəmən], *s.* canela (planta).

CIPHER ['saifə], *s.* zero; pessoa ou coisa de pouco valor; criptografia; chave da escrita em cifra.

CIRCLE ['sə:kl], *s.* (geom.) círculo, circunferência; (astron.) órbita. *v.* rodear, circundar. # *square the circle,* tentar o impossível.

CIRCLET ['sə:klit], *s.* anel, argola.

CIRCUIT ['sə:kit], *s.* circuito; recinto; circunferência. # *circuit breaker,* (eletr.) interruptor. *short circuit,* curto-circuito.

CIRCUITOUS [sə:'kjuitəs], *a.* tortuoso.

CIRCULAR ['sə:kjulə], *s.* circular; capa de senhoras. *a.* circular, em forma de círculo. # *circular letter,* carta-circular, circular.

CIRCULARIZE ['sə:kjuləraiz], *v.* circular.

CIRCULATE ['sə:kjuleit], *v.* circular; pôr em circulação; espalhar notícias.

CIRCULATION [sə:kju'leiʃən], *s.* circulação, movimento, giro; propaganda; (imp.) tiragem.

CIRCULATOR ['sə:kjuleitə], *s.* viajante de casa comercial; aquecedor de água.

CIRCUMCISE ['sə:kəmsaiz], *v.* circuncidar.

CIRCUMCISION [sə:kəm'siʒən], *s.* circuncisão.

CIRCUMFERENCE [sə'kʌmfərəns], *s.* circunferência.

CIRCUMFLEX ['sə:kəmfleks], *s.* acento circunflexo. *a.* circunflexo.

CIRCUMLOCUTION [sə:kəmlə'kju:ʃən], *s.* circunlocução, circunlóquio; paráfrase.

CIRCUMNAVIGATE [sə:kəm'nævigeit], *v.* circunavegar.

CIRCUMNAVIGATION ['sə:kəmnævi'geiʃən], *s.* circunavegação.

CIRCUMSCRIBE ['sə:kəmskraib], *v.* circunscrever; fixar, limitar.

CIRCUMSCRIPTION [sə:kəm'skripʃən], *s.* circunscrição; limite.

CIRCUMSPECT ['sə:kəmspekt], *a.* circunspecto; grave; prudente.

CIRCUMSPECTION [sə:kəm'spekʃən], *s.* circunspecção.

CIRCUMSPECTNESS ['sə:kəmspektnis], *s.* circunspecção, discreção.

CIRCUMSTANCE ['sə:kəmstəns], *s.* circunstância, motivo. # *in* (ou *under*) *the circumstances,* dadas as circunstâncias. *under specific circumstances,* em dadas (ou certas, determinadas) circunstâncias.

CIRCUMSTANCED ['sə:kəmstənst], *a.* circunstanciado.

CIRCUMSTANTIAL [sə:kəm'stænʃəl], *a.* circunstancial; acidental, casual.

CIRCUMVALLATION [sə:kəmvə'leiʃən], *s.* circunvalação.

CIRCUMVENT [sə:kəm'vent], *v.* iludir, lograr, enganar, fraudar.

CIRCUMVENTION [sə:kəm'venʃən], *s.* logro, fraude, engano.

CIRCUS ['sə:kəs], *s.* circo, arena; hipódromo.

CIRQUE [sə:k], *V.* **CIRCUS.**

CIRRHOSIS [si'rousis], *s.* cirrose.

CIRRO-CUMULUS ['sirou'kju:mjuləs], *s.* cirro-cúmulo.

CIRRO-STRATUS ['sirou'stra:təs], *s.* cirro-estrato.

CIRROUS ['sirəs], *a.* filamentoso.

CIRRUS ['sirəs], *s.* (bot.) filamento; (meteor.) cirro.

CISSOID ['sisɔid], *a.* cissóide.

CIST [sist], *s.* urna; caixa funerária para guardar as cinzas.

CISTERN ['sistən], *s.* cisterna.

CISTUS ['sistəs], *s.* cisto, sargaço.

CITADEL ['sitədl], *s.* cidadela, fortaleza.

CITATION [sai'teiʃən, si'teiʃən], *s.* citação, menção; (jur.) citação judicial.

CITE [sait], *v.* citar, alegar, mencionar; (jur.) citar judicialmente.

CITHARA ['siθərə], *s.* cítara.

CITHERN ['siθən], *V.* **CITHARA.**

CITIZEN ['sitizn], *s.* cidadão; (E.U.) civil = (Ing.) *civilian;* (E.U.) habitante, munícipe; (Ing.) *resident, inhabitant;* (E.U.) súdito = (Ing.) *subject.*

CITIZENSHIP ['sitznʃip], *s.* direito de cidadania.

CITRATE ['sitrit], *s.* citrato.

CITRIC ['sitrik], *a.* cítrico.

CITRON ['sitrən], *s.* cidra.

CITROUS ['sitrəs], *a.* cítrico.

CITTERN ['sitə:n], *V.* **CITHARA.**

CITY ['siti], *s.* cidade importante; cidade em que há uma catedral; o centro comercial e bancário de Londres. # *city article,* boletim financeiro. *city buster,* (col.) bomba atômica. *city councilman,* vereador. *city court, city council,* conselho municipal, câmara dos vereadores. *city father,* vereador. *city hall,* prefeitura.

CIVET ['sivit], *s.* almíscar. *v.* perfumar com almíscar.

CIVIC ['sivik], *a.* cívico.

CIVIL ['sivl], *a.* civil, cortês.

CIVILIAN [si'viljən], *s.* civil; jurisconsulto; jurisperito. *a.* civil.

CIVILITY [si'viliti], *s.* civilidade, cortesia.

CIVILIZABLE ['sivilaizəbl], *a.* civilizável.

CIVILIZATION [sivilai'zeiʃən, sivili'zeiʃən], *s.* civilização.

CIVILIZE ['sivilaiz], *v.* civilizar.

CIVILIZING ['sivilaiziŋ], *a.* civilizador, civilizante.

CIVIL SERVANT ['civl'sə:vənt], *s.* funcionário público.

CIVIL SERVICE ['civl'sə:vis], *s.* serviço público, administração pública.

CLACK [klæk], *s.* som repetido, ruído; chapeleta; taramela. *v.* fazer barulho continuadamente.

CLAD [klæd], *pp.* e *pret.* de **CLOTHE.**

CLAIM [kleim], *s.* reivindicação; reclamação; pretensão; (E.U.) declaração, afirmação, alegação. *v.* reivindicar; invocar; exigir; reclamar;

pretender; (E.U.) declarar, manter, afirmar, alegar. # *claim against,* proceder contra. *claim as per accounts,* débito escriturado. *claim for compensation,* pedido de indenização. *claim letter,* (com.) carta de reclamações. *lay claim to,* reclamar a posse de. *put in a claim,* fazer (ou apresentar) uma reclamação.

CLAIMABLE ['kleiməbl], *a.* reclamável.

CLAIMANT ['kleimənt], *a.* requerente, reclamante, pretendente. # *be a claimant for,* ter pretensões sobre.

CLAIMER ['kleimə], *s.* clamador; reivindicante.

CLAIM JUMPER ['kleimdʒʌmpə], *s.* grileiro, indivíduo que se apossa ilegalmente de terras alheias.

CLAIRVOYANCE [klɛə'vɔiəns], *s.* clarividência; esperteza, sagacidade.

CLAIRVOYANT [klɛə'vɔiənt], *s.* e *a.* vidente; clarividente, sagaz, lúcido, esperto.

CLAM ['klæm], *s.* molusco, marisco; mexilhão; (col.) "bicho-de-conta", pessoa calada e manhosa; (mec.) grampo, sargento.

CLAMBER ['klæmbə], *v.* trepar, grimpar, escalar.

CLAMMY ['klæmi], *a.* viscoso, pegajoso; pastoso; úmido.

CLAMOR, CLAMOUR ['klæmə], *s.* clamor, vozerio, gritaria. *v.* bradar, clamar, vociferar, gritar.

CLAMOROUS ['klæmərəs], *a.* clamoroso, barulhento.

CLAMOROUSNESS ['klæmərəsnis], *s.* clamor.

CLAMP [klæmp], *s.* gancho; (mec.) grampo; braçadeira; pinça; tenaz; torno de carpinteiro; forno de cozer ladrilho; passada. *v.* prender, agarrar; cozer ladrilhos; dar passadas. # *clamp iron,* (mec.) sargento.

CLAN [klæn], *s.* clã, tribo; raça, casta, família.

CLANDESTINE [klæn'destin], *a.* clandestino, secreto.

CLANG [klæŋ], *s.* clangor; som estridente e metálico; tinir de armas. *v.* retinir; fazer ressoar.

CLANGOROUS ['klæŋgərəs], *a.* estridente, ressoante, ruidoso, clamoroso, clangoroso.

CLANGO(U)R ['klæŋgə], *s.* clangor; clamor; estrondo; tinir de armas.

CLANK [klæŋk], *s.* tinir, tinido; ruído estridente e desordenado. *v.* tinir, retinir, produzir um ruído estridente.

CLANSMAN ['klænzmən], *s.* membro de uma tribo.

CLAP [klæp], *s.* pancada, palmada; bulha, estrépito. *v.* bater palmas, aplaudir; lançar, arremessar.

CLAPBOARD ['klæpbɔ:d], *s.* aduela; ripa; tábua para revestimento externo de parede; tabuado de sarrafos. *v.* revestir com tábuas.

CLAPPER ['klæpə], *s.* o que aplaude; badalo de sino; tramela (= taramela); maçaneta; castanhola.

CLAPPING ['klæpiŋ], *p. pres.* de **CLAP.** *s.* palmas, aplausos.

CLAP-TRAP ['klæp-træp], *s.* ardil para conquistar aplausos ou inspirar compaixão = (E.U.) *flub-dub.*

CLAQUE [klæk], *s.* claque.

CLARET ['klærət], *s.* vinho clarete; vinho tinto de Bordéus.

CLARIFICATION [klærifi'keiʃən], *s.* clarificação.

CLARIFIER ['klærifaiə], *s.* clarificador.

CLARIFY ['klærifai], *v.* clarificar, purificar; esclarecer, aclarar.

CLARINET [klæri'net], *s.* clarineta.

CLARION ['klæriən], *s.* clarim.

CLARITY ['klæriti], *s.* claridade, brilho, lustro, esplendor.

CLARY ['klæri], *s.* salva (planta).

CLASH [klæʃ], *s.* choque, colisão, conflito, oposição, embate, contradição. *v.* chocar-se; opor-se; embater; entrar em conflito.

CLASP [klɑ:sp], *s.* broche, fivela, colchete; alamar. *v.* abraçar, cingir; prender com colchete, afivelar, apertar.

CLASPER ['klɑ:spə], *s.* elo; pegador.

CLASP-HOOK ['klɑ:sp'huk], *s.* colchete.

CLASP-LOCK ['klɑ:sp'lɔk], *s.* fechadura de mola.

CLASS [klɑ:s], *s.* classe, categoria, série; ordem; qualidade; condiscípulo. *v.* classificar, ordenar, coordenar. # *ruling class,* classe dominante. *to cut a class,* faltar a uma aula, "matar" uma aula.

CLASS-BOOK ['klɑ:sbuk], *s.* livro escolar, livro didático.

CLASSIC ['klæsik], *s.* clássico (livro, escritor). *a.* clássico.

CLASSICAL ['klæsikəl], *a.* clássico.

CLASSICISM ['klæsisizm], *s.* classicismo.

CLASSIFIABLE ['klæsifaiəbl], *a.* classificável.

CLASSIFICATION [klæsifi'keiʃən], *s.* classificação.

CLASSIFIED ['klæsifaid], *a.* (E.U.) secreto, confidencial (documento, etc.). # *classified ads,* pequenos anúncios = (E.U.) *want ads.*

CLASSIFIER ['klæsifaiə], *s.* classificador.

CLASSIFY ['klæsifai], *v.* classificar, coordenar.

CLASSMATE ['klɑ:smeit], *s.* colega, condiscípulo.

CLASSROOM ['klɑ:srum], *s.* sala de aula.

CLASSY ['klɑ:si], *a.* (gír.) superior.

CLATTER ['klætə], *s.* bulha, algazarra, alarido, barulho. *v.* fazer bulha, fazer barulho; tagarelar.

CLAUSE [klɔ:z], *s.* cláusula (condição); cláusula (oração gramatical). # *escalator clause,* (fin.) cláusula de reajustamento de preços.

CLAUSTRAL ['klɔ:strəl], *a.* claustral, conventual.

CLAUSTROPHOBIA [klɔ:stro'foubiə], *s.* (med.) claustrofobia.

CLAVE [kleiv], *pret.* de **CLEAVE.**

CLAVECIN ['klævisin], *s.* cravo (mús.); aparelho para tocar o carrilhão.

CLAVICHORD ['klævikɔ:d], *s.* clavicórdio, cravo.

CLAVICLE ['klævikl], *s.* clavícula.

CLAVICULAR [klə'vikjulə], *s.* clavicular.

CLAW [klɔ:], *s.* garra, unha; presa; pata; pinça; saca-pregos. *v.* arranhar, unhar, segurar com as garras; despedaçar. # *claw bar,* pé-de-cabra; arranca-pregos.

CLAWED [klɔ:d], *a.* provido de unhas, de garras.

CLAY [klei], *s.* argila, barro, terra, lama; corpo humano; restos mortais. *v.* cobrir com barro; clarear com argila (o açúcar). # *wet the clay,* molhar a garganta, tomar um gole (de bebida alcoólica).

CLAYEY [kleii], *a.* argiloso.

CLAY PIT ['kleipit], *s.* barreira (terreno de onde se tira barro).

CLEAN [kli:n], *a.* limpo, claro, puro. *v.* limpar, purificar, clarear, assear.

CLEANER ['kli:nə], *s.* limpador; arrumadeira, servente.

CLEANLINESS ['klenlinis], *s.* asseio, limpeza; nitidez.

CLEANLY ['kli:nli], *adv.* asseadamente, limpamente.

CLEANLY ['klenli], *a.* limpo, asseado.

CLEANNESS ['kli:nnis], *s.* limpeza, asseio.

CLEANSE [klenz], *v.* limpar, purificar, purgar, expurgar, depurar.

CLEANSER ['klenzə], *s.* depurativo, purificador; purgante.

CLEANSING ['klenziŋ], *s.* purificação, limpeza.

CLEAR [kliə], *s.* claro, transparente. *v.* desembaciar, aclarar, limpar; justificar, absolver, perdoar; despachar ou fazer passar na alfândega. # *as clear as crystal,* claro como água. *clear amount,* quantia líquida. *clear an estate,* levantar a hipoteca (de uma propriedade). *clear away,* superar (dificuldade). *clear contrary,* justamente o contrário, pelo contrário. *come off clear,* escapar ileso, salvar-se. *keep clear of him!* cuidado com ele! *to clear the table,* tirar a mesa. *you are cleared number...* (av.) livre para pousar no número... *stand clear,* manter-se afastado, conservar-se a certa distância.

CLEARANCE ['kliərəns], *s.* ato de aclarar; certificado da alfândega para a saída de um navio; remoção de impedimento; desembaraço. # *clearance sale,* venda de saldos, liquidação.

CLEAR-CUT ['kliə'kʌt], *a.* nítido; preciso; de contornos bem delineados.

CLEAR-CUTNESS ['kliə'kʌtnis], *s.* nitidez.

CLEARER ['kliərə], *s.* limpador.

CLEARING ['kliəriŋ], *s.* terra arada; clareira; esclarecimento; justificação; explicação; liquidação. # *clearing of a check* (com.) compensação de um cheque.

CLEARING-HOUSE ['kliəriŋ'haus], *s.* (fin.). Câmara de Compensação.

CLEARLY ['kliəli], *adv.* claramente; evidentemente; nitidamente.

CLEARNESS ['kliənis], *s.* transparência, clareza, evidência; nitidez; pureza.

CLEAR-SIGHTED ['kliə'saitid], *a.* perspicaz; clarividente.

CLEAR-SIGHTEDNESS ['kliə'saitidnis], *s.* perspicácia.

CLEAT [kli:t], *s.* (mar.) suporte em forma de bigorna para o cordame; gancho das enxárcias; gancho; abraçadeira.

CLEAVAGE ['kli:vidʒ], *s.* (biol.) segmentação; partição; divisão; clivagem.

CLEAVE [kli:v], *pret.* **CLEAVED, CLEFT, CLOVE** ou **CLAVE;** *pp.* **CLEFT, CLOVEN** ou **CLEAVED.** *v.* lascar, partir, rachar; fender, unir-se; ajustar-se; partir-se.

CLEAVER ['kli:və], *s.* machadinha, cutelo de açougueiro.

CLEEK [kli:k], *s.* pau usado no jogo de golfe.

CLEF [klef], *s.* (mús.) clave. # *bass clef,* clave de fá. *medium clef,* clave de dó. *treble clef,* clave de sol.

CLEFT [kleft], *s.* rachadura, fenda. *pret.* e *pp.* de **CLEAVE.**

CLEFT-GRAFT ['kləft'grɑ:ft], *v.* enxertar.

CLEG [kleg], *s.* moscardo; (fam.) pessoa inteligente.

CLEMATIS ['klemətis], *s.* (bot.) clematite, barba branca (trepadeira).

CLEMENCY ['klemənsi'], *s.* clemência, compaixão.

CLEMENT ['klemənt], *a.* clemente, indulgente.

CLENCH [klentʃ], *v.* prender, agarrar, apertar; cerrar (os punhos ou os dentes).

CLERGY ['klə:dʒi], *s.* clero.

CLERGYMAN ['klə:dʒimən], *s.* clérigo, eclesiástico; sacerdote; modernas vestes sacerdotais.

CLERIC ['klerik], *s.* clérigo, eclesiástico. *a.* clerical.

CLERICAL ['klerikəl], *a.* clerical, eclesiástico; relativo a escriturário; relativo a escritório.

CLERK [klɑ:k], *s.* escriturário; funcionário de secretaria; empregado de escritório; amanuense; clérigo; (E.U.) [klə:k] vendedor, caixeiro = (Ing.) *shop assistant. v.* (E.U.) [klə:k] caixeirar = (Ing.) *to serve behind the counter.* # *booking clerk,* despachante. *white-collar clerk,* funcionário de categoria mediana.

CLERKSHIP ['klɑ:kʃip], *s.* cargo de amanuense, emprego em escritório.

CLEVER ['klevə], *a.* destro, ágil, inteligente, hábil.

CLEVERISH ['klevəriʃ], *a.* um tanto hábil.

CLEVERNESS ['klevənis], *s.* destreza, habilidade; inteligência.

CLEW [klu:], *s.* indicação, guia; novelo; (mar.) extremidade de uma vela.

CLEW-LINE ['klu:'lain], *s.* (mar.) amura.

CLEW-UP ['klu:ʌp], *v.* (mar.) ferrar as velas.

CLICK [klik], *s.* som rápido produzido pelo choque de dois objetos; aldraba; catraca (relógio). *v.* produzir um som rápido; estalar; soar. # *click the door,* bater a porta. *click wheel,* (mec.) catraca.

CLIENT ['klaiənt], *s.* cliente, parte, freguês.

CLIENTÈLE [kli:ɑ:n'tel], *s.* clientela.

CLIFF [klif], *s.* penhasco, escarpa, rocha alcantilada, despenhadeiro.

CLIFFY ['klifi], *a.* escarpado.

CLIMACTERIC [klai'mæktərik], *s.* período climatérico. *a.* climático.

CLIMACTERICAL [klaimæk'terikəl], *a.* climatérico.

CLIMACTIC, AL [klai'mæktik, əl], *a.* relativo ao clímax.

CLIMATE ['klaimit], *s.* clima.

CLIMATIC, AL [klai'mætik, əl], *a.* relativo ao clima, climático.

CLIMAX['klaimæks], *s.* ponto culminante, clímax, gradação ascendente.

CLIMB [klaim], *v.* subir, elevar-se; trepar. # *rate of climb,* (av.) velocidade ascensional.

CLIMBER ['klaimə], *s.* trepador.

CLIMBING ['klaimiŋ], *s.* escalada.

CLIME [klaim], *s.* clima; região; (poes.) tema.

CLINCH [klintʃ], *s.* luta corpo a corpo (no boxe); ambigüidade; resposta a tempo; (mar.) nó de bolina; rebitamento de um pino; rebite. *v.* agarrar, segurar, pregar; virar a ponta de um prego; arrebitar; (mar.) talingar; (esp.) pegar corpo a corpo.

CLINCHER ['klintʃə], *s.* o que segura; argumento concludente.

CLING [kliŋ], *pret.* e *pp.* **CLUNG.** *v.* pegar-se; unir-se; agarrar-se; aderir.

CLINGY ['kliŋi], *a.* pegajoso.

CLINIC ['klinik], *s.* clínico.

CLINIC, AL ['klinik, əl], *a.* clínico.

CLINK [kliŋk], *s.* som, tinido. *v.* tinir, tilintar, retinir, ressoar; rimar.

CLINKER ['kliŋkə], *s.* ladrilho vidrado, escórias de carvão; lavas de vulcão.

CLINOMETER [klai'nɔmitə], *s.* clinômetro.

CLIP [klip], *v.* cortar, tosquiar, aparar; podar, omitir sílabas ou palavras; cercar; correr apressadamente; (E.U.) recortar, cortar notícia de jornal = (Ing.) *cut out. s.* pinça, grampo, prendedor de papel; tosquia de carneiro; lã de tosquia, (E.U.) velocidade; pente de balas.

CLIPPER ['klipə], *s.* tosquiador; máquina de cortar cabelo; corredor (pessoa ou cavalo); navio de vela; avião grande e veloz.

CLIPPIE ['klipi], *s.* (col.) condutora de ônibus ou de trem.

CLIPPING ['klipiŋ], *a.* (fam.) admirável. *s.* cercadura, apara; (E.U.) recorte de jornal = (Ing.) *cutting, newspaper cutting, press-cutting.*

CLIQUE [kli:k], *s.* facção; conventículo; camarilha.

CLIQUISH ['kli:kiʃ], *a.* faccioso.

CLOACA [klou'eikə], *pl.* **CLOACAS** ou **CLOACAE.** *s.* cloaca.

CLOACAE [klou'eiki:] *pl.* de **CLOACA.**

CLOAK [klouk], *s.* capa, manto; (fig.) máscara, disfarce. *v.* cobrir, esconder, velar, ocultar; encapotar.

CLOAK-ROOM ['klouk-rum], *s.* vestiário; (E.U.) sala de palestra no Congresso = (Ing.) *lobby.*

CLOCK [klɔk], *s.* relógio (de torre, parede ou mesa). *v.* cronometrar. # *clock tower,* torre de relógio. *round the clock,* durante 24 horas. *set a clock,* acertar um relógio.

CLOCKWISE ['klɔkwaiz], *a.* e *adv.* para a direita, no sentido dos ponteiros de um relógio.

CLOCKWORK ['klɔk-wə:k], *s.* maquinismo de relógio.

CLOD [klɔd], *s.* solo, torrão, terra; massa.

CLODDY ['klɔdi], *a.* cheio de torrões.

CLOG [klɔg], *s.* tamanco, soco. *v.* embaraçar, pear, entravar, obstruir; carregar.

CLOGGY ['klɔgi], *a.* embaraçoso; pegajoso.

CLOISTER ['klɔistə], *s.* convento, claustro. *v.* enclausurar.

CLOISTRAL ['klɔistrəl], *a.* claustral; solitário, sozinho.

CLOSE [klous], *s.* recinto fechado; cerca, cercado.

CLOSE [klouz], *s.* o fim (de um trabalho ou operação); fecho de carta; cessação. # *complimentary close,* fecho de carta.

CLOSE [klous], *a.* encerrado, preso; bem guardado, fechado; próximo; (E.U.) apertado, difícil, renhido (concurso, eleição). *adv.* perto. # *close by,* perto, bem próximo. *close to,* junto a.

CLOSE [klouz], *v.* fechar, encerrar; obstruir a passagem; terminar; unir-se; juntar-se, combinar-se. # *at the close of the day (of the year),* no fim do dia (do ano). *draw to a close,* chegar ao fim. *close out,* liquidar, vender barato. *close the ranks,* cerrar fileiras.

CLOSEFISTED ['klous'fistid], *a.* avarento, avaro, mesquinho, usurário, sovina = (E.U.) *tightwad* (fam.).

CLOSELY ['klousli], *adv.* atentamente, rigorosamente; estritamente; hermeticamente.

CLOSENESS ['klousnis], *s.* segredo, reserva; contigüidade, proximidade; intimidade.

CLOSER ['klouzə], *s.* aquele que fecha ou conclui alguma coisa.

CLOSET ['klɔzit], *s.* pequeno quarto; gabinete reservado; (E.U.) copa; armário embutido; guarda-louça = (Ing.) *cupboard. v.* fechar-se num gabinete; receber em entrevista. *a.* secreto, reservado, particular. # *closet bowl,* vaso sanitário. *closet T,* (canal.) "T" para vaso sanitário.

CLOSE-UP ['klousʌp], *s.* (cin.) retrato ampliado; cena vista de perto.

CLOSING ['klouziŋ], *s.* fechadura; encerramento.

CLOSURE ['klouʒə], *s.* suspensão de um debate; encerramento.

CLOT [klɔt], *s.* coalho, coágulo; grumo. *v.* coagular.

CLOTH [klɔθ], *s.* pano, tecido, fazenda, um pedaço de pano para uso especial.

CLOTHE [klouð], *pret.* e *pp.* **CLOTHED** ou **CLAD.** *v.* trajar, vestir; cobrir com um pano.

CLOTHES [klouðz], *s. pl.* vestuário, roupa de toda a espécie. # *(best) Sunday-go-to-meeting clothes,* roupa domingueira. *in plain clothes,* em trajes civis, à paisana.

CLOTHES-HANGER ['klouðz'hæŋə], *s.* cabide.

CLOTHESPEG ['klouðzpeg], *s.* prendedor de roupa = (E.U.) *clothes-pin.*

CLOTHES-PIN ['klouðzpin], *s.* (E.U.) prendedor, pequeno instrumento para prender roupas à corda ou ao arame = (Ing.) *clothes-peg.*

CLOTHES-TREE ['klouðztri:], *s.* (E.U.) cabide de pé (para roupa) = (Ing.) *valet stand.*

CLOTHIER ['klouðiə], *s.* tecelão, vendedor de fazendas e roupas feitas.

CLOTHING ['klouðiŋ], *s.* roupa, vestido, vestimenta.

CLOUD [klaud], *s.* nuvem, qualquer coisa que se assemelhe às nuvens. *v.* nublar, escurecer; cobrir-se de nuvens ou de manchas semelhantes às nuvens. # *be under a cloud,* estar em situação difícil.

CLOUDBERRY ['klaudberi], *s.* espécie de amora.

CLOUD-BURST ['klaudbə:st], *s.* aguaceiro.

CLOUDINESS ['klaudinis], *s.* escuridão.

CLOUDLESS ['klaudlis], *a.* sem nuvens; claro, sereno, límpido.

CLOUDLESSNESS ['klaudlisnis], *s.* qualidade de ser claro.

CLOUDY ['klaudi], *a.* nublado, nebuloso; obscuro; sombrio.

CLOUGH [klʌf], *s.* barranco; comporta (para represar água).

CLOUT [klaut], *s.* trapo; esfregão; cueiro; faixa; rodilha; (pop.) tapa, bofetada, sopapo, bofetão.

CLOVE [klouv], *s.* cravo-da-índia; dente de alho.

CLOVE [klouv], *pret.* de **CLEAVE.**

CLOVEN ['klouvn], *pp.* de **CLEAVE.** *a.* dividido em dois, partido.

CLOVEN-FOOTED [klouvn'futid], *a.* fissípide, que tem a pata dividida em duas partes.

CLOVER ['klouvə], *s.* trevo. # *four-leafed clover,* trevo de quatro folhas. *to live in clover,* viver na abundância, viver na fartura, viver à tripa forra.

CLOWN [klaun], *s.* palhaço, bobo; vilão; campônio.

CLOWNISH ['klauniʃ], *a.* ridículo, cômico; rude, rústico.

CLOWNISHNESS ['klauniʃnis], *s.* grosseria.

CLOY [klɔi], *v.* saciar, fartar.

CLUB [klʌb], *s.* clava, maça, tranca; clube; assembléia; edifício de um clube; naipe de paus (baralho). *v.* bater com uma clava; estabelecer confusão; unir-se para um mesmo fim.

CLUBBABLE ['klʌbəbl]. *s.* sociável.

CLUB-HAMMER ['klʌb'hæmə], *s.* (alv.) malho.

CLUBMAN ['klʌbmən], *s.* membro de um clube; homem armado de clava; (E.U.) homem dado à vida dos clubes = (Ing.) *a man about town.*

CLUCK [klʌk], *s.* cacarejo. *v.* cacarejar.

CLUE [klu:], *s.* indicação; indício; fio (de uma história), enredo; pista.

CLUMP [klʌmp], *s.* massa informe; grupo (de árvores), moita; cepo. *v.* amontoar.

CLUMPY ['klʌmpi], *a.* que contém grupo de árvores ou arbustos.

CLUMSY ['klʌmzi], *s.* rústico; mal conformado, desajeitado.

CLUNG [klʌŋ], *pret.* e *pp.* de **CLING.**

CLUSTER ['klʌstə], *s.* grupo; conglomerado; cacho; feixe; ninhada de pintos. *v.* empunhar, agarrar, agarrar-se; agrupar-se.

CLUTCH [klʌtʃ], *s.* garra; embreagem; apresamento; ninhada de pintos. *v.* empunhar, agarrar, agarrar-se; embrear. # *clutch disc,* disco da embreagem. *clutch shoe,* sapata da embreagem. *to let in the clutch,* embrear. *to take out the clutch,* desembrear.

CLUTTER ['klʌtə], *s.* algazarra, motim, confusão, desordem. *v.* misturar, confundir, desordenar; reunir-se confusamente.

CLYSTER ['klistə], *s.* clister.

COACH [koutʃ], *s.* coche, carruagem, carro fechado; carro de trem de ferro = (E.U.) *car;* preceptor; explicador. *v.* ensinar, instruir, treinar, preparar para exame = (E.U.) *tutor;* passear de carro.

COACH-BOX ['koutʃbɔks], *s.* boléia.

COACHING ['koutʃiŋ], *s.* passeio ou viagem de coche.

COACHMAN ['koutʃmən], *s.* cocheiro. # *coachman's box,* boléia.

COACH-WRENCH ['koutʃrentʃ], *s.* (mec.) chave de boca.

COACTION [kou'ækʃən], *s.* coação.

COACTIVE [kou'æktiv], *s.* coativo.

COAGULATE [kou'ægjuleit], *v.* coagular, coagular-se; solidificar-se.

COAGULATION [kouægju'leiʃən], *s.* coagulação.

COAL [koul], *s.* carvão de pedra; brasa. *v.* fornecer carvão; reduzir a carvão; pôr carvão numa máquina. # *carry coals to Newcastle,* chover no molhado. *caking coal,* carvão betuminoso. *coal dump,* (estr. de f.) depósito de carvão. *coal seams,* veio de carvão. *heap coals of fire on one's head,* pagar o mal com o bem.

COALERY ['kouləri], *s.* carvoaria; jazida de carvão.

COALESCE [kouə'les], *v.* coalescer; aglutinar.

COALESCENCE [kouə'lesns], *s.* coalescência; união, ação de incorporar-se.

COALESCER [kouə'lesə], *s.* aglutinador.

COAL-FIELD ['koul-fi:ld], *s.* jazida de carvão.

COALITION [kouə'liʃən], *s.* coalizão, bloco, união.

COAL-PIT ['koulpit], *s.* mina de carvão.

COAL-TAR ['koul'tɑ:], *s.* alcatrão de hulha.

COARSE [kɔ:s], *a.* grosseiro; rude, brutal. # *coarse canvas,* canhamaço.

COARSEN ['kɔ:sn], *v.* tornar grosseiro; tornar rude.

COARSENESS ['kɔ:snis], *s.* grosseria, baixeza.

COAST [koust], *s.* costa, litoral, praia. *v.* costear. # *ironbound coast,* costa rochosa e escarpada.

COASTER ['koustə], *s.* navio costeiro; habitante da costa; bandeja para garrafa de vinho.

COAST-GUARD ['koustgɑ:d], *s.* polícia de costa, polícia marítima.

COASTING ['koustiŋ], *s.* navegação costeira; cabotagem.

COASTING-PILOT ['koustiŋpailət], *s.* piloto de barra, prático.

COASTING-TRADE ['koustiŋ'treid], *s.* comércio de cabotagem.

COASTLINE ['koustlain], *s.* litoral.

COASTWARD ['koustwəd], *a.* costeiro, do lado da costa. *adv.* em direção à costa.

COASTWISE ['koust-waiz], *a.* costeiro. *adv.* ao longo da costa.

COAT [kout], *s.* casaco; pelo de animal; cobertura de lona dos navios; cota de malha; película, membrana; camada; mão, demão (de tinta). *v.* cobrir, vestir, agasalhar. # *double-breasted coat,* jaquetão. *give the last coat,* dar a última demão (pintura). *pick a hole in one's coat,* difamar. *priming coat,* mão de aparelho (primeira demão de pintura). *sclerotic coat,* (anat.) esclerótica. *single-breasted coat,* paletó. *turn one's coat,* virar a casaca, mudar de partido.

COATED ['koutid], *a.* encapado, coberto, revestido. # *blàck coated worker,* trabalhador intelectual. *coated paper,* papel couché = *art paper.*

COATING ['koutiŋ], *s.* cobertura; camada de tinta; baetão, baeta.

COATTAIL ['kout-teil], *s.* aba de peça de vestuário. # (pol.) *on someone's coattail,* **nas águas de alguém.**

CO-AUTHOR ['kou'ɔ:θə], *s.* co-autor.

COAX [kouks], *s.* lisonja, adulação, bajulação. *v.* lisonjear, adular, bajular.

COAXER ['kouksə], *s.* lisonjeador, adulador, bajulador, acariciador.

COAXING ['kouksiŋ], *s.* adulação, lisonja.

COB [kɔb], *s.* espiga (de milho); golpe; aranha; espécie de gaivota; bloco (de pedra; carvão, etc.). *v.* bater, dar palmadas.

COBALT [kə'bɔ:lt], *s.* cobalto.

COBBLE ['kɔbl], *s.* pedra, seixo, godo, paralelepípedo. *v.* remendar, consertar sapatos; pavimentar.

COBBLER ['kɔblə], *s.* sapateiro remendão. # *cobbler stick to thy last,* sapateiro, não vás além do sapato.

COBBLE-STONE ['kɔblstoun], *s.* pedra para calçamento pelo sistema de macadame.

COBRA ['koubrə], *s.* cobra.

COBWEB ['kɔbweb], *s.* teia de aranha; (fig.) tramóia, intriga, trampolinice; conspiração.

COCA ['koukə], *s.* coca.

COCAINE [kə'kein], *s.* cocaína.

COCCUS ['kɔkəs], *s.* coco.

COCHINEAL ['kɔtʃini:l], *s.* cochonilha.

COCHLEA ['kɔkliə], *s.* cóclea.

COCK [kɔk], *s.* galo, macho de qualquer ave = (E.U.) *rooster;* chefe; fiel da balança; cão da espingarda; catavento; válvula, torneira. *v.* levantar o cão da espingarda; erguer; empertigar-se; ensinar galo a brigar. # *cock-and-bull story,* história inverossímil. *cock of the* *walk,* pessoa importante, manda-chuva. *cock one's eye,* piscar o olho. *live like a fighting cock,* viver como um nababo, viver com muito luxo, ter alimentação farta e excelente.

COCKADE [kɔ'keid], *s.* cocar, cocarda; laço usado no chapéu.

COCK-A-DOODLE-DOO ['kɔkədu:dl'du:], *s.* cocorocó, cocoricó (onomatopéia do canto do galo).

COCK-A-HOOP ['kɔkə'hu:p], *a.* (gír.) contentíssimo; prosa; triunfante.

COCKALORUM [kɔkə'lɔrəm], *s.* garnizé; homem de pequena estatura.

COCKATOO [kɔkə'tu:], *s.* (orn.) cacatua.

COCKATRICE ['kɔkətrais], *s.* basilisco.

COCKCHAFER ['kɔktʃeifə], *s.* escaravelho.

COCKED-HAT ['kɔkt'hæt], *s.* tricórnio. # *knock into a cocked hat,* derrotar.

COCKEREL ['kɔkərəl], *s.* frango. # *as game as a cockerel,* corajoso, destemido.

COCKEYED ['kɔkaid], *a.* vesgo, estrábico; tocado (ligeiramente embriagado).

COCK-HORSE ['kɔk'hɔ:s], *s.* cavalo de pau (brinquedo).

COCKLE ['kɔkl], *s.* (bot.) joio, cizânia; espécie de marisco. *v.* fazer rugas; torcer em espiral.

COCKLESHELL ['kɔklʃel], *s.* concha de amêijoa.

COCKNEY ['kɔkni], *s.* londrino, natural de Londres; pessoa que reside em Londres; o dialeto londrino; peralta; basbaque. *a.* de Londres (a pessoa ou o dialeto).

COCKPIT ['kɔkpit], *s.* rinhadeira; (av.) carlinga, cabina de piloto.

COCKROACH ['kɔkroutʃ], *s.* barata.

COCKSCOMB ['kɔkskoum], *s.* crista de galo.

COCK-SPARROW ['kɔkspærou], *s.* pardal macho; (fig.) homem pedante.

COCK-SURE ['kɔk'ʃuə], *a.* certo, confiante; convencido, presunçoso.

COCKTAIL ['kɔkteil], *s.* coquetel, bebida, aperitivo; falso *gentleman.*

COCKY ['kɔki], *a.* afetado, vaidoso, pretensioso; petulante.

COCO ['koukou], *s.* coqueiro.

COCOA ['koukou], *s.* cacau.

COCONUT, COCOANUT ['koukənʌt], *s.* coco.

COCOON [kə'ku:n], *s.* casulo (bicho-da-seda).

COD [kɔd], *s.* bacalhau; folhelho; vagem; bolsa; tolo.

CODDLE ['kɔdl], *v.* amimar, tratar com carinho; cozer em fogo lento.

CODE [koud], *s.* código, ordenação.

CODEX ['koudeks], *s.* códice.

CODFISH ['kɔdfiʃ], *s.* bacalhau.

CODGER ['kɔdʒə], *s.* homem excêntrico, esquisito, rústico, grosseiro.

CODICIL ['kɔdisil], *s.* codicilo.

CODIFICATION [kɔdifi'keiʃən], *s.* codificação.

CODIFY ['kɔdifai], *v.* codificar.

COED ['kou'ed], *s.* (E. U.) estudante de estabelecimento misto (ou co-educacional).

CO-EDUCATION ['kouedju:'keiʃən], *s.* co-educação.

COEFFICIENT [koui'fiʃənt], *s.* coeficiente.

COEQUAL [kou'i:kwəl], *a.* igual, perfeitamente igual.

COEQUALITY [koui:'kwɔliti], *s.* igualdade absoluta.

COERCE [kou'ə:s], *v.* coagir, forçar, obrigar; reprimir, restringir.

COERCIBLE [kou'ə:sibl], *a.* coercível.

COERCION [kou'ə:ʃən], *s.* pressão, compressão; coação.

COERCIVE [kou'ə:siv], *a.* coercivo.

CO-EXIST ['kouig'zist], *v.* coexistir.

CO-EXISTENCE ['kouig'zistəns], *s.* coexistência.

CO-EXISTENT ['kouig'zistənt], *a.* coexistente.

CO-EXTENSION ['kouiks'tenʃən], *s.* co-extensão.

CO-EXTENSIVE ['kouiks'tensiv], *a.* co-extensivo.

COFFEE ['kɔfi], *s.* café. # *black coffee,* café puro, sem leite. *coffee maker,* máquina de coar café. *coffee plantation,* fazenda de café; cafezal. *coffee strainer,* coador de café. *processed coffee,* café beneficiado.

COFFER ['kɔfə], *s.* cofre, arca, burra; baú, caixa.

COFFIN ['kɔfin], *s.* caixão, esquife, ataúde = (E.U.) *casket;* estante para papéis; navio que não pode navegar.

COG [kɔg], *s.* dente (de roda); engano, logro, fraude; bebida forte; pequeno barco; encaixe de viga. *v.* dentear (uma roda); lograr, mentir; roubar no jogo do dado.

COGENCE, CY ['koudʒəns, si], *s.* força moral; lógica; eficácia.

COGENT ['koudʒənt], *a.* convincente.
COGITATE ['kɔdʒiteit], *v.* cogitar, refletir, meditar.
COGITATION [kɔdʒi'teiʃən], *s.* reflexão, meditação, cogitação.
COGITATIVE ['kɔdʒiteitiv], *a.* pensativo.
COGNAC ['kounjæk], *s.* conhaque.
COGNATE ['kɔgneit], *s.* cognato.
COGNATION [kɔg'neiʃən], *s.* cognação.
COGNITION [kɔg'niʃən], *s.* experiência, conhecimento.
COGNIZABLE ['kɔgnizəbl], *a.* perceptível, reconhecível.
COGNIZANCE ['kɔgnizəns], *s.* conhecimento, percepção; jurisdição; divisa, distintivo, sinal.
COGNIZANT ['kɔgnizənt], *a.* sabedor; que tem jurisdição.
COGNOMEN [kɔg'noumən], *s.* cognome, apelido, alcunha.
COGRAIL ['kɔg-reil], *s.* trilho dentado, cremalheira.
COGWHEEL ['kɔgwi:l], *s.* roda dentada.
COHABIT [kou'hæbit], *v.* coabitar.
COHABITATION [kouhæbi'teiʃən], *s.* coabitação.
CO-HEIR ['kou'ɛə], *s.* co-herdeiro.
CO-HEIRESS ['kou'ɛəris], *s.* co-herdeira.
COHERE [kou'hiə], *v.* aderir, pegar-se, adaptar-se; ser coerente; convir.
COHERENCE, CY [kou'hiərəns, si], *s.* conexão; aderência.
COHERENT [kou'hiərənt], *a.* coerente; adaptado.
COHESION [kou'hi:ʒən], *s.* coesão; aderência.
COHESIVE [kou'hi:siv], *a.* coesivo.
COHORT ['kouhɔ:t], *s.* coorte.
COIF [kɔif], *s.* touca, solidéu. *v.* pôr uma coifa.
COIFFEUR [kwɑ:'fə:], *s.* cabeleireiro.
COIFFURE [kwɑ:'fjuə], *s.* penteado.
COIGN [kɔin], *s.* ângulo; esquina, canto.
COIL [kɔil], *s.* rolo (de corda, de arame); serpentina de alambique; bobina; molho de feno; tumulto, barulho. *v.* amontoar os molhos de feno; dobrar em forma de novelo; enrolar.
COIN [kɔin], *s.* moeda, cunho. *v.* cunhar moedas; (fig.) inventar, forjar. # *debased coin*, moeda desvalorizada. *pay one back in his own coin*, pagar na mesma moeda.
COINAGE ['kɔinidʒ], *s.* cunhagem de moeda; sistema monetário; invenção.
COINCIDE [kouin'said], *v.* coincidir; concorrer.
COINCIDENCE [kou'insidəns], *s.* coincidência.
COINCIDENT [kou'insidənt], *a.* coincidente.
COINER ['kɔinə], *s.* falsificador de moedas.
COINING ['kɔiniŋ], *s.* falsificação de moedas.
COIR ['kɔiə], *s.* fibra de coco para cabos de navio.
COKE [kouk], *s.* coque. # *coke up*, (gír. de ref.) coqueificar, coquear (petr.). *go and eat coke*, vá lamber sabão.
COKE ['kouk], *s.* forma popular abreviada de *coca-cola*.
COLANDER ['kʌləndə, 'kɔləndə], *s.* coador.
COLD [kould], *s.* frio, frialdade; resfriado. *a.* frio; indiferente, insensível; calmo, sereno; reservado. # *catch* (ou *get*) *a cold*, resfriar-se, apanhar um resfriado.
COLD-BLOODED ['kould'blʌdid], *a.* imperturbável, de sangue frio; cruel, desalmado.
COLD-BLOODEDNESS ['kould'blʌdidnis], *s.* desumanidade, barbaridade.
COLD-CREAM ['kould'kri:m], *s.* creme para a pele.
COLD-HEARTED ['kould'hɑ:tid], *a.* insensível.
COLD-LIVERED ['kould'livəd], *a.* imperturbável; covarde.
COLDLY ['kouldli], *adv.* friamente, indiferentemente; insensivelmente.
COLDNESS ['kouldnis], *s.* indiferença, frieza.
COLE [koul], *s.* couve.
COLEOPTERA [kɔli'ɔptərə], *s.* coleópteros. *pl.* de **COLEOPTERON.**
COLEOPTERON [kɔli'ɔptərɔn], *s.* coleóptero. *pl.* **COLEOPTERA.**
COLIC ['kɔlik], *s.* cólica.
COLITIS [kou'laitis], *s.* colite.
COLLABORATE [kə'læbəreit], *v.* colaborar.
COLLABORATION [kəlæbə'reiʃən], *s.* colaboração.
COLLABORATOR [kə'læbəreitə], *s.* colaborador.
COLLAPSE [kə'læps], *s.* colapso, queda; prostração, desânimo; ruína, fracasso. *v.* desmoronar, derrubar, desaprumar, desfalecer, prostrar-se.

COLLAPSIBLE [kə'læpsəbl], *a.* dobradiço.

COLLAR ['kɔlə], *s.* colarinho; gola (de casaco); coleira de animais; argola usada no pescoço pelos escravos; colar de uma ordem ou confraria. *v.* pôr colarinho, colar ou coleira; agarrar pelo pescoço ou pela gola, abotoar. # *bat-winged collar,* colarinho de ponta virada. *stand-up collar,* colarinho duro, colarinho engomado. *turn-down collar,* colarinho virado.

COLLAR-BONE ['kɔləboun], *s.* clavícula.

COLLARD ['kɔləd], *s.* couve.

COLLAR-STUD ['kɔlestʌd], *s.* botão de colarinho = (E.U.) *button.*

COLLATE [kɔ'leit], *v.* conferir, confrontar.

COLLATERAL [kɔ'lætərəl], *s.* parentesco, colateral; caução; garantia. *a.* paralelo; colateral; subordinado, secundário; concorrente.

COLLEAGUE ['kɔli:g], *s.* colega, camarada, companheiro.

COLLECT ['kɔlekt], *s.* coleta. *a.* e *adv.* (E.U.) *collect* [kə'lekt], pagável pelo recebedor; a pagar, a cobrar (carta, telegrama). # *a collect telegram,* telegrama a pagar.

COLLECT [kə'lekt], *v.* recolher, reunir; juntar, coligir; colher; colecionar; cobrar. # *collect oneself,* recobrar o ânimo, recobrar o domínio de si próprio.

COLLECTABLE [kə'lektəbl], *a.* coligível; coletável; capaz de voltar a si.

COLLECTED [kə'lektid], *a.* controlado, calmo; reunido, agregado, coligido; tranqüilo, tornado a si, reanimado.

COLLECTIBLES [kə'lektəblz], *s.* (com.) efeitos à cobrança.

COLLECTING [kə'lektiŋ], *s.* coleção, reunião.

COLLECTION [kə'lekʃən], *s.* coleção, compilação; coleta para obras de caridade. *pl.* exames, provas parciais.

COLLECTIVE [kə'lektiv], *a.* coletivo; agregado.

COLLECTIVISM [kə'lektivizm], *s.* coletivismo.

COLLECTIVIST [kə'lektivist], *s.* coletivista.

COLLECTOR [kə'lektə], *s.* colecionador, cobrador; coletor; (E.U.) inspetor de alfândega.

COLLEGE ['kɔlidʒ], *s.* escola; faculdade; colégio (corporação, grêmio; conjunto de eleitores).

COLLEGER ['kɔlidʒə], *s.* membro dum colégio; anexo a uma universidade; universitário.

COLLEGIAN [kə'li:dʒiən], *s.* estudante, colegial.

COLLEGIATE [kə'li:dʒiit], *a.* colegial.

COLLIDE [kə'laid], *v.* colidir; embater, chocar.

COLLIE ['kɔli], *s.* cão de pastor.

COLLIER ['kɔliə], *s.* mineiro de carvão; carvoeiro; navio carvoeiro; tripulante de navio carvoeiro.

COLLIERY ['kɔljəri], *s.* comércio de carvão; mina de carvão com tudo o que a compõe.

COLLINS ['kɔlinz], *s.* carta para agradecer hospitalidade = (E.U.) *a bread-and-butter letter.*

COLLISION [kə'liʒən], *s.* colisão, choque; encontro; aproximação.

COLLOCATION [kɔlə'keiʃən], *s.* colocação, ordem, disposição; ordem de palavras na frase; frase feita; locução.

COLLODION [kə'loudiən], *s.* colódio.

COLLOIDAL [kə'lɔidəl], *a.* coloidal.

COLLOP ['kɔləp], *s.* pedaço; bocado de carne para refogar; pasto; número de animais que podem pastar num are.

COLLOQUIAL [kə'loukwiəl], *a.* coloquial.

COLLOQUIALISM [kə'loukwiəlizm], *s.* expressão familiar.

COLLOQUIALLY ['kə'loukwiəl], *adv.* familiarmente.

COLLOQUY ['kɔləkwi], *s.* colóquio.

COLLOTYPE ['kɔlotaip], *s.* fotografia coloidal.

COLLUSION [kə'lu:ʒən], *s.* conluio, conspiração; fraude.

COLLUSIVE [kə'lu:siv], *a.* combinado secretamente.

COLON ['koulən], *s.* dois pontos (:); cólon.

COLONEL ['kə:nl, 'kə:nəl], *s.* coronel; (E.U.) alto funcionário estadual, membro do governo estadual.

COLONELCY ['kə:nəlsi], *V.* **COLONELSHIP.**

COLONELSHIP ['kə:nəlʃip], *s.* patente de coronel, posto de coronel.

COLONIAL [kə'lounjəl], *s.* colono. *a.* colonial; antigo.

COLONIST ['kɔlənist], *s.* colono.

COLONIZATION [kɔlənai'zeiʃən, kɔləni'zeiʃən], *s.* colonização.

COLONIZE ['kɔlənaiz], *v.* colonizar.

COLONIZER ['kɔlənaizə], *s.* colonizador; (E.U.) eleitor que vota em mais de um distrito.

COLONNADE [kɔlə'neid], *s.* peristilo, colunata.
COLONY ['kɔləni], *s.* colônia; (E.U.) bancada.
COLOR ['kʌlə], *s. V.* **COLOUR.**
COLORATION [kʌlə'reiʃən], *V.* **COLOURATION.**
COLORIFIC [kɔlə'rifik], *a.* colorífico.
COLOSSAL [kə'lɔsl], *a.* colossal.
COLOSSUS [kə'lɔsəs], *s.* colosso.
COLOUR ['kʌlə] = (E.U.) **COLOR,** *s.* cor, colorido, coloração; rubor; *pl.* cores; bandeira (de regimento, clube, etc.). *v.* colorir, tingir; ruborizar-se. # *colour film,* filme colorido. *have a high colour,* ser (ou estar) corado. *in colour,* colorido, a cores. *join the colours,* alistar-se no exército. *these colours swear at each other,* estas cores não combinam uma com a outra. *with flying colours,* triunfantemente.
COLOURATION [kʌlə'reiʃən], *s.* coloração.
COLOUR-BEARER ['kʌləbɛərə], *s.* porta-estandarte, porta-bandeira.
COLOUR-BLIND ['kʌleblaind], *a.* daltônico.
COLOUR-BLINDNESS ['kʌleblaindnis], *s.* daltonismo.
COLOUR BRUSH ['kʌləbrʌʃ], *s.* pincel.
COLOURED ['kʌləd], *a.* colorido; de cor; negro, "escurinho"; parcial; exagerado.
COLOURFUL ['kʌləful], *a.* colorido, variegado.
COLOURING ['kʌləriŋ], *s.* cor; colorido; arte de colorir; falsa aparência. *a.* corante.
COLOURIST ['kʌlərist], *s.* colorista; artista notável pela escolha das cores.
COLOURLESS ['kʌləlis], *a.* incolor.
COLOUR-SERGEANT ['kʌləsɑ:dʒənt], *s.* sargento porta-bandeira.
COLT [koult], *s.* potro; jovem alegre; açoite com um nó na ponta. *v.* saltar, pular.
COLUBRINE ['kɔljubrain], *a.* colubrino.
COLUMBINE ['kɔləmbain], *s.* colombina (planta).
COLUMELLA [kɔlju'melə], *s.* (arq.) colunelo.
COLUMN ['kɔləm], *s.* coluna; (E.U.) fileira, partido (pol.) = (Ing.) *ranks.* # *electric column,* (eletr.) pilha voltaica.
COLUMNIST ['kɔləmnist], *s.* (E.U.) colunista, comentarista (de jornal).
COLZA ['kɔlzə], *s.* colza.
COMA ['koumə], *s.* coma; sonolência.
COMA ['koumə], *s.* (mús., bot. e ópt.) coma; cabeleira, juba; cabeleira (de cometa). *pl.* **COMAE.**
COMAE ['koumi:], *pl.* de **COMA.**
COMATOSE ['koumətous], *a.* comatoso.
COMB [koum], *s.* pente; crista (de galo ou de um monte); favo de mel; (tec.) carda. *v.* pentear; cardar a lã; encrespar-se, arrepiar-se; ouriçar-se. # *fine-tooth comb,* pente-fino.
COMBAT ['kɔmbət], *s.* combate, pugna, batalha, luta. *v.* combater, pugnar, batalhar, lutar; resistir.
COMBATANT ['kɔmbətənt], *a.* combatente.
COMBATIVE ['kɔmbətiv], *a.* combativo; batalhador, contendor, lutador.
COMBER ['koumə], *s.* carda; cardador; vagalhão.
COMBINATION [kɔmbi'neiʃən], *s.* união, junção, ligação, ajuste, acordo, convênio. *pl.* camisa-calça = *camiknickers.*
COMBINE [kəm'bain], *v.* combinar, ligar, unir, ajustar; misturar; reunir; dispor; associar; associar-se; cooperar.
COMBINE ['kɔmbain], *s.* combinação, conluio; máquina que executa mais de um serviço (máquinas conjugadas em uma só); (com.) truste ou cartel.
COMBO ['kɔmbou], *s.* conjunto musical.
COMBUSTIBLE [kəm'bʌstəbl], *s.* e *a.* combustível.
COMBUSTION [kəm'bʌstʃən], *s.* combustão, queima; conflagração.
COME [kʌm], *pret.* **CAME,** *pp.* **COME.** *v.* vir, chegar; caminhar; aproximar-se; estar presente; proceder; provir; tornar-se, acontecer; vir a ser; suceder; sujeitar-se, consentir. # *come about,* acontecer; rodear; virar de direção (vento); (náut.) virar de bordo. *come across,* encontrar; descobrir (por acaso). *come after,* seguir, vir. *come along,* andar, vir. *come along!* vem! vamos! *come back,* voltar (para cá). *come by,* obter; passar por; adquirir, ganhar. *come clean,* dizer a verdade, confessar. *come down,* descer; (col.) pagar, cair com o dinheiro. *come it over anyone,* assumir ares de importante. *come for,* vir buscar. *come forth,* sair, aparecer. *come from,* vir de. *come in,* entrar.

come in! entra! *come of,* resultar de; ser feito de; suceder a, acontecer com. *come off,* realizar-se; sair-se (bem ou mal). *come off!* não sejas tolo! *come off well* (ou *bad*), sair-se bem (ou mal). *come on,* avançar. *come on!* vem! vamos! *come out,* resultar; tornar público. *come to (oneself),* voltar a si. *come to nothing,* fracassar. *come to pass,* acontecer. *come round,* visitar; mudar de opinião; concordar; restabelecer-se. *come to,* voltar a si. *come to terms,* entrar em acordo. *come true,* realizar-se. *come up,* surgir; brotar, nascer (planta). *come up to,* igualar-se a, equiparar-se a; alcançar. *come upon,* ocorrer; descobrir, dar com, deparar com; surpreender; atacar. *come what may* (ou *will*), aconteça o que acontecer.

COME-BACK ['kʌmbæk], *s.* volta à condição anterior; (E.U.) réplica, recriminação, resposta = (Ing.) *retort;* (E.U.) reeleição, volta a um cargo político.

COMEDIAN [kə'mi:diən], *s.* comediante, farsista.

COMEDY ['kɔmidi], *s.* comédia, farsa.

COMELINESS ['kʌmlinis], *s.* beleza, graça, donaire, garbo, elegância.

COMELY ['kʌmli], *a.* belo, alegre, gracioso, elegante, donairoso, garboso.

COMER ['kʌmə], *s.* quem chega ou vem.

COMESTIBLE [kə'mestibl], *s.* e *a.* comestível.

COMET ['kɔmit], *s.* cometa.

COMFIT ['kʌmfit], *s.* confeito; doce de fruta; doce cristalizado.

COMFORT ['kʌmfət], *s.* bem-estar, alívio, conforto, comodidade; (E.U.) acolchoado (para cama). *v.* reconfortar, aliviar, consolar. # *cold comfort, Dutch comfort,* triste consolo.

COMFORTABLE ['kʌmfətəbl], *a.* confortável, agradável, cômodo; confortador, confortante; consolador. *s.* (E.U.) acolchoado (para cama).

COMFORTABLENESS ['kʌmfətəblnis], *s.* conforto, bem-estar.

COMFORTABLY ['kʌmfətəbli], *adv.* confortavelmente, comodamente.

COMFORTER ['kʌmfətə], *s.* manta; faixa de lã para pescoço; confortador, pessoa que consola; (E.U.) acolchoado (para cama).

COMFORTLESS ['kʌmfətlis], *a.* sem conforto, desagradável; desconsolado, inconsolável.

COMIC, AL ['kɔmik, əl], *a.* cômico, burlesco, jocoso, humorístico, engraçado. # *the comics,* seção infantil (jornal).

COMICALITY [kɔmi'kæliti], *s.* caráter cômico; facécia, graça.

COMING ['kʌmiŋ], *s.* chegada, vinda. *a.* esperado; futuro, próximo.

COMMA ['kɔmə], *s.* vírgula. # *inverted commas,* aspas.

COMMAND [kə'mɑ:nd], *s.* ordem, comando; mandato; poder, autoridade; encargo, comissão, encomenda. *v.* comandar, ordenar, mandar, dirigir; dominar, controlar.

COMMANDANT [kɔmən'dænt], *s.* comandante.

COMMANDEER [kɔmən'diə], *v.* recrutar; requisitar; (col.) tomar à força.

COMMANDER [kə'mɑ:ndə], *s.* chefe; capitão de navio.

COMMANDER-IN-CHIEF [kə'mɑ:ndərin'tʃi:f], *s.* comandante-chefe, generalíssimo.

COMMANDING [kə'mɑ:ndiŋ], *a.* imperioso, dominante, imperativo, imponente; impressivo.

COMMANDMENT [kə'mɑ:ndmənt], *s.* preceito, mandamento; comando.

COMMANDO [kə'mɑ:ndou], *s.* (mil.) comando; um corpo de exército (na África do Sul); expedição; incursão.

COMMEMORATE [kə'meməreit], *v.* comemorar, celebrar; recordar, lembrar.

COMMEMORATION [kəmemə'reiʃən], *s.* comemoração; memória.

COMMENCE [kə'mens], *v.* principiar, começar; matricular-se; colar grau na Universidade; doutorar-se.

COMMENCEMENT [kə'mensmənt], *s.* origem; começo, princípio; estréia; colação de grau.

COMMEND [kə'mend]. *v.* preconizar; recomendar, aprovar; elogiar; encarregar, encomendar, acreditar.

COMMENDABLE [kə'mendəbl], *a.* recomendável, louvável.

COMMENDATION [kɔmən'deiʃən], *s.* recomendação, louvor, elogio.

COMMENSURABLE [kə'menʃərəbl], *a.* comensurável; adaptado; proporcionado; recomendável.

COMMENSURATE [kə'menʃərit], *a.* comensurável; proporcionado.

COMMENT ['kɔment], *s.* comentário; anotação; explicação; interpretação; reflexão. *v.* comentar; anotar.

COMMENTARY ['kɔməntəri], *s.* crítica, comentário; interpretação. # *running commentaries,* comentários ligeiros, comentários de ordem geral.

COMMENTATOR ['kɔmenteitə], *s.* comentador, crítico.

COMMERCE ['kɔmə:s], *s.* comércio, negócio comercial; nome de um jogo de cartas; relações de intimidade. # *interstate commerce,* comércio interestadual. *intrastate commerce,* comércio estadual.

COMMERCIAL [kə'mə:ʃəl], *a.* comercial, mercantil.

COMMERCIALISM [kə'mə:ʃəlizm], *s.* comercialismo, mercantilismo; conhecimento do comércio; teoria e prática do comércio.

COMMERCIALIZE [kə'me:ʃəlaiz], *v.* comercializar.

COMMERCIAL-TRAVELLER [kə'mə:ʃəl'trævlə], *s.* caixeiro-viajante = (E.U.) *travelling salesman.*

COMMINATION [kɔmi'neiʃən], *s.* cominação.

COMMINGLE [kɔ'miŋgl], *v.* misturar(-se).

COMMISERATE [kə'mizəreit], *v.* compadecer-se.

COMMISERATION [kəmizə'reiʃən], *s.* comiseração, compaixão.

COMMISSARY ['kɔmisəri, kə'misəri], *s.* comissário.

COMMISSION [kə'miʃən], *s.* comissão; delegação de poderes; confiança; perpetração; corporação, agência; missão, encargo; cargo; patente; despacho; percentagem. # *commission agent,* comissionista. *commission merchant,* comissário. *fact-finding commission,* comissão de inquérito. *on commission,* (com.) a comissão.

COMMISSIONAIRE [kəmiʃə'nεə], *s.* servente; mensageiro; agente; comissário.

COMMISSIONER [kə'miʃənə], *s.* membro de uma comissão; comissário.

COMMIT [kə'mit], *v.* cometer, perpetrar, fazer; depositar, confiar; mandar para prisão ou hospital de alienados; entregar. # *commit to writing* (ou *to paper*), escrever; pôr o preto no branco. *to commit oneself,* comprometer-se.

COMMITMENT [kə'mitmənt], *s.* mandado de prisão; encerramento; compromisso.

COMMITTEE [kə'miti], *s.* comitê; delegação, comissão.

COMMITTEE [kɔmi'ti:], *s.* curador, tutor.

COMMITTOR [kɔmi'tɔ:], *s.* constituinte; comitente.

COMMODE [kə'moud], *s.* cômoda; lavatório.

COMMODIOUS [kə'moudiəs], *a.* cômodo, confortável, espaçoso; útil, conveniente.

COMMODITY [kə'mɔditi], *s.* conveniência (desus.); mercadoria; *pl.* artigos de primeira necessidade, utilidades; bens móveis. # *commodity dollar,* (fin.) moeda neutra. *commodity exchange,* bolsa de mercadorias. *commodity market,* mercado de utilidades.

COMMODORE ['kɔmədɔ:], *s.* comodoro.

COMMON ['kɔmən], *s.* terreno baldio; bens comuns. *a.* comum, casual, banal, vulgar, simples; inferior. *v.* comunicar; dividir; compartilhar; partilhar.

COMMONER ['kɔmənə], *s.* plebeu; membro da Câmara dos Comuns (Ing.).

COMMONLY ['kɔmənli], *adv.* usualmente, habitualmente, comumente, ordinariamente, vulgarmente.

COMMONPLACE ['kɔmənpleis], *s.* lugar comum; banalidade; vulgaridade; nota, memorando. *a.* comum, banal, vulgar, trivial, corriqueiro.

COMMONS ['kɔmənz], *s.* povo, plebe, vulgo.

COMMONS ['kɔmənz], *s.* Câmara dos Deputados (Ing.); deputados (Ing.).

COMMONWEALTH ['kɔmənwelθ], *s.* Estado, nação; república; povo de uma nação; (E.U.) cada um dos Estados. # *British Commonwealth of Nations,* Reino Unido da Grã-Bretanha.

COMMOTION [kə'mouʃən], *s.* perturbação, agitação, excitação; rebuliço; comoção; tumulto, motim; movimento popular.

COMMUNAL ['kɔmjunl, kə'mju:nl], *a.* comunal; público.

COMMUNE ['kɔmju:n], *s.* comuna; divisão territorial; intimidade.

COMMUNE [kə'mju:n], *v.* comungar; receber a hóstia; conversar intimamente; discorrer, dissertar.

COMMUNICABLE [kə'mju:nikəbl], *a.* comunicável.

COMMUNICANT [kə'mju:nikənt], *s.* comungante; informante.

COMMUNICATE [kə'mju:nikeit], *v.* comunicar, avisar, participar, transmitir; comunicar-se; comungar, receber a Comunhão.

COMMUNICATION [kəmju:ni'keiʃən], *s.* comunicação, notificação; participação; mensagem, missiva, carta; passagem; Comunhão Eucarística.

COMMUNICATIVE [kə'mju:nikeitiv], *a.* comunicativo, expansivo, franco.

COMMUNION [kə'mju:njən], *s.* participação; confraternidade; comunhão; Sacramento da Eucaristia; trato; relação.

COMMUNISM ['kɔmju:nizm], *s.* comunismo.

COMMUNIST ['kɔmju:nist], *s.* comunista.

COMMUNITY [kə'mju:niti], *s.* sociedade: comunidade; comunidade religiosa. # *community chest,* dinheiro coletado para fins de caridade.

COMMUTABLE [kə'mju:təbl], *a.* comutável.

COMMUTATION [kəmju:'teiʃən], *s.* comutação; permuta, troca, substituição. # *commutation ticket,* passagem de assinatura (estrada de ferro).

COMMUTATIVE [kə'mju:tətiv], *a.* comutativo.

COMMUTATOR ['kɔmju:teitə], *s.* comutador.

COMMUTE [kə'mju:t], *v.* comutar, permutar, alternar, mudar, trocar uma corrente elétrica; viajar com bilhete de assinatura.

COMOSE ['koumous], *s.* peludo, cabeludo.

COMPACT [kəm'pækt], *a.* compacto; firme, sólido; apertado, duro. *v.* apertar, ligar, unir; compor; fazer um pacto.

COMPACT ['kɔmpækt], *s.* ajuste, acordo, pacto, tratado, convênio; caixinha para pó-de-arroz e "rouge".

COMPACTNESS [kəm'pæktnis], *s.* solidez, firmeza.

COMPANION [kəm'pænjən], *s.* companheiro, camarada, sócio; dama de companhia; cavaleiro de uma ordem civil ou militar.

COMPANIONABLE [kəm'pænjənəbl], *a.* sociável.

COMPANIONSHIP [kə'mpænjenʃip], *s.* sociedade, convívio, companhia.

COMPANIONWAY [kəm'pænjənwei], *s.* (náut.) escada de tombadilho.

COMPANY ['kʌmpəni], *s.* companhia (militar, comercial, teatral); sociedade, corporação, agremiação, associação; acompanhamento; hóspede, visita. *v.* associar-se. # *better be alone than in ill company,* antes só do que mal acompanhado. *corporate company, corporation,* sociedade anônima. *holding company,* sociedade em cadeia; sociedade controladora de várias sociedades. *joint-stock company,* sociedade anônima. *keep company with,* acompanhar, conviver com. *mutual company,* cooperativa. *shipping company,* empresa de navegação. *trucking company,* empresa de transportes. *limited liability company,* sociedade por ações, sociedade de responsabilidade limitada. *two is company, three is a crowd,* dois é bom, três é demais. *unlimited company,* sociedade de responsabilidade ilimitada.

COMPARABLE ['kɔmpərəbl], *a.* comparável.

COMPARATIVE [kəm'pærətiv], *s.* comparativo (gram.). *a.* comparativo, comparado; relativo.

COMPARATIVELY [kæm'pærətivli], *adv.* comparativamente.

COMPARE [kəm'pɛə], *s.* comparação. *v.* comparar; confrontar; assemelhar-se. # *compare to* ou *with,* comparar com.

COMPARISON [kəm'pærisn], *s.* confronto, comparação; semelhança; paridade; contraste. # *beyond all comparison,* sem comparação. *by comparison,* em comparação. *draw a comparison,* fazer uma comparação.

COMPARTMENT [kem'pa:tmənt], *s.* divisão; compartimento; aposento.

COMPASS ['kʌmpəs], *s.* círculo, circunferência, circuito; âmbito; limites; (mús.) compasso; extensão da voz ou de um instrumento musical; diapasão; (mar.) bússola; agulha de marear; *pl.* compasso (instrumento de desenho). *v.* maquinar, imaginar, planejar, idear; conseguir, obter, alcançar; perceber, compreender; limitar, delimitar; circular, circundar, cercar, sitiar. # *compass of the voice,* volume da voz. *speak within compass,* falar sem exagero.

COMPASSION [kəm'pæʃən], *s.* compaixão, pena, dó, comiseração.

COMPASSIONATE [kəm'pæʃənit], *a.* compassivo, complacente.

COMPATIBILITY [kəmpæti'biliti], *s.* compatibilidade.

COMPATIBLE [kəm'pætəbl], *s.* compatível.

COMPATRIOT [kəm'pætriət], *s.* compatriota, compatrício.

COMPEER [kɔm'piə], *s.* par; companheiro.

COMPEL [kəm'pel], *v.* compelir, obrigar, forçar, coagir; sujeitar.

COMPENDIOUS [kəm'pendiəs], *a.* compendioso, resumido, sumariado, recopilado, conciso.

COMPENDIUM [kəm'pendiəm], *s.* compêndio, extrato, resumo.

COMPENSATE ['kɔmpenseit], *v.* compensar, indenizar, equilibrar, ressarcir; recompensar, remunerar; (mec.) compensar; (E.U.) pagar salário.

COMPENSATION [kɔmpen'seiʃən], *s.* compensação, indenização; (E.U.) salário.

COMPENSATIVE [kəm'pensətiv], *a.* compensativo, remunerativo.

COMPETE [kəm'pi:t], *v.* competir, rivalizar, concorrer.

COMPETENCE, CY ['kɔmpitəns, si], *s.* competência; suficiência; capacidade; aptidão; aceitabilidade; plausibilidade.

COMPETENT ['kɔmpitənt], *a.* competente, capaz, apto, suficiente, idôneo, conveniente; permitido, admissível.

COMPETITION [kɔmpi'tiʃən], *s.* competição; confronto; rivalidade; concorrência, concurso. # *cut throat competition,* concorrência ruinosa.

COMPETITIVE [kəm'petitiv], *a.* de competência, de competição, de concurso.

COMPETITOR [kəm'petitə], *s.* competidor, concorrente = (E.U.) *contestant;* rival, êmulo.

COMPILATION [kɔmpi'leiʃən], *s.* compilação, coleção, resumo, conjunto.

COMPILE [kəm'pail], *v.* compilar, coligir, colher, ajuntar.

COMPILER [kəm'pailə], *s.* compilador, colecionador.

COMPLACENCE, CY [kəm'pleisns, si], *s.* complacência, condescendência; confiança.

COMPLACENT [kəm'pleisnt], *a.* complacente, condescendente; otimista; satisfeito; confiante.

COMPLAIN [kəm'plein], *v.* queixar-se, lamentar-se; reclamar. # *complain about, of* ou *for,* queixar-se de. *complain before (the court),* apresentar queixa (ao tribunal). *complain to,* queixar-se a.

COMPLAINANT [kəm'pleinənt], *s.* queixoso, querelante, reclamante, demandante.

COMPLAINER [kəm'pleinə], *s.* queixoso, reclamante.

COMPLAINT [kəm'pleint], *s.* queixa, lamentação, reclamação; querela, demanda. # *lodge a complaint,* apresentar uma queixa, fazer uma reclamação.

COMPLAISANCE [kəm'pleizəns], *s.* complacência, afabilidade.

COMPLAISANT [kəm'pleizənt], *a.* complacente.

COMPLEMENT ['kɔmplimənt], *s.* complemento, acessório; perfeição, complemento gramatical; (mús.) intervalo.

COMPLEMENTAL [kɔmpli'mentl], *a.* completivo, complementar.

COMPLEMENTARY [kɔmpli'mentəri], *a.* complementar.

COMPLETE [kəm'pli:t], *a.* completo, perfeito, cabal, inteiro, total. *v.* completar, acabar, concluir.

COMPLETELY [kəm'pli:tli], *adv.* completamente, cabalmente, perfeitamente.

COMPLETION [kəm'pli:ʃən], *s.* acabamento, terminação; complemento, remate, conclusão, consumação.

COMPLEX ['kɔmpleks], *a.* complexo, intrincado, complicado, embaraçado. *s.* complexo.

COMPLEXION [kəm'plekʃən], *s.* tez, cútis; compleição; constituição; caráter; temperamento; qualidade; aparência, aspecto.

COMPLEXITY [kəm'pleksiti], *s.* complexidade.

COMPLIANCE [kəm'plaiəns], *s.* concordância, submissão; condescendência; conformidade; docilidade; anuência, consentimento. # *in compliance with,* de acordo com.

COMPLIANT [kəm'plaiənt], *a.* complacente, concordante, condescendente; dócil; obsequioso; indulgente.

COMPLICATE ['kɔmplikeit], *v.* complicar, intrincar, embaraçar.

COMPLICATION [kəmpli'keiʃən], *s.* complicação.

COMPLICITY [kəm'plisiti], *s.* cumplicidade. # *complicity in,* cumplicidade em.

COMPLIER [kəm'plaiə], *s.* contemporizador, o que é complacente.

COMPLIMENT ['kɔmplimənt], *s.* cumprimento, saudação; obséquio; elogio; parabéns, congratulações. # *fish for compliments,* fingir modéstia para receber elogios. *pay a compliment,* elogiar.

COMPLIMENT ['kɔmpliment, kɔmpli'ment], *v.* cumprimentar, saudar; elogiar; homenagear.

COMPLIMENTARY [kɔmpli'mentəri], *a.* cortês; lisonjeiro; obsequioso, galante; cerimonioso; de cumprimentos; de felicitações. # *complimentary tickets,* entradas de favor (fornecidas a pessoas importantes).

COMPLY [kəm'plai], *v.* concordar, aquiescer, consentir, ceder, obedecer. # *comply with,* atender a.

COMPONENT [kəm'pounənt], *s.* componente, constituinte.

COMPORT [kəm'pɔ:t], *v.* concordar, estar de acordo, condizer, harmonizar-se; comportar-se, portar-se bem.

COMPORTMENT [kəm'pɔ:tmənt], *s.* comportamento, conduta, procedimento.

COMPOSE [kə'mpouz], *v.* compor; formar, constituir; acalmar, tranqüilizar, pacificar; reconciliar; arranjar, ajeitar. # *compose oneself,* acalmar-se.

COMPOSED [kəm'pouzd], *a.* tranqüilo, calmo, sossegado. # *composed of,* composto de, feito de.

COMPOSER [kəm'pouzə], *s.* compositor, autor, escritor; maestro; reconciliador; pacificador.

COMPOSITE ['kɔmpəzit], *s.* e *a.* composto; misto.

COMPOSITION [kɔmpə'ziʃən], *s.* composição, tema, constituição; reconciliação, acordo; (com.) concordata; composto; composição (literária, musical) = (E.U.) *theme.* # *composition of debt,* concordata. *petitioned composition of debt,* concordata homologada.

COMPOSITION-BOOK [kɔmpə'ziʃən'buk], *s.* (E.U.) caderno de exercício = (Ing.) *exercise book.*

COMPOSITOR [kəm'pɔzitə], *s.* compositor, tipógrafo = (E.U.) *typesetter;* o que compõe ou termina contendas.

COMPOST ['kɔmpɔst], *s.* adubo químico. *v.* adubar com composto.

COMPOSURE [kəm'pouʒə], *s.* compostura, comedimento; tranqüilidade, calma, serenidade, sangue frio, moderação.

COMPOTE ['kɔmpout, 'kɔmpɔt], *s.* compota, doce de frutas em calda.

COMPOUND ['kɔmpaund], *s.* composto, substância composta; combinação, mistura; palavra composta. *a.* composto de; misturado. # *grinding compound,* (mec.) pasta de esmeril.

COMPOUND [kəm'paund], *v.* compor; combinar, misturar; acomodar, harmonizar, concordar; confeccionar, dar-se por satisfeito; transigir. # *compound with one's creditors,* entrar em acordo com os credores, fazer uma concordata.

COMPREHEND [kɔmpri'hend], *v.* compreender, entender, perceber, conceder, apreender; conter, incluir, encerrar, abranger, cingir, abarcar.

COMPREHENSIBLE [kɔmpri'hensəbl], *a.* compreensível.

COMPREHENSION [kɔmpri'henʃən], *s.* compreensão, entendimento; amplitude.

COMPREHENSIVE [kɔmpri'hensiv], *a.* compreensivo, extensivo, amplo, grande, pleno, abrangedor, abarcador.

COMPRESS ['kɔmpres], *s.* compressa.

COMPRESS [kəm'pres], *v.* comprimir, reduzir, apertar, estreitar; condensar.

COMPRESSED [kəm'prest], *a.* comprimido; (bot.) achatado.

COMPRESSIBLE [kəm'presəbl], *a.* compressível.

COMPRESSION [kəm'preʃən], *s.* compressão, condensação; repreensão; concisão.

COMPRESSIVE [kəm'presiv], *a.* compressivo.

COMPRESSOR [kəm'prəsə], *s.* compressor (de ar, gás).

COMPRISE [kəm'praiz], *v.* compreender, conter, abranger, encerrar, incluir.

COMPROMISE ['kɔmprəmaiz], *s.* conciliação, convênio; transigência, acordo. *v.* comprometer; desacreditar; desmoralizar; conciliar, harmonizar, apaziguar; compor; transigir, conceder.

COMPROMISER ['kɔmprəmaizə], *s.* transator (= transactor); árbitro.

COMPTROLLER [ken'troulə], *s.* registrador; superintendente; aferidor; examinador de contas públicas; mordomo.

COMPULSION [kəm'pʌlʃən], *s.* compulsão, coação, constrangimento; força. # *under* (ou *upon*) *compulsion,* à força.

COMPULSORY [kəm'pʌlsəri], *a.* compulsório, coercivo, obrigatório = (E.U.) *mandatory, required.*

COMPUNCTION [kəm'pʌŋkʃən], *s.* compunção, arrependimento; contradição.

COMPUTABLE [kəm'pju:təbl], *a.* computável.

COMPUTATION [kɔmpju:'teiʃən], *s.* computação.

COMPUTATOR ['kɔmpju:teitə], *s.* computador, aferidor.

COMPUTE [kəm'pju:t], *v.* computar, calcular, estimar, considerar, aferir.

COMRADE ['kɔmrid], *s.* camarada, companheiro.

COMRADESHIP ['kɔmridʃip, 'kɔmreidʃip, 'kʌm-], *s.* camaradagem, companheirismo.

CON [kɔn], *s.* contrário; objeção. *v.* estudar; decorar; olhar com atenção. # *the pros and cons,* os prós e os contras.

CONCATENATION [kɔnkæti'neiʃən], *s.* concatenação, encadeamento.

CONCAVE ['kɔn'keiv, 'kɔnkeiv, kɔn'keiv], *s.* côncavo, cavado.

CONCAVITY [kɔn'kæviti], *s.* concavidade.

CONCEAL [kən'si:l], *v.* esconder, ocultar, encobrir, dissimular, disfarçar.

CONCEALMENT [kən'si:lmənt], *s.* encobrimento; esconderijo; supressão, dissimulação; segredo.

CONCEDE [kən'si:d], *v.* conceder, permitir, admitir, outorgar, consentir, anuir, aquiescer.

CONCEIT [kən'si:t], *s.* presunção, amor próprio, vaidade, convencimento; concepção, fantasia (desus.).

CONCEITED [kən'si:tid], *a.* convencido, vaidoso, presumido, pedante, afetado, prosa, enfatuado, cheio de si; engenhoso. # *well-conceited,* bem planejado, bem concebido.

CONCEIVABLE [kən'si:vəbl], *a.* concebível, imaginável, presumível.

CONCEIVE [kən'si:v], *v.* conceber, imaginar, pensar, compreender, supor; formar idéia; formular.

CONCENTRATE ['kɔnsentreit], *v.* concentrar; centralizar; intensificar; consolidar; firmar; elevar a densidade.

CONCENTRATION [kɔnsen'treiʃən], *s.* concentração; centralização.

CONCENTRIC [kɔn'sentrik], *a.* concêntrico.

CONCEPT ['kɔnsept], *s.* conceito, idéia, noção.

CONCEPTION [kən'sepʃən], *s.* concepção; imagem; idéia; engenho; geração.

CONCEPTUAL [kən'septjuəl], *a.* conceptual.

CONCERN [kən'sə:n], *s.* inquietude, intranqüilidade, preocupação; negócio, empresa; interesse; incumbência; assunto. *v.* inquietar, preocupar(-se); dizer respeito a, referir-se a; interessar. # *defunct concern,* firma extinta. *to whom it may concern,* a quem possa interessar (cabeçalho de atestado). *paying concern,* (com.) bom negócio.

CONCERNED [kən'sə:nd], *a.* preocupado, inquieto; interessado; pesaroso. # *be concerned with,* estar preocupado com; estar ligado a, estar relacionado com.

CONCERNING [kən'sə:niŋ], *prep.* relativo a, acerca de.

CONCERT ['kɔnsət], *s.* concerto, audição, recital; acordo, convênio, pacto.

CONCERT [kən'sə:t], *v.* concertar, ajustar; fazer acordo, harmonizar.

CONCERTINA [kɔnsə'ti:nə], *s.* concertina; sanfona, harmônica.

CONCESSION [kən'seʃən], *s.* concessão, permissão, autorização, licença; privilégio, graça, distinção.

CONCH [kɔŋk, kɔntʃ], *s.* concha, caramujo; pavilhão auricular, orelha.

CONCHA ['kɔŋkə], *s.* pavilhão da orelha.

CONCHOID ['kɔŋkɔid], *s.* (geom.) concóide.

CONCILIATE [kən'silieit], *v.* conciliar, congraçar; granjear, atrair; conquistar simpatia; aplacar, acalmar.

CONCILIATION [kənsili'eiʃən], *s.* conciliação; acordo.

CONCILIATIVE [kən'silieitiv], *a.* conciliativo, conciliador.

CONCILIATOR [kən'silietə], *a.* conciliador, apaziguador, pacificador.

CONCILIATORY [kən'siliətəri], *a.* conciliatório.

CONCISE [kən'sais], *a.* conciso, resumido, abreviado; lacônico.

CONCISENESS [kən'saisnis], *s.* laconismo, concisão.

CONCISION [kən'siʒən], *s.* concisão; corte.

CONCLAVE ['kɔnkleiv, 'kɔŋkleiv], *s.* conclave, assembléia.

CONCLUDE [kən'klu:d], *s.* concluir, deduzir; terminar, findar; decidir, resolver.

CONCLUSION [kən'klu:ʒən], *s.* conclusão; fim, termo, término; decisão. # *draw a conclusion,* tirar uma conclusão. *jump at* ou *to conclusions,* tomar decisões precipitadas, concluir precipitadamente.

CONCLUSIVE [kən'klu:siv], *a.* conclusivo; decisivo; convincente.

CONCOCT [kən'kɔkt], *v.* confeccionar; maquinar, tramar, planejar, inventar.

CONCOCTION [kən'kɔkʃən], *s.* história inventada; trama; mistura, preparação.

CONCOMITANCE [kən'kɔmitəns], *s.* concomitância, coincidência.

CONCOMITANT [kən'kɔmitənt], *a.* concomitante.

CONCORD ['kɔŋkɔ:d, 'kɔnkɔ:d], *s.* concórdia, concordância, acordo, união, harmonia.

CONCORD [kən'kɔ:d], *v.* concordar, harmonizar; conformar-se.

CONCORDANCE [kən'kɔ:dəns], *s.* concordância, aquiescência, harmonia; conformidade.

CONCORDANT [kən'kɔ:dənt], *a.* concordante, acorde; (mús.) harmônico.

CONCORDAT [kɔn'kɔ:dæt], *s.* concordata, acordo.

CONCOURSE ['kɔŋkɔ:s, 'kɔnkɔ:s], *s.* concurso; afluência, confluência; junção; multidão; reunião de pessoas ou coisas; (E.U.) saguão, sala espaçosa (como em estação de estrada de ferro).

CONCRETE ['kɔnkri:t], *s.* concreto (mistura de cimento, areia, etc.); aquilo que é concreto; massa de açúcar; termo ou número concreto. *a.* concreto, determinado, especificado, real, existente. *v.* cobrir com concreto. # *concrete mixer,* betoneira. *reinforced concrete,* concreto armado.

CONCRETE [kən'kri:t], *v.* formar uma argamassa, solidificar-se.

CONCRETION [kən'kri:ʃən], *s.* concreção, solidificação.

CONCUBINAGE [kɔn'kju:binidʒ], *s.* concubinato, mancebia.

CONCUBINE ['kɔŋkjubain], *s.* concubina, amásia, amante.

CONCUPISCENCE [kən'kju:pisns], *s.* concupiscência.

CONCUR [kən'kə:], *v.* concorrer, contribuir, combinar, aquiescer, aprovar, conformar-se; convir; coincidir; entrar em acordo, concordar com. # *concur in,* concordar com ou em (ação). *concur with,* concordar com (pessoa).

CONCURRENCE [kən'kʌrəns], *s.* concorrência, cooperação, ajuda, assentimento, aprovação, consentimento; coincidência, casualidade; ponto de interseção; (jur.) direito comum; coincidência de poderes iguais. # *in concurrence with,* em colaboração com.

CONCURRENT [kən'kʌrənt], *s.* concorrente, rival; concomitante, coexistente.

CONCUSS [kən'kʌs], *v.* sacudir, abalar, concutir; forçar, coagir.

CONCUSSION [kən'kʌʃən], *s.* concussão, abalo, choque.

CONDEMN [kən'dem], *v.* condenar: sentenciar; censurar, desaprovar, repreender.

CONDEMNABLE [kən'demnəbl], *a.* condenável, censurável, culpável, criticável, repreensível.

CONDEMNATION [kɔndem'neiʃən], *s.* condenação, sentença, censura, repreensão.

CONDENSABLE [kən'densəbl], *a.* condensável.

CONDENSATION [kənden'seiʃən], *s.* condensação.

CONDENSE [kən'dens], *v.* condensar, reduzir, comprimir; concentrar; abreviar.

CONDENSER [kən'densə], *a.* condensador.

CONDESCEND [kɔndi'send], *v.* dignar-se a, descer a; consentir, anuir, concordar.

CONDESCENDING [kɔndi'sendiŋ], *a.* afável; protetor.

CONDESCENSION [kɔndi'senʃən], *s.* afabilidade; proteção, encorajamento, amparo; complacência, deferência, anuência.

CONDIGN [kən'dain], *a.* justo, merecido, adequado (com referência a castigo).

CONDIMENT ['kɔndimənt], *s.* condimento, tempero; adubo, molho.

CONDITION [kən'diʃən], *s.* condição, cláusula; estipulação; circunstância; categoria, estado; (esp.) forma = (E.U.) *shape;* (E.U.) dependência (exame a prestar). # *on condition that,* contanto que. *out of condition, in poor condition,* em mau estado. *v.* (E.U.) promover condicionalmente (univ.).

CONDITIONAL [kən'diʃənəl], *s.* condicional; limitado; modificativo, restritivo.

CONDOLE [kən'doul], *v.* condoer-se, lamentar-se, lamuriar-se, prantear-se.

CONDOLENCE [kən'douləns], *s.* condolência, pêsames, sentimento.

CONDONATION [kɔndou'neiʃən], *s.* perdão, indulto, remissão da culpa.

CONDONE [kən'doun], *v.* perdoar, indultar, passar por cima; fechar os olhos sobre; desculpar, absolver.

CONDOR ['kɔndɔ:], *s.* condor.

CONDUCE [kən'dju:s], *v.* conduzir, guiar, levar, contribuir, concorrer; tender.

CONDUCT ['kɔndəkt], *s.* conduta, procedimento; guia, direção, administração, governo, mando; (E.U.) pára-raios.

CONDUCT [kən'dʌkt], *v.* conduzir, guiar, dirigir, acompanhar, comandar, governar; manejar; transmitir; (jur.) advogar, tratar de um caso = (E.U.) *to try.*

CONDUCTANCE [kən'dʌktəns], *s.* (eletr.) condutância.

CONDUCTIBILITY [kəndʌkti'biliti], *s.* condutibilidade.

CONDUCTIBLE [kən'dʌktəbl], *a.* conduzível.

CONDUCTION [kən'dʌkʃən], *s.* condução, transmissão.

CONDUCTIVE [kən'dʌktiv], *a.* condutivo.

CONDUCTIVITY [kɔndʌk'tiviti], *s.* condutividade.

CONDUCTOR [kən'dʌktə], *s.* condutor (de bonde), cobrador (de ônibus); (E.U.) condutor de trem = (Ing.) *guard;* guia, diretor, chefe, administrador; diretor de orquestra, maestro; condutor de eletricidade; (E.U.) pára-raios. # *conductor's baton,* batuta de regente. *lightning conductor,* pára-raios.

CONDUCTRESS [kən'dʌktris], *s.* condutora, diretora, administradora.

CONDUIT ['kɔndjuit], *s.* conduto, canal, via; tubo ou cano que protege o fio.

CONDYLE ['kɔndil, 'kɔndail], *s.* côndilo.

CONE [koun] *s.* (geom.) cone; (bot.) fruto e semente de algumas variedades de pinheiro.

CONEY ['kouni], *V.* **CONY.**

CONFABULATE [ken'fæbjuleit], *v.* confabular.

CONFABULATION [kənfæbju'leiʃən], *s.* confabulação.

CONFECT ['kɔnfekt], *s.* confeito.

CONFECT [kən'fekt], *v.* confeitar.

CONFECTION [kən'fekʃən], *s.* confeição; confeito, doce; mistura ou composto; artigo de vestuário de senhoras. *v.* confeiçoar, preparar medicamentos; manipular doces e conservas.

CONFECTIONER [kən'fekʃənə], *s.* confeiteiro, pasteleiro, doceiro.

CONFECTIONERY [kən'fekʃənəri], *s.* doces, balas, confeitos; confeitaria.

CONFEDERACY [kən'fedərəsi], *s.* confederação, união, liga, aliança; conspiração; (E.U.) liga dos Estados que dissentiram da União na guerra de Secessão.

CONFEDERATE [kən'fedərit], *s.* e *a.* confederado, aliado, associado, coligado.

CONFEDERATE [kən'fedəreit], *v.* confederar, aliar, associar, coligar.

CONFEDERATION [kənfedə'reiʃən], *s.* confederação.

CONFER [kən'fə:], *v.* conferir, dar, outorgar, conceder; gratificar; consultar, aconselhar-se; deferir. # *confer on, to* ou *upon,* conceder a, outorgar a, conferir a. *confer with,* conferenciar com, discutir com.

CONFERENCE ['kɔnfərəns], *s.* conferência, entrevista, conversação; reunião.

CONFESS [kən'fes], *v.* confessar, acusar-se; reconhecer, admitir.

CONFESSED [kən'fest], *a.* confessado, confesso, evidente, declarado, reconhecido.

CONFESSEDLY [kən'fesidli], *adv.* confessadamente, declaradamente, evidentemente, reconhecidamente.

CONFESSION [kən'feʃən], *s.* confissão; declaração; profissão de fé, reconhecimento de um fato; sacramento da confissão; determinado credo ou religião.

CONFESSIONAL [kən'feʃənəl], *s.* confessionário. *a.* que diz respeito à confissão; confessional.

CONFESSOR [kən'fesə], *s.* confessor; diretor espiritual.

CONFIDANT [kɔnfi'dænt], *s.* confidente, amigo íntimo. *fem.* **CONFIDANTE.**

CONFIDANTE [kɔnfi'dænt], *fem.* de **CONFIDANT.**

CONFIDE [kən'faid], *v.* confiar; fiar-se, confiar-se, entregar-se.

CONFIDENCE ['kɔnfidəns], *s.* segredo, crédito, confiança; confidência. # *confidence game,* conto do vigário. *confidence man,* vigarista. *in strict confidence,* sob a maior reserva. *repose confidence in,* depositar confiança em.

CONFIDENT ['kɔnfidənt], *a.* confiante.

CONFIDENTIAL [kɔnfi'denʃəl], *a.* confidencial, secreto, particular, íntimo.

CONFIDENTIALLY [kɔnfi'denʃəli], *adv.* confidencialmente.

CONFIDENTLY ['kɔnfidəntli], *adv.* confidentemente.

CONFIDER [kən'faidə], *s.* o confidente.

CONFIDING [kən'faidiŋ], *a.* fiel, seguro.

CONFIGURATION [kənfigju'reiʃən], *s.* configuração, figura, forma, aspecto.

CONFINE ['kɔnfain], *s.* confim, raia, fronteira, limite. # *on the confines of madness,* às raias da loucura.

CONFINE [kən'fain], *v.* confinar, limitar, restringir; encerrar, prender, aprisionar; fechar em casa. # *be confined to bed,* estar de cama.

CONFINEMENT [kən'fainmənt], *s.* prisão, reclusão; detenção, clausura, restrição, sujeição; constrangimento; parto; sobreparto.

CONFIRM [kən'fə:m], *v.* confirmar, sancionar, ratificar, corroborar; administrar o sacramento da Confirmação.

CONFIRMATION [kɔnfə'meiʃən], *s.* confirmação, ratificação, prova; sacramento da Confirmação.

CONFIRMED [kən'fə:md], *a.* inveterado, incorrigível, arraigado; impenitente; estabelecido; crismado; habitual, permanente.

CONFISCATE ['kɔnfiskeit], *v.* confiscar; arrestar; embargar.

CONFISCATION [kɔnfis'keiʃən], *s.* confiscação, confisco.

CONFISCATOR ['kɔnfiskeitə], *s.* confiscador.

CONFLAGRATION [kɔnflə'greiʃən], *s.* conflagração.

CONFLICT ['kɔnflikt], *s.* conflito, contenda, luta, desavença, antagonismo.

CONFLICT [kɔn'flikt], *v.* lutar, combater; chocar-se; ir de encontro a; contradizer-se.

CONFLUENCE ['kɔnfluəns], *s.* confluência, afluência; reunião do povo.

CONFLUENT ['kɔnfluənt], *s.* rio confluente, afluente. *a.* confluente.

CONFLUX ['kɔnflʌks], *s.* *V.* **CONFLUENCE.**

CONFORM [kən'fɔ:m], *v.* conformar, formar, dispor, adaptar, ajustar; conformar-se, adaptar-se, acomodar-se; concordar; cumprir.

CONFORMATION [kɔnfɔ:'meiʃən], *s.* conformação, configuração.

CONFORMITY [kən'fɔ:miti], *s.* conformidade, concordância; resignação; harmonia.

CONFOUND [kən'faund], *v.* confundir, perturbar, embaraçar, atrapalhar, tornar perplexo, confundir (não poder distinguir); maldizer, amaldiçoar. # *confound it!* com os mil demônios!

CONFOUNDED [kən'faundid], *a.* confuso, perplexo; abominável, maldito, odioso, detestável; amaldiçoado.

CONFRATERNITY [kɔnfrə'tə:niti], *s.* confraternidade, confraria; irmandade; associação para fins religiosos.

CONFRONT [kən'frʌnt] *v.* confrontar, acarear; afrontar; fazer frente.

CONFRONTATION [kɔnfrʌn'teiʃən], *s.* confrontação; (jur.) acareação.

CONFUCIANISM [kən'fju:ʃiənizm], *s.* confucionismo.

CONFUSE [kən'fju:z], *v.* confundir (não poder distinguir); misturar.

CONFUSION [kən'fju:ʒən], *s.* confusão, embaraço, atrapalhação, desordem, perplexidade.

CONFUTATION [kɔnfju'teiʃən], *s.* confutação, refutação.

CONFUTE [kən'fju:t], *v.* refutar, impugnar.

CONGÉ ['kɔnʒəi], *s.* licença para partir; despedida.

CONGEAL [kən'dʒi:l], *v.* congelar, gelar, coagular, resfriar; cristalizar-se; congelar-se; tornar-se rígido.

CONGENER ['kɔndʒinə], *s.* e *a.* semelhante, congênere, idêntico.

CONGENIAL [kən'dʒi:niəl], *a.* congenial; análogo; afim; agradável.

CONGENITAL [kən'dʒenitl], *a.* congênito, inato; nascido com o indivíduo; apropriado.

CONGER ['kɔŋge], *s.* congro.

CONGEST [kən'dʒest], *v.* congestionar, acumular, amontoar.

CONGESTION [kən'dʒestʃən], *s.* congestão.

CONGESTIVE [kən'dʒestiv], *a.* congestivo; indicativo de congestão.

CONGLOMERATE [kən'glɔmərit], *s.* conglomerado, aglomerado; congregado (rocha formada de fragmentos de outra). *a.* conglomerado, aglomerado, congregado.

CONGLOMERATE [kən'glɔməreit], *v.* conglomerar, conglobar; aglomerar, congregar, amontoar.

CONGLOMERATION [kənglɔmə'reiʃən], *s.* conglomeração; agregação.

CONGRATULATE [kən'grætjuleit], *v.* congratular, felicitar; celebrar; regozijar-se. # *congratulate on* ou *upon,* felicitar por.

CONGRATULATION [kəngrætju'leiʃən], *s.* congratulação, felicitação, parabém, parabéns.

CONGREGATE ['kɔŋgrigeit], *v.* congregar, convocar, reunir; juntar; reunir-se.

CONGREGATION [kɔŋgri'geiʃən], *s.* congregação; aglomeração, ajuntamento; reunião de pessoas; assembléia de fiéis; ordem religiosa.

CONGRESS ['kɔŋgres], *s.* congresso, assembléia; assembléia legislativa, poder legislativo; reunião de embaixadores. # *congress man,* congressista.

CONGRESSIONAL [kɔŋ'greʃənəl], *a.* congressional.

CONGRESS-MAN ['kɔŋgresmən], *s.* congressista.

CONGRUENCE ['kɔŋgruəns], *s.* conformidade, congruência, harmonia, conveniência.

CONGRUENT ['kɔŋgruənt], *a.* congruente, próprio, conveniente.

CONGRUITY [kɔŋ'gruiti], *s.* congruência, conveniência, propriedade, conformidade; harmonia.

CONGRUOUS ['kɔŋgruəs], *a.* congruente, harmônico; próprio; adequado, conveniente, apto, capaz; proporcionado; consistente.

CONIC ['kɔnik], *s.* seção cônica. *a.* cônico.

CONICAL ['kɔnikəl], *a.* cônico.

CONIFER ['kounifə], *s.* (bot.) conífera.

CONIFEROUS [kou'nifərəs], *a.* conífero.

CONIFORM ['kounifɔ:m], *a.* coniforme.

CONJECTURAL [kən'dʒektʃərəl], *a.* baseado em conjeturas; conjetural.

CONJECTURE [kən'dʒektʃə], *s.* conjetura, suposição, hipótese. *v.* conjeturar, supor; presumir; fazer uma hipótese.

CONJOIN [kən'dʒɔin], *v.* unir, juntar, ajuntar, reunir, ligar; associar-se, ligar-se; confederar-se, unir-se.

CONJOINT ['kɔndʒɔint], *a.* federado, confederado, associado, unido, ligado, junto.

CONJOINTLY ['kɔndʒɔintli], *adv.* conjuntamente, juntamente.

CONJUGAL ['kɔndʒugəl], *a.* matrimonial, conjugal.

CONJUGATE ['kɔndʒugit], *s.* conjugado: (fil.) família de palavras. *a.* unido, ligado, conjugado, junto.

CONJUGATE ['kɔndʒugeit], *v.* conjugar, reunir, unir; unir em matrimônio.

CONJUGATION [kɔndʒu'geiʃən], *s.* conjugação; combinação, união, reunião; ligação.

CONJUNCT [kən'dʒʌŋkt], *a.* conjunto; unido, reunido, ligado.

CONJUNCTION [kən'dʒʌŋkʃən], *s.* conjunção, liga, união, associação; conjunção (gram.) e conjução (astr.).

CONJUNCTIVE [kən'dʒʌŋktiv], *s.* (gram.) conjuntivo, subjuntivo. *a.* ligado, unido, juntado.

CONJUNCTIVITIS [kəndʒʌŋkti'vaitis], *s.* conjuntivite.

CONJUNCTURE [kən'dʒʌŋktʃə], *s.* conjuntura; crise; lance; combinação, união, reunião.

CONJURE [kən'dʒuə], *v.* conjurar; suplicar; implorar, rogar, pedir; ajudar.

CONJURE ['kʌndʒə], *v.* praticar magia, encantar; escamotear.

CONJURER, CONJUROR ['kʌndʒərə], *s.* prestidigitador, mágico; feiticeiro, encantador, escamoteador.

CONJURING [kən'dʒuəriŋ], *s.* súplica, imploração.

CONJURING ['kʌndʒəriŋ], *s.* magia, prestidigitação, feitiçaria; escamoteação; mágica, truque de prestidigitador; esconjuro; exorcismo.

CONK [kɔŋk], *s.* (gír.), narigão. *v.* enguiçar, falhar (motor, máquina). # *conk out,* falhar (motor).

CONKY ['kɔŋki], *a.* (gír.) narigudo.

CONNECT [kə'nekt], *v.* coordenar; relacionar; ligar, reunir, ajuntar, coligar; encadear; associar; associar-se; combinar (horários de trem).

CONNECTED [kə'nektid], *a.* conjugado, unido, ligado; relacionado, aparentado.

CONNECTION [kə'nekʃən], *s.* conexão, nexo, ligação, propósito, associação, combinação; relação; amizade; amigo; parentesco; parente; correspondência de horários; o trem de baldeação; ponto de baldeação; contexto; sentido, significado, significação; *pl.* parentes; amigos. # *in this connection,* em (ou com) relação a isto.

CONNECTIVE [kə'nektiv], *s.* conjuntivo; (gram.) conectivo.

CONNEXION [kə'nekʃən], *V.* **CONNECTION.**

CONNINGTOWER ['kɔniŋtauə], *s.* (náut.) torre de comando.

CONNIVANCE [kə'naivəns], *s.* conivência, cumplicidade, consentimento, conluio.

CONNIVE [kə'naiv], *v.* conluiar, ser conivente consentir, ser cúmplice.

CONNIVER [kə'naivə], *s.* conivente, cúmplice.

CONNOTATION [kɔnou'teiʃən], *s.* conotação, sentido secundário; dependência, relação, correlação.

CONNOTE [kɔ'nout], *v.* implicar, antipatizar.

CONNUBIAL [kə'nju:biəl], *a.* conubial, nupcial.

CONOID ['kounɔid], *s.* (mat.) conóide. *a.* conoidal, conóide.

CONQUER ['kɔŋkə], *v.* conquistar, vencer, subjugar, sujeitar, dominar; conseguir, alcançar, atingir.

CONQUERABLE ['kɔŋkərəbl], *a.* conquistável vencível, sujeitável.

CONQUERING ['kɔŋkəriŋ], *a.* triunfante, vitorioso, vencedor, dominador, dominante.

CONQUEROR ['kɔŋkərə], *s.* conquistador, triunfador, dominador, vencedor.

CONQUEST ['kɔŋkwest], *s.* conquista, vitória, triunfo, domínio.

CONSANGUINEOUS [kɔnsæŋ'gwiniəs], *a.* consangüíneo.

CONSANGUINITY [kɔnsæŋ'gwiniti], *s.* consangüinidade.

CONSCIENCE [k'ɔnʃəns], *s.* consciência; escrúpulo, retidão, probidade; conhecimento. # *for conscience' sake,* por descargo de consciência. *in all conscience,* realmente, na verdade. *the wringings of conscience,* remorsos.

CONSCIENTIOUS [kɔnʃi'enʃəs], *a.* consciencioso, reto, probo, justo, honesto, escrupuloso.

CONSCIOUS ['kɔnʃəs], *a.* cônscio, ciente, consciente, sabedor; informado; convicto.

CONSCIOUSLY ['kɔnʃəsli], *adv.* conscientemente, cientemente; convictamente.

CONSCIOUSNESS ['kɔnʃəsnis], *s.* conhecimento, sentido; (psicol.) consciência, estado consciente.

CONSCRIPT ['kɔnskript], *s.* recruta.

CONSCRIPT [kəns'kript], *v.* recrutar.

CONSCRIPTION [kəns'kripʃən], *s.* conscrição, recenseamento militar = (E.U.) *draft.*

CONSECRATE ['kɔnsikrit], *a.* consagrado. ['kɔnsikreit], *v.* consagrar, dedicar, oferecer; sagrar; benzer; devotar; canonizar.

CONSECRATED ['kɔnsikreitid], *a.* sagrado, bento, santo.

CONSECRATION [kɔnsi'kreiʃən], *s.* consagração, sagração, canonização; apoteose; bênção.

CONSECRATOR ['kɔnsikreitə], *s.* consagrante.

CONSECUTIVE [kən'sekjutiv], *s.* consecutivo, sucessivo.

CONSENSUS [kən'sensəs], *s.* consenso; pleno acordo; acordo geral.

CONSENT [kən'sent], *s.* consentimento, permissão; assentimento, anuência, aquiescência, concordância; acordo. *v.* consentir, permitir, assentir, anuir, aquiescer, concordar.

CONSENTANEOUS [kɔnsen'teiniəs], *a.* consentâneo; conforme.

CONSEQUENCE ['kɔnsikwəns], *s.* conseqüência,

resultado, efeito; importância; dedução. # *in consequence,* conseqüentemente. *of no consequence,* sem importância. *take the consequences,* arcar com as conseqüências, assumir a responsabilidade.

CONSEQUENT ['kɔnsikwənt], *a.* conseqüente, resultante.

CONSEQUENTIAL [kɔnsi'kwenʃəl], *a.* consecutivo, sucessivo; conseqüente, resultante; dedutivo; importante; altivo.

CONSEQUENTLY ['kɔnsikwəntli], *adv.* conseqüentemente; por conseguinte.

CONSERVABLE [kən'sə:vəbl], *a.* conservável.

CONSERVANCY [kən'sə:vənsi], *s.* conservação, preservação.

CONSERVATION [kɔnsə:'veiʃən], *s.* conservação, preservação, manutenção; proteção.

CONSERVATISM [kən'sə:vətizm], *s.* conservantismo, tradicionalismo; partido político conservador.

CONSERVATIVE [kən'sə:vətiv], *a.* e *s.* conservador; preservativo; moderado.

CONSERVATOIRE [kən'sə:vətwɑ:], *s.* conservatório (de música) = (E.U.) *conservatory.*

CONSERVATOR [kən'sə:vətə], *s.* curador; protetor; defensor; diretor de um museu.

CONSERVATOR ['kɔnsəveitə] *s.* preservador.

CONSERVATORY [kən'sə:vətri], *s.* estufa (para plantas); (E.U.) conservatório (de música) = (Ing.) *conservatoire.*

CONSERVE [kən'sə:v], *s.* conserva de frutas; *pl.* frutas cristalizadas. *v.* conservar, guardar, cuidar, fazer conserva de frutas.

CONSIDER [kən'sidə], *v.* considerar; pensar, ponderar, refletir; estimar; distinguir; tratar com respeito; tomar em consideração. # *all things considered,* tudo considerado.

CONSIDERABLE [kən'sidərebl], *a.* considerável, importante, notável, grande, insigne.

CONSIDERABLY [kən'sidərəbli], *adv.* consideravelmente.

CONSIDERATE [kən'sidərit], *a.* considerado, discreto, prudente, ponderado, circunspecto, atencioso.

CONSIDERATION [kənsidə'reiʃən], *s.* consideração; reflexão, deliberação; respeito, importância; retribuição, remuneração, indenização. # *on further consideration,* pensando bem. *under consideration* (ou *discussion),* em estudo, em discussão. *under no consideration,* de forma alguma. *want of consideration,* falta de consideração.

CONSIDERING [kən'sidəriŋ], *prep.* à vista de, em atenção a, visto que.

CONSIGN [kən'sain], *v.* consignar, confiar; depositar; dar; transferir, encarregar; dispor; entregar; mandar mercadorias em consignação.

CONSIGNATION [kɔnsai'neiʃən], *s.* consignação.

CONSIGNEE [kɔnsai'ni:], *s.* consignatário, depositário, destinatário.

CONSIGNER [kən'sainə], *s.* consignador, consignante.

CONSIGNMENT [kən'sainmənt], *s.* consignação; expedição; partida; carregamento; documento de consignação; mercadorias consignadas. # *consignment note,* conhecimento de embarque (via terrestre). v. *bill of lading.*

CONSIGNOR [kən'sainə] *V.* **CONSIGNER.**

CONSIST [kən'sist], *v.* consistir; compor-se; constar de; subsistir; ser compatível; harmonizar-se. # *consist in,* consistir em. *consist of,* compor-se. *consist with,* (arc.) condizer com.

CONSISTENCE, CY [kən'sistəns, si], *s.* consistência, firmeza; resistência, solidez; conformidade; coerência.

CONSISTENT [kən'sistənt], *a.* compatível; conseqüente, coerente; contínuo, habitual, persistente.

CONSISTORIAL [kənsis'tɔ:riəl], *a.* consistorial.

CONSISTORY [kən'sistəri], *s.* consistório, corte eclesiástica.

CONSOLATION [kɔnsə'leiʃən], *s.* consolação, conforto, alívio, lenitivo, consolo.

CONSOLE ['kɔnsoul], *s.* consolo (móvel).

CONSOLE [kən'soul], *v.* consolar, confortar, aliviar, amenizar, suavizar, mitigar, abrandar.

CONSOLER [kən'soulə], *s.* consolador, confortador.

CONSOLIDATE [kən'sɔlideit], *v.* consolidar; unir, fortificar, fortalecer; firmar-se, consolidar-se.

CONSOLIDATION [kənsɔli'deiʃən], *s.* consolidação, unificação, reunião.

CONSOLS [kən'sɔlz], *s.* títulos da dívida consolidada; fundos consolidados.

CONSONANCE ['kɔnsənəns], *s.* consonância; acordo; harmonia.

CONSONANT ['kɔnsənənt], *s.* consoante (letra do alfabeto). *a.* consoante, conforme, harmônico; consoante.

CONSONANTAL [kɔnsə'næntl], *a.* que diz respeito a uma consoante, consonantal.

CONSORT ['kɔnsɔ:t], *s.* consorte (esposo ou esposa); companheiro; sócio, associado; companhia; (mar.) navio de conserva.

CONSORT [kən'sɔ:t], *v.* consorciar-se; associar-se; juntar, acompanhar.

CONSPECTUS [kən'spektəs], *s.* sumário, sinopse.

CONSPICUOUS [kən'spikjuəs], *a.* conspícuo, ilustre, insigne; emérito, proeminente, notável, distinto, visível; grave.

CONSPICUOUSLY [kən'spikjuəsli], *adv.* visivelmente, claramente.

CONSPICUOUSNESS [kən'spikjuəsnis], *s.* conspicuidade; proeminência.

CONSPIRACY [kən'spirəsi], *s.* conspiração, conjuração, trama.

CONSPIRATOR [kən'spirətə], *s.* conspirador; conjurado.

CONSPIRE [kən'spaiə], *v.* conspirar, conjurar, maquinar; tramar; ligar-se.

CONSPIRER [kən'spaiərə], *s.* conspirador.

CONSTABLE ['kʌnstəbl], *s.* policial; condestável; aguazil; guarda-civil; rondante = (E.U.) *patrolman.* # *chief constable,* chefe de polícia.

CONSTANCY ['kɔnstənsi], *s.* constância, persistência, perseverança, firmeza.

CONSTANT ['kɔnstənt], *a.* constante, persistente perseverante, firme, permanente.

CONSTANTLY ['kɔnstəntli], *adv.* constantemente, permanentemente.

CONSTELLATION [kɔnstə'leiʃən], *s.* constelação.

CONSTERNATE ['kɔnstə:neit], *v.* consternar.

CONSTERNATION [kɔnstə:'neiʃən], *s.* consternação, desolação.

CONSTIPATE ['kɔnstipeit], *v.* constipar (causar prisão-de-ventre).

CONSTIPATION [kɔnsti'peiʃən], *s.* constipação intestinal, prisão-de-ventre.

CONSTITUENCY [kən'stitjuənsi], *s.* assembléia eleitoral; colégio eleitoral, eleitores, clientela.

CONSTITUENT [kən'stitjuənt], *s.* cliente, votante, eleitor. *a.* constituinte; legislativo; constitutivo; eleitor.

CONSTITUTE ['kɔnstitju:t], *v.* constituir, formar, organizar, estabelecer, fixar; deputar; dar poderes.

CONSTITUTION [kɔnsti'tju:ʃən], *s.* constituição, compleição; temperamento; estrutura, forma, composição; lei fundamental. # *by constitution,* de natureza, por natureza.

CONSTITUTIONAL [kɔnsti'tju:ʃnel], *a.* constitucional.

CONSTITUTIONALISM [kɔnsti'tju:ʃnəlizm], *s.* constitucionalismo.

CONSTITUTIONALITY [kɔnstitju:ʃ'næliti], *s.* constitucionalidade.

CONSTITUTIVE [kən'stitjutiv], *a.* constitutivo.

CONSTRAIN [kən'strein], *v.* constranger, compelir, coagir; violentar; obrigar, forçar, restringir.

CONSTRAINED [kən'streind], *a.* compelido, forçado, obrigado, obrigatório; contrafeito, constrangido.

CONSTRAINT [kən'streint], *s.* constrangimento, coação, violência, compulsão.

CONSTRICT [kən'strikt], *v.* constringir, cingir, apertar, ligar.

CONSTRICTION [kən'strikʃən], *s.* constrição; contração, aperto, compressão.

CONSTRICTIVE [kən'striktiv], *a.* constritivo; que produz constrição.

CONSTRICTOR [kən'striktə], *s.* constritor, o que aperta; músculo constritor.

CONSTRUCT [kən'strʌkt], *v.* construir, edificar, fabricar, imaginar.

CONSTRUCTION [kən'strʌkʃən], *s.* construção interpretação; explicação; construção gramatical.

CONSTRUCTIONAL [kən'strʌkʃənəl], *a.* estrutural; relativo a construção ou interpretação.

CONSTRUCTIVE [kən'strʌktiv], *a.* construtivo, afirmativo; subentendido.

CONSTRUCTOR kən'strʌktə], *s.* construtor.

CONSTRUE [kən'stru:], *v.* construir (frases, etc.); (gram.) reger; explicar, explanar, interpretar, analisar.

CONSUL ['kɔnsəl], *s.* cônsul.

CONSULAR ['kɔnsjulə], *a.* consular.

CONSULATE ['kɔnsjulit], *s.* consulado (sede, cargo ou função).

CONSULSHIP ['kɔnsəlʃip], *s.* consulado (cargo ou função).

CONSULT [kən'sʌlt], *v.* consultar, considerar, examinar; deliberar; pedir conselho, aconselhar-se, trocar impressões.

CONSULTATION [kɔnsəl'teiʃən], *s.* consulta; conferência; reunião de médicos, advogados, jurados, etc. # *call a consultation,* fazer uma conferência.

CONSULTATIVE [kɔn'sʌltətiv], *a.* consultativo, deliberativo.

CONSUME [kən'sju:m], *v.* consumir, destruir, gastar, usar, extinguir, apagar; comer ou beber.

CONSUMER [kən'sju:mə], *s.* consumidor, dissipador, gastador. # *consumer goods,* artigos de consumo. *consumer tax,* imposto de consumo = *excise tax.*

CONSUMMATE [kən'sʌmit], *a.* consumado, acabado, perfeito.

CONSUMMATE ['kɔnsʌmeit], *v.* consumar, acabar, completar, finalizar.

CONSUMMATION [kɔnsʌ'meiʃən], *s.* consumação, acabamento, perfeição, treino.

CONSUMMATOR ['kɔnsʌmeitə], *s.* consumador.

CONSUMPTION [kən'sʌmpʃən], *s.* consumo, destruição, extinção, ruína; (med.) tuberculose. # *consumption tax,* imposto de consumo.

CONSUMPTIVE [kən'sʌmptiv], *s.* e *a.* tísico, tuberculoso; consuntivo.

CONTACT ['kɔntækt], *s.* contato.

CONTACT [kən'tækt], *v.* entrar ou estar em contato. # *contact man,* chefe ou agente de publicidade, agente de ligação.

CONTAGION [kən'teidʒən], *s.* contágio, infecção; transmissão de costumes ou de qualidades sociais ou morais.

CONTAGIOUS [kən'teidʒəs], *a.* contagioso, infeccioso.

CONTAIN [kən'tein], *v.* conter; encerrar; incluir; compreender; refrear; ser divisível por.

CONTAINABLE [kən'teinəbl], *a.* capaz de ser contido ou compreendido.

CONTAINER [kən'teinə], *s.* recipiente, caixa, engradado.

CONTAMINATE [kən'tæmineit], *v.* contaminar, infeccionar; corromper, perverter; macular, manchar.

CONTAMINATION [kəntæmi'neiʃən], *s.* contaminação, contágio, infecção.

CONTANGO [kən'tæŋgou], *s.* contango (juros pelo atraso de pagamento ou por adiamento de transação).

CONTEMN [kən'tem], *v.* desprezar, menosprezar, desdenhar.

CONTEMNER [kən'temə, kən'temnə], *s.* desprezador, menosprezador, desdenhador.

CONTEMPLATE ['kɔntempleit], *v.* contemplar; observar, examinar, considerar, meditar; refletir; planejar, intencionar, pretender; esperar.

CONTEMPLATION [kɔntem'pleiʃən], *s.* contemplação; observação, exame; meditação, reflexão, consideração; projeto, plano.

CONTEMPLATIVE ['kɔntempleitiv], *a.* contemplativo, meditativo.

CONTEMPLATOR ['kɔntempleitə], *s.* contemplador; observador.

CONTEMPORANEOUS [kəntempə'reinjəs], *a.* contemporâneo, coevo.

CONTEMPORARY [kən'tempərəri], *a.* e *s.* contemporâneo. # *contemporary with,* contemporâneo de.

CONTEMPORIZE [kən'temporaiz], *v.* dar como contemporâneo.

CONTEMPT [kən'tempt], *s.* desprezo, desdém, menosprezo; contumácia; descaso; desobediência.

CONTEMPTIBLE [kən'temptəbl], *a.* desprezível, insignificante, vil, baixo, abjeto; desprezado.

CONTEMPTUOUS [kən'temptjuəs], *a.* desdenhoso, orgulhoso, altivo, insolente.

CONTEND [kən'tend], *v.* afirmar, sustentar; discutir; competir, disputar, concorrer; lutar.

CONTENDER [kən'tendə], *s.* contendor, antagonista.

CONTENT ['kɔntent], *s.* conteúdo, porção, quantidade; súmula de um discurso; capacidade, área; contentamento. # *table of contents,* índice.

CONTENT [kən'tent], *a.* contente, alegre, satisfeito. *v.* satisfazer, contentar.

CONTENTED [kən'tentid], *a.* contente, satisfeito.

CONTENTION [kən'tenʃən], *a.* contenda, disputa; altercação; controvérsia: alegação; afirmação; ponto de vista.

CONTENTIOUS [kən'tenʃəs], *a.* contencioso; litigioso, controverso.

CONTENTMENT [kən'tentmənt], *s.* contentamento, alegria, prazer, satisfação.

CONTEST ['kɔntest], *s.* concurso, competição; luta, contenda, disputa.

CONTEST [kɔn'test], *v.* concorrer, competir, disputar; contestar; lutar.

CONTESTABLE [kən'testəbl], *a.* contestável.

CONTESTANT [kən'testənt], *s.* contestador; contestante; competidor, concorrente = (Ing.) *competitor.*

CONTESTATION [kɔntes'teiʃən], *s.* contestação, litígio, debate, disputa.

CONTEXT ['kɔntekst], *s.* contexto.

CONTEXTURE [kɔn'tekstʃə], *s.* contextura.

CONTIGUITY [kɔn'tigjuiti], *s.* contigüidade, proximidade, vizinhança, adjacência; continuidade, interrupção.

CONTIGUOUS [kən'tigjuəs], *a.* contíguo, próximo, junto, adjacente.

CONTINENCE ['kɔntinəns], *s.* continência, abstinência; castidade.

CONTINENT ['kɔntinənt], *s.* continente. *a.* continente, puro, casto.

CONTINENTAL [kɔnti'nentl], *s.* europeu (do continente); soldado americano durante a guerra da independência. *a.* continental # *not worth a continental,* sem valor algum.

CONTINGENCY [kən'tindʒənsi], *s.* contingência, ocorrência, eventualidade; *pl.* despesas imprevistas.

CONTINGENT [kən'tindʒənt], *s.* contingência, eventualidade, ocorrência; acidente; contingente; quota. *a.* contingente, eventual, incerto, duvidoso, casual. # *contingent on* (ou *upon* , dependente de.

CONTINUAL [kən'tinjuəl], *a.* contínuo, constante; incessante; sucessivo.

CONTINUALLY [kən'tinjuəli], *adv.* continuamente, continuadamente; incessantemente; sucessivamente.

CONTINUANCE [kən'tinjuəns], *s.* continuação, duração; persistência, constância, permanência; estabilidade;. sucessão.

CONTINUATION [kɔntinju'eiʃən], *s.* continuação, prosseguimento, prossecução.

CONTINUATIVE [kən'tinjuətiv], *a.* continuativo.

CONTINUE [kən'tinju:], *v.* continuar, prosseguir; permanecer, durar, perseverar, persistir.

CONTINUITY [kɔnti'nju:iti], *s.* continuidade.

CONTINUOUS [kən'tinjuəs], *a.* contínuo, seguido, sucessivo; ligado, unido.

CONTINUOUSLY [kən'tinjuəsli], *adv.* continuamente.

CONTORT [kən'to:t], *v.* contorcer.

CONTORTION [kən'tɔ:ʃən], *s.* torção, contorção.

CONTORTIONIST [kən'tɔ:ʃnist, kən'tɔ:ʃənist], *s.* contorcionista.

CONTOUR ['kontuə], *s.* contorno; perfil; curva de nível. *v.* contornar, desenhar ou fazer o contorno.

CONTOUR LINE ['kontuəlain], *s.* curva de nível.

CONTOUR-MAP ['kɔntuəmæp], *s.* carta topográfica.

CONTRABAND ['kɔntrəbænd], *s.* contrabando.

CONTRABANDIST ['kɔntrəbændist], *s.* contrabandista.

CONTRABASS ['kɔntrə'beis], *s.* contrabaixo.

CONTRACT ['kɔntrækt], *s.* contrato, convênio, pacto; ajuste; escritura; esponsais. *a.* contraído. # *contract under seal,* contrato selado. *enter into* (ou *make) a contract,* fazer um contrato. *simple contract,* contrato sem selo.

CONTRACT [kən'trækt], *v.* contrair, apertar; estreitar; reduzir, encurtar, condensar; granjear, adquirir; contratar; prometer casamento. # *a contract job,* obra de empreitada.

CONTRACTED [kən'træktid], *a.* contraído, encolhido; (fig.) mesquinho.

CONTRACTIBILITY [kəntræktə'biliti], *s.* contratibilidade.

CONTRACTIBLE [kən'træktəbl], *a.* contrativo.

CONTRACTILE [kən'træktail], *a.* contrátil.

CONTRACTING [kən'træktiŋ], *a.* contratante.
CONTRACTION [kən'trækʃən], *s.* contração, abreviação; diminuição, estreitamento.
CONTRACTIVE [kən'træktiv], *a.* contrativo.
CONTRACTOR [kən'træktə], *s.* contratante; empreiteiro, mestre de obras; músculo contrator. # *army contractor,* fornecedor do exército.
CONTRACTUAL [kən'træktjuəl], *a.* contratual.
CONTRADICT [kɔntrə'dikt], *v.* contradizer, desmentir, impugnar, negar; contrariar, opor-se.
CONTRADICTION [kɔntrə'dikʃən], *s.* contradição, negação, impugnação, desmentido; oposição.
CONTRADICTORY [kɔntrə'diktəri], *a.* contraditório.
CONTRALTO [kən'træltou], *s.* contralto.
CONTRAPOSITION [kɔntrəpə'ziʃən], *s.* contraposição.
CONTRAPTION [kən'træpʃən], *s.* (E.U.) invenção, invento, peça de máquina, máquina esquisita = (Ing.) *gadget.*
CONTRARIANT [kən'trɛəriənt], *a.* contraditório; incompatível; repugnante.
CONTRARIETY [kɔntrə'raiəti], *s.* contrariedade; contradição, oposição; dificuldade; repugnância.
CONTRARY ['kɔntrəri] *s.* contrário, oposto, inverso. *a.* contrário, oposto, inverso, antagônico, contraditório; obstinado. # *on the contrary,* pelo contrário.
CONTRARYWISE ['kɔntrəriwaiz], *adv.* ao contrário, em sentido oposto.
CONTRAST ['kɔntræst, 'kɔntrɑ:st], *s.* contraste, oposição.
CONTRAST [kən'træst, kən'trɑ:st], *v.* contrastar, contrapor, fazer contraste.
CONTRAVENE [kɔntrə'vi:n], *v.* transgredir, infringir, contravir.
CONTRAVENTION [kɔntrə'venʃən], *s.* transgressão, infração, contravenção.
CONTRIBUTE [kən'tribjut], *v.* contribuir, concorrer; colaborar, cooperar, auxiliar, ajudar.
CONTRIBUTION [kɔntri'bju:ʃən], *s.* contribuição, dádiva, quota, óbolo, tributo; cooperação, subscrição.
CONTRIBUTOR [kən'tribjutə], *s.* colaborador, contribuinte, subscritor.
CONTRIBUTORY [kən'tribjutəri], *s.* contributário; (com.) sócio responsável.
CONTRITE ['kɔntrait], *a.* contrito, pesaroso, arrependido.
CONTRITENESS ['kɔntraitnis], *s.* contrição, arrependimento, pesar.
CONTRITION [kən'triʃən], *s.* contrição, arrependimento, pesar.
CONTRIVANCE [kən'traivəns], *s.* invenção; plano, idéia, engenho, projeto; artifício, manha; aparelho.
CONTRIVE [kən'traiv], *v.* idear, planejar, inventar, engendrar, conjeturar; tramar.
CONTROL [kən'troul], *s.* controle, domínio, mando, governo, comando, autoridade, guia, direção; (av.) alavanca de comando. # *dual control,* (av.) comando duplo. *remote control* comando à distância. *to assume control,* tomar o comando.
CONTROL [kən'troul], *v.* controlar, dominar, mandar, guiar, comandar, dirigir; conter; inspecionar, examinar, registrar.
CONTROLLABLE [kən'trouləbl], *a.* que se pode governar, dirigir, controlar, controlável.
CONTROLLER [kən'troulə], *s.* censor, verificador; superintendente; diretor; inspetor.
CONTROLLING [kən'trouliŋ], *s.* verificação.
CONTROVERSIAL [kɔntrə'vəʃəl], *a.* relativo a controvérsia; contencioso, duvidoso, incerto.
CONTROVERSY ['kɔntrəvə:si], *s.* controvérsia, polêmica, contenda, debate; contestação, disputa.
CONTROVERT ['kɔntrəvə:t], *v.* controverter, contestar; impugnar.
CONTROVERTIBLE ['kɔntrəvə:təbl], *a.* controvertível, discutível, disputável, contestável.
CONTUMACIOUS [kɔntju:'meiʃəs], *a.* contumaz, teimoso, obstinado, reincidente.
CONTUMACY ['kɔntjuməsi], *s.* contumácia, obstinação, teimosia, reincidência.
CONTUMELIOUS [kɔntju:'mi:liəs], *a.* contumelioso, injurioso, agressivo, ofensivo, insolente.
CONTUMELY ['kɔntjumli], *s.* contumélia, invectiva, injúria, ofensa, insulto, ultraje, opróbrio.

CONTUSION [kən'tju:ʒən], *s.* contusão, ferimento, pisadura.

CONUNDRUM [kə'nʌndrəm], *s.* charada, enigma, adivinhação.

CONVALESCE [kɔnvə'les], *v.* convalescer, melhorar, recuperar as forças; restabelecer-se.

CONVALESCENCE [kɔnvə'lesns], *s.* convalescença.

CONVALESCENT [kɔnvə'lesnt], *a.* convalescente.

CONVENE [kən'vi:n], *v.* convidar, chamar, citar, reunir, emprazar, reunir-se, juntar-se.

CONVENER [kən'vi:nə], *s.* convocador.

CONVENIENCE [kən'vi:njəns], *s.* comodidade, conforto; oportunidade; conveniência; utensílio ou aparelho útil. # *at earliest convenience,* (com.) com a possível brevidade, o mais cedo possível. *at your convenience,* como e quando lhe aprouver, como queira. *for convenience,* por comodidade. *make a convenience of someone,* abusar de alguém. *public convenience,* mictório público. *with all the modern conveniences, with every convenience,* com todo conforto.

CONVENIENT [kən'vi:njənt], *a.* oportuno, adequado, apropriado, cômodo.

CONVENIENTLY [kən'vi:njəntli], *adv.* convenientemente; comodamente; oportunamente.

CONVENT ['kɔnvənt], *s.* convento, mosteiro.

CONVENTICLE [kən'ventikl], *s.* conventículo; conciliábulo.

CONVENTION [kən'venʃən], *s.* convenção, convênio, pacto, assembléia; reunião; acordo. # *sales convention,* reunião para promoção de vendas.

CONVENTIONAL [kən'venʃənl], *a.* convencional, estipulado, estabelecido, convencionado.

CONVENTIONALISM [kən'venʃnəlizm], *s.* convencionalismo, tradicionalismo.

CONVENTIONALIST [kən'venʃnəlist], *s.* convencionalista, tradicionalista.

CONVENTIONALITY [kənvenʃə'næliti], *s.* convenção, combinação, ajuste.

CONVENTUAL [kən'ventjuəl], *s.* e *a.* conventual; religioso.

CONVERGE [kən'və:dʒ], *v.* convergir, afluir, tender, dirigir-se (para o mesmo ponto).

CONVERGENCE [kən'və:dʒəns], *s.* convergência, afluência.

CONVERGENT [kən'və:dʒənt], *a.* convergente.

CONVERSANT [kən'və:sənt 'kɔnvəsənt], *a.* versado, conhecedor; sociável; íntimo.

CONVERSATION [kɔnvə'seiʃən], *s.* conversação, colóquio, conversa, palestra; conferência; relações; relações sexuais. # *criminal conversation,* relações sexuais ilícitas. *to join in conversation,* travar conversação. *to strike up a conversation,* puxar conversa.

CONVERSE [kən'və:s], *v.* conversar, palestrar.

CONVERSE ['kɔnvə:s], **o oposto, o inverso, o contrário; conversa (arc.); *a.* inverso, contrário, oposto; invertido, transposto.**

CONVERSELY ['kɔnvə:sli], *adv.* mutuamente, reciprocamente; de modo oposto.

CONVERSION [kən'və:ʃən], *s.* conversão, transformação, transposição, mudança ilegal de bens de outrem.

CONVERT ['kɔnvə:t], *s.* converso; neófito, prosélito.

CONVERT [kən'və:t], *v.* converter, transformar, mudar; inverter, cambiar; apropriar.

CONVERTER [kən'və:tə], *s.* convertedor; transformador; (eletr.) conversor.

CONVERTIBILITY [kənvə:tə'biliti], *s.* convertibilidade.

CONVERTIBLE [kən'və:təbl], *a.* conversível, convertível.

CONVEX ['kɔn'veks, 'kɔnveks], *a.* convexo.

CONVEXITY [kɔn'veksiti], *s.* convexidade.

CONVEY [kən'vei], *v.* transportar, conduzir, levar, enviar, veicular, transmitir; transferir.

CONVEYABLE [kən'veiəbl], *a.* transportável, transferível.

CONVEYANCE [kən'veiəns], *s.* transporte, veículo, condução.

CONVEYER [kən'veiə], *s.* portador, mensageiro, condutor; impostor, intrujão.

CONVICT ['kɔnvikt], *s.* réu convicto, condenado, criminoso, presidiário, sentenciado. # *convict labo(u)r,* trabalhos forçados.

CONVICT [kən'vikt], *v,* provar a culpabilidade de um réu; condenar; convencer; refutar.

CONVICTION [kən'vikʃən], *s.* convicção; condenação; convicção religiosa, crença; persuasão.

CONVINCE [kən'vins], *v.* convencer, persuadir, incitar, mover, induzir.

CONVINCED [kən'vinst], *a.* convicto.

CONVINCIBLE [kən'vinsəbl], *a.* convincente; convencível.

CONVINCING [kən'vinsiŋ], *a.* convincente.

CONVIVIAL [kən'viviəl], *a.* jovial; festivo, sociável; convival.

CONVIVIALITY [kənvivi'æliti], *s.* convívio; jovialidade, amabilidade, sociabilidade.

CONVOCATION [kɔnvə'keiʃən], *s.* convocação, citação; sínodo; assembléia.

CONVOKE [kən'vouk], *v.* convocar.

CONVOLUTE ['kɔnvəlu:t], *a.* convoluto, envolto, enrolado, enroscado.

CONVOLUTION [kɔnvə'lu:ʃən], *s.* enrolamento.

CONVOY ['kɔnvɔi], *s.* comboio; escolta, guarda. *v.* comboiar; escoltar, acompanhar, proteger.

CONVULSE [kən'vʌls], *v.* convulsionar, revolucionar, excitar, instigar, agitar; revolver.

CONVULSION [kən'vʌlʃən], *s.* convulsão, espasmo, comoção, agitação, distúrbio.

CONVULSIVE [kən'vʌlsiv], *a.* convulsivo, espasmódico.

CONY ['kouni], *s.* coelho.

COO [ku:], *s.* arrulho. *v.* arrulhar.

COOK [kuk], *s.* cozinheiro, cozinheira; rancheiro. *v.* cozinhar; falsificar. # *cook up,* inventar, forjar (desculpa, explicação, etc.). *once in a cook's age,* uma vez na vida, raramente. *too many cooks spoil the broth,* panela em que muitos mexem...

COOK-BOOK ['kukbuk], *s.* (E.U.) livro de receitas, manual de cozinha = (Ing.) *cookery book.*

COOKER ['kukə], *s.* aparelho para cozinhar a vapor; caldeirão de apito.

COOKERY ['kukəri], *s.* arte culinária; guloseima.

COOKERY-BOOK ['kukəribuk], *s.* livro de receitas, manual de cozinha = (E.U.) *cook-book.*

COOKING ['kukiŋ], *s.* arte culinária.

COOK-STOVE ['kukstouv], *s.* (E.U.) fogão = (Ing.) *cooking-stove.*

COOKY, COOKIE ['kuki], *s.* pãozinho, bolacha; (E.U.) bolinho, biscoito = (Ing.) *biscuit, short bread;* (col.) cozinheiro, cozinheira.

COOL [ku:l], *s.* fresco, frio, moderado; (fig.) indiferente, calmo. *v.* refrescar, esfriar, arrefecer; moderar-se, acalmar-se. # *cool down,* acalmar-se. *I call that cool,* isso é o cúmulo.

COOLER ['ku:lə], *s.* refrigerador.

COOLIE ['ku:li], *s.* trabalhador chinês ou indiano.

COOLING ['ku:liŋ], *a.* refrescante, refrigerante, calmante.

COOLNESS ['ku:lnis], *s.* frescor, frieza; indiferença, calma, sangue-frio, fleuma.

COOM [ku:m], *s.* refugo; pó de carvão; fuligem.

COON [ku:n], *s.* *V.* **RACCOON.**

COOP [ku:p], *s.* gaiola; capoeira (para galinhas ou coelhos).

COOPER, ['ku:pə], *v.* fazer barris ou cascos.

COOPER ['ku:pə], *s.* tanoeiro.

COOPERAGE ['ku:pəridʒ], *s.* tanoaria.

CO-OPERATE [kou'ɔpərəit], *v.* cooperar, concorrer, contribuir, trabalhar simultaneamente.

CO-OPERATION [kouɔpə'reiʃən], *s.* cooperação, colaboração, auxílio.

CO-OPERATIVE [kou'ɔpərətiv], *a.* cooperativo, colaborador.

COOPERY ['ku:pəri], *s.* tanoaria.

CO-OPT [kou'ɔpt], *v.* cooptar; eleger.

CO-OPTATION [kou'ɔpteiʃən], *s.* cooptação, escolha, seleção.

CO-ORDINATE [kou'ɔ:dineit], *v.* coordenar, classificar, dispor, organizar, arranjar; harmonizar.

CO-ORDINATE [kou'ɔ:dinit], *s.* (gram.) coordenada; *pl.* (mat.) coordenadas. *a.* coordenado, classificado, arranjado, organizado, disposto.

CO-ORDINATING [kou'ɔ:dineitiŋ], *V.* **COORDINATIVE.**

CO-ORDINATION [kouɔ:di'neiʃən], *s.* coordenação.

CO-ORDINATIVE [kou'ɔ:dineitiv], *a.* coordenativo.

COOT [ku:t], *s.* ave aquática; (fig.) tolo.

COP [kɔp], *s.* cimo; topo, cume, crista; um polícia. *v.* (gír.) apanhar; furtar.

COPAL ['koupəl], *s.* goma copal, resina.

COPARTNER ['kou'pɑ:tnə], *s.* sócio, companheiro.

COPARTNERSHIP ['kou'pɑ:tnəʃip], *s.* sociedade comercial, companhia.

COPE [koup], *s.* capa de asperges; pluvial; capa-

-magna; capa dos doutores de Cambridge; cúpula; abóbada, telhado, cobertura. *v.* pôr uma capa qualquer; cobrir, tapar; lutar, contender, enfrentar.

COPER ['koupə], *s.* mineiro de empreitada.

COPIER ['kɔpiə], *s.* copista, copiador.

COPING ['koupiŋ], *s.* cume, alto, cimo; coroamento; (arq.) cornija, remate, cumeeira.

COPIOUS ['koupjəs], *a.* copioso, abundante, rico, nutritivo, substancial, completo.

COPPER ['kɔpə], *s.* cobre; moeda ou utensílio de cobre; *pl.* trocos; (gír.) um polícia; um pêni. *v.* cobrir, forrar ou revestir com folha de cobre.

COPPERAS ['kɔpərəs], *s.* (quím.) caparrosa verde, sulfato de ferro.

COPPER BIT ['kɔpə'bit], *s.* (ofic.) ferro de soldar.

COPPERPLATE ['kɔpəpleit], *s.* gravura em chapa de cobre.

COPPER-SMITH ['kɔpə-smiθ], *s.* caldeireiro.

COPPERY ['kɔpəri], *a.* cúprico; semelhante ao cobre.

COPPICE ['kɔpis], *s.* bosque, capão.

COPRA ['kɔprə], *s.* copra, amêndoa de coco seca.

COPSE [kɔps], *s. V.* **COPPICE.**

COPTER ['kɔptə], forma abreviada de **HELICOPTER.**

COPULA ['kɔpjulə], *s.* cópula, coito.

COPULATE ['kɔpjuleit], *v.* copular, ter cópula; unir, juntar, ligar.

COPULATION [kɔpju'leiʃən], *s.* cópula, coito; união.

COPULATIVE ['kɔpjulətiv], *a.* copulativo, conjuntivo.

COPY ['kɔpi], *s.* cópia, imitação; reprodução; número de um periódico; exemplar de um livro; (imp.) original, manuscrito; material. *v.* copiar, imitar, reproduzir. # *canned copy,* (jorn.) informação fornecida por agência. *copy writer,* redator de anúncios. *photostatic copy,* cópia fotostática. *fair copy,* cópia a limpo. *make a fair copy of,* passar a limpo. *rough copy,* borrão, rascunho.

COPY-BOOK ['kɔpibuk], *s.* caderno de caligrafia; (E.U.) copiador (de cartas). *V.* **COPYING-BOOK.**

COPYHOLD ['kɔpihould], *s.* enfiteuse, aforamento.

COPYHOLDER ['kɔpihouldə], *s.* enfiteuta, foreiro; (tip.) revisor.

COPYING ['kɔpiiŋ], *s.* cópia, transcrição, reprodução.

COPYING-BOOK ['kɔpiiŋbuk], *s.* copiador (de cartas) = (E.U.) *copy-book.*

COPYIST ['kɔpiist], *s.* copista, imitador.

COPYRIGHT ['kɔpirait], *s.* copirraite, direitos autorais, propriedade literária. *v.* adquirir uma propriedade literária.

COQUETRY ['koukitri], *s.* faceirice; coquetismo.

COQUETTE [kou'ket], *s.* coquete, mulher faceira. *v.* galantear, cortejar; namorar.

COQUETTISH [kou'ketiʃ], *a.* galanteadora; faceira.

CORACLE ['kɔrəkl], *s.* barco de vime e couro usado para pesca na Irlanda.

CORAL ['kɔrəl], *s.* coral.

CORALLINE ['kɔrəlain], *s.* coralina.

CORB [kɔ:b], *s.* cesto de transportar carvão.

CORD [kɔ:d], *s.* corda, cordão, cordel; fio de tear; nervo, tendão; medida de lenha (pilha de 4 x 8 pés); (mun.) bastão maciço. *v.* atar com corda; encordoar.

CORDAGE ['kɔ:didʒ], *s.* (mar.) cordame.

CORDIAL ['kɔ:diəl], *a.* cordial, sincero, amável, afetuoso; estimulante.

CORDIALITY [kɔ:di'æliti], *s.* cordialidade, sinceridade, franqueza.

CORDIALLY ['kɔ:diəli], *adv.* cordialmente, afetuosamente, sinceramente; francamente.

CORDITE ['kɔ:dait], *s.* cordite.

CORDON ['kɔ:dən], *s.* cordão de isolamento.

CORE [kɔ:], *s.* coração; alma; centro, núcleo; parte central; cerne, durame; o âmago, o busílis, o nó da questão = (E.U.) *nub.*

CORE [kɔ:] *v.* esvaziar; tirar o centro.

CO-REGENT ['kou'ri:dʒənt], *s.* co-regente.

CO-RELIGIONIST ['kouri'lidʒənist], *s.* correligionário.

CORER ['kɔ:rə], *s.* instrumento próprio para extrair pevide ou caroço das frutas.

CO-RESPONDENT ['kouris'pɔndənt, 'kourispɔndənt], *s.* cúmplice em adultério, numa denúncia de divórcio; co-réu.

CORF [kɔ:f], *s.* caixão próprio para conduzir ou medir carvão.

CORIACEOUS [kɔri'eiʃəs], *a.* coriáceo, duro como o couro.

CORIANDER [kɔri'ændə], *s.* coentro.

CORK [kɔ:k], *s.* cortiça; rolha de cortiça. *v.* arrolhar.

CORKER ['kɔ:kə], *s.* (fam.) argumento que faz cessar uma discussão; forma para alargar sapato; amigo íntimo.

CORK-SCREW ['kɔ:kskru:] *s.* saca-rolhas.

CORKY ['kɔ:ki], *a.* semelhante à cortiça; encolhido.

CORMORANT ['kɔ:mərənt], *s.* corvo marinho; glutão; avarento.

CORN [kɔ:n], *s.* semente de toda espécie; todo gênero de cereais; (E.U.) milho = (Ing.) *maize* ou *Indian corn;* calo. # *corn chandler,* especieiro. *to acknowledge the corn,* dar a mão à palmatória, admitir, reconhecer, concordar.

CORN-COB ['kɔ:nkɔb], *s.* sabugo de milho.

CORNEA ['kɔ:niə], *s.* córnea.

CORNELIAN [kɔ:'ni:ljən], *s.* cornalina.

CORNER ['kɔ:nə], *s.* canto; ângulo; extremidade; escanteio (no futebol); esquina; recanto, esconderijo; dificuldade, embaraço, apuro. *v.* forçar, acantoar; embaraçar. # *to be in a tight corner,* estar em apuros, estar em maus lençóis. *to turn the corner,* dobrar a esquina.

CORNER-STONE ['kɔ:nəstoun], *s.* pedra angular. # *to lay a corner-stone,* lançar uma pedra fundamental.

CORNERWISE ['kɔ:nəwaiz], *adv.* diagonalmente.

CORNET ['kɔ:nit], *s.* corneta, trombeta; barrete; toucado das irmãs de caridade.

CORNEY, CORNY ['kɔ:ni], *a.* antiquado, fora de moda.

CORN-FLOUR ['kɔ:nflauə], *s.* amido de milho; maisena = (E.U.) *cornstarch.*

CORNICE ['kɔ:nis], *s.* cornija.

CORNSTALK ['kɔ:nstɔ:k], *s.* talo de trigo; (E.U.) talo de milho.

CORNSTARCH ['kɔ:nstɑ:tʃ], *s.* (E.U.) amido de milho; maisena = (Ing.) *corn-flour.*

CORNUCOPIA [kɔ:nju'koupjə], *s.* cornucópia.

COROLLA [kə'rɔlə], *s.* corola.

COROLLARY [kə'rɔləri], *s.* corolário.

CORONA [kə'rounə], *s.* coroa, halo, auréola; fulguração.

CORONARY ['kɔrənəri], *a.* coronário; coronal.

CORONATION [kɔrə'neiʃən], *s.* coroação.

CORONER ['kɔrənə], *s.* juiz do tribunal de investigação; médico que está agregado aos tribunais, médico legista.

CORONET ['kɔrənit], *s.* coroa de titular; grinalda.

CORPORAL ['kɔ:pərəl], *s.* cabo de esquadra; corporal da missa. *a.* corporal, corpóreo, material.

CORPORATE ['kɔ:pərit], *a.* associado, incorporado; corpóreo; social; coletivo.

CORPORATION [kɔ:pə'reiʃən], *s.* corporação, companhia, grêmio, associação; (E.U.) sociedade por ações = (Ing.) *limited liability company.* # *eleemosynary corporation,* sociedade beneficente. *one-man corporation,* firma individual. *sham corporations,* pessoas jurídicas aparentes.

CORPORATOR ['kɔ:pəreitə], *s.* membro de uma corporação.

CORPOREAL [kɔ:'pɔ:riəl], *a.* corporal, corpóreo, material.

CORPS [kɔ:], *s. pl.* [kɔ:z], corpo; associação de pessoas; corpo de exército. # *the diplomatic corps,* o corpo diplomático.

CORPSE [kɔ:ps], *s.* cadáver; corpo (morto).

CORPULENCE ['kɔ:pjuləns], *s.* corpulência, gordura, obesidade.

CORPULENT ['kɔ:pjulənt], *a.* corpulento.

CORPUSCLE ['kɔ:pʌsl, kɔ:'pʌsl], *s.* corpúsculo, molécula.

CORPUSCULAR [kɔ:'pʌskjule], *a.* corpuscular; molecular.

CORRAL [kɔ'rɑ:l], [(E.U.) kə'ræl], *s.* curral. *v.* encurralar.

CORRECT [kə'rekt], *a.* correto; verdadeiro; exato; justo; conforme. *v.* corrigir, emendar, retificar; castigar, repreender; reparar, remediar.

CORRECTION [kə'rekʃən], *s.* correção, retificação, reforma, emenda; castigo, repreensão, censura, admoestação.

CORRECTIONAL [kə'rekʃənl], *a.* correcional. *s.* casa de correção.

CORRECTIVE [kə'rektiv], *s.* corretivo, correção; restrição.

CORRECTLY [kə'rektli], *adv.* corretamente.
CORRECTNESS [kə'rektnis], *s.* correção, exatidão.
CORRECTOR [kə'rektə], *s.* corretor; revisor; reformador.
CORRELATE ['kɔrileit], *v.* correlacionar.
CORRELATION [kɔri'leiʃən], *s.* correlação, analogia.
CORRELATIVE [kɔ'relətiv], *a.* correlativo, análogo.
CORRESPOND [kɔris'pɔnd], *v.* corresponder, adaptar-se, igualar; corresponder-se; cartear-se. # *correspond to* ou *with,* corresponder a. *correspond with,* corresponder-se com.
CORRESPONDENCE [kɔris'pɔndəns], *s.* correspondência, relação, correlação; comunicação; cartas.
CORRESPONDENT [kɔris'pɔndənt], *s.* correspondente. *a.* correspondente, conforme.
CORRESPONDING [kɔris'pɔndiŋ], *a.* correspondente, conforme, similar.
CORRIDOR ['kɔridɔ:], *s.* corredor; galeria de fortificação.
CORRIGIBLE ['kɔridʒəbl], *a.* corrigível, emendável.
CORROBORATE [kə'rɔbəreit], *v.* corroborar, confirmar; testemunhar; fortalecer, validar.
CORROBORATION [kərɔbə'reiʃən], *s.* corroboração, confirmação, fortalecimento.
CORRODE [kə'roud], *v.* corroer, roer, gastar, desgastar, consumir; corroer-se.
CORROSION [kə'rouʒən], *s.* corrosão.
CORROSIVE [kə'rousiv], *s.* e *a.* corrosivo.
CORRUGATE ['kɔrugeit], *v.* enrugar, franzir, arrugar, preguear.
CORRUGATION [kɔru'geiʃən], *s.* arrugação, contração, franzimento.
CORRUPT [kə'rʌpt], *a.* corrupto, corrompido, corruptível, viciado, impuro, *v.* corromper, viciar, perverter, estragar; infetar, apodrecer; subornar. # *corrupt in blood,* (jur.) privado dos direitos civis.
CORRUPTER [kə'rʌptə], *s.* corruptor, sedutor.
CORRUPTIBLE [kə'rʌptəbl], *a.* corruptível, corrompido; venal.
CORRUPTION [kə'rʌpʃən], *s.* corrupção, decomposição, deterioração, depravação, suborno. # *corruption of blood,* (jur.) perda dos direitos civis.
CORRUPTIVE [kə'rʌptiv], *a.* corruptivo, devasso; desmoralizado.
CORRUPTNESS [kə'rʌptnis], *s.* corrupção, devassidão.
CORSAGE [kɔ:'sɑ:ʒ], *s.* corpo de vestido de senhora; corpinho.
CORSAIR ['kɔ:see], *s.* corsário, pirata, ladrão, bandido.
CORSE [kɔ:s], *s.* faixa, cinta.
CORSELET ['kɔ:slit], *s.* corselete, corpete.
CORSET ['kɔ:sit], *s.* espartilho.
CORTEX ['kɔ:teks], *s.* córtice, córtex. *pl.* **CORTICES.**
CORTICAL ['kɔ:tikəl], *a.* cortical; externo.
CORTICES ['kɔ:tisi:z], *pl.* de **CORTEX.**
CORUSCATE ['kɔrəskeit], *v.* coruscar, cintilar, brilhar, fulgurar, reluzir.
CORUSCATION [kɔrəs'keiʃən], *s.* coruscação, cintilação, brilho, fulguração.
CORVETTE [kɔ:'vet], *s.* (mar.) corveta.
CO-SCRIPTER ['kou'skriptə], *s. V.* **CO-AUTHOR.**
COSECANT ['kou'si:kənt], *s.* (geom.) co-secante.
COSHER ['kɔʃə], *v.* mimar; festejar.
COSILY ['kouzili], *adv.* comodamente, à vontade.
COSINE ['kousain], *s.* (geom.) co-seno.
COSINESS ['kouzinis], *s.* comodidade, bem-estar.
COSMETIC [kɔz'metik], *s.* cosmético. *a.* relativo à arte de embelezar o rosto.
COSMIC, AL ['kɔzmik, əl], *a.* cósmico; harmônico, ordenado; extenso, vasto.
COSMOGONIC, AL [kɔzmo'gɔnik, əl], *a.* cosmogônico.
COSMOGONIST [kɔz'mɔgənist], *s.* cosmogonista.
COSMOGONY [kɔz'mɔgəni], *s.* cosmogonia.
COSMOGRAPHER [kɔz'mɔgrəfə], *s.* cosmógrafo.
COSMOGRAPHIC, AL [kɔzmo'græfik, əl], *a.* cosmográfico.
COSMOGRAPHY [kɔz'mɔgrəfi], *s.* cosmografia.
COSMOLOGICAL [kɔzmə'lɔdʒikəl], *s.* cosmológico.
COSMOLOGIST [kɔz'mɔlədʒist], *s.* cosmologista.
COSMOLOGY [kɔz'mɔlədʒi], *s.* cosmologia.
COSMOPOLITAN [kɔzmə'pɔlitən], *s.* e *a.* cosmopolita.

COSMOPOLITE [kɔz'mɔpəlait], *s.* e *a.* cosmopolita.

COSMOS ['kɔzmɔs], *s.* cosmo, universo, mundo.

COST [kɔst], *s.* custo, preço, despesa, gasto; custas judiciais. *v.* custar, importar em. # *actual cost,* custo real. *at all costs,* a todo custo. *cost and freight,* (com.) preço incluindo o frete. *cost-of-living,* custo de vida. *free cost,* (com.) livre de despesas. *prime cost,* (com.) preço de custo. *to my cost,* à minha própria custa.

COSTAL ['kɔstl], *s.* costal.

CO-STAR ['kou'stɑ:], *v.* (cin.) coestrelar.

COSTARD ['kɔstəd], *s.* variedade de maçã grande e redonda; (col.) cabeça, crânio.

COSTER ['kɔstə], *V.* **COSTER-MONGER.**

COSTER-MONGER ['kɔstəmʌŋgə], *s.* verdureiro, fruteiro, peixeiro = (E.U.) *pushcart man.*

COSTING ['kɔstiŋ], *s.* custo; maneira de calcular o preço de um artigo.

COSTIVE ['kɔstiv], *a.* constipado; com prisão-de-ventre.

COSTIVENESS ['kɔstivnis], *s.* prisão-de-ventre.

COSTLINESS ['kɔstlinis], *s.* opulência, grandeza, suntuosidade, magnificência, dispêndio.

COSTLY ['kɔstli], *a.* opulento, grandioso, suntuoso, magnificente; custoso, dispendioso, caro.

COSTMARY ['kɔstmεəri], *s.* (bot.) atanásia.

COSTUME ['kɔstju:m], *s.* costume, traje típico, vestido, indumentária, fantasia.

COSTUME ['kɔstju:m], *v.* vestir-se para um caso especial; fornecer vestuário; fantasiar-se.

COSTUMER [kɔs'tju:mə], *s.* alfaiate ou modista de vestuário de teatro.

COSY ['kouzi], *a.* confortável, cômodo, agradável. *s.* abafador de bule.

COT [kɔt], *s.* casa pequena, cabana, choça; catre; cama portátil; berço; beliche; medida para venda de peixe; velo de carneiro; um bote.

COTANGENT ['kou'tændʒənt], *s.* (geom.) co-tangente.

COTE [kout], *s.* curral, aprisco; abrigo de animais; redil.

COTERIE ['koutəri], *s.* conventículo, corrilho, conciliábulo; círculo, grupo, reunião.

COTRANSGRESSOR ['koutræns'gresə], *s.* co-delinqüente.

COTTAGE ['kɔtidʒ], *s.* cabana, choça, choupana; casa de campo. # *cottage loaf,* pão caseiro.

COTTAGE CHEESE ['kɔtidʒtʃi:z], *s.* (E.U.) requeijão = (Ing.) *curd, curd cheese.*

COTTAGER ['kɔtidʒə], *s.* aldeão rústico; aquele que habita uma pequena casa de campo.

COTTAR, COTTER ['kɔtə], *s.* camponês; colono de fazenda; camarada de fazenda.

COTTER ['kɔtə], *s.* (mec.) chaveta. # *cotter key,* contrachaveta. *cotter pin,* contrapino.

COTTON ['kɔtn], *s.* algodão; pano, tecido ou fio de algodão; algodoeiro. *v.* cobrir-se de algodão; concordar, harmonizar-se. # *absorbent cotton,* algodão hidrófilo. *cotton batting,* (E.U.) algodão em rama = (Ing.) *cotton wool. cotton gin,* (maq.) descaroçadora de algodão. *cotton in the seed,* algodão em rama. *cotton print,* estampado de algodão. *cotton waste,* estopa de algodão. *raw cotton,* algodão em rama.

COTTON-WOOL ['kɔtn'wul], *s.* algodão em rama.

COTTONY ['kɔtni], *a.* macio como algodão.

COTTRELL ['kɔtrel], *s.* (E.U.) aparelho usado para limpar chaminé de navio = (Ing.) *arrester.*

COTYLEDON [kɔti'li:dən], *s.* cotilédone.

COTYLEDONOUS [kɔti'li:dənəs], *a.* cotiledôneo.

COUCH [kautʃ], *s.* canapé, poltrona, cadeira de descanso; divã, leito. *v.* deitar-se, recostar-se; depositar, indicar; encobrir, dissimular.

COUGH [kɔf], *s.* tosse. *v.* tossir.

COUGHER ['kɔfə], *s.* pessoa que tosse.

COUGHING ['kɔfiŋ], *s.* tosse.

COULD [kud], *pret.* de **CAN.**

COULISSE [ku:'li:s], *s.* bastidor de teatro.

COULOMB ['ku:lɔm], *s.* (eletr.) coulomb, ampère-segundo.

COULTER ['koultə], *s.* relha de arado.

COUNCIL ['kaunsl], *s.* junta, reunião, conferência, concílio eclesiástico, Conselho de Estado. # *advisory council,* conselho consultivo.

COUNCILLOR ['kaunsilə], *s.* conselheiro; camarista; vereador, intendente municipal = (E.U.) *city councilman.*

[ɔə] - **door;** [uə] - **poor;** [j] - **y**es; [w] - **w**et; [g] - **g**ive; [h] - **h**at; [s] - **s**ay;
[ŋ] - **king;** [ʃ] - **sh**ip; [ʒ] - rou**g**e; [θ] - **th**in; [ð] - **th**en; [tʃ] - **ch**in; [dʒ] - **j**am.

COUNCILMAN ['kaunslmən], *s.* (E.U.) intendente municipal = (Ing.) *town councillor.*

COUNSEL ['kaunsəl], *s.* consulta, conselho, parecer; prudência, discrição, precaução, cautela; desígnio; advogado. *v.* aconselhar, admoestar, repreender, aconselhar-se. # *to hold counsel,* tomar conselho.

COUNSELLOR ['kausələ], *s.* consultor; conselheiro, advogado.

COUNT [kaunt], *s.* conta, cálculo, soma total; atenção, consideração; conde. *v.* contar, somar, numerar, calcular; considerar; reputar; imputar; apurar. # *count on* (ou *upon*), contar com.

COUNTENANCE ['kauntinəns], *s.* semblante, feição, rosto, cara, figura, fisionomia; aspecto; proteção, patrocínio, auxílio, apoio. *v.* apoiar, sustentar, favorecer, animar, proteger. # *put out of countenance,* perturbar, confundir; embaraçar, desconcertar.

COUNTER ['kauntə], *s.* contador, calculista; ficha de jogo; caixa registradora; balcão. *v.* opor, fazer frente, enfrentar, contradizer.

COUNTERACT [kauntə'rækt], *v.* contrariar, impedir, frustrar, neutralizar, anular.

COUNTER-ATTACK [kauntərə'tæk], *v.* contra-atacar.

COUNTER-ATTACK ['kauntərətæk], *s.* contra-ataque.

COUNTERBALANCE [kautə'bæləns], *v.* contrabalançar, equilibrar, neutralizar, compensar.

COUNTERBALANCE ['kauntəbæləns], *s.* contrapeso, equilíbrio.

COUNTER-BID ['kauntə-bid], *s.* contra-oferta.

COUNTER-BLAST ['kauntəblɑ:st], *s.* oposição enérgica.

COUNTER-BLOW ['kauntəblou], *s.* contra-golpe.

COUNTERCHARGE ['kauntətʃɑ:dʒ], *s.* censura, reprimenda, admoestação, recriminação.

COUNTER-CLAIM ['kauntə-kleim], *s.* reconvenção.

COUNTER-CLOCKWISE ['kauntə'klɔkwaiz], *a.* contrário à direção dos ponteiros do relógio.

COUNTERFEIT ['kauntəfit], *s.* imitação, cópia; falsificação, dissimulação, contrafação; velhaco, impostor. *a.* falso. *v.* imitar, copiar, falsificar, enganar.

COUNTERFEITER ['kauntəfitə], *s.* falsário.

COUNTER-FOIL ['kauntəfɔil], *s.* talão, canhoto (de cheques ou recibos) = (E.U.) *stub.*

COUNTER-IRRITANT ['kautə'riritənt], *s.* e *a.* (med.) revulsivo.

COUNTERMAND ['kauntə'mɑ:nd], *s.* contra-ordem.

COUNTERMAND [kauntə'mɑ:nd], *v.* contramandar; revogar, invalidar, cancelar, anular.

COUNTERMARCH ['kauntə'mɑ:tʃ], *s.* contramarcha.

COUNTERPANE ['kauntəpein], *s.* colcha, acolchoado, cobertura para cama.

COUNTERPART ['kauntəpɑ:t], *s.* contraparte, reprodução, traslado; fac-símile; duplicata.

COUNTERPOINT ['kauntəpəint], *s.* contraponto.

COUNTERPOISE ['kauntəpɔiz], *s.* contrapeso. *v.* contrabalançar.

COUNTER-POISON ['kauntəpɔizn], *s.* contraveneno.

COUNTER-PROOF ['kauntəpru:f], *s.* contraprova.

COUNTER-REVOLUTION ['kauntərəvə'lu:ʃən], *s.* contra-revolução.

COUNTERSIGN ['kauntəsain], *s.* contra-senha; assinatura adicional; rubrica. *v.* visar, autenticar, rubricar, referendar, subscrever.

COUNTERSINK ['kauntəsiŋk, kauntə'siŋk], *v.* escariar.

COUNTERSINK ['kauntəsiŋk], *s.* escariador.

COUNTER-STROKE ['kauntə-strouk], *s.* contrapancada, contragolpe.

COUNTER-TENOR ['kauntə'tenə], *s.* contralto.

COUNTERWEIGHT ['kauntəweit], *s.* contrapeso.

COUNTESS ['kauntis], *s.* condessa.

COUNTING ['kauntiŋ], *s.* conta; recenseamento.

COUNTING-HOUSE ['kauntiŋhaus], *s.* escritório de casa comercial ou industrial.

COUNTLESS ['kauntlis], *a.* inumerável; sem conta.

COUNTRY ['kʌntri], *s.* país, nação, pátria; campo, província, aldeia, região rural; terra. *a.* rural, rústico, campestre. # *a country plug,* (col.) um médico da roça. *back country, back lands,* o interior do país. *backward country,* país não desenvolvido. *underdeveloped coun-*

try, país subdesenvolvido. *to stump the country,* percorrer o país em campanha política.

COUNTRYMAN ['kʌntrimən], *s.* compatriota; provinciano, camponês, aldeão.

COUNTRY-SEAT ['kʌntri'si:t], *s.* mansão.

COUNTRYSIDE ['kʌntrisaid], *s.* zona campestre, zona rural, campo.

COUNTY ['kaunti], *s.* condado, comarca, concelho.

COUP [ku:], *s.* golpe, bofetada; vitória.

COUPLE ['kʌpl], *s.* par, casal, parelha, união, laço que prende duas coisas. *v.* emparelhar, juntar, reunir; casar; encaixar.

COUPLER ['kʌplə], *s.* aparelho para ligar ou unir.

COUPLET ['kʌplit], *s.* copla, quadra para cantar.

COUPLING ['kʌpliŋ], *s.* ligação, ajuntamento; engate; aparelho para unir; (maq.) acoplamento; (canal.) união (peça para unir tubos).

COUPON ['ku:pɔn], *s.* cupom.

COURAGE ['kʌridʒ], *s.* coragem, valentia, ousadia; ânimo, bravura, valor. # *Dutch courage,* coragem falsa. *pluck up courage, summon up all courage,* criar coragem, armar-se de coragem, fazer das tripas coração.

COURAGEOUS [kə'reidʒəs], *a.* corajoso, valente, ousado, bravo, intrépido, animoso.

COURIER ['ku:riə], *s.* mensageiro.

COURSE [kɔ:s], *s.* curso; corrente; carreira; via; rumo, direção; canal, trajeto, caminho; conduta, procedimento; porte; serviço de mesa; pratos de que se compõe a refeição; menstruação, regras. # *in due course,* em ocasião oportuna. *of course,* naturalmente. *post graduate course,* curso de aperfeiçoamento, curso de pós-graduação. *primary course,* curso primário. *refresher course,* curso de revisão.

COURSER ['kɔ:sə], *s.* corcel; caçador.

COURT [kɔ:t], *s.* corte, paço; tribunal, câmara; audiência; residência real; séquito; cortejo; campo para tênis; galanteio. *v.* cortejar, namorar; pedir, rogar, solicitar. # *a lower court,* tribunal de primeira instância. *court martial,* corte marcial. *court order,* ordem judicial. *to pay court to,* cortejar.

COURTEOUS ['kə:tjəs, 'kɔ:tjəs], *a.* cortês, polido, atencioso, tratável, sociável, lhano, afável.

COURTESAN [kɔ:ti'zæn], *s.* cortesã.

COURTESY ['kə:tisi, 'kɔ:tisi], *s.* cortesia, reverência, mesura; urbanidade.

COURT HOUSE ['kɔ:t'haus], *s.* Palácio da Justiça, edifício de tribunal.

COURTIER ['kɔ:tjə], *s.* cortesão; gente da corte; cortejador, galanteador.

COURTLY ['kɔ:tli], *a.* cortês; cortesão; elegante.

COURT-MARTIAL ['kɔ:t'mɑ:ʃəl], *s.* conselho de guerra.

COURTROOM ['kɔ:trum], *s.* sala de tribunal.

COURTSHIP ['kɔ:tʃip], *s.* cortejo, corte, galanteio.

COURTYARD ['kɔ:t'jɑ:d], *s.* pátio.

COUSIN ['kʌzn], *s.* primo, prima.

COUSIN-GERMAN ['kʌzn'dʒə:mən], *s.* primo-irmão.

COVE [kouv], *s.* enseada, angra coberta; vale estreito; companheiro, amigo.

COVE [kouv], *v.* arquear, abobadar.

COVENANT ['kʌvinənt], *s.* convenção, ajuste, pacto, contrato; promessa divina; escritura de contrato. *v.* prometer, contratar, estipular; empenhar-se. # *Covenant of the League of Nations,* Pacto da Liga das Nações.

COVENANTER ['kʌvinəntə], *s.* contratante; membro de um liga.

COVER ['kʌvə], *s.* cobertura, coberta, tampa; envelope, capa; chapéu; véu; agasalho; abrigo, albergue; máscara; tapete; pretexto; talher completo para uma pessoa; fundos para solver um compromisso. *v.* cobrir, tapar; (com.) "fazer" uma zona, percorrer uma zona; ocultar, abrigar, proteger; dissimular, revestir; mascarar; percorrer; (E.U.) fazer reportagem = (Ing.) *to report.* # *cover charge,* (E.U.) serviço cobrado em restaurante. *cover note,* apólice provisória (de seguro). *from cover to cover,* da primeira à última página. *take cover,* abrigar-se. *under separate cover,* em invólucro separado.

COVERAGE ['kʌvəridʒ], *s.* cobertura (por apólice de seguro); zona de circulação ou eficiência de um anúncio.

COVERING ['kʌvəriŋ], *s.* cobertura; roupa; capa; tampa.

COVERLET ['kʌvəlit], *s.* coberta da cama, colcha.

COVERT ['kʌvə, 'kʌvət], *s.* abrigo, coberta; esconderijo.

COVERT ['kʌvət], *a.* coberto, encoberto, escondido, dissimulado, disfarçado.

COVERT-COAT ['kʌvət'kout], *s.* guarda-pó = (E.U.) *duster*. *V.* **DUST-CLOAK.**

COVET ['kʌvit], *v.* cobiçar, ambicionar, aspirar.

COVETOUS ['kʌvitəs], *a.* cobiçoso, desejoso, ambicioso, avarento.

COVEY ['kʌvi], *s.* bando de pássaros.

COW [kau], *s.* vaca; fêmea dos grandes quadrúpedes; cobertura de chaminé. *v.* atemorizar, intimidar, amedrontar, assustar; acovardar. # *to herd, drive* ou *punch cows*, (E.U.) tanger ou arrebanhar gado. *when* (ou *till*) *the cows come home*, nunca, no dia de São Nunca.

COWARD ['kauəd], *s.* e *a.* covarde, medroso, tímido, pusilânime, poltrão, vil.

COWARDICE ['kauədis], *s.* covardia, timidez.

COWARDLINESS ['kauədlinis], *s.* covardia.

COWARDLY ['kauədli], *adv.* covardemente. *a.* covarde, vil, poltrão.

COW-BOY ['kaubɔi], *s.* menino que cuida das vacas; (E.U.) boiadeiro, vaqueiro, campeiro.

COW-CATCHER ['kaukætʃə], *s.* limpa-trilhos.

COWEL ['kauəl], *s.* capô.

COWER ['kauə], *v.* acocorar-se, agachar-se, abaixar-se; aninhar-se.

COWHERD ['kauhə:d], *s.* vaqueiro.

COWHIDE ['kauhaid], *s.* couro; vergalho; chicote de couro, chibata; azorrague. *v.* vergastar, dar chicotadas.

COW-HOUSE ['kauhaus], *s.* estábulo.

COWL [kaul], *s.* capuz de frade, capelo, hábito de frade com capuz; (av.) capota do motor; (aut.) parte estreita que encerra o pára-brisa e o painel. *v.* encapuzar.

COWLING ['kauliŋ], *s.* (av.) coberta do motor.

COW-POKE ['kaupouk], *s.* (fig.) *V.* **COW-BOY.**

COW-POX ['kaupɔks], *s.* vacina (doença do gado).

COW-PUNCHER ['kaupʌntʃə], *V.* **COW-BOY.**

COW-SHED ['kauʃed], *s.* estábulo de vacas.

COWSLIP ['kauslip], *s.* primavera (flor).

COX [kɔks], abreviatura de **COXCOMB.**

COXCOMB ['kɔkskoum], *s.* pelintra presumido; crista de galo.

COXSWAIN ['kɔkswein], *s.* (mar.) timoneiro, patrão.

COY [kɔi], *a.* recatado, esquivo, tímido, reservado, modesto, acanhado, envergonhado.

COYNESS ['kɔinis], *s.* recato, vergonha, reserva, timidez, modéstia; *pl.* melindres.

COYOTE ['kɔiout], *s.* coiote.

COZEN ['kʌzn], *v.* enganar, lograr, lesar.

COZY ['kouzi], *V.* **COSY.**

CRAB [kræb], *s.* caranguejo; (astr.) Câncer (constelação zodiacal); caturra, homem impertinente; (mec.) molinete, guincho, cabrestante. *v.* arranhar; criticar; quebrar; (gír.) queixar-se.

CRABBED ['kræbid], *a.* carrancudo, impertinente, irritado; áspero; azedo; difícil de compreender.

CRABBY ['kræbi], *a.* (col.) de mau humor.

CRACK [kræk], *s.* fenda, greta, racha, rachadura; estouro, estalido, estampido; loucura, alienação mental; repreensão; observação maldosa; mentecapto; (esp.) craque. *a.* excelente, famoso; de qualidade superior. *v.* fender, rachar; estalar; rebentar; enlouquecer; repreender, censurar. # *crack-brained*, insensato. *crack of doom*, dia do julgamento final.

CRACKAJACK, CRACKERJACK ['krækədʒæk], *s.* (esp.) campeão, craque. *a.* (esp.) exímio, excelente.

CRACK-BRAINED ['krækbreind], *a.* adoidado.

CRACKED [krækt], *a.* quebrado, rachado; estridente; (col.) louco.

CRACKER ['krækə], *s.* estalo, petardo, foguete; (E.U.) bolacha, biscoito = (Ing.) *biscuit;* mentira.

CRACKING ['krækiŋ], *s.* estalo, estrondo; ação de rachar ou fender; (petr.) craqueamento.

CRACKLE ['krækl], *v.* estalar, crepitar.

CRACKLING ['krækliŋ], *s.* estalo, estalido; crepitação; (E.U.) pele de porco assado, torresmo = (Ing.) *tallow's crap.*

CRACKNEL ['kræknl], *s.* biscoito duro, bolacha.

CRACKPOT ['krækpɔt], *s.* (col.) maluco. *a.* esquisito, excêntrico.

CRACKUP ['krækʌp], *s.* (gír.) desastre de aviação; esgotamento nervoso.

CRADLE ['kreidl], *s.* berço; lugar de nascimento; (fig.) infância; (cirur.) tala; (mar.) picadeiro. *v.* embalar, pôr no berço; ceifar.

CRAFT [krɑ:ft], *s.* arte, ofício; habilidade, perícia, astúcia, artifício. # *interstellar craft,* foguete interplanetário.

CRAFTILY ['krɑ:ftili], *adv.* com astúcia, engano; velhacaria, manha.

CRAFTINESS ['krɑ:ftinis], astúcia, engano; velhacaria, manha.

CRAFTSMAN ['krɑ:ftsmən], *s.* artífice, artesão; mecânico.

CRAFTSMANSHIP ['krɑ:ftsmənʃip], *s.* condição de artífice.

CRAFTY ['krɑ:fti], *a.* astuto, ladino, velhaco; artificioso, cauteloso.

CRAG [kræg], *s.* precipício, despenhadeiro, penhasco.

CRAGGINESS ['kræginis], *s.* escabrosidade; fragosidade.

CRAGGY ['krægi], *a.* escabroso, escarpado.

CRAKE [kreik], *s.* codorniz. *v.* gritar desagradavelmente, imitando a codorniz.

CRAM [kræm], *s.* abarrotamento; saciedade. *v.* encher, abarrotar, fartar; engordar, cevar, saciar-se; estudar às pressas em vésperas de exames.

CRAMP [kræmp], *s.* cãibra; empecilho; (carp.) sargento, grampo de ferro. *a.* dificíl, ilegível. *v.* ter cãibras; apertar, constranger, enganar.

CRAMPED [kræmpt], *a.* estreito, apertado; acanhado .(de mente).

CRAMPON ['kræmpən], *s.* gancho de ferro para suspender grandes pesos; cravo de sapatos de corrida.

CRANE [krein], *s.* grou (ave); guindaste; sifão. *v.* guindar, levantar com guindaste, suspender, içar; estender-se. # *travelling crane,* carro-guindaste, guindaste móvel.

CRANIAL ['kreiniəl], *a.* relativo ao crânio.

CRANIUM ['kreiniəm], *pl.* **CRANIA** ['kreiniə], *s.* crânio.

CRANK [kræŋk], *s.* manivela, torniquete; curva, volta; pessoa excêntrica, original; mania. *a.* fraco, abalado; fora do eixo, solto; (mar.) instável, sem lastro. *v.* girar, manivelar, ziguezaguear, dar voltas. # *crank up,* acionar (motor). *spread-setting operating crank,* (arm.) manivela de leque. *valve bell crank,* (arm.) alavanca angular da válvula de impulso.

CRANK-CASE ['kræŋk-keis], *s.* cárter.

CRANKSHAFT ['kræŋkʃa:ft], (mec.) virabrequim

CRANKY ['kræŋki], *a.* rachado, cheio de fendas; (fig.) maníaco.

CRANNIED ['krænid], *a.* rachado, cheio de fendas.

CRANNY ['kræni], *s.* fenda, greta, rachadura.

CRAPE [kreip], *s.* crepe.

CRAPULOUS ['kræpjuləs], *a.* crapuloso.

CRASH [kræʃ], *s.* estampido, estrondo, estrépito; destruição, ruína; falência; bancarrota; esmagamento. *v.* fazer-se em pedaços, espatifar-se, espedaçar-se; estalar, estrondar, estrondear. # *crash job,* trabalho urgente. *crash landing,* (av.) acidente de pouso.

CRASIS ['kreisis], *s.* crase.

CRASS [kræs], *a.* crasso, espesso, grosso; grosseiro, estúpido.

CRATCH [krætʃ], *s.* manjedoura; inflamação no casco do cavalo.

CRATE [kreit], *s.* engradado (de madeira); cesto grande; canastra. *v.* meter em cestos; embalar, encaixotar, engradar.

CRATER ['kreitə], *s.* cratera; vaso antigo para vinho.

CRAVAT [krə'væt], *s.* gravata.

CRAVE [kreiv], *v.* desejar ardentemente, anelar, pedir com instância, almejar, suplicar, rogar, ambicionar.

CRAVEN ['kreivn], *s.* covarde, poltrão.

CRAVER ['kreivə], *s.* suplicante, requerente.

CRAVING ['kreiviŋ], *s.* súplica, desejo ardente; sede, apetência.

CRAW [krɔ:], *s.* papo de ave.

CRAWFISH ['krɔ:fiʃ], *s.* caranguejo de rio. *v.* (E.U.) retirar-se, fugir, esquivar-se, faltar ao compromisso assumido = (Ing.) *to back out.*

CRAWL ['krɔ:l], *s.* rastejo, ato de andar de rastos; aquário. *v.* arrastar-se, andar de rastos; mover-se lentamente, engatinhar; (fig.) insinuar-se.

CRAWLER ['krɔ:lə], *s.* réptil; reptante; o que anda de rastos.

CRAYFISH ['kreifiʃ], *V.* **CRAWFISH.**

CRAYON ['kreiən], *s.* creiom, lápis de desenho; carvão de arco voltaico.

CRAZE [kreiz], *s.* loucura, demência, mania, capricho; fantasia, paixão; ranhuras feitas na louça. *v.* quebrar, despedaçar; enlouquecer.

CRAZINESS ['kreizinis], *s.* loucura, demência, desequilíbrio.

CRAZY ['kreizi], *a.* decrépito, demente, louco, desequilibrado; desconcertado, desarranjado.

CRAZY-BONE ['kreizi'boun], *s.* (E.U). epitróclea = (Ing.) *funny-bone.*

CREAK [kri:k], *s.* som áspero; chiada, chiado *v.* chiar, ranger; cantar (a cigarra).

CREAKY ['kri:ki], *a.* chiador, rangedor.

CREAM [kri:m], *s.* creme; nata de leite; (fig.) a nata, a fina flor. *v.* desnatar; escolher a melhor parte; criar nata. # *dental cream,* dentifrício.

CREAMERY ['kri:məri], *s.* fábrica de laticínios; leiteria.

CREAMY ['kri:mi], *a.* que contém nata.

CREASE [kri:s], *s.* prega, dobra, vinco, ruga, rego, sulco. *v.* preguear; vincar.

CREATE [kri'eit], *v.* criar, gerar, produzir; ocasionar; constituir.

CREATION [kri'eiʃən], *s.* criação.

CREATIVE [kri'eitiv], *a.* criador, criativo, produtor, produtivo.

CREATIVENESS [kri'eitivnis], *s.* poder criador, faculdade criadora.

CREATOR [kri'eitə], *s.* criador.

CREATURE ['kri:tʃə], *s.* criatura; ser; animal.

CREDENCE ['kri:dəns], *s.* crédito, fé; credência de altar. # *give credence to,* acreditar em.

CREDENTIAL [kri'denʃəl], *s.* credencial; *pl.* credenciais diplomáticas.

CREDIBILITY [kredi'biliti], *s.* credibilidade.

CREDIBLE ['krədəbl], *a.* crível, acreditável, verossímil, digno de fé.

CREDIT ['kredit], *s.* crédito; fé; honra, confiança; influência, autoridade; haver, saldo a favor, superavit , lucro ; (E.U.) certificado de freqüência ou de conclusão de curso em universidade. *v.* crer, acreditar; debitar. # *blank credit,* crédito ilimitado. *credit money,* (fin.) moeda fiduciária. *credit rating,* condições de crédito, alcance do crédito. *give credit to,* dar valor a. *on credit,* a crédito. *open credit,* (com.) crédito a descoberto. *to have to one's credit,* (com.) ter a seu favor.

CREDITABLE ['kreditəbl], *a.* honorífico, honroso; estimável.

CREDITOR ['kreditə], *s.* credor.

CREDO ['kri:dou], *s.* credo; símbolo dos Apóstolos; profissão de fé.

CREDULITY [kri'dju:liti], *s.* credulidade.

CREDULOUS ['kredjuləs], *a.* crédulo.

CREED [kri:d], *s.* credo, crença, profissão de fé, doutrina.

CREEK [kri:k], *s.* angra, enseada, baía; tortuosidade; porto; (E.U.) riacho = (Ing.) *brook.*

CREEKY ['kri:ki], *a.* tortuoso.

CREEL [kri:l], *s.* cesta de pescador; caixa para lagostas; (mec.) grade; (tec.) estante.

CREEP [kri:p], *pret.* e *pp.* **CREPT.** *v.* engatinhar; andar de rasto, arrastar-se pelo chão; lisonjear; (fig.) humilhar-se; sentir arrepios ou pruridos. # *give one the creeps,* causar arrepios.

CREEPER ['kri:pə], *s.* réptil; o que anda de rastos; cravos que se colocam nos sapatos para facilitar a escalada dos montes; planta rasteira, trepadeira; (mec. aut.) cama para trabalho sob o veículo.

CREEPIE-PEEPIE ['kri:pi-pi:pi], *s. V.* **WALKIE-TALKIE.**

CREEPING ['kri:piŋ], *s.* prurido, formigueiro na pele; adulação; ação de engatinhar.

CREEPY ['kri:pi], *a.* que sente prurido; que se arrasta.

CREMATE [kri'meit], *v.* cremar, incinerar.

CREMATION [kri'meiʃən], *s.* cremação, incineração.

CREMATOR [kri'meitə], *s.* cremador; forno crematório.

CREMATORIUM [krəmə'tɔ:riəm], *s.* forno crematório.

CREMATORY ['kremətəri], *s.* forno crematório. *a.* crematório.

CRENATE ['kri:neit], *a.* (bot.) crenado (bordo de folha).

CRENEL ['krenəl], *s.* seteira, ameia.

CREOLE ['kri:oul], *s.* e *a.* crioulo.

CREOSOTE ['kriəsout], *s.* creosoto.

CREPITATE ['krepiteit], *v.* crepitar.

CREPITATION [krepi'teiʃən], *s.* crepitação.
CREPON ['krepɔn], *s.* crepe grosso.
CREPT [krept], *pret.* e *pp.* de **CREEP.**
CREPUSCLE ['krepəskju:l], *s.* crepúsculo.
CREPUSCULAR [kri'pʌskjulə], *a.* crepuscular.
CRESCENT ['kresnt], *s.* quarto crescente; meia lua.
CRESCENT ['kresnt], *a.* crescente.
CRESS [kres], *s.* agrião.
CREST [krest], *s.* crista, topete; cume, cumeeira; crista de monte; crina de cavalo; penacho. *v.* encrespar; marcar ou ornar com desenhos ondeados.
CRESTFALLEN ['krestfɔ:lən], *a.* de crista caída, desanimado, abatido.
CRETACEOUS [kri'teiʃəs], *a.* cretáceo.
CRETIN ['kretin], *s.* cretino, idiota, imbecil.
CRETINISM ['kretinizm], *s.* cretinismo.
CRETONNE [kre'tɔn], *s.* cretone.
CREVASSE [kri'væs], *s.* fenda.
CREVICE ['krevis], *s.* fenda, racha, greta, abertura.
CREW [kru:], *s.* tripulação, equipagem, bando, grupo.
CREW [kru:], *pret.* de **CROW** (arc.).
CRIB [krib], *s.* presépio, manjedoura; cabana, choupana; berço; caminha com grades; (fam.) plagiato; burro (tradução para auxiliar estudantes); cola (colégio). *v.* plagiar, furtar; encerrar em pequeno espaço; guardar cereais em arca; (col.) furtar objetos de pequeno valor; colar (colégio).
CRIBBER ['kribə], *s.* plagiador; guardador de cereais.
CRICK [krik], *s.* cãibra no pescoço, torcicolo.
CRICKET ['krikit], *s.* grilo; espécie de jogo ao ar livre; escabelo; (E.U.) tamborete, banquinho de três pés. # *not cricket,* desleal, desonesto. *play cricket,* (fig.) mostrar espírito esportivo.
CRICOID ['kraikɔid], *s.* cricóide.
CRIER ['kraiə], *s.* pregoeiro, leiloeiro, reclamista.
CRIME [kraim], *s.* crime, delito.
CRIMINAL ['kriminl], *s.* criminoso, delinqüente, réu. *a.* criminoso.
CRIMINALITY [krimi'næliti], *s.* criminalidade.
CRIMINOLOGIST [krimi'nɔlədʒist], *s.* criminologista.
CRIMINOLOGY [krimi'nɔlədʒi], *s.* criminologia.
CRIMP [krimp], *a.* quebradiço, frágil; teso, rígido; crespo; fácil de refutar. *s.* recrutador de homens para o serviço militar. *v.* encrespar, enrugar, frisar, torcer.
CRIMSON ['krimzn], *s.* carmesim. *a.* carmesim, rubro, vermelho, encarnado.
CRINGE [krindʒ], *s.* servilismo, baixeza, vileza, vilania, bajulação. *v.* bajular, adular; ser vil.
CRINGER ['krindʒə], *s.* bajulador, adulador; vilão, biltre, canalha, velhaco.
CRINKLE ['krinkl], *v.* serpear; enrugar; ondear.
CRINOID ['krainɔid], *s.* e *a.* crinóide.
CRINOLINE ['krinəli:n], *s.* crinolina; (náut.) rede contra torpedos; armação de crinolina para saia-balão.
CRIP [krip], *s.* (arm.) punho.
CRIPPLE ['kripl], *s.* estropiado, inválido, aleijado, coxo. *v.* estropiar, coxear, invalidar, aleijar, mutilar.
CRIPPLED ['kripld], *a.* estropiado, inválido; avariado.
CRISIS ['kraisis], *s.* crise.
CRISP [krisp], *a.* crespo, frisado, encaracolado, ondeado; quebradiço, frágil; tostado, vivificante. *s. pl.* batatinhas fritas à portuguesa = (E.U.) *potato chips.*
CRISS-CROSS ['kriskrɔs], *s.* assinatura em cruz, que faz o analfabeto; jogo de linhas cruzadas; maré, amarelinha, sapata (jogo infantil) = (E.U.) *tick-tack-toe* ou *tick-tack-too.* *a.* cruzado, entrelaçado.
CRITERION [krai'tiəriən], *pl.* **CRITERIONS, CRITERIA** [krai'tiəriənz, kri'tiəriə], *s.* critério.
CRITIC ['kritik], *s.* crítica; crítico, censor. *a.* crítico, difícil, decisivo, severo.
CRITICAL ['kritikl], *a.* crítico, escrupuloso, severo.
CRITICISM ['kritisizm], *s.* crítica; juízo crítico; criticismo.
CRITICIZE (ISE) ['kritisaiz], *v.* criticar, censurar.
CRITIQUE [kri'ti:k], *s.* crítica; regras do criticismo.

CROAK [krouk], *s.* o grasnar das rãs; o crocitar do corvo; som desagradável. *v.* grasnar; crocitar, rosnar; lamentar-se; resmungar.

CROAKER ['kroukə], *s.* rosnador; homem descontente, queixoso, murmurador, resmungão, pessimista.

CROAKY ['krouki], *a.* semelhante ao grasnar das rãs; desagradável; gutural; rabugento.

CROCHET ['krouʃei], *s.* crochê. *v.* fazer crochê.

CROCHET-HOOK ['krouʃihuk], *s.* agulha de crochê.

CROCK [krɔk], *s.* vaso de barro (pote, cântaro, tijela, panela, etc.); fuligem de chaminé; pangaré; pessoa velha e fraca. *v.* machucar-se. # *crock up,* invalidar-se.

CROCKERY ['krɔkəri], *s.* louça; louça de barro.

CROCKET ['krɔkit], *s.* ornamento usado em cornijas; remate; dossel.

CROCODILE ['krɔkədail], *s.* crocodilo.

CROCUS ['kroukəs], *s.* açafrão; pó para polir.

CROFT [krɔft], *s.* quintal; quinta pequena; cercado junto a uma casa.

CROFTER ['krɔftə], *s.* caseiro, arrendatário duma pequena quinta.

CROMLECH ['krɔmlek], *s.* monumento megalítico, formado de pedras em círculo.

CRONE [kroun], *s.* mulher velha encarquilhada; ovelha velha.

CRONY ['krouni], *s.* camarada, companheiro, amigo íntimo.

CROOK [kruk], *s.* croque; gancho; cajado de pastor; garfo; curva de caminho; trapaça, embuste, logro; trapaceiro, embusteiro. *v.* curvar; torcer, retorcer; perverter.

CROOKED ['krukid], *a.* curvo, encurvado, arqueado, torcido, torto; desonesto; pervertido; perverso; oblíquo.

CROOKED ['krukt], *a.* provido de gancho.

CROON [kru:n], *s.* canto ou som monótono. *v.* cantar em tom monótono; cantarolar.

CROONER ['kru:nə], *s.* cantor (especialmente de canções populares).

CROP [krɔp], *s.* colheita; ceifa; papo das aves; corte de cabelo; pele curtida; chicote; medida de peso. *v.* colher frutos; ceifar; pastar; tosquiar; segar; cortar rente; encurtar; aparar; aflorar, surgir; aparecer inesperadamente. # *crop of wine,* vindima. *perishable crops,* colheitas deterioráveis. *staple crop,* produtos agrícolas básicos.

CROPPER ['krɔpə], *s.* colhedor de frutos; grão que produz boa colheita; raça de pombos; máquina ou instrumento para aparar; queda; (E.U.) colono, meeiro (em fazenda). # *come a cropper,* fracassar; levar uma queda. *crop up,* surgir.

CROQUET ['kroukei, (E.U.) kro'kei], *s.* croquete (jogo). *v.* impelir a bola do adversário no jogo de croquete.

CROQUETTE [krou'ket], *s.* croquete, almôndega.

CROSIER, CROZIER ['krouʒə], *s.* báculo de bispo; constelação do Cruzeiro do Sul.

CROSS [krɔs], *s.* cruz; tribulação, aflição, tormento, contrariedade, revés; cruzamento de castas; antiga moeda inglesa. *a.* zangado, mal-humorado, enfadado, rabugento; desagradável; contrário, oposto, adverso, contraditório; atravessado, transversal; infeliz; desfavorável. *v.* cruzar, atravessar; riscar e apagar; atormentar, afligir; contradizer; cancelar; cruzar um cheque; persignar-se. # *be cross with someone,* estar aborrecido com alguém. *the bars of the cross,* os braços da cruz. *to get cross,* ficar aborrecido, trepar nos tamancos.

CROSS-ACTION ['krɔs'ækʃən], *s.* ação judicial de contradita.

CROSS-BAR ['krɔsbɑ:], *s.* tranca, travessão, viga.

CROSS-BEAM ['krɔsbi:m], *s.* trave-mestra.

CROSS-BENCH ['krɔsbentʃ], *s.* banco atravessado; lugar no Parlamento onde se sentam os deputados. *a.* independentes.

CROSSBILL ['krɔsbil], *s.* cruza-bicos, trinca-nozes (pássaro).

CROSS-BONES ['krɔsbounz], *s.* ossos cruzados simbolizando a morte.

CROSS-BOW ['krɔsbou], *s.* besta (arma antiga).

CROSS-BRED ['krɔsbred], *a.* mestiço (animal).

CROSS-BREED ['krɔsbri:d], *s.* raça cruzada; cruzamento de raças.

CROSS-COUNTRY ['krɔs'kʌntri], *s.* corrida ou vôo através do país, através do campo. *a.* através do país, através do campo.

CROSS-CUT ['krɔskʌt], *s.* atalho.
CROSS-ENTRY ['krɔs'entri], *s.* (cont.) estorno.
CROSS-EXAMINATION ['krɔsigzæmi'neiʃən], *s.* (jur.) inquirição.
CROSS-EXAMINE ['krɔsig'zæmin], *v.* (jur.) inquirir.
CROSS-EYED ['krɔsaid], *a.* estrábico, vesgo.
CROSS-FIRE ['krɔsfaiə], *s.* (mil.) fogo cruzado.
CROSS-FOOTER ['krɔs'futə], *s.* acumulador lateral de máquina de contabilidade.
CROSS-HEAD ['krɔshed], *s.* (arm.) cruzeta.
CROSS-INDEX ['krɔs'indeks], *s.* índice remissivo.
CROSSING ['krɔsiŋ], *s.* cruzamento, encruzilhada, travessia, passagem; faixa para pedestres; sinal da cruz.
CROSS-LEGGED ['krɔslegd], *a.* de pernas cruzadas.
CROSS-LOOKING ['krɔs'lukiŋ], *a.* mal encarado.
CROSSNESS ['krɔsnis], *s.* mau humor; irritabilidade; grosseria; malícia.
CROSSPIECE ['krɔspi:s], *s.* travessa, travessão (de madeira, etc.).
CROSS-PURPOSE ['krɔs'pə:pəs], *s.* intenção contrária, oposição.
CROSS-QUESTION ['krɔs'kwestʃən], *s.* inquirição. *v.* inquirir.
CROSS-RATE ['krɔsreit], *s.* (fin.) cálculo de taxa cambial entre duas moedas com base em uma terceira.
CROSS-REFERENCE ['krɔs'refrəns], *s.* remissão de citação (em um livro, etc.).
CROSS-ROAD ['krɔsroud], *s.* rua ou estrada transversal; atalho; *pl.* encruzilhada = (E.U.) *intersection.*
CROSS-SECTION ['krɔs-'sekʃən], *s.* corte transversal; ação de dar corte transversal.
CROSS-SIZE ['krɔs'saiz], *s.* formato em largura (em jornal).
CROSS-STITCH ['krɔsstitʃ], *s.* ponto de cruz (bordado).
CROSSTALK ['krɔstɔ:k], *s.* (rád.) diafonia.
CROSS-TIE ['krɔstai], *s.* (E.U.) dormente (de estrada de ferro) = (Ing.) *sleeper.*
CROSS-WAY ['krɔswei], *s.* atalho.
CROSS-WIND ['krɔswind], *s.* vento contrário.
CROSS-WISE ['krɔswaiz], *adv.* em cruz, de través, transversalmente.
CROSS-WORD ['krɔswə:d], *s.* palavra cruzada; *pl.* palavras cruzadas; palavras ditas de mau humor, descompostura.
CROTCH [krɔtʃ], *s.* forquilha.
CROTCHET ['krɔtʃit], *s.* excentricidade, raridade, originalidade; fantasia, capricho; colchete; (mús.) colcheia = (E.U.) *a quarter note.*
CROTCHETY ['krɔtʃiti], *a.* excêntrico, original; maníaco.
CROTON ['kroutən], *s.* cróton.
CROUCH [krautʃ], *v.* agachar-se, encolher-se, abaixar-se; humilhar-se, rebaixar-se, bajular, adular.
CROUP [kru:p], *s.* (med.) crupe.
CROUP [kru:p], *s.* garupa; anca.
CROUPIER ['kru:piə], *s.* crupiê.
CROW [krou], *s.* corvo; cacarejo de galo; pé-de-cabra (instrumento). *v.* cantar (o galo); gabar-se, vangloriar-se; jactar-se. # *have a crow to pluck with someone,* ter contas a ajustar com alguém.
CROWBAR ['krouba:], *s.* alavanca; pé-de-cabra.
CROWD [kraud], *s.* multidão, turba, plebe, populacho; ajuntamento; reunião tumultuosa; (fam.) companhia; (E.U.) pequeno grupo de pessoas, pessoal; nome de um instrumento antigo semelhante ao violino. *v.* amontoar, ajuntar, reunir, atulhar, sobrecarregar; comprimir, empurrar, apertar; (mar.) forçar as velas.
CROWDED ['kraudid], *a.* cheio, repleto, atulhado, apinhado, amontoado, entupido.
CROW-FOOT ['krou-fut], *s.* rainúnculo.
CROWN [kraun], *s.* coroa, diadema, grinalda; soberania; prêmio, galardão; moeda de 5 shillings; topo, cimo; coroa de dente; apogeu, glória; copa do chapéu. *v.* coroar, premiar; completar, consumar, acabar; proteger; aperfeiçoar; fazer a dama (no jogo de damas).
CROWNER ['kraunə], *s.* o que completa; o que aperfeiçoa.
CROWN-GLASS ['kraun'gla:s], *s.* vidro em folhas circulares.
CROWN-JEWELS ['kraun'dʒu:əlz], *s.* jóias da Coroa.
CROWNPIECE ['kraunpi:s], *s.* testeira (arreios).
CROWNPRINCE ['kraun'prins], *s.* herdeiro da Coroa.

CROW'S-FOOT ['krouzfut], *pl.* **CROW'S-FEET** ['krouzfi:t] *s.* pé-de-galinha (rugas).
CROW'S-NEST ['krouznest], *s.* (náut.) cesto de vigia.
CROZIER ['krouʒə], *s.* báculo, bastão episcopal; constelação do Cruzeiro do Sul. *Var.* de **CROSIER.**
CRUCIAL ['kru:ʃiəl], *a.* em forma de cruz; decisivo, conclusivo; severo; crucial, crítico.
CRUCIBLE ['kru:sibl], *s.* cadinho, crisol. *v.* derreter em um cadinho, fundir.
CRUCIFIX ['kru:sifiks], *s.* crucifixo.
CRUCIFIXION [kru:si'fikʃən], *s.* crucificação.
CRUCIFORM ['kru:sifɔ:m], *a.* cruciforme.
CRUCIFY ['kru:sifai], *v.* crucificar, mortificar, atormentar.
CRUDE [kru:d], *a.* cru; indigesto; primitivo, bruto; imperfeito; tosco.
CRUDITY ['kru:diti], *s.* crueza, dureza.
CRUEL ['kruəl], *a.* cruel, desumano, brutal, feroz, bárbaro, selvagem.
CRUELTY ['kruəlti], *s.* crueldade, desumanidade, ferocidade.
CRUET ['kruit], *s.* galheta, galheteiro.
CRUISE [kru:z], *s.* cruzeiro, travessia, viagem de recreio de um navio por diversos portos. *v.* cruzar o mar; andar a corso; andar a esmo.
CRUISER ['kru:zə], *s.* cruzador; corsário.
CRUMB [krʌm], *s.* miolo de pão; migalha de pão. *v.* esmigalhar, fracionar, espedaçar.
CRUMB-BRUSH ['krʌmbrʌʃ], *s.* escova de mesa.
CRUMBLE ['krʌmbl], *v.* esmigalhar, fracionar, espedaçar; desmoronar, cair.
CRUMBY ['krʌmbi], *a.* mole, brando; quebradiço; que se pode esmigalhar; cheio de migalhas.
CRUMMY ['krʌmi], *a.* (gír.) sujo; escangalhado.
CRUMPER ['krʌmpə], *s.* (col.) mentira, balela.
CRUMPET ['krʌmpit], *s.* bolinho. # *be barmy on the crumpet,* estar malu~o, estar sofrendo da bola.
CRUMPLE ['krʌmpl], *v.* enrugar, amarrotar, amarfanhar, machucar; amarrotar-se, dobrar, vincar.
CRUNCH [krʌntʃ], *v.* pisar, esmagar; triturar; mastigar com ruído; mascar.
CRUPPER ['krʌpə], *s.* rabicho (do arreio de cavalo).
CRUSADE [kru:'seid], *s.* cruzada; cruzado (expedicionário).
CRUSADER [kru:'seidə], *s.* cruzado, expedicionário.
CRUSH [krʌʃ], *s.* colisão, choque, embate, aperto. *v.* esmagar, amarrotar, comprimir, achatar; subjugar, vencer; esvaziar uma taça. # *have a crush on,* estar enamorado de.
CRUSHER ['krʌʃə], *s.* opressor, compressor, triturador.
CRUSHING MILL ['krʌʃiŋmil], *s.* triturador.
CRUST [krʌst], *s.* crosta; côdea; casca de ferida. *v.* encrostar, fazer criar crosta.
CRUSTACEAN [krʌs'teiʃiən], *s.* (zool.) crustáceo; *pl.* **CRUSTACEA** [krʌs'teiʃiə], *a.* crustáceo.
CRUSTACEOUS [krʌs'teiʃiəs], *a.* crustáceo.
CRUSTED ['krʌstid], *a.* com crosta, encrostado.
CRUSTINESS ['krʌstinis], *s.* impertinência, insistência.
CRUSTY ['krʌsti], *a.* encrostado; irritável, rabugento, impertinente.
CRUTCH [krʌtʃ], *s.* muleta. *v.* andar de muletas.
CRUX [krʌks], *s.* cruz; dificuldade, enigma, mistério; problema árduo; o nó da questão, o busílis; o essencial.
CRY [krai], *s.* grito, pregão, clamor, alarido, proclamação; choro; matilha de cães; pedido, requisição. *v.* gritar, bradar, clamar, apregoar, proclamar, exclamar; lamentar-se, chorar; bramir. # *be a far cry from,* diferir muito de. *cry down,* rebaixar, depreciar, fazer pouco de = *decry. cry off,* não cumprir uma promessa. *cry out,* vociferar. *cry up,* apregoar. *much cry and little wool,* muita galinha e pouco ovo.
CRYING, ['kraiiŋ], *s.* grito; choro. *a.* sabido, conhecido, notório.
CRYPT [kript], *s.* cripta.
CRYPTIC ['kriptik], *a.* escondido, oculto.
CRYPTOGRAM ['kriptogræm], *s.* criptograma.
CRYPTOGRAPH ['kriptogrɑ:f], *s.* escrita em cifra; cifra.
CRYPTOGRAPHY [krip'tɔgrəfi], *s.* criptografia.
CRYSTAL ['kristl], *s.* cristal, vidro cristal; (E.U.)

vidro de relógio = (Ing.) *watchglass*. *a*. de cristal, transparente. # *crystal clear*, claro como água.

CRYSTALLINE ['kristəlain], *a*. cristalino, transparente.

CRYSTALLIZABLE (ISA) ['kristəlaizəbl], *a*. cristalizável.

CRYSTALLIZATION (ISA) [kristəlai'zeiʃən], *s*. cristalização.

CRYSTALLIZE (ISE) ['kristəlaiz], *v*. cristalizar.

CRYSTALLOGRAPHY [kristə'lɔgrəfi], *s*. cristalografia.

CRYSTALLOID ['kristəlɔid], *s*. cristalóide.

CUB [kʌb], *s*. cachorro, cria de alguns animais; fedelho, criança travessa; (E.U.) novato, aprendiz, noviço.

CUBAGE ['kju:bidʒ], *s*. cubagem.

CUBAN ['kju:bən], *s*. e *a*. cubano.

CUBE [kju:b], *s*. cubo. *v*. cubar.

CUBE ROOT ['kju:b-ru:t], *s*. raiz cúbica.

CUBIC, AL ['kju:bik, əl], *a*. cúbico.

CUBICLE ['kju:bikəl], *s*. cubículo.

CUBISM ['kju:bizm], *s*. cubismo.

CUBIST ['kju:bist], *a*. cubista.

CUBIT ['kju:bit], *s*. (anat.) cúbito; antiga medida linear.

CUBOID ['kju:bɔid], *s*. cubóide.

CUCKOO ['kuku:], *s*. cuco (ave).

CUCUMBER ['kju:kəmbə], *s*. pepino. # *as cool as a cucumber*, calmo, indiferente; glacial.

CUD [kʌd], *s*. bolo alimentar que os ruminantes fazem voltar do estômago à boca. # *chew the cud*, refletir, matutar, ruminar um assunto.

CUDDLE ['kʌdl], *s*. abraço, carinho, carícia. *v*. abraçar, acarinhar, acariciar, afagar; esconder-se, agachar-se.

CUDDY ['kʌdi], *s*. pequeno refeitório de oficiais (a bordo); vestíbulo; parvo, tolo.

CUDGEL ['kʌdʒəl], *s*. clava, bastão, cacete, pau. *v*. bater, espancar, surrar.

CUE [kju:], *s*. cauda, rabicho de cabelo, ponta, extremidade; taco de bilhar; (teat.) deixa; humor.

CUFF [kʌf], *s*. soco, murro, sopapo, bofetada; pancada, golpe; punho de camisa; canhão do casaco. *v*. esmurrar, esbofetear, bater, golpear.

CUFF-LINK ['kʌfliŋk], *s*. abotoadura de punho = (E.U.) *button*.

CUFFO ['kʌfou], *adv*. (E.U. gír.) gratuitamente.

CUIRASS [kwi'ræs], *s*. couraça.

CUIRASSIER [kwirə'siə], *s*. couraceiro.

CUISINE [kui:'zi:n], *s*. cozinha, arranjo de cozinha; culinária.

CUL-DE-SAC ['kuldə'sæk], *s*. beco sem saída = *blind alley*.

CULINARY ['kʌlinəri], *a*. culinário.

CULL [kʌl], *v*. colher, recolher; escolher, eleger.

CULM ['kʌlm], *s*. (min.) antracito.

CULMINATE ['kʌlmineit], *v*. culminar.

CULMINATION [kʌlmi'neiʃən], *s*. auge; (astr.) culminação.

CULPABILITY [kʌlpə'biliti], *s*. culpabilidade.

CULPABLE ['kʌlpəbl], *a*. culpável.

CULPRIT ['kʌlprit], *s*. réu, ré, delinqüente.

CULT [kʌlt], *s*. culto.

CULTIVATE ['kʌltiveit], *v*. cultivar.

CULTIVATION [kʌlti'veiʃən], *s*. cultura, cultivo, cultivação.

CULTURAL ['kʌltʃərəl], *a*. cultural.

CULTURE ['kʌltʃə], *s*. cultura, saber, ilustração.

CULVERT ['kʌlvət], *s*. bueiro, galeria, aqueduto, mata-burros; cano para recobrir fios.

CUMBER ['kʌmbə], *s*. embaraço, empecilho. *v*. embaraçar, estorvar.

CUMBERSOME ['kʌmbəsəm], *a*. incomodativo, incômodo, enfadonho.

CUMBROUS ['kʌmbrəs], *a*. incomodativo = *cumbersome*.

CUMIN, CUMMIN ['kʌmin], *s*. cominho.

CUMULATIVE ['kju:mjulətiv], *a*. cumulativo.

CUMULO-CIRRUS ['kju:mjulou'sirəs], *s*. (meteor.) cirro-cúmulo.

CUMULO-NIMBUS ['kju:mjulou'nimbəs], *s*. (meteor.) cúmulo-nimbo.

CUMULO-STRATUS ['kju:mjulou'streitəs], *s*. (meteor.) estrato-cúmulo.

CUMULUS ['kju:mjuləs], *s*. cúmulo; acúmulo; montão; cúmulos (nuvens).

CUNEIFORM ['kjunifɔ:m], *a*. cuneiforme.

CUNNING ['kʌniŋ], *s*. astúcia, manha, ardil; engenho; habilidade, perícia, destreza, agilidade. *a*. astuto, manhoso, matreiro; engenhoso; dissimulado; habilidoso, perito, destro, ágil; (E.U.) gracioso, delicado.

CUP [kʌp], *s.* xícara, taça, chávena, copo; bebida embriagante; buraco (no golfe); (med.) ½ *pint* (em receitas); ventosa; (mun.) cápsula. *V.* **CUPPING-GLASS.** *v.* dar de beber; receber ou colocar em taça, xícara ou concavidade. # *be a cup too low,* estar indisposto. *be in one's cups,* estar embriagado. *cup grease,* (maq.) graxa consistente.

CUPBOARD ['kʌbəd], *s.* guarda-louça = (E.U.) *closet.* # *cupboard love,* amor por interesse.

CUPEL ['kju:pel], *s.* cadinho; copela. *v.* copelar.

CUPFUL ['kʌpful], *s.* conteúdo de uma xícara, taça ou chávena.

CUPIDITY [kju:'piditi], *s.* cupidez, avareza, cobiça.

CUPOLA ['kju:pələ], *s.* cúpula.

CUPPING-GLASS ['kʌpiŋglɑ:s], *s.* ventosa.

CUPREOUS ['kju:priəs], *a.* cúprico.

CUR [kə:], *s.* cão tinhoso, vira-lata; homem vil.

CURABILITY [kjuərə'biliti], *s.* curabilidade.

CURABLE ['kjuərəbl], *a.* curável.

CURAÇAO [kjuərə'sou], *s.* curaçao.

CURATE ['kjuərit], *s.* (ecles.) coadjutor, adjunto de um pároco.

CURATIVE ['kjuərətiv], *s.* curativo.

CURATOR [kjuə'reitə], *s.* curador; superintendente; curador judicial.

CURATORSHIP [kjuə'reitəʃip], *s.* curadoria; curatela.

CURB [kə:b], *s.* barbela; barbicacho, freio de cavalo; parapeito de um poço; beira da calçada, meio-fio = *kerb,* inchação na perna de um cavalo; restrição; sujeição. *v.* refrear, conter, reprimir, pôr freio; restringir; sujeitar. # *curbmarket,* Bolsa livre, mercado livre de títulos.

CURBSTONE ['kə:bstoun], *s.* meio-fio = *kerbstone.*

CURD [kə:d], *s.* coalhada; requeijão. *v.* coalhar.

CURD CHEESE ['kə:dtʃi:z], *s.* requeijão = (E.U.) *cottage cheese.*

CURDLE ['kə:dl], *v.* coalhar, coagular.

CURDY ['kə:di], *a.* coagulado, coalhado.

CURE [kjuə], *s.* cura, restabelecimento, remédio; tratamento; coadjutoria eclesiástica. *v.* curar, remediar, tratar uma doença; curar (ao sol, etc.), sanar, salgar, conservar, defumar, curar-se, restabelecer-se. # *past cure,* incurável. *under cure,* sob tratamento.

CURER ['kjuərə], *s.* remédio; médico, curandeiro.

CURFEW ['kə:fju:], *s.* toque de sino para apagar o lume nas lareiras, toque de recolher = *call to quarters.*

CURIA ['kjuəriə], *s.* cúria.

CURIO ['kjuəriou], *s.* curiosidade, objeto de arte raro. # *curio (= curiosity) shop,* loja de artigos de bricabraque.

CURIOSITY [kjuəri'ɔsiti], *s.* curiosidade; raridade; bibelô; desejo de saber; indiscrição.

CURIOUS ['kjuəriəs], *a.* curioso, interessante; (col.) raro, esquisito, estranho; digno de ser visto; indiscreto; obsceno (referindo-se a um livro).

CURIOUSLY ['kjuəriəsli], *adv.* curiosamente.

CURL [kə:l], *s.* anel, caracol, friso (de cabelo); sinuosidade; ondulação. *v.* enrolar, encaracolar, ondear, encrespar, enroscar, frisar.

CURLEW ['kə:lju:], *s.* (orn.) maçarico.

CURLPAPERS ['kə:lpeipəz], *s. pl.* papelotes.

CURLING ['kə:liŋ], *s.* ação de frisar o cabelo ou o bigode; jogo escocês sobre o gelo.

CURLY ['kə:li], *a.* anelado.

CURMUDGEON [kə:'mʌdʒən], *s.* avarento; pessoa rabugenta.

CURRANT ['kʌrənt], *s.* groselha; uva de Corinto.

CURRENCY ['kʌrənsi], *s.* circulação, curso; valor corrente, uso corrente; moeda em circulação; aceitação geral. # *currency enactments,* leis sobre a moeda. *currency paper,* papel moeda. *spearhead currency,* (E.U.) moeda utilizada por forças de ocupação.

CURRENT ['kʌrənt], *s.* corrente (de ar, água, etc.). *a.* corrente, comum, vulgar, geral, circulante; presente, vigente, atual; do dia. # *current meter,* correntômetro (oceanografia). *direct current,* (eletr.) corrente contínua. *longshore current,* (geol.) corrente litorânea.

CURRICULUM [kə'rikjuləm], *s.* currículo, programa de estudos.

CURRISH ['kə:riʃ], *a.* brutal, grosseiro; ordinário; rabugento, impertinente.

CURRY ['kʌri], *s.* caril, iguaria servida com caril. *v.* limpar, escovar um cavalo, almofaçar; condimentar com caril, curtir couro; (fig.) adular, lisonjear.

CURRYCOMB ['kʌrikoum], *s.* almofaça.

CURSE [kə:s], *s.* maldição, imprecação, praga, castigo, flagelo. *v.* atormentar; amaldiçoar, blasfemar, maldizer; afligir, praguejar; jurar.

CURSED ['kə:sid], *a.* maldito, abominável, detestável, execrável, mau.

CURSIVE ['kə:siv], *a.* cursivo. *s.* letra cursiva.

CURSORY ['kə:səri], *a.* apressado, precipitado; feito à pressa, rápido; descuidado.

CURT [kə:t], *a.* curto, breve, seco; brusco, rude; abrupto; conciso. *v.* encurtar.

CURTAIL [kə:'teil], *v.* cortar, encurtar, abreviar, mutilar, resumir, restringir.

CURTAILMENT [kə:'teilmənt], *s.* redução, diminuição, resumo; mutilação.

CURTAIN ['kə:tn], *s.* cortina; pano de boca de palco. # *curtain call,* chamada à cena. *curtain lecture,* resinga noturna (repreensão conjugal).

CURTNESS ['kə:tnis], *s.* concisão, brevidade.

CURTSEY ['kə:tsi], *s.* mesura, cortesia.

CURVATURE ['kə:vətʃə], *s.* curvatura.

CURVE [kə:v], *s.* curva. *v.* curvar, dobrar, encurvar, recurvar. # *bell-shaped curve,* (estr. de f.) curva campanular. *sharp curve,* curva fechada.

CURVET [kə:'vet], *s.* curveta (de cavalo). *v.* curvetear, empinar.

CURVILINEAL [kə:vi'liniəl], *a.* curvilíneo.

CURVILINEAR [kə:vi'liniə], *a.* curvilíneo.

CUSEC ['kju:sek], *s.* unidade de escoamento de água igual a um pé cúbico por segundo (abrev. de *cubic feet per second*).

CUSHION ['kuʃən], *s.* almofada, coxim; tabela do bilhar. *v.* almofadar, pôr sobre almofadas, proteger com almofadas, enfeitar com almofadas. # *be beside the cushion,* estar fora do assunto.

CUSHIONING ['kuʃəniŋ], *s.* amortecimento.

CUSP [kʌsp], *s.* cúspide, ponta.

CUSPIDOR ['kʌspədɔ:] *s.* (E.U.) cuspideira, escarradeira = (Ing.) *spittoon.*

CUSS [kʌs], *s.* maldição; pessoa sem valor; garoto. *a.* (fam.) amuado; enfadonho.

CUSSED ['kʌssid], *a.* maldito, amaldiçoado.

CUSTARD ['kʌstəd], *s.* creme (culinária).

CUSTODIAN [kʌs'toudiən], *s.* guardião, guarda.

CUSTODY ['kʌstədi], *s.* guarda; prisão; escolta; proteção, defesa; segurança. # *give into* (ou *in*) *custody,* entregar à polícia.

CUSTOM ['kʌstəm], *s.* costume, uso, hábito; freguesia (duma casa comercial), clientela; *pl.* direitos alfandegários ou aduaneiros. # *customs agent, or broker,* despachante aduaneiro. *customs debenture,* documento de alfândega. *customs entry,* declaração na alfândega. *go thrugh the customs,* passar na alfândega.

CUSTOMARY ['kʌstəməri], *a.* usual, comum, habitual, costumeiro, consuetudinário. *s.* livro de usos e costumes.

CUSTOMER ['kʌstəmə], *s.* cliente, freguês; empregado aduaneiro. # *charge customer,* freguês que compra a crédito. *cool customer,* indivíduo descarado.

CUSTOM-HOUSE ['kʌstəmhaus], *s.* alfândega.

CUT [kʌt], *s.* corte, talho, incisão; redução; golpe, cutilada; atalho; forma; estilo, feição; ofensa; (E.U.) corte (em estrada de ferro) = (Ing.) *cutting. v.* cortar, picar, retalhar, recortar, desbastar, reduzir; lapidar; castrar. *a.* cortado, interceptado, fendido; talhado, trinchado; castrado; preparado, pronto. # *be cut out for,* ser talhado para; ter talento para. *be cut up,* ser derrotado. *cut and dried,* vulgar, sem originalidade. *cut and run,* correr, sair precipitadamente, fugir. *cut close,* cortar rente. *cut dead,* fingir que não conhece. *cut down,* (com.) reduzir (despesas); derrubar cortando. *cut in* (ou *dip in*), interromper (a conversa), observar, apartear; cortar (no tráfego); entrar rapidamente. *cut loose,* libertar-se, soltar-se; descontrolar-se. *cut off,* cortar; isolar; extirpar. *cut out,* suplantar; silhueta recortada. *cut rate,* diminuição de preço. *cut one short,* interromper alguém que está falando.

CUTANEOUS [kju:'teiniəs], *a.* cutâneo.

CUTBACK ['kʌtbæk], *s.* redução.

CUTE [kju:t], *a.* agudo, perspicaz, inteligente, engenhoso, esperto; (E.U.) gracioso, delicado; lindo.

CUTENESS ['kju:tnis], *s.* agudeza, perspicácia, esperteza, engenho; encanto, atração.

CUTICLE ['kju:tikl], *s.* cutícula; (bot.) película.

CUTICULAR [kju:'tikjulə], *a.* cuticular.

CUTLASS ['kʌtləs], *s.* cutelo, espadão, sabre, espadim, alfanje.

CUTLER ['kʌtlə], *s.* cuteleiro.

CUTLERY ['kʌtləri], *s.* cutelaria.

CUTLET ['kʌtlit], *s.* costeleta; posta de peixe preparada em forma de costeleta.

CUT-OFF ['kʌtɔ:f], *s.* (E.U.) atalho, caminho lateral, caminho marginal = (Ing.) *by-pass, short-cut.* *v.* cortar, desligar.

CUTTER ['kʌtə], *s.* cortador, talhador, instrumento cortante; pequena embarcação a vela; (E.U.) pequeno trenó.

CUTTER BLOCK ['kʌtəblɔk], *s.* mandril.

CUT-THROAT ['kʌtθrout], *s.* assassino, degolador. *a.* mortal; ruinoso; bárbaro; severo.

CUTTING ['kʌtiŋ], *s.* corte, incisão, talho; redução (preço); corte (em estrada de ferro) = (E.U.) *cut;* entalhe; grelo, rebento; (hort.) muda; vala, trincheira; aparas; estaca de plantar; recorte (de jornal) = (E.U.) *clipping.* *a.* cortante, incisivo, penetrante; mordaz, sarcástico, trocista; amargo, penoso.

CUTTLE-FISH ['kʌtlfiʃ], *s.* siba.

CYANATE ['saiəneit], *s.* cianato.

CYANIC [sai'ænik], *a.* ciânico.

CYANIDE ['saiənaid], *s.* cianeto.

CYANOGEN [sai'ænədʒin], *s.* (quím.) cianogênio.

CYCLAMEN ['sikləmən], *s.* (bot.) ciclame.

CYCLE ['saikl], *s.* ciclo, período; bicicleta. *v.* passar por vários ciclos; andar de bicicleta = (E.U.) *to ride a wheel.*

CYCLER ['saiklə], *s.* (E.U.) ciclista = (Ing.) *cyclist.*

CYCLIC, AL ['siklik, əl], *a.* cíclico.

CYCLING ['saikliŋ], *s.* passeio de bicicleta.

CYCLIST ['saiklist], *s.* ciclista = (E.U.) *cycler, wheelman.*

CYCLOID ['saiklɔid], *s.* ciclóide.

CYCLOIDAL [sai'klɔidl], *a.* cicloidal.

CYCLONE ['saikloun], *s.* ciclone.

CYCLONIC [sai'klɔnik], *a.* ciclônico.

CYCLOPAEDIA (PEDIA) [saiklə'pi:diə], *s.* enciclopédia.

CYCLOPAEDIC [saiklə'pi:dik], *a.* enciclopédico.

CYCLOPEAN [sai'kloupjən], *a.* gigantesco, ciclópico.

CYCLOTRON ['saiklətrɔn], *s.* (fís.) cíclotron.

CYDER ['saidə], *s.* cidra.

CYGNET ['signit], *s.* cisne novo.

CYLINDER ['silində], *s.* cilindro, rolo; tambor de uma máquina .

CYLINDRIC, AL [si'lindrik, əl], *a.* cilíndrico.

CYLINDROID ['silindrɔid], *s.* cilindróide.

CYMA ['saimə], *s.* cimalha.

CYMBAL ['simbəl], *s.* prato de banda de música.

CYMBALO ['simbəlou], *s.* címbalo.

CYME [saim], *s.* (bot.) cimeira.

CYNIC ['sinik], *s.* e *a.* cínico (pertencente a certa seita filosófica); sarcástico; descrente, céptico.

CYNICAL ['sinikəl], *a.* céptico, descrente.

CYNICISM ['sinisizm], *s.* cinismo (doutrina filosófica); sarcasmo.

CYNOSURE ['sinəzjuə, 'sainəzjuə], *s.* centro de interesse.

CYPRESS ['saipris], *s.* cipreste.

CYST [sist], *s.* cisto, quisto; (biol.) bolsa, vesícula.

CYSTIC ['sistik], *a.* cístico.

CYSTITIS [sis'taitis], *s.* cistite.

CYSTOTOMY [sis'tɔtəmi], *s.* (cirurg.) cistotomia.

CYTOLOGY [sai'tɔlədʒi], *s.* citologia.

CYTOPLASM ['saitəplæzm], *s.* citoplasma.

CZAR, TZAR [zɑ:, tsɑ:], *s.* czar.

CZARINA, TZARINA [zɑ:'ri:nə, tsɑ:'ri:ne], *s.* czarina.

CZECH, CZEKH [tʃek], *s.* e *a.* tcheco.

CZECHOSLOVAK ['tʃekou'slouvæk], *s.* tcheco-eslovaco.

CZECHOSLOVAKIAN ['tʃekou-slou'vækiən], *s.* e *a.* *V.* **CZECHOSLOVAK.**

D

D [di:], *s.* quarta letra do alfabeto.

DAB [dæb], *s.* pancadinha, palmadinha; sopapo, tapa; salpico de lama; porção de substâncias úmidas ou macias, como manteiga, p. ex.; pessoa ladina; peixe semelhante ao rodovalho; craque, campeão, autoridade, sumidade, notabilidade = (E.U.) *crackerjack, shark.* v. esfregar ou bater suavemente; picar ou alisar (pedra); salpicar.

DABBLE ['dæbl], *v.* salpicar; enlamear; molhar, umedecer; banhar, mergulhar; chafurdar; intrometer-se.

DABSTER ['dæbstə], *s.* perito, conhecedor, sabedor; ladino, finório.

DACHSHUND ['dækshund], *s.* raça de cães de patas curtas e tortas.

DACTYL ['dæktil], *s.* dáctilo.

DACTYLIC [dæk'tilik], *a.* dactílico.

DAD [dæd], *s.* papai, papaizinho.

DADDY ['dædi], *V.* **DAD.**

DADDY-LONGLEGS ['dædi'lɔŋlegz], *s.* típula, mosquito berne; opilião; pernilongo.

DAFFODIL ['dæfədil], *s.* narciso.

DAFT [dɑ:ft], *a.* tolo, imbecil, idiota; louco.

DAFTNESS ['dɑ:ftnis], *s.* idiotice, tolice, imbecilidade.

DAGGER ['dægə], *s.* adaga; punhal; cruz (sinal de imprensa). # *look daggers at someone,* dirigir um olhar ferino a alguém.

DAGUERREOTYPE [də'gerotaip], *s.* daguerreótipo.

DAHLIA ['deiljə], *s.* dália.

DAILY ['deili], *s.* diário, jornal. *a.* diário, cotidiano. *adv.* diariamente, cotidianamente.

DAINTINESS ['deintinis], *s.* delicadeza no comer; gulodice; magnificência, pompa; afetação; elegância.

DAINTY ['deinti], *s.* manjar, guloseima, iguaria, acepipe. *a.* delicado, saboroso; elegante; melindroso, afetado.

DAIRY ['dɛəri], *s.* leiteria, queijaria; vacaria. # *dairy products (= produce),* laticínios.

DAIRYFARM ['dɛərifɑ:m], *s.* granja cujo principal produto é o leite, fazenda pastoril.

DAIRYING ['dɛəriiŋ], *s.* comércio e indústria do leite e derivados. *a.* de leiteria.

DAIRYMAID ['dɛərimeid], *s.* leiteira, empregada de leiteria; moça de estábulo.

DAIRYMAN ['dɛərimən], *s.* leiteiro, vendedor de leite; queijeiro.

DAIS ['deiis], *s.* plataforma, estrado, tablado.

DAISY ['deizi], *s.* margarida; (col.) qualquer coisa muito boa; moça atraente; (E.U.) indivíduo efeminado; carne de porco defumada; presunto sem osso.

DALE [deil], *s.* vale.

DALESMAN ['deilzmən], *s.* habitante de um vale.

DALLIANCE ['dæliəns], *s.* demora, dilação, adiamento; brincadeira, divertimento; carícia, afago.

DALLIER ['dæliə], *s.* brincalhão, folgazão, gracejador, galhofeiro.

DALLY ['dæli], *v.* brincar, folgar, divertir-se, entreter-se; demorar-se; atrasar-se; acariciar, afagar; perder tempo.

DALMATION ['dæ'meiʃiən], *s.* dálmata (cão).

DALTONISM ['dɔ:ltənizm], *V.* **COLOUR-BLINDNESS.**

DAM [dæm], *v.* represar; conter; tapar. *s.* represa, açude, barragem, dique; mãe (de animais).

DAMAGE ['dæmidʒ], *s.* dano, estrago, avaria, prejuízo, perda; *pl.* indenização por prejuízos. *v.* prejudicar, avariar, estragar, danificar; arruinar-se, avariar-se. # *damages for delay,* mora.

DAMASK ['dæməsk], *s.* damasco (tecido e cor). *a.* adamascado. *v.* adamascar.

DAME [deim], *s.* dama, senhora, matrona; ama; (fam.) tia.

DAMN [dæm], *v.* maldizer; condenar; repreender, censurar, reprovar; desprezar. *s.* praga, maldição. # *I'll be damned!* macacos me mordam!

DAMNABLE ['dæmnəbl], *a.* maldito; condenável; detestável, execrável, infame.

DAMNATION [dæm'neiʃən], *s.* danação, condenação; maldição.

DAMNED [dæmd], *a.* maldito, amaldiçoado.

DAMNIFY ['dæmnifai], *v.* danificar, estragar, avariar, prejudicar.

DAMNING ['dæmiŋ], *a.* condenável, censurável.

DAMP [dæmp], *s.* umidade; vapor; neblina; abatimento, depressão, desalento, desânimo; exalação fétida; gás inflamável formado nas minas de carvão. *a.* úmido; molhado; enevoado; abatido, desanimado; triste. *v.* umedecer; desanimar, desalentar; (fís.) amortecer.

DAMPEN ['dæmpən], *v. V* **DAMP.**

DAMPER ['dæmpə], *s.* apagador; registro (de chaminé, fogão, etc.); amortecedor; contratempo, estorvo.

DAMPNESS ['dæmpnis], *s.* umidade.

DAMSEL ['dæmzəl], *s.* donzela, senhorita, moça.

DAMSON ['dæmzən], *s.* espécie de ameixa.

DAN [dæn], *s.* represa.

DANCE [dɑ:ns], *s.* dança; baile. *v.* dançar; saltar, brincar.

DANCE-HALL ['dɑ:nshɔ:l], *s.* salão de baile.

DANCER ['dɑ:nsə], *s.* dançarino.

DANCING ['dɑ:nsiŋ], *s.* dança.

DANCING-GIRL ['dɑ:nsiŋgə:l], *s.* dançarina.

DANDELION ['dændilaiən], *s.* dente-de-leão (flor).

DANDER ['dændə], *s.* ira, raiva, cólera; passo vagaroso. *v.* andar vagarosamente. # *get one's dander up,* enraivecer-se.

DANDIPRAT ['dændipræt], *s.* janota, pelintra.

DANDLE ['dændl], *v.* ninar, embalar; fazer saltar sobre os joelhos; amimar, acariciar.

DANDRIFF ['dændrif], *V.* **DANDRUFF.**

DANDRUFF ['dændrəf], *s.* caspa.

DANDY ['dændi], *s.* dândi, casquilho, petimetre, almofadinha, pelintra, janota = (E.U.) *dude;* peralta; (E.U.) regalo, prazer, gosto. *a.* janota, casquilho, elegante; magnífico.

DANDYISH ['dændiiʃ], *a.* fátuo, fútil; pelintra, janota; peralta.

DANDYISM ['dændiizm], *s.* janotice, pelintrice; peraltice.

DANE [dein], *s.* dinamarquês (natural ou habitante da Dinamarca).

DANGER ['deindʒə, 'deinʒə], *s.* perigo, risco.

DANGEROUS ['deindʒrəs, 'deinʒrəs], *a.* perigoso, arriscado.

DANGLE ['dæŋgl], *v.* suspender; balançar, agitar, estar pendente; seguir uma pessoa; fazer a corte de maneira servil.

DANGLER ['dæŋglə], *s.* cortejador inveterado, galanteador impertinente.

DANISH ['dæniʃ], *s.* dinamarquês (o idioma). *a.* dinamarquês.

DANK [dæŋk], *a.* úmido.

DAPPER ['dæpə], *a.* vivo, esperto, ligeiro, veloz, ativo; asseado; gentil.

DAPPLE ['dæpl], *s.* mancha, pinta (no pêlo de um animal). *v.* salpicar; manchar, marcar com cores. *a.* manchado, mesclado, salpicado. # *dapple bay horse,* cavalo baio rodado (malhado) = *dapple-gray.*

DAPPLE-GRAY ['dæplgrei], *a.* malhado, cinza com malhas escuras. *s.* cavalo malhado = *dapple-bay horse.*

DARE [dɛə], *pret.* **DURST** ou **DARED.** *v.* ousar, atrever-se; arrostar, desafiar, provocar. # *I dare say,* suponho, ouso dizer.

DAREDEVIL ['dɛədevl], *s.* valente, homem audacioso. *a.* atrevido, audaz, audacioso, ousado.

DAREDEVILRY ['dɛədevlri], *s.* audácia, valentia = (E.U.) *daredeviltry.*

DAREDEVILTRY ['dɛədevltri], *s.* (E.U.) audácia, bravura, valentia = (Ing.) *daredevilry.*

DARING ['dɛəriŋ], *a.* atrevido, ousado, temerário. *s.* coragem, audácia, atrevimento, ousadia.

DARK [dɑ:k], *a.* escuro, moreno, trigueiro; enigmático; secreto, misterioso; ignorante; triste, melancólico, tétrico. *s.* escuridão, ignorância.

after dark, depois do anoitecer. *keep dark,* guardar segredo.

DARKEN ['dɑ:kən], *v.* escurecer, obscurecer, ofuscar, nublar, toldar; obcecar, cegar; contristar, confundir; manchar.

DARKNESS ['dɑ:knis], *s.* escuridão, obscuridade; ignorância; cegueira, obcecação.

DARK-ROOM ['dɑ:k'rum], *s.* (fot.) câmara escura.

DARLING ['dɑ:liŋ], *s.* querido, bem-amado, amor, benzinho. *a.* amado, querido.

DARN [dɑ:n], *s.* cerzido, cerzidura; maldição, praga. *v.* cerzir; remendar; maldizer.

DARNING ['dɑ:niŋ], *s.* cerzido, cerzidura.

DART [dɑ:t], *s.* dardo, flecha, seta; movimento rápido. *v.* arremessar setas, lançar-se, arremessar-se, precipitar-se.

DARTER ['dɑ: tə], *s.* flecheiro.

DASH [dæʃ], *s.* arremetida; colisão, choque, pancada; traço; ostentação; painel (aut.). *v.* arrojar; atirar com força, quebrar; amolgar; desanimar, frustrar, saltar; precipitar-se; despedaçar-se. # *at one dash,* de uma vez. *cut a dash,* fazer figura, fazer um bonito. *dash it all!,* com a breca! *dash to pieces,* despedaçar.

DASHBOARD ['dæʃbɔ:d], *s.* (aut.) painel; proteção contra lama ou água (em carro ou barco).

DASHER ['dæʃə], *s.* pára-lama.

DASHING ['dæʃiŋ], *a.* ruidoso, barulhento; impetuoso, vivo, arrojado, precipitado.

DASTARD ['dæstəd], *s.* e *a.* covarde, pusilânime, poltrão.

DASTARDLINESS ['dæstədlnis], *s.* covardia, pusilanimidade.

DASTARDLY ['dæstədi], *a.* covarde, pusilânime.

DATA ['deitə], *s. pl.* dados, informações. *V.* **DATUM.**

DATE [deit], *s.* data; duração; época, tempo; tâmara; (E.U.) encontro marcado, compromisso; namorado, namorada. *v.* datar. # *bearing date,* datado. *double date,* encontro marcado por dois casais. *due date,* (com.) data do vencimento. *have a date,* ter um encontro marcado. *make a date,* marcar um encontro. *of even date,* (com.) da mesma data. *out of date,* atrasado; antiquado. *up to date,* atual, moderno; até hoje.

DATIVE ['deitiv], *s.* e *a.* dativo.

DATUM ['deitəm], *s.* dado, informação; princípio determinado. *V.* **DATA.**

DAUB [dɔ:b], *s.* borrão, crosta, garatuja, pintura tosca. *v.* borrar, emplastar; manchar; pintar grosseiramente; lisonjear.

DAUBER ['dɔ:bə], *s.* pintor grosseiro, pinta-monos, borrador; adulador; subornador; escova para sapatos.

DAUGHTER ['dɔ:tə], *s.* filha.

DAUGHTER-IN-LAW ['dɔ:tərinlɔ:], *s.* nora.

DAUNT [dɔnt], *v.* atemorizar, assustar, intimidar.

DAUNTLESS ['dɔntlis], *a.* intrépido, destemido.

DAUNTLESSNESS ['dɔntlisnis], *s.* intrepidez, destemor, coragem.

DAUPHIN ['dɔ:fin], *s.* delfim.

DAUPHINESS ['dɔ:finis], *s.* delfina.

DAVENPORT ['dævnpɔ:t], *s.* escrivaninha; (E. U.) divã, sofá-cama.

DAVIT ['dævit], *s.* (náut.) turco.

DAW [dɔ:], *s.* gralha.

DAWDLE ['dɔ:dl], *v.* desperdiçar o tempo com futilidades.

DAWDLER ['dɔ:dlə], *s.* preguiçoso, vadio.

DAWN [dɔ:n], *s.* aurora, alvorada, nascer do dia, o amanhecer; princípio, início. *v.* amanhecer, romper o dia, alvorecer; assomar.

DAY [dei], *s.* dia; luz do dia; jornal, horas de trabalho; jornada. # *a day after the fair,* tarde demais. *all day long,* o dia todo. *any day,* mais hoje, mais amanhã. *a rainy day,* (fig.) época de adversidade. *by day, in the day,* de dia. *call it a day,* por hoje basta, encerremos o expediente. *carry the day,* vencer. *day after the fair,* tarde demais, agora é tarde, Inês é morta. *day by day,* dia a dia. *day in day out,* constantemente. *days of grace,* prazo de tolerância. *day to day,* diariamente. *every other day,* dia sim, dia não. *if a day,* nem um dia menos. *in the days of old,* antigamente, outrora. *lay day,* estadia de navio em um porto. *leap day,* bissexto, o dia 29 de fevereiro. *the day before yesterday,* anteontem. *the other day,* há dias. *this day,* hoje. *the twelfth day,* o dia dos Reis Magos. *this very day,* ainda hoje.

DAY-BOOK ['deibuk], *s.* (cont.) diário. # *enter the day-book,* lançar no diário.

DAY-BREAK ['deibreik], *s.* aurora; dia enforcado. # *at day-break,* ao romper do dia.

DAY-DREAM ['deidri:m], *s.* devaneio. *v.* devanear.

DAYLIGHT ['deilait], *s.* lùz do dia. # *as clear as daylight,* claro como água. *in broad daylight,* em pleno dia, à luz do dia.

DAY-OFF ['dei-ɔ:f], *s.* dia de folga.

DAY-SCHOOL ['deisku:l], *s.* externato.

DAYTIME ['deitaim], *s.* dia.

DAZE [deiz], *v.* ofuscar, deslumbrar, atordoar, aturdir, confundir.

DAZZLE ['dæzl], *v.* ofuscar, deslumbrar, maravilhar, fascinar, cegar; camuflar os navios.

DAZZLEMENT ['dæzlmənt], *s.* deslumbramento, sedução, fascinação.

DAZZLING ['dæzliŋ], *a.* deslumbrante, ofuscante, brilhante, refulgente; sedutor, tentador.

DEACON ['di:kən], *s.* diácono; (E.U.) couro de bezerro.

DEACONESS ['di:kənis], *s.* diaconisa.

DEACONRY ['di:kənri], *s.* diaconato.

DEAD [ded], *a.* morto; inanimado; inerte, imóvel; inativo; impossibilitado; inútil, triste, solitário; monótono; certo, seguro, indubitável; pesado; sem força, sem elasticidade. # *dead air,* (rád.) defeito no aparelho transmissor. *dead drunk,* bêbedo como um gambá. *dead sure,* (gír.) absolutamente certo, perfeitamente seguro. *raise the dead,* ressuscitar os mortos.

DEAD-BEAT ['ded'bi:t], *s.* caloteiro.

DEAD-CLOTHES ['dedklouðz], *s.* mortalha.

DEAD-DRUNK ['ded'drʌŋk], *a.* completamente embriagado.

DEADEN ['dedn], *v.* enfraquecer, fazer perder a força, amortecer.

DEADFALL ['dedfɔ:l], *s.* (E.U.) armadilha para caça.

DEAD-HEAT ['ded'hi:t], *s.* empate.

DEAD-HOUSE ['ded'haus], *s.* necrotério.

DEAD-LETTER ['ded'letə], *s.* carta que não foi entregue em conseqüência de endereço imperfeito. # *dead-letter office,* seção dos correios em que ficam depositadas as *dead-letters* (cartas não entregues).

DEADLINE ['dedlain], *s.* linha-limite; ponto terminal, extremidade; data final, o último momento, a data ou hora de encerramento.

DEADLINESS ['dedlinis], *s.* capacidade de causar a morte; caráter mortal; perigo de vida.

DEADLOCK ['dedlɔk], *s.* beco sem saída, impasse = (E.U.) *tie-up.*

DEADLY ['dedli], *a.* mortal, fatal, capaz de causar a morte; funesto; terrível, implacável; intenso. *adv.* mortalmente, muito, muitíssimo.

DEAD-MARCH ['ded'mɑ:tʃ], *s.* marcha fúnebre.

DEAD-PAN ['dedpæn], *s.* fisionomia impassível, inexpressiva, um cara-de-pau. *a.* impassível, imperturbável.

DEAD-WEIGHT ['dedweit], *s.* peso morto, tara.

DEAERATION [dieiə'reiʃən], *s.* desaeração.

DEAF [def], *a.* surdo. # *there is none so deaf as he who will not hear,* não há pior surdo que aquele que não quer ouvir.

DEAF-AND-DUMB [defən'dʌm], *s.* surdo-mudo.

DEAFEN ['defn], *v.* ensurdecer; atroar, aturdir, atordoar.

DEAF-MUTE ['def'mju:t], *s.* surdo-mudo.

DEAFNESS ['defnis], *s.* surdez.

DEAL [di:l], *pret.* e *pp.* **DEALT.** *v.* distribuir, repartir, dividir; espalhar; dar as cartas (no jogo); negociar = (E.U.) *to trade;* servir de; ser intermediário em negócios; ser mão (no jogo). *s.* porção, quantidade; pacto secreto; negociação; a ação de dar cartas no jogo; lenha = (E.U.) *lumber;* (E.U.) uma das modalidades de conchavo político. # *a good* (ou *great) deal,* muitíssimo; uma grande quantidade. *call it a deal,* está combinado. *call off the deal,* dar o dito por não dito. *close a deal,* fechar um negócio. *deal out,* distribuir. *New Deal,* (E.U.) Estado Novo, nova ordem. *that's a deal,* está feito, está combinado, negócio fechado.

DEALER ['di:lə], *s.* negociante; distribuidor; a mão (no jogo). # *dealer aids,* material de publicidade. *false dealer,* embusteiro, vigarista.

DEALING ['di:liŋ], *s.* conduta, comportamento,

procedimento; *pl.* negócios. # *commercial dealing,* transação comercial.

DEALT [delt], *pret.* e *pp.* de **DEAL.**

DEAN [di:n], *s.* deão; reitor.

DEANERY ['di:nəri], *s.* deado; reitoria.

DEANSHIP ['di:nʃip], *s.* deado; reitoria.

DEAR [diə], *a.* querido, caro, amado; caro, custoso; raro; precioso, valioso. *s.* pessoa querida; favorito, predileto. *adv.* caro, por alto preço. *int.* (surpresa, compaixão, tristeza) *Dear me!* Valha-me Deus!

DEARLY ['diəli], *adv.* ternamente, carinhosamente; custosamente, muito caro, por preço elevado.

DEARNESS ['diənis], *s.* carinho, ternura, afeto; benevolência; carestia.

DEARTH ['də:θ], *s.* carência, escassez; carestia; falta de víveres, tempos difíceis; esterilidade.

DEARY, DEARIE ['diəri], *s.* queridinho; mimoso; favorito.

DEATH [deθ], *s.* morte, mortalidade, mortandade; condenação eterna. # *death certificate,* certidão de óbito. *die a fair death,* morrer de morte natural. *put to death,* executar, justiçar, impor pena de morte. *tickled to death,* contentíssimo.

DEATHBED ['deθbed], *s.* leito de morte.

DEATHLESS ['deθlis], *a.* imortal.

DEATHLIKE ['deθlaik], *a.* semelhante à morte.

DEATHLY ['deθli], *a.* semelhante à morte, cadavérico. *adv.* mortalmente.

DEATH-RATTLE ['deθrætl], *s.* estertor dos moribundos.

DEATH-WARRANT ['deθwɔrənt], *s.* sentença de morte.

DÉBACLE [dei'bɑ:kl], *s.* ruína, queda, ruptura de um dique.

DEBAR [di:'bɑ:], *v.* excluir; privar de.

DEBARK [di'bɑ:k], *v.* desembarcar.

DEBARKATION [di:bɑ:'keiʃən], *s.* desembarque.

DEBASE [di'beis], *v.* humilhar, aviltar, degradar, deprimir, rebaixar; adulterar, corromper, falsificar; desonrar; desvalorizar (moeda).

DEBASEMENT [di'beismənt], *s.* humilhação, degradação, aviltamento; adulteração, falsificação.

DEBASER [di'beisə], *s.* o que humilha, avilta, degrada; falsificador.

DEBASING [di'beisiŋ], *a.* humilhante, aviltante.

DEBATABLE [di'beitəbl], *a.* discutível, contestável.

DEBATE [di'beit], *s.* debate, disputa, controvérsia, discussão. *v.* debater, discutir, disputar.

DEBATER [di'beitə], *s.* disputador, controversista.

DEBAUCH [di'bɔ:tʃ], *s.* devassidão, deboche, depravação, libertinagem, imoralidade, vida dissoluta; orgia. *v.* perverter, corromper, prostituir, viciar, seduzir; subornar.

DEBAUCHEE [debɔ:'tʃi:], *s.* pervertido, debochado, libertino, depravado, imoral; bêbedo.

DEBAUCHERY [di'bɔ:tʃəri], *s.* devassidão, depravação, libertinagem, deboche.

DEBENTURE [di'bentʃə], *s.* debênture, obrigação (título de dívida); documento da Alfândega para recuperar os direitos já pagos; ordem de pagamento do governo. # *terminable debenture,* (com.) obrigação amortizável.

DEBILITATE [di'biliteit], *v.* debilitar, enfraquecer, esgotar, extenuar.

DEBILITY [di'biliti], *s.* debilidade, enfraquecimento.

DEBIT ['debit], *s.* débito, dívida. *v.* debitar. # *acknowledge a debit,* confessar uma dívida. *bad debits,* dívidas incobráveis. *debit retirement,* (fin.) resgate de dívida.

DEBONAIR [debə'nɛə], *a.* alegre; afável.

DEBOUCH [di'bautʃ, di'bu:ʃ], *v.* desembocar; (mil.) desfilar.

DEBOUCHMENT [di'bautʃmənt, di'bu:ʃmənt], *s.* desembocadura.

DEBRIS ['debri:], *s.* ruínas, escombros, restos, fragmentos; despojos.

DEBT [det], *s.* dívida, débito; obrigação. # *bad debt,* dívida perdida, dívida irrecuperável. *book debts,* (com.) dívida ativa. *be head over ears in debt,* estar cheio de dívidas. *floating* ou *funded debt,* (fin.) dívida consolidada. *good debts,* (com.) dívidas garantidas. *outstanding debts,* (com.) dívidas pendentes (não pagas). *remit a debt,* perdoar uma dívida. *run into debt,* endividar-se.

DEBT-COLLECTOR ['detkə'lektə], *s.* cobrador = (E.U.) *bill-collector.*

DEBTOR ['detə], *s.* devedor. # *absconder debtor,* devedor omisso.

DEBT-RIDDEN ['det'ridn], *a.* atolado em dívidas.

DEBUNK [di:'bʌŋk], *s.* (E.U.) desmascarar; desiludir.

DEBURR [di'bə:], *s.* (mec.) rebarba.

DÉBUT ['deibu:], *s.* estréia.

DÉBUTANT ['deibju:tɑ:ŋ], *s.* estreante; principiante.

DÉBUTANTE ['deibju:tɑ:nt], *s.* debutante; estreante.

DECADE ['dekəd, di'keid], *s.* década.

DECADENCE ['dekədəns], *s.* decadência.

DECADENT ['dekədənt], *s.* e *a.* decadente.

DECAGON ['dekəgən], *s.* decágono.

DECAGRAM ['dekəgræm], *s.* decagrama.

DECALITRE ['dekəli:tə], *s.* decalitro.

DECALOGUE ['dekələg], *s.* decálogo.

DECAMETRE ['dekəmi:tə], *s.* decâmetro.

DECAMP [di'kæmp], *v.* descampar; fugir.

DECANT [di'kænt], *v.* decantar, transvasar; clarificar (líquidos).

DECANTATION [di:kæn'teiʃən], *s.* decantação; clarificação de líquidos.

DECANTER [di'kæntə], *s.* frasco, garrafa; frasco para decantar; pessoa que decanta.

DECANTING [di'kæntiŋ], *s.* decantação.

DECAPITATE [di'kæpiteit], *v.* decapitar, degolar.

DECAPITATION [dikæpi'teiʃən], *s.* decapitação, degolamento.

DECAPOD ['dekəpɔd], *s.* decápode.

DECARBONIZE [di:'kɑ:bənaiz], *v.* descarbonizar.

DECAY [di'kei], *s.* decadência, declínio; abatimento; definhamento, pobreza, perecimento; cárie; deterioração. *v.* decair, declinar, degenerar; piorar; empobrecer; arruinar; destruir; deteriorar; apodrecer.

DECAYED [di'keid], *a.* deteriorado, estragado.

DECEASE [di'si:s], *s.* morte, óbito, falecimento, trespasse. *v.* falecer, morrer, perecer.

DECEASED [di'si:st], *a.* morto, finado, defunto, falecido. *s.* defunto = (E.U.) *decedent* (jur.).

DECEDENT [di'si:dənt], *s.* (E.U.) finado, morto, falecido (jur.) = (Ing.) *deceased.*

DECEIT [di'si:t], *s.* engano, fraude, dolo, impostura, estratagema.

DECEITFUL [di'si:tful], *a.* enganador, fraudulento, mentiroso, falso, ilusório.

DECEITFULNESS [di'si:tfulnis], *s.* falsidade.

DECEIVABLE [di'si:vəbl], *a.* enganadiço; falível.

DECEIVE [di'si:v], *v.* enganar, iludir; fraudar

DECEIVER [di'si:və], *s.* enganador, impostor.

DECELERATION [di:selə'reiʃən], *s.* redução de velocidade.

DECEMBER [di'sembə], *s.* dezembro. # *December and May marriage,* casamento em que há grande diferença de idade entre marido e mulher.

DECEMVIR [di'semvə], *s.* decênviro.

DECEMVIRATE [di'semvirit], *s.* decenvirato.

DECENCY ['di:snsi], *s.* decência, recato, compostura, decoro, pudor, honestidade. *pl.* boas maneiras.

DECENNIAL [di'senjəl], *a.* decenal.

DECENT ['di:snt], *a.* decente, recatado, conveniente, honesto; bom.

DECENTRALIZATION (ISA) [disentrəlai'zeiʃən], *s.* descentralização.

DECENTRALIZE (ISE) [di:'sentrəlaiz], *v.* descentralizar.

DECEPTION [di'sepʃən], *s.* engano, fraude, ardil, dolo, trapaça; ilusão.

DECEPTIVE [di'septiv], *a.* ilusório, enganoso, enganador, mentiroso.

DECEPTIVENESS [di'septivnis], *s.* qualidade do que é enganador.

DECIBEL ['desibel], *s.* decibel.

DECIDE [di'said], *v.* decidir, julgar; discernir; verificar, chegar à conclusão, concluir.

DECIDEDLY [di'saididli], *adv.* decididamente, decisivamente, terminantemente.

DECIDOUS [di'sidjuəs], *a.* caidiço; caduco, nulo; transitório.

DECIGRAM ['desigræm], *s.* decigrama.

DECILITRE ['desili:tə], *s.* decilitro.

DECIMAL ['desiməl], *s.* e *a.* decimal.

DECIMATE ['desimeit], *v.* dizimar.

DECIMATION [desi'meiʃən], *s.* dizimação.

DECIMATOR ['desimeitə], *s.* dizimador.

DECIMETRE ['desimi:tə], *s.* decímetro.

DECIPHER [di'saifə], *v.* decifrar.

DECIPHERABLE [di'saifərəbl], *a.* decifrável.

DECISION [di'siʒən], *s.* decisão, resolução, determinação; acordo, juízo, sentença; firmeza. # *to make a decision,* tomar uma decisão.

DECISIVE [di'saisiv], *a.* decisivo; peremptório; terminante.

DECISIVENESS [di'saisivnis], *s.* caráter do que é decisivo; poder que decide.

DECK [dek], *s.* coberta (de navio); convés; albergue; base de um aeroplano; o solo (av.); (E.U.) baralho de cartas = (Ing.) *pack. v.* vestir, ataviar; adornar; assear. # *after deck,* coberta da popa. *clear the deck,* preparar o navio para combate. *cold deck,* carta marcada (no jogo). *deck out,* (col.) ataviar-se. *upper* (ou *spar) deck,* convés superior.

DECK-CHAIR ['dek'tʃɛə], *s.* cadeira de lona, espreguiçadeira de bordo.

DECKING ['dekiŋ], *s.* adorno, atavio.

DECLAIM [di'kleim], *v.* declamar, recitar.

DECLAIMER [di'kleimə], *s.* declamador.

DECLAMATION [deklə'meiʃən], *s.* declamação.

DECLAMATORY [di'klæmətəri], *a.* declamatório.

DECLARABLE [di'klɛərəbl], *a.* declarável.

DECLARATION [deklə'reiʃən], *s.* declaração; depoimento; exposição, asserção.

DECLARATIVE [di'klærətiv], *a.* declarativo.

DECLARATORY [di'klærətəri], *a.* declaratório.

DECLARE [di'klɛə], *v.* declarar, afirmar, explicar, manifestar, publicar, proclamar.

DECLASSIFY [di:'klæsifai], *v.* (gír. mil.) liberar do sigilo.

DECLENSION [di'klenʃən], *s.* declínio, decadência; declinação; declive, inclinação.

DECLINABLE [di'klainəbl], *a.* declinável.

DECLINATION [dekli'neiʃən], *s.* declinação; decadência, declínio; inclinação; (E.U.) renúncia, recusa = (Ing.) *refusal.*

DECLINE [di'klain], *s.* declínio, decadência. *v.* recusar, negar-se, escusar-se; inclinar; declinar; decair.

DECLIVITY [di'kliviti], *s.* declive, declividade, inclinação, escarpa.

DECLIVITOUS [di'klivitəs], *a.* inclinado.

DECLUTCH ['di:'klʌtʃ], *v.* desembrear.

DECOCTION [di'kɔkʃən], *s.* decocção, cozimento.

DECODE ['di:'koud], *v.* decifrar, traduzir (código).

DECOLLATE [di'kɔleit], *v.* degolar, decapitar.

DÉCOLLETÉ [dei'kɔltei], *a.* decotado.

DÉCOLLETÉE [dei'kɔltei], *a.* decotada.

DECOMPOSABLE [di:kəm'pouzəbl], *a.* decomponível; corruptível.

DECOMPOSE [di:kəm'pouz], *v.* decompor; descompor-se; corromper-se.

DECOMPOSITION [di:kəmpə'ziʃən], *s.* decomposição, análise, desintegração; corrupção.

DECOMPOUND [di:kəm'paund], *v.* decompor. *a.* recomposto; (bot.) bipinulado.

DECORATE ['dekəreit], *v.* decorar, adornar, ataviar, ornar, aformosear.

DECORATION [dekə'reiʃən], *s.* decoração, adorno, atavio, ornamento; condecoração.

DECORATIVE ['dekərətiv], *a.* decorativo.

DECORATOR ['dekəreitə], *s.* decorador.

DECOROUS ['dekərəs], *a.* decoroso, decente; próprio, conveniente, correto.

DECORUM [di'kɔ:rəm], *s.* decoro, decência; correção.

DECOY [di'kɔi], *v.* atrair, seduzir, engodar, fazer cair na armadilha. *s.* armadilha, laço; engodo; atrativo; "farol" (no jogo).

DECOY-DUCK [di'kɔidʌk], *s.* ave que serve de chamariz; engodo.

DECREASE ['di:-kri:s], *s.* decrescimento, decréscimo, diminuição; redução.

DECREASE [di:'kri:s], *v.* decrescer, diminuir; reduzir.

DECREE [di'kri:], *s.* decreto, lei, édito, resolução, decisão, deliberação. *v.* decretar, ordenar, mandar.

DECREPIT [di'krepit], *a.* decrépito.

DECREPITUDE [di'krepitju:d], *s.* decrepitude.

DECRESCENDO [di:kri'ʃendou], *s.* e *adv.* *V.* **DIMINUENDO.**

DECRIER [di'kraiə], *s.* vituperador.

DECRY [di'krai], *v.* vituperar, censurar asperamente; desacreditar; rebaixar; desvalorizar.

DECUMBENT [di'kʌmbənt], *a.* deitado, rasteiro.

DECUPLE ['dekjupl], *s.* e *a.* décuplo. *v.* decuplicar.

DECUSSATE [di'kju:seit], *v.* interceptar; cortar em ângulo agudo. *a.* transversal.

DECUSSATION [dikju'seiʃən], *s.* intercepção.

DEDICATE ['dedikeit], *v.* dedicar, consagrar, devotar, destinar; (E.U.) inaugurar (um edifício), franquear ao público.

DEDICATION [dedi'keiʃən], *s.* dedicação, devotamento; consagração; dedicatória.

DEDICATOR ['dedikeitə], *s.* dedicador.

DEDUCE [di'dju:s], *v.* deduzir, induzir, inferir; derivar.

DEDUCIBLE [di'dju:səbl], *a.* que se pode deduzir.

DEDUCT [di'dʌkt], *v.* deduzir, subtrair, descontar, abater.

DEDUCTION [di'dʌkʃən], *s.* dedução, ilação, inferência; dedução, desconto, abatimento, diminuição.

DEDUCTIVE [di'dʌktiv], *a.* dedutivo.

DEED [di:d], *s.* feito, ação, façanha, proeza; escritura de venda. *v.* transferir a propriedade por escritura. # *deed of defeasance,* (com.) escrita ou escritura de anulação.

DEEM [di:m], *v.* julgar, imaginar, supor; avaliar, considerar, estimar; determinar.

DEEP [di:p], *s.* abismo; o alto mar, o lugar mais fundo; profundeza; intensidade. *a.* fundo, profundo; sagaz, perspicaz, hábil; artificioso; intenso; silencioso; triste,. taciturno. *adv.* profundamente. # *deep drawing,* de grande calado (navio).

DEEPEN [di:pən], *v.* aprofundar, afundar; cavar; escurecer, carregar nas cores; agravar.

DEEPLY ['di:pli], *adv.* profundamente.

DEEPNESS ['di:pnis], *s.* profundidade, profundeza; artifício, dissimulação; penetração; agudeza, sagacidade.

DEEP-ROOTED ['di:p'ru:tid], *a.* enraizado, inveterado.

DEEP-SEA ['di:p'si:], *a.* do mar profundo.

DEER [diə], *s.* veado, cervo, gamo; corça.

DEER-HOUND ['diəhaund], *s.* cão veadeiro.

DEERSKIN ['diəskin], *s.* camurça.

DEFACE [di'feis], *v.* desfigurar; mutilar; apagar; deteriorar.

DEFACEMENT [di'feismənt], *s.* desfiguração; mutilação; estrago, destruição; falsificação, deterioração; violação.

DEFACER [di'feisə], *s.* destruidor; desfigurador.

DEFALCATE [di:'fælkeit], *v.* desfalcar, deduzir, diminuir, descontar.

DEFALCATION [di:fæl'keiʃən], *s.* desfalque; dedução, desconto, redução, diminuição.

DEFALCATOR ['di:fælkeitə], *s.* o que comete um desfalque.

DEFAMATION [defə'meiʃən], *s.* difamação, calúnia.

DEFAMATORY [di'fæmətəri], *a.* difamatório.

DEFAME [di'feim], *v.* difamar, caluniar, desacreditar, desonrar.

DEFAMER [di'feimə], *s.* difamador.

DEFAULT [di'fɔ:lt], *s.* falta, defeito, falha, descuido, omissão, negligência; prevaricação; delito, culpa; (jur.) revelia. *v.* faltar, não cumprir; delinqüir; violar; condenar à revelia. # *in default of evidence,* (jur.) por falta de provas. *judgement by default,* (jur.) julgamento à revelia.

DEFAULTER [di'fɔ:ltə], *s.* delinqüente; faltoso; negligente; revel; devedor insolvente.

DEFEASANCE [di'fi:zəns], *s.* (jur.) anulação.

DEFEAT [di'fi:t], *s.* derrota, revés, desbarato; (jur.) anulação. *v.* derrotar, vencer, destruir; destroçar; anular; falhar.

DEFEATIST [di'fi:tist], *s.* derrotista.

DEFECATE ['defikeit], *v.* defecar, evacuar, purgar; depurar, purificar.

DEFECATION [defi'keiʃən], *s.* defecação; depuração.

DEFECT [di'fekt], *s.* defeito, falha, falta, deficiência, imperfeição.

DEFECTION [di'fekʃən], *s.* defecção, deserção, desaparecimento; apostasia, abjuração.

DEFECTIVE [di'fektiv], *a.* defeituoso, imperfeito, incompleto; avariado; (gram.) defectivo.

DEFECTIVENESS [di'fektivnis], *s.* defeito, deficiência, falta, imperfeição.

DEFENCE [di'fens], *s.* = (E.U.) *defense,* defesa, proteção, amparo, abrigo, resguardo; apoio; resistência; justificação.

DEFENCELESS [di'fensilis], *s.* indefeso.

DEFENCELESSNESS [di'fensilisnis], *s.* desamparo, abandono; *v.* estar sem defesa.

DEFEND [di'fend], *v.* defender, proteger, amparar, preservar; manter, sustentar, vingar.
DEFENDANT [di'fendənt], *s.* defensor; acusado, réu. *a.* defensor, defensivo.
DEFENDER [di'fendə], *s.* defensor; protetor; advogado.
DEFENSE [di'fens], *s.* (E.U.). *V.* **DEFENCE.**
DEFENSIBLE [di'fensəbl], *a.* defensável, defensível; sustentável; justificável.
DEFENSIVE [di'fensiv], *a.* defensivo. *s.* defensiva.
DEFENSIVENESS [di'fensivnis], *s.* defensiva, defesa.
DEFER [di'fə:], *v.* deferir, ceder, condescender, transigir; consentir; demorar-se, dilatar, adiar, prorrogar.
DEFERENCE ['defərəns], *s.* deferência, consideração, honra, respeito, atenção, obséquio; condescendência, complacência.
DEFERENT ['defərənt], *a.* condutor; deferente, obsequioso, respeitador.
DEFERENTIAL [defə'renʃəl], *a.* deferente, obsequioso; condescendente, complacente; respeitador.
DEFIANCE [di'faiəns], *s.* desafio, provocação; despeito; desprezo, repulsa; bravata; desobediência.
DEFIANT [di'faiənt], *a.* audacioso; provocador. # *defiant against,* insolente com, agressivo com.
DEFICIENCY [di'fiʃənsi], *s.* deficiência, falta, insuficiência; defeito, imperfeição.
DEFICIENT [di'fiʃənt], *a.* deficiente. # *deficient in,* deficiente em.
DEFICIT ['defisit], *s.* déficit.
DEFIER [di'faiə], *s.* desafiador, desafiante.
DEFILE ['di:fail], *s.* desfiladeiro, despenhadeiro; desfile.
DEFILE [di'fail], *v.* desfilar; manchar, sujar, poluir; viciar, desonrar, corromper; violar.
DEFILEMENT [di'failmənt], *s.* mancha; contaminação; depravação, corrupção; profanação, violação; (mil.) defesa (contra o fogo inimigo).
DEFILER [di'failə], *s.* corruptor, sedutor, violador.
DEFINABLE [di'fainəbl], *a.* definível.
DEFINE [di'fain], *v.* definir, explicar; determinar, circunscrever, limitar; decidir.
DEFINER [di'fainə], *s.* definidor.
DEFINITE ['definit], *a.* definido, preciso, exato, determinado, terminante.
DEFINITELY ['definitli], *adv.* determinadamente, decididamente.
DEFINITENESS ['definitnis], *s.* exatidão, precisão.
DEFINITION [defi'niʃən], *s.* definição; determinação; decisão.
DEFINITIVE [di'finitiv, de'finitiv], *s.* definitivo, decisivo, peremptório, terminante, final.
DEFLAGRATE ['defləgreit], *v.* deflagrar, incendiar, arder.
DEFLAGRATION [deflə'greiʃən], *s.* deflagração, combustão, incêndio.
DEFLAGRATOR ['defləgreitə], *s.* deflagrador, incendiário.
DEFLATE [di'fleit], *v.* esvaziar (balão, etc.); reduzir (preços, etc.); (fin.) deflacionar.
DEFLATION [di'fleiʃən], *s.* deflação.
DEFLECT [di'flekt], *v.* desviar.
DEFLECTION [di'flekʃən], *s.* (E.U.), *V.* **DEFLEXION.**
DEFLEXION [di'flekʃən], *s.* desvio, deflexão = (E.U.) *deflection.*
DEFLOWER [di:'flauə], *v.* desflorar, deflorar, tirar as flores; desvirginar.
DEFORM [di'fɔ:m], *v.* deformar, desfigurar.
DEFORMATION [di:fɔ:'meiʃən], *s.* deformação, desfiguração.
DEFORMER [di'fɔ:mə], *s.* deformador.
DEFORMITY [di'fɔ:miti], *s.* deformidade.
DEFRAUD [di'frɔ:d], *v.* defraudar, enganar, fraudar, frustrar.
DEFRAUDER [di'frɔ:də], *s.* defraudador, fraudador.
DEFRAY [di'frei], *v.* custear, pagar, fazer as despesas.
DEFREEZE [di'fri:z], *v.* descongelar.
DEFT [deft], *a.* destro, hábil, esperto; conveniente, adequado, próprio; apto, capaz.
DEFTNESS ['deftnis], *s.* destreza, viveza, habilidade; polidez.
DEFUNCT [di'fʌŋk], *s.* e *a.* defunto, morto.
DEFY [di'fai], *v.* desafiar, afrontar; desprezar, desdenhar; negar.
DEGENERACY [di'dʒenərəsi], *s.* degeneração.

DEGENERATE [di'dʒenəreit], *v.* degenerar.

DEGENERATE [di'dʒenərit], *s.* e *a.* degenerado.

DEGENERATION [didʒenə'reiʃən], *s.* degeneração, degradação, depravação.

DEGENERATIVE [di'dʒenəreitiv], *s.* degenerativo.

DEGLUTINATE [di'glu:tineit], *v.* deglutir.

DEGLUTITION [di:glu:'tiʃən], *s.* deglutição.

DEGRADATION [degrə'deiʃən], *s.* degradação, depravação, aviltamento, rebaixamento; diminuição; deposição.

DEGRADE [di'greid], *v.* degradar, aviltar, rebaixar, degenerar; depor.

DEGRADING [di'greidiŋ], *a.* degradante.

DEGREE [di'gri:], *s.* grau; classe, condição; graduação, degrau, passo. # *by degrees,* gradualmente, gradativamente.

DEHISCENCE [di'hisns], *s.* deiscência.

DEHISCENT [di'hisnt], *a.* deiscente.

DEHUMANIZE [di:'hju:mənaiz], *v.* brutalizar, desumanizar.

DEHUMIDIFIER [di:hju:'midifaiə], *s.* desumidificador.

DEHUMIDIFY [di:hju:'midifai], *v.* desumidificar.

DEHYDRATE [di:'haidreit], *v.* desidratar.

DEHYDRATOR [di:'haidreitə], *s.* desidratador.

DEIFICATION [di:ifi'keiʃən], *s.* deificação, divinização, endeusamento; apoteose.

DEIFY ['di:ifai], *v.* deificar, divinizar, endeusar; fazer apoteose.

DEIGN [dein], *v.* dignar-se, condescender, permitir, conceder.

DEISM ['di:izm], *s.* deísmo.

DEIST ['di:ist], *s.* deísta.

DEITY ['di:iti], *s.* deidade, divindade.

DEJECT [di'dʒekt], *v.* desanimar, prostrar, desalentar, abater, afligir, acabrunhar.

DEJECTED [di'dʒektid], *a.* abatido, desanimado, desalentado.

DEJECTEDNESS [di'dʒektidnis], *s.* abatimento, acabrunhamento, desânimo.

DEJECTION [di'dʒekʃən], *s.* abatimento, acabrunhamento, desalento, desânimo, extenuação.

DÉJEUNER ['deiʒənei], *s.* almoço de cerimônia; café da manhã; lanche; bandeja com serviço de café.

DELAY [di'lei], *s.* demora, retardamento, dilação, atraso. *v.* demorar, retardar, tardar, atrasar; protelar. # *without further delay,* sem mais tardar.

DELECTABLE [di'lektəbl], *a.* deleitável, aprazível, delicioso.

DELECTATION [di:lek'teiʃən], *s.* deleitação, deleite, regalo, delícia.

DELEGACY ['deligəsi], *s.* delegacia.

DELEGATE ['deligit], *s.* delegado; deputado; enviado.

DELEGATE ['deligeit], *v.* delegar, comissionar.

DELEGATION [deli'geiʃən], *s.* delegação, comissão.

DELETE [di:'li:t], *v.* apagar, suprimir; sujar, manchar.

DELETERIOUS [deli'tiəriəs], *a.* deletério, prejudicial, pernicioso, nocivo; desmoralizador.

DELETION [di:'li:ʃən], *s.* apagamento; destruição, extinção.

DELIBERATE [di'libəreit], *v.* deliberar; considerar, examinar, ponderar, discutir; agir cautelosamente. # *deliberate about* ou *concerning,* deliberar a respeito de.

DELIBERATE [di'libərit], *a.* deliberado; refletido, pensado; circunspecto; acautelado.

DELIBERATELY [di'libəritli], *adv.* deliberadamente; cautelosamente; cuidadosamente; vagarosamente.

DELIBERATENESS [di'libəritnis], *s.* deliberação; reflexão, ponderação; circunspecção; cautela.

DELIBERATION [dilibə'reiʃən], *s.* deliberação; reflexão.

DELIBERATIVE [di'libərətiv], *a.* deliberativo; refletido, ponderado.

DELICACY ['delikəsi], *s.* delicadeza, polidez, urbanidade; ternura, meiguice; bom gosto, elegância; exigência; preocupação; açodamento; exagero, iguaria, quitute, guloseima, acepipe, manjar.

DELICATE ['delikit], *a.* delicado, cortês, fino, polido; franzino, fraco, delgado; tímido, débil; afeminado; casto, puro; sensível, terno; gostoso, saboroso, delicioso, excelente; agradável; escrupuloso.

DELICATENESS ['delikitnis], *s.* delicadeza, polidez, cortesia, urbanidade.

DELICATESSEN [delikə'tesn], *s.* casa de guloseimas. *pl.* guloseimas.

DELICIOUS [di'liʃəs], *a.* delicioso, saboroso, gostoso, delicado, agradável.

DELICIOUSNESS [di'liʃəsnis], *s.* delícia, prazer, gosto, deleite.

DELICT ['di:likt], *s.* delito, contravenção, crime; culpa.

DELIGHT [di'lait], *s.* prazer, deleite, gosto, gozo, encanto, delícia. *v.* agradar, deleitar, encantar, deliciar; deleitar-se.

DELIGHTED [di'laitid], *a.* satisfeito, contente, alegre; encantado.

DELIGHTFUL [di'laitful], *a.* deleitável, deleitoso, agradável.

DELIGHTFULLY [di'laitfuli], *adv.* deliciosamente.

DELIGHTFULNESS [di'laitfulnis], *s.* prazer, deleite, gosto, delícia.

DELIMIT [di:'limit], *v.* delimitar.

DELINEATE [di'linieit], *v.* delinear, esboçar, esquematizar; descrever.

DELINEATION [dilini'eiʃən], *s.* esboço, esquema, escorço, delineamento.

DELINQUENCY [di'liŋkwənsi], *s.* delinqüência; delito, crime, culpa.

DELINQUENT [di'liŋkwənt], *s.* e *a.* delinqüente.

DELIQUESCENCE [deli'kwesns], *s.* deliqüescência.

DELIQUESCENT [deli'kwəsnt], *a.* deliqüescente.

DELIRIOUS [di'liriəs], *a.* delirante.

DELIRIUM [di'liriəm], *s.* delírio.

DELIVER [di'livə], *v.* dar, entregar, ceder; livrar, libertar; partejar, dar à luz; comunicar, recitar, dizer.

DELIVERANCE [di'livərəns], *s.* entrega; resgate; libertação, livramento; parto.

DELIVERER [di'livərə], *s.* libertador, salvador; entregador; o que transfere.

DELIVERY [di'livəri], *s.* entrega; livramento; expedição; parto; dição (= dicção). # *delivery van* (ou *waggon*), carro de entregas. *cash* ou *collect on delivery* (C.O.D.), pagamento contra entrega. *special delivery,* expresso (correio).

DELL [del], *s.* vale; ravina, fosso, cova, caverna.

DELTA ['deltə], *s.* delta.

DELUDE [di'lu:d], *v.* iludir, enganar, seduzir; alucinar, frustrar.

DELUDER [di'lu:də], *s.* enganador, sedutor.

DELUDING [di'lu:diŋ], *s.* engano, ilusão. *a.* ilusório.

DELUGE ['delju:dʒ], *s.* dilúvio; inundação; calamidade, cataclismo. *v.* inundar, alagar.

DELUSION [di'lu:ʒən], *s.* ilusão, engano, decepção; dolo, fraude.

DELUSIVE [di'lu:siv], *a.* ilusório, enganoso, enganador.

DELUSIVENESS [di'lu:sivnis], *s.* ilusão, engano.

DELUSORY [di'lu:səri], *a.* ilusório, enganoso, enganador.

DELVE [delv], *v.* cavar; sondar, examinar.

DELVER ['delvə], *s.* cavador.

DEMAGOGIC, AL [demə'gɔgik, əl, demə'gɔdʒik, əl], *a.* demagógico.

DEMAGOGUE ['deməgɔg], *s.* demagogo.

DEMAGOGY ['deməgɔgi, 'deməgɔdʒi], *s.* demagogia.

DEMAND [di'mɑ:nd], *s.* exigência, demanda; inquirição, pergunta, questão; informação; pedido; necessidade; procura. *v.* exigir; pedir; perguntar; reclamar. # *demand deposit,* depósito em conta corrente. *demand draft,* letra pagável à vista. *in demand,* muito procurado. *on demand,* à vista; mediante pedido.

DEMARCATE [di:'mɑ:keit], *v.* demarcar.

DEMARCATION [di:mɑ:'keiʃən], *s.* demarcação.

DEMATERIALIZE ['di:mə'tiəriəlaiz], *v.* desmaterializar-se.

DEMEAN [di'mi:n], *v.* rebaixar-se, diminuir-se.

DEMEANOUR [di'mi:nə], *s.* procedimento, comportamento.

DEMENT [di'ment], *v.* enlouquecer.

DEMENTED [di'mentid], *a.* demente, louco.

DEMENTIA, [di'menʃiə], *s.* demência, loucura.

DEMERIT [di:'merit], *s.* demérito, falta de mérito.

DEMESNE [di'mein, di'mi:n], *s.* domínio, senhorio; terreno; propriedade.

DEMI-GOD ['demigɔd], *s.* semideus.
DEMI-JOHN ['demidʒɔn], *s.* garrafão.
DEMISE [di'maiz], *s.* (jur.) legado; aforamento; morte. *v.* legar. # *on the demise of,* por ocasião da morte de.
DEMI-SEMIQUAVER ['demisemikweivə], *s.* (mús.) fusa.
DEMISSION [di'miʃən], *s.* demissão.
DEMOB [di:'mɔb], *v. V.* **DEMOBILIZE.**
DEMOBILIZATION, (ISA) ['di:moubilai'zeiʃən], *s.* desmobilização.
DEMOBILIZE (ISE) [di:'moubilaiz], *v.* desmobilizar.
DEMOCRACY [di'mɔkrəsi], *s.* democracia.
DEMOCRAT ['deməkræt], *s.* democrata.
DEMOCRATIC, AL [demə'krætik, əl], *a.* democrático.
DEMOCRATIZE (ISE) [di'mɔkrətaiz], *v.* democratizar.
DEMOGRAPHY [di:'mɔgrəfi], *s.* demografia.
DEMOLISH [di'mɔliʃ], *v.* demolir, arrasar, derrubar, destruir.
DEMOLISHER [di'mɔliʃə], *s.* demolidor.
DEMOLISHMENT [di'mɔliʃmənt], *s.* (E.U.) demolição = (Ing.) *demolition.*
DEMOLITION [demə'liʃən], *s.* demolição = = (E.U.) *demolishment.*
DEMON ['di:mən], *s.* demônio.
DEMONETIZATION [di:mʌnitai'zeiʃən], *s.* (fin.) desmonetização.
DEMONETIZE [di:'mʌnitaiz], *v.* (fin.) desmonetizar.
DEMONIAC [di'mouniæk], *a.* demoníaco, diabólico; endemoninhado, energúmeno; possesso. *s.* pessoa endemoninhada.
DEMONIACAL [di:mə'naiəkəl], *a.* demoníaco; endemoninhado.
DEMONOLOGY [di:mə'nɔlədʒi], *s.* demonologia.
DEMONSTRABLE ['demənstrəbl], *a.* demonstrável.
DEMONSTRATE ['demənstreit], *v.* demonstrar, provar; manifestar.
DEMONSTRATION [demənsʼtreiʃən], *s.* demonstração; prova; manifestação.
DEMONSTRATIVE [di'mɔnstrətiv], *a.* demonstrativo; expansivo.
DEMONSTRATOR ['demənstrietə], *s.* demonstrador; manifestante.
DEMORALIZATION (ISA) [dimɔrəlai'zeiʃən], *s.* corrupção; desorganização.
DEMORALIZE (ISE) [di'mɔrəlaiz], *v.* corromper; desorganizar.
DEMOTE [di'mout], *v.* (E.U.) rebaixar de posto = (Ing.) *to reduce in rank.*
DEMULSIFIER [di:'mʌlsifaiə], *s.* demulsionador.
DEMULSIFY [di:'mʌlsifai], *v.* demulsionar.
DEMUR [di'mə:], *v.* objetar, pôr dificuldades, obstar, entravar, hesitar, vacilar, demorar. *s.* objeção; dúvida; vacilação; demora, pausa.
DEMURE [di'mjuə], *a.* sério, grave, formal; recatado, modesto; afetadamente modesto ou sério.
DEMURENESS [di'mjuənis], *s.* gravidade, seriedade; modéstia
DEMURRAGE [di'mʌridʒ], *s.* demora do navio no porto além do tempo estipulado; multa paga por tal demora; (jur.) prorrogação de prazo.
DEMURRER [di'mə:rə], *s.* chicanista (em processos); chicana (em processos).
DEN [den], *s.* antro, caverna, esconderijo, cova, covil, buraco, toca. *v.* habitar em cavernas.
DENARIUS [di'nɛəriəs], *s.* denário (antiga moeda romana).
DENARY ['di:nəri], *a.* denário.
DENATIONALIZE (ISE) [di:'næʃnəlaiz], *s.* desnacionalizar.
DENATURALIZE (ISE) [di:'nætʃrəlaiz], *v.* desnaturalizar; desfigurar.
DENATURE [di:'neitʃə], *v.* desnaturar.
DENDROLOGY [den'drɔlədʒi], *s.* dendrologia.
DENIABLE [di'naiəbl], *a.* negável.
DENIAL [di'naiəl], *s.* negativa, negação, recusa, repulsa; desmentido. # *flat denial,* negativa rude. *give someone a denial,* dar um não a alguém; dar uma tábua (em pedido de casamento).
DENIER [di'naiə], *s.* negador, contraditor.
DENIER [di'niə], *s.* moeda de prata antiga.
DENIGRATE ['denigreit], *v.* denegrir; infamar.
DENIGRATION [deni'greiʃən], *s.* denegração.
DENIM [di'nim], *s.* sarja, zuarte.
DENIZEN [de'nizn], *s.* habitante; cidadão; estrangeiro naturalizado.
DENOMINATE [di'nɔmineit], *v.* denominar, chamar, qualificar.

DENOMINATION [dinɔmi'neiʃən], *s.* denominação, designação; seita, religião.

DENOMINATIONAL [dinɔmi'neiʃnəl], *s.* sectário. *a.* denominacional (em se tratando de ramo de protestantismo).

DENOMINATIVE [di'nɔminətiv], *a.* denominativo.

DENOMINATOR [di'nɔmineitə], *s.* denominador.

DENOTATION [di:nou'teiʃən], *s.* denotação, indício, sinal; designação.

DENOTE [di'nout], *v.* denotar, indicar, dar a conhecer, significar; designar.

DÉNOUEMENT [dei'nu:mɑ:ŋ], *s.* fim, desenlace, êxito.

DENOUNCE [di'nauns], *v.* denunciar, delatar; acusar; publicar; denunciar (um tratado).

DENOUNCEMENT [di'naunsmənt], *s.* denúncia, delação; acusação; publicação.

DENOUNCER [di'naunsə], *s.* denunciante, delator.

DENSE [dens], *s.* denso, espesso, compacto; pesado; estúpido.

DENSENESS ['densnis], *s.* densidade, espessura.

DENSITY ['densiti], *s.* densidade, espessura.

DENT [dent], *s.* depressão, cavidade; saliência; dente (em fios cortantes); dente (de engrenagem). *v.* fazer dentes (em objetos cortantes).

DENTAL ['dentl], *s.* (gram.) letra dental. *a.* dental, dentário.

DENTAL-SURGEON ['dentl'sə:dʒən], *s.* cirurgião-dentista.

DENTATE ['denteit], *a.* dentado, denteado (bot.).

DENTICLE ['dentikl], *s.* dentículo, dentinho.

DENTIFRICE ['dentifris], *s.* dentifrício.

DENTILINGUAL ['denti'liŋgwəl], *s.* e *a.* linguodental.

DENTINE ['denti:n], *s.* dentina.

DENTIST ['dentist], *s.* dentista.

DENTISTRY ['dentistri], *s.* arte dentária, cirurgia dentária.

DENTITION [den'tiʃən], *s.* dentição.

DENUDATION [di:nju:'deiʃən], *s.* desnudação.

DENUDE [di'nju:d], *v.* desnudar, despir.

DENUNCIATION [dinʌnsi'eiʃən], *s.* denúncia, delação; acusação.

DENUNCIATOR [di'nʌnsieitə], *s.* denunciante.

DENY [di'nai], *v.* negar, desmentir; abjurar, renegar; recusar; desdizer-se; negar-se a.

DEODORANT [di:'oudərənt], *s.* desodorizante.

DEODORIZE (ISE) [di:'oudəraiz], *v.* desodorizar, desinfetar.

DEPART [di'pɑ:t], *v.* partir, afastar-se, ir-se embora, sair, deixar, apartar-se; desviar-se; morrer.

DEPARTED [di'pɑ:tid], *s.* e *a.* falecido, defunto.

DEPARTMENT [di'pɑ:tmənt], *s.* departamento; (E.U.) ministério; distrito, divisão territorial, repartição pública. # *accounting department,* contadoria. *department store,* empório, grande casa comercial dividida em seções = (Ing.) *the stores. legal department,* departamento jurídico. *purchase department,* departamento de compras. *shipping department,* departamento de remessas.

DEPARTMENTAL [di:pɑ:t'mentl], *a.* departa mental; (E.U.) ministerial.

DEPARTURE [di'pɑ:tʃə], *s.* partida, saída, retirada; abandono; morte; (mar.) distância este ou oeste de um dado meridiano; posição de um navio, em latitude e longitude tomadas no início de uma viagem como base para cálculos posteriores.

DEPEND [di'pend], *v.* depender, estar sujeito a: pender, estar suspenso; apoiar-se. # *depend on* ou *upon,* depender de.

DEPENDABLE [di'pendəbl], *a.* seguro, fidedigno, digno de confiança.

DEPENDANT [di'pendənt], *a.* dependente, subordinado.

DEPENDENCE [di'pendəns], *s.* dependência, subordinação; confiança, apoio.

DEPENDENCY [di'pendənsi], *s.* dependência; edifício anexo; filial, sucursal.

DEPENDENT [di'pendənt], *s.* e *a.* dependente, subordinado, subalterno; suspensão; contingente; pendente. # *dependent on* ou *upon,* sujeito a, subordinado a.

DEPICT [di'pikt], *v.* pintar; descrever; representar.

DEPICTION [di'pikʃən], *s.* representação; descrição.

DEPILATE ['depileit], *v.* depilar.

DEPILATORY [di'pilətəri], *s.* e *a.* depilatório.

DEPLENISH [di'pleniʃ], *v.* desprover; esvaziar.

DEPLETE [di'pli:t], *v.* esgotar, exaurir, esvaziar.

DEPLETION [di'pli:ʃən], *s.* depleção.

DEPLETIVE [di'pli:tiv], *a.* depletivo.

DEPLORABLE [di'plɔ:rəbl], *a.* deplorável, lamentável, lastimável.

DEPLORABLENESS [di'plɔ:rəblinis], *s.* estado deplorável, miséria.

DEPLORE [di'plɔ:], *v.* deplorar, lamentar, lastimar, prantear, chorar.

DEPLOY [di'plɔi], *v.* (mil.) desdobrar, desenvolver, estender.

DEPONENT [di'pounənt], *s.* e *a.* (jur.) depoente, declarante; (gram.) depoente.

DEPOPULATE [di:'pɔpjuleit], *v.* despovoar; assolar, devastar, destruir.

DEPOPULATION [di:pɔpju'leiʃən], *s.* despovoamento; assolação, devastação.

DEPORT [di'pɔ:t], *v.* deportar, desterrar, expatriar, banir. # *deport oneself,* comportar-se.

DEPORTATION [di:pɔ:'teiʃən], *s.* deportação, desterro.

DEPORTMENT [di'pɔ:tmənt], *s.* comportamento, conduta, procedimento.

DEPOSAL [di'pouzl], *s.* deposição, demissão, destituição; depoimento, declaração.

DEPOSE [di'pouz], *v.* depor, destituir; depor, declarar, prestar depoimento; degradar.

DEPOSIT [di'pɔzit], *s.* depósito; consignação. *v.* depositar; consignar; (quím.) precipitar. *deposit slip,* talão de depósito.

DEPOSITARY [di'pɔzitəri], *s.* depositário; depósito.

DEPOSITION [depə'ziʃən], *s.* deposição, destituição; depósito; depoimento, declaração, testemunho.

DEPOSITOR [di'pɔzitə], *s.* depositante.

DEPOT ['depou], *s.* depósito, armazém; (E.U.) estação (estrada de ferro).

DEPRAVATION [deprə'veiʃən], *s.* depravação, corrupção, perversão.

DEPRAVE [di'preiv], *v.* depravar, corromper, perverter, viciar, estragar; desacreditar.

DEPRAVED [di'preivd], *a.* depravado, corrupto, pervertido.

DEPRAVITY [di'præviti], *s.* depravação, corrupção, perversão.

DEPRECATE ['deprikeit], *v.* deprecar, suplicar, implorar; impetrar; reprovar.

DEPRECATING ['deprikeitiŋ], *a.* deprecante, suplicante.

DEPRECATION [depri'keiʃən], *s.* deprecação, súplica.

DEPRECATORY ['deprikətəri], *a.* deprecatório, suplicante.

DEPRECIATE [di'pri:ʃieit], *v.* depreciar, deprimir, rebaixar, menosprezar, desdenhar; abater (preço), baratear.

DEPRECIATION [dipri:ʃi'eiʃən], *s.* depreciação, desdém, menosprezo; barateamento, redução de preço. # *depreciation reserve,* fundo de depreciação.

DEPRECIATORY [di'pri:ʃieitəri], *a.* depreciatório, depreciador, pejorativo.

DEPREDATE ['deprideit], *v.* depredar, saquear, roubar, pilhar; destruir.

DEPREDATION [depri'deiʃən], *s.* depredação, saque, roubo, pilhagem; destruição.

DEPREDATOR ['deprideitə], *s.* depredador, saqueador.

DEPREDATORY [di'predətəri], *a.* depredatório.

DEPRESS [di'pres], *v.* deprimir; abater, humilhar, desanimar; comprimir, apertar.

DEPRESSED [di'prest], *a.* deprimido, desanimado.

DEPRESSING [di'presiŋ], *a.* humilhante, desanimador.

DEPRESSION [di'preʃən], *s.* depressão, abatimento; compressão.

DEPRESSOR [di'presə], *s.* depressor, opressor.

DEPRIVATION [depri'veiʃən], *s.* privação, perda, carência.

DEPRIVE [di'praiv], *v.* privar, tirar, despojar; destituir, excluir. # *deprive effect,* revogar.

DEPTH [depθ], *s.* profundidade, profundeza, fundo, altura; recôndito; abismo, vivacidade (cor); gravidade (som); sagacidade. # *in the depth of the winter,* no rigor do inverno.

DEPTH-BOMB ['depθbəm], *s.* bomba de profundidade.

DEPTH-CHARGE ['depθtʃɑ:dʒ], *V.* **DEPTH-BOMB.**

DEPUTATION [depju:'teiʃən], *s.* deputação, delegação.

DEPUTE [di'pju:t], *v.* deputar, delegar, nomear.

DEPUTIZE ['depjutaiz], *v.* representar, substituir.

DEPUTY ['depjuti], *s.* deputado; delegado, comissionado; agente, comissário, procurador; adjunto (mil.).

DERAIL [di'reil], *v.* descarrilhar (= descarrilar).

DERAILMENT [di'reilmənt], *s.* descarrilhamento (= descarrilamento).

DERANGE [di'reindʒ], *v.* desarranjar, desconcertar, desordenar, transtornar.

DERANGEMENT [di'reindʒmənt], *s.* desarranjo, desordem, transtorno.

DERBY ['dɑ:bi], *s.* corrida anual de cavalos em Epson (perto de Londres); (E.U.) ['d:əbi] chapéu de coco = (Ing.) *bowler.*

DERELICT ['derilikt], *s.* navio abandonado; pessoa abandonada, sem recursos; (E.U.) o que abandona alguém. *a.* abandonado; (E.U.) infiel; negligente; delinqüente.

DERELICTION [deri'likʃən], *s.* abandono, desamparo; delinqüência.

DERIDE [di'raid], *v.* ridicularizar, zombar, mofar, escarnecer.

DERIDER [di'raidə], *s.* zombador, escarnecedor.

DERIDING [di'raidiŋ], *s.* zombaria, escárnio, mofa, irrisão.

DERISION [di'riʒən], *s.* escárneo, zombaria, mofa, irrisão.

DERISIVE [di'raisiv], *a.* irrisório, burlesco.

DERISIVENESS [di'raisivnis], *s.* irrisão.

DERISORY [di'raisəri], *a.* irrisório.

DERIVABLE [di'raivəbl], *a.* derivável.

DERIVATION [deri'veiʃən], *s.* derivação; descendência; etimologia.

DERIVATIVE [di'rivətiv], *a.* e *s.* derivativo, derivado, (gram.) palavra derivada.

DERIVE [di'raiv], *v.* derivar, deduzir; derivar-se, provir de, proceder de.

DERM [də:m], *s.* derma.

DERMAL ['də:məl], *a.* dérmico, cutâneo.

DERMATITIS [də:mə'tait], *s.* (med.) dermatite.

DEROGATE ['derogeit], *v.* derrogar, abolir, anular, cancelar; depreciar, menosprezar; difamar, detrair.

DEROGATION [dero'geiʃən], *s.* derrogação, abolição, revogação, anulação; menosprezo, depreciação; detração, maledicência.

DEROGATORY [di'rɔgətəri], *a.* derrogatório; depreciativo.

DERRICK ['derik], *s.* grua, maquinismo com calabre para levantar carga, guindaste, cóbrea; armação ou torre na boca dos poços de petróleo ou outras perfurações.

DERVISH ['də:viʃ], *s.* derviche.

DESCANT ['deskænt], *s.* descante; melodia, cantiga.

DESCANT [dis'kænt], *v.* descantar; dissertar.

DESCEND [di'send], *v.* descer, baixar; descender, proceder, provir de; rebaixar-se; cair sobre, invadir; (astr.) baixar, declinar.

DESCENDANT [di'sendənt], *s.* e *a.* descendente.

DESCENT [di'sent], *s.* descida, declive; descendência, linhagem; degradação, decadência, aviltamento.

DESCRIBABLE [dis'kraibəbl], *a.* descritível.

DESCRIBE [dis'kraib], *v.* descrever, narrar; definir, delinear; explicar; representar.

DESCRIBER [dis'kraibə], *s.* descritor.

DESCRIPTION [dis'kripʃən], *s.* descrição, narração, relato; representação; natureza, qualidade, espécie.

DESCRIPTIVE [dis'kriptiv], *a.* descritivo.

DESCRY [dis'krai], *v.* descobrir, divisar, avistar; observar, averiguar.

DESECRATE ['desikreit], *v.* profanar, violar.

DESECRATION [desi'kreiʃən], *s.* profanação violação.

DESECRATOR ['desikreitə], *s.* profanador, violador.

DESERT [di'zə:t], *s.* mérito, merecimento, valor, virtude; prêmio.

DESERT ['dezət], *s.* deserto. *a.* deserto, solitário, despovoado.

DESERT [di'zə:t], *v.* desamparar, deixar, abandonar; (mil.) desertar.

DESERTER [di'zə:tə], *s.* desertor.

DESERTION [di'zə:ʃən], *s.* deserção.

DESERVE [di'zə:v], *v.* merecer; ter merecimento.

DESERVEDLY [di'zə:vidli], *adv.* merecidamente, com justiça; condignamente.

DESERVING [di'zə:viŋ], *s.* merecimento, mérito. *a.* digno de, merecedor.

DESICCATE ['desikeit], *v.* dessecar, secar, enxugar.

DESICCATION [desi'keiʃən], *s.* dessecação.

DESIDERATA [dizidə'reitə], *pl.* de **DESIDERATUM.**

DESIDERATUM [dizidə'reitəm], *s.* desiderato; *pl.* **DESIDERATA.**

DESIGN [di'zain], *s.* desígnio, intenção, fim; plano, projeto, cálculo, desenho, modelo, esboço. *v.* propor, ter intenção; fazer projetos, planos; destinar; projetar; desenhar; calcular; esboçar, delinear; maquinar.

DESIGNATE ['dezigneit], *v.* designar, nomear, apontar, distinguir.

DESIGNATE ['dezignit], *a.* designado.

DESIGNATION [dezig'neiʃən], *s.* designação, nomeação, indicação.

DESIGNER [di'zainə], *s.* desenhista; inventor, autor; delineador, projetador, planeador.

DESIGNING [di'zainiŋ], *a.* maquinador; astuto, astucioso, velhaco, insidioso; intrigante. *s.* desenho; esboço, esquema.

DESINENCE ['desinəns], *s.* desinência.

DESIRABILITY [dizaiərə'biliti], *s.* anelo, ânsia, desejo ardente.

DESIRABLE [di'zaiərəbl], *a.* desejável, apetecível, conveniente.

DESIRE [di'zaiə], *s.* desejo, vontade, anelo, aspiração, ânsia. *v.* desejar, querer, aspirar, ansiar.

DESIROUS [di'zaiərəs], *a.* desejoso.

DESIST [di'zist], *v.* desistir, renunciar, abrir mão de.

DESK [desk], *s.* carteira; escrivaninha, secretária; púlpito; profissão eclesiástica. # *at the desk,* (com.) à vista.

DESOLATE ['desəleit], *v.* desolar; arrasar, devastar, arruinar, despovoar; desconsolar.

DESOLATE ['desəlit], *a.* desolado, deserto, solitário, desabitado; desprezado; desconsolado.

DESOLATENESS ['desəlitnis], *s.* desolação.

DESOLATING ['desəleitiŋ], *a.* desolador, devastador.

DESOLATION [desə'leiʃən], *s.* desolação, devastação, assolação; aflição; desconsolo, consternação, tristeza.

DESOLATOR ['desəleitə], *s.* desolador, assolador, devastador.

DESPAIR [dis'pεə], *s.* desespero. *v.* desesperar. # *out of despair,* em desespero.

DESPAIRING [dis'pεəriŋ], *a.* desesperante, desesperador.

DESPATCH [dis'pætʃ], *s.* despacho, expedição, remessa, mensagem, missiva; comunicação; pressa, rapidez, serviço de mensageiros; *pl.* correspondência diplomática oficial. *v.* despachar, expedir, enviar; concluir; apressar; matar.

DESPERADO [despə'rɑ:dou], *s.* bandido, malfeitor.

DESPERATE ['despərit], *a.* desesperado; arrojado, arriscado, temerário; furioso, violento; perdido, irremediável.

DESPERATELY ['despəritli], *adv.* desesperadamente; furiosamente; doidamente; excessivamente.

DESPERATENESS ['despəritnis], *s.* desespero, fúria, doidice.

DESPERATION [despə'reiʃən], *s.* desesperação, desespero; fúria.

DESPICABLE ['despikəbl], *a.* baixo, vil, desprezível.

DESPISE [dis'paiz], *v.* desprezar, menosprezar, desdenhar.

DESPISER [dis'paizə], *s.* desprezador.

DESPITE [dis'pait], *s.* despeito, acinte; malícia; enfado, desgosto; ódio, aversão. *prep.* apesar de, não obstante, a despeito de. # *in despite of,* a despeito de, não obstante. *in one's own despite,* contra sua própria vontade.

DESPITEFUL [dis'paitful], *a.* malicioso; acintoso; vingativo.

DESPOIL [dis'pɔil], *v.* despojar, espoliar, roubar, saquear.

DESPOILER [dis'pɔilə], *s.* despojador, espoliador, ladrão, saqueador.

DESPOND [dis'pɔnd], *v.* desanimar, desalentar-se, desesperar, perder a esperança.

DESPONDENCY [dis'pɔndənsi], *s.* desânimo, desalento, abatimento.

DESPONDENT [dis'pɔndənt], *a.* desanimado, desalentado, desesperado.

DESPOT ['despɔt], *s.* déspota, tirano.

DESPOTIC, AL [des'pɔtik, əl], *a.* despótico, tirânico.

DESPOTISM ['despətizm], *s.* despotismo, tirania, absolutismo.

DESSERT [di'zə:t], *s.* sobremesa.

DESTINATION [desti'neiʃən], *s.* destino, paradeiro, destinação.

DESTINE ['destin], *v.* destinar, designar, determinar; dedicar, devotar, consagrar.

DESTINY ['destini], *s.* destino, sorte, fado, sina.

DESTITUTE ['destitju:t], *a.* destituído; desamparado; pobre, indigente, sem recursos.

DESTITUTION [desti'tju:ʃən], *s.* destituição, privação; pobreza, indigência, miséria; falta, carência; desamparo, abandono.

DESTROY [dis'trɔi], *v.* destruir, exterminar, arrasar, extinguir, aniquilar, demolir.

DESTROYER [dis'trɔiə], *s.* destróier, navio ligeiro de escolta.

DESTRUCTIBILITY [distrʌkti'biliti], *s.* destrutibilidade.

DESTRUCTIBLE [dis'trʌktəbl], *a.* destrutível.

DESTRUCTION [dis'trʌkʃən], *s.* destruição, devastação, ruína, extinção, estrago; perdição; morte.

DESTRUCTIVE [dis'trʌktiv], *a.* destrutivo.

DESTRUCTOR [dis'trʌktə], *s.* destruidor, exterminador, incinerador (forno).

DESULTORINESS ['desəltərinis], *s.* inconstância, incoerência; leviandade.

DESULTORY ['desəltəri], *a.* variável, inconstante, incoerente, indefinido, vago; desconexo, irregular; leviano.

DETACH [di'tætʃ], *v.* separar, destacar, desprender, desligar, afastar.

DETACHABLE [di'tætʃəbl], *a.* separável, destestável.

DETACHED [di'tætʃt], *a.* separado, destacado.

DETACHING [di'tætʃiŋ], *s.* ação de separar ou destacar.

DETACHMENT [di'tætʃmənt], *s.* separação; desapego; (mil.) destacamento.

DETAIL ['di:teil, di'teil], *s.* detalhe, minudência, pormenor, particularidade, (mil.) destacamento. # ***in detail,*** minuciosamente.

DETAIL [di'teil], *v.* pormenorizar, particularizar, especificar, circunstanciar, detalhar; narrar circunstanciadamente; (mil.) nomear ou destacar para um serviço especial.

DETAILED ['di:teild], *a.* detalhado, minucioso, pormenorizado.

DETAIN [di'tein], *v.* deter, reter, retardar, suster, impedir.

DETAINER [di'teinə], *s.* detentor; apreensão, detenção, prisão.

DETECCER [di'tekə], *s.* (E.U. gír.) novela policial.

DETECT [di'tekt], *v.* descobrir, procurar, averiguar, investigar; saber; revelar; surpreender.

DETECTABLE [di'tektəbl], *a.* passível de ser descoberto.

DETECTION [di'tekʃən], *s.* descoberta, revelação, averiguação.

DETECTIVE [di'tektiv], *s.* agente da polícia secreta, detetive, investigador = (E.U.) *investigator.*

DETECTOR [di'tektə], *s.* descobridor; (eletr.) detetor.

DETENTION [di'tenʃən], *s.* detenção, retenção, segregação, prisão. # *tortious detention,* retenção indébita.

DETER [di'tə], *v.* dissuadir, desanimar; desviar; acovardar.

DETERIORATE [di'tiəriereit], *v.* deteriorar, danificar, estragar, arruinar.

DETERIORATION [ditiəriə'reiʃən], *s.* deterioração, estrago, dano, prejuízo.

DETERMINANT [di'tə:minənt], *s.* causa determinante. *a.* determinante.

DETERMINATE [di'tə:minit], *a.* determinado, definido; resoluto; decidido; positivo.

DETERMINATENESS [di'tə:minitnis], *s.* resolução firme.

DETERMINATION [ditə:mi'neiʃən], *s.* determinação, decisão, resolução, conclusão.

DETERMINATIVE [di'tə:mineitiv], *a.* determinativo, definitivo; restrito.

DETERMINE [di'tə:min], *v.* determinar, decidir, resolver; estabelecer, fixar, marcar; concluir, terminar, acabar, findar; resolver-se, decidir-se.

DETERMINED [di'tə:mind], *a.* determinado, resoluto, decidido.

DETERMINISM [di'tə:minizm], *s.* determinismo.

DETERMINIST [di'tə:minist], *s.* determinista.

DETERRENT [di'terənt], *s.* e *a.* dissuasor.

DETEST [di'test], *v.* detestar, abominar, aborrecer, antipatizar, odiar.

DETESTABLE [di'testəbl], *a.* detestável.

DETESTABLENESS [di'testəblnis], *s.* caráter ou qualidade de detestável.

DETESTATION [di:tes'teiʃən], *s.* detestação, abominação, ódio, raiva.

DETHRONE [di'θroun], *v.* destronar.

DETHRONEMENT [di'θrounmənt], *s.* destronamento, destronização.

DETONATE ['detouneit], *v.* detonar, fazer ou causar detonação.

DETONATION [detou'neiʃən], *s.* detonação, explosão, estampido.

DETONATOR ['detouneitə], *s.* detonador.

DÉTOUR ['deituə], *s.* volta, rodeio, retorno.

DETRACT [di'trækt], *v.* tirar, tomar, diminuir, subtrair; detratar, difamar, infamar; desacreditar, caluniar.

DETRACTER [di'træktə], *V.* **DETRACTOR.**

DETRACTION [di'trækʃən], *s.* detração, maledicência, infâmia, calúnia, difamação.

DETRACTIVE [di'træktiv], *a.* infamante, difamante, detrativo.

DETRACTOR [di'træktə], *s.* detrator, caluniador, difamador.

DETRACTORY [di'træktəri], *s.* difamatório, detrativo.

DETRAIN [di:'trein], *v.* desembarcar, descarregar (de um trem ou vapor); (mil.) desembarcar tropas de um comboio.

DETRAINING [di:'treiniŋ], *s.* (mil.) desembarque de tropas.

DETRIMENT ['detrimənt], *s.* detrimento, prejuízo, dano.

DETRIMENTAL [detri'mentl], *a.* prejudicial, nocivo, danoso.

DETRITION [di'triʃən], *s.* atrito, desgaste.

DETRITUS [di'traitəs], *s.* detritos, restos, desperdícios.

DEUCE [dju:s], *s.* dois (nas cartas ou nos dados); quarenta (no tênis); (fam.) demônio. # *a deuce of a mess,* uma confusão incrível, uma balbúrdia terrível. *the deuce take it!* com os mil demônios! *what the deuce!* que diabo!

DEVALUATION [divælju'eiʃən], *s.* desvalorização.

DEVASTATE ['devəsteit], *v.* devastar, assolar; dissipar; gastar.

DEVASTATION [devəs'teiʃən], *s.* devastação, assolação, desolação, destruição.

DEVASTATOR ['devəsteitə], *s.* assolador, destruidor, desolador.

DEVELOP [di'veləp], *v.* desenvolver, fomentar; desabrochar; abrir; produzir; aperfeiçoar; progredir; crescer; (fot.) revelar; (E.U.) comunicar, revelar, publicar, noticiar; transpirar, tornar-se conhecido, tornar-se público.

DEVELOPER [di'veləpə], *s.* (fot.) revelador.

DEVELOPMENT [di'veləpment], *s.* desenvolvimento, crescimento, progresso; manifestação; (fot.) revelação.

DEVIATE ['di:vieit], *v.* desviar; dissentir; convergir; desviar-se, apartar-se, separar-se, extraviar-se, perder-se, desencaminhar-se.

DEVIATION [di:vi'eiʃən], *s.* desvio; divergência.

DEVICE [di'vais], *s.* meio, expediente; dispositivo; lema, divisa, inscrição; plano, projeto; esquema; invenção; artifício, estratagema, ardil; *pl.* vontade, inclinação, desejo; propósito.

DEVIL ['devl], *s.* diabo, demônio. *v.* endemoninhar, atormentar; condimentar. # *a luck devil,* um felizardo. *between the devil and the deep sea,* entre a cruz e a caldeirinha. *devil's bones,* dados. *play* (ou *beat) a* (ou *the) devil's tattoo,* tamborilar com os dedos. *talk of the devil and you'll hear the flutter of his wings,* falar no diabo, preparar o pau. *the devil is not so black as it is painted,* o diabo não é tão feio como parece. *the devil (and all) to pay,* vai haver o diabo. *to play the devil,* fazer o diabo a quatro. *what the devil!* com os demônios!

DEVILISH ['devliʃ], *a.* diabólico, satânico, endiabrado.

DEVILISHNESS ['devliʃnis], *s.* diabrura.

DEVIL-MAY-CARE ['devlmei'kɛə], *a.* descuidado, negligente; desrespeitador.

DEVILMENT ['devlmənt], *s.* malícia; diabrura.

DEVILRY ['devlri], *s.* arte diabólica; crueldade, perversidade, maldade = (E.U.) *deviltry.*

DEVILTRY ['devltri], *s.* (E.U.) = (Ing.) *devilry.*

DEVIOUS ['di:viəs], *a.* desviado, extraviado, perdido, afastado; errante, tortuoso.

DEVIOUSNESS ['di:viəsnis], *s.* desvio, extravio.

DEVISABLE [di'vaizəbl], *a.* ideável, imaginável.

DEVISE [di'vaiz], *v.* imaginar, inventar, idear; planejar, projetar, maquinar; legar em testamento. *s.* legado; testamento.

DEVISEE [devi'zi:, divai'zi:], *s.* legatário.

DEVISER [di'vaizə], *s.* inventor, planejador, autor.

DEVISOR [devi'zɔ:, divai'zɔ:], *s.* (jur.) testador, testante.

DEVOID [di'vɔid], *a.* livre, isento; desprovido, falto.

DEVOLUTE ['devolju:t], *V.* **DEVOLVE.**

DEVOLUTION [di:və'lu:ʃən], *s.* transferência, transmissão (de propriedade); entrega; delegação.

DEVOLVE [di'vɔlv], *v.* (jur.) transmitir por sucessão, transferir (propriedade, direito, obrigação); caber por sucessão; competir; correr (obrigação).

DEVOTE [di'vout], *v.* dedicar, devotar, consagrar, votar; condenar, amaldiçoar; dedicar-se, consagrar-se.

DEVOTED [di'voutid], *a.* dedicado, devotado, consagrado; condenado, infeliz.

DEVOTEDLY [di'voutidli], *adv.* devotadamente, dedicadamente.

DEVOTEDNESS [di'voutidnis], *s.* devoção, dedicação, devotamento; afeto; sacrifício.

DEVOTEE [devou'ti:], *s.* devoto; fanático.

DEVOTION [di'vouʃən], *s.* devoção, dedicação, devotamento, piedade; zelo; oração.

DEVOTIONAL [di'vouʃnəl], *a.* religioso, piedoso, devoto.

DEVOUR [di'vauə], *v.* devorar, tragar, engolir; sumir, desaparecer, submergir; destruir.

DEVOURER [di'vauərə], *s.* devorador, destruidor.

DEVOUT [di'vaut], *a.* devoto, reverente, religioso, piedoso, fervoroso; sincero.

DEVOUTNESS [di'vautnis], *s.* devoção, piedade, fervor, reverência, religiosidade.

DEW [dju:], *s.* orvalho, garoa, sereno, rocio.

DEWAXING [di:'wæksiŋ], *s.* (petr.) desparafinação.

DEW-BERRY ['dju:beri, 'dju:bəri], *s.* amora.

DEWY ['dju:i], *a.* orvalhado.

DEXTER ['dekstə], *a.* destro, ágil, hábil; direito; propício, favorável.

DEXTERITY [deks'teriti], *s.* destreza, agilidade; habilidade, perícia; tino.

DEXTEROUS ['dekstərəs], *a.* destro, ágil, hábil, jeitoso; fino, sagaz.

DEXTROROTARY [dekstro'routəri], *a.* dextrogiro.

DEXTROSE ['dekstrous], *s.* glicose.

DEXTROUS ['desktrəs], *V.* **DEXTEROUS.**

DIABETES [daiə'bi:ti:z], *s. pl.* diabetes.

DIABETIC [daiə'betik], *a.* e *s.* diabético.

DIABOLIC, AL [daiə'bɔlik, əl], *a.* diabólico.

DIACONAL [dai'ækənəl], *a.* diaconal, relativo ao diácono.

DIACONATE [dai'ækənit], *s.* diaconato.

DIACRITICAL [daiə'kritikəl], *a.* diacrítico.

DIADEM ['daiədem], *s.* diadema, coroa, grinalda.

DIAERESES, [dai'iərisi:z, dai'iərəsi:z], *pl.* de **DIAERESIS.**

DIAERESIS [dai'iərisis, dai'iərəsis], *s.* diérese. *pl.* **DIAERESES.**

DIAGNOSE ['daiəgnouz], *v.* diagnosticar.

DIAGNOSIS [daiəg'nousis], *s.* diagnose.

DIAGNOSTIC [dæiəg'nɔstik], *s.* e *a.* diagnóstico.

DIAGONAL [dai'ægənl], *s.* e *a.* diagonal; = (E.U.) *cater-cornerd.*

DIAGRAM ['daiəgræm], *s.* diagrama.

DIAL ['daiəl], *s.* quadrante; relógio de sol; mostrador; disco de telefone. # *dial telephone,* (E.U.) telefone automático = (Ing.) *automatic telephone.*

DIALCARD ['daiəlkɑ:d], *s.* rosa-dos-ventos.

DIALECT ['daiəlekt], *s.* dialeto.

DIALECTAL [daiə'lektl], *a.* dialetal.

DIALECTIC [daiə'lektik], *s.* dialética. *a.* dialético.

DIALECTICAL [daiə'lektikəl], *a.* dialético.

DIALECTICIAN [daiəlek'tiʃən], *s.* dialético, pessoa versada em dialética.

DIALECTICS [daiə'lektiks], *s.* dialética, lógica.

DIALOGUE ['daiəlɔg]. *s.* diálogo.

DIALYSIS [dai'ælisis], *s.* diálise.

DIAMETER [dai'æmitə], *s.* diâmetro.

DIAMETRAL [dai'æmitrəl], *a.* diametral.

DIAMETRICAL [daiə'metrikəl], *a.* diametral.

DIAMETRICALLY [daiə'metrikəli], *adv.* diametralmente.

DIAMOND ['daiəmənd], *s.* diamante; (imp.) tipo de letra de 4 a $4^1/_2$ pontos; (geom.) losango; naipe de ouros (nas cartas). # *a diamond in the rough* (ou *a rough diamond),* um diamante bruto. *diamond-wedding,* bodas de diamante, 60.º aniversário de casamento.

DIAPASON [daiə'peisn], *s.* diapasão.

DIAPER ['daiəpə], *s.* pano adamascado; guardanapo; fralda (de criança); adorno, arabesco.

DIAPHANOUS [dai'æfənəs], *a.* diáfano, transparente, claro.

DIAPHRAGM ['daiəfræm], *s.* diafragma.

DIAPHRAGMATIC [daiəfræg'mætik], *a.* diafragmático.

DIARIST ['daiərist], *s.* jornalista.

DIARRHEA, DIARRHOEA [daiə'riə], *s.* diarréia.

DIARY ['daiəri], *s.* diário, relação do que sucede dia a dia.

DIASTOLE [dai'æstəli], *s.* diástole.

DIATHERMAL [daiə'θə:məl], *a.* diatérmico, diatérmano.

DIATHERMIA [daiə'θə:miə], *V.* **DIATHERMY.**

DIATHERMIC [daiə'θə:mik], *a.* diatérmico.

DIATHERMOUS [daiə'θə:məs], *V.* **DIATHERMAL.**

DIATHERMY ['daiəθə:mi], *s.* diatermia.

DIATOM ['daiətəm], *s.* diatomácea.

DIATONIC [daiə'tɔnik], *a.* diatônico.

DIATRIBE ['daiətraib], *s.* diatribe, censura, crítica, comentário.

DIB [dib], *v.* mergulhar, submergir, afundar.

DIBASIC [dai'beisik], *a.* (quím.) dibásico.

DIBS [dibz], *s.* fichas para jogo; (gír.) dinheiro.

DICE [dais], *pl.* de **DIE.**

DICE [dais], *v.* jogar os dados.

DICHOTOMY [di'kɔtəmi], *s.* dicotomia.

DICK [dik], *s.* agente de polícia, detetive.

DICKENS ['dikinz], *s.* diabo, demônio, diacho, satanaz.

DICKER ['dikə], *s.* (E.U.) troca = (Ing.) *bargain. v.* (E.U.) trocar, barganhar = (Ing.) *to bargain;* regatear = (Ing.) *to haggle.*

DICKEY ['diki], *s.* peito, peitilho postiço; avental; lugar do cocheiro ou do lacaio na carruagem; cobertura de couro para barcos de recreio; passarinho; (fam.) macaco.

DICKY ['diki], *V.* **DICKEY.**

DICOTYLEDON ['daikəti'li:dən], *s.* dicotiledôneo.

DICTAGRAPH ['diktəgra:f], *s.* ditógrafo.

DICTAPHONE ['diktəfoun], *s.* ditafone.

DICTATE ['dikteit], *s.* ditame, máxima, preceito, sentença; ordem; ditado.

DICTATE [dik'teit], *v.* ditar, ordenar, mandar, sugerir.

DICTATION [dik'teiʃən], *s.* ditado; ordem arbitrária, despotismo.

DICTATOR [dik'teitə], *s.* ditador, governador absoluto, déspota.

DICTATORIAL [diktə'tɔriəl], *a.* ditatorial, absoluto, arbitrário, despótico.

DICTATORSHIP [dik'teitəʃip], *s.* ditadura.

DICTION ['dikʃən], *s.* fraseado, estilo, expressão, linguagem; dição (=dicção).

DICTIONARY ['dikʃənəri], *s.* dicionário.

DICTUM ['diktəm], *s.* dito, máxima, aforismo adágio, provérbio; acórdão.

DID [did], *pret.* de **DO.**

DIDACTIC, AL [di'dæktik, əl], *a.* didático.

DIDACTICISM [di'dæktisizm], *s.* didatismo.

DIDDLE ['didl], *v.* (fam.) enganar, lograr; vacilar, cambalear, hesitar.

DIDDLER ['didlə], *s.* enganador.

DIDN'T ['didnt], contração de *did not.*

DIE [dai], *pl.* **DICE,** *s.* dado (jogo); sorteio; azar; cunho (de moeda, letra, brasão, etc.); *pl.* **DIES;** máquina para cortar ou cunhar, matriz, molde; tintura; (arq.) *pl.* socos. # *the die is cast,* a sorte está lançada.

DIE [dai], *v.* morrer, falecer, sucumbir, desaparecer, finar-se; fenecer, murchar; cessar; extinguir-se; evaporar. # *die away,* diminuir, desaparecer pouco a pouco. *die out,* extinguir-se; sair da moda. *never say die!* nada de desânimo!

DIELECTRIC [daii'lektrik], *s.* e *a.* dielétrico.

DIET ['daiət], *s.* dieta, regime; comida, alimento; alimentação; dieta (assembléia). *v.* adietar. # *go on a diet,* fazer dieta. *fat-free diet,* dieta livre de gordura. *low-salt diet,* dieta de pouco sal.

DIETARY ['daiətəri], *s.* dieta, regime alimentar. *a.* dietético.

DIETETIC, AL [daii'tetik, əl], *a.* dietético.

DIETETICS [daii'tetiks], *s.* dietética.

DIFFER ['difə], *v.* diferir, discrepar, discordar, divergir, variar; contender, altercar, discutir, distinguir-se, diferenciar-se. # *differ from,* diferir de; discordar de. *differ in,* diferir em; discordar em. *differ with someone as to something,* discordar de alguém a respeito de alguma coisa.

DIFFERENCE ['difrəns], *s.* diferença, distinção, desigualdade; divergência, diversidade, discrepância; dissidência; desacordo, controvérsia, rixa. # *make a difference,* importar, ter importância.

DIFFERENT ['difrənt], *a.* diferente, distinto, diverso, desigual; invulgar, incomum.

DIFFERENTIAL [difə'rənʃəl], *a.* diferencial. *s.* (mec.) diferencial.

DIFFERENTIATE [difə'renʃieit], *v.* diferenciar, distinguir; diferenciar-se.

DIFFERENTIATION [difərenʃi'eiʃən], *s.* diferenciação, diferença.

DIFFERENTLY ['difrentli], *adv.* diferentemente.

DIFFICULT ['difikəlt], *a.* difícil, dificultoso; obscuro, penoso, árduo, exaustivo; intratável, indócil.

DIFFICULTY ['difikəlti], *s.* dificuldade; oposição, obstáculo; objeção, reparo, dúvida. # *dissolve a difficulty,* resolver uma dificuldade.

DIFFIDENCE ['difidəns], *s.* falta de confiança em si mesmo; desconfiança; timidez; suspeita, dúvida; humildade, modéstia.

DIFFIDENT ['difidənt], *a.* tímido, vergonhoso, desconfiado, envergonhado; curto de inteligência.

DIFFRACT [di'frækt], *v.* difratar.

DIFFRACTION [di'frækʃən], *s.* difração.

DIFFUSE [di'fju:s], *a.* difuso, prolixo; estendido, espalhado, derramado.

DIFFUSE [di'fju:z], *v.* difundir, espalhar, propagar, derramar, espargir; repartir.

DIFFUSED [di'fju:zd], *a.* difundido, espalhado, propagado, esparso, disperso, difuso.

DIFFUSENESS [di'fju:snis], *s.* difusão; redundância; prolixidade.

DIFFUSER [di'fju:zə], *s.* aquele que difunde, difusor.

DIFFUSION [di'fju:ʒən], *s.* difusão; propagação; prolixidade; dispersão, espargimento.

DIFFUSIVE [di'fju:siv], *a.* difusor, difusivo; esparso.

DIFFUSIVENESS [di'fju:sivnis], *s.* difusão, propagação, dispersão, espargimento.

DIG [dig], *v. pret.* e *pp.* **DUG.** cavar, escavar; trabalhar com a enxada; (gír.) "pescar", entender, perceber. *s.* (pop.) enxada; cotovelada; (fam.) estudante brioso, aplicado, cavador, "caxias".

DIGEST ['daidʒest], *s.* digesto, compilação.

DIGEST [di'dʒest], *v.* digerir; elaborar, ordenar, classificar; pensar; meditar; compilar; sofrer, suportar, tolerar; assimilar-se; supurar.

DIGESTIBILITY [didʒestə'biliti], *s.* digestibilidade.

DIGESTIBLE [di'dʒestəbl], *a.* digestivo, digerível.

DIGESTION [di'dʒestʃən], *s.* digestão.

DIGESTIVE [di'dʒestiv], *s.* digestivo; pomada para fazer vir a furo um abscesso. *a.* digestivo.

DIGGER ['digə], *s.* cavador, escavador.

DIGGING ['digiŋ], *s.* ação de cavar; escavação; *pl.* mina de ouro; alojamento.

DIGIT ['didʒit], *s.* dedo; a largura de um dedo; número dígito.

DIGITAL ['didʒitl], *a.* digital.

DIGNIFIED ['dignifaid], *a.* digno, dignificado, elevado, honrado; promovido; nobre; sério, grave.

DIGNIFY ['dignifai], *v.* dignificar, honrar, enaltecer, enobrecer, exaltar; condecorar.

DIGNITARY ['dignitəri], *a.* e *s.* dignitário.

DIGNITY ['digniti], *s.* dignidade, honradez, honorabilidade, nobreza; seriedade; mérito; cargo, emprego, classe.

DIGRAPH ['daigrɑ:f, 'daigræf], *s.* dígrafo, diagrama.

DIGRESS [dai'gres], *v.* divagar, digressionar. #

digress from, afastar-se de, apartar-se de, desviar-se de.

DIGRESSION [dai'greʃən], *s.* digressão, divagação, desvio.

DIGRESSIVE [dai'gresiv, di'gresiv], *a.* digressivo.

DIKE [daik], *s.* dique, represa; canal; leito de um rio. *v.* represar, pôr diques, pôr barreiras.

DILAPIDATE [di'læpideit], *v.* dilapidar, dissipar, esbanjar; arruinar, destruir; estragar; arruinar-se.

DILAPIDATION [dilæpi'deiʃən], *s.* dilapidação, esbanjamento; destruição, ruína.

DILATABILITY [daileitə'biliti], *s.* dilatabilidade.

DILATATION [dailei'teiʃən], *s.* dilatação.

DILATE [dai'leit], *v.* dilatar, estender; dilatar-se, expandir-se, estender-se.

DILATER [dai'leitə], *s.* dilatador.

DILATORINESS ['dilətərinis], *s.* lentidão, vagarosidade; displicência, negligência.

DILATORY ['dilətəri], *a.* lento, vagaroso, demorado, retardado, dilatório; tardio; negligente, displicente.

DILEMMA [di'lemə], *s.* dilema. # *on the horns of a dilemma,* nas pontas de um dilema.

DILETTANTE [dili'tænti], *s.* diletante; apreciador; amante de belas-artes.

DILETTANTISM [dili'tæntizm], *s.* diletantismo.

DILIGENCE ['dilidʒəns], *s.* diligência, zelo, assiduidade; atenção, cuidado.

DILIGENCE ['diliʒɑ:ns], *s.* diligência (carruagem).

DILIGENT ['dilidʒənt], *a.* diligente, prestável; ativo, vivaz; solícito, cuidadoso.

DILIGENTLY ['dilidʒəntli], *adv.* diligentemente, solicitamente.

DILL [dil], *s.* (bot.) aneto.

DILLY-DALLY ['dilidæli], *v.* perder tempo.

DILLY-DALLYING ['dilidæliiŋ], *s.* perda de tempo.

DILUENT ['diljuənt], *a.* diluente, dissolvente.

DILUTE [dai'lju:t], *a.* diluído, atenuado, fraco. *v.* diluir, dissolver.

DILUTED [dai'lju:tid], *a.* diluído.

DILUTENESS [dai'lju:tnis], *s.* enfraquecimento; diluição.

DILUTION [dai'lju:ʃən], *s.* diluição, enfraquecimento.

DILUVIA [dai'lu:vjə], *pl.* de **DILUVIUM.**

DILUVIAL [dai'lu:vjəl], *s.* diluvial, diluviano.

DILUVIAN [dai'lu:vjən], *a.* diluviano.

DILUVIUM [dai'lu:vjəm], *s.* aluvião deixado pelas águas. *pl.* **DILUVIA.**

DIM [dim], *v.* obscurecer, ofuscar; tornar opaco. *a.* obscuro, escuro, sombrio, nublado; opaco; pálido, fosco; confuso. # *take a dim* (ou *poor) view of,* não apoiar, desaprovar.

DIME [daim], *s.* décimo (moeda de 10 centavos de dólar). # *dime store,* (E.U.) loja de artigos baratos, "loja americana". *dime novel,* (E.U.) novela barata, novela popular = (Ing.) *penny dreadful.*

DIMENSION [di'menʃən], *s.* dimensão, tamanho, extensão; medida.

DIMENSIONAL [di'menʃənəl], *a.* dimensional, dimensível; mensurável.

DIMETER ['dimitə], *s.* dímetro.

DIMIDIATE [di'midiit], *a.* partido ao meio, bipartido.

DIMIDIATE [di'midieit], *v.* bipartir.

DIMINISH [di'miniʃ], *v.* diminuir, reduzir, minorar, enfraquecer, debilitar.

DIMINISHABLE [di'miniʃəbl], *a.* capaz de ser diminuído.

DIMINUENDO [diminju'endou], *s. adj., v.* e *adv.* (mús.) diminuendo; diminuente.

DIMINUTION [dimi'nju:ʃən], *s.* diminuição.

DIMINUTIVE [di'minjutiv], *a.* diminutivo, diminuto, pequeno, mesquinho.

DIMINUTIVENESS [di'minjutivnis], *s.* diminuição.

DIMITY ['dimiti], *s.* fustão.

DIMMISH ['dimiʃ], *a.* um tanto escuro.

DIMNESS ['dimnis], *s.* obscurecimento; obscuridade, escuridão, ofuscamento.

DIMPLE ['dimpl], *s.* covinha do rosto; pequena ondulação.

DIN [din], *s.* estrondo, estrépito, ruído, barulho. *v.* aturdir, atordoar, ensurdecer.

DINE [dain], *v.* jantar; alimentar, dar jantar.

DINER ['dainə], *s.* o que janta; vagão-restaurante.

DING [diŋ], *v.* bater; atirar, arremessar; amolgar; campar de valentão; repicar os sinos.

DINGDONG ['diŋ'dɔŋ], *s.* tlim-tlão (onomatopéia correspondente ao toque dos sinos). # *dingdong race,* corrida empatada.

DINGEY, DINGHY ['diŋgi], *s.* (náut.) dinga (barco da Índia); escaler. # *sailing dinghy,* (náut.) iole de corrida.

DINGINESS ['dindʒinis], *s.* cor escura, cor morena; mancha.

DINGLE ['diŋgl], *s.* vale estreito, desfiladeiro.

DINGLE-DANGLE ['diŋgl'dæŋgl], *a.* bamboleante.

DINGY ['dindʒi], *a.* escuro, moreno, trigueiro; manchado, sujo.

DINING-CAR ['dainiŋ-kɑ:], *s.* vagão-restaurante.

DINING-ROOM ['dainiŋrum], *s.* sala de jantar.

DINNER ['dinə], *s.* jantar.

DINNER-COAT ['dinəkout], *V.* **DINNER-JACKET.**

DINNER-JACKET ['dinədʒækit], *s.* casaco de linho branco, meio rigor, para ser usado à noite = (E.U.) *tuxedo.*

DINNER-PARTY ['dinəpɑ:ti], *s.* jantar, banquete.

DINNER PAIL ['dinəpeil], *s.* (E.U.) marmita = (Ing.) *mess-tin, mess kit.*

DINOSAUR ['dainəsɔ:], *s.* dinossauro.

DINOTHERIUM [daino'θiəriəm], *s.* dinotério.

DINT [dint], *s.* mossa, amolgadura; golpe, pancada; croque (= cocorote, cocre); força, poder; eficácia. # *by dint of,* à custa de, à força de, por meio de, a poder de.

DIOCESAN [dai'ɔsisən], *a.* diocesano.

DIOCESE ['daiəsis], *s.* diocese.

DIOXIDE [dai'ɔksaid], *s.* bióxido.

DIP [dip], *s.* mergulho, imersão; banho de imersão; inclinação, declive; inclinação da agulha magnética. # *dip into,* investigar. *have a dip,* dar um mergulho.

DIP [dip], *v.* mergulhar, imergir, submergir; afundar; banhar; inclinar-se; saudar com a bandeira.

DIPHTERIA [dif'θiəriə], *s.* difteria.

DIPHTHONG ['difθɔŋ], *s.* ditongo.

DIPHTHONGAL [dif'θɔŋgəl], *a.* ditongal.

DIPHTHONGIZE (ISE) ['difθɔŋgaiz], *v.* ditongar.

DIPLOMA [di'ploumə], *s.* diploma.

DIPLOMACY [di'ploumәsi], *s.* diplomacia; cautela; prudência, cuidado; circunspecção.

DIPLOMAT ['dipləmæt], *s.* diplomata. *a.* diplomático; discreto, grave, cauteloso, circunspecto.

DIPLOMATIC [diplə'mætik], *a.* diplomático.

DIPLOMATICS [diplə'mætiks], *s.* diplomacia; diplomática; paleografia.

DIPLOMATIST [di'ploumətist], *s.* diplomata; diplomatista; o que é versado em diplomacia.

DIPPER ['dipə], *s.* mergulhador; concha para sopa; Ursa Maior.

DIPPING ['dipiŋ], *p. pres.* de **DIP,** *s.* ação de mergulhar, mergulho.

DIPSOMANIA [dipsou'meiniə], *s.* dipsomania.

DIPSOMANIAC [dipsou'meiniæk], *s.* dipsomaníaco.

DIPTERA ['diptərə], *s.* dípteros.

DIPTERAL ['diptərəl], *a.* díptero.

DIPTEROUS ['diptərəs], *a.* díptero.

DIRE ['daiə], *a.* horrendo, horrível, medonho; terrível, de mau agouro; deplorável, lamentável; fatal.

DIRECT [di'rekt, dai'rekt], *a.* direto, imediato; evidente, claro, patente, inequívoco; direito, reto. *v.* dirigir, ordenar, conduzir, orientar, endereçar; administrar, governar, mandar, reger, regular, dispor. *adv.* diretamente.

DIRECTION [di'rekʃən], *s.* direção, rumo, curso; governo, ordem, instrução; manejo; endereço; administração; fim, desígnio; sobrescrito.

DIRECTIVE [di'rektiv], *a.* diretivo.

DIRECTLY [di'rekli], *adv.* diretamente, em linha reta; imediatamente, agora, sem rodeios. *conj.* logo que.

DIRECTNESS [di'rektnis], *s.* direitura.

DIRECTOR [di'rektə], *s.* diretor, regente, guia, condutor, administrador.

DIRECTORATE [di'rektərit], *s.* diretorado, cargo de diretor; diretório; conjunto de diretores; diretoria = (E.U.) *directory.* # *interlocking directorate,* diretoria conjunta (para duas ou mais companhias); (E.U.) diretoria.

DIRECTORSHIP [di'rektəʃip], *s.* diretoria.

DIRECTORY [di'rektəri], *s.* diretório; livro de

orações; anuário comercial; lista de nomes e endereços; (E.U.) diretoria.

DIREFUL ['daiəful], *a.* horrível, horrendo, medonho, terrível, sinistro, calamitoso, tétrico.

DIRENESS ['daiənis], *s.* horror, terror, pavor, medo.

DIRGE ['dədʒ], *s.* endecha.

DIRIGIBLE ['diridʒəbl], *s.* (av.) dirigível. *a.* dirigível.

DIRK [də:k], *s.* adaga, punhal. *v.* apunhalar.

DIRT [də:t], *s.* sujeira, imundície, porcaria; excremento; lodo; lama; barro, terra; vileza. # *dirt moving,* (eng.) movimentação de terra; desmonte. *dish the dirt* (gír.) fazer mexerico.

DIRT-CHEAP ['də:t'tʃi:p], *a.* e *adv.* baratíssimo, quase de graça.

DIRT FLOOR ['də:t'flɔ:], *s.* (E.U.) chão de terra batida = (Ing.) *earth floor.*

DIRTINESS ['də:tinis], *s.* sujeira, porcaria; lama; vileza.

DIRT ROAD ['de:t'roud], *s.* (E.U.) estrada sem calçamento, estrada de terra batida.

DIRT WAG(G)ON ['də:twægən], *s.* (E.U.) carroça de lixo = (Ing.) *dust-car.*

DIRTY ['də:ti], *a.* sujo, porco, imundo, nojento, enlameado; indecente; vil, baixo, desprezível. *v.* sujar, emporcalhar, manchar. # *dirty fellow,* trapaceiro. *dirty trick,* trapaça.

DISABILITY [disə'biliti], *s.* inabilidade, incapacidade; impotência.

DISABLE [dis'eibl], *v.* inabilitar, incapacitar, inutilizar, desmantelar, desmontar, destruir.

DISABLEMENT [dis'eiblmənt], *s.* inabilitação, incapacidade, impotência, fraqueza; invalidez.

DISABUSE [disə'bju:z], *v.* desenganar, tirar de erro; desiludir.

DISADVANTAGE [disəd'vɑ:ntidʒ], *s.* desvantagem, prejuízo, perda, detrimento. # *at a disadvantage,* em desvantagem, em condição inferior. *take someone at a disadvantage,* apanhar alguém desprevenido, colher alguém de surpresa.

DISADVANTAGEOUS [disædvɑ:n'teidʒəs], *a.* desvantajoso, prejudicial, inconveniente.

DISAFFECTED [disə'fektid], *a.* descontente; desleal, infiel.

DISAFFECTION [disə'fekʃən], *s.* desafeição, deslealdade.

DISAGREE [disə'gri:], *v.* discordar, altercar, contender, divergir.

DISAGREEABLE [disə'griəbl], *a.* desagradável; ofensivo; contrário; discordante; incongruente.

DISAGREEABLENESS [disə'griəblnis], *s.* desagrado, oposição, discordância.

DISAGREED [disə'gri:d], *a.* discordante, divergente, contrário, diferente.

DISAGREEMENT [disə'gri:mənt], *s.* desacordo, discordância; diferença, dissemelhança; dissentimento.

DISALLOW ['disə'lau], *v.* desaprovar, rejeitar, reprovar, censurar; negar a autoridade.

DISAPPEAR [disə'piə], *v.* desaparecer, ausentar-se, perder-se de vista; escapar, fugir, sumir.

DISAPPEARANCE [disə'piərəns], *s.* desaparecimento.

DISAPPOINT [disə'pɔint], *v.* decepcionar; faltar a uma promessa; malograr.

DISAPPOINTED [disə'pɔintid], *a.* decepcionado; desiludido. # *disappointed at (act),* decepcionado com (fato).

DISAPPOINTING [disə'pɔintiŋ], *a.* que desaponta, que decepciona, desconcertante.

DISAPPOINTMENT [disə'pɔintmənt], *s.* decepção; contrariedade, surpresa, revés.

DISAPPROBATION [disæpro'beiʃən], *s.* desaprovação, censura.

DISAPPROVAL [disə'pru:vəl], *s.* desaprovação, censura.

DISAPPROVE ['disə'pru:v], *v.* desaprovar, reprovar, censurar, criticar.

DISARM [dis'ɑ:m, di'zɑ:m], *v.* desarmar, acalmar, apaziguar, serenar; depor as armas; desguarnecer.

DISARMAMENT [dis'ɑ:məmənt, dizɑ:məmənt], *s.* desarmamento.

DISARRAY ['disə'rei], *s.* desarranjo, desordem, confusão; desnudez. *v.* desarranjar, desordenar; despir, desnudar.

DISASTER [di'zɑ:stə], *s.* desastre, sinistro, desgraça, infortúnio. # *disaster to shipping,* (com.) sinistro marítimo.

DISASTROUS [di'zɑ:strəs], *a.* desastroso, desastrado; infeliz, desgraçado; triste; fatal.

DISAVOW ['disə'vau], *v.* negar, repudiar; desaprovar; desautorizar, condenar.

DISAVOWAL ['disə'vauəl], *s.* negação, contradição; retratação, desaprovação.

DISBAND [dis'bænd], *v.* dispensar, despedir, expulsar; separar-se, dispersar-se; (mil.) licenciar tropas.

DISBANDMENT [dis'bændmənt], *s.* licenciamento.

DISBELIEF ['disbi'li:f], *s.* incredulidade, descrença.

DISBELIEVE ['disbi'li:v], *v.* descrer.

DISBELIEVER ['disbi'li:və], *s.* incrédulo, descrente.

DISBURDEN [dis'bə:dn], *v.* descarregar, aliviar.

DISBURSE [dis'bə:s], *v.* desembolsar, gastar.

DISBURSEMENT [dis'bə:smənt], *s.* desembolso.

DISC [disk], *s.* disco; pátena (do cálice da missa). *disc jockey,* locutor ou organizador de programa de gravações (rád.).

DISCARD ['diskɑ:d], *s.* descarte (jogo).

DISCARD [dis'kɑ:d], *v.* descartar; despedir, rejeitar; despedir-se; dar a "lata".

DISCERN [di'sə:n], *v.* discernir, diferençar; perceber, ver, conheoer; distinguir uma coisa da outra; julgar.

DISCERNIBLE [di'sə:nəbl], *a.* distinguível, perceptível.

DISCERNING [di'sə:niŋ], *s.* discernimento, penetração. *a.* perspicaz, sagaz.

DISCERNMENT [di'sə:nmənt], *s.* discernimento, perspicácia, critério, juízo.

DISCHARGE [dis'tʃɑ:dʒ], *s.* descarga, descarregamento; exoneração; absolvição, libertação; quitação, resgate, isenção; descarga elétrica; (mil.) licença. *v.* descarregar; absolver, libertar; disparar; desobrigar, demitir, despedir, exonerar; saldar; desembaraçar; desembarcar; (mil.) licenciar; dar alta (doente). # *discharge in full,* quitação plena.

DISCHARGER [dis'tʃɑ:dʒə], *s.* (mil.) descarregador. *v.* licenciar; descarregar-se.

DISCHARGING [dist'tʃɑ:dʒiŋ], *s.* descarga.

DISCIPLE [di'saipl], *s.* discípulo, apóstolo, sequaz, sectário.

DISCIPLESHIP [di'saiplʃip], *s.* discipulado; apostolado, aprendizado; tirocínio.

DISCIPLINARIAN [disipli'nɛəriən], *s.* discipli nador.

DISCIPLINARY ['disiplinəri], *a.* disciplinar.

DISCIPLINE ['disiplin], *s.* disciplina, ensino, ordem, método; procedimento, conduta; correção, castigo, rigor; educação; mortificação. *v.* disciplinar, castigar, corrigir, refcrmar, educar.

DISCLAIM [dis'kleim], *v.* negar, renunciar, recusar, repudiar, desconhecer, desaprovar, condenar.

DISCLAIMER [dis'kleimə], *s.* renunciante; repúdio, renúncia.

DISCLOSE [dis'klouz], *v.* descobrir, destampar, divulgar, revelar, publicar; desvendar.

DISCLOSURE [dis'klouʒə], *s.* revelação, descoberta, declaração.

DISCOBOLUS [dis'kɔbələs], *s.* discóbolo.

DISCOLORATION [diskʌlə'reiʃən], *s.* descoloração.

DISCOLOUR [dis'kʌlə], *v.* descolorar.

DISCOMFIT [dis'kʌmfit], *v.* derrotar, vencer, frustrar, malograr, desbaratar; desconcertar, confundir.

DISCOMFITURE [dis'kʌmfitʃə], *s.* desconcerto, desbarato, derrota; confusão.

DISCOMFORT [dis'kʌmfət], *s.* desconforto, incomodo, desconsolo, mal-estar, enfado, aborrecimento, tédio; tristeza, aflição, mágoa; (med.) perturbação. *v.* desconfortar, desconsolar, incomodar, entristecer, afligir; (med.) perturbar.

DISCOMPOSE [diskəm'pouz], *v.* descompor, desordenar, desconcertar, desalinhar; transtornar, inquietar, perturbar.

DISCOMPOSURE [diskəm'pouʒə], *s.* confusão, transtorno, desordem, desalinho; inquietação, perturbação.

DISCONCERT [diskən'sə:t], *v.* desconcertar, transtornar, confundir, inquietar, perturbar, envergonhar.

DISCONNECT ['diskə'nekt], *v.* desunir, separar, dividir.

DISCONNECTION [diskə'nekʃən], *s.* desconexão, desunião, separação, divisão.

DISCONSOLATE [dis'kɔnsəlit], *a.* desconsolado, consternado, triste, inconsolável.

DISCONSOLATENESS [dis'kɔnsəlitnis], *s.* desconsolação, desconsolo.

DISCONTENT ['diskən'tent], *s.* descontentamento. *a.* descontente. *v.* descontentar.

DISCONTENTED [diskən'tentid], *a.* descontente, insatisfeito, incontentável.

DISCONTENTEDLY ['diskən'tentidli], *adv.* de má vontade.

DISCONTENTEDNESS ['diskən'tentidnis], *s.* descontentamento.

DISCONTINUANCE [diskən'tinjuəns], *s.* descontinuação, descontinuidade, interrupção, suspensão; supressão.

DISCONTINUE ['diskən'tinju:], *v.* descontinuar, interromper, suspender, cessar.

DISCONTINUITY ['diskɔnti'nju:iti], *s.* descontinuidade, interrupção.

DISCONTINUOUS ['diskən'tinjuəs], *a.* descontínuo, interrompido, ininterrupto.

DISCORD ['diskɔ:d], *s.* discórdia, desavença, discussão, discordância, discrepância; contrariedade, aborrecimento; (mús.) dissonância.

DISCORD [dis'kɔ:d], *v.* discordar, dissentir.

DISCORDANCE, CY [dis'kɔ:dəns, si], *s.* discordância, dissensão, discrepância; contrariedade, oposição, incoerência; (mús.) dissonância.

DISCORDANT [dis'kɔ:dənt], *a.* discordante, discrepante, dissonante, divergente, diferente, contrário, oposto.

DISCOUNT ['diskaunt], *s.* desconto, diminuição, dedução, redução, abatimento. # *at a discount,* (com.) com disconto. *be at a discount,* estar desacreditado. *flat discount,* desconto máximo.

DISCOUNT [dis'kaunt], *v.* descontar, deduzir, reduzir, diminuir.

DISCOUNTENANCE [dis'kauntinəns], *v.* desfavorecer, desaprovar, opor-se, acolher mal; desanimar, envergonhar.

DISCOUNTER [dis'kauntə], *s.* cambista; prestamista.

DISCOURAGE [dis'kʌridʒ], *v.* desanimar, desencorajar, desalentar, descoroçoar, descorçoar; intimidar, acovardar; acanhar.

DISCOURAGEMENT [dis'kʌridʒmənt], *s.* desânimo, desalento, desanimação, desencorajamento.

DISCOURAGING [dis'kʌridʒiŋ], *a.* desanimador.

DISCOURSE [dis'kɔ:s], *s.* discurso; dissertação, conversação. *v.* discursar.

DISCOURSER [dis'kɔ:sə], *s.* orador; interlocutor, escritor; autor.

DISCOURTEOUS [dis'kə:tiəs], *a.* descortês, grosseiro, indelicado, incivil.

DISCOURTESY [dis'kə:tisi], *s.* descortesia, incivilidade, indelicadeza.

DISCOVER [dis'kʌvə], *v.* descobrir, revelar, manifestar, publicar, dar a conhecer; exibir, inventar.

DISCOVERER [dis'kʌvərə], *s.* descobridor; explorador; espia; esculca, vigia.

DISCOVERY [dis'kʌvəri], *s.* descoberta, descobrimento; revelação, manifestação, comunicação; exposição, relação.

DISCREDIT [dis'kredit], *s.* descrédito, desconfiança; desonra, infâmia. *v.* descrer, duvidar, desconfiar, desacreditar, desmoralizar.

DISCREDITABLE [dis'kreditəbl], *a.* desonroso, ignominioso, vergonhoso, infame.

DISCREET [dis'kri:t], *a.* discreto, prudente, circunspecto, considerado, refletido.

DISCREETNESS [dis'kri:tnis], *s.* discrição; circunspecção, reflexão.

DISCREPANCY [dis'krepənsi], *s.* discrepância; contradição; diferença.

DISCREPANT [dis'krepənt], *a.* discrepante; contrário.

DISCRETE [dis'kri:ti], *a.* distinto, separado, descontínuo.

DISCRETENESS [dis'kri:tnis], *s.* descontinuidade.

DISCRETION [dis'kreʃən], *s.* discrição, prudência; discernimento; arbítrio; cautela.

DISCRETIONARY [dis'kreʃənəri], *a.* discricionário, arbitrário; caprichoso.

DISCRIMINATE [dis'krimineit], *v.* discriminar, separar, discernir, diferenciar, distinguir.

DISCRIMINATING [dis'krimineitiŋ], *a.* distintivo, característico, discriminativo; discriminado.

DISCRIMINATION [diskrimi'neiʃən], *s.* discriminação, discernimento, distinção, diferença.

DISCRIMINATIVE [dis'krimineitiv], *a.* distinto, característico, discriminativo.

DISCURSIVE [dis'kə:siv], *a.* discursivo, digressivo, divagante.

DISCUS ['diskəs], *s.* disco.

DISCUSS [dis'kʌs], *v.* discutir, ventilar, debater, examinar, tratar, ponderar.

DISCUSSABLE [dis'kʌsəbl], *a.* discutível.

DISCUSSION [dis'kʌʃən], *s.* discussão, exame, debate = (E.U.) *parley*.

DISDAIN [dis'dein], *s.* desdém, desprezo, repugnância. *v.* desdenhar, desprezar.

DISDAINFUL [dis'deinful], *a.* desdenhoso, desprezador, fastidioso, altivo, soberbo, orgulhoso.

DISDAINFULNESS [dis'deinfulnis], *s.* desdém, desprezo.

DISEASE [di'zi:z], *s.* doença, enfermidade, indisposição, moléstia, mal.

DISEASED [di'zi:zd], *a.* enfermo, doente, moribundo.

DISEMBOWEL [disim'bauəl], *v.* desentranhar, estripar.

DISENCHANT ['disin'tʃɑ:nt], *v.* desencantar.

DISENCHANTMENT [disin'tʃɑ:ntmənt], *s.* desencanto.

DISENCUMBER ['disin'kʌmbə], *v.* desimpedir, desembaraçar, desentulhar.

DISENDOW ['disin'dau], *v.* suspender uma subvenção.

DISENDOWMENT [disin'daumənt], *s.* suspensão de subvenção.

DISENGAGE ['disin'geidʒ], *v.* desocupar, desimpedir, desembaraçar, soltar; desembaraçar-se, desocupar-se.

DISENGAGED [disin'geidʒd], *a.* desocupado, livre, desembaraçado; sem compromisso.

DISENTAIL ['disin'teil], *s.* libertação do vínculo de morgadia. *v.* libertar do vínculo de morgadia.

DISENTANGLE ['disin'tæŋgl], *v.* desembaraçar; desembrulhar; desemaranhar; desenredar = (E.U.) *to unsnarl*.

DISENTANGLEMENT [disin'tæŋglmənt], *s.* desembaraço, ação de desembaraçar ou desembrulhar.

DISFAVO(U)R ['dis'feivə], *s.* desfavor; desgosto, desvalimento; desprazer.

DISFIGURATION [disfigjuə'reiʃən], *s.* desfiguração, deformação.

DISFIGURE [dis'figə], *v.* desfigurar, deformar, afear; desnaturar.

DISFIGUREMENT [dis'figəmənt], *V.* **DESFIGURATION.**

DISFRANCHISE ['dis'fræntʃaiz], *v.* privar dos direitos civis, cassar um privilégio; desligar de uma sociedade.

DISFRANCHISEMENT [dis'fræntʃizmənt], *s.* privação dos direitos civis.

DISGORGE [dis'gɔ:dʒ], *v.* vomitar; arremessar; restituir, devolver; arrojar.

DISGRACE [dis'greis], *s.* opróbrio, humilhação, vergonha, ignomínia, desonra; desgraça (desfavor), desvalimento (desus.). *v.* desonrar, difamar; desacreditar; degradar, rebaixar. # *bring disgrace on,* causar vergonha a. *fall into disgrace with,* cair no desagrado de.

DISGRACEFUL [dis'greisful], *a.* ignominioso, infame, vergonhoso, afrontoso.

DISGRACEFULNESS [dis'greisfulnis], *s.* ignomínia, infâmia, desonra, afronta.

DISGRUNTLE [dis'grʌntl], *v.* aborrecer, contrariar, enfadar, desgostar.

DISGRUNTLED [dis'grʌntld], *a.* aborrecido, enfadado, desgostoso.

DISGUISE [dis'gaiz], *s.* disfarce; máscara; dissimulação; ficção; fingimento, pretexto. *v.* disfarçar; mascarar; dissimular, fingir, pretextar.

DISGUISER [dis'gaizə], *s.* máscara; dissimulador.

DISGUST [dis'gʌst], *s.* náusea, repugnância, nojo, asco; aversão, desagrado, repulsão. *v.* enfastiar; enfadar, entediar; repugnar.

DISGUSTING [dis'gʌstiŋ], *a.* repugnante; fastidioso, tedioso, desagradável.

DISH [diʃ], *s.* prato, travessa = (E.U.) *platter;* vasilhame; comida, iguaria. *v.* servir (comida). # *be dished up,* estar perdido, estar em maus lençóis. *dish washing machine,* máquina de lavar pratos.

DISHABILLE [disæ'bi:l], *s.* traje caseiro; chambre, roupão.

DISHARMONY ['dis'hɑ:məni], *s.* desarmonia.

DISHEARTEN [dis'hɑ:tn], *v.* desanimar; desalentar; atemorizar.

DISHEVEL [di'ʃevəl], *v.* desgrenhar, desguedelhar, desentrançar, destrançar.

DISHFUL ['diʃful], *s.* pratada.

DISHONEST [dis'ɔnist, di'zɔnist], *a.* desonesto, desleal, infiel, fraudulento; impuro, impudico, indecente; ignóbil.

DISHONESTY [dis'ɔnisti, di'zɔnisti], *s.* desonestidade, deslealdade, improbidade; indecência.

DISHONOUR [dis'ɔnə, di'zɔnə], *s.* desonra, afronta, ignomínia, repreensão. *v.* desonrar, afrontar, ignominiar, infamar; desprezar; desdourar; desvirginar.

DISHONOURABLE [dis'ɔnərəbl, di'zɔnərəbl], *a.* desonroso, indecoroso, afrontoso; desonrado, desacreditado.

DISHONOURABLENESS [dis'ɔnərəblnis, di'zɔnərəblnis], *s.* desonra, infâmia, ignomínia.

DISH-WASHER ['diʃ-wɔʃə], *s.* máquina de lavar louça.

DISILLUSION [disi'lu:ʒən], *s.* desilusão, desengano, desencanto. *v.* desenganar, desiludir, desencantar.

DISILLUSIONMENT [disi'lu:ʒənmənt], *s.* *V.* **DISILLUSION.**

DISINCLINATION [disinkli'neiʃən], *s.* desafeto; desamor; repugnância, aversão.

DISINCLINE ['disin'klain], *v.* repugnar; malquistar, inimizar, indispor; afastar.

DISINFECT [disin'fekt], *v.* desinfetar.

DISINFECTANT [disin'fektənt], *s.* e *a.* desinfetante.

DISINFECTION [disin'fekʃən], *s.* desinfeção.

DISINGENUOUS [disin'dʒenjuəs], *a.* insincero, dissimulado, fingido, falso.

DISINHERIT ['disin'herit], *v.* deserdar.

DISINHERITANCE [disin'heritəns], *s.* deserdação.

DISINTEGRATE [dis'intigreit], *v.* desintegrar, desagregar, decompor.

DISINTEGRATION [disinti'greiʃən], *s.* desintegração, desagregação, decomposição.

DISINTEGRATOR [dis'intigreitə], *s.* desagregador, desintegrador; máquina de esmagar.

DISINTER ['disin'tə:], *v.* exumar; desenterrar.

DISINTERESTED [dis'intristid], *a.* desinteressado, indiferente, imparcial.

DISINTERESTEDNESS [dis'intristidnis], *s.* desinteresse, indiferença, imparcialidade.

DISINTERMENT [disin'tə:mənt], *s.* exumação.

DISJOIN [dis'dʒɔin], *v.* desunir, separar, despegar; desconjuntar.

DISJOINT [dis'dʒɔint], *v.* desarticular, desconjuntar, deslocar; desmembrar, desunir; trinchar (uma ave).

DISJOINTED [dis'dʒɔintid], *a.* deslocado, desarticulado, desconjuntado, desmembrado.

DISJUNCT [dis'dʒʌŋkt], *a.* desunido, separado.

DISJUNCTION [dis'dʒʌŋkʃən], *s.* desunião, deslocamento, separação.

DISJUNCTIVE [dis'dʒʌŋktiv], *a.* desunido, (gram.) disjuntivo.

DISK [disk], *s.* disco; pátena de cálice.

DISLIKE [dis'laik], *s.* aversão, desagrado, antipatia, desafeição, repugnância. *v.* não gostar de, ter aversão a, ter repugnância por.

DISLIKING [dis'laikiŋ], *s.* desaprovação, desagrado.

DISLOCATE ['disləkeit], *v.* deslocar, desconjuntar, desarticular, luxar.

DISLOCATION [dislə'keiʃən], *s.* deslocação, desconjuntamento, desarticulação, luxação.

DISLODGE [dis'lɔdʒ], *v.* desalojar, desacomodar, expulsar; deitar fora; mudar-se.

DISLODGEMENT [dis'lɔdʒmənt], *s.* desalojamento.

DISLODGING [dis'lɔdʒiŋ], *s.* desalojamento.

DISLOYAL ['dis'lɔiəl], *a.* desleal, infiel, falso, pérfido.

DISLOYALTY ['dis'lɔiəlti], *s.* deslealdade, infidelidade, perfídia, falsidade.

DISMAL ['dizməl], *a.* lúgubre, funesto, triste, sombrio; horrendo, medonho.

DISMALNESS ['dizməlnis], *s.* tristeza, melancolia.

DISMANTLE [dis'mæntl], *v.* desmantelar, desmanchar; despir; desguarnecer.

DISMAST [dis'mɑ:st], *v.* (mar.) desarvorar (as velas); desmastrar.

DISMAY [dis'mei], *s.* espanto; consternação, desânimo; terror. *v.* desanimar, consternar; espantar, aterrar; alterar.

DISMEMBER [dis'membə], *v.* desmembrar.

DISMEMBERMENT [dis'membəmənt], *s.* desmembramento.

DISMISS [dis'mis], *v.* demitir, exonerar, despedir do emprego = (E.U.) *fire;* despachar, licenciar, mandar embora; destituir; dissolver (uma reunião).

DISMISSAL [dis'misəl], *s.* demissão, exoneração, destituição.

DISMOUNT ['dis'maunt], *v.* desmontar, desarmar; apear, descer.

DISOBEDIENCE [disə'bi:djəns], *s.* desobediência, rebeldia.

DISOBEDIENT [disə'bi:djənt], *a.* desobediente, rebelde.

DISOBEY ['disə'bei], *v.* desobedecer.

DISOBLIGE ['disə'blaidʒ], *v.* desagradar; incomodar.

DISORDER [dis'ɔ:də, di'zɔ:də], *s.* desordem; tumulto, barulho, confusão, perturbação; irregularidade; doença, indisposição; desarranjo mental, desequilíbrio mental. *v.* desordenar; perturbar, desarranjar; confundir; inquietar; adoecer.

DISORDERLINESS [dis'ə:dəlinis, di'zɔ:dəlinis], *s.* desordem, perturbação, confusão.

DISORDERLY [dis'ɔ:dəli, di'zɔ:dəli], *a.* desordenado; tumultuoso, turbulento. *adv.* desordenadamente; tumultuosamente.

DISORGANIZATION [disɔ:gənai'zeiʃən, dizɔ:gənai'zeiʃən], *s.* desorganização, desordem.

DISORGANIZE [dis'ɔ:gənaiz, di'zɔ:gənaiz], *v.* desorganizar, desordenar.

DISOWN [dis'oun], *v.* negar, repudiar, renegar, rejeitar; desconhecer; renunciar.

DISPARAGE [dis'pæridʒ], *v.* rebaixar; desprezar; desacreditar, depreciar; menosprezar, escarnecer.

DISPARAGEMENT [dis'pæridʒmənt], *s.* depreciação, menosprezo; rebaixamento, aviltamento; injúria, infâmia.

DISPARAGER [dis'pæridʒə], *s.* depreciador, injuriador, difamador, aviltador.

DISPARAGING [dis'pæridʒiŋ], *a.* depreciativo, pejorativo; desonroso.

DISPARATY [dis'pæriti], *s.* disparidade, diferença, desigualdade.

DISPASSIONATE [dis'pæʃənit], *a.* desapaixonado, imparcial, calmo, moderado, sereno.

DISPASSIONATENESS [dis'pæʃənitnis], *s.* imparcialidade.

DISPATCH [dis'pætʃ], *s.* despacho; missiva; expedição, expediente, remessa; rapidez, pressa. *v.* despachar, remeter, expedir, enviar, mandar; aviar; matar.

DISPATCHER [dis'pætʃə], *s.* expedidor; matador.

DISPEL [dis'pel], *v.* dissipar, dispersar; expedir, enviar.

DISPENSABLE [dis'pensəbl], *a.* dispensável.

DISPENSARY [dis'pensəri], *s.* dispensário.

DISPENSATION [dispen'seiʃən], *s.* dispensa, escusa; distribuição, repartição; isenção; revelação; dispensa eclesiástica.

DISPENSE [dis'pens], *v.* distribuir, repartir, dividir; dispensar; dar, atribuir; isentar; administrar (justiça); prescindir.

DISPENSER [dis'pensə], *s.* distribuidor, dispensador; farmacêutico.

DISPENSING [dis'pensiŋ], *s.* ato de dispensar, dispensa; aviamento de uma receita.

DISPEOPLE ['dis'pi:pl], *v.* despovoar.

DISPERSAL [dis'pə:səl], *s.* dispersão, separação, difusão.

DISPERSE [dis'pə:s], *v.* dispersar, espalhar; separar; difundir, disseminar, propalar, propagar, dissipar; dispersar-se, dissipar-se.

DISPERSER [dis'pə:sə], *s.* o que dispersa; o que dissipa.

DISPERSION [dis'pə:ʃən], *s.* dispersão.

DISPERSIVE [dis'pə:siv], *a.* dispersivo.

DISPIRIT [dis'pirit], *v.* desanimar, deprimir, desalentar, descoroçoar (= desacorçoar, descorçoar).

DISPIRITED [dis'piritid], *a.* desanimado, deprimido, desalentado.

DISPIRITEDNESS [dis'piritidnis], *s.* desalento, desânimo.

DISPLACE [dis'pleis], *v.* deslocar, desalojar, remover; desordenar, desarrumar; destituir.

DISPLACEMENT [dis'pleismənt], *s.* deslocamento, remoção; desarrumação; mudança; (mar.) deslocamento de um navio.

DISPLAY [dis'plei], *s.* exibição, ostentação; aparato; manifestação; parada; desenrolamento. *v.* exibir, ostentar, expor, mostrar, manifestar; desenrolar; arvorar (a bandeira). # *travelling display,* exposição ambulante, anúncio que percorre os vendedores.

DISPLAYER [dis'pleiə], *s.* ostentador.

DISPLEASE [dis'pli:z], *v.* descontentar, desgostar, desagradar; antipatizar, contrariar; ofender, inquietar.

DISPLEASING [dis'pli:ziŋ], *a.* desagradável; antipático, ofensivo; inquietante.

DISPLEASURE [dis'pleʒə], *s.* desprazer, descontentamento, desagrado, aborrecimento, desgosto.

DISPORT [dis'pɔ:t], *s.* passatempo, diversão. *v.* entreter. # *disport oneself,* divertir-se.

DISPOSABLE [dis'pouzəbl], *a.* disponível.

DISPOSAL [dis'pouzəl], *s.* disposição, ordem, colocação; distribuição; manejo; cessão, cedência; venda, concessão.

DISPOSE [dis'pouz], *v.* dispor, colocar, distribuir, regular; arranjar, ajustar; vender.

DISPOSER [dis'pouzə], *s.* árbitro; o que dispõe.

DISPOSITION [dispə'ziʃən], *s.* disposição, colocação, ordem; distribuição, arranjo; caráter, índole; tendência, inclinação, aptidão.

DISPOSSESS ['dispə'zes], *v.* desapropriar; desalojar; espoliar.

DISPRAISE [dis'preiz], *s.* repreensão, censura, reprovação. *v.* repreender, reprovar.

DISPROOF ['dis'pru:f], *s.* impugnação, refutação.

DISPROPORTION ['disprə'pɔ:ʃən], *s.* desproporção, desigualdade, disparidade.

DISPROPORTIONAL [disprə'pɔ:ʃnəl], *a.* desproporcional.

DISPROPORTIONATE [disprə'pɔ:ʃnit], *a.* desproporcional.

DISPROPORTIONED [disprə'pɔ:ʃənd], *a.* desproporcionado.

DISPROVAL [dis'pru:vəl], *s.* refutação; impugnação.

DISPROVE ['dis'pru:v], *v.* refutar.

DISPUTABLE [dis'pju:təbl, 'dispjutəbl], *a.* disputável.

DISPUTANT [dis'pju:tənt], *s.* disputador, competidor, contendor. *a.* disputante, disputável.

DISPUTATION [dispju:'teiʃən], *s.* disputa, competição, contenda, controvérsia.

DISPUTATIVE [dis'pju:tətiv], *a.* disputativo.

DISPUTE [dis'pju:t], *s.* disputa, contestação, litígio, discussão, altercação, controvérsia. *v.* disputar, contestar, discutir, alterar, contestar, refutar. # *beyond all dispute,* fora de discussão.

DISQUALIFICATION [diskwɔlifi'keiʃən], *s.* desqualificação, inabilitação; impedimento, incapacidade.

DISQUALIFY [dis'kwɔlifai], *v.* desqualificar; inabilitar, incapacitar.

DISQUIET [dis'kwaiət], *s.* inquietação; mal-estar. *a.* inquieto. *v.* inquietar, desassossegar.

DISQUIETUDE [dis'kwaiitju:d], *s.* desassossego, inquietação.

DISQUISITION [diskwi'ziʃən], *s.* dissertação; pesquisa, averiguação, investigação.

DISQUISITIVE [dis'kwizitiv], *a.* inclinado a averiguações; empregado em averiguações.

DISREGARD ['disri'gɑ:d], *s.* descuido, negligência; falta de consideração, desprezo. *v.* desdenhar, menosprezar, fazer pouco caso de, descuidar, desatender.

DISREPAIR ['disri'pɛə], *s.* dilapidação; mau trato; mau funcionamento.

DISREPUTABILITY [disrepjutə'biliti], *s.* desonra, descrédito, ignomínia, vileza, baixeza.

DISREPUTABLE [dis'repjutəbl], *a.* desonroso, desacreditado.

DISREPUTABLENESS [dis'repjutəblnis], *s.* desonra, descrédito; baixeza, vileza.

DISREPUTE ['disri'pju:t], *s.* descrédito; má reputação, má fama; ignomínia.

DISRESPECT ['disris'pekt], *s.* falta de respeito, irreverência; desatenção, descortesia, desconsideração. *v.* desrespeitar.

DISRESPECTFUL [disris'pektful], *a.* irreverente; descortês, desrespeitoso, incivil.

DISRESPECTFULNESS [disris'pektfulnis], *s.* falta de respeito, irreverência; desatenção; desconsideração; incivilidade; grosseria.

DISROBE ['dis'roub], *v.* despir, despojar; despir-se.

DISRUPT [dis'rʌpt], *a.* despedaçado, roto, rasgado, dilacerado.

DISRUPT [dis'rʌpt], *v.* romper; despedaçar, dilacerar, rasgar; arrebentar.

DISRUPTION [dis'rʌpʃən], *s.* dilaceração, rompimento, ruptura, abertura, fratura, quebradura.

DISRUPTIVE [dis'rʌptiv], *a.* que causa dilaceração.

DISSATISFACTION ['di(s)sætis'fækʃən], *s.* descontentamento, desgosto, constrangimento, pesar.

DISSATISFACTORY ['di(s)sætis'fæktəri], *a.* não satisfatório, insuficiente, desagradável.

DISSATISFY ['dis'sætisfai], *v.* descontentar, desagradar, desgostar.

DISSECT [di'sekt], *v.* dissecar, cortar, anatomizar.

DISSECTION [di'sekʃən], *s.* dissecação, anatomização.

DISSECTOR [di'sektə], *s.* dissector (pessoa ou instrumento).

DISSEMBLANCE [di'sembləns], *s.* dissimulação, hipocrisia.

DISSEMBLE [di'sembl], *v.* dissimular, fingir, encobrir.

DISSEMBLER [di'semblə], *s.* dissimulador, hipócrita, fingido.

DISSEMINATE [di'semineit], *v.* disseminar, espalhar, semear; divulgar, espargir, difundir.

DISSEMINATION [disemi'neiʃən], *s.* disseminação, divulgação, difusão.

DISSEMINATOR [di'semineitə], *s.* disseminador, divulgador.

DISSENSION [di'senʃən], *s.* dissensão, divergência, discórdia; contenda, oposição; dissidência, desavença.

DISSENT [di'sent], *s.* dissensão, dissentimento, divergência, discórdia, dissidência. *v.* divergir, discordar, dissentir.

DISSENTER [di'sentə], *s.* dissidente.

DISSENTIENT [di'senʃiənt], *s.* e *a.* dissidente.

DISSERTATION [disə:'teiʃən], *s.* dissertação, discurso.

DISSERVICE ['dis'sə:vis], *s.* prejuízo, dano, desserviço.

DISSEVER [di(s)'sevə], *v.* partir, separar, desunir, dividir.

DISSIDENCE ['disidəns], *s.* dissidência, divergência; discordância, desconformidade, desarmonia.

DISSIDENT ['disidənt], *s.* e *a.* dissidente.

DISSIMILAR ['di'similə], *a.* desigual, dessemelhante, diferente, dissimilar.

DISSIMILARITY [disimi'læriti], *s.* dessemelhança, disparidade, desigualdade.

DISSIMILATE [di'simileit], *v.* dessemelhar.

DISSIMILITUDE [disi'militju:d], *V.* **DISSIMILARITY.**

DISSIMULATE [di'simjuleit], *v.* dissimular, fingir.

DISSIMULATION [disimju'leiʃən], *s.* dissimulação, hipocrisia, falsidade.

DISSIMULATOR [di'simjuleitə], *s.* dissimulador, hipócrita, fingido.

DISSIPATE ['disipeit], *v.* dissipar, desperdiçar, dispersar, esbanjar; dissipar-se, desaparecer; ser pródigo.

DISSIPATION [disi'peiʃən], *s.* dissipação, dispersão; desperdício; libertinagem.

DISSOCIABLE [di'souʃiəbl], *a.* separável, dissociável.

DISSOCIABLE [di'souʃəbl], *a.* insociável, intratável, dissocial.

DISSOCIATE [di'souʃieit], *v.* dissociar, separar, desagregar, decompor, desunir, dividir.

DISSOCIATION [disousi'eiʃən], *s.* dissociação, separação, divisão, decomposição, desagregação.

DISSOLUBILITY [disɔlju'biliti], *s.* dissolubilidade.

DISSOLUBLE [di'sɔljubl], *a.* dissolúvel.

DISSOLUTE ['disəlu:t], *s.* e *a.* dissoluto, libertino, licencioso, desregrado, devasso, impudico.

DISSOLUTENESS ['disəlu:tnis], *s.* dissipação, dissolução, libertinagem, devassidão.

DISSOLUTION [disə'lu:ʃən], *s.* dissolução, separação; decomposição, morte.

DISSOLVABILITY [dizɔlvə'biliti], *s.* solubilidade, qualidade de ser solúvel.

DISSOLVABLE [di'zɔlvəbl], *a.* dissolúvel.

DISSOLVE [di'zɔlv], *v.* dissolver, desfazer, derreter, delir, diluir; separar, dispersar, anular; desatar; dissolver-se; evaporar-se; decompor-se; enervar-se.

DISSOLVENT [di'zɔlvənt, di'sɔlvənt], *s.* e *a.* dissolvente.

DISSONANCE ['disənəns], *s.* dissonância, desarmonia, desacordo, desavença, contrariedade, oposição.

DISSONANT ['disənənt], *a.* dissonante, desarmônico, desentoado.

DISSUADE [di'sweid], *v.* dissuadir, despersuadir, desviar, desaconselhar. # *dissuade from,* dissuadir de.

DISSUASION [di'sweiʒən], *s.* dissuasão, despersuasão.

DISSUASIVE [di'sweisiv], *a.* dissuasivo, dissuasor.

DISSYMMETRIC ['disi'metrik], *a.* dissimétrico.

DISSYMMETRY ['di'simitri], *s.* dissimetria.

DISTAFF ['distɑ:f], *s.* roca (de fiar); (fig.) mulher, autoridade feminina; trabalho feminino.

DISTANCE ['distəns], *s.* distância, afastamento; espaço; intervalo; longitude; respeito; reserva; altivez. # *at a distance,* ao longe. *within a short distance,* a pouca distância.

DISTANT ['distənt], *a.* distante, afastado, distanciado, longínquo.

DISTASTE ['dis'teist, dis'teist], *s.* desgosto, fastio, tédio, aborrecimento, aversão.

DISTASTEFUL [dis'teistful], *a.* desagradável, amargo, insípido; sem gosto; repelente.

DISTASTEFULNESS [dis'teistfulnis], *s.* insipidez, falta de gosto ou sabor.

DISTEMPER [dis'tempə], *s.* destempero, indisposição; arrebatamento de gênio; pintura a têmpera; tinta sem óleo (para paredes interiores). *v.* perturbar, causar doença, perder a serenidade; irritar-se; pintar a têmpera.

DISTEND [dis'tend], *v.* distender, dilatar, estender; alargar; inflar.

DISTENSIBLE [dis'tensəbl], *a.* dilatável.

DISTENSION [dis'tenʃən], *s.* distensão; dilatação; inflação.

DISTICH ['distik], *s.* (poes.) dístico.

DISTIL [dis'til], *v.* destilar, purificar; retificar; gotejar.

DISTILLATE ['distilit], *s.* produto da destilação.

DISTILLATION [disti'leiʃən], *s.* destilàção.

DISTILLATORY [dis'tilətəri], *a.* destilatório, que serve para destilar.

DISTILLER [dis'tilə], *s.* destilador.

DISTILLERY [dis'tiləri], *s.* destilaria.

DISTINCT [dis'tiŋ(k)t], *a.* distinto, precioso, claro, evidente, marcado; diverso, diferente.

DISTINCTION [dis'tiŋ(k)ʃən], *s.* distinção, diferença; distintivo; prerrogativa; honra, juízo; discernimento.

DISTINCTIVE [dis'tiŋ(k)tiv], *a.* distintivo, característico.

DISTINCTIVENESS [dis'tiŋ(k)tivnis], *s.* distinção, clareza, nitidez.

DISTINCTLY [dis'tiŋ(k)tli], *adv.* distintamente.

DISTINCTNESS [dis'tiŋ(k)tnis], *s.* distinção, clareza, nitidez.

DISTINGUISH [dis'tiŋgwiʃ], *v.* distinguir, diferenciar; classificar; honrar, enaltecer.

DISTINGUISHABLE [dis'tiŋgwiʃəbl], *a.* distinguível, perceptível.

DISTINGUISHED [dis'tiŋgwiʃt], *a.* distinto, assinalado; conspícuo, ilustre, famoso, célebre, notável, eminente.

DISTINGUISHING [dis'tiŋgwiʃiŋ], *a.* distintivo, característico, especial.

DISTORT [dis'tɔ:t], *v.* torcer, retorcer; alterar, falsear, desvirtuar, adulterar.

DISTORTION [dis'tɔ:ʃən], *s.* torcedura, tergiversação.

DISTRACT [dis'trækt], *v.* distrair; interromper, desviar, perturbar; atormentar, tornar louco.

DISTRACTED [dis'træktid], *a.* aturdido, perplexo, perturbado, desorientado; agitado; louco, demente; confundido.

DISTRACTION [dis'trækʃən], *s.* distração, perturbação, desordem, confusão; loucura, agitação mental; diversão, passatempo.

DISTRAIN [dis'trein], *v.* apoderar-se; penhorar; embargar; seqüestrar.

DISTRAINABLE [dis'treinəbl], *a.* penhorável; seqüestrável.

DISTRAINEE [distrei'ni:], *s.* o embargado; o seqüestrado.

DISTRAINER [dis'treinə], *s.* embargante, seqüestrador.

DISTRAINT [dis'treint], *s.* embargo, penhora, seqüestro; execução.

DISTRAUGHT [dis'trɔ:t], *a.* distraído, perturbado, agitado; nervoso; louco.

DISTRESS [dis'tres], *s.* tristeza, dor, angústia, pesar, aflição, agonia; apuro, aperto; desgraça, miséria; escassez; perigo; (jur.) embargo, seqüestro; (mar.) arribada. *v.* afligir, agoniar, desolar, entristecer; embargar, seqüestrar. # *distress warrant*, alvará de penhora.

DISTRESSFUL [dis'tresful], *a.* desgraçado, amargurado, angustiado, aflito, agoniado, desditoso; infeliz, miserável.

DISTRESSING [dis'tresiŋ], *a.* angustiante, aflitivo, penoso, amargurante.

DISTRIBUTABLE [dis'tribjutəbl], *a.* que pode ser distribuído; classificável.

DISTRIBUTE [dis'tribju:t, 'distribju:t], *v.* distribuir, dividir, classificar, dispor, repartir.

DISTRIBUTION [distri'bju:ʃən], *s.* distribuição, divisão, repartição; classificação, disposição; arranjo. # *distribution box*, (eletr.) caixa de distribuição.

DISTRIBUTIVE [dis'tribjutiv], *a.* distributivo.

DISTRIBUTOR [dis'tribju(:)tə], *s.* distribuidor (pessoa, máquina ou instrumento).

DISTRICT ['distrikt], *s.* distrito; divisão, jurisdição; região; comarca; território; paróquia; bairro, zona = (E.U.) *section*. # *red-light district*, a "zona" (distrito em que há bordéis).

DISTRUST [dis'trʌst], *s.* desconfiança, suspeita, receio, temor. *v.* desconfiar, suspeitar, recear, temer.

DISTRUSTFUL [dis'trʌstful], *a.* desconfiado, receoso, suspeitoso.

DISTRUSTFULNESS [dis'trʌstfulnis], *s.* desconfiança, suspeita, receio, temor, medo.

DISTURB [dis'tə:b], *v.* perturbar, incomodar, atrapalhar; estorvar, interromper; inquietar, molestar; embaraçar; impedir.

DISTURBANCE [dis'tə:bəns], *s.* distúrbio, perturbação, confusão, agitação, tumulto, alvoroço, motim; atrapalhação, inquietação; irresolução.

DISTURBER [dis'tə:bə], *s.* perturbador, agitador.

DISTYLE ['distail], *a.* distilo.

DISULPHATE [dai'sʌlfeit], *s.* bissulfato.

DISULPHIDE [dai'sʌlfaid], *s.* bissulfureto.

DISUNION ['dis'ju:njən], *s.* desunião, divisão, discórdia, desavença.

DISUNITE ['disju:'nait], *v.* desunir, separar, dividir; desunir-se, dividir-se.

DISUSE ['dis'ju:s], *s.* desuso; dessuetude, descostume.

DISYLLABIC ['dis'læbik], *a.* dissilábico.

DISYLLABLE [di'siləbl], *s.* dissílabo.

DITCH [ditʃ], *s.* fosso, vala, rego, canal; levada; trincheira. *v.* abrir fossos; cercar de fossos.

DITHYRAMBUS [diθi'ræmbəs], *s.* ditirambo.

DITTO ['ditou], *s.* idem, dito.

DITTY ['diti], *s.* canção, cançoneta, cantiga.

DIURETIC [daijuə'retik], *s.* e *a.* diurético.

DIURNAL [dai'ə:nl], *s.* diário, jornal, diurnal. *a.* diurno, diário, cotidiano.

DIVAGATE ['daivəgeit], *v.* divagar.

DIVAGATION [daivə'geiʃən], *s.* divagação.

DIVALENT ['daiveilənt], *a.* bivalente.

DIVAN [di'væn, dai'væn], *s.* divã, sofá; tribunal turco; sala de fumar.

DIVE [daiv], *s.* mergulho; (av.) picada; (E.U.) tasca, taverna = (Ing.) *drinking-den*. *v.* mergulhar, submergir; aprofundar-se; penetrar.

DIVER ['daivə], *s.* mergulhador.

DIVERGE [dai'və:dʒ], *v.* divergir, discordar; desviar-se.

DIVERGENCE, CY [dai'və:dʒəns, si], *s.* divergência.

DIVERGENT [dai'və:dʒənt], *a.* divergente.

DIVERS ['daivə:z], *a.* diversos, vários, alguns.

DIVERSE [dai'və:s], *a.* diverso, variado, diferente, distinto.

DIVERSIFICATION [daivə:sifi'keiʃən], *s.* diversificação.

DIVERSIFY [dai'və:sifai], *v.* diversificar, variar, diferenciar, tornar diferente.

DIVERSION [dai'və:ʃən], *s.* diversão, divertimento, passatempo; desvio, digressão.

DIVERSITY [dai'və:siti], *s.* diversidade; variedade; diferença.

DIVERT [dai'və:t], *v.* divertir, recrear, distrair; desviar; destruir.

DIVERTING [dai'və:tiŋ], *a.* divertido, recreativo.

DIVEST [dai'vest], *v.* despojar, despir; esbulhar; privar.

DIVESTITURE [dai'vestitʃə], *s.* ação de despojar; esbulho.

DIVIDE [di'vaid], *s.* vertente (de uma montanha); divisor de águas. *v.* dividir, repartir, distribuir; cindir; separar, dividir; dividir-se separar-se; divergir.

DIVIDEND ['dividend], *s.* dividendo. # *bool dividends*, (fin.) dividendos atrasados.

DIVIDER [di'vaidə], *s.* partidor, repartidor, distribuidor.

DIVIDERS [di'vaidəz], *s.* compasso (instrumento).

DIVINATION [divi'neiʃən], *s.* adivinhação, profecia, vaticínio, predição; prognóstico.

DIVINE [di'vain], *s.* sacerdote; teólogo. *a.* divino, sagrado; teológico; admirável, sublime. *v.* adivinhar, conjeturar, pressentir, prognosticar.

DIVINENESS [di'vainnis], *s.* divindade, teologia.

DIVINER [di'vainə], *s.* adivinho.

DIVING ['daiviŋ], *s.* mergulho; profissão de mergulhador.

DIVINITY [di'viniti], *s.* divindade, teologia.

DIVISIBILITY [divizi'biliti], *s.* divisibilidade.

DIVISIBLE [di'vizəbl], *a.* divisível.

DIVISION [di'viʒən], *s.* divisão; distribuição, classe; compartimento; seção; discórdia, desarmonia.

DIVISIONAL [di'viʒənəl], *a.* divisório.

DIVISOR [di'vaizə], *s.* divisor.

DIVORCE [di'vɔ:s], *s.* divórcio; separação, desquite; repúdio. *v.* divorciar, desquitar; separar; repudiar.

DIVORCEE [divɔ:'si:], *s.* divorciado.

DIVULGE [dai'vʌldʒ], *v.* divulgar, espalhar, revelar, publicar.

DIZEN ['daizn], *v.* adornar, enfeitar, ataviar.

DIZZILY ['dizili], *adv.* vertiginosamente; às tontas.

DIZZINESS ['dizinis], *s.* vertigem.

DIZZY ['dizi], *a.* vertiginoso; aturdido; estouvado. *v.* causar vertigens, entontecer, estontear, aturdir, atordoar.

DO [du:], *s.* (col.) logro, fraude, embuste; festa.

DO ['ditou], abreviatura de **DITTO.**

DO [du:], *pret.* **DID,** *pp.* **DONE.** *v.* fazer, executar, efetuar, obrar; praticar; preparar, arranjar; causar; cumprir; render, tributar; cozer; assar; adiantar dinheiro; proceder; (col.) enganar, lograr; (col.) servir; bastar; (com.) vender. # *be set to do,* estar decidido a fazer. *do away with,* abolir, pôr de lado; assassinar. *do away with oneself,* suicidar-se. *do in,* lograr; enganar. *do like for like,* pagar na mesma moeda. *do one's best,* esmerar-se, fazer o possível. *do one's utmost, do one's very best,* fazer tudo que puder. *do one's bit,* cumprir o próprio dever. *do out of,* enganar, lograr. *do over,* repetir; reformar; tornar a fazer; refazer; bisar (no teatro); redecorar. *do up,* embrulhar. *do without,* prescindir de. *this* ou *that will do,* serve; basta.

DOBBER ['dɔbə], *s.* agiota.

DOCENT [dou'sent, 'dousənt], *s.* assistente de (universidade); livre docente. *a.* docente.

DOCILE ['dousail], *a.* dócil, meigo, terno, submisso.

DOCILITY [dou'siliti], *s.* docilidade.

DOCK [dɔk], *s.* doca, dique; (bot.) bardana; banco dos réus; cauda encurtada (de cavalo). *v.* cortar, encurtar; pôr um navio no dique. # *dry dock,* (náut.) doca de carena.

DOCKAGE ['dɔkidʒ], *s.* direito de entrada de um navio na doca; redução; corte.

DOCKER ['dɔkə], *s.* estivador.

DOCKET ['dɔkit], *s.* resumo, extrato, sumário, minuta; epítome, súmula; (jur.) relação dos julgamentos feitos por uma corte; (E.U.) relação dos casos a serem julgados ou listas dos nomes das partes interessadas (jur.). *v.* extratar, sumariar; etiquetar, rotular; minutar.

DOCKING ['dɔkiŋ], *s.* entrada num dique.

DOCKYARD ['dɔkjɑ:d], *s.* estaleiro = (E.U.) *navy yard.*

DOCTOR ['dɔktə], *s.* doutor; médico, facultativo. *v.* doutorar, receitar; tomar remédios; exercer clínica. # *be under the doctor,* estar em tratamento. *doctor of divinity,* doutor em teologia. *doctor of law,* doutor em direito. *doctor of physic,* doutor em medicina.

DOCTORATE ['dɔktərit], *s.* doutorado.

DOCTORSHIP ['dɔktəʃip], *s.* doutorado; cultura, erudição.

DOCTRINAIRE [dɔktri'nɛə], *s.* (hist. e pol.) doutrinário; visionário, utopista.

DOCTRINAL [dɔk'trainəl], *a.* doutrinal; instrutivo.

DOCTRINARIAN [dɔktri'nɛəriən], *s.* (hist. e pol.) doutrinário; visionário; utopista. *a.* doutrinal, instrutivo.

DOCTRINARY ['dɔktrinəri], *a.* doutrinário, visionário, utopista.

DOCTRINE ['dɔktrin], *s.* doutrina, dogma; erudição, ensino.

DOCUMENT ['dɔkjumənt], *s.* documento; lição, ensinamento; conselho; preceito. # *against document,* contra a apresentação de documento. # *vitiate a document,* invalidar um documento.

DOCUMENT ['dɔkjument], *v.* documentar; instruir.

DOCUMENTAL [dɔkju'mentl], *a.* documental.

DOCUMENTARY [dɔkju'mentəri], *a.* documentário.

DOCUMENTATION [dɔkjumen'teiʃən], *s.* documentação.

DODDER ['dɔdə], *v.* tremer, cambalear; titubear. *s.* (bot.) cuscuta.

DODDERY ['dɔdəri], *a.* trôpego.

DODECAGON [dou'dekəgən], *s.* dodecágono.

DODECAHEDRON ['doudikə'hedrən], *s.* dodecaedro.

DODGE [dɔdʒ], *s.* evasiva, artifício, trapaça, burla, dolo, embuste. *v.* enganar, trapacear, burlar; esquivar-se, desviar-se, livrar-se.

DODGER ['dɔdʒə], *s.* trapaceiro, embusteiro; (E.U.) impresso que se distribui, papelucho de anúncio = (Ing.) *handbill.*

DOE [dou], *s.* corça; fêmea (do veado, do antílope, da lebre, do coelho).

DOER ['du:ə], *s.* agente; autor, executor.

DOESKIN ['douskin], *s.* pele de corça, coelho ou lebre.

DOFF [dɔf], *v.* despir, tirar, despojar; retirar, livrar-se de; desfazer-se de; emendar.

DOG [dɔg], *s.* cão; cachorro; macho de certos quadrúpedes; (astr.) constelação do Grande Cão e do Pequeno Cão; pessoa vil, pessoa velhaca; (ofic.) tenaz de tração; (maq.) grampo. *v.* seguir os passos de alguém; estar na pista; perseguir. # *a dog day,* dia quente e úmido. *a dog in the manger,* um desmancha-prazeres. *barking dogs do not bite,* cão que ladra não morde. *dog days,* canícula. *dog does not eat dog,* lobo não come lobo. *dog face,* (gír. mil.) recruta. *every dog has his day,* um dia é da caça, outro do caçador. *go to the dogs,* arruinar-se. *put on (the) dog,* (E.U. gír.) vestir-se com luxo exagerado. *stray dog,* viralata; cão sem dono. *the dog gives mouth,* o cão dá sinal. *to work like a dog* ou *a horse,* trabalhar como um burro. *yellow dog,* indivíduo desprezível. *you can't teach an old dog new tricks,* papagaio velho não aprende a falar.

DOG-COLLAR ['dɔgkɔlə], *s.* coleira.

DOG-DAYS ['dɔgdeiz], *s.* dias caniculares.

DOG-FISH ['dɔgfiʃ], *s.* (ict.) cação.

DOG-FOX ['dɔg-fɔks], *s.* raposo.

DOGGED ['dɔgid], *a.* intratável; pertinaz, tenaz.

DOGGEDNESS ['dɔgidnis], *s.* brutalidade, aspereza; rabujice, irritabilidade, grosseria; teimosia, obstinação.

DOGGER ['dɔgə], *s.* barco de pescador.

DOGGEREL ['dɔgərəl], *a.* (poes.) mau, ruim. *s.* verso irregular, verso de pé quebrado.

DOGGISH ['dɔgiʃ], *a.* próprio de cães, brutal.

DOGGY, DOGGIE ['dɔgi], *s.* cãozinho, cachorrinho. *a.* canino.

DOG LATIN ['dɔglætin], *s.* latim macarrônico.

DOGMATIC, AL [dɔg'mætik, əl], *a.* dogmático, categórico, positivo.

DOGMATISM ['dɔgmətizm], *s.* dogmatismo.

DOGMATIST ['dɔgmətist], *s.* dogmatista.

DOGMATIZE (ISE) ['dɔgmətaiz], *v.* dogmatizar.

DOGWOOD ['dɔgwud], *s.* (bot.) corniso; (E.U.) sanduíche feito com sobras de frios.

DOILY ['dɔili], *s.* pequeno oleado ou pano para mesas.

DOING ['du:iŋ], *s.* feito, ação, gesto, façanha; ocupação. *p. pres.* de **DO.**

DOIT [dɔit], *s.* bagatela.

DOLDRUMS ['dɔldrəmz], *s.* (col.) depressão moral; (mar.) calmarias; zona das calmarias equatoriais.

DOLE [doul], *s.* distribuição, divisão; parte, porção; dádiva, esmola, distribuição de dinheiro, comida e roupas aos pobres. *v.* repartir, dividir, distribuir.

DOLEFUL ['doulful], *a.* triste, melancólico, doloso, infeliz, fúnebre, lúgubre, tétrico.

DOLEFULNESS ['doulfulnis], *s.* tristeza, angústia, melancolia, pesar.

DOLERITE ['dɔlərait], *s.* dolerito.

DOLL [dɔl], *s.* boneca, boneco; mulher ou criança bonita, mas sem vivacidade.

DOLLAR ['dɔlə], *s.* dólar. # *dollar gap,* déficit em dólares.

DOLLOP ['dɔləp], *s.* cepo, tronco; pedaço.

DOLLY ['dɔli], *s.* boneca (em linguagem infantil); zorra, carrinho.

DOLMAN ['dɔlmən], *s.* dólmã.

DOLMEN ['dɔlmən], *s.* dólmen.

DOLOMITE ['dɔləmait], *s.* dolomito.

DOLOROUS ['dɔləres], *a.* doloroso; lamentável, angustioso.

DOLPHIN ['dɔlfin], *s.* golfinho; (astr.) Delfim.

DOLT [doult], *s.* basbaque, imbecil, parvo, pateta.

DOLTISH ['doultiʃ], *a.* imbecil, estúpido, parvo, aparvalhado, atoleimado, apatetado, idiota.

DOLTISHNESS ['doultiʃnis], *s.* estupidez, imbecilidade, parvoíce.

DOMAIN [də'mein], *s.* domínio, império, soberania; propriedades, bens.

DOME [doum], *s.* cúpula, zimbório, abóbada; edifício suntuoso; caixa de vapor da caldeira; (E.U.) região petrolífera. *v.* cobrir com cúpula; abobadar.

DOMESTIC [də'mestik], *a.* doméstico, familiar, caseiro; manso, domesticado. # *domestic commerce,* (E.U.) comércio interno = (Ing.) *home trade.*

DOMESTICATE [də'mestikeit], *v.* domesticar, amansar; acostumar à vida doméstica; (E.U.) naturalizar; nacionalizar.

DOMESTICATION [dəmesti'keiʃən], *s.* domesticação.

DOMESTICITY [doumes'tisiti], *s.* domesticidade.

DOMICILE ['dɔmisail], *s.* domicílio, residência, casa, habitação, lar.

DOMICILIARY [dɔmi'siljəri], *a.* domiciliário.

DOMINANCE ['dɔminəns], *s.* domínio; predominância.

DOMINANT ['dɔminənt], *s.* e *a.* dominante.

DOMINATE ['dɔmineit], *v.* dominar, avassalar, governar; predominar.

DOMINATION [dɔmi'neiʃən], *s.* domínio, dominação, império, governo, autoridade; tirania.

DOMINATOR ['dɔmineitə], *s.* dominador, governador.

DOMINEER [dɔmi'niə], *v.* dominar, tiranizar, oprimir; vexar, maltratar.

DOMINEERING [dɔmi'niəriŋ], *a.* dominante, tirânico, imperioso; insolente.

DOMINICAL [də'minikəl], *a.* dominical.

DOMINICAN [də'minikən], *s.* dominicano.

DOMINION [də'minjən], *s.* domínio, propriedade, território, posse, possessão; senhorio; governo, soberania, império.

DOMINO ['dɔminou], *s.* dominó (jogo), dominó (fantasia).

DON [dɔn], *v.* vestir; revestir; assumir.

DON [dɔn], *s.* senhor; (fam.) pessoa de importância; lente ou membro graduado de uma universidade inglesa.

DONATE [dou'neit], *v.* doar, conceder.

DONATION [dou'neiʃən], *s.* doação, concessão, dádiva.

DONATIVE ['dounətiv], *s.* donativo, dádiva, doação.

DONATOR [dou'neitə], *s.* doador.

DONATORY ['dounətəri], *s.* donatário.

DONE [dʌn], *pp.* de **DO.** *a.* concluído, acabado; bem cozido ou assado; fatigado, cansado, farto de; enganado. # *done for,* liquidado, morto. *done up* ou *with,* exausto. *well done!* bravo! *well done,* bem passado (bife, etc.) — oposto de *underdone.*

DONEE [dou'ni:], *s.* donatário.

DONKEY ['dɔŋki], *s.* asno, burro, jumento. # *donkey engine,* (maq.) guincho, cabrestante. *donkey pump,* burrinho (bomba).

DONOR ['dounə], *s.* doador.

DO-NOTHING ['du:nʌθiŋ], *a.* e *s.* preguiçoso, desocupado, indolente, inútil.

DON'T [dount], *contr.* de **DO NOT.**

DOODLE ['du:dl], *s.* rabisco, desenho insignificante, garatujas, palavras rabiscadas. *v.* rabiscar.

DOOM [du:m], *s.* sentença, condenação, julgamento; destino, sorte, predestinação; perdição; ruína. *v.* sentenciar à morte; condenar, julgar, determinar; predestinar à ruína ou à destruição.

DOOMSDAY ['du:mzdei], *s.* dia do Juízo Final. # *till Doomsday,* até o dia de São Nunca.

DOOR [dɔ:, dɔə], *s.* porta, entrada. # *behind closed doors,* a portas fechadas. *break in a door,* arrombar uma porta. *folding door,* porta de dois batentes. *revolving door,* porta giratória. *show to the door,* acompanhar à porta. *sliding door,* porta corrediça.

DOORBELL ['dɔ:bel], *s.* campainha da porta. # *doorbell-pusher,* agenciador.

DOOR-CASE ['dɔ:keis], *s.* caixão (da porta) = (E.U.) *door-trim.*

DOOR-KEEPER ['dɔ:ki:pə], *s.* porteiro.

DOORMAN ['dɔ:mən], *s.* porteiro.

DOOR-MAT ['dɔ:mæt], *s.* capacho.

DOOR-PLATE ['dɔ:-pleit], *s.* placa.

DOOR-POST ['dɔ:-poust], *s.* ombreira da porta

DOORSTEP ['dɔ:-step], *s.* degrau da porta, entrada, soleira da porta; *pl.* (col.) uma grossa fatia de pão com manteiga.

DOOR-TRIM ['dɔ:trim], *s.* (E.U.) caixão (da porta) = (Ing.) *door-case.*

DOOR-WAY ['dɔ:wei], *s.* entrada da porta.

DOOR-YARD ['dɔ:jɑ:d], *s.* (E.U.) quintal pequeno, pátio, área atrás da casa = (Ing.) *back yard* ou *back garden.*

DOPE [doup], *s.* matéria lubrificante; verniz; narcótico; informação secreta; pessoa ignorante. *v.* (turfe) dopar, dar a um animal um entorpecente. # *inside dope,* (E.U. gír.) informação secreta.

DORADO [də'rɑ:dou], *s.* dourado (peixe).

DORM [dɔ:m], *s.* (E.U.) abr. de **DORMITORY,** dormitório.

DORMANCY ['dɔ:mənsi], *s.* descanso, sossego, quietação, calma, sonolência, dormência.

DORMANT ['dɔ:mənt], *a.* dormente, adormecido, latente; secreto, oculto; parado, inativo, ineficaz.

DORMER ['dɔ:mə], *s.* quarto de dormir, viga principal.

DORMER-WINDOW ['dɔ:mə'windou], *s.* trapeira, água-furtada.

DORMICE ['dɔ:mais], *pl.* de **DORMOUSE.**

DORMITORY ['dɔ:mitri], *s.* dormitório, cemitério.

DORMOUSE ['dɔ:maus], *s.* arganaz. *pl.* **DORMICE.**

DORSAL ['dɔ:səl], *a.* dorsal.

DOSE [dous], *s.* dose, porção; ingrediente (para falsificar vinho, aguardente, etc.). *v.* dosar; falsificar (vinhos, etc.).

DOSS [dɔs], *s.* catre de hospedaria = (E.U.) *flop.*

DOSSAL ['dɔsəl], *s.* dossel.

DOSS-HOUSE ['dɔshaus], *s.* hospedaria = (E.U.) *flop-house.*

DOT [dɔt], *s.* ponto (numa letra); salpico, vírgula; til; sinal; pequena marca; dote; (fam.) criancinha; coisa insignificante. *v.* pontuar, pôr pontos, vírgulas, etc.; marcar (com pontos); salpicar; semear. # *on the dot,* em ponto, pontualmente; imediatamente.

DOTAGE ['doutidʒ], *s.* imbecilidade, demência, senilidade; segunda infância; extravagância; pieguice, carinho excessivo.

DOTARD ['doutəd], *s.* velho caduco. *a.* imbecil; caduco, senil.

DOTE [dout], *v.* caducar; entontecer; amar cegamente.

DOTER ['doutə], *s.* homem caduco, decrépito; o que ama loucamente, com paixão.

DOTH [dʌθ], 3.ª pessoa do *sing.* do *pres.* do verbo *to do.*

DOTINGLY ['doutiŋli], *adv.* cegamente, loucamente, apaixonadamente.

DOTTINESS ['dɔtinis], *s.* imbecilidade, parvoíce.

DOTTY ['dɔti], *a.* (fam.) imbecil, estúpido; alucinado, maluco, amalucado = (E.U.) *haywire.*

DOUANE [du:'ɑn], *s.* alfândega.

DOUBLE ['dʌbl], *s.* dobro; duplicata; dobra; prega; sósia. *a.* duplo; duplicado; falso, enganador, ambíguo, enganoso. *v.* dobrar, redobrar, duplicar, repetir; voltar atrás; dissimular. # *double or quits,* o dobro ou nada. *double park,* estacionar em fila dupla.

DOUBLE-BARRELLED ['dʌblbærəld], *a.* de dois canos (arma).

DOUBLE-BASS ['dʌbl'beis], *s.* contrabaixo.

DOUBLE-CROSS ['dʌbl'krɔs], *v.* trair, enganar, lograr, acender uma vela a Deus, outra ao diabo.

DOUBLE-DEAL ['dʌbl'di:l], *v.* enganar, lograr, trapacear.

DOUBLE-DEALER ['dʌbl'di:lə], *s.* homem falso, indivíduo desleal, de duas caras.

DOUBLE-DEALING ['dʌblə'di:liŋ], *s.* falsidade, hipocrisia.

DOUBLE-DECKED ['dʌbldekt], *a.* de dois tombadilhos (navio), de dois andares (bonde, ônibus).

DOUBLE-DECKER ['dʌbl'dekə], *s.* navio de dois tombadilhos, bonde ou ônibus de dois andares.

DOUBLE DUTCH ['dʌbl'dʌtʃ], *s.* calão; "grego". # *be double Dutch to one,* ser incompreensível para alguém, ser "grego".

DOUBLE-EDGED ['dʌbl'edʒd], *a.* de dois gumes.

DOUBLE ENTRY ['dʌbl'entri], *s.* (cont.) sistema de partidas dobradas.

DOUBLENESS ['dʌblnis], *s.* duplicidade; fingimento.

DOUBLE OPTION ['dʌbl'ɔpʃən], *s.* compra e venda de ações a preço futuro.

DOUBLET ['dʌblit], *s.* par, parelha; gibão.

DOUBLE-TALK ['dʌbltɔ:k], *s.* embromação.

DOUBLOON [dʌb'lu:n], *s.* dobrão (moeda).

DOUBLY ['dʌbli], *adv.* duplamente; aos pares.

DOUBT [daut], *s.* dúvida, suspeita, incerteza, desconfiança; reparo. *v.* duvidar, suspeitar, desconfiar, recear; hesitar. # *beyond* (ou *past*) *a doubt,* fora de dúvida. *no doubt,* sem dúvida.

DOUBTER ['dautə], *s.* o que duvida ou desconfia.

DOUBTFUL ['dautful], *a.* duvidoso, incerto, receoso, ambíguo, questionável, discutível.

DOUBTFULNESS ['dautfulnis], *s.* dúvida, suspeita, ambigüidade.

DOUBTLESS ['dautlis], *a.* seguro, certo, inquestionável. *adv.* indubitavelmente.

DOUCHE [du:ʃ], *s.* ducha. *v.* tomar duchas.

DOUGH [dou], *s.* massa de farinha, pasta, massa; (E.U.) dinheiro (gír.). # *come across with the dough,* (gír.) passe cá os cobres. *heaps of dough,* (gír.) muito dinheiro.

DOUGHBOY ['doubɔi], *s.* (E.U.) soldado de infantaria.

DOUGHFACED ['doufeist], *a.* simplório, tolo, ingênuo; estúpido; hipócrita.

DOUGHFOOT ['doufut], *s. V.* **DOUGHBOY.**

DOUGH-NUT ['dounʌt], *s.* sonho (bolo).

DOUGHTINESS ['dautinis], *s.* bravura, valentia, intrepidez, destemor, coragem.

DOUGHTY ['dauti], *a.* valente, bravo, intrépido, destemido; robusto, forte.

DOUGHY ['doui], *a.* pastoso.

DOUR ['duə], *a.* severo, inflexível; obstinado; árido; sombrio, caliginoso, tenebroso.

DOUSE [daus], *v.* extinguir, apagar; imergir, mergulhar; (mar.) recolher, arriar, amainar (a vela); (pop.) suprimir, afastar; despir.

DOVE [dʌv], *s.* pombo.

DOVE-COT ['dʌvkʌt], *s.* pombal.

DOVETAIL ['dʌvteil], *s.* malhete, encaixe (em forma de rabo de andorinha). *v.* emalhetar, ensamblar, embutir, encaixar, combinar.

DOWAGER ['dauədʒə], *s.* viúva que possui fortuna e título nobiliárquico; (pop.) viúva idosa.

DOWDINESS ['daudinis], *s.* desalinho.

DOWDY ['daudi], *s.* mulher desalinhada. *a.* desalinhado, desleixado, sujo.

DOWEL ['dauəl], *s.* tarugo; cavilha, prego de madeira.

DOWER ['dauə], *s.* dote, doação, parte que cabe à viúva na distribuição de bens; dom natural, talento.

DOWERLESS ['dauəlis], *a.* sem quinhão, sem herança (viúva).

DOWLAS ['dauləs], *s.* tecido de linho.

DOWN [daun], *s.* penugem; buço; duna; *pl.* reveses da sorte. *a.* descendente; abatido. *prep.* e *adv.* em baixo, debaixo, para baixo, abaixo. *interj.* abaixo! fora! *v.* derrubar, derrotar, vencer. # *down and out,* arruinado, em péssimas condições financeiras, sem eira nem beira.

DOWNCAST ['daunkɑ:st], *a.* descendente; inclinado; triste, abatido, deprimido.

DOWNFALL ['daunfɔ:l], *s.* aguaceiro; nevada; (fig.) queda, ruína, decadência.

DOWN-FALLEN ['daun'fɔ:lən], *a.* prostrado; arruinado.

DOWN-HEARTED ['daun'hɑ:tid], *a.* desanimado, deprimido.

DOWNHILL ['daun'hil], *adv.* declive; costa abaixo.

DOWNPOUR ['daunpɔ:], *s.* aguaceiro.

DOWNRIGHT ['daunrait], *s.* vertical; claro, categórico, manifesto, direito, liso, plano; completo; chapado. *adv.* verticalmente; prontamente, imediatamente; completamente; francamente, decididamente, terminantemente.

DOWNRIGHTNESS ['daunraitnis], *s.* franqueza, lealdade, sinceridade; clareza.

DOWNSTAIRS ['daun'stɛəz], *adv.* debaixo da

escada; no andar inferior; para baixo, em baixo.

DOWNSTREAM ['daun'stri:m], *a.* e *adv.* com a corrente do rio, a jusante, corrente abaixo. # *to go downstream,* ir por água abaixo.

DOWNTOWN ['daun'taun], *a.* do centro da cidade. *adv.* no centro da cidade.

DOWNTRODDEN ['dauntrɔdn], *a.* oprimido, humilhado.

DOWNWARD ['daunwəd], *a.* inclinado, descendente.

DOWNWARD(S) ['daunwəd(z)], *adv.* para baixo.

DOWNY ['dauni], *a.* felpudo, peludo, lanzudo; macio, brando, suave.

DOWRY ['dauəri], *s.* dote de noiva; parte que cabe à viúva na partilha de bens; talento, dote natural, dom natural, engenho.

DOXOLOGY [dok'sɔlədʒi], *s.* doxologia.

DOZE [douz], *s.* cochilo, soneca; sonolência, torpor. *v.* cochilar, dormitar.

DOZEN ['dʌzn], *s.* dúzia. # *it is six of one to half a dozen of the other,* tão culpado é um como o outro.

DOZER ['douzə], *s.* dorminhoco, indolente, preguiçoso.

DOZINESS ['douzinis], *s.* sonolência, entorpecimento, torpor.

DOZY ['douzi], *a.* sonolento, entorpecido, adormecido.

DRAB [dræb], *s.* cor pardacenta; monotonia. *a.* pardacento; monótono.

DRAB [dræb], *s.* mulher desmazelada; rameira. *v.* freqüentar os lupanares; prostituir-se.

DRABBLE ['dræbl], *v.* pescar à linha; emporcalhar, enlamear.

DRACHMA ['drækmə], *s.* dracma.

DRAFF [dræf], *s.* resíduos, restos, refugo, borra; desperdício; lixo.

DRAFT [drɑ:ft], *s.* corrente de ar; sucção; aspiração; trago, bebida; saque de letra, ordem de pagamento; cambial; desenho, esboço, rascunho, esquema, projeto; (com.) borrador, minuta; (E.U.) conscrição, recrutamento = (Ing.) *conscription; pl.* jogo de damas. *v.* delinear, traçar, esboçar, desenhar, redigir; esculpir; (mil.) destacar tropas. # *draft at sight,* (com.) saque à vista. *rough draft,* rascunho.

DRAFTEE [dræf'ti:], *s.* (E.U.) sorteado, conscrito.

DRAFTER ['drɑ:ftə], *s.* (E.U.) cavalo de tiro = (Ing.) *draught-horse.*

DRAFTSMAN ['drɑ:ftsmən], *s.* delineador, desenhador, desenhista.

DRAG [dræg], *s.* draga; gancho; charrua de agricultor; grade para arar; carruagem; carreta. *v.* dragar, puxar, arrastar. # *drag link,* (mec. aut.) tirante de direção. *dragged out,* exausto.

DRAGGLE ['drægl], *v.* sujar, sujar-se, emporcalhar-se; puxar, arrastar.

DRAGMAN ['drægmən], *s.* pescador que usa rede de arrastão.

DRAGOMAN ['drægomən], *s.* intéprete, guia de turista (na Ásia).

DRAGON ['drægən], *s.* dragão; homem feroz; (bot.) serpentária.

DRAGON-FLY ['drægənflai], *s.* (ent.) libélula.

DRAGOON [drə'gu:n], *s.* dragão, soldado de cavalaria. *v.* acossar, intimidar, amedrontar; submeter (por processos violentos).

DRAIN [drein], *s.* dreno, cano de esgoto, escoadouro; rego, sangradouro. *v.* drenar, escoar, esgotar; escorrer; secar; (fig.) empobrecer.

DRAINABLE ['dreinəbl], *a.* drenável.

DRAINAGE ['dreinidʒ], *s.* drenagem, escoamento.

DRAINER ['dreinə], *s.* drenador.

DRAKE [dreik], *s.* pato (o macho); nome de uma moeda inglesa antiga; pequeno canhão antigo.

DRAMA ['drɑ:mə], *s.* drama; peça teatral; a arte de escrever para o teatro; arte teatral; acontecimentos empolgantes.

DRAMATIC [drə'mætik], *a.* dramático.

DRAMATIST ['dræmətist], *s.* dramaturgo.

DRAMATIZATION (ISA) [dræmətai'zeiʃən], *s.* dramatização.

DRAMATIZE (ISE) ['dræmətaiz], *v.* dramatizar.

DRAMATURGE ['dræməte:dʒ], *s.* dramaturgo.

DRANK [dræŋk], *pret.* de **DRINK.**

DRAPE [dreip], *v.* drapejar; colgar, guarnecer.

DRAPER ['dreipə], *s.* negociante de panos, vendedor de fazendas.

DRAPERY ['dreipəri], *s.* fabrico de panos, comércio de panos.

DRASTIC ['dræstik], *a.* drástico, forte, violento.

DRAUGHT [drɑ:ft], *s.* corrente de ar; tração; gole, trago; aspiração; bebida, beberagem; poção; calado de um navio; desenho, esboço; *pl.* jogo de damas = (E.U.) *checkers.*

DRAUGHT-HORSE ['drɑ:fthɔ:s], *s.* cavalo de tiro = (E.U.) *drafter.*

DRAUGHTSMAN ['drɑ:ftsmən], *s.* desenhista = *draftsman;* peça no jogo de damas.

DRAUGHTY ['drɑ:fti], *a.* cheio de correntes de ar.

DRAW [drɔ:], *pret.* **DREW,** *pp.* **DRAWN.** *v.* puxar, arrastar; atrair; extrair; arrancar; persuadir; sugar, chupar; aspirar, respirar; deduzir; inferir; desenhar, delinear, traçar; descrever; abrir ou cerrar (as cortinas); (mar.) calar; arrastar-se; encolher-se; adiantar-se, mover-se; sacar (da espada); (com.) sacar. *s.* tração; sucção; atração; loteria; empate. # *be quick on the draw,* ser repentista. *draw a blank,* tirar a sorte em branco. *draw a game,* empatar uma partida. *draw bolt,* ferrolho de porta. *draw lots,* tirar a sorte, sortear. *draw near,* aproximar-se. *draw on* (ou *upon*), sacar sobre (ou contra). *draw oneself up,* empertigar-se. *draw over, draw out,* sacar; induzir, persuadir. *draw together,* contrair. *draw up,* redigir. *draw up with,* alcançar. *let's draw for it,* tiremos a sorte.

DRAWBACK ['drɔ:bæk], *s.* prejuízo, fracasso, desvantagem; (com.) desconto; reembolso.

DRAWBRIDGE ['drɔ:bridʒ], *s.* ponte levadiça.

DRAWEE [drɔ:'i:], *s.* sacado, pessoa contra quem é sacada uma letra.

DRAWER ['drɔ:ə, drɔə], *s.* sacador (de uma letra); desenhador, desenhista.

DRAWER [drɔ:, drɔə], *s.* gaveta. # *bottom drawer,* enxoval de casamento.

DRAWERS [drɔ:z, drɔəz], *s. pl.* cuecas. # *long drawers,* ceroulas.

DRAWING ['drɔ:iŋ], *s.* desenho, esboço; esquema, plano, sorteio, extração. # *rough drawing,* esboço, croqui.

DRAWING-BOARD ['drɔ:iŋbɔ:d], *s.* prancheta para desenho.

DRAWING-PEN ['drɔ:iŋpen], *s.* tira-linhas.

DRAWING-PIN ['drɔ:iŋpin], *s.* percevejo (tachinha usada para prender papel) = (E.U.) *thumbtack, thumb pin, push-pin.*

DRAWING-ROOM ['drɔ:iŋrum], *s.* sala de visitas = (E.U.) *parlor, parlour;* salão, salão de recepção; (E.U.) carro-salão ou cabina de luxo (em trem de ferro).

DRAWING-ROOM ['drɔ:iŋrum], *s.* sala de desenho.

DRAWING-TABLE ['drɔ:iŋteibl], *s.* mesa elástica.

DRAW-KNIFE ['drɔ:naif], *s.* (carp.) faca inglesa, corta-chefe.

DRAWL [drɔ:l], *s.* balbuciação; o falar arrastado, pronúncia vagarosa. *v.* balbuciar; arrastar as palavras.

DRAWLER ['drɔ:lə], *s.* o que fala com dificuldade, o que fala arrastado.

DRAWLING ['drɔ:liŋ], *a.* lento, calmo, pachorrento, vagaroso.

DRAWN [drɔ:n], *pp.* de **DRAW.**

DRAY [drei], *s.* carreta, carretão.

DREAD [dred], *s.* medo, temor, terror, horror, receio, pavor; espanto; fobia. *a.* terrível, tremendo, horrível, espantoso; pavoroso. *v.* temer, recear, ter medo.

DREADFUL ['dredful], *a.* terrível, tremendo, espantoso, pavoroso; respeitável; augusto, sublime.

DREADFULLY ['dredfuli], *adv.* horrivelmente, terrivelmente.

DREADFULNESS ['dredfulnis], *s.* horror, terror.

DREADNOUGHT ['drednɔ:t], *s.* pessoa destemida; (mar.) couraçado; pano grosso e forte.

DREAM [dri:m], *pret.* e *pp.* **DREAMED** ou **DREAMT.** *v.* sonhar, imaginar, fantasiar, fazer castelos. *s.* sonho, imaginação, quimera, ilusão, fantasia. # *to dream of* ou *about,* sonhar com.

DREAMER ['dri:mə], *s.* sonhador, visionário.

DREAMINESS ['dri:minis], *s.* fantasia, imaginação.

DREAMLAND ['dri:mlænd], *s.* país dos sonhos.

DREAMLESS ['dri:mlis], *a.* sem sonhos.

DREAMT [dremt] *p.* e *pp.* de **DREAM.**

DREAMY ['dri:mi], *a.* próprio de sonhos.

DREAR [driə], (poét.) abreviatura de **DREARY.**

DREARINESS ['driərinis], *s.* tristeza, pesar, melancolia; aborrecimento.

DREARY ['driəri], *a.* triste, melancólico; lúgubre, funesto; monótono, fatigante, enfadonho.

DREDGE [dredʒ], *s.* draga; rede. *v.* dragar, limpar, escavar.

DREDGER ['dredʒə], *s.* draga; aquele que draga; pescador de ostras; barco para pescar ostras; crivo.

DREDGING ['dredʒiŋ], *s.* dragagem.

DREGS [dregz], *s.* borra, sedimento, escória, detrito, resto.

DRENCH [drentʃ], *v.* ensopar, embeber, molhar; saturar; purgar; dar água ou bebida; forçar os animais a tomar remédio. *s.* aguaceiro; remédio para animais; (E.U.) purgante.

DRENCHER ['drentʃə], *s.* extintor de incêndios.

DRESS [dres], *s.* traje, roupagem, vestuário; uniforme; vestido; toucado; adorno. *v.* vestir, adornar, enfeitar, ataviar, ornar, engalanar; preparar, arranjar; temperar, cozinhar, preparar para servir à mesa; pensar feridas; aparelhar; alisar; retificar; (mil.) alinhar. *a.* de vestuário. # *dress down,* repreender. *dressed to kill,* (col.) vestido com esmero. *dress optional,* traje comum, traje de passeio. *dress up,* vestir-se com luxo; fantasiar-se; vestir-se a rigor. *the dress proclaims the man,* o hábito faz o monge.

DRESS-CIRCLE ['dres-'sə:kl], *s.* balcão nobre (no teatro).

DRESSER ['dresə], *s.* camareiro; curtidor de peles; assistente de cirurgião; armário de cozinha; guarda-louça; (E.U.) toucador, penteadeira = (Ing.) *dressing-table, toilet table.*

DRESS-HANGER ['dres'hæŋə], *s.* cabide para interior de armário.

DRESSING ['dressiŋ], *s.* adorno; ação de vestir; traje, roupa, vestuário; curativo; condimento, tempero. # *dressing station,* posto de socorro. *give someone a dressing,* repreender alguém.

DRESSING-DOWN ['dresiŋdaun], *s.* (col.) surra, tunda, sova = (E.U.) *salting-down.*

DRESSING-GOWN ['dresiŋgaun], *s.* chambre, roupão = (E.U.) *wrapper, slumberrobe, bathrobe.*

DRESSING-ROOM ['dresiŋrum], *s.* camarim.

DRESSING-TABLE ['dresiŋteibl], *s.* toucador, penteadeira = (E.U.) *bureau, dresser, vanity.*

DRESSMAKER ['dresmeikə], *s.* costureira, modista.

DRESSMAKING ['dresmeikiŋ], *s.* costura, trabalho de modista.

DRESS SHOP ['dresʃɔp], *s.* casa de modas.

DRESS-SUIT ['dres-'sju:t], *s.* traje a rigor.

DRESSY ['dresi], *a.* elegante, apurado, bem posto, chique; bonito.

DREW [dru:], *pret.* de **DRAW.**

DRIBBLE ['dribl], *s.* gota; baba; saliva. *v.* gotejar, babar, babar-se; destilar; negacear com a bola (no futebol).

DRIBBLER ['driblə], *s.* babão; baboso; o jogador de futebol que negaceia com a bola.

DRIBLET ['driblit], *s.* pedaço pequeno; pequena quantidade; dívida pequena.

DRIER ['draiə], *s.* secante; enxugador.

DRIFT [drift], *s.* impulso, violência, impulsão; tendência, rumo, direção; o que é levado por uma corrente; montão formado pelo vento; galeria de mina; broca; punção; (ling.) deriva. *v.* impelir, empurrar; amontoar; boiar, flutuar; descair; garrar; desviar-se do rumo; (náut.) ir à deriva; abrir galerias numa mina.

DRIFTER ['driftə], *s.* navio caça-minas; barco de pesca.

DRIFT-FISHERY ['drift'fiʃəri], *s.* pesca de tarrafa, de arrastão.

DRIFT-ICE ['drift-ais], *s.* gelo flutuante.

DRIFTLESS ['driftlis], *a.* sem direção.

DRIFT-PIN ['driftpin], *s.* (ofic.) toca-pinos.

DRIFT-WOOD ['drift-wud], *s.* madeira flutuante (atirada à costa).

DRILL [dril], *s.* arado; perfurador, broca, pua, parafuso; máquina de semear; sulcos abertos pelo semeador; exercícios feitos com regularidade e disciplina; brim; espécie de mono africano. *v.* furar, perfurar, brocar; semear em fileiras; exercitar-se; treinar; ensinar ou fazer exercício. # *Archimedian drill,* (ofic.) pua de gaioleiro. *number drills,* (ofic.) jogo de brocas pequenas. *Swedish drill,* ginástica sueca, ginástica sem aparelhos.

DRILLING ['driliŋ], *s.* pano forte semelhante à lona; exercícios; perfuração.

DRILY ['draili], *V.* **DRYLY.**

DRINK [driŋk], *pret.* **DRANK,** *pp.* **DRUNK.** *v.* beber; embriagar-se; embeber; ensopar. *s.* bebida; bebida alcoólica; trago, beberagem. # *be in drink,* estar bêbedo. *drink off* (ou *up*), beber de um trago, de um gole. *soft drink,* refrigerante, refresco (bebida sem álcool). *stand the drinks,* pagar as bebidas. *stiff drink,* bebida forte que contém muito álcool. *strong drinks,* bebidas fortes. *take to drink,* dar para beber, dar-se ao vício da embriaguez.

DRINKABLE ['driŋkəbl], *a.* potável.

DRINKER ['driŋkə], *s.* bebedor; bêbedo, ébrio.

DRINKING-BOUT ['driŋkiŋbaut], *s.* orgia, bacanal.

DRIP [drip], *v.* gotejar. *s.* gota, goteira. # *drip drum,* (petr.) coletor de condensáveis.

DRIPPING ['dripiŋ], *s.* pingo, goteira; gordura de assado.

DRIVE [draiv], *pret.* **DROVE,** *pp.* **DRIVEN.** *v.* levar, conduzir, guiar; impelir, empurrar, compelir, induzir; atirar, arremessar; forçar; expulsar; excitar; (mec.) atuar, mover; guiar (carro, automóvel, locomotiva, etc.); passear (de carro ou automóvel); (mar.) derivar; abrir um túnel. *s.* passeio, avenida, rua larga, estrada; passeio (de carro ou automóvel); mecanismo de direção e de transmissão, esforço, energia; impulso; iniciativa; urgência, pressão; (com.) saldo, liquidação; (E.U.) campanha para angariar donativos. # *drive asunder,* apartar. *drive at,* insinuar. *drive at full speed,* guiar a toda velocidade. *drive away,* afugentar. *drive-in,* restaurante em que o motorista e os passageiros são servidos no próprio carro; cinema cujos espectadores permanecem em seus automóveis; casa comercial do mesmo tipo. *drive someone mad,* exasperar alguém. *drive to leeward,* (náut.) desviar de rumo.

DRIVEL ['drivl], *s.* baba; tolice; conversa fiada, tagarelice. *v.* babar(-se); dizer tolices; desperdiçar.

DRIVELLER ['drivlə], *s.* babão, tolo, simplório.

DRIVEN ['drivn], *pp.* de **DRIVE.**

DRIVER ['draivə], *s.* cocheiro; motorista; maquinista (de trem) = (E.U.) *engineer;* (ofic.) talhadeira larga. # *back seat driver,* passageiro de automóvel que fica todo o tempo a dizer ao motorista como deve dirigir.

DRIVEWAY ['draivwei], *s.* entrada para carros (em moradia).

DRIVING ['draiviŋ], *p. pres.* de **DRIVE.** *a.* motriz; motor, impulsor. *s.* (E.U.) condução; comando; transmissão.

DRIVING-BOX ['draiviŋbɔks], *s.* boléia.

DRIVING POWER ['draiviŋpauə], *s.* força impulsionadora, força motriz.

DRIVINGWHEEL ['draiviŋwi:l], *s.* roda de direção.

DRIZZLE ['drizl], *s.* garoa, chuvisco. *v.* garoar, chuviscar.

DRIZZLY ['drizli], *s.* enevoado, brumoso.

DROLL [droul], *a.* cômico, jocoso, ridículo, engraçado; estranho; alegre, jovial; chulo.

DROLLERY ['drouləri], *s.* comicidade, jocosidade, palhaçada, chocarrice, facécia, graça.

DROMEDARY ['drʌmədəri], *s.* dromedário.

DRONE [droun], *s.* zangão; zumbido, sussurro, zunido; pessoa parasita. *v.* zumbir. sussurrar; parasitar, mandriar, vadiar.

DROOP [dru:p], *v.* inclinar; inclinar-se; cair; curvar; pender; decair, baixar; desanimar, desfalecer; murchar; entristecer-se, consumir-se. *s.* inclinação, descaimento.

DROOPING ['dru:piŋ], *s.* languidez, desfalecimento, prostração; tristeza. *a.* lânguido, triste; pendente, curvado.

DROP [drɔp], *v.* pingar, gotejar, destilar; soltar, deixar cair; desistir, abandonar, renunciar; desprender-se, desistir de; baixar, descer; cair; dar cria. *s.* gota, pingo; queda; pastilha; pingente; pendente; brinco; (mar.) altura da vela. # *but a drop in a bucket,* apenas uma gota de água no oceano. *by drops,* gota a gota. *drop a line,* escrever umas linhas. *drop asleep,* adormecer. *drop in,* fazer uma visita breve. *drop in the bucket,* uma gota d'água no oceano. *drop off,* ir-se embora; sair sorrateiramente; adormecer; diminuir em número; decrescer em qualidade. *get the drop on,* (E.U. gír.) atirar, fazer fogo contra; estar em situação superior. *let's drop that,* abandonemos o caso.

DROP HAMMER ['drɔp'hæmə], *s.* (maq.) martinete.

DROPLET ['drɔplit], *s.* gotinha.

DROPPER ['drɔpə], *s.* conta-gotas.

DROPPING ['drɔpiŋ], *p. pres.* de **DROP.** *a.* gotejante. *s. pl.* desperdício. # *dropping bottle,* conta-gotas.

DROPSICAL ['drɔpsikəl], *a.* hidrópico.

DROPSY ['drɔpsi], *s.* hidropisia.

DROSOMETER [drɔ'sɔmitə], *s.* drosômetro.

DROSS [drɔs], *s.* escória, impureza, sedimento; espuma; borra.

DROSSY ['drɔsi], *a.* impuro.

DROUGHT [draut], *s.* secura, sequidão, aridez; seca, estiagem = (E.U.) *drouth.*

DROUGHTY ['drauti], *a.* seco, árido.

DROUTH [drauθ], *s.* (E.U.) seca = (Ing.) *drought.*

DROVE [drouv], *pret.* de **DRIVE.**

DROVER ['drouvə], *s.* criador de gado; vaqueiro.

DROWN [draun], *v.* afogar, inundar, submergir; espraiar; afogar-se.

DROWNER ['draunə], *s.* afogador; destruidor.

DROWNING ['drauniŋ], *s.* afogamento.

DROWSE [drauz], *v.* adormecer, dormitar, cochilar; narcotizar.

DROWSINESS ['drauzinis], *s.* sonolência, entorpecimento; modorra (= madorra, madorna).

DROWSY ['drauzi], *a.* sonolento, entorpecido, letárgico, adormecido; lento, pesado.

DRUB [drʌb], *v.* bater, sovar, espancar, açoitar; sacudir, abanar.

DRUDGE [drʌdʒ], *s.* trabalhador, criado, escravo. *v.* trabalhar demais; mourejar; fatigar-se.

DRUDGERY ['drʌdʒəri], *s.* trabalho penoso, fadiga, lida, labuta, labor.

DRUG [drʌg], *v.* medicar, receitar; narcotizar. *s.* droga, remédio, medicamento; narcótico, entorpecente. # *a drug in the market,* encalhe, mercadoria pouco vendável.

DRUGGIST ['drʌgist], *s.* (E.U.) droguista, farmacêutico = (Ing.) *chemist.*

DRUGSTORE ['drʌgstɔ:], *s.* (E.U.) drogaria, farmácia = (Ing.) *chemist's shop;* (E.U.) drogaria em que se vendem também refrescos, revistas, cigarros, etc. # *drugstore cowboy,* homem efeminado.

DRUID ['dru:id], *s.* druida.

DRUIDESS ['dru:idis], *s.* sacerdotisa, druidesa.

DRUIDIC, AL [dru:'idik, əl], *a.* druídico.

DRUM [drʌm], *v.* tocar tambor; tamborilar. *s.* tambor, tamboril, caixa; tímpano de ouvido; (mec.) cilindro. # *knock-out drum,* (petr.) separador. *soaking drum,* (petr.) câmara de reação. *surge drum* (petr.) compensador.

DRUMHEAD ['drʌmhed], *s.* pele de tambor.

DRUMMER ['drʌmə], *s.* tamborileiro; (E.U.) viajante de casa comercial = (Ingl.) *bagman, bag fox.*

DRUMSTICK ['drʌmstik], *s.* baqueta de tambor.

DRUNK [drʌŋk], *pp.* de **DRINK.** *a.* embriagado, ébrio. *s.* bebedeira; ébrio, bêbado. # *drunk as a fiddler* ou *as a lord,* completamente embriagado.

DRUNKARD ['drʌŋkəd], *s.* bêbedo (= bêbado), ébrio; beberrão, borracho.

DRUNKEN ['drʌŋkən], *a.* ébrio.

DRUNKENNESS ['drʌŋkənis], *s.* embriaguez; bebedeira.

DRUSE [dru:z], *s.* (geol.) drusa.

DRY [drai], *a.* seco, enxuto; árido, estéril, sequioso, dessecado; frio, insípido; satírico jocoso, mordaz; austero; (gír. mil.) simulado (combate, tiro). *v.* secar, enxugar; esgotar; desaguar. *s.* (E.U.) proibicionista. # *dry out,* secar-se. *dry up,* enxugar; secar-se; calar-se.

DRYAD ['draiəd], *s.* dríade.

DRY-CLEAN ['drai'kli:n], *v.* lavar a seco.

DRY-CLEANING ['drai'kli:niŋ], *s.* lavagem a seco.

DRY-DOCK ['drai'dɔk], *s.* doca de querena.

DRYER [draiə], *s.* secador; secante.

DRY FARMING ['draifɑ:miŋ], *s.* lavoura seca.

DRY-GOODS ['draigudz], *s.* tecidos e gêneros secos.

DRYLY, DRILY ['draili], *adv.* secamente.

DRYNESS ['drainis], *s.* secura, aridez.

DRY-WOOD ['draiwud], *s.* pau campeche.

DUAL ['dju:əl], *a.* dual; relativo a dois.

DUALISM ['dju:əlizm], *a.* dualismo.

DUALIST ['dju:əlist], *s.* dualista.

DUALISTIC [dju:ə'listik], *a.* dualista.

DUALITY [dju:'æliti], *s.* dualidade.

DUB [dʌb], *v.* armar cavaleiro; conferir honras ou dignidades; dar uma pancada seca; batizar, apelidar, alcunhar; (carp.) desbastar madeira. *s.* charco; (E.U.) pexote, "errado" (no esporte) = (Ing.) *duffer.* # *let's dub together,* cotizemo-nos.

DUBBING ['dʌbiŋ], *s.* sincronização.

DUBIETY [dju:'baiəti], *s.* dubiedade, dúvida, incerteza.

DUBIOUS ['dju:biəs], *a.* duvidoso, dúbio, incerto, ambíguo; hesitante, irresoluto, indeciso.

DUBIOUSNESS ['dju:biəsnis], *s.* dubiedade, dúvida, incerteza.

DUBITATION [dju:bi'teiʃən], *s.* dubitação, dúvida.

DUBITATIVE ['dju:biteitiv], *a.* dubitativo.

DUCAL ['dju:kəl], *a.* ducal.

DUCAT ['dʌkət], *s.* ducado (moeda).

DUCHESS ['dʌtʃis], *s.* duquesa.

DUCHY ['dʌtʃi], *s.* ducado (domínio de um duque).

DUCK [dʌk], *s.* pato; marreco; carne de pato; reverência; inclinação da cabeça em sinal de cortesia; mergulho; brim; lona para velas de navio; zero (cricket); (fam.) meu amor, meu bem, meu querido, benzinho; (pop.) esquiva; (E.U. mil.) carro anfíbio. *v.* mergulhar; abaixar a cabeça; fazer reverência; evitar um golpe com a cabeça. # *it's duck soup,* é facílimo, é uma brincadeira, é "canja". *lame duck,* pessoa incapaz: (E.U.) congressista no fim do mandato. *make ducks and drakes,* "fazer sapinho" (fazer uma pedrinha deslizar sobre a água). *make ducks and drakes of everything,* misturar tudo, confundir tudo. *make ducks and drakes with one's fortune* (ou *money),* esbanjar a própria fortuna, jogar dinheiro fora, dissipar, malbaratar, jogar dinheiro pela janela.

DUCKBILL ['dʌkbil], *s.* ornitorrinco.

DUCKLING ['dʌkliŋ], *s.* patinho, marrequinho.

DUCT [dʌkt], *s.* conduto, canal, tubo, via.

DUCTILE ['dʌktail], *a.* dútil, flexível; maleável; dócil.

DUCTILITY [dʌk'tiliti], *s.* flexibilidade, maleabilidade; docilidade.

DUD [dʌd], *s.* (gír.) pessoa ou coisa inútil.

DUDE [dju:d], *s.* (E.U.) janota, pedante, impostor = (Ing.) *dandy, swell.*

DUDGEON ['dʌdʒən], *s.* mau humor; ressentimento, mágoa; raiva, indignação.

DUE [dju:], *s.* dívida, obrigação; *pl.* contribuição; direitos, impostos; (E.U.) mensalidade de clube. *a.* devido, próprio, adequado, justo, legítimo; apto; conveniente; exato, certo. *adv.* exatamente; diretamente.

DUEL ['dju:əl], *s.* duelo. *v.* bater-se em duelo.

DUELLER ['dju:ələ], *s.* duelista.

DUELLING ['dju:əliŋ], *s.* duelo, desafio.

DUELLIST ['dju:əlist], *s.* duelista.

DUET [dju:et], *s.* dueto.

DUFF [dʌf], *a.* (gír.) inferior, ordinário, de má qualidade.

DUFFER ['dʌfə], *s.* vendedor ambulante; moeda falsa; mina que não produz; pessoa indolente; importuno; cretino; imbecil, pateta; "pexote", "errado" (no jogo) = (E.U.) *dub.*

DUG [dʌg], *s.* teta, ubre; bico de peito. *pret.* e *pp.* de **DIG.**

DUG-OUT ['dʌgaut], *s.* canoa (barco); abrigo cavado numa rocha ou na parede de uma trincheira.

DUKE [dju:k], *s.* duque; capitão; chefe do exército.

DUKEDOM ['dju:kdəm], *s.* ducado; título de duque.

DULCET ['dʌlsit], *a.* doce, agradável, suave, harmonioso.

DULCIMER ['dʌlsimə], *s.* (mús.) saltério.

DULL [dʌl], *a.* néscio, estúpido, obtuso, estulto, fátuo; lerdo, tardo; vagaroso; insípido, fastidioso, aborrecido; monótono, triste, melancólico, lânguido; lento (de percepção); escuro, nebuloso, fosco, opaco, obscuro; embotado, cego (sem corte). *v.* embotar, entorpecer, amortecer; deslustrar, ofuscar; contristar; obstruir; tornar-se estúpido, imbecilizar-se, estultificar-se.

DULLARD ['dʌləd], *s.* estúpido, imbecil, estulto, néscio, obtuso.

DULLISH ['dʌliʃ], *a.* estúpido; lento; triste.

DULLNESS, DULNESS ['dʌlnis], *s.* estupidez,

embotamento; lentidão; negligência, sonolência; falta de brilho; falta de ponta ou de fio.

DULLY ['dʌli], *adv.* lentamente; negligentemente; vagarosamente; estupidamente; sem brilho.

DULY ['dju:li], *adv.* devidamente, regularmente, a tempo, pontualmente, oportunamente.

DUMB [dʌm], *a.* mudo, calado, silencioso; oculto, escondido; (E.U.) estúpido, néscio (col.) # *play dumb,* fingir-se de desentendido, não se dar por achado.

DUMB-BELL ['dʌmbel], *s.* haltere.

DUMBFOUND [dʌm'faund], *v.* confundir, embaraçar; deixar mudo de espanto; emudecer.

DUMBNESS ['dʌmnis], *s.* mudez; mutismo, silêncio; taciturnidade.

DUMB-WAITER ['dʌm'weitə], *s.* aparador com prateleiras giratórias que substitui o copeiro; (E.U.) elevador entre a cozinha e a sala de jantar (para o transporte dos pratos) = (Ing.) *kitchen-lift.*

DUM-DUM ['dʌmdʌm], *s.* dundum, bala explosiva.

DUMMY ['dʌmi], *s.* pessoa muda ou silenciosa; (pop.) testa de ferro; (mil.) simulacro; o morto (no jogo de bridge); modelo (em tamanho natural ou em ponto pequeno); manequim; chupeta, bico (mamilo de borracha para crianças); (tip.) "boneco" (livro em branco). *a.* silencioso, mudo; falso, suposto, fictício; imitado, postiço.

DUMP [dʌmp], *v.* esvaziar, atirar de repente; depositar; descarregar; exportar ou importar mercadorias em grande escala e por baixo preço. *s.* tristeza, melancolia; depósito de lixo; depósito de apetrechos militares. # *dump hay rake,* ancinho (para amontoar feno). *in the dumps,* triste, deprimido.

DUMP-CART ['dʌmpkɑ:t], *s.* carroça ou caminhão com traseira levadiça ou fundo de alçapão (para facilitar o descarregamento), caminhão-basculante.

DUMPER-TRUCK ['dʌmpətrʌk], *s. V.* **DUMP-CART.**

DUMPING ['dʌmpiŋ], *s.* venda de mercadorias no exterior por preços inferiores aos do mercado no país de origem.

DUMPISH ['dʌmpiʃ], *a.* triste, melancólico, abatido, acabrunhado.

DUMPISHNESS ['dʌmpiʃnis], *s.* melancolia, tristeza, acabrunhamento.

DUMPLING ['dʌmpliŋ], *s.* pudim de maçã; bolinho de carne; (gír.) pessoa de pequena estatura.

DUMPS [dʌmps], *s.* tristeza, melancolia; depressão.

DUMPY ['dʌmpi], *a.* baixo e reforçado, espadaúdo, troncudo.

DUN [dʌn], *s.* credor importuno; cor parda ou castanho escuro; montículo. *a.* castanho escuro, pardo; sombrio. *v.* cobrar insistentemente, importunar (um devedor); salgar ou curar (peixe).

DUNCE [dʌns], *s.* ignorante, tolo, lerdo; estúpido, parvo; cretino; libertino.

DUNDERHEAD ['dʌndəhed], *s.* imbecil, estúpido; cabeçudo, teimoso.

DUNE [dju:n], *s.* duna.

DUNG [dʌŋ], *s.* esterco, estrume; adubo. *a.* ignóbil, sórdido, vil. *v.* estercar, estrumar, adubar.

DUNGEON ['dʌndʒən, 'dʌnʒən], *s.* calabouço, masmorra, prisão; o corpo, a parte principal de um castelo antigo.

DUNGHILL ['dʌŋhil], *s.* monturo.

DUNGY ['dʌŋi], *a.* cheio de estrume; sujo, porco, imundo.

DUNK [dʌŋk], *v.* (E.U. col.) molhar, embeber.

DUODECIMAL [dju(:)ou'desiməl], *a.* duodécimo, duodecimal. *s.* duodécimo.

DUODENAL [dju(:)ou'di:nəl], *a.* duodenal.

DUODENUM [dju(:)ou'di:nəm], *s.* duodeno.

DUPE [dju:p], *s.* incauto, bobo, tolo, ingênuo, crédulo, parvo, zote, pateta, idiota; vítima (de logro). *v.* enganar, lograr, ludibriar.

DUPERY ['dju:pəri], *s.* logro, tratantada, burla.

DUPLE ['dju:pl], *a.* duplo.

DUPLEX ['dju:pleks], *a.* duplo.

DUPLICATE ['dju:plikeit], *v.* duplicar, copiar, reproduzir.

DUPLICATE ['dju:plikit], *a.* duplo, duplicado, dobrado. *s.* dobro; duplicata.

DUPLICATION [dju:pli'keiʃən], *s.* duplicação; prega, dobra, dobradura.

DUPLICATOR ['dju:plikeitə], *s.* duplicador, copiador.

DUPLICITY [dju(:)'plisiti], *s.* duplicidade; engano.

DURABILITY [djuərə'biliti], *s.* duração, durabilidade, estabilidade, permanência, constância.

DURABLE ['djuərəbl], *a.* durável, permanente, duradouro, constante.

DURABLENESS ['djuərəblnis], *s.* duração.

DURALUMIN [djuə'ræljumin], *s.* duralumínio.

DURAMEN [djuə'reimən], *s.* cerne da madeira.

DURATION [djuə'reiʃən], *s.* duração, continuação; permanência, estabilidade.

DURESS [djuə'res], *s.* dureza; coação, jugo, prisão, aprisionamento, compulso.

DURING ['djuəriŋ], *prep.* durante, enquanto.

DURST [də:st], *pret. irr.* de **DARE.**

DUSK [dʌsk], *s.* o anoitecer, o crepúsculo, o pôr do sol, o poente. *a.* obscuro, escuro, sombrio, fosco, moreno. *v.* escurecer, obscurecer.

DUSKY ['dʌski], *a.* escuro, pardo, moreno, fosco; triste, sombrio, melancólico.

DUST [dʌst], *s.* pó, cisco, poeira, lixo, varredura; restos mortais; sepultura; humilhação; confusão, tumulto. *v.* limpar ou espanar o pó; varrer; empoeirar; empoar. # *bite the dust,* tombar no campo de batalha; sofrer uma derrota. *raise dust,* fazer alarde.

DUSTBIN ['dʌstbin], *s.* lata de lixo. # (E.U.) *ash can, garbage-box, garbage-can.*

DUST-CART ['dʌstkɑ:t], *s.* carroça, carro, caminhão de lixo = (E.U.) *ash-cart, garbage-wag(g)on* ou *dirt-wag(g)on.*

DUST-CLOAK ['dʌstklouk], *s.* guarda-pó = (E. U.) *duster.*

DUST-COAT ['dʌstkout], *s. V.* **DUST-CLOAK.**

DUSTER ['dʌstə], *s.* espanador, aparelho de limpar pó; apagador de quadro-negro, pano para limpar o giz da lousa; (E.U.) guarda-pó = (Ing.) *dust-coat, dust-cloak* ou *covert-coat.*

DUSTMAN ['dʌstmən], *s.* lixeiro = (E.U.) *ashman* ou *garbage man.*

DUSTY ['dʌsti], *a.* empoeirado; coberto ou cheio de pó.

DUTCH [dʌtʃ], *s.* e *a.* holandês. # *double Dutch,* gíria, calão. *Dutch auction,* leilão em que o leiloeiro abaixa o preço até aparecer um arrematador. *Dutch courage,* coragem causada pela embriaguez. *go Dutch,* cada qual pagar por si, à inglesa, fazer uma "vaquinha". *Well, I'm a Dutchman,* macacos me mordam (expressão de surpresa ou incredulidade).

DUTCH DOOR ['dʌtʃdɔ:], *s.* porta ajanelada.

DUTCHMAN ['dʌtʃmən], *s.* holandês.

DUTCH-TREAT ['dʌtʃtri:t], *s.* (E.U.) festim em que cada qual paga sua própria despesa, "vaquinha".

DUTEOUS ['dju:tiəs], *a.* obediente, dócil, respeitoso.

DUTIABLE ['dju:tiəbl], *a.* sujeito a direitos, que paga taxas alfandegárias.

DUTIFUL ['dju:tiful], *a.* obediente, dócil, submisso.

DUTY ['dju:ti], *s.* obrigação, dever, obediência, submissão; direitos alfandegários; imposto, tributo; quantidade de água necessária à irrigação de determinada área. # *ad valorem duty,* imposto proporcional ao valor da mercadoria. *off duty,* de folga. *on duty,* de serviço.

DUTY-FREE ['dju:tiʃri:], *a.* livre de direitos.

DWARF [dwɔ:f], *s.* anão, anã. *v.* impedir o crescimento; definhar; não medrar.

DWARFISH ['dwɔ:fiʃ], *a.* anão.

DWARFISHNESS ['dwɔ:fiʃnis], *s.* estatura baixa como de anão; pequenez.

DWELL [dwel], *prep.* e *pp.* **DWELT.** *v.* habitar, morar, residir; permanecer, deter-se, demorar-se.

DWELLER ['dwelə], *s.* habitante, morador, residente.

DWELLING ['dweliŋ], *s.* residência, habitação, moradia, domicílio; lar, casa, vivenda.

DWELLING-PLACE ['dweliŋpleis], *s.* morada, residência.

DWELT [dwelt], *pret.* e *pp.* de **DWELL.**

DWINDLE ['dwindl], *v.* diminuir, definhar, minguar; decair, degenerar; reduzir-se, contrair-se.

DYE [dai], *s.* tinta; corante; cor, matiz, colorido, tintura, coloração. *v.* tingir, colorir.

DYER ['daiə], *s.* tintureiro.

DYESTUFF ['daistʌf], *s.* matéria corante.

DYING ['daiiŋ], *a.* mortal, moribundo, agonizante.

DYNAMIC, AL [dai'næmik, əl], *s.* dinâmico.

DYNAMICS [dai'næmiks], *s.* dinâmica.

DYNAMISM ['dainəmizm], *s.* dinamismo.

DYNAMITE ['dainəmait], *s.* dinamite. *v.* dinamitar.

DYNAMITER ['dainəmaitə], *s.* dinamiteiro.

DYNAMO ['dainəmou], *s.* dínamo = (E.U.) *generator.*

DYNAMOMETER [dainə'məmitə], *s.* dinamômetro.

DYNAMOMETRIC, AL [dainəmou'metrik, əl], *a.* dinamométrico.

DYNASTIC [di'næstik], *a.* dinástico.

DYNASTY ['dinəsti], *s.* dinastia; soberania; sucessão.

DYNE [dain], *s.* (fís.) dina.

DYSENTERIC [disn'terik], *a.* disentérico.

DYSENTERY ['disntri], *s.* disenteria.

DYSPEPSIA, DYSPEPSY [dis'pepsiə, dis'pepsi], *s.* dispepsia.

DYSPEPTIC [dis'peptik], *s.* e *a.* dispéptico.

DYSPNEA, DYSPNOEA [dis'pni:ə], *s.* (med.) dispnéia.

DYSURIA [di'sju:riə], *s.* (med.) disúria.

E

E [i:], *s.* quinta letra do alfabeto.

EACH [i:tʃ], *a.* cada. *pron.* cada um, cada qual.

EAGER ['i:gə], *a.* desejoso, ansioso, ávido; impaciente; ardente, veemente, impetuoso, vivo; ativo, esperto.

EAGERLY ['i:gəli], *adv.* ansiosamente, avidamente, ardentemente, impetuosamente.

EAGERNESS ['i:gənis], *s.* ânsia, ímpeto, avidez; violência, veemência, ardor; impaciência.

EAGLE ['i:gl], *s.* águia (ave); (astr.) Águia (constelação); (E.U.) águia (moeda).

EAGLE-EYED ['i:gl'aid], *a.* de vista agudíssima.

EAGLET ['i:glit], *s.* aguieta.

EAGRE ['eigə, 'i:gə], *s.* macaréu.

EAR [iə], *s.* ouvido; orelha; asa de vaso; espiga; opinião, juízo; atenção. *v.* lavrar, cultivar, arar; espigar. # *be all ears,* ser todo ouvidos, ouvir atentamente, prestar toda a atenção. *give ear to,* dar ouvidos a. *in one ear and out the other,* entrar por um ouvido e sair pelo outro. *lend an ear, lend ears,* escutar. *perk up the ears,* aguçar os ouvidos. *play by ear,* tocar de ouvido. *prick up one's ears,* escutar com atenção. *pull someone by the ear,* puxar as orelhas de alguém. *set people by the ears,* emprenhar pelos ouvidos. *turn a deaf ear,* não dar ouvidos, fazer ouvidos de mercador, fingir que não ouve, fazer-se de surdo. *walls have ears,* as paredes têm ouvidos.

EARACHE ['iəreik], *s.* dor de ouvidos.

EAR-DEAFENING ['iə'defniŋ], *a.* ensurdecedor.

EARDRUM ['iədrʌm], *s.* tímpano do ouvido.

EARED [ied], *a.* que tem orelhas; espigado.

EARING ['iəriŋ], *s.* (náut.) empunidouro; formação de espigas.

EARL [ə:l], *s.* conde.

EARLDOM ['ə:ldəm], *s.* condado.

EARLESS ['iəlis], *a.* desorelhado; sem espigas; desatento; surdo.

EARLINESS [ə:linis], *s.* precocidade; presteza, diligência; madrugada.

EARLY ['ə:li], *a.* precoce, prematuro; primitivo; matinal, madrugador; adiantado, antecipado; próximo; tempestivo, apressado. *adv.* cedo.

EARMARK ['iəmɑ:k], *s.* marca na orelha pela qual um animal pode ser identificado. *v.* colocar marca na orelha; separar para um determinado fim.

EARN [e:n], *v.* ganhar, obter, conseguir, adquirir; merecer.

EARNEST ['ə:nist], *a.* ardente, caloroso, fogoso; zeloso, cuidadoso, atento; ávido, ansioso; ativo, enérgico; sério, importante, grave. *s.* seriedade; boa-fé; prenda; penhor. # *in earnest,* a sério. *in sober earnest,* com serenidade.

EARNESTLY ['ə:nistli], *adv.* ardentemente; seriamente, sinceramente.

EARNESTNESS ['ə:nistnis], *s.* veemência, ardor; zelo, cuidado; diligência; atividade; gravidade, seriedade.

EARNING ['ə:niŋ], *s.* ordenado, salário, paga; *pl.* lucro, ganho. # *net earnings,* (com.) lucros líquidos.

EARPHONE ['iəfoun], *s.* fone de ouvido.

EAR-PIERCING ['iə'piəsiŋ], *a.* ensurdecedor.

EAR-RING ['iəriŋ], *s.* brinco.

EAR-SHOT ['iə-ʃɔt], *s.* alcance da voz. # *within ear-shot,* ao alcance da voz.

EARTH [ə:θ], *s.* terra, terreno, solo, chão; mundo; (astr.) a Terra, o globo terrestre. *v.* enterrar.

EARTHEN ['ə:θən, 'ə:θn], *a.* térreo; terroso; terrestre.

EARTHEN-JAR ['ə:θəndʒɑ:], *s.* bilha.

EARTHEN-PAN ['ə:θənpæn], *s.* alguidar.

EARTHEN-VESSEL ['ə:θənvesl], *s.* boião.

EARTHENWARE ['e:θənwεə, 'ə:θnwεə], *s.* louça de barro, cerâmica.

EARTH-FLAX ['ə:θflæks], *s.* amianto.

EARTH FLOOR ['ə:θflɔ:], *s.* chão de terra batida = (E.U.) *dirt floor.*

EARTHLY ['ə:θli], *a.* terrestre, mundano; corpóreo, material; carnal; vil.

EARTHQUAKE ['ə:θkweik], *s.* terremoto.

EARTH-WORM ['ə:θwə:m], *s.* minhoca.

EARTHY ['ə:θi], *a.* térreo, terrestre; terroso; grosseiro.

EARWIG ['iəwig], *s.* forfícula, lacrainha; mexeriqueiro; intrigante. *v.* tagarelar; mexericar, intrigar.

EAR-WITNESS ['iə'witnis], *s.* testemunha auricular.

EASE [i:z], *s.* facilidade; comodidade, bem-estar; tranqüilidade; sossego; repouso, descanso; ócio. *v.* facilitar; tranqüilizar, sossegar aliviar, mitigar; relaxar; moderar a marcha de uma máquina; (náut.) tiramolar. # *ease up,* diminuir de intensidade, aliviar. *feel at ease,* sentir-se à vontade. *live in ease and plenty,* viver à tripa forra.

EASEL ['i:zl], *s.* cavalete de pintor; cavalete de quadro-negro.

EASEMENT ['i:zmənt], *s.* mitigação, alívio, assistência; comodidade; vantagem.

EASILY ['i:zili], *adv.* facilmente.

EASINESS ['i:zinis], *s.* facilidade, desembaraço; sossego, tranqüilidade; complacência; bondade.

EAST [i:st], *s.* este, nascente, oriente, levante.

EASTER ['i:stə], *s.* Páscoa. # *the Easter lily,* (bot.) copo-de-leite.

EASTER-DAY ['i:stə'dei], *s.* dia de Páscoa.

EASTERLY ['i:stəli], *a.* oriental, de leste ou nascente. *adv.* a leste, para leste.

EASTERN ['i:stən], *a.* e *s.* oriental.

EASTERNMOST ['i:stənmoust], *a.* o mais oriental.

EASTING ['i:stiŋ], *s.* direção de leste; distância em direção a leste.

EASTWARD ['i:stwəd], *a.* voltado para o leste. *s.* oriente.

EASTWARD(S) ['i:stwəd(z)], *adv.* para leste, a leste.

EASY ['i:zi], *a.* fácil, livre, folgado, cômodo; tranqüilo, sossegado; afável; acessível; sociável; complacente; liso, plano; natural. # *easy of belief,* crédulo. *free and easy,* desembaraçado. *take it easy,* calma, não se afobe, não se preocupe. *stand easy!* (mil.) à vontade!

EASY-CHAIR ['i:si'tʃεə], *s.* poltrona; espreguiçadeira. # *padded easy-chair,* poltrona.

EASYGOING ['i:zigouiŋ], *a.* indolente: complacente, condescendente; calmo.

EAT [i:t], *pret.* **ATE.** *pp.* **EATEN,** *v.* comer; gastar; mastigar; engolir, devorar; roer; (E.U. gír.) *s. eats,* comida. # *eat into,* corroer.

EATABLE ['i:təbl], *a.* comível, comestível.

EATABLES ['i:təblz], *s.* víveres, comestíveis, iguarias.

EATEN ['i:tn], *pp.* de **EAT.**

EATER ['i:tə], *s.* comedor.

EATERY ['i:təri], *s.* (gír.) pequeno restaurante.

EATING-HOUSE ['i:tiŋhaus], *s.* casa de pasto.

EAVES [i:vz], *s.* goteira, calha; beiral.

EAVESDROPPER ['i:vzdrɔpə], *s.* escutador (às portas ou janelas), indivíduo abelhudo, curioso.

EBB [eb], *v.* baixar a maré; declinar, arruinar-se; decair. *s.* maré vazante, baixa-mar; ruína, decadência, declínio. # *ebb and flow,* fluxo e refluxo.

EBONITE ['ebənait], *V.* **VULCANITE.**

EBONY ['ebəni], *s.* ébano.

EBULLIENCE, CY [i'bʌljəns, si], *s.* ebulição; fervura, efervescência; transporte; entusiasmo.

EBULLIENT [i'bʌljənt], *a.* ebuliente; efervescente; fervente.

EBULLITION [ebə'liʃən; ebu'liʃən], *s.* ebulição.

ECCENTRIC [ik'sentrik], *s.* pessoa original, excêntrica.

ECCENTRIC, AL [ik'sentrik, əl], *a.* excêntrico; original, extravagante; irregular, anômalo.

ECCENTRICITY [eksen'trisiti], *s.* excentricidade; esquisitice; exorbitância.

ECCLESIASTES [ikli:zi'æsti:z], *s.* Eclesiastes.

ECCLESIASTIC [ikli:zi'æstik], *s.* e *a.* eclesiástico.

ECCLESIASTICAL [ikli:zi'æstikəl], *a.* eclesiástico.

ECHELON ['eʃlən], *s.* (mil.) escalão.

ECHELONNED ['eʃələnd], *a.* (mil.) escalonado.

ECHINI [e'kainai], *pl.* de **ECHINUS.**

ECHINUS [e'kainəs], *s.* eqüino, ouriço do mar. *pl.* **ECHINI.**

ECHO ['ekou], *s.* eco. *v.* ecoar; ressoar, repercutir; imitar. # *echo chamber,* (rád.) câmara de ressonância.

ÉCLAIR [ei'klɛə], *s.* bomba (doce).

ECLAMPSIA [i'klæmpsiə], *s.* eclâmpsia.

ECLAT ['eiklɑ:], *s.* esplendor, lustre, brilho; aplauso; ruído, ostentação.

ECLECTIC [ek'lektik], *a.* eclético.

ECLECTICISM [ek'lektisizm], *s.* ecletismo.

ECLIPSE [i'klips], *s.* eclipse. *v.* eclipsar; nublar, escurecer; desdourar; extinguir, terminar; eclipsar-se.

ECLIPTIC [i'kliptik], *s.* (astr.) eclíptica. *a.* eclíptico.

ECLOGUE ['eklɔg], *s.* écloga.

ECONOMIC, AL [i:kə'nɔmik, əl], *a.* econômico; moderado, regrado.

ECONOMICS [i:kə'nɔmiks], *s.* economia política; situação econômica de um país.

ECONOMIST [i:'kɔnəmist], *s.* economista, ecônomo, administrador.

ECONOMIZE (ISE) [i:'kɔnəmaiz], *v.* economizar; poupar.

ECONOMY [i:'kɔnəmi], *s.* economia; moderação, parcimônia; organização; ordem, método.

ECSTASY ['ekstəsi], *s.* êxtase, enlevo, arrebatamento.

ECSTATIC, AL [eks'tætik, əl], *a.* extático, enlevado, absorto; arrebatador, encantador.

ECTOPLASM ['ektouplæzm], *s.* ectoplasma.

ECUMENIC, AL [i:kju:'menik, əl], *a.* ecumênico; universal.

ECZEMA ['eksimə], *s.* eczema.

ECZEMATOUS [ek'semətəs, ek'zemətəs], *a.* eczematoso.

EDACIOUS [i'deiʃəs], *a.* edaz, voraz, glutão, devorador.

EDDY ['edi], *s.* remoinho, turbilhão; remanso; ressaca. *v.* remoinhar.

EDEMA, OEDEMA [i:'di:mə], *s. pl.* **EDEMATA,** (med.) edema.

EDEMATOUS [i:'di:mətəs], *a.* edematoso.

EDEN ['i:dn], *s.* paraíso, éden.

EDGE [edʒ], *s.* beira, margem, orla, borda; esquina; gume, talho, corte, fio; aspereza, rispidez; espada, arma. *v.* guarnecer, debruar; afiar, amolar; provocar, exasperar, excitar; voltar; impelir; avançar de lado. # *be on edge,* estar nervoso. *edge out,* vencer por margem mínima. *on the edge of,* à borda de. *play with edge tools,* brincar com fogo, ser imprudente. *straight edge,* régua de pedreiro.

EDGED [edʒd], *a.* aguçado, afiado, cortante, pontiagudo.

EDGELESS ['edʒlis], *a.* embotado, cego, sem corte.

EDGEWAYS ['edʒweiz], *adv.* lateralmente, de esguelha, de soslaio; do lado do fio ou gume; de ponta.

EDGEWISE ['edʒwaiz], *V.* **EDGEWAYS.**

EDGING ['edʒiŋ], *s.* galão, orla, debrum; bainha; cercadura, guarnição.

EDGY ['edʒi], *a.* irascível, irritável.

EDIBILITY [edi'biliti], *s.* comestibilidade.

EDIBLE ['edibl], *a.* comível, comestível. *s.* comestível.

EDIBLENESS ['ediblnis], *V.* **EDIBILITY.**

EDICT ['i:dikt], *s.* édito, edital; postura; citação; édito, decreto, ordem.

EDIFICATION [edifi'keiʃən], *s.* edificação, construção; ensino, instrução.

EDIFICE ['edifis], *s.* edifício, casa.

EDIFY ['edifai], *v.* edificar, construir; instruir, doutrinar.

EDILE ['i:dail], *s.* edil.

EDIT ['edit], *v.* editar, publicar; preparar para publicação; revisar, fazer a revisão de.

EDITION [i'diʃən], *s.* edição, publicação, impressão de um livro. # *paperback edition,* livro brochado.

EDITOR ['editə], *s.* redator; compilador; diretor de jornal; editor (desus.).

EDITORIAL [edi'tɔriəl], *a.* editorial. *s.* (E.U.) artigo de fundo = (Ing.) *leading article* ou *leader.* # *editorial publicity* (ou *editorial puff),* publicidade editorial gratuita. *editorial staff,* corpo de redatores.

EDITORSHIP ['editəʃip], *s.* cargo de redator.

EDUCABILITY [edju:kə'biliti], *s.* educabilidade.

EDUCABLE ['edjukəbl], *a.* educável.

EDUCATE ['edju:keit], *v.* instruir, ensinar; educar; criar.

EDUCATION [edju(:)'keiʃən], *s.* instrução, cultura; ensino; educação.

EDUCATIONAL [edju(:)'keiʃənl], *a.* educacional, pedagógico.

EDUCATIONIST [edju(:)'keiʃnist], *s.* educador, mestre; pedagogo.

EDUCATIVE ['edju(:)keitiv], *a.* educativo.

EDUCATOR ['edju(:)keitə], *s.* educador, instrutor, preceptor, mestre.

EDUCE [i:'dju:s], *v.* eduzir, extrair, tirar, deduzir.

EDUCTION [i:'dʌkʃən], *s.* edução, extração, dedução; emissão; (mec.) desprendimento, descarga, escape.

EDUCTOR [i:'dʌktə], *s.* edutor.

EEL [i:l], *s.* enguia.

E'EN [i:n], contração de **EVEN.**

E'ER [ɛə], contração de **EVER.**

EERIE ['iəri], *a.* assustador; estranho, extraordinário; tímido, acanhado.

EERY ['iəri], *V.* **EERIE.**

EFFACE [i'feis], *v.* apagar, borrar; aniquilar, arrasar, destruir; anular; considerar-se pouco importante.

EFFACEABLE [i'feisəbl], *a.* apagável.

EFFACEMENT [i'feismənt], s. extinção; cancelamento.

EFFECT [i'fekt], *s.* efeito, ação, resultado, trabalho; conseqüência, repercussão; realização; eficácia; força; conteúdo, substância; *pl.* os bens, valores; propriedades. *v.* efetuar, executar, operar; produzir, assegurar. # *in effect,* com efeito. *no effects,* sem fundos (cheque). *of no effect,* inútil. *take effect,* entrar em vigor (lei), fazer efeito (remédio, veneno). *to carry into effect,* realizar, efetuar. *to the effect that,* no sentido de que, para que.

EFFECTIVE [i'fektiv], *a.* útil, eficaz, eficiente; ativo; vistoso; (E.U.) em vigor (lei). *s.* pessoa eficaz; (eletr.) eficácia de tensão; (mil.) efetivo.

EFFECTIVELY [i'fektivli], *adv.* com efeito; eficazmente.

EFFECTIVENESS [i'fektivnis], *s.* eficácia; eficiência.

EFFECTUAL [i'fektjuəl], *a.* eficaz, efetivo, eficiente.

EFFEMINACY [i'feminəsi], *s.* efeminação; fraqueza, delicadeza; luxúria.

EFFEMINATE [i'feminit], *a.* efeminado (= afeminado), adamado; delicado, fraco; voluptuoso.

EFFEMINATE [i'femineit], *v.* efeminar (= afeminar).

EFFERENT ['efərənt], *a.* eferente.

EFFERVESCE [efə'ves], *v.* efervescer; espumar.

EFFERVESCENCE [efə'vesns], *s.* efervescência, ebulição.

EFFERVESCENT [efə'vesnt], *a.* efervescente.

EFFETE [e'fi:t], *a.* cansado, esgotado; gasto, usado; estéril, impotente.

EFFICACIOUS [efi'keiʃəs], *a.* eficiente, eficaz; forte; poderoso.

EFFICACIOUSNESS [efi'keiʃəsnis], *s.* eficiência; eficácia.

EFFICACITY, EFFICACY [efi'kæsiti, 'efikəsi], *s.* eficácia; força, energia.

EFFICIENCY [i'fiʃənsi], *s.* eficiência; força, ação; (mec.) potência, rendimento.

EFFICIENT [i'fiʃənt], *a.* eficiente; capaz; enérgico, ativo.

EFFIGY ['efidʒi], *s.* efígie, retrato, imagem, representação.

EFFLORESCE [eflɔ:'res], *v.* eflorescer.

EFFLORESCENCE [eflɔ:'resns], *s.* eflorescência, florescência; (med.) erupção, pústulas.

EFFLORESCENT [eflɔ:'resnt], *a.* eflorescente.

EFFLUENCE ['efluəns], *s.* efluência, eflúvio; exalação, emanação.

EFFLUENT ['efluənt], *a.* efluente.

EFFLUVIA [e'flu:viə], *pl.* de **EFFLUVIUM.**

EFFLUVIUM [e'flu:viəm], *s.* eflúvio; exalação, emanação. *pl.* **EFFLUVIA.**

EFFLUX ['eflʌks], *s.* derrame, fluxo; exalação, desprendimento; efusão.

EFFORT ['efət], *s.* esforço, empenho.

EFFORTLESS ['efətliss], *a.* sem esforço.

EFFRONTERY [e'frʌntəri], *s.* arrogância, desfaçatez, impudência.

EFFULGENCE [e'fʌldʒəns], *s.* fulgor, brilho, resplendor.

EFFULGENT [e'fʌldʒənt], *a.* fulgente, resplandecente, fulgurante.

EFFUSE [e'fju:z], *v.* entornar, efundir, derramar; exalar, emanar.

EFFUSE [e'fju:s], *s.* efuso; entornado, espalhado.

EFFUSION [i'fju:ʒən], *s.* efusão; derramamento; expansão, desafogo; generosidade.

EFFUSIVE [i:'fju:siv], *s.* efusivo, pródigo; expansivo.

EFT [eft], *s.* lagartixa.

E.G. ['i:'dʒi:, fərig'ʒɑ:mpl], *abr.* de *exempli gratia,* por exemplo.

EGAD [i'gæd], *int.* Por Deus! Ora essa!

EGG [eg], *s.* ovo. *v.* colecionar ovos; misturar ou cobrir com ovos; instigar, atiçar (com *on*). # *as sure as eggs,* tão certo como dois e dois são quatro. *bad egg,* indivíduo mau; indivíduo desonesto. *egg beater,* batedor de ovos = whisk; (pop.) helicóptero. *egg bomb,* granada de mão. *egg on,* incitar, instigar. *fried eggs,* ovos fritos. *hard eggs,* ovos cozidos. *lay* (ou *put*) *all one's eggs in one basket,* arriscar tudo, inverter todo o capital em uma única empresa. *poached eggs,* ovos escalfados. *scrambled eggs,* ovos mexidos. *soft boiled eggs,* ovos quentes. *teach one's grandmother to suck eggs* (ou *to knit on the roast*), ensinar aos mais velhos, ensinar o padre-nosso ao vigário. *the white of an egg,* a clara do ovo. *the yolk of an egg,* a gema do ovo.

EGGBAG ['egbæg], *s.* ovário.

EGGBEATER ['egbi:tə], *s.* (gír.) helicóptero.

EGG-FLIP ['egflip], *s.* gemada.

EGG-NOG ['egnɔg], *s.* gemada.

EGGPLANT ['egplɑ:nt], *s.* (E.U.) berinjela = (Ing.) *aubergine.*

EGG-SHELL ['egʃel], *s.* casca de ovo.

EGOISM ['egouizm], *s.* egoísmo.

EGOIST ['egouist], *s.* egoísta.

EGOISTIC, AL [egou'istik, əl], *a.* egoístico.

EGOTISM ['egoutizm], *s.* egotismo; egoísmo.

EGOTIST ['egoutist], *s.* egotista; egoísta.

EGOTISTIC, AL [egou'tistik, əl], *a.* egotista; egoístico.

EGREGIOUS [i'gri:dʒəs], *a.* egrégio, ilustre, insigne; notável; extraordinário.

EGREGIOUSNESS [i'gri:dʒəsnis], *s.* celebridade; distinção, nobreza.

EGRESS ['i:gres], *s.* egressão; saída, partida.

EGRESSION [i:'greʃən], *V.* **EGRESS.**

EGRET ['i:gret], *s.* garçota; pena ou pluma (de garça); penacho, cocar.

EGYPTIAN [i'dʒipʃən], *a.* e *s.* egípcio.

EH [ei], *int.* hein! hem! quê!

EIDER ['aidə], *s.* pato bravo, marinho, das regiões árticas.

EIDOLON [ai'doulɔn], *s.* espectro, fantasma.

EIGHT [eit], *a.* oito.

EIGHTEEN ['ei'ti:n], *a.* dezoito.

EIGHTEENTH ['ei'ti:nθ], *a.* décimo-oitavo.

EIGHTFOLD ['eitfould], *a.* óctuplo.

EIGHTH [eitθ], *a.* oitavo.

EIGHTHLY ['eitθli], *adv.* em oitavo lugar.

EIGHTIETH ['eitiiθ], *a.* octogésimo.

EIGHTY ['eiti], *a.* oitenta.

EIRENICON [ai'ri:nikɔn], *s.* plano para assegurar paz, passo para a paz.

EITHER ['aiðə, 'i:ðə], *a.* e *pron.* qualquer dos dois; um ou outro; ambos; qualquer; cada um. *conj.* ou; quer; ora; também; em qualquer caso; de nenhum modo; tão pouco.

EJACULATE [i'dʒækjuleit], *v.* ejacular, lançar, emitir; proferir jaculatórias; bradar, exclamar.

EJACULATION [idʒækju'leiʃən], *s.* ejaculação, emissão, interjeição, exclamação.

EJACULATORY [i'dʒækjuleitəri], *a.* jaculatório; ejaculatório; exclamatório.

EJECT [i:'dʒekt], *v.* lançar, arremessar, emitir; expelir, expulsar; (med.) evacuar.

EJECTION [i:'dʒəkʃən], *s.* ejeção, dejeção, expulsão, evacuação.

EJECTMENT [i:'dʒektmənt], *s.* expulsão; ordem ou mandado judicial de despejo.

EJECTOR [i:'dʒektə], *s.* ejetor, expulsor.

EKE [i:k], *v.* aumentar, acrescentar, alongar; conseguir, obter; suprir; manter ou produzir com dificuldade. *adv.* também.

EKING ['i:kiŋ], *s.* enchimento; acréscimo.

EL [el], (E.U.) *abr.* de *elevated railway,* ferrovia elevada.

ELABORATE [i'læbəreit], *v.* elaborar; trabalhar com arte.

ELABORATE [i'læbərit], *a.* elaborado; bem trabalhado; apurado, primoroso.

ELABORATENESS [i'læbəritnis], *s.* esmero, cuidado, primor.

ELABORATION [ilæbə'reiʃən], *s.* elaboração.
ELABORATIVE [i'læbəreitiv], *a.* elaborativo.
ELABORATOR [i'læbəreitə], *s.* elaborador.
ELAND ['i:lænd], *s.* (zool.) antílope.
ELAPSE [i'læps], *v.* passar, decorrer, transcorrer (o tempo).
ELASTIC [i'læstik], *s.* e *a.* elástico.
ELASTICITY [elæs'tisiti], *s.* elasticidade. # *cross elasticity,* elasticidade múltipla.
ELATE [i'leit], *v.* exaltar, glorificar; ensoberbecer; envaidecer. *a.* exaltado; soberbo, desvanecido, presunçoso; altivo.
ELATED [i'leitid], *a.* alegre, jubiloso.
ELATION [i'leiʃən], *s.* elevação, altivez, orgulho; exaltação; sublimidade.
ELBOW ['elbou], *s.* (canal.) cotovelo, joelho; canto, ângulo; recanto; esquina; (mar.) meia-volta nas amarras. *v.* acotovelar; empurrar ou abrir passagem com os cotovelos. # *at his elbow,* a seu lado. *elbow grease,* (gír.) esforço, energia. *raise the elbow,* emborcar o copo, beber.
ELBOW-CHAIR ['elbou'tʃɛə], *s.* cadeira de braços = *arm-chair.*
ELDER ['eldə], *s.* ancião; antepassado; dignitário; chefe de uma tribo; oficial superior em algumas igrejas protestantes; (bot.) sabugueiro. *a. comp.* de *old,* mais velho.
ELDER-BERRY ['eldəberi], *s.* baga de sabugueiro.
ELDERLINES ['eldəlinis], *s.* idade madura.
ELDERLY ['eldəli], *a.* de idade madura.
ELDER-WINE ['eldə'wain], *s.* sumo de baga de sabugueiro.
ELDEST ['eldist], *sup.* de *old,* o mais velho.
ELECAMPANE [elikæm'pein], *s.* (bot.) ênula.
ELECT [i'lekt], *s.* e *a.* eleito, preferido, escolhido, predestinado. *v.* eleger, preferir, escolher.
ELECTION [i'lekʃən], *s.* eleição, escolha, predestinação. # *close election,* eleição disputadíssima. *election returns,* resultados eleitorais.
ELECTIONEER [ilekʃə'niə], *v.* fazer campanha eleitoral; solicitar votos, galopinar, cabalar.
ELECTIONEERER [ilekʃə'niərə], *s.* galopim; solicitador de votos; cabo eleitoral.
ELECTIONEERING [ilekʃə'niəriŋ], *s.* manobras eleitorais; galopinagem.
ELECTIVE [i'lektiv], *a.* eletivo; (E.U.) facultativo = (Ing.) *optional.*
ELECTOR [i'lektə], *s.* eleitor.
ELECTORAL [i'lektərəl], *a.* eleitoral.
ELECTORATE [i'lektərit], *s.* eleitorado.
ELECTRIC, AL [i'lektrik, əl], *a.* elétrico. # *electric sign-board,* anúncio luminoso.
ELECTRIC-COLUMN [i'lektrik'kɔləm], *s.* pilha voltaica.
ELECTRICIAN [ilek'triʃən], *s.* eletricista.
ELECTRICITY [ilek'trisiti], *s.* eletricidade.
ELECTRIFIABLE [i'lektrifaiəbl], *a.* eletrizável.
ELECTRIFICATION [ilektrifi'keiʃən], *s.* eletrização; eletrificação.
ELECTRIFY [i'lektrifai], *v.* eletrificar; eletrizar; exaltar, entusiasmar.
ELECTROCARDIOGRAM [ilektrə'ka:diogræm], *s.* eletrocardiograma.
ELECTRO-CHEMISTRY [i'lektrou'kemistri], *s.* eletroquímica.
ELECTROCUTE [i'lektrəkju:t], *v.* eletrocutar.
ELECTROCUTION [ilektrə'kju:ʃən], *s.* eletrocução.
ELECTRODE [i'lektroud], *s.* eletródio.
ELECTRO-DYNAMIC [i'lektroundai'næmik], *a.* eletrodinâmico.
ELECTRO-DYNAMICS [i'lektroudai'næmiks], *s.* eletrodinâmica.
ELECTROLIER [ilektrou'liə], *s.* lustre, candelabro elétrico.
ELECTROLYSIS [ilek'trɔlisis], *s.* eletrólise.
ELECTROLYTE [i'lektrolait], *s.* eletrólito.
ELECTROLYTIC [ilektro'litik], *s.* eletrolítico.
ELECTRO-MAGNET [i'lektrou'mægnit], *s.* eletromagnete.
ELECTRO-MAGNETIC [i'lektroumæg'netik], *a.* eletromagnético.
ELECTRO-MAGNETISM [i'lektrou'mægnitizm], *s.* eletromagnetismo..
ELECTROMETER [ilek'trɔmitə], *s.* eletrômetro.
ELECTRO-MOTOR [i'lektrou'moutə], *s.* motor elétrico.
ELECTRON [i'lektrɔn], *s.* eléctron (= eletron).
ELECTRONICS [ilek'trɔniks], *s.* eletrônica.
ELECTROPHONE [i'lektrəfoun], *s.* eletrofone.
ELECTROPHORUS [ilek'trɔfərəs], *s.* eletróforo.
ELECTROPLATING [i'lektrou'pleitiŋ], *s.* (ofic.) galvanoplastia.

ELECTROSCOPE [i'lektrəskoup], *s.* eletroscópio.

ELECTROSTATIC [i'lektrou'stætik], *a.* eletrostático.

ELECTRO-THERAPEUTICS [i'lektrouθerə'pju:tiks], *s.* eletroterapêutica.

ELECTRO-THERAPY [i'lektrou'θerəpi], *s.* eletroterapia.

ELECTROTYPE [i'lektrotaip], *s.* eletrótipo.

ELECTROTYPY [i'lektrotaipi], *s.* eletrotipia.

ELECTRUM [i'lektrəm], *s.* eletro (= electro).

ELECTUARY [i'lektjuəri], *s.* (fam.) eletuário.

ELEEMOSINARY [elii:'mɔsinəri], *a.* caritativo, de caridade; de graça; beneficente.

ELEGANCE ['eligəns], *s.* elegância, graça; distinção, delicadeza; refinamento.

ELEGANT ['eligənt], *a.* elegante, grandioso; distinto; gentil; polido; (E.U.) excelente.

ELEGIAC, AL [eli'dʒaiək, əl], *a.* elegíaco.

ELEGIST ['elidʒist], *s.* poeta elegíaco.

ELEGY ['elidʒi], *s.* elegia.

ELEMENT ['elimənt], *s.* elemento; célula; princípio fundamental, base; meio ambiente; fator; (quím.) átomo; corpo simples; (eletr.) elemento; *pl.* rudimentos, princípios, elementos; os antigos quatro elementos (terra, água, fogo, ar).

ELEMENTAL [eli'mentl], *a.* elemental; elementar, elementário, rudimentar.

ELEMENTARY [eli'mentəri], *a.* elementar, primário, rudimentar, simples.

ELEPHANT ['elifənt], *s.* elefante. # *bull elephant,* elefante. *cow elephant,* elefanta. *white elephant,* presente de grego.

ELEPHANTIASIS [elifæn'taiəsis], *s.* elefantíase.

ELEPHANTINE [eli'fæntain], *a.* elefântico, elefantino.

ELEVATE ['eliveit], *v.* elevar, erguer; alçar; entusiasmar, animar, exaltar; excitar; alegrar, elogiar; ensoberbecer.

ELEVATED ['eliveitid], *a.* elevado; alto; exaltado; sublime, nobre; (fam.) ébrio. *s.* (col.) "elevado", estrada de ferro elevada, trem elevado.

ELEVATION [eli'veiʃən], *s.* elevação; altura; altitude; sublimidade, magnanimidade; orgulho, exaltação; alçado (desenho).

ELEVATOR ['eliveitə], *s.* (E.U.) elevador, ascensor = (Ing.) *lift;* (E.U.) armazém, depósito de cereais; (av.) aparelho que regula a ascensão dos aeroplanos; (anat.) eretor; (odont.) elevador, alavanca (para raízes). # *elevator boy, elevator runner, elevator operator,* (E.U.) ascensorista, cabineiro (do elevador). *elevator shaft,* (E.U.) poço do elevador.

ELEVATORY ['eliveitəri], *a.* elevatório.

ELEVEN [i'levn], *a.* onze.

ELEVENTH [i'levnθ], *a.* undécimo.

ELF [elf], *s.* elfo, gnomo; gênio; duende; demônio; feiticeira; bruxa; anão.

ELF-FIRE ['elffaiə], *s.* fogo-fátuo.

ELFIN ['elfin], *s.* duendezinho, anão; criança travessa, diabrete. *a.* relativo aos duendes.

ELFISH ['elfiʃ], *a.* próprio de espírito ou de duendes; maligno; travesso; reservado, misterioso.

ELICIT [i'lisit], *v.* fazer sair; retirar; deduzir, descobrir; obter gradualmente.

ELIDE [i'laid], *v.* elidir, suprimir, eliminar (uma vogal); refutar.

ELIGIBILITY [elidʒə'biliti], *s.* elegibilidade.

ELIGIBLE ['elidʒəbl], *a.* elegível; preferível; desejável.

ELIMINATE [i'limineit], *v.* eliminar, suprimir; expulsar, banir; excluir.

ELIMINATION [ilimi'neiʃən], *s.* eliminação; banimento, expulsão; exclusão.

ELISION [i'liʒən], *s.* elisão.

ELIXIR [i'liksə], *s.* elixir.

ELIZABETHAN [ilizə'bi:θən], *a.* e *s.* elisabetano.

ELK [elk], *s.* (zool.) alce.

ELL [el], *s.* certa medida de comprimento (45 polegadas); (E.U.) anexo a um edifício, que forma com o mesmo o desenho de um *L;* (hidr.) ele, tubo em *L.*

ELLIPSE [i'lips], *s.* (geom.) elipse.

ELLIPSIS [i'lipsis], *s.* (gram.) elipse.

ELLIPSOID [i'lipsɔid], *s.* elipsóide.

ELLIPSOIDAL [eli'psɔidl], *a.* elipsoidal.

ELLIPTIC, AL [i'liptik, əl], *a.* elíptico.

ELLIPTICITY [elip'tisiti], *s.* elipticidade.

ELM [elm], *s.* (bot.) olmo, olmeiro.

ELOCUTION [elə'kju:ʃən], *s.* elocução; estilo; expressão; eloqüência; declamação.

ELOCUTIONARY [elə'kju:ʃnəri], *a.* declamatório.

ELOCUTIONIS [elə'kju:ʃnist], *s.* mestre de eloqüência; declamador.

ELONGATE ['i:lɔŋgeit], *v.* alongar, prolongar, estender; afastar; prorrogar; alongar-se, estender-se, afastar-se.

ELONGATION [i:lɔŋ'geiʃən], *s.* prolongamento; afastamento; separação; extensão; (astr.) elongação; (cir.) luxação imperfeita.

ELOPE [i'loup], *v.* fugir (com namorado); evadir-se, escapar-se.

ELOPEMENT [i'loupmənt], *s.* fuga, evasão.

ELOQUENCE ['eləkwəns], *s.* eloqüência.

ELOQUENT ['eləkwənt], *a.* eloqüente.

ELSE [els], *a.* outro. *adv.* além de. *conj.* ou; senão; de outra forma, de outro modo.

ELSEWHERE ['els'wεə], *adv.* noutra parte, em qualquer outra parte, alhures.

ELUCIDATE [i'lu:sideit], *v.* elucidar, esclarecer, explicar; ilustrar.

ELUCIDATION [ilu:si'deiʃən], *s.* elucidação, explicação, esclarecimento; ilustração.

ELUCIDATIVE [i'lu:sideitiv], *a.* elucidativo, explicativo.

ELUCIDATOR [i'lu:sideitə], *s.* elucidador, explicador.

ELUCIDATORY [i'lu:sideitəri], *a.* elucidativo.

ELUDE [i'lu:d], *v.* iludir, enganar, lograr; eludir, evitar, esquivar-se; tergiversar.

ELUSION [i'lu:ʒən], *s.* ilusão; engano; subterfúgio, ardil, estratagema, artifício.

ELUSIVE [i'lu:siv], *a.* ilusório; ardiloso; evasivo, esquivo.

ELUSIVENESS [i'lu:sivnis], *s.* ilusão; engano; logro.

ELUSORY [i'lu:səri], *a.* ilusório, ardiloso, simulado, fraudulento.

ELVES [elvz], *pl.* de **ELF.**

EMACIATE [i'meiʃieit], *v.* emaciar, emagrecer; definhar, enfraquecer; extenuar.

EMACIATION [imeisi'eiʃən], *s.* emaciação, emagrecimento; magreza; enfraquecimento; extenuação.

EMANATE ['emənei t], *v.* emanar, provir; proceder, originar-se, derivar de.

EMANATION [emə'neiʃən], *s.* emanação; proveniência.

EMANATIVE ['eməneitiv], *a.* emanante.

EMANCIPATE [i'mænsipeit], *v.* emancipar, libertar, livrar.

EMANCIPATION [imænsi'peiʃən], *s.* emancipação, libertação; alforria; despreocupação, resgate.

EMANCIPATOR [i'mænsipeitə], *s.* emancipador, libertador.

EMASCULATE [i'mæskjulit], *a.* efeminado (= afeminado), adamado; enfraquecido; castrado.

EMASCULATE [i'mæskjuleit], *v.* castrar, emascular.

EMASCULATION [imæskju'leiʃən], *s.* castração, emasculação.

EMBALM [im'bɑ:m], *v.* embalsamar; conservar; perfumar.

EMBALMER [im'bɑ:mə], *s.* embalsamador.

EMBALMMENT [im'bɑ:mmənt], *s.* embalsamamento.

EMBANK [im'bænk], *v.* terraplenar, aterrar; represar.

EMBANKMENT [im'bænkmənt], *s.* terrapleno, aterro; dique, represa.

EMBARCATION [embɑ:'keiʃən], *V.* **EMBARKATION.**

EMBARGO [em'bɑ:gou], *s.* embargo, detenção; proibição. *v.* embargar, impedir, deter; proibir.

EMBARK [im'bɑ:k], *v.* embarcar; arriscar-se, aventurar-se. # *embark in* ou *on (business,* etc.), inverter capital em; tomar parte em. *embark for,* embarcar para.

EMBARKATION [embɑ:'keiʃən], *s.* embarque, embarcamento.

EMBARRASS [im'bærəs], *v.* embaraçar, estorvar, incomodar, dificultar; desconcertar, perturbar.

EMBARRASSING [im'bærəsiŋ], *a.* embaraçoso, constrangedor.

EMBARRASSMENT [im'bærəsmənt], *s.* embaraço, obstáculo, estorvo; apuros, dificuldades; perplexidade.

EMBASSY ['embəsi], *s.* embaixada.

EMBATTLE [im'bætl], *v.* amear, guarnecer de ameias, fortificar; formar em batalha.

EMBED [im'bed], *v.* entalhar, encaixar, ensamblar, emalhetar, embutir, incrustar; pôr, meter; enterrar; implantar.

EMBEDMENT [im'bedmənt], *s.* encaixe, embutidura, incrustação.

EMBELLISH [im'beliʃ], *v.* embelezar, aformosear; enfeitar, adornar, ornamentar, decorar.

EMBELLISHER [im'beliʃər], *s.* embelezador; decorador.

EMBELLISHMENT [im'beliʃmənt], *s.* embelezamento; decoração, ornamentação; adorno, ornato, enfeite.

EMBER ['embə], *s.* brasa; período regular de tempo; *pl.* rescaldo; borralho; cinzas.

EMBER-DAYS ['embədeiz], *s.* as Quatro Têmporas.

EMBEZZLE [im'bezl], *v.* apropriar-se indevidamente, usurpar; defraudar; desviar, extraviar.

EMBEZZLEMENT [im'bezlmənt], *s.* apropriação indébita; desfalque, desvio, peculato; dissipação.

EMBEZZLER [im'bezlə], *s.* desfalcador, defraudador; peculatário, estelionatário.

EMBITTER [im'bitə], *v.* amargar; envenenar (moralmente); exasperar, amargurar.

EMBITTERMENT [im'bitəmənt], *s.* ação de tornar amargo.

EMBLAZON [im'bleizən], *v.* brasonar; esmaltar com cores brilhantes; ornar; alardear, proclamar, exaltar, blasonar.

EMBLAZONMENT [im'bleizənmənt], *s.* brasão; ato de brasonar ou esmaltar.

EMBLAZONRY [im'bleizənri], *s.* brasão; arte de brasonar.

EMBLEM ['embləm], *s.* emblema, insígnia, símbolo, divisa; mosaico.

EMBLEMATIC, AL [embli'mætik, əl], *a.* simbólico, emblemático.

EMBODIMENT [im'bɔdimənt], *s.* personificação; encarnação; incorporação.

EMBODY [im'bɔdi], *v.* personificar; encarnar; incorporar; juntar, sintetizar, englobar; unir-se; incorporar-se.

EMBOLDEN [im'bouldən], *v.* animar, estimular, encorajar.

EMBOSOM [im'buzəm], *v.* colocar no seio; esconder, ocultar; envolver; proteger.

EMBOSS [im'bɔs], *v.* lavrar ou gravar em relevo; incrustar, embutir; estampar, realçar.

EMBOSSER [im'bɔsə], *s.* gravador em relevo.

EMBOSSING [im'bɔsiŋ], *s.* gravura em relevo.

EMBOSSMENT [im'bɔsmənt], *s.* obra de relevo; realce; relevo.

EMBOUCHURE [ɔmbu'ʃuə], *s.* embocadura, bocal (de instrumento); desembocadura (de um rio).

EMBOWEL [im'bauəl], *v.* estripar, desentranhar; encerrar; enterrar.

EMBOWER [im'bauə], *v.* emparrar, cobrir com folhagem, copar; abrigar.

EMBRACE [im'breis], *s.* abraço. *v.* abraçar; cingir, rodear; abarcar, compreender, abranger; conter; adotar, aceitar, admitir; tentar corromper o júri.

EMBRACEMENT [im'breismənt], *s.* abraço.

EMBRACER [im'breisə], *s.* abraçador; o que pretende subornar o júri.

EMBRASURE [im'breiʒə], *s.* seteira; canhoneira; vão de porta ou janela.

EMBROCATE ['embrokeit], *v.* (med.) embrocar; fomentar, aplicar linimentos.

EMBROCATION [embro'keiʃən], *s.* embrocação, fomentação; linimento.

EMBROIDER [im'brɔidə], *v.* bordar; adornar, enfeitar.

EMBROIDERER [im'brɔidərə], *s.* bordador, bordadeira.

EMBROIDERY [im'brɔidəri], *s.* bordadura; bordado; ornamento. # *cross-stitch embroidery,* bordado em ponto de cruz. *fish-bone embroidery,* bordado em ponto de espinha de peixe. *pearl embroidery,* bordado a miçanga.

EMBROIL [im'brɔil], *v.* perturbar, transtornar; embrulhar, confundir, embaraçar; intrigar, enredar.

EMBROILMENT [im'brɔilment], *s.* perturbação; confusão; intriga.

EMBRYO ['embriou], *s.* embrião, feto; germe; rudimento, princípio.

EMBRYON ['embriɔn], *V.* **EMBRYO.**

EMBRYONIC [embri'ɔnik], *a.* embrionário.

EMCEE ['em'si:], (E.U.) *abr.* de *master of ceremonies,* mestre de cerimônias.

EMEND [i'mend], *v.* emendar, corrigir.

EMENDABLE [i:'mendəbl], *a.* emendável, corrigível, reparável.
EMENDATE [i:'mendeit], *v.* emendar.
EMENDATION [i:men'deiʃən], *s.* emenda, correção.
EMENDATOR [i:'mendeitə], *s.* emendador.
EMENDATORY [i:'mendətəri], *a.* próprio para emendar.
EMERALD ['emerəld], *s.* esmeralda; cor de esmeralda.
EMERGE [i'mə:dʒ], *v.* emergir; elevar-se; sair; aparecer, surgir; brotar.
EMERGENCE [i'mə:dʒəns], *s.* emergência, aparição; saída, emersão.
EMERGENCY [i'mə:dʒənsi], *s.* emergência; caso, acidente, acontecimento; necessidade urgente.
EMERGENT [i'mə:dʒənt], *a.* emergente; inesperado, repentino, urgente, crítico; procedente de.
EMERITUS [i:'meritəs], *s.* e *a.* aposentado; emérito; jubilado.
EMERSION [i:'mə:ʃən], *s.* emersão; (astr.) reaparição.
EMERY ['eməri], *s.* esmeril.
EMERY-PAPER ['eməripeipə], *s.* lixa de esmeril.
EMERY-WHEEL ['eməri'wi:l], *s.* rebolo de esmeril.
EMETIC [i'metik], *s.* vomitório *a.* vomitivo, emético.
EMEUTE [ei'mə:t], *s.* sublevação, tumulto.
EMIGRANT ['emigrənt], *s.* e *a.* emigrante; refugiado.
EMIGRATE ['emigreit], *v.* emigrar. # *emigrate from,* emigrar de. *emigrate to* ou *into,* emigrar para.
EMIGRATION [emi'greiʃən], *s.* emigração.
EMIGRATOR ['emigreitə], *s.* emigrante.
EMIGRATORY ['emigreitəri], *a.* emigratório.
EMINENCE ['eminəns], *s.* eminência, altura, elevação, distinção, superioridade, excelência; eminência (título).
EMINENT ['eminənt], *a.* eminente, supremo; notável, famoso; ilustre.
EMINENTLY ['eminəntli], *adv.* eminentemente.
EMISSARY ['emisəri], *s.* emissário; mensageiro; espião, agente secreto; cano de esgoto. *a.* pertencente ao emissário; enviado.
EMISSION [i'miʃən], *s.* emissão; saída; ejaculação.
EMISSIVE [i'misiv], *a.* emissivo.
EMIT [i'mit], *v.* emitir, exalar; lançar; arrojar; espalhar; publicar; despedir; pôr em circulação.
EMMET ['emit], *s.* formiga.
EMOLLIENT [i'mɔliənt], *s.* e *a.* emoliente.
EMOLUMENT [i'mɔljumənt], *s.* emolumento, lucro, gratificação; utilidade, proveito.
EMOTION [i'mouʃən], *s.* emoção, comoção; agitação, alvoroço; sensação.
EMOTIONAL [i'mouʃnl], *a.* emocional, impressionante; sentimental.
EMOTIONLESS [i'mouʃnlis], *a.* sem emoção; insensível.
EMOTIVE [i'moutiv], *a.* emotivo; impressionável.
EMPANNEL, IMPENNAL [im'penəl], *v.* formar lista de jurados; constar da lista de jurados.
EMPEROR ['empərə], *s.* imperador; variedade de borboletas.
EMPHASIS ['emfəsis], *s.* ênfase, realce.
EMPHASIZE (ISE) ['emfəsaiz], *v.* pôr ênfase, realçar, acentuar, carregar.
EMPHATIC, AL [im'fætik, əl], *a.* enfático, enérgico, expressivo; categórico, positivo; forte, poderoso; vivo.
EMPHATICALLY [im'fætikəli], *adv.* enfaticamente; claramente; inegavelmente.
EMPIRE ['empaiə], *s.* império.
EMPIRIC [em'pirik], *s.* curandeiro, charlatão. *a.* empírico.
EMPIRICAL [em'pirikəl], *a.* empírico.
EMPIRICISM [em'pirisizm], *s.* empirismo.
EMPLACEMENT [im'pleismənt], *s.* colocação; disposição dos canhões numa fortaleza.
EMPLOY [im'plɔi], *s.* ocupação, emprego, cargo, ofício, negócio. *v.* empregar, dar trabalho, ocupar-se; servir-se de.
EMPLOYABLE [im'plɔiəbl], *a.* empregável.
EMPLOYEE [emplɔi'i:], *s.* empregado. # *probationary employee,* empregado em caráter experimental.
EMPLOYER [im'plɔiə], *s.* empregador, chefe, patrão; empresário; comitente.
EMPLOYMENT [im'plɔimənt], *s.* emprego, cargo, função, ocupação; serviço, uso, aplicação.
EMPLOYMENT AGENCY [im'plɔimənt 'eidʒənsi], *V.* **EMPLOYMENT OFFICE.**

EMPLOYMENT OFFICE [im'plɔimənt 'ɔfis], *s.* (E.U.) agência de empregos = (Ing.) *registry office.*

EMPORIUM [em'pɔriəm], *s.* empório; bazar; armazém; mercado; praça comercial.

EMPOWER [im'pauə], *v.* autorizar; empossar; comissionar, habilitar, facultar; dar poderes.

EMPRESS ['empris], *s.* imperatriz.

EMPTIER ['emptiə], *s.* esvaziador.

EMPTINESS ['emptinis], *s.* vácuo, vacuidade, vazio; nulidade, futilidade.

EMPTY ['empti], *v.* evacuar, esvaziar, despejar; desocupar; descarregar; esgotar; vazar-se, esgotar-se. *a.* vão, inútil; oco; vago, vazio, desocupado; fútil, superficial. # *on an empty stomach,* em jejum.

EMPTY-HANDED ['empti'hændid], *a.* de mãos vazias, de mãos abanando.

EMPTY-HEADED ['empti'hedid], *a.* ignorante, néscio, parvo.

EMU ['i:mju:], *s.* ema; avestruz da Austrália.

EMULATE ['emjuleit], *v.* emular, rivalizar; imitar.

EMULATION [emju'leiʃən], *s.* emulação, rivalidade, concorrência.

EMULATIVE ['emjuleitiv], *s.* emulativo.

EMULATOR ['emjuleitə], *s.* êmulo, competidor, rival; imitador.

EMULOUS ['emjuləs], *a.* êmulo, rival, antagonista.

EMULSIFY [i'mʌlsifai], *v.* emulsionar.

EMULSION [i'mʌlʃən], *s.* emulsão. (petr.) *steam emulsion,* emulsividade por vapor.

EMUNCTORY [i'mʌŋ(k)təri], *s.* emunctório. *a.* excretório, excretor.

ENABLE [i'neibl], *v.* capacitar, habilitar, permitir, proporcionar.

ENACT [i'nækt], *v.* decretar, promulgar, ordenar; aprovar; cumprir, executar, desempenhar, efetuar; representar.

ENACTIVE [i'næktiv], *a.* que pode decretar, ordenar ou promulgar.

ENACTMENT [i'næktmənt], *s.* decreto; lei, ordem; estatuto; promulgação; determinação; legalização.

ENACTOR [i'næktə], *s.* autor; legislador; executor.

ENAMEL [i'næməl], *v.* esmaltar, laquear; adornar. *s.* esmalte; adorno.

ENAMELLER [i'næmələ], *s.* esmaltador.

ENAMELLING [i'næməliŋ], *s.* esmaltagem.

ENAMO(U)R [i'næmə], *v.* enamorar, encantar.

ENAMO(U)RED [i'næməd], *a.* enamorado, encantado.

ENCAGE [in'keidʒ], *v.* enjaular, engaiolar, encerrar, encarcerar.

ENCAMP [in'kæmp], *v.* acampar.

ENCAMPMENT [in'kæmpmənt], *s.* acampamento; arraial; campo.

ENCASE [in'keis], *v.* encaixar; envolver.

ENCASH [in'kæʃ], *v.* cobrar; receber.

ENCASHMENT [in'kæʃmənt], *s.* cobrança; recebimento.

ENCEINTE [ɑ:n'sænt], *a.* prenhe, grávida, pejada. *s.* recinto de fortaleza.

ENCEPHALIC [enke'fælik, ense'fælik], *a.* encefálico.

ENCEPHALITIS [enkefə'laitis, ensefə'laitis], *s.* encefalite.

ENCHAIN [in'tʃein], *v.* encadear, acorrentar, algemar; dominar, sujeitar, subjugar.

ENCHAINMENT [in'tʃeinmənt], *s.* encadeamento, ligação, concatenação, conexão.

ENCHANT [in'tʃɑ:nt], *v.* encantar, enfeitiçar; deleitar, seduzir, arrebatar.

ENCHANTER [in'tʃɑ:ntə], *s.* feiticeiro; encantador, sedutor.

ENCHANTING [in'tʃɑ:ntiŋ], *a.* encantador.

ENCHANTMENT [in'tʃɑ:ntmənt], *s.* encantamento; feitiço, encanto, sedução, fascinação.

ENCHASE [in'tʃeis], *v.* embutir, incrustar, engastar.

ENCIRCLE [in'sə:kl], *v.* cercar, rodear, circundar; cingir, abraçar; escoltar, acompanhar.

ENCLASP [in'klɑ:sp], *v.* cingir, acolchetar, abrochar.

ENCLITIC [in'klitik], *s.* (gram.) enclítica. *a.* (gram.) enclítico.

ENCLOSE [in'klouz], *v.* cingir, rodear; cercar, murar, circunvalar; fechar, tapar; incluir, encerrar, conter.

ENCLOSER [in'klouzə], *s.* muro, valado, cerca; o que cerca.

ENCLOSURE [in'klouʒə], *s.* cercado, valado; recinto; sebe; inclusão, conteúdo; (com.) anexos de uma carta.

ENCOMPASS [in'kʌmpəs], *v.* rodear, circundar, cercar, encerrar, incluir; abarcar; abraçar, cingir.

ENCORE [ɔŋ'kɔ:, ɔŋ'kɔə], *int.* bis! *s.* (teat.) repetição. *v.* bisar.

ENCOUNTER [in'kauntə], *s.* encontro, embate, choque; peleja, conflito, combate, luta; desafio. *v.* encontrar; atacar-se, encontrar-se; pelejar, combater, lutar; investir, acometer.

ENCOURAGE [in'kʌridʒ], *v.* encorajar, animar, estimular, fomentar.

ENCOURAGEMENT [in'kʌridʒmənt], *s.* estímulo, ânimo, incitação, fomento.

ENCOURAGER [in'kʌridʒə], *s.* animador, instigador, favorecedor.

ENCOURAGING [in'kʌridʒiŋ], *a.* alentador, animador.

ENCROACH [in'kroutʃ], *v.* passar os limites, abusar; traspassar; transgredir; usurpar, invadir; imiscuir-se.

ENCROACHER [in'kroutʃə], *s.* invasor; usurpador.

ENCROACHING [in'kroutʃiŋ], *a.* intruso, usurpador.

ENCROACHMENT [in'kroutʃmənt], *s.* invasão; usurpação; intrusão; abuso.

ENCRUST [in'krʌst], *v.* incrustar, embutir.

ENCUMBER [in'kʌmbə], *v.* sobrecarregar; embaraçar, estorvar, obstruir, impedir; amontoar, endividar.

ENCUMBRANCE [in'kʌmbrəns], *s.* obstáculo, embaraço, estorvo; carga; hipoteca.

ENCYCLIC, AL [en'siklik, əl], *s.* encíclica. *a.* encíclico.

ENCYCLOPAEDIA [ensaiklo'pi:diə], *s.* enciclopédia.

ENCYCLOPAEDIC, AL [ensaiklo'pi:dik, əl], *a.* enciclopédico.

ENCYCLOPAEDISM [ensaiklo'pi:dizm], *s.* enciclopedismo.

ENCYCLOPAEDIST [ensaiklo'pi:dist], *s.* enciclopedista.

ENCYCLOPEDIA [ensaiklo'pi:diə], *V.* **ENCYCLOPAEDIA.**

END [end], *v.* acabar, concluir, finalizar, cessar, terminar; decidir; matar, destruir; acabar-se, morrer. *s.* fim, extremidade, termo; final; intento, finalidade; proveito; limite; resultado, conclusão; objeto; fragmento; morte. # *be at a loose end,* estar desocupado, sem trabalho; estar desempregado; não saber como encher o tempo. *be at one's wit's end,* não saber o que fazer, estar em situação embaraçosa. *bring to an end,* concluir. *come to an end,* terminar. *dead end job,* emprego sem possibilidade de promoção. *end mill,* (maq.) fresa de topo. *ends of the earth,* confins da terra; locais remotos. *end up,* (col.) terminar. *fight to the bitter end,* lutar até o último cartucho. *from end to end,* de fio a pavio. *go off the deep end,* perder a cabeça, desatinar. *in the end,* afinal. *make an end of,* pôr termo a. *make (both) ends meet,* viver dos próprios recursos, viver dentro do próprio orçamento, sem contrair dívidas. *put an end to,* pôr fim a. *to the end that,* a fim de que. *turn end over end,* soçobrar.

ENDANGER [in'deindʒə], *v.* arriscar, expor, pôr em perigo, comprometer.

ENDEAR [in'diə], *v.* fazer amar ou estimar; encarecer.

ENDEARING [in'diəriŋ], *a.* carinhoso, afetuoso.

ENDEARMENT [in'diəmənt], *s.* ternura, afeto, carinho; carícia.

ENDEAVO(U)R [in'devə], *s.* esforço, empenho; diligência, cuidado· tentativa. *v.* esforçar-se; intentar; procurar, diligenciar.

ENDEMIC, AL [en'demik, əl], *a.* endêmico.

ENDERMIC, AL [en'də:mik, əl], *a.* endérmico.

ENDING ['endiŋ], *s.* fim, conclusão; desenlace; (gram.) desinência, terminação.

ENDIVE ['endiv], *s.* (bot.) escarola, chicória lisa; (E.U.) endívia, chicória crespa.

ENDLESS ['endlis], *a.* interminável, incessante, sem fim, infinito; eterno, perpétuo.

ENDLESSNESS ['endlisnis], *s.* perpetuidade; infinidade; redondeza.

ENDLONG ['endlɔŋ], *adv.* estendido em linha reta, ao comprido.

ENDMOST ['endmoust], *a.* o mais distante ou afastado.

ENDOCRINE ['endoukrain], *a.* endócrino.

ENDOGAMY [en'dɔgəmi], *s.* endogamia.

ENDORSE [in'dɔ:s], *v.* endossar; sancionar, rubricar, confirmar; abonar.

ENDORSEE [endɔ:'si:], *s.* endossado, endossatário; portador de uma letra endossada.

ENDORSEMENT [in'dɔ:smənt], *s.* endosso; sanção; confirmação, visto, rubrica.

ENDORSER [in'dɔ:sə], *s.* endossante, endossador.

ENDOW [in'dau], *v.* doar, dotar; favorecer; fundar; enriquecer.

ENDOWER [in'dauə], *s.* doador.

ENDOWMENT [in'daumənt], *s.* doação, dote, dotação; fundação; prenda, dom; qualidades, dotes; seguro dotal.

ENDUE [in'dju:], *v.* dotar, privilegiar; vestir; assumir; investir.

ENDURABLE [in'djuərəbl], *a.* sofrível, suportável, aturável.

ENDURANCE [in'djuərəns], *s.* tolerância, paciência, sofrimento; resistência; duração.

ENDURE [in'djuə], *v.* resistir, agüentar, aturar, suportar; sofrer; durar, perdurar; ter paciência.

ENDURER [in'djuərə], *s.* sofredor; tolerante, paciente.

ENDURING [in'djuəriŋ], *a.* duradouro, permanente, durável; constante; paciente, tolerante.

ENDWAYS, ENDWISE ['endweiz, 'endwaiz], *adv.* perpendicularmente, verticalmente; de pé; direito.

ENEMA ['enimə, i'ni:mə], *s.* enema, clister.

ENEMY ['enimi], *s.* inimigo, adversário; o demônio. # *how goes the enemy?* (col.) quantas horas são?

ENERGETIC, AL [enə'dʒetik, əl], *a.* enérgico, eficaz, ativo.

ENERGIZE (ISE) ['enədʒaiz], *v.* excitar, dar energia; trabalhar com energia.

ENERGY ['enədʒi], *s.* energia, força, atividade, vigor. # *with clenched energy,* com energia concentrada.

ENERVATE ['enəveit], *v.* enervar; enfraquecer, debilitar; cortar os nervos.

ENERVATION [enə'veiʃən], *s.* enervação; abatimento, debilitação, enfraquecimento; fraqueza.

ENFEEBLE [in'fi:bl], *v.* depauperar, enfraquecer.

ENFEEBLEMENT [in'fi:blmənt], *s.* enfraquecimento, depauperamento; desfalecimento.

ENFEOFF [in'fef, in'fi:f], *v.* enfeudar.

ENFEOFFMENT [in'fefmənt, in'fi:fmənt], *s.* enfeudação.

ENFILADE [enfi'leid], *v.* (mil.) varrer a tiros. *s.* enfiada, fileira, série; (mil.) fogo de enfiada.

ENFOLD [in'fould], *v.* rodear, cercar; cingir, abraçar; embrulhar, envolver; incluir.

ENFOLDMENT [in'fouldmənt], *s.* ação de envolver.

ENFORCE [in'fɔ:s], *v.* forçar; violentar; obrigar, compelir; fazer cumprir, impor; observar ou executar (uma lei); reforçar; firmar (bandeira).

ENFORCED [in'fɔ:st], *a.* forçado; violentado.

ENFORCEMENT [in'fɔ:smənt], *s.* coação, imposição; execução de uma lei; força, violência; reforço.

ENFRANCHISE [in'fræntʃaiz], *v.* franquear, emancipar, libertar; adotar; conceder direitos civis, naturalizar.

ENFRANCHISEMENT [in'fræntʃizmənt], *s.* franquia, independência; libertação, alforria; naturalização; direito de cidadão.

ENGAGE [in'geidʒ], *v.* apalavrar, ajustar; alugar; escriturar; comprometer-se; arriscar; empregar, ocupar-se; assalariar; contratar; atrair; persuadir; convidar; (mil.) combater, pelejar, entrar em luta; dar a palavra, empenhar-se, obrigar-se; lutar; atacar; vir às mãos; prometer casamento, ficar noivo.

ENGAGED [in'geidʒd], *a.* comprometido; atarefado; (mec.) engrenado.

ENGAGEMENT [in'geidʒmənt], *s.* contrato, ajuste; compromisso; obrigação, convite; empenho; promessa de casamento; ocupação; (mil.) luta, combate; (maq.) engatamento; acoplamento. # *break off an engagement,* romper um noivado. *meet engagements,* (com.) satisfazer compromissos.

ENGAGER [in'geidʒə], *s.* o que se obriga ou promete.

ENGAGING [in'geidʒiŋ], *a.* simpático, encantador, sedutor, atraente.

ENGENDER [in'dʒendə], *v.* engendrar; gerar, procriar; causar.

ENGINE ['endʒin], *s.* máquina, locomotiva, motor; maquinismo, mecanismo; estratagema, artifício; instrumento, meio, agente. *v.* usar ou prover de máquinas. # *engine lathe,* (maq.) torno mecânico. *kill the engine!* desligue o motor! *V-tipe engine,* (mec.) motor em V.

ENGINE-DRIVER ['endʒindraivə], *s.* maquinista (de trem) = (E.U.) *engineer, railroad engineer.*

ENGINEER [endʒi'niə], *s.* engenheiro; mecânico; (E.U.) maquinista (de trem ou navio), = (Ing.) *engine-driver. v.* guiar, conduzir, dirigir ou executar (construções); manejar; inventar; exercer a carreira de engenheiro. # *engineer's wrench,* chave de maquinista.

ENGINEERING [endʒi'niəriŋ], *s.* engenharia; condução, direção; manejo.

ENGINERY ['endʒinəri], *s.* maquinaria; artilharia.

ENGIRD [in'gə:d], *v.* cercar, rodear, cingir.

ENGLAND ['iŋglənd], *s.* Inglaterra.

ENGLANDER ['iŋgləndə], *s.* inglês.

ENGLISH ['iŋgliʃ], *a.* inglês. *s.* a língua inglesa; o povo inglês, os ingleses. # *broken English,* mau inglês, inglês errado, mal falado.

ENGLISH ['iŋgliʃ], *v.* inglesar; traduzir para o inglês ou verter para o inglês.

ENGLISHMAN ['iŋgliʃmən], *s.* inglês.

ENGLISHMEN ['iŋgliʃmən], *s.* ingleses.

ENGLISHWOMAN ['iŋgliʃwumən], *s.* inglesa.

ENGLISHWOMEN ['iŋgliʃwimin], *s.* inglesas.

ENGRAFT [in'grɑ:ft], *v.* enxertar; imprimir, gravar.

ENGRAFTMENT [in'grɑ:ftmənt], *s.* enxerto.

ENGRAIN [in'grein], *v.* tingir de escarlate.

ENGRAVE [in'greiv], *v.* gravar (na memória); esculpir, cinzelar, gravar, imprimir, burilar; entalhar.

ENGRAVER [in'greivə], *s.* gravador. # *engraver's proof,* (E.U.) prova de clichê = (Ing.) *block pull.*

ENGRAVING [in'greiviŋ], *s.* estampa, pintura gravada; gravura.

ENGROSS [in'grous], *v.* monopolizar, abarcar, açambarcar; absorver; passar a limpo, copiar caligraficamente; trasladar, transcrever (documentos).

ENGROSSER [in'grousə], *s.* monopolizador, abarcador; copista.

ENGROSSMENT [in'grousmənt], *s.* monopólio, açambarcamento; cópia, transcrição caligráfica; traslado (de documento).

ENGULF [in'gʌlf], *v.* engolfar, entranhar, abismar, afundar, imergir, mergulhar; engolir, tragar.

ENGULFMENT [in'gʌlfmənt], *s.* ação de engolfar; afundamento; mergulho, imersão.

ENHANCE [in'hɑ:ns], *v.* acrescentar, aumentar, melhorar, elevar o valor de; encarecer; realçar.

ENHANCEMENT [in'hɑ:nsmənt], *s.* melhoria, acréscimo, aumento de valor; encarecimento; realce.

ENHARMONIC, AL [enhɑ:'mɔnik, əl], *a.* inarmônico.

ENIGMA [i'nigmə], *s.* enigma, mistério; charada.

ENIGMATIC, AL [enig'mætik, əl], *a.* enigmático, misterioso; obscuro.

ENIGMATIST [i'nigmətist], *s.* enigmatista, enigmista.

ENJOIN [in'dʒɔin], *v.* mandar, ordenar, intimar, prescrever; impor; (E.U.) proibir.

ENJOINER [in'dʒɔinə], *s.* mandante, ordenador.

ENJOY [in'dʒɔi], *v.* gozar de; desfrutar, usufruir; deleitar-se; saborear; gostar de, apreciar; divertir, alegrar; possuir, ter.

ENJOYABLE [in'dʒɔiəbl], *a.* agradável; desfrutável; saboroso; divertido.

ENJOYER [in'dʒɔiə], *s.* o que goza; possuidor.

ENJOYMENT [in'dʒɔimənt], *s.* gozo, deleite, prazer; alegria; usufruto.

ENKINDLE [in'kindl], *v.* inflamar, acender, atear.

ENLACE [in'leis], *v.* enlaçar, entrelaçar.

ENLACEMENT [in'leismənt], *s.* enlaçadura.

ENLARGE [in'lɑ:dʒ], *v.* engrandecer; (fot.) ampliar; alargar; dilatar; aumentar; prolongar; exagerar. # *enlarge on* (ou *upon*), divagar sobre determinado assunto.

ENLARGEMENT [in'lɑ:dʒmənt], *s.* engrandecimento, aumento, dilatação; exagero; (fot.) ampliação = (E.U.) *blow-up.*

ENLARGER [in'lɑ:dʒə], *s.* ampliador.

ENLARGING [in'lɑ:dʒiŋ], *s.* ampliação.

ENLIGHTEN [in'laitn], *v.* instruir, ilustrar, esclarecer, informar; iluminar, alumiar, dar luz.

ENLIGHTENMENT [in'laitnmənt], *s.* esclarecimento, informação; ilustração; cultura, civilização; luz, iluminação.

ENLIST [in'list], *v.* inscrever, alistar; atrair; (mil.) engajar, recrutar; alistar-se; assentar praça.

ENLISTMENT [in'listmənt], *s.* alistamento, recrutamento, engajamento; assentamento de praça.

ENLIVEN [in'laivn], *s.* vivificar, alentar; excitar, animar, estimular; alegrar, recrear; adornar.

ENLIVENER [in'laivnə], *s.* animador, vivificador, estimulante.

ENMITY ['enmiti], *s.* inimizade, hostilidade, animosidade, rancor; antipatia; aversão, repugnância; discórdia.

ENNOBLE [i'noubl], *v.* enobrecer; significar; elevar; ilustrar.

ENNOBLEMENT [i'noublmənt], *s.* enobrecimento; ilustração.

ENNUI [ɑ:'nwi:], *s.* enfado, amuo, aborrecimento, tédio, fastio.

ENORMITY [i'nɔ:miti], *s.* enormidade; excesso, demasia; atrocidade, vilania.

ENORMOUS [i'nɔ:məs], *a.* enorme; irregular; excessivo; atroz, nefando; confuso.

ENORMOUSNESS [i'nɔ:məsnis], *s.* enormidade.

ENOUGH [i'nʌf], *s.* e *a.* bastante, suficiente, necessário. *adv.* bastante, suficientemente, assaz. # *enough and to spare,* de sobra, mais do que o necessário. *oddly enough,* por estranho que pareça.

ENQUIRE, INQUIRE [in'kwaiə], *v.* inquirir, perguntar; indagar; informar-se; averiguar, pesquisar, investigar; discutir.

ENQUIRER, INQUIRER [in'kwaiərə], *s.* indagador; pesquisador, investigador.

ENQUIRY, INQUIRY [in'kwaiəri], *s.* indagação, pergunta, interrogação; informação, pesquisa, investigação; inquérito.

ENRAGE [in'reidʒ], *v.* enraivecer, encolerizar, enfurecer, irritar.

ENRAPTURE [in'ræptʃə], *v.* maravilhar, encantar, arrebatar, extasiar.

ENRICH [in'ritʃ], *v.* enriquecer; fertilizar, fecundar; adornar, enfeitar.

ENRICHMENT [in'ritʃmənt], s. enriquecimento; embelezamento; benefício; riqueza; adorno.

ENROL(L) [in'roul], *v.* registrar, matricular; catalogar; enrolar, envolver; alistar-se; registrar; inscrever; matricular-se; (mil.) assentar praça.

ENROLLER [in'roulə], *s.* registrador.

ENRO(L)LMENT [in'roulmənt], *s.* registro; matrícula; alistamento.

ENS [enz], *s.* ente, ser, tudo que existe; *pl.* **ENTIA.**

ENSANGUINED [in'sæŋgwind], *a.* ensangüentado.

ENSCONCE [in'skɔns], *v.* entrincheirar; esconder, ocultar; encobrir; abrigar, acomodar.

ENSEMBLE [ɑ:n'sɑ:mbl], *s.* ajuntamento, grupo, conjunto; totalidade.

ENSHRINE [in'ʃrain], *v.* guardar como relíquia.

ENSHRINEMENT [in'ʃrainmənt], *s.* ato de guardar como relíquia.

ENSHROUD [in'ʃraud], *v.* amortalhar; envolver; esconder, ocultar; cobrir; abrigar.

ENSIGN ['ensain], [(E.U. mil.) 'ensn], *s.* insígnia, sinal, divisa; bandeira; porta-bandeira; alferes; guarda-marinha.

ENSIGNCY ['ensainsi], *s.* posto de porta-bandeira.

ENSIGNSHIP ['ensainʃip], *V.* **ENSIGNCY.**

ENSILAGE ['ensilidʒ], *s.* (agr.) ensilagem.

ENSLAVE [in'sleiv], *v.* avassalar; escravizar, cativar, subjugar.

ENSLAVEMENT [in'sleivmənt], *s.* escravização.

ENSLAVER [in'sleivə], *s.* o que escraviza.

ENSNARE [in'snɛə], *v.* enganar; enredar; enlaçar, armar o laço.

ENSNARER [in'snɛərə], *s.* enganador; enredador, armador de laços.

ENSUE [in'sju:], *v.* seguir, sobrevir, suceder; resultar; suceder-se, seguir-se.

ENSUING [in'sju:iŋ], *a.* seguinte, posterior, subseqüente.

ENSURE [in'ʃu:ə], *V.* **INSURE.**

ENTAIL [in'teil], *s.* vínculo; herança; morgado; substituição. *v.* vincular, transmitir, perpetuar, assegurar; substituir (um herdeiro); acarretar, ocasionar; impor.

ENTAILER [in'teilə], *s.* vinculador.

ENTAILMENT [in'teilmənt], *s.* vínculo.

ENTANGLE [in'tæŋgl], *v.* confundir, embaraçar, enredar.

ENTANGLEMENT [in'tæŋglmənt], *s.* confusão, embaraço, enredo, embrulhada.

ENTER ['entə], *v.* entrar; penetrar; dar entrada, introduzir, meter; admitir; adestrar; iniciar, ingressar; anotar, assentar, registrar; (com.) aduanar, declarar; inscrever-se; alistar-se, afiliar-se, matricular-se, introduzir-se; entrar em cena. # *enter (money, goods) against* ou *to (someone)*, debitar ou creditar (dinheiro, mercadorias) a (alguém).

ENTERIC [en'terik], *s.* entérico.

ENTERING ['entəriŋ], *s.* entrada; admissão.

ENTERITIS [entə'raits], *s.* enterite.

ENTERPRISE ['entəpraiz], *s.* empresa, empreendimento; atividade. *v.* empreender; aventurar, arriscar. # *embark in* ou *upon the enterprise*, meter-se no negócio, arriscar-se no negócio.

ENTERPRISING ['entəpraiziŋ], *s.* empresa. *a.* empreendedor, ativo; ousado, audaz.

ENTERTAIN [entə'tein], *v.* entreter, distrair; divertir; tratar; regalar; abrigar, agasalhar; sentir; manter; acariciar; festejar; obsequiar; tomar em consideração; conceber ou nutrir (uma idéia); planejar; receber como hóspede ou visita; hospedar.

ENTERTAINER [entə'teinə], *s.* anfitrião; festejador, o que diverte.

ENTERTAINING [entə'teiniŋ], *a.* alegre, agradável, divertido; hospitaleiro.

ENTERTAINMENT [entə'teinmənt], *s.* acolhimento, hospitalidade; recepção, festim, banquete; agasalho; sustento; convite; diversão, divertimento, passatempo; consideração.

ENTHRAL, ENTHRALL [in'θrɔ:l], *v.* dominar moralmente; cativar, escravizar, sujeitar, subjugar.

ENTHRALMENT [in'θrɔ:lmənt], *s.* escravidão, cativeiro, submissão; domínio.

ENTHRONE [in'θroun], *v.* entronizar.

ENTHRONEMENT [in'θrounmənt], *s.* entronização.

ENTHUSE [in'θju:z], *v.* entusiasmar, entusiasmar-se.

ENTHUSIASM [in'θju:ziæzm], *s.* entusiasmo, fervor.

ENTHUSIAST [in'θju:ziæst], *s.* entusiasta.

ENTHUSIASTIC, AL [inθju:zi'æstik, əl], *a.* entusiástico.

ENTIA ['enʃiə], *pl.* de **ENS.**

ENTICE [in'tais], *v.* atrair; seduzir, tentar; corromper; instigar, incitar.

ENTICEMENT [in'taismənt], *s.* sedução, tentação, incitação; afago, lisonja

ENTICER [in'taisə], *s.* sedutor; tentador; instigador.

ENTICING [in'taisiŋ], *a.* sedutor, tentador; encantador; lisonjeiro.

ENTIRE [in'taiə], *a.* inteiro, íntegro, total, cabal; intacto, perfeito, integral; genuíno, verdadeiro; firme, reto; fiel, constante.

ENTIRELY [in'taiəli], *adv.* inteiramente, plenamente, completamente; fielmente; sinceramente.

ENTIRENESS [in'taiənis], *s.* inteireza, integridade; totalidade; retidão; sinceridade; intimidade.

ENTIRETY [in'taiəti], *s.* inteireza, integridade; o todo.

ENTITLE [in'taitl], *v.* titular, intitular; autorizar; habilitar, dar direito a.

ENTITY ['entiti], *s.* entidade; ente.

ENTOMB [in'tu:m], *v.* sepultar, enterrar.

ENTOMBMENT [in'tu:mmənt], *s.* enterro, sepultura; funeral.

ENTOMOLOGICAL [entəmə'lɔdʒikəl], *a.* entomológico.

ENTOMOLOGIST [entə'mɔlədʒist], *s.* entomólogo, entomologista.

ENTOMOLOGY [entə'mɔlədʒi], *s.* entomologia.

ENTOURAGE [ɔntu'rɑ:ʒ], *s.* meio ambiente; séquito, roda, companhia, cortejo.

ENTR'ACTE ['ɔntrækt, ɔn'trækt], *s.* entreato.

ENTRAILS ['entreilz], *s.* intestinos, tripas; entranhas.

ENTRAIN [in'trein], *v.* ir ou despachar por trem (tropas, etc.); causar, acarretar; arrastar.

ENTRANCE ['entrəns], *s.* entrada, vestíbulo = (E.U.) *entry;* foz, embocadura; investidura, posse; ingresso; entrada na Alfândega.

ENTRANCE [in'tra:ns], *v.* encantar, fascinar, enlevar.

ENTRANCE FEE ['entrənsfi:], *s.* taxa de matrícula, jóia (para admissão em clube) = (Ing.) *initiation fee.*

ENTRANCEMENT [in'tra:nsmənt], *s.* encantamento, enlevo, êxtase.

ENTRANT ['entrənt] *s.* e *a.* estreante; principiante, novato, noviço.

ENTRAP [in'træp], *v.* enredar, embaraçar; surpreender, apanhar no laço.

ENTRAPMENT [in'træpmənt], *s.* armadilha, laço.

ENTRAPPER [in'træpə], *s.* lançador de armadilha.

ENTREAT [in'tri:t], *v.* implorar, pedir, rogar, solicitar, suplicar.

ENTREATY [in'tri:ti], *s.* rogo, súplica, instância; solicitação, petição; requerimento.

ENTREMETS ['ɔntrəmei, 'a:ntrəmei], *s.* entrada (prato). *pl.* **ENTREMETS** ['ɔntrəmeiz, 'a:ntrəmeiz].

ENTRENCH [in'trentʃ], *v.* entrincheirar; invadir; transpassar (= traspassar); infringir; entrincheirar-se.

ENTRENCHMENT [in'trentʃmənt], *s.* entrincheiramento; invasão; infração.

ENTREPÔT ['ɔntrəpou, 'a:ntrəpou], *s.* entreposto; empório.

ENTREPRENEUR [ɔntrəprə'nə:, a:ntreprə'nə:], *s.* empresário, organizador.

ENTRESOL ['ɔntrəsɔl, 'a:ntrəsɔl], *s.* entressolo.

ENTRUST [in'trʌst], *v.* depositar; confiar; encarregar, incumbir. # *entrust someone with something,* confiar a alguém alguma coisa. *entrust something to someone,* confiar alguma coisa a alguém.

ENTRY ['entri], *s.* (E.U.) entrada, saguão, vestíbulo, porta de entrada = (Ing.) *entrance;* assento, lançamento; verbete; escrituração; ingresso; (com.) partida; (mar.) registro ou declaração de entrada; (E.U.) começo (de um período de tempo). # *by double entry,* por partidas dobradas (escrituração). *by single entry,* por partidas simples (escrituração).

ENTWINE [in'twain], *v.* entretecer, enlaçar, enroscar, entrelaçar.

ENTWIST [in'twist], *v.* cercar, rodear, cingir; enroscar, torcer.

ENUMERATE [i'nju:məreit], *v.* enumerar, contar; minuciar, detalhar, pormenorizar.

ENUMERATION [inju:mə'reiʃən], *s.* enumeração; série, lista; recapitulação.

ENUMERATIVE [i'nju:məreitiv], *a.* enumerativo.

ENUMERATOR [i'nju:məreitə], *s.* enumerador.

ENUNCIATE [i'nʌnsieit], *v.* enunciar, declarar, expor; exprimir; pronunciar; articular.

ENUNCIATION [inʌnsi'eiʃən], *s.* enunciação, declaração; articulação.

ENUNCIATIVE [i'nʌnʃieitiv], *a.* enunciativo.

ENUNCIATOR [i'nʌnsieitə], *s.* enunciador.

ENURE [i'njuə], *V.* **INURE.**

ENVELOP [in'veləp], *v.* envolver, embrulhar; esconder; ocultar; cobrir; forrar; encher.

ENVELOPE ['enviloup], *s.* envelope, sobrecarta; envoltório; invólucro; balão de gás dos dirigíveis; espaço onde se põem esses balões.

ENVELOPMENT [in'veləpmənt], *s.* envoltório, capa; embrulho.

ENVENOM [in'venəm], *v.* envenenar; deturpar; maliciar; irritar; aborrecer.

ENVIABLE ['enviəbl], *a.* invejável.

ENVIER ['enviə], *s.* invejoso.

ENVIOUS ['enviəs], *a.* invejoso; malicioso. # *envious for* ou *of,* invejoso de.

ENVIRON [in'vaiərən], *v.* rodear, cingir, circundar, cercar; sitiar.

ENVIRONMENT [in'vaiərənmənt], *s.* arredores, arrabaldes, cercanias, vizinhança; cerco; meio ambiente; condições de um organismo.

ENVIRONS ['envirənz, in'vaiərənz], *s. pl.* arrabaldes, subúrbios, cercanias, vizinhanças, arredores.

ENVISAGE [in'vizidʒ], *v.* encarar; contemplar; refletir; examinar, considerar.

ENVISION [in'viʒən], *v.* antever.

ENVOY ['envɔi], *s.* enviado, mensageiro, emissário; embaixador.

ENVY ['envi], *s.* inveja; ciúme; ódio; rivalidade. *v.* invejar; cobiçar.

ENWRAP [in'ræp], *v.* envolver, embrulhar, enrolar; arrebatar.

ENWREATHE [in'ri:ð], *v.* engrinaldar.

ENZIME ['enzaim], *s.* (quím.) enzima.
EPAULET ['epoulet, 'epɔ:let], *s.* dragona.
EPERGNE [i'pə:n], *s.* centro de mesa.
EPHEDRINE [e'fedrin], *s.* efedrina.
EPHEMERA [i'femərə], *s.* coisa efêmera; febre passageira; efemeróptero (inseto).
EPHEMERAL [i'femərəl], *a.* efêmero, transitório.
EPHEMERIDES [efi'meridi:z], *pl.* de **EPHEMERIS.**
EPHEMERIS [i'feməris], *s.* efeméride (tábua astronômica; calendário astronômico). *pl.* **EPHEMERIDES.**
EPHEMERON [i'femərɔn], *s.* efemeróptero; coisa efêmera. *pl.* **EPHEMERA** (também usado como singular).
EPIBLAST ['epiblæst], *s.* epiblasto.
EPIC ['epik], *a.* épico. *s.* poema épico, epopéia.
EPICENE ['episi:n], *s.* e *a.* epiceno.
EPICENTRE ['episentə], *s.* epicentro.
EPICURE ['epikjuə], *s.* epicurista, sibarita; gastrônomo.
EPICUREAN [epikjuə'ri:ən], *a.* epicurista.
EPICURISM ['epikjuərizm], *s.* epicurismo.
EPICYCLE ['episaikl], *s.* epiciclo.
EPICYCLOID ['epi'saiklɔid], *s.* epiciclóide.
EPIDEMIC [epi'demik], *s.* epidemia; praga, peste. *a.* epidêmico.
EPIDEMICAL [epi'demikəl], *a.* epidêmico.
EPIDERMAL [epi'də:məl], *a.* epidérmico.
EPIDERMIC [epi'də:mik], *a.* epidérmico.
EPIDERMIS [epi'də:mis], *s.* epiderme; pele.
EPIDIASCOPE [epi'daiəskoup], *s.* epidiascópio.
EPIGENE ['epidʒi:n], *a.* relativo a epigenesia.
EPIGENESIS [epi'dʒenisis], *s.* epigenesia, epigênese.
EPIGLOTTIS [epi'glɔtis], *s.* epiglote.
EPIGRAM ['epigræm], *s.* epigrama.
EPIGRAMMATIC, AL [epigrə'mætik, əl], *a.* epigramático.
EPIGRAMMATIST [epi'græmətist], *s.* epigramatista.
EPIGRAPH ['epigrɑ:f], *s.* epígrafe, inscrição; epitáfio.
EPIGRAPHER [e'pigrəfə], *s.* o que faz epígrafes.
EPIGRAPHIC [epi'græfik], *a.* epigráfico.
EPIGRAPHIST [e'pigrəfist], *s.* epigrafista.
EPIGRAPHY [e'pigrəfi], *s.* epigrafia.
EPILEPSY ['epilepsi], *s.* epilepsia.
EPILEPTIC [epi'leptik], *s.* e *a.* epiléptico.
EPILOGUE ['epilɔg], *s.* epílogo.
EPIPHANY [i'pifəni], *s.* epifania.
EPISCOPACY [i'piskəpəsi], *s.* episcopado, bispado.
EPISCOPAL [i'piskəpəl], *a.* episcopal, bispal.
EPISCOPATE [i'piskəpit], *s.* episcopado.
EPISODE ['episoud], *s.* episódio.
EPISODIC, AL [epi'sɔdik, əl], *a.* episódico.
EPISTLE [i'pisl], *s.* epístola, carta, missiva.
EPISTLER [i'pislə], *s.* epistológrafo, epistoleiro.
EPISTOLARY [i'pistələri], *a.* epistolar.
EPISTOLER [i'pistələ], *V.* **EPISTLER.**
EPISTYLE ['epistail], *s.* arquitrave, epistílio.
EPITAPH ['epitɑ:f], *s.* epitáfio.
EPITHALAMIA [epiθə'leimiə], *pl.* de **EPITHALAMIUM.**
EPITHALAMIUM [epiθə'leimiəm], *s.* epitalâmio; *pl.* **EPITHALAMIUMS** ou **EPITHALAMIA.**
EPITHELIUM [epi'θi:ljəm], *s.* epitélio.
EPITHET ['epiθet], *s.* epíteto; título; cognome.
EPITHETIC [epi'θetik], *a.* epitético.
EPITOME [i'pitəmi], *s.* epítome; sumário, sinopse, resumo; compêndio.
EPOCH ['i:pɔk], *s.* época, era.
EPOCHAL ['epɔkəl], *a.* relativo a épocas.
EPOCH-MAKING ['i:pɔkmeikiŋ], *a.* notável.
EPODE ['epoud], *s.* epodo.
EPOPEE ['epopi:], *s.* epopéia.
EPSON SALT ['epsəmsɔ:lt], *s.* epsomita, sulfato de magnésio, sal de Epson, sal amargo.
EQUABILITY [ekwə'biliti, i:kwə'biliti], *s.* equabilidade, igualdade, uniformidade; equanimidade.
EQUABLE ['ekwəbl, 'i:kwəbl], *a.* equável, igual, uniforme.
EQUAL ['i:kwəl], *s.* igual. *a.* igual; semelhante; uniforme; equitativo; adequado, proporcional; suficiente; preparado; forte; capaz; imparcial, justo; calmo; neutral. *v.* igualar; emparelhar; nivelar-se a; igualar-se.
EQUALITY [i:'kwɔliti], *s.* igualdade, uniformidade; paridade.

EQUALIZATION (ISA) [i:kwəlai'zeiʃən], *s.* igualação, igualamento.

EQUALIZE (ISE) ['i:kwəlaiz], *v.* igualar.

EQUALLY ['i:kwəli], *adv.* igualmente, uniformemente, imparcialmente.

EQUANIMITY [i:kwə'nimiti], *s.* equanimidade; serenidade; constância; imparcialidade.

EQUATE [i'kweit], *v.* igualar; tornar equivalente; uniformizar.

EQUATION [i'kweiʃən], *s.* equação.

EQUATOR [i'kweitə], *s.* equador.

EQUATORIAL [ekwə'tɔriəl, i:kwə'tɔriəl], *a.* equatorial. *s.* (astr.) equatorial (instrumento).

EQUERRY ['ikwəri], *s.* palafreneiro, cavalariço; camarista.

EQUESTRIAN [i'kwestriən], *s.* cavaleiro. *a.* eqüestre.

EQUIANGULAR [i:kwi'æŋgjulə], *a.* eqüiângulo.

EQUIDISTANT ['i:kwi'distənt], *a.* eqüidistante.

EQUILATERAL ['i:kwi'lætərəl], *a.* eqüilateral.

EQUILIBRATE [i:kwi'laibreit], *v.* equilibrar.

EQUILIBRATION [i:kwilai'breiʃən], *s.* equilíbrio, equilibração.

EQUILIBRIST [i:'kwilibrist], *s.* equilibrista.

EQUILIBRIUM [i:kwi'libriəm], *s.* equilíbrio; indeterminação.

EQUIMULTIPLE ['i:kwi'mʌltipl], *s.* eqüimúltiplo.

EQUINE ['i:kwain], *a.* eqüino, cavalar, hípico.

EQUINOCTIAL [i:kwi'nɔkʃəl], *s.* linha equinocial. *a.* equinocial.

EQUINOX ['i:kwinɔks], *s.* equinócio.

EQUIP [i'kwip], *v.* equipar, abastecer, prover, aparelhar; habilitar; vestir.

EQUIPAGE ['ekwipidʒ], *s.* equipagem; carruagem, trem; comitiva; tripulação; bagagem, equipamento.

EQUIPMENT [i'kwipmənt], *s.* equipamento, abastecimento; armamento; equipagem; vestuário; arreios; conjunto de acessórios.

EQUIPOISE ['ekwipɔiz], *s.* equilíbrio; contrapeso. *v.* equilibrar.

EQUITABLE ['ekwitəbl], *a.* equitativo, justo.

EQUITABLENESS ['ekwitəblnis], *s.* eqüidade, justiça, imparcialidade.

EQUITATION [ekwi'teiʃən], *s.* equitação.

EQUITY ['ekwiti], *s.* eqüidade, justiça, retidão.

EQUIVALENCE [i'kwivələns], *s.* equivalência.

EQUIVALENT [i'kwivələnt], *a.* equivalente.

EQUIVOCAL [i'kwivəkəl], *a.* equívoco, duvidoso, ambíguo.

EQUIVOCALNESS [i'kwivəkəlnis], *s.* ambigüidade.

EQUIVOCATE [i'kwivəkeit], *v.* falar ambiguamente; sofismar.

EQUIVOCATION [ikwivə'keiʃən], *s.* ambigüidade, anfibologia; sofisma.

EQUIVOCATOR [i'kwivəkeitə], *s.* o que fala ambiguamente.

EQUIVOKE, EQUIVOQUE ['ekwivouk], *s.* sofisma; trocadilho.

ERA ['iərə], *s.* era, época, período, idade.

ERADIATE [i'reidieit], *v.* irradiar.

ERADIATION [ireidi'ei:ʃən], *s.* irradiação.

ERADICABLE [i'rædikəbl], *a.* extirpável, arrancável.

ERADICATE [i'rædikeit], *v.* arrancar, extirpar; destruir; desarraigar, erradicar.

ERADICATION [irædi'keiʃən], *s.* desarraigamento, erradicação; extirpação, destruição.

ERADICATIVE [i'rædikeitiv], *a.* erradicativo.

ERASABLE [i'reizəbl], *a.* delével.

ERASE [i'reiz], (E.U.) [i'reis], *v.* raspar, apagar, riscar, cancelar, rasurar; safar; destruir.

ERASEMENT [i'reizmənt], (E.U.) [i'reismənt], *s.* rasura; cancelamento; destruição.

ERASER [i'reizə], (E.U.) [i'reisə], *s.* apagador, raspador, borracha (de apagar).

ERASION [i'reiʒən], *s.* rasura, ação de apagar; destruição.

ERASURE [i'reiʒə], *s.* rasura, raspadura; palavra rasurada.

ERE [ɛə], *prep.* antes de, antes que. # *ere long,* dentro em breve.

ERECT [i'rekt], *v.* levantar, erguer, erigir, instalar, fundar, estabelecer; edificar; construir; enaltecer, exaltar. *a.* ereto, aprumado; vertical; erguido, levantado; direito; firme, vigoroso.

ERECTILE [i'rektail], *a.* erétil.

ERECTION [i'rekʃən], *s.* ereção; elevação, exaltação; fundação, criação; construção; instalação, montagem; estrutura.

ERECTNESS [i'rektnis], *s.* ereção, levantamento; instituição; perpendicularidade.

EREMITE ['erimait], *s.* eremita.

EREMITIC, AL [eri'mitik, əl], *a.* eremítico.

ERG [ə:g], *s.* (fís.) erg.

ERGO ['e:gou], *conj.* e *adv.* portanto, logo, conseguintemente.

ERGON ['ə:gɔn], *s.* (fís.) ergônio; erg.

ERGONIC [ə:'gɔnik], *a.* ergônico.

ERMINE ['ə:min], *s.* (zool.) arminho; pele de arminho; magistratura; toga.

ERMINED ['ə:mind], *a.* arminhado.

ERODE [i'roud], *v.* roer, corroer; comer; desgastar-se.

EROSION [i'rouʒən], *s.* erosão, corrosão; desgaste. # *headward erosion,* (geol.) erosão remontante.

EROSIVE [i'rousiv], *a.* erosivo, corrosivo.

EROTIC [i'rɔtik], *a.* e *s.* erótico; lascivo, sensual; libidinoso; poema erótico.

EROTICISM [e'rɔtisizm], *s.* erotismo.

ERR [ə:], *v.* errar, enganar-se; desviar-se, transviar-se; extraviar-se; pecar.

ERRAND ['erənd], *s.* recado, mensagem; comissão; diligência. # *deliver an errand,* dar um recado, levar uma mensagem. *run errands,* fazer mandados. *errand boy,* mensageiro. *run errands,* ir a mandados, levar mensagens.

ERRANT ['erənt], *a.* errante, vagabundo; nômade.

ERRANTRY ['erəntri], *s.* vida errante ou nômade.

ERRATA [ə'ra:tə, i'reitə], *pl.* de **ERRATUM.**

ERRATIC, AL [i'rætik, əl], *a.* errático, irregular, intermitente, variável; errante, vagabundo; excêntrico.

ERRATUM [ə'rɑ:təm, i'reitəm], *pl.* **ERRATA** [ə'rɑ:tə, i'reitə], *s.* errata.

ERRONEOUS [i'rouniəs], *a.* errado, falso, errôneo, inexato; irregular.

ERRONEOUSNESS [i'rouniəsnis], *s.* erro; falsidade; irregularidade.

ERROR ['erə], *s.* erro; engano, equívoco, falta; pecado; (náut.) variação da agulha. **E.E.,** *abr.* de *errors excepted,* salvo erros. # *clerical error,* erro de pena. *errors and omissions excepted,* (com.) salvo erro ou omissão.

ERST [ə:st], *adv.* antes; no princípio; em outro tempo, antigamente, outrora.

ERSTWHILE ['ə:stwail], *V.* **ERST.**

ERUBESCENT [eru:'besnt], *a.* corado, ruborizado.

ERUCTATION [irʌk'teiʃən], *s.* eructação; arroto; erupção (vulcão).

ERUDITE ['eru:dait], *a.* erudito, sábio, letrado, culto.

ERUDITION [eru:'diʃən], *s.* erudição, saber, cultura.

ERUPT [i'rʌpt], *v.* sair com força; fazer erupção; irromper.

ERUPTION [i'rʌpʃən], *s.* erupção; irrupção; (med.) pústula.

ERUPTIVE [i'rʌptiv], *a.* eruptivo.

ERUPTIVENESS [i'rʌptivnis], *s.* erupção.

ERYSIPELAS [eri'sipələs], *s.* (med.) erisipela.

ERYTHEMA [eri'θi:mə], *s.* (med.) eritema.

ESCALADE [eskə'leid], *s.* (mil.) escalada. *v.* escalar.

ESCALATOR ['eskəleitə], *s.* escada rolante.

ESCALLOP [is'kɔləp], *V.* **SCALLOP.**

ESCAPADE [eskə'peid], *s.* escapada, fuga; correria; aventura, travessura; movimento irregular do cavalo; desentendido; lapso, erro.

ESCAPE [is'keip], *v.* evitar; iludir, enganar; fugir, escapar, evadir-se, salvar-se. *s.* evasão, fuga; escapadela, fugida; escapamento (de gás ou líquido). # *escape wheel,* roda de escapamento (relógio). *fire escape,* saída de emergência (em caso de incêndio). *have a narrow escape from,* escapar por um triz.

ESCAPEMENT [is'keipmənt], *s.* escapamento; escape (do relógio).

ESCARP [is'kɑ:p], *v.* escarpar. *s.* escarpa.

ESCARPMENT [is'kɑ:pmənt], *s.* escarpa.

ESCHEAT [is'tʃi:t], *s.* (jur.) confiscação de bens; reversão de bens ao Estado por falta de herdeiros. *v.* confiscar; reverter ao Estado.

ESCHEW [is'tʃu:], *v.* evitar, fugir de.

ESCORT ['eskɔ:t], *s.* escolta; comboio; acompanhamento, séquito; par para dança.

ESCORT [is'kɔ:t], *v.* escoltar, comboiar; acompanhar.

ESCRITOIRE [eskri:'twɑ:], *s.* secretária, escrivaninha.

ESCUTCHEON [is'kʌtʃən], *s.* (heráld.) brasão; (carp.) espelho para fechadura.

ESKIMO ['eskimou], *(pl. -os, oes, the Eskimo), s.* esquimó. *a.* esquimó.

ESOPHAGI [i:'sɔfəgai, i:'sɔfədʒai], *pl.* de **ESOPHAGUS.**

ESOPHAGUS [i:'sɔfəgəs], *s.* esôfago.

ESOTERIC, AL [esou'terik, əl], *a.* esotérico; reservado, oculto; misterioso; secreto; confidencial. *s. pl.* doutrinas esotéricas.

ESPALIER [is'pæliə], *s.* latada; espaldeira. *v.* plantar em espaldeira.

ESPARTO [es'pɑ:tou], *s.* esparto.

ESPECIAL [is'peʃəl], *a.* especial, particular, seleto, peculiar; principal; notável.

ESPECIALLY [is'peʃəli], *adv.* especialmente; particularmente.

ESPERANTIST [espə'ræntist, espə'rɑ:ntist], *s.* esperantista.

ESPERANTO [espə'ræntou, espə'rɑ:ntou], *s.* esperanto.

ESPIAL [is'paiəl], *s.* espionagem; descoberta.

ESPIONAGE [espiə'nɑ:ʒ], *s.* espionagem.

ESPLANADE [esplə'neid], *s.* esplanada; avenida; relva.

ESPOUSAL [is'pauzəl], *s.* esponsais; defesa de uma idéia; adesão a uma causa.

ESPOUSE [is'pauz], *v.* casar-se, desposar; patrocinar; defender; aderir a.

ESPOUSER [is'pauzə], *s.* contraente de matrimônio; defensor, protetor; patrocinador.

ESPY [is'pai], *v.* avistar ao longe, divisar; descobrir; espiar; espreitar; velar, vigiar.

ESQ [is'kwaiə], *abr.* de *esquire:* título de cortesia correspondente a "Ilmo. Sr." e usado posposto ao sobrenome, nos endereços.

ESQUIMAU ['eskimou], *(pl. -maux). V.* **ESKIMO.**

ESQUIRE [is'kwaiə], *s.* escudeiro; um título de cortesia; ilustríssimo senhor (usado após o sobrenome). *Abr.* **ESQ.**

ESSAY ['esei], *s.* ensaio, tentativa, prova, experiência; ensaio (literário), composição; opúsculo, folheto.

ESSAY [e'sei], *v.* ensaiar, provar, tentar.

ESSAYER [e'seiə], *s.* autor de ensaios literários.

ESSAYIST ['eseiist], *s.* autor de ensaios, ensaísta.

ESSENCE ['esns], *s.* essência, substância; existência; perfume; gasolina.

ESSENTIAL [i'senʃəl], *a.* essencial, principal, indispensável, primordial, vital; constitutivo.

ESSENTIALITY [isenʃi'æliti], *s.* essencialidade.

ESSENTIALLY [i'senʃəli], *adv.* essencialmente.

ESTABLISH [is'tæbliʃ], *v.* estabelecer, fundar, criar, instituir; fixar, confirmar, provar, ordenar, sancionar; ratificar.

ESTABLISHER [is'tæbliʃə], *s.* fundador, instituidor.

ESTABLISHMENT [is'tæbliʃmənt], *s.* criação, instituição, fundação; estabelecimento; casa (comercial, educacional ou residencial); confirmação; lei, estatuto.

ESTATE [is'teit], *s.* condição, estado (de uma coisa); posição, situação, classe, hierarquia; haveres, bens, imóveis, propriedades, possessões; patrimônio; fazenda, herdade, quinta. # *estate* ou *house agent,* corretor de imóveis = (E.U.) *estate broker. personal estate,* bens móveis. *real estate,* bens imóveis, bens de raiz, propriedade imobiliária. *step in an estate,* receber uma herança (inesperadamente).

ESTEEM [is'ti:m], *s.* estima, apreço, consideração; opinião. *v.* estimar, considerar, apreciar; julgar.

ESTER ['estə], *s.* (quím.) éster.

ESTIMABLE ['estiməbl], *a.* estimável, avaliável, calculável, apreciável.

ESTIMATE ['estimit], *s.* avaliação, estimação; opinião; cálculo, valor, preço; orçamento.

ESTIMATE ['estimeit], *v.* calcular, avaliar, computar. # *rough estimate,* cálculo aproximado, orçamento aproximado, previsão orçamentária = *rough guess* (coll.).

ESTIMATION [esti'meiʃən], *s.* estimação, avaliação; cálculo, cômputo, opinião; estima, consideração.

ESTIMATOR ['estimeitə], *s.* calculador, avaliador.

ESTIVAL [i:s'taivəl], *V.* **AESTIVAL.**

ESTOP [is'tɔp], *v.* (jur.) impedir, embargar.

ESTOPPAGE [is'tɔpidʒ], *s.* (jur.) impedimento, embargo.

ESTRADE [es'trɑ:d], *s.* palco, estrado, tablado.

ESTRANGE [is'treindʒ], *v.* afastar, apartar; alienar; desafeiçoar.

ESTRANGEMENT [is'treindʒmənt], *s.* alienação; desafeiçoamento, indiferença.

ESTUARY ['estjuəri], *s.* estuário; esteiro.
ETCH [etʃ], *v.* gravar com ácidos; demarcar, delinear, traçar.
ETCHER ['etʃə], *s.* gravador.
ETCHING ['etʃiŋ], *s.* gravura (com ácidos); esboço, rascunho.
ETERNAL [i:'tə:nl], *a.* eterno, imortal; interminável, perpétuo.
ETERNITY [i:'tə:niti], *s.* eternidade.
ETHANE ['eθein], *s.* (quím.) etana.
ETHER ['i:θə], *s.* éter. # *the studio is on the ether,* (rád.) a estação está no ar.
ETHEREAL [i:'θiəriəl], *a.* etéreo, celestial, sublime, espiritual.
ETHERIC [i:'θerik], *a.* etérico.
ETHERIZE (ISE) ['i:θəraiz], *v.* eterizar.
ETHIC ['eθik], *a.* ético.
ETHICAL ['eθikəl], *a.* ético.
ETHICS ['eθiks], *s.* ética.
ETHIOPIAN [i:θi'oupiən], *s.* etíope. *a.* etiópico.
ETHMOID ['eθmɔid], *s.* (anat.) etmóide. *a.* etmoidal.
ETHNIC, AL ['eθnik, əl], *a.* étnico.
ETHNOGRAPHER [eθ'nɔgrəfə], *s.* etnógrafo.
ETHNOGRAPHIC [eθnə'græfik], *a.* etnográfico.
ETHNOGRAPHY [eθ'nɔgrəfi], *s.* etnografia.
ETHNOLOGIC, AL [eθnə'lɔdʒik, əl], *a.* etnológico.
ETHNOLOGIST [eθ'nɔlədʒist], *s.* etnologista.
ETHNOLOGY [eθ'nɔlədʒi], *s.* etnologia.
ETHOLOGIC, AL [i:θə'lɔdʒik, əl], *a.* etológico.
ETHOLOGY [i:'θɔlədʒi], *s.* etologia.
ETHOS ['i:θɔs], *s.* características (de uma comunidade, povo, etc.).
ETHYL ['eθil], *s.* (quím.) etilo.
ETHYLENE ['eθili:n], *s.* (quím.) etileno.
ETIOLOGIST [i:ti'ɔlədʒist], *s.* etiologista.
ETIOLOGY [i:ti'ɔlədʒi], *s.* etiologia.
ETIQUETTE [eti'ket, 'etiket], *s.* etiqueta; cerimonial.
ETUI [e'twi:], *s.* estojo, caixa; agulheiro.
ETYMOLOGIC, AL [etimə'lɔdʒik, əl], *a.* etimológico.
ETYMOLOGIST [eti'mɔlədʒist], *s.* etimólogo, etimologista.
ETYMOLOGY [eti'mɔlədʒi], *s.* etimologia.
ETYMON ['etimɔn], *s.* étimo.
EUCALYPTUS [ju:kə'liptəs], *s.* eucalipto.
EUCHARIST ['ju:kərist], *s.* Eucaristia.
EUCHARISTIC, AL [ju:ke'ristik, əl], *a.* eucarístico.
EUDIOMETER [ju:di'ɔmitə], *s.* (quím.) eudiômetro.
EUGENIC [ju:'dʒənik], *a.* eugênico, relativo à eugenia; eugênico, diz-se dos ácidos de sabor acre e ardente.
EUGENICS [ju:'dʒeniks], *s.* eugenia.
EULOGIST ['ju:lədʒist], *s.* elogiador, lisonjeador, panegirista.
EULOGISTIC, AL [ju:lə'dʒistik, əl], *a.* elogioso, laudatório.
EULOGIZE (ISE) ['ju:lədʒaiz], *v.* elogiar, encomiar, panegirizar, louvar, gabar.
EULOGY ['ju:lədʒi], *s.* elogio, encômio, louvor; apologia; panegírico.
EUNUCH ['ju:nək], *s.* eunuco.
EUPEPTIC [ju:'peptik], *a.* eupéptico.
EUPHEMISM ['ju:fimizm], *s.* eufemismo.
EUPHEMISTIC, AL [ju:fi'mistik, əl], *a.* eufêmico.
EUPHONIC, AL [ju:'fɔnik, əl], *a.* eufônico melodioso.
EUPHONIOUS [ju:'founiəs], *V.* **EUPHONIC.**
EUPHONIUM [ju:'founiəm], *s.* êufono.
EUPHONY ['ju:fəni], *s.* eufonia; harmonia, suavidade.
EUPHRASY ['ju:frəsi], *s.* (bot.) eufrásia.
EUPHUISM ['ju:fju:izm], *s.* eufuísmo, gongorismo, culteranismo.
EUPHUIST ['ju:fju:ist], *s.* eufuísta.
EUPHUISTIC [ju:fju:'istik], *a.* eufuístico, gongórico.
EUREKA! [ju(ə)'ri:kə], *int.* heureca !
EUROPE ['juərəp], *s.* Europa.
EUROPEAN [juərə'pi:ən], *s.* e *a.* europeu.
EUROPEANIZE [juərə'pi:ənaiz], *v.* europeizar.
EUTHANASIA [ju:θə'neiziə], *s.* eutanásia.
EVACUEE [ivækju(:)'i:], *s.* deslocado de guerra.
EVACUATE [i'vækjueit], *v.* evacuar; despejar; esvaziar, desocupar; abandonar, retirar-se; anular; sair de (praça de guerra).
EVACUATION [ivækju:'eiʃən], *s.* evacuação; despejo; saída; anulação.
EVACUATOR [i'vækjueitə], *s.* o que evacua.

[ɔə] - **door;** [uə] - **poor;** [j] - **yes;** [w] - **wet;** [g] - **give;** [h] - **hat;** [s] - **say;** [ŋ] - **king;** [ʃ] - **ship;** [ʒ] - **rouge;** [θ] - **thin;** [ð] - **then;** [tʃ] - **chin;** [dʒ] - **jam.**

EVADE [i'veid], *v.* iludir; evitar, esquivar-se; fugir, escapar; evadir-se.

EVADER [i'veidə], *s.* fugitivo, foragido.

EVALUATE [i'væljueit], *v.* avaliar, apreciar, calcular.

EVALUATION [ivælju'eiʃən], *s.* avaliação, apreciação.

EVANESCE [i:və'nes], *v.* dissipar, desaparecer; esvaecer, desmaiar.

EVANESCENCE [i:və'nesns], *s.* esvaecimento, dissipação, desaparecimento.

EVANESCENT [i:və'nesnt], *a.* evanescente; esvaecido; imperceptível; fugitivo, passageiro.

EVANGELIC [i:væn'dʒælik], *a.* e *s.* evangélico.

EVANGELICAL [i:væn'dʒælikəl], *a.* evangélico.

EVANGELIST [i'vændʒilist], *s.* evangelista.

EVANGELISTIC [invændʒi'listik], *a.* relativo aos evangelistas; evangélico.

EVANGELIZATION [ivændʒilai'zeiʃən], *s.* evangelização.

EVANGELIZE [i'vændʒilaiz], *v.* evangelizar.

EVAPORABLE [i'væpərəbl], *a.* evaporável.

EVAPORATE [i'væpəreit], *v.* evaporar, evaporizar; dissipar, desaparecer; secar; evaporar-se.

EVAPORATION [ivæpə'reiʃən], *s.* evaporação.

EVAPORATOR [i'væpəreitə], *s.* vaporizador.

EVASION [i'veiʒən], *s.* evasão, fuga; subterfúgio, pretexto; desculpa; evasiva.

EVASIVE [i'veisiv], *a.* evasivo, sofístico, ambíguo.

EVASIVENESS [i'veisivnis], *s.* evasiva, escapatória, desculpa, escusa.

EVE [i:v], *s.* véspera.

EVEN ['i:vn], *a.* plano; raso; liso; regular, uniforme; invariável; igual; semelhante; constante, firme; exato, justo, tranqüilo, sereno; imparcial; no mesmo nível; par (número); ajustado. *adv.* mesmo, até; precisamente; igualmente. *v.* aplainar; igualar, nivelar; ajustar ou liqüidar contas; nivelar-se. *s.* (poét.) noite, o anoitecer. # *get even with,* ajustar contas com, vingar-se.

EVENER ['i:vnə], *s.* nivelador; ajustador, regulador.

EVEN-HANDED ['i:vən'hændid], *a.* imparcial.

EVENING ['i:vniŋ], *s.* noite (primeiras horas), o crepúsculo, o anoitecer; tarde, véspera. *a.* vespertino. # *evening dress,* vestido de baile. *evening dress* (ou *clothes*), traje de rigor.

EVENLY ['i:vnli], *adv.* plenamente, lisamente; igualmente, uniformemente; desapaixonadamente, imparcialmente.

EVENNESS ['i:vnnis], *s.* lisura, planura; igualdade; uniformidade, regularidade; imparcialidade.

EVENSONG ['i:vnsɔŋ], *s.* vésperas; oração da tarde; ave-marias.

EVENT [i'vent], *s.* eventualidade, acontecimento; conseqüência, resultado; sucesso, êxito. # *at all events,* não obstante; aconteça o que acontecer. *athletic events,* competições esportivas. *in any event,* de qualquer forma. *in the event of* ou *that,* no caso de.

EVEN-TEMPERED ['ivən-tempəd], *a.* calmo.

EVENTFUL [i'ventful], *a.* cheio de acontecimentos; movimentado; memorável.

EVENTIDE ['i:vntaid], *s.* (poét.) crepúsculo, o anoitecer.

EVENTUAL [i'ventjuəl], *a.* contingente; possível; conseqüente; final, conclusivo.

EVENTUALITY [iventju'æliti], *s.* eventualidade.

EVENTUALLY [i'ventjuəli], *adv.* finalmente; conseqüentemente.

EVER ['evə], *adv.* sempre, eternamente; alguma vez, em algum tempo; já; nunca, jamais. # *as good as ever,* tão bom como sempre. *better than ever,* melhor do que nunca. *hardly ever,* quase nunca. *ever after, ever since,* desde então. *ever and again,* constantemente. *ever and anon,* (arc.) de quando em quando. *for ever (and a day),* para sempre. *for ever (and aye),* para sempre. *forever (and ever),* para sempre. *hardly* (ou *scarcely*) *ever,* quase nunca. *not for ever so much,* por coisa alguma deste mundo.

EVERGREEN ['evəgri:n], *s.* planta que se mantém sempre verde. *a.* sempre verde.

EVERLASTING [evə'lɑ:stiŋ], *a.* eterno, perpétuo; imortal, imorredouro; durável, perdurável.

EVERLASTINGNESS [evə'lɑ:stiŋnis], *s.* eternidade.

EVERMORE ['evə'mɔ, 'evə'mɔə], *adv.* eternamente; sempre.

EVERSION [i'və:ʃən], *s.* aversão; destruição, ruína, devastação; subversão.

EVERT [i'və:t], *v.* destruir; revirar para fora.

EVERY ['evri], *a.* cada, cada um; todos, todas. # *every now and then,* de vez em quando. *every so often,* de vez em quando, uma vez por outra, ocasionalmente.

EVERYBODY ['evribɔdi], *pron.* cada pessoa; todos; toda a gente, todo o mundo.

EVERYDAY ['evri'dei], *a.* diário; cotidiano; comum, ordinário; usual.

EVERYONE ['evriwʌn], *pron.* cada um, cada qual; todos.

EVERYTHING ['evriθiŋ], *pron.* tudo.

EVERYWAY ['evriwei], *adv.* a todos os respeitos.

EVERYWHERE ['evriwεə], *adv.* por toda a parte, em qualquer lugar.

EVICT [i:'vikt], *v.* despejar, desalojar, expulsar; desapossar; excluir; usurpar; mostrar, provar, evidenciar.

EVICTION [i:'vikʃən], *s.* (jur.) evicção; evidência, prova; despejo. # *eviction order,* (jur.) ordem de despejo.

EVIDENCE ['evidəns], *s.* demonstração, prova, disposição, declaração, testemunho; documento. *v.* provar, justificar, demonstrar. # *call in evidence,* chamar a depor. *for lack of evidence,* por falta de provas. *turn King's* (ou *Queen's*) *evidence,* depor contra um cúmplice = (E.U.) *turn state's evidence.*

EVIDENT ['evidənt], *a.* óbvio, manifesto, claro, notório, patente.

EVIDENTIAL [evi'denʃəl], *a.* evidente, indicativo, probatório.

EVIDENTLY ['evidəntli], *adv.* evidentemente; obviamente, indiscutivelmente; inegavelmente.

EVIL ['i:vl], *s.* mal; prejuízo, dano; perversidade, maldade; inconveniente; vício; crime; pecado; doença, moléstia; desgraça, infortúnio. *a.* mau, perverso; nocivo, maligno, maléfico, pernicioso; infeliz, miserável. # *reward evil for good,* pagar o bem com o mal. *speak evil of,* falar mal de.

EVIL-DOER ['i:vl'du:ə], *s.* malfeitor.

EVIL-EYE ['i:vl'ai], *s.* mau olhado.

EVIL-MINDED ['i:vl'maindid], *a.* maligno, maldoso, malicioso, malvado, mal-intencionado.

EVILNESS ['i:vlnis] *s.* maldade, perversidade.

EVILLY ['i:vli], *adv.* mal.

EVIL-SPEAKING ['i:vl'spi:kiŋ], *s.* maledicência.

EVINCE [i'vins], *v,* patentear; evidenciar; provar; revelar, manifestar.

EVINCIBLE [i'vinsəbl], *a.* demonstrável.

EVISCERATE [i'visəreit], *v.* estripar, desentranhar.

EVISCERATION [ivisə'reiʃən], *s.* estripação.

EVOCATION [evo'keiʃən], *s.* evocação; apelação; citação, intimação.

EVOKE [i'vouk], *v.* evocar; apelar, chamar, citar; avocar.

EVOLUTE ['i:vəlu:t], *s.* (geom.) evoluta.

EVOLUTION [i:və'lu:ʃən], *s.* evolução; desenvolvimento, seqüência; manobra; (mat.) extração de raízes.

EVOLUTIONAL [i:və'lu:ʃənl], *a.* evolutivo.

EVOLUTIONARY [i:və'lu:ʃnəri], *V.* **EVOLUTIONAL.**

EVOLUTIONISM [i:və'lu:ʃənizm], *s.* evolucionismo.

EVOLUCIONIST [i:və'lu:ʃənist], *s.* evolucionista.

EVOLVE [i:'vɔlv], *v.* desenvolver, desenrolar; estender, desdobrar; desprender (gases); despegar; desenvolver-se, abrir-se; evolver-se (= evolucionar, evoluir).

EVULSION [i'vʌlʃən], *s.* evulsão, extração, arrancamento.

EWE [ju:], *s.* ovelha.

EWER ['ju:ə], *s.* jarro.

EXACERBATE [eks'æsə:beit], *v.* exacerbar, exasperar, irritar; agravar.

EXACERBATION [eksæsə'beiʃən], *s.* exacerbação, irritação; agravamento.

EXACT [ig'zækt], *v.* exigir, impor, obrigar, requerer; extorquir. *a.* exato; certo, correto; preciso, justo, pontual; rigoroso, cuidadoso, escrupuloso.

EXACTING [ig'zæktiŋ], *a.* exigente.

EXACTION [ig'zækʃən], *s.* exação, exigência; extorsão.

EXACTITUDE [ig'zæktitju:d], *s.* exatidão, perfeição, precisão; rigor; pontualidade, regularidade.

EXACTLY [ig'zæktli], *adv.* exatamente, justamente, precisamente.

EXACTNESS [ig'zæktnis], *V.* **EXACTITUDE.**

EXACTOR [ig'zæktə], *s.* exator, arrecadador, cobrador; opressor.

EXAGGERATE [ig'zædʒəreit], *v.* exagerar, ampliar, aumentar; encarecer; exaltar.

EXAGGERATION [igzædʒə'reiʃən], *s.* exageração, exagero.

EXAGGERATIVE [ig'zædʒəreitiv], *a.* exagerado, exagerativo.

EXAGGERATOR [ig'zædʒəreitə], *s.* exagerador.

EXALT [ig'zɔ:lt], *v.* exaltar; elevar, engrandecer; nobilitar, glorificar, enaltecer, louvar; intensificar, reforçar.

EXALTATION [egzɔ:l'teiʃən], *s.* exaltação; engrandecimento; glorificação, dignidade; regozijo; intensificação.

EXALTED [ig'zɔ:ltid], *a.* exaltado; glorificado, enaltecido; sublime.

EXALTEDNESS [ig'zɔ:ltidnis], *s.* exaltação, nobilitação, elevação, glorificação; altivez.

EXAM [ig'zæm], *s.* (col.) *V.* **EXAMINATION.** # *to take an exam,* prestar um exame.

EXAMINATION [igzæmi'neiʃən], *s.* exame; análise; inquérito, inspeção, investigação, pesquisa; revista, reconhecimento; interrogatório; prova; registro. # *be plucked* (ou *ploughed) in an examination,* ser reprovado num exame. *go in for (seat for* ou *take) an examination,* prestar exame. *pass an examination,* ser aprovado num exame. *post mortem examination,* autópsia.

EXAMINE [ig'zæmin], *v.* examinar; analisar; inquirir, investigar; inspecionar; interrogar; explorar; ponderar, considerar; registrar.

EXAMINEE [igzæmi'ni:], *s.* examinando.

EXAMINER [ig'zæminə], *s.* examinador; analisador; inspetor, investigador; interrogador.

EXAMPLE [ig'zɑ:mpl], *s.* exemplo; exemplar; cópia; modelo; precedente. *v.* exemplificar. # *beyond example,* inaudito. *for example,* por exemplo. *set a good* (ou *bad) example,* dar um bom (ou mau) exemplo.

EXASPERATE [ig'zɑ:spəreit], *v.* exasperar, encolerizar, irritar, exacerbar; agravar; amargar.

EXASPERATION [igzɑ:spə'reiʃən], *s.* exasperação, irritação, exacerbação; agravamento.

EXASPERATOR [ig'zɑ:spəreitə], *s.* exasperador; provocador.

EXCAVATE ['ekskəveit], *v.* escavar; profundar; esvaziar, tornar oco.

EXCAVATION [ekskə'veiʃən], *s.* escavação, desaterro; cova; cavidade.

EXCAVATOR ['ekskəveitə], *s.* escavador.

EXCEED [ik'si:d], *v.* exceder, superar, sobrepujar, ultrapassar; avantajar; sobressair, preponderar; exceder-se, avantajar-se.

EXCEEDING [ik'si:diŋ], *a.* excessivo, extraordinário; excedente. *s.* excesso, sobejo.

EXCEEDINGLY [ik'si:diŋli], *adv.* excessivamente, muitíssimo, sumamente.

EXCEL [ik'sel], *v.* exceder, sobrepujar; sobressair, distinguir; vencer, superar, avantajar.

EXCELLENCE ['eksələns], *s.* excelência, eminência; dignidade, distinção, nobreza; superioridade; bondade.

EXCELLENCY ['eksələnsi], *s.* excelência (título de honra).

EXCELLENT ['eksələnt], *a.* excelente, maravilhoso, primoroso; eminente.

EXCELSIOR [ek'selsiɔ:], *a.* mais alto. s. (E.U.) fitas de madeira usadas como estofo.

EXCEPT [ik'sept], *s.* excetuar, excluir; isentar; objetar, recusar, rejeitar; omitir. *prep.* exceto, afora, salvo, menos. *conj.* a menos que, a não ser que.

EXCEPTING [ik'septiŋ], *prep.* exceto.

EXCEPTION [ik'sepʃən], *s.* exceção; exclusão; (jur.) objeção, recusa. # *take exception,* objetar. *there is an exception to every rule,* não há regra sem exceção.

EXCEPTIONABLE [ik'sepʃnəbl], *a.* recusável; censurável.

EXCEPTIONAL [ik'sepʃənl], *a.* excepcional, extraordinário, peculiar; superior.

EXCEPTIONALLY [ik'sepʃnəli], *adv.* excepcionalmente.

EXCERPT ['eksə:pt], *s.* excerto, extrato, resumo; seleção.

EXCERPT [ek'sə:pt], *v.* extratar, resumir; selecionar, escolher.

EXCERPTION [ek'sə:pʃən], *s.* extrato; ato de extratar.

EXCESS [ik'ses], *s.* excesso, sobejo, demasia; resto, sobra; transgressão. # *in excess,* de sobra.

EXCESSIVE [ik'sesiv], *a.* excessivo, superabundante, demasiado; desmedido, imoderado.

EXCESSIVELY [ik'sesivli], *adv.* excessivamente.

EXCHANGE [iks'tʃeindʒ], *s.* troca; permuta; câmbio; ágio; letra de câmbio; bolsa (de operações financeiras); estação central dos telefones = (E.U.) *central. v.* trocar, permutar; cambiar. # *at the exchange of,* ao câmbio de. *central exchange,* central telefônica. *course of exchange,* (com.) cotação do câmbio. *forward exchange,* letra de câmbio para entrega futura. *pegged exchange,* (com.) câmbio fictício. *rate of exchange,* cotação de câmbio, taxa de câmbio.

EXCHANGEABILITY [ikstʃeindʒə'biliti], *s.* qualidade de ser trocável, permutabilidade.

EXCHANGEABLE [iks'tʃeindʒəbl], *a.* permutável, trocável; cambiável.

EXCHANGER [iks'tʃeindʒə], *s.* cambista; banqueiro.

EXCHEQUER [iks'tʃekə], *s.* fundos; tesouraria; tesouro público; erário; Ministério das Finanças (Inglaterra); Ministério da Fazenda.

EXCIMBANK ['eksimbæŋk], *s.* banco de exportação e importação.

EXCISE ['eksaiz], *s.* imposto de consumo ou de transmissão = *internal revenue tax.* # *excise stamp tax,* selo de consumo.

EXCISE [ek'saiz], *v.* amputar; extirpar; onerar.

EXCISION [ek'siʒən], *s.* excisão; corte, amputação; destruição, extirpação.

EXCITABILITY [iksaitə'biliti], *s.* excitabilidade.

EXCITABLE [ik'saitəbl], *a.* excitável.

EXCITANT ['eksitənt], *a.* e *s.* excitante, estimulante.

EXCITATION [eksi'teiʃən], *s.* excitação; estímulo, instigação, provocação.

EXCITATIVE [ek'saitətiv], *a.* excitativo, estimulante, excitante.

EXCITATORY [ek'saitətəri], *V.* **EXCITATIVE.**

EXCITE [ik'sait], *v.* excitar, estimular; instigar, incitar, provocar; animar, alentar; irritar.

EXCITED [ik'saitid], *a.* excitado, animado.

EXCITEMENT [ik'saitmənt], *s.* excitamento, estimulação, instigação, provocação; comoção, agitação, exaltação.

EXCITER [ik'saitə], *s.* excitador, estimulador, instigador, provocador; (eletr.) gerador (de corrente elétrica).

EXCITING [ik'saitiŋ], *a.* excitante, estimulante; emocionante.

EXCLAIM [iks'kleim], *v.* gritar, clamar, exclamar, bradar.

EXCLAMATION [eksklə'meiʃən], *s.* exclamação; ponto de exclamação. # *exclamation mark,* ponto de exclamação.

EXCLAMATORY [eks'klæmətəri], *a.* exclamativo, exclamatório.

EXCLUDE [iks'klu:d], *v.* excluir, recusar, rejeitar; excetuar; expelir.

EXCLUSION [iks'klu:ʒən], *s.* exclusão; repulsa; eliminação; expulsão.

EXCLUSIVE [iks'klu:siv], *a.* exclusivo; (E.U.) excelente.

EXCLUSIVELY [iks'klu:sivli], *adv.* exclusivamente.

EXCLUSIVENESS [iks'klu:sivnis], *s.* exclusividade; exclusão, exceção, repulsa.

EXCOGITATE [eks'kɔdʒiteit], *v.* excogitar, meditar, refletir, imaginar.

EXCOGITATION [ekskɔdʒi'teiʃən], *s.* excogitação.

EXCOMMUNICATE [ekskə'mju:nikeit], *v.* excomungar.

EXCOMMUNICATION ['ekskəmju:ni'keiʃən], *s.* excomunhão.

EXCORIATE [eks'kɔrieit], *v.* escoriar, esfolar.

EXCORIATION [ekskɔ:ri'eiʃən], *s.* escoriação; esfoladura; pilhagem.

EXCREMENT ['ekskrimənt], *s.* excremento.

EXCREMENTAL [ekskri'mentl], *a.* excrementoso.

EXCREMENTITIOUS [ekskrimen'tiʃəs], *s.* excrementício.

EXCRESCENCE [iks'kresns], *s.* excrescência; superfluidade, demasia.

EXCRESCENT [iks'kresnt], *a.* excrescente; supérfluo.

EXCRETE [eks'kri:t], *v.* excretar; evacuar.

EXCRETION [eks'kri:ʃən], *s.* excreção; evacuação.

EXCRETIVE [eks'kri:tiv], *a.* excretório.

EXCRUCIATE [iks'kru:ʃieit], *v.* excruciar, torturar, afligir, atormentar.

EXCRUCIATING [iks'kru:ʃieitiŋ], *a.* excruciante, doloroso, torturante, mortificante; muito fastidioso.

EXCRUCIATION [ikskru:ʃi'eiʃən], *s.* aflição, tortura, mortificação, martírio; pena, dor.
EXCULPATE ['ekskʌlpeit], *v.* escusar, justificar, desculpar; perdoar; dispensar.
EXCULPATION [ekskʌl'peiʃən], *s.* escusa, justificação, desculpa.
EXCULPATORY [eks'kʌlpətəri], *a.* escusatório, justificativo.
EXCURSION [iks'kə:ʃən], *s.* excursão; romaria; passeio, expedição; excursão, digressão; (fís.) metade do movimento oscilatório; (astr.) desvio.
EXCURSIONIST [iks'kə:ʃnist], *s.* excursionista.
EXCURSIVE [eks'kə:siv], *a.* errante; vagabundo; digressivo.
EXCUSABLE [iks'kju:zəbl], *a.* escusável, desculpável, justificável.
EXCUSE [iks'kju:s], *s.* escusa, desculpa, justificação; apologia; isenção, dispensa. # *lame, poor* ou *sorry excuse,* desculpa esfarrapada.
EXCUSE [iks'kju:z], *v.* excusar, desculpar, justificar; perdoar; dispensar, eximir.
EXECRABLE ['eksikrəbl], *a.* execrável, detestável, abominável.
EXECRATE ['eksikreit], *v.* execrar, detestar, abominar, amaldiçoar.
EXECRATION [eksi'kreiʃən], *s.* execração, maldição.
EXECRATORY ['eksikreitəri], *a.* execratório.
EXECUTABLE ['eksikju:təbl], *a.* executável.
EXECUTANT [ig'zekjutənt], *s.* (mús.) executante.
EXECUTE ['eksikju:t], *v.* executar, desempenhar, representar; obrar, efetuar, realizar; cumprir; penhorar; justiçar, matar.
EXECUTER ['eksikju:tə], *s.* executor; verdugo, algoz, carrasco.
EXECUTION [eksi'kju:ʃən], *s.* execução, desempenho, cumprimento; penhora; legalização de documentos; mandado do juiz; morte.
EXECUTIONER [eksi'kju:ʃnə], *s.* executor.
EXECUTIVE [ig'zekjutiv], *s.* poder executivo; administrador de empresa. *a.* executivo.
EXECUTOR [ig'zekjutə], *s.* executor; carrasco, algoz; testamenteiro.
EXECUTORSHIP [ig'zekjutəʃip], *s.* testamentaria.
EXECUTORY [ig'zekjutəri], *a.* executório, executivo; administrativo.
EXECUTRIX [ig'zekjutriks], *s.* testamenteira.
EXEGESIS [eksi'dʒi:sis], *s.* exegese.
EXEGETIC, AL [eksi'dʒetik, əl], *a.* exegético.
EXEMPLAR [ig'zemplə], *s.* exemplar, modelo, espécime, original; cópia.
EXEMPLARINESS [ig'zemplərinis], *s.* exemplaridade.
EXEMPLARITY [egzem'plæriti], *s.* exemplaridade.
EXEMPLARY [ig'zempləri], *a.* exemplar, modelar.
EXEMPLIFICATION [igzemplifi'keiʃən], *s.* exemplificação; exemplo, modelo; (jur.) cópia, traslado.
EXEMPLIFY [ig'zemplifai], *v.* exemplificar; ilustrar; confirmar; declarar, manifestar; copiar, trasladar.
EXEMPT [ig'zempt], *v.* eximir, isentar, dispensar, desobrigar; libertar; inimizar. *a.* isento, desobrigado. # *exempt from,* isento de.
EXEMPTION [ig'zempʃən], *s.* dispensa, isenção; imunidade.
EXERCISE ['eksəsaiz], *s.* exercício; uso, função, prática; ginástica, exercício físico; (mil.) manobra; evolução; ensaio; tema. *pl.* serviço religioso; exame; programa. *v.* exercitar, praticar; adestrar; exercer, professar; comunicar; empregar, usar, exercitar-se, adestrar-se; fazer ginástica. # *exercise book,* caderno de exercícios.
EXERCISER ['eksəsaisə], *s.* exercitante.
EXERCITATION [egzə:si'teiʃən], *s.* exercício, uso prático, exercitação.
EXERGUE [ek'zə:g], *s.* exergo.
EXERT [ig'zə:t], *v.* exercer, desempenhar; mostrar; aplicar, empregar; empenhar-se, esforçar-se, apurar-se.
EXERTION [ig'zə:ʃən], *s.* esforço, empenho, diligência. *pl.* diligências, meios, medidas, passos.
EXERTIVE [ig'zə:tiv], *a.* esforçado.
EXFOLIATE [eks'foulieit], *v.* esfoliar, desfolhar.
EXFOLIATION [eksfouli'eiʃən], *s.* (med.) exfoliação; (geol.) esfoliação, descamação.
EXHALANT [eks'heilənt], *a.* exalador.
EXHALATION [ekshə'leiʃən], *s.* exalação, emanação, evaporação; vapor.

EXHALE [eks'heil], *v.* exalar, emanar, emitir, evaporar; evaporar-se, evolar-se, dissipar-se.

EXHAUST [ig'zɔ:st], *v.* debilitar, enfraquecer; esgotar, exaurir, gastar, consumir; empobrecer, depauperar; dissipar. *s.* escape, descarga, escapamento, emissão de vapor; gás queimado; (mec.) cano de descarga; (fís.) aspiração.

EXHAUSTER [ig'zɔ:stə], *s.* esgotador; (fís.) aspirador, bomba, exaustor.

EXHAUSTIBLE [ig'zɔ:stəbl], *a.* exaustível; esgotável, exaurível.

EXHAUSTING [ig'zɔ:stiŋ], *a.* extenuante, fatigante.

EXHAUSTION [ig'zɔ:stʃən], *s.* exaustão; esvaziamento; aspiração; evacuação.

EXHAUSTIVE [ig'zɔ:stiv], *a.* completo, cabal; apurado; profundo.

EXHAUSTIVENESS [ig'zɔ:stivnis], *s.* exaustão, esfalfamento, enfraquecimento.

EXHIBIT [ig'zibit], *v.* exibir, mostrar, expor, patentear, manifestar, apresentar; administrar um remédio. *s.* manifestação; coisas postas em exibição; (jur.) escritura, documento apresentado.

EXHIBITION [eksi'biʃən], *s.* exibição, exposição; apresentação; manifestação; administração de remédios; bolsa de estudos; pensão, manutenção.

EXHIBITIONER [eksi'biʃnə], *s.* o detentor de bolsa de estudos.

EXHIBITIVE [ig'zibitiv], *a.* representativo.

EXHIBITOR [ig'zibitə], *s.* expositor.

EXHIBITORY [ig'zibitəri], *a.* exibitório.

EXHILARANT [ig'zilərənt], *a.* jovial, regozijador, contente, alegre, divertido.

EXHILARATE [ig'zilәreit], *v.* regozijar, recrear, alegrar, alvoroçar, distrair.

EXHILARATING [ig'zilәreitiŋ], *a.* regozijador, recreativo, divertido; hilariante.

EXHILARATION [igzilә'reiʃən], *s.* alegria, hilaridade, regozijo, contentamento, jovialidade.

EXHILARATIVE [ig'zilәreitiv], *a.* que causa alegria.

EXHORT [ig'zɔ:t], *v.* exortar, incitar, animar, aconselhar.

EXHORTATION [egzɔ:'teiʃən], *s.* exortação, incitação, animação, estímulo; conselho.

EXHORTATIVE [ig'zɔ:tətiv], *a.* exortativo.

EXHORTATORY [ig'zɔ:tətəri], *a.* exortatório.

EXHUMATION [ekshju:'meiʃən], *s.* desenterramento, exumação.

EXHUME [eks'hju:m], *v.* desenterrar, exumar.

EXHUMER [eks'hju:mə], *s.* coveiro.

EXIGENCE ['eksidʒəns, 'egzidʒəns], *V.* **EXIGENCY.**

EXIGENCY ['eksidʒənsi, ek'sidʒənsi, 'egzidʒənsi, eg'zidʒənsi], *s.* exigência, insistência; necessidade; dificuldade; aperto, apuro; conjuntura; urgência; emergência.

EXIGENT ['eksidʒənt, 'egzidʒənt], *a.* exigente; necessário; urgente.

EXIGUITY [eksi'gjuiti], *s.* pequenez, exigüidade, escassez.

EXIGUOUS [eg'zigjuəs], *a.* pequeno, exíguo, escasso, minguado, diminuto.

EXIGUOUSNESS [eg'zigjuəsnis], *s.* exigüidade.

EXILE ['eksail], *s.* exílio, expatriação, desterro. *v.* exilar, expatriar, desterrar.

EXILITY [eg'ziliti], *s.* pequenez; finura.

EXIST [ig'zist], *v.* existir; estar; viver; subsistir, durar.

EXISTENCE [ig'zistəns], *s.* existência; vida; ente, ser, entidade.

EXISTING [ig'zistiŋ], *a.* existente, real.

EXIT ['eksit, 'egzit], *s.* partida; saída; morte.

EXODE ['eksoud], *s.* êxodo; entremez, representação, farsa.

EXODUS ['eksədəs], *s.* êxodo.

EXOGAMOUS [ek'sɔgəməs], *a.* exógamo.

EXONERATE [ig'zɔnəreit], *v.* exonerar; demitir, desobrigar; absolver, desculpar, inocentar; revelar; aliviar.

EXONERATION [igzɔnə'reiʃən], *s.* exoneração, demissão; absolvição, desculpa.

EXORBITANCE [ig'zɔ:bitəns], *s.* exorbitância; imoderação; demasia, excesso.

EXORBITANT [ig'zɔ:bitənt], *a.* exorbitante, demasiado, excessivo, superabundante; extravagante.

EXORCISE ['eksɔ:saiz], *v.* exorcizar, exorcismar; esconjurar; conjurar.

EXORCISM ['eksɔ:sizm], *s.* exorcismo; esconjuro.

EXORCIST ['eksɔ:sist], *s.* exorcista.

EXORDIUM [ek'sɔ:diəm], *s.* exórdio, preâmbulo.

EXOTERIC [eksou'terik], *s.* esotérico, comum, vulgar. *s. pl.* doutrinas esotéricas.

EXOTIC [eg'zɔtik], *a.* exótico; estranho; estrangeiro. *s.* planta exótica.

EXPAND [iks'pænd], *v.* expandir, ampliar, dilatar, estender, alargar, desenvolver; difundir, espalhar; abrir; espalhar-se, estender-se; abrir--se; dilatar-se.

EXPANDER [iks'pændə], *s.* dilatador.

EXPANSE [iks'pæns], *s.* espaço, extensão, superfície; ampliação, dilatação.

EXPANSIBILITY [ikspænsə'biliti], *s.* expansibilidade, dilatabilidade.

EXPANSIBLE [iks'pænsəbl], *a.* expansível, dilatável.

EXPANSILE [iks'pænsail], *a.* capaz de expansão ou de causar expansão.

EXPANSION [iks'pænʃən], *s.* espaço, extensão; imensidade; expansão, dilatação; ampliação, difusão, alargamento, desenvolvimento.

EXPANSIVE [iks'pænsiv], *a.* expansivo, comunicativo, extensivo.

EXPANSIVENESS [iks'pænsivnis], *s.* expansibilidade.

EXPATIATE [eks'peiʃieit], *v.* estender-se, dilatar-se, alargar-se; desenvolver um assunto; ampliar, estender, espaçar, espacejar.

EXPATIATION [ekspeiʃi'eiʃən], *s.* desenvolvimento, prolixidade; ampliação, alargamento.

EXPATIATIVE [eks'peiʃieitiv], *a.* prolixo, difuso.

EXPATIATOR [eks'peiʃieitə], *s.* pessoa prolixa.

EXPATIOTORY [eks'peiʃiətəri], *a.* difuso, prolixo; fastidioso.

EXPATRIATE [eks'pætrieit], *v.* expatriar, banir, desterrar, exilar.

EXPATRIATION [ekspætri'eiʃən], *s.* expatriação, exílio; emigração.

EXPECT [iks'pekt], *v.* esperar, contar com, aguardar; supor.

EXPECTANCE [iks'pektəns], *s.* expectativa, expectação, esperança.

EXPECTANCY [iks'pektensi], *V.* **EXPECTANCE.**

EXPECTANT [iks'pektənt], *s.* e *a.* expectante, esperançoso.

EXPECTATION [ekspek'teiʃən], *s.* expectação, expectativa, esperança, probabilidade. # *to meet with the expectation,* corresponder à expectativa.

EXPECTER [iks'pektə], *s.* expectador.

EXPECTORANT [eks'pektərənt], *s.* e *a.* expectorante.

EXPECTORATE [eks'pektəreit], *v.* expectorar; cuspir.

EXPECTORATION [ekspektə'reiʃən], *s.* expectoração.

EXPEDIENCE, CY [iks'pi:diəns, si], *s.* expediência, expedição; desembaraço, presteza, aptidão; diligência; conveniência, comodidade; utilidade, oportunidade.

EXPEDIENT [iks'pi:diənt], *s.* expediente, recurso, meio. *a.* desembaraçado, apto, expedito (desus.); conveniente, vantajoso, útil, oportuno.

EXPEDITE ['ekspidait], *v.* expedir, despachar; desembaraçar, facilitar; apressar, acelerar.

EXPEDITION [ekspi'diʃən], *s.* expedição (militar, científica, etc.); prontidão, desembaraço, diligência; pressa; despacho.

EXPEDITIONARY [ekspi'diʃənəri], *a.* expedicionário.

EXPEDITIOUS [ekspi'diʃəs], *a.* expedito, diligente, desembaraçado, pronto.

EXPEDITIOUSNESS [ekspi'diʃəsnis], *s.* prontidão, presteza.

EXPEL [iks'pel], *v.* expelir, expulsar; banir, desterrar; excluir, despedir.

EXPEND [iks'pend], *v.* gastar, expender, despender; consumir.

EXPENDITURE [iks'penditʃə], *s.* despesa, gasto, expensão; consumo.

EXPENSE [iks'pens], *s.* despesa, gasto, dispêndio, custo, consumo. # *at one's private expense,* à própria custa. *at the expense of,* à custa de. *bear the expenses,* arcar com as despesas. *expenses covered,* livre de despesas. *outstanding expenses,* (com.) despesas a liquidar. *to jot down the expenses,* assentar as despesas. *petty expenses,* despesas miúdas.

EXPENSIVE [iks'pensiv], *a.* custoso, caro, dispendioso; gastador; pródigo, generoso, liberal.

EXPENSIVENESS [iks'pensivnis], *s.* gasto, dispêndio, custo.

EXPERIENCE [iks'piəriəns], *s.* experiência, tentativa, ensaio, prova; conhecimento; prática; perícia; aventura; incidente. *v.* experimentar; praticar; tentar; provar, ensaiar; conhecer; sentir, sofrer. # *experience table,* tabela de mortalidade (seguros).

EXPERIMENT [iks'perimənt], *s.* experiência, prova, tentativa, ensaio, experimentação.

EXPERIMENTAL [eksperi'mentl], *a.* experimental.

EXPERIMENTATION [eksperimen'teiʃən], *s.* experimentação, prova, tentativa, ensaio, experimento.

EXPERT ['eksp·ɤ], *s.* perito, experto, sabedor, técnico.

EXPERT ['ekspə:t], *a.* experimentado, hábil, perito, técnico, versado, experto.

EXPERTNESS ['ekspə:tnis], *s.* perícia, destreza, habilidade, prática, experiência, técnica.

EXPIABLE ['ekspiəbl], *a.* expiável.

EXPIATE ['ekspieit], *v.* expiar, pagar; reparar (danos, etc.).

EXPIATION [ekspi'eiʃən], *s.* expiação; reparação (danos, etc.); penitência.

EXPIATORY ['ekspietəri], *a.* expiatório.

EXPIRATION [ekspaiə'reiʃən], *s.* expiração; respiração; exalação; morte; terminação, termo, vencimento de um prazo.

EXPIRATORY [iks'paiətəri], *a.* expiratório.

EXPIRE [iks'paiə], *v.* expirar, respirar; exalar; definhar, fenecer; morrer, falecer; terminar, acabar (um prazo); vencer-se.

EXPIRING [iks'paiəriŋ], *a.* moribundo; expirante.

EXPIRY [iks'paiəri], *s.* expiração, terminação.

EXPLAIN [iks'plein], *v.* explicar, esclarecer, elucidar; explanar, expor; interpretar.

EXPLAINABLE [iks'pleinəbl], *a.* explicável.

EXPLAINER [iks'pleinə], *s.* explicador; intérprete.

EXPLANATION [eksplə'neiʃən], *s.* explicação, esclarecimento; exposição, explanação; interpretação; composição.

EXPLANATORY [iks'plænətəri], *a.* explicativo, explanatório.

EXPLETIVE [eks'pli:tiv], *s.* expletiva. *a.* expletivo.

EXPLICABLE ['eksplikəbl], *a.* explicável.

EXPLICATION [ekspli'keiʃən], *s.* explicação, esclarecimento; exposição; interpretação.

EXPLICATIVE ['eksplikeitiv], *a.* explicativo.

EXPLICIT [iks'plisit], *a.* explícito, claro; positivo, formal, categórico.

EXPLICITNESS [iks'plisitnis], *s.* clareza.

EXPLODE [iks'ploud], *v.* explodir, estourar, disparar; rebentar; expelir, expulsar; menosprezar; censurar, reprovar; fazer explosão; desacreditar, desmoralizar.

EXPLODER [iks'ploudə], *s.* explosivo; reprovador; vociferador, gritador.

EXPLOIT ['eksplɔit], *s.* proeza, façanha.

EXPLOIT [iks'plɔit], *v.* explorar, aproveitar-se; usar, utilizar; pormenorizar; especular, investigar, procurar (desus.).

EXPLOITATION [eksplɔi'teiʃən], *s.* exploração; utilização; aproveitamento.

EXPLORATION [eksplɔ:'reiʃən], *s.* pesquisa, exploração, investigação, sondagem.

EXPLORATIVE [eks'plɔ:rətiv], *V.* **EXPLORATORY.**

EXPLORATORY [eks'plɔ:rətəri], *a.* exploratório.

EXPLORE [iks'plɔ:], *v.* explorar, pesquisar, averiguar, investigar, sondar.

EXPLORER [iks'plɔ:rə], *s.* explorador.

EXPLOSION [iks'plouʒən], *s.* explosão, erupção; estouro, detonação.

EXPLOSIVE [iks'plousiv], *s.* e *a.* explosivo.

EXPLOSIVENESS [iks'plousivnis], *s.* qualidade de explosivo.

EXPONENT [eks'pounənt], *s.* expositor, expoente; intérprete; representante; (mat.) expoente.

EXPONENTIAL [ekspou'nenʃəl], *a.* (mat.) exponencial.

EXPORT ['ekspɔ:t], *s.* exportação; *pl.* artigos de exportação.

EXPORT [eks'pɔ:t], *v.* exportar.

EXPORTABLE [eks'pɔ:təbl], *a.* exportável.

EXPORTATION [ekspɔ:'teiʃən], *s.* exportação.

EXPORTER [eks'pɔ:tə], *s.* exportador.

EXPOSE [iks'pouz], *v.* expor; exibir, mostrar, apresentar; manifestar; revelar, desmascarar; interpretar, explicar, desenvolver; publicar, divulgar; arriscar, comprometer; abandonar.

EXPOSÉ [eks'pouzei], *s.* exposição, interpretação, explicação; revelação.

EXPOSER [iks'pouzə], *s.* expositor; (fot.) disparador.

EXPOSITION [ekspə'ziʃən], *s.* exposição, exibição; explanação, explicação, interpretação.
EXPOSITIVE [eks'pɔzitiv], *a.* expositivo.
EXPOSITOR [eks'pɔzitə], *s.* expositor.
EXPOSTULATE [iks'pɔstjuleit], *v.* discutir, altercar; censurar, repreender; reclamar, queixar-se.
EXPOSTULATION [ikspɔstju'leiʃən], *s.* expostulação; discussão, debate; censura, repreensão, admoestação; queixa, reclamação.
EXPOSURE [iks'pouʒə], *s.* exposição (ao ar, etc.); situação, orientação; explicação, interpretação; revelação, desmascaramento; escândalo.
EXPOUND [iks'paund], *v.* expor, explanar, desenvolver, explicar, esclarecer, interpretar.
EXPOUNDER [iks'paundə], *s.* expositor, explicador.
EXPRESS [iks'pres], *v.* expressar, enunciar, exprimir, manifestar, declarar, dizer; significar; enviar, expelir; espremer; imitar; assemelhar-se. *a.* expresso, claro, explícito; formal, categórico, positivo; exato, preciso; semelhante, parecido; rápido, veloz. *s.* expresso, correio, mensageiro; recado, mensagem. # *express company,* (E.U.) companhia de transportes. *express delivery,* entrega rápida.
EXPRESSIBLE [iks'presəbl], *a.* exprimível, expressável.
EXPRESSION [iks'preʃən], *s.* expressão; representação; atitude, gesto; semblante; declaração; frase, locução; palavra, vocábulo. # *trite expression,* lugar-comum, chapa.
EXPRESSIONAL [iks'preʃənl], *a.* que tem poder expressivo; relativo à expressão.
EXPRESSIONISM [iks'preʃənizm], *s.* expressionismo.
EXPRESSIONLESS [iks'preʃənlis], *a.* inexpressivo.
EXPRESSIVE [iks'presiv], *a.* expressivo, significativo.
EXPRESSIVENESS [iks'presivnis], *s.* significação, expressão; energia.
EXPRESSLY [iks'presli], *adv.* expressamente, claramente, explicitamente.
EXPRESSMAN [iks'presmæn], *s.* (E.U.) mensageiro, rápido = (Ing.) *carrier.*
EXPROPRIATE [eks'prouprieit], *v.* expropriar, alienar, desapropriar.
EXPROPRIATION [eksproupri'eiʃən], *s.* expropriação, alienação, desapropriação.
EXPULSION [iks'pʌlʃən], *s.* expulsão.
EXPULSIVE [iks'pʌlsiv], *a.* expulsivo.
EXPUNGE [eks'pʌndʒ], *v.* riscar, cancelar.
EXPURGATE ['ekspə:geit], *v.* expurgar, limpar; corrigir, emendar.
EXPURGATION [ekspə:'geiʃən], *s.* expurgação, expurgo; purificação; evacuação; revisão, correção.
EXPURGATOR ['ekspə:geitə], *s.* expurgador.
EXQUISITE ['ekskwizit], *a.* raro, extraordinário; refinado, primoroso, delicado, fino; saboroso, delicioso; excelente, ótimo; refinado; requintado; perfeito; lindo; forte, agudo, intenso, excessivo. *s.* janota, casquilho.
EXQUISITELY ['ekskwizitli], *adv.* primorosamente; perfeitamente.
EXQUISITENESS ['ekskwizitnis], *s.* perfeição, primor, excelência; fineza, delicadeza.
EXTANT [eks'tænt], *a.* saliente; vivente, existente.
EXTEMPORANEOUS [ekstempə'reinjəs], *a.* improvisado; repentino, inesperado, imprevisto.
EXTEMPORANEOUSLY [ekstempə'reinjəsli], *adv.* repentinamente, de improviso.
EXTEMPORARY [iks'tempərəri], *V.* **EXTEMPORANEOUS.**
EXTEMPORE [eks'tempəri], *adv.* de repente, subitamente; inesperadamente. *a.* improvisado.
EXTEMPORIZATION (ISA) [ekstempərai'zeiʃən], *s.* improvisação, improviso.
EXTEMPORIZE (ISE) [iks'tempəraiz], *v.* improvisar.
EXTEND [iks'tend], *v.* estender, prolongar; engrandecer, aumentar; dilatar, ampliar; espalhar, propagar; oferecer, apresentar; conceder, dar; continuar; exagerar; prorrogar; (jur.) prender, embargar, penhorar; estender-se, prolongar-se; (E.U.) oferecer, apresentar.
EXTENSIBILITY [ikstensə'biliti], *s.* extensibilidade.
EXTENSIBLE [iks'tensəbl], *a.* extensível.
EXTENSILE [eks'tensail], *a.* extensível.
EXTENSION [iks'tenʃən], *s.* extensão; prolongamento, alongamento; ampliação, dilatação, expansão; aumento, acréscimo, adição; pror-

rogação; (E.U.) edifício anexo, puxado = (Ing.) *annexe*.

EXTENSION SPRING [iks'tenʃən 'spriŋ], *s.* mola tensora.

EXTENSION TABLE [iks'tenʃən 'teibl], *s.* mesa elástica.

EXTENSIVE [iks'tensiv], *a.* extenso, grande, largo; amplo, geral.

EXTENSIVELY [iks'tensivli], *adv.* extensivamente.

EXTENSIVENESS [iks'tensivnis], *s.* extensão, amplidão; extensividade.

EXTENT [iks'tent], *s.* extensão, grandeza, dimensão; medida; grau, ponto; (jur.) penhora, seqüestro, embargo; execução. # *to a certain extent,* até certo ponto. *to a great extent,* em grande parte.

EXTENUATE [eks'tenjueit], *v.* mitigar, atenuar, minorar; pedir desculpa, escusar-se.

EXTENUATING [eks'tenjueitiŋ], *a.* atenuante.

EXTENUATION [ekstenju'eiʃən], *s.* atenuação; mitigação; diminuição; extenuação.

EXTENUATIVE [eks'tenjueitiv], *a.* atenuativo; paliativo.

EXTERIOR [eks'tiəriə], *s.* exterior; aspecto, aparência; exterioridade. *a.* exterior, externo; estrangeiro; visível.

EXTERIORITY [ekstiəri'ɔriti], *s.* exterioridade.

EXTERIORIZE [eks'tiəraiz], *v.* exteriorizar.

EXTERMINATE [eks'tə:mineit], *v.* exterminar, destruir, arruinar, devastar, assolar, aniquilar; eliminar; abolir; extirpar; arrancar.

EXTERMINATION [ekstə:mi'neiʃən], *s.* exterminação, destruição, devastação, extermínio; eliminação; extirpação.

EXTERMINATOR [eks'tə:mineitə], *a.* e *s.* exterminador, destruidor.

EXTERMINATORY [eks'tə:minətəri], *a.* exterminador.

EXTERNAL [eks'tə:nl], *a.* exterior, externo; estrangeiro, forasteiro. *s. pl.* os exteriores, as aparências; exterioridade.

EXTERRITORIAL ['eksteri'tɔ:riəl], *a.* extraterritorial.

EXTINCT [iks'tiŋkt], *a.* extinto; apagado; abolido, suprimido; destruído; acabado; morto.

EXTINCTION [iks'tiŋkʃən], *s.* extinção; abolição, supressão; destruição, aniquilamento; cessação; amortização.

EXTINCTIVE [iks'tiŋktiv], *a.* extintivo.

EXTINGUISH [iks'tiŋgwiʃ], *v.* extinguir, apagar; abolir, suprimir, destruir, aniquilar; amortecer; obscurecer.

EXTINGUISHABLE [iks'tiŋgwiʃbl], *a.* apagável, extinguível.

EXTINGUISHER [iks'tiŋgwiʃə], *s.* extintor.

EXTIRPATE ['ekstə:peit], *v.* extirpar, arrancar, extrair, desarraigar; destruir; arruinar, exterminar.

EXTIRPATION [ekstə:'peiʃən], *s.* extirpação; destruição.

EXTIRPATOR ['ekstə:peitə], *s.* extirpador, exterminador.

EXTOL [iks'tɔl], *v.* exaltar, enaltecer, gabar, louvar, glorificar, celebrar.

EXTORT [iks'tɔ:t], *v.* extorquir; arrancar, arrebatar.

EXTORTER [iks'tɔ:tə], *V.* **EXTORTIONER.**

EXTORTION [iks'tɔ:ʃən], *s.* extorsão; usurpação; violência; opressão; exação.

EXTORTIONATE [iks'tɔ:ʃnit], *a.* ilegal, injusto; violento, opressivo.

EXTORTIONER [iks'tɔ:ʃnə], *s.* opressor; exator.

EXTRA ['ekstrə], *a.* extra, extraordinário, suplementar, adicional, acessório. *s.* o excesso; suplemento; gasto extraordinário.

EXTRACT ['ekstrækt], *s.* extrato, excerto; essência; resumo, apanhado, sumário. # *extract of criminal record,* folha-corrida (polícia).

EXTRACT [iks'trækt], *v.* resumir, sintetizar; arrancar, retirar, extrair.

EXTRACTABLE [iks'træktəbl], *a.* extraível.

EXTRACTION [iks'trækʃən], *s.* extração; descendência, origem, linhagem; ascendência, progênie, progenitura.

EXTRACTIVE [iks'træktiv], *a.* extrativo.

EXTRACTOR [iks'træktə], *s.* extrator.

EXTRACURRICULAR ['ekstrəkə'rikjulə], *a.* extracurricular.

EXTRADITE ['ekstrədait], *v.* extraditar.

EXTRADITION [ekstrə'diʃən], *s.* extradição.

EXTRAJUDICIAL ['ekstrədʒu:'diʃəl], *a.* extrajudicial, extrajudiciário.

EXTRANEOUS [eks'treinjəs], *a.* extrínseco; suplementar, acessório; externo, exterior; estranho, estrangeiro.

EXTRAORDINARY [iks'trɔ:dnri], *a.* extraordinário; especial, particular; singular, original, raro.

EXTRASENSORY [ekstrə'sensəri], *a.* (psic.) extra-sensorial.

EXTRATERRITORIAL ['ekstrəteri'tɔ:riəl], *a.* extraterritorial.

EXTRAUTERINE [ekstrə'ju:tərain], *a.* (anat.) extra-uterino.

EXTRAVAGANCE [iks'trævigəns], *s.* extravagância; excesso, prodigalidade; tolice; loucura; estroinice; desordem, irregularidade; capricho.

EXTRAVAGANT [iks'trævigənt], *a.* extravagante; perdulário; caprichoso; irregular; excessivo.

EXTRAVAGANZA [ekstrævə'gænzə], *s.* fantasia musical, peça teatral extravagante.

EXTRAVASATE [eks'trævəseit], *v.* extravasar.

EXTRAVASATION [ekstræve'seiʃən], *s.* extravasamento.

EXTREME [iks'tri:m], *a.* extremo; último, derradeiro; excessivo; supremo, sumo; violento; severo, rigoroso; estrito. *s.* extremo; fim, extremidade; excesso, supérfluo.

EXTREMELY [iks'tri:mli], *adv.* extremamente; sumamente, muito.

EXTREMENESS [iks'tri:mnis], *s.* qualidade de ser excessivo.

EXTREMISM [iks'tri:mizm], *s.* extremismo, radicalismo.

EXTREMIST [iks'tri:mist], *s.* extremista, radicalista.

EXTREMITY [iks'tremiti], *s.* extremidade; termo, fim; cabo, ponta; apuro, aperto; necessidade; rigor, severidade.

EXTRICABLE ['ekstrikəbl], *a.* que se pode desembaraçar ou deslindar.

EXTRICATE ['ekstrikeit], *v.* desembaraçar, desemaranhar, destrinçar, desenredar, esclarecer.

EXTRICATION [ekstri'keiʃən], *s.* desenredo; desembaraço, deslindamento.

EXTRINSIC, AL [eks'trinsik, əl], *a.* extrínseco.

EXTROVERSION [eskstrou'vəʃən], *s.* extroversão.

EXTROVERT ['ekstrouvə:t], *s.* extrovertido.

EXTRUDE [eks'tru:d], *v.* ejacular, expelir; banir, expulsar; repelir; depor, desapossar.

EXTRUSION [eks'tru:ʒən], *s.* extrusão, expulsão; banimento.

EXUBERANCE [ig'zju:bərəns], *s.* exuberância, excesso, superabundância.

EXUBERANT [ig'zju:bərənt], *a.* exuberante, excessivo, superabundante.

EXUDATION [eksju:'deiʃən], *s.* exsudação, transpiração.

EXUDE [ig'zju:d], *v.* exsudar, suar, transpirar.

EXULT [ig'zʌlt], *v.* exultar; regozijar-se, triunfar.

EXULTANCY [ig'zʌltənsi], *V.* **EXULTATION.**

EXULTANT [ig'zʌltənt], *V.* **EXULTING.**

EXULTATION [egzʌl'teiʃən], *s.* exultação, júbilo, alegria, regozijo; triunfo.

EXULTING [ig'zʌltiŋ], *a.* exultante, jubiloso, contente, alegre; triunfante.

EYE [ai], *s.* olho; visão; vista; olhar; aparência; sagacidade, perspicácia; respeito, acatamento; buraco, abertura, furo; janela redonda; colchete fêmea; (bot.) botão, gomo; (náut.) olhal, escovém; encapeladura; direção do vento. *v.* olhar, contemplar, ver, observar, vigiar; parecer-se. # *an eye for an eye and a tooth for a tooth,* olho por olho, dente por dente. *cast sheep's eyes,* lançar olhares furtivos. *clap eyes on,* avistar, pôr os olhos em. *cry one's eyes out,* chorar os olhos da cara, chorar pitangas. *get your eyes chalked,* (gír.) preste atenção, cuidado. *eye of a needle,* fundo da agulha. *give eye service,* fingir que trabalha. *in the eye of the law,* perante a lei. *in the public eye,* à vista de todos. *in the twinkling of an eye,* num relance. *keep an eye to, keep an eye out for,* vigiar. *make eyes at,* namorar. *mind your eye,* vê lá o que fazes. *mud in your eye! à* nossa! (brinde). *not to bat an eye,* nem (ou sem) pestanejar; permanecer calmo. *see eye to eye,* concordar. *see with half an eye,* compreender ou perceber facilmente. *strained eyes,* olhos fatigados. *sunken eyes,* olhos fundos. *to sharpen one's eyes,* apurar a vista, aguçar o olhar. *to strike the eye,* saltar aos olhos, dar na vista. *to the naked eye,* a olho nu. *turn a blind eye,* fingir que não vê. *two eyes are better than one,* quatro olhos vêem mais do que dois. *unaided eye,* olho desarmado, olho nu. *with streaming eyes,* com olhos lacrimejantes.

EYEBALL ['aibɔ:l], *s.* globo ocular.

EYE-BEAM ['aibi:m], *s.* olhadela.

EYE BOLT ['aiboult], *s.* (mec.) cavilha de olhal.

EYEBROW ['aibrau], *s.* sobrancelha.

EYED [aid], *a.* que tem olhos.

EYE-GLASSES ['aiglɑ:siz], *s.* óculos.

EYELASH ['ailæʃ], *s.* pestana, cílio, celha.

EYELESS ['ailis], *a.* cego; sem olhos.

EYELET ['ailit], *s.* ilhó.

EYELID ['ailid], *s.* pálpebra.

EYE NUT ['ainʌt], *s.* (mec.) porca de olhal.

EYE-OPENER ['ai-oupnə], *s.* trago, gole (de bebida); bebida alcoólica tomada pela manhã.

EYE-SHOT ['aiʃɔt], *s.* alcance da vista. # *within eye-shot,* ao alcance da vista.

EYESIGHT ['aisait], *s.* visão; vista.

EYE-SORE ['aisɔ:], *s.* coisa desagradável ou feia; terçol.

EYE-TOOTH ['aitu:θ], *s.* colmilho, canino, presa.

EYE-WASH ['aiwɔʃ], *s.* colírio; fingimento, falsidade.

EYE-WINK ['aiwiŋk], *s.* piscadela.

EYEWITNESS ['ai'witnis], *s.* testemunha ocular

EYOT [eit, 'eiət], *s.* ilhota.

EYRIE ['aiəri], *V.* **AERIE.**

EYRY ['aiəri], *V.* **AERIE.**

F

F [ef], *s.* sexta letra do alfabeto.

FA [fɑ:], *s.* (mús.) nota fá.

FABLE ['feibl], *s.* fábula, conto, ficção, invenção; mentira. *v.* compor fábulas; fingir, enganar, mentir.

FABRIC ['fæbrik], *s.* tecido, pano; fabricação; estrutura, contextura, trama; construção. # *printed fabric,* tecido estampado.

FABRICATE ['fæbrikeit], *v.* fabricar, construir, edificar, preparar, manufaturar; inventar, criar, urdir, fingir, mentir; falsificar, forjar.

FABRICATION [fæbri'keiʃən], *s.* fabricação; construção; obra; tecido; história, invenção; mentira; falsificação.

FABRICATOR ['fæbrikeitə], *s.* fabricante, construtor; inventor; embusteiro.

FABULOUS ['fæbjuləs], *a.* fabuloso, fantástico; fingido, falso, hipócrita.

FAÇADE [fə'sɑ:d], *s.* fachada, face, frontispício.

FACE [feis], *s.* cara, rosto, face, careta; lado; face (de um cristal); superfície, fachada, frente; direito (das roupas); aspecto; superfície ou lado principal das coisas. *v.* encarar, fazer frente, enfrentar, aparentar; enganar; forrar; (mec.) tornear uma face. # *about face! (right face! left face!),* (mil.) meia volta, volver! (à direita, volver! à esquerda, volver!). *bold face,* (tip.) negrito. *face downwards,* de bruços. *face it out,* enfrentar a situação. *face value,* valor nominal. *keep a straight face,* conter o riso, manter-se sério. *make* ou *pull faces at,* fazer caretas. *on the face of it,* ao que parece, evidentemente. *pull a long face,* fazer cara feia ou triste, mostrar desagrado ou pesar. *set one's face against,* opor-se firmemente a = (E.U.) *sit down hard upon. to laugh on the wrong side of one's face,* rir amarelo.

FACE-ACHE ['feis-eik], *s.* nevralgia facial.

FACE-CLOTH ['feisklɔθ], *s.* toalha para cobrir o rosto de um cadáver; sudário; mortalha; toalha para lavar o rosto = (E.U.). *wash-rag.*

FACED ['feist], *a.* forrado, guarnecido; abarbado, embaraçado.

FACE-FLANNEL ['feisflænl], *s.* toalha para lavar o rosto = (E.U.) *wash-rag.*

FACER ['feisə], *s.* bofetada.

FACET ['fæsit], *s.* faceta. *v.* facetar.

FACETIOUS [fə'si:ʃəs], *a.* chistoso, jovial, alegre, brincalhão, espirituoso, engraçado.

FACIAL ['feiʃəl], *a.* facial.

FACILE ['fæsail], *a.* fácil; vivo, hábil; cortês, tratável, amável; dócil, obediente, acessível, flexível.

FACILITATE [fə'siliteit], *v.* facilitar; tornar fácil.

FACILITATION [fəsili'teiʃən], *s.* facilitação.

FACILITY [fə'siliti], *s.* facilidade, habilidade; destreza; desembaraço, prontidão; credulidade, condescendência; afabilidade, cortesia, docilidade.

FACING ['feisiŋ], *s.* adorno ou cobertura; paramento; (mec.) revestimento.

FACT [fækt], *s.* fato, ação, realidade, feito; culpa, crime. # *in fact,* de fato, na verdade. *that doesn't jump with the facts,* isso não está de acordo com os fatos. *to determine the facts,* apurar os fatos.

FACTION ['fækʃən], *s.* facção, partido; parcialidade; dissenção, tumulto, discórdia.

FACTIONAL ['fækʃənl], *a.* faccionário.

FACTIOUS ['fækʃəs], *a.* faccioso; reacionário; partidário; parcial; perturbador; revolucionário; desleal.

FACTITIOUS [fæk'tiʃəs], *a.* factício, artificial, convencional.

FACTITIVE ['fæktitiv], *a.* (gram.) factitivo.

FACTOR ['fæktə], *s.* fator, agente; comissário; viajante comercial; (arit.) fator.

FACTORAGE ['fæktəridʒ], *s.* (com.) comissão.

FACTORY ['fæktəri], *s.* fábrica; manufatura; feitoria. # *factory agency,* firma que vende diretamente da fábrica; distribuidor da fábrica.

FACTUAL ['fæktʃuəl], *a.* real; realista.

FACULA ['fækjulə], *s.* fácula.

FACULTATIVE ['fækəlteitiv], *a.* facultativo.

FACULTY ['fækəlti], *s.* faculdade, aptidão, poder, potência, capacidade; eficiência; faculdade (de universidade); (E.U.) corpo docente = (Ing.) *teaching staff.*

FAD [fæd], *s.* moda; novidade; capricho; mania.

FADDISH ['fædiʃ], *a.* caprichoso.

FADDISM ['fædizm], *s.* capricho.

FADDIST ['fædist], *s.* maníaco.

FADDY ['fædi], *a.* caprichoso, exigente = (E.U.) *choosey.*

FADE [feid], *v.* murchar, definhar, decair, desaparecer, durar pouco; desbotar, perder a cor, descolorir-se; empalidecer, esvair-se.

FADING ['feidiŋ], *a.* moribundo; lânguido, pálido, esmorecido; decadente. *s.* (eletr.) desvanecimento.

FAECAL ['fi:kəl], *a.* fecal.

FAECES ['fi:si:z], *s.* fezes; sedimento, borra.

FAERIE, FAERY ['feiəri, 'fɛəri], *s.* fada; país de fadas.

FAG [fæg], *v.* fatigar, estafar, cansar, afadigar, extenuar; fatigar-se, cansar-se, estafar-se. *s.* cansaço: servo, escravo; (gír.) cigarro; calouro que trabalha para um veterano.

FAG-END ['fæg'end], *s.* ourela do pano; ponta de cigarro; ponta desfiada de uma corda; sobra.

FAGGING ['fægiŋ], *s.* obrigação dos calouros servirem aos veteranos.

FAGGOT, FAGOT ['fægət], *s.* feixe de lenha; monte de peixe posto a secar; faxina; pessoa intrometida. *v.* enfeixar.

FAGOTTIST [fæ'gɔtist], *s.* tocador de fagote; fagotista.

FAGOTTO [fə'gɔtou], *s.* fagote.

FAIENCE [fai'ɑ:ns], *s.* faiança.

FAIL [feil], *v.* faltar, falhar, fracassar, não cumprir; desvanecer; necessitar; decair, declinar; falir; ser reprovado (no exame) = (E.U.) *flunk.*

FAILING ['feiliŋ], *s.* falta, fraqueza; deslize; imperfeição, omissão. *prep.* à falta de.

FAILURE ['feiljə], *s.* fracasso, fiasco, malogro, insucesso; quebra, falência, bancarrota; pessoa desastrada. # *sanctioned failure,* falência decretada.

FAIN [fein], *a.* disposto, alegre, contente; resignado. *adv.* de bom grado.

FAINT [feint], *v.* desvanecer-se, desanimar, desfalecer, desmaiar. *a.* fraco, desfalecido, lânguido, abatido, débil, tenro, tênue. *s.* desfalecimento, desmaio.

FAINTHEARTED ['feint'hɑ:tid], *a.* pusilânime, covarde.

FAINTING ['feintiŋ], *s.* desfalecimento, desmaio.

FAINTISH ['feintiʃ], *a.* fraco, débil, tênue, tenro.

FAINTNESS ['feintnis], *s.* languidez, fragilidade, debilidade, timidez; indolência.

FAIR [fɛə], *a.* bonito, belo; louro; leal, justo, reto, honrado; regular, médio; moderado; passável; legível; (E.U.) completo, claro, distinto. *s.* feira, mercado; exposição; quermesse. *adv.* cortêsmente; imparcialmente. (E.U.) positivamente, realmente, completamente. # *by fair means and foul,* por bem ou por mal, de um modo ou de outro. *fair and softly goes afar,* devagar se vai ao longe. *fair and square,* justo, correto, honesto; sem rodeios. *give fair warning,* prevenir a tempo, avisar a tempo.

FAIR-FACED ['fɛə-feist]. *a.* formoso; louro.

FAIR-HAIRED ['fɛɔ'hɛəd], *a.* louro.

FAIRISH ['fɛəriʃ], *a.* razoável, justo; regular; claro; sofrível.

FAIRLY ['fɛəli], *adv.* razoavelmente, regularmente, sofrivelmente, suficientemente, medianamente; imparcialmente, justamente, honradamente; belamente; comodamente; francamente, claramente; equitativamente.

FAIR-MINDED ['fɛə'maindid], *a.* imparcial, justo.

FAIRNESS ['fɛənis], *s.* beleza, formosura; alvura, clareza; eqüidade, lealdade, honestidade.

FAIR-SPOKEN ['fɛə'spoukən], *a.* polido, educado, delicado, fino, cortês; bem-falante, insinuante.

FAIRWAY ['fɛəwei], *s.* curso de um rio; lugar navegável.

FAIRY ['fɛəri], *s.* fada. *a.* relativo a fadas.

FAIRYLAND ['fɛərilænd], *s.* terra das fadas, país das fadas.

FAIRYLIKE ['fɛərilaik], *a.* parecido com as fadas.

FAIRY-TALE ['fɛəriteil], *s.* conto de fadas.

FAITH [feiθ], *s.* fé, confiança, crença, doutrina; dedicação, fidelidade, devotamento.

FAITHFUL ['feiθful], *a.* dedicado, devotado, leal, fiel; crente; exato.

FAITHFULLY ['feiθfuli], *adv.* fielmente, sinceramente, dedicadamente, devotadamente, firmemente.

FAITHFULNESS ['feiθfulnis], *s.* lealdade, fidelidade, sinceridade, constância; honradez; exatidão.

FAITHLESS ['feiθlis], *a.* sem fé, incrédulo; pérfido, desleal.

FAKE [feik], *s.* mentira, patranha; perfídia, falsidade; objeto falso, obra falsificada; embusteiro; (náut.) volta de um cabo. *v.* mentir, enganar; fraudar, roubar; (náut.) colher

FAKER ['feikə], *s.* enganador, embusteiro, mentiroso; ladrão; vendedor ambulante, vendedor de quinquilharias.

FAKIR ['fɑ:kiə, fə'kiə], (E.U.) também ['feikə], *s.* faquir.

FAKIRISM ['fɑ:kiərizm, fə'kiərizm], *s.* faquirismo.

FALCHION ['fɔ:ltʃən], *s.* cimitarra; alfanje.

FALCON ['fɔ:lkən], *s.* falcão (ave); falcão (peça de artilharia).

FALCONER ['fɔ:lkənə], *s.* falcoeiro.

FALCONRY ['fɔ:lkənri], *s.* falcoaria.

FALDERAL ['fældə'ræl], *s.* ninharia, bagatela; frivolidade; falsidade; estribilho sem significação.

FALDSTOOL ['fɔ:ldstu:l], *s.* faldistório; genuflexório.

FALL [fɔ:l], *pret.* **FELL**, *pp.* **FALLEN**, *v.* cair, decair; declinar, baixar, descer, abaixar-se; diminuir, decrescer, minguar; ceder; abandonar; acontecer; suceder; aparecer; principiar; tocar em partilha, caber por sorte; morrer; ser assassinado; arruinar-se, degradar-se; entregar-se, render-se. *s.* queda, baixa, deslize, descida, degradação, ruína; (mil.) rendição; queda d'água, catarata, cachoeira, cascata; queda, tombo; queda de temperatura, de preços. # *fall aboard,* (náut.) abalroar. *fall asleep,* adormecer. *fall away,* diminuir, murchar; morrer. *fall back,* recuar, retroceder; faltar com a palavra. *fall back upon,* recorrer a. *fall behind,* perder terreno, ficar para trás, atrasar-se. *fall backwards,* cair de costas. *fall down,* desmoronar; arruinar-se. *fall due,* (com.) vencer-se, terminar o prazo. *fall flat,* falhar, malograr. *fall for,* enamorar-se de. *fall foul of,* (náut.) abalroar. *fall in,* desabar. *fall in!,* (mil.) em forma! *fall in love with,* apaixonar-se por. *fall into a mistake,* cometer um erro, enganar-se. *fall in with something,* concordar com alguma coisa. *fall of rain,* pancada de chuva. *fall off,* cair, diminuir, minguar. *fall out,* ocorrer; brigar, questionar; (mil.) debandar. *fall out with someone,* zangar-se com alguém. *fall over,* revoltar-se; tombar; (náut.) derivar. *fall short,* faltar. *fall through,* fracassar. *fall to,* dar-se a, dedicar-se a; dar início a; tornar-se um dever; caber a, competir a. *fall under,* enquadrar-se. *fall upon,* encontrar-se com, lançar-se sobre. *it falls to me* (ou *to my lot),* isso é comigo. *ride for a fall,* arriscar-se.

FALL [fɔ:l], *s.* (E.U.) outono = (Ing.) *Autumn.*

FALLACIOUS [fə'leiʃəs], *a.* falacioso, enganador, ilusório, falso.

FALLACY ['fæləsi], *s.* engano, logro, fraude, falácia, sofisma.

FALLEN ['fɔ:lən], *pp.* de **FALL.** *a.* caído, arruinado, desgraçado.

FALL-GUY ['fɔ:lgai], *s.* bobalhão; pato (no jogo).

FALLIBILITY [fæli'biliti], *s.* falibilidade.

FALLIBLE ['fæləbl], *a.* falível.

FALLING ['fɔ:liŋ], *s.* queda, caída, recaída; baixa, deserção; apostasia, renúncia; abandono; emagrecimento.

FALLING SICKNESS ['fɔ:liŋ'siknis], *V.* **EPILEPSY.**

FALLING STAR ['fɔ:liŋstɑ:], *s.* estrela cadente.

FALLOW ['fælou], *v.* arrotear, lavrar. *s.* terra de pousio; terras devolutas. *a.* fulvo, de cor de leão; desocupada, de pousio (terra).

FALSE [fɔ:ls], *a.* falso, fingido, desleal, hipócrita, dissimulado, infiel, pérfido; postiço; ilegal, irregular; (mús.) desafinado. # *false alarm,* alarma falso. *false bottom,* fundo duplo, fun-

do falso. *false dealer;* embusteiro. *false pretense,* fingimento, embuste.
FALSEHOOD ['fɔ:lshud], *s.* falsidade, engano, traição, perfídia, mentira.
FALSE KEEL ['fɔ:lski:l], *s.* contraquilha.
FALSENESS ['fɔ:lsnis], *s.* falsidade, mentira, perfídia, traição.
FALSIES ['fɔ:lsiz], *s.* seios postiços.
FALSIFICATION ['fɔ:lsifi'keiʃən], *s.* falsificação, adulteração.
FALSIFIER ['fɔ:lsifaiə], *s.* falsificador, falsário, trapaceiro, embusteiro.
FALSIFY ['fɔ:lsifai], *v.* falsificar; forjar, adulterar, mentir, trapacear; decepcionar; frustrar.
FALSITY ['fɔ:lsiti], *s.* falsidade, mentira, engano.
FALTER ['fɔ:ltə], *v.* gaguejar; balbuciar, tartamudear; vacilar, tremer, hesitar.
FALTERER ['fɔ:ltərə], *s.* gago; hesitante.
FALTERING ['fɔ:ltəriŋ], *s.* gaguice, gaguez, gagueira, tartamudez; hesitação; fraqueza. *a.* vacilante, titubeante, hesitante.
FAME [feim], *s.* fama, renome, celebridade; reputação.
FAMED [feimd], *a.* afamado, célebre, notável, famoso.
FAMILIAR [fə'miljə], *a.* familiar, íntimo, caseiro; atrevido. *s.* amigo íntimo. # *familiar with,* familiarizado com.
FAMILIARITY [fəmili'æriti], *s.* familiaridade, intimidade.
FAMILIARIZE (ISE) [fæ'miljəraiz], *v.* familiarizar, acostumar, habituar.
FAMILY ['fæmili], *s.* família; linhagem; raça; classe; espécie; casta; (E.U.) os membros do governo. # *Holy Family,* Sagrada Família. *in the family way,* grávida, em estado interessante.
FAMINE ['fæmin], *s.* fome; carestia; penúria extrema, falta de víveres.
FAMISH ['fæmiʃ], *v.* matar ou morrer à fome; esfomear.
FAMOUS ['feiməs], *a.* famoso, afamado, ilustre, conspícuo, notável.
FAN [fæn], *s.* leque, ventarola, ventoinha, abano, fole; ventilador; crivo de joeirar; (fam.) aficionado, entusiasta. *v.* ventilar, arejar, abanar, soprar; joeirar. # *exhaust fan,* (eletr.) exaustor.
FANATIC [fə'nætik], *s.* e *a.* fanático, visionário.
FANATICAL [fə'nætikəl], *a.* fanático, visionário.
FANATICISM [fə'nætisizm], *s.* fanatismo.
FANATICIZE (ISE) [fə'nætisaiz], *v.* fanatizar.
FANCIED ['fænsid], *a.* imaginário.
FANCIER ['fænsiə], *s.* visionário, grande amador de, sonhador, idealista; aficionado; criador e vendedor de aves e animais.
FANCIFUL ['fænsiful], *a.* fantástico; imaginário, caprichoso, quimérico, estranho.
FANCIFULNESS ['fænsifulnis], *s.* fantasia, capricho.
FANCY ['fænsi], *s.* fantasia, imaginação, capricho, idéia; gosto, afeição, inclinação; imagem, concepção. *a.* imaginário; ideal, caprichoso; de gosto. *v.* imaginar, fantasiar, supor; aficionar-se, apaixonar-se. # *just fancy!* imagine só! veja só! *take a fancy* (ou *liking) for* (ou *to),* ficar gostando de, ter inclinação por, ter simpatia por.
FANCY-DRESS ['fænsi'dres], *s.* fantasia (traje).
FANDANGO [fæn'dæŋgou], *s.* fandango.
FANFARE ['fænfɛə], *s.* som de trombetas, ruído, barulho.
FANFARON ['fænfərɔn], *s.* fanfarrão, impostor, alardeador.
FANFARONADE [fænfærə'nɑ:d], *s.* fanfarronada, fanfarrice, bravata.
FANG [fæŋ], *s.* unha, garra, presa; dente canino, colmilho; raiz de dente; dente de serpente.
FANGED [fæŋd], *a.* que tem unhas, garras ou colmilhos.
FANGLESS ['fæŋlis], *a.* sem garras, sem unhas, sem dentes.
FANLIGHT ['fænlait], *s.* bandeira (de janela ou porta).
FANNER ['fænə], *s.* joeirador, ventilador.
FANTAIL ['fænteil], *s.* pombo de leque.
FANTASTIC [fæn'tæstik], *a.* fantástico, imaginário, caprichoso, extraordinário.
FANTASTICAL [fæn'tæstikəl], *a.* fantástico.
FANTASY ['fæntəsi], *s.* fantasia, imaginação, visão; capricho, mania.
FAR [fɑ:], *adv.* longe, distante, ao longe; em alto grau; em grande parte. *a.* distante, remoto, afastado, longínquo. # *be few and far between,* ser raro, infreqüente. *by far,* em alto grau. *far and near,* por toda parte. *far*

and away, decididamente; com grande diferença. *far and wide,* em todas as direções; por toda parte. *far away,* remoto. *far off,* remoto. *so far,* até agora. *so far as* (= *as far as*), até o ponto em que.

FARAD ['færəd], *s.* (fís.) farad.

FAR-AWAY ['fɑ:rəwei], *a.* remoto, distante; distraído, absorto, vago (olhar).

FARCE [fɑ:s], *s.* farsa, burla, pantomima; entremez; (coz.) recheio.

FARCICAL ['fɑ:sikəl], *a.* burlesco, cômico, alegre, jovial; extravagante, ridículo.

FARDEL ['fɑ:dəl], *s.* fardel.

FARE [fɛə], *s.* preço de passagem ou de transporte, frete; comida. *v.* ir, andar; acontecer, suceder; passar (bem ou mal); viajar.

FAREWELL ['fɛə'wel], *s.* despedida; adeus. *a.* de despedida. # *bid farewell,* dizer adeus.

FAR-FETCHED ['fɑ:'fetʃt], *a.* rebuscado, forçado.

FARINOSE ['færinous], *a.* farinhento; farináceo.

FARM [fɑ:m], *s.* quinta, herdade, granja, fazenda; exploração agrícola; propriedade rústica. *v.* cultivar, lavrar a terra; arrendar terras; alugar, administrar (uma fazenda). # *farm hand,* trabalhador agrícola. *farm mortgage,* hipoteca fundiária. *farm out,* arrendar, alugar (fazenda, quinta, terras, etc.).

FARMABLE ['fɑ:məbl], *a.* arável.

FARMER ['fɑ:mə], *s.* lavrador, cultivador; fazendeiro; cobrador de rendas; pessoa que toma conta de uma criança mediante pagamento.

FARMHOUSE ['fɑ:m'haus], *s.* casa de quinta, de granja, de fazenda.

FARMING ['fɑ:miŋ], *s.* cultura, agricultura, lavoura; arrendamento; cobrança de rendas ou contribuições.

FARMSTEAD ['fɑ:msted], *s.* quinta com os edifícios anexos.

FARMYARD ['fɑ:m-jɑ:d], *s.* pátio de uma quinta; terreiro de fazenda.

FARO ['fɛərou], *s.* faraó (jogo de cartas).

FAR-OFF ['fɑ:rɔf], *a.* distante, longínquo.

FAR-REACHING ['fɑ:'ri:tʃiŋ], *a.* de longo alcance.

FARRIER ['færiə], *s.* ferrador; alveitar; veterinário prático.

FARRIERY ['færiəri], *s.* oficina de ferrador, alveitaria.

FARROW ['færou], *s.* barrigada (de uma porca), ninhada. *a.* machorra (porca ou vaca). *v.* parir (a porca).

FAR-SIGHTED ['fɑ:'saitid], *a.* presbita; que vê a grande distância; (fig.) prudente, cauteloso, previdente.

FARTHER ['fɑ:ðə], *comp.* de *far,* mais distante, mais afastado; adicional, novo. *adv.* mais longe; por mais tempo; além, além de.

FARTHERMOST ['fɑ:ðəmoust), *a.* o mais distante.

FARTHEST ['fɑ:ðist], *sup.* de *far,* o mais distante. *adv.* à maior distância, o mais longe.

FARTHING ['fɑ:ðiŋ], *s.* "farthing", a quarta parte de um pêni.

FARTHINGALE ['fɑ:ðiŋgeil], *s.* anquinhas.

FASCICLE ['fæsikl], *s.* fascículo.

FASCICULE ['fæsikju:l], *s.* fascículo.

FASCINATE ['fæsineit], *v.* fascinar, encantar, enfeitiçar, deslumbrar, atrair irresistivelmente, seduzir.

FASCINATING ['fæsineitiŋ], *a.* fascinante, encantador, sedutor, atraente, agradável.

FASCINATION [fæsi'neiʃən], *s.* fascinação; alucinação, loucura; arrebatamento, encanto, feitiço, sedução, atração.

FASCINATOR ['fæsineitə], *s.* fascinador, encantador, sedutor; (E.U.) touca, capuz = (Ing.) *hood.*

FASCINE [fæ'si:n], *s.* faxina, feixe de ramos curtos.

FASCISM ['fæʃizm], *s.* fascismo.

FASCIST ['fæʃist], *s.* fascista.

FASH [fæʃ], *a.* incômodo, enfadonho; *s.* (mec.) rebarba. *v.* incomodar, aborrecer, enfadar, importunar, atormentar.

FASHION ['fæʃən], *s.* moda, estilo, elegância, uso; maneira, modo; forma, figura; escol, alta sociedade. *v.* formar, dar forma, adaptar, amoldar, acomodar; inventar; idear, criar. # *after* (ou *in*) *a fashion,* de certo modo. *after the fashion of,* como. *after the French fashion,* à francesa. *fashion paper,* figurino. *fashion parade* (ou *show*), exibição de modas, desfile de modas. *in a like fashion,* de maneira semelhante. *out of fashion,* fora de moda.

FASHIONABLE ['fæʃnəbl], *a.* da moda, moderno, elegante, de bom gosto.

FASHIONER ['fæʃnə], *s.* alfaiate da moda.

FASHIONMONGER ['fæʃnmʌŋgə], *s.* pessoa que anda no rigor da moda.

FAST [fɑ:st], *s.* jejum, abstinência; cabo, amarra. *a.* ligeiro, rápido, veloz; firme, seguro, forte, fixo, estável, imóvel; apertado; indelével, duradouro; pródigo; leviano; dissoluto; adiantado (diz-se do relógio). *adv.* fortemente, firmemente; duradouramente; rapidamente; estreitamente, apertadamente, profundamente. *v.* jejuar; fixar, prender. # *fast beside* (ou *by*), ao pé, junto, próximo de. *faster-than-sound,* supersônico. *play fast and loose,* proceder levianamente.

FASTEN ['fɑ:sn], *v.* atar, ligar, prender, unir, juntar, pregar, fixar, segurar, amarrar; pregar-se, fixar-se, agarrar-se.

FASTENER ['fɑ:snə], *s.* pregador, colchete, alfinete; fecho; pessoa ou objeto que ata ou segura. # *snap fastener,* colchete de pressão.

FASTENING ['fɑ:sniŋ], *s.* ligadura, laço, união, atilho, nó, ligação; gancho, ferrolho.

FASTER ['fɑ:stə], *s.* jejuador.

FASTI ['fæstai], *s. pl.* fastos, anais.

FASTIDIOUS [fæs'tidiəs], *a.* melindroso, difícil de contentar, exigente, meticuloso; dengoso, manhoso; delicado.

FASTIDIOUSNESS [fæs'tidiəsnis], *s.* enfado, tédio, aborrecimento; desdém.

FASTING ['fɑ:stiŋ], *s.* jejum.

FASTNESS ['fɑ:stnis], *s.* firmeza, solidez, constância; dissipação; velocidade, pressa.

FAT [fæt], *a.* gordo, obeso, corpulento, oleoso, untuoso; próspero, rico, fértil (terra); rendoso (negócio, emprego). *s.* gordura, banha, toucinho, manteiga; sebo. # *to live on the fat of the land,* viver à tripa forra.

FATAL ['feitl], *a.* fatal, funesto, mortífero, mortal; inevitável.

FATALISM ['feitəlizm], *s.* fatalismo.

FATALIST ['feitəlist], *s.* fatalista.

FATALISTIC [feitə'listik], *a.* fatalístico.

FATALITY [fə'tæliti], *s.* fatalidade, desgraça, morte (por acidente); ruína, destruição; destino, fado.

FAT CAT ['fætkæt], *s.* (E.U.) financiador de campanhas políticas; trunfo.

FATE [feit], *s.* fado, destino, fatalidade, sorte, predestinação.

FATED ['feitid], *a.* predestinado, fadado.

FATEFUL ['feitful], *a.* fatal, fatídico, funesto, infausto.

FATHER ['fɑ:ðə], *s.* pai; pai espiritual, criador, inventor; chefe espiritual, padre. # *Holy Father,* Santo Padre, o Papa = *the Pope. like father, like son,* tal pai, tal filho; filho de peixe sabe nadar; filho de peixe, peixinho é.

FATHERHOOD ['fɑ:ðəhud], *s.* paternidade, autoridade paterna.

FATHER-IN-LAW ['fɑ:ðərinlɔ:], *s.* sogro.

FATHERLAND ['fɑ:ðəlænd], *s.* pátria, terra natal, pagos.

FATHERLESS ['fɑ:ðəlis], *a.* órfão de pai.

FATHERLINESS ['fɑ:ðəlinis], *s.* amor paternal.

FATHERLY ['fɑ:ðəli], *a.* paternal. *adv.* paternalmente.

FATHOM ['fæðəm], *s.* braça (medida); (náut.) toesa (medida); sonda; profundidade. *v.* sondar; aprofundar; examinar a fundo.

FATHOMLESS ['fæðəmlis], *a.* insondável.

FATHOM-LINE ['fæðəmlain], *s.* sonda; fio de prumo.

FATIGUE [fə'ti:g], *s.* fadiga, cansaço; (med.) perda de resistência por esforço contínuo; (mil.) faxina. *v.* fatigar, fatigar-se, cansar-se.

FATIGUING [fə'ti:giŋ], *a.* fatigante.

FATNESS ['fætnis], *s.* gordura, obesidade; fertilidade (do solo).

FATTEN ['fætn], *v.* engordar, cevar, nutrir.

FATTENER ['fætnə], *s.* cevador, engordador.

FATTENING ['fætniŋ], *s.* engorda.

FATTINESS ['fætinis], *s.* gordura.

FATTY ['fæti], *a.* gordo, adiposo; gorduroso. *s.* pessoa gorda (fam.).

FATUITY [fə'tjuiti], *s.* fatuidade, estupidez.

FATUOUS ['fætjuəs], *a.* fátuo, presunçoso, convencido, vaidoso, pretensioso.

FATUOUSNESS ['fætjuəsnis], *s.* fatuidade, imbecilidade, tolice.

FAUBOURG ['foubuəg], *s.* subúrbio.

FAUCES ['fɔ:si:z], *s.* fauce.

FAUCET ['fɔ:sit], *s.* (E.U.) torneira = (Ing.) *tap.*

FAUGH [fɔ:], *int.* fora!

FAULT [fɔ:lt], *s.* falta, culpa, defeito, erro; (geol.) falha; deslocamento de uma rocha; carência, indigência. # *be at fault,* estar enganado, equivocado. *find fault with,* culpar, incriminar; pôr defeitos em.

FAULTINESS ['fɔ:ltinis], *s.* imperfeição, falta, culpa, erro; agravo, ofensa.

FAULTLESS ['fɔ:ltlis], *a.* sem falta, sem falha, sem erro; perfeito, acabado.

FAULTY ['fɔ:lti], *a.* culpável, culpado, defeituoso; errado.

FAUN [fɔ:n], *s.* fauno.

FAUNA ['fɔ:nə], *s.* fauna.

FAVO(U)R ['feivə], *s.* favor, fineza, obséquio; valimento, proteção; auxílio, assistência; licença, permissão. *v.* favorecer, fazer favor; distinguir; proteger, assistir; parecer-se, ser semelhante. # *bestow a favo(u)r upon one* conceder um favor a alguém. *curry favo(u)r with,* bajular. *valued favo(u)r,* (correspondência com.) estimado favor.

FAVOURABLE ['feivərəbl], *a.* favorável, propício.

FAVOURABLENESS ['feivərəblnis], *s.* bem-querença, benevolência, benignidade.

FAVOURABLY ['feivərəbli], *adv.* favoravelmente, benignamente.

FAVOURED ['feivəd], *a.* favorecido, protegido.

FAVOURER ['feivərə], *s.* protetor; fautor.

FAVOURITE ['feivərit], *s.* favorito; amado, querido; protegido.

FAVOURITISM ['feivəritizm], *s.* favoritismo.

FAWN [fɔ:n], *s.* veado novo; corço novo. *a.* fulvo. *v.* acariciar, agradar, fazer festa; bajular, adular.

FAWNER ['fɔ:nə], *s.* adulador, bajulador, lisonjeador.

FAWNING ['fɔ:niŋ], *s.* lisonja, adulação, bajulação; carícia, carinho. *a.* lisonjeiro, adulador; servil.

FAY [fei], *s.* fada, duende.

FEALTY ['fi:əlti], *s.* fidelidade, lealdade.

FEAR [fiə], *s.* medo, temor, receio, apreensão. *v.* temer, recear, ter medo.

FEARFUL ['fiəful], *a.* medroso, tímido, receoso; horrendo, de meter medo; terrível; medonho; imponente, digno de respeito; (col.) extraordinário.

FEARFULLY ['fiəfuli], *adv.* timidamente, medrosamente; horrivelmente.

FEARFULNESS ['fiəfulnis], *s.* timidez, medo, temor; terribilidade.

FEARING ['fiəriŋ], *s.* receio. *a.* receoso.

FEARLESS ['fiəlis], *a.* intrépido, destemido, audaz.

FEARLESSNESS ['fiəlisnis], *s.* intrepidez, destemor, audácia, valentia.

FEARSOME ['fiəsəm], *a.* temível, espantoso; tímido, medroso.

FEASIBILITY [fi:zə'biliti], *s.* praticabilidade, possibilidade.

FEASIBLE ['fi:zəbl], *a.* praticável, possível.

FEAST [fi:st], *s.* festa, regozijo; festim, banquete. *v.* festejar, banquetear, comer regaladamente.

FEASTER ['fi:stə], *s.* festejador, guloso, gastrônomo.

FEASTING ['fi:stiŋ], *s.* festim, banquete.

FEAT [fi:t], *s.* feito, ação; façanha, proeza; valentia.

FEATHER ['feðə], *s.* pena, plumagem, pluma; sorte, espécie, gênero. *v.* emplumar, cobrir-se ou adornar-se com plumas; amimar. # *another feather in one's cap,* outra vitória. *fine feathers make fine birds,* o hábito faz o monge. *in fine (full, good, grand* ou *high) feather,* em ótimo estado de saúde ou de espírito; radiante, contentíssimo. *ruffle a person's feathers,* irritar alguém. *show the white feather,* acovardar-se. *smooth one's rumpled feathers,* acalmar-se.

FEATHERBEDDING ['feðə'bediŋ], *s.* sinecura; proposital diminuição de produção, por influência sindical, a fim de aumentar oportunidades de emprego.

FEATHERBRAIN ['feðəbrein], *s.* imbecil.

FEATHERBRAINED ['feðəbreind], *a.* imbecil.

FEATHERED ['feðəd], *a.* coberto de penas.

FEATHERING ['feðəriŋ], *s.* plumagem, pena; pêlo encaracolado de certos cães.

FEATHERWEIGHT ['feðəweit], *s.* o menor peso que pode ser levado por um cavalo de corridas; (boxe) peso-pluma, peso-pena.

FEATHERY ['feðəri], *a.* emplumado, guarnecido com plumas.

FEATURE ['fi:tʃə], *s.* traços, feições, características, sinais distintivos; (E.U.) especialidade (de restaurante ou casa comercial). *v.* retratar; realçar, salientar; exibir filme; apresentar (um artista); (E.U.) especializar-se (com.) = (Ing.) *to make a speciality of.* # *distinguishing* ou *salient features,* características principais. *first feature,* o filme principal em um programa de cinema.

FEATURED ['fi:tʃəd], *a.* bem caracterizado, parecido.

FEAZE [fi:z[, *v.* desfiar; (náut.) desfazer um cabo; fazer estopa; (E.U.) amedrontar, atemorizar = (Ing.) *scare.*

FEBRILE ['fi:brail], *a.* febril.

FEBRUARY ['februəri], *s.* fevereiro.

FECULENCE ['fekjuləns], *s.* feculência.

FECULENT ['fekjulənt], *a.* feculento; turvo, lamacento.

FECUND ['fekənd], *a.* fecundo, fértil.

FECUNDATE ['fi:kʌndeit], *v.* fecundar, fertilizar.

FECUNDATION [fi:kʌn'deiʃən], *s.* fecundação, fertilização.

FED [fed], *pret.* e *pp.* de **FEED.** # *be fed up with,* estar farto de.

FEDERAL ['fedərəl], *a.* federal.

FEDERALISM ['fedərəlizm], *s.* federalismo.

FEDERALIST ['fedərəlist], *a.* federalista.

FEDERATE ['fədərit], *s.* e *a.* confederado.

FEDERATE ['fedəreit], *v.* confederar, federar, confederar-se.

FEDERATION [fedə'reiʃən], *s.* federação, confederação, liga, aliança.

FEDERATIVE ['fedəreitiv], *a.* federativo.

FEE [fi:], *s.* salários, honorários; direitos; retribuição, gratificação, propina, emolumentos; mensalidade nos clubes, escolas, etc.; feudo. *v.* pagar, gratificar, remunerar; assalariar. # *enrolment fee,* taxa de matrícula. *retaining fee,* sinal (pagamento adiantado) = *earnest money. take double fees,* comer a dois carrinhos, ganhar dos dois partidos.

FEEBLE ['fi:bl], *a.* fraco, débil, delicado, franzino, delgado, tênue, lânguido.

FEEBLE-MINDED ['fi:bl'maindid], *a.* débil (mente).

FEEBLENESS ['fi:blnis], *s.* debilidade, fraqueza; delicadeza; languidez; moleza.

FEED [fi:d], *pret.* e *pp.* **FED.** *v.* alimentar, nutrir, manter; comer; alimentar-se, nutrir-se; pastar; apascentar; (mec.) alimentar, abastecer (motor, máquina). *s.* alimento, comida; forragem; sustento; ração; (mec.) alimentação, abastecimento (de máquina, motor). # *feed on* (ou *upon*), alimentar-se de.

FEED-BAG ['fi:dbæg], *s.* bornal.

FEEDER ['fi:də], *s.* alimentador; o que dá a comer; fomentador, incitador; babadouro de criança; biberão, mamadeira; afluente de um rio; principal condutor de eletricidade; reserva de estiva.

FEEDING ['fi:diŋ], *s.* alimentação, pastagem, ervagem; comida; pasto.

FEEDLOT ['fi:dlɔt], *s.* invernada, campo de engorda.

FEE-FO-FUM ['fi:'fɔ:'fʌm], *s.* e *int.* berro ameaçador.

FEEL [fi:l], *pret.* e *pp.* **FELT.** *v.* sentir, perceber, entender, compreender, conceber; experimentar, tocar, apalpar; conhecer-se, sentir-se; tomar (o pulso); produzir a sensação de. *s.* tato. # *feel cheap,* estar indisposto; sentir-se diminuído. *feel fit,* estar com saúde. *feel for,* ter pena de. *feel like,* estar inclinado a, ter vontade de. *feel seedy,* estar adoentado. *feel up to,* sentir-se disposto a.

FEELER ['fi:lə], *s.* antena; tentáculo; aquele que toca ou apalpa; tentativa para saber ou sondar alguma coisa.

FEELING ['fi:liŋ], *s.* tato; sentido do tato; sensação, emoção, sentimento, ternura, piedade, compaixão, dó, pena. *a.* sensível, terno, comovedor, compassivo, tocante.

FEET [fi:t], plural de *foot.* # *keep one's feet,* não cair, manter-se de pé.

FEEZE [fi:z], *V.* **FEAZE.**

FEIGN [fein], *v.* fingir, simular, dissimular; pretextar; inventar, criar, imaginar.

FEINT [feint], *s.* fingimento, simulação, dissimulação, artifício, treta, fita; ficção. *v.* fazer fita, fingir; fazer um ataque falso; simular.

FELDSPAR ['feldspɑ:], *s.* feldspato.

FELICITATE [fi'lisiteit], *v.* felicitar, cumprimentar, congratular, saudar; fazer feliz; beatificar.

FELICITATION [filisi'teiʃən], *s.* felicitação, cumprimento, parabéns, congratulação.

FELICITOUS [fi'lisitəs], *a.* feliz, ditoso, afortunado, abençoado, bem-aventurado; apropriado, oportuno.

FELICITY [fi'lisiti], *s.* felicidade, ventura, bem-aventurança; graça, precisão, felicidade de expressão.

FELINE ['fi:lain], *s.* e *a.* felino; de gato ou semelhante a ele; cruel.

FELL [fel], *pret.* de **FALL.**

FELL [fel], *v.* derrubar, abater, lançar por terra, cortar, decepar; sobrecoser. *s.* costura, sobrecostura, remate (no tecido); pele, couro; cabelo, pêlo; monte estéril. *a.* cruel, feroz, bárbaro, desumano; ferino.

FELLAH ['felə], *s.* felá.

FELLER ['felə], *s.* máquina de costura; lenhador, mateiro; corruptela de *fellow.*

FELLOE ['felou], *s.* aro; pina.

FELLOW ['felou], *s.* companheiro, camarada, sócio; rapaz, indivíduo, sujeito; (fam.) pessoa sem valor; membro de universidade, sociedade, etc.. *v.* irmanar; igualar; associar; emparelhar. # *as the fellow says,* como diz o outro. *fellow scholar,* condiscípulo. *fellow traveller,* simpatizante (pol.). *hail fellow well met,* indivíduo popular, de gênio comunicativo. *sorry fellow,* indivíduo sem valor, um pobre diabo.

FELLOW BEING ['felou'bi:iŋ], *s.* o próximo, nosso semelhante. *V.* **FELLOW CREATURE.**

FELLOW-CITIZEN ['felou'sitizən], *s.* concidadão, compatriota, compatrício.

FELLOW-COUNTRYMAN ['felou'kʌntrimən], *V.* **FELLOW-CITIZEN.**

FELLOW CREATURE ['felou'kri:tʃə], *s.* o próximo, nosso semelhante. *V.* **FELLOW BEING.**

FELLOW-FEELING ['felou'fi:liŋ], *s.* simpatia.

FELLOWSHIP ['felouʃip], *s.* companhia, sociedade, camaradagem, companheirismo; bolsa concedida por certas universidades aos estudantes; participação de lucros e perdas. *v.* admitir em sociedade.

FELLY ['feli], *adv.* cruelmente, ferozmente. *s.* pina, aro.

FELON ['felən], *s.* réu, criminoso; réu de crime capital; panarício. *a.* capital; perverso; traidor; criminoso.

FELONIOUS [fi'lounjəs], *s.* malvado, perverso, bárbaro; criminoso; pérfido, traidor.

FELONY ['feləni], *s.* felonia, traição; crime capital.

FELT [felt], *pret.* e *pp.* de **FEEL.**

FELT [felt], *s.* feltro. *v.* cobrir com feltro; fazer feltro. # *roofing felt,* papelão alcatroado.

FELTING [feltiŋ], *s.* feltro; material ou processo de fazer feltro.

FEMALE ['fi:meil], *s.* fêmea, mulher. *a.* feminino, feminil.

FEMININE ['feminin], *a.* feminino; feminil; mulheril; afeminado (= efeminado).

FEMININITY [femi'niniti], *s.* feminidade.

FEMINISM ['feminizm], *s.* feminismo.

FEMINIST ['feminist], *s.* feminista.

FEMORA ['femərə, 'fi:mərə], *pl.* de **FEMUR.**

FEMORAL ['femərəl,], *a.* femural.

FEMUR ['fi:mə], *s.* fêmur. *pl.* **FEMORA.**

FEN [fen], *s.* pântano, paul, terra pantanosa.

FENCE [fens], *s.* gradil, grade (de madeira); (E.U.) grade (de ferro); muro; valado, barreira, guarda; jogo de esgrima; (col.) receptador, comprador de objetos roubados. *v.* cercar, fechar com valado; defender; esgrimir, defender-se; discutir. # *sit on the fence,* manter-se imparcial (por covardia ou por discrição). *to mend fences,* (E.U. pol.) reorganizar e consolidar bases eleitorais com vistas à reeleição. *to ride fence,* (E.U.) inspecionar as cercas (serviço de cowboy).

FENCELESS ['fenslis], *a.* indefeso; sem guardas; a descoberto; que não está cercado.

FENCER ['fensə], *s.* esgrimista; cavalo ágil em saltar cercas.

FENCING ['fensiŋ], *s.* guarda; cercado; esgrima; material para construir cercas.

FEND [fend] *v.* aparar; desviar, resguardar, defender, rechaçar, resistir; agir na defensiva. # *fend for oneself,* cuidar de si, da própria subsistência.

FENDER ['fendə], *s.* guarda-fogo (de chaminé ou fogão); (náut.) defensa; pára-choque = (E.U.) *bumper, buffer;* (E.U.) pára-lama (de automóvel) = (Ing.) *mud-guard, wing.*

FENIAN ['fi:niən], *s.* feniano, membro da associação irlandesa contra o governo inglês. *a.* feniano.

FENIANISM ['fi:niənizm], *s.* associação revolucionária irlandesa contra o governo inglês.
FENNEL ['fenl]. *s.* funcho.
FENNY ['feni], *a.* pantanoso, palustre.
FENT [fent], *s.* fenda, frincha, fisga, racha.
FEOFF [fef, fi:f], *s.* feudo. *v.* enfeudar.
FEOFFEE [fe'fi:, fi:'fi:], *a.* feudatário.
FEOFFER ['fefə, 'fi:fə], *s.* senhor feudal.
FEOFFMENT ['fefmənt, 'fi:fmənt], *s.* enfeudação.
FERMENT ['fə:mənt], *s.* fermento, levedura; tumulto, agitação, motim, barulho, excitação.
FERMENT [fə:'ment], *v.* fermentar; agitar-se, excitar.
FERMENTABLE [fə:'mentəbl[, *a.* fermentável.
FERMENTATION [fə:men'teiʃən], *s.* fermentação; excitação, agitação.
FERMENTATIVE [fə:'mentətiv], *a.* fermentativo.
FERN [fə:n], *s.* feto (planta), samambaia.
FERNERY ['fə:nəri], *s.* fetal, lugar próprio para criação de fetos; estufa para samambaias.
FEROCIOUS [fə'rouʃəs], *a.* feroz, cruel, perverso; voraz.
FEROCITY [fə'rɔsiti], *s.* ferocidade, crueldade, fereza.
FERREOUS ['feriəs], *a.* férreo.
FERRET ['ferit], *s.* furão (animal); fita de seda; ferrete. *v.* indagar, investigar, esquadrinhar; caçar com furão.
FERRIAGE ['feriidʒ], *s.* frete de um barco; preço de passagem em um barco.
FERRIC ['ferik], *a.* férrico, férreo, de ferro.
FERRIFEROUS [fə'ri:fərəs], *a.* ferrífero.
FERRO-CONCRETO ['ferou'kɔŋkrit], *s.* cimento armado, concreto armado (= *reinforced concrete*).
FERROUS ['ferəs], *a.* ferroso.
FERRUGINOUS [fə'ru:dʒinəs], *a.* ferruginoso.
FERRULE ['feru:l], *s.* virola; círculo de ferro; ponteira de ferro (de bengala).
FERRY ['feri], *v.* transportar em barco; atravessar em barco. *s.* vadeação de um rio; travessia; barco; embarcadouro.
FERRYBOAT ['feribout], *s.* barca, barco ou navio de travessia.
FERTILE ['fə:tail], *a.* fértil, fecundo, produtivo.
FERTILITY [fə:'tiliti], *s.* fertilidade, fecundidade, produtividade; abundância.
FERTILIZATION [fə:tilai'zeiʃən], *s.* fertilização, fecundação.
FERTILIZE ['fə:tilaiz], *v.* fecundar, fertilizar.
FERTILIZER ['fə:tilaizə], *s.* fertilizador, fecundador; adubo químico.
FERULE ['feru:l], *s.* férula, palmatória. *v.* dar palmatoadas.
FERVENCY ['fə:vənsi], *s.* fervor, zelo, ardor, grande desejo.
FERVENT ['fə:vənt], *a.* fervoroso, fervente, zeloso, ardente.
FERVID ['fə:vid], *a.* férvido, abrasado, ardente, fogoso.
FERVO(U)R ['fə:və], *s.* fervor, ardor, zelo, devoção; veemência.
FESTAL ['festl], *a.* festivo, solene, imponente.
FESTER ['festə], *v.* apostemar, supurar, inflamar; ulcerar-se. *s.* úlcera, chaga, pústula, ferida, tumor.
FESTIVAL ['festəvəl], *s.* festa, festival. *a.* festival.
FESTIVE ['festiv], *a.* festivo, alegre, solene.
FESTIVITY [fes'tiviti], *s.* festividade, festejo, festa, alegria, regozijo.
FESTOON [fes'tu:n], *s.* festão, grinalda; guirlanda; recorte. *v.* festonar, engrinaldar.
FETAL ['fi:tl], *V.* **FOETAL.**
FETCH [fetʃ], *v.* ir buscar, trazer, mandar vir; alcançar, conseguir; levar; produzir; encantar, seduzir; mover-se; chegar. *s.* estratégia; estratagema, artifício. # *fetch and carry,* servir de criado.
FETCHER ['fetʃə], *s.* o que vai buscar.
FÊTE [feit], *s.* festival. *v.* festejar.
FETID ['fetid], *a.* fétido.
FETISH ['fi:tiʃ], *s.* fetiche, ídolo.
FETISHISM ['fi:tiʃizm], *s.* fetichismo.
FETLOCK ['fetlɔk], *s.* machinho (de cavalo).
FETTER ['fetə], *v.* acorrentar, encadear, prender com grilhões, agrilhoar; entravar. *s.* cadeia, corrente, ferros, grilhões.
FETTERED ['fetəd], *a.* acorrentado.
FETTLE ['fetl], *v.* alisar, aplainar. # *be in fine fettle,* estar bem disposto, estar em forma.
FETUS ['fi:təs], *V.* **FOETUS.**
FEUD [fju:d], *s.* feudo; guerra, rixa, contenda.

FEUDAL ['fju:dl], *a.* feudal.
FEUDALISM ['fju:dəlizm], *s.* feudalismo.
FEUDATORY ['fju:dətəri], *a.* e *s.* feudatário.
FEVER ['fi:və], *s.* febre, calor, agitação. # *remittent fever,* (med.) febre intermitente.
FEVERHEAT ['fi:vəhi:t], *s.* temperatura febril.
FEVERISH ['fi:vəriʃ], *a.* febril, febricitante; ardente; inconstante, vário; exaltado.
FEW [fju:], *a.* e *pron.* poucos. # *quite a few,* um número bem grande.
FEWNESS ['fju:nis], *s.* pequeno número, minoria, escassez; brevidade, concisão.
FEZ [fez], *s.* fez.
FIANCÊ [fi'ɑ:nsei], *s.* noivo.
FIANCÉE [fi'ɑ:nsei], *s.* noiva.
FIASCO [fi'æskou], *s.* fiasco, fracasso = (E.U.) *frost;* ridículo.
FIAT ['faiæt], *s.* decreto, sanção, ordem, mandado.
FIB [fib], *v.* mentir, contar lorotas, trapacear. *s.* mentira, peta, lorota; trapaça, embuste.
FIBBER ['fibə], *s.* mentiroso, intrujão.
FIBRE ['faibə], *s.* fibra, filamento; (fig.) natureza, essência.
FIBRIL ['faibril], *s.* fibrila, fibrazinha.
FIBRIN ['faibrin], *s.* fibrina.
FIBROUS ['faibrəs], *a.* fibroso, filamentoso.
FIBULA ['fibjulə], *s.* (anat.) perônio; agulha para suturar.
FICKLE ['fikl], *a.* inconstante, volúvel, instável.
FICKLENESS ['fiklnis], *s.* volubilidade, inconstância.
FICTILE ['fiktail], *a.* moldável, maleável, plástico.
FICTION ['fikʃən], *s.* invenção; ficção; novela, fábula.
FICTIONAL ['fikʃənl], *a.* imaginário.
FICTIONIST ['fikʃənist], *s.* fabulista, novelista.
FICTITIOUS [fik'tiʃəs], *a.* fictício, imaginário, fabuloso.
FICTIVE ['fiktiv], *a.* fictício, imaginário.
FID [fid], *s.* (náut.) passador de cabos; cunha de mastaréu; tarugo.
FIDDLE ['fidl], *s.* violino, rabeca. *v.* tocar violino ou rabeca; (náut.) deitar a cunha a um mastaréu; (pop.) mexer nervosamente com os dedos. # *drunk as a fiddler,* completamente embriagado. *fit as a fiddle,* bem disposto, em boa forma. *fiddle with,* brincar com, pilheriar com. *play second fiddle,* ter um papel secundário.
FIDDLE-DE-DEE ['fidl-di'di:], *int.* histórias!
FIDDLE-FADDLE ['fidlfædl], *s.* bagatela, ninharia, insignificância. *v.* dizer tolices, dizer disparates. *a.* insignificante.
FIDDLER ['fidlə], *s.* violinista, rabequista.
FIDDLESTICK ['fidlstik], *s.* arco de rabeca; bagatela. # *Fiddlesticks!* exclamação de impaciência.
FIDELITY [fi'deliti], *s.* fidelidade, veracidade.
FIDGET ['fidʒit], *v.* inquietar, incomodar, inquietar-se, impacientar-se. *s.* inquietação, incômodo; fadiga; excitação nervosa.
FIDGETINESS ['fidʒitinis], *s.* nervosismo, excitação nervosa; mal-estar; fadiga.
FIDGETY ['fidʒiti], *a.* inquieto, nervoso, excitado, impaciente.
FIDUCIARY [fi'dju:ʃiəri], *s.* e *a.* fiduciário.
FIE [fai], *int.* fora!
FIEF [fi:f], *s.* feudo.
FIELD [fi:ld], *s.* campo, campina; campo de batalha; acampamento, batalha, campanha, guerra; campo de esportes; área descoberta; grupo de caçadores que tomam parte numa batida; conjunto de jogadores num clube; fundo de um quadro. *v.* ficar em posição para apanhar a bola no jogo de *cricket* ou *base-ball.* # *field hand,* camarada de fazenda, lavrador. *landing field,* (av.) campo de aterragem ou aterrissagem.
FIELDER ['fi:ldə], *s.* jogador que intercepta a bola *(base-ball* e *cricket).*
FIELDFARE ['fi:ldfɛə], *s.* tordo.
FIELD-GLASS ['fi:ldgla:s], *s.* binóculo.
FIELD-MOUSE ['fi:ldmaus], *s.* arganaz.
FIEND [fi:nd], *s.* inimigo; demônio, diabo, satã, satanaz.
FIENDISH ['fi:ndiʃ], *a.* endiabrado, diabólico, demoníaco, satânico.
FIENDISHNESS ['fi:ndiʃnis], *s.* maldade, perversidade diabólica.
FIERCE [fiəs], *a.* feroz, bárbaro, cruel, violento, desumano, furioso, impetuoso; (E.U.) doloroso; desagradável, incomodativo.
FIERCENESS ['fiəsnis], *s.* ferocidade, fúria.

FIERINESS ['faiərinis], *s.* ardor, calor, veemência, paixão.

FIERY ['faiəri], *a.* ígneo, de fogo, ardente, fogoso; veemente; feroz, impetuoso, furioso; vivo.

FIFE [faif], *s.* pífano (= pífaro, pifre). *v.* tocar pífano.

FIFER ['faifə], *s.* tocador de pífano.

FIFTEEN ['fif'ti:n], *a.* e *s.* quinze.

FIFTEENTH ['fif'ti:nθ], *a.* e *s.* décimo quinto; quinze (do mês); o décimo quinto de uma série; 1/15.

FIFTH [fifθ], *a.* e *s.* quinto, cinco (do mês); a quinta parte.

FIFTH-COLUMN ['fifθ'kɔləm], *s.* a quinta-coluna, os quinta-colunas.

FIFTH-COLUMNIST ['fifθ'kɔləmnist], *s.* o quinta-coluna, espião.

FIFTHLY ['fifθli], *adv.* em quinto lugar.

FIFTIETH ['fiftiiθ], *a.* quinquagésimo. *s.* cinqüentavo.

FIFTY ['fifti], *a.* e *s.* cinqüenta.

FIFTY-FIFTY ['fifti'fifti], *s.* (E.U.) mistura em partes iguais. *a.* e *adv.* meio a meio, em partes iguais = (Ing.) *half-and-half.*

FIG [fig], *s.* figo; figueira; figa; (fam.) vestuário; pequena porção de tabaco; ninharia, bagatela, nonada; (esp.) condição, estado. *v.* fazer figas; adornar, vestir, enfeitar.

FIGHT [fait], *pret.* e *pp.* **FOUGHT.** *v.* batalhar, lutar, combater, guerrear, pugnar, disputar; bater-se, defender-se. *s.* luta, combate, batalha, pugna, disputa, peleja, briga, rixa. # *fixed fight,* "marmelada" (luta arranjada, luta com vitória pré-combinada). *to pick a fight,* puxar briga.

FIGHTER ['faitə], *s.* combatente, lutador, batalhador, brigão, espadachim, guerreiro, duelista; avião de caça. # *no bull fighter,* indivíduo efeminado.

FIGHTING ['faitiŋ], *s.* combate, luta, peleja, batalha. *a.* combatente, aguerrido.

FIGMENT ['figmənt], *s.* ficção, fábula, invenção, fingimento.

FIGTREE ['figtri:], *s.* figueira.

FIGURABLE ['figjurəbl], *a.* figurável.

FIGURATION [figju'reiʃən], *s.* figuração (ato e efeito de figurar), configuração.

FIGURATIVE ['figjurətiv], *a.* figurativo, figurado, simbólico, metafórico.

FIGURE ['figə], *s.* figura, forma (de pessoa ou coisa); porte, talhe; imagem, aparência; imagem representada por pintura, gravura ou desenho; figura geométrica; grande personagem; algarismo; número; figura de retórica. *v.* fazer figura; tornar-se importante; figurar; simbolizar; delinear; (E.U.) avaliar, estimar = (Ing.) *estimate;* (E.U.) calcular = (Ing.) *calculate;* (E.U.) contar, esperar, ter esperança = (Ing.) *count.* # *at such a figure,* a tal preço. *cut a figure* (ou *a dash),* fazer um bonito. *cut a poor figure,* fazer um feio, fazer um papel feio (= triste). *figure out,* imaginar. *to cut a sorry figure,* fazer um papel triste (= feio). *what's the figure?* quanto custa?

FIGURED ['figəd], *a.* adornado com figuras; simbolizado; representado; imaginado.

FILAMENT ['filəment], *s.* filamento, fibra; filete.

FILAMENTOUS [filə'mentəs], *a.* filamentoso, fibroso.

FILATURE ['filətʃə], *s.* criação de seda; fábrica de seda.

FILBERT ['filbə:t], *s.* avelã; aveleira.

FILCH [filtʃ], *v.* tirar, roubar, furtar, surrupiar, escamotear (= escamotar), empalmar.

FILCHER ['filtʃə], *s.* larápio, gatuno, ladrão.

FILE [fail], *s.* fio ou arame para segurar papéis; coleção de jornais ou papéis; fila; arquivo, fichário; classificador, lista para promoção; lima (ferramenta); pano para esfregar o assoalho; (gír.) indivíduo astuto. *v.* limar, polir; marchar em fila; enfileirar; arquivar, registrar, classificar; anotar. # *file clerk,* arquivista. *file off,* desfilar. *fine* ou *smooth file,* lima murça. *half-round file,* lima meia-cana. *in file,* em fila. *in triple file,* a três de fundo. *on file,* fichado. *single file,* (mil.) fila por um.

FILE DUST ['faildʌst], *s.* limalha, limadura.

FILER ['failə], *s.* limador.

FILIAL ['filiəl], *a.* filial.

FILIATION [fili'eiʃən], *s.* filiação; perfilhação, adoção.

FILIBUSTER ['filibʌstə], *s.* filibusteiro; (E.U.) pessoa que impede o andamento dos trabalhos parlamentares, obstrucionista = (Ing.) *obstructionist;* (E.U.) obstrução (no parlamento). *v.* piratear; (E.U.) impedir os trabalhos parlamentares, obstruir.

FILIFORM ['failifɔ:m], *s.* filiforme.

FILIGRANE ['filigreni], *s.* filigrana.

FILIGREE ['filigri:], *s.* filigrana.

FILING ['failiŋ], *s.* método para manter em ordem a correspondência; classificação por meio de fichas; arquivamento; *pl.* limadura. # *filing cabinet,* arquivo. *filing clerk,* arquivista. *filing department,* seção de arquivo.

FILING-TRAY ['failiŋtrei], *s.* bandeja de fichário.

FILIPINO [fili'pi:nou], *s.* e *a.* filipino.

FILL [fil], *v.* encher; saciar; ocupar; terraplenar; saciar-se, fartar-se; (E.U.) obturar (dente) = (Ing.) *stop;* (E.U.) aviar (receita) = (Ing.) *make up;* (E.U.) preencher, satisfazer (condições, requisitos) = (Ing.) *meet. s.* fartura, abundância. # *fill in,* completar; preencher. *fill out,* completar, preencher; engordar. *fill up,* encher, preencher; encher-se. *fill with,* encher de, encher com.

FILLER ['filə], *s.* funil ou instrumento semelhante próprio para encher; conta-gotas; folhas de tabaco que formam um charuto; (gram.) partícula expletiva; (arm.) calço.

FILLET ['filit], *s.* filete, atadura, fita, faixa; fio delgado; moldura; filé. *v.* enfeitar, ornar com filetes, com fios de ouro.

FILLING ['filiŋ], *s.* adição, enchimento, suplemento, recheio; (E.U.) obturação (de dente) = (Ing.) *stopping. a.* que enche. # *filling station, gas station,* (E. U.) posto de gasolina = (Ing.) *petrol station.*

FILLING-STATION ['filiŋ'steiʃən], *s.* (E.U.) posto de gasolina = (Ing.) *petrol pump.*

FILLIP ['filip], *s.* piparote; estímulo. *v.* dar um piparote; incitar, estimular.

FILLY ['fili], *s.* potranca; égua nova; moça graciosa e folgazã (col.).

FILM [film], *s.* película, membrana; fita, filme (cinema); pericarpo; cápsula; névoa. *v.* cobrir com película; formar película; enevoar-se; tornar-se obscuro. # *develop a film* (fot.) revelar um filme.

FILM-ACTOR ['film-æktə], *s.* ator cinematográfico.

FILM-STAR ['film-stɑ:], *s.* estrela de cinema.

FILMY ['filmi], *a.* membranoso; pelicular; enevoado, nublado.

FILOSELLE [filou'sel], *s.* filosela; cadarço.

FILTER ['filtə], *v.* filtrar, coar; filtrar-se. *s.* filtro.

FILTERING ['filtəriŋ], *s.* filtragem.

FILTH [filθ], *s.* imundície, sujeira, porcaria, varredura, lixo; infecção.

FILTHINESS ['filθinis], *s.* imundície, sujidade, porcaria.

FILTHY ['filθi], *a.* sujo, imundo, porco, asqueroso, nojento; corrompido, putrefato.

FILTRATION [fil'treiʃən], *s.* filtração, depuração.

FIMBRIA ['fimbriə], *s.* fímbria, franja, orla.

FIMBRIATE ['fimbrieit], *a.* fimbriado, franjado, agaloado.

FIN [fin], *s.* barbatana; plano subsidiário de um aeroplano; alheta.

FINABLE ['fainəbl], *a.* sujeito a multa.

FINAL ['fainl], *a.* final, último; decisivo.

FINALE [fi'nɑ:li], *s.* o final, o fim.

FINALISM ['fainəlizm], *s.* finalismo.

FINALISTA ['fainəlist], *s.* finalista.

FINALITY [fai'næliti], *s.* finalidade, determinação, fim.

FINALLY ['fainəli], *adv.* finalmente, ultimamente; totalmente.

FINANCE [fai'næns], *s.* finanças; tesouro; fundos públicos; Fazenda Real ou do Estado. *v.* financiar; administrar as finanças ou negociar empréstimos.

FINANCIAL [fai'nænʃəl], *a.* financial, financeiro.

FINANCIALLY [fai'nænʃəli], *adv.* financeiramente.

FINANCIER [fai'nænsiə], *s.* financeiro, cambista; funcionário da fazenda; financista.

FINANCIER [fainæn'siə], *v.* financiar; administrar as finanças.

FINCH [fintʃ], *s.* pintassilgo.

FIND [faind], *pret.* e *pp.* **FOUND.** *v.* encontrar, descobrir, achar; ver, procurar, averiguar; fornecer; saber; aprovar, admitir; sortir, prover, abastecer; alcançar, chegar a; manter; suportar; determinar, decidir: inventar, criar, imaginar. *s.* achado, descoberta; coisa achada. # *find out,* descobrir; averiguar.

FINDER ['faində], *s.* descobridor; inventor. # *range finder,* (foto) telêmetro.

FINDING ['faindiŋ], *s.* descobrimento; invenção; *pl.* ferramentas (de artífice); (E.U.) aviamentos, miudezas, acessórios; (jur.) laudo, veredicto.

FINE [fain], *a.* belo, formoso, bonito, lindo, bom, magnífico, excelente; admirável, fino, agradável. *s.* multa. *v.* multar; refinar, purificar, clarificar (o vinho). # *in fine,* em resumo, em suma. *fine-spoken,* melífluo.

FINE-DRAW ['fain'drɔ:], *pret.* **FINE DREW,** *pp.* **FINE-DRAWN.** *v.* cerzir.

FINE-DRAWER ['fain'drɔ:ə], *s.* cerzidor, cerzideira.

FINE-DRAWING ['fain'drɔ:iŋ], *s.* cerzidura.

FINE-DRAWN ['fain'drɔ:n], *pp.* de **FINE-DRAW.** *a.* sutil, tênue, fino, delgado.

FINE-DREW ['fain'dru:], *pret.* de **FINE-DRAW.**

FINELOOKING ['fainlukiŋ], *a.* elegante, bem-parecido.

FINELY ['fainli], *adv.* finamente, primorosamente, belamente, lindamente, sutilmente.

FINENESS ['fainnis], *s.* delicadeza, primor, agudeza, engenho, beleza, formosura, sutileza; proporção (do metal puro contido numa liga de metais).

FINERY ['fainəri], *s.* adorno, atavio, gala; primor, elegância; fornalha para fundição de ferro; forja para reduzir o ferro.

FINESSE [fi'nes], *s.* artifício, astúcia, sutileza; tato, diplomacia. *v.* usar de artifícios.

FINGER ['fiŋgə], *s.* dedo; largura ou comprimento de um dedo; dedo de luva. *v.* tocar com os dedos; dedilhar, tatear; apalpar (= palpar); manusear. # *have a finger in the pie,* estar metido em; intrometer-se. *have a thing at one's finger-tips,* saber perfeitamente. *little finger,* dedo mínimo, dedo mindinho, dedo minguinho. *my fingers are all thumbs,* sou desajeitado. *with a wet finger,* com facilidade.

FINGERING ['fiŋgeriŋ], *s.* dedilhado; obra delicada; posição dos dedos na música.

FINGERNAIL ['fiŋgəneil], *s.* unha.

FINGER-PRINT ['fiŋgəprint], *s.* impressão digital.

FINGER-STALL ['fiŋgə-stɔ:l], *s.* dedeira.

FINIAL ['fainiəl, 'finiəl], *s.* (arq.) remate.

FINICAL ['finikəl], *a.* afetado, presumido; esquisito; melindroso; delicado, amável.

FINICKING ['finikiŋ], *V.* **FINICAL.**

FINIKIN ['finikin], *V.* **FINICAL.**

FINING ['fainiŋ], *s.* refinação, classificação, purificação, depuração.

FINISH ['finiʃ], *v.* acabar, consumar, terminar, concluir, finalizar, arrematar; aperfeiçoar, melhorar, retocar; derrotar; vencer; completar; dar os últimos retoques; fenecer, cessar, morrer. *s.* fim, termo, remate, acabamento, conclusão, última demão.

FINISHED ['finiʃt], *pp.* e *a.* completo, acabado, perfeito.

FINISHER ['finiʃə], *s.* consumador, acabador, executor, aperfeiçoador.

FINISHING ['finiʃiŋ], *s.* acabamento, conclusão, consumação, perfeição; última pincelada; último retoque.

FINITE ['fainait], *a.* finito, limitado, restrito.

FINITENESS ['fainaitnis], *s.* limitação, restrição; natureza finita.

FINK [fiŋk], *s.* grumiro, fura-greve = *g. on, scab, strikebreaker.*

FINN [fin], *s.* finlandês (indivíduo).

FINNISH ['finiʃ], *a.* finlandês. *s.* finlandês (língua).

FINNY ['fini], *a.* armado de barbatanas; abundante em peixes.

FIORD [fjɔ:d], *s.* fiorde.

FIR [fə:], *a.* abeto, pinho.

FIRE [faiə], *s.* fogo, lume; incêndio, combustão, chama; incandescência; calor intenso; descarga de armas de fogo; ardor, paixão, veemência, fervor; tortura, desgraça. *v.* incendiar, queimar, abrasar; animar, exaltar, excitar; incendiar-se, incomodar-se; disparar, descarregar, fazer fogo (com arma); (E.U.) demitir, despedir (do emprego) = (Ing.) *sack, dismiss.* # *by fire and sword,* a ferro e fogo. *catch* (ou *take*) *fire,* pegar fogo, incendiar-se. *fire brick,* tijolo refratário. *hang fire,* negar fogo (arma). *make up fire,* atiçar fogo. *miss fire,* negar fogo, falhar. *set fire to* (ou *set on* *fire),* pôr fogo a. *St. Anthony's fire,* erisipela. *St. Elmo's fire,* fogo-de-santelmo. *strike fire,* fazer fogo (com arma).

FIRE-ALARM ['faiərəlɑ:m], *s.* aparelho para dar aviso de incêndio; aviso de incêndio.

FIREARM ['faiərɑ:m], *s.* arma de fogo.

FIREBALL ['faiəbɔ:l], *s.* meteoro.

FIREBOX ['faiəbɔks], *s.* fornalha.

FIREBRAND ['faiəbrænd], *s.* facho, tição.

FIRE-BRIGADE ['faiəbrigeid], *s.* corpo de bombeiros.

FIRE-BUG ['faiəbʌg], *s.* (E.U.) incendiário = (Ing.) *incendiary, firer.*

FIRE-CRACKER ['faiəkrækə], *s.* bicha (fogo de artifício).

FIREDAMP ['faiədæmp], *s.* grisu.

FIRE-DOG ['faiədɔg], *s.* trempe de lareira.

FIRE-ESCAPE ['faiəriskeip], *s.* escada salva-vidas (incêndio).

FIRE-EXTINGUISHER ['faiərikstiŋgwiʃə], *s.* extintor de incêndio.

FIRE-FLY ['faiəflai], *s.* pirilampo, vagalume = (E.U.) *lightning-bug.*

FIRE-HOSE ['faiehouz], *s.* mangueira de incêndio.

FIREMAN ['faiəmən], *s.* foguista; bombeiro (do corpo de bombeiros) = (E.U.) *fire fighter.*

FIRE PAN ['faiəpæn], *s.* braseiro.

FIREPLACE ['faiəpleis], *s.* fogão, lareira.

FIREPROOF ['faiəpru:f], *a.* à prova de fogo.

FIRER ['faiərə], *s.* o que acende o lume; incendiário = (E.U.) *fire-bug.*

FIRE RAKE ['faiəreik], *s.* rodo.

FIRE SALE ['faiəseil], *s.* (com.) queima (venda de liquidação). # *to sell at a fire sale,* (com.) queimar, vender em liquidação.

FIRESIDE ['faiəsaid], *s.* lareira, lar.

FIREWOOD ['faiəwud], *s.* lenha.

FIRE-WORKER ['faiəwə:kə], *s.* fogueteiro.

FIREWORKS ['faiəwe:ks], *s.* (pl.) fogos de artifício.

FIRE-WORSHIP ['faiəwə:ʃip], *s.* adoração do fogo.

FIRING ['faiəriŋ], *s.* fogo, combustível; ato ou processo de aplicar o fogo a qualquer coisa; descarga de fogo; cauterização. # *firing pin,* (arm.) agulha percutora.

FIRKIN ['fə:kin], *s.* barril.

FIRM [fə:m], *a.* firme, estável, forte; fixo; duro; tenaz, inflexível; seguro; resoluto, constante.

FIRMAMENT ['fə:məmənt], *s.* firmamento, céu.

FIRMER CHISEL ['fə:mə'tʃi:sl], *s.* (ofic.) talhadeira.

FIRMLY ['fə:mli], *adv.* firmemente, tenazmente.

FIRMNESS ['fə:mnis], *s.* firmeza, constância; resolução; solidez; consistência.

FIRST [fə:st], *a.* primeiro, anterior, principal, primitivo; o mais próximo; excelente. *s.* o primeiro, o princípio. *adv.* primeiramente, de preferência. # *at first,* a princípio. *first and foremost,* antes de mais nada. *first in first out,* primeiro a entrar, primeiro a sair. *first come first served,* primeiro a chegar, primeiro a ser servido. *from first to last,* do primeiro ao último.

FIRSTBORN ['fə:stbɔ:n], *s.* primogênito.

FIRST-CLASS ['fə:stklɑ:s], *a.* de primeira classe.

FIRST FLOOR ['fə:st'flɔ:], *s.* primeiro andar = (E.U.) *second floor.* (Ing.) *ground floor, first floor, second floor,* etc. = (E.U.) *first floor, second floor, third floor,* etc. *V.* **GROUND-FLOOR.**

FIRSTLING ['fə:stliŋ], *s.* primogênito; primícias.

FIRSTLY ['fə:stli], *adv.* primeiramente, em primeiro lugar.

FIRST-RATE ['fə:st'reit], *a.* insuperável, da melhor qualidade, de primeira qualidade, excelente = (E.U.) *top-notch.*

FIRST SPEED ['fəst'spi:d], *s.* (aut.) primeira velocidade = (E.U.) *low gear.*

FIRTH [fə:θ], *s.* braço de mar; estuário.

FISC [fisk], *s.* fisco, erário.

FISCAL ['fiskəl], *s.* tesoureiro; fiscal; procurador.

FISH [fiʃ], *s.* peixe, pescado; reforço; marca; tento; travessão. *v.* pescar, buscar, alcançar; reforçar; intentar; procurar, obter. # *all is fish that comes to one's net,* tudo o que cai na rede é peixe. *be neither fish, flesh, fowl, nor good red herring,* não ser nem peixe nem carne, não ter ou não manifestar opinião. *drink like a fish,* beber como um gambá. *feel like a fish out of water,* sentir-se fora de seu elemento, sentir-se desambientado. *fish for compliments,* pescar elogios, provocar elogios. *fish in troubled waters,* meter-se em complições; pescar em águas turvas. *have other fish to fry,* ter outro assunto a tratar. *neither fish nor fowl,* nem peixe nem carne. *queer fish,* pessoa excêntrica.

FISH-BONE ['fiʃboun], *s.* espinha de peixe.

FISH-DEALER ['fiʃdi:lə], *s.* (E.U.) peixeiro = (Ing.) *fishmonger.*

FISHER ['fiʃə], *s.* pescador, marta da América.

FISHERMAN ['fiʃəmən], *s.* pescador; barco de pesca.

FISHERY ['fiʃəri], *s.* pesca, pescaria; barco de pesca; lugar onde se vai pescar.

FISH-HOOK ['fiʃhuk], *s.* anzol.

FISHINESS ['fiʃinis], *s.* forma, sabor ou cheiro de peixe; caráter duvidoso.

FISHING ['fiʃiŋ], *s.* pesca.

FISHING-NET ['fiʃiŋnet], *s.* rede de pescar.

FISHING-ROD ['fiʃiŋrɔd], *s.* vara de pescar.

FISHMONGER ['fiʃmʌŋgə], *s.* vendedor de peixe, peixeiro = (E.U.) *fish-dealer.*

FISH WIRE ['fiʃwaiə], *s.* arame para puxar cabos.

FISHY ['fiʃi], *a.* piscoso, abundante em peixe; semelhante ou relativo a peixe; suspeito, ilícito; inacreditável.

FISSILE ['fisail], *a.* fendível, separável; que se pode rachar.

FISSILITY ['fisiliti], *s.* (geol.) fissilidade.

FISSION ['fiʃən], *s.* divisão, separação.

FISSIPAROUS [fi'sipərəs], *a.* fissíparo.

FISSURE ['fiʃə], *s.* fissura, fenda, greta, abertura, rachadura.

FISSURED ['fiʃəd], *a.* fendido, gretado, aberto, rachado.

FIST [fist], *s.* punho; mão cerrada; chamada (imprensa). # *clenched fist,* punho cerrado.

FISTIC, AL ['fistik, əl], *a.* pugilístico, relativo ao boxe.

FISTICUFF ['fistikʌf], *s. pl.* briga de murros, luta de socos.

FISTULA ['fistjulə], *s.* fístula.

FISTULAR ['fistjulə], *a.* fistular, tubular, fistuloso.

FISTULOUS ['fistjuləs], *a.* fistuloso.

FIT [fit], *s.* síncope, desmaio, vertigem, ataque, espasmo, acidente, acesso; ajuste, adaptação; capricho, extravagância, excentricidade. *a.* apto, idôneo, próprio, apropriado; justo, pronto; hábil, capaz, disposto, em boa forma, adequado. *v.* ajustar, encaixar, adaptar, amoldar, acomodar, conformar; sortir, prover. equipar, aprestar; dispor; preparar. # *a fit of anger,* um acesso de raiva. *a fit of coughing,* um acesso de tosse. *by fits and starts,* aos arrancos. *fine fit,* (mec.) ajustagem precisa. *fit out,* abastecer, suprir, equipar. *fit out a ship,* armar um navio. *free fit,* (mec.) ajustagem folgada *throw a fit,* enfurecer-se.

FITCH [fitʃ], *s.* doninha; escova feita de pêlo de doninha.

FITCHEW ['fitʃu:], *s.* doninha.

FITFUL ['fitful], *a.* caprichoso; irregular, vacilante, agitado; espasmódico.

FITFULNESS ['fitfulnis], *s.* capricho; irregularidade.

FITMENT ['fitmənt], *s.* preparativo, apresto; equipagem, acessório; mobiliário.

FITNESS ['fitnis], *s.* conveniência, oportunidade; conformidade, adaptação, aptidão, ajustamento; idoneidade.

FITTER ['fitə], *s.* ajustador, adaptador, provedor; montador de máquinas.

FITTING ['fitiŋ], *a.* próprio, apropriado, conveniente, adequado. *s.* ajuste, encaixe, entalhe; montagem (de máquina); instalação, adaptação; prova (de roupa).

FITTINGS ['fitiŋz], *s.* aprestos, preparativos; guarnições, instalações, ferramentas, ferragens.

FIVE [faiv], *a.* cinco. # *five-and-ten,* lojas de 5 e 10 centavos.

FIVEFOLD ['faivfould], *a.* quíntuplo.

FIVER ['faivə], *s.* (fam.) nota de cinco libras ou de cinco dólares.

FIVES ['faivz], *s.* certo jogo de bola; alporcas, escrófulas (nos cavalos); (fam.) os cinco dedos da mão.

FIX [fiks], *v.* fixar, estabelecer, firmar, combinar, assentar; findar; segurar; consertar; fixar a atenção; fixar residência; ordenar; subornar; solidificar-se; (E.U.) castigar, desforrar, ajustar contas; arrumar; preparar. *s.* apuro, situação angustiosa; aperto, problema a resolver; dilema. # *in a bad fix,* em apuros. *to fix up,* consertar, reparar; arranjar.

FIXABLE ['fiksəbl], *a.* fixável, adaptável.

FIXATION [fik'seiʃən], *a.* fixação, firmeza, estabilização, estabilidade.

FIXATIVE ['fiksətiv], *a.* fixativo. *s.* mordente (tinturaria).

FIXED [fikst], *a.* fixo, firme, estável, permanente; fixado, determinado, estabelecido.

FIXED-BAR ['fikstbɑ:], *s.* barra-fixa (aparelho de ginástica).

FIXEDNESS ['fiksidnis], *s.* fixidez, imobilidade, estabilidade.

FIXER ['fiksə], *s.* fixador (fotografia).

FIXING ['fiksiŋ], *s.* fixação, determinação, adaptação; *pl.* adornos, ornamentos, atavios, enfeites; equipamento, acessórios; aprestos; (E.U. cul.) acompanhamento = (Ing.) *trimmings.*

FIXITY ['fiksiti], *V.* **FIXEDNESS.**

FIXTURE ['fikstʃə], *s.* posição fixa; o que está fixo ou encravado; adorno, atavio, ornamento; *pl.* instalação.

FIZZ [fiz], *v.* assobiar, chiar, zunir; efervescer. *s.* assobio, zunido, chiado; efervescência; bebida efervescente.

FIZZER ['fizə], *s.* assobiador; o que efervesce.

FIZZLE ['fizl], *v.* assobiar; ser mal sucedido, fazer fiasco. *s.* assobio; insucesso, fiasco; apuro, dificuldade; efervescência, bebida efervescente. # *fizzle out,* fracassar.

FJORD [fjɔ:d], *V.* **FIORD.**

FLABBERGAST ['flæbəgɑ:st], *v.* pasmar, surpreender, espantar, causar espanto ou admiração.

FLABBINESS ['flæbinis], *s.* frouxidão, debilidade, flacidez, moleza, lassidão.

FLABBY ['flæbi], *a.* frouxo, débil, lasso, mole, flácido.

FLACCID ['flæksid], *a.* flácido, frouxo, mole, lasso, débil.

FLACCIDITY [flæk'siditi], *s.* flacidez, moleza, frouxidão, lassidão; debilidade.

FLAG [flæg], *s.* bandeira, bandeirola, pavilhão, estandarte, flâmula; laje, lousa; penas (de pássaro). *v.* pender, cair, abater; enfraquecer, desanimar, desfalecer; afrouxar-se; estar lasso; embandeirar, sinalizar com bandeiras; pavimentar, lajear. # *break the flag,* desfraldar a bandeira. *dip the flag,* saudar com a bandeira. *hang the flag halfmast high,* hastear a bandeira a meio pau. *hoist the flag,* içar a bandeira. *strike flag,* arriar a bandeira. *strike one's flag,* render-se.

FLAG-BEARER ['flægbɛərə], *s.* porta-bandeira, porta-estandarte.

FLAG-DAY ['flagdei], *s.* Dia da Bandeira.

FLAGELLATE ['flædʒəleit], *v.* flagelar, açoitar.

FLAGELLATION [flædʒə'leiʃən], *s.* flagelação, açoite.

FLAGEOLET [flædʒə'let], *s.* flajolé.

FLAGGING ['flægiŋ], *a.* flácido, lânguido, frouxo, lasso; débil; indeciso, hesitante, flutuante.

FLAGGY [flægi], *a.* mole, flexível, fraco, frouxo.

FLAGMAN ['flægmən], *s.* sinaleiro, bandeirista.

FLAGON ['flægən], *s.* garrafa de mesa com asa.

FLAG-POLE ['flægpoul], *s.* (E.U.) pau de bandeira = (Ing.) *flag-staff.*

FLAGRANT ['fleigrənt], *a.* flagrante, notório, escandaloso, ostentoso, impudente.

FLAG-SHIP ['flægʃip], *s.* navio-capitânia.

FLAG-STAFF ['flægstɑ:f], *s.* pau da bandeira = (E.U.) *flag-pole.*

FLAGSTONE ['flægstoun], *s.* laje.

FLAIL [fleil], *s.* mangual. *v.* malhar cereais.

FLAIR [flɛə], *s.* tino, faro.

FLAK [flæk], *s.* fogo antiaéreo, artilharia antiaérea.

FLAKE [fleik], *s.* floco; faísca, centelha, chispa; lâmina, lasca, escama; cravo almiscarado; andaime. *v.* formar flocos; lascar-se, laminar-se.

FLAKY ['fleiki], *a.* cheio de flocos, flocoso, escamoso, laminado, folheado.

FLAM [flæm], *s.* mentira, embuste, peta, logro, engano; capricho.

FLAME [fleim], *s.* chama, labareda; fogo, combustão; ardor, paixão, amor. *v.* arder, chamejar, queimar; luzir, brilhar. # *flame welding,* solda de maçarico.

FLAMEN ['fleimən], *s.* flâmine.

FLAMETHROWER ['fleimθrouə], *s.* (mil.) lança-chamas.

FLAMING ['fleimiŋ], *a.* flamejante, ardente, chamejante, inflamado.

FLAMINGO [flə'miŋgou], *s.* flamengo (ave).

FLAMY ['fleimi], *a.* inflamado, ardente, chamejante.

FLANGE [flændʒ], *s.* borda, beira, beiral, rebordo; aba; arandela; flange; manilha. *v.* rebaixar, abater; colocar beirais, bordas ou abas; virar (uma aba).

FLANK [flæŋk], *s.* flanco; (E.U.) aba (peso de carne de vaca) = (Ing.) *skirt. v.* flanquear, atacar de flanco; tomar de flanco; fortificar os flancos; estar situado nos flancos.

FLANKER ['flæŋkə], *s.* flanco (de uma fortificação).

FLANNEL ['flænl], *s.* flanela de lã.

FLANNELETTE [flænl'et, flæne'let], *s.* flanela de algodão.

FLANNELLY ['flænli], *a.* feito de flanela.

FLAP [flæp], *s.* aba (de casaco ou chapéu); portinhola (de bolso); ponta, fralda, borda, beirada, extremidade; saliência; válvula; palmada, bofetada, golpe. *v.* dar palmadas, bater palmas, bater com as asas, bater de encontro, sacudir; açoitar; (náut.) bater o pano. # *flap-up-seat,* assento dobradiço.

FLAPJACK ['flæpdʒæk], *s.* bolo feito na grelha; panqueca; caixinha para pó de arroz.

FLAPPER ['flæpə], *s.* aquele ou aquilo que bate; (fam.) a mão; menina.

FLARE [flɛə], *s.* chama, flama, brilho, fulgor; arrebatamento (de cólera); inclinação. *v.* tremeluzir, cintilar, brilhar, luzir; deslumbrar, ostentar luxo; jactar-se; inclinar-se.

FLARE STACK ['flɛəstæk], *s.* (petr.) chaminé; (gír. de ref.) tocha.

FLARING ['flɛəriŋ], *a.* cintilante, brilhante, fulgurante, deslumbrante.

FLASH [flæʃ], *s.* relâmpago, lampejo, clarão; cintilação, brilho; instante, momento; esguicho, borbotão; inspiração; gíria, calão; (E.U.) notícia prévia e resumida (impr.). *a.* espalhafatoso, barulhento. *v.* relampejar, reluzir, brilhar; passar como um relâmpago; acender, queimar; fazer brotar. # *flash money,* dinheiro falso. *flash point,* ponto de ignição. *in a flash,* em um instante.

FLASHBACK ['flæʃbæk], *s.* (cin.) retrospecto, narração de fatos precedentes.

FLASHBURN ['flæʃbə:n], *s.* queimadura causada pelo calor de uma bomba atômica.

FLASH DRUM ['flæʃdrʌm], *s.* (petr.) tambor de expansão.

FLASH GUN ['flæʃgʌn], *s.* (fot.) disparador de luz relâmpago.

FLASHINESS ['flæʃinis], *s.* brilho momentâneo.

FLASHING ['flæʃiŋ], *s.* centelha.

FLASHLIGHT ['flæʃlait], *s.* luz relâmpago, refletor, lanterna elétrica = (Ing.) *electric torch.* # *flashlight powder,* (quím.) pó de magnésio.

FLASHY ['flæʃi], *a.* aparente, superficial; de mau gosto, berrante; de brilho momentâneo.

FLASK [flæ:sk], *s.* frasco, garrafa, vidro (de remédio); redoma.

FLASKET ['flɑ:skit], *s.* frasco pequeno; cesto raso.

FLAT [flæt], *s.* planície, baixio, plano, planura; palma da mão; pá de remo; (mús.) bemol; (E.U.) chata, barco de fundo chato = (Ing.) *flat-boat;* pavimento, andar; sobrado; apartamento = (E.U.) *apartment; pl.* casa de apartamento = (E.U.) *apartment house. a.* plano, liso, chato, achatado, raso; vulgar, reles; horizontal; formal, positivo, peremptório; desafinado (som). *v.* achatar, alisar, aplainar, aplanar. # *fall flat,* fracassar. *flat rate,* preço global. *tell (a person) flat,* falar francamente.

FLATBOAT ['flætbout], *s.* chata.

FLAT-FOOTED ['flæt'futid], *a.* de pés chatos; (E.U.) peremptório, resoluto.

FLAT-IRON ['flæt-aiən], *s.* ferro de engomar.

FLATLET ['flætlit], *s.* pequeno apartamento (sala e quarto conjugados, banheiro e cozinha).

FLATNESS ['flætnis], *s.* lisura, planura; monotonia, insipidez; gravidade (do som).

FLATTEN ['flætn], *v.* aplanar, alisar, achatar; abater, derrubar; deprimir; enfastiar; amortecer.

FLATTER ['flætə], *v.* lisonjear, elogiar, galantear, exaltar, gabar, adular, bajular.

FLATTERER ['flætərə], *s.* lisonjeador, galanteador, adulador, bajulador.

FLATTERING ['flætəriŋ], *a.* lisonjeiro.

FLATTERY ['flætəri], *s.* lisonja, galanteio, elogio, adulação, bajulação.

FLATTISH ['flætiʃ], *a.* um tanto achatado.

FLATULENCE ['flætjuləns], *s.* flatulência; (fig.) presunção, orgulho, vaidade.

FLATULENCY ['flætjulənsi], *V.* **FLATULENCE.**

FLATULENT ['flætjulənt], *a.* flatulento; orgulhoso, vaidoso, presunçoso.

FLATWISE ['flætwaiz], *adv.* de forma chata, chatamente.

FLAUNT [flɔ:nt], *v.* pavonear, ostentar, alardear; pavonear-se. *s.* ostentação, gala; *pl.* atavio, adorno.

FLAUNTER ['flɔ:ntə], *s.* exibicionista.
FLAUNTING ['flɔ:ntiŋ], *a.* vaidoso, soberbo.
FLAUNTY ['flɔ:nti], *a.* vaidoso, presunçoso, soberbo.
FLAUTIST ['flɔ:tist], *s.* flautista.
FLAVO(U)R ['fleivə], *s.* sabor, gosto; aroma, perfume, fragrância. *v.* saborear; condimentar; aromatizar.
FLAVO(U)RED ['fleivəd], *a.* saboroso, gostoso; aromático, perfumado.
FLAVO(U)RING ['fleivəriŋ], *s.* condimento.
FLAVO(U)RLESS ['fleivəlis], *a.* desenxabido, insípido.
FLAVO(U)ROUS ['fleivərəs], *a.* saboroso, gostoso; aromático; esquisito, estranho.
FLAW [flɔ:], *s.* falha, imperfeição, defeito, jaça, mancha; falta; greta, fenda; (jur.) nulidade; rajada de vento; perturbação de espírito; tumulto, confusão; chocho (fundição). *v.* fender; violar.
FLAWLESS ['flɔ:lis], *a.* inteiro; perfeito, imaculado, são; sem fendas.
FLAWY ['flɔ:i], *a.* imperfeito, defeituoso; fendido, rachado; tempestuoso.
FLAX [flæks], *s.* linho (planta e fibra).
FLAX-COMB ['flæks'koum], *s.* carda.
FLAX-DRESSER ['flæks'dresə], *s.* cardador.
FLAXEN ['flæksən], *a.* de linho; cor de linho; louro.
FLAX-SEED ['flækssi:d], *s.* linhaça.
FLAXY ['flæksi], *V.* **FLAXEN.**
FLAY [flei], *v.* esfolar, pelar.
FLAYER ['fleiə], *s.* esfolador.
FLEA [fli:], *s.* pulga.
FLEAM [fli:m], *s.* lanceta para sangrar animais.
FLÈCHE [fleiʃ], *s.* flecha, seta.
FLECK [flek], *v.* manchar, enodoar, salpicar. *s.* mancha, nódoa, pinta, salpico.
FLECKED [flekt], *a.* sarapintado, variegado.
FLECTION ['flekʃən], *V.* **FLEXION.**
FLED [fled], *pret.* e *pp.* de **FLEE.**
FLEDGE [fledʒ], *v.* guarnecer de penas; cobrir-se de penas.
FLEDGED [fledʒd]. *a.* emplumado, empenado, cheio de penas; com asas; apto para; sazonado, maduro, opimo.
FLEDGELING ['fledʒəliŋ], *s.* passarinho, avezinha; pessoa inexperiente.
FLEE [fli:], *pret.* e *pp.* de **FLED.** *v.* fugir, escapar, evitar; escapar-se.
FLEECE [fli:s], *s.* velo, lã de carneiro. *v.* tosquiar; (fig.) despojar, privar.
FLEECED [fli:st], *a.* lanzudo, coberto de lã.
FLEECER ['fli:sə], *s.* tosquiador.
FLEECY ['fli:si], *a.* lanzudo, lanoso, semelhante a lã.
FLEER ['fli:ə], *s.* fugitivo.
FLEER [fliə], *s.* mofa, escárnio, zombaria, troça, galhofa. *v.* zombar, escarnecer.
FLEET [fli:t], *s.* esquadra, armada, frota; enseada, baía rasa. *a.* rápido, veloz, ligeiro. *v.* flutuar, nadar, navegar; passar velozmente.
FLEETING ['fli:tiŋ], *a.* passageiro, transitório, fugaz, efêmero.
FLEETNESS ['fli:tnis], *s.* velocidade, ligeireza, brevidade.
FLEMISH ['flemiʃ], *s.* a língua flamenga. *a.* flamengo.
FLESH [fleʃ], *s.* carne, nutrição, alimento; sensualidade; polpa de frutas; gênero humano. *v.* alimentar com carne, engordar; saciar, fartar; descarnar; incitar, encorajar. # *in the flesh,* em carne e osso. *make the flesh creep,* meter medo, arrepiar o cabelo. *proud flesh,* carne esponjosa. *quick flesh,* carne viva.
FLESHED [fleʃt], *a.* carnudo, polpudo, gordo.
FLESH-FLY ['fleʃflai], *s.* mosca varejeira.
FLESHLESS ['fleʃlis], *a.* descarnado.
FLESHY ['fleʃi], *a.* carnudo, gordo, polpudo.
FLETCHER ['fletʃə], *s.* flecheiro.
FLEW [flu:], *pret.* de **FLY.**
FLEX [fleks], *v.* dobrar, vergar, encurvar, curvar. *s.* (eletr.) fio flexível.
FLEXIBILITY [fleksə'biliti], *a.* flexibilidade.
FLEXIBLE ['fleksəbl], *a.* flexível.
FLEXION ['flekʃən], *s.* flexão, inclinação, curvatura.
FLEXOR ['fleksə], *s.* (anat.) flexor.
FLIBBERTIGIBBET ['flibəti'dʒibit], *s.* pessoa tagarela; pessoa volúvel; criança travessa; diabinho.
FLICK [flik], golpe rápido, chicotada; piparote. *v.* dar chicotadas; sacudir; limpar.
FLICKER ['flikə], *v.* adejar, bater as asas; tremeluzir, cintilar, bruxolear; hesitar, flutuar, vacilar. *s.* luz mortiça.

FLICKERING ['flikəriŋ], *s.* vacilação, hesitação. *a.* vacilante, hesitante.

FLIER ['flaiə], *s.* aviador; voador; ave; coisa veloz; (mec.) volante; (com.) operação da bolsa.

FLIGHT [flait], *s.* vôo; fuga; rapidez, velocidade; espaço; bando; lanço de escada; descarga; migração; excursão; rasgo de imaginação, elevação de pensamento. # *flight of stairs*, lanço de escada. *take flight*, fugir. *to put to flight*, pôr em fuga.

FLIGHTINESS ['flaitinis], *s.* volubilidade, veleidade, leviandade, versatilidade, inconstância; utopia.

FLIGHT-STRIP ['flait-strip], *s.* (aer.) pista de aeródromo.

FLIGHTY ['flaiti], *a.* volúvel, leviano, inconstante, caprichoso, versátil; volátil.

FLIM-FLAM ['flimflæm], *s.* capricho, extravagância; fantasia; embuste, estratagema; estratégia.

FLIMSINESS ['flimzinis], *s.* fragilidade.

FLIMSY ['flimzi], *a.* frágil, débil, franzino, delgado, fino; fútil, frívolo. *s.* papel fino; papel em branco; (fam.) nota de banco.

FLINCH [flintʃ], *v.* acovardar-se; hesitar, titubear, tergiversar; desistir; abater-se.

FLINCHER ['flintʃə], *s.* aquele que vacila ou desiste; desertor.

FLINCHING ['flintʃiŋ], *a.* vacilante, titubeante, hesitante.

FLINDERS ['flindəz], *s. pl.* estilhaços, fragmentos.

FLING [fliŋ], *pret.* e *pp.* **FLUNG.** *v.* arremessar, arrojar, despedir, vibrar, dardejar; escarnecer, mofar, zombar; vencer; saltar; empinar-se; escoicear. *s.* arremesso, tiro; sarcasmo, zombaria; indireta; salto, pulo; brincadeira; coice.

FLINT [flint], *s.* sílex; pederneira.

FLINT-GLASS ['flint'glɑ:s], *s.* cristal; vidro com base de chumbo.

FLINTINESS ['flintinis], *s.* dureza, crueldade, insensibilidade.

FLINTSTONE ['flintstoun], *s.* pederneira.

FLINTY ['flinti], *a.* silicioso, duro, empedernido; cruel.

FLIP [flip], *v.* tocar de leve, roçar; mover brandamente; atirar para o ar. *s.* sacudidela; bebida feita de açúcar, aguardente e cerveja.

FLIP-FLAP ['flipflæp], *s.* sacudidela, cambalhota. *adv.* batendo repetidamente.

FLIPPANCY ['flipənsi], *s.* loquacidade, petulância, impertinência.

FLIPPANT ['flipənt], *a.* petulante; esperto; ligeiro; loquaz, verboso; irreverente, leviano; impertinente.

FLIPPER ['flipə], *s.* barbatana; membro natatório (das focas, etc.); mão (fam.).

FLIRT [flə:t], *s.* movimento elástico e veloz; lanço, tiro; meneio, saracoteio; mulher que se meneia ou que é coquete; pessoa que flerta; mofa, troça, escárnio. *v.* namorar, flertar; menear-se, saracotear-se; mofar; troçar, escarnecer.

FLIRTATION [flə:'teiʃən], *s.* flerte, namoro; galanteio; meneio, requebro; presunção, vaidade; mofa, escárnio.

FLIRTING ['flə:tiŋ], *V.* **FLIRTATION.**

FLIT [flit], *v.* voar, fugir, voltejar, bater as asas, esvoaçar; deslizar; passar rapidamente, mudar de residência; emigrar; acalmar; cessar (uma tormenta).

FLITCH [flitʃ], *s.* manta de toucinho; (carp.) pranchão samblado.

FLITTER ['flitə], *s.* andrajo, trapo, farrapo; lantejoula; emigrante. *v.* voar, esvoaçar, adejar, emigrar.

FLITTER-MOUSE ['flitəmaus], *s.* morcego. *V.* **BAT.**

FLITTING ['flitiŋ], *s.* fuga; ofensa; erro; vôo rápido.

FLIVVER ['flivə], *s.* (E.U.) automóvel barato.

FLOAT [flout], *v.* flutuar, boiar, nadar, vogar, deslizar sobre a água; ser instável; fazer flutuar. *s.* flutuador, bóia de pescador; salva-vidas; jangada; balsa; (canal.) bóia; bote para caçar patos; carro pesado; carro para procissões ou espetáculos públicos.

FLOATABLE ['floutəbl], *a.* flutuável.

FLOATAGE ['floutidʒ], *s.* tudo o que flutua.

FLOATATION [flou'teiʃən], *s.* flutuação.

FLOATER ['floutə], *s.* o que flutua; (E.U.) fósforo (eleitor que vota com falso nome); empregado que muda constantemente de emprego = *boomer*.

FLOATING ['floutiŋ], *a.* flutuante, boiante; movível, variável; circulante; incerto, duvidoso; vago; pronto para uso.

FLOATING BRIDGE ['floutiŋ'bridʒ], *s.* ponte flutuante.

FLOATING DEBT ['floutiŋ'det], *s.* dívida flutuante.

FLOATING RIBS ['floutiŋ'ribz], *s.* costelas flutuantes.

FLOCCULE ['flɔkju:l], *s.* flóculo.

FLOCCULENT ['flɔkjulənt], *a.* semelhante a flocos de lã, flocado.

FLOCK [flɔk], *s.* floco (de lã, algodão, etc.), floco, tufo; manada, rebanho, bando; multidão, grei. *v.* reunir-se, congregar-se, juntar-se; afluir.

FLOCKY ['flɔki], *a.* em flocos; flocoso.

FLOE [flou], *s.* massa de gelo flutuante.

FLOG [flɔg], *v.* castigar, punir, açoitar, fustigar, chicotear.

FLOGGING ['flɔgiŋ], *s.* castigo, sova, fustigação.

FLOGGIN HAMMER ['flɔgiŋ'hæmə], *s.* marreta.

FLOOD [flʌd], *s.* dilúvio, cheia, enchente, inundação, fluxo; maré; transbordamento; torrente (de lágrimas); hemorragia uterina. *v.* alagar, inundar; ter hemorragia uterina.

FLOODGATE ['flʌdgeit], *s.* comporta.

FLOODING ['flʌdiŋ], *s.* hemorragia uterina.

FLOODLIGHT ['flʌd-lait], *s.* farol, projetor, holofote. *v.* iluminar com projetor.

FLOOR [flɔ:, flɔə], *s.* pavimento, chão, assoalho, solo, andar; recinto (assembléia). *v.* pavimentar, assoalhar; pôr no chão; derrubar; reduzir ao silêncio; vencer; reprovar em exame. # *ask for the floor,* pedir a palavra. *first floor,* 1.º andar; (E.U.) andar térreo. *floor lamp,* abajur de pé. *floor leader,* líder de debates (parlamento). *floor show,* espetáculo de cabaré. *have the floor,* ter a palavra. *inlaid floor,* assoalho de tacos. *take the floor,* tomar a palavra; dançar; entrar no palco.

FLOORER ['flɔ:rə, 'flɔərə], *s.* murro, soco; pancada forte; pergunta embaraçosa (em exame).

FLOORING ['flɔ:riŋ, 'flɔəriŋ], *s.* material para pavimentação; assoalho, chão; estrado.

FLOOR-POLISHER ['flɔ:'pɔliʃə], *s.* enceradeira.

FLOORWALKER ['flɔ:'wɔ:kə, 'flɔə'wɔ:kə], *s.* (E.U.) fiscal interno de estabelecimento comercial = (Ing.) *shopwalker.*

FLOP [flɔp], *v.* bater; deixar cair repentinamente, sacudir as asas; fracassar; ir de encontro; (E.U.) mudar de partido, virar a casaca = (Ing.) *rat. s.* fracasso; queda. # *take a flop,* tomar um tombo.

FLOPHOUSE ['flɔ:phaus], *s.* (E.U.) hospedaria = (Ing.) *doss-house.*

FLORA ['flɔ:rə], *s.* flora.

FLORAL ['flɔ:rəl], *a.* floral.

FLORENTINE ['flɔrəntain], *s.* e *a.* florentino.

FLORESCENCE [flɔ:'resns], *s.* florescência.

FLORESCENT [flɔ:'resnt], *a.* florescente.

FLORET ['flɔ:rit], *s.* florzinha, florinha; flósculo; floco de seda; florete.

FLORID ['flɔrid], *a.* florido, ornado; adornado; corado; ostentoso.

FLORIN ['flɔrin], *s.* florim.

FLORIST ['flɔ:rist], *s.* florista; cultivador de flores; aquele que ama ou vende flores.

FLOSS [flɔs], *s.* seda dos casulos; substância que se assemelha à seda; penugem; estiletes da flor do milho; cabelo de milho. # *dental floss,* fio para limpar os dentes.

FLOSSY ['flɔsi], *a.* de seda; semelhante à seda; peludo, sedoso; leve, macio.

FLOTILLA [flou'tilə], *s.* flotilha, esquadrilha.

FLOTSAM ['flɔtsəm], *s.* destroços de naufrágios; objetos flutuantes.

FLOUNCE [flauns], *s.* babado (costuras); franjas das saias; debrum; cairel; movimento repentino do corpo; mergulho. *v.* mergulhar; agitar-se.

FLOUNDER ['flaundə], *s.* solha. *v.* patinar; espojar-se; debater-se, lutar; ter dificuldades; estender-se.

FLOUNDERING ['flaundəriŋ], *s.* ação de patinar ou espojar.

FLOUR ['flauə], *s.* farinha. *v.* enfarinhar; pisar, moer.

FLOURISH ['flʌriʃ], *s.* vigor, força, alegria, valentia; pompa, fausto, esplendor; florescimento; floreio; enfeite, adorno; (mús.) prelúdio. *v.* ornar, enfeitar, embelezar, sacudir, vibrar; florescer, prosperar; jactar-se, vangloriar-se; medrar, crescer; florear (na linguagem); brandir.

FLOURISHING ['flʌriʃiŋ], *a.* florescente, próspero, floreado.

FLOUR-MILL ['flauəmil], *s.* moinho.

FLOURY ['flauəri], *a.* farinheiro.

FLOUT [flaut], *s.* mofa, zombaria, escárnio, insulto, burla, motejo, troça, debique. *v.* escarnecer, zombar, insultar, burlar, debicar, troçar, motejar, mofar.

FLOUTING ['flautiŋ], *s.* mofa, escárnio. *a.* escarnecedor, burlador, irrisório.

FLOW [flou], *s.* corrente, fluxo, torrente; vazão; enchente, maré alta; abundância; multidão. *v.* fluir, correr; manar, dimanar, proceder; derramar; crescer (a maré); escorrer, escoar-se; inundar. # *flow of current,* (eletr.) passagem de corrente. *flow sheet,* (petr.) diagrama de operação.

FLOWER ['flauə], *s.* flor; planta em flor; figura ou elegância de retórica; o melhor de alguma coisa; adorno, beleza. *v.* enfeitar, adornar; florescer. # *wild flower,* flor silvestre.

FLOWER-BED ['flauəbed], *s.* canteiro de jardim.

FLOWER-BUD ['flauəbʌd], *s.* botão de flor.

FLOWERER ['flauərə], *s.* planta que só floresce em determinado tempo.

FLOWERET ['flauərit], *s.* florzinha.

FLOWER-GARDEN ['flauegɑ:dn], *s.* jardim.

FLOWERING ['flauəriŋ], *s.* floração, florescência.

FLOWER-LEAF ['flauəli:f], *s.* pétala.

FLOWERLESS ['flauəlis], *a.* sem flores.

FLOWERPOT ['flauəpɔt], *s.* vaso de flores.

FLOWER-SHOW ['flauəʃou], *s.* exposição de flores.

FLOWER-STALK ['flauəstɔ:k], *s.* pedúnculo.

FLOWER-STAND ['flauəstænd], *s.* jardineira.

FLOWERY ['flauəri], *a.* florido; poético.

FLOWING ['flouiŋ], *a.* fluente, pleno, cheio, repleto, transbordante. *s.* fluxo.

FLOWN [floun], *pp.* de **FLY.**

FLU [flu:], *V.* **INFLUENZA.**

FLUBDUB ['flʌbdʌb], *a.* astucioso, ardiloso, sagaz, fingido, manhoso.

FLUBDUBBERY ['flʌbdʌbəri], *s.* ardil para conquistar aplausos ou inspirar compaixão; argumento tolo, pueril = (Ing.) *claptrap.*

FLUCTUATE ['flʌktjueit], *v.* flutuar, boiar, ondear, oscilar; vacilar, hesitar, duvidar.

FLUCTUATION [flʌktju'eiʃən], *s.* flutuação, variação; hesitação, vacilação, dúvida.

FLUE [flu:], *s.* cano (de chaminé); (maq.) conduto, tubo.

FLUENCY ['flu:ənsi], *s.* fluência; eloqüência, facilidade de expressão, verbosidade.

FLUENT ['flu:ənt], *a.* fluente, eloqüente, verboso, volúvel; copioso, abundante.

FLUENTLY ['flu:əntli], *adv.* correntemente.

FLUFF [flʌf], *s.* penugem, lanugem, cotão; pó, poeira; explosão. *v.* estender, espalhar, cobrir (com cotão, penugem); queimar rapidamente.

FLUFFINESS ['flʌfinis], *s.* cobertura (de penugem, cotão).

FLUFFY ['flʌfi], *a.* formado ou coberto de penugem, lanugem, cotão, penas.

FLUID ['flu:id], *s.* fluido, líquido, gás.

FLUIDITY [flu:'iditi], *s.* fluidez.

FLUKE [flu:k], *s.* solha; unha de âncora; ponta (de flecha, arpão, etc.); (pop.) golpe de sorte.

FLUME [flu:m], *s.* ravina; canal; calha. *v.* drenar.

FLUMMERY ['flʌməri], *s.* manjar branco; geléia de aveia; espécie de creme; mingau; lisonja; ninharia.

FLUMMOX ['flʌməks], *v.* (fam.) confundir, desconcertar, desapontar.

FLUMP [flʌmp], *s.* barulho, ruído, estrondo (produzido pela queda de um corpo). *v.* arremessar; arremessar-se ao chão.

FLUNG [flʌŋ], *pret.* e *pp.* de **FLING.**

FLUNK [flʌŋk], *v.* (E.U.) ser reprovado (em exame), ir ao pau = (Ing.) *fail;* (E.U.) reprovar (em exame) = (Ing.) *plough.*

FLUNKEY, FLUNKY ['flʌŋki], *s.* lacaio.

FLUNKEYISM, FLUNKYISM ['flʌŋkiizm], *s.* servilismo.

FLUOR ['flu:ɔ:], *s.* flúor; estado líquido; menstruação.

FLUORESCENCE [fluə'resns], *s.* fluorescência.

FLUORESCENT [fluə'resnt], *a.* fluorescente.

FLUORIC [flu:'ɔrik], *a.* (quím.) fluorídrico.

FLUORINE ['fluəri:n], *s.* (quím.) flúor.

FLUORITE ['fluərait], *s.* fluorita.

FLURRY ['flʌri], *s.* rápida agitação do ar; (E.U.) nevada forte e inesperada. *v.* confundir, atrapalhar, perturbar.

FLUSH [flʌʃ], *s.* rubor; agitação, emoção, comoção; vigor, robustez; frescura; pompa, arrebatamento; abundância; (med.) acesso, fluxo rápido ou copioso; vôo (súbito); impulso repentino. *v.* corar, enrubescer, ruborizar-se; sair, afluir; brotar; brilhar; animar, excitar; nivelar, derramar-se; ensoberbecer-se, enfatuar-se.

FLUSHING ['flʌʃiŋ], *s.* rubor; inundação, transbordamento; (med.) sufusão. # *flushing pipe,* (canal.) cano de descarga. *flushing tank,* caixa de descarga.

FLUSTER ['flʌstə], *v.* confundir; aturdir, perturbar; agitar, exaltar; embebedar, embriagar, entontecer. *s.* confusão, excitação, perturbação, aturdimento, agitação.

FLUTE [flu:t], *s.* flauta; (arq.) estria; charrua; (ofic.) canelura. *v.* canelar, estriar; tocar flauta.

FLUTING ['flu:tiŋ], *s.* (arq.) estriagem; estria; canelagem, ação de encanar ou estriar colunas.

FLUTIST ['flu:tist], *s.* flautista, tocador de flauta.

FLUTTER ['flʌtə], *s.* tumulto, agitação, alvoroço, confusão, barulho, sobressalto; adejo, ondulação; vibração, palpitação; pulsação rápida e irregular; aposta a dinheiro. *v.* agitar, sacudir, menear, pôr em confusão; palpitar; alvoroçar-se; estar indeciso.

FLUTTERER ['flʌtərə], *s.* agitador.

FLUTY ['flu:ti], *a.* semelhante ao som da flauta.

FLUVIAL ['flu:viəl], *a.* fluvial.

FLUX [flʌks], *s.* fluxo; disenteria; (quím.) fundente; fusão; dissolvente.

FLUXION ['flʌkʃən], *s.* fluxo; fusão de metais; variação contínua; percentagem de variação de uma quantidade; cálculo diferencial.

FLY [flai], *pret.* **FLEW.** *pp.* **FLOWN.** *v.* voar; precipitar-se, lançar-se; correr, passar rapidamente; saltar; fazer voar; dirigir um avião; cruzar ou atravessar de avião; fugir, evadir-se; desaparecer; flutuar; esvoaçar; atacar; arvorar (a bandeira); rebentar, estalar. *s.* mosca; mosca artificial; rosa dos ventos; coisa insignificante; braguilha; cabriolé; percurso aéreo de um projetil ou de outro objeto. # *a fly in the ointment,* circunstância que estraga um prazer. *fly high,* ter ambições. *fly leaf,* guarda (do livro). *fly on the coach wheel,* pessoa metida a importante. *in the fly,* no vôo, em vôo.

FLYBLOW ['flaiblou], *s.* vareja.

FLYBLOWN ['flaibloun], *a.* lendeoso; (fig.) decreditado.

FLYER ['flaiə], *s.* (E.U.) trem expresso, trem rápido.

FLYFLAP ['flaiflæp], *s.* moscadeiro.

FLYING ['flaiiŋ], *s.* vôo; volante; aviação. *a.* voador; volante. # *blind flying,* (av.) vôo cego = *instrument flying. flying buttress,* (arq.) arcobotante. *flying saucer,* disco voador. *flying windmill,* (gír.) helicóptero.

FLYING-BOAT ['flaiiŋbout], (aer.) hidroavião.

FLYING FOX ['flaiiŋfɔks], *s.* pterópodo (gênero de morcegos).

FLY-LEAF ['flaili:f], *s.* folha de guarda, guarda, folha em branco, no começo e no fim de um livro.

FLY-NUT ['flainʌt], *s.* porca-borboleta.

FLY-SHEET ['flaiʃi:t], *s.* folheto.

FLY-WHEEL ['flaiwi:l], *s.* (mec.) volante.

FOAL [foul], *s.* potro. *v.* dar cria (a égua).

FOAM [foum], *s.* espuma; escarcéu; borbotão, cachão. *v.* fazer espuma, espumar; ferver; fazer cachão, borbotar. # *foam trap,* (petr.) retentor de espuma.

FOAMY ['foumi], *a.* espumoso, espumante.

FOB [fɔb], *v.* enganar, iludir, ludibriar, dissimular; meter no bolso. *s.* bolso de relógio, bolsinho da calça; logro, engano.

FOCAL ['foukəl], *a.* focal.

FOCI ['fousai], *pl.* de **FOCUS.**

FO'C'SLE ['fouksl], grafia fonética de **FORECASTLE.**

FOCUS ['foukəs], *pl.* **FOCUSES, FOCI.** *s.* foco *v.* focar, focalizar.

FOCUSES ['foukəsiz], *pl.* de **FOCUS.**

FODDER ['fɔdə], *s.* forragem. *v.* dar forragem.

FOE [fou], *s.* inimigo, adversário, antagonista, perseguidor. # *sworn foes,* inimigos de morte.

FOEMAN ['foumən], *s.* inimigo.

FOETAL ['fi:tl], *a.* fetal.

FOETID ['fi:tid], *a.* fétido, pútrido, pestilencial, pestilento.

FOETUS ['fi:təs], *s.* feto (embrião).

FOG [fɔg], *s.* nevoeiro, bruma, neblina, cerração, névoa; trevas, sombra; confusão; estado de confusão mental; (fot.) véu; perplexidade, indecisão; erva do outono. *v.* enevoar-se, obscurecer-se, nublar, velar, enublar, obscurecer.

FOG-BANK ['fɔgbæŋk], *s.* nevoeiro cerrado no mar.

FOGEY ['fougi], *v.* **FOGY.**

FOGGINESS ['fɔginis], *s.* nebulosidade, escuridão; cerração.

FOGGY ['fɔgi], *a.* enevoado, brumoso, cerrado (com nevoeiro), velado.

FOGY ['fougi], *s.* pessoa antiquada; ultraconservador; obscurantista.

FOGYISH ['fougiiʃ], *a.* obscurantista.

FOGYISM ['fougiizm], *s.* obscurantismo.

FOIBLE ['fɔibl], *s.* o fraco, o lado fraco; a paixão predominante de uma pessoa; fraqueza; a parte da espada do meio para a ponta.

FOIL [fɔil], *s.* fracasso; derrota, revés, desvantagem; florete; folha delgada de metal; chapa, folha de ouro, prata ou estanho; pista, rastro de qualquer animal. *v.* derrotar; fracassar; frustrar; anular; despistar, burlar; amortecer; embotar; empanar.

FOIST [fɔist], *v.* inserir, fraudulentamente, uma cláusula em algum escrito; passar coisa falsa por verdadeira; contrabandear; fraudar; impingir.

FOLD [fould], *s.* dobra, prega; envoltório, invólucro; aprisco, curral, redil; (fig.) congregação de fiéis; *suf.* para a formação de numerais multiplicativos. *v.* dobrar, preguear, envolver, enlaçar, cingir, incluir, encerrar, encurralar; dobrar-se, encerrar-se.

FOLDER ['fouldə], *s.* (E.U.) avulso, impresso de propaganda.

FOLDING ['fouldiŋ], *a.* dobradiço, flexível; encurralado. *s.* prega, dobra, dobradura.

FOLDING-MACHINE ['fouldiŋmə'ʃi:n], *s.* dobradeira.

FOLIAGE ['fouliidʒ], *s.* folhagem, folhas.

FOLIATE ['fouliit], *a.* frondoso, folheado, laminado.

FOLIATE ['foulieit], *v.* folhear; ornar com folhagem; laminar, estanhar (espelhos).

FOLIATION [fouli'eiʃən], *s.* folheação; disposição ou renovação das folhas das plantas.

FOLIO ['fouliou], *s.* fólio; página.

FOLK [fouk], *s.* povo, gente, raça, nação. *pl.* pessoas; família, parentela; o gênero humano.

FOLKLORE ['fouklɔ:, 'fouklɔə], *s.* folclore, tradições populares.

FOLKLORIST ['fouklɔ:rist], *s.* folclorista.

FOLK-SONG ['fouksɔŋ], *s.* canção popular.

FOLLICLE ['fɔlikl], *s.* folículo; glândula.

FOLLOW ['fɔlou], *v.* seguir, ir atrás de, acompanhar, vir depois de; perseguir; suceder; imitar, obedecer; exercer uma profissão; compreender; seguir-se; resultar. # *as follows,* como segue. *do you follow me?* compreende-me? *follow through,* levar a cabo. *follow up,* seguir de perto. *follow-up (letter),* carta-lembrete. *it follows that,* segue-se que.

FOLLOWER ['fɔlouə], *s.* sequaz, partidário, adepto, acompanhante, discípulo; imitador; (mec.) roda que regula o movimento de outra; tambor de transmissão.

FOLLOWING ['fɔlouiŋ], *a.* seguinte, próximo, subseqüente, resultante. *s.* séquito, comitiva, acompanhamento, cortejo; carreira, profissão. *pl.* partidários, sectários.

FOLLOW-UP ['fɔlouʌp], *s.* carta-lembrete.

FOLLY ['fɔli], *s.* loucura, desatino, tolice, estultícia, extravagância, disparate.

FOMENT [fou'ment], *v.* fomentar, excitar, instigar, provocar.

FOMENTATION [foumen'teiʃən], *s.* fomentação, fomento; provocação, instigação, excitação.

FOMENTER [fou'mentə], *s.* fomentador, instigador, promotor; (med.) aparelho próprio para fomentações.

FOND [fɔnd], *a.* amigo, afeiçoado, apaixonado, amante, favorito. # *a fond look,* um olhar carinhoso. *be fond of,* gostar muito de.

FONDLE ['fɔndl], *v.* acariciar, amimar, afagar, agradar, acarinhar.

FONDLER ['fɔndlə], *s.* acariciador.

FONDLING ['fɔndliŋ], *s.* mimalho, piegas.

FONDNESS ['fɔndnis], *s.* afeto, ternura, afeição; carinho, carícia; apego; inclinação.

FONT [fɔnt], *s.* pia batismal; (impr.) fonte (conjunto de tipos) = *fount.*

FONTAL ['fɔntl], *a.* fontal.

FOOD [fu:d], *s.* alimento, comida, sustento, nutrição, víveres; pasto de animais; forragem. # *tinned food,* alimento enlatado = (E.U.) *canned food.*

FOODLESS ['fu:dlis], *a.* sem víveres; estéril.

FOOD-STUFF ['fu:dstʌf], *s.* substâncias alimentícias, gêneros alimentícios.

FOOL [fu:l], *s.* tolo, pateta, néscio, louco, bobo, idiota, imbecil, palhaço. *v.* zombar, troçar, chasquear, escarnecer; enganar; lograr; fazer-se de tolo; divertir-se, esperdiçar (tempo); desapontar. # *all fools' day,* 1.º de abril. *an utter fool,* um idiota completo. *don't play the fool,* não faças papel de tolo; não te faças de tolo. *fool around, fool away the time,* vadiar, perder tempo. *fool's errand,* empresa infrutífera. *make a fool of oneself,* fazer papel ridículo. *make a fool of someone,* fazer alguém de tolo.

FOOLERY ['fu:ləri], *s.* tolice, loucura, extravagância; bagatela, nonada.

FOOLHARDY ['fu:lha:di], *a.* temerário.

FOOLISH ['fu:liʃ], *a.* tolo, imbecil, néscio; tonto, imprudente, extravagante, chocarreiro, ridículo, desprezível.

FOOLISHLY ['fu:liʃli], *adv.* loucamente, tolamente, imprudentemente.

FOOLISHNESS ['fu:liʃnis], *s.* parvoíce, loucura, tontice, tolice.

FOOLSCAP ['fu:lskæp, 'fu:lzkæp], *s.* gorro com campainhas usado pelos saltimbancos.

FOOLSCAP ['fu:lskæp], *s.* tamanho de papel (papel almaço, 35 x 45).

FOOT [fut], *s.* pé (de animal, homem, mesa, etc.); base; sopé; pé (medida); infantaria (mil.). *v.* correr, mover-se, andar, percorrer; pagar uma conta; custear; andar a pé; dançar; pisar, espezinhar; (E.U.) somar = (Ing.) *tot* (col.). # *at foot,* (com.) abaixo mencionado. *by foot,* a pé. *foot-and-mouth disease,* febre aftosa. *foot it,* andar, caminhar a pé. *foot washing,* lava-pés (cerimônia religiosa). *on foot,* a pé. *put one's foot in it,* dar uma rata. *put one's foot in one's mouth,* dar uma rata, cometer uma gafe. *step off on the wrong foot,* começar mal.

FOOTBALL ['futbɔ:l], *s.* futebol; bola de futebol.

FOOT-BARRACKS ['fut'bærəks], *s.* quartel de infantaria.

FOOT-BOARD ['futbɔ:d], *s.* estribo (de viatura); pedal.

FOOT-BRIDGE ['futbridʒ], *s.* ponte para pedestres.

FOOTED ['futid], *a.* que tem pés ou patas; quadrúpede.

FOOTER ['futə], *s.* (fam.) o jogo de futebol; pedestre; peão.

FOOTFALL ['futfɔ:l], *s.* ruído de passos.

FOOTHILL ['futhil], *s.* colina ao pé de uma montanha, contraforte.

FOOTHOLD ['futhould], *s.* apoio para os pés.

FOOTING ['futiŋ], *s.* pé, base, piso, alicerce, fundamento; o andar, o passo; dança, baile; estado, condição; soma de uma coluna.

FOOT-LIGHTS ['futlaits], *s.* ribalta, gambiarra.

FOOTMAN ['futmən], *s.* lacaio.

FOOT-NOTE ['futnout], *s.* nota ao pé da página.

FOOT-PAGE ['futpeidʒ], *s.* lacaio.

FOOT-PASSENGER ['fut-pæsindʒə], *s.* pedestre.

FOOT-PATH ['futpɑ:θ], *s.* trilha, caminho estreito, vereda.

FOOTPRINT ['futprint], *s.* pegada.

FOOT-RACE ['fut-reis], *s.* corrida a pé.

FOOT-RULE ['fut-ru:l], *s.* côvado (antiga medida de comprimento).

FOOTS [futs], *s.* sedimentos, borra; fezes, excremento.

FOOT-SOLDIER ['fut-souldʒə], *s.* soldado de infantaria.

FOOTSORE ['futsɔ:], *s.* que tem os pés doloridos.

FOOTSTEP ['futstep], *s.* pegada.

FOOT-STOOL ['fu:tstu:l], *s.* escabelo.

FOOTWEAR ['futwɛə], *s.* calçados e meias.

FOOZLE ['fu:zl], *s.* indivíduo estúpido.

FOP [fɔp], *s.* tolo, fátuo, peralvilho, petimetre; peralta; janota; almofadinha; casquilho.

FOPPERY ['fɔpəri], *s.* presunção ou afetação no vestir; fatuidade; necedade; fanatismo; pelintrismo.

FOPPISH ['fɔpiʃ], *a.* afetado, vaidoso, presumido, ridículo, néscio, fátuo; adamado, efeminado.

FOR [fɔ:], *prep.* por; para; a; durante; por causa de; apesar de; quanto a; a despeito de. *conj.* porque; pois. # *for all that,* com tudo isso, não obstante. *now for it!* mãos à obra!

FORAGE ['fɔridʒ], *s.* forragem, provisões. *v.* forragear; errar, vagar; destruir, assolar; roubar, saquear, depredar.

FORAGER ['fɔridʒə], *s.* forrageador; destruidor, arruinador.

FORAGING ['fɔridʒiŋ], *s.* forragem.

FORASMUCH [fərəz'mʌtʃ], *conj.* visto que, considerando que (jur.).

FORAY ['fɔrei], *s.* pilhagem. *v.* saquear.

FORBAD [fə'bæd], *pret.* de **FORBID.**

FORBADE [fə'beid], *pret.* de **FORBID.**

FORBEAR ['fɔ:bɛə], *V.* **FOREBEAR.**

FORBEAR [fɔ:'bɛə], *pret.* **FORBORE.** *pp.* **FORBORNE.** *v.* abster-se, deixar de, conter-se, reprimir-se; evitar, deter-se; não querer; omitir; cessar; tratar com brandura.

FORBEARANCE [fɔ:'bɛərens], *s.* indulgência, paciência; clemência; piedade; abstenção.

FORBEARING [fɔ:'bɛəriŋ], *a.* paciente, indulgente, clemente, sofredor.

FORBID [fə'bid], *pret.* **FORBAD** ou **FORBADE;** *pp.* **FORBIDDEN.** *v.* proibir, impedir, estorvar, vedar, reprimir, interdizer, interditar; amaldiçoar.

FORBIDDEN [fə'bidn], *pp.* de **FORBID.**

FORBIDDING [fə'bidiŋ], *p. pres.* de **FORBID.** *a.* proibitivo; repulsivo, repugnante, repelente. *s.* proibição.

FORBORE [fɔ:'bɔ:], *pret.* de **FORBEAR.**

FORBORNE [fɔ:'bɔ:n], *pp.* de **FORBEAR.**

FORCE [fɔ:s], *s.* força, vigor, poder, energia; eficácia; virtude; causa, motivo; coação, violência; queda d'água; (mil.) força, tropa. *v.* forçar, obrigar, constranger, violentar; manobrar (navio). # *be in force,* estar em vigor. *by force of,* à força de. *by main force,* à viva força. *come into force,* entrar em vigor. *force off,* (com.) queimar, vender com prejuízo. *put in force,* pôr em vigor.

FORCED [fɔ:st], *a.* forçado, obrigado, constrangido; compulsório; artificial.

FORCEFUL ['fɔ:sful], *a.* forte, vigoroso, potente, poderoso.

FORCELESS ['fɔ:slis], *a.* fraco, débil, sem forças.

FORCEPS ['fɔ:seps], *s.* fórceps, tenaz.

FORCER ['fɔ:sə], *s.* êmbolo; aquele ou aquilo que força.

FORCIBLE ['fɔ:səbl], *a.* forte, potente, poderoso, eficaz, enérgico, violento; de grande peso; concludente, convincente; forçado.

FORCIBLY ['fɔ:səbli], *adv.* energicamente, violentamente, à força.

FORCING ['fɔ:siŋ], *s.* ato ou arte de obter o amadurecimento prematuro das frutas; amadurecimento à força; fruto temporão; classificador de vinhos.

FORD [fɔ:d], *s.* vau. *v.* vadear.

FORDABLE ['fɔ:dəbl], *a.* vadeável.

FORE [fɔ:], *a.* anterior, dianteiro; (náut.) à proa, de proa; do traquete. *adv.* avante, adiante, antes, diante, anteriormente. *s.* (náut.) mastro do traquete; proa de navio. # *fore and aft,* da proa à popa.

FOREARM ['fɔ:rɑ:m], *s.* antebraço.

FOREARM [fɔ:r'ɑ:m], *v.* premunir; armar antecipadamente.

FOREBEAR ['fɔ:bɛə], *s.* antepassado.

FOREBODE [fɔ:'boud], *v.* pressentir, presumir, pressagiar, prognosticar.

FOREBODER [fɔ:'boudə], *s.* aquele que prognostica ou pressagia, pressagiador, prognosticador.

FOREBODING [fɔ:'boudiŋ], *s.* prognóstico, presságio, pressentimento.

FORECAST ['fɔ:kɑ:st], *s.* prognóstico, presságio, previsão, pressentimento; projeto, plano; cálculo; vaticínio.

FORECAST [fɔ:'kɑ:st], *v.* prognosticar, pressagiar, prever, pressentir; planejar, projetar, calcular; vaticinar.

FORECASTER [fɔ:'kɑ:stə], *s.* pressagiador, previsor, pressentidor, prognosticador.

FORECASTLE ['fouksl], *s.* (náut.) castelo de proa.

FORECLOSE [fɔ:'klouz], *v.* executar (hipoteca).

FOREDATE [fɔ:'deit], *v.* antedatar.

FORE-DECK ['fɔ:dek], *s.* coberta da proa.

FOREDOOM [fɔ:'du:m], *s.* fado, destino. *v.* predestinar.

FOREFATHERS ['fɔ:-fɑ:ðəz], *s.* antepassados, ascendentes, avoengos.

FOREFINGER ['fɔ:-fiŋgə], *s.* dedo indicador, dedo índice.

FOREFOOT ['fɔ:fut], *s.* pata dianteira de quadrúpedes; (náut.) pé de roda da proa.

FOREFRONT ['fɔ:frʌnt], *s.* parte da frente, dianteira, fachada, frontispício, frontaria.

FOR(E)GATHER [fɔ:'gæðə], *v.* reunir-se, confraternizar.

FOREGO, FORGO [fɔ:'gou], *pret.* **FOREWENT.** *pp.* **FOREGONE.** *v.* preceder, ir à frente; ir adiante, adiantar-se; renunciar, ceder, deixar, privar-se de.

FOREGOER [fɔ:'gouə], *s.* antecessor, predecessor, precursor.

FOREGOING [fɔ:'gouiŋ], *a.* antecedente, precedente, anterior.

FOREGONE [fɔ:'gɔn], *pp.* de **FOREGO** e *a.* decidido de antemão.

FOREGROUND ['fɔ:graund], *s.* (pint.) primeiro plano, frente.

FOREHAND ['fɔ:hænd], *s.* quarto dianteiro do cavalo. *a.* precoce, prematuro, temporão.

FOREHANDED ['fɔ:'hændid], *a.* temporão, precoce, prematuro; previdente; oportuno; (E.U.) rico, abastado, endinheirado, próspero = (Ing.) *well-to-do, prosperous.*

FOREHEAD ['fɔrid], *s.* testa, fronte; altivez, insolência; descaso, impudência.

FOREIGN ['fɔrin], *a.* estrangeiro, estranho, exterior, alheio, adventício.

FOREIGNER ['fɔrinə], *s.* estrangeiro, forasteiro, estranho.

FOREIGN-OFFICE ['fɔrin'ɔfis], *s.* Ministério do Exterior.

FOREJUDGE [fɔ:'dʒʌdʒ], *v.* conjeturar, julgar de antemão, arquitetar.

FOREKNEW [fɔ:'nju:], *prest.* de **FOREKNOW.**

FOREKNOW [fɔ:'nou], *pret.* **FOREKNEW** e *pp.* **FOREKNOWN.** *v.* prever, adivinhar, conhecer antes.

FOREKNOWLEDGE ['fɔ:nɔlidʒ], *s.* presciência.

FOREKNOWN [fɔ:'noun], *pp.* de **FOREKNOW.**

FOREL ['fɔrəl], *s.* espécie de pergaminho usado para encapar livros.

FORELAND ['fɔ:lənd], *s.* promontório, cabo; morro; (geol.) antepaís.

FORELEG ['fɔ:leg], *s.* perna dianteira.

FORELOCK ['fɔ:lɔk], *s.* topete.

FOREMAN ['fɔ:mən], *s.* capataz, contramestre, chefe, maioral, superintendente, regente, presidente.

FOREMAST ['fɔ:mɑ:st], *s.* (náut.) mastro do traquete, mastro da proa.

FOREMOST ['fɔ:moust], *a.* primeiro, dianteiro, avançado.

FORENOON ['fɔ:nu:n], *s.* a manhã.

FOREPART ['fɔ:pɑ:t], *s.* dianteira; princípio, começo; proa de um navio.

FOREPAW ['fɔ:pɔ:], *s.* pata dianteira.

FOREPLANE ['fɔ:plein], *s.* (carp.) garlopa, plaina grande.

FORERAN [fɔ:'ræn], *pret.* de **FORERUN.**

FORERUN [fɔ:'rʌn], *pret.* **FORERAN.** *pp.* **FORERUN.** *v.* adiantar-se, preceder; anunciar, prevenir.

FORERUNNER ['fɔ:'rʌnə], *s.* precursor, antecessor; prognóstico, presságio, pressentimento.

FORESAIL ['fɔ:seil, 'fɔəseil], *s.* (náut.) traquete.

FORESAW [fɔ:'sɔ:], *pret.* de **FORESEE.**

FORESEE [fɔ:'si:], *pret.* **FORESAW.** *pp.* **FORESEEN.** *v.* prever.

FORESEEN [fɔ:'si:n], *pp.* de **FORESEE.**

FORESEER [fɔ:'si:ə], *s.* adivinho, adivinhador, pressentidor, previsor, vidente.

FORESHADOW [fɔ:'ʃædou], *v.* anunciar, indicar; predizer; prefigurar, simbolizar.

FORESHORTEN [fɔ:'ʃɔ:tən], *v.* escorçar.

FORESHOW [fɔ:'ʃou], *v.* predizer, prognosticar, vaticinar; anunciar, mostrar antecipadamente.

FORESIGHT ['fɔ:sait], *s.* previsão, presciência, vaticínio; perspicácia; mira de arma.

FORESKIN ['fɔ:skin], *s.* prepúcio.

FOREST ['fɔrist], *s.* floresta, selva, mata, bosque.

FORESTALL [fɔ:'stɔ:l], *v.* monopolizar, açambarcar; antecipar; prevenir, impedir, evitar, excluir.

FORESTALLER [fɔ:'stɔ:lə], *s.* açambarcador, monopolizador.

FORESTALLING [fɔ:'stɔ:liŋ], *s.* monopólio, açambarcamento.

FORESTER ['fɔristə], *s.* guarda florestal; engenheiro florestal; canguru gigante.

FORESTRY ['fɔristri], *s.* silvicultura.

FORETASTE ['fɔ:-teist], *s.* antegozo, prelibação.

FORETASTE [fɔ:'teist], *v.* prelibar, antegozar, antegostar.

FORETELL [fɔ:'tel], *pret.* e *pp.* **FORETOLD.** *v.* predizer, prognosticar; profetizar, vaticinar, prenunciar, pressagiar, anunciar.

FORETELLER [fɔ:'telə], *s.* profeta, adivinho.

FORETELLING [fɔ:'teliŋ], *s.* profecia, adivinhação, predição.

FORETHOUGHT ['fɔ:θɔ:t], *s.* previdência, premeditação, previsão, antecipação.

FORETOKEN [fɔ:'toukən], *s.* sinal antecipado. *v.* dar sinais antecipadamente, anunciar, prognosticar, prever, pressentir.

FORETOLD [fɔ:'tould], *pret.* e *pp.* de **FORETELL.**

FORETOP ['fɔ:tɔp], *s.* topete; carrapito; cesto do traquete (náut.).

FOREVER [fə'revə], *adv.* para sempre. *Brazil forever!* viva o Brasil!

FOREWARN [fɔ:'wɔ:n], *v.* prevenir, avisar, advertir; precaver, acautelar. # *to be forewarned is to be forearmed,* um homem prevenido vale por dois.

FOREWARNING [fɔ:'wɔ:niŋ], *s.* advertência, aviso, precaução, prevenção; cautela.

FOREWENT [fɔ:'went], *pret.* de **FOREGO.**

FOREWOMAN ['fɔ:wumən], *s.* contramestra; mestra de oficina; inspetora, administradora, diretora.

FOREWORD ['fɔ:wə:d], *s.* prefácio; preâmbulo; advertência.

FOREYARD ['fɔ:jɑ:d], *s.* (náut.) verga do traquete.

FORFEIT ['fɔ:fit], *s.* multa; pena; penalidade; perda legal de propriedade ou de direito por não cumprimento das obrigações ou por crime; crime, delito; confisco; prevaricação; prenda de jogos. *a.* confiscado. *v.* perder o direito, ser privado de.

FORFEITABLE ['fɔ:fitəbl], *a.* confiscável; que pode ser perdido.

FORFEITURE ['fɔ:fitʃə], *s.* confisco, multa; perda de algum direito, seqüestro; prevaricação.

FORGAVE [fə'geiv], *pret.* de **FORGIVE.**

FORGE [fɔ:dʒ], *s.* forja, fornalha. *v.* forjar, tramar, urdir, falsificar; inventar, imitar, contrafazer.

FORGEMAN ['fɔ:dʒmən], *s.* ferreiro.

FORGER ['fɔ:dʒə], *s.* falsificador, forjador, falsário, moedeiro falso, trapaceiro.

FORGERY ['fɔdʒəri], *s.* falsificação; falsidade; contrafação; invenção, mentira.

FORGET [fə'get], *pret.* **FORGOT.** *pp.* **FORGOTTEN.** *v.* esquecer, negligenciar, descuidar, desprezar; esquecer-se.

FORGETFUL [fə'getful], *a.* esquecido, descuidado, displicente, negligente.

FORGETFULNESS [fə'getfulnis], *s.* esquecimento, negligência, descuido.

FORGET-ME-NOT [fə'getminɔt], *s.* miosótis.

FORGING ['fɔ:dʒiŋ], *s.* forja; forjadura; peça forjada.

FORGIVABLE [fə'givəbl], *a.* perdoável.

FORGIVE [fə'giv], *pret.* **FORGAVE.** *pp.* **FORGIVEN.** *v.* perdoar; desculpar, absolver, remir.

FORGIVEN [fə'givn], *pp.* de **FORGIVE.**

FORGIVENESS [fə'givnis], *s.* perdão, clemência, remissão, indulgência, absolvição.

FORGIVING [fə'giviŋ], *a.* generoso, benigno, complacente, clemente.

FORGO [fɔ:'gou], *pret.* **FORWENT.** *pp.* **FORGONE.** *v.* preceder; ceder, renunciar, abandonar, desistir. *V.* **FOREGO.**

FORGONE [fɔ:'gɔn], *pp.* de **FORGO.**

FORGOT [fə'gɔt], *pret.* de **FORGET.**

FORK [fɔ:k], *s.* garfo, forquilha, bifurcação, forcado, confluência de um rio. *v.* remover com forcado; esgotar (mina); bifurcar, engarfar; empolgar. # *clutch-release fork,* (mec. aut.) forquilha de desembreagem. *fork out,* desembolsar, entrar com dinheiro.

FORKED [fɔ:kt], *a.* bipartido, bifurcado, fendido.

FORLORN [fə'lɔ:n], *a.* abandonado, perdido, esquecido, desamparado.

FORLORNNESS [fə'lɔ:nis], *s.* abandono, desamparo, solidão; tristeza.

FORM [fɔ:m], *s.* forma, figura, feição; modelo; método; maneira, modo; ritual, prática, cerimônia; formalidade; disposição, ordem; organização; molde, forma; padrão; porte; comportamento; sombra, aparição, espectro; condição mental e física; classe; banco; (gram.) forma, inflexão; série escolar = (E.U.) *grade,* formulário (papel para telegrama, documento. etc.) = (E.U.) *blank.* *v.* formar, construir; conceber, idear; lavrar, modelar; compor, ordenar; fazer. # *a matter of form,* uma formalidade. *contracted form,* (gram.) forma contrata. *for form's sake,* pro-forma. *form letter,* carta circular. *it is bad form,* é falta de educação, isso não se faz. *mere form,* mera formalidade.

FORMAL ['fɔ:məl], *a.* formal, categórico, positivo, expresso; formalista; cerimonioso, solene; exterior, afetado; constitutivo.

FORMALDEHYDE [fɔ:'mældihaid], *s.* formaldeído, aldeído fórmico, formol.

FORMALIN ['fɔ:məlin], *s.* formalina.

FORMALISM ['fɔ:məlizm], *s.* formalismo.

FORMALISTIC [fɔ:mə'listik], *a.* formalista, formal, cerimonioso.

FORMALITY [fɔ:'mæliti], *s.* formalidade; cerimônia, solenidade, etiqueta.

FORMALLY ['fɔ:məli], *adv.* formalmente, categoricamente, positivamente, realmente; solenemente.

FORMAT ['fɔ:mæt], *s.* formato.

FORMATION [fɔ:'meiʃən], *s.* formação; arranjo, disposição, constituição; (geol.) formação.

FORMATIVE ['fɔ:mətiv], *a.* formativo.

FORME [fɔ:m], *s.* galé de imprensa.

FORMER ['fɔ:mə], *s.* autor, formador; molde, matriz. *a.* precedente, anterior, antigo. *pron.* aquele. # *the former... the latter,* o primeiro (ou aquele)... o último (ou este).

FORMERLY ['fɔ:məli], *adv.* antigamente, anteriormente, outrora.

FORMIC ['fɔ:mik], *a.* fórmico.

FORMICANT ['fɔ:mikənt], *a.* (med.) formigante.

FORMICARY ['fɔ:mikəri], *s.* formigueiro.

FORMICATION [fɔ:mi'keiʃən], *s.* (med.) prurido, formigueiro, coceira, comichão.

FORMIDABLE ['fɔ:midəbl], *a.* formidável, pavoroso, tremendo, horroroso.

FORMLESS ['fɔ:mlis], *s.* sem forma, informe, disforme.

FORMULA ['fɔ:mjulə], *s. pl.* **FORMULAS, FORMULAÆ,** fórmula, receita.

FORMULARY ['fɔ:mjuləri], *s.* formulário. *a.* formal, sujeito a fórmula.

FORMULATE ['fɔ:mjuleit], *v.* formular.

FORNICATE ['fɔ:nikeit], *v.* fornicar.

FORNICATION [fɔ:ni'keiʃən], *s.* fornicação.

FORRING ['fɔ:riŋ], *s.* (carp.) contraforte.

FORSAKE [fə'seik], *pret.* **FORSOOK** e *pp.* **FORSAKEN.** *v.* abandonar, desertar, fugir; faltar a; desamparar, renegar; separar-se; renunciar.

FORSAKEN [fə'seikən], *pp.* de **FORSAKE.**

FORSAKING [fə'seikiŋ], *s.* abandono, deserção, apostasia.

FORSOOK [fə'suk], *pret.* de **FORSAKE.**

FORSOOTH [fə'su:θ], *adv.* certamente, na verdade, com efeito, sem dúvida.

FORSWEAR [fɔ:'swɛə], *pret.* **FORSWORE.** *pp.* **FORSWORN.** *v.* abjurar, negar com juramento.

FORSWORE [fɔ:'swɔ:, fɔ:'swɔə], *pret.* de **FORSWEAR.**

FORSWORN [fɔ:'swɔ:n], *pp.* de **FORSWEAR.**

FORT [fɔ:t], *s.* forte, fortaleza, fortificação, castelo.

FORTE ['fɔ:ti], *s.* forte (mús.).

FORTE [fɔ:t], *s.* o ponto forte; aquilo em que o indivíduo é versado; talento.

FORTH [fɔ:θ], *adv.* diante, adiante; para fora, fora; à vista, publicamente; até ao último, ao longe. # *and so forth,* e assim por diante.

FORTHCOMING [fɔ:θ'kʌmiŋ], *a.* próximo, futuro; prestes a chegar ou sair.

FORTHRIGHT [fɔ:θ'rait, 'fɔ:θrait], *adv.* diretamente; francamente; imediatamente, prontamente.

FORTHRIGHT ['fɔ:θrait], *a.* direito; correto; franco.

FORTHRIGHTNESS ['fɔ:θraitnis], *s.* franqueza.

FORTHWITH ['fɔ:θ'wið], *adv.* imediatamente, em seguida.

FORTIETH ['fɔ:tiiθ], *s.* e *a.* quadragésimo.

FORTIFICATION [fɔ:tifi'keiʃən], *s.* fortificação.

FORTIFY ['fɔ:tifai], *v.* fortificar, fortalecer, reforçar, corroborar; confortar.

FORTITUDE ['fɔ:titju:d], *s.* fortaleza, ânimo, força de vontade, vigor.

FORTLET ['fɔ:tlit], *s.* fortim.

FORTNIGHT ['fɔ:tnait], *s.* quinzena, duas semanas, quinze dias.

FORTRESS ['fɔ:tris], *s.* fortaleza, fortificação, forte.

FORTUITOUS [fɔ:'tjuitəs], *a.* fortuito, eventual, casual, acidental.

FORTUITY [fɔ:'tjuiti], *s.* acidente, acaso, casualidade.

FORTUNATE ['fɔ:tʃnit], *a.* afortunado, ditoso, feliz, venturoso.

FORTUNATELY ['fɔ:tʃnitli], *adv.* afortunadamente, felizmente, prosperamente.

FORTUNE ['fɔ:tʃən], *s.* fortuna, sorte, ventura; bens, riquezas, haveres; destino, sina. # *come into a fortune,* herdar uma fortuna. *run one's fortune,* arriscar a sorte, tentar a sorte.

FORTUNE-TELLER ['fɔ:tʃəntelə], *s.* adivinho, cartomante, quiromante.

FORTY ['fɔ:ti], *a.* quarenta.

FORUM ['fɔ:rəm], *s.* forum, foro, praça, corte marcial, tribunal.

FORWARD ['fɔ:wəd], *adv.* adiante, mais adiante, avante, para a frente, em evidência; a jusante. *a.* avançado; anterior, dianteiro; precoce, prematuro; extremo, radical; preparado, predisposto, pronto; desenvolto, audaz; imodesto, indiscreto; (com.) a ser entregue. *v.* enviar, transmitir, remeter, expedir; apressar, ativar. *s.* jogador da primeira linha (futebol). (int.) *forward!* avante!

FORWARDER ['fɔ:wədə], *s.* agente de transportes, expedidor; promotor.

FORWARDING ['fɔ:wədiŋ], *s.* expedição, remessa, envio, transmissão.

FORWARDNESS ['fɔ:wədnis], *s.* ardor; solicitude; adiantamento; audácia, atrevimento; presunção.

FORWARDS ['fɔ:wədz], *V.* **FORWARD.** (adv.).

FORWENT [fɔ:'went], *pret.* de **FORGO** ou **FOREGO.**

FOSS, FOSSE [fɔs], *s.* fosso.

FOSSIL ['fɔsl], *s.* fóssil.

FOSSILIZATION [fɔsilai'zeiʃən], *s.* fossilização.

FOSSILIZE ['fɔsilaiz], *v.* fossilizar, petrificar; petrificar-se.

FOSTER ['fɔstə], *v.* animar, alentar, fomentar, encorajar, auxiliar, ajudar, favorecer; criar, alimentar, nutrir.

FOSTERAGE ['fɔstəridʒ], *s.* criação de uma criança alheia, adoção.

FOSTER-BROTHER ['fɔstəbrʌðə], *s.* colaço, irmão de leite, irmão de criação.

FOSTER-CHILD ['fɔstətʃaild], *s.* filho ou filha de criação.

FOSTERER ['fɔstərə], *s.* protetor, pai adotivo; consolador.

FOSTER-FATHER ['fɔstəfɑ:ðə], *s.* pai adotivo.

FOSTERING ['fɔstəriŋ], *a.* benéfico, benfazejo, bondoso, salutar.

FOSTER-MOTHER ['fɔstəmʌðə], *s.* mãe adotiva.

FOSTER-NURSE ['fɔstənə:s], *s.* ama-de-leite.

FOSTER-PARENT ['fɔstəpɛərənt], *s.* pai ou mãe de criação.

FOSTER-SISTER ['fɔstəsistə], *s.* colaça, irmã de leite, irmã de criação.

FOUGHT [fɔ:t], *prep.* e *pp.* de **FIGHT.**

FOUL [faul], *a.* feio, imundo, sujo, porco, asqueroso, nojento, hediondo, repugnante; fétido; indecente, obsceno; vil, baixo, grosseiro, abominável; cativo; enredado; sórdido; obstruído, interrompido; borrascoso (tempo). *s.* coisa suja; ferrugem; mau tempo; má fortuna; (esp.) golpe desleal, violação de regras. *v.* sujar, manchar, poluir, desonrar; abalroar; enrascar-se, enredar-se. # *fall* (ou *run*) *foul of,* (náut.) colidir com. *play foul,* atraiçoar.

FOULARD [fu:'lɑ:d], *s.* tecido muito leve, de seda.

FOULING ['fauliŋ], *s.* abalroamento; crosta no casco dos navios.

FOULLY ['fauli], *adv.* asquerosamente, vergonhosamente.

FOULNESS ['faulnis], *s.* impureza, torpeza, opróbrio; deformidade; imundície, asquerosidade.

FOUND [faund], *pret.* e *pp.* de **FIND.**

FOUND [faund], *v.* fundar, criar, edificar, construir; instruir; assentar, fixar; fundir.

FOUNDATION [faun'deiʃən], *s.* fundação, estabelecimento, fixação; alicerce, princípio, origem; base, apoio; razão de ser; doação.

FOUNDATION MEMBER [faun'deiʃən'membə], *s.* sócio-fundador = (E.U.) *charter member.*

FOUNDER ['faundə], *s.* fundador, criador, iniciador; inflamação no entrecasco dos cavalos; doença de animais. *v.* afundar, soçobrar, pôr a pique; arruinar, fracassar, desaprumar, arruinar-se.

FOUNDERING ['faundəriŋ], *s.* afundamento.

FOUNDING ['faundiŋ], *s.* fundição.

FOUNDLING ['faundliŋ], *s.* enjeitado, exposto.

FOUNDRESS ['faundris], *s.* fundadora.

FOUNDRY ['faundri], *s.* fundição; estereotipia.

FOUNT [faunt], *s.* fonte, um sortimento de tipos = *font;* (poét.) fonte.

FOUNTAIN ['fauntin], *s.* fonte, manancial,

mina d'água, nascente, vertente; repuxo, chafariz; origem, causa, princípio, fundamento.

FOUNTAIN-HEAD ['fauntin'hed], *s.* manancial, nascente.

FOUNTAIN-PEN ['fauntin'pen], *s.* caneta-tinteiro.

FOUR [fɔ:, fɔə], *a.* e *s.* quatro. # *go on all fours,* andar de quatro pés. *the four hundred,* (E.U.) a alta sociedade = (Ing.) *the upper ten thousand.*

FOUR-FLUSH ['fɔ:'flʌʃ], *s.* (E.U.) blefe, logro = (Ing.) *bluff.*

FOUR-FLUSHER ['fɔ:'flʌʃə], *s.* (E.U.) embusteiro = (Ing.) *humbug.*

FOURFOLD ['fɔ:fould], *a.* quádruplo.

FOUR-FOOTED ['fɔ:'futid], *a.* quadrúpede.

FOUR-HANDED ['fɔ:'hændid], *a.* quadrúmano.

FOUR-IN-HAND ['fɔ:rin'hænd], *s.* carruagem puxada por quatro cavalos; gravata de nó corredio.

FOUR-PHASE ['fɔ:feiz], *a.* tetrafásico.

FOURSCORE ['fɔ:'skɔ:, 'fɔə'skɔə], *a.* oitenta; octogenário.

FOUR-SQUARE ['fɔ:'skwɛə], *a.* quadrangular.

FOURTEEN ['fɔ:'ti:n], *s.* e *a.* quatorze (= catorze).

FORTEENTH ['fɔ:'ti:nθ], *s.* e *a.* décimo quarto.

FOURTH [fɔ:θ, fɔəθ], *s.* quarta parte. *a.* quarto.

FOWL [faul], *s.* ave, ave doméstica, galinha; *pl.* galináceos. *v.* caçar aves.

FOWLER ['faulə], *s.* caçador de aves, caçador de pássaros, passarinheiro.

FOWLING ['fauliŋ], *s.* caça de aves.

FOWLING-PIECE ['fauliŋpi:s], *s.* espingarda de caça = (E.U.) *shotgun.*

FOWLRUN ['faulrʌn], *s.* (E.U.) galinheiro = (Ing.) *chicken-yard, chicken-wire.*

FOX [fɔks], *s.* raposa; (fig.) homem astuto, fino, matreiro. *v.* azedar (a cerveja); embebedar, embriagar; enganar, lograr. # *dog fox,* raposo; *vixen,* raposa (fêmea).

FOXED [fɔkst], *a.* com manchas escuras.

FOXGLOVE ['fɔksglʌv], *s.* (bot.) dedaleira.

FOXINESS ['fɔksinis], *s.* astúcia, velhacaria, esperteza; acidez; descoloração.

FOXISH ['fɔksiʃ], *a.* matreiro, manhoso, astuto, esperto, finório, velhaco.

FOX-TROT ['fɔkstrɔt], *s.* foxtrote.

FOXY ['fɔksi], *a.* referente a raposa; raposeiro; manhoso, finório, esperto, velhaco, astuto: azedo; manchado; descolorado.

FOYER ['fɔiei, fwajə], *s.* sala de espera, salão de descanso, vestíbulo.

FRACAS ['frækɑ:], (E.U.) ['freikəs], *s.* bulha, briga, altercação, rixa, desordem.

FRACTION ['frækʃən], *s.* fratura; fragmento, quebra, fração, quebrado. # *decimal fraction,* fração decimal. *vulgar fraction,* fração ordinária.

FRACTIONAL ['frækʃənl], *a.* fracionário.

FRACTIOUS ['frækʃəs], *a.* irritável, rebelde, perverso; bulhento, brigão, irascível.

FRACTURE ['fræktʃə], *s.* fratura, rotura (= ruptura), quebradura, rompimento. *v.* fraturar, quebrar.

FRAENUM, FRENUM ['fri:nʌm], *s.* (anat.) freio.

FRAGILE ['frædʒail], *a.* frágil, quebradiço, fraco, débil.

FRAGILITY [frə'dʒiliti], *s.* fragilidade, debilidade.

FRAGMENT ['frægmənt], *s.* fragmento, pedaço, estilhaço.

FRAGMENTARY ['frægməntəri], *a.* fragmentário.

FRAGRANCE ['freigrəns], *s.* fragrância, odor, perfume, olor, aroma.

FRAGRANT ['freigrənt], *a.* fragrante, odorífero, perfumado, aromático.

FRAIL [freil], *a.* frágil, quebradiço, fraco, débil; caduco, passageiro. *s.* caniço, junco; cesta, canastra.

FRAILTY ['freilti], *s.* fragilidade, debilidade, fraqueza, inconsistência.

FRAME [freim], *s.* composição, estrutura, forma; quadro, armação, moldura, caixilho, encaixe; molde; esqueleto; bastidor (de bordar); forma; (náut.) caverna, ossada, cavername; disposição de espírito. *v.* fabricar; armar, formar; construir; ajustar, compor, enquadrar; forjar, idear; encaixilhar, emoldurar. # *frame angle,* cantoneira. *frame of mind,* estado de espírito.

FRAMER ['freimə], *s.* autor, armador, construtor, criador; fabricante de moldes.

FRAME-UP ['freimʌp, 'freim'ʌp], *s.* (E.U.) conspiração, trama; conluio; acusação falsa = (Ing.) *trumped-up charge. v.* tramar, conspirar.

FRAMEWORK ['freimwə:k], *s.* estrutura, armação; (náut.) cavername.

FRAMING ['freimiŋ], *s.* (náut.) ossada; (mec.) suportes, montantes; moldura; armação.

FRANC [fræŋk], *s.* franco (moeda).

FRANCHISE ['fræntʃaiz], *s.* privilégio; cidadania.

FRANCISCAN [fræn'siskən], *s.* e *a.* franciscano.

FRANGIBLE ['frændʒibl], *a.* frágil, quebradiço, fraco, frangível.

FRANK [fræŋk], *a.* franco, sincero, aberto, cândido, puro, ingênuo; livre, isento, privilegiado; liberal. *v.* franquear, enviar (livre de porte).

FRANKFURTER ['fræŋkfətə], *s.* salsicha.

FRANKINCENSE ['fræŋkinsens], *s.* incenso.

FRANKLIN ['fræŋklin], *s.* proprietário de um alódio (na Idade Média).

FRANKLY ['fræŋkli], *adv.* francamente, liberalmente, livremente, sinceramente.

FRANKNESS ['fræŋknis], *s.* franqueza, sinceridade, ingenuidade, candura, liberalidade.

FRANTIC ['fræntik], *a.* frenético, furioso, louco; nervoso.

FRANTICALLY]'fræntikəli], *adv.* freneticamente.

FRAP [fræp], *v.* reforçar as amarras de uma embarcação; atar com uma corda; abafar.

FRATERNAL [frə'tə:nl], *a.* fraternal; fraterno.

FRATERNALLY [frə'tə:nəli], *adv.* fraternalmente.

FRATERNITY [frə'tə:niti], *s.* fraternidade; irmandade, confraria, congregação; sociedade; grêmio; (E.U.) associação de estudantes.

FRATERNIZE (ISE) ['frætənaiz], *v.* fraternizar, irmanar, viver fraternalmente.

FRATRICIDE ['freitrisaid], *s.* fratricídio; fratricida.

FRAUD [frɔ:d], *s.* fraude, embuste, engano, logro, trapaça, dolo, burla; farsante, mistificador, impostor.

FRAUDULENCE ['frɔ:djuləns], *s.* fraude, logro, embuste, engano, dolo, burla, trapaça.

FRAUDULENT ['frɔ:djulənt], *a.* fraúdulento, frauduloso, enganoso, doloso.

FRAUGHT [frɔ:t], *a.* carregado, repleto, cheio, atestado, abarrotado.

FRAY [frei], *s.* rixa, briga, disputa, bulha; duelo; refrega, desordem; lugar poído no pano. *v.* atemorizar, aterrar; esfregar, desgastar.

FRAYING ['freiiŋ], *s.* desgaste (por atrito); aparas (das hastes do veado); roçadura.

FRAZZLE ['fræzl], *v.* desgastar; esfrangalhar; estafar. *s.* farrapo.

FREAK [fri:k], *s.* capricho, veleidade, fantasia, extravagância, excentricidade; fenômeno, monstruosidade.

FREAKINESS ['fri:kinis], *s.* capricho: caráter caprichoso.

FREAKISH ['fri:kiʃ], *a.* caprichoso, extravagante, fantástico, excêntrico, esdrúxulo.

FREAKY ['fri:ki], *V.* **FREAKISH.**

FRECKLE ['frekl], *s.* sarda. *v.* tornar-se sardento.

FRECKLY ['frekli], *a.* sardento.

FREE [fri:], *a.* livre, independente, emancipado, forro, liberto, autônomo, desembaraçado; acessível; franco, desocupado, vago; desenfreado, licencioso, atrevido; descomedido; isento; privilegiado; gratuito, de graça; voluntário; generoso, liberal; imune; inocente; galhardo; ativo, vivo; público. *v.* libertar, resgatar, livrar, desembaraçar, eximir, isentar; privilegiar; desentupir, esgotar. *adv.* gratuitamente. # *free from* isento de. *free gift advertising,* propaganda (ou publicidade) pelo objeto. *free hand,* liberdade de ação, carta branca. *free in,* livre em. *free lance,* agente a comissão. *free of,* livre de; investido do direito de. *free of care,* despreocupado. *free of charge,* isento de despesas. *set free,* liberar; libertar.

FREEBOARD ['fri:bɔ:d], *s.* bordo livre (distância entre o nível da água e a parte superior da coberta de um navio).

FREEBOOTER ['fri:bu:tə], *s.* flibusteiro, pirata, corsário, ladrão.

FREEBOOTING ['fri:bu:tiŋ], *s.* saque, pirataria, pilhagem, roubo.

FREEDMAN ['fri:dmæn], *s.* liberto. *pl.* **FREEDMEN.**

FREEDMEN ['fri:dmən], *pl.* de **FREEDMAN.**

FREEDOM ['fri:dəm], *s.* liberdade, imunidade, isenção, franquia; licença, facilidade; atrevimento. # *academic freedom,* liberdade de cátedra.

FREE-HAND ['fri:hænd], *a.* e *adv.* de mãos livres.

FREE-HANDED ['fri:'hændid], *a.* generoso, liberal.

FREE-HEARTED ['fri:hɑ:tid], *a.* franco, leal; liberal.

FREEHOLD ['fri:hould], *s.* propriedade livre e alodial.

FREEHOLDER ['fri:houldə], *s.* proprietário de terra livre e alodial.

FREEING ['friiŋ], *p. pres.* de **FREE.** *s.* (náut.) rebordo do convés.

FREELY ['fri:li], *adv.* livremente; voluntariamente, espontaneamente; familiarmente; abundantemente; gratuitamente.

FREEMAN ['fri:mæn], *s.* homem livre ['fri:mən], cidadão. *pl.* **FREEMEN.**

FREEMASON ['fri:meisn], *s.* maçom, mação (membro da maçonaria).

FREEMASONRY ['fri:meisnri, fri:'meisnri], *s.* maçonaria.

FREEMEN ['fri:men], *pl.* de **FREEMAN.**

FREER ['fri:ə], *s.* libertador.

FREE-SPOKEN ['fri:'spoukən], *a.* franco.

FREESTONE ['fri:-stoun], *s.* grés; pedra de cantaria.

FREE-THINKER ['fri:'θiŋkə], *s.* livre-pensador.

FREE-TRADE ['fri:'treid], *s.* comércio livre.

FREE-WHEEL ['fri:'wi:l], *s.* roda livre (bicicleta).

FREEWILL ['fri:'wil], *s.* livre alvedrio, liberdade, voluntariedade, espontaneidade.

FREEZE [fri:z], *pret.* **FROZE;** *pp.* **FROZEN.** *v.* gelar, congelar, refrigerar.

FREEZER ['fri:zə], *s.* refrigerador, congelador, geladeira, sorveteira. *v.* gelar, congelar, refrigerar; gelar-se.

FREEZING ['fri:ziŋ], *a.* glacial, congelante, frigorífico.

FREEZING-MIXTURE ['fri:ziŋ-mikstʃə], *s.* mistura refrigerante.

FREEZING-POINT ['fri:ziŋ-point], *s.* ponto de congelação.

FREIGHT [freit], *v.* fretar, carregar um navio. *s.* carga transportada por via marítima, fluvial ou terrestre; (E.U.) frete = (Ing.) *carriage.* # *dead freight,* frete falso. *drag your freight,* (gír.) dê o fora, desapareça daqui. *freight bill,* conhecimento de embarque. *freight out and home,* (com.) frete de ida e volta. *through freight,* (com.) frete direto.

FREIGHTAGE ['freitidʒ], *s.* frete, fretagem.

FREIGHT CAR ['freit'kɑ:], (E.U.) carro de bagagem = (Ing.) *goods wag(g)on.*

FREIGHTER ['freitə], *s.* fretador (aquele que freta ou toma de frete); carregador; (aer. e náut.) cargueiro.

FREIGHTING ['freitiŋ], *s.* fretagem.

FREIGHT SHIP ['freitʃip], *s.* cargueiro.

FREIGHT TRAIN ['freit'trein], *s.* (E.U.) trem de carga = (Ing.) *goods train.*

FRENCH [frentʃ], *s.* e *a.* francês, língua francesa.

FRENCH BEAN ['frentʃ'bi:n], *s.* feijão de vara = (E.U.) *string bean.*

FRENCH FRIED POTATOES ['frentʃfraid pə'teitouz], *s.* batatas fritas à francesa.

FRENCHIFY ['frentʃifai], *v.* afrancesar.

FRENCH LETTER ['frentʃ'letə], *s.* preservativo.

FRENCHMAN ['frentʃmən], *s.* francês. *pl.* **FRENCHMEN.**

FRENCHMEN ['frentʃmən], *pl.* de **FRENCHMAN.**

FRENCH-POLISH ['frentʃ'pɔliʃ], *s.* verniz próprio para mobília. *v.* envernizar.

FRENCH-TOAST ['frentʃ-toust], *s.* rabanada (doce).

FRENCH-WINDOW ['frentʃ'windou], *s.* porta-janela.

FRENCHWOMAN ['frentʃ-wumən], *s.* francesa. *pl.* **FRENCHWOMEN.**

FRENCHWOMEN ['frentʃ-wimin], *pl.* de **FRENCHWOMAN.**

FRENCHY ['frentʃi], *a.* afrancesado.

FRENZIED ['frenzid], *a.* frenético, nervoso, irascível.

FRENZY ['frenzi], *s.* frenesi, furor, loucura, paixão, excitação.

FREQUENCE ['fri:kwəns], *s.* freqüência, assiduidade.

FREQUENCY ['fri:kwənsi], *V.* **FREQUENCE.**
FREQUENT [fri'kwent], *v.* freqüentar, visitar amiúde (= a miúdo).
FREQUENT ['fri:kwənt], *a.* freqüente.
FREQUENTATIVE [fri'kwentətiv], *s.* e *a.* freqüentativo.
FREQUENTER [fri'kwentə], *s.* freqüentador.
FREQUENTLY ['fri:kwəntli], *adv.* freqüentemente.
FRESCO ['freskou], *s.* pintura a fresco. *v.* pintar a fresco.
FRESH [fresʃ], *a.* fresco, novo, recente, recém-chegado; robusto, vigoroso, forte, são; puro (ar, água); doce (água); saudável; loução; novato, noviço; inexperto, inexperiente; espevitado, petulante, intrometido. *s.* cheia, inundação; manancial; reservatório de água doce. # *get fresh,* tornar-se insolente.
FRESHEN ['freʃn], *v.* refrescar, refrigerar; tirar o sal; refrescar-se; tornar-se vigoroso, avivar-se.
FRESHER ['freʃə], *V.* **FRESHMAN.**
FRESHET ['freʃit], *s.* cheia, inundação, reservatório de água doce; corrente de água doce.
FRESHLY ['freʃli], *adv.* frescamente; recentemente.
FRESHMAN ['freʃmən], *s.* principiante, novato, noviço, calouro, primeiranista. *pl.* **FRESHMEN.**
FRESHMEN ['freʃsmən], *pl.* de **FRESHMAN.**
FRESHNESS ['freʃnis], *s.* frescura, vigor, viço, encanto, formosura.
FRESH WATER ['freʃ 'wɔ:tə], *s.* água doce; água potável. # *fresh water jack,* marinheiro de água doce.
FRESH-WATER ['freʃwɔ:tə], *a.* de água doce; de água potável.
FRET [fret], *v.* estragar, friccionar, roer, corroer; desgastar; aborrecer, desgostar; irritar; cinzelar, bordar em relevo; aborrecer-se, desgostar-se; agitar-se. *s.* fricção, esfregação, desgaste, raspagem; aborrecimento; irritação; realce, relevo; (arq.) grega, cinzeladura.
FRETFUL ['fretful], *a.* aborrecido, irritável, mal humorado, incômodo, impertinente, zangado.
FRETFULNESS ['fretfulnis], *s.* mau humor.
FRET-SAW ['fretsɔ:], *s.* serra tico-tico.
FRETTED ['fretid], *a.* ornado de gregas.
FRETTING ['fretiŋ], *s.* impertinência; comoção; agitação; irritação, rabugice. *a.* impertinente; corrosivo, cáustico.
FRETWORK ['fretwə:k], *s.* grega = (E.U.) *scroll-sawing.*
FRIABILITY [fraiə'biliti], *s.* friabilidade, qualidade de ser quebradiço.
FRIABLE ['fraiəbl], *a.* friável, que se pode reduzir a migalhas ou pó; quebradiço, frágil.
FRIAR ['fraiə], *s.* frade, monge.
FRIARY ['fraiəri], *s.* convento de frades, mosteiro. *a.* fradesco, monástico, monacal.
FRIBBLE ['fribl], *v.* divertir-se; escarnecer, trocar, zombar, ridicularizar; vacilar, hesitar. *a.* frívolo, vão, inútil. *s.* pessoa frívola; janota; ninharia, bagatela, nonada.
FRIBBLER ['fribl ə], *s.* escarnecedor; zombador; tolo, parvo, néscio.
FRICATIVE ['frikətiv], *a.* fricativo. *s.* consoante fricativa.
FRICTION [frikʃən], *s.* fricção, atrito. # *friction drag,* (aer.) resistência ao atrito. *friction tape,* (eletr.) fita isolante de borracha.
FRICTIONAL ['frikʃənl], *s.* produzido por fricção.
FRIDAY ['fraidi], *s.* sexta-feira.
FRIEND [frend], *s.* amigo; companheiro, conhecido, correligionário; protetor. # *a bosom friend,* um amigo do peito, um amigo íntimo. *a friend in need is a friend indeed,* amigo na necessidade, amigo de verdade. *a friend of long stand,* um amigo velho, amigo de longa data. *fast friends,* amigos íntimos. *friend society,* sociedade de socorros mútuos. *make friends with,* reconciliar-se com; fazer amizade com.
FRIENDLESS ['frendlis], *a.* sem amigos; desamparado; solitário.
FRIENDLINESS ['frendlinis], *s.* amizade.
FRIENDLY ['frendli], *a.* amigável, amistoso; benévolo, afável; serviçal; favorável, propício. *adv.* amigavelmente, amistosamente.
FRIENDSHIP ['frendʃip], *s.* amizade; favor, assistência, socorro, ajuda. # *friendship between,* amizade entre. *friendship for,* amizade por. *friendship toward,* amizade a. *friendship with,* amizade com.
FRIEZE [fri:z], *s.* tecido frisado; (arq.) friso.

FRIGATE ['frigit], *s.* fragata.

FRIGHT [frait], *s.* susto, espanto, medo, terror. *v.* assustar, aterrorizar, espantar, apavorar.

FRIGHTEN ['fraitn], *v.* assustar, apavorar, aterrorizar, amedrontar.

FRIGHTFUL ['fraitful], *a.* espantoso, horrendo, terrível.

FRIGHTFULNESS ['fraitfulnis], *s.* espanto, horror, medo, susto.

FRIGID ['fridʒid], *a.* frígido, frio, glacial; indiferente, insensível.

FRIGIDITY [fri'dʒiditi], *s.* frigidez, frieza, frialdade; indiferença, insensibilidade.

FRILL [fril], *s.* pregas, folhos (costura). *v.* preguear; fazer folhos (costura).

FRILLING ['friliŋ], *V.* **FRILL** (*s.*).

FRINGE [frindʒ], *s.* franja, orla, extremidade, guarnição. *v.* pôr franjas. # *fringe parking,* estacionamento de automóveis nas imediações do centro comercial.

FRINGY ['frindʒi], *a.* franjado.

FRIPPERY ['fripəri], *s.* trapos, roupas velhas; trastes velhos; ninharia, bagatela, (E.U.) elegância afetada. *a.* insignificante, desprezível, frívolo.

FRISETTE [fri'zet], *s.* frisos; cachos de cabelo; cabelo frisado ou encaracolado; tranças de cabelo.

FRISIAN ['friziən], *a.* e *s.* frisão, frísio.

FRISK [frisk], *v.* saltar, pular, brincar, dar cambalhotas; revistar um prisioneiro. *s.* salto, pulo, cambalhota, brincadeira.

FRISKER ['friskə], *s.* saltador, brincalhão.

FRISKET ['friskit], *s.* frasqueta.

FRISKINESS ['friskinis], *s.* alegria, vivacidade, folia, folgança.

FRISKY ['friski], *a.* alegre, vivo, esperto, travesso, bricalhão; fogoso (cavalo).

FRIT [frit], *s.* frita (cerâmica). *v.* fundir.

FRITH [friθ] *s.* estuário, embocadura, foz; braço de mar.

FRITTER ['fritə], *s.* fritura; pedaço, fragmento. *v.* cortar, picar; dissipar, gastar, desperdiçar. # *fritter away one's chance,* perder a oportunidade.

FRIVOL ['frivəl], *v.* proceder frivolamente; esbanjar.

FRIVOLITY [fri'vɔliti], *s.* frivolidade, futilidade; ninharia, bagatela.

FRIVOLOUS ['frivələs], *a.* frívolo, fútil, vão, inútil.

FRIZETTE [fri'zet], *V.* **FRISETTE.**

FRIZZ, FRIZZLE [friz, frizl], *v.* frisar, encrespar, ondular (o cabelo). *s.* friso, cacho, anel, ondulação (do cabelo).

FRIZZY, FRIZZLY ['frizi, 'frizli], *a.* frisado, encrespado, ondulado, anelado, cacheado.

FRO [frou], *adv.* (forma abreviada de *from*) para trás. # *to and fro,* para lá e para cá, de um lado para outro.

FROCK [frɔk], *s.* roupa de mulher ou criança; vestido; roupão; blusa de operário; burel, hábito de frade ou de freira.

FROCK-COAT ['frɔk'kout], *s.* sobrecasaca.

FROG [frɔg], *s.* rã; inflamação da garganta; alça. # *have a frog in the throat,* estar rouco.

FROG-FISH ['frɔgfisʃ], *s.* (ict.) rã-do-mar.

FROGGY ['frɔgi], *s.* pequena rã. *a.* abundante em rãs.

FROLIC ['frɔlik], *v.* folgar, brincar, fazer travessuras, traquinar. *s.* jogo, brincadeira, travessura, alegria, folgança, folguedo. *a.* brincalhão, traquinas.

FROLICSOME ['frɔliksəm], *a.* alegre, brincalhão, folgazão, divertido; travesso, traquinas.

FROM [frɔm], *prep.* de, desde; por, por causa de. # *apart from,* salvo, exceto. *from a child,* desde criança.

FROND [frɔnd], *s.* fronde, folhagem, copa das árvores.

FRONT [frʌnt], *s.* frente, fachada, frontispício; fronte, cara, rosto, testa; começo, início; audácia, atrevimento; caminho à beira-mar; plastrão de camisa ou blusa; frente de batalha, zona de operações militares; frontal do altar; cano da bota; testa-de-ferro. *a.* anterior, precedente, dianteiro. *v.* fazer frente, enfrentar, apontar, olhar de frente, encarar, estar em frente; servir de testa-de-ferro. # *front page,* 1.ª página.

FRONTAGE ['frʌntidʒ], *s.* frontaria, fachada; vitrina, montra.

FRONTAL ['frʌntl], *s.* frontal, frontão, frontaria, fachada. *a.* fronteiro, anterior.

FRONTIER ['frʌntiə], *s.* fronteira, limite. *a.* limítrofe, fronteiro, fronteiriço.

FRONTIERSMAN ['frʌntiəzmən], *s.* arraiano, fronteiriço; sertanejo.

FRONTISPIECE ['frʌntispi:s], *s.* fachada, frontispício.

FRONTPIECE ['frɔntpi:s], *s.* frontal (arreios).

FROST [frɔst], *s.* geada, gelo; frio; (E.U.) fracasso, fiasco = (Ing.) *fiasco. v.* cobrir-se de geada; gelar; gelar-se, congelar-se.

FROSTBITE ['frɔstbait], *s.* inação ou depressão causada pelo frio.

FROSTBITTEN ['frɔstbitn], *a.* queimado pela geada; gelado, congelado.

FROST-BOUND ['frɔstbaund], *a.* congelado, preso pelo gelo.

FROSTING ['frɔstiŋ], *s.* (E.U.) crosta de açúcar cristalizado, massa de suspiro para cobrir doces = (Ing.) *icing.*

FROSTWORK ['frɔstwə:k], *s.* desenho formado pela neve da vidraça; trabalho que imita flocos de neve.

FROSTY ['frɔsti], *a.* glacial, gelado, frio, encanecido; indiferente.

FROTH [frɔθ], *s.* espuma, escuma; palavras fúteis; ostentação, vaidade.

FROTHY ['frɔθi], *a.* espumoso; fútil, frívolo, vão, inútil.

FROU-FROU ['fru:fru:], *s.* ruge-ruge.

FROWARD ['frouəd], *a.* indócil, arrogante, impertinente; díscolo; insolente, teimoso, desobediente.

FROWARDNESS ['frouədnis], *s.* insolência, impertinência; indocilidade, arrogância.

FROWN [fraun], *v.* franzir as sobrancelhas; olhar com desdém. *s.* franzimento das sobrancelhas; olhar carrancudo; carranca.

FROWNING ['frauniŋ], *s.* olhar carrancudo. *a.* carrancudo.

FROWST [fraust], *s.* cheiro a mofo. *v.* cheirar a mofo.

FROWZINESS ['frauzinis], *s.* mau cheiro; desmantelo, desalinho.

FROWZY ['frauzi], *a.* fétido; pútrido; rançoso; desalinhado, mal penteado; mal tratado; sujo.

FROZE [frouz], *pret.* de **FREEZE.**

FROZEN [frouzn], *pp.* de **FREEZE.**

FRUGAL ['fru:gəl], *a.* frugal, econômico; sóbrio, parco, moderado.

FRUGALITY [fru:'gæliti], *s.* frugalidade; economia, parcimônia; moderação; sobriedade.

FRUGALNESS ['fru:gəlnis], *V.* **FRUGALITY.**

FRUIT [fru:t], *s.* fruta, fruto; produto; proveito, utilidade. *v.* frutificar. # *fruit bearing,* frutífero. *sugared fruit,* fruta cristalizada.

FRUITAGE ['fru:tidʒ], *s.* frutos; frutescência, frutificação; conseqüência.

FRUITARIAN [fru:'tɛəriən], *s.* frugívoro.

FRUITERER ['fru:tərə], *s.* fruteiro, negociante de frutas.

FRUITFUL ['fru:tful], *a.* frutífero; frutuoso; fecundo, fértil; proveitoso, útil, lucrativo.

FRUITFULNESS ['fru:tfulnis], *s.* fertilidade, fecundidade.

FRUITION [fru:'iʃən], *s.* fruição; posse; gozo.

FRUITLESS ['fru:tlis], *a.* infrutífero, infrutuoso; estéril; vão, inútil.

FRUITY ['fru:ti], *a.* de sabor ou cheiro de fruta.

FRUMP [frʌmp], *s.* velha rabujenta; mulher desalinhada; mofa, troça, motejo, zombaria.

FRUMPISH ['frʌmpiʃ], *a.* rabujento; antiquado; teimoso; zombeteiro, desdenhoso.

FRUSTRATE [frʌs'treit], *v.* frustrar, impedir, privar, anular, defraudar.

FRUSTRATION [frʌs'treiʃən], *s.* frustração, inutilidade, resultado desfavorável, contratempo; desapontamento, decepção.

FRY [frai], *v.* fritar, frigir; derreter-se, fundir; fermentar. *s.* fritada; desova de peixe; peixe miúdo; multidão de coisas pequeninas.

FRYING-PAN ['fraiiŋpæn], *s.* frigideira = (E.U.) *spider, fry-pan.* # *fall* ou *jump from the frying-pan into the fire,* sair da lama para cair no atoleiro, escapar de Cila para cair em Caribdes.

FRY-PAN ['fraipæn], *s.* (E.U.) *V.* **FRYING-PAN.**

FUCHSIA ['fju:ʃə], *s.* fúcsia, lágrimas (flor).

FUCHSINE ['fu:ksi:n], *s.* fucsina.

FUDDLE ['fʌdl], *v.* embriagar, estontecer; embriagar-se; confundir. *s.* bebedeira.

FUDDLER ['fʌdlə], *s.* ébrio, bêbedo, beberrão, borracho.

FUDGE [fʌdʒ], *s.* embuste, conto, palavrório, loquacidade, patarata; (E.U.) espécie de bombom. *v.* inventar uma história. *int.* ora essa, ora bolas!

FUEL [fjuəl], *s.* lenha, combustível. *v.* fornecer combustível; alimentar a fogo. # *add fuel to the flames,* pôr lenha na fogueira. *fuel tank,* (aut.) tanque de gasolina. *hours of fuel,* (av.) autonomia.

FUGACIOUS [fju:'geiʃəs], *a.* fugaz, efêmero.

FUGITIVE ['fju:dʒitiv], *s.* fugitivo, trânsfuga, transviado, desertor, apóstata. *a.* fugitivo, fugaz, efêmero, passageiro.

FUGLEMAN ['fju:glmæn], *s.* (mil.) chefe de fila.

FUGUE [fju:g], *s.* (mús.) fuga.

FULCRUM ['fʌlkrəm], *s.* fulcro.

FULFIL [ful'fil], *v.* cumprir, desempenhar, executar, realizar; encher, preencher.

FULFILLER [ful'filə], *s.* cumpridor, executor, realizador.

FULFILMENT [ful'filmənt], *s.* cumprimento, realização, execução, desempenho.

FULGENT ['fʌldʒənt], *a.* fulgente, fúlgido, fulgurante, resplandecente, brilhante, luzente.

FULGURITE ['fʌlgjurait], *s.* (geol.) fulgurito.

FULIGINOUS [fju:'lidʒinəs], *a.* fuliginoso.

FULL [ful], *a.* cheio, completo, pleno, repleto; amplo; abundante, farto; saciado; inteiro, total, perfeito; grávida, prenhe. *adv.* inteiramente, completamente, plenamente, diretamente, por inteiro. *s.* máximo, cúmulo, totalidade, ponto culminante; o mais alto grau. *v.* ampliar, dar amplitude; engrossar, tornar espesso. # *at the full,* no auge. *in full,* completamente, por extenso (nome).

FULL-BACK, BACK ['fulbæk], *s.* (esp.) zagueiro, beque.

FULL-BLOODED ['ful'blʌdid], *a.* de puro sangue; rubicundo.

FULL-BROTHER ['ful'brʌðə], *s.* irmão germano.

FULL-DRESS ['fuldres], *s.* traje de rigor.

FULLER ['fulə], *s.* pisoeiro; assentador.

FULL-FLEDGED ['ful-'fledʒd], *a.* crescido, desenvolvido.

FULL-GROWN ['ful-'groun], *a.* adulto, maduro, crescido.

FULLING ['fuliŋ], *s.* pisoamento.

FULL-LENGHT ['ful'leŋθ], *a.* de corpo inteiro, de tamanho natural (fotografia).

FULL-RATE ['fulreit], *a.* normal (taxa).

FULL-SISTER ['ful'sistə], *s.* irmã germana.

FULL-STOP ['ful'stɔp], *s.* ponto final = (E.U.) *period.*

FULL-SWING ['ful'swiŋ], *adv.* a toda velocidade.

FULLY ['fuli], *adv.* completamente, inteiramente, plenamente.

FULMINATE ['fʌlmineit], *v.* fulminar; explodir; fazer explodir; invectivar; excomungar.

FULMINATION [fʌlmi'neiʃən], *s.* fulminação, detonação, explosão; (ecles.) anátema.

FULNESS ['fulnis], *s.* plenitude; abundância; comprimento; repleção; perfeição, saciedade; volume de voz.

FULSOME ['fulsəm], *a.* nojento, repugnante, vil, grosseiro, baixo, asqueroso, obsceno, lascivo, servil.

FUMBLE ['fʌmbl], *v.* tatear, andar às apalpadelas, andar às tontas, titubear, apalpar; remexer, manusear.

FUMBLER ['fʌmblə], *s.* pessoa desajeitada ou desmazelada.

FUME [fju:m], *s.* fumo, fumaça; vapor; gás; emanação; excitação, raiva, cólera. *v.* defumar fumegar; incensar; perfumar; encolerizar-se, exacerbar-se, enfurecer-se.

FUMIGATE ['fju:migeit], *v.* fumigar; incensar; perfumar.

FUMIGATION [fju:mi'geiʃən], *s.* fumigação, desinfecção, defumação.

FUMIGATOR ['fju:migeitə], *s.* fumigador.

FUN [fʌn], *s.* graça, gracejo, pilhéria, chiste, galhofa, brincadeira. # *for fun,* por brincadeira. *make fun of,* ridicularizar, caçoar de. *poke fun at,* brincar com, gracejar com; caçoar de.

FUNAMBULIST [fju:'næmbjulist], *s.* funâmbulo.

FUNCTION ['fʌŋkʃən], *s.* função, cargo, ocupação, mister; cerimônia religiosa, festa. *v.* funcionar.

FUNCTIONAL ['fʌŋkʃənl], *a.* funcional.

FUNCTIONARY ['fʌŋkʃnəri], *s.* funcionário.

FUND [fʌnd], *s.* capital, cabedal, riqueza; *pl.* fundos públicos. *v.* empregar capital; capitalizar; consolidar dívidas. # *be shy of fund,* estar sem dinheiro. *imprest fund,* (cont.) caixa baixa. *retiring fund,* caixa de aposentadoria. *revolving fund,* capital de giro. *sinking fund,* fundo de amortização.

FUNDAMENT ['fʌndəmənt], *s.* fundamento, base.

FUNDAMENTAL [fʌndə'məntl], *a.* fundamental, básico, essencial.

FUNDAMENTALLY [fʌndə'mentəli], *adv.* fundamentalmente, essencialmente.

FUNDED ['fʌndid], *a.* consolidado.

FUNDING ['fʌndiŋ], *s.* consolidação de dívida flutuante; emprego de capital em fundos públicos.

FUNERAL ['fju:nərəl], *s.* funeral, exéquias, enterro. *a.* funeral, fúnebre, funéreo.

FUNEREAL [fju:'nieriəl], *a.* fúnebre, funerário, funéreo. # *funeral parlour,* capela mortuária, câmara mortuária. *funeral rites,* exéquias.

FUN-FAIR ['fʌn'fεə], *s.* parque de diversões.

FUNGI ['fʌngai], *s. pl.* de **FUNGUS.**

FUNGIBLE ['fʌndʒibl], *a.* substituível; fungível.

FUNGOID ['fʌngɔid], *a.* fungiforme.

FUNGOUS ['fʌngəs], *a.* fungoso.

FUNGUS ['fʌngəs], *pl.* **FUNGI.** *s.* fungo, cogumelo.

FUNGUSY ['fʌngəsi], *s.* fungosidade.

FUNICLE ['fju:nikl], *s.* funículo, cordão umbilical.

FUNICULAR [fju:'nikjulə], *s.* e *a.* funicular.

FUNICULUS [fju:'nikjuləs], *V.* **FUNICLE.**

FUNK [fʌŋk], *s.* embaraço, medo, desânimo; pusilânime; mau cheiro. *v.* estar embaraçado, tremer de medo; exalar mau cheiro; envenenar; fugir covardemente.

FUNKINESS ['fʌŋkinis], *s.* timidez, medo, temor.

FUNKY ['fʌŋki], *a.* tímido.

FUNNEL ['fʌnl], *s.* funil, canudo, cano, tubo; chaminé = (E.U.) *smokestack.*

FUNNY ['fʌni], *a.* engraçado, divertido, chistoso, cômico, burlesco; raro, estranho, invulgar, fora do comum, insólito. # *the funnies,* seção infantil (jornal).

FUNNY-BONE ['fʌniboun], *s.* (anat.) epitróclea = (E.U.) *crazy-bone.*

FUR [fə:], *v.* forrar ou guarnecer de peles. *s.* peles (para adorno); peliça, pêlo.

FURBELOW ['fə:bilou], *s.* folhos de saia.

FURBISH ['fə:biʃ], *v.* limpar, polir, lustrar, brunir.

FURCATE ['fə:keit], *a.* bifurcado. *v.* bifurcar.

FURIOUS ['fjuəriəs], *a.* furioso, raivoso, irado; desenfreado, violento.

FURL [fə:l], *v.* (náut.) ferrar as velas, enrolar, dobrar.

FURLONG ['fə:lɔŋ], *s.* medida linear inglesa que corresponde a $^1/_8$ de milha.

FURLOUGH ['fə:lou], *s.* (mil.) licença, licenciamento.

FURNACE ['fə:nis], *s.* forno, fornalha, fogareiro, fornilho; caldeira de fogão.

FURNISH ['fə:niʃ], *v.* fornecer, prover, sortir, guarnecer; mobiliar (= mobilar, mobilhar); ornar, enfeitar, embelezar.

FURNISHER ['fə:niʃə], *s.* fornecedor, abastecedor, provedor; decorador.

FURNISHING ['fə:niʃiŋ], *s.* utensílios domésticos, acessórios de uma casa; tapeçaria.

FURNITURE ['fə:nitʃə], *s.* mobília, mobiliário, móveis; equipagem, utensílios, apetrestos.

FURORE [fju:ə'rɔ:ri], *s.* furor; exaltação; delírio.

FURRIER ['fʌriə], *s.* peleteiro, peleiro.

FURRING ['fə:riŋ], *p. pres.* de **FUR.** *s.* peles.

FURROW ['fʌrou], *s.* sulco, rego do arado, estria, ranhura, ruga (da face). *v.* sulcar, estriar; rugar, enrugar. # *back furrow,* (agr.) contrasulco. *plough a lonely furrow,* ser desprezado por todos.

FURROWY ['fʌroui], *a.* com ranhuras; estriado; enrugado.

FURTHER ['fə:ðə], *a.* e *adv.* suplementar, ulterior, adicional; além disso; adiante, mais adiante. *v.* avançar, adiantar; promover, favorecer, facilitar, ajudar.

FURTHERANCE ['fə:ðərəns], *s.* adiantamento, progresso, auxílio, ajuda, apoio, favor.

FURTHERMORE ['fə:ðə'mɔ:], *adv.* ademais; outrossim.

FURTHERMOST ['fə:ðəmoust], *a.* o mais afastado, o mais remoto, o mais distante.

FURTHEST ['fə:ðist], *a.* e *adv.* o mais distante, o mais remoto, o mais longe, extremo.

FURTIVE ['fə:tiv], *a.* furtivo; secreto; oculto.

FURUNCLE ['fjuərʌŋkl], *s.* furúnculo.

FURY ['fjuəri], *s.* fúria, ira, cólera, furor, frenesi, entusiasmo.

FURZE [fə:z], *s.* (bot.) tojo.

FUSE [fju:z], *v.* fundir, derreter-se. *s.* rastilho; fusível; espoleta; mecha; estopim.

FUSEE [fju:'zi:], *s.* isqueiro; acendalha, cavacos, gravetos; rastilho; mecha; fuso de relógio.

FUSELAGE ['fju:zilɑ:ʒ], *s.* fuselagem, armação (de um aeroplano).

FUSIBILITY [fju:zə'biliti], *s.* fusibilidade.

FUSIBLE ['fju:zəbl], *a.* fusível.

FUSIL ['fju:zil], *s.* fuzil.

FUSILADE [fju:zi'leid], *s.* fuzilada; carga cerrada, fuzilaria.

FUSILIER [fju:zi'liə], *s.* fuzileiro.

FUSING ['fju:ziŋ], *a.* fundente; ponto de fusão.

FUSION ['fju:ʒən], *s.* fusão, fundição, derretimento; união.

FUSS [fʌs], *s.* bulha, rebuliço, alvoroço, estardalhaço. *v.* agitar-se, inquietar-se desnecessariamente. # *to make a fuss,* exaltar-se.

FUSSER ['fʌsə], *s.* bulhento, rixoso, desordeiro, brigão.

FUSSY ['fʌsi], *a.* bulhento, inquieto; difícil; exigente; trapalhão, vaidoso, presunçoso, presumido.

FUSTIAN ['fʌstiən], *s.* fustão; estilo bombástico; palavras bombásticas. *a.* feito de fustão; bombástico; pomposo; pretensioso.

FUSTIGATE ['fʌstigeit], *v.* fustigar, açoitar, espancar, sovar.

FUSTIGATION [fʌsti'geiʃən], *s.* fustigação; flagelação; espancamento; açoite.

FUSTINESS ['fʌstinis], *s.* bolor.

FUSTY ['fʌsti], *a.* bolorento, mofado, rançoso, velho, antiquado; intrometido, metediço.

FUTILE ['fju:tail], *a.* fútil, vão, frívolo, tolo (pessoa), inútil (coisa).

FUTILITY [fju:'tiliti], *s.* futilidade.

FUTTOCK ['fʌtək], *s.* (náut.) caverna (de navio).

FUTURE ['fju:tʃə], *a.* futuro, vindouro. *s.* porvir, futuro. # *in the future,* no futuro.

FUTURITY [fju:'tjuəriti], *s.* futuro, porvir.

FUZE [fju:z], *V.* **FUSE.**

FUZZ [fʌz], *s.* partículas; pó; cotão, penugem. *v.* levantar cotão; despegar-se em partículas diminutas; chiar, sibilar; centelhar, faiscar.

FUZZY ['fʌzi], *a.* coberto de penugem ou cotão; fofo.

FY [fai], *int.* que vergonha! Fiau!

G

G [dʒi], *s.* sétima letra do alfabeto.

GAB [gæb], *v.* palrar; tagarelar; enganar, mentir. *s.* loquacidade; forquilha.

GABARDINE ['gæbədi:n], *s.* gabardina.

GABBLE ['gæbl], *v.* tagarelar, palrar. *s.* tagarelice, palração, algaravia.

GABBLER ['gæblə], *s.* falador, palrador, tagarela.

GABION ['geibiən], *s.* gabião.

GABLE ['geibl], *s.* empena; espigão, cumeeira. # *gable roof,* telhado de duas águas.

GABLET ['geiblit], *s.* pequena empena de parede.

GABY ['geibi], *s.* papalvo, simplório; tolo, bobo.

GAD [gæd], *v.* errar, vaguear, vagabundar. *s.* ponta de aço, estilete, ferrão. *int.* irra!

GADABOUT ['gædəbaut], *s.* vagabundo, desocupado.

GADDER ['gædə], *s.* vagabundo, desocupado.

GADFLY ['gædflai], *s.* mosca varejeira, moscardo; travão.

GADGET ['gædʒit], *s.* invenção, invento, máquina esquisita; peça de maquinismo = *contraption.*

GAELIC ['geilik, 'gælik], *a.* gaélico. *s.* gaélico.

GAFF [gæf], *s.* arpão, gancho de ferro; (mar.) carangueja, verga; (gír.) gafeira. *v.* arpoar. # *blow the gaff,* revelar um segredo. *gaff wheel,* roleta viciada. *hold the gaff,* suportar um castigo.

GAFFER ['gæfə], *s.* velho camponês, velhote.

GAG [gæg], *v.* amordaçar; ter náuseas, enjoar. *s.* mordaça; engasgo; piada; (teat.) interpolação espirituosa do ator, "caco". # *an April fool gag,* um logro de 1.º de abril. *gag law,* lei mordaça (contra a liberdade de palavra ou de imprensa).

GAGA ['gæga:], *s.* apreciador incondicional de fitas de cinema, aficionado sem espírito crítico.

GAGE [geidʒ], *s.* caução; penhor; desafio, provocação. *v.* dar de penhor, caucionar, hipotecar; medir um navio.

GAGER ['geidʒə], *V.* **GAUGER.**

GAGING ['geidʒiŋ], *s.* aferição; calibração.

GAGMAN ['gægmən], *s.* humorista; cômico profissional.

GAIETY ['geiəti], *s.* alegria, satisfação, prazer, jovialidade; ostentação.

GAILY ['geili], *adv.* alegremente.

GAIN [gein], *s.* ganho, proveito, lucro, benefício; (carp.) escarva. *v.* ganhar, granjear, conseguir, obter, alcançar; enriquecer; melhorar. # *ill-got gains,* lucros ilícitos.

GAINER ['geinə], *s.* ganhador; beneficiário.

GAINFUL ['geinful], *a.* útil; proveitoso, lucrativo, vantajoso; (E.U.) pago, remunerado.

GAINING ['geiniŋ], *s.* lucro, proveito, vantagem

GAINLY ['geinli], *a.* bonito, belo, grácil, gracioso

GAINSAID [gein'seid, gein'sed], *pret.* e *pp.* de **GAINSAY.**

GAINSAY [gein'sei], *pret.* e *pp.* **GAINSAID.** *v.* contradizer, contrariar, disputar, negar.

GAINSAYER [gein'seiə], *s.* contraditor, antagonista, adversário.

GAIN-SHARING ['gein'ʃɛəriŋ], *s.* (com.) participação nos lucros.

GAIT [geit], *s.* modo de andar; (E.U.) velocidade do andar, passo = (Ing.) *pace. v.* treinar um cavalo na marcha.

GAITER ['geitə], *s.* polaina; botina. *v.* calçar polaina.

GALA ['ga:lə], *s.* gala, festa, pompa.

GALA-DAY ['ga:lə'dei], *s.* dia de gala, dia de festa.

GALA-DRESS ['ga:lə'dres], *s.* vestido de gala, roupa de gala.

GALANTINE ['gælənti:n], *s.* galantina.

GALATIAN [gə'leiʃiən], *s.* gálata.

GALAXY ['gæləksi], *s.* galáxia; via láctea; assembléia; reunião importante.

GALBANUM ['gælbənəm], *s.* gálbano.

GALE [geil], *s.* ventania, vendaval, rajada, furacão, tufão, tempestade, tormenta; divertimento barulhento; questão, barulho. *v.* (náut.) dar à popa.

GALENA [gə'li:nə], *s.* (min.) galena.

GALIPOT ['gælipɔt], *s.* terebintina.

GALL [gɔ:l], *s.* bílis; fel; amargura, tristeza; rancor, ódio, aspereza; escoriação; excrescência; (E.U.) atrevimento = (Ing.) *cheek. v.* ferir com a sela; esfolar, escoriar, raspar; moer; cortar; irritar, mortificar.

GALLANT ['gælənt], *s.* janota, homem da moda; homem intrépido. *a.* bravo, corajoso, intrépido; ousado; cavalheiresco.

GALLANT [gə'lænt], *s.* homem galanteador, conquistador. *a.* galanteador, conquistador. *v.* galantear, cortejar, fazer a corte.

GALLANTRY ['gæləntri], *s.* bravura, valentia, intrepidez, heroísmo; galanteio, cortesia, amabilidade; ostentação.

GALL-BLADDER ['gɔ:lblædə], *s.* vesícula biliar.

GALL-DUCT ['gɔ:ldʌkt], *s.* canal colédoco.

GALLEON ['gæliən], *s.* galeão.

GALLERY ['gæləri], *s.* galeria, tribuna, varanda; galeria artística; exposição; (teat.) galeria, torrinha.

GALLEY ['gæli], *s.* galé (pena, castigo); (mar.) galera, galé, galeota; cozinha de um navio; galé de imprensa. # *galley* (ou *stone) proof,* prova de escova (tip.).

GALLEY-SLAVE ['gælisleiv], *s.* forçado, sentenciado. # *be a galley-slave,* ser um burro de carga, trabalhar demasiadamente.

GALLIC ['gælik], *s.* e *a.* gaulês.

GALLICISM ['gælisizm], *s.* galicismo.

GALLICIZE [gælisaiz] *v.* afrancesar.

GALLINACEAN [gæli'neiʃən], *s.* e *a.* galináceo.

GALLING ['gɔ:liŋ], *s.* irritante, exasperante; pungente, mortificante.

GALLIOT ['gæliət], *s.* galeota.

GALLIPOT ['gælipɔt], *s.* vaso de boticário, boião de farmácia; (gír.) droguista, farmacêutico.

GALLIUM ['gæliəm], *s.* gálio.

GALLIVANT [gæli'vænt], *v.* divertir-se; vagabundear.

GALLON ['gælən], *s.* galão (medida).

GALLOON [gə'lu:n], *s.* galão (tira dourada).

GALLOP ['gæləp], *s.* galope. *v.* galopar, galopear. # *main gallop,* galope largo.

GALLOPADE [gælə'peid], *s.* galopada; galope (dança).

GALLOPER ['gæləpə], *s.* o que galopa; (mil.) ajudante de ordens.

GALLOWAY ['gælowei], *s.* raça de cavalos.

GALLOWS ['gælouz], *s.* forca. # *gallows face,* cara patibular.

GALOOT [gə'lu:t], *s.* pessoa desajeitada; (E.U.) recruta.

GALOP ['gæləp], *s.* galope (dança). *v.* dançar o galope.

GALORE [gə'lɔ:], *adv.* abundantemente.

GALOSH [gə'lɔʃ], *s.* (geralm. *pl.)* galocha = (E.U.) *rubber* (geralm. *pl.*).

GALVANIC [gæl'vænik], *a.* galvânico.

GALVANIZE (ISE) ['gælvənaiz], *v.* galvanizar; (fig.) reanimar.

GALVANOMETER [gælvə'nɔmitə], *s.* galvanômetro.

GAMBA ['gæmbə], *s.* gamba, viola de gamba.

GAMBIST ['gæmbist], *s.* tocador de gamba.

GAMBIT ['gæmbit], *s.* gambito (no jogo de xadrez).

GAMBLE ['gæmbl], *s.* loteria; jogo de azar. *v.* jogar.

GAMBLER ['gæmblə], *s.* jogador.

GAMBLING ['gæmbliŋ], *s.* jogo, vício do jogo *a.* de jogo.

GAMBLING-HOUSE ['gæmbliŋhaus], *s.* casa de jogo.

GAMBOGE [gæm'bu:ʒ], *s.* goma-guta.

GAMBOL ['gæmbəl], *s.* cabriola, cambalhota, pulo, salto; travessura. *v.* brincar, saltar, pular, fazer travessuras, traquinar.

GAME [geim], *s.* jogo; prazer, divertimento, brincadeira; caça, presa; competição esportiva; esquema, plano, projeto; (E.U.) partida (esp.) = (Ing.) *match. a.* corajoso, valente, destemido. *v.* jogar. # *a game leg,* uma perna defeituosa, aleijada. *be game for anything,* estar disposto a tudo, estar pronto para tudo. *fair game,* caça lícita. *game of chance,* jogo de azar. *game of,* caçoar de. *game of forfeits,* jogo de prendas.

play-off game, partida de desempate. *the game is not worth the candle,* o resultado não compensa. *to die game,* conservar o ânimo até a morte. *to make game of someone,* zombar de alguém, ridicularizar alguém. *what a game!* que brincadeira! que pândega!

GAMENESS ['geimnis], *s.* coragem, valentia, ânimo.

GAMESTER ['geimstə], *s.* jogador, batoteiro. *a.* brincalhão, alegre, jovial.

GAMING ['geimiŋ], *s.* jogo, ato de jogar.

GAMMA ['gæmə], *s.* gama (escala musical); gama (letra do alfabeto grego).

GAMMER ['gæmə], *s.* matrona; velhota.

GAMMON ['gæmən], *s.* jogo de gamão, presunto; mentira, peta; (fam.) troça, ridículo, zombaria, escárnio. *v.* defumar carne; mentir, enganar; zombar, troçar, escarnecer; (náut.) ligar os gurupés à proa.

GAMP [gæmp], *s.* guarda-chuva ou guarda-sol grande.

GAMUT ['gæmət], *s.* escala, gama.

GAMY ['geimi], *a.* bravo, indômito; (fam.) brigão; muito condimentado (alimento); abundante em caça.

GANDER ['gændə], *s.* ganso.

GANDER-PARTY ['gændəpɑ:ti], *s.* festa só para homens.

GANG [gæŋ], *s.* multidão, bando, grupo, equipe, quadrilha, turma; (min.) veio de minério; (mil.) destacamento. *v.* andar ou atacar em grupo. # *gang mills,* (maq.) fresas múltiplas. *gang tool,* (ofic.) ferramenta múltipla.

GANG-BOARD ['gæŋbɔ:d], *s.* prancha de desembarque.

GANGER ['gæŋə], *s.* capataz, chefe de equipe; (náut.) talinga .

GANGLING ['gæŋgliŋ], *a.* (E.U.) enorme, grandalhão, desajeitado = (Ing.) *gawky.*

GANGLION ['gæŋgliən], *s.* gânglio.

GANG-PLANK ['gæŋplæŋk], *V.* **GANG-BOARD.**

GANGRENE ['gæŋgri:n], *s.* gangrena. *v.* gangrenar, gangrenar-se.

GANGSTER ['gæŋstə], *s.* bandido, salteador.

GANGUE [gæŋ], *s.* (geol.) ganga.

GANGWAY ['gæŋwei], *s.* passagem, corredor = (E.U.) *aisle;* passagem estreita da Câmara dos Comuns; (mar.) portaló, prancha, passadiço, escada do costado.

GANOID ['gænɔid], *s.* e *a.* ganóide (= ganóideo).

GANTLET ['gæntlit], *V.* **GAUNTLET.**

GANTRY ['gæntri], *s.* pórtico; estação de sinalização nas linhas férreas.

GAOL [dʒeil], *s.* prisão, cárcere, cadeia = (E.U.) *jail. v.* prender, aprisionar, manter na prisão.

GAOLBIRD ['dʒeilbə:d], *s.* presidiário, preso = (E.U.) *jailbird;* malfeitor, delinqüente contumaz.

GAOLER ['dʒeilə], *s.* carcereiro = (E.U.) *jailer, jailor.*

GAP [gæp], *s.* lacuna, vácuo; intervalo, brecha; (av.) distância mínima entre planos de um biplano; (gram.) hiato. # *stop the gap,* preencher a lacuna.

GAPE [geip], *v.* bocejar; estar de boca aberta; abrir ou deixar alguma coisa aberta; *s.* bocejo; abertura, fenda, brecha; *the gapes,* gogo, gosma (doença das aves); acesso de bocejos.

GAPER ['geipə], *s.* basbaque.

GAPING ['geipiŋ], *s.* bocejo. *a.* anelante.

GAP LATHE ['gæpleið], *s.* (ofic.) torno de cava.

GAR [gɑ:], *s.* solho (peixe).

GARAGE ['gærɑ:ʒ, 'gæridʒ], *s.* garage. *v.* guardar o automóvel na garage.

GARB [gɑ:b], *s.* garbo, porte, ar, aparência, aspecto; vestuário, traje; molho, feixe de trigo. *v.* vestir.

GARBAGE ['gɑ:bidʒ], *s.* lixo.

GARBAGE CAN ['gɑ:bidʒ'kæn], *s.* (E.U.) lata de lixo, depósito de lixo = (Ing.) *dustbin.*

GARBAGE MAN ['gɑ:bidʒ'mæn], *s.* (E.U.) lixeiro = (Ing.) *dustman.*

GARBAGE-PAIL ['gɑ:bidʒpeil], *s.* lata de lixo.

GARBLE ['gɑ:bl], *v.* escolher, selecionar; alterar, truncar, perverter, mutilar; falsificar; expurgar.

GARBLING ['gɑ:bliŋ], *s.* escolha, seleção.

GARDEN ['gɑ:dn], *s.* jardim; horta; quintal.

GARDENER ['gɑ:dnə], *s.* jardineiro; hortelão.

GARDENIA [gɑ:'di:niə], *s.* gardênia.

GARDENING ['gɑ:dniŋ], *s.* horticultura, jardinagem.

GARDEN-PARTY ['gɑ:dnpɑ:ti], *s.* festa em jardim ou parque = (E.U.) *lawn-party.*

GARGANTUAN [gɑ:'gæntjuən], *a.* enorme.

GARGLE ['gɑ:gl], *s.* gargarejo. *v.* gargarejar.

GARGLING ['gɑ:gliŋ], *s.* gargarejo.
GARGOYLE ['gɑ:gɔil], *s.* gárgula.
GARISH ['gɛəriʃ], *a.* pomposo, vistoso, deslumbrante, brilhante.
GARISHNESS ['gɛəriʃnis], *s.* ostentação, pompa, gala, deslumbramento.
GARLAND ['gɑ:lənd], *s.* grinalda, coroa, festão; coletânea de poesias ou de trechos em prosa. *v.* engrinaldar.
GARLIC ['gɑ:lik], *s.* alho.
GARMENT ['gɑ:mənt], *s.* vestuário, roupa, traje, vestimenta; peça de roupa exterior; vestido.
GARN [gɑ:n], *int.* ora!
GARNER ['gɑ:nə], *s.* celeiro. *v.* armazenar.
GARNET ['gɑ:nit], *s.* (min.) granada; (náut.) candeliça.
GARNISH ['gɑ:niʃ], *v.* guarnecer, ornar, ataviar, adornar, enfeitar, embelezar; fortificar; fornecer; (jur.) notificar, intimar judicialmente. *s.* ornamento, atavio; adorno, enfeite; (jur.) notificação judicial, intimação.
GARNISHEE [gɑ:ni'ʃi:], *s.* pessoa intimada judicialmente, pessoa notificada.
GARNISHMENT ['gɑ:niʃmənt], *s.* adorno, ornamento, atavio, enfeite; intimação judicial, notificação.
GARNITURE ['gɑ:nitʃə], *s.* guarnição, adorno, enfeite; armadura.
GARRET ['gærət], *s.* mansarda; água furtada; sótão.
GARRISON ['gærisn], *s.* guarnição militar.
GA(R)ROT(T)E [gə'rɔt], *s.* garrote (forca). *v.* estrangular.
GA(R)ROT(T)ER [gə'rɔtə], *s.* carrasco.
GARRULOUS ['gærulǝs], *a.* gárrulo; palrador, tagarela, loquaz, falador.
GARTER ['gɑ:tə], *s.* liga. *v.* investir na Ordem da Jarreteira.
GARTH [gɑ:θ], *s.* pátio; jardim.
GAS [gæs], *s.* gás; (E.U.) gasolina = (Ing.) *petrol;* (fam.) tolice. # *step on the gas,* (gír.) pisar, acelerar o motor (automóvel, etc.).
GAS [gæs], *v.* (quím.) tratar pelo gás, saturar de gás; (mil.) atacar com gases, asfixiar; desprender gases. # *to gas up,* encher o tanque de gasolina.
GAS-A-TERIA ['gæsə'tiəriə], *s.* (E.U. gír.) posto de gasolina automático.
GAS-BAG ['gæsbæg], *s.* balão de gás; (fig.) parlapatão, palrador.
GAS-BURNER ['gæsbə:nə], *V.* **GAS-JET.**
GASCONNADE [gæskə'neid], *s.* gasconada, fanfarronada. *v.* fanfarronar.
GAS-ENGINE ['gæsen(d)ʒin], *s.* motor a gasolina.
GASEOUS ['geiziəs, 'gæziəs], *a.* gasoso.
GASH [gæʃ], *s.* cutilada; talho profundo. *v.* acutilar, golpear.
GASIFICATION [gæsifi'keiʃən], *s.* gaseificação.
GASIFY ['gæsifai], *v.* gaseificar(-se).
GAS-JET ['gæsdʒet], *s.* bico de gás.
GASKET ['gæskit], *s.* (mar.) gaxeta; (maq.) gaxeta de vedação.
GASKIN ['gæskin], *s.* perna do cavalo.
GAS-MASK ['gæsmɑ:sk], *s.* máscara contra gases.
GASOLENE, GASOLINE ['gæsəli:n], *s.* (E.U.) gasolina = (Ing.) *petrol. V.* **GAS.** # *sour gasoline,* gasolina acre. *straight-run gasoline,* gasolina de destilação direta. *sweet gasoline,* gasolina doce. *wild gasoline,* gasolina bruta, não estabilizada.
GASOMETER [gæ'sɔmitə], *s.* gasômetro = (E.U.) *gas tank.*
GASP [gɑ:sp], *s.* respiração ofegante, dificuldade em respirar; suspiro. *v.* abrir a boca para respirar, ofegar; anelar.
GASPER ['gɑ:spə, 'gæspə], *s.* (E.U. gír.) cigarro.
GAS-SHELL ['gæs'ʃəl], *s.* granada com gases asfixiantes.
GASSINESS ['gæsinis], *s.* verbosidade, tagarelice; vaidade.
GAS-STATION ['gæs'steiʃn], *s.* (E.U.) posto de gasolina = (Ing.) *petrol station.*
GAS-STOVE ['gæs'stouv], *s.* fogão a gás.
GASSY ['gæsi], *a.* gasoso; (pop.) verboso, prosa, vaidoso, enfatuado, convencido.
GAS-TANK ['gæs'tænk], *s.* (E.U.) gasômetro = (Ing.) *gasometer.*
GAS-TAR ['gæs'tɑ:], *s.* alcatrão de hulha.
GASTEROPOD ['gæstərəpɔd], *s.* gastrópode; lesma, caracol.
GASTRIC ['gæstrik], *a.* gástrico.
GASTRIC-FEVER ['gæstrik'fi:və], *s.* (med.) enterite; febre tifóide.
GASTRIC-JUICE ['gæstrik'dʒu:s], *s.* suco gástrico.

GASTRITIS [gæs'traits], *s.* gastrite.

GASTRONOMER [gæs'trɔnəmə], *s.* gastrônomo.

GASTRONOMIC, AL [gæstrə'nɔmik, əl], *a.* gastronômico.

GASTRONOMIST [gæs'trɔnəmist], *s.* gastrônomo.

GASTRONOMY [gæs'trɔnəmi], *s.* gastronomia.

GAS-WELL ['gæs'wel], *s.* poço de gás.

GASWORKS ['gæswə:ks], *s.* fábrica de gás; gasômetro.

GATE [geit], *s.* portão, entrada, cancela, porteira, pórtico; caminho; passo; garganta; (mec.) válvula de controle. *v.* privar (deter estudante na escola). # *crash the gate* (ou *the party),* penetrar, entrar sem convite. *get the gate,* (E.U. gír.) ser demitido = (Ing.) *get the sack.*

GATE-CRASHER ['geitkræʃə], *s.* penetra, pessoa que entra sem convite (baile, festa). *v.* entrar sem convite = *crash the gate.*

GATE-KEEPER ['geitki:pə], *s.* guarda-cancela = (E.U.) *gate-tender.*

GATE-TENDER ['geit-tendə], *s.* (E.U.) guarda-cancela = (Ing.) *gate-keeper.*

GATEWAY ['geitwei], *s.* caminho onde há cancelas; passagem; porteira; porta.

GATHER ['gæðə], *s.* prega, franzido. *v.* reunir, recolher, colher, coletar; acumular; juntar, unir; (cost.) franzir, preguear.

GATHERER ['gæðərə], *s.* coletor, cobrador; segador, ceifeiro, vindimador.

GATHERING ['gæðəriŋ], *s.* assembléia, reunião; ajuntamento, amontoado, acumulação; (med.) abscesso.

GAUD [gɔ:d], *s.* atavio, ornamento, adorno, enfeite; luxo, aparato.

GAUDINESS ['gɔ:dinis], *s.* aparato, luxo, adorno, ornamento; pompa, fausto.

GAUDY ['gɔ:di], *s.* bizarro; guapo, loução, garrido; brilhante, pomposo.

GAUGE [geidʒ], *s.* medida, bitola, calibre; manômetro; diâmetro; calado de um navio. *v.* medir, aferir, graduar, calibrar, bitolar; estimar, apreciar, avaliar; (náut.) arquear. # *cutting gauge,* ofic.) gabarito de corte. *feeler gauge,* (mec.) calibre de folga = *thickness gauge. marking gauge,* (ofic.) graminho.

GAUGER ['geidʒə], *s.* medidor, aferidor; arqueador.

GAUGING ['geidʒiŋ], *s.* medida; medição; arqueação.

GAUL [gɔ:l], *s.* gaulês; Gália.

GAULISH ['gɔ:liʃ], *a.* gaulês, gálico.

GAUNT [gɔ:nt], *a.* magro, seco, descarnado, delgado; frágil; abatido.

GAUNTLET ['gɔ:ntlit], *s.* manopla; luva comprida para senhoras; castigo militar antigo; (fig.) desafio. # *take up* (ou *pick up) the gauntlet* (ou *glove),* aceitar o desafio. *throw (down) the gauntlet* (ou *glove),* desafiar.

GAUNTNESS ['gɔ:ntnis], *a.* fraqueza, abatimento, prostração; fragilidade; magreza.

GAUZE [gɔ:z], *s.* gaze, tecido vaporoso.

GAUZY ['gɔ:zi], *a.* de gaze, semelhante a gaze.

GAVE [geiv], *pret.* de **GIVE.**

GAVEL ['gævəl], *s.* malho de pedreiro; (E.U.) pequeno martelo, macete usado por leiloeiro ou pelo presidente de uma assembléia = (Ing.) *mallet.*

GAWKINESS ['gɔ:kinis], *s.* tolice, parvoíce, bobagem, bobice.

GAWKY ['gɔ:ki], *a.* rústico, rude; bobo, tolo, desajeitado = (E.U.) *gangling.*

GAY [gei], *a.* alegre, gaio, jovial, vivaz, divertido, bem humorado, contente, satisfeito; brilhante, vistoso, aparatoso; loução, garrido; adornado, enfeitado.

GAZE [geiz], *v.* contemplar, fixar, apreciar. *s.* contemplação.

GAZELLE [gə'zel], *s.* gazela.

GAZER ['geizə], *s.* contemplador, observador, espectador, apreciador.

GAZETTE [gə'zet], *s.* gazeta; diário, jornal oficial. *v.* publicar no Diário Oficial.

GAZETTEER [gæzi'tiə], *s.* dicionário geográfico; jornalista; diário.

GAZING ['geiziŋ], *s.* contemplação.

GEAR [giə], *s.* engrenagem, encaixe; mecanismo de transmissão de direção ou de governo; acessórios; (náut.) adriça; roda dentada; arreios, ferramentas; bens móveis; instrumentos, aparelhos; utensílios domésticos; roupa, vestuário; adornos e atavios. *v.* engrenar, encaixar, aparelhar, equipar, montar, armar. # *arresting gear,* (aer.) mecanismo de retenção (para pouso em porta-aviões). *cluster gear,* trem de engrenagem. *first gear, first speed, low gear,* 1.ª velocidade. *gear change* ou *lever,* barra ou alavanca de mudanças; câmbio de velocidades = E.U. *gear shift. gear rock,* cremalheira. *gear up,* aumentar a velocidade; acelerar. *high* ou *top gear,* 3.ª velocidade; alta velocidade (aut.); *reverse gear,* engrenagem de marcha-à-ré. *second gear, second speed,* 2.ª velocidade. *steering gear,* (aut.) mecanismo de direção.

GEAR-BLOCK ['giəblɔk], *s.* cadernal.

GEAR-BOX ['giəbɔks], *s.* (aut.) caixa de mudança = *gear-case.*

GEAR-CASE ['giəkeis], *s.* (aut.) caixa de mudança = *gear-box.*

GEARING ['giəriŋ], *s.* engrenagem, encaixe; montagem, aparelhamento; transmissão de movimento = (E.U.) *leverage;* (náut.) adriça.

GEAR SET ['giəset], *s.* trem de engrenagem = *cluster gear.*

GEAR-SHIFT ['giəʃift], *s.* câmbio de velocidades.

GEAR-WHEEL ['giəwi:l], *s.* roda de transmissão.

GECKO ['gekou], *s.* lagartixa.

GEE [dʒi:], *s.* cavalo (linguagem infantil). # *gee-up, gee-ho!* vamos! (comando para o cavalo).

GEE-GEE ['dʒi:dʒi:], *V.* **GEE.**

GEESE [gi:s], *pl.* de **GOOSE.** # *all his geese are swans,* ele exagera tudo.

GELATINE [dʒelə'ti:n, 'dʒeləti:n], *s.* gelatina.

GELATINOUS [dʒi'lætinəs], *a.* gelatinoso.

GELD [geld], *pret.* e *pp.* **GELDED** ou **GELT.** *v.* castrar, capar; mutilar; cercear.

GELDING ['geldiŋ], *s.* castração; animal castrado.

GELID ['dʒelid], *a.* gélido, gelado.

GEM [dʒem], *s.* gema, pedra preciosa, jóia; rebento, renovo, gomo, botão; florão. *v.* adornar com pedras preciosas, recamar; cravejar.

GEMINATE ['dʒemineit], *v.* duplicar, dobrar.

GEMINATION [dʒemi'neiʃən], *s.* duplicação, repetição.

GEMINI ['dʒeminai], *s.* Gêmeos (constelação).

GENDARME ['ʒɑ:ndɑ:m], *s.* gendarme.

GENDER ['dʒendə], *s.* gênero.

GENE [dʒi:n], *s.* (biol.) gene.

GENEALOGICAL [dʒi:niə'lɔdʒikəl], *a.* genealógico.

GENEALOGIST [dʒi:ni'ælədʒist], *s.* genealogista.

GENEALOGY [dʒi:ni'ælədʒi], *s.* genealogia.

GENERA ['dʒenərə], *pl.* de **GENUS.**

GENERAL ['dʒenərəl], *s.* general; geral de ordem religiosa; generalidade. *a.* geral, universal; comum, vulgar, usual; público.

GENERALISSIMO [dʒenərə'lisimou], *s.* generalíssimo.

GENERALITY [dʒenə'ræliti], *s.* generalidade, maioria; o corpo de generais.

GENERALIZATION [dʒenərəlai'zeiʃən], *s.* generalização.

GENERALIZE ['dʒenərəlaiz], *v.* generalizar.

GENERALLY ['dʒenərəli], *adv.* geralmente, comumente, vulgarmente, ordinariamente.

GENERAL PRACTITIONER ['dʒenərəl præk'tiʃnə], *s.* policlínico, clínico geral.

GENERALSHIP ['dʒenərəlʃip], *s.* generalato; tática, estratégia.

GENERATE ['dʒenəreit], *v.* gerar, produzir, causar; procriar.

GENERATION [dʒenə'reiʃən], *s.* geração, procriação, produção; família, casta, raça, linhagem; descendência, posteridade.

GENERATIVE ['dʒenəreitiv], *a.* produtivo, gerador, procriador.

GENERATOR ['dʒenəreitə], *s.* gerador, procriador; pai; (E.U.) dínamo = (Ing.) *dynamo.*

GENERIC [dʒi'nerik, dʒə'nerik], *a.* genérico.

GENEROSITY [dʒenə'rɔsiti], *s.* generosidade, liberalidade; franqueza.

GENEROUS ['dʒenərəs], *a.* generoso, magnânimo, liberal; valente, bravo; forte, vigoroso; abundante, copioso.

GENEROUSLY ['dʒenərəsli], *adv.* generosamente.

GENESIS ['dʒenisis], *s.* gênese, princípio, origem, começo, criação, geração.

GENESIS ['dʒenisis], *s.* primeiro livro do Antigo Testamento.

GENET ['dʒenit], *s.* cavalo, ginete.

GENETIC [dʒi'netik], *a.* genético, genésico.

GENETICS [dʒi'netiks], *s.* genética.

GENEVA [dʒi'ni:və], *s.* Genebra.

GENIAL ['dʒi:njəl], *a.* cordial, afável, delicado, jovial; bem disposto; generativo, procriativo; nupcial; ameno, temperado (clima).

GENIALITY [dʒi:ni'æliti], *s.* cordialidade, afabilidade, jovialidade, amabilidade, delicadeza.

GENIE ['dʒi:ni], *s.* gênio, espírito da mitologia.

GENII ['dʒi:niai], *s. pl.* de **GENIUS.**

GENISTA [dʒi'nistə], *s.* genístea.

GENITAL ['dʒenitl], *a.* genital, sexual. *s.* órgãos genitais.

GENITIVAL [dʒeni'taivəl], *a.* do genitivo.

GENITIVE ['dʒenitiv], *a.* e *s.* genitivo.

GENIUS ['dʒi:njəs], *s.* gênio, talento, capacidade; espírito, entidade sobrenatural; *pl.* **GENIUSES, GENII.**

GENIUSES ['dʒi:njəsiz], *pl.* de **GENIUS.**

GENOCIDE ['dʒenousaid], *s.* genocídio.

GENOESE [dʒenou'i:z], *s.* genovês.

GENRE [ʒɑ:ŋr], *s.* gênero, espécie, estilo; sorte.

GENT [dʒent], abreviatura de *gentleman.*

GENTEEL [dʒen'ti:l], *a.* cortês, gentil, urbano, amável, delicado; distinto (iron.); elegante (no trajar); afetado; refinado, polido.

GENTIAN ['dʒenʃiən], *s.* (bot.) genciana.

GENTILE ['dʒentail], *s.* e *a.* gentio; gentílico; pagão; idólatra.

GENTILITY [dʒen'tiliti], *s.* nobreza, fidalguia, gentileza, delicadeza; graça, donaire.

GENTLE ['dʒentl], *a.* dócil, manso, brando, tolerante, pacato, pacífico; benévolo, propício, tranqüilo; gentil, amável; de boa estirpe, nobre (arc.).

GENTLEFOLK ['dʒentlfouk], *s.* nobreza, fidalguia; burguesia.

GENTLEMAN ['dʒentlmən], *s.* cavalheiro; *pl.* **GENTLEMEN.** # *gentleman-at-arms,* cavaleiro da guarda real. *gentleman-usher,* chefe do cerimonial.

GENTLEMANLINESS ['dʒentlmənlinis], *s.* cavalheirismo, distinção, fidalguia.

GENTLEMANLY ['dʒentlmənli], *a.* cavalheiresco, fidalgo, cortês, polido, urbano, correto, delicado, gentil.

GENTLEMEN ['dʒentlmən, 'dʒentlmen], *pl.* de **GENTLEMAN.**

GENTLENESS ['dʒentlnis], *s.* suavidade, docilidade, brandura, afabilidade, delicadeza.

GENTLEWOMAN ['dʒentlwumən], *s.* senhora, dama. *pl.* **GENTLEWOMEN.**

GENTLEWOMEN ['dʒentlwimin], *pl.* de **GENTLEWOMAN.**

GENTLY ['dʒentli], *adv.* suavemente, brandamente, delicadamente, paulatinamente, imperceptivelmente.

GENTRY ['dʒentri], *s.* gente de boa família e boa educação; (E.U.) classe logo abaixo da nobreza.

GENUFLECTION [dʒenju:'flekʃən], *s.* genuflexão.

GENUINE ['dʒenjuin], *a.* genuíno, verdadeiro, autêntico; natural; típico, puro.

GENUS ['dʒi:nəs], *pl.* **GENERA.** *s.* gênero.

GEOCENTRIC [dʒi:ou'sentrik], *a.* geocêntrico.

GEOCHEMISTRY [dʒi:ou'kemistri], *s.* geoquímica.

GEODESY [dʒi:'ɔdisi], *s.* geodésia.

GEOGRAPHER [dʒi'ɔgrəfə], *s.* geógrafo.

GEOGRAPHIC, AL [dʒiə'græfik, əl], *a.* geográfico.

GEOGRAPHY [dʒi'ɔgrəfi], *s.* geografia.

GEOID ['dʒiɔid], *s.* geóide.

GEOLOGIC, AL [dʒiə'lɔdʒik, əl], *a.* geológico.

GEOLOGIST [dʒi'ɔlədʒist], *s.* geólogo.

GEOLOGY [dʒi'ɔlədʒi], *s.* geologia.

GEOMETER [dʒi'ɔmitə], *s.* geômetra.

GEOMETRIC, AL [dʒiə'metrik, əl], *a.* geométrico.

GEOMETRICIAN [dʒioume'triʃən], *s.* geômetra.

GEOMETRY [dʒi'ɔmitri], *s.* geometria.

GEOPHAGY [dʒi'ɔfədʒi], *s.* geofagia.

GEOPHYSICS [dʒiou'fiziks], *s.* geofísica.

GEOTROPISM [dʒi'ɔtrəpizm], *s.* geotropismo.

GERANIUM [dʒi'reinjəm], *s.* gerânio.

GERIATRICS ['dʒeriətriks], *s.* geriatria.

GERM [dʒə:m], *s.* germe; princípio, origem; gema; embrião, botão, semente, broto.

GERMAN ['dʒə:mən], *s.* e *a.* alemão.

GERMAN ['dʒə:mən], *a.* germano; verdadeiro, puro.

GERMANE [dʒə:'mein], *a.* apropriado, pertinente.

GERMANIC [dʒə:'mænik], *a.* germânico, teutônico, alemão.

GERMICIDE ['dʒə:misaid], *s.* germicida.

GERMINAL ['dʒə:minl], *a.* germinal.

GERMINATE ['dʒə:mineit], *v.* germinar, brotar, rebentar, nascer, florescer.

GERMINATION [dʒə:mi'neiʃən], *s.* germinação.

GERONTOLOGY [dʒərən'tɔlədʒi], *s.* (med.) gerontologia.

GERRYMANDER ['gerimændə], *v.* alterar o resultado de uma eleição; falsificar, deturpar; dividir arbitrariamente um território eleitoral. *s.* alteração fraudulenta no resultado de uma eleição.

GERUND ['dʒerənd], *s.* gerúndio.

GERUNDIVE [dʒi'rʌndiv]. *s.* gerundivo.

GESSO ['dʒesou], *a.* gesso.

GESTATION [dʒes'teiʃən], *s.* gestação, gravidez.

GESTICULATE [dʒes'tikjuleit], *v.* gesticular.

GESTICULATION [dʒestikju'leiʃən], *s.* gesticulação.

GESTICULATOR [dʒes'tikjuleitə], *s.* gesticulador.

GESTURE ['dʒestʃə], *s.* gesto; ação; postura.

GET [get], *pret.* **GOT.** *pp.* **GOT** ou **GOTTEN.** *v.* obter, conseguir, ganhar, adquirir; persuadir; comprar; apanhar, agarrar; induzir; contrair; acostumar-se, habituar-se; incitar, mandar, ordenar; procriar; trazer, buscar; decorar, aprender; tornar-se, fazer-se; chegar a; vencer. # *get about,* viajar; movimentar-se; circular, espalhar-se (notícia). *get abroad,* espalhar-se (notícia). *get across,* cruzar, atravessar; comunicar, fazer compreender. *get ahead,* prosperar. *get along,* progredir; partir; ir (de vida). *get at,* alcançar; aludir a, referir-se a; subornar; rir-se de. *get away,* fugir; ir-se embora. *get away with,* conseguir = (E.U.) *get by with.* *get back,* voltar; retirar-se; reaver. *get behind,* atrasar-se; contrair dívidas. *get better,* melhorar. *get by,* passar (por ou através), transpor. *get down,* descer; engolir; deprimir. *get even with,* vingar-se de. *get in,* entrar; inserir; vencer; tornar-se membro de; ser eleito; buscar. *get into,* entrar; transportar para dentro, introduzir; familiarizar-se com, acostumar-se a, aprender. *get loose,* libertar-se. *get married,* casar-se. *get off,* deixar; descer (de veículo); remover; retirar-se de, afastar-se de; livrar-se (de castigo); referir, contar; remeter; levantar vôo (avião); ser absolvido; fugir. *get off with,* travar relações com. *get on,* progredir; entrar (em um veículo); viver; trabalhar em harmonia; ir (de saúde). *get on for,* caminhar para, progredir, aproximar-se de. *get out,* descer (de um veículo); transpirar (segredo); retirar-se; extrair; proferir. *get out!* retire-se! *get over,* vencer; causar boa impressão; afastar-se; refazer-se. *get rattled,* ficar nervoso; atrapalhar-se. *get rid of,* ficar livre de. *get round,* persuadir; espalhar-se (notícia); arredondar-se. *get through,* terminar; passar, ser aprovado (em exame); obter ligação telefônica. *get together,* colecionar, coletar; reunir-se; entrar em acordo. *get under way,* partir. *get up,* levantar-se; organizar; planejar. *get wind,* tornar-se público. *get wind of,* tomar conhecimento de, ouvir (notícia).

GET-AT-ABLE [get'ætəbl], *a.* possível, acessível, obtenível.

GETAWAY ['getəwei], *s.* (E.U.) caminho para fuga; fuga = (Ing.) *escape* (aut.) arranque = *starter;* largada, arrancada (em corrida).

GET-RICH-QUICK ['get'ritʃkwik], *a.* (E.U.) fraudulento, ilícito.

GETTER ['getə], *s.* cavador, o que adquire, o que é diligente.

GETTER-UP [getər'ʌp], *s.* inventor.

GETTING ['getiŋ], *s.* proveito, ganho, lucro, aquisição.

GET-UP [get'ʌp, 'get'ʌp, 'getʌp], *s.* arranjo, disposição; adorno; traje (= trajo).

GEWGAW ['gju:gɔ:], *s.* ninharia, bagatela, frivolidade; berloque.

GEYSER ['gaizə], *s.* gêiser.

GEYSER ['gi:zə], *s.* aquecedor de água.

GHASTLY ['gɑ:stli], *a.* pálido, lívido; cadavérico, macabro; desfigurado, horrível, medonho, espantoso.

GHERKYN ['gə:kin], *s.* pepino de conserva.

GHETTO ['getou], *s.* gueto.

GHOST [goust], *s.* fantasma, espectro, visão, espírito, alma; duende; (fot.) imagem falsa, mancha. # *ghost writer,* escritor cujos trabalhos são assinados por outrem. *give up the ghost,* morrer, esticar as canelas. *raise a ghost,* invocar um espírito.

GHOSTLY ['goustli], *a.* espectral, espiritual.

GHOUL [gu:l, gaul], *s.* vampiro.

GIANT ['dʒaient], *s.* gigante. *a.* gigantesco.

GIANTESS ['dʒaiəntis], *s.* gigante (feminino).

GIB [gib], *s.* (mec.) chaveta.

GIBBER ['dʒibə], *v.* farfalhar; falar atabalhoadamente, precipitadamente.

GIBBERISH ['gibəriʃ], *s.* falar rápido ou desarticulado; palavras sem nexo.

GIBBET ['dʒibit], *s.* forca, patíbulo. *v.* enforcar.

GIBBON ['gibən], *s.* mono longímano.

GIBBOSITY [gi'bɔsiti], *s.* giba, gibosidade, corcova, corcunda.

GIBBOUS ['gibəs], *a.* corcovado, corcunda, giboso; convexo.

GIBE [dʒaib], *s.* escárnio, mofa, troça, zombaria, ridículo. *v.* escarnecer, mofar, troçar, zombar, ridicularizar.

GIBER ['dʒaibə], *s.* escarnecedor, trocista.

GIBING ['dʒaibiŋ], *s.* zombaria, escárnio, troça. *a.* escarnecedor, zombador.

GIBLET ['giblit], *s.* (usado no *pl.*) miúdos de ave.

GIBUS ['dʒaibəs], *s.* claque (chapéu alto).

GIDDINESS ['gidinis], *s.* vertigem, atordoamento, tonteira; volubilidade, veleidade; inconstância; desvario.

GIDDY ['gidi], *a.* vertiginoso; volúvel, irrefletido; adoidado; inconstante. # *giddy goat,* bode-expiatório.

GIDDY-HEADED ['gidihedid], *a.* leviano, doidivanas.

GIFT [gift], *s.* dádiva, doação, oferta; dom, queda; (E.U.) presente = (Ing.) *present.* *v.* doar, dotar. # *free gift advertising,* propaganda pelo objeto. *have the gift of the gab,* ter o dom da palavra; ter lábia.

GIFTED ['giftid], *a.* talentoso, dotado, prendado.

GIG [gig], *s.* cabriolé; sege; iole; escaler; arpão; (fam.) moça namoradeira; mostrengo; espantalho.

GIGANTESQUE [dʒaigæn'tesk], *V.* **GIGANTIC.**

GIGANTIC [dʒai'gæntik], *a.* gigantesco, enorme, descomunal.

GIGGLE ['gigl], *v.* rir à socapa; rir sem motivo; rir com falsidade. *s.* riso falso, riso amarelo.

GIGGLER ['giglə], *s.* trocista, escarnecedor, zombador.

GILD [gild], *pret.* e *pp.* **GILDED** ou **GILT.** *v.* dourar; embelezar, ornar, enfeitar, ataviar; iluminar. *s.* grêmio, comunidade, corporação.

GILDED CHAMBER ['gildid'tʃæmbə], *s.* Câmara dos Lordes (Ing.).

GILDER ['gildə], *s.* dourador.

GILDING ['gildiŋ], *s.* douração; brilho, lustro, embelezamento.

GILL [gil], *s.* barranco; vale profundo; córrego; (mec.) aleta; nervura; carro de transportes; guelra de peixe; barbela; carne debaixo do queixo.

GILL [dʒil], *s.* medida de líqüidos (= líquidos) ($^1/_4$ de *pint*).

GILT [gilt], *s.* material para douração; (fam.) dinheiro; larápio. *pret.* e *pp.* de **GILD.**

GILT-EDGED ['gilt-edʒd], *a.* excelente.

GIMBAL ['dʒimbl], *s.* balanceiro (de bússola, cronômetro, etc.).

GIMCRACK ['dʒimkræk], *s.* ninharia; berloque; brinquedo.

GIMLET ['gimlit], *s.* verruma, trado.

GIMMER ['gimə], *s.* ovelha de dois anos.

GIMP [gimp], *s.* alamar, galão.

GIN [dʒin], *s.* laço, armadilha, alçapão; guindaste; macaco; bomba de motor; máquina para separar algodão; (náut.) cabrilha. *v.* apanhar no laço; descaroçar o algodão; separar as sementes.

GIN [dʒin], *s.* gim, genebra. # *gin mill,* (gír.) bar, botequim.

GINGER ['dʒindʒə], *s.* gengibre.

GINGERBEER ['dʒindʒə'biə], *s.* cerveja de gengibre.

GINGERBREAD ['dʒindʒəbred], *s.* pão de gengibre; pão feito com especiarias.

GINGERLY ['dʒindʒəli], *a.* prudente, cauteloso, cuidadoso, escrupuloso. *adv.* prudentemente, cautelosamente, cuidadosamente, escrupulosamente; pé ante pé.

GINGHAM ['giŋəm], *s.* (tec.) guingão.

GINGIVAL [dʒin'dʒaivəl], *a.* das gengivas, gengival.

GINGKO ['giŋkou], **GINKGO** ['giŋkgou], *a.* (bot.) nogueira do Japão.

GINNING ['dʒiniŋ], *s.* debulha; escolha de sementes (algodão).

GIP [gip], *v.* estripar (peixes).

GIP [dʒip], *var.* de **GIPSY.**

GIPSY, GYPSY ['dʒipsi], *s.* cigano; boêmio, malandro; língua de ciganos; mulher esperta.

GIRAFFE [dʒi'rɑ:f], *s.* girafa.

GIRANDOLE ['dʒirəndoul], *s.* girândola; lustre, candelabro.

GIRASOL ['dʒirəsɔl], *s.* girassol.

GIRD [gə:d], *pret.* e *pp.* **GIRDED** ou **GIRT.** *v.* cingir, cercar, rodear, envolver; equipar, prover, preparar; mofar, zombar. *s.* mofa, escárnio.

GIRDER ['gə:də], *s.* viga, trave; escarnecedor.

GIRDING ['gə:diŋ], *s.* cinto; faixa, atadura; cobertura; ato de cingir.

GIRDLE ['gə:dl], *s.* cinturão, cinto, faixa, cinta, espartilho; circunferência; zona. *v.* cingir, cercar, circundar, rodear.

GIRL [gə:l], *s.* menina; moça. # *girl friend,* namorada; amiguinha.

GIRL-GUIDE ['gə:lgaid], *s.* escoteira, Bandeirante (no Brasil) = (E.U.) *girl-scout.*

GIRLHOOD ['gə:lhud], *s.* adolescência, juventude, mocidade (referente a meninas).

GIRLIE ['gə:li], *s.* (col.) mocinha.

GIRLISH ['gə:liʃ], *a.* próprio de meninas, juvenil.

GIRL-SCOUT ['gə:lskaut], *s.* (E.U.) escoteira, Bandeirante (no Brasil) = (Ing.) *girl-guide.*

GIRT [gə:t], *pret.* e *pp.* de **GIRD.** *s.* contorno.

GIRTH [gə:θ], *s.* cinto, faixa; cilha; circunferência, contorno, periferia; (náut.) aluamento da vela. *v.* encilhar; cingir.

GIST [dʒist], *s.* fundamento; substância.

GITTERN ['gitə:n], *s.* cítara. *v.* tocar cítara.

GIVE [giv], *pret.* **GAVE,** *pp.* **GIVEN.** *v.* dar, conceder, entregar; conferir, premiar; pagar; divulgar, mostrar, demonstrar; diminuir; oferecer, apresentar; causar, produzir, ocasionar; dedicar, consagrar; sacrificar; empenhar (a palavra), dar (a palavra); assegurar, prometer, pronunciar; decidir; cometer; transferir; assumir; outorgar. # *a give away,* uma pechincha. *give a Roland for an Oliver,* pagar na mesma moeda, vingar-se. *give away,* desperdiçar; doar, ceder; denunciar, revelar; divulgar um segredo; transferir. *give back,* restituir, devolver; recuar, afastar-se. *give forth,* emitir, produzir. *give in,* ceder, entregar; render-se; desistir; desabar, afundar. *give off,* desprender (vapores, etc.), emitir. *give oneself away,* trair-se. *give oneself up,* entregar-se à polícia. *give one the go-by,* não dar confiança a alguém; evitar alguém; dar o fora em alguém. *give out,* distribuir; anunciar; acabar-se, esgotar-se afrouxar. *give over,* cessar. *give up,* render-se; abandonar; entregar os pontos, desistir de, renunciar a. *give way,* afastar-se, recuar; desabar.

GIVE-AND-TAKE ['givən'teik], *s.* permuta, intercâmbio, toma-lá-dá-cá.

GIVE-AWAY ['givəwei], *s.* traição; denúncia; delação.

GIVEN ['givn], *pp.* de **GIVE** e *a.* dado; concedido; inclinado, propenso.

GIVER ['givə], *s.* doador.

GIVING ['giviŋ], *s.* dom, dádiva, presente.

GIZZARD ['gizəd], *s.* moela (de ave); canal alimentar de alguns crustáceos.

GLACIAL ['gleisiəl, 'glæsiəl], *a.* glacial.

GLACIER ['glæsjə], *s.* geleira.

GLACIS ['glæsis], *s.* esplanada; escarpa, declive, ladeira. *pl.* **GLACIS** ou **GLACISES.**

GLACISES ['glæsisiz], *pl.* de **GLACIS.**

GLAD [glæd, glæ:d], *a.* contente, satisfeito, alegre. # *glad at, for, of,* contente com, de, em, por.

GLADDEN ['glædn], *v.* alegrar-se, regozijar-se; alegrar; animar, encorajar.

GLADE [gleid], *s.* clareira; caminho, vereda, atalho.

GLADIATOR ['glædieitə], *s.* gladiador.

GLADIOLUS [glædi'ouləs], *s.* (bot.) gladíolo.

GLADLY ['glædli], *adv.* alegremente, com satisfação; de boa vontade, prazerosamente.

GLADNESS ['glædnis], *s.* alegria, prazer, satisfação, contentamento.

GLADSOME ['glædsəm], *a.* alegre, contente, satisfeito.

GLAIR [glɛə], *s.* clara de ovo; substância semelhante à clara de ovo.

GLAIREOUS ['glɛəriəs], *V.* **GLAIRY.**

GLAIRY ['glɛəri], *a.* semelhante à clara de ovo; pegajoso, viscoso.
GLAMO(U)R ['glæmə]. *s.* encanto, beleza, elegância; magia, feitiço, bruxaria.
GLAMO(U)R-GIRL ['glæməgə:l], *s.* beldade.
GLAMO(U)ROUS ['glæmərəs], *a.* fascinante.
GLANCE [glɑ:ns], *s.* clarão, fulgor, vislumbre; olhar, olhadela, relance. *v.* brilhar, cintilar, resplandecer, relancear; dar uma olhadela; olhar de soslaio. # *at a glance,* num relance. *at first glance,* à primeira vista.
GLANCE-COAL ['glɑ:nskoul], *s.* antracito.
GLAND [glænd], *s.* glândula; bolota; glande.
GLANDERED ['glændəd], *a.* com mormo, mormoso.
GLANDERS ['glændəz], *s.* (vet.) mormo.
GLANDULAR ['glændjulə], *a.* glandular.
GLANDULE ['glændju:l], *s.* glândula.
GLANDULOUS ['glændjuləs], *V.* **GLANDULAR.**
GLARE [glɛə], *v.* brilhar, reluzir, cintilar, deslumbrar; olhar com raiva; deitar fogo pelos olhos. *s.* claridade, brilho, deslumbramento, fulgor; olhar penetrante; ar carrancudo.
GLARING ['glɛəriŋ], *a.* deslumbrante, brilhante, cintilante, reluzente; evidente, penetrante.
GLARINGNESS ['glɛəriŋnis], *s.* resplendor, notoriedade.
GLASS [glɑ:s], *s.* vidro, cristal; copo; espelho; lente; ampola; ampulheta; óculos; binóculo; barômetro. *a.* de vidro. *v.* espelhar, refletir. # *a pair of glasses,* óculos. *ground glass,* vidro fosco. *magnifying glass,* lente, lupa. *obscured glass,* vidro translúcido. *stained glass,* vitral. *those who live in glass houses should* (ou *must) not throw stones,* quem tem telhado de vidro não deve jogar pedras.
GLASSFUL ['glɑ:sful], *s.* conteúdo de um copo.
GLASS-HOUSE ['glɑ:shaus], *s.* estufa para plantas.
GLASSINESS ['glɑ:sinis], *s.* aparência vítrea.
GLASS-LIKE ['glɑ:slaik], *a.* vítreo.
GLASS-PAPER ['glɑ:speipə], *s.* lixa.
GLASS-SHADE ['glɑ:sʃeid], *s.* redoma.
GLASSWARE ['glɑ:swɛə], *s.* objetos de vidro.
GLASS-WINDOW ['glɑ:swindow], *s.* vitral.
GLASSY ['glɑ:si], *a.* vidrado, vítreo; transparente, cristalino.
GLAUCOMA [glɔ:'koumə], *s.* glaucoma.
GLAUCOMATOUS [glɔ:'koumətəs], *a.* glaucomatoso.
GLAUCOUS ['glɔ:kəs], *a.* glauco, verde-marinho.
GLAZE [gleiz], *v.* envidraçar, vidrar; envernizar, lustrar, polir, brunir; acetinar; (fig.) embelezar. *s.* verniz; lustro, brilho.
GLAZED [gleizd], *a.* envidraçado, vidrado; envernizado, lustrado, brunido; acetinado; vitrificado.
GLAZER ['gleizə], *s.* vidreiro, vidraceiro; roda com esmeril (para cortar vidro).
GLAZIER ['gleiziə, 'gleiʒiə], *s.* vidreiro, vidraceiro.
GLAZING ['gleiziŋ], *s.* vidrado, vidragem; esmalte, verniz; superfície lustrosa.
GLEAM [gli:m], *s.* brilho, fulgor, resplendor. cintilação, clarão. *v.* brilhar, fulgurar, resplandecer, cintilar, fulgir.
GLEAMING ['gli:miŋ], *a.* brilhante, fulgurante, cintilante, resplandecente, fulgente.
GLEAMY ['gli:mi], *a.* cheio de brilho, cheio de fulgor.
GLEAN [gli:n], *v.* respigar; recolher; rebuscar.
GLEANING ['gli:niŋ], *s.* respigo.
GLEBE [gli:b], *s.* gleba.
GLEE [gli:], *s.* regozijo, alegria, júbilo; canção.
GLEEFUL ['gli:ful], *a.* prazenteiro, jovial, alegre; brincalhão.
GLEEFULNESS ['gli:fulnis], *s.* alegria, jovialidade, prazer.
GLEESOME ['gli:səm], *a.* alegre, jovial, contente, satisfeito, divertido, gracioso.
GLEET [gli:t], *s.* supuração.
GLEETY ['gli:ti], *a.* purulento.
GLEN [glen], *s.* vale estreito.
GLIB [glib], *a.* fluente, verboso; volúvel; escorregadio, liso; solto.
GLIBNESS ['glibnis], *s.* volubilidade; verbosidade; fluência, fluidez.
GLIDE [glaid], *s.* deslize, escorregadela, escorregão; (mec.) corrediça; (av.) planeio. *v.* escorregar, deslizar, resvalar; (av.) planar.
GLIDER ['glaidə], *s.* o que desliza; planador.
GLIMMER ['glimə], *s.* luz mortiça; vislumbre, reflexo; mica. *v.* alumiar frouxamente.
GLIMMERING ['glimәriŋ], *s.* luz fraca; vislumbre; indício. *a.* débil, tênue, fraco.

GLIMPSE [glimps], *s.* reflexo, relance, vislumbre; luz débil; gozo passageiro. *v.* relancear, vislumbrar, entrever, lobrigar, tremeluzir, bruxolear.

GLINT [glint], *v.* refletir, luzir, brilhar, cintilar, *s.* brilho, fulgor, cintilação.

GLIST [glist], *s.* (min.) mica.

GLISTEN ['glisn], *v.* cintilar. *s.* cintilação.

GLITTER ['glitə], *v.* brilhar, rebrilhar, luzir, reluzir, tremeluzir.

GLITTERING ['glitəriŋ], *a.* brilhante, fulgente, fulgurante; esplêndido; deslumbrante.

GLOAMING ['gloumiŋ], *s.* crepúsculo, luz crepuscular; o anoitecer.

GLOAT [glout], *v.* olhar fixamente; regozijar-se com o mal alheio.

GLOBE [gloub], *s.* globo, esfera, bola; Terra *v.* dar forma esférica; arredondar.

GLOBE-TROTTER ['gloubtrɔtə], *s.* turista que percorre o mundo.

GLOBOSE ['gloubous], *a.* esférico, globular.

GLOBOSITY [glou'bɔsiti], *s.* esfericidade, redondeza.

GLOBOUS ['gloubəs], *V.* **GLOBOSE.**

GLOBULAR ['glɔbjulə], *a.* globular, esférico.

GLOBULE ['glɔbju:l], *s.* glóbulo.

GLOOM [glu:m], *s.* obscuridade, trevas, escuridão; melancolia, tristeza. *v.* escurecer, obscurecer; entristecer.

GLOOMINESS ['glu:minis], *s.* obscuridade; tristeza, melancolia.

GLOOMING ['glu:miŋ], *V.* **GLOAMING.**

GLOOMY ['glu:mi], *a.* tenebroso, sombrio, obscuro, lúgubre; triste, melancólico.

GLORIFICATION [glɔrifi'keiʃən], *s.* glorificação, triunfo, apoteose, celebração.

GLORIFIER ['glɔ:rifaiə], *s.* glorificador.

GLORIFY ['glɔ:rifai], *v.* glorificar, exaltar, honrar, celebrar.

GLORIOUS ['glɔ:riəs], *a.* glorioso, triunfante, honroso, esplêndido, soberbo, magnífico, esplendoroso, maravilhoso; agradável.

GLORY ['glɔ:ri], *v.* gloriar-se, ufanar-se, jactar-se. *s.* glória, renome, fama, celebridade; resplendor; auréola; lustre; glória celeste, céu. # *glory in,* vangloriar-se de; deleitar-se com. *Old Glory,* a bandeira nacional dos Estados Unidos da América do Norte.

GLOSS [glɔs], *s.* lustro, brilho, fulgor, polimento; verniz; falso brilho, aparência falsa; glosa, comentário; paliativo. *v.* lustrar, polir, envernizar, dar brilho; iludir; interpretar maliciosamente; glosar. # *gloss over,* disfarçar, cobrir ou lustrar para ocultar defeitos; encobrir, coonestar.

GLOSSARY ['glɔsəri], *s.* glossário.

GLOSSER ['glɔsə], *s.* comentador, glosador; o que dá lustro.

GLOSSINESS ['glɔsinis], *s.* lustro, polimento, brilho.

GLOSSOGRAPHER [glɔ'sɔgrəfə], *s.* glossógrafo.

GLOSSOGRAPHY [glɔ'sɔgrəfi], *s.* glossografia.

GLOSSOLOGICAL [glɔsə'lɔdʒikl], *a.* glossológico.

GLOSSOLOGIST [glɔ'sɔlədʒist], *s.* glossologista, glossólogo.

GLOSSOLOGY [glɔ'sɔlədʒi], *s.* glossologia, glotologia.

GLOSSY ['glɔsi], *a.* lustroso, brilhante; polido; macio, acetinado. # ***glossy print proof,*** (tip.) (E.U.) prova em papel couché = (Ing.) *art pull.*

GLOTAL ['glɔtl], *a.* glótico, referente à glote.

GLOTTIS ['glɔtis], *s.* glote.

GLOVE [glʌv], *s.* luva. *s.* enluvar. # *fit like a glove,* adaptar-se perfeitamente, ajustar-se; assentar como uma luva. *take up* (ou *pick up*) *the glove* (ou *the gauntlet),* aceitar o desafio. *throw (down) the glove* (ou *the gauntlet),* desafiar.

GLOVED [glʌvd], *a.* enluvado.

GLOVE-FIGHT ['glʌvfait], *s.* luta de boxe.

GLOVER ['glʌvə], *s.* luveiro.

GLOW [glou], *v.* produzir luz ou calor sem chama; fosforecer, incandescer; sentir calor; queimar-se; apaixonar-se, animar-se. *s.* calor, ardor; paixão, animação.

GLOWER ['glauə], *v.* fixar; olhar com raiva. *s.* olhar feroz, ameaçador.

GLOWING ['glouiŋ], *a.* ardente, inflamado; apaixonado; animado; indignado; corado; resplandecente.

GLOW-LAMP ['gloulæmp], *s.* lâmpada incandescente.

GLOW-PLUG ['glouplʌg], *s.* vela de motor Diesel.

GLOW-WORM ['glouwə:m], *s.* pirilampo (= vagalume). *V.* **FIRE-FLY.**
GLOXINIA [glɔk'siniə], *s.* gloxínia.
GLOZE [glouz], *s.* glosar, comentar, explicar; usar palavras rebuscadas; brilhar, resplandecer, fulgurar, cintilar.
GLUCOSE ['glu:kous], *s.* glicose.
GLUE [glu:], *s.* cola forte, grude, visco; cola de peixe; glúten. *v.* colar, aglutinar. # *marine glue,* (carp.) cola de peixe.
GLUER ['glu:ə], *s.* o que cola.
GLUEY ['glu:i], *a.* glutinoso, pegajoso, viscoso.
GLUISH ['glu:iʃ], *V.* **GLUEY.**
GLUM [glʌm], *a.* triste, sombrio, melancólico; mal-humorado, aborrecido, zangado.
GLUME [glu:m], *s.* gluma.
GLUT [glʌt], *v.* tragar; devorar, fartar, saciar; abarrotar; obstruir; (quím.) saturar. *s.* fartura, saciedade; excesso, superabundância; obstrução.
GLUTEN ['glu:tən], *s.* glute (= glúten).
GLUTIN ['glu:tin], *s.* glutina.
GLUTINOUS ['glu:tinəs], *a.* glutinoso, viscoso, pegajoso.
GLUTTON ['glʌtn], *s.* glutão, guloso.
GLUTTONOUS ['glʌtnəs], *a.* guloso, glutão.
GLUTTONY ['glʌtni], *s.* gula, glutonaria (= glutoneria, glutonia).
GLYCERIC [gli'serik], *a.* (quím.) glicérico.
GLYCERINE, GLYCERIN [glisə'ri:n], *a.* glicerina.
GLYCOGEN ['glikodʒen], *s.* glicogênio.
GLYCOGENIC [gliko'dʒenik], *a.* glicogênico.
GLYCOL ['glaikɔl], *s.* glicol.
GLYPH [glif], *s.* glifo, estria.
GLYPTIC ['gliptik], *s.* glíptica.
GNAR [nɑ:], *v.* grunhir, rosnar.
GNARLED [nɑ:ld], *a.* nodoso; torcido.
GNASH [næsh], *v.* ranger os dentes.
GNASHING ['næʃiŋ], *s.* o ranger dos dentes.
GNAT [næt], *s.* mosquito; papa-moscas; bagatela, ninharia; coisa incômoda.
GNAW [nɔ:], *v.* roer, morder; mortificar, atormentar.
GNAWER ['nɔ:ə], *s.* roedor.
GNAWING ['nɔ:iŋ], *s.* ação de roer; dor de estômago.
GNEISS [nais, gnais], *s.* gnaisse.
GNOME [noum], *s.* gnomo; diabrete; máxima, sentença; aforismo.
GNOMIC ['noumik], *a.* gnômico.
GNOMON ['noumɔn], *s.* gnômon.
GNU [nu:], *s.* gnu.
GO [gou], *pret.* **WENT.** *pp.* **GONE.** *v.* ir, andar, dirigir-se; partir; passar, desaparecer; caminhar, marchar; decorrer; prosseguir; contribuir; colocar-se; passar por, ser considerado como; decair; debilitar-se; mover-se; funcionar, trabalhar; assentar, ficar bem; tornar-se, fazer-se; sofrer, tolerar, suportar, ser cedido. # *a pretty go,* uma situação difícil. *at a go,* dum golpe, de uma vez. *go about,* circular; cuidar de; providenciar; (náut.) mudar de rumo. *go abroad,* viajar para o estrangeiro. *go after,* procurar; caçar. *go ahead,* prosseguir. *go ahead!* avante! *go along,* prosseguir. *go along!* fora! não sejas disparatado. *go around and around,* andar à roda. *go ashore,* dar à costa. *go astray,* extraviar-se. *go at,* cuidar de, atacar (trabalho). *go away,* retirar-se, ir embora. *go back,* voltar. *go back on,* trair; abandonar; desdizer-se. *go bad,* deteriorar-se. *go berserck,* agir como um louco. *go between,* interpor-se. *go by,* passar; seguir; funcionar por meio de, ser movido a. *go crazy (insane* ou *mad),* enlouquecer. *go down,* descer; piorar; ser recebido. *go dry,* secar. *go for,* ir buscar. *go for good,* ir para sempre. *go halves,* (com.) fazer meia, negociar a meia. *go in,* entrar, ser incluído. *go in for,* entrar; inscrever-se; interessar-se por. *go into,* entrar; investigar. *go it!* vamos! para a frente! *go off,* partir; perder os sentidos; explodir; deteriorar-se. *go on,* combinar (cor, etc.); continuar; portar-se mal; ficar zangado; ser representado (no palco ou na tela). *go on!* tolice! *go on all fours,* andar de quatro, andar de gatinhas. *go out,* sair; apagar-se (luz); sair da moda. *go over,* repetir, rever, reler, recordar; atravessar, transpor. *go round,* girar; ser suficiente. *go through,* examinar cuidadosamente. *go together,* combinar (cor, etc.). *go under,* fracassar; parecer. *go up,* subir; queimar rapidamente. *go west,* extraviar-se; espatifar-se. *go with,* estar em harmonia com, combinar (cor, etc.). *go without,* privar-se de.

go wrong, sair errado, fracassar. *it goes without saying,* não é preciso dizer, é claro, é evidente. *it is a go,* estamos entendidos, está combinado. *it is all the go,* é a grande moda. *on the go,* em atividade.

GO [gou], *s.* moda; uso; curso, marcha, giro; energia, atividade; tratado, pacto, convênio; vez, oportunidade; espírito; exame; iniciativa, animação, ardor, entusiasmo = (E.U.) *zip, pep.*

GOAD [goud], *s.* aguilhão, aguilhoada. *v.* aguilhoar; estimular, incitar, espicaçar.

GO-AHEAD ['gouəhed], *a.* empreendedor, enérgico, ativo; trabalhador.

GOAL [goul], *s.* gol, baliza, meta, fim, termo, intento, objeto, objetivo.

GOAL-KEEPER ['goulki:pə], *s.* (esp.) arqueiro, guardião, goleiro.

GO-AS-YOU-PLEASE ['gouəzju:'pli:z], *a.* descuidado, despreocupado.

GOAT [gout], *s.* cabra; bode; (pop.) bode expiatório. # *play the goat,* agir como um tolo.

GOATEE [gou'ti:], *s.* cavanhaque.

GOATISH ['goutiʃ], *a.* caprino; luxurioso, lascivo, sensual.

GOATLING ['goutliŋ], *s.* cabrito.

GOAT'S-BEARD ['goutsbiəd], *s.* (bot.) barba de bode.

GOB [gɔb], *s.* pedaço, bocado, porção; escombros.

GOBBLE ['gɔbl], *v.* tragar, engolir; devorar; gorgolejar.

GOBBLER ['gɔblə], *s.* glutão; (E.U.) peru = (Ing.) *turkey-cock.*

GO-BETWEEN ['goubitwi:n], *s.* mediador, medianeiro; intermediário; alcoviteiro.

GOBLET ['gɔblit], *s.* taça; copo com pé.

GOBLIN ['gɔblin], *s.* diabo, diabrete, duende.

GO-BY ['goubai], *s.* desconsideração, descortesia; desfeita; evasiva, desculpa; o fora (de namorado). # *to give the go-by,* dar o fora.

GOBY ['goubi], *s.* gobião.

GO-CART ['gouka:t], *s.* carro de crianças; armação em que as crianças aprendem a andar.

GOD [gɔd], *s.* Deus; deus do paganismo. # *for God's sake,* pelo amor de Deus. *God forbid,* Deus nos livre. *God grant,* permita Deus. *God helps him who helps himself,* Deus ajuda a quem trabalha. *God's acre,* cemitério, "cidade dos pés juntos", campo-santo. *God tempers the wind to the shorn lamb,* Deus dá o frio conforme a roupa. *God willing,* se Deus quiser. *help yourself and God will help you,* Deus ajuda a quem cedo madruga, trabalha, que Deus te ajuda. *in God's name!* por Deus! *please God!* queira Deus! *the gods,* os ocupantes das galerias (teatro) = (E.U.) *nigger heaven. would to God,* oxalá, quem dera, tomara que, queira Deus.

GODCHILD ['gɔdtʃaild], *s.* afilhado ou afilhada.

GODDAUGHTER ['gɔddɔ:tə], *s.* afilhada.

GODDESS ['gɔdis], *s.* deusa.

GODFATHER ['gɔdfa:ðə], *s.* padrinho.

GODFORSAKEN ['gɔdfəseikn], *a.* desgraçado, miserável.

GODLESS ['gɔdlis], *a.* ateu, herege, ímpio, infiel.

GODLIKE ['gɔdlaik], *a.* divinal, divino.

GODLINESS ['gɔdlinis], *s.* piedade, devotamento, devoção, religiosidade, santidade.

GODLY ['gɔdli], *a.* piedoso, pio, devoto, religioso.

GODMOTHER ['gɔdmʌðə], *s.* madrinha.

GODPARENT ['gɔdpɛərənt], *s.* padrinho ou madrinha.

GODSEND ['gɔdsend], *s.* achado, pechincha, dadiva celeste.

GODSON ['gɔdsʌn], *s.* afilhado.

GODWARD ['gɔdwəd], *adv.* para Deus.

GOER ['gouə], *s.* transeunte.

GOFFER ['goufə], *v.* frisar, encrespar, estampar; (tip.) gofrar. *s.* ferro de frisar; frisado, franzido; (tip.) gofragem, gofradura.

GO-GETTER ['gɔu'getə], *s.* (E.U.) indivíduo ativo e ambicioso = (Ing.) *pushing fellow.*

GOGGLE ['gɔgl], *v.* arregalar ou revirar os olhos. *s.* o arregalar ou revirar dos olhos; *pl.* óculos (de motociclista, aviador, etc.); óculos de praia; (gír.) os olhos.

GOGLET ['gɔglit], *s.* moringa (= moringue), bilha.

GOING ['gouiŋ], *s.* ida, partida, saída; andar, passo, andadura; andamento.

GOINGS ['gouiŋz], *s.* partidas; jornadas; extremidades; comportamento; maneiras.

GOINGS-ON ['gouiŋz'ɔn], *s.* ocorrências, acontecimentos, fatos; procedimento, conduta.

GOITER, GOITRE ['gɔitə], *s.* papeira, caxumba; transorelho.

GOITERED, GOITRED ['gɔitəd], *a.* atacado de caxumba ou papeira.

GOITROUS ['gɔitrəs], *a.* relativo a papeira.

GOLD [gould], *s.* ouro, riqueza, dinheiro; cor de ouro. # *all is not gold that glitters* (ou *glistens*), nem tudo que luz é ouro.

GOLDBRICK ['gouldbrik], *s.* barra de pechisbeque; soldado que se esquiva do serviço; operário que "faz cera", que finge trabalhar.

GOLD-BUG ['gouldbʌg], *s.* (gír.) capitalista, milionário.

GOLD-DIGGER ['goulddigə], *s.* pesquisador de ouro, cavador de ouro, garimpeiro.

GOLDEN ['gouldən], *a.* dourado, áureo; louro, fulvo; brilhante; feliz; excelente. # *golden mean,* meio termo, moderação.

GOLDENROD ['gouldənrɔd], *s.* (bot.) virga-áurea, vara-de-ouro.

GOLDFINCH ['gouldfintʃ], *s.* pintassilgo.

GOLD-PLATE ['gouldpleit], *s.* baixela de ouro.

GOLD-PLATED ['gouldpleitid], *a.* dourado; folheado a ouro.

GOLDSMITH ['goudsmiθ], *s.* ourives.

GOLF [gɔlf], *s.* golfe.

GOLFER ['gɔlfə], *s.* jogador de golfe.

GOLLIWOG ['gɔliwɔg], *s.* espantalho; bruxa (boneca de pano).

GOLOSH [gə'lɔʃ], *V.* **GALOSH.**

GONDOLA ['gɔndələ], *s.* gôndola; (E.U.) prancha, carro aberto (estrada de ferro).

GONDOLIER [gɔndə'liə], *s.* gondoleiro.

GONE [gɔn], *pp.* de **GO.** *a.* partido, quebrado, roto; perdido.

GONFALON ['gɔnfələn], *s.* bandeira, estandarte, pendão, símbolo.

GONG [gɔŋ], *s.* gongo.

GONIOMETER [gouni'ɔmitə], *s.* goniômetro.

GOOD [gud], *a.* bom, excelente; benigno; propício; vantajoso, útil, profícuo; benévolo, bondoso; sólido; dócil, obediente; hábil; grande, considerável; virtuoso; apropriado; legítimo, genuíno, verdadeiro. *s.* utilidade, proveito, vantagem. *adv.* bem. *int.* ótimo! excelente! # *as good as done,* quase terminado, praticamente feito. *be good!* adeus! *do good for its own sake,* faze o bem, sem olhar a quem. *for good (and all),* para sempre, de uma vez por todas, definitivamente. *good and plenty,* com fartura. *good gracious!* meu *Deus! to the good,* extra. *what is the good?* que adianta? qual o proveito?

GOOD-BYE [gud'bai], *s.* adeus, despedida.

GOOD-BYE ['gu(d)'bai], *int.* adeus.

GOOD-DAY [gud'dei, 'gud'dei], *s.* bom dia.

GOOD-FOR-NOTHING ['gudfənʌθiŋ], *a.* inútil, imprestável, de nenhum valor.

GOOD FRIDAY ['gud'fraidi], *s.* Sexta-feira Santa.

GOOD-HUMOURED ['gud'hju:məd], *a.* jovial, afável.

GOODISH ['gudiʃ], *a.* regular, sofrível.

GOODLINESS ['gudlinis], *s.* beleza, formosura, graça, elegância.

GOOD-LOOKING ['gud'lukiŋ], *a.* bonito, de boa aparência, bem aparentado.

GOODLY ['gudli], *a.* belo, bonito, formoso; elegante, gracioso; agradável; virtuoso; grande, considerável, respeitável.

GOODMAN ['gudmæn], *s.* marido; amo.

GOODMEN ['gudmən], *pl.* de **GOODMAN.**

GOOD-NATURED ['gud'neitʃəd], *a.* afável, bonacheirão.

GOODNESS ['gudnis], *s.* bondade, benevolência; virtude; excelência, valor; amabilidade; graça; mercê, fineza. # *for goodness' sake,* pelo amor de Deus. *Goodness Gracious!* Santo Deus! *Thank Goodness!* Graças a Deus!

GOODS [gudz], *s.* mercadorias, artigos; bens; móveis. # *dry goods,* secos. *electro-plated goods,* (com.) artigos de plaquê. *fancy goods,* artigos de fantasia. *goods and chattels,* bens móveis e imóveis, bens e haveres. *goods in bond,* (fin.) mercadorias sob retenção alfandegária. *goods train,* trem de carga. *incoming goods,* (com.) fazendas entradas. *non-competitive goods,* (com.) artigos não concorrentes. *outgoing goods,* (com.) fazendas saídas do armazém. *run goods into a country,* passar contrabando, contrabandear mercadorias. *staple goods,* (com.) gêneros de consumo, gêneros de primeira necessidade. *to deliver the goods,* (col.) dar conta do recado. *wet goods,* molhados.

GOODSELVES ['gudselvz] *s.* (com.) respeitável firma.

GOODS TRAIN ['gudztrein], *s.* trem de carga = (E.U.) *freight train.*

GOOD-TURN ['gudtə:n], *s.* obséquio.

GOODS WAG(G)ON ['gudz wægən], *s.* carro de bagagens = (E.U.) *freight car.*

GOODS VAN ['gudzvæn], *s.* (est. de f.) vagão de carga fechado = (E.U.) *box car.*

GOOD-TEMPERED ['gud'tempəd], *a.* afável, jovial.

GOODWIFE ['gudwaif], *s.* patroa, dona de casa; ama.

GOODWILL ['gud'wil] *s.* boa vontade, benevolência; (com.) fundo comercial, reputação de uma firma; freguesia.

GOODY ['gudi], *s.* bonacheirão (= bonachão); bobalhão, ingênuo; guloseima, bombom; (E.U.) arrumadeira de quarto de estudante. *a.* bondoso, bonacheirão.

GOOK [guk], *s.* soldado coreano.

GOON [gu:n], *s.* fura-greve = *scab, strikebreaker.*

GOOSE [gu:s], *pl.* **GEESE.** *s.* ganso; néscio, bobo; ferro de brunir dos alfaiates (*pl.* **GOOSES**). # *a goose egg,* um zero, um nada. *be unable to say "boo" to a goose,* ser tímido. *cook one's goose,* estar perdido, estar "frito". *cook someone's goose,* estragar os planos de alguém. *have one's goose cooked,* meter-se em apuros, meter-se em maus lençóis.

GOOSEBERRY ['guzbəri], *s.* groselha. # *play gooseberry,* servir de pau-de-cabeleira.

GOOSEBERRYFOOL ['guzbəri'fu:l], *s.* manjar de groselhas.

GOOSE-CAP ['gu:skæp], *s.* parvo, parvajola, parvalhão, idiota.

GOOSES ['gu:siz], *pl.* de **GOOSE** (ferro de brunir dos alfaiates). *V.* **GOOSE.**

GOOSEY, GOOSY ['gu:si], *a.* bobo, néscio, abobalhado.

GORDIAN ['gɔ:diən], *a.* e *s.* górdio.

GORE [gɔ:, gɔə], *s.* sangue coagulado; pano triangular (enfeite); nesga de pano; traquete (náut.). *v.* enfeitar com triângulos de fazenda; furar com os chifres.

GORGE [gɔ:dʒ], *s.* garganta, goela; desfiladeiro; bocado, porção, trago; gola de vestido. *v.* engolir, tragar; fartar, saciar; fartar-se, saciar-se. # *make one's gorge rise,* causar náusea, embrulhar o estômago.

GORGEOUS ['gɔ:dʒəs], *a.* brilhante, vistoso, grandioso, magnificente.

GORGEOUSNESS ['gɔ:dʒəsnis], *s.* esplendor, brilho, magnificência, suntuosidade.

GORILLA [gə'rilə], *s.* gorila.

GORMANDIZE ['gɔ:məndaiz], *v.* comer com avidez, comer com sofreguidão.

GORMANDIZER ['gɔ:məndaizə], *s.* glutão, guloso.

GORMANDIZING ['gɔ:məndaiziŋ], *s.* glutonaria, voracidade; sofreguidão.

GORSE [gɔ:s], *s.* tojo, urze.

GORY ['gɔ:ri], *a.* ensangüentado, sangrento.

GOSH [gɔʃ], *int.* (gir.) credo ! # *by gosh!* (gír.) credo! (corruptela de *by God*). *for gosh' sake!* (gír.) pelo amor de Deus!

GOSHAWK ['gɔshɔ:k], *s.* açor; milhafre.

GOSLING ['gɔzliŋ], *s.* gansinho.

GOSPEL ['gɔspəl], *s.* evangelho, credo. *v.* evangelizar.

GOSSAMER ['gɔsəmə], *s.* fio delgado, filamento; teia de aranha.

GOSSAN ['gɔsən], *s.* (geol.) chapéu de ferro.

GOSSIP ['gɔsip], *s.* conversação, palestra, tagarelice, murmuração, mexerico; fofoca; conversa indiscreta, comentários sobre a vida alheia; pessoa bisbilhoteira; tagarela; bisbilhoteiro. *v.* palestrar, conversar, tagarelar; murmurar; mexericar.

GOSSIPY ['gɔsipi], *a.* mexeriqueiro.

GOT [gɔt], *pret.* e *pp.* de **GET.** # *have got to,* ter de; precisar, necessitar.

GOTH [gɔθ], *s.* godo.

GOTHIC ['gɔθik], *a.* gótico.

GOTTEN ['gɔtn], *pp.* de **GET.**

GOUACHE [gu'ɑ:ʃ], *s.* guache (pintura).

GOUGE [gaudʒ], *s.* goiva; escopro; meia cana; ranhura, estrita; (E.U. col.) logro. *v.* goivar; (E.U. col.) lograr, enganar. # *gouge out,* escavar; arrancar.

GOURD [guəd], *s.* abóbora.

GOURMAND ['guəmənd], *s.* e *a.* glutão, guloso; epicurista, epicureu.

GOURMET ['guəmei], *s.* gastrônomo.
GOUT [gaut], *s.* gota; artritismo.
GOUTINESS ['gautinis], *V.* **GOUT.**
GOUTY ['gauti], *a.* gotoso, artrítico.
GOVERN ['gʌvən], *v.* governar, mandar, dirigir, reger, administrar; dominar.
GOVERNABLE ['gʌvənəbl], *a.* submisso, dócil, obediente; governável, dirigível.
GOVERNANCE ['gʌvənəns], *s.* direção, governo, administração; regência, domínio, autoridade.
GOVERNESS ['gʌvənis], *s.* governanta, aia; instrutora, mestra.
GOVERNING ['gʌvəniŋ], *a.* que governa, que dirige.
GOVERNMENT ['gʌvənmənt], *s.* Estado, Governo, administração pública, direção, autoridade, domínio. # *government official,* funcionário público.
GOVERNAMENTAL gʌvən'mentl], *a.* governamental, ministerial.
GOVERNOR ['gʌvənə], *s.* governador; tutor; aio; pai, patrão; (mec.) regulador, diretor de uma penitenciária = (E.U.) *warden.* # *governor link,* (arm.) arame de segurança.
GOVERNOR-GENERAL ['gʌvənə'dʒenərəl], *s.* governador-geral, vice-rei.
GOVERNORSHIP ['gʌvənəʃip], *s.* governo; profissão de aio.
GOWN [gaun], *s.* vestido; beca, toga; bata; roupa; batina, hábito, túnica. *v.* pôr um vestido, uma túnica ou uma toga.
GOWNED [gaund], *a.* togado.
GOWNSMAN ['gaunzmən], *s.* aquele que usa beca, toga, batina, hábito ou túnica.
GRAB [græb], *s.* fraude; grampo, garra. *v.* agarrar, prender, tomar; arrebatar.
GRAB-BAG ['græb-bæg], *s.* (E.U.) pescaria (na feira de amostras); saco de surpresa = (Ing.) *lucky-dip.*
GRABBER ['græbə], *s.* arrebatador.
GRABBLE ['græbl], *v.* apalpar, tatear; apanhar; agarrar; rojar-se, prostrar-se.
GRAB HOOK ['græbhuk], *s.* (maq.) gancho ou gato de guindaste.
GRACE [greis], *s.* graça, gentileza; garbo, elegância; mercê, favor; título de honra; cortesia, agradecimento; benefício, concessão, privilégio; graça divina; ação de graças. *v.* enfeitar, ataviar, auxiliar, ajudar, favorecer. # *with a bad* (ou *good) grace,* de má (ou de boa) vontade.
GRACE-CUP ['greiskʌp], *s.* brinde de honra num banquete.
GRACEFUL ['greisful], *a.* gracioso; engraçado, espirituoso; elegante, gentil, delicado.
GRACEFULLY ['greisfuli], *adv.* graciosamente, elegantemente; gentilmente.
GRACEFULNESS ['greisfulnis], *s.* graça, espírito; gentileza, delicadeza; elegância.
GRACELESS ['greislis], *a.* desengraçado, sem espírito; deselegante, indelicado; réprobo; amaldiçoado.
GRACE-STROKE ['greis-strouk], *s.* golpe de misericórdia.
GRACIOUS ['greiʃəs], *a.* benigno, benévolo, bondoso; indulgente; afável, amável, cortês, gentil.
GRACIOUSNESS ['greiʃəsnis], *s.* benevolência, benignidade, bondade; amabilidade, afabilidade, gentileza, cortesia.
GRACKLE ['grækl], *s.* melro da América.
GRADATION [grə'deiʃən], *s.* gradação, ordem, série, classe, classificação.
GRADE [greid], *s.* grau, graduação; (E.U.) série (escolar) = (Ing.) *form* (no curso secundário), *standard* (no curso primário); qualidade, classe, dignidade; posto; (E.U.) declive (= declívio), inclinação = (Ing.) *gradient;* série de cotas de nível; cruzamento de raças de animais. *v.* graduar, nivelar; arranjar; cruzar raças de animais; (E.U.) dar nota, classificar, julgar = (Ing.) *mark.* # *grade-A,* de 1.ª qualidade. *make the grade,* conseguir.
GRADE-CROSSING ['greidkrɔsiŋ], *s.* (E.U.) passagem de nível = (Ing.) *level crossing.*
GRADER ['greidə], *s.* (eng.) niveladora.
GRADIENT ['greidiənt], *s.* rampa, declive, inclinação = (E.U.) *grade;* grau de aumento ou diminuição; parafuso de graduação.
GRADUAL ['grædjuəl], *a.* gradual.
GRADUALLY ['grædjuəli], *adv.* gradualmente.
GRADUATE ['grædjuit], *a.* graduado. *s.* diplomado, bacharel.
GRADUATE ['grædjueit], *v.* conferir um grau, diplomar; graduar; dispor em graus, regular;

[ɔə] - door; [uə] - poor; [j] - yes; [w] - wet; [g] - give; [h] - hat; [s] - say;
[ŋ] - king; [ʃ] - ship; [ʒ] - rouge; [θ] - thin; [ð] - then; [tʃ] - chin; [dʒ] - jam.

mudar gradualmente; graduar-se, receber um grau, diplomar-se, formar-se.

GRADUATION [grædju'eiʃən], *s.* graduação; formatura.

GRADUATION EXERCISES [grædju'eiʃən 'eksəsaiziz], *s.* (E.U.) dia de encerramento das aulas, festa de encerramento de aulas = (Ing.) *prizeday, speech-day.*

GRADUATOR ['grædjueitə], *s.* graduador.

GRAFT [grɑ:ft], *s.* garfo; enxerto; (E.U.) aquisição de dinheiro, posição, privilégio, etc., por meios ilícitos; suborno. *v.* enxertar; inserir; (E.U.) ganhar dinheiro, conquistar posição ou obter privilégio por meios ilícitos.

GRAFTER ['grɑ:ftə], *s.* enxertador; (E.U.) pessoa que ganha dinheiro, conquista posição ou obtém privilégios por meios ilícitos.

GRAFTING ['grɑ:ftiŋ], *s.* enxertia.

GRAHAM ['greiəm], *a.* feito de farinha de trigo integral. # *graham flour,* farinha de trigo integral.

GRAIL [greil], *s.* cálice; almofariz, gral.

GRAIN [grein], *s.* grão, semente; veio (madeira, mármore, etc.); partícula, granulação; grã; cochonilha. *v.* granular; granitar; (pint.) fingir (madeira, mármore, etc.). # *across the grain,* perpendicularmente à fibra. *against the grain,* a contrapelo; (fig.) a contragosto, de má vontade, de mau grado. *gross grain float,* (alv.) talocha. *with the grain,* no sentido da fibra.

GRAINER ['greinə], *s.* o que imita os veios de madeira ou mármore, em pintura.

GRAINY ['greini], *a.* granuloso.

GRAM [græm], *s.* grão de bico. *V.* **GRA(M)ME.**

GRAMMAR ['græmə], *s.* gramática. # *grammar school,* escola secundária, (E.U.) escola intermediária, escola média (entre o curso primário e o secundário).

GRAMMARIAN [grə'mɛəriən], *s.* gramático.

GRAMMATIC, AL [grə'mætik, əl], *a.* gramatical.

GRAM(ME) [græm], *s.* grama (peso).

GRAMOPHONE ['græməfoun], *s.* gramofone, fonógrafo = (E.U.) *phonograph.*

GRANARY ['grænəri], *s.* celeiro; adega.

GRAND [grænd], *a.* grandioso, grande, magnífico, majestoso; esplêndido; sublime; principal; nobre, digno. # *do the grand,* bancar o importante. *five grand,* (E.U. gír.) cinco mil dólares.

GRANDAM ['grændæm], *s.* avó, mulher idosa.

GRAND-AUNT ['grænd-ɑ:nt], *s.* tia-avó.

GRANDCHILD ['græn-tʃaild], *s.* neto ou neta. *pl.* **GRANDCHILDREN.**

GRANDCHILDREN ['græn-tʃildrən], *pl.* de **GRANDCHILD.**

GRANDDAD ['grændæd, 'grænddæd], *s.* (fam.) avô.

GRAND-DAUGHTER ['græn-dɔ:tə], *s.* neta.

GRANDEE [græn'di:], *s.* magnata.

GRANDEUR ['grændʒə], *s.* grandeza, magnificência, fausto, brilho, esplendor.

GRANDFATHER ['græn(d)-fɑ:ðə], *s.* avô. # *grandfather clock,* relógio de pé.

GRANDILOQUENCE [græn'diləkwəns], *s.* grandiloqüência.

GRANDILOQUENT [græn'diləkwənt], *a.* grandiloqüente.

GRANDIOSE ['grændious], *s.* grandioso, solene, majestoso, imponente; pomposo, bombástico.

GRANDIOSITY [grændi'ɔsiti], *s.* grandiosidade, imponência, pompa.

GRANDMAMMA, GRANDMA ['grænməmɑ:, 'grænmɑ:], *s.* avó (linguagem infantil).

GRAND MASTER ['grænd'mɑ:stə], *s.* grão mestre. # *grandmaster of a ball,* mestre-sala.

GRANDMOTHER ['grænmʌðə], *s.* avó.

GRAND-NEPHEW ['græn-nevju:], *s.* sobrinho-neto.

GRANDNESS ['grændnis], *s.* grandeza, pompa, fausto, magnificência.

GRAND-NIECE ['grænni:s], *s.* sobrinha-neta.

GRANDPAPA, GRANDPA ['grænpəpɑ:, 'grændpɑ:], *s.* avô (linguagem infantil).

GRANDPARENT ['grænpɛərənt], *s.* antepassado; avô ou avó.

GRAND PIANO ['grænd'pjænou], *s.* piano de cauda.

GRANDSIRE ['grænsaiə], *s.* antepassado.

GRANDSON ['grænsʌn], *s.* neto.

GRAND STAND ['grændstænd], *s.* arquibancadas.

GRAND-UNCLE ['grænd-ʌŋkl], *s.* tio-avô.

GRANGE [greindʒ], *s.* granja, quinta, sítio, herdade; (E.U.) associação de lavradores.

GRANGER ['greindʒə], *s.* fazendeiro; granjeiro.

GRANITE ['grænit], *s.* granito.

GRANITIC [græ'nitik], *a.* granítico.

GRANNY ['græni], *s.* avó, vovó; (fam.) mulher velha.

GRANT [grɑ:nt], *s.* concessão, permissão, outorga; mercê; dádiva, privilégio; assentimento. *v.* conceder, permitir, outorgar. # *grants-in-aid,* donativos, subvenções. *take for granted,* admitir como certo, considerar como ponto pacífico.

GRANTEE [grɑ:n'ti:], *s.* concessionário, cessionário; donatário; privilegiado.

GRANTOR [grɑ:n'tɔ:], *s.* concessor, doador, transmitente.

GRANULAR ['grænjulə], *a.* granular.

GRANULATE ['grænjuleit], *v.* granular; granular-se.

GRANULATION [grænju'leiʃən], *s.* granulação.

GRANULE ['grænju:l], *s.* grânulo.

GRANULITE ['grænjulait], *s.* granulito.

GRANULOUS ['grænjuləs], *a.* granuloso.

GRAPE [greip], *s.* uva; parreira; vide. # *grape juice diplomacy,* diplomacia de luvas de pelica.

GRAPE-FRUIT ['greipfru:t], *s.* toronja.

GRAPE-SHOT ['greipʃɔt], *s.* metralha.

GRAPEVINE ['greipvain], *s.* videira; (E.U. col.) boato.

GRAPH [græf], *s.* diagrama, gráfico; hectógrafo. *v.* representar por um gráfico.

GRAPHIC ['græfik], *a.* gráfico; impressivo, bem trabalhado.

GRAPHITE ['græfait], *s.* grafita.

GRAPHOLOGY [græ'fɔlədʒi], *s.* grafologia.

GRAPHOMETER [græ'fɔmitə], *s.* grafômetro.

GRAPNEL ['græpnəl], *s.* âncora pequena; arpão de aferrar navios; arpéu; fateixa.

GRAPPLE ['græpl], *v.* agarrar, amarrar, prender; agarrar-se; (mar.) aferrar-se, atracar. *s.* luta, peleja, combate; arpéu, fateixa.

GRAPPLING-IRON ['græpliŋaiən], *s.* arpão.

GRAPY ['greipi], *a.* cheio ou feito de uvas.

GRASP [grɑ:sp], *s.* tomada; ação de agarrar; punho; mão, garra; presa; alcance; usurpação; punhado; compreensão. *v.* empunhar; agarrar; apoderar-se de; usurpar, tomar; entender, compreender, apanhar o sentido de; agarrar-se fortemente. # *grasp all, lose all,* quem tudo quer, tudo perde.

GRASPER ['grɑ:spə], *s.* o que abarca, apanha ou agarra; o que compreende.

GRASPING ['grɑ:spiŋ], *a.* avaro; ávido.

GRASS [grɑ:s], *s.* grama, relva; erva; pasto; verdura. *v.* gramar, pastar; (telev.) manchas. # *go to grass!* ponha-se lá fora! *grass-roots,* com origem no povo (diz-se de idéias políticas).

GRASSHOPPER ['grɑ:shɔpə], *s.* gafanhoto.

GRASS-WIDOW ['grɑ:s'widou], *s.* (fam.) esposa cujo marido está ausente; senhora divorciada.

GRASSY ['grɑ:si], *a.* coberto de relva; semelhante a relva.

GRATE [greit], *s.* grade; grelha de fogão; gelosia.

GRATEFUL ['greitful], *a.* grato, agradecido, reconhecido; agradável.

GRATEFULLY ['greitfuli], *adv.* gratamente, reconhecidamente.

GRATEFULNESS ['greitfulnis], *s.* agradecimento, reconhecimento, gratidão; agrado.

GRATER ['greitə], *s.* ralo; ralador.

GRATIFICATION [grætifi'keiʃən], *s.* satisfação, prazer, gozo, gosto; recompensa, prêmio.

GRATIFY ['grætifai], *v.* satisfazer, contentar, agradar; obsequiar; fazer a vontade de alguém; gratificar, recompensar (arc.).

GRATIFYING ['grætifaiiŋ], *a.* agradável, grato.

GRATING ['greitiŋ], *a.* áspero; enfadonho, desagradável; dissonante. *s.* grade, barras de grade.

GRATIS ['greitis, 'grɑ:tis, 'grætis], *a.* grátis, gratuito.

GRATITUDE ['grætitju:d], *s.* gratidão, agradecimento, reconhecimento.

GRATUITOUS [grə'tju:itəs], *a.* gratuito, gracioso, espontâneo, voluntário; desnecessário; injustificável.

GRATUITOUSNESS [grə'tju:itəsnis], *s.* gratuidade; espontaneidade, desinteresse.

GRATUITY [grə'tju:iti], *s.* gratificação, propina, gorjeta; doação, donativo, dádiva, dom, presente.

GRATULATORY ['grætjuleitəri], *a.* congratulatório.

GRAVE [greiv], *s.* sepultura, túmulo, tumba, sepulcro; fossa. *a.* grave, sério, sizudo, sereno, solene, digno, imponente, importante. *v.* enterrar; gravar, cinzelar, esculpir.

GRAVE [grɑ:v], *s.* acento grave. *a.* (mús.) baixo, grave, profundo.

GRAVE-CLOTHES ['greivklouðz], *s.* mortalha.

GRAVE-DIGGER ['greiv-digə], *s.* coveiro.

GRAVEL ['grævəl], *v.* cobrir com areia ou cascalho; macadamizar. *s.* areia grossa, cascalho, pedregulho.

GRAVELLY ['grævli], *a.* arenoso, pedregoso.

GRAVEL-PIT ['grævəlpit], *s.* cascalheira.

GRAVEL-WALK ['grævəl'wɔ:k], *s.* calçada.

GRAVEN ['greivən], *a.* gravado, esculpido.

GRAVENESS ['greivnis], *s.* seriedade, gravidade.

GRAVER ['greivə], *s.* cinzel; cinzelador, gravador.

GRAVE-STONE ['greivstoun], *s.* lápide.

GRAVEYARD ['greivjɑ:d], *s.* cemitério.

GRAVID ['grævid], *a.* grávida, prenhe.

GRAVIMETRIC [grævi'metrik], *a.* gravimétrico.

GRAVIMETRY [græ'vimətri], *s.* gravimetria.

GRAVING ['greiviŋ], *s.* gravação, gravura; cunho; impressão; limpeza do casco de um navio.

GRAVING-DOCK ['greiviŋ-dɔk], *s.* dique seco.

GRAVITATE ['græviteit], *v.* gravitar.

GRAVITATION [grævi'teiʃən], *s.* gravitação, atração universal; tendência, inclinação, propensão.

GRAVITY ['græviti], *s.* gravidade, atração; seriedade, majestade, importância.

GRAVY ['greivi], *s.* molho; suco de carne.

GRAVY-BOAT ['greivi-bout], *s.* molheira.

GRAY [grei], *V.* **GREY.**

GRAYBEARD ['greibiəd], *s.* velho; homem de barba grisalha.

GRAYISH ['greiiʃ], *a.* cinzento, acinzentado, pardo, pardacento; grisalho.

GRAYLING ['greiliŋ], *s.* umbrina (peixe).

GRAYNESS ['greinis], *s.* cor parda.

GRAYSTONE ['grei-stoun], *s.* rocha eruptiva, rocha vulcânica.

GRAYWACKE ['greiwæk], *s.* (geol.) grauvaca.

GRAZE [greiz], *v.* apascentar, pastorear, pastar; roçar, tocar de leve, raspar. *s.* esfoladura; pasto.

GRAZIER ['greiziə], *s.* criador de gado.

GREASE [gri:s], *s.* gordura, óleo, ungüento; massa lubrificante, graxa; sebo.

GREASE [gri:z], *v.* engordurar, untar, ensebar; lubrificar, azeitar.

GREASER ['gri:zə], *s.* lubrificador, azeitador; (fam.) um mexicano.

GREASE-TRAP ['gri:s-træp], *s.* coletor de gordura.

GREASINESS ['gri:zinis], *s.* gordura; ungüento.

GREASY ['gri:zi], *a.* gorduroso, oleoso, azeitado, ensebado; porco, sujo; obsceno; escorregadio.

GREAT [greit], *a.* grande, ilustre, notável, importante, nobre, sublime, elevado; principal; vasto, imenso, volumoso; duradouro; extremo; magnânimo, benigno; enérgico; difícil; notório, íntegro; remoto. # *a great deal (a good deal),* muito. *a great many,* muitos.

GREAT-AUNT ['greit'ɑ:nt], *V.* **GRAND-AUNT.**

GREAT-BEAR ['greit'bɛə], *s.* Ursa Maior.

GREAT-COAT ['greit'kout], *s.* sobretudo.

GREAT-DAUGHTER ['greit-dɔ:tə], *V.* **GRAND-DAUGHTER.**

GREAT-GRAND-DAUGHTER ['greit'grændɔ:tə], *s.* bisneta.

GREAT-GRANDFATHER ['greit'grænfa:ðə], *s.* bisavô.

GREAT-GRANDMOTHER ['greit'grænmʌðə], *s.* bisavó.

GREAT-GRANDSON ['greit'grænsʌn], *s.* bisneto.

GREATLY ['greitli], *adv.* grandemente.

GREATNESS ['greitnis], *s.* grandeza, grandiosidade; magnitude, sublimidade, majestade, nobreza; poder.

GREAT-SON ['greitsʌn], *V.* **GRANDSON.**

GREAT-UNCLE ['greit'ʌŋkl], *V.* **GRAND-UNCLE.**

GREAVES [gri:vz], *s.* grevas.

GRECIAN ['gri:ʃən], *a.* *V.* **GREEK.**

GREED [gri:d], *s.* gula, voracidade, avidez; avareza, sovinice, mesquinharia.

GREEDINESS ['gri:dinis], *V.* **GREED.**

GREEDY ['gri:di], *a.* voraz, guloso; ávido, insaciável; avaro; ansioso.

GREEK [gri:k], *s.* e *a.* grego. # *be Greek* (ou *double Dutch*), ser incompreensível, ser grego. *merry as a Greek,* embriagado. *when Greek meets Greek, then comes the tug of war,* duro com duro não faz bom muro.

GREEN [gri:n], *s.* verde; verdura, prado; *pl.* hortaliças. *a.* verde; novato; fresco, novo, recente; moço; viscoso; tolo. *v.* pintar de verde; cobrir de verdura.

GREENBACK ['gri:nbæk], *s.* (E.U.) nota de banco, nota de dólar (de qualquer valor); *pl.* notas emitidas pelo governo americano para pagamento de despesas correntes. (Não dão direito a juros.)

GREENERY ['gri:nəri], *s.* vegetais; verdura, folhagem; lugar onde se planta verdura; horta.

GREENGAGE ['gri:ngeidʒ], *s.* (bot.) rainha-cláudia.

GREENGROCER ['gri:ngrousə], *s.* verdureiro = (E.U.) *vegetable man.*

GREENHORN ['gri:nhɔ:n], *s.* simplório, bobo = (E.U.) *sucker.*

GREENHOUSE ['gri:nhaus], *s.* estufa.

GREENISH ['gri:niʃ], *a.* esverdeado.

GREENLANDER ['gri:nləndə], *s.* groenlandês.

GREENNESS ['gri:nis], *s.* verdura; frescura; novidade; inexperiência.

GREENROOM ['gri:nrum], *s.* camarim.

GREENSICKNESS ['gri:nsiknis], *s.* (med.) clorose.

GREENSWARD ['gri:n-swɔ:d], *s.* relva, relvado, gramado.

GREENWOOD ['gri:nwud], *s.* floresta verde.

GREENY ['gri:ni], *s.* simplório. *a.* esverdeado.

GREET [gri:t], *v.* saudar, cumprimentar, felicitar; acolher.

GREETING ['gri:tiŋ], *s.* saudação, cumprimento, felicitação; acolhimento.

GREGARIOUS [gre'grɛəriəs], *a.* gregário.

GREGORIAN [gre'gɔ:riən], *a.* gregoriano.

GRENADE [gri'neid], *s.* granada; bomba.

GRENADIER [grenə'diə], *s.* granadeiro.

GRENADINE [grenə'di:n], *s.* granadina.

GREW [gru:], *pret.* de **GROW.**

GREY, GRAY [grei], *s.* cor de cinza. *a.* cinzento, acinzentado; pardo, pardacento; grisalho. *v.* encanecer; tornar cinzento. (*Grey* é mais comum na Inglaterra e *gray* mais comum nos Estados Unidos.)

GREYBEARD ['greibiəd], *V.* **GRAYBEARD.**

GREYHOUND ['greihaund], *s.* galgo.

GREYISH ['greiiʃ], *V.* **GRAYISH.**

GRID [grid], *s.* grelha.

GRIDDLE ['gridl], *s.* forma para fazer tortas.

GRIDDLE-CAKE ['gridlkeik], *s.* torta.

GRIDE [graid]. *v.* raspar, cortar (com som áspero).

GRIDIRON ['gridaiən], *s.* grelhas; (náut.) grades de marés; (E.U.) campo de futebol = (Ing.) *football field.*

GRIEF [gri:f], *s.* desgosto; aflição, mágoa, dor, pesar, tristeza. # *come to grief,* sofrer um desastre; fracassar; arruinar-se. *grief-stricken,* acabrunhado.

GRIEVANCE ['gri:vəns], *s.* agravo, afronta, injúria; ofensa, injustiça; lesão.

GRIEVE [gri:v], *v.* agravar, afrontar, injuriar, ofender; afligir; entristecer; afligir-se, doer-se, magoar-se; lamentar-se, angustiar-se.

GRIEVER ['gri:və], *s.* injuriador; o que afronta; ofensor; o que aflige.

GRIEVING ['gri:viŋ], *s.* aflição, tristeza, angústia, dor.

GRIEVOUS ['gri:vəs], *a.* doloroso, mortificante, penoso; opressivo; grave, grande; enorme; aflitivo, atroz; miserável, feroz.

GRIFFIN ['grifin], *s.* grifo (animal fabuloso).

GRIG [grig], *s.* grilo; pequena enguia; homem folgazão, divertido; anão.

GRILL [gril], *s.* assado (na grelha); grelha. *v.* assar na grelha; (fig.) mortificar, torturar, atormentar; (E.U.) inquirir insistentemente, atormentar com interrogatório (na polícia).

GRILLAGE ['grilidʒ], *s.* estacaria para servir de alicerce a um terreno pouco consistente.

GRILLE [gril], *s.* grade de ferro para portas e janelas.

GRILL-ROOM ['grilrum], *s.* restaurante em que são servidos grelhados.

GRILSE [grils], *s.* salmonete.

GRIM [grim], *a.* feio, horrível, medonho, horroroso; cruel, bárbaro, perverso; carrancudo.

GRIMACE [gri'meis], *s.* careta; carranca. *v.* fazer caretas; fazer cara feia.

[əə] - door; [uə] - poor; [j] - yes; [w] - wet; [g] - give; [h] - hat; [s] - say; [ŋ] - king; [ʃ] - ship; [ʒ] - rouge; [θ] - thin; [ð] - then; [tʃ] - chin; [dʒ] - jam.

GRIMALKIN [gri'mælkin], *s.* gata-borralheira; mulher velha e desprezada.

GRIME [graim], *v.* sujar, emporcalhar. *s.* sujidade, imundície, porcaria.

GRIMINESS ['graiminis], *s.* porcaria, imundície. sujidade, sujeira.

GRIMLY ['grimli], *adv.* horrendamente, horrivelmente.

GRIMNESS ['grimnis], *s.* horror, terror, medo espanto.

GRIMY ['graimi], *a.* sujo, imundo, porco; negro; manchado.

GRIN [grin], *v.* arreganhar os dentes; sorrir. *s.* o arreganhar dos dentes.

GRIND [graind], *pret.* e *pp.* **GROUND.** *v.* triturar, moer, pulverizar; afiar, amolar; esmerilhar; ralar, esfregar; polir, brunir; ranger os dentes; (pop.) oprimir; pulverizar-se; estudar com afinco. *s.* ação de afiar ou moer; trabalho pesado; (E.U.) estudante aplicado.

GRINDER ['graində], *s.* moleiro, moinho; pedra de amolar; mó; esmeril; amolador; dente molar; queixada; aluno estudioso; preparador de aluno para exame; tocador de realejo; sanduíche americano.

GRINDERY ['graindəri], *s.* oficina onde se amolam as ferramentas.

GRINDING ['graindiŋ], *s.* moagem, trituração, pulverização; polimento, aguçamento, ato de amolar. *a.* moedor, triturante.

GRINDSTONE ['graindstoun], *s.* pedra de amolar, mó.

GRIP [grip], *s.* aperto de mão; espasmo; punho do remo; beliscão; presa; (E.U.) mala de mão, bolsa = (Ing.) *hand bag*. *v.* segurar, agarrar.

GRIPE [graip], *v.* apanhar; empolgar; agarrar, segurar; beliscar; afligir; oprimir. *s.* opressão; sujeição, escravatura; aperto, agarramento; (E.U.) mau humor; *pl.* amarras, garras, peias; cabo (de instrumento ou de arma); cólica (com o *art. the*).

GRIPING ['graipiŋ], *a.* avaro, avarento, sovina, mesquinho, miserável; sórdido; opressivo; pungente. *s.* cólica.

GRIPPE [grip], *s.* gripe, influenza.

GRIPPER [gripə], *s.* pinça.

GRIP-SACK ['gripsæk], *s.* sacola; mala de mão.

GRISKIN ['griskin], *s.* costela de porco.

GRISLINESS ['grizlinis], *s.* pavor, horror, terror; pânico.

GRISLY ['grizli], *a.* horrível, pavoroso, terrível, assustador, medonho, espantoso.

GRIST [grist], *s.* moenda; quantidade de grãos a ser moída; (pop.) porção, quantidade. # *all is grist that comes to his mill,* ele tira proveito de tudo, tudo que cai na rede é peixe. *bring grist to one's mill,* puxar a brasa para sua sardinha.

GRISTLE ['grisl], *s.* cartilagem; *pl.* tendões.

GRISTLY ['grisli], *a.* cartilaginoso.

GRIT [grit], *s.* areia; saibro; terra arenosa; farelo; fortaleza; coragem. *v.* ranger.

GRITSTONE ['gritstoun], *s.* areia grossa.

GRITTINESS ['gritinis], *s.* consistência arenosa; firmeza de caráter; coragem, bravura.

GRITTY ['griti], *a.* arenoso, saibroso; corajoso, animoso, valente, bravo.

GRIZZLE ['grizl], *a.* gris, pardo; cinzento.

GRIZZLED ['grizld], *a.* grisalho, cinzento; tordilho.

GRIZZLY ['grizli], *s.* ciranda; urso pardo. *a.* grisalho, cinzento; tordilho.

GROAN [groun], *s.* gemido, suspiro, queixume, lamento; mugido, rugido, berro, ronco. *v.* roncar, berrar; mugir, rugir; gemer, suspirar.

GROANING ['grouniŋ], *V.* **GROAN** *(s.)*

GROAT [grout], *s.* quantia insignificante. # *not worth a groat,* sem valor.

GROCER ['grousə], *s.* dono de armazém de secos e molhados, merceeiro.

GROCERY ['grousəri], *s.* (E.U.) armazém de secos e molhados, mercearia = (Ing.) *grocer's shop;* o negócio de gêneros alimentícios; *pl.* artigos de mercearia.

GROG [grɔg], *s.* grogue.

GROGGINESS ['grɔginis], *s.* embriaguez, bebedeira, camoeca.

GROGGY ['grɔgi], *a.* grogue, "alto", ébrio, bêbedo (= bêbado), embriagado; cambaleante.

GROGRAM ['grɔgrəm], *s.* gorgorão.

GROG-SHOP ['grɔgʃɔp], *s.* (gír.) taberna, baiúca, tasca, tendinha, bodega = (E.U.) *barrel-house.*

GROIN [grɔin], *s.* virilha; (arq.) aresta, filete, friso.

GROMMET ['grɔmit], *s.* (maq.) anel de empanque.

GROOM [grum], *s.* moço de estrebaria, lacaio; tratador de animais; (E.U.) noivo = (Ing.) *bridegroom. v.* cuidar de cavalos.

GROOMSMAN ['grumzmən], *s.* padrinho de casamento, testemunha de casamento.

GROOVE [gru:v], *s.* encaixe, entalhe; estria; cavidade; canal, fenda, rego, sulco; ranhura; rotina. *v.* encaixar, entalhar, estriar.

GROOVINESS ['gru:vinis], *s.* encaixe, entalhe; estria; rotina.

GROOVING ['gru:viŋ], *s.* processo de fazer encaixes ou entalhes.

GROPE [group], *v.* andar às apalpadelas, apalpar, tatear. # *to grope for,* tatear à procura de.

GROPER ['groupə], *s.* aquele que anda tateando.

GROPING ['groupiŋ], *s.* o andar às apalpadelas, o tatear; apalpação.

GROSBEAK ['grousbi:k], *s.* cardeal (pássaro).

GROSS [grous], *a.* grosso, corpulento, rude, grosseiro, tosco; bruto; espesso, basto; denso, compacto; indecoroso, vergonhoso; incivil, repulsivo; crasso; total. *s.* o grosso (a maioria). # *buy in gross,* comprar por atacado.

GROSSNESS ['grousnis], *s.* grosseria, rudeza; estupidez; grossura, espessura; densidade.

GROTESQUE [grou'tesk], *a.* grotesco, ridículo.

GROTTO ['grɔtou], *s.* gruta, caverna, antro, espelunca.

GROUCH [grautʃ], *s.* resmungo. *v.* resmungar.

GROUND [graund], *s.* terra, chão, solo, terreno, território, região; princípio, fundamento, base; motivo, causa; terras; bens; *pl.* fezes, sedimentos, detritos, borra; jardins; passeios; fundo do mar, dos lagos, etc. *v.* assentar, basear, fundamentar; cimentar; estabelecer; fixar; encalhar; ensinar sistematicamente. # *ground swell,* vaga larga. *keep one's ground,* manter-se firme. *time off the ground...* (av.) decolagem às... *time on the ground...* (av.) pouso às... *to stand one's ground,* não arredar pé. *to till the ground,* trabalhar a terra. *on what grounds?* com que fundamento?

GROUND [graund], *pret.* e *pp.* de **GRIND.**

GROUND-FLOOR ['graund'flɔ:, 'graund'flɔə], *s.* andar térreo, rés-do-chão = (E.U.) *first floor. V.* **FIRST FLOOR.**

GROUND-HOG ['graund'hɔg], *s.* marmota.

GROUNDING ['graundiŋ], *s.* encalhe de um navio; fundamento, base, fundo.

GROUNDLESS ['graundlis], *a.* infundado, sem fundamento.

GROUNDLING ['graundliŋ], *s.* peixe do fundo do mar; animal terrícola; espectador que assistia ao espetáculo de pé na platéia (época shakespeariana). *a.* vulgar, baixo.

GROUND-LOOP ['graund 'lu:p], *s.* (av.) cavalo-de-pau.

GROUNDWORK ['graundwə:k], *s.* fundação, base; parte essencial; fundamento, alicerce.

GROUP [gru:p], *s.* grupo. *v.* agrupar. # *group work,* trabalho por equipe.

GROUPER ['gru:pə], *s.* garoupa.

GROUPING ['gru:piŋ], *s.* agrupamento, ordem, série.

GROUSE [graus], *s.* galo silvestre; faisão. *v.* lamentar-se.

GROUTY ['grauti], *a.* arisco; intratável; turvo; árido.

GROVE [grouv], *s.* alameda; bosque.

GROVEL ['grɔvl], *v.* rastejar, rojar-se, aviltar-se; arrastar-se; engatinhar.

GROVELLER ['grɔvlə], *s.* homem vil, baixo, ordinário.

GROVELLING ['grɔvliŋ], *a.* vil, baixo, ordinário, servil, desprezível; rasteiro.

GROW [grou], *pret.* **GREW,** *pp.* **GROWN.** *v.* cultivar = (E.U.) *raise;* crescer, medrar; vegetar; cultivar; ser cultivado; brotar; desenvolver-se; aumentar, progredir; fixar-se, enraizar-se; tornar-se, ficar. # *grow cold,* esfriar. *grow dark,* escurecer. *grow old,* envelhecer. *grow up,* crescer. *grow worse,* piorar.

GROWER ['grouə], *s.* lavrador.

GROWING ['grouiŋ], *s.* crescimento, vegetação, cultura.

GROWL [graul], *s.* grunhido, o rosnar, rosnadura. *v.* grunhir, rosnar; resmungar; bramar, bramir.

GROWLER ['graulə], *s.* cão que rosna; resmungão; caneca para cerveja; carro de quatro rodas.

GROWN [groun], *pp.* de **GROW.** *a.* crescido, desenvolvido; coberto de erva.

GROWN-UP ['grounʌp], *s.* e *a.* adulto.

GROWTH [grouθ], *s.* crescimento, aumento, desenvolvimento; acréscimo; incremento; progresso; melhoria; produção, vegetação; subida de maré.

GRUB [grʌb], *v.* cavar; capinar, roçar, sachar; (gír.) comer. *s.* larva, verme, (gír.) comida, "bóia" = (E.U.) *eats.* (ofic.) parafuso sem cabeça. # *grub hook,* (agr.) arado roçador.

GRUB-AXE ['grʌb-æks], *s.* enxadão.

GRUBBER ['grʌbə], *s.* sacho para arrancar ervas e raízes.

GRUBBY ['grʌbi], *a.* sujo.

GRUDGE [grʌdʒ], *s.* rancor, ressentimento, má vontade, antipatia, inveja, ódio. *v.* invejar; murmurar; choramingar; resmungar; lamentar-se. # *bear a grudge against,* ter uma queixa de.

GRUDGER ['grʌdʒə], *s.* invejoso; resmungão; rabugento.

GRUEL [gruə], *s.* papa (de farinha).

GRUELING ['gruəliŋ], *s.* castigo. *a.* cansativo.

GRUESOME ['gru:səm], *a.* horrível, horrendo, medonho, pavoroso.

GRUFF [grʌf], *a.* áspero, grosseiro, rude, mal-humorado, carrancudo, rabugento, impertinente.

GRUFFNESS ['grʌfnis], *s.* grosseria, brutalidade, aspereza, mau humor.

GRUMBLE ['grʌmbl], *v.* resmungar, murmurar, queixar-se, lamentar-se.

GRUMBLER ['grʌmblə], *s.* resmungão; rabugento; rosnador.

GRUMBLING ['grʌmbliŋ], *s.* resmungo, murmuração; queixume; ação de resmungar.

GRUMPINESS ['grʌmpinis], *s.* rabugice, impertinência.

GRUMPY ['grʌmpi], *a.* rabugento, resmungão, queixoso; mal-humorado; áspero.

GRUNT [grʌnt], *v.* grunhir, rosnar; blaterar; gemer, queixar-se; lamentar-se. *s.* grunhido, gemido.

GRUNTER ['grʌntə], *s.* grunhidor; roncador; porco.

GUANO ['gwɑ:nou], *s.* guano.

GUARANTEE [gærən'ti:], *v.* garantir, afiançar, abonar. *s.* garantia; fiança; abono.

GUARANTOR [gærən'tɔ:, gə'ræntɔ:], *s.* fiador; abonador.

GUARANTY ['gærənti], *s.* fiança, garantia.

GUARD [gɑ:d], *s.* vigilância; sentinela; (esg.) guarda; condutor de trem, chefe de trem = (E.U.) *conductor;* resguardo; prevenção; defesa; precaução; espera; guarnição de um vestido. *v.* vigiar, defender, proteger; resguardar-se, defender-se. # *catch off one's guard,* apanhar descuidado. *to mount guard,* montar guarda. *to relieve the guard,* render a guarda.

GUARDED ['gɑ:did], *a.* cauteloso, prevenido, precavido, prudente.

GUARDHOUSE ['gɑ:dhaus], *s.* quartel da guarda, casa da guarda; cadeia para soldados.

GUARDIAN ['gɑ:djən], *s.* tutor, curador, curadora.

GUARDIANSHIP ['gɑ:djənʃip], *s.* tutela, tutoria, curadoria; guarda, proteção.

GUARD-RAIL ['gɑ:d-reil], *s.* corrimão.

GUAVA ['gwɑ:və], *s.* goiaba.

GUBERNATORIAL [gju:bənə'tɔriəl], *a.* governamental.

GUDGEON ['gʌdʒən], *s.* munhão; eixo; cruzeta; isca; otário, mentecapto, bobo, tolo. *v.* enganar, trapacear.

GUERDON ['gə:dən], *s.* galardão, prêmio, recompensa.

GUERNSEY ['gə:nzi], *s.* camisola de lã (exterior).

GUE(R)RILLA [gə'rilə], *s.* guerrilha; *pl.* guerrilheiros.

GUESS [ges], *v.* conjeturar, adivinhar, supor, imaginar, acertar, crer. *s.* conjetura, suspeita, suposição, adivinhação, palpite. # *bad guess,* palpite errado.

GUESSER ['gesə], *s.* conjeturador, adivinhador.

GUESSWORK ['geswə:k], *s.* conjetura, suposição, adivinhação.

GUEST [gest], *s.* hóspede, conviva, convidado, visita; pensionista.

GUFFAW [gʌ'fɔ:], *s.* gargalhada. *v.* dar gargalhadas, gargalhar; rir espetacularmente.

GUIDANCE ['gaidəns], *s.* guia, governo, orientação, direção.

GUIDE [gaid], *v.* guiar, encaminhar, dirigir, regular, arranjar, ordenar. *s.* guia, mentor, diretor; padrão, modelo. # *import guide,* guia de importação.

GUIDE-BOOK ['gaidbuk], *s.* guia, roteiro.

GUIDON ['gaidən], *s.* (mil.) guião; estandarte.

G(U)ILD [gild], *s.* corporação, associação, grêmio, sociedade, companhia, guilda.

GUILDER ['gildə], *s.* florim.

GUILDHALL ['gild'hɔ:l], *s.* casa da Câmara Municipal.

GUILE [gail], *s.* engano, fraude, astúcia, trapaça, artifício, estratagema, ardil, manha.

GUILEFUL ['gailful], *a.* insidioso, enganador, malicioso, ardiloso, astuto, traidor.

GUILELESS ['gaillis], *a.* sincero; ingênuo, franco; simples; inocente.

GUILELESSNESS ['gaillisnis], *s.* ingenuidade; sinceridade; inocência.

GUILLOTINE ['giləti:n], *s.* guilhotina.

GUILLOTINE [gilə'ti:n], *v.* guilhotinar.

GUILT [gilt], *s.* culpa, crime, delito; pecado.

GUILTINESS ['giltinis], *s.* criminalidade, culpabilidade.

GUILTLESS ['giltlis], *a.* inocente.

GUILTLESSNESS ['giltlisnis], *s.* inocência.

GUILTY ['gilti], *a.* culpado, criminoso, réu, delinqüente; viciado; perverso.

GUINEA ['gini], *s.* guinéu.

GUINEA-HEN ['ginihen], *s.* galinha-de-angola.

GUINEA-PIG ['ginipig], *s.* cobaia, porquinho-da-índia.

GUISE [gaiz], *s.* maneira, modo, aparência, pretexto.

GUITAR [gi'tɑ:], *s.* guitarra.

GULCH [gʌlʃ], *s.* (E.U.) ravina = (Ing.) *ravine*

GULF [gʌlf], *s.* golfo; abismo.

GULF-WEED ['gʌlfwi:d], *s.* sargaço.

GULL [gʌl], *s.* gaivota; engano, fraude, logro, embuste. *v.* enganar, fraudar, lograr.

GULLABLE ['gʌləbl], *a.* crédulo, ingênuo.

GULLET ['gʌlit], *s.* garganta; esôfago; gasganete; canal.

GULLIBILITY [gʌli'biliti], *s.* simplicidade, credulidade.

GULLIBLE ['gʌləbl], *V.* **GULLABLE.**

GULLY ['gʌli], *s.* (geol.) ravina estreita; vala; fosso; boçoroca.

GULP [gʌlp], *s.* trago, gole. *v.* tragar; engolir # *at a gulp,* de um trago, de um gole. *to take a gulp,* tomar um trago = *to wet the whistle.*

GUM [gʌm], *s.* gengivas; goma, grude; *pl.* (E.U.) galochas = (Ing.) *galoshes, over-shoes. v.* engomar, grudar.

GUM-ARABIC [gʌm'ærəbik], *s.* goma-arábica.

GUMBOIL ['gʌmbɔil], *s.* fleimão nas gengivas.

GUMDROP ['gʌmdrɔp], *s.* bala de jujuba.

GUMMINESS ['gʌminis], *s.* gomosidade.

GUMMY ['gʌmi], *a.* gomoso, viscoso, pegajoso, engomado.

GUMPTION ['gʌmpʃən], *s.* perspicácia; inteligência; senso comum; vivacidade; sagacidade; iniciativa.

GUM-TREE ['gʌm-tri:], *s.* árvore que dá goma.

GUN [gʌn], *s.* arma de fogo, exceto a pistola; (E.U.) arma de fogo, especialmente a pistola; (náut.) rajada. *v.* abrir o acelerador de mão de um motor. # *big* ou *great guns,* pessoas importantes. *how far will this gun carry?* qual é o alcance desta arma? *jump the gun,* começar alguma coisa antes da hora, precipitar os acontecimentos. *load a gun,* carregar uma espingarda. *to gun for,* ir em busca de.

GUN-BOAT ['gʌnbout], *s.* canhoneira.

GUN-COTTON ['gʌnkɔtn], *s.* algodão pólvora.

GUN-FIRE ['gʌnfaiə], *s.* descarga de canhão.

GUNMAN ['gʌnmæn], *s.* (E.U.) salteador.

GUNNER ['gʌnə], *s.* artilheiro; caçador.

GUNPOWDER ['gʌnpaudə], *s.* pólvora.

GUN-ROOM ['gʌnrum], *s.* sala de armas; sala de oficiais em navio.

GUN-RUNNER ['gʌn-rʌnə], *s.* contrabandista de armas.

GUNSHOT ['gʌnʃɔt], *s.* alcance de tiro de peça.

GUN-STOCK ['gʌn-stɔk], *s.* coronha.

GUNWALE ['gʌnl], *s.* amurada do navio.

GURGLE ['gə:gl], *s.* gorgolhão, borbotão, golfada. *v.* gorgolhar, borbotear, gorgolejar.

GURGLING ['gə:gliŋ], *s.* borbolhão, borbotão.

GUSH [gʌʃ], *s.* jorro, borbotão; efusão, emoção. *v.* brotar, jorrar; emocionar.

GUSHER ['gʌʃə], *s.* qualquer coisa que jorre; pessoa sensível, emotiva; (petr.) poço surgente.

GUSHING ['gʌʃiŋ], *a.* que jorra, brota; que se emociona facilmente.

GUSHY ['gʌʃi], *a.* efusivo, expansivo; sentimental.

GUSSET ['gʌsit], *s.* entretela; reforço (costura); nesga de pano; (eng.) chapa de reforço de junta. *v.* reforçar (costura).

GUST [gʌst], *s.* pé de vento; rajada, arrebatamento; sabor; prazer; gosto; paixão.

GUSTATION [gʌs'teiʃən], *s.* gustação, ato de provar.

GUSTATORY ['gʌstətəri], *a.* gustativo.

GUSTINESS ['gʌstinis], *s.* caráter violento, mau gênio, pessoa irascível.

GUSTO ['gʌstou], *s.* gosto, prazer, deleite, satisfação; apreciação artística.

GUSTY ['gʌsti], *a.* tempestuoso, borrascoso, tormentoso; violento; gostoso, apetitoso, saboroso.

GUT [gʌt], *v.* extirpar, desentranhar; esvaziar. *s.* tripa; corda de tripa; passagem estreita (em um vale, em um rio, etc.); *pl.* (gír.) coragem.

GUTTA PERCHA ['gʌtə'pə:tʃə], *s.* guta-percha.

GUTTER ['gʌtə], *s.* goteira, calha; canal; sarjeta, valeta. *v.* colocar calhas ou canos.

GUTTER-SNIPE [gʌtəsnaip], *s.* (gír.) criança abandonada; garoto da rua.

GUTTURAL ['gʌtərəl], *s.* som gutural. *a.* gutural.

GUY [gai], *s.* corda, cabo; estai; tirante; corrente; fuga, (fig.) pessoa ridícula; pessoa grotescamente vestida; (E.U.) camarada, indivíduo = (Ing.) *fellow, chap. v.* prender com um cabo; fugir; (E.U.) ridicularizar, zombar, caçoar, escarnecer = (Ing.) *to make fun of.* # *a jolly old guy,* um velhote alegre. *fall guy,* bode-expiatório. *a smart* ou *wise guy,* um tipo esperto.

GUZZLE ['gʌzl], *v.* embriagar-se, embebedar-se; comer demasiadamente; engolir, tragar.

GUZZLER ['gʌzlə], *s.* beberrão, ébrio, borracho.

GYM [dʒim], *abr.* de **GYMNASIUM.**

GYMNASIUM [dʒim'neizjəm], *s.* ginásio (de ginástica); ginásio (escola secundária).

GYMNASTIC, AL [dʒim'næstik, əl], *a.* ginástico.

GYMNASTICS [dʒim'næstiks] *s.* ginástica.

GYNAECOLOGIST, GYNECOLOGIST [gaini'kɔlədʒist, dʒaini'kɔledʒist], *s.* ginecologista.

GYNAECOLOGY, GYNECOLOGY [gaini'kɔledʒi, dʒaini'kɔlədʒi], *s.* ginecologia.

GYP [dʒip], *s.* criado dos colégios da Universidade de Cambridge; vigarista; (E.U.) cadela. *v.* enganar, trapacear.

GYPSUM ['dʒipsəm], *s.* gesso.

GYPSY ['dʒipsi], *s.* gitano; cigano. # *gypsy winch,* (ofic.) molinete.

GYRATE ['dʒaiərit], *a.* enrolado, circular.

GYRATE [dʒaiə'reit], *v.* girar, rodar, circular; dar voltas.

GYRATION [dʒaiə'reiʃən], *s.* giro, volta, rotação.

GYRATORY ['dʒaiərətəri], *a.* giratório, rotatório.

GYRO-PILOT ['gaiərəpailət], *s.* (av.) piloto automático.

GYROSCOPE ['gaiərəskoup, 'dʒaiərəskoup], *s.* giroscópio.

GYROSTAT ['gaiərostæt, 'dʒaiərostæt], *s.* girostato.

GYROSTATIC [gaiəros'tætik, dʒaiəros'tætik], *a.* girostático.

GYVE [dʒaiv], *v.* encadear, algemar, acorrentar, agrilhoar.

GYVES [dʒaivz], *s.* cadeia, grilhões, algemas, correntes.

H

H [eitʃ], *s.* oitava letra do alfabeto.

HA [hɑ:], *int.* ah!

HABERDASHER ['hæbədæʃə], *s.* comerciante de miudezas, como linhas, agulhas, botões, etc.; (E.U.) comerciante de artigos para homens, como chapéus, gravatas, etc. = (Ing.) *men's outfitter.*

HABERDASHERY ['æbədæʃəri], *s.* loja de miudezas; artigos de armarinho; (E.U.) casa de artigos para homens; artigos para homens = (Ing.) *men's out-fitting.*

HABILIMENT [hə'bilimənt], *s.* roupa; traje.

HABILITATE [he'biliteit], *v.* habilitar; tornar apto; fornecer meios (para explorar uma mina), apetrechar, equipar.

HABILITATION [hebili'teiʃən], *s.* habilitação; ação de tornar apto; aptidão.

HABIT ['hæbit], *s.* hábito, costume; condição, estado; hábito (vestimenta). # *habit is a second nature,* o hábito é uma segunda natureza. *get into the habit of,* adquirir o hábito de.

HABITABLE ['hæbitəbl], *a.* habitável.

HABITATION [hæbi'teiʃən], *s.* habitação, residência, domicílio, morada.

HABITUAL [hə'bitjuəl], *a.* habitual, costumeiro.

HABITUATE [hə'bitjueit], *v.* habituar, acostumar; acostumar-se; habituar-se.

HABITUDE ['hæbitju:d], *s.* hábito, uso, costume; trato, relações, familiaridade.

HACK [hæk], *s.* talho, corte, brecha, rachadura; abertura; picareta; mercenário; sendeiro; trabalhador; cavalo de aluguel; cavalo cansado pelo serviço da sela; sege. *v.* picar, cortar, despedaçar; alugar (cavalos); entalhar; estropiar (um texto, uma língua); (futebol) dar caneladas; vender-se, alugar-se; prostituir-se.

HACKER ['hækə], *s.* machado (para abrir fenda nas árvores de que se extrai a seiva).

HACK FILE ['hækfail], *s.* (ofic.) lima-faca.

HACK HAMMER ['hæk'hæmə], *s.* (ofic.) marrão (martelo).

HACKLE ['hækl], *s.* carda; espadela; seda crua; filamento; filaça; isca de pesca.

HACKNEY ['hækni], *s.* cavalo ou carro de aluguel; cavalo pequeno; faca; rameira, meretriz. *a.* assalariado; venal; comum; gasto; cansado; de aluguel. *v.* repetir; gastar, cansar pelo uso (cavalo, carro); conduzir num carro de aluguel.

HACKSAW ['hæksɔ:], *s.* serra para metais.

HAD [hæd], *pret.* e *pp.* de **HAVE.** # *had better,* é melhor, seria melhor = *had rather, had sooner.*

HADDOCK ['hædək], *s.* eglefim.

HADN'T ['hædnt], *contr.* de **HAD NOT.**

HAEMAL, HEMAL ['hi:məl], *a.* do sangue.

HAEMATITE, HEMATITE ['hemətait], *s.* hematita.

HAEMOGLOBIN, HEMOGLOBIN [hi:mou'gloubin], *s.* hemoglobina.

HAEMORRHAGE, HEMORRHAGE ['hemərid͡ʒ], *s.* hemorragia.

HAEMORRHOID, HEMORRHOID ['hemərɔid], *s.* hemorróide.

HAFT [hɑ:ft], *s.* cabo (de navalha ou instrumento cortante); punho, copos da espada.

HAG [hæg], *s.* bruxa, feiticeira; velha feia; fúria.

HAGGARD ['hægəd], *s.* feroz, bravio; pálido, macilento; magro, descarnado; desconsertado; intratável, arisco.

HAGGLE ['hægl], *v.* cortar em pedaços, regatear, pedir abatimento = (E.U.) *dicker;* ajustar hesitar, vacilar; talhar, discutir.

HAGGLER ['hæglə], *s.* regateador; aquele que corta ou despedaça.

HAGGLING ['hægliŋ], *s.* regateio; vacilação, irresolução, hesitação.

HA-HA [hɑ:'hɑ:], *int.* ah! ah! (exprimindo surpresa ou ironia).

HAIL [heil], *s.* saudação, grito; granizo, saraiva, chuva de pedra. *v.* saudar; chover pedras, saraivar; cair granizo; aclamar; chamar à fala; fazer um sinal; pertencer a um porto; vir de um porto; verter; vomitar; desafogar; salvar. *int.* Salve! # *hail-fellow well met,* indivíduo comunicativo. *within hail* (ou *call*), ao alcance da voz.

HAILED [heild], *a.* chamado à fala (navio), ferido pela saraiva.

HAILSTONE ['heilstoun], *s.* saraiva grossa, pedra.

HAILY ['heili], *a.* cheio de granizo.

HAIR [hɛə], *s.* cabelo, cabelos, cabeleira; pêlo; fibra, filamento. # *bobbed hair* ou *shingled hair,* corte curto (cabelo). *crew hair-cut,* cabelo à escovinha. *hair raising* ou *it makes one's hair stand on end,* é de arrepiar os cabelos. *kinky hair,* carapinha, cabelo encarapinhado. *split hairs,* discutir minúcias. *to a hair,* exatamente.

HAIRBRAIN ['hɛəbrein], *s.* pessoa leviana, volúvel. *a.* leviano, volúvel.

HAIRBREADTH ['hɛəbredθ], *s.* quadragésima oitava parte de uma polegada; pequena distância. *a.* estreito. # *by a hairbreadth,* por um triz = *by a hair's breadth.*

HAIRBRUSH ['hɛəbrʌʃ], *s.* escova para o cabelo.

HAIRCUT ['hɛəkʌt], *s.* corte de cabelo.

HAIR-DO ['hɛədu:], *s.* penteado.

HAIRDRESSER ['hɛədresə], *s.* cabeleireiro.

HAIRDRESSING ['hɛədresiŋ], *s.* a arte do cabeleireiro.

HAIRED [hɛəd], *a.* que tem cabelo, cabeludo, peludo.

HAIRINESS ['hɛərinis], *s.* o estado de ser cabeludo ou peludo.

HAIRLESS ['hɛəlis], *a.* calvo, pelado.

HAIR-NET ['hɛənet], *s.* rede para cabelo.

HAIRPIN ['hɛəpin], *s.* grampo de cabelo.

HAIR-RAISING ['hɛəreiziŋ], *a.* de arrepiar os cabelos.

HAIR-SPLITTING ['hɛəsplitiŋ], *s.* minúcia. *a.* minucioso.

HAIR-SPRING ['hɛəspriŋ], *s.* cabelo de relógio.

HAIRY ['hɛəri], *a.* cabeludo; peludo, coberto de pêlo; felpudo.

HAITIAN ['heiʃjən, 'heitjən], *s.* e *a.* haitiano.

HAKE [heik], *s.* peixe da família do bacalhau.

HALBERD ['hælbə:d], *s.* alabarda; chuço; partazana.

HALBERDIER [hælbə:'diə], *s.* alabardeiro.

HALCYON ['hælsiən], *s.* alcião (ave aquática); maçarico.

HALE [heil], *a.* forte, são, robusto, vigoroso. *v.* arrastar; puxar com força; alar; (náut.) sirgar. # *hale and hearty,* forte, sadio.

HALER ['heilə], *s.* o que puxa ou arrasta com violência.

HALF [hɑ:f], *s.* metade; *pl. halves. a.* e *adv.* meio, quase. # *better half,* cara-metade, esposa. *half heartedly,* com má vontade, com pouca vontade, sem entusiasmo.

HALF-AND-HALF ['hɑ:fənd'hɑ:f], *s.* mistura em partes iguais. *a.* e *adv.* meio, médio, meio a meio, em partes iguais = (E.U.) *fifty-fifty.*

HALF-BACK ['hɑ:f'bæk], *s.* linha média (futebol); jogador da linha média (futebol).

HALF-BAKED ['hɑ:f'beikt], *a.* mal assado; (col.) ingênuo; simplório; simplista.

HALF-BINDING ['hɑ:fbaindiŋ], *s.* meia encadernação.

HALF-BLOOD ['hɑ:fblʌd], *s.* irmão consangüíneo ou uterino; pessoas nascidas de pais de nacionalidades diferentes; mestiço.

HALF-BLOODED ['hɑ:fblʌdid], *a.* nascido de pais de nacionalidades diferentes; mestiço; bastardo.

HALF-BOUND ['hɑ:f'baund], *a.* de meia encadernação.

HALF-BRED ['hɑ:fbred], *a.* e *s.* mestiço.

HALF-BREED ['hɑ:fbri:d], *a.* mestiço.

HALF BROGUE ['hɑ:fbroug], *s.* sapato esporte.

HALF-BROTHER ['hɑ:fbrʌðə], *s.* irmão consangüíneo ou uterino.

HALF-CAST ['hɑ:fkɑ:st], *a.* mestiço.

HALF-CRACKED ['hɑ:f'krækt], *a.* imbecil.

HALF-CROWN ['hɑ:fkraun], *s.* moeda inglesa (2 s. 6 d.).

HALF-HEARTED ['hɑ:f'hɑ:tid], *a.* indiferente; desanimado.

HALF-HEARTEDNESS ['hɑ:f'hɑ:tidnis], *s.* indiferença; desânimo.

HALF-MAST ['hɑ:f'mɑ:st], *s.* meio pau (bandeira) = (E.U.) *half-staff.*

HALFPENNY ['heipni], *s.* meio pêni.

HALF-ROUND ['hɑ:fraund], *s.* (ofic.) meia cana.

HALF-SEAS-OVER ['hɑ:fsi:z'ouvə], *a.* meio embriagado.

HALF-SISTER ['hɑ:fsistə], *s.* irmã consangüínea ou uterina.

HALF-STAFF ['hɑ:f'stɑ:f], *s.* (E.U.) meio pau (bandeira) = (Ing.) *half-mast.*

HALF-TONE ['hɑ:ftoun], *s.* autotipia; (mús.) intervalo mínimo.

HALF-WAY ['hɑ:f'wei], *a.* e adv. eqüidistante; a meio caminho, no meio; parcialmente. *s.* patamar.

HALF-WITTED ['hɑ:f'witid], *a.* imbecil.

HALF-YEAR ['hɑ:f'jə:, 'hɑ:f'jiə], *s.* e *a.* semestre; semestral.

HALF-YEARLY ['hɑ:f'jə:li, 'hɑ:f'jiəli], *a.* e *adv.* semestral, semestralmente.

HALIBUT ['hælibət], *s.* (ict.) hipoglosso.

HALITOSIS [heili'tousis], *s.* halitose, mau hálito.

HALL [hɔ:l], *s.* vestíbulo, entrada = (E.U.) *hallway;* átrio, antecâmara; salão; edifício usado para fins públicos ou semipúblicos; edifício universitário.

HALLELUIAH [hæli'lu:jə], *s.* aleluia.

HALLIARD ['hæliəd], *V.* **HALYARD.**

HALLMARK ['hɔ:lmɑ:k], *s.* contraste (carimbo no ouro ou na prata).

HALLO, HALLOA [hə'lou, 'hʌ'lou], *int.* olá! *s.* brado.

HALLOO [hə'lu:], *int.* grito para açular os cães, "isca"! pega! *v.* açular; excitar; gritar.

HALLOW ['hælou], *v.* santificar, consagrar, reverenciar.

HALLOWE'EN, HALLOWEEN ['hælou'i:n], *s.* véspera do Dia de Todos os Santos.

HALLOWMAS ['hæloumæs], *s.* Dia de Todos os Santos.

HALLUCINATE [hə'lu:sineit], *v.* alucinar, apaixonar, desvairar.

HALLUCINATION [həlu:si'neiʃən], *s.* alucinação, ilusão; erro.

HALLWAY ['hɔ:lwei], *s.* (E.U.) saguão, entrada = (Ing.) *hall.*

HALM [hɑ:m], *s.* colmo; palha.

HALO ['heilou], *s.* halo; auréola. *v.* aureolar.

HALOGEN ['hælədʒin], *s.* halogêneo.

HALT [hɔ:lt], *s.* coxeadura; parada; paragem; ação de parar; pausa; estacionamento. *v.* coxear; hesitar, vacilar, duvidar; fazer alto; deter-se; parar. # *call a halt,* dar por terminado, parar. *come to a halt,* fazer alto, parar.

HALTER ['hɔ:ltə], *s.* corda; cabresto; cabeça de manjedoura; baraço; coxo; frente única (peça de vestuário feminino); parada (de estrada de ferro). *v.* amarrar (com corda); encabrestar.

HALTING ['hɔltiŋ], *s.* manqueira.

HALTING-PLACE ['hɔ:ltiŋpleis], *s.* ponto de parada; etapa; paragem.

HALVE [hɑ:v], *v.* dividir (em duas partes), partir pelo meio; rachar (alguma coisa) com alguém, dar a alguém metade de; reduzir 50 %.

HALVES [hɑ:vz], *pl.* de *half.* # *by halves,* mal, imperfeito. *go halves,* rachar (alguma coisa) com alguém, dar a alguém metade de, fazer meias em negócios.

HALYARD ['hæliəd], *s.* (náut.) ostaga, adriça.

HAM [hæm], *s.* aldeia.

HAM [hæm], *s.* presunto; pernil de porco; curva da perna; coxa; (gír.) canastrão (teatro); (gír.) radioamador; (hist.) vila. # *ham-and-egger,* indivíduo metido a importante. *ham handed,* desajeitado.

HAMBURGER ['hæmbə:gə], *s.* espécie de almôndega, sanduíche de carne moída e assada.

HAMLET ['hæmlit], *s.* aldeia, aldeola, lugarejo, vilarejo.

HAMMER ['hæmə], *s.* martelo; malho; percussor, percutidor; cão (de arma de fogo); gatilho. *v.* martelar, bater, malhar; (E.U.) criticar severamente (fig.). # *dinging hammer,* (ofic.) martelo de lanterneiro. *hammer and tongs,* vigorosamente; decidido, determinado; resoluto = (U.S.) *hell-bent. light hammer,* (ofic.) martelete. *sledge hammer,* (ofic.) malho. *swaging hammer,* (ofic.) martelo de alisar. *to be ham-*

mered, (Bolsa) estar incapacitado de solver seus compromissos. *to come under the hammer,* ser posto em leilão, ir a leilão.

HAMMERER ['hæmərə], *s.* martelador.

HAMMERHEAD ['hæməhəd], *s.* peixe-martelo.

HAMMERING ['hæməriŋ], *s.* ato de martelar ou forjar.

HAMMOCK ['hæmək], *s.* rede (de dormir).

HAMPER ['hæmpə], *s.* canastra; cesto grande; cadeia; *pl.* algemas. *v.* embaraçar; enganar; enredar; pôr em cestos.

HAMSHACKLE ['hæmʃækl], *v.* pear um animal.

HAMSTER ['hæmstə], *s.* criceto.

HAMSTRING ['hæmstriŋ], *pret.* e *pp.* **HAMSTRUNG.** *v.* jarretear. *s.* tendão da curva da perna.

HAND [hænd], *v.* dar, entregar, passar, pôr em mãos (de alguém); levar pela mão; conduzir, guiar, dirigir, ajudar; agarrar; manejar; concordar; cooperar; ferrar (as velas). *s.* mão; pata dianteira; mão (no jogo); mão-de-obra; execução; tendência; assinatura; (com.) penca de bananas, contendo de oito a vinte frutas; forma, talho de letra; operário, trabalhador; marujo. *a.* feito a mão; carregado ou usado na mão; acionado a mão. # *at hand,* perto. *at the best hand,* (com.) ao preço mais barato. *bear a hand,* ajudar. *be hand and glove,* ser carne e osso. *by hand,* por mão própria. *fair hand,* boa letra. *fight hand to hand,* lutar corpo a corpo. *free hand,* liberdade de ação, carta branca. *get a good hand,* receber muitos aplausos. *get the upper hand,* dominar. *hand brake,* (aut.) freio de mão. *hand float,* (alven.) esparavel. *hand in* (ou *into*), entregar. *hand in hand,* de mãos dadas. *hand out,* distribuir. *hand over head,* facilmente. *hands off!* não toques! *hand truck,* zorra, carrinho de mão. *hands up!* mãos ao alto! *hand-to-hand,* juntos. *have a hand like a foot,* ser desajeitado. *in hand,* em estoque. *lend a hand,* ajudar. *live from hand to mouth,* viver sem fazer provisões para o futuro. *on the one hand, on the other hand,* por um lado, por outro lado. *out of hand,* de improviso; imediatamente. *put one's hand to the plough,* pôr mãos à obra. *round hand,* letra de forma. *to clap hands,* bater palmas. *to do a hand stand,* plantar bananeira. *under hand,* ocultamente. *under hand and seal,* assinado e selado.

HAND-BAG ['hændbæ:g], *s.* mala de mão = (E.U.) *grip;* bolsa; carteira = (E.U.) *pocketbook.*

HANDBARROW ['hændbærou], *s.* padiola.

HANDBILL ['hændbil], *s.* impresso que se distribui, papelucho de anúncio = (E.U.) *dodger.*

HANDBOOK ['hændbuk], *s.* manual, guia; (E. U.) caderneta de apostas usada nas corridas de cavalos.

HANDBOOK-MAN ['hændbukmæn], *s.* o que recebe as apostas em corridas de cavalos = (Ing.) *bookmaker.*

HANDBRAKE ['hændbreik], *s.* (aut.) freio de mão.

HANDBREADTH ['hændbredθ], *s.* palmo, largura da mão.

HAND-CAR ['hændkɑ:], *s.* carrinho de mão; (E.U.) vagonete de inspeção de estrada movido por manivela.

HAND-CART ['hændkɑ:t], *s.* carrinho de mão.

HAND-CLAPPER ['hændklæpə], *s.* palmatória.

HANDCUFF ['hændkʌf, 'hænkʌf], *v.* algemar; manietar, dominar, coagir. *s. pl.* algemas.

HANDED ['hændid], *a.* que tem mãos; com as mãos juntas; de mãos dadas; levado pela mão.

HANDER ['hændə], *s.* aquele que passa ou transmite alguma coisa; mensageiro.

HANDFISTED ['hænd'fistid], *a.* usurário = *close-fisted.*

HAND-FORK ['hændfɔ:k], *s.* gadanho.

HANDFUL ['hændful], *s.* punhado, mão-cheia. # *by the handful,* prodigamente, a mancheias, à farta.

HAND-GRENADE ['hændgrineid], *s.* granada de mão.

HANDGRIP ['hændgrip], *s.* ato de agarrar com a mão.

HANDICAP ['hændikæp], *v.* embaraçar, pôr obstáculos. *s.* desvantagem imposta ao contendor mais forte, e, conseqüentemente, vantagem concedida ao mais fraco; imposição a um contendor.

HANDICRAFT ['hændikrɑ:ft], *s.* mão-de-obra; ofício; arte mecânica; trabalho manual.

HANDICRAFTSMAN ['hændikrɑ:ftsmən], *s.* mecânico; operário; artífice, artesão.

HANDINESS ['hændinis], *s.* habilidade; destreza; perícia; comodidade; prontidão; facilidade de manobra; (mar.) bom governo.

HANDIWORK ['hændiwə:k], *s.* trabalho manual; obra executada pela mão do homem.

HANDKERCHIEF ['hæŋkətʃif], *s.* lenço.

HAND-LABOUR ['hænd'leibə], *s.* trabalho a mão.

HANDLE ['hændl], *v.* manusear; manipular, manejar; tocar, apalpar; manobrar, dirigir; pôr as mãos em; (E.U.) negociar em; trabalhar com as mãos. *s.* punho, cabo (de navalha, faca, etc.); puxador; pegadeira; asa (da cafeteira, etc.); maçaneta; manivela; chave; alavanca. # *fly off the handle,* perder a calma subitamente, agastar-se, exaltar-se.

HANDLESS ['hændlis], *a.* maneta, sem mãos.

HANDLING ['hændliŋ], *s.* manejo, execução; manobra; toque, retoque.

HANDMADE ['hænd'meid], *a.* feito a mão.

HANDMAID(EN) ['hændmeid(n)], *s.* criada; arrumadeira.

HAND-ME-DOWN ['hænmidaun], *s.* roupa feita. *a.* pronta, feita (roupa) = (Ing.) *ready-made, reach-me-down.*

HAND-ORGAN ['hændɔ:gən], *s.* realejo.

HANDOUT ['hændaut], *s.* folheto de propaganda; nota oficial (à imprensa).

HAND-RAIL ['hænd-reil], *s.* corrimão.

HAND-SAW ['hændsɔ:], *s.* serrote.

HANDSCRUB ['hændskrʌb], *s.* (E.U.) escova de unhas = (Ing.) *nailbrush.*

HANDSEL, HANSEL ['hænsl], *s.* presente como festas de ano novo; presente de casamento; qualquer presente comemorativo. *v.* presentear; estrear.

HAND-SHAKING ['hændʃeikiŋ], *s.* aperto de mão.

HANDSOME ['hænsəm], *a.* formoso, lindo, belo, gracioso; elegante, primoroso; grande, nobre, generoso; destro, ágil; útil; conveniente; perfeito, correto; honesto, honrado.

HANDSPIKE ['hændspaik], *s.* barra de cabrestante; alavanca; espeque.

HANDSPRING ['hændspri:ŋ], *s.* (E.U.) salto de mãos = (Ing.) *cartwheel.*

HANDWORK ['hændwə:k], *s.* trabalho manual.

HAND WORKER ['hænd'wə:kə], *s.* trabalhador manual.

HAND-WORM ['hænd-wə:m], *s.* parasita da sarna.

HANDWRITING ['hændraitiŋ], *s.* letra, caligrafia. # *written in one's own handwriting,* escrito de próprio punho.

HANDY ['hændi], *a.* manual; cômodo; manejável; hábil, jeitoso, útil; desembaraçado, destro.

HANG [hæŋ], *pret.* e *pp.* **HUNG.** *v.* pendurar; levantar, suspender; pôr colgaduras; estar deitado (mastro); cair; flutuar; ameaçar; agarrar-se; abraçar-se (ao pescoço); hesitar; esperar, depender. *s.* ladeira; propensão; modo de cair (vestido, etc.); *pret.* e *pp.* *hanged* ou *hung,* enforcar. # *get the hang of,* apanhar o jeito de; aprender a manobrar (máquina). *hang it!* ora essa! *hang on,* (gír.) perseverar. *hang out,* (gír.) morar. *hang up,* desligar (o telefone). *I'll be hanged if...* macacos me mordam se...

HANGAR ['hæŋə, 'hæŋgə, 'hæŋgɑ:], *s.* hangar; galpão.

HANG-DOG ['hæŋdɔg], *s.* indivíduo ordinário, desprezível; velhaco. # *hang-dog look,* aparência desprezível.

HANGER ['hæŋə], *s.* carrasco; verdugo; alfanje; suporte; cabide; pendural; lanceiro; (E.U.) cartaz de papelão, pendurado no interior de uma casa comercial.

HANGER-ON ['hæŋər'ɔn], *s.* dependente, parasita; papa-jantares; mosca (gír.).

HANGING ['hæŋiŋ], *s.* ação de pendurar; enforcamento; *pl.* colgaduras, cortinas, tapeçaria. *a.* suspenso; merecedor de forca.

HANGING-WALL ['hæŋiŋ'wɔ:l], *s.* (geol.) capa.

HANGMAN ['hæŋmən], *s.* carrasco.

HANG-NAIL ['hæŋneil], *s.* espigão de unhas, raigota.

HANGOUT ['hæŋaut], *s.* (E.U. gír.) antro, covil = (Ing.) *hawnt.*

HANG-OVER ['hæŋouvə], *s.* remanescente; (gír.) ressaca (de bebedeira, etc.).

HANK [hæŋk], *s.* novelo de linha; meada; laço;

freio; poder, prestígio, influência; (náut.) abraçadeira; garruncho; anilha; palomba.

HANKER ['hæŋkə], *v.* suspirar por, almejar, ansiar, ambicionar, desejar ardentemente.

HANKERING ['hæŋkəriŋ], *s.* desejo veemente; anseio; aspiração; afeição, inclinação.

HANKY-PANKY ['hæŋki'pæŋki], *s.* escamoteação; trapaça.

HANOVERIAN [hæno'viəriən], *s.* e *a.* hanoveriano.

HANSEATIC [hænsi'ætik], *a.* hanseático.

HANSEL ['hænsəl], *v.* estrear; principiar, começar, iniciar.

HAP [hæp], *v.* (arch.) acontecer, suceder. *s.* acaso, acidente, sorte.

HAPHAZARD ['hæp'hæzəd], *s.* acaso, acidente, sorte, fortuna. *a.* casual, acidental, fortuito. *adv.* casualmente.

HAPLESS ['hæplis], *a.* desventurado, sem sorte, malfadado, desgraçado, miserável, infeliz.

HAPLY ['hæpli], *adv.* talvez; por acaso, acidentalmente, casualmente.

HAP'ORTH ['heipəθ], *s.* o valor de meio pêni *(halfpennyworth).*

HAPPEN ['hæpn], *v.* acontecer, suceder, sobrevir, ocorrer.

HAPPENING ['hæpniŋ], *s.* acontecimento, ocorrência, sucesso.

HAPPILY ['hæpili], *adv.* felizmente.

HAPPINESS ['hæpinis], *s.* felicidade, ventura; prazer, graça.

HAPPY ['hæpi], *a.* feliz, ditoso, afortunado, venturoso; contente, alegre, próspero, propício, favorável, oportuno; destro, hábil.

HAPPY-GO-LUCKY ['hæpigoulʌki], *a.* que confia na sorte; imprevidente; folgazão.

HARA-KIRI ['hærə'kiri], *s.* haraquiri.

HARANGUE [hə'ræŋ], *s.* arenga, aranzel, lengalenga; discurso prolixo; alocução. *v.* arengar; fazer uma alocução.

HARANGUER [hə'ræŋə], *s.* arengador, falador, discursador.

HARASS ['hærəs], *v.* cansar, fatigar; acossar; importunar, aborrecer; vexar; perseguir, hostilizar, combater; assolar, arruinar, devastar.

HARASSER ['hærəsə], *s.* devastador; perseguidor.

HARBINGER ['hɑ:bindʒə], *s.* precursor, pressagio, prenúncio, indício, pressentimento, prognóstico.

HARBOUR, HARBOR ['hɑ:bə], *s.* porto-abrigo; albergue, asilo, refúgio, alojamento. *v.* abrigar, refugiar, albergar, resguardar, defender, amparar, acolher, hospedar; acalentar (uma idéia); refugiar-se, abrigar-se.

HARBOURAGE ['hɑ:bəridʒ], *s.* porto-abrigo; asilo; albergue; abrigo, refúgio.

HARBOURER ['hɑ:bərə], *s.* o que abriga ou alberga.

HARD [hɑ:d], *a.* duro, rude, severo, ríspido, rigoroso; penoso, árduo, laborioso, opressivo; sólido, firme; endurecido, mau, insensível; inflexível; violento; austero, injusto; áspero, tosco; desagradável; vigoroso. *adv.* diligentemente, duramente, tenazmente, laboriosamente, firmemente. *v.* (náut.) orçar. # *be hard up,* estar sem dinheiro. *be hard upon,* ser severo com. *hard by,* perto de, próximo. *hard-featured,* de feições grosseiras; antipático. *hard-mouthed,* duro de queixo ou de boca (cavalo). *hard of hearing,* surdo. *run hard,* correr rapidamente. *try hard,* fazer um grande esforço.

HARD-BITTEN ['hɑ:d'bitn], *a.* intratável, inflexível, obstinado.

HARD-BOILED ['hɑ:d'bɔild], *a.* cozido (ovo); (E.U.) teimoso, caprichoso, cabeçudo = (Ing.) *hard-headed.*

HARD-CASH ['hɑ:dkæʃ], *s.* moeda, dinheiro em moeda = (E.U.) *hard-money.*

HARDEN ['hɑ:dn], *v.* endurecer, enrijar, enrijecer; calejar; temperar (ferro); solidificar, curtir; robustecer; insensibilizar; porfiar; obstinar-se. *a.* tecido de estopa.

HARDENED ['hɑ:dnd], *a.* endurecido; obstinado.

HARDENING ['hɑ:dniŋ], *s.* endurecimento, dureza; obstinação; têmpera.

HARD HAT ['hɑ:d'hæt], *s.* chapéu de coco = (E.U.) *derby* ['də:bi]. *V.* **BOWLER.**

HARD-HEADED ['hɑ:d'hedid], *a.* teimoso, cabeçudo = (E.U.) *hard-boiled.*

HARD-HEARTED ['hɑ:d'hɑ:tid], *a.* insensível, de coração de pedra, impiedoso.

HARDIHOOD ['hɑ:dihud], *s.* atrevimento, temeridade, audácia; imprudência; arrojo, coragem, valentia, intrepidez; valor, altivez.

HARDINESS ['hɑ:dinis], *s.* ânimo; força, vigor; energia, robustez; valor; coragem, intrepidez; fadiga.

HARDLY ['hɑ:dli], *adv.* dificilmente, apenas, escassamente; à força; de má vontade; com rigor, asperamente, duramente.

HARD-MONEY ['hɑ:dmʌni], *s.* (E.U.) moeda, dinheiro em moeda = (Ing.) *hard-cash.*

HARD-MOUTHED [hɑ:d'mauðd], *a.* duro de queixo ou de boca (cavalo).

HARDNESS ['hɑ:dnis], *s.* dureza, rigor, firmeza, solidez; severidade; dificuldade; insensibilidade; trabalho; pena; penúria; miséria; obstinação (no mal); ferocidade; grosseria; crueldade, desumanidade.

HARDS [hɑ:dz], *s.* estopa; linho grosso.

HARDSHIP ['hɑ:dʃip], *s.* trabalho, fadiga, cansaço, opressão; privação; incômodo; injustiça.

HARDWARE ['hɑ:dwɛə], *s.* quinquilharia; ferramenta; (E.U.) ferragem = (Ing.) *ironmongery.*

HARDWAREMAN ['hɑ:dwɛəmən], *s.* (E.U.) ferragista = (Ing.) *ironmonger.*

HARDWARE STORE ['hɑ:dwɛə'stɔ:], *s.* (E.U.) loja de ferragem = (Ing.) *ironmongery, ironmonger's.*

HARDWOOD ['hɑ:dwud], *s.* madeira-de-lei.

HARD-WORKING ['hɑ:d'wə:kiŋ]. *a.* trabalhador, diligente, aplicado.

HARDY ['hɑ:di], *a.* forte, vigoroso, robusto, rijo, endurecido, resistente, intrépido, valoroso, ousado, atrevido. *s.* escopro; cinzel; talhadeira.

HARE [hɛə], *s.* lebre. *v.* correr rapidamente. # *run with the hare and hunt with the hounds,* procurar contentar a dois partidos opostos, jogar com pau de dois bicos.

HAREBELL ['hɛəbel], *s.* campainha (flor).

HAREBRAINED ['hɛəbreind], *a.* leviano, volúvel, inconstante, estouvado, desatinado, extravagante, louco.

HARELIP ['hɛəlip], *s.* lábio leporino.

HAREM ['hæərəm], *s.* harém; serralho; lupanar, prostíbulo, alcoice.

HARICOT ['hærikou], *s.* feijão; guisado de carneiro e feijão.

HARK [hɑ:k], *int.* ouve! escuta! atende! *v.* ouvir atentamente, escutar. # *hark back,* voltar a um assunto já abandonado, voltar à vaca-fria; voltar atrás (diz-se dos cães de caça).

HARLEQUIN ['hɑ:likwin], *s.* arlequim; bufão.

HARLEQUINADE [hɑ:likwi'neid], *s.* arlequinada; momice, bufonaria, chocarrice.

HARLOT ['hɑ:lət], *s.* meretriz, rameira, hetera.

HARLOTRY ['hɑ:lətri], *s.* prostituição.

HARM [hɑ:m], *s.* dano, prejuízo; mal; ofensa, injúria. *v.* fazer mal, prejudicar, danificar, ofender, ferir, magoar.

HARMFUL ['hɑ:mful], *a.* nocivo, prejudicial, pernicioso; perigoso.

HARMFULNESS ['hɑ:mfulnis], *s.* maldade; dano, prejuízo.

HARMLESS ['hɑ:mlis], *a.* inocente, puro; inofensivo; ileso.

HARMONIC [hɑ:'mɔnik], *s.* som secundário, som acessório. *a.* harmônico.

HARMONICA, HARMONICON [hɑ:'mɔnikə, hɑ:'mɔnikən], *s.* harmônica, marimba; (E.U.) gaita.

HARMONIOUS [hɑ:'mounjəs], *s.* harmonioso, musical.

HARMONIST ['hɑ:mənist], *s.* harmonista.

HARMONIUM [hɑ:'mounjəm], *s.* harmônio.

HARMONIZE (ISE) ['hɑ:mənaiz], *v.* harmonizar; pôr-se em harmonia; pôr-se de acordo.

HARMONIZER (ISE) ['hɑ:mənaizə], *s.* conciliador; o que harmoniza.

HARMONY ['hɑ:məni], *s.* (mús.) harmonia; concórdia, harmonia, concordância, acordo, união, simetria, regularidade.

HARNESS ['hɑ:nis], *s.* arreios, jaezes; armadura; arnês; (fig.) serviço ativo. *v.* arrear; ajaezar; armar.

HARP [hɑ:p], *s.* harpa; (astr.) Lira (constelação setentrional). *v.* tocar harpa.

HARPER ['hɑ:pə], *s.* harpejo; (náut.) corrimão da borda do castelo.

HARPIST ['hɑ:pist], *s.* harpista.

HARPOON [hɑ:'pu:n], *s.* arpão; arpéu. *v.* arpoar.

HARPOONER [hɑ:'pu:nə], *s.* arpoador.

HARPSICHORD ['hɑ:psikɔ:d], *s.* (mús.) cravo; clavicórdio.

HARPY ['hɑ:pi], *s.* harpia, extorsionário; chantagista; monstro fabuloso; gavião real.

HARQUEBUS ['hɑ:kwibəs], *s.* arcabuz.

HARRIDAN ['hæridən], *s.* bruxa; mulher velha.

HARRIER ['hæriə], *s.* lebréu.

HARROW ['hærou], *s.* grade, instrumento com grades usado em agricultura; incômodo, aborrecimento, perturbação, distúrbio. *v.* gradar.

HARRY ['hæri], *v.* assolar, devastar, saquear, despojar, pilhar; atormentar, maltratar; oprimir.

HARSH [hɑ:ʃ], *a.* áspero, austero, severo, rígido, intratável, desagradável, incivil.

HARSHNESS ['hɑ:ʃnis], *s.* dureza, aspereza; autoridade, rigor, severidade.

HART [hɑ:t], *s.* veado (depois dos cinco anos).

HARTSHORN ['hɑ:tshɔ:n], *s.* carbonato de amônio; chifre de veado.

HARUM-SCARUM ['hɛərəm'skɛərəm], *a.* e *s.* estouvado, vadio, leviano volúvel; temerário; negligente; irresponsável.

HARVEST ['hɑ:vist], *s.* colheita; sega; época da colheita; ceifa; produto de um trabalho. *v.* colher, fazer a colheita, ceifar, segar.

HARVESTER ['hɑ:vistə], *s.* ceifeiro, segador; máquina de ceifa.

HAS [hæz], 3.ª pess. do sing. do pres. ind. de *have.*

HAS-BEEN ['hæz'bi:n], *s.* pessoa decaída, que teve prestígio.

HASH [hæʃ], *s.* picado, fricassé. *v.* picar, cortar, retalhar. # *a pretty hash,* uma grande confusão.

HASLET ['heizlit], *s.* fressura.

HASN'T ['hæznt], contração de *has not.*

HASP [hɑ:sp], *s.* anel de cadeado; broche. *v.* fechar com cadeado.

HASSOCK ['hæsək], *s.* capacho espesso; genuflexório; coxim.

HAST [hæst], 2.ª pess. do sing. do pres. ind. de *have.*

HASTE [heist], *s.* pressa, precipitação, diligência, atividade, presteza, celeridade, prontidão, urgência, rapidez. *v.* apressar, apressar-se. # *haste makes waste,* a pressa é inimiga da perfeição. *make haste,* apressar-se. *make haste slowly,* devagar se vai ao longe. *more haste less speed,* a pressa é inimiga da perfeição.

HASTEN ['heisn], *V.* **HASTE** *(v.).*

HASTILY ['heistili], *adv.* apressadamente, precipitadamente, diligentemente, às pressas.

HASTINESS ['heistinis], *s.* pressa, precipitação, destreza; impaciência; arrebatamento, êxtase.

HASTY ['heisti], *a.* apressado, precipitado; violento, vivo; impetuoso, veemente, colérico; apaixonado.

HAT [hæt], *s.* chapéu. # *hat money,* percentagem do valor do frete pago ao capitão do navio. *knock into a cocked hat,* dar uma surra. *my hat* (gír.) exclamação que exprime surpresa — "papagaio"! *pass the hat,* fazer uma coleta. *perform the hat-trick,* vencer por três vezes consecutivas. *talk through one's hat,* dizer tolices; exagerar, contar prosa.

HATBAND ['hætbænd], *s.* fita de chapéu; carneira.

HAT-BLOCK ['hætblɔk], *s.* forma de chapéu.

HATCH [hætʃ], *s.* ninhada; saída da casca; manifestação; descobrimento; comporta; meia porta, cancela. *v.* chocar ovos; incubar; sair da casca; idear, maquinar, fomentar, tramar; sombrear, toldar. # *hatches, matches and despatches,* (impr.) coluna de notícias de nascimentos, casamentos e falecimentos.

HATCHET ['hætʃit], *s.* machadinha. # *bury the hatchet,* fazer as pazes.

HATCHING ['hætʃiŋ], *s.* ato de chocar; incubação; ninhada; riscos, traços (numa chapa); sombrear com linhas (des.).

HATCHMENT ['hætʃmənt], *s.* painel em que as armas de um defunto são expostas durante os funerais.

HATCHWAY ['hætʃwei], *s.* escotilha.

HATE [heit], *s.* ódio, aversão, aborrecimento, abominação. *v.* odiar, detestar, aborrecer, abominar.

HATEFUL ['heitful], *a.* odioso, detestável.

HATER ['heitə], *s.* o que odeia; abominador, inimigo.

HATRED ['heitrid], *s.* ódio, aversão, inimizade, animadversão, malquerença.

HATTER ['hætə], *s.* chapeleiro. # *as mad as a hatter,* louco varrido.

HAUGHTINESS ['hɔ:tinis], *s.* altivez, orgulho, insolência, arrogância.

HAUGHTY ['hɔ:ti], *a.* soberbo, orgulhoso, altivo, insolente, arrogante.

HAUL [hɔ:l], *s.* arranco, puxão. *v.* puxar, transportar, arrastar; abrir caminho. # *to haul off,* (naut.) mudar de curso. *to haul up,* orçar.

HAULAGE ['hɔ:lidʒ], *s.* ação de alar uma embarcação; gastos de transporte.

HAULIER ['hɔ:ljə], *s.* rebocador.

HAULING ['hɔliŋ], *s.* reboque; puxão; transporte.

HAULM [hɔ:m], *s.* colmo; caule = *halm.*

HAUNCH [hɔ:ntʃ], *s.* anca, quadril; quarto ou perna (de animal).

HAUNT [hɔ:nt], *s.* lugar freqüentado; retiro; caverna; guarida; antro, covil = (E.U.) *hangout. v.* freqüentar; visitar; perseguir; obcecar.

HAUNTED ['hɔ:ntid], *a.* assombrado, visitado por assombrações.

HAUTBOY ['oubɔi, 'houbɔi], *s.* oboé; charamela; variedade de morango.

HAVANA [hə'vænə], *s.* charuto de Havana.

HAVE [hæv], *pret.* e *pp.* **HAD.** *v.* ter, possuir, haver; gozar de; mandar; fazer; querer; ter de; dever; tomar (bebida ou alimento). # *have at someone,* atacar alguém. *have done!* pára com isso! *have done with,* não querer saber de; pôr termo a. *have got,* ter. *have got to,* ter de. *have it in for someone,* ter antipatia por alguém. *have it out,* acabar com um mal-entendido, pôr tudo em pratos limpos; tomar satisfações com alguém. *have on,* usar, estar usando, trajar. *have someone,* lograr alguém, passar a perna em alguém.

HAVEN ['heivn], *s.* porto, enseada; abrigo, refúgio; asilo.

HAVEN'T ['hævnt], *contr.* de *have not.*

HAVERSACK ['hævəsæk], *s.* mochila, bornal; alforje.

HAVING ['hæviŋ], *s.* ato de ter; *pl.* bens, posses; fortuna; haveres.

HAVOC ['hævək], *s.* estrago, destruição; ruína, destroços, devastação. *v.* assolar, devastar, destruir, arruinar, destroçar.

HAW [hɔ:], *s.* baga do espinheiro; cerca, cercado; enxadão, alvião. *int.* hum! (hesitação). *v.* gaguejar, falar hesitando; tartamudear; rir às gargalhadas.

HAWFINCH ['hɔ:fintʃ], *s.* pardal de bico grosso.

HAW-HAW ['hɔ:'hɔ:], *s.* risada, gargalhada. *v.* soltar gargalhadas, gargalhar.

HAWK [hɔ:k], *s.* falcão; pigarro. *v.* caçar com falcão; vender pelas ruas; mascatear; apregoar mercadorias; limpar a garganta, pigarrear; expectorar.

HAWKER ['hɔ:kə], *s.* falcoeiro; pregoeiro, vendedor ambulante; mascate.

HAWKING ['hɔ:kiŋ], *s.* caça com falcões.

HAWKWEED ['hɔ:kwi:d], *s.* chicória.

HAWSE [hɔ:z], *s.* (mar.) amarração.

HAWSER ['hɔ:zə], *s.* (náut.) sépia; amarra, cabo.

HAWTHORN ['hɔ:θɔ:n], *s.* espinheiro branco.

HAY [hei], *s.* feno, forragem, sebe; armadilha (nas tocas de animais). *v.* fazer feno; armar laços. # *make hay of,* vencer facilmente. *make hay while the sun shines,* aproveitar a oportunidade.

HAYCOCK ['heikɔk], *s.* meda de feno.

HAYMAKING ['heimeikiŋ], *s.* a sega do feno.

HAYRICK ['heirik], *s.* meda de feno.

HAYSEED ['heisi:d], *s.* (E.U.) matuto, caipira, jeca, tabaréu = (Ing.) *yokel, chaw-bacon, bumpkin.*

HAYSTACK ['heistæk], *V.* **HAYRICK.**

HAYWIRE ['heiwaiə], *s.* arame de atar fardo de feno. *a.* (E.U.) trôpego; amalucado = (Ing.) *dotty.*

HAZARD ['hæzəd], *s.* sorte, acaso, perigo, risco, aventura; azar; jogo de azar. *v.* arriscar, aventurar; correr o risco. # *at all hazards,* a todo risco, haja o que houver.

HAZARDOUS ['hæzədəs], *a.* arriscado, perigoso, temerário, audaz; incerto.

HAZARDOUSNESS ['hæzədəsnis], *s.* risco, perigo; acidente.

HAZE [heiz], *s.* bruma, nevoeiro, neblina, cerração; perturbação mental; trevas, escurecimento, obscuridade. *v.* espantar, atemorizar; nublar; fatigar por trabalhos excessivamente pesados; (E.U.) dar trote, maltratar por meio de trote (estudante) = (Ing.) *bully.*

HAZEL ['heizl], *s.* aveleira. *a.* da cor de avelã, castanho.

HAZINESS ['heizinis], *s.* escuridão, cerração, névoa, nebulosidade .

HAZING ['heiziŋ], *s.* castigo físico, surra, tunda, pancadaria; trabalho exagerado, trabalho extenuante; (E.U.) trote de estudante = (Ing.) *bullying.*

HAZY ['heizi], *a.* brumoso; confuso.

HE [hi:], *pron. pess.* masc. da 3.ª pess. sing. ele. *s.* macho; homem. # *is it a he or a she?* é menino ou menina?

HEAD [hed], *s.* cabeça, cérebro; chefe, caudilho; diretor, comandante; pessoa, homem, indivíduo; presidente, primeiro posto; parte superior ou principal; (carp.) padieira (de janela ou porta); (E.U.) título, cabeçalho = (Ing.) *headline;* ponta de flecha; cara (de moeda); ponto culminante, pico; nascente (de rio); (mar.) proa; tope (de mastro); testa; cabeça de ponte; topo; intelecto, entendimento; assunto; juízo. *v.* dirigir, ordenar, mandar, ir à frente, comandar, encabeçar. # *a head on beer,* a espuma, o "colarinho" em um copo de cerveja. *at the head of affairs,* (com.) à testa dos negócios. *be unable to make head or tail of it,* não poder compreender. *from head to foot,* da cabeça aos pés. *give (a horse) his head,* dar rédeas, (fig.) (com referência a um homem) dar carta branca. *go head for,* ir na direção de. *have no head nor tail,* não ter pés nem cabeça. *head off,* desviar. *head or tails,* cara ou coroa. *head over ears,* completamente. *head over ears in love,* loucamente apaixonado. *head over ears in debts,* atolado em dívidas. *head over heels,* de pernas para o ar; apressadamente. *head partner,* sócio principal. *head tax,* (E.U.) imposto de entrada de imigrantes. *keep one's head above water,* não contrair dívidas. *off one's head,* excitado, fora de si. *over head and ears, over head and heels = head over heels, head over ears,* mergulhado, imerso; atolado. *take head,* tomar o freio nos dentes, não obedecer à rédea (cavalo). *to fall head foremost,* cair de cabeça. *turn head over heels,* dar uma cambalhota. *without head or tail,* sem pé nem cabeça.

HEADACHE ['hedeik], *s.* dor de cabeça.

HEADBAND ['hedbænd], *s.* fita para a cabeça; cabeceira (de um livro).

HEAD-COOK ['hedkuk], *s.* cozinheiro-chefe.

HEAD-DRESS ['heddres], *s.* toucado.

HEADER ['hedə], *s.* cabeça, chefe, diretor; pedra lavrada; mergulho de cabeça; (mec.) tubo de comunicação.

HEADINESS ['hedinis], *s.* obstinação; pressa demasiada, precipitação; teima; qualidade de ser temerário, violento ou forte; qualidade do vinho que sobe à cabeça.

HEADING ['hediŋ], *s.* título; cabeçalho; cabeçada; frontispício; galeria de mina; (av.) rumo.

HEADLAND ['hedlənd], *s.* cabo, promontório; pontal, ponta de terra; nesga de terra não lavrada.

HEADLESS ['hedlis], *a.* acéfalo, sem cabeça, degolado; obstinado, teimoso, ignorante.

HEADLIGHT ['hedlait], *s.* farol (de locomotiva, automóvel, etc.).

HEADLINE ['hedlain], *s.* título; cabeçalho de jornal = (E.U.) *head.*

HEADLONG ['hedlɔŋ], *adv.* de cabeça para a frente, impetuosamente, precipitadamente. *a.* imprudente, temerário, precipitado; repentino, rápido; íngreme, empinado, escarpado.

HEADMAN ['hed'mæn], *s.* chefe (de trabalhadores); ['hedmæn], chefe de tribo.

HEADMASTER ['hed'mɑ:stə], *s.* diretor de um colégio; reitor.

HEAD-PIECE ['hedpi:s], *s.* capacete, elmo.

HEADQUARTERS ['hed'kwɔ:təz], *s.* (mil.) quartel-general; quartel (o edifício); comando; chefatura; centro de operações.

HEADSHIP ['hedʃip], *s.* cargo de chefe; autoridade; dignidade; supremacia; chefia.

HEADSMAN ['hedzmən], *s.* carrasco, verdugo, algoz.

HEADSTOCK ['hedstɔk], *s.* (tec.) cabeçote.

HEADSTONE ['hedstoun], *s.* pedra tumular, lápide mortuária; campa; pedra angular; pedra fundamental.

HEADSTRONG ['hedstrɔŋ], *a.* obstinado, cabeçudo, indomável, aferrado, teimoso; revoltado; violento.

HEAD-WAITER ['hedweitə], *s.* garçom-chefe.

HEADWATERS ['hedwɔ:təz], *s.* cabeceiras, nascente (de um rio).

HEADWAY ['hedwei], *s.* adiantamento (de um navio); progresso; marcha; velocidade (de um navio).

HEADWORD ['hedwə:d], *s.* título.

HEADWORK ['hedwə:k], *s.* trabalho mental.

HEADY ['hedi], *a.* temerário, violento; precipitado; forte; que sobe à cabeça (vinho).

HEAL [hi:l], *v.* cicatrizar, curar, sarar, remediar, conciliar; aplacar, apaziguar; reconciliar.

HEALER ['hi:lə], *s.* o que cura; médico, doutor.

HEALING ['hi:liŋ], *s.* cura, cicatrização, ato de curar. *a.* curativo, medicinal, conciliador, apaziguador.

HEALTH [helθ], *s.* saúde, sanidade; sinceridade, lealdade; brinde; pureza, bondade; salvação. # *be in poor health,* ir mal de saúde. *drink a health* (ou *a toast*) *to,* beber à saúde de. *health certificate,* atestado de saúde = *bill of health.*

HEALTHFUL ['helθful], *a.* saudável, salubre.

HEALTHFULNESS ['helθfulnis], *s.* saúde, salubridade, sanidade, higidez.

HEALTHINESS ['helθinis], *s.* sanidade, salubridade.

HEALTHY ['helθi], *a.* são, hígido, sadio.

HEAP [hi:p], *s.* monte, montão, pilha, multidão. *v.* amontoar, acumular, empilhar.

HEAR [hiə], *pret.* e *pp.* **HEARD.** *v.* ouvir, escutar, ouvir, dizer; dar ouvidos; prestar atenção; examinar; interrogar. *Hear! Hear!* Atenção! Apoiado! # *hear of,* ouvir falar de, saber. *hear from,* ter notícias de; receber uma comunicação por carta.

HEARD [hə:d], *pret* e *pp* de **HEAR.**

HEARER ['hiərə], *s.* ouvinte, auditor.

HEARING ['hiəriŋ], *s.* ouvido; sentido do ouvido; ação de ouvir; audição; alcance do ouvido; audiência; inquirição de testemunha. # *hard of hearing,* surdo. *within hearing,* ao alcance do ouvido.

HEARKEN ['hɑ:kən], *v.* escutar, ouvir com atenção; atender.

HEARSAY ['hiəsei], *s.* voz, boato, rumor, fama. # *by* ou *from hearsay,* de oitiva, de ouvido. *hearsay evidence,* (jur.) testemunho auricular.

HEARSE [hə:s], *s.* carro fúnebre; coche; féretro, esquife, ataúde.

HEART [hɑ:t], *s.* coração; centro vital; peito; interior (de qualquer coisa); alma; amor; afeição, sensibilidade, valor, coragem; ânimo; zelo, ardor, força, eficácia; fertilidade (da terra); *pl.* naipe de copas (nas cartas). # *bless my heart!* valha-me Deus! *by heart,* de cor, de memória. *eat one's heart,* sofrer amargamente. *have one's heart in one's boots,* (gír.) estar completamente desanimado; estar preocupado. *have one's heart in one's mouth,* estar alarmado. *heart and hand,* entusiasticamente. *heart and soul,* completamente, de corpo e alma. *heart failure,* (med.) insuficiência cardíaca; colapso cardíaco. *Jack of hearts,* valete (baralho). *learn by heart,* aprender de cor, decorar, *lie at heart,* estar gravado no coração. *lose heart,* perder o ânimo. *pluck up heart,* criar coragem, reanimar-se. *take heart,* criar coragem. *take to heart,* ofender-se; levar a peito. *to rend one's heart,* cortar o coração. *wear (have) one's heart on one's sleeve,* ser franco.

HEART-ACHE ['hɑ:t-eik], *s.* pesar, desgosto, sofrimento, mágoa.

HEART-BEAT ['hɑ:tbi:t], *s.* batimento cardíaco; emoção.

HEART-BREAK ['hɑ:tbreik], *s.* mágoa, desgosto.

HEART-BREAKING ['hɑ:tbreikiŋ], *a.* doloroso, pungente, consternador, confrangedor.

HEART-BROKEN ['hɑ:tbroukən], *a.* desanimado, abatido; desolado.

HEART-BURN ['hɑ:tbə:n], *s.* azia, pirose.

HEART-BURNING ['hɑ:tbə:niŋ], *s.* ódio; ciúme.

HEART-DISEASE ['hɑ:tdizi:z], *s.* moléstia do coração, cardiopatia.

HEARTEN ['hɑ:tn], *v.* animar, encorajar, entusiasmar, estimular.

HEARTFELT ['hɑ:tfelt], *a.* sincero.

HEARTH [hɑ:θ], *s.* lareira; fornalha; fogão; lar.

HEARTHRUG ['hɑ:θrʌg], *s.* tapete grosso que se estende diante da lareira.

HEARTHSTONE ['hɑ:θstoun], *s.* pedra da lareira.

HEARTILY ['hɑ:tili], *adv.* cordialmente, francamente, sinceramente.

HEARTINESS ['hɑ:tinis], *s.* sinceridade, cordialidade, franqueza, lealdade.

HEARTLESS ['hɑ:tlis], *a.* sem coração, perverso, malvado, desumano, ferino, cruel; sem ânimo, desanimado, covarde.

HEART-RENDING ['hɑ:t-rendiŋ], *a.* confrangedor, pungente.

HEARTSEASE, HEART'S-EASE ['hɑ:tsi:z], *s.* amor-perfeito (flor).

HEART-SHAPED ['hɑ:t-ʃeipt], *a.* (bot.) cordiforme.

HEART-SICK ['hɑ:t-sik], *a.* aflito; magoado.

HEART-SINKING ['hɑ:t-siŋkiŋ], *s.* depressão moral, abatimento moral, desânimo.

HEARTSORE ['hɑ:t-sɔ:, 'hɑ:t-sɔə], *a.* aflito, magoado, sentido. *s.* pesar, mágoa, desgosto, tristeza.

HEART-TO-HEART ['hɑ:ttə'hɑ:t], *s.* sincero, franco.

HEARTWHOLE ['hɑ:thoul], *a.* sincero, desapaixonado.

HEARTY ['hɑ:ti], *a.* sincero, leal, cordial, franco; puro; forte, são, saudável, robusto; copioso.

HEAT [hi:t], *s.* calor; ardor, vivacidade, veemência, arrebatamento; animosidade, cólera; cio (= brama). *v.* aquecer, acalorar, agitar, arder; fermentar; caldear. # *dead heat,* empate. *prickly heat,* erupção, urticária. *sensitive to heat,* calorento.

HEATER ['hi:tə], *s.* esquentador, aquecedor; estufa.

HEATH [hi:θ], *s.* urze; matagal, charneca; tojal; terreno baldio; mata.

HEATHEN ['hi:ðən], *s.* gentio, pagão, idólatra, indígena; selvagem, bárbaro. *a.* gentílico, bárbaro, rude, cruel.

HEATHENDOM ['hi:ðəndəm], *s.* paganismo; países gentios; gentilidade ou gentilismo.

HEATHER ['heðə], *s.* urze.

HEATHERY ['həðəri], *a.* coberto de urze.

HEATING ['hi:tiŋ], *s.* aquecimento, calefação.

HEAVE [hi:v], *s.* elevação, alçadura; levantamento; esforço para se levantar; náusea, enjôo, esforço para vomitar; estertor. *v. pret.* e *pp.* **HEAVED** ou **HOVE,** levantar, alçar, içar, elevar; virar; lançar; forçar para fora; arremessar, arrojar; exalar; suspirar, respirar profundamente; expectorar, vomitar; ter náuseas; levantar-se e abaixar-se alternativamente; palpitar.

HEAVEN ['hevn], *s.* céu, firmamento. # *good heavens!* céus! *heaven save the mark!* vejam só! *nigger heaven,* galerias, torrinhas (teatro). *would to heaven,* oxalá; queira Deus.

HEAVENLINESS ['hevnlinis], *s.* excelência suprema; suma perfeição.

HEAVENLY ['hevnli], *a.* celestial, divino, sobrenatural. *adv.* celestialmente, divinalmente.

HEAVENWARD ['hevnwəd], *adv.* para o céu.

HEAVER ['hi:və], *s.* carregador; o que levanta ou alça; espeque; pé-de-cabra; alavanca.

HEAVILY ['hevili], *adv.* pesadamente, lentamente, vagarosamente; tristemente; amargamente.

HEAVINESS ['hevinis], s. peso; opressão, abatimento; prostração; mágoa, tristeza, melancolia.

HEAVY ['hevi], *a.* pesado; maciço; grosso, forte; grande; espesso; denso; carregado; triste, pesaroso, melancólico; tardo, lento, retardado; estúpido, indigesto; árduo, cansado; enfadonho; sem animação; pesado, oneroso. *s.* (E.U.) vilão (teat.).

HEAVY-HEADED ['hevi'hedid], *a.* estúpido.

HEAVY-HEARTED ['hevi'hɑ:tid], *a.* desanimado; acabrunhado.

HEAVY-LADEN ['hevi'leidn], *a.* sobrecarregado; oprimido.

HEAVY-WEIGHT ['heviweit], *s.* (esp.) peso-pesado.

HEBDOMADAL [heb'dɔmədl], *a.* hebdomadário, semanal.

HEBDOMADARY [heb'dɔmədəri], *s.* hebdomadário.

HEBRAIC, AL [hi:'breik, əl], *a.* hebraico.

HEBRAISM ['hi:breiizm], *s.* hebraísmo.

HEBRAIST ['hi:breiist], *s.* hebraísta.

HEBREW ['hi:bru:], *s.* hebreu, judeu. *a.* hebraico.

HECATOMB ['hekətoum], *s.* hecatombe, carnificina, catástrofe, imolação de vítimas; grande sacrifício.

HECK [hek], *s.* grade de manjedoura; caniço; vara de pescar.

HECKLE ['hekl], *v.* contrariar, aborrecer, importunar; interromper intempestivamente com perguntas irrisórias ou sarcásticas; apartear; cardar.

HECKLER ['heklə], *s.* atormentador, importunador; cardador.

HECTARE ['hektɑ:], *s.* hectare.

HECTIC ['hektik], *a.* héctico; consuntiva (febre); (pop.) excitado, agitado, turbulento, brigão. *s.* héctica, tísica, tuberculose.

HECTOGRAMME ['hektogræm], *s.* hectograma.

HECTOGRAPH ['hektogræ:f], *s.* hectógrafo.

HECTOLITRE ['hektoli:tə], *s.* hectolitro.

HECTOMETRE ['hektomi:tə], *s.* hectômetro.

HECTOR ['hektə], *s.* fanfarrão, valentão, espadachim, ferrabrás. *v.* tratar insolentemente, grosseiramente, fanfarronar, fanfarrear, bazofiar, ameaçar com bravatas; maltratar.

HECTORING ['hektəriŋ], *s.* fanfarronada, bravata, patarata, bazófia. *a.* de fanfarrão.

HEDERA ['hedərə], *s.* hera.

HEDGE [hedʒ], *s.* sebe, cerca viva; tapume; barreira; obstáculo. *v.* fechar com sebe; separar com sebe; defender, impedir, cercar, circundar, rodear; cobrir-se, abrigar-se, esconder-se, obstruir.

HEDGEHOG ['hedʒhɔg], *s.* ouriço-caixeiro; porco-espinho.

HEDGEHOP ['hedʒhɔp], *v.* (av.) fazer vôo rasteiro.

HEDGE-MUSTARD ['hedʒmʌstəd], *s.* (bot.) gergelim.

HEDGEROW ['hedʒrou], *s.* plantação que forma cerca viva.

HEDGE-SPARROW ['hedʒ'spærou], *s.* cambaxirra (= garrincha, carriça, corruíra).

HEDGING ['hedʒiŋ], *s.* ação de cercar com sebes.

HEDONISM ['hi:dənizm], *s.* hedonismo.

HEED [hi:d], *s.* cautela, atenção, cuidado, resguardo; reparo, observação; sobriedade. *v.* atender, prestar atenção; observar, cuidar, notar; fazer caso; considerar. # *take heed of*, ter cuidado com, prestar atenção em.

HEEDFUL ['hi:dful], *a.* atento, cuidadoso, cauteloso, circunspecto, prevenido, precavido.

HEEDLESS ['hi:dlis], *a.* insensato; descuidado, distraído; imprudente; desatinado, inadvertido; indiscreto.

HEEHAW ['hi:'hɔ:], *s.* orneio, zurro; (fig.) gargalhada. *v.* ornejar, zurrar.

HEEL [hi:l], *s.* calcanhar; salto, tacão; (náut.) extremo de ré (da quilha); pé de mastro, de baliza, etc.; inclinação do navio, arfagem. *v.* colocar salto; tombar, cair; dar de quilha (navio); inclinar-se (navio). # *at his heels*, na sua pista. *be left to cool one's heels, cool one's heels, kick one's heels,* "tomar chá de cadeira" (esperar por alguém por muito tempo). *betake oneself to one's heels,* fugir, correr. *come to heel,* obedecer sem discussão, submeter-se. *down at heels,* pobremente vestido. *heels uppermost,* de cabeça para baixo. *kick one's heels,* perder tempo. *out at heel,* com a meia furada. *show a clean pair of heels,* fugir precipitadamente, dar às de vila-diogo = *take to one's heels.*

HEELER ['hi:lə], *s.* (E.U.) um apaniguado de chefe político; chefe.

HEEL-TAP ['hi:ltæp], *s.* (gír.) resto de bebida no copo. # *no heel-taps,* bebe tudo, esvazia o copo.

HEFTY ['hefti], *a.* (E.U.) pesado; violento; corpulento, troncudo = (Ing.) *sturdy.*

HEGEMONY [hi:'geməni, 'hedʒiməni], *a.* hegemonia, supremacia.

HEGIRA ['hedʒirə], *s.* hégira.

HE-GOAT ['hi:'gout], *s.* bode. *V.* **BILLY-GOAT.**

HEIFER ['hefə], *s.* vitela, novilha.

HEIGH [hei], *int.* eh!

HEIGH-HO ['hei'hou], *int.* ah! (exprime enfado, desagrado).

HEIGHT [hait], *s.* altura, altitude, elevação, eminência; auge, extremo, cúmulo, apogeu; outeiro; excelência; (mar.) pontal.

HEIGHTEN ['haitn], *v.* erguer, levantar, alçar; aumentar, acrescentar; engrandecer, realçar, encarecer; aperfeiçoar; ornar; agravar.

HEINOUS ['heinəs], *a.* atroz, horrível, odioso, nefando.

HEINOUSNESS ['heinəsnis], *s.* atrocidade; odiosidade; hediondez.

HEIR [ɛə], *s.* herdeiro, sucessor.

HEIR-APPARENT ['ɛərə'pærənt], *s.* (jur.) herdeiro forçado.

HEIRDOM ['ɛədəm], *s.* herança, direito de herança; estado de herdeiro.

HEIRESS ['ɛəris], *s.* herdeira.

HEIRLESS ['ɛəlis], *a.* sem herdeiro.

HEIRLOOM ['ɛəlu:m], *s.* bens móveis herdados.

HEIRSHIP ['ɛəʃip], *s.* direito de herança; privilégios de um herdeiro.

HELD [held], *pret.* e *pp.* de **HOLD.** # *to be held to be,* ser tido como.

HELENIC [he'li:nik], *a.* helênico, heleno, grego.

HELENISM ['helinizm], *s.* helenismo.

HELIAC ['hi:liæk], *a.* helíaco.

HELIANTHUS [hi:li'ænθəs], *s.* helianto, girassol.

HELICOPTER ['helikɔptə], *s.* helicóptero.

HELIOGRAPH ['hi:liogrɑ:f], *s.* heliógrafo.

HELIOGRAPHIC [hi:lio'græfik], *a.* heliográfico.

HELIOGRAPHY [hi:li'ɔgrəfi], *s.* heliografia.

HELIOGRAVURE ['hi:liogrə'vjuə], *s.* fotogravura, heliogravura.

HELIOMETER [hi:li'ɔmitə], *s.* heliômetro.

HELIOSCOPE ['hi:ljəskoup], *s.* helioscópio.

HELIOSTAT ['hi:liostæt], *s.* helióstato.

HELIOTROPE ['heljətroup], *s.* heliotrópio (planta e pedra).

HELIPORT ['helipɔ:t], *s.* aeroporto para helicópteros.

HELIUM ['hi:ljəm], *s.* hélio.

HELIX ['hi:liks], *s.* hélice; espiral; (arq.) voluta.

HELL [hel], *s.* inferno. # *between hell and high water,* entre a cruz e a caldeirinha. *hell for leather,* decidido, determinado, resoluto = (U.S.) *hell-bent. raise hell* (ou *Cain*), ficar furioso; pintar o sete; pintar o diabo.

HE'LL [hi:l], *s.* contração de *he will.*

HELL-BENT ['helbent], *a.* (E.U.) decidido, determinado, resoluto = (Ing.) *hell for leather, hammer and tongs* (col.).

HELLISH ['heliʃ], *a.* infernal.

HELLISHNESS ['heliʃnis], *s.* a qualidade de ser infernal, caráter diabólico.

HELLO ['he'lou, he'lou, hə'lou], *int.* alô!

HELM [helm], *s.* (náut.) leme; timão; direção, governo. *v.* governar, guiar, dirigir, conduzir.

HELMET ['helmit], *s.* elmo, capacete.

HELMETED ['helmitid], *a.* que tem elmo.

HELMINTH ['helminθ], *s.* helminto, entozoário, lombriga, verme.

HELMSMAN ['helmzmən], *s.* timoneiro.

HELOT ['helət], *s.*hilota, escravo, servo.

HELOTAGE ['helətidʒ], *s.* o estado de hilota, hilotismo, escravidão, servidão.

HELP [help], *s.* ajuda, socorro, auxílio, amparo, proteção; remédio, recurso; meio; (E.U.) criado, empregado, ajudante. *v.* ajudar, socorrer, auxiliar, amparar, proteger; evitar; deixar de fazer (em frase negativa). # *it can't be helped,* é inevitável. *help oneself,* servir-se. *there is no help for it,* não há remédio.

HELPER ['helpə], *s.* auxiliar, ajudante, auxiliador, assistente; criado.

HELPFUL ['helpful], *a.* proveitoso, útil, profícuo, prestativo, prestimoso, prestante.

HELPFULNESS ['helpfulnis], *s.* auxílio, ajuda, assistência, utilidade, préstimo.

HELPLESS ['helplis], *a.* desamparado, desvalido; impossibilitado, impotente, irremediável.

HELPLESSNESS ['helplisnis], *s.* desamparo, abandono, desvalimento; debilidade, extenuação, prostração, exaustão.

HELPMATE ['helpmeit], *s.* companheiro (marido ou mulher); assistente, ajudante, auxiliar.

HELTER-SKELTER ['heltə'skeltə], *adv.* precipitadamente, desordenadamente, atabalhoadamente.

HELVE [helv], *s.* cabo (de ferramenta, instrumento, arma, etc.); punho.

HELVETIAN [hel'vi:ʃiən], *s.* e *a.* suíço.

HEM [hem], *s.* bainha; debrum; orla de qualquer costura. *v.* debruar, fazer bainha, abainhar; guarnecer; cercar, fechar, encerrar; tossir fingidamente. # *oversewn hem,* ponto ajur.

HEM [hem], *s.* pigarro. *v.* pigarrear; falar hesitantemente. *int.* [hm], hem!

HEMICYCLE ['hemisaikl], *s.* hemiciclo.

HEMIPLEGIA [hemi'pli:dʒiə], *s.* hemiplegia.

HEMIPTERA [he'miptərə], *s.* hemípteros.

HEMISPHERE ['hemisfiə], *s.* hemisfério.

HEMISPHERIC, AL [hemis'ferik, əl], *a.* hemisférico.

HEMISTICH ['hemistik], *s.* hemistíquio.

HEM-LINE ['hemlain], *s.* barra da saia.
HEMLOCK ['hemlɔk], *s.* cicuta.
HEMP [hemp], *s.* cânhamo.
HEMPEN ['hempən], *a.* de cânhamo.
HEM-STITCH ['hemstitʃ], *s.* ponto aberto; bainha de ponto aberto.
HEN [hen], *s.* galinha; fêmea de qualquer ave.
HENCE [hens], *adv.* daqui, daí, dali; desde que. *conj.* logo, portanto, em conseqüência.
HENCEFORTH ['hens'fɔ:θ], *adv.* de hoje por diante, no futuro, daqui por diante.
HENCEFORWARD ['hens'fɔ:wəd], *adv.* daqui por diante, para o futuro.
HENCHMAN ['hentʃmən], *s.* criado, servo, pajem; apaniguado; partidário.
HEN-COOP ['henku:p], *s.* capoeira (para aves domésticas).
HENDECAGON [hen'dekəgən], *s.* hendecágono.
HENHOUSE ['henhaus], *s.* galinheiro.
HENNA ['henə], *s.* (bot.) hena.
HENNERY ['henəri], *s.* galinheiro; capoeira.
HEN-PARTY ['henpa:ti], *s.* festa só para mulheres.
HEN-PECK ['henpek], *s.* mulher que governa o marido. *v.* dominar, governar o marido.
HENPECKED ['henpekt], *a.* governado pela mulher (diz-se do marido).
HEN-ROOST ['henru:st], *s.* poleiro.
HEN-SPARROW ['henspærou], *s.* pardoca.
HEPATIC [hi'pætik], *a.* hepático.
HEPATICA [hi'pætikə], *s.* (bot.) hepática.
HEPATITE ['hepətait], *s.* (med.) hepatite; (min.) hepatita.
HEPTAGON ['heptəgən], *s.* heptágono.
HEPTAGONAL [hep'tægənl], *a.* heptagonal.
HEPTAHEDRON ['heptə'hedrən, 'heptə'hi:drən], *pl.* *-ons*, *-a*, [-ənz, -ə], *s.* heptaedro.
HER [hə:], *pron.* ela, lhe, a. *a.* seu, sua, seus, suas (dela); dela.
HERALD ['herəld], *s.* arauto, precursor, mensageiro, introdutor. *v.* proclamar, anunciar; apresentar, introduzir.
HERALDRY ['herəldri], *s.* heráldica; genealogia.
HERB [hə:b], *s.* erva; legume; planta.
HERBACEOUS [hə:'beiʃəs], *s.* herbáceo; herbóreo, herbático.
HERBAGE ['hə:bidʒ], *s.* verdura para gado; pastagem; pasto.
HERBARIUM [hə:'bεəriəm], *s.* herbário.
HERBIVOROUS [hə:'bivərəs], *a.* herbívoro.
HERCULEAN [hə:kju'li:ən, he:'kju:liən], *a.* hercúleo.
HERD [hə:d], *s.* rebanho, manada, bando; quadrilha; grei; multidão; a ralé. *v.* andar ou reunir em rebanhos, manadas ou bandos.
HERDER ['hə:də], *s.* pastor.
HERDSMAN ['hə:dzmən], *s.* guarda de gado, boiadeiro, vaqueiro; senhor ou dono de manadas; pastor.
HERE [hiə], *adv.* aqui, neste lugar, neste estado; nesta vida; cá, neste ponto, na terra. # *here's to you!* saúde!
HEREABOUT(S) ['hiərəbaut(s)], *adv.* por aqui; aqui perto; nestas imediações; nestas cercanias, nestas paragens.
HEREAFTER [hiər'ɑ:ftə], *adv.* para o futuro.
HEREBY ['hiə'bai], *adv.* pelo presente; por meio disto; aqui junto; por isso; não longe daqui.
HEREDITABLE [hi'reditəbl], *a.* que pode ser herdado.
HEREDITAMENT [heri'ditəmənt], *s.* tudo quanto pode ser herdado; herança; bens transmissíveis por via de sucessão.
HEREDITARINESS [hi'reditərinis], *s.* a qualidade de ser hereditário; hereditariedade.
HEREDITARY [hi'reditəri], *a.* hereditário.
HEREDITY [hi'rediti], *s.* hereditariedade.
HEREIN ['hiər'in], *adv.* nisto; aqui dentro.
HEREOF [hiər'ɔv], *adv.* disto; daqui; como resultado disto; acerca disto.
HEREON [hiər'ɔn], *adv.* sobre isso; sobre isto; acerca disto.
HERESIARCH [he'ri:ziɑ:k], *s.* heresiarca.
HERESY ['herəsi], *s.* heresia.
HERETIC ['herətik], *s.* herege. *a.* herético.
HERETO ['hiə'tu:], *adv.* até agora, até o presente.
HERETOFORE ['hiətu'fɔ:, 'hiətu'fɔə], *adv.* até agora; até aqui; antigamente.
HEREUNDER [hiər'ʌndə], *adv.* abaixo disto; abaixo; em virtude disto.
HEREUNTO ['hiərʌn'tu], *adv.* até isto, até isso; até agora, até o presente.

HEREUPON ['hiərə'pɔn], *adv.* em conseqüência disto; neste momento.
HEREWITH ['hiə'wið], *adv.* aqui junto; com isto.
HERITAGE ['heritidʒ], *s.* herança, patrimônio.
HERMAPHRODITE [hə:'mæfrədait], *s.* e *a.* hermafrodito (= hermafrodita).
HERMETIC, AL [hə:'metik, əl], *a.* hermético.
HERMIT ['hə:mit], *s.* eremita, anacoreta, solitário.
HERMITAGE ['hə:mitidʒ], *s.* ermida; capela; eremitério.
HERNIA ['hə:njə], *s.* hérnia; quebradura.
HERNIAL ['hə:niəl], *a.* hernial.
HERNSHAW ['hə:nʃɔ:], *V.* **HERON.**
HERO ['hiərou], *s.* herói.
HEROIC, AL [hi'rouik, əl], *a.* heróico, épico.
HEROIN ['herouin], *s.* (farm.) heroína, diacetilmorfina.
HEROINE ['herouin], *s.* heroína (fem. de herói).
HEROISM ['herouizm], *s.* heroísmo, heroicidade, denodo, bravura.
HERON ['herən], *s.* garça.
HERONRY ['herənri], *s.* lugar onde se criam garças.
HERPES ['hə:pi:z], *s.* (med.) herpes.
HERRING ['heriŋ], *s.* arenque. # *draw a red herring across the track,* fugir (ou fazer fugir) do assunto.
HERRINGBONE ['heriŋboun], *s.* espinha de arenque; padrão de tecido em forma de ziguezague.
HERRINGBONE-STITCH ['heriŋboun'stitʃ], *s.* ponto de espinha (costura).
HERRINGER ['heriŋə], *s.* pescador de arenque.
HERS [hə:z], *pron.* seu, sua, seus, suas (dela); dela; o dela, a dela, os dela, as dela.
HERSELF [hə:'self], *pron.* ela própria; ela mesma; a si mesma; se.
HERTZIAN WAVES ['hə:tsiən 'weivz], *s.* ondas hertzianas.
HE'S [hi:z], contração de *he has* ou de *he is.*
HESITANCY ['hezitənsi], *s.* hesitação, dúvida, incerteza, indecisão.
HESITANT ['hezitənt], *a.* hesitante, indeciso, vacilante.
HESITATE ['heziteit], *v.* hesitar, vacilar, duvidar, titubear.
HESITATING ['heziteitiŋ], *a.* duvidoso, vacilante, indeciso, irresoluto.
HESITATION [hezi'teiʃən], *s.* hesitação, irresolução; incerteza, dúvida.
HESPER ['hespə], *s.* Vésper, o planeta Vênus.
HESPERUS ['hespərəs], *V.* **HESPER.**
HETERODOX ['hetərədɔks], *a.* heterodoxo.
HETEROGENEITY [hetərodʒi'ni:iti], *s.* heterogeneidade.
HETEROGENOUS ['hetəro'dʒi:njəs], *a.* heterogêneo, dissimilar.
HEW [hju:], *pp.* **HEWN** ou **HEWED.** *v.* cortar (em pedaços), talhar, abater, picar, decepar, desbastar, falquejar.
HEWER ['hju:ə], *s.* o que talha, desbasta.
HEXAGON ['heksəgən], *s.* hexágono.
HEXAGONAL [hek'sægənl], *a.* hexagonal.
HEXAHEDRAL ['heksə'hedrəl], *a.* hexaédrico.
HEXAHEDRON ['heksə'hedrən], *s.* hexaedro.
HEXAMETER [hek'sæmitə], *s.* hexâmetro.
HEY [hei], *int.* êh! hem!
HEY-DAY ['hei'dei], *int.* exclamação de alegria, de surpresa ou de admiração.
HEYDAY ['heidei], *s.* auge, vigor, apogeu da vitalidade; a alegria irrefreável da juventude.
HI [hai], *int.* eh! olá!
HIATUS [hai'eitəs], *s.* hiato; greta, fenda, abertura; lacuna; falha.
HIBERNAL [hai'bə:nl], *a.* hiemal (= hibernal, invernal).
HIBERNATE ['haibə:neit], *v.* hibernar, invernar.
HIBERNATION [haibə:'neiʃən], *s.* hibernação.
HIBISCUS [hi'biskəs], *s.* (bot.) hibisco.
HICCOUGH, HICCUP ['hikʌp], *v.* soluçar. *s.* soluço.
HICK [hik], *s.* soluço; (E.U.) caipira, jeca, matuto, tabaréu = (Ing.) *yokel, chaw-bacon, bumpkin.*
HICKORY ['hikəri], *s.* espécie de nogueira da América do Norte.
HID [hid], *pret.* e *pp.* de **HIDE.**
HIDDEN ['hidn], *pp.* de **HIDE.**
HIDE [haid], *v. pret.* **HID,** *pp.* **HID** ou **HIDDEN,** esconder, encobrir; esconder-se, ocultar-se.
HIDE [haid], *s.* couro, pele; medida de terra (varia entre 60 e 120 acres,). *v. pret.* e *pp.*

HIDED, chicotear, surrar; tirar o couro; cobrir com couro.

HIDE-AND-SEEK ['haidn'sik], *s.* brinquedo de esconder = (E.U.) *hide and go seek, peek-aboo, bopeep.*

HIDEBOUND ['haidbaund], *a.* com a pele sobre os ossos; intratável; mesquinho; obstinado; avaro.

HIDEOUS ['hidiəs], *a.* feio, horrível, repugnante, asqueroso, repelente; espantoso, hediondo; abominável.

HIDEOUSNESS ['hidiəsnis], *s.* horror, espanto, medo, terror; fealdade, deformidade.

HIDING ['haidiŋ], *s.* ato de esconder; encobrimento; esconderijo.

HIDING ['haidiŋ], *s.* sova, surra.

HIDING-PLACE ['haidiŋpleis], *s.* esconderijo.

HIDRO-ELECTRIC ['haidroui'lektrik], *a.* hidrelétrico.

HIE [hai], *v.* (poes.) ativar, apressar, dar pressa; apressar-se.

HIERARCH ['haiərɑ:k], *s.* hierarca, arcebispo.

HIERARCHIC, AL [haiə'rɑ:kik, əl], *a.* hierárquico.

HIERARCHY ['haierɑ:ki], *s.* hierarquia.

HIERATIC [haiə'rætik], *a.* hierático.

HIEROGLYPH ['haiərəglif], *s.* hieróglifo, símbolo.

HIEROGLYPHIC [haiərə'glifik], *a.* hieroglífico. *s. pl.* hieróglifos (= hieroglifos, jeróglifos).

HI-FI ['haifai], *s.* e *a.* Abrev. de *High Fidelity.*

HIGGLE ['higl], *v.* regatear, pechinchar, negociar.

HIGGLEDY-PIGGLEDY ['higldi'pigldi], *adv.* confusamente, às avessas. *a.* confuso. *s.* confusão.

HIGGLER ['higlə], *s.* regateador, regateiro.

HIGH [hai], *a.* alto, grande, elevado, eminente, solene; superior; sumo (sacerdote); supremo (tribunal); digno; poderoso; altivo. *a.* jactancioso, arrogante, orgulhoso; violento, zangado; turbulento, indômito; delicado, lisonjeiro; cheio, pleno; caro (no preço); completo, consumado; (gír.) embriagado. *adv.* altamente; de preço elevado; a grande altura; arrogantemente, luxuosamente. *s.* trunfo (cartas); (E.U.) terceira velocidade (automóvel); (E.U.) altura; número alto, visível, elevado. # *be left high and dry,* ser abandonado. *high dry,* (náut.) encalhado; abandonado. *search high and low,* procurar por toda parte.

HIGH-ALTER ['hai'ɔ:ltə], *s.* altar-mor.

HIGHBALL ['haibɔ:l], *s.* (E.U.) uísque, soda e gelo picado.

HIGH-BORN ['haibɔ:n], *a.* nobre, de ascendência nobre.

HIGHBOY ['haibɔi], *s.* (E.U.) cômoda de pés altos = (Ing.) *tall-boy.*

HIGH-BRED ['haibred], *a.* educado; de boa raça.

HIGHBROW ['haibrau], *s.* intelectual (sentido pejorativo).

HIGH-DAY ['haidei], *s.* dia de gala.

HIGH-FALUTIN ['haifə'lu:tin], *s.* linguagem bombástica. *a.* bombástico.

HIGH FIDELITY ['haifi'deliti], *a.* de alta fidelidade (rádio, fonógrafo, etc) *s.* rádio, fonógrafo, etc., de alta fidelidade. Abrev. **HI-FI.**

HIGH-FLOWN ['haifloun], *a.* bombástico; extravagante; ambicioso; exagerado.

HIGH-FLYER, FLIER ['hai'flaiə], *s.* ave que voa alto; pessoa ambiciosa, extravagante, exagerada.

HIGH-FLYING ['hai'flaiiŋ], *a.* extravagante; ambicioso; exagerado.

HIGH-FREQUENCY ['hai'fri:kwənsi], *s.* (eletr.) alta freqüência.

HIGH GEAR ['hai'giə], *s.* (E.U.) terceira velocidade (aut.) = (Ing.) *top gear.*

HIGH-HANDED ['hai'hændid], *a.* arbitrário, despótico.

HIGH HAT ['hai'hæt], *s.* cartola.

HIGHLAND(S) ['hailənd(z)], *s.* zona montanhosa, serrania (especialmente o norte da Escócia).

HIGHLANDER ['hailəndə], *s.* montanhês, serrano (especialmente da zona montanhosa da Escócia).

HIGH LIFE ['hai'laif], *s.* alta sociedade; vida da alta sociedade.

HIGHLY ['haili], *adv.* altamente, sumamente, grandemente; soberbamente, arrogantemente; muito bem.

HIGH MASS ['hai'mæs], *s.* missa solene, missa cantada.

HIGH-MINDED ['hai'maindid], *a.* magnânimo.

HIGHNESS ['hainis], *s.* altura, elevação; grandeza, sublimidade; excelência; alteza (título).

HIGH PITCHED ['hai'pitʃt], *a.* alto, agudo (som).

HIGH-POWERED ['hai'pauəd], *a.* possante (motor).

HIGH-PRESSURE ['hai'preʃə], *s.* alta pressão. *a.* ['highprəʃə], de alta pressão.

HIGH-ROAD ['hairoud], *s.* estrada de rodagem, estrada real, estrada nacional.

HIGH SCHOOL ['hai'sku:l], *s.* (E.U.) escola secundária = (Ing.) *secondary school* # *junior high school,* ginásio. *senior high school,* colégio (2.º ciclo).

HIGH-SOUNDING ['haisaundiŋ], *a.* pomposo.

HIGH-SPIRITED ['hai'spiritid], *a.* corajoso, destemido, ousado; animado, entusiasmado.

HIGH-SPIRITS ['hai'spirits], *s.* grande animação, entusiasmo.

HIGH-STRUNG ['hai'strʌŋ], *a.* irascível.

HIGH-TEA ['hai'ti:], *s.* chá servido com comestíveis.

HIGH-TONED [hai'tound], *a.* respeitável; (E.U.) superior; em tom alto.

HIGH-UP ['haiʌp], *s.* pessoa de elevada posição social.

HIGH WATER ['hai'wɔ:tə], *s.* preamar, maré cheia.

HIGHWAY ['haiwei], *s.* estrada de rodagem, estrada pública ou real, caminho principal ou usual.

HIGHWAYMAN ['haiweimən], *s.* ladrão de estradas; salteador, bandoleiro, bandido = (E.U.) *hold-up man.*

HIKE [haik], *s.* caminhada. *v.* caminhar, excursionar; tomar "carona". *V.* **HITCHHIKE.**

HILARIOUS [hi'lɛəriəs], *a.* alegre, hilariante, jovial.

HILARITY [hi'læriti], *s.* hilaridade, alegria.

HI-LEAD ['hailed], *s.* (met.) mistura de cobre e chumbo.

HILL [hil], *s.* colina, outeiro, monte; montículo; eminência; encosta. *v.* amontoar, acumular. # *as old as the hills,* velho como a Sé de Braga. *up hill and down dale,* por montes e por vales, morro acima e morro abaixo.

HILLED [hild], *a.* acidentado, com montes; montanhoso; colinoso.

HILLMAN ['hilmæn], *s.* montanhês, serrano.

HILLOCK ['hilək], *s.* pequena colina ou eminência; outeirinho; cabeço.

HILL-SIDE ['hil'said, 'hil-said], *s.* encosta.

HILL-TOP ['hil'tɔp, 'hil-tɔp], *s.* o cimo do monte.

HILLY ['hili], *a.* montanhoso, acidentado (terreno).

HILT [hilt], *s.* cabo, punho, guarda, empunhadura (de armas), copos (da espada).

HILTED ['hiltid], *a.* provido de punho ou guarda (espada).

HILUM ['hailəm], *s.* (bot. anat.) hilo.

HIM [him], *pron.* o, a, ele, lhe.

HIMSELF [him'self], *pron.* ele próprio; ele mesmo; a si mesmo; se.

HIND [haind], *s.* corça; camarada (de lavoura); campônio. *a.* posterior, traseiro.

HINDER ['haində], *a. comp.* de **HIND.**

HINDER ['hində], *v.* impedir, deter, retardar, estorvar, embaraçar, atrapalhar, pôr obstáculos; obstruir.

HINDERER ['hindərə], *s.* aquele que impede ou estorva.

HINDMOST ['haidmoust], *sup.* de *hind.*

HINDRANCE [' hindrəns], *s.* obstáculo, impedimento, estorvo, embaraço, empecilho.

HINDU ['hin'du:, hin'du:], *s.* e *a.* hindu; indiano.

HINDUISM ['hindu:izm], *s.* hinduísmo.

HINDUSTANI [hindus'tæni], *s.* hindustani.

HINGE [hindʒ], *s.* dobradiça; gonzo; charneira; ponto principal; bisagra; macho e fêmea do leme. *v.* engonçar, curvar, girar sobre um gonzo; depender de. # *be off the hinges,* estar sofrendo da bola.

HINT [hint], *s.* sugestão, insinuação, idéia = (E.U.) *pointer;* alusão, indireta; aviso; advertência. *v.* sugerir, aludir, dar a entender, insinuar, advertir. # *give one a hint,* dar uma sugestão a alguém. *kate the hint,* compreender, perceber. *throw out hints,* dar a entender.

HINTERLAND ['hintəlænd], *s.* hinterlândia, terras do interior.

HIP [hip], *s.* cadeiras, anca, quadril; lagarto

(carne de vaca); fruto da silva-macha. *v.* desancar, derrear, descadeirar, desconjuntar; entristecer, tornar melancólico. # *smite hip and thigh,* golpear a torto e a direito; destroçar; liqüidar (o inimigo).

HIP-BATH ['hipbɑ:θ], *s.* bidê, banheira de assento.

HIP-BONE ['hipboun], *s.* (anat.) ilíaco.

HIPPED [hipt], *pp.* e *a.* desancado, descadeirado, desconjuntado; entristecido.

HIPPETY-HOP ['hipəti'hɔp], *adv.* aos saltinhos. *V.* **HIPPETY-HOPPETY.**

HIPPETY-HOPPETY ['hipəti'hɔpəti], *adv.* aos saltinhos. *V.* **HIPPETY-HOP.**

HIPPISH ['hipiʃ], *a.* (col.) um tanto melancólico, abatido ou hipocondríaco.

HIPPODROME ['hipədroum], *s.* hipódromo; teatro de variedades.

HIPPOPOTAMUS [hipə'pɔtəmes], *s.* hipopótamo.

HIRCINE ['hə:sain], *a.* hircino; hircoso.

HIRE ['haiə], *s.* aluguel; salário, ordenado; estipêndio. *v.* alugar; assalariar; assoldadar; subornar; (E.U.) contratar (um empregado) = (Ing.) *engage.* # *on hire,* para alugar.

HIRED ['haiəd], *a.* de aluguel, assalariado, mercenário.

HIRED GIRL ['haiəd'gə:l], *s.* (E.U.) empregada; criada.

HIRED MAN ['haiəd'mæn], *s.* (E.U.) empregado, criado, camarada.

HIRED WOMAN ['haiəd'wumən], *s.* (E.U.) empregada, criada.

HIRELING ['haiəliŋ], *s.* jornaleiro; mercenário. *a.* mercenário; venal.

HIRSUTE ['hə:sju:t], *a.* hirsuto, peludo; eriçado.

HIS [hiz], *pron.* e *a.* seu, sua, seus, suas (dele); o dele, a dele, os dele, as dele; dele.

HISS [his], *s.* vaia, apupo, pateada, assobio, silvo. *v.* assobiar, apupar, vaiar, patear.

HISSER ['hisə], *s.* o que assobia, que apupa, que vaia.

HIST [hist], *int.* Psiu! Caluda! (silêncio e atenção).

HISTOLOGIC, AL [histə'lɔdʒik, əl], *a.* histológico.

HISTOLOGY [his'tɔlədʒi], *s.* histologia.

HISTORIAN [his'tɔ:riən], *s.* historiador, cronista.

HISTORIC, AL [his'tɔrik, əl], *a.* histórico.

HISTORIOGRAPHER [histɔ:ri'ɔgrəfə], *s.* historiógrafo, historiador.

HISTORY ['histəri], *s.* história.

HISTRIONIC [histri'ɔnik], *a.* histriônico, de histrião; teatral.

HISTRIONICS [histri'ɔniks], *s.* arte teatral.

HIT [hit], *s.* golpe, pancada; choque, colisão; impacto no alvo; acerto; bom êxito; lance acertado; fortuna. *v. pret.* e *pp.* **HIT,** tocar, bater, ferir, golpear, ferir o alvo, atingir, alcançar, acertar; convir; colidir; encontrar; acontecer de um modo feliz; sair bem; chocar; roçar. # *a lucky hit,* um golpe feliz. *hit-and-run driver,* motorista que foge após o desastre. *hit it off,* concordar. *hit it up!* (gír.) dê o fora! caia fora! deixe-me em paz! *hit upon,* encontrar por acaso. *make a hit,* fazer sucesso, causar grande sensação.

HITCH [hitʃ], *s.* nó, laço, laçada; volta; gancho; volta de cabo; parada; tropeço; dificuldade, embaraço, empecilho, entrave, obstáculo. *v.* prender, agarrar, atar, ligar, lançar; enganchar; (mar.) amarrar; mover-se aos saltos; agarrar-se.

HITCHHIKE ['hitʃhaik], *v.* (gír.) viajar de favor em automóveis, tomar "carona". *s.* viagem de favor (em automóvel, trem, etc.), "carona".

HITCHHIKER ['hitʃhaikə], *s.* o que viaja de favor (em automóvel, trem, etc.), um carona.

HITHER ['hiðə], *adv.* e *a.* para aqui, para cá, até aqui; até agora; do lado de cá, interior, aquém de; anterior. # *hither and thither,* para cá e para lá.

HITHERTO ['hiðə'tu:], *adv.* até agora, até aqui.

HITHERWARD(S) ['hiðəwə:d(z)], *adv.* para cá, para aqui.

HITTER ['hitə], *s.* o que fere; o que bate; o que acerta.

HIVE [haiv], *s.* colmeia; cortiço; enxame. *v.* enxamear; enxamear-se.

HIVES [haivz], *s.* (med.) urticária.

HO [hou], *int.* olá! ó! oh!

HOAR [hɔ:, hɔə], *a.* branco, alvo, níveo; grisalho; bolorento.

HOARD [hɔ:d], *s.* provisão, tesouro oculto; esconderijo; montão, acumulação. *v.* acumular, juntar; guardar; fazer provisão; entesourar, amealhar.

HOARDER ['hɔ:də], *s.* o que entesoura ou amontoa.

HOARDING ['hɔ:diŋ], *s.* amontoamento, acumulação; paliçada; tapume de tábuas; armação de tábuas em que se colocam cartazes; cartaz = (E.U.) *billboard.*

HOAR-FROST ['hɔ:'frɔst], *s.* geada.

HOARINESS ['hɔ:rinis], *s.* brancura; cãs; velhice; mofo.

HOARSE [hɔ:s, hɔəs], *a.* rouco, rouquenho; roufenho; discordante.

HOARY ['hɔ:ri], *a.* branco, alvo; encanecido, grisalho; coberto de geada.

HOAX [houks], *s.* engano, burla, fraude, logro, mistificação, embuste, trapaça. *v.* enganar; burlar, lograr, fraudar; pregar uma partida, pregar uma peça.

HOAXER ['houksə], *s.* enganador, mistificador, burlão, trapaceiro, trampolineiro.

HOB [hɔb], *s.* projeção lateral da lareira; pau (no jogo de malha).

HOB-AND-NOB ['hɔbən'nɔb], *a.* íntimo.

HOBBLE ['hɔbl], *s.* coxeadura; manqueira; dificuldade; obstáculo. *v.* coxear, manquejar, cambalear; embaraçar, entravar.

HOBBLEDEHOY ['hɔbldi'hɔi], *s.* rapaz desajeitado; bobalhão.

HOBBLER ['hɔblə], *s.* o que coxeia; o que manqueja.

HOBBY ['hɔbi], *s.* cavalinho de pau; mania, passatempo predileto; ocupação favorita; esmerilhão.

HOBBY-HORSE ['hɔbihɔ:s] *s.* cavalinho de pau. # *ride a hobby horse,* falar demasiadamente sobre assunto predileto, martelar um assunto.

HOBGOBLIN ['hɔbgɔblin], *s.* duende, fantasma, espectro.

HOBNAIL ['hɔbneil], *s.* carda grossa; tachão; cravo de ferradura; prego grosso. *v.* pregar.

HOBNOB ['hɔbnɔb], *s.* convite para beber. *v.* associar-se familiarmente; fazer camaradagem; beber juntos.

HOBO ['houbou], *s.* (E.U.) vagabundo.

HOCK [hɔk], *s.* vinho do Reno; jarrete. *v.* (E.U gír.) empenhar, pôr no prego.

HOCKEY ['hɔki], *s.* hóquei.

HOCUS-POCUS ['houkəs'poukəs], *s.* pelotiqueiro; prestidigitador; prestidigitação; decepção; farsa; tolice. *v.* mistificar, enganar, engodar; entontecer, aturdir.

HOD [hɔd], *s.* coche (tabuleiro para conduzir argamassa).

HODGE [hɔdʒ], *s.* camponês, lavrador.

HODGEPODGE ['hɔdʒpɔdʒ], *s.* guisado; mistura, confusão; (jur.) colação de bens = *hotchpotch.*

HODIERNAL [houdi'ə:nl], *a.* hodierno.

HODMAN ['hɔdmən], *s.* servente de pedreiro.

HODOMETER [hɔ'dɔmitə], *s.* hodômetro.

HOE [hou], *s.* enxada; sacho. *v.* sachar, capinar, cavar, mondar.

HOG [hɔg], *s.* porco, capado. *v.* arquear-se; cortar rente (crina). # *drive one's hog to market,* roncar no sono. *go the whole hog,* fazer alguma coisa completamente; resolver o assunto. *hog it,* dormir profundamente.

HOGGERY ['hɔgəri], *s.* porcaria.

HOGGISH ['hɔgiʃ], *a.* porcino; porco; sujo, imundo, torpe, asqueroso, vil, baixo; bruto, grosseiro.

HOGPEN ['hɔgpen], *s.* (E.U.) pocilga, chiqueiro = (Ing.) *pigsty, piggery.*

HOG-PLUM ['hɔgplʌm], *s.* cajá.

HOG-RAISER ['hɔg-reizə], *s.* (E.U.) criador de porcos = (Ing.) *pig-breeder.*

HOGSHEAD ['hɔgzhed], *s.* casco, barril; medida de líquidos (= líqüidos) (cerca de 60 galões).

HOG-WASH ['hɔgwɔʃ], *s.* lavagem (comida para porcos).

HOIST [hɔist], *s.* guindaste, grua, roldana, ascensor, elevador. *v.* içar, suspender, alçar, levantar, erguer, guindar.

HOISTING ['hɔistiŋ], *s.* ato de levar ou içar.

HOITY-TOITY ['hɔiti'tɔiti], *s.* má conduta, insubordinação; balbúrdia. *a.* travesso, brincalhão; insensato; desenvolto; modesto. *int.* exclamação de espanto ou de reprovação.

HOKEY-POKY [houki'pouki], *s.* sorvete vendido nas ruas; doce, confeito; truque.

HOKUM ['houkəm], *s.* recurso teatral ou de oratória; encenação; impostura.

HOLD [hould], *s.* posse, tomada; pega; prisão, custódia; (mús.) nota sustentada; porão de navio. *v. pret.* **HELD.** *pp.* **HELD** ou **HOLDEN**, ter, segurar, agüentar; reter, manter; possuir; sustentar; deter; conservar; julgar; defender; durar, continuar; celebrar; gozar; aderir; derivar; abster-se; presidir; ser válido; manter-se firme; prosseguir; refrear-se, conter-se, comedir-se. # *hold back,* reter. *hold forth,* exibir. *hold forth on,* discorrer sobre. *hold good,* valer, estar de pé (proposta, oferta, etc.). *hold it against,* culpar. *hold off,* evitar. *hold on,* esperar; agarrar-se. *hold out,* apresentar, oferecer; atrasar; resistir; durar. *hold over,* adiar; manter-se, durar; (com.) suspender. *hold up,* levantar; retardar; assaltar. *take hold of,* segurar, agarrar.

HOLDALL ['houldɔ:l], *s.* saco de viagem.

HOLDER ['houldə], *s.* detentor, possuidor, arrendatário; apoio, proteção; cabo, punho; asa. # *holder of a deposit,* depositante (em um banco).

HOLD-FAST ['houldfɑ:st], *s.* gancho, croque, gancho de ferro; apoio.

HOLDING ['houldiŋ], *s.* posse, arrendamento; terra aforada; influência; domínio; detenção; coro, estribilho.

HOLD-UP ['hould'ʌp], *s.* (E.U.) assalto (na estrada) = (Ing.) *highway robbery.*

HOLD-UP MAN ['houldʌp'mən], *s.* (E.U.) salteador = (Ing.) *highwayman.*

HOLE [houl], *s.* buraco, orifício, abertura, cavidade, cova; caverna, antro; poço, cisterna; subterfúgio; choça; situação difícil. *v.* esburacar, entrar ou meter num buraco; furar, perfurar. # *be in a hole,* estar em apuros. *pick holes,* procurar defeitos; encontrar defeitos. *plug* ou *stop a hole,* (col.) pagar uma dívida; preencher uma lacuna.

HOLE-AND-CORNER ['houl'ən(d)'kɔ:nə], *a.* furtivo; secreto.

HOLEY ['houli], *a.* esburacado.

HOLIDAY ['hɔlidei], *s.* dia santo; dia de festa; dia feriado; *pl.* férias. # *bank holiday,* feriado = (E.U.) *legal holiday. national holiday,* feriado nacional.

HOLINESS ['houlinis], *s.* santidade, piedade.

HOLLAND ['hɔlənd], *s.* holanda (tecido).

HOLLANDER ['hɔləndə], *s.* holandês.

HOLLANDS ['hɔləndz], *s.* genebra holandesa.

HOLLO ['hɔlou], *v.* gritar por uma pessoa, bradar. *s.* grito, brado. *int.* olá!

HOLLOW ['hɔlou], *s.* cavidade, concavidade, buraco, cova; vácuo; canal; vale; caverna; antro; fenda, greta. *a.* côncavo; vazio, oco; surdo; falso, enganador; insincero; vão; sem valor. *v.* cavar, escavar, perfurar, esvaziar. # *hollow of the knee,* curva da perna, jarrete. *hollow punch,* vazador (instrumento de correeiro).

HOLLOWNESS ['hɔlounis], *s.* concavidade, cavidade; insinceridade; falsidade, deslealdade.

HOLLY ['hɔli], *s.* (bot.) azevinho.

HOLLYHOCK ['hɔlihɔk], *s.* (bot.) gigante.

HOLM [houm], *s.* (bot.) azinheira; ilhota.

HOLOCAUST ['hɔləkɔ:st], *s.* holocausto.

HOLSTER ['houlstə], *s.* coldre.

HOLSTERED ['houlstəd], *a.* que tem coldres.

HOLY ['houli], *a.* sagrado, bento, pio, puro. # *Holy of Holies,* Santíssimo; Santuário.

HOLY FAMILY ['houlifæmili], *s.* Sagrada Família.

HOLY GHOST ['houligoust], *s.* o Espírito Santo.

HOLY ORDERS ['houliɔ:dəz], *s. pl.* ordens sacras. # *take holy orders,* receber ordens sacras.

HOLYSTONE ['houlistoun], *s.* pedra-sabão.

HOLY WATER ['houliwɔ:tə], *s.* água benta.

HOLY-WEEK ['houliwi:k], *s.* Semana Santa.

HOLY-WRIT ['houlirit], *s.* Sagrada Escritura.

HOMAGE ['hɔmidʒ], *s.* homenagem, respeito, deferência, veneração, reverência, vassalagem.

HOME [houm], *s.* casa, residência, lar; ninho paterno, casa paterna; pátria; família; asilo, albergue; refúgio; sede. *a.* caseiro, doméstico; nativo, natal, nacional; patrício; conveniente; de retorno (frete). *adv.* para casa, a casa; em casa; a bordo. # *at home,* em casa; em sua própria terra; à vontade. *at home with,* familiarizado com. *bring home,* fazer compreender. *bring home the bacon,* dar conta do recado. *bring it home to someone,* fazer alguém compreender. *home affairs,* política interna. *home delivery,* entrega a domicílio. *home made,* nacional; feito em casa. *Home Depart-*

ment (ou *Home Office)*, Ministério do Interior. *home economics*, economia doméstica. *home proofs*, provas evidentes. *make oneself at home*, não fazer cerimônia. *old folk's home*, asilo da velhice desamparada. *pay home*, pagar na mesma moeda. *see home*, acompanhar a casa. *strike home*, tocar no ponto sensível, no ponto nevrálgico. *to feel at home*, sentir-se à vontade.

HOME-BRED ['houm'bred], *a.* doméstico, natural, nativo, de casa, criado em casa.

HOMELAND ['houmlænd], *s.* terra natal.

HOMELESS ['houmlis], *a.* sem casa, sem abrigo, sem asilo.

HOMELIKE ['houmlaik], *a.* familiar; costumeiro; íntimo; confortável.

HOMELINESS ['houmlinis], *s.* simplicidade, rusticidade, fealdade; familiaridade, domesticidade.

HOMELY ['houmli], *a.* simples, humilde, ingênuo, inocente, puro; despretensioso; (E.U.) grosseiro (de feições), vulgar, feio, sem graça, sem atrativos ou encantos; caseiro, rude, ignorante. *adv.* simplesmente, intimamente.

HOME-MADE ['houm'meid], *a.* feito em casa; de fabricação nacional.

HOMESICK ['houmsik], *a.* que tem saudades da pátria ou do lar; nostálgico.

HOMESICKNESS ['houmsiknis], *s.* saudade do lar ou da pátria; nostalgia.

HOMESPUN ['houmspʌn], *a.* caseiro, simples; nacional (feito no país). *s.* pano feito no país.

HOMESTEAD ['houmsted], *s.* herdade, solar, casa de habitação e seus terrenos; propriedade rural; residência; lugar nativo.

HOME TRADE ['houmtreid], *s.* comércio interno = (E.U.) *Domestic Commerce.*

HOMETHRUST ['houmθrʌst], *s.* golpe certeiro.

HOMEWARD ['houmwəd], *a.* em direção ao lar ou à pátria; em retorno. *adv.* para casa, de volta; em caminho de casa, para o seu próprio país.

HOMEWORK ['houmwə:k], *s.* trabalho de casa, tarefa escolar, dever escolar.

HOMICIDAL [hɔmi'saidl], *a.* homicida, sangüinário.

HOMICIDE ['hɔmisaid], *s.* assassino (= homicida); homicídio (= assassínio, assassinato).

HOMILY ['hɔmili], *s.* sermão.

HOMING ['houmiŋ], *a.* que volta à pátria ou ao lar; residente.

HOMING-PIGEON ['houmiŋ'pidʒən], *s.* pombo-correio = *carrier-pigeon.*

HOMINY ['hɔmini], *s.* milho moído; canjica; papa ou mingau de milho.

HOMŒOPATH ['houmiəpæθ], *s.* homeopata.

HOMŒOPATHIC, AL [houmiə'pæθik, əl], *a.* homeopático.

HOMŒOPATHIST [houmi'ɔpəθist], *s.* homeopata.

HOMŒOPATHY [houmi'ɔpəθi], *s.* homeopatia.

HOMOGENEITY [hɔmodʒe'ni:iti], *a.* homogeneidade.

HOMOGENEOUS [hɔmə'dʒi:niəs], *a.* homogêneo.

HOMOLOGOUS [hɔ'mɔləgəs], *a.* homólogo.

HOMONYM ['hɔmənim], *s.* homônimo.

HOMONYMOUS [hɔ'mɔniməs], *a.* homônimo; esquivo, ambíguo, vago.

HOMONYMY [hɔ'mɔnimi], *s.* homonímia; ambigüidade.

HOMOPHONE ['hɔməfoun], *s.* homófono.

HOMOPHONOUS [hɔ'mɔfənəs], *a.* homófono.

HOMOPHONY [hɔ'mɔfəni], *s.* homofonia.

HOMUNCULUS [ho'mʌŋkjuləs], *s.* homúnculo, anão.

HONE [houn], *s.* pedra de afiar. *v.* afiar; afligir-se; queixar-se, lamentar-se, lamuriar-se.

HONEST ['hɔnist], *a.* correto, probo, íntegro, reto; franco, sincero.

HONESTLY ['hɔnistli], *adv.* honestamente; honradamente; corretamente; sinceramente.

HONESTY [hɔ'nisti], *s.* honestidade, honradez, probidade, integridade; candura, pureza, lealdade; (bot.) lunária.

HONEY ['hʌni], *s.* mel; doçura; afago; "meu bem" (uma expressão de carinho). *v.* falar com carinho; tornar doce: cobrir com mel. # *it's a honey!* está que é uma beleza!

HONEYBEE ['hʌnibi:], *s.* abelha de mel.

HONEYCOMB ['hʌnikoum], *s.* favo de mel.

HONEYDEW ['hʌnidju:], *s.* secreção doce de plantas e afídios.

HONEYED ['hʌnid], *a.* doce; coberto de mel; melífluo.

HONEYMOON ['hʌnimu:n], *s.* lua-de-mel.

HONEYSUCKLE ['hʌnisʌkl], *s.* madressilva.

HONK [hɔŋk], *s.* grasnar do pato bravo; fonfom.

HONKY-TONK ['hɔŋkitɔŋk], *s.* espelunca; tasca.

HONORARIUM [ɔnə'rɛəriəm], *s.* honorários, estipêndio.

HONORARY ['ɔnərəri], *a.* honorário; honorífico; sem retribuição, gratuito.

HONORIFIC [ɔnə'rifik], *a.* honorífico; honorário; honroso.

HONOUR, HONOR ['ɔnə], *s.* honra, honestidade; reverência; fama, dignidade, distinção, título de honra; ornamento; senhoria. *v.* honrar, venerar, reverenciar, respeitar; adorar; estimar; pagar no dia do vencimento (letra). # *honour to whom honour is due,* honra ao mérito. *upon one's honour,* sob palavra de honra. *Your Honour,* Vossa Senhoria.

HONOURABLE ['ɔnərəbl], *a.* ilustre, honorífico, honroso, honrado; nobre, digno, generoso, magnânimo.

HONOURABLY ['ɔnərəbli], *adv.* honradamente, honorificamente, decentemente, generosamente.

HOOD [hud], *s.* capuz, capucho, touca, toucado, coifa = (E.U.) *fascinator;* capota de automóvel = (E.U.) *top;* tampa; (E.U.) capô (tampo do motor de um automóvel) = (Ing.) *bonnet. v.* pôr touca.

HOODED ['hudid], *a.* coberto; vedado.

HOODLESS ['hudlis], *a.* sem capuz.

HOODLUM ['hu:dləm], *s.* (E.U.) rufião; vagabundo, vadio, desordeiro = (Ing.) *hooligan.*

HOODOO ['hu:du:], *s.* (E.U.) magia negra; feitiço, bruxaria; macumba; macumbeiro, feiticeiro; pessoa azarenta; azar. *v.* azarar; fascinar = (Ing.) *bewitch.*

HOODWINK ['hudwiŋk], *v.* tapar os olhos, vendar os olhos; enganar, lograr, encobrir.

HOOF [hu:f], *s.* casco (de cavalo). *v.* andar devagar, andar a passo; andar a pé.

HOOK [huk], *s.* colchete; gancho, anzol; garruncho, croque; (náut.) boçarda; engodo; cabide. *v.* prender com gancho; engatar, enganchar; acolchetar; engodar; arquear-se. # *hook and eye,* colchete. *by hook or by crook,* por bem ou por mal, de qualquer maneira. *hook it* (gír.) fugir, dar o fora. *hook, line and sinker,* totalmente, completamente. *hook up,* (rád.) transmitir em cadeia. *on one's own hook,* por sua própria conta, por si mesmo.

HOOKAH ['hukə], *s.* narguilé = *hubble-bubble.*

HOOKER ['hukə], *s.* pequeno barco de pesca.

HOOK-NOSED ['huk'nouzd], *a.* de nariz aquilino.

HOOK-UP ['hukʌp], *s.* (E.U.) cadeia (rádio) = = (Ing.) *relay.*

HOOK-WORM ['hukwə:m], *s.* ancilóstomo.

HOOKY ['huki], *a.* que tem ganchos; que tem a forma de gancho. # *play hooky,* não comparecer à aula, fazer gazeta, matar a aula.

HOOLIGAN ['hu:ligən], *s.* rufião; vagabundo, vadio, desordeiro = (E.U.) *hoodlum.*

HOOP [hu:p], *s.* arco, anel, argola, aro; colar; círculo, virola; braçadeira; cinta; cama de rodas; anquinhas; grito, guincho. *v.* prender com arcos ou aros; cercar; rodear; guinchar, gritar. # *hoop iron,* fita de aço (enfardamento).

HOOPER ['hu:pə], *s.* tanoeiro; espécie de cisne.

HOOPING ['hu:piŋ], *s.* ato de prender com arcos ou aros; gritaria, alarido, algazarra.

HOOP-SKIRT ['hu:pskə:t], *s.* saia-balão.

HOOT [hu:t], *s.* grito, clamor, vaia, apupo; algazarra, alarido. *v.* gritar; vaiar, apupar; reclamar aos gritos; chilrar (a coruja). # *he doesn't care a hoot,* ele não liga a menor importância.

HOOTER ['hu:tə], *s.* buzina, sirena (= sereia).

HOP [hɔp], *s.* salto, pulo; brincadeira, baile, dança; (bot.) lúpulo; (av.) vôo. *v.* andar aos pulos, saltar, brincar; coxear; (av.) levantar vôo. # *catch one on the hop,* apanhar alguém de surpresa. *hop, stop and jump,* (esp.) salto triplo.

HOPE [houp], *s.* esperança, confiança, expectativa. *v.* esperar, ter esperança ou confiança; aguardar. # *hope against hope,* esperar pelo impossível, contar com sapato de defunto, ter esperanças vãs. *I hope so,* espero que sim, tomara que sim. *I hope not,* tomara que não. *never quit certain for hope,* não deixes o certo pelo duvidoso.

HOPEFUL ['houpful], *a.* esperançoso, esperançado; cheio de esperança.

HOPELESS ['houplis], *a.* desesperançado, desiludido.

HOPELESSLY ['houplisli], *adv.* desesperançadamente.

HOP-O'-MY-THUMB ['hɔpəmiθʌm], *a.* pigmeu, homúnculo.

HOPPER ['hɔpə], *s.* coxo; saltador; larva de certos insetos; caixa d'água com válvula de descarga; saco de sementeira.

HOPSCOTCH ['hɔpskɔtʃ], *s.* maré, amarelinha (jogo).

HOPTOAD ['hɔptoud], *s.* (E.U.) sapo (col.) = = (Ing.) *toad.*

HORATION [hɔ'reiʃiən], *a.* horaciano.

HORDE [hɔ:d], *s.* horda.

HORIZON [hə'raizn], *s.* horizonte.

HORIZONTAL [hɔri'zɔntl], *a.* horizontal.

HORMONE ['hɔ:moun], *s.* hormônio.

HORN [hɔ:n], *s.* corno, chifre, ponta; galho (de certos ruminantes); antena (de insetos); corneta; buzina. # *blow one's own horn* (ou *trumpet*), gabar-se; bravatear, contar prosa. *drive on the horn,* (col.) buzinar excessivamente. *horn in,* (E.U.) intrometer-se, penetrar em uma festa, entrar sem convite = *gate-crash. to draw in one's horns,* baixar a crista, baixar o topete = *to eat crow.*

HORNBEAM ['hɔ:nbi:m], *s.* (bot.) carpa.

HORNBILL ['hɔ:nbil], *s.* búcero, calau.

HORNBLENDE ['hɔ:nblend], *s.* (min.) hornblenda.

HORNED ['hɔ:nid], *a.* com cornos; cornudo, cornígero.

HORNER ['hɔ:nə], *s.* vespão.

HORNET ['hɔ:nit], *s.* vespão. # *stir up a nest of hornets,* mexer com casa de marimbondo (ou maribondo).

HORNPIPE ['hɔ:npaip], *s.* espécie de gaita de fole.

HORNY ['hɔ:ni], *a.* que tem chifres; chifrudo, córneo; caloso.

HORNY-HANDED ['hɔ:ni'hændid], *a.* com as mãos calejadas pelo trabalho.

HOROGRAPHY [hɔ'rɔgrefi], *s.* orografia.

HOROLOGY [hɔ'rɔlədʒi], *s.* horologia.

HOROSCOPE ['hɔrəskoup], *s.* horóscopo (= horoscópio).

HOROSCOPIC [hɔrə'skɔpik], *a.* horoscópico, astrológico.

HOROSCOPIST [hɔ'rɔskəpist], *s.* astrólogo.

HOROSCOPY [hɔ'rɔskəpi], *s.* horoscopia.

HORRIBLE ['hɔrəbl], *a.* horrível, terrível, medonho, horrendo, horroroso.

HORRIBLY ['hɔrəbli], *adv.* horrivelmente.

HORRID [hɔrid], *a.* horrendo, horrível, espantoso.

HORRIFY ['hɔrifai], *v.* horrorizar, horripilar.

HORROR ['hɔrə], *s.* hórror, espanto.

HORROR-STRICKEN ['hɔrəstrikən], *a.* apavorado.

HORROR-STRUCK ['hɔrəstrʌk], *a. V.* **HORROR-STRICKEN.**

HORSE [hɔ:s], *s.* cavalo; (mil.) cavalaria; cavalete; estribo (de verga) cola, fraude em exame; burro (tradução). *v.* montar a cavalo, prover com cavalos; cavalgar. # *beat a dead horse,* chover no molhado. *break a horse,* amansar um cavalo. *dapple bay horse,* cavalo baio rodado. *dark horse,* "azar", cavalo com pouca possibilidade de vencer a corrida. *dead horse,* pagamento adiantado; (com.) artigo invendável. *don't change horses in midstream,* na hora da borrasca, não mudes o timoneiro. *don't look a gift horse in the mouth,* de cavalo dado não se olha a idade. *give a horse its head,* soltar as rédeas. *half-blooded horse,* meio-sangue (cavalo). *hold one's horses,* ter paciência, esperar pacientemente. *horse around,* pandegar. *pay for a dead horse,* gastar cera com mau defunto. *pinto horse,* cavalo malhado. *play horse with,* fazer gato-sapato. *ride the high horse,* dar-se ares de importância. *straight from the horse's mouth,* de fonte segura, de fonte fidedigna. *that's a horse of another* (= *of a different*) *colour,* isto é outra coisa, isto são outros quinhentos.

HORSEBACK ['hɔ:sbæk], *s.* lombo de cavalo. # *on horseback,* a cavalo.

HORSE-BREAKER ['hɔ:sbreikə], *s.* peão, amansador de cavalos.

HORSE-CLOTH ['hɔ:sklɔθ], s. manta de cavalo.

HORSED [hɔ:st], *a.* montado.

HORSE-FLY ['hɔ:sflai], *s.* (zool.) tabanídeo (= mutuca).

HORSE-HAIR ['hɔ:shɛə], *s.* crina.

HORSE-LAUGH ['hɔ:slɑ:f], *s.* gargalhada estrondosa, desagradável, grosseira.

HORSEMAN ['hɔ:smən], *s.* cavaleiro; soldado de cavalaria.

HORSEMANSHIP ['hɔ:smənʃip], *s.* equitação.

HORSEMARINE [hɔ:sməri:n], *s.* pessoa que não está no seu elemento.

HORSE OPERA ['hɔ:s'opərə], *s.* filme de "mocinho", filme de Far West.

HORSE-PLAY ['hɔ:splei], *s.* brincadeira bruta; brincadeira de mau gosto, gracejo grosseiro.

HORSE-POWER ['hɔ:spauə], *s.* cavalo-vapor.

HORSE-RACE ['hɔ:sreis], *s.* corrida de cavalos.

HORSE-RADISH ['hɔ:srædiʃ], *s.* (bot.) rábano silvestre.

HORSE-SENSE ['hɔ:ssens], *s.* senso comum, senso prático; bom senso; espírito prático; sensatez.

HORSE-SHOE ['hɔ:ʃʃu:, 'hɔ:sʃu:], *s.* ferradura.

HORTICULTURE ['hɔ:tikʌltʃə], *s.* horticultura.

HOSE [houz], *s.* meias; calções; mangueira (tubo). *v.* puxar água por meio de mangueira.

HOSIER ['houʒə], *s.* o que vende calções, meias ou artigos de malha; malharia.

HOSIERY ['houʒəri], *s.* negócio ou fabrico de meias ou de artigos de malha.

HOSPICE ['hɔspis], *s.* casa de repouso para viajantes; abrigo, asilo.

HOSPITABLE ['hɔspitəbl], *a.* hospitaleiro.

HOSPITAL ['hɔspitl], *s.* hospital. # *lying-in hospital,* maternidade (hospital).

HOSPITALITY [hɔspi'tæliti], *s.* hospitalidade.

HOST [houst], *s.* hóspede, hospedeiro; estalajadeiro; exército; hoste; bando, chusma; hóstia sagrada. *V.* **GUEST.**

HOSTAGE ['hɔstidʒ], *s.* refém, penhor; garantia.

HOSTEL ['hɔstəl], *s.* estalagem, hospedaria; residência de estudantes.

HOSTELER ['hɔstələ], *s.* estalajadeiro; estudante que reside em *hostel.*

HOSTELRY ['hɔstəlri], *s.* estalagem, hospedaria (desus.); residência de estudante.

HOSTESS ['houstis], *s.* estalajadeira; hospedeira.

HOSTILE ['hɔstail], *a.* hostil, adverso, inimigo

HOSTILITY [hɔs'tiliti], *s.* hostilidade, inimizade; guerra.

HOSTLER ['ɔslə], *s.* palafreneiro, moço de estrebaria, tratador de cavalos.

HOT [hɔt], *a.* quente, caloroso, ardente, fogoso, abrasador, inflamado; apaixonado, fervoroso; violento, vivo, furioso; (pop.) intolerável. # *hot up,* esquentar, acelerar (motor). *piping hot,* quentíssimo.

HOT AIR [hɔt 'ɛə], *s.* (gír.) bazófia.

HOTBED ['hɔtbed], *s.* alfobre (= alfovre, alfofre); (fig.) foco (de vício).

HOT-BLOODED ['hɔt'blʌdid], *a.* apaixonado, entusiasmado; fogoso; irascível.

HOTCHPOT ['hɔtʃpɔt], *V.* **HODGEPODGE.**

HOTCHPOTCH ['hɔtʃpɔtʃ], *V.* **HODGE-PODGE.**

HOT DOG ['hɔt dɔg], *s.* cachorro-quente.

HOTEL [hou'tel, ou'tel], *s.* hotel, hospedaria; estalagem, pousada.

HOT-HEAD ['hɔthed], *s.* pessoa violenta, impetuosa.

HOT-HEADED ['hɔt'hedid], *a.* violento, exaltado.

HOTEL-KEEPER [hou'telki:pə], *s.* dono de hotel; hoteleiro.

HOTHOUSE ['hɔthaus], *s.* estufa (de plantas).

HOTNESS ['hɔtnis], *s.* calor, ardor, fervor, veemência, furor, fúria.

HOT-POT ['hɔtpɔt], *s.* guisado.

HOT-SPRING ['hɔtspriŋ], *s.* termas.

HOTSPUR ['hɔtspə:], *s.* pessoa arrebatada, temerária, colérica. *a.* temerário, violento, colérico.

HOTTENTOT ['hɔtntɔt], *s.* hotentote; pessoa embrutecida, ignorante, estúpida.

HOUGH [hɔk], *s.* (anat.) jarrete. *v.* jarretear.

HOUND [haund], *s.* cão de caça, sabujo; (fig.) homem vil, sabujo. *v.* caçar com cães; perseguir, açular. # *hunt with the hounds and run with the hare,* pertencer a dois partidos opostos, jogar com pau de dois bicos.

HOUR [auə], *s.* hora; tempo ou ocasião; oportunidade. # *for hours on end,* por horas e horas, por horas a fio, por muito tempo. ***keep good*** ou *early hours,* levantar-se e deitar-se cedo. *keep late hours,* levantar-se e deitar-se tarde. *overtime hours,* horas extraordinárias (no serviço). *the small hours,* entre uma e quatro da madrugada. *the zero hour,* a hora "H".

HOUR-GLASS ['auəglɑ:s], *s.* ampulheta.

HOURI ['huəri], *s.* huri.

HOURLY ['auəli], *a.* feito de hora em hora; breve; recente. *adv.* a cada hora; de hora em hora; freqüentemente.

HOUSE [haus], *s.* casa, vivenda, morada, domicílio, mansão; habitação; lar; casa comercial; assembléia; casa de espetáculos. # *banking house,* casa bancária. *be sure before you marry of a house,* quem casa, quer casa = *be sure before you marry, wherein to tarry. big house,* penitenciária. *bring down the house,* provocar grandes aplausos. *house dress,* vestido caseiro. *House of Commons,* Câmara dos Comuns. *House of Lords,* Câmara dos Pares. *House of Representatives,* Câmara dos Deputados. *house tabs,* pano de boca (teatro). *jerry-built house,* casa feita a sopapos. *keep open house,* ser hospitaleiro. *on the house,* gratuito para o freguês, por conta da casa. *rough house,* brincadeira bruta = *horse-play. turn out of house and home,* expulsar de casa. *the House,* a Bolsa de Londres (o prédio).

HOUSE [hauz], *v.* residir, morar, albergar, alojar; hospedar; acolher; recolher; meter a bordo; (náut.) acachapar (mastaréu); cobrir quando há borrasca; (carp.) encaixar; (agr.) armazenar, pôr a coberto; abrigar-se.

HOUSE-AGENT ['haus-eidʒənt], *s.* corretor de imóveis.

HOUSE-BOAT ['hausbout], *s.* iate.

HOUSEBREAKER ['hausbreikə], *s.* arrombador; ladrão noturno.

HOUSEHOLD ['haushould], *s.* família; arranjos domésticos; governo da casa. # *household equipment,* aparelhos domésticos.

HOUSEHOLDER ['haushouldə], *s.* chefe de família, dono de casa.

HOUSEKEEPER ['hauski:pə], *s.* chefe de família; dono de casa; ecônomo; governanta.

HOUSEKEEPING ['hauski:piŋ], *s.* o governo da casa; economia doméstica; hospitalidade; arranjos caseiros. # *to set up housekeeping,* montar casa.

HOUSEMAID ['haus-meid], *s.* criada.

HOUSE-ORGAN ['haus-ɔ:gən], *s.* jornal de casa comercial, órgão da firma.

HOUSETOP ['haustɔp], *s.* telhado. # *to cry from the housetop,* gritar aos quatro ventos.

HOUSEWARMING ['hauswɔ:miŋ]. *s.* festa de inauguração de uma casa.

HOUSEWIFE ['hauswaif], *s.* dona de casa; *pl.* **HOUSEWIVES.**

HOUSEWIFE ['hʌzif], *s.* estojo de costura; *pl.* **HOUSEWIFES, HOUSEWIVES.**

HOUSEWIFES ['hʌzifs], *pl.* de **HOUSEWIFE** (estojo).

HOUSEWIVES ['hauzwaivz], *pl.* de **HOUSEWIFE** (dona de casa).

HOUSEWIVES ['hʌzivz], *pl.* de **HOUSEWIFE** (estojo).

HOUSING ['hauziŋ], *s.* ato de abrigar; habitação, alojamento; gualdrapa, xairel; (mec.) caixa; camisa; (náut.) pé do mastro; *pl.* enfeites.

HOVE [houv], *pret.* e *pp.* de **HEAVE.**

HOVEL ['hɔvəl], *s.* cabana, choupana, choça, barraca, telheiro. *v.* abrigar em telheiro ou choça.

HOVELER ['hɔvələ], *s.* barqueiro; pequeno barco costeiro.

HOVER ['hɔvə], *v.* voltejar, revoltar, adejar, pairar; ficar suspenso no ar; duvidar, hesitar.

HOW [hau], *adv.* como, de que modo, quão, quanto. # *here's how!* à sua saúde! *how are you* (ou *how do you do*)? como vai? *how come?* como é isso? *how goes it?* como vão as coisas? *how many?* quantos? *how much?* quanto? *how much is it?* quanto custa?

HOWEVER [hau'evə], *adv.* de qualquer maneira. *conj.* contudo, ainda que.

HOWITZER ['hauitsə], *s.* morteiro, obus.

HOWL [haul], *s.* uivo, gemido, alarido, rugido, latido. *v.* uivar, gemer; rugir; latir.

HOWLER ['haulə], *s.* o que uiva, geme, ruge ou ladra; (col.) tolice, erro grave, disparate (em exame) = (E.U.) *boner.*

HOWSOEVER [hausou'evə], *adv.* como quer que; seja até onde for; de qualquer forma. *conj.* contudo, todavia, não obstante.

HOY [hɔi], *int.* olá! pára! *s.* batelão; barcaça.

HOYDEN ['hɔidn], *s.* moça atrevida, arrogante.

HUB [hʌb], *s.* cubo da roda; eixo; centro. # *hub cap,* (aut.) calota.

HUBBLE-BUBBLE ['hʌblbʌbl], *s.* narguilé = *hookah.*

HUBBUB ['hʌbʌb], *s.* grito; alvoroço, tumulto, bulha, algazarra, confusão.

HUBBY ['hʌbi], *s.* diminutivo de *husband.*

HUCKLE ['hʌkl], *s.* giba, corcunda, corcova, saliência.

HUCKLEBERRY ['hʌklberi], *s.* (bot.) espécie de mirtilo (comum nos E.U.).

HUCKSTER ['hʌkstə], *s.* bufarinheiro, velhaco, tratante; mercenário; indivíduo ruim; vendedor ambulante de miudezas ou de produtos agrícolas.

HUDDLE ['hʌdl], *s.* confusão, desordem, barafunda, barulho, tumulto; (E.U.) conferência secreta (col.). *v.* confundir, misturar, amontoar desordenadamente; juntar às pressas, em confusão; acotovelar-se; enroscar-se. # *go into a huddle,* formar um grupo para confabular.

HUE [hju], *s.* cor, matiz, tonalidade, tez; aspecto; tinta. # *hue and cry,* clamor público; alarido.

HUFF [hʌf], *s.* acesso de ira ou de arrogância; bazófia. *v.* insultar, ofender, bufar de raiva; bazofiar; tratar com arrogância; aborrecer; soprar. # *in a huff,* mal-humorado.

HUFFINESS ['hʌfinis], *s.* arrogância, bazófia.

HUFFISH ['hʌfiʃ], *a.* arrogante, petulante, irascível, insolente.

HUFFISHNESS ['hʌfiʃnis], *s.* petulância, arrogância, insolência, atrevimento, jactância, bazófia.

HUFFY ['hʌfi], *a.* arrogante, insolente, orgulhoso, fanfarrão.

HUG [hʌg], *s.* abraço apertado. *v.* abraçar.

HUGE [hju:dʒ], *a.* vasto, enorme, imenso, colossal, desmedido; prodigioso; tremendo.

HUGENESS ['hju:dʒnis], *s.* vastidão, imensidade, enormidade, grandeza extrema.

HUGUENOT ['hju:gənɔt], *s.* huguenote.

HUK ['hʌk], *int.* exprime surpresa.

HULA HOOP ['hulə'hu:p], *s.* bambolê.

HULK [hʌlk], *s.* batelão; navio-presídio; casco de navio; navio velho fora de uso; pontão; coisa pesada e tosca.

HULKING ['hʌlkiŋ], *a.* desajeitado.

HULL [hʌl], *s.* casca (de fruta); vagem; película; casco de navio. *v.* descascar; lançar um projetil no casco de um navio; flutuar.

HULLABALOO ['hʌləbə'lu:], *s.* tumulto, barulho, algazarra, ruído. # *kick up hullabaloo,* fazer ruído, provocar escândalo.

HULLO ['hʌ'lou, hʌ'lou], *int.* olá!

HUM [hʌm], *s.* zunido, zumbido, sussurro; mistificação, logro; gracejo. *v.* zunir, zumbir, sussurrar, cantarolar; aplaudir; lograr, enganar. # *hum and haw,* hesitar; tartamudear.

HUMAN ['hju:mən], *a.* humano. *s.* (col.) um ser humano.

HUMANE [hju:'mein], *a.* humano, humanitário, compassivo.

HUMANISM ['hju:mənizm], *s.* humanismo.

HUMANIST ['hju:mənist], *s.* humanista.

HUMANITARIAN [hju:mæni'tɛəriən], *a.* humanitário, condescendente, benévolo, benevolente, compassivo, bondoso. *s.* filantropo.

HUMANITIES [hu:'mænitiz], *s.* humanidades.

HUMANITY [hju:'mæniti], *s.* humanidade.

HUMANIZATION (ISA) [hju:mənai'zeiʃən], *s.* humanização.

HUMANIZE (ISE) ['hju:mənaiz], *v.* humanizar, tornar humano; suavizar.

HUMANKIND ['hju:mən'kaind], *s.* a humanidade; o gênero humano.

HUMBLE ['hʌmbl], *a.* humilde, modesto, respeitoso, submisso. *v.* humilhar, abater, deprimir, mortificar.

HUMBLENESS ['hʌmblnis], *s.* humildade; humildade de nascimento.

HUMBLY ['hʌmbli], *adv.* humildemente.

HUMBUG ['hʌmbʌg], *s.* fraude, engano, embuste, trapaça, farsa, mistificação = (E.U.) *shenanigan. v.* enganar, mistificar, lograr, importunar, incomodar.

HUMDRUM ['hʌmdrʌm], *a.* e *s.* estúpido, ignorante, néscio, tolo; insípido, monótono.

HUMERUS ['hju:mərəs], *s.* húmero.

HUMID ['hju:mid], *a.* úmido.

HUMIDITY [hju:'miditi], *s.* umidade.

HUMIDNESS ['hju:midnis], *s.* umidade.

HUMILIATE [hju:'milieit], *v.* humilhar, rebaixar, abater.

HUMILIATION [hju:mili'eiʃən], *s.* humilhação, rebaixamento.

HUMILITY [hju:'militi], *s.* humildade, modéstia, submissão.

HUMMING-BIRD ['hʌmiŋbə:d], *s.* colibri, beija-flor; chupa-mel.

HUMMOCK ['hʌmək], *s.* montículo, cômoro, outeirinho; pequena colina.

HUMORIST ['hju:mərist], *s.* humorista; pessoa excêntrica, extravagante, caprichosa.

HUMORISTIC [hju:mə'ristik], *a.* humorístico.

HUMOROUS ['hju:mərəs], *a.* chistoso, engraçado, gracioso, jocoso, caprichoso.

HUMO(U)R ['hju:mə], *s.* humor; gênio, índole, disposição; fantasia, capricho; mania; chiste, graça; agudeza; jocosidade; senso do cômico. *v.* satisfazer, aceder a, consentir em; acomodar-se a; comprazer; adaptar-se. # *in the humour for,* disposto a. *out of humour,* de mau humor.

HUMO(U)RSOME ['hju:məsəm], *a.* caprichoso, petulante, atrevido; singular; jocoso, faceto, chistoso; gracioso; impertinente.

HUMP [hʌmp], *s.* giba, corcunda, corcova. *v.* corcovar, dobrar, curvar; corcovar-se, dobrar-se, esforçar-se.

HUMPBACK ['hʌmpbæk], *s.* corcunda, corcova; pessoa corcunda.

HUMPBACKED ['hʌmpbækt], *a.* corcovado, corcunda.

HUMPH [hʌmf], *int.* hum! (exprime dúvida ou contrariedade).

HUMPTY-DUMPTY ['hʌmpti'dʌmpti], *s.* ovo (linguagem infantil); pessoa de pequena estatura.

HUMUS ['hju:məs], *s.* humo (= húmus).

HUNCH [hʌntʃ], *s.* corcunda, giba, corcova; protuberância; (E.U.) pressentimento = (Ing.) *presentiment.* *v.* arquear; acotovelar.

HUNCHBACK ['hʌntʃbæk], *V.* **HUMPBACK.**

HUNCHBACKED ['hʌntʃbækt], *V.* **HUMPBACKED.**

HUNDRED ['hʌndrəd], *a.* cem. *s.* cento, centena.

HUNDREDFOLD ['hʌndrədfould], *a.* cêntuplo.

HUNDREDTH ['hʌndrədθ], *a.* centésimo.

HUNDREDWEIGHT ['hʌndrədweit], *s.* quintal (medida de peso). (Ing.) 112 libras, (E.U.) 100 libras.

HUNG [hʌŋ], *pret.* e *pp.* de **HANG.**

HUNGARIAN [hʌŋ'gɛəriən], *s.* e *a.* húngaro.

HUNGER ['hʌŋgə], *s.* fome. *v.* ter fome; estar desejoso de; ansiar por, desejar ardentemente. # *stay* (ou *stave off) one's hunger,* enganar o estômago.

HUNGERER ['hʌŋgərə], *s.* o que tem fome; o que está desejoso ou que anseia.

HUNGERSTRIKER ['hʌŋgəstraikə], *s.* o que faz a greve da fome.

HUNGERSTRUCK ['hʌŋgəstrʌk], *s.* faminto, esfomeado.

HUNGRINESS ['hʌŋgrinis], *s.* fome.

HUNGRY ['hʌŋgri], *a.* faminto, esfomeado, esfaimado; improdutivo; infecundo, estéril.

HUNK [hʌŋk], *s.* pedaço, uma boa porção; naco.

HUNKER ['hʌŋkə], *s.* (E.U.) fóssil, pessoa retrógrada = (Ing.) *fossil, fogy, fogey.*

HUNKS [hʌŋks], *s.* avaro, avarento.

HUNKY ['hʌŋki], *s.* (E.U.) trabalhador braçal. *a.* robusto. # *hunky dory,* (gír.) satisfatório.

HUNT [hʌnt], *s.* caça, caçada; matilha; associação ou reunião de caçadores; busca. *v.* caçar, andar à caça; perseguir, seguir, buscar; dar busca. # *hunt down,* perseguir. *hunt out,* descobrir. *hunt up,* procurar; levantar (a caça).

HUNTER ['hʌntə], *s.* caçador; cavalo ou cão de caça; espécie de aranha.

HUNTING ['hʌntiŋ], *s.* caça. *a.* de caça.

HUNTRESS ['hʌntris], *s.* caçadora.

HUNTSMAN ['hʌntsmən], *s.* caçador.

HURDLE ['hə:dl], *s.* tecido de vime; estacada; grade; valado; cancela de vime; caniçada; espécie de carreta para conduzir os condenados à morte (esp.) barreira, obstáculo. *v.* fechar com cancela; fazer cercas de vime ou de bambu; (esp.) disputar corrida de obstáculos.

HURDY-GURDY ['hə:digə:di], *s.* realejo.

HURL [hə:l], *v.* atirar, arremessar; mover-se rapidamente; proferir com violência. *s.* arremesso; confusão, tumulto, bulha; estrondo.

HURLY-BURLY ['hə:libə:li], *s.* alvoroço, tumulto, alarido, algazarra, barafunda, confusão. *a.* confuso, tumultuoso.

HURRAH [hu'rɑ:], *s.* uma saudação, exclamação de alegria ou de excitação. *int.* viva! hurra! *v.* aclamar, aplaudir, vitoriar.

HURRICANE ['hʌrikən], *s.* furacão, ciclone; tempestade, procela.

HURRIED ['hʌrid], *a.* apressado.

HURRIEDLY ['hʌridli], *adv.* apressadamente, precipitadamente.

HURRIER ['hʌriə], *s.* acelerador; inquietador.

HURRY ['hʌri], *s.* pressa, precipitação; tumulto, confusão. *v.* apressar, acelerar; atropelar; precipitar, impelir, arrastar; apressar-se. # *be in a hurry,* estar com pressa. *hurry on,* incitar; seguir apressadamente. *hurry up,* andar depressa; apressar alguém. *hurry up!* vamos!

HURRY-SCURRY ['hʌri'skʌri], *s.* lufa-lufa, atropelo; afobamento. *adv.* confusamente.

HURT [hə:t], *s.* mal, dano, prejuízo; pancada, contusão, lesão, ferimento. *a.* magoado, ofendido, ferido; prejudicado. *v.* doer, magoar, ofender, ferir; prejudicar; (E.U.) estragar, danificar.

HURTFUL ['hə:tful], *a.* prejudicial, funesto, nocivo, pernicioso.

HURTING ['hə:tiŋ], *s.* dor.

HURTLE ['hə:tl], *v.* empurrar, esbarrar; arremessar-se com violência; mover-se rapidamente; combater, escaramuçar.

HUSBAND ['hʌzbənd], *s.* marido, esposo, consorte. *v.* poupar, administrar (com economia).

HUSBANDMAN ['hʌsbəndmən], *s.* agricultor, lavrador.

HUSBANDRY ['hʌzbəndri], *s.* agricultura.

HUSH [hʌʃ], *s.* silêncio. *v.* acalmar, aquietar, sossegar, apaziguar, mandar calar.

HUSH [ʃ:, hʌʃ], *int.* silêncio! caluda!

HUSHABY ['hʌʃəbai], *int.* usada para adormecer criança.

HUSHMONEY ['hʌʃmʌni], *s.* peita para que seja guardado um segredo; cala-a-boca.

HUSK [hʌsk], *s.* casca; vagem; folhelho. *v.* descascar, debulhar.

HUSKINESS ['hʌskinis], *s.* rouquidão; estado daquilo que tem casca; aspereza (de som).

HUSKING ['hʌskiŋ], *s.* ação de descascar, de debulhar.

HUSKY ['hʌski], *a.* rouco, roufenho, áspero; enérgico; cascudo. *s.* (E.U.) homem forte e corpulento.

HUSSAR [hu'zɑ], *s.* hússar (= hussardo).

HUSSY ['hʌsi], *s.* mulher leviana.

HUSTINGS ['hʌstiŋz], *s.* antigo tribunal de Londres; tribunal eleitoral; eleição; (E.U.) palanque para orador na praça pública.

HUSTLE ['hʌsl], *v.* empurrar, sacudir, acotovelar rudemente; baralhar; atropelar; andar aos empurrões; agir ou mover-se com energia; (E.U.) andar apressadamente, apressar-se = (Ing.) *hurry up.* # *hustle and bustle,* tumulto, alvoroço.

HUSTLER ['hʌslə], *s.* pessoa enérgica; (col.) trabalhador infatigável.

HUT [hʌt], *s.* cabana, choça, choupana; barraca. *v.* abarracar, alojar em barracas; aquartelar; (mil.) bivacar.

HUTCH [hʌtʃ] *s.* arca, cofre; canastra; coelheira; ratoeira; vagão baixo; cuba usada nas minas. *v.* entesourar.

HUTMENT ['hʌtmənt], *s.* abarracamento de tropas.

HUZZA [hu'zɑ:], *int.* exprime alegria.

HYACINTH ['haiesinθ], *s.* (bot.) jacinto; (min.) jacinto.

HYAENA, HYENA [hai'i:nə], *s.* hiena.

HYALINE ['haiəlin], *a.* hialino, vítreo, cristalino, transparente, diáfano.

HYALITE ['haiəlait], *s.* (min.) hialita; pingo d'água (pedra).

HYALITIS [haiə'laitis], *s.* (med.) hialite.

HYALOID ['haiəlɔid], *a.* hialóide.

HYBRID ['haibrid], *s.* e *a.* híbrido.

HYBRIDISM ['haibridizm], *s.* hibridismo.

HYBRIDITY [hai'briditi], *s.* hibridez.

HYDRA ['haidrə], *s.* hidra.

HYDRANGEA [hai'dreindʒə], *s.* hidrângea, hortênsia.

HYDRANT ['haidrənt], *s.* hidrante.

HYDRATE ['haidreit], *s.* hidrato.

HYDRAULIC [hai'drɔ:lik], *a.* hidráulico.

HYDRAULICS [hai'drɔ:liks], *s.* hidráulica.

HYDRIDE ['haidraid], *s.* (quím.) hidreto.

HYDRIOTIC [haidri'ɔtik], *a.* iodídrico.

HYDRO ['haidrou], *s.* (col.) o mesmo que *hydropathic. pref.* água.

HYDROCARBON ['haidrou'kɑ:bən], *s.* hidrocarboneto.

HYDROCHLORIC ['haidrə'klɔrik], *a.* clorídrico.

HYDRODYNAMIC, AL ['haidrodai'næmik, əl], *a.* hidrodinâmico.

HYDRODYNAMICS ['haidrodai'næmiks], *s.* hidrodinâmica.

HYDROGEN ['haidridʒən], *s.* hidrogênio. # *hydrogen bomb,* bomba de hidrogênio.

HYDROGLIDER ['haidro'glaidə], *s.* barco deslizador.

HYDROGRAPHIC, AL ['haidro'græfik, əl], *a.* hidrográfico.

HYDROGRAPHY [hai'drɔgrəfi], *s.* hidrografia.

HYDROLYSIS [hai'drɔlisis], *s.* (quím.) hidrólise.

HYDROMEL ['haidrəmel], *s.* hidromel.

HYDROMETER [hai'drɔmitə], *s.* hidrômetro.

HYDROMETRIC, AL ['haidro'metrik, əl], *a.* hidrométrico.

HYDROMETRY [hai'drɔmitri], *s.* hidrometria.

HYDROPATHIC ['haidrə'pæθik], *a.* hidropático. *s.* estabelecimento hidropático.

HYDROPATHIST [hai'drɔpəθist], o que pratica a hidropatia.

HYDROPATHY [hai'drɔpəθi], *s.* hidropatia.

HYDROPHOBIA ['haidrə'foubiə], *s.* hidrofobia.

HYDROPHOBIC ['haidrə'foubik], *a.* hidrófobo.

HYDROPIC [hai'drɔpik], *a.* hidrópico.

HYDROPLANE ['haidroplein], *s.* hidroplano.

HYDROPSY ['haidrɔpsi], *s.* (med.) hidropisia.

HYDROQUINONE ['haidrokwi'noun], *s.* hidroquinona.

HYDROSCOPE ['haidrəskoup], *s.* hidroscópio.

HYDROSTAT ['haidrostæt], *s.* hidrostato.

HYDROSTATIC, AL ['haidro'stætik, əl], *a.* hidrostático.

HYDROSTATICS ['haidro'stætiks], *s.* hidrostática.

HYDROSULFIDE [haidrə'sʌlfaid], *s.* sulfeto ácido.

HYDROSULFITE [haidrə'sʌlfait], *s.* hidrossulfito.

HYDROSULPHURIC ['haidrosʌl'fjuərik], *a.* hidrossulfúrico.

HYDRO-THERAPEUTIC ['haidroθerə'pju:tik], *a.* hidroterápico.

HYDRO-THERAPY ['haidro'θerəpi], *s.* hidroterapia.

HYDRO-THORAX ['haidro'θɔ:ræks], *s.* (med.) hidrotórax.

HYDROUS ['haidrəs], *s.* aquoso.

HYDROXIDE [hai'drɔksaid], *s.* hidróxido.

HYGIENE ['haidʒi:n], *s.* higiene.

HYGIENIC [hai'dʒi:nik], *a.* higiênico.

HYGROMETER [hai'grɔmitə], *s.* higrômetro.

HYGROMETRIC, AL [haigro'metrik, əl], *a.* higrométrico.

HYGROMETRY [hai'grɔmitri], *s.* higrometria.

HYGROSCOPE ['haigrəskoup], *s.* higroscópio.

HYMEN ['haimən], *s.* hímen; himeneu.

HYMENOPTERA [haimə'nɔptərə], *s.* himenópteros.

HYMN [him], *v.* celebrar com hinos; cantar hinos. *s.* hino.

HYMNAL ['himnəl], *s.* livro de hinos, hinário. *a.* de hinos.

HYMNARY ['himnəri], *s.* hinário.

HYOID ['haiɔid], *a.* (anat.) hióide.

HYPERBOLA [hai'pə:bələ], *s.* (geom.) hipérbole.

HYPERBOLE [hai'pə:bəli], *s.* (ret.) hipérbole.

HYPERBOLIC, AL [haipə:'bɔlik, əl], *a.* hiperbólico.

HYPERCRITIC ['haipə:'kritik], *s.* hipercritico.

HYPERSENSITIVE ['haipə:'sensitiv], *a.* excessivamente sensível, hipersensível.

HYPERTROPHY [hai'pə:trəfi], *s.* hipertrofia.

HYPHEN ['haifən], *s.* hífen, traço de união.

HYPNOSIS [hip'nousis], *s.* hipnose.

HYPNOTIC [hip'nɔtik], *a.* hipnótico.

HYPNOTISM ['hipnətizm], *s.* hipnotismo.

HYPNOTIZE (ISE) ['hipnətaiz], *v.* hipnotizar.

HYPNOTIZER ['hipnətaizə], *s.* hipnotizador.

HYPOCHONDRIA [haipo'kɔndriə], *s.* hipocondria, melancolia.

HYPOCONDRIAC [haipo'kɔndriæk], *s.* e *a.* hipocondríaco.

HYPOCHONDRIASIS [haipokɔn'draiesis], *s.* hipocondria, melancolia.

HYPOCRISY [hi'pɔkrəsi], *s.* hipocrisia, dissimulação, impostura.

HYPOCRITE ['hipəkrit], *s.* hipócrita.

HYPOCRITICAL [hipə'kritikəl], *a.* hipócrita.

HYPOCYCLOID ['haipou'saiklɔid], *s.* hipociclóide.

HYPODERMA [haipə'də:mə], *s.* hipoderme.

HYPODERMATIC [haipodə'mætik], *a.* (E.U.) hipodérmico = (Ing.) *hypodermic.*

HYPODERMIC [haipo'də:mik], *a.* hipodérmico = (E.U.) *hypodermatic.*

HYPOSULPHITE [haipo'sʌlfait], *s.* hipossulfito.

HYPOTENUSE [hai'pɔtinju:z, hai'pɔtinju:s], *s.* hipotenusa.

HYPOTHEC ['haipɔθek], *s.* hipoteca.

HYPOTHENUSE [hai'pɔθinju:z, hai'pɔθinju:s]. *V.* **HYPOTENUSE.**

HYPOTHESIS [hai'pɔθisis], *s.* hipótese.

HYPOTHETIC, AL [haipo'θetik, əl], *a.* hipotético.

HYSSOP ['hisəp], *s.* (bot.) hissopo; hissope.

HYSTERIA [his'tiəriə], *s.* histerismo, histeria.

HYSTERIC [his'terik], *a.* histérico.

HYSTERICAL [his'terikəl], *a.* histérico.

HYSTERICS [his'teriks], *s.* ataque histérico.

I

I [ai], *s.* nona letra do alfabeto. *pron. pess.* eu. # *I beam,* viga I, viga duplo-T

IAMB ['aiæmb], *s.* iambo.

IAMBIC [ai'æmbik], *a.* (poes.) iâmbico. *s.* (poes.) iambo.

IBERIAN [ai'biəriən], *a.* e *s.* ibero.

IBEX ['aibeks], *s.* cabrito montês.

IBIS ['aibis], *s.* íbis.

ICE [ais], *s.* gelo; sorvete; açúcar cristalizado; caramelo; (E.U.) diamante, diamantes (gír.). *v.* gelar, congelar; cobrir de gelo ou de açúcar cristalizado. # *on thin ice,* em situação precária, perigosa.

ICE-AGE ['ais'eidʒ], *s.* período glacial.

ICEBERG ['aisbə:g], *s.* montanha de gelo flutuante.

ICE-BOAT ['aisbout], *s.* quebra-gelos.

ICEBOX ['aisbɔks], *s.* geladeira.

ICE-CREAM ['ais'kri:m], *s.* sorvete. # *ice-cream cone,* casquinha de sorvete.

ICED [aist], *a.* gelado, congelado; com açúcar cristalizado.

ICE FIELD ['aisfi:ld], *s.* banquisa.

ICELANDER ['aisləndə], *s.* islandês.

ICELANDIC [ais'lændik], *a.* islandês.

ICICLE ['aisikl], *s.* massa pendente de gelo, caramelo de neve congelada.

ICILY ['aisili], *adv.* geladamente, friamente, frigidamente.

ICINESS ['aisinis], *s.* frigidez; congelação.

ICING ['aisiŋ], *s.* crosta de gelo; crosta de açúcar cristalizado ou de massa de suspiro = (E.U.) *frosting. a.* frígido, glacial.

ICON ['aikɔn], *s.* ícone; imagem sagrada; pintura; representação; ilustração.

ICONIC [ai'kɔnik], *a.* icônico.

ICONOCLASM [ai'kɔnəklæzm], *s.* iconoclasmo.

ICONOCLAST [ai'kɔnəklæst], *s.* iconoclasta.

ICONOCLASTIC [aikɔnə'klæstik], *a.* iconoclasta.

ICONOGRAPHER [aikɔ'nɔgrəfə], *s.* iconógrafo.

ICONOGRAPHY [aikɔ'nɔgrəfi], *s.* iconografia.

ICONOSCOPE [ai'kɔnəskoup], *s.* iconoscópio.

ICTUS ['iktəs], *s.* (med.) pulsação, latejo; choque; (poes.) acento tônico.

ICY ['aisi], *a.* gelado, frígido, álgido, frio, glacial; indiferente.

I'D [aid], *contr.* de *I would, I should* ou *I had.*

IDEA [ai'diə], *s.* idéia, conceito, concepção; pensamento; opinião; intenção, propósito. # *a bright* ou *corking idea.,* uma idéia estupenda. *an exploded idea,* uma idéia rejeitada. *rough idea,* idéia vaga, pálida idéia. *the idea!* que idéia!

IDEAL [ai'diəl], *s.* ideal. *a.* ideal; mental, intelectual; imaginário; utópico, quimérico; perfeito.

IDEALISM [ai'diəlizm], *s.* idealismo.

IDEALIST [ai'diəlist], *s.* idealista.

IDEALISTIC [aidiə'listik], *a.* idealístico.

IDEALIZATION (ISA) [aidiəlai'zeiʃən], *s.* idealização.

IDEALIZE (ISE) [ai'diəlaiz], *v.* tornar ideal.

IDEATE [ai'dieit], *v.* idear, imaginar, planear, conceber, projetar, delinear.

IDENTICAL [ai'dentikəl], *a.* idêntico, análogo. # *identical with,* idêntico a.

IDENTIFICATION [aidentifi'keiʃən], *s.* identificação; verificação; reconhecimento. # *identification card,* carteira de identidade.

IDENTIFIER [ai'dentifaiə], *s.* identificador.

IDENTIFY [ai'dentifai], *v.* identificar.

IDENTITY [ai'dentiti], *s.* identidade.

IDEOGRAPH ['idiogra:f], *s.* ideógrafo.

IDEOGRAPHIC, AL [idio'græfik, əl], *a.* ideográfico.

IDEOGRAPHY [idi'ɔgrəfi], *s.* ideografia.

IDEOLOGIST [aidi'ɔlədʒist], *s.* ideólogo.

IDEOLOGY [aidi'ɔlədʒi], *s.* ideologia.

IDES [aidz], *s. pl.* idos (antigo calendário romano).

IDIOCY ['idiəsi], *s.* idiotismo, idiotice, estupidez, imbecilidade; ignorância; inépcia.

IDIOM ['idiəm], *s.* idioma, língua; expressão idiomática; linguagem, fala, dialeto; (gram.) idiotismo.

IDIOMATIC, AL [idiə'mætik, əl], *a.* idiomático.

IDIOSYNCRASY [idiə'siŋkrəsi], *s.* idiossincrasia.

IDIOT ['idiət], *s.* e *a.* idiota, parvo, estúpido, imbecil.

IDIOTIC, AL [idi'ɔtik, əl], *a.* idiota, imbecil, tolo, ignorante, inepto.

IDLE ['aidl], *a.* desocupado, ocioso; negligente; indolente, preguiçoso; tolo, estúpido; frívolo; inútil, vão; estéril. *v.* perder o tempo, estar desocupado ou ocioso; preguiçar; mandriar.

IDLENESS ['aidlnis], *s.* ociosidade; inatividade; indolência, preguiça, mândria, negligência; frivolidade; inutilidade.

IDLER ['aidlə], *s.* vadio, mandrião, preguiçoso.

IDLING ['aidliŋ], *s.* marcha lenta.

IDOL ['aidl], *s.* ídolo.

IDOLATER [ai'dɔlətə], *s.* idólatra.

IDOLATRESS [ai'dɔlətris], *s.* mulher idólatra.

IDOLATROUS [ai'dɔlətrəs], *a.* idólatra.

IDOLATRY [ai'dɔlətri], *s.* idolatria.

IDOLIZE (ISE) ['aidəlaiz], *v.* idolatrar, adorar, venerar.

IDOLIZER (ISE) ['aidəlaizə], *s.* idólatra.

IDYLL ['aidil], *s.* idílio.

IDYLLIC [ai'dilik], *a.* idílico.

IDYLLIST ['aidilist], *s.* idilista; visionário, sonhador, devaneador, utopista.

IF [if], *conj.* se, mesmo que, ainda que, embora, quando mesmo. # *as if,* como se, *if so,* neste caso.

IGLOO, IGLU ['iglu:], *s.* casa de esquimó.

IGNEOUS ['igniəs], *a.* ígneo, incandescente; eruptivo, vulcânico.

IGNITABLE [ig'naitəbl], *a.* inflamável.

IGNITE [ig'nait], *v.* acender, incendiar; ignizar-se, abrasar-se, inflamar-se.

IGNITION [ig'niʃən], *s.* ignição, ignicência, inflamação, incandescência.

IGNOBILITY [ignou'bility], *s.* ignobilidade, baixeza, indignidade.

IGNOBLE [ig'noubl], *a.* ignóbil, vil, indigno, desprezível.

IGNOBLENESS [ig'noublnis], *s.* ignobilidade, vileza.

IGNOMINIOUS [ignə'miniəs], *s.* ignominioso, infame, vergonhoso, desonroso, afrontoso.

IGNOMINY ['ignəmini], *s.* ignomínia, desonra, afronta, infâmia.

IGNORAMUS [ignə'reiməs], *pl.* **IGNORAMUSES.** *s.* ignorante; (jur.) absolvição por falta de provas suficientes.

IGNORAMUSES [ignə'reiməsiz], *pl.* de **IGNORAMUS.**

IGNORANCE ['ignərəns], *s.* ignorância; desconhecimento.

IGNORANT ['ignərənt], *s.* e *a.* ignorante, néscio; indouto, inculto.

IGNORE [ig'nɔ:], *v.* não tomar conhecimento de, não dar atenção a; desdenhar de; (jur.) declarar improcedente.

IGUANA [i'gwɑ:nə], *s.* (zool.) iguano.

ILEUM ['iliəm], *s.* (anat.) íleo.

ILEUS ['iliəs], *s.* (med.) íleo (= volvo, vólvulo, nó nas tripas).

ILIAC ['iliæk], *a.* ilíaco. *s.* volvo *(iliac passion);* ilíaco, osso ilíaco.

ILIUM ['iliəm], *s.* ílio.

ILL [il], *a.* enfermo, doente; mau, ruim, maléfico, nocivo, daninho. *s.* maldade, ruindade, mal, malícia; adversidade. *adv.* mal; dificilmente; maldosamente. # *be taken ill* (ou *fall ill),* adoecer. *feel ill at ease,* sentir-se mal. *ill at ease,* desconfortável. *take in ill part,* tomar por mal, levar a mal.

I'LL [ail], *contr.* de *I will, I shall.*

ILL-ADVISED ['iləd'vaizd], *a.* imprudente, impensado.

ILLEGAL [i'li:gəl], *a.* ilegal; ilegítimo; ilícito.

ILLEGALITY [ili:'gæliti], *s.* ilegalidade.

ILLEGIBILITY [iledʒi'biliti], *s.* ilegibilidade.

ILLEGIBLE [i'ledʒəbl], *a.* ilegível.

ILLEGITIMACY [ili'dʒitiməsi], *s.* ilegitimidade.

ILLEGITIMATE [ili'dʒitimit], *a.* ilegítimo, espúrio, bastardo.

ILL-FATED ['il'feitid], *a.* infortunado.

ILL-FAVOURED ['il'feivəd], *a.* feio.

ILL-GOTTEN ['il'gɔtn], *a.* adquirido desonestamente.

ILLIBERAL [i'libərəl], *a.* iliberal; somítico, avaro, mesquinho; desprezível, indigno, vil, ruim.

ILLIBERALITY [ilibə'ræliti], *s.* iliberalidade, mesquinhez; ruindade.

ILLICIT [i'lisit], *a.* ilícito; ilegal.

ILLIMITABLE [i'limitəbl], *a.* ilimitado; indefinido (= indefinito); imenso.

ILLITERACY [i'litərəsi], *a.* analfabetismo; ignorância; incultura.

ILLITERATE [i'litərit], *s.* e *a.* analfabeto; ignorante.

ILL-NATURED ['il'neitʃəd], *a.* de má índole; mau, perverso.

ILLNESS ['ilnis] , *s.* moléstia, enfermidade, doença; indisposição; ruindade, maldade, perversidade.

ILLOGICAL [i'lɔdʒikəl], *a.* ilógico.

ILLPAVED ['il'peivd], *a.* mal calçado.

ILL-STARRED ['il'sta:d], *a.* mal-afortunado.

ILL-TEMPERED ['il'tempəd], *a.* de mau gênio.

ILL-TREAT ['il'tri:t], *v.* maltratar = (E.U.) *mistreat.*

ILLUME [i'lju:m], *v.* iluminar.

ILLUMINATE [i'lju:mineit], *v.* iluminar, alumiar; esclarecer; instruir, ilustrar; inspirar; adornar com iluminuras, iluminar.

ILLUMINATION [ilju:mi'neiʃən], *s.* iluminação; brilho, esplendor; ilustração, instrução; inspiração; iluminura; luminárias.

ILLUMINATOR [i'lju:mineitə], *s.* iluminador; refletor (lente, lâmpada, etc.); (náut.) vidro de vigia.

ILLUMINE [i'lju:min], *v.* alumiar (= iluminar); aclarar; ilustrar; ornar, enfeitar.

ILLUSION [i'lu:ʒən], *s.* ilusão; quimera; erro, engano.

ILLUSIONISM [i'lu:ʒənizm], *s.* ilusionismo.

ILLUSIONIST [i'lu:ʒənist], *s.* ilusionista, prestidigitador, ilusor.

ILLUSIVE [i'lu:siv], *a.* ilusivo, ilusório, enganoso; falso.

ILLUSORY [i'lu:səri], *a.* ilusório, enganoso; falso.

ILLUSTRATE ['iləstreit], *v.* ilustrar; exemplificar; esclarecer, elucidar, explicar, explanar; ornar com figuras; glorificar.

ILLUSTRATION [iləs'treiʃən], *s.* ilustração; exemplificação; explicação, esclarecimento; estampa, gravura; celebridade.

ILLUSTRATIVE ['iləstreitiv, i'lʌstrətiv], *a.* ilustrativo, explicativo.

ILLUSTRATOR ['iləstreitə], *s.* ilustrador, explicador.

ILLUSTRIOUS [i'lʌstriəs], *a.* ilustre, distinto, nobre; eminente, famoso, notável, célebre, preclaro.

ILL-WILL ['il'wil], *s.* rancor; animosidade; má vontade.

ILLY ['ili], *adv.* (E.U.) mal = (Ing.) *ill, badly.*

I'M [aim], *contr.* de *I am.*

IMAGE ['imidʒ], *s.* imagem; figura; símbolo, representação, retrato, reprodução; estátua; ídolo; imagem mental, idéia, concepção. *v.* imaginar.

IMAGERY ['imidʒəri], *s.* imaginação; fantasias, quimeras; aparências; imagens, pinturas, estátuas; figuras de retórica.

IMAGINABLE [i'mædʒinəbl], *a.* imaginável.

IMAGINARY [i'mædʒinəri], *a.* imaginário, ilusório, fantástico, quimérico, ideal.

IMAGINATION [imædʒi'neiʃən], *s.* imaginação; concepção, idéia; fantasia, quimera.

IMAGINATIVE [i'mædʒinətiv], *a.* imaginativo.

IMAGINE [i'mædʒin], *v.* imaginar; idear; convencer; fantasiar; pensar, supor, crer, conjeturar; imaginar-se, figurar-se.

IMAGINER [i'mædʒinə], *s.* imaginador, idealizador, inventor.

IMAGINES [i'meidʒini:z], *pl.* de **IMAGO.**

IMAGINING [i'mædʒiniŋ], *s.* imaginação.

IMAGO [i'meigou], *pl.* **IMAGINES** ou **IMAGOS.** *s.* imago.

IMAGOS [i'meigouz], *pl.* de **IMAGO.**

IMAM, IMAUM [i'mɑ:m, i'mɔ:m], *s.* imame.

IMBALANCE [im'bæləns], *s.* desequilíbrio.

IMBECILE ['imbisi:l], *s.* e *a.* imbecil; doente mental, anormal, psíquico; parvo, idiota = (E.U.) *moron.*

IMBECILITY [imbi'siliti], *s.* imbecilidade.

IMBED [im'bed], *V.* **EMBED.**

IMBIBE [im'baib], *v.* embeber, ensopar; empapar; sorver, beber, chupar; absorver.

IMBIBER [im'baibə], *s.* o que embebe ou absorve.

IMBREEDING, INBREEDING [im'bri:diŋ, in'bri:diŋ], *s.* procriação consangüínea.
IMBROGLIO [im'brouliou], *s.* imbróglio, confusão, embrulhada, trapalhada; enredo.
IMBRUE [im'bru:], *v.* manchar; tingir; embeber, encharcar, empapar, molhar.
IMBUE [im'bju:], *v.* embeber, empapar; impregnar, saturar; tingir; imbuir, infundir, arraigar.
IMITABLE ['imitəbl], *a.* imitável.
IMITATE ['imiteit], *v.* imitar; copiar, reproduzir; arremedar; falsificar.
IMITATION [imi'teiʃən], *s.* imitação, reprodução, cópia; contrafação, falsificação.
IMITATIVE ['imiteitiv], *a.* imitativo.
IMITATOR ['imiteitə], *s.* imitador.
IMMACULATE [i'mækjulit], *a.* imaculado, puro.
IMMANENCE ['imənəns], *s.* imanência, inerência.
IMMANENT ['imənənt], *a.* imanente, inerente.
IMMATERIAL [imə'tiəriəl], *a.* imaterial, incorpóreo; impalpável; insignificante, pouco importante.
IMMATERIALITY ['imətiəri'æliti], *s.* imaterialidade, incorporeidade.
IMMATURE [imə'tjuə], *a.* imaturo, prematuro, precoce; imperfeito; impensado.
IMMATURITY [imə'tjuəriti], *s.* imaturidade, prematuridade.
IMMEASURABLE [i'meʒərəbl], *a.* imensurável, incomensurável, desmedido; imenso.
IMMEDIATE [i'mi:djət], *a.* imediato, próximo, contíguo; presente; instantâneo; urgente.
IMMEDIATELY [i'mi:djətli], *adv.* imediatamente; instantaneamente; diretamente.
IMMEMORIAL [imi'mɔ:riəl], *a.* imemorial.
IMMENSE [i'mens], *a.* imenso, enorme; infinito, ilimitado.
IMMENSELY [i'mensli], *adv.* imensamente.
IMMENSITY [i'mensiti], *s.* imensidade, enormidade; infinidade.
IMMERSE [i'mə:s], *v.* imergir, mergulhar, submergir.
IMMERSION [i'mə:ʃən], *s.* imersão, submersão.
IMMIGRANT ['imigrənt], *s.* imigrante.
IMMIGRATE ['imigreit], *v.* imigrar.
IMMIGRATION [imi'greiʃən], *s.* imigração.
IMMINENCE ['iminəns], *s.* iminência.
IMMINENT ['iminənt], *a.* iminente.
IMMOBILE [i'moubail], *a.* imóvel.
IMMOBILITY [imo'biliti], *s.* imobilidade.
IMMODERATE [i'mɔdərit], *a.* imoderado, excessivo, exagerado, descomedido, intemperado.
IMMODERATION [imɔdə'reiʃən], *s.* imoderação, superabundância, excesso.
IMMODEST [i'mɔdist], *a.* imodesto; desonesto; atrevido, insolente.
IMMODESTY [i'mɔdisti], *s.* imodéstia; desonestidade; indecência, falta de pudor; insolência.
IMMOLATE ['imoleit], *v.* imolar.
IMMOLATION [imo'leiʃən], *s.* imolação.
IMMOLATOR ['imoleitə], *s.* imolador.
IMMORAL [i'mɔrəl], *s.* imoral, desonesto, libertino, vicioso, depravado.
IMMORALITY [imə'ræliti], *s.* imoralidade, desonestidade, devassidão, depravação.
IMMORTAL [i'mɔ:tl], *s.* e *a.* imortal.
IMMORTALITY [imɔ:'tæliti], *s.* imortalidade.
IMMORTALIZE (ISE) [i'mɔ:təlaiz], *v.* imortalizar.
IMMORTALLY [i'mɔ:təli], *adv.* imortalmente.
IMMORTELLE [imɔ:'tel], *s.* perpétua, sempre-viva (flor).
IMMOVABLE [i'mu:vəbl], *a.* imóvel; imutável, inalterável; imperturbável, impassível; permanente, inamovível. *s. pl.* (jur.) bens imóveis.
IMMUNE [i'mju:n], *a* imune, isento, livre. # *immune against* ou *from,* imune a, de.
IMMUNITY [i'mju:niti], *s.* imunidade, isenção, dispensa; regalia, prerrogativa.
IMMURE [i'mjuə], *v.* murar; prender, enclausurar, encerrar, emparedar, encarcerar.
IMMUREMENT [i'mjuəmənt], *s.* prisão, emparedamento, encarceramento.
IMMUTABILITY [imju:tə'biliti], *s.* imutabilidade, inalterabilidade; estabilidade, firmeza.
IMMUTABLE [i'mju:təbl], *a.* imutável, inalterável, invariável; estável.
IMP [imp], *s.* duende, diabinho; estaca para andaimes; enxerto; prole, descendente, filho. *v.* enxertar; acrescentar, adicionar, aumentar; ajudar, auxiliar, assistir.
IMPACT ['impækt], *s.* impacto; percussão, choque, embate, colisão; contato; impressão.
IMPACT [im'pækt], *v.* ir de encontro a; encravar; embutir; comprimir.

IMPAIR [im'pɛɔ], *v.* prejudicar, danificar; arruinar; alterar, deteriorar; piorar; diminuir, reduzir; enfraquecer, debilitar.

IMPAIRMENT [im'pɛəmənt], *s.* dano, prejuízo; deterioração; enfraquecimento, diminuição.

IMPALE [im'peil], *v.* empalar; cercar com estacas; unir dois brasões no mesmo escudo.

IMPALEMENT [im'peilmənt], *s.* empalação; cerca; (her.) pala.

IMPALPABLE [im'pælpəbl], *a.* impalpável, intangível; imaterial.

IMPANEL [im'pænl], *v. V.* **EMPANEL.**

IMPART [im'pɑ:t], *v.* conceder, dar; conferir; comunicar, participar, notificar; divulgar, revelar.

IMPARTIAL [im'pɑ:ʃəl], *a.* imparcial.

IMPARTIALITY ['impɑ:ʃi'æliti], *s.* imparcialidade.

IMPASSABLE [im'pɑ:səbl], *a.* intransitável, impérvio; impraticável; insuperável.

IMPASSE [im'pɑ:s], *s.* impasse, situação difícil, beco sem saída.

IMPASSIONED [im'pæʃənd], *a.* ardente, veemente, apaixonado, excitado.

IMPASSIVE [im'pæsiv], *a.* impassível, apático, insensível.

IMPASSIVENESS [im'pæsivnis], *s.* impassibilidade, insensibilidade.

IMPATIENCE [im'peiʃəns], *s.* impaciência.

IMPATIENT [im'peiʃənt], *a.* impaciente. # *impatient at* ou *for,* impaciente com, por (fato, circunstância) *impatient with,* impaciente com (pessoa).

IMPEACH [im'pi:tʃ], *v.* denunciar; acusar, imputar; contestar, impugnar; duvidar; censurar, repreender; aviltar; impedir, embaraçar, estorvar.

IMPEACHABLE [im'pi:tʃəbl], *a.* censurável; responsável por.

IMPEACHER [im'pi:tʃə], *s.* denunciador, delator; acusador.

IMPEACHMENT [im'pi:tʃmənt], *s.* censura, repreensão; imputação; delação, acusação, denúncia; impedimento, obstáculo; impugnação de uma testemunha; denúncia e processo por infração dos deveres funcionais (funcionário público, magistrado, etc.).

IMPECCABILITY [impekə'biliti], *s.* impecabilidade.

IMPECCABLE [im'pekəbl], *a.* impecável.

IMPECUNIOUS [impi'kju:niəs], *a.* pobre, necessitado.

IMPEDE [im'pi:d], *v.* impedir, entravar, embaraçar, estorvar.

IMPEDIMENT [im'pedimənt], *s.* impedimento, embaraço, estorvo, obstáculo.

IMPEDIMENTA [impedi'mentə], *s. pl.* bagagem (em geral); bagagem militar.

IMPEL [im'pel], *v.* impulsar, impelir, empurrar; estimular, excitar; instigar, incitar.

IMPELLENT [im'pelənt], *a.* e *s.* impelente.

IMPELLER [im'pelə], *s.* impulsor; estimulador; incitador, instigador.

IMPEND [im'pend], *v.* pender; estar iminente; ameaçar; impender.

IMPENDING [im'pendiŋ], *a.* impendente, iminente, ameaçador.

IMPENETRABILITY [impenitrə'biliti], *s.* impenetrabilidade.

IMPENETRABLE [im'penitrəbl], *a.* impenetrável. # *impenetrable by,* insensível a. *impenetrable to,* impenetrável a.

IMPENITENCE [im'penitens], *s.* impenitência.

IMPENITENT [im'penitənt], *a.* impenitente.

IMPERATIVE [im'perətiv], *s.* (gram.) o modo imperativo. *a.* imperioso, imperativo, autoritário, decisivo, peremptório.

IMPERCEPTIBILITY ['impəseptə'biliti], *s.* imperceptibilidade.

IMPERCEPTIBLE [impə'septəbl], *a.* imperceptível.

IMPERFECT [im'pə:fikt], *s.* (gram.) imperfeito. *a.* imperfeito, defeituoso, incompleto, incorreto.

IMPERFECTION [impə'fekʃən], *s.* imperfeição.

IMPERIAL [im'piəriəl], *s.* imperial; pêra (barba no queixo); tejadilho; formato de papel; (arq.) cúpula mourisca. *a.* imperial; supremo, pomposo.

IMPERIALISM [im'piəriəlizm], *s.* imperialismo.

IMPERIALIST [im'piəriəlist], *s.* imperialista.

IMPERIL [im'peril], *v.* pôr em perigo; arriscar, expor; perigar.

IMPERIOUS [im'piəriəs], *a.* imperioso, despótico, autoritário; arrogante; urgente.

IMPERISHABILITY [imperiʃə'biliti], *s.* imperecibilidade, imortalidade, indestrutibilidade.
IMPERISHABLE [im'periʃəbl], *a.* imperecível, imorredouro, imortal.
IMPERMEABILITY [impə:miə'biliti], *s.* impermeabilidade.
IMPERMEABLE [im'pə:miəbl], *a.* impermeável.
IMPERMEATOR [im'pə:mieitə], *s.* (mec.) lubrificador permanente, lubrificador automático.
IMPERSONAL [im'pə:snl], *a.* impessoal.
IMPERSONALITY [impə:sə'næliti], *s.* impersonalidade, generalidade.
IMPERSONATE [im'pə:səneit], *v.* personificar, representar o papel de; imitar.
IMPERSONATION [impə:sə'neiʃən], *s.* personificação; imitação; (teat.) representação, caracterização, papel.
IMPERSONATOR [im'pə:səneitə], *s.* o que personifica; imitador; ator.
IMPERTINENCE [im'pə:tinəns], *s.* impertinência; despropósito, inoportunidade, insolência, atrevimento.
IMPERTINENT [im'pə:tinənt], *a.* impertinente, importuno; insolente, atrevido, grosseiro.
IMPERTURBABILITY ['impə:tə:bə'biliti], *s.* imperturbabilidade, serenidade; equanimidade.
IMPERVIOUS [im'pə:viəs], *a.* impérvio, inacessível; intransitável; impenetrável, impermeável.
IMPETUOSITY [impetju'ɔsiti], *s.* impetuosidade, fúria.
IMPETUOUS [im'petjuəs], *a.* impetuoso, arrebatado, violento.
IMPETUOUSNESS [im'petjuəsnis], *s.* impetuosidade, violência.
IMPETUS ['impətəs], *s.* ímpeto; impulso.
IMPIETY [im'paiəti], *s.* impiedade.
IMPINGE [im'pindʒ], *v.* colidir, ir de encontro a; tropeçar, esbarrar; bater; encontrar-se, topar com; violar, infringir.
IMPINGEMENT [im'pindʒmənt], *s.* choque, embate, esbarro; infração; (jur.) violação de direito ou privilégio.
IMPIOUS ['impiəs], *a.* ímpio, herege, profano, descrente.
IMPISH ['impiʃ], *a.* travesso, ladino, traquinas, endiabrado, irrequieto.
IMPLACABILITY [impleikə'biliti], *s.* implacabilidade.
IMPLACABLE [im'plækəbl], *a.* implacável, inexorável.
IMPLANT [im'plɑ:nt], *v.* implantar.
IMPLEDGE [im'pledʒ], *v.* penhorar.
IMPLEMENT ['implimənt], *s.* implemento, instrumento, ferramenta, utensílio; acessório; *pl.* petrechos. *v.* executar (uma decisão).
IMPLICATE ['implikit], *a.* enredado, complicado.
IMPLICATE ['implikeit], *v.* implicar; envolver, comprometer, embaraçar, complicar, enredar.
IMPLICATION [impli'keiʃən], *s.* implicação; subentendido; enredo, complicação; insinuação; inferência, conclusão, dedução, ilação. # *to carry implication of,* implicar em, significar, denotar.
IMPLICIT [im'plisit], *a.* implícito, tácito; subentendido; complicado, embaraçado, enredado.
IMPLIED [im'plaid], *pret.* e *pp.* de **IMPLY.** *a.* implícito, tácito, subentendido.
IMPLORE [im'plɔ:, im'plɔə], *v.* implorar, rogar, suplicar.
IMPLORER [im'plɔ:rə, im'plɔərə], *s.* implorante, suplicante.
IMPLY [im'plai], *v.* implicar, fazer supor, significar; envolver, encerrar, compreender; inferir, deduzir.
IMPOLITE [impə'lait], *a.* incivil, descortês, rude, grosseiro.
IMPOLITENESS [impə'laitnis], *s.* incivilidade, descortesia, inconveniência, grosseria, brutalidade.
IMPOLITIC [im'pɔlitik], *a.* imprudente; impolítico.
IMPONDERABLE [im'pɔndərəbl], *a.* imponderável.
IMPORT ['impɔ:t], *s.* significação, sentido; conseqüência; valor, importância; tendência; (com.) importação.
IMPORT [im'pɔ:t], *v.* importar, ser de importância; implicar, significar, envolver; inferir; insinuar; (com.) importar, introduzir.
IMPORTABLE [im'pɔ:təbl], *a.* importável.
IMPORTANCE [im'pɔ:təns], *s.* importância, valor; conseqüência, consideração.

IMPORTANT [im'pɔ:tənt], *a.* importante.
IMPORTATION [impɔ:'teiʃən], *s.* importação.
IMPORTER [im'pɔ:tə], *s.* importador.
IMPORTUNATE [im'pɔ:tjunit], *a.* importuno, impertinente, maçador.
IMPORTUNE [im'pɔ:tju:n], *v.* importunar, molestar.
IMPORTUNITY [impɔ:'tju:niti], *s.* importunidade, aborrecimento, importunação.
IMPOSE [im'pouz], *v.* impor, forçar; ordenar; impingir; enganar, iludir; abusar. # *impose upon someone,* enganar alguém.
IMPOSER [im'pouzə], *s.* aquele que impõe; impostor, enganador.
IMPOSING [im'pouziŋ], *a.* imponente, majestoso, grandioso.
IMPOSITION [impə'ziʃən], *s.* imposição, opressão, constrangimento; taxa, tributo, imposto; impostura, engano, embuste; intromissão.
IMPOSSIBILITY [impɔsə'biliti], *s.* impossibilidade.
IMPOSSIBLE [im'pɔsəbl], *a.* impossível; impraticável, irrealizável; invariável.
IMPOST ['impoust], *s.* imposto, tributo.
IMPOSTOR [im'pɔstə], *s.* impostor, embusteiro.
IMPOSTURE [im'pɔstʃə], *s.* impostura, embuste; burla; fraude.
IMPOTENCE ['impətəns], *s.* impotência.
IMPOTENCY ['impətənsi], *V.* **IMPOTENCE.**
IMPOTENT ['impətənt], *a.* impotente, incapaz; fraco; sem valor.
IMPOUND [im'paund], *v.* aprisionar, encurralar, encerrar; apossar-se de; restringir; coimar; recolher água num depósito.
IMPOVERISH [im'pɔvəriʃ], *v.* esgotar os recursos; empobrecer; minguar.
IMPOVERISHMENT [im'pɔvəriʃmənt], *s.* empobrecimento.
IMPRACTICABILITY [impræktikə'biliti, 'impræktikə'biliti], *s.* impraticabilidade, inviabilidade; impossibilidade.
IMPRACTICABLE [im'præktikəbl], *a.* impraticável, impossível (E.U.) *impractical;* intransitável; teimoso; intratável.
IMPRACTICAL [im'præktikəl], *a.* (E.U.) impraticável, irrealizável = (Ing.) *impracticable;* (E.U.) teórico, fantasista (pessoa) = (Ing.) *unpractical.*
IMPRECATE ['imprikeit], *v.* imprecar, maldizer, amaldiçoar.
IMPRECATION [impri'keiʃən], *s.* imprecação, praga, maldição.
IMPRECATOR ['imprikeitə], *s.* aquele que impreca, amaldiçoador.
IMPRECATORY ['imprikeitəri], *a.* imprecatório.
IMPREGNABLE [im'pregnəbl], *a.* inexpugnável; impregnável; fecundável.
IMPREGNATE [im'pregneit], *v.* impregnar, imbuir; fecundar, emprenhar.
IMPREGNATION [impreg'neiʃən], *s.* impregnação; fertilização; fecundação.
IMPRESARIO [impre'sɑ:riou], *s.* empresário.
IMPRESS ['impres], *s.* impressão, sinal, cunho, marca, timbre; divisa, emblema; semelhança.
IMPRESS [im'pres], *v.* imprimir; estampar, marcar, assinalar; fixar; gravar; inculcar; influir; impressionar.
IMPRESSIBILITY [impresi'biliti], *s.* impressionabilidade.
IMPRESSIBLE [im'presəbl], *a.* impressível, impressionável.
IMPRESSION [im'preʃən], *s.* impressão, sinal, marca; idéia; (tip.) impressão, edição; exemplar; apisoamento. # *first impressions are most lasting,* a primeira impressão é a que fica.
IMPRESSIONABLE [im'preʃənəbl], *a.* impressionável.
IMPRESSIONISM [im'preʃənizm], *s.* impressionismo.
IMPRESSIONIST [im'preʃənist], *s.* impressionista.
IMPRESSIONISTIC [impreʃə'nistik], *a.* impressionista.
IMPRESSIVE [im'presiv], *a.* impressivo, impressionante; solene.
IMPRESSMENT [im'presmənt], *s.* recrutamento forçado; requisição.
IMPRINT ['imprint], *s.* impressão, sinal, carimbo, cunho, marca; cabeçalho; nome do editor, a época e o lugar da publicação de um livro.
IMPRINT [im'print], *v.* imprimir; estampar; marcar.

IMPRISON [im'prizn], *v.* aprisionar, encarcerar, prender.
IMPRISONMENT [im'priznmənt], *s.* prisão, detenção, encarceramento.
IMPROBABILITY [imprɔbə'biliti], *s.* improbabilidade.
IMPROBABLE [im'prɔbəbl], *a.* improvável; absurdo, inverossímil.
IMPROBITY [im'proubiti], *s.* improbidade.
IMPROMPTU [im'prɔmptju:], *s.* improviso; repente, ímpeto. *a.* improvisado, impremeditado, pronto. *adv.* de improviso, prontamente.
IMPROPER [im'prɔpə], *a.* impróprio, inconveniente, inadequado, indecoroso, indecente.
IMPROPRIETY [imprə'praiəti], *s.* impropriedade, incongruência, inconveniência; indecência.
IMPROVABILITY [impru:və'biliti], *s.* perfectibilidade.
IMPROVABLE [im'pru:vəbl], *a.* perfectível; cultivável; útil.
IMPROVE [im'pru:v], *v.* melhorar, aperfeiçoar; utilizar, aproveitar; cultivar; valorizar; aperfeiçoar, progredir.
IMPROVEMENT [im'pru:vmənt], *s.* melhoramento, aperfeiçoamento; proveito; emprego; utilidade; progresso; benfeitoria.
IMPROVER [im'pru:və], *s.* melhorador, aperfeiçoador; beneficiador.
IMPROVIDENCE [im'prɔvidəns], *s.* improvidência, descuido, imprevisão; negligência, desmazelo.
IMPROVIDENT [im'prɔvidənt], *a.* improvidente, impróvido, incauto; desleixado, descuidado.
IMPROVISATION [imprəvai'zeiʃən], *s.* improvisação.
IMPROVISE ['imprəvaiz], *v.* improvisar.
IMPROVISER ['imprəvaizə], *s.* improvisador.
IMPRUDENCE [im'pru:dəns], *s.* imprudência; irreflexão.
IMPRUDENT [im'pru:dənt], *a.* imprudente; irrefletido.
IMPUDENCE ['impjudəns], *s.* impudência, atrevimento, descaramento, desaforo, desfaçatez.
IMPUDENT ['impjudənt], *a.* impudente, atrevido, insolente, desaforado, descarado; impudico.
IMPUGN [im'pju:n], *v.* impugnar.
IMPULSE ['impʌls], *a.* impulso, ímpeto, estímulo, incentivo, instigação.
IMPULSION [im'pʌlʃən], *s.* impulsão, impulso, ímpeto.
IMPULSIVE [im'pʌlsiv], *a.* impulsivo.
IMPUNITY [im'pju:niti], *s.* impunidade. # *with impunity,* impunemente.
IMPURE [im'pjuə], *a.* impuro, contaminado, sórdido, imundo.
IMPURITY [im'pjuəriti], *s.* impureza.
IMPUTABILITY [impju:tə'biliti], *s.* imputabilidade.
IMPUTABLE [im'pju:təbl], *a.* imputável, atribuível.
IMPUTATION [impju:'teiʃən], *s.* imputação, atribuição, acusação, censura.
IMPUTE [im'pju:t], *v.* imputar, atribuir; assacar.
IMPUTER [im'pju:tə], *s.* imputador.
IN [in], *prep.* em, a, por, para, com, de, durante, dentro de. *adv.* dentro, em casa. *a.* interior, interno. *s.* canto; os de casa, os de dentro; partido político dominante. # *be in for,* estar sujeito a censura ou a castigo; estar em maus lençóis. *be in with,* dar-se com, manter boas relações com. *the ins and outs,* os detalhes, as minúcias.
INABILITY [inə'biliti], *s.* inabilidade, inaptidão, incapacidade, incompetência.
INACCESSIBILITY ['inæksesə'biliti], *s.* inacessibilidade.
INACCESSIBLE [inæk'sesəbl], *a.* inacessível, inatingível.
INACCURACY [i'nækjurəsi], *s.* inexatidão, incorreção, imperfeição, erro, engano.
INACCURATE [in'ækjurit], *a.* inexato, errado, errôneo, incorreto; negligente.
INACTION [in'ækʃən], *s.* inação.
INACTIVE [in'æktiv], *a.* inativo, inerte; passivo; desocupado, ocioso; indolente, preguiçoso.
INACTIVITY [inæk'tiviti], *s.* inatividade, inação, inércia; passividade; ociosidade; indolência.
INADEQUACY [in'ædikwəsi], *s.* desproporção; imperfeição; insuficiência, incapacidade.
INADEQUATE [in'ædikwit], *a.* inadequado; desproporcionado; defeituoso, imperfeito; insuficiente, incapaz.

INADMISSIBILITY [inədmisə'biliti], *s.* inadmissibilidade.

INADMISSIBLE [inəd'misəbl], *a.* inadmissível.

INADVERTENCE [inəd'və:təns], *s.* inadvertência, imprudência, imprevidência; negligência, descuido.

INADVERTENCY [inəd'və:tənsi], *V.* **INADVERTENCE.**

INADVERTENT [inəd'və:tənt], *a.* inadvertido; negligente, descuidado; acidental.

INADVISABLE [inəd'vaizəbl], *a.* imprudente, inconveniente, desaconselhável.

INALIENABILITY [ineiliənə'biliti], *s.* inalienabilidade.

INALIENABLE [in'eiliənəbl], *a.* inalienável.

INANE [i'nein], *a.* inane, vazio, oco; vão, inútil; fútil, frívolo; idiota. *s.* vácuo.

INANIMATE [in'ænimit], *a.* inanimado, inânime.

INANITION [inə'niʃən], *s.* inanição; enfraquecimento, fraqueza.

INANITY [i'næniti], *s.* inanidade, vacuidade; nulidade, futilidade.

INAPPEASABLE [inə'pizəbl], *a.* inexorável, implacável.

INAPPLICABLE [in'æplikəbl], *a.* inaplicável.

INAPPOSITE [in'æpəzit], *a.* inoportuno, impróprio, inadequado, inconveniente.

INAPPROACHABLE [inə'proutʃəbl], *a.* inacessível, inabordável.

INAPPROPRIATE [inə'proupriit], *a.* impróprio, inadequado, incongruente.

INAPT [in'æpt, 'in'æpt], *a.* *V.* **INEPT.**

INAPTITUDE [in'æptitju:d, 'in'æptitju:d], *V.* **INEPTITUDE.**

INARTICULATE [ina:'tikjulit], *a.* inarticulado, indistinto, vago.

INASMUCH [inəz'mʌtʃ], *conj.* visto que, desde que, considerando que, porquanto.

INATTENTION [inə'tenʃən], *s.* desatenção, descuido, distração; desmazelo, negligência; inadvertência.

INATTENTIVE [inə'tentiv], *a.* desatento, negligente, descuidado, distraído.

INATTENTIVENESS [inə'tentivnis], *s.* desatenção, distração, descuido.

INAUDIBLE [in'ɔ:dəbl], *a.* inaudível.

INAUGURAL [i'nɔ:gjurəl], *a.* inaugural. *s.* (E.U.) discurso de posse do Presidente da República.

INAUGURATE [i'nɔ:gjureit], *v.* inaugurar, encetar, principiar, iniciar; instalar, investir; empossar, dar posse a; consagrar, dedicar.

INAUGURATION [inɔ:gju'reiʃən], *s.* inauguração; fundação, instalação; (E.U.) cerimônia da posse do Presidente da República, o dia da posse.

INAUGURATOR [i'nɔ:gjureitə], *s.* inaugurador; fundador, instalador.

INAUSPICIOUS [inɔ:s'piʃəs], *a.* não auspicioso, de mau agouro, sinistro, desfavorável, infeliz.

INBOARD ['inbɔ:d], *a.* e *adv.* (mec.) interior; (mar.) dentro da amurada do navio.

INBORN ['in'bɔ:n], *a.* inato, ingênito; inerente; congênito.

INBOUND ['inbaund], *a.* de torna-viagem; que se destina ao interior (navio, carga, etc.); (av.) no regresso, na final.

INBREATHE ['in'bri:ð], *v.* inspirar.

INBRED ['in'bred], *v.* *V.* **INBORN.** *pret.* e *pp.* de **INBREED.**

INBREED ['in'bri:d], *pret.* e *pp.* **INBRED.** *v.* criar, gerar, produzir.

INCA ['iŋkə], *s.* inca.

INCALCULABILITY [inkælkjulə'biliti], *s.* incalculabilidade.

INCALCULABLE [in'kælkjuləbl], *a.* incalculável, incomensurável; inconcebível.

INCANDESCENCE [inkæn'desns], *s.* incandescência.

INCANDESCENT [inkæn'desnt], *a.* incandescente.

INCANTATION [inkæn'teiʃən], *s.* encantamento.

INCAPABILITY [inkeipə'biliti], *s.* incapacidade, inaptidão, inabilidade; incompetência; insuficiência.

INCAPABLE [in'keipəbl], *a.* incapaz, inábil.

INCAPACITATE [inkə'pæsiteit], *v.* incapacitar, inutilizar, inabilitar, desqualificar, tornar inepto.

INCAPACITATION ['inkəpæsi'teiʃən], *s.* desqualificação, inabilitação.

INCAPACITY [inkə'pæsiti], *s.* incapacidade.

INCARNATE [in'ka:nit], *a.* encarnado (que encarnou; de forma humana); personificado; cor de carne.

INCARNATE ['inka:neit, in'ka:neit], *v.* encarnar, revestir de carne; criar carne; humanar.

INCARNATION [inka:'neiʃən], *s.* encarnação.

INCAUTIOUS [in'kɔ:ʃəs], *a.* incauto; desleixado, negligente.

INCENDIARY [in'sendjəri], *s.* incendiário = (E. U.) *firebug;* amotinador, incitador. *a.* incendiário; revolucionário.

INCENSATION [insen'seiʃən], *s.* incensação.

INCENSE ['insens], *s.* incenso; lisonja. *v.* incensar.

INCENSE [in'sens], *v.* incitar, atiçar; provocar; encolerizar, irritar, exasperar.

INCENSE-BURNER ['insens'bə:nə], *s.* turíbulo.

INCENTIVE [in'sentiv], *s.* incentivo, estímulo; motivo. *a.* incentivo, excitante, estimulante.

INCEPTION [in'sepʃən], *s.* início, começo, princípio.

INCEPTIVE [in'septiv], *a.* incipiente, principiante; (gram.) incoativo.

INCESSANT [in'sesnt], *a.* incessante, ininterrupto, contínuo.

INCESSANTLY [in'sesntli], *adv.* incessantemente, continuamente, ininterruptamente.

INCEST ['insest], *s.* incesto.

INCESTUOUS [in'sestjuəs], *a.* incestuoso.

INCH [intʃ], *s.* polegada; bagatela, insignificância, pequena quantidade. *v.* medir por polegada; fazer avançar ou recuar pouco a pouco; avançar lentamente (palmo a palmo); dar valor, aumentar o preço, valorizar. # *by inches, by inch meal, inch meal,* aos poucos, pouco a pouco, palmo a palmo. *I know him every inch,* conheço-o como a palma de minha mão.

INCHOATE ['inkoueit], *a.* incoado, começado, iniciado; não acabado, incompleto; rudimentar.

INCHOATIVE ['inkoueitiv], *a.* incoativo, incipiente, principiante.

INCIDENCE ['insidəns], *s.* incidência.

INCIDENT ['insidənt], *s.* incidente; episódio; acidente, casualidade; acontecimento, ocorrência. *a.* incidente; casual, fortuito, acidental; dependente; próprio de.

INCIDENTAL [insi'dentl], *a.* incidental, casual, acidental; concomitante.

INCIDENTALLY [insi'dentli], *adv.* incidentemente; casualmente, acidentalmente.

INCINERATE [in'sinəreit], *v.* incinerar.

INCINERATION [insinə'reiʃən], *s.* incineração.

INCINERATOR [in'sinəreitə], *s.* forno (para incineração).

INCIPIENCE [in'sipiəns], *s.* início, começo, princípio.

INCIPIENT [in'sipiənt], *a.* incipiente, principiante.

INCISION [in'siʒən], *s.* incisão, corte.

INCISIVE [in'saisiv], *a.* incisivo; cortante, agudo, sarcástico.

INCISOR [in'saizə], *s.* incisivo (dente).

INCITATION [insai'teiʃən], *s.* incitação, incitamento, instigação; estímulo, incentivo; impulso.

INCITE [in'sait], *v.* incitar, instigar, estimular, excitar, animar, encorajar.

INCITEMENT [in'saitmənt], *s.* incitamento, estímulo, incentivo, encorajamento; impulso; excitação.

INCITER [in'saitə], *s.* incitador, estimulante, excitador.

INCITING [in'saitiŋ], *a.* incitante, excitante, estimulante. *s.* estímulo, incentivo, incitação; causa.

INCIVILITY [insi'viliti], *s.* incivilidade; indelicadeza, descortesia.

INCLEMENCY [in'klemənsi], *s.* inclemência, rigor, severidade; inflexibilidade; crueldade.

INCLEMENT [in'klemənt], *a.* inclemente; rigoroso, severo; inflexível; cruel.

INCLINATION [inkli'neiʃən], *s.* inclinação (de um terreno), declive; reverência; tendência, inclinação, propensão, disposição; afeto, amizade; (quím.) decantação; inclinação da agulha.

INCLINE [in'klain], *s.* declive; *pl.* (tec.) cunhas. *v.* inclinar, pender; curvar; inclinar-se, tender a, ter propensão para.

INCLOSE [in'klouz], *V.* **ENCLOSE.**

INCLOSURE [in'klouʒə], *V.* **ENCLOSURE.**

INCLUDE [in'klu:d], *v.* incluir, conter, abranger, compreender; encerrar, envolver.

INCLUDED [in'klu:did], *a.* incluído, contido, compreendido; incluso.

INCLUDING [in'klu:diŋ], *a.* incluso, contido, compreendido.

INCLUSION [in'klu:ʒən], *s.* inclusão; limitação, restrição.

INCLUSIVE [in'klu:siv], *a.* inclusivo.

INCOG [in'kɔg], *a., adv.* e *s.* (col.) incógnito, incognitamente.

INCOGNITO [in'kɔgnitou], *s.* incógnito. *a.* incógnito, desconhecido; oculto; disfarçado. *adv.* incognitamente, incógnito.

INCOHERENCE [inkou'hiərəns], *s.* incoerência; inconexão; desconexão.

INCOHERENT [inkou'hiərənt], *a.* incoerente, desconexo; ininteligível.

INCOMBUSTIBLE [inkəm'bʌstəbl], *a.* incombustível.

INCOME ['inkəm, 'inkʌm, 'iŋkəm, 'iŋkʌm], *s.* renda, rendimento; emolumento; entrada, ingresso. # *income tax,* imposto de renda.

INCOMER ['inkʌmə], *s.* recém-chegado; imigrante; inquilino; rendeiro; intruso.

INCOMING ['inkʌmiŋ], *a.* que está para chegar; acumulado; montante (maré). *s.* renda, rendimento; lucro; entrada, chegada.

INCOMMENSURABILITY ['inkəmenʃərə'biliti], *s.* incomensurabilidade.

INCOMMENSURABLE [inkə'menʃərəbl], *a.* incomensurável.

INCOMMENSURATE [inkə'menʃərit], *a.* incomensurável; desproporcionado, impróprio, inadequado.

INCOMMENSURATENESS [inkə'menʃəritnis], *s.* desproporção; incomensurabilidade.

INCOMMODE [inkə'moud], *v.* incomodar, importunar.

INCOMMODIOUS [inkə'moudiəs], *a.* incômodo.

INCOMMUNICABILITY [inkəmju:nikə'biliti], *s.* incomunicabilidade.

INCOMMUNICABLE [inkə'mju:nikəbl], *a.* incomunicável.

INCOMPARABLE [in'kɔmpərəbl], *a.* incomparável, sem igual.

INCOMPATIBILITY ['inkəmpætə'biliti], *s.* incompatibilidade.

INCOMPATIBLE [inkəm'pætəbl], *a.* incompatível.

INCOMPETENCE [in'kɔmpitəns], *s.* incompetência, incapacidade, inabilidade; insuficiência.

INCOMPETENCY [in'kɔmpitənsi], *V.* **INCOMPETENCE.**

INCOMPETENT [in'kɔmpitənt], *a.* incompetente, inábil, incapaz; insuficiente.

INCOMPLETE [inkəm'pli:t], *a.* incompleto, inacabado, imperfeito.

INCOMPLETENESS [inkəm'pli:tnis], *s.* imperfeição; estado incompleto.

INCOMPLETION [inkəm'pli:ʃən], *s.* imperfeição, falta.

INCOMPREHENSIBLE [inkɔmpri'hensəbl], *a.* incompreensível.

INCOMPRESSIBLE [inkəm'presəbl], *a.* incompressível.

INCONCEIVABLE [inkən'si:vəbl], *a.* inconcebível, inimaginável, inacreditável, incompreensível, incrível.

INCONCLUSIVE [inkən'klu:siv], *a.* inconcludente, inconseqüente.

INCONGRUITY [inkɔŋ'gruiti], *s.* incongruência, incongruidade, impropriedade.

INCONGRUOUS [in'kɔŋgruəs], *a.* incôngruo, incongruente, impróprio; discordante, incompetível.

INCONSEQUENCE [in'kɔnsikwəns], *s.* inconseqüência; falta de importância.

INCONSEQUENT [in'kɔnsikwənt], *a.* inconseqüente; incoerente, ilógico.

INCONSEQUENTIAL [inkɔnsi'kwenʃəl], *a.* inconseqüente, desconexo, incoerente; sem importância.

INCONSIDERABLE [inkən'sidərəbl], *a.* insignificante, sem importância.

INCONSIDERATE [inkən'sidərit], *a.* inconsiderado, irrefletido, impensado; imprudente, inadvertido; temerário, precipitado; leviano; volúvel.

INCONSIDERATION ['inkənsidə'reiʃən], *s.* inconsideração, irreflexão, imprudência, inadvertência, leviandade.

INCONSISTENCY [inkən'sistənsi], *s.* inconsistência, inconseqüência; contradição, incoerência, incongruência; incompatibilidade; fraqueza; volubilidade, inconstância.

INCONSISTENT [inkən'sistənt], *a.* inconsistente, inconseqüente, contraditório, incompatível, incongruente; instável; volúvel, inconstante.

INCONSOLABLE [inkən'souləbl], *a.* inconsolável.

INCONSPICUOUS [inkən'spikjuəs], *a.* inconspícuo; inevidente; invisível, imperceptível.

INCONSTANCY [in'kɔnstənsi], *s.* inconstância, volubilidade, instabilidade.

INCONSTANT [in'kɔnstənt], *a.* inconstante, volúvel, instável; irresoluto.

INCONTESTABLE [inkən'testəbl], *a.* incontestável.

INCONTINENCE [in'kɔntinəns], *s.* incontinência, imoderação, intemperança; devassidão, corrupção, lascívia.

INCONTINENT [in'kɔntinənt], *a.* incontinente, imoderado, desenfreado; corrupto, libidinoso, lascivo; apressado.

INCONTROVERTIBLE ['inkɔntrə'və:təbl], *a.* incontestável, incontroverso, incontrastável, indisputável, indubitável, indiscutível.

INCONVENIENCE [inkən'vi:njəns], *s.* desconforto; inconveniente, estorvo, embaraço, obstáculo, dificuldade. *v.* molestar, incomodar, embaraçar, importunar.

INCONVENIENT [inkən'vi:njənt], *a.* desvantajoso, inadequado, incômodo, molesto, inoportuno; desairoso.

INCONVERTIBLE [inkən'və:təbl], *a.* incontrovertível, imutável, inconversível.

INCORPORATE [in'kɔ:pərit], *a.* incorpóreo, imaterial, impalpável; incorporado, unido; incluso.

INCORPORATE [in'kɔ:pəreit], *v.* incorporar; incluir; congregar; juntar, unir; incorporar-se, ligar-se, associar-se.

INCORPORATION [inkɔ:pə'reiʃən], *s.* incorporação; inclusão; associação, organização.

INCORPOREAL [inkɔ:'pɔriəl], *a.* incorpóreo, imaterial; impalpável, intangível; espiritual.

INCORRECT [inkə'rekt], *a.* incorreto, inexato, errado; errôneo; falso; imperfeito; irregular.

INCORRECTNESS [inkə'rektnis], *s.* incorreção, inexatidão; imperfeição.

INCORRIGIBILITY [inkɔridʒə'biliti], *s.* incorrigibilidade.

INCORRIGIBLE [in'kɔridʒəbl], *a.* incorrigível, reincidente.

INCORRUPTIBILITY ['inkərʌptə'biliti], *s.* incorruptibilidade; retidão, austeridade, integridade.

INCORRUPTIBLE [inkə'rʌptəbl], *a.* incorruptível; imarcescível; reto, íntegro, austero.

INCORRUPTION ['inkərʌpʃən], *s.* incorrupção.

INCREASE ['inkri:s], *s.* incremento, desenvolvimento, progresso, adiantamento; aumento, acréscimo; multiplicação; rendimento, produto, lucro; progênie, descendência; prole; geração.

INCREASE [in'kri:s], *v.* aumentar, acrescer, acrescentar; desenvolver, intensificar; crescer, multiplicar-se, desenvolver-se.

INCREASING [in'kri:siŋ], *a.* crescente, aumentativo.

INCREASINGLY [in'kri:siŋli], *adv.* cada vez mais.

INCREDIBILITY [inkredi'biliti], *s.* incredibilidade.

INCREDIBLE [in'kredəbl], *a.* incrível, inacreditável.

INCREDULITY [inkri'dju:liti], *s.* incredulidade; cepticismo

INCREDULOUS [in'kredjuləs], *s.* incrédulo; céptico.

INCREMENT ['inkrimənt], *s.* incremento, desensolvimento; (ret.) gradação, clímax.

INCRIMINATE [in'krimineit], *v.* incriminar, inculpar, culpar, acusar.

INCRIMINATORY [in'krimineitəri], *a.* incriminador, incriminante.

INCRUST [in'krʌst], *v.* incrustar.

INCRUSTATION [inkrʌs'teiʃən], *s.* incrustação, embutido.

INCUBATE ['inkjubeit], *v.* incubar, chocar; projetar, planear.

INCUBATION [inkju'beiʃən], *s.* incubação.

INCUBATIVE ['inkjubeitiv], *a.* relativo a incubação.

INCUBATOR ['inkjubeitə], *s.* incubadora, chocadeira.

INCUBATORY ['inkjubeitəri], *a.* incubador.

INCUBUS ['iŋkjubəs], *s.* íncubo, demônio, pesadelo; opressor.

INCULCATE ['inkʌlkeit, in'kʌlkeit], *v.* inculcar, citar; apontar.

INCULCATION [inkʌl'keiʃən], *s.* inculca.

[ɔə] - **door;** [uə] - **poor;** [j] - yes; [w] - wet; [g] - give; [h] - **hat;** [s] - **say;** [ŋ] - **king;** [ʃ] - **ship;** [ʒ] - rouge; [θ] - thin; [ð] - **then;** [tʃ] - **chin;** [dʒ] - **jam.**

INCULCATOR ['inkʌlkeitə, in'kʌlkeitə], *a.* inculcador.

INCULPATE ['inkʌlpeit, in'kʌlpeit], *v.* acusar, incriminar.

INCUMBENCY [in'kʌmbənsi], *s.* gestão, exercício de um cargo; benefício eclesiástico; incumbência.

INCUMBENT [in'kʌmbənt], *s.* pessoa incumbida; pessoa beneficiada; titular. *a.* incumbente; que incumbe; obrigatório.

INCUR [in'kə:], *v.* incorrer, incidir, ficar sujeito a; acarretar, provocar, causar; atrair sobre si.

INCURABILITY [inkjuərə'biliti], *s.* incurabilidade.

INCURABLE [in'kjuərəbl], *a.* incurável.

INCURIOUS [in'kjuəriəs], *s.* incurioso, negligente, descuidado.

INCURSION [in'kə:ʃən], *s.* incursão, invasão.

INCURSIVE [in'kə:siv], *a.* que faz incursão.

INCURVATION [inkə:'veiʃən], *s.* encurvadura, arqueamento, curvatura; inclinação; reverência, mesura, genuflexão.

INCURVE [in'kə:v], *v.* encurvar, arquear, curvar, dobrar; torcer, inclinar.

INDEBTED [in'detid], *s.* endividado; agradecido, reconhecido, obrigado, grato.

INDEBTEDNESS [in'detidnis], *s.* dívida; reconhecimento, gratidão.

INDECENCY [in'di:snsi], *s.* indecência, desonestidade, impudicícia, imodéstia.

INDECENT [in'di:snt], *a.* indecente, impudico, indecoroso; vergonhoso; descabido, despropositado.

INDECISION [indi'siʒən], *s.* indecisão, hesitação, irresolução; incerteza, dúvida.

INDECISIVE [indi'saisiv], *a.* indeciso, hesitante, irresoluto.

INDECLINABLE [indi'klainəbl], *a.* indeclinável. *s.* palavra indeclinável.

INDECOROUS [in'dekərəs], *a.* indecoroso, indecente; vergonhoso; inconveniente.

INDECORUM [indi'kɔ:rəm], *s.* indecência, indecoro.

INDEED [in'di:d], *adv.* realmente, verdadeiramente, de fato, sem dúvida, deveras. *int.* sim? deveras! realmente!

INDEFATIGABLE [indi'fætigəbl], *a.* infatigável, incansável, indefesso.

INDEFEASIBLE [indi'fi:zəbl], *a.* irrevogável; indestrutível, inalterável.

INDEFENSIBLE [indi'fensəbl], *a.* indefensável, indefensível, injustificável; indefeso (= indefenso); desarmado.

INDEFINITE [in'definit], *a.* indefinido (= indefinito), vago.

INDELIBILITY [indeli'biliti], *s.* indelebilidade.

INDELIBLE [in'delibl], *a.* indelével; indestrutível.

INDELICACY [in'delikəsi], *s.* indelicadeza, descortesia, incivilidade, grosseria.

INDELICATE [in'delikit], *a.* indelicado, descortês, incivil, malcriado, grosseiro, rude; pornográfico.

INDEMNIFICATION [indemnifi'keiʃən], *s.* indenização; reparação; compensação.

INDEMNIFY [in'demnifai], *v.* indenizar; ressarcir; compensar; reparar o dano; salvar; imunizar; livrar do perigo.

INDEMNITY [in'demniti], *s.* indenidade; isenção; anistia; indenização, ressarcimento; imunidade.

INDEMONSTRABLE [in'demənstrəbl], *a.* indemonstrável.

INDENT [in'dent], *s.* recorte dentado; mossa; impressão; requisição, ordem, encomenda de mercadoria (do exterior). *v.* amolgar; recortar; dentear; cambalear, ziguezaguear; contratar, fazer um contrato; (com.) fazer uma requisição ou encomenda.

INDENTATION [inden'teiʃən], *s.* corte, recorte.

INDENTED [in'dentid], *a.* denteado, recortado; encomendado.

INDENTION [in'denʃn], *s.* recuo; recuo para parágrafo.

INDENTURE [in'dentʃə], *s.* documento, escritura; contrato, pacto, ajuste.

INDEPENDENCE, -CY [indi'pendəns, -si], *s.* independência; liberdade.

INDEPENDENT [indi'pendənt], *a.* e *s.* independente; livre.

INDEPENDENTLY [indi'pendəntli], *adv.* independentemente.

INDESCRIBABLE [indis'kraibəbl], *a.* indescritível, indizível, inexplicável, extraordinário.

INDESTRUCTIBILITY ['indistrʌktə'biliti], *s.* indestrutibilidade.

INDESTRUCTIBLE [indis'trʌktəbl], *a.* indestrutível.

INDETERMINABLE [indi'tə:minəbl], *a.* indeterminável.

INDETERMINATE [indi'tə:minit], *a.* indeterminado; indefinido (= indefinito).

INDETERMINATION ['inditə:mi'neiʃən], *s.* indeterminação, indecisão, dúvida, irresolução.

INDEX ['indeks], *pl.* **INDEXES, INDICES;** *s.* índex; indício; indicador; índice alfabético; (anat.) dedo indicador, índex; (mat.) expoente; (náut.) alidade (= alidada) do sextante.

INDEX-BOOK ['indeksbuk], *s.* classificador.

INDEX-CARD ['indekskɑ:d], *s.* ficha de arquivo.

INDEXES ['indeksiz], *s. pl.* de **INDEX.**

INDIAN ['indjən], *a.* e *s.* índio; indiano. # *Indian giver,* aquele que dá um presente contando com recompensa. *in Indian file,* em fila indiana.

INDIAN-BLUE ['indjənblu:], *s.* índigo.

INDIAN-CLUB ['indjənklʌb], *s.* maça (de ginástica).

INDIAN-CORN ['indjən'kɔ:n], *s.* milho = (E.U.) *corn. V.* **MAIZE.**

INDIA(N)-INK ['indjə(n)iŋk], *s.* tinta nanquim = *China-ink.*

INDIAN-SUMMER ['indjənsʌmə], *s.* veranico.

INDIA-PAPER ['indjə'peipə], *s.* papel de palha de arroz.

INDIA-RUBBER ['indjə'rʌbə], *s.* goma-elástica, borracha.

INDICATE ['indikeit], *v.* indicar, apontar, mostrar; determinar, designar; mencionar, enunciar.

INDICATION [indi'keiʃən], *s.* indicação, sinal, indício, sintoma.

INDICATIVE [in'dikətiv], *s.* (gram.) modo indicativo. *a.* designativo.

INDICATOR ['indikeitə], *s.* indicador; registrador; manômetro.

INDICES ['indisi:z], *s. pl.* de **INDEX.**

INDICT [in'dait], *v.* acusar; indiciar; denunciar; processar; pronunciar.

INDICTABLE [in'daitəbl], *a.* processável, denunciável.

INDICTER [in'daitə], *s.* indicador, acusador, denunciante; delator; autor.

INDICTMENT [in'daitmənt], *s.* acusação, denúncia; sumário de culpa; processo.

INDIFFERENCE [in'difrəns], *s.* indiferença; apatia; insensibilidade; desprendimento; neutralidade, imparcialidade.

INDIFFERENT [in'difrənt], *a.* indiferente; apático; desprendido; regular; passável; neutral, neutro, imparcial; insignificante. # *very indifferent,* medíocre.

INDIGENCE ['indidʒəns], *s.* indigência, miséria, pobreza, penúria.

INDIGENOUS [in'didʒinəs], *a.* indígena, nativo, natural; originário; inato.

INDIGENT ['indidʒənt], *a.* indigente.

INDIGESTED [indi'dʒestid], *a.* indigesto; mal digerido; confuso, mal ordenado; informe, disforme.

INDIGESTIBLE [indi'dʒestəbl], *a.* indigerível, indigesto; desagradável; aborrecido, enfadonho.

INDIGESTION [indi'dʒestʃən], *s.* indigestão.

INDIGNANT [in'dignənt], *a.* indignado, revoltado, irado. # *indignant at,* indignado com, (por fato, situação). *indignant with,* indignado com (pessoa).

INDIGNATION [indig'neiʃən], *s.* indignação, ira; repulsa, repulsão, aversão; despeito.

INDIGNITY [in'digniti], *s.* indignidade; injúria, afronta, ultraje, insulto, opróbrio.

INDIGO ['indigou], *s.* índigo, anil.

INDIRECT [indi'rekt, indai'rekt], *a.* indireto; oblíquo; tortuoso; disfarçado, simulado; iníquo; doloso, ilícito.

INDIRECTLY [indi'rektli, indai'rektli], *adv.* indiretamente.

INDIRECTNESS [indi'rektnis, indai'rektnis], *s.* obliqüidade; tortuosidade; rodeio, meio indireto; injustiça.

INDISCIPLINE [in'disiplin], *s.* indisciplina; desordem, anarquia; desobediência, rebelião.

INDISCREET [indis'kri:t], *a.* indiscreto, imprudente, inconsiderado; impolítico; tagarela, falador; imodesto.

INDISCRETION [indis'kreʃən], *s.* indiscrição; imprudência; loquacidade, tagarelice; imodéstia; leviandade, deslize.

INDISCRIMINATE [indis'kriminit], *a.* indiscriminado, indistinto; confuso, promíscuo, misturado.

INDISCRIMINATION ['indiskrimi'neiʃən], *s.* indistinção; confusão, promiscuidade.

INDISPENSABLE [indis'pensəbl], *a.* indispensável, necessário.

INDISPOSE [indis'pouz], *v.* indispor; alterar a saúde; malquistar, inimizar; alienar; incapacitar, inabilitar.

INDISPOSED [indis'pouzd], *a.* indisposto, doente, adoentado; desavindo.

INDISPOSITION [indispə'ziʃən], *s.* indisposição, incômodo; desavença, inimizade, aversão, repulsa, repulsão.

INDISPUTABLE [indis'pju:təbl], *a.* indisputável, irrefutável, incontestável, indiscutível.

INDISSOLUBILITY ['indisɔlju'biliti], *s.* indissolubilidade.

INDISSOLUBLE [indi'sɔljubl], *a.* indissolúvel; inseparável.

INDISTINCT [indis'tiŋkt], *a.* indistinto, indefinido, vago, confuso; imperfeito; ambíguo.

INDISTINCTIVE [indis'tiŋktiv], *a.* que não distingue.

INDISTINCTNESS [indis'tiŋktnis], *s.* indistinção, confusão, obscuridade; ambigüidade.

INDISTINGUISHABLE [indis'tiŋgwiʃəbl], *a.* indistinguível.

INDITE [in'dait], *v.* compor, redigir, escrever.

INDIVIDUAL [indi'vidjuəl], *a.* individual, pessoal; particular; separado. *s.* indivíduo, pessoa; particular.

INDIVIDUALISM [indi'vidjuəlizm], *s.* individualismo.

INDIVIDUALIST [indi'vidjuəlist], *s.* individualista.

INDIVIDUALISTIC [individjuə'listik], *a.* individualista.

INDIVIDUALITY [individju'æliti], *s.* individualidade, personalidade; particularidade; originalidade.

INDIVIDUALIZATION (ISA) [individjuəlai'zeiʃən], *s.* individualização.

INDIVIDUALIZE (ISE) [indi'vidjuəlaiz], *v.* individualizar, particularizar; individuar; especificar; especializar.

INDIVIDUALLY [indi'vidjuəli], *adv.* individualmente; particularmente; separadamente.

INDIVISIBILITY ['indivizi'biliti], *s.* indivisibilidade.

INDIVISIBLE [indi'vizəbl], *a.* indivisível, indiviso.

INDO-CHINESE ['indou-tʃai'ni:z], *a.* indo-chinês.

INDOCILE [in'dousail], *a.* indócil; indomável, intratável.

INDOCILITY [indou'siliti], *s.* indocilidade.

INDOCTRINATE [in'dɔktrineit], *v.* instruir.

INDO-EUROPEAN ['indoujuərə'pi:n], *s.* e *a.* indo-europeu.

INDO-GERMANIC ['indoudʒə:'mænik], *a.* indo-germânico.

INDOLENCE ['indələns], *s.* indolência; apatia, insensibilidade; preguiça; inatividade; negligência, desmazelo.

INDOLENT ['indələnt], *a.* indolente; apático; preguiçoso; negligente, descuidado.

INDOMITABLE [in'dɔmitəbl], *a.* indomável, indômito; intratável.

INDOOR ['indɔ:, 'indɔə], *a.* situado dentro da casa; feito portas adentro; em casa; interior.

INDOORS ['in'dɔ:z, 'in'dɔəz], *adv.* portas adentro, em casa; dentro.

INDORSE [in'dɔ:s], *v.* endossar; apoiar, aprovar; sancionar.

INDORSEE [indɔ:'si:], *s.* endossado, endossatário.

INDORSEMENT [in'dɔ:smənt], *s.* endossamento, endosso; sanção. # *blank indorsement,* endosso em branco.

INDORSER [in'dɔ:sə], *s.* endossante, endossador.

INDRAUGHT ['indrɑ:ft], *s.* sucção, absorção, aspiração; passagem, entrada; braço de mar.

INDRAWN ['in'drɔ:n], *a.* absorvido, aspirado, sorvido; absorto, abstrato; preocupado.

INDUBITABLE [in'dju:bitəbl], *a.* indubitável.

INDUCE [in'dju:s], *v.* induzir, persuadir; incitar, instigar; sugerir; lisonjear; mover; causar; provocar, produzir.

INDUCEMENT [in'dju:smənt], *s.* induzimento, persuasão; instigação, incitamento; aliciante, móvel, causa, razão, motivo, pretexto.

INDUCER [in'dju:sə], *s.* instigador, induzidor; sedutor.

INDUCTION [in'dʌkʃən], *s.* indução; introdução, preâmbulo; instalação; investidura.
INDUCTIVE [in'dʌktiv], *a.* indutivo, ilativo; persuasivo, iniciativo.
INDUCTOR [in'dʌktə], *s.* indutor; instalador; o que dá posse.
INDUE [in'dju:], *v. V.* **ENDUE.**
INDULGE [in'dʌldʒ], *v.* condescender, favorecer, satisfazer; dar, conceder; permitir; gratificar; abandonar-se a, entregar-se a; gozar; (com.) prorrogar o prazo. # *indulge in*, conceder a si próprio; tolerar; dar-se a.
INDULGENCE [in'dʌldʒəns], *s.* complacência, entrega, submissão, indulgência; benignidade; favor; gratificação; desregramento, incontinência, vício; satisfação, abandono; (com.) prorrogação.
INDULGENT [in'dʌldʒənt], *a.* indulgente, complacente, condescendente.
INDULGER [in'dʌldʒə], *s.* pessoa complacente ou indulgente.
INDUSTRIAL [in'dʌstriəl], *a.* industrial.
INDUSTRIALIZATION (ISA) [indʌstriəli'zeiʃən, indʌstriəlai'zeiʃən], *s.* industrialização.
INDUSTRIOUS [in'dʌstriəs], *a.* industrioso, laborioso, diligente, trabalhador; hábil, engenhoso; astuto.
INDUSTRY ['indəstri], *s.* indústria; profissão mecânica ou mercantil; fabrico; produção; aptidão, engenho, habilidade; diligência, atividade, operosidade, dinamismo.
INEBRIATE [i'ni:brieit], *v.* embriagar, embebedar; inebriar, extasiar; cegar.
INEBRIATION [ini:bri'eiʃən], *s.* embriaguez; êxtase.
INEDITED [in'editid], *a.* inédito.
INEFFABLE [in'efəbl], *a.* inefável, inexprimível, indizível, inexplicável; encantador, delicioso.
INEFFACEABLE [ini'feisəbl], *a.* indelével, inapagável; indestrutível.
INEFFECTIVE [ini'fektiv], *a.* ineficaz, vão, inútil; baldado, frustrado.
INEFFECTUAL [ini'fektjuəl], *a.* ineficaz, inútil; improdutivo, infrutífero; frustrado, baldado.
INEFFICACIOUS [inefi'keiʃəs], *a.* ineficaz.
INEFFICACY [in'efikəsi], *s.* ineficácia, inutilidade.
INEFFICIENCE, CY [ini'fiʃənsi], *s.* ineficácia.
INEFFICIENT [ini'fiʃənt], *a.* ineficaz.
INELEGANCE [in'eligəns], *s.* inelegância, deselegância.
INELEGANT [in'eligənt], *a.* inelegante; desairoso, deselegante.
INELIGIBILITY [inelidʒə'biliti], *s.* inelegibilidade.
INELIGIBLE [in'elidʒəbl], *a.* inelegível.
INEPT [i'nept], *a.* inepto (= inapto), incapaz, inábil, inexperiente; absurdo.
INEPTITUDE [i'neptitju:d], *s.* inépcia (= ineptidão), inaptidão, inabilidade, incapacidade.
INEPTNESS [i'neptnis], *s.* inépcia, inaptidão, inabilidade, incapacidade.
INEQUALITY [ini:'kwɔliti], *s.* desigualdade; diferença; diversidade; disparidade, desproporção; irregularidade; injustiça; aspereza; incompetência.
INEQUITABLE [in'ekwitəbl], *a.* injusto, iníquo.
INEQUITY [in'ekwiti], *s.* injustiça, iniqüidade.
INERADICABLE [ini'rædikəbl], *a.* inerradicável.
INERT [i'nə:t], *a.* inerte; indolente; inativo, ocioso; impotente.
INERTIA [i'nə:ʃiə], *s.* inércia.
INERTNESS [i'nə:tnis], *s.* inércia; indolência, ociosidade.
INESTIMABLE [in'estiməbl], *s.* inestimável, inapreciável.
INEVITABILITY [inevitə'biliti], *s.* inevitabilidade, fatalidade.
INEVITABLE [in'evitəbl], *a.* inevitável.
INEVITABLY [in'evitəbli], *adv.* inevitavelmente.
INEXACT [inig'zækt], *a.* inexato, errôneo, errado.
INEXACTITUDE [inig'zæktitju:d], *s.* inexatidão.
INEXACTINESS [inig'zəktnis], *s.* inexatidão.
INEXCUSABLE [iniks'kju:zəbl], *a.* imperdoável, indesculpável.
INEXHAUSTIBLE [inig'zɔ:stəbl], *a.* inesgotável, inexaurível.
INEXORABILITY [ineksərə'biliti], *s.* inexorabilidade, implacabilidade.
INEXORABLE [in'eksərəbl], *a.* inexorável, implacável; inflexível, rígido.
INEXPEDIENCY [iniks'pi:diənsi], *s.* inoportunidade, inconveniência, impropriedade.

INEXPEDIENT [iniks'pi:diənt], *a.* inoportuno, impróprio, inconveniente.

INEXPENSIVE [iniks'pensiv], *a.* barato.

INEXPERIENCE [iniks'piəriəns], *s.* inexperiência; imperícia, inabilidade; ingenuidade.

INEXPERIENCED [iniks'piəriənst], *a.* inexperiente; inábil, imperito; ingênuo.

INEXPIABLE [in'ekspiəbl], *a.* irremissível, inexpiável.

INEXPLICABLE [in'eksplikəbl], *a.* inexplicável, incompreensível, ininteligível.

INEXPLORABLE [iniks'plɔ:rəbl], *a.* inexplorável.

INEXPRESSIBLE [iniks'presəbl], *a.* inexprimível, indescritível, inefável, indizível; assombroso. *s. pl.* calças, calções.

INEXPRESSIVE [iniks'presiv], *a.* inexpressivo.

INEXPUGNABLE [iniks'pʌgnəbl], *a.* inexpugnável, invencível, inconquistável.

INEXTINGUISHABLE [iniks'tiŋgwiʃəbl], *a.* inextinguível; interminável; imorredouro.

INEXTRICABLE [in'ekstrikəbl], *a.* inextricável, intrincado, enredado; emaranhado.

INFALLIBILITY [infælə'biliti], *s.* infalibilidade, indefectibilidade.

INFALLIBLE [in'fæləbl], *a.* infalível, indefectível, inevitável, certo.

INFAMOUS ['infəməs], *a.* infame, ignóbil, abjeto, vil; vergonhoso, infamante.

INFAMY ['infəmi], *s.* infâmia, opróbrio, vileza, ignomínia, desonra.

INFANCY ['infənsi], *s.* infância, meninice; menoridade.

INFANT ['infənt], *s.* infante, menino, criança; bebê; menor. *a.* infantil, tenro; menor; nascente, recente. # *an infant at the breast,* um lactente, uma criança de peito.

INFANTICIDE [in'fæntisaid], *s.* infanticida; infanticídio.

INFANTILE ['infəntail], *a.* pueril, infantil; inocente, ingênuo.

INFANTRY ['infəntri], *s.* infantaria.

INFATUATE [in'fætjueit], *v.* entontecer, desvairar, cegar; inspirar paixão.

INFATUATED [in'fætjueitid], *a.* apaixonado; transtornado, desvairado.

INFATUATION [infætju'eiʃən], *s.* desvairamento; paixão.

INFECT [in'fekt], *v.* infetar, infeccionar, contaminar, contagiar; viciar; corromper.

INFECTION [in'fekʃən], *s.* infecção, contaminação, contágio; corrupção.

INFECTIOUS [in'fekʃəs], *a.* contagioso; epidêmico; infecto; pestilento, infeccioso.

INFELICITOUS [infi'lisitəs], *a.* infeliz, desventurado, desgraçado; inepto; inadequado.

INFELICITY [infi'lisiti], *s.* infelicidade, desventura, infortúnio, desgraça; impropriedade.

INFER [in'fə:], *v.* inferir, concluir, deduzir; indicar, provar.

INFERENCE ['infərəns], *s.* inferência, conclusão, dedução; conseqüência, corolário. # *to draw an inference,* tirar uma conclusão.

INFERENTIAL [infə'renʃəl], *s.* ilativo, dedutivo.

INFERIOR [in'fiəriə], *s.* inferior, subalterno, secundário; baixo; mau.

INFERIORITY [infiəri'ɔriti], *s.* inferioridade.

INFERNAL [in'fə:nl], *a.* infernal.

INFERNO [in'fə:nou], *s.* inferno.

INFEST [in'fest], *v.* infestar; molestar, incomodar.

INFIDEL ['infidel], *s.* e *a.* infiel, desleal; descrente, livre-pensador.

INFIDELITY [infi'deliti, infai'deliti], *s.* infidelidade, deslealdade, traição; descrença.

INFILTRATE [in'filtreit, 'infiltreit], *v.* infiltrar-se.

INFILTRATION [infil'treiʃən], *s.* infiltração.

INFINITE ['infinit], *a.* infinito, ilimitado, infindo, sem fim. *s.* infinito; *the Infinite* — Deus.

INFINITELY ['infinitli], *adv.* infinitamente.

INFINITESIMAL [infini'tesiməl], *a.* infinitesimal.

INFINITIVE [in'finitiv], *s.* (gram.) modo infinitivo. *a.* infinito.

INFINITUDE [in'finitju:d], *V.* **INFINITY.**

INFINITY [in'finiti], *s.* infinidade, grande porção, imensidade.

INFIRM [in'fə:m], *a.* enfermo, doente; fraco, débil; irresoluto, indeciso, instável.

INFIRMARY [in'fə:məri], *s.* casa de saúde, hospital; enfermaria.

INFIRMITY [in'fə:miti], *a.* enfermidade, doença; fraqueza, debilidade, fragilidade; indecisão.

INFIX ['infiks], *s.* (gram.) infixo.

INFIX [in'fiks], *v.* fincar, enterrar, cravar; inculcar, implantar; gravar, imprimir; inserir; encaixilhar.

INFLAME [in'fleim], *v.* inflamar, incender (= acender), esbrasear; excitar, instigar; intensificar, acalorar, agravar; inflamar-se.

INFLAMMABILITY [inflæmə'biliti], *s.* inflamabilidade.

INFLAMMABLE [in'flæməbl], *a.* inflamável.

INFLAMMATION [inflə'meiʃən], *s.* inflamação, incendimento; exaltação; excitação; irritação.

INFLAMMATORY [in'flæmətəri], *a.* inflamatório, inflamativo; excitador.

INFLATE [in'fleit], *v.* inflar, intumescer, inchar; soprar; ensoberbecer, desvanecer; enfunar.

INFLATION [in'fleiʃən], *s.* inflação, intumescência, inchação; soberbia, arrogância, presunção; (fig.) inflação. # *lingering inflation,* (fin.) inflação crônica. *suppressed inflation,* (fin.) inflação contida.

INFLATOR [in'fleitə], *s.* assoprador; o que faz inflar ou inchar.

INFLECT [in'flekt], *v.* infletir (= inflectir), torcer, dobrar, curvar; modular, acentuar (a voz); (gram.) flexionar, declinar, conjugar.

INFLECTION [in'flekʃən], *s. V.* **INFLEXION.**

INFLECTIONAL [in'flekʃənl], *a.* flexional.

INFLECTIVE [in'flektiv], *a.* flexível.

INFLEXIBILITY [infleksə'biliti], *s.* inflexibilidade.

INFLEXIBLE [in'fleksəbl], *a.* inflexível; inexorável, implacável; impassível, indiferente.

INFLEXION [in'flekʃən], *s.* inflexão; modulação (de voz); (gram.) flexão.

INFLEXIONAL [in'flekʃənl], *a.* flexional.

INFLICT [in'flikt], *v.* infligir, cominar, aplicar, impor; cobrir de; descarregar sobre.

INFLICTION [in'flikʃən], *s.* inflição; punição, castigo; imposição.

INFLOW ['inflou], *s.* influxo, afluência; entrada, ingresso.

INFLUENCE ['influəns], *s.* influência, poder, autoridade, prestígio; crédito; influxo; pistolão (influência política) = (E.U.) *pull. v.* influir, influenciar; ativar, excitar; persuadir; causar, produzir. # *backstairs influence,* (pol.) influência da copa e cozinha. *influence in,* influência em. *influence of,* influência de. *influence on, over* ou *with,* influência sobre. *influence peddler,* "pistolão" intermediário em negócios com o governo.

INFLUENTIAL [influ'enʃəl], *a.* influente.

INFLUENZA [influ'enzə], *s.* influenza, gripe.

INFLUX ['inflʌks], *s.* influxo, afluência; instilação, intromissão, infusão; influência; desembocadura (de rio); (com.) introdução, importação.

INFLUXION [in'flʌkʃən], *s.* influxo, infusão, introdução, instilação.

INFOLD [in'fould], *v. V.* **ENFOLD.**

INFORM [in'fɔ:m], *v.* informar, comunicar, noticiar, avisar; esclarecer, ensinar, instruir; animar; modelar, dar forma a.

INFORMAL [in'fɔ:ml], *a.* irregular; insólito; sem-cerimônia.

INFORMALITY [infɔ:'mæliti], *s.* falta de formalidade, sem-cerimônia; irregularidade.

INFORMANT [in'fɔ:mənt], *s.* informante.

INFORMATION [infə'meiʃən], *s.* informe, informação; comunicação, aviso, notícia, saber, conhecimentos; instrução, erudição; denúncia, delação, acusação. # *a piece of information,* uma informação. *information-bureau,* agência de informações = (E.U.) *inquiry office. red information,* (impr.) notícias de última hora.

INFORMATIVE [in'fɔ:mətiv], *a.* informante; instrutivo.

INFORMATORY [in'fɔ:mətəri], *a.* instrutivo.

INFORMER [in'fɔ:mə], *s.* informador; relator; delator; denunciador, denunciante.

INFRACTION [in'frækʃən], *s.* infração, violação, transgressão, contravenção; fratura.

INFRA-RED ['infrə'red], *a.* infravermelho.

INFREQUENCY [in'fri:kwənsi], *s.* raridade.

INFREQUENT [in'fri:kwənt], *a.* raro.

INFRINGE [in'frindʒ], *v.* infringir, transgredir, violar; contravir; postergar.

INFRINGEMENT [in'frindʒmənt], *s.* infração, transgressão, violação.

INFRINGER [in'frindʒə], *s.* infrator, transgressor.

INFURIATE [in'fjuərieit], *v.* enfurecer, exasperar, irritar, enraivecer, encolerizar. *a.* enfurecido, colérico, furioso.

INFUSE [in'fju:z], *v.* pôr de infusão; infundir,

inculcar, imbuir; insinuar; inspirar; introduzir.

INFUSION [in'fju:ʒən], *s.* infusão; sugestão; inspiração; instilação; (farm.) maceração.

INFUSORIA [infju:'zɔ:riə], *s. pl.* infusórios.

INFUSORIAL [infju:'zɔ:riəl], *a.* infusório.

INFUSORIAN [infju:'zɔ:riən], *s.* infusório. *a. V.* **INFUSORIAL.**

INFUSORY [in'fju:zəri], *V.* **INFUSORIAL.**

INGATHERING ['ingæðəriŋ], *s.* colheita.

INGENIOUS [in'dʒi:njəs], *a.* engenhoso, inventivo; talentoso; destro, hábil; astuto.

INGENUITY [indʒi'nju:ti]. *s.* engenho, talento; destreza; habilidade; agudeza, sutileza; sinceridade.

INGENUOUS [in'dʒənjuəs], *s.* ingênuo, inocente, cândido; natural; franco, sincero.

INGLE-NOOK ['iŋglnuk], *s.* canto junto à lareira.

INGLORIOUS [in'glɔ:riəs], *a.* inglório; vil, ignominioso; modesto, obscuro.

INGOING ['ingouiŋ], *s.* entrada. *a.* entrante, que entra.

INGOT ['iŋgət], *s.* lingote.

INGRAFT [in'grɑ:ft], *v. V.* **ENGRAFT.**

INGRAIN ['in'grein], *v.* tingir. *V.* **ENGRAIN.**

INGRAINED ['in'greind], *a.* tingido em rama; inculcado; arraigado, enraizado, inveterado, entranhado.

INGRATIATE [in'greiʃieit], *v.* insinuar-se.

INGRATITUDE [in'grætitju:d], *s.* ingratidão.

INGREDIENT [in'gri:diənt], *s.* ingrediente.

INGRESS ['ingres], *s.* ingresso, entrada; acesso.

INGROWING ['ingrouiŋ], *a.* que cresce para dentro.

INGROWTH ['ingrouθ], *s.* ato de crescer para dentro.

INGUINAL ['iŋgwinl], *a.* inguinal.

INGULF [in'gʌlf], *v.* engolfar; abismar, entranhar; engolir.

INHABIT [in'hæbit], *v.* habitar, morar, residir, viver; ocupar.

INHABITABLE [in'hæbitəbl], *a.* habitável.

INHABITANT [in'hæbitənt], *s.* habitante, morador.

INHABITATION [inhæbi'teiʃən], *s.* habitação; morada, domicílio, residência.

INHALATION [inhe'leiʃən], *s.* inalação, aspiração, inspiração.

INHALE [in'heil], *v.* inalar, aspirar, inspirar, absorver; respirar.

INHALER [in'heilə], *s.* inalador; o que respira ou inala.

INHARMONIOUS [inhɑ:'mounjəs], *a.* inarmonioso, inarmônico, dissonante, desafinado; discordante.

INHAUL, INHAULER [in'hɔ:l, in'hɔ:lə], *s.* (mar.) carregadeira.

INHERENCE [in'hiərens], *s.* inerência.

INHERENCY [in'hiərənsi], *V.* **INHERENCE.**

INHERENT [in'hiərənt], *a.* inerente, inato, natural; próprio; imanente.

INHERIT [in'herit], *v.* herdar; suceder como herdeiro.

INHERITABLE [in'heritəbl], *a.* hereditário.

INHERITANCE [in'heritəns], *s.* herança; sucessão; patrimônio.

INHERITOR [in'heritə], *s.* herdeiro.

INHERITRESS [in'heritris], *s.* herdeira.

INHERITRIX [in'heritriks], *V.* **INHERITRESS.**

INHIBIT [in'hibit], *v.* inibir; proibir; reprimir; impedir, obstar, embaraçar; impossibilitar.

INHIBITION [inhi'biʃən], *s.* inibição, proibição; embaraço, inibitória, impedimento; restrição.

INHIBITORY [in'hibitəri], *a.* inibitório, inibitivo.

INHOSPITABLE [in'hɔspitəbl], *a.* inospitaleiro, inóspito; inabitável.

INHOSPITALITY [inhɔspi'tæliti], *s.* inospitalidade.

INHUMAN [in'hju:mən], *a.* inumano, desalmado, cruel, desumano.

INHUMANE [inhju:'mein], *a.* inumano, desumano, bárbaro, cruel.

INHUMANITY [inhju:'mæniti], *s.* inumanidade, desumanidade, bestialidade, crueldade.

INHUMATION [inhju:'meiʃən], *s.* inumação, enterramento, enterro.

INHUME [in'hju:m], *v.* inumar, sepultar, enterrar.

INIMICAL [i'nimikəl], *a.* inimigo, adverso, hostil, contrário; prejudicial, nocivo.

INIMITABLE [i'nimitəbl], *a.* inimitável.

INIQUITOUS [i'nikwitəs], *a.* iníquo, injusto, perverso, mau.

INIQUITY [i'nikwiti], *s.* iniqüidade, injustiça; maldade, perversidade; crime.

INITIAL [i'niʃəl], *s.* letra inicial. *a.* inicial; incipiente, principiante. *v.* assinar com as iniciais do nome.

INITIATE [i'niʃiit], *s.* iniciado.

INITIATE [i'niʃieit], *v.* iniciar, principiar; tomar a iniciativa; introduzir; admitir; receber; iniciar-se, instruir-se.

INITIATION [iniʃi'eiʃən], *s.* iniciação.

INITIATION FEE [iniʃi'eiʃən 'fi:], *s.* (E.U.) jóia (propina para admissão em clube) = (Ing.) *entrance fee.*

INITIATIVE [i'niʃiətiv], *a.* iniciativo, inicial, preliminar, introdutivo. *s.* iniciativa; originalidade.

INITIATORY [i'niʃiətəri], *a.* iniciativo, inicial.

INJECT [in'dʒekt], *v.* injetar, introduzir; lançar.

INJECTION [in'dʒekʃən], *s.* injeção.

INJECTOR [in'dʒektə], *s.* injetor.

INJUDICIOUS [indʒu:'diʃəs], *a.* indiscreto, insensato, irrefletido, imprudente, pouco criterioso.

INJUNCTION [in'dʒʌŋkʃən], *s.* injunção, ordem, preceito, mandado, exortação; (jur.) suspensão de execução forense.

INJURE ['indʒə], *v.* ofender; machucar; ferir; lesar, prejudicar, danificar; importunar, molestar; enfraquecer, debilitar. # *internal injure,* (med.) ferimento interno.

INJURER ['indʒərə], *s.* ofensor; prejudicador.

INJURIOUS [in'dʒuəriəs], *a.* injurioso, ofensivo, insultuoso; injusto; prejudicial, nocivo, pernicioso, lesivo, danoso.

INJURY ['indʒəri], *s.* mal; injustiça; prejuízo, dano, detrimento; *pl.* ferimentos; (náut.) avaria.

INJUSTICE [in'dʒʌstis], *s.* injustiça.

INK [iŋk], *s.* tinta (para escrever). *v.* aplicar tinta; sujar com tinta. # *as black as ink,* preto como carvão, preto como azeviche. *in ink,* a tinta.

INK-BOTTLE ['iŋkbɔtl], *s.* tinteiro, vidro de tinta.

INKER ['iŋkə], *s.* rolo de tinta; o que aplica tinta.

INKINESS ['iŋkinis], *s.* cor de tinta; negrura.

INKLING ['iŋkliŋ], *s.* insinuação, aviso secreto; suspeita; desejo; inclinação, tendência.

INK-PAD ['iŋkpæd], *s.* almofada para tinta de carimbo.

INK-PENCIL ['iŋkpensl], *s.* lápis-tinta.

INK-POT ['iŋkpɔt], *s.* tinteiro; pote de tinta.

INKSTAND ['iŋkstænd], *s.* tinteiro; armação para tinteiro.

INKWELL ['iŋkwel], *s.* tinteiro para carteira.

INKY ['iŋki], *a.* de tinta; como a tinta; manchado de tinta.

INLAID ['in'leid], *s.* embutido, incrustado, marchetado. *pret.* e *pp.* de **INLAY.**

INLAND ['inlənd], *s.* o interior (de um país); sertão. *a.* nacional, regional, sertanejo, do sertão, do interior do país.

INLAND [in'lænd], *adv.* para o interior, para longe da costa ou da fronteira, no interior.

INLANDER ['inləndə], *s.* habitante do interior; sertanejo.

INLAY ['in'lei], *v. pret.* e *pp.* **INLAID,** incrustar, embutir, marchetar. *s.* obra de embutidos, tauxia.

INLAYING [in'leiŋ], *s.* arte de incrustar ou embutir.

INLET ['inlet], *s.* entrada; enseada, angra; admissão; introdução; ingresso, passagem; aqueduto.

INLYING ['in'laiiŋ], *a.* estendido, deitado; prostrado; situado no interior.

INMATE ['inmeit], *s.* inquilino, locatário; hóspede, conviva; companheiro de casa; interno de hospital.

INMOST ['inmoust], *a.* interior, íntimo, profundo, recôndito; o mais secreto ou oculto.

INN [in], *s.* hospedaria, estalagem, pousada; hotel. # *Inns of Court,* Colégios de Advogados (Londres).

INNATE ['i'neit], *a.* inato, ingênito, congênito; inerente; natural, próprio.

INNAVIGABLE [i'nævigəbl], *a.* inavegável.

INNER ['inə], *a.* interior, interno, íntimo; recôndito; oculto, secreto.

INNERMOST ['inəmoust], *V.* **INMOST.**

INNER TUBE ['inə'tju:b], *s.* câmara-de-ar (da roda de automóvel, bicicleta, etc.).

INNINGS ['iniŋz], *s.* (esp.) a vez, turno, tempo (no jogo).

INNKEEPER ['inki:pə], *s.* estalajadeiro, hospedeiro, hoteleiro.

INNOCENCE ['inəsns], *s.* inocência.

INNOCENT ['inəsnt], *a.* e *s.* inocente. # *innocent of clothes,* (joc.) sem roupa. *windows innocent of glass,* (joc.) janelas sem vidro.

INNOCUOUS [i'nɔkjuəs], *a.* inócuo, inocente, inofensivo, inóxio.

INNOMINATE [i'nɔminit], *a.* sem nome. # *innominate bone,* osso ilíaco.

INNOVATE ['inoveit], *v.* inovar.

INNOVATION [ino'veiʃən], *s.* inovação, novidade.

INNOVATOR ['inoveitə], *s.* inovador.

INNOXIOUS [i'nɔkʃəs], *a.* inóxio (= inócuo), inocente.

INNUENDO [inju:'endou], *s.* indireta, insinuação, alusão.

INNUMERABLE [i'nju:mərəbl], *a.* inumerável.

INNUTRITION [inju:'triʃən], *s.* desnutrição.

INOBSERVANCE [inəb'zə:vəns], *s.* inobservância, falta de cumprimento; desatenção.

INOBSERVANT [inəb'zə:vənt], *a.* inobservante.

INOCULATE [i'nɔkjuleit], *v.* inocular; inserir; (agr.) enxertar de borbulha; fertilizar o solo; infetar, contagiar, contaminar.

INOCULATION [inɔkju'leiʃən], *s.* inoculação; enxerto de borbulha; fertilização; infecção, contaminação.

INOCULATOR [i'nɔkjuleitə], *s.* inoculador.

INODOROUS [in'oudərəs], *a.* inodoro.

INOFFENSIVE [inə'fensiv], *a.* inofensivo; inocente; manso.

INOFFICIOUS [inə'fiʃəs], *a.* inoficioso.

INOPERATIVE [in'ɔpərətiv], *a.* inoperativo, inoperante, ineficaz.

INOPPORTUNE [in'ɔpətju:n], *a.* inoportuno, intempestivo.

INORDINATE [i:'nɔ:dinit], *a.* irregular, desordenado; excessivo.

INORGANIC [inɔ:'gænik], *a.* inorgânico.

IN-PATIENT ['in-peiʃənt], *s.* doente interno (de hospital).

IN-PUT ['in-put], *s.* (rád.) entrada; (mec.) energia fornecida a um motor; (com.) insumo.

INQUEST ['inkwest], *s.* auto de corpo de delito; pesquisa judicial, investigação; inquérito; averiguação.

INQUIRE [in'kwaiə], *v.* inquirir, perguntar, interrogar, indagar; informar-se; averiguar, investigar, pesquisar. # *inquire into,* investigar. *inquire within,* entre e peça informações.

INQUIRER [in'kwaiərə], *s.* inquiridor, averiguador, pesquisador, investigador, perguntador.

INQUIRING [in'kwaiəriŋ], *a.* inquiridor, que pergunta ou investiga; curioso.

INQUIRY [in'kwaiəri], (E.U.) também ['inkwiri], *s.* inquirição, investigação, averiguação, pesquisa; inquérito; informação, consulta, pergunta. # *inquiry office,* agência de informações = (E.U.) *information bureau. to make inquiries,* tomar informações.

INQUISITION [inkwi'ziʃən], *s.* inquisição, investigação, pesquisa, inquérito judicial. # *the Inquisition,* tribunal da Inquisição, o Santo Ofício.

INQUISITIONAL [inkwi'ziʃnl], *a.* inquisitorial; inquiridor.

INQUISITIVE [in'kwizitiv], *a.* inquiridor, perguntador; curioso; indiscreto.

INQUISITIVENESS [in'kwizitivnis], *a.* curiosidade, desejo de saber; indiscrição.

INQUISITOR [in'kwizitə], *s.* inquiridor; investigador; pessoa curiosa.

INQUISITORIAL [inkwizi'tɔ:riəl], *a.* inquisitorial.

INROAD ['inroud], *s.* incursão; invasão, irrupção; correria hostil; usurpação.

INRUSH ['inrʌʃ], *s.* irrupção, invasão.

INSANE [in'sein], *a.* insano, louco, demente, doido.

INSANITY [in'sæniti], *s.* insanidade, loucura, demência.

INSATIABLE [in'seiʃiəbl], *a.* insaciável.

INSATIATE [in'seiʃiit], *a.* insaciável.

INSCRIBE [in'skraib], *v.* escrever, registrar, assentar em; inscrever, gravar; dedicar (livro).

INSCRIBER [in'skraibə], *s.* o que inscreve ou dedica.

INSCRIPTION [in'skripʃən], *s.* assentamento,

registro; inscrição; dedicatória; rótulo; letreiro; título.

INSCRUTABLE [in'skru:təbl], *a.* inescrutável, insondável, impenetrável.

INSECT ['insekt], *s.* inseto.

INSECTICIDE [in'sektisaid], *s.* e *a.* inseticida.

INSECTIVOROUS [insek'tivərəs], *a.* insetívoro.

INSECURE [insi'kjuə], *a.* inseguro, incerto; arriscado, perigoso.

INSECURITY [insi'kjuəriti], *s.* insegurança, inseguridade, incerteza; risco, perigo.

INSENSATE [in'senseit], *a.* insensato.

INSENSIBILITY [insensə'biliti], *s.* insensibilidade; apatia; estupidez.

INSENSIBLE [in'sensəbl], *a.* insensível, imperceptível; apático; estúpido.

INSENSITIVE [in'sensitiv], *a.* impassível.

INSEPARABILITY [insepərə'biliti], *s.* inseparabilidade.

INSEPARABLE [in'sepərəbl], *a.* inseparável.

INSERT [in'sə:t], *v.* inserir, introduzir, incluir, encaixar, intercalar.

INSERTION [in'sə:ʃən], *s.* inserção.

INSET ['in-set], *s.* inserção; intercalação; (E.U.) folha extra; (impr.) suplemento; conteúdo.

INSET ['in'set], *v. pret.* e *pp.* **INSET,** inserir, introduzir, intercalar, implantar.

INSHORE ['in'ʃɔ:], *adv.* na costa; perto da costa. *a.* costeiro.

INSIDE ['in'said], *s.* o interior, a parte de dentro; conteúdo; forro; passageiro que viaja dentro do carro; *pl.* entranhas. *a.* interior, interno. *adv.* e *prep.* dentro, por dentro; interiormente; dentro de. # *inside left,* (esp.) meia-esquerda. *inside of,* dentro de. *inside out,* pelo avesso. *inside right,* (esp.) meia-direita. *take the inside out of a glass,* emborcar um copo.

INSIDER ['in'saidə], *s.* o que está dentro; o que possui uma vantagem particular; membro (clube, sociedade, etc.).

INSIDIOUS [in'sidiəs], *a.* insidioso, pérfido.

INSIGHT ['insait], *s.* perspicácia, discernimento; penetração; introspecção.

INSIGNIA [in'signiə], *s. pl.* insígnias.

INSIGNIFICANCE, CY [insig'nifikəns, si], *s.* insignificância.

INSIGNIFICANT [insig'nifikənt], *a.* insignificante.

INSINCERE [insin'siə], *a.* insincero, dissimulado, fingido, desleal, hipócrita.

INSINCERITY [insin'seriti], *s.* insinceridade, dissimulação, hipocrisia, fingimento.

INSINUATE [in'sinjueit], *v.* insinuar; introduzir; sugerir, indicar; insinuar-se.

INSINUATING [in'sinjueitiŋ], *a.* insinuante, insinuativo.

INSINUATION [insinju'eiʃən], *s.* insinuação, indireta; sugestão, indicação.

INSINUATOR [in'sinjueitə], *s.* insinuador.

INSIPID [in'sipid], *a.* insípido; insosso, insulso; desenxabido; monótono.

INSIPIDNESS [in'sipidnis], *s.* insipidez, sensaboria.

INSIST [in'sist], *v.* insistir, persistir, instar, perseverar, porfiar. # *insist on,* insistir em.

INSISTENCE [in'sistəns], *s.* insistência, perseverança, porfia.

INSISTENCY [in'sistənsi], *V.* **INSISTENCE.**

INSISTENT [in'sistənt], *a.* insistente, perseverante, persistente.

INSOLATION [inso'leiʃən], *s.* insolação.

INSOLE ['insoul], *s.* palmilha.

INSOLENCE ['insələns], *s.* insolência, impudência, descaramento; inconveniência; arrogância, atrevimento.

INSOLENT ['insələnt], *a.* insolente, descarado; atrevido, arrogante.

INSOLUBILITY [insəlju'biliti], *s.* insolubilidade.

INSOLUBLE [in'səljubl], *a.* insolúvel; indissolúvel.

INSOLVABLE [in'səlvəbl], *a.* indissolúvel; insolúvel, irresolúvel, inexplicável; (com.) insolvável, insolvente.

INSOLVENCY [in'səlvənsi], *s.* insolvência: insolubilidade.

INSOLVENT [in'səlvənt], *a.* insolvente; insolúvel.

INSOMNIA [in'səmniə], *s.* insônia; insonolência.

INSOMUCH [insou'mʌtʃ], *adv.* a tal ponto que, de tal modo que; de maneira que, de sorte que.

INSPECT [in'spekt], *v.* inspecionar, fiscalizar, examinar, analisar; registrar; superintender.

INSPECTION [in'spekʃən], *s.* inspeção, fiscalização, exame; observação; registro; superintendência.

INSPECTOR [in'spektə], *s.* inspetor, fiscal, superintendente.

INSPIRATION [inspə'reiʃən], *s.* inspiração; aspiração.

INSPIRE [in'spaiə], *v.* inspirar; inalar, aspirar; sugerir, insinuar; animar, excitar.

INSPIRER [in'spaiərə], *s.* inspirador.

INSPIRING [in'spaiəriŋ], *a.* inspirador.

INSPIRIT [in'spirit], *v.* animar, alentar; excitar, estimular; encorajar; entusiasmar, alegrar.

INSPIRITING [in'spiritiŋ], *a.* estimulante, excitante, animador.

INST. ['instənt], *abr.* de *instant,* do corrente (mês).

INSTABILITY [instə'biliti], *s.* instabilidade; variabilidade, mutabilidade; inconstância.

INSTALL [in'stɔ:l], *v.* instalar, alojar, estabelecer; colocar, investir, dar posse.

INSTALLATION [instə'leiʃən], *s.* instalação, instituição; montagem; investidura.

INSTALMENT [in'stɔ:lmənt], *s.* instalação; pagamento parcial; prazo.

INSTANCE ['instəns], *s.* instância, solicitação, pedido; urgência; exemplo, modêlo, caso; ocasião; lugar; (jur.) instância. *v.* citar, mencionar; exemplificar; alegar. # *at the instance of,* (com.) a pedido de. *for instance,* por exemplo. *in your instance,* no seu caso. *in the first instance,* em primeiro lugar. *in the last instance,* finalmente.

INSTANT ['instənt], *s.* instante, momento; ocasião. *a.* urgente, instante, iminente, imediato; peremptório; presente, corrente, anual.

INSTANTANEOUS [instən'teinjəs], *a.* instantâneo.

INSTANTLY ['instəntli], *adv.* urgentemente, imediatamente, já.

INSTEAD [in'sted], *adv.* em lugar, em vez de.

INSTEP ['instep], *s.* tarso, peito do pé; gáspea.

INSTIGATE ['instigeit], *v.* instigar, provocar, fomentar, induzir, incitar, estimular, excitar, açular.

INSTIGATION [insti'geiʃən], *s.* instigação, incitamento, excitação.

INSTIGATOR ['instigeitə], *s.* instigador.

INSTIL [in'stil], *v.* instilar, introduzir; insinuar, insuflar; inculcar, infundir.

INSTILLATION [insti'leiʃən], *s.* instilação; insinuação; o que se instila, o que se infunde.

INSTILMENT [in'stilmənt], *s.* instilação; o que se instila, o que se infunde.

INSTINCT ['instiŋkt], *s.* instinto.

INSTINCT [in'stiŋkt], *a.* (seguido de *with*) animado, cheio de, imbuído de; impregnado de.

INSTINCTIVE [in'stinktiv], *a.* instintivo.

INSTITUTE ['institju:t], *s.* instituto, estabelecimento; oficina; fábrica; fundamento, instituição, princípio; regra, máxima; congresso, reunião de professores; *pl.* livro de princípios e preceitos. *v.* instituir, fundar, estabelecer, instalar; intentar; doutrinar; educar, instruir; entabular; começar; conferir um benefício eclesiástico.

INSTITUTION [insti'tju:ʃən], *s.* instituição; instalação, estabelecimento; instituto; sociedade, associação; instituição canônica.

INSTITUTIONAL [insti'tju:ʃnl], *a.* institucional; elementar; instituído pela autoridade.

INSTRUCT [in'strʌkt], *v.* instruir, doutrinar, ensinar; dar instruções, ordenar, mandar; informar, avisar.

INSTRUCTION [in'strʌkʃən], *s.* instrução, educação, ensino; *pl.* conhecimentos; instruções, ordens, indicações.

INSTRUCTIVE [in'strʌktiv], *a.* instrutivo.

INSTRUCTOR [in'strʌktə], *s.* instrutor, mestre, preceptor, monitor.

INSTRUCTRESS [in'strʌktris], *s.* instrutora.

INSTRUMENT ['instrumənt], *s.* instrumento; utensílio; agente, meio; (jur.) instrumento, documento, escritura, ata. # *instrument-board, instrument-panel,* quadro de instrumentos.

INSTRUMENTAL [instru'mentl], *a.* instrumental.

INSTRUMENTATION [instrumen'teiʃən], *s.* instrumentação.

INSUBORDINATE [insə'bɔ:dinit], *a.* insubordinado, indisciplinado; insubmisso.

INSUBORDINATION ['insəbɔ:di'neiʃən], *a.* insubordinação, indisciplina; insubmissão, revolta.

INSUFFERABLE [in'sʌfərəbl], *a.* insuportável,

intolerável, insofrível; detestável; molesto, incômodo.

INSUFFICIENCY [insə'fiʃənsi], *s.* insuficiência; incapacidade.

INSUFFICIENT [insə'fiʃənt], *a.* insuficiente; incapaz, inepto.

INSULAR ['insjulə], *a.* insular, insulano; isolado, solitário; separado; mesquinho.

INSULARITY [insju'læriti], *s.* insularidade.

INSULATE ['insjuleit], *v.* insular, isolar.

INSULATION [insju'leiʃən], *s.* isolação, isolamento; (eletr.) material isolante; insulação. # *insulation tape,* (eletr.) fita isolante = *binding tape.*

INSULATOR ['insjuleitə], *s.* isolador.

INSULIN ['insjulin], *s.* insulina.

INSULT ['insʌlt], *s.* insulto, ofensa, injúria, afronta, ultraje. # *pocket* ou *swallow an insult,* engolir um insulto, submeter-se a uma humilhação, levar um insulto para casa.

INSULT [in'sʌlt], *v.* insultar, ofender, injuriar, ultrajar; escarnecer; portar-se insolentemente.

INSULTER [in'sʌltə], *s.* insultador.

INSULTING [in'sʌltiŋ], *a.* insultante, injurioso, ultrajante, ofensivo; insolente.

INSUPERABILITY [insju:pərə'biliti], *s.* insuperabilidade, invencibilidade.

INSUPERABLE [in'sju:pərəbl], *a.* insuperável, invencível.

INSUPPORTABLE [insə'pɔ:təbl], *a.* insuportável, intolerável.

INSURABLE [in'ʃuərəbl], *a.* segurável.

INSURANCE [in'ʃuərəns], *s.* seguro; garantia, segurança. # *accident-insurance,* seguro contra acidentes. *insurance company,* companhia de seguros. *insurance policy,* apólice de seguro. *life-insurance,* seguro de vida.

INSURE [in'ʃuə], *v.* segurar, pôr no seguro; garantir, afiançar.

INSURED [in'ʃuəd], *s.* e *a.* segurado.

INSURER [in'ʃuərə], *s.* segurador.

INSURGENT [in'sə:dʒənt], *s.* e *a.* insurgente, revoltoso, insurreto, rebelde.

INSURMOUNTABLE [insə:'mauntəbl], *a.* invencível, insuperável.

INSURRECTION [insə'rekʃən], *s.* insurreição, rebelião, revolta, revolução, sublevação.

INSURRECTIONAL [insə'rekʃənl], *a.* insurrecional, revolucionário; rebelde, revoltoso.

INSURRECTIONARY [insə'rekʃnəri], *s.* e *a.* revolucionário, insurrecionário.

INSURRECTIONIST [insə'rekʃnist], *s.* insurreto, rebelde.

INTACT [in'tækt], *a.* intacto, ileso; íntegro; ilibado.

INTAGLIO [in'tɑ:liou], *s.* entalho; gravura em pedra preciosa; fotogravura, rotogravura.

INTAKE ['inteik], *s.* entrada, influxo.

INTANGIBILITY [intændʒə'biliti], *s.* intangibilidade, impalpabilidade.

INTANGIBLE [in'tændʒəbl], *a.* intangível, impalpável; imaterial.

INTEGER ['intidʒə], *s.* integridade, totalidade; número inteiro.

INTEGRAL ['intigrəl], *s.* o todo, a totalidade. *a.* integral, completo, íntegro; perfeito; integrante; inteiro (número).

INTEGRATE ['intigreit], *v.* integrar, completar, inteirar; restaurar.

INTEGRATION [inti'greiʃən], *s.* integração.

INTEGRITY [in'tegriti], *s.* integridade, totalidade, inteireza; honradez, retidão; imparcialidade; inocência, pureza.

INTEGUMENT [in'tegjumənt], *s.* tegumento; pele; membrana; casca; túnica.

INTELLECT ['intilekt], *s.* intelecto, inteligência, entendimento; pessoa inteligente.

INTELLECTIVE [inti'lektiv], *a.* intelectivo.

INTELLECTUAL [inti'lektjuəl], *a. e s.* intelectual; espiritual.

INTELLECTUALISM [inti'lektjuəlizm], *s.* intelectualismo.

INTELLECTUALIST [inti'lektjuəlist], *s.* intelectualista.

INTELLIGENCE [in'telidʒəns], *s.* inteligência, entendimento; penetração; harmonia, acordo, correspondência mútua; notícia, conhecimento, aviso; informação. # *Intelligence Service,* Serviço Secreto, serviço de informações.

INTELLIGENT [in'telidʒənt], *a.* inteligente; versado; hábil, destro, perito.

INTELLIGENTSIA [inteli'dʒentsiə], *s. pl.* intelectuais.

INTELLIGIBILITY [intelidʒə'biliti], *s.* inteligibilidade, compreensibilidade, clareza.

INTELLIGIBLE [in'telidʒəbl], *a.* inteligível, compreensível, claro.

INTELLIGIBLY [in'telidʒəbli], *adv.* inteligivelmente.

INTEMPERANCE [in'tempərəns], *s.* intemperança; excesso (na bebida, etc.).

INTEMPERATE [in'tempərit], *a.* intemperante, imoderado, desmedido, excessivo, dissoluto; inclemente (tempo).

INTEND [in'tend], *v.* pretender, tencionar, planear, projetar, determinar; significar, dirigir; (mil.) estender.

INTENDANCE [in'tendəns], *s.* intendência.

INTENDANCY [in'tendənsi], *V.* **INTENDANCE.**

INTENDANT [in'tendənt], *s.* intendente, superintendente; administrador; diretor.

INTENDED [in'tendid], *a.* intencional, prometido; futuro. *s.* noivo ou noiva.

INTENSE [in'tens], *a.* intenso, violento, ardente, veemente; forte; enérgico, ativo; extremo; esforçado.

INTENSELY [in'tensli], *adv.* intensamente.

INTENSENESS [in'tensnis], *s.* intensidade, violência; intensão; ardor, veemência; energia, força, tensão; esforço; aplicação, atenção.

INTENSIFICATION [intensifi'keiʃən], *s.* intensificação.

INTENSIFIER [in'tensifaiə], *s.* intensificador.

INTENSIFY [in'tensifai], *v.* intensificar, reforçar; tornar-se mais intenso.

INTENSITY [in'tensiti], *s.* intensidade, violência, ardor, veemência; intensão; tensão.

INTENSIVE [in'tensiv], *a.* intensivo, intenso; forte; esforçado, aplicado; enfático.

INTENT [in'tent], *s.* intento, intenção, propósito, desígnio, objetivo, desejo. *a.* atento, solícito, aplicado; decidido, resolvido a. # *to all intents and purposes,* praticamente; ao que parece.

INTENTION [in'tenʃən], *s.* intenção, intento, propósito, objetivo; cuidado, atenção.

INTENTIONAL [in'tenʃnl], *a.* intencional, deliberado.

INTENTIONALLY [in'tenʃnəli], *adv.* intencionalmente, deliberadamente, propositadamente.

INTENTIONED [in'tenʃənd], *a.* intencionado.

INTENTLY [in'tentli], *adv.* assiduamente, atentamente; decididamente.

INTENTNESS [in'tentnis], *s.* grande aplicação ou estudo; atenção, cuidado; resolução, decisão.

INTER [in'tə:], *v.* inumar, sepultar, enterrar.

INTERACT ['intərækt], *s.* entreato = (E.U.) *intermission.*

INTERACT [intər'ækt], *v.* atuar um sobre o outro.

INTERACTION [intər'ækʃən], *s.* ação recíproca.

INTERBREED ['intə(:)'bri:d], *v.* cruzar (raças), produzir híbridos.

INTERCALATE [in'tə:kəleit], *v.* interpolar, intercalar.

INTERCALATION [intə:kə'leiʃən], *s.* interpolação, intercalação.

INTERCEDE [intə:'si:d], *v.* interceder, intervir, mediar, interpor-se; pedir, rogar.

INTERCEDER [intə:'si:də], *s.* intercessor, mediador, medianeiro, intermediário.

INTERCEPT ['intə:cept], *s.* segmento compreendido entre os pontos de interseção onde duas linhas cortam uma terceira.

INTERCEPT [intə:'sept], *v.* interceptar, interromper, estorvar, impedir; cortar; deter; incluir, compreender.

INTERCEPTION [intə:'sepʃən], *s.* intercepção; interrupção; impedimento, estorvo.

INTERCEPTOR [intə:'septə], *s.* interceptor.

INTERCESSION [intə'seʃən], *s.* intercessão, mediação.

INTERCESSOR [intə'sesə], *s.* intercessor, mediador, medianeiro, intermediário.

INTERCHANGE ['intə:'tʃeindʒ], *s.* intercâmbio, comércio, permuta, troca, tráfico; alternação; reciprocação.

INTERCHANGE [intə:'tʃeindʒ], *v.* cambiar, trocar, permutar, reciprocar; alternar.

INTERCHANGEABILITY ['intə:tʃeindʒə'biliti], *s.* câmbio, troca; permutabilidade; reciprocidade; alternação.

INTERCHANGEABLE [intə:'tʃeindʒəbl], *a.* permutável; recíproco, mútuo; alternado.

INTERCOLLEGIATE ['intə(:)kə'li:dʒiit], *a.* intercolegial.

INTERCOMMUNICATE [intə:kə'mju:nikeit], *v.* intercomunicar, comunicar-se, ter comunicação.

INTERCONNECT ['intə:kə'nekt], *v.* conjugar, ligar entre si.

INTERCOSTAL [intə:'kɔstl], *s.* músculo intercostal. *a.* intercostal.

INTERCOURSE ['intə:kɔ:s], *s.* intercurso, trato, comunicação, correspondência; relações comerciais; comércio, tráfico, intercâmbio. # *commercial intercourse,* (com.) relações comerciais.

INTERCROP [intə:'krɔp], *v.* (agr.) cultivar em fileiras intercaladas.

INTERCURRENCE [intə:'kʌrəns], *s.* intercorrência, ocorrência.

INTERCURRENT [intə:'kʌrənt], *a.* intercorrente.

INTERDEPENDENCE [intə:di'pendəns], *s.* interdependência.

INTERDEPENDENT [intə:di'pendənt], *a.* interdependente.

INTERDICT ['intə:dikt], *s.* interdito.

INTERDICT [intə:'dikt], *v.* interditar, interdizer; vedar, proibir.

INTERDICTION [intə:'dikʃən], *s.* interdição; proibição, veto.

INTEREST ['intrist], *s.* interesse; vantagem, proveito, lucro, ganho; juro; usura; utilidade; participação, parte; influência, poder; simpatia, inclinação, afeição. *v.* interessar; importar. # *compound interest,* juros compostos. *delay interest,* juros de mora. *lend at interest,* emprestar dinheiro a juros. *simple interest,* juros simples.

INTERESTED ['intristid], *a.* interessado.

INTERESTING ['intristiŋ, intə'restiŋ], *a.* interessante; simpático, atraente.

INTERFACIAL [intə'feiʃəl], *a.* (min.) interfacial.

INTERFERE [intə'fiə], *v.* interferir, intervir; meter-se, interpor-se, intrometer-se, ingerir-se; imiscuir-se; chocar-se; embaraçar, estorvar; prejudicar; tocar um pé no outro (cavalo).

INTERFERENCE [intə'fiərəns], *s.* interferência, intervenção; interposição, ingerência, intrometimento; colisão; impedimento, obstáculo, estorvo.

INTERFERER [intə'fiərə], *s.* interventor, interveniente; intrometido; mediador, medianeiro.

INTERFUSE [intə(:)'fju:z], *v.* fundir; difundir.

INTERIM ['intərim], *s.* ínterim. *adv.* entrementes, entretanto. # *in the interim,* entrementes.

INTERIOR [in'tiəriə], *s.* o interior. *a.* interior, interno.

INTERJECTION [intə:'dʒekʃən], *s.* interposição, intervenção; (gram.) interjeição; exclamação.

INTERJECTIONAL [intə:'dʒəkʃənl], *a.* interjecional.

INTERLACE [intə:'leis], *v.* entrelaçar, enlaçar, entretecer; enlear; misturar; entrelaçar-se.

INTERLARD [intə(:)'lɑ:d], *v.* lardear; misturar.

INTERLEAVE [intə:'li:v], *v.* interfoliar.

INTERLINE [intə:'lain], *v.* entrelinhar; entretelar.

INTERLINEAR [intə:'liniə], *a.* interlinear.

INTERLINEATION ['intə:lini'eiʃən], *s.* entrelinha; ato de entrelinhar.

INTERLINK [intə:'liŋk], *v.* unir, ligar, entrelaçar, encadear.

INTERLOCK [intə:'lɔk], *v.* abraçar, entrelaçar; apertar; fixar; entrelaçar-se, abraçar-se, apertar-se.

INTERLOCUTION [intə:lo'kju:ʃən], *s.* interlocução; interlocutória.

INTERLOCUTOR [intə:'lɔkjutə], *s.* interlocutor.

INTERLOCUTORY [intə:'lɔkjutəri], *a.* interlocutório.

INTERLOPE [intə:'loup], *v.* intrometer-se; comerciar sem licença; contrabandear.

INTERLOPER [intə:'loupə], *s.* intrometido, intruso; contrabandista; navio entrelopo.

INTERLUDE ['intə:lu:d], *s.* (mús.) interlúdio; (tear.) entremez, farsa; intervalo, entreato = (E.U.) *intermission.*

INTERMARRIAGE [intə(:)'mæridʒ], *s.* casamento entre diferentes castas, tribos, famílias, nacionalidades ou raças.

INTERMARRY ['intə:'mæri], *v.* ligar-se por matrimônio (diz-se de castas, famílias, etc.).

INTERMEDDLE [intə:'medl], *v.* intrometer-se, imiscuir-se; intervir; misturar, entremisturar.

INTERMEDDLER [intə:'medlə], *s.* intrometido.

INTERMEDIARY [intə:'mi:diəri], *a.* e *s.* intermediário.

INTERMEDIATE [intə:'mi:djət], *a.* e *s.* intermédio; intermediador, intermediário.

INTERMENT [in'tə:mənt], *s.* funeral, enterro.

INTERMEZZO [intə:'medzou], *s.* entremez.

INTERMINABLE [in'tə:minəbl], *a.* interminável, infindo, ilimitado.

INTERMINGLE [intə:'miŋgl], *v.* entremear, misturar, entressachar; misturar-se, incorporar-se.

INTERMISSION [intə:'miʃən], *s.* pausa, intervalo, intermissão, intermitência, interrupção; (E.U.) intervalo entre aulas = (Ing.) *break;* (E.U.) entreato = (Ing.) *interval, interlude, interact.*

INTERMIT [intə(:)'mit], *v.* intermitir, interromper-se.

INTERMITTENT [intə:'mitənt], *a.* intermitente.

INTERMIX [intə(:)'miks], *v.* misturar-se.

INTERN [in'tə:n], *a.* e *s.* interno; (E.U.) médico interno (em hospital) = (Ing.) *resident physician. v.* internar.

INTERNAL [in'tə:nl], *a.* interno, interior; íntimo; intestino; doméstico; intrínseco; do país.

INTERNATIONAL [intə:'næʃnl], *a.* internacional.

INTERNATIONALISM [intə:'næʃnəlizm], *s.* internacionalismo.

INTERNATIONALIST [intə:'næʃnəlist], *a.* internacionalista.

INTERNATIONALIZATION ['intə(:)næʃnəlai-'zeiʃən], *s.* internacionalização.

INTERNATIONALIZE [intə(:)'næʃnəlaiz], *v.* internacionalizar.

INTERNE [in'tə:n], *s.* (E.U.) médico interno (em hospital) = (Ing.) *resident; physician.*

INTERNECINE [intə:'nisain], *a.* sangüinário, exterminador, destrutivo, destruidor, mortífero.

INTERNMENT [in'tə:nment], *s.* internação, internamento.

INTERNODE [intə:'noud], *s.* (bot.) entrenó.

INTERPELLANT [intə:'pelənt], *s.* interpelante.

INTERPELLATE [in'tə:peleit], *v.* interpelar.

INTERPELLATION [intə:pə'leiʃən], *s.* interpelação; pergunta, interrogação; intimação; interrupção.

INTERPHONE ['intə(:)foun], *s.* telefone de serviço interno.

INTERPLANETARY [intə:'plænitəri], *a.* interplanetário.

INTERPLAY ['intə'plei], *s.* ação ou efeito recíproco. *v.* influenciar-se mutuamente.

INTERPOLATE [in'tə:poleit], *v.* interpolar, intercalar; inserir, introduzir, falsificar, adulterar.

INTERPOLATION [intə:po'leiʃən], *s.* interpolação; inserção; falsificação.

INTERPOLATOR [in'tə:poleitə], *s.* interpolador.

INTERPOSAL [intə:'pouzl], *s.* interposição; intervenção; mediação.

INTERPOSE [intə:'pouz], *v.* interpor, intrometer; interpor-se, ingerir-se, interferir, intervir; interromper.

INTERPOSER [intə:'pouzə], *s.* interveniente; mediador, medianeiro.

INTERPOSITION [intə:pə'ziʃən], *s.* interposição, intervenção; mediação; interrupção.

INTERPRET [in'tə:prit], *v.* interpretar; traduzir; decifrar; esclarecer, elucidar; explicar; ilustrar; representar.

INTERPRETABLE [in'tə:pritəbl], *a.* interpretável.

INTERPRETATION [intə:pri'teiʃən], *s.* interpretação; tradução; explicação, esclarecimento.

INTERPRETATIVE [in'tə:priteitiv], *a.* interpretativo.

INTERPRETER [in'tə:pritə], *s.* intérprete.

INTERREGNUM [intə'regnəm], *s.* interregno; interrupção.

INTERROGATE [in'terəgeit], *v.* interrogar, perguntar, inquirir; examinar.

INTERROGATION [interə'geiʃən], *s.* interrogação, pergunta; exame.

INTERROGATIVE [intə'rɔgətiv], *s.* palavra interrogativa. *a.* interrogativo.

INTERROGATOR [in'terəgeitə], *s.* interrogador, interrogante; examinador.

INTERROGATORY [intə'rɔgətəri], *s.* interrogatório, exame; pergunta, interrogação. *a.* interrogatório, interrogativo.

INTERRUPT [intə'rʌpt], *v.* interromper, suspender; parar; perturbar. estorvar, impedir; dividir, separar; entrecortar.

INTERRUPTER [intə'rʌptə], *s.* (eletr.) interruptor.

INTERRUPTION [intə'rʌpʃən], *s.* interrupção, suspensão; pausa; intervalo; intervenção, interposição; intermissão; impedimento.

INTERSECT [intə:'sekt], *v.* cortar, entrecortar, cruzar; entrecortar-se, cruzar-se.

INTERSECTION [intə:'sekʃən], *s.* intersecção;

(E.U.) cruzamento (estrada, rua) = (Ing.) *cross-road, street crossing.*

INTERSECTOR [intə:'sektə], *s.* o que entrecorta.

INTERSPERSE [intə:'spə:s], *v.* espalhar, difundir, espargir, disseminar; entremear; derramar.

INTERSPERSION [intə:'spə:ʃən], *s.* disseminação; derramamento; espargimento; aspersão.

INTERSTATE ['intə(:)steit, intə'steit], *a.* interestadual.

INTERSTELLAR ['intə(:)'stelə], *a.* interestelar.

INTERSTICE [in'tə:stis], *s.* interstício.

INTERTEXTURE ['intə(:)'tekstʃə], *s.* entrelaçamento.

INTERTWINE [intə:'twain], *v.* entrelaçar, entretecer, entressachar; entrelaçar-se.

INTERTWIST [intə:'twist], *v.* entretecer, entrelaçar, entressachar.

INTERURBAN [intər'ə:bən], *a.* interurbano.

INTERVAL ['intəvəl], *s.* intervalo; pausa; entreato = (E.U.) *intermission;* distância; interstício; intermissão.

INTERVENE [intə:'vi:n], *v.* intervir, interferir, mediar; interpor-se, ingerir-se; atravessar-se; acontecer, ocorrer, sobrevir.

INTERVENER [intə:'vi:nə], *s.* interventor; mediador, medianeiro.

INTERVENTION [intə:'venʃən], *s.* intervenção; interposição; intercessão, mediação.

INTERVIEW ['intəvju:], *s.* entrevista; conferência; conversação. *v.* entrevistar; conferenciar com.

INTERVIEWER ['intəvju:ə], *s.* o que entrevista.

INTERVOCALIC [intə:vou'kælik], *a.* intervocálico.

INTERWEAVE [intə:'wi:v], *v. pret.* **INTERWOVE** ou **INTERWEAVED,** *pp.* **INTERWOVE, INTERWOVEN** ou **INTERWEAVED,** entretecer, entrelaçar, entrezar, entressachar; entremear; enlaçar, enlear.

INTESTACY [in'testəsi], *s.* falta de testemunho.

INTESTATE [in'testit], *s.* (jur.) pessoa que morreu sem testamento ou cujo testamento não é válido. *a.* intestado.

INTESTINAL [in'testinl], *a.* intestinal.

INTESTINE [in'testin], *s.* intestino. *a.* intestino interior, interno, íntimo; doméstico.

INTIMACY ['intiməsi], *s.* intimidade, familiaridade.

INTIMATE ['intimeit], *v.* declarar, anunciar, comunicar; insinuar, sugerir, dar a entender.

INTIMATE ['intimit], *s.* confidente, amigo íntimo; companheiro; sócio. *a.* íntimo; intestino, interior, interno; profundo.

INTIMATELY ['intimitli], *adv.* intimamente.

INTIMATION [inti'meiʃən], *s.* intimação, aviso, notificação; insinuação, indireta, sugestão.

INTIMIDATE [in'timideit], *v.* intimidar, assustar, amedrontar = (E.U.) *bulldoze;* desencorajar, desanimar.

INTIMIDATION [intimi'deiʃən], *s.* intimidação.

INTIMIDATOR [in'timideitə], *s.* intimidador.

INTO ['intu], *prep.* em, dentro de; para o interior (indica movimento para dentro ou mudança de estado).

INTOLERABLE [in'tɔlərəbl], *a.* intolerável, insuportável.

INTOLERANCE [in'tɔlərəns], *s.* intolerância.

INTOLERANT [in'tɔlərənt], *s.* intolerante.

INTONATION [intou'neiʃən], *s.* entoação (= entonação, entoamento); modulação da voz.

INTONE [in'toun], *v.* entoar.

INTOXICANT [in'tɔksikənt], *s.* bebida que embriaga. *a.* inebriante, embriagante.

INTOXICATE [in'tɔksikeit], *v.* embebedar, embriagar; inebriar, encantar; (med.) intoxicar, envenenar.

INTOXICATING [in'tɔksikeitiŋ], *a.* embriagante.

INTOXICATION [intɔksi'keiʃən], *s.* embriaguez, ebriedade; arrebatamento, êxtase, encantamento; (med.) intoxicação, envenenamento.

INTRACTABILITY [intræktə'biliti], *s.* intratabilidade, insociabilidade, indocilidade; obstinação.

INTRACTABLE [in'træktəbl], *a.* intratável, insociável, indócil; obstinado.

INTRADOS [in'treidɔs], *s.* (arq.) intradorso.

INTRANSIGENT [in'trænsidʒənt], *a.* intransigente, irreconciliável; intolerante. *s.* intransigente; intolerante; revolucionário; socialista.

INTRANSITIVE [in'trɑ:nsitiv], *a.* intransitivo.

INTRASTATE ['intrəsteit, intrə'steit], *a.* estadual.

INTRAVENOUS [intrə'vi:nəs], *a.* intravenoso.

INTRENCH [in'trentʃ], *v.* entrincheirar; usurpar, invadir.

INTRENCHMENT [in'trentʃmənt], *s.* entrincheiramento; trincheira.

INTREPID [in'trepid], *a.* intrépido, audaz, arrojado, destemido.

INTREPIDITY [intri'piditi], *s.* intrepidez, audácia, coragem, arrojo.

INTRICACY ['intrikəsi], *s.* trapalhada, complicação, embrulhada, confusão, enredo.

INTRICATE ['intrikit], *a.* intrincado, emaranhado, embaraçado, confuso, enredado.

INTRIGUE [in'tri:g], *s.* intriga, trama, manejo; enredo; bisbilhotice, mexerico; amor ilícito. *v.* intrigar, tramar; enredar; mexericar; ter aventuras amorosas. # ***intrigue with,*** confabular com; parlamentar com.

INTRIGUER [in'tri:gə], *s.* intrigante, intriguista; amante.

INTRINSIC, AL [in'trinsik, əl], *a.* intrínseco; inerente.

INTRODUCE [intrə'dju:s], *v.* introduzir; apresentar (uma pessoa a outra); fazer adotar, pôr em uso; estabelecer; importar, dar entrada.

INTRODUCER [intrə'dju:sə], *s.* introdutor.

INTRODUCTION [intrə'dʌkʃən], *s.* introdução; inserção; apresentação; iniciação.

INTRODUCTIVE [intrə'dʌktiv], *a.* introdutivo, preliminar.

INTRODUCTORY [intrə'dʌktəri], *a.* introdutório, introdutivo, preliminar.

INTROIT ['intrɔit, 'introuit, in'trouit], *s.* intróito; começo, início, princípio.

INTROMISSION [introu'miʃən], *s.* intromissão.

INTROSPECTION [introu'spekʃən], *s.* introspecção.

INTROSPECTIVE [introu'spektiv], *a.* introspectivo.

INTROVERT ['introuvə:t], *s.* introvertido, [introu'və:t], *v.* introverter. *a.* introvertido, introverso.

INTRUDE [in'tru:d], *v.* introduzir ou meter à força; invadir; intrometer-se, ingerir-se, interferir (sem ser chamado).

INTRUDER [in'tru:də], *s.* intrometido, intruso, metediço; importuno; usurpador, invasor.

INTRUDING [in'tru:diŋ], *a.* intruso, importuno, intrometido, impertinente.

INTRUSION [in'tru:ʒən], *s.* intrusão; intrometimento; invasão; usurpação.

INTRUSIVE [in'tru:siv], *a.* intruso; importuno, impertinente.

INTRUST [in'trʌst], *V.* **ENTRUST.**

INTUITION [intju:'iʃən], *s.* intuição.

INTUITIONAL [intju:'iʃnl], *a.* próprio da intuição.

INTUITIVE [in'tju:itiv], *a.* intuitivo.

INTUITIVELY [in'tju:itivli], *adv.* intuitivamente.

INTUMESCENCE [intju:'mesns], *s.* intumescência, inchação, tumor.

INTUMESCENT [intju:'mesnt], *a.* intumescente, inchado, túmido.

INTUSSUSCEPTION [intəsə'sepʃən], *s.* (biol. e med.) intussuscepção.

INUNDATE ['inʌndeit], *v.* inundar, alagar, submergir.

INUNDATION [inʌn'deiʃən], *s.* inundação.

INURE [i'njuə], *v.* acostumar, habituar, avezar: aguerrir; calejar, endurecer.

INUREMENT [i'njuəmənt], *s.* prática, costume, hábito; endurecimento.

INUTILITY [inju:'tiliti], *s.* inutilidade.

INVADE [in'veid], *v.* invadir; conquistar, dominar; usurpar; violar; acontecer, investir.

INVADER [in'veidə], *s.* invasor; usurpador; violador.

INVALID ['invəli:d], *s.* inválido = (E.U.) *shut-in.* *a.* inutilizado, fraco, enfermo, doente.

INVALID [in'vælid], *a.* inválido, nulo.

INVALID [invə'li:d], *v.* tornar(-se) inválido; aposentar(-se) por invalidez; (mil.) dar baixa por invalidez.

INVALIDATE [in'vælideit], *v.* invalidar, anular; inutilizar.

INVALIDATION [invæli'deiʃən], *s.* invalidação, anulação.

INVALIDITY [invə'liditi], *s.* invalidez, fraqueza; invalidade, nulidade; incapacidade.

INVALUABLE [in'væljuəbl], *a.* inapreciável; inestimável; incalculável.

INVARIABILITY [invεəriə'biliti], *s.* invariabilidade; constância.

INVARIABLE [in'vɛəriəbl], *a.* invariável, imutável; constante.

INVARIABLY [in'vɛəriəbli], *adv.* invariavelmente.

INVASION [in'veiʒən], *s.* invasão, incursão; violação; usurpação.

INVASIVE [in'veisiv], *a.* invasivo, agressivo, hostil.

INVECTIVE [in'vektiv], *s.* invectiva. *a.* ultrajante, invectivo, ofensivo, satírico, injurioso.

INVEIGH [in'vei], *v.* invectivar, injuriar; censurar.

INVEIGLE [in'vi:gl], *v.* seduzir, enganar.

INVEIGLEMENT [in'vi:glmənt], *s.* sedução.

INVEIGLER [in'vi:glə], *s.* sedutor.

INVENT [in'vent], *v.* inventar, idear, imaginar; excogitar; descobrir; forçar, fabricar; tramar, urdir.

INVENTER [in'ventə], *s.* inventor.

INVENTION [in'venʃən], *s.* invento, invenção; descoberta; inventiva, engenho; arte; astúcia; mentira, falsidade, ficção, embuste.

INVENTIVE [in'ventiv], *a.* inventivo.

INVENTIVENESS [in'ventivnis], *s.* inventiva, engenho; qualidade de ser inventivo.

INVENTOR [in'ventə], *s.* inventor; descobridor; autor.

INVENTORY [in'ventri], *s.* inventário; (E.U.) balanço = (Ing.) *stock taking.* # *to draw up an inventory,* levantar um inventário.

INVERSE ['in'və:s, in'və:s], *s.* inverso. *a.* inverso, invertido.

INVERSION [in'və:ʃən], *s.* inversão, troca; transmudação, mudança, alteração.

INVERT [in've:t], *v.* inverter, transpor, trocar; alterar, mudar.

INVERT ['invə:t], *s.* homossexual.

INVERTEBRATA [invə:ti'brɑ:tə, invə:ti'breitə], *s. pl.* os invertebrados.

INVERTEBRATE [in'və:tibrit], *s.* e *a.* invertebrado.

INVERTED [in'və:tid], *a.* inverso, invertido.

INVEST [in'vest], *v.* sitiar, cercar, bloquear; revestir, cobrir, ornar, enfeitar; conferir, dar; assumir; (com.) empregar capitais.

INVESTIGATE [in'vestigeit], *v.* investigar, averiguar, analisar, pesquisar; inquirir, indagar.

INVESTIGATION [investi'geiʃən], *s.* investigação, averiguação; inquirição, indagação.

INVESTIGATOR [in'vestigeitə], *s.* investigador.

INVESTIGATORY [in'vestigeitəri], *a.* que promove a investigação.

INVESTITURE [in'vestitʃə], *s.* investidura.

INVESTMENT [in'vestmənt], *s.* investimento, ataque; bloqueio, cerco, sítio; instalação, investidura; (com.) emprego de capital. # *investment portfolio,* lista de títulos possuídos por uma instituição ou por um indivíduo, carteira de títulos.

INVESTOR [in'vestə], *s.* o que emprega dinheiro em fundos públicos.

INVETERACY [in'vetərəsi], *s.* inveteração.

INVETERATE [in'vetərit], *a.* inveterado, entranhado, arraigado; antigo.

INVIDIOUS [in'vidiəs], *a.* invejoso; odioso.

INVIGORATE [in'vigəreit], *v.* vigorar, fortificar, fortalecer, robustecer; estimular.

INVIGORATING [in'vigəreitiŋ], *a.* envigorante, fortalecedor

INVIGORATION [invigə'reiʃən], *s.* fortalecimento, robustecimento.

INVIGORATOR [in'vigəreitə], *s.* fortificante, tônico.

INVINCIBILITY [invinsi'biliti], *s.* invencibilidade, insuperabilidade.

INVINCIBLE [in'vinsəbl], *a.* invencível, insuperável.

INVIOLABLE [in'vaiələbl], *a.* inviolável.

INVIOLATE [in'vaiəlit], *a.* inviolado, imaculado, puro; íntegro, intacto; incorrupto.

INVISIBILITY [invizə'biliti], *s.* invisibilidade.

INVISIBLE [in'vizəbl], *a.* invisível.

INVITATION [invi'teiʃən], *s.* convite, invite; solicitação.

INVITE [in'vait], *v.* convidar; invitar; solicitar, instar; chamar; tentar; atrair.

INVITER [in'vaitə], *s.* convidador.

INVITING [in'vaitiŋ], *a.* convidativo, sedutor, aliciente, tentador.

INVITINGNESS [in'vaitiŋnis], *s.* sedução, tentação; encanto, atrativo.

INVOCATION [invo'keiʃən], *s.* invocação.

INVOICE ['invɔis], *s.* (com.) fatura; remessa. *v* faturar. # *pro-forma invoice,* (com.) orçamento completo (inclusive as despesas de frete, embalagem, etc.).

INVOKE [in'vouk], *v.* invocar, chamar; suplicar, implorar.

INVOLUCRE ['invəlu:kə], *s.* invólucro.

INVOLUNTARY [in'vɔləntəri], *a.* involuntário; compulsório.

INVOLUTE ['invəlu:t], *a.* evolvente.

INVOLUTION [invə'lu:ʃən], *s.* envolvimento; complicação; enredo; estado do que fica envolvido ou enredado; (mat.) ação de elevar a uma potência.

INVOLVE [in'vɔlv], *v.* envolver; embrulhar, enrolar; complicar, embaraçar, enredar; comprometer, implicar; acarretar, causar; precipitar; (mat.) elevar a uma potência.

INVULNERABILITY [invʌlnerə'biliti], *s.* invulnerabilidade.

INVULNERABLE [in'vʌlnərəbl], *a.* invulnerável.

INWARD ['inwəd], *a.* interior, interno; íntimo; recôndito, secreto. *adv.* interiormente, dentro, por dentro, para dentro, no interior. *s.* o interior.

INWARDLY ['inwədli], *adv.* interiormente, internamente, intimamente.

INWARDNESS ['inwədnis], *s.* interioridade; o interior; essência, fundo; intimidade, familiaridade.

INWARDS ['inwədz], *V.* **INWARD** *(adv.).*

INWROUGHT ['in'rɔ:t], *a.* lavrado; incrustado, embutido.

IODATE ['aiədeit], *s.* (quím.) iodato. # *iodate of potash,* iodato de potassa.

IODIC [ai'ɔdik], *a.* (quím.) iódico.

IODIDE ['aiədaid], *s.* (quím.) iodeto. # *iodide of potassium,* iodeto de potássio.

IODINE ['aiədi:n], *s.* (quím.) iodo.

IODIZE (ISE) ['aiədaiz], *v.* iodar.

IODISM ['aiədizm], *s.* iodismo.

IODOFORM [ai'ɔdəfɔ:m], *s.* iodofórmio.

IOLITE ['aiolait], *s.* (min.) iólito.

ION ['aiən], *s.* (quím.) íon (= iônio, ionte).

IONIAN [ai'ounjən], *a.* e *s.* (hist.) jônio.

IONIC [ai'ɔnik], *a.* jônico, iônico.

IONIZE ['aiənaiz], *v.* iontizar, ionizar, ionizar-se.

IONOSPHERE [ai'ɔnəsfiə], *s.* ionosfera.

IOTA [ai'outə], *s.* iota (letra grega); ponto; ápice; quantidade diminuta.

IOTACISM [ai'outəsizm], *s.* iotacismo.

IOU ['aiou'ju:], forma abreviada de *I owe you* = Vale, devo-lhe.

IPECACUANHA [ipikækju'ænə], *s.* ipecacuanha.

IRANIAN [ai'reinjən], *a.* iraniano.

IRASCIBILITY [iræsi'biliti], *s.* irascibilidade, iracúndia.

IRASCIBLE [i'ræsibl], *a.* irascível, irritável, iracundo.

IRATE [ai'reit], *a.* irado, enraivecido, encolerizado, zangado, enfurecido.

IRE ['aiə], *s.* ira, raiva, cólera, fúria.

IREFUL ['aiəful], *a.* irado, raivoso, furioso, colérico.

IREFULNESS ['aiəfulnis], *s.* iracúndia, fúria.

IRIDESCENCE [iri'desns], *s.* irisação, cambiante.

IRIDESCENT [iri'desnt], *a.* iridescente.

IRIDIUM [ai'ridiəm], *s.* (quím.) irídio.

IRIS ['aiəris], *s.* arco-íris; (anat., min. e bot.) íris.

IRISH ['aiəriʃ], *a.* e *s.* irlandês; a língua irlandesa. # *Irish bull,* disparate; paradoxo. *Irish stew,* ensopado de carne com batatas e cebolas.

IRISHISM ['aiəriʃizm], *s.* idiotismo irlandês.

IRISHMAN ['aiəriʃmən], *s.* irlandês. *pl.* **IRISHMEN.**

IRISHMEN ['aiəriʃmən], *pl.* de **IRISHMAN.**

IRISHWOMAN ['aiəriʃwumən], *s.* irlandesa. *pl.* **IRISHWOMEN.**

IRISHWOMEN ['aiəriʃwimin], *pl.* de **IRISHWOMAN.**

IRK [ə:k], *v.* entediar, enfadar, enjoar, enfastiar, cansar.

IRKSOME ['ə:ksəm], *a.* tedioso, enfadonho, penoso, fastidioso, cansativo, aborrecido.

IRKSOMENESS ['ə:ksəmnis], *s.* tédio, fastio, cansaço, fadiga, enfado, aborrecimento.

IRON ['aiən], *s.* ferro (metal); ferro (de engomar); ferramenta; utensílio; aro; dureza; *pl.* grilhões. *v.* passar a ferro; brunir; agrilhoar; ferrar; armar de ferro. # *branding iron,* ferro para marcar. *cast iron,* ferro fundido. *corrugated iron,* ferro corrugado. *have a number of irons in the fire,* tratar de vários assuntos ao mesmo tempo. *iron horse,* locomotiva. *making iron,* ferramenta de calafetar. *red-hot iron,* ferro em brasa. *scraping iron,* (alven.) trolha de rejuntamento. *smoothing iron,* ferro de engomar. *soft iron,* ferro doce, ferro maleável. *strike while the iron is hot,* malhar-se o ferro enquanto está quente.

IRONBOUND ['aiənbaund], *a.* ferrado; agrilhoado; penhascoso.

IRONCLAD ['æiənklæd], *a.* vestido ou coberto de ferro, couraçado; blindado; forte; austero, rigoroso. *s.* couraçado (navio).

IRON-DOG ['aiəndɔg], *s.* (ofic.) grampo.

IRONED ['aiənd], *a.* ferrado; armado de ferro; brunido; passado a ferro.

IRON FENCE ['aiən'fens], *s.* (E.U.) gradil de ferro = (Ing.) *iron railings.*

IRON-FOUNDRY ['aiənfaundri], *s.* fundição.

IRONGRAY, IRONGREY ['aiən'grei], *a.* cinzento.

IRON HAT ['aiənhæt], *s.* (geol.) chapéu-de--ferro

IRONIC (AL) [ai'rɔnik(əl)], *a.* irônico; sarcástico.

IRONING-BOARD ['aiəniŋbɔ:d], *s.* tábua de engomar.

IRON LUNG ['aiənlʌŋ], *s.* pulmão de aço.

IRONMONGER ['aiənmʌŋgə], *s.* ferrageiro, ferragista = (E.U.) *hardwareman;* quinquilheiro.

IRONMONGERY ['aiənmʌŋgəri], *s.* ferragens = (E.U.) *hardware;* quinquilharias; loja de ferragem = (E.U.) *hardware store.*

IRONMOULD ['aiənmould], *s.* ferrete; mancha de ferrugem.

IRON-PEG ['aiən'peg], *s.* (mec.) espigão.

IRON RAILINGS ['aiən'reiliŋz], *s.* gradil de ferro = (E.U.) *iron fence.*

IRONSIDE ['aiən-said], *s.* homem resoluto, enérgico.

IRON-STONE ['aiən-stoun], *s.* minério de ferro.

IRONWARE ['aiənwɛə], *s.* ferragens.

IRONWOOD ['aiənwud], *s.* pau-ferro; madeira resistente.

IRONWORK ['aiənwə:k], *s.* ferragem, obra de ferro; armação de ferro.

IRONWORKS ['aiənwə:ks], *s.* fundição, forja, oficina de ferreiro; ferraria.

IRONY ['aiərəni], *s.* ironia; sarcasmo; zombaria.

IRONY ['aiəni], *a.* férreo, ferruginoso.

IRRADIANCE [i'reidiəns], *s.* irradiação; iluminação; esplendor, fulgor, brilho, claridade, lustre; propagação, difusão.

IRRADIANCY [i'reidiənsi], *V.* **IRRADIANCE.**

IRRADIANT [i'reidiənt], *a.* irradiante, irradiador; luminoso.

IRRADIATE [i'reidieit], *v.* irradiar; alumiar, iluminar; luzir, brilhar, resplandecer; inspirar; animar.

IRRADIATION [ireidi'eiʃən], *s.* irradiação; iluminação; esplendor, brilho; luz intelectual; difusão, propagação.

IRRATIONAL [i'ræʃnl], *a.* irracional; desarrazoado, ilógico, absurdo.

IRRATIONALITY [iræʃə'næliti], *s.* irracionalidade.

IRRECOGNIZABLE (ISA) [i'rekəgnaizəbl], *a.* irreconhecível.

IRRECONCILABILITY [irekənsailə'biliti], *a.* irreconciliabilidade.

IRRECONCILABLE [i'rekənsailəbl], *a.* irreconciliável; incompatível.

IRRECOVERABLE [iri'kʌvərəbl], *a.* irrecuperável; irreparável, irremediável.

IRREDEEMABLE [iri'di:məbl], *a.* irremissível, irredimível; irremediável, irreparável; perpétuo.

IRREDUCIBLE [iri'dju:səbl], *a.* irreduzível; (mat.) irredutível.

IRREFORMABLE [iri'fɔ:məbl], *a.* irreformável.

IRREFRAGABLE [i'refrəgəbl], *a.* irrefragável, incontestável, irrefutável, indiscutível; irrecusável; infalível.

IRREFUTABILITY [irefjutə'biliti], *s.* irrefutabilidade.

IRREFUTABLE [i'refjutəbl], *a.* irrefutável, incontestável; evidente.

IRREGULAR [i'regjulə], *a.* irregular; anormal, anômalo; desregrado.

IRREGULARITY [iregju'læriti], *s.* irregularidade; extravagância; desordem.

IRRELEVANCE [i'relivəns], *s.* inconveniência, impertinência; despropósito, impropriedade.

IRRELEVANCY [i'relivənsi], *V.* **IRRELEVANCE.**

IRRELEVANT [i'relivənt], *a.* inaplicável, despropositado, impróprio; impertinente, inconveniente.

IRRELIGION [iri'lidʒən], *s.* irreligião; ateísmo.

IRRELIGIOUS [iri'lidʒəs], *a.* irreligioso.
IRRELIGIOUSNESS [iri'lidʒəsnis], *s.* irreligiosidade; impiedade.
IRREMEDIABLE [iri'mi:diəbl], *a.* irremediável, irreparável; incurável; inevitável.
IRREMOVABILITY ['irimu:və'biliti], *a.* inamovibilidade; quietude.
IRREMOVABLE [iri'mu:vəbl], *a.* irremovível; fixo, imutável; inamovível.
IRREPARABLE [i'repərəbl], *a.* irreparável, irremediável.
IRREPLACEABLE [iri'pleisəbl], *a.* insubstituível.
IRREPRESSIBLE [iri'presəbl], *a.* irreprimível, indomável.
IRREPROACHABLE [iri'proutʃəbl], *a.* irreprochável, irrepreensível, impecável.
IRRESISTIBLE [iri'zistəbl], *a.* irresistível.
IRRESOLUTE [i'rezəlu:t], *a.* irresoluto, indeciso, vacilante, hesitante.
IRRESOLUTENESS [i'rezəlu:tnis], *s.* irresolução, hesitação, indecisão, vacilação.
IRRESOLUTION [irezə'lu:ʃən], *s.* indecisão, irresolução.
IRRESPECTIVE [iris'pektiv], *a.* independente de, sem consideração a, sem respeito a, não atendendo a, prescindindo de.
IRRESPONSABILITY ['irispɔnsə'biliti], *s.* irresponsabilidade.
IRRESPONSIBLE [iris'pɔnsəbl], *a.* irresponsável; inconsciente.
IRRESPONSIVE [iris'pɔnsiv], *a.* irrespondível, incontestável, irrefutável, indiscutível.
IRRESTRAINABLE [iris'treinəbl], *a.* irrestringível.
IRRETENTIVE [iri'tentiv], *a.* não retentivo.
IRRETRIEVABLE [iri'tri:vəbl], *a.* irreparável, irremediável; irrecuperável.
IRREVERENCE [i'revərəns], *s.* irreverência; desrespeito, desacato.
IRREVERENT [i'revərənt], *a.* irreverente; irreverencioso; desrespeitoso.
IRREVERSIBILITY ['irivə:sə'biliti], *s.* irrevocabilidade, irrevogabilidade.
IRREVERSIBLE [iri'və:səbl], *a.* irrevogável.
IRREVOCABILITY [irevəkə'biliti], *s.* irrevogabilidade.
IRREVOCABLE [i'revəkəbl], *a.* irrevogável.
IRRIGABLE ['irigəbl], *a.* irrigável.
IRRIGATE ['irigeit], *v.* irrigar, aguar, regar; banhar, umedecer.
IRRIGATION [iri'geiʃən], *s.* irrigação, rega.
IRRIGATOR ['irigeitə], *s.* irrigador.
IRRITABILITY [iritə'biliti], *s.* irritabilidade.
IRRITABLE ['iritəbl], *a.* irritável, iracundo, irascível; colérico.
IRRITANT ['iritənt], *s.* e *a.* irritante; estimulante.
IRRITATE ['iriteit], *v.* irritar, exasperar, encolerizar, exacerbar; provocar; excitar, estimular.
IRRITATION [iri'teiʃən], *s.* irritação, exasperação; provocação; excitação.
IRRITATIVE ['iriteitiv], *a.* irritativo, irritante.
IRRUPTION [i'rʌpʃən], *s.* irrupção, invasão súbita.
IRRUPTIVE [i'rʌptiv], *a.* irruptivo.
IS [iz], 3.ª pess. sing. pres. ind. de *to be*.
ISINGLASS ['aiziŋglɑ:s], *s.* cola de peixe.
ISLAM ['izlɑ:m], *s.* islamismo; Islame, Islã.
ISLAMIC [iz'læmik], *a.* islamítico.
ISLAMISM ['izləmizm], *s.* islamismo.
ISLAMITE ['izləmait], *s.* islamita.
ISLAND ['ailənd], *s.* ilha; (E.U.) isolado no texto (anúncio) = (Ing.) *solus position*.
ISLANDER ['ailəndə], *s.* ilhéu, insular, insulano.
ISLE [ail], *s.* ilha; ilhota.
ISLET ['ailit], *s.* ilhéu; ilhota.
ISM ['iz(ə)m], *s.* qualquer doutrina ou teoria (ordinariamente em sentido depreciativo).
ISN'T ['iznt], *contr.* de *is not*.
ISOCHROMATIC [aisokro'mætik], *a.* isocromático.
ISOCHRONAL [ai'sɔkrənl], *a.* isócrono.
ISOCHRONISM [ai'sɔkrenizm], *a.* isocronismo.
ISOCHRONOUS [ai'sɔkrənəs], *a.* isócrono.
ISOLATE ['aisəleit], *v.* isolar, separar, afastar.
ISOLATION [aisə'leiʃən], *s.* isolação.
ISOLATIONIST [aisə'leiʃ(ə)nist], *a.* isolacionista.
ISOMERISM [ai'sɔmərizm], *s.* isomerismo.
ISOMEROUS [ai'sɔmərəs], *a.* isômero.
ISOMORPHIC [aisou'mɔ:fik], *a.* isomorfo, isomórfico.
ISOMORPHISM [aisou'mɔ:fizm], *s.* isomorfismo.
ISOMORPHOUS [aisou'mɔ:fəs], *a.* isomorfo.
ISOSCELES [ai'sɔsili:z], *a.* isósceles.
ISOSTASY [ai'sɔstəsi], *s.* (geol.) isostasia.

ISOTHERM ['aisouθə:m], *s.* linha isotérmica.
ISOTHERMAL [aisou'θə:məl], *a.* isotérmico.
ISOTOPE ['aisoutoup], *s.* (quím.) isótopo.
ISOTROPIC [aisou'trɔpik], *a.* isotrópico.
ISRAELITE ['izriəlait], *s.* israelita; hebreu; judeu.
ISRAELITISH ['izriəlaitiʃ], *a.* israelita, israelítico; judeu, judaico, hebreu, hebraico.
ISSUABLE ['isju:əbl, 'iʃuəbl, 'iʃju:əbl], *a.* emissivo.
ISSUE ['isju:, 'iʃu:, 'iʃju:], *v.* brotar, nascer; sair, correr, emanar, proceder, provir, despachar, expedir; emitir; publicar; terminar. *s.* fluxo, escoamento; emanação; saída, egressão; expedição; emissão de valores; edição; tiragem, impressão; publicação; distribuição (de gêneros, etc.); êxito, evento, sucesso; fim, resultado, desfecho; proveito, lucro, ganho; decisão; problema, tema de discussão; prole, descendência, sucessão. # *at issue,* em questão, em discussão. *take issue with,* debater com, discutir com, contestar. *to abide the issue,* arcar com as conseqüências, assumir a responsabilidade.
ISSUER ['isju:ə, 'iʃu:ə], *s.* emissor.
ISTHMUS ['isməs, 'iθməs], *s.* istmo.
IT [it], *pron.* neutro da 3.ª pess. do sing., ele, ela, o, a. *pron. dem.* isto, isso. *s.* encanto, atrativo.
ITALIAN [i'tæljən], *s.* e *a.* italiano.
ITALIANISM [i'tæliənizm], *s.* italianismo.
ITALIC [i'tælik], *s.* itálico (tipo de letra).
ITALIC [i'tælik], *a.* itálico, italiano.
ITALICISE [i'tælisaiz], *v.* grifar.
ITCH [itʃ], *s.* sarna; comichão, coceira, prurido; cócegas; desejo ardente. *v.* comichar, coçar, prurir; cobiçar, desejar ardentemente, ambicionar. # *have an itch,* ter grande desejo de. *have an itch for,* estar ansioso por. *itch powder,* pó-de-mico.
ITCHING ['itʃiŋ], *s.* comichão; desejo ardente. *a.* que come; que deseja ardentemente; que produz cócegas, que causa coceira.
ITCHY ['itʃi], *a.* comichoso; sarnento, sarnoso.
ITEM ['aitəm], *s.* item, parágrafo, artigo; notícia; verba; elemento, membro; componente.
ITERATE ['itəreit], *v.* reiterar, repetir; inculcar.
ITERATION [itə'reiʃən], *s.* reiteração, repetição.
ITINERACY, ITINERANCY [i'tinərəsi, i'tinərənsi], *s.* jornada, viagem.
ITINERANT [i'tinərent], *a.* e *s.* itinerante, viandante; viajante; ambulante; errante.
ITINERANT MINISTER [i'tinərent'ministə], *s.* missionário.
ITINERANT TRADER [i'tinərən'treidə], *s.* viajante de casa comercial.
ITINERARY [ai'tinərəri, i'tinərəri], *s.* itinerário, roteiro.
ITS [its], caso poss. do *pron.* neutro *it,* seu, sua, seus, suas (dele, dela).
IT'S [its], *contr.* de *it is.*
ITSELF [it'self], *pron.* neutro, reflexivo ou enfático, se, sigo, si mesmo; ele mesmo, ela mesma, ele próprio, ela própria.
I'VE [aiv], *contr.* de *I have.*
IVIED ['aivid], *a.* coberto de hera.
IVORY ['aivəri], *s.* marfim. *a.* ebúrneo, de marfim.
IVORY-BLACK ['aivəri'blæk], *s.* negro de marfim (marfim queimado).
IVORY-WHITE ['aivəri'wait], *s.* branco de marfim.
IVY ['aivi], *s.* (bot.) hera.

J

J [dʒei], *s.* décima letra do alfabeto.

JAB [dʒæb], *s.* golpe; facada; estocada. *v.* ferir; apunhalar; esfaquear. # *jab into,* introduzir, meter.

JABBER ['dʒæbə], *s.* tagarelice, palração; fala confusa e rápida, algaravia; motim; gritaria. *v.* tagarelar, papaguear, falar muito; falar confusamente.

JABBERER ['dʒæbərə], *s.* tagarela, palrador.

JABORANDI [dʒæbə'rændi], *s.* jaborandi.

JACINTH ['dʒæsinθ], *s.* jacinto.

JACK [dʒæk], *s.* forma popular de John; camarada; pessoa do povo; (mec.) macaco; alavanca; espeto (para assar); companheiro; macho (de certos animais); (mar.) bandeira da proa; descalçadeira; valete (nas cartas de baralho); odre; marinheiro; (eletr.) jaque, borne, tomada; cota de malha; cavalete (dos serradores); copo (para jogo de dados). # *builder's jack,* consolo de andaime. *every man jack,* todo o mundo, todos. *Jack and Jill,* homem e mulher, marido e esposa (nomes genéricos). *jack up,* levantar com um macaco.

JACK-A-DANDY [dʒækə'dændi], *s.* pelintra, janota.

JACKAL ['dʒækɔ:l], *s.* chacal.

JACKANAPES ['dʒækəneips], *s.* pessoa impertinente, presumida; indivíduo atoleimado, um parvo.

JACKASS ['dʒækæs], *s.* burro, asno; (fig.) ['dʒækɑ:ss], burro, estúpido, tolo; ignorante.

JACK-BOOT ['dʒækbu:t], *s.* bota de montaria.

JACKDAW ['dʒækdɔ:], *s.* gralha.

JACKET ['dʒækit], *s.* jaqueta; blusa; casaco; camisola; colete (de homem); (mec.) camisa de pistão; sobrecapa de livro; coroa (para dente). *v.* cobrir com uma jaqueta, vestir uma jaqueta; (col.) surrar, bater. # *blue-jacket,* (Ing.) marinheiro da Royal Navy. *potatoes boiled in their jackets,* batatas cozidas com casca.

JACKETED ['dʒækitid], *a.* de jaqueta.

JACKIE ['dʒæki], *s.* (E.U.) marinheiro = (Ing.) *jack-tar, blue-jacket.*

JACK-IN-OFFICE ['dʒækin-ɔfis], *s.* empregado atrevido, funcionário presumido e descortês; funcionário formalista.

JACK-IN-THE-BOX ['dʒækinðəbɔks], *s.* boneco de molas, caixinha de surpresas.

JACK-KNIFE ['dʒæknaif], *s.* canivete grande.

JACK-OF-ALL-TRADES ['dʒækəv'ɔ:ltreidz], *s.* homem dos sete instrumentos, pau para toda obra.

JACK-O'-LANTERN ['dʒækə-læntən], *s.* fogo-fátuo.

JACK-PLANE ['dʒækplein], *s.* garlopa.

JACK-POT ['dʒækpɔt], *s.* sorte grande (em loteria).

JACKPUDDING ['dʒæk'pudiŋ], *s.* palhaço.

JACK-STAFF ['dʒæk'stɑ:f], *s.* pau de bandeira.

JACK-TAR ['dʒæk'tɑ:], *s.* lobo-do-mar, marinheiro = (E.U.) *jackie.*

JACOBEAN [dʒæko'bi:ən], *a.* relativo ao período de Jaime I da Inglaterra. *s.* estadista ou escritor do período de Jaime I da Inglaterra.

JACOBIN ['dʒækəbin], *s.* jacobino; frade dominicano; pombo com capuz.

JACOBINISM ['dʒækəbinizm], *s.* jacobinismo.

JACOBITE ['dʒækəbait], *s.* e *a.* jacobita.

JACOB'S-LADDER ['dʒeikəbz'lædə], *s.* (mar.) escada de quebra-costas; (bot.) polemônio azul.

JADE [dʒeid], *s.* jade; cavalo magro, punga = (E.U.) *plug* (col.); mulher feia. *v.* fatigar, cansar, estafar, esfalfar; desanimar; atormentar; fatigar-se, cansar-se, extenuar-se.

JADED ['dʒeidid], *a.* exausto, gasto.

JAG [dʒæg], *s.* recorte; dente; entalhe; carga;

(E.U.) bebedeira = (Ing.) *booze*. *v.* recortar, dentear; abrir entalhes.

JAGGED ['dʒægid], *a.* recortado, denteado; irregular; áspero.

JAGGEDNESS ['dʒægidnis], *s.* irregularidade, aspereza.

JAGGER ['dʒægə], *s.* roda (de metal, louça ou vidro) denteada, para cortar massas (coz.); bufarinheiro.

JAGGY ['dʒægi], *s.* sem fio, sem gume, cego.

JAGUAR ['dʒægjue], *s.* jaguar.

JAIL [dʒeil], *s.* prisão, cadeia, cárcere. *Var.* **GAOL.**

JAIL-BIRD ['dʒeilbə:d], *s.* preso; criminoso reincidente, contumaz.

JAILER ['dʒeilə], *s.* carcereiro.

JAIL-FEVER ['dʒeil'fi:və], *s.* tifo.

JALAP ['dʒæləp], *s.* jalapa; raiz de jalapa.

JALOP(P)Y [dʒə'lɔpi], *s.* (col.) "lata velha", calhambeque, automóvel velho.

JAM [dʒæm, dʒæ:m], *s.* geléia, compota de frutas; aperto, enrascada, apuro, dificuldade, embaraço; (gír.) pechincha.

JAM [dʒæm], *v.* apertar, calcar; escorar; apinhar; (mar.) estar a cavalo no vento; (rád.) interferir, perturbando a transmissão; enrascar-se; morder.

JAMB [dʒæm], *s.* umbral da porta; pano de chaminé.

JAMBOREE [dʒæmbə'ri:], *s.* congresso de escoteiros.

JAMMY ['dʒæmi], *a.* (gír.) de sorte, com sorte.

JANGLE ['dʒæŋgl], *v.* discutir, altercar, disputar, contender; fazer soar desagradavelmente; soar discordantemente. *s.* disputa, altercação, contenda; sons discordantes.

JANGLER ['dʒæŋglə], *s.* altercador; tagarela, contendor.

JANGLING ['dʒæŋgliŋ], *s.* discussão, alteração, bate-boca; som desagradável.

JANITOR ['dʒænitə], *s.* bedel, servente; (E.U.) porteiro = (Ing.) *door-keeper;* (E.U.) zelador de um edifício = (Ing.) *caretaker.*

JANIZARY ['dʒænizəri], *s.* janízaro.

JANUARY ['dʒænjuəri], *s.* janeiro.

JAP [dʒæp], *s.* e *a.* japonês; a língua do Japão.

JAPAN [dʒə'pæn], *s.* charão, verniz do Japão. *v.* envernizar, esmaltar, engraxar.

JAPANESE [dʒæpə'ni:z], *s.* e *a.* japonês, nipônico.

JAPANNER [dʒə'pænə], *s.* envernizador; engraxador; acharoador.

JAPANNING [dʒə'pæniŋ], *s.* envernizamento, arte de envernizar; acharoamento.

JAPE [dʒeip], *s.* gracejo; brincadeira. *v.* mofar; gracejar; enganar, lograr, iludir, ludibriar.

JAPHETIC [dʒei'fetik], *a.* jafético.

JAPONICA [dʒə'pɔnikə], *s.* camélia japonesa; espécie de marmelo.

JAR [dʒɑ:], *s.* jarro; botija; cântaro; vibração ruidosa; rangido; estridor; choque, trepidação; contenda, discussão. *v.* discordar; discutir, altercar; ranger; abalar, acudir, agitar; irritar, perturbar, incomodar. # *jar on,* irritar. *on the jar* (ou *ajar),* entreaberto.

JARGON ['dʒɑ:gən], *s.* jargão, calão, gíria, algaravia; variedade vermelha de zirconita.

JARGONELLE [dʒɑ:gə'nel], *s.* pêra do outono.

JARRING ['dʒɑ:riŋ], *a.* discordante, dissonante, *s.* discordância; disputa; rixa; vibração.

JASEY ['dʒeizi], *s.* cabeleira postiça, peruca.

JASMINE ['dʒæsmin, 'dʒæzmin], *s.* jasmim.

JASPER ['dʒæspə], *s.* jaspe.

JAUNDICE ['dʒɔ:ndis], *s.* icterícia.

JAUNDICED ['dʒɔ:ndist], *a.* ictérico.

JAUNT [dʒɔ:nt], *s.* passeio, caminhada. *v.* passear; vaguear; saracotear; perambular.

JAUNTINESS ['dʒɔ:ntinis], *s.* garbo, elegância, graça, esbelteza; ligeireza; afetação, exibição, exagero.

JAUNTING ['dʒɔ:ntiŋ], *a.* que passeia.

JAUNTY ['dʒɔ:nti], *a.* garboso, airoso, esbelto, elegante, gentil, catita.

JAVANESE [dʒɑ:və'ni:z], *s.* javanês, natural de Java. *a.* javanês.

JAVELIN ['dʒævlin], *s.* azagaia (= zagaia).

JAW [dʒɔ:], *s.* maxila, mandíbula, queixada; goela; boca; forquilha; (fig.) palavreado, gritaria; injúria; (mec.) mordente; (gír.) bate-papo; conversa; (mar.) abismo; garras. # *hold one's jaw,* calar o bico.

JAW-BONE ['dʒɔ:boun], *s.* maxilar.

JAW-BREAKER ['dʒɔ:breikə], *s.* palavra de pronúncia difícil.
JAY [dʒei], *s.* gaio (ave); (fig.) tagarela; (E.U.) bobo, simplório = (Ing.) *simpleton;* mulher sem moral; (E.U.) canastrão (teatro).
JAY-WALKER ['dʒei'wɔ:kə], *s.* pedestre descuidado, imprudente.
JAZZ [dʒæz], *s.* dança e música populares e modernas dos Estados Unidos. *v.* dançar o *jazz.*
JAZZ-BAND ['dʒæz'bæ:nd], *s.* banda, orquestra (de instrumentos variados e extravagantes).
JEALOUS ['dʒeləs], *a.* cioso, ciumento; desconfiado; receoso; zeloso; invejoso. # *to be jealous of,* ter ciúmes de.
JEALOUSLY ['dʒeləsli], *adv.* ciosamente; zelosamente; desconfiadamente.
JEALOUSY ['dʒeləsi], *s.* ciúme; inveja; suspeita; zelo; receio.
JEAN [dʒein], *s.* espécie de fustão.
JEEP [dʒi:p], *s.* jipe, certo tipo de automóvel militar = (gír. mil.) *bavtam, blitz buggy, chigger, jumper, midget, peep, puddle.*
JEER [dʒiə], *s.* zombaria; chacota; escárnio; motejo; mofa. *v.* zombar; escarnecer; mofar; motejar.
JEERER ['dʒiərə], *s.* escarnecedor; motejador; zombador, zombeteiro.
JEERING ['dʒiəriŋ], *a.* escarnecedor, motejador. *s.* motejo.
JEHU ['dʒi:hju:], *s.* cocheiro.
JEJUNE [dʒi'dʒu:n], *a.* falto, desprovido; insípido, vazio; estéril, seco, árido.
JEJUNUM [dʒi'dʒu:nəm], *s.* (anat.) jejuno.
JELLIED ['dʒelid], *a.* gelatinoso.
JELLY ['dʒeli], *s.* geléia.
JELLY-FISH ['dʒelifiʃ], *s.* medusa, água-viva.
JEMMY ['dʒemi], *s.* pé-de-cabra curto (usado pelos gatunos) = (E.U.) *jimmy;* cabeça de carneiro (coz.); casacão.
JENNET ['dʒenit], *s.* ginete.
JENNY ['dʒeni], *s.* torno; máquina de fiar hidráulica. # *spinning jenny,* primitiva máquina de fiar.
JENNY ['dʒini], *s.* tacada no jogo de bilhar.
JENNY-ASS ['dʒeniæs], *s.* burra, besta.
JENNY-WREN ['dʒeniren], *s.* (zool.) corruíra.
JEOPARD ['dʒepəd], *v.* (E.U.) colocar em risco; comprometer = (Ing.) *jeopardize.*
JEOPARDIZE (ISE) ['dʒepədaiz], *v.* colocar em risco; comprometer = (E.U.) *jeopard.*
JEOPARDY ['dʒepədi], *s.* perigo, risco, gravidade.
JEREMIAD [dʒeri'miæd], *s.* choradeira, lamentação, jeremiada, lamúria.
JERK [dʒə:k], *s.* safanão, sacudidura (= sacudida, sacudidela); empurrão; cacoete, sestro, trejeito; puxão; pancada, choque; salto; arremesso; sofreada; balcão de refresco. *pl. delirium tremens. v.* sacudir; empurrar; puxar, arremessar, lançar, sofrear; servir refresco. # *by jerks,* aos trancos.
JERKED-BEEF ['dʒə:kt'bi:f], *s.* carne-de-sol, carne-de-vento, charque, carne-seca.
JERKER ['dʒə:kə], *s.* verificador de alfândega.
JERKIN ['dʒə:kin], *s.* jaqueta; colete; salmonete.
JERKING ['dʒə:kiŋ], *s.* verificação da alfândega.
JERKY ['dʒə:ki], *a.* espasmódico; impaciente; caprichoso.
JERRY-BUILD ['dʒeribild], *v.* construir às pressas, construir a sopapo.
JERRY-BUILDER ['dʒeri-bildə], *s.* construtor negligente.
JERRY-BUILT ['dʒeribilt], *a.* feito a sopapo (prédio).
JERSEY ['dʒə:zi], *s.* jérsei.
JESS [dʒes], *s.* peia. *v.* pear.
JESSAMINE ['dʒesəmin], *s.* jasmim.
JEST [dʒest], *s.* pilhéria, gracejo, brincadeira, galhofa; alvo de zombaria, palhaço. # *by way of jest, in jest,* de brincadeira, por brincadeira.
JESTER ['dʒestə], *s.* brincalhão, motejador, gracejador, galhofeiro; bobo, palhaço, bufão.
JESTING ['dʒestiŋ], *s.* pilhéria, gracejo, galhofa, brincadeira. *a.* zombeteiro; ridículo.
JESUIT ['dʒezjuit], *s.* jesuíta.
JESUITIC, AL [dʒezju'itik, əl], *a.* jesuítico, astucioso.
JESUITISM ['dʒezjuitizm], *s.* jesuitismo.
JESUS ['dʒi:zəs], *s.* Jesus.
JET [dʒet], *s.* jacto (= jato); cano de descarga; avião a jato. *V.* **JET PLANE.** *v.* sair em jato; lançar, arrojar; passear com afetação ou arrogância; pavonear-se. # *jet jockey,* (gír. aer.) piloto de avião a jato.
JET [dʒet], *s.* azeviche. *s.* azevichado.

JET-BLACK ['dʒet'blæk], *a.* azevichado.

JET-PLANE ['dʒetplein], *s.* avião a jato.

JETSAM ['dʒetsəm], *s.* diminuição de carga; (mar.) alijamento de carga: a carga jogada ao mar.

JETTIE ['dʒeti], *s.* avião a jato.

JETTISON ['dʒetisn], *V.* **JETSAM.**

JETTY ['dʒeti], *s.* cais, quebra-mar, molhe; (arq.) saliência, ressalto. *a.* azevichado.

JEW [dʒu:], *s.* judeu, israelita.

JEWEL ['dʒu:əl], *s.* jóia; prêmio, prenda, pedra preciosa. *v.* ornar com jóias.

JEWELLER ['dʒu:ələ], *s.* joalheiro.

JEWELLERY ['dʒu:əlri], *s.* pedras preciosas; pedraria; joalheria (= joalharia).

JEWELRY ['dʒu:əlri], *s. V.* **JEWELLERY.**

JEWESS ['dʒu:is], *s.* judia.

JEWISH ['dʒu:iʃ], *a.* judaico, de judeu, israelita.

JEWRY ['dʒuəri], *s.* judiaria, bairro onde residem os judeus.

JEW'S-HARP, JEWS'-HARP ['dʒu:z'hɑ:p], *s.* berimbau.

JIB [dʒib], *s.* (mar.) bujarrona; lança; braço de guindaste.

JIB-DOOR ['dʒib'dɔ:], *s.* porta secreta.

JIBE [dʒaib], *V.* **GIBE.**

JIFFY ['dʒifi], *s.* (fam.) momento, instante. # *in a jiffy,* enquanto o diabo esfrega um olho.

JIG [dʒig], *s.* jiga; (mec.) peça que prende ou guia uma lâmina cortante; crivo; gabarito; guia; modelo, padrão. *v.* dançar a jiga. # *jig is up,* o fim está prestes a chegar, não há mais esperança.

JIGGER ['dʒigə], *s.* o que dança a jiga; que tem um movimento semelhante ao de peneirar; (E.U.) carro de corrida; vaso de metal (para misturar bebidas).

JIGGERED ['dʒigəd], *a.* sacudido, agitado (como em uma peneira); freqüentado pelos que dançam a jiga.

JIGGLE ['dʒigl], *v.* sacudir; vacilar; estremecer; menear-se, sacudir-se.

JIGOT ['dʒigət], *V.* **GIGOT.**

JIGSAW ['dʒigsɔ:], *s.* serra de vaivém, serra tico-tico; brinquedo de armar, quebra-cabeças.

JILL [dʒil], *s.* Julinha; moça; namorada.

JILT [dʒilt], *s.* moça leviana. *v.* enganar o namorado; dar o fora (namorado).

JIMJAMS ['dʒimdʒæmz], *s.* delirium tremens.

JIMMY ['dʒimi], *s.* derrotista, pessimista = (E.U.) *calamity howler;* (E.U.) pé-de-cabra = (Ing.) *jemmy.*

JINGLE ['dʒiŋgl], *s.* tinido; correspondência de som nas rimas, aliteração; som metálico. *v* tinir, retinir, rimar.

JINGO ['dʒiŋgou], *s.* chauvinista.

JINGO ['dʒiŋgou], *s.* palavra usada na expressão *by jingo,* , imprecação que exprime espanto alegria ou impaciência.

JINGOISM ['dʒiŋgouizm], *s.* jacobinismo, chauvinismo.

JINK [dʒiŋk], *s.* volta rápida, movimento rápido e enganador, quebra. # *have high jinks,* fazer uma farra, divertir-se.

JINX [dʒiŋks], *s.* indivíduo azarento; coisa ou local azarento.

JITNEY ['dʒitni], *s.* (E.U. col.) moeda de 5 *cents;* quantia insignificante; lotação, autolotação. *V.* **JITNEY BUS.**

JITNEY BUS ['dʒitnibʌs], *s.* automóvel ou camioneta que faz serviço de lotação.

JITTER ['dʒitə], *s. pl.* (E.U.) nervosismo.

JITTERBUG '[dʒitəbʌg], *s.* pessoa excessivamente nervosa; pessoa que dança grotescamente; certa dança de salão.

JO [dʒou], *s.* namorado(a); querido(a); diminutivo de Joseph.

JOB [dʒɔb], *s.* obra, obra de empreitada; biscate; serviço; emprego, ocupação; caso; qualquer pequeno lucro; embuste. *v.* agiotar; comprar e vender (como os corretores); ferir com instrumento cortante afiado; fazer biscates. # *a bad job,* um caso grave. *a botch job,* uma obra de fancaria, obra de carregação. *a part-time job,* "bico" (emprego, trabalho). *by the job,* de empreitada. *job lot,* (com.) saldo; pechincha, um lote de mercadorias. *job recorder,* relógio de mão-de-obra. *job shop,* oficina de consertos. *not to care a job,* não se importar. *out of job,* desempregado. *steady job,* emprego permanente, emprego fixo. *terminal job,* emprego sem possibilidade de promoção.

throw up a job, pedir demissão de um emprego.

JOBBER ['dʒɔbə], *s.* agiota; corretor, revendedor; distribuidor de ações por atacado (Bolsa); remendão; o que aluga cavalos; o que faz biscates.

JOBBERY ['dʒɔbəri], *s.* agiotagem; meios ilícitos.

JOCKEY ['dʒɔki], *s.* jóquei; vendedor de cavalos; trapaceiro. *v.* trapacear, iludir.

JOCKEYSHIP ['dʒɔkiʃip], *s.* a profissão de jóquei.

JOCOSE [dʒə'kous], *a.* jocoso, alegre, trocista, espirituoso, chistoso.

JOCOSITY [dʒo'kɔsiti, dzə'kɔsiti], *s.* jocosidade, alegria, chiste, troça.

JOCULAR ['dʒɔkjulə], *a.* jocoso, divertido, espirituoso, chistoso.

JOCULARITY [dʒɔkju'læriti], *s.* jocosidade, jovialidade.

JOCUND ['dʒɔ:kənd], *a.* folgazão, jovial, alegre, prazenteiro, jocoso, chistoso, trocista.

JOCUNDITY [dʒo'kʌnditi], *s.* alegria, jovialidade; prazer.

JOG [dʒɔg], *s.* solavanco; sacudidela; pequeno empurrão; cotovelada. *v.* empurrar; cutucar (= catucar); mover-se devagar; andar a meio trote.

JOGGER ['dʒɔgə], *s.* o que anda lentamente.

JOGGLE ['dʒɔgl], *s.* entalhe (feito em peças de madeira), tarugo, espiga; sacudidela. *v.* balançar; sacudir; vacilar; trepidar, estremecer; samblar.

JOG-TROT ['dʒɔg'trɔt], *s.* meio trote, trote lento e sacudido.

JOHN BULL ['dʒɔn'bul], *s.* protótipo do inglês.

JOHN DOE ['dʒɔn'dou], *s.* nome fictício do acusado em ação judicial.

JOHN HANCOCK ['dʒɔn'hænkɔk], *s.* assinatura, jamegão = *John Henry.*

JOHNNY ['dʒɔni], *s.* diminutivo de John; um tolo, um simplório; soldado de polícia; um indivíduo qualquer.

JOHNNY-CAKE ['dʒɔnikeik], *s.* (E.U.) bolo de milho; (Austrália) bolo de farinha de trigo.

JOHN O'NOKES ['dʒɔnə'nouks], *s.* fulano de tal.

JOHN O'STYLES ['dʒɔnə'stailz], *s.* beltrano.

JOIN [dʒɔin], *v.* juntar, unir, ligar, atar, prender; associar; acrescentar; combinar, concordar; encaixar; anexar; reunir; unir; tocar-se; juntar-se; ligar-se; encontrar-se com; estar junto a. # *join up,* alistar-se (para o serviço militar.

JOINER ['dʒɔinə], *s.* marceneiro.

JOINERY ['dʒɔinəri], *s.* marcenaria.

JOINING ['dʒɔiniŋ], *s.* união, junção.

JOINT ['dʒɔint], *s.* junta, articulação; união; nó; ligação; encaixe; (canal.) embocadura = (Ing.) *junction;* charneira; gonzo; quarto (de animal); posta de carne assada ou para assar = (E.U.) *roast;* (E.U.) tasca, taverna, espelunca. *a.* unido; articulado; ligado; associado; agrupado; misto; comum a muitos. *v.* juntar; unir; articular; ligar; agregar; reunir; partir a carne como fazem os carniceiros, esquartejar. # *folding joint,* charneira (máquina fotográfica). *joint runner,* (canal.) cordão de amianto. *notched joint,* (carp.) entalhado. *out of joint,* desconjuntado. *put off joint,* deslocar. *universal joint,* (ofic.) junta universal.

JOINT ACCOUNT ['dʒɔint ə'kaunt], *s.* conta conjunta.

JOINT AUTHOR ['dʒɔint'ɔ:θə], *s.* co-autor.

JOINTER ['dʒɔintə], *s.* junteira (pequena plaina).

JOINT-STOCK ['dʒɔintstɔk], *s.* capital social. # *joint-stock company,* sociedade anônima.

JOINTLY ['dʒɔintli], *adv.* juntamente; unidamente; de acordo.

JOIST [dʒɔist], *s.* trave, barrote, viga; vigamento; sarrafo, ripa.

JOKE [dʒouk], *s.* gracejo, chalaça, piada, graça, zombaria, brincadeira. *v.* gracejar, brincar, pilheriar, dizer piadas, galhofar, troçar. # *crack a joke,* contar uma anedota; fazer uma pilhéria. *take a joke,* permitir uma pilhéria, admitir uma brincadeira.

JOKER ['dʒoukə], *s.* gracejador, brincalhão, galhofeiro, chalaceador, trocista; curinga (jogo de cartas).

JOKING ['dʒoukiŋ], *s.* gracejo, brincadeira, galhofa. *a.* gracejador, galhofeiro.

JOLLIFICATION [dʒɔlifi'keiʃən], *s.* festa, festança, folia.

JOLLIFY ['dʒɔlifai], *v.* alegrar-se.

JOLLITY ['dʒɔliti], *s.* alegria, jovialidade, regozijo, contentamento.

JOLLY ['dʒɔli], *a.* alegre, jovial; vivaz, ativo, esperto, vivo; vigoroso, robusto, sadio. *s.* marinheiro. *v.* (E.U.) zombar, caçoar de; chacotear = (Ing.) *chaff.* # *be jolly quick,* apressar-se.

JOLLYBOAT ['dʒɔlibout], *s.* escaler.

JOLT [dʒoult], *s.* balanço, sacudidela, solavanco. *v.* balançar, sacudir, dar solavancos.

JOLTING ['dʒoultiŋ], *s.* balanço, solavanco, sacudidela.

JOLTY ['dʒoulti], *a.* que sacode.

JONQUIL ['dʒɔŋkwil], *s.* (bot.) junquilho.

JOSTLE ['dʒɔsl], *v.* empurrar; lutar; acotovelar: apertar; impelir.

JOT [dʒɔt], *s.* jota; ponto; til; um nada, porção mínima. # *jot down,* anotar, tomar nota.

JOTTER ['dʒɔtə], *s.* (cont.) borrador. *V.* **BLOTTER.**

JOTTING ['dʒɔtiŋ], *s.* nota, apontamento.

JOURNAL ['dʒə:nl], *s.* jornal, diário, periódico, gazeta; revista (especializada); diário (livro); (cont.) diário; (mec.) munhão. # *rough journal,* borrador (cont.).

JOURNALESE ['dʒə:nə'li:z], *s.* linguagem jornalística.

JOURNALISM ['dʒə:nəlizm], *s.* jornalismo.

JOURNALIST ['dʒə:nəlist], *s.* jornalista = (E.U.) *newspaperman.*

JOURNALISTIC [dʒə:nə'listik], *a.* jornalístico.

JOURNALIZE ['dʒə:nəlaiz], *v.* (cont.) lançar no Diário.

JOURNEY ['dʒə:ni], *s.* jornada, viagem, caminhada; passagem, caminho. *v.* jornadear, viajar. # *a pleasant journey to you!* boa viagem! feliz viagem!

JOURNEYING ['dʒə:niiŋ], *s.* viagem, o viajar.

JOURNEY-MAN ['dʒə:nimən], *s.* operário.

JOUST [dʒaust, dʒu:st], *s.* peleja, justa, disputa, torneio.

JOVIAL ['dʒouvjəl], *a.* jovial, alegre, festivo.

JOVIALITY [dʒouvi'æliti], *s.* jovialidade, alegria, regozijo.

JOVIALNESS ['dʒouvjəlnis], *s.* jovialidade; alegria, festividade, regozijo.

JOWL [dʒaul], *s.* rosto, cara, face; bochecha; papada; maxilar inferior; a cabeça do peixe.

JOY [dʒɔi], *s.* prazer, alegria, júbilo, gosto, contentamento, gozo. *v.* alegrar; gozar, alegrar-se, regozijar-se. # *joy-ride,* passeio de automóvel sem o consentimento de seu proprietário. *joy stick,* (aer.) manche de comando. *jump for joy,* pular de contente, pular de alegria. *to be beside oneself with joy,* não se conter de contente. *weep for joy,* chorar de alegria.

JOYFUL ['dʒɔiful], *a.* alegre, prazenteiro.

JOYFULNESS ['dʒɔifulnis], *s.* alegria, contentamento, júbilo.

JOYLESS ['dʒɔilis], *a.* triste, sem alegria; melancólico; insípido.

JOYOUS ['dʒɔiəs], *a.* alegre, que causa alegria, jubiloso.

JOYOUSNESS ['dʒɔiəsnis], *s.* *V.* **JOYFULNESS.**

JUBILANT ['dʒu:bilənt], *a.* jubilante; triunfante.

JUBILATE [dʒu:bi'lɑ:ti], *s.* o terceiro domingo depois da Páscoa; expansão de triunfo.

JUBILATE ['dʒu:bileit], *v.* exultar, regozijar-se, rejubilar-se.

JUBILATION [dʒu:bi'leiʃən], *s.* júbilo, rejúbilo, rejubilação, regozijo.

JUBILEE ['dʒu:bili:], *s.* jubileu.

JUDAIC, AL [dʒu:'deiik, əl], *a.* judaico.

JUDAISM ['dʒu:deiizm], *s.* judaísmo.

JUDAIST ['dʒu:deiist], *s.* judaísta, partidário do judaísmo.

JUDAIZE (ISE) ['dʒu:deiaiz], *v.* judaizar.

JUDGE [dʒʌdʒ], *s.* juiz; julgador, árbitro; perito, conhecedor. *v.* julgar, sentenciar; criticar, decidir.

JUDGE-ADVOCATE ['dʒʌdʒ'ædvəkit], *s.* promotor de justiça (em tribunal de guerra).

JUDG(E)MENT ['dʒʌdʒmənt], *s.* julgamento, juízo, critério; opinião: decisão, sentença judiciária. # *judgement by default,* julgamento à revelia.

JUDGEMENT-HALL ['dʒʌdʒmənt-hɔ:l], *s.* tribunal de justiça.

JUDGESHIP ['dʒʌdʒʃip], *s.* cargo de juiz.

JUDICATURE ['dʒu:dikətʃə], *s.* judicatura, magistratura; tribunal.

JUDICIAL [dʒu:'diʃəl], *a.* judicial, judicioso; sensato.

JUDICIARY [dʒu:'diʃiəri], *a.* judiciário. *s.* justiça, judicatura.

JUDICIOUS [dʒu:'diʃəs], *a.* judicioso; discreto; racional, sábio; prudente.

JUDICIOUSNESS [dʒu:'diʃəsnis], *s.* prudência, discrição; juízo, sensatez, senso, perspicácia. *V.* **PRUDENCE.**

JUG [dʒʌg], *s.* jarro, cântaro; caneco; bilha (= moringue, moringa, quartinha). *v.* cantar como o rouxinol; cozinhar uma lebre; (gír.) prender, "encanar".

JUGGINS ['dʒʌginz], *s.* (gír.) simplório.

JUGGLE ['dʒʌgl], *s.* prestidigitação. *v.* fazer prestidigitação, enganar; fingir; lograr.

JUGGLER ['dʒʌglə], *s.* prestidigitador, prestímano; pelotiqueiro, saltimbanco; trapaceiro.

JUGGLERY ['dʒʌgləri], *s.* prestidigitação; escamoteação; pelotiquice; trampolinagem (= trampolinada, trampolinice).

JUG-HANDLED ['dʒʌghændld], *a.* (E.U.) parcial, injusto, unilateral.

JUGOSLAV ['ju:gou'slɑ:v], *s.* iugoslavo.

JUGULAR ['dʒʌgjulə], *a.* jugular. *s.* a veia jugular.

JUICE [dʒu:s], *s.* sumo, caldo, suco, seiva; (col.) corrente elétrica ou gasolina; (fig.) essência. # *step on the juice,* acelerar (motor.)

JUICELESS ['dʒu:slis], *a.* seco, sem sumo.

JUICY ['dʒu:si], *a.* sumarento, sucoso, suculento.

JU-JITSU, JIU-JITSU, JU-JUTSU [dʒu:'dʒitsu:], *s.* jiu-jitsu, jujutsu.

JUJUBE ['dʒu:dʒu:b], *s.* jujuba.

JUKEBOX ['dʒu:kbɔks], *s.* fonógrafo automático que funciona com a inserção de uma moeda.

JULEP ['dʒu:lep], *s.* julepo.

JULIAN ['dʒu:ljən], *a.* e *s.* juliano.

JULY [dʒu:'lai], *s.* mês de julho.

JUMBLE ['dʒʌmbl], *s.* confusão, embrulho, misturada, baralhada, atrapalhação. *v.* confundir, embrulhar, baralhar, enredar, atrapalhar; revolver-se confusamente; atrapalhar-se.

JUMBLING ['dʒʌmbliŋ], *s.* baralhada, confusão; barulho; estrondo; atrapalhação.

JUMBO ['dʒʌmbou], *s.* pessoa, animal ou coisa disforme; um colosso.

JUMP [dʒʌmp], *s.* salto, pulo; estremecimento; encontro feliz, acaso; vestido solto. *v.* pular, saltar; estremecer; galgar, transpor de um salto; cabriolar; levantar (caça); concordar, convir; aventurar, arriscar. # *broad jump,* (esp.) salto em distância. *high jump,* (esp.) salto em altura. *jump at* (ou *to*) *conclusions,* tirar conclusões precipitadas. *jump for joy,* pular de alegria. *jump from... to,* saltar de... para. *jump into,* saltar para dentro de. *jump on* ou *upon,* atacar. *jump out of,* saltar para fora de. *jump the line* (ou *the rails*), descarrilar (= descarrilhar).

JUMPER ['dʒʌmpə], *s.* saltador; broca comprida; verrumão, trado; blusa de marinheiro.

JUMPING ['dʒʌmpiŋ], *a.* saltador.

JUMPING-JACK ['dʒʌmpiŋ'dʒæk], *a.* títere, fantoche.

JUMPING-LOUSE ['dʒʌmpiŋ'laus], *s.* saltão.

JUMPING-ROPE ['dʒʌmpiŋ'roup], *s.* (E.U.) corda de pular = (Ing.) *skipping-rope.*

JUMPY ['dʒʌmpi], *a.* excitado, nervoso.

JUN. ['dʒu:njə], abreviatura de **JUNIOR.**

JUNCTION ['dʒʌŋkʃən], *s.* junção, união; ponto de junção; entroncamento (de estrada de ferro); derivação do circuito elétrico; (canal.) embocadura = (E.U.) *joint.* # *double tee junction,* (canal.) cruzeta.

JUNCTURE ['dʒʌŋktʃə], *s.* junção; junta; união; articulação, encaixe; conjuntura.

JUNE [dʒu:n], *s.* junho.

JUNGLE ['dʒʌŋgl], *s.* selva, mato, matagal, floresta, floresta virgem. # *jungle clearing,* desmatamento. *jungle fever,* malária.

JUNGLY ['dʒʌŋgli], *a.* cheio de matagais.

JUNIOR ['dʒu:njə], *a.* júnior, novo, mais moço. *s.* o mais moço, júnior; filho; (E.U.) estudante que cursa o penúltimo ano de colégio, escola ou universidade. *V.* **SENIOR.** # *junior to commander,* oficial subalterno.

JUNIORITY [dʒu:ni'ɔriti], *s.* a qualidade de ser mais novo.

JUNIPER ['dʒu:nipə], *s.* (bot.) junípero, zimbro.

JUNK [dʒʌŋk], *s.* junco (embarcação); estopa; carne salgada; cesta; (mar.) pedaços de amarra velha; (E.U.) sucata; coisas imprestáveis.

JUNKER ['juŋkə], *s.* jovem fidalgo alemão.

JUNKET ['dʒʌŋkit], *s.* gulodice, acepipe, creme gelatinoso, doce; festança; (E.U.) festa, banquete (com dinheiro dos cofres públicos). *v.* banquetear; festejar, entreter; comer às escondidas (por gulodice); (E.U.) dar banquete (com dinheiro dos cofres públicos); banquetear-se.

JUNKETING ['dʒʌŋkitiŋ], *s.* banquete, rega-bofe, comezaina, festa ou divertimento alegre.

JUNTA ['dʒʌntə], *s.* junta, reunião, assembléia.

JUNTO ['dʒʌntou], *s.* facção; liga secreta, conspiração.

JUPITER ['dʒu:pitə], *s.* Júpiter.

JURIDICAL [dʒə'ridikəl], *a.* jurídico, judicial.

JURISDICTION [dʒuəris'dikʃən], *s.* jurisdição, alçada.

JURISDICTIONAL [dʒuəris'dikʃənl], *a.* jurisdicional.

JURISPRUDENCE ['dʒuərispru:dəns], *s.* jurisprudência.

JURIST ['dʒuərist], *s.* jurista, advogado.

JUROR ['dʒuərə], *s.* jurado.

JURY ['dʒuəri], *s.* júri.

JURYMAN ['dʒuəriman], *s.* jurado = (E.U.) *venireman.*

JUST [dʒʌst], *a.* justo; direito; exato; legítimo, verdadeiro; reto, imparcial; virtuoso; ajustado; proporcionado. *adv.* justamente, exatamente, precisamente, quase; somente; há pouco. # *just so,* isso mesmo, assim mesmo. *just now,* agora, já; há pouco.

JUSTICE ['dʒʌstis], *s.* justiça; retidão; direito; imparcialidade; juiz, magistrado. # *for justice sake,* por amor à justiça, por uma questão de justiça.

JUSTICIARY [dʒʌs'tiʃiəri], *s.* juiz. *a.* justiceiro.

JUSTIFIABLE ['dʒʌstifaiebl], *a.* justificável.

JUSTIFICATION [dʒʌstifi'keiʃən], *s.* justificação, defesa.

JUSTIFICATIVE ['dʒʌstifikeitiv], *a.* justificativo.

JUSTIFICATORY ['dʒʌstifikeitəri], *a.* justificativo, que justifica.

JUSTIFIED ['dʒʌstifaid], *a.* justificado.

JUSTIFIER ['dʒʌstifaiə], *s.* justificador, o que justifica, justificante.

JUSTIFY ['dʒʌstifai], *v.* justificar; provar em juízo; defender; absolver, perdoar.

JUSTLY ['dʒʌstli], *adv.* justamente, equitativamente; exatamente; retamente, devidamente, corretamente; precisamente.

JUSTNESS ['dʒʌstnis], *s.* justiça, equidade (= eqüidade); retidão; justeza; exatidão; regularidade; primor.

JUT [dʒʌt], *s.* ressalto, saliência; sacada; projeção. *v.* formar saliência, ressaltar; projetar-se.

JUTE [dʒu:t], *s.* juta.

JUTTING ['dʒʌtiŋ], *a.* saliente, projetado; arqueado; que faz sacada; proeminente.

JUVENESCENCE [dʒu:vi'nesns], *s.* rejuvenescimento.

JUVENESCENT [dʒu:vi'nesnt], *a.* rejuvenescente.

JUVENILE ['dʒu:vinail], *s.* jovem, pessoa nova. *a.* juvenil, jovem.

JUVENILITY [dʒu:vi'niliti], *s.* juventude, mocidade; vivacidade.

JUXTAPOSE ['dʒʌkstəpouz], *v.* justapor.

JUXTAPOSITION [dʒʌkstəpə'ziʃən], *s.* justaposição.

JYNX [dʒiŋks], *s.* papa-formigas (ave); encanto, feitiço; bruxaria.

K

K [kei], *s.* undécima letra do alfabeto; (quím.) símbolo do potássio.

KAF(F)IR ['kæfə], *s.* cafre.

KAIL [keil], *V.* **KALE.**

KAILYARD ['keiljɑ:d], *s.* horta.

KAINITE ['kainait], *s.* (min.) cainita.

KAISER ['kaizə], *s.* imperador.

KALE [keil], *s.* couve; repolho crespo; (gír. E.U.) dinheiro.

KALEIDOSCOPE [kə'laidəskoup], *s.* caleidoscópio.

KALEIDOSCOPIC [kəlaidə'skɔpik], *a.* caleidoscópico.

KALENDS ['kælendz], *s.* calendas.

KANGAROO [kæŋgə'ru:], *s.* canguru.

KAOLIN ['keiolin], *s.* caulim.

KAPOK ['keipɔk, 'kɑ:pɔk], *s.* paina.

KARMA ['kɑ:mə, 'kə:mə], *s.* carma; sina, fado, destino.

KAYAK ['kaiæk], *s.* caiaque, barco (de pele de foca) usado pelos esquimós.

KEDGE [kedʒ], *s.* pequena âncora, ancoreta.

KEEL [ki:l], *s.* (mar.) quilha; barco que transporta carvão; barco com o fundo chato, chata. *v.* bater a quilha; virar a quilha para cima, soçobrar; sulcar; refrescar.

KEELED [ki:ld], *a.* com quilha.

KEELER ['ki:lə], *s.* espécie de gamela; o que trabalha em quilhas.

KEELSON ['kelsn, 'ki:lsn], *s.* sobrequilha; carlinga.

KEEN [ki:n], *a.* penetrante; vivo; afiado, agudo; severo; sutil, astuto, ladino, satírico, mordaz; audaz, intrépido; veemente, entusiasta, ardente, ávido; desabrido, violento, colérico.

KEENLY ['ki:nli], *adv.* penetrantemente; sutilmente; agudamente.

KEENNESS ['ki:nnis], *s.* agudeza (de fio de instrumento cortante); viveza, vivacidade, perspicácia; mordacidade; sagacidade; ânsia, desejo ardente.

KEEP [ki:p], *pret.* e *pp.* **KEPT.** *v.* guardar; ter, possuir; manter; guardar, observar, obedecer; administrar, dirigir; alimentar; proteger; criar; prender, deter; encerrar; conservar; confiscar; fazer esperar; assinar; presidir; durar; cumprir, permanecer. *s.* guarda, proteção, custódia; cuidado; sustento, manutenção. # *for keeps,* de presente, para guardar; permanentemente, para sempre; a dinheiro (jogo). *keep aloof,* manter-se afastado. *keep dark (about),* não se manifestar, ocultar a própria opinião. *keep off,* manter-se afastado. *keep out,* proibir a entrada. *keep out!,* entrada proibida! *keep to oneself,* viver no seu canto. *keep up,* continuar. *keep up with,* manter-se ao lado de; acompanhar; adaptar-se a.

KEEPER ['ki:pə], *s.* guarda; guardião; carcereiro; defensor, protetor.

KEEPING ['ki:piŋ], *s.* guarda; custódia; cuidado; cargo; sustento, manutenção; harmonia. # *be out of keeping with,* destoar de. *in keeping with,* de acordo com.

KEEPSAKE ['ki:pseik], *s.* lembrança; dádiva; presente.

KEG [keg], *s.* barrilete, barril, barrica.

KELP [kelp], *s.* algas marinhas, algas calcinadas (para a extração de soda, iodo, etc.).

KELT [kelt], *V.* **CELT.**

KELTIC ['keltik], *V.* **CELTIC.**

KEMP [kemp], *s.* campeão; guerreiro; lutador.

KEN [ken], *s.* alcance da vista ou dos conhecimentos. *v.* ver ao longe; reconhecer; conhecer.

KENNEL ['kenl], *s.* sarjeta, vala, valeta; canil; matilha de cães; cova, covil, toca. *v.* habitar; recolher-se ao covil, entocar, encovar.

KEPT [kept], *pret.* e *pp.* de **KEEP.**

KERB [kə:b], *s.* meio-fio. *V.* **CURB.**

KERBSTONE ['kə:bstoun], *s.* meio-fio. *V.* CURBSTONE.

KERCHIEF ['kə:tʃif], *s.* lenço de cabeça.

KERMES ['kə:miz], *s.* quermes.

KERNEL ['kə:nl], *s.* caroço; amêndoa; pevide; miolo; grão; núcleo.

KEROSENE ['kerəsi:n], *s.* querosene.

KERSEY ['kə:zi], *s.* tecido grosso de lã.

KETCH [ketʃ], *s.* chalupa; galeota, caíque.

KETCHUP ['ketʃəp], *s.* molho picante de cogumelos, tomate, etc.

KETTLE ['ketl], *s.* chaleira; caldeira; marmita. # *a pretty kettle of fish,* uma grande confusão, uma grande mixórdia. *kettle maker,* caldeireiro.

KETTLEDRUM ['ketldrʌm], *s.* timbale.

KEY [ki:], *s.* chave; tecla; (mús.) clave; (arq.) fecho da abóbada ou pedra-chave; (mar.) recifes; cais; (mar.) banco de areia; cunha; (fig.) chave, explicação; (E.U.) ilha rasa e arenosa. *v.* chavetear, colocar chaveta; afinar (piano). # *give the key of the street,* pôr no olho da rua. *to lock with a key,* fechar a chave.

KEYBOARD ['ki:bɔ:d], *s.* teclado.

KEYHOLE ['ki:houl], *s.* buraco de fechadura.

KEYMAN ['ki:mæn], *s.* (E.U.) telegrafista = (Ing.) *telegraphist.*

KEY MONEY ['ki:mʌni], *s.* luvas.

KEY-NOTE ['ki:nout], *s.* (mús.) nota tônica.

KEY-RACK ['ki:ræk], *s.* chaveiro.

KEYSET ['ki:set], *s.* (rád.) manipulador.

KEYSTONE ['ki:-stoun], *s.* pedra da abóbada; pedra angular.

KHAKI ['kɑ:ki], *s.* e *a.* cáqui.

KHALIFA [kɑ:'li:fə], *s.* califa.

KHAN [kɑ:n], *s.* caravançará; cã, príncipe tártaro.

KHEDIVE [ki'di:v], *s.* quediva.

KIBE [kaib], *s.* frieira.

KIBITZ ['ki:bits], *v.* peruar jogo.

KIBITZER ['ki:bitsə], *s.* peru (de jogo).

KICK [kik], *s.* pontapé; coice, patada; coice (das armas de fogo); (E.U.) (fig.) objeção, protesto, crítica = (Ing.) *protest, criticism.* *v.* escoicear; dar pontapés; bater com os pés; (E.U.) objetar, reclamar, protestar, criticar = (Ing.) *protest, criticize.* # *get a kick out of,* ter grande prazer em, gostar de. *kick in,* pagar, contribuir. *kick off,* (esp.) dar o pontapé inicial, o pontapé de saída.

KICK-BACK ['kik'bæk], *v.* (E.U.) restituir parte do salário para burlar as leis trabalhistas. *s.* (E.U.) restituição de parte do salário; devolução de objetos roubados; recuo; rechaço; coice (de arma de fogo).

KICKER ['kikə], *s.* coiceiro; (E.U.) reclamador = (Ing.) *objector.*

KICKING ['kikiŋ], *s.* a ação de dar coices ou pontapés; (fig.) violência; reclamação.

KICK-OFF ['kik'ɔ:f], *s.* o primeiro chute numa partida de futebol; (mec.) arranque.

KICKSHAW ['kikʃɔ:], *s.* bagatela, ninharia; insignificância, frivolidade; guisado; prato leve.

KID [kid], *s.* cabrito, carne ou pele do mesmo; pelica; (col.) criança, garoto; bandeja; cestinha; gamelinha; feixe de gravetos; *pl.* luvas, sapatos ou bolsa de pelica; (gír.) logro, trapaça. *v.* parir cabritos; cobrir-se com peles de cabritos; (gír.) enganar, iludir. # *kid brother,* irmão caçula.

KIDDLE ['kidl], *s.* (col.) criança = (E.U. col.) *tad.*

KIDLING ['kidliŋ], *s.* cabritinho.

KIDNAP ['kidnæp], *v.* raptar, seqüestrar (pessoas).

KIDNAPPER ['kidnæpə], *s.* raptor.

KIDNAPPING ['kidnæpiŋ], *s.* seqüestro, rapto.

KIDNEY ['kidni], *s.* rim; (fig.) disposição, humor, temperamento.

KIDNEY-BEAN ['kidni'bi:n], *s.* feijão verde.

KIDNEY-SHAPED ['kidni-ʃeipt], *a.* (bot.) reniforme.

KID-SKIN ['kidskin], *s.* pelica.

KIDSTUFF ['kidstʌf], *s.* maconha.

KILL [kil], *v.* matar, assassinar, executar; neutralizar, acalmar, apaziguar. *s.* riacho, arroio; ato de matar; animal morto. # *kill it!* cancele isso! *kill off,* dizimar. *to be dressed to kill,* estar vestido com esmero, estar no trinque.

KILLER ['kilə], *s.* assassino, homicida, matador.

KILLING ['kiliŋ], *a.* matador, mortífero, homicida. *s.* assassinato (= assassínio, homicídio).

KILLJOY ['kildʒɔi], *s.* desmancha-prazeres = *wet-blanket, spoil-sport.*

KILN [kiln, kil], *s.* forno.

KILO ['ki:lou], *s.* quilo.

KILOCYCLE ['kilousaikl], *s.* (eletr.) quilociclo.

KILOGRAMME ['kiləgræm], *s.* quilograma. (E.U.) **KILOGRAM.**

KILOLITRE ['kiloli:tə], *s.* quilolitro.

KILOMETRE ['kiləmi:tə], *s.* quilômetro, (E.U.) **KILOMETER.**

KILOVOLT ['kilouvɔlt], *s.* (eletr.) quilovolt.

KILOWATT ['kilouwɔt], *s.* quilowatt, quiluote.

KILT [kilt], *s.* saiote escocês. *v.* arregaçar; franzir.

KIMONO [ki'mounou], *s.* quimono.

KIN [kin], *s.* parentes; família; parentesco. *a.* parente. # *close kin,* parentes chegados.

KIND [kaind], *s.* espécie; casta, classe; gênero; natureza; qualidade; modo, maneira; sorte. *a.* bom, afável, maneiroso; benévolo; humano. # *be kind of quiet,* ser bastante calmo. *kind of,* um tanto, de certo modo, por assim dizer. *nothing of the kind,* de forma alguma, absolutamente, nada disso.

KINDERGARTEN ['kindəgɑ:tn], *s.* jardim de infância (escola).

KIND-HEARTED ['kaind'hɑ:tid], *a.* bondoso.

KIND-HEARTEDNESS ['kaind'hɑ:tidnis], *s.* bondade de coração.

KINDLE ['kindl], *v.* acender, atear; (fig.) abrasar-se, animar-se, inflamar-se; inflamar, animar.

KINDLER ['kindlə], *s.* incendiário; agitador, incitador.

KINDLINESS ['kaindlinis], *s.* bondade, brandura; benevolência; boa índole.

KINDLING ['kindliŋ], *s.* entusiasmo; fogo; ato de acender o fogo; (E.U.) material para acender o fogo, acendalha, graveto (= garaveto) = (Ing.) *firewood.*

KINDLY ['kaindli], *a.* amável, afável, bondoso, benigno, brando, carinhoso, suave. *adv.* amavelmente, bondosamente, afavelmente, com doçura.

KINDNESS ['kaindnis], *s.* amabilidade, afabilidade, benevolência, bondade.

KINDRED ['kindrid], *s.* afinidade, parentesco, parentes. *a.* aparentado; congenial; parente; congênere.

KINE [kain], *s. pl.* de **COW** (desus.).

KINEMA ['kainimə], *s.* forma abreviada de **KINEMATOGRAPH.**

KINEMATIC, AL [kaini'mætik, əl], *a.* cinemático, pertencente à cinemática.

KINEMATICS [kaini'mætiks], *s.* cinemática.

KINEMATOGRAPH [kaini'mætəgrɑ:f], *s.* cinematógrafo.

KINETIC [kai'netik], *a.* cinético; cinemático.

KINETICS [kai'netiks], *s.* cinética; cinemática.

KING [kiŋ], *s.* rei. # *down with the King!* morra o Rei! *king's bench,* tribunal superior. *king's English,* inglês castiço. *king's evil,* (med.) escrófula. *turn king's evidence,* denunciar o cúmplice.

KINGBIRD ['kiŋbə:d], *s.* suiriri.

KINGCRAFT ['kiŋ-krɑ:ft], *s.* a arte de reinar, maquiavelismo.

KINGCUP ['kiŋ-kʌp], *s.* (bot.) ranúnculo amarelo.

KINGDOM ['kiŋdəm], *s.* reino; império; região; reino (vegetal, animal, mineral).

KINGDOM-COME ['kiŋdəmkʌm], *s.* o além, o outro mundo.

KINGFISH ['kiŋfiʃ], *s.* (ict.) peixe-cravo; (fig.) mandachuva, chefão.

KINGFISHER ['kiŋfiʃə], *s.* alcião.

KINGHOOD ['kiŋhud], *s.* soberania, realeza.

KINGLIKE ['kiŋlaik], *a.* real, régio; majestoso.

KINGLY ['kiŋli], *a.* real; esplêndido.

KINGPIN ['kiŋpin], *s.* (mec.) pino mestre; (fig.) a pessoa mais importante no grupo, o chefe.

KINGSHIP ['kiŋʃip], *s.* majestade; dignidade real; realeza.

KINK [kiŋk], *s.* tosse convulsa, coqueluche; dobra, volta, prega. *v.* tossir convulsivamente; dobrar; torcer.

KINKY ['kiŋki], *a.* com dobras.

KINO ['ki:nou], *s.* loto (jogo).

KINSFOLK ['kinzfouk], *s.* parentes, parentela.

KINSHIP ['kinʃip], *s.* parentesco.

KINSMAN ['kinzmən], *s.* parente.

KINSWOMAN ['kinzwumən], *s.* parenta.

KIOSK [ki'ɔsk, kjɔsk, 'ki:ɔsk], *s.* quiosque; banca de jornais = (E.U.) *news-stand.*

KIP [kip], *s.* pele de animal; 1.000 libras (peso). # *kip leather,* couro de bezerro.

KIPPER ['kipə], *s.* salmão; peixe defumado. *v.* defumar (peixes).

KIRK [kə:k], *s.* igreja (Escócia).

KIRSCH [kə:ʃ], *s.* aguardente de cereja (*Kirschwasser*).

KIRTLE ['kə:tl], *s.* toga, manta; saia, saiote; túnica.

KISS [kis], *s.* beijo, ósculo. *v.* beijar, oscular; beijar-se. # ***kiss-me-quick,*** espécie de boina; (bot.) amor-perfeito silvestre. *loud kiss,* chupão.

KISS-CURL ['kiskə:l], *s.* pega-rapaz (mecha de cabelo).

KISSING ['kisiŋ], *s.* beijo; ato de beijar.

KIT [kit], *s.* equipamento; ferramenta; estojo, mochila; gatinho; balde para o leite; barril pequeno. # ***kit inspection,*** revista (de fardamento). ***kit portrait,*** busto (fotografia).

KIT-BAG ['kitbæg], *s.* sacola para ferramentas; mochila.

KITCHEN ['kitʃin], *s.* cozinha. # ***kitchen stuff,*** hortaliças.

KITCHENER ['kitʃinə], *s.* cozinheiro-chefe; fogão; pessoa que trabalha na cozinha.

KITCHENETTE [kitʃi'net], *s.* pequena copa-cozinha.

KITCHEN-GARDEN ['kitʃin'gɑ:dn], *s.* horta.

KITCHEN-LIFT ['kitʃin'lift], *s.* elevador entre a cozinha e a sala de jantar (para o transporte de pratos) = (E.U.) *dumb-waiter. V.* **DUMB-WAITER.**

KITCHEN-MIDDEN ['kitʃin'midn], *s.* (arq.) sambaqui.

KITCHEN-RANGE ['kitʃin'ræŋ], *s.* fogão de cozinha.

KITCHEN-TACKLE ['kitʃin'tækl], *s.* trem de cozinha.

KITCHENWARE ['kitʃinwεə], *s.* trem de cozinha, utensílios de cozinha.

KITE [kait], *s.* milhafre; pagagaio de papel, pipa; (fig.) pessoa ambiciosa; (com.) "papagaio" (letra de favor). # ***fly a kite,*** soltar um papagaio. ***go fly a kite,*** (gír.) não amole, vá pentear macacos.

KITE-BALOON ['kaitbə'lu:n], *s.* (mil.) balão cativo.

KITH [kiθ], usado na expressão idiomática *kith and kin,* parentela, os parentes.

KIT-INSPECTION ['kitin'spekʃən], *s.* (mil.) revista de fardamento.

KITTEN ['kitn], *s.* gatinho.

KITTENISH ['kitniʃ], *a.* próprio dos gatinhos; brincalhão.

KITTLE ['kitl], *a.* intratável, espinhoso, difícil; coceguento; esquivo, arisco (animal).

KITTY ['kiti], *s.* gatinho (linguagem infantil).

KLEPTOMANIA [kleptou'meiniə], *s.* cleptomania.

KLEPTOMANIAC [kleptou'meiniæk], *s.* cleptomaníaco.

KNACK [næk], *s.* habilidade; jeito; destreza; brinquedo; coisa de pouco valor.

KNACKER ['nækə], *s.* fabricante de brinquedos; negociante de cavalos velhos ou de ferro velho; objetos que servem para bater (castanholas, batente de porta, etc.).

KNAG [næg], *s.* nó de madeira; esgalho dos chifres do veado; cavilha.

KNAGGY ['nægi], *a.* nodoso; de caráter desigual; irregular; áspero.

KNAPPER ['næpə], *s.* britador.

KNAPSACK ['næpsæk], *s.* mochila.

KNAR [nɑ:], *s.* nó (árvore).

KNARRY ['nɑ:ri], *a.* nodoso.

KNAVE [neiv], *s.* patife; desavergonhado; velhaco; maroto; biltre; aventureiro; valete (no baralho); criado.

KNAVERY ['neivəri], *s.* patifaria, velhacaria; travessura.

KNAVISH ['neiviʃ], *a.* velhaco; tratante; travesso; patife; brejeiro, malicioso.

KNEAD [ni:d], *v.* amassar; juntar, unir, ligar; misturar.

KNEADER ['ni:də], *s.* amassador.

KNEADING ['ni:diŋ], *a.* que amassa.

KNEADING-TROUGH ['ni:diŋtrɔf], *s.* amassadeira.

KNEE [ni:], *s.* joelho; curva; (mec.) joelho. *v.* ajoelhar; cair de joelhos. # ***knee roll,*** joelheira (da sela).

KNEE-BOOT ['ni:bu:t], *s.* bota de montar.

KNEE-CAP ['ni:kæp], *s.* rótula (do joelho).

KNEED [ni:d], *a.* que tem curvas ou joelhos; geniculado.

KNEE-DEEP ['ni:'di:p], *a.* fundo até os joelhos.

KNEE-HIGH ['ni:'hai], *a.* da altura dos joelhos.

KNEEL [ni:l], *pret.* e *pp.* **KNELT.** *v.* ajoelhar-se, dobrar o joelho; ficar ajoelhado, estar de joelhos.

KNEELING ['ni:liŋ], *a.* ajoelhado. *s.* genuflexão.

KNEE-PAN ['ni:pæn], *V.* **KNEEP-CAP.**

KNEE-PIECE ['ni:pi:s], *s.* joelheira.

KNELL [nel], *s.* dobre dos sinos. *v.* dobrar os sinos.

KNELT [nelt], *pret.* e *pp.* de **KNEEL.**

KNEW [nju:], *pret.* de **KNOW.**

KNICKERBOCKER ['nikebɔkə], *s.* calção apertado nos joelhos.

KNICKERS ['nikəz], *s.* calções; calça (de mulher) = (E.U.) *bloomers.*

KNICK-KNACK, NICK-NACK ['niknæk], *s.* ninharia; enfeite; bagatela; brinquedo.

KNICK-KNACKERY ['niknækəri], *V.* **KNICK-KNACK.**

KNIFE [naif], *s.* faca, punhal, navalha. *v.* apunhalar, esfaquear; atacar traiçoeiramente; (E.U.) prometer voto a um candidato e votar em outro, furar a chapa, virar a casaca, roer a corda = (Ing.) *betray. pl.* **KNIVES.** # *budding knife,* enxertadeira. *chopping knife,* cutelo. *knife and fork,* talher. *knife switch,* (eletr.) interruptor de faca. *play a good knife and fork,* ser um bom garfo. *to the knife,* de extermínio (guerra).

KNIFE-TRAY ['naiftrei], *s.* faqueiro.

KNIGHT [nait], *s.* cavaleiro; campeão; valete (no baralho); cavalo (no xadrez). *v.* armar ou nomear cavaleiro.

KNIGHT-ERRANT ['nait'erənt], *s.* cavaleiro andante. *pl.* **KNIGHTS-ERRANT.**

KNIGHTHOOD ['naithud], *s.* cavalaria, dignidade de cavaleiro.

KNIGHTLY ['naitli], *a.* cavaleiroso. *adv.* cavaleirosamente.

KNIGHTS-ERRANT ['naits'erənt], *pl.* de **KNIGHT-ERRANT.**

KNIGHT-TEMPLAR ['nait'templə], *s. m.* cavaleiro do Templo, Templário.

KNIT [nit], *pret.* e *pp.* **KNITTED ou KNIT.** *v.* tricotar; fazer renda ou meia; trabalhar a ponto de malha; atar; enlaçar, unir; ligar.

KNITTER ['nitə], *s.* o que faz malha, renda ou meia.

KNITTING ['nitiŋ], *s.* enlace, união, junção; ponto de meia; confecção em ponto de meia.

KNITTING-NEEDLE ['nitiŋni:dl], *s.* lançadeira; agulha para fazer meia.

KNITTING-SHEAT ['nitiŋʃi:t], *s.* estojo de agulhas.

KNITTLE ['nitl], *s.* merlim, cabo de atracar, amarra; atacador; agulheta.

KNIVES [naivz], *s. pl.* de **KNIFE.**

KNOB [nɔb], *s.* saliência, protuberância, corcova; calo; castão; nó (na madeira), botão; borla; puxador de gaveta (redondo); maçaneta. *winding knob,* botão do carretel do filme (máq. fotográfica) = (E.U.) *rolling knob.*

KNOBBY ['nɔbi], *a.* nodoso, cheio de saliências.

KNOCK [nɔk], *s.* pancada; golpe; toque; chamada. *v.* bater; golpear; chocar; (E.U.) (gír.) censurar, criticar, procurar defeito = (Ing.) *find fault.* # *knock about,* perambular; sacudir violentamente. *knock down,* abater com uma pancada; destruir; bater o martelo (leilão). *knock off (work),* abandonar (o trabalho). *knock on,* bater, malhar. *knock someone down,* dar uma facada em alguém (pedir dinheiro). *knock someone up,* acordar alguém (com pancadas na porta).

KNOCKABOUT ['nɔkəbaut], *s.* pequeno barco de vela.

KNOCKER ['nɔkə], *s.* o que bate ou golpeia; batente (da porta); (E.U.) derrotista, crítico pessimista.

KNOCKING ['nɔkiŋ], *s.* pancada, golpe, o bater, a ação de bater; barulho, bulha; tumulto.

KNOCK-KNEED ['knɔkni:d], *a.* de pernas arqueadas, em X (joelhos para dentro).

KNOCK-KNEES ['knɔkni:z], *s.* pernas arqueadas, em X (joelhos para dentro); oposto de *bandy legs.*

KNOCK-OUT ['nɔk'aut], *s.* soco que impede o adversário de lutar; combinação baixista entre licitantes = (E.U.) *paragon.* # *knock out drops,* soporífero colocado na bebida para fins criminosos.

KNOLL [noul], *s.* montículo; colina, outeiro, cabeço, cume; dobre de finados; repicar o sino (para chamar).

KNOP [nɔp], *s.* botão de flor.

KNOT [nɔt], *s.* nó, laço, laçada; vínculo; nó (de madeira); enredo; dificuldade; problema; grupo; reunião; tropa, multidão; (mar.) nó, milha marítima. *v.* dar nós, atar, unir, fazer nós; embaraçar. # *to make a knot,* dar um nó.

KNOT-GRASS ['nɔtgrɑ:s], *s.* grama (erva).

KNOT-HOLE ['nɔthoul], *s.* nó de madeira.

KNOTTED ['nɔtid], *a.* nodoso.

KNOTTY ['nɔti], *a.* nodoso; difícil; intrincado; duro.

KNOW [nou], *pret.* **KNEW,** *pp.* **KNOWN.** *v.* saber; conhecer; compreender, distinguir. # *be in the know,* estar a par de, estar bem informado. *know black from white, know what's what,* ser esperto, saber onde tem o nariz.

KNOWABLE ['nouəbl], *a.* que se pode saber, entender ou conhecer.

KNOW-ALL ['nouɔ:l], *s.* sabichão, pretensioso = (E.U.) *smart Aleck.*

KNOWER ['nouə], *s.* sabedor, conhecedor, entendedor; sábio.

KNOW-HOW ['nouhau], *s.* experiência, prática; perícia.

KNOWING ['nouiŋ], *a.* inteligente, sábio, instruído; sabido; hábil; astucioso; fino, sagaz.

KNOWLEDGE ['nɔlidʒ], *s.* saber, conhecimento; cultura; ciência; erudição; inteligência; habilidade; experiência. # *knowledge is power,* saber é poder. *thorough knowledge,* perfeito conhecimento. *to the best of my knowledge,* de sã consciência.

KNOWN [noun], *pp.* de **KNOW.** *a.* reconhecido, sabido, declarado.

KNOW-NOTHING ['nounʌθiŋ], *s.* e *a.* ignorante, iletrado; inexperiente.

KNUCKLE ['nʌkl], *s.* junta, articulação, nó dos dedos; aresta viva; presunto; jarrete da vitela; (E.U.) *pl.* (ou *brass knuckles*) boxe, armadura metálica que protege os dedos e serve para dar socos = (Ing.) *knuckle-duster. v.* sujeitar-se, ceder, submeter-se. # *knuckle down,* confessar-se vencido, render-se. *knuckle under,* submeter-se.

KNUCKLE-DUSTER ['nʌkldʌstə], *s.* manopla; boxe, armadura metálica que protege os dedos e serve para dar socos = (E.U.) *brass knuckles, knuckles.*

KNUCKLE-JOINT ['nʌkldʒɔint], *s.* encaixe, juntura, articulação.

KNUR, KNURR [nə:], *s.* nó de madeira.

KNURL [nə:l], *s.* saliência, protuberância, corcova; nó; serrilha, estria.

KNURLY ['nə:li], *a.* nodoso.

KODAK ['koudæk], *s.* "kodak", máquina fotográfica.

KOHL [koul], *s.* pó usado para enegrecer os cílios.

KOHL-RABI [koul'rɑ:bi], *s.* couve-rábano.

KOLA ['koulə], *s.* cola (planta e fruto); extrato de cola.

KOPECK ['koupek], *s.* copeque.

KOPJE ['kɔpi], *s.* outeiro; colina.

KORAN [kɔ'rɑ:n], *s.* Alcorão.

KOW-TOW ['kau'tau], *v.* fazer zumbaia, tocando o chão com a testa, em sinal de respeito (cerimônia chinesa). *s.* prostração (cerimônia chinesa).

KREMLIN ['kremlin], *s.* cidadela russa.

KUDOS ['kju:dəs], *s.* (col.) crédito; fama, renome; glória.

KYLE [kail], *s.* estreito (entre ilhas).

KYMOGRAPH ['kaiməgrɑ:f], *s.* cimógrafo; oscilógrafo.

L

L [el], *s.* duodécima letra do alfabeto.

LA [lɑ:], *s.* (mús.) lá.

LAB [læb], *s.* laboratório (abr. de *laboratory*).

LABEL ['leibl], *s.* letreiro; rótulo; etiqueta; bilhete; cédula; moldura saliente sobre uma janela ou portal. *v.* rotular; pôr etiqueta; marcar; classificar; designar.

LABIAL ['leibiəl], *s.* letra labial. *a.* labial.

LABIODENTAL ['leibiou'dentl], *s.* articulação labiodental. *a.* labiodental.

LABORATORY [lə'bɔrətəri], (E.U.) ['læbərətəri, 'læbrətəri], *s.* laboratório.

LABORIOUS [lə'bɔ:riəs], *a.* laborioso; penoso; trabalhoso; difícil; trabalhador, industrioso, diligente.

LABORIOUSNESS [lə'bɔ:riəsnis], *s.* labor, trabalho, afã, diligência; assiduidade; aplicação.

LABO(U)R ['ləibə], *s.* labor, trabalho; fadiga, cansaço; esforço; mão-de-obra; dor de parto; obra; lida; classe operária. *v.* trabalhar, cultivar; executar; cansar-se, fatigar-se. # *hired labo(u)r,* mão-de-obra assalariada. *labo(u)r union,* (E.U.) sindicato. *organized labo(u)r,* mão-de-obra sindicalizada.

LABO(U)RED ['leibəd], *a.* trabalhoso; elaborado.

LABO(U)RER ['leibərə], *s.* operário, trabalhador.

LABURNUM [lə'bə:nəm], *s.* (bot.) laburno.

LABYRINTH ['læbərinθ], *s.* labirinto, dédalo; confusão, enredo.

LAC [læk], *s.* laca; laque, cem mil rúpias.

LACE [leis], *s.* laço, cordão, atacador; galão; fita, tira; colar; renda de seda. *v.* apertar, atar (os cordões); guarnecer com rendas, galões ou fitas; agaloar; (mar.) fazer uma cosedura. # *lace hole,* ilhó.

LACERATE ['læsəreit], *v.* lacerar, rasgar, dilacerar, despedaçar.

LACERATION [læsə'reiʃən], *s.* laceração, dilaceração.

LACHRYMAL ['lækriməl], *a.* lacrimal.

LACHRYMOSE ['lækrimous], *a.* lacrimoso.

LACING ['leisiŋ], *s.* ato de atar; cordão; laço; treliça.

LACK [læk], *s.* carência, falta, necessidade. *v.* carecer, faltar, necessitar. # *for lack of evidence,* por falta de provas.

LACKADAISICAL [lækə'deizikəl], *a.* lânguido, dolente, sentimental.

LACKEY ['læki], *s.* lacaio. *v.* servir como lacaio.

LACKING ['lækiŋ], *a.* necessitado de, falto de.

LACK-LUSTER ['læk-lʌstə], *a.* fosco, embaçado.

LACONIC, AL [lə'kɔnik, əl], *a.* lacônico, conciso, breve.

LACQUER ['lækə], *s.* laca, verniz. *v.* laquear, envernizar.

LACQUERING ['lækəriŋ], *s.* envernizamento com laca; demão de verniz.

LACROSSE [lə'krɔs], *s.* "lacrosse", o jogo popular do Canadá.

LACTANT ['læktənt], *a.* lactente; lactante.

LACTATE ['lækteit], *s.* lactato. *v.* transformar em leite; amamentar, aleitar.

LACTATION [læk'teiʃən], *s.* lactação; secreção do leite.

LACTEAL ['læktiəl], *s.* (anat.) vaso quilífero. *a.* lácteo (= láteo), láctico (= lático); leitoso.

LACTIC ['læktik], *a.* láctico.

LACTOMETER [læk'tɔmitə], *s.* lactômetro.

LACUNA [lə'kju:nə], *s.* lacuna, falha, falta.

LACY ['leisi], *a.* rendado.

LAD [læd], *s.* rapaz, moço.

LADDER ['lædə], *s.* escada de mão; malha perdida, fio corrido, falha (na meia) = (E.U.) *run.* # *straight ladder,* escada de mão.

LADDIE ['lædi], *s.* mocinho, rapazinho (diminutivo de *lad*).

LADE [leid], *s.* canal; foz de rio; carga. *v.* carregar; vazar; (mar.) fazer água (embarcação).

LADEN [leidn], *a.* carregado, sobrecarregado; onerado.

LADING ['leidiŋ], *s.* carga, frete; carregamento.

LADLE ['leidl], *s.* colher grande; pá, concha; pena do rodízio do moinho. *v.* tirar com colherão ou com pá. # *casting ladle,* (met.) colherão de fundição.

LADLEFUL ['leidlful], *s.* colherada.

LADY ['leidi], *s.* senhora, dama, dona de casa; esposa; fidalga; tratamento dado às senhoras de qualidade. # *lady in waiting,* dama de companhia da rainha. *lady's maid,* criada de quarto. *Our Lady,* Nossa Senhora. *the Old Lady of Threadneedle Street,* o Banco de Inglaterra.

LADY-BIRD ['leidibə:d], *s.* escaravelho = (E.U.) *lady-bug.*

LADY-BUG ['leidibʌg], *s.* (E.U.) escaravelho = (Ing.) *lady-bird.*

LADYDAY ['leididei], *s.* dia da Anunciação de Nossa Senhora.

LADY-KILLER ['leidikilə], *s.* galanteador, um dom-joão.

LADYLIKE ['leidilaik], *a.* próprio de senhora; elegante, senhoril; adamado.

LADYSHIP ['leidiʃip], *s.* senhoria (tratamento de fidalguia).

LAG [læg], *s.* atraso, retardamento; (fig.) retardação do movimento; o que vem atrás; o que chega por último; a classe mais baixa do povo; cobertura, revestimento (de tambor, de cilindro, etc.); (gír.) penitenciário; pena de prisão; (fís.) defasagem *a.* último, retardado, demorado, tardo, seródio. *v.* demorar-se, retardar-se, ficar atrás, ir vagarosamente; atrasar-se; mover-se lentamente; cobrir (um tambor, uma caldeira, um cilindro, etc.). # *angle of lag,* (fís.) ângulo de defasagem.

LAGGARD ['lægəd], *s.* pessoa retardatária, *a.* tardo, ronceiro, vagaroso.

LAGGER ['lægə], *s.* vagaroso, ronceiro, retardatário.

LAGGING ['lægiŋ], *s.* revestimento, cobertura (de caldeira, de cilindro, de tambor, etc.); material isolante. *a.* vagaroso, lento, ronceiro.

LAGOON [lə'gu:n], *s.* laguna, lagoa, charco.

LAH [lɑ:], *s.* (mús.) lá.

LAIC ['leiik], *s.* e *a.* leigo, secular.

LAICAL ['leiikəl], *a.* laical, leigo, secular.

LAID [leid], *pret.* e *pp.* de **LAY.** *a.* colocado, posto, estendido, deitado. # *be laid up,* estar de cama; estar depositado.

LAIN [lein], *pp.* de **LIE,** estar deitado.

LAIR [lɛə], *s.* toca, covil, antro; espaço para um sepultamento; lodaçal, paul.

LAITY ['leiiti], *s.* laicidade.

LAKE [leik], *s.* lago, lagoa, goma-laca; tinta (cor roxa, geralmente). # *jump in the lake!* (vá para o inferno!)

LAM [læm], *v.* bater, espancar. *s.* lâmina de ouro ou prata.

LAMA ['lɑ:mə], *s.* lama (sacerdote e título de cortesia entre os lamaístas).

LAMB [læm], *s.* cordeiro. *v.* parir (a ovelha).

LAMBDOID ['læmdɔid], *s.* (anat.) lambdóide, (sutura lambdóide). *a.* lambdóide, que tem forma de lambda (anat. e bot.).

LAMBENCY ['læmbənsi], *s.* rapidez, ligeireza.

LAMBENT ['læmbənt], *a.* ligeiro, leve, suave, deslizante, que toca de leve; suavemente luminoso.

LAMBKIN ['læmkin], *s.* cordeirinho.

LAMBREQUIN ['læmbəkin], *s.* sanefa.

LAMBSKIN ['læm-skin], *s.* pele de cordeiro, pelica.

LAMB'S-WOOL ['læmzwul], *s.* lã fina (de carneiro).

LAME [leim], *a.* coxo, manco, estropiado, aleijado; imperfeito, defeituoso; mau. *v.* aleijar, estropiar.

LAMELLA [lə'melə], *s.* lamela, lâmina delgada.

LAMELLAR [lə'melə], *a.* que se compõe de lâminas, lamiliforme; laminar.

LAMENESS ['leimnis], *s.* claudicação; defeito, imperfeição.

LAMENT [lə'ment], *s.* lamento, queixa, lamentação, choro; canto fúnebre. *v.* lamentar, deplorar, chorar, lastimar, afligir-se, lamentar-se.

LAMENTABLE ['læməntəbl], *a.* lamentável, triste, deplorável, lastimável.

LAMENTATION [læmənt'teiʃən], *s.* lamentação.

LAMENTED [lə'mentid], *a.* lamentado, chorado, deplorado, lastimado.

LAMENTINGS [lə'mentiŋz], *s.* lamentação. *a.* lamentador.

LAMINA ['læminə], *s.* lâmina, placa, chapa.

LAMINAR ['læminə], *a.* laminar; laminoso.

LAMINATE ['læmineit], *v.* laminar.

LAMINATION [læmi'neiʃən], *s.* laminação.

LAMP [læmp], *s.* lâmpada, candeeiro, candelabro; lanterna, farol. # *lamp socket,* (eletr.) porta-lâmpada. *soldering lamp,* maçarico.

LAMPBLACK ['læmp'blæk, 'læmpblæk], *s.* fuligem; pó de sapato.

LAMP-BRACKET ['læmpbrækt], *s.* arandela.

LAMPION ['læmpiən], *s.* lampião.

LAMPLIGHT ['læmp-lait], *s.* luz de candeeiro ou de lampião.

LAMPOON [læm'pu:n], *s.* pasquim, jornaleco; libelo difamatório. *v.* difamar, satirizar, escrever pasquins.

LAMPOONER [læm'pu:nə], *s.* escritor de pasquins.

LAMP-POST [læmppoust], *s.* lampião; poste de lampião; poste elétrico.

LAMPREY ['læmpri], *s.* lampreia.

LAMP-SHADE ['læmpʃeid], *s.* quebra-luz, abajur.

LANCE [lɑ:ns], *s.* lança. *v.* ferir com a lança; lancetar. # *free lance,* (com.) agente à comissão.

LANCE-CORPORAL ['lɑ:ns'kɔ:pərəl], *s.* anspeçada.

LANCER ['lɑ:nsə], *s.* lanceiro; o que lanceta; *pl.* lanceiros (quadrilha).

LANCET [lɑ:nsit], *s.* lanceta.

LANCINATING ['lænsineitiŋ], *a.* lancinante.

LANCING ['lɑ:nsiŋ], *s.* lancetada; portinhola em forma de lanceta.

LAND [lænd], *s.* terra, solo, terreno; pátria; reino; território, região, província; continente, terra firme; povo, nação, país; bens inalienáveis, terras. *v.* desembarcar; pôr em terra; aportar; descarregar; (av.) aterrar. # *land lease,* arrendamento de terra. *land packer,* soquete. *land roller,* rolo compressor. *make land,* (náut.) avistar terra. *see how the land lies,* ver como as coisas ficam, ver como param as modas = *see how the cat jumps.*

LANDAU ['lændɔ:], *s.* landô.

LAND-BANK ['lændbæŋk], *s.* banco hipotecário; banco de crédito real, banco agrícola.

LANDED ['lændid], *pp.* de **LAND** e *a.* desembarcado; que tem terras.

LANDFALL ['lændfɔ:l], *s.* (jur.) herança (bens inalienáveis); ganho inesperado; aterro; aterragem; terra descoberta na primeira viagem.

LANDGRABBER ['lændgræbə], *s.* grileiro.

LANDGRAVE ['lændgreiv], *s.* landgrave.

LANDGRAVINE ['lændgrəvi:n], *s.* landgravina.

LANDHOLDER ['lændhouldə], *s.* fazendeiro, proprietário de terras.

LANDING ['lændiŋ], *s.* aterragem, aterrissagem, pouso; desembarque, descarga; ancoradouro; (E.U.) patamar = (Ing.) *halfway.* # *Chinese landing,* (av. gír.) aterragem com uma asa só.

LANDING CRAFT ['lændiŋkrɑ:ft], *s.* barco de desembarque.

LANDING FIELD ['lændiŋfi:ld], *s.* (av.) campo de pouso.

LANDING-GEAR ['lændiŋ'giə], *s.* trem de aterrissagem, trem de pouso.

LANDING NET ['lændiŋnet], *s.* rede apanhadora (pesca).

LANDING-STAGE ['lændiŋsteidʒ], *s.* desembarcadouro flutuante.

LANDING-STRIP ['lænding'strip], *s.* pista de aterrissagem.

LANDLADY ['lændleidi], *s.* (fem. de *landlord),* patroa; estalajadeira.

LANDLOCKED ['lændlɔkt], *a.* cercado de terras; protegido contra as águas pela terra.

LANDLORD ['lænlɔ:d, 'lændlɔ:d], *s.* senhor de alguma propriedade; patrão; proprietário; estalajadeiro. *fem.* **LANDLADY.**

LANDLUBBER ['lændlʌbə], *s.* marinheiro de água doce.

LANDMARK ['lændmɑ:k], *s.* marco; limite; baliza; ponto de referência; reconhecimento.

LANDSCAPE ['lænskeip, 'lændskeip], *s.* paisagem. # *landscape painter,* paisagista.

LANDSLIDE ['lændslaid, 'lænslaid], *s.* (E.U.) aluimento, desmoronamento; barreira; (pol.) maioria esmagadora, vitória estrondosa = (Ing.) *landslip.*

LANDSLIP ['lændslip, 'lænslip], *V.* **LANDSLIDE.**

LANDSMAN ['lændzmən, 'lænzmən], *s.* homem de terra (o que não é marinheiro), soldado de terra; homem que nunca embarcou.

LAND-SURVEYING ['lændsə:'veiiŋ], *s.* agrimensura.

LAND-SURVEYOR ['lændsə:'veiə] *s.* agrimensor.

LAND-TAX ['lændtæks], *s.* imposto territorial.

LANDWARD ['lændwəd], *adv.* em direção à terra, para a terra; do lado da terra.

LANDWIND ['lændwind], *s.* brisa da terra, terral.

LANE [lein], *s.* viela, beco, travessa, quelha. # *it's a long lane that has no turning,* não há mal que sempre dure nem bem que não se acabe.

LANGUAGE ['læŋgwidʒ], *s.* linguagem, idioma, língua. # *living language,* língua viva. *romance languages,* línguas românicas. *vulgar language,* linguagem grosseira.

LANGUID ['læŋgwid], *a.* lânguido; debilitado; extenuado; fraco, abatido, mórbido; frouxo; exausto; lento, indolente, desanimado; mole.

LANGUISH ['læŋgwiʃ], *v.* desfalecer; extenuar; amolecer; desanimar; afrouxar, debilitar; olhar com ternura.

LANGUISHING ['læŋgwiʃiŋ], *a.* lânguido, terno, desfalecido; amolecido; frouxo.

LANGUISHMENT ['læŋgwiʃmənt], *s.* languidez; fraqueza, desfalecimento; amolecimento; ternura (do olhar).

LANGUOR ['læŋgə], *s.* langor, torpor, amolecimento, enfraquecimento.

LANGUOROUS ['læŋgərəs], *a.* langoroso, lânguido, frouxo, mole, débil, amolecido, exausto, esgotado; triste, tristonho, desanimado.

LANK [læŋk], *a.* frouxo, bambo; delgado, magro; magrelo, magricela; encolhido; liso (geralmente o cabelo).

LANKINESS ['læŋkinis], *s.* frouxidão, magreza.

LANKY ['læŋki], *a.* frouxo, fraco, delgado; alto e magro.

LANOLINE ['lænəli:n], *s.* lanolina.

LANTERN ['læntən], *s.* lanterna, farol; (arq.) clarabóia. # *lantern slide,* (fot.) chapa diapositiva.

LANYARD ['lænjəd], *s.* correia; passadeira; corda; (náut.) arrida.

LAP [læp], *s.* regaço; sobreposição (de tábuas ou chapas no sentido longitudinal); dobra; aba; bainha; fralda; volta completa de uma pista; (tec.) coberta de algodão; (ofic.) ferramenta de polimento. *v.* embainhar, enrolar, dobrar, embrulhar; sorver; encobrir; sobrepor; beber como cão ou gato; lamber; traspassar. # *lap down* (ou *up*), sorver gulosamente. *the last lap,* o fim, o começo do fim.

LAP-DOG ['læpdɔg], *s.* pequeno cão de luxo.

LAP-EARED ['læp'iəd], *a.* com orelhas acabanadas.

LAPEL [lə'pel], *s.* lapela.

LAPFUL ['læpful], *s.* arregaçada; grande porção.

LAPIDARY ['læpidəri], *s.* lapidário. *a.* lapidar; lapidário; tumular.

LAPIDATE ['læpideit], *v.* lapidar; matar a pedradas; apedrejar.

LAPIDATION [læpi'deiʃən], *s.* lapidação; apedrejamento.

LAPLANDER ['læpləndə], *s.* e *a.* lapão (da Lapônia).

LAPP [læp], *s.* e *a.* *V.* **LAPLANDER.**

LAPPER ['læpə], *s.* aquele que embrulha ou envolve; máquina de enrolar.

LAPPET ['læpit], *s.* aba; lóbulo (de orelha); fralda (de camisa); pano; monco (de peru); (tec.) guia-fio; lanço de muro; enfeite pendente, pingente.

LAPPETED ['læpitid], *a.* com abas ou dobras.

LAPPING ['læpiŋ], *s.* (ofic.) polimento.

LAPSE [læps], *s.* lapso, esquecimento; espaço de tempo; escorregadura; queda gradual; desvio; (jur.) prescrição; falta; erro. *v.* passar, decorrer; resvalar, deslizar; escorregar; decair; (jur.) prescrever, caducar.

LAPSED [læpst], *a.* descaído, caído; devoluto.

LAPWING ['læpwiŋ], *s.* abibe (ave).

LARBOARD ['lɑ:bəd], *s.* bombordo.

LARCENOUS ['lɑ:sinəs], *a.* ladrão.

LARCENY ['lɑ:sini], *s.* roubo, furto.

LARD [lɑ:d], *s.* banha de porco, toucinho. *v.* lardear, entremear (a carne com toucinho); engordar; misturar.

LARDER ['lɑ:də], *s.* despensa.

LARE [lɛə], *s.* torno.

LARGE [lɑ:dʒ], *a.* grande, espaçoso, volumoso,

grosso, vasto, enorme, imenso, amplo. *adv.* (mar.) com o vento; largamente; jactanciosamente. # *at large,* à solta. *by and large,* ao todo, em conjunto.

LARGE-HEARTED ['lɑ:dʒ'hɑ:tid], *a.* liberal.

LARGELY ['lɑ:dʒli], *adv.* largamente, grandemente; abundantemente; amplamente; liberalmente.

LARGENESS ['lɑ:dʒnis], *s.* extensão, grandeza, grossura, amplidão, vastidão; liberalidade.

LARIAT ['læriət], *s.* laço, corda (para animais).

LARK [lɑ:k], *s.* calandra ou calhandre (pássaro); gracejo, graçola, chocarrice, chalaça; peça, partida, travessura. *v.* prender calhandras; dizer graçolas; fazer travessuras.

LARKSPUR ['lɑ:kspə:], *s.* (bot.) espora.

LARVA ['lɑ:və], *s.* larva.

LARVAL ['lɑ:vəl], *a.* larval, que é próprio das larvas.

LARYNGAL [lə'riŋgəl], *a.* laríngeo.

LARYNGEAL [lærin'dʒiəl], *a.* laríngeo.

LARYNGITIS [lærin'dʒaitis], *s.* laringite.

LARYNGOLOGIST [læriŋ'gɔlədʒist], *s.* laringologista.

LARYNGOLOGY [læriŋ'gɔlədʒi], *s.* laringologia.

LORYNGOSCOPE [lə'riŋgəskoup], *s.* laringoscópio.

LARYNGOSCOPY [læriŋ'gɔskəpi], *s.* laringoscopia.

LARYNX ['læriŋks], *s.* laringe.

LASCIVIOUS [lə'siviəs], *a.* lascivo, obsceno, luxurioso; amoroso.

LASH [læʃ], *s.* látego, chicote, açoite. *s.* ponta do azorrague; chicotada, vergastada; pestana; sarcasmo. *v.* açoitar, chicotear; fazer estalar o látego, vergastar, bater contra; amarrar com uma corda, atracar; satirizar. # *lash up,* (náut.) ferrar.

LASHER ['læʃə], *s.* açoitador; amarras de ancoragem.

LASHING ['læʃiŋ], *s.* açoite; peia, trapa; amarrilho.

LASS [læs], *s.* (fem. de *lad*) moça, rapariga; namorada; aldeã.

LASSIE ['læsi], *s.* diminutivo de *lass.*

LASSITUDE ['læsitju:d], *s.* lassitude, cansaço, fraqueza, debilidade, langor, lassidão.

LASSO ['læsou], *s.* laço. *v.* laçar, apanhar com o laço.

LAST [lɑ:st], *a.* último, passado, derradeiro. *s.* forma (de sapato); lastro; extremidade, fim; (E.U.) os últimos dias da semana ou do mês. *v.* ficar, durar, permanecer, continuar, subsistir, perseverar, *adv.* ultimamente. # *at last,* afinal. *at last long,* finalmente, por fim. *last but not least,* último na ordem, mas de igual importância. *last out,* resistir. *last resource,* último recurso, última instância. *stick to one's last,* cuidar da própria vida, não se meter onde não se é chamado. *the last but one,* o penúltimo. *the last but two,* o antepenúltimo. *the last but three,* o trasantepenúltimo.

LASTAGE ['lɑ:stidʒ], *s.* lastro, carregamento para lastro.

LASTING ['lɑ:stiŋ], *a.* durável, estável, duradouro, permanente, constante.

LASTLY ['lɑ:stli], *adv.* finalmente, por fim, em último lugar.

LATCH [lætʃ], *s.* ferrolho, trinco, fechadura, aldrava; fecho; *pl.* (mar.) pequenas velas. *v.* fechar (com ferrolho, trinco, aldrava, etc.). # *on the latch,* fechado com o trinco apenas.

LATCHET ['lætʃit], *s.* cordões ou correias de sapatos ou sandálias; trinco de fechadura.

LATCHKEY ['lætʃki:], *s.* a chave de trinco; a chave da porta da frente.

LATE [leit], *a.* tardio, tardo, atrasado = (E.U.) *tardy;* vagaroso, demorado; último; serôdio; remoto; recente; falecido. *adv.* tarde, ultimamente, há pouco. # *be late,* chegar tarde, estar atrasado. *better late than never,* antes tarde do que nunca. *grow late,* fazer-se tarde, ficar tarde. *of late,* ultimamente.

LATELY ['leitli], *adv.* ultimamente, recentemente.

LATENCY ['leit(ə)nsi], *s.* estado latente.

LATENESS ['leitnis], *s.* atraso, demora = (E.U.) *tardiness;* novidade, o que é recente.

LATENT ['leit(ə)nt], *a.* latente, oculto, escondido.

LATER ['leitə], *a.* mais tarde, posterior, ulterior, mais tardio, subseqüente. *adv.* mais tarde. # *later on,* mais tarde, tempos após.

LATERAL ['lætərəl], *a.* lateral.

LATEST ['leitist], *a.* o mais recente, o último, novíssimo.

LATEX ['leiteks], *s.* látex, látice.

LATH [lɑ:θ], *s.* ripa, sarrafo. *v.* cobrir com ripas ou sarrafos.

LATHE [leið], *s.* torno mecânico. # *lathe chuck,* (ofic.) placa de torno. *lathe dog,* (ofic.) cavalinho, grampo para placa de torno.

LATHE BED ['leiðbed], *s.* banco de torno.

LATHER ['lɑ:ðə], *s.* espuma. *v.* espumar, ensaboar.

LATHING ['lɑ:θiŋ], *s.* ato de cobrir com ripas; cobertura de ripas.

LATHY ['lɑ:θi], *a.* delgado, tênue, fraco: magro, esbelto.

LATIN ['lætin], *s.* latim. *a.* latino.

LATINISM ['lætinizm], *s.* latinismo.

LATINIST ['lætinis], *s.* latinista.

LATINITY [lə'tiniti], *s.* latinidade.

LATINIZE (ISE) ['lætinaiz], *v.* latinizar, alatinizar.

LATISH ['leitiʃ], *a.* um tanto tarde.

LATITUDE ['lætitju:d], *s.* latitude; excessiva liberdade; licença; acepção; extensão de significado.

LATRINE [lə'tri:n], *s.* latrina.

LATTER ['lætə], *a.* posterior, último, o mais recente, o último de dois; este. # *the former... the latter,* aquele (ou o primeiro)... este (ou o segundo).

LATTICE ['lætis], *s.* grade, janela de grade, rótula, gelosia.

LATTICED ['lætist], *a.* engradado, guarnecido de rótulas.

LAUD [lɔ:d], *s.* elogio, louvor. *v.* louvar, elogiar, celebrar.

LAUDABLE ['lɔ:dəbl], *a.* louvável; bom de saúde, são.

LAUDANUM ['lɔdnem], *s.* láudano.

LAUDATORY ['lɔ:dətəri], *a.* laudatório. *s.* elogio, panegírico.

LAUGH [lɑ:f], *s.* riso, risada, gargalhada; mofa, escárnio, zombaria. *v.* rir; escarnecer, ridicularizar, zombar. # *he laughs best who laughs last,* ri melhor quem ri por último. *laugh at,* rir-se de. *laugh one down,* ridicularizar alguém. *to laugh uproariously,* rir a bandeiras despregadas.

LAUGHABLE ['lɑ:fəbl], *a.* risível, ridículo.

LAUGHER ['lɑ:fə], *s.* folgazão, o que se ri, zombador, motejador. # *split one's side with laughter,* morrer de rir, rebentar de rir.

LAUGHING ['lɑ:fiŋ], *s.* riso. *a.* jovial, alegre, motejador.

LAUGHING-GAS ['lɑ:fiŋ'gæs], *s.* gás hilariante, o protóxido de azoto.

LAUGHING-STOCK ['lɑ:fiŋ-stɔk], *s.* objeto de riso.

LAUGHTER ['lɑ:ftə], *s.* riso, risada.

LAUNCH [lɔ:ntʃ], *s.* lancha, chalupa, embarcação; lançamento de embarcação ao mar. *v.* lançar ao mar (embarcação); arremessar; iniciar.

LAUNCHING ['lɔ:ntʃiŋ], *s.* lançamento (à água, no mercado, etc.).

LAUNDER ['lɔ:ndə], *v.* lavar roupa.

LAUNDRESS ['lɔ:ndris], *s.* lavadeira.

LAUNDRY ['lɔ:ndri], *s.* lavanderia. # *laundry list,* rol de roupa.

LAUREATE ['lɔ:rieit], *v.* laurear, coroar de louros; aplaudir, ovacionar, festejar.

LAUREATE ['lɔ:riit], *a.* e *s.* laureado; poeta laureado.

LAUREL ['lɔrəl], *s.* louro, loureiro.

LAVA ['lɑ:və], *s.* lava.

LAVABO [lə'veibou], *s.* lavabo, lavatório, pia.

LAVATORY ['lævətəri], *s.* lavatório, pia; privada, mictório.

LAVENDER ['lævində], *s.* alfazema.

LAVISH ['læviʃ], *a.* pródigo, liberal, gastador, extravagante, esbanjador; licencioso, dissoluto; profuso. *v.* prodigalizar, prodigar, dissipar, malbaratar, desperdiçar, esbanjar.

LAW [lɔ:], *s.* lei; direito; justiça; estatuto, regra; constituição; jurisprudência; foro; advocacia; demanda, processo. # *at law,* em juízo. *be at law,* estar em demanda. *budgetary law,* lei de meios. *common law,* direito consuetudinário. *gag law,* lei de arrocho. *go to law,* processar, recorrer ao judiciário. *law office,* banca de advocacia. *law of supply and demand,* lei da oferta e da procura. *to be enforced by law,* ser de lei, ser garantido por lei. *unwritten law,* direito consuetudinário. *lay down the law,* dar ordens. *necessity knows no law,* a necessidade tem cara de hereje. *take the law into* *one's hands,* fazer justiça com as próprias mãos. *the law of the land,* direito público.

LAW-ABIDING ['lɔ:əbaidiŋ], *a.* obediente às leis.

LAW-BREAKER ['lɔ:breikə], *s.* transgressor das leis.

LAW-COURT ['lɔ:kɔ:t], *s.* corte ou tribunal de justiça.

LAW-DAY ['lɔ:dei], *s.* dia de audiência.

LAWFUL ['lɔ:ful], *a.* legal, lícito, legítimo, válido.

LAWFULNESS ['lɔ:fulnis], *s.* legalidade, legitimidade.

LAW-GIVER ['lɔ:givə], *s.* legislador.

LAWLESS ['lɔ:lis], *a.* ilegal; ilegítimo; sem lei; independente, não sujeito à lei; bárbaro; desordenado.

LAW-MAKER ['lɔ:meikə], *s.* *V.* **LAW-GIVER.**

LAW-MONGER ['lɔ:mʌŋgə], *s.* rábula.

LAWN [lɔ:n], *s.* gramado, relvado; prado, campo, planície; clareira (na floresta, no mato); cambraia; dignidade de bispo anglicano.

LAWN-MOWER ['lɔ:nmouə], *s.* máquina para cortar grama.

LAWN-PARTY ['lɔ:npɑ:ti], *s.* (E.U.) festa em jardim ou parque = *garden-party.*

LAWN-TENNIS ['lɔ:n'tenis], *s.* jogo semelhante ao tênis porém sem campo demarcado.

LAW-SUIT ['lɔ:sju:t], *s.* pleito, litígio, causa, ação, processo.

LAWYER ['lɔ:jə], *s.* advogado; jurisconsulto. # *the lawyer for the defense,* advogado de defesa.

LAX [læks], *a.* frouxo, solto, lasso; flácido; vago; relaxado; que tem diarréia. *s.* diarréia.

LAXATIVE ['læksətiv], *s.* e *a.* laxante, laxativo.

LAXITY ['læksiti], *s.* lassidão, frouxidão, flacidez; relaxamento, descuido; afrouxamento, diarréia.

LAY [lei], *s.* situação, ocupação, negócio, campo de operações; camada, leito; campo com erva para o gado; canção, canto, melodia, balada; queda, caída. *a.* leigo, secular; profano. *v. pret.* e *pp.* **LAID,** pôr, meter, colocar, estender; enterrar; deitar; acalmar, aquietar, aplacar; apontar (arma de fogo); impor (taxas, impostos, etc.); ordenar, mandar; traçar, projetar; imputar, atribuir, acusar; exibir, apresentar, fazer manifesto; pôr ovos. # *lay against,* acusar. *lay aside,* rejeitar, pôr de lado. *lay bare,* relatar. *lay before,* exibir. *lay by,* guardar; economizar. *lay days,* (com.) dias de carga e descarga do navio. *lay down,* renunciar a; propor; formular; estabelecer. *lay in* (ou *up*), armazenar. *lay it on thick,* elogiar excessivamente, lisonjear. *lay on,* bater; instalar (gás, etc.). *lay out,* dispor; expor; gastar; preparar um cadáver para o funeral. *lay waste,* assolar, devastar.

LAYER ['leiə], *s.* leito, camada, cama, estrato; renovo, vergôntea; mergulhão.

LAYER [lɛə], *v.* mergulhar; enterrar (plantas).

LAYETTE [lei'jet], *s.* enxoval de um recém-nascido.

LAYING ['leiiŋ], *s.* colocação; reboco; primeira camada de cal de uma parede; postura (de ovos).

LAYMAN ['leimən], *s.* leigo.

LAY-OFF ['lei'ɔ:f], *s.* (E.U.) férias; período de desemprego; dispensa temporária de emprego.

LAY-OUT ['leiaut], *s.* plano, arranjo; esboço, plano ou desenho para um anúncio, livro, etc.; equipamento, ferramenta; (E.U.) situação; condições; (E.U.) mesa de jogo. # *lay-out man,* paginador.

LAZARETTO [læzə'retou], *s.* lazareto; armazém de víveres a bordo.

LAZE [leiz], *v.* preguiçar, viver na ociosidade, perder tempo, malandrar.

LAZILY ['leizili], *adv.* indolentemente, preguiçosamente.

LAZINESS ['leizinis], *s.* indolência, malandragem, ociosidade, preguiça.

LAZULITE ['læzjulait], *s.* lazulita.

LAZY ['leizi], *a.* preguiçoso, malandro; vagaroso; mandrião.

LAZY-BONES [leizibounz], *s.* mandrião, malandro.

LEA [li:], *s.* pasto, prado, campo; planície com vegetação.

LEACH [li:tʃ], *v.* lixiviar, fazer barrela ou lixívia.

LEAD [led], *s.* chumbo; plumbagina; grafita; (mar.) sonda; prumo; (impr.) espaço, entrelinha; *pl.* folha de chumbo (cobertura de telhados; telhado coberto de folhas de chumbo). *v.* chumbar; (impr.) entrelinhar. # *lead paint,* alvaiade. *swing the lead,* dar parte de doente para não trabalhar; exagerar.

LEAD [li:d], *s.* direção, conduta; comando; primazia, primeiro lugar; mão (no jogo); guia; conduta; dianteira, precedência; (eletr.) linha principal, cabo condutor; (rád.) notícia principal em um programa de jornal. *v. pret.* e *pp.* **LED,** conduzir, guiar, comandar, pilotar, levar, dirigir; governar; capitanear; mostrar o caminho; dominar-se; ser mão (no jogo). # *have the lead,* estar na vanguarda. *lead hole,* (ofic.) furo guia.

LEADEN ['ledn], *a.* de chumbo; plúmbeo, cor de chumbo; chumbado, pesado; vagaroso; estúpido, rude, grosseiro.

LEADER ['li:də], *s.* líder, chefe, cabeça, guia, condutor, comandante, capitão, caudilho; regente (orquestra)); navio testa, nau-capitânia; cavalo dianteiro; (impr.) artigo de fundo = (E.U.) *editorial, editorial article.* # *loss leader,* artigo chamariz, artigo de propaganda.

LEADERETTE [li:də'ret], *s.* (impr.) pequeno artigo de fundo.

LEADERSHIP ['li:dəʃip], *s.* liderança, chefia, direção.

LEADING ['li:diŋ], *s.* liderança, direção, condução. *a.* principal; primeiro; capital; dominante. # *leading article,* artigo de fundo = *leader* = (E.U.) *editorial, editorial article. leading lady,* heroína, protagonista (teatro). *leading man,* herói, protagonista (teatro).

LEADING-HAND ['li:diŋhænd], *s.* chefe (de operários).

LEAF [li:f], *pl.* **LEAVES.** *s.* folha (em todas as suas acepções); papelucho de propaganda; aba; meia porta (das que se abrem em duas); lâmina. *v.* desfolhar; deitar (folhas, cobrir-se de folhas; lustrar (estofos); (E.U.) folhear (revista) = (Ing.) *to turn over the pages, to thumb.* # *fly leaf,* guarda (folha em branco no começo ou no fim de um livro). *leaf through,* folhear. *take a leaf out of one's book,* seguir o exemplo de outrem.

LEAFLESS ['li:flis], *a.* desfolhado, sem folha.

LEAFLET ['li:flit], *s.* folha pequena; fascículo, folha solta (para distribuir); (bot.) folíolo.

LEAF SPRING ['li:fspriŋ], *s.* (maq.) mola lamelar.

LEAFY ['li:fi], *a.* folhudo, frondoso, copado.

LEAGUE [li:g], *s.* liga, aliança; confederação; sociedade; união; associação; légua. *v.* ligar-se, aliar-se; mancomunar-se.

LEAGUER ['li:gə], *s.* confederado, conjurado, aliado.

LEAK [li:k], *s.* goteira; buraco; rombo; escapamento (de gás, vapor, etc.). *v.* (mar.) fazer água; gotejar; vasar, escoar-se, derramar-se; escapar, fugir. # *leak out,* tornar-se público.

LEAKAGE ['li:kidʒ], *s.* saída; derrame; fuga; escapamento; escoamento.

LEAKING ['li:kiŋ], *s.* escoamento.

LEAK PROOF ['li:kpru:f], *a.* à prova de vasamento.

LEAKY ['li:ki], *a.* que faz água (navio); mal vedado, aberto; falador, linguarudo.

LEAL [li:l], *a.* leal.

LEAN [li:n], *s.* carne magra. *a.* magro, seco, enxuto, chupado; mesquinho; desenxabido; pobre; insípido. *v. pret.* e *pp.* **LEANED** ou **LEANT,** inclinar, reclinar, apoiar, recurvar; amparar; firmar; inclinar-se, apoiar-se, recurvar-se.

LEANING ['li:niŋ], *s.* tendência, inclinação. # *literary leanings,* tendências literárias. *political leanings,* linha partidária.

LEANNESS ['li:nis], *s.* magreza, pobreza.

LEANT [lent], *pret.* e *pp.* de **LEAN.**

LEAN-TO ['li:n'tu:], *s.* alpendre. *a.* apoiado (por um muro).

LEAP [li:p], *s.* salto, pulo; assalto; sobressalto; cesto, cesta; cavalagem; monta; coito (dos animais). *v. pret.* e *pp.* **LEAPED** ou **LEAPT,** saltar, pular, transpor; cobrir (os animais). # *by leaps and bounds,* aos arrancos; rapidamente. *he doesn't take a leap in the dark,* ele não bate prego sem estopa.

LEAP-FROG ['li:pfrɔg], *s.* jogo do eixo-badeixo, carniça, sela, uma na mula.

LEAPING ['li:piŋ], *s.* salto, pulo.

LEAPT [li:pt], *pret.* e *pp.* de **LEAP.**

LEAP-YEAR ['li:p-jə:, 'li:p-jiə], *s.* ano bissexto.

LEARN [lə:n], *v. pret.* e *pp.* **LEARNED** ou **LEARNT,** aprender; saber; adquirir conhecimentos; ter notícia; ouvir; ver; imitar; informar-se; instruir-se.

LEARNED ['lə:nid], *a.* sábio, instruído, douto, erudito, ilustrado, versado, hábil.

LEARNER ['lə:nə], *s.* estudante, aprendiz; calouro; noviço; discípulo.

LEARNING ['lə:niŋ], *s.* conhecimento, saber, erudição; ciência; estudo; experiência.

LEARNT [lə:nt], *pret.* e *pp.* de **LEARN.**

LEASE [li:s], *s.* arrendamento, escritura de arrendamento, aluguel; posse. *v.* arrendar, alugar. # *let out on lease,* dar em arrendamento. *take on lease,* tomar em arrendamento.

LEASEHOLD ['li:should], *s.* arrendamento; terra arrendada. *a.* arrendado.

LEASEHOLDER ['li:shouldə], *s.* arrendatário; locatário.

LEASH [li:ʃ], *s.* trela, correia, ajoujo; atilho; três (cães, lebres, etc.). *v.* atrelar, atar, prender, ligar, ajoujar.

LEAST [li:st], *a. (sup.* de *little)* o menor, o mínimo. *adv.* no menor grau, no mais baixo grau, menos. *s.* o mínimo, a menor quantidade. # *at least,* pelo menos. *in the least,* por pouco que seja. *not in the least,* de forma alguma, nada disso.

LEAT [li:t], *s.* água de um moinho; calha.

LEATHER ['leðə], *s.* couro, pele, cabedal. *a.* de couro. *v.* aplicar cabedal, curtir peles; dar uma sova. # *leather chaps,* calças de couro usadas pelos vaqueiros. *stirrup leather,* loro (da sela).

LEATHERETTE [leðə'ret], *s.* imitação de couro.

LEATHERN ['leðə(:)n], *a.* de couro.

LEATHER-NECK ['leðənek], *s.* (gír.) fuzileiro naval.

LEATHERY ['leðəri], *a.* coriáceo.

LEAVE [li:v], *s.* licença; autorização, permissão, liberdade; despedida. *v. pret.* e *pp.* **LEFT,** deixar, abandonar, desamparar; legar; sair; partir; desesperar-se de, renunciar a; cessar; desistir de. # *beg leave,* tomar a liberdade de. *take French leave,* despedir-se ou sair à francesa. *leave from (to, for)* partir de (para). *leave much to be desired,* deixar muito a desejar. *leave off,* parar; abandonar (o trabalho); desistir. *leave out,* omitir. *take leave of,* despedir-se de.

LEAVED [li:vd], *a.* folhudo, que tem folhas, guarnecido de dobras.

LEAVEN ['levn], *s.* fermento, levedura. *v.* fermentar, levedar; viciar, corromper; infeccionar; imbuir.

LEAVES [li:vz], *pl.* de **LEAF.**

LEAVING ['li:viŋ], *s.* saída, partida; *pl.* restos, sobejos, resíduos.

LECHEROUS ['letʃərəs], *a.* luxurioso, lascivo, voluptuoso, lúbrico; que provoca luxúria.

LECTION ['lekʃən], *s.* lição, leitura (igreja); variações num texto.

LECTOR ['lektɔ:], *s.* leitor.

LECTURE ['lektʃə], *s.* conferência; dissertação; sermão; lição; censura, repreensão; preleção. *v.* ensinar, fazer conferências; repreender, censurar. # *give a lecture on,* fazer uma conferência (ou preleção) sobre. *lecture on,* dissertar sobre.

LECTURER ['lektʃərə], *s.* conferencista.

LED [led], *pret.* e *pp.* de **LEAD.**

LEDGE [ledʒ], *s.* borda, orla, margem, saliência; proeminência; camada; leito; recife; elevação.

LEDGER ['lədʒə], *s.* (cont.) razão, livro mestre; laje de sepulcro; pedra assentada em posição horizontal.

LEE [li:], *s.* (mar.) sota-vento; *pl.* sedimento, borra. *adv.* a sota-vento.

LEECH [li:tʃ], *s.* sanguessuga; médico; (mar.) guinda; beira da vela. *v.* aplicar sanguessugas; tratar; curar.

LEEK [li:k], *s.* alho-porro.

LEER [liə], *s.* olhar malicioso, olhar de soslaio, olhar de esguelha; sorriso com velhacaria; arco maleável pela ação do calor; cor, compleição. *v.* olhar maliciosamente, olhar de esguelha.

LEEWARD ['li:wəd], *s.* sota-vento. *a.* e *adv.* a sota-vento.

LEEWARDLY ['li:wədli], *adv.* a sota-vento.

LEEWAY ['li:wei], *s.* deriva.

LEFT [left], *pret.* e *pp.* de **LEAVE.** *a.* esquerdo. *adv.* à esquerda. *s.* esquerda, lado esquerdo; esquerda (partido político). # *left and right,* a torto e a direito. *on the left,* à esquerda. *to the left,* à esquerda.

LEFT-HAND ['lefthænd], *a.* à esquerda, do lado esquerdo.

LEFT-HANDED ['left'hændid], *a.* canhoto.

LEFT-OVER ['left'ouvə], *s.* sobra; remanescente.

LEFTWARD ['leftwəd], *adv.* em direção à esquerda, para o lado esquerdo; para a esquerda.

LEG [leg], *s.* perna; pata (de animais); cano (de bota); pé (de mesa); (geom.) cateto; suporte, escora. # *give a leg up,* dar uma ajuda. *leg it,* ir a pé. *on base leg,* (av.) na perna base. *on crosswind leg,* (av.) na perna do través. *on up wind leg,* (av.) na perna contra o vento. *to be on one's last legs,* estar nas últimas. *to limp on one leg,* puxar por uma perna. *to talk the hind leg off a mule,* falar pelos cotovelos = *to talk nineteen to the dozen. on one's last legs,* prestes a cair; às portas da falência. *pull someone's legs,* caçoar de alguém. *shake a leg,* apressar-se; dançar. *Shake a leg!* Vamos! Depressa! *shake a loose leg,* perambular. *show a leg,* aviar-se, apressar-se.

LEGACY ['legəsi], *s.* legado; legação; embaixada.

LEGAL ['li:gəl], *a.* legal, válido, legítimo; lícito; autêntico; relativo à lei, pertencente à lei, da lei.

LEGALISM ['li:gəlizm], *s.* legalismo.

LEGALIST ['li:gəlist], *s.* legalista.

LEGALITY [li:'gæliti], *s.* legalidade.

LEGALIZATION (ISA) [li:gəlai'zeiʃən], *a.* legalização.

LEGALIZE (ISE) ['li:gəlaiz], *v.* legalizar, legitimar, autenticar.

LEGALLY ['li:gəli], *adv.* legalmente.

LEGATE ['legit], *s.* núncio; deputado, embaixador, delegado, emissário.

LEGATEE [legə'ti:], *s.* legatário. # *residuary legatee,* herdeiro universal.

LEGATION [li'geiʃən], *s.* legação; embaixada.

LEGEND ['ledʒənd], *s.* lenda; legenda; rótulo; dístico; inscrição; tabela; letreiro; história.

LEGENDARY ['ledʒəndəri], *a.* lendário, fabuloso, fantástico; descomunal; tradicional; romântico. *s.* coleção de lendas.

LEGERDEMAIN ['ledʒədə'mein], *s.* prestidigitação, ligeireza de mãos; empalmação.

LEGGED ['legid], *a.* possuidor de pernas.

LEGGING ['legiŋ], *s.* polaina.

LEGGY ['legi], *a.* de pernas compridas e delgadas.

LEGHORN ['leghɔ:n], *s.* entrançado de palha italiana; chapéu de palha.

LEGHORN [lə'gɔ:n], *s.* raça de galinhas.

LEGIBILITY [ledʒi'biliti], *s.* legibilidade, qualidade de ser legível.

LEGIBLE ['ledʒəbl], *a.* legível.

LEGION ['li:dʒən], *s.* legião; multidão.

LEGIONARY ['li:dʒənəri], *s.* e *a.* legionário.

LEGISLATE ['ledʒisleit], *v.* legislar.

LEGISLATION [ledʒis'leiʃən], *s.* legislação.

LEGISLATIVE ['ledʒisleitiv], *a.* legislativo.

LEGISLATOR ['ledʒisleitə], *s.* legislador.

LEGISLATURE ['ledʒisleitʃə], *s.* legislatura, poder legislativo, corpo legislativo.

LEGIST ['li:dʒist], *s.* legista.

LEGITIMACY [li'dʒitiməsi], *s.* legitimidade.

LEGITIMATE [li'dʒitimeit], *v.* legitimar.

LEGITIMATE [li'dʒitimit], *a.* legítimo, genuíno, verdadeiro, real, legitimado.

LEGITIMATION [lidʒiti'meiʃən], *s.* legitimação.

LEGITIMIST [li'dʒitimist], *s.* legitimista.

LEGITIMIZE (ISE) [li'dʒitimaiz], *V.* **LEGITIMATE** (v.).

LEGPULL ['legpul], *s.* pilhéria.

LEGUME ['legju:m], *s.* legume.

LEGUMINOUS [ləg'ju:minəs], *a.* leguminoso.

LEISURE ['leʒə], *s.* lazer, descanso, vagar, ócio. # *at leisure,* desocupado; com calma.

LEISURED ['leʒəd], *a.* desocupado.

LEISURELY ['leʒəli], *adv.* vagarosamente, com descanso, morosamente, comodamente. *a.* vagaroso.

LEMMA ['lemə], *s.* lema; assunto, objeto; emblema.

LEMON ['lemən], *s.* limão; cidra; limoeiro. # *be the lemon,* fazer papel de bobo.

LEMONADE [lemə'neid, 'lemə'neid], *s.* limonada.

LEMON-SQUASH ['lemən'skwɔʃ], *s.* limonada efervescente.

LEMON-SQUEEZER ['lemənskwi:zə], *s.* espremedor de limão.

LEND [lend], *v. pret.* e *pp.* **LENT,** emprestar, conceder, dar, proporcionar; consentir; outorgar.

LENDABLE ['lendəbl], *a.* que se pode emprestar.

LENDER ['lendə], *s.* emprestador.

LENDING ['lendiŋ], *s.* empréstimo.

LEND-LEASE ['lendli:s], *s.* (fin.) operação de empréstimo e arrendamento.

LENGTH [leŋθ], *s.* comprimento, extensão; duração, espaço de tempo; alcance (de um tiro, etc.); fim. # *at full length,* estendido. *at length,* finalmente; completamente, com minúcias. *go to any length,* fazer o possível, esforçar-se por. *keep one at arm's length,* não permitir intimidades, manter alguém a distância.

LENGTHEN ['leŋθ(ə)n], *v.* estender, prolongar, alongar, estirar, esticar; acrescentar; prolongar-se, estender-se, estirar-se.

LENGTHENING ['leŋθəniŋ], *s.* prolongação, prolongamento, aumento.

LENGTHWAYS ['leŋθweiz], *adv.* longitudinalmente.

LENGTHWISE ['leŋθwaiz], *V.* **LENGTHWAYS.**

LENGTHY ['leŋθi], *a.* comprido, longo; enfadonho; prolixo, dilatado.

LENIENCY ['li:niənsi], *s.* lenidade, mansidão, brandura, suavidade.

LENIENT ['li:niənt], *a.* leniente, lenitivo; suave; compassivo, indulgente, clemente. *s.* lenitivo.

LENITIVE ['lenitiv], *a.* e *s.* lenitivo.

LENITY ['leniti], *s.* lenidade, indulgência, suavidade, brandura, clemência.

LENO ['li:nou], *s.* tecido muito fino, parecido com musselina.

LENS [lenz], *s.* lente (óptica); objetiva. # *lens shade,* viseira da lente. *negative lens,* lente côncava.

LENT [lent], *pret.* e *pp.* de **LEND.**

LENT [lent], *s.* quaresma.

LENTEN ['lentən], *a.* quaresmal.

LENTICEL ['lentisel], *s.* (bot.) lenticela.

LENTICULAR [len'tikjulə], *a.* lenticular.

LENTIL ['lentil], *s.* lentilha.

LEONINE ['li:ənain], *a.* leonino; poderoso; orgulhoso; majestoso.

LEOPARD ['lepəd], *s.* leopardo.

LEOPARDESS ['lepədis], *s.* leoparda.

LEPER ['lepə], *s.* leproso.

LEPIDOPTERA [lepi'dɔptərə], *s.* lepidópteros.

LEPROSARY [leprə'særi], *V.* **LEPROSERY.**

LEPROSERY ['leprəsəri], *s.* leprosário, leprosaria.

LEPROSY ['leprəsi], *s.* lepra.

LEPROUS ['leprəs], *a.* leproso.

LESE-MAJESTY ['li:z'mædʒisti], *s.* lesa-majestade.

LESION ['li:ʒən], *s.* lesão, contusão, ferida.

LESS [les], *a.* (comp. de *little)* menor, menos; inferior. *s.* uma quantidade menor; o inferior; o mais moço. *adv.* menos; em menor grau. *prep.* menos. # *for less,* muito menos. *none the less,* não obstante.

LESSEE [le'si:], *s.* inquilino, arrendatário.

LESSEN ['lesn], *v.* diminuir, degradar, baixar, reduzir, moderar, deprimir, rebaixar; degradar-se, rebaixar-se, deprimir-se.

LESSER ['lesə], *a.* menor, inferior.

LESSON ['lesn], *s.* lição, ensino, instrução; repreensão, censura.

LESSOR [le'sɔ:], *s.* senhorio, arrendador.

LEST [lest], *conj.* com receio que, com medo que; para que não, a fim de que não.

LET [let], *pret* e *pp.* **LET.** *v.* deixar, conceder, permitir, arrendar; alugar; fretar. *s.* estorvo, empecilho, obstáculo. # *let alone,* para não citar, sem falar em; deixar em paz, não incomodar. *let be,* deixar como está. *let down,* falhar, trair; causar transtorno a. *let go,* soltar; vociferar. *let go!* solta! larga! *let in,* deixar entrar. *let know,* informar. *let loose,* soltar. *let off,* disparar; perdoar; dispensar de; soltar, queimar (fogos de artifício). *let on,* divulgar; fingir. *let out,* demitir; modificar; aumentar; conceder. *let someone down,* não cumprir promessa feita a alguém. *let someone in,* introduzir alguém. *let up,* cessar; diminuir.

LETHAL ['li:θəl], *a.* letal, mortal.

LETHARGIC, AL [lə'θɑ:dʒik, əl], *a.* letárgico.

LETHARGY ['ləθədʒi], *s.* letargia.

LETTER ['letə], *s.* letra; carta; garantia; diploma, escritura; *pl.* letras, cultura literária. *v.* estampar letras; colocar rótulos. # *application letter* (ou *letter of application),* carta solicitando emprego. *bread and butter letter,* carta agradecendo hospitalidade. *by letter,* por escrito; por carta. *capital letter,* letra maiúscula. *claim letter,* carta de reclamação. *collection letter,* carta de cobrança. *dead letter,* carta não entregue (por deficiência de endereço); (com.) letra morta. *French letter,* preservativo. *Roman letter,* (tip.) letra redonda. *form letter* (ou *circular),* circular. *letter of attorney,* procuração. *letter of credit,* carta de crédito. *letter of introduction,* carta de apresentação. *letter of licence,* moratória. *letter of recommendation,* carta de recomendação. *open letter-of-credit,* carta aberta de crédito. *small letter,* letra minúscula. *to the letter,* ao pé da letra; exato; exatamente. *word a letter,* redigir uma carta.

LETTER-BILL ['letəbil], *s.* aviso do correio.

LETTER-BOOK ['letəbuk], *s.* copiador de cartas.

LETTER-BOX ['letəbɔks], *s.* caixa do correio = (E.U.) *mail box.*

LETTERED ['letəd], *a.* letrado, literato, erudito.

LETTERHEAD ['letəhed], *s.* timbre de papel de carta.

LETTERING ['letəriŋ], *s.* letreiro, rótulo; impressão; título.

LETTER-PAPER ['letəpeipə], *s.* papel de cartas.

LETTER-PERFECT ['letə'pə:fikt], *a.* perfeito; que sabe bem o próprio papel (no teatro) ou a própria lição.

LETTERPRESS ['letəpres], *s.* (tip.) texto.

LETTERS-PATENT ['letəz'peitənt], *s.* carta--patente.

LETTUCE ['letis], *s.* alface.

LEUCOCYTE ['lju:kesait], *s.* leucócito.

LEUCOPATHY [lju:'kɔpəθi], *s.* leucopatia, albinismo.

LEUKAEMIA, LEUKEMIA [lju'ki:miə], *s.* (med.) leucemia.

LEVANT [li'vænt], *s.* marroquim levantino.

LEVANT [li'vænt], *v.* fugir (de credores).

LEVEE ['levi, lə'vi:], *s.* barragem, dique, ['levi, 'levei], recepção na corte; (E.U.) recepção na Casa Branca.

LEVEL ['levl], *a.* plano, igual; uniforme; direito, reto, honrado, probo; liso; raso; nivelado. *s.* plano, planície; superfície plana; nível. *v.* nivelar, aplainar; alisar, arrasar; proporcionar; adaptar; apontar (uma arma qualquer); arremessar, assestar; comparar. # *do one's level best,* fazer o possível. *keep a level head,* manter-se calmo.

LEVEL CROSSING ['levl'krɔsiŋ], *s.* passagem de nível = (E.U.) *grade crossing.*

LEVELLER ['levlə], *s.* nivelador.

LEVELLING ['levliŋ], *s.* nivelamento.

LEVELNESS ['levlnis], *s.* igualdade, nível.

LEVER ['li:və], *s.* alavanca; manivela; espeque; pé-de-cabra; âncora (do relógio). *v.* servir da alavanca ou manivela. # *reversing lever,* (foto) chave de inversão.

LEVERET ['levərit], *s.* lebre pequena.

LEVIABLE ['leviəbl], *a.* erigível, que se pode arrecadar, levantar (imposto, empréstimo).

LEVIATHAN [li'vaiəθən], *s.* leviatã; monstruosidade.

LEVITATE ['leviteit], *v.* levitar-se.

LEVITATION [levi'teiʃən], *s.* levitação; ligeireza.

LEVITY ['leviti], *s.* leviandade.

LEVY ['levi], *s.* leva (de tropas), recrutamento; magote; levantamento (de dinheiro), coleta, cobrança; embargos; arrecadação (de impostos, etc.). *v.* recrutar; organizar levas (de soldados); executar, penhorar; arrecadar tributos, impor (multas, contribuições, etc.); embargar; lançar ou cobrar impostos.

LEWD [lu:d, lju:d], *a.* lascivo, libertino, licencioso; ignorante; perverso, mau, malvado.

LEWDNESS ['lu:dnis, 'lju:dnis], *s.* luxúria, lascívia, impudicícia, libertinagem; sensualidade; dissolução, corrupção, devassidão.

LEXICAL ['leksikəl], *a.* lexical, lexicográfico.

LEXICOGRAPHER [leksi'kɔgrəfə], *s.* lexicógrafo.

LEXICOGRAPHY [leksi'kɔgrəfi], *s.* lexicografia.

LEXICON ['leksikən], *s.* léxico, dicionário.

LIABILITY [laiə'biliti], *s.* obrigação, responsabidade; perigo, risco; suscetibilidade; tendência, predisposição; *pl.* propensão; *pl.* (com.) passivo, dívidas, compromissos. # *limited liability,* (com.) responsabilidade limitada.

LIABLE ['laiəbl], *a.* responsável, obrigado; devedor; sujeito, exposto; propenso; solidário.

LIAISON [li:'eizɔn], *s.* ligação, união; concubinato, mancebia; (fon.) ligação (de sons).

LIAR ['laiə], *s.* mentiroso, embusteiro.

LIBATE [lai'beit], *v.* libar, libações; derramar (líqüidos).

LIBATION [lai'beiʃən], *s.* libação.

LIBEL ['laibəl], *s.* libelo, difamação; pasquim, jornaleco. *v.* caluniar, difamar.

LIBELLER ['laiblə], *s.* autor de libelos difamatórios.

LIBELLING ['laibliŋ], *s.* difamação, calúnia.

LIBELLOUS ['laibləs], *a.* difamatório.

LIBER ['laibə], *s.* (bot.) floema, líber.

LIBERAL ['libərəl], *a.* liberal, generoso, pródigo; nobre; livre, franco; desinteressado.

LIBERALISM ['libərəlizm], *s.* liberalismo.

LIBERALITY [libə'ræliti], *s.* liberalidade, prodigalidade: franqueza; generosidade, munificência.

LIBERATE ['libəreit], *v.* liberar, livrar, libertar.

LIBERATION [libə'reiʃən], *s.* libertação, alforria.

LIBERATOR ['libereitə], *s.* libertador.

LIBERTINAGE ['libətinidʒ], *s.* libertinagem.

LIBERTINE ['libə:tain], *a.* libertino, licencioso, livre. *s.* libertino; um liberto.

LIBERTINISM ['libətinizm], *s.* libertinagem.

LIBERTY ['libəti], *s.* liberdade; permissão, licença; privilégio, imunidade, isenção; familiaridade, confiança. # *set at liberty,* pôr em liberdade, libertar.

LIBIDINOUS [li'bidinəs], *a.* libidinoso, impudico, desonesto.

LIBRA ['li:brə, 'laibrə], *s.* (astrol.) libra.

LIBRA ['laibrə], *s.* libra (unidade de peso).

LIBRARIAN [lai'brɛəriən], *s.* bibliotecário; bibliotecônomo.

LIBRARIANSHIP [lai'brɛəriənʃip], *s.* o cargo de bibliotecário; biblioteconomia.

LIBRARY ['laibrəri], *s.* biblioteca.

LIBRATE ['laibreit], *v.* oscilar; equilibrar.

LIBRATION [lai'breiʃən], *s.* oscilação, equilíbrio; balanço.

LIBRETTIST [li'bretist], *s.* autor de libretos, libretista.

LIBRETTO [li'bretou], *s.* libreto.

LICE [lais], *s. pl.* de **LOUSE.**

LICENCE ['laisəns], *s.* licença, autorização, permissão; privilégio, patente, concessão; despacho, licença, abuso, liberdade, desordem. *v.* licenciar, autorizar, conceder permissão ou licença, permitir.

LICENCIATE [lai'senʃiit], *s.* licenciado.

LICENSE ['laisəns], *V.* **LICENCE.**

LICENSED ['laisənst], *a.* licenciado; autorizado; diplomado; encartado; habilitado.

LICENSEE [laisən'si:], *s.* a pessoa que obteve a licença ou permissão.

LICENSER ['laisənsə], *s.* o que dá licença ou permissão; censor.

LICENTIOUS [lai'senʃəs], *a.* licencioso, libertino, disssoluto, devasso.

LICENTIOUSNESS [lai'senʃəsnis], *s.* licenciosidade, libertinagem, devassidão, dissolução.

LICHEN ['laikən], *s.* (med. e bot.) líquen.

LICIT ['lisit], *a.* lícito, permitido; legal.

LICK [lik], *v.* lamber; chupar; bater, surrar, sovar; vencer; derrotar. *s.* lambedura (= lambida, lambidela); soco, pancada; fonte de água salobra. # *lick up,* devorar.

LICKER ['likə], *s.* lambedor; lambão; lubrificador automático.

LICKERISH ['likəriʃ], *a.* apetitoso, gostoso, saboroso, delicioso; delicado no comer.

LICKING ['likiŋ], *s.* lambida (= lambedura, lambidela); pancada; chicotada; surra.

LICORICE ['likəris], *s.* alcaçuz.

LICTOR ['liktə], *s.* lictor (= litor).

LID [lid], *s.* tampa, coberta, cobertura; pálpebra; opérculo.

LIDO ['li:dou], *s.* piscina pública, ao ar livre.

LIE [lai], *s.* mentira, ficção, fábula. *v.* mentir. # *a rousing lie,* uma grande mentira. *give the lie,* desmentir, desmascarar. *to tell a lie,* pregar uma mentira.

LIE [lai], *p. pres.* **LYING,** *pret.* **LAY,** *pp.* **LAIN,** *v.* estar deitado; encostar-se, estender-se; jazer; repousar; morar; consistir; estar situado; estar pendente; colocar-se. # *it lies on me,* cumpre-me. *lie down,* deitar-se. *lie in,* estar de parto. *lie in wait,* ficar de emboscada. *lie on* (ou *upon*) *someone,* depender de. *lie up,* repousar; ficar de cama.

LIEF [li:f], *a.* (poes.) amado, querido. *adv.* de bom grado, de boa-vontade.

LIEGE [li:dʒ], *s.* senhor de feudo; vassalo, súdito. *a.* feudatário, vassalo.

LIEGEMAN ['li:dʒmæn], *s.* vassalo, súdito, feudatário. *pl.* **LIEGEMEN.**

LIEGEMEN ['li:dʒmən], *pl.* de **LIEGEMAN.**

LIEN ['li:ən], *s.* penhora, hipoteca, direito de retenção.

LIEU [lju:, lu:], *s.* lugar.

LIEUTENANCY [lef'tenənsi (exército), lu:'tenənsi (marinha)], *s.* posto de tenente; o corpo de tenentes. (E.U.) pron. [lu:'tenənsi, liu:'tenənsi].

LIEUTENANT [lef'tenənt (exército), lu:'tenənt (marinha)], *s.* lugar-tenente, substituto;

tenente; governador de província. (E.U. marinha) capitão-tenente. (E.U.) *pron*. [lu:'tenənt, liu:'tenənt].

LIEUTENANT-COLONEL [lef'tenənt'kə:nl], *s.* tenente-coronel.

LIFE [laif], *pl.* **LIVES.** *s.* vida; vigor; modo de viver; sangue; existência; biografia; mundo; mobilidade; vivacidade; movimento; entusiasmo; ardor. # *bring to life,* fazer voltar a si, restaurar a vida. *come to life,* voltar a si, recobrar a vida. *for life,* para o resto da vida, por toda a vida. *in early life,* na infância. *life is not all roses,* na vida nem tudo são flores. *not for the life of me,* de maneira alguma, por coisa alguma neste mundo. *not on your life!* nem por sombra! *still life,* natureza morta.

LIFE-ASSURANCE ['laif-əʃuərəns], *V.* **LIFE-INSURANCE.**

LIFE-BELT ['laifbelt], *s.* salva-vidas, cinto de salvação.

LIFE BLOOD ['laifblʌd], *s.* sangue vital.

LIFE-BOAT ['laifbout], *s.* bote salva-vidas.

LIFE-BUOY ['laifbɔi], *s.* salva-vidas.

LIFE-GIVING ['laifgiviŋ], *a.* vivificante.

LIFE-GUARD ['laifgɑ:d], *s.* guarda real, guarda imperial; (E.U.) guarda-vida (banhista de praia) = (Ing.) *Royal Human Society's man.*

LIFE-INSURANCE ['laif-inʃuərəns], *s.* seguro de vida.

LIFE-JACKET ['laifdʒækt], *s.* colete salva-vidas.

LIFELESS ['laif-lis], *a.* morto, inanimado; desabitado.

LIFELIKE ['laif-laik], *a.* natural, vivo, aparentando vida.

LIFELONG ['laif-lɔŋ], *a.* vitalício, para toda a vida.

LIFE-PRESEVER ['laifprizə:və], *s.* (E.U.) salva--vidas.

LIFE-SAVER ['laifseivə], *s.* banhista. *V.* **LIFE-GUARD** (E.U.).

LIFE-SENTENCE ['laifsentəns], *s.* sentença de prisão perpétua.

LIFE-SIZE(D) ['laif'saiz(d)], *a.* de tamanho natural.

LIFE-SPAN ['laifspæn], *s.* vida, duração da vida.

LIFETIME ['laiftaim], *s.* duração da vida; o curso da vida.

LIFT [lift], *v.* levantar, alçar, ascender, erguer, suspender, elevar, içar; exaltar, gabar; sublevar; desencalhar; despojar, roubar; levantar-se, subir, erguer-se; (E.U.) elevar (preço) = (Ing.) *raise;* (E.U.) pagar (dívida) = (Ing.) *pay. s.* alçamento, levantamento; ação de sublevar; elevador = (E.U.) *elevator;* (E.U.) carona (condução gratuita). # *give someone a lift,* dar carona a alguém; estimular, encorajar alguém.

LIFT BOY ['liftbɔi], *s.* ascensorista, menino do elevador, moço do elevador = (E.U.) *elevator operator.*

LIFT-BRIDGE ['liftbridʒ], *s.* levadiça.

LIFTER ['liftə], *s.* o que eleva, que alça, que levanta; ladrão.

LIFTING ['liftiŋ], *s.* roubo; ajuda; ação de levantar.

LIFT-LOCK ['liftlɔk], *s.* comporta.

LIFT OPERATOR ['lift'ɔpəreitə], *s.* (E.U.) ascensorista, menino do elevador, moço do elevador = (Ing.) *lift boy.*

LIGAMENT ['ligəmənt], *s.* ligamento.

LIGATURE ['ligətʃuə], *s.* ligadura.

LIGHT [lait], *s.* luz, clarão, claridade; vela, lâmpada, farol, candeeiro; resplendor; janela, clarabóia; iluminação; dia, o raiar da aurora; inteligência; percepção; aspecto, ponto de vista. *a.* ligeiro, ágil, lesto; leve, sutil; alegre, fútil, volúvel; leviano, inconstante, mudável, frívolo; delicado, frágil; imprudente; fácil, solto; muito claro; brilhante; louro, ruivo (cabelo). *v.* acender, alumiar, luzir, iluminar; descer, pousar; acender-se; atear-se; dar com, encontrar-se por acaso, cair, acontecer. # *between the lights,* à meia-luz. *bring to light,* descobrir; publicar. *come to light,* aparecer. *directional light,* (aut.) seta de direção. *fog light,* (aut.) farol de neblina. *light railway,* estrada de ferro de bitola estreita. *lights out,* (mil.) toque de silêncio = *taps. light trap,* (foto) interceptor de luz. *light switch,* (eletr.) interruptor. *light up,* iluminar; ficar contente; alegrar (uma sala, etc.). *light upon,* descobrir por acaso. *rear light* (aut.) luz traseira. *switch off the light,* desligar a luz. *switch on the light,* ligar a luz.

LIGHTEN ['laitn], *v.* alumiar, iluminar; aclarar, esclarecer; aliviar, alijar; alegrar, regozijar; relampejar; diminuir de peso, alijar-se.

LIGHTER ['laitə], *a. comp.* de **LIGHT**, mais claro; mais ligeiro; mais leve. *s.* fragata, barcaça, alvarenga; acendedor, isqueiro.

LIGHT-HEADED ['lait'hedid], *a.* delirante.

LIGHT-HEADEDNESS ['lait'hedidnis], *s.* delírio.

LIGHT-HEARTED ['lait'hɑ:tid], *a.* alegre, jovial, contente, satisfeito.

LIGHTHOUSE ['laithaus], *s.* farol (casa ou torre).

LIGHTHOUSEKEEPER ['laithauski:pə], *s.* faroleiro.

LIGHT-INFANTRY ['lait'infəntri], *s.* infantaria ligeira.

LIGHTING ['laitiŋ], *s.* iluminação artificial.

LIGHTLESS ['laitlis], *a.* sem luz, escuro, obscuro, sombrio.

LIGHTLY ['laitli], *adv.* ligeiramente, levemente, superficialmente; levianamente; alegremente; inconsideradamente; sem razão, sem causa, sem motivo; desonestamente; negligentemente.

LIGHTMINDED ['lait'maindid], *a.* inconstante, volúvel, instável.

LIGHTNESS ['laitnis], *s.* leveza; ligeireza; claridade; agilidade; velocidade; leviandade; inconstância; desconsideração; desonestidade; frivolidade.

LIGHTNING ['laitniŋ], *s.* relâmpago; raio; centelha; faísca; mitigação, alívio.

LIGHTNING BEETLE ['laitniŋ'bi:tl], *s.* (E.U.) pirilampo, vaga-lume = (Ing.) *firefly.*

LIGHTNING BUG ['laitniŋ'bʌg], *s.* (E.U.) pirilampo, vaga-lume = (Ing.) *firefly.*

LIGHTNING-CONDUCTOR [laitniŋkəndʌktə], *s.* pára-raios.

LIGHTNING-ROD ['laitniŋrɔd], *s.* pára-raios.

LIGHT-POLE ['lait-poul], *s.* poste de iluminação, poste de luz.

LIGHTS [laits], *s. pl.* pulmões (dos animais).

LIGHT-SHIP ['laitʃip], *s.* embarcação-farol.

LIGHTSOME ['laitsəm], *a.* luminoso, claro; festivo, alegrete.

LIGHT-TRAP ['laittræp], *s.* (foto) interceptor de luz.

LIGNEOUS ['ligniəs], *a.* lenhoso.

LIGNITE ['lignait], *s.* (geol.) lignita, linhita.

LIGNUM ['lignəm], *s.* ébano.

LIGURIAN [li'gjuəriən], *s.* e *a.* ligurino.

LIKABLE ['laikəbl], *a.* simpático.

LIKE [laik], *a.* igual, semelhante, parecido; homogêneo; provável, verossímil; equivalente *s.* pessoa semelhante, coisa semelhante; fac-símile; cópia; simpatia, preferência, inclinação; gosto. *adv., prep.* e *conj.* provavelmente, à maneira de; como, do mesmo modo que. *v.* gostar de; desejar, querer; comprazer-se; achar conveniente. # *as you like,* como queira. *be like enough,* ser muito provável. *do like for like,* pagar na mesma moeda. *feel like,* estar disposto a. *like anything,* ao extremo. *like best,* gostar mais (de todos ou de tudo). *like better,* gostar mais. *like one o'clock,* rapidamente; de boa vontade. *like with like,* cada qual com o seu igual.

LIKELIHOOD ['laiklihud], *s.* probabilidade; boa aparência; verossimilhança; semelhança; conformidade. # *in all likelihood,* provavelmente.

LIKELY ['laikli], *a.* provável, verossímil; bem parecido; apto, próprio para, idôneo; agradável; de bom talhe. *adv.* provavelmente, com probabilidade. # *as likely as not,* provavelmente. *likely enough,* bem provável. *most likely,* provavelmente.

LIKEMINDED ['laik'maindid], *a.* da mesma opinião, de sentimentos idênticos, do mesmo parecer.

LIKEN ['laik(ə)n], *v.* comparar, assemelhar, fazer comparação.

LIKENESS ['laiknis], *s.* semelhança, parecença; conformidade, igualdade; ar, aparência; figura; retrato.

LIKEWISE ['laik-waiz], *adv.* igualmente, da mesma forma, do mesmo modo, também, semelhantemente.

LIKING ['laikiŋ], *s.* inclinação, afeição, gosto, simpatia, preferência; agrado; ensaio, prova, experimento. # *to take a strong liking to,* tomar-se de amores por.

LILAC ['lailək], *s.* lilás.

LILIACEOUS [lili'eiʃəs], *a.* (bot.) liliáceo.

LILIPUTIAN [lili'pju:ʃiən], *s.* liliputiano.

LILT [lilt], *v.* cantar (com ritmo); dançar; *s.* canto melodioso e rítmico.

LILY ['lili], *s.* lírio.

LILY-LIVERED ['lili'livəd], *a.* covarde.

LILY-PAD ['lilipæd], *s.* folha flutuante de nenúfar.

LIMB [lim], *s.* membro (perna, braço, asa, barbatana, etc.); haste ou braço de uma cruz; limbo (de instrumento, de astro); saliência de monte; orla, borda, extremidade, periferia.

LIMBED [limd], *a.* com membros; ramoso.

LIMBER ['limbə], *a.* flexível, frouxo, macio, brando. *s.* (mar.) tábua da sobrequilha; (mil.) carreta (das peças), armão. *v.* (mil.) engatar.

LIMBLESS ['limlis], *a.* privado de membros ou de ramos.

LIMBO ['limbou], *s.* limbo; lugar de miséria; prisão.

LIME [laim], *s.* cal; visgo; lima (fruta); limão; lodo. *v.* caiar; adubar com cal; cimentar; envisgar; enredar; apanhar com laço. # *lime slaking pit,* caieira.

LIMEKILN ['laimkiln], *s.* forno de cal, caieira.

LIMELIGHT ['laimlait], *s.* holofote; jacto de luz, jorro de luz; posição conspícua.

LIMERICK ['limərik], *s.* poema humorístico de cinco versos.

LIMESTONE ['laimstoun], *s.* rocha calcária.

LIME-WATER ['laimwɔ:tə], *s.* água de cal, leite de cal (hidróxido de cálcio).

LIMIT ['limit], *s.* limite; fim, termo; obstáculo, impedimento; fronteira; restrição. *v.* limitar, determinar; obstar, impedir; restringir. # *that's the limit!* é o cúmulo!

LIMITABLE ['limitəbl], *a.* limitável, restringível.

LIMITATION [limi'teiʃən], *s.* limitação, termo, restrição, demarcação; prescrição.

LIMITED ['limitid], *a.* limitado, restrito.

LIMITROPHE ['limitrouf], *a.* limítrofe.

LIMOUSINE ['limu:zi:n], *s.* limusine.

LIMP [limp], *s.* coxeadura, manqueira. *a.* flácido; flexível; frouxo; brando; mole. *v.* coxear, manquejar; andar com dificuldade; mover-se vagarosamente devido a avarias (navio).

LIMPER ['limpə], *s.* coxo.

LIMPET ['limpit], *s.* lapa (molusco).

LIMPID ['limpid], *a.* límpido, transparente, claro, puro.

LIMPIDITY [lim'piditi], *s.* limpidez, pureza, transparência, clareza.

LIMPING ['limpiŋ], *a.* coxo.

LIMPNESS ['limpnis], *s.* debilidade, fraqueza; moleza.

LIMY ['laimi], *a.* calcário; viscoso.

LINCHPIN ['lintʃpin], *s.* cavilha da roda.

LINDEN ['lindən], *s.* tília.

LINE [lain], *s.* linha, fileira; fila; alinhamento; (E.U.) fila = (Ing.) *queue;* traço; ruga; perfil, contorno; linha, cabo; via; linha (de navegação férrea); frota mercante; ramo de negócio; linha (equador); confim; gênero, especialidade; profissão; departamento; parte; jurisdição; *pl.* versos. *v.* alinhar, enfileirar; traçar linhas, esboçar; estar em linha; forrar, revestir, cobrir, guarnecer, debruar. # *bounding lines,* linhas limítrofes. *bring into line,* persuadir. *chain line,* (geom.) tracejado. *come into line,* concordar com. *dead line,* linha limite; última hora; cordão de isolamento. *dotted line,* (geom.) ponteado. *drop a line,* escrever (umas linhas), mandar notícias. *hard lines!* que azar! *in line with,* de acordo com. *jump the line* ou *the rails,* descarrilar. *keep in line,* manter em linha. *line engaged,* a linha está ocupada (tel. = (E.U.) *line busy). line off,* demarcar. *line out,* esboçar. *line up,* formar fila; dispor. *particular line,* (com.) ramo especial, especialidade. *read between the lines,* ler nas entrelinhas. *shoot a line,* bravatear. *single line shop,* loja que só vende um artigo. *toe the line,* submeter-se à disciplina, obedecer ordens, cumprir o regulamento.

LINEAGE ['liniidʒ], *s.* linhagem, estirpe, raça, descendência.

LINEAL ['liniəl], *a.* linear; hereditário, descendente.

LINEAMENT ['liniəmənt], *s.* lineamento; traço; feição fisionômica.

LINEAR ['liniə], *a.* linear.

LINEATION [lini'eiʃən], *s.* delineamento.

LINEMAN ['lainmən], *s.* guarda-linha; juiz de linha (esp.).

LINEN ['linin], *s.* linho, roupa branca. *a.* feito de linho; branco, pálido, desmaiado. # *wash your dirty linen at home,* roupa suja se lava em casa.

LINEN-DRAPER ['linindreipə], *s.* fanqueiro.

LINEN-ROOM ['lininru:m], *s.* rouparia.

LINER ['lainə], *s.* navio ou avião de uma linha de navegação; paquete; delineador; o que risca o papel de música; taco; calço; forro; (mec.) camisa.

LINE SHAFT ['lainʃɑ:ft], (mec.) eixo de transmissão.

LINESMAN ['lainzmən], *V.* **LINEMAN.**

LING [liŋ], *s.* urze; peixe semelhante ao bacalhau.

LINGER ['liŋgə], *v.* demorar, tardar; hesitar; prolongar, dilatar; demorar-se.

LINGERER ['liŋgərə], *s.* pessoa preguiçosa; retardatário; sofredor.

LINGERIE ['læn3əri:], *s.* roupa branca.

LINGERING ['liŋgəriŋ], *a.* lento, ronceiro, vagaroso; indolente; demorado; paciente. *s.* lentidão, demora; indolência; dubiedade, hesitação.

LINGO ['liŋgou], *s.* dialeto; algaravia, gíria.

LINGUAL ['liŋgwəl], *s.* som lingual. *a.* lingual.

LINGUAPHONE ['liŋgwəfoun], *s.* linguafone.

LINGUIST ['liŋgwist], *s.* lingüista; poliglota.

LINGUISTIC, AL [liŋ'gwistik, əl], *a.* lingüístico.

LINGUISTICIAN [liŋgwis'tiʃən], *s.* *V.* **LINGUIST.**

LINGUISTICS [liŋ'gwistiks], *s.* lingüística. # *areal linguistics,* lingüística espacial.

LINGUO-DENTAL ['liŋgwou'dentl], *s.* linguodental.

LINIMENT ['linimənt], *s.* linimento, ungüento.

LINING ['lainiŋ], *s.* forro, revestimento, cobertura; parede interior; guarnição (de chumaceira).

LINK [liŋk], *s.* elo; aro; argola; braçadeira; archote; enlace. *v.* ligar, unir, encadear; articular; encadear-se; unir-se (casamento).

LINKING ['liŋkiŋ], *s.* união, ligação; encadeamento; amizade.

LINNET ['linit], *s.* pintarroxo.

LINOLEUM [li'nouljəm], *s.* linóleo.

LINOTYPE ['lainotaip], *s.* linotipo.

LINSEED ['linsi:d], *s.* linhaça.

LINSEY ['linzi], *s.* tecido de linho e de lã.

LINSEY-WOOLSEY ['linzi'wulzi], *a.* feito com linho e lã. *s.* tecido de linho e lã.

LINSTOCK ['linstɔk], *s.* morrão (de artilharia).

LINT [lint], *s.* parche; algodão em pluma; cotão; (E.U.) tela para rede de pesca.

LINTEL ['lintl], *s.* verga; caixilho.

LION ['laiən], *s.* leão; homem valente, herói; homem célebre. # *the lion's share,* a maior parte.

LIONESS ['laiənis], *s.* leoa.

LION-HEARTED ['laiənha:tid], *a.* corajoso, bravo, destemido.

LIONIZE (ISE) ['laiənaiz], *v.* tratar com respeito, com admiração; mostrar coisas de interesse, coisas raras.

LIP [lip], *s.* lábio, beiço; bordo, extremidade, orla; (mec.) gume da broca. *v.* tocar com os lábios; balbuciar; beijar. # *curl one's lip,* escarnecer de, desprezar. *hang on a person's lips,* ouvir atentamente tudo que essa pessoa diz. *lip devotion,* louvores fingidos.

LIPASE ['laipeis], *s.* lípase.

LIPIDE ['lipaid], **LIPID** ['lipid], *s.* (bioq.) lípide.

LIP-LABOUR ['lip-leibə], *s.* palavras vãs, de falsa cortesia.

LIPOGRAM ['lipogræm], *s.* lipograma.

LIPPED [lipt], *a.* que possui lábios.

LIP-READING ['lip-ri:diŋ], *s.* interpretação do movimento dos lábios.

LIP-SERVICE ['lipsə:vis], *s.* falsidade; promessas vãs. # *pay lip-service,* fingir.

LIPSTICK ['lipstik], *s.* batom, "bâton".

LIQUEFACTION [likwi'fækʃən], *s.* liquefação.

LIQUEFIABLE ['likwifaiəbl], *a.* liquefativo, fusível.

LIQUEFY ['likwifai], *v.* liquefazer, fundir, derreter; liquefazer-se, derreter-se, fundir-se.

LIQUEUR [li'kjuə], *s.* licor; cordial.

LIQUEUR GLASS ['likjuəglɑ:s], *s.* cálice.

LIQUID ['likwid], *a.* líqüido (= líquido); doce, suave; claro; inconstante; vendável, de grande liqüidez (ação, título). *s.* líqüido; bebida, beberagem.

LIQUIDATE ['likwideit], *v.* liqüidar (= liquidar), saldar (contas).

LIQUIDATION [likwi'deiʃən], *s.* liqüidação (renovação de estoque); liqüidação (por falência).

LIQUIDATOR ['likwideitə], *s.* liquidatário.

LIQUIDIZER ['likwidaizə], *s.* *V.* **BLENDOR.**

LIQUIDNESS ['likwidnis], *s.* liquidez.

LIQUOR ['likə], *s.* bebida alcoólica; solução. *v.* umedecer, untar, banhar.

LIQUORICE ['likəris], *s.* *V.* **LICORICE.**

LIRA ['liərə], *s.* lira (moeda).

L-IRON ['el'aiən], *s.* cantoneira de ferro.

LISLE [lail], *s.* fio fino e resistente.

LISP [lisp], *v.* ciciar, balbuciar; gaguejar; murmurar. *s.* cicio.

LISPER ['lispə], *s.* pessoa que cicia.

LISPING ['lispiŋ], *a.* ciciante, balbuciante; gaguejante.

LISSOM(E) ['lisəm], *a.* flexível; ágil.

LISSOMNESS ['lisəmnis], *s.* flexibilidade; agilidade.

LIST [list], *s.* lista, quadro, tabela, registro, rol, nomenclatura; tira; orla; lista (= listra); filete, moldura; (tec.) banda, ourela; (mar.) inclinação (do navio); *pl.* liça, arena; (poes.) limite; (carp.) régua. *v.* catalogar, registrar, tabelar, inventariar; listrar; orlar; (com.) faturar; alistar-se (soldado); desejar; escorar; (mar.) querenar; adernar, inclinar. # *draw up a list,* fazer uma lista. *waiting list,* lista de espera (relação dos candidatos para emprego, compra, etc.), lista de inscrições.

LISTED ['listid], *a.* listrado, raiado; (com.) cotizado.

LISTEL ['listl], *s.* (arq.) listel, filete.

LISTEN ['lisn], *v.* escutar, atender, estar atento. (E.U.) *Listen !* Escute ! Olhe aqui ! = (Ing.) *look here!* # *listen in,* ouvir, sintonizar (rádio). *listen to,* ouvir atentamente; escutar.

LISTENER ['lisnə], *s.* ouvinte; espião.

LISTENING ['lisniŋ], *s.* a ação de ouvir.

LISTERINE ['listəri:n], *s.* listerina.

LISTING ['listiŋ], *s.* tira, ourela de pano; sanefa; (mil.) alistamento.

LISTLESS ['listlis], *a.* negligente, descuidado, relaxado, indiferente.

LISTLESSNESS ['listlisnis], *s.* desatenção; indiferença.

LIT [lit], *pret.* e *pp.* de **LIGHT.**

LITANY ['litəni], *s.* ladainha.

LITER ['litə], *s.* litro.

LITERACY ['litərəsi], *s.* capacidade de ler e escrever.

LITERAL ['litərəl], *a.* literal, exato, certo, reto.

LITERALITY [litə'ræliti], *s.* sentido literal; positivismo.

LITERALLY ['litərəli], *adv.* literalmente.

LITERALNESS ['litərəlnis], *V.* **LITERALITY.**

LITERARY ['litərəri], *a.* literário.

LITERATE ['litərit], *s.* e *a.* literato, letrado, douto; alfabetizado.

LITERATI [litə'rɑ:ti, litə'reitai], *s. pl.* literatos, letrados, homens de letras.

LITERATIM [litə'reitim], *adv.* literalmente, ao pé da letra.

LITERATURE ['litəritʃə], *s.* literatura; belas-letras; erudição; obras literárias. # *descriptive literature,* instruções, explicações, modo de usar.

LITHARGE ['liθɑ:dʒ], *s.* litargírio.

LITHE [laið], *a.* flexível, maleável, brando.

LITHENESS ['laiðnis], *s.* flexibilidade, maleabilidade; agilidade.

LITHESOME ['laiðsəm], *a.* flexível, maleável, brando.

LITHIA ['liθiə], *s.* litina.

LITHIC ['liθik], *a.* lítico.

LITHIUM ['liθiəm], *s.* lítio.

LITHOGRAPH ['liθəgrɑ:f], *v.* litografar. *s.* litografia (estampa).

LITHOGRAPHER [li'θɔgrəfə], *s.* litógrafo.

LITHOGRAPHY [li'θɔgrəfi], *s.* litografia.

LITHOSPHERE ['liθosfiə], *s.* litosfera.

LITHUANIAN [liθju'einiən], *s.* e *a.* lituano.

LITIGANT ['litigənt], *s.* e *a.* litigante, demandista.

LITIGATE ['litigeit], *v.* litigar, demandar, contender, pleitear.

LITIGATION [liti'geiʃən], *s.* litígio, pleito, contenda.

LITIGIOUS [li'tidʒəs], *a.* litigioso; pleiteável, disputável; caviloso, trapaceiro; litigante.

LITMUS ['litməs], *s.* (quím.) tornassol.

LITRE ['litə], *V.* **LITER.**

LITTER ['litə], *s.* liteira; maca; aparas, retalhos; barrigada, ninhada (de animais); desordem, confusão, miscelânea. *v.* parir (animal); desorganizar, pôr em confusão.

LITTLE ['litl], *a.* pouco; pequeno; insignificante; breve; mesquinho; ruim. *s.* pequena quantidade. *adv.* pouco, escassamente. # *a little* *further,* pouco adiante. *a little is better than none,* antes pouco do que nada = *half a loaf is better than no bread. in little,* em pequena escala, em miniatura. *little by little,* pouco a pouco. *little does one think,* a gente mal pode supor. *little ones,* os pequeninos, as crianças. *little or nothing,* quase nada. *make little of,* fazer pouco de, tratar com pouco caso.

LITTLE-GO ['litlgou], *s.* primeiro exame para bacharel (Cambridge).

LITTLENESS ['litlnis], *s.* insignificância, ninharia; pequenez; mesquinhez, baixeza; ruindade.

LITTORAL ['litərəl], *s.* litoral.

LITURGIC, AL [li'tə:dʒik, əl], *a.* litúrgico.

LITURGY ['litə:dʒi], *s.* liturgia.

LITUUS ['litjuəs], *s.* lítuo.

LIVABLE ['livəbl], *a.* habitável; razoável, suportável.

LIVE [laiv], *a.* vivo; de vida; ativo; vital; ardente; eficaz, efetivo; útil; abrasador; brilhante; (eletr.) carregado.

LIVE [liv], *v.* viver, existir; passar (a vida); levar (esta ou aquela vida); nutrir-se, alimentar-se; durar; morar, residir, habitar; ficar; perpetuar-se. # *live and let live,* ser tolerante; sê tolerante. *live at,* morar em. *live by,* viver de, viver à custa de. *live in,* morar em; viver dentro de. *live on* (ou *upon*), viver de, alimentar-se de. *live out,* sobreviver. *live up to,* pôr em prática, cumprir (preceitos, princípios, etc.). *they that live longest see most,* quanto mais se vive mais se aprende; vivendo e aprendendo.

LIVE-COAL ['laivkoul], *s.* brasa.

LIVELIHOOD ['laivlihud], *s.* profissão, meio de vida; sustento, manutenção, subsistência.

LIVELINESS ['laivlinis], *s.* vida, viveza, agilidade, vivacidade, esperteza; fermentação; animação.

LIVELONG ['livlɔŋ, 'laivlɔŋ], *a.* (poét.) todo; inteiro.

LIVELY ['laivli], *a.* vivo, vigoroso, enérgico, brioso, desembaraçado; airoso, galhardo, espirituoso; (esp.) animado (jogo) = (E.U.) *snappy. adv.* vivamente, energicamente, vigorosamente. # *step lively,* ir rapidamente, andar depressa.

LIVEN ['laivn], *v.* animar(-se) (usado com *up*).

LIVER ['livə], *s.* fígado.

LIVERED ['livəd], *a.* coagulado.

LIVERIED ['livərid], *a.* que usa libré.

LIVERY ['livəri], *s.* libré, uniforme; o sustento de um cavalo; posse, investidura, emancipação de menor.

LIVES [laivz], *pl.* de **LIFE.**

LIVES [livz], 3.ª pess. sing. ind. pres. de **LIVE.**

LIVE-STOCK ['laivstɔk], *s.* os animais domésticos (de uma fazenda, etc.).

LIVID ['livid], *a.* lívido, pálido; plúmbeo.

LIVIDITY [li'viditi], *s.* lividez.

LIVING ['liviŋ], *s.* vida, modo de viver; alimento, subsistência, comida; benefício eclesiástico; sala de estar. *V.* **LIVING-ROOM.** *a.* vivo, com vida, vigoroso; vivificante; evidente. # *earn* (ou *make*) *one's living,* ganhar a vida.

LIVING-ROOM ['liviŋrum], *s.* sala de estar.

LIXIVIATE [lik'sivieit], *v.* lixiviar.

LIXIVIATION [liksivi'eiʃən], *s.* lixiviação.

LIZARD ['lizəd], *s.* lagarto; (mar.) caçoila.

LLAMA ['lɑ:mə], *s.* lama ou lhama (animal).

LO [lou], *s.* índio norte-americano; o índio. *int.* eis aí! veja! # *lo and behold!* vejam só!

LOAD [loud], *v.* carregar. *s.* carga. # *to be loaded,* (gír.) estar embriagado. *working load,* carga útil.

LOAD-DRAUGT ['louddrɑ:ft], *s.* calado.

LOADER ['loudə], *s.* carregador.

LOADING ['loudiŋ], *s.* carga (ação de carregar).

LOAD-LINE ['loudlain], *s.* linha de flutuação.

LOADSTONE ['loudstoun], *s.* magnetita, ímã.

LOAF [louf], *pl.* **LOAVES,** *s.* um pão; vadiação. *v.* vadiar. # *half a loaf is better than no bread,* antes pouco do que nada.

LOAFER ['loufə], *s.* preguiçoso, malandro, mandrião = (E.U.) *bum.*

LOAF-SUGAR ['loufʃugə], *s.* açúcar em tablete.

LOAM [loum], *s.* marga. *v.* cobrir com marga.

LOAMY ['loumi], *a.* com marga; da mesma natureza que a marga.

LOAN [loun], *s.* empréstimo; objeto ou valor emprestado. *v.* (E.U.) emprestar. # *collateral loan,* empréstimo pignoratício. *dead loans,* (com.) empréstimos não pagos. *tied loan,* empréstimo externo em que o devedor se obriga a comprar do financiador o material de que necessita.

LOAN-OFFICE ['loun-ɔfis], *s.* (E.U.) casa de penhores = (Ing.) *pawnshop, pawnbroker's shop.* # *call loan,* empréstimo sem prazo determinado.

LOAN-SHARK ['loun-ʃɑ:k], *s.* agiota.

LOANWORD ['loun-wə:d], *s.* (ling.) empréstimo, ou melhor, aquisição (vocábulo estrangeiro incorporado a um idioma).

LO(A)TH [louθ], *a.* relutante, contrário; repulsivo; odiento.

LOATHE [louð], *v.* detestar, desprezar; aborrecer; causar tédio; sentir aborrecimento ou desgosto.

LOATHER ['louðə], *s. a.* pessoa que sente tédio, aborrecimento ou desgosto.

LOATHING ['louðiŋ], *s.* aversão, aborrecimento, tédio, desgosto, repugnância, asco. *a.* repugnante, asqueroso.

LOATHSOME ['louðsəm], *a.* repugnante, abominável, aborrecível, asqueroso, nauseabundo.

LOAVES [louvz], *pl.* de **LOAF.**

LOBBY ['lɔbi], *s.* antecâmara, vestíbulo; passadiço, alpendre, corredor; salão (de teatro, cinema, etc.); (E.U.) pessoa(s) que procura(m) influir na votação (no Congresso). *v.* influir ou tentar influir na votação (de projeto, etc.).

LOBBYIST ['lɔbiist], *s.* pessoa que influencia ou procura influenciar os legisladores. *V.* **LOBBY.**

LOBE [loub], *s.* (anat.) lobo.

LOBSTER ['lɔbstə], *s.* lagosta.

LOBULAR ['lɔbjulə], *a.* lobular.

LOBULE ['lɔbju:l], *s.* lóbulo.

LOCAL ['loukəl], *a.* local.

LOCALISM ['loukəlizm], *s.* provincialismo, regionalismo (costume, termo, expressão).

LOCALITY [lou'kæliti], *s.* localidade.

LOCALIZATION [loukəlai'zeiʃən], *s.* localização.

LOCALIZE (ISE) ['loukəlaiz], *v.* localizar.

LOCALLY ['loukəli], *adv.* localmente.

LOCATE [lou'keit], *v.* colocar, situar, pôr.

LOCATED [lou'keitid], *a.* (E.U.) situado, sito = (Ing.) *situated.*

LOCATION [lou'keiʃən], *s.* locação, colocação; situação, posição; sítio; localidade, arrendamento, aluguel.

LOCATIVE ['lɔkətiv], *s.* (gram.) locativo.

LOCH [lɔk], *s.* lago.

LOCK [lɔk], *s.* fechadura; fecho; ferrolho; fecho de armas (de fogo); anel (de cabelo); comporta; canal entre duas comportas, represa; borla; froco de lã; cerca; valado; abraço (em luta). *v.* fechar (a chave); aferrolhar; encerrar; apertar (nos braços); juntar, atar, travar; apertar uma forma tipográfica; fechar-se a chave, trancar-se; fazer represas (num canal). # *dead lock,* paralisação total. *in the lock up,* no xadrez (preso). *lock away,* guardar (fechando a chave). *lock in,* prender, enclausurar. *lock lever,* (arm.) alavanca de travamento. *lock nut,* (mec.) contraporca. *lock, stock and barrel,* tudo junto, o lote. *lock striker,* batente para fechadura. *lock up,* guardar com segurança, encerrar; fechar completamente (casa, etc.); internar (louco); empregar (capital). *under lock and key,* debaixo de chave.

LOCKAGE ['lɔkidʒ], *s.* esclusa, comporta; taxa de esclusa; desnivelamento de esclusa.

LOCKED ['lɔkt], *a.* fechado a chave; trancado; apertado nos braços; firme; (mar.) abrigado pela terra.

LOCKER ['lɔkə], *s.* caixão ou armário (fechado a chave); (náut.) compartimento (de bordo); paiol.

LOCKET ['lɔkit], *s.* medalhão; colchete; broche.

LOCKGATE ['lɔk'geit], *s.* comporta; porta de represa.

LOCK-JAW ['lɔkdʒɔ:], *s.* (med.) trismo.

LOCKOUT ['lɔkaut], *s.* greve de empregadores.

LOCKPIN ['lɔkpin], *s.* pino de trava.

LOCKRAM ['lɔkrəm], *s.* estopa (tecido).

LOCKSMITH ['lɔksmiθ], *s.* serralheiro.

LOCK-UP ['lɔkʌp], *s.* prisão, calabouço = (E.U.) *calaboose.*

LOCK-WASHER ['lɔkwɔʃə], *s.* (mec.) arruela de aperto.

LOCK-WHEEL ['lɔkwi:l], *s.* (mec.) roda de travação.

LOCOMOTION [loukə'mouʃən], *s.* locomoção.

LOCOMOTIVE ['loukəmoutiv, loukə'moutiv], *a.* locomotivo, *s.* locomotiva.

LOCOMOTOR ['loukəmoutə], *s.* locomotor.

LOCOMOTOR [loukə'moutə], *a.* locomotor.

LOCUS ['loukəs], *s.* lugar.

LOCUST ['loukəst], *s.* gafanhoto.

LOCUTION [lo'kju:ʃən], *s.* locução; frase.
LOCUTORY ['lɔkjutəri], *s.* locutório.
LODE [loud], *s.* filão, veio.
LODESTAR, LODSTAR ['loudsta:], *s.* estrela polar.
LODESTONE ['loudstoun], *V.* **LOADSTONE.**
LODGE [lɔdʒ], *v.* hospedar, alojar, recolher, albergar = (E.U.) *room;* guardar, depositar; colocar, pôr; plantar, fixar, introduzir; dar a guardar; depositar dinheiro (em bancos, etc.); hospedar-se, alojar-se; morar; residir. *s.* guarita; cubículo, casa pequena, cabana; loja maçônica; covil.
LODG(E)MENT ['lɔdʒmənt], *s.* alojamento; coleção, acumulação; depósito (bancário); colocação; entrincheiramento; amontoamento.
LODGER ['lɔdʒə], *s.* hóspede; inquilino; locatário = (E.U.) *roomer.*
LODGING ['lɔdʒiŋ], *s.* alojamento, pousada; hospedaria; habitação.
LODGINGHOUSE ['lɔdʒiŋhaus], *s.* hospedaria = (E.U.) *rooming-house.*
LOFT [lɔft], *s.* sótão; o andar mais alto de uma casa; celeiro, palheiro; pombal; bando de pombas; (náut.) casa das velas; coro (de igreja).
LOFTINESS ['lɔftinis], *s.* altura, elevação; soberba, orgulho; altivez; majestade; pompa.
LOFTY ['lɔfti], *a.* alto, elevado; eminente, grande, sublime, excelso; orgulhoso, soberbo, altivo.
LOG [lɔg], *s.* toro; acha, lenho, cepo, barrote, trave; barquilha. # *sleep like a log* (ou *top*), dormir profundamente, dormir como uma pedra, dormir a sono solto. *vertical log framesaw,* serra de fita.
LOGARITHM ['lɔgəriθm, 'lɔgəriðm], *s.* logaritmo.
LOGARITHMIC, AL [lɔgə'riθmik, əl, lɔgə'riðmik, əl], *a.* logarítmico.
LOG-BOOK ['lɔgbuk], *s.* livro da derrota; diário de navegação; diário; caderneta escolar.
LOGGERHEAD ['lɔgəhed], *s.* imbecil, parvo, pateta; boçal, estúpido, lorpa. # *at loggerheads,* em desavença.
LOGIC ['lɔdʒik], *s.* lógica.
LOGICAL ['lɔdʒik(ə)l], *a.* lógico, racional, coerente.
LOGICIAN [lou'dʒiʃən], *s.* professor de lógica.
LOGOMACHY [lɔ'gɔməki], *s.* logomaquia.
LOG-REEL ['lɔg-ri:l], *s.* carretel da barquilha.
LOG-ROLLING ['lɔg-rouliŋ], *s.* (E.U.) votação global (cambalacho político).
LOIN [lɔin], *s.* lombo.
LOITER ['lɔitə], *v.* demorar, tardar; perder tempo, vagabundar; demorar-se; vadiar.
LOITERER ['lɔitərə], *s.* vadio, vagabundo.
LOITERING ['lɔiteriŋ], *a.* vagabundo, vadio, ocioso, preguiçoso.
LOLL [lɔl], *v.* apoiar-se, recostar-se, estender-se, refestelar-se, espreguiçar-se.
LOLLER ['lɔlə], *s.* indolente, ocioso, preguiçoso, pessoa inativa.
LOLLING ['lɔliŋ], *s.* indolência.
LOLLIPOP ['lɔlipɔp], *s.* caramelo, pirulito.
LONDONER ['lʌndənə], *s.* londrino.
LONE [loun], *a.* só, solitário, isolado; solteiro.
LONELINESS ['lounlinis], *s.* solidão, isolamento.
LONELY ['lounli], *a.* solitário, só; abandonado; amigo da solidão.
LONESOME ['lounsəm], *a.* solitário, deserto, só, isolado; triste (devido à solidão).
LONG [lɔŋ], *a.* longo; alongado; grande; comprido, extenso; demorado, vagaroso, moroso; tedioso; ansioso, aflito. *adv.* por muito tempo; demoradamente, longamente. *s.* longitude; *pl.* os que guardam ações, títulos, etc., à espera da alta. *v.* desejar com ardor; anelar, ansiar; alongar, prolongar. # *as* (ou *so*) *long as,* contanto que. *before long,* em breve. *be long,* demorar-se. *long after* (ou *for*), desejar ardentemente; ter saudades de. *long ago,* há muito tempo. *long dozen,* treze. *long-hoped for,* almejado.
LONGBOAT ['lɔŋbout], *s.* lancha de bordo; chalupa.
LONGBOW ['lɔŋbou], *s.* arco de mão. # *draw* (ou *pull*) *the longbow,* exagerar.
LONG-DISTANCE ['lɔŋ'distəns], *a.* (E.U.) interurbano (telefonema) = (Ing.) *trunk.*
LONG-DRAWN ['lɔŋdrɔ:n], *a.* prolongado.
LONGER ['lɔŋgə], *s.* pessoa que está ansiosa. *adv.* por mais tempo.
LONGEVITY [lən'dʒeviti], *s.* longevidade.
LONGHAND ['lɔŋhænd], *s.* escrita por extenso.
LONGING ['lɔŋiŋ], *s.* desejo, anelo, aspiração; ansiedade, ânsia.
LONGISH ['lɔŋiʃ], *a.* um tanto longo.
LONGITUDE ['lɔndʒitju:d], *s.* longitude.

LONGITUDINAL [lɔndʒi'tju:dinl], *a.* longitudinal. *s.* longarina.

LONGSHORE ['lɔŋʃɔ:], *a.* ao longo da praia.

LONGSHOREMAN ['lɔŋʃɔ:mən], *s.* estivador.

LONG-SIGHTED ['lɔŋ'saitid], *s.* presbita.

LONG-SIGHTEDNESS ['lɔŋ'saitidnis], *s.* presbitia (= presbitismo, presbiopia).

LONG-SPUN ['lɔŋ-spʌn], *a.* enfadonho.

LONG-SUFFERING ['lɔŋ'sʌfəriŋ], *s.* resignação, *a.* resignado.

LONGWAYS ['lɔŋweiz], *adv.* longitudinalmente.

LONG-WINDED ['lɔŋ'windid], *a.* de longo fôlego; enfadonho; verboso.

LONGWISE ['lɔŋwaiz], *adv. V.* **LONGWAYS.**

LOO [lu:], *s.* lu (jogo de cartas). *v.* dar capote (no jogo de cartas); ganhar; multar (no jogo).

LOOBY ['lu:bi], *s.* tolo, néscio.

LOOK [luk], *v.* ver, olhar; parecer; ter aspecto de; contemplar; encarar; ter cuidado. *s.* olhar; golpe de vista; semblante; aspecto; ares; vista d'olhos. # *cast a look,* dar uma olhadela. *have a look at,* dar uma olhadela, olhar para. *it looks like rain* (ou *raining),* parece que vai chover. *look about,* olhar ao redor de si; estar alerta. *look after,* cuidar de, tratar de, tomar conta de. *look as if,* parecer. *look down on* (ou *upon),* escarnecer, olhar com desdém. *look for,* procurar. *look forward to,* estar ansioso por. *look into,* investigar. *look like,* parecer-se com, assemelhar-se a. *look out,* espreitar; procurar. *look out!* cuidado! *look over,* examinar; perdoar. *look sharp!* olha com atenção! *look up,* erguer os olhos; visitar; consultar (dicionário). *look upon,* considerar; observar. *look up to,* respeitar.

LOOKER-ON ['lukər'ɔn], *s.* espectador. *pl.* **LOOKERS-ON.**

LOOKERS-ON ['lukəz'ɔn], *pl.* de **LOOKER-ON.**

LOOKING ['lukiŋ], *s.* olhar (a ação).

LOOKING-GLASS ['lukiŋglɑ:s], *s.* espelho.

LOOK-OUT ['luk'aut], *s.* vigia, guarda; observação, guarita; vigilância, atalaia. # *on the look-out,* de atalaia. *that is his look-out,* (col.) isso é lá com ele.

LOOM [lu:m], *s.* tear; miragem; aparição; braço de remo; presença; trastes de uma casa. *v.* avistar no horizonte; aparecer, assomar, surgir; desenhar-se; luzir, reluzir; deformar-se (como em uma miragem).

LOOMING ['lu:miŋ], *s.* miragem; aparência; reflexo (do mar).

LOON ['lu:n], *s.* tratante.

LOONY ['lu:ni], *s.* bobo; paspalhão, parvo.

LOOP [lu:p], *s.* presilha, ilhó, alça; olhar; alamar. *v.* pôr presilha; fazer voltas. # *loop up,* atar, amarrar.

LOOPHOLE ['lu:p-houl], *s.* abertura, buraco; (mil.) seteira; merlão; (fig.) escapatória, evasiva.

LOOPHOLED ['lu:p-hould], *a.* que possui aberturas; (mil.) com seteiras.

LOOPING ['lu:piŋ], *s.* (aer.) vôo em espiral.

LOOSE [lu:s], *v.* desatar, afrouxar, soltar, desapertar, desprender; aliviar; libertar; livrar; desembaraçar; desenredar; largar (pano, vela, etc.); desocupar. *a.* livre. solto, liberto, desembaraçado; aliviado, frouxo; móvel; desatado; folgado, desocupado; descuidado. *s.* alívio; soltura; liberdade. # *on the loose,* às soltas.

LOOSELY ['lu:sli], *adv.* imprecisamente.

LOOSEN ['lu:sn], *v.* desatar, desprender; afrouxar; largar; livrar; desligar; soltar, aliviar; soltar-se, desligar-se; desunir-se; desembaraçar (o ventre).

LOOT [lu:t], *v.* saquear, pilhar, assaltar. *s.* saque, pilhagem; despojo.

LOOTER ['lu:tə], *s.* saqueador.

LOOVER ['lu:və], *s.* (arq.) clarabóia.

LOP [lɔp], *v.* podar; desbastar (as árvores); decotar. *s.* ramos, galhos.

LOPE [loup], *v.* galopar; pular, saltar. *s.* galope largo.

LOP-EARED ['lɔp-iəd], *a.* de orelhas pendentes.

LOPPER ['lɔpə], *s.* podador (das árvores).

LOPPING ['lɔpiŋ], *s.* poda; desgalhe; decote.

LOP-SIDED ['lɔp'saidid], *a.* torto; desequilibrado, assimétrico, cambaio; amalucado.

LOQUACIOUS [lo'kweiʃəs], *a.* loquaz, falador, palrador, tagarela.

LOQUACITY [lo'kwæsiti], *s.* loquacidade.

LORD [lɔ:d], *s.* Deus, Criador; Senhor; dono; lorde; governador, monarca, marido; amo, senhor; fidalgo, homem nobre; um título nobiliárquico, um grande homem (indústria, comércio, etc.). *v.* dominar, governar, mandar;

senhorear. *int.* que exprime surpresa ou compaixão. # *Lord Chancellor,* presidente da Câmara dos Pares. *Lord Chamberlain,* camareiro-mor. *Lord Chief Justice,* presidente do Supremo Tribunal de Justiça. *Lord of Appeal,* juiz da Corte de Apelação. *lord it over,* dominar. *the Lord's prayer,* o Padre-nosso.

LORDLINESS ['lɔ:dlinis], *s.* altivez, orgulho; dignidade, grandeza.

LORDLY ['lɔ:dli], *a.* fidalgo; altivo, orgulhoso; senhoril; insolente. *adv.* altivamente, orgulhosamente, senhorilmente.

LORD'S-DAY ['lɔ:dz'dei], *s.* domingo, dia do Senhor.

LORDSHIP ['lɔ:dʃip], *s.* domínio, poder; excelência, senhoria.

LORE [lɔ:, lɔə], *s.* saber, ciência, erudição; doutrina, lição; instrução.

LORN [lɔ:n], *a.* abandonado.

LORRY ['lɔri], *s.* auto-caminhão, caminhão = (E.U.) *truck.* # *lorry-hop,* viajar de carona, em caminhões.

LORY ['lɔ:ri], *s.* arara.

LOSABLE ['lu:zəbl], *a.* suscetível de perda.

LOSE [lu:z], *pret.* e *pp.* **LOST.** *v.* perder, desperdiçar, arruinar.

LOSER ['lu:zə], *s.* o que perde.

LOSS [lɔs], *s.* perda; ruína, destruição; perdição; fracasso; desperdício; quebra. # *at a loss,* com prejuízo. *be at a loss,* estar embaraçado; estar indeciso. *loss leader,* artigo vendido a preço inferior ao custo (propaganda).

LOST [lɔst], *pret.* e *pp.* de **LOSE.** *a.* perdido, sumido; naufragado; disperso; frustrado; perplexo, desorientado, extraviado; desgarrado; arruinado; desperdiçado; condenado.

LOT [lɔt], *s.* lote, terreno; lote, quota, quinhão, parte; destino, fado, sorte, fortuna, ventura; grande porção. *v.* lotear, repartir em lotes; designar, destinar. # *a fresh lot,* (com.) mercadoria recém-chegada. *a lot of* (ou *quite a lot*), grande quantidade. *cast lots,* deitar sortes. *draw lots,* tirar a sorte. *odd lot,* (Bolsa) lote de ações em número inferior a cem. *parking lot,* ponto de estacionamento = *parking place. round lot,* (Bolsa) lote de ações em número redondo e superior a cem. *think a lot of,* ter em alto conceito, apreciar, estimar. *to take a lot of doing,* dar muito trabalho.

LOTH [lòuθ], *a. V.* **LOATH.**

LOTION ['louʃən], *s.* loção.

LOTTERY ['lɔtəri], *s.* loteria.

LOTTO ['lɔtou], *s.* loto.

LOTUS ['loutəs], *s.* lotus, loto (planta).

LOUD ['laud], *a.* ruidoso, barulhento, estrondoso, alto, forte, sonoro; turbulento; estrepitoso; vistoso; escandaloso; inquieto; vulgar, grosseiro, banal. *adv.* ruidosamente alto.

LOUD-HAILER ['laud'heilə], *s.* alto-falante.

LOUDLY ['laudli], *adv.* ruidosamente, ensurdecedoramente; vistosamente.

LOUDNESS ['laudnis], *s.* ruído, barulho; sonoridade; vulgaridade, falta de gosto.

LOUD-SPEAKER ['laud'spi:kə], *s.* alto-falante, porta-voz.

LOUIS ['lu:i], *s.* luís. *pl.* ['lu:iz].

LOUNGE [laundʒ], *v.* vadiar, malandrar, preguiçar, mandriar; repousar; folgar. *s.* sofá; ociosidade. # *departure lounge,* sala de embarque (aeroporto). *lounge suit,* traje de passeio. *lounge lizard,* dançarino profissional (em cabaré).

LOUNGER ['laundʒə], *s.* mandrião, vadio, malandro, ocioso.

LOUSE [laus], *s.* piolho. *pl.* **LICE.**

LOUSE [lauz], *v.* espiolhar, tirar piolhos.

LOUSY ['lauzi], *a.* piolhento, porco; sórdido, vil.

LOUT [laut], *s.* grosseirão, bruto, estúpido; relaxado.

LOUTISH ['lautiʃ], *a.* rude, rústico, grosseiro.

LOVABLE ['lʌvəbl], *a.* cativante, atraente.

LOVABLENESS ['lʌvəblnis], *s.* amabilidade.

LOVE [lʌv], *v.* amar, gostar de, querer, adorar; afeiçoar-se; deleitar-se; estar enamorado. *s.* amor, afeição, amizade, pessoa amada; galanteio. # *be in love with,* estar enamorado de. *fall in love with,* ficar enamorado de. *love in a cottage,* "teu amor e uma cabana". *make love with,* enamorar-se de; fazer a corte a. *play for love,* jogar a leite de pato. *send one's love,* mandar lembranças.

LOVE-AFFAIR ['lʌvəfɛə], *s.* caso de amor.

LOVEBIRD ['lʌvbə:d], *s.* periquito.

LOVE-CHILD ['lʌvtʃaild], *s.* filho ilegítimo.

LOVE-IN-IDLENESS ['lʌvin'aidlnis], *s.* amor--perfeito (flor).

LOVE-KNOT ['lʌvnɔt], *s.* nó cego; laço de fita (sinal de amor).

LOVELESS ['lʌvlis], *a.* desamável.

LOVELINESS ['lʌvlinis], *s.* amabilidade, atrativo, benquerença, encanto, beleza.

LOVELOCK ['lʌvlɔk], *s.* "pega-rapaz" (cacho de cabelo na testa).

LOVELORN ['lʌvlɔ:n], *a.* apaixonado; abandonado.

LOVE-SICK ['lʌvsik], *a.* apaixonado.

LOVELY ['lʌvli], *a.* amável, agradável, belo, atraente, simpático, formoso; ameno, deleitoso.

LOVER ['lʌvə], *s.* amante; namorado.

LOVING ['lʌviŋ], *a.* amoroso, afetuoso, carinhoso, amante, terno, afável.

LOVINGNESS ['lʌviŋnis], *s.* carinho, ternura, afeição, amabilidade, afabilidade, amor.

LOW [lou], *a.* baixo; pequeno; rasteiro; fraco; vulgar, banal; profundo; humilde; débil, abatido; desanimado; servil, submisso; baixo, vil, abjeto; pobre; barato; modesto; moderado. *adv.* baixo; profundamente; humildemente; vulgarmente; vilmente; servilmente. *v.* abaixar; deprimir; abater (desus.). *s.* (mec., E.U.) primeira velocidade = (Ing.) *first speed.*

LOW [lou], *v.* balir, mugir. *s.* balido, mugido.

LOW-BORN ['lou'bɔ:n], *a.* de origem humilde.

LOW-BRED ['lou'bred], *a.* vulgar; malcriado.

LOW-BROW ['lou-brau], *s.* homem sem cultura. *a.* inculto, ignorante.

LOW-CHURCH ['lou'tʃə:tʃ], *s.* uma seita anglicana.

LOWER ['louə], *a. comp.* de **LOW,** mais baixo, inferior.

LOWER ['louə], *v.* baixar, descer, abaixar; humilhar, diminuir, rebaixar, aviltar; minguar.

LOWER ['lauə], *v.* fazer carranca, mostrar-se carrancudo; nublar, toldar, obscurecer, escurecer (o céu); ameaçar.

LOWER-CASE ['louəkeis], *s.* (tip.) caixa baixa, minúscula.

LOWERING ['lauəriŋ], *a.* nublado, nebuloso; carrancudo, sombrio, ameaçador.

LOW GEAR ['lou'giə], *s.* (E.U.) primeira velocidade (automóvel) = (Ing.) *first speed, bottom speed.*

LOWLAND ['louənd], *s.* terreno baixo, baixada, baixadão.

LOWLANDER ['louləndə], *s.* proprietário ou habitante de baixada.

LOWLINESS ['loulinis], *s.* vileza, baixeza, ruindade; humildade, submissão.

LOWLY ['louli], *a.* submissão, humilde, modesto; vil, baixo, rasteiro, ruim. *adv.* modestamente, humildemente; rasteiramente.

LOW-NECKED ['lou'nekt], *a.* decotado.

LOWNESS ['lounis], *s.* baixeza, vileza, pequenez, ruindade, maldade; abatimento, desencorajamento, prostração; caráter de profundidade ou gravidade do tom; sonoridade suave.

LOW-SPIRITED ['lou'spiritid], *a.* desanimado; melancólico.

LOW-SPIRITEDNESS ['lou'spiritidnis], *s.* depressão; melancolia.

LOYAL ['lɔiəl], *a.* leal, fiel.

LOYALLY ['lɔiəli], *adv.* lealmente.

LOYALTY ['lɔiəlti], *s.* lealdade, fidelidade; constância.

LOZENGE ['lɔzindʒ], *s.* losango; pastilha.

LUBBER ['lʌbə], *s.* indivíduo grandalhão, pesadão, desajeitado; grosseirão; preguiçoso; marinheiro-de-água-doce.

LUBBERLY ['lʌbəli], *a.* desastrado; vadio; preguiçoso; grosseiro, rústico. *adv.* desastradamente; rusticamente, toscamente.

LUBE [lju:b], *s.* óleo lubrificante.

LUBRICANT ['lu:brikənt], *a.* escorregadio, liso, lúbrico.

LUBRICATE ['lu:brikeit], *v.* lubrificar, untar, amaciar.

LUBRICATION [lu:bri'keiʃən], *s.* lubrificação

LUBRICATOR ['lu:brikeitə], *s.* lubrificador.

LUCENCY ['lju:snsi], *s.* brilho, resplandecência.

LUCENT ['lju:snt], *a.* brilhante, luzente, resplandecente.

LUCERN(E) [lu:'sə:n], *s.* luzerna, alfafa = (E.U.) *alfalfa.*

LUCID ['lu:sid], *a.* lúcido, transparente, claro, resplandecente; luminoso, brilhante.

LUCIDITY [lu:'siditi], *s.* lucidez, claridade.

LUCIDNESS ['lu:sidnis], *s.* lucidez, clareza; claridade; luminosidade, transparência; resplendor, fulgor.

LUCIFER ['lu:sifə], *s.* Lúcifer, Satanás.

LUCIFER ['lu:sifə], *s.* fósforo.

LUCK [lʌk], *s.* casualidade, acaso; fortuna, ventura, sorte, felicidade. # *bad (hard* ou *ill) luck,* azar. *be down on luck,* estar sem sorte. *be in luck,* estar com sorte. *be off one's luck,* estar sem sorte. *be out of luck,* estar sem sorte. *for luck,* para dar sorte. *good luck,* boa sorte. *just my luck! what a bit of luck!* que sorte a minha! *talk about luck!* que sorte!

LUCKILY ['lʌkili], *adv.* afortunadamente; felizmente, ditosamente; casualmente, fortuitamente, inopinadamente, inesperadamente.

LUCKY ['lʌki], *a.* feliz, ditoso, afortunado, propício.

LUCKY-DIP ['lʌkidip], *s.* pescaria (na feira de amostras), saco de surpresa = (E.U.) *grab-bag.*

LUCRATIVE ['lu:krətiv], *a.* lucrativo, rendoso, ganancioso.

LUCRE ['lu:kə], *s.* dinheiro; riqueza, ganho; ganância, usura.

LUCUBRATE ['lu:kju:breit], *v.* lucubrar.

LUCUBRATION [lu:kju:'breiʃən], *s.* lucubração.

LUDICROUS ['lu:dikrəs], *a.* grotesco, ridículo, burlesco, jocoso, cômico, caricato.

LUFF [lʌf], *s.* (náut.) ló, barlavento. *v.* ir à bolina.

LUG [lʌg], *s.* asa (xícara, açucareiro, etc.); (maq.) alça, orelha; coisa pesada, peso. *v.* arrastar; içar; puxar (com força).

LUGGAGE ['lʌgidʒ], *s.* bagagem = (E.U.) *baggage;* matalotagem; trastes; (E.U.) malas vazias, novas.

LUGGAGE-VAN ['lʌgidʒvæn], *s.* (estr. de f.) carro de bagagem.

LUGGER ['lʌgə], *s.* lugre.

LUGUBRIOUS [lu:'gju:briəs], *a.* lúgubre, fúnebre, triste.

LUKEWARM ['lu:k-wɔ:m], *a.* tépido, morno; (fig.) frio, seco, insensível, indiferente, amorfo.

LUKEWARMNESS ['lu:k-wɔ:mnis], *s.* mornidão; indiferença, tibieza.

LULL [lʌl], *v.* embalar; ninar; acalentar; amainar, acalmar, aquietar; mitigar; apaziguar. *s.* calmaria; embalo (provocando sono); murmúrio; (náut.) sota.

LULLABY ['lʌləbai], *s.* acalento (=acalanto); arrulho; murmúrio.

LULLER ['lʌlə], *s.* acalentador.

LUMBAGO [lʌm'beigou], *s.* lumbago.

LUMBAR ['lʌmbə], lombar, dorsal.

LUMBER ['lʌmbə], *s.* trastes velhos; (E.U.) tábuas, madeira, madeiramento = (Ing.) *timber* *v.* amontoar coisas sem valor, ajuntar confusamente; arrastar-se, mover-se com certa dificuldade.

LUMBERJACK ['lʌmbədʒæk], *s.* (E.U.) madeireiro, lenhador = (Ing.) *woodman.*

LUMBERMAN ['lʌmbəmən], *s.* (E.U.) madeireiro (o dono das terras) = (Ing.) *woodman.*

LUMBER-MILL ['lʌmbəmil], *s.* serraria.

LUMBER-ROOM ['lʌmbə-rum], *s.* quarto de guardados, depósito de coisas velhas.

LUMBER-YARD ['lʌmbəjɑ:d], *s.* depósito de madeiras.

LUMINARY ['lu:minəri], *s.* luminar, corpo luminoso, astro.

LUMINOSITY [lu:mi'nɔsiti], *s.* luminosidade.

LUMINOUS ['lu:minəs], *a.* luminoso, iluminado, resplandecente, fulgurante; lúcido, claro.

LUMP [lʌmp], *s.* pedaço, bocado, massa, bloco; torrão; protuberância. *v.* amontoar; negociar por atacado; estivar; aglomerar-se; reunir-se; englobar-se. # *in the lump,* em conjunto. *lump in one's throat,* nó na garganta.

LUMPER ['lʌmpə], *s.* estivador.

LUMPINESS ['lʌmpinis], *s.* grosseria.

LUMPING ['lʌmpiŋ], *a.* grande, pesado, carregado; grosseiro, bruto, estúpido.

LUMPISH ['lʌmpiʃ], *a.* maciço, pesado, grande; grumoso; grosseiro; estúpido, bruto.

LUMPISHNESS ['lʌmpiʃnis], *s.* grosseria, estupidez, brutalidade.

LUMPY ['lʌmpi], *a.* grumoso.

LUNACY ['lu:nəsi], *s.* insânia, loucura, demência.

LUNAR ['lu:nə], *a.* lunar; lunático; de prata.

LUNATE ['lu:nit], *a.* luniforme.

LUNATIC ['lu:nətik], *a.* e *s.* lunático, aluado; alienado.

LUNATION [lu:'neiʃən], *s.* lunação.

LUNCH [lʌntʃ], *s.* almoço; (E.U.) refeição leve, lanche = (Ing.) *snack. v.* almoçar; (E.U.) lanchar, fazer uma refeição leve.

LUNCHEON ['lʌntʃən], *V.* **LUNCH.**

LUNCHEONETTE [lʌntʃə'net], *s.* pequena casa que serve lanches, pequeno restaurante.
LUNE [lu:n], *s.* lúnula, fuso esférico; lua; mania.
LUNETTE [lu:'net], *s.* luneta; (arq.) óculo.
LUNG [lʌŋ], *s.* pulmão.
LUNGE [lʌndʒ], *s.* investida, arremetida, avanço, bote. *v.* investir; esforçar-se; dar botes.
LUNGED [lʌŋd], *a.* provido de pulmões.
LUNULE ['lu:njulə], *s.* lúnula.
LUPIN(E) ['lu:pin], *s.* tremoço.
LUPUS ['lu:pəs], *s.* (med.) lupo, lúpus.
LURCH [lə:tʃ], *s.* guinada, balanço brusco; bordos; desamparo, abandono; dificuldade; partida dupla (no jogo); emboscada. *v.* titubear; fazer bordos. # *leave someone in the lurch,* abandonar alguém que se encontra em situação difícil.
LURCHER ['lə:tʃə], *s.* o que fica de emboscada; traidor; larápio, ladrão; cão que ataca de rastos; glutão.
LURCHING ['lə:tʃin], *s.* guinada, balanço brusco.
LURE [ljuə], *s.* engodo, chamariz, isca, armadilha; engano; atrativo; tentação. *v.* engodar, atrair, tentar, induzir.
LURID ['ljuərid], *a.* triste, lúgubre, fúnebre; fantástico; pálido; acobreado (céu).
LURK [lə:k], *v.* esconder-se, ocultar-se; furtar-se, esquivar-se; espiar.
LURKER ['lə:kə], *s.* espião; o que está de emboscada.
LURKING-PLACE ['lə:kiŋpleis], *s.* esconderijo.
LUSH [lʌʃ], *a.* viçoso, luxuriante; suculento.
LUST [lʌst], *s.* concupiscência, luxúria, lascívia, sensualidade; impudicícia. *v.* cobiçar, desejar; luxuriar, entregar-se à libertinagem.
LUSTER ['lʌstə], *s.* lustre, lustro, reflexo, brilhantismo, brilho; esplendor; candelabro.
LUSTERLESS ['lʌstəlis], *a.* fosco; embaçado, sem brilho.
LUSTFUL ['lʌstful], *a.* voluptuoso, luxurioso, sensual, impudico, devasso, lúbrico, lascivo; cobiçoso.
LUSTINESS ['lʌstinis], *s.* vigor, força, robustez.
LUSTRAL ['lʌstrəl], *a.* lustral.
LUSTRE ['lʌstə], *V.* **LUSTER.**
LUSTRING ['lʌstriŋ], *s.* lustrina (tecido).
LUSTROUS ['lʌstrəs], *a.* lustroso, reluzente, luzidio, brilhante, fulgurante, resplandecente.
LUSTY ['lʌsti], *a.* robusto, vigoroso, forte, rijo, valente; corpulento; abundante.
LUTE [lu:t], *s.* alaúde; luto (massa). *v.* tocar alaúde; vedar com luto.
LUTHERAN ['lu:θəren], *s.* e *a.* luterano.
LUTHERANISM ['lu:θərənizm], *s.* luteranismo.
LUTIST ['lu:tist], *s.* tangedor ou fabricante de alaúde.
LUX [lʌks], *s.* (fís.) lux, vela-metro (unidade de iluminação).
LUXATE ['lʌkseit], *v.* luxar, desconjuntar, deslocar.
LUXATION ['lʌk'seiʃən], *s.* luxação, deslocamento.
LUXE [luks, lu:ks, lʌks], *s.* luxo.
LUXURIANCE [lʌg'zjuəriəns], *s.* exuberância, superabundância; frondosidade, viçosidade.
LUXURIANT [lʌg'zjuəriənt], *a.* luxuriante, exuberante, frondoso, viçoso.
LUXURIATE [lʌg'zju:əreit], *a.* viver no fausto, viver no luxo.
LUXURIOUS [lʌg'zjuəriəs], *a.* luxurioso, suntuoso; confortável; voluptuoso; exuberante, faustoso; viçoso, frondoso; agradável, esplêndido.
LUXURY ['lʌkʃəri], *s.* luxo, fausto; magnificência, suntuosidade; prazer, gozo, deleite; manjar saboroso. # *luxury goods,* artigos de luxo.
LYCEUM [lai'siəm], *s.* liceu.
LYCOPODIUM [laikə'poudjəm], *s.* licopódio.
LYE [lai], *a.* lixívia.
LYING ['laiiŋ], *a.* mentiroso, falso. *s.* embuste, mentira; o hábito de mentir; mendacidade.
LYING-IN ['laiiŋ'in], *s.* parto.
LYING-SHAFT ['laiŋʃɑ:ft], *s.* (maq.) eixo de transmissão horizontal.
LYMPH [limf], *s.* linfa.
LYMPHATIC [lim'fætik], *a.* linfático; calmo, fleumático, pachorrento, impassível. *s.* vaso linfático.
LYNCH [lintʃ], *v.* linchar.
LYNX [liŋks], *s.* lince.
LYRE ['laiə], *s.* lira.
LYRIC ['lirik], *s.* poema lírico. *a.* lírico.
LYRICAL ['lirikəl], *a.* lírico.
LYRIST ['lirist], *s.* lirista; poeta lírico.

M

M [em], *s.* décima letra do alfabeto.

MA [mɑ:], *abrev.* de **MAM(M)A,** mamãe, mamã.

MA'AM [mæm], *s.* contr. de **MADAM,** senhora, minha senhora. Criados pronunciam [məm] ou [m].

MAC [mæk], *pref.* filho de = **MC, Mc, M'.** (Usado em sobrenomes na Escócia e Irlanda).

MACABRE [mə'kɑ:br], *a.* macabro.

MACADAM [mə'kædəm], *s.* macadame.

MACADAMIZATION (ISA) [məkædəmai'zeiʃən] *s.* macadamização.

MACADAMIZE (ISE) [mə'kædəmaiz], *v.* macadamizar.

MACARONI [mækə'rouni], *s.* macarrão.

MACAROON [mækə'ru:n], *s.* bolo de amêndoa.

MACAW [mə'kɔ:], *s.* arara (ave).

MACE [meis], *s.* clava, maca.

MACERATE ['mæsəreit], *v.* macerar; mortificar, atormentar, amolecer.

MACERATION [mæsə'reiʃən], *s.* maceração.

MACHINATE ['mækineit], *v.* maquinar, tramar, forjar, arquitetar, engendrar; planear; traçar, urdir.

MACHINATION [mæki'neiʃən], *s.* maquinação, conjuração; trama; conluio; intriga.

MACHINATOR ['mækineitə], *s.* maquinador.

MACHINE [mə'ʃi:n], *s.* máquina, mecanismo; maquinismo, engenho; agente, veículo; (E.U.) partido político. # ***milling machine,*** *V.* **MILLER.** ***reaping machine,*** ceifeira. ***to set up a machine,*** montar uma máquina.

MACHINE-GUN [mə'ʃi:ngʌn], *s.* metralhadora.

MACHINERY [mə'ʃi:nəri], *s.* maquinismo; máquinas (abrangendo caldeiras, etc.).

MACHINING [mə'ʃi:niŋ], *s.* (mec.) trabalho a máquina; usinagem. # *accurate machining,* usinagem de precisão.

MACHINIST [mə'ʃi:nist], *s.* mecânico.

MACK [mæk], abrev. de *mackintosh.*

MACKEREL ['mækrəl], *s.* cavala (peixe).

MACKINTOSH ['mækintɔʃ], *s.* casaco ou capa impermeável = (E.U.) *raincoat.*

MACROCOSM ['mækrəkɔzm], *s.* **macrocosmo.**

MACRON ['mækrɔn], *s.* mácron (sinal de vogal longa).

MACULA ['mækjulə], *s.* mácula, mancha, nódoa. labéu. *pl.* **MACULAE.**

MACULAE ['mækjuli:], *pl.* de **MACULA.**

MACULATE ['mækjulit], *a.* maculado, manchado.

MACULATE ['mækjuleit], *v.* macular, poluir.

MACULATION [mækju'leiʃən], *s.* ato de macular, conspurcação; mancha, mácula, nódoa, labéu.

MAD [mæd], *a.* louco, doido, tolo, bobo, maníaco; distraído, perturbado; (E.U.) desesperado, furioso, encolerizado. # ***run mad,*** enlouquecer. ***stark mad,*** louco varrido.

MADAM ['mædəm], *s.* senhora, madama.

MADAME ['mædəm], *s.* madama, senhora. *pl.* **MESDAMES.**

MADCAP ['mædkæp], *a.* e *s.* estouvado, leviano, doidivanas; tolo, doido, maluco.

MADDEN ['mædn], *v.* enlouquecer, endoidecer, enfurecer, encolerizar.

MADDER ['mædə], *s.* garança.

MADDING ['mædiŋ], *a.* tolo, bobo, insensato, mentecapto.

MAD-DOCTOR ['mad'dɔktə], *s.* alienista.

MADE [meid], *pret.* e *pp.* de **MAKE.** *a.* feito, fabricado, ornado.

MADEMOISELLE [mædəm'zel], *pl.* **MESDEMOISELLES.** *s.* menina; moça solteira.

MADE-UP ['meidʌp], *a.* artificial, fictício; pintado (o rosto).

MADHOUSE ['mædhaus], *s.* hospital de alienados, hospício, manicômio.

MADLY ['mædli], *adv.* furiosamente, loucamente, insensatamente, tolamente.
MADMAN ['mædmən], *s.* louco, doido, maníaco. *pl.* MADMEN.
MADMEN ['mædmən], *pl.* de MADMAN.
MAD-MONEY ['mæd'mʌni], *s.* quantia que uma mulher leva consigo para despesas eventuais.
MADNESS ['mædnis], *s.* loucura, demência, mania; desatino, fúria, raiva, furor.
MADRAS [mə'drɑ:s], *s.* tecido de algodão.
MADREPORE ['mædrìpɔ:, 'mædripɔə], *s.* madrépora.
MADRIGAL ['mædrigəl], *s.* madrigal; canção bucólica ou pastoril.
MADSTONE ['mædstoun], *s.* pedra a que atribuem a propriedade de curar a hidrofobia.
MAELSTROM ['meilstroum], *s.* redemoinho; sorvedouro.
MAG [mæg], *s.* pega; palrador, tagarela; falador; meio pêni (fam.).
MAGAZINE [mægə'zi:n, 'mægəzi:n], *s.* armazém; paiol; revista, periódico; carretel de filme (fot.). # *magazine gun,* espingarda de repetição. *magazine lantern,* lanterna mágica. *magazine rifle,* espingarda de repetição.
MAGE [meidʒ], *s.* mago, feiticeiro, adivinho.
MAGGOT ['mægət], *s.* larva; fantasia, capricho.
MAGGOTY ['mægəti], *a.* bichoso; fantástico, caprichoso.
MAGIC ['mædʒik], *s.* magia. *a.* mágico.
MAGICAL ['mædʒikəl], *a.* mágico; encantador, deslumbrante, fascinante, tentador, sedutor.
MAGICIAN [mə'dʒiʃən], *s.* mago; mágico; necromante.
MAGIC-LANTERN ['mædʒik'læntən], *s.* lanterna mágica.
MAGISTERIAL [mædʒis'tiəriəl], *a.* magistral; absoluto; imperioso; autoritário; oracular.
MAGISTRACY ['mædʒistrəsi], *s.* magistratura.
MAGISTRAL [mə'dʒistrəl], *a.* magistral.
MAGISTRATE ['mædʒistrit], *s.* magistrado.
MAGISTRATURE ['mædʒistrətjuə], *s.* magistratura.
MAGNANIMITY [mægnə'nimiti], *s.* magnanimidade, generosidade; nobreza.
MAGNANIMOUS [mæg'næniməs], *a.* magnânimo, nobre, generoso, longânime, elevado.
MAGNATE ['mægneit], *s.* magnata.
MAGNESIA [mæg'ni:ʃə], *s.* magnésia.
MAGNESIUM [mæg'ni:ziəm], *s.* magnésio.
MAGNET ['mægnit], *s.* magnete, ímã.
MAGNETIC, AL [mæg'netik, əl], *a.* magnético; atraente.
MAGNETISM ['mægnitizm], *s.* magnetismo.
MAGNETITE ['mægnitait], *s.* (min.) magnetita.
MAGNETIZE ['mægnitaiz], *v.* magnetizar, atrair, seduzir, encantar.
MAGNETIZER ['mægnitaizə], *s.* magnetizador.
MAGNETO [mæg'ni:tou], *s.* magneto.
MAGNIFIABLE ['mægnifaiəbl], *a.* ampliável; que se pode engrandecer.
MAGNIFIC [mæg'nifik], *a.* magnífico, magnificente.
MAGNIFICATION [mægnifi'keiʃən], *s.* ampliação, aumento; elevação, exaltação, glorificação.
MAGNIFICENCE [mæg'nifisns], *s.* magnificência, suntuosidade, esplendor, grandeza, luxo, pompa, fulgor.
MAGNIFICENT [mæg'nifisnt], *a.* magnificente, suntuoso, esplendoroso, grandioso, pomposo, fulgurante.
MAGNIFIER ['mægnifaiə], *s.* ampliador, vidro de aumento; lente.
MAGNIFY ['mægnifai], *v.* ampliar, aumentar; engrandecer, exagerar; sublimar, magnificar, glorificar.
MAGNIFYING ['mægnifaiiŋ], *a.* que amplia, de aumento; que exalta.
MAGNIFYING-GLASS ['mægnifaiiŋ'glɑ:s], *s.* vidro de aumento, lente, microscópio; lupa.
MAGNILOQUENCE [mæg'niləkwəns], *s.* magniloqüência.
MAGNILOQUENT [mæg'niləkwənt], *a.* magniloqüente, grandiloqüente.
MAGNITUDE ['mægnitju:d], *s.* magnitude, grandeza; importância, extensão.
MAGNOLIA [mæg'nouljə], *s.* magnólia.
MAGPIE ['mægpai], *s.* pega.
MAGUS ['meigəs], *s.* mago.
MAGYAR ['mægiɑ:], *s.* húngaro, língua húngara.
MAHL-STICK ['mɔ:l-stik], *s.* (pint.) tento.
MAHOMETAN [mə'hɔmitən], *V.* MOHAMMEDAN.

MAID [meid], *s.* donzela, moça solteira, menina, rapariga; criada. # *maid of all work,* criada para todo serviço. *old maid,* solteirona.

MAIDEN [meidn], *a.* virginal, virgem; solteira; inteiro, intacto, inexpugnável; novo. # *maiden speech,* discurso de estréia. *maiden voyage,* viagem inaugural (de um navio).

MAIDENHAIR ['meidnhεə], *s.* avenca; capilária.

MAIDENHOOD ['meidnhud], *s.* virgindade.

MAIDENLINESS ['meidnlinis], *s.* modéstia, pudor.

MAIDENLY ['meidnli], *a.* virginal, puro; modesto; tímido, acanhado.

MAIDEN-NAME ['meidnneim], *s.* nome de solteira.

MAID OF HONOUR ['meidəv'ɔnə], *s.* dama de honor, dama de honra (da corte da rainha); (E.U.) "demoiselle d'honneur", dama de honra (casamento) = (Ing.) *brides-maid, chief brides-maid.*

MAID-SERVANT ['meidsə:vənt], *s.* criada.

MAIL [meil], *s.* correio, correspondência; mala (de correio); cota da malha. *v.* armar (com cota de malha); (E.U.) postar, pôr no correio = (Ing.) *post.* # *air mail,* correio aéreo. *by regular mail,* por mala comum. *by return of mail,* pela volta do correio. *mail order,* pedido de mercadoria feito pelo correio; pedido por reembolso postal.

MAILABLE ['meiləbl], *a.* que pode ser enviado pelo correio.

MAIL-BAG ['meilbæ:g], *s.* mala do correio, mala postal.

MAIL-BOX ['meilbɔks], *s.* (E.U.) caixa de correio = (Ing.) *pillar-box, letterbox.*

MAIL-CAR ['meilkɑ:], *s.* carro-correio.

MAIL-COACH ['meil'koutʃ], *s.* carro-correio.

MAILED ['meild], *a.* armado (com cota de malha).

MAIL-ORDER ['meil'ɔ:də], *s.* reembolso postal.

MAIL-TRAIN ['meil-trein], *s.* trem-correio.

MAILING ['meiliŋ], *s.* ação de expedir correspondência pelo correio.

MAILMAN ['meilmæn], *s.* (E.U.) carteiro = (Ing.) *postman.*

MAIM [meim], *v.* mutilar, cortar, decepar, estropiar. *s.* mutilação; ferida; manqueira.

MAIMED [meimd], *a.* defeituoso, mutilado, aleijado, manco, coxo.

MAIN [mein], *a.* principal, essencial, capital, importante; grande; inteiro; poderoso. *s.* força, esforço, violência; condutor principal (cabo elétrico), cano principal de água ou gás; (poes.) oceano. # *in the main,* em geral; essencialmente. *main gallop,* galope largo. *main pump,* (náut.) bomba de porão. *main wall,* parede mestra.

MAIN-BODY ['mein'bɔdi], *s.* casco; corpo principal do navio; grosso do exército.

MAINLAND ['meinlənd, 'meinlænd], *s.* continente, terra firme.

MAINLY ['meinli], *adv.* principalmente, primeiramente; violentamente, poderosamente.

MAINMAST ['meinmɑ:st], *s.* mastro principal.

MAIN RIB ['meinrib], *s.* (náut.) caverna principal.

MAINSAIL ['meinseil], *s.* vela mestra.

MAINSPRING ['mein-spriŋ], *s.* mola real.

MAINSTAY ['meinstei], *s.* (náut.) estai; suporte principal.

MAINTAIN [mən'tein], *v.* manter, defender; afirmar; suportar, sustentar; asseverar; guardar.

MAINTAINABLE [mən'teinəbl], *a.* suportável. tolerável, sustentável, defensável.

MAINTAINER [mən'teinə], *s.* manutenedor, defensor, protetor.

MAINTENANCE ['meintinəns], *s.* manutenção; sustento; custeio, apoio; arrimo, proteção.

MAIZE [meiz], *s.* milho = (E.U.) *corn. V.* **INDIAN CORN.** # *maize flour,* farinha de milho = (E.U.) *Indian meal, Indian corn meal.*

MAJESTIC (AL) [mə'dʒestik, əl], *a.* majestoso, imponente, augusto, suntuoso, faustoso.

MAJESTY ['mædʒisti], *s.* majestade, sublimidade, grandeza, pompa, esplendor, suntuosidade, fausto.

MAJOR ['meidʒə], *a.* maior, principal, mais importante. *s.* major; maior; maioridade. *v.* fazer-se de importante; (E.U.) especializar-se = (Ing.) *specialize, take.* # *major, major subject,* (E.U.) matéria principal no curso universitário. *to major in,* especializar-se em, considerar como matéria principal do curso.

MAJOR-DOMO ['meidʒə'doumou], *s.* mordomo.

MAJOR-GENERAL ['meidʒə'dʒenərəl], *s.* general de divisão.

MAJORITY [mə'dʒɔriti], *s.* posto de major; maioridade; maioria = (E.U.) *plurality;* (E.U.) maioria absoluta = (Ing.) *absolute majority* ou *clear majority.* # *attain one's majority,* atingir a maioridade.

MAJUSCULE ['mædʒəsku:l], *s.* maiúscula. *a.* maiúsculo.

MAKE [meik], *pret.* e *pp.* **MADE.** *v.* fazer, produzir; fabricar, formar; criar, construir; efetuar, executar, realizar; dar em resultado, causar; compor; preparar; estabelecer; constituir; ganhar; adquirir, contar, calcular; completar; forçar, obrigar; arranjar; perfazer, somar; servir para; amontoar; atingir; descobrir; atravessar; concordar, adaptar-se; (E.U. col.) apanhar (o trem) = (Ing.) *catch. s.* forma, feitio, tipo; marca; fabricação; estrutura; arranjo. # *make after,* perseguir, precipitar-se contra. *make as if,* fingir. *make at,* avançar contra, atacar. *make away with,* acabar com, destruir; matar; fugir com; carregar, furtar, levar. *make away with oneself,* suicidar-se. *make believe,* fingir. *make bold to,* ousar, atrever-se a. *make by,* passar por; obter por meio de. *make for,* dirigir-se para; avançar; contribuir para. *make free with,* usar sem permissão; tratar com intimidade. *make from,* fugir de. *make good,* compensar; vencer na vida. *make headway,* avançar; progredir. *make into,* transformar em. *make it up to,* compensar a. *make it up with,* reconciliar-se com. *make little of,* depreciar. *make from, of, out of,* fazer de, pensar de. *make much of,* estimar, dar valor a. *make off,* fugir. *make off with,* levar consigo, fugir com. *make on,* lucrar com. *make out,* decifrar; comprovar; redigir, escrever; alegar; preparar (uma conta). *make over,* transferir (propriedade); reformar. *make sure,* certificar-se. *make up,* ajustar; compor; completar; caracterizar-se, pintar-se (usando cosméticos); fazer as pazes. *make up for,* compensar por. *make up with,* bajular. *to make known,* dar a saber.

MAKE-BELIEVE ['meikbili:v], *s.* pretexto; ilusão; embuste; ficção. *a.* falso, fictício, imaginário. *v.* pretextar, pretender, fingir.

MAKER ['meikə], *s.* criador, autor, fabricante construtor.

MAKESHIFT ['meikʃift], *s.* expediente; substituto, paliativo; derivativo. *a.* temporário, provisório, interino.

MAKE-UP ['meikʌp], *s.* conjunto; modo de ser; caráter; ficção; constituição; (teat.) caracterização, maquilagem; (tip.) composição ou paginação; (escol.) repetição de curso, exame de segunda época ou de segunda chamada.

MAKEWEIGHT ['meik-weit], *s.* contrapeso.

MAKING ['meikiŋ], *s.* estrutura, forma, composição, fabrico, trabalho, manufatura.

MALACHITE ['mæləkait], *s.* malaquita.

MALADJUSTED ['mælə'dʒʌstid], *a.* desajustado.

MALADJUSTMENT ['mælə'dʒʌstmənt], *s.* inadaptação, desajustamento; adaptação defeituosa, inadequada.

MALADMINISTRATION ['mælədminis'treiʃən], *s.* desordem, desregramento, desbarato.

MALADROIT ['mælə'drɔit], *a.* desajeitado, desastrado; inábil; sem tino.

MALADROITNESS ['mælə'drɔitnis], *s.* falta de jeito ou de tino.

MALADY ['mælədi], *s.* doença.

MALAISE [mæ'leiz], *s.* (med.) indisposição, mal-estar.

MALAPROPISM ['mæləprɔpizm], *s.* mau uso de palavras; palavra mal empregada, impropriedade.

MALAPROPOS ['mæl'æprəpou], *a.* impróprio, inconveniente; fora de propósito. *adv.* inconvenientemente. *s.* impropriedade; inconveniência.

MALARIA [mə'lɛəriə], *s.* (med.) malária; ar corrompido, viciado, infecto. # *malaria fever,* febre palustre.

MALARIAL [mə'lɛriəl], *a.* malárico.

MALAY [mə'lei], *s.* e *a.* malaio.

MALCONTENT ['mælkəntent], *a.* descontente.

MALE [meil], *s.* e *a.* macho; homem; masculino: varão, varonil, viril.

MALEDICTION [mæli'dikʃən], *s.* maldição.

MALEFACTOR ['mælifæktə], *s.* malfeitor, criminoso, facínora, desordeiro.

MALEFIC [mə'lefik], *a.* maléfico.

MALEFICENT [mə'lefisnt], *a.* maléfico, maligno, malfazejo.

MALE-NURSE ['meilnə:s], *s.* enfermeiro.

MALEVOLENCE [mə'levələns], *s.* malevolência, malignidade, ódio, aversão, má vontade.

MALEVOLENT [mə'levələnt], *a.* malévolo, maligno, malfazejo.

MALFEASANCE [mæl'fi:zəns], *s.* malevolência, maldade; caráter maligno.

MALFORMATION ['mælfɔ:'meiʃən], *s.* conformação defeituosa.

MALIC ['mælik, meilik], *a.* málico.

MALICE ['mælis], *s.* malícia, malignidade, maldade, ruindade, má intenção; ódio, picardia; rancor; ressentimento; (jur.) dolo, má fé.

MALICIOUS [mə'liʃəs], *a.* malicioso, mal intencionado, maligno, ruim, velhaco.

MALIGN [mə'lain], *a.* maligno, malicioso, pernicioso, daninho; contagioso. *v.* difamar.

MALIGNANCY [mə'lignənsi], *s.* maldade, malignidade, malevolência, perversidade; malícia.

MALIGNANT [me'lignənt], *a.* maligno, malévolo, mau, perverso; nocivo.

MALIGNER [mə'lainə], *s.* detrator, difamador, caluniador.

MALIGNITY [mə'ligniti], *s.* malícia, malignidade, perversidade, maldade.

MALINGER [mə'liŋgə], *v.* fazer-se doente para evitar trabalho = *sham Abraham.*

MALINGERER [mə'liŋgərə], *s.* falso doente.

MALINGERING [mə'liŋgəriŋ], *s.* depauperamento ou emagrecimento voluntário.

MALL [mɔ:l], *s.* maça, malho; alameda.

MALLARD ['mæləd], *s.* pato selvagem.

MALLEABILITY [mæliə'biliti], *s.* maleabilidade, ductibilidade.

MALLEABLE ['mæliəbl], *a.* maleável.

MALLET ['mælit], *s.* malho; maça, maceta, macete; pequeno martelo usado pelo presidente de uma assembléia = (E.U.) *gavel.*

MALLOW ['mælou], *s.* (bot.) malva.

MALODOROUS [mæ'loudərəs], *a.* fétido, fedorento; desagradável; nauseabundo.

MALPRACTICE ['mæl'præktis], *s.* abuso; mau procedimento; tratamento errado.

MALT [mɔ:lt], *s.* malte.

MALTESE ['mɔ:l'ti:z], *a.* e *s.* maltês (gato).

MALTHUSIAN [mæl'θju:ziən], *a.* maltusiano.

MALTREAT [mæl'tri:t], *v.* maltratar = (E.U.) *mistreat;* ser brutal, brutalizar; ser grosseiro.

MALTREATMENT [mæl'tri:tmənt], *s.* mau tratamento; maus tratos, sevícia, ato de crueldade = (E.U.) *mistreatment.*

MALVERSATION [mælvə:'seiʃən], *s.* má conduta; corrupção; prevaricação.

MAMBY-PAMBY ['mæmbi'pæmbi], *s.* maricas, piegas.

MAMMA [mə'mɑ:], *s.* mamãe; mãe.

MAMMA ['mæmə], *s.* mama, glândula mamária.

MAMMAL ['mæməl], *s.* mamífero.

MAMMALIA [mæ'meiljə], *s. pl.* mamíferos.

MAMMALIAN [mæ'meiljən], *a.* e *s.* mamífero.

MAMMILLARY [mæ'miljəri], *a.* mamilar.

MAMMON ['mæmən], *s.* mamona; o demônio da cobiça; riquezas.

MAMMOTH ['mæməθ], *s.* mamute. *a.* gigantesco, enorme.

MAMMY ['mæmi], *s.* mamãe (em linguagem infantil); (E.U.) preta velha.

MAN [mæn], *s.* homem; gênero humano; servo, criado, empregado; marido; pedra no jogo de dama; peão no jogo de xadrez; tripulante de um navio pl. **MEN.** # *a fast man,* um homem extravagante; um perdulário. *a man about town,* um homem de sociedade. *a man is known by his friends,* dize-me com quem andas dir-te-ei quem és (ou — as manhas que tens). *a man of his word,* um homem de palavra. *a man of means,* um homem de recursos. *best man,* padrinho de casamento (do noivo). *every man jack,* todo o mundo. *man alive!* com a breca! vejam só! homem de Deus! *man of affairs,* homem de negócios. *man of straw,* testa-de-ferro; indivíduo sem importância. *man of the world,* homem viajado; homem de atitudes liberais. *man overboard!* homem ao mar! *no man living,* nenhum vivente. *the man in the street,* o homem comum, o vulgo. *the right man in the right place,* o homem adequado para o lugar. *put off the old man,* mudar de vida, mudar de conduta. *to a man,* unanimemente,

MAN [mæn], *v.* guarnecer, tripular, equipar.

MANACLE ['mænəkl], *s.* manilha, grilheta, algemas, grilhões. *v.* algemar, manietar.

MANAGE ['mænidʒ], *v.* manejar, dirigir, governar, administrar, conduzir; controlar; manobrar, guiar; instalar, usar; conseguir; levar a cabo um negócio; treinar (um cavalo).

MANAGEABLE ['mænidʒəbl], *a.* manejável, tratável, dócil.

MANAGEMENT ['mænidʒmənt], *s.* manejo, governo, administração; direção; manobra (de navio); gerência; negociação; conduta, procedimento; trato; emprego; uso. # *management director,* diretor-gerente. *management directory,* conselho de administração.

MANAGER ['mænidʒə], *s.* administrador, diretor; regente; gerente; pessoa; pessoa econômica; (E.U.) líder, chefe de um partido político; (E.U.) presidente da câmara municipal; (teat.) empresário = (E.U.) *producer.* # *sectional manager,* chefe de seção.

MANAGERIAL [mænə'dʒiəriəl], *a.* diretivo, administrativo; relativo à gerência.

MANAGERSHIP ['mænidʒəʃip], *s.* gerência.

MANAGING ['mænidʒiŋ], *a.* diretor; intrigante, intriguista. *s.* direção, administração, governo.

MANAGING-PARTNER ['mænidʒiŋ'pɑ:tnə], *s.* sócio-gerente.

MAN-AT-ARMS ['mænət'ɑ:mz], *pl.* **MEN-AT-ARMS** ['menət'ɑ:mz], *s.* soldado.

MANDARIN ['mændərin], *s.* mandarim; tangerina.

MANDATE ['mændeit], *s.* mandato, preceito, ordem; encargo; mandamento; comissão.

MANDATORY ['mændətəri], *a.* (E.U.) obrigatório, coercivo, compulsório = (Ing.) *compulsory, obligatory. s.* mandatário.

MANDIBLE ['mændibl], *s.* mandíbula.

MANDOLINE ['mændəlin], *s.* bandolim, guitarra.

MANDRAKE ['mændreik], *s.* mandrágora.

MANDREL ['mændrəl], *s.* (máq.) mandril, eixo, fuso, árvore = *arbor, spindle.*

MANDRILL ['mændril], *s.* mandril, espécie de mono.

MANE [mein], *s.* crina, juba, coma.

MAN-EATER ['mæn-i:tə], *s.* canibal.

MANED [meind], *a.* crinífero, crinito.

MANES [meinz], *s.* manes.

MAN-FRIDAY ['mæn'fraidi], *s.* lacaio; indivíduo servil.

MANFUL ['mænful], *a.* varonil, viril, robusto, forte, vigoroso, bravo corajoso animoso.

MANFULLY ['mænfuli], *adv.* varonilmente, fortemente, bravamente, animosamente.

MANFULNESS ['mænfulnis], *s.* virilidade, robustez, força, vigor, bravura, ânimo.

MANGANESE [mæŋgə'ni:z], *s.* manganês.

MANGANIC [mæŋ'gænik], *a.* mangânico.

MANGE [meindʒ], *s.* sarna, ronha; rabugem, tinha.

MANGEL-WURZEL ['mæŋgl'wə:zl], *s.* espécie de beterraba usada como forragem.

MANGER ['meindʒə], *s.* manjedouro.

MANGLE ['mæŋgl], *s.* calandra; máquina para passar roupa. *v.* passar roupa; mutilar, deformar; deturpar (citação, palavra, etc.).

MANGLER ['mæŋglə], *s.* calandreiro; lustrador, polidor; destroçador, destruidor; mutilador.

MANGLING ['mæŋgliŋ], *s.* calandragem; polimento; destroçamento, destruição, mutilação.

MANGO ['mæŋgou], *s.* manga (fruta).

MANGONEL ['mæŋgənel], *s.* catapulta.

MANGROVE ['mæŋgrouv], *s.* (bot.) mangue.

MANGY ['meindʒi], *a.* sarnento, tinhoso, ronhoso.

MANHOLE ['mænhoul], *s.* abertura que dá passagem para subterrâneo, caldeira, mina, etc.

MANHOOD ['mænhud], *s.* humanidade, natureza humana; virilidade, masculinidade; força, vigor, robustez; idade viril.

MANIA ['meiniə], *s.* mania; loucura.

MANIAC ['meiniæk], *s.* e *a.* maníaco, louco, doido.

MANIACAL [mə'naiəkəl], *a.* louco, maluco, doido; maníaco.

MANICURE ['mænikjuə], *s.* tratamento das mãos e das unhas; manicuro, manicura. *v.* tratar das mãos e unhas.

MANICURIST ['mænikjuərist], *s.* manicuro, manicura.

MANIFEST ['mænifest], *s.* manifestação, demonstração, manifesto, declaração; (mar.) manifesto (de carga). *a.* manifesto, claro, patente, evidente, lógico. *v.* manifestar, declarar, evidenciar, patentear, exibir, demonstrar; (mar.) registrar carga.

MANIFESTATION [mænifes'teiʃən], *s.* manifestação, declaração, demonstração; manifesto.

MANIFESTO [mæni'festou], *s.* manifesto, declaração, protesto público.

MANIFOLD ['mænifould], *a.* múltiplos, muitos, numerosos, vários, diversos. *v.* tirar muitas cópias ao mesmo tempo, mimeografar. *s.* cópia, duplicata; (aut.) tubulação. # *intake* ou *inlet manifold,* (aut.) tubulação de admissão. *exhaust manifold,* tubulação de escapamento, tubo de escape.

MANIFOLDNESS ['mænifouldnis], *s.* multiplicidade.

MANIKIN ['mænikin], *s.* boneco, manequim.

MANILLA [mə'nilə], *s.* manilha, bracelete. # *Manilla hemp,* cânhamo-de-manilha. *Manilla rope,* corda de cânhamo.

MANILLA PAPER [mə'nilə'peipə] *s.* papel de embrulho.

MANIOC ['mæniɔk], *s.* mandioca. # *manioc meal,* farinha de mandioca. *manioc mush,* pirão de farinha de mandioca.

MANIPLE ['mænipl], *s.* manípulo (haste com símbolos transportada pelas tropas romanas; corpo de tropas romanas = um terço da coorte; pequena estola.

MANIPULATE [me'nipjuleit], *v.* manipular, preparar, fazer, fabricar; manejar.

MANIPULATION [menipju'leiʃn], *s.* manipulação, preparação, fabricação, fabrico.

MANIPULATOR [me'nipjuleitə], *s.* manipulador.

MANKIND [mæn'kaind], *s.* espécie humana, gênero humano, humanidade. # *the run of mankind,* a generalidade dos homens.

MANLIKE ['mænlaik], *a.* varonil, viril, másculo; animoso.

MANLINESS ['mænlinis], *s.* virilidade, varonilidade; ânimo, força, brio.

MANLY ['mænli], *a.* varonil, viril, másculo; corajoso, valente, animoso, brioso.

MANNA ['mænə], *s.* maná.

MANNED [mænd], *a.* tripulado, equipado.

MANNEQUIN ['mænikin], *s.* manequim. # *mannequin parade,* desfile de modas.

MANNER ['mænə], *s.* maneira, jeito, modo; costume, hábito; gênero, espécie; civilidade, delicadeza; urbanidade; estilo; aspecto, porte. # *all manner of,* toda espécie de. *by no manner of means,* de maneira alguma. *in a manner,* de certa forma, por assim dizer; até certo ponto. *to the manner born,* acostumado desde o berço, nato.

MANNERED ['mænəd], *a.* delicado, polido, maneiroso, cortês, civil, urbano; de boas ou más maneiras; amaneirado. # *ill-mannered,* mal-educado.

MANNERISM ['mænərizm], *s.* maneirismo.

MANNERIST ['mænərist], *s.* pessoa afetada.

MANNERLY ['mænəli], *a.* delicado, polido, cortês, gentil, educado, atencioso, urbano.

MANNIKIN ['mænikin], *V.* **MANIKIN.**

MANNISH ['mæniʃ], *a.* masculino; varonil, viril, másculo.

MAN-OF-WAR ['mænəv'wɔ:], *s.* navio de guerra.

MANOMETER [mə'nɔmitə], *s.* manômetro.

MANOMETRIC [mænə'metrik], *a.* manométrico.

MANOR ['mænə], *s.* feudo, senhorio; herdade, quinta.

MANORCOURT ['mænəkɔ:t], *s.* corte feudal.

MANOR-HOUSE ['mænəhaus], *s.* solar; casa senhorial.

MANORIAL [mə'nɔ:riəl], *s.* senhorial.

MAN-SERVANT ['mænsə:vənt], *s.* criado.

MANSION ['mænʃən], *s.* mansão, casa senhorial, morada, residência, castelo.

MANSLAUGHTER ['mænslɔ:tə], *s.* (jur.) homicídio casual.

MAN-SLAYER ['mænsleiə], *s.* homicida, assassino.

MANTEL, MANTELPIECE ['mæntl, 'mæntlpi:s], *s.* abóbada sobre a lareira; prateleira sobre o fogão.

MANTILLA [mæn'tilə], *s.* mantilha.

MANTIS ['mæntis], *s.* mantídeo, louva-a-deus.

MANTLE ['mæntl], *s.* capa, manta, manto; camisa incandescente. *v.* encapar, cobrir, tapar, disfarçar.

MANTRAP ['mæntræp], *s.* armadilha para ladrões.

MANUAL ['mænjuəl], *a.* manual.

MANUFACTORY [mænju'fæktəri], *s.* fábrica, oficina, usina.

MANUFACTURE [mænju'fæktʃə], *s.* manufatura, fabrico, indústria; produto fabricado, produto manufaturado, obra. *v.* manufaturar, fabricar, produzir, elaborar.

MANUFACTURED [mænju'fæktʃəd], *pp.* e *a.* manufaturado, elaborado, fabricado, produzido.

MANUFACTURER [mænju'fæktʃərə], *s.* manufator, elaborador; industrial, fabricante, produtor.

MANUFACTURING [mænju'fæktʃəriŋ], *a.* fabril, industrial. *s.* indústria, fabricação, fabrico, produção, manufatura.

MANURE [mə'njuə], *v.* estrumar, adubar, fertilizar. *s.* adubo, estrume.

MANURING [mə'njuəriŋ], *s.* adubação, estrumação, fertilização.

MANUSCRIPT ['mænjuskript], *a.* manuscrito. *s.* manuscrito; (imp.) original.

MANY ['meni], *a.* muitos, em grande número, vários, diversos. *s.* grande número, multidão; populacho, povo. # *a good many,* muitos. *as many again, as many more,* o dobro, outros tantos. *be one too many,* estar sobrando, estar incomodando. *many peopled,* populoso. *too many,* demais.

MANYPLIES ['meniplaiz], *s.* o terceiro estômago de um ruminante, o folhoso, o estômago propriamente dito.

MANYSIDED ['meni'saidid], *a.* multilátero, com muitos aspectos, multilateral.

MAP [mæp], *s.* mapa, carta geográfica; plano topográfico. *v.* delinear mapas; traçar planos.

MAPLE ['meipl], *s.* (bot.) bordo.

MAPPING ['mæpiŋ], *s.* cartografia. # *topographical mapping,* levantamento topográfico.

MAR [mɑ:], *v.* estragar, desfigurar, machucar, deitar a perder, estropiar, frustrar, perturbar, viciar, corromper. *s.* mancha, borrão; injúria.

MARABOU ['mærəbu:], *s.* marabu.

MARAUD [mə'rɔ:d], *v.* saquear, pilhar.

MARAUDER [mə'rɔdə], *s.* saqueador, pilhante.

MARAUDING [mə'rɔ:diŋ], *s.* pilhagem.

MARBLE ['mɑ:bl], *s.* mármore; bolinha (de gude), jogo de gude. *a.* marmóreo, de mármore.

MARBLING ['mɑ:bliŋ], *s.* imitação de mármore.

MARCEL ['mɑ:səl], *s.* tipo de ondulação artificial do cabelo.

MARCH [mɑ:tʃ], *s.* março.

MARCH [mɑ:tʃ], *s.* desfile, marcha; progresso; fronteira. *v.* pôr em marcha; fazer marchar; marchar, caminhar; estar fronteiriço. # *march past,* revista de tropas.

MARCHING ['mɑ:tʃiŋ], *p. pres.* e *s.* marcha, movimento.

MARCHIONESS ['mɑ:ʃənis], *s.* (Ing.) marquesa (esposa ou viúva de um marquês). *V.* **MARQUISE.**

MARCHPANE ['mɑ:tʃpein], *s.* maçapão.

MARCONIGRAM [mɑ:'kounigræm], *s.* radiograma.

MARDIGRAS ['mɑ:di'grɑ:], *s.* terça-feira gorda = *Shrove Tuesday.*

MARE [mεə], *s.* égua. # *the mare is the better horse,* é a mulher que manda no casal.

MARE'S-NEST ['mεəznest], *s.* descoberta ilusória, logro; "barriga", notícia falsa (jornal). # *find a mare's-nest,* descobrir a pólvora.

MARGARINE [mɑ:dʒə'ri:n, mɑ:gə'ri:n], *s.* margarina.

MARGIN ['mɑ:dʒin], *s.* margem; borda, lado, extremidade; reserva. *v.* marginar; apostilar; pôr borda ou margem; depositar fundos de reserva.

MARGINAL ['mɑ:dʒinl], *a.* marginal.

MARGUERITE ['mɑ:gəri:t, mɑ:gə'ri:t], *s.* margarida (flor).

MARIGOLD ['mærigould], *s.* (bot.) alêndula, malmequer; cravo-de-defunto.

MARIJUANA [mɑ:ri'hwa:nə, mærə'wɑ:nə], *s.* maconha.

MARIMBA [mə'rimbə], *s.* marimba.

MARINADE [mæri'neid], *s.* escabeche.

MARINATE ['mærineit], *v.* preparar alimentos com escabeche.

MARINE [mə'ri:n], *a.* marinho, marítimo, naval, náutico. *s.* marinha; fuzileiro naval; marinheiro. # *merchant marine,* marinha mercante. *tell that to the marines,* conte isso aos trouxas.

MARINER ['mærinə], *s.* marítimo, marinheiro.

MARIOLATRY [mεəri'ɔlətri], *s.* hiperdulia.

MARIONETTE [mæriə'net], *s.* marionete, fantoche.

MARITAL [mə'raitl, 'mæritl], *a.* marital.

MARITIME ['mæritaim], *a.* naval, marítimo.

MARJORAM ['mæ:dʒərəm], *s.* manjerona.

MARK [mɑ:k], *s.* alvo; limite; nota escolar = (E.U.) *grade;* prova; impressão; signo, símbolo; traço, vestígio, indício, indicação, testemunho, evidência; observação. *v.* marcar, graduar, notar, observar, caracterizar; advertir, reparar; corrigir, julgar, classificar trabalhos escolares = (E.U.) *grade.* # *below the mark,* abaixo do normal, abaixo do que se deve esperar. *beside* (ou *wide of) the mark,* fora do assunto, alheio ao assunto. *feel up to the mark,* estar em forma. *hit the mark,* acertar o alvo. *mark down,* remarcar, abaixar (preços). *mark of confidence,* prova de confiança. *mark up,* remarcar, elevar (preços). *miss the mark,* errar o alvo, errar o golpe. *save the mark,* salvo seja; com perdão da palavra. *up to the mark,* satisfatório.

MARKER ['mɑ:kə], *s.* marcador, marca, sinal; ficha; (E.U.) monumento comemorativo = (Ing.) *memorial.*

MARKET ['mɑ:kit], *s.* mercado, bolsa; praça; venda; procura de um artigo; preço; consumo; feira; tráfico; bazar. # *black market,* câmbio negro, mercado negro. *bring one's eggs* (ou *hogs) to a bad* (ou *to the wrong) market,* fracassar; bater em porta errada. *buyer's market,* mercado com excesso de oferta. *glut the market,* abarrotar o mercado. *gray market,* (fin.) mercado legal em que os preços estão elevados. *in the market,* à venda. *meet with a ready market,* ter boa saída (artigos). *over-the-counter market,* (fin.) mercado paralelo de títulos públicos. *rig the market,* controlar o mercado, influir nos preços. *ruling market prices,* preços correntes. *seller's market,* mercado com oferta escassa.

MARKETABLE ['mɑ:kitəbl], *a.* vendável.

MARKET-GARDEN ['mɑ:kit'gɑ:dn], *s.* horta.

MARKETING ['mɑ:kitiŋ], *s.* ação de comprar ou vender no mercado; artigos adquiridos no mercado; artigos produzidos para o mercado.

MARKET-PLACE ['mɑ:kitpleis], *s.* mercado; bazar.

MARKET-PRICE ['mɑ:kit'prais], *s.* preço corrente.

MARKING ['mɑ:kiŋ], *s.* marcação, marca, ação de marcar; cotação.

MARKSMAN ['mɑ:ksmən], *s.* atirador.

MARKUP ['mɑ:kʌp], *s.* (com.) remarcação de preços (elevação de preços).

MARL [mɑ:l], *s.* marna, marga, greda. *v.* adubar com marna; (náut.) entralhar; tecer as tralhas.

MARLINE ['mɑ:lin], *s.* (náut.) merlim.

MARLY ['mɑ:li], *a.* margoso.

MARMALADE ['mɑ:məleid], *s.* doce em massa (laranjada, pessegada, marmelada, etc.). # *peach marmalade,* pessegada. *guava marmalade,* goiabada. *quince marmalade,* marmelada.

MARMOREAL [mɑ:'mɔ:riəl], *a.* marmóreo.

MARMOSET ['mɑ:məzet], *s.* sagüi.

MARMOT ['mɑ:mət], *s.* marmota.

MAROON [mə'ru:n], *a.* marrom, castanho-avermelhado. *s.* marrom, cor de castanha. *v.* abandonar numa ilha deserta.

MARQUEE [mɑ:'ki:], *s.* marquise; toldo; barracão.

MARQUETRY, -TERY, -TERIE ['mɑ:kitri], *s.* marchetaria.

MARQUIS, MARQUESS ['mɑ:kwis], *s.* marquês.

MARQUISE [mɑ:'ki:z], *s.* marquesa (na Inglaterra *marchioness).*

MARRIAGE ['mæridʒ], *s.* matrimônio, casamento, núpcias, boda, himeneu. # *ask in marriage,* pedir em casamento. *marriage lines,* certidão de casamento.

MARRIAGEABLE ['mæridʒəbl], *a.* casadouro.

MARRIAGE-ARTICLES ['mæridʒ'ɑ:tiklz], *s.* contrato antenupcial.

MARRIAGE-PORTION ['mæridʒ'pɔ:ʃən], *s.* dote.

MARRIAGE-SONG ['mæridʒ'sɔŋ], *s.* epitalâmio.

MARRIED ['mærid], *a.* casado; matrimonial, nupcial, conjugal.

MARROW ['mærou], *s.* tutano, medula, substância, essência.

MARROWBONE ['mærouboun], *s.* osso cheio de medula; *pl.* os ossos do joelho.

MARROWISH ['mærouiʃ], *a.* meduloso.

MARROWLESS ['mæroulis], *a.* sem tutano, sem medula, sem essência.

MARROWY ['mæroui], *a.* meduloso, que tem tutano.

MARRY ['mæri], *v.* casar, desposar; unir, ajuntar, ajustar, aliar; casar-se.

MARS [mɑ:z], *s.* Marte.

MARSH [mɑ:ʃ], *s.* pântano, paul, lodaçal.

MARSHAL ['mæ:ʃəl], *s.* (mil.) marechal; mestre de cerimônia, mestre-sala; (E.U.) espécie de xerife; chefe de polícia; diretor de corpo de bombeiro; dirigir, guiar.

MARSHALSHIP ['mɑ:ʃəlʃip], *s.* marechalato.

MARSH FEVER ['mɑ:ʃ'fi:və], *s.* malária.

MARSH GAS ['mɑ:ʃgæs], *s.* (quím.) metano, formena, gás dos pântanos.

MARSHINESS ['mɑ:ʃinis], *s.* qualidade de ser pantanoso.

MARSHLAND ['mɑ:ʃlənd], *s.* terras pantanosas, pântano.

MARSH-MALLOW ['mɑ:ʃmælou], *s.* altéia; malvaísco; confeição de raiz de altéia.

MARSHY ['mɑ:ʃi], *a.* paludoso, doentio, pantanoso.

MARSUPIAL [mɑ:'sjupiəl], *s.* e *a.* marsupial.

MART [mɑ:t], *s.* empório; mercado, feira; comércio.

MARTEN ['mɑ:tin], *s.* marta; pele de marta.

MARTIAL ['mɑ:ʃəl], *a.* marcial, militar, guerreiro, belicoso, valente.

MARTIAN ['mɑ:ʃjən], *s.* e *a.* marciano.

MARTIN ['mɑ:tin], *s.* martinete.

MARTINGALE ['mɑ:tiŋgeil], *s.* gamarra, cilha.

MARTYR ['mɑ:tə], *s.* mártir. *v.* martirizar, atormentar.

MARTYRDOM ['mɑ:tədəm], *s.* martírio, tormento.

MARTYRIZE (ISE) ['mɑ:təraiz], *v.* martirizar.

MARVEL ['mɑ:vəl], *s.* maravilha, prodígio. *v.* maravilhar-se, admirar-se.

MARVELLOUS ['mɑ:viləs], *a.* maravilhoso, admirável, prodigioso, pasmoso, surpreendente, assombroso, estupendo, portentoso, mirífico.

MARZIPAN [mɑ:zi'pæn], *V.* **MARCHPANE.**

MASCOT ['mæskət], *s.* mascote.

MASCULINE ['ma:skjulin], *a.* masculino, macho, varonil. *s.* gênero masculino.

MASH [mæʃ], *s.* massa, pirão, mistura, malte; confusão, desordem. *v.* amassar.

MASHER ['mæʃə], *s.* masseira, amassadeira; amassador; pelintra; (E.U.) conquistador, desrespeitador.

MASHING ['mæʃiŋ], *s.* ação de misturar ou amassar.

MASHY ['mæʃi], *a.* misturado.

MASK [mɑ:sk], *s.* máscara, carranca, careta; disfarce; baile de máscara; máscara de um morto; pessoa mascarada; véu; capa, dissimulação, pretexto, aparência. *v.* mascarar, disfarçar, encobrir, dissimular, ocultar. # *throw off one's mask,* tirar a máscara.

MASON ['meisn], *s.* pedreiro; canteiro; maçom. # *mason's ladder,* escada de pedreiro, escada portátil = *portable step-ladder.*

MASONIC [mə'sɔnik], *a.* maçônico.

MASONRY ['meisnri], *s.* maçonaria; alvenaria; ofício de pedreiro.

MASQUE [mɑ:sk, mæsk], *V.* **MASK.**

MASQUERADE [mæskə'reid], *s.* mascarada; máscara; baile de máscaras; disfarce. *v.* ir a uma mascarada; mascarar-se; dissimular; disfarçar.

MASQUERADER [mæskə'reidə], *s.* o que usa máscara, uma máscara, um mascarado.

MASS [mæs], *s.* missa. *v.* celebrar missa. # *high mass,* missa cantada. *low mass,* missa rezada. *mass for the dead,* missa das almas. *midnight mass,* missa do galo. *say mass,* celebrar a missa.

MASS [mæs], *s.* massa, montão, mistura, confusão; vulto, volume. *v.* juntar; reunir em massa; amassar. # *mass meeting,* comício monstro.

MASSACRE ['mæsəkə], *s.* massacre, mortandade, carnificina, extermínio. *v.* massacrar, matar cruelmente; praticar uma carnificina.

MASSAGE ['mæsɑ:ʒ], *s.* massagem. *v.* dar massagem.

MASSAGEUSE [mæsə'ʒə:z], *s.* massagista (f.).

MASSAGIST [mə'sɑ:ʒist], *s.* massagista (m.).

MASS-BOOK ['mæsbuk, 'mɑ:sbuk], *s.* missal.

MASSEUR [mæ'sə:], *V.* **MASSAGIST.**

MASSEUSE [mæ'sə:z], *V.* **MASSAGEUSE.**

MASSIF ['mæsif], *s.* maciço (montanhas).

MASSINESS ['mæsinis], *V.* **MASSIVENESS.**

MASSIVE ['mæsiv], *a.* maciço; pesado; sólido, compacto.

MASSIVENESS ['mæsivnis], *s.* peso, volume, solidez.

MASSY ['mæsi], *a.* compacto; volumoso; pesado; sólido.

MAST [mɑ:st], *s.* mastro, mastaréu. *v.* mastrear. # *foretop mast,* (náut.) mastaréu do traquete. *main mast,* (náut.) o grande mastro.

MASTER ['mɑ:stə], *s.* mestre, professor, diretor, preceptor; amo, patrão, dono, senhor, proprietário; governador, chefe; forma de tratamento anteposta a nome de menino (com maiúscula). *a.* magistral, superior, principal. *v.* vencer, governar, domar, dominar, executar com maestria; assenhorear-se; ser superior. # *be one's own master,* ser independente. *master builder,* mestre-de-obras. *master stroke,* golpe de mestre. *master 2-step,* (med.) teste de sobrecarga (para electrocardiograma). *the Master,* Jesus Cristo. *the Worshipful Master,* o Venerável (da Maçonaria).

MASTERDOM ['mɑ:stədəm], *s.* mando, domínio.

MASTERFUL ['mɑ:stəful], *a.* impetuoso, altivo, arbitrário, dominante, magistral, excelente, perito, esperto.

MASTER-KEY ['mɑ:stəki], *s.* chave-mestra.

MASTERLINESS ['mɑ:stəlinis], *s.* mestria, maestria, vantagem, proeminência, destreza, habilidade, perícia.

MASTERLY ['mɑ:stəli], *a.* magistral, dominante, imperioso. *adv.* magistralmente.

MASTERPIECE ['mɑ:stəpi:s], *s.* obra-prima; obra magistral.

MASTERSHIP ['mɑ:stəʃip], *s.* magistério; mestria, maestria; superioridade, domínio.

MASTERY ['mɑ:stəri], *s.* domínio, poder, governo; mestria (= maestria); destreza; superioridade; habilidade; vantagem; vitória.

MASTHEAD ['mɑ:sthed], *s.* tope (do mastro); vigia, gajeiro.

MASTIC ['mæstik], *s.* mástique.

MASTICATE ['mæstikeit], *v.* mastigar, mascar, triturar.

MASTICATION [mæsti'keiʃən], *s.* mastigação, trituração.

MASTICATOR ['mæstikeitə], *s.* mastigador, triturador.

MASTIFF ['mæstif], *s.* mastim, cão de fila.

MASTING ['mɑ:stiŋ], *s.* mastreação.

MASTODON ['mæstədɔn], *s.* mastodonte.

MASTOID ['mæstɔid], *a.* (anat.) mastóide. *s* (col.) mastoidite.

MAT [mæt], *a.* fosco. *s.* esteira, capacho, tapete, trançado; (E.U.) pedaço de cartão em que se cola uma gravura = (Ing.) *mount. v.* trancar, cobrir com esteira.

MATCH [mætʃ], *s.* fósforo; mecha; pavio; torcida; parelha; competidor; companheiro; partido, casamento; partida; competição, contenda, luta = (E.U.) *game;* desafio, aposta; carreira, corrida; certame. *v.* irmanar, emparelhar; competir; comparar, igualar, ser igual a; irmanar-se; casar-se; condizer, combinar. # *strike a match,* riscar um fósforo.

MATCHABLE ['mætʃəbl], *a.* proporcionado, correspondente, igual; condizente.

MATCHBOOK ['mætʃbuk], *s.* carteirinha de fósforos.

MATCHET ['mætʃit], *s.* machete, facão de mato.

MATCHLESS ['mætʃlis], *a.* incomparável, sem par, sem rival, inigualável.

MATCHLOCK ['mætʃlɔk], *s.* mosquete.

MATE [meit], *s.* ajudante; companheiro; camarada, cônjuge, consorte; sócio; colega; macho ou fêmea (entre os animais); mate (no xadrez); (mar.) piloto; sargento da marinha de guerra.

MATÉ, MATE ['mɑ:tei, 'mætei], *s.* mate, chimarrão; erva-mate.

MATELESS ['meitlis], *a.* só, solitário, sem companheiro; sem consorte; desemparelhado.

MATERIAL [mə'tiəriəl], *a.* material, físico, corpóreo; essencial, importante, substancial. *s.* material, ingrediente, matéria; assunto, estofo, tecido. # *raw material,* matéria-prima. *synthetic material,* matéria plástica.

MATERIALISM [mə'tiəriəlizm], *s.* materialismo.

MATERIALIST [mə'tiəriəlist], *s.* materialista.

MATERIALISTIC [mətiəriə'listik], *a.* materialístico.

MATERIALITY [mətiəri'æliti], *s.* materialidade, corporeidade; importância.

MATERIALIZE (ISE) [mə'tiəriəlaiz], *s.* materializar, dar corpo; tornar comum ou vulgar; tornar-se visível ou corpóreo; (fam.) encarnar.

MATERIALLY [mə'tiəriəli], *adv.* materialmente, fisicamente.

MATERNAL [mə'tə:nl], *a.* maternal, materno.

MATERNITY [mə'tə:niti], *s.* maternidade; casa de maternidade.

MATHEMATICAL [mæθi'mætikəl], *s.* matemático.

MATHEMATICIAN [mæθimə'tiʃən], *s.* matemático. # *abstract mathematics,* matemática pura.

MATHEMATICS [mæθi'mætiks], *s.* matemática.

MATIN ['mætin], *a.* matutino, matinal. *s.* a manhã. *pl.* matinas.

MATINÉE ['mætinei], *s.* matinê; vesperal; penteador (roupão).

MATRIARCH ['meitriɑ:k], *s.* matriarca; matrona.

MATRIARCHY ['meitriɑ:ki], *s.* matriarcado.

MATRICIDE ['meitrisaid], *s.* matricídio; matricida.

MATRICULATE [mə'trikjuleit], *v.* matricular, matricular-se. *s.* e *a.* matriculado.

MATRICULATION [mətrikju'leiʃən], *s.* matrícula.

MATRIMONIAL [mætri'mounjəl], *a.* matrimonial, marital, conjugal.

MATRIMONY ['mætriməni], *a.* matrimônio, casamento, núpcias, himeneu.

MATRIX ['meitriks, 'mætriks], *pl.* **MATRIXES, MATRICES** ['meitriksiz, 'mætriksiz, 'meitrisi:z, 'mætrisi:z], *s.* matriz; molde; útero.

MATRON ['meitrən], *s.* matrona; mãe de família; diretora; enfermeira-chefe.

MATTER ['mætə], *s.* matéria, corpo, substância; pus; assunto, objeto, sentido; negócio; meio; importância; conseqüência, quantidade; porção indefinida. *v.* importar, interessar; supurar. # *a matter of fact,* um fato positivo. *as a matter of fact,* na verdade, de fato. *as a matter of form,* por mera formalidade. *first class matter,* matéria de 1.ª classe (cartas e pacotes lacrados). *it does not matter,* não importa, não faz mal. *matter of course,* fato natural. *no matter,* não importa. *no matter where,* onde quer que. *printed matter,* impresso (correio). *second class matter,* matéria de 2.ª classe, no correio: pacotes de impressos abertos. *tabulated matter,* matéria tabulada (estatística). *talk the matter,* discutir o assunto. *what is the matter?* que há?

MATTER-OF-COURSE ['mætərəv'kɔ:s], *a.* natural, lógico.

MATTER-OF-FACT ['mætərəv'fækt], *a.* prosaico, banal; positivo.

MATTING ['mætiŋ], *s.* esteira.

MATTOCK ['mætək], *s.* alvião; picareta.

MATTRESS ['mætris], *s.* colchão; cochim; (mar.) pavesada.

MATURATION [mætʃu'reiʃən], *s.* maturação; supuração.

MATURE [mə'tjuə], *a.* maduro, sazonado, completo; acabado, perfeito; sisudo, prudente; (com.) vencido; pagável. *v.* amadurecer, sazonar; (com.) vencer, esgotar um prazo.

MATURITY [mə'tjuəriti], *s.* maturidade, madureza; idade madura; perfeição. # *at maturity,* (com.) no vencimento.

MAUDLIN ['mɔ:dlin], *a.* embriagado; sentimental; (fig.) estúpido.

MAUL [mɔ:l], *v.* espancar, bater; maltratar; malhar. *s.* martelo, malho, maceta, marreta.

MAUNDER ['mɔ:ndə], *v.* murmurar, resmungar; rosnar; andar vagarosamente.

MAUNDY ['mɔ:ndi], *s.* cerimônia do lava-pés.

MAUNDY THURSDAY ['mɔ:ndiθə:zdi], *s.* Quinta-feira Santa.

MAUSOLEUM [mɔsə'li:əm], *s.* mausoléu.

MAUVE [mouv], *s.* cor de malva.

MAVIS ['meivis], *s.* espécie de tordo.

MAW [mɔ:], *s.* bucho, papo, moela; ventre, pança; estômago de animais.

MAWKISH ['mɔ:kiʃ], *a.* asqueroso, nauseoso, imundo, repugnante, repelente, desenxabido, insípido.

MAXILLA [mæk'silə], *s.* maxila, osso maxilar, queixada, queixo.

MAXILLARY [mæk'siləri], *a.* maxilar.

MAXIM ['mæksim], *s.* máxima, sentença, adágio, aforismo, axioma; regra, princípio.

MAXIMUM ['mæksiməm], *s.* o máximo.

MAY [mei], *pret.* **MIGHT.** *v.* poder, ter a faculdade de, ter permissão de, ser possível, lícito ou permitido; estar sujeito a; ter probabilidade de. # *come what may,* aconteça o que acontecer. *may it be so,* oxalá, assim seja. *you may for me,* não me oponho.

MAY [mei], *s.* maio; (fig.) a primavera da vida; a juventude.

MAY-APPLE ['meiæpl], *s.* mandrágora.
MAYBE ['meibi:], *adv.* acaso, quiçá, porventura, talvez. *s.* possibilidade; incerteza.
MAY-BUG ['meibʌg], *s.* besouro.
MAY-FLOWER ['meiflauə], *s.* flor-de-maio.
MAYHAP ['meihæp], *adv.* talvez.
MAY-LILY ['meilili], *s.* lírio-do-vale.
MAYN'T [meint], *contr.* de **MAY NOT.**
MAYOR [mɛə], *s.* presidente da câmara municipal; (E.U.) prefeito.
MAYORALTY ['mɛərəlti], *s.* cargo de **MAYOR.**
MAYORESS ['mɛəris], *s.* esposa do **MAYOR.**
MAZE [meiz], *s.* labirinto, enredo; dúvida, perplexidade, confusão. *v.* extraviar, confundir, assombrar; vacilar, hesitar.
MAZINESS ['meizinis], *s.* confusão, balbúrdia, indecisão, hesitação.
MAZURK [mə'zə:kə], *s.* mazurca.
MAZY ['meizi], *a.* intrincado, confuso, embaraçoso, perplexo.
ME [mi:], *pron. pess.* me, mim. # *dear me!* valha-me Deus! *poor me,* pobre de mim, ai de mim!
ME [mi:], *s.* mi (nota musical).
MEAD [mi:d], *s.* hidromel.
MEADOW ['medou], *s.* prado, campina.
MEAGRE ['mi:gə], *a.* magro, fraco, débil; descarnado; seco; escasso, insuficiente, pobre.
MEAL [mi:l], *s.* refeição; comida, alimento; pedaço; bocado; farinha. # *a square meal,* uma refeição completa, uma lauta refeição. *Indian meal,* (E.U.) farinha de milho = (Ing.) *maize flour.*
MEALTIME ['mi:l-taim], *s.* hora de refeição.
MEALY ['mi:li], *a.* farináceo, farinhento.
MEALY-MOUTHED ['mi:limauðd], *a.* tímido no falar, discreto, retraído.
MEAN [mi:n], *a.* inferior, humilde, mesquinho, vil, sórdido, baixo, indigno, abjeto; insignificante; médio, mediano, intermediário; (E.U.) indisposto = (Ing.) *seedy, out of sorts. s.* meio, recurso, modo, forma, instrumento, arbítrio; média; expediente; *pl.* meios, recursos; bens, fundos, riqueza. *v. pret.* e *pp.* **MEANT,** querer dizer; pensar; significar; ter em vista, tencionar, pretender. # *by all means,* certamente. *by any means,* de qualquer forma. *by fair means or foul,* por bem ou por mal. *by means of,* por meio de. *by no (manner of) means,* de forma alguma; pelo contrário. *by some means or other,* de uma forma ou de outra. *by this means,* por este meio. *mean well,* estar bem intencionado. *slender means,* parcos recursos.
MEANDER [mi'ændə], *s.* meandro, sinuosidade, labirinto. *v.* serpear, colear, fazer meandros, correr tortuosamente.
MEANING ['mi:niŋ], *s.* idéia, pensamento; sentido, significação; propósito, tenção; acepção. *a.* significativo, expressivo.
MEANINGFUL ['mi:niŋful], *a.* expressivo, significativo; sugestivo.
MEANINGLESS ['mi:niŋlis], *a.* sem sentido.
MEANINGLY ['mi:niŋli], *adv.* significativamente.
MEANNESS ['mi:nnis], *s.* infância, vileza, baixeza, mediocridade, pobreza.
MEANS [mi:nz], *V.* **MEAN** *(s.).*
MEANT [ment], *pret.* e *pp.* de **MEAN.**
MEANTIME ['mi:n'taim], *adv.* entretanto, entrementes, provisoriamente, temporariamente.
MEANWHILE ['mi:n'wail], *adv.* entrementes, provisoriamente.
MEASLES ['mi:zlz], *s.* sarampo; gafeira.
MEASLY ['mi:zli], *s.* doente de sarampo; abjeto, vil, desprezível.
MEASURABLE ['meʒərəbl], *a.* mensurável, moderado, limitado; (E.U.) considerável.
MEASURABLY ['meʒərəbli], *adv.* moderadamente; (E.U.) consideravelmente = (Ing.) *considerably.*
MEASURE ['meʒə], *s.* medida; cadência; moderação, medição; grau, modo; quantidade, limite; proporção, tamanho, capacidade; graduação; expediente, recursos, meios; projeto de lei. *v.* medir, mensurar, regular, graduar; avaliar; julgar. # *beyond measure,* desmedidamente. *greatest common measure (G.C.M.),* máximo divisor comum (m.d.c.). *in a measure,* em parte, de certa forma. *measure up to,* igualar-se a. *set measures to,* limitar. *take measures* tomar providências. *take one's measure,* estatelar-se, cair estendido.
MEASURED ['meʒəd], *a.* medido, calculado; cadenciado; uniforme; lento.

MEASUREMENT ['meʒəmənt], *s.* medida, medição; tamanho, dimensão; graduação.

MEASURER ['meʒərə], *s.* calculador, medidor.

MEASURING ['meʒəriŋ], *s.* medição, medida.

MEAT [mi:t], *s.* carne; alimento, comida.

MEAT BALL ['mi:t'bɔ:l], *s.* almôndega.

MEAT PIE ['mi:t'pai], *s.* pastel de carne.

MEAT-SAFE ['mi:t'seif], *s.* guarda-comida.

MEAT SPIT ['mi:t'spit], *s.* espeto.

MEATUS [mi'eitəs], *s.* meato, canal.

MEATY ['mi:ti], *a.* carnudo.

MECHANIC [mi'kænik], *a.* mecânico. *s.* mecânico, artista, artífice, operário.

MECHANICAL [mi'kænikəl], *a.* mecânico, maquinal.

MECHANICALLY [mi'kænikəli], *adv.* mecanicamente, maquinalmente.

MECHANICIAN [mekə'niʃən], *s.* mecânico.

MECHANICS [mi'kæniks], *s.* mecânica.

MECHANISM ['mekənizm], *s.* mecanismo. # *spinning and unlocking mechanism,* (arm.) aparelho de impulso e desimobilização.

MECHANIZATION [mekənai'zeiʃən], *s.* mecanização.

MECHANIZE ['mekənaiz], *v.* mecanizar.

MECHANOTHERAPY [mekənou'θi:rəpi], *s.* (med.) mecanoterapia.

MEDAL ['medl], *s.* medalha.

MEDALLION [mi'dæljən], *s.* medalhão.

MEDALLIST ['medlist], *s.* gravador de medalhas; colecionador; pessoa condecorada.

MEDDLE ['medl], *v.* meter-se, intrometer-se, imiscuir-se; mexer em, bulir em = (E.U.) *monkey.*

MEDDLER ['medlə], *s.* pessoa intrometida.

MEDDLESOME ['medlsəm], *a.* intrometido, curioso, intruso, metediço.

MEDIA ['mediə], *pl.* **MEDIAE** ['medii], *s.* (fon.) média; (anat.) túnica mediana de vaso sangüíneo.

MEDIA ['mi:djə], *pl. de* **MEDIUM.** # *weighted media,* média ponderada.

MEDIAEVAL, MEDIEVAL [medi'i:vəl, mi:di'i:vəl], *a.* medieval.

MEDIAL ['mi:diəl], *a.* médio, (fon.) medial. *s.* (fon.) medial.

MEDIAN ['mi:diən], *a.* mediano; do meio.

MEDIANT ['mi:diənt], *s.* (mús.) terceira.

MEDIATE ['mi:diit], *a.* mediato, intermediário, medianeiro.

MEDIATE ['mi:dieit], *v.* mediar, interpor-se, intervir, intrometer-se.

MEDIATION [mi:di'eiʃən], *s.* mediação, intervenção, intercessão; interposição. # *mediation board,* junta de mediação.

MEDIATOR ['mi:dieitə], *s.* mediador, medianeiro, intercessor.

MEDICAL ['medikəl], *a.* médico, medicinal, curativo, sanitário. *s.* estudante de medicina.

MEDICAMENT [me'dikəmənt], *s.* remédio, medicamento.

MEDICATE ['medikeit], *v.* medicar; tornar medicinal.

MEDICATION [medi'keiʃən], *s.* medicação.

MEDICINAL [me'disinl], *a.* médico, medicinal, curativo, medicamentoso.

MEDICINE ['medsin], *s.* medicina; medicamento, droga, remédio; (E.U. col.) coisa desagradável, ocorrência desfavorável.

MEDICINE-CABINET ['medsin'kæbinit], *s.* armário de remédios, "farmácia".

MEDICINE-CHEST ['medsintʃest], *s.* botica portátil; caixa de farmácia.

MEDICINE-LODGE ['medsinlɔdʒ], *s.* barraca ou tenda de feiticeiro.

MEDICINE-MAN ['medsinmæn], *s.* feiticeiro, bruxo, macumbeiro, curandeiro.

MEDIEVAL [medi'i:vəl, mi:di'i:vəl], *a. V.* **MEDIAEVAL.**

MEDIOCRE ['mi:dioukə], *a.* medíocre, ordinário, mediano, vulgar, comum, trivial.

MEDIOCRITY [mi:di'ɔkriti], *s.* mediocridade, mediania, vulgaridade, trivialidade; moderação.

MEDITATE ['mediteit], *v.* meditar, pensar, refletir; idear, delinear, planear; projetar, premeditar, tramar; considerar; contemplar.

MEDITATION [medi'teiʃən], *s.* meditação, reflexão, estudo, cogitação; discurso.

MEDITATIVE ['mediteitiv], *a.* meditativo, contemplativo.

MEDITERRANEAN [meditə'reinjən], *s.* e *a.* mediterrâneo.

MEDIUM ['mi:diəm], *s. pl.* **MEDIUMS, MEDIA,** meio termo; expediente, meio, intermédio; média; moeda; éter; atmosfera, ambiente; médium (espiritismo). *a.* mediano; intermediário; medíocre, moderado.

MEDLAR ['medlə], *s.* nêspera.

MEDLEY ['medli], *s.* mistura, miscelânea, mixórdia. *a.* confuso, misturado.

MEDULLA [me'dʌlə], *s.* medula.

MEDULLARY [me'dʌləri], *a.* medular.

MEED [mi:d], *s.* remuneração, pagamento, recompensa, galardão, prêmio.

MEEK [mi:k], *a.* meigo, dócil, manso, afável; submisso, modesto, humilde, brando.

MEEKNESS ['mi:knis], *s.* brandura, suavidade; modéstia, humildade.

MEERSCHAUM ['miəʃəm], *s.* espuma (para o fabrico de piteiras e cachimbos).

MEET [mi:t], *pret.* e *pp.* **MET.** *v.* encontrar, achar; ir ter com; juntar, reunir; roçar, chocar, arrostar, afrontar; convir em; satisfazer, refutar; pelejar; ver, conhecer; encontrar-se, juntar-se, reunir-se; avistar-se com; pelejar, combater; pôr-se em contato com. *s.* reunião para um passeio ou caçada. *a.* justo, próprio, razoável.

MEETING ['mi:tiŋ], *s.* junta, assembléia, congresso; sessão; encontro, entrevista; reunião; comício; conferência; confluência; duelo; desafio. # *keep a meeting,* presidir uma reunião.

MEGALITHIC [megə'liθik], *a.* megalítico.

MEGALOMANIA ['megəlou'meinjə], *s.* megalomania.

MEGALOMANIAC ['megelou'meiniæk], *a.* megalomaníaco.

MEGAPHONE ['megəfoun], *s.* megafone, buzina, porta-voz.

MEGATHERIUM [megə'θiəriəm], *s.* megatério.

MEGRIM ['mi:grim], *s.* enxaqueca.

MEIOSIS [mai'ousis], *s.* (biol.) meiose; (ret.) litotes.

MELANCHOLIA [melən'kouljə], *s.* melancolia; alienação mental.

MELANCHOLIC [melən'kɔlik], *a.* melancólico, hipocondríaco.

MELANCHOLY ['melənkəli], *s.* tristeza, hipocondria, melancolia. *a.* triste, hipocondríaco, melancólico.

MELANESIAN [melə'ni:ziən], *s.* e *a.* melanésio.

MELANISM ['melənizm], *s.* melanismo.

MELBATOAST ['melbətoust], *s.* torradinha (de pão).

MÊLÉE ['melei], *s.* luta, refrega, disputa, peleja.

MELINITE ['melinait], *s.* melinita.

MELLIFLUOUS [me'lifluəs], *a.* melífluo, doce.

MELLOW ['melou], *a.* sazonado, maduro; tenro, mole, macio; melodioso, brando; pastoso; meio embriagado. *v.* sazonar, amadurecer; amaciar, abrandar, suavizar.

MELLOWNESS ['melounis], *s.* madureza, maturidade (dos frutos); brandura, suavidade; moleza; harmonia, doçura.

MELODIOUS [mi'loudiəs], *a.* melodioso, suave, doce, harmonioso.

MELODRAMA ['melədrɑ:m], *s.* melodrama.

MELODRAMATIC [melodrə'mætik], *a.* melodramático.

MELODY ['melədi], *s.* melodia; canção melodiosa.

MELON ['melən], *s.* melão. # *to cut a melon,* (Bolsa) fazer farta bonificação a acionistas.

MELT [melt], *pp.* **MELTED** ou **MOLTEN.** *v.* derreter, fundir, dissolver; gastar, consumir; evaporar; enternecer, abrandar; derreter-se; confundir-se, dissipar-se; desvanecer-se, evaporar-se. *s.* substância derretida; derretimento; fusão. # *melt away,* fundir-se.

MELTER ['meltə], *s.* fundidor, crisol.

MELTING ['meltiŋ], *a.* que se derrete. *s.* fundição; fusão, derretimento. # ***melting-down,*** fundição.

MELTING-POINT ['meltiŋ'pɔint], *s.* ponto de fusão.

MELTING-POT ['meltiŋ'pɔt], *s.* cadinho de fundição, crisol; lugar de amalgamação racial e assimilação cultural.

MEMBER ['membə], *s.* membro (do corpo); membro, sócio, associado; representante; indivíduo; parte de um todo.

MEMBERSHIP ['membəʃip], *s.* qualidade de membro ou sócio; confraria, sociedade.

MEMBRANE ['membrein], *s.* membrana.

MEMBRANEOUS, MEMBRANOUS [mem'breiniəs, mem'breinəs], *a.* membranoso.

MEMENTO [mi'mentou], *s.* memento; lembrança, recordação; memória.

MEMO ['mi:mou, 'memou], *s.* memorando, lembrete, apontamento.

MEMOIR ['memwɑ:], *s.* memória, narrativa, relação; *pl.* memórias.

MEMORABLE ['memərəbl], *a.* memorável.

MEMORANDA [memə'rændə], *pl.* de **MEMORANDUM.**

MEMORANDUM [memə'rændəm], *pl.* **-DA, DUMS,** *s.* memorando; nota; lembrança.

MEMORIAL [mi'mɔ:riəl], *a.* memorial, comemorativo. *s.* memorial, petição, instância; apontamento, nota; monumento comemorativo = (E.U.) *marker.* # *Memorial Day,* (E.U.) dia dos soldados e marinheiros mortos na guerra (30 de maio).

MEMORIZE (ISE) ['meməraiz], *v.* tomar nota, anotar, registrar; (E.U.) decorar, memorizar, recordar.

MEMORY ['meməri], *s.* memória, reminiscência, recordação, lembrança; fama, glória; monumento. # *if my memory doesn't play me false,* se não me falha a memória. *slip one's memory,* fugir da memória.

MEN [men], *pl.* de **MAN.** # *many men, many minds* (= *so many men, so many opinions*), cada cabeça, cada sentença.

MENACE ['menəs, 'menis], *v.* ameaçar. *s.* ameaça.

MENACING ['menəsiŋ, 'menisiŋ], *a.* ameaçador. *s.* ameaça.

MENAGERIE [mi'nædʒəri], *s.* coleção de animais vivos, especialmente para exibição.

MEND [mend], *v.* compor, reparar, consertar, remendar, retocar, emendar, corrigir, reformar, remediar; corrigir-se, emendar-se; restabelecer-se, curar-se, melhorar. *s.* reforma, emenda, melhoria.

MENDABLE ['mendəbl], *a.* corrigível, emendável.

MENDACIOUS [men'deiʃəs], *a.* falso, mentiroso.

MENDACITY [men'dæsiti], *s.* falsidade, embuste, hábito de mentir.

MENDER ['mendə], *s.* reformador, reparador, remendão.

MENDICANCY ['mendikənsi], *s.* mendicidade, mendicância.

MENDICANT ['mendikənt], *a.* e *s.* mendicante, mendigo, pobre, pedinte.

MENDICITY [men'disiti], *s.* mendicidade, mendicância.

MENDING ['mendiŋ], *s.* remendo, conserto, reparo, emenda.

MENFOLK ['menfouk], *s. pl.* (col.) os homens (especialmente em uma família).

MENHIR ['menhiə], *s.* menir.

MENIAL ['mi:niəl], *a.* doméstico; servil, subalterno. *s.* criado, lacaio.

MENINGITIS [menin'dʒaitis], *s.* meningite.

MEN-OF-WAR ['menəv'wɔ:], *pl.* de **MAN-OF-WAR.**

MENSES ['mensi:z], *s. pl.* regras, menstruação.

MENSTRUAL ['menstruəl], *a.* menstrual.

MENSTRUATION [menstru'eiʃən], *s.* menstruação, regras.

MENSURABILITY [menʃurə'biliti], *s.* mensurabilidade.

MENSURABLE ['menʃurəbl], *a.* mensurável.

MENSURATION [mensjuə'reiʃən], *s.* medição, medida, mensuração.

MENTAL ['mentl], *a.* mental, intelectual, ideal.

MENTALITY [men'tæliti], *s.* mentalidade.

MENTALLY ['mentəli], *adv.* mentalmente.

MENTHOL ['menθɔl], *s.* mentol.

MENTION ['menʃən], *s.* menção, alusão, referência. *v.* mencionar, notar, aludir. # *don't mention it,* não há de quê = *you 're welcome.*

MENTOR ['mentɔ:], *s.* mentor, guia, preceptor, conselheiro.

MENU ['menju:], *s.* cardápio.

MEPHISTOPHELEAN [mefistə'fi:liən], *a.* mefistofélico.

MEPHITIC, AL [me'fitik, əl], *a.* mefítico, pestilento, hediondo, nocivo, fatal.

MEPHITIS [me'faitis], *s.* exalação mefítica.

MERCANTILE ['mə:kəntail], *a.* mercantil, mercante, comercial.

MERCANTILE-MARINE ['me:kəntailmə'ri:n], *s.* marinha mercante.

MERCENARY ['mə:sinəri], *s.* um mercenário. *a.* mercenário, venal.

MERCER ['mə:sə], *s.* vendedor de tecidos.

MERCERIZE ['mə:səraiz], *v.* mercerizar.

MERCHANDISE ['mə:tʃəndaiz], *s.* mercadoria, gêneros. *v.* comerciar, negociar.

MERCHANT ['mə:tʃənt], *a.* comercial, mercantil. *s.* comerciante (atacadista); (E.U.) varejista. *v.* (E.U.) comerciar, negociar, mercadejar.

MERCHANTMAN ['mə:tʃəntmən], *s.* navio mercante.

MERCHANT-SERVICE ['mə:tʃənt'sə:vis], *s.* marinha mercante.

MERCHANT-SHIP ['mə:tʃənt-ʃip], *s.* navio mercante.

MERCHANT-VESSEL ['mə:tʃənt'vesl], *s.* navio mercante.

MERCIFUL ['mə:siful], *a.* misericordioso, benigno, compassivo, clemente, humano, complacente.

MERCILESS ['mə:silis], *a.* cruel, desumano, desalmado, implacável, inexorável.

MERCURIAL [mə:'kjuəriəl], *a.* mercurial; vivo, jovial, ativo; caprichoso; inconstante. *s.* preparação mercurial.

MERCURY ['mə:kjuri], *s.* mercúrio, azougue.

MERCURY ['mə:kjuri], *s.* Mercúrio (planeta).

MERCY ['mə:si], *s.* misericórdia, clemência, piedade, compaixão, lástima; perdão.

MERE [miə], *a.* mero, puro, simples; absoluto, perfeito, consumado, acabado, rematado.

MERELY ['miəli], *adv.* meramente, somente, simplesmente, puramente; inteiramente.

MERETRICIOUS [meri'triʃəs], *a.* falso, vistoso, pomposo, enfeitado, exagerado (vestuário, estilo), espalhafatoso.

MERGANSER [mə:'gænsə], *s.* merganso.

MERGE [mə:dʒ], *v.* unir, consolidar, fundir, ligar, amalgamar; submergir, imergir, mergulhar; absorver, absorver-se.

MERGER ['mə:dʒə], *s.* (jur.) fusão (de sociedades). # *merger of companies,* consolidação de companhias, fusão de companhias.

MERIDIAN [mə'ridiən], *s.* meio-dia, meridiano; (fig.) zênite, auge, ponto culminante.

MERIDIONAL [mə'ridiənl], *a.* meridional.

MERINGUE [mə'ræŋ], *s.* massa de suspiro; suspiro (doce).

MERINO [mə'ri:nou], *a.* merino. *s.* merinó (carneiro e tecido ou fio de lã).

MERIT ['merit], *s.* mérito, merecimento; galardão, prêmio, virtude, excelência. *v.* merecer, ser digno de, ser benemérito.

MERITORIOUS [meri'tɔ:riəs], *a.* meritório, merecedor; benemérito.

MERLE [mə:l], *s.* melro.

MERMAID ['mə:meid], *s.* sereia.

MERMAN ['mə:mæn], *s.* tritão.

MERRILY ['merili], *adv.* alegremente, jovialmente.

MERRIMENT ['merimənt], *s.* alegria, júbilo; divertimento, galhofa; passatempo, brincadeira; festa, regozijo.

MERRINESS ['merinis], *s.* alegria, caráter jovial.

MERRY ['meri], *a.* alegre, divertido, jovial, contente, faceto; risonho, prazenteiro, agradável. # *make merry,* festejar.

MERRY-ANDREW [meri'ændru:], *s.* bufão.

MERRY-GO-ROUND ['merigouraund], *s.* cavalinhos de pau, carrossel = (E.U.) *carrousel.*

MERRYMAKER ['merimeikə], *s.* folgazão, folgazona.

MERRYMAKING ['merimeikiŋ], *s.* festa, divertimento, passatempo; galhofa, chiste, pilhéria. *a.* alegre, engraçado, divertido.

MERRYTHOUGHT ['meriθɔ:t], *s.* fúrcula, osso do peito das aves = *wishbone.*

MESDAMES ['meidæm], *pl.* de **MADAME.**

MESDEMOISELLES [meidmə'zel], *pl.* de **MADEMOISELLE.**

MESH [meʃ], s. malha, rede, galão, franja; armadilha, laço, cilada. *v.* apanhar com a rede, captar na rede, enredar, enredar-se.

MESHY ['meʃi], *a.* reticulado, em forma de malha.

MESMERIC [mez'merik], *a.* mesmérico.

MESMERISM ['mezmərizm], *s.* mesmerismo.

MESMERIST ['mezmərist], *s.* mesmerista.

MESMERIZE (ISE) ['mezməraiz], *v.* magnetizar.

MESMERIZER (ISER) ['mezməraizə], *s.* magnetizador.

MESOPHYLL ['mesəfil], *s.* (bot.) mesofilo.

MESS [mes], *s.* prato (comida); rancho, bóia; ração, porção, quantidade; balbúrdia, confusão; porcaria, imundície, nojeira; chiqueiro. *v.* amarrotar, amassar, enxovalhar; dar rancho, fazer rancho; arranjar uma atrapalhada, complicar. # *to be in a fine mess,* estar em apuros, estar em maus lençóis. *what a mess!* que desordem! que bagunça! (gír.).

MESSAGE ['mesidʒ], *s.* mensagem, comunicação, anúncio, aviso, recado; embaixada. # *run a message,* dar um recado, levar uma mensagem.

MESSENGER ['mesindʒə], *s.* mensageiro, enviado, embaixador, arauto, precursor, núncio; comissário.

MESSIAH [mi'saiə], *s.* o Messias, Cristo.

MESSIANIC [mesi'ænik], *a.* messiânico.

MESSIEURS [me'sjə:], *s.* senhores, cavalheiros. *V.* **MESSRS.**

MESS KIT ['meskit], *s.* marmita = *mess-tin.*

MESSMATE ['mesmeit], *s.* comensal, companheiro de rancho, conviva.

MESSRS ['mesəz], *s. pl. abrev.* de **MESSIEURS,** senhores.

MESS-TIN ['mestin], *s.* marmita, (E.U.) *dinner pail.*

MESSY ['mesi], *a.* atravancado, desarrumado, desordenado.

MET ['met], *pret.* e *pp.* de **MEET.**

METABOLISM [me'tæbəlizm], *s.* metabolismo.

METAL ['metl], *s.* metal; liga; cascalho; substância. *v.* cobrir de metal; empedrar, cobrir com cascalho.

METALLED ['metld], *a.* empedrada, calçada, coberta de cascalho (a estrada); fogoso, ardente, irrequieto.

METALLIC [mi'tælik], *a.* metálico.

METALLOID ['metələid], *s.* metalóide.

METALLURGIST [me'tælədʒist, 'metələ:dʒist], *s.* metalurgista.

METALLURGY [me'tælədʒi, 'metele:dʒi], *s.* metalurgia.

METAMORPHOSE [metə'mɔ:fouz], *v.* metamorfosear, transformar, mudar.

METAMORPHOSIS [metə'mɔ:fəsis], *s.* metamorfose, transformação, mudança.

METAPHOR ['metəfə], *s.* metáfora.

METAPHORIC, AL [metə'fɔrik, əl], *a.* metafórico.

METAPHYSICAL [metə'fizikəl], *a.* metafísico.

METAPHYSICIAN [metəfi'ziʃən], *s.* metafísico.

METAPHYSICS [metə'fiziks], *s.* metafísica.

METAPLASM ['metəplæzm], *s.* metaplasmo.

METATHESIS [me'tæθəsis], *s.* metátese.

METE [mi:t], *v.* repartir, distribuir, medir. *s.* limite, divisa.

METEMPSYCHOSIS [metempsi'kousis], *s.* metempsicose.

METEOR ['mi:tjə], *s.* meteoro.

METEORIC [mi:ti'ɔrik], *a.* meteorológico, atmosférico, meteórico.

METEORITE ['mi:tjərait], *s.* bólide, aerólito (= meteorólito, meteorito, bólido).

METEOROLOGIC [mi:tjərə'lɔdʒik], *a.* meteorológico.

METEOROLOGIST [mi:tjə'rɔlədʒist], *s.* meteorologista.

METEOROLOGY [mi:tjə'rɔlədʒi], *s.* meteorologia.

METER ['mi:tə], *s.* metro (medida do sistema métrico ou medida de verso); medidor; contador; taxímetro.

METHANE ['meθein], *s.* metano, formena, gás dos pântanos = *marsh gas.*

METHINKS [mi'θiŋks], *pret.* **METHOUGHT.** *v.* (imp.) creio, julgo, penso, parece-me (desus.).

METHOD ['meθəd], *s.* método, sistema, regra, ordem, forma, livro para estudo de uma língua; (mús.) execução, técnica.

METHODIC, AL [mi'θɔdik, əl], *a.* metódico, sistemático, ordenado, regrado.

METHODISM ['meθədizm], *s.* metodismo; método.

METHODIST ['meθədist], *s.* metodista.

METHODIZE (ISE) ['meθədaiz], *v.* regularizar, sistematizar, metodizar.

METHOUGHT [mi'θɔ:t], *pret.* de **METHINKS.**

METHYL ['meθil], *s.* metilo.

METHYLATED ['meθileitid], *a.* metilado.

METHYLENE ['meθili:n], *s.* metileno.

METICULOUS [mi'tikjuləs], *a.* meticuloso, metódico, sistemático, cuidadoso, caprichoso.

METHONYMY [mi'tɔnimi], *s.* metonímia.

ME-TOO ['mi:'tu:], *v.* (E.U. gír.) imitar.

METOOISM ['mi:tui:zm], *s.* (E.U. gír.) imitação.

MEWER ['mju:ə], *s.* aquele que mia.

MEWING ['mju:iŋ], *s.* miado.

MEWL [mju:l], *v.* chorar, choramingar, lamuriar-se, lamentar-se; miar. *s.* choro de criança; miado.

MEWLING ['mju:liŋ], *s.* lamento, lamúria.

MEXICAN ['meksikən], *s.* e *a.* mexicano.

MEZZANINE ['mezəni:n], *s.* mezanino.

MI [mi:], *s.* mi (nota musical).

MIAOW [mi:'au, mjau], *v.* miar como gato. *s.* miado.

MIASMA [mi'æzmə, mai'æzmə], *pl.* **MIASMAS** ou **MIASMATA.** *s.* miasma.

MIASMAS [mi'æzməz, mai'æzməz], *pl.* de **MIASMA.**

MIASMATA [mi'æzmətə, mai'æzmətə], *pl.* de **MIASMA.**

MIASMATIC [miəz'mætik, maiæz'mætik], *a.* infecto, miasmático.

MICA ['maikə], *s.* mica.

MICE [mais], *pl.* de **MOUSE.**

MICKLE ['mikl], *s.* grande quantidade. *a.* grande. # *many a little makes a mickle (every little makes a mickle),* de grão em grão a galinha enche o papo.

MICROBE ['maikroub], *s.* micróbio.

MICROBIAL [mai'kroubiəl], *a.* que contém micróbios.

MICROCEPHALIC ['maikrouse'fælik], *a.* microcefálico.

MICROCEPHALOUS ['maikrou'sefələs], *a.* microcéfalo.

MICROCOSM ['maikrokɔzm], *s.* microcosmo.

MICROCOSMIC [maikro'kɔzmik], *a.* microcósmico.

MICROFILM ['maikroufilm], *s.* microfilme. *v.* reproduzir em microfilme.

MICROMETER [mai'krɔmitə], *s.* micrômetro.

MICRON ['maikrɔn], *s.* micro.

MICRO-ORGANISM ['maikrou'ɔ:gənizm], *s.* microrganismo.

MICROPHONE ['maikrəfoun], *s.* microfone. # *microphone button,* (rád.) cápsula de microfone.

MICROPHONIC [maikrə'fɔnik], *a.* microfônico.

MICROSCOPE ['maikrəskoup], *s.* microscópio.

MICROSCOPIC, AL [maikrəs'kɔpik, əl], *a.* microscópico.

MICROSCOPIST [mai'krɔskəpist], *s.* microscopista.

MICROSCOPY [mai'krɔskəpi], *s.* microscopia.

MICROWAVES ['maikrəweivz], *s.* (rád.) microondas.

MID [mid], *a.* médio, meio, do meio, intermediário. *prep.* (poes.) entre, no meio de. # *in mid-ocean,* em alto mar.

MIDDAY ['middei], *s.* meio-dia.

MIDDEN ['midn], *s.* pilha, monte, ruma, amontoado.

MIDDLE ['midl], *a.* do meio, médio, central, intermediário.

MIDDLE-AGED ['midl'eidʒd], *a.* de meia idade.

MIDDLE-AGES ['midl'eidʒiz], *s.* Idade Média.

MIDDLE-CLASS ['midl'klɑ:s], *s.* classe média.

MIDDLE-FINGER ['midl'fiŋgə], *s.* dedo médio.

MIDDLE-GEAR ['midl'giə], *s.* (aut.) segunda velocidade.

MIDDLEMAN ['midlmæn], *s.* (com.) agente de negócios, intermediário.

MIDDLING ['midliŋ], *a.* médio, mediano, medíocre, regular. *s. pl.* artigos de segunda classe.

MIDDY ['midi], *s.* (col.) aspirante, guarda-marinha.

MIDGE [midʒ], *s.* mosquito; pessoa de pequena estatura.

MIDGET ['midʒit], *s.* anão; (E.U.) mosquitinho; (gír. mil.) jipe.

MIDLAND ['midlənd], *a.* interior, central, mediano. *s.* coração, centro do país, interior, região central.

MIDMOST ['midmoust], *a.* do meio, do centro, central.

MIDNIGHT ['midnait], *s.* meia-noite; escuridão. *a.* escuro, oculto, secreto, noturno. # *burn the midnight oil,* trabalhar ou estudar até altas horas da noite, queimar as pestanas.

MIDNOON ['mid'nu:n], *s.* meio-dia.

MIDRIFF ['midrif], *s.* diafragma; cintura (no traje feminino).

MIDSHIP ['midʃip], *s.* o meio do navio. *a.* do meio do navio, colocado no meio do navio.

MIDSHIPMAN ['midʃipmən], *s.* guarda-marinha, aspirante de marinha.

MIDST [midst], *s.* meio, seio, centro. *adv.* no meio. *prep.* entre.

MIDSTREAM ['midstri:m], *s.* meio de um rio.

MIDSUMMER ['midsʌmə], *s.* solstício do verão. # *midsummer madness,* loucura passageira.

MIDSUMMER-DAY ['midsʌmə'dei], *s.* dia de São João.

MIDWATCH ['midwɔtʃ], *s.* (náut.) quarto de modorra (quarto de serviço de zero hora às quatro).

MIDWAY ['mid'wei], *s.* meio caminho, metade do caminho; (E.U.) parque de diversões em uma feira ou exposição. *a.* situado a meio do caminho. *adv.* no meio do caminho, a meio caminho.

MIDWIFE ['midwaif], *s.* parteira. *v.* partejar; (fig.) dar à luz.

MIDWIFERY ['midwifəri], *s.* obstetrícia.

MID-WINTER ['mid'wintə], *s.* solstício do inverno, pleno inverno.

MIEN [mi:n], *s.* semblante, ar.

MIGHT [mait], *pret.* de **MAY.** *s.* poder, força. # *with might and main,* com toda a energia, a toda a força.

MIGHTINESS ['maitinis], *s.* força, poder, potência, império, poderio, grandeza.

MIGHTN'T ['maitnt], contração de **MIGHT NOT.**

MIGHTY ['maiti], *a.* forte, poderoso, vigoroso, potente, eficaz; importante; enorme.

MIGRANT ['maigrənt], *s.* e *a.* emigrante, migrador, migrante.

MIGRATE [mai'greit], *v.* migrar.

MIGRATION [mai'greiʃən], *s.* migração.

MIGRATOR [mai'greitə], *s.* migrador.

MIGRATORY ['maigrətəri], *a.* migratório, errante, peregrino.

MIKE [maik], *s.* (E.U. gír.) microfone.

MIL [mil], *s.* um milésimo da polegada.

MILADY [mi'leidi], *s.* tratamento dado às senhoras da aristocracia inglesa.

MILANESE [milə'ni:z], *s.* milanês.

MILCH [miltʃ, milʃ], *a.* de leite, leiteira (cabra, vaca, etc.); (fig.) qualquer fonte de renda. # *milch cow,* vaca leiteira.

MILD [maild], *a.* suave, brando, macio, doce, meio, leve, benigno, moderado, pacífico, indulgente. # *draw it mild,* (gír.) não exageres.

MILDEW ['mildju:], *s.* míldio, mangra; mofo.

MILDLY ['maildli], *adv.* suavemente, docemente, indulgentemente, pacificamente.

MILDNESS ['maildnis], *s.* suavidade, brandura, doçura, mansidão, clemência, benignidade, amenidade, indulgência.

MILE [mail], *s.* milha.

MILEAGE ['mailidʒ], *s.* comprimento em milhas; preço por milha; imposto para conservação de estradas.

MILESTONE ['mail-stoun], *s.* marco, miliário.

MIL-FOIL ['milfɔil], *s.* (bot.) mil-folhas.

MILITANCY ['militənsi], *s.* combate, guerra.

MILITANT ['militənt], *a.* militante, combatente, belicoso, guerreiro.

MILITARISM ['militərizm], *s.* militarismo.

MILITARIST ['militərist], *s.* militarista.

MILITARY ['militəri], *a.* militar, marcial, guerreiro, bélico.

MILITATE ['militeit], *v.* combater, militar, pelejar, guerrear.

MILITIA [mi'liʃə], *s.* milícia, guarda nacional.

MILK [milk], *s.* leite, suco leitoso de algumas plantas. *v.* ordenhar, mungir; mamar; dar leite. # *cry over spilt milk,* fazer lamentações vãs (após o fato consumado), chorar a morte da bezerra. *desicated milk, dry milk, powdered milk,* leite em pó. *it is no use crying over spilt milk,* é tarde, Inês é morta. *milk glass,* vidro opaco. *rich milk,* leite integral. *skimmed-milk, skim-milk,* leite desnatado.

MILK-ABSCESS ['milk'æbsis], *s.* abscesso do peito.

MILK-AND-WATER ['milkən'wɔtə], *a.* insípido, vacilante; fraco de caráter (fam.).

MILK-BAG ['milkbæg], *s.* úbere.

MILK-DIET ['milkdaiət], *s.* regime lácteo.

MILKER ['milkə], *s.* ordenhador.

MILK-FEVER ['milkfi:və], *s.* febre puerperal.

MILKINESS ['milkinis], *s.* qualidade ou natureza látea; doçura, suavidade, ternura.

MILKING ['milkiŋ], *s.* mungidura.

MILKMAID ['milkmeid], *s.* leiteira, vendedora de leite.

MILKMAN ['milkmən], *s.* leiteiro.

MILKSOP ['milksɔp], *s.* maricas, homem adamado = (E.U.) *sissy.*

MILKTOOTH ['milktu:θ], *s.* dente de leite.

MILKWEED ['milkwi:d], *s.* (bot.) serralha.

MILKWORTH ['milkwə:θ], *s.* eufórbio.

MILKY ['milki], *a.* leitoso, lácteo, doce, terno, meigo, suave, delicado, tímido. # *Milky Way,* Via-láctea.

MILL [mil], *s.* moinho, moenda; fábrica; oficina; usina; laminador; fiação (fam.); pugilato; (E.U.) milésimo do dólar. *v.* moer, pisar, triturar, esmagar, pulverizar; pisoar; serrilhar; (E.U.) perambular no meio da multidão. # *go through the mill,* saber ou aprender por experiência própria.

MILLBOARD ['milbɔ:d], *s.* papelão encorpado (usado em encadernação).

MILL-DAM ['mildæm], *s.* açude; represa de moinho.

MILLED [mild], *a.* brunido, lustrado; moído, pulverizado.

MILLENARY, MILLENARIAN [mi'lenəri, milə'nɛəriən], *a.* e *s.* milenário.

MILLENIUM [mi'leniəm], *s.* milênio; milenário.

MILLEPEDE ['milipi:d], *s.* centopeia.

MILLER ['milə], *s.* moleiro; mariposa branca; (ofíc.) fresadora = *milling machine.*

MILL-HAND ['milhænd], *s.* operário fabril.

MILLIARD ['miljɑ:d], *s.* um bilhão .... (1.000.000.000). = (E.U.) *billion.*

MILLIGRAMME ['miligræm], *s.* miligrama.

MILLIMETER ['milimi:tə], *s.* milímetro.

MILLINER ['milinə], *s.* modista de chapéus de senhora, chapeleira.

MILLINERY ['milinəri], *s.* casa de chapéus de senhora.

MILLING ['miliŋ], *s.* moagem, moenda; fresagem. # *milling cutter,* (mec.) fresa.

MILLION ['milijən], *a.* e *s.* milhão.

MILLIONAIRE [miljə'nɛə], *s.* milionário.

MILLIONTH ['miljənθ], *a.* milionésimo.

MILL PICK ['milpik], *s.* picareta de dois gumes.

MILLSTONE ['mil-stoun], *s.* mó de moinho.

MILORD [mi'lɔ:, mi'lɔ:d], *s.* milorde.

MILREIS ['milreis], *s.* mil réis.

MILT [milt], *s.* baço; glândulas reprodutoras masculinas dos peixes; secreção glandular masculina do peixe. *v.* fecundar as ovas.

MIME [maim], *s.* mímica, pantomima, farsa; farsante.

MIMEOGRAPH ['mimiəgrɑ:f], *s.* mimeógrafo.

MIMIC ['mimik], *v.* arremedar, imitar. *s.* imitador. *a.* mímico, burlesco, grotesco.

MIMICKER ['mimikə], *s.* imitador, arremedador.

MIMICKING ['mimikiŋ], *s.* macaqueação, imitação.

MIMICRY ['mimikri], *s.* imitação, arremedo; mimetismo.

MIMOSA [mi'mouzə], *s.* (bot.) sensitiva, mimosa.

MINARET ['minəret], *s.* minarete.

MINCE [mins], *v.* picar; atenuar; adoçar; falar medindo as palavras. *s.* afetação; carne picada.

MINCEMEAT ['minsmi:t], *s.* carne picada.

MINCER ['minsə], *s.* moedor de carne.

MINCING-MACHINE ['minsiŋmə'ʃi:n], *s.* máquina de moer (ou picar) carne.

MIND [maind], *s.* mente, entendimento, pensamento; espírito, intelecto, inteligência; memória; ânimo; propensão, desejo, disposição; parecer, opinião; gosto; intenção, desígnio. *v.* ter em vista, considerar; notar; lembrar-se; vigiar; recordar, atender, obedecer, prestar atenção; ter vontade de, estar disposto a; aplicar-se a; fazer questão de; observar; impugnar, objetar. # *be out of one's mind,* estar louco. *bear in mind,* lembrar-se, ter em mente. *call to mind,* lembrar-se, trazer à memória. *change one's mind,* mudar de idéia. *cross one's mind,* ocorrer a alguém, passar pela cabeça de alguém. *give someone a piece* (ou *a bit) of one's mind,* repreender alguém. *have a (great* ou *good) mind,* pretender, intencionar. *if I speak my mind,* para ser franco, para falar com franqueza. *in one's right mind,* em juízo perfeito. *keep in mind,* recordar-se. *make up one's mind,* tomar uma decisão; resignar-se, conformar-se. *mind one's p's and q's,* observar as regras da etiqueta; ser cauteloso. *mind reading,* transmissão de pensamento, adivinhação de pensamento. *never mind!* não faz mal! não se incomode! *set* (ou *put) one's mind at rest,* tranqüilizar-se. *single-tract mind,* mentalidade estreita. *to be in two minds,* estar indeciso.

MINDED ['maindid], *a.* inclinado, disposto, propenso.

MINDFUL ['maindful], *a.* diligente, prestimoso, cuidadoso, atento.

MINE [main], *s.* mina, jazida; mina, torpedo fixo, bomba. *v.* minar, fazer trabalho de sapa: minerar.

MINE [main], *pron. poss.* meu, minha, meus, minhas.

MINER ['mainə], *s.* mineiro; sapador.

MINERAL ['minərəl], *s.* mineral; água mineral; soda.

MINERALOGICAL [minərə'lɔdʒikəl], *a.* mineralógico.

MINERALOGIST [minə'rælədʒist], *s.* mineralogista.

MINERALOGY [minə'rælədʒi], *s.* mineralogia.

MINE-SWEEPER ['mainswi:pə], *s.* caça-minas.

MINEVER ['minivə], *s.* pele de esquilo.

MINGLE ['miŋgl], *v.* misturar, mesclar, confundir; confundir-se, misturar-se.

MINGLED ['miŋgld], *a.* misturado, mesclado, confuso, unido, junto.

MINGLING ['miŋgliŋ], *s.* mistura, confusão, mescla.

MINIATURE ['minjətʃə], *a.* em miniatura. *s.* miniatura.

MINI-BLOUSE ['miniblauz], *s.* miniblusa.

MINIKIN ['minikin], *s.* alfinetinho. *a.* pequenino, insignificante; afetado.

MINIM ['minim], *s.* (mús.) mínima = (E.U.) *half note.*

MINIMIZE ['minimaiz], *v.* diminuir, encurtar, reduzir ao mínimo; menosprezar.

MINIMUM ['miniməm], *s.* mínimo.

MINING ['mainiŋ], *s.* exploração de minas, mineração. *a.* relativo a minas; de minas.

MINING-SHIP ['mainiŋʃip], *s.* navio lança-minas.

MINION ['minjən], *s.* apaniguado; indivíduo servil; (tip.) tipo corpo sete. # ***minion of the Law,*** (gír.) policial, tira.

MINISH ['miniʃ], *v.* diminuir, reduzir, encurtar; depreciar; remover.

MINI-SKIRT ['miniskə:t], *s.* minissaia.

MINISTER ['ministə], *s.* ministro; sacerdote; pastor. *v.* auxiliar; socorrer; prover; oficiar, celebrar (missa); contribuir.

MINISTERIAL [minis'tiəriəl], *a.* ministerial; sacerdotal.

MINISTRATION [minis'treiʃən], *s.* administração; agência; comissão; ministério; funções eclesiásticas.

MINISTRY ['ministri], *s.* ministério, gabinete; incumbência, cargo, missão, função, ajuda; intervenção; clero.

MINK [miŋk], *s.* visão, espécie de marta.

MINOR ['mainə], *a.* menor, inferior, mínimo; insignificante; secundário. *s.* menor (menor de 21 anos); (mús.) tom menor; (lógica) premissa menor. # ***minor (subject),*** (E.U.) matéria de menor importância no curso universitário. *V.* **MAJOR.**

MINORITY [mai'nɔriti, mi'nɔriti], *s.* menoridade; minoria.

MINSTER ['minstə], *s.* convento, mosteiro; igreja de um mosteiro, basílica, catedral.

MINSTREL ['minstrəl], *s.* menestrel, trovador, cantor.

MINSTRELSY ['minstrəlsi], *s.* cantoria; ocupação ou arte de menestrel; companhia de menestréis.

MINT [mint], *s.* casa da moeda; fábrica; (bot.) hortelã; tesouro, mina. *v.* cunhar moedas; fabricar, produzir, inventar, forjar, amoedar.

MINTAGE ['mintidʒ], *s.* moeda cunhada; cunhagem; moedagem.

MINTER ['mintə], *s.* moedeiro; fabricante, produtor, inventor, forjador.

MINUET [minju'et], *s.* minueto.

MINUS ['mainəs], *a.* menos, negativo; desprovido, falto; sem valor.

MINUSCULE [mi'nʌskju:l], *s.* letra minúscula. *a.* minúsculo, pequeno, mínimo; insignificante.

MINUTE ['minit], *s.* minuto, instante; minuta, resumo, nota, apontamento, anotação, rascunho; *pl.* minutos, instantes; minutas, atas; memórias autênticas. *v.* contar os minutos, marcar o tempo; minutar. # ***every minute,*** a todo instante, a cada instante. ***half a minute,*** *half a mo,* um momento.

MINUTE [mai'nju:t], *a.* pequeno, insignificante, diminuto; tênue; minucioso.

MINUTE-BOOK ['minitbuk], *s.* livro de ata.

MINUTELY [mai'nju:tli], *adv.* minuciosamente, detalhadamente, circunstanciadamente; pormenorizadamente; exatamente.

MINUTENESS [mai'nju:tnis], *s.* minuciosidade, detalhe, pormenor; pequenez; miudeza.

MINX [miŋks], *s.* mulher desenvolta.

MIOCENE ['maiəsi:n], *s.* mioceno.

MIRACLE ['mirəkl], *s.* milagre, maravilha, prodígio.

MIRACULOUS [mi'rækjuləs], *a.* miraculoso, milagroso, prodigioso, assombroso, maravilhoso.

MIRAGE ['mirɑ:ʒ, mi'rɑ:ʒ], *s.* miragem; visão.

MIRE ['maiə], *s.* lama, lodo, lodaçal, pântano, atoleiro. *v.* enlamear-se, atolar-se.

MIRINESS ['maiərinis], *s.* sujidade, imundície, porcaria.

MIRROR ['mirə], *s.* espelho; modelo, exemplar. *v.* espelhar, refletir, retratar. # *rear-view mirror,* (aut.) espelho de retrovisão.

MIRTH [mə:θ], *s.* alegria, contentamento, júbilo, regozijo, gozo, prazer.

MIRTHFUL ['mə:θful], *a.* alegre, contente, jovial, prazenteiro, jubiloso.

MIRTHLESS ['mə:θlis], *a.* triste, abatido, melancólico.

MIRY ['maiəri], *a.* lamacento, lodoso, enlameado.

MISADVENTURE ['misəd'ventʃə], *s.* desgraça, revés, desventura, infortúnio, acidente.

MISALLIANCE ['misə'laiəns], *s.* matrimônio com pessoa de classe inferior; aliança ou união desigual.

MISANTHROPE ['mizənθroup], *s.* misantropo.

MISANTHROPIC, AL [mizən'θrɔpik, əl], *a.* misantrópico.

MISANTHROPY [mi'zænθrəpi], *s.* misantropia.

MISAPPLICATION ['misæpli'keiʃən], *s.* má aplicação.

MISAPPLY ['misə'plai], *v.* aplicar mal, fazer mau uso de.

MISAPPREHEND ['misæpri'hend], *v.* compreender mal.

MISAPPREHENSION ['misæpri'henʃən], *s.* erro, equívoco, engano, mal-entendido; conceito errôneo; interpretação falsa.

MISAPPROPRIATE ['misə'prouprieit], *v.* obter por fraude; malversar, dilapidar, empregar mal, abusar da confiança; prevaricar.

MISAPPROPPRIATION ['misəproupri'eiʃən], *s.* malversação, apropriação indébita.

MISBEGOTTEN ['misbi'gɔtn], *a.* bastardo; ilegítimo.

MISBEHAVE ['misbi'heiv], *v.* portar-se inconvenientemente, conduzir-se mal.

MISBEHAVIOUR ['misbi'heivjə], *s.* mau comportamento.

MISBELIEF ['misbi'li:f], *s.* erro, crença falsa; desconfiança.

MISBELIEVE [misbi'li:v], *v.* ter falsas idéias ou opiniões; desconfiar.

MISBELIEVER ['misbi'li:və], *s.* incrédulo, irreligioso, descrente.

MISCALCULATE ['mis'kælkjuleit], *v.* calcular mal ou erradamente.

MISCALCULATION ['miskælkju'leiʃən], *s.* erro de cálculo, conta errada.

MISCALL [mis'kɔ:l], *v.* dar um nome errado; difamar, ultrajar.

MISCARRIAGE [mis'kæridʒ], *s.* aborto; extravio; culpa, falta; malogro.

MISCARRY [mis'kæri], *v.* abortar; malograr; extraviar.

MISCELLANEOUS [misi'leinjəs], *a.* misto, mesclado, misturado.

MISCELLANY [mi'seləni], *s.* miscelânea.

MISCHANCE [mis'tʃɑ:ns], *s.* desgraça, desventura, desdita, infortúnio, fatalidade.

MISCHIEF ['mis-tʃif], *s.* dano, mal, prejuízo, perda, injúria, agravo; travessura.

MISCHIEVOUS ['mis-tʃivəs], *a.* malígno, malévolo, prejudicial, malicioso, perverso, nocivo, pernicioso; travesso.

MISCONCEIVE [miskən'si:v], *v.* ter ou formar opinião errônea.

MISCONCEPTION ['miskən'sepʃən], *s.* noção errônea; opinião errada.

MISCONDUCT ['miskən'dʌkt, miskən'dʌkt], *v.* conduzir mal, administrar mal, desacertar; desajustar.

MISCONDUCT [mis'kɔndəkt], *s.* má conduta.

MISCONSTRUCTION ['miskəns'trʌkʃən], *s.* interpretação errônea; construção errada.

MISCONSTRUE ['miskən'stru:], *v.* construir mal; interpretar mal.

MISCOUNT ['mis'kaunt], *s.* contagem errada. *v.* contar mal.

MISDEED ['mis'di:d], *s.* má ação, delito, falta de cumprimento do dever; culpa.

MISDEMEAN [misdi'mi:n], *v.* portar-se mal.

MISDEMEANANT [misdi'mi:nənt], *s.* (jur.) contraventor.

MISDEMEANOUR [misd'mi:nə], *s.* má conduta; pequena contravenção.

MISDIRECT [misdi'rekt], *v.* dirigir, conduzir ou orientar mal.

MISDIRECTION [misdi'rekʃən], *s.* má direção.

MISDOING ['mis'du:iŋ], *s.* falta, erro, culpa, delito.

MISER ['maizə], *s.* avaro, usurário, avarento, "pão-duro".

MISERABLE ['mizərəbl], *s.* e *a.* infeliz, desditoso, infortunado, desgraçado; penoso; acabrunhado; desconsolado; abatido; sem valor.

MISERLY ['maizəli], *a.* avaro, mesquinho, sórdido. *adv.* avaramente.

MISERY ['mizəri], *s.* miséria, desamparo, pobreza, desgraça, aflição, infortúnio, calamidade, doença.

MISFIRE ['mis'faiə], *s.* falha (ato de negar fogo). *v.* negar fogo, falhar.

MISFIT ['misfit, 'mis'fit], *v.* não ajustar bem, não assentar, não encaixar bem. *s.* o que não fica bem, não assenta (roupa), não encaixa bem.

MISFORTUNE [mis'fɔ:tʃən], *s.* infortúnio, infelicidade, desgraça, adversidade, contratempo, desventura.

MISGIVE [mis'giv], *v.* causar receio, causar apreensão.

MISGIVING [mis'giviŋ], *s.* receio, temor, desconfiança, dúvida, pressentimento.

MISGOTTEN [mis'gɔtn], *a.* mal adquirido.

MISGOVERN ['mis'gʌvən], *v.* governar mal, dirigir mal, desgovernar.

MISGOVERNMENT ['mis'gʌvənmənt], *s.* desgoverno, mau governo, esbanjamento, desbarato; má administração.

MISGUIDANCE [mis'gaidəns], *s.* erro, extravio; direção errada.

MISGUIDE [mis'gaid], *v.* desencaminhar, extraviar.

MISHANDLE ['mis'hændl], *v.* maltratar; manejar mal.

MISHAP ['mishæp, mis'hæp], *s.* contratempo, revés, acidente, infortúnio, adversidade, desgraça, desventura.

MISINFORM ['misin'fɔ:m], *v.* informar mal.

MISINFORMATION [misinfə'meiʃən], *s.* informação errada.

MISINTERPRET ['misin'tə:prit], *v.* interpretar mal; não entender.

MISINTERPRETATION ['misintə:pri'teiʃən], *s.* má interpretação.

MISJUDGE ['mis'dʒʌdʒ], *v.* julgar mal.

MISJUDG(E)MENT ['mis'dʒʌdʒmənt], *s.* mau juízo, decisão injusta, opinião falsa.

MISLAID [mis'leid], *pret.* e *pp.* de **MISLAY.**

MISLAY [mis'lei], *pret.* e *pp.* **MISLAID.** *v.* tirar do lugar, desarrumar, deslocar, perder, extraviar.

MISLEAD [mis'li:d], *pret.* e *pp.* **MISLED.** *v.* desencaminhar, extraviar; seduzir, enganar, iludir.

MISLEADING [mis'li:diŋ], *a.* desorientador, enganador, enganoso; ilusório.

MISLED [mis'led], *pret.* e *pp.* de **MISLEAD.**

MISMANAGE ['mis'mænidʒ], *v.* gerir mal, administrar, governar ou manejar mal.

MISMANAGEMENT ['mis'mænidʒmənt], *s.* má gestão, má administração; desperdício.

MISNOMER ['mis'noumə], *s.* troca de nome, nome errado. *v.* dar nome errado.

MISOGAMIST [mi'sɔgəmist, mai'sɔgəmist], *s.* misógamo.

MISOGAMY [mi'sɔgəmi, mai'sɔgəmi], *s.* misogamia.

MISOGYNIST [mai'sɔdʒinist], *s.* misógino.

MISPLACE ['mis'pleis], *v.* pôr fora do lugar, colocar mal, extraviar, desarrumar.

MISPLACEMENT ['mis'pleismənt], *s.* desarrumação, colocação fora dos lugares apropriados.

MISPRINT ['mis'print], *v.* cometer erros tipográficos. *s.* erro tipográfico.

MISPRONOUNCE ['misprə'nauns], *v.* pronunciar mal.

MISPRONUNCIATION ['misprənʌnsi'eiʃən], *s.* má pronúncia.

MISQUOTATION ['miskwou'teiʃən], *s.* alegação falsa; citação errônea.

MISQUOTE ['mis'kwout], *v.* alegar ou citar erroneamente.

MISREAD ['mis'ri:d], *pret.* e *pp.* **MISREAD.** *v.* ler ou interpretar mal.

MISREAD ['mis'red], *pret.* e *pp.* de **MISREAD.**

MISREPRESENT ['misrepri'zent], *v.* adulterar, violar, deturpar.

MISREPRESENTATION ['misreprizen'teiʃən], *s.* adulteração, violação, deturpação.

MISRULE ['mis'ru:l], *s.* desgoverno, tumulto, balbúrdia, desordem, confusão, anarquia.

MISS [mis], *s.* falha, erro, omissão, engano. *v.* falhar, faltar, errar; omitir, esquecer, deixar de fazer; perder; sentir falta; malograr. # *a miss is as good as a mile,* erro é erro. *it's hit or miss,* é questão de ganhar ou perder. *miss out,* omitir.

MISS [mis], *s.* Srta. (título); senhorita (= senhorinha), mocinha.

MISSAL ['misəl], *s.* missal.

MISSEL ['misəl], *s.* espécie de tordo.

MISSHAPEN ['mis'ʃeipən], *a.* deformado, disforme.

MISSILE ['misail], *a.* míssil. *s.* projetil, míssil.

MISSING ['misiŋ], *a.* faltoso, desencaminhado, extraviado, perdido, ausente; sem notícias (embarcação).

MISSION ['miʃən], *s.* missão, embaixada; incumbência; destino; missão religiosa. # *mission tile,* telha colonial.

MISSIONARY ['miʃnəri], *s.* missionário. *a.* que pertence ou diz respeito a missões, missionário.

MISSIONER ['miʃnə], *s.* emissário, enviado, embaixador, núncio.

MISSIS ['misiz], *s.* dona de casa; patroa (usado pelos criados); (vulg.) "patroa" (esposa).

MISSIVE ['misiv], *a.* missivo. *s.* missiva, mensagem, carta; mensageiro.

MISSPELL ['mis'spel], *pret.* e *pp.* **MISSPELLED** ou **MISSPELT.** *v.* soletrar, ler ou escrever mal.

MISSPELLING ['mis'speliŋ], *s.* má soletração, erro de ortografia.

MISSPEND ['mis'spend], *v.* esbanjar, esperdiçar, gastar demais, dissipar, perder.

MISSTATE ['mis'steit], *v.* relatar falsamente; expor mal.

MISSTATEMENT ['mis'steitmənt], *s.* declaração ou informação falsa; exposição mal feita; erro.

MISSY ['misi], *dim.* de **MISS.** *s.* menina.

MIST [mist], *s.* neblina, névoa, garoa; vapor; cacimba. *v.* enevoar, garoar, nevar; obscurecer.

MISTAKE [mis'teik], *pret.* **MISTOOK.** *pp.* **MISTAKEN.** *v.* não compreender, entender mal; trocar; enganar-se, equivocar-se. *s.* equívoco, engano, erro, descuido, omissão. # *make a mistake,* enganar-se, errar, cometer um erro.

MISTAKEN [mis'teikən], *pp.* de **MISTAKE.** *a.* errôneo, errado, enganado, incorreto.

MISTER ['mistə], *s.* senhor (título de tratamento). *V.* **MR.**

MISTLETOE ['misltou, 'mizltou], *s.* (bot.) visco.

MISTOOK [mis'tuk], *pret.* de **MISTAKE.**

MISTRAL ['mistrəl], *s.* mistral.

MISTRANSLATE ['mistrɑ:ns'leit], *v.* traduzir mal.

MISTRANSLATION ['mistrɑ:ns'leiʃən], *s.* má tradução.

MISTREAT [mis'tri:t], *v.* (E.U.) maltratar, tratar mal = (Ing.) *maltreat, ill treat.*

MISTREATMENT [mis'tri:tmənt], *s.* (E.U.) mau tratamento, maus tratos, sevícia, ato de crueldade = (Ing.) *maltreatment.*

MISTRESS ['mistris], *s.* patroa, ama, dona de casa; senhora; preceptora; mestra; amante; tratamento de cortesia que se dá às senhoras; madama. *V.* **MRS.**

MISTRUST ['mis'trʌst, mis'trʌst], *s.* desconfiança, receio, suspeita. *v.* desconfiar, recear; suspeitar, duvidar.

MISTRUSTFUL [mis'trʌstful], *a.* desconfiado, receoso, tímido, acanhado, suspeitoso.

MISTY ['misti], *a.* nebuloso, brumoso, enevoado, nublado, escuro.

MISUNDERSTAND ['misʌndə'stænd], *pret.* e *pp.* **MISUNDERSTOOD.** *v.* entender mal, equivocar-se, enganar-se, compreender mal.

MISUNDERSTANDING ['misʌndə'stændiŋ], *s.* mal-entendido, engano, equívoco, erro, má compreensão, discordância, desinteligência.

MISUNDERSTOOD ['misʌndə'stud], *pret.* e *pp.* de **MISUNDERSTAND.**

MISUSAGE [mis'ju:zidʒ], *s.* abuso; mau tratamento.

MISUSE ['mis'ju:s], *s.* abuso, mau trato, uso ilegítimo, aplicação errônea.

MISUSE ['mis'ju:z], *v.* empregar mal; maltratar, abusar de.

MISWROUGHT ['mis'rɔ:t], *a.* mal feito; mal lavrado, mal acabado ou trabalhado; imperfeito.

MITE [mait], *s.* ácaro, traça, gorgulho, gusano; pequena parte; bagatela.

MITIGABLE ['mitigəbl], *a.* mitigável, abrandável.

MITIGATE ['mitigeit], *v.* mitigar, suavizar, lenir, acalmar, aliviar, consolar, atenuar.

MITIGATION [miti'geiʃən], *s.* mitigação, alívio, lenitivo, consolo.

MITRAL ['maitrəl], *s.* válvula mitral. *a.* mitral.

MITRE ['maitə], *s.* mitra; meia esquadria. *v.* mitrar; esquadrar.

MITRED ['maitəd], *a.* mitrado; talhado em ângulo de 45 graus.

MITTEN, MITT ['mitn, mit], *s.* mitene. # *get the frozen mitten,* (E.U.) ser mal recebido, ser tratado com pouco caso. *get the mitten,* receber um não (a um pedido de casamento), tomar uma tábua. *give the mitten,* dar uma tábua, rejeitar um pedido de casamento.

MITY ['maiti], *a.* infestado de ácaros, bichado, coberto de traça ou de gorgulho.

MIX [miks], *v.* misturar, mesclar, baralhar; confundir; juntar, unir, amassar; incorporar, associar; misturar-se, confundir-se.

MIXED [mikst], *a.* misturado, misto, de mistura; unido, ligado.

MIXER ['miksə], *s.* misturador, batedeira; (E.U.) dono ou empregado de bar; (E.U.) pessoa comunicativa, dada, que faz amigos facilmente = (Ing.) *sociable fellow.* # *electric mixer,* batedeira elétrica.

MIXTURE ['mikstʃə], *s.* mistura, mescla; misto.

MIX-UP ['miks'ʌp], *s.* confusão; tumulto, conflito.

MIZZEN ['mizn], *s.* (mar.) mezena. *a.* (mar.) da mezena.

MIZZEN-MAST ['miznmɑ:st], *s.* mastro de mezena.

MIZZLE ['mizl], *v.* garoar, chuviscar; aturdir, confundir, sucumbir.

MNEMONIC [ni:'mɔnik], *a.* mnemônico.

MNEMONICS [ni:'mɔniks], *s.* mnemônica.

MOAN [moun], *s.* lamento, queixume, lamúria, gemido, choro. *v.* lamentar.

MOANFUL ['mounful], *a.* lamentável; lúgubre; triste; queixoso.

MOAT [mout], *s.* fosso. *v.* cercar de fossos.

MOB [mɔb], *s.* populaça, multidão, turba, ajuntamento, chusma, gentalha; motim, montão; coifa ou touca de mulher. *v.* provocar um motim.

MOB-CAP ['mɔbkæp], *s.* touca.

MOBILE ['moubail, 'moubi:l, 'moubil], *a.* móvel, movediço; variável, inconstante. *s.* coisa que se pode mover.

MOBILITY [mou'biliti], *s.* mobilidade, instabilidade, volubilidade.

MOBILIZATION (ISA) [moubilai'zeiʃən, moubili'zeiʃən], *s.* mobilização.

MOBILIZE (ISE) ['moubilaiz], *v.* mobilizar.

MOCCASIN ['mɔkəsin], *s.* sapato de couro macio.

MOCHA ['moukə] *s.* café de Moca.

MOCK [mɔk], *a.* falso, fingido; burlesco, cômico, irrisório. *v.* zombar, escarnecer, mofar, ridicularizar; imitar, arremedar, copiar; iludir, ludibriar; zombar de, rir-se.

MOCKER ['mɔkə], *s.* escarnecedor, zombador.

MOCKERY ['mɔkəri], *s.* escárnio, menosprezo, mofa, zombaria, troça, ridículo, arremedo.

MOCKING ['mɔkiŋ], *s.* zombaria, mofa, brincadeira. *a.* escarnecedor.

MOCKING-BIRD ['mɔkiŋbə:d], *s.* tordo dos remedos.

MOCK-UP ['mɔkʌp], *s.* modelo em tamanho natural.

MODAL ['moudl], *s.* modal.

MODALITY [mou'dæliti], *s.* modalidade.

MODE [moud], *s.* modo, forma, processo, maneira, método; uso, moda, costume, estilo; graduação; grau; modo (de verbo).

MODEL ['mɔdl], *s.* modelo; exemplar, molde, tipo; reprodução, amostra, desenho; forma; fôrma; norma; pauta; figurino; retrato; mulher que serve de modelo; método, processo. *v.* modelar, moldar, formar, fazer um molde.

MODELLER ['mɔdlə], *s.* modelador, desenhador, debuxador.

MODELLING ['mɔdliŋ], *s.* modelagem, modelação.

MODERATE ['mɔdəreit], *v.* moderar, reprimir, acalmar; modificar; moderar-se, acalmar-se, reprimir-se, conter-se.

MODERATE ['mɔdərit], *a.* moderado, módico;

medíocre, regular; pacífico, calmo, suave; bonançoso (vento); parco, sóbrio.

MODERATION [mɔdə'reiʃən], *s.* moderação, circunspecção, calma; sobriedade, temperança; economia; *pl.* primeiro exame público para graus na Universidade de Oxford.

MODERATOR ['mɔdəreitə], *s.* moderador; árbitro; examinador em universidade (Oxford e Cambridge); (E.U.) presidente de uma assembléia urbana.

MODERN ['mɔdən], *s.* moderno, novo, recente; banal; natural. *s.* modernista.

MODERNISM ['mɔdənizm], *s.* modernismo.

MODERNIST ['mɔdənist], *s.* modernista.

MODERNITY [mɔ'də:niti, mo'də:niti], *s.* modernidade, novidade.

MODERNIZE (ISE) ['mɔdənaiz], *v.* modernizar, atualizar.

MODERNNESS ['mɔdenis], *s.* modernidade, novidade.

MODEST ['mɔdist], *a.* modesto, recatado, puro, pudico, casto, honesto, decente; moderado, humilde.

MODESTY ['mɔdisti], *s.* modéstia, recato, castidade, honestidade, decência; reserva; decoro; humildade; compostura; acanhamento.

MODIFIABLE ['mɔdifaiəbl], *a.* suscetível de modificação, modificável, substituível.

MODIFICATION [mɔdifi'keiʃən], *s.* modificação, variação, alteração, mudança, substituição.

MODIFIER ['mɔdifaiə], *s.* modificador.

MODIFY ['mɔdifai], *v.* modificar, variar, alterar.

MODISH ['moudiʃ], *a.* da moda, na moda.

MODISTE [mou'di:st], *s.* modista, costureira.

MODULATE ['mɔdjuleit], *v.* modular, variar de tom.

MODULATION [mɔdju'leiʃən], *s.* modulação, módulo.

MODULATOR ['mɔdjuleitə], *s.* modulador.

MODULUS ['mɔdjuləs], *s.* módulo (mat.).

MOGUL [mo'gʌl], *s.* e *a.* mongol.

MOHAIR ['mouhɛə], *s.* pêlo de cabra angorá, tecido de pêlo de cabra.

MOHAMMEDAN [mou'hæmidən], *s.* maometano.

MOHAMMEDANISM [mou'hæmidənizm], *s.* maometismo.

MOIST [mɔist], *a.* úmido, molhado, aquoso, suculento.

MOISTEN ['mɔisn], *v.* umedecer, molhar levemente.

MOISTENER ['mɔisnə], *s.* o que umedece.

MOISTURE ['mɔistʃə], *s.* umidade, suco, sumo.

MOKE [mouk], *s.* (gír.) burro, pessoa estúpida.

MOLAR ['moulə], *a.* molar. *s.* dente molar.

MOLASSES [mə'læsiz], *s.* (E.U.) melaço, melado = (Ing.) *treacle, black treacle, golden syrup.*

MOLD, MOULD [mould], *s.* mofo, bolor, humo; matriz, modelo, molde, forma, figura. *v.* moldar, modelar, dar forma, amassar; mofar.

MOLDBOARD ['mouldbɔ:d], *s.* aiveca.

MOLDER, MOULDER ['mouldə], *s.* moldador.

MOLE [moul], *s.* (med.) lunar, verruga; molhe, muralha, dique; quebra-mar; (zool.) toupeira.

MOLECULAR [mou'lekjulə], *a.* molecular.

MOLECULE ['mɔlikju:l], *s.* molécula; partícula.

MOLEST [mo'lest, mə'lest], *v.* molestar, incomodar, aborrecer, vexar, importunar, atormentar; oprimir, perseguir.

MOLESTATION [moules'teiʃən], *s.* incômodo, estorvo, vexame, aborrecimento, importunação; perseguição.

MOLLIFICATION [mɔlifi'keiʃən], *s.* molificacação, amolecimento; mitigação.

MOLLIFY ['mɔlifai], *v.* amolecer, abrandar; embrandecer; acalmar, mitigar, suavizar, aliviar.

MOLLUSC, MOLLUSK ['mɔlesk], *s.* molusco.

MOLLUSCAN [mɔ'lʌskən], *a.* dos moluscos.

MOLLUSCOID [mɔ'lʌskɔid], *a.* moluscóide.

MOLLY ['mɔli], *s.* homem efeminado, maricas = (E.U.) *sissy.*

MOLLY-CODDLE ['mɔlikɔdl], *s.* homem efeminado, maricas = (E.U.) *sissy.*

MOLT, MOULT [moult], *s.* muda (de penas). *v.* mudar as penas.

MOLTEN ['moultən], *pp.* de **MELT.** *a.* fundido, derretido, vasado; metal fundido.

MOMENT ['moumənt], *s.* momento, instante, minuto; tempo presente; importância; peso; força; gravidade; conseqüência; (mec.) impulso; causa, princípio, origem.

MOMENTARY ['moumәntəri], *a.* momentâneo, passageiro.

MOMENTOUS [mou'mentəs], *a.* momentoso, grave, muito importante.

MOMENTOUSNESS [mou'mentəsnis], *s.* importância, gravidade.

MOMENTUM [mou'mentəm], *s.* ímpeto; (fís.) momento.

MONACHAL ['mɔnəkəl], *a.* monacal, monástico.

MONARCH ['mɔnək], *s.* monarca, rei, rainha.

MONARCHAL [mɔ'nɑ:kəl], *a.* monárquico.

MONARCHIC [mɔ'nɑ:kik], *V.* **MONARCHAL.**

MONARCHICAL [mɔ'nɑ:kikəl], *V.* **MONARCHAL.**

MONARCHISM ['mɔnəkizm], *s.* monarquismo.

MONARCHIST ['mɔnəkist], *s.* monarquista.

MONARCHY ['mɔnəki], *s.* monarquia.

MONASTERY ['mɔnəstri], *s.* mosteiro, convento.

MONASTIC, AL [mə'næstik, əl], *a.* monástico, conventual.

MONASTICISM [mə'næstisizm], *s.* vida monástica.

MONDAY ['mʌndi], *s.* segunda-feira.

MONETARY ['mʌnitəri], *a.* monetário, pecuniário.

MONETIZATION [mʌnitai'zeiʃən], *s.* monetização.

MONETIZE ['mʌnitaiz], *v.* amoedar.

MONEY ['mʌni], *s.* dinheiro, moeda legal, sistema monetário; prata; valores; fundos; riqueza; caudal. *v.* cunhar, fazer moedas; converter em moedas. # *actual money,* (fin.) moeda ativa. *be short of money,* estar com pouco dinheiro; estar sem dinheiro. *contribute money to,* contribuir com dinheiro para. *counterfeit money,* dinheiro falso. *earn blood money,* (E.U. gír.) cumprir pena na prisão. *earnest money,* (com.) sinal (pagamento). *made of money,* podre de rico. *make money,* ganhar dinheiro. *marry money,* casar-se por dinheiro. *money makes money,* dinheiro chama dinheiro. *money makes the mare go,* com dinheiro tudo se arranja. *money of account,* moeda imaginária, moeda de cálculo (para lançamentos contábeis). *pay ready money,* pagar à vista. *ready money,* (com.) fundos disponíveis = *money down. there is money in it,* é um negócio rendoso. *to be rolling in money,* estar nadando em dinheiro, estar podre de rico. *to call in money,* recolher dinheiro (retirar dinheiro da circulação). *to invest money,* empregar dinheiro. *to put out money,* pôr dinheiro a juros. *to spend money like water,* esbanjar dinheiro, jogar dinheiro pela janela.

MONEY-BAG ['mʌnibæg], *s.* bolsa para dinheiro.

MONEY-BILL ['mʌnibil], *s.* lei de meios.

MONEY-BROKER ['mʌnibroukə], *s.* corretor de câmbio.

MONEY-CHANGER ['mʌnitʃeindʒə], *s.* cambista.

MONEY-DEALER ['mʌnidi:lə], *V.* **MONEY-CHANGER.**

MONEYED ['mʌnid], *a.* endinheirado.

MONEY-GRUBBER ['mʌnigrʌbə], *s.* avarento.

MONEY-JOBBER ['mʌnidʒɔbə], *V.* **MONEY-CHANGER.**

MONEY-LENDER ['mʌnilendə], *s.* agiota.

MONEY-ORDER ['mʌniɔ:də], *s.* ordem de pagamento. # *postal money-order,* vale postal.

MONGER ['mʌŋgə], *s.* negociante, vendedor, mercador.

MONGOL ['mɔŋgɔl], *a.* e *s.* mongol; idioma mongólico.

MONGOLIAN [mɔŋ'gouljən], *a.* e *s.* mongol.

MONGOOSE, MUNGOOSE [mʌŋ'gu:s], *s.* (zool.) mangusto.

MONGREL ['mʌŋgrəl], *a.* e *s.* mestiço mulato; híbrido, cruzado.

MONISM ['mɔnizm], *s.* monismo.

MONIST ['mɔnist], *s.* monista.

MONISTIC [mɔ'nistik], *a.* monístico.

MONITOR ['mɔnitə], *s.* monitor, instrutor, inspetor; decurião (da escola); admoestador; espécie de lagarto; um tipo de navio de guerra.

MONITORIAL [mɔni'tɔ:riəl], *a.* monitorial.

MONITORSHIP ['mɔnitəʃip], *s.* cargo de monitor.

MONK [mʌŋk], *s.* monge, frade.

MONKERY ['mʌŋkəri], *s.* vida monástica.

MONKEY ['mʌŋki], *s.* macaco (animal); macaco (instr.), bate-estacas; soma para apostas, monte; pequeno navio. *v.* (E.U.) mexer em, bulir em = (Ing.) *meddle;* (E.U.) brincar com; saber bem = (Ing.) *juggle.* # *he-monkey (she-monkey),* macaco (macaca). *monkey with* (ou *about),* bulir em. *play the monkey,* fazer macaquices. *put one's monkey up,* encolerizar-se; causar cólera a alguém.

MONKEY-BOAT ['mʌŋkibout], *s.* chata.

MONKEY-JAR ['mʌŋkidʒɑ:], *V.* **GOGLET.**

MONKEY-NUT ['mʌŋkinʌt], *s.* amendoim = (E. U.) *peanut.*

MONKEY-RAIL ['mʌŋkireil], *s.* corrimão de bordo.

MONKEY-SHINE ['mʌŋkiʃain], *s.* (E.U.) macaquice, momice, pirueta, cambalhota = (Ing.) *caper.*

MONKEY WRENCH ['mʌŋkirentʃ], *s.* chave inglesa, chave universal.

MONKISH ['mʌŋkiʃ], *a.* monacal.

MONOCHORD ['mɔnoukɔ:d], *s.* monocórdio.

MONOCHROME ['mɔnəkroum], *s.* monocromo.

MONOCLE ['mɔnɔkl], *s.* monóculo.

MONOCOTYLEDON ['mɔnoukɔti'li:dən], *s.* monocotiledôneo.

MONODY ['mɔnədi], *s.* monodia; elegia.

MONOGAMIST [mɔ'nɔgəmist], *s.* monógamo.

MONOGAMOUS [mɔ'nɔgəməs], *a.* monógamo.

MONOGAMY [mɔ'nɔgəmi], *s.* monogamia.

MONOGRAM ['mɔnəgræm], *s.* monograma.

MONOGRAPH ['mɔnəgrɑ:f], *s.* monógrafo.

MONOLITH ['mɔnoliθ], *s.* monólito.

MONOLITHIC [mɔnɔ'liθik], *a.* monolítico.

MONOLOGUE ['mɔnəlɔg], *s.* monólogo, solilóquio.

MONOMANIA ['mɔnou'meiniə], *s.* monomania, mania.

MONOMANIAC ['mɔnou'meiniæk], *s.* monomaníaco.

MONOPHTHONG ['mɔnəfθɔŋ], *s.* monotongo.

MONOPLANE ['mɔnəplein], *s.* monoplano.

MONOPOLIST [mə'nɔpəlist], *s.* monopolista, açambarcador.

MONOPOLIZE (ISE) [mə'nɔpəlaiz], *v.* monopolizar.

MONOPOLIZER (ISER) [mə'nɔpəlaizə], *s.* monopolizador.

MONOPOLY [mə'nɔpəli], *s.* monopólio; entreposto.

MONORAIL ['mɔnoureil], *s.* estrada de ferro com um só trilho.

MONOSYLLABIC ['mɔnəsi'læbik], *a.* monossilábico.

MONOSYLLABLE ['mɔnəsiləbl], *s.* monossílabo.

MONOTHEISM ['mɔnoθi:izm], *s.* monoteísmo.

MONOTHEIST ['mɔnoθi:ist], *s.* monoteísta.

MONOTONOUS [mə'nɔtnəs], *a.* monótono, enfadonho, insípido.

MONOTONY [mə'nɔtni], *s.* monotonia.

MONOTYPE ['mɔnətaip], *s.* monotipo.

MONOTYPIC [mənə'tipik], *a.* (biol.) monótipo.

MONOXIDE [mɔ'nɔksaid], *s.* monóxido.

MONSIEUR [mə'sjə:], *s.* senhor.

MONSOON [mɔn'su:n], *s.* monção.

MONSTER ['mɔnstə], *s.* monstro, animal fabuloso; aborto; prodígio. *a.* prodigioso, assombroso, extraordinário, enorme, descomunal.

MONSTRANCE ['mɔnstrəns], *s.* ostensório; custódia.

MONSTROSITY [mɔns'trɔsiti], *s.* monstruosidade.

MONSTROUS ['mɔnstrəs], *a.* monstruoso; prodigioso, descomunal, maravilhoso; estranho; disforme, horrendo, pavoroso.

MONTE ['mɔnti], *s.* jogo do monte.

MONTH [mʌnθ], *s.* mês.

MONTHLY ['mʌnθli], *a.* mensal. *s.* publicação mensal; *pl.* regras, menstruação. *adv.* mensalmente.

MONUMENT ['mɔnjumənt], *s.* monumento comemorativo; memória, marca, sinal, marco; lápide sepulcral, jazigo.

MONUMENTAL [mɔnju'mentl], *a.* monumental, grandioso, descomunal, assombroso, imenso, desproporcional; comemorativo.

MOO [mu:], *v.* mugir. *s.* mugido.

MOOCH [mu:tʃ], *v.* vaguear, errar, vadiar, perambular.

MOOD [mu:d], *s.* humor; disposição de ânimo; gênio; capricho; temperamento, modo, maneira; modo (de um verbo). # *be in the mood,* estar disposto a, com disposição de.

MOODILY ['mu:dli], *adv.* caprichosamente; pensativamente, tristemente, melancolicamente.

MOODINESS ['mu:dinis], *s.* capricho, extravagância, excentricidade; mau humor, aborrecimento; tristeza, melancolia.

MOODY ['mu:di], *a.* fantástico, caprichoso, extravagante, raro; triste, melancólico, taciturno; irado, mal-humorado, irritado.

MOON [mu:n], *s.* lua; mês lunar. *v.* vaguear, andar sem destino, errar. # *cry for the moon,* desejar o impossível. *full moon,* lua cheia. *know no more about it than the man in the moon,* não saber coisa alguma. *once in a blue moon,* uma vez na vida e outra na morte, raramente. *promise the moon,* prometer mundos e fundos. *shoot the moon,* abandonar uma casa (hotel, pensão) sem pagar o aluguel.

MOONBEAM ['mu:nbi:m], *s.* raio de luar.

MOON-BLIND ['mu:nblaind], *a.* nictalópico; nictalope; com os olhos inflamados; ignorante.

MOON-BLINDNESS ['mu:nblaindnis], *s.* (med.) nictalopia; (vet.) inflamação nos olhos do cavalo; (fig.) ignorância.

MOON-CALF ['mu:nkɑ:f], *s.* bobo, imbecil, mentecapto, néscio.

MOONED [mu:nd], *a.* em forma de meia lua.

MOONLESS ['mu:nlis], *a.* sem luar, escuro.

MOONLIGHT ['mu:nlait], *s.* luar. *a.* enluarado.

MOONSHINE ['mu:n-ʃain], *s.* luar; música celeste; mistificação; fantasia, disparate, desatino, conversa tola = (E.U.) *poppycock.* # *moonshine whisky,* uísque falsificado.

MOONSHINER ['mu:n-ʃainə], *s.* (E.U.) fabricante clandestino de uísque = (Ing.) *illicit distiller.*

MOONSTRUCK ['mu:n-strʌk], *a.* lunático, desatinado, doido, louco.

MOONY ['mu:ni], *a.* lunar, claro como a lua; simplório; visionário; maníaco.

MOOR [muə], *s.* charco, pântano; charneca; (Ing.) terra reservada para caça; matagal; terreno baldio; (com maiúscula) mouro africano. *v.* ancorar, atracar, aportar, amarrar; estar no ancoradouro.

MOORHEN ['muəhen], *s.* galinhola.

MOORING ['muəriŋ], *s.* amarração, amarra; ancoragem.

MOORING-BUOY ['muəriŋbɔi], *s.* bóia de amarração.

MOORISH ['muəriʃ], *a.* pantanoso; mouro, mourisco.

MOORLAND ['muələnd], *s.* terra pantanosa.

MOOSE [mu:s], *s.* alce (veado de chifres palmados).

MOP [mɔp], *s.* rodilha, esfregão, lambaz, vassoura de pano. *v.* limpar, esfregar (com esfregão), lavar (com lambaz); fazer carantonhas.

MOPBOARD ['mɔpbɔ:d], *s.* rodapé.

MOPE [moup], *v.* atordoar, aparvalhar; abater, esmorecer; aborrecer; aborrecer-se; ser sem graça. *s.* pessoa sem graça, estúpida ou aparvalhada.

MOPISH ['moupiʃ], *a.* estúpido, parvo, imbecil; aborrecido, desgostoso, triste.

MOPISHNESS [' moupiʃnis], *s.* tristeza, desgosto, enfado, aborrecimento; estupidez.

MORAINE [mɔ'rein], *s.* (geol.) morena.

MORAL ['mɔrəl], *a.* moral; casto, honrado, íntegro, digno. *s.* a moral, moralidade; *pl.* princípios morais; ética.

MORALE [mɔ'ra:l], *s.* o moral, estado de ânimo.

MORALISM ['mɔrəlizm], *s.* moralismo.

MORALIST ['mɔrəlist], *s.* moralista; ético.

MORALITY [mə'ræliti], *s.* moralidade; retidão, honestidade, dignidade, honradez; pureza, castidade; virtude.

MORALIZATION (ISA) [mɔrəlai'zeiʃən], *s.* moralização.

MORALIZE (ISE) ['mɔrəlaiz], *v.* pregar moral; filosofar; moralizar.

MORALIZER ['mɔrəlaizə], *s.* moralizador.

MORALLY ['mɔrəli], *adv.* moralmente, honradamente, virtuosamente.

MORASS [mə'ræs], *s.* pântano, lamaçal, paul, charco, lameiro.

MORATORIUM [mɔrə'tɔ:riəm], *s.* (com.) moratória.

MORBID ['mɔ:bid], *a.* mórbido.

MORBIDITY [mɔ:'biditi], *s.* morbidez; languidez.

MORBIDNESS ['mɔ:bidnis], *s.* estado mórbido.

MORDANT ['mɔ:dənt], *s.* mordente (tinta); cáustico. *a.* sarcástico, mordaz, irônico, purgante; corrosivo.

MORDENT ['mɔ:dənt], *s.* mordente (mús.).

MORE [mɔ:, mɔə], *a.* e *adv.* *(comp.)* de **MUCH** e de **MANY,** mais. *s.* maior quantidade ou número; quantidade adicional; o maior número de pessoas; *pl.* costumes, regras tradicionais. # *be no more,* estar morto, não existir mais. *more and more,* cada vez mais. *more or less,* mais ou menos.

MOREEN [mɔ:'ri:n], *s.* damasco próprio para cortinas.

MOREOVER [mɔ:'rouvə], *adv.* demais, demais a mais, além disso.

MORGANATIC [mɔ:gə'nætik], *a.* morganático.

MORGUE [mɔ:g], *s.* necrotério.

MORMONISM ['mɔ:mənizm], *s.* mormonismo.

MORN [mɔ:n], *s.* (poes.) manhã.

MORNING ['mɔ:niŋ], *s.* manhã, aurora, alvorada. *a.* matinal, matutino.

MORNING COAT ['mɔ:niŋkout], *s.* fraque.

MORNING-DRESS ['mɔ:niŋ'dres], *s.* traje de passeio.

MORNING-PRAYERS ['mɔ:niŋ'prɛəz], *s.* matinas.

MORNING-STAR ['mɔ:niŋ'stɑ:], *s.* estrela-d'alva.

MOROCCAN [mə'rɔkən], *s.* e *a.* marroquino.

MOROCCO [mə'rɔkou], *s.* marroquim.

MORON ['mɔ:rɔn], *s.* (E.U.) imbecil = (Ing.) *imbecile.*

MOROSE [mə'rous], *a.* **impertinente, rabugento;** melancólico, triste, taciturno; intratável, insociável, misantropo; carrancudo.

MOROSENESS [mə'rousnis], *s.* impertinência, enfado, mau humor; capricho.

MORPHIA ['mɔ:fjə], *s.* morfina.

MORPHINE ['mɔ:fi:n], *V.* **MORPHIA.**

MORPHOLOGIC, AL [mɔ:fə'lɔdʒik, əl], *a.* morfológico.

MORPHOLOGY [mɔ:'fɔlədʒi], *s.* morfologia.

MORRIS ['mɔris], *s.* dança mourisca.

MORROW ['mɔrou], *s.* amanhã. # *on the morrow,* no dia seguinte.

MORSEL ['mɔ:səl], *s.* bocado, pedaço, parte, porção; manjar.

MORTAL ['mɔ:tl], *a.* mortal, letal, grave, fatal; humano; extremo, violento; (fam.) fastidioso. *s.* mortal, ser humano.

MORTALITY [mɔ:'tæliti], *s.* mortalidade; mortandade.

MORTAR ['mɔ:tə], *s.* almofariz; argamassa.

MORTGAGE ['mɔ:gidʒ], *s.* hipoteca. *v.* hipotecar. # *closed mortgage,* (fin.) hipoteca para obtenção de empréstimo.

MORTGAGEE [mɔ:gə'dʒi:], *s.* credor hipotecário.

MORTGAGOR [mɔ:gə'dʒɔ:], *s.* devedor hipotecário.

MORTICE ['mɔ:tis], *V.* **MORTISE.**

MORTICIAN [mɔ:'tiʃən], *s.* (E.U.) o que se incumbe de funerais = (Ing.) *undertaker.*

MORTIFEROUS [mɔ:'tifərəs], *a.* mortífero, mortal, letal.

MORTIFICATION [mɔ:tifi'keiʃən], *s.* mortificação; penitência; humilhação; gangrena; decomposição.

MORTIFY ['mɔ:tifai], *v.* mortificar, humilhar; gangrenar; mortificar-se; decompor-se; gangrenar-se.

MORTISE ['mɔ:tis], *s.* encaixe, entalhe. *v.* malhetar, entalhar. # *mortise and tenon,* (carp.) encaixe e mecha.

MORTISE CHISEL ['mɔ:tis'tʃizl], *s.* badame, bedame.

MORTUARY ['mɔ:tjuəri], *s.* necrotério, jazigo, urna, ossário; cemitério. *a.* mortuário, fúnebre.

MOSAIC [mə'zeiik], *s.* mosaico. *a.* embutido. *v.* cobrir ou revestir com mosaicos.

MOSAIC [mə'zeiik], *a.* mosaico, relativo a Moisés.

MOSLEM ['mɔzləm], *s.* muçulmano.

MOSQUE [mɔsk], *s.* mesquita.

MOSQUITO [məs'ki:tou], *s.* mosquito. # *mosquito boat,* lancha torpedeira. *mosquito curtain,* cortinado. *mosquito net,* mosquiteiro.

MOSS [mɔs], *s.* musgo; lagoa, paul. *v.* cobrir de musgo.

MOSSINESS ['mɔsinis], *s.* abundância de musgo.

MOSSY ['mɔsi], *a.* musgoso.

MOST [moust], *a.* (*sup.* de **MUCH** e de **MANY**) o mais, os mais, a maior parte. *adv.* extremamente, sumamente, muito. *s.* a maior parte, o maior número. # *at most,* no máximo, quando muito. *make the most of,* tirar o melhor partido de.

MOSTLY ['moustli], *adv.* principalmente, na maior parte das vezes, as mais das vezes.

MOTE [mout], *s.* partícula de poeira.

MOTEL [mou'tel], *s.* (E.U.) hotel para automobilistas (com cabinas e garage) = *autel, autotel, auto court, motor court.*

MOTH [mɔθ], *s.* traça; falena, mariposa.

MOTHER ['mʌðə], *s.* mãe; origem, causa; abadessa. *a.* natural, nativo, nacional; materno. *v.* servir de mãe; perfilhar; criar borra (vinho). # *every mother's son,* todos, todo mundo. *mother language* (ou *tongue*), língua materna. *Mother's Day,* o Dia das Mães. *mother superior,* irmã superiora (convento).

MOTHER-COUNTRY ['mʌðəkʌntri], *s.* pátria.

MOTHERHOOD ['mʌðəhud], *s.* maternidade.

MOTHER-IN-LAW ['mʌðərinlɔ:], *s.* sogra.

MOTHERLAND ['mʌðəlænd], *s.* mãe-pátria, terra natal.

MOTHERLESS ['mʌðəlis], *a.* órfão de mãe.

MOTHERLINESS ['mʌðəlinis], *s.* maternidade; carinho maternal.

MOTHERLY ['mʌðəli], *a.* maternal, materno. *adv.* maternalmente.

MOTHER-OF-PEARL ['mʌðərəv'pə:l], *s.* madrepérola.

MOTHER-TONGUE ['mʌðətʌŋ], *s.* língua materna.

MOTHY ['mɔθi]. *a.* cheio de traça, roído de traça.

MOTIF [mou'ti:f], *s.* assunto, tema; idéia principal (em arte).

MOTION ['mouʃən], *s.* moção; movimento, mudança; gesto, meneio, ar, jeito; proposta; função; ímpeto, impulso; ação, operação. *v.* fazer sinal; propor; aconselhar. # *catch motion,* (mec. aut.) movimento de mudança de velocidade. *make a motion,* apresentar uma moção. *of one's own motion,* por livre e espontânea vontade. *set in motion,* movimentar. *to put up a motion,* apresentar uma moção.

MOTIONLESS ['mouʃənlis], *a.* parado, imóvel; estupefato, abismado.

MOTION-PICTURE ['mouʃənpiktʃə], *s.* fita de cinema. *a.* de fita de cinema. *v.* filmar.

MOTIVATE ['moutiveit], *v.* motivar, causar; impelir; induzir.

MOTIVATION [mouti'veiʃən], *s.* motivação.

MOTIVE ['moutiv], *s.* motivo, causa; assunto, tema; idéia. *a.* motor, motriz. # *motive power,* força motriz.

MOTIVITY [mou'tiviti], *s.* potência motriz.

MOTLEY ['mɔtli], *a.* matizado, mosqueado, mesclado, misturado; diverso. *s.* traje de muitas cores; mescla de cores. # *wear motley,* fazer papel de tolo.

MOTOR ['moutə], *s.* máquina motriz, motor. # *break in a motor,* (aut.) amaciar um motor. *high-speed motor,* motor de alta rotação. *motor court, V.* **MOTEL.** *outboard motor,* motor de popa. *stall the motor,* afogar o motor.

MOTOR-BOAT ['moutəbout], *s.* lancha a gasolina.

MOTOR-BUS ['moutə'bʌs], *s.* auto-ônibus.

MOTORCADE ['moutəkeid], *s.* corso ou fila de automóveis.

MOTOR-CAR ['moutəka:], *s.* automóvel.

MOTORCYCLE ['moutə'saikl, 'moutəsaikl], *s.* motocicleta.

MOTORING ['moutəriŋ], *s.* automobilismo.

MOTORIST ['moutərist], *s.* motorista; automobilista.

MOTORIZE ['moutəraiz], *v.* mecanizar.

MOTOR LAUNCH ['moutəla:ntʃ], *s.* lancha-motor.

MOTOR-LORRY ['moutə'lɔri], *s.* caminhão.

MOTORMAN ['moutəmən], *s.* motorneiro.

MOTOR'S MUFFLER ['moutəz'mʌflə], *s.* (E.U.) silencioso (mec.) = (Ing.) *silencer.*

MOTOR-TRUCK ['moutətrʌk], *s.* caminhão.

MOTTLE ['mɔtl], *v.* matizar; mosquear. *s.* estambre mosqueado.

MOTTLED ['mɔtld], *a.* matizado; mosqueado. *V.* **PINTO, PIEBALD.**

MOTTO ['mɔtou], *s.* mote, epígrafe, legenda, lema.

MOUCH [mu:tʃ], *v.* vaguear, vadiar, malandrar.

MOUCHER ['mu:tʃə], *s.* vagabundo, vadio.

MOUFLON, MOUFFLON ['mu:flɔn], *s.* argali.

MOULD [mould], *s. V.* **MOLD.**

MOULDER ['mouldə], *s.* molde, moldador; carpinteiro de moldes. *v.* desfazer-se em pó, consumir-se, pulverizar-se.

MOULDERING ['mouldəriŋ], *s.* desmoronamento. *a.* que se reduz a pó, que se desfaz, que se desmorona.

MOULDINESS ['mouldinis], *s.* bolor, mofo.

MOULDING ['mouldiŋ], *s.* moldura, cornija, moldagem; verdugo, carrasco; cordão.

MOULDY ['mouldi], *a.* mofado, bolorento.

MOULT [moult], *v.* mudar as penas (pássaros).

MOULTING ['moultiŋ], *s.* muda das penas.

MOUND [maund], *s.* valado; dique; plataforma; barreira; terrapleno; muralha; montículo, monte de terra; trincheira. *v.* entrincheirar, cercar com um valado, proteger, fortificar.

MOUNT [maunt], *s.* monte, morro, montanha; baluarte; terreiro; cavalaria; pedaço de cartão em que se cola uma gravura = (E.U.) *mat.* *v.* montar, cavalgar; elevar-se, subir; engastar (brilhantes); encenar; ataviar, enfeitar; armar, equipar.

MOUNTAIN ['mauntein], *s.* montanha, cordilheira, serra; massa disforme. # *make a mountain out of a molehill,* exagerar, fazer um bicho-de-sete-cabeças. *mountain dew,* uísque escocês legítimo. *mountain-range,* cadeia de montanhas.

MOUNTAIN-COCK ['mauntinkɔk], *s.* galo silvestre.

MOUNTAINEER [maunti'niə], *s.* montanhês, serrano; rústico; ladrão, salteador, bandoleiro.

MOUNTAINEERING [maunti'niəriŋ], *s.* vida nas montanhas; alpinismo.

MOUNTAINOUS ['mauntinəs], *a.* montanhoso, cheio de penhascos; montês.

MOUNTEBANK ['mauntibæŋk], *s.* pelotiqueiro, saltimbanco; charlatão. *v.* agir como um saltimbanco.

MOUNTED ['mauntid], *a.* montado a cavalo.

MOUNTING ['mauntiŋ], *s.* subida; guarnição, equipamento, armadura; montagem.

MOURN [mɔ:n], *v.* condoer-se; estar triste, lamentar-se, chorar, sentir; estar de luto; afligir-se.

MOURNER ['mɔ:nə], *s.* o que está de luto; o que dá ou recebe pêsames.

MOURNFUL ['mɔ:nful], *a.* triste, choroso, melancólico, pesaroso, sentido; fúnebre, lúgubre, lutuoso.

MOURNFULNESS ['mɔ:nfulnis], *s.* tristeza, dor, sentimento, melancolia, pesar, aflição; luto.

MOURNING ['mɔ:niŋ], *s.* luto; lamentação. *a.* triste, choroso, lamentoso, lutuoso, fúnebre, lúgubre. # *in mourning,* de luto. *mourning border,* tarja (no papel).

MOUSE [maus], *s.* camundongo, rato; (gír.) pessoa medrosa, tímida. # *poor as a church mouse,* paupérrimo.

MOUSE [mauz], *v.* caçar ratos; atar cabos.

MOUSER ['mauzə], *s.* cão ou gato rateiro; caçador de ratos.

MOUSETRAP ['maustræp], *s.* ratoeira.

MOUSING ['mauziŋ], *a.* ratinheiro, rateiro. *s.* caça aos ratos.

MOUSSELINE [mu:s'li:n], *s.* musselina.

MOUSTACHE [məs'tɑ:ʃ, mus'tɑ:ʃ], *s.* bigode.

MOUSTACHED [məs'tɑ:ʃt], *a.* que tem bigodes, bigodudo.

MOUSY ['mausi], *a.* semelhante ao rato; cor de rato; silencioso como um rato.

MOUTH [mauθ], *s.* boca; fauce, goela, garganta; entrada, abertura, orifício; embocadura; foz; gargalo; bico. # *down in the mouth,* desanimado, deprimido. *laugh on the wrong side of one's mouth,* estar ou ficar desapontado, fazer um riso amarelo. *make one's mouth water,* fazer água na boca. *purse one's mouth* (ou *lips),* franzir os lábios; calar-se; fazer beicinho.

MOUTH [mauð], *v.* comer, abocanhar, mastigar, insultar; declamar, gritar.

MOUTHED [mauðd], *a.* que possui boca.

MOUTHFUL ['mauθful], *s.* bocado, pedaço, porção; trago, gole, sorvo.

MOUTHING ['mauðiŋ], *s.* declamação afetada. *a.* que fala com afetação; afetado, pernóstico.

MOUTHLESS ['mauθlis], *a.* sem boca.

MOUTH-ORGAN ['mauθɔ:gən], *s.* gaita.

MOUTHPIECE ['mauθpi:s], *s.* bocal, embocadura, boquilha; palheta; intérprete, órgão; parte do freio colocada na boca do cavalo.

MOUTHY ['mauði], *a.* maldoso, maledicente; bombástico.

MOVABLE ['mu:vəbl], *a.* movediço, móvel, mutável; *pl.* bens móveis.

MOVABLENESS ['mu:vəblnis], *s.* mobilidade, movimento.

MOVE [mu:v], *s.* movimento, manobra; proposição, proposta parlamentar; feito, ação; mudança; jogada. *v.* mover, remover; menear; sacudir, embalar; causar, produzir; propor; impelir, persuadir, inclinar a; enternecer, comover; ajeitar-se, transportar-se; andar; jogar;

partir; locomover, transportar, mudar(-se); excitar, avançar, entrar em ação. # *on the move,* a caminho.

MOVEMENT ['mu:vmənt], *s.* movimento, marcha, manobra, evolução; incidente; passo; impulso, agitação; ação, ato; evacuação; circulação. # *movement weight,* peso (do relógio).

MOVER ['mu:və], *s.* móvel; motor; autor de uma proposta.

MOVIE ['mu:vi], *s.* (E.U.) fita de cinema = (Ing.) *picture. a.* cinematográfico. # *movie fan,* fã de cinema.

MOVIES ['mu:viz], *s.* (E.U.) o cinema (com *the*) = (Ing.) *the pictures.*

MOVIE THEATHER ['mu:vi'θiətə], *s.* (E.U.) cinema = (Ing.) *picture palace.*

MOVING ['mu:viŋ], *s.* movimento, moção, mudança de residência, remoção. *a.* motriz; comovedor; patético.

MOVING PICTURE ['mu:viŋ'piktʃə], *V.* **MOTION PICTURE.**

MOW [mou], *pp.* **MOWED** ou **MOWN.** *v.* ceifar, segar; armazenar, enceleirar. *s.* celeiro, armazém.

MOW [mau], *s.* careta. *v.* fazer caretas.

MOWER ['mouə], *s.* segador, segadeira, ceifeiro; máquina de ceifar, ceifadeira.

MOWING ['mouiŋ], *s.* ceifa, sega.

MOYA ['mɔiə], *s.* lava vulcânica.

MR. ['mistə], abreviatura de **MISTER.**

MRS. ['misiz], abreviatura de **MISTRESS.**

MUCH [mʌtʃ], *s.* uma grande quantidade, abundância. *a.* e *adv.* muito, bastante; excessivamente, assaz; quase. # *as much as,* tanto quanto. *as much as that?* tanto assim? *I thought as much,* eu já sabia, já esperava. *make much of,* importar-se muito; dar importância a. *much good may it do you,* faça bom proveito. *much the better,* tanto melhor. *much the same,* quase o mesmo. *so much so that,* tanto assim que. *so much the worse,* tanto pior.

MUCHNESS ['mʌtʃnis], *s.* quantidade, grandeza.

MUCILAGE ['mju:silidʒ], *s.* mucilagem; goma.

MUCILAGINOUS [mju:si'lædʒinəs], *a.* mucilaginoso; gomoso, viscoso, pegajoso.

MUCK [mʌk], *s.* estrume, esterco, imundície, porcaria, lixo, dejeto. *v.* estrumar, adubar.

MUCKRAKE ['mʌk-reik], *v.* (E.U.) escandalizar, fazer escândalo, divulgar fato vergonhoso (pol.).

MUCKRAKER ['mʌk-reikə], *s.* escandalizador, o que divulga fato vergonhoso (pol.).

MUCKY ['mʌki], *a.* sujo, imundo, nauseabundo, nojento, porco.

MUCOUS ['mju:kəs], *a.* mucoso; viscoso.

MUCUS ['mju:kəs], *s.* muco.

MUD [mʌd], *s.* limo, lodo, lama, barro. # *mud in your eye!* à nossa! (uma forma de brinde). *mud volcano,* (geol.) salsa, vulcão de lama. *stick in the mud,* atolar-se.

MUDDLE ['mʌdl], *v.* turvar, misturar; embriagar, entontecer; embotar. *s.* confusão, balbúrdia.

MUDDLEHEADED ['mʌdlhedid], *a.* embrutecido; estúpido; estonteado.

MUDDLER ['mʌdlə], *s.* vara para mexer líqüido; o que turva; trapalhão.

MUDDY ['mʌdi], *a.* lamacento, lutulento, barrento, lodoso, turvo; estonteado, tonto, estúpido, bruto; perturbado do espírito. *v.* sujar, enlamear, turvar; entontecer, tontear.

MUDGUARD ['mʌdgɑ:d], *s.* pára-lama = (E.U.) *fender. V.* **WING.**

MUD-HEN ['mʌdhen], *s.* frango d'água.

MUDSILL ['mʌdsil], *s.* alicerce de ponte; (E.U.) pessoa de baixa condição social.

MUFF [mʌf], *s.* pessoa desajeitada ou tímida; homem afeminado; regalo (agasalho); torpor. *v.* ser desajeitado, fazer alguma coisa com pouca habilidade.

MUFFER ['mʌfə], *s.* (aut.) silencioso.

MUFFIN ['mʌfin], *s.* (fam.) galanteador; espécie de bolo.

MUFFLE ['mʌfl], *s.* vaso, espécie de crisol, forno de esmaltar; forno de argila; focinho; luva de boxe. *v.* cobrir, esconder, ocultar, tapar; abafar um som; rosnar, resmungar.

MUFFLER ['mʌflə], *s.* agasalho para o pescoço, capuz; venda, meia máscara; (E.U.) (mec.) silencioso = (Ing.) *silencer.*

MUFTI ['mʌfti], *s.* mufti; (mil.) traje civil = (E.U.) *cits.*

MUG [mʌg], *s.* caneca; cara; boca; (fam.) careta; simplório, papalvo, pateta = (E.U.) *easy mark. v.* fazer careta; estudar demasiadamente; atacar pelas costas; estrangular, dar uma gravata.

MUGGER, MUGGAR ['mʌgə], *s.* crocodilo da Índia.
MUGGINESS ['mʌginis], *s.* calor úmido.
MUGGINS ['mʌginz], *s.* simplório, papalvo; jogo de dominó.
MUGGY ['mʌgi], *a.* úmido, quente (clima, tempo).
MUGWUMP ['mʌgwʌmp], *s.* homem impertinente; político independente.
MULATTO [mju:'lætou], *s.* mulato. *a.* mulato, amulatado.
MULBERRY ['mʌlbəri], *s.* amora.
MULBERRY-TREE ['mʌlbəritri:], *s.* amoreira.
MULCH [mʌltʃ], *v.* cobrir as plantas com terra e estrume. *s.* palha, estrume ou qualquer outra substância espalhada no chão para proteger as raízes das plantas.
MULCT [mʌlkt], *s.* multa; penalidade. *v.* multar; despojar.
MULE [mju:l], *s.* mula; planta híbrida; chinelinhas, máquina de fiar algodão; fuso mecânico; trator.
MULETEER [mju:li'tiə], *s.* arrieiro.
MULISH ['mju:liʃ], *a.* teimoso, cabeçudo, obstinado; híbrido; estéril.
MULISHNESS ['mju:liʃnis], *s.* obstinação, teimosia.
MULL [mʌl], *s.* confusão, desordem; atrapalhação; enredo; cabo, ponta, promontório. *v.* aquecer e temperar as bebidas; moer, pulverizar, triturar; atrapalhar, confundir; cansar-se em vão; afadigar-se; (E.U.) cogitar, meditar. # *mull over,* ponderar.
MULLED [mʌld], *a.* quente e aromatizado (o vinho).
MULLER ['mʌlə], *s.* pulverizador.
MULLET ['mʌlit], *s.* tainha.
MULLION ['mʌljən], *s.* barra que separa os vidros de uma janela.
MULTICOLOURED [mʌlti'kɔləd], *a.* multicor.
MULTIFARIOUS [mʌlti'fɛəriəs], *a.* vário, variado.
MULTIFORM ['mʌltifɔ:m], *a.* multiforme.
MULTIGRAF ['mʌltigrɑ:f], *s.* multígrafo. *v.* imprimir em multígrafo.
MULTIPLE ['mʌltipl], *s.* e *a.* múltiplo, multíplice. # *multiple shop(s),* loja(s) em cadeia = (E.U.) *chainstore(s).*
MULTIPLICAND [mʌltipli'kænd], *s.* multiplicando.
MULTIPLICATION [mʌltipli'keiʃən], *s.* multiplicação.
MULTIPLICATOR ['mʌltiplikeitə], *s.* multiplicador.
MULTIPLICITY [mʌlti'plisiti], *s.* multiplicidade.
MULTIPLIER ['mʌltiplaiə], *s.* multiplicador, máquina de multiplicar.
MULTIPLY ['mʌltiplai], *v.* multiplicar; multiplicar-se.
MULTIPLYING ['mʌltiplaiiŋ], *s.* multiplicação; aumento. *a.* multiplicador.
MULTITUDE ['mʌltitju:d], *s.* multidão, chusma, turba, legião, turbamulta; vulgo.
MULTITUDINOUS [mʌlti'tju:dinəs], *a.* numeroso.
MUM [mʌm], *int.* caluda!, silêncio! *s.* cerveja forte e doce. *a.* silencioso, calado. # *mum's the word!* pede-se silêncio! bico calado!
MUMBLE ['mʌmbl], *v.* rosnar, resmungar; mascar; mastigar.
MUMBLER ['mʌmblə], *s.* resmungão, murmurador, reclamador; o que fala por entre dentes; o que mastiga.
MUMBLING ['mʌmbliŋ], *s.* murmuração; resmungação, rezinga.
MUMMER ['mʌmə], *s.* mascarado.
MUMMERY ['mʌməri], *s.* mascarada; disfarce, dissimulação; hipocrisia; chocarrice; fosquinha.
MUMMIFICATION [mʌmifi'keiʃən], *s.* mumificação.
MUMMIFY ['mʌmifai], *v.* mumificar.
MUMMY ['mʌmi], *s.* múmia; mamãe (linguagem infantil).
MUMP [mʌmp], *v.* mordiscar, beliscar, comer devagar; pedir esmolas; mendigar; estar de mau humor; lograr, enganar.
MUMPER ['mʌmpə], *s.* mendigo; impostor; resmungão, murmurador.
MUMPISH ['mʌmpiʃ], *a.* arisco, intratável, rabugento, irritável; melancólico, tristonho, pensativo.
MUMPS [mʌmps], *s.* caxumba, trasorelho.
MUNCH [mʌntʃ], *v.* comer, mastigar grandes porções ou ter a boca muito cheia.

MUNDANE ['mʌndein], *a.* mundano, terrestre.

MUNICIPAL [mju:'nisipəl], *a.* municipal.

MUNICIPALITY [mju:nisi'pæliti], *s.* municipalidade, município.

MUNIFICENCE [mju:'nifisns], *s.* munificência; liberalidade.

MUNIFICENT [mju:'nifisnt], *a.* munificente, magnânimo, liberal, generoso, pródigo.

MUNITION [mju:'niʃən], *s.* (usado no plural: **MUNITIONS**) munição, munições. *v.* municiar, municionar. *V.* **AMMUNITION.**

MURAL ['mjuərəl], *a.* mural; escarpado, vertical. *s.* decoração, pintura na parede.

MURDER ['mə:də], *s.* assassínio (= assassinato, homicídio). *v.* assassinar, matar; desfigurar, mutilar.

MURDERER ['mə:dərə], *s.* criminoso; assassino (= homicida); pequena peça de artilharia (desus.).

MURDERESS ['mə:dəris], *s.* assassina.

MURDERING ['mə:dəriŋ], *a.* mortífero. *s.* assassinato (= assassínio, homicídio).

MURDEROUS ['mə:dərəs], *a.* sangüinário, cruel, bárbaro; homicida.

MURIATE ['mjuəriit], *s.* cloridrato, muriato.

MURIATIC [mjuə'riætik], *a.* muriático.

MURKINESS ['mə:kinis], *s.* trevas, escuridão.

MURKY ['mə:ki], *a.* escuro, obscuro, tenebroso; lôbrego, fusco.

MURMUR ['mə:mə], *s.* murmúrio, sussurro; rumor, queixa, lamento; (med.) sopro. *v.* murmurar, sussurrar; lamentar-se, queixar-se. # *heart murmur,* sopro cardíaco.

MURMURER ['mə:mərə], *s.* murmurador, sussurrador; resmungador.

MURMURING ['mə:məriŋ], *s.* murmuração, murmúrio, sussurro, rumor. *a.* sussurrante, murmurante.

MURPHY ['mə:fi], *s.* (fam.) batata inglesa.

MURRAIN ['mʌrin], *s.* gafeira, ronha; morrinha; peste dos animais.

MUSCAT ['mʌskət], *s.* uva ou vinho moscatel.

MUSCATEL [mʌskə'tel], *s.* moscatel (pêra, uva ou vinho).

MUSCLE ['mʌsl], *s.* músculo, tendão; força muscular; mexilhão.

MUSCOVITE ['mʌskəvait], *s.* e *a.* moscovita.

MUSCULAR ['mʌskjulə], *a.* muscular; musculoso, vigoroso, forte.

MUSE [mju:z], *s.* musa, inspiração, estro. *v.* pensar, meditar, cismar; absorver-se, concentrar-se.

MUSEUM [mju:'ziəm], *s.* museu.

MUSH [mʌʃ], *s.* (E.U.) mingau = (Ing.) *porridge;* polpa macia; pirão; (fam.) guarda-sol; sentimentalismo exagerado. *a.* **piegas.**

MUSHROOM ['mʌʃrum], *s.* cogumelo; homem que enriqueceu de repente; (fam.) chapéu de palha com abas largas. *v.* espalhar-se.

MUSIC ['mju:zik], *s.* música, composição musical, melodia, harmonia. # *canned music,* música em disco. *to face the music,* dançar conforme a música.

MUSICAL ['mju:zikəl], *a.* musical, melodioso, harmonioso; *s.* (cin.) fita musicada, musical.

MUSICALNESS ['mju:zikəlnis], *s.* melodia, harmonia; caráter musical.

MUSIC-BOX ['mju:zikbɔks], *s.* caixa de música.

MUSIC-HALL ['mju:zikhɔ:l], *s.* salão de concerto, danças, etc.

MUSICIAN [mju:'ziʃən], *s.* músico.

MUSIC-STAND ['mju:zik-stænd], *s.* estante para música.

MUSIC-STOOL ['mju:zik-stu:l], *s.* banquinho de piano.

MUSING ['mju:ziŋ], *a.* contemplativo, meditativo, pensativo. *s.* contemplação, meditação, pensamento, abstração, êxtase.

MUSK [mʌsk], *s.* almíscar, almiscareiro; cheiro de almíscar. *v.* perfumar com almíscar.

MUSKET ['mʌskit], *s.* mosquete, arcabuz; gavião.

MUSKETEER [mʌski'tiə], *s.* mosqueteiro.

MUSKETRY ['mʌskitri], *s.* fuzilaria; companhia de mosqueteiros.

MUSKINESS ['mʌskinis], *s.* cheiro de almíscar.

MUSKY ['mʌski], *a.* almiscarado.

MUSLIN ['mʌzlin], *s.* musselina, cassa; (E.U.) chita = (Ing.) *calico.*

MUSS [mʌs], *s.* (col.) confusão, desordem. *v.* pôr em desordem.

MUSSEL ['mʌsl], *s.* mexilhão.

MUSSULMAN ['mʌslmən], *s.* muçulmano.

MUST [mʌst], *s.* suco de uva; bagaço de maçã, pêra, etc.; bolor, mofo. *v.* embolorar, mofar.

MUST [mʌst], *v.* precisar, dever, ter que; estar obrigado a; ser conveniente, ser necessário, convir. *a.* obrigatório. *s.* obrigação; imposição.

MUSTACHE [məs'tɑ:ʃ, mus'tɑ:ʃ], *V.* **MOUSTACHE.**

MUSTANG ['mʌstæŋ], *s.* (E.U.) cavalo bravio.

MUSTARD ['mʌstəd], *s.* mostarda. # *be mustard at something,* (gír.) saber bem, ser bom em, "ser bamba" em alguma coisa. *mustard plaster,* sinapismo de mostarda.

MUSTER ['mʌstə], *v.* passar revista; fazer chamada; reunir para inspeção; juntar; mostrar, exibir; juntar-se. *s.* revista; lista, rol; reunião; resenha; chamada. # *muster in,* assentar praça. *muster out,* dar baixa. *to be mustered out,* dar baixa.

MUSTINESS ['mʌstinis], *s.* mofo.

MUSTN'T [mʌsnt], *contr.* de **MUST NOT.**

MUSTY ['mʌsti], *a.* bolorento, mofado, rançoso; velho; preguiçoso, lento, vagaroso.

MUTABILITY [mju:tə'biliti], *s.* mutabilidade, instabilidade, inconstância.

MUTABLE ['mju:təbl], *a.* mudável, variável.

MUTATION [mju:'teiʃən], *s.* mutação, mudança, variação.

MUTE [mju:t], *a.* mudo, silencioso, calado. *s.* mudo; estrume; letra muda; (mús.) surdina. *v.* abafar, amortecer (som musical).

MUTENESS ['mju:tnis], *s.* mudez.

MUTILATE ['mju:tileit], *v.* mutilar, cortar, decepar, truncar.

MUTILATED ['mju:tileitid], *a.* mutilado, decepado; truncado.

MUTILATION [mju:ti'leiʃən], *s.* mutilação.

MUTILATOR ['mju:tileitə], *s.* mutilador.

MUTINEER [mju:ti'niə], *s.* amotinador, revoltoso, desordeiro, insubordinado; sedicioso.

MUTINOUS ['mju:tinəs], *a.* amotinador, rebelde; sedicioso.

MUTINY ['mju:tini], *s.* motim, rebelião, sedição, insubordinação, revolta. *v.* amotinar-se.

MUTISM ['mju:tizm], *s.* mutismo, mudez.

MUTT [mʌt], *s.* (E.U.) imbecil = (Ing.) *ass;* cão de rua, vira-lata.

MUTTER ['mʌtə], *v.* murmurar, falar, resmungar. *s.* murmuração, resmungo, rezinga.

MUTTERER ['mʌtərə], *s.* murmurador, resmungador.

MUTTON ['mʌtn], *s.* carne de carneiro. # *to get back to one's muttons* (= *to return to one's muttons),* para voltar à vaca-fria, voltando à vaca-fria.

MUTTON-CHOP ['mʌtn'tʃɔp], *s.* costeleta de carneiro; *pl.* suíças (barba).

MUTUAL ['mju:tjuəl], *a.* mútuo, mutual, recíproco.

MUTUALLY ['mju:tjuəli], *adv.* mutuamente, reciprocamente.

MUZZLE ['mʌzl], *s.* focinho, focinheira (= açaimo); boca (de arma de fogo); máscara respiratória. *v.* açaimar, amordaçar; fazer silenciar; cheirar, farejar.

MUZZLE-LOADER ['mʌzlloudə], *s.* arma de carregar pela boca.

MUZZLER ['mʌzlə], *s.* arma de carregar pela boca; um soco na boca; (mar.) vento ponteiro.

MUZZY ['mʌzi], *a.* distraído; confuso; bêbedo, embriagado.

MY [mai], *pron. poss.* meu, minha, meus, minhas.

MYCELIUM [mai'siliəm], *s.* micélio.

MYCOLOGY [mai'kɔlədʒi], *s.* micologia.

MYCOSIS [mai'kousis], *s.* micose.

MYELITIS [maiə'laitis], *s.* mielite.

MYNHEER [main'hiə, main'hɛə], *s.* holandês.

MYOPE ['maioup], *s.* míope.

MYOPIA [mai'oupiə], *s.* miopia.

MYOPIC [mai'ɔpik], *a.* míope.

MYOSOTIS [maiə'soutis], *s.* miosótis.

MYRIAD ['miriəd], *s.* miríade.

MYRIAPOD ['miriəpɔd], *s.* miríapode (= miriópode).

MYRMIDON ['mə:midən], *s.* seguidor incondicional, adepto servil.

MYRRH [mə:], *s.* mirra.

MYRTLE ['mə:tl], *s.* murta, mirto.

MYSELF [mai'self], *pron. refl.* e *enf.* me; a mim; a mim mesmo; eu mesmo, eu próprio.

MYSTERIOUS [mis'tiəriəs], *a.* misterioso, oculto, enigmático, obscuro.

MYSTERY ['mistəri], *s.* mistério, arcano, enigma; mister, profissão.

MYSTIC, AL ['mistik, əl], *a.* místico; misterioso; emblemático, alegórico, figurado.

MYSTICISM ['mistisizm], *s.* misticismo.

MYSTIFICATION [mistifi'keiʃən], *s.* mistificação; embuste; confusão; perplexidade.

MYSTIFY ['mistifai], *v.* mistificar, iludir, enganar, ludibriar; confundir, atordoar; ofuscar.

MYTH [miθ], *s.* mito, ficção, fábula.

MYTHIC, AL ['miθik, əl], *a.* mítico, fabuloso.

MYTHOLOGIC, AL [miθə'lɔdʒik, əl], *a.* mitológico.

MYTHOLOGY [mi'θɔlədʒi], *s.* mitologia.

MYXEDEMA [miksi'di:mə], *s.* (med.) mixedema.

N

N [en], *s.* décima quarta letra do alfabeto.

NAB [næb], *v.* apanhar subitamente; prender.

NABOB ['neibɔb], *s.* nababo, rico, ricaço.

NACELLE [nɑ:'sel], *s.* (av.) nacele.

NACRE ['neikə], *s.* nácar, madrepérola.

NACREOUS ['neikriəs], *a.* nacarado.

NADIR ['neidiə], *s.* nadir.

NAG [næg], *s.* piquira, garrano; sendeiro, rocinante, rocim. *v.* implicar, atiçar, importunar; aborrecer, incomodar. # *nag at,* implicar com.

NAIAD ['naiæd], *s.* náiade.

NAIL [neil], *s.* unha; prego; garda; cravo; ponta; tacha; um décimo de jarda; 2½ polegadas. *v.* pregar; cravejar; encravar; tachonar; enfeitar com pregos (malas, selas, etc.). # *a nail in one's coffin,* um copo de bebida alcoólica. *casing nail,* (ofic.) prego de forro. *clinch nail,* prego de rebater cravação; cravo. *clout nail,* tachão. *French nails,* **pontas de paris.** *nail varnish,* verniz de unha = (E.U.) *nail polish. to drive a nail,* pregar um prego. *to pay on the nail,* pagar à vista.

NAILBRUSH ['neilbrʌʃ], *s.* escova de unhas = (E.U.) *handscrub.*

NAILER ['neilə], *s.* fabricante de pregos. # *be a nailer at something,* ser perito em, ser bom em. *work like a nailer,* trabalhar muito.

NAILERY ['neiləri], *s.* pregaria, fábrica de pregos.

NAIL-FILE ['neilfail], *s.* lima para unhas.

NAIL-NIPPERS ['neilnipəz], *s.* torquês.

NAIL-PULLER ['neilpulə], *s.* saca-pregos.

NAIL-PUNCH ['neilpʌntʃ], *s.* (ofic.) toca-pinos = *nail-set.*

NAIL-SET ['neilset], *s. V.* **NAIL-PUNCH.**

NAÏVE [nɑ:'i:v, nai'iv], *a.* ingênuo, natural, crédulo, cândido.

NAIVE [neiv], *a. V.* **NAÏVE.**

NAKED ['neikid], *a.* descoberto; nu, despido; indefeso; puro, simples; indigente; claro, manifesto.

NAKEDNESS ['neikidnis], *s.* nudez; evidência, clareza; simplicidade.

NAMBY-PAMBY ['næmbi'pæmbi], *a.* afetado; melindroso; efeminado; sensível. *s.* afetação; melindre, sensibilidade.

NAME [neim], *s.* nome; reputação, crédito, fama, opinião, título; aparência; poder, autoridade. *v.* nomear; chamar; designar; mencionar; eleger, especificar, fixar. # *by name,* de nome. *call names,* xingar. *call someone out of his name,* xingar alguém. *Christian name,* nome de batismo, prenome = *first name. family name,* sobrenome, nome de família. *in name only,* aparentemente. *maiden name,* nome de solteira. *proper name,* nome próprio. *the above named,* o supramencionado.

NAMELESS ['neimlis], *s.* anônimo, desconhecido.

NAMELY ['neimli], *adv.* nomeadamente; especialmente, particularmente; a saber.

NAMESAKE ['neim-seik], *s.* homônimo, xará.

NAMING ['neimiŋ], *s.* nomeação.

NANKEEN [næŋ'ki:n], *s.* nanquim (tec.); *pl.* calças de nanquim; cor amarelada.

NANNY ['næni], *s.* ama-seca (linguagem infantil). *abr.* de *nanny-goat.*

NANNY-GOAT ['nænigout], *s.* cabra. *V.* **SHE-GOAT.**

NAP [næp], *s.* soneca, sesta, sono breve; pêlo do pano; felpa; lanugem de algumas folhas ou frutos. *v.* dormitar, dormir a sesta; cardar. # *have* ou *take a nap,* dormitar, tirar um cochilo.

NAPE [neip], *s.* nuca.

NAPERY ['neipəri], *s.* roupa de mesa.

NAPHTHA ['næfθə], *s.* nafta.

NAPHTHALENE ['næfθəli:n], *s.* naftalina.

NAPKIN ['næpkin], *s.* guardanapo.

NAPKIN-RING ['næpkinriŋ], *s.* argola de guardanapo.

NAPOLEON [nə'pouljən], *s.* napoleão (moeda).

NAPOLEONIC [nəpouli'ɔnik], *a.* napoleônico.

NAPPER ['næpə], *s.* dorminhoco; cardador; carda.

NAPPING ['næpiŋ], *s.* cardação.

NAPPY ['næpi], *a.* felpudo, peludo; espumante, forte (vinho, cerveja, etc.); embriagado.

NARCISSUS [nɑ:'sisəs], *s.* narciso.

NARCOSIS [nɑ:'kousis], *s.* narcose.

NARCOTIC [nɑ:'kɔtik], *a.* narcótico; soporífico. *s.* narcótico.

NARCOTIZATION [nɑ:kətai'zeiʃən], *s.* narcotização.

NARCOTIZE ['nɑ:kətaiz], *v.* narcotizar.

NARCOTIZER ['nɑ:kətaizə], *s.* narcotizador.

NARD [nɑ:d], *s.* nardo; bálsamo.

NARRATE [næ'reit], *v.* narrar, relatar, contar.

NARRATION [næ'reiʃən], *s.* narração, narrativa, resenha, relação.

NARRATIVE ['nærətiv], *a.* narrativo. *s.* narrativa, narração, relato; relação.

NARRATOR [næ'reitə], *s.* narrador.

NARROW ['nærou], *a.* estreito, apertado; reduzido; curto; limitado; exato; escasso; avarento, mesquinho; tacanho; escrupuloso, vigilante, atento; breve. *s.* desfiladeiro; estreito (mar.). *v.* estreitar, diminuir, apertar, reduzir, contrair-se; andar a passos curtos (a cavalo).

NARROW-GAUGE ['nærougeidʒ], *s.* bitola estreita.

NARROWING ['nærouiŋ], *s.* estreitamento; contração; limitação.

NARROW-MINDED ['nærou'maindid], *a.* tacanho, imbecil, tímido; atrasado.

NARROW-MINDEDNESS ['nærou'maindidnis], *s.* tacanhez, timidez; atraso.

NASAL ['neizəl], *a.* nasal. *s.* letra nasal; osso do nariz.

NASALITY [nei'zæliti, nə'zæliti], *s.* nasalidade.

NASALIZATION [neizəlai'zeiʃən], *s.* nasalização, nasalação.

NASALIZE ['neizəlaiz], *v.* nasalar, nasalizar.

NASCENT ['næsnt], *a.* nascente.

NASTINESS ['nɑ:stinis], *s.* porcaria, imundície, sujeira; indecência, vilania, obscenidade.

NASTURTIUM [nəs'tə:ʃəm], *s.* (bot.) nastúrcio.

NASTY ['nɑ:sti], *a.* porco, sujo, sórdido, asqueroso, imundo; obsceno, indecente, impuro, impudico, desonesto; intratável, ofensivo, malcriado.

NATAL ['neitl], *a.* nativo; natal.

NATION ['neiʃən], *s.* nação, estado, país, povo; gente. # *nation wide plan,* plano de âmbito nacional.

NATIONAL ['næʃnl], *a.* nacional; patriótico; público, geral.

NATIONAL ANTHEM ['næʃnl'ænθəm], *s.* hino nacional.

NATIONALISM ['næʃnəlizm], *s.* nacionalismo, patriotismo.

NATIONALIST ['næʃnəlist], *s.* nacionalista.

NATIONALITY [næʃə'næliti], *s.* nacionalidade, nação; patriotismo; naturalidade.

NATIONALIZATION (ISA) ['næʃnəlai'zeiʃən], *s.* nacionalização.

NATIONALIZE (ISE) ['næʃnəlaiz], *v.* nacionalizar.

NATIONALLY ['næʃnəli], *adv.* nacionalmente.

NATION-WIDE ['neiʃənwaid], *a.* de âmbito nacional.

NATIVE ['neitiv], *a.* nativo, nato, natural, oriundo, indígena, originário, natalício, vernáculo, pátrio, nacional; original. *s.* natural, nativo, indígena; produto nacional. # *native country,* pátria. *native forest,* mata virgem. *to be a native of,* ser natural de.

NATIVISM ['neitivizm], *s.* nativismo.

NATIVITY [nə'tiviti], *s.* natividade, nascimento.

NATRON ['neitrən], *s.* natro, natrão.

NATTINESS ['nætinis], *s.* garbo, elegância, gentileza.

NATTY ['næti], *a.* elegante, fino, garboso.

NATURAL ['nætʃrəl], *a.* natural; bastardo; genuíno, verdadeiro, autêntico; comum, normal, ordinário; (mús.) natural. *s.* (mús.) nota natural; idiota, simplório.

NATURALISM ['nætʃrəlizm], *s.* naturalismo.

NATURALIST ['nætʃrəlist], *s.* naturalista.

NATURALISTIC [nætʃrə'listik], *a.* naturalístico.

NATURALIZATION (ISA) [nætʃrəlai'zeiʃən], *s.* naturalização; aclimatação, adaptação.

NATURALIZE (ISE) ['nætʃrəlaiz], *v.* naturalizar; aclimatar, habituar; adaptar-se.

NATURALLY ['nætʃrəli], *adv.* naturalmente.

NATURE ['neitʃə], *s.* natureza; gênio; natural; caráter, constituição, compleição; espécie, qualidade, gênero, classe; espontaneidade, naturalidade. # *beyond nature,* sobrenatural. *by nature,* de nascimento. *pay one's debt to nature,* morrer.

NAUGHT [nɔ:t], *s.* nada (desus.); (arit.) zero *a.* inútil, desvalorizado, sem valor, sem importância.

NAUGHTINESS ['nɔ:tinis], *s.* travessura, desobediência.

NAUGHTY ['nɔ:ti], *a.* desobediente, malcriado, ruim, mau, perverso; travesso, traquinas.

NAUSEA ['nɔ:siə], *s.* náusea.

NAUSEATE ['nɔ:sieit], *v.* nausear, repugnar a.

NAUSEOUS ['nɔ:siəs], *a.* nauseoso, asqueroso, repugnante, nauseabundo.

NAUTICAL ['nɔ:tikəl], *s.* náutico, marítimo.

NAUTILUS ['nɔ:tiləs], *s.* náutico, argonauta.

NAVAL ['neivəl], *a.* naval, do mar, da marinha.

NAVE [neiv], *s.* nave (igreja); cubo da roda.

NAVEL ['neivəl], *s.* umbigo; meio, centro, a parte de dentro, o coração. *a.* central. # *navel string,* cordão umbilical.

NAVIGABILITY [nævigə'biliti], *s.* navegabilidade.

NAVIGABLE ['nævigəbl], *a.* navegável.

NAVIGATE ['nævigeit], *v.* navegar, pilotar, dirigir; dirigir ou comandar uma embarcação.

NAVIGATION [nævi'geiʃən], *s.* navegação; náutica; marinha; pilotagem. # *inland navigation,* navegação dos rios, canais e lagos de um país.

NAVIGATOR ['nævigeitə], *s.* navegador, piloto, navegante.

NAVVY ['nævi], *s.* cavouqueiro, escavador, operário de escavações # *to work like a navvy,* trabalhar como um burro.

NAVY ['neivi], *s.* armada, marinha; esquadra; frota de guerra.

NAVY-BLUE ['neivi'blu:], *s.* azul-marinho.

NAVY-YARD ['neivi'jɑ:d], *s.* arsenal da marinha; estaleiro naval.

NAY [nei], *adv.* não, pelo contrário; de mais a mais. *s.* resposta negativa; voto contrário; negação; desmentido; repulsa; flauta egípcia.

NAZARENE [næzə'ri:n], *a.* e *s.* nazareno.

NAZE [neiz], *s.* cabo; promontório.

NEAP [ni:p], *a.* baixo, ínfimo; minguante, vazante (maré). *s.* águas mortas.

NEAPOLITAN [niə'pɔlitən], *a.* napolitano.

NEAR [niə], *prep.* perto de; próximo a; cerca de; junto a. *adv.* próximo; quase; perto, cerca. *a.* próximo, contíguo, junto, pegado, seguinte, vizinho, imediato; mesquinho; íntimo. *v.* aproximar; chegar-se, aproximar-se. # *near at hand* (ou *near by*), perto. *near upon,* quase, aproximadamente (tempo).

NEARBY ['niəbai], *a.* próximo, adjacente.

NEARLY ['niəli], *adv.* perto, quase; pouco mais ou menos; proximamente, aproximadamente, intimamente. # *not* nearly, nem de longe.

NEARNESS ['niənis], *s.* proximidade.

NEAR-SIGHTED ['niə'saitid], *a.* míope.

NEAR-SIGHTEDNESS ['niə'saitidnis], *s.* miopia.

NEAT [ni:t], *a.* asseado, limpo, primoroso, puro; elegante, lindo, polido, bonito, perfeito; natural; casto; tratado, bem cuidado; garrido; esmerado; bovino; relativo ao gado vacum. *s.* gado bovino.

NEATH [ni:θ], *prep. contr.* de **BENEATH,** debaixo de.

NEATLY ['ni:tli], *adv.* asseadamente; limpamente; primorosamente; polidamente; destramente; elegantemente.

NEATNESS ['ni:tnis], *s.* limpeza, asseio; delicadeza, polidez, esmero, elegância.

NEB [neb], *s.* bico; ponta (pena, agulha, etc.); nariz; extremidade.

NEBULA ['nebjulə], *s.* nebulosa; catarata (olhos).

NEBULAR ['nebjulə], *a.* nebuloso.

NEBULOSITY [nebju'lɔsiti], *s.* nebulosidade.

NEBULOUS ['nebjuləs], *a.* nebuloso, nublado, escuro, confuso.

NECESSARILY ['nesisərili], *adv.* necessariamente.

NECESSARY ['nesisəri], *a.* necessário, preciso; essencial, forçoso, inevitável; decisivo; intuitivo. *s.* o necessário, o essencial; privada, sentina. # *necessary for* ou *to,* necessário a.

NECESSITATE [ni'sesiteit], *v.* tornar necessário, requerer, exigir, obrigar a; necessitar.

NECESSITOUS [ni'sesitəs], *a.* necessitado, pobre.

NECESSITY [ni'sesiti], *s.* necessidade, carência, precisão; exigência; pobreza, penúria, indigência. # *by necessity,* forçosamente. *necessity articles,* artigos de primeira necessidade. *necessity is the mother of invention,* a necessidade faz o sapo pular. *necessity knows no law* (= *needs must when the devil drives*), a necessidade tem cara de herege; o que não tem remédio, remediado está.

NECK [nek], *s.* pescoço; gargalo; garganta, colo; braço (de violão, violino, etc.); colarinho; desfiladeiro; istmo; delgado do remo. *v.* (gír.) comer, "bater", devorar. # *a stiff neck,* um teimoso, um obstinado. *by (a) neck,* por pouco, por cabeça (nas corridas). *get in the neck,* (gír.) levar na cabeça, perder, ser vencido. *have a neck to,* ter o topete de, ter a audácia de, ousar. *neck and crop* (= *neck and heels),* inteiramente; prontamente. *neck and neck,* lado a lado, emparelhado (nas corridas); empate. *neck or nothing,* tudo ou nada; a todo custo; para ganhar ou perder.

NECK-BAND ['nekbænd], *s.* colarinho; coelheira (arreios).

NECKERCHIEF ['nekətʃif], *s.* lenço de pescoço; lenço de marinheiro.

NECKING ['nekiŋ], *s.* (ofic.) rebaixo.

NECKLACE ['neklis], *s.* colar; (mar.) chapa das arraigadas.

NECKLET ['neklit], *s.* colar pequeno.

NECK-TIE ['nektai], *s.* gravata.

NECROLOGIC [nekro'lɔdʒik], *a.* necrológico.

NECROLOGIST [ne'krɔlədʒist], *s.* necrólogo.

NECROLOGY [ne'krɔlədʒi], *s.* necrologia.

NECROMANCER ['nekromænsə], *s.* nigromante; mago; bruxo, feiticeiro.

NECROMANCY ['nekromænsi], *s.* necromancia, feitiçaria, bruxaria.

NECROPOLIS [ne'krɔpəlis], *s.* necrópole.

NECROPSY ['nekrəpsi], *s.* necropsia, autópsia.

NECROSIS [ne'krousis], *s.* necrose, gangrena; mortificação.

NECTAR ['nektə], *s.* néctar.

NEED [ni:d], *s.* necessidade, precisão, urgência; falta, carência, pobreza, miséria; coisa necessária; indigência. *v.* necessitar, carecer, precisar, urgir, exigir, ter que. # *a clamant need,* uma necessidade imperiosa. *if need be,* se preciso for. *stand in need,* carecer de; necessitar de.

NEEDFUL ['ni:dful], *a.* necessário, preciso, indispensável, urgente.

NEEDLE ['ni:dl], *s.* agulha; bússola; (arq.) obelisco, agulha. *v.* incitar; irritar. # *needle gripper,* porta-agulha. *search for a needle in a haystack* (= *look for a needle in a pottle of hay*), procurar agulha em palheiro. *needles and pins,* dormência, formigamento.

NEEDLE-CASE ['ni:dlkeis], *s.* agulheiro.

NEEDLE-POINTED ['ni:dlpɔintid], *V.* **NEEDLE-SHAPED.**

NEEDLER ['ni:dlə], *s.* fabricante de agulhas, agulheiro.

NEEDLE-SHAPED ['ni:dlʃeipt], *a.* aguçado como a ponta de uma agulha.

NEEDLESS ['ni:dlis], *a.* inútil, supérfluo, imprestável.

NEEDLEWOMAN ['ni:dlwumən], *s.* costureira.

NEEDLEWORK ['ni:dlwə:k], *s.* costura, trabalho de agulha.

NEEDN'T ['ni:dnt], *contr.* de **NEED NOT.**

NEEDS [ni:dz], *adv.* necessariamente, indispensavelmente (usado antes ou depois de *must*). # *needs must when the devil drives* (= *necessity knows no law),* o que não tem remédio, remediado está.

NEEDY ['ni:di], *a.* necessitado, pobre, indigente.

NE'ER [nɛə], (poes.) *contr.* de **NEVER.**

NE'ER-DO-WELL ['nɛədu:wel], *s.* pessoa imprestável; pessoa sem importância. *a.* imprestável.

NEFARIOUS [ni'fɛəriəs], *a.* nefando, mau, malvado, abominável, indigno.

NEGATION [ni'geiʃən], *s.* negação, negativa.

NEGATIVE ['negətiv], *a.* negativo. *s.* negativa, recusa, denegação; veto; direito de refutar. *v.* desaprovar, refutar, denegar, negar; votar contra; opor-se.

NEGATIVENESS ['negətivnis], *s.* negatividade.

NEGLECT [ni'glekt], *s.* negligência, descuido, omissão, falta de cuidado; desprezo; abandono, desdém, indiferença, frieza; desuso. *v.* negligenciar, descuidar, desatender; desprezar, abandonar, desdenhar; retardar.

NEGLECTER [ni'glektə], *s.* descuidado, negligente; indiferente.

NEGLECTFUL [ni'glektful], *a.* negligente, preguiçoso, descuidado.

NÉGLIGÉ, NEGLIGEE ['negli:ʒei], *s.* traje doméstico.

NEGLIGENCE ['neglidʒəns], *s.* negligência, desatenção, desleixo, descuido; abandono; desalinho; tibieza.

NEGLIGENT ['neglidʒənt], *a.* negligente, descuidado. # *negligent of,* negligente em.

NEGLIGIBLE ['neglidʒəbl], *a.* insignificante, desprezível.

NEGOTIABLE [ni'gouʃiəbl], *a.* negociável.

NEGOTIATE [ni'gouʃieit], *v.* negociar, tratar; agenciar; discutir, ajustar; atravessar, transpor; conseguir.

NEGOTIATING [ni'gouʃieitiŋ], *a.* comerciante.

NEGOTIATION [nigouʃi'eiʃən], *s.* negociação, transação.

NEGOTIATOR [ni'gouʃieitə], *s.* negociador.

NEGRESS ['ni:gris], *s.* negra.

NEGRO ['ni:grou], *s.* negro.

NEGUS ['ni:gəs], *s.* sangria (bebida); título usado pelos imperadores da Abissínia.

NEIGH [nei], *v.* rinchar, relinchar. *s.* rincho, relincho.

NEIGHBOUR, NEIGHBOR ['neibə], *s.* vizinho; amigo. *a.* próximo, vizinho. *v.* aproximar, avizinhar; estar vizinho de; ser vizinho de.

NEIGHBOURHOOD, NEIGHBORHOOD ['neibəhud], *s.* vizinhança, imediação, proximidade; cercanias, arredores.

NEIGHBOURING, NEIGHBORING ['neibəriŋ], *a.* vizinho, próximo, confinante, adjacente.

NEIGHBO(U)RLY ['neibəli], *a.* urbano, atencioso, cortês, próprio de bom vizinho.

NEIGHING ['neiiŋ], *s.* rincho, relincho.

NEITHER ['naiðə], E.U. ['ni:ðə], *a.* nenhum; nenhum dos dois. *conj.* nem; também não, nem sequer. *pron.* nenhuma coisa.

NENUPHAR ['nenjufɑ:], *s.* nenúfar.

NEOLITHIC [ni:ou'liθik], *a.* neolítico.

NEOLOGISM [ni:'ɔlədʒizm], *s.* neologismo.

NEOLOGIST [ni:'ɔlədʒist], *s.* neologista.

NEON ['ni:ɔn], *s.* néon, neônio.

NEOPHYTE ['ni:oufait], *s.* neófito.

NEPHEW ['nevju:], (E. U.) ['nefju:], *s.* sobrinho.

NEPHRITIS [ne'fraitis], *s.* nefrite.

NEPOTISM ['nepətizm], *s.* nepotismo, favoritismo.

NEPTUNIAN [nep'tju:niən], *a.* netuniano.

NEREID ['niəriid], *s.* nereida.

NERVE [nə:v], *s.* nervo; fibra, força, vigor; nervosismo; coragem; sangue-frio; descaro, cinismo, desfaçatez. *pl.* irritabilidade nervosa. *v.* animar, reforçar, revigorar. # *get on one's nerves,* irritar alguém. *have the nerve to,* ter a ousadia de. *strain every nerve,* envidar todos os esforços.

NERVED [nə:vd], *a.* vigoroso.

NERVELESS ['nə:vlis], *a.* sem fibra, inerte.

NERVE-RACKING ['nə:vrækiŋ], *a.* torturante, insuportável.

NERVOUS ['nə:vəs], *a.* nervoso; vigoroso, robusto; excitado, irritado.

NERVOUSNESS ['nə:vəsnis], *s.* nervosidade; fibra, vigor, força; estado nervoso.

NERVURE ['nə:vjuə], *s.* nervura.

NEST [nest], *s.* ninho, ninhada; covil, abrigo, asilo, guarida; série, jogo; cômoda. *v.* aninhar, aninhar-se, alojar-se; colocar objetos uns dentro dos outros (caixas de farmácia, copo desmontável, etc.). # *nest of drawers,* pequena cômoda. *nest of saws,* (ofic.) serrote tríplice.

NEST-EGG ['nesteg], *s.* indez; (fig.) pé-de-meia (economias).

NESTLE ['nesl], *v.* aninhar, abrigar, afagar, acariciar; engaiolar-se; aninhar-se.

NESTLING ['nes(t)liŋ], *s.* passarinho; pinto, pintainho; filhote.

NET [net], *a.* puro, limpo; (com.) sem redução, líqüido (= líquido). # *net produce,* lucro líquido.

NET [net], *s.* rede, malha; bola que bate na rede (tênis); lucro líquido, peso líquido (= líqüido). *v.* prender na rede, lançar a rede; tecer redes; atirar (bola) na rede.

NETHER ['neðə], *a.* inferior.

NETHERLANDER ['neðələndə], *s.* neerlandês, holandês (habitante).

NETHERLANDISH ['neðələndiʃ], *a.* neerlandês. *s.* holandês (língua).

NETTED ['netid], *a.* enredado; protegido por uma rede; reticular; apanhado com rede.
NETTING ['netiŋ], *s.* rede, malha; renda; obra de malha.
NETTING-NEEDLE ['netiŋni:dl], *s.* agulha de fazer rede.
NETTLE ['netl], *s.* urtiga; (mar.) amarra. *v.* urtigar, irritar, exasperar.
NETTLE-FEVER ['netlfi:və], *V.* **NETTLE-RASH.**
NETTLE-RASH ['netlræʃ], *s.* urticária.
NETTLING ['netliŋ], *s.* irritação, provocação.
NETWORK ['netwə:k], *s.* rede, malha; cadeia de rádio.
NEUM(E) [nju:m], *s.* (mús.) neuma.
NEURAL ['njuərəl], *a.* neural.
NEURALGIA [njuə'rældʒə], *s.* nevralgia.
NEURALGIC [njuə'rældʒik], *a.* nevrálgico.
NEURASTHENIA [njuərəs'θi:niə], *s.* neurastenia.
NEURASTHENIC [njuərəs'θenik], *s.* neurastênico.
NEURITIS [njuə'raitis], *s.* nevrite (= neurite).
NEUROLOGIST [njuə'rələdʒist], *s.* neurologista.
NEUROLOGY [njuə'rələdʒi], *s.* neurologia.
NEURON ['njuərən], *s.* neurônio.
NEUROSES [njuə'rousi:z], *pl.* de **NEUROSIS.**
NEUROSIS [njuə'rousis], *s.* neurose. *pl.* **NEUROSES.**
NEUROTIC [njuə'rətik], *a.* e *s.* nevrótico (= neurótico).
NEUTER ['nju:tə], *a.* e *s.* neutro; assexuado.
NEUTRAL ['nju:trəl], *a.* e *s.* neutro, neutral; inativo, indiferente, indefinido; (mec. aut.) ponto morto.
NEUTRALITY [nju:'træliti], *s.* neutralidade.
NEUTRALIZATION (ISA) [nju:trəlai'zeiʃn], *s.* neutralização.
NEUTRALIZE (ISE) ['nju:trəlaiz], *v.* neutralizar.
NEUTRON ['nju:trən], *s.* (fís.) nêutron.
NEVER ['nevə], *adv.* nunca, jamais, em tempo algum. # *never mind,* não faz mal; anima-te, coragem. *never say die,* não desanimes.
NEVER-CEASING ['nevə'si:siŋ], *a.* incessante.
NEVER-CHANGING ['nevə'tʃeindʒiŋ], *a.* imutável.
NEVER-DYING ['nevə'daiiŋ], *a.* imorredouro, imortal, perene.
NEVER-ENDING ['nevər'endiŋ], *a.* contínuo, infindável, sem fim, perpétuo, eterno, permanente, perene.
NEVER-FAILING ['nevə'feiliŋ], *a.* infalível.
NEVERMORE ['nevə'mɔ:, 'nevə'mɔə], *adv.* nunca mais, jamais.
NEVER-SAY-DIE ['nevəsei'dai], *a.* indômito.
NEVERTHELESS [nevəðə'les], *adv.* e *conj.* todavia, contudo, no entanto, não obstante, apesar disso, sem embargo, mesmo assim.
NEVER-TO-BE-FORGOTTEN ['nevətəbifə'gɔtn], *a.* inesquecível.
NEW [nju:], *a.* novo, recente, fresco, moderno; novato, noviço; diferente, distinto, outro; renovado. *adv.* novamente, de novo, recentemente. # *be brand new,* ser ou estar novinho em folha.
NEWBORN ['nju:bɔ:n], *s.* recém-nascido.
NEWCOMER ['nju:'kʌmə], *s.* recém-chegado, recém-vindo.
NEWEL ['njuəl], *s.* o pilar a que estão presos os degraus de uma escada em caracol.
NEW-FANGLED ['nju:fæŋgld], *a.* moderno.
NEWFOUNDLANDER [nju:fənd'lændə], *s.* habitante da Terra Nova.
NEWLY ['nju:li], *adv.* novamente, recentemente, ultimamente, de pouco tempo, há pouco.
NEWNESS ['nju:nis], *s.* novidade, inovação; início; falta de prática.
NEWS [nju:z], *s.* notícia, informação; novidade; papel de imprensa. # *a piece of news,* notícia. *break the news,* dar a notícia, contar a novidade. *last-minute news,* notícias de última hora. *what's the news?* que há de novo? *wheedle the news out of,* plantar verde para colher maduro.
NEWSAGENT ['nju:z-eidʒənt], *s.* jornaleiro (dono de banca de jornais) = (E.U.) *newsdealer.*
NEWSBOY ['nju:zbɔi], *s.* jornaleiro = (E.U.) *newsy.*
NEWSDEALER ['nju:z-di:lə], *s.* (E.U.) jornaleiro (dono de banca de jornais) = (Ing.) *newsagent.*
NEWS-HAWK, NEWSHAWKER ['nju:zhɔ:k, 'nju:zhɔ:kə], *s.* (E.U.) jornaleiro = (Ing.) *newsboy. V.* **NEWSY.**

NEWSMONGER ['nju:z-mʌŋgə], *s.* noveleiro, porta-novas, mexeriqueiro.

NEWSPAPER ['nju:speipə], *s.* jornal, diário, gazeta, periódico. # *contribute to a newspaper,* escrever para um jornal. *newspaper clippings,* recortes de jornais. *subscribe to a newspaper,* assinar um jornal.

NEWSPAPERMAN ['nju:speipəmæn], *s.* (E.U.) jornalista = (Ing.) *journalist, pressman.*

NEWSPAPER PROPRIETOR ['nju:speipəprə'praiətə], *s.* proprietário de jornal = (E.U.) *newspaper publisher.*

NEWSPAPER PUBLISHER ['nju:speipə'pʌbliʃə], *s.* editor e chefe da distribuição de um jornal; (E.U.) proprietário de um jornal = (Ing.) *newspaper proprietor.*

NEWSPRINT ['nju:sprint], *s.* papel de imprensa.

NEWSREEL ['nju:zri:l], *s.* cine-jornal, jornal falado (cinema).

NEWS-STAND ['nju:z-stænd], *s.* (E.U.) banca de jornais = (Ing.) *bookstall, kiosk.*

NEWSVENDOR ['nju:z-vendə, 'nju:z-vendɔ:], *s.* jornaleiro.

NEWSY ['nju:zi], *s.* (E.U.) jornaleiro = (Ing.) *newsboy. a.* noticioso.

NEWTONIAN [nju:'touniən], *a.* newtoniano.

NEXT [nekst], *a.* próximo, seguinte, contíguo, vizinho, imediato; futuro; sucessivo. *adv.* proximamente, logo, imediatamente depois. *prep.* ao lado de, junto de, junto a. *s.* próximo (parente, número de revista ou jornal, etc.). # *next to nothing,* quase nada.

NEXUS ['neksəs], *s.* nexo, ligação, laço, vínculo, união.

NIB [nib], *s.* bico, extremo, ponta; bico (de ave, de pena, etc.); pena de escrever; *pl.* pedaços de grãos de café, de cacau, etc. *v.* fazer ponta, aparar, aguçar.

NIBBLE ['nibl], *v.* bicar, morder, picar, mordiscar (= mordicar), roer, pinicar; paparicar; hesitar. *s.* ação de bicar, morder, mordiscar, etc.; roedura.

NIBLICK ['niblik], *s.* pau de jogar golfe.

NICARAGUAN [nikə'rægjuən], *a.* e *s.* nicaraguano.

NICE [nais], *a.* sutil, fino, delicado, agudo, bom; agradável; gentil, amável; diligente, solícito, prestativo; escrupuloso, exato, circunspecto, cauto; refinado, elegante, esmerado, polido; gostoso, delicioso.

NICELY ['naisli], *adv.* delicadamente; gentilmente; sutilmente, primorosamente.

NICENESS ['naisnis], *s.* delicadeza, finura, gentileza; primor.

NICETY ['naisiti], *a.* finura, amabilidade, gentileza, delicadeza; exatidão, escrúpulo, esmero; argúcia, refinamento, sutileza.

NICHE [nitʃ], *s.* nicho.

NICK [nik], *s.* entalhe, recorte, corte, talho; oportunidade; ponto crítico; momento oportuno; tarja; lanço de dados; jogada favorável. *v.* entalhar, recortar, cortar; tarjar; acertar no alvo; corresponder, ser igual; efetuar uma boa jogada. # *in the nick of time,* no momento oportuno. ***Old Nick*** **ou** ***Scratch,*** **demônio.**

NICKEL ['nikl], *s.* níquel; (E.U.) moeda de 5 cents. # *nickel plate,* niquelar. *nickel silver,* alpaca, argentão.

NICKELODEON ['niklɔ'di:ɔn], *s. V.* **JUKE-BOX.**

NICK-NACK ['niknæk], *s.* ninharia, frioleira, bagatela.

NICKNAME ['nikneim], *s.* apelido, alcunha. *v.* apelidar, alcunhar.

NICOTINE ['nikəti:n], *s.* nicotina.

NIECE [ni:s], *s.* sobrinha.

NIFTY ['nifti], *a.* atraente; elegante. # *it's a nifty!* (gír.) é o "suco".

NIG [nig], *v.* cortar, desbastar as bordas (de moedas, etc.); lavrar (em pedra, madeira, etc.). *s* pedaço.

NIGGARD ['nigəd], *a.* e *s.* avaro, avarento, mesquinho, tacanho, miserável, sórdido.

NIGGARDLY ['nigədli], *a.* avarento, mesquinho, sórdido, miserável. *adv.* avaramente, mesquinhamente, miseravelmente.

NIGGER ['nigə], *s.* negro, negra. # *nigger heaven,* torrinhas, galerias (teatro).

NIGGLE ['nigl], *v.* escarnecer, zombar, mofar; perder tempo com ninharias; agir minuciosamente.

NIGH [nai], *prep.* junto a, perto de, próximo a. *adv.* perto; quase, próximo. *a.* próximo, imediato, vizinho; íntimo, chegado; da esquerda (em se tratando de cavalos).

NIGHT [nait], *s.* noite; tarde; trevas, obscuridade, escuridão; morte; aflição, tristeza; cegueira. # *at night, by night, in the night,* à noite, de noite. *at night all cats are grey,* de noite todos os gatos são pardos. *in the dead of night,* pela calada da noite. *late in the night,* a horas mortas. *night latch,* ferrolho de segurança. *night letter,* carta telegráfica noturna. *night spot,* cabaré, "inferninho". *the twelfth night,* véspera do dia dos Reis Magos. *when night falls,* ao cair da noite.

NIGHTCAP ['naitkæp], *s.* barrete de dormir; bebida tomada à hora de dormir.

NIGHT-FALL ['naitfɔ:l], *s.* o cair da noite, o anoitecer.

NIGHTGOWN ['naitgaun], *s.* camisola de dormir.

NIGHTINGALE ['naitiŋgeil], *s.* rouxinol.

NIGHTLY ['naitli], *adv.* de noite, todas as noites. *a.* noturno.

NIGHTMARE ['naitmεə], *s.* pesadelo.

NIGHT STICK ['nait-stik], *s.* (E.U.) cassetete de guarda-noturno = (Ing.) *truncheon.*

NIGHT-TIME ['naittaim], *s.* noite.

NIGHT-WALKER ['naitwɔ:kə], *s.* sonâmbulo; noctívago.

NIGHTWATCH ['nait'wɔtʃ], *s.* guarda-noturno.

NIHILISM ['naiilizm], *s.* niilismo; anarquismo.

NIHILIST ['naiilist], *s.* niilista.

NIL [nil], *s.* nada (em jogo).

NIMBLE ['nimbl], *a.* ágil, ligeiro, vivo, rápido, esperto, veloz, ativo.

NIMBLE-WITTED ['nimbl'witid], *s.* esperto, inteligente, vivo, pronto no falar.

NIMBUS ['nimbəs], *a.* nimbo, auréola.

NIMINY-PIMINY ['nimini'pimini], *a.* afetado; efeminado.

NINCOMPOOP ['ninkəmpu:p], *s.* bobo, pateta, basbaque = (E.U.) *nitwit.*

NINE [nain], *a.* e *s.* nove. # *up to the nines,* luxuosamente.

NINEFOLD ['nainfould], *a.* nônuplo.

NINEPINS ['nainpinz], *s.* jogo com nove paus e uma bola, boliche = (E.U.) *tenpins.*

NINESCORE ['nainskɔ:], *a.* nove vezes vinte. *s.* o produto de nove vezes vinte.

NINETEEN ['nain'tin], *a.* e *s.* dezenove.

NINETEENTH ['nain'ti:nθ], *a.* décimo nono.

NINETIETH ['naintiiθ], *a.* nonagésimo.

NINETY ['nainti], *a.* e *s.* noventa.

NINNY ['nini], *s.* bobo, basbaque, parvo, tolo.

NINTH [nainθ], *a.* nono. *s.* a nona parte; (mús.) nona.

NINTHLY ['nainθli], *adv.* em nono lugar.

NIP [nip], *v.* picar, beliscar, arranhar; morder, mordiscar; recortar, cortar; enrascar, prender, sujeitar, agarrar; queimar (pelo frio); murchar; matar, destruir; vexar, inquietar; (col.) mover-se rapidamente. *s.* mordida, dentada; beliscadura, unhada; bocado, migalha, fragmento, pedaço, trago; o dano ocasionado pela geada; (mar.) prisão; presa; sarcasmo; dormência; parte onde se verifica o atrito; (E.U. col.) japonês. # *nip off,* fugir, correr.

NIPPER ['nipə], *s.* ruela, pinça (de crustáceos); dente incisivo de cavalo; pessoa mordaz; *pl.* pinça, alicate, torquês.

NIPPING ['nipiŋ], *s.* arranhão, unhada, mordedura; rasgão. *a.* penetrante, picante, satírico, mordaz.

NIPPLE ['nipl], *s.* bico do seio, mamilo; bico de mamadeira; pequena elevação (num monte); depósito dos cartuchos na caixa da culatra; (canal.) bocal roscado.

NIPPY ['nipi], *a.* picante, ácido; mordaz, sarcástico; ágil.

NIRVANA [niə'vɑ:nə, nə:'vɑ:nə], *s.* nirvana.

NIT [nit], *s.* lêndea.

NITRATE ['naitreit, 'naitrit], *s.* nitrato, azotato.

NITRE ['naitə], *s.* nitro, salitre.

NITRIC ['naitrik], *a.* nítrico, azótico.

NITRIFICATION [naitrifi'keiʃən], *s.* nitrificação.

NITRITE ['naitrait], *s.* nitrito, azotito.

NITROCELULLOSE ['naitrou'seljulous], *s.* nitrocelulose.

NITROGEN ['naitridʒən], *s.* nitrogênio, azoto.

NITRO-GLYCERINE ['naitrouglisə'ri:n], *s.* nitroglicerina.

NITROUS ['naitrəs], *a.* nitroso, salitroso.

NITWIT ['nitwit], *s.* bobo, pateta, basbaque = (Ing.) *nincompoop.*

NO [nou], *adv.* não. *a.* nenhum, nenhuma,

nenhuns, nenhumas. *s.* não; um não; voto negativo. *v.* dizer "não".

NO. ['nʌmbə], abreviatura de **NUMBER,** número.

NOB [nɔb], *s.* cabeça; soco na cabeça; protuberância; nobre, fidalgo. *v.* dar socos na cabeça; coletar dinheiro.

NOBBLE ['nɔbl], *v.* enganar, lograr; amarrar o cavalo na corrida.

NOBBY ['nɔbi], *a.* vistoso, ostentoso; janota; elegante, distinto.

NOBILIARY [nou'biliəri], *a.* nobiliário.

NOBILITY [nou'biliti], *s.* nobreza; aristocracia; grandeza.

NOBLE ['noubl], *a.* nobre, cavalheiro, fidalgo, ilustre, insigne, majestoso; sublime, elevado, grande: liberal, generoso. *s.* nobre, fidalgo, aristocrata; moeda inglesa (antiga).

NOBLEMAN ['noublmən], *s.* nobre, fidalgo.

NOBLENESS ['noublnis], *s.* nobreza, fidalguia, dignidade; lustre, esplendor.

NOBLEWOMAN ['noublwumən], *s.* fidalga, mulher nobre.

NOBLY ['noubli], *adv.* nobremente, cavalheirescamente, briosamente.

NOBODY ['noubədi, 'noubɔdi], *pron.* ninguém. *s.* pessoa insignificante.

NOCTAMBULISM [nɔk'tæmbjulizm], *s.* noctambulismo, sonambulismo.

NOCTAMBULIST ['nɔk'tæmbjulist], *s.* noctâmbulo, sonâmbulo.

NOCTURNAL [nɔk'tə:nl], *a.* noturnal, noturno.

NOCTURNE ['nɔktə:n], *s.* (pint.) cena noturna; (mús.) noturno.

NOD [nɔd], *v.* indicar com a cabeça; cabecear, dormitar, cochilar. *s.* sinal, aceno, saudação (feita com a cabeça); inclinação, reverência. # *nod off,* cochilar.

NODAL ['noudl], *a.* nodoso.

NODDING ['nɔdiŋ], *s.* cabeceamento; cumprimento com inclinação de cabeça. *a.* inclinação.

NODDLE ['nɔdl], *s.* (fam.) cabeça.

NODDY ['nɔdi], *s.* cabeçudo, estúpido; veículo de duas rodas.

NODE [noud], *s.* nó; nódulo; protuberância, bossa, tumor; (teat.) enredo, trama.

NODOSE [no'dous], *a.* nodoso.

NODULAR ['nɔdjulə], *a.* nodular.

NODULE ['nɔdju:l], *s.* nódulo.

NODULOUS ['nɔdjuləs], *a.* nodoso, noduloso.

NOGGIN ['nɔgin], *s.* jarro; cuba; caneca pequena.

NOGGING ['nɔgiŋ], *s.* tabique; escora.

NOHOW ['nouhau], *adv.* de modo algum, de nenhum modo. *a.* desordenado.

NOISE [nɔiz], *s.* ruído, barulho, som; bulha, estrondo; gritaria, clamor, barafunda; zumbido, rumor; notícia; fama, nome, renome. *v.* propalar, divulgar; fazer barulho.

NOISELESS ['nɔizlis], *a.* silencioso, tranqüilo, calado.

NOISELESSNESS ['nɔizlisnis], *s.* tranqüilidade, silêncio.

NOISETTE [nwɑ:'zet], *s.* uma variedade de rosa; picadinho de carne, guisado; pedaço de carne magra.

NOISILY ['nɔizili], *adv.* estrondosamente, ruidosamente.

NOISINESS ['nɔizinis], *s.* ruído, tumulto, barafunda, estrépito, gritaria.

NOISOME ['nɔisəm], *a.* pernicioso, nocivo, insalubre; fétido, asqueroso; desagradável.

NOISY ['nɔizi], *a.* ruidoso, barulhento, clamoroso, estrepitoso, turbulento.

NOMA ['noumə], *s.* (med.) noma.

NOMAD ['nɔməd], *a.* e *s.* nômade.

NOMADIC [no'mædik], *a.* nômade.

NOMENCLATURE [nou'menklətʃə], *s.* nomenclatura.

NOMINAL ['nɔminl], *a.* nominal; pequeno, insignificante, leve; aparente.

NOMINAL-PARTNER ['nɔminl'pɑ:tnə], *s.* testa-de-ferro; sócio nominal.

NOMINATE ['nɔmineit], *v.* designar, eleger, mencionar; indicar como candidato; nomear.

NOMINATION [nɔmi'neiʃən], *s.* nominação, proposta; eleição, nomeação; escolha de candidato; lançamento de candidatura.

NOMINATIVE ['nɔminətiv], *s.* e *a.* nominativo.

NOMINATOR ['nɔmineitə], *s.* nomeador.

NOMINEE [nɔmi'ni:], *s.* o nomeado; o candidato lançado.

NON-ACCEPTANCE ['nɔnək'septəns], *s.* não aceitação, recusa.

NONAGE ['nounidʒ], *s.* menoridade.

NONAGENARIAN [nounədʒi'nɛəriən], *a.* e *s.* nonagenário.

NONCHALANCE ['nɔnʃələns], *s.* descuido, desleixo, indolência, relaxamento.

NONCHALANT ['nɔnʃələnt], *a.* descuidado, indolente, desleixado, indiferente.

NON-CONDUCTOR ['nɔnkəndʌktə], *s.* isolador.

NONCONFORMIST ['nɔnkən'fɔ:mist], *s.* não-conformista (dissidente).

NONCONFORMITY ['nɔnkən'fɔ:miti], *s.* dissidência.

NONDESCRIPT ['nɔndiskript], *s.* pessoa ou coisa desconhecida, não classificada.

NONE [nʌn], *pron.* nenhum, nenhuma, ninguém; nada, *adv.* não, de modo algum; de nenhum modo. *a.* nenhum (desus.). # *be second to none for,* ser o melhor em. *none of that,* nada disso. *none the less,* não obstante. *second to none,* ímpar, sem igual, de primeira classe.

NONE [noun], *s.* nona, noa.

NONENTITY [nɔ'nentiti], *s.* o nada; zero; pessoa ou coisa sem importância.

NONES [nounz], *s. pl.* nonas (no antigo calendário romano).

NON-EXISTENCE ['nɔnig'zistens], *s.* inexistência.

NONFAT ['nɔnfæt], *a.* desengordurado.

NONILLION [nou'niljən], *s.* nonilhão.

NON-NEGOTIABLE ['nɔnni'gouʃiəbl], *a.* intransferível (ação, título).

NON-PARTISAN [nɔn'pɑ:tizən], *a.* (pol.) independente, extrapartidário.

NONPLUS ['nɔn'plʌs], *s.* confusão, embaraço, perplexidade. *v.* embaraçar, confundir.

NONPLUSSED ['nɔn'plʌst], *a.* embaraçado, confuso.

NONSENSE ['nɔnsəns], *s.* contra-senso, disparate, tolice, despropósito, asneira, insensatez, absurdo = (E.U.) *blah.*

NONSENSICAL [nɔn'sensikəl], *a.* disparatado, ridículo, absurdo.

NONSKID ['nɔn'skid], *a.* antiderrapante.

NON-STOP ['nɔn'stɔp], *a.* contínuo, ininterrupto.

NONSUIT ['nɔn'sju:t], *s.* abandono, desistência; revelia. *a.* abandonado.

NONWAR ['nɔnwɔ:], *a.* civil; para fins pacíficos.

NOODLE ['nu:dl], *s.* bobo, simplório; basbaque.

NOODLE ['nu:dl], *s.* (E.U.) macarronete, talharim.

NOOK [nuk], *s.* recanto, ângulo, canto, escaninho, esconderijo. # *to know something in every nook and corner,* conhecer ou saber um assunto sob todos os aspectos, conhecer como a palma da mão.

NOON [nu:n], *s.* meio-dia; meia-noite; apogeu. *a.* do meio-dia. *by noon time,* mais ou menos ao meio-dia, cerca do meio-dia. *high noon,* sol a pino.

NOONDAY ['nu:ndei], *s.* meio-dia. *a.* do meio-dia.

NOONING ['nu:niŋ], *s.* sesta; refeição feita ao meio-dia.

NOONTIDE ['nu:ntaid], *V.* **NOON.**

NOOSE [nu:s, nu:z], *s.* laço, nó corrediço. *v.* laçar, apanhar em laço ou armadilha.

NOR [nɔ:], *conj.* nem. # *nor I neither,* nem eu tampouco.

NORDIC ['nɔ:dik], *s.* e *a.* nórdico.

NORM [nɔ:m], *s.* norma, lei, molde, regra, modelo.

NORMAL ['nɔ:məl], *a.* normal, exemplar, regular; (geom.) normal; perpendicular.

NORMALCY ['nɔ:məlsi], *s.* (E.U.) normalidade = (Ing.) *normality.*

NORMALITY [nɔ:'mæliti], *s.* normalidade.

NORMALIZATION (ISA) [nɔ:məlai'zeiʃən], *s.* normalização.

NORMALIZE (ISE) ['nɔ:məlaiz], *v.* normalizar, regularizar.

NORMAN ['nɔ:mən], *a.* e *s.* normando.

NORSE [nɔ:s], *a.* escandinavo; norueguês. *s.* habitante da Escandinávia; nórdico (língua); norueguês.

NORSEMAN ['nɔ:smən], *s.* um escandinavo; um norueguês.

NORTH [nɔ:θ], *s.* norte, setentrião. *a.* boreal, setentrional. *v.* rumar para o norte; ganhar norte; fazer norte (o vento).

NORTH-EAST ['nɔ:θ'ist], *s.* e *a.* nordeste. *pron.* náut. ['nɔ:r'i:st].

NORTH-EASTER [nɔ:θ'i:stə], *s.* nordeste (vento).

NORTH-EASTERN [nɔ:θ'i:stən], *a.* do nordeste, nordestino.

NORTH-EASTWARD [nɔ:θ'i:stwəd], *adv.* rumo ao nordeste. *a.* do nordeste. *s.* nordeste.

NORTHER ['nɔ:ðə], *s.* norte (vento).

NORTHERLY ['nɔ:ðəli], *a.* boreal, setentrional; do norte, nortista.

NORTHERN ['nɔ:ðən], *a.* do norte.

NORTHERNER ['nɔ:ðənə], *s.* nortista.

NORTHING ['nɔ:θiŋ], *s.* (mar.) diferença de latitude quando o navio se dirige para o norte.

NORTHWARD ['nɔ:θwəd], *adv.* para o norte, rumo ao norte.

NORTH-WEST ['nɔ:θ'west], *s.* e *a.* noroeste, do noroeste. *pron.* náut. ['nɔ:'west].

NORTH-WESTER ['nɔ:θ'westə], *s.* noroeste, do noroeste. *pron.* náut. ['nɔ:'westə].

NORTH-WESTERN ['nɔ:θ'westən], *a.* do noroeste.

NORTH-WESTWARD ['nɔ:θ'westwəd], *adv.* para o noroeste, rumo ao noroeste. *a.* do noroeste.

NORTH-WESTWARDS ['nɔ:θ'westwədz], *adv.* para o noroeste, rumo ao noroeste.

NORWEGIAN [nɔ:'wi:dʒən], *s.* e *a.* norueguês.

NOSE [nouz], *s.* nariz; ponta; focinho, ponta ou bico de qualquer coisa semelhante a um nariz; (mar.) bico de proa; olfato; cheiro; sagacidade; bico (de jarro, bule, etc.). *v.* cheirar; encarar, defrontar-se, opor-se, fazer frente; bazofiar, blasonar. # *as (plain) as the nose on one's face,* óbvio, claro como água = *as plain as a pikestaff. keep one's nose to the grindstone,* trabalhar arduamente, continuamente. *nose band, nose piece,* focinheira (arreios). *nose dive,* (av.) picada, piquê, vôo picado. *pay through the nose,* pagar preço exorbitante. *poke (push* ou *thrust) one's nose into,* intrometer-se. *pug nose,* nariz chato. *snub nose,* nariz arrebitado. *to blow one's nose,* assoar o nariz. *to fall flat on one's nose,* bater com o nariz no chão. *turn up one's nose at,* olhar com desdém.

NOSE-BAG ['nouzbæg], *s.* embornal; cevadeira.

NOSEBAND ['nouzbænd], *s.* focinheira.

NOSEBLEED ['nouzbli:d], *s.* hemorragia nasal.

NOSEGAY ['nouzgei], *s.* ramalhete.

NOSE-PIECE ['nouzpi:s], *s.* focinheira.

NO-SHOW ['nouʃou], *s.* passageiro que não se utiliza da reserva feita em avião.

NOSTALGIA [nɔs'tældʒiə], *s.* nostalgia.

NOSTALGIC [nɔs'tældʒik], *a.* nostálgico.

NOSTRIL ['nɔstril], *s.* narina, venta.

NOSTRUM ['nɔstrəm], *s.* panacéia; plano, projeto político.

NOSY ['nouzi], *a.* narigudo; fedorento; bisbilhoteiro.

NOT [nɔt], *adv.* não. # *not at all,* de forma alguma. *not but what,* não obstante. *not yet,* ainda não.

NOTABILITY [noutə'biliti], *s.* notabilidade.

NOTABLE ['noutəbl], *a.* notável, louvável, insigne, memorável; atento, cuidadoso, diligente, solícito, vigilante. *s.* indivíduo notável.

NOTARIZE ['noutəraiz], *v.* autenticar.

NOTARY ['noutəri], *s.* notário, tabelião. # *notary public,* tabelião. *notary public office,* cartório.

NOTATION [nou'teiʃən], *s.* notação, anotação, nota, observação; significação; numeração escrita.

NOTCH [nɔtʃ], *s.* corte, entalhe, talho, encaixe, chanfradura; mossa, brecha, boca, dente. *v.* entalhar, encaixar, fazer cortes.

NOTCHER ['nɔtʃə], *s.* chanfradura; chanfrador. # *top notcher,* chefão.

NOTE [nout], *s.* nota, sinal, marca; anotação, apontamento, memória, lembrete; bilhete; escrito, missiva; aviso, notícia; conhecimento, observação; importância, distinção; (mús.) nota; tom; ordem de pagamento, vale. *v.* notar, distinguir, marcar; observar, reparar, advertir; apontar, tomar nota, registrar; protestar (letra). # *change one's note,* mudar de atitude. *make a note of,* anotar, tomar nota. *note of hand* (ou *promissory note*), nota promissória. *note payable on sight,* (com.) letra à vista. *renew a note,* (com.) reformar uma letra. *strike the right note,* dizer o que deve, dizer a coisa apropriada.

NOTE-BOOK ['noutbuk], *s.* agenda, caderno de apontamentos.

NOTED ['noutid], *a.* notável, insigne, famoso,

ilustre, conhecido, distinto; célebre, de nomeada.

NOTE OF EXCLAMATION ['noutəveksklə'meiʃən], *s.* ponto de exclamação.

NOTE OF INTERROGATION ['noutəvinterə'geiʃən], *s.* ponto de interrogação.

NOTE-PAPER ['noutpeipə], *s.* papel de carta.

NOTEWORTHY ['noutwə:ði], *a.* notável, digno de nota.

NOTHING ['nʌθiŋ], *s.* nada, coisa alguma; zero; bagatela; ninharia. *adv.* nada, de modo algum. # *come to nothing,* dar em nada, fracassar. *doing nothing is doing ill,* a ociosidade é a mãe de todos os vícios. *good for nothing,* imprestável. *nothing doing!* nada feito! *nothing much,* não muito. *nothing of the sort!* qual nada! nada disso! *nothing venture, nothing have,* quem não arrisca não petisca. *that's nothing to me,* isso não me interessa, isso não me toca, não me importa.

NOTHINGNESS ['nʌθiŋnis], *s.* nada; insignificância; ninharia.

NOTICE ['noutis], *s.* nota, observação; atenção; reparo; aviso, aviso prévio; comunicação; atenção, cortesia; advertência, anúncio; menção. *v.* olhar, notar, observar, atentar, reparar; cuidar de; mencionar. # *at a moment's notice,* a qualquer momento, sem aviso prévio. *at short notice,* em breve prazo. *give notice,* dar aviso prévio. *period of notice,* prazo de rescisão. *take notice,* observar, notar. *till* (ou *until*) *further notice,* até segunda ordem. *without prior notice,* sem aviso prévio.

NOTICEABLE ['noutisəbl], *a.* notável, perceptível, reparável.

NOTIFIABLE ['noutifaiəbl], *a.* notificável.

NOTIFICATION [noutifi'keiʃən], *s.* notificação, advertência, aviso, citação.

NOTIFY ['noutifai], *v.* notificar, participar, avisar, noticiar; informar; publicar.

NOTION ['nouʃən], *s.* noção, percepção, conceito, idéia, pensamento; opinião, voto, parecer; sentido, entendimento; capricho, intenção, vontade, inclinação; *pl.* (E.U.) novidades, miudezas, artigos de armarinho.

NOTIONAL ['nouʃənl], *a.* ideal, imaginário; fantástico, quimérico; caprichoso.

NOTION DEPARTMENT ['nouʃəndi'pɑ:tmənt], *s.* departamento ou seção de miudezas.

NOTOCHORD ['noutəkɔ:d], *s.* notocórdio.

NOTORIETY [noutə'raiəti], *s.* notoriedade, publicidade, evidência, projeção.

NOTORIOUS [nou'tɔ:riəs], *a.* público, notório, conhecido (em mau sentido), escandaloso.

NOTORIOUSNESS [nou'tɔ:riəsnis], *s.* notoriedade, publicidade.

NOTWITHSTANDING [nɔtwiθ'stændiŋ], *adv.* não obstante, sem embargo. *prep.* a despeito de, apesar de. *conj.* contudo, ainda que, se bem que, por mais que.

NOUGAT ['nu:gɑ:], *s.* nogado.

NOUGHT [nɔ:t], *s.* (poes.) nada; (arit.) zero.

NOUN [naun], *s.* (gram.) nome, substantivo. # *proper noun,* substantivo próprio.

NOURISH ['nʌriʃ], *v.* alimentar, nutrir, sustentar; abrigar, agasalhar; manter; alentar; fomentar; educar, criar.

NOURISHER ['nʌriʃə], *s.* alimentador, nutridor.

NOURISHING ['nʌriʃiŋ], *a.* substancial, nutritivo, nutriente.

NOURISHMENT ['nʌriʃmənt], *s.* alimento; sustento; alimentação, nutrição; pasto.

NOVEL ['nɔvəl], *a.* novo, desconhecido, moderno, original. *s.* romance; obra literária de ficção; literatura de ficção (com *the*).

NOVELIST ['nɔvəlist], *s.* novelista, romancista.

NOVELTY ['nɔvəlti], *s.* novidade, inovação.

NOVEMBER [no'vembə, nə'vembə], *s.* novembro.

NOVICE ['nɔvis], *s.* noviço, novato, principiante, neófito; aprendiz.

NOVICIATE [no'viʃiit], *s.* noviciado; noviço.

NOW [nau], *adv.* agora, já, atualmente, neste momento, neste instante; daqui a pouco. *conj.* (freqüentemente com *that*) agora que, visto que; ora. *s.* atualidade, o tempo presente. *int.* ora! ora essa! # *by now* agora, a estas horas. *from now,* de agora em diante. *just now,* há poucos momentos; agora. *now and again, now and then,* de vez em quando. *right now,* imediatamente, já. *there now!* bonito! veja só! era só o que faltava!

NOWADAYS ['nauədeiz], *adv.* hoje em dia, na atualidade, presentemente.

NOWAY ['nouwei], *adv.* de nenhum modo.
NOWHERE ['nouwɛə], *adv.* em parte alguma, em nenhum lugar.
NOWISE ['nouwaiz], *adv.* de nenhum modo, de maneira alguma.
NOXIOUS ['nɔkʃəs], *a.* nocivo, pernicioso, daninho, mau; insalubre.
NOYAU ['nwaiou], *s.* licor (de pêssego, amêndoa, etc.).
NOZZLE ['nɔzl], *s.* bico, ponta, extremidade; embocadura; focinho; tubo de descarga; agulheta de mangueira.
NUANCE [nju:'ɑ:ns], *s.* matiz, cambiante.
NUB [nʌb], *s.* nó; protuberância; (E.U.) essência, o busílis, o nó da questão = (Ing.) *core-rub.* *v.* (col.) partir no nó.
NUBBLE [nʌbl], *V.* **NUB.**
NUCLEAL ['nju:kliəl], *a.* nucleal.
NUCLEAR ['nju:kliə], *a.* nuclear.
NUCLEUS ['nju:kliəs], *s.* núcleo; caroço.
NUDE [nju:d], *a.* nu, despido; inválido, nulo.
NUDGE [nʌdʒ], *v.* acotovelar. *s.* cotovelada.
NUDISM ['nju:dizm], *s.* nudismo.
NUDIST ['nju:dist], *s.* e *a.* nudista.
NUDITY ['nju:diti], *s.* nudez, nudeza.
NUGGET ['nʌgit], *s.* pepita.
NUISANCE ['nju:sns], *s.* incômodo, aborrecimento, estorvo; moléstia, doença; imundície, indecência; dano, prejuízo; infração.
NULL [nʌl], *a.* nulo, inválido, inútil. *s.* zero, nulidade. # *null and void,* (jur.) nulo de pleno direito; írrito, nulo, caduco.
NULLAH ['nʌlə], *s.* ravina; o leito de um rio; sarjeta; vala.
NULLIFICATION [nʌlifi'keiʃən], *s.* anulação, invalidação, invalidade; (E.U.) desobediência de um Estado às leis federais.
NULLIFY ['nʌlifai], *v.* anular, invalidar; (E.U.) desobedecer às leis federais.
NULLITY ['nʌliti], *s.* nulidade; (jur.) anulação de um ato ou documento.
NUMB [nʌm], *a.* dormente, entorpecido, tolhido, paralisado. *v.* paralisar, entorpecer, tolher.
NUMBER ['nʌmbə], *v.* numerar; contar; computar. *s.* número, algarismo; quantidade, multidão, coleção; exemplar ou número de uma publicação; *pl.* aritmética; harmonia; cadência. # *an even number,* um número par. *a number of,* vários. *an odd number,* um número ímpar. *his days are numbered,* seus dias estão contados. *in round numbers,* em números redondos, aproximadamente. *surd number,* (mat.) número irracional.
NUMBERER ['nʌmbərə], *s.* numerador, contador.
NUMBERLESS ['nʌmbəlis], *a.* inumerável, inúmero.
NUMBNESS ['nʌmnis], *s.* entorpecimento, torpor, adormecimento.
NUMERABLE ['nju:mərəbl], *a.* numerável.
NUMERAL ['nju:mərəl], *a.* numeral, numérico. *s.* número, algarismo; (gram.) numeral.
NUMERARY ['nju:mərəri], *s.* numerário.
NUMERATION [nju:mə'reiʃən], *s.* numeração.
NUMERATOR ['nju:məreitə], *s.* numerador; contador.
NUMERICAL [nju:'merikəl], *a.* numérico.
NUMEROUS ['nju:mərəs], *a.* numeroso, abundante, copioso; harmonioso.
NUMISMATIC [nju:miz'mætik], *a.* numismático.
NUMISMATICS [nju:miz'mætiks], *s.* numismática.
NUMISMATIST [nju:'mizmətist], *s.* numismatista.
NUMSKULL ['nʌmskʌl], *s.* néscio, bobo, parvo, tolo.
NUMSKULLED ['nʌmskʌld], *a.* parvo, bobo; lerdo.
NUN [nʌn], *s.* freira, monja, religiosa; (orn.) chapim; borracho.
NUNCIATURE ['nʌnʃiətʃə], *s.* nunciatura.
NUNCIO ['nʌnʃiou], *s.* núncio, enviado, mensageiro.
NUNNERY ['nʌnəri], *s.* convento de freiras.
NUPTIAL ['nʌpʃəl], *a.* nupcial, conjugal, matrimonial. *s. pl.* núpcias, casamento, bodas, matrimônio.
NURSE [nə:s], *s.* ama, governanta, aia; enfermeira; protetor. *v.* amamentar; cuidar de um enfermo; criar; alimentar; manter; obrigar; acariciar; promover. # *dry nurse,* ama-seca = *nanny* (em linguagem infantil).

NURSE-CHILD ['nə:stʃaild], *s.* criança de peito; criança de colo.

NURSELING ['nə:sliŋ], *s.* criança de peito.

NURSE-MAID ['nə:smeid], *s.* ama-seca.

NURSE-POND ['nə:spɔnd], *s.* viveiro; aquário.

NURSERY ['nə:sri], *s.* creche; quarto de criança; aposento onde as crianças brincam; criação; viveiro; o ato de criar.

NURSERY-GARDEN ['nə:srigɑ:dn], *s.* viveiro para plantas.

NURSING ['nə:siŋ], *s.* criação; alimentação: aleitação, amamentação.

NURSING-BOTTLE ['nə:siŋbɔtl], *s.* mamadeira.

NURSLING ['nə:sliŋ], *V.* **NURSELING.**

NURTURE ['nə:tʃə], *s.* educação; alimentação; criação; fomento. *v.* alimentar; educar; criar; ensinar; promover.

NUT [nʌt], *s.* noz; porca (de parafuso); botão; qualquer fruto parecido com uma noz; matriz; (gír.) a cachola, o "coco", a cabeça; talão do arco de um violão, violino, etc.; (fam.) petimetre; *nuts!* tolices! # *a hard nut to crack,* um osso duro de roer, um problema difícil. *be nuts* (ou *be off one's nuts),* estar sofrendo da bola, estar maluco. *be nuts for,* estar louco por. *go nuts,* ficar maluco. *have a nut to crack,* estar em maus lençóis. *nuts for you!* bolas para você!

NUTBROWN ['nʌtbraun], *a.* acastanhado (cor).

NUTCRACKER ['nʌtkrækə], *s.* espécie de pega (ave).

NUTCRACKER(S) ['nʌtkrækə(z)], *s.* quebra-nozes.

NUT-DRIVER ['nʌtdraivə], *s.* (mec.) chave de porca.

NUT-LOCK ['nʌtlɔk], *s.* contraporca.

NUTMEG ['nʌtmeg], *s.* noz-moscada.

NUTRIENT ['nju:triənt], *a.* nutriente, nutritivo, alimentício. *s.* nutrição, alimento nutritivo, alimento nutriente.

NUTRIMENT ['nju:trimənt], *s.* nutrimento, alimento, sustento.

NUTRITION [nju:'triʃən], *s.* nutrição, alimentação; alimento.

NUTRITIOUS [nju:'triʃəs], *a.* substancioso, alimentício, nutritivo.

NUTRITIVE ['nju:tritiv], *a.* nutritivo, substancioso.

NUTSHELL ['nʌt-ʃel], *s.* casca de noz ou de avelã. *v.* sumariar, resumir. # *in a nutshell,* resumidamente, em resumo.

NUT-TAP ['nʌttæp], *s.* (mec.) macho para porca.

NUTTY ['nʌti], *a.* abundante em nozes; com sabor de nozes; (col.) adoidado, aloprado.

NUX VOMICA ['nʌks'vɔmikə], *s.* noz-vômica.

NUZZLE ['nʌzl], *v.* fossar.

NYCTALOPIA [niktə'loupiə], *s.* nictalopia.

NYCTALOPIC [niktə'lɔpik], *a.* nictalópico.

NYLON ['nailɔn], *s.* uma fibra sintética; meia de mulher.

NYMPH [nimf], *s.* ninfa; mulher jovem; (zool.) crisálida, ninfa.

NYMPHLIKE ['nimflaik], *s.* semelhante a ninfa.

O

O [ou], *s.* décima quinta letra do alfabeto.

O, OH [ou], *int.* ó! oh!

OAF [ouf], *s.* criança substituída por outra ao nascer; criança deformada; um imbecil.

OAK [ouk], *s.* carvalho; folha do carvalho; madeira do carvalho.

OAKEN ['oukən], *a.* de carvalho, de madeira ou das folhas do carvalho.

OAKUM ['oukəm], *s.* estopa de calafate.

OAR [ɔ:, ɔə], *s.* remo. *v.* remar. # *put in one's oar,* intrometer-se, meter o bedelho, meter a colher de pau.

OARLOCK ['ɔ:lɔk, 'ɔəlɔk], *s.* (E.U.) toleteira = (Ing.) *rowlock.*

OARSMAN ['ɔ:zmən], *s.* remador.

OASIS [ou'eisis], *s.* oásis.

OAT [out], *s.* aveia. # *sow one's wild oats,* fazer as estroinices da mocidade.

OATCAKE ['out'keik], *s.* bolo de aveia.

OATEN ['outn], *a.* de aveia.

OATH [ouθ], *s.* juramento, jura; imprecação. *pl.* **OATHS.** # *make an oath,* jurar. *rip out an oath,* rogar uma praga; blasfemar. *take an oath,* fazer um juramento. *under oath,* sob juramento.

OATH-BREAKER ['ouθbreikə], *s.* perjuro.

OATH-BREAKING ['ouθbreikiŋ], *s.* perjúrio.

OATHS [ouðz, ouθs], *pl.* de **OATH.**

OATMEAL ['outmi:l], *s.* farinha de aveia; mingau de aveia.

OBDURACY ['ɔbdjurəsi], *s.* obstinação, obcecação, impenitência, pertinácia, inflexibilidade, dureza; obsessão; perversidade.

OBDURATE ['ɔbdjurit], *a.* obstinado, impenitente, pertinaz, inexorável; insensível, endurecido.

OBEDIENCE [ə'bi:djəns], *s.* obediência, submissão, sujeição.

OBEDIENT [ə'bi:djənt], *a.* obediente, bem mandado, submisso, dócil.

OBEISANCE [ou'beisəns], *s.* mesura, reverência homenagem.

OBELISK ['ɔbilisk], *s.* obelisco, agulha; cruz; óbelo.

OBESE [ou'bi:s], *a.* obeso, corpulento, gordo.

OBESITY [ou'bi:siti], *s.* obesidade, gordura.

OBEY [ə'bei, o'bei], *v.* obedecer, cumprir, acatar, observar; submeter-se; estar sujeito a; estar sob o domínio de.

OBEYER [o'beiə], *s.* o que obedece, acatador.

OBFUSCATE ['ɔbfʌskeit], *v.* ofuscar, obscurecer; incandescer; cegar.

OBFUSCATION [ɔbfʌs'keiʃən], *s.* obscurecimento, ofuscação; cegueira; incandescência.

OBIT ['ɔbit, 'oubit], *s.* aniversário da morte de alguém; serviço religioso em memória de alguém; aviso fúnebre.

OBITUARIST [o'bitjuərist], *s.* o encarregado do obituário.

OBITUARY [o'bitjuəri], *s.* obituário; livro onde se registram os óbitos.

OBJECT ['ɔbdʒikt], *s.* objeto, coisa; matéria; assunto; objetivo, fim, finalidade, desígnio, propósito, intento; (gram.) objeto.

OBJECT [əb'dʒəkt], *v.* objetar, impedir, opor-se, imputar; argüir; aduzir.

OBJECT-GLASS ['ɔbdʒiktglɑ:s], *s.* objetiva (lente).

OBJECTIFY [ɔb'dʒəktifai], *v.* objetivar.

OBJECTION [əb'dʒekʃən], *s.* objeção, oposição; dúvida; réplica; reparo; dificuldade.

OBJECTIONABLE [əb'dʒəkʃnəbl], *a.* censurável, repreensível, condenável.

OBJECTIVE [ɔb'dʒəktiv], *a.* objetivo. *s.* acusativo; objetiva (lente); destino, meta.

OBJECTIVITY [ɔbdʒək'tiviti], *s.* objetividade.

OBJECT-LENS ['ɔbdʒiktlenz], *V.* **OBJECT-GLASS.**

OBJECT-LESSON ['ɔbdʒiktlesn], *s.* lição prática, lição objetiva.

OBJECTOR [əb'dʒəktə], *s.* reclamador = (E.U.) *kicker.*

OBJECT-TEACHING ['ɔbdʒiktti:tʃiŋ], *s.* método objetivo de ensino; lição de coisas.

OBJURGATE ['ɔbdʒə:geit], *v.* objurgar, recriminar, censurar, repreender, increpar; argüir.

OBJURGATION [ɔbdʒə:'geiʃən], *s.* objurgação, exprobação, censura, repreensão.

OBJURGATORY [ɔb'dʒə:gətəri], *a.* objurgatório.

OBLATE ['ɔbleit], *s.* oblato; oblata; hóstia. *a.* achatado nos pólos; consagrado ao culto.

OBLATION [o'bleiʃən], *s.* oblação, oblata, sacrifício, oferenda.

OBLIGATE ['ɔbligeit], *v.* obrigar, constranger, forçar.

OBLIGATION [ɔbli'geiʃən], *s.* obrigação, dever, compromisso, empenho, vínculo, incumbência; favor, agradecimento, obséquio.

OBLIGATORY [ɔ'bligətəri], *a.* obrigatório, forçoso, necessário, compulsório = (E.U.) *mandatory.*

OBLIGE [ə'blaidʒ], *v.* obrigar, constranger, forçar; ser útil, agradar, servir, obsequiar; condescender.

OBLIGEE [ɔbli'dʒi:], *s.* (jur.) credor.

OBLIGING [ə'blaidʒiŋ], *a.* serviçal, prestativo, cortês, obsequiador; benigno; penhorante.

OBLIGOR [ɔbli'gɔ:], *s.* (jur.) devedor.

OBLIQUE [ə'bli:k], *a.* oblíquo, diagonal, atravessado, inclinado; torcido; tortuoso; indireto, evasivo; falaz, fraudulento, insidioso.

OBLIQUITY [ə'blikwiti], *s.* obliqüidade.

OBLITERATE [ə'blitəreit], *v.* obliterar; suprimir, apagar; destruir, consumir, arrasar.

OBLITERATION [əblitə'reiʃən], *s.* obliteração; cancelamento; extinção.

OBLIVION [ə'bliviən], *s.* esquecimento.

OBLIVIOUS [ə'bliviəs], *a.* esquecido, desmemoriado; distraído, absorto.

OBLONG ['ɔblɔŋ], *a.* oblongo. *s.* paralelogramo.

OBNOXIOUS [əb'nɔkʃəs], *a.* ofensivo, insolente, atrevido, agressivo; detestável, odioso.

OBOE ['oubou], *s.* oboé.

OBOIST ['oubouist], *s.* oboísta.

OBOL ['ɔbəl], *s.* óbolo.

OBSCENE [ɔb'si:n], *a.* obsceno, indecente, impudico, imoral, torpe; asqueroso; imundo.

OBSCENITY [ɔb'si:niti], *s.* obscenidade; impudicícia; impureza; indecência; torpeza.

OBSCURANT [ɔb'skjuərənt], *s.* obscurantista. *a.* obscurante.

OBSCURANTISM [ɔb'skjuərəntizm], *s.* obscurantismo.

OBSCURANTIST [ɔb'skjuərəntist], *s.* obscurantista. *a.* obscurante.

OBSCURATION [ɔbskjuə'reiʃən], *s.* obscurecimento; escuridão, trevas.

OBSCURE [əb'skjuə], *a.* obscuro, escuro; tenebroso; intrincado, enigmático, ininteligível; humilde, desconhecido, vago, indistinto, confuso, emaranhado. *v.* obscurecer, escurecer, ofuscar; ocultar-se (luz).

OBSCURITY [əb'skjuəriti], *s.* obscuridade, escuridão, noite, sombras; baixeza; humildade; confusão.

OBSECRATION [ɔbsi'kreiʃən], *s.* obsecração; súplica, rogo; pedido humilde.

OBSEQUIES ['ɔbsikwiz], *s.* exéquias.

OBSEQUIOUS [əb'si:kwiəs], *a.* sabujo, sevandijas, servil, subserviente, bajulador, adulador.

OBSEQUIOUSNESS [əb'si:kwiəsnis], *s.* servilismo, sabujice.

OBSERVABLE [əb'zə:vəbl], *a.* observável; notável, perceptível, visível, conspícuo; usual, ordinário, trivial.

OBSERVANCE [əb'zə:vəns], *s.* observância, cumprimento, acatamento; ritual ou cerimonial religioso; uso, costume, prática.

OBSERVANCY [əb'zə:vənsi], *V.* **OBSERVANCE.**

OBSERVANT [əb'zə:vənt], *a.* observador, vigilante; obediente, observante, submisso, acatador.

OBSERVATION [ɔbzə:'veiʃən], *s.* observação, exame, escrutínio; experiência, reflexão, meditação; observação, advertência, reparo.

OBSERVATORY [əb'zə:vətri], *s.* observatório.

OBSERVE [əb'zə:v], *v.* observar, olhar, ver, reparar, notar, vigiar, velar; celebrar; guardar (dias santos, etc.); cumprir ou observar (um preceito, mandamento, etc.); advertir, expressar (uma opinião).

OBSERVER [əb'zə:və], *s.* observador, vigia, espia.

OBSERVING [əb'zə:viŋ], *a.* observador, cuidadoso, atento, atencioso; cumpridor.

OBSESS [əb'ses], *v.* obsedar; assediar, sitiar, cercar.

OBSESSION [əb'seʃən], *s.* obsessão; sítio, assédio, cerco (de uma praça).

OBSIDIAN [ɔb'sidiən], *s.* (petr.) obsidiana.

OBSOLESCENCE [ɔbsə'lesns], *s.* tendência para cair em desuso.

OBSOLESCENT [ɔbsə'lesnt], *a.* que está caindo em desuso.

OBSOLETE ['ɔbsəli:t], *a.* obsoleto, desusado, antiquado, velho.

OBSTACLE ['ɔbstəkl], *s.* obstáculo, empecilho, impedimento, inconveniente, dificuldade, embaraço, contrariedade, estorvo.

OBSTETRIC, AL [ɔb'stetrik, əl], *a.* obstétrico.

OBSTETRICIAN [ɔbstə'triʃən], *s.* parteiro, parteira; obstetriz.

OBSTETRICS [ɔb'stetriks], *s.* obstetrícia.

OBSTINACY ['ɔbstinəsi], *s.* obstinação, teima, persistência, contumácia, pertinácia, insistência.

OBSTINATE ['ɔbstinit], *a.* obstinado, teimoso, pertinaz, tenaz, cabeçudo; rebelde; contumaz, inveterado.

OBSTREPEROUS [əb'strepərəs], *a.* estrepitoso; turbulento, barulhento, ruidoso, estridente.

OBSTRUCT [əb'strʌkt], *v.* obstruir, entupir, tapar; atalhar; impedir, retardar, estorvar, tolher; interromper; embaraçar os trabalhos parlamentares = (E.U.) *filibuster.*

OBSTRUCTED [əb'strʌktid], *a.* obstruído, impedido; entupido, vedado.

OBSTRUCTION [əb'strʌkʃən], *s.* obstrução, estorvo, dificuldade, inconveniência, impedimento, obstáculo, dificuldade.

OBSTRUCTIONIST [əb'strʌkʃənist], *s.* obstrucionista = (E.U.) *filibuster.*

OBSTRUCTOR [əb'strʌktə], *s.* obstrutor.

OBTAIN [əb'tein], *v.* obter, adquirir, lograr, conseguir, alcançar; prevalecer, imperar; acontecer; ser usado, existir.

OBTAINABLE [əb'teinəbl], *a.* conseguível, viável.

OBTAINER [əb'teinə], *s.* obtentor.

OBTAINMENT [əb'teinmənt], *s.* obtenção, consecução, conseguimento.

OBTRUDE [əb'tru:d], *v.* impor, obrigar; introduzir-se, impor-se; intrometer-se (= entremeter-se).

OBTRUDER [əb'tru:də], *s.* intrometido, intruso.

OBTRUSION [əb'tru:ʒən], *s.* intrometimento, intrusão.

OBTRUSIVE [əb'tru:siv], *a.* intrometido, intruso, importuno.

OBTURATE ['ɔbtjuəreit], *v.* obturar, obstruir, tapar, fechar.

OBTURATION [ɔbtjuə'reiʃən], *s.* obturação.

OBTURATOR ['ɔbtjuəreitə], *s.* obturador.

OBTUSE [əb'tju:s], *s.* obtuso, embotado, rombo; bronco, lerdo; apagado, surdo (ruído).

OBTUSION [əb'tju:ʒən], *s.* embotamento.

OBVERSE ['ɔbvə:s], *s.* obverso, anverso. *a.* que tem a base mais estreita que a parte superior.

OBVERSION [ɔb'və:ʃən], *s.* obversão.

OBVIATE ['ɔbvieit], *v.* obviar; precaver, evitar, prevenir.

OBVIOUS ['ɔbviəs], *a.* óbvio, claro, evidente, manifesto, conspícuo.

OBVIOUSLY ['ɔbviəsli], *adv.* obviamente, claramente, evidentemente.

OBVIOUSNESS ['ɔbviəsnis], *s.* evidência, clareza.

OCARINA [ɔkə'ri:nə], *s.* ocarina.

OCCASION [ə'keiʒən], *s.* ocasião; ocorrência; lance; casualidade; caso; motivo; falta, necessidade; razão; precisão; acontecimento. *v.* ocasionar, produzir, causar, dar lugar a; excitar, mover. # *equal to the occasion,* à altura das circunstâncias.

OCCASIONAL [ə'keiʒənl], *a.* ocasional, acidental, casual, contingente; esporádico.

OCCASIONALLY [ə'keiʒnəli], *adv.* ocasionalmente, casualmente.

OCCASIONER [ə'keiʒnə], *s.* ocasionador, responsável, causador; motivo, causa.

OCCIDENT ['ɔksidənt], *s.* ocidente; civilização do ocidente.

OCCIDENTAL [ɔksi'dentl], *a.* ocidental. *s.* ocidental (habitante do ocidente).

OCCIDENTALISM [ɔksi'dentəlizm], *s.* ocidentalismo.

OCCIDENTALIST [ɔksi'dentəlist], *s.* ocidentalista.

OCCIPITAL [ɔk'sipitl], *s.* occipital.

OCCIPUT ['ɔksipʌt], *s.* occipício (= occipúcio).

OCCLUDE [ɔ'klu:d], *v.* obstruir; (quím.) absorver; (odont.) articular-se (com referência às arcadas dentárias).

OCCLUSION [ɔ'klu:ʒən], *s.* oclusão; obstrução.

OCCLUSIVE [ɔ'klu:siv], *a.* oclusivo. *s.* (fon.) explosiva.

OCCULT [ɔ'kʌlt], *a.* oculto, escondido, secreto, misterioso, recôndito; desconhecido, ignorado.

OCCULTATION [ɔkʌl'teiʃən], *s.* ocultação, desaparecimento.

OCCULTISM ['ɔkəltizm], *s.* ocultismo.

OCCULTIST ['ɔkəltist], *s.* ocultista.

OCCUPANCY ['ɔkjupənsi], *s.* ocupação, tomada, posse.

OCCUPANT ['ɔkjupənt], *s.* ocupante, ocupador, detentor, possuidor; inquilino, habitante, morador.

OCCUPATION [ɔkju'peiʃən], *s.* ocupação, detenção, posse; tarefa, trabalho, ocupação; labor; emprego, profissão, ofício; destino.

OCCUPY ['ɔkjupai], *v.* ocupar; habitar; apossar-se; empregar (o tempo); usar; apoderar-se; instalar-se; dar emprego, ocupação ou trabalho.

OCCUR [ə'kə:], *v.* ocorrer, sobrevir, suceder, acontecer, dar-se; ocorrer à memória; aparecer; apresentar-se aqui e ali.

OCCURRENCE [ə'kʌrəns], *s.* ocorrência, acontecimento, caso, lance, incidente, sucesso, passagem.

OCCURRENT [ə'kʌrənt], *a.* ocorrente, acidental, casual.

OCEAN ['ouʃən], *s.* oceano, mar, pélago; imensidade. # *ocean port,* porto marítimo.

OCEANIC [ouʃi'ænik], *a.* oceaniense; oceânico; imenso.

OCEANOGRAPHER [ouʃiə'nɔgrəfə], *s.* oceanógrafo.

OCEANOGRAPHIC [ouʃiəno'græfik], *a.* oceanográfico.

OCEANOGRAPHY [ouʃiə'nɔgrəfi], *s.* oceanografia.

OCHER, OCHRE ['oukə], *s.* ocre, oca.

O'CLOCK [ə'klɔk], *contr.* de **OF THE CLOCK** (do relógio).

OCTAGON ['ɔktəgən], *s.* octógono.

OCTAGONAL [ɔk'tægənl], *a.* octogonal.

OCTAHEDRON ['ɔktə'hedrən], *s.* octaedro.

OCTANT ['ɔktənt], *s.* oitante.

OCTAVE ['ɔkteiv], *s.* (ecl.) oitava.

OCTAVE ['ɔktiv], *s.* (mús. e poes.) oitava.

OCTAVO [ɔk'teivou], *a.* (impr.) em oitavo. *s.* livro, folheto, panfleto, revista, etc., em oitavo.

OCTENNIAL [ɔk'tenjəl], *a.* com duração de 8 anos.

OCTILLION [ɔk'tiljən], *s.* octilhão.

OCTOBER [ɔk'toubə], *s.* outubro.

OCTOGENARIAN ['ɔktoudʒi'nɛəriən], *s.* e *a.* octogenário.

OCTOPUS ['ɔktəpəs], *s.* polvo; (fig.) organização monopolizadora.

OCTUPLE ['ɔktju:pl], *a.* óctuplo.

OCULAR ['ɔkjulə], *a.* ocular, visual. *s.* ocular.

OCULIST ['ɔkjulist], *s.* oculista.

ODALISQUE ['oudəlisk], *s.* odalisca.

ODD [ɔd], *a.* ímpar; excelente; casual, acidental; desirmanado; adicional, extraordinário; singular, original, estranho, extraordinário; raro; engraçado; excêntrico; ridículo; estrambótico, curioso; fantástico; singular. # *how odd!* que engraçado! isso é extraordinário! *odd jobs,* biscates.

ODDITY ['ɔditi], *s.* particularidade, singularidade; ente anormal.

ODD-LOOKING ['ɔdlukiŋ], *a.* esquisito, de aspecto estranho.

ODDLY ['ɔdli], *adv.* estranhamente, singularmente, estramboticamente.

ODDMENT ['ɔdmənt], *s.* coisa supérflua, coisa ocasional; sobra.

ODDNESS ['ɔdnis], *s.* singularidade, extravagância, desigualdade, disparidade.

ODDS [ɔdz], *s.* disparidade, diferença, desigualdade; partido, vantagem; superioridade; disputa, rixa, pendência. # *be at odds with someone,* estar atravessado com alguém, estar em desavença com alguém. *be long odds,* ser pouco provável. *it is long odds against,* há pouca esperança de que. *odds and ends,* bagatelas; objetos de pouca importância; quinquilharia;

miscelânea; (com.) retalhos, sobras. *the odds are that,* é provável que. *what's the odds?* que importa?

ODE [oud], *s.* ode.

ODEUM [ou'di:əm], *s.* odeão.

ODIOUS ['oudjəs], *a.* odioso, detestável, aborrecível, abominável; malquisto; aborrecido, desgostoso; desagradável.

ODIUM ['oudiəm], *s.* ódio, odiosidade.

ODOMETER [o'dɔmitə], *s.* odômetro.

ODONTOLOGIST [ɔdɔn'tɔlədʒist], *s.* odontologista, dentista.

ODONTOLOGY [ɔdɔn'tɔlədʒi], *s.* odontologia.

ODOR ['oudə], *V.* **ODOUR.**

ODORIFEROUS [oudə'rifərəs], *a.* odorífero, aromático, perfumado, cheiroso, fragrante, oloroso.

ODOROUS ['oudərəs], *a.* odorífero, odoroso, odorífico, aromático, perfumado, fragrante, oloroso, cheiroso.

ODOUR ['oudə], *s.* odor, olor, aroma, perfume, fragrância; reputação.

ODOURED ['oudəd], *a.* perfumado.

ODOURLESS ['oudəlis], *a.* inodoro, sem perfume.

ODYSSEY ['ɔdisi], *s.* odisséia.

OECUMENIC, AL [i:kju:'menik, əl], *a.* ecumênico, universal, mundial.

OEDEMA [i:'di:mə], *s.* edema.

OEDEMATOUS [i:'demətəs], *a.* edematoso.

O'ER [oə], *contr.* de **OVER.**

OESOPHAGUS [i:'sɔfəgəs], *s.* esôfago.

OESTRUM, OESTRUS ['i:strəm, 'i:strəs], *s.* tavão (= moscardo, moscão); frenesi.

OF [ɔv, əv], *prep.* de.

OFF [ɔ:f], *a.* livre, desocupado; lateral, afastado; desligado. *adv.* fora; longe; (mar.) ao largo. *prep.* de, fora de. *int.* fora! *v.* (mar.) navegar. # *be off,* estar em erro, estar enganado; estar louco; estar cancelado; estar terminado; partir; estar de folga. *be badly* (ou *ill) off,* ser ou estar pobre. *be well off,* ser ou estar rico. *neither off nor on,* irresoluto. *off and on,* de vez em quando. *off with you!* vai-te! fora daqui!

OFFAL ['ɔfəl], *s.* sobra, sobejo, refugo; bazófia.

OFFCENTER ['ɔ:fsentə], *a.* descentrado.

OFF-COLOUR ['ɔ:fkʌlə], *a.* grosseiro; livre, apimentado, obsceno.

OFFENCE [ə'fens], *s.* ofensa, culpa, falta, pecado; ataque; crime, transgressão, delito; dano; prejuízo; agressão; injúria, agravo, afronta, acometimento; ultraje = (E.U.) *offense.* # *give offence,* ofender. *take offence,* ofender-se.

OFFEND [ə'fend], *v.* ofender, ultrajar, injuriar, agravar, desagradar, desgostar; enfadar, irritar; delinqüir, pecar; escandalizar.

OFFENDER [ə'fendə], *s.* ofensor, culpado, delinqüente, transgressor.

OFFENSE [ə'fens], *s.* (E.U.) *V.* **OFFENCE.**

OFFENSIVE [ə'fensiv], *a.* ofensivo, ultrajante, agravante, injurioso; desagradável, repulsivo; revoltante. *s.* ofensiva, ataque.

OFFER ['ɔfə], *v.* oferecer; brindar; apresentar, deparar; oferecer-se, apresentar-se; prometer; imolar, sacrificar; intentar, tratar de, tentar. *s.* oferta, proposta, oferecimento; apresentação; promessa; convite; esforço; (com.) oferta; proposição; intento. # *offer of marriage,* pedido de casamento = *marriage proposal.*

OFFERABLE ['ɔfərəbl], *a.* que pode ser ofertado.

OFFERER ['ɔfərə], *s.* oferecedor, ofertante, oferente; sacrificador; licitante, lançador (leilão).

OFFERING ['ɔfəriŋ], *s.* oferta, oferecimento; oblação; sacrifício, oferenda, tributo.

OFFERTORY ['ɔfətəri], *s.* ofertório.

OFF-HAND ['ɔ:f'hænd], *adv.* e *a.* imediatamente, sem demora; extemporaneamente; sem preparação, de supetão; improvisado, inesperado; seco; bruto, desrespeitoso, desatencioso; descuidado, negligente.

OFFICE ['ɔfis], *s.* função; posto; cargo; serviço, favor, préstimo; escritório, repartição; ministério; secretaria; uso, operação; agência; estúdio; departamento; *pl.* ofício, reza, solenidade; exéquias. # *be in office,* estar em exercício; estar no poder. *take office,* assumir o poder, tomar posse.

OFFICE-BOY ['ɔfisbɔi], *s.* mensageiro; auxiliar de escritório.

OFFICE-COPY ['ɔfiskɔpi], *s.* certidão.

OFFICE-HOLDER ['ɔfishouldə], *s.* (E.U.) empregado público, funcionário público = (Ing.) *civil servant.*

OFFICE-HOURS ['ɔfisauəz], *s.* horas de expediente, horas de trabalho.

OFFICER ['ɔfisə], *s.* oficial (mil.); empregado, funcionário; secretário ou tesoureiro de uma corporação; agente (de polícia). *v.* comandar, mandar (como oficial); nomear ou designar oficiais. # *administrative officer,* oficial administrativo. *an officer on active duty,* oficial da ativa. *appointive officer,* funcionário nomeado sem concurso. *high-ranking officer,* oficial de alta patente. *orderly officer,* (mil.) oficial de dia. *petty-officer,* suboficial.

OFFICIAL [ə'fiʃəl], *a.* oficial; autorizado. *s.* oficial (serviço público), funcionário; provisor; juiz eclesiástico.

OFFICIALISM [ə'fiʃəlizm], *s.* oficialismo, burocracia; formalismo.

OFFICIALLY [ə'fiʃəli], *adv.* oficialmente.

OFFICIATE [ə'fiʃieit], *v.* oficiar; desempenhar um cargo por alguém, fazer as vezes de; substituir; oficiar (ofícios divinos).

OFFICIATING [ə'fiʃieitiŋ], *a.* interino.

OFFICINAL [ɔfi'sainl], *a.* medicinal, usado em farmácia.

OFFICIOUS [ə'fiʃəs], *a.* metediço, intrometido, intruso, oferecido; oficioso, não oficial.

OFFING ['ɔfiŋ], *s.* ponto distante no mar; mar largo (avistado da praia); futuro distante.

OFFISH ['ɔfiʃ], *a.* arisco, intratável, reservado, inacessível.

OFF-KEY ['ɔ:fki:], *a.* desafinado, fora do tom.

OFFLET ['ɔ:flit], *s.* conduto de escoamento de um canal.

OFF-PRINT ['ɔ:fprint], *s.* excerto, reprodução de um impresso (artigo, parágrafo, etc.); separata. *v.* reproduzir; publicar em separata.

OFFSCOURINGS ['ɔ:fscauriŋz], *s.* refugo, escória; varredura.

OFFSET ['ɔ:fset], *s.* (bot.) projetura, rebento, renovo, grelo; compensação, balanço; equivalência, equivalente; estribo; (geom.) ordenada; (imp.) impressão indireta. *v.* balançar, contrabalançar, equiparar, compensar, contrapesar; terraplanar; (impr.) repetir a impressão; repintar.

OFFSHOOT ['ɔ:fʃu:t], *s.* ramo, rebento, renovo, grelo, vergôntea; filial.

OFF-SHORE ['ɔ:fʃɔ:], *a.* e *adv.* afastado da praia; a pouca distância da praia; que sopra da praia (vento).

OFFSIDE ['ɔ:f'said], *s.* (esp.) jogador que está impedido devido à sua posição no campo. *a.* impedido (diz-se do jogador).

OFFSPRING ['ɔ:fspriŋ], *s.* prole, geração, descendência, casta, linhagem; fruto, produto.

OFF-THE-PEG ['ɔ:fðə'peg], *s.* roupa feita = *reach-me-down,* (E.U.) *hand-me-down.*

OFF-THE-RECORD ['ɔ:fðə'rekɔ:d], *a.* confidencial.

OFT [ɔ:ft], (poes.) *V.* **OFTEN.**

OFTEN ['ɔ:fn], *adv.* e *a.* amiúde, freqüentemente, freqüente. # *as often as not,* freqüentemente. *ever so often,* repetidas vezes. *more often than not,* quase sempre, a maioria das vezes, as mais das vezes. *often and often,* tantas e tantas vezes.

OFTENTIMES ['ɔ:fntaimz], *V.* **OFTEN.**

OFTTIMES ['ɔ:f(t) taimz], *V.* **OFTEN.**

OGIVAL [ou'dʒaivəl], *a.* ogival.

OGIVE, ['oudʒaiv], *s.* ogiva.

OGLE ['ougl], *v.* olhar de soslaio, namorar, olhar com malícia.

OGLER ['ouglə], *s.* pessoa que olha de soslaio.

OGRE ['ougə], *s.* bruxo, ogro, papão.

OGREISH ['ougreiʃ], *a.* semelhante a um ogro.

OGRESS [ougris], *s.* ogra.

OH! [ou], *int.* oh! ó!

OHM [oum], *s.* (fís.) ohm.

OHMMETER ['oumitə], *s.* (fís.) ohmômetro.

OHO [ou'hou], *int.* olá! ó!

OIL [ɔil], *s.* óleo; petróleo; azeite. *v.* olear, azeitar, lubrificar, untar; ungir; alisar, tornar liso, macio, suave. # *cast oil in troubled waters,* jogar água na fervura. *crude oil,* petróleo cru = *heavy oil. lean oil,* óleo pobre. *lube oil,* óleo lubrificante. *oil bearing area,* área produtora de petróleo. *oil derrick,* sonda de petróleo, torre para petróleo. *oil pipeline,* oleoduto. *pour oil on fire,* jogar lenha na fogueira. *pour oil on troubled waters,* pôr água na fervura, acalmar os ânimos; acabar com o entusiasmo. *quenched oil,* (petr.) óleo temperado. *slushing oil,* óleo antiferruginoso. *shock-absorber oil,* óleo para amortecedores. *strike oil,* descobrir petróleo (com perfuração).

OIL-BAG ['ɔilbæg], *s.* glândula sebácea.
OIL-BEETLE ['ɔlbi:tl], *s.* escaravelho.
OIL-BIRD ['ɔilbə:d], *s.* guácharo (ave de Trindade).
OIL-BOTTLE ['ɔilbɔtl], *s.* almotolia.
OIL-CAN ['ɔilkæn], *s.* almotolia.
OIL-CLOTH ['ɔilklɔθ], *s.* oleado, encerado.
OIL-COLOUR ['ɔilkʌlə], *s.* tinta a óleo.
OIL-CUP ['ɔilkʌp], *s.* lubrificador.
OILER ['ɔilə], *a.* lubrificador; almotolia; navio a óleo; (E.U.) (col.) poço de petróleo; petroleiro (navio).
OIL-FEEDER ['ɔilfi:də], *s.* almotolia com mola.
OIL-FIELD ['ɔilfi:ld], *s.* campo petrolífero.
OIL-GROOVE ['ɔilgru:v], *s.* canal de lubrificação.
OILINESS ['ɔilinis], *s.* oleosidade.
OIL-LINE ['ɔil-lain], *s.* oleoduto = *oil-pipeline.*
OIL-PAINT ['ɔilpeint], *s.* tinta a óleo.
OIL PAN ['ɔilpæn], *s.* (E.U. mec.) (auto) cárter, reservatório de óleo lubrificante = (Ing.) *sump.*
OIL-PAPER ['ɔilpeipə], *s.* papel impermeável.
OIL-WELL ['ɔil-wel], *s.* poço de petróleo.
OILY ['ɔili], *a.* oleoso; escorregadio.
OINTMENT ['ɔintmənt], *s.* pomada, ungüento.
O.K. ['oukei, ou'kei], *adv.* sim, está bem, está certo, perfeitamente = *okay.*
OLD [ould], *a.* velho, antigo, idoso. # *grow old,* envelhecer. *how old are you?* qual é a sua idade? = *what's your age? of old,* antigamente, outrora. *old bachelor,* solteirão. *old maid,* solteirona. *Old Nick,* demônio. *Old Scratch,* demônio.
OLDEN ['oud-n], *a.* velho.
OLD-FASHIONED ['ould'fæʃənd], *a.* antiquado, fora da moda.
OLD GLORY ['ould'glɔri], *s.* nome dado à bandeira dos Estados Unidos.
OLDISH ['ouldiʃ], *a.* velhote, avelhantado, avelhado, idoso.
OLD MAN ['ouldmæn], *s.* pai, marido; pessoa de autoridade; meu velho (apelativo).
OLDNESS ['ouldnis], *s.* velhice, antigüidade, idade, envelhecimento.
OLD-SALT ['ouldsɔ:lt], *s.* marinheiro veterano (lobo do mar).
OLDSTER ['ouldstə], *s.* velhote.
OLD-TIMER ['ould'taimə], *s.* pessoa do tempo antigo; veterano; passadista.
OLD-WOMAN ['oldwumən], *s.* esposa.
OLEAGINOUS [ouli'ædʒinəs], *a.* oleoso, oleaginoso.
OLEANDER [ouli'ændə], *s.* (bot.) oleandro.
OLEFIANT ['oulifaiənt], *a.* (quím.) oleificante.
OLEOGRAPH ['ouliogrɑ:f], *s.* oleografia (pintura).
OLEOGRAPHY [ouli'ɔgrəfi], *s.* oleografia (arte).
OLFACTORY [ɔl'fæktəri], *a.* olfactório.
OLIBANUM [ɔ'libənəm], *s.* olíbano, incenso.
OLIGARCH ['ɔligɑ:k], *s.* oligarca.
OLIGARCHIC, AL [ɔli'gɑ:kik, əl], *a.* oligárquico.
OLIGARCHY ['ɔligɑ:ki], *s.* oligarquia.
OLIVACEOUS [ɔli'veiʃəs], *a.* oliváceo, azeitonado.
OLIVE ['ɔliv], *s.* oliva, azeitona, oliveira. *a.* azeitonado, cor de oliva (verde).
OLIVE-OIL ['ɔliv'ɔil], *s.* azeite.
OLIVER ['ɔlivə], *s.* olival; um modelo antigo de martelo; espécie de enguia pequena.
OLIVINE [ɔli'vi:n], *s.* crisólita.
OLLA PODRIDA ['ɔləpɔ'dri:də], *s.* olha-podrida; miscelânea, mistura.
OLOGY ['ɔledʒi], *s.* (col.) nome comum para tôdas as ciências cujo título tem a terminação *ology.*
OLYMPIAD [o'limpiəd], *s.* olimpíada.
OLYMPIC [o'limpik], *a.* olímpico.
OLYMPUS [o'limpəs], *s.* Olimpo.
OMASUM [o'meisəm], *s.* (zool.) folhoso, saltério.
OMEGA ['oumigə], *s.* ômega.
OMELET(TE) ['ɔmilit, 'ɔmilət], *s.* omeleta.
OMEN ['oumen], *s.* agouro, prognóstico, presságio.
OMENED ['oumend], *a.* fatídico.
OMICRON [ou'maikrən], *s.* ômicron.
OMINOUS ['ɔmines], *a.* ominoso, agourento, fatal, sinistro, nefasto; prognosticador, pressagioso.
OMISSIBLE [ou'misibl], *a.* omissível.
OMISSION [o'miʃən], *s.* omissão, suspensão; expulsão, exclusão, preterição, olvido, descuido.
OMISSIVE [o'misiv], *a.* omissivo.
OMIT [o'mit], *v.* omitir, excluir, retirar, passar por cima; suprimir; descuidar; prescindir de.
OMNIBUS ['ɔmnibəs], *s.* ônibus; (E.U.) ajudante

de copeiro (o mesmo que *bus boy*). *a.* que engloba vários assuntos.

OMNIPOTENCE [om'nipətəns], *s.* onipotência.

OMNIPOTENT [om'nipətənt], *a.* e *s.* onipotente.

OMNIPRESENCE [ɔmni'prezəns], *a.* onipresença, ubiqüidade.

OMNIPRESENT [ɔmni'prezənt], *a.* onipresente, ubíquo.

OMNISCIENCE [ɔm'nisiəns], *s.* onisciência.

OMNISCIENT [ɔm'nisiənt], *a.* onisciente.

OMNIVOROUS [ɔm'nivərəs], *a.* onívoro; voraz, ávido, cobiçoso.

ON [ɔn], *prep.* em; sobre; no, na; a (ao, à); por; de. *adv.* em cima; progressivamente, adiante; em marcha; sucessivamente. # *on and off,* de vez em quando. *on and on,* continuamente, ininterruptamente.

ONAGER ['ɔnəgə], *s.* onagro, burro.

ONCE [wʌns], *adv.* uma vez; uma só vez; em outro tempo, outrora, antigamente. *conj.* logo que, sempre que, uma vez que. *s.* uma vez. # *all at once,* simultaneamente; subitamente. *at once,* imediatamente. *once and again,* repetidamente, *for once,* por sua vez. *once (and) for all,* definitivamente, uma vez por todas, uma vez para sempre. *once in a way* (ou *a while*), de vez em quando. *once upon a time...* era uma vez...

ONCE-OVER ['wʌns'ouvə], *s.* (E.U.) exame rápido = (Ing.) *cursory survey.*

ON-COMING ['ɔnkʌmiŋ], *s.* aproximação. *a.* aproximado.

ONE [wʌn], *a.* um, uma; único, só; certo; unital. *s.* um, uma; unidade, número um; uma pessoa; uma única coisa. *pron.* um, algum; alguém; qualquer; se; aquele, aquela. # *at one,* de acordo. *be all one to,* ser indiferente a. *one by one,* um a um, um de cada vez.

ONE-EYED ['wʌn'aid], *a.* zarolho, caolho.

ONE-HORSE ['wʌn'hɔ:s], *a.* de um cavalo, puxado por um cavalo; de pouca monta.

ONEIROMANCY [ou'naiəromænsi], *s.* oniromancia.

ONE-LEGGED ['wʌn'legd], *s.* perneta.

ONENESS ['wʌnnis], *s.* unidade, singularidade, indivisão.

ONE-PHASE ['wʌnfeiz], *a.* monofásico.

ONEROUS ['ɔnərəs], *a.* oneroso, opressivo, molesto, pesado.

ONESELF [wʌn'self], *pron.* se, si mesmo, a si próprio, a si mesmo. # *keep to oneself,* viver no seu canto. *say to oneself,* dizer consigo mesmo.

ONESIDED ['wʌn'saidid], *a.* parcial, leonino, injusto, desigual; unilateral.

ONE-WAY ['wʌnwei], *a.* de mão única (rua). # *one-way ticket,* passagem de ida.

ONGOING ['ɔngouiŋ], *s.* progresso, avanço; negócios. *a.* avançado, progressivo.

ONION ['ʌnjən], *s.* cebola.

ONIONY ['ʌnjəni], *a.* semelhante a cebola; com cheiro de cebola.

ONLOOKER ['ɔnlukə], *s.* espectador, assistente.

ONLOOKING ['ɔnlukiŋ], *a.* que olha em frente, que olha para a frente.

ONLY ['ounli], *a.* só, único; raro, singular. *adv.* somente, só, unicamente. *conj.* mas, portanto. # *only just,* justamente. *only just now,* há pouco.

ONOMATOPOEIA [ɔnomæto'pi:ə], *s.* onomatopéia.

ONOMATOPOEIC [ɔnomæto'pi:ik], *a.* onomatopaico.

ONRUSH ['ɔnrʌʃ], *s.* ataque, investida, avanço, arremetida, carga; arranco; acesso.

ONSET ['ɔnsət], *s.* ataque, assalto, investida, avanço; começo, princípio.

ONSLAUGHT ['ɔnslɔ:t], *s.* investida, assalto, arremetida, ataque furioso.

ONTO ['ɔntu:], *prep.* em, para, sobre.

ONTOLOGIC, AL [ɔntə'lɔdʒik, əl], *a.* ontológico.

ONTOLOGY [ɔn'tɔlədʒi], *s.* ontologia.

ONUS ['ounəs], *s.* ônus, peso, carga.

ONWARD ['ɔnwəd], *a.* progressivo, adiantado, avançado. *adv.* progressivamente, para diante.

ONWARDS ['ɔnwədz], *adv.* progressivamente, para a frente.

ONYX ['ɔniks], *s.* ônix.

OOF [u:f], *s.* (gír.) dinheiro.

OOFY ['u:fi], *a.* (gír.) rico, endinheirado.

OOZE [u:z], *s.* exsudar, transpirar, suar; manar, fluir, destilar. *s.* lama, lodo; infusão, destilação, decocção; vasa.

[ɔə] - **door;** [uə] - **poor;** [j] - **yes;** [w] - wet; [g] - **give;** [h] - **hat;** [s] - **say;** [ŋ] - **king;** [ʃ] - **ship;** [ʒ] - **rouge;** [θ] - thin; [ð] - **then;** [tʃ] - **chin;** [dʒ] - **jam.**

OOZINESS ['u:zinis], *s.* lodo, lama; propriedade taninosa.

OOZY ['u:zi], *a.* lamacento, lodoso; que destila.

OPACITY [ou'pæsiti], *s.* opacidade.

OPAL ['oupəl], *s.* opala.

OPALESCENCE [oupə'lesns], *s.* opalescência; cintilação (de pedras preciosas).

OPALESCENT [oupə'lesnt], *a.* opalescente.

OPALINE ['oupəlain], *a.* opalino; cintilante.

OPALINE ['oupəli:n, 'oupəlain], *s.* opalina.

OPAQUE [ou'peik], *a.* opaco; obscuro, incompreensível; sem brilho, mate; obscuro.

OPAQUENESS [ou'peiknis], *s.* opacidade.

OPE [oup], *v.* (poes.) abrir. *a.* (poes.) aberto.

OPEN ['oupn, 'oupən], *v.* abrir; descobrir; destampar, expor; franquear; iniciar, inaugurar, estabelecer; revelar, demonstrar; fender, rachar, cortar, aumentar; romper. *a.* aberto; descampado; livre; vago; franco; descoberto, raso; estendido; desembaraçado; desatado, desembrulhado; franqueado; visível, exposto; claro, patente, manifesto, evidente; franco, sincero; ingênuo; aberta (vogal); suave; direto. *s.* lugar aberto, um claro; campo raso, descampado. # *in the open,* ao ar livre. *open into* (ou *on to),* dar para. *to open wide,* abrir de par em par. *wide open,* aberto de par em par.

OPEN-AIR ['oupn'ɛə], *s.* ar livre. *a.* ao ar livre.

OPENER ['oupnə], *s.* abridor; intérprete.

OPEN-EYED ['oupn'aid], *a.* vigilante.

OPEN-HANDED ['oupn'hændid], *a.* generoso, pródigo.

OPEN-HEARTED ['oupn'hɑ:tid], *a.* ingênuo, franco, sincero.

OPENING ['oupniŋ], *s.* abertura, passagem, fenda, brecha, buraco, entrada; claro; luz; descampado; campo aberto; começo, princípio, prelúdio, introdução; inauguração; galeria (de mina); vaga, oportunidade; (E.U.) exposição de modas em início de estação. *a.* que abre; que se estende, que se manifesta, que começa, inicial, introdutivo. # *formal opening,* inauguração oficial.

OPENLY ['oupnli], *adv.* abertamente, claramente, francamente, publicamente.

OPEN-MINDED ['oupn'maindid], *a.* de espírito aberto; esclarecido, lúcido, que aceita argumentos.

OPEN-MOUTHED ['oupn'mauðd], *a.* boquiaberto; voraz; clamoroso.

OPENNESS ['oupnnis], *s.* nudez; franqueza, clareza, sinceridade; publicidade.

OPEN-SEA ['oupn'si:], *s.* mar largo, mar alto.

OPERA ['ɔpərə], *s.* ópera.

OPERA-BOOK ['ɔpərəbuk], *s.* libreto de ópera.

OPERA-CLOAK ['ɔpərəklouk], *s.* saída-de-teatro (agasalho de senhora para a saída do teatro).

OPERA-GLASS ['ɔpərəgla:s], *s.* binóculo (para teatro).

OPERA-HAT ['ɔpərəhæt], *s.* claque (cartola de molas).

OPERA-HOUSE ['ɔpərəhaus], *s.* teatro lírico.

OPERATE ['ɔpəreit], *v.* obrar, operar; fazer funcionar, governar, guiar, manobrar; (cir.) operar; (com.) especular, jogar na Bolsa; produzir efeito; efetuar; levar até o fim; (E.U.) dirigir, administrar = (Ing.) *run.* # *operate on,* operar (um doente).

OPERATIC [ɔpə'rætik], *a.* lírico, da ópera.

OPERATING ['ɔpəreitiŋ], *a.* operante; da operação.

OPERATION [ɔpə'reiʃən], *s.* operação, ofício, função, ação, efeito; movimento, procedimento, manipulação; exploração; (cir.) operação; (E.U.) direção, administração. # *operation table,* mesa operatória.

OPERATIVE ['ɔpəreitiv], *s.* operário, obreiro, trabalhador; mecânico; artífice, técnico, especialista; maquinista. *a.* operativo.

OPERATOR ['ɔpəreitə], *s.* operário; telegrafista; maquinista; telefonista; datilógrafo; (cir.) operador; corretor da Bolsa; operador cinematográfico; (E.U.) proprietário ou explorador de minas de carvão.

OPERETTA [ɔpə'retə], *s.* opereta.

OPHIDIA [ɔ'fidiə], *s. pl.* ofídios.

OPHTHALMIA [ɔf'θælmiə], *s.* oftalmia.

OPHTHALMIC [ɔf'θælmik], *a.* oftálmico.

OPIATE ['oupiit], *s.* opiato, narcótico, entorpecente. *v.* ['oupieit], (med.) receitar ópio; administrar ópio; (farm.) manipular com ópio.

OPIATED ['oupieitid], *a.* opiado.

OPINE [o'pain], *v.* opinar, ser de parecer, julgar.

OPINION [ə'pinjən], *s.* opinião, juízo, acordo, parecer, sentir; idéia, pensamento, conceito; reputação, fama. # *pass an opinion,* emitir um parecer, dar uma opinião.

OPINIONATED [ə'pinjəneitid], *a.* opiniático, teimoso, pertinaz, obstinado, cabeçudo = (E.U.) *chesty.*

OPINION-POLL [ə'pinjənpoul], *s.* inquérito de opinião pública.

OPIUM ['oupjəm], *s.* ópio.

OPOPANAX [o'pɔpənæks], *s.* opópanax (= opopânace, opopônax).

OPOSSUM [ə'pɔsəm], *s.* sarigüê (= sarigüéia, gambá, timbu).

OPPONENT [ə'pounənt], *s.* oponente; adversário, antagonista.

OPPORTUNE ['ɔpətju:n], *a.* oportuno, conveniente; exato.

OPPORTUNISM ['ɔpətju:nizm], *s.* oportunismo.

OPPORTUNIST ['ɔpətju:nist], *s.* oportunista.

OPPORTUNITY [ɔpə'tju:niti], *s.* oportunidade, ocasião.

OPPOSABLE [ə'pouzəbl], *a.* que é passível de oposição.

OPPOSE [ə'pouz], *v.* opor, combater, resistir, impedir, obstar; impugnar, disputar, contrariar, objetar; argüir; fazer frente a, encarar.

OPPOSED [ə'pouzd], *a.* oposto, antagônico, contrário.

OPPOSER [ə'pouzə], *s.* opositor, adversário, rival, antagonista.

OPPOSITE ['ɔpəzit], *a.* oposto, fronteiro; contrário, adverso, antagônico; diferente. *s.* antagonista; o contrário. *adv.* defronte, fronteiramente, em frente.

OPPOSITION [ɔpə'ziʃən], *s.* oposição, resistência; objeção, aversão, impugnação, contradição, recusa; impedimento, óbice.

OPPOSITIONIST [ɔpə'ziʃənist], *a.* (pol.) oposicionista.

OPPRESS [ə'pres], *v.* oprimir, afligir; apertar; tiranizar; comprimir, sobrecarregar; vexar.

OPPRESSION [ə'preʃən], *s.* opressão, tirania, crueldade; vexação; calamidade, miséria; opressão física, fadiga.

OPPRESSIVE [ə'presiv], *a.* opressivo, vexatório, desumano, tirânico, duro, cruel, pesado; sufocante.

OPPRESSOR]ə'presə], *s.* opressor, cruel, tirano.

OPPROBRIOUS [ə'proubriəs], *a.* oprobrioso, injurioso, ultrajante, ignominioso, infamante.

OPPROBRIUM [ə'proubriəm], *s.* opróbrio, ofensa, desonra, ignomínia.

OPTATIVE ['ɔptətiv], *a.* e *s.* optativo.

OPTIC ['ɔptik], *a.* óptico. *s.* olho, vista, visão.

OPTICAL ['ɔptikəl], *a.* óptico.

OPTICIAN [ɔp'tiʃən], *s.* oculista.

OPTICS ['ɔptiks] *s.* óptica.

OPTIMISM ['ɔptimizm], *s.* otimismo.

OPTIMIST ['ɔptimist], *s.* otimista.

OPTIMISTIC, AL [ɔpti'mistik, əl], *a.* otimista.

OPTION ['ɔpʃən], *s.* opção, escolha, eleição, direito ou liberdade de escolher, alternativa.

OPTIONAL ['ɔpʃənl], *a.* facultativo = (E.U.) *elective.*

OPULENCE ['ɔpjuləns], *s.* opulência, riqueza, abundância, fartura.

OPULENT ['ɔpjulənt], *a.* opulento, rico, copioso, profuso.

OPUS ['oupəs], *s.* obra; trabalho de composição musical ou literária. *pl.* **OPERA.**

OPUSCULE [ɔ'pʌskju:l], *s.* opúsculo.

OR [ɔ:], *conj.* ou; quer; scja. *s.* (her.) ouro; cor de ouro.

ORA ['ourə], *pl.* de **OS** (abertura; boca).

ORACLE ['ɔrəkl], *s.* oráculo.

ORACULAR [ɔ'rækjulə], *a.* oracular; dogmático, magistral.

ORAL ['ɔ:rəl], *a.* oral, falado, verbal; oral, bucal.

ORANG ['ɔ:rəŋ], *s.* orangotango.

ORANGE ['ɔrindʒ], *s.* laranja; cor de laranja. *a.* alaranjado; de laranja.

ORANGEADE ['ɔrindʒ'eid], *s.* laranjada.

ORANGERY ['ɔrindʒəri], *s.* laranjal; abrigo para plantas, espécie de estufa sem aquecimento.

ORANG-OUTANG ['ɔ:reŋ'u:tæŋ], *s.* orangotango.

ORATION [ɔ:'reiʃən], *s.* oração, discurso, alocução, arenga.

ORATOR ['ɔrətə], *s.* orador; (jur.) suplicante, peticionário. # *soap-box orator,* orador popular, orador de praça pública. *fem. oratress.*

ORATORICAL [ɔrə'tɔrikəl], *a.* oratório.

ORATORIO [ɔrə'tɔ:riou], *s.* oratório, capela; música sacra; drama sacro; oratória.

ORATORY ['ɔrətəri], *s.* oratória, eloqüência; capela, oratório; congregação.

ORATRESS ['ɔrətris], *s.* oradora.

ORB [ɔ:b], *s.* orbe, globo, esfera; órbita, círculo; astro. *v.* cercar, rodear, englobar; arredondar.

ORBICULAR [ɔ:'bikjulə], *a.* orbicular, redondo, esférico.

ORBIT ['ɔ:bit], *s.* órbita.

ORBITAL ['ɔ:bitəl], *a.* orbitário.

ORC [ɔ:k], *s.* orca; espécie de cetáceo.

ORCHARD ['ɔ:tʃəd], *s.* pomar.

ORCHARDIST ['ɔ:tʃədist], *s.* pomicultor, horticultor.

ORCHESTRA ['ɔ:kistrə], *s.* orquestra. # *orchestra seat,* (E.U.) cadeira de orquestra = (Ing.) *stall* (teat.).

ORCHESTRAL [ɔ:'kestrəl], *a.* orquestral.

ORCHESTRATE ['ɔ:kistreit], *v.* orquestrar.

ORCHESTRATION [ɔ:kəs'treiʃən], *s.* orquestração, instrumentação.

ORCHID ['ɔ:kid], *s.* orquídea.

ORCHIDACEOUS [ɔ:ki'deiʃəs], *a.* orquidáceo.

ORCHIDEOUS [ɔ:'kidiəs], *a.* orquídeo.

ORCHIL ['ɔ:tʃil], *s.* urzela.

ORCHIS ['ɔ:kis], *s.* orquídea; satirião, salepo.

ORDAIN [ɔ:'dein], *v.* ordenar, prescrever, mandar; constituir, decretar, estabelecer; instituir; ordenar, conferir ordem.

ORDAINER [ɔ:'deinə], *s.* ordenador; instituidor; ordenante (bispo).

ORDEAL [ɔ:'di:l], *s.* ordálio; prova, ensaio, exame.

ORDER ['ɔ:də], *s.* ordem; disposição, mandamento, mandato; método, regularidade, regra; preceito, disciplina, ordenança; classe, estado, série; forma, medida, meio; (com.) encomenda, pedido; sistema, uso, costume; associação, ordem militar ou religiosa, sociedade; condecoração. *pl.* (igr.) ordem sacerdotal. *v.* ordenar, dispor, mandar, prescrever; encarregar, determinar; colocar em ordem, regularizar, arranjar, arrumar; (com.) encomendar, pedir; dirigir, governar; (igr.) ordenar. # *back order,* (com.) pedido pendente. *be in order,* ser oportuno, vir a propósito. *by order of,* por ordem de. *call to order,* declarar aberta (sessão). *fill an order,* (com.) executar uma encomenda. *in order to,* a fim de. *in short order,* (E.U.) rapidamente. *made to order,* feito por encomenda, feito sob medida. *on the order of,* por ordem de. *order form,* formulário de pedido, papeleta de pedido. *orders of the day,* ordem do dia. *place an order,* (com.) fazer um pedido. *shipping order,* ordem de embarque. *standing orders,* regulamento ou regimento em vigor. *take orders,* ordenar-se, receber as ordens sacras. *till further order,* até segunda ordem. *to fill orders,* atender a pedidos.

ORDER-BOOK ['ɔ:dəbuk], *s.* (com.) livro de registro de pedido.

ORDERING ['ɔ:dəriŋ], *s.* ordem, arrumação, disposição.

ORDERLESS ['ɔ:dəlis], *a.* desordenado, desarranjado, fora de disposição.

ORDER-LETTER ['ɔ:dəletə], *s.* (com.) carta de pedido.

ORDERLINESS ['ɔ:dəlinis], *s.* ordem, método, regularidade; organização.

ORDERLY ['ɔ:dəli], *a.* ordenado, regular, metódico; quieto, tranqüilo. *s.* (mil.) ordenança, sentinela, plantão; interno de um hospital: enfermeiro militar. # *orderly officer,* (mil.) oficial de dia.

ORDER-PAPER ['ɔ:dəpeipə], *s.* ordem do dia = (E.U.) *calendar.*

ORDINAL ['ɔ:dinl], *a.* ordinal. *s.* número ordinal; ritual.

ORDINANCE ['ɔ:dinəns], *s.* ordenança; ordenação; lei, regulamentação; mandato; (E.U.) *pl.* leis municipais = (Ing.) *bylaw.*

ORDINARILY ['ɔ:dnrili], *adv.* ordinariamente, geralmente, regularmente.

ORDINARY ['ɔ:dnri]. *a.* ordinário, regular, normal, corrente, geral; ordenado, metódico; baixo, ordinário, vulgar. *s.* (igr.) o ordinário; juiz do Supremo Tribunal (Escócia); (igr.) ordem da missa.

ORDINATE ['ɔ:dinit], *a.* ordenado, metódico. *s.* (geom.) ordenada.

ORDINATION [ɔ:di'neiʃən], *s.* ordenação; arrumação, arranjo.

ORDNANCE ['ɔ:dnəns], *s.* (mil.) artilharia; equipamento.

ORE [ɔ:, ɔə], *s.* minério.

ORGAN ['ɔ:gən], *s.* órgão (do corpo); órgão (instrumento, meio); órgão (jornal); órgão (instrumento musical) = (E.U.) *pipe-organ* = *reed organ;* volume ou timbre da voz. # *genital organs,* órgãos genitais. *organ grinder,* tocador de realejo. *sight organs,* aparelho visual.

ORGANDY ['ɔ:gəndi], *s.* organdi.

ORGANIC, AL [ɔ:'gænik, əl], *a.* orgânico; instrumental; fundamental, constitutivo; (quím.) orgânico.

ORGANISM ['ɔ:gənizm], *s.* organismo; órgão.

ORGANIST ['ɔ:gənist], *s.* organista.

ORGANIZATION (ISA) [ɔ:gənai'zeiʃən, ɔ:gəni'zeiʃən], *s.* organização; sociedade; organismo; eleição ou escolha dos membros principais de um congresso, organização da mesa.

ORGANIZE (ISE) ['ɔ:gənaiz], *v.* organizar, arranjar, arrumar, dispor, constituir; organizar-se, constituir-se; (E.U.) eleger ou escolher os membros principais de um congresso, organizar a mesa.

ORGANIZER (ISE) ['ɔ:gənaizə], *s.* organizador.

ORGASM ['ɔ:gæzm], *s.* orgasmo.

ORGY ['ɔ:dʒi], *s.* orgia.

ORIEL ['ɔ:riəl], *s.* sacada envidraçada, de estilo ogival.

ORIENT ['ɔ:riənt], *a.* oriental; nascente, resplandecente, brilhante, luminoso. *s.* oriente, este.

ORIENT ['ɔ:rient], *v.* orientar; orientar-se.

ORIENTAL [ɔ:ri'entl], *a.* e *s.* oriental.

ORIENTALISM [ɔ:ri'entəlizm], *s.* orientalismo.

ORIENTALIST [ɔ:ri'entəlist], *s.* orientalista.

ORIENTALIZE (ISE) [ɔ:ri'entəlaiz], *v.* orientalizar, tornar oriental.

ORIENTATION [ɔ:rien'teiʃən], *s.* orientação; direção.

ORIFICE ['ɔ:rifis], *s.* orifício, abertura, buraco, boca.

ORIGIN ['ɔridʒin], *s.* origem, proveniência, procedência, princípio, raiz, fundamento, nascimento, causa; famíla, descendência.

ORIGINAL [ə'ridʒənl], *a.* original; primeiro, primitivo; originário; novo; radical *s.* original; raiz; exemplar; protótipo; escrito primitivo, texto original; pessoa excêntrica.

ORIGINALITY [əriʒi'næliti], *s.* originalidade.

ORIGINALLY [ə'ridʒnəli], *adv.* originariamente; originalmente; primitivamente.

ORIGINATE [ə'ridʒineit], *v.* originar, criar, causar, engendrar, inventar; ocasionar, produzir; nascer, provir de, dimanar de, originar-se.

ORIGINATION [əridʒi'neiʃən], *s.* princípio, origem, causa; produção, geração.

ORIGINATIVE [ə'ridʒineitiv], *a.* causativo.

ORIGINATOR [ə'ridʒineitə], *s.* originador, criador, causador.

ORIOLE ['ɔ:rioul], *s.* (orn.) papa-figo.

ORION [ə'raiən], *s.* Órion.

ORLEANS ['ɔ:liənz], *s.* qualidade de ameixa; espécie de tecido (lã e algodão); arnote, urucu.

ORMOLU ['ɔ:məlu], *s.* ouropel; pó de ouro; bronze dourado.

ORNAMENT ['ɔ:nəment], *v.* ornamentar, adornar, embelezar, enfeitar.

ORNAMENTAL [ɔ:nə'mentl], *a.* ornamental.

ORNAMENTATION [ɔ:nəmen'teiʃən], *s.* ornamentação.

ORNATE [ɔ:'neit, 'ɔ:neit], *a.* ornado, ataviado, adornado.

ORNATENESS [ɔ:'neitnis], *s.* ornato, adorno, ornamento, atavio, aparato, ornamentação.

ORNITHOLOGICAL [ɔ:niθə'lɔdʒikl], *a.* ornitológico.

ORNITHOLOGIST [ɔ:ni'θɔlədʒist], *s.* ornitologista.

ORNITHOLOGY [ɔ:ni'θɔlədʒi], *s.* ornitologia.

OROGENESIS [ɔrə'dʒenisis], *s.* (geol.) orogênese.

OROGRAPHIC, AL [ɔro'græfik, əl], *a.* orográfico.

OROGRAPHY [ɔ'rɔgrəfi], *s.* orogratia.

ORPHAN ['ɔ:fən], *a.* e *s.* órfão. *v.* deixar órfão.

ORPHANAGE ['ɔ:fənidʒ], *s.* orfandade; orfanato.

ORPHEAN [ɔ:'fi:ən], *a.* orfeônico; órfico.

ORRIS ['ɔris], *s.* lírio florentino; galão (de ouro ou de prata).

ORTHODOX ['ɔ:θədɔks], *a.* ortodoxo; convencional, correto.

ORTHODOXY ['ɔ:θədɔksi], *s.* ortodoxia.

ORTHOEPICAL [ɔ:θou'epikəl], *a.* ortoépico.

ORTHOEPY ['ɔ:θouepi], *s.* ortoépia, prosódia; fonologia.

ORTHOGONAL [ɔ:'θɔgenl], *a.* ortogonal.

ORTHOGRAPHER [ɔ:'θɔgrəfə], *s.* ortógrafo.
ORTOGRAPHIC, AL [ɔ:θə'græfik, əl], *a.* ortográfico.
ORTHOGRAPHIST [ɔ:'θɔgrəfist], *s.* ortógrafo.
ORTHOGRAPHY [ɔ:'θɔgrəfi], *s.* ortografia.
ORTHOPEDIC [ɔ:θou'pi:dik], *a.* ortopédico.
ORTHOPEDICAL (PAEDICAL) [ɔ:θou'pi:dikəl], *V.* **ORTHOPEDIC.**
ORTHOPEDICS (PAEDICS) [ɔ:θou'pi:diks], *s.* ortopedia.
ORTHOPEDIST (PAEDIST) [ɔ:θou'pi:dist], *s.* ortopedista.
ORTHOPEDY (PAEDY) ['ɔ:θoupi:di], *V.* **ORTHOPEDICS.**
ORTHOPTERA [ɔ:'θɔptərə], *s.* ortópteros.
ORTHO-ROCK ['ɔ:θərɔk], *s.* (geol.) rocha ortometamórfica.
ORTHOSELECTION [ɔ:θosi'lekʃən], s. (geol.) ortosseleção.
ORYX ['ɔriks], *s.* órix.
OS [ɔs], *s.* abertura; boca. *pl.* **ORA.**
OSCILLATE ['ɔsileit], *v.* oscilar, balançar, vibrar, balançar-se; flutuar.
OSCILLATING ['ɔsileitiŋ], *a.* oscilante.
OSCILLATION [ɔsi'leiʃən], *s.* oscilação, balanço, flutuação, vibração.
OSCILLATOR ['ɔsileitə], *s.* oscilador.
OSCILLATORY ['ɔsileitəri], *a.* oscilatório, vibratório.
OSCILLOGRAPH [ɔ'siləgrɑ:f], *s.* oscilógrafo.
OSCULATE ['ɔskjuleit], *v.* oscular, beijar; (geom.) tocar por osculação.
OSCULATION [ɔskju'leiʃən], *s.* osculação; (geom.) osculação.
OSIER ['ouʒə], *s.* vime; vimeiro. *a.* de vime.
OSMANLI [ɔz'mænli], *s.* e *a.* otomano.
OSMIUM ['ɔzmiəm], *s.* ósmio.
OSMOSIS [ɔz'mousis], *s.* (fís.) osmose.
OSPREY ['ɔspri], *s.* águia-marinha, águia-pescadora.
OSSEOUS ['ɔsiəs], *a.* ósseo.
OSSICLE ['ɔsikl], *s.* ossículo.
OSSIFICATION [ɔsifi'keiʃən], *s.* ossificação.
OSSIFIED ['ɔsifaid], *a.* ossificado.
OSSIFRAGE ['ɔsifridʒ], *V.* **OSPREY.**
OSSIFY ['ɔsifai], *v.* ossificar; ossificar-se.
OSSUARY ['ɔ:sjuəri], *s.* ossário.
OSTENSIBLE [ɔs'tensəbl], *a.* aparente; ostensivo, ostensório.
OSTENTATION [ɔsten'teiʃən], *s.* ostentação, fausto, pompa, gala, alarde, jactância.
OSTENTATIOUS [ɔsten'teiʃəs], *a.* ostentoso, faustoso, pomposo, magnificente.
OSTEOLOGY [ɔsti'ɔlədʒi], *s.* osteologia.
OSTIARY ['ɔstiəri], *s.* (igr.) ostiário, porteiro de convento.
OSTLER ['ɔslə], *V.* **HOSTLER.**
OSTRACISM ['ɔstrəsizm], *s.* ostracismo.
OSTRACIZE (ISE) ['ɔstrəsaiz], *v.* votar ao ostracismo.
OSTRICH ['ɔstritʃ], *s.* avestruz.
OTARY ['outəri], *s.* otária, foca.
OTHER ['ʌðə], *a.* outro, outra, outros, outras. *pron.* o outro, a outra. *adv.* (com *than)* de outra forma, de outro modo, diferentemente. # *each other,* reciprocamente. *every other,* alternado, um sim outro não; todos os outros.
OTHERWISE ['ʌðəwaiz], *adv.* de outro modo, de outra maneira; aliás. *a.* outro, diferente.
OTHERWORLDLY ['ʌðə'wə:dli], *a.* do outro mundo, sobrenatural; transcendente.
OTIOSE ['ouʃious], *a.* ocioso, malandro, vadio, preguiçoso, vagabundo, mandrião.
OTIOSENESS ['ouʃiousnis], *s.* ociosidade.
OTTER ['ɔtə], *s.* lontra do mar; pele de lontra; larva de uma espécie noturna de mariposa; (mar.) caça-minas.
OTTO ['ɔtou], *s.* essência de rosas.
OTTOMAN ['ɔtəmən], *s.* otomano, turco; otomana, sofá. *a.* otomano, turco.
OUBLIETTE [u:bli'et], *s.* masmorra, prisão.
OUCH [autʃ], *int.* ui! ai! *s.* broche, fecho.
OUGHT [ɔ:t], *s.* e *adv.* algo, alguma coisa. *s.* zero, nada (corruptela de **NAUGHT**).
OUGHT [ɔ:t], *v.* dever, tornar-se necessário; ser conveniente, convir.
OUNCE [auns], *s.* onça (peso); onça (animal). # *an ounce of prevention is better than a pound of cure,* um homem prevenido vale por dois, é melhor prevenir do que remediar.
OUR ['auə], *pron.* e *a. poss.* nosso, nossa, nossos, nossas.

OURS ['auəz], *pron. poss.* nosso, nossa, nossos, nossas.

OURSELF [auə'self], *pron. reflex.* ou *enf.* nós mesmo (plural singularizado); nos. *V.* **OURSELVES.**

OURSELVES [auə'selvz], *pron. reflex.* ou *enf.* nós mesmos; nos.

OUSEL ['u:zl], *V.* **OUZEL.**

OUST [aust], *v.* desalojar, esbulhar, desapossar, despedir, tirar, jogar fora.

OUSTER ['austə], *s.* despojo, esbulho, desapropriação, expulsão.

OUT [aut], *adv.* e *prep.* fora, fora de. *s.* exterior; esquina; exterioridade; *pl.* (pol.) a oposição, os oposicionistas; demissionários; (E.U. impr.) omissão, salto = (Ing.) *omission;* (E.U.) falha (em um plano ou projeto) = (Ing.) *flaw, drawback. a.* exterior, externo. *v.* desabrigar, desalojar, expulsar; pôr fora de combate. *int.* fora. # *be out,* perder; gastar; estar desfalcado em; impossível; em circulação (jornal). *from out to out,* de um extremo a outro. *out and home,* de ida e volta (viagem). *out of order,* quebrado, desarranjado.

OUT-AND-OUT ['autn'aut], *a.* absoluto; completo, integral; perfeito.

OUT-AND-OUTER ['autn'autə], *s.* (col.) espécime perfeito.

OUTBADE [aut'beid], *v. pret.* de **OUTBID.**

OUTBALANCE [aut'bæləns], *v.* preponderar; sobrepujar; imperar, mandar.

OUTBID [aut'bid], *pret.* **OUTBID** ou **OUTBADE,** *pp.* **OUTBID** ou **OUTBIDDEN.** *v.* cobrir o lanço (leilão).

OUTBIDDEN [aut'bidn], *pp.* de **OUTBID.**

OUTBIDDER [aut'bidə], *s.* a pessoa que cobre o lanço de outra em um leilão.

OUTBOARD ['autbɔ:d], *a.* do lado de fora, para fora da borda de um navio. *adv.* fora do centro do navio, para o lado.

OUTBOARD-MOTOR ['autbɔ:d'moutə], *s.* (náut.) motor de popa.

OUTBOUND ['aut'baund], *a.* com destino ao estrangeiro (navio); (av.) perna do afastamento.

OUTBRAVE [aut'breiv], *v.* exceder em bravura; atemorizar; abater um adversário mais forte; arrostar perigos.

OUTBREAK ['autbreik], *s.* erupção; arrebatamento, transporte; paixão; distúrbio, tumulto; ataque violento; princípio (de peste, epidemia, revolução, guerra, etc.).

OUTBUILDING ['autbildiŋ], *s.* (E.U.) construção, exterior, anexo; dependência (da construção principal) = (Ing.) *outhouse.*

OUTBURST ['autbə:st], *s.* erupção, explosão; acesso; arrancada.

OUTCAST ['autkɑ:st], *a.* proscrito, desterrado, expulso, deportado; perdido. s. pária (= pariá), réprobo.

OUTCLASS [aut'klɑ:s], *v.* sobrepujar, exceder, ser superior, ultrapassar.

OUTCOME ['autkʌm], *s.* conseqüência, resultado, êxito.

OUTCROP ['autkrɔp], *s.* (geol.) afloramento. *v.* aflorar.

OUTCRY ['autkrai], *s.* clamor, gritaria; pregão, grito; alarido, ruído, algazarra, vozeria; venda em leilão. *v.* gritar, vociferar; proclamar; apregoar, vender em leilão.

OUTDARE [aut'dɛə], *v.* afrontar, ousar; arrostar; atrever-se.

OUTDID [aut'did], *pret.* de **OUTDO.**

OUTDISTANCE [aut'distəns], *v.* distanciar-se.

OUTDO [aut'du:], *v. pret.* **OUTDID** *pp.* **OUTDONE,** sobrepujar, ultrapassar, exceder, vencer, eclipsar, avantajar-se.

OUTDONE [aut'dʌn], *pp.* de **OUTDO.** *a.* sobrepujado, vencido, ultrapassado, excedido.

OUTDOOR ['autdɔ:, 'autdɔə], *a.* de fora de casa, externo, exterior, que fica ao ar livre. *s.* porta externa. # *outdoor advertising,* publicidade ao ar livre.

OUTDOORS ['aut'dɔ:z, 'aut'dɔəz], *s.* o ar livre, o campo. *adv.* ao ar livre; fora de casa, ao tempo.

OUTER ['autə], *a.* externo, exterior.

OUTERMOST ['autəmoust], *a.* extremo, o mais distante, o mais externo.

OUTFIELD ['autfi:ld], *s.* campo aberto; (esp.) terreno anexo, campo fora da demarcação; (fig.) o que está fora de nossas cogitações.

OUTFIELDER ['autfi:ldə], *s.* jogador que fica fora do campo.

OUTFIT ['autfit], *s.* despesas efetuadas com instalações, aprovisionamentos, etc.; armamentos;

equipamento; traje, vestuário; desembolso; habilitação; (E.U.) bando, turma, grupo de pessoas. *v.* equipar; aviar, habilitar. # *a new outfit,* (col.) uma fatiota nova.

OUTFITTER ['autfitə], *s.* armador; o que vende equipamento; negociante de artigos de vestuário, artigos para viagem e miudezas.

OUTFLANK [aut'flæŋk], *v.* flanquear; avantajar-se.

OUTFLOW ['autflou], *s.* derrame, fluxo; jorro; descarga; efusão; emigração.

OUTFLOW [aut'flou], *v.* derramar; correr, manar; jorrar; provir.

OUTGIVING ['autgiviŋ], *s.* (E.U.) proclamação; declaração pública; plataforma política.

OUTGO ['autgou], *s.* gasto, despesa.

OUTGO [aut'gou], *pret.* **OUTWENT,** *pp.* **OUTGONE.** *v.* sobrepujar, exceder, vencer; ultrapassar, tomar a dianteira, preceder, adiantar-se.

OUTGOER ['autgouə], *s.* pessoa que se ausenta (de casa, do país, do trabalho, etc.).

OUTGOING ['autgouiŋ], *s.* saída, ida, partida. *a.* saliente.

OUTGOINGS [autgouiŋz], *s.* despesas.

OUTGONE [aut'gɔn], *pp.* de **OUTGO.**

OUTGROW [aut'grou], *v.* crescer mais que; avantajar-se; passar da idade de, já estar velho para; perder com a idade (vícios, costumes, etc.); preceder.

OUTGROWTH ['autgrouθ], *s.* crescimento demasiado; conseqüência, resultado.

OUTGUARD ['autgɑ:d], *s.* sentinela avançada.

OUTHAUL ['authɔ:l], *s.* (náut.) adriça da proa.

OUTHOUSE ['authaus], *s.* dependência externa (da casa); alpendre, telheiro = *shed,* (E.U.) *outbuilding.*

OUTING ['autiŋ], *s.* excursão, passeio, saída, caminhada; espairecimento.

OUTLANDISH [aut'lændiʃ], *a.* estranho, ridículo, rude, grotesco, grosseiro; estrangeiro.

OUTLAST [aut'lɑ:st], *v.* ultrapassar o tempo de duração; sobreviver.

OUTLAW ['aut-lɔ:], *s.* criminoso, bandido; foragido. *v.* incriminar, acusar, culpar, condenar; banir.

OUTLAWRY ['aut-lɔ:ri], *s.* incriminação, condenação, acusação.

OUTLAY ['aut-lei], *s.* desembolso, gasto, despesa.

OUTLAY [aut'lei], *v.* gastar, desembolsar.

OUTLET ['aut-let], *s.* saída; escoadouro; canal, passagem; mercado. # ***convenience outlet,*** (eletr.) tomada de corrente. ***outlet pipe,*** cano de descarga.

OUTLINE ['aut-lain], *s.* esboço, esquema, bosquejo, contorno, perfil, desenho; *pl.* princípios gerais, resumo. *v.* esboçar, esquematizar, desenhar, delinear, traçar, descrever. # ***in outline*** *form,* em traços gerais.

OUTLIVE [aut'liv], *v.* sobreviver.

OUTLOOK ['aut-luk], *s.* vista, perspectiva, panorama; vigilância, cuidado, atalaia, vigia; probabilidades; guarita; sentinela.

OUTLOOK [aut'luk], *v.* olhar fixamente, encarar; olhar mais longe que outrem.

OUTLYING ['autlaiiŋ], *a.* remoto, distante, apartado; estrangeiro, exterior.

OUTMATCH [aut'mætʃ], *v.* superar, sobrepujar.

OUTNUMBER [aut'nʌmbə], *v.* superar em número.

OUT-OF-DATE ['autəv'deit], *a.* antiquado, fora de moda; obsoleto.

OUT-OF-DOOR(S) ['autəv'dɔ:(z)], *a.* e *s.* *V.* **OUTDOOR(S).**

OUT-OF-PLACE ['autəv'pleis], *a.* sem propósito.

OUT-OF-SORTS ['autəv'sɔ:ts], *a.* indisposto.

OUT-OF-THE-ORDINARY ['autəvði'ɔ:dinəri], *a.* excepcional.

OUT-OF-THE-WAY ['autəvðə'wei], *a.* remoto; raro; extraordinário.

OUTPATIENT ['autpeiʃənt], *s.* doente de ambulatório.

OUT-PENSIONER ['autpenʃənə], *s.* pensionista externo.

OUTPLAY [aut'plei], *v.* vencer (no jogo).

OUTPOST ['autpoust], *s.* pôsto avançado.

OUTPOUR ['autpɔ:, 'autpɔə], *s.* jacto, jorro, esguicho.

OUTPOUR [aut'pɔ:, aut'pɔə], *v.* jorrar, esguichar.

OUTPOURING ['autpɔ:riŋ, 'autpɔəriŋ], *s.* efusão, expansão; emanação; jorro.

OUTPUT ['autput], *s.* produção; (mec.) rendimento; o que é expelido pelos emunctórios.

OUTRAGE ['aut-reidʒ], *s.* ultraje, insulto, afronta, ofensa, injúria, desaforo, violência;

violação; transgressão, infração; atrocidade. *v.* ultrajar, insultar, afrontar, injuriar, ofender, maltratar, violentar, afrontar.

OUTRAGEOUS [aut'reidʒəs], *a.* ultrajante, injurioso, afrontoso, violento, ofensivo; enorme, excessivo.

OUTRAN ['autræn], *pret.* de **OUTRUN.**

OUTRANGE [aut'reindʒ], *v.* superar, ultrapassar.

OUTRANK [aut'ræŋk], *v.* exceder em hierarquia.

OUTREACH [aut'ri:tʃ], *v.* ultrapassar. *s.* alcance.

OUTRIDE ['aut-raid], *s.* passeio a cavalo. [aut-'raid], *v.* montar melhor que; ultrapassar (a cavalo).

OUTRIGGER ['aut-rigə], *m.* barco de regatas.

OUTRIGHT ['aut-rait], *a.* franco, sincero.

OUTRIGHT [aut'rait], *adv.* francamente, sinceramente; logo, imediatamente.

OUTRUN [aut'rʌn], *pret.* **OUTRAN,** *pp.* **OUTRUN.** *v.* correr mais, vencer, ganhar, exceder, ultrapassar.

OUTSET ['autset], *s.* princípio, estréia, inauguração, abertura, início. *v.* iniciar.

OUTSIDE ['aut'said], *a.* exterior, superficial, externo, aparente; estranho. *s.* exterior, lado de fora; extremidade; aparência, superfície. *adv.* exteriormente, por fora. *prep.* fora de, além de. # *at the outside,* no máximo. *judge by the outside,* julgar pela aparência. *out-side in,* do avesso. *outside of,* com exceção de.

OUTSIDER ['aut'saidə], *s.* estranho, forasteiro; leigo, profano; intruso; *pl.* o público; os profanos.

OUTSIZE ['aut-saiz], *s.* tamanho especial. *a.* de tamanho especial.

OUTSKIRT ['autskə:t], *s.* limite, borda, beirada; *pl.* imediações, limites; arrabaldes; subúrbios.

OUTSPEAK [aut'spi:k], *pret.* **OUTSPOKE,** *pp.* **OUTSPOKEN.** *v.* falar claro, falar alto, falar explicitamente; falar melhor que outrem; ousar falar.

OUTSPOKE [aut'spouk], *pret.* de **OUTSPEAK.**

OUTSPOKEN [aut'spoukən], *pp.* de **OUTSPEAK.** *a.* franco.

OUTSPREAD [aut'spred], *pret.* e *pp.* **OUTSPREAD.** *v.* espalhar, divulgar, difundir.

OUTSPREAD ['autspred], *a.* espalhado, difundido; estendido. *s.* extensão; vastidão; desdobramento.

OUTSTAND [aut'stænd], *pret.* e *pp.* **OUTSTOOD.** *v.* suportar, resistir; demorar-se demasiadamente; sair do alinhamento.

OUTSTANDING [aut'stændiŋ], *a.* notável, proeminente, saliente; não pago; pendente.

OUTSTANDING ['autstændiŋ], *s.* saliência, protuberância; *pl.* dívidas, contas a pagar.

OUTSTAY [aut'stei], *v.* permanecer por mais tempo que.

OUTSTOOD [aut'stud], *pret.* e *pp.* de **OUTSTAND.**

OUTSTRETCH [aut'stretʃ], *v.* estender, esticar, alargar.

OUTSTRIP [aut'strip], *v.* passar, exceder, ultrapassar, ganhar a dianteira, passar à frente.

OUTVOTE [aut'vout], *v.* derrotar (em eleição).

OUTWARD ['autwəd], *a.* exterior, externo, visível; superficial, aparente; estranho, estrangeiro; corpóreo, carnal; extrínseco. *adv.* exteriormente; superficialmente; para o estrangeiro. *s.* exterior, aparência.

OUTWARDNESS ['autwədnis], *s.* exterioridade; materialismo, carnalidade.

OUTWARDS ['autwədz], *V.* **OUTWARD** *(adv.).*

OUTWEAR [aut'wɛə], *v.* gastar, desgastar; estafar; sobreviver a.

OUTWEIGH [aut'wei], *s.* exceder em peso; sobrepujar.

OUTWENT [aut'went], *pret.* de **OUTGO.**

OUTWIT [aut'wit], *v.* frustrar, ser mais esperto que, ultrapassar em astúcia.

OUTWORK ['aut-wə:k], *s.* (mil.) fortificação exterior, defesa externa.

OUTWORKER ['autwə:kə], *s.* trabalhador externo.

OUTWORN ['aut-wɔ:n], *a.* usado, gasto, gasto pelo uso.

OUZEL ['u:zl], *s.* melro.

OVA ['ouvə], *pl.* de **OVUM.**

OVAL ['ouvəl], *s.* e *a.* oval.

OVARIOTOMY [ouvɛəri'ɔtəmi], *s.* ovariotomia.

OVARY ['ouvəri], *s.* ovário.

OVATION [ou'veiʃən], *s.* ovação, aclamação.

OVEN ['ʌvn], *s.* forno.

OVEN-BIRD ['ʌvnbə:d], *s.* joão-de-barro, forneiro.

OVER ['ouvə], *prep.* em cima de, por cima de, sobre; além de, do outro lado de; durante. *adv.* ao lado, do outro lado; de través, através, defronte; inteiramente, completamente, de ponta a ponta, de um extremo ao outro; novamente, de novo, outra vez; demasiadamente, excessivamente; de revés, de cima a baixo, em cima. *a.* superior; excessivo, terminado, acabado, concluído. *s.* excesso; *pl.* botas de lenhador. # *all over,* completamente; por toda parte. *over and above (= over and about),* além de tudo, de mais a mais; acima de tudo. *over and above that,* além do mais. *over and over (again),* repetidamente. *over play,* representar com exagero (teatro). *over or under,* mais ou menos.

OVER-ABUNDANCE ['ouvərə'bʌndəns], *s.* superabundância.

OVERACT ['ouvər'ækt], *v.* exagerar.

OVERALL ['ouvərɔ:l], *s.* avental; *pl.* macacão.

OVERALL [ouvər'ɔ:l], *a.* completo, que abrange tudo. *adv.* por toda parte; completamente; também.

OVER-ANXIETY ['ouvəræŋ'zaiəti], *s.* grande ansiedade, aflição.

OVER-ANXIOUS ['ouver'æŋkʃəs], *a.* ansioso demais, aflito demais; muito ansioso, muito aflito.

OVERATE ['ouvər'eit, 'ouvər'et], *pret.* de **OVEREAT.**

OVERAWE [ouvər'ɔ:], *v.* intimidar, apavorar.

OVERBALANCE [ouvə'bæləns], *v.* preponderar; desequilibrar, fazer perder o equilíbrio; sobrepujar. *s.* preponderância, vantagem, superioridade; excesso de peso.

OVERBALANCING [ouvə'bælənsiŋ], *s.* preponderância; excesso.

OVERBEAR [ouvə'bɛə], *v.* vencer, sujeitar, submeter, sobrepujar, superar; subjugar, abater; reprimir; deprimir; domar.

OVERBEARING [ouvə'bɛəriŋ], *a.* insolente, arrogante, ultrajante, despótico, dominante, altivo, imperioso.

OVERBOARD ['ouvəbɔ:d], *adv.* ao mar; à água.

OVERBOIL ['ouvə'bɔil], *v.* cozer ou ferver demasiadamente.

OVERBOLD ['ouvə'bould], *a.* descarado; presunçoso; destemido, temerário, valente; ousado, atrevido, audacioso.

OVERBURDEN [ouvə'bə:dn], *v.* sobrecarregar; oprimir. *s.* sobrecarga.

OVERCAME [ouvə'keim], *pret.* de **OVERCOME.**

OVERCAST ['ouvə'kɑ:st], *v.* obscurecer, escurecer, enevoar, turvar; entristecer; cerzir; revestir; atirar mais longe; cicatrizar; enevoar-se, nublar-se. *a.* obscuro, enuviado, turvo, toldado, cerrado, encoberto (tempo), sombrio, nublado.

OVERCAUTIOUS ['ouvə'kɔ:ʃəs], *a.* muito cauteloso, cauteloso em excesso.

OVERCHARGE ['ouvə'tʃɑ:dʒ], *s.* carga excessiva, sobrecarga; imposto excessivo; extorsão. *v.* cobrar mais do que o razoável, abusar no preço = (E.U.) *soak, sting,* oprimir, sobrecarregar, exagerar; lançar impostos exagerados.

OVERCLOUD [ouvə'klaud], *v.* nublar, enevoar, toldar; entristecer.

OVERCOAT ['ouvəkout], *s.* sobretudo; capote.

OVERCOATING ['ouvəkoutiŋ], *s.* pano para sobretudo.

OVERCOME [ouvə'kʌm], *pret.* **OVERCAME,** *pp.* **OVERCOME.** *v.* sujeitar, submeter, sobrepujar, vencer, domar, conquistar; vencer (obstáculos); superar; sobrepor-se, tornar-se superior a.

OVER-CONFIDENCE ['ouvə'kɔnfidəns], *s.* presunção, excessiva confiança.

OVER-CONFIDENT ['ouvə'kɔnfidənt], *a.* confiado, atrevido.

OVERCOOKED ['ouvə'kukt], *a.* demasiadamente cozido ou assado.

OVERCROWD [ouvə'kraud], *v.* apinhar, superlotar, abarrotar.

OVERDID [ouvə'did], *pret.* de **OVERDO.**

OVERDO [ouvə'du:], *v. pret.* **OVERDID,** *pp.* **OVERDONE,** exagerar; fatigar-se, abusar; sobrepujar.

OVERDONE [ouvə'dʌn], *pp.* de **OVERDO.** *a.* bem passado, demasiadamente assado ou cozido.

OVERDOSE ['ouvədous], *s.* dose exagerada.

OVERDRAFT ['ouvədrɑ:ft], *s.* cheque sem fundos; (fin.) sobregiro; descoberto bancário.

OVERDRAUGHT ['ouvədrɑ:ft], *V.* **OVERDRAFT.**

OVERDRAW ['ouvə'drɔ:], *pret.* **OVERDREW,** *pp.* **OVERDRAWN,** *v.* sacar a descoberto, emitir cheques sem fundos; puxar demais; exagerar.

OVERDRAWN ['ouvə'drɔ:n], *pp.* de **OVERDRAW.**

OVERDRESS ['ouvə'dres], *v.* vestir-se com esmero excessivo.

OVERDREW ['ouvə'dru:], *pret.* de **OVERDRAW.**

OVERDUE ['ouvə'dju:], *a.* vencida (letra, etc.); em atraso (navio).

OVEREAT ['ouvər'i:t], *v.* comer em excesso.

OVERESTIMATE ['ouvər'estimit], *s.* cálculo exagerado, avaliação alta.

OVERESTIMATE ['ouvər'estimeit], *v.* calcular a mais, avaliar alto, sobrestimar.

OVEREXCITE ['ouvərik'sait], *v.* sobreexcitar.

OVEREXCITEMENT ['ouvərik'saitmənt], *s.* superexcitação.

OVEREXPOSE ['ouvəriks'pouz], *v.* expor demasiadamente.

OVER-EXPOSURE ['ouvəriks'pouʒə], *s.* (fot.) exposição demasiada.

OVERFED ['ouvə'fed], *pret.* e *pp.* de **OVERFEED.**

OVERFEED ['ouvə'fi:d], *v. pret.* e *pp.* **OVERFED,** saciar, superalimentar.

OVERFLOW ['ouvəflou], *s.* transbordamento, dilúvio, inundação; cheia; superabundância; derramamento. # *overflow pipe,* ladrão (de caixa d'água).

OVERFLOW [ouvə'flou], *v.* transbordar, inundar; derramar-se; expandir-se.

OVERFLOWING [ouvə'flouiŋ], *s.* inundação, derramamento; superabundância.

OVERFULL ['ouvə'ful], *a.* cheio em excesso.

OVERFULLNESS ['ouvə'fulnis], *s.* excesso; transbordamento. # *to eat to overfullness,* comer à farta.

OVERGONE [ouvə'gɔn], *a.* arruinado, estragado, danificado.

OVERGREW ['ouvə'gru:], *pret.* de **OVERGROW.**

OVERGROUND ['ouvəgraund], *a.* situado acima do solo.

OVERGROW ['ouvə'grou], *pret.* **OVERGREW,** *pp.* **OVERGROWN.** *v.* invadir; crescer ou desenvolver-se em excesso; elevar-se muito; cobrir-se com ervas ou plantas (solo).

OVERGROWN ['ouvə'groun], *pp.* de **OVERGROW.**

OVERGROWTH ['ouvəgrouθ], *s.* crescimento excessivo; vegetação luxuriante.

OVERHAND ['ouvəhænd], *s.* superioridade. *a.* (esp.) com a mão acima do ombro, do cotovelo ou da bola.

OVERHANDED ['ouvəhændid], *V.* **OVERHAND** *(a.).*

OVERHANG ['ouvəhæŋ], *s.* projeção, saliência, projetura; aba de telhado.

OVERHANG ['ouvə'hæŋ], *pret.* e *pp.* **OVERHUNG.** *v.* pendurar-se sobre; sobressair, projetar; estar pendente; pender sobre; olhar para; estar iminente; ficar sobranceiro; estar suspenso.

OVERHAPPY ['ouvə'hæpi], *a.* extremamente feliz.

OVERHASTY ['ouvə'heisti], *a.* muito apressado, precipitado; arrebatado.

OVERHAUL [ouvə'hɔ:l], *v.* examinar, rever; inspecionar, visitar, vistoriar; reparar; alcançar; beneficiar; refrescar (aparelho, motor, etc.); tocar um cabo; (mar.) alcançar um navio.

OVERHAULING [ouvə'hɔ:liŋ], *s.* visita, vistoria, exame; beneficiação; o ato de resfriar um aparelho.

OVERHAWL ['ouvəhɔ:l], *s. V.* **OVERHAULING.**

OVERHEAD ['ouvə'hed], *adv.* em cima, por cima, acima, no alto; sobre a cabeça, acima da cabeça. *a.* aéreo, elevado.

OVERHEAR [ouvə'hiə], *pret.* e *pp.* **OVERHEARD.** *v.* ouvir (por casualidade).

OVERHEARD [ouvə'hə:d], *pret.* e *pp.* de **OVERHEAR.**

OVERHUNG ['ouvə'hʌŋ], *pret.* e *pp.* de **OVERHANG.**

OVERINDULGE ['ouvərin'dʌldʒ], *v.* abusar de; conceder demais; transigir demais.

OVERINDULGENCE ['ouvərin'dʌldʒəns], *s.* condescendência excessiva.

OVERJOY [ouvə'dʒɔi], *v.* arrebatar(-se), enlevar(-se).

OVERJOYED [ouvə'dʒɔid], *a.* radiante, cheio de alegria, contentíssimo.

OVERLAID [ouvə'leid], *pret.* e *pp.* de **OVERLAY.**

OVERLAND [ouvə'lænd], *adv.* por terra, na terra.

OVERLAND ['ouvəlænd], *a.* por terra, terrestre (viagem).

OVERLAP ['ouvəlæp], *s.* envoltório.

OVERLAP [ouvə'læp], *v.* cobrir, encobrir, sobrepor; envolver-se; sobrepor-se.

OVERLAPPING [ouvə'læpiŋ], *a.* sobreposto. *s.* costura sobreposta; sobreposição; (jur.) conflitos de jurisdição.

OVERLAY ['ouvəlei], *s.* cobertura, capa.

OVERLAY [ouvə'lei], *pret* e *pp.* **OVERLAID.** *v.* deitar, estender; sobrepor; oprimir.

OVERLEAF ['ouvə'li:f], *adv.* no verso (da folha).

OVERLEAP ['ouvə'li:p], *v.* ultrapassar a meta no salto.

OVERLEAP [ouvə'li:p], *v.* saltar, passar por cima, pular.

OVERLIE [ouvə'lai], *pret.* **OVERLAY,** *pp.* **OVERLAIN.** *v.* cobrir, recobrir; estar deitado sobre.

OVERLOAD ['ouvəloud], *s.* sobrecarga.

OVERLOAD ['ouvə'loud], *v.* abarrotar; sobrecarregar.

OVERLOOK [ouvə'luk], *v.* passar por cima; ver de um local mais alto, dominar (com os olhos); ver do alto; dar para, ter vista para; vigiar, inspecionar, olhar por; perdoar, tolerar; dissimular, passar por alto; desdenhar, descuidar, fazer vista grossa; rever, repassar. *s.* o ato de olhar do alto; ponto de vista elevado; negligência.

OVERLOOKER [ouvə'lukə], *s.* inspetor, superintendente; chefe, capitão, mestre, mestra; contramestre, contramestra.

OVERLORD ['ouvəlɔ:d], *s.* senhor, soberano.

OVERLY ['ouvəli], *adv.* (E.U.) excessivamente.

OVERMAN ['ouvəmæn], *pl.* **OVERMEN** ['ouvəmen], *s.* inspetor, superintendente.

OVERMASTER [ouvə'mɑ:stə], *v.* dominar.

OVERMATCH ['ouvəmætʃ], *s.* adversário superior. [ouvə'mætʃ], *v.* superar.

OVERMUCH ['ouvə'mʌtʃ], *a.* e *adv.* demais, demasiado, em demasia, em excesso.

OVERNICE ['ouvə'nais], *a.* afetado; excessivamente delicado; escrupuloso; muito raro, precioso; muito difícil.

OVERNIGHT ['ouve'nait], *ad.* durante a noite, a noite toda, na véspera à noite, da noite para o dia. *a.* feito ou ocorrido na noite anterior; que dura uma noite.

OVERPASS ['ouvəpɑ:s], *s.* passagem de nível, passagem elevada, ponte. [ouvə'pɑ:s], *v.* transpor, atravessar, cruzar, passar para o outro lado, passar por cima de; menosprezar, tratar ou olhar com indiferença; omitir, passar por alto; exceder, superar, sobrepujar; considerar, repassar.

OVERPAST ['ouvə'pɑ:st], *a.* remoto, passado, velho, antigo; desprezado, omitido; relegado; rejeitado.

OVERPITCHED ['ouvə'pitʃt], *a.* exagerado.

OVERPOWER [ouvə'pauə], *v.* predominar; ganhar, vencer, domar, sobrepujar, superar, subjugar; acabrunhar; oprimir.

OVERPOWERING [ouvə'pauəriŋ], *a.* opressor.

OVERPRIZE ['ouvə'praiz], *v.* dar valor exagerado.

OVERPRODUCE ['ouvəprə'dju:s], *v.* produzir excessivamente; superar a demanda.

OVERPRODUCTION ['ouvəprə'dʌkʃən], *s.* superprodução.

OVERPROUD ['ouvə'praud], *a.* demasiadamente altivo ou orgulhoso.

OVERRAN [ouvə'ræn], *pret.* de **OVERRUN.**

OVERRATE ['ouvə'reit], *v.* dar valor excessivo; encarecer.

OVERREACH ['ouvəri:tʃ], *s.* embuste. [ouvə'ri:tʃ], *v.* sobrepujar, sobressair, levar vantagem; alargar, puxar ou estender demasiadamente; alcançar; prevenir; ultrapassar em altura; ir além do necessário; alcançar-se, tocar-se (o casco do membro posterior com o casco do membro anterior de um animal).

OVERREAD ['ouvə'ri:d], *v.* ler (do princípio ao fim); examinar. *pret.* e *pp.* **OVERREAD.**

OVERREAD ['ouvə'red], *pret.* e *pp.* de **OVERREAD.**

OVERRIDE [ouvə'raid], *pret.* **OVERRODE.** *pp.* **OVERRIDDEN.** *v.* exceder, vencer, passar por cima; afastar, pôr de lado, repelir arbitrariamente; anular; esfalfar, cansar, fatigar um animal (cavalo, burro, etc.).

OVERRIDDEN [ouvə'ridn], *pp.* de **OVERRIDE.**

OVERRODE [ouvə'roud], *pret.* de **OVERRIDE.**

OVERRULE [ouvə'ru:l], *v.* senhorear, vencer, dominar; ganhar, assenhorear-se de; predominar; dirigir, governar, (jur.) rejeitar.

OVERRULER [ouvə'ru:lə], *s.* dominador, vencedor, governador, senhor.

OVERRUN [ouvə'rʌn], *pret.* **OVERRAN.** *pp.* **OVERRUN.** *v.* tomar a frente de, adiantar-se, exceder-se; infestar, invadir; devastar; espezinhar; calcar; (tip.) recorrer.

OVERRUNING [ouvə'rʌniŋ], *s.* invasão.

OVERSAW ['ouvə'sɔ:], *pret.* de **OVERSEE.**

OVERSEA(S) ['ouvə'si:(z)], *a.* e *adv.* ultramarino, além dos mares.

OVERSEE ['ouvə'si:], *pret.* **OVERSAW,** *pp.* **OVERSEEN,** *v.* superintender, inspecionar, rever, vigiar, revistar; não advertir, não reparar, descuidar, negligenciar, passar por alto, desatender.

OVERSEEN ['ouvə'si:n], *pp.* de **OVERSEE.**

OVERSEER ['ouvəsiə], *s.* inspetor, superintendente; capataz.

OVERSET [ouvə'set], *v.* revirar, emborcar, voltar, tombar, inverter; virar-se; destruir, derribar, arruinar, estragar.

OVERSHADOW [ouvə'ʃædou], *v.* sombrear, escurecer, eclipsar, obscurecer; dominar; sobrepujar, ultrapassar.

OVERSHOE ['ouvəʃu:], *s.* galocha.

OVERSIGHT ['ouvəsait], *s.* equívoco, engano, erro, negligência, descuido, inadvertência, omissão; cargo, cuidado; superintendência, vigilância, inspeção; guarda, atenção.

OVERSLAUGH ['ouvəslɔ:], *s.* (mil.) dispensa de serviço regular (para o desempenho de uma comissão). *v.* deixar de lado, descartar; (E.U.) postergar, preterir.

OVERSLEEP ['ouvə'sli:p], *pret.* e *pp.* **OVERSLEPT.** *v.* dormir demais; não despertar a tempo.

OVERSLEPT ['ouvə'slept], *pret.* e *pp.* de **OVERSLEEP.**

OVERSPREAD [ouvə'spred], *pret.* e *pp.* **OVERSPREAD.** *v.* divulgar, espalhar, espargir, estender.

OVERSTATE ['ouvə'steit], *v.* exagerar.

OVERSTATEMENT ['ouvə'steitmənt], *s.* exagero.

OVERSTAY ['ouvə'stei], *v.* *V.* **OUTSTAY.**

OVERSTEP ['ouvə'step], *v.* ultrapassar, passar além; transgredir; exceder-se.

OVERSTOCK ['ouvəstɔk], *s.* superabundância, provisão excessiva.

OVERSTOCK ['ouvə'stɔk], *v.* encher demasiadamente, abarrotar, superlotar.

OVERSTRAIN ['ouvə'strein], *v.* fatigar, cansar; esforçar-se; estender, ampliar, esticar ou apertar demasiadamente. *s.* tensão, o que está apertado, tenso ou esticado.

OVERSUPPLY ['ouvəsə'plai], *s.* provisões demasiadas, superabundância.

OVERT ['ouvə:t], *a.* claro, evidente, público, manifesto, patente.

OVERTAKE [ouvə'teik], *pret.* **OVERTOOK.** *pp.* **OVERTAKEN.** *v.* surpreender, apanhar em flagrante; alcançar.

OVERTAKEN [ouvə'teikən], *pp.* de **OVERTAKE.**

OVERTAX ['ouvə'tæks], *v.* sobrecarregar de impostos.

OVERTHREW [ouvə'θru:], *pret.* de **OVERTHROW.**

OVERTHROW ['ouvəθrou], *s.* derribamento, derrota, ruína, malogro, queda, destroço.

OVERTHROW [ouvə'θrou], *pret.* **OVERTHREW,** *pp.* **OVERTHROWN.** *v.* derribar, arruinar, fazer tombar, desfazer; derrotar; vencer; malograr.

OVERTHROWN [ouvə'θroun], *pp.* de **OVERTHROW.**

OVERTHRUST ['ouvəθrʌst], *s.* impulso demasiado.

OVERTHRUSTING ['ouvəθrʌstiŋ], *s.* (geol.) acavalamento, carreação.

OVERTIME ['ouvətaim], *s.* horas extraordinárias (de trabalho). *adv.* fora do horário marcado. # *put in overtime,* trabalhar além das horas do expediente.

OVERTONE ['ouvətouŋ], *s.* (mús.) harmônico; reflexo colorido.

OVERTOOK [ouvə'tuk], *pret.* de **OVERTAKE.**

OVERTOP [ouvə'tɔp], *v.* exceder, superar.

OVERTURE ['ouvətjuə], *s.* declaração, proposta; descobrimento; insinuação; (mús.) protofonia.

OVERTURN ['ouvətə:n], *s.* transtorno, subversão; (E.U.) queda, derribamento = (Ing.) *overthrow;* (E.U.) revolução = (Ing.) *revolution.*

OVERTURN [ouvə'tə:n], *v.* transformar, virar, emborcar, entornar; derrocar; arruinar, subverter; conquistar, vencer.

OVERVALUE ['ouvə'vælju:], *v.* superestimar.

OVERWEAR ['ouvəwεə], *s.* roupa usada por cima de outra (capa, sobretudo, etc.).

OVERWEENING [ouvə'wi:niŋ], *a.* pretensioso, presunçoso; altaneiro, arrogante.

OVERWEIGH [ouvə'wei], *v.* preponderar, prevalecer, pesar mais que.

OVERWEIGHT ['ouvəweit], *s.* superioridade, preponderância; excesso de peso, peso excessivo. *a.* preponderante. *v.* ['ouvə'weit], preponderar; exceder em peso.

OVERWHELM [ouvə'welm], *v.* esmagar, oprimir, abaixar, abater; submergir, engolfar; sumir; afligir; confundir; subverter.

OVERWHELMING [ouvə'welmiŋ], *a.* preponderante; opressivo; dominante, irresistível.

OVERWORK ['ouvəwə:k],*s.* trabalho excessivo; trabalho extraordinário, trabalho extra.

OVERWORK ['ouvə'wə:k], *v.* trabalhar excessivamente; impor muito trabalho, escravizar.

OVERWORN ['ouvə'wɔ:n], *a.* fatigado, oprimido pelo trabalho excessivo.

OVERWROUGHT ['ouvə'rɔ:t], *a.* demasiadamente agitado; cheio de adornos; exausto.

OVIFORM ['ouvifɔ:m], *a.* oval.

OVINE ['ouvain], *a.* ovino.

OVIPAROUS [ou'vipərəs], *a.* ovíparo.

OVIPOSITOR [ouvi'pɔzitə], *s.* ovipositor.

OVULAR ['ouvjulə], *a.* ovular.

OVULE ['ouvju:l], *s.* óvulo.

OVUM ['ouvəm], *s.* ovo; enfeite oval.

OWE [ou], *v.* dever; estar obrigado a; estar endividado, ser devedor de.

OWING ['ouiŋ], *a.* devido. # *owing to,* devido a.

OWL [aul], *s.* mocho; coruja; pessoa que dorme tarde. *v.* fazer contrabando, contrabandear. # *to take an owl for an ivy-bush,* comer gato por lebre.

OWLER ['aulə], *s.* contrabandista.

OWLISH ['auliʃ], *a.* de coruja ou semelhante a coruja.

OWN [oun], *a.* próprio, individual, particular; verdadeiro, real; peculiar, individual. *v.* ter, possuir, ser dono de; confessar, asseverar, reconhecer. # *be on one's own,* viver à própria custa, manter-se. *my own,* meu próprio. *on one's own,* (col.) só, sem companhia. *own up,* (col.) confessar, admitir, reconhecer.

OWNER ['ounə], *s.* possuidor, proprietário, dono, amo.

OWNERSHIP ['ounəʃip], *s.* propriedade, domínio, direito de posse.

OX [ɔks], *s.* boi. *pl.* **OXEN.**

OXALATE ['ɔksəleit], *s.* oxalato.

OXALIC [ɔk'sælik], *a.* oxálico.

OXALIS ['ɔksəlis], *s.* azeda (planta).

OXEN ['ɔksən], *pl.* de **OX.**

OX-EYE ['ɔksai], *s.* (bot.) olho-de-boi; (náut.) olho-de-boi, vidro da vigia.

OXFORD SHOE ['ɔksfəd'ʃu:], *s.* sapato de entrada baixa.

OXIDATE ['ɔksideit], *v.* oxidar.

OXIDATION [ɔksi'deiʃən], *s.* oxidação.

OXIDE ['ɔksaid], *s.* óxido.

OXIDIZABLE (ISA) ['ɔksidaizəbl], *a.* oxidável.

OXIDIZATION (ISA) [ɔksidai'zeiʃən], *s.* oxidação.

OXIDIZE (ISE) ['ɔksidaiz], *v.* oxidar; oxigenar.

OXIDIZER ['ɔksidaizə], *s.* oxidase.

OXLIP ['ɔkslip], *s.* (bot.) prímula, primavera.

OXYACETYLENE ['ɔksiə'setili:n], *s.* (quím.) oxiacetileno.

OXYGEN ['ɔksidʒən], *s.* oxigênio. # *oxygen cutter,* maçarico a oxigênio.

OXYGENATE [ɔk'sidʒineit], *v.* oxigenar.

OXYGENATION [ɔksidʒi'neiʃən], *s.* oxigenação

OXYMEL ['ɔksimel], *s.* oximel.

OXYTONE ['ɔksitoun], *a.* oxítono. *s.* palavra oxítona.

OYES, OYEZ [ou'jes], *int.* ouçam!, ouçam, apoiado! apoiado = (E.U.) *hear ye.*

OYSTER ['ɔistə], *s.* ostra.

OYSTER-GREEN ['ɔistəgri:n], *s.* alga marinha.

OZ. [auns], *pl.* **OZS.** ['aunsiz], *abr.* de *ounce, ounces.*

OZONE ['ouzoun], *s.* ozônio.

OZONER ['ouzoune, ou'zounə], *s.* (E.U.) teatro do tipo *drive-in.*

OZONIZE ['ouzənaiz], *v.* ozonizar.

P

P [pi:], *s.* décima sexta letra do alfabeto.

PA [pɑ:], *s.* papai, papá = (E.U.) *gait;* (linguagem infantil).

PACE [peis], *s.* passo, passada; andar; marcha; andadura; modo de andar; grau de celebridade; passo (medida de distância); tablado; estrado. *v.* andar compassadamente, passear, andar, medir os passos; ir a passo travado. # *go at a good pace,* andar depressa. *go the pace,* andar depressa; esbanjar dinheiro. *keep pace with,* acompanhar, manter-se junto de. *pace setter,* operário modelo (quanto à rapidez de produção).

PACHYDERM ['pækidə:m], *s.* paquiderme.

PACIFIC [pə'sifik], *a.* pacífico, calmo, sossegado, quieto, tranqüilo.

PACIFICATION [pæsifi'keiʃən], *s.* pacificação, conciliação, mediação, apaziguamento.

PACIFICATORY [pə'sifikeitəri], *a.* pacificador, conciliador, apaziguador.

PACIFICISM, PACIFISM [pə'sifisizm, 'pæsifizm], *s.* pacifismo.

PACIFIER ['pæsifaiə], *s.* pacificador, apaziguador.

PACIFIST ['pæsifist], *s.* pacifista, partidário da paz; o que combate a guerra.

PACIFY ['pæsifai], *v.* apaziguar, pacificar, acalmar, serenar, tranqüilizar, aquietar, aplacar, conciliar.

PACING ['peisiŋ], *s.* andadura, andar, passo.

PACK [pæk], *s.* embrulho, pacote, fardo; saco, mochila; quadrilha, bando; súcia; matilha; baralho = (E.U.) *deck. v.* enfardar, empacotar, entrouxar, enfardelar; atulhar; acumular; enviar, despachar; carregar uma azêmola; arrumar as malas; reunir; envolver um doente em lençóis molhados; fugir; abalar. # *a pack of cards,* um baralho de cartas. *a pack of lies,* um amontoado de mentiras. *pack away* (ou *off),* mandar embora. *pack off!* suma-se! *pack up,* arrumar as malas para partir, preparar-se para partir. *pack up!* suma-se!

PACKAGE ['pækidʒ], *s.* pacote, fardo, embrulho; embalagem, empacotamento, enfardamento. # *package(d) tour,* excursão organizada por agência de turismo.

PACKAGE OF CIGARETTES ['pækidʒəvsigə'rets], *s.* (E.U.) maço de cigarros = (Ing.) *packet of cigarettes.*

PACK-ANIMAL ['pækænimәl], *s.* animal de carga.

PACKER ['pækə], *s.* enfardador.

PACKET ['pækit], *s.* fardo, pacote; vapor de carreira; paquete; correio; mala. *v.* empacotar, enfardar, enfardelar, embrulhar.

PACKET-BOAT ['pækitbout], *v.* vapor de carreira; paquete.

PACKET OF CIGARETTES ['pækitəvsigə'rets], *s.* maço de cigarros = (E.U.) *package of cigarettes.*

PACKET OF PINS ['pækitəv'pinz], *s.* carta de alfinetes = (E.U.) *paper of pins.*

PACKET-SHIP ['pækitʃip], *V.* **PACKET-BOAT.**

PACKET-VESSEL ['pækitvesl], *V.* **PACKET-BOAT.**

PACKHORSE ['pækhɔ:s], *s.* cavalo de carga.

PACK-ICE ['pækais], *s.* massas flutuantes de gelo.

PACKING ['pækiŋ], *s.* enfardamento; acondicionamento; embalagem; empanque; enchimento, recheio; fraude, engano, conluio. *v.* embuchar.

PACKING-HOUSE ['pækiŋhaus], *s.* casa de embalagem.

PACKING-SHEET ['pækiŋ-ʃi:t], *s.* (med.) envoltório.

PACK-OF-CARDS ['pækəv'kɑ:dz], *s.* baralho.

PACK-SADDLE ['pæksædl], *s.* alabarda, alabardão; cangalhas.

PACKTHREAD ['pækθred], *s.* barbante grosso.
PACK-TRAIN ['pæktrein], *s.* comboio de animais de carga, tropa.
PACT [pækt], *s.* pacto, tratado, acordo, combinação, ajuste.
PAD [pæd], *s.* almofada, coxim; calço; rodilha; postiço; vereda, estrada; ladrão de estradas, salteador; pata de certos animais; bloco (de papel); livro de cheques. *v.* acolchoar, almofadar; formar blocos de papel; colocar alguma coisa postiça; aumentar desnecessariamente o pessoal de uma empresa ou de repartição pública. # *heating pad* ou *warming pad*, saco elétrico.
PADDING ['pædiŋ], *s.* chumaço; pasta de algodão para enchumaçar.
PADDLE ['pædl], *v.* remar, vogar, impelir, propelir; patinhar, chapinhar; apalpar; (E.U.) espancar, dar uma surra (col.). *s.* pá de remo.
PADDLE-BOAT ['pædlbout], *s.* vapor de rodas.
PADDLE-BOX ['pædlbɔks], *s.* tambor; caixa que abriga as rodas (nos vapores).
PADDLER ['pædlə], *s.* remador.
PADDLE-SHIP ['pædlʃip], *V.* **PADDLE-BOAT.**
PADDLE-STEAMER ['pædlsti:mə], *V.* **PADDLE-BOAT.**
PADDLE-WHEEL ['pædlwi:l], *s.* roda propulsora de navio a vapor; roda do leme.
PADDOCK ['pædək], *s.* sapo grande; campo pequeno onde se guardam cavalos; padoque, recinto de pesagem; encilhamento; pasto; parque; tapada, cercado.
PADDY ['pædi], *s.* alcunha dada aos irlandeses; arroz com casca. *a.* acolchoado; macio. # *paddy cultivation*, cultura de arroz.
PADDY-FIELD ['pædifi:ld], *s.* arrozal.
PADLOCK ['pædlɔk], *s.* cadeado; aloquete. *v.* fechar com cadeado.
PADRE ['pɑ:dri], *s.* padre; (mil.) capelão. *V.* **PRIEST.**
PAEAN ['pi:ən], *s.* canto de glória, de triunfo.
PAEDIATRIC [pi:di'ætrik], *a.* pediátrico.
PAEDIATRICIAN [pi:diə'triʃən], *s.* pediatra.
PAEDIATRICS [pi:di'ætriks], *s.* pediatria.
PAEON ['pi:ən], *s.* (poes.) pé grego de quatro sílabas.
PAEONIC [pi:'ɔnik], *a.* peônico.
PAEONY ['piəni], *s.* (bot.) peônia.
PAGAN ['peigən], *s.* e *a.* infiel, pagão.
PAGANISM ['peigənizm], *s.* paganismo.
PAGE [peidʒ], *s.* página; pajem, escudeiro; assistente; servo, criado. *v.* paginar, folhear; pajear. # *front page*, 1.ª página, página de título. *page make up*, paginação = (E.U.) *page lay out*. *page spread*, anúncio de página dupla. *the front page*, o frontispício. *to skip a page*, saltar uma página.
PAGEANT ['pædʒənt], *s.* pompa, fausto; cortejo cívico; arco triunfal; manifestação importante; espetáculo; exibição pública. *a.* pomposo, triunfal.
PAGEANTRY ['pædʒəntri], *s.* pompa, fausto, ostentação.
PAGER ['peidʒə], *s.* paginador.
PAGINATE ['pædʒineit], *v.* paginar, numerar as páginas de.
PAGINATION [pædʒi'neiʃən], *s.* paginação.
PAGING ['peidʒiŋ], *s.* paginação.
PAGODA [pə'goudə], *s.* pagode (templo); antiga moeda da Índia.
PAH [pɑ:], *int.* ah! (exprime aversão, desprezo).
PAID [peid], *pret.* e *pp.* de **PAY.**
PAIL [peil], *s.* balde, cuba.
PAILLASSE [pæl'jæs, 'pæljæs], *s.* esteira de palha.
PAILLETTE [pæl'jet], *s.* lantejoula; pepita; palheta (lâmina).
PAIN [pein], *v.* angustiar, afligir, atormentar, magoar; doer, sofrer, penar. *s.* dor, mágoa, pena, sofrimento, tormento; sentimento; trabalho, castigo. # *be at great pains*, fazer grande esforço. *be in pains*, padecer. *take pains*, esforçar-se.
PAINED [peind], *a.* dorido, doloroso, penoso; triste; aflitivo.
PAINFUL ['peinful], *a.* doloroso, desconsolado, aflitivo, atormentado, aflito; penoso, árduo, trabalhoso, difícil, laborioso.
PAINFULLY ['peinfuli], *adv.* dolorosamente, aflitivamente, penosamente, laboriosamente.
PAINFULNESS ['peinfulnis], *s.* aflição, angústia, dor, pena; trabalho, fadiga, labuta.
PAINLESS ['peinlis], *a.* sem trabalho, fácil; indolor.
PAINSTAKER ['peinzteikə], *s.* trabalhador; homem laborioso; pessoa ativa, esforçada.

PAINSTAKING ['peinzteikiŋ], *a.* cuidadoso; laborioso, industrioso; consciencioso, esmerado.

PAINT [peint], *v.* colorir, pintar; dedicar-se à pintura. *s.* pintura; tinta; (med.) embrocação. # *he is not so bad as he is painted,* ele não é tão mau como dizem. *paint-spraying gun,* pistola de pintura. *wet paint!* tinta fresca!

PAINT-BRUSH ['peintbrʌʃ], *s.* pincel; brocha. # *flat paint-brush,* trincha.

PAINTER ['peintə], *s.* pintor. # *painter's trestle,* cavalete de pintor.

PAINTING ['peintiŋ], *s.* pintura; quadro; descrição.

PAIR [pɛə], *s.* par, parelha; casal. *v.* emparelhar, ajustar; casar; emparelhar-se; casar-se. # *a pair of scales,* balança. *a pair of stairs,* um lanço de escada. *in pairs,* aos pares. *pair off,* formar pares; (fig.) casar. *pair of steps,* escadinha portátil. *that is another pair of shoes,* isso é outra coisa, isso são outros quinhentos.

PAIRING ['pɛəriŋ], *s.* ação de emparelhar.

PAJAMAS, PYJAMAS [pə'dʒɑ:məz], *s.* pijama; calções usados na Índia por homens e mulheres.

PAL [pæl], *s.* (col.) companheiro, camarada; confederado; sócio; cúmplice.

PALACE ['pælis], *s.* palácio.

PALACE-CAR ['pæliskɑ:], *s.* carruagem de luxo; vagão de luxo (estrada de ferro).

PALADIN ['pælədin], *s.* paladino; cavaleiro andante.

PALAEOBOTANY ['pæliou'bɔtəni], *s.* paleobotânica.

PALAEOGRAPHER [pæli'ɔgrəfə], *s.* paleógrafo.

PALAEOGRAPHIC [pælo'græfik], *a.* paleográfico.

PALAEOGRAPHY [pæli'ɔgrəfi], *s.* paleografia.

PALAEOLITHIC [pælio'liθik], *a.* paleolítico.

PALAEONTOLOGICAL ['pæliɔntə'lɔdʒikəl], *a.* paleontológico.

PALAEONTOLOGIST [pæliɔn'tɔlədʒist], *s.* paleontólogo.

PALAEONTOLOGY [pæliɔn'tɔlədʒi], *s.* paleontologia.

PALANKEEN [pælən'ki:n], *V.* **PALANQUIN.**

PALANQUIN [pælən'ki:n], *s.* palanquim.

PALATABLE ['pælətəbl], *a.* saboroso, gostoso; apetitoso.

PALATAL ['pælətl], *a.* e *s.* palatal.

PALATE ['pælit], *s.* céu-da-boca, palato; paladar. # *hard palate,* palato duro. *soft palate,* palato mole.

PALATIAL [pə'leiʃəl], *a.* palaciano; suntuoso, magnífico, esplêndido, majestoso.

PALATINATE [pə'lætinit], *s.* palatinado.

PALATINE ['pælətain], *s.* palatino.

PALATOGRAM ['pælətəgræm], *s.* palatograma.

PALAVER [pə'lɑ:və], *s.* conferência; conversação; lisonja. *v.* tagarelar; lisonjear. # *this is my palaver,* é a minha vez de falar.

PALE [peil], *a.* pálido, lívido, descorado, desmaiado, claro; não resplandecente; palhete (vinho). *s.* paliçada; estacada; estaca; cercado, vala; sociedade, grêmio; limite; recinto; pala do escudo. *v.* empalidecer, perder a cor, tornar pálido; descorar; cercar, rodear, guarnecer com paliçadas.

PALE-HEARTED ['peil'hɑ:tid], *a.* covarde.

PALENESS ['peilnis], *s.* palidez; palor, amarelidão.

PALEOBOTANY ['pæliou'bɔtəni], *V.* **PALAEOBOTANY.**

PALEOGRAPHER [pæli'ɔgrəfə], *V.* **PALAEOGRAPHER.**

PALEOGRAPHIC [pælio'græfik], *V.* **PALAEOGRAPHIC.**

PALEOGRAPHY [pæli'ɔgrəfi], *V.* **PALAEOGRAPHY.**

PALEOLITHIC [pælio'liθik], *V.* **PALAEOLITHIC.**

PALEONTOLOGICAL ['pæliɔntə'lɔdʒikel], *V.* **PALAEONTOLOGICAL.**

PALEONTOLOGIST [pæliɔn'tɔlədʒist], *V.* **PALAEONTOLOGIST.**

PALEONTOLOGY [pæliɔn'tɔlədʒi], *V.* **PALAENTOLOGY.**

PALETOT ['pæltou], *s.* sobretudo.

PALETTE ['pælit], *s.* palheta, paleta.

PALETTE-KNIFE ['pælitnaif], *s.* espátula.

PALFREY ['pɔ:lfri], *s.* palafrém.

PALIMPSEST ['pælimpsest], *s.* palimpsesto.

PALING ['peiliŋ], *s.* estacada, paliçada, cerca.

PALINGENESIS [pæli'dʒenisis], *s.* (geol.) palingênese.

PALINODE ['pælinoud], *s.* palinódia.

PALISADE [pæli'seid], *s.* estacada, paliçada; barreira; frisa. *v.* cercar com paliçada.

PALISH ['peiliʃ], *s.* um tanto pálido; macilento.

PALL [pɔ:l], *s.* mortalha, pano mortuário, pálio. *v.* desanimar, desalentar; fartar, saciar, tornar insípido; desvirtuar; evaporar-se.

PALLADIUM [pə'leidiəm], *s.* paládio (elemento).

PALLET ['pælit], *s.* catre; enxergão; palheta (pint.); instrumento dos encardenadores próprio para dourar; fiador (de roda), (ofic.) retém.

PALLIASSE [pæ'ljæs], *V.* **PAILLASSE.**

PALLIATE ['pælieit], *v.* paliar, aliviar, suavizar; desculpar, encobrir, escusar.

PALLIATION [pæli'eiʃən], *s.* alívio, paliação; disfarce.

PALLIATIVE ['pæliətiv], *s.* e *a.* paliativo.

PALLID ['pælid], *a.* pálido, descorado, desmaiado.

PALLIDNESS ['pælidnis], *s.* palidez (= palor).

PALL-MALL ['pel'mel, 'pæl'mæl], *s.* nome de um jogo; Ministério da Guerra, que era situado na rua Pall Mall, em Londres.

PALLOR ['pælə], *s.* palidez, palor.

PALM [pɑ:m], *s.* palma (da mão); palmo (medida); (fig.) repuxo; pata da âncora. *v.* empalmar; enganar; trapacear; defraudar; manipular, manejar. # *grease a person's palm,* peitar uma pessoa. *have an itching palm,* ser subordinável. *palm off,* impingir.

PALMA ['pælmə], *s.* palmeira, palma. # *bear the palm,* vencer, levar a palma. *palm wax,* cera de carnaúba. *yield the palm,* bater em retirada.

PALMAR ['pælmə], *a.* palmar.

PALMATE ['pælmit], *a.* espalmado; (zool.) palmípede; (bot.) palmado.

PALM-CABBAGE ['pɑ:m'kæbidʒ], *s.* palmito.

PALMER ['pɑ:mə], *s.* palmeiro; rumeiro, peregrino; empalmador (no jogo de cartas).

PALMER-WORM ['pɑ:məwə:m], *s.* lagarta.

PALMHOUSE ['pɑ:mhaus], *s.* jardim de inverno.

PALMIST ['pɑ:mist], *s.* quiromante.

PALMITINE ['pælmiti:n], *s.* palmitina.

PALM-SUNDAY ['pɑ:m'sʌndi], *s.* Domingo de Ramos.

PALM-TREE ['pɑ:mtri], *s.* palmeira, palma.

PALMY ['pɑ:mi], *a.* cheio de palmeiras; triunfal, vitorioso, próspero, florescente.

PALPABILITY [pælpə'biliti], *s.* palpabilidade; evidência, clareza.

PALPABLE ['pælpəbl], *a.* palpável, claro, evidente, patente, óbvio.

PALPITATE ['pælpiteit], *v.* palpitar, bater, latejar, pulsar.

PALPITATING ['pælpiteitiŋ], *a.* palpitante.

PALPITATION [pælpi'teiʃən], *s.* palpitação, pulsação, latejo.

PALSIED ['pɔ:lzid], *a.* paralítico.

PALSY ['pɔ:lzi], *s.* paralisia; apatia; ineficácia. *v.* paralisar.

PALTER ['pɔ:ltə], *v.* simular, fingir, pregar partidas, enganar; agir com deslealdade; usar de rodeios e subterfúgios; equivocar; dissipar, desperdiçar.

PALTERER ['pɔ:ltərə], *s.* velhaco, embusteiro, trapaceiro.

PALTRINESS ['pɔ:ltrinis], *s.* mesquinhez, torpeza, vileza, sordidez.

PALTRY ['pɔ:ltri], *a.* desprezível, mesquinho; inútil.

PALUDAL [pə'lju:dəl], *a.* palustre.

PAM [pæm], *s.* valete de paus.

PAMPER ['pæmpə], *v.* engordar, dar de comer demasiadamente; regalar; tratar com demasiado mimo; acariciar, afagar, deleitar, amimar.

PAMPERED ['pæmpəd], *s.* saciado, farto.

PAMPERER ['pæmpərə], *s* o que sacia.

PAMPERING ['pæmpəriŋ], *s.* luxo, abundância, fartura; regalo.

PAMPHLET ['pæmflit], *s.* panfleto, impresso, folheto, opúsculo.

PAMPHLETEER [pæmfli'tiə], *s.* panfletário.

PAN [pæn], *s.* caçarola, panela, chaleira, chocolateira; caldeira; gamela; gonzo; crânio; salina; lamaçal. *v.* ferver ou cozinhar em caçarola; criticar severamente. # *dead pan,* pessoa que tem fisionomia inexpressiva, parada. *sweating pan,* (petr.) bandeja de exsudação; cara de pau.

PAN [pæn], *abr.* de *panorama. v.* (cin.) mover lateralmente uma câmara para focalizar. #

draw-off pan, (petr.) bandeja ou tabuleiro de purga. *pan tile,* telha holandesa.

PANACEA [pænə'siə], *s.* panacéia.

PANACHE [pə'næʃ], *s.* topete, penacho.

PAN-AMERICAN ['pænə'merikən], *a.* pan-americano.

PANCAKE ['pænkeik], *s.* sonho; panqueca; (av.) aterragem com pouco deslize.

PANCREAS ['pæŋkriəs], *s.* pâncreas.

PANCREATIC [pæŋkri'ætik], *a.* pancreático.

PANDECT ['pændekt], *s.* compilação, tratado; digesto.

PANDEMIC [pæn'demik], *a.* comum, geral, pandêmico, epidêmico. *s.* epidemia.

PANDEMONIUM [pændi'mounjəm], *s.* pandemônio, inferno; confusão, barafunda.

PANDER ['pændə], *a.* alcoviteiro. *v.* alcovitar.

PANDERING ['pendəriŋ], *s.* lenocínio; alcovitice.

PANDORA [pæn'dɔ:rə], *s.* pandora.

PANE [pein], *s.* seção; face; lado; vidro (de vidraça); crista de malho.

PANED [peind], *a.* composto de pequenos quadros; decoração em várias cores; com várias pintas ou manchas.

PANEGYRIC [pæni'dʒirik], *s.* panegírico, apologia.

PANEGYRIC, AL [pæni'dʒirik, əl], *a.* panegírico.

PANEGYRIST [pæni'dʒirist], *s.* panegirista, encomiasta.

PANEL ['pænl], *s.* painel, almofada (de porta); coxim; pano em vestido; lista de jurados; júri; (eletr.) quadro de distribuição, painel; face lavrada de uma pedra; selim tosco. *v.* almofadar (as portas). # *advisory panel,* conselho consultivo. *panel discussion,* discussão em mesa redonda. *panel pin,* (alv.) desempenadeira. *panel pin,* (ofic.) tacha de vidraceiro.

PANG [pæŋ], *s.* dor, aflição, agonia, angústia.

PANGOLIN [pæŋ'goulin], *s.* (zool.) pangolim.

PANHANDLE ['pænhændl], *s.* (E.U.) estreita faixa de terra de um Estado que penetra no território de outro.

PENHANDLER ['pænhændlə], *s.* (E.U.) mendigo = (Ing.) *beggar.*

PANIC ['pænik], *s.* medo, pânico, terror, consternação. *a.* de pânico, de medo, de terror.

PANICKY['pæniki], *a.* que faz medo; que produz pânico; apavorante.

PANIC-STRICKEN ['pænikstrikən], *a.* apavorado.

PANNIER ['pæniə], *s.* paneiro, cada uma das cestas colocadas sobre a cangalha. *pl.* anquinhas.

PANNIKIN ['pænikin], *s.* panelinha; canequinha.

PANOPLIED ['pænəplid], *a.* completamente armado.

PANOPLY ['pænəpli], *s.* panóplia, armadura de cavaleiro.

PANORAMA [pænə'rɑ:mə], *s.* panorama.

PANORAMIC [pænə'ræmik], *a.* panorâmico.

PANSY ['pænzi], *s.* amor-perfeito (flor).

PANT [pænt], *v.* anelar, palpitar, almejar, arquejar, ofegar; respirar com dificuldade; soprar; latejar. *s.* palpitação, ânsia, resfolego.

PANTALOON [pæntə'lu:n], *s.* bobo, tolo; arlequim; *pl.* pantalonas, calções; calças compridas.

PANTECHNICON [pæn'teknikən], *s.* guarda-móveis, depósito de móveis; andorinha, caminhão de mudanças.

PANTHEISM ['pænθi:izm], *s.* panteísmo.

PANTHEIST ['pænθi:ist], *s.* panteísta.

PANTHEISTIC, AL [pænθi:'istik, əl], *a.* panteísta, panteístico.

PANTHEON [pæn'θi:ən], *s.* panteão.

PANTHER ['pænθə], *s.* pantera.

PANTING ['pæntiŋ], *s.* palpitação, arquejo; ânsia; trepidação. *a.* arquejante, ofegante.

PANTOGRAPH ['pæntəgrɑ:f], *s.* pantógrafo.

PANTOGRAPHIC, AL [pæntə'græfik, əl], *a.* pantográfico.

PANTOMIME ['pæntəmaim], *s.* pantomima.

PANTOMIMIC, AL [pæntə'mimik, əl], *a.* pantomímico.

PANTOMIMIST [pæntə'mimist], *s.* pantomimeiro.

PANTRY ['pæntri], *s.* despensa; copa.

PANTS [pænts], *s.* ceroulas; (E.U.) calças de mulher, (abr. de **PANTALOONS**).

PANTY, PANTIE ['pænti], *s.* usado no *pl.* **PANTIES** ['pæntiz], calcinhas de mulher ou de criança.

PANTYWAIST ['pæntiweist], *s.* (gír.) covarde; maricas.
PAP [pæp], *s.* papa, mingau; polpa.
PAPA [pə:'pɑ], *s.* papai, papá.
PAPACY ['peipəsi], *s.* papado, sumo pontificado.
PAPAL ['peipəl], *a.* papal, pontifical.
PAPALISM ['peipəlizm], *s.* papismo.
PAPALIST ['peipəlist], *s.* papista.
PAPAVEROUS [pə'peivərəs], *s.* papaveráceo.
PAPAW, PAWPAW [pə'pɔ:, pɔ:'pɔ:], *s.* asimineiro, asimina; mamão; mamoeiro; papaieira.
PAPAYA [pə'paiə], *s.* mamão; mamoeiro.
PAPER ['peipə], *s.* papel; jornal, gazeta, periódico; ensaio, comunicação, escrito, conferência; trabalho escolar; carona, espectador que não paga (teatro); (com.) ordem de pagamento; letra de câmbio; nota promissória. # *bond paper,* papel resistente, não calandrado. *commit* (ou *put*) *to paper,* escrever. *eligible paper,* documento hábil. *it broke in the papers,* apareceu nos jornais. *kraft* (ou *wrapping*) *paper,* papel de embrulho. *long paper,* (com.) letra a mais de 30 dias. *paper dolls,* mulheres belas e calculistas, "cavadoras de ouro". *ruled paper,* papel pautado. *send in one's papers,* resignar, demitir-se. *short paper,* letra a menos de 30 dias (com.). *tracing paper,* papel vegetal.
PAPERBACK ['peipəbæk], *s.* brochura, livro em brochura.
PAPER-BAG ['peipəbæg], *s.* saco de papel.
PAPER-BOX ['peipəbɔks], *s.* caixa de papelão.
PAPER-CURRENCY ['peipə-kʌrənsi], *s.* papel-moeda.
PAPER-CUTTER ['peipə-kʌtə], *s.* guilhotina, máquina de cortar papel.
PAPER-HANGINGS ['peipə-hæŋiŋz], *s.* (E.U.) papel de forrar parede = (Ing.) *wall-paper.*
PAPER-MILL ['peipəmil], *s.* fábrica de papel.
PAPER-MONEY ['peipəmʌni], *s.* papel-moeda, moeda de papel. # *paper-money currency,* cédulas.
PAPER OF PINS ['peipərəvpinz], *s.* (E.U.) carta de alfinetes = (Ing.) *packet of pins.*
PAPER-REED ['peipəri:d], *s.* papiro.
PAPIER-MÂCHÊ ['pæpjei'ma:ʃei], *s.* massa de papel.
PAPILLA [pə'pilə], *s.* papila. *pl.* **PAPILLAE.**
PAPILLAE [pə'pili:], *pl.* de **PAPILLA.**
PAPILLAR [pə'pilə], *a.* papilar.
PAPILLARY [pə'piləri], *a.* da papila, papilar.
PAPIST ['peipist], *s.* papista.
PAPISTIC, AL [pə'pistik, əl], *a.* papal.
PAPOOSE [pə'pu:s], *s.* (E.U.) filho de índios.
PAPPUS ['pæpəs], *s.* plúmula.
PAPRIKA [pæ'prikə], *s.* pimentão doce.
PAPYRI [pə'paiərai], *pl.* de **PAPYRUS.**
PAPYRUS [pə'paiərəs], *s.* papiro; documento papiráceo. *pl.* **PAPYRI** e **PAPYRUSES.**
PAPYRUSES [pə'paiərəsiz], *pl.* de **PAPYRUS.**
PAR [pɑ:], *s.* igualdade. *a.* (fim) ao par; nominal. # *at par,* ao par (câmbio). *par of exchange,* paridade cambial. *to be on a par with,* estar em igualdade de condições.
PARABLE ['pærəbl], *s.* parábola.
PARABOLA [pə'ræbələ], *s.* (geom.) parábola.
PARABOLIC [pærə'bɔlik], *a.* parabólico.
PARABOLOID [pə'ræbəlɔid], *s.* parabolóide.
PARACHUTE ['pærəʃu:t], *s.* pára-quedas. *v.* saltar de pára-quedas; lançar de pára-quedas.
PARACHUTER ['pærəʃu:tə], *s.* paraquedista.
PARACHUTIST ['pærəʃu:tist], *V.* **PARACHUTER.**
PARADE [pə'reid], *s.* parada (mil.), revista; ostentação, pompa, alarde; procissão. *v.* passar revista; formar em parada; alardear, fazer propaganda.
PARADIGM ['pærədaim], *s.* paradigma, modelo, exemplo.
PARADISE ['pærədais], *s.* paraíso, éden, céu.
PARADISIACAL [pærədi'saiəkəl], *a.* paradisíaco, paradísico.
PARADISIC, AL [pærə'dizik, əl], *a.* edênico, paradisíaco, paradísico.
PARADOX ['pærədɔks], *s.* paradoxo.
PARADOXICAL [pærə'dɔksikəl], *a.* paradoxal.
PARAFFIN ['pærəfin], *s.* parafina; querosene.
PARAGENESIS [pærə'dʒenisis], *s.* (geol.) paragênese.
PARAGON ['pærəgən], *s.* modelo, exemplar; (tip.) paragona; (E.U.) combinação baixista entre licitantes = (Ing.) *knock-out.*
PARAGRAPH ['pærəgrɑ:f], *s.* parágrafo. *v.* dividir em parágrafos.
PARAGRAPHER ['pærəgrɑ:fə], *s.* (E.U.) jornalista (redator de notas) = (Ing.) *paragraphist.*

PARAGRAPHIST ['pærəgrɑ:fist], *s.* jornalista (redator de notas) = (E.U.) *paragrapher.*

PARAGUAYAN [pærə'gwaiən, pærə'gweiən], *s.* e *a.* paraguaio.

PARAKEET ['pærəki:t], *s.* periquito.

PARALLAX ['pærəlæks], *s.* paralaxe.

PARALLEL ['pærəlel], *s.* paralela; paralelo; semelhança; comparação, confronto. *a.* paralelo, semelhante, igual, comparável. *v.* ser paralelo, comparar, assemelhar, confrontar.

PARALLEL-BARS ['pærəlelbɑ:z], *s.* paralelas (aparelho de ginástica).

PARALLELEPIPED [pærəle'lepiped, 'pærələlə-'paiped], *s.* paralelepípedo.

PARALLELOGRAM [pærə'leləgræm], *s.* paralelogramo.

PARALYSE ['pærəlaiz], *v.* paralisar.

PARALYSIS [pə'rælisis], *s.* paralisia. # *infantile paralysis,* paralisia infantil.

PARALYTIC [pærə'litik], *s.* e *a.* paralítico.

PARAMETER [pə'ræmitə], *s.* parâmetro.

PARAMOUNT ['pærəmaunt], *a.* supremo, eminente, elevado, superior.

PARAMOUR ['pærəmuə], *s.* amante.

PARANOIA [pærə'nɔiə], *s.* paranóia.

PARANOIAC [pærə'nɔiæk], *s.* e *a.* paranóico.

PARAPET ['pærəpit], *s.* parapeito, peitoril; balcão, varanda; baluarte.

PARAPETED ['pærəpitid], *a.* com varanda, avarandado; com parapeito.

PARAPHERNALIA [pærəfə'neiljə], *s. pl.* enfeites, adornos, atavios, galas; (jur.) bens parafernais.

PARAPHRASE ['pærəfreiz], *s.* paráfrase. *v.* parafrasear.

PARAPOOCH ['pærəpu:tʃ], *s.*cão pára-quedista.

PARASABOTEUR ['pæræsəbɔ'tə:], *s.* (mil.) pára-quedista sabotador.

PARASHOOT ['pærəʃu:t], *v.* fazer fogo contra pára-quedista (s).

PARASITE ['pærəsait], *s.* parasita; planta parasita.

PARASITIC, AL [pærə'sitik, əl], *a.* parasital, parasítico, parasitário.

PARASOL [pærə'sɔl], *s.* guarda-sol, sombrinha, chapéu-de-sol.

PARATHYROID [pærə'θairɔid], *s.* e *a.* (anat.) paratireóide.

PARATROOP ['pærətru:p], *s.* (mil.) pára-quedistas treinados em saltar na retaguarda das linhas inimigas; tropa de pára-quedistas.

PARATYPHOID ['pærə'taifɔid], *s.* (med.) paratifo, febre paratifóide. *a.* paratifóide.

PARAVANE ['pærəvein], *s.* caça-minas.

PARBOIL ['pɑ:bɔil], *v.* ferventar; dar uma fervura.

PARCEL ['pɑ:sl], *s.* encomenda postal; pacote, embrulho; parcela; (com.) partida, remessa. *v.* dividir em partes, partilhar, repartir; empacotar, embalar. # *parcel of goods,* (com.) lote, remessa, partida. *parcel of land,* terreno.

PARCELLING ['pɑ:sliŋ], *s.* percinta.

PARCEL OF GROUND ['pɑ:sləv'graund], *s.* lote de terreno.

PARCEL-POST ['pɑ:slpoust], *s.* encomenda postal.

PARCENARY ['pɑ:snəri], *s.* posse em comum, posse indivisa.

PARCENER ['pɑ:snə], *s.* co-proprietário, co-herdeiro.

PARCH ['pɑ:tʃ], *v.* queimar, crestar, ressecar, tostar, abrasar; tostar-se, queimar-se, torrar.

PARCHING ['pɑ:tʃiŋ], *a.* abrasador, ardente, tórrido.

PARCHMENT ['pɑ:tʃmənt], *s.* pergaminho.

PARD [pɑ:d], *s.* (E.U. gír.) sócio, companheiro.

PARDON ['pɑ:dn], *v.* perdoar, absolver, desculpar, indultar, escusar, relevar. *s.* perdão, absolvição, desculpa, indulto, escusa, relevação.

PARDONABLE ['pɑ:dnəbl], *s.* perdoável, relevável, indultável; venial.

PARDONER ['pɑ:dnə], *s.* perdoador, absolvidor.

PARDONING ['pɑ:dniŋ], *a.* perdoador, indulgente, remissor.

PARE [pɛə], *v.* descascar, cortar, aparar; cortar, recortar; desbastar.

PAREGORIC ['pærə'gɔrik], *a.* calmante, mitigante, anódino, paregórico. *s.* elixir paregórico.

PARENCHYMA [pə'reŋkimə], s. (bot.) parênquima.

PARENT ['pɛərənt], *s.* pai; mãe; origem, fonte, causa, autor; antepassado; *pl.* pais (pai e mãe). *a.* paterno; materno. # *parent population,* população de origem. *to take after one's parents,* puxar aos (= pelos) pais.

PARENTAGE ['pɛərəntidʒ], *s.* nascimento, geração, origem, ascendência, família, parentesco.

PARENTAL [pə'rentl], *a.* paternal, maternal.

PARENTHESIS [pə'renθisis], *pl.* **PARENTHESES** [pə'renθisi:z], *s.* parêntese (= parêntesis); *pl.* parenteses (= parêntesis). # *by way of parenthesis,* incidentalmente, de passagem.

PARENTHETIC, AL [pærən'θetik, əl], *a.* parentético.

PARENTHOOD ['pɛərənthud], *s.* paternidade; maternidade.

PARENTLESS ['pɛərəntlis], *a.* órfão.

PARER ['pɛərə], *s.* aparador, raspadeira.

PARGET ['pɑ:dʒit], *s.* reboco. *v.* rebocar.

PARIAH ['pæriə], *s.* pária.

PARIETAL [pə'raiitl], *a.* e *s.* parietal.

PARING ['pɛəriŋ], *s.* recortes, aparas.

PARISH ['pæriʃ], *s.* freguesia, paróquia. *a.* paroquial.

PARISHIONER [pə'riʃənə], *s.* paroquiano.

PARISIAN [pə'rizjən], *s.* e *a.* parisiense.

PARISYLLABIC ['pærisi'læbik], *a.* parassílabo.

PARITY ['pæriti], *s.* paridade, igualdade, identidade, semelhança.

PARK [pɑ:k], *s.* parque, bosque; jardim; campina; (E.U.) campo de esporte. *v.* parquear, estacionar (automóvel); colocar em um parque.

PARKA ['pɑ:kə], *s.* (E.U.) capa de borracha com capuz.

PARKER ['pɑ:kə], *s.* guarda de parque; couteiro.

PARKING ['pɑ:kiŋ], *s.* estacionamento (de veículos), parqueamento. # *parking meter,* aparelho registrador do tempo de estacionamento.

PARKING-PLACE ['pɑ:kiŋpleis], *s.* (E.U.) local de estacionamento de automóveis, parqueamento, ponto de automóveis = (Ing.) *car-park.*

PARLANCE ['pɑ:ləns], *s.* conversação; debate; linguagem.

PARLEY ['pɑ:li], *s.* parlamentação; (E.U.) discussão. *v.* parlamentar.

PARLIAMENT ['pɑ:ləmənt], *s.* parlamento, legislativo, câmaras, cortes.

PARLIAMENTARIAN [pɑ:ləmən'tɛəriən], *s.* parlamentarista.

PARLIAMENTARY [pɑ:lə'mentəri], *a.* parlamentar.

PARLOUR ['pɑ:lə], *s.* parlatório, locutório, salão de visitas. # *parlour caucus,* (E.U.) reunião secreta de chefes políticos.

PARLO(U)R-CAR ['pɑ:ləkɑ:], *s.* (E.U.) carro-salão (de estrada de ferro).

PARLOUR GAME ['pɑ:ləgeim], *s.* jogo de salão.

PARLOUR-MAID ['pɑ:ləmeid], *s.* copeira (em casa particular) = (E.U.) *waitress.*

PARNASSIAN [pɑ:'næsiən], *a.* parnasiano.

PAROCHIAL [pə'roukjəl], *a.* paroquial.

PAROCHIALISM [pə'roukjəlizm], *s.* bairrismo.

PARODIST ['pærədist], *s.* parodista.

PARODY ['pærədi], *s.* paródia. *v.* parodiar.

PAR OF EXCHANGE ['pɑ:rəviks'tʃeindʒ], *s.* paridade (do câmbio).

PAROLE [pə'roul], *s.* palavra; palavra de honra; promessa; alegação; santo-e-senha; (ling.) fala, discurso (atividade lingüística em oposição a estrutura lingüística); (E.U.) livramento condicional = (Ing.) *ticket-of-leave.*

PAROTID [pə'rɔtid], *s.* parótida. *a.* parotídeo.

PAROXYSM ['pærəksizm], *s.* paroxismo, agonia, acesso.

PAROXYTONE [pə'rɔksitoun], *s.* e *a.* paroxítono.

PARQUET ['pɑ:kei], *s.* assoalho, parquete; (E.U.) parte dianteira da platéia de um teatro = (Ing.) *stalls.*

PARR [pɑ:], *s.* salmão pequeno.

PARRICIDE ['pærisaid], *s.* parricídio; parricida.

PARROT ['pærət], *s.* papagaio.

PARRY ['pæri], *v.* aparar, desviar um golpe. *s.* parada (esgrima); defesa.

PARSE [pɑ:z], *v.* analisar.

PARSIMONIOUS [pɑ:si'mounjəs], *a.* frugal, parco, escasso, parcimonioso, econômico, poupado, moderado.

PARSIMONY ['pɑ:siməni], *s.* economia, parcimônia, moderação.

PARSING ['pɑ:ziŋ], *s.* análise gramatical.

PARSLEY ['pɑ:sli], *s.* salsa.

PARSNIP ['pɑ:snip], *s.* cenoura branca.

PARSON ['pɑ:sn], *s.* cura, sacerdote, reitor, pároco, vigário, padre.

PARSONAGE ['pɑ:snidʒ], *s.* curato; presbitério, vicariato.

PART [pɑ:t], *s.* parte, quinhão, porção, pedaço; fragmento, membro; região, lugar, local, sítio;

lado, partido; papel (de teatro); *pl.* dotes naturais, prendas pessoais; habilidades; fascículo. *v.* distribuir, repartir, partir, dividir, separar, desunir, apartar, afastar, romper, desprender, rebentar (amarra); desunir-se, desprender-se, safar-se; despedir-se; saltar; morrer. # *be art and part in, be part and parcel of,* ter parte em, ser parte integrante de. *fat part,* papel importante (gír. teatral). *for my part,* quanto a mim. *have neither part nor lot in,* nada ter a ver com, não participar de, não tomar parte em. *part among,* distribuir. *part from,* separar-se de (pessoa). *part into,* dividir em. *part with,* separar-se de (coisa). *take in good part,* não levar a mal.

PARTAKE [pɑ:'teik], *pret.* **PARTOOK;** *pp.* **PARTAKEN.** *v.* partilhar, participar, tomar parte.

PARTAKEN [pɑ:'teikən], *pp.* de **PARTAKE.**

PARTAKER [pɑ:'teikə], *s.* participante, cúmplice.

PARTAKING [pɑ:'teikiŋ], *s.* participação, combinação (para o mal); conspiração, conluio.

PARTERRE [pɑ:'tɛə], *s.* tabuleiro de jardim; canteiro de flores; (E.U.) platéia de teatro = (Ing.) *pit.* # *parterre row,* (teat.) frisas.

PARTHENOGENESIS ['pɑ:θinou'dʒenisis], *s.* partenogênese.

PARTIAL ['pɑ:ʃəl], *a.* local, parcial.

PARTIALITY [pɑ:ʃi'æliti], *s.* parcialidade; tendência, predileção.

PARTIALLY ['pɑ:ʃəli], *adv.* parcialmente, com parcialidade.

PARTICIPANT [pɑ:'tisipənt], *a.* e *s.* partícipe, participante.

PARTICIPATE [pɑ:'tisipeit], *v.* participar de, tomar parte em.

PARTICIPATION [pɑ:tisi'peiʃən], *s.* quinhão, participação, parte.

PARTICIPATOR [pɑ:'tisipeitə], *s.* participante.

PARTICIPIAL [pɑ:ti'sipiəl], *a.* participial.

PARTICIPLE ['pɑ:tsipl], *s.* particípio.

PARTICLE ['pɑ:tikl], *s.* partícula; pequena parte ou porção.

PARTI-COLOURED ['pɑ:ti-kʌləd], *a.* de cores várias, multicor, multicolor.

PARTICULAR [pə'tikjulə], *a.* particular, privado, peculiar, individual, privativo, especial, notável, extraordinário, estranho, singular; minucioso, pormenorizado, completo, detalhado; prolixo, circunstanciado; predileto, distinguido, raro, esquisito; exigente. *s.* particularidade, pormenor; circunstância, singularidade; *pl.* indicações, pormenores, informações. # *full particulars,* informações completas, dados completos. *in particular,* especialmente. *particular friend,* amigo íntimo.

PARTICULARITY [pətikju'læriti], *s.* particularidade.

PARTICULARIZE (ISE) [pə'tikjuləraiz], *v.* pormenorizar, particularizar, especificar.

PARTICULARLY [pə'tikjuləli], *adv.* especialmente, particularmente.

PARTING ['pɑ:tiŋ], *s.* adeus, despedida, separação, partida; rompimento, divisão, bifurcação; risca do cabelo.

PARTISAN [pɑ:ti'zæn], *s.* partidário, sequaz, prosélito, sectário.

PARTISANSHIP [pɑ:ti'zænʃip], *s.* adesão incondicional a um partido, partidarismo.

PARTITION [pɑ:'tiʃən], *s.* separação, divisão, partição, repartição divisória; tabique; partitura (mús.); partilha. *v.* dividir, repartir, partir, distribuir, separar. # *partition wall,* tabique, parede divisória.

PARTITIVE ['pɑ:titiv], *a.* distributivo, partitivo.

PARTLY ['pɑ:tli], *adv.* de certo modo; em parte.

PARTNER ['pɑ:tnə], *s.* associado, sócio, par, parceiro; companheiro, companheira; cônjuge, consorte; camarada; interessado, partícipe. *v.* associar-se. # *active partner, management partner, managing partner,* sócio-gerente; sócio ativo. *sleeping partner,* sócio comanditário; sócio passivo. *working partner,* sócio de indústria.

PARTNERSHIP ['pɑ:tnəʃip], *s.* interesse, sociedade, associação, consórcio; corporação. # *enter into partnership,* (com.) associar-se a. *limited partnership,* sociedade em comandita. *take into partnership,* (com.) dar sociedade a.

PARTOOK [pɑ:'tuk], *pret.* de **PARTAKE.**

PART OWNER ['pɑ:t'ounə], *s.* co-proprietário.

PARTRIDGE ['pɑ:tridʒ], *s.* perdiz.

PARTURITION [pɑ:tju(ə)'riʃən], *s.* parto.

PARTY ['pɑ:ti], *s.* partido, facção, parte litigante; banda, bando; destacamento; sarau, festa, reunião; convite; (col.) sujeito, indivíduo. # *coming-out-party,* festa em que as mocinhas são apresentadas à sociedade. *Dutch party,* festa em que cada convidado leva sua parte de comestíveis. *stag party,* festa exclusivamente masculina, festa só para homens. *stuffed-shirt party,* festa de cerimônia. *throw a party,* dar uma festa.

PARTY-LINE ['pɑ:tiləin], *s.* linha partidária.

PARTY-WALL ['pɑ:ti'wɔ:l], *s.* parede-meia.

PASQUINADE [pæskwi'neid], *s.* pasquim; pasquinada.

PASS [pɑ:s], *v.* passar, transportar, atravessar, transpor; exceder; enviar, remeter; fazer passar uma coisa por outra; aprovar (projeto de lei); votar; trasladar, transferir; omitir; deixar de fazer; passar por alto; superar; tolerar, consentir; transitar, caminhar, andar; correr, deslizar; fazer passes; cruzar; dar uma estocada; deixar de fazer uma jogada; acontecer, ocorrer; desvanecer-se; morrer; mudar de situação; (E. U.) não dar lucro, não distribuir dividendos. *s.* garganta, desfiladeiro; passagem, caminho; trecho; trânsito; licença, salvo-conduto; passaporte; estado, condição. # *be in a pretty pass,* estar em maus lençóis. *come to pass,* acontecer. *pass muster,* (mil.) ser considerado apto. *pass on,* morrer. *pass up,* desistir. *pass upon,* impingir, lograr, enganar. *sell the pass,* trair. *to be passed,* ser aprovado (projeto, decreto, etc.); ser aprovado (em exame).

PASSABLE ['pɑ:səbl], *a.* passável, transitável; admissível, aceitável, tolerável; navegável.

PASSAGE ['pæsidʒ], *s.* passagem; passada, passo; trânsito; travessia, navegação; trajeto; canal, incidente, acontecimento, ocorrência, episódio, fato; desafio; lance; migração das aves. # *to force the passage,* abrir passagem.

PASSAGEWAY ['pæsidʒwei], *s.* passadiço.

PASS-BOOK ['pɑ:sbuk], *s.* (cont.) razão; caderneta de banco.

PASSENGER ['pæsindʒə], *s.* passageiro, caminhante, viandante, transeunte, viajor. # *passenger car,* (estr. f.) vagão de passageiro; (aut.) carro de passeio.

PASSER ['pɑ:sə], *s.* caminhante; transeunte; perfurador (cutelaria).

PASSER ['pæsə], *s.* pardal.

PASSER-BY ['pɑ:sə'bɑi], *s.* transeunte, passageiro, caminhante.

PASSERINE ['pæsərain], *a.* relativo a pardal. *s.* pardal.

PASSIBILITY [pæsi'biliti], *s.* passibilidade, passividade.

PASSIBLE ['pæsibl], *a.* passível, passivo.

PASSIM ['pæsim], *adv.* a cada passo, aqui e ali, em toda parte.

PASSING ['pɑ:siŋ], *a.* passageiro, transitório, fortuito, fugitivo, momentâneo. *adv.* perfeitamente, eminentemente, extremamente, excessivamente, sumamente, muito. *s.* passagem; passo, passada; curso; trânsito; morte, passamento; aprovação de um projeto de lei; aprovação (em exame), vau.

PASSION ['pæʃən], *s.* paixão; flama, ardor; furor, raiva, cólera, ira. # *fly into a passion,* enfurecer-se. *passion pit,* (E.U.) cinema do sistema *drive-in.* *ruling passion,* paixão dominante.

PASSIONATE ['pæʃənit], *a.* apaixonado, ardente, arrebatado; irascível; vivo, impetuoso, intenso; colérico, irritado.

PASSIONATENESS ['pæʃənitnis], *s.* impetuosidade, arrebatamento, cólera, veemência, paixão.

PASSIONLESS ['pæʃənlis], *a.* impassível, insensível, frio.

PASSION-SUNDAY ['pæʃən'sʌndi], *s.* Domingo da Paixão.

PASSION-WEEK ['pæʃən'wi:k], *s.* Semana Santa.

PASSIVE ['pæsiv], *a.* passivo, quieto, inerte, sofredor.

PASSIVENESS ['pæsivnis], *V.* **PASSIVITY.**

PASSIVITY [pæ'siviti], *s.* passividade, calma, paciência, passibilidade.

PASS-KEY ['pɑ:ski:], *s.* chave particular; chave mestra; (E.U.) gazua = (Ing.) *skeleton-key.*

PASSMAN ['pɑ:smæn], *s.* estudante que obtém nota de aprovação.

PASSOVER ['pɑ:souvə], *s.* páscoa dos hebreus.

PASS-PAROLE ['pɑ:spəroul], *s.* santo-e-senha.

PASSPORT ['pɑ:spɔ:t], *s.* passaporte, salvo-conduto.

PASSWORD ['pɑ:swə:d], *s.* santo-e-senha.
PAST [pɑ:st], *s.* passado. *a.* passado, decorrido, transato.
PASTE [peist], *s.* massa, pasta, cola, grude, goma. *v.* colar, grudar, pregar, prender. # *sweet paste,* doce em massa.
PASTE-BOARD ['peistbɔ:d], *s.* papelão, cartolina. *a.* feito de papelão.
PASTE-DIAMOND ['peistdaiəmənd], *s.* imitação de diamante, diamante falso.
PASTE-GRAIN ['peistgrein], *s.* imitação de ouro.
PASTEL ['pæstəl], *s.* pastel (pintura).
PASTELIST ['pæstəlist], *s.* pastelista.
PASTEURIZATION (ISA) [pæstərai'zeiʃən], *s.* pasteurização, esterilização.
PASTEURIZE (ISE) ['pæstəraiz], *s.* pasteurizar, esterilizar.
PASTIL, PASTILE, PASTILLE [pæs'ti:l], *s.* pastilha; pastel (pintura).
PASTIME ['pɑ:staim], *s.* passatempo, brincadeira, diversão, divertimento, entretenimento, distração, recreação. # *by way of pastime,* por passatempo.
PASTINESS ['peistinis], *s.* pastosidade.
PASTOR ['pɑ:stə], *s.* pastor, pároco, cura, clérigo.
PASTORAL ['pɑ:stərəl], *a.* pastoral, pastoril, relativo a pastores. *s.* poema pastoril, bucólica (= pastorela, pastoral, écloga, égloga); pastoral, carta pastoral.
PASTORALE [pæstə'rɑ:li], *s.* música pastoril.
PASTORATE ['pɑ:stərit], *s.* curato.
PASTRY ['peistri], *s.* pastelaria; pastéis, empadas, massas. *pastry-wheel,* caretilha para cortar massa (utensílio de cozinha).
PASTRYCOOK ['peistrikuk], *s.* pasteleiro.
PASTURAGE ['pɑ:stjuridʒ], *s.* pastagem, pasto.
PASTURE ['pɑ:stʃə], *s.* pasto. *v.* pastar, pastorear, apascentar.
PASTY ['pɑ:sti, 'pæsti], *s.* pastel.
PASTY ['peisti], *a.* pastoso.
PAT [pæt], *s.* alcunha dada aos irlandeses (abr. de **PATRICK**).
PAT [pæt], *a.* justo, exato, preciso, próprio, apropriado, conveniente, oportuno. *s.* pancadinha, carinho, carícia, mimo. *adv.* justamente, prontamente, exatamente, precisamente, convenientemente. *v.* afagar, acariciar, mimar. # *to know pat,* saber na ponta da língua. *to stand pat,* (col.) ficar firme, não ceder, agüentar firme.
PATCH [pætʃ], *v.* remendar, consertar, embutir pedaços. *s.* remendo; embutimento; peça embutida em mosaico; pequeno terreno. # *patch bolt,* (maq.) parafuso de remendo.
PATCHABLE ['pætʃəbl], *a.* remendável.
PATCHER ['pætʃə], *s.* remendão.
PATCHOULI ['pætʃuli:], *s.* patchuli.
PATCHWORK ['pætʃwə:k], *s.* obra de retalhos; remendo.
PATCHY ['pætʃi], *a.* cheio de remendos, semelhante a obra de retalhos.
PATE [peit], *s.* (col.) cabeça, crânio, cérebro.
PATELLA [pə'telə], *s.* rótula, patela.
PATELLAR [pə'telə], *a.* patelar.
PATEN ['pætən], *s.* pátena.
PATENT ['peitənt, 'pætənt], *a.* patente, claro, manifesto, visível, público; privilegiado. *s.* patente, privilégio, propriedade, exclusividade; diploma, título. *v.* obter privilégio, receber ou conceder patente (de invenção).
PATENTED ['peitəntid], *a.* patenteado, privilegiado.
PATENT-LEATHER ['peitənt'leðə], *s.* verniz (couro).
PATENT-RIGHT ['peitənt-rait], *s.* monopólio, direito de invenção, privilégio de invenção.
PATER ['peitə], *s.* (fam.) pai.
PATERNAL [pə'tə:nl], *a.* paternal, paterno.
PATERNITY [pə'tə:niti], *s.* paternidade.
PATH [pɑ:θ], *s.* senda, trilho, atalho, vereda; curso, via, conduta.
PATHETIC [pə'θətik], *a.* patético, comovente, terno, lânguido.
PATHFINDER ['pɑ:θfaində], *s.* explorador, desbravador, pioneiro.
PATHLESS ['pɑ:θlis], *a.* intransitável; destituído de estradas.
PATHOLOGIC, AL [pæθə'lɔdʒik, əl], *a.* patológico.
PATHOLOGIST [pə'θɔlədʒist], *s.* patologista.
PATHOLOGY [pə'θɔlədʒi], *s.* patologia.
PATHOS ['peiθɔs], *s.* o patético; sentimento, ternura, sensibilidade.
PATHWAY ['pɑ:θwei], *s.* trilha, senda, caminho, vereda, atalho.

PATIENCE ['peiʃəns], *s.* paciência, calma, resignação, conformidade. # *be out of patience,* estar sem paciência.

PATIENT ['peiʃənt], *a.* paciente, conformado, calmo, resignado. *s.* paciente, enfermo, doente; cliente.

PATIENTLY ['peiʃəntli], *adv.* pacientemente; com paciência.

PATIO ['pɑ:tiou], *s.* pátio.

PATOIS ['pætwɑ:], *s.* patoá; gíria.

PATRIARCH ['peitriɑ:k], *s.* patriarca, ancião venerável.

PATRIARCHAL [peitri'ɑ:kəl], *a.* patriarcal.

PATRIARCHATE ['peitriɑ:kit], *s.* patriarcado.

PATRICIAN [pə'triʃən], *s.* patrício, aristocrata. *a.* patrício, aristocrático.

PATRICIDE ['pætrisaid], *s.* parricídio; parricida.

PATRIMONIAL [pætri'mounjəl], *s.* patrimonial.

PATRIMONY ['pætriməni], *s.* patrimônio; herança.

PATRIOT ['pætriət, 'peitriət], *s.* patriota.

PATRIOTEER [pætriə'tiə], *s.* (E.U.) patrioteiro, falso patriota.

PATRIOTIC [pætri'ɔtik], *a.* patriótico.

PATRIOTISM ['pætriətizm], *s.* patriotismo, civismo.

PATROL [pə'troul], *s.* patrulha, ronda. *v.* rondar, fazer a ronda; patrulhar.

PATROLMAN [pə'troulmən], *s.* (E.U.) rondante = (Ing.) *constable.*

PATROL VAN [pə'troulvæn], *s.* (E.U.) carro da polícia, viúva-alegre = (Ing.) *prison van, Black Maria.*

PATRON ['peitrən], *s.* patrono, defensor, advogado, protetor, padroeiro; patrocinador; medianeiro; freguês. # *patron saint,* santo padroeiro.

PATRONAGE ['pætrənidʒ], *s.* proteção, amparo, patronato; auspício; padroado (igreja); (com.) preferência.

PATRONESS ['peitrənis], *s.* padroeira, patrona, protetora, advogada.

PATRONIZE (ISE) ['pætrənaiz], *v.* proteger, patrocinar, apadrinhar, amparar, favorecer, condescender; fomentar; ser freguês de; auxiliar em negócio.

PATRONIZER ['pætrənaizə], *s.* protetor, patrocinador, defensor.

PATRONIZING ['pætrənaiziŋ], *a.* protetor, condescendente.

PATRONYMIC [pætrə'nimik], *s.* e *a.* patronímico.

PATROON [pə'tru:n], *s.* proprietário de terras.

PATTEN ['pætn], *s.* tamanco, soco.

PATTER ['pætə], *v.* recitar orações; dizer mecânicamente; falar com volubilidade; fazer ruído compassado; tamborilar. *s.* tagarelice, murmuração; pateada; arenga de saltimbancos.

PATTERER ['pætərə], *s.* resmungão, murmurador.

PATTERN ['pætən], *s.* norma, regra, modelo, exemplar, espécime, amostra; desenho, padrão, risco, molde. *v.* copiar, desenhar, riscar, servir de exemplo ou de modelo. # *pattern cutter,* carretilha (utensílio de alfaiate).

PATTY ['pæti], *s.* empada, pastel pequeno; torta.

PAUCITY ['pɔ:siti], *s.* escassez, pequena quantidade.

PAUNCH ['pɔ:ntʃ], *s.* abdômen (= abdome), pança, barriga.

PAUPER ['pɔ:pə], *s.* indigente, pobre, miserável, mendigo.

PAUPERISM ['pɔ:perizm], *s.* pauperismo, mendicância, indigência, pobreza, miserabilidade.

PAUSE [pɔ:z], *s.* intervalo, pausa; interrupção, cessação, hesitação, vacilação, irresolução. *v.* pausar; cessar, parar, interromper; deter-se; hesitar, vacilar; esperar, aguardar.

PAVE [peiv], *v.* calçar; preparar (estrada), pavimentar, ladrilhar; empedrar; lajear.

PAVEMENT ['peivmənt], *s.* calçamento, pavimentação; calçada, passeio = (E.U.) *sidewalk;* (E.U.) o leito da rua, o meio da rua = (Ing.) *roadway.*

PAVER ['peivə], *s.* ladrilhador, calceteiro.

PAVILLION [pə'viljən], *s.* pavilhão, bandeira, tenda, barraca; pequena torre.

PAVING ['peiviŋ], *s.* calçamento; material para calçamento.

PAVIOUR ['peivjə], *V.* **PAVER.**

PAW [pɔ:], *s.* garra, pata. *v.* dar patadas; raspar o chão (os cavalos); maltratar.

PAWKINESS ['pɔ:kinis], *s.* astúcia, manha.

PAWKY ['pɔ:ki], *a.* velhaco, astuto, ladino, sagaz, manhoso.

PAWL [pɔ:l], *s.* lingüeta. *v.* prender ou fechar com lingüeta.

PAWN [pɔ:n], *v.* empenhar, hipotecar. *s.* hipoteca, penhor, garantia, caução; peão (no jogo de xadrez); pessoa sem importância, que é instrumento de outrem. # *give in pawn,* penhorar. *in pawn,* penhorado.

PAWNBROKER ['pɔ:nbroukə], *s.* prestamista, dono de casa de penhores, o que empresta sob penhor.

PAWNEE [pɔ:'ni:], *s.* credor hipotecário; o que empresta sob penhor.

PAWNER ['pɔ:nə], *s.* o que toma dinheiro sob penhor.

PAWNSHOP ['pɔ:nʃɔp], *s.* casa de penhores, prego = (E.U.) *loan-office.*

PAWN TICKET ['pɔ:ntikit], *s.* cautela de penhor.

PAY [pei], *pret.* e *pp.* **PAID,** *v.* pagar, saldar, satisfazer, liqüidar; prestar; fazer; abonar, recompensar, remunerar; desembolsar; custear; corresponder; sofrer uma pena ou castigo; pagar uma dívida; ser útil ou proveitoso. *s.* salário, soldo, pagamento, ordenado, vencimento; estipêndio; recompensa; compensação. *a.* (E.U.) pago; de pagamento. # *back pay,* pagamento de salários. *big pay job,* cargo rendoso. *it doesn't pay,* não vale a pena. *pay back,* devolver, restituir, pagar. *pay down,* pagar à vista, *pay off,* saldar; remunerar. *pay out,* liqüidar as contas; (náut.) arrear (cabo). *pay up,* saldar; dar lucro; distribuir donativos. *pay out someone,* vingar-se de alguém.

PAYABLE ['peiəbl], *a.* pagável, amortizável.

PAYDAY ['peidei], *s.* dia de pagamento.

PAYEE [pei'i:], *s.* beneficiário, sacador, portador de letra ou cheque; pessoa a quem se paga.

PAYER ['peiə], *s.* pagador; responsável; sacado.

PAYLOAD ['peiloud], *s.* ogiva (de um torpedo).

PAYMASTER ['peimɑ:stə], *s.* pagador; tesoureiro; comissário.

PAYMENT ['peimənt], *s.* pagamento, paga, recompensa, prêmio. # *against payment,* contra pagamento à vista. *deferred payment,* pagamento suspenso. *time payment,* pagamento a prazo. *token payment,* sinal (pagamento). *to make a down payment,* (com.) dar uma entrada.

PAY-PHONE ['peifoun], *s.* (E.U.) telefone público = (Ing.) *public call box.*

PAY ROLL ['peiroul], *s.* (E.U.) folha de pagamento = (Ing.) *salary sheet, wage sheet, salary list.*

PAYSHEET ['peiʃi:t], *s.* (E.U.) *V.* **PAY ROLL.**

PEA [pi:], *s.* ervilha. *pl.* **PEAS** ou **PEASE.**

PEACE [pi:s], *s.* paz; tranqüilidade, calma, repouso, descanso, sossego, silêncio, quietude; harmonia, concórdia. *int.* paz! silêncio!

PEACEABLE ['pi:səbl], *a.* pacífico, quieto, calmo, sossegado, tranqüilo.

PEACEFUL ['pi:sful], *a.* tranqüilo, calmo, pacífico, sossegado, quieto.

PEACEFULNESS ['pi:sfulnis], *s.* quietude, tranqüilidade, calma, paz, sossego.

PEACEMAKER ['pi:smeikə], *s.* medianeiro, conciliador, pacificador.

PEACE-OFFERING ['pi:s-ɔfəriŋ], *s.* proposta de paz; proposta de reconciliação; (rel.) sacrifício propiciatório.

PEACH ['pi:tʃ], *s.* pêssego; (col.) moça bonita. # *a peach of an idea,* uma idéia estupenda. *peach against* (ou *on, upon*), delatar.

PEACHER ['pi:tʃə], *s.* acusador, delator.

PEACHY ['pi:tʃi], *a.* semelhante ao pêssego; delicioso.

PEACOCK ['pi:kɔk], *s.* pavão.

PEAFOWL ['pi:faul], *s.* pavão ou pavoa.

PEAHEN ['pi:'hen, 'pi:hen], *s.* pavoa.

PEA-JACKET ['pi:dʒækt], *s.* jaqueta de lã (usada pelos marinheiros).

PEAK [pi:k], *s.* pico, cimo, cume; ponta; cúspide; unha da âncora. # *peak load,* (eletr.) carga máxima.

PEAKED [pi:kt], *a.* pontiagudo, pontudo; (fam.) enfermiço, magro, abatido.

PEAL [pi:l], *s.* repique de sinos, barulho, bulha, estrépito; estrondo; descarga de artilharia. *v.* ressoar, retinir; aturdir. # *peal of applause,* salva de palmas. *peal of laughter,* gargalhada estrondosa. *peal of thunder,* trovoada.

PEAL-RINGING ['pi:lriŋiŋ], *s.* repique.

PEAN [pi:n], *s.* pele, peliça.

PEAN, PAEAN ['pi:ən], *s.* hino em honra dos deuses.

PEANUT ['pi:nʌt], *s.* amendoim = (Ing.) *monkeynut.*

PEANUT POLITICIAN ['pi:nʌtpɔli'tiʃən], *s.* politiqueiro.

PEANUT POLITICS ['pi:nʌt'pɔlitiks], *s.* (E.U.) politicagem.

PEAR [pɛə], *s.* pêra.

PEARL [pə:l], *s.* pérola; aljôfar. # *cast* (ou *throw) pearls before (the) swine,* jogar pérolas aos porcos, gastar cera com mau defunto.

PEARL-BARLEY ['pə:l'ba:li], *s.* cevadinha.

PEARLED [pə:ld], *a.* enfeitado de pérolas.

PEARLY ['pə:li], *a.* de pérola.

PEASANT ['pezənt], *s.* camponês, aldeão, lavrador. *a.* rústico, agreste, campestre, campesino.

PEASANTRY ['pezəntri], *s.* camponeses; rusticidade.

PEAS(E)COD ['pi:zkɔd], *s.* casca de ervilha; vagem.

PEASE [pi:z], *pl.* de **PEA.**

PEAT [pi:t], *s.* turfa.

PEAT BOG ['pi:tbɔg], *s.* (geol.) turfeira.

PEATY ['pi:ti], *a.* de turfa.

PEBBLE ['pebl], *s.* seixo, cascalho; calhau; couro lavrado; pólvora grossa. *v.* lavrar couro; ter aparência áspera.

PEBBLE-CRYSTAL ['pebl'kristl], *s.* cristal de rocha.

PEBBLY ['pəbli], *a.* pedregoso, seixoso.

PECCABILITY [pekə'biliti], *s.* pecabilidade.

PECCABLE ['pekəbl], *a.* pecável.

PECCADILLO [pekə'dilou], *s.* pecadilho, pecado venial, pecado leve.

PECCARY ['pekəri], *s.* pecari.

PECK [pek], *s.* quantidade, porção, medida; número. *v.* bicar, picar, dar bicadas; espicaçar. # *be in a peck of troubles,* estar em apuros, estar em maus lençóis. *peck at (food)*, beliscar, fazer uma refeição ligeira.

PECKING ['pekiŋ], *s.* bicada; picada.

PECKISH ['pekiʃ], *a.* (col.) esfomeado, faminto.

PECTIN ['pektin], *s.* (bioquim.) pectina.

PECTORAL ['pektərəl], *a.* peitoral. *s.* peitoral (igreja); (med.) peitoral.

PECULATE ['pekjuleit], *v.* praticar peculato, roubar, furtar, dar desfalque.

PECULATION [pekju'leiʃən], *s.* peculato, concussão, desfalque.

PECULATOR ['pekjuleitə], *s.* peculatário, concussionário.

PECULIAR [pi'kju:liə], *a.* peculiar, esquisito, próprio, privativo, individual, singular, estranho; particular, especial; raro, extraordinário, excêntrico, seleto, escolhido. *s.* o que é peculiar, o que é propriedade exclusiva; privilégio; (ecles.) capela, ermida.

PECULIARITY [pikju:li'æriti], *s.* particularidade, peculiaridade, singularidade, especialidade, individualidade.

PECULIARLY [pi'kju:ljəli], *adv.* peculiarmente, especialmente.

PECUNIARY [pi'kju:njəri], *a.* pecuniário, monetário.

PEDAGOGIC, AL [pedə'gɔdʒik, əl], *a.* pedagógico.

PEDAGOGICS [pədə'gɔdʒiks], *s.* pedagogia.

PEDAGOGUE ['pedəgɔg], *s.* pedagogo, educador, mestre-escola.

PEDAGOGY ['pedəgɔgi, 'pedəgɔdʒi], *s.* pedagogia.

PEDAL ['pedl], *s.* pedal. *a.* do pedal. *v.* pedalar. # *apply a soft pedal* (ou *to soft pedal),* agir delicadamente; agir com prudência.

PEDANT ['pedənt], *s.* pedante.

PEDANTIC, AL [pi'dæntik, əl], *a.* pedante.

PEDANTRY ['pedəntri], *s.* pedantismo.

PEDATE ['pedit], *a.* pedioso; (bot.) pediforme.

PEDDLE ['pedl], *v.* mascatear, revender; vender em pequenas porções; ser vendedor ambulante; ocupar-se de ninharias.

PEDDLER, ['pedlə], mascate, vendedor ambulante, bufarinheiro, camelô (= *pedlar).*

PEDESTAL ['pedistl], *s.* pedestal; peanha; suporte.

PEDESTRIAN [pi'destriən], *s.* pedestre, transeunte, caminhante, passante, peão, viajeiro, andador. *a.* pedestre, comum, vulgar; vagaroso.

PEDESTRIANISM [pi'destriənizm], *s.* pedestrianismo.

PEDIATRICIAN [pidiə'triʃən], *V.* **PAEDIATRICIAN.**

PEDIATRICS [pidi'ætriks], *V.* **PAEDIATRICS.**

PEDICLE ['pedikl], *s.* pedúnculo, pedículo.

PEDICURE ['pedikjuə], *a.* calista, pedicuro.

PEDIGREE ['pedigri:], *s.* genealogia, casta, linhagem; árvore genealógica; registro genealógico (de cachorros, cavalos).
PEDIMENT ['pedimənt], *s.* (arq.) frontão.
PEDIMENTED ['pediməntid], *a.* com frontão.
PEDLAR ['pedlə], *V.* **PEDDLER.**
PEDOLOGY [pi'dɔlədʒi], *s.* pedologia.
PEDOMETER [pi'dɔmitə], *s.* pedômetro.
PEDUNCLE [pi'dʌŋkl], *s.* pedúnculo.
PEEK [pi:k], *v.* espiar, espreitar. *s.* olhadela.
PEEK-A-BOO ['pi:kəbu:], *s.* brinquedo que consiste em esconder-se alguém e aparecer subitamente a uma criança = *bo-peep.*
PEEL [pi:l], *s.* película, pele, casca; pá de forno; pá de remo. *v.* descascar; pelar; despir-se.
PEELER ['pi:lə], *s.* o que pela, o que descasca; (col.) tempestade; (Ing. gír.) policial.
PEEN ['pi:n], *s.* pena (de um martelo).
PEENING ['pi:niŋ], *s.* (ofic.) martelagem.
PEEP [pi:p], *v.* espiar, espreitar; despontar, assomar; piar, pipilar; aparecer. *s.* espiadela, olhadela; espreita; assomo; indício; aparecimento; pio, piado; (gír. mil.), jipe. # *at the peep of the day* (ou *of dawn*), ao romper do dia. *without a peep,* sem tugir nem mugir.
PEEPER ['pi:pə], *s.* espreitador; pintinho; (col.) olho.
PEEP-HOLE ['pi:phoul], *s.* vigia, postigo.
PEEPING ['pi:piŋ], *a.* que espreita.
PEER [piə], *v.* espreitar, olhar, espiar; assomar, aparecer, despontar. *s.* par, companheiro, igual; nobre, grande, fidalgo; magnata. # *peer at,* examinar. *peer of the realm,* par do reino.
PEERAGE ['piəridʒ], *s.* dignidade de par, conjunto de pares; nobreza, alteza, dignidade; fidalguia.
PEERESS ['piəris], *s.* mulher nobre, fidalga.
PEERLESS ['piəlis], *a.* sem par, que não tem par, inigualável, incomparável.
PEERLESSNESS ['piəlisnis], *s.* posição superior, superioridade incomparável.
PEEVE ['pi:v], *v.* (col.) irritar(-se).
PEEVED ['pi:vd], *a.* (col.) irritado.
PEEVISH ['pi:viʃ], *a.* rabugento, irritante, ranheta, impertinente, impaciente, mal-humorado; frenético; pueril.
PEEVISHNESS ['pi:viʃnis], *s.* impertinência, rabugice, mau humor.
PEG [peg], *s.* cavilha; grampo de segurar roupa; cravelha; estaca, mourão; pretexto, escusa. *v.* fixar com pregos. # *a square peg in a round hole,* pessoa fora do seu elemento. *off-the-peg,* roupa feita = *reach-me-down. peg away,* trabalhar arduamente. *peg down,* prender com pregos. *peg out,* fracassar; (gír.) bater as botas, morrer. *to come down a peg,* abaixar o topete.
PEJORATIVE ['pi:dʒərətiv], *a.* corruptor; pejorativo; depreciador.
PELAGIC [pə'lædʒik], *a.* oceânico.
PELERINE ['peləri:n], *s.* pelerine.
PELF [pelf], *s.* bens adquiridos desonestamente.
PELICAN ['pelikən], *s.* pelicano; alambique.
PELISSE [pə'li:s], *s.* peliça.
PELLET ['pelit], *s.* bala; bolinha de papel; grão de chumbo; pelota; péla.
PELLICLE ['pelikl], *s.* película.
PELL-MELL ['pel'mel], *s.* confusão, balbúrdia; luta corpo a corpo. *a.* confuso, desordenado. *adv.* confusamente, desordenadamente.
PELLUCID [pe'lju:sid], *a.* transparente, diáfano, translúcido; claro, cristalino.
PELLUCIDITY [pelju:'siditi], *s.* transparência, cristalinidade, diafaneidade.
PELMET ['pelmit], *s.* sanefa.
PELT [pelt], *s.* couro, pele; tiro, lance, arremesso, golpe, cacetada; fúria, furor. *v.* arremessar, lançar, atirar, apedrejar, golpear. # *at full pelt,* a toda velocidade.
PELURE [pə'ljuə], *s.* pele, casca.
PELVIC ['pelvik], *a.* pélvico.
PELVIS ['pelvis], *s.* pélvis.
PEN [pen], *s.* pena de escrever, caneta e pena, pena de ave; bico; estilo, escritor; escrita, caligrafia; curral, aprisco; capoeira (para galinhas ou outros animais); comporta; (gír.) penitenciária. *v. (pret.* e *pp. penned)* escrever, compor, redigir; *(pret* e *pp. penned* ou *pent)* encerrar, encurralar, engaiolar. # *at the pen,* no presídio. *pen-written,* manuscrito, a pena.
PENAL ['pi:nl], *a.* penal. # *penal servitude,* prisão com trabalhos forçados.
PENALIZE ['pi:nəlaiz], *v.* declarar culpado; punir.
PENALTY ['penlti], *s.* penalidade, pena, multa, castigo; (futebol) punição por falta cometida na área do gol.

PENALTY ENVELOPE ['penlti'enviloup], *s.* (E.U.) envelope timbrado, oficial (na Inglaterra é marcado com *O.H.M.S.).*

PENANCE ['penəns], *s.* penitência, maceração, mortificação, castigo; confissão (sacramento).

PENCE [pens], *s. pl.* de **PENNY.**

PENCHANT ['pɑ:ŋʃɑ:], *s.* propensão, inclinação, tendência.

PENCIL ['pensl], *s.* lápis; pincel; (fig.) pintor e pintura. *v.* pintar, debuxar, riscar, desenhar. # *in pencil,* a lápis. *pencil sharpener,* apontador de lápis. *propelling pencil,* lapiseira automática.

PENCIL-CASE ['penslkeis], *s.* lapiseira.

PENCIL-RACK ['penslræk], *s.* porta-lápis.

PENDANT ['pendənt], *s.* pingente, pendente, berloque, brinco, penduricalho; galhardete; coroa (de mastro); pêndulo; flâmula; braçalote; andorinho (cabo); amantilho.

PENDENCY ['pendənsi], *s.* pendência; hesitação, indecisão.

PENDENT ['pendənt], *a.* pendente, suspenso, inclinado.

PENDING [pendiŋ], *a.* pendente, suspenso; corrente; não concluído; não decidido. *prep.* durante; até.

PENDRAGON [pen'drægən], *s.* chefe supremo.

PEN-DRIVER ['pendraivə], *s.* (col.) escrevente.

PENDULOUS ['pendjuləs], *a.* suspenso, pendurado, pendente.

PENDULUM ['pendjuləm], *s.* pêndulo.

PENES ['pi:niz], *pl.* de **PENIS.**

PENETRABILITY [penitrə'biliti], *s.* penetrabilidade.

PENETRABLE ['penitrəbl], *a.* penetrável.

PENETRATE ['penitreit], *v.* penetrar, entrar; transpor, passar através; atravessar; profundar, aprofundar; brocar, verrumar; perceber, compreender; comover; introduzir-se.

PENETRATING ['penitreitiŋ], *a.* penetrante; agudo; sagaz, fino.

PENETRATION [peni'treiʃən], *s.* penetração; agudeza de espírito; talento; discernimento; perspicácia; capacidade.

PENETRATIVE ['penitreitiv], *a.* penetrante, agudo, penetrativo; sagaz; astuto.

PENFUL ['penful], *s.* penada (de tinta).

PENGUIN ['peŋgwin], *s.* pingüim (ave).

PENHOLDER ['penhouldə], *s.* caneta.

PENICILLIN [peni'silin, pe'nisilin], *s.* penicilina.

PENINSULA [pi'ninsjulə], *s.* península.

PENINSULAR [pi'ninsjulə], *a.* peninsular.

PENIS ['pi:nis], *s.* pênis. *pl.* **PENES.**

PENITENCE ['penitəns], *s.* penitência; contrição; arrependimento.

PENITENT ['penitənt], *a.* e *s.* penitente, contrito, arrependido.

PENITENTIAL [peni'tenʃəl], *a.* penitencial; que demonstra arrependimento.

PENITENTIARY [peni'tenʃəri], *s.* casa de correção, casa de regeneração; (E.U.) presídio, cadeia, penitenciária. *a.* penitenciário; corretivo; penal.

PENKNIFE ['pennaif], *s.* canivete.

PENMAN ['penmən], *s.* escritor, autor; calígrafo.

PENMANSHIP ['penmənʃip], *s.* escrita, caligrafia.

PEN-NAME ['penneim], *s.* pseudônimo.

PENNANT ['penənt], *s.* bandeira, flâmula, galhardete, insígnia.

PENNIES ['peniz], *pl.* de **PENNY.**

PENNILESS ['penilis], *a.* pobre, sem dinheiro, sem vintém; miserável.

PENNON ['penən], *s.* bandeira, flâmula, pendão; galhardete, bandeirola.

PENNY ['peni], *pl.* **PENNIES, PENCE.** *s.* pêni; (E.U.) centavo; dinheiro; (E.U. col.) o mesmo que *cent.* # *a penny saved is a penny got* ou *earned,* vintém poupado, vintém ganhado. *a pretty penny,* uma grande quantia. *catch penny,* caça-níqueis; filmes ordinários (por extensão). *penny dreadful,* fascículo de novela policial = (E.U.) *dime novel. in for a penny in for a pound,* quem começa deve ir até o fim. *in penny numbers,* (col.) aos poucos. *penny-the-slot machine,* vendedor automático. *be penny wise and dollar foolish,* fazer economia de palitos. *turn an honest penny,* ganhar dinheiro honestamente.

PENNY-A-LINER ['peniə'lainə], *s.* foliculário.

PENNY PINCHER ['peni'pintʃə], *s.* usurário.

PENNYWEIGHT ['peniweit], *s.* vigésima parte da onça.

PENNY-WISE ['peniwaiz], *s.* esbanjador que faz economia de palitos. *a.* economizador de palitos.

PENNYWORTH ['penəθ, 'peniwə:θ], *s.* valor de um pêni.

PENOLOGICAL [pi:nə'lɔdʒikəl], *a.* penológico.

PENSION ['penʃən], *s.* mensalidade, pensão (paga pelo Estado). *v.* conceder uma pensão. # *pension funds,* fundos para aposentadoria.

PENSION ['pɑ:ŋsiɔ:ŋ], *s.* pensão (casa).

PENSIONARY ['penʃənəri], *s.* pensionista, aposentado; pensão de estudantes; magistrado; estadista. *a.* pensionista; mercenário.

PENSIONER ['penʃənə], *s.* pensionista; aposentado, reformado; inválido; aquele que recebe uma pensão.

PENSIONNAIRE [pɑ:nsiə'nɛə], *V.* **PENSIONER.**

PENSIVE ['pensiv], *a.* pensativo, triste, melancólico, meditabundo, cabisbaixo.

PENSIVENESS ['pensivnis], *s.* tristeza, melancolia, meditação profunda.

PENSTOCK ['penstɔk], *s.* represa de moinho.

PENT [pent], *pret.* e *pp.* de **PEN.**

PENTAGON ['pentəgən], *s.* pentágono.

PENTAGONAL [pen'tægənl], *a.* pentagonal.

PENTAGRAM ['pentəgræm], *s.* pentagrama.

PENTAMETER [pen'tæmitə], *s.* pentâmetro.

PENTHOUSE ['penthaus], *s.* alpendre; sótão, cômodo no telhado; telheiro.

PENTROOF ['pentru:f], *s.* *V.* **PENTHOUSE.**

PENULT [pi'nʌlt], *s.* (gram.) a penúltima sílaba. *a.* penúltima.

PENULTIMATE [pi'nʌltimit], *a.* penúltimo.

PENUMBRA [pi'nʌmbrə], *s.* penumbra.

PENURY ['penjuri], *s.* penúria, indigência, miséria, pobreza; carestia, escassez.

PEONY ['piəni], *V.* **PAEONY.**

PEOPLE ['pi:pl], *s.* povo, gente, pessoal, pessoas; populaça, plebe; nação; habitantes; o vulgo; o mundo; os parentes; eles. *v.* povoar; colonizar.

PEP [pep], *s.* (E.U. col.) energia, iniciativa, impulso, entusiasmo = (Ing.) *go.*

PEPMIST ['pepmist], *s.* (col.) pessoa entusiasmada, otimista, cheia de vida.

PEPPER ['pepə], *s.* pimenta, pimenteira. *v.* apimentar; empregar numa conversa ditos picantes.

PEPPER-AND-SALT ['pepərən'sɔ:lt], *a.* cinzento; branco e preto (em pontos).

PEPPER-CASTOR ['pepəkɑ:stə], *s.* pimenteira, pimenteiro = (E.U.) *pepper shaker.*

PEPPERCORN ['pəpəkɔn], *s.* pimenta em grão.

PEPPERING ['pepəriŋ], *a.* picante, apimentado; fogoso, veemente, impetuoso, colérico. *s.* pancada; surra, sova, tunda.

PEPPERMINT ['pepəmint], *s.* hortelã-pimenta.

PEPPER-POT ['pepəpɔt], *V.* **PEPPER-CASTOR.**

PEPPER-SHAKER ['pepəʃeikə], *s.* (E.U.) pimenteira, pimenteiro = (Ing.) *pepper-castor, pepper-pot.*

PEPPERY ['pepəri], *a.* apimentado, irascível, colérico; apaixonado (fig.).

PEPPIFY ['pepifai], *v.* estimular.

PEPSIN ['pepsin], *s.* pepsina.

PEPTIC ['peptik], *a.* digestivo.

PEPTONE ['peptoun], *s.* peptona.

PER [pə:], *prep.* por. # *as per,* conforme. *per pro,* por procuração (abrev. *p.p.*).

PERADVENTURE [pərəd'ventʃə], *adv.* quiçá, talvez, porventura, acaso. *s.* acaso, possibilidade de erro; dúvida; incerteza; insegurança.

PERAMBULATE [pə'ræmbjuleit], *v.* perambular, percorrer, transitar, andar, passar, passear; visitar, inspecionar; ver, examinar.

PERAMBULATION [pəræmbju'leiʃən], *s.* visita de inspeção; passagem; viagem.

PERAMBULATOR ['præmbjuleitə], *s.* o que percorre, o que perambula; hodômetro; carrinho de criança = (E.U.) *baby carriage, baby coach, baby wag(g)on.*

PERCALE [pə'keil], *s.* percal.

PERCEIVABLE [pə'si:vəbl], *a.* perceptível, visível.

PERCEIVE [pə'si:v], *v.* perceber, entender, compreender, discernir, distinguir, conhecer, sentir.

PERCEIVER [pə'si:və], *s.* o que percebe, compreende.

PERCENTAGE [pə'sentidʒ], *s.* percentagem.

PERCEPT ['pə:sept], *s.* (psic.) objeto da percepção.

PERCEPTIBILITY [pəseptə'biliti], *s.* perceptibilidade; percepção.

PERCEPTIBLE [pə'septəbl, pə'septibl], *a.* perceptível, visível, palpável.

PERCEPTION [pə'sepʃən], *s.* percepção, concepção, idéia, conhecimento, noção.

PERCEPTIVE [pə'septiv], *a.* perceptivo; o que pode perceber.

PERCH ['pə:tʃ], *s.* perca (peixe); poleiro; vara; medida de comprimento de 5½ jardas. *v.* empoleirar; pousar; sentar-se; empoleirar-se; encarapitar-se.

PERCHANCE [pə'tʃɑ:ns], *adv.* quiçá, porventura, acaso, talvez.

PERCHER ['pə:tʃə], *s.* círio; pássaro empoleirado.

PERCHGLUE ['pə:tʃglu:], *s.* cola de perca.

PERCIPIENCE [pə:'sipiəns], *s.* percepção.

PERCIPIENT [pə:'sipiənt], *s.* o que é dotado de percepção. *a.* perceptivo, sensitivo.

PERCOLATE ['pə:kəleit], *v.* filtrar, coar, passar; infiltrar; lixiviar.

PERCOLATION [pə:kə'leiʃən], *s.* percolação, lixiviação, filtração, infiltração.

PERCOLATOR ['pə:kəleitə], *s.* percolador, lixiviador, filtro, coador, passador.

PERCUSSION [pə'kʌʃən], *s.* percussão, ressonância; choque; golpe.

PERCUSSIVE [pə:'kʌsiv], *a.* percuciente.

PERDITION [pə:'diʃən], *s.* perdição, ruína, destruição, perda.

PEREGRIN ['perigrin], *a.* peregrino, estrangeiro; estranho. *s.* falcão real.

PEREGRINATE ['perigrineit], *v.* peregrinar, viajar.

PEREGRINATION [pərigri'neiʃən], *s.* peregrinação, viagem.

PEREMPTORY [pə'remptəri], *a.* peremptório, decisivo, categórico, definitivo, absoluto, dogmático; magistral.

PERENNIAL [pə'renjəl], *a.* perene, perpétuo, duradouro, permanente, contínuo; (bot.) vivaz. *s.* planta vivaz.

PERFECT ['pə:fikt], *a.* perfeito, completo, acabado, inteiro, consumado; versado; muito hábil; perito. *s.* (gram.) tempo perfeito.

PERFECT [pə'fekt], *v.* aperfeiçoar.

PERFECTIBILITY [pəfekti'biliti], *s.* perfectibilidade.

PERFECTIBLE [pə'fektəbl], *a.* perfetível.

PERFECTION [pə'fekʃən], *s.* perfeição.

PERFECTLY ['pə:fiktli, 'pə:fikli], *adv.* perfeitamente, inteiramente, completamente.

PERFECTNESS ['pə:fiktnis], *s.* perfeição, excelência; complemento; acabamento.

PERFIDIOUS [pə:'fidiəs], *a.* pérfido, traidor, desleal, infiel, falso, hipócrita.

PERFIDY ['pə:fidi], *s.* traição, perfídia, deslealdade.

PERFOLIATE [pə:'fouliit], *a.* (bot.) perfoliado.

PERFORATE ['pə:fəreit], *v.* perfurar; furar, esburacar, brocar.

PERFORCE [pə'fɔ:s], *adv.* à força; necessariamente.

PERFORM [pə'fɔ:m], *v.* fazer, executar; representar; cumprir, realizar, praticar; efetuar, desempenhar; exercer, atuar; tocar (um instrumento).

PERFORMABLE [pə'fɔ:məbl], *a.* realizável, executável, praticável.

PERFORMANCE [pə'fɔ:məns], *s.* execução, realização, desempenho; ação, obra, composição, representação (teat.); proezas, atuação (de um atleta).

PERFORMER [pə'fɔ:mə], *s.* executante, executor, músico, acrobata; ator; realizador; ginasta.

PERFORMING [pə'fɔ:miŋ], *a.* executante; hábil (na representação teatral).

PERFUME [pə'fju:m], *v.* perfumar, aromatizar, embalsamar.

PERFUME ['pə:fju:m], *s.* perfume, aroma, odor, fragrância, olor.

PERFUMER [pə'fju:mə], *s.* perfumista; perfumador.

PERFUMERY [pə'fju:məri], *s.* perfumaria, perfumes.

PERGOLA ['pə:gələ], *s.* caramanchão, pérgula.

PERHAPS [pə'hæps], *adv.* talvez, acaso, quiçá, porventura.

PERICARDITIS [perikɑ:'daitis], *s.* pericardite.

PERICARDIUM [peri'kɑ:diəm], *s.* pericárdio.

PERICARP ['perikɑ:p], *s.* pericarpo.

PERIDOT ['peridɔt], *s.* peridoto, olivina.

PERIGEE ['peridʒi:], *s.* perigeu.

PERIL ['pəril], *s.* risco, perigo, contingência, transe; acaso.

PERILOUS ['periləs], *a.* perigoso, arriscado; vivo, esperto; aventuroso; exposto.
PERIMETER [pə'rimitə], *s.* perímetro.
PERIOD ['piəriəd], *s.* período, época, era, termo, tempo, fim, conclusão; circuito, revolução; (gram.) período; cláusula; (E.U.) ponto, ponto final = (Ing.) *full stop. pl.* regras, menstruação. # *period hound,* técnico incumbido de apontar anacronismo em filmes históricos. *pre-to-war period,* período pré-guerra. *post-war period,* período de após-guerra.
PERIODIC [piəri'ɔdik], *a.* periódico.
PERIODICAL [piəri'ɔdikəl], *a.* periódico. *s.* publicação periódica, periódico.
PERIODICITY [piəriə'disiti], *s.* periodicidade.
PERIPATETIC [pəripə'tetik], *a.* peripatético.
PERIPHERAL [pə'rifərəl], *a.* periférico.
PERIPHERIC, AL [pəri'ferik, əl], *a.* periférico.
PERIPHERY [pə'rifəri], *s.* periferia.
PERIPHRASIS [pə'rifrəsis], *s.* perifrase, circunlocução.
PERIPHRASTIC, AL [pəri'fræstik, əl], *a.* perifrástico.
PERISCOPE ['periskoup], *s.* periscópio.
PERISH ['periʃ], *v.* morrer, perecer, sucumbir, fenecer; acabar; extinguir.
PERISHABLE ['periʃəbl], *a.* perecível, perecedouro, frágil.
PERISTYLE ['peristail], *s.* peristilo.
PERITONEUM [peritou'ni:əm], *s.* peritônio.
PERITONITIS [peritə'naitis], *s.* peritonite
PERIWIG ['periwig], *s.* peruca, cabeleira postiça, chinó.
PERIWINKLE ['periwiŋkl], *s.* caramujo.
PERJURE ['pə:dʒə], *v.* perjurar.
PERJURER ['pə:dʒərə], *s.* perjuro.
PERJURY ['pə:dʒəri], *s.* perjúrio.
PERK [pə:k], *v.* adornar, enfeitar; ornar, decorar, vestir; enfeitar-se; levantar a cabeça; erguer-se; alçar-se; espigar-se. *a.* alegre, vivo; feliz; ardente.
PERKINESS ['pə:kinis], *s.* galhardia, garbo.
PERKY ['pə:ki], *a.* galhardo, garboso; alegre; vivo, esperto.
PERLITIC [pə:'litik], *a.* (petr.) perlítico.
PERMANENCE ['pə:mənəns], *s.* permanência, perseverança, durabilidade, indestrutibilidade.
PERMANENCY ['pə:mənənsi], *V.* **PERMANENCE.**
PERMANENT ['pə:mənənt], *a.* permanente; perseverante. *s.* ondulação permanente (no cabelo).
PERMANENTLY ['pə:mənəntli], *adv.* permanentemente, perseverantemente.
PERMANGANATE [pə:'mæŋgənit], *s.* permanganato.
PERMEABILITY [pə:miə'biliti], *s.* permeabilidade.
PERMEABLE ['pə:miəbl], *a.* permeável, penetrável.
PERMEATE ['pə:mieit], *v.* permear, penetrar, atravessar, passar.
PERMEATION [pə:mi'eiʃən], *s.* penetração através dos poros.
PERMISSIBLE [pə'misəbl], *a.* admissível, tolerável, permissível; sofrível.
PERMISSION [pə'miʃən], *s.* licença, permissão, vênia.
PERMISSIVE [pə'misiv], *a.* tolerado, permitido, consentido, autorizado, permissível.
PERMIT [pə'mit], *v.* consentir, permitir, tolerar, autorizar, deixar. # *permit of,* admitir, permitir.
PERMUTABLE [pə'mju:təbl], *a.* permutável, trocável.
PERMUTATION [pə:mju:'teiʃən], *s.* permuta, troca; permutação (mat.).
PERMUTE [pə'mju:t], *v.* permutar, trocar.
PERNICIOUS [pə:'niʃəs], *a.* nocivo, pernicioso, funesto, prejudicial, fatal, danoso, daninho, nefasto.
PERNICKETY [pə'nikiti], *a.* fastidioso, aborrecido; minucioso.
PERORATE ['peroreit], *v.* perorar.
PERORATION [pero'reiʃən], *s.* peroração.
PEROXIDE [pə'rɔksaid], *s.* peróxido. # *peroxide hydrogen,* água oxigenada.
PERPEND [pə'pend], *s.* silhar.
PERPENDICULAR [pə:pən'dikjulə], *a.* perpendicular.
PERPENDICULARITY ['pə:pəndikju'læriti], *s.* perpendicularidade.
PERPETRATE ['pə:pitreit], *v.* perpetrar, cometer.

PERPETRATION [pə:pi'treiʃən], *s.* perpetração.

PERPETRATOR ['pə:pitreitə], *s.* perpetrador.

PERPETUAL [pə'pətjuəl], *a.* perpétuo, permanente; incessante, contínuo; vitalício.

PERPETUALLY [pə'petjuəli], *adv.* perpetuamente, incessantemente, continuamente.

PERPETUATE [pə'petjueit], *v.* perpetuar, imortalizar.

PERPETUATION [pəpetju'eiʃən], *a.* perpetuação, imortalização.

PERPETUITY [pə:pi'tju:iti], *s.* perpetuidade.

PERPLEX [pə'pleks], *v.* tornar perplexo, confundir, embaraçar, complicar, intrincar, enredar, emaranhar; perturbar, aturdir. *a.* complicado, enredado, emaranhado. # *perplex at,* perplexo com.

PERPLEXED [pə'plekst], *a.* perplexo, duvidoso, embaraçoso, intrincado, confuso; irresoluto.

PERPLEXING [pə'pleksiŋ], *a.* complicado, intrincado, embaraçoso.

PERPLEXITY [pə'pleksiti], *s.* perplexidade, confusão, irresolução, embaraço.

PERQUISITE ['pə:kwizit], *s.* gratificação; emolumento; lucro eventual.

PERSECUTE ['pə:sikju:t], *v.* perseguir, importunar, acossar.

PERSECUTION [pə:si'kju:ʃən], *s.* perseguição, acossamento.

PERSECUTOR ['pə:sikju:tə], *s.* perseguidor.

PERSEVERANCE [pə:si'viərəns], *s.* perseverança, constância, persistência.

PERSEVERE [pə:si'viə], *v.* persistir, perseverar.

PERSEVERING [pə:si'viəriŋ], *a.* perseverante, constante, persistente.

PERSIAN ['pə:ʃən], *a.* persa, pérsico. *s.* persa (habitante e língua).

PERSIAN-BLINDS ['pə:ʃənblaindz], *s.* persiana.

PERSIAN-FIRE ['pə:ʃənfaiə], *s.* carbúnculo.

PERSIFLAGE [pɛəsi'flɑ:ʒ], *s.* zombaria, mofa, escárnio, ironia, troça.

PERSIMMON ['pə:simən], *s.* (bot.) diospireiro; dióspiro.

PERSIST [pə'sist], *v.* insistir, persistir, perseverar, obstinar-se; manter, permanecer, porfiar.

PERSISTENCE [pə'sistəns], *s.* persistência, obstinação, insistência, perseverança; continuidade, constância, continuação; duração.

PERSISTENCY [pə'sistənsi], *V.* **PERSISTENCE.**

PERSISTENT [pə'sistənt], *a.* perseverante, persistente, firme, permanente, invariável, contínuo.

PERSISTING [pə'sistiŋ], *a.* persistente, perseverante.

PERSON ['pə:sn], *s.* indivíduo, pessoa, personagem, personalidade. # *a feebleminded person,* um débil mental. *ask after a person,* perguntar pela saúde de alguém. *cut a person,* fingir que não vê uma pessoa; *displaced person,* deslocado de guerra. *give it to a person,* repreender. *in person,* pessoalmente. *to call a person over the coals for something,* culpar (por alguma coisa), admoestar.

PERSONA [pə:'sounə], *s.* pessoa. *pl.* **PERSONAE** [pə:'souni:], personagens de novela, peça teatral, etc.

PERSONAGE ['pə:snidʒ], *s.* personagem.

PERSONAL ['pə:snl], *a.* pessoal, individual, particular, privado; exterior, corporal; (gram.) pessoal. s. (jur.) bens móveis.

PERSONALITY [pə:sə'næliti], *s.* personalidade.

PERSONALLY ['pə:snəli], *adv.* pessoalmente.

PERSONALTY ['pə:snlti], *s.* (jur.) bens móveis.

PERSONATE ['pə:səneit], *v.* fingir; personificar; fazer o papel de; representar; imitar; arremedar; ser ator, representar (teat.) *a.* (bot.) personado.

PERSONATION [pə:se'neiʃən], *s.* personificação.

PERSONATOR ['pə:səneitə], *s.* pessoa que representa outra; ator.

PERSONIFICATION [pə:sənifi'keiʃən], *s.* personificação.

PERSONIFY [pə:'sənifai], *v.* personificar.

PERSONNEL [pə:sə'nel], *s.* pessoal, corpo de funcionários.

PERSPECTIVE [pə'spektiv], *s.* perspectiva. *a.* perspectivo.

PERSPICACIOUS [pə:spi'keiʃəs], *a.* perspicaz, arguto, penetrante, sagaz, agudo.

PERSPICACITY [pə:spi'kæsiti], *s.* perspicácia, agudeza, penetração.

PERSPICUITY [pə:spi'kju:iti], *s.* perspicuidade, agudeza, lucidez, clareza.

PERSPICUOUS [pə'spikjuəs], *a.* perspícuo, evidente, preciso, claro.

PERSPIRATION [pə:spə'reiʃən], *s.* suor, transpiração.

PERSPIRE [pəs'paiə], *v.* transpirar, suar; evaporar; exalar; excretar.

PERSUADE [pə'sweid], *v.* persuadir, induzir, influenciar, mover, influir.

PERSUADER [pə'sweidə], *s.* persuasor.

PERSUASION [pə'sweiʒən], *s.* persuasão; crença; indução; seita, credo.

PERSUASIVE [pə'sweisiv], *a.* persuasivo. *s.* persuasiva.

PERT [pə:t], *a.* audaz, altivo; petulante, descarado; vivo, esperto; ardente; impertinente, renitente.

PERTAIN [pə:'tein], *v.* ser pertinente; pertencer, concernir, tocar.

PERTINACIOUS [pə:ti'neiʃəs], *a.* pertinaz, tenaz, constante, obstinado, firme, resoluto, decidido; contínuo, incessante.

PERTINACITY [pə:ti'næsiti], *s.* pertinácia, perseverança, tenacidade, obstinação, firmeza, constância.

PERTINENCE ['pə:tinəns], *s.* pertinência; conexão; conformidade.

PERTINENT ['pə:tinənt], *a.* pertinente, concernente; pertencente; relativo; adaptado a; referente a.

PERTNESS ['pə:tnis], *s.* petulância, audácia, insolência, desfaçatez; vivacidade, presteza.

PERUKE [pə'ru:k], *s.* peruca, chinó.

PERUSAL [pə'ru:zəl], *s.* leitura; exame minucioso.

PERUSE [pə'ru:z], *v.* ler atentamente, estudar, examinar minuciosamente.

PERUSER [pə'ru:zə], *s.* o que lê com atenção.

PERUVIAN [pə'ru:vjən], *s.* e *a.* peruano.

PERVADE [pə:'veid], *v.* penetrar, atravessar, ocupar, encher; impregnar.

PERVADING [pə:'veidiŋ], *a.* dominante; impregnante.

PERVASION [pə:'veiʒən], *s.* penetração.

PERVASIVE [pə:'veisiv], *a.* penetrante.

PERVERSE [pə'və:s], *a.* perverso, mau, depravado; indefensável; errôneo; petulante, atrevido, ousado; contumaz, obstinado; intratável.

PERVERSION [pə'və:ʃən], *s.* perversão, depravação, corrupção.

PERVERSITY [pə'və:siti], *s.* perversidade.

PERVERT ['pə:və:t], *s.* pervertido; renegado; apóstata.

PERVERT [pə'və:t], *v.* perverter, depravar, corromper, viciar; falsear, desnaturar.

PERVERTER [pə'və:tə], *s.* pervertedor, viciador, corruptor, corrompedor.

PERVERTING [pə'və:tiŋ], *a.* pervertedor.

PERVIOUS ['pə:viəs], *a.* permeável, penetrável, infiltrável.

PESKY ['peski], *a.* (E.U.) excessivo; vexatório; incômodo, cacete, enfadonho, aborrecido = (Ing.) *plaguy*.

PESSARY ['pesəri], *s.* pessário.

PESSIMISM ['pesimizm], *s.* pessimismo.

PESSIMIST ['pesimist], *s.* pessimista.

PESSIMISTIC, AL [pesi'mistik, əl], *a.* pessimista.

PEST [pest], *s.* peste, pestilência; praga.

PESTER ['pestə], *v.* incomodar, enfadar, amolar, aborrecer; atormentar, vexar; importunar.

PESTERER ['pestərə], *s.* importuno.

PESTERING ['pestəriŋ], *a.* incômodo, desagradável, importuno.

PEST-HOUSE ['pesthaus], *s.* hospital de empestiados, lazarento.

PESTIFEROUS [pes'tifərəs], *a.* pestífero.

PESTILENCE ['pestiləns], *s.* pestilência, peste, praga.

PESTILENT ['pestilənt], *a.* pestilento, pestilencial; contagioso; pernicioso; importuno.

PESTILENTIAL [pesti'lenʃəl], *a.* pestilencial, pestilento; daninho, pernicioso; contagioso.

PESTLE ['pestl, 'pesl], *s.* mão de almofariz, mão de pilão. *v.* moer, triturar, pilar, pisar; macerar.

PET [pet], *v.* afagar, amimar, agradar, acariciar. *a.* acariciado, amimado, afagado. *s.* desgosto, enfado, dissabor; aquele que é criado com mimo; animal mimado; animal de estimação.

PETAL ['petl], *s.* pétala.

PETALED ['petld], *a.* petalado.

PETARD [pə'tɑ:d], *s.* petardo.

PETCOCK ['petkɔk], *s.* (canal.) torneira de prova ou de purga.

PETER ['pi:tə], *v.* diminuir; esgotar-se.

PETIOLE ['petioul], *s.* pecíolo.

PETITION [pi'tiʃən], *s.* petição, memorial, pedido, representação; recurso; rogo, súplica, requerimento. *v.* suplicar, pedir, rogar, peticionar, requerer, representar, dirigir um memorial, fazer um recurso. # *file one's petition*, (jur.) entrar com um recurso.

PETITIONARY [pi'tiʃnəri], *a.* suplicante.

PETITIONER [pi'tiʃnə], *s.* peticionário, requerente, suplicante.

PETITIONING [pi'tiʃniŋ], *s.* direito de petição, ação de requerer.

PET-NAME ['petneim], *s.* diminutivo ou epíteto carinhoso, apelido.

PETREL ['petrəl], *s.* petrel, procelária.

PETRIFICATION [petrifi'keiʃən], *s.* petrificação; fóssil.

PETRIFY ['petrifai], *v.* petrificar, petrificar-se, fossilizar-se.

PETROL ['petrəl], *s.* petróleo; gasolina = (E.U.) *gasoline, gasolene, gas. v.* abastecer de gasolina. # *petrol-station*, posto de gasolina = (E.U.) *gas-station, filling-station.*

PETROLEUM [pi'trouljəm], *s.* petróleo.

PETROLEUM ETHER [pi'trouljəm'i:θə], *s.* nafta.

PETROLOGY [pe'trɔlədʒi], *s.* petrologia.

PETTICOAT ['petikout], *s.* saia branca, saia de baixo, anágua (= nágua).

PETTIES ['petiz], *s. pl.* despesas miúdas.

PETTIFOG ['petifɔg], *v.* chicanear.

PETTIFOGGER ['petifɔgə], *s.* chicaneiro, chicanista; velhaco.

PETTIFOGGERY ['petifɔgəri], *s.* chicanice, chicana.

PETTIFOGGING ['petifɔgiŋ], *a.* chicaneiro; embusteiro, velhaco. *s.* chicana.

PETTINESS ['petinis], *s.* insignificância.

PETTISH ['petiʃ], *a.* rabujento, impertinente, amolante, cacete; áspero.

PETTISHNESS ['petiʃnis], *s.* impertinência, rabujice, capricho.

PETTITOES ['petitouz], *s.* pés de porco; miúdos de porco; artelhos de criança.

PETTY ['peti], *a.* pequeno, diminuto, insignificante, desprezível, mínimo, mesquinho.

PETTY-CASH ['petikæʃ], *s.* (cont.) fundo para despesas miúdas.

PETTY-EXPENSES ['peti-iks'pensis], *s.* despesas miúdas.

PETTY-LARCENY ['peti'la:sni], *s.* furto insignificante.

PETTY OFFICER ['peti'ɔfisə], *s.* suboficial.

PETTY POLITICS ['peti'pɔlitiks], *s.* politicagem.

PETTY WARES ['peti'wɛəz], *s.* miudezas.

PETULANCE ['petjuləns], *s.* irritação, exacerbação; petulância.

PETULANT ['petjulənt], *a.* irritado, irritadiço, de mau humor, impaciente; petulante.

PETUNIA [pi'tju:njə], *s.* petúnia.

PEW [pju:], *s.* banco de igreja.

PEWTER ['pju:tə], *s.* peltre; vasilha de peltre.

PHAETON ['feitn], *s.* fáeton.

PHAGOCYTE ['fægəsait], *s.* fagócito.

PHALANGE ['fælændʒ], *V.* **PHALANX.**

PHALANGES [fæ'lændʒi:z], *pl.* de **PHALANX.**

PHALANSTERY ['fælənstəri], *s.* falanstério.

PHALANX ['fælæŋks], *s.* falange. *pl.* **PHALANXES, PHALANGES.**

PHALANXES ['fælæŋksiz], *pl.* de **PHALANX.**

PHANEROGAM ['fænərougæm], *s.* fanerógamo.

PHANEROGAMIC [fænərou'gæmik], *a.* fanerogâmico.

PHANEROGAMOUS [fænə'rɔgəməs], *a.* fanerogâmico.

PHANTASM ['fæntæzm], *s.* fantasma; fantasia.

PHANTASMAGORIA [fæntæzmə'gɔriə], *s.* fantasmagoria.

PHANTASMAL [fæn'tæzməl], *a.* fantasmal.

PHANTOM ['fæntəm], *s.* fantasma, espectro, visão, sombra, aparição.

PHARAOH ['fɛərou], *s.* faraó.

PHARISAIC [færi'seiik], *a.* farisaico.

PHARISEE ['færisi:], *s.* fariseu.

PHARMACEUTIC, AL ['fa:mə'sju:tik, el], *a.* farmacêutico.

PHARMACEUTICS [fa:mə'sju:tiks], *s.* farmácia (arte).

PHARMACIST ['fa:məsist], *s.* farmacêutico, boticário.

PHARMACOLOGIST [fa:mə'kɔlədʒist], *s.* farmacologista.

PHARMACOLOGY [fa:mə'kɔledʒi], *s.* farmacologia.

PHARMACOPOEIA [fa:məkə'pi:ə], *s.* farmacopéia.

PHARMACY ['fa:məsi], *s.* farmácia (arte); farmácia, botica.

PHAROS ['fɛərəs], *s.* farol (ponto luminoso).

PHARINGEAL [færin'dʒi:el], *a.* faríngeo.
PHARYNGITIS [færin'dʒaitis], *s.* faringite.
PHARYNX ['færiŋks], *s.* faringe.
PHASE [feiz], *s.* fase, época, aspecto; (astr.) fase.
PHASES ['feisi:z], *s. pl.* de **PHASIS.**
PHASE SHIFT ['feizʃift], *s.* (rád.) defasagem.
PHASIS ['feisiz], *s.* (astr.) fase. *pl.* **PHASES.**
PHEASANT ['feznt], *s.* faisão.
PHENACETIN [fi'næsitin], *s.* fenacetina.
PHENICIAN [fi'niʃiən], *s.* fenício.
PHENOL ['fi:nɔl], *s.* fenol.
PHENOMENA [fi'nɔminə], *pl.* de **PHENOMENON.**
PHENOMENAL [fi'nɔminl], *a.* fenomenal.
PHENOMENON [fi'nɔminən], *s.* fenômeno. *pl.* **PHENOMENA.**
PHEW [fju:], *int.* que exprime alívio ou admiração; arre!
PHIAL ['faiəl], *s.* frasco; redoma.
PHILANDER [fi'lændə], *v.* namorar, galantear.
PHILANDERER [fi'lændərə], *s.* galanteador, namorador, cortejador.
PHILANTHROPE ['filənθroup], *s.* filantropo.
PHILANTHROPIC, AL [filən'θrɔpik, əl], *a.* filantrópico, caritativo, humanitário.
PHILANTHROPIST [fi'lænθrəpist], *s.* filantropo.
PHILANTHROPY [fi'lænθrəpi], *s.* filantropia.
PHILATELIC [filə'telik], *a.* filatélico.
PHILATELIST [fi'lætəlist], *s.* filatelista
PHILATELY [fi'lætəli], *s.* filatelia.
PHILHARMONIC [filɑ:'mɔnik] *a.* filarmônico.
PHILISTINE ['filistain], *s.* e *a.* filisteu.
PHILOLOGIC, AL [filə'lɔdʒik, əl], *a.* filológico.
PHILOLOGIST [fi'lɔlədʒist], *s.* filólogo.
PHILOLOGY [fi'lɔlədʒi], *s.* filologia. # *romance philology,* filologia românica.
PHILOMEL ['filomel], *s.* (poes.) filomela, rouxinol.
PHILOSOPHER [fi'lɔsəfə], *s.* filósofo. # *philosopher's stone,* pedra filosofal.
PHILOSOPHIC, AL [filə'sɔfik, əl], *a.* filosófico.
PHILOSOPHIZE (ISE) [fi'lɔsefaiz], *v.* filosofar.
PHILOSOPHY [fi'lɔsəfi], *s.* filosofia.
PHILTRE, PHILTER ['filtə], *s.* filtro; feitiço.
PHLEBITIS [fli'baitis], *s.* flebite.
PHLEBOTOMY [fli'bɔtəmi], *s.* flebotomia.
PHLEGM [flem], *s.* fleuma (= flegma), pachorra, calma, paciência.
PHLEGMATIC, AL [fleg'mætik, əl], *a.* fleumático (= flegmático).
PHLEGMON ['flegmən], *s.* fleugmão (= fleimão, freimão).
PHLOEM ['flouem], *s.* floema (= líber).
PHLOGISTIC [flɔ'dʒistik], *a.* flogístico.
PHLOGISTON [flɔ'dʒistən], *s.* flogístico.
PHLOX [flɔks], *pl.* **PHLOXES** ['flɔksiz]. *s.* (bot.) flox.
PHOENICIAN [fi'niʃiən], *s.* e *a.* fenício.
PHOENIX ['fi:niks], *s.* fênix.
PHONE [foun], *s.* (col.) telefone. *v.* (col.) telefonar.
PHONE CALL ['founkɔ:l], *s.* telefonema.
PHONEME ['founi:m], *s.* fonema.
PHONEMIC [fə'ni:mik], *a.* fonêmico.
PHONEMICS [fə'ni:miks], *s.* fonêmica.
PHONETIC, AL [fou'netik, əl], *a.* fonético.
PHONETICIAN [founi'tiʃən], *s.* foneticista, fonetista.
PHONETICIST [fou'netisist], *s.* foneticista.
PHONETICS [fou'netiks], *s.* fonética.
PHONETIST ['founitist], *s.* fonetista.
PHON(E)Y ['founi], *s.* (E.U.) impostor. *a.* fingido, falso.
PHONIC ['founik], *a.* fônico.
PHONOGRAPH ['founəgrɑ:f], *s.* (E.U.) fonógrafo = (Ing.) *gramophone. v.* fonografar. # *phonograph record,* disco de vitrola. *phonograph recorder,* toca-disco.
PHONOGRAPHER [fou'nɔgrəfə], *s.* taquígrafo.
PHONOGRAPHIC, AL [founə'græfik, əl], *a.* fonográfico.
PHONOLOGY [fou'nɔlədʒi], *s.* fonologia.
PHONOMETER [fou'nɔmitə], *s.* fonômetro.
PHORMIUM ['fɔ:mjəm], *s.* fórmio.
PHOSGENE ['fɔzdʒi:n], *s.* (quím.) fosgênio.
PHOSPHATE ['fɔsfeit], *s.* fosfato.
PHOSPHITE ['fɔsfait], *s.* fosfito.
PHOSPHOR ['fɔsfə], *s.* Vênus, a estrela-d'alva; substância fosforescente usada em válvulas.
PHOSPHORESCE [fɔsfə'res], *v.* fosforescer.
PHOSPHORESCENCE [fɔsfə'resns], *s.* fosforescência.
PHOSPHORESCENT [fɔsfə'resnt], *a.* fosforescente.

PHOSPHORIC [fɔs'fɔrik], *a.* fosfórico, fosforescente.
PHOSPHOROUS ['fɔsfərəs], *a.* fosforoso.
PHOSPHORUS ['fɔsfərəs], *s.* (quím.) fósforo.
PHOSSY ['fɔsi], *V.* **PHOSPHORUS.**
PHOTO ['foutou], *s.* fotografia, retrato. # *full length photo,* fotografia de corpo inteiro.
PHOTOCHEMISTRY ['foutə'keımistri], *s.* fotoquímica.
PHOTOCHROMY ['foutəkroumi], *s.* fotocromia.
PHOTOENGRAVING ['foutouin'greiviŋ], *s.* fotogravura.
PHOTOGENIC [foutə'dʒenic], *a.* fotogênico; fotógeno.
PHOTOGRAPH ['foutəgrɑ:f], *s.* fotografia; retrato. *v.* fotografar. # *instantaneous photograph,* fotografia instantânea = *snapshot.*
PHOTOGRAPHER [fə'tɔgrəfə], *s.* fotógrafo.
PHOTOGRAPHIC, AL [foutə'græfik, əl], *a.* fotográfico.
PHOTOGRAPHY [fə'tɔgrefi], *s.* fotografia (arte, processo).
PHOTOGRAVURE [foutəgrə'vjuə], *s.* fotogravura, heliogravura.
PHOTOMETER [fou'tɔmitə], *s.* fotômetro.
PHOTOMETRY [fou'tɔmitri], *s.* fotometria.
PHOTOPLAY ['foutəplei], *s.* peça cinematográfica, peça para filme.
PHOTOPRINT ['foutəprint], *s.* impressão fototipográfica.
PHOTOSPHERE ['foutousfiə], *s.* fotosfera.
PHOTOSTAT ['foutoustæt], *s.* cópia fotostática.
PHOTOSTATIC [foutə'stætik], *a.* fotostático.
PHOTOSYNTHESIS [foutə'sinθəsis], *s.* fotossíntese.
PHOTOTYPE ['foutətaip], *s.* clichê, fotótipo.
PHRASE [freiz], *s.* locução; dito, expressão idiomática; estilo. *v.* exprimir, expressar. # *as the phrase goes,* como se costuma dizer.
PHRASEOLOGIC, AL [freiziə'lɔdʒik, əl], *a.* fraseológico.
PHRASEOLOGY [freizi'ɔlədʒi], *s.* fraseologia, fraseado, maneira de dizer, modo de expressar-se; estilo, construção.
PHRASING ['freiziŋ], *s.* fraseologia.
PHRENETIC, AL [fri'netik, əl], *a.* frenético.
PHRENIC ['frenik], *a.* frênico, diafragmático.
PHRENOLOGIST [fri'nɔlədʒist], *s.* frenólogo.
PHRENOLOGY [fri'nɔlədʒi], *s.* frenologia.
PHTHISIS ['θaisis], *s.* tísica, tuberculose pulmonar.
PHYLLOXERA [filɔk'siərə], *s.* filoxera.
PHYSIC ['fizik], *s.* medicina; (col.) medicamento, droga, remédio; purgante. *v.* medicar, dar remédio, purgar.
PHYSICAL ['fizikəl], *a.* físico; corporal, corpóreo, material.
PHYSICALLY ['fizikəli], *adv.* fisicamente, corporalmente, naturalmente.
PHYSICIAN [fi'ziʃən], *s.* médico. # *attending physician,* médico assistente.
PHYSICIST ['fizisist], *s.* físico.
PHYSICS ['fiziks], *s.* física. # *nuclear physics,* física nuclear.
PHYSIOGNOMIC, AL [fiziə'nɔmik, əl], *a.* fisionômico.
PHYSIOGNOMIST [fizi'ɔnəmist], *s.* fisionomista.
PHYSIOGNOMY [fizi'ɔnemi], *s.* fisionomia.
PHYSIOGRAPHIC [fiziə'græfik], *a.* fisiográfico.
PHYSIOGRAPHY [fizi'ɔgrəfi], *s.* fisiografia.
PHYSIOLOGIC, AL [fiziə'lɔdʒik, əl], *a.* fisiológico.
PHYSIOLOGIST [fizi'ɔlədʒist], *s.* fisiologista.
PHYSIOLOGY [fizi'ɔlədʒi], *s.* fisiologia.
PHYSIQUE [fi'zi:k], *s.* físico, constituição, porte, estrutura física.
PI [pai], *s.* (impr.) pastel. *a.* empastelado. *v.* empastelar. *V.* **PIE** (impr.)
PIANISSIMO [pjæ'nisimou, pjɑ:'nisimou], *a.* e *adv.* (mús.) pianíssimo.
PIANIST ['pjænist, 'piənist], *s.* pianista.
PIANO ['pjænou, 'pjɑ:nou], *s.* piano.
PIANO ['pjɑ:nou], *a.* (mús.) piano, vagaroso. *adv.* vagarosamente, lentamente, suavemente.
PIANOFORTE [pjæno'fɔ:ti], *s.* piano forte, piano.
PIANOLA [pjæ'noulə], *s.* pianola.
PIANO-PLAYER ['pjænoupleiə], *s.* pianista; pianola.
PIASTRE [pi'æstə], *s.* piastra.
PIAZZA [pi'ædzə], *s.* praça; colunata; (E.U.) varanda, alpendre = (Ing.) *veranda(h).*
PICADOR ['pikədɔ:], *s.* toureiro.
PICARESQUE [pikə'resk], *a.* picaresco.
PICAROON [pikə'ru:n], *s.* pirata, corsário; ladrão, salteador; biltre.

PICAYUNE [pikə'ju:n], *s.* (E.U.) moedinha. *a.* insignificante.

PICCALILLI [pikə'lili], *s.* legumes em conserva.

PICCANINNY ['pikənini], *s.* criancinha de cor; negrinho.

PICCOLO ['pikəlou], *s.* (mús.) flautim.

PICK [pik], *v.* picar, furar, esburacar, mondar; colher, escolher, catar; depenar; furtar, roubar; limpar, separar; palitar, esgravatar; roer. *s.* picareta; picão (ferramenta de canteiro); gazua; palito; a elite, a flor, a nata. # *pick at,* bicar. *pick out,* escolher. *pick up,* colher, apanhar; adquirir (hábito); (rád.) captar, apanhar.

PICKABACK ['pikəbæk], *adv.* às costas.

PICK-AND-SHOVEL ['pikən'ʃouvl], *s.* (col.) pessoa que trabalha arduamente, "pé-de-boi".

PICKAX(E) ['pikæks], *s.* picareta (com ambos os lados pontudos).

PICKED [pikt], *a.* pontiagudo, pontudo, saliente; de elite, escolhido.

PICKER ['pikə], *s.* limpador, colhedor; ancinho; picareta.

PICKEREL ['pikərəl], *s.* (ict.) lúcio.

PICKET ['pikit], *s.* estaca; (pl.) piquete de grevistas; (mil.) piquete. *v.* cercar com estacas; fazer greve, fazer parede.

PICKET-BOAT ['pikitbout], *s.* vedeta.

PICKET-GUARD ['pikitgɑ:d], *s.* sentinela avançada.

PICKING ['pikiŋ], *s.* colheita, escolha, monda, limpa, seleção; furto, roubo; *pl.* refugo, restos, sobras, resíduos, desperdícios.

PICKLE ['pikl], *s.* salmoura; *pl.* picles, conserva em vinagre; embaraço; enredo; (met.) banho desoxidante. *v.* pôr em salmoura; preparar conserva. # *be in a pretty pickle,* estar em apuros. *many a pickle makes a mickle,* de grão em grão a galinha enche o papo.

PICKLOCK ['pik-lɔk], *s.* gazua; arrombador, ladrão, gatuno.

PICK-MATTOCK ['pik'mætək], *s.* meia picareta.

PICK-ME-UP ['pikmi:ʌp], *s.* (fam.) gole ou copo de bebida estimulante.

PICKPOCKET ['pikpɔkit], *s.* batedor de carteira. *v.* bater a carteira; punguear.

PICK-UP ['pikʌp], *s.* toca-discos; camioneta para entrega de encomendas; surto.

PICNIC ['piknik], *s.* piquenique, convescote; romaria. *v.* fazer um piquenique; ir em romaria.

PICNICKER ['piknikə], *s.* pessoa que vai a um piquenique.

PICRIC ['pikrik], *a.* pícrico.

PICTORIAL [pik'tɔ:riəl], *a.* pictórico; ilustrado com gravuras.

PICTURE ['piktʃə], *s.* pintura, quadro, painel, retrato; gravura, desenho, estampa, ilustração; fotografia, semelhança, imagem, descrição; fita de cinema. *pl.* (com *the*) o cinema = (E.U.) *the movies. v.* pintar, desenhar, debuxar, descrever, imaginar. # *take a picture,* tirar uma fotografia. *to look the picture of health,* estar vendendo saúde, ter aparência sadia.

PICTURE HOUSE ['piktʃəhaus], *V.* **PICTURE PALACE.**

PICTURE PALACE ['piktʃəpælis], *s.* cinema = (E.U.) *movie theater.*

PICTURESQUE [piktʃə'resk], *a.* pitoresco.

PICTURESQUENESS [piktʃə'resknis], *s.* caráter pitoresco.

PIDDLE ['pidl], *v.* desperdiçar; brincar; fazer qualquer coisa insignificante; urinar, fazer pipi (ling. infantil).

PIDGIN, PIGEON ['pidʒin], *s.* jargão de inglês falado na China. (Deformação de *business English.* Mistura de chinês e línguas africanas).

PIDGIN-ENGLISH, PIGEON-ENGLISH ['pidʒiniŋgliʃ], *V.* **PIDGIN.**

PIE [pai], *s.* pastel, pastelão, empada; torta; pega (ave); (impr.) pastel. # *to eat humble pie,* humilhar-se, pedir desculpas.

PIEBALD ['paibɔ:ld], *a.* malhado (cavalo). *V.* **PINTO, MOTTLED.**

PIECE [pi:s], *s.* pedaço, peça, parte, porção; divisão; fragmento, partícula, estilhaço, estilha; remendo, retalho; peça (de pano); peça (teatral); peça (canhão); composição, trecho, escrito; quadro; moeda. *v.* remendar, consertar; unir, juntar; acrescentar; pegar; unir-se; juntar-se. # *a fine piece of workmanship,* um trabalho artístico. *a piece of advice,* um conselho. *a piece of furniture,* um móvel. *cut to pieces,* reduzir a pedaços. *give a piece of one's mind,* repreender. *go to pieces,* ruir; desesperar, descontrolar-se. *in pieces,* feito aos pedaços; espatifado. *piece rate,* remuneração por unidade produzida. *piece together,* reunir, armar, montar, *piece wages,* salário proporcional à produção. *take to pieces,* desmontar.

PIECEMEAL ['pi:smi:l], *adv.* aos pedaços; gradualmente; pouco a pouco. *a.* retalhado, dividido, remendado, fragmentado. *s.* pedaço, retalho, fragmento.

PIECER ['pi:sə], *s.* remendão.

PIECEWORK ['pi:s-wə:k], *s.* empreitada; obra que se paga por peça, trabalho por tarefa.

PIECEWORKER ['pi:s-wə:kə], *s.* tarefeiro.

PIECING ['pi:siŋ], *s.* ajuntamento de peças; remendo; junção.

PIE-CRUST ['pai-krʌst], *s.* pastel folhado.

PIED [paid], *a.* variegado; pintado de várias cores.

PIER [piə], *s.* embarcadouro, cais, molhe; pilastra, pilar; pegão (de ponte); pano da parede entre duas janelas.

PIERAGE ['piəridʒ], *s.* taxa de atracação.

PIERCE [piəs], *v.* furar, brocar, perfurar, esburacar; penetrar; transpassar; atravessar; cravar; crivar; abrir caminho; internar-se.

PIERCEABLE ['piəsəbl], *a.* penetrável.

PIERCER ['piəsə], *s.* broca, furador, trado.

PIERCING ['piəsiŋ], *a.* agudo, penetrante, perfurante, cortante, comovente. *s.* penetração.

PIETY ['paiəti], *s.* devoção, piedade, religiosidade; santidade.

PIFFLE ['pifl], *s.* ninharia, bagatela, tolice. *v.* dizer tolices.

PIFFLER ['piflə], *s.* o que diz tolices.

PIG [pig], *s.* porco, leitão; barra de metal; avarento. *v.* parir (a porca); viver como os porcos. # *buy a pig in a poke,* comprar nabos em sacos; comer gato por lebre, comer gambá errado (vulg.). *drive one's pigs to market,* roncar (no sono). *pigs and whistles!* com a breca!

PIGEON ['pidʒin], *s.* pombo, pombinho, rola; (fam.) simplório, bobo. *V.* **PIDGIN** # *carrier pigeon, homing pigeon,* pombo-correio.

PIGEON-COVE ['pidʒinkouv], *s.* pombal.

PIGEON-HEARTED ['pidʒin'ha:tid], *a.* medroso, tímido, covarde.

PIGEON-HOLE ['pidʒinhoul], *s.* buraco de pombal; escaninho. *v.* arquivar; engavetar; pôr de lado.

PIGEON-LIVERED ['pidʒin'livəd], *V.* **PIGEON-HEARTED.**

PIGEON-LOT ['pidʒinlɔt], *s.* *V.* **PIGEON-COVE.**

PIGEONRY ['pidʒinri], *s.* pombal.

PIGGERY ['pigəri], *s.* pocilga, chiqueiro = (E.U.) *hogpen, pig pen.*

PIGGISH ['pigiʃ], *a.* imundo, sujo, nojento, porco; voraz; que vive como um porco.

PIGGY, PIGGIE ['pigi], *s.* leitão, porquinho. *a.* guloso.

PIGHEADED ['pig'hedid], *a.* teimoso, renitente, insistente, cabeçudo.

PIG-IRON ['pig-aiən], *s.* ferro-gusa.

PIG LATIN ['pig'lætin], *s.* (E.U.) alteração jocosa no falar visando aparentar língua diversa = (Ing.) *back-slang.*

PIGMENT ['pigmənt], *s.* pigmento, cor, coloração, pintura; (fam.) sangria (refresco de vinho).

PIGMY ['pigmi], *s.* pigmeu.

PIGPEN ['pigpən], *s.* (E.U.) chiqueiro = (Ing.) *pigsty.*

PIGSKIN ['pigskin], *s.* couro de porco.

PIGTAIL ['pigteil], *s.* trança, rabicho; fumo de rolo, fumo em corda; chinês; (eletr.) fio enroscado.

PIGSTY ['pigstai], *V.* **PIGGERY.**

PIGWASH ['pigwɔʃ], *s.* lavagem (comida para porcos).

PIKE [paik], *s.* lúcio (peixe); pique, forcado; pico de montanha; caminho, estrada.

PIKED [paikt], *a.* pontudo, ponteado.

PIKESTAFF ['paikstɑ:f], *s.* chuço; a haste do pique. # *as clear* (= *as plain*) *as a pikestaff,* claro como água.

PILASTER [pi'læstə], *s.* pilastra, coluna.

PILCH [piltʃ], *s.* cueiro.

PILCHARD ['piltʃəd], *s.* sardinha.

PILE [pail], *s.* pilha, monte, montículo; aglomerado; pilha elétrica; estaca, mourão; pira; edifício grande; basílica; pêlo, cabelo, penugem. *v.* empilhar. # *pile it on,* exagerar. *pile up,* empilhar.

PILE-DRIVER ['paildraivə[, *s.* bate-estacas.

PILE-HAMMER ['pailhæmə], *s.* *V.* **PILE-DRIVER.**

PILES [pailz], *s.* hemorróidas; (mil.) paliçada.

PILFER ['pilfə], *v.* furtar, roubar, surrupiar, tirar, larapiar, subtrair; burlar, enganar.

PILFERAGE ['pilfəridʒ], *s.* furto, larapiagem, gatunice.

PILFERER ['pilfərə], *s.* larápio, gatuno.

PILFERING ['pilfəriŋ], *s.* furto.

PILGRIM ['pilgrim], *s.* romeiro, peregrino. *v.* peregrinar, ir em romaria.

PILGRIMAGE ['pilgrimidʒ], *s.* peregrinação, romaria.

PILING ['pailiŋ], *s.* acumulação; estacaria; empilhamento.

PILL [pil], *s.* pílula; coisa desenxabida, sensaboria; repreensão; (fam.) médico. # *sugar the pill,* dourar a pílula (= *gild the bitter pill*).

PILLAGE ['pilidʒ], *s.* pilhagem, saque, rapina. *v.* pilhar, saquear, roubar, esbulhar, despojar.

PILLAGER ['pilidʒə], *s.* saqueador.

PILLAR ['pilə], *s.* pilar, pilastra, coluna; estátua, monumento; (fam.) sustentáculo; (náut.) pé de carneiro. # *(rush) from pillar to post,* (correr) de cá para lá, de ceca a meca, de déu em déu, de Herodes para Pilatos.

PILLAR-BOX ['piləbɔks], *s.* caixa do correio = (E.U.)*mail-box.*

PILLARED ['piləd], *a.* sustentado por pilares: semelhante a pilar.

PILLION ['piljən], *s.* selim (para mulher); coxim.

PILLORIED ['pilərid], *a.* exposto no pelourinho.

PILLORY ['piləri], *s.* pelourinho. *v.* expor no pelourinho.

PILLOW ['pilou], *s.* travesseiro, almofada, almofadão; (mec.) suporte. *v.* descansar sobre o travesseiro.

PILLOW-CASE ['piloukeis], *s.* fronha.

PILLOW-LACE ['pilouleis], *s.* renda de bilros.

PILLOW-SLIP ['pilou-slip], *V.* **PILLOW-CASE.**

PILLOWY ['piloui], *a.* mole, macio, suave como almofada.

PILOT ['pailət], *s.* piloto, prático; carta de marear; guia; instrumento para corrigir os desvios da agulha magnética; (maq.) pino de centro ou guia. (E.U.) limpa-trilhos. # *pilot bulb (lamp ou light),* lâmpada-piloto.

PILOTAGE ['pailətidʒ], *s.* pilotagem.

PIMENTO [pi'mentou], *s.* pimentão.

PIMP [pimp], *s.* alcoviteiro. *v.* alcovitar.

PIMPERNEL ['pimpənel], *s.* pimpinela.

PIMPING ['pimpiŋ], *a.* mesquinho, insignificante, de pouco valor; pequeno.

PIMPLE ['pimpl], *s.* empola (= ampola, bolha, borbulha); espinha.

PIMPLED ['pimpld], *a.* cheio de borbulha; empolado.

PIMPLY ['pimpli], *a.* cheio de borbulhas; cheio de espinhas.

PIN [pin], *s.* alfinete, cavilha, prego, cravo; broche; agulheta; gonzo; pino; eixo de roldana; bagatela, ninharia, coisa sem valor. *v.* pregar com alfinete; prender, ligar, juntar, encerrar, engradar. # *be in a merry pin,* estar contente da vida, estar alegre. *be quick on one's pins,* ser ágil. *centering pin,* (arm.) pino de travamento. *not to care a pin,* não ligar a mínima importância. *on pins and needles,* cheio de dedos; apreensivo, sobre brasas. *pin and web,* catarata (nos olhos). *pin money,* dinheiro para os alfinetes. *pin and needles,* formigueiro, prurido, dormência. *pin up,* arregaçar. *play at nine pins,* jogar a malha, jogar malhas. *rolling pin,* rolo para massa.

PINAFORE ['pinəfɔ:], *s.* bibe.

PINCERS ['pincəz], *s.* pinça, torquês, tenaz, alicate; incisivo dos cavalos.

PINCH [pintʃ], *v.* beliscar, apertar, oprimir, perseguir; ofender; economizar; ver-se em apuros; (E.U. gír.) furtar. *s.* beliscão, apertão; aperto, apuro, dificuldade; crise, dor; quina; esquina. # *pinch dog,* (carp.) colchete de bancada.

PINCH BAR ['pintʃba:] *s.* *V.* **CROWBAR.**

PINCHBECK ['pintʃbek], *s.* ouropel.

PINCHCOCK ['pintʃkɔk], *s.* (ofic.) clipe de mola.

PINCHER ['pintʃə], *s.* beliscador; *pl.* pinça.

PINCHING ['pintʃiŋ], *s.* beliscão, beliscadura; opressão; dor, tormento. *a.* penetrante; que belisca; urgente.

PINCUSHION ['pinkuʃin], *s.* almofadinha de alfinete.

PINDLING ['pindliŋ], *a.* (E.U.) franzino, atrofiado, raquítico = (Ing.) *puny.*
PINE [pain], *v.* consumir-se; anelar, desejar.
PINE [pain], *s.* pinheiro, pinho. # *Brazilian pine,* pinho do Paraná.
PINEAPPLE ['painæpl], *a.* abacaxi; (mil. gír.) bomba, granada de mão.
PINE-GROVE ['paingrouv], *s.* pinhal.
PINE-NUT ['painnʌt], *s.* pinha, pinhão.
PINE-TREE ['paintri:], *s.* pinheiro.
PING [piŋ], *s.* silvo, sibilo; (aut.) "batida" (no motor). *v.* silvar, sibilar.
PING-PONG ['piŋpɔŋ], *s.* pingue-pongue.
PINHOLE ['pinhoul], *s.* furo feito por alfinete.
PINING ['painiŋ], *s.* nostalgia, tristeza, languidez.
PINION ['pinjən], *s.* asa, ponta da asa; (maq.) pinhão; carrete. *v.* cortar as asas; amarrar, manietar.
PINK [piŋk], *s.* cravo (flor); craveiro; modelo, perfeição; um simpatizante do comunismo. *a.* cor-de-rosa, rosado simpatizante (do comunismo), *v.* furar, picotar; picar; recortar; abrir ilhós; pestanejar. # *in the pink,* em forma, em ótimas condições físicas.
PINKER ['piŋkə], *s.* recortador.
PINK-EYED ['piŋk-aid], *a.* de olhos miúdos.
PINKISH ['piŋkiʃ], *a.* cor-de-rosa pálido.
PINKY ['piŋki], *a.* rosado.
PINNACLE ['pinəkl], *s.* pináculo, torre; cume, ameia, elevação; auge. *v.* guarnecer com torres; elevar.
PINNATE ['pinit], *a.* (bot.) penado, pinulado; plumiforme.
PINNER ['pinə], *s.* alfineteiro; o que segura com alfinetes; espécie de touca de mulher.
PINNY ['pini], *s.* bibe (linguagem infantil). *V.* **PINAFORE.**
PIN SPANNER ['pin'spænə], *s.* *V.* **PIN WRENCH.**
PINT [paint], *s.* medida para liqüidos (Ing.) 20 onças, (E.U.) 16 onças.
PINTADO [pin'tɑ:dou], *s.* (ict.) cavala-branca; (orn.) galinha d'Angola; pombo do Cabo = *pintado petrel. small pintado,* rei de Guiné (ave).
PINTO ['pintou], *a.* malhado. *s.* cavalo malhado.
PIN TUCK ['pintʌk], *s.* folho (costura).
PIN-UP ['pinʌp], *s.* mulher atraente cuja fotografia é pregada na parede.
PINWHEEL ['pinwi:l], *s.* catavento de papel; rodinha (fogo de artifício).
PINWORM ['pinwə:m], *s.* lombriga.
PIN WRENCH ['pin'rentʃ], *s.* (ofic.) chave de pino na face.
PIONEER [paiə'niə], *s.* explorador, descobridor, pioneiro, desbravador = *pathfinder;* sapador. *v.* explorar, sondar, abrir caminho; servir de guia. *v.* desbravar.
PIOUS ['paiəs], *a.* piedoso, pio, devoto, contrito, religioso.
PIP [pip], *s.* gosma (doença); pevide ou semente; (rád.) crista; *pl.* pontos (nas cartas) = (E.U.) *spots. v.* romper a casca (um pintinho); chilrear; tocar instrumentos de sopro. # *give someone the pip,* (col.) irritar, aborrecer, *it's a pip,* (col.) é o "suco".
PIPE [paip], *s.* cachimbo; tubo; canal, conduto, cano; gaita de fole; apito; gaita pastoril; órgão vocal; garganta; barril, pipa, tonel; *pl.* tubagem. *v.* tocar flauta ou qualquer instrumento de sopro; cantar estridentemente; gritar; apitar, sibilar, silvar; conduzir por tubos ou canos; canalizar. # *exhaust pipe,* (mec. aut.) tubo de escapamento. *pipe of clay,* manilha. *put that in your pipe and smoke it,* fique sabendo isso.
PIPECLAY ['paipklei], *s.* gesso; argila plástica, argila para manilhas.
PIPE-LAYING ['paip-leiŋ], *s.* (E.U.) o emprego de pistolões políticos = (Ing.) *wire-pulling.*
PIPE-LINE ['paip-lain], *s.* encanamento.
PIPE-ORGAN ['paip'ɔ:gən], *s.* órgão (instrumento) = (Ing.) *organ.*
PIPER ['paipə], *s.* flautista; gaiteiro.
PIPETTE ['pi'pet], *s.* pipeta.
PIPING ['paipiŋ], *a.* adoentado; ardente, fervente; sibilante; pastoril. *s.* canalização, tubagem; som de flauta; gemido; vivo (de costura). # *piping hot,* fervente.
PIPKIN ['pipkin], *s.* escudela, pote de cerâmica vidrado na parte interna.
PIQUANCY ['pi:kənsi], *s.* aspereza, dureza, acrimônia, mordacidade; gosto picante.
PIQUANT ['pi:kənt], *a.* áspero, mordaz, satírico, picante.

PIQUE [pi:k], *s.* desprezo, irritação; má-vontade; melindre; pundonor. *v.* ofender, magoar, melindrar; irritar, picar; ferir; escandalizar; jactar-se; ofender-se.

PIRACY ['paiərəsi], *s.* pirataria.

PIRATE ['paiərit], *s.* corsário, pirata, ladrão; plagiário, copiador. *v.* pilhar, roubar, furtar, piratear; plagiar.

PIRATICAL [pai'rætikəl], *a.* pirático; de plágio.

PISCICULTURE ['pisikʌltʃə], *s.* piscicultura.

PISH [piʃ], *int.* fora!

PISTIL ['pistil], *s.* (bot.) pistilo.

PISTOL ['pistl], *s.* pistola; revólver. *v.* disparar (pistola ou revólver). # *with drawn pistol,* de pistola em punho.

PISTON ['pistən], *s.* pistão; êmbolo; caneco.

PISTON-ROD ['pistənrɔd], *s.* (mec.) picota; biela.

PIT [pit], *s.* cova, buraco, poço; fosso, mina; sepultura; sinal, marca; platéia (teatro) = (E.U.) *parquet, parterre;* arena; (E.U.) caroço (de fruta) = (Ing.) *stone;* (E.U.) sala da Bolsa. *v.* marcar com sinais; pôr, colocar; escavar; pôr num buraco; contrapor. # *pit of the stomach,* boca do estômago.

PIT-A-PAT ['pitəpæt], *s.* palpitação. *adv.* palpitantemente. # *go pit-a-pat,* bater, saltar (coração).

PITCH [pitʃ], *s.* piche; betume; breu; resina; alcatrão; declive, grau de inclinação; grau; ponto; descida; extremo, termo; tom; lance (no jogo); (mec.) passo. *v.* arremessar, atirar, arrojar o trunfo no jogo de cartas; mergulhar; arfar (o navio). # *adjustable pitch propeller,* hélice de passo variável (aeroplano).

PITCH-AND-TOSS [pitʃən'tɔs], *s.* cara ou coroa (jogo).

PITCH-BLACK ['pitʃ'blæk], *a.* retinto, escuro como breu.

PITCHBLENDE ['pitʃblend], *s.* uranimita, pechblenda.

PITCH-COAL ['pitʃkoul], *s.* azeviche.

PITCH-DARK ['pitʃ'dɑ:k], *a.* muito escuro; escuro como breu.

PITCH-DARKNESS ['pitʃ'dɑ:knis], *s.* escuridão, trevas, negror.

PITCHER ['pitʃə], *s.* cântaro, bilha, jarro; picareta, alvião; instrumento semelhante ao pé-de-cabra; pedra para calcetar. # *pitchers have ears, little pitchers have long ears,* as paredes têm ouvidos.

PITCHFORK ['pitʃfɔ:k], *s.* forcado, forquilha. # *to rain pitchforks,* chover a cântaros.

PITCHING ['pitʃiŋ], *a.* inclinado. *s.* (náut.) arfagem, arfada; aplicação de piche ou de breu.

PITCHY ['pitʃi], *a.* sombrio, triste, tenebroso, escuro, negro; coberto de breu.

PIT-COAL ['pitkoul], *s.* hulha, carvão-de-pedra.

PITEOUS ['pitiəs], *a.* terno, carinhoso, compassivo; lastimoso, queixoso.

PITFALL ['pitfɔ:l], *s.* cova aberta; armadilha; alçapão; engodo; perigo latente.

PITH [piθ], *s.* seiva; medula, tutano, miolo; âmago; vigor, energia, robustez, força, sumo, suco; substância; parte essencial. *v.* matar (extraindo a medula); tirar a seiva de uma planta; aturdir.

PIT-HEAD ['pithed], *s.* poço de mina.

PITHINESS ['piθinis], *s.* vigor, força, energia, robustez.

PITHLESS ['piθlis], *a.* sem energia ou vigor; sem seiva.

PITHY ['piθi], *a.* eficaz, suficiente; enérgico; sentencioso, expressivo; que tem seiva.

PITIABLE ['pitiəbl], *a.* lamentável; lastimoso; que merece pena.

PITIABLENESS ['pitiəblnis], *s.* estado deplorável.

PITIFUL ['pitiful], *a.* lamentável; que merece pena, lastimoso; compassivo; triste; detestável; desprezível.

PITILESS ['pitilis], *a.* cruel, desumano, despiedado; duro de coração; implacável.

PITILESSNESS ['pitilisnis], *s.* dureza de coração; desumanidade; crueldade.

PITMAN ['pitmən], *s.* mineiro, trabalhador de minas; (mec.) puxavante.

PITTANCE ['pitəns], *s.* pequena ração; porção; poucos salários ou rendimentos.

PITTED ['pitid], *a.* (met.) corroído pela ferrugem; picado.

PITTING ['pitiŋ], *s.* corrosão.

PITUITARY [pi'tju:itəri], *s.* glândula pituitária, hipófise.

PITY ['piti], *s.* misericórdia, piedade, compaixão, dor, lástima, comiseração. *v.* condoer-se, enternecer-se, ter piedade; compadecer-se. # *take pity on,* ter piedade de. *what a pity!* que pena!

PIVOT ['pivət], *s.* eixo, espigão; veio; gonzo; espiga; engrenagem. *v.* colocar sobre o eixo; prover de espigão; fazer girar sobre um eixo.

PIX [piks], *s.* (E.U. gír.) filme cinematográfico.

PIXY, PIXIE ['piksi], *s.* fada; duende.

PIZZICATO [pitsi'kɑ:tou], *s.* pizicato.

PLACABILITY [pleikə'biliti], *s.* placabilidade; clemência; benignidade; doçura.

PLACABLE ['pleikəbl], *a.* aplacável.

PLACARD ['plækɑ:d], *s.* letreiro, cartaz, édito, anúncio, edital; (esp.) marcador. *v.* afixar anúncios ou cartazes; divulgar por meio de cartazes.

PLACATE [plə'keit], *v.* aplacar.

PLACE [pleis], *s.* sítio, lugar, local, espaço; terreno; posição; precedência, ordem; fortaleza, forte, praça de guerra; situação; colocação; emprego; assento; dignidade. *v.* instalar, colocar, pôr; fixar; situar; plantar; estabelecer; designar; dar emprego ou colocação. # *be in a tight place,* estar em situação difícil, estar em maus lençóis. *place holder,* funcionário público. *place of call,* porto de escala. *Wailing Place, Wailing Wall,* Muro das Lamentações.

PLACENTA [plə'sentə], *s.* placenta.

PLACER ['pleisə], *s.* agente; colocador; jazida de ouro; garimpo.

PLACID ['plæsid], *a.* quieto, calmo, plácido; sossegado; tranqüilo, benigno.

PLACIDITY [plæ'siditi], *s.* quietude, placidez, tranqüilidade, serenidade; afabilidade.

PLACKET ['plækit], *s.* abertura; maneira (de saia).

PLAGIARISM ['pleidʒiərizm], *s.* plágio; plagiato.

PLAGIARIST ['pleidʒiərist], *s.* plagiário.

PLAGIARIZE (ISE) ['pleidʒiəraiz], *v.* plagiar.

PLAGIARY ['pleidʒiəri], *s.* plagiário.

PLAGUE [pleig], *s.* praga; calamidade; peste; pestilência; miséria. *v.* afligir, atormentar, flagelar; empestar; infestar; infectar; importunar; aborrecer. # *bubonic plague,* peste bubônica. *cattle plague,* peste bovina.

PLAGUER ['pleigə], *s.* flagelador; importuno.

PLAGUY ['pleigi], *a.* maligno, molesto; vexatório; importuno, enfadonho = (E.U.) *pesky.*

PLAICE [pleis], *s.* patruça.

PLAID [plæd], *s.* manta escocesa; desenho que forma quadrados; pano axadrezado.

PLAIDED ['plædid], *a.* em xadrez; em quadrados.

PLAIN [plein], *a.* plano, liso, chato, raso; igual; simples, comum, ordinário; franco, natural, singelo; sincero, leal; reto, verdadeiro; manifesto, evidente, claro; inculto, grosseiro. *s.* plano, planície, campina, planura, *v.* aplainar, alisar; chorar, lamentar; queixar-se; lamentar-se. # *in plain English,* em bom inglês, em inglês corrente, claro e correto. *it is as plain as plain can be,* é claro como água, é evidente. *plain wire,* arame liso.

PLAIN-DEALING ['pleindi:liŋ], *s.* boa-fé, sinceridade, lealdade.

PLAINLY ['pleinli], *adv.* singelamente, simplesmente; francamente, claramente.

PLAINNESS ['pleinnis], *s.* superfície plana; simplicidade; nitidez, clareza; franqueza, sinceridade, lealdade; evidência.

PLAIN-SONG ['plein-sɔŋ], *s.* cantochão.

PLAIN-SPOKEN ['plein'spoukən], *a.* franco, claro.

PLAINT [pleint], *s.* lamento, queixa, lamúria, queixume.

PLAINTIFF ['pleintif], *s.* queixoso, querelante, litigante, demandador, pleiteador; autor.

PLAINTIVE ['pleintiv], *a.* lastimoso, queixoso, lamentoso, choroso, magoado, dorido.

PLAIT [plæt], (E.U.) [pleit], *s.* trança; prega, dobra. *v.* franzir, preguear, enrugar; entrançar, trançar.

PLAN [plæn], *s.* plano, projeto, programa; esboço; desígnio; pensamento, idéia; modelo, molde; planta (de uma casa, parque, etc.). *v.* riscar, debuxar, traçar um plano; urdir, tramar; maquinar, engendrar; (E.U.) pretender, esperar, ter esperança.

PLANCH [plɑ:nʃ], *V.* **PLANK.**

PLANCHETTE [plɑ:n'ʃet], *s.* prancheta; grafômetro.

PLANE [plein], *a.* liso, plano. *s.* superfície plana; plaina (carp.); aeroplano; plátano. *v.* aplainar, alisar, desbastar; pairar. # *fighter* *plane,* avião de combate. *scout plane,* avião de reconhecimento. *spotter plane,* avião de observação.

PLANER ['pleinə], *s.* plaina mecânica; alisador; aplanador; cunha para formas tipográficas.

PLANET ['plænit], *s.* planeta.

PLANETARIUM [plæni'tεəriəm], *s.* planetário.

PLANETARY ['plænitəri], *a.* planetário.

PLANE-TREE ['plein-tri:], *s.* plátano silvestre.

PLANIMETER [plæ'nimitə], *s.* planímetro.

PLANIMETRY [plæ'nimitri], *s.* planimetria.

PLANING-BENCH ['pleiniŋbentʃ], *s.* banco de carpinteiro.

PLANISH ['plæniʃ], *v.* aplainar metais; alisar, polir.

PLANISHER ['plæniʃə], *s.* aplainador; alisador; polidor.

PLANK [plæŋk], *s.* prancha; pranchão; tábua grossa; tapume; (E.U.) item de uma plataforma política. *v.* entabuar, assoalhar. # *plank down,* depositar dinheiro para pagamento; pagar à vista.

PLANK-BED ['plæŋkbed], *s.* tarimba.

PLANKING ['plæŋkiŋ], *s.* forro, teto, tabuado.

PLANNER ['plænə], *s.* autor de um projeto ou plano.

PLANNING ['plæniŋ], *s.* planejamento. # *comprehensive planning,* planejamento global.

PLANT [plɑ:nt], *s.* vegetal, planta; instalação; aparelhagem; maquinaria; usina; fábrica; espião da polícia entre os criminosos; cilada ou estratagema da polícia para descobrir criminoso. *v.* plantar, implantar, colocar, fixar; estabelecer, instalar; engendrar; fundar. # *plant accounting,* contabilidade industrial. *plant manager,* gerente de fábrica. *plant out,* transplantar. *textile plant,* fábrica de tecidos.

PLANTAIN ['plæntin], *s.* (bot.) tanchagem.

PLANTATION [plæn'teiʃən], *s.* fazenda; plantação.

PLANTER ['plɑ:ntə], *s.* plantador, proprietário de uma plantação, lavrador; colono; fundador.

PLANTING ['plɑ:ntiŋ], *s.* plantação, plantio.

PLANT-LOUSE ['plɑ:nt-laus], *s.* pulgão.

PLAQUE [plɑ:k], *s.* placa, chapa; broche, medalha.

PLAQUETTE [plæ'ket], *s.* plaqueta.

PLASH [plæʃ], *s.* poça; charco, lamaçal, atoleiro; aguaceiro, carga d'água; salpico; ramo entrelaçado. *v.* enlamear, atolar, chafurdar; respingar, salpicar; entrelaçar ramos.

PLASHY ['plæʃi], *a.* pantanoso, lamacento; manchado.

PLASM ['plæzm], *s.* plasma; molde, forma, matriz.

PLASMA ['plæzmə], *s.* plasma.

PLASMIC ['plæzmik], *a.* plásmico. *s.* plástico, matéria plástica.

PLASTER ['plɑ:stə], *s.* emplastro; esparadrapo; argamassa; gesso; cal; estuque. *v.* caiar; estucar; rebocar, argamassar; gessar; emplastrar. # *adhesive-plaster, sticking-plaster,* esparadrapo. *finish plaster,* gesso branco. *plaster cast* aparelho de gesso.

PLASTERER ['plɑ:stərə], *s.* caiador, estucador; modelador em gesso.

PLASTERING ['plɑ:stəriŋ], *s.* estuque, ação de estucar.

PLASTER OF PARIS ['plɑ:stərəv'pæris], *s.* gesso.

PLASTIC ['plæstik], *a.* plástico. *s.* plástico, matéria plástica; *pl.* cirurgia plástica.

PLASTICINE ['plæstisi:n], *s.* plasticina.

PLASTICITY [plæs'tisiti], *s.* plasticidade.

PLAT [plɑ:], *s.* pedaço de terra; campo; planta de um terreno; (náut.) baderna. *a.* plano, liso. *v.* enlaçar, entrançar; dividir em lotes; fazer uma planta.

PLATAN ['plætən], *s.* plátano.

PLATE [pleit], *s.* chapa, placa, lâmina, folha (de metal); clichê; prato; prataria = (E.U.) *silver-ware;* taça; copa. *v.* pratear, dourar; laminar, chapear, folhear; niquelar; galvanizar. # *number plate,* placa (de automóvel). *photographic plate,* chapa fotográfica. *plate armour,* chapa de couraça; blindagem.

PLATEAU ['plætou], *s.* planalto, planura, planície; bandeja, salva; mesa.

PLATED ['pleitid], *a.* chapeado, laminado, folheado; prateado, niquelado.

PLATEFUL ['pleitful], *s.* conteúdo de um prato; pratada.

PLATELAYER ['pleitleiə], *s.* trabalhador da via permanente em estradas de ferro.

PLATE-LUNCH ['pleit-lʌntʃ], *s.* (E.U.) almoço de prato feito.

PLATE-MARK ['pleitmɑ:k], *s.* marca de contraste.

PLATEN ['plætn], *s.* compressor de metal; chapa impressora nas máquinas rotativas; rolo de máquina de escrever. # *platen release level,* alavanca de soltagem do papel em máquina de escrever.

PLATFORM ['plætfɔ:m], *s.* plataforma, estrado, tribuna; terraço, sacada; plataforma de estação de estrada de ferro; (E.U.) plataforma de carro de estrada de ferro; (E.U.) plataforma política = (Ing.) *programme.*

PLATING ['pleitiŋ], *s.* chapa; lâmina; galvanoplastia. # *nickel plating,* niquelagem.

PLATINOTYPE ['plætinotaip], *s.* platinotipia.

PLATINUM ['plætinəm], *s.* platina.

PLATITUDE ['plætitju:d], *s.* chateza, baixeza; chatice, trivialidade, vulgaridade; sensaboria.

PLATONIC, AL [plə'tɔnik, əl], platônico.

PLATONISM ['pleitənizm], *s.* platonismo.

PLATOON [plə'tu:n], *s.* (mil.) pelotão.

PLATTER ['plætə], *s.* (E.U.) travessa (louça) = (Ing.) *dish;* (rád.) uma gravação, um disco.

PLAUSIBILITY [plɔ:zi'biliti], **PLAUSIBLENESS** ['plɔ:ziblnis], *s.* plausibilidade.

PLAUSIBLE ['plɔ:zəbl], *a.* plausível; especioso, traiçoeiro, pérfido.

PLAY [plei], *v.* jogar, brincar; representar, desempenhar um papel, pôr em cena; executar, tocar; manejar, manipular; folgar, gracejar, pilheriar, fazer travessuras, divertir-se. *s.* jogo, divertimento, brinquedo, recreio, diversão, brincadeira, gracejo, pilhéria; peça, comédia; (maq.) folga, jogo. # *a play on words,* jogo de palavras. *as good as a play,* muito interessante, muito divertido. *at play,* em jogo. *bring into play,* fazer funcionar, fazer entrar em jogo. *fair play,* jogo limpo, lealdade; justiça. *play down,* depreciar. *play fast and loose,* ser inconstante. *to play for keeps,* jogar a dinheiro.

PLAYBILL ['pleibil], *s.* (teat.) programa.

PLAY-BOY ['pleibɔi], *s.* estróina, farrista.

PLAYER ['pleiə], *s.* jogador; executante, ator, artista; músico. # *player piano,* pianola.

PLAYFELLOW ['pleifelou], *s.* companheiro de folguedos.

PLAYFUL ['pleiful], *a.* brincalhão, divertido, engraçado, gaiato, travesso.

PLAYFULNESS ['pleifulnis], *s.* brincadeira, divertimento, bom-humor, gaiatice, jovialidade.

PLAYGROUND ['plei-graund], *s.* campo ou pátio de recreio.

PLAYHOUSE ['pleishaus], *s.* teatro; casa em miniatura (brinquedo). # *playhouse auditorium,* sala de espetáculos.

PLAYING-CARD ['pleiŋkɑ:d], *s.* carta de baralho.

PLAYING-FIELD ['pleiŋ-fi:ld], *s.* campo de esportes.

PLAYLET ['plieilit], *s.* (teatr.) peça curta.

PLAYMATE ['pleimeit], *s. V.* **PLAYFELLOW.**

PLAYSOME ['pleisəm], *a.* brincalhão, jovial.

PLAYTHING ['plei-θiŋ], *s.* brinquedo, divertimento; ninharia, coisa de pouca monta.

PLAYWRIGTH ['pleirait], *s.* dramaturgo, autor dramático.

PLEA [pli:], *s.* pleito, demanda; arrazoado, exposição de motivos, alegação de direito; objeção, exceção; argumento; rogo, súplica; litígio, ação, processo.

PLEACH [pli:tʃ], *v.* entretecer, entrelaçar, trançar; encurvar.

PLEAD [pli:d], *pret.* e *pp.* **PLEADED** ['pli:did], (E.U.) **PLEAD** [pled], *v.* pleitear, litigar, advogar, defender, disputar; alegar, argüir, desculpar, escusar; interceder. # *plead guilty,* confessar-se culpado.

PLEADER ['pli:də], *s.* defensor, advogado de defesa; pleiteante; litigante.

PLEADING ['pli:diŋ], *s.* defesa, alegação; demanda; informe; pleito; *pl.* razões, arrazoado = (E.U.) *brief.*

PLEASANT ['pleznt], *a.* agradável, amável, deleitoso, prazenteiro, alegre, divertido; ameno; grato.

PLEASANTLY ['plezntli], *adv.* deliciosamente, alegremente, agradavelmente.

PLEASANTNESS ['plezntnis], *s.* deleite, prazer, conforto; satisfação, alegria; gosto; comodidade, bem-estar.

PLEASANTRY ['plezntri], *a.* graça, brincadeira, gracejo; mofa, troça, zombaria.

PLEASE [pli:z], *v.* deleitar, agradar, contentar, satisfazer, aprazer, comprazer; gostar de; ter gosto em; estar contente ou satisfeito; encantar; obsequiar. # *if you please,* por favor, *may it please you,* faça o favor de. *please God,* se Deus quiser.

PLEASING ['pli:ziŋ], *a.* agradável, encantador, amável; gostoso; complacente; alegre, divertido; grato.

PLEASURABLE ['pleʒərəbl], *a.* divertido, aprazível, agradável; festivo, prazenteiro.

PLEASURABLENESS ['pleʒərəblnis], *s.* deleite, encanto, agrado, prazer, satisfação, alegria.

PLEASURE ['pleʒə], *s.* agrado, satisfação, prazer, alegria, deleite, gosto; gozo; desejo; complacência; livre-arbítrio; vontade própria. # *pleasure boat,* lancha de passeio. *pleasure trip,* viagem de recreio.

PLEASURE-GROUND ['pleʒəgraund], *s.* parque de diversões, jardim de recreio.

PLEAT [pli:t], *V.* **PLAIT.**

PLEBEIAN [pli'bi:ən], *s.* e *a.* plebeu; proletário; comum, vulgar, popular.

PLEBISCITE ['plebisit], *s.* plebiscito.

PLEDGE [pledʒ], *s.* sinal; penhor, caução, garantia, fiança; promessa; brinde. *v.* hipotecar, empenhar, prometer, garantir, afiançar; brindar, beber à saúde de alguém; empenhar-se; comprometer-se.

PLEDGEE [ple'dʒi:], *s.* depositário de um penhor, credor pignoratício, caucionário.

PLEDG(E)OR [ple'dʒɔ:], *s.* (jur.) *V.* **PLEDGER.**

PLEDGER ['pledʒə], *s.* o que dá alguma coisa em penhor; o que empenha; caucionante; fiador; o que responde a um brinde.

PLEDGET ['pledʒit], *s.* (med.) compressa; parche.

PLENARY ['pli:nəri], *a.* plenário, inteiro, perfeito, completo, pleno.

PLENIPOTENTIARY [plenipə'tenʃəri], *s.* e *a.* plenipotenciário.

PLENITUDE ['plenitju:d], *s.* plenitude, abundância, pletora; perfeição.

PLENTEOUS ['plentiəs], *a.* (poét.) abundante, profuso, copioso = *plentiful.*

PLENTIFUL ['plentiful], *a.* abundante, copioso, farto, profuso; fértil.

PLENTIFULNESS ['plentifulnis], *s.* abundância, fartura, cópia; fertilidade.

PLENTY ['plenti], *s.* abundância, profusão, cópia, fartura; fertilidade. *a.* (E.U.) abundante. *adv.* (col.) bastante, abundantemente. # *plenty of,* abundância de; muito, grande quantidade de.

PLEONASM ['pli:ənæzm], *s.* pleonasmo.

PLEONASTIC, AL [pli:ə'næstik, əl], *a.* pleonástico.

PLETHORA ['pleθərə], *s.* pletora, excesso, superabundância, fartura.

PLETHORIC [ple'θɔrik], *a.* pletórico, cheio, repleto.

PLEURA ['pluərə], *s.* pleura.

PLEURAL ['pluərəl], *a.* pleural.

PLEURISY ['pluərisi], *s.* pleurisia.

PLEURITIC [pluə'ritik], *a.* pleurítico.

PLEURO-PNEUMONIA ['pluərounju:'mounjə], *s.* pleuropneumonia.

PLEXUS ['pleksəs], *s.* plexo; entrelaçamento.

PLIABILITY [plaiə'biliti], *s.* flexibilidade, maleabilidade; condescendência; docilidade, ternura.

PLIABLE ['plaiəbl], *a.* flexível, maleável, brando, domável, dócil, manso.

PLIANCY ['plaiənsi], *s.* flexibilidade; brandura, mansidão, docilidade.

PLIANT ['plaiənt], *a.* maleável, dúctil, flexível.

PLIERS ['plaiəz], *s. pl.* alicate.

PLIGHT [plait], *v.* empenhar, prometer, dar a palavra; fazer promessa formal; prometer casamento. *s.* empenho, promessa, compromisso solene; estado, condição; aperto, apuro; dobra, prega; promessa de casamento.

PLINTH [plinθ], *s.* ábaco; (arq.) plinto.

PLOD [plɔd], *v.* trabalhar, labutar, lutar, afadigar-se; pensar, meditar.

PLODDER ['plɔdə], *s.* o que é trabalhador; estudante "cavador".

PLODDING ['plɔdiŋ], *s.* trabalho, labuta, labor. *a.* trabalhador, laborioso.

PLOP [plɔp], *v.* cair subitamente. *adv.* subitamente.

PLOT [plɔt], *s.* pequeno terreno, lote; espaço pequeno; porção, parcela; trama, conspiração, conluio, plano, conjuração; idéia, projeto; ardil, intriga, enredo. *v.* tramar, urdir, conspirar, maquinar, planejar; intrigar; dividir em parcelas.

PLOTTER ['plɔtə], *s.* conjurador, conspirador; conjurado; o que traça planos.

PLOTTING ['plɔtiŋ], *s.* divisão de um terreno; traçado de um plano; conspiração, trama, enredo.

PLOUGH [plau], (E.U.) **PLOW** [plau], *s.* charrua, arado; agricultura, cultura; guilhotina, máquina para aparar papel; goiva. *v.* lavrar a terra; arar; executar laboriosamente, labutar; reprovar em exame = (E.U.) *flunk.* # *plow the sands,* fazer trabalho inútil; trabalhar sem proveito. *put one's hand to the plough,* pôr mãos à obra. *take a plough,* ser reprovado.

PLOUGHABLE ['plauəbl], *a.* arável.

PLOUGHBOY ['plaubɔi], *s.* rapaz rústico, ignorante; lavrador.

PLOUGHER ['plauə], *s.* lavrador, campônio, rústico.

PLOUGHING ['plauiŋ], *s.* lavra, lavoura.

PLOUGHMAN ['plaumən], *s.* lavrador.

PLOUGHSHARE ['plau-ʃɛə], *s.* relha do arado.

PLOW [plau], *V.* **PLOUGH.**

PLUCK [plʌk], *v.* puxar, arrancar, tirar, colher; depenar; desarraigar; rejeitar, reprovar; dar um safanão; puxar por. *s.* ânimo, valor, denodo; resolução, coragem; puxão. # *be plucked,* ser reprovado. *pluck away,* arrebatar.

PLUCKINESS ['plʌkinis], *s.* valor, denodo, valentia.

PLUCKY ['plʌki], *a.* valoroso, corajoso, valente, animoso, decidido, resolvido, resoluto.

PLUG [plʌg], *s.* tampão, rolha, obturador; vela (de motor); registro, cavilha; (eletr.) tomada, pino de tomada, plungue; chapéu de copa; porção de tabaco torcido; boca de incêndio; (E.U.) punga, cavalo magro e velho = (Ing.) *jade.* *v.* obturar, tapar, arrolhar; pôr um bujão; empastar; (rád.) propaganda repetida. # *attachment plug,* plugue para tomada de corrente. *double plug,* (eletr.) benjamim. *spark plug,* vela de ignição.

PLUGBOARD ['plʌgbɔ:d], *s.* (eletr.) quadro de ligações, painel.

PLUG-HAT ['plʌghæt], *s.* (E.U.) cartola = (Ing.) *silk hat.*

PLUM [plʌm], *s.* ameixa; (gír.) £ 100.000; riqueza; fortuna, sorte; (E.U.) sinecura, pepineira.

PLUMAGE ['plu:midʒ], *s.* plumagem; enfeite, adorno, atavio.

PLUMB [plʌm], *s.* prumo (instrumento). *a.* reto, perfeito; completo; vertical. *adv.* perpendicularmente, a prumo; completamente; exatamente. *v.* canalizar; soldar; sondar; aprumar.

PLUMBAGO [plʌm'beigou], *s.* plumbagina, grafita.

PLUMB BOB ['plʌmbɔb], *s.* prumo.

PLUMBER ['plʌmə], *s.* bombeiro, latoeiro, picheleiro.

PLUMBING ['plʌmiŋ], *s.* solda; ofício de bombeiro.

PLUME [plu:m], *s.* pena, plumagem, pluma, penacho; crista; orgulho, soberba. *v.* empenar, emplumar; ornar com penas; orgulhar-se, jactar-se; vangloriar-se; depenar, limpar as penas. # *with borrowed plumes,* com penas de pavão.

PLUMED [plu:md], *a.* plumoso, emplumado, empenachado; depenado.

PLUMMER ['plʌmə], *V.* **PLUMBER.**

PLUMMET ['plʌmit], *s.* (mar.) sonda para medir a profundidade; prumo, nível, peso; lápis.

PLUMMY ['plʌmi], *a.* rico; bom, bondoso; cheio de ameixas.

PLUMP [plʌmp], *a.* roliço, cheio, gordo, rechonchudo, nédio, gorducho; brusco, rude, grosseiro. *adv.* de repente, subitamente, imediatamente, de pronto; a prumo. *s.* grupo, turma, magote, bando; montão, aglomerado. *v.* cair a prumo; engordar; intumescer-se; encher-se, engrossar-se.

PLUMPNESS ['plʌmpnis], *s.* gordura; petulância, arrogância, grosseria.

PLUM-PUDDING ['plʌm'pudiŋ], *s.* pudim com passas e groselhas.

PLUMPY ['plʌmpi], *a.* gordo, nédio, cheio, pingue, corpulento, roliço.

PLUMULE ['plu:mju:l], *s.* (bot.) plúmula (= gêmula); (zool.) plúmula.

PLUNDER ['plʌndə], *v.* saquear, pilhar, roubar, esbulhar, espoliar, despojar. *s.* pilhagem, saque, roubo, esbulho, espoliação, despojo, presa.

PLUNDERER ['plʌndərə], *s.* espoliador, pilhador, saqueador, esbulhador.
PLUNDERING ['plʌndəriŋ], *s.* pilhagem, saque, despojo, espoliação.
PLUNDEROUS ['plʌndərəs], *a.* saqueador, despojador, espoliador, pilhador.
PLUNGE [plʌndʒ], *v.* mergulhar, submergir, imergir; abismar; enterrar; arrojar, precipitar; cravar; precipitar-se, arrojar-se, abismar-se. *s.* mergulho; submersão, imersão; precipitação; salto, arrojo; dificuldade, aperto.
PLUNGER ['plʌndʒə], *s.* mergulhador; búzio; pescador de pérolas; êmbolo. # *plunger pump* (mec.) pistão.
PLUPERFECT ['plu:'pə:fikt], *a.* e *s.* (gram.) mais-que-perfeito.
PLURAL ['pluərəl], *a.* e *s.* plural.
PLURALITY [pluə'ræliti], *s.* pluralidade; multidão; o maior número, a maioria; (E.U.) o maior número de votos = (Ing.) *majority;* acumulação (mais de um emprego público).
PLUS [plʌs], *a.* mais, extra, adicional; (mat. e eletr.) positivo. *s.* quantidade positiva, sinal de adição (+).
PLUSH [plʌʃ], *s.* pelúcia.
PLUSHY ['plʌʃi], *a.* felpudo.
PLUTO ['plu:tou], *s.* Plutão.
PLUTOCRACY [plu:'tɔkrəsi], *s.* plutocracia.
PLUTOCRAT ['plu:tokræt], *s.* plutocrata.
PLUTOCRATIC [plu:to'krætik], *a.* plutocrático.
PLUTONIAN [plu:'tounjən], *a.* plutônico. *s.* plutonista.
PLUTONIC [plu:'tɔ:nik], *a.* plutônico; ígneo.
PLUVIAL ['plu:viəl], *a.* chuvoso, pluvial; (igr.) capa de asperges, pluvial.
PLUVIOMETER [plu:vi'ɔmitə], *s.* pluviômetro.
PLUVIOUS ['plu:viəs], *a.* chuvoso.
PLY [plai], *v.* aplicar-se a; exercer, praticar; trabalhar com afinco; ocupar, empregar; diligenciar; dobrar; importunar; fazer viagens regulares; manejar, usar; menear; bordejar; ir e vir; ceder; esforçar-se (náut.) bordejar; *s.* dobra, ruga, prega; tendência, propensão; inclinação; costume, hábito.
PLYWOOD ['plaiwud]. *s.* contraplacado, madeira compensada.
P.M. ['pi:'em], *abr.* de **POST MERIDIAN,** depois do meio-dia.
PNEUMATIC, AL [nju:'mætik, əl], *a.* pneumático.
PNEUMATICS [nju:'mætiks], *s.* pneumática.
PNEUMATOLYSIS [nju:mə'tɔlisis], *s.* pneumatólise.
PNEUMONIA [nju:'mounjə], *s.* pneumonia.
PNEUMONIC [nju:'mɔnik], *a.* pneumônico; pulmonar.
POACH [poutʃ], *v.* escaldar, escalfar; caçar clandestinamente; dar uma fervura; invadir; atolar.
POACHER ['poutʃə], *s.* ladrão de caça; caçador furtivo; frigideira para ovos, estreladeira de ovos.
POCK [pɔk], *s.* bexigas, pústula, varíola.
POCKER-PICTURE ['pɔkəpiktʃə], *s.* pirogravura.
POCKET ['pɔkit], *s.* algibeira, bolso; cavidade, receptáculo. *v.* pôr na algibeira, embolsar; apropriar-se; tomar, subtrair; sofrer uma afronta; (E.U.) vetar.
POCKET-BOOK ['pɔkitbuk], *s.* agenda; livro de bolso; (E.U.) carteira (de guardar dinheiro) = (Ing.) *purse;* (E.U.) bolsa (de senhora) = (Ing.) *hand-bag, bag.*
POCKET-FLAP ['pɔkitflæp], *s.* portinhola de bolso.
POCKETFUL ['pɔkitful], *s.* quanto cabe num bolso.
POCKET-KNIFE ['pɔkitnaif], *s.* canivete.
POCKET-MONEY ['pɔkitmʌni], *s.* dinheiro para pequenas despesas.
POCKET VETO ['pɔkit'vi:tou], *s.* (E.U.) veto indireto, veto por omissão de pronunciamento, no prazo legal, pela autoridade executiva. *v.* vetar por omissão de pronunciamento.
POCK-MARK ['pɔkmɑ:k], *s.* marca de varíola.
POD [pɔd], *s.* vagem; casca; casulo. *v.* encher-se; inchar; criar vagem.
PODAGRA ['pɔdəgrə], *s.* podagra.
PODGY ['pɔdʒi], *a.* grosso, gordo; atarracado, baixo.
PODIATRIST [pə'daiətrist], *s.* pedicuro.
PODIATRY ['pɔdiətri], *s.* quiropedia.
POEM ['po(u)im, 'po(u)em], *s.* poema, poesia.
POET ['po(u)it, 'po(u)et], *s.* poeta, bardo, vate, trovador.

POETASTER [po(u)i'tæstə], *s.* poetastro, poetaço, poeta-d'água-doce.

POETESS ['po(u)itis, 'po(u)etis], *s.* poetisa.

POETIC, AL [po(u)'etik, əl], *a.* poético.

POETICS [po(u)'etiks], *s.* arte poética; poética.

POETRY ['po(u)itri, 'po(u)etri], *s.* poesia; poética.

POGROM ['pɔgrəm], *s.* massacre.

POIGNANCY ['pɔinənsi], *s.* rudeza, aspereza, acrimônia, acerbidade.

POIGNANT ['pɔinənt], *a.* acerbo, rude, pungente, lancinante; agudo, mordaz, ferino, penetrante.

POINT [pɔint], *s.* ponto, ponta, bico; capítulo, artigo; questão; parte; ponteiro, ferramenta pontiaguda; agulheta; (náut.) contra-cabeça de rebite; promontório, cabo; situação, local, lugar, posto; pormenor; item; ponto de vista; ocasião, circunstâncias; a graça, o sal (em uma anedota); momento, instante; assunto; (tipogr.) corpo; tento (nos jogos); (E.U.) pena de escrever = (Ing.) *nib;* (Bolsa) limite de flutuação no mercado de títulos; qualquer sinal de pontuação; *pl.* (maq.) platinado; (estr. de f.) chave, desvio = (E.U.) *switch. v.* apontar, aguçar, afiar, fazer ponta; pontuar; adelgaçar; assestar (uma peça); assinalar, marcar; indicar; encarar; desmantilhar; (náut.) cordear vergas. # *a point of conscience,* uma questão de consciência. *at the point of death,* na hora da morte. *bearing point,* (mec.) ponto de apoio. *beside the point* (ou *question*), despropositado, fora de propósito. *make a point of,* fazer questão de. *melting point,* ponto de fusão. *on the point of death,* em artigo de morte. *point of departure,* ponto de partida. *point of order,* questão de ordem. *point of shipment,* local de embarque. *smoke point,* ponto de fusilagem. *speak to the point,* falar claramente, sem rodeios. *stick to the point,* restringir-se ao assunto. *stretch a point,* fazer uma concessão. *that is not to the point,* isso não vem ao caso. *upon a forced point,* em caso de necessidade.

POINT-BLANK ['pɔint'blæŋk], *a.* claro, categórico, formal; horizontal. *adv.* à queima-roupa; diretamente, formalmente; categoricamente; sem rodeios.

POINTED ['pɔintid], *a.* agudo, pontiagudo, aguçado, afiado; sarcástico, satírico, picante, mordaz, epigramático.

POINTEDLY ['pɔintidli], *adv.* sutilmente; formalmente, categoricamente, explicitamente.

POINTEDNESS ['pɔintidnis], *s.* rudeza, aspereza, azedume, acrimônia; sutileza.

POINTER ['pɔintə], *s.* indicador, apontador; ponteiro; buril; perdigueiro; cão que aponta a caça; chave, agulha (nas estradas de ferro); (E.U.) idéia, sugestão, palpite = (Ing.) *hint, suggestion, tip. pl.* as duas estrelas da Ursa Maior.

POINTING ['pɔintiŋ], *s.* pontuação; apontamento; indicação; pontaria; aguçadura.

POINTLESS ['pɔintlis], *a.* sem ponta; rombudo; obtuso.

POINTSMAN ['pɔintsmən], *s.* guarda-chaves = (E.U.) *switchman.*

POISE [pɔiz], *s.* peso, equilíbrio; estabilidade; porte; repouso. *v.* equilibrar, balancear; pesar; ponderar; cotejar; considerar.

POISON ['pɔizn], *s.* veneno, tóxico. *v.* envenenar; intoxicar.

POISONER ['pɔiznə], *s.* envenenador; corruptor, sedutor.

POISONING ['pɔizniŋ], *s.* envenenamento.

POISONOUS ['pɔiznəs], *a.* venenoso, pernicioso, deletério, peçonhento, tóxico.

POKE [pouk], *s.* empurrão, impulso, saco, bolsa; jugo. *v.* picar; bater; apalpar; ferir; empurrar, impelir, atiçar (o fogo); andar às tontas; esquadrinhar; mexer. # *poke about,* escarafunchar.

POKER ['poukə], *s.* atiçador (do lume); duende, fantasma; pôquer (jogo de cartas).

POKER-FACE [poukəfeis], *s.* cara-de-pau, fisionomia impassível.

POKER-PICTURE ['poukə'piktʃə], *V.* **POKER-WORK.**

POKERWORK ['poukəwə:k], *s.* pirogravura.

POKY ['pouki], *a.* lento, vagaroso; estúpido; pequeno, acanhado.

POLACRE, POLACCA [po'lɑ:kə, po'lækə], *s.* (náut.) polaca (barco a vela de três mastros, usado no Mediterrâneo).

POLAR ['poulə], *a.* polar. *s.* (mat.) coordenada polar.

POLARITY [pou'læriti], *s.* polarização, polaridade.

POLARIZATION (ISA) [poulərai'zeiʃən], *s.* polarização.

POLARIZE (ISE) ['pouləraiz], *v.* polarizar.

POLE [poul], *s.* pólo; poste, viga, mastro; estaca, vara; varapau, pau; vergôntea; baliza; mastaréu; maromba (vara). *v.* levar sobre varas; empurrar com um pau; impelir com vara (a embarcação); transportar sobre varas. # *conducting pole,* barra de contato (ônibus elétrico, bonde elétrico). *pole of a coach,* lança de um carro. *pole vaulting,* salto de vara (esp.).

POLE [poul], *s.* polonês.

POLEAX(E) ['poulæks], *s.* machadinha. *v.* abater (animal) com machadinha.

POLECAT ['poulkæt], *s.* doninha.

POLEMIC [po'lemik], *a.* polêmico, controverso. *s.* polêmica; controvérsia; debate oral, discussão; polemista.

POLEMICAL [po'lemikəl], *a.* controverso, polêmico.

POLEMICS [po'lemiks], *s.* polêmica.

POLE-STAR ['poul-stɑ:], *s.* estrela polar; (fig.) guia.

POLE-VAULT ['poulvɔ:lt], *s.* (esp.) salto em vara.

POLICE [pə'li:s], *s.* polícia. *v.* policiar.

POLICED [pə'li:st], *a.* policiado, vigiado; bem ordenado ou governado.

POLICEMAN [pə'li:smən], *s.* guarda-civil, polícia, soldado de polícia.

POLICE-STATION [pə'lis'steiʃən], *s.* delegacia de polícia = (E.U.) *station house.*

POLICE-VAN [pə'li:svæn], *s.* carro de polícia, viúva-alegre, tintureiro = (E.U.) *patrol van, patrol wagon.*

POLICY ['pɔlisi], *s.* política, programa político; plano ou ação política; prudência; manha, astúcia, ardil; sagacidade; apólice de seguro; (E.U.) loteria. # *floating* ou *floater policy,* apólice que resguarda propriedade de valor variável. *give-and-take-policy,* política de toma lá, dá cá, política de troca de favores. *price-output policy,* (fin.) política preço-produção.

POLICYHOLDER ['pɔlisihouldə], *s.* o possuidor de apólice de seguro; segurado.

POLISH ['pɔliʃ], *v.* polir; brunir, lustrar os calçados; engraxar; encerar; alisar; acetinar; contar mentiras; civilizar; educar. *s.* lustre, polimento, verniz, graxa para sapatos; delicadeza; cortesia; urbanidade.

POLISH ['pouliʃ], *s.* e *a.* polaco, polonês, polônico.

POLISHED ['pɔliʃt], *a.* brunido, lustrado, polido; culto, ilustrado; refinado, cortês, delicado.

POLISHER ['pɔliʃə], *s.* brunidor, polidor, lustrador, alisador.

POLISHING ['pɔliʃiŋ], *a.* que serve para polir ou brunir.

POLITE [pə'lait], *a.* cortês, delicado, polido, educado, fino, bem-educado. # *polite to,* delicado com, para com.

POLITELY [pə'laitli], *adv.* cortesmente, polidamente, educadamente.

POLITENESS [pə'laitnis], *s.* cortesia, delicadeza, finura, polidez, urbanidade. # *to overdo oneself in politeness,* desmanchar-se em gentilezas.

POLITIC ['pɔlitik], *a.* político; astuto, hábil, sagaz, ladino, astucioso; urbano.

POLITICAL [pə'litikel], *a.* político.

POLITICALLY [pə'litikəli], *adv.* politicamente.

POLITICIAN [pɔli'tiʃən], *s.* político, estadista; (E.U.) politiqueiro; indivíduo maquinador, astuto.

POLITICS ['pɔlitiks], *s.* política, interesses de partidos; manejos eleitorais.

POLITY ['pɔliti], *s.* forma política, comunidade política.

POLKA ['pɔlkə], *s.* polca.

POLL [poul], *s.* cabeça; rol, lista; eleição; lista eleitoral; escrutínio; voto; matrícula; relação; recenseamento; apuração de votos; nomeação; animal mocho; *pl.* colégios eleitorais, *a.* mocho, sem cornos. *V.* **POLLED.** *v.* recensear; matricular; registrar; nomear; tosquiar; roubar, ceifar; votar; (com.) dar balanço; fazer a contagem de votos. # *poll toy,* taxa cobrada a votantes.

POLL [pɔl], *s.* louro (papagaio).

POLLARD ['pɔləd], *s.* árvore desramada, desgalhada; animal mocho (boi, carneiro, etc.). *v.* podar, cortar, desramar, desgalhar.

POLLBOOK ['poulbuk], *s.* registro eleitoral.

POLLED [pould], *a.* mocho, sem cornos.
POLLEN ['pɔlin], *s.* pólen, *v.* polinizar.
POLLINATE ['pɔlineit], *v.* polinizar.
POLLINATION [pɔli'neiʃən], *s.* (bot.) polinização.
POLLING ['pouliŋ], *s.* escrutínio, votação.
POLL-MAN ['pɔlmæn], *s.* eleitor; decotador de árvores.
POLL PIECE ['poulpi:s], *s.* cachaceiro (dos arreios).
POLLUTE [pə'lu:t], *v.* poluir, corromper, manchar, enodoar, macular, desonrar; viciar; contaminar; profanar.
POLLUTER [pə'lu:tə], *s.* corruptor, contaminador; profanador.
POLLUTION [pə'lu:ʃən], *s.* poluição, contaminação, corrupção, profanação.
POLO ['poulou], *s.* jogo de pólo; uma dança de ciganos.
POLTROON [pɔl'tru:n], *s.* e *a.* poltrão, covarde.
POLTROONERY [pɔl'tru:nəri], *s.* covardia, poltronaria.
POLYANDRIC [pɔli'ændrik], *a.* poliândrico.
POLYANDROUS [pɔli'ændrəs], *a.* (bot.) poliandro.
POLYANDRY [pɔliændri], *s.* (bot.) poliandria.
POLYANTHUS [pɔli'ænθəs], *s.* primavera (flor).
POLYGAMIST [pɔ'ligəmist], *s.* polígamo.
POLYGAMOUS [pɔ'ligəməs], *a.* polígamo.
POLYGAMY [pɔ'ligəmi], *s.* poligamia.
POLYGLOT ['pɔliglɔt], *s.* e *a.* poliglota.
POLYGON ['pɔligən], *s.* polígono.
POLYGONAL [pɔ'ligənl], *s.* poligonal.
POLYGRAPH ['pɔligrɑ:f], *s.* polígrafo; coleção de muitos livros.
POLYHEDRON ['pɔli'hedrən], *s.* poliedro.
POLYMERIC [pɔli'merik], *a.* (quím.) polimérico.
POLYMERISM ['pɔliməriz m], *s.* polimerismo.
POLYMERIZE ['pɔliməraiz], *v.* polimerizar (-se).
POLYNESIAN [pɔli'ni:ziən], *a.* e *s.* polinésio.
POLYP ['pɔlip], *s.* pólipo (animal); (med.) pólipo.
POLYPHASE ['pɔlifeiz], *a.* polifásico.
POLYPOUS ['pɔlipəs], *a.* poliposo.
POLYPUS ['pɔlipəs], *s.* (med.) pólipo.
POLYSYLLABIC ['pɔlisi'læbik], *a.* polissilábico.
POLYSYLLABLE ['pɔlisiləbl], *s.* polissílabo.
POLYTECHNIC [pɔli'teknik], *a.* politécnico. *s.* escola politécnica.
POLYTHEISM ['pɔliθi:izm], *s.* politeísmo.
POLYTHEIST ['pɔliθi:ist], *s.* politeísta.
POLYTHEISTIC [pɔliθi:'istik], *a.* politeístico.
POLYVALENT [pɔli'veilənt], *a.* (quím.) polivalente.
POMACE ['pʌmis], *s.* polpa; resíduo.
POMADE [pə'mɑ:d], *s.* pomada (perfumada).
POMATUM [pə'meitəm], *s.* pomada; ungüento.
POMEGRANATE ['pɔmgrænit], *s.* romã.
POMMEL ['pʌml], *s.* pomo; copo da espada; arção da sela, cabeçote de sela, santantônio; maçaneta. *v.* surrar, sovar, bater.
POMP [pɔmp], *s.* pompa, fausto, esplendor, luxo, grandeza, magnificência.
POMPOM ['pɔmpɔm], *s.* (mil.) canhão antiaéreo automático = *Chicago piano.*
POMPON ['pɔ:mpɔ:ŋ], *s.* topete, penacho, enfeite, arrebique.
POMPOSITY [pɔm'pɔsiti], *s.* pompa, ostentação, afetação.
POMPOUS ['pɔmpəs], *a.* aparatoso, pomposo, ostentoso; enfático.
POND [pɔnd], *s.* tanque; reservatório de água; laguna, lago. *v.* fazer um tanque ou um lago. # *paddling pond, wading pond,* piscina rasa.
PONDER ['pɔndə], *v.* refletir, ponderar, examinar, meditar, pesar, estudar; considerar; discorrer; cuidar.
PONDERABILITY [pɔndərə'biliti], *s.* ponderabilidade.
PONDERABLE ['pɔndərəbl], *a.* ponderável.
PONDERING ['pɔndəriŋ], *a.* ponderado.
PONDEROUS ['pɔndərəs], *a.* pesado; grave; ponderado; forte, veemente.
PONIARD ['pɔnjəd], *s.* punhal. *v.* apunhalar.
PONTIFEX ['pɔntifeks], *s.* pontífice.
PONTIFF ['pɔntif], *s.* o Papa; bispo.
PONTIFICAL [pɔn'tifikəl], *a.* pontifical, pontifício. *s.* pontifical.
PONTIFY ['pɔntifai], *v.* pontificar.
PONTOON [pɔn'tu:n], *s.* pontão; barcaça; chata, barca; doca flutuante. # *pontoon bridge,* ponte flutuante, ponte de barcas.
PONY ['pouni], *s.* pônei; (E.U.) burro (tradução) = (Ing.) *crib;* (gír.) dinheiro; (E.U.) cálice de bebida alcoólica; franjinha (cabelo). # *pony*

edition, edição abreviada, resumida. *pony engine,* locomotiva de manobras. *pony tail,* rabo de cavalo (penteado). *pony up,* (E.U. gír.) pagar.

POOCH [pu:tʃ], *s.* (E.U. gír.) cachorro vira-lata.

POODLE ['pu:dl], *s.* cão d'água.

POOH [phu:, pu:], *int.* ora! basta!

POOH-POOH [pu:'pu:], *v.* desprezar, tratar com desdém.

POOL [pu:l], *v.* (com.) fundir companhias ou empresas; formar um bolo (em jogos); conciliar interesses. *s.* comunhão de interesses; combinação para especular fundos ou valores públicos; fusão de empresas visando lucros; lago; lagoa; piscina; charco; certa forma de jogo de bilhar.

POOLROOM ['pu:lru:m], *s.* agência de apostas (corridas, etc.).

POOP [pu:p], *s.* (mar.) popa; tombadilho. # *poop deck* (mar.) castelo de popa.

POOPED [pu:pt], *a.* (gír.) exausto.

POOR [puə], *a.* indigente, miserável, pobre; de pouco mérito; necessitado, mendigo; incompleto, escasso, falto; abatido, humilde; indisposto; estéril; desgraçado, infeliz; desgostoso; doente, enfermiço. *s.* indigente, pobre. # *poor me!* pobre de mim! coitado de mim!

POORHOUSE ['puəhaus], *s.* asilo.

POORLY ['puəli], *adv.* pobremente, miseravelmente; infelizmente.

POORNESS ['puənis], *s.* miséria, pobreza; necessidade; falta; carestia.

POOR-SPIRITED ['puə'spiritid], *a.* covarde; vil.

POOR-SPIRITEDNESS ['puə'spiritidnis], *s.* covardia; vilania.

POP [pɔp], *s.* estalo, detonação, ruído seco; bebida gasosa; (col.) concerto popular; abr. de *popular. v.* disparar, atirar, arremessar, soltar; detonar, dar um estalo; fazer saltar uma rôlha; sobrevir. # *in pop,* no prego, empenhado. *pop at,* fazer fogo, atirar. *pop off,* detonar; morrer; viajar.

POPCORN ['pɔpkɔ:n], *s.* milho de pipoca; pipoca.

POPE [poup], *s.* Papa. # *the Pope's bull,* a bula papal.

POPEDOM ['poupdəm], *s.* papado.

POPERY ['poupəri], *s.* catolicismo, papismo.

POPINJAY ['pɔpiŋdʒei], *s.* janota, pelintra.

POPISH ['poupiʃ], *a.* papal, papista; católico.

POPLAR ['pɔplə], *s.* álamo, choupo.

POPLIN ['pɔplin], *s.* popelina = *broadcloth.*

POPPET ['pɔpit], *s.* (mec.) cabeçote de tôrno.

POPPIED ['pɔpid], *a.* cheio de papoulas.

POPPLE ['pɔpl], *v.* rolar, deslizar; mexer-se.

POPPY ['pɔpi], *s.* papoula.

POPPYCOCK ['pɔpikɔk], *s.* (E.U.) prosa, bazófia, fanfarronada, fanfarronice, bravata = (Ing.) *moonshine.*

POP-SHOP ['pɔpʃɔp], *s.* casa de penhores.

POPULACE ['pɔpjuləs], *s.* povo, populaça, plebe, vulgo.

POPULAR ['pɔpjulə], *a.* popular.

POPULARITY [pɔpju'læriti], *s.* popularidade.

POPULARIZE (ISE) ['pɔpjuləraiz], *v.* popularizar, vulgarizar; divulgar.

POPULATE ['pɔpjuleit], *v.* povoar, propagar, divulgar, multiplicar.

POPULATION [pɔpju'leiʃən], *s.* população.

POPULOUS ['pɔpjuləs], *a.* populoso, numeroso.

PORCELAIN ['pɔ:slin], *s.* porcelana, louça fina.

PORCH [pɔ:tʃ], *s.* vestíbulo, átrio, pórtico, entrada; (E.U.) varanda = (Ing.) *veranda(h).*

PORCUPINE ['pɔ:kjupain], *s.* porco-espinho.

PORE [pɔ:, pɔə], *s.* poro. *v.* ter os olhos fitos em; olhar com atenção; meditar, refletir; esquadrinhar.

PORK [pɔ:k], *s.* carne de porco; (E.U.) negociata, privilégio desonesto obtido por político.

PORK-BARREL ['pɔ:kbærrel], *s.* "caixinha", fundos para propaganda eleitoral; (E.U.) dotação orçamentária para melhoramentos locais a fim de agradar a eleitores.

PORK-CHOP ['pɔ:k'tʃɔp], *s.* costeleta de porco.

PORKER ['pɔ:kə], *s.* porco; capado; marrão.

PORKLING ['pɔ:kliŋ], *s.* leitão.

PORK-PIE ['pɔ:kpai], *s.* salpicão; chouriço; paio; chapéu de feltro de aba virada para cima.

PORKY ['pɔ:ki], *a.* porcino; gordo. *s.* (E.U. col.) porco-espinho.

PORNOGRAPHIC [pɔ:no'græfik], *a.* pornográfico.

PORNOGRAPHY [pɔ:'nɔgrəfi], *s.* pornografia.

POROSITY [pɔ:'rɔsiti], *s.* porosidade.
POROUS ['pɔ:rəs], *a.* poroso.
POROUSNESS ['pɔ:rəsnis], *s.* porosidade.
PORPHYRY ['pɔ:firi], *s.* pórfiro.
PORPOISE ['pɔ:pəs], *s.* porco-marinho; marsopa; toninha.
PORRIDGE ['pɔridʒ], *s.* cozido; sopa; papa; mingau = (E.U.) *mush.*
PORRIDGE-DISH ['pɔridʒdiʃ], *s.* sopeira.
PORRIDGE-PLATE ['pɔridʒpleit], *s.* prato fundo.
PORRINGER ['pɔrindʒə], *s.* tigela.
PORT [pɔ:t], *s.* porto, angra, baía, enseada; canhoneira; (náut.) bombordo; orifício; canal; porta; portal; lotação; capacidade de um navio. *v.* conduzir, levar; passar a bombordo. # *clear the port,* levantar ferro. *free port,* (com.) porto franco, porto livre. *port of call,* porto de escala. *port of clearance,* porto de saída.
PORTABILITY [pɔ:tə'biliti], *s.* qualidade do que é portátil, portabilidade.
PORTABLE ['pɔ:təbl], *a.* portátil; volante; manual; desmontável.
PORTAGE ['pɔ:tidʒ], *s.* despesas de porto; carreto, porte, frente; espaço entre dois rios ou canais.
PORTAL ['pɔ:tl], *s.* portal, vestíbulo.
PORTATIVE ['pɔ:tətiv], *a.* portátil.
PORTBOARD ['pɔ:tbɔ:d], *s.* bombordo.
PORTCULLIS [pɔ:t'kʌlis], *s.* porta de grade levadiça, porta corrediça.
PORTEND [pɔ:'tend], *v.* prognosticar, pressagiar, predizer; agourar.
PORTENT ['pɔ:tent], *s.* presságio; portento.
PORTENTOUS [pɔ:'tentəs], *a.* portentoso; prodigioso, maravilhoso; ominoso, nefasto.
PORTER ['pɔ:tə], *s.* carregador; porteiro; camareiro; (E.U.) cabineiro de trem.
PORTERAGE ['pɔ:təridʒ], *s.* ofício de porteiro; transporte.
PORT-FIRE ['pɔ:tfaiə], *s.* morrão.
PORTFOLIO [pɔ:t'fouljou], *s.* pasta de documentos; (com.) carteira (títulos); (fig.) ministério. # *portfolio investment,* investimento em títulos.
PORTHOLE ['pɔ:thoul], *s.* portinhola; canhoneira; *pl.* vigias (do navio).
PORTICO ['pɔ:tikou], *s.* pórtico; átrio.
PORTION ['pɔ:ʃən], *s.* pedaço, porção, quinhão, parte; (jur.) legítima. *v.* dotar; repartir, dividir, distribuir.
PORTIONER ['pɔ:ʃənə], *s.* repartidor, distribuidor, partidor.
PORTIONLESS ['pɔ:ʃənlis], *a.* que não tem dote; deserdado.
PORTLINESS ['pɔ:tlinis], *s.* porte majestoso; ar solene, distinto; aspecto grave; corpulência.
PORTLY ['pɔ:tli], *a.* corpulento, gordo; majestoso, solene, grave, distinto.
PORTMANTEAU [pɔ:t'mæntou], *s.* maleta = (E.U.) *valise.*
PORTRAIT ['pɔ:trit], s. retrato.
PORTRAITIST ['pɔ:tritist], *s.* retratista, pintor.
PORTRAITURE ['pɔ:tritʃə], *s.* retrato, bosquejo, esboço, pintura.
PORTRAY [pɔ:'trei], *v.* retratar, pintar, esboçar; descrever.
PORTRAYAL [pɔ:'treiəl], *s.* pintura, desenho; representação gráfica; descrição
PORTRAYER [pɔ:'treiə], *s.* pintor, retratista.
PORTUGUESE [pɔ:tju'gi:z], *a.* e *s.* português.
POSE [pouz], *v.* colocar em posição (para pintura, retrato, etc.); posar; pousar; propor; afirmar, asseverar, afiançar. *s.* postura estudada; atitude, posição, pose.
POSER ['pouzə], *s.* pergunta difícil ou embaraçosa; examinador.
POSITION [pə'ziʃən], *s.* condição; situação; postura; atitude; colocação; posição social; categoria. # *full* ou *island position,* (E.U.) isolado no texto (anúncio) = (Ing.) *solus position. hold a position,* ocupar um cargo. *solus position,* isolado no texto (anúncio) = (E.U.) *island* ou *full position.*
POSITIVE ['pɔzətiv], *a.* positivo, real, verdadeiro, absoluto, imperativo, explícito; seguro, firme, decidido; formal, categórico; obstinado, teimoso. *s.* realidade; lei absoluta; certeza, prova positiva; (gram.) grau positivo; (eletr., mat. e fot.) positivo.
POSITIVELY ['pɔzətivli], *adv.* positivamente, categoricamente; absolutamente.
POSITIVENESS ['pɔzətivnis], *s.* positividade; segurança, certeza; obstinação, teimosia, contumácia.

POSITIVISM ['pɔzitivizm], *s.* positivismo; certeza.

POSITIVIST ['pɔzitivist], *s.* positivista.

POSSESS [pə'zes], *v.* ter, possuir; dominar; apoderar-se de, fazer-se dono; ocupar.

POSSESSED [pə'zest], *a.* possesso; possuído do demônio; endemoninhado.

POSSESSION [pə'zeʃən], *s.* posse, possessão; domínio, poder.

POSSESSIVE [pə'zesiv], *a.* possessivo.

POSSESSOR [pə'zesə], *s.* possessor; possuidor.

POSSESSORY [pə'zesəri], *a.* possessório.

POSSIBILITY [pɔsə'biliti], *s.* possibilidade; contingência.

POSSIBLE ['pɔsəbl], *a.* possível.

POSSIBLY ['pɔsəbli], *adv.* possivelmente.

POSSUM ['pɔsəm], *V.* **OPOSSUM.**

POST [poust], *s.* correio, posta; estafeta; mensageiro; posto; graduação; emprego; poste, pilar, pilastra (E.U. mil.) guarnição = (Ing.) *garrison.* *v.* anunciar, afixar, colocar, pregar; publicar, divulgar; postar sentinela; pôr no correio, enviar pelo correio = (E.U.) *mail;* viajar apressadamente; montar à inglesa. *adv.* rapidamente, apressadamente. # *be tossed from post to pillar,* ser jogado de cá para lá. *by next post,* pelo próximo correio. *by return of the post,* pela volta do correio. *post paid,* (com.) franco, livre, porte pago. *to go from post to pillar,* andar por ceca e meca, ir de cá para lá.

POSTAGE ['poustidʒ], *s.* franquia; porte de correio; tarifa. # *postage meter,* máquina de selar.

POSTAL ['poustəl], *a.* postal. *s.* (E.U.) postal, cartão - postal = (Ing.) *post card.* # *postal wrapper,* cinta para impresso (correio).

POSTAL ADDRESS ['poustələ'dres], *s.* endereço postal = (E.U.) *mailing address.*

POSTAL CARD ['poustəlkɑ:d], *s.* (E.U.) cartão emitido pelo governo para correspondência. *V.* **POSTCARD.**

POST-BAG ['poustbæ:g, 'poustbæg], *s.* mala de correio.

POST-CAPTAIN ['poustkæptin], *s.* capitão-de-mar-e-guerra.

POSTCARD ['poustkɑ:d], *s.* postal, cartão-postal (cartão ilustrado, de fabrico particular, ou cartão emitido pelo governo, para correspondência); (E.U.) cartão ilustrado, de fabrico particular, para correspondência. *V.* **POSTAL CARD.**

POSTDATE ['poust'deit], *s.* data posterior; pós-data. *v.* pós-datar.

POSTER [poustə], *s.* cartaz; afixador de cartazes. # *poster hoarding,* quadro para afixação de cartazes = (E.U.) *bill-board. poster site,* local para afixação de cartazes.

POST-GRADUATE ['poust'grædjuit], *a.* realizado após a formatura. *s.* estudante que faz um curso de aperfeiçoamento. # *post-graduate course,* curso de aperfeiçoamento.

POSTE RESTANTE ['poust'restɑ:nt], *s.* posta-restante = *General Delivery.*

POSTERIOR [pɔs'tiəriə], *a.* ulterior; posterior.

POSTERIORITY [pɔstiəri'ɔriti], *s.* posterioridade.

POSTERITY [pɔs'teriti], *s.* posteridade; os vindouros.

POSTERN ['poustə:n], *s.* porta traseira; postigo; portinhola, cancela.

POST-FREE ['poust'fri:], *a.* e *adv.* livre de porte, porte pago = *postpaid.*

POST-GRADUATE ['poust'grædjuit], *a.* relativo a curso de aperfeiçoamento. *s.* estudante de curso de aperfeiçoamento.

POST-HASTE ['poust'heist], *s.* grande velocidade. *a.* rápido. *adv.* a grande velocidade.

POSTHUMOUS ['pɔtjuməs], *a.* póstumo.

POSTILLION [pəs'tiljən], *s.* postilhão; sota.

POSTING ['poustiŋ], *s.* (cont.) lançamento; escrituração.

POSTMAN ['poustmən], *s.* carteiro = (E.U.) *mailman, mail carrier, letter carrier.*

POSTMARK ['poustmɑ:k], *v.* carimbar. *s.* carimbo do correio.

POSTMASTER ['poustmɑ:stə], *s.* agente do correio.

POSTMASTER GENERAL ['poustmɑ:stə-dʒenərəl], *s.* administrador geral dos correios, diretor dos correios.

POST-MERIDIAN ['poustmə'ridiən], *a.* pós-meridiano, da tarde.

POST-MORTEM ['poust'mɔ:təm], *s.* autópsia; necropsia. *adv.* depois da morte.

POST-MORTEM-EXAMINATION ['poust'mɔ:-təmigzæmi'neiʃən], *s.* autópsia.

POST-OFFICE ['poustɔfis], *s.* correio, agência do correio.

POST-OFFICE-ORDER ['poustɔfis'ɔ:də], *s.* vale postal.

POSTOPERATIVE ['poust'ɔpərətiv], *a.* pós-operatório.

POST-PAID ['poustpeid], *a.* e *adv.* livre de porte, porte pago.

POSTPONE [poust'poun], *v.* pospor, preterir, adiar, transferir; suspender.

POSTPONEMENT [poust'pounmənt], *s.* transferência, adiamento, prorrogação.

POSTSCRIPT ['poustskript], *s.* post-scriptum.

POSTULANT ['pɔstjulənt], *s.* postulante, suplicante, requerente; noviço, novato.

POSTULATE ['pɔstjulit], *s.* postulado.

POSTURE ['pɔstʃə], *s.* atitude; postura; estado, situação; condições. *v.* colocar-se em determinada posição.

POSTWAR ['poustwɔ:], *a.* de após-guerra.

POSY [pouzi], *s.* flor, ramalhete; mote, divisa, pensamento, conceito.

POT [pɔt], *s.* pote, panela; canjirão; marmita; terrina; jarro; vaso; bolo (no jogo); aposta. *v.* conservar ou pôr no pote; guisar ou cozer numa marmita; beber, embriagar-se; juntar; ganhar. # *go to the pot* (ou *go to pots*), arruinar-se. *make-up pot,* (petr.) cuba de carga de reposição. *the pot calling the kettle black,* rir-se o roto do esfarrapado.

POTABLE ['poutəbl], *a.* potável. *s.* bebida.

POTASH ['pɔtæʃ], *s.* potassa, carbonato de potássio.

POTASSIUM [pə'tæsjən], *s.* potássio.

POTATION [pou'teiʃən], *s.* bebida; trago, gole.

POTATO [pə'teitou], *s.* batata. # *be small potatoes,* não ter importância (pessoa). *mashed potatoes,* pirão de batatas. *potato chips,* (E.U.) batatas fritas à portuguesa = (Ing.) *crisps.*

POTBELLIED ['pɔt-belid], *a.* pançudo, barrigudo.

POTBELLY ['pɔtbeli], *s.* pança, barriga; pessoa pançuda.

POT-BOILER ['pɔtbɔilə], *s.* trabalho artístico feito exclusivamente por dinheiro.

POT-CHEESE ['pɔtʃi:z], *s.* requeijão.

POTENCY ['poutənsi], *s.* potência, poder, força; autoridade; influência, eficácia.

POTENT ['poutənt], *a.* poderoso, potente, forte; eficaz, influente.

POTENTATE ['poutənteit], *s.* potentado; soberano.

POTENTIAL [pə'tenʃəl], *a.* potencial; poderoso; possível; potente; eficaz; virtual. *s.* (gram.) modo potencial; coisa possível; potencial; potência motriz.

POTENTIALITY [pətenʃi'æliti], *s.* potencialidade; virtualidade; possibilidade, probabilidade.

POT-HAT ['pɔthæt], *s.* chapéu-coco = *bowler.*

POTHER ['pɔðə], *s.* bulha; motim, barafunda; confusão, tumulto, alarido; vapor ou fumaça; nuvem de poeira. *v.* alvoroçar, aturdir, confundir; importunar; esforçar-se em vão.

POT-HERB ['pɔthə:b], *s.* hortaliça.

POTHOLE ['pɔthoul], *a.* (geol.) caldeirão.

POTHOUSE ['pɔthaus], *s.* tasca, taverna.

POTION ['pouʃən], *s.* poção.

POT-LADLE ['pɔt'lædl], *s.* colherão.

POT-LUCK ['pɔt'lʌk], *s.* tudo que pode constituir uma refeição; uma refeição comum; pratos de todo o dia, o trivial.

POTSHERD ['pɔt-ʃə:d], *s.* caco de louça.

POTTAGE ['pɔtidʒ], *s.* sopa, caldo.

POTTER ['pɔtə], *s.* oleiro; vendedor de louça de barro. *v.* perder tempo em ninharia; trabalhar morosamente. # *potter about,* vadiar.

POTTERER ['pɔtərə], *s.* indivíduo vagaroso, preguiçoso.

POTTERY ['pɔtəri], *s.* olaria; cerâmica.

POTTING ['pɔtiŋ], *s.* bebida; ação de beber; plantação em vaso.

POTTLE ['pɔtl], *s.* vaso, jarro, pote; cestinha para frutas; medida para líqüidos.

POTTY ['pɔti], *a.* (gír.) pequeno; insignificante; arrogante.

POUCH [pautʃ], *s.* saco, bolso, bolsa, cartucheira; algibeira; papo; pança; (col.) gorjeta. *v.* ensacar, embolsar; engolir, tragar; dar uma gorjeta.

POUCH-MOUTH ['pautʃmauθ], *s.* bocarra.

POUF [pu:f], *s.* tufo; coque, cocó.

POULP(E) [pu:lp], *s.* polvo.

POULT [poult], *s.* ave doméstica ainda nova.

POULTER ['poultə], *V.* **POULTERER.**

POULTERER ['poultərə], *s.* vendedor de galinhas.

POULTICE ['poultis], *s.* cataplasma, emplastro.

POULTRY ['poultri], *s.* aves domésticas.

POULTRY-FARM ['poultrifɑ:m], *s.* aviário = *poulter's.*

POULTRY-HOUSE ['poultrihaus], *s.* capoeira (gaiola ou casinhola para aves domésticas).

POULTRY-YARD ['poultrijɑ:d], *s.* galinheiro.

POUNCE [pauns], *s.* garra, unha; graxa; goma, cola; pó de lápis ou de carvão. *v.* estresir; furar; precipitar-se, lançar-se sobre; atacar com as garras.

POUND [paund], *s.* libra (moeda), libra (peso), arrátel; tapada, curral; pancada forte, golpe. *v.* encurralar; moer, triturar; golpear, bater, espancar; estudar muito. # *pound away,* trabalhar arduamente.

POUNDAGE ['paundidʒ], *s.* percentagem (por libra).

POUNDER ['paundə], *s.* mão de almofariz, pilão, esmagador; triturador; peso de uma libra; o que estuda muito.

POUND-FOOLISH ['paundfu:liʃ], *a.* perdulário.

POUNDING ['paundiŋ], *s.* pancadaria.

POUR [pɔ:, pɔə], *s.* chuvarada, dilúvio, aguaceiro. *v.* verter, fluir, manar, correr, transbordar, derramar, espalhar. # *pour down,* chover a cântaros. *pour off,* decantar, fazer decantação.

POURBOIRE ['puəbwɑ:], *s.* gorjeta.

POURER ['pɔ:rə, 'pɔərə], *s.* vazador.

POURING ['pɔ:riŋ, 'pɔəriŋ], *a.* torrencial.

POUT [paut], *v.* amuar, enfadar-se, arrufar-se, fazer cara feia. *s.* amuo, enfado, arrufo, mau humor; lampreia; peru pequeno.

POUTER ['pautə], *s.* o que está mal-humorado.

POUTING ['pautiŋ], *a.* mal humorado.

POVERTY ['pɔvəti], *s.* pobreza, miséria, indigência.

POWDER ['paudə], *s.* pó, polvilho, pólvora. *v.* pulverizar, polvilhar, salpicar. # *powder charge,* (mun.) carga de projeção.

POWDER-HORN ['paudəhɔ:n], *s.* polvorinho.

POWDER-MAGAZINE ['paudəmægə'zi:n], *s.* armazém de pólvora, paiol de pólvora.

POWDER-PUFF ['paudəpʌf], *s.* esponja de arminho para pôr pó no rosto, pompom.

POWDER-ROOM ['paudəru:m], *s.* paiol de pólvora.

POWDERY ['paudəri], *a.* pulverulento.

POWER ['pauə], *s.* poder, força, energia, potência, poderio; grande quantidade; superioridade, potestade, domínio, dominação, autoridade; jurisdição; influência; vigor, robustez; forças, tropas. # *hydroelectric power,* energia hidroelétrica. *invest with powers,* dar plenos poderes. *power brake,* freio de ação rápida. *power source,* fonte de energia. *to go into power,* tomar posse.

POWER-CABLE ['pauəkeibl], *s.* cabo de força.

POWER CAR ['pauəkɑ:], *s.* (estr. de f.) carro-força.

POWER-CENTER ['pausəsentə], *s.* central elétrica, usina elétrica.

POWER-DRIVEN ['pauədrivn], *a.* movido a motor.

POWERFUL ['pauəful], *a.* poderoso, forte, enérgico, eficaz, superior, potente, imperioso.

POWERHOUSE ['pauəhaus], *s.* casa das máquinas, usina geradora.

POWERLESS ['pauəlis], *a.* ineficaz, incapaz, impotente.

POWER OF ATTORNEY ['pauərəvə'tə:ni], *s.* (jur.) procuração.

POWER PACK ['pauəpæk], *s.* (eletr.) fonte de força (grupo portátil).

POW-WOW ['pau-uau], *s.* curandeiro, feiticeiro; reza; festim.

POX [pɔks], *s.* pústula; moléstias venéreas.

PRAAM, PRAHAM, PRAM [prɑ:m], *s.* barco de fundo chato.

PRACTICABILITY [præktikə'biliti], *s.* praticabilidade, viabilidade, possibilidade.

PRACTICABLE ['præktikəbl], *a.* praticável, viável, possível, exeqüível.

PRACTICAL ['præktikl], *a.* prático, perito, hábil, habilidoso, versado.

PRACTICALITY [prækti'kæliti], *V.* **PRACTICALNESS.**

PRACTICALLY ['præktikəli], *adv.* praticamente; virtualmente.

PRACTICALNESS ['præktiklnis], *s.* praticabilidade, viabilidade.

PRACTICE ['præktis], *s.* prática; hábito; exercício; costume; exercício de uma profissão;

clientela; escritório; regra, método. # *to put into practice,* pôr em execução = *to carry out.*

PRACTICIAN [præk'tiʃən], *s.* pessoa prática; clínico. *V.* **PRACTITIONER.**

PRACTISE ['præktis], *v.* praticar, exercer; tramar; experimentar; exercitar; fazer, perpetrar; exercer uma profissão (E.U.) também *practice.*

PRACTISER ['præktisə], *s.* praticante, prático, homem hábil.

PRACTITIONER [præk'tiʃnə], *s.* profissional; médico (clínico).

PRAETOR ['pri:tə], *s.* pretor.

PRAGMATIC [præg'mætik], *a.* pragmático, instrutivo, filosófico; prático.

PRAGMATICAL [præg'mætikəl], *a.* intrometido, impertinente; dogmático; oficioso; atarefado.

PRAGMATISM ['prægmətizm], *s.* pragmatismo.

PRAGMATIST ['prægmətist], *s.* pessoa intrometida, importuna.

PRAIRIE ['prɛəri], *s.* pradaria, prado, planura, planície, campina.

PRAISE [preiz], *s.* louvor, elogio, encômio; celebridade, mérito, glorificação; honra; fama. *v.* celebrar, glorificar, exaltar, louvar, aplaudir, bendizer; elogiar; preconizar. # *praise be, praise be to God,* graças a Deus.

PRAISEFUL ['preizful], *a.* laudatório.

PRAISER ['preizə], *s.* celebrador, louvador, elogiador; admirador.

PRAISEWORTHINESS ['preizwə:ðinis], *s.* merecimento, valor.

PRAISEWORTHY ['preizwə:ði], *a.* louvável, elogiável, digno de encômios.

PRALINE ['prɑ:li:n], *s.* pralina.

PRAM [præm], *s.* carrinho de criança (abrev. de **PERAMBULATOR**) = (E.U.) *baby carriage, baby wag(g)on.*

PRANCE [prɑ:ns], *v.* cabriolar, saltar, curvetear; empinar-se (o cavalo); (pop.) dançar; fazer o cavalo empinar-se.

PRANCER ['prɑ:nsə], *s.* cavalo saltador.

PRANG [pɹæŋ], *v.* (av. gír.) arrasar (com bombardeio); aterrar desastrosamente. *s.* bombardeio; aterragem desastrosa.

PRANK [præŋk], *v.* aformosear, adornar, enfeitar; ataviar-se. *s.* logro, burla, farsa; travessura.

PRANKING ['præŋkiŋ], *s.* adorno, atavio, enfeite.

PRANKISH ['præŋkiʃ], *a.* folgazão, travesso, traquinas, brincalhão.

PRATE [preit], *v.* tagarelar, falar muito, palrar. *s.* tagarelice, falatório, loquacidade, conversa demasiada, palavrório.

PRATER ['preitə], *s.* tagarela, falador, prosa, conversador; charlatão.

PRATTLE ['prætl], *v.* balbuciar; tagarelar, palrar, taramelar; sussurrar, murmurar. *s.* tagarelice, garrulice; sussurro, murmúrio.

PRATTLER ['prætlə], *s.* falador, palrador, tagarela.

PRAWN [prɔ:n], *s.* lagostim.

PRAY [prei], *v.* orar; rogar, pedir, suplicar, implorar, requerer.

PRAYER ['preiə], *s.* rezador; suplicante.

PRAYER [prɛə], *s.* reza, oração, rogo, pedido, súplica, petição, invocação.

PRAYER-BOOK ['prɛəbuk], *s.* livro de orações.

PRAYERFUL ['prɛəful], *a.* piedoso, rezador, devoto, súplice.

PREACH [pri:tʃ], *v.* pregar; anunciar.

PREACHER ['pri:tʃə], *s.* pregador.

PREACHIFY ['pri:tʃifai], *v.* discursar.

PREACHING ['pri:tʃiŋ], *s.* prédica, sermão, pregação; alocução.

PRE-ADAMITE ['pri:'ædəmait], *s.* e *a.* pré-adamita.

PREAMBLE [pri:'æmbl], *s.* preâmbulo, prefácio, exórdio, prólogo.

PREARRANGE ['pri:ə'reindʒ], *v.* predispor.

PREBEND ['prebend], *s.* prebenda.

PRECARIOUS [pri'kɛəriəs], *a.* precário, duvidoso, incerto, perigoso, arriscado, hesitante, indeciso.

PRECATORY ['prekətəri], *a.* suplicante, precatório.

PRECAUTION [pri'kɔ:ʃən], *s.* precaução, cautela, cuidado, reserva.

PRECEDE [pri:'si:d], *v.* preceder, anteceder, antepor; sobressair; prevalecer.

PRECEDENCE [pri:'si:dəns], *s.* prioridade, precedência, antecedência, anterioridade; superioridade; preferência. # *take precedence,* ter prioridade.

PRECEDENT [pri'si:dənt], *a.* precedente, antecedente, anterior.

PRECEDENT ['presidənt], *s.* exemplo, antecedente, precedente.

PRECEDING [pri:'si:diŋ], *a.* antecedente, precedente.

PRECENTOR [pri:'sentə], *s.* chantre.

PRECEPT ['pri:sept], *s.* mandamento, preceito, ordem, mandato, regra; pauta; instrução.

PRECEPTIVE [pri'septiv], *a.* preceptivo, didático instrutivo.

PRECEPTOR [pri'septə], *s.* preceptor, mestre, mentor, professor.

PRECINCT ['pri:siŋkt], *s.* precinto; jurisdição, alçada, limite; raia; recinto; (E.U.) zona eleitoral ou distrito policial; *pl.* limites (de uma cidade).

PRECIOSITY [preʃi'ɔsiti], *s.* preciosismo (no falar e no escrever).

PRECIOUS ['preʃəs], *a.* precioso, custoso, valioso, raro; amado, querido, caro; considerável.

PRECIOUSNESS ['preʃəsnis], *s.* preciosidade; valia.

PRECIPICE ['presipis], *s.* precipício, despenhadeiro.

PRECIPITANCY [pri'sipitənsi], *s.* precipitação.

PRECIPITANT [pri'sipitənt], *s.* (quím.) precipitante *a.* íngreme; (quím.) precipitante.

PRECIPITATE [pri'sipiteit], *v.* precipitar, despenhar, derrubar, arrojar; apressar; acelerar; precipitar-se; arrojar-se, despenhar-se.

PRECIPITATE [pri'sipitit], *s.* (quím.) precipitado. *a.* precipitado, arrebatado, violento, imprudente.

PRECIPITATION [prisipi'teiʃən], *s.* precipitação, arrebatamento.

PRECIPITOUS [pri'sipitəs], *a.* precipitado, arrojado, violento, íngreme, escarpado; pendente.

PRECIS ['preisi:], *s.* resumo, sumário.

PRECISE [pri'sais], *a.* pontual, exato, correto, preciso, certo, justo; terminante, peremptório, estrito; singular, original; afetado; próprio.

PRECISELY [pri'saisli], *adv.* precisamente, cabalmente, justamente, formalmente, peremptoriamente.

PRECISENESS [pri'saisnis], *s.* precisão, exatidão; pontualidade; afetação.

PRECISION [pri'siʒən], *s.* precisão, justeza, exatidão.

PRECLUDE [pri'klu:d], *v.* evitar, impedir; obstruir.

PRECLUSION [pri'klu:ʒən], *s.* exclusão.

PRECLUSIVE [pri'klu:siv], *a.* preventivo.

PRECOCIOUS [pri'kouʃəs], *a.* precoce, prematuro, adiantado, temporão, extemporâneo.

PRECOCITY [pri'kɔsiti], *s.* precocidade, antecipação.

PRECONCEIVE ['pri:kən'siv], *v.* conceber, preconceber, opinar antecipadamente; imaginar previamente.

PRECONCEPTION ['pri:kən'sepʃən], *s.* preconceito, opinião prévia, juízo antecipado.

PRECONCERT ['pri:kən'sə:t], *v.* preconceber.

PRECONCERTED ['pri:kən'sə:tid], *a.* preconcebido.

PRECURSOR [pri:'kə:sə], *s.* precursor.

PRECURSORY [pri:'kə:səri], *a.* precursor.

PREDATORY ['predətəri], *a.* voraz, de rapina, rapace; depredatório.

PREDECESSOR ['pri:disesə], *s.* antecessor, predecessor, antepassado.

PREDESTINATE [pri:'destineit], *v.* predestinar; reservar.

PREDESTINATE [pri:'destinit], *a.* predestinado.

PREDESTINATION [pri:desti'neiʃən], *s.* predestinação.

PREDESTINE [pri:'destin], *v.* predestinar.

PREDETERMINATION ['pri:ditə:mi'neiʃən], *s.* predeterminação.

PREDETERMINE ['pri:di'tə:min], *v.* predeterminar, prefixar, decretar previamente.

PREDICABLE ['predikəbl], *a.* aplicável.

PREDICAMENT [pri'dikəmənt], *s.* predicamento; condição; estado, categoria, classe; transe; dilema, apuro; compromisso.

PREDICANT ['predikənt], *s.* predicante; frade, pregador; dominicano; afirmador. *a.* predicante.

PREDICATE ['predikit], *s.* (gram.) predicado. *a.* predicativo.

PREDICATE ['predikeit], *v.* afirmar.

PREDICATIVE [pri'dikətiv], *a.* predicativo.

PREDICT [pri'dikt], *v.* predizer, profetizar, prognosticar, vaticinar, prenunciar, adivinhar.

PREDICTABLE [pri'diktəbl], *a.* que pode ser profetizado ou vaticinado.

PREDICTION [pri'dikʃən], *s.* predição, vaticínio, profecia, prognóstico, previsão, prenúncio.
PREDICTIVE [pri'diktiv], *a.* profético, vaticinador.
PREDICTOR [pri'diktə], *s.* profeta, vate, o que faz prognósticos.
PREDILECTION [pri:di'lekʃən], *s.* predileção, eleição, preferência, inclinação, parcialidade.
PREDISPOSE ['pri:dis'pouz], *v.* predispor.
PREDISPOSITION ['pri:dispə'ziʃən], *s.* predisposição, inclinação, propensão, predileção.
PREDOMINANCE [pri'dɔminəns], *s.* predomínio, predominância, predominação, superioridade, influência, ascendência; ascendente.
PREDOMINANT [pri'dɔminənt], *a.* predominante, prevalecente; prepotente; influente.
PREDOMINATE [pri'dɔmineit], *v.* predominar, influir, influenciar, prevalecer.
PRE-EMINENCE [pri:'eminəns], *s.* preeminência, predominação, predomínio, superioridade, supremacia.
PRE-EMINENT [pri:'eminənt], *a.* preeminente, supremo, predominante, preponderante, extraordinário.
PRE-EMPT [pri:'empt], *v.* (E.U.) adquirir o direito de prioridade na compra de terras, ter opção, ter ou adquirir o direito de preempção.
PRE-EMPTION [pri:'empʃən], *s.* direito de preempção, direito de opção.
PRE-EMPTOR [pri:'emptɔ], *s.* o que possui o direito de preempção.
PREEN [pri:n], *v.* limpar as penas ou os pêlos; enfeitar-se. *s.* instrumento de cardar.
PRE-EXIST ['pri:ig'zist], *v.* preexistir.
PRE-EXISTENCE ['pri:ig'zistəns], *s.* preexistência.
PRE-EXISTENT ['pri:ig'zistənt], *a.* preexistente.
PREFACE ['prefis], *s.* prefácio, prólogo, introdução. *v.* prefaciar, fazer o prólogo; preceder.
PREFATORY ['prefətəri], *a.* introdutório, preliminar, preambular, que serve de exórdio.
PREFECT ['pri:fekt], *s.* prefeito.
PREFECTURE ['pri:fektjuə], *s.* prefeitura, municipalidade; governo; jurisdição.
PREFER [pri'fə:], *v.* preferir, escolher, eleger, distinguir, elevar, exaltar, dar preferência, ser parcial; propor, sugerir; promover; apresentar, levantar; opinar.
PREFERABLE ['prefərəbl], *a.* preferível.
PREFERABLY ['prefərəbli], *adv.* preferivelmente, de preferência.
PREFERENCE ['prefərəns], *s.* preferência, eleição, predileção, prioridade, primazia.
PREFERENTIAL [prefə'renʃəl], *a.* preferencial.
PREFERMENT [pri'fə:mənt], *s.* posto, cargo, honra; preferência; elevação, subida, adiantamento, antecipação; promoção.
PREFIX ['pri:fiks], *s.* prefixo.
PREFIX [pri:'fiks], *v.* prefixar, fixar, pôr, assinalar, apontar.
PREGNABLE ['pregnəbl], *a.* expugnável, combatível, vencível, superável, fraco.
PREGNANCY ['pregnənsi], *s.* gravidez, prenhez.
PREGNANT ['pregnənt], *a.* grávida, prenhe; fértil.
PREHENSIBLE [pri'hensəbl], *a.* apreensível.
PREHENSILE [pri'hensail], *a.* tenaz, aferrado, seguro.
PREHISTORIC ['pri:his'tɔrik, 'pri:is'tɔrik], *a.* pré-histórico.
PRÉ-HISTORY ['pri:'histri], *s.* pré-história.
PREJUDGE ['pri:'dʒʌdʒ, pri:'dʒʌdʒ], *v.* prejulgar, julgar de antemão; conjeturar.
PREJUDGEMENT ['pri:'dʒʌdʒmənt, pri:'dʒʌdʒmənt], *s.* conjetura; julgamento de antemão.
PREJUDICE ['predʒudis], *s.* preconceito; preocupação; (jur.) dano, perda, detrimento. *v.* preocupar, predispor, ter prevenção, prevenir; influir na opinião de alguém (pró ou contra); prejudicar, danificar, causar dano.
PREJUDICIAL [predʒu'diʃəl], *a.* prejudicial, danoso, daninho, pernicioso, nocivo.
PRELACY ['preləsi], *s.* prelazia (= prelatura), episcopado.
PRELATE ['prelit], *s.* prelado.
PRELIMINARY [pri'liminəri], *s.* preliminar, preâmbulo, prelúdio, exórdio. *a.* preliminar, preambular, introdutório.
PRELUDE ['prelju:d], *s.* prelúdio, prólogo, prefácio, exórdio; presságio; (mús.) prelúdio.
PREMATURE [premə'tjuə], *a.* prematuro, precoce.
PREMEDITATE [pri:'mediteit], *v.* premeditar.
PREMEDITATION [pri:medi'teiʃən], *s.* premeditação.

PREMIER ['premjə], *s.* primeiro-ministro. *a.* (col.) principal, primeiro, mais importante.

PREMIERSHIP ['premjəʃip], *s.* cargo de primeiro-ministro.

PREMISE, PREMISS ['premis], *s.* premissa. *pl.* premissas, afirmações; propriedade; acomodações, alojamento. # *on the premises,* na sede, no local.

PREMISE [pri'maiz], *v.* estabelecer como premissa.

PREMIUM ['pri:mjəm], *s.* prêmio, brinde, galardão, recompensa. # *premium offers,* vendas com bônus ou prêmio.

PREMONITION [pri:mo'niʃən], *s.* premonição.

PREOCCUPATION [pri:ɔkju'peiʃən], *s.* preocupação, prevenção; posse anterior; opinião antecipada.

PREOCCUPIED [pri:'ɔkjupaid], *a.* preocupado; ocupado anteriormente.

PREOCCUPY [pri:'ɔkjupai], *v.* preocupar; ocupar primeiro; tomar posse antes de outrem.

PREP [prep], *s.* (E.U.) estudante de curso de admissão ou de curso vestibular; curso vestibular.

PREPAID ['pri:'peid], *a.* pago adiantadamente.

PREPARATION [prepə'reiʃən], *s.* preparação, preparativo, apresto, preparo, disposição, adaptação; preliminar; precaução; fabricação, confecção, manipulação.

PREPARATIVE [pri'pærətiv], *a.* preparatório. *s.* apresto, preparativo; sinal (de corneta, tambor) para dar uma ordem.

PREPARATORY [pri'pærətəri], *a.* prévio, preparatório, preliminar, preparativo. *s.* preparação.

PREPARE [pri'pɛə], *v.* preparar, prevenir, dispor, aprestar; aprontar, fabricar; equipar; acomodar; aparelhar; preparar-se; alistar-se; fazer preparativos.

PREPAREDNESS [pri'pɛədnis], *s.* prontidão.

PREPARER [pri'pɛərə], *s.* preparador.

PREPAY ['pri:'pei], *v.* pagar adiantado; franquiar uma carta.

PREPAYMENT ['pri:'peimənt], *s.* pagamento antecipado; franquia postal.

PREPENSE [pri'pens], *a.* premeditado; previamente preparado. # *with* (ou *of*) *malice prepense,* premeditada e maliciosamente.

PREPONDERANCE [pri'pɔndərəns], *s.* preponderância, prepotência.

PREPONDERANT [pri'pɔndərənt], *a.* preponderante, predominante.

PREPONDERATE [pri'pɔndəreit], *v.* preponderar, predominar; prevalecer; pesar mais; vencer; considerar.

PREPONDERATING [pri'pɔndəreitiŋ], *a.* predonderante, predominante.

PREPONDERATION [prinpɔndə'reiʃən], *s.* preponderância, predomínio.

PREPOSITION [prepə'ziʃən], *s.* preposição.

PREPOSITIONAL [prepə'ziʃnl], *a.* preposicional.

PREPOSITIVE [pri'pɔzitiv], *a.* prepositivo. *s.* partícula prepositiva.

PREPOSSESS [pri:pə'zes], *v.* predispor; impressionar favoravelmente; ocupar antes; tomar posse antes de outrem.

PREPOSSESSING [pri:pə'zesiŋ], *a.* simpático, agradável, atraente, encantador, amável.

PREPOSSESSION [pri:pə'zeʃən], *s.* simpatia; impressão favorável; predisposição, ocupação prévia; opinião favorável.

PREPOSTEROUS [pri'pɔstərəs], *a.* absurdo, despropositado; desordenado; importuno; prepóstero.

PRE-RAPHAELITE ['pri:'ræfəlait], *s.* pré-rafaelista. *a.* pré-rafaelista; pré-rafaelita.

PREROGATIVE [pri'rɔgətiv], *s.* prerrogativa, distinção; privilégio, regalia; apanágio.

PRESAGE ['presidʒ], *s.* presságio, prognóstico, auspício, pressentimento, augúrio, agouro.

PRESAGE ['presidʒ, pri'seidʒ], *v.* pressagiar, augurar, prognosticar, vaticinar, agourar.

PRESBYOPIA [presbi'oupiə], *s.* presbiopia.

PRESBYTER ['prezbitə], *s.* padre, presbítero.

PRESBYTERIAN [prezbi'tiəriən], *a.* e *s.* presbiteriano.

PRESBYTERIANISM [prezbi'tiəriənizm], *s.* presbiterianismo.

PRESBYTERY ['prezbitəri], *s.* presbitério, presbiterianismo; abside; tribunal eclesiástico dos presbiterianos.

PRESCHOOL [pri:'sku:l], *a.* pré-escolar.

PRESCIENCE ['presiəns], *s.* presciência.

PRESCIENT ['presiənt], *a.* que tem conhecimento prévio.

PRESCRIBE [pris'kraib], *v.* prescrever; (med.) receitar; prescrever um tratamento.

PRESCRIPT ['pri:skript], *a.* prescrito. *s.* ordem, preceito, regra.

PRESCRIPTIBLE [pris'kriptibl], *a.* prescritível; (jur.) que está sujeito a prescrição.

PRESCRIPTION [pris'kripʃən], *s.* prescrição, regra, preceito, receita, disposição. # *fill a prescription,* aviar uma receita.

PRESCRIPTIVE [pris'kriptiv], *a.* prescritivo, prescrito, autorizado, sancionado; sujeito a prescrição. # *become prescriptive,* prescrever.

PRESENCE ['prezns], *s.* presença; assistência pessoal; aparição; auditório; aspecto de uma pessoa. # *presence of mind,* presença de espírito.

PRESENT ['preznt], *a.* presente, atual, corrente, pronto; atento, disposto; propício, favorável. *s.* presente, dádiva; presente, tempo presente; (jur.) *pl.* o documento presente (escritura, procuração, etc.). # *at present,* presentemente, àtualmente. *by these presents,* (jur.) por estes instrumentos, neste documento. *for the present,* por ora.

PRESENT [pri'zent], *v.* introduzir, apresentar; oferecer, presentear, dar; fazer obséquio; sugerir, indicar; manifestar; nomear; expor, apontar; entregar um memorial.

PRESENTABLE [pri'zentəbl], *a.* apresentável.

PRESENTATION [prezən'teiʃən], *s.* apresentação; exibição, introdução, representação; oferecimento.

PRESENT-DAY ['prez(ə)ntdei], *a.* atual; contemporâneo.

PRESENTIMENT [pri'zentimənt], *s.* pressentimento = (E.U. col.) *hunch.*

PRESENTLY ['prezntli], *adv.* logo, em breve, daqui a pouco. (E.U.) atualmente.

PRESENTMENT [pri'zentmənt], *s.* apresentação, introdução; representação; semelhança; retrato; conduta, comportamento; denúncia, acusação, libelo.

PRESERVABLE [pri'zə:vəbl], *a.* preservável.

PRESERVATION [prezə:'veiʃən], *s.* preservação, resguardo; conservação.

PRESERVATIVE [pri'zə:vətiv], *a.* preservativo, profilático, defensivo. *s.* preservativo; defesa, salvaguarda.

PRESERVE [pri'zə:v], *v.* preservar, conservar, guardar, proteger, manter; fazer conservas ou doces. *s.* conserva; compota.

PRESERVER [pri'zə:və], *s.* preservador, protetor, conservador.

PRESIDE [pri'zaid], *v.* presidir, dirigir, superintender, governar. # *preside at over,* presidir.

PRESIDENCY ['presidənsi], *s.* presidência, governo, direção, superintendência.

PRESIDENT ['prezidənt], *s.* presidente, governador, chefe, superintendente. # *long live the president!* viva o presidente!

PRESIDENTIAL [prezi'denʃəl], *a.* presidencial.

PRESIDING [pri'zaidiŋ], *a.* que preside.

PRESS [pres], *s.* prensa; pressão; imprensa; prelo; lagar; multidão, turba. *v.* imprensar, apertar, comprimir; prensar; espremer; forçar, constranger; oprimir, angustiar. # *cabbagging press,* (maq.) prensa para ferro velho. *press conference,* entrevista coletiva concedida à imprensa. *press down,* oprimir, comprimir. *press from,* impedir com violência. *press on,* apertar. *press out,* espremer. *yellow press,* imprensa marrom (jornais sensacionalistas).

PRESS CUTTING ['preskʌtiŋ], *s.* recorte de jornal.

PRESSER ['presə], *s.* prensador, impressor, lustrador; o que trabalha em lagar.

PRESS FASTENER, ['presfɑ:snə], *s. V.* **PRESS STUD, SNAP FASTENER.**

PRESSGANG ['presgæŋ], *s.* recrutadores de soldados e marujos.

PRESSING ['presiŋ], *a.* urgente, rápido, importante; aborrecido. *s.* pressa, presteza, diligência; compressão, esmagamento. # *it's rather pressing,* é algo urgente. *pressing cushion,* coxim para passar a ferro (alfaiataria).

PRESSING IRON ['presiŋ'aiən], *s.* ferro de engomar.

PRESSION ['preʃən], *s.* pressão, compressão, apertão; urgência, pressa, importância.

PRESSMAN ['presmən], *s.* impressor; jornalista = (E.U.) *newspaperman.*

PRESS-MESSAGE ['presmesidʒ], *s.* telegrama de jornal.

PRESS-PROOF ['prespru:f], *s.* prova tipográfica; prova de página.

PRESS-READER ['presri:də], *s.* revisor de provas tipográficas.

PRESS REVISE ['presri'vaiz], *s.* (impr.) última prova.

PRESS-ROLL ['presroul], *s.* cilindro de impressão.

PRESS STUD ['pres-stʌd], *s.* colchete de pressão.

PRESSURE ['preʃə], *s.* pressão, compressão, opressão, impressão, violência, aflição; apertão; ímpeto, impulso; urgência. # *back pressure*, contra-pressão. *pressure gauge*, medidor de de pressão, manômetro.

PRESSURE-COOKER ['preʃəkukə], *s.* panela de pressão; caldeirão de apito.

PRESSURIZE ['preʃəraiz], *v.* pressurizar.

PRESS-WORK ['preswə:k], *s.* (imp.) impressão.

PRESTIDIGITATION ['prestididʒi'teiʃən], *s.* prestidigitação.

PRESTIDIGITATOR [presti'didʒiteitə], *s.* prestidigitador.

PRESTIGE [pres'ti:ʒ], *s.* prestígio, importância, influência, fama.

PRESUMABLE [pri'zju:məbl], *a.* presumível, provável; conjeturável.

PRESUMABLY [pri'zjuməbli], *adv.* presumivelmente, por presunção, sem exame.

PRESUME [pri'zju:m], *v.* presumir, supor, conjeturar, suspeitar; atrever-se, ousar; vangloriar-se, jactar-se. # *presume too far*, abusar. *presume too much of oneself*, gabar-se.

PRESUMPTION [pri'zʌmpʃən], *s.* presunção, suspeita, suposição, conjetura; atrevimento, jactância, arrogância, vanglória.

PRESUMPTIVE [pri'zʌmptiv], *a.* presuntivo, suspeitável, conjeturável.

PRESUMPTUOUS [pri'zʌmptjuəs], *a.* presunçoso, arrogante, presumido, jactante, orgulhoso, atrevido, insolente.

PRESUPPOSE [pri:sə'pouz], *v.* pressupor.

PRESUPPOSITION [pri:sʌpə'ziʃən], *s.* pressuposição; conjetura.

PRESYSTOLE ['pri:'sistəli], *s.* (fisiol.) pré-sístole.

PRETENCE [pri'tens], *s.* pretexto, escusa, desculpa; ficção, simulação; máscara, desígnio. # *false pretence*, fingimento, embuste. *hollow pretence*, aparência falsa. *under pretence of*, a título de.

PRETEND [pri'tend], *v.* pretextar, fingir, simular, aparentar, afetar.

PRETENDER [pri'tendə], *s.* embusteiro, impostor, simulador.

PRETENSE [pri'tens], *V.* **PRETENCE.**

PRETENSION [pri'tenʃən], *s.* pretensão, pretexto; simulação, fingimento, afetação.

PRETENTIOUS [pri'tenʃəs], *a.* pretensioso, afetado, presumido; simulador; altivo.

PRETERITE ['pretərit], *a.* passado, pretérito. *s.* pretérito.

PRETERNATURAL [pri:tə'nætʃrəl], *a.* preternatural (= sobrenatural, supranatural).

PRETEXT ['pri:tekst], *s.* pretexto, desculpa, escusa. # *under pretext of*, a pretexto de.

PRE-TONIC ['pri:'tɔnik], *a.* pretônico.

PRETTILY ['pritili], *adv.* belamente, lindamente; agradavelmente; gentilmente, delicadamente.

PRETTINESS ['pritinis], *s.* beleza, formosura, graça, elegância, donaire, galanteria (= galantaria), garbo; simpatia.

PRETTY ['priti], *a.* lindo, belo, bonito, elegante, gracioso, gentil; bem grande, de bom tamanho. *adv.* assaz, bastante, bem. # *a pretty go*, uma situação difícil. *a pretty penny*, uma grande quantia.

PRETTYISH ['pritiiʃ], *a.* bonitinho.

PRETTY-PRETTY ['priti'priti], *a.* afetado.

PREVAIL [pri'veil], *v.* prevalecer, preponderar, sobressair, sobrepujar, destacar-se; estar em voga; persuadir, convencer.

PREVAILING [pri'veiliŋ], *a.* preponderante, predominante; geral, comum, da moda; eficaz; salutar.

PREVALENCE ['prevələns], *s.* predomínio, preponderância, prepotência.

PREVALENT ['prevələnt], *a.* predominante, preponderante, dominante, reinante, geral, comum; eficaz.

PREVARICATE [pri'værikeit], *v.* enganar, agir desonestamente; mentir; cavilar; tergiversar.

PREVARICATION [priværi'keiʃən], *s.* embuste, prevaricação, falsidade, tergiversação, engano, mentira; subterfúgio, cavilação, dolo.

PREVARICATOR [pri'værikeitə], *s.* prevaricador, cavilador, tergiversador.

PREVENT [pri'vent], *v.* impedir, evitar, embaraçar. # *prevent from,* impedir de.
PREVENTABLE [pri'ventəbl], *a.* evitável.
PREVENTER [pri'ventə], *s.* estorvador, estragador, o que impede ou obsta; atadura; (náut.) eixo auxiliar.
PREVENTING [pri'ventiŋ], *a.* que evita, preventivo.
PREVENTION [pri'venʃən], *s.* impedimento, empecilho, estorvo, dificuldade.
PREVENTIVE [pri'ventiv], *a.* preventivo, preservativo, impeditivo. # *preventive medicine,* profilaxia.
PRE-VIEW ['pri:'vju:], *s.* pré-estréia.
PREVIOUS ['pri:viəs], *a.* prévio, antecipado, anterior.
PREVIOUSLY ['pri:viəsli], *adv.* previamente, antecipadamente, de antemão.
PREVISION [pri:'viʒən], *s.* previsão.
PREY [prei], *s.* presa, roubo, despojo, saque, pilhagem, rapina, depredação.
PRIAPISM ['praiəpizm], *s.* priapismo.
PRICE [prais], *s.* preço, prêmio, valor, valia, custo. *v.* avaliar, valorizar, fazer preço, estabelecer o preço, estimar, apreciar. # *actual price,* preço real. *a fancy price,* um preço absurdo, excessivamente alto. *at a fair price,* por preço justo. *at a high price,* por alto preço. *average price,* (com)preço médio. *cut-rate price,* preço reduzido. *manufacturer's price,* preço de fábrica. *prevailing prices,* preços vigentes. *price of money,* juro sobre empréstimo. *ruling price,* preço corrente. *sagging prices,* preços em declínio = *dropping prices. set a price upon one's head,* pôr a prêmio a cabeça de alguém. *unchanged price,* (com.) preço fixo.
PRICELESS ['praislis], *a.* inestimável; (col.) absurdo, grotesco, impagável.
PRICELESSNESS ['praislisnis], *s.* valor inestimável.
PRICE-LIST ['praislist], *s.* lista de preços; tarifa.
PRICE-SUPPORT ['prais-sə'pɔ:t], *s.* (fin.) subsídio = *subsidy.*
PRICK [prik], *v.* picar, furar, esburacar, cravar, fincar; aguçar, avivar, excitar, estimular; aguilhoar, ferretear, ferroar. *s.* aguilhão, ferrão, ferrete; punção; alfinetada, picada, picadura; ponto, mira, meta, alvo; remorso. # *kick against the pricks,* dar murro em faca de ponta; remar contra a maré, lutar contra a sorte.
PRICKER ['prikə], *s.* ponta, aguilhão, bico, espinho; picador; furador; sovela; punção; batedor; picadeira.
PRICKING ['prikiŋ], *s.* picada; comichão, prurido, formigueiro, formigamento.
PRICKLE ['prikl], *s.* bico; espinho; aguilhão; ferrão; pua; furador.
PRICKLY ['prikli], *a.* espinhoso; com espinhos ou pontas agudas.
PRIDE [praid], *s.* orgulho, amor-próprio, presunção; respeito de si mesmo; vaidade; soberba, insolência, arrogância, jactância, altivez; motivo de orgulho; causa de satisfação; vanglória; brio; fausto, luxo, pompa, esplendor; ornamento; ufania. *v.* vangloriar-se, gabar-se, orgulhar-se. # *in the pride of youth,* na flor da mocidade. *put one's pride in one's pocket,* humilhar-se, pôr o orgulho (ou a vaidade) de lado, "engolir um sapo" = *pocket one's pride. take pride in* (= *pride oneself on*), orgulhar-se de.
PRIEST [pri:st], *s.* padre, sacerdote, presbítero, clérigo, eclesiástico.
PRIESTESS ['pri:stis], *s.* sacerdotisa.
PRIESTHOOD ['pri:sthud], *s.* sacerdócio; clero.
PRIESTLIKE ['pri:stlaik], *a.* sacerdotal, clerical.
PRIESTLY ['pri:stli], *a.* eclesiástico, sacerdotal, clerical.
PRIG [prig], *s.* pedante, presumido, fátuo. *v.* furtar, roubar.
PRIGGERY ['prigəri], *s.* pedantismo, afetação, exagero.
PRIGGISH ['prigiʃ], *a.* presumido, convencido, pretensioso, afetado, pedante; amaneirado.
PRIGGISHNESS ['prigiʃnis], *s.* presunção, convencimento.
PRIM [prim], *a.* afetado, pretensioso, presumido, empertigado. *v.* requebrar-se; enfeitar, ataviar, ornar; ser afetado.
PRIMACY ['praiməsi], *s.* primazia; preferência, precedência, supremacia; superioridade.
PRIMA-DONNA ['pri:mə'dɔnə], *s.* prima-dona.
PRIMAEVAL [prai'mi:vəl], *V.* **PRIMEVAL.**

PRIMAL ['praiməl], *a.* primeiro, primordial, principal, original, primário.

PRIMARILY ['praimərili], *adv.* em primeiro lugar, principalmente; primitivamente.

PRIMARY ['praiməri], *a.* primário, primitivo, primeiro, principal; originário; fundamental, radical, rudimentar, simples, elementar; primário (geol.). *s.* (E.U. pol.) comício, reunião de eleitores para a escolha de candidato(s).

PRIMATE ['praimit], *s.* primaz; (zool.) primata.

PRIMATESHIP ['praimitʃip], *s.* primado.

PRIME [praim], *s.* prima (hora canônica); princípio; aurora, alva, madrugada, manhã, alvor, primavera da vida; flor da juventude; vigor; a flor, a nata, o mais escolhido; o melhor; (mús.) uníssono. *a.* primeiro, primitivo, de primeira qualidade; principal; primordial, primário; escolhido, seleto, primoroso, excelente. *v.* preparar, aprestar, dispor, aparelhar; dar a primeira demão; informar; esclarecer; alistar; escorvar (uma arma de fogo ou bomba); imprimir. # *in the prime of life,* no verdor dos anos. *prime fathers,* ascendentes.

PRIME-FIGURE ['praimfigə], *s.* número primo.

PRIME-MINISTER ['praim'ministə], *s.* primeiro-ministro.

PRIME-MOON ['praimmu:n], *s.* lua nova.

PRIME-MOVER ['praimmu:və], *s.* (mec.) arranco, arranque; movimento inicial, primeiro impulso; máquina motriz; força motriz.

PRIMER ['praimə], *s.* instrutor, preparador; escorvador; espoleta; cápsula de cartucho (mun.).

PRIMER ['praimə], *s.* cartilha, livro elementar; livro de orações, devocionário.

PRIMER ['primə], *s.* (impr.) tipo romano.

PRIMEVAL ['prai'mi:vəl], *a.* primordial, primeiro, primitivo, primário, originário, primevo.

PRIMING ['praimiŋ], *s.* preparação; primeira demão (em pintura); fermentação.

PRIMING-HOLE ['praimiŋhoul], *s.* ouvido (de arma).

PRIMING-VALVE ['praimiŋvælv], *s.* válvula de segurança.

PRIMITIVE ['primitiv], *a.* original, primitivo, primário, primordial, originário, primeiro, radical; rudimentar; antiquado.

PRIMNESS ['primnis], *s.* afetação; melindre.

PRIMOGENITURE [praimou'dʒənitʃə], *s.* primogenitura.

PRIMORDIAL [prai'mɔ:diəl], *a.* primordial, principal; original, primitivo. *s.* **primórdio, origem.**

PRIMROSE ['primrouz], *s.* prímula, primavera (flor). *a.* amarelado.

PRIMULA ['primjulə], *s.* prímula, primavera (flor).

PRINCE [prins], *s.* príncipe.

PRINCE ALBERT ['prins'ælbət], *s.* (E.U.) sobrecasaca = (Ing.) *frock-coat.*

PRINCEDOM ['prinsdəm], *s.* principado.

PRINCELIKE ['prinslaik], *a.* principesco.

PRINCELY ['prinsli], *a.* principesco; nobre, magnífico. *adv.* principescamente.

PRINCESS [prin'ses], antes de um nome ['prinses, 'prin'ses], *s.* princesa.

PRINCIPAL ['prinsəpəl, 'prinsipəl], *a.* principal, capital, essencial, fundamental, considerável; o mais importante; superior. *s.* diretor (de escola); proprietário; chefe; (com.) capital; sócio, gerente; (jur.) o **mandante (de um crime)**; registro de órgão.

PRINCIPALITY [prinsi'pæliti], *s.* soberania, principado; primazia, superioridade.

PRINCIPALLY ['prinsəpəli, 'prinsipəli], *adv.* principalmente.

PRINCIPATE ['prinsipit], *s.* principado; **soberania.**

PRINCIPLE ['prinsəpl, 'prinsipl], *s.* causa, origem, princípio, fundamento, motivo; origem; essência, razão; postulado, máxima, axioma; regra de conduta; lei física; princípio ativo (quím.). *v.* instruir; incutir **princípios ou máximas**; formar; insinuar, inspirar.

PRINK [priŋk], *v.* ataviar-se, (usado com **UP**).

PRINT [print], *v.* imprimir, estampar; publicar; dar à luz; fazer uma tiragem; gravar (na memória); (fot.) copiar. *s.* estampa, impressão, gravura; tipo; caráter de impressão; periódico; folheto, folhetim, jornal; sinal, marca; molde; amostra; debuxo, risco; (fot.) cópia; fazenda estampada = (E.U.) *calico.* # ***glossy print proof,*** (E.U.) prova em papel couché = (Ing.) *art pull.* ***in (cold) print,*** preto no branco (impressão). *out of* ***print,*** esgotado (livro). ***set up in print,*** (tip.) compor.

PRINTED ['printid], *a.* estampado; impresso.

PRINTER ['printə], *s.* impressor, tipógrafo; estampador.

PRINTERY ['printəri], *s.* (E.U.) tipografia =(Ing.) *printing-office, printing works.*

PRINTING ['printiŋ], *s.* impresso, impressão; imprensa, tipografia.

PRINTING-MACHINE ['printiŋ-məʃi:n], *s.* máquina de imprimir.

PRINTING-OFFICE ['printiŋ-ɔfis], *s.* tipografia = (E.U.) *printery.*

PRINTING-PLANT ['printiŋplɑ:nt], *s.* tipografia. *V.* **PRINTERY.**

PRINTING-PRESS ['printiŋpres], *s.* prelo; tipografia.

PRINTING-TYPES ['printiŋtaips], *s.* tipos de impressão.

PRINTING WORKS ['printiŋwə:ks], *s.* tipografia = (E.U.) *printery.*

PRIOR ['praiə], *a.* precedente, anterior; antecedente, prévio. *s.* prior, superior.

PRIORESS ['praiəris], *s.* prioresa (ou priora).

PRIORITY [prai'ɔriti], *s.* prioridade, precedência.

PRIORY ['praiəri], *s.* convento dirigido por prior ou prioresa.

PRISE [praiz], *V.* **PRIZE.**

PRISM ['prizm], *s.* prima; espectro solar.

PRISMATIC, AL [priz'mætik, əl], *a.* prismático.

PRISON ['prizn], *s.* prisão, presídio, cárcere, cadeia. *v.* prender, encarcerar, aprisionar.

PRISONER ['priznə], *s.* preso, prisioneiro, presidiário, encarcerado. # *prisioner's base* (ou *bar*), o jogo da barra = *Scotch and English, chivy.*

PRISON-FEVER [priznfi:və], tifo = *jail-fever.*

PRISON-SHIP ['priznʃip], *s.* pontão.

PRISON-VAN ['priznvæn], *s.* carro celular; (col.) tintureiro, viúva-alegre. *V.* **BLACK MARIA.**

PRISTINE ['pristain], *a.* original primitivo, pristino; prisco, antigo.

PRIVACY ['praivəsi], *s.* isolamento, solidão, retiro; lugar reservado; segredo, reserva; retraimento.

PRIVATE ['praivit], *a.* secreto, clandestino; reservado, privado, particular, pessoal; confidencial; calado; solitário, só, isolado; afastado, retirado. *s.* (mil.) soldado raso. # *in private* (= *for one's private ears*), confidencialmente. *private account,* conta particular. *private parts,* órgãos genitais.

PRIVATEER [praivə'tiə], *s.* corsário (navio ou marinheiro).

PRIVATELY ['praivitli], *adv.* particularmente, secretamente; às ocultas; às escondidas.

PRIVATE-TUTOR ['praivittju:tə], *s.* preceptor.

PRIVATION [prai'veiʃən], *s.* privação; carência.

PRIVATIVE ['privətiv], *a.* negativo. *s.* partícula negativa; negação.

PRIVET ['privit], *s.* (bot.) alfena.

PRIVILEGE ['privilidʒ], *s.* privilégio, prerrogativa, regalia, graça, favor, benefício; isenção, imunidade, indulto, dispensa. *v.* eximir, excetuar, privilegiar, favorecer.

PRIVILEGED ['privilidʒd], *a.* isento, imune, privilegiado, livre; indultado.

PRIVITY ['priviti], *a.* segredo, confidência, reserva, particularidade; informe; (jur.) participação de direitos.

PRIVY ['privi], *a.* particular, reservado, íntimo, confidente; inteirado, informado; privado; instruído; clandestino, secreto; escondido; particular, pessoal, próprio. *s. pl.* (jur.) os interessados.

PRIZE [praiz], *s.* recompensa, prêmio, galardão; presa; alavanca; boa sorte; vantagem. *v.* estimar, apreciar, avaliar; mover por meio de alavanca, forçar = (E.U.) *pry.*

PRIZE-DAY ['praizdei], *s.* dia de encerramento das aulas, festa de encerramento = (E.U.) *graduation-exercises.*

PRIZE-FIGHT ['praizfait], *s.* luta.

PRIZE-FIGHTER ['praizfaitə], *s.* lutador.

PRIZEMAN ['praizmən], *s.* estudante premiado.

PRIZER ['praizə], *s.* avaliador, apreciador.

PRIZE-RING ['praizriŋ], s. ringue, arena.

PRO [prou], *s.* voto favorável, volante favorável; pró. *prep* e *adv.* por, para, a favor de. *pref.* vice; em frente de; antes.

PROBABILITY [prɔbə'biliti], *s.* probalidade, possibilidade, verossimilhança; aparência.

PROBABLE ['prɔbəbl], *a.* provável, acreditável, crível, possível, verossímil.

PROBABLY ['prɔbəbli], *adv.* provavelmente; possivelmente.

PROBATE ['proubit], *s.* verificação do testamento; cópia autêntica de um testamento; avaliação das jóias deixadas em testamento. *a.* testamentário.

PROBATION [prə'beiʃən, pro'beiʃən], *s.* provação, experiência, prova, estágio, ensaio, tentativa, exame, noviciado.

PROBATIONER [prə'beiʃnə, pro'beiʃnə], *s.* noviço, estagiário, aprendiz, principiante; concorrente, aspirante, candidato; enfermeiro.

PROBATIVE ['proubətiv], *a.* probatório.

PROBE [proub], *s.* devassa, sindicância; tenta, sonda, estilete; ensaio; prova. *v.* sondar, tentar; explorar, devassar, sindicar; experimentar; provar.

PROBITY ['proubiti, 'prɔbiti], *s.* probidade, honestidade, honradez, integridade, hombridade.

PROBLEM ['prɔbləm], *s.* problema.

PROBLEMATIC [prɔbli'mætik], *a.* problemático, incerto, duvidoso.

PROBOSCIS [prə'bɔsis], *s.* tromba, probóscide (= probóscida).

PROCEDURE [prə'si:dʒə], *s.* conduta, procedimento, proceder; processo; regulamento parlamentar; marcha; procedimento judicial; funcionamento; progresso. # *procedure turn,* (av.) curva-padrão.

PROCEED [prə'si:d], *v.* proceder, provir; seguir ou prosseguir; continuar; avançar, marchar; adiantar; obrar; dimanar; instituir; estabelecer; seguir-se; começar a, pôr-se a, valer-se de; recorrer; acudir # *proceed against,* (jur.) processar, instaurar processo contra. *proceed from ... to,* ir ou seguir de... para. *proceed to,* passar a. *proced with,* continuar.

PROCEEDING [prə'si:diŋ], *s.* conduta, procedimento, proceder; processo; transação; trâmite; *pl.* medidas legais; atos judiciais; atas (de assembléia); autos; debates; deliberações; providências. # *legal proceedings,* processo, ação judicial. *take legal proceedings,* lançar mão de meios legais.

PROCEEDS ['prousi:dz], *s. pl.* produtos; rendas; rendimentos. # *gross proceeds,* (com.) produto bruto. *net proceeds,* produto líquido.

PROCESS ['prouses], *s.* processo, curso; operação; manipulação; tratamento; procedimento; série; sucessão; causa; expediente; autos; excrescência; protuberância; andamento, curso. # *in process,* em andamento, em curso. *in process of time,* com o correr do tempo, no decorrer do tempo.

PROCESS [prə'ses], *v.* processar; produzir.

PROCESSION [prə'seʃən], *s.* cortejo; procissão, comitiva, desfile; marcha; desfile de tropa; cavalgada. *v.* desfilar em procissão; formar uma procissão. # *funeral procession,* cortejo fúnebre.

PROCLAIM [prə'kleim], *v.* promulgar, proclamar; publicar; anunciar; aclamar. # *proclaim war* (ou *peace),* proclamar a guerra (ou a paz).

PROCLAIMER [prə'kleimə], *s.* promulgador; proclamador; aclamador.

PROCLAMATION [prɔklə'meiʃən], *s.* promulgação, proclamação; decreto; édito; edital; declaração.

PROCLITIC [prou'klitik], *a.* proclítico. *s.* proclítica.

PROCLIVITY [prə'kliviti], *s.* propensão; tendência; inclinação, predisposição, disposição; aptidão.

PROCRASTINATE [prou'kræstineit], *v.* procrastinar, retardar, adiar, diferir; delongar, demorar; ser moroso.

PROCRASTINATION [proukræsti'neiʃən], *s.* procrastinação, adiamento, retardamento; delonga, demora; morosidade.

PROCRASTINATOR [prou'kræstineitə], *s.* procrastinador; homem moroso.

PROCREATE ['proukrieit], *v.* procriar, gerar, criar; produzir.

PROCREATION [proukri'eiʃən], *s.* procriação, geração, produção.

PROCREATIVE ['proukrieitiv], *a.* procriador, produtivo.

PROCREATOR ['proukrieitə], *s.* gerador, procriador; pai, progenitor.

PROCTOR ['prɔktə], *s.* procurador; agente; solicitador; inspetor de alunos.

PROCTORIAL [prɔk'tɔ:riəl], *a.* que se refere ao chefe de disciplina (nos colégios).

PROCURABLE [prə'kjuərəbl], *a.* adquirível, obtenível.

PROCURACY [prə'kjuərəsi], *s.* procuração. *V.* PROXY.

PROCURATION [prɔkjuə'reiʃən, prɔkju'reiʃən], *s.* procuração, mandato; procura; plenos poderes; lenocínio, alcovitice.

PROCURATOR ['prɔkjuəreitə, 'prɔkjureitə], *s.* delegado, procurador; solicitador.

PROCURE [prə'kjuə], *v.* alcançar, lograr, adquirir, obter, conseguir; ocasionar, proporcionar, causar; alcovitar, mexericar.

PROCUREMENT [prə'kjuəmənt], *s.* aquisição.

PROCURER [prə'kjuərə], *s.* alcoviteiro, proxeneta; agente.

PROCURESS [prə'kjuəris], *s.* alcoviteira.

PROD [prɔd], *v.* agulhar, punçar, espetar; picar; aguilhoar. *s.* aguilhoada; aguilhão; picada.

PRODIGAL ['prɔdigəl], *a.* pródigo, profuso; abundante; excessivo; liberal.

PRODIGALITY [prɔdi'gæliti], *s.* prodigalidade, liberalidade, desperdício, profusão.

PRODIGIOUS [prə'didʒəs], *a.* assombroso, prodigioso, excessivo, extraordinário, imenso, enorme.

PRODIGY ['prɔdidʒi], *s.* maravilha, prodígio, portento, assombro; coisa extraordinária.

PRODUCE ['prɔdju:s], *s.* produto, ganho, produção, provisões. # *produce exchange,* bolsa de mercadorias.

PRODUCE [prə'dju:s], *v.* gerar, criar, produzir; motivar, ocasionar, causar; apresentar; engendrar; fabricar, manufaturar; dar frutos, frutificar; prolongar uma linha; dar resultado.

PRODUCER [prə'dju:sə], *s.* produtor; diretor de companhia teatral = (E.U.) *director;* (E.U.) proprietário de teatro ou empresário = (Ing.) *proprietor* ou *manager.* # *producer's goods,* (fin.) bens de produção.

PRODUCIBLE [prə'dju:səbl], *a.* produtível.

PRODUCT ['prɔdəkt], *s.* produção, produto; provento, rendimento; resultado, conseqüência; aproveitamento.

PRODUCTION [prə'dʌkʃən], *s.* produção, produto; apresentação, composição; obra.

PRODUCTIVE [prə'dʌktiv], *a.* produtivo, fértil, fecundo, prolífico.

PRODUCTIVENESS [prə'dʌktivnis], *a.* produtividade, fertilidade.

PRODUCTIVITY [prɔdʌk'tiviti], *V.* PRODUCTIVENESS.

PROFANATION [prɔfə'neiʃən], *s.* profanação; abuso, desacato, irreverência; sacrilégio.

PROFANE [prə'fein], *a.* profano, irreverente, ímpio, sacrílego, blasfemo; mundano; leigo; estranho, alheio. *v.* profanar, violar; corromper; desprestigiar.

PROFANER [prə'feinə], *s.* sacrílego, profanador.

PROFANITY [prə'fæniti], *s.* blasfêmia, irreverência, desacato; profanação; impiedade.

PROFESS [prə'fes], *v.* manifestar, declarar, professar; fazer profissão; fingir; protestar; declarar claramente; ensinar (como professor); exercer (uma profissão).

PROFESSED [prə'fest], *a.* professo, confessado, declarado, manifesto, decidido.

PROFESSION [prə'fəʃən], *s.* carreira, profissão, emprego, exercício, cargo; declaração, protesto; manifestação; profissão religiosa, confissão pública.

PROFESSIONAL [prə'feʃnl], *a.* de profissão; profissional. *s.* profissional; perito em algum ofício ou arte.

PROFESSIONALISM [prə'feʃnəlizm], *s.* profissionalismo.

PROFESSOR [prə'fesə], *s.* professor (de escola superior); adepto.

PROFESSORATE [prə'fesərit], *s.* professorado, magistério, cargo de professor.

PROFESSORIAL [prɔfə'sɔ:riəl], *a.* professoral, de professor; pedagógico, didático.

PROFESSORIATE [prɔfə'sɔ:riit], *s.* o corpo docente de uma universidade.

PROFESSORSHIP [prə'fesəʃip], *s.* professorado, magistério, cargo de professor.

PROFFER ['prɔfə], *v.* oferecer, ofertar, brindar; ensaiar, experimentar; tentar; propor; oferecer-se (para um trabalho). *s.* oferta, oferecimento; experiência, tentativa, ensaio; proposta.

PROFFERER ['prɔfərə], *s.* ofertante; proponente.

PROFICIENCY [prə'fiʃənsi], *s.* proficiência, capacidade, perícia, habilidade, prática.

PROFICIENT [prə'fiʃənt], *a.* proficiente; hábil, perito, versado, prático, experimentado.

PROFILE ['proufi:l, 'proufail], *s.* perfil, contorno, recorte, silhueta; perfil biográfico, *v.* perfilar, traçar o perfil.

PROFIT ['profit], *s.* proveito, lucro, vantagem, benefício, ganho; utilidade. *v.* aproveitar; beneficiar, servir. # *at a profit of*, com um lucro de. *draw a profit*, (com.) tirar lucro. *excess profits*, lucros extraordinários. *gross profit*, lucro bruto. *net profit*, lucro líquido. *profit and loss*, lucros e perdas. *profit of* (ou *by*), tirar proveito de tirar partido de. *profit sharing*, participação nos lucros.

PROFITABLE ['prɔfitəbl], *a.* vantajoso, útil, proveitoso, lucrativo, frutuoso, produtivo.

PROFITABLENESS ['prɔfitəblnis], *s.* proficuidade, utilidade, proveito.

PROFITABLY ['prɔfitəbli], *adv.* proveitosamente, lucrativamente, vantajosamente, frutuosamente.

PROFITEER [prɔfi'tiə], *v.* ganhar excessivamente à custa do público, explorar o público. *s.* aproveitador, "tubarão".

PROFITER ['prɔfitə], *s.* o que aproveita.

PROFITLESS ['prɔfitlis], *a.* desvantajoso, inútil, infrutífero; sem proveito.

PROFIT-SHARING ['prɔfitʃɛəriŋ], *s.* participação nos lucros.

PROFLIGACY ['prɔfligəsi], *s.* libertinagem, dissolução, desregramento, corrupção, depravação.

PROFLIGATE ['prɔfligit], *a.* libertino, desregrado, dissoluto, corrompido, devasso, perdido, torpe, crapuloso.

PROFOUND [prə'faund], *a.* profundo, cavado, fundo; misterioso, recôndito; intenso, extremo. *s.* abismo, profundidade; oceano, mar.

PROFOUNDLY [prə'faundli], *adv.* profundamente.

PROFUNDITY [prə'fʌnditi], *s.* profundidade, abismo, profundeza.

PROFUSE [prə'fju:s], *a.* pródigo, profuso, abundante, copioso, redundante.

PROFUSION [prə'fju:ʒən], *s.* prodigalidade, profusão, abundância, excesso, superabundância.

PROGENITOR [prou'dʒenitə], *s.* progenitor.

PROGENY ['prɔdʒini], *s.* prole, progenitura, progênie; geração, descendência, linhagem.

PROGNATHIC [proug'næθik], *a.* prógnato.

PROGNATHISM [proug'neiθizm], *s.* prognatismo.

PROGNATHOUS [proug'neiθəs], *a.* prógnato.

PROGNOSIS [prəg'nousis], *pl.* **PROGNOSES** [prəg'nousi:z], *s.* prognóstico; prognose; profecia.

PROGNOSTIC [prəg'nəstik], *s.* prognóstico. *a.* pressagioso, pressago, prenunciador.

PROGNOSTICATE [prəg'nəstikeit], *v.* prognosticar; pressagiar, vaticinar.

PROGRAM(ME) ['prougræm], *s.* programa; prólogo, prefácio; introdução; plano, projeto; prospecto; aviso; plataforma política = (E.U.) *platform*.

PROGRESS ['prougres], *s.* progresso, adiantamento, melhoramento, desenvolvimento, aproveitamento; marcha, carreira, curso.

PROGRESS [prə'gress], *v.* progredir, adiantar, melhorar, desenvolver, aproveitar; levar adiante; marchar, avançar.

PROGRESSION [prə'greʃən], *s.* (mat.) progressão.

PROGRESSIONAL [prə'grəʃənl], *a.* progressivo, progressional.

PROGRESSIST [prə'gresist], *s.* progressista.

PROGRESSIVE [prə'gresiv], *a.* progressivo; adiantado; progressista.

PROHIBIT [prə'hibit], *v.* proibir, impedir, vedar, privar, tolher, obstar, interditar.

PROHIBITION [proui'biʃən], *s.* proibição, impedimento, obstáculo; interdição, auto proibitório.

PROHIBITIONISM [proui'biʃənizm], *s.* proibicionismo.

PROHIBITIONIST [proui'biʃənist], *s.* e *a.* proibicionista.

PROHIBITIVE [prə'hibitiv], *a.* proibitivo.

PROHIBITOR [prə'hibitə], *s.* proibidor.

PROHIBITORY [prə'hibitəri], *a.* proibitivo, proibitório.

PROJECT ['prədʒəkt], *s.* projeto, idéia, plano, esboço, desenho, planta.

PROJECT [prə'dʒəkt], *v.* projetar, idear, planejar, esboçar, delinear, desenhar, debuxar; lançar, arrojar.

PROJECTILE ['prɔdʒiktail, pro'dʒəktail], *s.* projetil (= projétil).

PROJECTILE [prə'dʒəktail, pro'dʒektail], *a.* projetil, que se pode arremessar, míssil; impelente.

PROJECTING [prə'dʒəktiŋ], *a.* saliente.

PROJECTION [prə'dʒəkʃən], *s.* projeção, lançamento.

PROJECTIVE [prə'dʒəktiv], *a.* (mat.) projetivo.

PROJECTOR [prə'dʒəktə], *s.* holofote, refletor, projetor.

PROJECTURE [prə'dʒəktʃə], *s.* saliência.

PROLETARIAN [proulə'tɛəriən], *a.* e *s.* proletário.

PROLETARIAT [proulə'tɛəriət], *s.* proletariado.

PROLIFIC [prə'lifik], *a.* prolífico, produtivo, fértil, prolífero, fecundo.

PROLIFICNESS [prə'lifiknis], *s.* fertilidade, fecundidade, proliferação.

PROLIX ['prouliks, pro(u)'liks], *a.* prolixo.

PROLIXITY [prou'liksiti], *s.* prolixidade.

PROLOGUE ['proulɔg], *s.* prólogo, prefácio, exórdio, introdução. *v.* prefaciar, prolongar, fazer o exórdio.

PROLONG [prə'lɔŋ], *v.* prolongar, prorrogar, dilatar, estender; retardar, atrasar.

PROLONGATION [proulɔŋ'geiʃən], *s.* prolongamento, continuação, prorrogação, dilatação.

PROLONGED [prə'lɔŋd], *a.* prolongado, dilatado; prorrogado.

PROM [prɔm], *abr.* de **PROMENADE.**

PROMENADE [prɔmi'nɑ:d], *v.* passear. *s.* passeio; (E.U.) baile colegial.

PROMENADER [prɔmi'nɑ:də], *s.* passeador, passeante.

PROMINENCE ['prɔminəns], *s.* eminência, proeminência, altura, elevação, protuberância; distinção, importância.

PROMINENT ['prɔminənt], *a.* proeminente, destacado, saliente, egrégio, conspícuo.

PROMISCUITY [prɔmis'kju:iti], *s.* promiscuidade, mistura.

PROMISCUOUS [pre'miskjuəs], *a.* promíscuo, misturado; confuso, desordenado, irregular; injustificado.

PROMISE ['prɔmis], *s.* promessa; esperança; expectativa; compromisso. *v.* prometer, tomar compromisso, dar esperança, esperançar.

PROMISER ['prɔmisə], *s.* prometedor.

PROMISING ['prɔmisiŋ], *a.* prometedor, promissor.

PROMISSORY ['prɔmisəri], *a.* promissório.

PROMISSORY NOTE ['prɔmisərinout], *s.* nota promissória.

PROMONTORY ['prɔməntri], *s.* cabo, promontório, ponta.

PROMOTE [prə'mout], *v.* promover, favorecer, fomentar, auxiliar, ajudar, incentivar; estender; acrescentar, provocar, suscitar; melhorar, adiantar; (com.) agenciar; financiar um negócio.

PROMOTER [prə'moutə], *s.* promotor, promovedor, fautor, protetor, autor, agente; organizador de sociedade comercial, fundador de empresa; promotor público (desus.).

PROMOTION [prə'mouʃən], *s.* promoção, elevação, adiantamento; estímulo, incentivo.

PROMOTIVE [prə'moutiv], *a.* promotor, promovedor, animador; protetor, incentivador.

PROMPT [prɔmpt], *a.* pronto, veloz, rápido, vivo, acelerado, expedido; preparado, disposto, resoluto; exato; ativo, diligente. *v.* assistir, ajudar; incitar, instigar; sugerir; advertir; mover; (teat.) servir de ponto. *s.* prazo, termo do pagamento, data do vencimento.

PROMPT-BOOK ['prɔmptbuk], *s.* (teat.) livro do ponto.

PROMPT-CASH ['prɔmptkæʃ], *s.* pronto pagamento.

PROMPTER ['prɔmptə], *s.* instigador, incitador; ponto de teatro.

PROMPTING ['prɔmptiŋ], *s.* insinuação, incitação, instigação; sugestão.

PROMPTITUDE ['prɔmptitju:d], *s.* prontidão, exatidão, presteza, celeridade; pontualidade, disposição, diligência.

PROMPTLY ['prɔmptli], *adv.* prontamente.

PROMPTNESS ['prɔmptnis], *V.* **PROMPTITUDE.**

PROMPT-NOTE ['prɔmptnout], *s.* nota de aviso.

PROMULGATE ['prɔməlgeit], *v.* promulgar, anunciar, publicar.

PROMULGATION [prɔməl'geiʃən], *s.* promulgação, anúncio, publicação.

PROMULGATOR ['prɔməlgeitə], *s.* promulgador, anunciador, publicador.

PRONE [proun], *a.* inclinado, dobrado, prostrado, pendente, curvado; propenso, disposto.

PRONG [prɔŋ], *s.* forcado; enxadão; dente de garfo.

PRONGED [prɔŋd], *a.* dentado.

PRONOMINAL [prə'nɔminl], *a.* pronominal.

PRONOUN ['prounaun], *s.* pronome.

PRONOUNCE [prə'nauns], *v.* pronunciar, proferir, articular, recitar, declarar; (jur.) sentenciar.

PRONOUNCEABLE [prə'naunsəbl], *s.* pronunciável.

PRONOUNCED [prə'naunst], *a.* pronunciado, marcante, forte.

PRONOUNCEMENT [prə'naunsmənt], *s.* declaração formal, pronunciamento.

PRONOUNCER [prə'naunsə], *s.* pronunciador, proferidor, recitador, locutor.

PRONOUNCING [prənaunsiŋ], *a.* relativo à pronúncia.

PRONUNCIAMENTO [prənʌnsiə'mentou], *s.* pronunciamento.

PRONUNCIATION [prənʌnsi'eiʃən], *s.* pronúncia, pronunciação, prolação, dição, articulação.

PROOF [pru:f], *s.* prova, ensaio; evidência, provação, demonstração; experiência, experimento; dureza, firmeza, impenetrabilidade. *a.* provante, comprovante, evidente; impenetrável, invulnerável. # *a proof positive,* (jur.) uma prova plena. *put to the proof,* pôr à prova.

PROOFLESS ['pru:flis], *a.* sem provas, que carece de prova, falto de fundamento.

PROOF-READER ['pru:fri:də], *s.* revisor de provas tipográficas.

PROOF-SHEET ['pru:fʃi:t], *s.* prova (de imprensa); prova de página.

PROP [prɔp], *s.* suporte, sustentáculo, escora, amparo, apoio, coluna, arrimo, esteio, espeque, pontalete. *v.* estear, sustentar, escorar, arrimar, suster, apoiar, especar.

PROPAGANDA [prɔpə'gændə], *s.* propaganda.

PROPAGANDIST [prɔpə'gændist], *s.* propagandista.

PROPAGATE ['prɔpəgeit], *v.* propagar, reproduzir, multiplicar, dilatar, espalhar, engendrar, disseminar, espargir, propalar.

PROPAGATION [prɔpə'geiʃən], *s.* propagação, reprodução, multiplicação, dilatação, disseminação, propalação.

PROPAGATOR ['prɔpəgeitə], *s.* propagador.

PROPAROXYTONE [proupə'rɔksetoun), *s.* e *a.* proparoxítono.

PROPEL [prə'pel], *v.* impelir, empurrar, propulsar, propelir.

PROPELLENT [prə'pelənt], *a.* propulsor, motor; (mun.) propelente.

PROPELLER [prə'pelə], *s.* motor, propulsor; hélice.

PROPELLER-SHAFT [prə'pelə'ʃa:ft], *s.* (mar.) árvore da hélice.

PROPELLING [prə'peliŋ], *a.* propulsor. *s.* propulsão.

PROPENSITY [prə'pensiti], *s.* propensão, tendência, inclinação.

PROPER ['prɔpə], *a.* conveniente, próprio, adequado, idôneo, apropriado, natural, peculiar, particular, oportuno; verdadeiro; justo, exato; consumado, completo; decente, educado, respeitável; propriamente dito; correto; afetado. # *at the proper time,* na ocasião oportuna. *proper fraction,* fração própria. *proper name* (ou *noun),* nome próprio, substantivo próprio.

PROPERLY ['prɔpəli], *adv.* propriamente, convenientemente, justamente, oportunamente, corretamente.

PROPERNESS ['prɔpənis], *s.* decoro, correção, propriedade.

PROPERTIED ['prɔpətid], *a.* adaptado, apropriado.

PROPERTY ['prɔpəti], *s.* propriedade; qualidade particular; particularidade; tendência, disposição; domínio de posse; atributo; bens. # *non-expendable property,* (fin.) material permanente. *personal property,* bens móveis. *pledged property,* bem penhorado. *property tax,* imposto imobiliário. *real property,* imóveis.

PROPHECY ['prɔfisi], *s.* vaticínio, profecia; predição, augúrio.

PROPHESIER ['prɔfisaiə], *s.* profetizador.

PROPHESY ['prɔfisai], *v.* vaticinar, profetizar, predizer.

PROPHET ['prɔfit], *s.* profeta. # *a prophet has little honour in his own country* ou *a prophet* *is not without honour save in his own country,* ninguém é profeta em sua terra.

PROPHETESS ['prɔfitis], *s.* profetiza.

PROPHETIC, AL [prə'fetik, əl], *a.* profético.

PHOPHYLACTIC [prɔfi'læktik], *a.* profilático, preservativo. *s.* preservativo.

PROPHYLAXIS [prɔfi'læksis], *s.* profilaxia.

PROPINQUITY [prə'piŋkwiti], *s.* proximidade, arredores, cercanias; parentesco.

PROPITIATE [prə'piʃieit], *v.* acalmar, aplacar; conciliar.

PROPITIATORY [prə'piʃiətəri], *a.* conciliatório.

PROPITIOUS [prə'piʃəs], *a.* benéfico, favorável, propício; feliz; benigno.

PROPONENT [prə'pounənt], *s.* e *a.* proponente.

PROPORTION [prə'pɔ:ʃən], *s.* proporção, relação; medida, regra. *v.* proporcionar, conceder; ajustar; tornar proporcional. # *out of proportion,* desproporcionado.

PROPORTIONABLE [prə'pɔ:ʃnəbl], *a.* proporcional.

PROPORTIONAL [prə'pɔʃnl], *a.* proporcional.

PROPORTIONALITY [prəpɔ:ʃə'næliti], *s.* proporcionalidade.

PROPORTIONATE [prə'pɔ:ʃnit], *a.* proporcionado, distribuído, repartido, harmônico, simétrico.

PROPOSAL [prə'pouzəl], *s.* proposta, proposição, oferta, exposição.

PROPOSE [prə'pouz], *v.* propor, oferecer, expor; pensar, tencionar.

PROPOSER [prə'pouzə], *s.* proponente.

PROPOSITION [prɔpə'ziʃən], *s.* proposição, proposta, oferecimento, oferta; (E.U.) tarefa serviço, negócio, assunto, caso.

PROPOUND [prə'paund], *v.* propor, expor.

PROPOUNDER [prə'paundə], *s.* proponente.

PROPRIETARY [prə'praiətəri], *s.* proprietário, possuidor, senhorio, dono. *a.* proprietário.

PROPRIETOR [prə'praiətə], *s.* proprietário, dono, senhor, senhorio, possuidor.

PROPRIETORSHIP [prə'praiətəʃip], *s.* direito de propriedade. # *sole proprietorship,* propriedade exclusiva.

PROPRIETRESS [prə'praiətris], *s.* proprietária, dona, senhoria.

PROPRIETY [prə'paiəti], *s.* propriedade, domínio; senhorio; decência, decoro, conveniência, austeridade, correção, dignidade.

PROPULSION [prə'pʌlʃən], *s.* impulso, propulsão.

PROPULSIVE [prə'pʌlsiv], *a.* propulsivo.

PRO RATA [pro(u)'rɑ:tə, prou'reitə, 'prou'reitə], *adv.* proporcionalmente.

PRORATE [prou'reit], *v.* ratear, fazer rateio.

PRORATION [prə'reiʃən], *s.* rateio.

PROROGATION [prourə'geiʃən], *s.* prorrogação, prolongação, dilatação.

PROROGUE [prə'roug], *v.* prorrogar, prolongar, dilatar; diferir.

PROSAIC [prou'zeiik, əl], *a.* prosaico, vulgar, material, trivial.

PROSCENIUM [prou'siniəm], *s.* proscênio.

PROSCRIBE [pros'kraib], *v.* proscrever, reprovar, interditar, condenar, proibir; abolir; aniquilar, exterminar.

PROSCRIBER [pros'kraibə], *s.* proscritor.

PROSCRIPTION [pros'kripʃən], *s.* condenação, proscrição, proibição.

PROSCRIPTIVE [pros'kriptiv], *a.* proscritivo, proscritor.

PROSE [prouz], *s.* prosa; narração fastidiosa; linguagem pesada. *a.* prosaico; em prosa; pesado, fastidioso, enfadonho, insulso, desenxabido. *v.* prosar; escrever em prosa.

PROSECUTE ['prɔsikju:t], *v.* prosseguir, continuar, seguir; proceder; (jur.) processar, acusar, denunciar; querelar; seguir um pleito; fiscalizar.

PROSECUTION [prɔsi'kju:ʃən], *s.* prosseguimento, continuação, prossecução; libelo; demanda em juízo.

PROSECUTOR ['prɔsikju:tə], *s.* prosseguidor; autor; querelante; acusador; promotor público = (E.U.) *district attorney, circuit attorney. fem. prosecutrix.*

PROSECUTRIX ['prɔsikju:triks], *s. fem.* de *prosecutor.*

PROSELYTE ['prɔsilait], *s.* prosélito.

PROSELYTISM ['prɔsilitizm], *s.* proselitismo.

PROSELYTIZE ['prɔsilitaiz], *v.* fazer prosélitos, converter.

PROSER ['prouzə], *s.* prosador; narrador fastidioso.

PROSODIC, AL [prə'sɔdik, əl], *a.* relativo a metrificação.

PROSODY ['prɔsədi], *s.* metrificação, versificação.

PROSPECT ['prɔspekt], *s.* vista, perspectiva, aspecto (= aspeto), paisagem, panorama; situação, orientação; esperança, expectativa (= expetativa), probabilidade, possibilidade; (E.U.) pretendente, candidato, freguês provável. *pl.* projetos; planos. # *in prospect,* em perspectiva.

PROSPECT [prəs'pekt], *v.* explorar, descobrir, buscar, examinar; garimpar.

PROSPECTIVE [prəs'pektiv], *a.* prospetivo; previdente, cauteloso; antecipado; provável.

PROSPECTOR [prəs'pektə], *s.* explorador.

PROSPECTUS [prəs'pektəs], *s.* prospeto, programa; aspecto (= aspeto); *pl.* **PROSPECTUSES;** prospetos; originais.

PROSPECTUSES [prəs'pektəsiz], *pl.* de **PROSPECTUS.**

PROSPER ['prɔspə], *v.* prosperar; florescer; fazer prosperar; fazer medrar.

PROSPERITY [prɔs'periti], *s.* prosperidade, abastança; felicidade, ventura, alegria.

PROSPEROUS ['prɔspərəs], *a.* florescente, próspero; feliz, venturoso, ditoso, afortunado; propício, favorável.

PROSTATE ['prɔsteit, 'prɔstit], *s.* próstata.

PROSTATITIS ['prɔstətaitis], *s.* (med.) prostatite.

PROSTHESIS ['prɔsθisis], *s.* (gram.) prótese, próstese; (cir.) prótese.

PROSTHETIC [prɔs'θetik], *a.* protético.

PROSTHETICS [prɔs'θetiks], *s.* prótese (cirurgia protética).

PROSTITUTE ['prɔstitju:t], *s.* prostituta. *a.* prostituído, corrompido, venal; corrupto. *v.* prostituir, corromper, degradar, rebaixar, aviltar.

PROSTITUTION [prɔsti'tju:ʃən], *s.* prostituição, corrupção, degradação, desonra.

PROSTRATE ['prɔstreit, 'prɔstrit], *a.* prostrado, humilhado, aviltado, abatido, prosternado.

PROSTRATE [prɔs'treit, pros'treit], *v.* prostrar; demolir, derrubar; arruinar, estragar; prosternar; abater; debilitar.

PROSTRATION [prɔs'treiʃən, pros'treiʃən], *s.* prostração, abatimento, depressão; fraqueza; humilhação.

PROSY ['prouzi], *a.* prosaico; vulgar; insípido.

PROTAGONIST [prou'tægənist], *s.* protagonista, figurante.

PROTASES ['prɔtəsi:z], *pl.* de **PROTASIS.**

PROTASIS ['prɔtəsis], *s.* prótase. *pl.* **PROTASES.**

PROTECT [prə'tekt], *v.* proteger, amparar, patrocinar; defender, guardar; auxiliar, favorecer; livrar, garantir. # *protect against* ou *from,* proteger contra ou de.

PROTECTING [prə'tektiŋ], *a.* protetor.

PROTECTION [prə'tekʃən], *s.* amparo, proteção, ajuda, auxílio; patrocínio; passaporte, salvo-conduto; resguardo, defesa.

PROTECTIONISM [prə'tekʃənizm], *s.* protecionismo.

PROTECTIVE [prə'tektiv], *a.* protetor, protetivo. *s.* abrigo, defesa, resguardo.

PROTECTOR [prə'tektə], *s.* defensor, protetor, patrocinador; tutor.

PROTECTORATE [prə'tektərit], *s.* protetorado.

PROTECTRESS [prə'tektris], *s.* protetora.

PROTÉGÉ ['prouteʒei], *s.* favorito, protegido, preferido.

PROTEID ['prouti:d], *V.* **PROTEIN.**

PROTEIN ['prouti:n], *s.* proteína.

PROTEST ['proutest], *s.* protesto, reclamação = (E.U.) *kick* (col.).

PROTEST [prə'test], *v.* afirmar, assegurar; protestar, reclamar = (E.U.) *kick* (col.). # *sign under protest,* assinar vencido.

PROTESTANT ['prɔtistənt], *s.* e *a.* protestante.

PROTESTANTISM ['prɔtistəntizm], *s.* protestantismo.

PROTESTATION [proutəst'teiʃən], *s.* juramento, protesto; protestação; declaração pública ou solene.

PROTESTER [prə'testə], *s.* protestador, reclamador.

PROTHESIS ['prɔθisis], *s.* prótese.

PROTOCOL ['proutəkɔl], *s.* protocolo.

PROTOMARTYR [proutou'mɑ:tə], *s.* protomártir.

PROTON ['proutɔn], *s.* (fís. e quím.) próton.

PROTOPLASM ['proutəplæzm], *s.* protoplasma.

PROTOTYPE ['proutətaip], *s.* protótipo.
PROTOZOA [proutə'zouə], *pl.* de **PROTOZOON.**
PROTOZOON [proutə'zouən], *s.* protozoário. *pl.* **PROTOZOA.**
PROTRACT [prə'trækt, pru'trækt], *v.* protrair; prolongar; alongar; (agrim.) delinear.
PROTRACTION [prə'trækʃən, pru'trækʃən], *s.* protraimento; demora; (agrim.) delineamento.
PROTRACTOR [prə'træktə], *s.* transferidor (instrumento); lo que dilata ou prolonga.
PROTRUDE [prə'tru:d], *v.* empurrar, impelir. impulsionar; fazer saliência; sair; sobressair; aparecer, projetar-se; ser proeminente; lançar-se para a frente; estender-se.
PROTRUSION [prə'tru:ʒən], *s.* ação de empurrar ou lançar para frente.
PROTUBERANCE [prə'tju:bərəns], *s.* protuberância, proeminência, bossa, tumor, inchação, bolha.
PROTUBERANT [prə'tju:bərənt], *a.* protuberante, proeminente, inchado, intumescido.
PROUD [praud], *a.* soberbo, arrogante, presumido, presunçoso, orgulhoso, altivo, vaidoso, vão, ensoberbecido; magnífico, esplêndido, suntuoso, maravilhoso; atrevido, destemido.
PROVABLE ['pru:vəbl], *a.* provável.
PROVE [pru:v], *v.* provar, demonstrar, evidenciar, confirmar; abonar; argumentar; arrazoar; examinar, experimentar, ensaiar, tentar; (jur.) homologar (um testamento).
PROVENANCE ['prɔvinəns], *s.* procedência, origem, fonte, proveniência.
PROVENÇAL [prɔvən'sɑ:l], *s.* e *a.* provençal.
PROVENDER ['prɔvində], *s.* forragem.
PROVER ['pru:və], *s.* prova; comprovador, demonstrador, argumentador.
PROVERB ['prɔvəb], *s.* provérbio, anexim, ditado, rifão, adágio, sentença, dito.
PROVERBIAL [prə'və:biəl], *a.* proverbial.
PROVIDE [prə'vaid], *v.* prover, preparar, munir, fornecer, abastecer, provisionar; sortir, subministrar, providenciar, guarnecer; assentar, estabelecer, estipular.
PROVIDED [prə'vaidid], *conj.* contanto que, desde que, sob a condição de.
PROVIDENCE ['prɔvidəns], *s.* providência; (com maiúscula) Deus; cuidado, prudência, moderação, previdência, economia.
PROVIDENT ['prɔvidənt], *a.* previdente, próvido, cauteloso, prudente, acautelado. advertido; poupado, econômico.
PROVIDENTIAL [prɔvi'denʃəl], *a.* providencial.
PROVIDER [prə'vaidə], *s.* fornecedor, provedor, abastecedor, provisor.
PROVINCE ['prɔvins], *a.* província, distrito; ocupação, cargo, ofício, emprego, função, obrigação; competência, atribuição.
PROVINCIAL [pre'vinʃəl], *a.* provincial, simples; rústico. *s.* provinciano; (ecl.) provincial.
PROVINCIALISM [prə'vinʃəlizm], *s.* provincialismo.
PROVING ['pru:viŋ], *s.* prova, experiência, experimento, ensaio.
PROVISION [prə'viʒən], *s.* provisão, sortimento, abastecimento; estipulação; conversação; cláusula, requisito; *pl.* víveres, mantimentos, provisões, gêneros, recursos; providências, medidas. *v.* prover, sortir, munir, abastecer, provisionar; municiar.
PROVISIONAL [prə'viʒnl], *a.* provisional; provisório, transitório, passageiro, interino.
PROVISO [prə'vaizou], *s.* condição, cláusula, artigo, item.
PROVISOR [prə'vaizə], *s.* provisor.
PROVOCATION [prɔvə'keiʃən], *s.* provocação; desafio; estímulo, excitação; causa.
PROVOCATIVE [prə'vɔkətiv], *a.* provocativo, provocante, excitante, estimulante. *s.* estimulante.
PROVOKE [prə'vouk], *v.* provocar, irritar; excitar, incitar, estimular, induzir, causar, mover a; enojar; ofender; encolerizar, causar ira, exasperar.
PROVOKER [prə'voukə], *s.* provocador.
PROVOKING [prə'voukiŋ], *a.* provocador, excitante, provocante; irritante, enervante (= enervador); insultuoso.
PROVOST ['prɔvəst], *s.* superintendente; reitor.
PROVOST-MARSHAL [prə'vou'mɑ:ʃəl], *s.* preboste-mor.
PROW [prau], *s.* proa (náut.).

PROWESS ['prauis], *s.* proeza, esforço, façanha; brio, valor, valentia, ânimo.

PROWL [praul], *v.* rondar, vaguear, errar, vagabundar; larapiar, gatunar, roubar.

PROWL-CAR ['praul-'kɑ:], *s.* (E.U. gír.) carro da rádio patrulha.

PROWLER ['praulə], *s.* ladrão, gatuno, larápio.

PROXIMATE ['prɔksimit], *a.* próximo.

PROXIMITY [prɔk'simiti], *s.* proximidade, vizinhança, propinqüidade, imediação.

PROXY ['prɔksi], *s.* procurador; solicitador; deputado, delegado, substituto, mandatário; procuração. # *by proxy,* por procuração. *stand proxy for,* ser o representante de, agir como substituto de.

PRUDE [pru:d], *s.* mulher afetada, que afeta virtude; vestal.

PRUDENCE ['pru:dəns], *s.* prudência, discrição, circunspecção.

PRUDENT ['pru:dənt], *a.* prudente, próvido, cauto, prevenido, precatado, cauteloso, discreto, circunspecto (= circunspeto).

PRUDERY ['pru:dəri], *s.* melindre; afetação; falsa modéstia.

PRUDISH ['pru:diʃ], *a.* melindroso; afetado; pudibundo.

PRUNE [pru:n], *v.* podar, desbastar, cortar, aparar, mondar. *s.* ameixa.

PRUNER ['pru:nə], *s.* podador.

PRUNING ['pru:niŋ], *s.* poda, monda, corte, desbaste.

PRUNING-HOOK ['pru:niŋhuk], *s.* podadeira.

PRUNING-KNIFE ['pru:niŋnaif], *V.* **PRUNING-HOOK.**

PRUNING-SHEARS ['pru:niŋʃiəz], *s.* tesoura de podar.

PRURIENCE, CY ['pruəriəns, si], *s.* prurido; lascívia.

PRURIENT [pruəriənt], *a.* pruriente; lascivo.

PRUSSIAN ['prʌʃən], *s.* e *a.* prussiano.

PRUSSIATE ['prʌʃiit], *s.* (quím.) prussiato, cianato.

PRUSSIC ['prʌsik], *a.* prússico.

PRY [prai], *v.* espreitar, reparar, espiar, observar; bisbilhotar = (E.U.) *snoop;* pesquisar, esquadrinhar, perscrutar; intrometer-se; levantar, alçar. *s.* inspeção, pesquisa, reconhecimento; esquadrinhamento; alavanca. # *Paul Pry,* (personagem de comédia) pessoa bisbilhoteira. *pry about,* espionar, *pry into,* intrometer-se.

PRYING ['praiiŋ], curioso, espreitador, observador, reparador.

PSALM [sɑ:m], *s.* salmo.

PSALMIST ['sɑ:mist], *s.* salmista.

PSALMODIC [sæl'mɔdik], *a.* sálmico.

PSALMODY ['sælmədi], *s.* salmodia.

PSALTER ['sɔ:ltə], *s.* (ecles.) saltério.

PSALTERY ['sɔ:ltəri], *s.* saltério (instrumento).

PSEUDO ['psju:dou, 'sju:dou], *a.* pseudo, falso.

PSEUDONYM ['psju:dənim, 'sju:dənim], *s.* pseudônimo.

PSHAW [pʃɔ:, ʃɔ:], *v.* desprezar.

PSHAW [pʃɔ:], *int.* fora! ora! ah! ora essa!

PSYCHIATRIST [sai'kaiətrist], *s.* psiquiatra.

PSYCHIATRY [sai'kaiətri], *s.* psiquiatria.

PSYCHIC, AL ['saikik, əl], *a.* psíquico.

PSYCHOANALYSE [saikou'ænəlaiz], *v.* fazer psicanálise.

PSYCHOANALYSIS [saikoue'næləsis], *s.* psicanálise.

PSYCHOANALYST [saikou'ænəlist], *s.* psicanalista.

PSYCHOLOGIC, AL [saikə'lɔdʒik, əl], *a.* psicológico.

PSYCHOLOGIST [sai'kɔlədʒist], *s.* psicologista.

PSYCHOLOGY [sai'kɔlədʒi], *s.* psicologia.

PSYCHOMETRY [sai'kɔmitri], *s.* psicometria.

PSYCHOMOTOR [saikou'moutə], *a.* psicomotor.

PSYCHONEUROSIS [saikounjuə'rousis], *s.* psiconeurose.

PSYCHOPATH ['saikoupæθ], *s.* psicopata.

PSYCHOPATHIC [saikou'pæθik], *a.* psicopático.

PSYCHOPATHIST [saikou'pæθist], *s.* psiquiatra, alienista.

PSYCHOTHERAPY [saikou'θerəpi], *s.* psicoterapia.

PTISAN [ti'zæn], *s.* tisana.

PTOMAINE ['toumein], *s.* (bioquím.) ptomaína.

PTYALIN ['taiəlin], *s.* ptialina.

PUB [pʌb], *s.* abr. de **PUBLIC HOUSE,** bar, taberna = (E.U.) *bar-room, saloon.*

PUBERTY ['pju:bəti], *s.* puberdade.

PUBLIC ['pʌblik], *a.* público; geral; comum; universal; manifesto, claro, patente, notório. *s.* o público, o povo. # *make public,* tornar público. *public call box,* telefone público = (E.U.) *pay-phone.*

PUBLIC ACCOUNTANT ['pʌblikə'kauntənt], *s.* perito-contador.

PUBLICAN ['pʌblikən], *s.* publicano; estalajadeiro, taberneiro, dono de bar = (E.U.) *saloonkeeper.*

PUBLICATION [pʌbli'keiʃən], *s.* publicação, periódico, livro; obra publicada; promulgação.

PUBLIC COMFORT STATION ['pʌblikkʌmfət'steiʃən], *s.* (E.U.) mictório público = (Ing.) *public convenience, public lavatory.*

PUBLIC CONVENIENCE ['pʌblikkən'vi:njəns], *s.* mictório público = (E.U.) *public comfort station.*

PUBLIC HOUSE ['pʌblik'haus], *s.* taberna, cervejaria, botequim, bar = (E.U.) *saloon, barroom.*

PUBLICIST ['pʌblisist], *s.* publicista.

PUBLICITY [pʌb'lisiti, pə'blisiti], *s.* publicidade, notoriedade; propaganda. # *publicity representative,* agente de publicidade.

PUBLIC LAVATORY ['pʌblik'lævətəri], *V.* **PUBLIC CONVENIENCE.**

PUBLICLY ['pʌblikli], *adv.* publicamente.

PUBLIC PROSECUTOR ['pʌblik'prɔsikju:tə], *s.* promotor público.

PUBLIC-PULSE ['pʌblik'pʌls], *s.* opinião pública.

PUBLIC-SCHOOL ['pʌblik'sku:l], *s.* internato; (E.U.) escola pública, grupo escolar.

PUBLIC-SPIRITED ['pʌblik'spiritid], *a.* imbuído de espírito público, patriota, patriótico.

PUBLISH ['pʌbliʃ], *v.* editar, publicar, promulgar, divulgar, dar à luz; espalhar, propagar, propalar.

PUBLISHER ['pʌbliʃə], *s.* divulgador, editor, publicador.

PUCE [pju:s], *a.* cor de pulga (castanho-escuro).

PUCK [pʌk], *s.* gênio; fada, duende, fantasma.

PUCKA ['pʌkə], *s.* concreto (cimento). *a.* sólido; genuíno.

PUCKER ['pʌkə], *v.* enrugar, preguear, vincar; machucar, amarrotar, amassar.

PUDDING ['pudiŋ], *s.* pudim; chouriço.

PUDDLE ['pʌdl], *s.* lamaçal, poça, charco, pântano; (col.) confusão. *v.* mexer; enlodar, enlamear; cimentar; impermeabilizar.

PUDDLFR ['pʌdlə], *s.* (gír. mil.) jipe.

PUDDLY ['pʌdli], *a.* lodoso, lamacento, turvo, sujo.

PUDGY ['pʌdʒi], *a.* (fam.) rechonchudo, gorducho.

PUERILE ['pju:ərail], *a.* pueril.

PUERILITY [pju:ə'riliti], *s.* puerilidade.

PUERPERAL [pju:'ə:pərəl], *a.* puerperal.

PUFF [pʌf], *s.* baforada, sopro, aragem, viração; rajada, lufada, ventania; cachimbada, esponja de pó de arroz; edredão; (cost.) papo, fofo; (pastelaria) folhado; elogio exagerado. *v.* soprar, bafejar; inchar, bufar; inflar; deitar baforadas; arquejar, ofegar; desejar; ensoberbecer-se, orgulhar-se. *int.* puf! # *out of puff,* esbaforido. *to puff oneself up,* enfunar-se, enfatuar-se, intumescer-se.

PUFF-BALL ['pʌfbɔ:l], *s.* (bot.) bufa-de-lobo (cogumelo).

PUFF-BOX ['pʌfbɔks], *s.* pozeira.

PUFFER ['pʌfə], *s.* assoprador; adulador; o que faz anúncios pomposos.

PUFFERY ['pʌfəri], *s.* bajulação, lisonja; publicidade exagerada e espalhafatosa.

PUFFINESS ['pʌfinis], *s.* intumescência, inchação.

PUFFING ['pʌfiŋ], *s.* inchação, intumescência; vaidade, orgulhoso, soberba; jactância; ação de soprar.

PUFF PASTE ['pʌfpeist], *s.* massa folhada.

PUFFY ['pʌfi], *a.* túmido, inchado, intumescido; cheio de vento; orgulhoso, presumido, convencido.

PUG [pʌg], *s.* argamassa; taipa; cãozinho chinês; pugilista; bugio; macaquinho; criança travessa. *v.* argamassar, cimentar; taipar.

PUGILISM ['pju:dʒilizm], *s.* pugilismo.

PUGILIST ['pju:dʒilist], *s.* pugilista.

PUGNACIOUS [pʌg'neiʃəs], *a.* pugnaz, combativo.

PUGNACITY [pʌg'næsiti], *s.* pugnacidade, combatividade.

PUGNOSE ['pʌgnouz], *s.* nariz chato e arrebitado = *snub-nose.*

PULE [pju:l], *v.* piar, pipilar; choramingar, gemer, chorar; grunhir.

PULING ['pju:liŋ], *s.* pio; gemido, choro, lamúria.

PULL [pul], *v.* arrastar, puxar, tirar, arrancar; estirar; despedaçar, rasgar; depenar, pelar; voar, alar; alçar; içar; remar, vogar; puxar por uma corda; arrastar com esforço; dar um puxão. *s.* arranco, puxão; sacudidela; abalo, repelão; luta; esforço de tração; puxador (de porta); trago (de bebida); influxo; remada; (tip.) impressão (feita no prelo); primeira prova; (E.U.) influência política, pistolão = (Ing.) *influence.* # *have a pull over someone,* levar vantagem sobre alguém. *pull away,* remover. *pull back,* retirar-se; retroceder. *pull candy,* puxa-puxa (doce) = *slickjaw. pull down,* demolir. *pull off,* despir; descalçar; conseguir; completar. *pull oneself together,* fazer novo esforço. *pull out,* extrair, tirar (de dentro); sair da fila (no tráfego). *pull round,* convalescer. *pull someone through,* curar alguém. *pull through,* livrar-se, vencer (dificuldades); recuperar a saúde. *pull together,* concordar; trabalhar em harmonia. *take a pull at the bottle,* tomar um trago. *pull the strings,* mexer os pauzinhos.

PULLBACK ['pulbæk], *s.* obstáculo, impedimento, estorvo, embaraço.

PULLER ['pulə], *s.* puxador; o que puxa ou arranca; instrumento próprio para arrancar (pregos, etc.).

PULLET ['pulit], *s.* franga.

PULLEY ['puli], *s.* roldana; polia; talha; polé; tambor; moitão. *v.* içar (com roldana, etc.); prover de roldana. # *pulley block,* (mec.) cadernal.

PULLING ['puliŋ], *s.* aselha.

PULLMAN ['pulmən], *s.* carro-salão.

PULLOVER ['pulouvə], *s.* pulôver.

PULLULATE ['pʌljuleit], *v.* pulular, brotar, germinar.

PULLULATION [pʌlju'leiʃən], *s.* germinação, pululação.

PULMONARY ['pʌlmənəri], *a.* pulmonar.

PULP [pʌlp], *s.* polpa; medula; pasta, massa. *v.* reduzir a pasta ou massa; descascar.

PULPIT ['pulpit], *s.* púlpito, tribuna.

PULPY ['pʌlpi], *a.* carnoso, carnudo; polposo, polpudo; mole.

PULSATE [pʌl'seit], *v.* palpitar, pulsar, bater.

PULSATION [pʌl'seiʃən], *s.* pulsação, palpitação, batimento.

PULSE [pʌls], *s.* pulsação, pulso, vibração; legume, verdura. *v.* pulsar, palpitar, bater. # *feel the pulse,* tomar o pulso, contar as pulsações. *thready pulse,* (med.) pulso filiforme.

PULVERIZATION (ISA) [pʌlvərai'zeiʃən], *s.* pulverização.

PULVERIZE (ISE) ['pʌlvəraiz], *v.* pulverizar.

PUMA ['pju:mə], *s.* puma.

PUMICE ['pʌmis], *s.* pedra-pomes. *v.* amaciar com pedra-pomes.

PUMMEL ['pʌml], *V.* **POMMEL.**

PUMP [pʌmp], *s.* bomba; escarpim. *v.* tocar bomba; sondar; tatear. # *main pump,* (náut.) bomba de porão. *to pump out,* esvaziar, esgotar com bomba. *to pump up,* encher com bomba. *vane-type pump* (mec. aut.) bomba de palhetas.

PUMPER ['pʌmpə], *s.* o que toca bomba.

PUMPKIN ['pʌmpkin], *s.* abóbora.

PUN [pʌn], trocadilho.

PUNCH [pʌntʃ], *v.* puncionar; perfurar; esmurrar; (E.U.) arrebanhar ou tanger (gado). *s.* punção; furador; soco, murro; ponche (bebida); polichinelo, palhaço, arlequim; homem gordo e baixo; (E.U.) energia # *backing-out punch,* (ofic.) pino para sacar rebites.

PUNCHEON ['pʌntʃən], *s.* furador, buril, cravador; barril grande; escora; (E.U.) peça de madeira que substitui tábua de soalho.

PUNCHER ['pʌntʃə], *s.* o que faz punção; vaqueiro, boiadeiro.

PUNCHINELLO [pʌntʃi'nelou], *s.* polichinelo.

PUNCHING ['pʌntʃiŋ], *s.* ato de puncionar; ação de esmurrar.

PUNCHING-BAG ['pʌntʃiŋbæg], *s.* bola cheia de ar para exercício de boxe.

PUNCHING-BALL ['pʌntʃiŋbɔ:l], *V.* **PUNCHING-BAG.**

PUNCH-PLIERS ['pʌntʃplaiəz], (ofic.) picotador.

PUNCTILLIO [pʌŋk'tiliou], *s.* meticulosidade; ponto nevrálgico.

PUNCTILIOUS [pʌŋk'tiliəs], *a.* pundonoroso; meticuloso; pontual; exato, preciso.

PUNCTILIOUSNESS [pʌŋk'tiliəsnis], *s.* meticulosidade.

PUNCTUAL ['pʌŋktjuəl, 'pʌntʃuəl], *a.* preciso, justo, exato, pontual, rigoroso.

PUNCTUALITY [pʌŋktju'æliti, pʌŋtʃu'æliti], *s.* exatidão, pontualidade, formalidade, rigorismo, precisão.

PUNCTUATE ['pʌŋktjueit, 'pʌŋtʃueit], *v.* pontuar.

PUNCTUATION [pʌŋktju'eiʃ(ə)n], *s.* pontuação.

PUNCTURE ['pʌŋktʃə], *v.* puncionar, perfurar, picar, furar. *s.* picada, punção; furo no pneu.

PUNGENCY ['pʌndʒənsi], *s.* acidez; amargor, agrura, acrimônia, mordacidade; pungência.

PUNGENT ['pʌndʒənt], *a.* pungente, doloroso; picante, mordaz; acre, acerbo, atroz, duro, amargo, acrimonioso.

PUNINESS ['pju:ninis], *s.* pequenez; fraqueza, delicadeza.

PUNISH ['pʌniʃ], *v.* punir, castigar, admoestar, repreender, corrigir; surrar.

PUNISHABLE ['pʌniʃəbl], *a.* punível, castigável.

PUNISHER ['pʌniʃə], *s.* punidor.

PUNISHMENT ['pʌniʃmənt], *s.* castigo, punição, pena, correção; penitência. # *remit a punishment,* perdoar um castigo.

PUNITIVE ['pju:nitiv], *a.* punitivo.

PUNITORY ['pju:nitəri], *a.* punitivo.

PUNK [pʌŋk], *s.* madeira apodrecida; mecha.

PUNKIE, KY ['pʌŋki], *s.* (ent.) mosquito-pólvora, maruim (ou maruí).

PUNNER ['pʌnə], *s.* pilão, soquete.

PUNSTER ['pʌnstə], *s.* o que faz trocadilhos; calemburista.

PUNT [pʌnt], *v.* lançar, empurrar; impelir uma barca por meio de uma vara; chutar. *s.* jangada; barca; barco de fundo chato, chata; pontão; flutuante.

PUNTER ['pʌntə], *s.* aquele que empurra uma barca; ponto (em jogos).

PUNY ['pju:ni], *a.* insignificante; débil, franzino, raquítico, atrofiado = (E.U.) *pindling.*

PUP [pʌp], *v.* parir (cadela). *s.* cachorrinho. # *be sold a pup,* ser logrado. *in pup,* prenhe (cadela).

PUPA ['pjupə], *s.* pupa, crisálida, ninfa.

PUPIL ['pju:pl], *s.* aluno, discípulo; pupilo; pupila, menina dos olhos.

PUPPET ['pʌpit], *s.* joão-minhoca, bonifrate, boneco, fantoche; manequim.

PUPPET-SHOW ['pʌpitʃou], *s.* joão-minhoca, representação de fantoches.

PUPPY ['pʌpi], *s.* cachorrinho; fedelho; (fam.) velhaco.

PURBLIND ['pə:blaind], *a.* peticego; (fig.) bronco.

PURCHASABLE ['pə:tʃəsəbl], *a.* comprável, adquirível.

PURCHASE [pə:tʃəs], *v.* comprar, adquirir; conseguir, alcançar; lograr, ganhar; içar, suspender, alçar. *s.* compra. # *hire purchase,* (E.U.) compra a prestações (= Ing.) *installment plan. purchase book,* (cont.) livro para registro de compras.

PURCHASER ['pə:tʃəsə], *s.* comprador, adquiridor, freguês.

PURE [pjuə, pjoə, pjɔə, pjɔ:], *a.* puro, imaculado, claro, limpo; casto, inocente; mero, simples; genuíno.

PURÉE ['pjuərei], *s.* purê.

PURELY ['pjuəli], *adv.* puramente, genuinamente, meramente, simplesmente, claramente.

PURENESS ['pjuənis], *s.* pureza.

PURGATION [pə:'geiʃən], *s.* purgação, purga, limpeza, purificação; justificação.

PURGATIVE ['pə:gətiv], *a.* purificador, purgador, limpador purgativo; justificativo. *s.* purgante.

PURGATORY ['pə:gətəri], *s.* purgatório. *a.* purificador, purgador, purgativo, purgatório.

PURGE [pə:dʒ], *v.* purgar, purificar, limpar, clarear, clarificar, purificar-se, purgar-se; (pol.) expurgar. *s.* purga, purgação, purgativo, purgante, laxante; expurgo.

PURGING ['pə:dʒiŋ], *a.* purgativo, purgador, purificador. *s.* purgação, purga, purgante; purificação.

PURIFICATION [pjuərifi'keiʃən], *s.* purificação, purgação, depuração.

PURIFICATOR ['pjuərifikeitə], *s.* (ecl.) sanguinho, purificador, purificatório.

PURIFIER ['pjuərifaiə], *s.* purificador.

PURIFY ['pjuərifai], *v.* purificar, purgar, depurar, limpar, clarear, clarificar; refinar; expiar.

PURISM ['pjuərizm], *s.* purismo.

PURIST ['pjuərist], *s.* purista.
PURITAN ['pjuəritən], *s.* e *a.* puritano.
PURITANIC [pjuəri'tænik], *a.* puritano, severo, grave, rígido, rigoroso.
PURITANISM ['pjuəritənizm], *s.* puritanismo.
PURITY ['pjuəriti], *s.* pureza, limpeza, candura, inocência, castidade; integridade.
PURL [pə:l], *v.* rodar, rodopiar, serpear, serpentear; enrolar, envolver; adornar, ornar, enfeitar; murmurar. *s.* sussurro, murmúrio; ondulação; canutilho.
PURLIEUS ['pə:lju:z], *s. pl.* arredores, cercanias.
PURLOIN [pə:'lɔin, 'pə:lɔin], *v.* roubar, furtar, surrupiar (= surripiar); plagiar.
PURLOINER [pə'lɔinə], *s.* ladrão, larápio; plagiário.
PURPLE ['pə:pl], *a.* régio; imperial; purpúreo, purpurino; sangrento. *s.* púrpura; dignidade real ou cardinalícia. *v.* purpurear, purpurar.
PURPLISH ['pə:pliʃ], *a.* purpúreo, purpurino.
PURPORT ['pə:pət], *s.* teor, substância, significado, sentido, alcance, extensão, conteúdo. *v.* significar, dar a entender; querer dizer; implicar, fazer supor; encerrar.
PURPOSE ['pə:pəs], *s.* intenção, intento, fim, objeto, propósito, desígnio, mira; projeto; utilidade; costume, uso; efeito, resultado; necessidade; significação, proposição; teor. *v.* projetar, tencionar, fazer tenção de; propor-se a. # *for this purpose,* com este objetivo. *of set purpose,* intencionalmente. *on purpose,* de propósito. *to no purpose,* em vão. *this is nothing the purpose,* isso não vem ao caso.
PURPOSEFUL ['pə:pəsful], *a.* decidido, resoluto; intencional.
PURPOSELY ['pə:pəsli], *adv.* resolutamente, decididamente; propositadamente, intencionalmente; adrede; expressamente.
PURPOSIVE ['pə:pəsiv], *a.* útil; propositado.
PURR [pə:], *s.* ronrom (do gato).
PURRING ['pə:riŋ], *s.* o ronronar dos gatos.
PURSE [pə:s], *s.* bolsa; carteira para dinheiro = (E.U.) *pocket-book;* riqueza, dinheiro; prêmio; coleta. *v.* embolsar; franzir, enrugar. # *little and often fills the purse,* de grão em grão a galinha enche o papo = *every little is a help. the public purse,* o erário.
PURSE-BEARER ['pə:sbɛərə], *s.* tesoureiro.
PURSEFUL ['pə:sful], *a.* rico. *s.* conteúdo de uma bolsa.
PURSER ['pə:sə], *s.* comissário de navio; funcionário da contabilidade.
PURSINESS ['pə:sinis], *s.* respiração curta e difícil; gordura, adiposidade.
PURSUANCE [pə'sju:əns], *s.* prosseguimento, continuação, seguimento, prossecução.
PURSUANT [pə'sju:ənt], *adv.* conforme, em conformidade; em conseqüência de. # *persuant to,* de acordo com.
PURSUE [pə'sju:], *v.* perseguir, acossar, dar caça a; continuar, prosseguir, seguir (uma carreira); demandar; pleitear; dedicar-se a; (jur.) processar.
PURSUER [pə'sju:ə], *s.* perseguidor.
PURSUIT [pə'sju:t], *s.* perseguição, caça, busca, seguimento, prosseguimento, prossecução, continuação; empenho; ocupação; pretensão. *pl.* ocupações, trabalhos; investigações.
PURSUIVANT ['pə:sivənt], *s.* passavante.
PURSY ['pə:si], *a.* obeso, adiposo, gordo.
PURULENCY ['pjuərulənsi], *s.* purulência.
PURULENT ['pjuərulənt], *a.* purulento.
PURVEY [pə:'vei], *v.* fornecer; prover, abastecer.
PURVEYANCE [pə:'veiəns], *s.* fornecimento.
PURVEYOR [pə'veiə], *s.* fornecedor.
PURVIEW ['pə:vju:], *s.* alcance (de uma lei); limite.
PUS [pʌs], *s.* pus, matéria.
PUSH [puʃ], *v.* impelir, impulsionar, empurrar; constranger, obrigar; molestar, aborrecer, importunar; apertar, estreitar; atacar, avançar; promover, ativar; prosseguir, continuar; apressar-se; dar um empurrão; acometer; precipitar. *s.* empurrão, impulso, investida; encontrão; ataque, arremetida; acometida; esforço, energia. # *don't push!* não amole! *get the push,* ser demitido. *push off,* partir; desatracar. *push off!* retire-se! *push one's way,* progredir na vida, melhorar de vida. *push through,* concluir, completar.
PUSH-BUTTON ['puʃbʌtn], *s.* botão de chamada ou de pressão.
PUSHCART ['puʃkɑ:t], *s.* carrinho de mão, carrocinha de mão.

PUSHER ['puʃə], *s.* o que impele; pessoa diligente, ativa; pessoa sociável, tratável; (col.) vendedor clandestino de entorpecentes.
PUSHFUL ['puʃful], *a.* ativo, empreendedor.
PUSHING ['puʃiŋ], *a.* empreendedor, ativo, operoso, eficiente, trabalhador, eficaz; vigoroso; agressivo; intrometido; presunçoso.
PUSHOVER ['puʃouvə], *s.* coisa fácil de ser feita. (esp.) sopa (gír.), barbada (gír.).
PUSH-PIN ['puʃpin], *s.* (E.U.) percevejo (pequeno prego) = (Ing.) *drawing-pin.*
PUSILLANIMITY [pju:silə'nimiti], *s.* pusilanimidade.
PUSILLANIMOUS [pju:si'læniməs], *a.* pusilânime, covarde (= cobarde), medroso, poltrão.
PUSS [pus], *s.* gato, bichano; (pop.) menina, mocinha, rapariga.
PUSS-IN-THE-CORNER ['pusinðə'kɔ:ne], *s.* jogo dos quatro cantos = (E.U.) *puss-wants-a-corner.*
PUSS-WANTS-A-CORNER ['puswɔntsə'kɔ:nə], *s.* (E.U.) jogo dos quatro cantos = (Ing.) *puss-in-the-corner.*
PUSSY ['pusi], *s.* gato.
PUSSY ['pusi], *a.* (med.) purulento.
PUSSY-CAT ['pusikæt], *V.* **PUSSY** *(s.)*
PUSSYFOOT ['pusifut], *s.* proibicionista, o que é pela proibição das bebidas alcoólicas; sonso, pisa-mansinho. *a.* sonso, pisa-mansinho.
PUSTULE ['pʌstju:l], *s.* pústula.
PUSTULOUS ['pʌstjuləs], *a.* pustuloso.
PUT [put], *pret.* e *pp.* **PUT.** *v.* pôr, colocar, botar; situar; fazer (uma chamada ou pergunta); oferecer, propor; aplicar; dirigir; depositar. *s.* lançamento; nome de um jogo de cartas; emergência, aparecimento, ocorrência; ato de pôr. # *how shall I put it?* como direi? *it was put off,* foi adiado. *put across,* transpor; promover a publicidade de; (E.U.) levar a cabo. *put again,* repor. *put along,* apressar. *put aside,* pôr de lado. *put asunder,* apanhar. *put away,* pôr fora de uso; arrumar; livrar-se, descartar-se de; (gír.) comer; (gír.) aprisionar. *put back,* repor; repelir; atrasar (relógio). *put before,* expor (fatos). *put by,* pôr de lado, guardar, armazenar. *put down,* abaixar, derrubar; suprimir; anotar; debitar; renunciar a. *put down to,* atribuir a. *put forth,* produzir, germinar; forçar. *put forward,* propor; adiar. *put in,* incluir, inserir; instalar; contribuir; despender; depositar (dinheiro). *put in at,* arribar a. *put in for,* requerer, solicitar. *put it on,* fingir; exagerar (preço, conta). *put off,* adiar; largar, mudar (pele) = *shed;* despir; evadir-se; afastar-se (navio); desligar (luz, etc.). *put on,* vestir; adicionar; exagerar; assumir; fingir; adiantar (relógio). *put oneself forward,* chamar a atenção para si. *put on thick,* exagerar. *put out,* apagar, desligar (luz); causar transtorno; despejar de casa; expelir; publicar; estender. *put something to someone,* deixar alguma coisa ao critério de alguém. *put through,* ligar (telefone); dar andamento a (processo); fazer passar por; submeter a; obter a aprovação de (lei). *put to,* causar; apresentar. *put together,* reunir (peças); adicionar. *put two and two together,* tirar conclusões. *put up,* levantar (preço); exibir; alojar. *put up at,* fixar residência em. *put up to,* submeter à consideração de; incitar. *put up with,* suportar; hospedar-se com. *that's the way he puts it,* assim pensa ele.
PUTATIVE ['pju:tətiv], *a.* putativo.
PUT OPTION ['put-ɔpʃən], *s.* (com.) venda de ações a preço futuro.
PUTREFACTION [pju:tri'fækʃən], *s.* podridão, putrefação, corrupção, decomposição.
PUTREFY ['pju:trifai], *v.* putrefazer, apodrecer, corromper; decompor-se; corromper-se.
PUTRESCENCE [pju:'tresns], *s.* podridão, putrefação, apodrecimento, corrupção, putrescência.
PUTRESCENT [pju:'tresnt], *a.* em vias de apodrecer, em estado de putrefação.
PUTRID ['pju:trid], *a.* corrompido, pútrido, decomposto.
PUTRIDITY [pju:'triditi], *s.* podridão.
PUTT [pʌt], *v.* dar na bola (no jogo do golfe). *s.* pancada na bola (no jogo do golfe).
PUTTEE ['pʌti], *s.* perneira.
PUTTER ['putə], *s.* lançador, arremessador.
PUTTING ['putiŋ], *s.* ação de colocar ou pôr; colocação.

PUTTING ['pʌtiŋ], *s.* ação de bater na bola (golfe); ato de arremessar uma pedra.

PUTTY ['pʌti], *s.* potéia; massa de vidraceiro. *v.* cobrir com potéia. # *putty knife,* espátula de vidraceiro.

PUT-UP ['put'ʌp], *a.* bem ordenado, arranjado, forjado, planeado, concebido ou determinado.

PUZZLE ['pʌzl], *s.* enigma, adivinhação, charada, quebra-cabeça; problema; embaraço; atrapalhação; enredo; perplexidade, estupefação. *v.* enredar, embaraçar, complicar, atrapalhar, confundir; deslumbrar, surpreender; confundir-se; embaraçar-se. # *to puzzle out,* solver (problema), decifrar (enigma), deslindar.

PUZZLED ['pʌzld], *a.* perplexo, estupefato.

PUZZLE-LOCK ['pʌzl'lɔk], *s.* fechadura de segredo.

PUZZLER ['pʌzlə], *s.* embaraçador, intricador.

PYGMY ['pigmi], *a.* e *s.* pigmeu, anão.

PYJAMAS [pə'dʒɑ:məs, pi'dʒɑ:məs], *V.* **PAJAMAS.**

PYLON ['pailɔn], *s.* (av.) marco; (arquit.) pilão.

PYORRHEA, PIORRHOEA [paiə'riə], *s.* (med.) piorréia.

PYRAMID ['pirəmid], *s.* pirâmide.

PYRAMIDAL [pi'ræmidl], *a.* piramidal.

PYRE ['paiə], *s.* pira, fogueira.

PYRETHRUM [pai'ri:θrəm], *s.* píretro.

PYRETIC [pai'retik], *a.* pirético, febril.

PYRITE [pai'rait], *s.* pirita.

PYRITIC [pai'ritik], *a.* piritoso.

PYROMETER [pai'rɔmitə], *s.* pirômetro.

PYROMETRIC, AL [pairou'metrik, əl], *a.* pirométrico.

PYROMETRY [pai'rɔmitri], *s.* pirometria.

PYROSIS [pai'rousis], *s.* (med.) pirose, azia.

PYROTECHNIC, AL [pairou'teknik, əl], *a.* pirotécnica.

PYROTECHNICS [pairou'tekniks], *s.* pirotécnica.

PYTHAGOREAN [piθægə'riən], *s.* e *a.* pitagórico.

PYTHON ['paiθən], *s.* pitão, píton, jibóia.

PYTHONESS ['paiθənəs], *s.* pitonisa.

Q

Q [kju:], *s.* décima sétima letra do alfabeto.

QUACK [kwæk], *v.* grasnar; blasonar, bazofiar; charlatanear. *s.* grasnido; curandeiro, charlatão. *a.* charlatanesco; pedante, bazofiador, blasonador.

QUACKERY ['kwækəri], *s.* charlatanismo.

QUACKISH ['kwækiʃ], *a.* charlatanesco.

QUADRANGLE [kwɔ'dræŋgl], *s.* quadrilátero, quadrângulo; pátio.

QUADRANGULAR [kwɔ'dræŋgjulə], *a.* quadrangular.

QUADRANT ['kwɔdrənt], *s.* quadrante.

QUADRATURE ['kwɔdrətʃə], *s.* quadratura; esquadro.

QUADRILATERAL [kwɔdri'lætərəl], *a.* e *s.* (geom. e mil.) quadrilateral; quadrilátero.

QUADRILLE [kwə'dril], *s.* quadrilha (dança e mús.) quadrícula.

QUADRILLION [kwɔ'driljən], *s.* quatrilião (= quatrilhão).

QUADROON [kwɔ'dru:n], *s.* quadrarão.

QUADRUPED ['kwɔdruped], *s.* e *a.* quadrúpede.

QUADRUPLE ['kwɔdrupl], *s.* e *a.* quádruplo. *v.* quadruplicar.

QUADRUPLET ['kwɔdruplit], *s.* quarteto; *pl.* quadrigêmeos.

QUADRUPLICATE [kwɔ'dru:plikit], *a.* e *s.* quádruplo.

QUADRUPLICATE [kwɔ'dru:plikeit], *v.* quadruplicar.

QUAFF [kwɑ:f], *v.* beber; absorver; saborear; tomar um trago, *s.* trago, gole; copo.

QUAFFER ['kwɑ:fə], *s.* beberrão, ébrio, borracho.

QUAG [kwæg], *s.* barranco; tremedal, paul, pântano, brejo, lodaçal.

QUAGMIRE ['kwægmaiə], *s.* pântano, paul, atoleiro, brejo, tremedal.

QUAIL [kweil], *s.* codorniz; (E.U. col.) aluna. *v.* desanimar, ceder, descoroçoar; coalhar; coagular.

QUAINT [kweint], *a.* bonito, lindo, belo, fino, delicado; curioso, raro, original, fantástico, singular, esquisito, estranho.

QUAINTNESS ['kweintnis], *s.* polidez, delicadeza, beleza, elegância; curiosidade; peculiaridade, estranheza, singularidade.

QUAKE [kweik], *v.* tremer, tiritar, trepidar. *s.* tremor, estremecimento.

QUAKER ['kweikə], *s.* aquele que treme; membro de certa seita religiosa.

QUAKING ['kweikiŋ], *s.* tremor. *a.* tremente.

QUALIFICATION [kwɔlifi'keiʃən], *s.* qualificação; condição, requisito; habilidade, capacidade, idoneidade; atenuação, limitação, restrição, ressalva, moderação, reserva.

QUALIFIED ['kwɔlifaid], *a.* qualificado, idôneo, habilitado, competente, apto, capaz; moderação, modificado, restrito.

QUALIFIER ['kwɔlifaiə], *s.* (gram.) qualificativo; qualificador.

QUALIFY ['kwɔlifai], *v.* qualificar; habilitar, tornar apto; diplomar; restringir, moderar, arrefecer, suavizar, limitar; diluir um licor; habilitar-se, preparar-se; cumprir requisitos; (E.U.) prestar juramento.

QUALIFYING ['kwɔlifaiiŋ], *a.* qualificativo.

QUALITATIVE ['kwɔliteitiv], *a.* qualitativo.

QUALITY ['kwɔliti], *s.* qualidade; propriedade; categoria; humor, gênio, temperamento; condição; cargo, caráter; traço, quê, jeito, estilo; agilidade; pessoas da alta sociedade.

QUALM [kwɔ:m], *s.* náusea repentina; desmaio, desfalecimento; escrúpulo; compunção.

QUALMISH ['kwɔ:miʃ], *a.* enjoado, nauseado; desmaiado, desfalecido; que tem remorso.

QUALMISHNESS ['kwɔ:miʃnis], *s.* náusea, enjôo.

QUANDARY [kwɔn'dəri], *s.* dúvida, incerteza, dilema, perplexidade.

QUANTITATIVE ['kwɔntiteitiv], *a.* quantitativo.

QUANTITY ['kwɔntiti], *s.* quantidade; soma, número; volume, massa; quantidade ou intensidade (de uma corrente elétrica).

QUARANTINE ['kwɔrənti:n], *s.* quarentena. *v.* determinar quarentena; pôr de quarentena.

QUARREL ['kwɔrəl], *s.* querela, disputa, altercação, rixa, briga, contenda, porfia, pendência; diamante para cortar vidros; flecha curta e pesada; pedaço de mármore ou de pedra de uma calçada. *v.* brigar, querelar, contender, disputar, altercar; desavir-se. # *it takes two to make a quarrel,* quando um não quer, dois não brigam. *pick a quarrel,* procurar briga, procurar pretexto para uma discussão. *quarrel about* ou *over,* discutir sobre, discutir devido a. *quarrel with,* discutir com.

QUARRELLER ['kwɔrələ], *s.* querelador, disputador, altercador, brigão.

QUARRELLING ['kwɔrəliŋ], *s.* querelas, contendas, disputas, rixas.

QUARRELSOME ['kwɔrəlsəm], *a.* brigão, bulhento.

QUARRY ['kwɔri], *s.* pedreira; pedra de calçamento; quadro, quadrado (de vidro, telha, lousa, etc.); presa, caça. *v.* cavoucar (= caboucar) uma pedreira; explorar uma pedreira. # *quarry stone,* pedra de cantaria.

QUARRYMAN ['kwɔrimən], *s.* cavouqueiro, canteiro.

QUART [kwɔ:t], *s.* quarto (medida).

QUART [kɑ:t], *s.* (esgr.) quarta; quatro cartas do mesmo naipe.

QUARTAN ['kwɔ:tn], *s.* e *a.* quartã.

QUARTER ['kwɔ:tə], *s.* quarto; a quarta parte; moeda de prata (a quarta parte de um dólar); quarto de lua; trimestre; quarto de hora; misericórdia, clemência, piedade; bairro = (E.U.) *section; pl.* alojamento. *a.* quarto. *v.* esquartejar; hospedar, hospedar-se; (mil.) acantonar, aquartelar-se; estar aquartelado. # *at close quarters,* de perto, nas imediações, a pequena distância. *come to close quarters,* chegar a vias de fato. *give quarter,* dispensar consideração, manifestar boa vontade, demonstrar misericórdia. *take quarter up at,* alojar-se em.

QUARTER-DECK ['kwɔ:tədek], *s.* tombadilho, convés.

QUARTERED ['kwɔ:təd], *a.* esquartejado; aquartelado, acantonado, alojado.

QUARTERING ['kwɔ:təriŋ], *a.* (mar.) da alheta; largo (vento), *s.* aquartelamento, acantonamento.

QUARTERLY ['kwɔ:təli], *a.* trimestral. *adv.* trimestralmente. *s.* publicação trimestral.

QUARTER-MASTER ['kwɔ:təmɑ:stə], *s.* (mil.) intendente; (náut.) contramestre; timoneiro.

QUARTERN ['kwɔ:tən], *s.* pão que pesa quatro libras; medida inglesa (de capacidade e de massa).

QUARTET(TE) [kwɔ:'tet], *s.* (mús.) quarteto; quatro coisas iguais.

QUARTZ [kwɔ:ts], *s.* quartzo.

QUASH [kwɔʃ], *v.* esmagar, machucar, triturar, quebrar, despedaçar; reprimir; submeter, sufocar, subjugar; anular, aniquilar, destruir, invalidar.

QUASHEE ['kwɔʃi], *s.* (fam.) negro.

QUASI ['kwa:zi], *a.* e *adv.* aparente, irreal, quase, aparentemente. # *quasi-official,* semi-oficial.

QUASSIA ['kwɔʃə], *s.* quássia.

QUATRAIN ['kwɔtrein], *s.* (poes.) quadra, quarteto.

QUATRILLION [kwɔ'triliən], *V.* **QUADRILLION.**

QUAVER ['kweivə], *v.* gargantear, trinar, gorjear, trilar; tremular, tremer, vibrar. *s.* garganteio, gorjeio, trilo; vibração; colcheia = (E.U.) *eighth note.*

QUAVERING ['kweivəriŋ], *s.* gorjeio, trilo, trinado. *a.* trêmulo.

QUAY [ki:], *s.* cais, doca, desembarcadouro, molhe, muralha.

QUEAN [kwi:n], *s.* rameira, meretriz.

QUEASINESS ['kwi:zinis], *s.* enjôo, náusea.

QUEASY ['kwi:zi], *a.* enjoado, embrulhado (estômago); enjoativo (alimento); escrupuloso; delicado.

QUEEN [kwi:n], *s.* rainha, soberana; rainha (no

jogo de xadrez); dama (do baralho e do jogo de damas). *v.* exercer as funções de rainha; governar como rainha; dar, fornecer uma rainha (às abelhas); fazer uma dama (no jogo). # *queen of hearts,* dama de copas (jogo). *turn queen's evidence,* delatar companheiro(s) de crime para obter perdão.

QUEEN-BEE ['kwi:nbi:], *s.* abelha-mestra.

QUEEN-CONSORT [kwi:n'kɔnsɔ:t], *s.* rainha, esposa de soberano em exercício.

QUEENDOWAGER [kwi:n'dauədʒə], *s.* rainha viúva.

QUEENLIKE ['kwi:nlaik], *a.* semelhante a rainha, próprio de rainha.

QUEENLY ['kwi:nli], *a.* próprio de rainha, parecido com rainha, de rainha.

QUEEN-MOTHER [kwi:n'mʌðə], *s.* rainha-mãe.

QUEENSHIP ['kwi:nʃip], *s.* dignidade de rainha; majestade.

QUEER [kwiə], *a.* raro, excêntrico, original, extravagante, estrambótico, extraordinário; misterioso; (fam.) falso. *s.* (fam.) moeda falsa. *v.* levar contra a parede; colocar alguém em má situação, ridicularizar, embaraçar, atrapalhar. # *be in Queer Street,* estar enganado; estar em apuros; ter aberto falência. *feel queer,* sentir-se mal. *queer fish,* pessoa esquisita.

QUEERNESS ['kwiənis], *s.* originalidade, extravagância, raridade, singularidade, excentricidade.

QUELL [kwel], *v.* domar, vencer, subjugar, sujeitar, sufocar, reprimir, debelar, oprimir; sossegar, acalmar, apaziguar; apagar.

QUELLER ['kwelə], *s.* depressor, subjugador, domador, opressor.

QUENCH [kwentʃ], *v.* apagar (fogo, luz, sede); sufocar, afogar; extinguir, dissipar; sossegar; oprimir; temperar ou esfriar (ferro). *s.* (petr.) têmpera; resfriamento rápido.

QUENCHABLE ['kwentʃəbl], *a.* extinguível, saciável.

QUENCHER ['kwentʃə], *s.* apagador, extintor.

QUERULOUS ['kweruləs], *a.* queixoso; rabujento.

QUERY ['kwiəri], *s.* dúvida; pergunta; o ponto de interrogação. *v.* pôr ponto de interrogação; interrogar, inquirir, perguntar, pesquisar; estar em dúvida.

QUEST [kwest], *s.* investigação, averiguação, inquérito, indagação, pesquisa; busca, procura. *v.* investigar, averiguar, indagar, pesquisar, buscar, procurar.

QUESTION ['kwestʃən], *s.* pergunta, interrogação; matéria, assunto ou objeto de que se trata; disputa, questão, controvérsia, debate; problema; dúvida, objeção. *v.* perguntar, interrogar, examinar; duvidar; discutir; objetar, opor-se a; recusar; desconfiar de. # *a foolish question requires no answer,* às palavras loucas, orelhas moucas. *beg the question,* fazer-se de desentendido. *beyond all question,* fora de dúvida. *leading question,* pergunta que facilita a resposta. *out of the question,* impraticável, de todo impossível. *pop the question,* pedir em casamento. *raise a question,* levantar uma dúvida. *that's beside the question,* isso não vem ao caso. *that's open to question,* isso é questão de opinião. *there is no question but,* é fora de dúvida que... *vexed question,* questão controversa.

QUESTIONABLE ['kwestʃənəbl], *a.* questionável, duvidoso, contestável.

QUESTIONARY ['kwestʃənəri], *s.* questionário.

QUESTIONER ['kwestʃənə], *s.* interrogador, perguntador, inquiridor.

QUESTIONING ['kwestʃəniŋ], *s.* ação de examinar ou de perguntar, interrogatório.

QUESTION MARK ['kwestʃənmɑ:k], *V.* **NOTE OF INTERROGATION.**

QUESTIONNAIRE [kestiə'nɛə, kwestʃə'nɛə], *s.* questionário.

QUESTION STOP ['kwestʃənstop], *V.* **NOTE OF INTERROGATION.**

QUETHE [kwi:ð], *v.* dizer (desus.). *pret.* **QUOTH.** *s.* testamento (desus.).

QUEUE [kju:], *s.* rabicho; cauda; fila (de pessoas) = (E.U.) *line;* taco (de bilhar); apêndice. *v.* (com *up),* fazer fila, entrar em fila, formar. # *jump the queue,* preterir.

QUIBBLE ['kwibl], *v.* sofismar, chicanar; jogar com palavras; fazer trocadilhos. *s.* sofisma; argúcia, sutileza; subterfúgio; trocadilho; *pl.* sofistaria.

QUIBBLER ['kwiblə], *s.* o que faz trocadilhos; sofista.

QUICK [kwik], *a.* rápido, veloz, apressado, ligeiro, presto, acelerado; diligente, vivo, ativo, destro, ágil; agudo; sagaz; ardente, vivaz, penetrante; sutil, fino; petulante; irritável; efetivo; disponível. *adv.* vivamente, rapidamente, agilmente, velozmente. # *be quick with child,* estar prestes a dar à luz. *the quick and the dead,* os vivos e os mortos.

QUICK-EAR ['kwikiə], *s.* ouvido apurado.

QUICKEN ['kwikən], *v.* vivificar; criar (dar vida); estimular, excitar; avivar, apressar, acelerar, animar, ativar; agitar-se; animar-se.

QUICKENER ['kwikənə], *s.* o que acelera, anima ou vivifica; criador (o que dá vida); força vivificante.

QUICKENING ['kwikəniŋ], *s.* vivificação, aceleração; o primeiro movimento de um feto.

QUICK-EYED ['kwikaid], *a.* de olhos vivos, perspicaz.

QUICKFIRING ['kwikfaiəriŋ], *a.* de tiro rápido (arma).

QUICKLIME ['kwik-laim], *s.* cal viva.

QUICKLY ['kwikli], *adv.* depressa, rapidamente, prontamente, vivamente.

QUICKMARCH ['kwik'mɑ:tʃ], *s.* marcha acelerada.

QUICKMATCH ['kwikmætʃ], *s.* estopim.

QUICKNESS ['kwiknis], *s.* velocidade; destreza, viveza; atividade, celeridade, rapidez, vivacidade, ligeireza, presteza, prontidão; penetração, sagacidade, agudeza.

QUICKSAND ['kwiksænd], *s.* areia movediça.

QUICK-SCENTED ['kwik'sentid], *a.* possuidor de bom olfato.

QUICKSET ['kwikset], *s.* planta própria para cercas. *v.* prover de cerca viva.

QUICK-SETTING ['kwik'setiŋ], *a.* de pega rápida (cimento, etc.).

QUICKSILVER ['kwiksilvə], *s.* mercúrio, azougue. *v.* azougar.

QUICKSTEP ['kwikstep], *s.* (mús.) passo dobrado; (mil.) passo acelerado.

QUICKSTER ['kwikstə], *s.* (mil.) passo acelerado.

QUICK-TIME ['kwiktaim], *s.* (mil.) passo acelerado.

QUICK-WITTED ['kwik'witid], *a.* sutil, sagaz.

QUICK-WITTEDNESS ['kwik'witidnis], *s.* sagacidade, presença de espírito.

QUICK-WORKS ['kwikwə:ks], *s.* obras vivas (de navio).

QUID [kwid], *s.* porção de fumo para mascar; remoedura; alguma coisa; (fam.) libra esterlina; palha ou capim meio mastigado.

QUIESCENCE [kwai'esns], *s.* quietude; descanso, repouso, imobilidade.

QUIESCENT [kwai'esnt], *a.* quiescente, imóvel, inativo; mudo.

QUIET ['kwaiət], *a.* quieto, tranqüilo, sereno, sossegado, quedo, plácido, pacífico, pacato; (com.) calmo; calado; imóvel, inativo; sem cerimônia, modesto, simples. *s.* tranqüilidade, serenidade, quietude, repouso, calma, descanso, sossego. *v.* acalmar, apaziguar, aquietar, sossegar, tranqüilizar, serenar. # *be quiet,* fique quieto. *on the quiet,* secretamente.

QUIETLY ['kwaiətli], *adv.* serenamente, calmamente, sossegadamente, tranqüilamente; em repouso.

QUIETNESS ['kwaiətnis], *V.* **QUIETUDE.**

QUIETUDE ['kwaiətju:d], *s.* quietude, sossego, repouso, paz, tranqüilidade.

QUILL [kwil], *s.* (tec.) bobina de lançadeira; pena (de ave ou de escrever); espinho (do porco-espinho); cerda; broca; lançadeira; tubo; torneira. *v.* depenar; encanudar; franzir (costura).

QUILL-DRIVER ['kwildraivə], *s.* escriturário; escritor.

QUILLING ['kwiliŋ], *s.* ação de encanudar ou de franzir; franzido.

QUILT [kwilt], *s.* coberta, colcha, cobertor, acolchoado = (E.U.) *comfortable, comfort. v.* estofar, acolchoar.

QUILTER ['kwiltə], *s.* colchoeiro, estofador.

QUILTING ['kwiltiŋ], *s.* ação de acolchoar ou estofar.

QUINCE [kwins], *s.* marmelo. # *quince marmelade,* marmelada.

QUINCE-TREE ['kwinstri], *s.* marmeleiro.

QUINDECAGON [kwin'dekəgən], *s.* qüindecágono.

QUININE [kwi'ni:n, 'kwini:n], *s.* quinina.

QUINQUAGENARIAN ['kwiŋkwədʒi:'nεəriən], *a.* e *s.* quinqüagenário.

QUINQUINA [kwiŋ'kwi:nə], *s.* quinquina.

QUINS [kwinz], *s.* *V.* **QUINTUPLETS.**

QUINSY ['kwinzi], *s.* (med.) angina tonsilar, amigdalite, esquinência.

QUINT [kwint], *s.* (mús.) quinta; registro de órgão; conjunto de cinco; (esg.) quinta; quinta do violino (corda); *quints,* abr. de *quintuplets.*

QUINTAL ['kwintl], *s.* quintal inglês (100 lb.); quintal métrico (100 kg.).

QUINTESSENCE [kwin'tesns], *s.* quintessência, quinta-essência.

QUINTET(TE) [kwin'tet], *s.* (mús). quinteto.

QUINTILLION [kwin'tiljən], *s.* quintilião (= quintilhão).

QUINTUPLE ['kwintjupl], *a.* quíntuplo. *v.* quintuplicar.

QUINTUPLETS ['kwintjuplits], *s.* *pl.* quíntuplos.

QUIP [kwip], *s.* ironia, sarcasmo, dito satírico.

QUIPSTER ['kwipstə], *a.* sarcástico, escarnecedor.

QUIRE ['kwaiə], *s.* coro (de igreja); mão de papel (enc.). *s.* cadernos que perfazem um livro; caderno com 24 folhas.

QUIRK [kwə:k], *s.* volta, cotovelo, curva fechada, volta curta, desvio, beco; subterfúgio, evasiva, finura, artimanha, sutileza, rodeio, astúcia; equívoco; golpe; reviravolta. *v.* estriar, acanalar.

QUISLING ['kwizliŋ], *s.* traidor, colaboracionista.

QUIT [kwit], *v.* deixar, abandonar, largar; parar; soltar, deixar ir; desocupar, sair; pagar, satisfazer; isentar, quitar; desistir. # *cry quits,* render-se, confessar-se derrotado; reconhecer que as contas estão certas.

QUITE [kwait], *adv.* totalmente, completamente, absolutamente, inteiramente, perfeitamente, muito, bastante. # *quite so,* perfeitamente.

QUIT-RENT ['kwit-rent], *s.* censo; foro, tributo.

QUITS [kwits], *a.* quite. *s.* recompensa; retaliação, represália.

QUITTANCE ['kwitəns], *s.* quitação, recibo, pagamento; remuneração, recompensa; desforra.

QUITTER ['kwitə], *s.* (E.U.) desertor, fujão, covarde = (Ing.) *skirter.*

QUIVER ['kwivə], *s.* aljava (= carcás, fáretra), coldre. *v.* agitar-se, estremecer, tremer; trilhar; palpitar; tiritar.

QUIVERING ['kwivəriŋ], *s.* tremor, estremecimento; trilo. *a.* tremido.

QUIXOTIC [kwik'sɔtik], *a.* quixotesco, aventureiro, de fanfarrão.

QUIZ [kwiz], *s.* enigma, problema; logro; mistificação; (E.U.) exame, argüição. *v.* ridicularizar, caçoar de, chasquear; mistificar, lograr; (E.U.) examinar, argüir, fazer perguntas, apartear = (Ing.) *heckle.*

QUIZMASTER ['kwizmɑ:stə], *s.* (rád.) animador de programa de perguntas.

QUIZZICAL ['kwizikəl], *a.* implicante; zombador, escarnecedor, motejador; raro, estrambótico, estranho, excêntrico.

QUOD [kwɔd], *s.* (gír.) prisão, cadeia.

QUOIN [kɔin, kwɔin], *s.* pedra angular; canto; ângulo, esquina; (mec. e impr.) cunha, *v.* meter cunhas, acunhar.

QUOIT [kɔit], *s.* malha, no jogo da malha; *pl.* jogo da malha. *v.* jogar a malha.

QUONDAM ['kɔndæm], *a.* antigo.

QUOTA ['kwoutə], *s.* cota, contribuição; contingente.

QUOTABLE ['kwoutəbl], *a.* citável.

QUOTATION [kwou'teiʃən], *s.* trecho, citação; (com.) cotação; *pl.* aspas.

QUOTATION-MARKS [kwou'teiʃənmɑ:ks], *s.* (impr.) vírgulas dobradas, aspas.

QUOTE [kwout], *v.* citar (trecho ou passagem); (com.) cotizar. *s.* cotização; citação.

QUOTH [kwouθ], *v.* disse (usado com substantivo ou pronome da 1.ª e da 3.ª pess. e colocado antes do sujeito). *pret.* de **QUETHE.**

QUOTIDIAN [kwɔ'tidiən], *a.* quotidiano (= cotidiano).

QUOTIENT ['kwouʃənt], *s.* quociente.

QUOTING ['kwoutiŋ], *s.* cotação; citação.

R

R [ɑ:], *s.* décima oitava letra do alfabeto. # *the three R's (reading, writing and arithmetic),* ler, escrever e contar; as primeiras letras.

RABBET ['ræbit], *v.* emalhetar, ensamblar, encaixar; entalhar. *s.* malhete, samblagem, encaixe, juntura; entalho; rebaixo.

RABBET-PLANE ['ræbitpleiŋ], *s.* guilherme (ferramenta).

RABBI ['ræbai, 'ræbi], *s.* rabino.

RABBIT ['ræbit], *s.* coelho. # *Welsh rabbit,* torrada com queijo derretido.

RABBLE ['ræbl], *s.* populaça, canalha, gentalha, ralé, povinho, plebe; turba; multidão.

RABID ['ræbid], *a.* hidrófobo; fanático, apaixonado, violento.

RABIDITY [ræ'biditi], *s.* fúria; raiva, hidrofobia.

RABIES ['reibii:z], *s.* raiva, hidrofobia.

RACE [reis], *s.* raça, casta, estirpe; ascendência, descendência; linhagem, geração, família; gênero, espécie; competição; corrida; regata; corrente d'água, canal estreito. *v.* competir em velocidade; disputar o prêmio de uma corrida; correr; mover-se rapidamente. # *inner race,* (mec.) corrediça interna (de esfera). *outer race,* (mec.) corrediça externa (de esfera).

RACECOURSE ['reiskɔ:s], *s.* hipódromo, pista = (E.U.) *racetrack.*

RACER ['reisə], *s.* cavalo ou carro de corrida; corredor.

RACETRACK ['reistræk], *s.* (E.U.) hipódromo, pista = (Ing.) *racecourse.*

RACHITIS [ræ'kaitis], *s.* raquitismo.

RACIAL ['reiʃəl], *a.* racial.

RACING ['reisiŋ], *s.* corrida. *a.* de corrida. # *racing bug,* turfista apaixonado. *racing track,* pista de corrida.

RACISM ['reisizm], *s.* racismo.

RACIST ['reisist], *s.* e *a.* racista.

RACK [ræk], *s.* bastidor; prateleira de bagagem; cabides; ecúleo, cavalete ou outro qualquer instrumento de tortura; suplício, tortura; tormento, dor, pena, sofrimento; barra dentada, cremalheira; grelha; xalmas, xelma; nuvem ligeira. *v.* esticar, retesar; estirar, estender; torturar, atormentar, afligir; oprimir, vexar; extorquir; rasgar, despedaçar; amarrar; cultivar e podar vinhas; elevar-se no ar como o vapor; andar a passo travado (cavalo). # *be on the rack,* estar aflito. *go to rack and ruin,* fracassar, dar em nada, dar com os burros n'água.

RACKET ['rækit], *s.* raqueta; algazarra, orgia; barafunda, confusão; estrondo, bulha; regabofe; sapatos próprios para andar sobre a neve; (E.U.) extorsão, chantagem; negócio ilícito; negócio da China; sinecura. *pl.* nome de um jogo semelhante ao tênis. *v.* fazer algazarra, bulha; levar vida de boêmio. # *make a racket,* fazer barulho. *stand the racket,* agüentar as conseqüências; ser responsável por; pagar as contas. *stop that racket!* pare esse barulho!

RACKETEER [ræki'tiə], *s.* (E.U.) chantagista. *v.* extorquir, fazer chantagem.

RACKETY ['rækiti], *a.* estrondoso, bulhento.

RACKING ['rækiŋ], *s.* suplício, tortura; trasfega (= trasfego, trasfegadura); (náut.) ação de amarrar. *a.* picante; atormentador, atroz; que anda a passo travado (cavalo).

RACK-RAIL ['ræk-reil], *s.* trilho-cremalheira.

RACK WHEEL ['rækwi:l], *s.* (mec.) roda dentada.

RACOON [rə'ku:n], *s.* mamífero carnívoro semelhante ao guaxinim ou mão-pelada

RACQUET ['rækit], *s.* raqueta.

RACY ['reisi], *a.* de raça; picante, que tem sabor esquisito (vinho); genuíno, fresco; vigoroso (estilo); forte, espirituoso, vivo; (E.U.) imoral, indecoroso.

RADAR ['reidə, 'reidɑ:], *s.* radar.

RADIAL ['reidjəl], *s.* (anat.) radial.

RADIANCE ['reidiəns], *s.* fulgor, brilho, resplendor, radiação.

RADIANT ['reidiənt], *a.* radiante, que lança raios de luz, brilhante, esplendente, resplandecente; (bot. e zool.) radiado; jubiloso. *s.* (geom.) linha radial; foco irradiador; objeto luminoso, radiante.

RADIATE ['reidieit], *v.* radiar, irradiar, iluminar, luzir, brilhar, cintilar, fulgir.

RADIATED ['reidieitid], *a.* radiado; ornado com raios de luz.

RADIATION [reidi'eiʃən], *s.* irradiação.

RADIATOR ['reidieitə], *s.* radiador.

RADICAL ['rædikəl], *a.* radical, fundamental, primitivo; completo; (gram., mat., pol., quím.) radical. *s.* (gram., mat., pol., quím.) radical.

RADICALISM ['rædikəlizm], *s.* radicalismo.

RADICALNESS ['rædikəlnis], *s.* origem, natureza fundamental.

RADII ['reidiai], *pl.* de **RADIUS.**

RADIO ['reidiou], *s.* (E.U.) (Ing.) *wireless;* radiograma; aparelho de rádio = (Ing.) *wireless set.* # *radio announcer,* (rád.) locutor. *radio transmitting set,* aparelho de radiotransmissor. *radio tube,* válvula electrônica. *two-way radio,* rádio receptor e transmissor.

RADIOACTIVE ['reidiou'æktiv], *a.* radioativo.

RADIOACTIVITY ['reidiouæk'tiviti], *s.* radioatividade.

RADIOBROADCASTING ['reidioubrɔ:d'kɑ:stiŋ], *s.* radiodifusão.

RADIO CHECK ['reidioutʃek], *s.* (av.) sintonia.

RADIO-FREQUENCY ['reidiou'fri:kwənsi], *s.* radiofreqüência.

RADIOGRAM ['reidiougræm], *s.* radiograma.

RADIOGRAPH ['reidiougrɑ:f], *s.* radiografia, chapa radiográfica. *v.* radiografar.

RADIOGRAPHY [reidi'ɔgrəfi], *s.* radiografia.

RADIOLOGIST [reidi'ɔlədʒist], *s.* radiologista.

RADIOLOGY [reidi'ɔlədʒi], *s.* radiologia.

RADIO-PHONOGRAPH ['reidiou'founəgra:f], *s.* radiovitrola.

RADIO-RECEIVER ['reidiouri'si:və], *s.* receptor de rádio.

RADIOSCOPY [reidi'ɔskəpi], *s.* radioscopia.

RADIO-SENDER ['reidiou'sendə], *s.* transmissor de rádio.

RADIOTELEGRAPHY ['reidiouti'legrəfi], *s.* radiotelegrafia.

RADIOTELEPHONY ['reidiouti'lefəni], *s.* radiotelefonia.

RADIOTHERAPY ['reidiou'θerəpi], *s.* radioterapia.

RADIO-TRANSMITTER ['reidioutrænz'mitə], *V.* **RADIO-SENDER.**

RADIO TUBE ['reidioutju:b], *s.* (E.U.) válvula de rádio = (Ing.) *valve.*

RADISH ['rædiʃ], *s.* rábano; rabanete.

RADIUM ['reidiəm], *s.* (quím.) rádio, radium.

RADIUS ['reidiəs], *s.* raio, alcance; (geom.) raio; (anat.) rádio. *pl.* **RADII.**

RAFFIA ['ræfiə], *s.* ráfia.

RAFFISH ['ræfiʃ], *a.* devasso, debochado.

RAFFLE ['ræfl], *v.* rifar, sortear. *s.* rifa, tômbola, loteria.

RAFT [rɑ:ft], *s.* jangada, balsa. *v.* construir uma jangada ou uma balsa; transportar em jangada ou balsa.

RAFTER ['rɑ:ftə], *s.* viga, barrote.

RAG [ræg], *s.* trapo, frangalho, farrapo; andrajo; pessoa esfarrapada; cortina; bandeira, pendão; vela; *pl.* vestido andrajoso. *v.* injuriar, falar mal de alguém, escarnecer; ralhar, censurar; incomodar, enfadar, atormentar. # *be in a rag,* estar furioso. *chew the rag,* conversar, palestrar longamente. *rag bolt,* cavilha de fundação.

RAGAMUFFIN ['rægəmʌfin], *s.* moleque; velhaco; um maltrapilho (= maltrapido, malroupido); pobre diabo.

RAGE [reidʒ], *s.* raiva, fúria, cólera, ira; violência, mania; frenesi; capricho; moda; despeito; entusiasmo, ardor. *v.* enraivecer-se, enfurecer-se, encolerizar-se; grassar, devastar, assolar. # *fall into a rage,* ficar furioso, encolerizar-se.

RAGGED ['rægid], *a.* roto, andrajoso, rasgado, esfarrapado, maltrapilho (= maltrapido, malroupido); áspero.

RAGGING ['rægiŋ], *s.* (min.) trituração de minério.

RAGING ['reidʒiŋ], *a.* raivoso, furioso, colérico. *s.* raiva, fúria, cólera.

RAGMAN ['rægmən], *s.* trapeiro, farrapeiro.

RAG-MONEY ['rægmʌni], *s.* papel-moeda.

RAGTAG ['rægtæg], *s.* gentalha, ralé, povinho. # *ragtag and bobtail,* ralé, gentalha.

RAG-TIME ['rægtaim], *s.* espécie de dança.

RAGWHEEL ['rægwi:l], *s.* roda dentada (para corrente).

RAID [reid], *s.* incursão, ataque; invasão; surpresa. *v.* invadir; fazer uma incursão.

RAIDER ['reidə], *s.* incursor; invasor; corsário.

RAIL [reil], *s.* grade, gradil, cerca, travessa, barra, varão (de grade); corrimão, parapeito, peitoril, balaustrada; trilho, carril; (náut.) alcatre; francolim. *v.* cercar; ralhar, censurar, criticar, recriminar (com *at* ou *against*). # *by rail,* por estrada de ferro. *go* (ou *run*) *off the rails, jump the rails,* descarrilhar.

RAIL-BREAST ['reilbrest], *s.* parapeito.

RAIL-CHAIR ['reiltʃɛə], *s.* coxim.

RAILER ['reilə], *s.* insultador, injuriador.

RAILING ['reiliŋ], *s.* grade, cerca; parapeito, balaustrada; carril; insulto, injúria, ofensa, invectiva; maledicência.

RAILLERY ['reiləri], *s.* zombaria, apodo, escárnio, chacota, mofa.

RAILROAD ['reilroud], *s.* estrada de ferro, via férrea, caminho de ferro; companhia de estrada de ferro. *v.* (E.U.) transportar por estrada de ferro.

RAILWAY ['reilwei], *V.* **RAILROAD.** # *railway engine,* locomotiva. *light railway,* estrada de ferro de bitola estreita. *railway network,* rede ferroviária. *railway yard,* pátio de manobras (estr. de ferro).

RAIMENT ['reimənt], *s.* roupas, vestuário, traje.

RAIN [rein], *v.* chover. *s.* chuva. # *a rainy day,* uma época de adversidade. *it looks like rain,* ameaça chover, parece que vai chover. *it never rains but it pours,* uma desgraça nunca vem só. *rain leader,* condutor de águas pluviais. *rain or shine,* quer chova, quer faça sol.

RAINBOW ['reinbou], *s.* arco-íris.

RAIN CAPE ['reinkeip], *s.* capa de chuva (vestuário feminino).

RAINCOAT ['reinkout], *s.* (E.U.) capa de borracha = (Ing.) *waterproof, mackintosh.*

RAINDROP ['reindrɔp], *s.* pingo de chuva.

RAINFALL ['reinfɔ:l], *s.* aguaceiro; pancada de chuva; altura de chuva.

RAININESS ['reininis], *s.* tempo chuvoso.

RAINSTORM ['rein-stɔ:m], *s.* pancada de chuva, carga d'água, chuvarada, aguaceiro.

RAINY ['reini], *a.* chuvoso.

RAISE [reiz], *v.* levantar, alçar, soerguer; elevar, erguer; construir, edificar; erigir; subir, ascender; causar, ocasionar; cultivar, educar; aumentar, encarecer; animar, incitar; inspirar; exaltar; arvorar; fazer nascer; produzir; criar; ressuscitar, vivificar, reviver; chamar; recrutar, alistar; reunir; juntar dinheiro; abandonar. *s.* levantamento, elevação; aumento, subida; aquisição; (E.U.) aumento de salário = (Ing.) *rise.* # *give somebody a raise,* conceder um aumento de ordenado a alguém. *raise a ghost,* invocar um espírito. *raise Cain (a stink, a row* ou *the roof),* causar tumulto, fazer a casa vir abaixo. *raise dust,* fazer alarde. *raise the dead,* ressuscitar os mortos. *raise up,* levantar; (fig.) amotinar.

RAISED ['reizd], *a.* em relevo, saliente, levantado.

RAISER ['reizə], *s.* levantador; edificador; causador; cultivador, educador; produtor, incitador; inspirador; criador; autor; fundador.

RAISIN ['reizn], *s.* passa; uva seca.

RAISING ['reiziŋ], *s.* ação de levantar, de erguer; edificação; cultivo, educação; aumento, encarecimento; incitação, exaltação; inspiração; produção; criação; engrandecimento; levante, revolta, sedição.

RAJ [rɑ:dʒ], *s.* domínio.

RAJA, RAJAH ['rɑ:dʒə], *s.* rajá.

RAKE [reik], *s.* ancinho, ciscador; rodo; inclinação, desvio da vertical, obliqüidade; caimento (de mastro). *a.* libertino, dissoluto, debochado, devasso. *v.* limpar, raspar, trabalhar com ancinho, revolver; varrer; juntar laboriosamente; lidar, labutar; esquadrinhar, sondar, buscar; atacar; levar uma vida dissoluta; perseguir a caça.

RAKE-OFF ['reikɔ:f], *s.* (E.U. gír.) comissão ilegítima, propina, percentagem fraudulenta, "marmelada"; peita (para que não haja protesto), "cala-a-boca".

RAKER ['reikə], *s.* o que trabalha com o ancinho; varredor; raspadeira.

RAKE-UP ['reikʌp], *v.* juntar com o ancinho; (fig.) reunir.

RAKING ['reikiŋ], *s.* ação de trabalhar com o ancinho; raspadura; censura; exame cuidadoso.

RAKISH ['reikiʃ], *a.* devasso, extravagante, licencioso, libertino, dissoluto.

RAKISHNESS ['reikiʃnis], *s.* devassidão, licenciosidade, libertinagem, dissolução; (náut.) inclinação dos mastros.

RALLY ['ræli], *v.* reunir, reunir-se; animar, reanimar-se; refazer-se; (mil.) reunir e reorganizar; reviver; motejar, zombar, ridicularizar. *s.* reunião e reorganização de tropas diversas; reunião popular, comício; zombaria, mofa; recuperação. # *rally of prices,* revigoramento de preços.

RAM [ræm], *s.* carneiro (reprodutor); maço (de calceteiro); aríete; (náut.) esporão; (maq.) martelo, pilão, bate-estaca; (hidr.) elevador de água. *v.* calçar (batendo, comprimindo), atulhar; enterrar, fincar, cravar (batendo).

RAMBLE ['ræmbl], *v.* errar, vagar, vaguear, vadiar; divagar. *s.* excursão, passeio; vadiação.

RAMBLER ['ræmblə], *s.* passeante, caminhante, peregrino; vadio; divagador; roseira trepadeira.

RAMBLING ['ræmbliŋ], *a.* errante, vagabundo; divagador; incoerente, sem nexo. *s.* excursão, passeio.

RAMIFY ['ræmifai], *v.* ramificar.

RAMMER ['ræmə], *s.* maço de calceteiro, atacador; vareta de espingarda; martelo de bate-estacas; (náut.) esporão.

RAMP [ræmp], *s.* subida, declive; salto, pulo; (mec.) mola espiral. *v.* saltar, pular, brincar; trepar (planta).

RAMPAGE [ræm'peidʒ], *s.* barulho, turbulência, alvoroço. *v.* alvoroçar.

RAMPAGEOUS [ræm'peidʒəs], *a.* turbulento, bulhento.

RAMPANT ['ræmpənt], *a.* extremo, excessivo, desenfreado, extravagante; exuberante; (her.) rampante.

RAMPART ['ræmpɑ:t], *s.* muro, muralha; baluarte; plataforma; (fig.) proteção, defesa. *v.* fortificar, cercar com muralhas.

RAMROD ['ræmrɔd], *s.* vareta de arma de fogo.

RAMSHACKLE ['ræmʃækl], *a.* desorganizado, desmantelado; desmoronado.

RAN [ræn], *pret.* de **RUN.**

RANCH [rɑ:ntʃ], *s.* fazenda de gado, herdade, granja; rancho. *v.* criar gado; despedaçar, rasgar; forçar, espremer.

RANCHER ['rɑ:ntʃə], *s.* vaqueiro, boiadeiro; rancheiro.

RANCID ['rænsid], *a.* rançoso.

RANCIDITY [ræn'siditi], *s.* ranço.

RANCOROUS ['ræŋkərəs], *a.* vingativo, rancoroso.

RANCOUR ['ræŋkə], *s.* rancor.

RANDOM ['ræmdəm], *s.* acaso; falta de método; destino. *a.* fortuito; sem método. # *at random,* ao acaso, a torto e a direito, aleatoriamente. *random shot,* bala perdida, tiro dado a esmo.

RANEE ['rɑ:ni:], *s.* rainha ou princesa hindu.

RANG [ræŋ], *pret.* de **RING.**

RANGE [reindʒ], *s.* fila, fileira, linha; classe, ordem; série; gama, escala; extensão, distância; espaço; cadeia de montanhas; alvo para tiro; alcance; fogão; terrenos ou campos de pasto; surto, vôo da imaginação. *v.* dispor em ordem, pôr em fila; alcançar; percorrer; variar, oscilar; vaguear, errar; rastear, rastejar. # *at close range,* à queima-roupa.

RANGE POLE ['reindʒpoul], *s.* (agrim.) baliza.

RANGER ['reindʒə], *s.* guarda de floresta; cão de caça; coiteiro.

RANGY ['reindʒi], *a.* alto e magro; de longo alcance (arma); escarpado; montanhoso.

RANK [ræŋk], *s.* ala, fileira, fila, posição social, classe, ordem, dignidade, posto, título; grau, graduação; (mil.) fileiras; *pl.* partido político, fileiras = (E.U.) *column. a.* viçoso, exuberante, fecundo, fértil; fétido; rançoso; excessivo, violento, grosseiro; abominável, vil, baixo; espesso; acabado, rematado. *v.* dispor em fileira ou em ordem; arranjar, classificar, ordenar; ser classificado; colocar-se, tomar lugar; (E.U.) preceder, ocupar o primeiro lugar. # *rank and file,* soldados rasos. *rank with,* competir com, comparar-se a, igualar-se a. *to fall in ranks,* (mil.) entrar em forma. *to open ranks,* (mil.) abrir fileiras.

RANKER ['ræŋkə], *s.* (mil.) oficial comissionado.

RANKLE ['ræŋkl], *v.* inflamar-se, inchar; corromper-se; enfurecer-se, exasperar-se, irritar-se.

RANKNESS ['ræŋknis], *s.* exuberância, fecundidade, fertilidade, abundância; cheiro rançoso; grandeza, enormidade.

RANSACK ['rænsæk], *v.* saquear, pilhar, roubar; violar; explorar, pesquisar, rebuscar, esquadrinhar.

RANSOM ['rænsəm], *s.* resgate; multa; refém. *v.* resgatar, redimir, remir.

RANSOMER ['rænsəmə], *s.* resgatador; libertador, redentor, salvador.

RANT [rænt], *s.* linguagem bombástica. *v.* falar em linguagem bombástica.

RAP [ræp], *v.* bater repetidamente; golpear; falar com vivacidade; arrebatar, enlevar, extasiar; (E.U.) censurar, criticar, repreender. *s.* pancada, batida (na porta), piparote; (fig.) bagatela, ninharia = (E.U.) *hoot, whoop.* # *it is not worth a rap,* não vale nada. *not to care* (ou *give*) *a rap,* não dar importância a.

RAPACIOUS [rə'peiʃəs], *a.* rapace; voraz.

RAPACIOUSNESS [rə'peiʃəsnis], *s.* rapacidade; voracidade.

RAPACITY [rə'pæsiti], *s. V.* **RAPACIOUSNESS.**

RAPE [reip], *s.* rapto, furto, roubo; estupro, violação; (bot.) nabo silvestre, nabiça; colza; rapazinho. *v.* raptar; violar; estuprar.

RAPID ['ræpid], *a.* rápido, ligeiro, veloz, instantâneo; arrebatado. *s. pl.* torrente impetuosa, cascateante.

RAPIDITY [rə'piditi], *s.* rapidez, ligeireza, velocidade.

RAPIDLY ['ræpidli], *adv.* rapidamente, velozmente.

RAPIER ['reipiə], *s.* espadim, florete; estoque.

RAPINE ['ræpain], *s.* rapina, furto, roubo, saque.

RAPPER ['ræpə], *s.* o que bate à porta; aldrava; médium espírita; uma grande mentira.

RAPPING ['ræpiŋ], *s.* a ação de bater à porta.

RAP-SCALLION [ræp'skæljən], *s.* velhaco, patife; vagabundo, vadio.

RAPT [ræpt], *a.* arrebatado, enlevado, extasiado.

RAPTURE ['ræptʃə], *s.* rapto; arrebatamento, enlevo, êxtase; velocidade.

RAPTUROUS ['ræptjərəs], *a.* arrebatador, encantador, sedutor.

RARE [rɛə], *a.* raro, invulgar, extraordinário; insigne, notável; surpreendente; excelente, precioso; (E.U.) mal assado, mal passado, mal cozido = (Ing.) *underdone.*

RAREBIT ['rɛəbit], *s.* torrada coberta de queijo derretido = *Welsh rabbit.*

RAREE-SHOW ['rɛəri:ʃou], *s.* curiosidade, objeto raro e interessante; espetáculo ambulante.

RAREFACTION [rɛəri'fækʃən], *s.* rarefação.

RARELY ['rɛəli], *adv.* raramente.

RARENESS ['rɛənis], *s.* raridade; superioridade.

RARITY ['rɛəriti], *s.* raridade, preciosidade; tenuidade.

RASCAL ['rɑ:skəl], *s.* velhaco, patife, canalha, crápula; cobarde; maroto.

RASCALITY [rɑ:s'kæliti], *s.* velhacaria, ignomínia, patifaria, trapaça, maroteira; gentalha, plebe, ralé.

RASCALLY ['rɑ:skəli], *a.* vil, baixo, ignóbil; malvado, perverso, ruim.

RASE [reiz], *v.* arrasar, derrubar, demolir, destruir, arruinar; roçar, tocar levemente; apagar o que está escrito.

RASH [ræʃ], *a.* imprudente, precipitado, temerário, arrojado, arrebatado, inconsiderado, irrefletido, volúvel. *s.* borbulha; brotoeja; erupção.

RASHER ['ræʃə], *s.* talhada de toucinho.

RASHNESS ['ræʃnis], *s.* imprudência, precipitação, temeridade, arrojo, irreflexão.

RASP [rɑ:sp], *s.* (ofic.), grosa, lima, limatão. *v.* raspar, limar, desbastar, grosar.

RASPBERRY ['rɑ:zbəri], *s.* framboesa. # *give the raspberry,* ridicularizar. *get the raspberry,* ser ridicularizado.

RASPING ['rɑ:spiŋ], *a.* áspero, rugoso; irritante. *s.* raspadura, raspagem, raladura, limadura; limalha.

RAT [ræt], *s.* rato; fura-greve, traidor, crumiro = (E.U.) *scab;* espião da polícia = *stool-pigeon;* (E.U.) chinó; trânsfuga. *v.* caçar ratos; furar a greve; abandonar um amigo na adversidade; (pol.) desertar, virar a casaca = (E.U.) *flo.* # *like a drowned rat, wet as a drowned* *rat,* molhado como um pinto. *smell a rat,* desconfiar, suspeitar, pressentir.

RATABILITY [reitə'biliti], *s.* condição de ser avaliável ou tributável.

RATABLE ['reitəbl], *a.* tributável; sujeito a avaliação; proporcional.

RATAN [rə'tæn], *V.* **RATTAN.**

RATAPLAN [rætə'plæn], *s.* rataplã.

RATCH [rætʃ], *s.* cremalheira; engrenagem; roquete; tambor de relógio.

RATCHET ['rætʃit], *s.* (maq.) roquete, dente de tambor de relógio; catraca.

RATE [reit], *s.* taxa; percentagem, razão, proporção, relação; preço, valor, tarifa, imposto; ração, medida; qualidade; modo, maneira; variação, velocidade. *v.* taxar, estimar, avaliar; tarifar, classificar; cotar; ser classificado; repreender; valer; estar avaliado em; estar no número de; ser considerado como; (E.U.) julgar, dar nota (exame, concurso) = (Ing.) *mark.* # *at any rate,* de qualquer forma, não obstante, seja como for. *at that rate,* se é esse o caso, se é assim, se assim for. *at this rate,* se esta situação continua. *buy at a cheap rate,* comprar em conta, comprar barato. *first rate,* magnífico. *flat rate,* preço global. *rate of exchange,* taxa cambial.

RATEABLE ['reitəbl], *V.* **RATABLE.**

RATE-BOOK ['reitbuk], *s.* tabela de preços.

RATEL ['reitel], *s.* ratel.

RATE-PAYER ['reitpeiə], *s.* contribuinte.

RATER ['reitə[, *s.* avaliador, taxador.

RATHER ['rɑ:ðə], *adv.* antes, melhor, de preferência; especialmente, particularmente; um tanto, um pouco; com mais razão; ao contrário; muito. *int.* ['rɑ:'ðə:] certamente. # *I would rather...* eu antes preferia... *the rather that,* tanto mais que.

RATIFICATION [rætifi'keiʃən], *s.* ratificação, confirmação, aprovação.

RATIFIER ['rætifaiə], *s.* ratificador.

RATIFY ['rætifai], *v.* ratificar, confirmar, aprovar.

RATING ['reitiŋ], *s.* avaliação, estimação; classe, classificação; descompostura, repreensão; (E.U.) nota, grau = (Ing.) *mark.*

RATIO ['reiʃiou], *s.* razão, relação, proporção.

RATIOCINATE [ræti'ɔsineit], *v.* raciocinar.

RATIOCINATION [rætiɔsi'neiʃən], *s.* raciocínio.

RATION ['ræʃən], *s.* ração. *v.* racionar; distribuir a ração.

RATIONAL ['ræʃnl], *a.* racional, razoável, justo; prudente, judicioso. *s.* ser racional.

RATIONALISM ['ræʃnəliʒm], *s.* racionalismo.

RATIONALIST ['ræʃnəlist], *s.* racionalista; espírito forte.

RATIONALISTIC [ræʃnə'listik], *a.* racionalista.

RATIONALIZATION [ræʃnəlai'zeiʃən], *s.* racionalização.

RATIONALIZE (ISE) ['ræʃnəlaiz], *v.* raciocinar, pesar, ponderar; praticar o racionalismo.

RAT(T)AN [rə'tæn], *s.* rotim, junco; rataplã (de um tambor).

RATTEN ['rætn], *v.* molestar o operário que se recusa a pertencer a sindicato ou que substitui grevista; danificar-lhe os instrumentos ou a propriedade; sabotar.

RATTLE ['rætl], *v.* tocar matraca; chocalhar; ribombar; vociferar; repreender, censurar; injuriar; confundir, aturdir, agitar, desconcertar; palrar, tagarelar; amedrontar; assustar. *s.* matraca, cega-rega; chocalho; ribombo; estrondo, barulho; o rufar de um tambor; o falar alto e rápido; discurso frívolo; repreensão; (med.) cirro, estertor, sarrido; soluço. # *rattle off,* dizer rapidamente, recitar de cor.

RATTLEBRAIN ['rætlbrein], *s.* pessoa leviana, insensata.

RATTLEBRAINED ['rætlbreind], *a.* leviano, insensato.

RATTLE-SNAKE ['rætlsneik], *s.* cobra cascavel.

RATTLER ['rætlə], *s.* palrador, tagarela.

RATTLING ['rætliŋ], *a.* vivo, animado, alegre; retumbante. *s.* ruído áspero; qualquer sucessão rápida de sons estridentes; (med.) estertor, cirro, sarrido; soluço.

RAT-TRAP ['rættræp], *s.* ratoeira.

RAUCID ['rɔ:sid], *a.* rouco.

RAUCITY ['rɔ:siti], *s.* rouquidão.

RAUCOUS ['rɔ:kəs], *a.* rouco, rouquenho.

RAVAGE ['rævidʒ], *v.* devastar, estragar, destruir, arruinar, assolar; pilhar, roubar, saquear. *s.*

devastação, estrago, destruição, ruína, assolação; pilhagem, roubo, saque.

RAVAGER ['rævidʒə], *s.* devastador, destruidor, assolador; saqueador.

RAVAGING ['rævidʒiŋ], *s.* devastação, destruição, ruína, assolação. *a.* devastador, destruidor, assolador.

RAVE [reiv], *v.* divagar; devanear; sonhar; delirar; bramar; encolerizar-se, enfurecer-se; afligir-se; gostar muito de. *s.* xelma, xalmas.

RAVEL ['rævəl], *v.* enredar, intrigar; embaraçar, complicar, embrulhar; ficar perplexo, ficar confuso.

RAVELIN ['rævlin], *s.* revelim.

RAVEN ['reivn], *s.* corvo. *a.* negro e lustroso.

RAVEN ['rævn], *v.* prender à força, fazer presa; devorar, comer com sofreguidão; rapinar. *s.* presa; despojo, restos; rapina.

RAVENING ['rævniŋ], *s.* rapina; voracidade. *a.* voraz, rapace.

RAVENOUS ['rævnəs], *a.* voraz, devorador, esfomeado, glutão; rapace.

RAVIN(E) ['rævn], *s.* rapina.

RAVINE [rə'vi:n], *s.* ravina = (E.U.) *gulch;* barranco, fosso.

RAVING ['reiviŋ], *s.* divagação, devaneio, sonho, delírio. *a.* delirante.

RAVISH ['ræviʃ], *v.* arrebatar, encantar, enlevar, extasiar; violentar, violar, desonrar; raptar; extorquir.

RAVISHER ['ræviʃə], *s.* arrebatador, encantador, violador.

RAVISHING ['ræviʃiŋ], *a.* arrebatador, encantador; violador. *s.* rapto.

RAVISHMENT ['ræviʃmənt], *s.* arrebatamento, enlevo, êxtase, transporte; violação; rapto.

RAW [rɔ:], *a.* cru; indigesto; verde, não maduro; ao natural (matéria-prima); fresco, puro; frio, úmido; viva (carne); (fig.) novato, principiante, inexperiente, bisonho; ignorante. # *raw deal,* tratamento injusto; injustiça. *touch someone on the raw,* tocar na corda sensível.

RAWBONED ['rɔ:bound], *a.* magro, ossudo.

RAWBONES ['rɔ:bounz], *s.* magricela (= magrizela).

RAWHIDE ['rɔ:haid], *s.* couro cru; chicote feito de couro cru.

RAW MATERIAL ['rɔ:mə'tiəriəl], *s.* matéria-prima.

RAWNESS ['rɔ:ns], *s.* crueza; qualidade de estar cru; frialdade, umidade; inexperiência.

RAY [rei], *s.* raio; linha reta; fila; pequeno osso das barbatanas dos peixes; arraia. *v.* lançar raios de luz, irradiar, cintilar, brilhar; listrar.

RAY-GRASS ['reigrɑ:s], *s.* joio.

RAZE [reiz], *v.* arrasar, destruir, demolir; riscar, raspar, apagar; extirpar; roçar. tocar levemente.

RAZOR ['reizə], *s.* navalha; *pl.* dois dentes do javali.

RAZOR-BLADE ['reizəbleid], *s.* lâmina de navalha.

RAZOR-EDGE ['reizər'edʒ], *s.* fio de navalha.

RAZOR-STROP ['reizəstrɔp], *s.* assentador de navalha; afiador de navalha.

RAZZ [ræz], *v.* ridicularizar.

RAZZIA ['ræziə], *s.* razia, saque; (fig.) extorsão.

RE [ri:], *s.* (mús.) ré; causa, litígio; *pref.* que indica volta ao estado original ou repetição.

REACH [ri:tʃ], *v.* alcançar, atingir, tocar; apanhar, agarrar, conseguir, obter; elevar-se a; estender, estirar; dar; penetrar, entender, compreender; surpreender; enganar, lograr; diligenciar. *s.* alcance; poder, capacidade; faculdade; extensão; astúcia, manha, arte. # *beyond* (ou *out of) my reach,* fora de meu alcance, *reach after,* procurar. *reach into,* penetrar em.

REACH-ME-DOWN ['ri:tʃmi'daun], *V.* **HAND-ME-DOWN.**

REACT [ri:'ækt], *v.* reagir; representar de novo; refletir.

REACTION [ri:'ækʃən], *s.* reação.

REACTIONARY [ri:'ækʃnəri], *a.* reacionário. *s.* (pol.) retrógrado.

REACTIVE [ri'æktiv], *a.* reativo.

READ [ri:d], *pret.* e *pp.* **READ.** *v.* ler; aprender; aconselhar, avisar; dar lições de; compreender, decifrar, interpretar. # *read aloud,* ler em voz alta. *read off,* ler alto, citar em voz alta (números, nomes, etc.). *read over,* ler rapidamente; passar os olhos. *read up on,* preparar-se para exame.

READ [red], *pret.* e *pp.* de **READ.**

READABLE ['ri:dəbl], *a.* legível; interessante, aprazível.

READER ['ri:də], *s.* leitor; o que é muito lido, versado; declamador; livro de leitura; (impr.) revisor de provas.

READILY ['redili], *adv.* prontamente, sem demora; de bom grado, com prazer.

READINESS ['redinis], *s.* prontidão, presteza; disposição, boa-vontade; facilidade, habilidade; maturidade.

READING ['ri:diŋ], *s.* leitura, lição, estudo; comentário; conferência; legenda, solução de um enigma. *a.* de leitura. # *first, second, third reading,* primeira, segunda, terceira discussão (no parlamento).

READING-ROOM ['ri:diŋrum], *s.* gabinete de leitura.

READJUST ['ri:ə'dʒʌst], *v.* reajustar, compor, consertar de novo, arranjar novamente; (impr.) recorrer.

READJUSTMENT ['ri:ə'dʒʌstment], *s.* reajustamento.

READMISSION ['ri:əd'miʃən], *s.* readmissão.

READMIT ['ri:əd'mit], *v.* readmitir.

READMITTANCE ['ri:əd'mitəns], *s.* readmissão.

READY ['redi], *a.* pronto, preparado; disposto, propenso, inclinado; prestes; à mão, ao alcance, fácil; oportuno; lesto; expedito, vivo, ágil, diligente, hábil; curto, breve; útil; de contado; (fig.) feliz. # *be ready-witted,* ter presença de espírito. *make ready,* preparar-se. *ready cash,* numerário disponível.

READY-FOR-SERVICE ['redifə'sə:vis], *a.* (E.U.) feita, pronta (roupa) = (Ing.) *ready-made. s.* (E.U.) roupa feita = (Ing.) *ready-made.*

READY-MADE ['redi'meid], *a.* feita, pronta (roupa) = (E.U.) *hand-me-down, ready-to-wear, ready-for-service. s.* roupa feita = (E.U.) *hand-me-down, ready-to-wear, ready-for-service, store clothes.*

READY-PAYMENT ['redi'peimənt], *s.* pagamento imediato, pagamento à vista, pronto pagamento.

READY-TO-WEAR ['reditu'wɛə], *a.* (E.U.) feita, pronta (roupa) = (Ing.) *ready-made. s.* (E.U.) roupa feita = (Ing.) *ready-made.*

REAFFIRM ['ri:ə'fə:m], *v.* reafirmar.

REAGENT ['ri:'eidʒənt], *s.* reagente, reativo.

REAL [riəl], *a.* real, verdadeiro, genuíno, essencial, positivo; efetivo; sincero; (jur.) imóvel. *adv.* (E.U. col.) realmente. # *real assets,* bens de raiz. *real property,* imóvel.

REAL [ri:əl], *s.* real; [re'ɑ:l], real (moeda; unidade monetária).

REAL ESTATE ['riəlsteit], *s.* terreno, lote de terreno, terras, bens de raiz.

REALISM ['riəlizm], *s.* realismo.

REALIST ['riəlist], *s.* realista.

REALISTIC [riə'listik], *s.* realístico; vivo.

REALITY [ri:'æliti], *s.* realidade, verdade; sinceridade; entidade.

REALIZATION [riəlai'zeiʃən], *s.* realização.

REALIZE ['riəlaiz], *v.* perceber como realidade, compreender, perceber; tornar real, realizar, concretizar; efetuar alguma coisa, cumprir; converter em dinheiro; obter.

REALLY ['riəli], *adv.* realmente, na realidade, na verdade.

REALM [relm], *s.* reino, reinado; região, domínio.

REALTOR ['riəltə], *s.* (E.U.) corretor (de imóveis) = (Ing.) *estate agent, house-agent.*

REALTY ['riəlti], *s.* bens imóveis.

REAM [ri:m], *s.* resma (de papel); espuma; mandril. *v.* (mec.) mandrilar.

REAMER ['ri:mə], *s.* mandrilador, escariador (operário); mandril.

REANIMATE [ri:'ænimeit], *v.* reanimar.

REAP [ri:p], *v.* colher, ceifar, segar; fazer a colheita; alcançar, conseguir, obter: receber a recompensa do trabalho.

REAPER ['ri:pə], *s.* ceifeiro, segador; ceifeira, segadora (mecânica).

REAPING ['ri:piŋ], *s.* colheita, ceifa, sega.

REAPPEAR ['ri:ə'piə], *v.* reaparecer.

REAPPEARANCE ['ri:ə'piərəns], *s.* reaparição.

REAR [riə], *a.* traseiro, de trás, posterior, último. *s.* traseira, cauda, parte posterior, fundo, costas; (mil.) retaguarda. *v.* criar; educar, ensinar, instruir; levantar; erguer; elevar, engrandecer; exaltar; alentar; edificar, construir; erigir; empinar-se (cavalo). # *bring up the rear,* vir em último lugar.

REAR-ADMIRAL ['riə'ædmərəl], *s.* contra-almirante.

REAR-GUARD ['riəgɑ:d], *s.* retaguarda.

RE-ARM ['ri:'ɑ:m], *v.* rearmar.

REARMAMENT [ri:'ɑ:məmənt], *s.* rearmamento.

REARMOST ['riəmoust], *a.* último, derradeiro.

REARRANGE ['ri:ə'reindʒ], *v.* pôr em ordem novamente, reorganizar.

REARRANGEMENT ['ri:ə'reindʒmənt], *a.* ação de pôr em ordem de novo, reorganização.

REARWARD ['riəwəd], *a.* traseiro, último. *adv.* em direção à retaguarda; na retaguarda.

REARWARDS ['riəwədz], *adv.* em direção à retaguarda.

REASON ['ri:zn], *s.* razão, entendimento; causa, motivo, fundamento; eqüidade, justiça; prova, argumento; intuição; antecedente, princípio; discurso. *v.* raciocinar, arrazoar, argumentar; meditar; discutir, debater; discorrer; persuadir; dissuadir; julgar, investigar; provar; deduzir. # *by reason of,* devido a. *stand to reason,* ser óbvio, ser evidente.

REASONABLE ['ri:znəbl], *a.* racional, razoável; justo; moderado; módico, barato, sofrível, mediano.

REASONABLENESS ['ri:znəblnis], *s.* racionalidade; justiça; moderação.

REASONABLY ['ri:znəbli], *adv.* racionalmente, razoavelmente.

REASONER ['ri:znə], *s.* raciocinador; pensador, meditador.

REASONING ['ri:zniŋ], *s.* raciocínio, argumento.

REASSEMBLE ['ri:ə'sembl], *v.* juntar ou convocar novamente; reunir de novo.

REASSERT ['ri:ə'sə:t], *v.* reafirmar.

REASSURANCE [ri:ə'ʃuərəns], *s.* certeza restabelecida; confirmação.

REASSURE [ri:ə'ʃuə], *v.* tranqüilizar, fazer perder o medo; restabelecer a confiança; confirmar.

REBATE ['ri:beit], *s.* abatimento, redução, desconto, dedução; estria, chanfro, canelura.

REBATE [ri'beit], *v.* diminuir, reduzir; descontar; abater.

REBEL ['rebl], *s.* e *a.* rebelde, revoltoso, insubordinado, insurreto.

REBEL [ri'bel], *v.* rebelar-se, revoltar-se, insubordinar-se, insurrecionar-se, sublevar-se.

REBELLION [ri'beljən], *s.* rebelião, revolta, insubordinação, insurreição, sublevação.

REBELLIOUS [ri'beljəs], *a.* rebelde, rebelado, revoltoso, insubordinado, insurreto, sublevado, amotinado; refratário.

REBIRTH ['ri:'bə:θ], *s.* renascimento.

REBORN ['ri:bɔ:n], *a.* renascido.

REBOUND [ri'baund], *v.* repercutir, retumbar; ressaltar; refletir, reverberar. *s.* repercussão; ressalto.

REBOUND ['ri:'baund], *a.* encadernado de novo.

REBUFF [ri'bʌf], *s.* rebate, repulsa, recusa; resistência; desaire; contrariedade. *v.* rebater, repelir, rejeitar, recusar; rechaçar.

REBUILD ['ri:'bild], *pret.* e *pp.* **REBUILT.** *v.* reconstruir, reedificar; (fig.) restabelecer.

REBUILT ['ri:bilt], *pret.* e *pp.* de **REBUILD.**

REBUKE [ri'bju:k], *v.* repreender, admoestar, censurar. *s.* repreensão, admoestação, censura; castigo; descompostura.

REBUS ['ri:bəs], *s.* rébus.

REBUT [ri'bʌt], *v.* refutar, contradizer, replicar, rebater, retrucar.

REBUTTABLE [ri'bʌtəbl], *a.* refutável.

REBUTTAL [ri'bʌtl], *s.* refutação, réplica. *V.* **REPLICATION, REJOINDER.**

REBUTTER [ri'bʌtə], *s.* tréplica; o que treplica. *V.* **TRIPLICATION, SURREJOINDER.**

RECALCITRANT [ri'kælsitrənt], *a.* recalcitrante.

RECALL [ri'kɔ:l], *v.* revocar, cassar, revogar, anular; tornar a chamar; relembrar, recordar; retratar; tocar, reunir. *s.* revocação, revogação; recordação; chamada, toque de reunir; retratação.

RECANT [ri'kænt], *v.* retratar-se.

RECANTATION [ri:kən'teiʃən], *s.* retratação.

RECANTER [ri'kæntə], *s.* retratador.

RECAP ['ri:kæp, ri:'kæp], *v.* recauchutar.

RECAPITALIZATION ['ri:kəpitəlai'zeiʃən], *s.* aumento de capital.

RECAPITULATE [ri:kə'pitjuleit], *v.* recapitular, resumir.

RECAPITULATION ['ri:kəpitju'leiʃən], *s.* recapitulação, sumário, resumo.

RECAPTURE ['ri:'kæptʃə], *v.* recapturar, retomar. *s.* recaptura, retomada.

RECAST ['ri:'kɑ:st], *pret.* e *pp.* **RECAST.** *v.*

refundir; reformar; arremessar de novo; mudar; transformar; reclamar.

RECEDE [ri:'si:d], *v.* retirar-se, retroceder, recuar, desistir de alguma coisa; apartar-se, desviar-se.

RECEDING [ri:'si:diŋ], *a.* (maré) descendente, vazante.

RECEIPT [ri'si:t], *s.* recibo; recepção, recebimento, acolhimento; receita (de médico, de cozinha); *pl.* (com.) entradas; receita, recebimentos. *v.* passar recibo, dar quitação. # *be in receipt of,* estar de posse de. *gross receipts,* rendimentos brutos. *receipt in full, in full receipt,* quitação plena, recibo por saldo. *upon* (ou *on*) *receipt,* mediante recibo. *write out a receipt,* passar recibo.

RECEIVABLE [ri'si:vəbl], *a.* receptível, aceitável.

RECEIVE [ri'si:v], *v.* receber, aceitar; permitir, admitir; hospedar, acolher; entender, perceber; conter; receptar.

RECEIVER [ri'si:və], *s.* recebedor, arrecadador; receptor; recipiente; consignatário; (jur.) depositário; liqüidatário.

RECEIVING [ri'si:viŋ], *s.* recepção; receptação.

RECENT ['ri:snt], *a.* recente, novo, moderno.

RECENTLY ['ri:sntli], *adv.* recentemente, modernamente.

RECEPTACLE [ri'septəkl], *s.* receptáculo, recipiente; (eletr.) tomada de corrente; benjamim.

RECEPTION [ri'sepʃən], *s.* recepção, acolhimento; audiência. # *reception clerk,* (E.U.) recepcionista (hotel) = (Ing.) *booking clerk.*

RECEPTIONIST [ri'sepʃənist], *s.* recepcionista.

RECEPTIVE [ri'septiv], *a.* receptivo.

RECEPTIVITY [risep'tiviti], *s.* receptividade.

RECESS [ri'ses], *s.* retiro, recesso, esconderijo; recôndito, âmago; retirada, partida; solidão; nicho; reentrância, rebaixa; trégua, suspensão; recreio, férias, descanso. *v.* entrar em férias, descansar.

RECESSION [ri'seʃən], *s.* recesso, retiro; retirada; partida; desistência; restituição.

RECESSIONAL [ri'seʃənl], *s.* hino cantado após o ofício divino. *a.* cantado após o ofício divino.

RECESSIVE [ri'sesiv], *a.* recessivo.

RECIPE ['resipi], *s.* receita médica; receita culinária; fórmula.

RECIPIENT [ri'sipiənt], *s.* recipiente, receptor; destinatário; recebedor. *a.* receptivo.

RECIPROCAL [ri'siprəkəl], *a.* recíproco, mútuo; permutável; alternado.

RECIPROCATE [ri'siprəkeit], *v.* retribuir; permutar, alternar; corresponder.

RECIPROCITY [resi'prɔsiti], *s.* reciprocidade.

RECITAL [ri'saitl], *s.* narração, relato, exposição; (mús.) recital; audição; concerto.

RECITATION [resi'teiʃən], *s.* recitação, declamação; narração; prova oral.

RECITATIVE [resitə'ti:v], *s.* (mús.) recitativo.

RECITE [ri'sait], *v.* relatar, narrar, referir; citar; recitar, declamar.

RECITER [ri'saitə], *s.* recitador, declamador; relator, narrador.

RECK [rek], *v.* importar-se com; fazer caso de; inquietar-se, preocupar-se.

RECKLESS ['reklis], *a.* imprudente, descuidado, negligente; temerário, atrevido, ousado; estouvado; esbanjador.

RECKLESSNESS ['reklisnis], *s.* negligência, descuido; temeridade, ousadia; estouvamento.

RECKON ['rekn], *v.* contar, calcular, computar; avaliar, considerar, estimar; (fig.) pensar, julgar, supor, crer. # *reckon little for,* subestimar; fazer pouco caso de. *reckon upon* (ou *on*), contar com. *reckon with,* lidar com; ajustar as contas com; contar com.

RECKONER ['reknə], *s.* contador, calculador, calculista.

RECKONING ['rekniŋ], *s.* conta, cálculo, cômputo; (fig.) o conceito ou juízo que se forma de alguem; ajuste de contas. # *astern of the reckoning,* (nav.) com a corrente contra. *be out of one's reckoning,* enganar-se, estar enganado. *mental reckoning,* cálculo mental, conta de cabeça. *short reckonings make long friends,* boas contas fazem bons amigos.

RECLAIM [ri:'kleim], *v.* obter; tornar utilizável, aproveitar; recuperar; sanear; regenerar, reformar; domesticar, amansar.

RECLAIMABLE [ri'kleiməbl], *a.* que se pode reclamar; que se pode corrigir ou reformar.

RECLAIMED [ri'kleimd], *a.* recuperado.

RECLAMATION [reklə'meiʃən], *s.* reclamação, reivindicação; reforma, emenda, correção.

RECLINE [ri'klain], *v.* reclinar, recostar, pender, inclinar, apoiar, reclinar-se, recostar-se, descansar.

RECLUSE [ri'klu:s], *s.* monge, eremita, solitário.

RECLUSION [ri'klu:ʒn], *s.* reclusão; isolamento.

RECOGNITION [rekəg'niʃən], *s.* reconhecimento, lembrança; (jur.) confissão.

RECOGNIZABLE (ISA) ['rekəgnaizəbl], *a.* reconhecível.

RECOGNIZANCE [ri'kɔgnizəns], *s.* (jur.) obrigação mediante fiança ou consignação; a quantia consignada ou a fiança.

RECOGNIZE ['rekəgnaiz], *v.* reconhecer; examinar, rever; admitir, conceder; dar a palavra a (em uma assembléia).

RECOIL [ri'kɔil], *s.* recuo, retrocesso; coice (de arma de fogo); refluxo; medo, repugnância. *v.* recuar, retroceder; dar coice (arma de fogo); refluir; (fig.) vacilar; horrorizar-se.

RECOLLECT [rekə'lekt], *v.* recordar-se, lembrar-se; rememorar.

RECOLLECT [rekə'lekt, 'ri:kə'lekt], *v.* refazer-se, recobrar as forças.

RE-COLLECT ['ri:kə'lekt], *v.* reunir; arrecadar, coletar.

RECOLLECTION [rekə'lekʃən], *s.* recordação, lembrança, memória.

RECOMMENCE ['ri:kə'mens], *v.* recomeçar.

RECOMMEND [rekə'mend], *v.* recomendar, preconizar, encarecer; aconselhar; louvar, elogiar; encomendar (a alma); encarregar.

RECOMMENDABLE [rekə'mendəbl], *a.* recomendável; merecedor de elogio.

RECOMMENDATION [rekəmen'deiʃən], *s.* recomendação; louvor, elogio. # *self-praise is no recommendation,* louvor em boca própria é vitupério.

RECOMPENSE ['rekəmpens], *v.* recompensar, compensar, remunerar; remir, resgatar; indenizar. *s.* recompensa, compensação, remuneração, gratificação; indenização.

RECONCILABLE ['rekənsailəbl], *a.* reconciliável; compatível.

RECONCILE ['rekənsail], *v.* reconciliar, conciliar, harmonizar. # *reconcile oneself,* conformar-se, resignar-se.

RECONCILER ['rekənsailə], *s.* reconciliador, conciliador, harmonizador, pacificador.

RECONCILIATION [rekənsili'eiʃən], *s.* reconciliação, conciliação; harmonia; expiação, reparação; concordância; acordo, congruência.

RECONDITE [ri'kɔndait, 'rekəndait], *a.* recôndito; obscuro; profundo.

RECONDITION [rikən'diʃən], *v.* recondicionar.

RECONNAISSANCE [ri'kɔnisəns], *s.* reconhecimento; verificação.

RECONNOITRE [rekə'nɔitə], *v.* reconhecer, examinar; observar, inspecionar; (mil.) fazer um reconhecimento.

RECONQUER ['ri:'kɔŋkə], *v.* reconquistar; recobrar.

RECONQUEST ['ri:'kɔŋkwest], *s.* reconquista.

RECONSIDER ['ri:kən'sidə], *v.* reconsiderar; rever.

RECONSIDERATION ['ri:kənsidə'reiʃən], *s.* reconsideração; revisão.

RECONSTITUTE ['ri:'kɔnstiju:t], *v.* reconstituir, reorganizar.

RECONSTITUTION ['ri:kɔnsti'tju:ʃən], *s.* reconstituição, reorganização.

RECONSTRUCT ['ri:kəns'trʌkt], *v.* reconstruir, reedificar.

RECONSTRUCTION ['ri:kəns'trʌkʃən], *s.* reconstrução, reedificação.

RECORD ['rekɔ:d], *s.* disco de vitrola; registro (= registo); documento, ata, crônica, história; antecedentes de uma pessoa; (jur.) memorial, informe, auto; testemunho; memória, recordação; proeza, feito sem precedente; *pl.* arquivo, anais, protocolo, dados, memórias. # *bear record to,* dar testemunho de; dar provas de. *cut a record,* gravar um disco. *go on record,* declarar publicamente; manifestar-se. *keep a record of,* tomar nota de. *off the record,* confidencial, confidencialmente. *on record,* protocolado. *record collection,* discoteca. *record player,* toca-discos.

RECORD [ri'kɔ:d], *v.* registrar (= registar); gravar; assentar; consignar; referir; relatar; arquivar; preservar, conservar; reproduzir; recordar; marcar, indicar; imprimir.

RECORDABLE [ri'kɔ:dəbl], *a.* registrável (= registável).

RECORDER [ri'kɔ:də], *s.* registrador (= registador); gravador de som; arquivista; protocolista; juiz municipal; contador; flautim.

RECORDING [ri'kɔ:diŋ], *a.* registrador (= registador).

RECOUNT ['ri:'kaunt], *v.* recontar.

RECOUNT [ri'kaunt], *v.* relatar, referir, narrar, contar pormenorizadamente .

RECOUNTMENT [ri'kauntmənt], *s.* relação, narração pormenorizada.

RECOUP [ri'ku:p], *v.* (jur.) reaver; indenizar.

RECOURSE [ri'kɔ:s], *s.* recurso, auxílio, meio, refúgio; (jur.) recurso, apelação judicial; recaída, repetição de uma enfermidade.

RECOVER ['ri:kʌvə], *v.* recobrir.

RECOVER [ri'kʌvə], *v.* recuperar, recobrar, reaver; curar, restabelecer; desempenhar; retomar, ressarcir; resgatar; desempenhar; restabelecer-se, recuperar a saúde, sarar; convalescer; voltar a si; indenizar-se; recompensar-se de; (jur.) ganhar uma causa.

RECOVERABLE [ri'kʌvərəbl], *a.* recuperável; curável.

RECOVERY [ri'kʌvəri], *s.* restabelecimento, cura, convalescença; recuperação, recobro; resgate, redenção; (jur.) adjudicação. # *past recovery*, incurável.

RECREATE ['rekrieit], *v.* recrear, divertir; aliviar; reanimar; recrear-se, divertir-se.

RECREATE ['rik'krieit], *v.* criar de novo.

RECREATION [rekri'eiʃən], *s.* recreação, divertimento, recreio, distração; alívio.

RE-CREATION ['ri:kri'eiʃən], *s.* recriação.

RECREATIVE ['rekrieitiv], *a.* recreativo, divertido, distraído, agradável.

RECRIMINATE [ri'krimineit], *v.* recriminar.

RECRIMINATION [rikrimi'neiʃən], *s.* recriminação.

RECRIMINATOR [ri'krimineitə], *s.* recriminador.

RECRUDESCE [ri:kru:'des], *v.* recrudescer.

RECRUDESCENCE [ri:kru:'desns], *s.* recrudescência.

RECRUDESCENT [ri:kru:'desnt], *a.* recrudescente.

RECRUIT [ri'kru:t], *v.* recrutar; abastecer, prover, suprir; revigorar, restabelecer; restaurar-se, refrescar-se. *s.* recruta; novato; suprimento, reforço.

RECRUITER [ri'kru:tə], *s.* recrutador, alistador.

RECRUITING [ri'kru:tiŋ], *s.* recrutamento; restabelecimento.

RECRUITMENT [ri'kru:tmənt], *s.* recrutamento.

RECTA ['rektə], *pl.* de **RECTUM.**

RECTANGLE ['rektæŋgl], *s.* retângulo.

RECTANGULAR [rek'tæŋgjulə], *a.* retangular.

RECTIFIABLE ['rektifaiəbl], *a.* retificável.

RECTIFICATION [rektifi'keiʃən], *s.* retificação, correção, emenda; refinação, purificação.

RECTIFIER ['rektifaiə], *s.* retificador; aquele que corrige ou emenda; refinador.

RECTIFY ['rektifai], *v.* retificar, corrigir, emendar; refinar.

RECTILINEAL [rekti'linjəl], *a.* retilíneo.

RECTILINEAR [rekti'linjə], *a.* retilíneo.

RECTITUDE ['rektitju:d], *s.* retitude, retidão; correção; integridade.

RECTOR ['rektə], *s.* reitor; cura, pároco; (E.U.) pastor; governador; superior; reitor de universidade.

RECTORATE ['rektərit], *s.* reitoria, reitorado.

RECTORSHIP ['rektəʃip], *V.* **RECTORATE.**

RECTORY ['rektəri], *s.* reitoria; igreja paroquial; paróquia; presbitério.

RECTUM ['rektəm], *s.* (anat.) reto. *pl.* **RECTA.**

RECUMBENT [ri'kʌmbənt], *a.* deitado; inativo.

RECUPERATE [ri'kju:pəreit], *v.* recuperar, recobrar; restabelecer-se, convalescer.

RECUPERATION [rikju:pə'reiʃən], *s.* recuperação; restabelecimento.

RECUR [ri'kə:], *v.* repetir-se, ocorrer outra vez; voltar, volver.

RECURRENCE [ri'kʌrəns], *s.* repetição; volta, retorno; renovação.

RECURRENT [ri'kʌrənt], *a.* periódico.

RED [red], *a.* vermelho, encarnado, cor-de-sangue; revolucionário. *s.* cor vermelha, cor-de-sangue; republicano radical; almagre (= almagra, almagro); (E.U. com.) prejuízo. *v.* pintar de vermelho, avermelhar. # *be caught red handed*, ser apanhado em flagrante. *in the red*, com prejuízo; que dá prejuízo.

REDCAP ['redkæp], *s.* pintassilgo; soldado de polícia; (E.U.) carregador (estação de estrada de ferro) = (Ing.) *station porter*.

REDDEN ['redn], *v.* avermelhar; corar, enrubescer, ruborizar-se.

REDDISH ['rediʃ], *a.* avermelhado.

REDDISHNESS ['rediʃnis], *s.* vermelhidão.

REDEEM [ri'di:m], *v.* comprar de novo, readquirir, reaver; redimir; amortizar; resgatar, remir, libertar; compensar; recompensar.

REDEEMABLE [ri'di:məbl], *a.* redimível, amortizável, resgatável, remível; que pode ser compensado, reparado.

REDEEMER [ri'di:mə], *s.* redentor, remidor, resgatador.

REDEMPTION [ri'dempʃən, ri'demʃən], *s.* redenção, resgate; livramento, salvação; amortização. # *redemption department,* carteira de redescontos. *redemption period,* período de resgate (penhor).

RED-HOT ['red'hɔt], *a.* em brasa, incandescente, candente; acérrimo, extremo.

REDISCOUNT [ri:'diskaunt], *s.* redesconto. *v.* redescontar.

REDISTRIBUTE ['ri:dis'tribju:t], *v.* distribuir de novo.

REDISTRIBUTION ['ri:distri'bju:ʃən], *s.* redistribuição, nova divisão.

RED-LEAD [red'led], *s.* zarcão, mínio.

RED-LETTER ['red'letə], *a.* de festa; memorável.

RED MAN ['redmæn], *V.* **REDSKIN.**

REDNESS ['rednis], *s.* vermelhidão.

REDOLENCE ['redoləns], *s.* fragrância, aroma.

REDOLENT ['redolənt], *a.* fragrante, cheiroso, aromático.

REDOUBLE [ri'dʌbl], *v.* redobrar, duplicar, acrescentar; repetir muitas vezes; duplicar-se.

REDOUBT [ri'daut], *s.* reduto. *v.* amedrontar, apavorar.

REDOUBTABLE [ri'dautəbl], *a.* temível, respeitável, terrível, formidável.

REDOUND [ri'daund], *v.* resultar, redundar em; refluir; ressaltar; ressoar; contribuir.

REDRAFT ['ri:drɑ:ft], *s.* novo projeto; nova cópia, nova redação; novo saque.

REDRAW ['ri:'drɔ:], *pret.* **REDREW,** *pp.* **REDRAWN.** *v.* ressecar; desenhar de novo; puxar novamente, tornar a estender.

REDRAWN ['ri:'drɔ:n], *pp.* de **REDRAW.**

REDRESS [ri'dres], *v.* corrigir, emendar; reparar, endireitar, reformar; remediar; desagravar; fazer justiça; aliviar, consolar. *s.* correção, reparação; remédio; desagravo, satisfação; alívio; socorro.

REDRESS ['ri:'dres], *v.* vestir(-se).

REDREW ['ri:'dru:], *pret.* de **REDRAW.**

REDSKIN ['redskin], *s.* pele-vermelha.

RED-TAPE ['red'teip], *s.* oficialismo, rotina, formalidades excessivas, burocracia. *a.* de rotina; burocrático.

RED-TAPISM ['red'teipizm], *V.* **RED-TAPE.**

RED-TAPIST [red'teipist], *s.* burocrata.

REDUCE [ri'dju:s], *v.* reduzir, diminuir; transformar; submeter, subjugar; degradar; rebaixar, depreciar, humilhar, desoxidar; restaurar.

REDUCER [ri'dju:sə], *s.* (canal.) tubo de redução.

REDUCIBLE [ri'dju:səbl], *a.* redutível.

REDUCTION [ri'dʌkʃən], *s.* redução, diminuição, abatimento; baixa; encurtamento; sujeição; tomada, conquista.

REDUNDANCE [ri'dʌndəns], *s.* redundância, pleonasmo; excesso, abundância.

REDUNDANCY [ri'dʌndənsi], *V.* **REDUNDANCE.**

REDUNDANT [ri'dʌndənt], *a.* redundante, supérfluo, excessivo.

REDUPLICATE [ri'dju:plikeit], *v.* reduplicar; repetir.

REDUPLICATION [ridju:pli'keiʃən], *s.* repetição; reduplicação.

RED-WOOD ['redwud], *s.* pau-brasil.

RE-ECHO [ri:'ekou], *v.* ressoar, retumbar; repercutir, repetir. *s.* eco repetido.

REED [ri:d], *s.* cana, caniço; junco; charamela, gaita, flauta, pequena lingüeta, palheta de instrumento de sopro; flecha, seta; (fig.) poesia bucólica. *v.* fazer peças de cana ou caniço; debulhar, malhar.

RE-EDIT ['ri:'edit], *v.* reeditar.

RE-EDITION ['ri:i'diʃən], *s.* reedição.

REEDY ['ri:di], *a.* feito de cana ou junco; fino como um caniço; abundante em canas; estridente.

REEF [ri:f], *s.* recife, escolho; sarna; erupção; (náut.) rizes; filão. *v.* (náut.) rizar.

REEFING ['ri:fiŋ], *s.* (náut.) rizadura.

REEFY ['ri:fi], *a.* cheio de recifes, de escolhos; sarnoso.

REEK [ri:k], *s.* fetidez; exalação; fumo, vapor. *v.* fumigar, defumar; fumegar; lançar vapores, exalações.

REEKY ['ri:ki], *a.* negro, cheio de fumo, enegrecido, defumado.

REEL [ri:l], *s.* carretel, bobina, sarilho; torniquete. *v.* dobar, enrolar em carretel; rodar, virar, revirar; vacilar, cambalear. # *off the reel,* ininterruptamente. *reel off,* desenrolar; recitar rapidamente.

RE-ELECT ['ri:i'lekt], *v.* reeleger.

RE-ELECTION ['ri:i'lekʃən], *s.* reeleição.

RE-EMBARK ['ri:im'bɑ:k], *v.* reembarcar.

REEMING-IRON ['ri:miŋaiən], *s.* ferro de calafate.

RE-ENACT ['ri:i'nækt], *v.* revalidar, restabelecer.

RE-ENACTMENT ['ri:i'næktmənt], *s.* revalidação, restabelecimento.

RE-ENFORCE ['ri:in'fɔ:s], *v.* reforçar. *s.* reforço.

RE-ENFORCEMENT ['ri:in'fɔ:smənt], *s.* reforço.

RE-ENGAGE ['ri:in'geidʒ], *v.* contratar de novo; alistar ou alistar-se de novo; recomeçar; (mil.) reencetar, travar novo combate.

RE-ENGAGEMENT ['ri:in'geidʒmənt], *s.* renovação de combate; renovação de contrato; readmissão.

RE-ENTER ['ri:'entə], *v.* reentrar.

RE-ENTRANCE ['ri:'entrəns], *s.* ação de tornar a entrar; reaparecimento.

RE-ENTRANT ['ri:'entrənt], *a.* reentrante.

RE-ESTABLISH ['ri:is'tæbliʃ], *v.* restabelecer.

RE-EXAMINE ['ri:ig'zæmin], *v.* rever, reexaminar.

REFECTORY [ri'fektəri], *s.* refeitório.

REFER [ri'fə:], *v.* referir; remeter; entregar; dirigir; reduzir; classificar; atribuir; referir-se, reportar-se, aludir; dirigir-se, apelar, recorrer; encaminhar; assinalar; consultar (dicionário).

REFEREE [refə'ri:], *s.* árbitro, juiz; perito.

REFERENCE ['refrəns], *s.* referência, alusão, menção; relação, respeito; informação, consulta; recomendação; fiador; (jur.) sentença do juiz. # *reference work,* obra de consulta.

REFERENCE-BOOK ['refrənsbuk], *s.* livro de consulta.

REFERENCE-MARK ['refrənsmɑ:k], *s.* (tip.) chamada, nota.

REFILL ['ri:'fil], *v.* tornar a encher.

REFINE [ri'fain], *v.* refinar, depurar, purificar; polir; aperfeiçoar; refinar-se, aperfeiçoar-se, requintar, apurar.

REFINED [ri'faind], *a.* refinado, purificado; aperfeiçoado; requintado; distinto, polido, cortês.

REFINEMENT [ri'fainmənt], *s.* refinamento, purificação; aperfeiçoamento, requinte; distinção, polidez, cortesia, gentileza; cultura; afinagem.

REFINER [ri'fainə], *s.* refinador; afinador de metais.

REFINERY [ri'fainəri], *s.* refinaria.

REFINING [ri'fainiŋ], *s.* refinação, purificação; afinagem.

REFIT ['ri:'fit], *v.* consertar, reparar, compor; calafetar; equipar de novo.

REFITTING ['ri:'fitiŋ], *s.* conserto, reparação.

REFLECT [ri'flekt], *v.* refletir, pensar, ponderar, considerar; refletir, reverberar; censurar; repercutir; prejudicar a.

REFLECTING [ri'flektiŋ], *a.* refletivo, pensador; refletor.

REFLECTION, REFLEXION [ri'flekʃən], *s.* reflexão, consideração, ponderação; reflexão, reverberação; reflexo (calor, luz, etc., refletidos); censura, repreensão; (fisiol.) reflexo, ato reflexo.

REFLECTIVE [ri'flektiv], *a.* refletivo, pensativo, meditativo; refletidor; (gram.) reflexivo.

REFLECTOR [ri'flektə], *s.* refletor; revérbero; aquele que medita.

REFLEX ['ri:-fleks], *s.* reflexo. *v.* recurvar. *a.* reflexivo; reflexo. # *reflex action,* ato reflexo.

REFLEXION [ri'flekʃən], *V.* **REFLECTION.**

REFLEXIVE [ri'fleksiv], *a.* (gram.) reflexivo.
REFLOURISH [ri:'flʌriʃ], *v.* reflorescer, reflorir.
REFLOURISHMENT [ri:'flʌriʃmənt], *s.* reflorescimento.
REFLOW ['ri:'flou], *v.* refluir.
REFLUX ['ri:-flʌks], *s.* refluxo.
REFOREST [ri:'fɔrist], *v.* reflorestar.
REFORESTATION [ri:fɔris'teiʃən], *s.* reflorestamento.
REFORM [ri'fɔ:m], *s.* reforma. *v.* reformar; emendar, corrigir, aperfeiçoar; reformar-se, emendar-se, corrigir-se.
REFORM ['ri:'fɔ:m], *v.* tornar a formar; refazer.
REFORMABLE [ri'fɔ:məbl], *a.* reformável.
REFORMATION [refə'meiʃən], *s.* reformação, reforma.
REFORMATION [refə'meiʃən], *s.* Reforma, movimento religioso do século XVI.
REFORMATORY [ri'fɔ:mətəri], *s.* reformatório, casa de correção. *a.* reformatório.
REFORMER [ri'fɔ:mə], *s.* reformador.
REFRACT [ri'frækt], *v.* refratar, refranger.
REFRACTION [ri'frækʃən], *s.* refração.
REFRACTIVE [ri'fræktiv], *a.* refrativo.
REFRACTOR [ri'fræktə], *s.* telescópio de refração; refrator.
REFRACTORINESS [ri'fræktərinis], *s.* contumácia, insubmissão, rebeldia, indocilidade; refratariedade.
REFRACTORY [ri'fræktəri], *a.* refratário, obstinado, pertinaz; indócil.
REFRAIN [ri'frein], *v.* refrear, reprimir, conter; impedir; refrear-se, abster-se. *s.* estribilho, refrão.
REFRESH [ri'freʃ], *v.* refrescar, revigorar, reanimar, reviver, renovar; aliviar; restaurar; refrigerar; refrescar-se.
REFRESHER [ri'freʃə], *s.* o que refresca, revigora, reanima; refresco; honorários adicionais de um advogado. # *refresher course*, curso de revisão.
REFRESHING [ri'freʃiŋ], *a.* refrigerante, revigorador, reanimador, restaurador.
REFRESHMENT [ri'freʃmənt], *s.* refresco; refeição leve; alívio, refrigério.
REFRIGERANT [ri'fridʒərənt], *s.* refrigério; refrigerante. *a.* refrigerante, refrescante.
REFRIGERATE [ri'fridʒəreit], *v.* refrigerar, refrescar.
REFRIGERATING [ri'fridʒəreitiŋ], *a.* refrigerante, resfriador,
REFRIGERATION [rifridʒə'reiʃən], *s.* refrigeração.
REFRIGERATOR [ri'fridʒəreitə], *s.* refrigerador, geladeira; (quím.) refrigerante.
REFUGE ['refju:dʒ], *s.* refúgio, proteção; asilo, albergue; subterfúgio, recurso, expediente, alvitre. *v.* (desus.) proteger; abrigar, acoitar, acolher, agasalhar; abrigar-se.
REFUGEE [refju:'dʒi:], *s.* refugiado; abrigado, asilado.
REFULGENCE [ri'fʌldʒəns], *s.* refulgência, esplendor.
REFULGENT [ri'fʌldʒənt], *a.* refulgente, brilhante.
REFUND ['ri:-fʌnd], *s.* devolução; reembolso.
REFUND [ri:'fʌnd], *v.* restituir, reembolsar, amortizar; pagar; (fin.) reconsolidar.
REFUSABLE [ri'fju:zəbl], *a.* recusável.
REFUSAL [ri'fju:zəl], *s.* recusa, repulsa, denegação; direito de opção. # *first refusal*, opção, preferência.
REFUSE ['refju:s], *s.* refugo, escória, rebotalho, sobra, sobejos. *a.* que não presta para nada; de refugo; imprestável.
REFUSE [ri'fju:z], *v.* recusar, rejeitar, negar, repelir; opor-se a; refundir.
REFUTABILITY [refjutə'biliti], *s.* refutabilidade, impugnabilidade.
REFUTABLE ['refjutəbl, ri'fju:təbl], *a.* refutável.
REFUTATION [refju:'teiʃən], *s.* refutação.
REFUTE [ri'fju:t], *v.* refutar, rebater, contestar.
REGAIN [ri'gein], *v.* tornar a ganhar, readquirir, recuperar, reconquistar.
REGAL ['ri:gəl], *a.* real, régio. *s.* realejo, pequeno.
REGALE [ri'geil], *v.* regalar. # *regale oneself*, regalar-se.
REGALIA [ri'geiliə], *s.* prerrogativas reais; insígnias; emblemas.

REGARD [ri'gɑ:d], *v.* observar, atentar, reparar, notar, olhar, ver; considerar, respeitar, acatar; estimar, venerar; guardar os dias santos; relacionar. *s.* atenção, consideração, respeito, acatamento; estima, veneração, reverência; relação; aspecto, aparência; referência. *pl.* cumprimentos, respeitos; recordações, memórias. # *as regards that,* quanto àquilo, quanto a isso. *with* (ou *in*) *regard to,* com referência a, quanto a.

REGARDFUL [ri'gɑ:dful], *a.* atencioso, respeitoso.

REGARDING [ri'gɑ:diŋ], *prep.* relativamente a, com respeito a, a respeito de, com referência a.

REGARDLESS [ri'gɑ:dlis], *a.* sem consideração; desatento; negligente, descuidado, indiferente.

REGATTA [ri'gætə], *s.* regata.

REGENCY ['ri:dʒənsi], *s.* regência.

REGENERATE [ri'dʒenəreit], *v.* regenerar; reproduzir.

REGENERATION [ridʒenə'reiʃən], *s.* regeneração.

REGENT ['ri:dʒənt], *a.* regente. *s.* regente, governador; professor; (E.U.) membro do conselho de universidade estadual; chefe de disciplina; inspetor de alunos (em Harvard).

REGENTSHIP ['ri:dʒəntʃip], *s.* regência.

REGICIDE ['redʒisaid], *s.* regicida; regicídio.

REGIME [rei'ʒi:m], *s.* regime; sistema; regimento; administração.

REGIMEN ['redʒimən], *s.* (med.) dieta; regime; (gram.) regime; sujeição, freio.

REGIMENT ['redʒimənt], *s.* regimento; autoridade, domínio.

REGIMENTAL [redʒi'mentl], *a.* regimental, militar. *s. pl.* uniforme militar, fardamento (desus.).

REGION ['ridʒən], *s.* região; distrito; província; território; lugar.

REGIONAL ['ri:dʒənl], *a.* regional.

REGISTER ['redʒistə], *s.* registro (= registo), livro de assentamentos; catálogo, rol, lista, protocolo; indicador; registro (de gás, luz, etc.); (náut.) matrícula; (E.U.) registrador (= registador), arquivista; protocolista. *v.* registrar (= registar), assentar, alistar, protocolar, inscrever, matricular; indicar; (E.U.) inscrever-se, registrar-se (= registar-se), matricular-se; (E.U.) mostrar = (Ing.) *show.* # *register oneself,* alistar-se.

REGISTERED ['redʒistəd], *a.* registrado, matriculado, inscrito.

REGISTRAR [rədʒis'trɑ:], *a.* protocolista; registrador; arquivista.

REGISTRATION [redʒis'treiʃən], *s.* registro (= registo), inscrição.

REGISTRATION FEE [redʒistreiʃən'fi:], *s.* taxa de registro (correio) = (E.U.) *registry fee.*

REGISTRY ['redʒistri], *s.* registro (= registo), lugar onde um registro é guardado; matrícula, assentamento; protocolo; arquivo; (mar.) certificado de registro.

REGISTRY FEE ['redʒistri'fi:], *s.* (E.U.) taxa de registro = (Ing.) *registration fee.*

REGISTRY OFFICE ['redʒistri'ɔfis], *s.* agência de empregos = (E.U.) *employment office.*

REGNANT ['regnənt], *a.* reinante; (fig.) predominante.

REGRESS ['ri:gres], *s.* regresso; retrocesso. *v.* [ri'gres], *v.* retroceder; regressar.

REGRESSION [ri'greʃən], *s.* regressão, regresso; retrocesso.

REGRESSIVE [ri'gresiv], *a.* regressivo.

REGRET [ri'gret], *s.* pena, pesar, sentimento; dor; arrependimento. *v.* sentir, ter pesar; lamentar, deplorar; afligir-se; arrepender-se.

REGRETFUL [ri'gretful], *a.* pesaroso; arrependido.

REGRETTABLE [ri'gretəbl], *a.* lamentável, deplorável; sensível.

REGULAR ['regjulə], *a.* regular, normal; assíduo, pontual, metódico; periódico; uniforme; formal; (E.U. col.) bom, bondoso. *s.* soldado de linha; membro de ordem religiosa que fez voto de pobreza, castidade e obediência; (E.U.) eleitor firme, adepto fervoroso (pol.).

REGULARITY [regju'læriti], *s.* regularidade, ordem, método.

REGULARIZE (ISE) ['regjuləraiz], *v.* regularizar.

REGULARLY ['regjuləli], *adv.* regularmente.
REGULATE ['regjuleit], *v.* regular, regrar, regulamentar; dirigir, conduzir; disciplinar.
REGULATING ['regjuleitiŋ], *a.* regulador.
REGULATION [regju'leiʃən], *s.* regulamentação; regulamento, regra, regime, ordem.
REGULATIVE ['regjuleitiv], *a.* regulador.
REGULATOR ['regjuleitə], *s.* regulador; pêndula; cronômetro regulador.
REHABILITATE [ri:ə'biliteit], *v.* reabilitar.
REHABILITATION ['ri:əbili'teiʃən], *s.* reabilitação; recuperação.
REHEARSAL [ri'hə:səl], *s.* ensaio, repetição; récita; narração; recitação.
REHEARSE [ri'hə:s], *v.* ensaiar, repetir; repassar; referir, relatar, narrar, recitar.
REHEAT ['ri:'hi:t], *v.* requentar.
REIGN [rein], *s.* reino, reinado, domínio, império; poder. *v.* reinar, dominar, imperar; prevalecer, predominar.
REIGNING ['reiniŋ], *a.* reinante; prevalecente, predominante.
REIMBURSE [ri:im'bə:s], *v.* reembolsar; pagar uma dívida; indenizar.
REIMBURSEMENT [ri:im'bə:smənt], *s.* reembolso, indenização.
REIMPRESSION ['ri:im'preʃən], *s.* reimpressão.
REIN [rein], *s.* rédeas, freio; governo. *v.* governar; guiar por meio de rédeas; (fig.) reprimir; refrear.
REINCARNATE ['ri:in'kɑ:nit], *a.* reencarnado. [ri:'inkɑ:neit], *v.* reencarnar.
REINCARNATION ['ri:inkɑ:'neiʃən], *s.* reencarnação.
REINDEER ['rein-diə], *s.* rangífer, rena.
REINFORCE [ri:in'fɔ:s], *v.* reforçar.
REINFORCED [ri:in'fɔ:st], *a.* reforçado. # *reinforced concrete,* concreto armado.
REINFORCEMENT [ri:in'fɔ:smənt], *s.* reforço. # *reinforcement iron,* barras de ferro em concreto armado.
REINSTATE ['ri:in'steit], *v.* reintegrar, restabelecer; reinstalar.
REINSURANCE ['ri:in'ʃuərəns], *s.* resseguro.
REINSURE ['ri:in'ʃuə], *v.* ressegurar.
REISSUE ['ri:'isju:], *s.* reedição; reimpressão; (cin.) repetição, reprise.
REITERATE [ri:'itəreit], *v.* reiterar, repetir.
REITERATION [ri:itə'reiʃən], *s.* reiteração, repetição.
REJECT [ri'dʒəkt], *v.* rejeitar, recusar; lançar fora; repudiar, desprezar; renunciar, declinar; denegar.
REJECTION [ri'dʒəkʃən], *s.* rejeição, repulsa.
REJIG [ri:'dʒig], *v.* (col.) reequipar.
REJOICE [ri'dʒɔis], *v.* regozijar, alegrar, deleitar, divertir; regozijar-se, alegrar-se, folgar. # *rejoice at* ou *in,* deleitar-se com, regozijar-se com.
REJOICING [ri'dʒɔisiŋ], *s.* regozijo, alegria, júbilo, contentamento. *a.* alegre.
REJOIN ['ri:'dʒɔin], *v.* tornar a juntar ou pôr em ordem; reunir-se; voltar à companhia de; tornar a fazer parte.
REJOIN [ri'dʒɔin], *v.* (jur.) replicar, treplicar.
REJOINDER [ri'dʒɔində], *s.* resposta; (jur.) réplica.
REJUVENATE [ri'dʒu:vineit], *v.* rejuvenescer, remoçar.
REJUVENATION [ridʒu:vi'neiʃən], *s.* rejuvenescimento, rejuvenescência.
REJUVENESCE [ri:dʒu:vi'nes], *v.* rejuvenescer, remoçar.
REJUVENESCENCE [ri:dʒu:vi'nesns], s. rejuvenescimento.
REKINDLE [ri:'kindl], *v.* reacender; (fig.) reanimar.
RELAPSE [ri'læps], *v.* reincidir, recair na mesma falta; recair (o doente); ser relapso. *s.* reincidência, recaída; (med.) recidiva.
RELATE [ri'leit], *v.* relatar, narrar, contar; dizer respeito, referir-se; concernir; relacionar-se; aparentar-se, ser parente.
RELATED [ri'leitid], *a.* relativo, dito; conexo; concernente, relativo a; aparentado com.
RELATER [ri'leitə], *s.* relator, narrador, historiador.
RELATION [ri'leiʃən], *s.* relação, relatório, narração; correspondência, relação, conexão; referência; parente; parentesco; afinidade. *pl.* transações, negócios. *v.* relacionar. # *distant relation,* parente afastado. *near relation,* parente próximo. *percentual relation,* relação percentual. *to sever relations with,* cortar relações com.

RELATIONSHIP [ri'leiʃənʃip], *s.* parentesco.

RELATIVE ['relətiv], *a.* relativo. *s.* parente; (gram.) pronome relativo. # *relative to,* referente a.

RELATIVELY ['relətivəli], *adv.* relativamente.

RELATIVENESS ['relətivnis], *s.* relatividade.

RELATIVISM ['relətivizm], *s.* relativismo.

RELATIVITY [relə'tiviti], *s.* relatividade.

RELAX [ri'læks], *v.* afrouxar, soltar, alargar; mitigar, abrandar; consentir, ceder; descansar, repousar; espairecer; relaxar (músculos, nervos, etc.).

RELAXANT [ri'læksənt], *s.* (med.) laxante (= laxativo). *a.* laxante.

RELAXATION [ri:læk'seiʃən], *s.* afrouxamento; soltura (de preso); moderação; folga, descanso, recreio, divertimento; relaxamento de nervos, de músculos, etc.

RELAY ['ri:lei], *s.* posta; muda (de cavalos, cães, etc.). (mec.) relé. *v.* mudar (cavalos, cães, etc.).

RELAY ['ri:lei, ri:'lei, 'ri:'lei], *s.* cadeia (rádio) = (E.U.) *hook up*; (eletr.) relé. *v.* transmitir em cadeia (rádio).

RELAY ['ri:'lei], *pret.* e *pp.* **RELAID.** *v.* repor.

RELEASE [ri'li:s], *v.* soltar, libertar, tirar do cativeiro; depreender; relaxar, afrouxar; relevar; desobrigar; desistir de; livrar alguém de alguma pena, dor ou trabalho; pôr em circulação, dar ao público. *s.* soltura, libertação, livramento; renúncia; desobrigação, exoneração; quitação; (mec.) desarme (fot.) obturador. # *automatic release,* (eletr.) interruptor automático.

RELEASE [ri:'li:s], *s.* (jur.) cessão (de direito); abandono de uma pretensão, desistência; obra de domínio público, de publicação permitida.

RELEASE ['ri:'li:s], *v.* arrendar novamente, conceder novo arrendamento. *s.* novo arrendamento.

RELEASEE [rili:'si], *s.* cessionário.

RELEASER, RELEASOR [ri'li:sə], *s.* outorgante.

RELENT [ri'lent], *v.* enternecer-se, abrandar-se, aplicar-se, compadecer-se; ceder; diminuir; afrouxar.

RELENTING [ri'lentiŋ], *s.* enternecimento, abrandamento; afrouxamento.

RELENTLESS [ri'lentlis], *a.* inexorável, implacável.

RELEVANCE ['relivəns], *s.* relevância, importância, pertinência, relação.

RELEVANCY ['relivənsi], *V.* **RELEVANCE.**

RELEVANT ['relivənt], *a.* relevante, importante; pertinente, relativo.

RELIABILITY [rilaiə'biliti], *s.* confiança, segurança.

RELIABLE [ri'laiəbl], *a.* digno de confiança, seguro.

RELIANCE [ri'laiəns], *s.* confiança, segurança.

RELIANT [ri'laiənt], *a.* confiante.

RELIC ['relik], *s.* relíquia; *pl.* ruínas; restos, resíduos, sobejos; relíquias sagradas.

RELIEF [ri'li:f], *s.* relevo, realce; alívio; socorro, ajuda, assistência; esmola; rendimento; (jur.) recurso de direito; desagravo, reparação; laudêmio; (mil.) o ato de render uma sentinela. # *to be on relief,* estar recebendo pensão do governo (por desemprego).

RELIEVABLE [ri'li:vəbl], *a.* que se pode aliviar, socorrer, remediar.

RELIEVE [ri'li:v], *v.* realçar; aliviar, mitigar; socorrer, ajudar, assistir; remediar; isentar, exonerar; vivificar; (mil.) render; (jur.) desagravar, reparar.

RELIEVER [ri'li:və], *a.* o que alivia, assiste, socorre; o que rende uma sentinela.

RELIEVING [ri'li:viŋ], *a.* consolador.

RELIEVO [ri'li:vou], *s.* relevo.

RELIGION [ri'lidʒən], *s.* religião.

RELIGIOSITY [rilidʒi'ɔsiti], *s.* religiosidade.

RELIGIOUS [ri'lidʒəs], *a.* religioso, devoto; consciencioso, escrupuloso, exato, fiel.

RELIGIOUSLY [ri'lidʒəsli], *adv.* religiosamente.

RELIGIOUSNESS [ri'lidʒəsnis], *s.* religião, religiosidade.

RELINQUISH [ri'liŋkwiʃ], *v.* abandonar, desamparar; deixar, ceder; renunciar.

RELINQUISHMENT [ri'liŋkwiʃmənt], *s.* abandono, cessão, renúncia.

RELIQUARY ['relikwəri], *s.* relicário.

RELISH ['reliʃ], *s.* gosto, sabor; tempero, condimento; acepipe; contentamento, deleite; juízo, discernimento; resquício, vislumbre. *v.* gostar de; saborear; temperar, condimentar; ter gosto; agradar.

RELOAD ['ri:loud], *v.* carregar de novo. *s.* recarga.

RELUCTANCE [ri'lʌktəns], *s.* relutância, resistência; repugnância.

RELUCTANT [ri'lʌktənt], *a.* relutante, renitente.

RELY [ri'lai], *v.* contar com, fiar-se em, ter confiança. # *rely on* ou *upon,* confiar em.

REMADE ['ri:'meid], *pret.* e *pp.* de **REMAKE.**

REMAIN [ri'mein], *v.* ficar, permanecer, continuar; sobrar, restar; estar aguardando; estar preparado para.

REMAINDER [ri'meində], *s.* resto, sobejos; saldo; reversão; (mat.) resto. *s.* restante.

REMAINS [ri'meinz], *s. pl.* restos, vestígios, sobras, despojos, sobejos; relíquias; obras póstumas; restos mortais.

REMAKE ['ri:'meik], *pret.* e *pp.* **REMADE.** *v.* refazer.

REMAND [ri'mɑ:nd], *v.* (jur.) reenviar à prisão. *s.* ordem de reencarceramento; prisioneiro reencarcerado.

REMARK [ri'mɑ:k], *s.* observação, nota, advertência; anotação. *v.* fazer uma observação, observar, notar, advertir; anotar; comentar. # *pass a remark,* fazer uma observação.

RE-MARK ['ri:'mɑ:k], *v.* remarcar.

REMARKABLE [ri'mɑ:kəbl], *a.* notável, digno de reparo, extraordinário, singular, considerável.

REMARKABLENESS [ri'mɑ:kəblnis], *s.* singularidade.

REMARKABLY [ri'mɑ:kəbli], *adv.* notavelmente.

REMARRIAGE ['ri:'mæridʒ], *s.* segundo casamento.

REMARRY ['ri:'mæri], *v.* contrair segundas núpcias.

REMEDIABLE [ri'mi:diəbl], *a.* remediável, reparável.

REMEDIAL [ri'mi:diəl], *a.* medicinal, terapêutico; correcional.

REMEDILESS ['remidlis], *a.* irremediável, incurável, irreparável.

REMEDY ['remidi], *s.* remédio, medicamento; quebra; (jur.) recurso. *v.* curar, dar remédios ou medicamentos; remediar; prevenir. # *a sovereign remedy,* um santo remédio.

REMEMBER [ri'membə], *v.* lembrar-se de, recordar-se de; saudar, dar lembranças. # *if I remember rightly,* se não me falha a memória. *remember me to...* lembranças minhas a...

REMEMBRANCE [ri'membrəns], *s.* memória. lembrança, recordação; aviso, advertência. apontamento, nota; *pl.* saudações; lembranças. # *send kind remembrances,* mandar lembranças.

REMEMBRANCER [ri'membrənsə], *s.* o que lembra, o que faz lembrar; lembrete.

REMIND [ri'maind], *v.* fazer lembrar.

REMINDER [ri'maində], *s.* lembrança, sinal, memento.

REMINESCENCE [remi'nisns], *s.* reminiscência. *pl.* memórias.

REMINESCENT [remi'nisnt], *a.* rememorativo, recordativo.

REMISE [ri'maiz], *s.* (jur.) cessão, restituição, desistência de um direito; cessionário. *v.* ceder um direito.

REMISE [rə'miz], *s.* repetição de um golpe (esgrima). *v.* repetir um golpe (esgrima).

REMISS [ri'mis], *a.* remisso, indolente, preguiçoso, lento, vagaroso; negligente, descuidado.

REMISSION [ri'miʃən], *s.* remissão, perdão, indulto; moderação, diminuição, afrouxamento; descanso; (com.) remessa.

REMIT [ri'mit], *v.* remeter, mandar, enviar; restituir; remitir, perdoar, abrandar; afrouxar; exonerar; ceder; submeter; diminuir; acalmar.

REMITTANCE [ri'mitəns], *s.* remessa; dinheiro remetido; letra de câmbio. # *without remittance,* (com.) a descoberto.

REMITEE [rimi'ti:], *s.* destinatário = *addressee.*

REMITTENT [ri'mitənt], *a.* intermitente.

REMITTER [ri'mitə], *s.* remetente; (jur.) restituição; (jur.) transferência para outra instância; aquele que absolve.

REMNANT ['remnənt], *s.* remanescente, restante, resto, sobejos; retalho.

REMODEL ['ri:'mɔdl], *v.* remodelar, transformar, refundir, refazer, reconstruir, reformar, mudar.

REMODELLING ['ri:'mɔdliŋ], *s.* remodelação.

REMONSTRANCE [ri'mɔnstrəns], *s.* objeção, representação, protesto, censura.

REMONSTRATE [ri'mɔnstreit], *v.* advertir, admoestar; queixar-se, representar, protestar, apresentar razões contra, fazer objeções. # *remonstrate against,* protestar contra. *remonstrate with someone of something,* lembrar a alguém alguma coisa, fazer alguém lembrar-se de alguma coisa.

REMORSE [ri'mɔ:s], *s.* remorso, contrição.

REMORSEFUL [ri'mɔ:sful], *a.* com remorso, contrito, arrependido.

REMORSELESS [ri'mɔ:slis], *a.* sem remorsos, insensível; desumano, cruel.

REMORSELESSNESS [ri'mɔ:slisnis], *s.* insensibilidade; desumanidade, crueldade.

REMOTE [ri'mout], *a.* remoto, distante, afastado, retirado; abstraído, abstrato; estranho, alheio; ligeiro, simples. # *remote control,* comando distância.

REMOTENESS [ri'moutnis], *s.* distância, afastamento; fraqueza.

REMOVABILITY [rimu:və'biliti], *s.* amovibilidade.

REMOVABLE [ri'mu:vəbl], *a.* removível, transportável, amovível.

REMOVAL [ri'mu:vəl], *s.* afastamento; remoção; destituição, demissão; traslação, deslocação; mudança de domicílio; apartamento, afastamento; extirpação.

REMOVE [ri'mu:v], *v.* afastar, remover, mover, trasladar, deslocar; destituir, depor, demitir; expulsar; transferir; apartar, extirpar; suprimir; destruir; mudar de residência; ausentar-se. *s.* remoção, transferência; traslação, deslocação; partida; grau de parentesco; lance, movimento (no jogo de xadrez); prato, iguaria.

REMOVED [ri'mu:vd], *a.* distante, afastado; remoto (parentesco); alheio a (motivo).

REMUNERATE [ri'mju:nəreit], *v.* remunerar, recompensar, retribuir.

REMUNERATION [rimju:nə'reiʃən], *s.* remuneração, recompensa, retribuição.

REMUNERATIVE [ri'mju:nərətiv], *a.* remunerativo; lucrativo.

RENAISSANCE [rə'neisəns], *s.* Renascença.

RENASCENCE [ri'næsns], *s.* renascença, renascimento.

RENASCENT [ri'næsnt], *a.* renascente.

REND [rend], *pret* e *pp.* **RENT.** *v.* rasgar, lacerar, despedaçar; separar, desunir; arrancar; destruir; rasgar-se. *s.* abertura, fenda; costura (do navio).

RENDER ['rendə], *v.* restituir, devolver; entregar; dar em troca; pagar, remunerar, recompensar, retribuir, premiar; dar; prestar (serviço, favor); apresentar (agradecimentos); fazer; oferecer; reconduzir; traduzir, verter; interpretar; derreter e clarificar (gorduras); rebocar, engessar (paredes). # *render into,* traduzir para, verter para.

RENDERING [rendəriŋ], *s.* restituição; tradução, versão; explicação, interpretação; rebocadura, primeira mão de reboco.

RENDEZVOUS ['rɔndivu:], *s.* entrevista, reunião, assembléia; ponto de reunião; *pl.* ['rɔndivu:z].

RENEGADE ['renigeid], *s.* renegado, trânsfuga; desertor; vagabundo.

RENEW [ri'nju:], *v.* renovar; repetir; refazer; prorrogar, reformar (uma letra); renovar-se.

RENEWABLE [ri'nju:əbl], *a.* renovável.

RENEWAL [ri'nju:əl], *s.* renovação, renovamento; (com.) prorrogação, reforma.

RENNET [renit], *s.* espécie de maçã; coalho; coalheira.

RENOUNCE [ri'nauns], *v.* renunciar; repudiar, abjurar; renunciar a; abdicar.

RENOUNCEMENT [ri'naunsmənt], *s.* renúncia.

RENOVATE ['reno(u)veit], *v.* renovar; reformar.

RENOVATION [reno(u)'veiʃən], *s.* renovação; reforma.

RENOWN [ri'naun], *s.* renome, boa reputação, fama. *v.* afamar, tornar célebre.

RENOWNED [ri'naund], *a.* famoso, célebre.

RENT [rent], *s.* aluguel, arrendamento; rasgão, rotura; cisão; fenda. *v.* alugar, arrendar. *pret.* e *pp.* de **REND.**

RENTABLE ['rentəbl], *a.* arrendável, alugável.

RENTAL ['rentl], *s.* aluguel, valor locativo; renda; arrendamento; livro dos aluguéis.

RENTER ['rentə], *s.* arrendatário; (E.U.) inquilino; proprietário.

RENUNCIATION [rinʌnsi'eiʃən], *s.* renúncia; repúdio.

REOCCUPY ['ri:'ɔkjupai], *v.* reocupar.

REOPEN ['ri:'oupən], *v.* reabrir.

REOPENING ['ri:'oupəniŋ], *s.* reabertura.

REORGANIZATION (ISA) ['ri:ɔ:gənai'zeiʃən, 'ri:ɔ:gəni'zeiʃən], *s.* reorganização.

REORGANIZE (ISE) ['ri:'ɔ:gənaiz], *v.* reorganizar.

REPAID [ri'peid], *pret.* e *pp.* de **REPAY** [ri'pei].

REPAID ['ri:'peid], *pret.* e *pp.* de **REPAY** ['ri:'pei].

REPAIR [ri'pɛə], *v.* reparar, consertar, restaurar, remendar; compensar, recompensar, indenizar; restabelecer. *s.* reparo, conserto, restauração, remendo; asilo, abrigo, guarida; habitação; saída, ida. # *beyond repair,* sem conserto, *in bad repair,* em mau estado. *in good repair,* em bom estado. *out of repair,* fora de ordem, desarranjado, quebrado, em péssimo estado. *under repair,* em conserto.

REPAIRABLE [ri'pɛərəbl], *a.* consertável, reparável, que pode ser consertado, que merece conserto (casa, relógio, etc.). *V.* **REPARABLE.**

REPAIRER [ri'pɛərə], *s.* reparador, restaurador.

REPAIRING [ri'pɛəriŋ], *s.* reparação, conserto, restauração, remendo.

REPARABLE ['repərəbl], *s.* reparável, consertável; remediável (injúria, erro, etc.). *V.* **REPAIRABLE.**

REPARATION [repə'reiʃən], *s.* reparação, conserto; compensação, satisfação, ressarcimento.

REPARTEE [repɑ:'ti:], *s.* réplica, aparte, resposta pronta.

REPASS ['ri:'pɑ:s], *v.* repassar, tornar a passar. # *pass and repass* ['ri:-pɑ:s], passar e tornar a passar.

REPAST [ri'pɑ:st], *s.* repasto, refeição, alimento.

REPATRIATE [ri:'pætrieit], *v.* repatriar.

REPATRIATE [ri:'pætriit], *s.* um repatriado.

REPAY [ri:'pei], *pret.* e *pp.* **REPAID.** *v.* reembolsar, indenizar, restituir, compensar, recompensar; satisfazer; retribuir, pagar na mesma moeda.

REPAY ['ri:'pei], *v.* pagar outra vez.

REPAYABLE [ri:'peiəbl], *a.* reembolsável.

REPAYMENT [ri:'peimənt], *s.* reembolso; indenização; recompensa.

REPEAL [ri'pi:l], *v.* anular, abolir, ab-rogar, revogar. *s.* anulação, ab-rogação, revogação, rescisão.

REPEALING [ri'pi:liŋ], *a.* revogatório.

REPEAT [ri'pi:t], *v.* repetir, tornar a fazer ou dizer a mesma coisa; recitar, ensaiar. *s.* repetição.

REPEATEDLY [ri'pi:tidli], *adv.* repetidamente.

REPEATER [ri'pi:tə], *s.* repetidor; recitador; relógio de repetição; arma de repetição; (E.U.) eleitor que vota em mais de um distrito.

REPEATING [ri'pi:tiŋ], *s.* repetição.

REPEL [ri'pel], *v.* repelir, lançar fora, expulsar, rechaçar; repercutir; ser repelente.

REPELLENT [ri'pelənt], *a.* repelente, repugnante, repulsivo; impermeável. *s.* tela impermeável.

REPENT [ri'pent], *v.* arrepender-se.

REPENTANCE [ri'pentəns], *s.* arrependimento, pesar, penitência, contrição.

REPENTANT [ri:'pentənt], *a.* arrependido, pesaroso, contrito.

REPENTING [ri'pentiŋ], *s.* arrependimento, contrição.

REPEOPLE ['ri:'pi:pl], *v.* repovoar.

REPEOPLING ['ri:'pi:pliŋ], *s.* repovoação.

REPERCUSSION [ri:pə:'kʌʃən], *s.* repercussão.

REPERTOIRE ['repətwɑ:], *s.* repertório.

REPERTORY ['repətəri], *s.* repertório; coleção; inventário, lista; repositório.

REPETITION [repi'tiʃən], *s.* repetição; récita; recitação.

REPINE [ri'pain], *v.* amofinar-se, afligir-se, consumir-se; lamentar-se, queixar-se; murmurar.

REPINING [ri'painiŋ], *s.* desgosto, aflição, pesar; lamentação, queixa; murmuração. *a.* descontente, queixoso, amofinado, magoado.

REPLACE [ri:'pleis], *v.* recolocar, repor; substituir; restituir, reembolsar, pagar; restabelecer; transpor.

REPLACEABLE [ri:'pleisəbl], *a.* substituível, renovável.

REPLACEMENT [ri:'pleismənt], *s.* substituição; reposição; reembolso.

REPLENISH [ri'pleniʃ], *v.* tornar a encher;

reabastecer; acabar, aperfeiçoar, completar; adquirir; abastecer-se, prover-se; sortir-se.

REPLETE [ri'pli:t], *a.* cheio, repleto.

REPLETENESS [ri'pli:tnis], *V.* **REPLETION.**

REPLETION [ri'pli:ʃən], *s.* plenitude, repleção; exuberância.

REPLEVIN [ri'plevin], *s.* (jur.) desembargo; ação de remir ou levantar o penhor; reivindicação.

REPLICA ['replikə], *s.* réplica, cópia fiel, re produção.

REPLICATION [repli'keiʃən], *s.* (jur.) réplica.

REPLY [ri'plai], *s.* resposta, réplica. *v.* responder, replicar, retorquir, contestar. # *early reply,* pronta resposta. *prepaid reply,* resposta paga.

REPORT [ri'pɔ:t], *v.* relatar, contar, referir, expor; informar; avisar, propalar; apresentar-se; denunciar, apresentar queixa de; retumbar, refletir ou repercutir (o som); (impr.) "fazer", fazer a reportagem de = (E.U.) *cover. s.* relatório, relato, exposição; aviso, notícia, informação; reportagem; memória; fama, reputação; rumor, boato; explosão, estampido de arma de fogo. # *as report has it,* segundo consta. *it is reported,* consta.

REPORTER [ri'pɔ:tə], *s.* repórter, jornalista, noticiarista; relator.

REPORTING [ri'pɔ:tiŋ], *s.* reportagem; apresentação de um relatório.

REPOSE [ri'pouz], *v.* repousar, descansar, dormir, sossegar; confiar, depositar confiança; reclinar-se, recostar-se. *s.* repouso, descanso, sono, sossego, calma, tranqüilidade.

REPOSITORY [ri'pɔzitəri], *s.* repositório; armazém, depósito.

REPREHEND [repri'hend], *v.* repreender, censurar.

REPREHENSIBLE [repri'hensəbl], *a.* censurável, repreensível.

REPRESENT [repri'zent], *v.* representar (em escultura, pintura, etc.); expor, fazer ver, descrever; fazer o papel de, apresentar a; representar uma comédia, etc.

RE-PRESENT ['ri:pri'zent], *v.* reapresentar.

REPRESENTATION [reprizen'teiʃən], *s.* representação; exibição, exposição; imagem, semelhança.

REPRESENTATIVE [repri'zentətiv], *a.* representativo. *s.* representante; deputado; imagem; símbolo.

REPRESS [ri'pres], *v.* reprimir, refrear, sofrear, dominar, conter, subjugar; sufocar, domar; prensar.

REPRESSIBLE [ri'presəbl], *a.* reprimível, refreável, dominável.

REPRESSION [ri'preʃən], *s.* repressão; (psic.) recalque.

REPRESSIVE [ri'presiv], *a.* repressivo.

REPRIEVE [ri'pri:v], *v.* suspender temporariamente a aplicação de uma pena; prorrogar; conceder moratória; aliviar temporariamente. *s.* suspensão temporária da execução de uma pena; moratória.

REPRIMAND ['reprimɑ:nd], *s.* reprimenda, repreensão. *v.* repreender; censurar.

REPRINT ['ri:'print], *s.* reimpressão; separata. *v.* reimprimir, reeditar.

REPRISAL [ri'praizəl], *s.* represália, desforra.

REPROACH [ri'proutʃ], *v.* censurar, exprobar, increpar, vituperar, acusar; repreender. *s.* censura, exprobração; vitupério; infâmia, opróbrio, ignomínia, desonra.

REPROACHABLE [ri'proutʃəbl], *a.* censurável, repreensível.

REPROACHFUL [ri'proutʃful], *a.* repreendedor, condenatório, reprovador.

REPROBATE ['reprobeit], *v.* reprovar, condenar.

REPROBATION [repro'beiʃən], *s.* reprovação, condenação.

REPRODUCE [ri:prə'dju:s], *v.* reproduzir.

REPRODUCER [ri:prə'dju:sə], *s.* reprodutor.

REPRODUCTION [ri:prə'dʌkʃən], *s.* reprodução; cópia, traslado.

REPRODUCTIVE [ri:prə'dʌktiv], *a.* reprodutivo.

REPRODUCTIVENESS [ri:prə'dʌktivnis], *s.* reprodutividade.

REPROOF [ri'pru:f], *s.* censura, reprimenda, exprobração, repreensão.

REPROVAL [ri'pru:vəl], *s.* reprimenda, censura.

REPROVE [ri'pru:v], *v.* reprovar, condenar; censurar, repreender, exprobrar; acusar, culpar.

REPROVER [ri'pru:və], *s.* reprovador; repreensor, exprobrador.

REPTILE ['reptail], *a.* réptil; vil, baixo, abjeto. desprezível; rasteiro. *s.* réptil; pessoa desprezível.

REPTILIAN [rep'tiliən], *a.* de réptil. *s.* réptil.

REPUBLIC [ri'pʌblik], *s.* república.

REPUBLICAN [ri'pʌblikən], *a.* e *s.* republicano.

REPUBLICANISM [ri'pʌblikənizm], *s.* republicanismo.

REPUBLISH ['ri:'pʌbliʃ], *v.* republicar.

REPUDIATE [ri'pju:dieit], *v.* repudiar; rejeitar, recusar; abandonar; renunciar.

REPUDIATION [ripju:di'eiʃən], *s.* repudiação; repúdio; renúncia.

REPUGNANCE [ri'pʌgnəns], *s.* repugnância, aversão, antipatia; oposição; contrariedade.

REPUGNANT [ri'pʌgnənt], *a.* repugnante, antipático; incompatível, oposto a; contrário, refratário.

REPULSE [ri'pʌls], *s.* repulsa.

REPULSION [ri'pʌlʃən], *s.* repulsão, repugnância, aversão.

REPULSIVE [ri'pʌlsiv], *a.* repulsivo, repugnante, repelente.

REPURCHASE [ri:'pə:tʃəs], *s.* retrovenda.

REPUTABILITY [repjutə'biliti], *s.* respeitabilidade.

REPUTABLE ['repjutəbl], *a.* respeitável, honrado; honroso.

REPUTATION [repju:'teiʃən], *s.* reputação; renome, fama, honra, crédito.

REPUTE [ri'pju:t], *v.* reputar, considerar, ter em conta de, crer que. *s.* reputação, fama, crédito.

REPUTED [ri'pju:tid], *a.* reputado, considerado, suposto, tido por.

REQUEST [ri'kwest], *s.* pedido, súplica, rogo; petição; solicitação; requerimento; requisição; reclamação. *v.* pedir, suplicar, rogar, solicitar; requerer.

REQUIRE [ri'kwaiə], *v.* requerer, pedir, solicitar; exigir; ter necessidade.

REQUIRED [ri'kwaiəd], *a.* (E.U.) obrigatório = (Ing.) *compulsory*.

REQUIREMENT [ri'kwaiəmənt], *s.* requerimento, pedido, solicitação; exigência; necessidade. *pl.* exigências.

REQUISITE ['rekwizit], *a.* necessário, preciso, indispensável. *s.* requisito.

REQUISITION [rekwi'ziʃən], *s.* requisição, pedido; requerimento, petição, solicitação; requisito. *v.* requisitar.

REQUITAL [ri'kwaitl], *s.* recompensa, paga, prêmio, galardão, satisfação, compensação; restituição.

REQUITE [ri'kwait], *v.* recompensar, pagar, premiar, remunerar; retribuir, pagar na mesma moeda; devolver.

REQUITER [ri'kwaitə], *s.* recompensador, remunerador, retribuidor.

RE-READ ['ri:'ri:d], *v.* reler. *pres.* e *pp.* **RE-READ** ['ri:'red].

REREDOS ['rirədɔs], *s.* retábulo (de altar).

RE-RELEASE ['ri:ri'li:s], *s.* (cin) reprise, reexibição.

RERUN ['ri:rʌn, ri'rʌn], *s.* (cin.) reprise, reapresentação, reexibição.

RESALE [ri:'seil], *s.* revenda.

RESCIND [ri'sind], *v.* rescindir.

RESCISSION [ri'siʒən], *s.* rescisão.

RESCUE ['reskju:], *v.* socorrer, salvar, livrar de um perigo; libertar, redimir; recuperar, recobrar. *s.* socorro; resgate, libertação.

RESCUE GRASS ['reskju:grɑ:s], *s.* (bot.) cevadinha.

RESCUER ['reskjuə], *s.* salvador; libertador.

RESEARCH [ri'sə:tʃ], *s.* pesquisa, busca, procura, investigação, indagação. *v.* procurar, buscar, investigar, examinar; tornar a procurar.

RESEARCHER [ri'sə:tʃə], *s.* investigador, pesquisador.

RESEDA [ri'si:də], *s.* reseda (= resedá).

RESELL ['ri:'sel], *pret.* e *pp.* **RESOLD.** *v.* revender.

RESEMBLANCE [ri'zembləns], *s.* parecença, semelhança; imagem, retrato; analogia; uniformidade. # *resemblance of,* aparência de. *resemblance to,* semelhança com.

RESEMBLE [ri'sembl], *v.* parecer-se com, assemelhar-se.

RESEMBLING [ri'zembliŋ], *a.* semelhante, parecido.

RESENT [ri'zent], *v.* ressentir, ressentir-se com, ofender-se com, melindrar-se com; vingar-se de.

RESENTFUL [ri'zentful], *a.* ressentido, ofendido; vingativo; sensível; cavaquista.

RESENTMENT [ri'zentmənt], *s.* ressentimento, mágoa, queixa.

RESERVATION [rezə'veiʃən], *s.* reservação; reserva; dissimulação; restrição. # *make a reservation,* fazer uma reserva (em hotel, navio, etc.) = (E.U.) *to book.*

RESERVE [ri'zə:v], *v.* reservar, guardar, conservar, reter; excluir. *s.* reserva, provisão; exceção; reserva, circunspecção, cautela, discrição; modéstia, recato. # *reserve fund,* fundo de reserva.

RESERVED [ri'zə:vd], *a.* reservado; sisudo, taciturno, circunspecto; discreto; modesto.

RESERVIST [ri'zə:vist], *s.* (mil.) reservista.

RESERVOIR ['rezəvwɑ:], *s.* reservatório, receptáculo; depósito.

RESET [ri:'set], *pret.* e *pp.* **RESET.** *v.* engastar de novo; recompor, recolocar. *s.* novo engaste, nova disposição, nova montagem.

RESHAPE ['ri:'ʃeip], *v.* transformar.

RESHIP ['ri:'ʃip], *v.* reembarcar.

RESHIPMENT ['ri:'ʃipmənt], *s.* reembarque.

RESIDE [ri'zaid], *v.* residir, morar.

RESIDENCE ['rezidəns], *s.* residência, habitação, moradia, vivenda.

RESIDENCY ['rezidənsi], *V.* **RESIDENCE.**

RESIDENT ['rezidənt], *a.* residente, que mora em algum lugar; inerente; sedentário. *s.* residente, morador, habitante; (dipl.) ministro.

RESIDENTIAL [rezi'denʃəl], *a.* residencial.

RESIDENT PHYSICIAN [rezidəntfi'ziʃən], *s.* interno, médico interno (em hospital) = (E.U.) *interne, intern.*

RESIDUA [ri'zidjuə], *s. pl.* de **RESIDUUM.**

RESIDUAL [ri'zidjuəl], *a.* residual, restante.

RESIDUARY [ri'zidjuəri], *a.* residuário. # *residuary legatee,* (jur.) herdeiro universal.

RESIDUE ['rezidju:], *s.* resíduo, resto, remanescente; montante de uma herança.

RESIDUUM [ri'zidjuəm], *s.* resíduo, resto. *pl.* **RESIDUA.**

RESIGN [ri'zain], *v.* resignar, renunciar, deixar, ceder; resignar-se.

RESIGNATION [rezig'neiʃən], *s.* resignação; renúncia, demissão. # *to hand in one's resignation,* apresentar pedido de demissão.

RESIGNED [ri'zaind], *a.* resignado; demitido.

RESIGNING [ri'zainiŋ], *a.* demissionário.

RESILIENCE [ri'ziliəns], *s.* ressalto; elasticidade.

RESILIENCY [ri'ziliənsi], *V.* **RESILIENCE.**

RESILIENT [ri'ziliənt], *a.* elástico; que ressalta.

RESIN ['rezin], *s.* resina.

RESINOUS ['rezinəs], *a.* resinoso.

RESIST [ri'zist], *v.* resistir, opor-se; contrariar, impedir, negar-se a; suportar.

RESISTANCE [ri'zistəns], *s.* resistência, força contrária, oposição, impedimento, obstáculo.

RESISTANT [ri'zistənt], *a.* resistente.

RESISTOR [ri'zistə], *s.* (eletr.) resistência.

RESOLD ['ri:sould], *pret.* e *pp.* de **RESELL.**

RESOLUBLE [ri'zɔljubl], *a.* dissolúvel; ressolúvel.

RESOLUTE ['rezəlu:t], *a.* resoluto, decidido, firme, constante.

RESOLUTENESS ['rezəlu:tnis], *s.* resolução, decisão, firmeza, constância.

RESOLUTION [rezə'lu:ʃən], *s.* resolução, determinação, propósito, deliberação, decisão; perseverança; brio; denodo; firmeza; vontade; valor, intrepidez, ânimo; acordo (de uma assembléia, junta, etc.); análise; decomposição, dissolução de um todo; solução ou resolução de um problema.

RESOLVE [ri'zɔlv], *v.* resolver, determinar, decidir; dispor-se a; tratar de; aprovar (votando); concordar; analisar; reduzir; informar, explicar, solucionar; dissolver, dissipar, desvanecer. *s.* resolução, deliberação, determinação; propósito; acordo.

RESOLVED [ri'zɔlvd], *a.* resolvido, solucionado, decidido.

RESONANCE ['reznəns], *s.* ressonância.

RESONANT ['reznənt], *a.* ressonante.

RESONATE ['rezəneit], *v.* ressonar, ressoar.

RESONATOR ['rezəneitə], *s.* (eletr.) ressonador.

RESORT [ri'zɔ:t], *v.* freqüentar, dirigir-se a, concorrer, ir; lançar mão de, fazer uso de, empregar; recorrer a. *s.* concurso, reunião, concorrência; ponto de reunião; lugar freqüentado; mola; recurso, refúgio; caverna, covil. # *in the last resort,* em último recurso.

RESOUND [ri'zaund], *v.* ressoar, retinir; repercutir, retumbar, ribombar; ecoar; apregoar; celebrar; ter fama, ser celebrado.

RESOUNDING [ri'zaundiŋ], *a.* ressonante.

RESOURCE [ri'sɔ:s], *s.* recurso, expediente, meio; *pl.* recursos, meios (naturais ou pecuniários).

RESOURCEFUL [ri'sɔ:sful], *a.* rico em expedientes ou recursos.

RESOURCEFULNESS [ri'sɔ:sfulnis], *s.* desembaraço, desenvoltura; engenhosidade.

RESOURCELESS [ri'sɔ:slis], *a.* sem recursos, embaraçado.

RESPECT [ris'pekt], *v.* respeitar, estimar, venerar, reverenciar; observar, obedecer, acatar, guardar; corresponder, dizer respeito a, referir. *s.* respeito, atenção, veneração, estima; cumprimento; observância, acatamento; proporção; caso; motivo; consideração; proporção, razão, relação; homenagem; *pl.* cumprimentos, respeitos. # *pay one's respects,* apresentar cumprimentos.

RESPECTABILITY [rispektə'biliti], *s.* respeitabilidade, crédito; decência, honorabilidade.

RESPECTABLE [ris'pektəbl], *a.* respeitável, honroso, estimável, venerável, autorizado, acreditado; passável, sofrível; considerável; mediano.

RESPECTABLENESS [ris'pəktəblnis], *V.* **RESPECTABILITY.**

RESPECTER [ris'pektə], *s.* respeitador.

RESPECTFUL [ris'pektful], *a.* respeitoso.

RESPECTFULLY [ris'pektfuli], *adv.* respeitosamente.

RESPECTING [ris'pektiŋ], *prep.* relativamente a, com respeito a, quanto a, pelo que toca a.

RESPECTIVE [ris'pektiv], *a.* respectivo, relativo; individual, próprio, particular.

RESPECTIVELY [ris'pektivli], *adv.* respectivamente, relativamente.

RESPIRATION [respə'reiʃən, respi'reiʃən], *s.* respiração.

RESPIRATORY [ris'paiətəri], *a.* respiratório.

RESPIRE [ris'paiə], *v.* respirar.

RESPITE ['respait], *s.* protelação, adiamento; pausa, espera; descanso, folga; suspensão, interrupção; prorrogação, prazo, mora. *v.* suspender, adiar, conceder um prazo, conceder mora; dar folga a.

RESPLENDENCE [ris'plendens]. *s.* resplendor, resplandescência (= resplendência), esplendor, brilho, lustre.

RESPLENDENCY [ris'plendənsi], *V.* **RESPLENDENCE.**

RESPLENDENT [ris'plendənt], *a.* resplandecente (= resplendente), brilhante.

RESPOND [ris'pɔnd], *v.* responder, ajustar-se; corresponder, ter proporção; responder por, ser fiador de. *s.* resposta; (igr.) responso.

RESPONDENT [ris'pɔndənt], *a.* correspondente, adequado. *s.* responsável; (jur.) fiador; defensor.

RESPONSE [ris'pɔns], *s.* resposta, réplica; reação; (igr.) responsório.

RESPONSIBILITY [rispɔnsə'biliti], *s.* responsabilidade; obrigação, dever; solvabilidade, solvência.

RESPONSIBLE [ris'pɔnsəbl], *a.* responsável; solvável, solvente; de responsabilidade. # *responsible for,* responsável por. *responsible to,* responsável ante, perante.

RESPONSIVE [ris'pɔnsiv], *a.* que reage; compreensivo.

RESPONSIVENESS [ris'pɔnsivnis], *s.* correspondência, conformidade, simpatia, compreensão.

REST [rest], *s.* repouso, descanso, trégua, inação; (mús.) pausa; tranqüilidade, paz, quietude; descanso final, sono, repouso dos mortos; base, sustentáculo, escora, arrimo, suporte; apoio; sobra, resto, resíduo, restante; saldo semanal do Banco da Inglaterra; tudo o mais, os outros; parada, pousada. *v.* repousar, descansar, folgar; apoiar-se, encostar-se; colocar; pôr; dormir; repousar no sono da morte, jazer; parar, cessar; viver em paz, estar tranqüilo; assentar; pousar; contar com, confiar em; permanecer; depender de; dar descanso, proporcionar repouso. # *take a rest,* repousar, descansar.

RESTAURANT ['restərɔnt, 'restərɑ:ŋ], *s.* restaurante.

RESTFUL ['restful], *a.* descansado, quieto, repousado, tranqüilo, sossegado.

RESTFULNESS ['restfulnis], *s.* tranqüilidade, quietude, repouso, descanso.

RESTING ['restiŋ], *s.* descanso. *a.* de descanso.

RESTITUTION [resti'tju:ʃən], *s.* restituição, devolução; reintegração; estabelecimento; indenização, reparação; (fís.) elasticidade; recuperação.

RESTIVE ['restiv], *a.* teimoso, pertinaz, obstinado; impaciente; inquieto; incontrolável, ingovernável.

RESTIVENESS ['restivnis], *s.* impaciência; indocilidade; relutância; teimosia.

RESTLESS ['restlis], *a.* impaciente, desassossegado, inquieto, buliçoso, intranqüilo; insaciável; incessante; revoltoso.

RESTLESSNESS ['restlisnis], *s.* inquietação, desassossego.

RESTORABLE [ris'tɔ:rəbl], *a.* restaurável; restituível, devolvível.

RESTORATION [resto'reiʃən], *s.* restauração, renovação, reparação; estabelecimento, instauração; reabilitação; (teol.) redenção; restituição; reintegração (num cargo, posto, lugar, etc.).

RESTORATIVE [ris'tɔrətiv], *a.* restaurativo, analéptico, restaurador. *s.* restaurador.

RESTORE [ris'tɔ:, ris'tɔə], *v.* restaurar, reconstruir, reparar, reedificar; restituir, devolver, repor; reintegrar.

RESTORER [ris'tɔ:rə], *s.* restaurador, restituidor.

RESTRAIN [ris'trein], *v.* reprimir, restringir, limitar, reter, refrear, impedir, coibir, deter; comprimir; (jur.) proibir, vedar.

RESTRAINT [ris'treint], *s.* restrição, constrangimento, repressão, coerção, proibição, limitação, sujeição, coibição.

RESTRICT [ris'trikt], *v.* restringir, coibir, limitar, sujeitar.

RESTRICTION [ris'trikʃən], *s.* restrição, sujeição, limitação.

RESTRICTIVE [ris'triktiv], *a.* restritivo.

REST-ROOM ['rest-ru:m], *s.* toalete ou lavatório público.

RESULT [ri'zʌlt], *v.* resultar, provir; inferir-se, seguir-se. *s.* resultado; conclusão, dedução, efeito; conseqüência.

RESULTANT [ri'zʌltənt], *a.* resultante. *s.* resultado, conseqüência; (mat.) resultante.

RESULTING [ri'zʌltiŋ], *a.* resultante, emergente.

RESUME [ri'zju:m], *v.* retomar; recomeçar; recobrar, recuperar; reassumir; renovar; continuar.

RÉSUMÉ ['rezju:mei], *s.* resumo, recapitulação, sumário.

RESUMPTION [ri'zʌmpʃən], *s.* ressunção; recobro; reinício.

RESURRECT [rezə'rekt], *v.* ressuscitar; exumar.

RESURRECTION [rezə'rekʃən], *s.* ressurreição, restabelecimento, restauração, renovação.

RESUSCITATE [ri'sʌsiteit], *v.* ressuscitar; restaurar.

RESUSCITATION [risʌsi'teiʃən], *s.* ressurreição, restauração.

RETABLE [ri'teibl], *s.* retábulo. *V.* **REREDOS.**

RETAIL ['ri:teil], *s.* retalho, revenda, venda a retalho ou a varejo. # ***at retail, by retail,*** no varejo. *retail credit bureau,* serviço de proteção ao crédito = *credit agency.*

RETAIL [ri:'teil], *v.* vender a retalho ou varejo; revender.

RETAILER [ri:'teilə], *s.* retalhista, varejista, tendeiro.

RETAIN [ri'tein], *v.* reter, guardar, conservar; escorar; assalariar, contratar; alugar; estar contratado.

RETAINABLE [ri'teinəbl], *a.* que pode ser retido.

RETAINER [ri'teinə], *s.* partidário, aderente; criado; dependente; assistente; membro de uma comitiva; pagamento adiantado (feito ao advogado); retentor.

RETAINING-WALL [ri'teiniŋwɔ:l], *s.* parede mestra, parede principal, muro de sustentação.

RETAKE ['ri:'teik], *pret.* **RETOOK.** *pp.* **RETAKEN.** *v.* retomar.

RETAKEN ['ri:'teikən], *pp.* de **RETAKE.**

RETALIATE [ri'tælieit], *v.* retaliar, vingar-se.

RETALIATION [ritæli'eiʃən], *s.* retaliação; separação, desquite; desagravo, satisfação; represália; desforra, vingança.

RETALIATIVE [ri'tæliətiv], *a.* *V.* **RETALIATORY.**

RETALIATORY [ri'tæliətəri], *a.* que retalha; que usa de represálias; vingador; vingativo.

RETARD [ri'tɑ:d], *s.* atraso; retardamento, demora. *v.* atrasar, demorar.

RETCH [ri:tʃ], *v.* fazer esforço para vomitar; vomitar.

RETCHING ['ri:tʃiŋ], *s.* esforço para vomitar.

RETELL ['ri:'tel], *pret.* e *pp.* **RETOLD.** *v.* redizer.

RETENTION [ri'tenʃən], *s.* retenção, limitação, conservação; memória, retentiva.

RETENTIVE [ri'tentiv], *a.* retentivo.

RETENTIVENESS [ri'tentivnis], *s.* retenção, segurança, qualidade retentiva.

RETICENCE ['retisəns], *s.* reticência, reserva; (ret.) reticência.

RETICLE ['retikl], *s.* retículo; pequena rede.

RETICULATE [ri'tikjulit], *a.* reticulado, reticular.

RETICULATION [ritikju'leiʃən], *s.* retículo; pequena rede.

RETICULUM [ri'tikjuləm], *s.* (zool.) barrete, segunda cavidade do estômago dos ruminantes.

RETINA ['retinə], *s.* retina.

RETINUE ['retinju:], *s.* séquito, trem, comitiva, acompanhamento.

RETIRE [ri'taiə], *v.* retirar-se, retroceder, ir-se, tornar atrás; jubilar-se, aposentar-se; retrair-se; reformar-se; separar-se, apartar-se, ausentar-se; (com.) recolher, retirar de circulação; *s.* (mil.) ordem de retirada; retirada; (mil.) dar baixa (de serviço).

RETIRED [ri'taiəd], *a.* retirado; solitário, ermo, apartado, isolado; (com.) recolhido; reformado, jubilado, aposentado; retraído.

RETIREMENT [ri'taiəmənt], *s.* retiro; solidão, lugar retirado, retraimento; retirada; reforma, aposentadoria, jubilação.

RETIRING [ri'taiəriŋ], *a.* retraído, recatado, austero; reservado, modesto, discreto; que se refere a jubilação, aposentadoria ou reforma. # *retiring fund,* caixa de aposentadoria.

RETOLD ['ri:'tould], *pret.* e *pp.* de **RETELL.**

RETOOK ['ri:'tuk], *pret.* de **RETAKE.**

RETORT [ri'tɔ:t], *v.* retorquir, redargüir; rechaçar, repelir; devolver (uma ofensa). *s.* recriminação; retorta, destilador; redargüição, réplica mordaz = (E.U.) *comeback.*

RETOUCH ['ri:'tʌʃ], *v.* retocar, aperfeiçoar, modificar. *s.* retoque.

RETOUCHER ['ri:'tʌtʃə], *s.* (fot.) retocador.

RETRACE [ri'treis], *v.* desandar, retroceder; delinear, retraçar; narrar, relatar, referir de novo.

RETRACT [ri'trækt], *v.* retratar, retirar; encolher-se, retrair; retratar-se, desdizer-se; encolher-se.

RETRACTATION [ri:træk'teiʃən], *s* retração = (E.U.) *retraction.*

RETRACTION [ri'trækʃən], *s.* retração, contração; (E.U.) retração = (Ing.) *retractation.*

RETREAD [ri:'tred], *v.* recauchutar.

RETREAT [ri'tri:t], *s.* retiro; retraimento; retirada; asilo, refúgio; (mil.) retirada; (igr.) retiro. *v.* retirar-se; retroceder; dar um passo à retaguarda (esgrima); refugiar-se; inclinar-se para trás, afastar-se, recuar. # *beat a retreat,* bater em retirada; desistir.

RETRENCH [ri'trentʃ], *v.* cortar, diminuir, cercear, abreviar; podar, mondar; suprimir; (mil.) entrincheirar; economizar, cortar despesas.

RETRENCHMENT [ri'trentʃmənt], *s.* diminuição, cerceamento, economia, cerceadura; (mil.) trincheira; entrincheiramento.

RETRIAL ['ri:'traiəl], *s.* segundo julgamento.

RETRIBUTE ['retribju:t], *v.* retribuir.

RETRIBUTION [retri'bju:ʃən], *s.* desforra; retribuição.

RETRIEVABLE [ri'tri:vəbl], *a.* recuperável; restaurável; reparável.

RETRIEVE [ri'tri:v], *v.* restaurar, reparar, remediar, compor, restabelecer; recobrar, recuperar, reaver; desquitar-se. # *beyond* (ou *past*) *retrieve,* irreparável. *retrieve a loss,* reparar um dano.

RETRIEVER [ri'tri:və], *s.* cão de caça que apanha a presa.

RETROACT [retrou'ækt], *v.* retroagir.

RETROACTIVE [retrou'æktiv], *a.* retroativo.

RETROCEDE [retrou'si:d], *v.* retroceder, recuar; devolver (território).

RETROCESSION [retrou'seʃən], *s.* retrocesso; devolução (de território).

RETROGRADE ['retrougreid], *v.* retrogradar, retroceder.

RETROGRESSION [retrou'grəʃən], *s.* retrogressão; degeneração.

RETROSPECT ['retrouspekt], *s.* retrospecto.

RETROSPECTION [retrou'spekʃən], *s.* retrospecção.

RETROSPECTIVE [retrou'spektiv], *a.* retrospectivo.

RETURN [ri'tə:n], *v.* voltar, regressar, tornar; reaparecer; devolver, restituir; entregar; repetir, reiterar; pagar um obséquio; recompensar; responder, replicar, redargüir; repor; produzir; relatar, fazer um relato de; (pol.) nomear, eleger; anunciar o eleito; dar uma volta ou uma dobra em; retribuir (favor). *s.* regresso, volta, retorno; chegada, vinda; satisfação, retribuição, recompensa, paga; réplica, resposta; restituição, devolução, reembolso; recapitulação; retrocesso; reposição; reaparição; repetição; proveito, utilidade, lucro; troco; troca; relatório, lista; mapa, impresso; informe ou parte oficial; (jur.) diligência; eleição; censo; padrão; remessa de dinheiro; *pl.* (com.) receita; recenseamento. # *by return (of post),* pela volta do correio. *in return for, by way of return,* em agradecimento, como recompensa. *many happy returns of the day,* desejo que esta data se repita (aniversário). *on sale or return,* (com.) em consignação.

RETURNABLE [ri'tə:nəbl], *a.* reversível; restituível, devolutivo; (jur.) restituitório, devolutório; que deve ser devolvido, reenviado.

RETURN-DAY [ri'tə:n-dei], *s.* (jur.) dia de audiência.

RETURN TICKET [ri'tə:ntikit], *s.* bilhete de ida e volta = (E.U.) *round-trip ticket.*

REUNION ['ri:'ju:niən], *s.* reunião; junta; reconciliação, tertúlia.

REUNITE ['ri:ju:'nait], *v.* reunir, juntar; reconciliar; reunir-se, reconciliar-se, juntar-se.

REVAMP [ri:'væmp], *v.* remontar (calçados); reforçar; tornar mais eficiente.

REVEAL [ri'vi:l], *v.* revelar, divulgar, manifestar, publicar, descobrir.

REVEALABLE [ri'vi:ləbl], *a.* revelável, publicável, divulgável.

REVEALER [ri'vi:lə], *s.* revelador.

REVEILLE [ri'væli], *s.* (mil.) toque de alvorada.

REVEL ['revl], *v.* folgar, pandegar; dissipar (tempo, dinheiro, etc.). *s.* alegria, prazer, folia.

REVELATION [revi'leiʃən], *s.* revelação, divulgação, publicação; apocalipse.

REVELLER ['revlə], *s.* dissoluto, dissipador; folgazão; farrista.

REVELRY ['revlri], *s.* orgia, farra; festa barulhenta.

REVENGE [ri'vendʒ], *v.* vingar, desforrar-se de; vingar-se de. *s.* desforra, vingança, desagravo. # *revenge on,* vingar-se de.

REVENGEFUL [ri'vendʒful], *a.* vingativo.

REVENUE ['revinju:, ri'venju:, rə'venju:], *s.* rendimento, renda; direitos alfandegários; fisco; rendimentos públicos; ingresso, entrada; benefícios, recompensa, paga. # *inland* (ou *internal) revenue,* imposto de consumo. *revenue officer,* guarda aduaneiro. *revenue stamp,* estampilha; selo de consumo.

REVERBERATE [ri'və:bəreit], *v.* ecoar, retumbar, repercutir, retinir; reverberar; repelir, rechaçar.

REVERBERATION [rivə:bə'reiʃən], *s.* eco, repercussão, reflexão, reverberação.

REVERE [ri'viə], *v.* reverenciar, honrar, respeitar, venerar, acatar.

REVERENCE ['revərəns], *s.* reverência, veneração, respeito; reverência (tratamento eclesiástico); reverência (inclinação de corpo). *v.* reverenciar, honrar, acatar, respeitar, venerar.

REVEREND ['revərənd], *a.* (igr.) reverendo, venerável; reverendo (tratamento). *s.* reverendo, padre, pastor. # *the Very (Right* ou *Most) Revd.,* Reverendíssimo.

REVERENT ['revərənt], *a.* reverente; respeitoso, submisso, humilde, acatador.

REVERENTIAL [revə'renʃəl], *a.* reverencial, respeitoso.

REVERIE ['revəri], *s.* devaneio, arroubo, enlevo; (mús.) fantasia.

REVERSAL [ri'və:səl], *s.* inversão (de corrente, de sentido, etc.).

REVERSE [ri'və:s], *v.* inverter, mudar o sentido; dar contravapor; (jur.) abolir, anular; voltar ao estado primitivo. *a.* reverso, invertido, inverso; oposto; contrário. *s.* o oposto, o contrário; dorso; revés; inversão, reversão; contratempo, mudança, vicissitude; (aut.) marcha à ré. # *on the reverse,* em marcha à ré. *put in reverse,* pôr em marcha à ré.

REVERSIBILITY [rivə:sə'biliti], *s.* reversibidade.

REVERSIBLE [ri'və:səbl], *a.* reversível, versátil.

REVERSING [ri'və:siŋ], *a.* reversível.

REVERSING-GEAR [ri'və:siŋgiə], *s.* (aut.) marcha à ré.

REVERSION [ri'və:ʃən], *s.* reversão; atavismo; (jur.) reversão.

REVERT [ri'və:t], *v.* retroceder, voltar; (jur.) reverter.

REVIEW [ri'vju:], *v.* rever, revisar, examinar; analisar, criticar; (mil.) passar revista, revistar; escrever uma revista. *s.* revista, análise, inspeção, exame; revista (publicação); crítica, resenha; recapitulação; (mil.) parada; (jur.) revisão.

REVIEWER [ri'vju:ə], *s.* crítico, comentador; revisor; inspetor, examinador; redator de uma revista.

REVILE [ri'vail], *v.* insultar, injuriar, ultrajar, vilipendiar, ofender. *s.* insulto, ultraje, injúria, vilipêndio, ofensa.

REVILER [ri'vailə], *s.* injuriador, insultador.

REVILING [ri'vailiŋ], *a.* injurioso, insultuoso, ofensivo. *s.* insulto, ofensa, injúria.

REVISE [ri'vaiz], *v.* rever, corrigir, reler, repassar; limar. *s.* revisão, revista, exame; (impr.) segunda prova.

REVISER [ri'vaizə], *s.* revisor (de provas).

REVISION [ri'viʒən], *s.* revisão; reencontro, o ato de ver e observar novamente.

REVIVAL [ri'vaivəl], *s.* revivificação, renascimento, restauração; (teat.) a representação de peças antigas; renovação.

REVIVE [ri'vaiv], *v.* revivificar, restabelecer, ressuscitar, restaurar; reflorescer; reanimar-se, recobrar os sentidos, voltar a si; excitar, animar, avivar, reavivar, despertar; fazer voltar à memória.

REVIVER [ri'vaivə], *s.* reanimador, restaurador, revivificador.

REVIVIFY [ri:'vivifai], *v.* reviver, restabelecer-se, revivificar.

REVOCABILITY [revəkə'biliti], *s.* revogabilidade.

REVOCABLE ['revəkəbl], *a.* revogável.

REVOCATION [revə'keiʃen], *s.* revogação.

REVOKE [ri'vouk], *v.* revogar, anular, cancelar; abjurar; baldar-se (no jogo de baralho). *s.* balda.

REVOLT [ri'voult], *v.* revoltar-se, amotinar-se, sublevar-se; sentir repulsão; indignar-se; irritar; repugnar, revolucionar, sublevar. *s.* sedição, rebelião, revolta, levantamento, revolução.

REVOLTING [ri'voultiŋ], *a.* revoltante, repugnante.

REVOLUTION [revə'lu:ʃən], *s.* revolução; giro, ciclo, rotação; (pol. e mec.) revolução.

REVOLUTIONARY [revə'lu:ʃnəri], *a.* e *s.* revolucionário.

REVOLUTIONIST [revə'lu:ʃnist], *s.* revolucionário.

REVOLUTIONIZE (ISE) [revə'lu:ʃnaiz], *v.* revolucionar, amotinar, sublevar.

REVOLVE [ri'vɔlv], *v.* rodar, girar, voltear; meditar, refletir sobre; contemplar, discorrer; revolver; ser considerado sob todos os aspectos, suceder periodicamente.

REVOLVER [ri'vɔlvə], *s.* revólver = (E.U.) *gun.*

REVOLVING [ri'vɔlviŋ], *a.* giratório.

REVOLVING-CHAIR [ri'vɔlviŋtʃεə], *s.* cadeira giratória.

REVULSION [ri'vʌlʃən], *s.* revulsão; revolvimento, reação, retrocesso; (med.) reação.

REWARD [ri'wɔ:d], *v.* premiar, recompensar, galardoar; retribuir, gratificar. *s.* recompensa, prêmio, galardão; remuneração, retribuição, gratificação.

REWARDABLE [ri'wɔ:dəbl], *a.* recompensável, premiável, remunerável.

REWARDER [ri'wɔ:də], *s.* recompensador, gratificador, remunerador.

REWIND [ri:'waind], *v.* (eletr.) rebobinar, reenrolar.

REWRITE ['ri:'rait], *pret.* **REWROTE**, *pp.* **REWRITTEN.** *v.* tornar a escrever.

REWRITTEN ['ri'ritn], *pp.* de **REWRITE.**

REWROTE ['ri:'rout], *pret.* de **REWRITE.**

RHAPSODIC, AL [ræp'sɔdik, əl], *a.* rapsódico.

RHAPSODY ['ræpsədi], *s.* rapsódia.

RHEA [riə], *s.* (zool.) ema.

RHEOSTAT ['ri:oustæt], *s.* (eletr.) reostato.

RHETORIC ['retərik], *s.* retórica; (E.U.) composição literária, redação; expressão artística.

RHETORICAL [ri'tɔrikəl], *a.* retórico.

RHETORICIAN [retə'riʃən], *s.* retórico.

RHEUM [ru:m], *s.* defluxo, reuma, catarro, fluxão, expectoração.

RHEUMATIC [ru:'mætik], *s.* e *a.* reumático.

RHEUMATICKY [ru:'mætiki], *a.* (fam.) reumático.

RHEUMATISM ['ru:mətizm], *s.* reumatismo.

RHINESTONE ['rainstoun], *s.* pingo d'água (imitação de diamante).

RHINITIS [rai'naitis], *s.* (med.) rinite.

RHINO ['rainou], *s.* (col.) dinheiro; *abr.* de **RHINOCEROS.**

RHINOCEROS [rai'nɔsərəs], *s.* rinoceronte, unicórnio.

RHINOSCOPE ['rainəskoup], *s.* rinoscópio.

RHIZOID ['raizɔid], *s.* (bot.) rizóide.

RHIZOME ['raizoum], *s.* (bot.) rizoma.

RHOMB [rɔm], *s.* (geom.) rombo, losango.

RHOMBOID ['rɔmbɔid], *s.* (geom.) rombóide.

RHOMBUS ['rɔmbəs], *s.* (geom.) rombo, losango.

RHOTACISM ['routəsizm], *s.* rotacismo.

RHUBARB ['ru:bɑ:b], *s.* ruibarbo.

RHYME [raim], *s.* rima. *v.* rimar. # *have neither rhyme nor reason,* ser absurdo, não ter propósito. *without rhyme or reason,* sem pé nem cabeça; sem sentido; sem explicação; sem propósito.

RHYMESTER ['raimstə], *s.* rimador, poetastro, versejador.

RHYTHM ['riðəm, 'riθəm], *s.* ritmo, compasso, cadência; (med.) periodicidade; harmonia.

RHYTHMIC, AL ['riðmik, əl, 'riθmik, əl], *a* rítmico, harmônico, cadenciado.

RIB [rib], *s.* costela; nervura; (bot.) nervura principal; vareta (de guarda-chuva); friso, faixa, lista; pedaço de madeira servindo de reforço; (cost.) vivo; estria; aba. *v.* riscar, listrar; estriar ou raiar; (cost.) fazer um vivo; fechar; (E.U.) caçoar de; arreliar, implicar com. # *back ribs,* filé. *false wing rib,* (av.) tirante de asa. *fore ribs,* acém (carne do lombo do boi). *mid ribs,* entrecosto.

RIBALD ['ribəld], *a.* obsceno, dissoluto, lascivo, ribaldo; grosseiro. *s.* homem depravado, dissoluto.

RIBALDRY ['ribəldri], *s.* obscenidade, linguagem licenciosa; cinismo.

RIBAND ['ribənd], *V.* **RIBBON.**

RIBBED [ribd], *a.* estriado; acanelado.

RIBBON ['ribən], *s.* fita, faixa, banda, tira, galão, cinta, lista; *pl.* rendas; alfinetes, adornos. *v.* enfeitar. *a.* de fita ou em forma de fita.

RICE [rais], *s.* arroz. # *rice powder,* pó-de arroz, *rice pudding,* arroz-doce, arroz-de-leite.

RICE-FIELD ['raisfi:ld], *s.* arrozal.

RICH [ritʃ], *a.* rico, opulento, endinheirado; valioso, custoso, magnífico, suntuoso; copioso, abundante, farto, generoso, caudaloso; delicioso, saboroso; generoso (vinho); sonoro (diz-se de voz); vivo (diz-se de cores); rico em calorias, que engorda (alimento); fértil; excelente; suculento; gordo; bem maduro; divertido, jocoso ou ridículo.

RICHES ['ritʃiz], *s.* (usado somente no plural) bens, riquezas. # *be rolling in riches,* estar nadando em dinheiro, estar podre de rico. *wallow in riches,* nadar em dinheiro, ser podre de rico.

RICHLY ['ritʃli], *adv.* ricamente, magnificentemente, opulentamente, esplendidamente, abundantemente, copiosamente.

RICHNESS ['ritʃnis], *s.* riqueza, opulência; suntuosidade, magnificência; primor; fecundidade, fertilidade; cópia, abundância.

RICK [rik], *s.* pilha, monte, montão, meda.

RICKETS ['rikits], *s.* raquitismo.

RICKETY ['rikiti], *s.* raquítico.

RICKSHAW ['rikʃɔ:], *s.* jinriquixá.

RICOCHET ['rikəʃət], *v.* ricochetear. *s.* tiro de ricochete.

RID [rid], *v.* livrar, desembaraçar, desocupar, safar; despojar. *a.* livre de, isento de, desembaraçado. *pret.* e *pp.* (arc.) de **RIDE.** # *get rid of,* ficar livre de.

RIDDANCE ['ridəns], *s.* desembaraço, libertação.

RIDDEN ['ridn], *pp.* de **RIDE.**

RIDDLE ['ridl], *s.* enigma, charada; mistério; busílis; crivo. *v.* decifrar enigmas ou charadas; adivinhar, falar por enigmas; crivar.

RIDDLER ['ridlə], *s.* joeireiro; crivador; pessoa que fala por enigmas.

RIDE [raid], *pret.* **RODE** *ou* **RID,** *pp.* **RIDDEN** ou **RID** (arc.). *v.* cavalgar, montar; passear (de carro, bicicleta, etc.); flutuar, vogar; ir por mar; manejar, adestrar ou guiar um cavalo; (mec.) funcionar, rodar. *s.* passeio (a cavalo, de carro, de bicicleta, etc.); sela (de montaria); percurso, trajeto; trilho, caminho. # *ride away,* partir, *ride down,* ultrapassar (a cavalo); atropelar. *ride hard,* galopar. *ride fence,* inspecionar as cercas (como fazem os vaqueiros). *ride the blind,* viajar clandestinamente. *ride up,* avançar. *take for a ride,* (gír.) raptar em automóvel para assassinar. *thumb a ride,* pedir carona a um motorista.

RIDER ['raidə], *s.* cavaleiro, picador; ginete; ciclista, motociclista; peão, jóquei; fôlha que se anexa a um manuscrito; documento anexo; codicilo; apostila; moeda (com estampa eqüestre); viajante de casa comercial.

RIDGE [ridʒ], *v.* sulcar, leirar, abrir regos, enrugar, acanelar, formar arestas. *s.* cumiada; cumeeira; leira, margem (feita a arado); colina, cume, espinhaço, cordilheira, serra; crista (de monte, vaga, etc.); recife, escolho, abrolho; (agr.) rego.

RIDGY ['ridʒi], *a.* acanalado; enrugado, sulcado.

RIDICULE ['ridikju:l], *s.* ridículo; zombaria, ridicularia, burla; extravagância. *v.* ridicularizar (= ridiculizar), zombar, escarnecer, pôr em ridículo. # *to lend oneself to ridicule,* prestar-se ao ridículo.

RIDICULOUS [ri'dikjuləs], *a.* ridículo, grotesco, burlesco, irrisório, cômico.

RIDING ['raidiŋ], *s.* equitação; cavalgada; marcha, movimento (de um veículo); passeio (a cavalo ou de carro).

RIDING-CLOAK ['raidiŋklouk] *s.* montaria; capa de viagem.

RIDING-COAT ['raidiŋkout], *s.* paletó de montaria.

RIFE [raif], *a.* (usado como predicativo) predominante, prevalecente; comum, corrente, reinante; abundante, numeroso.

RIFF-RAFF ['rifræf], *s.* desperdício; sobejos, refugo, rebotalho; gentalha, plebe, canalha.

RIFLE ['raifl], *v.* subtrair; roubar, espoliar; pilhar; estriar, raiar (arma de fogo); fazer girar um projetil. *s.* fuzil, rifle, arcabuz, carabina, espingarda raiada.

RIFLEMAN ['raiflmən], *s.* carabineiro.

RIFLER ['raiflə], *s.* ladrão, salteador, saqueador.

RIFLING ['raifliŋ], *s.* estrias.

RIFT [rift], *s.* brecha, fenda, greta, racha; vau; onda que lambe a praia. *v.* rachar, abrir, partir, fender; rachar-se, fender-se; rebentar.

RIG [rig], *v.* enfeitar, adornar, ataviar, guarnecer; armar, montar; (náut.) equipar, aparelhar, aprestar (um navio); provocar alta ou baixa no câmbio; manipular o mercado; vestir-se. *s.* enfeite, ornamento; temporal; equipagem, aprestos (de um navio); (náut.) encapeladuras, enramamento; aparelho de pesca; carro, carruagem; traje (= trajo); peça, burla, divertimento, brincadeira; conto-do-vigário. # *run* (ou *turn*) *a rig,* pregar uma peça.

RIGGER [rigə], *s.* (náut.) armador, aparelhador; especulador (no mercado); marquise provisória, que protege os transeuntes diante de edifícios em construção.

RIGGING ['rigiŋ], *s.* enfeites (de vestuário); aparelho; (náut.) cordoalha, cordame, cordoaria.

RIGHT [rait], *a.* direito (contrário de esquerdo); direito, reto, em linha reta; são; íntegro, correto, virtuoso, bom; justo, eqüitativo; honesto; sincero, verdadeiro; franco; razoável, sensato; legítimo, legal, verdadeiro, genuino; certo; próprio, conveniente; ajustado; mero, puro; direito (contrário de avesso). *adv.* em linha reta; diretamente; imediatamente, agora mesmo; neste instante; perfeitamente, exatamente, precisamente; retamente; justamente; verdadeiramente, fielmente, bem; muito. *s.* direito; justiça; eqüidade; razão; bondade; retidão; verdade; título, direito; autoridade, poder; prerrogativa, regalia, privilégio; propriedade; domínio; a mão direita, o lado direito; o direito (oposto ao esquerdo ou avesso). *v.* fazer justiça; ajustar, adaptar; retificar; corrigir, emendar, endireitar; reabilitar; (náut.) adriçar. *int.* bem! muito bem! # *by rights,* de direito, por justiça. *on the right,* à direita. *right and left,* a torto e a direito. *right away,* imediatamente. *right here,* aqui mesmo. *right now,* já. *right off (the reel),* imediatamente, sem hesitação; com franqueza. *right of way,* mão (no trânsito); direito de passagem. *right-o!* está certo! confere! isso mesmo! *right of sucession,* direito hereditário. *right you are! right oh!* apoiado! certo! *send to the right about,* mandar embora. *stand up for one's rights,* puxar pelos seus direitos. *the right side,* o direito (de pano, roupa, etc.). *vested rights,* direitos adquiridos.

RIGHT-DOWN ['raitdaun], *a.* completo. *adv.* completamente.

RIGHTEOUS ['raitʃəs, 'raitjəs], *a.* reto, justo, direito, eqüitativo; bondoso; honesto, honrado; virtuoso.

RIGHTEOUSNESS ['raitʃəsnis], *s.* retidão, justiça, eqüidade (= equidade); bondade; virtude; honestidade; honradez.

RIGHTFUL ['raitful], *a.* reto, virtuoso; justo, eqüitativo; bom; legítimo, legal; razoável.

RIGHTFULLY ['raitfuli], *adv.* retamente; justamente, legalmente; razoavelmente.

RIGHTFULNESS ['raitfulnis], *s.* retidão, virtude; justiça; legitimidade, legalidade.

RIGHT-HAND ['raithænd], *a.* direito, da mão direita. # *the right-hand man,* o braço-direito. o homem indispensável.

RIGHT-HANDED ['rait'hændid], *a.* hábil, destro, perito; que gira da esquerda para a direita; que usa a mão direita.

RIGHTLY ['raitli], *adv.* bem; perfeitamente, exatamente; convenientemente; diretamente, verdadeiramente; justamente.

RIGHTNESS ['raitnis], *s.* direção retilínea, direitura; retidão, justiça; eqüidade (= equidade).

RIGHTWARDS ['raitwədz], *adv.* à direita.

RIGID ['ridʒid], *a.* rígido, teso, rijo, hirto; rigoroso; severo, austero; cruel; inflexível.

RIGIDITY [ri'dʒiditi], *s.* rigidez; rigor; severidade, austeridade; crueldade; aspereza; inflexibilidade.

RIGIDNESS ['ridʒidnis], *V.* **RIGIDITY.**

RIGMAROLE ['rigməroul], *s.* palavreado, palavrório, algaravia; lengalenga; léria; conversa fiada, lero-lero.

RIGOR ['raigɔ:], *s.* rigor, severidade; inclemência; inflexibilidade; calafrio.

RIGOROUS ['rigərəs], *a.* rigoroso, severo, austero; inflexível; inclemente.

RIGOUR ['rigə], *s.* rigor, severidade, austeridade; aspereza; inclemência, inflexibilidade; teimosia, obstinação, pertinácia; exatidão.

RILE [rail], *v.* enraivecer, irritar, encolerizar.

RILL [ril], *s.* riacho, ribeiro, regato, arroio. *v.* correr ou deslizar como um regato; manar, fluir, jorrar.

RIM [rim], *s.* extremidade, margem, borda, orla; rebordo; aro, arco, pestana, sobrancelha.

RIME [raim], *s.* geada; escarcha; degrau (de escada de mão); fenda, brecha, greta; rima; consonância; verso; poesia. *v.* escarchar, nevar; gear; mandrilar, alisar; versificar, metrificar; versejar, rimar; harmonizar-se, concordar, corresponder.

RIND [raind], *s.* casca ou pele (de frutas); crosta; cortiça. *v.* pelar, descascar.

RINDER PEST ['rindəpest], *s.* morrinha, gafeira.

RING [riŋ], *s.* anel; argola, aro; círculo, circunferência; elo; pina (de roda); anilha, virola; circo, arena; disposição circular, roda; companhia; cerne; (náut.) anete de âncora (= arganel, arganéu); (pol.) conventículo, conluio; *pl.* olheiras.

RING [riŋ], *pret.* e *pp.* **RINGED.** *v.* mover-se em círculo ou em espiral; formar círculo; pôr um anel; enfeitar com anéis; encaracolar; cingir, cercar, circundar, rodear; tirar a cortiça.

RING [riŋ], *pret.* **RANG** ou **RUNG.** *pp.* **RUNG.** *v.* tanger, repicar (sinos); tocar (campainha); chamar, convocar (por meio de sinos ou de campainhas); anunciar, proclamar (com repique de sinos; repetir; reiterar; zumbir (os ouvidos); soar; tinir; repercutir, ressoar, retumbar. *s.* som metálico, tinido; toque ou repique de sino; toque de campainha; chamada (telefone); timbre; zunido; ruído, barulho, rumor, clamor, estrondo. # *give someone a ring in,* agir como um penetra = *to horn in. ring off,* desligar o telefone. *ring out,* troar, retinir. *ring the changes,* lograr alguém no troco, "dar o coice" (gír.); usar de todos os recursos. *ring someone up,* telefonar a alguém.

RINGER ['riŋə], *s.* sineiro.

RING-FINGER ['riŋfiŋə], *s.* dedo anular.

RINGING ['riŋiŋ], *a.* ressonante, retumbante. *s.* som; toque, repique, tanger dos sinos; zumbido nos ouvidos.

RINGLEADER ['riŋli:də], *s.* cabecilha, cabeça, promotor (de motim); caudilho, chefe de partido.

RINGLET ['riŋlit], *s.* pequeno anel; argolinha, círculo; cacho (de cabelo).

RINGSTER ['riŋztə], *s.* (E.U. pol.) membro de um conventículo.

RINGWORM ['riŋwə:m], *s.* impingem (= impigem).

RINK [riŋk], *s.* pista para patinar ou para o jogo de *curling* (em que se fazem rolar pedras no gelo).

RINSE [rins], *v.* enxaguar; aclarar, limpar, lavar; (quím.) edulcorar.

RINSING ['rinsiŋ], *s.* enxaguadura; lavagem.

RIOT ['raiət], *s.* barulho, tumulto; motim, rebelião, revolta; intemperança, excesso; libertinagem, devassidão; orgia. *v.* amotinar, armar motins; viver na libertinagem, ser dissoluto; entregar-se a vícios.

RIOTER ['raiətə], *s.* desordeiro, amotinador; devasso, libertino.

RIOTOUS ['raiətəs], *a.* tumultuoso, buliçoso, turbulento, revoltoso, desordeiro, amotinador; desregrado, vicioso, libertino, devasso, luxurioso.

RIOTOUSNESS ['raiətəsnis], *s.* desordem, motim, tumulto, libertinagem, dissolução.

RIP [rip], *v.* descoser; partir; romper, rasgar; abrir, rachar; lacerar, destroçar; arrancar, arrebatar, tirar; sondar; descobrir; serrar (na direção do fio da madeira), romper-se, rasgar-se; partir-se; fender-se. *s.* rasgão, abertura; ruptura (= rotura); laceração; raspador (instrumento); rebotalho, refúgio; sendeiro.

RIPE [raip], *a.* maduro, sazonado; perfeito; acabado, pronto; oportuno, próprio.

RIPEN ['raipən], *v.* amadurecer, sazonar.

RIPENESS ['raipnis], *s.* maturação, sazonamento, amadurecimento; maturidade, madureza; perfeição; oportunidade.

RIPPER ['ripə], *s.* despedaçador; (gír.) pessoa ou coisa admirável.

RIPPING ['ripiŋ], *s.* rasgadura; descosedura; sondagem. *a.* (gír.) esplêndido. *adv.* (gír.) esplendidamente.

RIPPLE ['ripl], *v.* ripar (o linho); enrugar; ondear; encrespar-se, encapelar-se (a água). *s.* murmúrio das águas; ruga; onda; marola; ondulação, encapeladura, escarcéu (na água); carda; sendeiro.

RIPPLING ['ripliŋ], *s.* o ripar (o linho); ondulação; borbotão.

RIPPLY ['ripli], *a.* com ondulação (água).

RIP SAW ['ripsɔ], *s.* serra circular.

RISE [raiz], *pret.* **ROSE,** *pp.* **RISEN.** *v.* levantar-se, ascender, subir, elevar-se, pôr-se de pé, erguer-se; interromper ou suspender uma sessão; nascer, surgir; crescer, brotar; encher ou subir (a maré); subir (em posição social, emprego, dignidade, etc.); elevar (preços); elevar-se (no estilo); ressuscitar; levantar-se, amotinar-se, revoltar-se, sublevar-se; armar, suscitar (uma disputa). *s.* elevação, levantamento; subida; ascensão; nascimento (de um astro, manancial, etc.); subida, alta (de preços); cheia, enchente; princípio, origem; elevação (de voz); adiantamento; acesso; flecha de um arco; altura, eminência; promoção, aumento de salário = (E.U.) *raise.* # *give rise* *to,* causar, dar origem a, ocasionar. *rise and fall,* fluxo e refluxo. *rise on* (ou *against),* insurgir-se contra. *rise up,* revoltar-se, rebelar-se. *take* (ou *get) a rise out of someone,* irritar alguém; caçoar de alguém.

RISEN ['rizn], *pp.* de **RISE.** *a.* levantado.

RISER ['raizə], *s.* o que levanta (de uma queda da cama, etc.); degrau (de escada).

RISIBLE ['rizibl], *a.* do riso; inclinado a rir; risível, ridículo, irrisório (raro).

RISING ['raiziŋ], *a.* nascente; crescente; próspero; novo; saliente; que se levanta, eleva ou sobe. *s.* levantamento, insurreição, tumulto; ressurreição, renascimento; ascensão, subida; fermento, levedura; protuberância; proeminência, encerramento (de sessão).

RISK [risk], *s.* perigo, risco = (E.U.) *chance;* acaso (no jogo). *v.* arriscar, aventurar, tentar a sorte, expor. # *at the risk of,* com o risco de. *at one's own risk,* por sua conta e risco. *run the risk of,* correr o risco (ou o perigo) de.

RISKINESS ['riskinis], *s.* temeridade, imprudência.

RISKY ['riski], *a.* arriscado, perigoso, exposto; temerário, imprudente.

RISSOLE ['ri:soul], *s.* almôndega.

RITE [rait], *s.* rito, cerimônia.

RITUAL ['ritjuəl], *a.* e *s.* ritual, cerimonial.

RITUALISM ['ritjuəlizm], *s.* ritualismo.

RITUALIST ['ritjuəlist], *a.* e *s.* ritualista.

RITUALISTIC [ritjuə'listik], *a.* ritualista.

RIVAL ['raivəl], *a.* rival, competidor, contrário. *s.* rival, antagonista, competidor, êmulo. *v.* rivalizar, competir, pugnar, emular.

RIVALRY ['raivəlri], *s.* rivalidade, competição, emulação.

RIVE [raiv], *v.* fender, rachar, despedaçar; fender-se, abrir-se, rachar-se. *s.* racha, fenda.

RIVER ['raivə], *s.* rachador.

RIVER ['rivə], *s.* rio; abundância, cópia. # *down the river,* rio abaixo. *river novel,* (lit.) gênero de novela em que é narrada a evolução de um grupo social = *saga novel. sell down the river,* abandonar, trair. *up the river,* rio acima.

RIVER-BANK ['rivə'bæŋk], *s.* margem (de rio).

RIVER-BASIN ['rivəbeisn], *s.* bacia fluvial.

RIVER-BED ['rivə'bed], *s.* leito de um rio.

RIVER-HEAD ['rivə'hed], *s.* nascente de rio, cabeceira de um rio.

RIVER-HORSE ['rivə'hɔ:s], *s.* hipopótamo.

RIVERSIDE ['rivəsaid], *s.* margem do rio; ribeira.

RIVET ['rivit], *s.* cravo, rebite, prego rebitado; chaveta; gato (de prender louça). *v.* rebitar, rebater, revirar; cravar, fixar; assegurar, firmar; afiançar; gravar (na mente).

RIVULET ['rivjulit], *s.* riacho, regato, arroio, ribeiro, córrego.

ROACH [routʃ], *s.* (E.U.) barata = *cock-roach.*

ROAD [roud], *s.* caminho, estrada de rodagem; (E.U.) linha de estrada de ferro = (Ing.) *railroad.* # *all roads lead to Rome,* todos os caminhos levam a Roma. *be in the road,* agir como um empecilho, ser um obstáculo. *be on the road,* ser viajante comercial. *by road,* pela rodovia. *the rule of the road,* o regulamento do tráfego.

ROAD-BED ['roudbed], *s.* leito da estrada.

ROADBLOCK ['roudblɔk], *s.* barricada em uma estrada.

ROAD-HOG ['roudhɔg], *s.* barbeiro (mau condutor de veículo).

ROAD-HOUSE ['roudhaus], *s.* estalagem.

ROAD-MAN ['roudmən], *s.* calceteiro.

ROADSIDE ['roudsaid], *s.* margem ou borda da estrada.

ROADSTEAD ['roudsted], *s.* enseada, ancoradouro, fundeadouro.

ROADSTER ['roudstə], *s.* embarcação ancorada; cavalo de boa andadura; bicicleta ou triciclo; (E.U.) barata (automóvel) = (Ing.) *two-seater.*

ROADWAY ['roudwei], *s.* estrada; o meio da rua, o leito da rua = (E.U.) *pavement.*

ROAM [roum], *v.* errar, vaguear, correr terras, vagabundear. *s.* vida errante.

ROAMER ['roumə], *s.* vagabundo, vadio.

ROAN [roun], *a.* ruão (diz-se de cavalo).

ROAR [rɔ:, rɔə], *v.* rugir, bramir, mugir, roncar, urrar; berrar; ribombar, troar. *s.* rugido, bramido, ronco; urro; estampido, estrondo; berro, grito. # *a roar of laughter,* uma gargalhada estrondosa.

ROARER ['rɔ:rə, 'rɔərə], *s.* agitador, berrador; rugidor.

ROARING ['rɔ:riŋ, 'rɔəriŋ], *a.* que ruge, ronca, etc. *s.* grito, berro; mugido.

ROAST [roust], *v.* assar, tostar; torrar; calcinar; chacotear, ridicularizar; censurar, criticar, repreender, atacar = (Ing.) *banter, a.* tostado; assado. *s.* assado, carne assada; (E.U.) posta de carne para assar = (Ing.) *joint.* # *rule the roast,* dar ordens, ser mandão, ser o manda-chuva.

ROAST-BEEF ['roust'bi:f, 'rous'bi:f], *s.* rosbife.

ROASTER ['roustə], *s.* grelha, assador, espeto (para assar); leitão para assar.

ROASTING [roustiŋ], *s.* o ato de assar; calcinação (metal); torrefação; troça, chacota, zombaria.

ROAST-MEAT ['roust'mi:t], *s.* assado, carne assada.

ROB [rɔb], *v.* roubar, furtar; rapinar; saquear, pilhar; assaltar, tomar com violência; privar de. # *rob Peter to pay Paul,* despir um santo para vestir outro.

ROBALO ['rɔbəlou, 'roubəlou], *s.* robalo.

ROBBER ['rɔbə], *s.* ladrão.

ROBBERY ['rɔbəri], *s.* roubo, furto; pilhagem; latrocínio, assalto, saque.

ROBE [roub], *s.* túnica, manto; toga, beca; roupão; hábito; veste, traje. *v.* vestir, ataviar; revestir; paramentar-se, vestir-se, cobrir-se, revestir-se.

ROBIN ['rɔbin], *s.* pintarroxo (ave); tordo americano.

ROBOT ['roubɔt], *s.* títere; autômato; (mil.) bomba voadora. # *robot pilot,* piloto automático, giropiloto.

ROBUST [ro'bʌst], *a.* robusto, forte, sadio, vigoroso; grosseiro, violento, rude; bravo.

ROBUSTNESS [ro'bʌstnis], *s.* robustez, vigor, força.

ROCK [rɔk], *s.* rocha, penhasco, rochedo, penha; (E.U.) pedra (de qualquer tamanho); escolho, recife; amparo, proteção, defesa, solidez; roca (de fiar); condor (ave); (E.U.) moeda (col.); (E.U.) *pl.* dinheiro (col.). *v.* balançar, agitar, baloiçar; embalar; sossegar, acalmar; rocar (no jogo de xadrez); tremer; abalar-se; oscilar. # *igneous rock,* (geol.) rocha magmática. *on the rocks,* em apuros financeiros, falido; arruinado, destruído; servido puro com gelo (uísque). *rock fever,* brucelose.

ROCK-BOTTOM ['rɔ'bɔtm], *s.* nível mínimo. *a.* mínimo, ínfimo. # *at rock-bottom price,* a preço ínfimo.

ROCK-CANDY ['rɔk'kændi], *s.* açúcar-cande.

ROCK-COD ['rɔkkɔd], *s.* badejo.

ROCKER ['rɔkə], *s.* embaladeira (de berço); a pessoa que faz oscilar o berço.

ROCKERY ['rɔkəri], *V.* **ROCKWORK.**

ROCKET ['rɔkit], *s.* foguete; foguetão; (bot.) rinchão.

ROCKING ['rɔkiŋ], *s.* a ação de balançar; balanço, balouço.

ROCKING-CHAIR ['rɔkiŋtʃεə], *s.* cadeira de balanço.

ROCKING-HORSE ['rɔkiŋhɔ:s], *s.* cavalo de balanço (brinquedo).

ROCK ISLAND ['rɔk'ailənd], *s.* ilhéu.

ROCK-'N'-ROLL ['rɔknroul], *s.* dança americana de movimentos acrobáticos e extravagantes.

ROCK-SALT ['rɔk'sɔ:lt], *s.* sal-gema.

ROCKWORK ['rɔkwə:k], *s.* gruta artificial; as pedras de uma cascata.

ROCKY ['rɔki], *a.* com penhasco; empedrado; de rocha; endurecido, empedernido.

ROCOCO [rə'koukou], *a.* e *s.* rococó.

ROD [rɔd], *s.* vara, verga, varinha; tirante, haste, bordão, barra, bastão; açoite, látego; cana de pescar; varinha de condão; vara de medir; vara de cortina; castigo; disciplina, severidade, correção; raça, tribo; linhagem. # *connecting rod,* (aut.) biela. *divining rod,* varinha de condão. *driving rod,* (mec.) puxavante. *folding measuring rod,* metro dobradiço, metro articulado. *New York rod,* (agrim.) mira New York. *rule with a rod of iron,* governar com pulso de ferro. *tie rod,* (aut.) tirante de direção.

RODE [roud], *pret.* de **RIDE.**

RODENT ['roudənt], *a.* e *s.* (zool.) roedor.

RODEO [rou'deiou, 'roudiou], *s.* rodeio (de gado).

ROE [rou], *s.* cabrito montês; ovas de peixe.

ROEBUCK ['roubʌk], *s.* cabrito montês, corço.

ROGATION [rou'geiʃən], *s.* rogações, preces; súplica, rogo.

ROGUE [roug], *s.* patife, velhaco, maroto,

magano, vagabundo, vadio; folgazão, maganão.

ROGUERY ['rougəri], *s.* velhacaria, patifaria, maroteira; vadiagem, malandragem; malícia; maldade.

ROGUISH ['rougiʃ], *a.* velhaco, malvado, biltre; jocoso, travesso, brincalhão, folgazão. # *roguish trick,* velhacaria.

ROGUISHNESS ['rougiʃnis], *s.* velhacaria, maldade; brincadeira, jocosidade.

ROISTER ['rɔistə], *v.* blasonar, fanfarronar, bravatear. *s.* fanfarrão, bravateiro.

ROISTERING ['rɔistəriŋ], *a.* bulhento.

ROISTING ['rɔistiŋ], *s.* bravata, fanfarronice, fanfarronada.

RÔLE, ROLE [roul], *s.* (teat.) papel, parte. # *fill the role,* desempenhar bem o papel. *play the role of,* fazer o papel de.

ROLL [roul], *v.* rolar, girar, rodar, rodear, voltear; revolver; enroscar, enrolar; estirar, alisar, laminar, cilindrar, aplanar (com rolo); enfaixar, envolver; vibrar a língua (na pronúncia de *rr*); rufar (tambor); revirar (os olhos); encarquilhar, enrolar-se; balancear, bambolear, gingar; rebolar; flutuar; ressoar, retumbar; encrespar-se. *s.* rolo; matrícula; registro (= registo); catálogo, lista; rol; pãozinho, pequeno pão em forma de rolo; balanço; cilindro; pau de vassoura; balouço, balanceamento, ribombo, rufo (dos tambores); uma espécie de linha crua; (arq.) voluta; *pl.* anais, arquivos. # *to call the roll,* fazer a chamada = *call over. to roll one's own,* resolver por si próprio.

ROLL-BACK ['roulbæk], *s.* redução de preços forçada pelo governo. ['roul'bæk], *v.* reduzir os preços por imposição do governo.

ROLL-CALL ['roul-kɔ:l], *s.* lista de chamada; chamada. # *roll-call vote,* voto nominal.

ROLLED [rould], *a.* laminado.

ROLLER ['roulə], *s.* rolo, cilindro, rolete; calandra; maresia; vaga, vagalhão, onda alta; o que aplana; faixa, ligadura.

ROLLER-COASTER ['rouləkoustə], *s.* montanha-russa.

ROLLER-SKATE ['roulə-skeit], *s.* patim de rodas.

ROLLICK ['rɔlik], *v.* brincar, fazer travessuras.

ROLLICKING ['rɔlikiŋ], *a.* brincalhão, jovial, alegre, travesso, engraçado; saltador.

ROLLICKSOME ['rɔliksəm], *a.* brincalhão.

ROLLING ['rouliŋ], *a.* rodante; ondulado. *s.* rotação, giro; balanço (de navio); estiragem, laminação, laminagem; enrolamento, enfaixamento.

ROLLING PIN ['rouliŋpin], *s.* rolo (para massas).

ROLLING PRESS ['rouliŋpres], *s.* calandra.

ROLLING-STOCK ['rouliŋ-stɔk], *s.* material rodante.

ROLY-POLY ['rouli'pouli], *a.* atarracado, rechonchudo, gorducho. *s.* rocambole, pudim com a forma de cilindro; pessoa gorducha, rechonchuda.

ROMAIC [rou'meiik], *s.* e *a.* romaico.

ROMAN ['roumən], *a.* romano; austero, severo; valoroso, nobre; papal, católico romano. # *Roman candle,* pistolão (fogo de artifício). *Roman letter,* (tip.) letra redonda. *when in* (ou *at*) *Rome do as the Romans do* (= *as the Pope does*), em Roma sê romano.

ROMANCE [rə'mæns], *a.* romântico, romance; românico, neolatino.

ROMANCE [rə'mæns], *s.* romance; conto; novela; fábula; namoro; (mús.) romança; língua românica. # *romance languages,* línguas românicas. *v.* forjar, mentir; imaginar, inventar, romancear, fazer romance.

ROMANCER [rə'mænsə], *s.* romancista, novelista; visionário; embusteiro.

ROMANESQUE [roumə'nesk], *a.* romanesco; (arq.) românico.

ROMANIC [rou'mænik], *a.* neolatino; românico. *s.* romance.

ROMANISM ['roumənizm], *s.* catolicismo; romanismo.

ROMANIZE ['roumənaiz], *v.* romanizar; converter(-se) ao catolicismo.

ROMANTIC [ro'mæntik], *a.* romântico, romanesco; fabuloso, fantástico; sentimental.

ROMANTICISM [ro'mæntisizm], *s.* romantismo.

ROMANTICIST [ro'mæntisist], *s.* romântico, adepto da escola romântica.

ROMANY ['rɔməni], *a.* e *s.* cigano, gitano.

ROMP [rɔmp], *s.* moça de modos desenvoltos, excessivamente desembaraçada. *v.* brincar com exagero.

ROMPERS ['rɔmpəz], *s.* blusa e calção (traje infantil).

ROMPISH ['rɔmpiʃ], *a.* brincalhão; estouvado, descomedido.

RONDO ['rɔndou], *s.* (mús.) rondó.

ROOD [ru:d], *s.* medida agrária de 10 ares; cruz, crucifixo.

ROOF [ru:f], *s.* telhado, teto; coberta; abóbada; tejadilho de um carro, capota; habitação, residência, casa; (poét.) céu. *v.* telhar; cobrir com telhado; alojar, abrigar; proteger. # *French roof,* mansarda. *the roof of heaven,* a abóbada celeste. *the roof of the mouth,* o céu da boca. *under one's roof,* em casa, em sua própria casa.

ROOFER ['ru:fə], *s.* tábua de forro; o que constrói um telhado; carta de agradecimento de hospitalidade = (E.U.) *a bread-and-butter letter. V.* **COLLINS.**

ROOF-GARDEN ['ru:fga:dn], *s.* jardim sobre o terraço de um prédio.

ROOFING ['ru:fiŋ], *s.* telhadura: teto, coberta; material para teto; albergue.

ROOFTREE ['ru:ftri:], *s.* viga da cumeeira.

ROOFY ['ru:fi], *a.* que tem teto.

ROOK [ruk], *s.* gralha; torre (no jogo do xadrez); trapaceiro. *v.* enganar, trapacear, lograr; furtar, roubar; agachar-se, abaixar-se.

ROOKERY ['rukəri], *s.* bando de gralhas; viveiro de gralhas; antro, espelunca, lupanar; cortiço, cabeça-de-porco (casa de cômodos).

ROOKIE ['ru:ki], *s.* (E.U. gír.) recruta.

ROOM [rum, ru:m], *s.* alojamento; espaço, lugar, sítio; habitação; quarto, aposento; sala, salão; câmara; camarote (de bordo); (náut.) paiol; oportunidade, ocasião; razão, causa, motivo. *v.* (E.U.) alojar = (Ing.) *lodge.* # *make room for,* arranjar lugar ou espaço para. *room and board,* casa e comida, quarto e comida, quarto com refeições. *V. board and lodge. room and spare,* muito espaço. *room service,* serviço no quarto, refeições no quarto (hotel).

ROOMER ['rumə], *s.* navio muito grande; (E.U.) inquilino (de um quarto) = (Ing.) *lodger.*

ROOMINESS ['ruminis], *s.* capacidade, espaço; vastidão, amplidão.

ROOMING-HOUSE ['rumiŋhaus], *s.* (E.U.) hospedaria; casa em que se alugam quartos = (Ing.) *lodging-house.*

ROOM MATE ['rummeit], *s.* companheiro de quarto.

ROOMY ['rumi], *a.* amplo, vasto, espaçoso.

ROOST [ru:st], *s.* lugar de descanso; poleiro; repouso, sono (de aves domésticas). *v.* empoleirar-se; repousar, descansar; dormir (as aves). # *rule the roost,* mandar no casal; dominar.

ROOSTER ['ru:stə], *s.* (E.U.) galo = (Ing.) *cock.*

ROOT [ru:t], *s.* raiz; origem, fonte; motivo, causa; base; fundo; sabugo (do dedo); (gram.) radical de um vocábulo; (mús.) nota tônica, nota fundamental. *v.* arraigar, enraizar, radicar; lançar raízes; implantar; arraigar-se; escavar, forçar a terra; (E.U.) torcer, aplaudir = (Ing.) *cheer;* (E.U.) revolver, procurar, esquadrinhar = (Ing.) *rummage.* # *cubic root,* (mat.) raiz cúbica. *fibrous root,* (bot.) raiz fibrosa. *fleshy root,* (bot.) raiz carnuda. *root and branch,* completamente. *root out (away* ou *up),* extirpar. *square root,* raiz quadrada. *tuberous root,* (bot.) raiz tuberosa. *strike at the root of,* atacar a causa do mal, cortar o mal pela raiz. *take* (ou *strike*) *root,* criar raízes.

ROOTED ['ru:tid], *a.* arraigado, enraizado, radicado; fundamental; radical.

ROOTER ['ru:tə], *s.* torcedor (esporte).

ROOTING ['ru:tiŋ], *s.* ação de enraizar.

ROOTLET ['ru:tlit], *s.* radícula.

ROOTY ['ru:ti], *a.* radicoso.

ROPE [roup], *s.* corda, cordel, cordão; soga; fio; cabo; adriça; cordame, cordoalha, massame (de navios); (náut.) tralha; réstia; fila, enfiada; intestinos (de pássaros). *v.* amarrar com corda; rodear com soga; (E.U.) laçar; (náut.) entralhar; fazer meadas ou enfiaduras; correr em fio (líqüido); alongar-se em fios; enganar, ludibriar; atrair, seduzir. #

be at the end of one's ropes, estar sem recursos. *know the ropes,* entender do assunto, entender do riscado, saber onde tem o nariz. *pay out a rope,* soltar uma corda aos poucos. *with the rope round one's neck,* com a corda no pescoço, em situação difícil, sem dinheiro.

ROPE-DANCER ['roupdɑ:nsə], *s.* burlantim que dança na corda. *V.* **ROPE-WALKER.**

ROPER ['roupə], *s.* cordoeiro.

ROPERY ['roupəri], *s.* cordoaria.

ROPE-WALKER ['roupwɔ:kə], *s.* burlantim que anda na corda. *V.* **ROPE-DANCER.**

ROSARY ['rouzəri], *s.* rosário; coroa ou grinalda de rosas; roseiral.

ROSE [rouz], *pret.* de **RISE.**

ROSE [rouz], *s.* rosa (flor); cor-de-rosa; roseta; roseira; enfeite semelhante a rosa; florão; ralo de regador; chuveiro (de banheiro); (náut.) rosa de agulha; (med.) erisipela. *a.* róseo. *v.* rosar. # *a bed of roses,* um mar de rosas. *under the rose,* confidencialmente.

ROSEATE ['rouziit], *a.* cheio de rosas; róseo; rosado.

ROSE-BUD ['rouzbʌd], *s.* botão de rosa.

ROSE-BUSH ['rouzbuʃ], *s.* roseira.

ROSE-HUED ['rouzhju:d], *a.* rosado, róseo.

ROSEMARY ['rouzməri], *s.* (bot.) rosmarinho.

ROSETTE [rou'zet], *s.* roseta; florão.

ROSE-WATER ['rouzwɔ:tə], *s.* água-de-rosas; água rosada.

ROSEWOOD ['rouzwud], *s.* pau-rosa.

ROSIN ['rɔzin], *s.* colofônia, resina; breu; pez. *v.* resinar, untar com resina.

ROSINESS ['rouzinis], *s.* qualidade do que é róseo; cor-de-rosa.

ROSTER ['roustə], *s.* (mil.) lista de plantão; lista de nomes.

ROSTRA ['rɔstrə], *pl.* de **ROSTRUM.**

ROSTRUM ['rɔstrəm], *pl.* **ROSTRUMS, ROSTRA.** *s.* rostro; bicho; focinho; (bot. e náut.) esporão; cano de alambique; (cir.) espécie de pinça; estante do regente (teatro).

ROSY ['rouzi], *a.* cheio de rosas; em forma de rosa; rosado, róseo: otimista; agradável, lisonjeiro.

ROT [rɔt], *v.* apodrecer, decompor, putrefazer; cariar-se; estragar-se, deteriorar-se; corromper-se, perverter-se. *s.* podridão; putrefação; cárie; corrupção; ronha, morrinha; carcoma; caruncho; sandice, parvoíce; nescidade. # *talk rot,* dizer tolice(s).

ROTARY ['routəri], *a.* rotativo, giratório, rotatório. *s.* rotativa (máquina de impressão).

ROTATE [rou'teit], *v.* girar, rodar, dar voltas; circular; rolar; trocar, alternar, revezar. *a.* rotáceo.

ROTATION [rou'teiʃən], *s.* rotação, giro, volta; sucessão, alternativa; turno; alternação, revezamento.

ROTATOR [rou'teitə], *s.* o que faz rodar ou girar; (anat.) rotador;. hélice do hodômetro.

ROTATORY ['routətəri, rou'teitəri], *a.* giratório.

ROTE [rout], *s.* instrumento medieval semelhante ao violino; costume, rotina; ruído das ondas. # *by rote,* de cor; mecanicamente.

ROTOGRAVURE [routəgrə'vjuə], *s.* rotogravura.

ROTOR ['routə], *s.* (eletr. e mec.) rotor.

ROTTEN ['rɔtn], *a.* podre, decomposto, deteriorado, putrefato; pútrido; cariado; carcomido; corrompido; fétido.

ROTTENNESS ['rɔtnnis], *s.* podridão, putrefação, decomposição; cárie; corrupção.

ROTUND [rou'tʌnd], *a.* rotundo.

ROTUNDA [rou'tʌndə], *s.* rotunda.

ROUBLE ['ru:bl], *s.* rublo.

ROUGE [ru:ʒ], *s.* carmim. *a.* encarnado, vermelho. *v.* pintar o rosto.

ROUGH [rʌf], *a.* grosso, áspero, desigual; rugoso; arrepiado, eriçado, encrespado; peludo, cabeludo; pedregoso; escabroso; preliminar; rudimentar; tosco; mal feito; aproximativo; rígido, severo, duro; bruto, grosseiro, descortês; rude, inculto; brusco, violento, tempestuoso; agitado, borrascoso (o mar); insolente, arrogante; soberbo, orgulhoso. *s.* estado tosco; estado em bruto; desordeiro; maroto, finório, mariola. *v.* tornar áspero, escabroso; lavrar; esboçar; adestrar; domar, domesticar; irritar, molestar. # *rough and ready,* grosseiro. *rough and tumble,* em desordem. *rough* *copy,* rascunho, esboço. *rough estimate,* cálculo aproximado = *rough guess. rough house,* brinquedo bruto, brincadeira bruta = *horse-play. rough idea,* idéia vaga, pálida idéia. *rough it,* viver sem conforto, levar uma vida primitiva. *rough wall,* muro de alvenaria.

ROUGH-CAST ['rʌfkɑ:st], *s.* molde; esboço; reboco. *v.* delinear, traçar; rascunhar, esboçar; rebocar.

ROUGH-DRAUGHT ['rʌfdrɑ:ft], *s.* rascunho, esboço.

ROUGHEN ['rʌfn], *v.* tornar(-se) rude; irritar; encapelar.

ROUGHING ['rʌfiŋ], *s.* rascunho, esboço.

ROUGHLY ['rʌfli], *adv.* asperamente; severamente; descortesmente, grosseiramente, brutalmente; toscamente; violentamente, tempestuosamente; aproximadamente.

ROUGH-NECK ['rʌfnek], *s.* (E.U.) desordeiro, valentão = (Ing.) *rowdy.*

ROUGHNESS ['rʌfnis], *s.* aspereza; escabrosidade; rigor, severidade, rudeza; descortesia, incivilidade; violência; tempestade; desalinho.

ROUGH-RIDER ['rʌfraidə], *s.* peão, amansador de cavalos.

ROUGH-SEA ['rʌfsi:], *s.* mar bravio.

ROULETTE [ru:'let], *s.* roleta; rodízio.

ROUMANIAN [ru:'meinjən], *s.* e *a.* romeno.

ROUND [raund], *a.* redondo, rotundo; esférico; cilíndrico; orbicular; arredondado; semicircular; cheio; grande; amplo; liberal; preciso, positivo; franco, sincero; justo, íntegro, honrado; ingênuo; rápido, ligeiro, acelerado; fluente; sonoro. *s.* roda; esfera, orbe, globo; círculo; giro, volta, revolução, rotação; ciclo; sucessão, turno; circuíto; rota, caminho; rodeio; (mil.) ronda; série, rotina; degrau (de escada); descarga, salva, disparo; cartucho com bala; assalto (na esgrima); tempo (boxe); dança; (mús.) rondó. *adv.* ao redor, em volta de; à roda de; do princípio ao fim. *v.* redondear (= arredondar); bolear; voltear, contornar; rodopiar; girar; rodear, cingir, cercar, circundar; rondar; forrar (cabo, etc.); acabar, terminar; aprimorar, aperfeiçoar; arredondar--se; aprimorar-se. # *a round of applause,* uma salva de palmas. *go* (ou *make) the rounds,* fazer a ronda. *half round,* meia cana *round off,* terminar; arrematar; bolear; arredondar. *round out,* completar (coleção); arredondar (número). *round shouldered,* espadaúdo. *round up,* prender; recolher (gado) *take a round,* dar um giro, dar um passeio.

ROUNDABOUT ['raundəbaut], *a.* vago, indireto, com rodeios; desviado; prolixo. *s.* roda de crianças (brincadeira); dança; circunlóquio; excursão; cavalinhos de pau; (E.U.) jaqueta. # *in a roundabout way,* com rodeios, indiretamente.

ROUND BAR ['raundbɑ:], *s.* varão, vergalhão.

ROUND CHARTER ['raundtʃɑ:tə], *s.* contrato de fretagem para viagem de ida e volta.

ROUNDED ['raundid], *a.* curvo; arredondado.

ROUNDEL ['raundl], *s.* canção, melodia; rondó; redondilha; dança em roda.

ROUNDELAY ['raundilei], *V.* **ROUNDEL.**

ROUNDER ['raundə], *s.* instrumento utilizado para arredondar; recinto; circunferência.

ROUNDHOUSE ['raundhaus], *s.* tombadilho; rotunda, casa de máquinas; prisão (do corpo da guarda).

ROUNDING ['raundiŋ], *s.* arredondamento, curvatura.

ROUNDISH ['raundiʃ], *a.* arredondado.

ROUNDNESS ['raundnis], *s.* redondeza, rotundidade; franqueza, lisura, correção, sinceridade.

ROUNDS [raundz], *s. pl.* ronda.

ROUND-TRIP ['raundtrip], *s.* viagem de ida e volta.

ROUND-TRIP TICKET ['raundtrip'tikit], *s.* (E.U.) bilhete de ida e volta = (Ing.) *return ticket.*

ROUNDUP ['raundʌp], *s.* rodeio (de gado).

ROUSE [rauz], *v.* despertar, acordar; estimular, ativar, excitar, incitar, animar, provoçar; animar-se, excitar-se; mover-se; levantar a cabeça.

ROUSER ['rauzə], *s.* o que anima, excita, ativa; despertador; embuste, mentira.

ROUSING ['rauziŋ], *a.* incitador; despertador; violento, forte, grande.

ROUSTABOUT ['raustəbaut], *s.* (E.U.) estivador = (Ing.) *wharf labourer, deckhand.*

ROUT [raut], *s.* derrota, desbaratamento (de um exército); tropel, banda, tropa; ajuntamento de gente, multidão; povaréu; confusão, tumulto; alvoroço, *v.* derrotar, destroçar, desbaratar. # *put to rout,* pôr em debandada; derrotar; aniquilar.

ROUTE [ru:t], *s.* rota, roteiro, derrota, caminho, itinerário, rumo, estrada, direção, via; curso, marcha; linha, delineamento, traçado.

ROUTINE [ru:'ti:n], *s.* hábito, rotina, prática; serviço corrente; especificação dos serviços.

ROVE [rouv], *v.* desfiar; percorrer, errar, andar, vaguear. *s.* passeio, correria. # *rove about seas,* piratear.

ROVER ['rouvə], *s.* malandro, vagabundo; pirata, ladrão, gatuno; pessoa inconstante; flecha (de archeiro).

ROVING ['rouviŋ], *s.* (tec.) operação executada no algodão; mecha. *a.* vagabundo, errante.

ROW [rau], *v.* armar um tumulto, um motim; censurar, repreender. *s.* tumulto, motim, bulha, rixa, briga, contenda, algazarra, disputa, pendência; censura, repreensão. # *kick up* (ou *raise) a row,* fazer um tumulto, protestar energicamente, fazer algazarra.

ROW [rou], *s.* fila, fileira, linha, ordem, carreira; fiada; passeio dado em lancha ou bote; remadura. *v.* remar, conduzir remando, vogar; armar remos. # *a hard row to hoe,* (E.U.) trabalho árduo, trabalho difícil.

ROWBOAT ['roubout], *s.* (E.U.) barco de remo = (Ing.) *rowing-boat.*

ROW-DE-DOW ['raudi'dau], *s.* tumulto, motim.

ROWDINESS ['raudinis], *s.* bulha, tumulto, turbulência.

ROWDY ['raudi], *s.* desordeiro, valentão = (E. U.) *roughneck. a.* amotinador, bulhento, turbulento, alvoroçar, agitador.

ROWDYDOW ['raudi'dau], *V.* **ROW-DE-DOW.** *a.* turbulento.

ROWDYISM ['raudiizm], *s.* turbulência, desordem, tumulto.

ROWEL ['rauəl], *s.* roseta de espora. *v.* esporear.

ROWER ['rouə], *s.* remador.

ROWING ['rouiŋ], *s.* esporte do remo; remadura, a ação de remar.

ROWING-BOAT ['rouiŋbout], *s.* barco de remo = (E.U.) *row-boat.*

ROWING-MATCH ['rouiŋmætʃ], *s.* regata (a remos).

ROWLOCK ['roulɔk], *s.* toleteira = (E.U.) *oarlock.*

ROYAL ['rɔiəl], *a.* real, majestoso, régio, nobre, magnífico, ilustre, magnânimo; suntuoso, magnificente, esplêndido, superior, excelente. *s.* papel de formato grande (com 19 x 24 polegadas para escrever e 20 x 25 para imprensa); pontas superiores dos chifres do veado.

ROYALISM ['rɔiəlizm], *s.* realismo.

ROYALIST ['rɔiəlist], *s.* realista.

ROYALLY ['rɔiəli], *adv.* regiamente.

ROYALTY ['rɔiəlti], *s.* realeza, dignidade do rei, soberania; regalia; prerrogativas reais; direitos autorais; direitos de patente.

RUB [rʌb], *v.* esfregar, polir; friccionar, raspar; deslizar, roçar; coçar; incomodar, ser enfadonho, irritar, vexar. *s.* atrito, fricção, polimento; obstáculo, embaraço, tropeço, dificuldade, o busílis = (E.U.) *the nub;* chasco, vaia, sarcasmo, apupo. # *rub one the wrong way,* molestar ou irritar alguém. *rub out,* raspar. *rub up,* polir; recordar. *there's the rub,* aí é que está o busílis, aí é que são elas, aí é que a porca torce o rabo = *that's where the shoe pinches.*

RUBBER ['rʌbə], *s.* borracha, goma elástica; esfregão, polidor, esfregador; rodilha; grosa (lima); pedra de afiar; a melhor de três; a negra (no jogo). *pl.* (E.U.) galochas = (Ing.) *over-shoes, galoshes, goloshes. a.* de borracha. # *rubber check,* cheque sem fundos.

RUBBERNECK ['rʌbənək], *s.* (E.U.) basbaque, mirão; turista.

RUBBERNECK-WAG(G)ON ['rʌbənek'wægən], *s.* ônibus de turistas.

RUBBING ['rʌbiŋ], *s.* fricção; roçamento.

RUBBISH ['rʌbiʃ], *s.* lixo, entulho, caliça, imundícies; refugo, rebotalho, farrapos; ridicularia, ninharia, futilidade.

RUBBISH-CART ['rʌbiʃkɑ:t], *s.* carroça de lixo.

RUBBLE ['rʌbl], *s.* cascalho, seixos, rípios.

RUBE [ru:b], *s.* (E.U.) jeca, tabaréu, sertanejo, matuto, capiau, caipira = (Ing.) *yokel.*

RUBICUND ['ru:bikənd], *a.* rubicundo.

RUBIDIUM [ru:'bidiən], *s.* rubídio.

RUBRIC ['ru:brik], *s.* rubrica.

RUBY ['ru:bi], *s.* rubi; vermelho vivo, carmim. *a.* cor de rubi, vermelho, rubro. *v.* avermelhar, dar cor de rubi.

RUCK [rʌk], *s.* vinco, prega, dobra, ruga. *v.* vincar, dobrar, preguear; enrugar, enxovalhar, amarrotar; agachar-se, encolher-se, dobrar-se.

RUCKSACK ['ruksæk], *s.* mochila.

RUCTIONS ['rʌkʃəns], *s. pl.* (gír.) tumulto.

RUDDER ['rʌdə], *s.* leme, timão; madre do leme; direção, governo. # *rudder bar,* cana do leme = *tiller.* # *rudder pintle,* (náut.) macho do leme.

RUDDINESS ['rʌdinis], *s.* rubor, vermelhidão.

RUDDLE ['rʌdl], *s.* almagre (ou almagro).

RUDDY ['rʌdi], *a.* rubro, vermelho, rubicundo. *v.* tingir de encarnado.

RUDE [ru:d], *a.* rude, bruto, grosseiro, brusco, descortês; tosco, rústico; imperfeito, desigual, disforme; violento, turbulento; arrogante, severo.

RUDENESS ['ru:dnis], *s.* rudeza, grosseria, descortesia, aspereza, dureza; brutalidade; insolência, crueza, rusticidade; ignorância.

RUDIMENT ['ru:dimənt], *s.* rudimento, elemento, princípio; germe, embrião.

RUDIMENTAL [ru:di'mentl], *a.* rudimentar.

RUDIMENTARY [ru:di'mentəri], *a.* rudimentar, elementar; embrionário.

RUE [ru:], *v.* chorar, arrepender-se, sentir, lamentar, lastimar, ter mágoa. *s.* arruda; infusão ou cocção de arruda; pesar, arrependimento, lamento.

RUEFUL ['ru:ful], *a.* deplorável, lamentável, lastimável, triste; terrível.

RUEFULNESS ['ru:fulnis], *s.* pena, pesar, tristeza, aflição.

RUFF [rʌf], *s.* rufo, franzido, golinha; gola de penas ou de pêlo; perca (peixe); rufo (de tambor). *v.* rufar (o tambor); pôr em desordem, cortar com trunfo (no jogo de baralho).

RUFFIAN ['rʌfjən], *s.* rufião, alcoviteiro; brigão, biltre. *a.* brutal, desalmado, impetuoso.

RUFFIANISM ['rʌfjənizm], *s.* barbaridade, velhacaria; vida de bandido.

RUFFLE ['rʌfl], *v.* franzir, preguear, frizar, fazer tufos em; amarfanhar, amarrotar; incomodar, irritar, enfadar; desordenar; franzir-se, enrugar-se; tremular, agitar-se; aborrecer, incomodar-se, enfadar-se, perturbar-se; vexar; rufar (o tambor). *s.* folho; bulha, irritação, agitação, desordem; o rufar do tambor; escarcéu da água.

RUG [rʌg], *s.* tapete; coberta de lã de inferior qualidade; manta de viagem = (E.U.) *lap robe.*

RUGBY ['rʌgbi], *s.* futebol americano.

RUGGED ['rʌgid], *a.* escabroso, escarpado, abrupto, áspero; bruto, tosco; rude; carrancudo; desavergonhado, descomedido; vigoroso, forte, robusto; borrascoso, tempestuoso, violento, tormentoso.

RUGGEDNESS ['rʌgidnis], *s.* aspereza, severidade, rispidez, rudeza, escabrosidade.

RUIN [ruin, 'ru:in], *s.* ruína, queda, decadência; destruição; destroços; bancarrota; devastação; degradação; perdição, sedução; *pl.* restos, vestígios, resíduos, ruínas. *v.* arruinar, demolir, destruir; arruinar-se, cair em ruínas; decair; empobrecer; perder, seduzir; desbaratar.

RUINATION [rui'neiʃən], *s.* ruína, destruição.

RUINOUS ['ruinəs, 'ru:inəs], *a.* ruinoso, desmantelado; danoso, pernicioso, prejudicial, perigoso, fatal, destruidor, funesto.

RULE [ru:l], *s.* régua; dominação; mando, governo, poder, autoridade, domínio, império; regra, preceito, estatuto; regime; norma, pauta; método, guia, modelo, medida; arranjo, regularidade; linha (traçada), risco; auto, decisão ou parecer de um tribunal. *v.* governar, ter mando ou autoridade, mandar, dominar, reger, conter, subjugar, reprimir, moderar, disciplinar, dirigir; (jur., determinar, dispor, decidir; guiar, persuadir; arranjar, ordenar; regrar; traçar riscos ou linhas; pautar (papel); imperar, reinar; estar em voga, prevalecer. # *as a rule,* em regra, geralmente. *rule of three,* (mat.) regra de três. *rule of thumb,* norma prática. *rule over,* predominar; governar. *rule out,* excluir; rejeitar (proposta, projeto, etc.). *up to the rules,* segundo as regras.

RULED [ru:ld], *a.* regrado; conduzido, dirigido; governado, regido; pautado (papel).

RULER ['ru:lə], *s.* governador, administrador; legislador; regente; rei, imperador, presidente de república, etc.; régua; regrador, pautador.

RULING ['ru:liŋ], *s.* parecer, decisão; a ação ou o efeito de regrar. *a.* dominante, imperante, predominante.

RULING-PEN ['ru:liŋpen], *s.* tira-linhas.

RUM [rʌm], *s.* rum; aguardente; (E.U.) qualquer bebida alcoólica; cura da aldeia; coisa ou pessoa estranha. *a.* estranho; singular, anormal; divertido, alegre, folgazão; excelente, ótimo.

RUMBA ['rʌmbə], *s.* rumba.

RUMBLE ['rʌmbl], *v.* rugir, retumbar, roncar, estrondar; murmurar, sussurrar; ressoar ao longe; avançar com barulho. *s.* rumor, ruído prolongado e surdo; estrondo; traseira. # *rumble seat,* (aut.) assento suplementar.

RUMBLER ['rʌmblə], *s.* coisa que ressoa ao longe, o que produz um ruído contínuo e surdo.

RUMBLING ['rʌmbliŋ], *a.* que faz ruído surdo. *s.* ruído surdo, murmúrio. # *the rumbling of thunder,* o ribombar do trovão; guerra entre bandos de adolescentes.

RUMBUSTIOUS [rʌm'bʌstʃəs], *a.* turbulento.

RUMEN ['ru:mən], *s.* (zool.) pança, primeira cavidade do estômago dos ruminantes.

RUMINANT ['ru:minənt], *s.* e *a.* ruminante; pensativo, meditativo.

RUMINATE ['ru:mineit], *v.* ruminar; meditar, reflexionar, considerar.

RUMINATION [ru:mi'neiʃən], *s.* ruminação; reflexão, meditação.

RUMMAGE ['rʌmidʒ], *v.* procurar, inspecionar, explorar, esquadrinhar, pesquisar = (E.U.) *root;* visitar; achar; desenterrar; agitar (um liqüído). *s.* transtorno, revolta, desordem; miscelânea; busca minuciosa. # *rummage about,* esquadrinhar, procurar. *rummage sale,* leilão de mercadorias (na alfândega); venda de bugigangas (em bazar de caridade); venda de saldos.

RUMMER ['rʌmə], *s.* taça; copo grande.

RUMO(U)R ['ru:mə], *s.* rumor; boato. *v.* propalar, espalhar, divulgar.

RUMOURER ['ru:mərə], *s.* boateiro.

RUMOUR-MONGER ['ru:mə'mʌŋgə], *s.* boateiro.

RUMP [rʌmp], *s.* uropígio de ave; garupa, anca; nádegas, traseiro, posterior; alcatra.

RUMPLE ['rʌmpl], *v.* enrugar, amarfanhar, amarrotar. *s.* ruga, prega, vinco, dobra.

RUMPUS ['rʌmpəs], *s.* balbúrdia, distúrbio, rebuliço.

RUN [rʌn], *pret.* **RAN,** *pp.* **RUN.** *v.* correr; dirigir, administrar = (E.U.) *operate. s.* corrida, marcha; carreira, curso; (mil.) marcha forçada; batida de caça; jornada, viagem. excursão, passeio, volta; (mar.) rasto, esteira, sulco; roteiro, derrota; (mec.) marcha, movimento, operação; série, curso, continuação; duração; fio do discurso ou palestra; (teat.) série de representações de uma determinada peça; corrida aos bancos; terreno para pastagem; arribação, migração; (mús.) escala; gosto, vontade; aceitação; direção, inclinação: arremesso; (E.U.) malha perdida, fio corrido, falha (na meia) = (Ing.) *ladder.* # *get the run of,* aprender o manejo de, aprender o funcionamento de. *go for a run,* dar um passeio. *in the long run,* no final das contas, afinal de contas. *run about,* correr para lá e para cá, correr de um lado para outro. *run across,* encontrar por acaso, deparar com. *run after,* procurar, andar em busca de, perseguir. *run against,* colidir com. *run aground,* (náut.) encalhar. *run along,* ir-se. *run at,* atacar; tentar alcançar. *run away,* fugir; escoar. *run away with,* levar consigo; dominar; consumir. *run by,* passar rapidamente. *run down,* atropelar; alcançar; encontrar; descarregar; criticar, falar mal de; atrasar; parar por falta de corda (relógio); conferir. *run high,* encolerizar-se; ter importância. *run in,* (mec.) pôr máquina a funcionar (para exame); (aut.) amaciar. *run into,* colidir com; deparar com; alcançar; correr para dentro de. *run low,* escassear. *run off,* fugir; escorrer, escoar. *run of,* (com.) ficar desprovido de. *run of office,* gestão. *run on,* prosseguir; falar continuamente. *run out,* esgotar-se; escorrer. *run over,* atropelar; examinar rapidamente, ler rapidamente, transbordar. *run someone down,* menoscabar alguém, fazer pouco de alguém. *run someone in,* aprisionar alguém. *run through,* examinar rapidamente; gastar rapidamente (dinheiro); impregnar; transpassar, traspassar. *run up,* acumular; construir rapidamente; aproximar-se correndo; crescer rapidamente. *run up against,* deparar com; enfrentar (dificuldades). *run up and down,* correr de cá para lá. *run upon,* preocupar-se com; bater contra; deparar com. *run wild,* enfurecer-se. *run with,* estar de acordo com.

RUNABOUT ['rʌnəbaut], *s.* vagabundo; baratinha (automóvel).

RUNAWAY ['rʌnəwei], *s.* fugitivo, desertor, apóstata, trânsfuga; rapto, seqüestro; fuga; cavalo desbocado; pista (de aeródromo). *a.* desertor, fugitivo, apóstata.

RUNE [ru:n], *s.* runa.

RUNG [rʌŋ], *pret.* (raro) e *pp.* de **RING.** *s.* degrau de escada; travessa, varão; caverna; travessa de sela.

RUNIC ['ru:nik], *a.* rúnico. *s.* (impr.) tipo denominado rúnico.

RUNNER ['rʌnə], *s.* corredor; andarilho, peão; mensageiro, correio, postilhão; agente de polícia; fugitivo, desertor, trânsfuga, maquinista; corretor; agente; rebento, broto, vergôntea; pequeno navio mercante; rotor; roldana; (aer.) sapata.

RUNNING ['rʌniŋ], *s.* carreira, curso; contrabando; berra (= brama), cio de alguns animais; corrimento, supuração. *a.* corredor; corredio, corrente; (com.) a vencer; consecutivo, a seguir. # *a running in,* (mec.) um aperto geral (em automóvel, etc.). *running bond,* (arq.) travação em parede de tijolos. *running from,* a contar de, a partir de. *running trap,* (canal.) sifão em U.

RUNNING BOARD ['rʌniŋbɔ:d], *s.* estribo (de automóvel).

RUN-OFF ['rʌn-ɔ:f], *s.* (esp.) a última corrida em competição; (geol.) água de rolamento.

RUNWAY ['rʌnwei], *s.* calha; canal; leito, (av.) pista de decolagem.

RUPEE [ru:'pi:], *s.* rúpia (moeda).

RUPTURE ['rʌptʃə], *s.* ruptura (= rotura), rompimento; desinteligência, desentendimento, discórdia; hérnia. *v.* romper; abrir-se; quebrar, fraturar, rebentar.

RURAL [ruərəl], *a.* rural, campestre; rústico.

RUSE [ru:z], *s.* ardil, artimanha, estratagema, artifício, manha.

RUSH [rʌʃ], *s.* arremetida, ímpeto, investida; pressa, fúria, precipitação; tropel; acúmulo; grande movimento; torrente; jorro de vapor; briga, luta; junco, verga, caniço; assédio, bagatela, ninharia, frioleira; (E.U.) luta entre veteranos e calouros. *v.* lançar-se, precipitar-se, arrojar-se, acometer, investir; ativar, acelerar; precipitar, empurrar; lançar, arremessar; investir; agrupar-se; (futebol) abrir caminho (com a bola) para o gol dos adversários. # *not worth a rush,* sem valor. *rush along,* precipitar-se. *rush hours,* horas de maior movimento (tráfego). *rush on a bank,* corrida a um banco. *rush to a conclusion,* chegar a uma conclusão precipitadamente.

RUSHER ['rʌʃə], *s.* pessoa que se arremessa, que se arroja, que se precipita; (futebol) o que leva a bola para o campo inimigo.

RUSHING ['rʌʃiŋ], *s.* ímpeto, investida; curso tumultuoso; carreira precipitada.

RUSK [rʌsk], *s.* biscoito, bolacha; rosca, sequilho; farinha de rosca; pão torrado.

RUSSET ['rʌsit], *a.* pardo, trigueiro; avermelhado; ruço; grosseiro, rude, rústico. *s.* cor avermelhada; variedade de maçã; couro avermelhado; espécie de trajo (= traje) de camponês.

RUSSIAN ['rʌʃən], *a.* e *s.* russo.

RUSSIAN CIGARETTE ['rʌʃənsigə'rət], *s.* cigarrilha (pequeno charuto) = (E.U.) *between act.*

RUST [rʌst], *s.* ferrugem; bafio, mofo, bolor; mangra, ranço; tortulho; inação, inércia. *v.* enferrujar; mangrar; embotar, entorpecer; enfraquecer o espírito; insensibilizar; mofar, enferrujar-se; embotar-se.

RUSTIC ['rʌstik], *a.* rústico; campestre; rural;

aldeão, campesino; ingênuo; simples, singelo; sincero, honrado; inculto; rude, grosseiro. *s.* roceiro, camponês, campônio.

RUSTICITY [rʌs'tisiti], *s.* vida campestre; rusticidade; simplicidade, singeleza; incivilidade, grosseria.

RUSTINESS ['rʌstinis], *s.* estado ferrugento; ferrugem; falta de uso; entorpecimento.

RUSTLE [rʌsl], *v.* murmurar, sussurrar; ruflar, rugir (a seda); zunir; retumbar, ressoar; (E.U.) obter por meios violentos; agir energicamente; (E.U.) roubar gado. *s.* ruído; murmúrio, sussurro.

RUSTLER ['rʌslə], *s.* (E.U.) homem ativo e empreendedor; (E.U.) ladrão de gado.

RUSTLING ['rʌsliŋ], *a.* murmurante, sussurante. *s.* ruído; murmúrio, sussurro; o rugir da seda.

RUSTPROOF ['rʌstpru:f], *a.* inoxidável, à prova de ferrugem.

RUSTY ['rʌsti], *a.* enferrujado, ferrugento; rançoso; bolorento; entorpecido por falta de exercício; amarelento; rude, bronco.

RUT [rʌt], *v.* sulcar; estar com o cio (animais); bramar (como certos animais). *s.* sulco, rodeira, carril; costume, rotina; ruído, alvoroço; rugido, bramido; mugido; berra (= brama), cio (de animais).

RUTHLESS ['ru:θlis], *a.* impiedoso, cruel, desumano, empedernido.

RUTHLESSNESS ['ru:θlisnis], *s.* impiedade, crueldade, desumanidade.

RUTTY [rʌti], *a.* cheio de sulcos de rodas.

RYCE [rais], *s.* (tec.) porta-mecha.

RYE [rai], *s.* centeio.

S

S [es], *s.* décima nona letra do alfabeto.

SABBATH ['sæbəθ], *s.* sábado; período de descanso; dia de descanso.

SABBATIC (AL) [sə'bætik(əl)], *a.* sabático. # *sabbatical year,* licença de um ano concedida, cada 7 anos, a professores universitários.

SABLE ['seibl], *s.* marta, zibelina; pele de marta; cor negra. *a.* negro, preto; escuro.

SABOT ['sæbou], *s.* sapato de madeira, soco, tamanco.

SABOTAGE ['sæbətɑ:ʒ], *s.* sabotagem.

SABRE, SABER ['seibə], *s.* sabre. *v.* acutilar, golpear.

SAC [sæk], *s.* saco, bolsa; cavidade.

SACCHARINE, SACCHARIN ['sækərin], *s.* sacarina.

SACCHARINE ['sækərain], *a.* sacarino.

SACERDOTAL [sæsə'doutl], *a.* sacerdotal.

SACHET ['sæʃei], *s.* pulverizador.

SACK [sæk], *s.* saco, saca; taleigo; bolsa (dos animais); pilhagem, saque. *v.* ensacar; saquear, pilhar; demitir, despedir do emprego = (E.U.) *fire.* # *get the sack,* ser demitido = (E.U.) *get the gate. give the sack,* demitir. *hit the sack,* ir para a cama, ir deitar-se.

SACKCLOTH ['sækklɔθ], *s.* aniagem.

SACKER ['sækə], *s.* saqueador, espoliador.

SACKFUL ['sækful], *s.* sacada, saco cheio; conteúdo de um saco.

SACKING ['sækiŋ], *s.* saque, pilhagem.

SACK-RACE ['sækreis], *s.* corrida de sacos.

SACRAMENT ['sækrəmənt], *s.* sacramento.

SACRAMENTAL [sækrə'mentl], *a.* sacramental.

SACRED ['seikrid], *a.* sagrado, consagrado, sacro, santo; inviolável; eclesiástico.

SACREDNESS ['seikridnis], *s.* santidade, inviolabilidade.

SACRIFICE ['sækrifais], *s.* sacrifício, holocausto; vítima; oferenda. *v.* sacrificar, imolar; oferecer sacrifícios.

SACRILEGE ['sækrilidʒ], *s.* sacrilégio.

SACRILEGIOUS [sækri'lidʒəs], *s.* sacrílego.

SACRISTAN ['sækristən], *s.* sacristão.

SACRISTY ['sækristi], *s.* sacristia.

SACROSANCT ['sækrousæŋkt], *a.* sacrossanto, santíssimo.

SACRUM ['seikrəm], *s.* sacro, o osso sacro.

SAD [sæ:d], *a.* triste, doloroso, melancólico; pensativo; abatido; sombrio, escuro; infausto, calamitoso; mau, ruim, perverso, cruel, desumano.

SADDEN ['sædn], *v.* entristecer, contristar; escurecer; entristecer-se; escurecer-se; tornar mais denso.

SADDLE ['sædl], *s.* sela, selim; cilhão; alabarda. *v.* selar, alabardar; carregar. # *saddle flap,* subaba (da sela).

SADDLEBAG ['sædlbæ:g], *s.* alforje.

SADDLE-CLOTH ['sædlklɔθ], *s.* chairel, manta.

SADDLE-HORSE ['sædlhɔ:s], *s.* cavalo de sela = (E.U.) *saddler.*

SADDLER ['sædlə], *s.* seleiro, alabardeiro; (E.U.) cavalo de sela = (Ing.) *saddle-horse.*

SADDLERY ['sædləri], *s.* selaria.

SADDLE-TREE ['sædltri:], *s.* armação de sela.

SADDUCEE ['sædjusi:], *s.* saduceu.

SADISM ['sædizm], *s.* sadismo.

SADIST ['sædist], *s.* sadista.

SADISTIC [sæ'distik], *a.* sádico.

SADLY ['sæ:dli], *adv.* tristemente; miseravelmente, mal; obscuramente. # *be sadly wanting in every way,* deixar muito a desejar.

SADNESS ['sæ:dnis], *s.* tristeza, pesar, melancolia; abatimento; seriedade, gravidade.

SAFE [seif], *a.* salvo, seguro, fora de perigo; intacto, ileso; certo, são; leal, digno de confiança. *s.* cofre, burra; guarda-comida. #

better be safe than sorry, o seguro morreu de velho. *safe and sound,* são e salvo. *safe conscience,* consciência tranqüila.

SAFE-BLOWER ['seifblouə], *s.* (E.U.) arrombador de cofres.

SAFE-CONDUCT ['seif'kɔndəkt], *s.* salvo-conduto.

SAFECRACKER ['seifkrækə], *s.* arrombador de cofres.

SAFEGUARD ['seifgɑ:d], *s.* salvaguarda, proteção; passaporte; guarda. *v.* salvaguardar, proteger.

SAFEKEEPING ['seif'ki:piŋ], *s.* salvaguarda.

SAFELY ['seifli], *adv.* seguramente; sem perigo; a salvo; sem novidade; felizmente.

SAFENESS ['seifnis], *s.* segurança.

SAFETY ['seifti], *s.* segurança, lugar seguro, abrigo; salvação.

SAFETY-BELT ['seiftibelt], *s.* cinto de segurança; salva-vidas.

SAFETY-LAMP ['seiftilæmp], *s.* lâmpada de segurança.

SAFETY-LOCK ['seiftilɔk], *s.* fecho ou fechadura de segurança.

SAFETY-PAPER ['seiftipeipə], *s.* (tip.) papel sensibilizado.

SAFETY-PIN ['seiftipin], *s.* alfinete de segurança, alfinete de fralda.

SAFETY-RAZOR ['seiftireizə], *s.* gilete.

SAFETY-VALVE ['seiftivælv], *s.* válvula de segurança.

SAFFLOWER ['sæflauə], *s.* açafroa.

SAFFRON ['sæfrən], *s.* açafrão. *a.* da cor do açafrão, amarelo-laranja. *v.* açafroar.

SAG [sæg], *v.* vergar, inclinar, curvar, pender; decair; ceder; sucumbir; garrar; cair (preço). *s.* inclinação, curva, dobra, descaída; ato de vergar, por falta de suporte.

SAGA ['sɑ:gə], *s.* saga, conto lendário da literatura escandinava. # *saga novel. V.* **RIVER NOVEL.**

SAGACIOUS [sə'geiʃəs], *a.* perspicaz; sagaz, penetrante, astuto, fino; esperto; ajuizado.

SAGACITY [sə'gæsiti], *s.* sagacidade; astúcia.

SAGAMORE ['sægəmɔ:], *s.* cacique.

SAGE [seidʒ], *s.* sábio, filósofo; (bot.) salva (= sálvia). *a.* sábio, prudente; ajuizado; grave; discreto.

SAGENESS ['seidʒnis], *a.* sabedoria; prudência; sagacidade; gravidade.

SAGGING ['sægiŋ], *s.* (náut.) ação de cair a sotavento.

SAGO ['seigou], *s.* sagu.

SAID [sed], *pret.* e *pp.* de **SAY;** (jur.) dito, mencionado.

SAIL [seil], *s.* vela, pano; embarcação de vela; passeio de barco; viagem; excursão marítima; *pl.* velame. *v.* fazer-se de vela; sair para o mar; velejar; singrar; viajar; governar; ir embarcado; pôr-se a caminho; deslizar. # *clap on all sail,* viajar a todo pano. *fore sail,* (náut.) traquete. *main sail,* (náut.) vela-mestra. *sail before the wind,* navegar de vento em popa. *sail in,* (fig.) começar alguma coisa com entusiasmo. *sail into,* (gír.) ralhar, passar descompostura; atacar. *set in sail, take in sail,* diminuir as velas. *set sail,* fazer-se à vela. *take in the sails,* colher as velas. *under full sail,* a todo pano.

SAILBOAT ['seilbout], *s.* (E.U.) veleiro = (Ing.) *sailing-boat.*

SAILCLOTH ['seilklɔθ], *s.* lona.

SAIL-DUCK ['seildʌk], *s. V.* **SAILCLOTH.**

SAILER ['seilə], *s.* navio veleiro.

SAILING ['seiliŋ], *s.* navegação; marcha do navio, andamento; largada; partida; mareação.

SAILING-BOAT ['seiliŋbout], *s.* veleiro = (E.U.) *sailboat.*

SAILING-SHIP ['seilingʃip], *V.* **SAILING-BOAT.**

SAILING-VESSEL ['seiliŋvesl], *V.* **SAILING-BOAT.**

SAILOR ['seilə], *s.* marinheiro, navegador. # *freshwater sailor,* marinheiro de água doce.

SAILPLANE ['seilplein], *s.* (aer.) planador.

SAINFOIN ['sein-fɔin], *s.* sanfeno

SAINT [seint], *s.* santo. *a.* santo. *v.* canonizar. # *All Saints' Day,* Dia de Todos os Santos. *St. Elmo's fire,* fogo-de-santelmo. *St. Vitus's dance,* (med.) coréia, dança de São Vito ou de São Guido.

SAINTLIKE ['seintlaik], *a.* de santo, como santo.

SAINTLINES ['seintlinis], *s.* santidade.

SAINTLY ['seintli], *a.* santo, pio, sagrado.

SAINTSHIP ['seintʃip], *s.* santidade.

SAKE [seik], *s.* causa, motivo; fim, intento, razão, objetivo, propósito; respeito, consideração; amor. # *for God's* (ou *goodness', heaven's, mercy's, pity's) sake!* pelo amor de Deus! *for the sake of appearances,* para salvar as aparências. *for your sake,* em consideração a você.

SAL [sæl], *s.* (quím.) sal; sal (árvore da Índia).

SALAAM [sə'lɑ:m], *s.* salamaleque; homenagem; saudação oriental. *v.* saudar, fazer salamaleques.

SALABLE ['seiləbl], *a.* vendável = *marketable.*

SALACIOUS [sə'leiʃəs], *a.* lascivo, lúbrico, obsceno, libidinoso, sensual, imoral, desregrado.

SALACITY [sə'læsiti], *s.* lascívia, luxúria.

SALAD ['sæləd], *s.* salada. # *salad days,* dias de inexperiência juvenil. *salad dressing,* tempero ou molho para salada. *salad oil,* azeite.

SALAMANDER ['sæləmændə], *s.* salamandra.

SAL-AMMONIAC [sælə'mouniæk], *s.* sal amoníaco.

SALARIED ['sælərid], *a.* assalariado.

SALARY ['sæləri], *s.* salário, estipêndio.

SALARY-SHEET ['sæləriʃi:t], *s.* folha de pagamento = (E.U.) *pay-roll.*

SALE [seil], *s.* venda; leilão; venda em hasta pública; mercado. # *aleatory sale,* venda condicional. *as is sale,* venda "no estado" (quando o comprador não tem direito a reclamações futuras). *bulk sale,* venda de todo o estoque de determinada mercadoria. *clearance sale,* liqüidação. *for* (ou *on) sale,* à venda. *put up for sale,* expor ou pôr à venda. *sales tax,* imposto de vendas e consignação. *sales ticket,* nota de venda. *sale with reversion clause,* (fin.) venda com cláusula de retrovenda. *short sale,* venda de mercadorias que o vendedor ainda não possui. *wash sale,* venda fictícia para forçar o preço.

SALEABLE ['seiləbl], *V.* **SALABLE.**

SALERATUS [sælə'reitəs], *s.* bicarbonato de sódio; fermento em pó.

SALES CLERK ['seilzklɑ:k], *s.* (E.U.) caixeiro = (Ing.) *shop assistant.*

SALESLADY ['seilzleidi], (E.U.) *V.* **SALESWOMAN.**

SALESMAN ['seilzmən], *s.* vendedor; pracista; caixeiro; (E.U.) viajante de casa comercial.

SALESWOMAN ['seilzwumən], *s.* vendedora; caixeira.

SAL-GEM ['sældʒem], *s.* sal-gema.

SALICYLATE [sæ'lisileit], *s.* salicilato.

SALICYLIC [sæli'silik], *a.* salicílico.

SALIENCE ['seiliəns], *s.* saliência, projeção.

SALIENT ['seiliənt], *a.* saliente; que salta, que esguicha. *s.* ângulo saliente.

SALIFY ['sælifai], *v.* salificar.

SALINE [sə'lain], *s.* salina.

SALINE ['seilain], *a.* salino.

SALINITY [sə'liniti], *s.* salinidade.

SALIVA [sə'laivə], *s.* saliva.

SALIVARY ['sælivəri, sə'laivəri], *a.* salivar.

SALIVATE ['sæliveit], *v.* fazer saliva, salivar; insalivar.

SALIVATION [sæli'veiʃən], *s.* salivação, insalivação.

SALLOW ['sælou], *a.* descorado, pálido, abatido, macilento. *s.* espécie de salgueiro.

SALLOWNESS ['sælounis], *s.* abatimento, lividez, palidez.

SALLOWY ['sæloui], *a.* abatido, lívido; cheio de salgueiros.

SALLY ['sæli], *s.* saída, partida, arrancada, sortida; arrebatamento; loucura; chiste, capricho. *v.* sair bruscamente; excursionar.

SALMI ['sælmi], *s.* guisado; ragu de caça de pena.

SALMON ['sæmən], *s.* salmão (peixe); cor de salmão. *a.* vermelho-amarelado.

SALMONET ['sæmənit], *s.* salmonete.

SALOON [sə'lu:n], *s.* sala grande, salão; carro-salão de um trem; automóvel fechado = (E.U.) *sedan;* (E.U.) bar, botequim = (Ing.) *public-house, pub.*

SALOON-KEEPER [sə'lu:nki:pə], *s.* dono de bar = (Ing.) *publican.*

SALT [sɔ:lt], *s.* sal; sabor, gosto; piada, chiste, agudeza; espírito; lobo-do-mar. *a.* picante, salgado; lascivo, impudico. *v.* salgar, salpicar o sal; curar com sal. # *above salt,* pertencente à aristocracia, da aristocracia. *an old salt,* um velho lobo-do-mar. *not* (ou *hardly) worth one's salt,* inútil, imprestável; não vale o que come. *salt away,* economizar, armazenar. *salt of soda,* (quím.) carbonato de sódio. *take with a grain of salt,* aceitar com certa reserva.

SALTCELLAR ['sɔltsələ], *s.* saleiro (para a mesa).

SALTER ['sɔ:ltə], *s.* salgador; o que trabalha em salinas.

SALTERN ['sɔ:ltən], *s.* salina marinha.

SALTING ['sɔ:ltiŋ], *s.* salgadura; salga.

SALTISH ['sɔ:ltiʃ], *a.* mais ou menos salgado.

SALTLESS ['sɔ:ltlis], *a.* sem sal, insosso, insípido.

SALTNESS ['sɔ:ltnis], *s.* salsugem; sabor a sal; salinidade; quantidade de sal.

SALTPETER, SALTPETRE ['sɔ:ltpi:tə], *s.* salitre.

SALTS [sɔ:lts], *s.* sais medicinais.

SALTY ['sɔ:lti], *a.* salobro, salgado.

SALUBRIOUS [sə'lu:briəs], *a.* saudável, salubre.

SALUBRITY [sə'lu:briti], *s.* salubridade.

SALUTARY ['sæljutəri], *a.* benéfico, saudável, salubre, salutar.

SALUTATION [sælju:'teiʃən], *s.* cumprimento, saudação.

SALUTATORIAN [selu:tə'touriən], *s.* (E.U.) o estudante que faz o discurso de abertura.

SALUTATORY [sə'lu:tətəri], *a.* relativo a saudação. *s.* (E.U.) discurso de abertura; (gram.) vocativo.

SALUTE [sə'lu:t], *s.* cumprimento, saudação; continência; salva, descarga. *v.* cumprimentar, saudar; (mil.) salvar, dar salvas; bater continência.

SALUTING [sə'lu:tiŋ], *s.* (mil.) salva.

SALVABLE ['sælvəbl], *a.* salvável.

SALVAGE ['sælvidʒ], *s.* despesas de um salvamento; salvados (restos de um naufrágio ou incêndio. # *salvage property,* bens salvados.

SALVATION [sæl'veiʃən], *s.* salvação, salvamento. # *Salvation Army,* Exército da Salvação.

SALVE [sɑ:v], *s.* ungüento, pomada, emplastro; auxílio, remédio. *v.* aplicar ungüento, untar; remediar, auxiliar.

SALVER ['sælvə], *s.* bandeja; salva, curandeiro; perito em salvamento; salvador.

SALVIA ['sælviə], *s.* (bot.) salva (= sálvia).

SALVO ['sælvou], *s.* (mil.) salva.

SALVOR ['sælvə], *s.* salvador.

SAMARITAN [sə'mæritn], *a.* e *s.* samaritano.

SAME [seim], *a.* e *pron.* idêntico, igual, mesmo. # *it's all the same to me,* pouco me importa, pouco se me dá. *the very same,* exatamente o mesmo, o mesmíssimo.

SAMENESS ['seimnis], *s.* identidade; uniformidade; semelhança; monotonia.

SAMLET ['sæmlit], *s.* salmonete.

SAMOVAR ['sæmovɑ:], *s.* samovar.

SAMP [sæmp], *s.* canjica.

SAMPAN ['sæmpæn], *s.* sampana.

SAMPLE ['sɑ:mpl], *s.* prova, amostra, modêlo, espécime (= espécimen); exemplo. *v.* tirar ou dar amostra; igualar; exemplificar; experimentar, provar. # *according to sample,* conforme amostra.

SAMPLER ['sɑ:mplə], *s.* espécime (= espécimen); amostra; aquele que dá amostras.

SANATORIUM [sænə'tɔ:riən], *pl.* **-RIA** [-riə], ou **-RIUMS** [-riəmz], *s.* sanatório, casa de saúde, hospital.

SANCTIFICATION [sæŋktifi'keiʃən], *s.* santificação.

SANCTIFIER ['sæŋktifaiə], *s.* santificador.

SANCTIFY ['sæŋktifai], *v.* santificar.

SANCTIFYING ['sæŋktifaiiŋ], *a.* santificante.

SANCTIMONIOUS [sæŋkti'mounjəs], *a.* santimonial, devoto, beato.

SANCTIMONY ['sæŋktimouni], *s.* beatério; santimônia; beatice; hipocrisia, fingimento.

SANCTION ['sæŋkʃən], *s.* ratificação, sanção, aprovação; confirmação; decreto. *v.* ratificar, sancionar, confirmar, autorizar.

SANCTITY ['sæŋktiti], *s.* santidade.

SANCTUARY ['sæŋktjuəri], *s.* santuário; refúgio, asilo, abrigo; proteção.

SAND [sænd], *s.* areia, saibro; *pl.* areal; (E.U. col.) força de vontade, coragem, energia = (Ing.) *grit.* *v.* lixar = *sandpaper.* # *quick sand,* areia movediça. *sand blast,* jato de areia.

SANDAL ['sændl], *s.* alpercata, sandália; barco estreito, esquife; sândalo.

SANDALWOOD ['sændlwud], *s.* sândalo.

SAND-BAG ['sæn(d)bæ:g, 'sæn(d)bæg], *s.* saco de areia (arma).

SAND-BANK ['sændbæŋk], *s.* banco de areia.
SANDBLAST ['sændblɑ:st], *s.* jacto de areia; tufão de areia.
SAND-BOY ['sændbɔi], *s.* pulga do mar = **SAND FLEA;** menino que transportava ou vendia areia (desus.). # *as jolly* (ou *as merry, as happy) as a sand-boy,* muito alegre; contentíssimo.
SANDFLEA ['sændfli:], *s.* pulga do mar. *V.* **SAND-BOY.**
SANDFLY ['sændflai], *s.* mosquito pólvora.
SAND-GLASS ['sændglɑ:s], *s.* ampulheta.
SAND-HILL ['sændhil], *s.* duna.
SANDHOG ['sændhɔg], operário que trabalha em subterrâneos, submarinos, etc.
SANDINESS ['sændinis], *s.* natureza arenosa.
SANDING ['sændiŋ], *s.* lixamento.
SANDMAN ['sændmæn, 'sænmæn], *s.* personagem imaginário que joga areia nos olhos das crianças para que durmam, João-pestana. # *the sandman is shaking sand on your eyes,* você está com sono, João-pestana está chegando.
SANDPAPER ['sændpeipə], *s.* lixa. *v.* lixar.
SANDPIPER ['sændpaipə], *s.* (orn.) maçarico-das-rochas.
SANDPIT ['sændpit], *s.* areal.
SANDSTONE ['sændstoun], *s.* arenito.
SANDSTORM ['sændstɔ:m], *s.* tempestade de areia.
SANDWICH ['sænwidʒ, 'sænwitʃ], *s.* sanduíche. # *sandwich loaf,* pão de forma.
SANDWICHMAN ['sænwidʒmæn], *s.* homem--sanduíche (propagandista).
SANE [sein], *a.* mentalmente são. # *to be sane,* ter o juízo perfeito.
SANGUINARY ['sæŋgwinəri], *a.* sangüinário, bárbaro, cruel.
SANGUINE ['sæŋgwin], *a.* sangüíneo (= sanguíneo), vivo, ardente; forte, vigoroso; confiante, esperançoso; audacioso, audaz; alegre, cor de sangue.
SANGUINEOUS [sæŋ'gwiniəs], *s.* sangüíneo (= sanguíneo).
SANITARIAN [sæni'tɛəriən], *s.* sanitarista.
SANITARIUM [sæni'tɛəriəm], *s.* sanatório.
SANITARY ['sænitəri], *a.* sanitário, higiênico.
SANITATE ['sæniteit], *v.* sanear.
SANITATION [sæni'teiʃən], *s.* higiene, saneamento.
SANITY ['sæniti], *s.* bom senso, razão, juízo, sanidade mental.
SANK [sæŋk], *pret.* de **SINK.**
SANSKRIT ['sænskrit], *s.* sânscrito.
SANTA CLAUS ['sæntə'klɔ:z], *s.* Papai Noel.
SAP [sæp], *v.* sapar; minar; fazer trabalhos de sapador; fazer-se de simplório; solapar; abater; desanimar. *s.* (mil.) sapa; seiva, albúmen (= albume). # *sap head,* simplório.
SAPAJOU ['sæpədʒu:], *s.* mico, macaco.
SAPID ['sæpid], *a.* gostoso, delicioso, saboroso, sápido.
SAPIDITY [sæ'piditi], *s.* gosto, sabor, paladar.
SAPIENCE ['seipiəns], *s.* sabedoria, sapiência.
SAPIENT ['seipiənt], *a.* sábio, sapiente.
SAPLESS ['sæplis], *a.* seco, sem suco, sem seiva; velho.
SAPLING ['sæpliŋ], *s.* renovo.
SAPONACEOUS [sæpo'neiʃəs], *a.* saponáceo.
SAPPER ['sæpə], *s.* (mil.) sapador.
SAPPHIRE ['sæfaiə], *s.* safira.
SAPPY ['sæpi], *a.* cheio de seiva, suculento; vital; tenro, fraco, débil; (col.) sentimental, piegas, niquento.
SARABAND ['særəbænd], *s.* sarabanda (dança).
SARACEN ['særəsn], *s.* sarraceno.
SARCASM ['sɑ:kæzm], *s.* sarcasmo, zombaria, troça.
SARCASTIC, AL [sɑ:'kæstik, əl], *a.* sarcástico; zombeteiro.
SARCENET ['sɑ:snit], *s.* tafetá.
SARCOMA [sɑ:'koumə], *s.* sarcoma. *pl.* **SARCOMATA** [sɑ:'koumətə].
SARCOMATOUS [sɑ:'koumətəs], *s.* sarcomatoso.
SARCOPHAGOUS [sɑ:'kɔfəgəs], *s.* sarcófago.
SARD [sɑ:d], *s.* sárdio (pedra preciosa).
SARDINE [sɑ:'di:n], *s.* sardinha.
SARDONIC [sɑ:'dɔnik], *a.* sardônico, mordaz.
SARDONYX ['sɑ:dəniks], *s.* (min.) sardônix.
SARGASSO [sɑ:'gæsou], *s.* sargaço.
SARONG [sə'rɔŋ], *s.* sarão, vestimenta malaia.
SARSAPARILLA [sɑ:səpə'rilə], *s.* salsaparrilha.
SARSENET ['sɑ:snit], *V.* **SARCENET.**
SASH [sæʃ], *s.* cinto, cinturão, faixa; caixilho

de janela; vidraça (de janela de guilhotina). *v.* enfaixar; encaixilhar.

SASH-DOOR ['sæʃdɔ:], *s.* porta envidraçada.

SASH-WINDOW ['sæʃwindou], *s.* janela corrediça, janela guilhotina.

SASSAFRAS ['sæsefræs], *s.* (bot.) sassafrás.

SAT [sæt], *pret.* e *pp.* de **SIT.**

SATAN ['seitən], *s.* Satã, Satanás.

SATANIC, AL [sə'tænik, əl], *a.* satânico, demoníaco.

SATCHEL ['sætʃəl], *s.* pasta de estudante, sacola.

SATE [seit], *v.* saciar.

SATEEN [sæ'ti:n], *s.* cetineta.

SATELLITE ['sætəlait], *s.* satélite.

SATIABLE ['seiʃiəbl], *a.* saciável.

SATIATE ['seiʃieit], *v.* saciar, fartar, satisfazer. *a.* farto, saciado, cheio.

SATIATION [sei'ʃieiʃən], *s.* saciedade, fartura.

SATIETY [sə'taiəti], *s.* saciedade.

SATIN ['sætin], *s.* cetim.

SATINETTE [sæti'net], *s.* cetineta.

SATINY ['sætini], *a.* acetinado; de cetim.

SATIRE ['sætaiə], *s.* sátira, ironia, sarcasmo.

SATIRIC, AL [sə'tirik, əl], *a.* satírico, irônico, sarcástico.

SATIRIST ['sætərist], *s.* escritor satírico, irônico, sarcástico.

SATIRIZE (ISE) ['sætəraiz], *v.* satirizar, ironizar.

SATISFACTION [sætis'fækʃən], *s.* satisfação, contentamento; desagravo, reparação.

SATISFACTORILY [sætis'fæktərili], *adv.* satisfatoriamente.

SATISFACTORY [sætis'fæktəri], *a.* satisfatório, suficiente.

SATISFY ['sætisfai], *v.* satisfazer, bastar, contentar; resolver; desfazer; convencer, persuadir; recompensar; pagar.

SATRAP ['sætrəp], *s.* sátrapa.

SATRAPY ['sætrəpi], *s.* satrapia.

SATURABLE ['sætʃərəbl], *a.* saturável.

SATURATE ['sætʃəreit], *v.* saturar.

SATURATION [sætʃə'reiʃən], *v.* saturação.

SATURDAY ['sætədi], *s.* sábado.

SATURN ['sætən], *s.* Saturno.

SATURNALIA [sætə:'neiljə], *s. pl.* saturnais.

SATURNINE ['sætə:nain], *a.* melancólico, triste, saturnino.

SATYR ['sætə], *s.* sátiro; devasso.

SATYRIC [sə'tirik], *a.* satírico; torpe, devasso, lúbrico, imoral, sórdido, vil.

SAUCE [sɔ:s], *s.* molho; desfaçatez, inconveniência, impudência, atrevimento, impertinência, descaramento, desregramento; (E.U.) fruta em calda, compota. # *none of your sauce!* não sejas atrevido! *what's sauce for the goose is sauce for the gander,* os direitos são iguais (marido e mulher).

SAUCE-BOAT ['sɔ:sbout], *s.* molheira.

SAUCEPAN ['sɔ:spən], *s.* caçarola.

SAUCER ['sɔ:sə], *s.* pires; molheira; (náut.) carlinga. # *flying saucer,* disco voador. *saucer eyed,* de olhos de boi; de olhos esbugalhados.

SAUCINESS ['sɔ:sinis], *s.* desfaçatez, impudência, descaramento; atrevimento, insolência, impertinência.

SAUCY ['sɔ:si], *a.* impertinente, insolente, atrevido, descarado, desavergonhado; vistoso, que chama a atenção (traje).

SAUNTER ['sɔ:ntə], *v.* vaguear, errar; saracotear.

SAUNTERER ['sɔ:ntərə], *s.* saracoteador.

SAUNTERING ['sɔ:ntəriŋ], *s.* saracoteio.

SAURIAN ['sɔ:riən], *a.* sáurio.

SAUSAGE ['sɔsidʒ], *s.* salsicha, lingüiça.

SAVAGE ['sævidʒ], *a.* e *s.* selvagem, bárbaro.

SAVAGENESS ['sævidʒnis], *s.* ferocidade, barbaria, selvajaria (= selvageria), desumanidade, crueldade.

SAVAGERY ['sævidʒəri], *V.* **SAVAGENESS.**

SAVANNAH [sə'vænə], *s.* savana.

SAVANT ['sævənt], *s.* sábio.

SAVE [seiv], *s.* salvação. *v.* salvar; economizar, poupar, guardar; reservar; aproveitar; evitar. *prep.* salvo, exceto. *conj.* a não ser que, a menos que.

SAVER ['seivə], *s.* libertador; economizador, pessoa econômica; auxiliador.

SAVING ['seiviŋ], *s.* economia, reserva; salvação (da alma), salvamento; *pl.* economias. *a.* econômico; excepcional; salutar; frugal. *prep.* salvo, exceto.

SAVINGS BANK ['seiviŋzbæŋk], *s.* caixa econômica.

SAVIOUR ['seivjə], *s.* salvador.

SAVORY ['seivəri], *s.* (bot.) segurelha, alfavaca.

SAVOUR, SAVOR ['seivə], *s.* sabor, gosto, sainete; propriedade característica; odor, cheiro, perfume. *v.* saborear, provar, apreciar; aspirar; cheirar com prazer; ter cheiro de; cheirar a; saber a; ter gosto.

SAVOURINESS ['seivərinis], *s.* paladar; bom gosto; sabor; cheiro, fragrância.

SAVOURY ['seivəri], *a.* apetitoso, saboroso, gostoso; cheiroso; fragrante; delicado. *s. V.* **SAVORY.**

SAVOY [sə'vɔi], *s.* couve sabóia, couve crespa.

SAVVY, SAVVEY ['sævi], *s.* habilidade; compreensão. *v.* saber; compreender; possuir conhecimentos.

SAW [sɔ:], *v. pret.* **SAWED,** *pp.* **SAWED** ou **SAWN,** serrar; ser serrado. *s.* serra, serrote; adágio, rifão, provérbio. # *band saw,* (ofic.) serra de fita. *bow saw,* serra de arco. *circular saw,* serra circular. *compass saw,* serrote de ponta fina. *cross-cut saw,* (ofic.) traçador. *hack saw,* serrote para metais. *jig saw, scroll saw,* serra tico-tico. *pad saw,* serrote de ponta (para serralheiro). *saw set,* travador de serra.

SAW [sɔ:], *pret.* de **SEE.**

SAWBAND ['sɔ:bænd], *s.* fita de serra.

SAWBONES ['sɔ:bounz], *s.* (estilo jocoso) cirurgião.

SAWBUCK ['sɔ:bʌk], *s.* cédula de 10 dólares; cavalete para serrar madeira.

SAWDER ['sɔ:də], *s.* palavra de lisonja, bajulação, adulação. *v.* lisonjear, adular, bajular.

SAWDUST ['sɔ:dʌst], *s.* serragem, serradura.

SAWFISH ['sɔ:-fiʃ], *s.* peixe-serra.

SAW-HORSE ['sɔ:hɔ:s], *s.* cavalete de serrador = *sawbuck, saw-jack.*

SAWING ['sɔ:iŋ], *s.* serradura, serração; *pl.* serragem.

SAW-JACK ['sɔ:-dʒæk], *s. V.* **SAW-HORSE.**

SAWMILL ['sɔ:mil], *s.* serraria.

SAWN [sɔ:n], *pp.* de **SAW.**

SAWPIT ['sɔ:pit], *s.* cova de serrador.

SAWWORT ['sɔ:wə:t], *s.* (bot.) serralha.

SAWYER ['sɔ:jə], *s.* serrador.

SAXHORN ['sækshɔ:n], *s.* bombardino.

SAXIFRAGE ['sæksifridʒ], *s.* (bot.) saxífraga (= quebra-pedra, arrebenta-pedra, erva-pombinha).

SAXON ['sæksn], *s.* e *a.* saxão, saxônio.

SAXONY ['sæksni], *s.* tecido de lã.

SAXOPHONE ['sæksəfoun], *s.* saxofone.

SAY [sei], *pret.* e *pp.* **SAID.** *v.* falar, dizer; repetir, recitar; experimentar, ensaiar; alegar, afirmar. *s.* discurso; ensaio; locução; afirmação; vez de falar; uso da palavra; a última palavra, decisão; espécie de tecido de lã. # *have a say in,* ter autoridade; ser ouvido. *I say!* Escute! Olhe! *Never say die!* Coragem! *say nothing of,* sem mencionar, para não citar. *says you!* tolice! *that is to say,* isto é. *you don't say so!* não diga! (para exprimir surpresa ou incredulidade).

SAYING ['seiiŋ], *s.* adágio, rifão, provérbio, máxima; ditado. # *as the saying goes,* como se costuma dizer.

SCAB [skæb], *s.* ronha; sarna; pessoa sarnenta; cascão de ferida; homem mau; (E.U.) fura-greve, grumiro = (Ing.) *blackleg, rat.*

SCABBARD ['skæbəd], *s.* bainha (espada, sabre, etc.).

SCABBED [skæbd], *a.* sarnento, ranhoso, tinhoso; abjeto, mau, vil, desprezível, nojento.

SCABBINESS ['skæbinis], *s.* estado sarnento ou ronhoso.

SCABBY ['skæbi], *V.* **SCABBED.**

SCABIES ['skeibii:z], *s.* sarna.

SCABIOUS ['skeibiəs], *a.* escabioso; sarnoso, tinhoso. *s.* (bot.) escabiosa.

SCAFFOLD ['skæfəld], *s.* patíbulo, forca, cadafalso; andaime; tablado, palanque. *v.* escorar, agüentar, sustentar; construir patíbulos, palanques ou tablados.

SCAFFOLDING ['skæfəldiŋ], *s.* patíbulo, cadafalso; andaime, armação.

SCALABLE ['skeiləbl], *a.* escalável, acessível.

SCALD [skɔ:ld], *s.* queimadura, escaldadura; caspa. *a.* caspento; tinhoso; (fig.) mau, vil, abjeto, abominável, desprezível. *v.* escaldar, ferver, queimar; lavar com água quente, esterilizar.

SCALDER ['skɔ:ldə], *s.* vasilha que serve para escaldar; escaldador, esterilizador.

SCALDING ['skɔ:ldiŋ], *s.* escaldadura. *a.* escaldante, fervente.

SCALE [skeil], *s.* escada (de mão); prato de balança; escama; caspa; camada de ferrugem; série; proporção; escala; *pl.* balança. *v.* escalar, subir uma escada; escamar; aliviar; cortar, aparar; escamar-se, descascar-se. # *pair of scales, weighing scales, scales,* balança. *plain scale,* tamanho natural. *scale of discounts,* tabela de descontos.

SCALE BEAM ['skeilbi:m], *s.* travessão da balança.

SCALED [skeild], *a.* escamoso.

SCALENE ['skeili:n], *s.* triângulo escaleno, músculo escaleno. *a.* escaleno.

SCALE PAN ['skeilpæn], *s.* prato da balança.

SCALINESS ['skeilinis], *s.* escamosidade.

SCALING ['skeiliŋ], *s.* escamação; (maq.) incrustação.

SCALL [skɔ:l], *s.* tinha.

SCAL(L)AWAG ['skæləwæg], *s.* malandro, preguiçoso; velhaco.

SCALLION ['skæljən], *s.* cebolinha.

SCALLOP ['skɔləp, 'skæləp], *s.* vaso fundo para cozinhar peixe, mariscos, etc.; recorte em vestido; (zool.) pentéola.

SCALP [skælp], *s.* escalpo; banco de ostras; (poes.) cume, pico. *v.* escalpar, esfolar; desnudar; (E.U.) anular a influência política de alguém.

SCALPEL ['skælpəl], *s.* escalpelo.

SCALPER ['skælpə], *s.* escalpador, esfolador; cambista (teatro).

SCALY ['skeili], *a.* escamoso; sórdido, avaro, miserável, vil, baixo.

SCAMP [skæmp], *s.* patife, malandro, velhaco. *v.* executar um trabalho às pressas.

SCAMPER ['skæmpə], *s.* fuga. *v.* fugir, abalar.

SCAN [skæn], *v.* escrutar, esquadrinhar, examinar minuciosamente; medir versos.

SCANDAL ['skændl], *s.* escândalo; infâmia, calúnia, difamação.

SCANDALIZE (ISE) ['skændəlaiz], *v.* escandalizar; difamar; caluniar; ofender.

SCANDALMONGER ['skændlmʌŋgə], *s.* difamador.

SCANDALOUS ['skændələs], *a.* escandaloso; difamatório; reprovável, censurável; infamante; vergonhoso.

SCANDINAVIAN [skandi'neivjən], *a.* e *s.* escandinavo.

SCANSION ['skænʃən], *s.* escansão, medição de versos, metrificação.

SCANT [skænt], *a.* escasso, raro, parco, limitado; estreito; deficiente. *adv.* parcamente, escassamente; dificultosamente. *s.* míngua, falta, escassez. *v.* limitar, escassear, faltar, minguar; chorar, invejar. # *be scant of breath,* estar ofegante.

SCANTINESS ['skæntinis], *s.* insuficiência, escassez, pequenez, exigüidade, mediocridade.

SCANTY ['skænti], *V.* **SCANT** *(a.)*

SCAPE [skeip], *s.* (bot.) pedúnculo; paisagem; fuste de coluna.

SCAPEGOAT ['skeipgout], *s.* bode-expiatório.

SCAPEGRACE ['skeipgreis], *s.* mandrião, malandro.

SCAPHANDER [skə'fændə], *s.* escafandro.

SCAPULA ['skæpjulə], *s.* omoplata, espádua.

SCAPULAR ['skæpjulə], *a.* escapular, relativo à omoplata.

SCAR [skɑ:], *v.* cicatrizar; cicatrizar-se, marcar com cicatriz. *s.* cicatriz, gilvaz; desfiguração.

SCARAB ['skærəb], *s.* escaravelho.

SCARCE [skɛəs], *a.* raro, escasso, pouco comum, invulgar. *adv.* mal, apenas.

SCARCELY ['skɛəsli], *adv.* mal, apenas, dificilmente.

SCARCENESS ['skɛəsnis], *s.* escassez, falta, penúria, carestia; esterilidade; raridade.

SCARCITY ['skɛəsiti], *s.* raridade, escassez. # *contrived scarcity,* (com.) escassez artificial.

SCARE [skɛə], *s.* susto, pânico, sobressalto, alarma (= alarme); pavor, medo. *a.* escasso, parco; magro. *v.* espantar; sobressaltar, assustar, alarmar, intimidar, apavorar. # *scare away* (ou *off*), espantar, fazer fugir.

SCARECROW ['skɛəkrou], *s.* espantalho.

SCAREHEAD ['skɛəhed], *s.* (E.U.) manchete em letras grandes.

SCAREMONGER ['skɛəmʌŋgə], *s.* alarmista.

SCARF [skɑ:f], *s.* xale, cachecol; lenço de pescoço; manta, mantilha; faixa, cinto; banda; gravata; ensambladura; ajuste; corvo marinho.

pl. **SCARFS** ou **SCARVES.** *v.* enfaixar; esfolar uma baleia; abrir uma escarva. # *scarf wise,* a tiracolo.

SCARFING ['ska:fiŋ], *s.* ensambladura (= ensamblagem, ensamblamento).

SCARF-PIN ['skɑ:fpin], *s.* alfinete de xale.

SCARIFICATION [skɛərifi'keiʃən], *s.* escarificação.

SCARIFIER ['skɛərifaiə], *s.* escarificador.

SCARIFY ['skɛərifai], *v.* escarificar, sarjar.

SCARLATINA [skɑ:lə'ti:n], *s.* (med.) escarlatina (= *scarlet fever).*

SCARLET ['skɑ:lit], *s.* escarlate. *a.* escarlate.

SCARP [skɑ:p], *s.* cinta, faixa, banda; escarpa, declive. *v.* escarpar.

SCARVES [skɑ:vz], *pl.* de **SCARF.**

SCAT [skæt], *int.* (gír.) dá o fora! = *scram.*

SCATHE [skeið], *s.* prejuízo, dano; destruição, devastação, estrago. *v.* prejudicar, danificar.

SCATHELESS ['skeiðlis], *a.* incólume, ileso, indene, intacto; são e salvo.

SCATHING ['skeiðiŋ], *a.* injurioso, ofensivo; abrasador, ardente; destruidor, fulminante.

SCATTER ['skætə], *v.* espalhar, dispersar, dissipar, esbanjar, gastar; semear; dissipar-se, dispersar-se.

SCATTERBRAIN ['skætəbrein], *s.* pessoa descuidada, um cabeça-de-vento.

SCATTERED ['skætəd], *a.* espalhado, dissipado, dispersado, disseminado.

SCATTERING ['skætəriŋ], *s.* disseminação; ato de espalhar; dispersão. *a.* disseminado, disperso, espalhado.

SCATTY ['skæti], *a.* maluco.

SCAVENGE ['skævindʒ], *v.* limpar, varrer, recolher o lixo; lavar motores.

SCAVENGER ['skævindʒə], *s.* lixeiro; varredor de ruas; animal que se alimenta de carniça.

SCENA ['ʃeinə], *s.* (teat.) cena; monólogo.

SCENARIO [si'nɑ:riou], *s.* enredo, sinopse, argumento, libreto (teat. e cin.). # *scenario writer,* cenógrafo.

SCENE [si:n], *s.* cena; teatro, espetáculo; decoração; vista; paisagem; (teat.) cenário. # *scene shifter,* maquinista (teat.).

SCENERY ['si:nəri], *s.* cenário, paisagem, vista, perspectiva; escândalo; incidente.

SCENIC ['si:nik], *a.* cênico, teatral.

SCENOGRAPHER [si'nɔgrəfə], *s.* cenógrafo.

SCENOGRAPHIC [sinə'græfik], *a.* cenográfico.

SCENOGRAPHY [si'nɔgrəfi], *s.* cenografia.

SCENT [sent], *s.* olfato, cheiro, faro; perfume, aroma; fragrância; rasto, pista. *v.* perfumar, cheirar; farejar, suspeitar. # *on the scent,* na pista. *off the scent,* em pista errada, fora da pista.

SCENTED ['sentid], *a.* perfumado, aromatizado.

SCENTLESS ['sentlis], *a.* inodoro; sem cheiro; aquele que não tem olfato; sem faro.

SCEPTIC ['skeptik], *a.* e *s.* céptico (= cético), descrente.

SCEPTICAL ['skəptikəl], *a.* céptico (= cético), descrente, desconfiado.

SCEPTICISM ['skeptisizm], *s.* cepticismo (= ceticismo).

SCEPTRE, SCEPTER ['septə], *s.* cetro. *v.* investir no poder real.

SCEPTRED ['septəd], *a.* que tem cetro.

SCHEDULE ['ʃedju:l], (E.U.) ['skedju:l], *s.* plano, programa; roteiro; (E.U.) horário = (Ing.) *time-table;* lista, catálogo; quadro; inventário; anexo. *v.* catalogar, inventariar, incluir numa lista, arrolar, alistar; designar, escalar; planejar.

SCHEMA ['ski:mə], *s.* plano, esquema, esboço; quadro; sinopse; diagrama.

SCHEMATIC [ski'mætik], *a.* esquemático.

SCHEME [ski:m], *s.* projeto, plano, planta, esquema, modelo; quadro; combinação; bosquejo, diagrama; disposição, sistema; artifício, ardil; intriga; maquinação; horóscopo. *v.* planejar (= planear), projetar; esboçar; tramar, urdir; intrigar.

SCHEMER ['ski:mə], *s.* planeador (= planejador), tramador, maquinador; intrigante; aquele que faz projetos.

SCHEMING ['ski:miŋ], *a.* traçador de planos; formador de projetos; intrigante; ardiloso.

SCHERZO ['skɛətsou], *s.* (mús.) trecho ligeiro de uma composição.

SCHISM ['sizm], *s.* cisma; dissidência de opiniões.

SCHISMATIC [siz'mætik], *a.* cismático.

SCHIST [ʃist], *s.* xisto (= esquisto).

SCHISTOSE ['ʃistous], *V.* **SCHISTOUS.**

SCHISTOUS ['ʃistəs], *a.* xistoso (= esquistoso).

SCHIZOPHRENIA [skitsou'fri:njə], *s.* esquizofrenia.

SCHIZOPHRENIC [skitsou'fri:nik], *a.* esquizofrênico.

SCHOLAR ['skɔlə], *s.* humanista; sábio; literato, um erudito, um letrado. # *classical scholar,* helenista; latinista.

SCHOLARLY ['skɔləli], *a.* sábio, erudito; acadêmico; escolástico.

SCHOLARSHIP ['skɔləʃip], *s.* erudição, sabedoria, ciência, saber, educação literária; preparo, competência; gratuidade para estudante, bolsa.

SCHOLASTIC, AL [skə'læstik, əl], *a.* escolástico; de estudante; sutil; formal; pedante.

SCHOLASTICISM [skə'læstisizm], *s.* escolasticismo.

SCHOOL [sku:l], *s.* escola, colégio, ginásio; universidade; conservatório; cardume. # *co-educational school,* colégio misto, escola mista. *school banner,* flâmula.

SCHOOL-BAG ['sku:lbæg], *s.* sacola escolar, maleta escolar.

SCHOOL-BOY ['sku:lbɔi], *s.* menino de escola, aluno, escolar, estudante.

SCHOOLDAME ['sku:ldeim], *s.* diretora de escola primária.

SCHOOL-FELLOW ['sku:lfelou], *s.* condiscípulo, colega.

SCHOOL-GIRL ['sku:lgə:l], *s.* menina de escola, aluna, escolar, estudante.

SCHOOLING ['sku:liŋ], *s.* educação, instrução, ensino; mensalidade escolar; experiência.

SCHOOLMA'AM ['skul:mɑ:m], (E.U.). *V.* **SCHOOLMISTRESS.**

SCHOOLMAN ['sku:lmən], *s.* teólogo; professor; funcionário administrativo de uma escola.

SCHOOL-MARM ['sku:lmɑ:m], (E.U.). *V.* **SCHOOLMISTRESS.**

SCHOOLMASTER ['sku:lmɑ:stə], *s.* diretor de escola; professor, mestre.

SCHOOLMATE ['sku:lmeit], *s.* condiscípulo, colega.

SCHOOLMISTRESS ['sku:lmistris], *s.* diretora de escola; professora, mestra.

SCHOOLROOM ['sku:lrum, 'sku:lru:m], *s.* sala de aula.

SCHOOLTEACHER ['sku:lti:tʃə], *s.* professor.

SCHOONER ['sku:nə], *s.* escuna, galera, goleta; copo grande.

SCIATIC, AL [sai'ætik, əl], *a.* ciático.

SCIENCE ['saiəns], *s.* ciência, sabedoria, conhecimento; habilidade, perícia.

SCIENTIFIC [saiən'tifik], *a.* científico.

SCIENTIST ['saiəntist], *s.* cientista, sábio.

SCILICET ['sailiset], *adv.* a saber; ou seja, ou sejam.

SCIMITAR ['simitə], *s.* cimitarra, alfanje.

SCINTILLA [sin'tilə], *s.* centelha.

SCINTILLATE ['sintileit], *v.* cintilar.

SCINTILLATION [sinti'leiʃən], *s.* cintilação.

SCIOLISM ['saiəlizm], *s.* saber superficial, meia ciência.

SCIOLIST ['saiəlist], *s.* sabichão, pessoa semidouta.

SCIRRHOUS ['sirəs], *a.* cirroso.

SCIRRHUS ['sirəs], *s.* cirro.

SCISSEL ['sisəl], *s. pl.* aparas, cisalhas.

SCISSORS ['sizəz], *s. pl.* tesoura.

SCLEROSIS [skliə'rousis], *s.* esclerose.

SCLEROTIC [skliə'rɔtik], *s.* (anat.) esclerótica, córnea opaca. *a.* (med.) esclerótico.

SCOBS [skɔbz], *s. pl.* limalha, limadura, serradura; escória.

SCOFF [skɔf], *s.* zombaria, escárnio, troça, mofa. *v.* escarnecer, mofar, zombar, troçar, motejar, ridicularizar (= ridiculizar).

SCOFFER ['skɔfə], *s.* escarnecedor, motejador, zombador.

SCOFFING ['skɔfiŋ], *a.* motejador, escarnecedor, zombador. *s.* zombaria, mofa, escárnio.

SCOLD [skould], *s.* mulher ranzinza, rabujenta; megera. *v.* censurar, ralhar, repreender.

SCOLDER ['skouldə], *s.* ralhador.

SCOLDING ['skouldiŋ], *s.* repreensão, censura, admoestação.

SCOLLOP ['skɔləp], *s. V.* **SCALLOP.**

SCONCE [skɔns], *s.* candeeiro; castiçal preso à parede; abrigo; forte, baluarte; cachola.

SCON(E) [skɔn], *s.* broinha, bolinho.

SCOOP [sku:p], *s.* colherão; alcatruz; vertedouro; concavidade; escavação; (cir.) espátula, cureta; lucro; (impr.) furo de reportagem = (E. U.) *beat. v.* despejar, vazar, esvaziar. # *make a scoop, score a scoop,* fazer um "furo" de reportagem = (E.U.) *make a beat;* ter sorte inesperada.

SCOOPER ['sku:pə], *s.* cavador, escavador.

SCOOT [sku:t], *v.* fugir precipitadamente; correr.

SCOOTER ['sku:tə], *s.* patinete (com motor).

SCOPE [skoup], *s.* esfera de ação, campo, raio, alcance, extensão, alvo; intento, escopo. # *have free scope,* ter carta branca.

SCORCH [skɔ:tʃ], *v.* queimar, chamuscar, tostar, tisnar; assar, criticar ferinamente; destruir; abrasar; queimar-se; torrar-se; chispar, andar em qualquer veículo a grande velocidade.

SCORCHER ['skɔ:tʃə], *s.* o que queima, o que é abrasador; motorista que dirige em grande velocidade.

SCORCHING ['skɔ:tʃiŋ], *s.* abrasador, escaldante, fervente, inflamado.

SCORE [skɔ:, skɔə], *s.* sinal, marca, risco; incisão, corte: (esp.) escore, contagem; vintena; razão; motivo, causa; (mús.) partitura; porção, quantidade. *v.* praticar uma incisão; gravar, riscar; lançar em conta; imputar, atribuir; (mús.) orquestrar; (E.U.) julgar (trabalho escolar); (E.U.) criticar, censurar, repreender. # *have a score to settle with someone,* ter contas a ajustar com alguém. *on that score,* quanto a isso, quanto a esse assunto. *pay off old scores,* ajustar contas, desforrar. *score off,* bater, suplantar. *score out,* anular. *upon what score?* com que fundamento? *what is the score?* (esp.) qual a contagem?

SCORER ['skɔ:rə, 'skɔərə], *s.* contador, marcador.

SCORIA ['skɔ:riə], *s.* escória.

SCORIACEOUS [skɔ:ri'eiʃəs], *a.* escoriáceo.

SCORING ['skɔ:riŋ, 'skɔəriŋ], *s.* contagem; orquestração.

SCORN [skɔ:n], *s.* escárnio, desprezo, desdém, menosprezo. *v.* escarnecer, mofar; desdenhar.

SCORNER ['skɔ:nə], *s.* escarnecedor; trocista.

SCORNFUL ['skɔ:nful], *a.* desdenhoso, insolente, arrogante, orgulhoso, altivo.

SCORPION ['skɔ:pjən], *s.* escorpião, lacrau; látego, açoite.

SCOT [skɔt], *s.* escocês. # *great Scot!* meu Deus!

SCOT [skɔt], *s.* taxa, imposto.

SCOTCH [skɔtʃ], *s.* incisão, corte; escora, calço. *v.* praticar incisões; escorar, calçar; ferir ligeiramente; incapacitar; impedir.

SCOTCH [skɔtʃ], *a.* escocês. *s.* o escocês (dialeto); os escoceses. # *Scotch and English,* o jogo da barra = *prisoner's base* (ou *bar*). *Scotch blue-bell,* (bot.) campainha.

SCOTCH-BELL ['skɔtʃbel], *s.* (bot.) campainha.

SCOTCHMAN ['skɔtʃmən], *s.* escocês.

SCOTCH-TAPE ['skɔtʃteip], *s.* fita gomada.

SCOT-FREE ['skɔtfri:], *a.* isento de imposto; sem perda; sem castigo; ileso.

SCOTSMAN ['skɔtsmən], *s.* *V.* **SCOTCHMAN.**

SCOTTICISM ['skɔtisizm], *s.* idiotismo escocês.

SCOTTISH ['skɔtiʃ], *a.* escocês.

SCOUNDREL ['skaundrəl], *a.* e *s.* canalha, patife, velhaco, ordinário, desclassificado, biltre, maroto, tratante.

SCOUR ['skauə], *v.* limpar, tirar as nódoas, esfregar, branquear, arear; purgar; percorrer; explorar. *s.* diarréia do gado; saída d'água.

SCOURGE [skə:dʒ], *s.* flagelo, azourrague, açoite; castigo, disciplina; calamidade. *v.* flagelar, açoitar, castigar; disciplinar.

SCOURGER ['skə:dʒə], *s.* açoitador; disciplinador.

SCOURGING ['skə:dʒiŋ], *s.* esfrega, branqueamento; batida, exploração.

SCOUT [skaut], *s.* explorador, batedor; escoteiro; sentinela avançada, vedeta; espião. *v.* explorar, reconhecer, descobrir.

SCOW [skau], *s.* barcaça, chata.

SCOWL [skaul], *s.* carranca, expressão de mau humor. *v.* franzir a testa; tomar um ar carrancudo.

SCRABBLE ['skræbl], *s.* garatuja, rabiscos, gatafunhos; arranhões. *v.* garatujar; arranhar.

SCRAG [skræg], *s.* pessoa ou animal descarnado; qualquer coisa delgada; pessoa magra.

SCRAGGED [skrægd], *a.* áspero, desigual, escabroso; descarnado, macilento.

SCRAGGINESS ['skræginis], *s.* escabrosidade, aspereza, magreza.

SCRAGGY ['skrægi], *a.* descarnado, escanifrado, magro; áspero, escabroso; pontiagudo; denteado; rugoso.

SCRAM [skræm], *v.* sumir, dar o fora, safar-se. *int.* suma! = *scat!*

SCRAMBLE ['skræmbl], *s.* entrevero, disputa, contenda, luta, porfia; esforço, diligência. *v.* correr apressadamente; disputar; andar de rastos; fritar ovos.

SCRAMBLING ['skræmbliŋ], *a.* disperso, espalhado, irregular.

SCRAP [skræp], *s.* fragmento, pedaço, migalhas, sobra, bocado, restos, partículas; sucata. *v.* jogar fora; desembaraçar-se de.

SCRAP-BOOK ['skræpbuk], *s.* caderno de recortes de jornal, álbum.

SCRAPE [skreip], *s.* dificuldade, embaraço; raspadura; barulho de raspar. *v.* esfregar, raspar, arranhar, amontoar pouco a pouco; arrastar os pés; tocar mal um instrumento musical. # *in a scrape,* em apuros. *scrape along,* ir vivendo. *scrape off,* raspar. *scrape together,* economizar, ajuntar (dinheiro). *scrape through,* "passar raspando", passar na tangente (em exame).

SCRAPER ['skreipə], *s.* raspadeira, raspador; mau violinista.

SCRAPING ['skreipiŋ], *s.* raspas; aparas; economias; sovinice, avareza. *a.* tomado às pressas, coligido com precipitação.

SCRAP-IRON ['skræp-aiən], *s.* sucata.

SCRAP-PAPER ['skræppeipə], *s.* papel para rascunho.

SCRAPPY ['skræpi], *a.* fragmentário.

SCRATCH [skrætʃ], *s.* arranhão, esfoladura, arranhadura, unhada; incisão, corte; risca; (esp.) linha de partida. *v.* arranhar, esfolar; coçar; garatujar, rabiscar, riscar; esgaravatar. *a.* heterogêneo. # *scratch team,* (esp.) equipe mista, combinado, um selecionado. *start from scratch,* começar do nada.

SCRATCH BLOCK ['skrætʃblɔk| (E.U.) *V.* **SCRATCH PAD.**

SCRATCH-BRUSH ['skrætʃbrʌʃ], *s.* escova de aço.

SCRATCHER ['skrætʃə], *s.* raspadeira; aquele que arranha ou raspa; galináceo; brocha de douradores.

SCRATCHINGS ['skrætʃiŋz], *s. pl.* torresmos.

SCRATCH PAD ['skrætʃpæd], *s.* (E.U.) bloco de papel para escrever, bloco de papel de carta = (Ing.) *scribbling-block.*

SCRATCH PAPER ['skrætʃpeipə], *s.* papel de bloco = (Ing.) *scribbling paper.*

SCRATCHY ['skrætʃi], *a.* esfarrapado, roto, rasgado; raso.

SCRAWL [skrɔ:l], *s.* garatujas, rabiscos, garranchos. *v.* garatujar, rabiscar.

SCRAWLER ['skrɔ:lə], *s.* rabiscador, garatujador, escrevinhador.

SCREAM [skri:m], *s.* grito, barulho, guincho, pio, alarido. *v.* dar gritos agudos. # *a ringing scream,* um grito estridente. *it's a scream!* é uma droga! não vale nada!

SCREAMER ['skri:mə], *s.* o que grita esganiçadamente; mentiroso; mentira muito grande.

SCREAMING ['skri:miŋ], *s.* alarido, gritaria; chiado, rangido.

SCREE [skri:], *s.* entulho; cascalho.

SCREECH [skri:tʃ], *s.* grito estridente, guincho; pio. *v.* soltar gritos estridentes, lancinantes; guinchar; piar (o mocho).

SCREECH-OWL ['skri:tʃ-aul], *s.* mocho.

SCREECHY ['skri:tʃi], *a.* áspero, agudo, estridente; penetrante.

SCREED [skri:d], *s.* faixa de pano; sarrafo; escrito longo e fastidioso.

SCREEN [skri:n], *s.* biombo; pára-vento, anteparo, cortina, sanefa; tela; amparo, guarda, defesa; (tip.) retícula; (mil.) tropa de cobertura. *v.* abrigar, proteger, defender, murar; subtrair, tirar; esconder, ocultar, encobrir; escudar; crivar; projetar na tela; cirandar, joeirar; (cin.) exibir; fazer devassa no passado de uma pessoa; (mil.) examinar recrutas.

SCREENINGS ['skri:niŋz], *s.* restos, escória, refugo.

SCREEN-WIPER ['skri:nwaipə], *s.* limpador de pára-brisa.

SCREW [skru:], *s.* parafuso, tarraxa, rosca; hélice; salário, ordenado, vencimento, remuneração; professor exigente; avarento, miserável, sovina; torcedura; maço de fumo; pressão. *v.* atarraxar, parafusar (= aparafusar), comprimir, oprimir; obrigar a estudar, apertar nos estudos. # *be screwed,* (col.) estar tonto, estar embriagado. *drive screw,* (carp.) parafuso, prego. *have a screw loose,* sofrer da bola, ter uma aduela de menos, ter um parafuso bambo. *screw down,* desparafusar (= desaparafusar). *screw on,* parafusar (= aparafusar).

SCREW-BLADE ['skru:bleid], *s.* pá de hélice.

SCREW CLAMP ['skru:klæmp], (ofic.) braçadeira; clipe de rosca.

SCREW-DRIVER ['skru:draivə], *s.* chave de fenda, chave de parafuso.

SCREWED [skru:d], *a.* semelhante ao parafuso; contorcido, torcido; bêbedo (= bêbado), ébrio, embriagado.

SCREWER ['skru:ə], *s.* um avarento, um somítico, um miserável; opressor; pessoa ou coisa que aparafusa.

SCREWING ['skru:iŋ], *a.* severo, exigente.

SCREW SPANNER ['skru:spænə], *V.* **MONKEY WRENCH.**

SCREW-TAP ['skru:tæp], *s.* (mec.) tarraxa (macho).

SCREW-THREAD ['skru:θred], *s.* rosca de parafuso.

SCREW-WASHER ['skru:wɔʃə], *s.* arruela de parafuso.

SCREW-WRENCH ['skru:rentʃ], *V.* **MONKEY WRENCH.**

SCREWY ['skru:i], *a.* contorcido; absurdo; esquisito, ilógico; amalucado; tocado, embriagado.

SCRIBBET ['skribit], *s.* lápis de pintor.

SCRIBBLE ['skribl], *s.* rabiscos, garatujas, *v.* escrevinhar, garatujar, rabiscar, cardar a lã.

SCRIBBLER ['skriblə], *s.* escriba, mau escritor; aquele que faz rabiscos, garatujas, etc.

SCRIBBLING BLOCK ['skribliŋblɔk], *s.* bloco de papel para escrever = (E.U.) *scratch pad, scratch block.*

SCRIBBLING PAPER ['skribliŋpeipə], *s.* papel de bloco = (E.U.) *scratch paper.*

SCRIBE [skraib], *s.* escriturário, amanuense, escrevente; escriba, escrivão; notário. *v.* anotar, registrar (= registar), marcar, escrever, riscar.

SCRIM [skrim], *s.* fazenda para forro.

SCRIMMAGE ['skrimidʒ], *s.* conflito, contenda, choque, escaramuça.

SCRIMP [skrimp], *v.* estreitar, apertar; diminuir, encurtar; poupar, economizar. *s.* usurário, pão-duro. *a.* mesquinho, escasso, econômico.

SCRIMPING ['skrimpiŋ], *s.* parcimônia, frugalidade; economia.

SCRIMSHANK ['skri:mʃæŋk], *v.* evitar o trabalho, vadiar, (gír. mil.) fugir do serviço militar.

SCRIP [skrip], *s.* mochila; recibo, certificado de posse; cupão usado como dinheiro pelo exército de ocupação.

SCRIPT [skript], *s.* escrito; manuscrito; documento original; letra de imprensa; tipo de manuscrito; texto (rádio), manuscrito (teatro e cinema). *v.* escrever texto para rádio, cinema, etc.

SCRIPTURAL ['skriptʃərəl], *a.* na forma das Escrituras Sagradas.

SCRIPTURE ['skriptʃə], *s.* Sagrada Escritura, Evangelho, Bíblia. *a. V.* **SCRIPTURAL.**

SCROFULA ['skrɔfjulə], *s.* escrófula.

SCROFULOUS ['skrɔfjuləs], *a.* escrofuloso.

SCROLL [skroul], *s.* rolo de papel ou pergaminho; rascunho; inventário, lista; espiral.

SCROLL-SAW ['skroulsɔ:], *s.* serra tico-tico.

SCROLL-SAWING ['skroulsɔ:iŋ], *s.* (E.U.) grega = (Ing.) *fretwork.*

SCROTUM ['skroutəm], *s.* escroto.

SCROUNGE [skraundʒ], *v.* (gír.) pedinchar; surripiar.

SCRUB [skrʌb], *s.* coisa usada ou velha; pessoa de baixa estatura; um desgraçado, um pobre diabo; ninharia, bagatela; vassoura velha; toco; arbusto raquítico. *a.* baixo, vil, desprezível, mísero, réles. *v.* esfregar; trabalhar muito por uma remuneração baixa.

SCRUBBED [skrʌbd], *V.* **SCRUBBY.**

SCRUBBER ['skrʌbə], *s.* esfregão, esfregadeira, escovão; máquina para lavagem de couro.

SCRUBBING ['skrʌbiŋ], *s.* esfrega.

SCRUBBING BRUSH ['skrʌbiŋbrʌʃ], *s.* escova ou vassoura de esfregar.

SCRUBBY ['skrʌbi], *a.* ínfimo, desprezível; vil, baixo; miserável.

SCRUBWOMAN ['skrʌbwumən], *s.* (E.U.) mulher assalariada por hora ou dia para serviços domésticos = (Ing.) *charwoman.*

SCRUFF [skrʌf], *s.* nuca; toutiço; cachaço. # *scruff type,* um marginal.

SCRUM [skrʌm], *s.* pano para forrar.

SCRUMMAGE ['skrʌmidʒ], *V.* **SCRIMMAGE.**

SCRUMPTIOUS ['skrʌmpʃəs], *a.* fino, distinto, elegante; plausível; suscetível; esquisito.

SCRUNCH [skrʌntʃ], *v.* aniquilar, esmagar.

SCRUPLE ['skru:pl], *s.* escrópulo; escrúpulo, receio, hesitação. *v.* recear, ter escrúpulos, duvidar, hesitar.

SCRUPULOSITY [skru:pju'lɔsiti], *s.* escrupulosidade; hesitação; cautela.

SCRUPULOUS ['skru:pjuləs], *a.* consciencioso, escrupuloso, cuidadoso, cauteloso; delicado, hesitante.

SCRUTINEER [skru:ti'niə], *s.* escrutador, pesquisador, investigador.

SCRUTINIZE (ISE) ['skru:tinaiz], *s.* examinar, escrutar, pesquisar, investigar, sondar.

SCRUTINY ['skru:tini], *s.* exame, investigação, pesquisa, sondagem; escrutínio.

SCUD [skʌd], *v.* fugir; abalar; correr, voar, deslizar. *s.* carreira, fuga; corredor veloz; pancada, palmada.

SCUFF [skʌf], *v.* arrastar os pés. *s.* o arrastar de pés; chinelo.

SCUFFLE ['skʌfl], *s.* rixa, briga, altercação, contenda; tumulto, balbúrdia; confusão, algazarra. *v.* altercar, brigar, disputar; lutar.

SCUFFLER ['skʌflə], *s.* brigão, rixento, altercador, contendor.

SCULL [skʌl], *s.* cardume; remo pequeno. *v.* remar a dois remos.

SCULLER ['skʌlə], *s.* remador; barco pequeno impelido por um só remador, catraia.

SCULLERY ['skʌləri], *s.* copa; pia de cozinha.

SCULLION ['skʌljən], *s.* ajudante de cozinha; pessoa vil, desprezível, sem valor.

SCULP [skʌlp], *v.* esculpir, gravar, talhar. *s.* gravura; entalhe.

SCULPTOR ['skʌlptə], *s.* escultor.

SCULPTRESS ['skʌlptris], *s.* escultora.

SCULPTURAL ['skʌlptʃərəl], *a.* escultural.

SCULPTURE ['skʌlptʃə], *s.* escultura, *v.* gravar, esculpir, talhar.

SCUM [skʌm], *v.* escumar. *s.* escuma, escumalho, escória; refugo, dia; borra; fezes, dejetos. # *scum of earth,* escumalha, ralé.

SCUMMER ['skʌmə], *s.* escumadeira.

SCUMMY ['skʌmi], *a.* escumante, escumoso.

SCUPPER ['skʌpə], *s.* orifício para saída de água em navio ou edifício.

SCURF [skə:f], *s.* caspa, crosta; lixo; refugo, escória.

SCURFINESS ['skə:finis], *s.* estado casposo.

SCURFY ['skə:fi], *a.* tinhoso; casposo.

SCURRILITY [skʌ'riliti], *s.* obscenidade, indecência, imoralidade; linguagem baixa, calão; impropério, insolência.

SCURRILOUS ['skʌriləs], *a.* obsceno, indecente, imoral, grosseiro, ofensivo, injurioso.

SCURRY ['skʌri], *v.* fugir; apressar-se.

SCURVINESS ['skə:vinis], *s.* baixeza, vileza; penúria.

SCURVY ['skə:vi], *s.* escorbuto. *a.* atacado de escorbuto, escorbútico; desprezível, baixo, vil, ordinário, miserável.

SCUT [skʌt], *s.* rabinho, rabo curto.

SCUTCH [skʌtʃ], *s.* espadela; estopa. *v.* espadelar.

SCUTCHEON ['skʌtʃən], *s.* escudo de armas; escudete; espelho de fechadura.

SCUTCHER ['skʌtʃə], *s.* batedor de tecidos.

SCUTTLE ['skʌtl], *s.* vigia, escotilha, postigo de vigia; balde para carvão; passo apressado. *v.* correr precipitadamente; fazer rombos em um navio, a fim de pô-lo a pique.

SCUTTLEBUT ['skʌtlbʌt], *s.* mexerico.

SCUTTLE-FISH ['skʌtlfiʃ], *V.* **CUTTLE-FISH.**

SCYTHE [saið], *s.* foice, gadanha, segadeira. *v.* ceifar, segar; cortar com gadanha.

SEA [si:], *s.* oceano, mar; onda, vaga. *a.* marítimo, marinho, naval. # *(all) at sea (= all abroad),* perplexo, desnorteado. *choppy sea,* mar picado. *gross sea,* mar contrário. *half seas over,* embriagado. *heavy sea,* mar grosso. *high seas,* alto mar. *hollow sea,* mar cavado. *on the high sea,* em pleno mar. *out at sea,* mar afora. *sea level,* nível do mar. *put to sea,* fazer-se ao mar. *sea ware,* o que o mar arroja à costa. *rough sea, stormy sea,* mar bravio. *to go sea bathing,* tomar banho de mar.

SEA-BAT ['si:bæt], *s.* peixe-voador.

SEA-BEAR ['si:bɛə], *s.* (zool.) urso polar.

SEA-BOARD ['si:bɔ:d], *s.* litoral, costa.

SEA-BOY ['si:bɔi], *s.* grumete.

SEA-CALF ['si:kɑ:f], *s.* lobo-do-mar.

SEA-CLIFF ['si:klif], *s.* (geol.) falésia.

SEA-COAL ['si:koul], *s.* hulha.

SEA-COAST ['si:koust], *s.* costa, litoral.

SEA-COW ['si:kau], *s.* vaca-marinha, peixe-boi.

SEA-DOG ['si:dɔg], *s.* foca.

SEAFARER ['si:fɛərə], *s.* navegante marítimo, marinheiro.

SEAGOING ['si:gouiŋ], *a.* marítimo, próprio para navegação marítima; acostumado ao mar; de alto mar.

SEA-GRASS ['si:grɑ:s], *s.* sargaço.

SEA-GULL ['si:gʌl], *s.* gaivota.

SEA-HORSE ['si:hɔ:s], *s.* hipopótamo; cavalo-marinho.

SEA-HORSES ['si:hɔ:siz], *s.* vagalhões que arrebentam na praia.

SEAL [si:l], *s.* carimbo, sinete, chancela; sigilo, segredo; penhor; foca; aquele que ratifica. *v.* selar, carimbar, chancelar; ratificar; firmar, confirmar, segurar; lacrar.

SEALED-ORDER ['si:ld-ɔ:də], *s.* carta de prego.

SEALER ['si:lə], *s.* fiscal de imposto de consumo; aquele que sela ou confirma; homem ou navio empregado na pesca da foca.

SEALING ['si:liŋ], *s.* ação de selar; pesca de foca.

SEALING-WAX ['si:liŋwæks], *s.* lacre.

SEALSKIN ['si:l-skin], *s.* pele de foca.

SEAM [si:m], *s.* costura; (cir.) sutura, cicatriz; camada; jazida; banha; unto. *v.* costurar, coser; juntar, ligar; marcar com cicatriz # *flat seam,* costura rebatida.

SEAMAN ['si:mən], *s.* marítimo, nauta, marinheiro; *pl.* **SEAMEN**, marinhagem. # *able-bodied seaman,* marinheiro de 1.ª classe. *ordinary seaman,* marinheiro de 2.ª classe.

SEAMANSHIP ['si:mənʃip], *s.* náutica, marinha, arte de navegar.

SEAMLESS ['si:mlis], *a.* sem costuras, inconsútil.

SEAMSTRESS ['semstris], *s.* costureira.

SEAMY ['si:mi], *a.* que tem costuras.

SÉANCE ['seiɑ:ns], *s.* sessão; sessão espírita.

SEAPIECE ['si:pi:s], *s.* marinha, paisagem marítima, cena marítima.

SEA-PIG ['si:pig], *s.* golfinho (cetáceo).

SEAPLANE ['si:-plein], *s.* hidravião (= hidroavião, hidroplano).

SEAPORT ['si:pɔ:t], *s.* porto de mar.

SEA-QUAKE ['si:kweik], *s.* maremoto.

SEAR [siə], *a.* seco, tostado, queimado; árido; murcho. *s.* mola do gatilho. *v.* secar, queimar, tostar, chamuscar; cauterizar; insensibilizar; endurecer.

SEA-RACE ['si:reis], *s.* regata no mar.

SEARCH [sə:tʃ], *s.* procura, pesquisa, sindicância, investigação, busca, exame; visita a um navio. *v.* esquadrinhar, pesquisar, averiguar; procurar; sondar. # *in search of,* à busca de.

SEARCHABLE ['sə:tʃəbl], *a.* que pode ser procurado.

SEARCHER ['sə:tʃə], *s.* inquiridor, pesquisador, visitador, examinador, inspetor; peneira, coador.

SEARCHING ['sə:tʃiŋ], *a.* agudo, penetrante; severo, completo; investigador, curioso. *a.* busca, procura, pesquisa.

SEARCH-LIGHT ['sə:tʃ-lait], *s.* refletor, holofote, projetor.

SEA-ROOM ['si:rum], *s.* (náut.) espaço para manobrar livremente.

SEASCAPE ['si:skeip], *V.* **SEAPIECE.**

SEASHORE ['si:'ʃɔ:, 'si:'ʃɔə], *s.* litoral, costa, praia.

SEASICK ['si:-sik], *a.* enjoado.

SEASICKNESS ['si:-siknis], *s.* enjôo.

SEASIDE ['si:'said], *s.* praia, beira-mar. # *at the seaside,* à beira-mar. *seaside resort,* estação balneária.

SEASON ['si:zn], *s.* estação, quadro, tempo próprio, época, oportunidade; adubo; tempero. *v.* temperar, condimentar, acondimentar; sazonar, amadurecer; adubar; aclimar; acostumar, habituar; imbuir, persuadir. # *slack season,* (com.) estação fraca, época de escassas atividades.

SEASONABLE ['si:znəbl], *a.* de estação, oportuno, que vem a tempo; próprio, favorável, conveniente.

SEASONAL ['si:zənl], *a.* sazonal, relativo a estação do ano.

SEASONING ['si:zniŋ], *s.* condimento, tempero; adubação; molho; ação de temperar; aclimatação.

SEASON-TICKET ['si:zn'tikt], *s.* bilhete que dá ingresso a vários espetáculos; (est. de f.) bilhete de assinatura, bilhete de excursão.

SEAT [si:t], *s.* banco, cadeira, assento; fundilho (das calças); lugar, sítio, posição; base; carlinga; capital; sede; residência. *v.* assentar; fixar, estabelecer; marcar o lugar; colocar fundilhos. # *please be seated* (ou *take a seat, have a seat),* por favor, sente-se. *seat of war,* teatro de guerra.

SEAT-BELT ['si:tbelt], *s.* cinturão para passageiro de avião ou automóvel.

SEA-URCHIN ['si:'ə:tʃin], *s.* ouriço-do-mar.

SEA-WALL ['si:'wɔ:l], *s.* dique, molhe.

SEAWEED ['si:wi:d], *s.* alga.

SEAWORTHINESS ['si:wə:ðinis], *s.* navegabilidade.

SEAWORTHY ['si:wə:ði], *a.* navegável, pronto ou apto para navegar.

SEBACEOUS ['si'beiʃəs], *a.* sebáceo.

SEC [sek], *a.* seco (vinho).

SECANT ['si:kənt], *a.* (geom.) secante.

SECEDE [si'si:d], *v.* retirar-se, afastar-se, apartar-se; ir-se embora.

SECEDER [si'si:də], *s.* aquele que se aparta ou afasta; dissidente.

SECEDING [si'si:diŋ], *s.* separação, apartamento. *a.* separatista, dissidente.

SECESSION [si'seʃən], *s.* separação, afastamento, apartamento.

SECLUDE [si'klu:d], *v.* separar, afastar, apartar; excluir, retirar; desviar.

SECLUSION [si'klu:ʒən], *s.* retiro, reclusão, exílio; separação; exclusão.

SECOND ['sekənd], *s.* segundo, momento, instante; apoio, auxílio; testemunha (em duelo); defesa. *a.* outro, novo, inferior. *v.* auxiliar, ajudar, cooperar, coadjuvar; apadrinhar; secundar, apoiar (proposta, moção, parecer).

SECOND [si'kɔnd], *v.* (mil.) remover (um oficial).

SECONDARY ['sekəndəri], *a.* secundário. # *secondary school,* escola secundária = (E.U.) *high school.*

SECONDER ['sekəndə], *s.* auxiliar, ajudante.

SECONDHAND ['sekənd'hænd], *a.* usado, de segunda mão.

SECONDLY ['sekəndli], *adv.* em segundo lugar.

SECRECY ['si:krisi], *s.* sigilo, segredo, mistério, reserva; solidão, retiro, reclusão.

SECRET ['si:krit], *s.* segredo. *a.* misterioso, secreto, oculto, escondido, recôndito, reservado; silencioso, calado. # *be on the secret,* conhecer o segredo. *pry out a secret,* arrancar um segredo.

SECRETARIAL [sekrə'tɛəriəl], *a.* de secretário.

SECRETARIAT [sekrə'tɛəriət], *s.* secretariado.

SECRETARY ['sekrətri], *s.* secretário; ministro do governo; amanuense; secretária, escrivaninha. # *Secretary of State,* Ministro de Estado. *The Foreign Secretary,* o Ministro do Exterior = (E.U.) *Secretary of State.*

SECRETARYSHIP ['sekrətriʃip], *s.* cargo de secretário; secretariado.

SECRETE [si'kri:t], *v.* segregar.

SECRETION [si'kri:ʃən], *s.* secreção; segregação, separação.

SECRETIVE [si'kri:tiv], *a.* secretório; dissimulado, reservado, calado.

SECRETORY [si'kri:təri], *a.* secretório; segregativo.

SECT [sekt], *s.* seita, facção, partido; escola; denominação.

SECTARIAN [sek'tɛəriən], *s.* e *a.* sectário, fanático.

SECTARIANISM [sek'tɛəriənizm], *s.* sectarismo.

SECTARY ['sektəri], *s.* sectário, fanático; aquele que segue uma seita.

SECTION ['sekʃən], *s.* seção, divisão, parte, porção, corte transversal; (E.U.) região, zona; distrito, bairro = (Ing.) *district.*

SECTIONAL ['sekʃənl], *a.* secional; local, regional.

SECTIONALISM ['sekʃənəlizm], *s.* (E.U.) regionalismo.

SECTOR ['sektə], *s.* setor.

SECULAR ['sekjulə], *a.* secular; muito antigo; mundano, secular, leigo; profano, temporal. *s.* leigo, secular.

SECULARITY [sekju'læriti], *s.* mundaneidade; secularidade.

SECULARIZATION (ISA) ['sekjulərai'zeiʃən], *s.* secularização.

SECULARIZE (ISE) ['sekjuləraiz], *v.* secularizar.

SECUNDINE ['sekəndain], *s.* (bot.) secundina. *pl.* secundinas.

SECURABLE [si'kjuərəbl], *a.* que se pode segurar.

SECURE [si'kjuə], *a.* seguro, certo, livre de perigo, sossegado, tranqüilo, sereno; descansado; forte, firme, inexpugnável. *v.* garantir, assegurar; proteger, salvar; segurar, amarrar, prender, consolidar; apossar-se.

SECURITY [si'kjuəriti], *s.* segurança, confiança, garantia, penhor; proteção; certeza; fiança; fiador; *pl.* títulos da dívida pública, obrigações. # *collateral security,* (com.) garantia pignoratícia. *gilt-edge security,* (fin.) título em que o fator risco é mínimo. *give security,* dar fiança. *negotiable securities,* títulos negociáveis. *stand security,* ser fiador. *securities on the up-grade,* títulos em alta. *social security act,* lei de previdência social.

SEDAN (CAR) [si'dænkɑ:], *s.* (E.U.) automóvel fechado = (Ing.) *saloon (car).*

SEDAN-CHAIR [si'dæn-tʃεə], *s.* cadeirinha, liteira.

SEDATE [si'deit], *a.* sereno, tranqüilo, suave, sossegado; sério.

SEDATENESS [si'deitnis], *s.* serenidade, quietude, tranqüilidade.

SEDATIVE ['sedətiv], *s.* e *a.* sedativo, calmante.

SEDENTARY ['sedntəri], *a.* sedentário; inativo.

SEDGE [sedʒ], *s.* espécie de caniço.

SEDIMENT ['sedimənt], *s.* sedimento, depósito; borra; terras de aluvião.

SEDIMENTARY [sedi'mentəri], *a.* sedimentário.

SEDIMENTATION [sedimən'teiʃən], *s.* sedimentação.

SEDITION [si'diʃən], *s.* sedição, revolta, sublevação, motim, tumulto.

SEDITIOUS [si'diʃəs], *a.* sedicioso, revoltoso, amotinado, turbulento, insurreto.

SEDUCE [si'dju:s], *v.* seduzir, desencaminhar, induzir ao mal, desonrar; subornar; enganar.

SEDUCER [si'dju:sə], *s.* sedutor, enganador, corruptor.

SEDUCTION [si'dʌkʃən], *s.* sedução; a ação de enganar, perverter ou corromper.

SEDUCTIVE [si'dʌktiv], *a.* sedutor, enganador; atraente; encantador.

SEDULOUS ['sedjuləs], *a.* diligente, aplicado, assíduo, cuidadoso, trabalhador.

SEE [si:], *pret.* **SAW,** *pp.* **SEEN.** *v.* ver, olhar; observar, reparar, tomar sentido, vigiar, notar; marcar; pesquisar, buscar, procurar; indagar, inquirir, informar-se; examinar, considerar; discernir; compreender, perceber. *see about, after* (ou *to),* providenciar, cuidar de, tomar conta de. *see a lot* (ou *a little*) *of,* estar freqüentemente (ou raramente) em companhia de. *see fit,* resolver, julgar conveniente. *see into (a problem),* examinar, estudar (um problema). *see someone off,* ir ao embarque de alguém. *see over,* inspecionar. *see through,* discernir; perceber (plano, trapaça, etc.). *see (to it) that,* fazer com que.

SEE [si:], *s.* sé; sede episcopal ou pontifical. # *Apostolic See, Holy See,* Santa Sé.

SEED [si:d], *s.* grão, semente, germe (= gérmen), causa, princípio, origem; raça; geração; família, casta. *v.* semear.

SEED-BUD ['si:dbʌd], *s.* (bot.) óvulo.

SEED-COAT ['si:dkout], *s.* (bot.) tegumento.

SEED-DRILL ['si:ddril], *s.* semeadeira.

SEEDER ['si:də], *s.* semeadeira; máquina de extrair sementes.

SEEDLING ['si:dliŋ], *s.* planta criada de semente; muda.

SEED-OIL ['si:d-ɔil], *s.* óleo de linhaça.

SEEDSMAN ['si:dzmən], *s.* semeador; negociante de sementes, raízes, etc.

SEEDWOOL ['si:dwul], *s.* algodão em caroço.

SEEDY ['si:di], *a.* cheio de sementes; espigado; exausto; maltrapilho; desanimado, indisposto.

SEEING ['si:iŋ], *s.* vista. *a.* perspicaz, observador. *conj.* visto que, desde que, visto como.

SEEK [si:k], *pret.* e *pp.* **SOUGHT.** *v.* explorar, procurar, buscar; esforçar-se por; inquirir, indagar, interrogar; perguntar; ambicionar, desejar; aspirar a, pretender; dirigir-se. # *seek after,* procurar obter. *seek and you will find,* quem porfia mata a caça.

SEEKER ['si:kə], *s.* investigador, pesquisador, inquiridor.

SEEKING ['si:kiŋ], *s.* pesquisa, procura, busca.

SEEL [si:l], *s.* vendar os olhos.

SEEM [si:m], *v.* parecer; parecer-se; aparentar; aparecer.

SEEMING ['si:miŋ], *s.* aparência, exterior, parecer; falsa aparência. *a.* aparente, falso, imaginário; parecido.

SEEMINGLY ['si:miŋli], *adv.* aparentemente.

SEEMLINESS ['si:mlinis], *s.* decoro, decência; encanto, graça, formosura; propriedade.

SEEMLY ['si:mli], *a.* decente, decoroso, digno, honroso; próprio, conveniente. *adv.* decentemente, dignamente, convenientemente.

SEEN [si:n], *pp.* de **SEE.**

SEEP [si:p], *v.* porejar; brotar; surgir.

SEEPAGE ['si:pidʒ], *s.* infiltração, água de infiltração.

SEER ['si:ə], *s.* profeta, vidente, adivinho.

SEESAW ['si:-sɔ:, 'si:'sɔ:], *s.* gangorra, burrica = (E.U.) *teeter-board;* movimento de vaivém; vibração. *a.* de balanço ou gangorra; de vaivém. *v.* balancear-se.

SEETHE [si:ð], *v.* ferver; fervilhar, estar agitado.

SEETHER ['si:ðə], *s.* panela; marmita; caldeira.

SEETHING ['si:ðiŋ], *s.* fervura. *a.* fervente.

SEGMENT ['segmənt], *s.* segmento. *v.* dividir em segmentos.

SEGREGATE ['segrigeit], *v.* segregar, separar, afastar; segregar-se.

SEGREGATION [segri'geiʃən], *s.* segregação, separação, afastamento; desagregação.

SEINE [sein], *s.* rede de arrastão.

SEISMIC ['saizmik], *a.* sísmico.

SEISMOGRAPH ['saizməgrɑ:f], *s.* sismógrafo.

SEISMOLOGY [saiz'mɔlədʒi], *s.* sismologia.

SEIZABLE ['si:zəbl], *a.* que se pode amarrar ou agarrar; que pode ser embargado ou impedido.

SEIZE [si:z], *v.* agarrar, colher, apanhar, prender, apreender, seqüestrar, capturar; tomar; apressar; embargar, impedir; (náut.) amarrar, ferrar; perceber, compreender; apoderar-se.

SEIZED [si:zd], *a.* amarrado, agarrado; seqüestrado, aprisionado, embargado.

SEIZER ['si:zə], *s.* seqüestrador, apreensor; embargante.

SEIZING ['si:ziŋ], *s.* seqüestro; amarração (de cordas); ligadura; (náut.) trinca.

SEIZING-UP ['si:ziŋʌp], *s.* (mec.) gripagem.

SEIZURE ['si:ʒə], *s.* apreensão, tomada; apresamento, captura, seqüestro, prisão; presa; embargo.

SELDOM ['seldəm], *adv.* raramente.

SELECT [si'lekt], *v.* selecionar, escolher; optar, preferir. *a.* seleto, escolhido, raro.

SELECTION [si'lekʃən], *s.* escolha, opção, seleção.

SELECTIVE [si'lektiv], *a.* seletivo, escolhido.

SELECTOR ['si'lektə], *s.* selecionador; aquele que escolhe.

SELENITE ['selinait], *s.* selenita, gipsita.

SELENITE [si'li:nait], *s.* habitante da Lua, selenita.

SELENIUM [si'li:niəm], *s.* selênio.

SELF [self], *pl.* **SELVES.** *pron.* o próprio. *a.* próprio, puro. *s.* a própria pessoa, o eu.

SELF-ABANDONMENT ['selfə'bændənmənt], *s.* abnegação.

SELF-ACTING ['self'æktiŋ], *a.* automático.

SELF-CENTRED ['self'sentəd], *a.* fixo; egoísta, egocêntrico.

SELF-COMMAND ['selfkə'mɑ:nd], *s.* domínio próprio, sangue-frio.

SELF-CONSCIOUS ['self'kɔnʃəs], *a.* embaraçado, acanhado, encabulado.

SELF-CONSCIOUSNESS ['self'kɔnʃəsnis], *s.* embaraço, acanhamento.
SELF-CONTAINED ['selfkən'teind], *a.* reservado, discreto; completo.
SELF-CONTROL ['selfkən'troul], *s.* domínio sobre si mesmo.
SELF-COOKER ['self'kukə], *s.* caixa térmica.
SELF-CRITICISM ['self'kritisizm], *s.* autocrítica.
SELF-DEFENCE ['selfdi'fens], *s.* legítima defesa.
SELF-DENIAL ['selfdi'naiəl], *s.* abnegação, renúncia.
SELF-DETERMINATION ['selfditə:mi'neiʃən], *s.* autodeterminação; livre arbítrio; autonomia.
SELF-ESTEEM ['self-is'ti:m], *s.* amor próprio.
SELF-FORGETFUL ['selffə'getful], *a.* abnegado.
SELF GOVERNING ['self'gʌvəniŋ], *a.* autônomo.
SELFISH ['selfiʃ], *a.* egoísta.
SELFISHNESS ['selfiʃnis], *s.* egoísmo; amor-próprio.
SELF-MADE ['self'meid], *a.* feito por si mesmo, que venceu por esforço próprio.
SELF-POSSESSED ['selfpə'zest], *a.* calmo.
SELF-POSSESSION ['selfpə'zeʃən], *s.* calma, presença de espírito.
SELF-PROPELLED ['selfprə'peld], *a.* autopropulsor, automotor.
SELF-RELIANCE ['selfri'laiəns], *s.* confiança em si mesmo.
SELF-SACRIFICE ['self'sækrifais], *s.* ato de abnegação.
SELFSAME ['selfseim], *a.* mesmo, mesmíssimo (forma enfática de *same*).
SELF-SATISFACTION ['selfsætis'fækʃən], *s.* presunção.
SELF-SATISFIED ['self'sætisfaid], *a.* presumido.
SELF-SEEKER ['self'si:kə], *s.* egoísta.
SELF-SEEKING ['self'si:kiŋ], *s.* egoísmo. *a.* egoísta.
SELF-SERVICE ['self'sə:vis], *s.* restaurante automático.
SELF-STARTER ['self'stɑ:tə], *s.* (aut.) arranque automático.
SELF-SUFFICIENCY ['selfsə'fiʃənsi], *s.* auto-suficiência; independência; presunção.
SELF-SUFFICIENT ['selfsə'fiʃent], *s.* auto-suficiente; presumido, presunçoso, convencido, vaidoso.
SELF-SUPPORT ['selfsə'pɔ:t], *s.* independência.
SELF-TAUGHT ['self'tɔ:t], *a.* autodidata, autodidático.
SELF-THOUGHTFUL ['self'θɔ:tful], *a.* egoísta.
SELF-TIMER ['self'taimə], *s.* (foto) disparador automático.
SELF-WILL ['self'wil], *s.* teimosia, obstinação.
SELF-WILLED ['self'wild], *a.* teimoso, obstinado.
SELL [sel], *pret.* e *pp.* **SOLD.** *v.* vender, comerciar, negociar. *s.* (gír.) conto-do-vigário, trapaça. # *sell off* (ou *out*), liquidar, vender todo o estoque.
SELLER ['selə], *s.* negociante, vendedor.
SELLING ['seliŋ], *s.* venda, negócio.
SELL-OUT ['sel-aut], *s.* sucesso de bilheteria; (gír.) traição.
SELVAGE ['selvidʒ], *s.* orla, ourela.
SELVEDGE ['selvidʒ], *V.* **SELVAGE.**
SELVES [selvz], *p.* de **SELF.**
SEMANTIC [si'mæntik], *a.* semântico.
SEMANTICS [si'mæntiks], *s.* semântica.
SEMAPHORE ['seməfɔ:, 'seməfɔə], *s.* semáforo.
SEMAPHORIC [semə'fɔrik], *a.* semafórico.
SEMASIOLOGY [simeisi'ɔlədʒi], *s.* semasiologia.
SEMBLANCE ['sembləns], *s.* aparência, semelhança; imitação; indício; semblante, imagem.
SEMEN ['si:mən], *s.* semente; sêmen.
SEMESTER [si'mestə], *s.* semestre.
SEMI ['semi], *pref.* semi.
SEMIBREVE ['semibri:v], *s.* (mús.) semibreve = (E.U.) *whole note.*
SEMICIRCLE ['semisə:kl], *s.* semicírculo.
SEMICIRCULAR ['semi'sə:kjulə], *a.* semicircular.
SEMICIRCUMFERENCE ['semisə'kʌmfərəns], *s.* semicircunferência.
SEMICOLON ['semi'koulən], *s.* ponto e vírgula.
SEMINAL ['si:minl], *a.* seminal; produtivo; embrionário.
SEMINAR [semi'nɑ:], *s.* estudos feitos por grupos de estudantes, seminário.

SEMINARY ['seminəri], *s.* seminário; academia; educandário. *a.* seminal.

SEMIOFFICIAL ['semiə'fiʃəl], *a.* oficioso, semi-oficial.

SEMIQUAVER ['semikweivə], *s.* (mús.) semicolcheia.

SEMITE [si'mait], *s.* semita.

SEMITIC [si'mitik], *s.* e *a.* semítico, semita.

SEMITONE ['semitoun], *s.* semitom.

SEMIVOWEL ['semi'vauəl, 'semivauəl], *s.* semivogal.

SEMOLINA [semə'li:nə], *s.* sêmola.

SEMPSTRESS ['sempstris], *V.* **SEAMSTRESS.**

SENATE [senit], *s.* senado; corpo legislativo; junta de algumas universidades.

SENATOR ['senətə], *s.* senador.

SENATORIAL [sənə'tɔ:riəl], *a.* senatorial.

SEND [send], *pret.* e *pp.* **SENT.** *v.* remeter, despachar, enviar, mandar, expedir; produzir; emitir; derramar, espalhar; conceder; arrojar. *s.* ímpeto, impulso. # *send for,* mandar chamar, mandar buscar. *send forth,* exalar; expedir; remeter. *send off,* remeter.

SENDER ['sendə], *s.* remetente, expedidor, despachante; (eletr.) transmissor.

SEND-OFF ['send'ɔ:f], *s.* partida, despedida; bota-fora; impulso dado a uma pessoa.

SENDING ['sendiŋ], *s.* remessa, expedição. # *sending radio station,* estação transmissora (de rádio).

SENESCENCE [sə'nesəns], *s.* senescência.

SENILE ['si:nail], *a.* senil, caduco.

SENILITY [si'niliti], *s.* senilidade, caduquice, velhice, senectude, ancianidade.

SENIOR ['si:njə], *a.* sênior, mais velho, mais antigo; (E.U.) quartanista.

SENIORITY [si:ni'ɔriti], *s.* antigüidade; privilégio por antigüidade.

SENNA ['senə], *s.* (bot.) sene.

SENSATION [sen'seiʃən], *s.* impressão, sensação, excitamento.

SENSATIONAL [sen'seiʃnəl], *a.* impressionante, excitante, sensacional.

SENSATIONALISM [sen'seiʃnəlizm], *s.* sensacionalismo.

SENSE [sens], *s.* senso, sentido; sensação, sentimento; razão, espírito, bom senso; acepção; engenho, agudeza. # *broad sense,* sentido lato. *come to one's senses,* voltar a si, recuperar os sentidos; cair em si. *common sense,* senso comum, bom senso. *in a sense,* de certa forma, de certo modo. *in one's right senses,* em seu juízo perfeito. *make sense,* formar sentido, ter sentido. *make sense of,* entender, decifrar. *out of one's senses,* alucinado, louco. *sense of humour,* senso de humor, veia cômica. *the five senses,* os cinco sentidos.

SENSELESS ['senslis], *a.* sem sentido, falto de senso, insensato; tolo, bobo, disparatado. # *knock senseless,* pôr sem sentidos.

SENSELESSNESS ['senslisnis], *s.* absurdo, tolice, falta de senso, bobagem, insensatez.

SENSIBILITY [sensi'biliti], *s.* sensibilidade.

SENSIBLE ['sensəbl], *a.* sensato, ponderado, ajuizado; razoável; prático.

SENSITIVE ['sensitiv], *a.* sensível. # *sensitive paper,* papel sensibilizado = *safety-paper.*

SENSITIVENESS ['sensitivnis], *V.* **SENSIBILITY.**

SENSITIZATION (ISA) [sensitai'zeiʃən], *s.* sensibilização.

SENSITIZE (ISE) ['sensitaiz], *v.* sensibilizar, comover, apiedar-se.

SENSORIAL [sən'sɔ:riəl], *a.* sensorial.

SENSORY ['sensəri], *a.* e *s.* sensório.

SENSUAL ['sensjuəl], *a.* carnal, sensual, voluptuoso, lascivo, lúbrico, libidinoso; bestial.

SENSUALISM ['sensjuəlizm], *s.* sensualismo, sensualidade; lubricidade, volúpia.

SENSUALIST ['sensjuəlist], *s.* sensualista, sibarita.

SENSUALITY [sensju'æliti], *s.* sensualidade, voluptuosidade, lubricidade, lascívia.

SENSUOUS ['sensjuəs], *a.* apaixonado, terno, patético, enternecedor, carinhoso, sensitivo, sensível.

SENT [sent], *pret.* e *pp.* de **SEND.**

SENTENCE ['sentəns], *s.* (gram.) frase; oração; proposição, dito, máxima; adágio, parecer; frase. *v.* condenar, sentenciar; pronunciar uma sentença. # *serve a sentence,* cumprir sentença (na prisão). *to pass sentence,* dar uma sentença.

SENTENTIOUS [sen'tenʃəs], *a.* sentencioso,

judicioso, breve, lacônico; conceituoso; conciso.

SENTENTIOUSNESS [sen'tenʃəsnis], *s.* laconismo.

SENTIENT ['senʃənt], *a.* sensível, consciente. *s.* pessoa sensível; a mente; a consciência.

SENTIMENT ['sentimənt], *s.* sentimento, afeto, afeição, simpatia; parecer, opinião.

SENTIMENTAL [senti'mentl], *a.* sentimental, afetuoso, terno, sensível.

SENTIMENTALISM [senti'mentəlizm], *s.* sentimentalismo.

SENTIMENTALITY [sentimən'tæliti], *s.* sentimentalidade.

SENTINEL ['sentinl], *s.* sentinela. # *sentinel breaker,* (eletr.) interruptor automático.

SENTRY ['sentri], *s.* sentinela.

SENTRY-BOX ['sentribɔks], *s.* guarita.

SEPAL ['si:pəl], *s.* sépala.

SEPARABLE ['sepərəbl], *a.* divisível, separável.

SEPARATE ['sepəreit], *v.* separar, apartar, afastar, desunir, desprender, desapegar; dividir.

SEPARATE ['seprit], *a.* separado, apartado, desunido; diferente, distinto.

SEPARATELY ['sepritli], *adv.* separadamente, afastadamente, distintamente.

SEPARATENESS ['sepritnis], *s.* separação.

SEPARATION [sepə'reiʃən], *s.* separação, apartamento, desunião, afastamento; divisão; análise.

SEPARATIST ['sepərətist], *s.* separatista; dissidente.

SEPARATOR ['sepəreitə], *s.* separador.

SEPIA ['si:pjə], *s.* sépia. *a.* de sépia.

SEPSIS ['sepsis], *s.* putrefação, sepsia.

SEPTANGLE ['septæŋgl], *s.* heptágono.

SEPTEMBER [səp'tembə], *s.* setembro.

SEPTET, SEPTETTE [sep'tet], *s.* septeto.

SEPTIC ['septik], *a.* séptico, putrígeno.

SEPTICEMIA [septi'si:miə], *s.* septicemia.

SEPTILLION [sep'tiljən], *s.* setilhão (= setilião).

SEPTUAGENARIAN [septjuədʒi'nɛəriən], *s.* e *a.* setuagenário.

SEPTUM ['septəm], *s.* (biol.) septo.

SEPTUPLE ['septjupl], *v.* setuplicar. *s.* e *a.* sétuplo.

SEPULCHRAL [si'pʌlkrəl], *a.* sepulcral.

SEPULCHRE, SEPULCHER ['sepəlkə], *s.* sepulcro, túmulo, campa, tumba.

SEPULTURE ['sepəltʃə], *s.* sepultamento, inumação; (arc.) sepultura.

SEQUEL ['si:kwəl], *s.* seqüela; seqüência; conseqüência, resultado; êxito; ilação.

SEQUENCE ['si:kwəns], *s.* seqüência, continuação, série; seguimento, sucessão; ilação; conseqüência, efeito; (mús.) modulação.

SEQUESTER [si'kwestə], *v.* separar, isolar, apartar, afastar, segregar; (jur.) seqüestrar.

SEQUESTRATE [si'kwestreit], *v.* (jur.) seqüestrar, confiscar.

SEQUESTRATION [si:kwes'treiʃən], *s.* separação, afastamento, desunião; retiro; (jur.) seqüestro.

SEQUIN ['si:kwin], *s.* lantejoula.

SERAGLIO [se'rɑ:liou], *s.* harém; palácio do sultão da Turquia.

SERAPH ['serəf], *s.* serafim. *pl.* **SERAPHIM** ['serəfim].

SERAPHIC, AL [sə'ræfik, əl], *a.* angélico, seráfico.

SERAPHIM ['serəfim], *pl.* de **SERAPH.**

SERB [sə:b], *s.* e *a.* sérvio.

SERBIAN ['sə:bjən], *s.* e *a.* sérvio.

SERENADE [seri'neid], *s.* serenata. *v.* fazer serenatas.

SERENATA [seri'nɑ:tə], *s.* serenata.

SERENE [si'ri:n], *a.* sereno, plácido, tranqüilo, calmo; claro, limpo, brilhante; sem nuvens. *s.* serenidade. *adv.* (poes.) serenamente.

SERENITY [si'reniti], *s.* serenidade, paz, tranqüilidade, sossego, calma. # *Your Serenity,* Vossa Alteza.

SERF [sə:f], *s.* escravo, servo.

SERFDOM ['sə:fdəm], *s.* servidão, escravidão.

SERGE [sə:dʒ], *s.* sarja.

SERGEANT ['sɑ:dʒənt], *s.* sargento; advogado de nomeada. # *sergeant-at-arms,* funcionário incumbido de manter a ordem no Parlamento; porta-maça, maceiro.

SERIAL ['siəriəl], *a.* em série, seriado. *s.* periódico; filme em série (cin.).

SERIATIM [siəri'eitim], *adv.* sucessivamente.

SERICULTURE ['serikʌltʃə], *s.* sericultura, sericicultura.

SERIEMA [seri'i:mə], *s.* seriema.

SERIES ['siəriz], *s.* série, seguimento, seqüência, sucessão; união, enlace.

SERIN ['serin], *s.* (quím.) serina; ave semelhante ao canário.

SERINGA [sə'riŋgə], *s.* seringueira.

SERINGAL [sə'riŋgəl], *s.* seringal.

SERIOUS ['siəriəs], *a.* sério, grave, circunspecto, pensativo; verdadeiro, sincero.

SERIOUSLY ['siəriəsli], *adv.* seriamente; sinceramente; verdadeiramente.

SERIOUSNESS ['siəriəsnis], *s.* seriedade, gravidade; sinceridade; importância.

SERJEANT ['sɑ:dʒənt], *V.* **SERGEANT.**

SERMON ['sə:mən], *s.* sermão, prédica, pregação; exortação, admoestação.

SEROUS ['siərəs], *a.* aquoso; cheio de soro.

SERPENT ['sə:pənt], *s.* serpente; (astr.) serpentário; (mús.) serpentão; buscapé.

SERPENTINE ['sə:pəntain], *s.* serpentina. *a.* sinuoso, serpenteado, tortuoso. *s.* serpentina (de alambique); (min.) serpentina.

SERRATE ['serit], *a.* em forma de serra; dentado; (bot.) serreado (bordo da folha). *v.* serrilhar, dentear, dentar.

SERRATED [se'reitid], *V.* **SERRATE.**

SERRATION [se'reiʃən], *s.* recorte.

SERUM ['siərəm], *s.* soro, sérum.

SERVANT ['sə:vənt], *s.* empregado, criado, servidor, doméstico. # *civil servant,* funcionário público = *public servant.*

SERVE [sə:v], *v.* servir, estar a serviço; servir à mesa; satisfazer, contentar, prestar; ser útil; tratar (alguém); ministrar; ajudar; ser suficiente, bastar; exercer um cargo; cultuar; entregar, apresentar; realizar; fornecer; (náut.) forrar um cabo. # *serve up,* servir à mesa. *that serves you right,* bem feito para você.

SERVER ['sə:və], *s.* servo, servidor; bandeja, salva.

SERVIAN ['sə:vjən], *V.* **SERBIAN.**

SERVICE ['sə:vis], *s.* serviço, préstimo, utilidade, obséquio, favor; (ecles.) ofício divino; ajuda, auxílio; baixela. # *at your service,* à sua disposição, às suas ordens. *civil service,* serviço público, administração pública. *render a service,* prestar um serviço. *service station,* posto de gasolina, posto de serviço. *service tee,* (canal.) conexão em T. *service wholesaler,* atacadista que se utiliza de vendedores e vende a prazo.

SERVICEABILITY [sə:visə'biliti], *s.* utilidade; oficiosidade.

SERVICEABLE ['sə:visəbl], *a.* prestativo, prestimoso, serviçal, útil, oficioso.

SERVICE-BOOK ['sə:visbuk], *s.* ritual.

SERVIETTE [sə:vi'et], *s.* guardanapo.

SERVILE ['sə:vail], *a.* servil, baixo, desprezível, vil, subserviente.

SERVILITY [sə:'viliti], *s.* servilismo, servilidade, vileza, baixeza, servidão.

SERVING ['sə:viŋ], *a.* servente. *s.* (náut.) forro de cabos.

SERVITUDE ['sə:vitju:d], *s.* servidão, escravidão, vassalagem; trabalho forçado. # *penal servitude,* prisão com trabalhos forçados.

SESAME ['sesəmi] *s.* sésamo, gergelim.

SESQUIPEDALIAN ['seskwipi'deiliən], *a.* sesquipedal.

SESSILE ['sesail], *a.* (bot.) séssil.

SESSION ['seʃən], *s.* sessão, audiência, junta; ação de assentar-se; sala de tribunal; (E.U.) período escolar; turno.

SET [set], *pret.* e *pp.* **SET.** *v.* pôr, colocar de pé; fixar, assentar; deitar (pôr para chocar); arranjar, arrumar; dispor; semear, plantar; causar; obrigar; adaptar; desfraldar as velas; juntar, ligar; determinar, resolver; movimentar; encanar; descambar (sol); embaraçar; solidificar-se, congelar-se; declinar, descer; coalhar-se, coagular-se; enraizar-se; aplicar-se, ajustar-se, adaptar-se; amadurecer; desenvolver-se; acertar (relógio); erigir (monumento); ajustar, combinar, marcar (data, hora, etc.); encanar (osso). *a.* imóvel, fixo, rígido, firme, sólido; determinado; constante; montado. *s.* série, ordem, grupo, companhia; ocaso, pôr do sol, pôr da lua; movimento, curso, tendência; (teat.) decoração; partida (nos desportos); adaptação; opinião; postura; jogo, conjunto; (carp.) embutidor de pregos; deslocação; inclinação; aparelho receptor de rádio. # *play a set,* jogar uma partida. *set about,* começar; dedicar-se a. *set abroad,* divulgar, publicar. *set apart,* reservar. *set aside,* desprezar; pôr de lado. *set back,* regredir; fazer regredir; atrasar (relógio). *set forth,* apresentar, expor; partir, começar uma viagem. *set free,* liberar. *set in,* iniciar. *set loose,* causar, provocar, dar origem a. *set off,* partir, começar uma viagem; acender; fazer realçar. *set of samples,* mostruário. *set on* (ou *upon*), incitar; atacar. *set oneself up as,* arvorar-se em. *set one up,* dar ou emprestar a alguém recursos para se estabelecer no comércio; oferecer bebida a alguém. *set out,* partir começar uma viagem; expor (na vitrina) equipar; publicar. *set right,* corrigir. *set to,* iniciar. *set up,* estabelecer-se (no comércio); instalar; erigir; causar; (tip.) compor; sarar. *smart set,* alta velocidade. *to set to work,* meter mãos à obra.

SET-BACK ['set'bæk], *s.* revés; recuo, retrocesso.

SET-DOWN ['sed'daun], *s.* reprimenda, repreensão.

SET-OFF ['set'ɔ:f], *s.* (fin.) compensação; contrapeso, adorno, embelezamento, realce.

SETON ['si:tn], *s.* sedenho.

SET-OUT ['set'aut], *s.* jogo, grupo, serviço; representação teatral; festival; começo, início, princípio.

SET-SPRING ['set'spriŋ], *s.* torno de pressão.

SET-SQUARE ['set-skwɛə], *s.* esquadro.

SETTEE [se'ti:], *s.* sofá grande e confortável = (E.U.) *davenport.*

SETTER ['setə], *s.* cão perdigueiro; montador; espião.

SETTING ['setiŋ], *s.* colocação, fixação; estabelecimento; ocupação, emprego; plantação; guarnição, marcação, direção do vento; ninhadas de ovos; ocaso de um astro; (cin.) montagem, cenário.

SETTLE ['setl], *v.* fixar, estabelecer, regular, dispor, instituir, classificar, ordenar; serenar, acalmar; resolver, determinar, ajustar, compor; pagar, liquidar (= liqüidar); satisfazer; colonizar, povoar; fixar-se, estabelecer-se; decidir-se, resolver-se; compor-se; chegar a um acordo; tranqüilizar-se. *s.* assento, cadeira, banco. # *settle down,* instalar-se; sossegar. *settle up,* resolver; liquidar (conta); concluir (transação).

SETTLED ['setld], *a.* arraigado, seguro, fixo, firme, estabelecido; determinado; saldado.

SETTLEMENT ['setlmənt], *s.* estabelecimento, fixação, instalação; constituição; povoado; termo de liqüidação (= liquidação); colonização.

SETTLER ['setlə], *s.* colono, residente; povoador; colonizador; fundador, continuador.

SETTLING ['setliŋ], *s.* estabelecimento, instalação, colonização; regularização (de contas); assentamento; ajustamento; *pl.* sedimento, depósito.

SET-TO ['set'tu:], *s.* conflito, luta, disputa, combate, escaramuça.

SET-UP ['setʌp], *s.* porte (no andar); instalação, montagem (de aparelho); organização (de companhia, etc.); porte, aspecto físico.

SEVEN ['sevn], *s.* e *a.* sete.

SEVENFOLD ['sevnfould], *s.* e *a.* sétuplo. *adv.* sete vezes.

SEVENSCORE ['sevn-skɔ:, 'sevn-skɔə], *a.* cento e quarenta.

SEVENTEEN ['sevn'ti:n], *s.* e *a.* dezessete.

SEVENTEENTH ['sevn'ti:nθ], *a.* décimo sétimo.

SEVENTH ['sevnθ], *a.* sétimo. *s.* um sétimo.

SEVENTHLY ['sevnθli], *adv.* em sétimo lugar

SEVENTIETH ['sevntiiθ], *a.* setuagésimo.

SEVENTY ['sevnti], *s.* e *a.* setenta.

SEVER ['sevə], *v.* separar, afastar, apartar, desunir, cortar, decepar; desfazer; arrancar com violência; separar-se, afastar-se, partir-se.

SEVERABLE ['sevərəbl], *a.* separável; que se pode dividir, separar ou arrancar.

SEVERAL ['sevrəl], *a.* diferente, diverso, distinto; vários, alguns, diversos. *s.* divisão, separação.

SEVERANCE ['severəns], *s.* separação, afastamento; rompimento; repartição, disjunção. # *severance pay* ou *wages,* (fin.) indenização por afastamento de emprego.

SEVERE [si'viə], *a.* severo, grave, austero, rigoroso, sério, rígido, forte, bravo; acerbo, cruel, inexorável; exato, estrito.

SEVERELY [si'viəli], *adv.* rigorosamente, severamente; cruelmente, acerbamente.

SEVERITY [si'veriti], *s.* severidade, rigorismo, austeridade; gravidade; seriedade; opressão; crueldade; desumanidade, atrocidade.

SEW [sou], *pret.* **SEWED;** *pp.* **SEWED** ou **SEWN.** *v.* costurar, coser. # *sew on,* pregar (um botão).

SEWAGE ['sju:idʒ], *s.* matérias de esgoto.

SEWER ['souə], *s.* costureiro.

SEWER ['sjuə], *s.* esgoto; encanamento; sumidouro.

SEWERAGE ['sjuəridʒ], *s.* sistema de esgotos; águas servidas.

SEWERING ['sjuəriŋ], *s.* drenagem por canos de esgoto.

SEWING ['souiŋ], *s.* costura.

SEWING-MACHINE ['souiŋmə'ʃi:n], *s.* máquina de costura.

SEWING-SILK ['souiŋsilk], *s.* retrós.

SEWN [soun], *pp.* de **SEW.**

SEX [seks], *s.* sexo. # *the fair sex,* "o belo sexo".

SEXAGENARIAN [seksədʒi'nɛəriən], *s.* e *a.* sexagenário.

SEXANGLE ['seksæŋgl], *s.* hexágono.

SEX APPEAL ['seksəpi:l], *s.* encanto pessoal, atração.

SEXLESS ['sekslis], *a.* assexual; neutro, indefinido.

SEXTAN ['sekstən], *a.* que ocorre de seis em seis dias (febre).

SEXTANT ['sekstənt], *s.* sextante.

SEXTET(TE) [seks'tet], *s.* (mús.) sexteto; (poes.) sextilha.

SEXTILLION [seks'tiljən], *s.* sextilião (— sextilhão).

SEXTON ['sekstən], *s.* sacristão, coroinha; coveiro.

SEXTUPLE ['sekstjupl], *a.* e *s.* sêxtuplo.

SEXUAL ['seksjuəl], *a.* sexual.

SEXUALITY [seksju'æliti], *s.* sexualidade.

SHABBINESS ['ʃæbinis], *s.* pobreza de vestuário, desalinho; miséria; mesquinhez; baixeza, vileza.

SHABBY ['ʃæbi], *s.* gasto, usado, estragado; esfarrapado, andrajoso; baixo, vil, mesquinho; sórdido.

SHACK [ʃæk], *s.* cabana, choça; barracão.

SHACKLE ['ʃækl], *v.* prender, algemar, encadear, agrilhoar, acorrentar; entravar; estorvar, embaraçar; travar. *s.* algema, cadeia, grilhões; impedimento, entrave; estorvo; (náut.) anete de âncora.

SHACKLE-BOLT ['ʃæklboult], *s.* ferros, grilhões.

SHAD [ʃæd], *s.* (ict.) sável.

SHADDOCK ['ʃædək], *s.* laranjeira da Índia.

SHADE [ʃeid], *s.* sombra, trevas, escuridão, lugar escuro; matiz, nuança; fantasma, espectro; imagem; ilusão; quebra-luz; viseira; (E.U.) veneziana. *v.* escurecer, sombrear; esconder, abrigar, ocultar; assombrar; obumbrar; matizar. # *shade away,* esmaecer.

SHADINESS ['ʃeidinis], *s.* escuridão, opacidade, sombra.

SHADING ['ʃeidiŋ], *s.* sombreado.

SHADOW ['ʃædou], *s.* escuridão, trevas; sombra opacidade; amparo, proteção; refúgio, abrigo. *v.* sombrear, dar sombra; escurecer, fazer escuro; matizar; representar vagamente; delinear; indicar; encobrir, esconder; simbolizar; anuviar-se; seguir, acompanhar, acampanar. # *more shadow than substance,* mais as vozes do que as nozes.

SHADOWING ['ʃædouiŋ], s. graduação de luz e cores; representação de sombras ou de matizes.

SHADOWLESS ['ʃædoulis], *a.* sem sombras.

SHADOWY ['ʃædoui], *a.* escuro, sombrio, opaco, tenebroso; indefinido; impreciso, indeterminado; vago, simbólico, alegórico, quimérico, visionário; cheio de sombras.

SHADY ['ʃeidi], *a.* sombrio, escuro, nublado, anuviado, opaco; duvidoso, suspeito. # *give a shady to someone,* dar uma sugestão, dar uma idéia a alguém.

SHAFT [ʃɑ:ft], *s.* flecha, dardo, seta, lança; cova funda e estreita; cano ou fuste de coluna; poço; varal (de carro); (mec.) transmissão; capitel de torre; túnel de forno de fundição; cano de chaminé. # *driving* (ou *drive) shaft,* (mec.) eixo de acionamento, eixo de transmissão.

SHAG [ʃæg], *s.* felpo, pelúcia; pêlo; riço; velo; corvo marinho; tabaco de qualidade inferior.

SHAGGINESS ['ʃæginis], *s.* qualidade do que é peludo, felpudo ou cabeludo.

SHAGGY ['ʃægi], *a.* felpudo, cabeludo, peludo. hirsuto; escabroso, tenebroso, rude, áspero.

SHAGREEN [ʃæ'gri:n, ʃə'gri:n], *s.* marroquim; chagrém.

SHAH [ʃɑ:], s. xá, soberano da Persia.

SHAKE [ʃeik], *pret.* **SHOOK,** *pp.* **SHAKEN.** *v.*

sacudir, agitar; abanar, menear; abalar, tremer; mover, mexer; vacilar; estalar, rachar; arremessar, lançar, atirar; desanimar, debilitar, enfraquecer; desalentar; (mús.) trinar; estremecer, tremer, trepidar, vacilar; apertar a mão. *s.* abalo, estremecimento, tremor, sacudidela; concussão; vibração; aperto de mão; calafrio de febre; garganteio, trinado; racha de madeira; aduela; *pl.* vasilhame. # *in a shake,* em um instante, rapidamente. *in two shakes of a dog's tail,* num abrir e fechar d'olhos, enquanto o diabo esfrega um olho. *no great shakes,* sem valor, sem importância (pessoa). *shake down,* derrubar. *shake up,* sacudir.

SHAKEDOWN ['ʃeik'daun], *s.* cama improvisada.

SHAKEN ['ʃeikən], *a.* abalado, agitado, sacudido, fendida (a madeira).

SHAKER ['ʃeikə], *s.* sacudidor; membro de certa seita religiosa dos Estados Unidos.

SHAK(E)SPE(A)RIAN [ʃeiks'piəriən], *a.* shakespeariano ou relativo a Shakespeare.

SHAKE-UP ['ʃeik'ʌp], *s.* sacudidela; agitação; perturbação; (E.U. pol.) transferências, remoção de funcionários = (Ing.) *reshuffle.*

SHAKINESS ['ʃeikinis], *s.* qualidade de ser trêmulo ou vacilante.

SHAKING ['ʃeikiŋ], *s.* sacudidela, tremor, meneio, estremecimento, agitação, vibração, concussão. *a.* trêmulo, vacilante.

SHAKINGS ['ʃeikiŋz], *s. pl.* sobras, restos.

SHAKY ['ʃeiki], *a.* abalado, vacilante, trêmulo; fraco, débil; hesitante; fendido, rachado, estalado; (com.) abalado, com o crédito abalado, sem crédito.

SHALE [ʃeil], *s.* xisto, argila xistosa; piçarra.

SHALL [ʃæl], *pret.* **SHOULD.** *v. aux.* usado para exprimir futuridade ou obrigatoriedade.

SHALLOP ['ʃæləp], *s.* chalupa.

SHALLOT [ʃə'lɔt], *s.* chalota.

SHALLOW ['ʃælou], *s.* baixio. *a.* raso, superficial, pouco profundo; frívolo, néscio, tolo, parvo; trivial, comum, insípido. *v.* tornar superficial. # *shallow bodied,* de pequeno calado (navio).

SHALT [ʃælt], 2.ª pes. do sing. do pres. do ind. de **SHALL.**

SHALY ['ʃeili], *a.* piçarroso.

SHAM [ʃæm], *v.* fingir, simular, trapacear, lograr, enganar, fazer crer. *s.* embuste, logro, trapaça, impostura, engano, simulação, fingimento, falsa aparência, pretexto. *a.* fingido, dissimulado, falso, hipócrita; suposto, postiço. # *sham Abraham,* fingir doença = *malinger. sham being dead,* fingir-se de morto = *to play possum.*

SHAMBLE ['ʃæmbl], *v.* andar vacilantemente; bambolear, gingar. *s.* bamboleio, gingado.

SHAMBLES ['ʃæmblz], *s. pl.* matadouro; açougue; patins nas minas; região devastada; ruínas; desordem; local coberto de sangue, o local de carnificina.

SHAME [ʃeim], *s.* pejo, pudor, vergonha, escândalo; rubor, desonra, opróbrio, ignomínia, afronta. *v.* desonrar, envergonhar, humilhar, rebaixar, afrontar; desacreditar; envergonhar-se. # *for shame! shame on you!* que vergonha!

SHAMEFACED ['ʃeimfeist], *a.* envergonhado, acanhado, tímido, modesto, pudico.

SHAMEFACEDNESS ['ʃeimfeistnis], *s.* vergonha, pudor, pejo; modéstia, timidez.

SHAMEFUL ['ʃeimful], *a.* vergonhoso, indecente, imoral, escandaloso, ignominioso.

SHAMEFULLY ['ʃeimfuli], *adv.* vergonhosamente, ignominiosamente; escandalosamente, indecentemente, imoralmente.

SHAMEFULNESS ['ʃeimfulnis], *s.* ignomínia, opróbrio, vergonha, infâmia.

SHAMELESS ['ʃeimlis], *a.* desavergonhado, sem vergonha, impudente, descarado, desbriado, despudorado.

SHAMELESSNESS ['ʃeimlisnis], *s.* descaramento, cinismo, impudência, despudor.

SHAM-FIGHT ['ʃæmfait], *s.* (mil.) combate simulado.

SHAMMER ['ʃæmə], *s.* trapaceiro, embusteiro, impostor.

SHAMMY ['ʃæmi], *s.* camurça.

SHAMPOO [ʃæm'pu:], *s.* xampu, lavagem e fricção de cabeça. *v.* lavar, friccionando o couro cabeludo.

SHAMROCK ['ʃæmrɔk], *s.* trevo branco.

SHANDYGAFF ['ʃændigæf], *s.* mistura de cerveja e gasosa.

SHANK [ʃæŋk], *s.* perna, canela, tíbia; haste, cano; (mec.) espiga, tronco, cabo; canudo; (arq.) fuste. # *on shank's mare,* a pé.

SHANKED [ʃæŋkt], *a.* encavado; que possui perna, cabo ou haste.

SHAN'T [ʃɑ:nt], *contr.* de **SHALL NOT.**

SHANTUNG [ʃæn'tʌŋ], *s.* xantungue.

SHANTY ['ʃænti], *s.* palhoça, cabana, choça; barraca.

SHAPE [ʃeip], *s.* figura, forma, aspecto; molde, modelo, talhe, configuração, imagem; exemplar; padrão, norma; estado, condição; maneira, modo. *v.* dar forma, formar, dispor, ordenar, mandar; cortar, talhar; igualar; conceber, imaginar. # *in bad shape,* em mau estado; muito doente. *to lick into shape,* pôr em ordem; (esp.) pôr em forma.

SHAPELESS ['ʃeiplis], *s.* amorfo, informe, sem forma, disforme, desproporcionado, imperfeito; em bruto.

SHAPELINESS ['ʃeiplinis], *s.* proporção, simetria, regularidade, harmonia, beleza.

SHAPELY ['ʃeipli], *a.* bem proporcionado, simétrico; bem feito.

SHAPER ['ʃeipə], *s.* conformador, formador; máquina de estampar.

SHARD [ʃɑ:d], *s.* caco.

SHARE [ʃɛə], *s.* parte, porção, quinhão, quota; título, valor, ação; participação, interesse. *v.* repartir, dividir, distribuir; participar de; coparticipar. # *beneficiary share,* (com.) ação beneficiária. *go shares in something,* fazer sociedade em alguma coisa. *no-par share,* (fin.) ação cotada acima ou abaixo do valor nominal. *paid-up shares,* ações integralizadas. *personal share,* ação nominativa. *preference share,* ação preferencial. *share capital,* capital social.

SHARE-CROPPER ['ʃɛəkrɔpə], *s.* meeiro.

SHAREHOLDER ['ʃɛəhouldə], *s.* acionista = (E.U.) *stockholder.*

SHARER ['ʃɛərə], *s.* partícipe.

SHARING ['ʃɛəriŋ], *s.* divisão.

SHARK [ʃɑ:k], *s.* tubarão; tratante, velhaco, trampolineiro; gatuno, ladrão; fraude, engano, embuste; (E.U.) craque, campeão, autoridade, sumidade = (Ing.) *dab.*

SHARP [ʃɑ:p], *a.* afiado, agudo, penetrante, incisivo, aguçado, fino, cortante, acre; mordaz; sutil; perspicaz, vivo; áspero; picante; irônico; sarcástico, ferino; rígido, severo, violento; arrebatado, impetuoso, desabrido, fogoso; astuto, manhoso; vigilante, atento; distinto, bem delineado; (fon.) surdo; (mus.) sustenido. *s.* sustenido, som agudo; (fon.) consoante surda; espadachim; afiador, amolador; (E.U.) técnico = (Ing.) *expert;* (col.) trapareiro, vigarista. *adv.* pontualmente, exatamente, rigorosamente. *v.* afiar, aguçar, amolar, fazer ponta; tornar mais esperto. # *look sharp!* cuidado!

SHARPEN ['ʃɑ:pn], *v.* aguçar, afiar, amolar; exasperar, irritar, aborrecer, azedar; estimular, abrir o apetite; aguçar-se.

SHARPENER ['ʃɑ:pnə], *s.* aguçador, amolador, afiador.

SHARPER ['ʃɑ:pə], *s.* gatuno, ladrão, velhaco, trapaceiro, tratante; caloteiro; "águia".

SHARPNESS ['ʃɑ:pnis], *s.* agudeza, finura, penetração, sutileza, perspicácia; mordacidade, vivacidade; acrimônia; rigor, aspereza, violência, inclemência, azedume.

SHARP-POINTED ['ʃɑ:p'pɔintid], *a.* pontudo, pontiagudo.

SHARP-SHOOTER ['ʃɑ:pʃu:tə], *s.* artilheiro de precisão.

SHARP-SIGHTED ['ʃɑ:p'saitid], *a.* que tem vista aguçada.

SHARP-WITTED ['ʃɑ:p'witid], *a.* perspicaz; sutil.

SHATTER ['ʃætə], *v.* despedaçar, destroçar, esmigalhar, esfrangalhar; fragmentar; rachar, fender; estragar; frustrar; quebrantar; despedaçar-se. *s.* pedaço, fragmento.

SHATTERPROOF ['ʃætəpru:f], *a.* inquebrável.

SHATTERY ['ʃætəri], *a.* quebradiço, frágil, fraco.

SHAVE [ʃeiv], *v.* fazer a barba, barbear; raspar; roçar, aplainar; extorquir; barbear-se. *s.* ação de barbear, raspar ou cortar; aparar; escapar por um triz. # *by a close shave,* por um triz.

SHAVER ['ʃeivə], *s.* barbeiro; aparelho de

barbear; plaina, aplainador; ladrão, gatuno, velhaco, trampolineiro, trapaceiro, espertalhão, interesseiro.

SHAVING ['ʃeiviŋ], *s.* ato de barbear-se ou de raspar; *pl.* raspadura, raspas, aparas; fitas de carpinteiro.

SHAVING-BRUSH ['ʃeiviŋbrʌʃ], *s.* pincel de barba.

SHAVING-SET ['ʃeiviŋset], *s.* estojo de barba.

SHAWL [ʃɔ:l], *s.* manta, xale, mantilha.

SHE [ʃi:], *pron.* ela. *s.* fêmea.

SHEAF [ʃi:f], *s.* molho, feixe; roldana. *pl.* **SHEAVES.** *v.* enfeixar, juntar, entrouxar, fazer molhos.

SHEAR [ʃiə], *pret.* **SHEARED** ou (arc.) **SHORE,** *pp.* **SHEARED** ou **SHORN.** *v.* tosquiar, tosar, aparar, cortar rente; despojar. *s.* tosquia, tosquiadela.

SHEARER ['ʃiərə], *s.* segador.

SHEARS [ʃiəz], *s.* tesouras grandes (para tosquiar).

SHEATH [ʃi:θ], *s.* estojo, caixa, forro, bainha; (bot.) espata.

SHEATHE [ʃi:ð], *v.* embainhar, debruar, forrar, pôr bainha; meter na bainha; forrar um navio.

SHEAVE [ʃi:v], *s.* roldana. *v.* ajuntar, ligar, unir, reunir.

SHEAVES [ʃi:vz], *pl.* de **SHEAF.**

SHE-BEAR ['ʃi:'bɛə], *s.* ursa.

SHE-CAT ['ʃi:'kæt], *s.* gata.

SHED [ʃed], *pret.* e *pp.* **SHED.** *v.* derramar, verter, vazar, entornar, espalhar, deixar cair, desprender; largar; mudar; desprender-se. *s.* alpendre, telheiro, galpão, barraca, barracão, abrigo; palhoça, cabana; oficina.

SHEDDER ['ʃedə], *s.* derramador; animal que muda pele, penas ou cornos.

SHEELITE ['ʃi:lait], *s.* xelita.

SHEEN [ʃi:n], *s.* brilho, resplendor, lustre; clarão.

SHEEP [ʃi:p], *pl.* **SHEEP.** *s.* carneiro; rebanho; pele de carneiro; parvo, tolo, basbaque, simplório; documento em pergaminho. # *cast* (ou *make) sheep's eyes,* namorar, lançar olhares ternos. *one may as well be hanged for a sheep as for a lamb,* perdido por um, perdido por dois; desgraça pouca é bobagem.

SHEEP-DOG ['ʃi:pdɔg], *s.* cão pastor.

SHEEP-HOOK ['ʃi:phuk], *s.* cajado de pastor; bordão.

SHEEPISH ['ʃi:piʃ], *a.* acanhado, envergonhado, encabulado; tímido, medroso, pusilânime.

SHEEPISHNESS ['ʃi:piʃnis], *s.* pulsilanimidade, timidez, acanhamento.

SHEEPMAN ['ʃi:pmən], *s.* (E.U.) criador de carneiros.

SHEEPSKIN ['ʃi:p-skin], *s.* pergaminho, diploma.

SHEER [ʃiə], *a.* puro; sem misturas; cabal, completo, consumado; claro, límpido; delgado, fino, delicado, ligeiro; abrupto, escarpado. *adv.* de uma vez; completamente; de um golpe. *s.* balanço do navio; desvio do navio; curvatura do convés. *v.* dar guinadas; desviar-se do rumo (o navio); guinar. # *sheer off,* ir-se, desaparecer.

SHEET [ʃi:t], *s.* lâmina; folha; lençol; placa, extensão de águas. *v.* embrulhar num lençol; amortalhar; envolver; estender-se em folhas ou lâminas. # *sheet balance,* (com.) balanço geral. *sheet steel,* (met.) chapa de aço.

SHEET-ANCHOR ['ʃi:t-æŋkə], *s.* âncora mestra; (fig.) tábua de salvação.

SHEET-CALENDAR ['ʃi:t'kælində], *s.* folhinha.

SHEETING ['ʃi:tiŋ], *s.* pano para lençóis; metal laminado.

SHE-GOAT ['ʃi:'gout], *s.* cabra. *V.* **NANNY-GOAT.**

SHEIK(H) [ʃeik, ʃek, ʃi:k], *s.* xeique, xeque (chefe de tribo árabe).

SHELF [ʃelf], *pl.* **SHELVES.** *s.* prateleira, cantoneira, estante; aparador; banco de areia; abrolho; escolho. # *to be on the shelf,* estar posto de lado, (com.) estar encalhado.

SHELL [ʃel], *s.* casca; pele; escama; concha; carcaça; bainha, folhelho; vagem; invólucro; bomba; projetil, granada; armação, esqueleto ou arcabouço de casa; tampa, cápsula para cartuchos; espécie de barco próprio para regatas; casco do navio. *v.* descascar, despolpar, escamar; meter na bainha; bombardear; lançar projetis; descascar-se; lascar. # *as easy as shelling peas,* extremamente fácil. *shell mound,* sambaqui. *shell out,* (gír.) pagar. *shell still,* alambique. *shell still battery,* (petr.) bateria de destiladores.

SHELLAC [ʃə'læk, 'ʃelæk], *v.* envernizar com goma-laca; (gír.) espancar; derrotar. *s.* goma-laca.

SHELLACKING [ʃə'lækiŋ], *s.* (gír.) (E.U.) surra, pancadaria, esculacho (na polícia).

SHELLER ['ʃələ], *s.* descascador; desengaçadeira.

SHELL-FISH ['ʃəlfiʃ], *s.* marisco e outros moluscos de concha. *pl.* **SHELL-FISH, SHELL-FISHES.**

SHELL-SHOCK ['ʃelʃɔk], *s.* neurose de guerra.

SHELLY ['ʃeli], *a.* coberto ou cheio de conchas; escamoso.

SHELTER ['ʃeltə], *s.* abrigo, refúgio, cobertura, guarida, asilo, resguardo, amparo; proteção; defensor, protetor. *v.* abrigar; resguardar, albergar, asilar, acolher; encobrir; proteger, defender, amparar; pôr-se em seguro, resguardar-se; refugiar-se; acobertar-se.

SHELTERLESS ['ʃeltəlis], *a.* desabrigado, desamparado.

SHELVE [ʃelv], *v.* ir em declive; pôr de lado; pôr numa estante; prover de estantes; demitir; inclinar-se; estar em declive; arquivar (proposta, moção) = (E.U.) *table.*

SHELVES [ʃelvz], *pl.* de **SHELF.**

SHELVING ['ʃelviŋ], *a.* inclinado. *s.* declive; estantes.

SHELVY ['ʃelvi], *a.* inclinado, pendido; (náut.) cheio de escolhos.

SHENANIGAN [ʃ'nænigən], *s.* (E.U.) fraude, embuste, farsa, mistificação; logro = (Ing.) *humbug.*

SHEPHERD ['ʃepəd], *s.* pastor, zagal, pegureiro; pastor (de almas).

SHEPHERDESS ['ʃepədis], *s.* pastora.

SHERBET ['ʃə:bət], *s.* variedade de sorvete.

SHERIFF ['ʃərif], *s.* xerife.

SHERRY ['ʃəri], *s.* xerez (vinho).

SHEW [ʃou], *V.* **SHOW.**

SHIBBOLETH ['ʃibəleθ], *s.* santo-e-senha.

SHIELD [ʃi:ld], *s.* escudo, proteção, blindagem, amparo, defesa; égide; defensor, protetor; (E.U.) distintivo usado pelos agentes de polícia. *v.* escudar, amparar, proteger, defender. # *the other side of the shield,* o outro lado da questão.

SHIFT [ʃift], *s.* substituição, turno, troca; subterfúgio, recurso, meio, expediente, ardil, trama, artimanha, fraude, astúcia; escusa, desculpa; camisa de operário. *v.* substituir, trocar, transferir, revezar, mudar, variar; deslocar; alterar; escapar; iludir, enganar; mudar-se; menear-se; tergiversar; (náut.) desviar. # *rotating shift,* rodízio de turmas. *shift for oneself,* manter-se, lutar pela vida. *shift key,* maiúscula (em máquina de escrever). *shift off,* livrar-se de.

SHIFTER ['ʃiftə], *s.* velhaco, trapaceiro, mentiroso; ajudante de cozinha.

SHIFTINESS ['ʃiftinis], *s.* velhacaria, trapaça, embuste, astúcia.

SHIFTING ['ʃiftiŋ], *s.* artimanha, astúcia, manha, recurso, expediente. *a.* instável, movente, móvel; velhaco, astuto, trapaceiro.

SHIFTLESS [ʃiftlis], *a.* abandonado, desamparado, desvalido, sem recursos; miserável.

SHIFTY ['ʃifti], *s.* velhaco, trapaceiro, astuto.

SHILLING ['ʃiliŋ], *s.* xelim.

SHILLY-SHALLY ['ʃiliʃæli], *v.* demonstrar irresolução; estar indeciso; vacilar, hesitar. *s.* indecisão, irresolução, hesitação. *adv.* com hesitação.

SHIM [ʃim], *s.* cunha, calço; enchimento. *v.* calçar.

SHIMMER ['ʃimə], *v.* tremular, bruxulear, vacilar; tremeluzir, cintilar. *s.* luz vacilante, trêmula.

SHIMMY ['ʃimi], *s* dança norte-americana; trepidação anormal das rodas dianteiras de um automóvel.

SHIN [ʃin], *s.* canela. *v.* trepar, subir, escalar.

SHIN-BONE ['ʃinboun], *s.* tíbia.

SHINDY ['ʃindi], *s.* barulho, tumulto, rolo, briga, contenda; (E.U. gír.) baile.

SHINE [ʃaın], *pret.* e *pp.* **SHONE.** *v.* brilhar, luzir, reluzir, cintilar, tremeluzir, resplandecer; distinguir-se, sobressair, ressaltar; dar lustro, polir, brunir; (E.U.) engraxar = (Ing.) *black.* s. brilho; cintilação, resplendor, claridade; bom tempo. # *shine up to,* esforçar-se por ser agradável a.

SHINER ['ʃainə], *s.* aquilo que brilha; moeda de ouro; engraxate.

SHINGLE ['ʃiŋgl], *v.* cobrir com ripas; ripar. *s.* burgalhão, cascalho ou seixo de praia; sarrafo; ripa; *pl.* (med.) herpes; cobreiro; (E.U. col.) placa, letreiro de escritório ou consultório = (Ing.) *brass plate.* # *have the shingles,* sofrer de herpes.

SHINING ['ʃainiŋ], *a.* brilhante, reluzente, luminoso, resplandecente, ofuscante. *s.* brilho, lustre, esplendor, resplendor, cintilação.

SHINY ['ʃaini], *a.* brilhante, resplandecente, reluzente.

SHIP [ʃip], *s.* navio, nau, barco, embarcação, vapor. *v.* embarcar; expedir, remeter, enviar (por mar); (E.U.) remeter por mar ou por terra; tripular. # *capital ship, man-of-war, ship of war,* vaso de guerra. *free alongside ship* (F.A.S.), posto no costado do navio. *let's ship in,* cotizemo-nos. *ship broker,* corretor de navios. *to launch a ship,* lançar um navio ao mar. *to load a ship,* carregar um navio.

SHIPBOARD ['ʃipbɔ:d], *s.* bordo do navio. # *on shipboard* (ou *on board ship),* a bordo.

SHIPBUILDER ['ʃipbildə], *V.* **SHIPWRIGHT.**

SHIP-FEVER ['ʃipfi:və], *s.* tifo.

SHIPLOAD ['ʃip-loud], *s.* carga do navio, carregamento.

SHIPMASTER ['ʃipmɑ:stə], *s.* capitão do navio.

SHIPMATE ['ʃipmeit], *s.* companheiro de navio, camarada na marinha.

SHIPMENT ['ʃipmənt], *s.* carregamento; expedição, remessa (por mar); (E.U.) remessa por mar ou por terra.

SHIP-OWNER ['ʃip-ounə], *s.* proprietário de navio.

SHIPPER ['ʃipə], *s.* expedidor. # *shipper's export declaration,* guia de exportação.

SHIPPING ['ʃipiŋ], *s.* marinha mercante; expedição; transporte; navegação. # *shipping advice,* aviso de embarque = *shipping notice.*

SHIPPING-BILL ['ʃipiŋbil], *s.* relação das mercadorias embarcadas.

SHIPPING-LIST ['ʃipiŋlist], *V.* **SHIPPING-BILL.**

SHIPSHAPE ['ʃipʃeip], *a.* em ordem; em perfeitas condições. # *make things ship-shape,* arrumar, pôr em ordem.

SHIPWRECK ['ʃip-rek], *s.* naufrágio; destruição, ruína, desastre, desgraça. *v.* naufragar.

SHIPWRIGHT ['ʃip-rait], *s.* construtor naval.

SHIPYARD ['ʃip-jɑ:d], *s.* estaleiro.

SHIRE ['ʃaiə], *s.* condado, comarca, província, distrito.

SHIRE [ʃiə, ʃə], *suf.* terminação que indica condado.

SHIRK [ʃə:k], *v.* esquivar, esquivar-se, evitar, fugir; fazer-se de desentendido. *s.* fujão; tergiversador.

SHIRKER ['ʃəkə], *s.* fujão; tergiversador; desertor.

SHIRT [ʃə:t], *s.* camisa (de homem); blusa de mulher. # *a stuffed shirt,* um bobalhão presumido. *boiled shirt, starched shirt,* camisa engomada. *in one's shirt sleeves,* em mangas de camisa. *keep your shirt on,* não te exaltes, não te afobes. *night shirt,* camisola de dormir, *soft shirt,* camisola sem goma. *sport shirt,* camisa esporte.

SHIRT-BOSOM ['ʃə:tbu:zəm], *s.* (E.U.) peito de camisa = (Ing.) *shirt-front, front.*

SHIRT-FRONT ['ʃə:tfrʌnt], *s.* peito de camisa = (E.U.) *bosom, shirt-bosom.*

SHIRTING ['ʃə:tiŋ], *s.* fazenda para camisa.

SHIRT-TAIL ['ʃə:t-teil], *s.* fralda de camisa.

SHIRTWAIST ['ʃə:tweist], *s.* (E.U.) blusa = (Ing.) *blouse.*

SHIRTY ['ʃə:ti], *a.* zangado.

SHIVER ['ʃivə], *s.* bocado, pedaço, fragmento; calafrio, tremor; roldana. *v.* quebrar, romper, despedaçar; estremecer, sacudir, tremer; tiritar; agitar-se.

SHIVERING ['ʃivəriŋ], *s.* calafrio, arrepio, tremor, estremecimento. *a.* que estremece.

SHIVERING-FIT ['ʃivəriŋfit], *s.* calafrio.

SHIVERY ['ʃivəri], *a.* débil, frágil, quebradiço; friorento; trêmulo.

SHOAL [ʃoul], *s.* banco de areia, baixio; cardume; chusma = (E.U.) *raft. a.* raso, baixo. *v.* reunir-se, ajuntar-se, afluir; ficar mais raso; (mar) encher-se de bancos de areia.

SHOCK [ʃɔk], *s.* choque, encontro, colisão, abalroamento, encontrão, esbarrão; conflito, combate; abalo, comoção; surpresa, ofensa; monte de cereais. *a.* lanzudo, felpudo, cabeludo. *v.* chocar; sacudir, bater; ofender, magoar, desgostar; escandalizar, surpreender; indignar; fazer montes. de cereais.

SHOCKING ['ʃɔkiŋ], *a.* chocante, escandaloso, ofensivo; espantoso, horrível; revoltante, repugnante.

SHOD [ʃɔd], *pret.* e *pp.* de **SHOE.**

SHODDY ['ʃɔdi], *a.* aparente, falso, artificial, falsificado, de falsa aparência; de lã artificial. *s.* falsificação, artigo falsificado.

SHOE [ʃu:], *s.* calçado; sapato = (E.U.) *low shoe;* pneumático; ferradura; calço; descanso de carruagem; (mec.) chumaceira; sapata; (E.U.) botina = (Ing.) *boot. V.* **BOOT.** *v. pret.* e *pp.* **SHOD,** ferrar um animal; calçar; colocar pneumático. # *court shoes,* escarpim. *die in one's shoes,* ter morte violenta, ter morte súbita. *he knows where the shoe pinches,* ele sabe onde lhe aperta o sapato. *now the shoe is on the other foot,* a situação agora é outra. *oxford shoe,* sapato de passeio (para homem). *spiked running shoe,* sapato de corrida. *that is another pair of shoes,* isto é outra coisa, "isto são outros quinhentos" = *that's quite a different pair of shoes. that's where the shoe pintches,* aí é que está o busílis, aí é que a porca torce o rabo = *there's the rub. to shake in one's shoes,* tremer como vara verde.

SHOE-BLACK ['ʃu:blæk], *s.* engraxate = (E.U.) *bootblack.*

SHOEHORN ['ʃu:hɔ:n], *s.* calçadeira.

SHOEING ['ʃu:iŋ], *s.* ação de calçar ou ferrar um animal.

SHOEING-HORN ['ʃu:iŋhɔ:n], *V.* **SHOEHORN.**

SHOELACE ['ʃu:leis], *s.* cordão de sapato. = (E.U.) *shoestring.*

SHOELESS ['ʃu:lis], *a.* descalço; desferrado.

SHOE-MAKER ['ʃu:meikə], *s.* sapateiro.

SHOE-MAKING ['ʃu:meikiŋ], *s.* fabricação de calçado.

SHOER ['ʃu:ə], *s.* ferrador.

SHOESTRING ['ʃu:-striŋ], *s.* (E.U.) cordão de sapato = (Ing.) *shoelace, bootlace;* (E.U.) batata palha. # *on a shoestring,* (E.U.) com pequeno capital.

SHOE-TIE ['ʃu:tai], *V.* **SHOELACE.**

SHONE [ʃɔn], *pret.* e *pp.* de **SHINE.**

SHOO [ʃu:], *v.* escorraçar; enxotar. *int.* xô! fora!

SHOOK [ʃuk], *pret.* de **SHAKE.**

SHOOKS [ʃuks], *s. pl.* aduelas.

SHOOT [ʃu:t], *pret.* e *pp.* **SHOT.** *v.* atirar, disparar; fuzilar, metralhar; matar; arremessar, lançar, jogar; empurrar; aplainar; atravessar; voar; brotar, surgir; germinar; espigar; latejar; sobressair; projetar; fotografar. *s.* tiro; rebento, vergôntea; gomo; lanço; passador, coador; conduta. # *shoot at,* atirar contra. *shoot down,* matar (com um tiro). *shoot forth,* brotar. *shoot up,* crescer rapidamente; surgir.

SHOOTER ['ʃu:tə], *s.* atirador. # *square shooter,* pessoa honesta, leal.

SHOOTING ['ʃu:tiŋ], *s.* caçada; tiro ao alvo; fisgada, pontada, dor aguda.

SHOOTING-GALLERY ['ʃu:tiŋ-gæləri], *s.* barraca de tiro ao alvo.

SHOOTING-STAR ['ʃu:tiŋstɑ:], *s.* estrela cadente.

SHOP [ʃɔp], *s.* loja, estabelecimento, armazém = (E.U.) *store;* oficina, fábrica. *v.* fazer compras, ir às compras. # *all over the shop,* por toda parte. *keep a shop,* dirigir uma loja. *multiple shop(s),* loja(s) em cadeia = (E.U.) *chain store(s). open shop,* (E.U. com.) empresa em que há funcionários sindicalizados ou não. *set up a shop,* abrir uma loja. *talk shop,* conversar sobre assunto de serviço, sobre negócios, sobre a própria profissão, falar do ofício.

SHOP ASSISTANT ['ʃɔpəsistənt], *s.* caixeiro = (E.U.) *sales clerk.*

SHOPGIRL ['ʃɔpgə:l], *s.* caixeira.

SHOPKEEPER ['ʃɔpki:pə], *s.* lojista, varejista = (E.U.) *storekeeper.*

SHOPLIFTER ['ʃɔpliftə], *s.* o que furta em uma loja.

SHOPLIFTING ['ʃɔpliftiŋ], *s.* furto em uma loja.

SHOPMAN ['ʃɔpmən], *s.* lojista, varejista; caixeiro; (E.U.) operário, profissional, oficial.

SHOPPER ['ʃɔpə], *s.* freguês, comprador.

SHOPPING ['ʃɔpiŋ], *s.* ato de olhar as vitrinas ou de fazer compras. # *go shopping,* fazer compras.

SHOP-WALKER ['ʃɔpwɔ:kə], *s.* vigilante interno de casa comercial = (E.U.) *floor-walker.*

SHOP-WINDOW ['ʃɔp'windou], *s.* vitrina.

SHOPWOMAN ['ʃɔpwumən], *s.* caixeira.

SHOPWORN ['ʃɔpwɔ:n], *a.* sujo, desbotado, empoeirado (devido à exposição em loja).

SHORE [ʃɔ:, ʃɔə], *s.* praia, costa; terra; borda, margem; escora, pontão. *v.* escorar, apoiar. # *on shore,* em terra firme.

SHORE-BIRD ['ʃɔ:bə:d], *s.* saracura.

SHORN [ʃɔ:n], *pp.* de **SHEAR.** *a.* sem chifres; mocho.

SHORT [ʃɔ:t], *a.* pequeno, curto; baixo; breve; reduzido, escasso; limitado, insuficiente; conciso; inadequado; próximo; abrupto; pronto (sem dinheiro); quebradiço. *adv.* brevemente. *s.* resumo, sumário; sílaba ou vogal breve; (cin.) filme curto. # *be short of,* carecer de. *cut short,* interromper, cortar (a palavra) = *take up short. fall short,* ser inferior. *for short,* abreviadamente. *in short,* em resumo. *pull up short,* parar subitamente.

SHORTAGE ['ʃɔ:tidʒ], *s.* deficit; falta, deficiência, carência.

SHORTBREAD ['ʃɔ:tbred], *s.* bolinho = (E.U.) *cooky.*

SHORTCAKE ['ʃɔ:tkeik], *s.* espécie de bolo para chá.

SHORT-CIRCUIT ['ʃɔ:t'sə:kit], *s.* (eletr.) curto-circuito. *v.* abreviar, simplificar.

SHORTCOMING [ʃɔ:t'kʌmiŋ], *s.* omissão, falta, deficiência, defeito.

SHORT-CUT ['ʃɔ:tkʌt], *s.* atalho.

SHORTEN ['ʃɔ:tn], *v.* resumir, abreviar, encurtar; cercear; reduzir, diminuir, limitar, restringir; impedir; abreviar-se, encolher-se; encurtar-se.

SHORTENING ['ʃɔ:tniŋ], *s.* abreviação, encurtamento, diminuição, redução.

SHORTHAND ['ʃɔ:thænd], *s.* estenografia, taquigrafia. *a.* estenográfico, taquigráfico. *v.* taquigrafar.

SHORT-HANDED ['ʃɔ:t'hændid], *a.* que tem falta de operários ou auxiliares.

SHORTHANDER ['ʃɔ:thændə], *s.* (col.) taquígrafo.

SHORTHAND TYPIST ['ʃɔ:thænd'taipist], *s.* estenógrafo, taquígrafo = (E.U.) *stenographer.*

SHORTHAND WRITER ['ʃɔ:thænd'raitə], *s.* taquígrafo oficial (em congresso, tribunal, etc.) = (E.U.) *stenographer.*

SHORTLY ['ʃɔ:tli], *adv.* resumidamente, abreviadamente; brevemente, em breve, dentro em breve; rapidamente; bruscamente.

SHORTNESS ['ʃɔ:tnis], *s.* brevidade, curteza, concisão, pequenez; deficiência, imperfeição.

SHORT NOVEL ['ʃɔ:t'nɔvəl], *s.* novela.

SHORTS [ʃɔ:ts], *s. pl.* calças curtas.

SHORT-SIGHTED ['ʃɔ:t'saitid], *a.* míope.

SHORT-SIGHTEDNESS ['ʃɔ:t'saitidnis], *s.* miopia; falta de perspicácia.

SHORT-WAVE ['ʃɔ:tweiv], *s.* (rád.) onda curta *v.* transmitir em ondas curtas.

SHOT [ʃɔt], *pret* e *pp.* de **SHOOT.** *s.* tiro, golpe, pancada; chumbo, bala, metralha, alcance (do tiro); pontaria; cota; parte; jogada; injeção; um gole de bebida. *a.* furta-cor, de cor variada; com reflexos; estragado. *v.* carregar (arma de fogo). # *a shot in the arm,* um estímulo. *big shot,* chefão, indivíduo importante; capitão de indústria. *half shot,* "tocado", "alegre", "alto", meio embriagado. *like a shot,* como um raio, *little shot,* um joão-ninguém. *long shot,* (foto) vista a grande distância. *riddle with shot* ou *balls,* crivar de balas. *to fire one's last shot,* (lit. e fig.) queimar o último cartucho.

SHOTGUN ['ʃɔtgʌn], *s.* (E.U.) espingarda de caça = (Ing.) *fowling-piece.* # *shotgun shell,* (mun.) cartucho para espingarda de caça.

SHOTPROOF ['ʃɔtpru:f], *a.* à prova de bala.

SHOULD [ʃud], *pret.* de **SHALL.**

SHOULDER ['ʃouldə], *s.* espádua, ombro; espalda; quarto dianteiro; suporte, apoio; parte saliente; (mec.) rebaixo, ressalto; rebordo. *v.* empurrar com o ombro; carregar nos ombros; olhar por cima dos ombros; abrir caminho com os ombros. # *fight shoulder to shoulder,* lutar corpo-a-corpo. *give someone the cold shoulder,* tratar alguém com pouco caso. *put one's shoulder to the wheel,* esforçar-se, pôr mãos à obra. *soft shoulder,* (av.) guia da pista está mole. *talk straight from the shoulder,* falar francamente. *turn the cold shoulder,* mostrar-se indiferente.

SHOULDER-BLADE ['ʃouldəbleid], *s.* omoplata.

SHOULDER-BONE ['ʃouldəboun], *V.* **SHOULDER-BLADE.**

SHOULDER-STRAP ['ʃouldə-stræp], *s.* dragona.

SHOUT [ʃaut], *s.* grito, brado; barulho, tumulto; aclamação. *v.* gritar, bradar; exclamar; aclamar; dar vivas; vociferar.

SHOUTING ['ʃautiŋ], *s.* gritaria; clamor; aclamação.

SHOVE [ʃʌv], *s.* impulso, empurrão. *v.* impelir, empurrar, afastar; desviar; impulsionar. # *shove off,* (gír.) ir-se. *shove off!* (náut.) ao largo! *shove up,* escorar.

SHOVEL ['ʃʌvl], *s.* pá de ferro. *v.* amontoar, ajuntar, acumular.

SHOVELBOARD ['ʃʌvlbɔ:d], *s.* jogo de bordo em que se impulsionam discos com uma pá.

SHOVELFUL ['ʃʌvlful], *s.* pazada.

SHOVELING ['ʃʌvliŋ], *s.* trabalho feito com pá.

SHOW [ʃou], *pp.* **SHOWN.** *v.* exibir, mostrar, patentear, expor, demonstrar; provar; justificar; ensinar, explicar; conduzir, guiar, orientar; ter a aparência de, dar mostras de, manifestar, anunciar, representar; mostrar-se. *s.* espetáculo, exibição, revista; manifestação, aparência; ostentação; pompa, esplendor; exterioridade; oportunidade, ocasião; pretexto. # *be shown in,* ser introduzido (em uma sala, etc.). *giveaway show,* programa de rádio ou televisão com a participação do auditório e distribuição de prêmios. *give the show away,* revelar um segredo. *just for show,* para inglês ver. *put on a show,* fingir. *show off,* exibir(-se), mostrar(-se). *show someone in,* introduzir alguém, mandar alguém entrar. *show someone round,* mostrar (uma casa, uma cidade, etc.) a alguém. *show up,* aparecer; apresentar-se; revelar; realçar; destacar-se.

SHOW-BILL ['ʃoubil], *s.* cartaz, letreiro.

SHOW-CASE ['ʃoukeis], *s.* caixa de amostras, mostruário; vitrina interna; "inferninho" (pequeno cabaré).

SHOWDOWN ['ʃoudaun], *s.* relatório, revelação de fatos; prova final. # *to have a showdown,* pôr as cartas na mesa.

SHOWER ['ʃouə], *s.* o que expõe; mostrador, o que mostra.

SHOWER ['ʃauə], *s.* bátega, pancada d'água, aguaceiro, carga d'água; grande quantidade; abundância. *v.* umedecer com a chuva; derramar; espalhar, distribuir com liberalidade.

SHOWER-BATH ['ʃauəbɑ:θ], *s.* banho de chuva.

SHOWERY ['ʃauəri], *a.* chuvoso.

SHOWMAN ['ʃoumən], *s.* empresário; diretor de espetáculos.

SHOWN [ʃoun], *pp.* de **SHOW.**

SHOW-OFF ['ʃouɔf], *s.* exibição, ostentação; (col.) exibicionista. *v.* mostrar-se, pavonear-se.

SHOW-WINDOW ['ʃou'window], *s.* vitrina.

SHOWY ['ʃoui], *a.* esplendoroso, pomposo, magnificente; vistoso; espalhafatoso.

SHRANK [ʃræŋk], *pret.* de **SHRINK.**

SHRAPNEL ['ʃræpnl], *s.* metralha.

SHRED [ʃred], *pret.* e *pp.* **SHRED** ou **SHREDDED.** *v.* retalhar, picar, cortar em pedaços. *s.* pedaço, tira, retalho; partícula, fragmento. # *tear to shreds,* estraçalhar.

SHREDDED ['ʃredid], *a.* retalhado, fragmentado.

SHREW [ʃru:], *s.* víbora, mulher perversa e ranzinza; (zool.) musaranho.

SHREWD [ʃru:d], *a.* perspicaz, sagaz, hábil, astuto; fino; sutil, inteligente; astucioso, velhaco; cortante, agudo.

SHREWDNESS ['ʃru:dnis], *s.* perspicácia, astúcia, sagacidade; finura; agudeza; sutileza.

SHRIEK [ʃri:k], *v.* gritar, guinchar. *s.* guincho, grito agudo.

SHRIEVALTY ['ʃri:vəlti], *s.* cargo de xerife.

SHRIFT [ʃrift], *s.* confissão. # *give* (ou *get*) *short shrift,* tratar (ou ser tratado) com severidade e sumariamente.

SHRIKE [ʃraik], *s.* açor.

SHRILL [ʃril], *v.* guinchar, gritar estridentemente; produzir um som desagradável; chiar. *a.* áspero; agudo, estridente. *s.* som agudo, estridente.

SHRIMP [ʃrimp], *s.* camarão; pigmeu, anão. *v.* pescar camarões; (col.) encolher.

SHRIMPER ['ʃrimpə], *s.* pescador de camarões.

SHRINE [ʃrain], *s.* urna, relicário; ermida, santuário, capela.

SHRINK [ʃriŋk], *pret.* **SHRANK** ou **SHRUNK,**

pp. **SHRUNK** ou **SHRUNKEN.** *v.* contrair--se, encolher-se; estreitar-se; reduzir-se; retirar-se; enfraquecer, abater, sucumbir; diminuir, restringir; retrair. *s.* contração, encolhimento; abatimento; retração. # *shrink at,* apavorar-se com ou ante, ter pavor de. *shrink away (back, from),* recuar, evitar.

SHRINKABLE ['ʃriŋkəbl], *a.* contrátil.

SHRINKAGE ['ʃriŋkidʒ], *s.* redução, encolhimento, diminuição.

SHRIVE [ʃraiv], *v. pret.* **SHROVE,** *pp.* **SHRIVEN.** *v.* confessar, confessar-se; ouvir em confissão; perdoar; absolver.

SHRIVEL ['ʃrivl], *v.* enrugar, enrugar-se, encarquilhar; franzir, encolher, murchar.

SHRIVEN ['ʃrivən], *pp.* de **SHRIVE.**

SHRIVER ['ʃraivə], *s.* confessor.

SHROFF [ʃrɔf], *s.* banqueiro; cambista (na Índia); examinador de moedas (na China).

SHROUD [ʃraud], *s.* sudário, mortalha; abrigo, guarida, amparo, proteção. *v.* amortalhar; abrigar, proteger; encobrir, ocultar-se, refugiar-se.

SHROVE [ʃrouv], *pret.* de **SHRIVE.**

SHROVE-TIDE ['ʃrovtaid], *s.* carnaval.

SHRUB [ʃrʌb], *s.* arbusto.

SHRUBBERY ['ʃrʌbəri], *s.* plantação de arbustos; pequeno bosque, bosquete.

SHRUBBY ['ʃrʌbi], *a.* cheio de arbustos; semelhante a arbusto.

SHRUG [ʃrʌg], *v.* encolher os ombros, dar de ombros. *s.* contração dos ombros, ato de encolher os ombros.

SHRUNK [ʃrʌŋk], *pret.* e *pp.* de **SHRINK.**

SHRUNKEN ['ʃrʌŋkən], *pp.* de **SHRINK.**

SHUCK [ʃʌk], *s.* vagem, casca; pele; concha. *v.* debulhar.

SHUDDER ['ʃʌdə], *v.* tremer, estremecer. *s.* tremor, estremecimento.

SHUFFLE ['ʃʌfl], *s.* confusão, mistura; desordem, balbúrdia; manha, ardil, artifício; fraude, logro. *v.* misturar, confundir, baralhar, embaralhar, pôr em desordem; enredar, iludir, enganar, tramar; prevaricar; arrastar os pés.

SHUFFLEBOARD ['ʃʌflbɔ:d], *s. V.* **SHOVELBOARD.**

SHUFFLER ['ʃʌflə], *s.* embusteiro.

SHUFFLING ['ʃʌfliŋ], *s.* confusão, balbúrdia; evasiva; enredo; embaralhamento de cartas.

SHUN [ʃʌn], *v.* fugir, escapar, evadir-se, evitar.

SHUNT [ʃʌnt], *v.* desviar, colocar derivações; manobrar; (eletr.) derivar. *s.* (eletr.) derivação, desvio; resistência.

SHUNTER ['ʃʌntə], *s.* (estr. f.) guarda-chave.

SHUNTING ['ʃʌntiŋ], *s.* (estr. f.) manobra.

SHUNTING-SWITCH ['ʃʌntiŋswitʃ], *s.* (estr. f.) agulha de desvio.

SHUNTING-YARD ['ʃʌntiŋjɑ:d], *s.* triagem (estr. f.) = (E. U.) *switchyard.*

SHUT [ʃʌt], *pret.* e *pp.* **SHUT.** *v.* fechar, cerrar, tapar, interceptar, interromper, vedar, impedir; destruir; dobrar; pregar; fechar-se. *s.* fechamento, portinhola, postigo, tampa; fim, termo, conclusão, desfecho, epílogo; horizonte. *a.* fechado, cerrado. # *shut from* (ou *off*), excluir. *shut in,* encerrar; impedir a saída. *shut off,* fechar; desligar; apagar. *shut out,* impedir a entrada. *shut up,* encarcerar, fechar. *shut up!* cale a boca!

SHUT-IN ['ʃʌt-in], *s.* (E.U.) inválido = (Ing.) *invalid.*

SHUTTER ['ʃʌtə], *s.* aquilo que tapa, fecha ou obtura; postigo; (fot.) obturador; (constr.) adufa. # *shutter release,* disparador (máq. fot.).

SHUTTING ['ʃʌtiŋ], *a.* ação de tampar ou fechar.

SHUTTLE ['ʃʌtl], *s.* (tec.) lançadeira; (E.U.) trem, automóvel ou outro veículo, que faz pequenas e repetidas viagens de ida e volta.

SHUTTLE-BOMBING ['ʃʌtl'bɔmiŋ], *s.* (mil.) bombardeio em que os aviões passam e repassam sobre o mesmo local.

SHUTTLECOCK ['ʃʌtlkɔk], *s.* peteca.

SHY [ʃai], *a.* acanhado, tímido, desconfiado, arisco, esquivo; recatado, envergonhado. *v.* assustar-se, espantar-se, admirar-se, surpreender-se; fazer desviar; arrojar, lançar; arremessar; evitar; encolher. *s.* sobressalto. susto; prova; lançamento; tentativa, experiência. # *fight shy of,* evitar, fugir de. *once bit, twice shy,* gato escaldado de água fria tem medo.

SHYNESS ['ʃainis], *s.* timidez, acanhamento, recatamento, reserva, vergonha; desconfiança.

SHYSTER ['ʃaistə], *s.* (E.U. col.) rábula.

SIAL [si'æl], *s.* (geol.) sial.

SIALIC [si'ælik], *a.* siálica (diz-se das rochas).

SIAMESE [saiə'mi:z], *s.* e *a.* siamês.

SIBERIAN [sai'biəriən], *s.* e *a.* siberiano.

SIBILANT ['sibilənt], *a.* sibilante.

SIBYL ['sibil], *s.* bruxa; profetisa.

SIBYLLINE ['sibilain], *a.* sibilino, profético.

SICILIAN [si'siliən], *s.* e *a.* siciliano.

SICK [sik], *a.* enfermo, doente; fatigado, cansado, aborrecido; enjoado, nauseado. # *sick and tired of* (ou *sick to death of*), enjoado de, farto de. *sick at,* doente de. *sick at* (e gerúndio) triste por, triste devido a. *sick for,* ansioso por; com saudade de. *sick of,* doente de; farto de, cansado de. *to sick on,* estumar, açular.

SICK [sik], *v.* açular; atacar. # *sick him!* isca! (dito a um cão).

SICKEN ['sikn], *v.* adoecer; debilitar, extenuar; cansar-se; ter náuseas; declinar; desfalecer, aborrecer.

SICKENING ['sikniŋ], *a.* asqueroso, repugnante, nojento, nauseabundo.

SICKISH ['sikiʃ], *a.* nauseabundo, nojento; indisposto, adoentado.

SICKLE ['sikl], *s.* foice; segadeira.

SICKLY ['sikli], *a.* doentio, fraco, débil; lânguido. *adv.* debilmente, languidamente.

SICKNESS ['siknis], *s.* enfermidade, doença, moléstia, indisposição; aborrecimento; enjôo, náusea.

SICKNURSE ['sik'nə:s], *s.* enfermeira.

SICKROOM ['sikrum, 'sikru:m], *s.* quarto de doente.

SIDE [said], *s.* lado, flanco, borda, margem, costado; amurada; declive, vertente; sítio; facção, partido: parte; bando; rosto, face, cara; laço de parentesco. *a.* lateral, oblíquo. *v.* igualar; unir-se; inclinar-se. # *I know on which side my bread is buttered,* sei o que me convém, sei onde está meu interesse. *put on side,* assumir ares de importante. *side with,* tomar o partido de, ser da mesma opinião que, aderir a. *striking side weight,* peso do gongo (relógio). *to take the side of,* tomar o partido de. *wrong side out,* pelo avesso.

SIDEBOARD ['saidbɔ:d], *s.* aparador (móvel).

SIDE-BOARDS ['saidbɔ:dz], *s. See* **SIDE-WHISKERS.**

SIDE-BURNS ['saidbə:nz], *s.* (E.U.) costeletas (barba); pequenas suíças = (Ing.) *side-whiskers.*

SIDE-CAR ['saidkɑ:], *s.* carrinho lateral, preso a uma motocicleta, barquinha de motocicleta.

SIDEFACE ['saidfeis], *s.* perfil.

SIDE-LINE ['saidlain], *s.* linha secundária. *v.* (esp.) impedir um jogador de tomar parte em uma competição.

SIDELONG ['saidlɔŋ], *a.* lateral, oblíquo. *adv.* de esguelha, lateralmente.

SIDEREAL [sai'diəriəl], *a.* sideral, astral, sidéreo.

SIDE-STEP ['saidstep], *s.* passo lateral; estribo (de veículo). *v.* tirar o corpo fora, fugir.

SIDETRACK ['saidtræk], *s.* (E.U.) desvio (estrada de ferro) = (Ing.) *siding. v.* fazer passar para o desvio (estrada de ferro); desviar, pôr de lado; adiar.

SIDEWALK ['saidwɔ:k], *s.* (E.U.) calçada, passeio = (Ing.) *pavement, footpath.*

SIDEWAYS ['saidweiz], *adv.* obliquamente, de lado.

SIDE-WHISKERS ['saidwiskəz], *s.* costeletas (barba); pequena suíças = (E.U.) *side burns.*

SIDEWISE ['saidwaiz]. *V.* **SIDEWAYS.**

SIDING ['saidiŋ], *s.* desvio (estrada de ferro) = (E.U.) *sidetrack.*

SIDLE ['saidl], *v.* andar de lado, de esguelha.

SIEGE [si:dʒ], *s.* cerco, sítio, assédio; assento, trono; banco de artista. # *lay siege to,* sitiar. *raise siege,* levantar cerco.

SIEVE [siv], *s.* crivo, peneira; joeira, ciranda. *v.* peneirar.

SIFT [sift], *v.* passar pelo crivo; joeirar; peneirar; esquadrinhar, examinar; indagar, inquirir; aprofundar, sondar; investigar; separar, dividir. # *sift out,* investigar; inquirir.

SIFTER ['siftə], *s.* peneira; crivo; ciranda; o que peneira ou esquadrinha.

SIFTING ['siftiŋ], *s.* ação de peneirar.

SIGH [sai], *s.* suspiro. *v.* suspirar; dar suspiros, lamentar-se.

SIGHT [sait], *s.* vista, visão; aspecto; perspectiva; cena, espetáculo, quadro; visada, mira; opinião, conceito, modo de ser, parecer; abertura para mirar; pontaria; *pl.* aparelho de pontaria. *v.* alcançar com a vista, avistar; fazer pontaria; fazer mira. # *at sight,* à vista *back tight,* (arm.) alça de mira. *by sight,* de vista. *heave in* (ou *to*) *sight,* aparecer, surgir. *it's a sight!* é uma droga ! *lose sight of,* perder de vista. *out of sight, out of mind,* longe dos olhos, longe do coração. *to catch sight of,* dar com os olhos em.

SIGHT-BILL ['saitbil], *s.* duplicata à vista.

SIGHT-DRAFT ['saitdrɑ:ft], *s.* saque à vista.

SIGHTING ['saitiŋ], *s.* pontaria, mira.

SIGHTLESS ['saitlis], *a.* cego; invisível.

SIGHTLY ['saitli], *a.* belo, bonito, agradável à vista.

SIGHT-SEEING ['saitsi:iŋ], *s.* visita a lugares interessantes.

SIGHTSEER ['saitsi:ə], *s.* aquele que visita lugares interessantes; excursionista.

SIGMA ['sigmə], *s.* sigma.

SIGN [sain], *s.* traço, sinal, marca, indício; rubrica; insígnia; letreiro, tabuleta; signo do zodíaco; símbolo; pegada, rastro; vestígio; sintoma. *v.* rubricar, assinar, assinalar; marcar; representar. # *electric* ou *illuminated sign,* sinal luminoso. *sign and countersign,* senha e contra-senha. *sign on* (ou *off*), (rád.) anunciar o início ou o término de um programa.

SIGNAL ['signl], *s.* sinal, aviso. *a.* assinalado, destacado, memorável, insigne, ilustre, notável. *v.* indicar; fazer sinais.

SIGNAL-BOX ['signlbɔks], *s.* cabina de sinalização (estrada de ferro) = (E.U.) *switch-tower.*

SIGNALIZE ['signəlaiz], *v.* assinalar; fazer sinais.

SIGNALLER ['signələ], *s.* sinaleiro.

SIGNALLING ['signəliŋ], *s.* transmissão de sinais, sinalização.

SIGNALMAN ['signlmən], *s.* sinaleiro.

SIGNAL POST ['signlpoust], *s.* poste de sinalização.

SIGNATORY ['signətəri], *s.* signatário, assinante, subscritor.

SIGNATURE ['signitʃə], *s.* firma, assinatura; prova, marca; sinal; (rád.) prefixo musical = *signature tune.*

SIGNBOARD ['sainbɔ:d], *s.* tabuleta.

SIGNER ['sainə], *s.* signatário, subscritor.

SIGNET ['signit], *s.* selo, sinete.

SIGNIFICANCE [sig'nifikəns], *s.* significado; significação, alcance, sentido; expressão; conseqüência; importância; ênfase, energia.

SIGNIFICANT [sig'nifikənt], *a.* expressivo, significativo, significante, importante; enérgico, severo.

SIGNIFICATION [signifi'keiʃən], *s.* significado, significação.

SIGNIFY ['signifai], *v.* expressar, significar, dar a entender, manifestar, declarar, denotar; representar; importar; valer; simbolizar; ser significativo.

SILAGE ['sailidʒ], *s.* ensilagem.

SILENCE ['sailəns], *s.* silêncio. *int.* silêncio! *v.* fazer calar, impor silêncio; sossegar; acalmar; (mil.) fazer calar uma bateria. # *a pregnant silence,* um silêncio de morte. *silence gives consent,* quem cala consente.

SILENCER ['sailənse], *s.* (mec.) silencioso = (E.U.) *muffler.*

SILENT ['sailənt], *a.* mudo, calado, silencioso, taciturno; sossegado, tranqüilo, calmo, quieto.

SILENTLY ['sailəntli], *adv.* silenciosamente, em silêncio.

SILENT-PARTNER ['sailəntpɑ:tnə], *s.* (E.U.) sócio comanditário = (Ing.) *sleeping-partner.*

SILEX ['saileks], *s.* sílex (= sílice), pederneira.

SILHOUETTE [silu:'et], *s.* silhueta.

SILICA ['silikə], *s.* sílica.

SILICATE ['silikit], *s.* silicato.

SILICON ['silikən], *s.* silício.

SILK [silk], *s.* seda. *a.* de seda. # *silk cotton,* paina (= *kapok*).

SILKEN ['silkən], *a.* de seda; sedoso, lustroso, macio, suave, brando; delicado.

SILK-HAT ['silkhæt], *s.* cartola = (E.U. gír.) *plug hat.*

SILKINESS ['silkinis], *s.* suavidade, brandura; sedosidade.

SILKWORM ['silk-wə:m], *s.* bicho-da-seda.

SILKY ['silki], *a.* de seda; sedoso; macio, suave, lustroso, brilhante.

SILL [sil], *s.* peitoril; soleira.

SILLINESS ['silinis], *s.* bobagem, tolice, estupidez, doidice, loucura.

SILLY ['sili], *a.* tolo, bobo; imbecil, palerma, néscio, idiota, atoleimado; ignorante; simplório; humilde.

SILO ['sailou], *s.* silo.

SILT [silt], *s.* lama, lodo, lameiro; aluvião, vasa; sedimento. *v.* obstruir-se com lodo.

SILURIAN [sai'ljuəriən], *s.* e *a.* (geol.) siluriano, silúrico.

SILVAN, SYLVAN ['silvən], *a.* silvestre.

SILVER ['silvə], *s.* prata; moeda de prata; vaso de prata. *v.* pratear. # *German silver*, alpaca. *to be born with a silver spoon in one's mouth*, nascer em berço de ouro.

SILVERING ['silvəriŋ], *s.* prateação.

SILVER-PLATE ['silvəpleit], *s.* prataria.

SILVER-PLATED ['silvə'pleitid], *a.* prateado, coberto com uma camada de prata; chapeado de prata.

SILVERSMITH ['silvəsmiθ], *s.* artista que trabalha em prata.

SILVERWARE ['silvəwεə], *s.* artigos de prata, prataria, serviço de prata, baixela de prata = (Ing.) *plate*.

SILVER-WEDDING ['silvəwediŋ], *s.* bodas de prata.

SILVERY ['silvəri], *a.* argentino, argênteo, prateado.

SIMILAR ['similə], *a.* homogêneo, similar.

SIMILARITY [simi'læriti], *s.* semelhança, parecença; conformidade; homogeneidade.

SIMILE ['simili], *s.* símile.

SIMILITUDE [si'militju:d], *s.* similitude, semelhança, parecença; comparação.

SIMMER ['simə], *v.* ferver a fogo brando, lentamente.

SIMMERING ['siməriŋ], *s.* fervura a fogo brando.

SIMONY ['saiməni] *s*, simonia.

SIMOOM [si'mu:n], *s.* simum.

SIMPER ['simpə], *s.* sorriso afetado. *v.* sorrir com afetação.

SIMPLE ['simpl], *a.* puro; simples, fácil; ingênuo, inocente; manso, suave; cândido; néscio, tolo, mentecapto; ordinário, insignificante. *s.* simples.

SIMPLE-MINDED ['simpl'maindid], *a.* ingênuo, cândido.

SIMPLE-MINDEDNESS ['simpl'maindidnis], *s.* candura, simplicidade, ingenuidade, inocência.

SIMPLENESS ['simplnis], *s.* simplicidade, inocência; ingenuidade, candura.

SIMPLETON ['simpltən], *s.* simplório = (E.U.) *jay*.

SIMPLICITY [sin'plisiti], *V.* **SIMPLENESS.**

SIMPLIFICATION [simplifi'keiʃən], *s.* simplificação.

SIMPLIFY ['simplifai], *v.* simplificar.

SIMPLY ['simpli], *adv.* simplesmente, meramente, unicamente; ingenuamente.

SIMULACRUM [simju'leikrəm], *s.* simulacro.

SIMULATE ['simjuleit], *v.* fingir, simular.

SIMULATION [simju'leiʃən], *s.* dissimulação, fingimento, hipocrisia, imitação.

SIMULTANEITY [siməltə'niəti], *s.* simultaneidade.

SIMULTANEOUS [siməl'teinjəs], *a.* simultâneo.

SIN [sin], *s.* pecado, falta, transgressão; culpa; ofensa, agravo; maldade. *v.* pecar; errar; cometer uma falta.

SINAPISM ['sinəpizm], *s.* sinapismo.

SINCE [sins], *adv.* desde então, antes, anteriormente. *prep.* desde. *conj.* visto que.

SINCERE [sin'siə], *a.* leal, franco, sincero; verdadeiro, genuíno, real.

SINCERELY [sin'siəli], *adv.* sinceramente, lealmente, francamente, verdadeiramente.

SINCERITY [sin'seriti], *s.* sinceridade, lealdade; cordialidade, franqueza, candura; verdade; retidão, lisura; singeleza.

SINE [sain], *s.* (mat.) seno.

SINECURE ['sainikjuə], *s.* sinecura.

SINEW ['sinju:], *v.* fortalecer. *s.* tendão; poder, força, fortaleza.

SINEWY ['sinju:i], *a.* nervoso, vigoroso, robusto, forte; sólido, firme.

SINFUL ['sinful], *a.* pecaminoso, pecador, culpado.

SINFULNESS ['sinfulnis], *s.* corrupção, maldade, mau comportamento, má conduta; iniqüidade.

SING [siŋ], *pret.* **SANG** ou **SUNG**, *pp.* **SUNG.** *v.* cantar; murmurar (a água); zumbir (os ouvidos); rugir; gorjear; uivar (o vento). # *sing small*, falar em tom humilde.

SINGE [sindʒ], *v.* chamuscar, queimar levemente, prejudicar, danificar.

SINGEING ['sindʒiŋ], *s.* chamusco.

SINGER ['sindʒə], *s.* chamuscador.

SINGER ['siŋə], *s.* cantor, cantora; poeta.

SINGHALESE [siŋgə'li:z], *s.* e *a.* singalês.

SINGING ['siŋiŋ], *s.* canto.

SINGLE ['singl], *a.* solteiro, só, único; singular.

SINGLE-HANDED ['singl'hændid], *a.* desajudado.

SINGLEHEARTED ['siŋgl'hɑ:tid], *a.* sincero; desinteressado.

SINGLENESS ['singlnis], *s.* simplicidade; singeleza; candura, meiguice, ternura; lealdade, franqueza, sinceridade.

SINGLE ENTRY ['siŋglentri], *s.* (cont.) sistema de partidas simples.

SINGLE-MINDED ['siŋgl'maindid], *a.* sincero; ingênuo.

SINGLE-PHASE ['siŋglfeiz], *a.* (eletr.) monofásico.

SINGLE-STATE ['siŋgl-steit], *s.* celibato.

SINGLE TICKET ['singltikit], *s.* bilhete de ida = (E.U.) *one-way ticket.*

SINGLETREE ['singltri:], *s.* (E.U.) balancim (carroça) = (Ing.) *whiffletree, whippletree.*

SINGLY ['singli], *adv.* simplesmente, unicamente, singelamente, separadamente, isoladamente.

SINGSONG ['siŋsɔŋ], *s.* cantarola monótona. *v.* cantar em tom monótono. *a.* monótono (tom, ritmo).

SINGULAR ['siŋgjulə], *s.* (gram.) singular. *a.* singular, peculiar; solado.

SINGULARITY [siŋgju'læriti], *s.* singularidade, simplicidade, particularidade.

SINISTER ['sinistə], *a.* sinistro, funesto, trágico, tétrico; impressionante; aziago, agourento; esquerdo.

SINK [siŋk], *pret.* **SANK** ou **SUNK**; *pp.* **SUNK** ou **SUNKEN.** *v.* afundar, pôr a pique; mergulhar, naufragar, submergir; abater, destruir, extinguir, decair; sucumbir, desabar, desmoronar. *s.* cano de esgoto, sentina; pia; fundo de porão.

SINKABLE ['siŋkəbl], *a.* submergível.

SINKAGE ['sinkidʒ], *s.* imersão; declínio; retrocesso.

SINKER ['siŋkə], *s.* peso que faz mergulhar a linha de pesca.

SINKING ['siŋkiŋ], *s.* submersão, naufrágio; desmoronamento, desabamento; afundamento, torpedeamento.

SINKING-FUND ['siŋkiŋfʌnd], *s.* fundos amortizáveis.

SINLESS ['sinlis], *a.* impecável, limpo, puro, santo; inocente.

SINNER ['sinə], *s.* pecador.

SINUATE ['sinjuit], *a.* sinuoso; (bot.) sinuado (diz-se do bordo da folha).

SINUOSITY [sinju'ɔsiti], *s.* sinuosidade.

SINUOUS ['sinjuəs], *a.* sinuoso, curvo, tortuoso.

SINUS ['sainəs] *s.* (anat.) seio, cavidade óssea; (zool.) sinus.

SINUSITIS [sainə'saitis], *s.* (med.) sinusite.

SIP [sip], *v.* bebericar; sorver. *s.* sorvo, gole, trago.

SIPHON ['saifən], *s.* sifão.

SIPPER ['sipə], *s.* o que bebe; canudo de palha para tomar refresco.

SIPPET ['sipit], *s.* pedaço de pão molhado.

SIR [sə:], *s.* senhor; título dado a baronetes e cavaleiros.

SIRE ['saiə], *s.* senhor (título dado a soberanos); ancestral (pai ou mãe); reprodutor (animal).

SIREN ['saiərin], *s.* sirena (= sereia). *a.* relativo a sereia; fascinante, encantador, sedutor.

SIRLOIN ['sə:lɔin], *s.* lombo de vaca; filé.

SIROCCO [si'rɔkou], *s.* siroco.

SIRUP ['sirəp], *s.* xarope.

SIS [sis], *s.* (col.) abr. de *sister;* (col.) menina; namorada.

SISSY ['sisi], *s.* (E.U. col.) diminutivo de **SIS;** (E.U.) maricas, homem efeminado = (Ing.) *milksop.*

SISTER ['sistə], *s.* irmã, mana; religiosa, freira; soror. *v.* assemelhar-se; ser parecido; ser parente. # *foster sister,* irmã colaça.

SISTER-GERMAN ['sistə'dʒə:mən], *s.* irmã germana.

SISTERHOOD ['sistəhud], *s.* congregação religiosa.

SISTER-IN-LAW ['sistərinlɔ:], *s.* cunhada.

SISTERLY ['sistəli], *a.* afetuoso; de irmã.

SISTRUM ['sistrəm], *s.* sistro.

SIT [sit], *pret* e *pp.* **SAT.** *v.* estar sentado; presidir; posar (modelo); incubar, chocar. #

sit by, sentar-se ao lado de. *sit down,* sentar-se. *sit down hard upon,* (E.U.) opor-se firmemente = (Ing.) *set one's face against. sit for,* pousar para (retrato). *sit up,* fazer vigília. *sit up!* sente-se direito!

SITE [sait], *s.* sítio, terreno, lugar, local; postura; situação, colocação.

SITTER ['sitə], *s.* o que posa para um retrato, modelo; o que está sentado; ave choca; ama-seca = *babysitter.*

SITTING ['sitiŋ], *s.* sessão, conferência, audiência; assunto; ninhada; choco. # *sitting room,* sala de estar.

SITUATE ['sitjueit], *a.* (jur.) situado.

SITUATED ['sitjueitid], *a.* situado.

SITUATION [sitju'eiʃən], *s.* situação, posição, localização; estado; ocupação, emprego.

SITZ-BATH ['sits'ba:θ], *s. V.* **HIP-BATH.**

SIX [siks], *s.* e *a.* seis. # *at sixes and sevens,* em desordem; em desacordo. *it's six of one and half-a-dozen of the other,* tanto faz dar na cabeça como na cabeça dar, dá na mesma.

SIXFOLD ['siksfould], *a.* e *s.* sêxtuplo.

SIXPENCE ['sikspəns], *s.* moeda de seis pence.

SIXPENNY ['sikspəni], *a.* que vale seis pence; barato.

SIXTEEN ['siks'ti:n], *s.* e *a.* dezesseis.

SIXTEENTH ['siks'ti:nθ], *a.* décimo sexto. *s.* dezesseis avos.

SIXTH [siksθ], *s.* e *a.* sexto.

SIXTIETH ['sikstiiθ], *a.* sexagésimo. *s.* a sexagésima parte.

SIXTY ['siksti], *s.* e *a.* sessenta.

SIZABLE ['saizəbl], *a.* de bom tamanho, de tamanho considerável.

SIZE [saiz], *s.* dimensão, tamanho, grossura, medida, número; estatura; calibre; (E.U.) formato = (Ing.) *format. v.* classificar (por tamanho); ajustar, medir. # *be of a size,* ter mais ou menos o mesmo tamanho. *size up,* avaliar o tamanho de.

SIZED [saizd], *a.* calibrado. **-SIZED** (em compostos), de um determinado tamanho. # *middle sized,* de estatura mediana. *full sized,* de corpo inteiro.

SIZZLE ['sizl], *s.* chiado. *v.* chiar; fritar, chamuscar.

SKATE [skeit], *s.* patim; arraia (peixe). *v.* patinar.

SKATER ['skeitə], *s.* patinador.

SKATING ['skeitiŋ], *s.* patinagem, patinação.

SKEDADDLE [ski'dædl], *v.* (col.) fugir. *s.* (col.) fuga.

SKEDADDLER [ski'dædlə], *s.* (col.) fujão, foragido, fugitivo.

SKEIN [skein], *s.* meada.

SKELETON ['skelitn], *s.* esqueleto, carcaça, armação, estrutura, esboço, esquema, planta, projeto. # *a skeleton in the family's cupboard,* um segredo de família. *have a skeleton in one's closet,* ter rabo-de-palha.

SKELETON-KEY ['skelitnki:], *s.* gazua, chave mestra = (E.U.) *pass-key.*

SKELTER ['skeltə], *v.* andar apressadamente; apressar-se.

SKEP [skep], *s.* cesto grosseiro de madeira e vime; cortiço, colmeia.

SKEPTIC ['skeptik], *s.* céptico.

SKEPTICAL ['skeptikəl], *a.* céptico.

SKEPTICISM ['skeptisizm], *s.* cepticismo.

SKETCH [sketʃ], *s.* esquema, esboço, projeto; debuxo, rascunho, borrão; risco, desenho; (teat. e rád.) cena curta; pequena peça. *v.* esboçar, traçar, delinear. # *freehand sketch(ing),* desenho a mão livre.

SKETCHY [sketʃi], *a.* como um esboço, esboçado, projetado; incompleto.

SKEW [skju:], *s.* inclinação. *v.* inclinar, enviesar. *a.* inclinado, enviesado; assimétrico.

SKEWED ['skiju:id], *a.* assimétrico.

SKEWEDNESS ['skju:idnis], *s.* assimetria.

SKEWER [skjuə], *s.* espeto (para carne); florete. *s.* espetar.

SKEWNESS ['skju:nis], *s.* assimetria.

SKI [ʃi:, ski:], *s.* esqui, patim norueguês.

SKIAGRAPH ['skaiəgra:f], *s.* radiografia.

SKID [skid], *s.* calço para roda de veículo; derrapagem de automóvel; suporte; (av.) patim de aterrisagem. *v.* calçar; derrapar, patinar (aut.).

SKIFF [skif], *s.* esquife (barco).

SKILFUL ['skilful], *a.* hábil, destro, ágil, perito.

SKILFULNESS ['skilfulnis], *s.* habilidade, destreza, agilidade, perícia, prática.

SKILL [skil], *s.* jeito, habilidade, perícia; ciência, competência, preparo, saber.

SKILLED [skild], *a.* hábil, perito, jeitoso, prático.

SKILLET ['skilit], *s.* caçarola; (E.U.) frigideira.

SKIM [skim], s. espumar, escuma; ato de escumar. *v.* espumar, escumar; desnatar; folhear (um livro); ler por alto, estudar superficialmente.

SKIMMER ['skimə], *s.* espumadeira, escumadeira, desnatadeira; gaivota negra.

SKIMP [skimp], *v.* cercear, restringir; ser mesquinho.

SKIMPINESS ['skimpinis], *s.* mesquinhez, avareza, economia; imperfeição.

SKIMPY ['skimpi], *a.* poupado, reduzido; parcimonioso.

SKIN [skin], *s.* pele, casca, couro, invólucro; forro. *v.* tirar a pele, esfolar; cobrir ou cobrir-se de peles. # *by the skin of one's teeth,* por um triz. *jump out of one's skin,* pular de surpresa. *skin over,* cicatrizar.

SKINFLINT ['skinflint], *a.* mesquinho, miserável, somítico, sovina, avaro. *s.* usurário, avarento = (E.U.) *tightwad.*

SKINNER ['skinə], *s.* esfolador.

SKINNINESS ['skininis], *s.* magreza, debilidade.

SKINNING ['skiniŋ], *s.* forro.

SKINNY ['skini], *a.* magro, abatido, fraco.

SKIP [skip], *s.* pulo, salto. *v.* pular, saltar, saltitar. # *skip it,* (E.U. gír.) deixa pra lá, não penses nisso. *skip-tracing,* (com.) localização de credor de endereço ignorado.

SKIP-JACK ['skipdʒæk], *s.* João Paulino (boneco que fica sempre em pé).

SKIPPER ['skipə], *s.* comandante de navio; patrão de barco; saltador; saltão.

SKIPPING ['skipiŋ], *s.* salto, pulo.

SKIPPING-ROPE ['skipiŋroup], *s.* corda de pular.

SKIRMISH ['skə:miʃ], *s.* escaramuça, luta, peleja, rixa, contenda, combate. *v.* escaramuçar, lutar, pelejar, combater.

SKIRT [skə:t], *s.* saia; fralda, borda, orla; extremidade, ponta; aba (peso de carne de vaca) = (E.U.) *flank. v.* ladear, costear, marginar, orlar, debruar, guarnecer, cingir; confrontar. # *divided skirt,* saia-calça.

SKIRTING ['skə:tiŋ], *s.* orla; pano para a confecção de saias; *pl.* lã de qualidade inferior.

SKIT [skit], *s.* epigrama; zombaria, motejo.

SKITTISH ['skitiʃ], *a.* leviano, volúvel; frívolo; espantadiço, passarinheiro (cavalo).

SKITTISHNESS ['skitiʃnis], *s.* leviandade, inconstância, frivolidade, desenvoltura.

SKITTLES ['skitlz], *s.* pinos (espécie de boliche).

SKREAK [skri:k], *s.* chiado.

SKULK [skʌlk], *v.* esconder-se; pôr-se de emboscada; ficar à espreita; esquivar-se.

SKULL [skʌl], *s.* crânio; cérebro.

SKULL-CAP ['skʌl-kæp], *s.* cocuruto da cabeça; barrete de dormir.

SKUNK [skʌŋk], *s.* (zool.) jaritataca (= cangambá, iritataca, jaguaré, etc.); indivíduo desprezível; (E.U. gír.) surra, derrota (no jogo). *v.* (E.U. gír.) dar uma surra, derrotar (no jogo).

SKY [skai], *s.* céu, firmamento. *v.* levantar, elevar, erguer. # *sky advertising, sky writing, aerial advertising,* publicidade no espaço.

SKY-BLUE ['skaiblu:], *s.* azul-celeste.

SKYEY ['skaii], *a.* (poes.) etéreo; semelhante ao céu.

SKYLARK ['skailɑ:k], *s.* calhandra; cotovia. *v.* galhofar, pilheriar; fazer travessuras.

SKYLIGHT ['skailait], *s.* clarabóia; escotilha.

SKYLINE ['skailain], *s.* horizonte.

SKY-ROCKET ['skai-rɔkit], *s.* foguete. *v.* subir vertiginosamente.

SKYSAIL ['skaiseil], *s.* (náut.) sobrinho.

SKYSCAPE ['skai-skeip], *s.* vista, ou panorama, do céu.

SKYSCRAPER ['skraiskreipə], *s.* arranha-céu.

SKY-TRUCK ['skaitrʌk], *s.* (col.) avião de carga.

SKY-WRITING ['skairaitiŋ], *s.* escrita no espaço (anúncio.).

SLAB [slæb], *s.* fatia, lâmina; lama, lodo. *a.* laminado; profuso; viscoso, pegajoso.

SLABBER ['slæbə], *v.* babar; babar-se. *V.* **SLOBBER.**

SLABBERER ['slæbərə], *s.* babão.

SLACK [slæk], *a.* lasso, frouxo, bambo; oscilante; pendente; negligente. *s.* estagnação; período de inatividade, (mec.) folga; *pl.* calças largas (para esporte). *v.* negligenciar; abrandar; afrouxar. *adv.* frouxamente, lassamente; insuficientemente. # *slack away,* afrouxar. *slack off* (ou *up*), reduzir a velocidade.

SLACKEN ['slækn], *v.* afrouxar; abrandar; diminuir.

SLACKER ['slækə], *s.* poltrão; pessoa que foge ao serviço.

SLACKNESS ['slæknis], *s.* lassidão, frouxidão, relaxamento, moleza, indolência; negligência.

SLAG [slæg], *s.* escória.

SLAIN [slein], *pp.* de **SLAY**.

SLAKE [sleik], *v.* matar (sede); apagar (fogo).

SLAKER ['slækə], *s.* um preguiçoso, um malandro.

SLAM [slæm], *s.* pancada forte; ação de bater violentamente; crítica, censura. *v.* bater violentamente; censurar severamente.

SLANDER ['slændə], *s.* difamação, calúnia, injúria, ultraje. *v.* difamar, caluniar, injuriar, ultrajar.

SLANDERER ['slændərə], *s.* difamador, caluniador.

SLANDERING ['slændəriŋ], *s.* maledicência, calúnia; difamação. *a.* maldizente, difamador, caluniador.

SLANDEROUS ['slændərəs], *a.* caluniador, difamador.

SLANG [slæŋ], *s.* gíria, calão.

SLANGUAGE ['slæŋgwidʒ], *s.* gíria.

SLANT [slɑ:nt], *s.* inclinação, declive; obliqüidade; (E.U.) tendência. *a.* em declive, inclinado.

SLANTING ['slɑ:ntiŋ], *a.* inclinado para o lado, oblíquo.

SLANTWISE ['slɑ:ntwaiz], *adv.* obliquamente, de soslaio, de esguelha.

SLAP [slæp], *s.* bofetada, tapa, palmada. *v.* dar uma bofetada ou palmada; esbofetear. *adv.* de repente; bruscamente.

SLAP-BANG ['slæp'bæŋ], *adv.* repentinamente, bruscamente; violentamente. *a.* repentino, brusco.

SLAPDASH ['slæpdæʃ], *adv.* repentinamente, violentamente; ao acaso; como um raio. *a.* negligente, descuidado, irrefletido.

SLAP-JACK ['slæpdʒæk], *s.* panqueca.

SLAPSTICK ['slæpstik], *s.* bastão de palhaço.

SLASH [slæʃ], *s.* cutilada, talho, corte, golpe. *v.* acutilar, retalhar, cortar; (E.U.) reduzir (despesas, preços, salários, etc.).

SLAT [slæt] *s.* ripa.

SLATCH [slætʃ], *s.* estiagem (bom tempo); brisa, aragem.

SLATE [sleit], *s.* lousa, ardósia; (E.U.) lista de candidatos, chapa eleitoral. *V.* **TICKET.** *v.* cobrir com ardósia; criticar severamente, condenar.

SLATTERN ['slætə:n], *s.* mulher desleixada.

SLATTERNLY ['slætə:nli], *adv.* desmazeladamente, negligentemente, desleixadamente. *a.* negligente, desleixado, desmazelado.

SLATY ['sleiti], *a.* semelhante a ardósia.

SLAUGHTER ['slɔ:tə], *s.* massacre, carnificina, matança, mortandade. *v.* matar, trucidar. abater (gado).

SLAUGHTERHOUSE ['slɔ:təhaus], *s.* matadouro.

SLAUGHTEROUS ['slɔ:tərəs], *a.* mortífero, destruidor.

SLAVE [sleiv], *s.* escravo, escrava. servo. *v.* mourejar; escravizar.

SLAVE-HOLDER ['sleivhouldə], *s.* senhor de escravos, amo.

SLAVER ['sleivə], *s.* navio negreiro; traficante de escravos.

SLAVER ['slævə], *s.* baba. *v.* babar, babar-se.

SLAVERY ['sleivəri], *s.* escravidão.

SLAVERY ['slævəri], *a.* babão, baboso; babado.

SLAVE-SHIP ['sleivʃip], *s.* navio negreiro.

SLAVE-TRADE ['streivtreid], *s.* tráfico de escravos.

SLAVEY ['sleivi], *s.* (col.) criada para todo serviço.

SLAVIC ['slævik], *s.* e *a.* eslavo.

SLAVISH ['sleiviʃ], *a.* baixo, vil; servil; miserável; tirânico.

SLAVISHNESS ['sleiviʃnis], *s.* servilismo, baixeza, vileza, vilania.

SLAVONIC [slə'vɔnik], *a.* eslavônico.

SLAY [slei], *pret.* **SLEW,** *pp.* **SLAIN.** *v.*

matar, imolar, arruinar, destruir. *s.* pente de tecelão.

SLAYER ['sleiə], *s.* assassino.

SLEAVE [sli:v], *s.* seda crua, seda em rama.

SLEAZY ['sleizi, sli:zi], *a.* franzino; fino, delgado.

SLED [sled], (E.U.) trenó = (Ing.) *sledge.*

SLEDGE [sledʒ], *s.* trenó = (E.U.) *sled;* malho. *v.* viajar ou transportar em trenó; malhar.

SLEEK [sli:k], *a.* suave, brando, macio, delicado; insinuante; liso, polido. *s.* alisar.

SLEEP [sli:p], *pret.* e *pp.* **SLEPT.** *v.* dormir; fazer a sesta. *s.* sono; sesta. # *drop off to sleep,* pegar no sono. *sleep over,* consultar o travesseiro. *sleep soundly,* dormir profundamente = *sleep like a log* ou *like a top.*

SLEEP-DRUNK ['sli:pdrʌŋk], *a.* tonto de sono.

SLEEPER ['sli:pə], *s.* dorminhoco; travessa; dormente = (E.U.) *tie, cross-tie;* (E.U.) sócio comanditário = (Ing.) *sleeping-partner;* (E.U.) carro-dormitório (estrada de ferro) = (Ing.) *sleeping car(-riage).*

SLEEPINESS ['sli:pinis], *s.* sono, sonolência, letargia.

SLEEPING ['sli:piŋ], *s.* sono. *a.* dormente; soporífero; que serve para dormir.

SLEEPING-CAR ['sli:piŋka:], *s.* carro-dormitório (estrada de ferro) = (E.U.) *sleeper.*

SLEEPING-PARTNER ['sli:piŋpa:tnə], *s.* sócio comanditário = (E.U.) *sleeper, silent-partner.*

SLEEPLESS ['sli:plis], *a.* sem sono; tresnoitado.

SLEEP-WALKER ['sli:pwɔ:kə], *a.* sonâmbulo.

SLEEP-WALKING ['sli:pwɔ:kiŋ], *s.* sonambulismo.

SLEEPY ['sli:pi], *a.* sonolento, letárgico; preguiçoso; tolo.

SLEET [sli:t], *s.* geada; chuva com neve.

SLEETY ['sli:ti], *a.* que causa ou traz neve; de chuva e neve.

SLEEVE [sli:v], *s.* manga (parte do vestuário). # *have something up one's sleeve,* ocultar alguma coisa, ter uma intenção oculta. *laugh up one's sleeve,* rir-se à socapa.

SLEEVELESS ['sli:vlis], *a.* sem mangas.

SLEIGH [slei], *s.* trenó. *v.* viajar ou transportar em trenó. *V.* **SLEDGE.**

SLEIGHT [slait], *s.* ardil, manha, astúcia. # *sleight of hand,* prestidigitação; truque de prestidigitador; escamoteação.

SLENDER ['slendə], *a.* delgado, fino, magro, esguio, esbelto, elegante; pobre, mesquinho, insuficiente, fraco.

SLENDERNESS ['slendənis], *s.* debilidade.

SLEPT [slept], *pret.* e *pp.* de **SLEEP.**

SLEUTH [slu:θ], *s.* sabujo, cão de caça grossa; (E.U.) detetive, investigador. *v.* investigar (um crime).

SLEUTHHOUND ['slu:θ'haund], *s.* cão de caça; (E.U. fig.) detetive, investigador.

SLEW [slu:], *pret.* de **SLAY.**

SLICE [slais], *s* fatia, talhada; tira; posta; fio de um instrumento cortante; gume. *v.* cortar em fatias, talhar, retalhar.

SLICK [slik], *s.* superfície lisa ou escorregadia. *v.* alisar; tornar escorregadio. *a.* escorregadio; liso; esperto; destro; inteligente; simples, absoluto. *adv.* exatamente; completamente.

SLICKENSIDE ['slikənsaid], *s.* (geol.) espelho tectônico.

SLICKER ['slikə], *s.* (E.U.) capa de borracha sem cinto = (Ing.) *a loose water-proof.*

SLID ['slid], *pret.* e *pp.* de **SLIDE.**

SLIDDEN ['slidn], *pp.* de **SLIDE.**

SLIDE [slaid], *s.* escorregadura, resvaladouro; declive; plano inclinado, corrediça; escorrega; fivela: desmoronamento; diapositivo; lâmina. *v. pret.* **SLID,** *pp.* **SLID** ou **SLIDDEN,** resvalar, deslizar, escorregar, escoar-se, fluir. # *cover slide,* lamínula. *slide fastener,* fecho relâmpago = *zipper. slide rule,* régua de calcular.

SLIDER [slaidə], *s.* o que resvala; corrediça.

SLIGHT [slait], *s.* desprezo, indiferença, desconsideração, desfeita; negligência, descuido, descaso. *a.* ligeiro, leve, fino, fraco, fútil, medíocre; desdenhoso. *v.* desprezar, desdenhar, menosprezar.

SLIGHTING ['slaitiŋ], *s.* desprezo, indiferença, descaso, negligência. *a.* desdenhoso.

SLIGHTLY ['slaitli], *adv.* ligeiramente, superficialmente, levemente; descuidadamente, despreocupadamente.

SLIGHTNESS ['slaitnis], *s.* insignificância; pequenez, debilidade, fraqueza; displicência negligência.

SLIM [slim], *a.* esbelto, magro, delgado; airoso, leve, ligeiro, insignificante; insuficiente; tênue.

SLIME [slaim], *s.* lodo, limo, lama. *v.* enlamear; enlodar.

SLIMINESS ['slaiminis], *s.* magreza, finura; fragilidade; insignificância.

SLIMY ['slaimi], *a.* viscoso, pegajoso; lamacento; lodoso.

SLING [sliŋ], *s.* funda (para atirar pedras); atadura, faixa, bandoleira; boldrié; cabo para guindar. *v.* guindar, elevar, erguer, suspender; arremessar; atar (um cabo). *pret.* e *pp.* **SLUNG.**

SLINGER ['sliŋə], *s.* fundibulário.

SLINGSHOT ['sliŋʃɔt], *s.* (E.U.) atiradeira, estilingue = (Ing.) *catapult.*

SLINK [sliŋk], *pret.* e *pp.* **SLUNK.** *v.* safar-se, fugir; dar à luz prematuramente.

SLIP [slip], *s.* escorregadela, resvaladura; escorregão; passo em falso; falta; pequeno erro; recuo da hélice; plano inclinado; enxerto; estaca; (geol.) rejeito; combinação (peça de vestuário feminino); (tip.) linguado, prova de paquê. *v.* escorregar, resvalar, deslizar, fazer deslizar; soltar, desatar, livrar-se de; cair em falta; fugir, escapulir; desaparecer; introduzir-se sutilmente; deslocar-se; fugir da memória. # *give someone the slip,* escapar da perseguição de alguém, despistar alguém. *give the slip,* sair sorrateiramente. *slip away,* escapulir. *slip off,* fugir. *slip of the pen,* erro de grafia. *slip of the tongue,* lapso verbal; dito impensado ou involuntário. *there's many a slip 'twixt the cup and the lip,* do prato à boca perde-se a sopa.

SLIPBOARD ['slipbɔ:d], *s.* (teat.) bastidor; tábua de corrediça.

SLIPKNOT ['slipnɔt], *s.* nó corrediço.

SLIP-ON ['slipɔn], *s.* pulôver.

SLIPPER ['slipə], *s.* chinelo, chinela; espécie de avental para crianças; plaina; aquele que escorrega; (mec.) sapata.

SLIPPERY ['slipəri], *a.* escorregadio; movediço; incerto; lúbrico, lascivo.

SLIPPING ['slipiŋ], *s.* escorregadela, escorregadura, escorregão; deslize.

SLIPPY ['slipi], *a.* escorregadio; inconstante, incerto; instável, irregular; lúbrico.

SLIPSHOD ['slipʃɔd], *a.* indolente, preguiçoso, desmazelado.

SLIPSLOP ['slipslɔp], *s.* bebida ordinária; zurrapa; descuido de linguagem; conversa fútil.

SLIP-UP ['slip-ʌp], *s.* (E.U.) erro, engano, descuido.

SLIPWAY ['slipwei], *s* plano inclinado.

SLIT [slit], *s.* fenda, brecha, racha. *pret.* e *pp.* **SLIT** ou **SLITTED.** *v.* fender, rachar; abrir brecha.

SLITHER ['sliðə], *v.* escorregar, resvalar, deslizar.

SLIVER ['slivə], *s.* fatia, lasca; posta; tira. *v.* rachar, fender; dividir violentamente.

SLOBBER ['slɔbə], *s.* baba. *v.* babar, babar-se. # *slobber swing,* giro gigante (na barra).

SLOE [slou], *s.* ameixeira brava; abrunho.

SLOG [slɔg], *s.* pancada forte. *v.* bater fortemente.

SLOGAN ['slougən], *s.* grito de guerra; lema; frase habitual; palavra de passe.

SLOOP [slu:p], *s.* corveta, chalupa.

SLOP [slɔp], *s.* água derramada; mancha; zurrapa; *pl.* água suja; roupa barata; (petr.) rejeito. *v.* derramar; manchar, sujar.

SLOP-DASH ['slɔpdæʃ], *s.* chá frio e fraco.

SLOPE [sloup], *s.* obliqüidade, rampa, declive; vertente; falda, sopé; escarpa; inclinação; chanfradura. *v.* ir em declive, inclinar-se; esguelhar; fugir, desaparecer.

SLOPING ['sloupiŋ], *a.* oblíquo, inclinado.

SLOPPY ['slɔpi], *a.* lamacento; úmido, molhado; sujo; descuidado; confuso, desarrumado, desordenado.

SLOP-SHOP ['slɔpʃɔp], *s.* belchior.

SLOT [slɔt], *s.* rasto, pista, vestígio, traço; fenda, brecha; buraco, abertura; ranhura.

SLOTH [slouθ], *s.* (zool.) preguiça; preguiça, indolência; vagar, lentidão; inércia.

SLOTHFUL ['slouθful], *a.* indolente, preguiçoso, negligente, descuidado; inativo.

SLOT-MACHINE ['slɔtməʃi:n], *s.* caça-níqueis (máquina).

SLOUCH [slautʃ], *s.* indivíduo de andar desengonçado; atitude desengonçada.

SLOUCH-HAT ['slautʃhæt], *s.* chapéu de feltro de abas largas.

SLOUCHING ['slautʃiŋ], *a.* inclinado, pendente; vagaroso; grosseiro.

SLOUGH [slau], *s.* lamaçal; paul, afoleiro, tremedal; degradação; abismo. *v.* atolar-se.

SLOUGH [slʌf], *s.* pele de animal; (med.) escara. *v.* separar-se (o tecido morto do são); mudar a pele (animais); largar; deixar; descartar-se (no jogo).

SLOUGHY [slaui], *a.* lamacento.

SLOUGHY ['slʌfi], *a.* relativo ou semelhante a escariosa, escara.

SLOVEN ['slʌvn], *s.* pessoa desalinhada e pouco asseada.

SLOVENLINESS ['slʌvnilinis], *s.* sujidade, porcaria, falta de asseio; desalinho, descuido.

SLOVENLY ['slʌvnli], *a.* desalinhado, desmazelado, porco.

SLOW [slou], *a.* lento, vagaroso, tardo, tardio, descansado, preguiçoso; indolente; estúpido; atrasado (relógio). *adv.* lentamente. *v.* dar menos força à máquina; diminuir a velocidade. # *slow up,* diminuir a marcha.

SLOW-COACH ['sloukoutʃ], *s.* moleirão, molenga, molengão.

SLOWLY ['slouli], *adv.* lentamente, vagarosamente, indolentemente.

SLOWNESS ['slounis], *s.* lentidão, vagar; preguiça, negligência.

SLUDGE [slʌdʒ], *s.* lama; borra; sedimentos.

SLUG [slʌg], *s.* lesma.

SLUGGARD ['slʌgəd], *s.* mandrião.

SLUGGISH ['slʌgiʃ], *a.* preguiçoso, indolente, vadio, vagabundo, ocioso; frouxo; inerte.

SLUGGISHNESS ['slʌgiʃnis], *s.* preguiça, indolência, inércia, lentidão, frouxidão.

SLUICE [slu:s], *s.* comporta, eclusa; canal, corrente.

SLUM [slʌm], *s.* favela; bairro pobre.

SLUMBER ['slʌmbə], *s.* sonolência; sono ligeiro; repouso, descanso. *v.* dormitar; repousar, descansar; estar sonolento.

SLUMBERER ['slʌmbərə], *s.* dorminhoco.

SLUMBERING ['slʌmbəriŋ], *s.* ação de dormitar. *a.* sonolento.

SLUMBEROUS ['slʌmbərəs], *a.* sonolento; calmo; pacífico.

SLUMP [slʌmp], *s.* lugar pantanoso; paul, charco; fracasso; baixa ou queda (de preços). *v.* quebrar; falhar; desmoronar-se.

SLUNG [slʌŋ], *pret.* e *pp.* de **SLING**.

SLUNK [slʌŋk], *pret.* e *pp.* de **SLINK**.

SLUR [slə:], *s.* mancha; desdouro; exprobação; observação, reparo; (mús.) modulação. *v.* sujar, manchar; lograr; (mús.) modular; passar ligeiramente.

SLUSH [slʌʃ], *s.* lama de neve derretida; sebo; graxa.

SLUSHY ['slʌʃi], *a.* lamacento, lodoso; de neve derretida.

SLUT [slʌt], *s.* mulher desmazelada.

SLUTTISH [slʌtiʃ], *a.* porco, sujo; desalinhado, desarrumado, desmazelado.

SLY [slai], *a.* manhoso, astuto, dissimulado, hipócrita, fingido, falso. # *on the sly,* sorrateiramente, às escondidas.

SLYNESS ['slainis], *s.* dissimulação, manha, astúcia, sagacidade.

SMACK [smæk], *s.* gosto, sabor; prova (de comida ou bebida); palmada; estalo; beijo estrepitoso; pequena porção; som agudo. *v.* beijar ruidosamente; dar palmadas; bater; cheirar; ter sabor; dar estalos com a boca. # *smack of,* parecer, ter o sabor de.

SMACKER ['smækə], *s.* beijo, beijoca; sopapo; (E.U. gír.) dólar.

SMALL [smɔ:l], *a.* pequeno; baixo; miúdo; tênue; módico, razoável; débil; brando, suave; mesquinho. *s.* pessoa pequena; miniatura, coisa pequena; a parte mais fina de qualquer coisa. *adv.* em pedacinhos; em miniatura; suavemente; desdenhosamente.

SMALL-BEER ['smɔ:lbiə], *s.* cerveja fraca; (fig.) ninharia, bagatela; café-pequeno; pessoa ou coisa sem importância .

SMALL-FRY ['smɔ:lfrai], *s.* peixinhos; arraia miuda; pessoas sem importância; criançada;

miuçalha, animais pequenos ou novos; coisas insignificantes.

SMALL-HOLDER ['smɔ:l'houldə], *s.* pequeno lavrador.

SMALLNESS ['smɔ:lnis], *s.* pequenez, curteza; exigüidade; insignificância.

SMALL-POX ['smɔ:lpɔks], *s.* varíola.

SMALL-PRINT ['smɔ:lprint], *s.* letra miúda.

SMALL-TALK ['smɔ:l-tɔ:k], *s.* conversa sobre assuntos gerais; conversa fútil.

SMALLTIME ['smɔ:ltaim], *a.* sem importância, de pouca monta.

SMALL-WARES ['smɔ:lwɛəz], *s.* artigos miúdos; miudezas.

SMALT [smɔ:lt], *s.* esmalte.

SMART [smɑ:t] *a.* esperto, ladino, sabido, vivo, ativo, diligente; hábil, engenhoso; pungente; picante, acerbo, ferino, mordaz, irônico; inteligente; chique, elegante; vestido com apuro; vigoroso; severo; violento. *s.* aflição, dor lancinante, pungente. *v.* doer, arder, sentir dor.

SMART ALECK ['smɑ:t-'ælik], *s.* (E.U.) sabichão, palpiteiro = (Ing) *know-all.*

SMARTEN ['smɑ:tn], *v.* aformosear, embelezar; tornar elegante; avivar.

SMARTNESS ['smɑ:tnis], *s.* agudeza, vivacidade, penetração; elegância, distinção; sutileza, astúcia; violência (de uma dor); talento.

SMASH [smæʃ], *s.* quebra, falência, bancarrota; acidente, colisão; impacto. *v.* quebrar; despedaçar, arrombar; falir. # ***smash hit,*** sucesso de bilheteria.

SMASHER ['smæʃə], *s.* aquele que esmaga; passador de moeda falsa; chantagista.

SMASHING ['smæʃiŋ], *a.* esmagador, violento; (gír.) estupendo.

SMATTER ['smætə], *v.* conhecer superficialmente, "arranhar"; falar superficialmente. *s.* tintura; noção ligeira, rudimentar.

SMATTERING ['smætəriŋ], *s.* "tintura", noção ligeira; conhecimento superficial.

SMAZE [smeiz], *s.* ar contaminado dos centros urbanos.

SMEAR [smiə], *s.* substância gordurosa. *v.* untar; engordurar; sujar; difamar.

SMEARY ['smiəri], *a.* viscoso, pegajoso, untuoso.

SMELL [smel], *pret.* e *pp.* **SMELT.** *v.* cheirar, farejar; perceber, suspeitar; descobrir. *s.* olfato, faro; cheiro, perfume, aroma, odor; mau cheiro, fedor. # *smell at something,* cheirar alguma coisa. *smell good* (ou *bad*), cheirar bem (ou mal). *smell of* = cheirar a.

SMELLER ['smələ], *s.* o que cheira ou fareja.

SMELL-FEAST ['smelfi:st], *s.* pão-de-ló-de-festa, papa-jantares; parasita. *V.* **CAKE-EATER.**

SMELLING-BOTTLE ['smeliŋbɔtl], *s.* frasco com sais para cheirar *(smelling salts).*

SMELLING-SALTS ['smeliŋsɔ:lts], *s.* sais para cheirar.

SMELLY ['smeli], *a.* fedorento, malcheiroso.

SMELT [smelt], *pret.* e *pp.* de **SMELL.** *s.* espécie de salmão. *v.* fundir, derreter.

SMELTER ['smeltə], *s.* fundidor.

SMELTERY ['smeltəri], *s.* fundição (oficina, fábrica).

SMELTING ['smeltiŋ], *s.* fusão.

SMILE [smail], *s.* sorriso, riso; graça, favor, obséquio; (gír.) trago. *v.* sorrir, rir; ser generoso, favorecer; (gír.) beber de um trago. # *smile at,* sorrir para; olhar com indiferença. *smile on* (ou *upon*), favorecer.

SMILING ['smailiŋ], *a.* risonho, contente, sorridente, alegre.

SMIRCH [smə:tʃ], *s.* nódoa, mancha. *v.* enodoar, sujar, manchar; diminuir; rebaixar, aviltar.

SMIRK [smə:k], *s.* sorriso afetado. *v.* sorrir forçada ou afetadamente; fingir ternura.

SMIRKER ['smə:kə], *s.* aquele que sorri afetadamente.

SMIRKY ['smə:ki], *a.* que sorri afetadamente.

SMIST [smist], *s. V.* **SMAZE.**

SMIT [smit], *pret.* e *pp.* de **SMITE.**

SMITE [smait], *pret.* **SMOTE** ou **SMIT.** *pp* **SMITTEN, SMIT** ou **SMOTE.** *v.* ferir, golpear; matar; bater; castigar, afligir; mover; excitar; destruir; bater-se; chocar-se.

SMITH [smiθ], *s.* forjador de metais; ferreiro.

SMITHEREENS [smiðə'ri:nz], *s. pl.* pedacinhos.

SMITHERS ['smiðəz], *s. pl. V.* **SMITHEREENS.**

SMITHERY ['smiθəri], *s.* forja; ferraria; oficina de ferreiro ou forjador, a profissão de ferreiro ou forjador.

SMITHY ['smiθi], *s.* forja; oficina de ferreiro ou forjador.

SMITTEN ['smitn], *pp.* de **SMITE.**

SMOCK [smɔk], *s.* blusa; camisa de mulher, casaco de operário; avental.

SMOCK-FROCK ['smɔk'frɔk], *s.* guarda-pó.

SMOG [smɔg], *s.* ar contaminado dos centros urbanos, mistura de fumaça e neblina *(smoke* e *fog).*

SMOKE [smouk], *s.* fumaça, fumo, fumada. *v.* fumegar, arder, fumar; defumar, farejar, cheirar; descobrir, pressentir; irritar-se; ridicularizar. # *end in smoke,* dar em nada. *smoke out,* revelar, descobrir, apontar, desmascarar.

SMOKELESS ['smouklis], *a.* sem fumaça, sem fumo.

SMOKER ['smoukə], *s.* fumante, (col.) sala ou carro de fumar.

SMOKE SCREEN ['smoukskri:n], *s.* cortina de fumaça.

SMOKESTACK ['smoukstæk], *s.* chaminé (navio, fábrica, etc.).

SMOKINESS ['smoukinis], *s.* fumosidade.

SMOKING ['smoukiŋ], *s.* ação de fumar. # *no smoking,* é proibido fumar.

SMOKING-COAT ['smoukiŋkout], *s.* paletó para uso caseiro.

SMOKING-JACKET ['smoukiŋdʒækit], *s.* paletó usado em casa para fumar.

SMOKING-ROOM ['smoukiŋrum], *s.* sala de fumar.

SMOKY ['smouki], *a.* fumegante, fumarento, fumoso; sujo de fumo.

SMOLT [smoult], *s.* salmonete.

SMOOTH [smu:ð], *a.* polido, liso; unido; igual; plano; suave, tranqüilo, manso, brando, macio; uniforme, regular; lisonjeiro, afável, amável, cortês; adulador. *v.* alisar, aplainar, unir, igualar; polir; suavizar, abrandar, amaciar; pacificar. # *smooth away* (ou *out*), alizar, apagar. *smooth down,* moderar. *smooth over,* encobrir (faltas).

SMOOTHING-IRON ['smu:ðiŋaiən], *s.* ferro de engomar.

SMOOTHING-PLANE ['smu:ðiŋplein], *s.* cepilho.

SMOOTHING-PLANER ['smu:ðiŋpleinə], *s.* (mec.) desempenadeira.

SMOOTHLY ['smu:ðli], *adv.* lisamente; suavemente, brandamente.

SMOOTHNESS ['smu:ðnis], *s.* lisura; suavidade, brandura; igualdade.

SMOOTH-TONGUED ['smu:ðtʌŋd], *a.* lisonjeiro.

SMOTE [smout], *pret.* e *pp.* de **SMITE.**

SMOTHER ['smʌðə], *v.* abafar, sufocar; oprimir; encobrir.

SMOULDER ['smouldə], *v.* lavrar (o fogo); arder lentamente; estar latente.

SMUDGE [smʌdʒ], *s.* nódoa, mancha; fumaça sufocante. *v.* manchar, enegrecer, enodoar, tisnar.

SMUDGY ['smʌdʒi], *a.* sujo, manchado, enodoado; tisnado; fumegante.

SMUG [smʌg], *s.* peralta, peralvilho; janota; (col.) estudante cavador, "crente" = (E.U.) *dig. a.* presumido, convencido; elegante. *v.* limpar; (col.) furtar.

SMUGGLE ['smʌgl], *v.* contrabandear; fazer contrabandos. # *smuggle up to,* aconchegar-se a.

SMUGGLER ['smʌglə], *s.* contrabandista.

SMUGGLING ['smʌgliŋ], *s.* fraude; contrabando.

SMUGGNESS ['smʌgnis], *s.* presunção, convencimento; janotice, janotismo.

SMUT [smʌt], *s.* mancha; fuligem; linguagem obscena; obscenidade. *v.* tisnar, manchar; enfarruscar-se; sujar; encher-se de mofo.

SMUTCH [smʌtʃ], *V.* **SMUDGE.**

SMUTTINESS ['smʌtinis], *s.* tisna, mancha; sujeira; indecência, obscenidade; torpeza.

SMUTTY ['smʌti], *a.* sujo, tisnado; enfarruscado; obsceno.

SNACK [snæk], *s.* refeição ligeira.

SNACK-BAR ['snækbɑ:], *s.* bar em que se servem refeições ligeiras.

SNAFFLE ['snæfl], *s.* bridão. *v.* pôr o bridão no cavalo.

SNAG [snæg], *s.* saliência, nó na madeira, protuberância. # *strike a snag,* encontrar um embaraço, esbarrar com uma dificuldade, com um empecilho.

SNAGGED ['snægd], *a.* nodoso; cheio de tocos.

SNAGGY ['snægi], *V.* **SNAGGED.**

SNAIL [sneil], *s.* (zool.) caracol. # *snail's pace,* passo de cágado.

SNAKE [sneik], *s.* serpente, cobra. *v.* enrolar em espiral (corda, arame, etc.). # *scotch the snake,* cortar o mal pela cabeça.

SNAKY ['sneiki], *a.* com serpentes; serpentiforme, serpentino; astuto, velhaco, enganador; fino; finório.

SNAP [snæp], *s.* estalo, ruído brusco; golpe seco; dentada; mola; (cul.) espécie de bolachinha; vivacidade, energia, vigor; sinecura; pechincha; (fot.) instantâneo; *pl.* (gír.) algemas. *a.* improvisado. *v.* quebrar, rachar, partir; estalar; agarrar, morder; interromper alguém; dar uma dentada; tirar um instantâneo; insultar, admoestar, repreender; partir-se. # *a cold snap,* uma onda de frio. *a soft snap,* um trabalho facílimo. *snap at,* abocanhar; retrucar.

SNAPDRAGON ['snæpdrægən], *s.* boca-de-dragão.

SNAPFASTENER ['snæp'fɑ:snə], *s.* colchete de pressão.

SNAPPER ['snæpə], *s.* o que faz estalar, pessoa que dá um golpe; batedor; bala de estalo; (gír.) patrão; capataz; *pl.* castanholas.

SNAPPISH ['snæpiʃ], *a.* petulante, grosseiro, mordaz, sarcástico; rabujento; teimoso.

SNAPPISHNESS ['snæpiʃnis], *s.* aspereza; impertinência, mau humor.

SNAPPY ['snæpi], *a.* petulante, arisco; (E.U. col.) chique, elegante; (E.U.) movimentado (jogo) = (Ing.) *lively;* (E.U.) frio, tiritante, que faz tiritar = (Ing.) *crisp.*

SNAPSHOT ['snæpʃɔt], *s.* instantâneo fotográfico; tiro rápido. *v.* tirar ou bater instantâneos; disparar bruscamente.

SNAPSHOTTY ['snæpʃɔti], *a.* improvisado; informal.

SNARE [snɛə], *s.* laço, armadilha. *v.* apanhar no laço; enredar; embaraçar, emaranhar.

SNARL [snɑ:l], *s.* briga, contenda, rixa, barulho, rosnadura; nó; fio embaraçado, emaranhado; (E.U.) confusão, embrulhada, complicação = (Ing.) *tangle. v.* resmungar, reclamar, rosnar; enredar, embaraçar, emaranhar, confundir.

SNARLING ['snɑ:liŋ], *a.* que rosna; raivoso, irritado; resmungão, rabugento.

SNATCH [snætʃ], *s.* fragmento, pedaço, partícula; bocado; pequeno trecho (música); breve espaço de tempo. *v.* agarrar; apanhar prepicitadamente; arrebatar, tirar; levar; arrancar; esforçar-se por. # *snatch away,* arrebatar.

SNATCHER ['snætʃə], *s.* o que arrebata ou agarra; gatuno, ladrão.

SNEAK [sni:k], *s.* homem vil, baixo, ordinário; gatuno, ladrão. *v.* portar-se vilmente; andar de rastos; abaixar-se, agachar-se; furtar, roubar, surripiar (= surrupiar). # *a poor sneak,* um pobre diabo. *a soapy sneak,* um bajulador. *sneak in,* entrar sorrateiramente. *sneak off,* safar-se. *sneak thief,* descuidista.

SNEAKER ['sni:kə], *s.* indivíduo perverso; *pl.* (E.U.) sapatos de tênis = (Ing.) *tennis shoe.*

SNEAKING ['sni:kiŋ], *a.* vil, baixo, ordinário, servil; oculto, encoberto; sorrateiro.

SNEER [sniə], *s.* olhar de desprezo; escárnio; riso de mofa. *v.* escarnecer, troçar, mofar; zombar de; olhar com desprezo.

SNEERER ['sniərə], *s.* escarnecedor, trocista, chacoteador.

SNEERING ['sniəriŋ], *a.* escarnecedor.

SNEEZE [sni:z], *s.* espirro. *v.* espirrar. # *sneeze at,* desdenhar.

SNEEZING ['sni:ziŋ], *s.* ação de espirrar. *a.* (med.) esternutatório.

SNICK [snik], *s.* corte, incisão, talho; entalhe. *v.* cortar; talhar, entalhar, fazer entalhes.

SNICKER ['snikə], *V.* **SNIGGER.**

SNIFF [snif], *s.* olfato; aspiração, fungação; absorção pelo nariz. *v.* fungar; sorver; aspirar.

SNIFFY ['snifi], *a.* desdenhoso.

SNIGGER ['snigə], *s.* riso meio abafado. *v.* rir-se à socapa; falar abafando o riso.

SNIGGLE ['nigl], *v.* apanhar; cevar, engordar; pescar enguias.

SNIP [snip], *s.* tesourada, corte de tesoura; recorte, retalho; alfaiate. *v.* cortar, recortar, retalhar (com tesoura); tesourar.

SNIPE [snaip], *s.* narceja; idiota, tolo; (E.U.) bagana, ponta de charuto ou cigarro; (mil.) tiro de tocaia. *v.* caçar; passarinhar; atirar de tocaia.

SNIPER ['snaipə], *s.* atirador isolado; franco atirador; vigia.

SNIPPER ['snipə], *s.* alfaiate.

SNIPPER-SNAPPER ['snipə'snæpə], *s.* pessoa insignificante.

SNIPPET ['snipit], *s.* recorte, retalho, fragmento, apara.

SNIPPETY ['snipiti], *a.* trivial, banal, comum, sem importância, insignificante.

SNIP-SNAP ['snipsnæp], *s.* diálogo picante. *adv.* e *int.* zás-zás (onomatopéia de uma tesoura a cortar).

SNIVEL ['snivl], *s.* ranho, muco. *v.* choramingar, lamuriar, lamentar; deitar muco.

SNIVELLER ['snivlə], *s.* chorão, manhoso; ranhoso.

SNIVELLING ['snivliŋ], *a.* choroso, manhoso; ranhoso. *s.* ação de chorar, choro.

SNOB [snɔb], *s.* esnobe, pretensioso, orgulhoso, enfatuado.

SNOBBERY ['snɔbəri], *s.* parlapatice; vaidade, orgulho.

SNOBBISH ['snɔbiʃ], *a.* esnobe, orgulhoso, enfatuado.

SNOBBISM ['snɔbizm], *s.* esnobismo.

SNOOK [snu:k], *v.* cheirar; fungar. *s.* fungadela; gesto de desdém (fiau). # *cock a snook,* fazer fiau a (ou para).

SNOOKER (POOL) ['nu:kə (pu:l)], *s.* sinuca, espécie de bilhar de 22 bolas.

SNOOKS [snu:ks], *int.* fiau!

SNOOP [snu:p], *v.* (E.U.) bisbilhotar = (Ing.) *pry.* *s.* bisbilhoteiro = (Ing.) *pry.*

SNOOPING ['snu:piŋ], *a.* que bisbilhota = (Ing.) *prying.*

SNOOZE [snu:z], *s.* sesta; soneca. *v.* fazer a sesta; cochilar, dormitar.

SNORE [snɔ:, snɔə], *s.* ronco. *v.* roncar.

SNORT [snɔ:t], *s.* ronco, urro. *v.* resfolegar; bufar; roncar, urrar. # *to take a snort,* (gír.) tomar um gole.

SNOUT [snaut], *s.* tromba, focinho: bico, ponta; cano (de fole).

SNOUTED ['snautid], *a.* focinhudo.

SNOUTY ['snauti], *a.* semelhante a um focinho.

SNOW [snou], *s.* neve, nevada; embarcação com dois mastros; inverno; (gír.) cocaína. *v.* nevar.

SNOW-BALL ['snoubɔ:l], *s.* bola de neve.

SNOW-CAP ['snou-kæp], *s.* capa de neve no topo de uma montanha.

SNOW-CAPPED ['snou-kæpt], *a.* coberto de neve.

SNOW-DRIFT ['snoudrift], *s.* monte de neve acumulada pelo vento.

SNOWDROP ['snoudrɔp], *s.* (bot.) campainha branca.

SNOW-FLAKE ['snoufleik], *s.* floco de neve.

SNOW-SLIP ['snou-slip], *s.* avalanche.

SNOW-STORM ['snou-stɔ:m], *s.* tempestade de neve.

SNOW-WHITE ['snou'wait], *a.* nevado, alvo. branco como a neve.

SNOWY ['snoui], *a.* níveo, branco, alvo; puro, imaculado.

SNUB [snʌb], *s.* reprimenda, repreensão, admoestação; falta de atenção; desprezo. *a.* largo, achatado; com a ponta levantada, arrebitada (nariz). *v.* tratar com desprezo; repelir com grosseria; acolher mal; depreciar, desfazer de.

SNUB-NOSE ['snʌbnouz], *s.* nariz chato e arrebitado.

SNUB-NOSED ['snʌbnouzd], *a.* de nariz chato e arrebitado.

SNUFF [snʌf], *s.* rapé; pitada; coto de vela; aborrecimento. *v.* tomar rapé; aspirar, farejar; sorver. # *to snuff at,* torcer o nariz. *to snuff out,* (gír.) esticar as canelas, morrer.

SNUFFER [snʌfə], *s.* tabaquista.

SNUFFLE ['snʌfl], *s.* som fanhoso. *v.* falar fanhoso; fungar, aspirar.

SNUFFLER ['snʌflə], *s.* pessoa fanhosa.

SNUFFY ['snʌfi], *a.* com cheiro de rapé; sujo de rapé.

SNUG [snʌg], *a.* abrigado, resguardado, agasalhado; confortável, cômodo. *s.* (mec.) rebordo. *v.* ajudar, acomodar, aplainar.

SNUGGLE ['snʌgl], *v.* aninhar-se.

SNUGNESS ['snʌgnis], *s.* conforto, comodidade, tranqüilidade.

SO [sou], *adv.* e *conj.* assim, assim como; portanto, por conseguinte; de modo que; tão, tanto, então; suposto que. # *and-so-on* (ou *and-so-forth),* e assim por diante. *or so,* mais ou menos. *so-and-so,* fulano de tal. *so as to* (ou *so that*), de maneira que, a fim de. *so be it*, assim seja. *so far*, até aqui, até agora. *so long!* até logo. *so much the better*, tanto melhor. *so that's that*, e é isso, é assim (ao concluir uma declaração). *so what?* (E.U. col.) e daí = *what of it?*

SOAK [souk], *v.* embebedar; empapar, ensopar; (E.U. col.) explorar (no preço) = (Ing.) *overcharge, swindle.* s. ação de embebedar; borracho, ébrio, bêbedo (= bêbado); bebedeira; orgia.

SOAKAGE ['soukidʒ], *s.* ação de embebedar(-se).

SOAKER ['soukə], *s.* beberrão, bêbedo (=bêbado), borracho, ébrio.

SOAKING ['soukiŋ], *s.* ação de embebedar; ação de molhar. # *to be soaking*, "estar de molho", estar de cama. *soaking wet*, encharcado.

SOAKY ['souki], *a.* molhado, ensopado; encharcado, empapado.

SO-AND-SO ['souənsou], *s.* fulano.

SOAP [soup], *s.* sabão; (gír.) peita, "bola", (dinheiro de suborno). *v.* ensaboar. # *soft soap*, lisonja.

SOAP-BALL ['soupbɔ:l], *s.* sabonete.

SOAP-BUBBLE ['soupbʌbl], *s.* bola de sabão.

SOAP-OPERA ['soup'ɔpərə], *s.* (gír.) novela radiofônica.

SOAP-SUDS ['soupsʌdz], *s.* água ou espuma de sabão.

SOAPY ['soupi], *a.* ensaboado; saponáceo; untuoso; brando: mole; adulador; escorregadio.

SOAR ['sɔ:, sɔə], *s.* vôo elevado; rasgo, estro. *v.* adejar, pairar, elevar-se.

SOB [sɔb], *s.* soluço, *v.* soluçar.

SOBBING ['sɔbiŋ], *s.* soluço

SOBER ['soubə], *a.* sóbrio; abstêmio; não embriagado; moderado; sensato, prudente; modesto. *v.* tornar-se sóbrio; sossegar. # *sober down*, sossegar.

SOBERNESS ['soubənis], *s.* sobriedade, temperança, moderação, prudência.

SOBRIETY [sou'braiəti]. *V.* **SOBERNESS.**

SO-CALLED ['sou'kɔ:ld], *a.* suposto; assim chamado.

SOCCER ['sɔkə], *s.* futebol "association". *V.* **RUGBY FOOTBALL.**

SOCIABILITY [souʃə'biliti], *s.* sociabilidade.

SOCIABLE ['souʃəbl], *a.* sociável, social, comunicativo, dado. *s.* espécie de carro; sofá (E.U.) recepção, festa.

SOCIABLENESS ['souʃəblnis], *V.* **SOCIABILITY.**

SOCIAL ['souʃəl], *a.* sociável, social, amável, afável; gregário.

SOCIALISM ['souʃəlizm], *s.* socialismo.

SOCIALIST ['souʃəlist], *s.* e *a.* socialista.

SOCIALISTIC [souʃə'listik], *a.* socialista.

SOCIALITE ['souʃəlait], *s.* (E.U.) pessoa da alta sociedade, um grã-fino.

SOCIALLY ['souʃəli], *adv.* socialmente.

SOCIETY [sə'saiəti], *s.* comunidade; grêmio; sociedade; alta-roda.

SOCIOLOGIST [sousi'ɔlədʒist], *s.* sociólogo.

SOCIOLOGY [sousi'ɔlədʒi], *s.* sociologia.

SOCK [sɔk], *s.* meia curta, escapim; soco, tamanco.

SOCKET ['sɔkit], *s.* a parte oca de qualquer coisa; mancal; encaixe, pedestal. (eletr.) tomada. # *socket of the eye* (ou *eye-socket*), órbita do olho. *socket of a tooth*, alvéolo de um dente.

SOCKETING ['sɔkitiŋ], *s.* (carp.) junção de peças de madeira.

SOCKET-WRENCH ['sɔkit-rentʃ], *s.* (mec.) chave de caixa, chave fêmea.

SOD [sɔd], *s.* torrão. *a.* relvoso. *v.* cobrir com relva.

SODA ['soude], *s.* soda.

SODA-ASH ['soudə'æʃ], *s.* barrilha.

SODA-FOUNTAIN ['soudəfauntin], *s.* balcão de refrescos.

SODALITY [sou'dæliti], *s.* congregação, confraria, irmandade.

SODDEN ['sɔdn], *a.* molhado, encharcado, empapado; fervido; saturado; mal cozido.

SODIUM ['soudjəm], *s.* sódio. # *sodium bicarbonate*, bicarbonato de sódio. *sodium chloride*, cloreto de sódio, sal de cozinha.

SODOMY ['sɔdəmi], *s.* sodomia.

SOEVER [sou'evə], *suf.* que se apõe a **WHO, WHEN, WHERE, HOW,** etc., para generalizar-lhes o sentido: quem quer que seja, quando quer que seja, onde quer que seja, como quer que seja ou por mais que, etc.

SOFA ['soufə], *s.* sofá, divã, canapé.

SOFFIT ['sɔfit], *s.* (arq.) intradorso.

SOFT [sɔft], *a.* mole, macio, tenro; brando, suave, terno, afetivo; afável; fraco, flexível; sibilante; doce (água); baixo (som); sem álcool (bebida). *adv.* de mansinho, devagar; calmamente, sossegadamente. *int.* suspenda! alto! pare! devagar! # *soft drink,* bebida sem álcool. *soft iron,* ferro doce, ferro maleável. *soft-soap,* lisonja; bajular. *soft water,* água doce; água da chuva.

SOFTEN ['sɔfn], *v.* amaciar; abrandar.

SOFTENING ['sɔfniŋ], *a.* emoliente. s. amolecimento; brandura, enternecimento; suavidade.

SOFTLY ['sɔftli], *adv.* devagar; suavemente, brandamente; ternamente; baixinho.

SOFTNESS ['sɔftnis], *s.* suavidade, brandura, ternura, amabilidade, afabilidade; efeminação; macieza (= maciez); doçura.

SOFT-PEDAL [sɔftpedl], *v.* (E.U.) abafar, amortecer.

SOFT-WITTED ['sɔft'witid], *a.* imbecil.

SOGGY [sɔgi], *a.* encharcado, empapado.

SOIL [sɔil], *s.* solo, terra; país, região, lugar; mancha, sujeira, porcaria; pântano; paul. *v.* manchar, sujar; empanar-se; sujar-se. # *soil pipe,* cano de esgoto; tubo de descarga (para esgoto). *zonal soil,* (geol.) solo zonal.

SOILING ['sɔiliŋ], *s.* ação de sujar.

SOJOURN ['sɔdʒə:n], *s.* residência provisória. *v.* residir temporariamente.

SOJOURNER ['sɔdʒə:nə], *s.* o que reside temporariamente.

SOL [sɔl], *s.* sol. # *old Sol,* o Sol.

SOL [sɔl], *s.* sol (nota musical).

SOLACE ['sɔləs], *s.* alívio, consolo, consolação. *v.* consolar, confortar, aliviar.

SOLAR ['soulə], *a.* solar.

SOLD [sould], *pret.* e *pp.* de **SELL**.

SOLDER ['sɔldə], *s.* solda. *v.* soldar.

SOLDERER ['sɔldərə], *s.* soldador.

SOLDERING ['sɔldəriŋ], *s.* soldadura. # *soldering lamp,* maçarico. *soldering spirit,* ácido muriático.

SOLDIER ['souldʒə], *s.* soldado; militar.

SOLDIERY ['souldʒəri], *s.* tropa, soldadesca.

SOLE [soul], *s.* planta do pé; sola; parte inferior de alguma coisa. *a.* só, solteiro, único, sozinho, exclusivo. *v.* pôr solas. # *sole agent,* agente exclusivo.

SOLE [soul], *s.* solha.

SOLECISM ['sɔlisizm], *s.* solecismo; rata, ato inoportuno.

SOLELY ['soulli], *adv.* somente, unicamente.

SOLEMN ['sɔləm], *a.* solene, grandioso, majestoso, imponente; pomposo (estilo).

SOLEMNITY [sə'lemniti], *s.* solenidade, majestade, cerimônia, pompa, esplendor; gravidade, seriedade.

SOLEMNIZE (ISE) ['sɔləmnaiz], *v.* solenizar, celebrar pomposamente.

SOLEMNLY ['sɔləmli], *adv.* solenemente.

SOL-FA [sɔl'fɑ:], *s.* solfejo. *v.* solfejar.

SOLFEGGIO [sɔl'fedʒiou], *s.* solfejo.

SOLICIT [sə'lisit], *v.* pedir, rogar, solicitar, pretender; importunar, instigar, induzir.

SOLICITATION [səlisi'teiʃən], *s.* solicitação, pedido, rogo; incitação.

SOLICITOR [sə'lisitə], *s.* solicitador; advogado = (E.U.) *attorney;* pretendente; procurador; (E.U.) propagandista, reclamista, agente = (Ing.) *canvasser.*

SOLICITOR-GENERAL [sə'lisitə'dʒenərel], *s.* assistente do procurador-geral da Coroa (na Inglaterra) ou do Estado (nos Estados Unidos).

SOLICITOUS [sə'lisitəs], *a.* solícito.

SOLICITUDE [sə'lisitju:d], *s.* solicitude.

SOLID ['sɔlid], *s.* sólido. *a.* sólido, resistente, compacto, consistente; firme; duro, maciço; completo; unânime.

SOLIDARITY [sɔli'dæriti], *s.* solidariedade.

SOLIDIFICATION [səlidifi'keiʃən], *s.* solidificação.

SOLIDIFY [sə'lidifai], *v.* solidificar.

SOLIDITY [sə'liditi], *s.* consistência, firmeza, solidez.

SOLIDNESS ['sɔlidnis], *s.* consistência, firmeza, solidez, dureza.

SOLILOQUIZE [sə'liləkwaiz], *v.* soliloquiar.

SOLILOQUY [sə'liləkwi], *s.* solilóquio.

SOLITAIRE [sɔli'tɛə], *s.* solitário (anel); paciência (jogo de cartas).

SOLITARINESS ['sɔlitərinis], *s.* retiro, solidão, soledade; ermo; remanso.

SOLITARY ['sɔlitəri], *s.* solitário, ermitão. *a.* só, sozinho; solitário, retirado.

SOLITUDE ['sɔlitju:d], *s.* solidão; soledade.

SOLO ['soulou], *s.* solo (jogo); solo (mús.).

SOLOIST ['soulouist], *s.* (mús.) solista; aviador solitário.

SO-LONG ['sou'lɔŋ], *int.* adeus; até já; até logo.

SOLSTICE ['sɔlstis], *s.* solstício.

SOLUBILITY [sɔlju'biliti], *s.* solubilidade.

SOLUBLE ['sɔljubl], *a.* solúvel.

SOLUTION [sə'lu:ʃən], *s.* solução, saída; resolução; explicação; separação.

SOLVABILITY ['sɔlvə'biliti], *s.* solvabilidade, solubilidade.

SOLVABLE ['sɔlvəbl], *a.* solúvel, solvente, dissolúvel; pagável.

SOLVE [sɔlv], *v.* solver, dissolver, resolver; explicar, aclarar, esclarecer.

SOLVENCY ['sɔlvənsi], *s.* solvência, solvabilidade.

SOLVENT ['sɔlvənt], *a.* solvente, solvável. *s.* dissolvente.

SOMBRE, SOMBER ['sɔmbə], *a.* triste, sombrio, escuro, melancólico.

SOMBRERO [sɔm'brεərou], *s.* sombreiro (chapéu).

SOME [sʌm], *a.* e *pron.* algum, alguns, alguma, algumas; um tanto; um pouco; certo, certos, certa, certas; uns, umas; qualquer; (col.) notável, formidável.

SOMEBODY ['sʌmbədi, 'sʌmbɔdi, 'sʌmbdi], *s.* pessoa de importância. *pron.* alguém, certa pessoa.

SOMEHOW ['sʌmhau], *adv.* de certo modo, de alguma forma. # *somehow or other,* de uma forma ou de outra.

SOMEONE ['sʌmwʌn], *pron.* alguém.

SOMERSAULT ['sʌməsɔ:t], *s.* salto mortal, salto sem mãos; cambalhota.

SOMETHING ['sʌmθiŋ], *s.* alguma coisa, algo. *adv.* (col.) um tanto, algo. # *be up to something,* estar preparando alguma; estar fazendo arte (criança). *have something on someone,* saber alguma coisa contra alguém. *that's something like!* isto sim!

SOMETIME ['sʌmtaim], *adv.* um dia qualquer; em certa época; antigamente (desus.).

SOMETIMES ['sʌmtaimz], *adv.* de vez em quando, algumas vezes; ocasionalmente, fortuitamente.

SOMEWHAT ['sʌmwɔt], *s.* algo, alguma coisa. *adv.* um pouco, um tanto, algo.

SOMEWHERE ['sʌmwεə], *adv.* algures; em algum lugar.

SOMNAMBULISM [sɔm'næmbjulizm], *s.* sonambulismo.

SOMNAMBULIST [sɔm'næmbjulist], *s.* sonâmbulo.

SON [sʌn], *s.* filho. # *a son of a sea-cook,* um desajeitado. *favo(u)rite son* (E.U. pol.) candidato que em uma convenção recebe os votos de seu Estado.

SONANT ['sounənt], *s.* letra sonante. *a.* sonoro, soante, sonante.

SONATA [sə:'nɑ:tə], *s.* sonata.

SONG [sɔŋ], *s.* canto, canção, cançoneta, cântico; ninharia, bagatela. # *buy* (ou *sell) for a song,* comprar (ou vender) por uma tuta-e--meia. *make a song about,* (gír.) contar prosa. *pop song,* canção popular. *work for a song,* trabalhar para o bispo, trabalhar de graça.

SONGSTER ['sɔŋs-tə], *s.* cantor; ave canora.

SONGSTRESS ['sɔŋs-tris], *s.* cantora.

SON-IN-LAW ['sʌninlɔ:], *s.* genro.

SONNET ['sɔnit], *s.* soneto.

SONNETEER [sɔni'tiə], *s.* sonetista.

SONNY ['sʌni], *s.* filhinho.

SONORITY [sə'nɔriti], *s.* sonoridade.

SONOROUS [sə'nɔrəs], *a.* sonoro, sonante, harmonioso.

SONSHIP ['sʌn-ʃip], *s.* filiação.

SOON [su:n], *adv.* breve, cedo; prontamente; depressa; sem demora. # *as soon as,* logo que. *as soon as possible,* o mais cedo possível. *no sooner said than done!* dito e feito! *pretty soon,* logo. *see you soon,* até logo, até já, em breve nos veremos. *soon gotten, soon spent,* dinheiros de sacristão cantando vêm, cantando vão. *the sooner the better,* quanto mais cedo melhor, quanto antes melhor.

SOOT [su:t], *s.* fuligem. *v.* cobrir ou encher de fuligem.

SOOTH [su:θ], *s.* verdade. *a.* verdadeiro. *adv.*

verdadeiramente. # *in sooth, sooth to say,* na verdade, para dizer a verdade.

SOOTHE [su:ð], *v.* abrandar, pacificar, acalmar, aplacar, acariciar, lisonjear; paliar.

SOOTHING ['su:ðiŋ], *a.* calmante. *s.* mitigação; bajulação.

SOOTHSAY ['su:θsei, 'su:ðsei], *v.* predizer, profetizar.

SOOTHSAYER ['su:θseiə, 'su:ðseiə], *s.* adivinho, profeta, vidente.

SOOTINESS ['su:tinis], *s.* fuliginosidade.

SOOTY ['su:ti], *a.* fuliginoso.

SOP [sɔp], *s.* sopa; pão molhado no leite; suborno. *v.* embeber, ensopar.

SOPHISM ['sɔfizm], *s.* sofisma.

SOPHIST ['sɔfist], *s.* sofista.

SOPHISTER ['sɔfistə], *s.* sofista; aluno de universidade.

SOPHISTIC, AL [sə'fistik, əl], *a.* sofístico, capcioso: sofismado.

SOPHISTICATE [sə'fistikeit], *v.* sofismar; sofisticar; desiludir; adulterar.

SOPHISTICATED [sə'fistikeitid], *a.* afetado, artificial; postiço; adulterado; convencional.

SOPHISTICATION [səfisti'keiʃən], *s.* artificialismo, afetação.

SOPHISTRY ['sɔfistri], *s.* sofisma.

SOPHOMORE ['sɔfəmɔ:, 'sɔfəmɔə], *s.* (E.U.) segundanista de universidade.

SOPORIFIC [soupə'rifik], *a.* soporífico.

SOPPING ['sɔpiŋ], *a. V.* **SOPPY.**

SOPPY ['sɔpi], *a.* ensopado, encharcado, embebido.

SOPRANO [sə'prɑ:nou], *s.* soprano.

SORBET ['sɔ:bət], *s.* variedade de sorvete.

SORCERER ['sɔ:sərə], *s.* bruxo, feiticeiro.

SORCERESS ['sɔ:səris], *s.* feiticeira, bruxa.

SORCERY ['sɔ:səri], *s.* feitiçaria, bruxaria.

SORDID ['sɔ:did], *a.* mesquinho, sórdido, avarento; miserável; baixo, vil.

SORDIDNESS ['sɔ:didnis], *s.* sordidez, mesquinhez, avareza; vileza.

SORE [sɔ:, sɔə], *s.* dor; ferida, úlcera, chaga; desgosto, pena; falcão. *a.* doente, doloroso, melindroso, cruel, severo. *adv.* dolorosamente.

SORENESS ['sɔ:nis, 'sɔənis], *s.* chaga, úlcera, ulceração; sensibilidade, mágoa.

SORGHUM ['sɔ:gəm], *s.* (bot.) sorgo.

SORORITY [sə'rɔriti], *s.* clube de moças ou senhoras.

SOROSIS [sə'rousis], *s.* sorose; (E.U.) clube de senhoras.

SORREL ['sɔrəl], *s.* (bot.) azedo, azedinha; cor de canela; cavalo alazão. *a.* alazão.

SORROW ['sɔrou], *s.* tristeza, desgosto, dor, aflição, mágoa. *v.* afligir-se; ter pena.

SORROWFUL ['sɔrouful], *a.* pesaroso, triste, aflito, lastimoso.

SORRY ['sɔri], *a.* triste, desgostoso, desconsolado, enfadado, aborrecido, pesaroso; miserável, vil. # *be sorry for oneself,* estar desanimado. *I am sorry!* ou *sorry!* perdão! sinto muito! desculpe-me! *feel sorry for,* ter pena de, ter piedade de.

SORT [sɔ:t], *s.* sorte, gênero, espécie, tipo, qualidade, maneira, forma, modo. *v.* classificar, ordenar; selecionar; reparar, arranjar; associar-se. # *a bad sort,* um bom patife. *all sorts of,* toda espécie de. *be out of sorts,* estar indisposto; estar de mau-humor.

SORTER ['sɔ:tə], *s.* classificador.

SORTIE ['sɔ:ti:], *s.* (mil.) sortida; saída.

SORTILEGE ['sɔ:tilidʒ], *s.* sortilégio.

SORTING ['sɔ:tiŋ], *s.* distribuição, divisão, escolha.

SO-SO ['sousou, sou'sou], *a.* e *adv.* assim assim, tolerável, passável, regular, mais ou menos, regularmente.

SOT [sɔt], *s.* beberrão. *v.* embriagar-se.

SOTTISH ['sɔtiʃ], *a.* embriagado; embotado (devido a embriaguez habitual).

SOUGH [sau], *s.* sussurro. *v.* sussurrar.

SOUGHT [sɔ:t], *pret.* e *pp.* de **SEEK.**

SOUL [soul], *s.* alma, espírito; criatura; habitante. # *All Souls' Day,* Dia de Finados. *bless my soul!* valha-me Deus!

SOUL-BELL ['soulbel], *s.* dobre de finados.

SOULLESS ['soullis], *a.* perverso, mau, desalmado.

SOUND [saund], *s.* som, ruído; sonda; estuário; estreito. *a.* são, sadio; bom; sólido; inteiro; profundo; saudável; seguro; certo; forte; legítimo; completo; sonoro; (com.) solvável (= solvível). *v.* sondar, investigar, examinar, observar, auscultar; tocar; ranger; cantar, entoar; soar, ressoar; espalhar-se; divulgar-se. # *sound asleep,* profundamente adormecido.

SOUNDING ['saundiŋ], *a.* sonoro, sonante, soante. *s.* sondagem.

SOUNDLESS ['saundlis], *a.* insondável.

SOUNDNESS ['saundnis], *s.* sanidade, saúde, vigor; solidez, firmeza; bondade; verdade.

SOUP [su:p], *s.* sopa. # *be in the soup,* (gír.) estar em situação difícil, estar em maus lençóis. *everything from soup to nuts,* refeição completa.

SOUP-PLATE ['su:ppleit], *s.* prato fundo.

SOUPY ['su:pi], *a.* semelhante a sopa.

SOUR ['sauə], *a.* ácido; acerbo, azedo; picante, áspero. *v.* azedar, azedar-se; irritar, irritar-se. # *sour land,* terra argilosa.

SOURCE [sɔ:s], *s.* nascente, fonte, origem, manancial; princípio, causa.

SOUR MILK ['sauəmilk], *s.* coalhada.

SOURNESS ['sauənis], *s.* azedume, acidez, acrimônia.

SOUSE [saus], *s.* escabeche; salmoura. *v.* meter na salmoura; (E.U.) embriagar; embriagar-se.

SOUTANE [su'ta:n], *s.* sotaina, batina.

SOUTH [sauθ], *s.* sul; vento sul. *a.* do sul, sulino, meridional. *adv.* para o sul, em direção ao sul.

SOUTH [sauð], *v.* virar para o sul.

SOUTH-EAST ['sauθ'i:st], (pron. dos marítimos) [sau'i:st, 'sau'i:st], *s.* sudeste.

SOUTHERLY ['sʌðəli], *a.* meridional; do sul.

SOUTHERN ['sʌðən], *a.* austral, meridional, do sul.

SOUTHERNER ['sʌðənə], *s.* sulista.

SOUTHERNWOOD ['sʌðənwud], *s.* abrótino.

SOUTHWARD ['sauθwəd], *a.* em direção do sul *adv.* para o sul.

SOUTHWARDLY ['sauθwədli], *adv.* para o sul.

SOUTHWARDS ['sauθwədz], *adv.* para o sul.

SOUTH-WEST ['sauθ'west], (pron. dos marítimos) [sau'west, 'sau'west], *s.* e *a.* sudoeste.

SOUTHWESTER [sauθ'westə], *s.* temporal vindo do sudoeste.

SOUTH-WESTERLY [sauθ'westəli, (pron. dos marítimos) sau'westəli], *a.* na direção do sudoeste.

SOUVENIR ['su:vəniə], *s.* lembrança, recordação.

SOVEREIGN ['sɔvrin], *s.* soberano. rainha ou rei. *a.* soberano, supremo, absoluto; independente; excelente, eficaz.

SOVEREIGNTY ['sɔvrənti], *s.* soberania; independência.

SOVIET ['souviet], *s.* soviete.

SOVIETIZE ['souviətaiz], *v.* sovietizar.

SOW [sau], *s.* porca; fêmea do javali; barra de metal; barraca.

SOW [sou], *pret.* **SOWED,** *pp.* **SOWED** ou **SOWN.** *v.* semear; espalhar, disseminar. # *as you sow so will you reap* ou *as a man sows, so shall he reap,* quem semeia ventos colhe tempestade.

SOWER ['souə], *s.* disseminador, semeador; propagador.

SOWING ['souiŋ], *s.* semeadura; sementeira.

SOW-THISTLE ['souθisl], *s.* serralha.

SOY, SOYA [sɔi, sɔiə], *s.* soja.

SPA [spɑ:], *s.* estação de águas; fonte de água mineral.

SPACE [speis], *s.* espaço; interstício, intervalo; entrelinha; volume; extensão; distância; período; ocasião; câmara; alojamento. *v.* espaçar. # *double sized space,* espaço duplo. *interstellar space,* espaço interestelar, espaço interplanetário. *narrow space,* espaço um (máquina de escrever). *space age,* era espacial. *stare into space,* olhar com olhar vago.

SPACE-BAR ['speisba:], *s.* barra de espaço (em máquina de escrever).

SPACER ['speisə], *s.* espaçador (máquina de escrever). # *back spacer,* retrocesso (máquina de escrever).

SPACESHIP ['speisʃip], *s.* nave espacial.

SPACING ['speisiŋ], *s.* distância; (tip.) espacejamento. # *double spacing,* espaço duplo (máquina de escrever). *single spacing,* espaço um (máquina de escrever).

SPACIOUS ['speiʃəs], *a.* vasto, extenso, espaçoso, largo, amplo; completo.

SPACIOUSNESS ['speiʃəsnis], *s.* amplitude, extensão, imensidade, vastidão, capacidade.

SPADE [speid], *s.* pá (de cavar); espadas (naipe nas cartas). *v.* cavar com a pá. # *call a spade* *a spade,* dizer a verdade nua e crua, falar francamente, dar nome aos bois.

SPADE-BLADE ['speidbleid], *s.* *V.* **SPADE-BONE.**

SPADE-BONE ['speidboun], *s.* omoplata.

SPADE-WORK ['speidwə:k], *s.* trabalho pesado.

SPAKE [speik], *pret.* arcaico de **SPEAK.**

SPAN [spæn], *s.* momento, ocasião, instante; envergadura; amplitude; dimensão máxima; palmo; parelha (de cavalos); abertura de um arco; vão. *v.* transpor; atravessar; passar por cima de; medir a palmos; abarcar; atar; amarrar; conduzir por etapas; aparelhar cavalos.

SPAN [spæn], *pret.* de **SPIN.**

SPANGLE ['spæŋgl], *s.* lantejoula. *v.* decorar com lantejoulas, brilhar.

SPANIARD ['spænjəd], *s.* espanhol.

SPANIEL ['spænjəl], *s.* adulador, bajulador; raça de cães. *a.* bajulador.

SPANISH ['spæniʃ], *s.* espanhol, língua espanhola; o povo espanhol. *a.* espanhol.

SPANISH-FLY ['spæniʃflai], *s.* cantárida.

SPANISH-LEATHER ['spæniʃleðə], *s.* cordovão.

SPANISH-PUFF ['spæniʃpʌf], *s.* filó.

SPANK [spæŋk], *s.* palmada. *v.* dar palmadas; espancar.

SPANKING ['spæŋkiŋ], *s.* surra.

SPANNER ['spænə], *s.* medidor; chave de porca, chave inglesa. *V.* **MONKEY-WRENCH.** # *throw a spanner in the works,* transtornar os planos.

SPAR [spɑ:], *s.* espato; mastro, verga; (aer.) longarina da asa; luta de boxe; vara; antena; luta, pugilato. *v.* treinar boxe; discutir.

SPARE [spɛə], *a.* magro, seco, escasso, poupado, supérfluo, de sobra; sobressalente, disponível, livre. *v.* poupar, economizar, perdoar, mostrar clemência; ceder, dispensar; ser misericordioso, caritativo; ser frugal. # *have to spare,* ter de sobra. *spare hours,* horas vagas. *spare parts,* peças sobressalentes. *spare tire* (ou *tyre),* pneu sobressalente. *V.* **STEPNEY.**

SPARENESS ['spɛənis], *s.* escassez, magreza; frugalidade; parcimônia, economia.

SPARE-TIME ['spɛətaim], *s.* tempo livre, horas de folga.

SPARING ['spɛəriŋ], *a.* escasso, poupado; econômico; limitado; previdente, bondoso, misericordioso.

SPARK [spɑ:k], *s.* chispa, faísca, fagulha, centelha, lampejo; homem galanteador. *v.* lançar chispas ou faíscas; galantear, cortejar.

SPARK-COIL ['spɑ:kkɔil], *s.* (eletr.) magneto, indutor de chispas.

SPARKING PLUG ['spɑ:kiŋplʌg], *s.* (mec.) vela (de ignição) = (Ing.) *sparking plug.*

SPARKLE ['spɑ:kl], *s.* chispa, centelha. *v.* cintilar, brilhar, faiscar, crepitar; lançar faísca.

SPARKLER ['spɑ:klə], *s.* diamante; vinho espumante; pessoa de inteligência viva.

SPARKLET ['spɑ:klit], *s.* faísca pequena.

SPARKLING ['spɑ:kliŋ], *a.* brilhante, rutilante, cintilante; esplendente, luzente; espumoso.

SPARK PLUG ['spɑ:kplʌg], *s.* (E.U. mec.) vela (de ignição) = (Ing.) *sparking plug.*

SPARROW ['spærou], *s.* pardal.

SPARSE [spɑ:s], *a.* esparso, espalhado, disseminado; escasso; espaçado.

SPARTAN ['spɑ:tən], *s.* e *a.* espartano.

SPASM ['spæz(ə)m], *s.* espasmo.

SPASMODIC [spæz'mɔdik], *a.* espasmódico, convulsivo.

SPAT [spæt], *s.* cachação, bofetão, bofetada, soco; (E.U.) discussão, desinteligência = (Ing.) *tiff, slight quarrel;* ovas dos crustáceos; gota; polaina.

SPAT [spæt], *pret.* e *pp.* de **SPIT,** e *v.* desovar; dar pancadinhas.

SPATIAL ['speiʃəl], *a.* espacial.

SPATTER ['spætə], *s.* salpico, pingo. *v.* salpicar, pingar; difamar, desonrar, manchar.

SPATULA ['spætjulə], *s.* espátula.

SPAVIN ['spævin], *s.* (veter.) esparavão.

SPAWN [spɔ:n], *s.* ova (de peixe); geração; prole; produto, fruto. *v.* desovar; gerar; semear.

SPEAK [spi:k], *pret.* **SPOKE,** *pp.* **SPOKEN.** *v.* falar, dizer, conversar; exprimir, proferir, declarar, revelar; discursar, arengar; dirigir-se a alguém. # *so to speak,* por assim dizer. *speak about, of, on* ou *upon,* falar a respeito de *speak for,* falar em favor de. *speak out* (ou *up),* falar alto. *speak out! speak up!* fale logo! desembuche! diga tudo quanto tem a dizer.

SPEAKEASY ['spi:ki:zi], *s.* (E.U.) casa clandestina de bebidas.

SPEAKER ['spi:kə], *s.* falador; orador, discursador; presidente de assembléia legislativa; relator; (rád.) alto-falante.

SPEAKING ['spi:kiŋ], *s.* discurso; palavra, linguagem; declaração; oratória. *a.* falante. # *generally* (ou *roughly) speaking,* em geral. *strictly speaking,* no sentido exato.

SPEAKING-TRUMPET ['spi:kiŋtrʌmpit], *s.* porta-voz, megafone; corneta acústica.

SPEAKING-TUBE ['spi:kiŋtju:b], *s.* megafone.

SPEAR [spiə], *s.* lança; arpão; haste. *v.* lancear (= alancear).

SPEARMAN ['spiəmən], *s.* lanceiro.

SPECIAL ['speʃəl], *s.* qualquer coisa fora do habitual; (impr.) edição extraordinária. *a.* particular, especial; privativo, apropriado, distinto.

SPECIAL DELIVERY ['speʃəldə'livəri], *s.* (E.U.) serviço expresso (correios) = (Ing.) *express delivery.*

SPECIALIST ['speʃəlist], *s.* especialista.

SPECIALITY [speʃi'æliti], *s.* especialidade.

SPECIALIZATION (ISA) [speʃəlai'zeiʃən], *s.* especialização.

SPECIALIZE (ISE) ['speʃəlaiz], *v.* especializar; especializar-se.

SPECIALLY ['spəʃəli], *adv.* especialmente.

SPECIALTY ['speʃəlti], *s.* trabalho especial; escritura pública. # *specialty shop,* loja que só vende um artigo = *special line shop, speciality shop.*

SPECIE ['spi:ʃi:], *s.* dinheiro em moeda, moeda sonante.

SPECIES ['spi:ʃi:z], *s.* espécie; variedade, sorte; idéia, noção.

SPECIFIC [spi'sifik], *s.* e *a.* específico.

SPECIFICALLY [spi'sifikəli], *adv.* especificamente.

SPECIFICATION [spesifi'keiʃən], *s.* especificação, enumeração; minuta.

SPECIFY ['spesifai], *v.* especificar; particularizar, precisar, determinar; enumerar.

SPECIMEN ['spesimin], *s.* espécime (= espécimen), amostra, exemplar. # *specimen copy,* (tip.) número de prova; exemplar grátis.

SPECIOUS ['spi:ʃəs], *s.* especioso, plausível.

SPECK [spek], *s.* nódoa, mácula (= mancha), ponto, sinal; partícula, átomo; lunar. *v.* macular, manchar, enodoar.

SPECKLE ['spekl], *s.* salpico. *v.* salpicar.

SPECKLED ['spekld], *a.* salpicado, malhado, mosqueado; variegado.

SPECKLESS ['speklis], *a.* puro, imaculado; limpo, sem mancha.

SPECS [speks], *contr.* de **SPECTACLES.**

SPECTACLE ['spektəkl], *s.* espetáculo, exibição; *pl.* óculos.

SPECTACULAR [spek'tækjulə], *a.* espetacular, pomposo, aparatoso, espalhafatoso.

SPECTATOR [spek'teitə], *s.* espectador.

SPECTRAL ['spektrəl], *a.* espectral.

SPECTRE, SPECTER ['spektə], *s.* espectro.

SPECTROGRAFH ['spektrougra:f], *s.* espectógrafo.

SPECTROSCOPE ['spektrəskoup], *s.* espectroscópio.

SPECTROSCOPY [spek'trɔskəpi], *s.* espectroscopia.

SPECTRUM ['spektrəm], *s.* espectro.

SPECULATE ['spekjuleit], *v.* especular; agiotar; meditar, pensar, considerar.

SPECULATION [spekju'leiʃən], *s.* especulação, jogo; meditação; teoria.

SPECULATIVE ['spekjulətiv], *a.* especulativo.

SPECULATOR ['spekjuleitə], *s.* especulador.

SPED [sped], *pret.* e *pp.* de **SPEED.**

SPEECH [spi:tʃ], *s.* palavra, linguagem, fala; voz; alocução, discurso; conferência, dissertação. # *deliver a speech,* fazer um discurso. *make a set speech,* fazer um discurso preparado (não de improviso). *reported speech,* (gram.) discurso indireto. *speech is silver, silence is gold,* a palavra é de prata, o silêncio é de ouro.

SPEECH-DAY ['spi:tʃdei], *V.* **PRIZEDAY.**

SPEECHFY ['spi:tʃfai], *s.* arengar.

SPEECHLESS ['spi:tʃlis], *a.* mudo, calado, sem fala.

SPEECHLESSNESS ['spi:tʃlisnis], *s.* mudez.

SPEED [spi:d], *pret.* e *pp.* **SPED** ou **SPEEDED.** *v.* ser feliz; apressar-se; ser bem sucedido; expedir, enviar, despachar; aviar; adiantar; ajudar, auxiliar, favorecer; despedir. *s.* rapidez, velocidade, presteza, celeridade, pressa, prontidão. # *at breakneck speed, at full speed, at top speed,* em velocidade máxima, a toda velocidade. *bottom speed, first speed,* (E.U.) primeira velocidade = (Ing.) *low gear, cruising speed.* (aut.) velocidade de cruzeiro. *full speed ahead,* a todo vapor. *speed box,* (aut.) caixa de mudança de velocidade. *speed gear,* engrenagem de mudança. *to gather speed,* ganhar velocidade.

SPEEDINESS ['spi:dinis], *s.* rapidez, prontidão, presteza; pressa, ligeireza.

SPEEDOMETER [spi'dɔmitə], *s.* velocímetro.

SPEEDWAY ['spi:dwei], *s.* (E.U.) estrada para grande velocidade.

SPEEDY ['spi:di], *a.* rápido, veloz, ligeiro presto, expedito, apressado.

SPELL [spel], *pret.* e *pp.* **SPELLED** ou **SPELT.** *v.* soletrar; encantar, enfeitiçar, arrebatar, fascinar; (E.U.) render em serviço. *s.* encanto, feitiço; fascinação, arrebatamento; bruxaria; vez, turno; período; fase; ataque, acesso. # *by spells,* por turnos.

SPELL-BINDER ['spelbaində], *s.* (E.U.) orador popular, eloqüente = (Ing.) *stump orator.*

SPELLER ['spelə], *s.* o que escreve sem erros; aquele que soletra.

SPELLBOUND ['spelbaund], *a.* encantado.

SPELLING ['speliŋ], *s.* soletração; ortografia; grafia.

SPELLING-BEE ['speliŋbi:], *s.* jogo de soletrar.

SPELLING-BOOK ['speliŋbuk], *s.* cartilha.

SPELL-WORK ['spelwə:k], *s.* feitiçaria, bruxaria.

SPELT [spelt], *pret.* e *pp.* de **SPELL.**

SPELTER ['speltə], *s.* zinco; folha de zinco.

SPELUNK [spi'lʌŋk], *s.* caverna. *v.* explorar cavernas.

SPELUNKER [spi'lʌŋkə], *s.* espeleólogo.

SPEND [spend], *pret.* e *pp.* **SPENT.** *v.* consumir, gastar, despender; desperdiçar; passar; fatigar, cansar; ocupar, empregar; fatigar-se; gastar-se; perder-se.

SPENDER ['spendə], *s.* consumidor, gastador.

SPENDTHRIFT ['spendθrft], *s* perdulário, gastador, pródigo.

SPENT [spent], *pret.* e *pp.* de **SPEND.** *a.* perdido (tiro); exausto.

SPERM [spə:m], *s.* esperma.

SPERMACETI [spə:mə'seti], *s.* espermacete (= cetina).

SPERMATOZOA [spə:məto'zouə], *pl.* de **SPERMATOZOON.**

SPERMATOZOON [spə:meto'zouɔn], *s.* espermatozóide. *pl.* **SPERMATOZOA.**

SPEW [spju:], *v.* vomitar.

SPHENOID ['sfi:nɔid], *s.* (anat.) esfenóide. *a.* esfenoidal.

SPHERE [sfiə], *s.* esfera, globo; orbe; bola; astro; alçada; posição na sociedade; campo definido.

SPHERIC, AL ['sferik, əl], *a.* esférico; celeste; planetário.

SPHERICS ['spheriks], *s.* trigonometria esférica e geometria do espaço.

SPHEROID ['sfiərɔid], *s.* esferóide.

SPHEROIDAL [sfiə'rɔidl], *a.* esferoidal.

SPHINCTER ['sfiŋktə], *s.* esfincter.

SPHINX [sfiŋks], *s.* esfinge.

SPICE [spais], *s.* especiaria. *v.* temperar com especiarias, adubar, condimentar.

SPICER ['spaisə], *s.* merceeiro, especieiro.

SPICINESS ['spaisinis], *s.* qualidade do que é aromático ou picante.

SPICK-AND-SPAN ['spikən'spæn], *a.* novo ou novinho em folha, limpo, apurado.

SPICY ['spaisi], *a.* aromático; picante, pungente; vistoso.

SPIDER ['spaidə], *s.* aranha; (E.U.) frigideira = (Ing.) *frying-pan.*

SPIDER'S WEB ['spidəzweb], *s.* teia de aranha.

SPIFFING ['spifiŋ], *V.* **SPIFFY.**

SPIFFY ['spifi], *a.* janota; chique; excelente.

SPIGOT ['spigət], *s.* espiche, espicho; (E.U.) torneira = (Ing.) *tap.*

SPIKE [spaik], *s.* espigão, espiga; espeto, ponta; cravo, prego grande; escápula; cavilha. *v.* encravar, pregar; (gír.) reforçar uma bebida com álcool. # *eightpenny spike,* prego de 8 polegadas.

SPIKY ['spaiki], *a.* pontiagudo, pontudo.

SPILL [spil], *pret.* e *pp.* **SPILLED** ou **SPILT.** *v.* entornar, derramar, deixar cair; despejar; desperdiçar-se, perder-se; derramar-se *s.* tombo, queda; forte pancada d'água. # *to take a spill,* levar um tombo. *to spill out,* desabafar (dizer o que pensa).

SPILLIKIN ['spilikin], *s.* ficha, tento (para jogo).

SPILLWAY ['spilwei], *s.* vertedouro, sangradouro; ladrão (em caixa-d'água).

SPILT [spilt], *pret.* e *pp.* de **SPILL.**

SPIN [spin], *pret.* **SPUN** ou **SPAN,** *pp.* **SPUN.** *v.* protelar, dilatar, prolongar, adiar; fiar, entrançar; fazer girar. *s.* passeio, giro, volta; corrida ligeira; efeito (no bilhar). # *go for a spin (in a car),* dar uma volta (de automóvel).

SPINACH, SPINAGE ['spinidʒ], *s.* espinafre.

SPINAL ['spainl], *a.* espinal.

SPINDLE ['spindl], *s.* fuso; bilro, carretel; eixo; veio; haste comprida e estreita; (E.U.) espeto (para papéis) = (Ing.) *spike. v.* criar um talo comprido e fino; afinar; emagrecer. # *spindle shaped,* fusiforme.

SPINDLY ['spindli], *a.* longo e fino.

SPINDRIFT ['spindrift], *s.* escuma (= espuma) da crista das ondas.

SPINE [spain], *s.* espinha dorsal; espinho; lombada (de livro) = *back.*

SPINED [spaind], *a.* espinhoso; que tem espinha dorsal.

SPINELESS ['spainlis], *a.* sem espinha; (fig.) fraco (moralmente).

SPINET [spi'net], *s.* espineta.

SPINNER ['spinə], *s.* fiandeiro ou fiandeira; anzol giratório.

SPINNING ['spiniŋ], *s.* fiação; fio.

SPINNING-ROD ['spiniŋrɔd], *s.* vara de pesca com carretilha.

SPINNING-WHEEL ['spiniŋwi:l], *s.* roca.

SPINSTER ['spinstə], *s.* fiandeira; solteirona.

SPIRAL ['spaiərəl], *s.* e *a.* espiral, em espiral.

SPIRE ['spaiə], *s.* espira, rosca, caracol; cimo, ápice; cúspide; grimpa; agulha (da torre); haste; caniço, junco.

SPIRIT ['spirit], *s.* alma, espírito; gênio, talento, engenho; temperamento, caráter; ardor, fogo; coragem, ânimo; *pl.* alegria, vivacidade, humor; *pl.* álcool; bebida alcoólica = (E.U.) *hard liquor.* # *a man of spirit,* um homem corajoso. *in high spirits,* alegre, animado. *in low spirits,* triste desanimado. *out of spirits,* desanimado, melancólico. *poor in spirit,* humilde. *soldering spirit,* ácido muriático. *spirit of turpentine,* aguarrás artificial. *white spirit,* aguarrás mineral. *spirit away,* fazer desaparecer misteriosamente. *spirit up,* animar.

SPIRITED ['spiritid], *a.* fogoso, impetuoso, vivo, animoso, ardente, animado, corajoso; brioso.

SPIRITEDNESS ['spiritidnis], *s.* capacidade, engenho; vigor, fogo; brio, amor próprio.

SPIRITLESS ['spiritilis], *a.* abatido, desanimado, sem vigor.

SPIRIT LEVEL ['spirit levl], *s.* (alv.) nível de bolha.

SPIRITUAL ['spiritjuəl], *a.* espiritual. *s.* (E.U.) canto religioso dos negros.

SPIRITUALISM ['spiritjuəlizm], *s.* espiritualismo, espiritismo.

SPIRITUALIST ['spiritjuəlist], *s.* espiritualista, espírita.

SPIRITUALISTIC [spiritjuə'listik], *a.* espiritualista, espírita.

SPIRITUALITY [spiritju'æliti], *s.* espiritualidade.

SPIRITUALLY ['spiritjuəli], *adv.* espiritualmente.

SPIRITUOUS ['spiritjuəs], *a.* alcoólico.

SPIROMETER [spaiə'rɔmitə], *s.* espirômetro.

SPIRT ['spə:t], *V.* **SPURT.**

SPIT [spit], *pret.* e *pp.* **SPAT.** *v.* cuspir; escarrar. *s.* cuspe ou cuspo; cusparada. # *be the very spit of one's father,* ser a cara do pai.

SPIT [spit], *s.* espeto; restinga; banco de areia; ponta de terra. *v.* espetar; atravessar com espeto.

SPITE [spait], *s.* ódio, rancor, raiva, ressentimento, malevolência, malquerença, despeito. *v.* mortificar, irritar, contrariar, indignar, agastar. # *in spite of,* a despeito de, sem embargo de, apesar de; sem querer, involuntariamente.

SPITEFUL ['spaitful], *a.* malévolo, rancoroso, maldoso, vingativo, maligno.

SPITTLE ['spitl], *s.* escarro, cusparada, cuspo, saliva.

SPITTOON [spi'tu:n], *s.* escarradeira = (E.U.) *cuspidor.*

SPLASH [splæʃ], *s.* pingo ou salpico de lama; respingo. *v.* enlamear, salpicar, respingar; chafurdar; chapinhar, patinhar (= patejar).

SPLASH-BOARD ['splæʃbɔ:d], *s.* pára-lama = (E.U.) *wing. V.* **SPLASHER** e **MUDGUARD.**

SPLASHER ['splæʃə], *s.* o que enlameia; pára-lama = (E.U.) *wing. V.* **SPLASH-BOARD** e **MUDGUARD.**

SPLASHY ['splæʃi], *a.* enlameado; salpicado de lama; molhado de água suja.

SPLATTER ['splætə], *v.* chapinhar.

SPLAY [splei], *s.* largura, abertura, alargamento. *v.* chanfrar, esguelhar; inclinar; deslocar; espalhar. *a.* cambaio (= cambado).

SPLEEN [spli:n], *s.* baço; hipocondria; melancolia; mau-humor; rancor, ressentimento. # *vent one's spleen,* descarregar a bílis.

SPLEENFUL ['spli:nful], *a.* bilioso, atrabiliário, colérico, irritado; impertinente, nervoso.

SPLEENY ['spli:ni], *a.* irritável, neurastênico, nervoso, colérico, rabujento, impertinente; triste, melancólico.

SPLENDID ['splendid], *a.* esplêndido, excelente, magnífico; resplandecente, brilhante; ilustre.

SPLENDIDLY ['splendidli], *adv.* esplendidamente, brilhantemente.

SPLENDOUR ['splendə], *s.* esplendor, magnificência, brilho; pompa.

SPLENETIC [spli'netik], *s.* e *a.* atrabiliário, rabujento, impertinente, resmungão; melancólico.

SPLICE [splais], *s.* entrelaçamento, junção, junta; emenda (de condutores elétricos). *v.* juntar; ajustar; entrelaçar, ensamblar, emalhetar; (col.) casar; unir (condutores elétricos).

SPLICING ['splaisiŋ], *s.* ajuste, enlaçamento.

SPLINE [splain], *s.* (maq.) ranhura.

SPLINT [splint] *s.* lasca, estilhaço, hastilha, esquírola; talo; aparelho de gesso; tipóia. *v.* entalar, encanar.

SPLINTER ['splintə], *s.* estilhaço, lasca; farpa. *v.* lascar; despedaçar-se.

SPLINTERY ['splintəri], *a.* de estilhaços ou lascas.

SPLINTY ['splinti], *V.* **SPLINTERY.**

SPLIT [split], *pret.* e *pp.* **SPLIT.** *v* fender, rachar, dividir, partir; fracionar-se; separar, cindir; rasgar-se; despedaçar-se; rebentar de riso. *a.* fendido, rachado; agudo; rápido. *s.* fenda, greta, brecha, racha; rasgão; rompimento; quebra.

SPLITTER ['splitə], *s.* fendeleira (ferramenta); (petr.) separador.

SPLITTING ['splitiŋ], *a.* que racha; intenso (dor); estridente (som).

SPLOTCH [splɔtʃ], *s.* nódoa, mancha.

SPLOTCHY ['splɔtʃi], *a.* enodoado, manchado.

SPLURGE [splə:dʒ], *s.* ostentação. *v.* ostentar.

SPLUTTER ['splʌtə], *s.* azáfama, barafunda, confusão; barulho, algazarra, falatório; bulha. *v.* balbuciar; falar apressada e confusamente; cuspir; falar expelindo perdigotos; crepitar.

SPOFFISH ['spɔfiʃ], *a.* azafamado, atarefado, atrapalhado.

SPOIL [spɔil], *pret.* e *pp.* **SPOILED** ou **SPOILT.** *v.* corromper, inutilizar, estragar; pilhar; saquear, furtar, roubar; estragar-se; inutilizar-se. *s.* despojo, presa, pilhagem, saque, furto, roubo; dano, prejuízo, ruína, perdição.

SPOILER ['spɔilə], *s.* ladrão, gatuno, saqueador; espoliador; corruptor; devastador.

SPOILING ['spɔiliŋ], *s.* deterioração, estrago; espoliação, roubo.

SPOIL-SPORT ['spɔil-spɔ:t], *s.* desmancha-prazeres = *wet blanket.*

SPOKE [spouk], *pret.* de **SPEAK,** e *s.* raio (de roda); travão (de roda); degrau de escada.

SPOKEN ['spoukən], *pp.* de **SPEAK.** # *be well spoken of,* ter boa reputação.

SPOKESMAN ['spouksmən], *s.* porta-voz.

SPOLIATION [spouli'eiʃən], *s.* pilhagem, saque; (jur.) destruição ou alteração de documento.

SPONDEE ['spɔndi:], *s.* pé de verso.

SPONGE [spʌndʒ], *s.* esponja: parasita. *v.* passar a esponja; parasitar (= parasitear); embeber-se. # *sponge on* (ou *off*), parasitar, viver à custa de alguém. *throw up* (ou *in*) *the sponge,* render-se.

SPONGE-CAKE ['spʌndʒ'keik], *s.* pão-de-ló.

SPONGINESS ['spʌndʒinis], *s.* qualidade do que é esponjoso; porosidade.

SPONGY ['spʌndʒi], *a.* esponjoso, poroso; bêbedo (= bêbado), embriagado; embebido.

SPONSOR ['spɔnsə], *s.* responsável; promotor; fiador; padrinho ou madrinha (de batismo); patrocinador (de um programa de rádio ou de um concurso). *v.* patrocinar. # *stand sponsor to,* servir de padrinho a.

SPONTANEITY [spɔntə'ni:iti], *s.* espontaneidade, voluntariedade; livre arbítrio.

SPONTANEOUS [spɔn'teinjəs], *a.* espontâneo.

SPOOF [spu:f], *s.* logro, engano. *v.* lograr, ludibriar, enganar.

SPOOK [spu:k], *s.* fantasma, espectro, aparição.

SPOOKISH ['spu:kiʃ], *a.* fantástico; mal-assombrado.

SPOOKY ['spu:ki], *s.* próprio dos fantasmas; espectral; assombrado.

SPOOL [spu:l], *s.* bobina; rolo; (E.U.) carretel = (Ing.) *reel. v.* enrolar, enovelar.

SPOON [spu:n], *s.* colher; tolo. *v.* apanhar com a colher; pescar de anzol.

SPOONDRIFT ['spu:ndrift], *V.* **SPINDRIFT.**

SPOONFUL ['spu:nful], *s.* colherada.

SPOON-SHAPED ['spu:n-ʃeipt], *a.* (bot.) cocleiforme.

SPOONY ['spu:ni], *a.* tolo; sentimental, afetivo, amoroso; carinhoso. *s.* simplório.

SPOOR [spuə], *s.* rasto. *v.* seguir o rasto (da caça).

SPORADIC [spo'rædik], *a.* esporádico.

SPORE [spɔ:, spɔə], *s.* (bot.) espora.

SPORT [spɔ:t], *s.* esporte; passatempo, divertimento, entretenimento; brincadeira; troça; zombaria, escárnio; (biol.) mutação; *abr.* de **SPORTSMAN;** (E.U.) homem estróina. *v.* ostentar, alardear, divertir; zombar, escarnecer; divertir-se. # *in sport,* por brincadeira. *make sport of,* zombar de.

SPORTING ['spɔ:tiŋ], *s.* desporto; caça. *a.* de caça; de desporto. # *be sporting,* ser esportivo.

SPORTIVE ['spɔ:tiv], *a.* esportivo; alegre, vivaz.

SPORTIVENESS ['spɔ:tivnis], *s.* alegria, vivacidade; brincadeira.

SPORTSCAST ['spɔ:tskɑ:st], *s.* (rád.) reportagem esportiva.

SPORTS-JACKET ['spɔ:ts'dʒækt], *s.* paletó esporte.

SPORTSMAN ['spɔ:tsmən], *s.* esportista; caçador.

SPORTSMANLIKE ['spɔ:tsmənlaik], *a.* próprio dos desportistas.

SPORTSMANSHIP ['spɔ:tsmənʃip], *s.* prática de esportes.

SPORTSWOMAN ['spɔ:tswumən], *s. fem.* de **SPORTSMAN.**

SPOT [spɔt], *s.* sítio, lugar, local; ponto, paragem; mancha, borrão, nódoa; *pl.* mercadorias para venda à vista; (E.U.) pontos (nas cartas, no dado) = (Ing.) *pips. v.* sujar, manchar; reconhecer; observar; assinalar; localizar. # *after-dark spot,* "inferninho" (clube noturno). *a tender spot,* (fig.) um ponto fraco. *on the spot,* no ato, imediatamente; no local. *spot announcement,* (E.U. rád.) comunicado radiofônico. *spot cash,* pagamento à vista. *spot delivery,* (com.) entrega imediata, entrega rápida. *spot out,* limpar. *spot test,* (petr.) ensaio de toque.

SPOTLESS ['spɔtlis], *a.* puro, imaculado, limpo, límpido, claro.

SPOTLIGHT ['spɔt-lait], *s.* refletor; projetor; luz de refletor; o ponto iluminado por um refletor; (fig.) evidência.

SPOTTY ['spɔti], *a.* manchado, sujo.

SPOUSE [spauz], *s.* esposo, esposa.

SPOUT [spaut], *s.* cano; torneira; bica; repuxo; bico de (bule, chaleira, etc.); dala (para escoamento em uma bomba). *v.* esguichar; falar depressa. # *up the spout,* no penhor, no prego = *at uncle's, at the three gold balls, at the pawnbroker's.*

SPOUTING ['spautiŋ], *s.* jorro; declamação afetada.

SPRAIN [sprein], *s.* mau jeito, torcedura. *v.* dar um jeito, torcer.

SPRANG [spræŋ], *pret.* de **SPRING.**

SPRAT [spræt], *s.* (ict.) espadilha.

SPRAWL [sprɔ:l], *s.* trambolhão, queda. *v.* esparramar-se, estender-se, espichar-se.

SPRAWLER ['sprɔ:lə], *s.* o que leva um trambolhão ou uma queda.

SPRAY [sprei], *s.* salpico, borrifo; gotícula; repuxo; ramo; apanhado de flores; ramagem; pulverizador.

SPRAYER ['spreiə], *s.* pulverizador.

SPRAY-GUN ['spreigʌn], *s.* pistola de pulverizar.

SPREAD [spred], *pret.* e *pp.* **SPREAD.** *v.* abrir, estender, desenvolver, espalhar, esparramar, disseminar, difundir, propagar; divulgar, propalar, estender-se, difundir-se; distribuir; cobrir. *s.* expansão, extensão; cobertor; toalha de mesa, pano de mesa; (E.U.) diferença entre o preço de fábrica e o de venda. *a.* de pouco brilho (pedra preciosa). # *double-page spread,* anúncio de página dupla. *spread abroad,* propalar.

SPREADER ['spredə], *s.* divulgador; separador, distribuidor.

SPREADING ['spredıŋ], *a.* extensivo; expansivo.

SPREE [spri:], *s.* farra; pândega, pagodeira.

SPRIG [sprig], *s.* raminho, renovo, broto, vergôntea, rebento; preguinho sem cabeça.

SPRIGHTLINESS ['spraitlinis], *s.* vivacidade; alegria; prazer.

SPRIGHTLY ['spraitli], *a.* alegre; vivo; sabido, esperto.

SPRING [spriŋ], *pret.* **SPRANG,** *pp.* **SPRUNG.** *v.* brotar, nascer, proceder, originar-se; saltar; jorrar; guarnecer de molas. *s.* primavera; mola; elasticidade; cabelo (relógio); salto, cambalhota; móvel, motivo; fonte, manancial; nascimento, origem. *a.* primaveril; elástico. # *antagonistic spring,* (mec.) contra-mola. *leaf spring,* (aut.) mola de lâmina. *spring coupling,* (mec.) embreagem.

SPRING BOARD ['spriŋbɔ:d], *s.* trampolim.

SPRINGED [spriŋd], *a.* encordoado. # *springed instrument,* instrumento de corda.

SPRINGER ['spriŋə], *s.* saltador; cão que levanta a caça.

SPRINGINESS ['spriŋinis], *s.* elasticidade.

SPRINGY ['spriŋi], *a.* ágil, elástico; abundante em mananciais; úmido; molhado; esponjoso.

SPRINKLE ['spriŋkl], *s.* borrifo. *v.* borrifar, salpicar, respingar, aspergir; chuviscar; batizar.

SPRINKLER ['spriŋkle], *s.* borrifador, pulverizador, regador; carro de irrigação; extintor de incêndio.

SPRINKLING-CAN ['spriŋkliŋkæn], *s.* (E.U.) regador = (Ing.) *watering-can, watering-pot.*

SPRINKLING-WAGON ['spriŋkliŋwægən], *s.* (E.U.) carro de irrigação = (Ing.) *water-cart.*

SPRINT [sprint], *s.* corrida de velocidade. *v.* correr a toda a velocidade.

SPRINTER ['sprintə], *s.* corredor de velocidade.

SPRITE [sprait], *s.* duende, fantasma, espírito, fada.

SPROCKET ['sprɔkit], *s.* dente (em roda dentada); roda dentada.

SPROUT [spraut], *s.* grelo, renovo, broto. *v.* germinar, grelar, brotar.

SPRUCE (spru:s], *s.* abeto. *a.* enfeitado; asseado; janota; guapo, garboso. *v.* vestir-se com demasiado apuro.

SPRUCENESS ['spru:snis], *s.* exagero no trajar, elegância, garbo; limpeza, asseio.

SPRUE [spru:], *s.* jito (fundição).

SPRUE [spru:], *s.* (med.) psilose; afta tropical; enterite.

SPRUNG [sprʌŋ], *pp.* de **SPRING** e *a.* fendido, rachado, estalado.

SPRY [sprai], *a.* leve, ligeiro, ágil, lépido, ativo, vivo, vigoroso, forte.

SPUD [spʌd], *s.* pá de jardim; pá estreita; faca pequena.

SPUME [spju:m], *s.* espuma.

SPUN [spʌn], *pret.* e *pp.* de **SPIN.**

SPUNK [spʌŋk], *s.* isca; madeira podre; faísca, fagulha; fósforo; fogo; (fam.) brio, dignidade; coragem; raiva.

SPUNKY ['spʌŋki], *a.* brioso, altivo, fogoso, impetuoso; corajoso; irritável.

SPUN SUGAR [spʌn'ʃugə], *s.* algodão de açúcar.

SPUR [spə:], *s.* espora; (zool. e bot.) esporão; (fig.) estímulo. *v.* esporear. # *on the spur* *of the moment,* no mesmo instante, de repente.

SPURGE [spə:dʒ], *s.* eufórbio.

SPURIOUS ['spjuəriəs], *a.* ilegítimo, espúrio, falsificado, falso, bastardo, adulterado.

SPUR LINE ['spə:lain], *s.* (E.U.) ramal (estrada de ferro) = (Ing.) *branch line.*

SPURN [spə:n], *s.* desdém, desprezo, repulsa, rejeição. *v.* desdenhar, desprezar, repelir, rejeitar.

SPURRED [spə:d], *a.* esporeado.

SPURT [spə:t], *s.* jorro, esguicho; arranco, esfôrço supremo; repente, explosão de cólera. *v.* esguichar; jorrar; surgir, brotar; esforçar-se.

SPUTTER ['spʌtə], *s.* saliva, baba, cuspo, perdigoto. *v.* falar cuspindo, falar lançando perdigotos; falar apressadamente.

SPUTTERING ['spʌtəriŋ], *s.* (aut.) espirros; (rád.) faiscação.

SPUTUM ['spju:təm], *s.* saliva, cuspo.

SPY [spai], *s.* espião ou espiã; secreta; emissário secreto. *v.* ver, avistar, enxergar, descobrir, vislumbrar; espreitar, observar, vigiar.

SPY-GLASS ['spaiglɑ:s], *s.* óculo de alcance.

SPY-WEDNESDAY ['spai'wenzdi], *s.* quarta-feira de trevas.

SQUAB [skwɔb], *s.* filhote de pombo; borracho; pessoa baixa e gorda; almofada; sofá.

SQUABBLE ['skwɔbl], *s.* disputa, briga, rixa, altercação, luta, contenda. *v.* disputar, brigar, altercar, contender.

SQUABBLER ['skwɔblə], *s.* altercador, contendor.

SQUAD [skwɔd], *s.* (mil.) esquadra (soldados); (E.U. esp.) time = (Ing.) *team.* # *flying squad,* pelotão de patrulha (polícia).

SQUAD-CAR ['skwɔdkɑ:], *s.* carro de radiopatrulha.

SQUADRON ['skwɔdrən], *s.* (mil.) esquadrão.

SQUALID ['skwɔlid], *a.* esquálido, sujo, imundo, porco.

SQUALIDNESS ['skwɔlidnis], *s.* porcaria, imundície, sujeira, sordidez.

SQUALL [skwɔ:l], *s.* borrasca, ventania, furacão; aguaceiro; grito agudo. *v.* soltar gritos fortes.

SQUALOID ['skweilɔid], *a.* semelhante ao esqualo, ao tubarão.

SQUALOR ['skwɔlə], *s.* imundície, sordidez; desalinho.

SQUAMOSE ['skwe.mous], *a.* escamoso.

SQUAMOUS [skweiməs], *a.* *V.* **SQUAMOSE.**

SQUANDER ['skwɔndə], *v.* dissipar, desperdiçar, esbanjar, gastar, prodigar; malbaratar; dispersar.

SQUANDERER ['skwɔndərə], *s.* pródigo, gastador, esbanjador, dissipador, perdulário.

SQUARE [skwɛə], *s.* quadrado; esquadria, esquadro; praça; nível; conformidade. *a.* quadrangular, quadrado; reto, justo, cabal, perfeito; completo; imparcial, igual. *v.* quadrar; esquadriar; ajustar, alinhar, adaptar, regular, acomodar; proporcionar; convir; ficar bem; (col.) subornar; acertar. *adv.* corretamente; sinceramente; honestamente; honradamente. # *all square,* empate (em partida esportiva).

SQUARE-HEAD ['skwɛəhed], *s.* (E.U.) cabeça-quadrada, nórdico, habitante da Europa setentrional.

SQUARE-TOED ['skwɛə'toud], *a.* antiquado, caturra.

SQUARE-TOES ['skwɛə'touz], *s.* caturra, pessoa antiquada. *a.* antiquado.

SQUASH [skwɔʃ], *s.* abóbora; polpa. *v.* achatar, comprimir, espremer, esmagar; sufocar (rebelião).

SQUAT [skwɔt], *s.* acocoramento. *a.* acocorado, agachado; atarracado. *v.* acocorar-se, agachar-se; penetrar em um lugar sem permissão, intrometer-se; (E.U.) ocupar terra sem título legal, usucapiar, possear, grilar.

SQUATTER ['skwɔtə], *s.* intruso; (E.U.) pessoa que se estabelece em terra de propriedade alheia, usucapiente, posseiro, grileiro.

SQUAW [skwɔ:], *s.* índia-norte-americana.

SQUAWK [skwɔ:k], *s.* grito lancinante. *v.* soltar gritos lancinantes; reclamar.

SQUAWKER ['skwɔ:kə], *s.* alto-falante.

SQUEAK [skwi:k], *s.* grito; guincho; grunhido. *v.* gritar; guinchar; grunhir; chiar, chichiar (o rato).

SQUEAKER ['skwi:kə], *s.* o que grita ou guincha; avezinha.

SQUEAKING ['skwi:kiŋ], *a.* gritador; estridente, agudo.

SQUEAKY ['skwi:ki], *a.* de som agudo.

SQUEAL [skwi:l], *s.* grito agudo. *v.* gritar; delatar, denunciar; "dar o serviço" (na polícia).

SQUEAMISH ['skwi:miʃ], *a.* enjoado, enfastiado; delicado, melindroso.

SQUEEGEE ['skwi:'dʒi:], *s.* rodo (de puxar água).

SQUEEZE [skwi:z], *s.* aperto, apertão; abraço, pressão, compressão. *v.* espremer, apertar, comprimir; abraçar; filar (carta); entrar ou sair aos empurrões. # *in a tight squeeze,* em situação difícil.

SQUEEZER ['skwi:zə], *s.* espremedor, compressor.

SQUELCH [skweltʃ], *s.* queda, tombo, pancada. *v.* desconsertar-se; esmagar; ficar esmagado.

SQUIB [skwib], *s.* pistolão (fogo de artifício); discurso satírico, sátira.

SQUID [skwid], *s.* lula; isca de lula.

SQUILL [skwil], *s.* (bot.) cila.

SQUINT [skwint], *s.* estrabismo; uma olhadela de soslaio. *a.* vesgo, estrábico; zarolho. *v.* olhar de soslaio, entortar os olhos.

SQUINTING ['skwintiŋ], *s.* estrabismo.

SQUIRE ['skwaiə], *s.* escudeiro; cavaleiro; galanteador; proprietário de terras; magistrado; título de cortesia; (E.U.) juiz de paz.

SQUIRM [skwə:m], *s.* torção. *v.* torcer.

SQUIRREL ['skwirəl], *s.* esquilo.

SQUIRT [skwə:t], *s.* seringa. *v.* seringar; esguichar.

STAB [stæb], *s.* punhalada, facada, estocada, golpe; ofensa. *v.* apunhalar; injuriar.

STABILITY [stə'biliti], *s.* estabilidade, constância, solidez, firmeza.

STABILIZE ['steibilaiz], *v.* estabilizar.

STABLE ['steibl], *s.* cavalaria, cocheira, coudelaria, estrebaria, estábulo. *a.* firme, estável, fixo, permanente. *v.* encurralar; viver em estrebaria. # *shut the stabledoor after the steed is stolen,* casa arrombada, trancas à porta.

STABLE-BOY ['steiblbɔl], *s.* cavalariço.

STACK [stæk], *s.* montão de feno, trigo, lenha, etc.; rochedo isolado; (fam.) abundância; *pl.* estante para livros. *v.* empilhar, amontoar; arrumar o baralho ou marcar as cartas para trapaça.

STACKYARD ['stækja:d], *s.* lugar destinado ao feno, trigo, etc.; celeiro.

STADIUM ['steidiəm], *s.* estádio, praça de jogos esportivos.

STAFF [sta:f], *s.* cajado, bordão, vara, bengala, báculo; mastro de bandeira; (mús.) pauta; insígnia; quadro de pessoal; corpo de professores ou de assistentes; (mil.) estado-maior; (mús.) pauta; *pl.* **STAFFS** ou **STAVES**. # *editorial staff,* redação, corpo de redatores. *staff meeting,* reunião de funcionários. *teaching staff,* corpo docente. *the General Staff,* o Estado-Maior. *the staff of life,* o pão.

STAG [stæg], *s.* veado. # *stag party,* festa só para homens, festa de homens. *V.* **CAT-PARTY**.

STAGE [steidʒ], *s.* palco, tablado, estrado, cena; andaime; estágio, grau, estado, condição, posição; progresso, fase; platina (do microscópio); posta (para cavalos); diligência = *stage-coach. v.* encenar, levar à cena. # *go on the stage,* seguir a carreira de ator. *stages of appeal,* instâncias de apelação.

STAGE-COACH ['steidʒkoutʃ], *s.* diligência.

STAGER ['steidʒə], *s.* pessoa de longa experiência.

STAGGER ['stægə], *s.* vacilação; cambaleio. *v.* cambalear; hesitar, duvidar.

STAGGERER ['stægərə], *s.* o que faz vacilar.

STAGING ['steidʒiŋ], *s.* plataforma; andaime.

STAGNANCY ['stægnənsi], *s.* estagnação.

STAGNANT ['stægnənt], *a.* estagnado, parado.

STAGNATE ['stægneit], *v.* estagnar-se; paralisar: afrouxar.

STAGNATION [stæg'neiʃən], *V.* **STAGNANCY**.

STAGY, STAGEY ['steidʒi], *a.* teatral.

STAID [steid], *a.* firme, fixo; sóbrio; grave.

STAIDNESS ['steidnis], *s.* gravidade, seriedade; sobriedade; firmeza.

STAIN [stein], *s.* mancha, mácula; desonra, deslustre; mordente. *v.* manchar, macular; difamar, desonrar.

STAINED-GLASS ['steindgla:s], *s.* vidro colorido; vitral.

STAINLESS ['steinlis], *a.* puro, limpo, imaculado; inoxidável.

STAIR [stɛə], *s.* degrau; *pl.* escadaria, escada.

STAIRCASE ['stɛəkeis], *s.* escada, escadaria; lanço de escada.

STAIRWAY ['stɛəwei], *V.* **STAIRCASE.**

STAKE [steik] *s.* estaca, poste, pelourinho; entrada; parada, aposta (no jogo); perigo; risco. *v.* apoiar, sustentar; apostar, fazer paradas. # *at stake,* em jogo. *sweep the stakes,* ganhar tudo, ganhar a bolada (= o bolo).

STALACTITE ['stæləktait], *s.* estalactite.

STALAGMITE ['stæləgmait], *s.* estalagmite.

STALE [steil], *a.* antigo, velho, usado, gasto; insípido; (jur.) caduco; duro, velho, dormido (pão); choca (cerveja). *s.* engodo, isca, bobo, tolo. *v.* tornar velho.

STALEMATE ['steil'meit], *s.* empate (no jogo de xadrez). *v.* paralisar, empatar (no jogo de xadrez).

STALENESS ['steilnis], *s.* velhice; ranço.

STALK [stɔ:k], *s.* haste, talo; pé; cana; tronco; andar altivo. *v.* andar nas pontas dos pés; andar afetadamente.

STALKY ['stɔ:ki], *a.* delgado; inteligente.

STALL [stɔ:l], *s.* baia; estrebaria, cocheira, cavalaria, coudelaria; (av.) estol (perda de velocidade); cadeia de orquestra = (E.U.) *orchestra seat;* história; pretexto; tenda, barraca, banca = (E.U.) *stand. v.* encurralar; residir, morar; atolar; parar, enguiçar (motor); "fazer cera" (não trabalhar); responder com subterfúgios: (E.U.) paralisar.

STALLION ['stæljən], *s.* garanhão.

STALWART ['stɔ:lwət], *a.* robusto, vigoroso, forte, rijo; bravo, valente, destemido; leal.

STALWARTNESS ['stɔ:lwətnis], *s.* bravura, valentia.

STAMEN ['steimən], *s.* (bot.) estame.

STAMINA ['stæminə], *s.* força, vigor, poder.

STAMMER ['stæmə], *s.* gaguez, gagueira. *v.* gaguejar, tartamudear.

STAMMERER ['stæmərə], *s.* gago.

STAMP [sæmp], *s.* selo, estampilha; cunho; impressão, marca, sinal; estampa, imagem, medalha; caráter, índole; prensa; (E.U.) *pl.* notas, dinheiro-papel. *v.* estampar, imprimir, gravar, cunhar; selar; sapatear.

STAMPEDE [stæm'pi:d], *s.* estouro de uma boiada; dispersão, fuga. *v.* fugir com medo.

STAMPER ['stæmpə], *s.* impressor, estampador; prensa; pilão.

STAMPING ['stæmpiŋ], *s.* estampagem; estampilhagem; sapateado.

STANCE [stæns], *s.* sítio, local, posição, postura, estância.

STANCH [stɑ:ntʃ], *a.* são, sadio; resoluto, decidido, firme, seguro; sólido. *v.* vedar, estancar, parar.

STANCHION ['stɑ:nʃən], *s.* escora; balaústre; poste; (náut.) montante.

STAND [stænd], *pret.* e *pp.* **STOOD.** *v.* pôr de pé; suster, suportar; colocar; agüentar, tolerar; estar de pé; erguer-se (com *up);* sustentar-se, manter-se; permanecer, estar; achar-se; valer; constituir; ser candidato a. *s.* lugar, sítio; posto, parada, pausa; pedestal, plataforma, pé, descanso; estante; oposição, resistência; (E.U.) tenda, barraca, banca = (Ing.) *stall.* # *be at a stand,* estar perplexo. *come to a stand,* chegar a um impasse. *how do we stand?* em que pé (em que ponto) estamos? *stand aloof from,* manter-se à parte, ficar de lado, *stand aside,* não tomar parte em, ficar de lado. *stand away,* manter-se à distância. *stand back,* afastar-se recuar. *stand by,* manter-se perto de; ajudar, ser solidário com; ser espectador, estar à espera de. *stand for,* tolerar; oferecer-se como, candidatar-se a; representar, substituir. *stand in with,* aliar-se a. *stand off,* afastar-se, ficar de lado, manter-se à distância. *stand out,* salientar-se, sobressair, distinguir-se; retirar-se, opor-se; durar; resistir. *stand out against,* opor-se a. *stand out for,* defender; insistir em. *stand over,* adiar, ficar adiado. *stand to,* estar em situação de, *stand up,* levantar-se; ficar ereto, ficar de pé. *stand up for,* responder por, responsabilizar-se por. *stand up to,* enfrentar; resistir a. *stand well with,* dar-se bem com. *stand with,* ser cotado com, ser considerado. *take a stand,* tomar posição definida.

STANDARD ['stændəd], *s.* estandarte; padrão, norma, modelo, critério, tipo; medida; (mec.) suporte, pilastra; estandarte; série (em escola primária) = (E.U.) *grade. a.* normal, legal, oficial, clássico. # *standard of living*, padrão de vida. *standard of value*, (fin.) padrão do valor.

STANDARD-BEARER ['stændədbɛərə], *s.* porta-bandeira, porta-estandarte. (E.U.) chefe político.

STANDARDIZATION (ISA) ['stændədai'zeiʃən] *s.* estandardização, construção em série; aferição.

STANDARDIZE (ISE) ['stændədaiz], *v.* estandardizar, padronizar; construir em séries.

STANDARD-WORK ['stændədwə:k], *s.* obra clássica.

STAND-BY ['stændbai], *s.* arrimo, apoio.

STANDER-BY ['stændəbai], *s.* assistente, presente.

STAND-IN ['stænd-in], *s.* (cin.) extra que substitui um artista até o início da filmagem.

STANDING ['stændiŋ], *s.* posição, postura; consideração, reputação; crédito; categoria; lugar, sítio. *a.* durável, permanente, fixo, constante; estagnado.

STANDING-ARMY ['stændiŋɑ:mi], *s.* exército permanente.

STANDISH['stændiʃ], *s.* escrivaninha.

STANDOFF ['stændɔf], *s.* afastamento; reserva. *a.* reservado, frio; afastado.

STANDOFFISH ['stænd'ɔ:fiʃ], *a.* distante, afastado; reservado.

STANDOFFISHNESS ['stænd'ɔ:fiʃnis], *s.* afastamento; reserva; retraimento.

STANDPOINT ['stændpɔint], *s.* ponto de vista.

STANDSTILL ['stændstil], *s.* paralisação; suspensão.

STAND-UP ['stændʌp], *a.* ereto.

STANHOPE ['stænəp], *s.* cabriolé.

STANK [stæŋk], *pret.* de **STINK.**

STANZA ['stænzə], *s.* estrofe, estância.

STAPLE ['steipl], *s.* mercado, depósito, empório, matéria-prima; escala; filamento; fibra; chapa de ferro; produto básico, artigo principal; grampo para papel. *a.* principal, proeminente; estabelecido, reconhecido; (com.) de uso corrente. # *staple article*, artigo de primeira necessidade; artigo de grande consumo.

STAPLER ['steiplə], *s.* grampeador.

STAPLING-MACHINE ['steipliŋmə'ʃi:n], *s.* *V.* **STAPLER.**

STAR [stɑ:], *s.* estrela, astro; destino, sorte, fado, sina; insígnia, cruz; asterisco; notabilidade, pessoa notável. *v.* estrelar, semear de estrelas, estrelejar; fazer o papel principal (teatro, cinema). # *five-grand-a-week star*, (cin. e teatro) astro de primeira grandeza. *my stars!* papagaio! (*int.* que designa espanto). *star apple*, (bot.) abieiro. *Stars and Bars*, (E.U.) bandeira da confederação sulista. *star shell*, (mil.) granada de sinalização. *star shower*, chuva de estrelas. *Star Spangled Banner*, hino nacional dos Estados Unidos = *Stars and Stripes.*

STARBLIND ['stɑ:blaind], *a.* com catarata.

STARBORD ['stɑ:bəd], *s.* estibordo. *v.* guinar para estibordo.

STARCH [stɑ:tʃ], *s.* fécula, goma, amido. *a.* duro, teso, rígido; feculento; engomado. *v.* engomar.

STARCHY ['stɑ:tʃi], *a.* feculento; engomado; teso, rijo; afetado, pedantesco.

STARE [stɛə], *s.* olhar fixo; pasmo, espanto, admiração. *v.* encarar, fixar, fitar; saltar aos olhos; ser evidente. # *vacant stare*, olhar vago.

STAR-FISH ['stɑ:fiʃ], *s.* astéria, estrela do mar.

STARING ['stɛəriŋ], *a.* admirado, espantado, surpreso; fito. *s.* ato de fitar ou encarar.

STARK [stɑ:k], *a.* rijo, forte, teso; áspero; absoluto, completo, perfeito, cabal; inteiro; íntegro; chapado; puro. *adv.* completamente, cabalmente.

STARK-MAD [stɑ:kmæd], *s.* doido varrido, louco furioso.

STARK-NAKED ['stɑ:kneikt], *a.* nu em pêlo.

STARLESS ['stɑ:lis], *a.* sem estrelas; sem luz estelar.

STARLIGHT ['stɑ:lait], *s.* luz ou brilho estelar. *a.* estrelado.

STARLING ['stɑ:liŋ], *s.* estorninho.

STARLIT ['stɑ:lit], *a.* iluminado pelas estrelas; estrelado, constelado.

STARRED [stɑ:d], *a.* estrelado, constelado.

STARRINESS ['sta:rinis], *s.* profusão de estrelas.

STARRY ['sta:ri], *a.* estrelado, constelado, brilhante, rutilante.

STARRY-EYED ['sta:ri-aid], *a.* visionário, idealista.

STAR-SPANGLED ['sta:spæŋgld], *a.* semeado de estrelas. # *the star-spangled banner,* a bandeira dos E.U.A.

START [sta:t], *s.* impulso, arrancada, largada, ímpeto, arranco; saída, partida; começo, princípio, iniciativa; susto, sobressalto, estremecimento. *v.* pôr-se em marcha, seguir, partir, arrancar, começar; desviar-se, deslocar-se; assustar-se, sobressaltar-se, estremecer; pôr em movimento; dar de si; sair com ímpeto; dar começo a; inventar; deslocar; desarmar; suscitar.

STARTER ['sta:tə], *s.* iniciador; cão que levanta a caça; (esp.) o que dá o sinal de partida; (mec.) arranque (= arranco).

STARTER-SWITCH ['sta:tə'switʃ], *s.* (aut.) botão de arranque.

STARTING ['sta:tiŋ], *s.* susto, estremecimento, sobressalto; deslocação; salto; partida, largada. *a.* espantadiço, assustado; de partida.

STARTING-GATE ['sta:tiŋgeit], *s.* ponto de partida (corrida de cavalo).

STARTING-PLACE ['sta:tiŋpleis], *s.* (esp.) linha de partida.

STARTING-POINT ['sta:tiŋpɔint], *s.* ponto de partida.

STARTING-POST [sta:tiŋpoust], *s. V.* **STARTING-GATE.**

STARTISH ['sta:tiʃ], *a.* espantadiço, assustado.

STARTLE ['sta:tl], *v.* alarmar, espantar, sobressaltar, assustar; assustar-se, sobressaltar-se; estremecer.

STARTLING ['sta:tliŋ], *a.* impressionante, alarmante; assustador.

STARVATION [sta:'veiʃən], *s.* fome, inanição; definhamento; desnutrição; indigência; miséria.

STARVE [sta:v], *v.* morrer de fome ou frio; definhar; estar na miséria ou indigência; matar de fome ou frio.

STARVELING ['sta:vliŋ], *s.* pessoa que passa fome. *a.* faminto.

STATE [steit], *s.* estado, situação, disposição, condição, circunstância; (com maiúscula) Estado (poder civil de uma nação; país ou uma das unidades de uma federação); gala, pompa, esplendor, aparato, fausto, magnificência. *v.* declarar, manifestar, afirmar, expor; determinar; assentar; contar, relatar, narrar, enunciar, formular. *a.* estatal; público. # *in state,* com grande pompa. *lie in state,* jazer em câmara ardente. *state of siege,* estado de sítio.

STATECRAFT ['steitkra:ft], *s.* arte de governar, administração pública, política.

STATE-HOUSE ['steithaus], *s.* palácio do governo.

STATELESS ['steitlis], *a.* sem pátria.

STATELINESS ['steitlinis], *s.* grandeza, pompa, fausto, luxo; dignidade; altivez.

STATELY ['steitli], *a.* grandioso, majestoso, pomposo, suntuoso; altivo, soberbo.

STATEMENT ['steitmənt], *s.* proposição, enunciado; relato, exposição, relatório, declaração; afirmação; asserção; manifestação; (com.) balanço. # *financial statement,* balancete. *statement of account,* extrato de conta. *statement of value,* declaração de valor.

STATE-ROOM ['steit-rum], *s.* camarote de passageiros (navio).

STATESMAN ['steitsmən], *s.* estadista; homem de Estado; político.

STATESMANLIKE ['steistsmənlaik], *a.* de estadista.

STATESMANLY ['steitsmənli], *a.* de modo próprio de estadista.

STATIC, AL ['stætik, əl], *a.* estático.

STATICS ['stætiks], *s.* estática.

STATION ['steiʃən], *s.* estação (ponto de parada); sítio, situação, lugar; posto; posição ou condição social; classe; emprego; ofício; esquadra; estância, pouso; usina elétrica. *v.* colocar, situar, alojar, postar, nomear para um posto ou emprego. *current supply station,* central elétrica. *filling station* ou *gas station,* (E.U.) bomba de gasolina = (Ing.) *petrol pump. Stations of the Cross,* a Via-sacra.

STATION AGENT ['steiʃəneidʒənt], *s.* (E.U.) agente de estação (estrada de ferro) = (Ing.) *station master.*

STATIONARY ['steiʃnəri], *a.* fixo, estacionário, parado, imóvel.

STATIONER ['steiʃnə], *s.* dono de papelaria.

STATIONERY ['steiʃənəri], *s.* papelaria; artigos de escritório.

STATION HOUSE ['steiʃənhaus], *s.* (E.U.) delegacia de polícia = (Ing.) *police station.*

STATION MASTER ['sfeiʃənmɑ:stə], *s.* agente de estação (estrada de ferro) = (E.U.) *station agent.*

STATION PORTER ['steiʃənpɔ:tər], *s.* carregador (estação de estrada de ferro) = (E.U.) *red-cap. V.* **RED-CAP.**

STATION-WAG(G)ON ['steiʃənwægən], *s.* camioneta com carroçaria de madeira, "perua", "jardineira".

STATIST ['steitist], *s.* estadista; estatístico.

STATISTIC, AL [stə'tistik, əl], *a.* estatístico.

STATISTICIAN [stætis'tiʃən], *s.* estatístico.

STATISTICS [stə'tistiks], *s.* estatística.

STATUARY ['stætjuəri], *s.* estatuária. *a.* estatuário.

STATUE ['stætju:], *s.* estátua.

STATUESQUE [stætju'esk], *a* semelhante a estátua.

STATUETTE [stætju'et], *s.* estatueta.

STATURE ['stætʃə], *s.* estatura, tamanho, altura; talhe.

STATUS ['steitəs], *s.* estado; posição; qualidade, título; classe, categoria.

STATUTE ['stætju:t], *s.* estatuto; constituição; ordenação; regulamento. # *statute law,* lei estatuária. *statute mile* (1.609 m.)

STATUTE-BOOK ['stætju:tbuk], *s.* código civil (Ing.).

STATUTORY ['stætjutəri], *a.* estatuído, estabelecido em virtude de uma lei; legal.

STAUNCH [stɔ:ntʃ], *a.* leal, constante, sincero; firme, seguro, sólido; em bom estado; são; resoluto, determinado, decidido; dedicado.

STAUNCHNESS ['stɔ:ntʃnis], *s.* constância, firmeza, solidez; fidelidade, lealdade, sinceridade.

STAVE [steiv], *pret.* e *pp.* **STAVED** ou **STOVE.** *v.* colocar aduelas; despedaçar; quebrar, partir; arrombar. *s.* vara; cajado, bordão; aduela (de pipa); (mús.) pauta, pentagrama; (poes.) estrofe, estância. (= estança). # *stave in,* furar, fazer um rombo em alguma coisa. *stave off,* manter à distância; protelar.

STAVES [steivz], *pl.* de **STAFF** e de **STAVE.**

STAY [stei], *pret.* e *pp.* **STAYED** ou **STAID.** *v.* parar; ficar ou estar na mesma posição ou lugar; continuar; demorar-se em um lugar; permanecer; conter, reprimir; protelar, adiar, transferir; confiar; esperar; deter-se, demorar-se. *s.* estadia, estada; residência, domicílio; espera; parada; impedimento, obstáculo, estorvo; apoio, suporte, resistência, esteio, arrimo, escora; tirante; (náut.) estai; *pl.* colete de barbatanas, espartilho. # *don't stay me up!* não me deixes em falta, não me deixes mal. *stay away,* ficar afastado. *stay behind,* ficar para trás. *stay in,* ficar em casa. *stay on,* perdurar. *stay out,* ficar fora. *stay over,* passar a noite fora de casa. *stay put,* ficar onde está, onde foi posto. *stay up.* fazer vigília.

STAY-AT-HOME ['steiəthoum], *s.* pessoa caseira.

STAYSAIL ['steiseil], *s.* (náut.) bujarrona.

STEAD [sted], *s.* lugar. # *go in someone's stead,* ir em lugar de alguém, substituir alguém. *stand in good stead,* ser útil, prestar bom serviço.

STEADFAST ['stedfəst], *a.* constante, estável, firme; decidido, resoluto.

STEADILY ['stedili], *adv.* constantemente, firmemente; lealmente.

STEADINESS ['stedinis], *s.* firmeza, segurança, estabilidade; constância, perseverança.

STEADY ['stedi], *a.* firme, seguro, fixo, estável; estabelecido, decidido, constante, consistente; sóbrio; estacionário. *s.* (E.U. col.) namorado, namorada, noivo, noiva. *v.* firmar-se.

STEADYING ['stediiŋ], *s.* estabilização, estabilidade.

STEAK [steik], *s.* bife; posta de carne; talhada.

STEAKBURGER ['steikbə:gə], *s.* sanduíche de carne.

STEAL [sti:l] *pret.* **STOLE,** *pp.* **STOLEN,** *v.* furtar, roubar, surrupiar (= surripiar), subtrair; arrebatar; introduzir-se clandestinamente; escapar-se furtivamente; insinuar-se. *s.* furto, roubo; coisa roubada, produto de um roubo.

steal away (out, in, past, through, etc.), fugir (sair, entrar, passar, atravessar) sorrateiramente.

STEALING ['sti:liŋ], *s.* furto, roubo.

STEALTH ['stelθ], *s.* reserva, discrição.

STEALTHILY ['stel ili], *adv.* clandestinamente, secretamente, furtivamente, sorrateiramente.

STEALTHY ['stelθi], *a.* furtivo, clandestino, escondido.

STEAM [sti:m], *s.* exalação, vapor; fumo; evaporação; força, energia; espírito. *v.* evaporar-se; cozinhar a vapor; emitir vapor; mover a vapor; navegar a vapor; vaporizar; aplicar vapor. # *steam generator,* (maq.) caldeira de vapor.

STEAM-BOAT ['sti:mbout], *s.* vapor, navio.

STEAM-ENGINE ['sti:mənd3in], *s.* máquina a vapor.

STEAMER ['sti:mə], *s.* máquina a vapor; navio a vapor.

STEAMSHIP ['sti:mʃip], *s.* navio a vapor.

STEAMY ['sti:mi], *a.* cheio de vapor; semelhante ao vapor; (col.) colérico, enfurecido.

STEARIC [sti'ærik], *a.* esteárico.

STEARIN ['stiərin], *s.* estearina.

STEATITE ['stiətait], *s.* esteatita, pedra--sabão.

STEED ['sti:d], *s.* corcel, cavalo, ginete.

STEEL [sti:l], *s.* aço. *a.* duro; de aço; insensível. *v.* acerar. # *cold steel,* armas brancas. *flange steel,* aço para caldeira. *mild steel,* aço macio. *steel forging.* aço forjado. *steel gut,* limalha de aço. *steel wool,* palha de aço.

STEEL-CLAD ['sti:lklæd], *s.* com armadura de aço.

STEEL-PLATED ['sti:l'pleitid], *a.* blindado com aço.

STEELYARD ['sti:ljɑ:d], *s.* balança romana.

STEEP [sti:p], *s.* despenhadeiro, precipício, abismo. *a.* escarpado, alcantilado, íngreme; exorbitante, excessivo. *v.* molhar; embeber; empapar, impregnar, pôr de infusão.

STEEPEN ['sti:pən], *v.* tornar-se alcantilado ou escarpado.

STEEPLE ['sti:pl], *s.* campanário, torre.

STEEPLE-CHASE ['sti:pltʃeiz], *s.* corrida de obstáculos (a cavalo).

STEEPLY ['sti:pli], *a.* em declive; a pique; escarpado; íngreme.

STEEPNESS ['sti:pnis], *s.* escarpa, declive, alcantil, ladeira íngreme; escabrosidade.

STEER [stiə], *s.* novilho; animal castrado. *v.* dirigir, guiar, governar, conduzir; navegar; castrar. # *steer off,* desviar.

STEERAGE ['stiərid3], *s.* proa, direção; governo.

STEERER ['stiərə], *s.* timoneiro.

STEERÍNG ['stiəriŋ], *s.* direção, governo, volante (de direção).

STEERING-BOX ['sti:riŋbɔks], *s.* (aut.) caixa de direção. # *steering tie-rod,* barra de direção.

STEERING-WHEEL ['stiəriŋwi:l], *s.* volante (de automóvel).

STEERSMAN ['stiərzmən], *V.* **STEERER.**

STEEVE [sti'v[, *s.* pau para apertar fardos; ângulo formado pelo gurupés e a quilha do navio. *v.* apertar fardos; elevar o gurupés; alçar o gurupés.

STELLAR ['stələ], *a.* estelar.

STEM [stem], *s.* caule, pecíolo, haste, talo, cabo, pedúnculo, tronco, pé; (gram.) raiz de palavra. *v.* resistir, opor-se, deter; ir de encontro; fazer frente a; vencer a corrente; represar; pôr carvão. # *stem from,* provir de, ser causado por.

STEMPLE ['stempl], *s.* escora.

STEM-WINDER ['stemwaində], *s.* (E.U.) relógio de pino, de dar corda pelo pé = (Ing.) *keyless watch.*

STENCH [stentʃ], *s.* cheiro forte; fedor, mau cheiro.

STENCH-TRAP ['stentʃtræp], *s.* sifão (em esgoto).

STENCIL ['stensl], *s.* modelo, molde, forma, padrão. *v.* gravar; moldar; pintar ou marcar por meio de molde.

STENCIL-PAPER ['stenslpeipə], *s.* papel para matriz de impressão a mimeógrafo.

STENOGRAPH ['stenəgrɑ:f], *s.* escrita estenográfica.

STENOGRAPHER [ste'nɔgrəfə], *s.* (E.U.) taquígrafo, estenógrafo = (Ing.) *shorthand typist, shorthand writer.*

STENOGRAPHIC [steno'græfik], *a.* estenográfico, taquigráfico.

STENOGRAPHY [ste'nɔgrəfi], *s.* taquigrafia, estenografia.

STENOSIS ['stənousis], *s.* (med.) estenose.

STENTORIAN [sten'tɔ:riən], *a.* estentóreo.

STEP [step], *s.* passo, passado; progresso; adiantamento; degrau; cadência, compasso; (aut.) estribo; (náut.) carlinga; *pl.* meios; providências, medidas; escada de encostar, escada de pintor, escada de abrir. *v.* pôr o pé; pisar; dar um passo; andar, caminhar. # *break step,* perder o passo. *fall out of step,* errar o passo. *keep (in) step with,* acompanhar. *mind the step!* cuidado com o degrau! *quick step,* passo acelerado. *step on it,* acelerar (automóvel); apressar-se. *step on it!* (aut.) pé na tábua! *step out,* divertir-se, passear (em companhia de moça). *to get out of step,* perder o passo. *to take steps,* tomar providências.

STEP-BROTHER ['stepbrʌðə], *s.* irmão por parte de pai ou de mãe; meio-irmão.

STEP-CHILD ['steptʃaild], *s.* enteado ou enteada.

STEP-DANCE ['stepdɑ:ns], *s.* sapateado.

STEP-DAUGHTER ['stepdɔ:tə], *s.* enteada.

STEP-FATHER ['stepfɑ:ðə], *s.* padrasto.

STEP-MOTHER ['stepmʌðə], *s.* madrasta.

STEPNEY ['stepni], *s.* (aut.) roda e pneu de reserva.

STEPPE [step], *s.* estepe.

STEPPING-STONE ['stepiŋstoun], *s.* degrau; (fig.) ponto de partida.

STEP-SISTER ['stepsistə], *s.* irmã por parte de pai ou de mãe, meia-irmã.

STEP-SON ['stepsʌn], *s.* enteado.

STEP-UP ['step-ʌp], *s.* promoção.

STEP-WHEEL ['stepwi:l], *s. V.* **STEPNEY.**

STEREOSCOPE ['steriəskoup], *s.* estereoscópio.

STEREOSCOPY [steri'ɔskəpi], *s.* estereoscopia.

STEREOTYPE ['steriətaip], *s.* estereótipo. *v.* estereotipar.

STEREOTYPER ['steriətaipə], *s.* estereotipista.

STEREOTYPING ['steriətaipiŋ], *s.* estereotipia.

STERILE ['sterail], *a.* estéril, infecundo, improdutivo.

STERILITY [ste'riliti], *s.* esterilidade, improdutividade, infecundidade.

STERILIZATION (ISA) [sterilai'zeiʃən], *s.* esterilização.

STERILIZE ['sterilaiz], *v.* esterilizar.

STERILIZER (ISER) ['sterilaizə], *s.* esterilizador.

STERLING ['stə:liŋ], *s.* libra esterlina. *a.* esterlino; de lei. # *sterling silver,* prata de lei.

STERN [stə:n], *s.* (náut.) popa; ré; traseiro; cauda. *a.* severo, austero, áspero, duro, carrancudo, inflexível. # *from stern to stern* de popa a proa.

STERNNESS ['stə:nnis], *s.* rigor, severidade, austeridade, crueldade, dureza, desumanidade.

STERTOROUS ['stə:tərəs], *a.* estertoroso.

STETHOSCOPE ['steθəskoup], *s.* estetoscópio.

STEVEDORE ['sti:vidə:], *s.* estivador.

STEW [stju:], *s.* cozido, guisado; estufado; perturbação mental; ansiedade, intranqüilidade; viveiro, reservatório; tanque; lupanar. *v.* estufar; guisar, cozer em fogo brando; estar aborrecido ou agitado.

STEWARD [stjuəd], *s.* despenseiro, mordomo; empregado de bordo; intendente, comissário de bordo, ecônomo; aeromoço.

STEWARDESS ['stjuədis], *s.* empregada de bordo; aeromoça.

STEWARDSHIP ['stjuədʃip], *s.* intendência, administração, governo, cargo de despenseiro.

STEWED [stju:d], *a.* cozido; (gír.) embriagado.

STEWPAN ['stju:-pæn], *s.* caldeira, caldeirão.

STEWPOT ['stju:-pɔt], *V.* **STEWPAN.**

STICK [stik], *pret.* e *pp.* **STUCK.** *v.* cravar, fincar, introduzir, meter, enterrar; pregar; aderir, prender, afixar; contundir: fixar-se, derreter-se; vacilar, hesitar; parar; atolar-se; enganar, lograr. *s.* vareta, vara, pau; bengala; batuta; picada; estocada; hesitação; *pl.* varetas de leque. # *cut out one's stick,* partir, retirar-se. *get hold of the wrong end of the stick,* enganar-se redondamente. *stick by,* ser fiel a, ser solidário com. *stick* (= *put*) *it there!* toque nestes ossos! *stick out* (ou *stand out*) *for,* insistir em ter ou receber. *stick to,* permanecer fiel a, manter (palavra). *stick up,* assaltar para roubar. *stick up for,* defender = *stand up for.*

STICK-CANDY ['stik-kændi], pirulito = *all-day sucker, lollipop.*

STICKER ['stikə], *s.* o que fixa ou prega; (E.U.) cartaz; papeleta pregada a uma fatura; rótulo gomado.

STICKINESS ['stikinis], *s.* tenacidade; viscosidade, pegajosidade; aderência.

STICKING ['stikiŋ], *a.* aderente. *s.* ato de aderir.

STICKING-PLASTER ['stikiŋplɑːstə], *s.* adesivo; esparadrapo.

STICK-IN-THE-MUD ['stikinðəmʌd], *s.* pessoa pachorrenta; pessoa retrógrada.

STICK JAW ['stikdʒɔː], *s.* puxa-puxa = *pull-candy.*

STICKLEBACK ['stiklbæk], *s.* peixe-espinho.

STICKLER ['stiklə], *s.* pessoa implicante ou insistente; quebra-cabeça ou problema difícil.

STICKPIN ['stikpin], *s.* (E.U.) alfinete de gravata = (Ing.) *breast-pin.*

STICK-UP ['stikʌp], *s.* assalto a mão armada; colarinho duro.

STICKY [stiki], *a.* pegajoso, viscoso, meloso; tenaz, firme.

STIFF [stif], *a.* teso, duro, firme, empertigado, inflexível, rígido, direito; embotado; obstinado, teimoso.

STIFFEN ['stifn], *v.* endurecer, enrijar, enrijecer, reforçar; consolidar; entorpecer; subir (preço, juros).

STIFFENER ['stifnə], *s.* chumaço; contraforte, reforço.

STIFFENING ['stifniŋ], *s.* endurecimento; consolidação; entretela.

STIFF-NECKED ['stif'nekt], *a.* teimoso, cabeçudo, obstinado.

STIFFNESS ['stifnis], *s.* dureza, rigidez; obstinação; dureza de estilo.

STIFF-STARCHED ['stif'stɑːtʃt], *a.* engomado; teso; (fig.) afetado, presumido.

STIFLE [staifl], *v.* abafar, sufocar, apagar, ocultar, suprimir, extinguir.

STIFLING ['staifliŋ], *a.* sufocante, abafante. *s.* sufocação, abafamento.

STIGMA ['stigmə], *pl.* **STIGMAS, STIGMATA** ['stigməz, 'stigmətə], *s.* mácula, estigma.

STIGMATIZE ['stigmətaiz], *v.* estigmatizar.

STILE [stail], *s.* escada, degrau; umbral.

STILETTO [sti'letou], *s.* estilete; sovela. *v.* apunhalar.

STILL [stil], *s.* alambique; sossego, tranqüilidade; (foto) fotografia de pessoa ou coisa parada. *a.* calmo, tranqüilo, silencioso, sossegado; inanimado, imóvel, morto. *v.* acalmar, tranqüilizar, sossegar; destilar; deter, parar; calar. *adv* sempre, ainda. *conj.* todavia, contudo, entretanto, no entanto.

STILL-BIRTH ['stilbəːθ], *s.* nascimento de uma criança morta.

STILL-BORN ['stilbɔːn], *a.* natimorto.

STILLER ['stilə], *s.* pacificador.

STILLNESS ['stilnis], *s.* calma, tranqüilidade, repouso, sossego.

STILL-ROOM ['stilrum], *s.* laboratório para destilação; destilaria, destilação; quarto de guardados.

STILT [stilt], *s.* espécie de narceja; *pl.* pernas de pau. *v.* andar de pernas de pau; erguer-se.

STILTED ['stiltid], *a.* bombástico.

STILTEDNESS ['stiltidnis], *s.* elevação artificial; afetação.

STIMULANT ['stimjulənt], *a.* e *s.* estimulante, excitante, reconfortante.

STIMULATE ['stimjuleit], *v.* estimular; reconfortar.

STIMULATION ['stimju'leiʃən], *s.* estimulação, excitação.

STIMULATOR ['stimjuleitə], *s.* estimulador, excitador.

STIMULI ['stimjulai], *pl.* de **STIMULUS.**

STIMULUS ['stimjuləs], *s.* estímulo, incentivo *pl.* **STIMULI.**

STING [stiŋ], *pret.* e *pp.* **STUNG.** *v.* aguilhoar, ferroar (= aferroar, ferrotear, aferrotear), picar; doer, atormentar; (E.U.) explorar no preço = (Ing.) *over-charge, cheat. s.* aguilhão, ferrão; picada; (fig.) arrependimento, remorso.

STINGER ['stiŋə], *s.* o que pica; o que punge.
STINGINESS ['stindʒinis], *s.* avareza, mesquinharia.
STINGING ['stiŋin], *s.* picante.
STINGY ['stindʒi], *a.* sovina, avaro, mesquinho.
STINK [stiŋk], *pret.* **STANK** ou **STUNK.** *pp.* **STUNK.** *v.* feder. *s.* fedor, mau cheiro. *raise a stink,* (gír.) protestar energicamente.
STINKING ['stiŋkiŋ], *a.* fétido.
STINK-TRAP ['stiŋktræp], *s.* *V.* **STENTCH-TRAP.**
STINT [stint], *s.* restrição, limite; parte; quantidade, quota, quinhão. *without stint,* sem dúvida. *v.* encurtar, diminuir, restringir, limitar; economizar; parar, cessar.
STIPEND ['staipend], *s.* estipêndio, ordenado, salário.
STIPENDIARY [stai'pendjəri], *s.* assalariado; mercenário. *a.* estipendiário; mercenário.
STIPL ['stipl], *s.* processo de desenho ou gravura a pontos. *v.* desenhar ou gravar a pontos.
STIPULATE ['stipjuleit], *v.* estipular, determinar, contratar.
STIPULATION [stipju'leiʃən], *s.* contrato; estipulação.
STIPULATOR ['stipjuleitə], *s.* estipulador.
STIPULE ['stipju:l], *s.* (bot.) estípula.
STIR ['stə:], *s.* bulha, reboliço, conflito, tumulto. *v.* mover, agitar, mexer; excitar. # *don't stir!* não se mexa! *stir and bustle,* agitação, animação. *stir up,* provocar, excitar.
STIRABOUT ['stə:rəbaut], *s.* pessoa diligente; espécie de mingau. *a.* ativo.
STIRPS [stə:ps], *s.* estirpe, linhagem.
STIRRER ['stə:rə], *s.* agitador.
STIRRING ['stə:riŋ], *s.* agitação, movimento. *a.* vibrante; ativo, agitado, movimentado; buliçoso; comovente.
STIRRUP ['stirəp], *s.* estribo; grampo; colchete.
STITCH [stitʃ], *s.* ponto (costura); ponto falso; ponto de malha; pontada; caminhada; distância. *v.* pespontar, coser, costurar. # *a stitch in time saves nine,* mais vale prevenir do que remediar. *stitch on,* pregar (um botão).
STITCH-CROSS ['stitʃkrɔs], *s.* ponto de cruz.
STITCHING ['stitʃiŋ], *s.* ponto, pesponto; costura.
STITCH-LOCK ['stitʃlɔk], *s.* ponto de cadeia.
STITHY ['stiði], *s.* forja; bigorna.
STOCK [stɔk], *s.* (com.) estoque, provisão, sortimento; cepo, tronco; linhagem; raça; gado, manada; manilha; recibo; indivíduo ignorante; matéria-prima; colmeia; coronha; ações, títulos; lotes. *v.* fornecer, prover, sortir, abastecer; armazenar. # *a block of stocks,* (Bolsa) um lote de ações. *a laughing stock,* um bobo alegre. *bright stock,* (petr.) óleo pesado claro. *common stocks,* (Bolsa) ações ordinárias. *cumulative stock,* ação que acumula dividendos. *dead stock,* bens imóveis. *floating stock,* estoque em circulação. *live stock,* bens semoventes (gado). *preferred stocks,* (Bolsa) ações preferenciais. *rolling stock,* material circulante. *(joint) stock company,* sociedade anônima. *stock market,* mercado de valores. *stock piling,* estocagem. *stocks and bonds,* ações e obrigações. *stock paper,* papel couché. *stocks and shares,* ações. *take stock,* dar balanço, fazer inventário do estoque. *the stocks,* os estaleiros. *to be short of stock,* (com.) estar em falta. *watered stock,* título com calor superestimado.
STOCKADE [stɔ'keid], *s.* paliçada, estacada. *v.* proteger com paliçadas.
STOCK-BALANCE ['stɔkbæləns], *s.* saldo de estoque.
STOCK BOOK ['stɔkbuk], *s.* (cont.) livro de mercadorias.
STOCK BREEDER ['stɔkbri:də], *s.* criador de gado.
STOCK-BROKER ['stɔkbroukə], *s.* corretor de fundos públicos.
STOCK-CAR ['stɔkkɑ:], *s.* vagão para transporte de animais.
STOCK-EXCHANGE ['stɔkikstʃeindʒ], *s.* Bolsa (de fundos públicos).
STOCKFARM ['stɔkfɑ:m], *s.* fazenda de criação.
STOCKHOLDER ['stɔkhouldə], *s.* (E.U.) acionista.
STOCKING ['stɔkiŋ], *s.* meia comprida.
STOCK-IN-TRADE ['stɔkin'treid], *s.* sortimento de uma loja.
STOCK JOBBER ['stɔkdʒɔbə], *s.* zangão (Bolsa).

STOCKPILE ['stɔkpail], *s.* estoque de matéria-prima.

STOCK RAISER ['stɔkreizə], *s.* criador de gado.

STOCK-RAISING ['stɔkreiziŋ], *s.* criação de gado.

STOCK-ROOM ['stɔkrum], *s.* almoxarifado.

STOCK-STILL ['stɔk'stil], *a.* parado.

STOCKTAKING ['stɔkteikiŋ], *s.* avaliação, inventário, ação de inventariar.

STOCKY ['stɔki], *a.* troncudo.

STOCK-YARD ['stɔkjɑ:d], *s.* curral.

STODGY ['stɔdʒi], *a.* indigesto, pesado.

STOGY, STOGIE ['stougi], *s.* charuto (E.U.) longo, fino, com as duas pontas cortadas e barato = (Ing.) *cheroot.*

STOIC, AL ['stouik, əl], *a.* e *s.* estóico; grave, severo, austero.

STOICISM ['stouisizm], *s.* estoicismo.

STOKE [stouk], *v.* atiçar, alimentar (o fogo).

STOKER ['stoukə], *s.* foguista; carregador de fornalha automático.

STOLE [stoul], *pret.* de **STEAL.** *s.* estola.

STOLEN ['stoulən], *pp.* de **STEAL.**

STOLID ['stɔlid], *a.* estólido, tolo, parvo; impassível, imperturbável, calmo, fleumático (= flegmático).

STOLIDITY [stɔ'liditi], *s.* fleuma (= flegma), impassibilidade, parvoíce, estolidez.

STOMACH ['stʌmək], *s.* estômago; apetite, desejo, tendência, inclinação; brio, amor-próprio; cólera, raiva. *v.* digerir; engolir; aturar, suportar; ressentir-se, agastar-se. # *on an empty stomach,* em jejum. *stay the stomach,* enganar o estômago. *turn the stomach, upset the stomach,* embrulhar o estômago, causar enjôo.

STOMACH-ACHE ['stʌmək-eik], *s.* dor de estômago.

STONE [stoun], *s.* pedra; caroço de fruta; cálculo biliar; testículo; pedra preciosa; medida de massa. *v.* apedrejar, revestir com pedras, endurecer, enrijecer; descaroçar; tirar o caroço. # *a rolling stone gathers no moss,* pedra que rola não cria limo. *constant dripping will wear away a stone,* água mole em pedra dura tanto dá até que fura. *crushed stone,* pedra britada. *cut stone,* pedra lapidada. *paving stone,* pedra de cantaria. *stone age,* idade da pedra. *to leave no stone unturned,* não deixar pedra sobre pedra. *within a stone's throw,* a pequena distância.

STONE-BLIND ['stoun'blaind], *a.* completamente cego.

STONE-BOTTLE ['stoun'bɔtl], *s.* botija.

STONE-DEAF ['stoun'def], *a.* completamente surdo.

STONE-DUMB ['stoun'dʌm], *s.* completamente mudo.

STONEMAN ['stounmən], *s.* calceteiro.

STONEMASON ['stounmeisn], *s.* pedreiro; calceteiro; canteiro.

STONE-PIT ['stounpit], *s.* pedreira.

STONE-PROOF ['stounpru:f], *s.* (tip.) prova de escova.

STONY ['stouni], *a.* pedregoso, empedernido; impassível, insensível; duro.

STOOD [stud], *pret.* e *pp.* de **STAND.**

STOOL [stu:l], *s.* banco, tamborete; escabelo; suporte, base. # *fall between two stools,* perder uma oportunidade (por hesitação). *stool pigeon,* chamariz (pombo); (gír.) criminoso delator de seus comparsas; espião da polícia que prepara cilada para criminosos; espião dentro de um sindicato.

STOOP [stu:p], *s.* inclinação, pendor; abatimento; condescendência, submissão; escora; poste; telheiro; varanda; palanque; (E.U.) patamar de escada. *v.* dobrar, inclinar, abaixar; inclinar-se, dobrar-se; humilhar-se, sujeitar-se; debruçar-se; abaixar-se. # *stoop down,* abaixar-se, curvar-se.

STOOPER ['stu:pə], *s.* o que se inclina ou abaixa.

STOOP SHOULDERED ['stu:p'ʃouldəd], *a.* de ombros encurvados.

STOP [stɔp], *s.* parada, pausa, paragem, suspensão, interrupção; obstrução, impedimento, embaraço; oposição, repressão; (mús.) tecla; registro (órgão); (tip.) ponto; (fot.) diafragma; (mec.) lingüeta; batente, esbarro; retém. *v.* parar, estacionar, suspender, interromper; obstruir; ficar por algum tempo; hospedar-se; deter; demorar; obturar (dente) = (E.U.) *fill.* # *margin stop,* marginador (de máquina de esrever). *stop bumper,* (mec.) batente; espera. *stop by* (ou *in),* fazer uma visita rápida = (Ing.) *drop in. stop-press (news),* notícia de última hora (jornal). *stop short,* estacar. *stop up,* tapar, obstruir.

STOP-COCK ['stɔpkɔk], *s.* registro, torneira de passagem.

STOP-GAP ['stɔpgæp], *s.* bucha; substituto,

STOP-GO ['stɔpgou], *s.* sinal semafórico (trânsito).

STOP-LIGHT ['stɔplait], *s.* sinal vermelho (tráfego).

STOP-LOSS ['stɔplɔs], *s.* ordem a um corretor para negociar dentro de determinada cotação.

STOP-OVER ['stɔp-ouvə], *s.* viagem com interrupção; escala (em viagem); passagem com direito a parada em qualquer ponto. # *stop-over ticket,* bilhete com direito a escala.

STOPPAGE ['stɔpidʒ], *s.* ação de impedir ou interceptar; parada, paragem; impedimento, obstrução, obstáculo, retenção.

STOP-PAYMENT ['stɔp'peimənt], *s.* ordem para sustar o p gamento de um cheque.

STOPPER ['stɔpə], *s.* o que faz parar; comporta; bujão; rolha. *v.* tapar, obturar.

STOPPING ['stɔpiŋ], *s.* obturação, obstrução, paragem.

STOP-THIEF ['stɔpθi:f], *s.* pega-ladrão.

STOP-VALVE ['stɔpvælv], *s.* válvula de passagem.

STOP-WATCH ['stɔpwɔtʃ], *s.* cronômetro.

STORAGE ['stɔ:ridʒ], *s.* armazenagem.

STORAGE BATTERY ['stɔ:ridʒ'bæteri], *s.* (E. U.) (eletr.) acumulador = (Ing.) *accumulator.*

STORE [stɔ:, stɔə], *s.* armazém, depósito; (E.U.) loja, bazar; entreposto; abundância, provisão, fornecimento, reserva. *v.* abastecer, sortir, aprovisionar, armazenar, acumular, guardar, ter em reserva. # *store bills,* contas a pagar. *the stores,* empório, grande loja dividida em seções = (E.U.) *department stores.*

STORE CLOTHES ['stɔ:klouðz, 'stɔəklouðz], *s.* (E.U.) roupa feita = (Ing.) *ready-made.*

STORE-HOUSE ['stɔ:haus, 'stɔəhaus], *s.* armazém, depósito.

STOREKEEPER ['stɔ:ki:pə, 'stɔəki:pə], *s.* almoxarife, fiel; (E.U.) lojista, varejista = (Ing.) *shopkeeper.*

STORE-ROOM ['stɔ:rum, 'stɔərum], *s.* despensa.

STORE-TOOTH ['stɔ:tu:θ], *s.* (E.U.) dente postiço, dente falso = (Ing.) *artificial tooth.*

STOREY, STORY ['stɔ:ri], *s.* pavimento, andar (casa).

STOREYED, STORIED ['stɔ:rid], *a.* que tem mais de um pavimento.

STORIETTE [stɔ:ri'et], *s.* conto, historieta.

STORK [stɔ:k], *s.* cegonha.

STORM [stɔ:m], *s.* borrasca, tormenta, temporal, tempestade; tumulto; assalto, ataque; ímpeto; comoção. *v.* tomar de assalto, assaltar, atacar, investigar; agastar-se, irrítar-se. # *after a storm comes a calm,* depois da tempestade vem a bonança. *a storm in a teacup,* uma tempestade num copo d'água. *ride out* (ou *weather) a storm,* vencer uma tempestade (navio). *storm troops,* (mil.) tropas de assalto. *storm window,* (arq.) contra-janela. *take by storm,* tomar de assalto.

STORM-BOUND ['stɔ:mbaund], *a.* retido pela tempestade.

STORMINESS ['stɔ:minis], *s.* estado tempestuoso, borrascoso; cólera, furor, fúria, rancor, raiva.

STORMING ['stɔ:miŋ], *s.* assalto, ataque.

STORMY ['stɔ:mi], *a.* tempestuoso, tormentoso, colérico, irritado; violento; apaixonado.

STORY ['stɔ:ri], *s.* história, narração, descrição, relatório, conto, ficção, fábula; anedota; argumento, enredo; mentira; andar, pavimento (= *storey*); (E.U.) reportagem. *v.* historiar, narrar; enfeitar com quadros históricos. # *as the story goes,* segundo consta, dizem. *a tall story,* uma história exagerada. *cock-and-bull story,* mentira descabelada, mentira cabeluda; história da carochinha, conto de fadas. *lift a story,* (E.U.) plagiar uma reportagem. *rag stories,* histórias escabrosas, picantes. *short story,* conto.

STOT [stɔt], *s.* (ofic.) olho (de martelo).

STOUT [staut], *s.* cerveja preta e forte. *a.* vigoroso, robusto, forte, corpulento; audaz, intrépido, ousado, valente, bravo, corajoso, destemido.

STOUT-HEARTED ['staut'ha:tid], *a.* intrépido, valente, corajoso.

STOUTNESS ['stautnis], *s.* robustez, corpulência, força, vigor; intrepidez, audácia.

STOVE [stouv], *pret.* de **STAVE.**

STOVE [stouv], *s.* estufa, fogão, fogareiro, aquecedor, esquentador.

STOVE-PIPE ['stouvpaip], *s.* tubo de aquecimento; (E.U. col.) cartola.

STOW [stou], *v.* colocar, guardar, armazenar, pôr de reserva; meter, arrumar; arranjar; estivar; (col.) economizar.

STOWAGE ['stouidʒ], *s.* armazenamento, estiva, arrumação.

STOWAWAY ['stouəwei], *s.* passageiro clandestino.

STRADDLE ['strædl], *s.* o que está escarrapachado; opção (Bolsa). *v.* escarrapachar-se; escarranchar-se; jogar com pau de dois bicos; apoiar dois partidos que se acham em oposição.

STRAFE ['stra:f], *s.* castigo. *v.* bombardear (de avião).

STRAGGLE ['strægl], *v.* vaguear, errar; extraviar-se, desviar-se, estender-se; dispersar-se; afastar-se do corpo principal.

STRAGGLER ['stræglə], *s.* vagabundo, nômade; soldado extraviado. *v.* errar, vaguear, vagar; desviar-se; extraviar-se.

STRAIGHT [streit], *a.* reto, direito, correto; justo, exato; leal, franco; seguido; inteiro (dia, hora, etc.); liso (cabelo); (E.U.) puro, sem mistura = (Ing.) *net. s.* pista (para corridas). *adv.* em linha reta; diretamente, imediatamente. # *straight away* (ou *off*), imediatamente, sem hesitação.

STRAIGHTEN ['streitn], *v.* endireitar, arranjar, dispor, pôr em ordem, pôr nos eixos; encolher; apertar, comprimir; desbastar; desempenar.

STRAIGHTFORWARD [streit'fɔ:wəd], *a.* direito, honesto, reto, honrado.

STRAIGHTFORWARDNESS [streit'fɔ:wədnis], *s.* retidão.

STRAIGHTNESS ['streitnis], *s.* retidão; tensão; aperto.

STRAIGHT-STITCH ['streit'stitʃ], *s.* pesponto.

STRAIGHTWAY ['streitwei], *adv.* imediatamente.

STRAIN ['strein], *s.* tensão; cansaço; esforço; pressão; resistência; repelão, puxão, sacudidela; torcedura, contorsão; deformação; estilo; som; tom; verso; ária; estirpe; raça, linhagem, descendência. *v.* forçar, fazer esforço, submeter; torcer, retorcer; estirar, esticar; entesar; violentar; desligar, desconjuntar-se; filtrar-se; filtrar; coar; esforçar-se; esmerar-se.

STRAINED [streind], *a.* cansado, fatigado; desmedido; forçado; filtrado, coado.

STRAINER ['streinə], *s.* filtro, coador, passador.

STRAINING ['streiniŋ], *s.* filtragem; tensão, esforço.

STRAIT [streit], *a.* apertado, ajustado, estreito; estrito; mesquinho; rigoroso; difícil, penoso, trabalhoso; avaro. *s.* desfiladeiro, garganta, estreito; aperto, apuro.

STRAITEN ['streitn], *v.* encolher, apertar, estreitar; restringir, contrair; molestar, incomodar; pôr em dificuldades ou apuros.

STRAIT-JACKET ['streit'dʒækit], *V.* **STRAIT-WAISTCOAT.**

STRAIT-LACED ['streit-leist], *a.* austero, puritano, carrança.

STRAIT-WAISTCOAT ['streit'weiskout], *s.* camisa-de-força.

STRAND [strænd], *s.* costa, praia, margem; corda, cabo. *v.* dar à costa; encalhar; naufragar.

STRANGE [streindʒ], *a.* singular, esquisito, estranho, raro; alheio; desconhecido.

STRANGELY ['streindʒli], *adv.* extraordinariamente, esquisitamente, estranhamente.

STRANGENESS ['streindʒnis], *s.* estranheza, singularidade, esquisitice, extravagância.

STRANGER ['streindʒə], *s.* estranho, desconhecido; forasteiro. # *be an utter stranger,* ser completamente estranho, completamente desconhecido.

STRANGLE ['stræŋgl], *v.* estrangular, sufocar, afogar; dominar, vencer.

STRANGLING ['stræŋgliŋ], *s.* estrangulação, sufocação.

STRANGULATE ['stræŋgjuleit], *v.* estrangular.

STRANGULATION [stræŋgju'leiʃən], *s.* estrangulação; sufocação parcial, afogamento, compressão.

STRAP [stræp], *s.* faixa, correia, tira, alça; banda; gamarra: colchete, grampo, presilha. *v.* ligar, atar, juntar; apertar; dar correadas; afiar navalhas.

STRAPPING ['stræpiŋ], *adj.* correia. *a.* forte, corpulento. # *strapping girl,* mocetona.

STRATA ['streitə], *pl.* de **STRATUM.**

STRATAGEM ['strætidʒəm], *s.* estratagema.

STRATEGIC, AL [strə'ti:dʒik, əl], *a.* estratégico.

STRATEGIST ['strætidʒist], *s.* estrategista.

STRATEGY ['strætidʒi], *s.* estratégia.

STRATIFICATION [strætifi'keiʃən], *s.* estratificação.

STRATIFY ['strætifai], *v.* estratificar.

STRATOSPHERE ['strætousfie], *s.* estratosfera.

STRATUM ['streitəm], *s.* (geol.) estrato. *pl.* **STRATA.**

STRATUS ['streites], *s.* (met.) estrato.

STRAW ['strɔ:], *s.* palha; bagatela, ninharia; canudo para tomar refresco. # *not to care a straw,* não se importar. *not worth a straw,* sem valor algum. *the last straw,* a gota-d'água, o limite.

STRAWBERRY ['strɔ:bəri], *s.* morango; morangueiro. # *strawberry mark,* sinal de nascença, mancha (na pele).

STRAWBERRY-TREE ['strɔ:bəritri:], *s.* medronheiro.

STRAW-HAT ['strɔ:hæt], *s.* chapéu de palha. # *straw-at circuit, straw-hat trail,* representação teatral em cidade de veraneio.

STRAW MAN ['strɔ:mæn], *s.* testa-de-ferro.

STRAW-VOTE ['strɔ:vout], *s.* modelo de cédula eleitoral estampado em jornal. # *straw-vote ballot,* (E.U.) votação experimental, inquérito da opinião pública = (Ing.) *Gallup Poll.*

STRAWY ['strɔ:i], *a.* semelhante a palha.

STRAY [strei], *s.* extravio; pessoa perdida. *a.* desgarrado, perdido, extraviado, desencaminhado. *v.* desgarrar-se, extraviar-se, desencaminhar-se perder-se. *pl.* (rád.) ruídos parasitos.

STREAK ['stri:k], *s.* lista (= listra), traço; veio; réstea de luz; vestígio, indício. *v.* listrar, listar, riscar, estriar. # *streak of luck,* chorrilho (no jogo de cartas).

STREAKY ['stri:ki], *a.* listrado, raiado, estriado.

STREAM [stri:m], *s* curso, torrente, corrente, arroio, rio, caudal; fonte; jorro; fluxo. *v.* jorrar, correr; manar; derramar.

STREAMER ['stri:mə], *s.* flâmula, bandeira; galhardete.

STREAMLET ['stri:mlit], *s.* arroio, riacho, regato.

STREAMLINED ['stri:mlaind], *a.* aerodinâmico.

STREAMLINER ['stri:mlainə], *s.* trem aerodinâmico.

STREAMY ['stri:mi], *a.* caudaloso; fluente, corrente.

STREET [stri:t], *s.* rua. # *a one-way street,* rua de mão única. *in Queer Street,* em dificuldades financeiras. *street flush,* irrigador de ruas. *street seller* (= *street hawker*), vendedor ambulante, vendedor de rua. *that is not my street,* não entendo disso. *two-way street,* rua de mão dupla. *yellow-band street,* rua de estacionamento proibido.

STREET-ARAB ['stri:tærəb], *s.* garoto da rua, moleque.

STREET-CAR ['stri:tkɑ:], *s.* (E.U.) bonde =(Ing.) *tram, tram-car.*

STREET-WALKER ['stri:twɔ:kə], *s.* mulher de má vida, rameira.

STRENGTH [strenθ], *s.* força, poder, resistência, vigor, robustez, energia; eficácia; firmeza, intensidade, veemência. # *on the strength of this,* por esse motivo, à vista disso.

STRENGTHEN ['strenθən], *v.* fortificar, fortalecer, reforçar, robustecer, consolidar; revigorar; animar; confirmar, corroborar.

STRENGTHENING ['strenθəniŋ], *s.* reforço, resistência; consolidação.

STRENUOUS ['strenjuəs], *a.* zeloso; tenaz, resistente; perseverante; enérgico; estrênuo; agitado.

STREPTOMYCIN [streptou'maisin], *s.* estreptomicina.

STRESS [stres], *s.* força; trabalho; esforço, pressão; carga, peso; fadiga; tensão; violência, resistência; acento tônico; ênfase. *v.* acentuar, dar ênfase, carregar; dar importância; insistir em.

STRETCH [stretʃ], *s.* alcance, extensão, estiramento, dilatação; distância; tirada; trecho; intervalo; assentada; luta, esforço, força. *v.* esticar, estirar, estender, expandir, desenvolver, desenrolar; forçar; violentar; torcer; exagerar; estender-se, dar de si. # *at a stretch,* de uma vez. *give a stretch,* espreguiçar-se.

STRETCH-BEARER ['stretʃ'bɛərə], *s.* padioleiro.

STRETCHER ['stretʃə], *s.* estirador, dilatador, esticador; padiola, maca.

STRETCHING ['stretʃiŋ], *s.* estiramento, alongamento, dilatação.

STREW [stru:], *pret.* **STREWED,** *pp.* **STREWED** ou **STREWN.** *v.* espargir, espalhar, derramar, polvilhar; salpicar; semear; juncar.

STREWN [stru:n], *pp.* de **STREW.**

STRICKEN ['strikən], *pp.* de **STRIKE.**

STRICT [strikt], *a.* rigoroso, exato, estrito, preciso; regular, pontual; severo, rígido, teso; íntimo.

STRICTLY ['striktli], *adv.* estritamente; rigorosamente, justamente, exatamente.

STRICTNESS ['striktnis], *s.* rigor, severidade; pontualidade; exatidão.

STRICTURE ['striktʃə], *s.* crítica, censura; (med.) estritura.

STRIDDEN ['stridn], *pp.* de **STRIDE.**

STRIDE [straid], *pret.* **STRODE,** *pp.* **STRIDDEN.** *v.* cavalgar, montar, galopar; andar a passos largos. *s.* passada, passo largo.

STRIDENT ['straidnt], *a.* estridente.

STRIFE [straif], *s.* disputa, contenda, luta, porfia, conflito, discórdia.

STRIKE [straik], *pret.* **STRUCK,** *pp.* **STRUCK** ou **STRICKEN.** *v.* golpear, dar golpes, pancadas ou bofetadas; ferir, bater; atacar, assaltar; brigar, lutar; arremessar, atingir, atirar; chocar-se; ir de encontro a; topar; soar, retinir, tocar, dar badaladas (relógio); provocar ou fazer greve; riscar, acender (fósforo); cunhar (moeda); mover; surpreender; comover, sensibilizar-se; causar impressão; fazer fogo; fazer greve, fazer parede. *s.* golpe, pancada, choque; encontro; direção; greve. # *go on strike,* entrar em greve, fazer greve, fazer parede. *it strikes me that,* suponho que; parece-me esquisito que. *sit-down strike,* greve de braços cruzados, *slow-down strike,* greve "tartaruga". *strike out,* apagar, riscar. *strike someone that,* ocorrer a alguém que. *strike through,* atravessar, transpor. *strike upon,* cair sobre. *sympathetic strike,* greve de solidariedade.

STRIKER ['straikə], *s.* grevista; o que golpeia ou bate; badalo; (E.U. mil.) bagageiro = (Ing.) *batman.*

STRIKING ['straikiŋ[, *a.* surpreendente, admirável, notável, espantoso; comovedor; óbvio.

STRING [striŋ], *pret.* e *pp.* **STRUNG.** *v.* encordoar; afinar; enfiar; amarrar; esticar; estender-se em linha; enfileirar-se. *s.* barbante, cordel, cordão, fio; corda (de instrumento musical); nervo; tendão, fibra; série, encadeamento; fileira, fila, réstia. # *harp on the same string,* bater na mesma tecla. *pull the strings,* influir, usar pistolões, mexer os pauzinhos. *string of beads,* enfiada de contas. *string of onions,* réstia de cebolas.

STRING BEAN ['striŋbi:n], *s.* (E.U.) feijão de vara = (Ing.) *French bean.*

STRINGED [striŋd], *a.* encordoado; afinado; amarrado.

STRINGENCY]'strindʒənsi], *s.* severidade; escassez.

STRINGENT ['strindʒənt], *a.* estrito; severo; difícil; escasso.

STRINGY ['striŋi], *a.* fibroso.

STRIP [strip], *s.* tira, faixa, barra; lista (= listra). *v.* desnudar, despir, despojar, tirar; descascar; desguarnecer; roubar, esbulhar; soltar-se; despir-se, desnudar-se. # *backing strip,* (ofic.) tira de encosto; contraplaca. *bearing strip,* (arm.) régua-suporte, guia-suporte. *comic strip,* história em quadrinhos. *strip flooring,* (arq.) soalho de tábuas conjugadas. *strip of,* privar de.

STRIPE [straip], *s.* tira; barra, lista (= listra), franja; raia; (mil.) galão; classe, gênero, espécie. # *of the same stripe,* da mesma laia.

STRIPED [straipt], *a.* listrado.

STRIPLING ['stripliŋ]. *s.* rapaz, moço, jovem.

STRIPPER ['stripə], *s.* *V.* **STRIP-TEASER;** (petr.) retificador.

STRIP-TEASE ['strip'ti:z], *s.* cena em que a artista se despe no palco.

STRIP-TEASER ['strip'ti:zə], *s.* artista que se despe no palco.

STRIVE [straiv], *pret* **STROVE,** *pp.* **STRIVEN,** *v.* procurar, empenhar-se, fazer por; esforçar-se; lutar por; combater; disputar, rivalizar, competir; brigar, lutar, contender.

STRIVEN ['strivn], *pp.* de **STRIVE.**

STRODE [stroud], *pret.* de **STRIDE.**

STROKE [strouk], *s.* golpe, pancada, choque; traço; injúria; rasgo; toque; badalada (de relógio); tacada (bilhar); braçada (natação); remada; façanha; proeza; hemorragia cerebral. *v.* acariciar; cortar, traçar; afagar, amimar, agradar, esfregar suavemente; ordenhar. # *a stroke of luck,* um golpe da sorte. *be off one's stroke,* estar sem sorte; estar sem jeito. *little strokes fell great oaks,* água mole em pedra dura tanto bate até que fura.

STROKESMAN ['trouksmən], *s.* remador.

STROLL [stroul], *s.* volta, giro, passeio. *v.* andar, passear; errar, vaguear.

STRONG [strɔŋ], *a.* forte, poderoso, vigoroso; robusto, musculoso, possante; enérgico, resistente, resoluto; sólido, reforçado; consistente; indigesto; (gram.) que muda a vogal temática (verbo).

STRONG-BOX ['strɔŋbɔks], *s.* cofre-forte. caixa-forte.

STRONGHOLD ['strɔŋhould], *s.* cidadela; praça-forte; fortaleza, forte.

STRONGISH ['strɔŋiʃ], *a* um tanto forte.

STRONGLY ['strɔŋli], *adv.* vigorosamente, fortemente, firmemente, solidamente; impetuosamente, veementemente.

STRONGMINDED ['strɔŋ'maindid], *a.* enérgico; teimoso, voluntarioso; de espírito forte.

STRONG-MINDEDNESS ['strɔŋ'maindidnis], *s.* energia, força de espírito.

STRONG-ROOM ['strɔŋrum], *s.* casa-forte.

STRONTIUM ['strɔnʃiəm], *s.* estrôncio.

STROP [strɔp], *v.* afiar (navalha). *s.* afiador de navalhas; correia.

STROPHE ['stroufi, strɔf], *s.* estrofe.

STROPHIC ['strɔfik], *a.* estrófico.

STROVE [strouv], *pret.* de **STRIVE.**

STROW [strou], *pret.* **STROWED,** *pp.* **STROWN, STROWED** (arc.) *V.* **STREW.**

STRUCK [strʌk], *pret.* e *pp.* de **STRIKE.**

STRUCTURAL ['strʌktʃərəl], *a.* estrutural.

STRUCTURE ['strʌktʃə], *s.* estrutura; disposição, organização; edifício.

STRUGGLE ['strʌgl], *s.* luta, contenda, disputa, esforço; agonia. *v.* lutar, contender, disputar, esforçar-se; debater-se; contorcer-se.

STRUGGLER ['strʌglə], *s.* lutador, contendor.

STRUM [strʌm], *v.* desafinar, arranhar, tocar mal um instrumento musical. *s.* ralo.

STRUMPET ['strʌmpit], *s.* rameira.

STRUNG [strʌŋ], *pret.* e *pp.* de **STRING.**

STRUT [strʌt], *v.* escorar; pavonear-se, empertigar-se. *s.* escora, esteio, suporte; pavonada.

STRYCHNINE ['strikni:n], *s.* estricnina.

STUB [stʌb], *s.* toco, tronco, cepo; fragmento, resto; (E.U.) canhoto de talão de cheque = (Ing.) *counterfoil.*

STUBBLE ['stʌbl], *s.* resteva, restolho.

STUBBORN ['stʌbən], *a.* teimoso, obstinado, inflexível, cabeçudo, tenaz; refratário; rude; penoso; difícil.

STUBBORNNESS ['stʌbənnis], *s.* teimosia, inflexibilidade, obstinação, resistência, tenacidade, pirronice.

STUBBY ['stʌbi], *a.* atarracado, troncudo, corpulento; baixo e grosso.

STUCCO ['stʌkou], *s.* estuque. *v.* estucar.

STUCK [stʌk], *pret.* e *pp.* de **STICK.** # *be stuck on someone,* estar apaixonado por alguém.

STUCK-UP ['stʌk'ʌp], *a.* orgulhoso, presunçoso, arrogante.

STUD [stʌd], *v.* pregar, pregar tachas; ornar com pregos; matizar, salpicar, entremear. *s.* tacha, prego, tachão; botão de colarinho = (E.U.) *collar button;* barrote, viga; esteio, tronco; parafuso; cavalhada; cavalariça; coudelaria; garanhão.

STUDENT ['stju:dənt], *s.* aluno, estudante; discípulo; homem estudioso.

STUDIO ['stju:diou], *s.* estúdio; oficina; gabinete de estudo.

STUDIOUS ['stju:djəs], *a.* aplicado, estudioso, atento, diligente, assíduo; solícito, prestimoso; estudado; deliberado; zeloso, preocupado em, interessado em.

STUDY ['stʌdi], *v.* estudar, examinar, observar, investigar. *s.* gabinete de trabalho, escritório; estudo; meditação. # *in a brown study,* absorto em cogitações, no mundo da lua.

STUFF [stʌf], *s.* matéria, material, elemento, essência, estofo, bagatela, ninharia; resma; zurrapa. *v.* encher, entulhar; fartar; saciar; rechear; obstruir; empanturrar-se. # *silly stuff,* tolices. *stuff and nonsense!* tolice!

STUFFER [ˈstʌfə], *s.* anexo, folha anexa.

STUFFING [ˈstʌfiŋ], *s.* recheio; enchimento; estofo; empanque.

STUFFY [ˈstʌfi], *a.* mal ventilado, sem ar, abafado; (col.) obstinado; enfurecido.

STUM [stʌm], *s.* mosto.

STUMBLE [ˈstʌmbl], *s.* tropeço, topada; cabeçada; erro, falta; estorvo; embaraço; desatino. *v.* tropeçar; topar; dar um passo em falso; claudicar; coxear; capengar.

STUMBLER [ˈstʌmblə], *s.* o que tropeça.

STUMBLING-BLOCK [ˈstʌmbliŋblɔk], *s.* tropeço, obstáculo, dificuldade, empecilho.

STUMP [stʌmp], *s.* tronco; cepo; arnela; coto, toco; talo (de couve); esfuminho (desenho). *v.* coxear, capengar; truncar; topar; fazer discursos políticos. # *stump orator,* orador popular; orador político.

STUMPER [ˈstʌmpə], *s.* (col.) questão ou problema difícil.

STUMPINESS [ˈstʌmpinis], *s.* qualidade do que é atarracado.

STUMPY [ˈstʌmpi], *a.* atarracado, curto, baixo e forte; duro, reforçado; cheio de cepos.

STUN [stʌn], *v.* atordoar, aturdir, estontear, entontecer; ensurdecer; assustar, espantar, assombrar. *s.* choque ou pancada que entontece.

STUNG [stʌŋ], *pret.* e *pp.* de **STING.**

STUNK [stʌŋk], *pret.* e *pp.* de **STINK.**

STUNNED [stʌnd], *a.* atordoado.

STUNNING [ˈstʌniŋ], *a.* surpreendente, notável, pasmoso, atordoante, maravilhoso; excelente.

STUNT [stʌnt], *s.* acrobacia, proeza; truque; impedimento; obra, ocupação; animal atrofiado. *v.* atrofiar. # *stunt man,* artista substituto (em cenas perigosas).

STUPE [stju:p], *s.* compressa.

STUPEFACTION [stju:piˈfækʃən], *s.* estupefação.

STUPEFY [ˈstju:pifai], *v.* embasbacar, estupidificar (= estupefazer); entorpecer; assombrar, pasmar.

STUPENDOUS [stju:ˈpendəs], *a.* assombroso, pasmoso, estupendo, admirável.

STUPID [ˈstju:pid], *s.* estúpido, imbecil, bronco, néscio; asnático.

STUPIDITY [stju:ˈpiditi], *s.* estupidez, tolice, insensatez, necedade.

STUPOR [ˈstju:pə], *s.* estupor; adormecimento; torpor.

STURDINESS [ˈstə:dinis], *s.* vigor, força, robustez, tenacidade, ânimo; valor; ousadia; insolência, impertinência.

STURDY [ˈstə:di], *a.* forte, vigoroso, robusto, corpulento, troncudo = (E.U.) *hefty;* valente; resoluto; animoso; brusco, violento; teimoso, obstinado; impertinente, atrevido.

STURGEON [ˈstə:dʒən], *s.* esturjão.

STUTTER [ˈstʌtə], *s.* gaguez; gago. *v.* gaguejar, titubear.

STUTTERER [ˈstʌtərə], *s.* gago, tartamudo.

STY, STYE [stai], *s.* pocilga; chiqueiro; (med.) terçol.

STYLE [stail], *s.* estilo; linguagem; maneira, modo; gênero; elegância, gosto; expressão; agulha; ponteiro; buril; estilete; título; nome; apelido; firma (comercial). *v.* qualificar, dar título; nomear; intitular. # *bad style,* falta de gosto. *be styled,* ser chamado, ser denominado. *come into style,* ficar na moda. *flowery style,* estilo floreado. *the newest style,* a última moda. *style of partnership,* (com.) nome da firma. *under the style of,* sob o nome de (firma comercial).

STYLET [ˈstailit], *s.* estilete.

STYLISH [ˈstailiʃ], *a.* elegante; magnífico, esplêndido; vistoso, brilhante.

STYLIST [ˈstailist], *s.* estilista.

STYLOID [ˈstailɔid], *a.* estilóide.

SUAVE [sweiv], *a.* agradável, brando; polido; insinuante.

SUAVITY [ˈswæviti, ˈsweiviti], *s.* suavidade, afabilidade, harmonia, doçura.

SUB [sʌb], *s.* (col.) subordinado, dependente, subalterno. *pref.* sub.

SUBALTERN [ˈsʌbltən], *s.* e *a.* subalterno.

SUBCLASS [ˈsʌbklɑ:s], *s.* subclasse.

SUBCOMMITTEE [ˈsʌbkəmiti], *s.* subcomissão.

SUBCONSCIOUS [ˈsʌbˈkɔnʃəs], *a.* e *s.* subconsciente.

SUBCONTRACT ['sʌb'cɔntrækt], *s.* (jur.) contrato adjeto; subempreitada, sublocação. *v.* subempreitar; sublocar.

SUBCUTANEOS ['sʌbkju:'teinjəs], *a.* subcutâneo.

SUBDIVIDE ['sʌbdi'vaid], *v.* subdividir, separar-se, subdividir-se.

SUBDIVISION ['sʌbdi'viʒən], *s.* subdivisão.

SUBDUABLE [səb'dju:əbl], *a.* domável, dominável.

SUBDUE [səb'dju:], *v.* subjugar, dominar, submeter, domar, conquistar; suavizar; amortecer, velar (a luz).

SUBDUER [səb'dju:ə], *s.* dominador, vencedor, subjugador.

SUB-FAMILY ['sʌbfæmili], *s.* subfamília.

SUBFLOORING ['sʌbflɔriŋ], *s.* vigamento do soalho.

SUBGROUP ['sʌbgru:p], *s.* subgrupo.

SUB-HEADING ['sʌbhediŋ], *s.* subtítulo.

SUBJACENT [sʌb'dʒeisənt], *a.* subjacente.

SUBJECT ['sʌbdʒikt], *s.* súdito, vassalo; sujeito, pessoa; matéria, assunto, objeto, tópico. *a.* sujeito, subordinado, submetido, exposto. # *harp on a subject,* martelar; insistir em um assunto. *to bring up a subject,* puxar um assunto.

SUBJECT [səb'dʒekt], *v.* submeter, sujeitar, subordinar, expor.

SUBJECTION [səb'dʒekʃən], *s.* vassalagem, sujeição, dependência, servidão, escravidão.

SUBJECTIVE [sʌb'dʒektiv], *a.* subjetivo.

SUBJECTIVENESS [sʌb'dʒektivnis], *s.* subjetividade.

SUBJECT-MATTER ['sʌbdʒiktmætə], *s.* assunto, tema.

SUBJOIN ['sʌb'dʒɔin], *v.* acrescentar.

SUBJUGATE ['sʌbdʒugeit], *v.* subjugar, dominar, submeter, conquistar.

SUBJUGATION [sʌbdʒu'geiʃən], *s.* jugo, dependência, sujeição, submissão, domínio.

SUBJUNCTIVE [səb'dʒʌŋktiv], *a.* subjuntivo. *s.* modo subjuntivo.

SUBLEASE ['sʌb'li:s], *s.* sublocação. *v.* sublocar.

SUBLESSEE ['sʌblə'si:], *s.* sublocatário.

SUBLESSOR ['sʌblə'sɔ:], *s.* sublocador.

SUBLET ['sʌb'let], *v.* sublocar.

SUBLETTING ['sʌb'letiŋ], *s.* sublocação.

SUBLIEUTNANT ['sʌblu:'tenənt], *s.* subtenente.

SUBLIMATE ['sʌblimit], *s.* sublimado; sublimado corrosivo.

SUBLIMATE ['sʌblimeit], *v.* sublimar, elevar, purificar, exaltar, celebrar.

SUBLIMATION [sʌbli'meiʃən], *s.* sublimação, exaltação, elevação.

SUBLIME [sə'blaim], *s.* o sublime. *a.* elevado, puro, sublime, majestoso, grandioso. *v.* exaltar, elevar, sublimar.

SUBLIMITY [sə'blimiti], *s.* sublimidade, elevação, excelência.

SUBMARINE ['sʌbməri:n], *s.* e *a.* submarino. # *submarine chaser,* caça-submarinos.

SUBMERGE [səb'mə:dʒ], *v.* submergir, afundar, imergir, mergulhar, submergir-se.

SUBMERGIBLE [səb'mə:dʒəbl], *a.* submergível, submersível.

SUBMERSE(D) [sʌb'mə:s(t)], *a.* (bot.) submerso.

SUBMERSION [səb'mə:ʃən], *s.* imersão, submersão.

SUBMISSION [səb'miʃən], *s.* submissão.

SUBMISSIVE [səb'misiv], *a.* obediente, submisso, humilde.

SUBMIT [səb'mit], *v.* submeter; submeter-se, sujeitar-se.

SUBMULTIPLE ['sʌb'mʌltipl], *s.* submúltiplo.

SUB-NORMAL ['sʌb'nɔ:məl], *a.* subnormal.

SUBORDINATE [sə'bɔ:dnit], *s.* e *a.* subalterno, subordinado, inferior.

SUBORDINATE [sə'bɔ:dineit], *v.* subordinar, sujeitar.

SUBORDINATION [səbɔ:di'neiʃən], *s.* sujeição, subordinação.

SUBORDINATIVE [sə'bɔ:dinətiv], *a.* subordinativo.

SUBORN [sʌ'bɔ:n, sə'bɔ:n], *v.* subornar.

SUBORNATION [sʌbɔ:'neiʃən], *s.* suborno.

SUBPOENA [səb'pi:nə], *s.* (jur.) intimação, citação judicial.

SUB-PRODUCTS ['sʌb'prɔdəkts], *s.* subprodutos = *by-products.*

SUBSCRIBE [səb'skraib], subscrever, afirmar, assinar, anuir.

SUBSCRIBER [səb'skraibə], *s.* assinante, subscritor.

SUBSCRIPTION [səb'skripʃən], *s.* subscrição; assinatura (de jornal ou revista); consentimento.

SUBSEQUENT ['sʌbsikwənt], *a.* subseqüente, posterior.

SUBSEQUENTLY ['sʌbsikwəntli], *adv.* subseqüentemente, posteriormente.

SUBSERVIENCE [səb'sə:viəns], *s.* subserviência, servilidade.

SUBSERVIENT [səb'sə:viənt], *a.* servil, subserviente.

SUBSIDE [səb'said], *v.* acalmar, cessar; afundar; assentar no fundo, depositar-se.

SUBSIDENCE [səb'saidəns, 'sʌbsidəns], *s.* abrandamento; apaziguamento; sedimentação.

SUBSIDIARY [səb'sidjəri], *s.* auxiliar. *a.* subsidiário, auxiliar.

SUBSIDIZE ['sʌbsidaiz], *v.* subsidiar; auxiliar, ajudar, subvencionar.

SUBSIDY ['sʌbsidi], *s.* subvenção, ajuda, auxílio, subsídio.

SUBSIST [səb'sist], *v.* subsistir, permanecer, durar, viver, conservar-se; manter; alimentar.

SUBSISTENCE [səb'sistəns], *s.* subsistência. # *subsistence allowance,* etapa de alimentação.

SUBSOIL ['sʌbsɔil], *s.* subsolo. *v.* trazer à superfície, revolver.

SUBSTANCE ['sʌbstəns], *s.* substância.

SUBSTANTIAL [səb'stænʃəl], *a.* substancial, material; sólido, forte, vigoroso; importante; rico, abastado.

SUBSTANTIATE [səb'stænʃieit], *v.* evidenciar; concretizar.

SUBSTANTIVE ['sʌbstəntiv], *s.* (gram.) substantivo. *a.* (gram.) substantivo; real; explícito; importante.

SUBSTITUTE ['sʌbstitju:t], *s.* e *a.* substituto. *v.* pôr no lugar de; tomar o lugar de; introduzir.

SUBSTITUTION [sʌbsti'tju:ʃən], *s.* substituição.

SUBSTRATUM ['sʌb'strɑ:təm, 'sʌb'streitəm], *s.* substrato.

SUBSTRUCTURE ['sʌbstrʌktʃə], *s.* substrutura.

SUBTERFUGE ['sʌbtə:fju:dʒ], *s.* subterfúgio.

SUBTERRANEAN [sʌbtə'reinjən], *s.* subterrâneo.

SUBTILE ['sʌtl], *a.* sutil, tênue, fino.

SUBTILIZE ['sʌtilaiz], *v.* sutilizar; requintar; refinar; adelgaçar.

SUBTILTY ['sʌtlti]. *V.* **SUBTLETY.**

SUBTLE ['sʌtl], *a.* sutil; penetrante; malicioso; fino; engenhoso, astuto; tênue, delgado.

SUBTLETY ['sʌtlti], *s.* sutileza; finura; astúcia; engenho, artifício.

SUBTRACT [səb'trækt], *v.* subtrair, diminuir; deduzir.

SUBTRACTION [səb'trækʃən], *s.* subtração.

SUBTROPICAL ['sʌb'trɔpikəl], *a.* subtropical.

SUBURB ['sʌbə:b], *s.* subúrbio, arredor, arrabalde; cercania. # *dormitory suburbs,* subúrbios residenciais.

SUBURBAN [sə'bə:bən], *a.* suburbano.

SUBVENTION [səb'venʃən], *s.* subvenção, auxílio, pensão, subsídio, ajuda.

SUBVERSION [sʌb'və:ʃən], *s.* subversão.

SUBVERSIVE [sʌb'və:siv], *a.* subversivo.

SUBVERT [sʌb'və:t], *v.* subverter, estragar, destruir, arruinar, perder.

SUBWAY ['sʌbwei], *s.* passagem subterrânea =(E.U.) *underpass;* (E.U.) estrada de ferro subterrânea =(Ing.) *underground, tube.*

SUCCEED [sək'si:d], *v.* suceder, substituir; ser bem sucedido, conseguir, ter sucesso, ter bom êxito. # *succeed in,* ter sucesso, conseguir. *succeed to,* suceder a.

SUCCEEDING [sək'si:diŋ], *a.* futuro; sucessivo, seguinte.

SUCCESS [sək'ses], *s.* sucesso, triunfo, bom êxito; sucessão, descendência (desus.).

SUCCESSFUL [sək'sesful], *a.* feliz, ditoso, afortunado, próspero, vitorioso.

SUCCESSFULLY [sək'sesfuli], *adv.* felizmente, com êxito.

SUCCESSION [sek'seʃən], *s.* sucessão, série, seguimento; linhagem; direito de herdar; movimentos sucessivos.

SUCCESSIVE [sək'sesiv], *a.* sucessivo, consecutivo.

SUCCESSOR [sek'sesə], *s.* sucessor.

SUCCOR ['sʌkə], *V.* **SUCCOUR.**

SUCCORY ['sʌkəri], *s.* (bot.) chicória. *V.* **CHICORY** e **ENDIVE.**

SUCCOUR ['sʌkə], *s.* socorro, auxílio, ajuda, subsídio, reforço. *v.* ajudar, socorrer, aliviar, suavizar; reforçar.

SUCCUBUS ['sʌkjubəs], *s.* súcubo.

SUCCULENCE ['sʌkjuləns], *s.* suculência.

SUCCULENT ['sʌkjulənt], *a.* suculento.

SUCCUMB [sə'kʌm], *v.* sucumbir, morrer; entregar-se, render-se.

SUCH [sʌtʃ], *a.* semelhante, igual, tal. *pron.* tal, aquele, aquela, aqueles, aquelas.

SUCH-AND-SUCH ['sʌtʃənsʌtʃ], *a.* certo, determinado, tal; certos; tais. # *Mr. Such-and-such,* Sr. Fulano de Tal.

SUCHLIKE ['sʌtʃlaik], *a.* semelhante, similar.

SUCK [sʌk], *s.* sucção; mamada, mamadeira; (col.) gole; (gír.) desapontamento, decepção; logro, frustração. *v.* sorver, chupar; mamar; aspirar; absorver; exaurir; esgotar. # *to give suck,* dar de mamar = *to suckle.*

SUCK-BOTTLE ['sʌkbɔtl], *s.* *V.* **SUCKING-BOTTLE.**

SUCKER ['sʌkə], *s.* chupador; tubo; êmbolo; ventosa; tromba; leitão; beberrão; (E.U.) simplório, bobalhão = (Ing.) *greenhorn;* (E.U.) (col.) pirulito = *lollipop.*

SUCKING ['sʌkiŋ], *a.* que ainda mama, de peito; mamão; novo; inexperiente. # *sucking infant,* criança de peito.

SUCKING-BOTTLE ['sʌkiŋbɔtl], *s.* mamadeira.

SUCKING-PIG ['sʌkiŋpig], *s.* leitão.

SUCKLE ['sʌkl], *s.* teta, mama, peito. *v.* amamentar, dar de mamar.

SUCKLING ['sʌkliŋ], *s.* criancinha; recém-nascido; animal que ainda mama. *a.* inexperiente.

SUCTION ['sʌkʃən], *s.* sucção; absorção; aspiração.

SUCTION-PIPE ['sʌkʃənpaip], *s.* cano de sucção, tubo de sucção.

SUCTION-PUMP [sʌkʃənpʌmp], *s.* bomba aspirante, bomba de sucção.

SUDANESE [su:də'ni:z], *s.* e *a.* sudanês.

SUDD [sʌd], *s.* camalote, periantã.

SUDDEN ['sʌdn], *a.* súbito, brusco, repentino, pronto, precipitado, abrupto; apressado, imprevisto. # *all of a sudden,* subitamente, de repente = *on a sudden.*

SUDDENLY ['sʌdnli], *adv.* repentinamente, bruscamente, subitamente.

SUDDENNESS ['sʌdnnis], *s.* repente, surpresa; precipitação, imprevisto.

SUDORIFIC [sju:də'rifik], *s.* suadouro (= suadoiro), sudorífico (= sudorífero). *a.* sudorífico (= sudorífero).

SUDS [sʌdz], *s.* pântano, pantanal; água ou espuma de sabão.

SUE [sju:], *v.* processar, acionar; demandar, descobrir, investigar; galantear, cortejar; requestar; intentar um processo.

SUÉDE ['sweid], *s.* camurça, pele de camurça.

SUET [sjuit, suit], *s.* sebo.

SUETY ['sjuiti], *a.* seboso; sebáceo; sebento.

SUFFER ['sʌfə], *v.* sofrer, padecer; suportar, agüentar, tolerar, aturar; consentir, permitir; ter prejuízo.

SUFFERABLE ['sʌfərəbl], *a.* suportável, aceitável, tolerável.

SUFFERANCE ['sʌfərəns], *s.* sofrimento, pena, dor; miséria; resignação, paciência; dano, avaria; tolerância, consentimento, permissão; licença.

SUFFERER ['sʌfərə], *s.* sofredor, doente. vítima, paciente.

SUFFERING ['sʌfəriŋ], *s.* dor, sofrimento, pena, mágoa. *a.* sofredor, padecente.

SUFFICE [sə'fais], *v.* bastar, satisfazer, contentar; ser suficiente, chegar. # *suffice it to say,* basta dizer.

SUFFICIENCY [sə'fiʃənsi], *s.* suficiência; aptidão, competência; presunção.

SUFFICIENT [sə'fiʃənt], *a.* suficiente, bastante; idôneo; competente, capaz.

SUFFICIENTLY [sə'fiʃəntli], *adv.* suficientemente; competentemente.

SUFFIX ['sʌfiks], *s.* sufixo.

SUFFOCATE ['sʌfəkeit], *v.* sufocar, asfixiar; sufocar-se.

SUFFOCATION [sʌfə'keiʃən], *s.* sufocação, asfixia.

SUFFRAGE ['sʌfridʒ], *s.* sufrágio; voto, opinião; assentimento.

SUFFRAGETTE [sʌfrə'dʒet], *s.* sufragista (mulher).

SUFFRAGIST ['sʌfrədʒist], *s.* votante; sufragista.

SUGAR ['ʃugə], *s.* açúcar; palavras amáveis; lisonja; (gír.) dinheiro. *v.* adoçar; açucarar; cobrir de açúcar. # *cube (loaf, lump) sugar,* açúcar em tabletes. *granulated sugar,* açúcar cristal. *raw sugar,* açúcar bruto; açúcar mascavo.

SUGAR-BAKERY ['ʃugə'beikəri], *s.* refinaria de açúcar.

SUGAR-BASIN ['ʃugəbeisn], *s.* açucareiro.

SUGAR-BEET ['ʃugəbi:t], *s.* beterraba.

SUGAR-BOILERY ['sugə'bɔiləri], *s. V.* **SUGAR-BAKERY.**

SUGAR-CANE ['ʃugəkein], *s.* cana de açúcar. # *sugar-cane plantation,* canavial.

SUGAR-DADDY ['ʃugədædi], *s.* velhote rico e namorador.

SUGAR-FACTORY ['ʃugə'fæktəri], *V.* **SUGAR-MILL.**

SUGAR-LOAF ['ʃugəlouf], *s.* pão de açúcar.

SUGAR-MILL ['ʃugəmil], *s.* engenho de açúcar, usina de açúcar.

SUGAR-PLUM ['ʃugə-plʌm], *s.* confeito, bombom.

SUGAR-REFINERY ['ʃugə-rifainəri], *s.* refinaria de açúcar, usina de açúcar.

SUGAR-TONGS ['ʃugətɔŋz], *s.* pinça para açúcar.

SUGARY ['ʃugəri], *a.* açucarado; doce, adoçado, adocicado. *s.* usina de açúcar.

SUGGEST [sə'dʒest], *v.* sugerir, insinuar, lembrar, alvitrar, propor; inspirar; seduzir, enganar.

SUGGESTION [sə'dʒestʃən], *s.* sugestão, alvitre = (E.U.) *pointer;* insinuação; inspiração; incitamento, instigação.

SUGGESTIVE [sə'dʒestiv], *a.* sugestivo.

SUICIDAL [sjui'saidl], *a.* suicida.

SUICIDE ['sjuisaid], *s.* suicídio; suicida.

SUIT [sju:t], *s.* súplica; série, coleção; seguimento, sucessão; (for.) processo, ação, petição, solicitação; jogo, naipe; terno (roupa); galanteio. *v.* adaptar, acomodar, enquadrar, aparelhar; convir, corresponder; ajustar-se, acomodar-se. *a made-to-order suit, a made-to-wear suit, a tailored suit,* um terno sob medida. *bring suit to,* processar, instaurar processo contra. *hand-me-down suit, ready-made suit,* terno comprado feito. *one's strong suit,* aquilo em que alguém é competente, o forte de alguém. *suit of clothes,* terno de roupa. *suit of rooms,* apartamento. *three-piece suit,* terno de roupa.

SUITABILITY [sju:tə'biliti], *s.* conveniência, adaptação, conformidade; proporção, congruência.

SUITABLE ['sju:təbl], *a.* adequado, próprio, conveniente, apropriado, compatível; idôneo; apto.

SUIT CASE ['sju:tkeis], *s.* valise, maleta.

SUITE [swi:t], *s.* séquito, acompanhamento; série, sucessão, seguimento.

SUITING ['sju:tiŋ], *s.* tecido para roupas.

SUITOR ['sju:tə], *s.* pretendente; (for.) litigante, suplicante; candidato; galanteador, namorador.

SULFATE ['sʌlfeit], *s.* (quím.) sulfato. *v.* (quím. e eletr.) sulfatar(-se).

SULK [sʌlk], *s.* enfado, aborrecimento, mau humor. *v.* estar enfadado, aborrecido, de mau humor; ser rabugento.

SULKINESS ['sʌlkinis], *s.* enfado, mau humor, aborrecimento.

SULKY ['sʌlki], *a.* amuado, enfadado, carrancudo, rabugento, mal-humorado. *s.* aranha (veículo).

SULLEN ['sʌlən], *a.* mal-humorado; rabugento; zangado, colérico; sombrio, casmurro, taciturno; teimoso; intratável; malévolo.

SULLENNESS ['sʌlennis], *s.* obstinação; mau humor, mau gênio; irritação; tristeza, taciturnidade; silêncio.

SULLY ['sʌli], *v.* macular, sujar, manchar, empanar, deslustrar, denegrir, enegrecer. *s.* mancha, nódoa.

SULPHATE ['sʌlfeit], *s.* sulfato.

SULPHIDE ['sʌlfaid], *s.* sulfureto.

SULPHITE ['sʌlfait], *s.* sulfito.

SULPHUR ['sʌlfə], *s.* enxofre.

SULPHUREOUS [sʌl'fjuəriəs], *a.* sulfúreo, sulfuroso.

SULPHURIC [sʌl'fjuərik], *a.* sulfúrico.

SULPHUROUS ['sʌlfərəs], *a.* sulfuroso.

SULPHURY ['sʌlfəri], *a.* sulfuroso, sulfúrico.
SULTAN ['sʌltən], *s.* sultão.
SULTANA [səl'tɑ:nə], *s.* sultana.
SULTRINESS ['sʌltrinis], *s.* calor abafante; calmaria; mormaço.
SULTRY ['sʌltri], *a.* abafadiço, quente e opressivo; abrasador, sufocante; canicular; pesado.
SUM [sʌm], *v.* somar, adicionar; resumir. *s.* soma; total; substância, essência; sumário, resumo, suma, súmula. # *do sum in one's head,* fazer uma soma de cabeça; calcular. *gross sum,* soma bruta, quantia total. *sum up,* resumir; dar o resultado de uma soma, somar; recapitular.
SUMAC, SUMACH ['su:mæk], *s.* sumagre.
SUMMARIZE (ISE) ['sʌməraiz], *v.* resumir, compendiar, sintetizar.
SUMMARY ['sʌməri], *s.* sumário, suma, súmula, epítome, compêndio. *a.* breve; resumido, sumário.
SUMMER ['sʌmə], *s.* verão, estio; trave principal, viga-mestra; *pl.* primaveras (anos de idade). *v.* veranear; passar o verão. # *Indian (St. Luke's* ou *St. Martin's) summer,* período de dias quentes no outono, veranico; climatério masculino.
SUMMER-HOUSE ['sʌməhaus], *s.* caramanchão.
SUMMERITE ['sʌmərait], *s.* veranista.
SUMMER-SAULT, SUMMERSET ['sʌmə-sɔ:t. 'sʌməset], *V.* **SOMER-SAULT.**
SUMMERTIME ['sʌmətaim], *s.* verão.
SUMMER TIME ['sʌmə'taim], *s.* hora de verão.
SUMMIT ['sʌmit], *s.* cume, cimo, ápice, topo, ponta; zênite; sumidade.
SUMMON ['sʌmən], *v.* notificar, citar, intimar; convocar; excitar, despertar; comparecer.
SUMMONER ['sʌmənə], *s.* oficial de justiça.
SUMMONS ['sʌmənz], *s.* notificação, intimação, citação; convocação.
SUMP [sʌmp], *s.* recipiente; esgoto; fossa; poço de drenagem; (mec.) depósito de óleo = (E.U.) *oil-pan.*
SUMPTER ['sʌmptə], *s.* azêmola, animal de carga.
SUM TOTAL ['sʌm'toutl], *s.* soma, total; resumo.
SUMPTUARY ['sʌmptjuəri], *a.* suntuário (= sumptuário).
SUMPTUOUS ['sʌmptjuəs], *a.* suntuoso (= sumptuoso), maravilhoso, estupendo, magnífico, esplêndido; opíparo; lauto.
SUMPTUOUSNESS ['sʌmptjuəsnis], *s.* suntuosidade (= sumptuosidade).
SUN [sʌn], *s.* sol; soalheira. *v.* expor ao sol; insolar; tomar banho de sol; brilhar.
SUN-BATH ['sʌnbɑ:θ], *s.* banho de sol.
SUN-BATHE ['sʌnbeið], *v.* tomar banho de sol.
SUN-BEAM ['sʌnbi:m], *s.* raio solar.
SUN BLIND ['sʌnblaind], *s.* toldo.
SUNBURN ['sʌnbə:n], *s.* queimadura do sol.
SUNBURNT ['sʌnbə:nt], *a.* queimado do sol.
SUNBURST ['sʌnbə:st], *s.* (E.U.) chuveiro (jóia).
SUNDAE ['sʌndei], *s.* sorvete com frutas, nozes, etc.
SUNDAY ['sʌndi], *s.* domingo. *a.* dominical, domingueiro. # *in a month of Sundays* (= *when two Sundays come together),* no dia de São-Nunca, nas calendas gregas, quando as galinhas tiverem dentes. *sunday-go-to-meeting clothes. V.* **SUNDAY-BEST.**
SUNDAY-BEST ['sʌndibest], *s.* roupa domingueira.
SUNDAY-SCHOOL ['sʌndi-sku:l], *s.* escola dominical.
SUNDER ['sʌndə], *v.* dividir, separar, repartir.
SUNDIAL ['sʌndaial], *s.* relógio de sol.
SUNDOWN ['sʌndaun], *V.* **SUNSET.**
SUNDRIES ['sʌndriz], *s. pl.* miscelânea; miudezas.
SUNDRY ['sʌndri], *a.* diversos, vários.
SUNFLOWER ['sʌnflauə], *s.* girassol.
SUNG [sʌŋ], *pp.* de **SING.**
SUNK [sʌŋk], *pp.* de **SINK** e *a.* afundado, enterrado; embutido.
SUNKEN ['sʌnk], *pp.* de **SINK.** *a.* afundado; fundo; submerso.
SUNLESS ['sʌnlis], *a.* sem sol, sombrio.
SUNLIGHT ['sʌnlait], *s.* luz do sol.

SUNLIKE ['sʌnlaik], *a.* semelhante ao sol.

SUNLIT ['sʌnlit], *a.* iluminado pelo sol.

SUNNY ['sʌni], *a.* soalheiro; resplendente, brilhante, radiante, iluminado pelo sol, ensolarado, assoalhado; festivo, alegre, risonho. # *sunny side up,* (E.U.) ovos fritos.

SUN-PARLOUR ['sʌn'pɑ:lə], *s.* jardim de inverno.

SUN-PORCH ['sʌn'pɔ:tʃ], *V.* **SUN-PARLOUR.**

SUNRISE ['sʌnraiz], *s.* o nascer do sol, levante = *sunup* (E.U.). # *from sunrise to sunset,* de sol a sol.

SUNSET ['sʌnset], *s.* o pôr do sol, poente, ocaso.

SUNSHADE ['sʌnʃeid], *s.* sombrinha; viseira (de máquina fotográfica).

SUNSHINE ['sʌnʃain], *s.* brilho do sol.

SUNSHINY ['sʌnʃaini], *a.* soalheiro; claro; alegre.

SUN-SPOT ['sʌn-spɔt], *s.* mancha solar.

SUNSTROKE ['sʌn-strouk], *s.* insolação.

SUNUP ['sʌnʌp], (E.U.) *V.* **SUNRISE.**

SUP [sʌp], *v.* cear; sorver, beber aos goles ou aos tragos. *s.* trago, gole.

SUPER ['sju:pə], *s.* extra (ator, funcionário, etc.).

SUPERABLE ['sju:pərəbl], *a.* superável.

SUPERABUNDANCE [sju:pərə'bʌndəns], *a.* superabundância.

SUPERABUNDANT [sju:pərə'bʌndənt], *a.* superabundante.

SUPERANNUATE [sju:pə'rænjueit], *v.* aposentar(-se) por limite de idade.

SUPERB [sju:'pə:b], *a.* soberbo, grandioso, magnificente, admirável, elegante.

SUPERCARGO ['spu:pəkɑ:go], *s.* sobrecarga.

SUPERCHARGE ['sju:pətʃɑ:dʒ], *s.* sobretaxa. *v.* sobrecarregar.

SUPERCILIOUS [sju:pə'siliəs], *a.* supercilioso; altivo, atrevido, arrogante, orgulhoso, soberbo.

SUPER-DUPER ['sju:pə'dju:pə], *a.* (gír.) excelente.

SUPEREROGATORY ['sju:pərə'rɔgətəri], *a.* supérfluo, desnecessário.

SUPERFICIAL [sju:pə'fiʃəl], *a.* superficial.

SUPERFICIALITY [sju:pəfiʃi'æliti], *s.* superficialidade.

SUPERFICIALNESS [sju:pə'fiʃəlnis], *V.* **SUPERFICIALITY.**

SUPERFINE ['sju:pə'fain], *a.* superfino.

SUPERFLUITY [sju:pə'fluiti], *s.* superfluidade.

SUPERFLUOUS [sju:'pə:fluəs], *a.* supérfluo.

SUPER-HIGHWAY ['sju:pə'haiwei], *s.* superestrada.

SUPERHUMAN [sju:pə'hju:mən], *a.* super-humano, sobre-humano.

SUPERIMPOSE ['sju:p(ə)rim'pouz], *v.* sobrepor, superpor.

SUPERINTEND [sju:prin'tend], *v.* superintender, dirigir, governar, gerir.

SUPERINTENDENCE [sju:prin'tendəns], *s.* superintendência, gerência, direção.

SUPERINTENDENT [sju:prin'tendənt], *s.* superintendente.

SUPERIOR [sju:'piəriə], *s.* e *a.* superior.

SUPERIORITY [sju:piəri'ɔriti], *s.* superioridade.

SUPERLATIVE [sju:'pə:lətiv], *s.* e *a.* superlativo.

SUPERMAN ['sju:pəmæn], *s.* super-homem.

SUPERMARKET ['sju:pə'mɑ:kit], *s.* supermercado.

SUPERNAL [sju:'pə:nəl], *a.* celeste, divino.

SUPERNATURAL [sju:pə'nætʃrəl], *a.* sobrenatural.

SUPERNUMERARY [sju:pə'nju:mərəri], *s.* e *a.* supranumerário.

SUPERPOSE ['sju:pə'pouz], *v.* sobrepor.

SUPERPOSITION ['sju:pəpə'ziʃən], *s.* sobreposição, superposição.

SUPERSCRIPTION [sju:pə'skripʃən], *s.* sobrescrito, inscrição.

SUPERSEDE [sju:pə'si:d], *v.* substituir; invalidar, suspender.

SUPERSEDEAS [sju:pə'sidiəs], *s.* (jur.) mandado de suspensão; prorrogação.

SUPERSESSION [sju:pə'seʃən], *s.* substituição.

SUPERSONIC ['sju:pə'sɔnik], *a.* supersônico.

SUPERSTITION [sju:pə'stiʃən], *s.* superstição.

SUPERSTITIOUS [sju:pə'stiʃəs], *a.* supersticioso.

SUPERSTRUCTURE ['sju:pəstrʌktʃə], *s.* superestrutura.

SUPERTAX ['sju:pətæks], *s.* sobretaxa.

SUPERVENE [sju:pə'vi:n], *v.* suceder, sobrevir.

SUPERVISE ['sju:pəvaiz], *V.* **SUPERINTEND.**

SUPERVISION [sju:pə'viʒən], *V.* **SUPERINTENDENCE.**

SUPERVISOR [sju:pəvaizə], *V.* **SUPERINTENDENT.**

SUPINE [sju:pain], *s.* (gram.) supino. *a.* [sju:'pain], ressupino.

SUPPER ['sʌpə], *s.* ceia.

SUPPLANT [sə'plɑ:nt], *v.* suplantar; remover; substituir; erradicar, desarraigar, extirpar.

SUPPLANTER [sə'plɑ:ntə], *s.* suplantador.

SUPPLE ['sʌpl], *a.* brando, suave; condescendente, complacente, flexível; bajulador, adulador, servil. *v.* tornar flexível, dobrar; reduzir; abrandar; aliviar.

SUPPLEMENT ['sʌplimənt], *s.* suplemento.

SUPPLEMENT ['sʌpliment], *v.* preencher, suprir, completar; acrescentar.

SUPPLEMENTAL [sʌpli'mentl], *a.* suplementar.

SUPPLEMENTARY [sʌpli'mentəri], *a.* suplementar.

SUP PLENESS ['sʌplnis], *s.* flexibilidade, submissão; condesoendência, complacência.

SUPPLIANT ['sʌpliənt], *s.* e *a.* suplicante.

SUPPLICATE ['sʌplikeit], *v.* implorar, rogar, suplicar.

SUPPLICATION [sʌpli'keiʃən], *s.* rogo, súplica, pedido, prece, petição.

SUPPLIER [sʌ'plaiə], *s.* fornecedor.

SUPPLY [sə'plai], *v.* suprir, prover, fornecer, completar, proporcionar, abastecer, preencher. *s.* provisão, fornecimento, suprimento, abastecimento; sortimento. # *be in short supply,* estar escasso. *current supply station,* central elétrica. *supply administration,* intendência, serviço de abastecimento. *supply and demand,* oferta e procura. *supply someone of something,* prover alguém de alguma coisa. *supply something to someone,* fornecer alguma coisa a alguém.

SUPPORT [sə'pɔ:t], *v.* sustentar, agüentar, suportar, manter; apoiar; escorar; ajudar, auxiliar, favorecer, assistir, proteger, patrocinar. *s.* apoio, sustentáculo, manutenção, sustento; defesa, amparo, auxílio, proteção.

SUPPORTABLE [sə'pɔ:təbl], *a.* tolerável, aceitável, suportável.

SUPPORTER [sə'pɔ:tə], *s.* apoio, esteio, suporte, escora, sustentáculo; defensor, partidário; patrono.

SUPPOSE [sə'pouz], *v.* imaginar, presumir, supor, admitir, julgar. # *supposing that,* suponhamos que.

SUPPOSED [sə'pouzd], *a.* suposto, pretenso.

SUPPOSITION [sʌpə'ziʃən], *s.* hipótese, suposição, conjetura.

SUPPRESS [sə'pres], *v.* suprimir, extinguir, reprimir, conter; abolir, anular; abafar; omitir; dissimular, fingir; conter.

SUPPRESSIBLE [sə'presəbl], *a.* que pode ser suprimido.

SUPPRESSIVE [sə'presiv], *a.* supressivo, supressório.

SUPPRESSION [sə'preʃən], *s.* supressão, abolição, extinção.

SUPPRESSOR [sə'presə], *s.* supressor.

SUPPURATE ['sʌpjuəreit], *v.* supurar.

SUPPURATION [sʌpjuə'reiʃən], *s.* supuração.

SUPRARENAL ['sju:prə'ri:nl], *s.* e *a.* supra-renal.

SUPREMACY [sju'preməsi], *s.* supremacia, prioridade.

SUPREME [sju:'pri:m], *a.* supremo, sumo.

SURCEASE [sə:'si:s], *s.* cessação. *v.* cessar

SURCHARGE ['sə:tʃɑ:dʒ, 'sə:'tʃɑ:dʒ, sə:'tʃɑ:dʒ], *s.* sobrecarga. *v.* [sə:'tʃɑ:dʒ], sobrecarregar.

SURCOAT ['sə:-kout], *s.* sobretudo; manto usado sobre a armadura.

SURD [sə:d], *s.* o que é surdo; fonema surdo. *a.* surdo; insensato; irracional; surdo (fonema). # *surd number,* (mat.) número irracional.

SURE [ʃuə, ʃoə, ʃɔ:, ʃɔə, ʃə:], *a.* certo, seguro, assegurado, firme, infalível. *adv.* firmemente. certamente, infalivelmente. # *to be sure!* certamente! *to be quite sure,* ter plena certeza = *to be pretty sure. to make sure,* certificar-se. *Well, I'm sure!* E essa é boa!

SURE-FIRE ['ʃuəfaiə], *a.* (E.U. col.) certo, infalível = (Ing.) *infallible.*

SUREFOOTED ['ʃuə'futid], *a.* de passo firme, seguro.

SURELY ['ʃuəli], *adv.* seguramente, certamente.

SURENESS ['ʃuənis], *s.* segurança, confiança, certeza.

SURETY ['ʃuəti], *s.* confiança, certeza, segurança; refém, fiança, garantia; caução. # *go surety for*, prestar fiança por. *surety contract*, (com.) contrato com garantia.

SURF [sə:f], *s.* ressaca, rebentação, vaga; (esp.) prancha para deslizar sobre as vagas.

SURFACE ['sə:fis], *s.* exterior, superfície.

SURFEIT ['sə:fit], *s.* excesso; superabundância; saciedade; indigestão. *v.* fartar, saciar; fartar-se.

SURGE [sə:dʒ], *s.* onda, vaga, vagalhão, grande ondulação. *v.* agitar-se; ondear, encapelar.

SURGEON ['sə:dʒən], *s.* cirurgião.

SURGERY ['sə:dʒəri], *s.* cirurgia.

SURGICAL ['sə:dʒikəl], *a.* cirúrgico.

SURLINESS ['sə:linis], *s.* grosseria, insolência, brutalidade, mau humor; enfado; impertinência; ameaça; violência.

SURLY ['sə:li], *a.* grosseiro, rude, áspero, insolente, brutal, impertinente; tempestuoso; ameaçador.

SURMISE ['sə:maiz], *s.* conjetura, desconfiança, suspeita.

SURMISE [sə:'maiz], *v.* suspeitar, desconfiar; conjeturar, imaginar, supor.

SURMOUNT [sə:'maunt], *v.* superar, sobrepujar, vencer; passar por cima; exceder; coroar; encimar.

SURMOUNTABLE [sə:'mauntəbl], *a.* superável, vencível.

SURNAME ['sə:neim], *s.* sobrenome. *v.* dar um sobrenome; designar.

SURPASS [sə:'pɑ:s], *v.* sobrepujar, exceder, ultrapassar; avantajar-se; transcender.

SURPASSABLE [sə:'pɑ:səbl], *a.* excedível.

SURPASSING [sə:'pɑ:siŋ], *a.* transcendente, superior, excelente, exímio.

SURPLICE ['sə:pləs, 'sə:plis], *s.* sobrepeliz.

SURPLUS ['sə:pləs], *s.* excedente, saldo, excesso, sobejo, resto, sobra, superavit, remanescente.

SURPRISE [sə'praiz], *s.* surpresa, sobressalto, espanto. *v.* surpreender, espantar, sobressaltar; assombrar, abismar. # *take by surprise*, surpreender, apanhar de surpresa.

SURPRISE-PARTY [sə'praiz'pa:ti], *s.* assustado (baile).

SURPRISING [sə'praiziŋ], *a.* maravilhoso, surpreendente, espantoso, inesperado.

SURREALISM [sə'ri:əlizm], *s.* surrealismo.

SURREJOINDER [sə:ri'dʒɔində], *s.* (jur.) tréplica.

SURRENDER [sə'rendə], *s.* entrega. rendição, capitulação. *v.* capitular, ceder, resignar, entregar-se, render-se.

SURREPTITIOUS [sʌrəp'tiʃəs], *a.* sub-reptício.

SURROUND [sə'raund], *v.* circundar, rodear, cercar, cingir; circunscrever; transbordar; inundar.

SURROUNDING [sə'raundiŋ], *s.* cerco; *pl.* arredores, circunvizinhança. *a.* circunvizinho.

SURTAX ['sə:-tæks], *s.* sobretaxa; (E.U.) imposto de lucros extraordinários.

SURVEY ['sə:vei], *s.* inspeção, exame; pesquisa; estudo; vistoria; vista.

SURVEY [sə:'vei], *v.* inspecionar, examinar, ver, observar, vistoriar, avaliar; medir; superintender.

SURVEYING [sə:'veiŋ], *s.* agrimensura.

SURVEYOR [sə:'veiə], *s.* agrimensor; superintendente, inspetor, diretor.

SURVIVAL [sə'vaivəl], *s.* sobrevivência.

SURVIVE [sə'vaiv], *v.* sobreviver.

SURVIVOR [sə'vaivə], *s.* sobrevivente.

SUSCEPTIBILITY [səseptə'biliti], *s.* suscetibilidade; delicadeza.

SUSCEPTIBLE [sə'septəbl], *a.* suscetível; sensível.

SUSPECT ['sʌspekt], *s.* pessoa suspeita. *a.* suspeito.

SUSPECT [səs'pekt], *v.* suspeitar, desconfiar.

SUSPEND [səs'pend], *v.* suspender, pendurar; suspender, interromper.

SUSPENDED [səs'pendid], *a.* suspenso.

SUSPENDER [səs'pendə], *s.* o que suspende; *pl.* ligas; (E.U.) suspensórios = (Ing.) *braces*.

SUSPENSE [səs'pens], *s.* suspensão; incerteza, dúvida, indecisão, interrupção.

SUSPENSIBLE [səs'pensəbl], *a.* que pode ser suspenso.

SUSPENSION [səs'penʃən], *s.* suspensão. # *sus-*

pension bridge, ponte pênsil. *suspension marks*, reticências.

SUSPENSIVE [səs'pensiv], *a.* suspensivo.

SUSPENSORY [səs'pensəri], *a.* e *s.* suspensório.

SUSPICION [səs'piʃən], *s.* desconfiança, suspeita.

SUSPICIOUS [səs'piʃəs], *a.* desconfiado, suspeitoso, suspicaz; suspeito.

SUSTAIN [səs'tein], *v.* suster, suportar, sustentar; confirmar, manter.

SUSTAINABLE [səs'teinəbl], *a.* sustentável, defensável.

SUSTAINER [səs'teinə], *s.* sustentáculo, sustentador.

SUSTENANCE ['sʌstinəns], *s.* sustento, alimento, subsistência; sustentação.

SUTLER ['sʌtlə], *s.* vivandeiro.

SUTURE ['sju:tʃə], *s.* (anat.) articulação, junção; (cir.) sutura. *v.* suturar.

SUZERAIN ['su:zərein], *s.* suserano, senhor feudal. *a.* suserano.

SUZERAINITY ['su:zəreiniti], *s.* suserania.

SWAB [swɔb], *v.* limpar com esfregão. *s.* esfregão, lambaz.

SWABBLE ['swɔbl], *s.* varapau.

SWADDLE ['swɔdl], *v.* enfaixar.

SWADDLING-BANDS ['swɔdliŋbəndz], *V* **SWADDLING-CLOTHES.**

SWADDLING-CLOTHES ['swɔdliŋklouðz], *s. pl.* cueiros.

SWAG [swæg], *s.* (gír.) produto de um roubo; bagagem; trouxa.

SWAG-BELLIED ['swægbelid], *a.* pançudo.

SWAGE [sweidʒ], *s.* buril. *v.* gravar.

SWAGGER ['swægə], *s.* bazófia, bravata, fanfarronada. *v.* fanfarronar, bazofiar, blasonar, contar bravatas.

SWAGGERER ['swægərə], *s.* fanfarrão.

SWAGGERING ['swægəriŋ], *s.* fanfarronada, bravata, *a.* fanfarrão, bazofeiro. jactancioso.

SWAG-SHOP ['swægʃɔp], *s.* bricabraque.

SWAIN [swein], *s.* pastor, camponês; namorado. *v.* pastorear; namorar.

SWALE [sweil], *s.* baixada.

SWALLOW ['swɔlou], *s.* sorvedouro, abismo; bocado, trago, gole; esôfago; garganta. *v.* engolir, tragar; absorver; engolfar, abismar; esgotar.

SWALLOW ['swɔlou], *s.* andorinha. # *one swallow does not make a summer,* uma andorinha não faz verão.

SWALLOW-TAIL ['swɔlouteil], *s.* rabo de andorinha; casaca.

SWAM [swæm], *pret.* de **SWIM.**

SWAMP ['swɔmp], *s.* brejo, pântano. *a.* pantanoso. *v.* atolar, submergir, afundar num pântano; encharcar; meter-se em complicações.

SWAMPINESS ['swɔmpinis], *s.* estado pantanoso.

SWAMPY ['swɔmpi], *a.* pantanoso, brejoso, atoladiço.

SWAN [swɔn], *s.* cisne.

SWANK [swæŋk], *s.* bazófia, gabolice. *v.* bazofiar. *a.* pretensioso.

SWANKY ['swæŋki], *a. V.* **SWANK.**

SWANLIKE ['swɔnlaik], *a.* semelhante ao cisne.

SWAP [swɔp], *v.* trocar, permutar, barganhar (= berganhar). *s.* troca, permuta, barganha (= berganha).

SWARD [swɔ:d], *s.* relva. *v.* relvar.

SWARF [swɔ:f], *s.* (mec.) limalha de ferro.

SWARM [swɔ:m], *s.* enxame, multidão, formigueiro. *v.* enxamear; formigar; abundar, pulular.

SWART [swɔ:t], *V.* **SWARTHY.**

SWARTHINESS ['swɔ:ðinis], *s.* cor morena, trigueira.

SWARTHY ['swɔ:ði], *a.* moreno, escuro, tisnado.

SWASH [swɔʃ], *v.* bravatear, fanfarronar; chapinhar; marulhar.

SWASHBUCKLE ['swɔʃbʌkl], *v.* bravatear, fanfarronar.

SWASHBUCKLER ['swɔʃbʌklə], *s.* fanfarrão, ferrabrás, espadachim.

SWASTIKA ['swæstikə], *s.* suástica.

SWAT [swɔt], *s.* golpe violento. *v.* golpear violentamente; matar com um golpe.

SWATH [swɔ:θ], *s.* fileira, fiada, fieira.

SWATHE [sweið], *v.* envolver, enfaixar. *s.* trilho; faixa; *pl.* cueiros.

SWAY [swei], *s.* manejo; brandimento; balanço, oscilação, mando, poder, dominação, domínio.

v. manejar, brandir, vibrar, influenciar; oscilar, inclinar; governar; içar, elevar.

SWEAR [swɛə], *pret.* **SWORE,** *pp.* **SWORN.** *v.* praguejar, blasfemar; jurar; prestar juramento.

SWEARER ['swɛərə], *s.* blasfemador, praguejador; o que jura.

SWEARING ['swɛəriŋ], *s.* blasfêmia; praga; juramento.

SWEAT [swet], *s.* suor, transpiração; trabalho, fadiga; luta. *v.* transpirar, suar; lidar, trabalhar; afadigar-se; lutar (E.U. gír.) fazer trabalhar excessivamente; (E.U. gír.) esculachar, meter no quadrado (polícia). # *be in a sweat,* estar em apuros. *live by the sweat of one's brow,* viver do suor do próprio rosto. *sweat down,* (E.U. gír.) fazer diminuir.

SWEATER ['swetə], *s.* aquele que transpira muito; suéter; (col.) trabalho árduo.

SWEATINESS ['swetinis], *s.* suor.

SWEATING ['swətiŋ], *a.* sudorífero (= sudorífico). *s.* exsudação; (E.U. gír.) surra, sessão de esculacho (polícia).

SWEATING-BATH ['swetiŋbɑ:θ], *s.* banho turco, banho sudorífico.

SWEATY ['sweti], *a.* coberto de suor; suado; trabalhoso; árduo.

SWEDE [swi:d], *s.* sueco.

SWEDISH ['swi:diʃ], *a.* sueco. *s.* o povo sueco (com *the*); sueco, língua sueca.

SWEEP [swi:p], *pret.* e *pp.* **SWEPT,** varrer, vasculhar; devastar, assolar, arrastar (rede); passar rapidamente; passar impetuosamente. *s.* vasculho; varredura, alcance, extensão; movimento, curva. # *as black as a sweep,* negríssimo. *be swept off one's feet,* emocionar-se. *a clean sweep of,* livramento total de, remoção total de. *sweep along* ou *past,* passar rapidamente. *sweep down,* varrer para baixo; atirar-se sobre, arrojar-se sobre.

SWEEPER ['swi:pə], *s.* varredor; limpador de chaminés.

SWEEPING ['swi:piŋ], *a.* vasto, compreensivo, arrebatador; radical.

SWEEPINGS ['swi:piŋz], *s. pl.* varredura, lixo.

SWEEPSTAKE ['swi:psteik], *s.* jogo em que é atribuído como prêmio o bolo, isto é, o montante das apostas.

SWEEPSTAKES ['swi:psteiks], *s.* tipo especial de loteria conjugada com a corrida de cavalos.

SWEET [swi:t], *s.* doçura, suavidade; encantamento; benzinho (termo de carinho = *darling*). *pl.* doces, balas, confeitos; sobremesa; prazeres; fragrância. *a.* doce, açucarado; melodioso, ameno, suave, encantador; belo, lindo; meigo, gentil; amável, carinhoso. # *be sweet on,* estar apaixonado por. *sweet paste,* doce em pasta. *who eats the sweet must taste the bitter,* quem come a carne que roa os ossos.

SWEETBREAD ['swi:tbred], *s.* pâncreas; moleja, timo.

SWEET-BRIAR ['swi:t'braiə], *s.* roseira brava.

SWEETEN ['swi:tn], *v.* adoçar, açucarar, dulcificar; amenizar, suavizar.

SWEETHEART ['swi:thɑ:t], *s.* namorado, namorada; querido, querida; amante.

SWEETISH ['swi:tiʃ], *a.* adocicado, açucarado.

SWEETLY ['swi:tli], *adv.* docemente, adocicadamente, suavemente.

SWEETMEAT ['swi:tmi:t], *s.* doce; fruta cristalizada.

SWEETNESS ['swi:tnis], *s.* doçura, encanto, suavidade, delicadeza.

SWEET-OIL ['swi:t-ɔil], *s.* azeite doce.

SWEET-PEA ['swi:tpi:], *s.* ervilha-de-cheiro.

SWEET-POTATO ['swi:tpə'teitou], *s.* batata doce.

SWEET-SHOP ['swi:tʃɔp], *s.* confeitaria, casa de doces = **CANDY SHOP.**

SWEET-SOP ['swi:tsɔp], *s.* fruta-de-conde (= pinha, condessa).

SWEET-TOOTH ['swi:ttu:θ], *a.* guloso (de doces).

SWEETY ['swi:ti], *s.* doce.

SWELL [swel], *pret.* **SWELLED,** *pp.* **SWELLED** ou **SWOLLEN.** *v.* inchar, inflamar, intumescer; aumentar; crescer, dilatar, inflar; encolerizar-se; pavonear-se, ensoberbecer-se. *s.* inchação, intumescência; inflamação; vaga, vagalhão, onda; ondulação de terreno; amplidão: modulação sonora; janota; pessoa importante. *a.* (col.) elegante, janota; (E.U. gír.) ótimo, excelente.

SWELLING ['sweliŋ], *s.* inchação, inflamação,

intumescência, protuberância. *a.* túrgido, inchado, empolado, agitado.

SWELTER ['sweltə], *v.* sufocar, abafar; transpirar profundamente; oprimir.

SWEPT [swept], *pret.* e *pp.* de **SWEEP.**

SWERVE [swə:v], *s.* desvio. *v.* fazer um desvio; apartar-se, desviar-se; vaguear; errar.

SWIFT [swift], *s.* andorinha; gavião; correnteza, corrente; dobadoura. *a.* rápido, veloz, ligeiro; vivo, ativo, pronto, lesto, expedito. *adv.* (poes.) velozmente, rapidamente.

SWIFTLY ['swiftli], *adv.* rapidamente, ligeiramente, velozmente.

SWIFTNESS ['swiftnis], *s.* velocidade, ligeireza, rapidez.

SWIG [swig], *v.* beber com sofreguidão; tomar de um trago. *s.* trago, gole.

SWILL [swil], *s.* trago, gole; refugo; lavagem (para porcos). *v.* tomar um gole; embriagar-se; lavar-se; lavar mal, enxaguar.

SWIM [swim], *pret.* **SWAM,** *pp.* **SWUM.** *v.* nadar; flutuar, boiar; transbordar; abundar; ter vertigem. *s.* natação; bexiga natatória; plano, projeto.

SWIMMER ['swimə], *s.* nadador.

SWIMMING ['swimiŋ], *a.* natatório. *v.* vertigem; natação.

SWIMMING-BATH ['swimiŋbɑ:θ], *V.* **SWIMMING-POOL.**

SWIMMING-BLADDER ['swimiŋblædə], *s.* bexiga natatória.

SWIMMING-POOL ['swimiŋpu:l], *s.* piscina.

SWINDLE ['swindl], *v.* lograr, fraudar, enganar, burlar; calotear; passar o conto do vigário; extorquir. *s.* logro, fraude, engano, trapaça, burla; conto do vigário; calote; extorsão.

SWINDLER ['swindlə], *s.* trapaceiro, escroque, caloteiro; vigarista = (E.U.) *green-goods man.*

SWINDLING ['swindliŋ], *s.* burla, fraude, engano, logro, trapaça. *a.* fraudulento, trapaceiro, enganador.

SWINE [swain], *s.* suíno.

SWINEHERD ['swainhə:d], *s.* porqueiro (criador ou guardador de porcos).

SWING [swiŋ], *pret.* e *pp.* **SWUNG.** *v.* vibrar, balançar, sacudir; voltear; agitar; inclinar-se; ser forçado a. *s.* oscilação, balanço, impulso, lance, abalo; influência; arrojo; rotação; espaço percorrido; (pol. U.S.) mudança de partido. # *in full swing,* em plena atividade; no auge do entusiasmo. *swing about,* abalar. *swing door,* porta de vaivém. *swing race,* (U.S. pol.) eleição em que o partido do Governo é derrotado. *swing round,* virar-se. *swing shift,* rodízio de turmas de trabalho. *swing wheel,* roda catarina (de relógio).

SWING-BAR ['swiŋbɑ:], *s.* balancim do carro.

SWING-BRIDGE ['swiŋ'bridʒ], *s.* ponte giratória.

SWINGE [swindʒ], *v.* açoitar, bater, castigar; forjar.

SWINGEING ['swindʒiŋ], *a.* grande, enorme, monstruoso, incomensurável.

SWINGER ['swindʒə], *s.* coisa espantosa; mentira cabeluda.

SWINGING ['swiŋiŋ], *s.* balanço, oscilação, volta, rotação; (rád.) flutuação de freqüência. *a.* desembaraçado.

SWINGLE ['swiŋgl], *v.* espadelar (= espadar), estomentar. *s.* espadela.

SWINGLE-TREE ['swiŋgltri:], *V.* **SINGLE-TREE.**

SWING-SPAN ['swiŋ'spæn], (E.U.) *V.* **SWING BRIDGE.**

SWINISH ['swainiʃ], *a.* porco, sujo, imundo; grosseiro.

SWIPE [swaip], *s.* pancada forte. *v.* golpear; (gír.) furtar.

SWIRL [swə:l], *v.* fazer redemoinho, serpear. *s.* redemoinho de água ou vento.

SWISH [swiʃ], *s.* zunido; silvo. *v.* zunir; sibilar.

SWISS [swis], *a.* e *s.* suíço. # *Swiss bit,* (carp.) verruma. *the Swiss,* os suíços.

SWITCH [switʃ], *s.* vara, varinha, chibata, açoite; vibração; (eletr.) interruptor, de chave; (E.U.) chave, agulha (estrada de ferro) = (Ing.) *points.* *v.* bater, surrar, açoitar; (E.U.) virar a chave (estrada de ferro) (= (Ing.) *shunt;* (náut.) lançar um cabo; (eletr.) ligar a corrente (com *on),* desligar, interromper a corrente (com *off).* # *change-over switch,* (eletr.) comutador. *float switch,* (eletr.) interruptor de bóia. *snap switch,* interruptor de mola. *starter switch,* (auto) botão de arranque.

SWITCHBACK ['switʃbæk], *s.* subida em ziguezague.
SWITCH-BOARD ['switʃbɔ:d], *s.* (eletr.) quadro de distribuição; mesa de ligações.
SWITCHMAN ['switʃmən], *s.* (E.U.) guarda-chaves (estrada de ferro) = (Ing.) *pointsman.*
SWITCHTOWER ['switʃtauə], *s.* (E.U.) cabina de sinalização (estrada de ferro) = (Ing.) *signal-box.*
SWITCHYARD ['switʃjɑ:d], *s.* (E.U.) triagem (estrada de ferro) = (Ing.) *shuntingyard.*
SWIVEL ['swivl], *v.* fazer rotações. *s.* torniquete; elo móvel. # *swivel bridge,* ponte giratória. *swivel chair,* cadeira giratória.
SWIVEL-EYED ['swivəl'aid], *a.* estrábico.
SWIZZLE ['swizl], *v.* beber demais. *s.* mistura (de bebidas).
SWOLLEN ['swoulən], *pp.* de **SWELL.**
SWOON [swu:n], *s.* desmaio, desfalecimento, vertigem, síncope. *v.* desmaiar, desfalecer.
SWOONING ['swu:niŋ], *s.* desmaio, vertigem, síncope.
SWOOP [swu:p], *s.* ataque de ave de rapina. *v.* colher, agarrar; descer rapidamente.
SWOP [swɔp], *V.* **SWAP.**
SWORD [sɔ:d, sɔəd], *s.* espada. # *cross swords,* terçar armas. *put to the sword,* passar a fio de espada. *to draw the sword,* arrancar da espada.
SWORD-BELT ['sɔ:dbelt], *s.* talim.
SWORD-CANE ['sɔ:dkein], *s.* estoque (arma).
SWORDFISH ['sɔ:dfiʃ], *s.* peixe-espada.
SWORD-PLAY ['sɔ:dplei], *s.* esgrima.
SWORDSMAN ['sɔ:dzmən], *s.* bom esgrimista; espadachim.
SWORD-STICK ['sɔ:d-stik], *s.* *V.* **SWORD-CANE.**
SWORE [swɔ:, swɔə], *pret.* de **SWEAR.**
SWORN [swɔ:n], *pp.* de **SWEAR.**
SWOT [swɔt], *s.* trabalho árduo. *v.* "cavar" (esforçar-se nos estudos, etc.).
SWOTTER ['swɔtə], *s.* (gír.) estudante "cavador".
SWUM [swʌm], *pp.* de **SWIM.**
SWUNG [swʌŋ], *pret.* e *pp.* de **SWING.**
SYBARITE ['sibərait], *s.* sibarita.
SYCAMINE ['sikəmain], *s.* amoreira.
SYCAMORE ['sikəmɔ:, 'sikəmɔə], *s.* sicômoro.
SYCOPHANCY ['sikəfənsi], *s.* bajulação, servilismo; parasitismo.
SYCOPHANT ['sikəfənt], *s.* bajulador; parasita.
SYENITE ['saiinait], *s.* sienita.
SYLLABARY ['siləbəri], *s.* silabário.
SYLLABIC [si'læbik], *a.* silábico.
SYLLABICATE [si'læbikeit], *v.* *V.* **SYLLABIFY.**
SYLLABICATION [silæbi'keiʃən], *s.* silabação.
SYLLABIFICATION [silæbif'keiʃən], *s.* *V.* **SYLLABICATION.**
SYLLABIFY [si'læbifai], *v.* formar síbalas, silabar, dividir em sílabas.
SYLLABIZE ['siləbaiz], *v.* *V.* **SYLLABIFY.**
SYLLABLE ['siləbl], *s.* sílaba. *v.* silabar; articular.
SYLLABUS ['siləbəs], *s.* lista; sumário; programa, plano de estudos.
SYLLEPSIS [si'lcpsis], *s.* (gram.) silepse.
SYLLOGISM ['silədʒizm], *s.* silogismo.
SYLLOGISTIC [silə'dʒistik], *a.* silogístico.
SYLPH [silf], *s.* sílfide.
SYLVAN ['silvən], *a.* florestal, silvestre, selvático; rústico.
SYMBOL ['simbəl], *s.* símbolo; abreviatura.
SYMBOLIC [sim'bɔlik], *a.* simbólico.
SYMBOLICAL [sim'bɔlikəl], *a.* simbólico.
SYMBOLISM ['simbəlizm], *s.* simbolismo.
SYMBOLIZE (ISE) ['simbəlaiz], *v.* simbolizar.
SYMMETRIC, AL [si'metrik, əl], *a.* simétrico.
SYMMETRY ['simitri], *s.* simetria.
SYMPATHETIC [simpə'θetik], *a.* solidário, favorável; compassivo; compreensivo.
SYMPATHIZE (ISE) ['simpəθaiz], *v.* solidarizar-se; compadecer-se, condoer-se; ser solidário no sofrimento; compartilhar do sofrimento.
SYMPATHY ['simpəθi], *a.* solidariedade; compaixão, comiseração, condolência.
SYMPHONIC [sim'fɔnik], *a.* sinfônico.
SYMPHONIST ['simfənist], *s.* sinfonista.
SYMPHONY ['simfəni], *s.* sinfonia.
SYMPTOM ['simptəm], *s.* sintoma, indício.
SYMPTOMATIC [simptə'mætik], *a.* sintomático.
SYNAGOGUE ['sinəgɔg], *s.* sinagoga.
SYNCHRONIC [sin'krɔnik, siŋ'krɔnik], *a.* sincrônico.

SYNCHRONISM ['siŋkrənizm], *s.* sincronismo.
SYNCHRONIZE (ISE) ['siŋkrənaiz], *v.* sincronizar; ser simultâneo.
SYNCHRONOUS ['siŋkrənəs], *a.* síncrono, simultâneo.
SYNCOPATE ['siŋkəpeit], *v.* sincopar.
SYNCOPE ['siŋkəpi], *s.* (med., gram. e mús.) síncope.
SYNDIC ['sindik], *s.* síndico.
SYNDICALISM ['sindikəlizm], *s.* sindicalismo.
SYNDICALIST ['sindikəlist], *s.* sindicalista.
SYNDICATE ['sindikit], *s.* sindicato; organização que fornece matéria (notícias, artigos) à imprensa. *underwriting syndicate,* (fin.) sindicato formado para a subscrição de ações.
SYNDICATE ['sindikeit], *v.* sindicalizar.
SYNOD ['sinəd], *s.* sínodo.
SYNONYM ['sinənim], *s.* sinônimo.
SYNONYMOUS [si'nɔniməs], *a.* sinônimo.
SYNOPSES [si'nɔpsi:z], *pl.* de **SYNOPSIS.**
SYNOPSIS [si'nɔpsis], *s.* sinopse. *pl.* **SYNOPSES.**
SYNOPTIC, AL [si'nɔptik, əl], *a.* sinótico.
SYNTACTIC, AL [sin'tæktik, əl], *a.* sintático.
SYNTAX ['sintæks], *s.* sintaxe.
SYNTHESES ['sinθisi:z], *pl.* de **SYNTHESIS.**
SYNTHESIS ['sinθisis], *s.* síntese, concisão, resumo; reunião. *pl.* **SYNTHESES.**
SYNTHETIC, AL [sin'θetik, əl], *a.* sintético.
SYPHILIS ['sifilis], *s.* sífilis.
SYPHILITIC [sifi'litik], *a.* sifilítico.
SYPHON ['saifən], *s.* sifão.
SYREN ['saiərin], *s. V.* **SIREN.**
SYRIAN ['siriən], *a.* e *s.* sírio.
SYRINGE ['sirindʒ], *s.* seringa. *v.* seringar.
SYRUP ['sirəp], *V.* **SIRUP.**
SYSTEM ['sistim, 'sistəm], *s.* sistema; método; organismo. # *digestive system,* aparelho digestivo. *make-up system,* (petr.) sistema de reposição. *pay-as-you-go system,* dedução na fonte (imposto de renda). *respiratory system,* aparelho respiratório. *system of roads* = rede rodoviária.
SYSTEMATIC, AL [sisti'mætik, əl], *a.* sistemático, metódico.
SYSTEMATICALLY [sisti'mætikəli], *adv.* sistematicamente, metodicamente.
SYSTHEMATIZATION ['sistimətai'zeiʃən], *s.* sistematização.
SYSTEMATIZE (ISE) ['sistimətaiz], *v.* sistematizar, metodizar.
SYSTEMATIZER (ISER) ['sistimətaizə], *s.* sistematizador, metodizador.
SYSTOLE ['sistəli], *s.* sístole.
SYSTYLE ['sistail], *s.* (arq.) sistilo. *a.* em sistilo.
SYZYGY ['sizidʒi], *s.* (astr.) sizígio (= sizígia).

T

T [ti:], *s.* vigésima letra do alfabeto; objeto em forma de T. # *cross the T's,* pôr os pontos nos *ii. to a T,* perfeitamente.

TA [tɑ:], *int.* obrigado (linguagem infantil).

TAB [tæb], *s.* projeção; apêndice; alça, aselha; aba.

TABBING ['tæbiŋ], *s.* tabulação.

TABBY ['tæbi], *s.* tabi; gata; gato malhado; velha faladora e rabujenta. *a.* malhado, mosqueado ondeado.

TABBY-CAT ['tabikæt], *s.* gato tigrado; gata.

TABEFACTION [tæbi'fækʃən], *s.* (med.) consunção, emaciação, definhamento, emagrecimento.

TABERNACLE ['tæbə:nækl], *s.* tabernáculo; (náut.) meia cana de mastro.

TABES ['teibi:z], *s.* (med.) tabe.

TABLATURE ['tæblətʃə], *s.* (anat.) divisão do crânio em duas partes; (mús.) solfa; pintura mural.

TABLE ['teibl], *s.* mesa; tabuleiro; tábua; lâmina; quadro, painel; superfície, face, faceta; tabela; catálogo; índice; tabuada; quadro sinótico; palma da mão; banco; banca; as pessoas que estão à mesa; sociedade; comida, manjares. *v.* comer à mesa de alguém; pôr na mesa; exibir, mostrar; catalogar; encaixar, entalhar; apresentar, pôr em discussão (proposta, moção); (E.U.) arquivar (proposta, moção) = (Ing.) *shelve.* # *dropleaf table,* mesa de dobrar. *extension table,* mesa elástica. *keep a good table,* tratar-se bem. *lay on the table,* engavetar (projeto). *lay (=spread; set) the table,* pôr a mesa. *table lamp,* lâmpada de mesa, abajur de mesa. *table of contents,* índice, sumário. *table of interest,* tabela de juros. *table of rates,* tarifa. *to clear the table,* tirar a mesa (após uma refeição). *to wait on table,* servir à mesa. *turn the table on one,* fazer virar o feitiço contra o feiticeiro.

TABLE-CLOTH ['teiblklɔθ], *s.* toalha de mesa.

TABLE-LAND ['teibl-lænd], *s.* planalto.

TABLELINEN ['teibl-linin], *s.* atoalhado.

TABLESET ['teiblset], *s.* baixela.

TABLESPOON ['teiblspu:n], *s.* colher de sopa.

TABLESPOONFUL ['teiblspu:nful], *s.* colherada; colher de sopa cheia (medida).

TABLET ['tæblit], *s.* tabuinha, superfície plana; pastilha, comprimido; placa de mármore; lâmina gravada; retábulo; quadro, painel.

TABLE WARE ['teibl-wɛe], *s.* baixela, alfaia; talheres; louça de mesa.

TABLOID ['tæblɔid], *s.* comprimido, pastilha; (E.U.) jornaleco.

TABOO [tə'bu:], *s.* tabu, interdito; exclusão; proibição; ostracismo. *v.* declarar tabu, interdizer; interditar; proibir; excluir; desterrar.

TABOR, TABOUR ['teibə], *s.* tamboril, tamborim; acampamento. *v.* tamborilar.

TABORET, TABOURET ['tæbərit], *s.* tamborim; agulheiro; bastidor para bordar; tamborete.

TABULAR ['tæbjulə], *a.* tabular.

TABULATE ['tæbjuleit], *v.* dispor em quadros, reduzir a sinopse; aplanar, alisar, achatar.

TABULATION [tæbju'leiʃən], *s.* disposição tabular; (E.U. pol.) apuração de votos.

TACHYGRAPHER [tæ'kigrəfə], *s.* taquígrafo.

TACHYGRAPHY [tæ'kigrəfi], *s.* taquigrafia.

TACIT ['tæsit], *a.* tácito, implícito; silencioso; secreto.

TACITURN ['tæsitə:n], *a.* taciturno, calado, reservado; silencioso.

TACITURNITY [tæsi'tə:niti], *s.* taciturnidade.

TACK [tæk], *s.* tacha, tachinha, preguinho; comida; adesão, aderência; curso, direção; (náut.) bordada, guinada. *v.* pregar com tachas; ligar, unir, atar; coser; (náut.) bordejar, virar de bordo. # *get down to brass tacks,* tratar da questão, entrar no assunto. *tack on*, acrescentar.

TACKLE ['tækl], *s.* mecanismo, aparelhagem, instrumentos; aviamentos; equipamentos; preparos, fornecimentos; guindaste, molinete; seta, flecha; (náut.) cordoalha; intercepção; (futebol americano) jogador da linha média. *v.* guarnecer de, equipar, prover, fornecer, abastecer; fixar-se, agarrar-se a; cair sobre; atacar, enfrentar (um problema); dedicar-se a um trabalho; (futebol) interceptar, derrubar o adversário que leva a pelota.

TACKLING ['tækliŋ], *s.* apresto, equipamento; arreio de um animal de tiro.

TACK-NUT ['tæknʌt], *s.* (ofic.) contra-porca.

TACKY ['tæki], *s.* cavalicoque, *a.* pegajoso: (E.U. col.) desalinhado, sujo.

TACT [tækt], *s.* tato; discernimento; tino; jeito; habilidade.

TACTFUL ['tæktful], *a.* com tato; com discernimento e habilidade; ajuizado.

TACTIC, AL ['tæktik, əl], *a.* tático.

TACTICIAN [tæk'tiʃən], *s.* tático, estrategista.

TACTICS ['tæktiks], *s.* tática.

TACTILE ['tæktail], *a.* tátil; palpável, tangível.

TACTLESS ['tæktlis], *a.* falto de tato; desatinado; disparatado.

TADPOLE ['tædpoul], *s.* girino; sapinho.

TAENIA ['ti:niə], *pl.* **TAENIAE** ['ti:nii], *s.* tênia, solitária.

TAFFETA ['tæfitə], *s.* tafetá. *a.* enfeitado, florido; afetado.

TAFFY ['tæfi], *s.* (E.U.) caramelo = (Ing.) *toffee, toffy*.

TAG [tæg], *s.* extremidade da cauda de um animal; apêndice; agulheta, atacador; penduricalho; pique (jogo infantil); deixa (teatro); plebe; gentalha, canalha, corja; chapa de metal; sinal; ferrete; rótulo, etiqueta. *v.* atar, prender; unir, ligar; rotular, pôr etiqueta; colocar ou fazer agulhetas; pegar (no pique).

TAGGER ['tægə], *s.* o que está no pique; metal em lâminas.

TAGRAG ['tæg-ræg], *s.* chusma, corja, gentalha, ralé, canalha; vagabundo. # *the tagrag and bobtail*, a plebe, a ralé.

TAIL [teil], *s.* rabo; cauda; extremidade, cabo; fim; apêndice; (astr.) cauda de cometa; traseira (de carro); assento traseiro; reverso (da moeda); aba (do casaco); fila de gente, acompanhamento, cortejo, escolta, séquito; (tip.) pé de página. *v.* puxar pela cauda; prender à cauda; pender como uma cauda; seguir em fila; seguir de perto; enfraquecer. # *out of the tail of one's eyes*, com o rabo dos olhos. *tail something in*, chumbar alguma coisa na parede.

TAIL-BOARD ['teilbɔ:d], *s.* traseira de carroça.

TAIL-COAT ['teil'kout], *s.* fraque.

TAILED [teild], *a.* de cauda; raboso, rabudo.

TAILINGS ['teiliŋz], *s. pl.* escória, refugo.

TAIL-LIGHT ['teil'lait], *s.* luz traseira (automóvel, etc.).

TAILOR ['teilə], *s.* alfaiate. # *tailor's dummy*, manequim.

TAILORING ['teiləriŋ], *s.* ofício de alfaiate.

TAILOR-MADE ['teiləmeid], *a.* feito sob medida; feito para um determinado fim. *s.* roupa feita sob medida.

TAILPIECE ['teil-pi:s], *s.* apêndice; florão ornato; (tip.) vinheta.

TAILSTOCK ['teilstɔk], *s.* (ofic.) contraponta.

TAINT [teint], *s.* mancha, nódoa; mácula; corrupção; infecção; verruga. *v.* manchar, sujar, enodoar; infeccionar, contaminar; viciar, corromper; tingir; corromper-se; infeccionar-se.

TAINTLESS [teintlis], *a.* imaculado, puro, incorrupto.

TAKE [teik], *pret.* **TOOK**, *pp.* **TAKEN**. *v.* tomar, pegar, segurar; receber; agarrar, arrebentar, apoderar-se de; tirar, furtar, subtrair; prender, capturar, aprisionar; extorquir, apanhar; surpreender; tirar (medidas); fotografar; derivar; admitir, aceitar; escolher; adotar, empregar, usar; assinar, subscrever; supor, deduzir; entender, compreender; interpretar, traduzir; acompanhar, levar, conduzir, guiar; ser atacado de, contrair (uma doença); executar (um exercício); atravessar, passar; ocupar, gastar (tempo); necessitar; ser preciso; obter, ganhar; conseguir; comprar; alugar; arrendar; aspirar; comer; beber; encantar, enfeitiçar; cativar; pegar (vacina); pegar (ficar na moda);

assinar (jornal); vestir (um determinado número); suportar (notícia má); adaptar-se a; tomar (veículo) = (E.U.) *board*. *s*. ato de tomar ou pegar; porção tomada ou apanhada. # *as I take it,* a meu ver. *be taken in,* ser logrado. *take about,* carregar de cá para lá. *take after,* assemelhar-se a, puxar a. *take along,* levar (a pequena distância). *take amiss,* levar a mal. *take apart,* desmontar; *take away,* levar; roubar; tirar (dor). *take back,* retratar-se; aceitar ou receber de volta. *take down,* anotar; descer; derrubar, demolir. *take for,* considerar; confundir com. *take for granted,* aceitar como verdadeiro; considerar natural e certo, considerar como coisa corriqueira. *take in,* hospedar; entender; cercar; abranger; observar; absorver. *take it easy!* calma! *take it from me,* acredite. *take off,* tirar (roupa); levantar vôo, decolar; descontar; imitar, arremedar. *take on,* contratar; fazer espalhafato. *take someone up short,* cortar a palavra a alguém. *take out,* retirar; extrair (dente); sacar. *take over,* receber. *take to,* habituar-se a; simpatizar-se com. *take up,* dedicar-se a; absorver; tomar (tempo); ocupar-se em; interromper; levantar (empréstimo). *take up with,* manter relações com. *to be taken aback,* estar surpreendido, estar ou ficar surpreso, perplexo.

TAKE-HOME PAY ['teik'houm pei], *s*. salário líquido.

TAKE-IN ['teik'in], *s*. (fam.) fraude, engano, logro; fraudador.

TAKEN ['teikən], *pp*. de **TAKE**.

TAKE-OFF ['teik'ɔ:f, 'teik'ɔf], *s*. caricatura; arremedo; sátira; (av.) decolagem.

TAKER ['teikə], *s*. tomador; conquistador; comprador.

TAKING ['teikiŋ], *s*. tomada; conquista; captura; embaraço; temor, medo; aflição, sobressalto, apreensão; atrativo; simpatia. *a*. encantador, cativante, agradável, atraente, insinuante, sedutor; contagioso.

TALC [tælk], *s*. talco.

TALCUM ['tælkəm], *s*. talco. # *talcum powder,* talco em pó.

TALE [teil], *s*. conto, história, narrativa; novela, anedota; fábula. # *a tale never loses in the telling,* quem conta um conto aumenta um ponto. *tell tales out of school,* revelar segredos alheios.

TALE-BEARER ['teilbɛərə], *s*. mexeriqueiro, intrigante, enredador.

TALENT ['tælənt], *s*. talento, gênio, capacidade; engenho; talento (moeda e peso antigos).

TALENTED ['tæləntid], *a*. talentoso; engenhoso, hábil.

TALE-TELLER ['teiltelə], *s*. enredador, intriguista, mexeriqueiro.

TALISMAN ['tælizmən], *s*. talismã.

TALK [tɔ:k], *s*. conversa, conversação, fala, palestra; conferência; discurso; tagarelice; rumor, bulha; fama; boato; verbosidade, loquacidade. *v*. falar, conversar, palestrar; dizer; contar, narrar; conferenciar; tagarelar, palrar; tratar de. # *give a talk on,* fazer uma palestra sobre. *talk about* ou *of,* falar a respeito de. *talk at a person,* repreender uma pessoa, jogar uma indireta a uma pessoa. *talk back,* responder rudemente, retrucar. *talk big,* contar prosa. *talk bluntly,* falar com excessiva franqueza. *talk into,* persuadir. *talk out of,* dissuadir. *talk over,* discutir (um assunto). *talk something up,* elogiar. *talk to,* conversar com. *talk over (something),* falar sobre, conversar a respeito de (alguma coisa).

TALKATIVE ['tɔ:kətiv], *a*. loquaz; gárrulo, tagarela, palrador, falador.

TALKER ['tɔ:kə], *s*. conversador, falador, tagarela, palrador.

TALKIE ['tɔ:ki], *s*. (cin.) filme sonoro (col.) = **TALKING FILM**.

TALKING ['tɔ:kiŋ], *s*. conversação, palestra; tagarelice, palavreado. *a*. falante; sonoro.

TALKING FILM ['tɔ:kiŋ'film], *s*. filme sonoro = **TALKIE**.

TALKING-TO ['tɔ:kiŋtu:], *s*. censura, repreensão, admoestação.

TALKY ['tɔ:ki], *V*. **TALKATIVE**.

TALKY-TALK ['tɔ:ki'tɔ:k], *s*. conversa-fiada; tagarelice.

TALL [tɔ:l], *a*. alto; elevado; (col.) incrível, exagerado.

TALLBOY ['tɔ:lbɔi], *s*. cômoda de pés altos = (E.U.) *highboy;* (E.U.) copo de pé.

TALLNESS ['tɔ:lnis], *s*. altura, estatura; grandeza.

TALLOW ['tælou], *s.* sebo. *v.* ensebar. # *tallow candle* (ou *dip*), vela de sebo.

TALLOWY ['tæloui], *a.* seboso, sebáceo, gordurento, untuoso.

TALLY ['tæli], *s.* marcação; contagem. *v.* marcar; controlar; igualar-se a; corresponder a; concordar.

TALON ['tælən], *s.* unha, garra; (arq.) cimalha; cimácio.

TAMABLE ['teiməbl], *a.* domável, domesticável.

TAMARIND ['tæmərind], *s.* tamarindo.

TAMBOUR ['tæmbuə], *s.* tambor, tamboril; tímpano; bastidor para bordar; espécie de bordado; capitel coríntio.

TAMBOURINE [tæmbə'ri:n], *s.* pandeiro; tamboril (= tamborim).

TAME [teim], *a.* manso, domesticado; dócil; submisso; desanimado, abatido; acostumado; moderado; insípido. *v.* amansar, domar, domesticar; submeter; abater, humilhar; subjugar, conquistar; civilizar.

TAMER ['teimə], *s.* domador, domesticador; conquistador.

TAMIL ['tæmil], *s.* tâmil (= tâmul).

TAM-O'-SHANTER [tæmə'ʃæntə], *s.* boina.

TAMPER ['tæmpə], *v.* intrometer-se; adulterar; influir.

TAMPON ['tæmpən], *s.* (cir.) tampão.

TAN [tæn], *v.* curtir; queimar, tostar, crestar; colorir; castigar; bater, espancar; crestar-se. *s.* casca de árvore rica em tanino; cor parda. *a.* tostado, crestado, cor de canela.

TANDEM ['tændəm], *adv.* um atrás do outro. *s.* carro puxado por dois cavalos um atrás lo outro, veículo com dois assentos um atrás do outro (bicicleta).

TANG [tæŋ], *s.* travo, amargor; mau gosto; sabor; som agudo; espora, espigão; extremidade de ferramenta que entra no cabo; (bot.) alga marinha.

TANGENT ['tændʒənt], *s.* e *a.* tangente.

TANGENTIAL [tæn'dʒənʃəl], *a.* tangencial.

TANGERINE ['tændʒə'ri:n], *s.* tangerina.

TANGIBILITY [tændʒi'biliti], *s.* tangibilidade.

TANGIBLE ['tændʒəbl], *a.* tangível, palpável, tátil.

TANGLE ['tæŋgl], *s.* nó; trança; enredo; emaranhamento; embrulhada, confusão, complicação = (E.U.) *snarl;* alga. *v.* entrançar, entrelaçar; embaraçar, emaranhar; enredar, intrigar; enredar-se; emaranhar-se, confundir-se.

TANGO ['tæŋgou], *s.* tango.

TANK [tæŋk], *s.* tanque, reservatório; cisterna; (mil.) carro de assalto, tanque. # *tank buster,* (mil.) canhão antitanque.

TANKAGE ['tæŋkidʒ], *s.* capacidade de um tanque.

TANKARD ['tæŋkəd], *s.* caneca.

TANKER ['tæŋkə], *s.* petroleiro, navio-tanque; carro tanque (para inflamáveis) = *tank wag(g)on.*

TANK-TRUCK ['tæŋktrʌk], *s.* carro-pipa.

TANNER ['tænə], *s.* curtidor; moeda de seis pence.

TANNERY ['tænəri], *s.* curtume.

TANNIC ['tænik], *s.* tânico.

TANNIN ['tænin], *s.* tanino.

TANNING ['tæniŋ], *s.* cortume; (gír.) surra, sova, tunda.

TANSY ['tænzi], *s.* (bot.) atanásia.

TANTALIZE (ISE) ['tæntəlaiz], *v.* tantalizar; supliciar, atormentar.

TANTAMOUNT ['tæntəmaunt], *a.* equivalente; igual.

TAP [tæp], *v.* tocar, bater de leve; furar para deixar sair um líquido; extrair; espichar; talhar, fazer incisão na árvore (para colher a seiva); abrir um tonel ou barril; (med.) puncionar; expedir um telegrama. *s.* pancadinha; punção; cânula; torneira = (E.U.) *faucet, spigot;* líquido retirado; macho de tarracha; (eletr.) derivação; *pl.* (E.U.) toque de silêncio = (Ing.) *lights out.* # *anti-splash tap,* (canal.) regulador de jato. *on tap,* (col.) disponível. *tap someone for...,* dar uma facada (pedido de dinheiro).

TAP-BORER ['tæpbɔ:rə], *s.* verruma.

TAP-DANCE ['tæpdɑ:ns], *s.* sapateado. *v.* sapatear.

TAPE [teip], *s.* fita; trena; cadarço; liga; faixa, cinta; (gír.) bebida alcoólica. *v.* guarnecer de fita; medir com trena ou fita métrica. # *adhesive tape,* esparadrapo; (eletr.) fita isolante. *insulation tape,* fita isolante. *measuring tape,* fita métrica, trena. *red tape,* formalismo oficial, burocracia. *tape recording,* gravação de som em fita. *Scotch tape,* fita gomada, durex.

TAP-HOUSE ['tæphaus], *s.* taberna (= taverna).

TAPE-LINE ['teip-lain], *s.* fita métrica.

TAPE-MEASURE ['teipmeʒə], *V.* **TAPE-LINE.**

TAPE-NEEDLE ['teipni:dl], *s.* (E.U.) sovela = (Ing.) *bodkin.*

TAPER ['teipə], *s.* vela, círio; tocha; facho, luz; pavio; candeia; bisel; diminuição gradual de espessura. *a.* cônico; piramidal; pontiagudo, afilado. *v.* diminuir, afilar-se, adelgaçar-se; terminar em ponta; aguçar; dar a forma cônica.

TAPERING ['teipəriŋ], *a.* cônico; afilado, pontiagudo.

TAPER-STAND ['teipə-'stænd], *s.* castiçal; candelabro.

TAPESTRY ['tæpistri], *s.* tapeçaria.

TAPEWORM ['teipwə:m], *s.* tênia, solitária.

TAPIOCA [tæpi'oukə], *s.* tapioca.

TAPIR ['teipə], *s.* tapir, anta.

TAP-ROOT ['tæp-ru:t], *s.* (bot.) raiz-mestra.

TAPSTER ['tæpstə], *s.* taberneiro.

TAR [tɑ:], *v.* alcatroar, brear; provocar, desafiar, irritar. *a.* alcatrão; breu; marinheiro.

TARANTELLA [tærə'ntela], *s.* tarantela.

TARANTULA [tə'ræntjulə], *s.* tarântula.

TARDILY ['tɑ:dili], *adv.* tardiamente; vagarosamente, lentamente, morosamente; com relutância.

TARDINESS ['tɑ:dinis], *s.* lentidão, vagar, indolência, morosidade, frouxidão; pachorra, flegma (= fleuma); (E.U.) tardança, atraso = (Ing.) *lateness.*

TARDY ['tɑ:di], *a.* lento, vagaroso, moroso; indolente, preguiçoso; frouxo; pachorrento; (E.U.) serôdio, tardio, atrasado = (Ing.) *late.*

TARE [tɛə], *s.* (bot.) ervilhaca; (com.) tara. *v.* tarar. # *to separate the tares from the wheat,* separar o joio do trigo.

TARGET ['tɑ:git], *s.* mira, pontaria; meta, alvo; tarja, escudo, rodela; pelta; broquel. # *target practice,* tiro ao alvo.

TARIFF ['tærif], *s.* tarifa; pauta; imposto; tabela de preços. # *tariff barriers,* barreiras alfandegárias.

TARLATAN ['tɑ:lətən], *s.* tarlatana; filó.

TARN [tɑ:n], *s.* pequeno lago entre montanhas.

TARNISH ['tɑ:niʃ], *v.* empanar, embaciar; deslustrar, desdourar, desluzir; macular, manchar; empanar-se; deslustrar-se; desluzir-se. *s.* desdouro, deslustre; empanamento; mancha, mácula, nódoa.

TARPAULIN [tɑ:'pɔ:lin], *s.* pano alcatroado ou breado; encerado; chapéu ou casaco encerado.

TARRADIDDLE ['tærədidl], *s.* (col.) lorota, peta, balão, balela, potoca, patranha, mentira.

TARRED [tɑ:d], *a.* alcatroado, embreado.

TARRIER ['tæriə], *s.* retardatário.

TARRY ['tɑ:ri], *a.* betuminoso, alcatroado, embreado; sujo.

TARRY ['tæri], *v.* esperar, aguardar; permanecer; demorar-se, ficar; tardar, demorar.

TARSUS ['tɑ:səs], *s.* (anat.) tarso.

TART [tɑ:t], *s.* torta = (E.U.) *pie. a.* acre, azedo, ácido; picante; mordaz; severo, áspero. # *tart wine,* vinho verde.

TARTAR ['tɑ:tə], *s.* tártaro, sarro, odontólite.

TARTAR ['tɑ:tə], *s.* tártaro, habitante da Tartária. *a.* da Tartária.

TARTARIC [tɑ:'tærik], *a.* tartárico.

TARTLET ['tɑ:tlit], *s.* pequena torta.

TARTNESS ['tɑ:tnis], *s.* azedume, amargor, acidez; aspereza, severidade, acrimônia.

TASK [tɑ:sk], *s.* tarefa, labor, obra, empreitada, trabalho, faina, serviço; ocupação, ofício, emprego; empresa. *v.* dar tarefa; atarefar; sobrecarregar; acusar. # *take someone to task,* repreender alguém.

TASKER ['tɑ:skə], *s.* empreiteiro.

TASKING ['tɑ:skiŋ], *s.* empreitada, trabalho, serviço, tarefa.

TASKMASTER ['tɑ:skmɑ:stə], *s.* o que dá tarefas; superintendente.

TASSEL ['tæsəl], *s.* borla.

TASTE [teist], *s.* gosto, sabor, paladar; amostra, modelo; ensaio, prova; apreciação; discernimento. *v.* saborear; provar; ensaiar, experimentar; ter o sabor de, cheirar a, saber a. # *have a taste for,* gostar de; ter aptidão para. *tastes differ, it is of no use disputing about tastes, there is no accounting for tastes,* gostos não se discutem.

TASTEFUL ['teistful], *a.* gostoso, saboroso; elegante, de bom gosto.

TASTELESS ['teistlis], *a.* de mau gosto; insípido, sem sabor; insosso, desenxabido, insulso.

TASTER ['teistə], *s.* provador; instrumento para prova.

TASTINESS ['teistinis], *s.* gosto, sabor; elegância, graça.

TASTY ['teisti], *a.* gostoso, saboroso; elegante, gracioso.

TAT [tæt], *v.* fazer frocos; fazer esteiras. *s.* dado; tecido para esteiras (Índia).

TA-TA ['tæ'tɑ:], *s.* (fam.) passeio, giro; (gír.) metralhadora. *int.* (fam.) adeus.

TATTER ['tætə], *s.* trapo, andrajo, farrapo. *v.* rasgar, esfarrapar.

TATTERDEMALION [tætədə'meiljən], *s.* maltrapilho.

TATTERED ['tætəd], *s.* roto, andrajoso, esfarrapado.

TATTING ['tætiŋ], *s.* froco; "frivolité" (renda).

TATTLE ['tætl], *s.* tagarelice, garrulice. *v.* tagarelar, palrar, parolar.

TATTLER ['tætlə], *s.* palrador, falador, tagarela.

TATTOO [tə'tu:, tæ'tu:], *s.* toque de recolher; retirada. *v.* tocar recolher.

TATTOO [tə'tu:, tæ'tu:], *s.* tatuagem. *v.* tatuar.

TATTOOING [tə'tu:iŋ], *s.* tatuagem.

TAUGHT [tɔ:t], *pret.* e *pp.* de **TEACH.**

TAUNT [tɔ:nt], *s.* sarcasmo, zombaria, escárnio, motejo; insulto, opróbrio, afronta. *v.* zombar, escarnecer, motejar; insultar; exprobrar, censurar, repreender. *a.* alto, elevado, guindado (o mastro).

TAUNTER ['tɔ:ntə], *s.* zombador, zombeteiro, escarnecedor; vituperador.

TAUNTING ['tɔ:ntiŋ], *a.* insultuoso.

TAUT [tɔ:t], *a.* rijo, entesado, retesado, teso, tenso, esticado; severo; austero.

TAUTOLOGIC, AL ['tɔ:tə'lɔdʒik, əl], *a.* tautológico.

TAUTOLOGOUS [tɔ:'tɔləgəs], *a.* tautológico.

TAUTOLOGY [tɔ:'tɔlədʒi], *s.* tautologia.

TAVERN ['tævən], *s.* taverna (= taberna), tasca, baiúca, bodega; estalagem.

TAW [tɔ:], *s.* gude; bola de gude. *v.* curtir peles; atirar uma bola de gude.

TAWDRILY ['tɔ:drili], *adv.* aparentemente; afetadamente; vistosamente; falsamente.

TAWDRY ['tɔ:dri], *a.* espalhafatoso, extravagante, esquipático; vistoso, mas de mau gosto. *s.* jóia falsa.

TAWNY ['tɔ:ni], *a.* fulvo; moreno, tostado, trigueiro.

TAX [tæks], *s.* taxa, imposto, contribuição; tributo; exação; encargo, obrigação; repreensão. *v.* taxar, lançar impostos; determinar, regular (judicialmente); carregar; sujeitar a certo esforço; experimentar; repreender, censurar, acusar, imputar. # *assessed taxes,* (com.) impostos indiretos. *delinquent tax,* juro de mora. *tax gatherer,* cobrador de impostos, coletor, *tax sale,* venda judiciária. *tax stamp,* estampilha. *tax system,* sistema tributário. *withholding tax,* desconto de imposto na fonte.

TAXATION [tæk'seiʃən], *s.* taxação.

TAX-FREE ['tæks'fri:], *a.* isento de imposto.

TAXI ['tæksi], *s.* táxi; taxímetro. *v.* andar de táxi. # *taxi dancer, taxi girl,* moça de "dancing" (professora de dança). *taxi driver,* chofer de táxi.

TAXI-CAB ['tæksikæb], *s.* táxi.

TAXIDERMIST ['tæksidə:mist], *s.* taxiodermista.

TAXIDERMY ['tæksidə:mi], *s.* taxiodermia.

TAXIMETER ['tæksimi:tə], *s.* taxímetro.

TAXI-RANK ['tæksiræŋk], *s. V.* **TAXISTAND.**

TAXISTAND ['tæksistænd], *s.* (E.U.) ponto de automóveis = (Ing.) *cab-rank.*

TAXI-WAY ['tæksiwei], *s.* (av.) pista de rodagem.

TAXONOMY [tæk'sɔnəmi], *s.* taxinomia (= taxionomia, taxeonomia).

TAX-PAYER ['tækspeiə], *s.* contribuinte.

TEA [ti:], *s.* chá. *a.* de chá, para chá, relativo ao chá. # *high tea,* chá com comestíveis, com frios. *husband's tea,* chá fraco e frio.

TEA-BOARD ['ti:-bɔ:d], *s.* bandeja para servir o chá.

TEACH [ti:tʃ], *pret.* e *pp.* **TAUGHT.** *v.* ensinar, instruir, educar, doutrinar; mostrar, indicar; exercer o magistério.

TEACHABLE ['ti:tʃəbl], *a.* suscetível de ensino; educável; dócil.

TEACHER ['ti:tʃə], *s.* mestre, professor; educador; instrutor; preceptor.

TEACHERSHIP ['ti:tʃəʃip], *s.* a função de professor, magistério.

TEACHING ['ti:tʃiŋ], *s.* ensino, instrução; doutrinamento. *a.* docente. # *the teaching staff,* o corpo docente.

TEA-COSY ['ti:kouzi], *s.* abafador de bule.

TEA-CUP ['ti:kʌp], *s.* chávena, xícara para chá.

TEA-KETTLE ['ti:ketl], *s.* chaleira.

TEAM ['ti:m], *s.* junta, parelha; animais atrelados a um veículo; (E.U.) os animais e o veículo; manada; bando; enfiada, fila; (esp.) quadro, equipe, esquadrão. *v.* emparelhar, atrelar, jungir, ajoujar; transportar (com uma junta ou parelha).

TEAMSTER ['ti:mstə], *s.* condutor de uma parelha de animais.

TEAMWORK ['ti:mwə:k], *s.* trabalho de equipe.

TEA-PARTY ['ti:pɑ:ti], *s.* reunião social em que se serve o chá.

TEA-POT ['ti:pɔt], *s.* bule.

TEAPOY ['ti:-pɔi], *s.* mesinha para o serviço de chá.

TEAR [tiə], *s.* lágrima; gota; pranto, choro; aflição. *v.* chorar, lacrimejar (= lagrimejar). # *burst into tears,* irromper em pranto, desatar a chorar. *shed tears,* derramar lágrimas.

TEAR [tɛə], *pret.* **TORE,** *pp.* **TORN.** *v.* arrancar, arrebatar; romper, rasgar; despedaçar; rasgar-se, romper-se; enfurecer-se; ferir-se. *s.* rasgão, rasgadura; ruptura; dilaceração; precipitação; (E.U. gír.) pândega, pagodeira, farra. # *tear down,* derrubar. *tear sheet,* (E.U.) comprovante = (Ing.) *voucher copy. tear up,* rasgar.

TEARFUL ['tiəful], *a.* choroso, lacrimejante, lacrimoso (= lagrimoso).

TEARFULNESS ['tiəfulnis], *s.* lacrimação (= lagrimação).

TEARING ['tɛəriŋ], *a.* que rasga, lacerante, dilacerante; apressado; violento; furioso; (col.) impressionante. *adv.* (col.) furiosamente.

TEAR-JERKER ['tiə'dʒə:kə], *s.* filme sentimental.

TEARLESS ['tiəlis], *a.* sem lágrimas; que não chora; insensível.

TEASE [ti:z], *v.* molestar, enfadar, incomodar, importunar; irritar, implicar, arreliar; afligir, atormentar; cardar; carmear, desenredar. *s.* enfado, aborrecimento; implicância; (col.) implicante.

TEASEL ['ti:zl], *s.* cardo. *v.* cardar; carmear, desenredar.

TEASER ['ti:zə], *s.* implicante; importuno, maçador; (col.) tarefa difícil, caso complicado; (col.) coisa atraente, tentadora.

TEA-SERVICE ['ti:sə:vis], *s.* serviço de chá.

TEASING ['ti:ziŋ], *a.* maçador, importuno, implicante.

TEA-SPOON ['ti:spu:n], *s.* colher de chá.

TEA-STRAINER ['ti:streinə], *s.* coador de chá.

TEAT [ti:t], *s.* teta, ubre.

TEA-WAGGON ['ti:wægən], *s.* carrinho de chá = *tray-table.*

TECHNIC ['teknik], *s.* termo técnico; *pl.* técnica; tecnologia; termos técnicos. *a. V.* **TECHNICAL.**

TECHNICAL ['teknikəl], *a.* técnico.

TECHNICALITY [tekni'kæliti], *s.* coisa técnica; sutileza; argúcia; tecnicismo.

TECHNICIAN [tek'niʃən], *s.* perito, técnico.

TECHNICOLOR ['teknikʌlə], *s.* (cin.) filme colorido (marca registrada).

TECHNICS ['tekniks], *s.* técnica.

TECHNIQUE [tek'ni:k], *s.* técnica, prática, execução; mecanismo.

TECHNOLOGIC, AL [teknə'lɔdʒik, əl], *a.* tecnológico.

TECHNOLOGIST [tek'nɔlədʒist], *s.* tecnologista, tecnólogo.

TECHNOLOGY [tek'nɔlədʒi], *s.* tecnologia.

TECHY ['tetʃi], *a.* rabugento, irritável; impertinente.

TED [ted], *v.* espalhar a erva para secá-la.

TEDDY-BEAR ['tedibεə], *s.* ursinho de brinquedo.

TEDIOUS ['ti:diəs], *a.* tedioso, enfadonho, aborrecido, fatigante, fastidioso, monótono; vagaroso, lento.

TEDIUM ['ti:diəm], *s.* tédio, enfado, fastio; aborrecimento.

TEE [ti:], *s.* qualquer coisa em forma de T; alvo, meta, mira; montículo donde se arremessa a bola (golfe). *v.* colocar a bola num montículo (golfe).

TEEM [ti:m], *v.* conceber, dar à luz; proliferar; produzir, gerar; abundar, pulular; verter, extravasar, transbordar (= trasbordar); lançar; afluir.

TEEMING ['ti:miŋ], *a.* prolífero, fecundo; abundante.

TEENAGER ['ti:n-eidʒə], *s.* jovem (entre os 13 e os 19 anos de idade).

TEENS [ti:nz], *s. pl.* idade entre treze e dezenove anos; os numerais terminados em *teen.* # *in one's teens,* entre os 13 e os 19 anos de idade.

TEENY ['ti:ni], *V.* **TINY.**

TEETER ['ti:tə], *v.* (E.U.) balançar-se em uma gangorra ou burrica = (Ing.) *seesaw;* (E.U.) hesitar, vacilar = (Ing.) *wobble;* (E.U.) ziguezaguear = (Ing.) *zigzag.*

TEETER-BOARD ['ti:təbɔ:d], *s.* (E.U.) gangorra, burrica = (Ing.) *seesaw.*

TEETH [ti:θ], *pl.* de **TOOTH.** # *cut the teeth,* romper os dentes, nascer os dentes. *in the teeth of the wind,* contra o vento. *set one's teeth on edge,* irritar, causar repulsa. *throw* (ou *cast) in one's teeth,* lançar em rosto.

TEETHE [ti:ð], *v.* endentecer, romper (dentes).

TEETHING ['ti:ðiŋ], *s.* dentição.

TEETOTAL [ti:'toutl], *a.* abstêmio; completo, total; inteiro, íntegro.

TEETOTALISM [ti:'toutlizm], *s.* temperança, abstinência completa de bebidas alcoólicas.

TEETOTALLER [ti:'toutlə], *s.* abstêmio, o que se abstém de bebidas alcoólicas.

TEETOTUM ['ti:tou'tʌm], *s.* carrapeta, pião.

TEGUMENT ['tegjumənt], *s.* tegumento; invólucro.

TELECAST ['telikɑ:st], *s.* programa de televisão. *v.* televisionar.

TELECOMMUNICATION ['teli-kəmju(:)ni'keiʃən], *s.* telecomunicação.

TELEGENIC [teli'dʒenik], *a.* que dá boa imagem na televisão.

TELEGRAM ['teligræm], *s.* telegrama.

TELEGRAPH ['teligrɑ:f], *s.* telégrafo. *v.* telegrafar.

TELEGRAPHER [ti'legrəfə], *s.* (E.U.) telegrafista = (Ing.) *telegraphist.*

TELEGRAPHIC, AL [teli'græfik, əl], *a.* telegráfico.

TELEGRAPHIST [ti'legrəfist], *s.* telegrafista = (E.U.) *telegrapher, keyman.*

TELEGRAPHY [ti'legrəfi], *s.* telegrafia.

TELEPATHIC [teli'pæθik], *s.* telepático.

TELEPATHY [ti'lepəθi], *s.* telepatia.

TELEPHONE ['telifoun], *s.* telefone. *v.* telefonar. # *automatic telephone,* telefone automático = (E.U.) *dial telephone. telephone booth* (E.U.), cabine de telefone = (Ing.) *call-box. telephone dial,* disco de telefone.

TELEPHONE BOOK ['telifounbuk], *s.* (E.U.) catálogo de telefone, lista telefônica = (Ing.) *telephone directory.*

TELEPHONE-BOOTH ['telifounbu:ð], *s.* cabina telefônica.

TELEPHONE-BOX ['telifounbɔks], *s.* *V.* **TELEPHONE-BOOTH.**

TELEPHONE DIRECTORY ['telifoundi'rektəri], *s.* catálogo de telefone, lista telefônica = (E.U.) *telephone book.*

TELEPHONIC [teli'founik], *a.* telefônico.

TELEPHONIST [ti'lefənist], *s.* telefonista.

TELEPHONY [ti'lefəni], *s.* telefonia.

TELESCOPE ['teliskoup], *s.* telescópio; óculo. *v.* encaixar; meter-se, encaixar-se; engavetar-se.

TELESCOPIC, AL [telis'kɔpik], *a.* telescópico.

TELESCOPY [ti'leskəpi], *s.* telescopia.

TELESCREEN ['teliskri:n], *s.* tela de televisão.

TELEVIEW ['telivju:, 'teli'vju:], *v.* assistir à televisão.

TELEVIEWER ['telivju:ə, 'teli'vju:ə], *s.* televidente, telespectador.

TELEVISE ['telivaiz], *v.* televisionar, transmitir pela televisão; receber pela televisão.

TELEVISION ['teliviʒən], *s.* televisão. **TELEVISION RECEIVING SET, T.V. SET,** *s.* aparelho de televisão, televisor. *V.* **TELEVISOR.** # *to watch television,* ver televisão.

TELEVISOR ['telivaizə], *s.* televisor. *V.* **TELEVISION.**

TELL [tel], *pret.* e *pp.* **TOLD.** *v.* dizer, exprimir, expressar; narrar, relatar, contar; explicar; informar, comunicar; avisar; decifrar; adivinhar; distinguir, reconhecer; revelar; enumerar, contar; mandar, dispor; denunciar; produzir ou surtir efeito. # *tell apart,* distinguir, diferenciar. *tell off,* repreender; separar; (mil.) escalar, destacar. *you are telling me,* estou farto de saber disso, disso sei eu.

TELLER ['telə], *s.* narrador, relator; contador; escrutinador (de votos); pagador, recebedor, caixa de um banco.

TELLING ['teliŋ], *s.* narração. *a.* eficaz; notável.

TELLTALE ['tel-teil], *s.* mexeriqueiro, intrigante (= intriguista); caluniador; indicador, mostrador (instrumento). *a.* mexeriqueiro, intrigante; indicador; significativo.

TELLURIUM [te'ljuəriəm], *s.* telúrio.

TEMERITY [ti'meriti], *s.* temeridade, arrojo, audácia.

TEMPER ['tempə], *s.* temperamento; constituição, compleição; caráter; gênio, humor, índole, disposição; calma, sangue-frio; equanimidade; fleuma (= flegma); irritabilidade; têmpera (metal); mistura; combinação. *v.* misturar; moderar, abrandar; acalmar; modificar; modelar; harmonizar, acomodar, adaptar; temperar (metal). # *don't try my temper!* não me provoques! *get out of temper* (ou *lose one's temper),* perder a calma. *have an equal temper,* ter boa índole. *keep one's temper,* manter a calma. *show one's temper,* mostrar-se irritado.

TEMPERA ['tempərə], *s.* (pint.) têmpera.

TEMPERAMENT ['tempərəment], *s.* temperamento, compleição, constituição, natureza; mitigação; moderação; (mús.) temperamento.

TEMPERAMENTAL [tempərə'mentl], *a.* do temperamento; constitucional; temperamental nervoso, impetuoso, emotivo.

TEMPERANCE ['tempərəns], *s.* temperança, sobriedade, comedimento, moderação.

TEMPERATE ['tempərit], *a.* temperado, sóbrio, comedido, moderado.

TEMPERATURE ['tempritʃə], *s.* temperatura; febre; estado moral; proporção. # *have a temperature* ou *run a temperature,* estar febril. *take the temperature,* tomar a temperatura, medir a febre.

TEMPERED ['tempəd], *a.* temperado, moderado, comedido; misturado; disposto, inclinado; humorado.

TEMPEST ['tempist], *s.* tempestade, temporal, borrasca, tormenta; tumulto, desordem, agitação; motim. # *raise a tempest in a tea cup,* armar uma tempestade num copo d'água.

TEMPESTUOUS [tem'pestjuəs], *a.* tempestuoso, tormentoso, borrascoso.

TEMPLAR ['templə], *s.* Templário.

TEMPLE ['templ], *s.* templo, igreja, basílica; vara do tear; (anat.) fonte; haste ou asa de óculos.

TEMPLET ['templit], *s.* padrão, gabarito, (constr.) suporte de metal.

TEMPO ['tempou], *s.* (mús.) tempo.

TEMPORAL ['tempərəl], *a.* temporal; temporário, transitório; secular, profano; civil; mundano. *s.* (anat.) temporal.

TEMPORARY ['tempərəri], *a.* temporário, temporal, interino, provisório; transitório.

TEMPORIZE (ISE) ['tempəraiz], *v.* contemporizar, temporizar; delongar, procrastinar, adiar, retardar.

TEMPORIZER (ISER) ['tempəraizə], *s.* contemporizador, temporizador.

TEMPORIZING (ISING) ['tempəraiziŋ], *a.* contemporizador, temporizador.

TEMPT [tempt], *v.* tentar, experimentar; pôr à prova; provocar; incitar, induzir; atrair, tentar, seduzir, aliciar.

TEMPTATION [temp'teiʃən], *s.* tentação; instigação, estímulo; sedução, aliciente.

TEMPTER ['temptə], *s.* tentador; sedutor.

TEMPTING ['temptiŋ], *a.* tentador, sedutor, aliciente, provocante.

TEN [ten], *s.* e *a.* dez. # *the upper ten, the upper ten thousand,* a aristocracia.

TENABLE ['tenəbl], *a.* sustentável, defensável.

TENACIOUS [ti'neiʃəs], *a.* tenaz; adesivo; coesivo; pertinaz, porfiado, obstinado; firme, persistente; avarento.

TENACITY [ti'næsiti], *s.* tenacidade.

TENANCY ['tenənsi], *s.* locação; arrendamento.

TENANT ['tenənt], *s.* locatário, arrendatário; inquilino; habitante, morador; hóspede.

TENANTABLE ['tenəntəbl], *a.* arrendável; habitável.

TENANTLESS ['tenəntlis], *a.* devoluto, desocupado, vago; desabitado.

TEND [tend], *v.* tender, pender, propender; assistir; acompanhar; servir; atender; dirigir-se; contribuir, concorrer; cuidar, guardar, vigiar, velar, proteger.

TENDENCY ['tendənsi], *s.* tendência, inclinação, propensão; disposição.

TENDER ['tendə], *s.* oferta, oferecimento; proposição, proposta; (E.U.) guarda, zelador, vigia = (Ing.) *keeper;* servidor; falua; navio-depósito; tênder. *a.* tenro; brando, mole; frágil, delicado; débil, fraco; compassivo, enternecido, sensível; benevolente, indulgente; meigo; afetuoso, afável; cuidadoso, atento; escrupuloso. *v.* oferecer, propor, apresentar; fornecer; fazer uma proposta ou oferta; enternecer; estimar.

TENDER-FOOT ['tendəfut], *s.* novato, inexperiente; simplório.

TENDER-HEARTED ['tendə'hɑ:tid], *a.* compassivo, enternecido, sensível, bondoso.

TENDER-HEARTEDNESS ['tendə'hɑ:tidnis], *s.* sensibilidade, bondade.

TENDERLOIN ['tendəlɔin], *s.* filé; zona de corrupção de uma cidade.

TENDERLY ['tendəli], *adv.* carinhosamente, ternamente; delicadamente.

TENDERNESS ['tendənis], *s.* carinho, ternura, meiguice; delicadeza, brandura, suavidade; sensibilidade; benevolência; escrúpulo.

TENDON ['tendən], *s.* tendão.

TENDRIL ['tendril], *s.* (bot.) rebento, renovo; gavinha. *a.* trepadeira.

TENEMENT ['tenimənt], *s.* habitação, morada, vivenda; casa de cômodos; aposento; (jur.) prazo foreiro.

TENEMENT HOUSE ['tenimənt'haus], *s.* casa de cômodos, cortiço.

TENET ['ti:net, 'tenet], *s.* dogma, doutrina, princípio, credo; máxima; opinião; asserção.

TENFOLD ['ten-fould], *a.* décuplo.

TENNIS ['tenis], *s.* tênis.

TENNIS-BALL ['tenisbɔ:l], *s.* bola usada no tênis.

TENNIS-COURT ['tenisko:t], *s.* quadra de tênis.

TENON ['tenən], *s.* (carp.) espiga. # *tenon and groove,* (carp.) espiga e encaixe. *tenon saw,* (carp.) serrote de samblar.

TENOR ['tenə], *s.* teor; texto, conteúdo; maneira; método; curso, tendência; (mús.) tenor. # *of the same tenor,* do mesmo teor.

TENPENCE ['tenpəns], *s.* valor ou moeda de dez pence.

TENPINS ['tenpinz], *s.* (E.U.) boliche (jogo) = (Ing.) *ninepins.*

TENSE [tens], *s.* (gram.) tempo. *a.* tenso, retesado, esticado, teso; rígido. *v.* retesar.

TENSENESS ['tensnis], *s.* tensão; rigidez.

TENSILE ['tensail], *a.* extensível; dúctil; de tensão.

TENSION ['tenʃən], *s.* tensão; retraimento; ansiedade; nervosismo; esforço mental; força expansiva de um gás; (mec.) tração.

TENSITY ['tensiti], *s.* rigidez.

TENSOR ['tensə], *s.* (anat.) tensor.

TENT [tent], *s.* tento, cuidado, atenção, tino, sentido; tentório, barraca, tenda, pavilhão; (cir.) tenta. *v.* tomar tento, ser cuidadoso; acampar; tentear, sondar.

TENTACLE ['tentækl], *s.* tentáculo.

TENTACULAR [ten'tækjulə], *s.* tentacular, tentaculiforme.

TENTATIVE ['tentətiv], *a.* experimental; tentativo; empírico.

TENTER ['tentə], *s.* morador de uma tenda; (tec.) estirador de pano; escápula; gancho. *v.* entesar, pendurar ou estender pano. # *be on tenter hooks,* estar aflito; estar irritado.

TENTH [tenθ], *a.* décimo. *s.* a décima parte, décimo; dízimo.

TENTHLY ['tenθli], *adv.* em décimo lugar.

TENUITY [te'njuiti], *s.* tenuidade, delgadêza, finura; rarefação.

TENUOUS ['tenjuəs], *a.* tênue, delgado, fino, frágil, delicado; sutil.

TENURE ['tenjuə], *s.* título de posse. # *tenure of office,* mandato, período de mandato, exercício do cargo.

TEPID ['tepid], *a.* tépido, morno, amornado; tíbio.

TEPIDITY [te'piditi], *s.* tepidez (= tepor), mornidão; tibieza.

TERCENTENARY [tə:'senti:nəri], *s.* tricentenário.

TERCET ['tə:sit], *s.* terceto.

TERGIVERSATE ['tə:dʒivə:seit], *v.* tergiversar.

TERGIVERSATION [tə:dʒivə:'seiʃən], *s.* tergiversação, subterfúgio; evasiva; inconstância.

TERM [tə:m], *s.* termo, palavra, vocábulo; duração; período; prazo; sessão (tribunais); trimestre (período letivo); fim, limite; *pl.* termos, expressões; cláusulas, condições, estipulações; preços, obrigações impostas; relações mútuas; menstruação. *v.* chamar, nomear. # *be on friendly terms with someone,* manter relações de amizade com alguém. *billing terms,* condições de faturamento. *bring someone to terms,* impor condições a alguém. *come to terms,* chegar a um acordo. *easy terms,* condições vantajosas, condições favoráveis. *in plain terms,* francamente. *in terms of praise,* em termos elogiosos. *short (long) term loan,* empréstimo a prazo curto (longo). *term insurance,* seguro de vida por prazo limitado.

TERMAGANT ['tə:məgənt], *s.* víbora, megera, mulher de mau gênio. *a.* turbulento, buliçoso, inquieto; rabujento.

TERMINAL ['tə:minl], *s.* término, fim, final; (eletr.) borne; o que termina; ponto final de estrada de ferro. *a.* terminal, extremo, final.

TERMINATE ['tə:mineit], *a.* limitado; finito.

TERMINATION [tə:mi'neiʃən], *s.* terminação, fim, conclusão, remate; resultado; limite; termo; limitação; (gram.) desinência.

TERMINATIVE ['tə:mineitiv], *a.* terminativo; limitativo; terminante, categórico, decisivo, definitivo.

TERMINATOR ['tə:mineitə], *s.* o que termina; (astr.) limite de iluminação.

TERMINOLOGICAL [tə:minə'lɔdʒikəl], *a.* terminológico.

TERMINOLOGY [tə:mi'nɔlədʒi], *s.* terminologia.

TERMINUS ['tə:minəs], *s.* término, termo, fim, conclusão; limite; (arq.) remate; ponto terminal de estrada de ferro.

TERMITE ['tə:mait], *s.* térmite.

TERNARY ['tə:nəri], *s.* terno. *a.* ternário.

TERPENE ['tə:pi:n], *s.* (quím.) terpeno.

TERRA ['terə], *s.* terra.

TERRACE ['terəs], *s.* terrapleno, socalco ; terraço; varanda; correr de casas. *v.* fazer um terraço, terraplenar.

TERRACER ['terəsə], *s.* máquina de terraplenar.

TERRA-COTA ['terə'kɔtə], *s.* terracota.

TERRAIN ['terein], *s.* terreno; (mil.) campo de operações bélicas.

TERRAMYCIN [terə'maisin], *s.* (med.) terramicina.

TERREEN [tə'ri:n], *a.* terreno, mundano.

TERRESTRIAL [ti'restriəl], *a.* terrestre, térreo, terreno; mundano.

TERRET ['terit], *s.* porta-rédeas.

TERRIBLE ['terəbl], *a.* terrível, medonho, pavoroso, horrível.

TERRIBLENESS ['terəblnis], *s.* terribilidade.

TERRIBLY ['terəbli], *adv.* terrivelmente, pavorosamente, horrivelmente.

TERRIER ['teriə], *s.* raça de cão rateiro.

TERRIFIC [tə'rifik], *a.* terrífico, terrificante, espantoso; horripilante; (col.) extraordinariamente grande ou intenso.

TERRIFY ['terifai], *v.* terrificar, assustar, aterrorizar, amedrontar, apavorar.

TERRIFYING ['terifaiiŋ], *a.* terrificante, espantoso.

TERRITORIAL [teri'tɔ:riəl], *a.* territorial.

TERRITORY ['teritəri], *s.* território; jurisdição; distrito; (com.) zona.

TERROR ['terə], *s.* terror, pavor, temor, medo.

TERRORIFIC [terə'rifik], *a.* apavorante.

TERRORISM ['terərizm], *s.* terrorismo.

TERRORIST ['terərist], *a.* terrorista.

TERRORIZE (ISE) ['terəraiz], *v.* aterrorizar, apavorar, amedrontar; governar pelo terror.

TERSE [tə:s], *a.* terso, conciso, sucinto, breve; polido.

TERSENESS ['tə:snis], *s.* concisão; clareza; polidez.

TERTIAN ['tə:ʃən], *s.* terçã, sezão, maleita, malária. *a.* terçã; terciário.

TERZETTO [tə:t'setou], *s.* (mús.) terceto, trio.

TEST [test], *s.* teste, prova, exame, verificação; ensaio, experiência; pedra de toque; padrão; critério; (quím.) reagente; análise; cadinho, copela, crisol; concha; (bot.) tegumento de semente. *v.* examinar, dar prova; pôr à prova; experimentar; ensaiar; afirmar, atestar; testar, testificar, fazer um testamento. # *put to test,* pôr à prova.

TESTABLE ['testəbl], *a.* que se pode provar; que se pode legar.

TESTAMENT ['testəmənt], *s.* testamento.

TESTAMENTAL [testə'mentl], *a.* testamental, testamentário.

TESTAMENTARY [testə'mentəri], *a.* testamentário.

TESTATE ['testit, 'testeit], *a.* testante. *s.* (raro) testante, testador.

TESTATOR [tes'teitə], *s.* testador, testante.

TESTATRICES [tes'tetrisi:z], *pl.* de **TESTATRIX.**

TESTATRIX [tes'teitriks], *pl.* **TESTATRICES, TESTATRIXES.** *s.* testadora.

TESTATRIXES [tes'teitriksiz], *pl.* de **TESTATRIX.**

TESTER ['testə], *s.* (tec.) verificador; ensaiador; provador; reativo; pálio; baldaquim, dossel.

TESTICLE ['testikl], *s.* testículo.

TESTIFICATION [testifi'keiʃən], *s.* testificacação, atestação.

TESTIFIER ['testifaiə], *s.* testificador; certificante; testemunha.

TESTIFY ['testifai], *v.* atestar, testemunhar, testificar, depor, servir de testemunha.

TESTIMONIAL [testi'mounjəl], *a.* testemunhável. *s.* certificado, atestado, certidão; recomendação; encômio, louvor, homenagem; presente, dádiva.

TESTIMONY ['testiməni], *s.* testemunho, prova, testificação, depoimento; decálogo.

TESTINESS ['testinis], *s.* rabugice, impertinência, mau humor.

TESTING ['testiŋ], *s.* ensaio, experiência, prova.

TEST PILOT ['testpailət], *s.* (av.) piloto de prova.

TEST-TUBE ['tes(t)tju:b], *s.* tubo de ensaio.

TESTY ['testi], *a.* rabugento, impertinente, irascível, colérico; obstinado, teimoso.

TETANUS ['tetənəs], *s.* tétano.

TETCHY ['tetʃi], *V.* **TECHY.**

TETHER ['teðə], *s.* atadura, ligadura; cabresto, trava, peia; sujeição. *v.* travar, pear, suster; limitar.

TETRACHORD ['tetrəkɔ:d], *s.* tetracórdio.

TETRALOGY [te'trælədʒi], *s.* tetralogia.

TETRARCHY ['ti:trɑ:ki], *s.* tetrarquia.

TETTER ['tetə], *s.* impigem (= impingem), herpes, tinha, eczema.

TEUTON ['tju:tən], *s.* teutão.

TEUTONIC [tju:'tɔnik], *a.* teuto, teutônico, germânico.

TEXT [tekst], *s.* texto; tema.

TEXT-BOOK ['tekstbuk], *s.* compêndio.

TEXTILE ['tekstail], *a.* têxtil. *s.* tecido; material têxtil.

TEXTUAL ['tekstjuəl], *a.* textual.

TEXTURE ['tekstʃə], *s.* textura, tecedura; tecido; contextura.

THALLUS ['θæləs], *s.* (bot.) talo.

THAN [ðæn], *conj.* que, do que. # *no other than* (ou *nothing else than),* o mesmo que.

THANK [θæŋk], *s.* (comumente no plural) agradecimento, graças. *v.* agradecer; louvar, bendizer; abençoar. # *thanks a lot,* (col.) muito obrigado.

THANKFUL ['θæŋkful], *a.* grato, agradecido, reconhecido.

THANKFULNESS ['θæŋkfulnis], *s.* agradecimento, reconhecimento, gratidão.

THANKLESS ['θæŋklis], *a.* ingrato, mal-agradecido.

THANKSGIVING [θæŋks'giviŋ], *s.* ação de graças.

THANK-YOU-MA'AM ['θæŋkju'mæm], *s.* (E.U.) sulco, em estrada de rodagem, para escoamento de águas.

THAT [ðæt], *pl.* **THOSE**, *a.* e *pron. dem.* esse, essa, isso; aquele, aquela, aquilo; o, a. *adv.* tão. # *in so much that,* de modo que, de maneira que. *so that* (= *in order that*), a fim de que, de modo que. *that is up to him,* isso é lá com ele, depende dele. *that's neither here nor there,* isso não vem ao caso. *that's that,* é isso, é o que lhe digo.

THAT [ðæt, ðət, ðt], *pron. rel.* que, quem, o qual, a qual, os quais, as quais.

THAT [ðæt, ðət], *conj.* que; para que, a fim de que; de modo que.

THATCH [θætʃ], *s.* barda; cobertura de sapé; palha; colmo. *v.* bardar, colmar, cobrir com palha.

THATCHING ['θætʃiŋ], *s.* cobertura de sapé, colmo, etc.

THAW [θɔ:], *s.* degelo. *v.* derreter, degelar; derreter-se.

THE [ði (antes de vogal), ðə, ð (antes de consoante), ði: (forma enfática)], *art. def.* o, a, os, as. *adv.* quanto, tanto.

THEATER ['θiətə], *V.* **THEATRE.**

THEATRE ['θiətə], *s.* teatro. # *operating theatre,* sala de operação (em hospital).

THEATRICAL [θi'ætrikəl], *a.* teatral.

THEE [ði:], *pron.* te, ti, tigo.

THEFT [θeft], *s.* latrocínio, furto, roubo.

THEIR [ðɛə], *a. poss.* seu, sua, seus, suas (deles ou delas).

THEIRS [ðɛəz], *pron. poss.* o seu, a sua, os seus, as suas (deles ou delas).

THEM [ðem], *pron.* os, as, eles, elas; lhes.

THEME [θi:m], *s.* tema, assunto, matéria; tese; texto; (mús.) motivo; (E.U.) ensaio, composição escolar = (Ing.) *essay, composition.*

THEMSELVES [ðəm'selvz], *pron.* se, a si mesmos; eles mesmos, elas mesmas.

THEN [ðən], *adv.* então, naquele tempo; logo, mais tarde, depois, em seguida, a seguir. *conj.* por conseguinte, portanto. *a.* que existia naquele tempo, daquele tempo, daquela época, de então.

THENCE [ðens], *adv.* daí; dali, daquele lugar; desde aquele momento, dali por diante, desde então; por essa razão, por esse motivo.

THENCEFORTH [ðens'fɔ:θ], *adv.* dali por diante, desde então.

THENCEFORWARD [ðens'fɔ:wəd], *adv.* dali em diante, desde então, desde aquele momento.

THEOCRACY [θi'ɔkrəsi], *s.* teocracia.

THEOCRATIC [θio'krætik], *a.* teocrático.

THEODOLITE [θi'ɔdəlait], *s.* teodolito.

THEOLOGIAN [θiə'loudʒiən], *s.* teólogo.

THEOLOGIC, AL [θie'lɔdʒik, əl], *a.* teológico.

THEOLOGIST [θi'ɔlədʒist], *s.* teólogo.

THEOLOGY [θi'ɔlədʒi], *s.* teologia.

THEOREM ['θiərəm], *s.* teorema.

THEORETIC, AL [θiə'retik, əl], *a.* teorético, teórico, especulativo.

THEORIST ['θiərist], *s.* teórico, teorista.

THEORY ['θiəri], *s.* teoria; hipótese. # *an exploded theory,* uma teoria ultrapassada.

THEOSOPHIC, AL [θiə'sɔfik, əl], *a.* teosófico.

THEOSOPHY [θi'ɔsəfi], *s.* teosofia.

THERAPEUTIC [θerə'pju:tik], *a.* terapêutico.

THERAPEUTICS [θerə'pju:tiks], *s.* terapêutica.

THERAPY ['θerəpi], *s.* terapia.

THERE [ðɛə], *adv.* aí, ali, lá, acolá, naquele lugar. *int.* eis!, toma!, olha!, olhe!, veja! # *go easy, there!* cuidado, devagar! *just there, right there!* exatamente aí. *not all there,* amalucado. *so there!* (= *there now!*), vejam só! *stick* (ou *put*) *it there!* (col.) toque nestes ossos! *there you are,* eis aí.

THEREABOUT(S) ['θɛərəbaut(s)], *adv.* por aí, por aí fora, por ali, perto; nas proximidades ou cercanias; aproximadamente.

THEREAFTER [ðɛər'ɑ:ftə], *adv.* depois disso; depois; desde então; conseguintemente.

THEREAT [ðɛər'æt], *adv.* ali, lá, naquele lugar; por isso, com isso, por causa disso; nisso; naquele tempo.

THEREBY ['ðɛə'bai], *adv.* por aí; em conseqüência disso; com referência a isso; por esse meio, desse modo.

THEREFORE ['ðɛəfɔ:, 'ðɛəfɔə], *adv.* e *conj.* em

conseqüência, por isso, por essa razão; portanto, por conseguinte; então.

THEREFROM ['ðɛəfrɔm], *adv.* daí, dali, disso.

THEREIN [ðɛər'in], *adv.* aí; nisto, nisso, naquilo; então.

THEREOF [ðɛər'ɔv], *adv.* disto, disso, daquilo.

THEREON [ðɛər'ɔn], *adv.* nisto, nisso, naquilo.

THERE'S [ðɛəz], *contr.* de **THERE IS** ou **THERE HAS.**

THERETO [ðɛə'tu:], *adv.* a isto, a isso.

THEREUPON ['ðɛərə'pɔn], *adv.* nisto, nisso, naquilo; por isso, por causa disso, em conseqüência disso; em seguida, imediatamente; então.

THEREWITHAL [ðɛəwi'ðɔ:l], *adv.* com isso; ao mesmo tempo; além disso; ademais.

THERM [θə:m], *s.* (fís.) unidade térmica.

THERMAL ['θə:ml], *a.* termal.

THERMIC ['θə:mik], *a.* térmico.

THERMIT ['θə:mit], (met.) termite.

THERMODYNAMICS ['θə:moudai'næmiks], *s.* termodinâmica.

THERMOGRAPH ['θə:mogrɑ:f], *s.* termógrafo.

THERMOMETER [θə'mɔmitə], *s.* termômetro.

THERMOMETRIC, AL [θə:mə'metrik, əl], *a.* termométrico.

THERMOS ['θə:mɔs], *s.* termo, garrafa térmica.

THERMOS BOTTLE ['θə:mɔs'bɔtl], *s.* (E.U.) *V.* **THERMOS-FLASK.**

THERMOS-FLASK ['θə:mɔs'flɑ:sk], *s.* garrafa térmica = (E.U.) *thermos bottle.*

THERMOSTAT ['θə:moustæt], *s.* termóstato.

THESAURI [θi:'sɔ:rai], *pl.* de **THESAURUS.**

THESAURUS [θi:'sɔ:rəs], *pl.* **THESAURI.** *s.* tesouro; dicionário, léxico; enciclopédia.

THESE [ði:z], *pl.* de **THIS.** *a.* e *pron. dem.* estes, estas.

THESES ['θi:si:z], *pl.* de **THESIS.**

THESIS ['θi:sis], *pl.* **THESES.** *s.* tese; dissertação.

THEY [ðəi], *pron.* eles, elas.

THICK [θik], *a.* grosso; denso, espesso; basto; turvo; compacto, junto, unido, apinhado; abundante; continuado; repetido; freqüente; cerrado (nevoeiro); pesado (aguaceiro); tosco, rude; grosseiro, estúpido; íntimo, familiar. *s.* grossura, espessura; densidade; a parte mais grossa ou mais densa; pessoa estúpida. *adv.* espessamente; densamente; abundantemente; continuamente; freqüentemente, amiúde. # *be thick with,* ser íntimo de, ter intimidade com. *a bit thick,* um pouco exagerado. *lay it thick on,* lisonjear.

THICK-BOARD ['θikbɔ:d], *s.* prancha, pranchão.

THICKEN ['θikən], *v.* engrossar, espessar; condensar; contrair; apertar; corroborar, confirmar; reforçar, fortalecer; turvar-se.

THICKET ['θikit], *s.* moita, mata, bosque cerrado.

THICK-HEADED ['θik'hedid], *a.* estúpido.

THICKISH ['θikiʃ], *a.* um tanto grosso, ou denso.

THICKLY ['θikli], *adv.* espessamente; densamente; abundantemente; repetidamente; de tropel.

THICKNESS ['θiknis], *s.* grossura, espessura; densidade; turvação; estupidez.

THICK-SET ['θikset], *a.* robusto.

THICK-SKINNED ['θik'skind], *a.* de pele grossa; (fig.) insensível.

THIEF [θi:f], *pl.* **THIEVES.** *s.* gatuno, ladrão. # *set a thief to catch a thief,* para velhaco (= esperto) velhaco (= esperto) e meio.

THIEVE [θi:v], *v.* furtar, roubar.

THIEVERY ['θi:vəri], *s.* furto, roubo, latrocínio; ladroeira.

THIEVES [θi:vz], *pl* de **THIEF.**

THIEVISH ['θi:viʃ], *a.* furtivo; astuto, matreiro; propenso ao roubo.

THIEVISHNESS ['θi:viʃnis], *s.* costume de roubar; propensão ao roubo; cleptomania.

THIGH [θai], *s.* coxa.

THIGH-BONE ['θaiboun], *s.* fêmur.

THILL [θil], *s.* temão, lança, varal.

THIMBLE ['θimbl], *s.* dedal; olhal; (náut.) guarda-cabo.

THIMBLEFUL ['θimblful], *s.* conteúdo de um dedal; porção muito pequena.

THIN [θin], *v.* adelgaçar, afinar; atenuar; desbastar; rarefazer; tornar ralo; aclarar; emagrecer. *a.* fino, delgado; magro; franzino;

fraco, débil; tênue; escasso, raro; ralo; claro. transparente; leve; superficial.

THINE [ðain], *pron.* o teu, a tua, os teus, as tuas.

THING [θiŋ], *s.* coisa, objeto; negócio. *pl.* (col.) bens ou pertences de alguém. # *bad things never come singly,* uma desgraça nunca vem só. *first thing off the bat,* imediatamente. *for one thing,* em primeiro lugar; porque. *know a thing or two,* ser sabido, entender do riscado. *let things slide,* deixar o barco correr. *not to look* (ou *not to feel) quite the thing,* não se sentir bem. *of all things!* essa eu não esperava! *things are pretty black,* as coisas estão pretas.

THINGAMY ['θiŋəmi], *s.* coisa, negócio; fulano.

THINGUMABOB ['θiŋəmibɔb], *V.* **THINGAMY.**

THINGUMAJIC ['θiŋəmidʒig], *V.* **THINGAMY.**

THINGUMBOB ['θiŋəmbɔb], *V.* **THINGAMY.**

THINGUMMY ['θiŋəmi], *V.* **THINGAMY.**

THINK [θiŋk], *pret.* e *pp.* **THOUGHT.** *v.* pensar, refletir, meditar, considerar, concluir, imaginar, julgar, cuidar, crer; lembrar-se, recordar-se; projetar, ter intenção. # *just think!* imagine só! *think about,* pensar em. *think of,* imaginar; pensar de; pensar em. *think out,* resolver; ponderar. *think up,* (col.) inventar.

THINKER ['θiŋkə], *s.* pensador.

THINKING ['θiŋkiŋ], *s.* pensamento, reflexão, meditação; consideração; imaginação; parecer, opinião.

THINNESS ['θinnis], *s.* finura, tenuidade, delgadeza, rareza; penúria, falta, escassez; sutileza.

THINNISH ['θinniʃ], *a.* um tanto fino, tênue, delgado, magro.

THINSHANKED ['θin'ʃæŋkt], *a.* que tem as canelas finas.

THINSKINNED ['θin'skind], *a.* que tem a pele fina; sensível.

THIRD [θə:d], *s.* o terço. *a.* terça parte; (mús.) terça. *a.* terceiro.

THIRDLY ['θə:dli], *adv.* em terceiro lugar.

THIRD-RATE ['θə:d'reit], *a.* muito inferior, de terceira ordem.

THIRST [θə:st], *s.* sede; desejo ardente, paixão violenta, ânsia, anseio. *v.* ter sede; ansiar; ambicionar. # *thirst for* (ou *after),* estar ávido de.

THIRSTY ['θə:sti], *a.* sedento.

THIRTEEN ['θə:'ti:n], *s.* e *a.* treze.

THIRTEENTH ['θə:ti:nθ], *a.* décimo terceiro. *s.* a décima terceira parte.

THIRTIETH ['θə:tiiθ], *a.* trigésimo. *s.* a trigésima parte.

THIRTY ['θə:ti], *s.* e *a.* trinta.

THIS [ðis], *pl.* **THESE.** *a.* e *pron. dem.* este, esta, isto.

THISTLE ['θisl], *s.* cardo.

THISTLEFINCH ['θislfintʃ], *s.* pintassilgo.

THISTLY ['θisli], *a.* coberto de cardos; parecido com o cardo.

THITHER ['ðiðə], *adv.* para lá, para ali; para esse fim (desus.).

THITHERWARD(S) ['ðiðəwəd(z)], *adv.* para lá.

THO' [ðou], *V.* **THOUGH.**

THOLE [θoul], *s.* (náut.) tolete.

THONG [θɔŋ], *s.* correia.

THORACIC [θɔ:'ræsik], *a.* torácico.

THORAX ['θɔ:ræks], *s.* tórax.

THORIUM ['θɔ:riəm], *s.* tório.

THORN [θɔ:n], *s.* espinho; acúleo; espinheiro; (fig.) preocupação, tormento, maçada.

THORNBUSH ['θɔ:nbuʃ], *s.* espinheiro.

THORNY ['θɔ:ni], *a.* espinhoso; que inquieta ou aflige, penoso.

THOROUGH ['θʌrə], *a.* acabado, completo, perfeito, inteiro, total, cabal; meticuloso; profundo.

THOROUGHBRED ['θʌrəbred], *a.* de puro sangue; perfeito, completo. *s.* animal de raça pura.

THOROUGHFARE ['θʌrəfɛə], *s.* passagem; rua larga, avenida.

THOROUGHGOING ['θʌrəgouiŋ], *a.* completo; extremo.

THOROUGHLY ['θʌrəli], *adv.* totalmente, inteiramente, a fundo, perfeitamente.

THOROUGHNESS ['θʌrənis], *s.* perfeição; eficácia.

THOSE [ðouz], *pl.* de **THAT.** *a.* e *pron. dem.* esses, essas, aqueles, aquelas, os, as.

THOU [ðau]; *pron.* tu. *v.* tratar por tu. *s.* (fam.) 100 libras ou dólares.

THOUGH [ðou], *conj.* ainda que, posto que, ainda quando, embora; não obstante, contudo.

THOUGHT [θɔ:t], *pret.* e *pp.* de **THINK.** *s.* pensamento, idéia, imaginação, reflexão; consideração, opinião, juízo; cuidado, inquietação. # *a penny for your thoughts,* em que estás pensando? *have thought,* pretender, intencionar. *I thought as much,* eu já sabia, eu já esperava, eu já contava com isso.

THOUGHTFUL ['θɔ:tful], *a.* pensativo, preocupado; atento, cuidadoso; previdente.

THOUGHTFULNESS ['θɔ:tfulnis], *s.* meditação, reflexão; cuidado, solicitude; ansiedade, inquietação, desassossego; previsão.

THOUGHTLESS ['θɔ:tlis], *a.* que não pensa, irrefletido, desatento, inconsiderado; descuidado, negligente, imprevidente.

THOUGHTLESSNESS ['θɔ:tlisnis], *s.* falta de atenção; irreflexão, inconsideração; descuido, negligência.

THOUSAND ['θauzənd], *a.* mil. *s.* milhar.

THOUSANDTH ['θauzəntθ, 'θauzənθ], *a.* milésimo. *s.* milésima parte.

THRALDOM ['θrɔ:ldəm], *s.* escravidão, cativeiro, servidão.

THRALL [θrɔ:l], *s.* escravo, cativo, servo; escravidão, cativeiro. *v.* escravizar.

THRASH [θræʃ], *v.* bater, malhar, sovar, espancar; debulhar, trilhar; trabalhar, lidar, cansar-se. *s.* debulha; agitação; sova, surra.

THRASHER ['θræʃə], *s.* batedor; malhador; debulhador, trilhador.

THRASHING ['θræʃiŋ], *s.* sova, pancada; ação de malhar trigo, etc.; debulha.

THRASHING-FLOOR ['θræʃiŋflɔ:], *s.* eira.

THRASHING-MACHINE ['θræʃiŋmə'ʃi:n], *s.* (maq.) debulhadora.

THREAD [θred], *s.* fio, filamento; linha; barbante; cordel; espira, rosca. *v.* enfiar, passar através de. # *hang by a thread,* estar por um fio.

THREADBARE ['θredbɛə], *a.* usado, que mostra o fio, surrado, esfarrapado; gasto; vulgar, batido, trivial. *s.* coisa usada; história repetida.

THREADLIKE ['θredlaik], *a.* filiforme.

THREAT [θret], *s.* ameaça.

THREATEN ['θretn], *v.* ameaçar; denunciar.

THREATENING ['θretniŋ], *s.* ameaça. *a.* ameaçador.

THREE [θri:], *a.* três. *s.* o número três.

THREE-CORNERED ['θri:'kɔ:nəd], *a.* triangular.

THREE-DECKER ['θri:'dekə], *s.* navio de três cobertas.

THREEFOLD ['θri:-fould], *a.* triplo, triplicado, tríplice.

THREEPENCE ['θrepəns, 'θripəns, 'θrʌpəns, 'θrupəns], *s.* moeda de três pence.

THREESOME ['θri:səm], *a.* triplo.

THRESH [θreʃ], *s.* e *v.* *V.* **THRASH.**

THRESHER ['θreʃə], *V.* **THRASHER.**

THRESHING ['θreʃiŋ], *V.* **THRASHING.**

THRESHING-FLOOR ['θreʃiŋflɔ:], *s.* eira.

THRESHING-MACHINE ['θreʃiŋmə'ʃi:n], *s.* (maq.) debulhadora.

THRESHOLD ['θreʃhould], *s.* soleira, limiar.

THREW [θru:], *pret.* de **THROW.**

THRICE [θrais], *adv.* três vezes.

THRIFT [θrift], *s.* economia, parcimônia; lucro, proveito; prosperidade.

THRIFTINESS ['θriftinis], *s.* economia, parcimônia; frugalidade.

THRIFTY ['θrifti], *a.* econômico, poupado, frugal, sóbrio; próspero.

THRILL [θril], *s.* emoção viva, estremecimento; furador, broca. *v.* emocionar; entusiasmar, vibrar; sobressaltar-se; estremecer; brocar, verrumar; penetrar.

THRILLER ['θrilə], *s.* livro ou leitura de grande emoção.

THRILLING ['θriliŋ], *a.* emocionante, vibrante, comovente.

THRIVE [θraiv], *pret.* **THROVE,** *pp.* **THRIVEN.** *v.* prosperar, florescer, medrar, enriquecer.

THRIVEN ['θrivn], *pp.* de **THRIVE.**

THRIVING ['θraiviŋ], *a.* próspero, florescente.

THRO', THRO [θru:], *V.* **THROUGH.**

THROAT [θrout], *s.* garganta; gargalo. # *clear one's throat,* pigarrear. *have a sore throat,* estar com dor de garganta.

THROATLATH ['θroutla:θ], *s.* sisgola (arreios).

THROB [θrɔb], *v.* bater, palpitar; pulsar; soluçar; vibrar. *s.* batimento, palpitação, pulsação; soluço, suspiro.

THROBBING ['θrɔbiŋ], *s.* batimento, palpitação; soluço. *a.* palpitante.

THROE [θrou], *s.* dor violenta; sofrimento; angústia; *pl.* dores do parto; agonia; estertor. *v.* agonizar.

THROMBOSIS [θroum'bousis], *s.* (med.) trombose.

THRONE [θroun], *s.* trono. *v.* entronizar, colocar no trono; exaltar.

THRONELESS ['θrounlis], *a.* sem trono, destronado.

THRONG [θrɔŋ], *s.* multidão. *v.* amontoar-se, oprimir, apertar, atropelar, vir em tropel.

THROSTLE ['θrɔsl], *s.* tordo (ave); máquina de fiar algodão, lã, etc.

THROTTLE ['θrɔtl], *s.* garganta, gasganete; traquéia; (mec.) acelerador de mão, afogador. *v.* estrangular, asfixiar, sufocar; sufocar-se, asfixiar-se. # *at full throttle,* velozmente.

THROTTLING ['θrɔtliŋ], *s.* estrangulamento.

THROUGH [θru:], *prep.* através de, por entre, de uma ponta a outra; por causa de; mediante; por meio de, por intermédio de. *adv.* do princípio ao fim, completamente; de lado a lado; de parte a parte. *a.* completo, contínuo, direto. # *fall through,* fracassar, *go through with,* executar. *through and through,* completamente. *through thick and thin,* haja o que houver.

THROUGHLY ['θru:li], *V.* **THOROUGHLY.**

THROUGHOUT [θru:'aut], *pret.* através de; de um extremo ao outro; por todo; de cabo a rabo. *adv.* inteiramente, completamente, por toda a parte.

THROUGH-TICKET ['θru:tikit], *s.* passagem direta, bilhete direto.

THROUGH-TRAIN ['θru:trein], *s.* trem direto.

THROVE [θrouv], *pret.* de **THRIVE.**

THROW [θrou], *pret.* **THREW,** *pp.* **THROWN.** *v.* atirar, arremessar, lançar, arrojar, deitar; jogar (com dados); torcer (fio); derrubar; modelar objetos de barro. *s.* tiro, arremesso; curso do êmbolo; ventura, risco; lanço (jogo de dados); esforço violento. # *throw about,* espalhar-se. *throw at all,* dar por paus e por pedras. *throw away,* desperdiçar. *throw back,* repelir. *throw by,* desprezar. *throw up,* abandonar; vomitar.

THROWBACK ['θroubæk], *s.* regresso; reversão.

THROWER ['θrouə], *s.* arremessador.

THROWN [θroun], *pp.* de **THROW.**

THRU [θru:], *prep.* e *adv.* *V.* **THROUGH.**

THRUM [θrʌm], *v.* franjar, enfeitar com franjas; tocar mal (instrumento musical), arranhar; tamborilar. *s.* mialhar; fio grosso; som de instrumento mal tocado.

THRUSH [θrʌʃ], *s.* tordo (ave); (vet.) arestim; (med.) afta; sapinho.

THRUST [θrʌst], *pret.* e *pp.* **THRUST.** *v.* impelir, empurrar; ferir, furar, traspassar (com lança, punhal, dardo, etc.); dar estocadas; introduzir-se aos empurrões; ingerir. *s.* arremetida; estocada; empurrão; impulso; curso do pistão; empuxo; soro do leite.

THUD [θʌd], *s.* pancada; baque; ruído surdo. *v.* bater; produzir um ruído surdo.

THUG [θʌg], *s.* membro de uma associação de assassinos (Índia), (E.U.) assassino, bandido.

THUMB [θʌm], *s.* dedo polegar. *v.* manusear, folhear = (E.U.) *leaf.* # *all thumbs,* desajeitado, cheio de dedos. *travel on the thumb,* viajar de carona.

THUMB-INDEX ['θʌm-indeks], *s.* índice alfabético.

THUMB-NUT ['θʌmnʌt], *s.* porca de borboleta (mec.).

THUMB PIN ['θʌm-pin], *s.* (E.U.) *V.* **THUMBTACK.**

THUMB-SCREW ['θʌmskru:], *s.* parafuso de orelhas.

THUMBTACK ['θʌm-tæk], *s.* (E.U.) percevejo (tachinha usada para prender papel) = (Ing.) *drawing-pin.*

THUMP [θʌmp], *s.* pancada; murro, soco; baque. *v.* espancar, sovar, socar; baquear, cair.

THUMPER ['θʌmpə], *s.* espancador, coisa muito grande; mentira cabeluda.

THUMPING ['θʌmpiŋ], *a.* excessivamente grande.

THUNDER ['θʌndə], *s.* trovão; estrondo, estrépito; gritaria, alarido; raio. *v.* troar, trovejar; retumbar, atroar, ribombar; fulminar.

THUNDERBOLT ['θʌndəboult], *s.* raio, corisco, faísca.

THUNDERCLAP ['θʌndə-klæp], *s.* trovão, ribombo, trovoada.

THUNDERCLOUD ['θʌndəklaud], *s.* nuvem de trovoada.

THUNDERER ['θʌndərə], *s.* pessoa veemente; (com maiúscula) Júpiter.

THUNDERING ['θʌndəriŋ], *s.* trovão; trovoada; bulha, alarido. *a.* troante, tonante; fulminante; estrepitante, atroador; excessivo; extraordinário.

THUNDEROUS ['θʌndərəs], *a.* atroador; aniquilador.

THUNDERPEAL ['θʌndəpi:l], *V.* **THUNDERCLAP.**

THUNDER-SHOWER ['θʌndəʃauə], *s.* chuva com trovoada.

THUNDER-STORM ['θʌndəstɔ:m], *s.* temporal com trovões.

THUNDERSTRUCK ['θʌndəstrʌk], *a.* fulminado; aturdido, estupefato, assombrado.

THUNDERY ['θʌndəri], *a.* atroador, tonitruante.

THURIBLE ['θjuəribl], *s.* incensário, turíbulo.

THURIFER ['θjuərifə], *s.* turiferário.

THURSDAY ['θə:zdi], *s.* quinta-feira.

THUS [ðʌs], *adv.* assim, desta forma, deste modo, desta maneira; nestes termos; por conseguinte; tão, até esse ponto. # *thus far,* até aí.

THWACK [θwæk], *s.* pancada violenta, golpe. *v.* espancar; vergastar; fustigar; golpear.

THWART [θwɔ:t], *s.* banco de remador. *a.* transversal, oblíquo; atravessado; atravessadiço; incômodo. *v.* atravessar, cruzar; obstar, impedir, opor; frustrar; contrariar; contradizer.

THWARTING ['θwɔ:tiŋ], *a.* oposto, contrário; perverso, mau.

THY [ðai], *pron.* teu, tua, teus, tuas.

THYME [taim], *s.* (bot.) tomilho, timo.

THYMOL ['θaimɔl], *s.* timol.

THYMUS ['θaiməs], *s.* (anat.) timo.

THYROID ['θairɔid], *a.* e *s.* tireóide (= tiróide).

THYRSE [θə:s], *s.* (bot.) tirso.

THYRSUS ['θə:səs], *s.* tirso, bastão; (bot.) tirso.

THYSELF [ðai'self], *pron.* tu mesmo; a ti mesmo.

TIARA [ti'ɑ:rə], *s.* tiara, mitra; dignidade pontifícia.

TIBIA ['tibiə], *s.* (anat.) tíbia.

TIC [tik], *s.* tique, cacoete, trejeito.

TICK [tik], *s.* tique-tique; toque leve; riscado (para almofadas, colchões, etc.); conta; crédito; empréstimo; ácaro; carrapato; birra. *v.* fazer tique-tique; roçar, tocar levemente; vender ou comprar a crédito. # *on tick,* (col.) a crédito. *tick (a person) off,* repreender. *to* (ou *on*) *the tick,* pontualmente.

TICKET ['tikit], *s.* bilhete; passe; cédula; letreiro; marca; etiqueta, rótulo; (E.U. pol.) chapa. *v.* rotular, pôr etiquetas, marcar. # *complimentary ticket,* entrada de favor, entrada de cortesia. *get one's ticket,* (mil.) dar baixa. *that's the ticket!* muito bem! *split ticket,* (U.S. pol.) chapa com candidatos de dois ou mais partidos. *straight ticket,* (U.S. pol.) chapa de votação global, chapa de um só partido. *two-way ticket,* passagem de ida e volta = *roundtrip ticket.*

TICKET AGENCY ['tikit'eidʒənsi], *s.* (E.U.) bilheteria = (Ing.) *booking-office.*

TICKET AGENT ['tikit'eidʒənt], *s.* (E.U.) bilheteiro (estrada de ferro, teatro, etc.) = (Ing.) *booking-clerk.*

TICKET-OFFICE ['tikit'ɔfis], *s.* bilheteria = (E.U.) *ticket agency.*

TICKET-OF-LEAVE ['tikitəv'li:v], *s.* livramento condicional = *parole.*

TICKING ['tikiŋ], *s.* tique-taque; riscado para colchões.

TICKLE ['tikl], *v.* titilar; prurir, fazer cócegas; sentir cócegas; divertir; (E.U.) contentar, deleitar = (Ingl.) *please. s.* cócegas. *a.* inseguro, instável; de pouca duração.

TICKLER ['tiklə], *s.* o que faz cócegas; lisonjeador; gole de bebida alcoólica; coisa que embaraça.

TICKLING ['tikliŋ], *s.* cócegas; titilação. *a.* titilante.

TICKLISH ['tikliʃ], *a.* titilante; coceguento; instável, inseguro; delicado, melindroso, crítico, árduo, difícil.

TICKLY ['tikli], *a.* coceguento; delicado, melindroso, crítico, difícil.

TICK-TACK ['tik'tæk], *s.* tique-taque.

TICK-TACK-TOE [tiktæk'tou], *s. V.* **CRISS-CROSS.**

TIDAL ['taidl], *a.* relativo a marés; periódico.

TIDAL WAVE ['taidl'weiv], *s.* macaréu, pororoca; vagalhão.

TIDBIT ['tidbit], *V.* **TITBIT.**

TIDE [taid], *s.* maré; corrente (de água); fluxo; marcha, curso; estação; ensejo, oportunidade, ocasião. *v.* navegar com a maré; ir com a maré. # *high tide,* maré cheia, preamar. *low tide,* maré baixa, baixa-mar. *stem the tide,* lutar contra a maré.

TIDE-GATE ['taidgeit], *s.* comporta, dique.

TIDE-LOCK ['taidlɔk], *s.* represa, açude.

TIDEWATER ['taidwɔtə], *s.* (E.U.) litoral. *a.* (E.U.) litoral, litorâneo.

TIDILY ['taidili], *adv.* asseadamente.

TIDINESS ['taidinis], *s.* asseio, limpeza; ordem, primor; elegância.

TIDINGS ['taidiŋz], *s.* pl. notícias, novas, novidades. # *glad tidings,* boas notícias, notícias alvissareiras.

TIDY ['taidi], *v.* assear, arrumar, arranjar. *a.* asseado, limpo, bem arranjado, arrumado, ordenado; airoso; elegante; oportuno. *s.* bibe; coberta (para espaldar de cadeira, etc.).

TIE [tai], *v.* ligar, unir, vincular, prender; atar, amarrar; cingir, enlaçar; impedir; limitar, restringir; empatar. *s.* laço; nó; atilho; atadura; gravata; união; ligação; vínculo, liame; parentesco; obrigação (legal ou moral); afeição, apego; empate; (náut.) maroma; espeque; (carp.) caibro; (E.U.) dormente (estrada de ferro) = (Ing.) *sleeper;* (E.U.) sapato. # *a loud tie,* uma gravata de cores berrantes. *in black tie,* em traje de rigor. *tie with,* (esp.) empatar com.

TIE-BEAM ['taibi:m], *s.* caibro.

TIED-LOAN ['taidloun], *s.* empréstimo externo em que o devedor se obriga a adquirir do financiador todo o material de que necessite.

TIE-IN ['tai-in], *s.* (cin.) filme baseado em *bestseller.* # *tie-in-sale,* (E.U.) venda condicional.

TIER ['taiə], *s.* bibe de criança; atador.

TIER [tiə], *s.* fila, fileira, renque, fiada; alinhamento; série; ordem.

TIE-ROD ['tai-rɔd], *s.* tirante.

TIE-UP ['taiʌp], *s.* (E.U.) ligação, conexão = (Ing.) *connexion, association;* (E.U.) parada, suspensão, interrupção, impasse = (Ing.) *stoppage, deadlock.*

TIFF [tif], *s.* sorvo, gole, trago; aborrecimento, enfado; arrufo, amuo, agastamento, desavença, discórdia. *v.* sorver; enfeitar; amuar-se, enfadar-se, agastar-se.

TIFFANY ['tifəni], *s.* gaza (= gaze) de musselina.

TIFFIN ['tifin], *s.* merenda.

TIGE [ti:ʒ], *s.* haste; fuste; fuste de coluna.

TIGER ['taigə], *s.* tigre; lacaio; alardeador, fanfarrão; (E.U.) grito de aplauso ou de incitamento, após três hurras.

TIGER-CAT ['taigəkæt], *s.* gato selvagem.

TIGERISH ['taigəriʃ], *a.* atigrado; atroz, sangüinário; tigrino.

TIGHT [tait], *a.* apertado; justo; estreito; compacto; impermeável; fechado, cerrado, hermético; escasso; entesado, rijo; sovina, mesquinho; embriagado, ébrio. # *hold tight!* agarre firme!

TIGHTEN ['taitn], *v.* apertar; estreitar; entesar, esticar, estirar.

TIGHTENER ['taitnə], *s.* apertador; músculo tenso; refeição pesada.

TIGHTNESS ['taitnis], *s.* tensão; firmeza; impermeabilidade.

TIGHTS [taits], *s.* roupa de malha usada por dançarinos e acrobatas.

TIGHTWAD ['taitwəd], *s.* (E.U.) sovina, avarento = (Ing.) *skinflint.*

TIGLON, TIGON ['taiglən,'taigən], *s.* filhote de tigre com leoa.

TIGRESS ['taigris], *s.* fêmea do tigre.

TILBURY ['tilbəri], *s.* tílburi.

TILE [tail], *s.* telha; azulejo; ladrilho; (col.) cartola. *v.* telhar, cobrir com telhas. # *have a tile loose,* não regular da bola, ter uma telha de menos, ser amalucado. *over tile and under tile,* macho e fêmea (telha). *tile-burner, tile-maker,* oleiro. *tile pipe,* (canal.) manilha. *tile-works,* olaria.

TILE-KILN ['tailkiln], *s.* olaria.

TILER ['tailə], *s.* oleiro; porteiro de uma loja maçônica; (gír.) ladrão.

TILING ['tailiŋ], *s.* telhado; telhadura, telheira.

TILL [til], *prep.* até (tempo). *conj.* até que. *s.* gaveta ou caixa para guardar dinheiro. *v.* lavrar, cultivar. # *till due,* até o vencimento.

TILLABLE ['tiləbl], *a.* arável, lavrável.

TILLAGE ['tilidʒ], *s.* lavoura, cultura, agricultura.

TILLER ['tilə], *s.* lavrador, agricultor; rebento, broto, renovo; pimpolho; (mar.) cana do leme = *rudder bar.*

TILT [tilt], *s.* toldo, tenda, barraca; declive, inclinação, descida; estocada; torneio, justa; martinete. *v.* toldar, cobrir com toldo; inclinar, tombar; empinar; inclinar-se; enristar (a lança); forjar com martinete; mover uma câmera de cinema para focalizar. # *on the tilt,* inclinado. *tilt over,* tombar.

TILTER ['tiltə], *s.* competidor, rival, justador.

TILTH [tilθ], *s.* terra lavrada, lavoura.

TIMBAL ['timbəl], *s.* (mús.) timbale, tímpano.

TIMBALE [tæm'bɑ:l, 'timbəl], *s.* pastelão, pastel.

TIMBER ['timbə], *s.* madeira para construção = (E.U.) *lumber;* madeiramento, vigamento; tronco de árvore; peça de madeira; balisa. *v.* fornecer madeira, colocar madeiramento; guarnecer com madeira.

TIMBERING ['timbəriŋ], *s.* escoramento (de galerias de minas, etc.).

TIMBER-SOW ['timbə-sau], *s.* caruncho.

TIMBRE ['tæmbr, 'timbrə], *s.* timbre.

TIMBREL ['timbrəl], *s.* pandeiro, tamboril.

TIME [taim], *s.* tempo; época; estação; momento; intervalo, período, vez; ocasião, oportunidade; (mús.) cadência; medida, compasso. *v.* adaptar ao tempo, acomodar ao tempo; acertar ou regular um relógio; seguir ou marcar o compasso; medir o tempo. # *a good time,* muito tempo; um período agradável. *ahead of time,* antes da hora. *allowed time,* licença sem vencimentos (para assuntos particulares). *at the time of our forefathers,* no tempo de nossos antepassados. *at one time,* uma vez; antes, antigamente. *at times,* algumas vezes, às vezes. *beat time,* marcar compasso. *behind time,* atrasado. *between times,* no meio tempo. *bide one's time,* esperar com paciência, aguardar uma oportunidade. *buy on time,* (com.) comprar a prazo. *do time,* cumprir pena (na prisão). *for the time being,* provisoriamente. *from time to time,* de tempos em tempos, de quando em quando. *full time,* tempo integral. *gain time,* adiantar (relógio). *have a good time,* divertir-se. *have a high time,* divertir-se a valer. *have an easy time of it,* não ter preocupações. *in good time,* a tempo. *in no time,* rapidamente, num momento. *in the nick of time,* no último momento; no momento oportuno. *in time,* pontualmente. *in times gone by,* há muito tempo. *it's high time (= it's about time),* já é tempo de. *keep good time,* regular bem (o relógio). *kill time,* matar (o) tempo. *lose time,* atrasar (o relógio). *many a time (and oft),* freqüentemente. *once upon a time,* era uma vez. *one at a time,* um de cada vez. *on scheduled time,* no horário. *on thirty days time,* (com.) a trinta dias de prazo. *on time,* a tempo. *serve time,* fazer serviço militar; cumprir pena. *sing out of time,* desafinar. *take one's time,* não ter pressa. *tell the time,* dizer as horas, dizer quantas horas são. *time after time (= time and again),* repetidas vezes. *time card,* cartão de ponto. *time clock,* relógio de ponto. *time deposit,* depósito bancário a prazo fixo. *time discount,* desconto por antecipação de pagamento. *time-honoured,* venerando. *time is up,* esgotou-se o tempo. *time keeper,* apontador de mão-de-obra. *time lag,* defasagem. *time sheet,* folha de ponto. *time will show,* quem viver verá. *to be pressed for time,* estar com pressa. *what's the time? (= what time is it?),* que horas são? *while away one's time,* passar o tempo. *work against time,* trabalhar com prazo marcado.

TIME-BOMB ['taimbɔm], *s.* bomba-relógio.

TIME-BOOK ['taimbuk], *s.* livro de ponto.

TIME-CLOCK ['taimklɔk], *s.* relógio de ponto.

TIMEKEEPER ['taimki:pə], *s.* cronometrista; apontador de mão-de-obra.

TIMELINESS ['taimlinis], *s.* ocasião, oportunidade, conveniência.

TIMELY ['taîmli], *a.* feito a tempo, oportuno. *adv.* oportunamente, a tempo (desus.).

TIMEPIECE ['taim-pi:s], *s.* relógio.

TIMER ['taimə], *s.* cronometrista; cronômetro; (rád.) sintonizador; (mec.) distribuidor.

TIME-ROCK ['taimrɔk], *s.* (geol.) divisão estra -tigráfica.

TIME-SERVER ['taimsə:və], *s.* bajulador.

TIME SHEET ['taimʃi:t], *s.* folha de ponto.

TIME-TABLE ['taimteibl], *s.* horário.

TIMID ['timid], *a.* tímido, medroso, pusilânime; acanhado.

TIMIDITY [ti'miditi], *s.* timidez, acanhamento, pusilanimidade.

TIMIDNESS ['timidnis], *V.* **TIMIDITY.**

TIMING ['taimiŋ], *s.* adaptação, acomodação, ajustamento.

TIMOROUS ['timərəs], *a.* medroso, tímido.

TIMPANO ['timpənou , *s.* timbale, tímpano.

TIN [tin], *v.* enlatar = (E.U.) *can. s.* estanho; lata = (E.U.) *can;* dinheiro.

TINCTORIAL [tiŋk'tɔ:riəl], *a.* tintorial, corante, que tinge.

TINCTURE ['tiŋktʃə], *s.* tintura, cor; sabor; aparência; essência; metal ou cor heráldica; (farm.) tintura.

TINDER ['tində], *s.* torcida; isca (de fazer lume); mecha (isqueiro).

TINDERBOX ['tindəbɔks], *s.* isqueiro.

TINFOIL ['tin'fɔil], *s.* folha de estanho,

TING [tiŋ], *v.* tinir (como campainha); fazer tinir. *s.* tinido.

TINGE [tindʒ], *v.* colorir; dar sabor especial; afetar, modificar, influenciar. *s.* matiz, cor; gradação; gosto, sabor.

TINGLE ['tiŋgl], *v.* tinir, zunir; latejar; formigar; fazer latejar. *s.* zunido; dor aguda; formigueiro, formigamento.

TINGLING ['tiŋgliŋ], *s.* zunido, tinido; formigueiro, formigamento.

TININESS ['taininis], *s.* pequenez; delgadeza.

TINKER ['tiŋkə], *s.* latoeiro, funileiro, caldeireiro, picheiro. *v.* consertar; atamancar, consertar grosseiramente; exercer a profissão de latoeiro.

TINKLE ['tiŋkl], *v.* tinir, zunir (os ouvidos); fazer tinir. *s.* tinido.

TINKLER ['tiŋklə], *s.* campainha.

TINKLING ['tiŋkliŋ], *s.* tinido.

TINMAN ['tinmən], *s.* funileiro, latoeiro.

TIN-MINDED ['tin'maindid], *a.* venal.

TINNED [tind], *a.* enlatado, em conserva = (E.U.) *canned.*

TINNING ['tiniŋ], *s.* estanhagem; enlatamento = (E.U.) *canning.*

TIN-OPENER ['tin'oupnə], *s.* abridor de latas = (E.U.) *can-opener.*

TINPLATE ['tin'pleit], *s.* folha-de-flandres.

TINSEL ['tinsəl]. *s.* ouropel, lantejoula; brocatel. *a.* de ouropel; de falso valor; superficial. *v.* enfeitar com ouropéis.

TIN-SMITH ['tinsmiθ], *s.* latoeiro.

TINT [tint], *s.* cor, gradação de cor, tom, matiz, nuança, tonalidade. *v.* colorir.

TIN-TACK ['tintæk], *s. V.* **DRAWINGPIN.**

TINTER ['tintə], *s.* (gír.) um filme colorido.

TINTINNABULATION ['tintinæbju'leiʃn], *s.* repique de sinos.

TIN-WARE ['tinwεə], *s.* artigos de folha.

TIN-WORKS ['tinwə:ks], *s.* latoaria.

TINY ['taini], *a.* minúsculo, delgado, pequeno, ínfimo.

TIP [tip], *v.* dar gorjeta; encastoar, pôr castão; bater de leve; virar, inclinar, entornar; aliviar um navio; inclinar-se. *s.* gorjeta; ponta, extremidade, bico, ponteira; pancada leve; aviso secreto; idéia; sugestão, palpite = (E.U.) *pointer.* # *straight tip,* palpite certo. *tip off,* avisar, prevenir. *take my tip,* siga meu conselho, vá por mim. *tip the wink,* insinuar, sugerir.

TIPCAT ['tipkæt], *s.* bilharda.

TIPPET ['tipit], *s.* palatina; capa.

TIPPING ['tipiŋ], *s.* costume de dar gorjetas; ação de cobrir a extremidade de qualquer coisa; remoção (do lastro ou carregamento de um navio, de entulho, etc.).

TIPPLE ['tipl], *v.* bebericar; embebedar-se, embriagar-se. *s.* bebida, licor; (E.U.) mina, jazida.

TIPPLER ['tiplə], *s.* beberrão.

TIPPLING ['tipliŋ], *s.* embriaguez.

TIPPLING-HOUSE ['tipliŋhaus], *s.* taberna.

TIPSTAFF ['tipstɑ:f], *s.* meirinho.

TIPSTER ['tipstə], *s.* o que dá informações secretas ou palpites, informador (em corridas de cavalos, na Bolsa, etc.).

TIPSY ['tipsi], *a.* tocado, alegre, ligeiramente embriagado.

TIPTOE ['tip'tou, 'tiptou], *s.* ponta do pé. *v.* andar na ponta dos pés.

TIPTOP ['tip'tɔp, 'tiptɔp], *s.* cume, topo, cimo; o máximo de perfeição. *a.* excelente, perfeito; máximo, elevadíssimo (preço) = (E.U.) *top-notch. adv.* magnificamente, perfeitamente.

TIRADE ['tai'reid, ti'reid, ti'rɑ:d], *s.* crítica, invectiva; tirada, trecho de discurso ou de palestra.

TIRE ['taiə], *s.* pneumático; enfiada, renque, fileira, série; virola; touca, coifa; adorno, enfeite; arenga. *v.* adornar, enfeitar, ornar; colocar pneu; fatigar, fatigar-se, cansar, cansar-se; importunar, aborrecer, aborrecer-se. # *a flat tire,* um pneu vazio. *non-skid tire,* pneu anti-derrapante.

TIRED ['taiəd], *a.* fatigado, cansado; farto de; (E.U.) aborrecido = (Ing.) *bored, annoyed, disgusted.* # *dead tired,* morto de cansaço. *tired out,* exausto.

TIREDNESS ['taiədnis], *s.* fadiga, cansaço; aborrecimento.

TIRELESS ['taiəlis], *a.* infatigável, incansável.

TIRELESS ['taiəlis], *a.* sem pneumático.

TIRELESSNESS ['taiəlisnis], *s.* infatigabilidade.

TIRESOME ['taiəsəm], *a.* fatigante, cansativo; enfadonho, fastidioso, tedioso, incômodo, penoso, desagradável, aborrecido.

TIRING ['taiəriŋ], *a.* fatigante.

TIRO ['taiərou], *s.* novato, principiante, aprendiz, estreante, marinheiro de primeira viagem.

'TIS [tiz], *contr.* de **IT IS.**

TISANE [ti:'zæn], *s.* tisana.

TISSUE ['tisju:, 'tiʃu:, 'tiʃju:], *s.* tecido fino; (biol.) tecido; encadeamento.

TISSUE PAPER ['tisjupeipə], *s.* papel de seda.

TIT [tit], *s.* cavalinho, cavalo pequeno; naco; mulherzinha (por desprezo); passarinho; teta. *V.* **TEAT.** # *tit for tat,* na mesma moeda, elas por elas, olho por olho, dente por dente. *to give tit for tat,* pagar na mesma moeda.

TITANIC [tai'tænik], *a.* titânico, gigantesco.

TITANIUM [tai'teiniəm], *s.* titânico.

TITBIT ['titbit], *s.* gulodice, petisqueira; bocado; migalha.

TITHE [taið], *s.* dízimo; décima; décimo. *v.* pagar o dízimo; cobrar o dízimo, dizimar.

TITHING ['taiðiŋ], *s.* dízima.

TITILLATE ['titileit], *v.* titilar; excitar.

TITILLATION ['titi'leiʃən], *s.* titilação.

TITLE ['taitl], *s.* título, epígrafe; letreiro, rótulo, nome; documento; prerrogativa, direito. *v.* intitular, dar um título; nomear, pôr nome; pôr letreiro; rotular. # *bastard title,* título falso, falso título (do livro). *holding of title,* reserva de domínio. *title page,* frontispício (do livro).

TITLED ['taitld], *a.* titulado; intitulado.

TITLE-DEED, ['taitl-did], *s.* (jur.) título de propriedade.

TITLEHOLDER ['taitlhouldə], *s.* titular; (esp.) campeão.

TITLE-PAGE ['taitlpeidʒ], *s.* frontispício do livro.

TITLE-RÔLE ['taitlroul], *s.* (cin. e teat.) papel-título.

TITLING ['titliŋ], *s.* cambaxirra (= corruíra, garricha, garriça, carriça).

TITMOUSE ['titmaus], *s.* abelharuco (= melharuco, milharoz, abelheiro).

TITTER ['titə], *s.* riso contido, reprimido. *v.* rir-se à socapa.

TITTERING ['titəriŋ], *s.* riso contido, reprimido.

TITTLE ['titl], *s.* ponto, traço, particulazinha; ponto que se põe nas letras *i* e *j.*

TITTLE-TATTLE ['titltætl], *s.* palavrório, tagarelice. *v.* tagarelar, palrar.

TITTLE-TATTLER ['titltætlə], *s.* tagarela, falador, palrador.

TITTUP ['titəp], *s.* saracoteio. *v.* saracotear.

TITTY ['titi], *s.* mama; chupeta.

TITULAR ['titjulə], *a.* titular, honorífico. *s* titular.

TITULARY ['titjuləri], *s.* e *a.* titular.

TMESIS ['tmi:sis], *s.* (gram.) tmese.

TO [tu:], *adv.* para diante; para lá; em determinada posição.

TO [tu:, tu, tə, t], *prep.*, a, para; ao, à; em; de; para com; por; diante de; até; segundo; em comparação com; ao som de; quanto a. Sinal do infinitivo verbal.

TOAD [toud], *s.* sapo = (E.U.) *hoptoad.*

TOAD-EATER ['toudi:tə], *V.* **TOADY** *(s.).*

TOAD-EATING ['toudi:tiŋ], *s.* bajulação, servilismo, adulação. *a.* bajulador, adulador, servil.

TOADSTOOL ['toudstu:l], *s.* cogumelo (venenoso).

TOADY ['toudi], *s.* bajulador, adulador; parasito. *v.* bajular, adular; parasitar. *a.* semelhante a sapo; horrendo, repulsivo, nojento, asqueroso.

TOADYISM ['toudiizm], *s.* adulação; servilismo, bajulação.

TO-AND-FRO ['tu:ən'frou], *s.* vaivém. *a.* de vaivém.

TO-AND-FRO ['tu:ən'frou], *adv.* para lá e para cá, de um lado para outro, para trás e para diante.

TOAST [toust], *s.* torrada; brinde. *v.* torrar; fazer um brinde, beber à saúde de. # *French toast,* rabanada (doce). *propose a toast, drink a toast,* brindar alguém, levantar um brinde, fazer um brinde.

TOASTER ['toustə], *s.* torrador, torradeira; o que faz um brinde ou bebe à saúde de outrem.

TOAST-RACK ['toust-ræk], *s.* porta torradas.

TOAST-STAND ['toust-stænd], *s.* torradeira ou grelha para pão.

TOBACCO [tə'bækou], *s.* fumo, tabaco.

TOBACCONIST [tə'bækənist], *s.* negociante de fumo.

TOBACCONIST'S [tə'bækənists], *s.* charutaria, tabacaria = (E.U.) *cigar store.*

TOBOGGAN [tə'bɔgən], *s.* tobogã. *v.* deslizar em tobogã.

TOCCATA [tə'kɑ:tə], *s.* (mús.) tocata.

TOCSIN ['tɔksin], *s.* alarma, alarme; sino de alarma.

TOD [tɔd], *s.* mata espessa; matagal, sarça, silva; raposa; peso de vinte e oito arráteis.

TODAY, TO-DAY [tə'dei], *s.* hoje, *adv.* hoje, hoje em dia, atualmente.

TODDLE ['tɔdl], *v.* cambalear, vacilar. *s.* andar incerto e vacilante.

TODDLER ['tɔdlə], *s.* fedelho que cambaleia.

TODDY ['tɔdi], *s.* suco extraído de várias palmeiras; espécie de ponche.

TO-DO [tə'du:], *s.* atrapalhação, azáfama, barafunda.

TOE [tou], *s.* qualquer dos dedos do pé. *v.* pisar; tocar com a ponta do pé. # *step on someone's toes,* pisar nos calos de alguém, ofender alguém. *to stub one's toe,* dar uma topada.

TOE-CAP ['tou-kæp], *s.* biqueira de calçado.

TOE-IN ['tou'in], *s.* (auto) convergência das rodas.

TOE-OUT ['tou'aut], *s.* (aut.) divergência das rodas.

TOFF [tɔf], *s.* janota.

TOFFEE ['tɔfi], *s.* caramelo = (E.U.) *taffy.*

TOG [tɔg], *s. pl.* vestuário.

TOGA ['tougə], *s.* toga, beca.

TOGAED ['tougəd], *a.* togado.

TOGETHER [tə'geðə], *adv.* juntamente, em companhia; continuamente, sem interrupção; ao mesmo tempo; juntos.

TOGGERY ['tɔgəri], *s.* roupas, vestuário.

TOGGLE ['tɔgl], *s.* buril; cavilha; trambelho (= trabelho); alavanca de cotovelo.

TOIL [tɔil], *s.* trabalho, labor. fadiga; laço, cilada. *v.* trabalhar muito, cansar-se, lidar, labutar; trabalhar com esmero.

TOILE [twɑ:l], *s.* pano.

TOILER ['tɔilə], *s.* trabalhador.

TOILET ['tɔilit], *s.* o ato de vestir-se; penteadeira, toucador; (E.U.) privada (= *privy); vaso* sanitário. *v.* vestir-se. *a.* relativo a vestuário.

TOILET-CASE ['tɔilitkeis], *s.* estojo com artigos de toucador.

TOILET-PAPER ['tɔilitpeipə], *s.* papel higiênico.

TOILET ROLE ['tɔlitroul], *s.* rolo de papel higiênico.

TOILET TABLE ['tɔilitteibl], *s.* toucador, penteadeira = (E.U.) *dresser, vanity, vanity dresser, vanity table.*

TOILETTE [twɑ:'let], *V.* **TOILET.**

TOILFUL ['tɔilful], *a.* penoso, trabalhoso; enfadonho.

TOILSOME ['tɔilsəm], *a.* trabalhoso; penoso; enfadonho.

TOILSOMENESS ['tɔilsəmnis], *s.* trabalho, fadiga, cansaço; enfado.

TOIL-WORN ['tɔilwɔ:n], *a.* fatigado ao extremo, exausto.

TOKEN ['toukən], *s.* marca, sinal; insígnia; ficha; lembrança, memória; prognóstico, agouro; moeda antiga. *v.* marcar; dar a conhecer; fazer saber. # *by the same token,* tanto assim que, como prova disso. *in token of,* como prova de, em sinal de. *more by token,* em prova disso.

TOLD [tould], *pret.* e *pp.* de **TELL.**

TOLERABLE ['tɔlerəbl], *adv.* tolerável, sofrível; razoável, aceitável.

TOLERABLY ['tɔlərəbli], *adv.* toleravelmente, sofrivelmente.

TOLERANCE ['tɔlərens], *s.* tolerância; paciência; (maq.) tolerância (de fabricação).

TOLERANT ['tɔlərənt], *a.* tolerante; paciente.

TOLERATE ['tɔləreit], *v.* tolerar, permitir, sofrer, suportar.

TOLERATION [tɔlə'reiʃən], *s.* tolerância.

TOLL [toul], *s.* direitos de entrada; portagem (= peagem); dobre de finados. *v.* pagar ou cobrar portagens; tanger, badalar, tocar os sinos.

TOLLER ['toulə], *s.* portageiro; sineiro.

TOLL-GATE ['toulgeit], *s.* barreira.

TOLL-KEEPER ['toulki:pə], *s.* guarda-barreira, portageiro.

TOM [tɔm], *s.* macho de alguns animais.

TOMAHAWK ['tɔməhɔ:k], *s.* machadinha de guerra dos selvagens da América do Norte. *v.* ferir com essa arma; censurar severamente, repreender.

TOMATO [tə'mɑ:tou, (E.U.) tə'meitou], *pl.* **TOMATOES,** *s.* tomate.

TOMB [tu:m], *s.* sepultura, túmulo, jazigo. *v.* sepultar, enterrar.

TOMBAC ['tɔmbæk], *s.* pechisbeque, ouropel, tambaque (= tambaca).

TOMBOLA ['tɔmbolə], *s.* tômbola.

TOMBOY ['tɔmbɔi], *s.* menina levada.

TOMBSTONE ['tu:m-stoun], *s.* lápide, pedra tumular.

TOMCAT ['tɔm'kæt, 'tɔm-kæt], *s.* gato.

TOME [toum], *s.* tomo, volume.

TOMFOOL ['tɔm'fu:l], *s.* tolo, palerma, néscio, idiota, mentecapto.

TOMFOOLERY [tɔm'fu:ləri], *s.* tolice, palermice.

TOMMY ['tɔmi], *s.* alimento fornecido como ordenado; gato; (ofic.) pino-alavanca.

TOMMY-GUN ['tɔmigʌn], *s.* arma de cano curto e fogo de repetição.

TOMORROW, TO-MORROW [tə'mɔrou], *s.* e *adv.* amanhã. # *the day after tomorrow,* depois de amanhã. *tomorrow-morning,* amanhã de manhã. *tomorrow-week,* de amanhã a uma semana.

TOMTIT ['tɔm'tit], *V.* **TITMOUSE.**

TOM-TOM ['tɔmtɔm], *s.* tantã, gongo; tambor indiano.

TON [tɔ:ŋ], *s.* tom, moda, voga, uso.

TON [tʌn], *s.* tonelada. # *long ton,* tonelada inglesa (2.240 libras ou 1016,06 quilogramas). *short ton,* tonelada americana (2.000 libras ou 907,18 quilogramas).

TONALITY [tou'næliti], *s.* tonalidade.

TONE [toun], *s.* tom, som; toada; timbre ou metal de voz; tensão; intonação; energia; resistência física. *v.* falar com afetação; mudar o tom; mudar a cor; ir bem, combinar (cor).

TONGS [tɔŋz], *s. pl.* tenazes grandes; alicate, pinça.

TONGUE [tʌŋ], *s.* língua; idioma, língua; fiel de balança; (carp.) macho; lingüeta; talisca, badalo (de sino); fuzilhão. # *a flippant tongue,* um linguarudo. *furred tongue,* (med.) língua suja. *hold your tongue!* bico calado! *loll out the tongue,* pôr a língua de fora = *to stick one's tongue out. the vulgar tongue,* o vernáculo. *with one's tongue in one's cheek,* de maneira irônica.

TONGUED [tʌŋd], *a.* possuidor de língua ou voz.

TONGUELESS ['tʌŋlis], *a.* mudo; sem língua.

TONGUE-TIED ['tʌŋtaid], *a.* mudo (por medo, acanhamento, etc.).

TONIC ['tɔnik], *s.* (méd.) tônico; nota tônica. *a.* tônico.

TONIC-SOLFA ['tɔniksɔl'fɑ:], *s.* (mús.) solfejo tônico.

TONIGHT, TO-NIGHT [tə'nait], *adv.* hoje à noite.

TONING ['touniŋ], *s.* tonalidade.

TONNAGE ['tʌnidʒ], *s.* tonelagem, arqueação; porte; direito de tonelagem.

TONSIL ['tɔnsil], *s.* amígdala, tonsila.

TONSILITIS [tɔnsi'laitis], *s.* amigdalite, tonsilite.

TONSURE ['tɔnʃə], *s.* tonsura, coroa.

TONTINE [tɔn'ti:n], *s.* tontina.

TOO [tu:], *adv.* e *conj.* muito, demais, demasiadamente; também. # *none too,* nada, absolutamente (em frases negativas). *only too,* muitíssimo.

TOOK [tuk], *pret.* de **TAKE.**

TOOL [tu:l], *s.* ferramenta; instrumento. *v.* talhar, dar forma; (gír.) guiar um carro. # *boring tool,* sonda. *firmer tool,* (carp.) formão. *tool salvage,* recuperação de ferramenta.

TOOL-HEAD ['tu:lhed], *s.* (máq.) porta-ferramenta; cabeçote.

TOOT [tu:t], *s.* toque (de buzina, de corneta, etc.). *v.* tocar (buzina, corneta, etc.).

TOOTH [tu:θ], *pl.* **TEETH.** *s.* dente; paladar, gosto. *v.* colocar dentes; dentear. # *fill a tooth,* obturar um dente. *have a sweet tooth,* gostar de doces. *tooth and nail,* vigorosamente; furiosamente; de unhas e dentes.

TOOTHACHE ['tu:θeik], *s.* dor de dentes.

TOOTH-BRUSH ['tu:θbrʌʃ], *s.* escova de dentes.

TOOTHED [tu:θt, tu:ðd], *a.* denteado, dentado.

TOOTHLESS ['tu:θlis], *a.* desdentado.

TOOTHPASTE ['tu:θpeist], *s.* pasta dentifrícia.

TOOTHPICK ['tu:θpik], *s.* palito.

TOOTHPICK-CASE ['tu:θpik-keis], *s.* paliteiro.

TOOTH-POWDER ['tu:θpaudə], *s.* pó dentifrício.

TOOTHSOME ['tu:θsəm], *a.* gostoso, saboroso.

TOOTHSOMENESS ['tu:θsəmnis], *s.* sabor agradável.

TOOTHY ['tu:θi], *a.* dentado, com dentes; gostoso, saboroso.

TOP [tɔp], *s.* cume, cimo, tope, topo, pico; pião; chefe, cabeça; ponta, cabeça, remate; copa (de árvore); superfície; cocuruto (da cabeça); cabeceira (de mesa); primeiro posto; auge, cúmulo; (náut.) gávea, cesto da gávea; toupeira; topete; tejadilho, capota de automóvel = (Ing.) *hood.* *a.* superior, principal, mais alto, primeiro. *v.* cobrir o cume, a ponta; encimar, rematar, coroar; chegar ao cimo; elevar-se, sobrepujar, exceder, superar, ultrapassar; ser eminente; podar (árvores); tirar o cimo de. # *an old top,* (col.) um camarada. *from top to bottom,* de cima a baixo. *from top to toe,* da cabeça aos pés. *sleep like a top* (ou *a log),* dormir profundamente. *the top of the milk,* o melhor do programa.

TOPAZ ['toupæz], *s.* topázio.

TOP-CAP ['tɔpkæp], *s.* (rád.) capacete.

TOP-COAT ['tɔpkout], *s.* sobretudo.

TOPDRAWER ['tɔpdrɔ:ə], *a.* (col.) excelente.

TOPE [toup], *s.* túmulo budista; espécie de tubarão. *v.* beber em demasia.

TOPER ['toupə], *s.* bêbedo (= bêbado), beberrão.

TOPFLIGHT ['tɔpflait], *a.* (col.) excelente.

TOPGALLANT [tɔp'gælənt], *s.* (náut.) mastaréu. *a.* relativo ao joanete.

TOP-GEAR ['tɔp'giə], *s.* (aut.) terceira velocidade = (E.U.) *high-gear.*

TOP-HAT ['tɔp'hæt], *s.* cartola.

TOP-HOLE ['tɔp'houl], *a.* excelente.

TOPIC ['tɔpik], *s.* tópico, tema, assunto, matéria.

TOPICAL ['tɔpikəl], *a.* tópico.

TOPKNOT ['tɔpnɔt], *s.* poupa, topete; laço de fita (na cabeça).

TOPLOFTICAL ['tɔp'lɔftikəl], *a.* (E.U. col.) altivo, arrogante, orgulhoso, soberbo = (Ing.) *supercilious.*

TOPLOFTINESS ['tɔp'lɔftinis], *s.* altivez, orgulho, arrogância, soberbia.

TOPLOFTY ['tɔp'lɔfti], *V.* **TOPLOFTICAL.**

TOPMAST ['tɔpməst, 'tɔpmɑ:st], *s.* mastaréu. # *main topmast,* (náut.) mastaréu do grande.

TOPMOST ['tɔpmoust], *a.* o mais alto de todos.

TOP-NOTCH ['tɔpnɔtʃ], *a.* (E.U.) excelente; máximo, elevadíssimo (preço) = (Ing.) *tiptop.*

TOP-NOTCHER ['tɔpnɔtʃe], *s.* chefão; um bom partido (para casamento).

TOPOGRAPHER [tə'pɔgrəfə], *s.* topógrafo.

TOPOGRAPHIC, AL [tɔpə'græfik, əl], *a.* topográfico.

TOPOGRAPHY [tə'pɔgrəfi] *s.* topografia.

TOPPER ['tɔpə], *s.* (col.) cartola; (col.) um bom camarada, pessoa excelente; coisa ótima; casaco três-quartos (indumentária feminina).

TOPPING ['tɔpiŋ], *a.* excelente.

TOPPLE ['tɔpl], *v.* ruir, tombar; fazer cair; (esp.) bater recorde.

TOPSAIL ['tɔpseil], *s.* (náut.) vela de joanete. # *fore topsail,* vela do traquete. *main topsail,* vela do grande.

TOPSYTURVY ['tɔpsi'tə:vi], *adv.* de pernas para o ar; ao revés. *a.* virado às avessas. *s.* confusão; desarrumação. *v.* virar pelo avesso ou de pernas para o ar, desarrumar, revirar.

TOPSYTURVYDOM ['tɔpsi'tə:vidəm], *s.* confusão, atrapalhação, desarrumação.

TORC ['tɔ:k], *V.* **TORQUE.**

TORCH [tɔ:tʃ], *s.* tocha, archote, facho, lanterna, brandão; maçarico.

TORE [tɔ:, tɔə], *pret.* de **TEAR.**

TORMENT ['tɔ:mənt], *s.* tormento, suplício, tortura.

TORMENT [tɔ:'ment], *v.* atormentar.

TORMENTING [tɔ:'mentiŋ, *a.* atormentador.

TORMENTOR [tɔ:'mentə], *s.* atormentador; (agr.) grade, esterroador.

TORN [tɔ:n], *pp.* de **TEAR.**

TORNADO [tɔ:'neidou], *s.* tornado, tufão, furacão, ciclone.

TORPEDO [tɔ:'pi:dou], *s.* torpedo. *v.* torpedear.

TORPEDO-BOAT [tɔ:'pidoubout], *s.* torpedeiro.

TORPEDO-BOAT DESTROYER [tɔ:pi:douboutdis'trɔiə], *s.* contra-torpedeiro.

TORPID ['tɔ:pid], *a.* entorpecido, adormecido.

TORPIDITY [tɔ:'piditi], *s.* torpor, adormecimento, entorpecimento.

TORPOR ['tɔ:pə], *V.* **TORPIDITY.**

TORQUE [tɔ:k], *s.* colar de anéis de metal.

TORRENT ['tɔrənt], *s.* torrente, caudal, corrente.

TORRENTIAL [tɔ'renʃəl], *a.* torrencial.

TORRID ['tɔrid], *a.* tórrido, torrado, ardente, adusto.

TORSION ['tɔ:ʃən], *s.* torção.

TORTICOLLIS [tɔ:ti'kɔlis], *s.* (med.) torcicolo = *stiff neck,* twisted neck.

TORTILE ['tɔ:tail], *a.* torcido; entrançado; enrolado; enrodilhado.

TORTIOUS ['tɔ:ʃəs], *a.* (jur.) lesivo, danoso.

TORTOISE ['tɔ:təs], *s.* tartaruga.

TORTUOSITY [tɔ:tju'ɔsiti], *s.* tortuosidade.

TORTUOUS ['tɔ:tjuəs], *a.* tortuoso, sinuoso.

TORTUOUSNESS ['tɔ:tjuəsnis], *s.* tortuosidade, sinuosidade.

TORTURE ['tɔ:tʃə], *s.* tortura, suplício; tormento, angústia, aflição. *v.* torturar, cruciar; afligir, atormentar; tergiversar.

TORTURER ['tɔ:tʃərə], *s.* atormentador, algoz.

TORTURING ['tɔ:tʃəriŋ], *a.* torturante, martirizante, cruciante.

TORY ['tɔ:ri], *s.* (pol.) conservador (Ing.).

TORYISM ['tɔ:riizm], *s.* (pol.) os princípios ou o procedimento dos conservadores (Ing.); conservantismo.

TOSS [tɔs], *s.* arremesso; sacudidela; meneio, saracoteio; agitação, confusão; embaraço; inquietação, desassossego. *v.* arremessar, lançar, atirar; menear; sacudir; agitar, perturbar; inquietar; importunar; torcer-se; ser sacudido; perturbar-se, ficar agitado.

TOSSING ['tɔsiŋ], *a.* agitado, perturbado; que sacode. *s.* arremesso; sacudidela, sacudidura; agitação; processo de lavar minério.

TOT [tɔt], *s.* criancinha; (col.) gole de bebida alcoólica; coluna de algarismos; soma de uma coluna.

TOTAL ['toutl], *s.* total, soma; montante. *a.* total, global, inteiro, completo. *v.* somar, adicionar; totalizar; montar a. #*grand total,* total geral.

TOTALITARIAN [toutæli'tɛəriən], *a.* totalitário.

TOTALITARIANISM [toutæli'tɛəriənizm], *s.* totalitarismo.

TOTALITY [tou'tæliti], *s.* totalidade.

TOTALIZE (ISE) ['toutəlaiz], *v.* totalizar; completar.

TOTALLY ['toutli, 'toutəli], *adv.* totalmente, inteiramente, completamente.

TOTEM ['toutəm], *s.* totem.

TOTEMISM ['toutəmizm], *s.* totemismo.

TOTTER ['tɔtə], *v.* cambalear, titubear; vacilar, hesitar; embalançar; ameaçar ruína.

TOTTERING ['tɔtəriŋ], *a.* titubeante, cambaleante, vacilante, em ruínas. *s.* cambaleio, bamboleio; vacilação.

TOTTERY ['tɔtəri], *a.* titubeante, cambaleante; hesitante.

TOUCAN ['tu:kæn], *s.* tucano.

TOUCH [tʌtʃ], *s.* tato; apalpadela; toque; contato; comunicação; pancada; dor, pontada; parte, porção; bagatela, insignificância, pequena quantidade, tintura; sombra, traço; exame, prova, ensaio; sátira, indireta; (pint.) retoque, pincelada, tom. *v.* tatear, apalpar, tocar; mexer em; alcançar, chegar a; igualar, aproximar-se de; provar, ensaiar; tratar ligeiramente de; esboçar, delinear; retocar; tomar, tanger (um instrumento); comover, enternecer; referir-se, concernir, dizer respeito a; aludir a; afetar; manchar; poluir; contagiar; estar em contato com, tocar, fazer escala por. # *in touch with,* em contato com, em comunicação com. *out of touch with,* fora de contato com, sem comunicação com. *the finishing touch,* o remate, o retoque final. *touch and go,* precário, duvidoso, incerto. *touch someone,* (col.) pedir dinheiro emprestado, "dar uma facada". *touch the quick,* magoar, ofender. *touch up,* retocar (fotografia).

TOUCHABLE ['tʌtʃəbl], *a.* palpável, tangível.

TOUCH-AND-GO ['tʌtʃən'gou], *s.* perigo, situação perigosa. *a.* arriscado, perigoso.

TOUCHED ['tʌtʃt], *a.* (col.) amalucado; comovido; estragado (carne, peixe).

TOUCH-HOLE ['tʌtʃhoul], *s.* ouvido (de arma de fogo).

TOUCHINESS ['tʌtʃinis], *s.* irascibilidade; melindre, suscetibilidade.

TOUCHING ['tʌtʃiŋ], *a.* patético, tocante, comovente, *s.* tato; contato; toque; escala. *prep.* no tocante a, concernente a, relativo a.

TOUCH-ME-NOT ['tʌtʃminɔt], *s.* (bot.) beijo-de-frade, balsamina.

TOUCHSTONE ['tʌtʃstoun], *s.* pedra de toque; exame, prova; critério.

TOUCHWOOD ['tʌtʃwud], *s.* madeira podre; isca.

TOUCHY ['tʌtʃi], *a.* melindroso, suscetível, sensível; irascível.

TOUGH [tʌf], *a.* coriáceo; vigoroso, forte; rijo, duro, tenaz, resistente, difícil, árduo, penoso; teimoso; intratável; (E.U.) criminoso, celerado.

TOUGHEN ['tʌfn], *v.* tornar ou tornar-se coriáceo; endurecer, enrijecer (= enrijar, arrijar).

TOUGHNESS ['tʌfnis], tenacidade; dureza; resistência.

TOUPEE ['tu:pei], *s.* madeixa postiça, peruca.

TOUR [tuə], *s.* volta; giro; jornada; passeio; viagem; peregrinação; excursão; (mil.) turno de serviço. *v.* viajar; dar um passeio, dar um giro; percorrer. # *conductor tour,* excursão.

TOURISM ['tuərizm], *s.* turismo.

TURIST ['tuərist], *s.* turista. # *tourist class,* classe turística, classe única (em transatlântico). *tourist court. V.* **MOTOR COURT.** *tourist ticket,* bilhete de excursão.

TOURMALIN ['tuəməlin], *s.* turmalina.

TOURMALINE ['tuəməli:n], *V.* **TOURMALIN.**

TOURNAMENT ['tuənəmənt], *s.* justa, torneio.

TOURNIQUET ['tuənikei], *s.* torniquete, borboleta.

TOUSLE ['tauzl], *v.* desgrenhar; desarranjar, desarrumar, desordenar.

TOUT [taut], *s.* agenciador = (E.U.) *barker. v.* angariar, agenciar.

TOW [tou], *s.* estopa; reboque; sirga, cabo de reboque; (E.U.) rebocador = (Ing.) *tug, tugboat.* v. sirgar, rebocar. # *take in tow,* levar de reboque, rebocar.

TOWAGE ['touidʒ], *s.* reboque; preço do reboque.

TOWARD ['towəd], *a.* dócil; prometedor; promissor; propício; iminente.

TOWARD(S) [tə'wɔ:d(z)], *pret.* para, em direção a, voltado para; para com; acerca de, concernente a, com respeito a; perto de, cerca de; em ajuda de.

TOWBOAT ['toubout], *s.* (E.U.) rebocador = (Ing.) *tug, tugboat.*

TOW-CAR ['touka:], *s.* carro rebocador.

TOWEL ['tauəl], *s.* toalha.

TOWEL-HORSE ['tauəlhɔ:s], *s.* cabide para toalhas.

TOWEL-RACK ['tauəlræk], *V.* **TOWEL-HORSE.**

TOWER ['touə], *s.* rebocador.

TOWER ['tauə], *s.* torre, torreão; campanário; fortaleza, cidadela; penteado antigo; elevação. *v.* elevar-se, erguer-se, destacar-se, sobressair; dominar. # *rerun tower,* (petr.) torre de redestilação. *tower beacon,* (av.) farol da torre.

TOWERED ['tauəd], *a.* cercado de torres.

TOWERING ['tauəriŋ], *a.* elevado, alto, dominante, altaneiro; violento.

TOWERY ['tauəri], *a.* guarnecido de torres.

TOWING ['touiŋ], *s.* reboque.

TOWN [taun], *s.* cidade; aldeia, vila, povoação, povoado, burgo. # *in town,* na cidade. *paint the town red,* pintar o sete. *town council,* câmara municipal, câmara dos vereadores. *town councillor,* vereador. *up town,* zona residencial de uma cidade.

TOWN-CRIER ['taunkraiə], *s.* pregoeiro público.

TOWN-HALL ['taunhɔ:l], *s.* prefeitura.

TOWN-HOUSE ['taunhaus], *s.* casa de câmara.

TOWNSFOLK ['taunzfouk], *s.* habitantes da cidade.

TOWNSHIP ['taunʃip], *s.* jurisdição; paróquia.

TOXAEMIA, TOXEMIA [tɔk'si:miə], *s.* (med.) toxemia.

TOXIC, AL ['tɔksik, əl], *a.* tóxico, venenoso, peçonhento, deletério.

TOXICOLOGY [tɔksi'kɔlədʒi], *s.* toxicologia.

TOXIN ['tɔksin], *s.* toxina.

TOY [tɔi], *s.* berloque; brinquedo; bagatela, ninharia; galanteio; brincadeira, gracejo. *v.* brincar, gracejar, divertir-se; cortejar, galantear; jogar. # *toy spaniel,* cão bolonhês.

TOY-DEALER ['tɔidi:lə], *s.* quinquilheiro, dono de casa de brinquedos.

TOY-SHOP ['tɔi-ʃɔp], *s.* loja de quinquilharias; casa de brinquedos.

TRACE [treis], *s.* traço; vestígio, indício, sinal; trilha, pegadas, rasto; pista; pequena quantidade; tirante (carros). *v.* traçar, delinear, debuxar; copiar; investigar; seguir a pista, rastejar; esquadrinhar; (náut.) suspender, içar; ajaezar (cavalo); caminhar, andar; viajar; dançar. # *trace down,* descobrir.

TRACER ['treisə], *s.* tracista; traçador; copiador (de desenhos); instigador; investigador; pantógrafo; tira-linhas.

TRACERY ['treisəri], *s.* escultura, rendilhado; renda; rede.

TRACHEA [trə'ki:ə], *pl.* **TRACHEAS, TRACHEAE.** *s.* traquéia.

TRACHEAE [trə'ki:i:], *pl.* de **TRACHEA.**

TRACHEAL [trə'ki:əl], *a.* traqueal.

TRACHEOTOMY [træki'ɔtəmi], *s.* (med.) traqueotomia.

TRACING ['treisiŋ], *s.* decalque.

TRACING-PAPER ['treisiŋpeipə], *s.* papel transparente (para decalcar).

TRACK [træk], *s.* pegada, pisada, rasto, trilha; pista; vestígio, sinal; trilho; trajeto; senda, vereda; curso; leito do rio; rumo; (náut.) rota, esteira; (E.U.) linha (estrada de ferro) = (Ing.) *line;* (E.U.) plataforma (estrada de ferro) = (Ing.) *platform. v.* rastejar, seguir a pista de; atravessar; rebocar, sirgar. # *leave the track,* descarrilhar (= descarrilar). *off the track,* descarrilhado; (fig.) em caminho errado, com conduta errada. *on the track of,* na pista de, nas pegadas de. *throw off the track,* despistar, confundir. *track down,* estar no encalço de, no rasto de. *track out,* descobrir. *track star,* campeão de atletismo.

TRACKAGE ['trækidʒ], *s.* linhas (estradas de ferro); direito de usar linhas de outras companhias; reboque, sirgagem.

TRACK-CART ['trækka:t], *s.* (mar.) a carta da derrota.

TRACKER ['trækə], *s.* rebocador; investigador; rastejador.

TRACKING ['trækiŋ], *s.* reboque; sirga.

TRACKLAYER ['trækleiə], *s.* (E.U.) trabalhador de estrada de ferro, assentador de trilhos = (Ing.) *platelayer.*

TRACT [trækt], *s.* trato, extensão, espaço de

terreno; região; comarca; área; série, curso; folheto, opúsculo; tratado; pasquim; panfleto.

TRACTABILITY [trækta'biliti], *s.* afabilidade, amabilidade, docilidade, mansidão, brandura.

TRACTABLE ['træktəbl], *a.* dócil, tratável, afável, brando, meigo.

TRACTABLENESS ['træktəblnis], *V.* **TRACTABILITY.**

TRACTION [trækʃən], *s.* tração.

TRADE [trəid], *s.* comércio, negócio, tráfico; ofício, estado, ocupação, arte, mister; navegação; (E.U.) troca, barganha = (Ing.) *swap* ou *swop*. *v.* comerciar, negociar, traficar, navegar; (E.U.) trocar, barganhar = (Ing.) *swap* ou *swop*. # *balance of trade,* balança comercial. *be in trade,* ser comerciante. *by trade,* como profissão. *costal trade,* comércio de cabotagem. *external* ou *foreign trade,* comércio exterior. *Jack of all trades,* pau para toda obra, homem dos sete instrumentos. *registered trade mark,* marca registrada. *sell to the trade,* vender por atacado. *trade acceptance,* (com.) aceite. *trade advertising,* anúncio dirigido aos varejistas pelo fabricante. *trade directory,* anuário comercial. *trade discount,* desconto para revendedores. *trade-in,* (com.) mercadoria dada como parte de pagamento. *trade price,* preço de custo. *trade reference,* referência comercial. *trade school,* escola de comércio.

TRADE-MARK ['treidmɑ:k], *s.* marca de fábrica, marca registrada; característica.

TRADER ['treidə], *s.* comerciante, negociante, navio mercante.

TRADESFOLK ['treidzfouk], *s.* comerciantes, negociantes; industriais; operários.

TRADESMAN ['treidzmən], *s.* negociante, comerciante; mercador; lojista; comerciário, empregado no comércio; artesão, artífice, oficial.

TRADE-UNION ['treidju:njən], *s.* sindicato de operários.

TRADE-WINDS ['treidwindz], *s.* ventos alísios.

TRADING ['treidiŋ], *s.* comércio, negócios, transação, trato, tráfico. *a.* comercial, mercantil. # *trading area,* mercado, zona de vendas.

TRADITION [trə'diʃən], *s.* tradição.

TRADITIONAL [trə'diʃnəl], *a.* tradicional.

TRADITIONALISM [trə'diʃnəlizm], *s.* tradicionalismo.

TRADUCE [trə'dju:s], *v.* infamar, caluniar, detratar, denegrir; vituperar, censurar, criticar.

TRADUCEMENT [trə'dju:smənt], *s.* infâmia, calúnia, detração, difamação.

TRADUCER [trə'dju:sə], *s.* difamador, caluniador, detrator.

TRAFFIC ['træfik], *v.* comerciar, negociar, fazer transações, traficar. *s.* comércio, tráfico; movimento de transeuntes e veículos; transporte. # *heavy traffic,* movimento intenso. *interline traffic,* tráfico mútuo. *jump the traffic sign,* avançar o sinal. *traffic jam,* engarrafamento de tráfico. *traffic light* ou *sign,* sinal de trânsito.

TRAFFICKER ['træfikə], *s.* traficante, comerciante; (fig.) intrigante.

TRAGEDY ['trædʒidi], *s.* tragédia.

TRAGIC, AL ['trædʒik, əl], *a.* trágico; sinistro, funesto.

TRAIL [treil], *s.* pista, vestígio, rasto, pegada, cauda; atalho, *v.* deixar rasto; arrastar; rojar; arrastar-se, rojar-se; rastejar.

TRAILER ['treilə], *s.* rastejador; detetive; (cin.) trecho de filme usado para propaganda; reboque, carro de reboque; moradia em reboque. # *trailer hitch,* engate de reboque.

TRAIN [trein], *s.* cauda, rabo; séquito, comitiva; caravana; trem de ferro; série, encadeamento, continuação, seguimento; rastilho; estratagema, treta, manha, cilada, artifício; laço, engodo; emboscada, armadilha; procissão. *v.* arrastar; criar, educar, ensinar; instruir; atrair; convidar, fazer vir, aproximar; adestrar, treinar; domesticar; viajar de trem. # *down train,* trem que parte da estação principal. *explosive train,* (expl.) cadeia de explosão. *make a train,* apanhar um trem, chegar a tempo de tomar um trem. *up train,* trem que se dirige para a estação principal.

TRAINEE [trei'ni:] *s.* recruta.

TRAINER ['treinə], *s.* treinador, educador, domesticador, disciplinador.

TRAINING ['treiniŋ], *s.* treino, instrução, exercício. # *training-college,* escola normal. *training ship,* navio-escola.

TRAIT [treit], *s.* rasgo, ação, desenvolvimento, gesto; desenho; contorno; retoque; feição, tipo, característica pessoal.

TRAITOR ['treitə], *s.* traidor.

TRAITOROUS ['treitərəs], *a.* traidor, pérfido, desleal.

TRAITOROUSNESS ['treitərəsnis], *s.* traição, deslealdade, insinceridade, perfídia, aleivosia.

TRAITRESS ['treitris], *s.* traidora.

TRAJECTORY ['trædʒiktəri], *s.* trajetória.

TRAM [træm], *s.* bonde = (E.U.) *street - car, trolley.*

TRAMCAR ['træmkɑ:], *s. V.* **TRAM.**

TRAM-HEAD ['træmhed], *s.* ponto final de bonde.

TRAM-LINE ['træmlain], *s.* linha de bonde = (E.U.) *trolley-track.*

TRAMMEL ['træməl], *s.* rede, tresmalho; obstáculo, estorvo, peia, impedimento, dificuldade. *v.* estorvar, impedir, dificultar, obstar, pôr obstáculos, pôr peias.

TRAMONTANE [træmɔn'tein], *s.* e *a.* trasmontano, transmontano.

TRAMP [træmp], *s.* viagem a pé, caminhada, jornada; ruído de passos; vadio, vagabundo. *v.* viajar a pé, caminhar; pisar; errar; vaguear, vagabundar. # *tramp shipping,* navegação sem rota preestabelecida; navegação a frete.

TRAMPER ['trəmpə], *s.* vagabundo, vadio; pedestre; operário ambulante.

TRAMPLE ['træmpl], *v.* pisar, conculcar, calcar; espezinhar, desprezar, maltratar, insultar; atropelar.

TRAMPLER ['træmplə], *s.* o que pisa, calcador; atropelador.

TRAM-TRACK ['træmtræk], *s. V.* **TRAM-LINE.**

TRAMWAY ['træmwei], *s. V.* **TRAM-LINE.**

TRANCE [trɑ:ns] *s.* transe, êxtase, arrebatamento; visão; síncope; estado hipnótico; letargo, letargia.

TRANQUIL ['træŋkwil], *a.* tranqüilo, quieto, sossegado, sereno, pacato, pacífico.

TRANQUILLITY [træŋ'kwiliti], *s.* tranqüilidade, quietude, serenidade, sossego.

TRANQUILLIZE (ISE) ['træŋkwilaiz], *v.* tranqüilizar, sossegar, aquietar, serenar, pacificar, descansar.

TRANSACT [træn'zækt], *v.* manejar, ordenar, dispor, acomodar; expedir, despachar; negociar.

TRANSACTION [træn'zækʃən], *s.* negócio, transação; tráfico; (jur.) ajuste. # *forward transaction,* operação a termo. *hedging transaction,* (fin.) cobertura mediante transações a termo.

TRANSACTOR [træn'zæktə], *s.* negociante, comerciante.

TRANSATLANTIC ['trænzət'læntik], *a.* transatlântico. *s.* transatlântico (navio).

TRANSCEIVER [træns'si:və], *s.* rádio transmissor e receptor (abr. de *transmitter-receiver*).

TRANSCEND [træn'sənd], *v.* transcender, passar, exceder, sobrepujar, ultrapassar, sobrelevar.

TRANSCENDENCE [træn'sendəns], *s.* transcendência.

TRANSCENDENCY [træn'sendənsi], *V.* **TRANSCENDENCE.**

TRANSCENDENT [træn'sendənt], *a.* transcendente.

TRANSCENDENTAL [trænsen'dentl], *a.* transcendental.

TRANSCONTINENTAL ['trænzcɔntinentl], *a.* transcontinental.

TRANSCRIBE [træns'kraib], *v.* transcrever, trasladar, copiar; (rád.) gravar disco para transmissão radiofônica.

TRANSCRIPT ['trænskript], *s.* transcrição, traslado, cópia.

TRANSCRIPTION [træns'kripʃən], *s.* transcrição; (rád.) programa de gravações. *V.* **TRANSCRIPT.**

TRANSEPT ['trænsept], *s.* transepto.

TRANSFER ['trænsfə:], *s.* transferência; traspasse; trasfega; cedência, cessão; trasbordo; (E.U.) baldeação; bilhete com direito a baldeação; ponto de baldeação, estação de baldeação = (Ing.) *change.*

TRANSFER [træns'fə:], *v.* transferir, traspassar; trasfegar; trasbordar; ceder; trasladar; traduzir; fazer transportes; transportar; (E.U.) baldear, fazer baldeação = (Ing.) *change.*

TRANSFERABLE [træns'fə:rəbl], *a.* transmissível, transferível; cessível.

TRANSFEREE [trænsfə:'ri:], *s.* cessionário.

TRANSFERENCE ['trænsfərəns], *s.* transferência, transmissão, trespasse.

TRANSFER-PAPER ['trænsfə:peipə], *s.* papel sensível, papel de cópia.

TRANSFER-PICTURE ['trænsfə:pikʃə], *s.* decalcomania.

TRANSFER-TICKET ['trænsfətikit], *s.* bilhete com direito a baldeação (ônibus, etc.).

TRANSFIGURATION ['trænsfigjuə'reiʃən], *s.* transfiguração, transformação.

TRANSFIGURE [træns'figə], *v.* transfigurar, transformar.

TRANSFIGUREMENT [træns'figəmənt], *s.* transfiguração, transformação.

TRANSFIX [træns'fiks], *v.* transfixar, trespassar.

TRANSFORM [træns'fɔ:m], *v.* transformar, modificar, transformar-se, mudar.

TRANSFORMABLE [træns'fɔ:məbl], *s.* transformável.

TRANSFORMATION [trænsfə'meiʃən], *s.* transformação, modificação.

TRANSFORMATIVE [træns'fɔ:mətiv], *a.* transformativo, mutável.

TRANSFORMER [træns'fɔ:mə], *s.* transformador.

TRANSFUSE [træns'fju:z], *v.* transfundir (sangue); transvasar; trafegar; ceder.

TRANSFUSION [træns'fju:ʒən]. *s.* transfusão (de sangue); doação; transferência; trasfega (= trasfego, trasfegadura).

TRANSGRESS [træns'gres], *v.* transgredir, violar, quebrar, infringir, postergar; pecar, delinqüir.

TRANSGRESSION [træns'greʃən], *s.* transgressão, violação, infração, postergação, quebra; pecado, ofensa, delito, crime.

TRANSGRESSOR [træns'gresə], *s.* infrator, transgressor, violador.

TRANSHIP [træn'ʃip], *v.* baldear = **TRANS-SHIP.**

TRANSHIPMENT [træn'ʃipmənt], *s.* baldeação, trasbordo = **TRANS-SHIPMENT.**

TRANSIENT ['trænziənt], *a.* transitório, breve, passageiro, temporário. *s.* (E.U.) hóspede em trânsito = (Ing.) *temporary guest.*

TRANSIT ['trænsit], *s.* trânsito, passagem.

TRANSITION [træn'siʒən, træn'siʃən], *s.* passagem, transição, mudança.

TRANSITIONAL [trɑ:n'siʒnl, træn'siʃnl], *a.* que indica transição.

TRANSITIVE ['træ:nsitiv], *a.* transitório; (gram.) transitivo.

TRANSITORY ['trænsitəri], *a.* transitório, passageiro, breve, provisório, temporário.

TRANSLATABLE [trɑ:ns'leitəbl], *s.* transferível; mutável; traduzível.

TRANSLATE [trɑ:ns'leit], *v.* transferir, trasladar; transformar, modificar; transmitir (tel.); traduzir; interpretar; explicar. # *translate from,* traduzir de. *translate into,* traduzir para.

TRANSLATION [trɑ:ns'leiʃən], *s.* transferência, traslado; transformação, modificação; transmissão (tel.); tradução; explicação; interpretação.

TRANSLATOR [trɑ:ns'leitə], *s.* tradutor; repetidor (tel.); remendão.

TRANSLUCENT [trænz'lu:snt], *a.* diáfano, translúcido, transparente.

TRANSMISSIBILITY [trænzmisə'biliti], *s.* transmissibilidade.

TRANSMISSIBLE [trænz'misəbl], *a.* transmissível, transferível.

TRANSMISSION [trænz'miʃən], *s.* transmissão. # *transmission wheel,* roda intermediária de carga (relógio).

TRANSMIT [trænz'mit], *v.* transmitir, transferir; enviar, mandar, remeter.

TRANSMITTER [trænz'mitə], *s.* transmissor.

TRANSMITTER-RECEIVER [træns'mitəri'si:və], *s.* rádio transmissor e receptor. *V.* **TRANSCEIVER.**

TRANSMITTING [trænz'mitiŋ], *a.* transmissor, de transmissão. # *transmitting room,* (rád.) auditório.

TRANSMUTATION [trænzmju:'teiʃən], *s.* transmutação, transformação, alteração, conversão.

TRANSMUTE [trænz'mju:t], *v.* transmutar, transformar, alterar, transmudar.

TRANSMUTER [trænz'mju:tə], *s.* transformador; transmutador.

TRANSOCEANIC ['trænzouʃi'ænik], *a.* transoceânico, transatlântico.

TRANSOM ['trænsəm], *s.* trave da bandeira da porta; (E.U.) vão da bandeira da porta.

TRANSPARENCY [træns'pɛərənsi], *s.* transparência, diafaneidade.

TRANSPARENT [træns'pɛərənt], *a.* transparente, diáfano, translúcido.

TRANSPIRATION [trænspi'reiʃən], *s.* transpiração.

TRANSPIRE [træns'paiə], *v.* transpirar, suar; exalar; evaporar-se; espalhar-se; tornar-se público.

TRANSPLANT [træns'plɑ:nt], *v.* transplantar.

TRANSPLANTATION [trænsplɑ:n'teiʃən], *s.* transplantação.

TRANSPORT ['trænspɔ:t], *s.* transporte; êxtase, arrebatamento, entusiasmo, enlevo; um deportado, um exilado.

TRANSPORT [træns'pɔ:t], *v.* transportar, enlevar, extasiar, deslumbrar, arrebatar, entusiasmar; desterrar, exilar, deportar.

TRANSPORTABLE [træns'pɔ:təbl], *a.* transportável, conduzível.

TRANSPORTATION [trænspɔ:'teiʃən], *s.* transportação, transporte; meio(s) de transporte; despesas de transporte; desterro, degredo, exílio, deportação.

TRANSPORTED [træns'pɔ:tid], *a.* transportado, enlevado, arrebatado, extasiado, entusiasmado; exilado, deportado, desterrado, degredado.

TRANSPORTER [træns'pɔ:tə], *s.* transportador; guindaste.

TRANSPORTING [træns'pɔ:tiŋ], *s.* êxtase, arrebatamento, transporte, entusiasmo, enlevo.

TRANSPOSABLE [træns'pouzəbl], *a.* transponível, transferível.

TRANSPOSAL [træns'pouzəl], *s.* transposição.

TRANSPOSE [træns'pouz], *v.* transpor, trocar, mudar o lugar; (mús.) transportar.

TRANSPOSITION [trænspə'ziʃən], *s.* transposição.

TRANS-SHIP [træns'ʃip], *v.* baldear = **TRANSHIP.**

TRANS-SHIPMENT [træns'ʃipmənt], *s.* transbordo, baldeação = **TRANSHIPMENT.**

TRANSVERSAL [trænz'və:səl], *a.* transversal, inclinado, oblíquo, atravessado. *s.* linha transversal.

TRANSVERSE ['trænzvə:s], *a.* transversal, transverso, oblíquo, atravessado.

TRAP [træp], *s.* armadilha, alçapão, arapuca, ratoeira, laço; sifão, válvula; (fam.) polícia; *pl.* pertences, bagagem. *v.* prender no laço, pegar na armadilha, apanhar na arapuca; armar ciladas.

TRAPEZE [trə'pi:z], *s.* trapézio (ginástica).

TRAPEZIUM [trə'pi:zjəm], *s.* (anat. e geom.) trapézio.

TRAPEZOID ['træpizɔid], *s.* trapezóide.

TRAPPER ['træpə], *s.* armador de laços.

TRAPPINGS ['træpiŋz], *s.* arreios; atavios, adornos, ornamentos, enfeites.

TRAPPY ['træpi], *a.* traiçoeiro, falso.

TRASH [træʃ], *s.* rebotalho, refugo, lixo, cisco, escória, imundície; abjeção; bugiganga; trastes; trapos; gentinha, ralé, gentalha (= gentaça). *v.* fatigar; retardar; impedir.

TRASHY ['træʃi], *a.* inútil, sem valor, desprezível.

TRAUMA ['trɔ:mə], *s.* trauma, traumatismo.

TRAUMATIC [trɔ:'mætik], *a.* traumático.

TRAVAIL ['træveil], *s.* trabalho, cansaço, fadiga, labuta, lida; dores do parto. *v.* trabalhar, lidar, labutar; sentir as dores do parto.

TRAVEL ['trævl], *s.* trave.

TRAVEL ['trævl], *v.* viajar, peregrinar, fazer jornadas; mover-se, ir, andar. *s.* viagem, jornada, peregrinação. # *travel agency*, agência de viagens.

TRAVELED, TRAVELLED ['trævld], *a.* viajado; transitado.

TRAVELER, TRAVELLER ['trævlə], *s.* viajante; caminhante. # *commercial traveller*, caixeiro viajante. *traveller's cheque* (ou *check*), cheque de viagem, cheque de viajante. *traveller's guide*, guia turístico.

TRAVEL(L)ING SALESMAN ['trævliŋ'seilzmən], *s.* (E.U.) caixeiro viajante = (Ing.) *commercial traveller.*

TAVELOGUE, TRAVELOG ['trævəlɔg], *s.* (E. U.) palestra sobre viagens.

TRAVERSE ['trævə:s], *a.* atravessado, transverso, transversal, oblíquo. *s.* travessa; contratempo, aborrecimento, contrariedade; subterfúgio; objeção; trincheira. *v.* atravessar, cruzar. *adv.*

de esguelha, atravessadamente, obliquamente, transversalmente.

TRAVESTY ['trævisti], *s.* fingido, dissimulado, mascarado, disfarçado. *v.* disfarçar, fingir, dissimular, mascarar.

TRAWL [trɔ:l], *s* arrastão (rede). *v.* apanhar no arrastão.

TRAWLER ['trɔ:lə], *s.* pescador de arrastão; barco de arrastão.

TRAWLING ['trɔ:liŋ], *s.* pesca de arrastão.

TRAY [trei], *s.* bandeja, salva; tabuleiro; tina; gamela. # *developing table,* (foto) bandeja para banho revelador.

TRAY-TABLE ['trei'teibl], *s.* carrinho de chá = *tea-wag(g)on.*

TREACHEROUS ['tretʃərəs], *a.* traidor, pérfido, desleal, traiçoeiro, aleivoso.

TREACHERY ['tretʃəri], *s.* traição, deslealdade, aleivosia, perfídia.

TREACLE ['tri:kl], *s.* melaço, melado = (E.U.) *molasses.*

TREACLY ['tri:kli], *a.* feito de melado.

TREAD [tred], *pret.* **TROD,** *pp.* **TRODDEN.** *v.* conculcar, pisar, pôr os pés; andar, passear, caminhar; atropelar. *s.* passo, passada; caminho, trilha; rasto, pista, vestígio; pedal. # *tread down,* esmagar com os pés. *tread on* (ou *upon*), pisar em, pisar sobre.

TREADER ['tredə], *s.* pisador.

TREADING ['trediŋ], *s.* pisada, ato de calcar.

TREADLE ['tredl], *s.* pedal. *v.* pedalar.

TREADWAY ['tredwei], *s.* (aut.) faixa de rodagem do pneu.

TREASON ['tri:zn], *s.* traição, perfídia; aleivosia.

TREASONABLE ['tri:znəbl], *a.* traidor, traiçoeiro, pérfido, desleal.

TREASURE ['treʒə], *s.* tesouro, preciosidade, riqueza. # *public treasure,* fazenda pública.

TREASURE-CHEST ['treʒətʃest], *s.* cofre de jóias.

TREASURE-HOUSE ['treʒəhaus], *s.* tesouraria.

TREASURER ['treʒərə], *s.* tesoureiro.

TREASURERSHIP ['treʒərəʃip], *s.* cargo de tesoureiro.

TREASURE-TROVE ['treʒətrouv], *s.* tesouro sem dono, tesouro achado.

TREASURY ['treʒəri], *s.* tesouraria, tesouro, erário, fazenda. # *treasury bill,* obrigação do tesouro.

TREAT [tri:t], *v.* tratar, negociar, ajustar, manejar, conduzir, dispor, manobrar; regalar; banquetear; convidar, obsequiar. *s.* gosto; regalo; banquete, festim; convite. # *Dutch treat,* à inglesa (divisão da despesa). *stand treat,* pagar as despesas (de bebidas, etc.). *the treat is on me!* sou eu quem paga! *to treat oneself to,* regalar-se com.

TREATING ['tri:tiŋ], *s.* convite (para comer ou beber).

TREATISE ['tri:tiz], *s.* tratado; discurso; dissertação, exposição.

TREATMENT ['tri:tmənt], *s.* tratamento, trato; manipulação. # *under treatment,* em tratamento.

TREATY ['tri:ti], *s.* tratado, negociação, convenção, contrato, ajuste, pacto; convênio.

TREBLE ['trebl], *a.* tresdobrado, triplicado, tríplice. *s.* (mús.) soprano (= tiple). # *treble clef,* (mús.) clave de sol. *v.* triplicar, tresdobrar.

TREBLY ['trebli], *adv.* triplicadamente.

TREE [tri:], *s.* árvore; madeiro; *v.* refugiar-se em uma árvore; fazer refugiar-se em uma árvore. # *bark up the wrong tree,* estar em pista errada. *be treed* (ou *be up a tree*), estar em dificuldades. *young tree nursery,* alfobre florestal.

TREELESS ['tri:lis], *a.* sem árvores, desarborizado.

TREENAIL ['tri:neil], *s.* (ofic.) cavilha de madeira.

TREE-TOP ['tri:tɔp], *s.* copa de árvore.

TREFOIL ['trefɔil], *s.* (bot.) trevo. *a.* trifoliado.

TREK [trek], *v.* viajar (em carro de boi); arrastar (um veículo). *s.* viagem (em carro de boi).

TRELLIS ['trelis], *s.* grade; latada.

TREMBLE ['trembl], *v.* tremer, tremular, tiritar; bambolear. *s.* tremor, tremura, tremedeira.

TREMBLER ['tremblə], *s.* tremedor, tremulador, bamboleador; (eletr.) vibrador.

TREMBLING ['trembliŋ], *a.* trêmulo, tremulante; bamboleante.

TREMENDOUS [tri'mendəs], *a.* tremendo, terrível, formidável, horrendo.

TREMENDOUSLY [tri'mendəsli], *adv.* tremendamente.

TREMOLO ['treməlou], *s.* (mús.) trêmulo.

TREMULOUS ['tremjuləs], *a.* trêmulo.

TREMULOUSNESS ['tremjuləsnis], *s.* tremor, tremedeira, tremura.

TRENCH [trentʃ], *a.* trincheira; fosso, vala, rego, valado. *v.* entrincheirar; abrir fossos, cavar valas; cercear; cortar, talhar.

TRENCHANCY ['trentʃənsi], *s.* mordacidade, malícia, sarcasmo; causticidade.

TRENCHANT ['trentʃənt], *a.* afiado, cortante, agudo; mordaz; cáustico.

TRENCHER ['trentʃə], *s.* cepo; trincho.

TRENCHER-FRIEND ['trentʃəfrend], *s.* comensal.

TRENCHER-MAN ['trentʃəmæn], *s.* comilão. # *a good trencher-man,* um bom garfo.

TREND [trend], *v.* tender, dirigir-se, encaminhar-se, inclinar-se. *s.* inclinação, tendência, direção, orientação.

TREPAN [tri'pæn], *v.* trepanar, furar com trépano; enlaçar, fazer cair no laço ou na cilada. *s.* trépano, broca, furador.

TREPANNING [tri'pæniŋ], *s.* ação de furar com o trépano.

TRESPASS ['trespəs], *s.* ofensa, agravo; transgressão, violação; infração; pecado. *v.* ofender, agravar; transgredir, violar, infringir, trespassar; pecar.

TRESPASSER ['trespəsə], *s.* transgressor, violador, infrator; ofensor; pecador.

TRESS [tres], *s.* trança, madeixa, anel, caracol, cacho.

TRESTLE ['tresl], *s.* cavalete, tripé, tripeça, trípode, trempe.

TRIABLE ['traiəbl], *a.* experimentável, examinável; (for.) que pode ser julgado.

TRIAD ['traiəd], *s.* tríade (= tríada), trindade, trio.

TRIAL ['traiəl], *s.* julgamento, prova, exame, experiência, ensaio, tentativa; provação, sofrimento; tentação. # *a fair trial,* um julgamento imparcial. *on trial,* a título de experiência, em experiência; em julgamento. *trial and error process,* processo empírico. *trial balance,* (cont.) balancete comercial.

TRIANGLE [traiæŋgl], *s.* triângulo.

TRIANGULAR [trai'æŋgjulə], *a.* triangular.

TRIBAL ['traibəl], *a.* relativo a tribo, tribal.

TRIBE [traib], *s.* tribo.

TRIBESMAN ['traibzmən], *s.* membro de uma tribo.

TRIBULATION [tribju'leiʃən], *s.* tribulação.

TRIBUNAL [tri'bju:nl], *s.* tribunal.

TRIBUNE ['tribju:n], *s.* tribuno; tribuna.

TRIBUTARY ['tribjutəri], *s.* tributário.

TRIBUTE ['tribju:t], *s.* tributo, taxa, imposto, contribuição. # *tribute of respect,* homenagem.

TRICE [trais], *s.* momento, instante. *v.* içar.

TRICEPS ['traiseps], *s.* tríceps, tricípite. *a.* tricípete.

TRICHORD ['traikɔ:d], *s.* tricórdio. *a.* tricorde.

TRICK [trik], *s.* truque, treta, fraude, engano, embuste, artifício, estratagema, astúcia, manha, sutileza; peça, partida; brincadeira, travessura. *v.* enganar, defraudar; ornar, enfeitar, ataviar. # *cheap trick,* desculpa tola. *dirty* (ou *mean) trick,* ação indigna. *play a trick,* pregar uma peça; fazer uma pilhéria. *pull a trick,* empregar um truque, lançar mão de um estratagema.

TRICKER ['trikə], *s.* trapaceiro, defraudador, enganador.

TRICKERY ['trikəri], *s.* trapaça, fraude, logro, engano, embuste, velhacaria, impostura.

TRICKINESS ['trikinis], *s.* manha, astúcia, arte, malícia, maldade.

TRICKISH ['trikiʃ], *a.* velhaco, astuto, trapaceiro.

TRICKLE ['trikl], *s.* gota, pingo. *v.* gotejar, pingar, escorrer.

TRICKLY ['trikli], *a.* gotejante.

TRICKSTER ['trikstə], *s.* velhaco, traidor, trapaceiro, impostor.

TRICKSY ['triksi], *a.* travesso; enganador, velhaco, trapaceiro, impostor.

TRICKY ['triki], *a.* manhoso, astucioso; travesso, brincalhão.

TRICOLO(U)R ['trikələ], *s.* bandeira tricolor. *a.* tricolor.

TRICOT ['trikou], *s.* tricô.

TRICYCLE ['traisikl], *s.* triciclo. *v.* andar de triciclo.

TRIED [traid], *a.* ensaiado, treinado, acostumado, experimentado; (for.) julgado.

TRIER ['traiə], *s.* ensaiador, experimentador, treinador, examinador; juiz; prova; pedra de toque.

TRIFLE ['traifl], *s.* ninharia, futilidade, bagatela, frioleira, nonada. *v.* desperdiçar, menosprezar, desprezar, empregar mal o tempo.

TRIFLER ['traiflə], *s.* leviano; bobo, parvo, tolo; zombador.

TRIFLING ['traifliŋ], *a.* insignificante; simples.

TRIG [trig], *v.* calçar, travar; pear. *a.* são, forte; destro; sisudo; ornado; preciso, ajustado; metódico.

TRIGAMIST ['trigəmist], *s.* trígamo.

TRIGAMY ['trigəmi], *s.* trigamia.

TRIGGER ['trigə], *s.* peia, calço; gancho; gatilho.

TRIGONOMETRIC, AL [trigənə'metrik, əl], *a.* trigonométrico.

TRIGONOMETRY [trigə'nɔmitri], *s.* trigonometria.

TRILATERAL ['trai'lætərəl], *a.* trilátero, trilateral.

TRILINGUAL ['trai'liŋgwəl], *a.* trilíngüe.

TRILL [tril], *s.* trinado, trilo, gorjeio, garganteio, vibração. *v.* trinar, trilar, gorjear, gargantear; gotejar.

TRILLING ['triliŋ], *s.* trigêmeo.

TRILLION ['triljən], *s.* (Ing.) quintilhão; (E.U.) trilhão.

TRILOGY ['trilədʒi], *s.* trilogia.

TRIM [trim], *v.* adornar, enfeitar, ataviar, ornamentar; guarnecer; acomodar; preparar; adaptar, ajustar; arrear, compor; raspar; barbear; cortar, aparar; repreender, censurar; encaixar, embutir; hesitar, vacilar. *s.* ornato, enfeite, atavio, ornamento; garbo, elegância; traje, vestuário; estiva; calado (de navio); navegabilidade. *a.* composto; enfeitado, ornado; elegante, airoso, garboso. # *trim off,* mondar, podar. *trim up,* ataviar; atiçar (o fogo).

TRIMESTER [trai'mestə], *s.* trimestre.

TRIMMER ['trimə], *s.* vira-casaca; arrumador; estivador; viga-mestra.

TRIMMING ['trimiŋ], *s.* adorno, enfeite; guarnição; *pl.* (cul.) acompanhamento = (E.U.) *fixings.*

TRIMNESS ['trimnis], *s.* elegância; asseio, apuro, alinho; limpeza; garbo.

TRINE [traiŋ], *a.* trino. *s.* tríade.

TRINITARIAN [trini'tεəriən], *s.* e *a.* trinitário.

TRINITY ['triniti], *s.* trindade.

TRINKET ['triŋkit], *s.* penduricalho, brinco, berloque; farandulagem; ninharia, bugiganga. (náut.) traquete.

TRIO ['tri:ou], *s.* trio, terceto.

TRIP [trip], *s.* volta, jornada, pequena excursão, passeio; passo, tropeço, topada; (mec.) desengate, disparo. *v.* correr; torcer o pé; tropeçar, obstruir; desengatar; disparar. # *give someone a trip,* dar uma rasteira em alguém. *make a trip,* (col.) cometer um erro. *take a trip,* fazer uma viagem. *trip lever,* (arm.) alavanca dupla. *trip up,* passar uma rasteira; apanhar em erro, apanhar em falso. *trip up and down,* saracotear.

TRIPARTITE ['trai'pɑ:tait], *a.* tripartido.

TRIPARTITION [traipɑ:'tiʃən], *s.* tripartição.

TRIPE [traip], *s.* tripa (de boi, etc.).

TRIPEDAL ['traipidəl], *a.* trípode.

TRIPEMAN ['traipmən], *s.* tripeiro.

TRIPHTHONG ['trifθɔŋ], *s.* tritongo.

TRIPLANE ['traiplein], *s.* (aer.) triplano.

TRIPLE ['tripl], *s.* e *a.* triplo, tríplice. *v.* triplicar.

TRIPLET ['triplit], *s.* terno; *pl.* trigêmeos; (poes.) terceto; (mús.) tercina.

TRIPLEX ['tripleks], *a.* tríplice.

TRIPLICATE ['triplikit], *a.* triplicado, triplo, tresdobrado.

TRIPLICATE ['triplikeit], *v.* triplicar.

TRIPLICATION [tripli'keiʃən], *s.* triplicação.

TRIPOD ['traipɔd], *s.* trípode, tripé, tripeça, trempe.

TRIPPER ['tripə], *s.* turista; (foto) disparador de câmara.

TRIPPING ['tripiŋ], *s.* o ato de andar ligeiro; a ação de tropeçar. # *tripping latch,* (arm.) gato de partida.

TRIP TRIGGER ['triptrigə], *s.* gatilho de desengate.

TRIPTYCH ['triptik], *s.* tríptico.

TRIREME ['trairi:m], *s.* trirreme.

TRISYLLABIC, AL ['traisi'læbik, əl], *a.* trissilábico.

TRISYLLABLE ['trai'siləbl], *s.* trissílabo.

TRITE [trait], *a.* banal, trivial, vulgar, comum, estragado, usado, velho.

TRITENESS ['traitnis], *s.* banalidade, vulgaridade, trivialidade; coisa velha, estragada.

TRITON ['traitn], *s.* salamandra; tritão.

TRIUMPH ['traiəmf], *s.* triunfo; vitória, bom êxito. *v.* triunfar, vencer; ter bom êxito; sair vitorioso.

TRIUMPHAL [trai'ʌmfəl], *a.* triunfal, vitorioso.

TRIUMPHANT [trai'ʌmfənt], *a.* triunfante, vencedor.

TRIUMPHER ['traiəmfə], *s.* triunfador, vencedor.

TRIUMVIR [trai'ʌmvə:], *s.* triúnviro.

TRIUMVIRATE [trai'ʌmvirit], *s.* triunvirato.

TRIVET ['trivit], *s.* trípode.

TRIVIAL ['triviəl], *a.* trivial, comum, vulgar, banal, ordinário; frívolo, fútil; insignificante.

TRIVIALITY [trivi'æliti], *s.* trivialidade.

TROCHAIC ['troukeik], *a.* trocaico (verso trocaico).

TROD [trɔd], *pret.* de **TREAD.**

TRODDEN ['trɔdn], *pp.* de **TREAD.**

TROGLODYTE ['trɔglodait], *s.* troglodita; chimpanzé.

TROLL [troul], *v.* voltear, girar, rodar, volutear; pescar de anzol; cantar em coro; passar de mão em mão. *s.* rotina; repetição; ramerrão; canção de várias estrofes.

TROLLEY, TROLLY ['trɔli], *s.* trole; carrinho de mão; carro, vagão, vagonete; carrinho de chá = *tea-waggon;* carreta (de minas); roldana de contato (no bonde); (E.U.) bonde = (Ing.) *tram, tram-car.*

TROLLEY-BUS ['trɔlibʌs], *s.* ônibus elétrico.

TROLLEY-TRACK ['trɔlitræk], *s.* (E.U.) linha de bonde = (Ing.) *tram-line.*

TROLLOP ['trɔləp], *s.* mulher sem recato, suja, desalinhada; mundana.

TROMBA ['trɔmbə], *s.* trompa, trombeta.

TROMBONE [trɔm'boun, 'trɔm'boun], *s.* trombone.

TROMBONIST [trɔm'bounist], *s.* tocador de trombone.

TROOP [tru:p], *s.* bando, companhia; tropa. *v.* reunir-se em bandos; marchar militarmente; ajuntar-se; congregar-se. # *troop carrier,* navio ou avião para transporte de tropas.

TROOPER ['tru:pə], *s.* soldado de cavalaria; navio para o transporte de tropas.

TROOPSHIP ['tru:pʃip], *s.* transporte, navio de tropas.

TROPE [troup], *s.* (ret.) tropo.

TROPHIC ['trɔfik], *a.* cheio de troféus.

TROPHY ['troufi], *s.* troféu.

TROPIC ['trɔpik], *s.* trópico.

TROPICAL ['trɔpikəl], *a.* tropical.

TROPOSPHERE ['trɔpəsfiə], *s.* troposfera.

TROT [trɔt], *s.* trote; (E.U.) burro (tradução) = (Ing.) *crib. v.* trotar.

TROTH [trouθ], *s.* fé, verdade; fidelidade, lealdade (desus.). # *in troth,* realmente. *plight one's troth,* dar a palavra, empenhar a palavra.

TROTTER ['trɔtə], *s.* cavalo trotador.

TROTTING ['trɔtiŋ], *s.* trote.

TROUBADOUR ['tru:bəduə], *s.* trovador.

TROUBLE ['trʌbl], *v.* perturbar, incomodar, importunar, aborrecer, inquietar, afligir, mortificar; vexar; transtornar; ferir, causticar; dar trabalho; executar um devedor. *s.* incômodo aborrecimento, transtorno, embaraço, confusão; inquietação, aflição, mortificação, dissabor; agitação; desordem; dificuldade; calamidade, desgraça. # *ask* (ou *look) for trouble,* procurar complicações, procurar sarna para se coçar. *get into trouble,* meter-se em complicações, ficar em situação difícil.

TROUBLER ['trʌblə], *s.* desordeiro, agitador, perturbador.

TROUBLESHOOTER ['trʌbl'ʃu:tə], *s.* mecânico especializado em localizar defeitos em máquinas.

TROUBLESOME ['trʌblsəm], *a.* penoso, difícil, custoso, incômodo, importuno; enfadonho, maçador; aborrecido.

TROUBLOUS ['trʌbləs], *a.* tumultuoso, agitado, inquieto, turbulento; impaciente.

TROUGH [trɔf], *s.* tina, gamela; selha; alguidar; masseira; cadinho.

TROUNCE [trauns], *v.* espancar, surrar, maltratar; castigar severamente; denunciar; injuriar, ofender; surripiar (= surripilhar, surrupiar).

TROUPE [tru:p], *s.* companhia teatral.

TROUSERS ['trauzəz], *s. pl.* calças.

TROUSSE [tru:s], *s.* estojo.

TROUSSEAU ['tru:sou], *s.* enxoval.

TROUT [traut], *pl.* **TROUT.** *s.* truta.

TROWEL ['trawəl], *s.* pá ou colher de pedreiro, trolha. *v.* alisar com a pá de pedreiro; rebocar.

TROY [trɔi], *s.* um dos sistemas ingleses de pesos (usado para metais, pedras preciosas e medicamentos).

TRUANCY ['tru:ənsi], *s.* vagabundagem, malandragem, vadiagem.

TRUANT ['tru:ənt], *s.* vadio, vagabundo, malandro, mandrião. # *play truant,* fazer gazeta, não comparecer à escola.

TRUCE [tru:s], *s.* tréguas, armistício; descanso, pausa.

TRUCK [trʌk], *v.* trocar, permutar, barganhar; vender; transportar. *s.* permuta, troca, barganha; carrinho de mão; vagão, carro de bagagem (estrada de ferro); (E.U.) caminhão = (Ing.) *lorry, van.* # *break-down truck,* caminhão basculante.

TRUCKAGE ['trʌkidʒ], *s.* troca, permuta; transporte em caminhão.

TRUCKLE ['trʌkl], *v.* ser servil, sujeitar-se, rebaixar-se; ceder.

TRUCKLE-BED ['trʌklbed], *s.* cama-de-vento.

TRUCKLING ['trʌkliŋ], *s.* submissão, sujeição, subserviência, servilismo.

TRUCKMAN ['trʌkmən], *s.* permutador, trocador; chofer de caminhão; carregador.

TRUCULENCE ['trʌkjuləns], *s.* truculência, crueldade, desumanidade, atrocidade.

TRUCULENT ['trʌkjulənt], *a.* truculento, desumano, atroz, cruel.

TRUDGE [trʌdʒ], *v.* caminhar; andar com dificuldade; cansar-se. *s.* caminhada.

TRUE [tru:], *a.* verdadeiro; sincero, leal, fiel; real, certo, seguro, exato; genuíno, próprio, perfeito; constante; probo, honesto. *adv.* verdadeiramente; fielmente. *v.* adaptar, ajustar. # *come true,* realizar-se (sonho, etc.). *for true,* na verdade. *go true,* regular bem (relógio). *ring true,* parecer verdadeiro.

TRUE-BORN ['tru:bɔ:n], *a.* legítimo (de nascimento).

TRUENESS ['tru:nis], *s.* sinceridade, fidelidade, lealdade; verdade, exatidão, certeza.

TRUFFLE ['trʌfl], *s.* trufa, túbera, cogumelo.

TRUISM ['tru:izm], *s.* truísmo.

TRULY ['tru:li], *adv.* verdadeiramente; exatamente; sinceramente; de boa fé.

TRUMP [trʌmp], *s.* clarim; trombeta; trunfo (jogo). *v.* trunfar; cortar com trunfo; enganar, iludir; tocar trombeta. # *to have a trump card,* ter um trunfo nas mãos. *to have* ou *to hold all the trumps in hand,* ter a faca e o queijo nas mãos.

TRUMPERY ['trʌmpəri], *s.* ninharia, bagatela, insignificância; frivolidade, embuste, fraude, logro, engano; falsidade. *a.* espalhafatoso, vistoso.

TRUMPET ['trʌmpit], *s.* trombeta, clarim, trompa. *v.* tornar público ao som da trombeta, trombetear; barrir (o elefante); apregoar, proclamar. # *blow one's own trumpet,* contar prosa, gabar-se, jactar-se. *the trumpet tree,* (bot.) umbaúba. *trump up,* inventar, forjar (desculpa, etc.). *trumpet forth,* proclamar. *trumpet-up charge,* acusação falsa.

TRUMPETER ['trʌmpitə], *s.* clarim, trombeta; trombeteiro; divulgador, pregoeiro, proclamador.

TRUMPET TONGUED ['trʌmpit-tʌŋd], *a.* que tem voz forte, estridente.

TRUNCHEON ['trʌntʃən], *s.* bastão; clava; tranca; cassetete = (E.U.) *billy, night stick.*

TRUNDLE ['trʌndl], *s.* zorra. *v.* rodar, girar.

TRUNK [trʌŋk], *s.* tronco, haste; cofre; baú; mala; tromba de elefante; fuste de coluna; canal; *pl.* calções (natação). *v.* emalar. *a.* interurbano (telefonema) = (E.U.) *long-distance.* # *trunk line,* linha tronco (ferrovia); linha interurbana (telefone).

TRUNK-CALL ['trʌŋkkɔ:l], *s.* telefonema interurbano.

TRUNK-ROAD ['trʌŋk-roud], *s.* via principal.

TRUNNION ['trʌnjən], *s.* munhão.

TRUSS [trʌs], *s.* armação para suporte de teto, ponte, etc.; molho, feixe; embrulho, trouxa; fardo; funda (para hérnias). *v.* enfardar, embrulhar, entrouxar; enfeixar, atar, amarrar.

TRUST [trʌst], *s.* fé, confiança; crédito; esperança; guarda; cuidado; truste. *v.* confiar, esperar, ter confiança; acreditar, crer; vender fiado. # *breach of trust,* abuso de confiança. *in trust,* sob tutela. *on trust,* em confiança. *trust company,* banco de depósitos; sociedade fiduciária. *trust fund,* fundo fiduciário *trust receipt,* alienação fiduciária. *trust somebody with something,* confiar a alguém alguma coisa. *trust something to somebody,* confiar alguma coisa a alguém.

TRUSTEE [trʌs'ti:], *s.* síndico, consignatário, depositário, curador, guarda; fiduciário; fideicomissário.

TRUSTEESHIP [trʌs'ti:ʃip], *s.* curadoria.

TRUSTER [trʌstə], *s.* o que confia ou dá crédito; fiador.

TRUSTFUL ['trʌstful], *a.* confiante.

TRUSTFULNESS ['trʌstfulnis], *s.* confiança.

TRUSTINESS ['trʌstinis], *s.* probidade, honradez, integridade, honestidade; fidelidade.

TRUSTING ['trʌstiŋ], *a.* confiante; de onfiança.

TRUSTLESS ['trʌstlis], *a.* desleal, infiel, inconstante; indigno de confiança, traiçoeiro, pérfido.

TRUSTWORTHY ['trʌstwə:ði], *a.* fidedigno, exato, digno de confiança.

TRUSTY ['trʌsti], *a.* leal, sincero, constante, fiel, firme, seguro, exato, íntegro, probo. *s.* pessoa fiel, leal; (E.U.) sentenciado que goza de certas regalias.

TRUTH [tru:θ], *s.* verdade, realidade; exatidão; probidade, honradez, honestidade; constância; fidelidade, lealdade. # *to tell the truth,* dizer a verdade.

TRUTHFUL ['tru:θful], *a.* verdadeiro, exato, verídico, fiel.

TRUTHLESS ['tru:θlis], *a.* falso, fingido, pérfido, fementido.

TRY [trai], *v.* ensaiar, experimentar, tentar, provar, sondar, examinar; julgar, processar; intentar; aventurar; fazer o possível, procurar, esforçar-se. *s.* ensaio, experiência, prova, tentativa. # *try back,* voltar atrás (para seguir um rasto). *try for,* concorrer, tentar. *try on,* provar (roupa); (gír.) cacetear.

TRYING ['traiiŋ], *a.* difícil; penoso, incômodo, árduo, custoso; de ensaio; experimental.

TRY-ON ['traiɔn], *s.* apalpadela, tentativa, experiência.

TRY-OUT ['traiaut], *s.* teste, prova.

TRY-SAIL ['traiseil], *s.* (náut.) vela de caranguejа.

TRY-SQUARE ['trai-skwɛə], *s.* (ofic.) esquadro de encosto.

TSAR [zɑ:], *V.* **CZAR.**

TSARINA [zɑ:'ri:nə], *V.* **CZARINA.**

TSETSE ['tsetsi], *s.* cecé, tsé-tsé.

T-SQUARE ['ti:-skwɛə], *s.* régua-tê.

TUB [tʌb], *s.* balde, barril, tina, cuba, selha; pipa; galão; banheira; (fam.) púlpito. *v.* pôr numa tina; banhar-se; dar banho.

TUBA ['tju:bə], *s.* tuba.

TUBAGE ['tju:bidʒ], *s.* tubagem.

TUBBY ['tʌbi], *a.* gordo, corpulento, adiposo, em forma de cuba, arredondado.

TUBE [tju:b], *s.* tubo, canudo, cano; canal; vaso; câmara-de-ar; sifão; (E.U.) válvula de rádio = (Ing.) *valve;* túnel de estrada de ferro subterrânea; trem subterrâneo = *underground,* (E.U.) *subway.* *v.* pôr tubos; colocar válvulas. # *tube punch,* (ofic.) alicate vazador. *tube saw,* (ofic.) serra cilíndrica.

TUBER ['tju:bə], *s.* tubérculo; (anat.) protuberância.

TUBERCLE ['tju:bə:kl], *s.* tubérculo; nó; excrescência; (anat.) protuberância.

TUBERCULAR [tju:'bə:kjulə], *a.* tuberculado.

TUBERCULOSIS [tju:bə:kju'lousis]. *s.* tuberculose, peste branca.

TUBERCULOUS [tju:'bə:kjuləs], *a.* tuberculoso.

TUBEROSE ['tju:bərouz], *s.* tuberosa.

TUBEROSE ['tju:bərous], *a.* tuberoso.

TUBULAR ['tju:bjulə], *a.* tubular.

TUCK [tʌk], *s.* prega, dobra; (col.) guloseima. *v.* fazer pregas, dobrar; embrulhar, comprimir, calçar. # *tuck away,* enfiar, esconder (no bolso). *tuck one's legs up,* encolher as pernas. *tuck up,* arregaçar.

TUESDAY ['tju:zdi], *s.* terça-feira.

TUFT [tʌft], *s.* moita, tufo; ramalhete; penacho; borla de seda. *v.* enfeitar, adornar; empenachar.

TUFTY ['tʌfti], *a.* espesso, grosso; felpudo; copado; adornado; enfeitado.

TUG [tʌg], *v.* puxar, rebócar; arrastar; puxar com força; esforçar-se; lutar, labutar. *s.* puxão; rebocador = (E.U.) *tow;* sacudidela; esforço; esticão; *pl.* tirantes.

TUGBOAT ['tʌgbout], *s.* rebocador = (E.U.) *towboat, tow.*

TUG-OF-WAR ['tʌgəv'wɔ:], *s.* (esp.) cabo-de--guerra.

TUITION [tju:'iʃən], *s.* instrução; ensino; educação; mensalidade ou anuidade escolar.

TULIP ['tju:lip], *s.* tulipa.

TULLE [tju:l], *s.* tule.

TUMBLE ['tʌmbl], *v.* derrubar, tombar, lançar por terra; cair, desmoronar, rolar; virar, revirar. *s.* tombo, queda, trambolhão, caída; cambalhota; confusão, desordem, desorganização. # *take a tumble,* levar um tombo. *tumble in,* ruir. *tumble over,* tropeçar.

TUMBLER ['tʌmblə], *s.* copo; acrobata.

TUMBREL ['tʌmbrəl], *s.* carroça.

TUMBRIL ['tʌmbril], *V.* **TUMBREL.**

TUMESCENCE [tju:'mesns], *s.* intumescência.

TUMESCENT [tju:'mesnt], *a.* inchado, intumescente, túmido.

TUMID ['tju:mid], *a.* túmido, intumescente, inchado.

TUMIDITY [tju:'miditi], *s.* inchação.

TUMMY ['tʌmi], *s.* estômago (linguagem infantil).

TUMOUR ['tju:mə], *s.* tumor.

TUMULT ['tju:mʌlt], *s.* tumulto, confusão, desordem; agitação; motim.

TUMULTUOUS [tju:'mʌltjuəs], *a.* tumultuoso, turbulento, tumultuário, amotinado.

TUN [tʌn], *s.* tonel, barril, pipa. *v.* guardar em tonéis.

TUNE [tju:n], *s.* (mús.) tom; afinação; consonância; melodia, cantiga, toada (= tonilho, tonadilha, toadilha). *v.* afinar, cantar; modular. # *in tune,* afinado. *out of tune,* desafinado. *tune up,* afinar (instrumento musical).

TUNEFUL ['tju:nful], *a.* afinado, entoado, melodioso.

TUNELESS ['tju:nlis], *a.* desentoado, desafinado, destoante, discordante.

TUNER ['tju:nə], *s.* afinador.

TUNGSTATE ['tʌŋsteit], *s.* (quím.) tungstato.

TUNGSTEN ['tʌŋstən], *s.* tungstênio.

TUNIC ['tju:nik], *s.* túnica.

TUNICLE ['tju:nikl], *s.* tunicela, pequena túnica; revestimento; tegumento.

TUNING ['tju:niŋ], *s.* afinação.

TUNING-FORK ['tju:niŋfɔ:k], *s.* diapasão (instrumento).

TUNNEL ['tʌnl], *s.* túnel; funil; cano de chaminé. *v.* afunilar; construir um túnel.

TUNNY ['tʌni], *s.* atum.

TUPPENCE ['tʌpəns], *s.* *V.* **TWOPENCE.**

TUPPENNY ['tʌpni], *a.* *V.* **TWOPENNY.**

TURBAN ['tə:bən], *s.* turbante.

TURBID ['tə:bid], *a.* turvado, turvo, lodoso, túrbido.

TURBIDITY [tə:'biditi], *V.* **TURBIDNESS.**

TURBIDNESS ['tə:bidnis], *s.* desordem, perturbação; turvação.

TURBINE ['tə:bin, 'tə:bain], *s.* turbina.

TURBOT ['tə:bət], *s.* rodovalho.

TURBULENCE ['tə:bjuləns], *s.* turbulência, perturbação, confusão, alvoroço.

TURBULENT ['tə:bjulənt], *a.* turbulento, alvoroçado, confuso, tumultuoso.

TUREEN [tə'ri:n], *s.* terrina.

TURF [tə:f], *pl.* **TURFS, TURVES.** *s.* turfa; torrão; gleba, leiva; relva; turfe. *v.* cobrir com relva.

TURFING ['tə:fiŋ], *a.* relvoso.

TURFY ['tə:fi], *a.* turfoso; relvoso; relativo ao turfe.

TURGESCENCE [tə:'dʒesns], *s.* turgência (= turgidez); turgescência, tumidez.

TURGESCENT [tə:'dʒesnt], *a.* turgente; turgescente, túmido.

TURGID ['tə:dʒid], *a.* túrgido (= turgente).

TURGIDITY [te:'dʒiditi], *s.* turgidez (= turgência); turgescência.

TURGIDNESS ['tə:dʒidnis], *V.* **TURGIDITY.**

TURK [tə:k], *s.* turco.

TURKEY ['tə:ki], *s.* peru. # *to be a turkey,* ser medroso, ser um poltrão.

TURKEY-COCK ['tə:kikɔk], *s.* peru.

TURKEY-HEN ['tə:kihen], *s.* perua.

TURKISH ['tə:kiʃ], *a.* turco. *s.* língua turca.

TURKOMAN ['tə:kəmɑ:n], *a.* turcomano.

TURMOIL ['tə:mɔil], *s.* perturbação, inquietação, tumulto, turbulência. *v.* perturbar, inquietar; cansar, debilitar, enfraquecer, fatigar.

TURN [tə:n], *v.* voltar, virar, girar; mudar, alterar; tornear; pender; transformar; verter, traduzir; adaptar, aproveitar; transformar; ponderar; perturbar. *s.* volta, giro, circulação, revolução; turno; passeio; vez; ordem; jeito; procedimento; ofício, serviço, favor; negócio; feito; conveniência; finalidade, fim, intenção; inclinação; ocasião; proveito, oportunidade; peça; forma, figura, feitio. *pl.* (col.) regras menstruação; alteração, mudança, variação. # *a good* (ou *friendly) turn,* um obséquio. *at every turn,* a cada passo. *by turns,* alternadamente. *have a turn for,* ter queda para. *in the turn of a hand,* num instante. *it is your turn,* é sua vez. *one* (ou *a) good turn deserves another,* amor com amor se paga, hoje por mim amanhã por ti. *take turns,* revezar, alternar-se. *to have a turn for,* ter inclinação para. *to lose the turn,* baixar, cair (valor de título na Bolsa). *to take a turn,* dar um giro. *turn about,* virar. *turn away,* desviar; mandar embora. *turn back,* retroceder, retorquir; devolver, mandar de volta. *turn down,* emborcar; recusar; abaixar (luz). *turn from,* dissuadir, transformar-se. *turn in,* ir deitar-se; virar (para dentro). *turn into,* transformar, tornar-se; traduzir. *turn off,* desviar; fechar; desligar (luz, etc.). *turn on,* abrir, ligar (o gás, etc.). *turn out,* tornar-se; limpar; despejar (inquilino); resultar; aparecer; produzir; extrair (das minas). *turn over,* virar, revirar; transferir, folhear (um livro); empregar (capital). *turn over!* vide verso! *turn round,* volver. *turn to,* aplicar; tornar-se, transformar-se em, tomar a deliberação de trabalhar. *turn up,* dobrar, virar (para cima); comparecer, surgir; acontecer, aumentar o volume ou a intensidade de (som, luz, etc.). *turn upon,* girar em torno de.

TURNCOAT ['tə:nkout], *s.* vira-casaca, trânsfuga, desertor.

TURNER ['tə:nə], *s.* torneiro.

TURNERY ['tə:nəri], *s.* tornearia, ofício de torneiro.

TURNING ['tə:niŋ], *s.* sinuosidade; volta, rodeio, rotação; esquina. *a.* giratório.

TURNIP ['tə:nip], *s.* nabo.

TURNKEY ['tə:nki:], *s.* carcereiro, chaveiro.

TURN-OUT ['tə:n'aut], *s.* séquito, cortejo, acompanhamento; carruagem; greve de operários; produção.

TURNOVER ['tə:n-ouvə], *s.* tombo, queda; modificação; movimento comercial, movimento das vendas. # *banking turnover,* movimento bancário. *timing turnover,* regulador do ponto (em máquina de costura).

TURNPIKE ['tə:npaik], *s.* barreira.

TURNSCREW ['tə:nskru:], *s.* chave de parafuso.

TURNSTILE ['tə:n-stail], *s.* torniquete, borboleta.

TURNTABLE ['tə:nteibl], *s.* (estrada de ferro) plataforma giratória; prato de toca-discos.

TURPENTINE ['tə:pəntain], *s.* terebentina. # *turpentine spirit,* aguarrás.

TURPITUDE ['tə:pitju:d], *s.* torpeza, infâmia, baixeza, ignomínia, vileza, depravação.

TURQUOISE ['tə:kwɑ:z], *s.* turquesa.

TURRET ['tʌrit], *s.* torre pequena; torre blindada (de couraçado); (mec.) espera.

TURTLE ['tə:tl], *s.* tartaruga. # *turn turtle,* virar, capotar (automóvel), soçobrar (embarcação).

TURVES [tə:vz], *pl.* de **TURF.**

TUSH [tʌʃ], *int.* exprime desprezo ou impaciência.

TUSK [tʌsk], *s.* presa (dos animais).

TUSSLE ['tʌsl], *s.* luta, briga, rixa; barulho, contenda, bulha, conflito. *v.* contender, lutar, brigar.

TUSSOCK ['tʌsək], *s.* tufo.

TUT [tʌt], *int.* basta!, ora! *s.* biscate. *v.* fazer biscates.

TUTELAGE ['tju:tilidʒ], *s.* tutoria; tutela.

TUTELAR ['tju:tilə], *a.* tutelar.
TUTELARY ['tju:tiləri], *V.* **TUTELAR.**
TUTOR ['tju:tə], *s.* preceptor, professor particular, instrutor, mestre; (jur.) tutor. *v.* ensinar, instruir, preparar para exame; tratar como senhor, mandar imperiosamente; (jur.) tutelar.
TUTORSHIP ['tju:təʃip], *s.* tutoria, tutelagem; ensino, instrução.
TU-WHIT [tu'wit], *s.* pio.
TU-WHOO [tu'wu:], *s.* pio (como da coruja). *v.* piar.
TUXEDO [tʌk'si:dou], *s.* (E.U.) casaco de linho branco, meio rigor, para ser usado à noite = (Ing.) *dinner-jacket.*
TWADDLE ['twɔdl], *v.* palrar, tagarelar, parolar. *s.* tagarelice, bisbilhotice, palratório; tolices, disparates.
TWADDLER ['twɔdlə], *s.* palrador, tagarela; bisbilhoteiro.
TWANG [twæŋ], *v.* falar fanhoso, produzir um som agudo, assobiar; zunir; estalar; fazer vibrar as cordas de qualquer instrumento. *s.* som fanhoso, som agudo.
'TWAS [twɔz], *contr.* de **IT WAS.**
TWEAK [twi:k], *s.* beliscão. *v.* beliscar.
TWEED [twi:d], *s.* fazenda de lã, de duas cores. *a.* confeccionado com pano de duas cores.
TWEEDLE ['twi:dl], *v.* cantar, assoviar; tocar. *s.* som de violino.
TWEEDLEDUM AND TWEEDLEDEE ['twidl'dʌmən'twidldi:], *s.* duas pessoas que se parecem, "cara de um, focinho de outro".
'TWEEN [twi:n], *prep. contr.* de **BETWEEN.**
TWEENY ['twi:ni], *s.* ajudante, criado.
TWEETER ['twi:tə], *s.* alto-falante.
TWEEZERS ['twi:zəz], *s. pl.* pinça pequena.
TWELFTH [twelfθ], *a.* duodécimo.
TWELFTH-NIGHT ['twelfθnait] *s.* véspera de Reis.
TWELFTHTIDE ['twelfθtaid], *s.* Festa de Reis
TWELVE [twelv], *s.* e *a.* doze.
TWENTIETH ['twentiiθ], *a.* vigésimo.
TWENTY ['twənti], *e.* e *a.* vinte.
'TWERE [twə:], *contr.* de **IT WERE.**
TWERP, TWIRP [twə:p], *s.* indivíduo desprezível.
TWICE [twais], *adv.* duas vezes, dobradamente. duplicadamente, duplamente.
TWIDDLE ['twidl], *v.* torcer, virar, fazer girar; tamborilar; brincar. *s.* volta, giro.
TWIG [twig], *s.* renovo, rebento, broto; vara mágica; ramal; derivação. *v.* espreitar, observar; castigar; fustigar; entender, compreender; perceber. # *as the twig is bent, so grows the tree,* pau que nasce torto, tarde ou nunca se endireita.
TWIGGY ['twigi], *a.* com vergônteas.
TWIG-TAP ['twigtæp], *s.* (canal.) torneira de derivação.
TWILIGHT ['twailait], *s.* penumbra, sombra, crepúsculo, noitinha, pôr do sol, ocaso. *a.* crepuscular, penumbroso; sombrio, escuro.
TWILL [twil], *v.* tecer em diagonal. *s.* tecido feito em linhas diagonais; *pl.* entrançado.
'TWILL [twil], *contr.* de **IT WILL.**
TWIN [twin], *s.* e *a.* gêmeo. *v.* ter filhos gêmeos; irmanar-se.
TWINE [twain], *v.* retorcer, torcer, enlaçar, encaracolar, entrelaçar, enroscar, abraçar; trancar; cingir; entrelaçar-se; torcer-se; encaracolar-se. *s.* retroz; fio; corda de dois ou três fios. # *baler twine,* barbante de enfardar.
TWINGE [twindʒ], *v.* causar dor aguda; afligir, atormentar, mortificar, torturar; beliscar. *s.* dor aguda; beliscão; remorso.
TWINING ['twainiŋ], *a.* retorcido, torcido, enroscado, entrelaçado.
TWINK ['twiŋk], *s.* piscar de olhos. *v.* piscar, cintilar.
TWINKLE ['twiŋkl], *v.* pestanejar, piscar; brilhar, resplandecer, rutilar, cintilar. *s.* cintilação, brilho, resplandecência; vislumbre; ação de piscar; pestanejo; instante, momento.
TWINKLING ['twiŋkliŋ], *s.* instante, momento; pestanejo; volver de olhos; vislumbre.
TWIRL [twə:l], *v.* girar, voltear, rodar. *s.* giro, volta, reviravolta; rotação.
TWIST [twist], *v.* trançar, entrelaçar, entrançar, enroscar; torcer, retorcer, enrodilhar. *s.* trança; fio, cordão; contorsão.
TWISTER ['twistə], *s.* torcedor.
TWIT [twit], *v.* lançar em rosto; repreender, admoestar, censurar, recriminar; increpar.

TWITCH [twitʃ], *v.* beliscar; puxar, arrancar; latejar; crispar-se; contorcer-se; ter espasmos; encolher-se. *s.* beliscão, puxão; contração; espasmo; latejo.

TWITTER ['twitə], *v.* chilrear, trinar, gorjear; chiar, pipilar, trissar, gazear, grinfar; tagarelar. *s.* gorjeio; chilreio, gorjeio, gazeio; inquietação, agitação.

TWIXT ['twikst], *contr.* de **BETWIXT.**

TWO [tu:], *s.* e *a.* dois. # *lay* (ou *put*) *two and two together,* raciocinar com lógica. *two faced,* hipócrita.

TWO-EDGED ['tu:-edʒd], *a.* de dois gumes.

TWOFER ['tu:fə], *s.* (gír.) duas entradas vendidas pelo preço de uma a pessoas que farão parte da claque (teatro).

TWOFOLD ['tu:fould], *a.* duplicado, duplo. *adv.* duplicadamente, dobradamente, duplamente.

TWOPENCE ['tʌpəns], *s.* dois pence.

TWOPENNY ['tʌpni, 'tʌpəni], *a.* do valor de dois pence.

TWO-PHASE ['tu:feiz], *a.* (eletr.) bifásico.

TWO-SEATER ['tu:'si:tə], *s.* barata (automóvel) = (E.U.) *roadster.*

TYCOON [tai'ku:n], *a.* magnata.

TYMPANI ['timpənai], *pl.* de **TYMPANUM.**

TYMPANUM ['timpənəm], *s.* tímpano. *pl.* **TYMPANUMS** ou **TYMPANI.**

TYPE [taip], *s.* tipo, gênero; sinal, símbolo, figura; cunha, modelo, emblema; tipo (de máquina de escrever). *v.* datilografar. # *Roman type,* (tip.) tipo redondo.

TYPESCRIPT ['taipscript], *s.* matéria datilografada.

TYPESETTER ['taipsetə], *s.* (E.U. impr.) compositor = (Ing.) *compositor.*

TYPEWRITE ['taip-rait], *pret.* **TYPEWROTE,** *pp.* **TYPEWRITTEN** *v.* datilografar.

TYPEWRITER ['taipraitə], *s.* máquina de escrever; datilógrafo. *V.* **TYPIST.**

TYPEWRITING ['taip-raitiŋ], *s.* datilografia.

TYPEWRITTEN ['taip-ritn], *pp.* de **TYPEWRITE.**

TYPEWROTE ['taip-rout], *pret.* de **TYPEWRITE.**

TYPHOID ['taifɔid], *a.* tifóide, tífico. *s.* febre tífica ou tifóide; tifo.

TYPHOON [tai'fu:n], *s.* furacão, ventania, tufão.

TYPHOUS ['taifəs], *a.* tifoso.

TYPHUS ['taifəs], *s.* tifo.

TYPICAL ['tipikəl], *a.* típico.

TYPIFY ['tipifai], *v.* representar, figurar, simbolizar.

TYPIST ['taipist], *s.* datilógrafo.

TYPO ['taipou], *s.* abr. de **TYPOGRAPHER.**

TYPOGRAPHER [tai'pɔgrəfə], *s.* compositor, tipógrafo.

TYPOGRAPHIC, AL [taipo'græfilk, əl], *a.* tipográfico.

TYPOGRAPHY [tai'pɔgrəfi], *s.* tipografia

TYRANNICAL [ti'rænikəl], *a.* cruel, tirânico, desumano, bárbaro, selvagem, despótico.

TYRANNIZE ['tirənaiz], *v.* tiranizar.

TYRANNOUS ['tirənəs], *V.* **TYRANNICAL.**

TYRANNY ['tirəni], *s.* tirania.

TYRANT ['taiərənt], *s.* déspota, tirano.

TYRE ['taiə], *V.* **TIRE** *(s.).*

TYRO ['taiərou], *V.* **TIRO.**

TZAR [zɑ:, tsa:], *s.* czar.

TZARINA [zɑ:'ri:nə], *s.* czarina.

U

U [ju:], *s.* vigésima primeira letra do alfabeto.

UBIQUITOUS [ju:'bikwitəs], *a.* ubíquo.

UBIQUITY [ju:'bikwiti], *s.* ubiqüidade.

UDDER ['ʌdə], *s.* ubre, teta.

UDOMETER [ju:'dɔmitə], *s.* udômetro, pluviômetro.

UGLINESS ['ʌglinis], *s.* fealdade; torpeza, vileza.

UGLY ['ʌgli], *a.* feio, disforme; torpe, vil; repugnante, asqueroso, repelente, mal-encarado, ameaçador, enfarruscado (tempo).

UKASE [ju:'keiz], *s.* ucasse.

ULCER ['ʌlsə], *s.* úlcera, ferida, chaga. # *duodenal ulcer,* (med.) úlcera duodenal. *gastric ulcer,* (med.) úlcera gástrica.

ULCERATE ['ʌlsəreit], *v.* ulcerar, ulcerar-se.

ULCERATION [ʌlsə'reiʃən], *s.* úlcera, ulceração, ferida, chaga.

ULCEROUS ['ʌlsərəs], *a.* ulceroso, cheio de úlceras.

ULMUS ['ʌlməs], *s.* (bot.) olmo, olmeiro.

ULTERIOR [ʌl'tiəriə], *a.* ulterior, posterior; oculto.

ULTIMATE ['ʌltimit], *a.* último, derradeiro, final; definitivo, fundamental.

ULTIMATELY ['ʌltimitli], *adv.* finalmente, afinal.

ULTIMATUM [ʌlti'meitəm], *s.* ultimato.

ULTIMO ['ʌltimou], *adv.* no mês passado.

ULTRA ['ʌltrə], *pref.* além de ou mais além. *a.* extremo; extravagante. *s.* extremista.

ULTRAMARINE [ʌltrəmə'ri:n], *s.* ultramar. *a.* ultramarino.

ULTRASONIC ['ʌltrə'sɔnik], *a.* supersônico.

ULTRA-VIOLET ['ʌltrə'vaiəlit], *a.* ultravioleta.

ULULANT ['ju:ljulənt], *a.* ululante.

ULULATE ['ju:ljuleit], *v.* ulular, uivar.

ULULATION [ju:lju'leiʃən], *s.* uivo, latido.

UMBEL ['ʌmbəl], *s.* (bot.) umbela.

UMBILICAL [ʌmbi'laikəl], *a.* (med.) umbilical, descendente por parte de mãe.

UMBILICAL [ʌm'bilikəl], *a.* (geom.) umbilical.

UMBRAGE ['ʌmbridʒ], *s.* sombra, silhueta; ressentimento.

UMBRELLA [ʌm'brelə], *s.* guarda-chuva, chapéu-de-sol; (mil.) cobertura de aviões contra a ação de forças terrestres.

UMPIRE ['ʌmpaiə], *s.* árbitro, louvado. *v.* arbitrar, decidir.

UN [ʌn], *pref.* in, anti, des. (indica privação, falta, ausência, etc.).

UNABASHED ['ʌnə'bæʃt], *a.* desavergonhado, descarado.

UNABATED ['ʌnə'beitid], *a.* que não decresce.

UNABLE ['ʌn'eibl], *a.* incapaz, inábil; fraco, impotente, impossibilitado.

UNABRIDGED ['ʌnə'bridʒd], *a.* íntegro, completo, inteiro, que não está abreviado, sem omissões.

UNACCENTED ['ʌnæk'sentid], *a.* não acentuado.

UNACCEPTABLE ['ʌnək'septəbl], *a.* inaceitável.

UNACCOMPANIED ['ʌnə'kʌmpənid], *a.* desacompanhado, só, isolado.

UNACCOUNTABLE ['ʌnə'kauntəbl], *a.* inexplicável, incompreensível; inconcebível, estranho, extraordinário; irresponsável.

UNACCOUNTED ['ʌnə'kauntid], *a.* que não tem explicação.

UNACCUSTOMED ['ʌnə'kʌstəmd], *a.* desusado, desacostumado.

UNACQUAINTED ['ʌnə'kweintid], *a.* desconhecido, ignorado, estranho.

UNADVISED ['ʌnəd'vaizd], *a.* indiscreto; imprudente; inconsiderado.

UNAFFECTED ['ʌnə'fektid], *a.* não influenciado, não afetado.

UNAFFECTED [ʌnə'fektid], *a.* simples, sem afetação; sincero, ingênuo, franco, verdadeiro, natural.

UNAIDED ['ʌn'eidid], *a.* desajudado.

UNALTERABLE [ʌn'ɔ:ltərəbl], *a.* inalterável; invariável, imutável.

UNALTERED ['ʌn'ɔ:ltəd], *a.* inalterado, que não mudou.

UNANIMITY [ju:nə'nimiti], *s.* unanimidade.

UNANIMOUS [ju:'næniməs], *s.* unânime.

UNANIMOUSLY [ju:'næniməsli], *adv.* unanimemente.

UNANSWERABLE [ʌn'ɑ:nsərəbl], *a.* irrespondível, irrefutável, inquestionável, incontestável.

UNANSWERED ['ʌn'ɑ:nsəd], *a.* não respondido; não refutado, não contestado, não impugnado.

UNAPPEASABLE ['ʌnə'pi:zəbl], *a.* implacável.

UNAPPROACHABLE [ʌnə'proutʃəbl], *a.* inabordável; inacessível.

UNAPPROVED ['ʌnə'pru:vd], *a.* desaprovado.

UNARM ['ʌn'ɑ:m], *v.* desarmar.

UNARMED ['ʌn'ɑ:md], *a.* desarmado; desprevenido; inerme.

UNASHAMED ['ʌnə'ʃeimd], *a.* sem-vergonha; desavergonhado, descarado.

UNASKED ['ʌn'ɑ:skt], *a.* não perguntado; não solicitado; não chamado.

UNASSAILABLE [ʌnə'seiləbl], *a.* inatacável; inexpugnável.

UNASSUMING ['ʌnə'sju:miŋ], *a.* modesto, despretensioso.

UNATTACHED ['ʌnə'tætʃt], *a.* solto; independente.

UNATTAINABLE ['ʌnə'teinəbl], *a.* inatingível, inacessível.

UNATTENDED ['ʌnə'tendid], *a.* desacompanhado; negligenciado.

UNATTRACTIVE [ʌnə'træktiv], *a.* sem atrativos, pouco atrativo.

UNAVAILABLE [ʌnə'veiləbl], *a.* não obtenível, que não se pode obter, inalcançável.

UNAVAILING ['ʌnə'veiliŋ], *a.* inútil.

UNAVOIDABLE [ʌnə'vɔidəbl], *a.* inevitável; indeclinável.

UNAWARE ['ʌnə'wɛə], *a.* desprevenido, despercebido; irrefletido, desatento.

UNAWARES ['ʌnə'wɛəz], *adv.* de improviso, inopinadamente, de repente, inesperadamente; inadvertidamente.

UNBALANCED ['ʌn'bælənst], *a.* desequilibrado; por liqüidar ou por ajustar.

UNBAR ['ʌn'bɑ:], *v.* destrancar.

UNBEARABLE [ʌn'bɛərəbl], *a.* intolerável, insuportável.

UNBECOMING ['ʌnbi'kʌmiŋ], *a.* impróprio, inconveniente; indecoroso, indecente.

UNBELIEF ['ʌnbi'li:f], *s.* incredulidade, falta de fé, descrença, cepticismo (= ceticismo).

UNBELIEVABLE [ʌnbi'li:vəbl], *a.* incrível, inacreditável.

UNBELIEVER ['ʌnbi'li:və], *s.* incrédulo, infiel; céptico (= cético).

UNBELIEVING ['ʌnbi'li:viŋ], *a.* incrédulo, infiel.

UNBEND ['ʌn'bend], *pret.* e *pp.* **UNBENT.** *v.* afrouxar, soltar; desligar, desatar; divertir, recrear; descansar; (náut.) destalingar.

UNBENDING ['ʌn'bendiŋ], *a.* firme; inflexível; intransigente.

UNBENT ['ʌn'bent], *pret.* e *pp.* de **UNBEND.** *a.* não arqueado, direito; animoso.

UNBIASED, UNBIASSED ['ʌn'baiəst], *a.* imparcial; sem preconceitos.

UNBIDDEN ['ʌn'bidn], *a.* espontâneo.

UNBIND ['ʌn'baind], *pret.* e *pp.* **UNBOUND.** *v.* soltar, desligar, desatar, desamarrar.

UNBLEMISHED [ʌn'blemiʃt], *a.* imaculado, puro, perfeito, irrepreensível.

UNBLUSHING [ʌn'blʌʃiŋ], *a.* desavergonhado, descarado, que não cora.

UNBOLT ['ʌn'boult], *v.* abrir, desaferrolhar, destrancar; explicar.

UNBORN ['ʌn'bɔ:n], *a* que está por nascer, nascituro; futuro.

UNBOSOM [ʌn'buzm], *v.* confessar; revelar. # *unbosom oneself to someone,* desabafar-se com alguém, fazer confidências.

UNBOUND ['ʌn'baund], *pret.* e *pp.* de **UNBIND.** *a.* não encadernado; solto, desatado.

UNBOUNDED [ʌn'baundid], *a.* ilimitado, imenso; infinito.

UNBRIDLED [ʌn'braidld], *a.* licencioso; desenfreado.

UNBROKEN ['ʌn'broukən], *a.* não quebrado; intacto, inteiro; inviolado; indômito; vigoroso.

UNBUCKLE ['ʌn'bʌkl], *v.* desfivelar.

UNBURDEN [ʌn'bə:dn], *v.* descarregar; aliviar; desabafar.

UNBUTTON ['ʌn'bʌtn], *v.* desabotoar.

UNCALLED [ʌn'kɔ:ld], *a.* não chamado; não pedido, não citado.

UNCANNINESS [ʌn'kæninis], *s.* imprudência; imprevidência.

UNCANNY [ʌn'kæni], *a.* fantástico, sobrenatural; misterioso; inábil; descuidado, imprudente; severo; perigoso.

UNCARED-FOR ['ʌn'kɛədfə], *a.* desprezado; desamparado.

UNCEASING [ʌn'si:siŋ], *a.* contínuo, incessante, ininterrupto.

UNCEREMONIOUS ['ʌnseri'mounjəs], *a.* incerimonioso, familiar, descortês.

UNCERTAIN [ʌn'sə:tn], *a.* incerto, variável; duvidoso, indeciso, irresoluto.

UNCERTAINTY [ʌn'sə:tnti], *s.* incerteza, dúvida, indecisão, irresolução.

UNCHAIN ['ʌn'tʃein], *v.* desencadear, libertar.

UNCHANGEABLE [ʌn'tʃeindʒəbl], *a.* imutável, constante.

UNCHANGED ['ʌn'tʃeindʒd], *a.* não mudado, inalterado.

UNCHANGING [ʌn'tʃeindʒiŋ], *a.* imutável; inalterável.

UNCHARITABLE [ʌn'tʃæritəbl], *a.* descaridoso, cruel, desumano.

UNCHARTED ['ʌn'tʃɑ:tid], *a.* que não está na carta, que não está no mapa.

UNCHARTERED ['ʌn'tʃɑ:təd], *a.* que não está registrado, irregular.

UNCHASTE ['ʌn'tʃeist], *a.* impudico; lascivo, incontinente, desonesto.

UNCHASTITY ['ʌn'tʃæstiti], *s.* impudicícia, lascívia, incontinência, desonestidade.

UNCHECKED ['ʌn'tʃekt], *a.* desenfreado, livre, desembaraçado.

UNCHRISTIAN ['ʌn'kristjən], *a.* anticristão, infiel, pagão.

UNCIAL ['ʌnsiəl], *a.* uncial.

UNCIRCUMCISED ['ʌn'sə:kəmsaizd], *a.* incircunciso.

UNCIVIL ['ʌn'sivl], *a.* incivil, rude, grosseiro, descortês.

UNCLAIMED ['ʌn'kleimd], *a.* não reclamado.

UNCLASP ['ʌn'klɑ:sp], *v.* desabotoar; desabar.

UNCLE ['ʌŋkl], *s.* tio. # *at uncle's,* no penhor, no prego = *at the sign of the three gold balls, up the spout. Dutch uncle,* tio ranzinza, pessoa ranzinza. *talk to someone like a Dutch uncle,* repreender delicadamente.

UNCLEAN ['ʌn'kli:n], *a.* sujo, imundo, impuro, obsceno.

UNCLEANLINESS ['ʌn'klənlinis], *s.* sujeira, imundície.

UNCLEANLY ['ʌn'klenli], *a.* sujo, imundo, porco; obsceno.

UNCLEANNESS ['ʌn'kli:nnis], *s.* **sujidade,** imundície; impureza, obscenidade.

UN-COME-AT-ABLE ['ʌn-kʌm'ætəbl], *a.* inacessível.

UNCOMFORTABLE [ʌn'kʌmfətəbl], *a.* sem conforto, desconfortável; desagradável, incômodo, penoso, aborrecido; triste, melancólico, desconsolado, inconsolável.

UNCOMFORTABLENESS [ʌn'kʌmfətəblnis], *s.* desconforto; incômodo, mal-estar; tristeza.

UNCOMFORTABLY [ʌn'kʌmfətəbli], *adv.* desconfortavelmente, incomodamente, penosamente, desconsoladamente.

UNCOMMON [ʌn'kɔmən], *a.* raro, invulgar, extraordinário.

UNCOMPROMISING [ʌn'kɔmprəmaiziŋ], *a.* firme, inflexível, intransigente, irreconciliável.

UNCONCERN ['ʌnkən'sə:n], *s.* indiferença, despreocupação, descuido; frieza, desapego.

UNCONCERNED ['ʌnkən'sə:nd], *a.* indiferente, despreocupado, descuidado, negligente.

UNCONDITIONAL ['ʌnkən'diʃnl], *a.* incondicional, absoluto.

UNCONGENIAL ['ʌnkən'dʒi:njəl], *a.* incompatível, contrário; antipático.

UNCONNECTED ['ʌnkə'nektid], *a.* desconexo, que não tem coerência; desatado, separado, desligado.

UNCONQUERABLE [ʌn'kɔŋkərəbl], *a.* inconquistável; invencível.
UNCONQUERED ['ʌn'kɔŋkəd], *a.* inconquistado; invicto.
UNCONSCIONABLE [ʌn'kɔnʃnəbl], *a.* injusto; inescrupuloso, inconsciente; exorbitante, excessivo.
UNCONSCIOUS [ʌn'kɔnʃəs], *a.* inconsciente; ignorante, desconhecedor; insensível.
UNCONSCIOUSLY [ʌn'kɔnʃəsli], *adv.* inconscientemente.
UNCONSCIOUSNESS [ʌn'kɔnʃəsnis], *s.* inconsciência; insensibilidade.
UNCONSTITUTIONAL ['ʌnkɔnsti'tju:ʃnl], *a.* inconstitucional.
UNCONTROLLABLE [ʌn-kən'troulәbl], *a.* ingovernável; indomável; irrefreável; irresistível; indisputável.
UNCONTROLLED [ʌn-kən'trould], *a.* descontrolado; livre; indomável.
UNCONVENTIONAL ['ʌn-kən'venʃənl], *a.* despreocupado; não cerimonioso.
UNCONVENTIONALITY ['ʌn-kənvenʃə'næliti], *s.* despreocupação.
UNCONVERTED ['ʌn-kən'və:tid], *a.* não convertido, infiel.
UNCONVERTIBLE ['ʌn-kən'və:təbl], *a.* inconvertível, inconversível.
UNCOOKED ['ʌn'kukt], *a.* cru.
UNCORK ['ʌn'kɔ:k], *v.* desarrolhar.
UNCOUPLE [ʌn'kʌpl], *v.* desaparelhar; desengrenar, desembrear.
UNCOUTH [ʌn'ku:θ], *a.* grosseiro, tosco; inculto, rude; estranho; esquisito.
UNCOUTHNESS [ʌn'ku:θnis], *s.* rusticidade; estranheza, singularidade.
UNCOVER [ʌn'kʌvə], *v.* descobrir, destapar; revelar, patentear, manifestar.
UNCTION ['ʌŋkʃən], *s.* unção, fervor; ungüento.
UNCTUOSITY [ʌŋktju'ɔsiti], *s.* untuosidade.
UNCTUOUS ['ʌŋktjuəs], *a.* untuoso, oleoso.
UNCULTIVATED ['ʌn'kʌltiveitid], *a.* não cultivado, inculto, rude, grosseiro.
UNCULTURED ['ʌn'kʌltʃəd], *a.* inculto.
UNCURL ['ʌn'kə:l], *v.* desmanchar (os anéis dos cabelos), desencrespar, desfrisar; desenrolar, destorcer.
UNCUT ['ʌn'kʌt], *a.* não cortado, inteiro; intacto.
UNDAMAGED ['ʌn'dæmidʒd], *a.* não danificado, indene, ileso, incólume; (náut.) sem avaria.
UNDATED ['ʌndeitid], *a.* (bot.) ondeado, onduloso.
UNDATED ['ʌn'deitid], *a.* sem data.
UNDAUNTED [ʌn'dɔntid], *a.* intrépido, corajoso, audaz, destemido.
UNDAUNTEDNESS [ʌn'dɔntidnis], *s.* intrepidez, audácia, arrojo.
UNDECIDED ['ʌndi'saidid], *a.* indeciso, irresoluto, indeterminado.
UNDECIPHERABLE ['ʌndi'saifərəbl], *a.* indecifrável.
UNDEFILED ['ʌndi'faild], *a.* incorrupto, puro, limpo, sem mancha, imaculado, impoluto.
UNDEFINABLE [ʌndi'fainəbl], *a.* indefinível.
UNDEFINED [ʌndi'faind], *a.* indefinido.
UNDENIABLE [ʌndi'naiəbl], *a.* inegável, incontestável.
UNDER ['ʌndə], *prep.* debaixo de, em baixo de, por baixo de, sob, abaixo de; inferior a; sujeito a; sob a direção de; sob pena de; sob a proteção de; impelido por; segundo; em conformidade com. *adv.* debaixo, embaixo, por baixo. *a.* subordinado, inferior.
UNDERAGED ['ʌndər'eidʒid], *a.* menor, de menor idade.
UNDERBRED ['ʌndə'bred], *a.* rude, mal-educado.
UNDERBRIDGE ['ʌndəbridʒ], *s.* passagem subterrânea.
UNDERBRUSH ['ʌndə-brʌʃ], *s.* vergônteas, rebentos; arbustos.
UNDERCARRIAGE ['ʌndəkæridʒ], *s.* (av.) trem de aterrissagem.
UNDERCLOTHES ['ʌndəklouðz], *s.* roupa de baixo.
UNDERCLOTHING ['ʌndəklouðiŋ], *V.* UNDERCLOTHES.
UNDER-COVER ['ʌndəkʌvə], *a.* secreto, disfarçado. # *under-cover man,* agente secreto; espião.

UNDERCURRENT ['ʌndəkʌrənt], *s.* corrente inferior, corrente subterrânea (água, ar, etc.); (fig.) influência oculta.

UNDERDOG ['ʌndədɔg], *s.* pobre-diabo.

UNDERDONE ['ʌndə'dʌn], *a.* (cul.) mal assado, mal passado, meio cru, pouco cozido = (E.U.) *rare.*

UNDERDRESSED ['ʌndə'drest], *a.* insuficientemente vestido; vestido com simplicidade; mal vestido, pobremente vestido.

UNDERESTIMATE ['ʌndər'estimit], *s.* avaliação abaixo do valor, subestimação.

UNDERESTIMATE ['ʌndər'estimeit], *v.* subestimar; avaliar abaixo do valor real.

UNDERFED ['ʌndə'fed], *pret.* e *pp.* de **UNDERFEED.**

UNDERFEED ['ʌndə'fi:d], *pret.* e *pp.* **UNDERFED.** *v.* alimentar insuficientemente.

UNDERFOOT [ʌndə'fut], *v.* escorar, calçar. *adv.* sob os pés.

UNDERFOOT [ʌndə'fut]. *a.* vil, abjeto.

UNDERGARMENT ['ʌndəgɑ:mənt], *s.* roupa de baixo.

UNDERGO [ʌndə'gou], *pret.* **UNDERWENT,** *pp.* **UNDERGONE.** *v.* sofrer, padecer, passar por, suportar; arrostar.

UNDERGONE [ʌndə'gɔn], *pp.* de **UNDERGO.**

UNDERGRADUATE [ʌndə'grædjuit], *s.* estudante que ainda não colou grau.

UNDERGROUND ['ʌndəgraund], *s.* subterrâneo; masmorra; túnel; estrada de ferro subterrânea = (E.U.) *subway. a.* subterrâneo; secreto, oculto.

UNDERGROUND [ʌndə'graund], *adv.* debaixo da terra; ocultamente, secretamente.

UNDERGROWN ['ʌndə'groun], *a.* pouco desenvolvido, de pequena estatura.

UNDERGROWTH ['ʌndəgrouθ], *s.* pequenas plantas que crescem entre outras maiores; renovos, rebentos, vergônteas.

UNDERHAND ['ʌndəhænd], *a.* clandestino, secreto, oculto. *adv.* clandestinamente, secretamente, ocultamente, às escondidas.

UNDERHANDED [ʌndə'hændid], *a.* clandestino, secreto; dissimulado.

UNDERLAID [ʌndə'leid], *pret.* e *pp.* de **UNDERLAY.**

UNDERLAIN [ʌndə'lein], *pp.* de **UNDERLIE.**

UNDERLAY [ʌndə'lei], *pret.* e *pp.* **UNDERLAID.** *v.* calçar; altear; reforçar, *pret.* de **UNDERLIE.**

UNDERLAY ['ʌndəlei], *s.* (tip.) calço de tipo.

UNDERLEASE ['ʌndə'li:s], *s.* sublocação.

UNDERLEASE [ʌndə'li:s], *v.* sublocar.

UNDERLET ['ʌndə'let], *pret.* e *pp.* **UNDERLET.** *v.* sublocar; alugar por quantia abaixo do valor.

UNDERLETTING ['ʌndə'letiŋ], *s.* sublocação.

UNDERLIE [ʌndə'lai], *pret.* **UNDERLAY,** *pp.* **UNDERLAIN.** *v.* estar debaixo de; jazer sob; ser a razão fundamental de; suportar.

UNDERLINE [ʌndə'lain], *v.* sublinhar.

UNDERLINE ['ʌndəlain], *s.* sublinha.

UNDERLYING [ʌndə'laiiŋ], *s.* subjacente; (fig.) fundamental.

UNDERMENTIONED ['ʌndə'menʃənd]. *a.* abaixo mencionado.

UNDERMINE [ʌndə'main], *v.* minar, cavar por baixo; solapar.

UNDERMOST ['ʌndəmoust], *a.* o mais baixo, íntimo. *adv.* debaixo.

UNDERNEATH [ʌndə'ni:θ], *adv.* debaixo, por baixo, abaixo.

UNDERNOURISHED ['ʌndə'nʌriʃt], *a.* subnutrido.

UNDERPAID ['ʌndə'peid], *pret.* e *pp.* de **UNDERPAY.**

UNDERPASS ['ʌndəpɑ:s, E.U. 'ʌndəpæs], *s.* (E.U.) cruzamento de estradas em níveis diferentes; passagem subterrânea = (Ing.) *subway.*

UNDERPAY ['ʌndə'pei], *pret.* e *pp.* **UNDERPAID.** *v.* pagar insuficientemente. *s.* retribuição insuficiente.

UNDERPAYMENT ['ʌndə'peimənt]. *s.* pagamento insuficiente.

UNDERPLAY ['ʌndəplei], *v.* (teatro) representar mal, interpretar pobremente um papel.

UNDERRATE [ʌndə'reit], *v.* fazer uma avaliação baixa; subestimar; depreciar.

UNDERSCORE [ʌndə'skɔ:, ʌndə'skɔə], *v.* sublinhar; salientar.

UNDERSEA ['ʌndəsi:], *a.* submarino.

UNDERSECRETARY ['ʌndə'sekrətəri], *s.* subsecretário.

UNDERSELL ['ʌndəsel], *v.* vender por preço inferior ao custo.

UNDERSET [ʌndə'set], *pret.* e *pp.* **UNDERSET.** *v.* reforçar; suportar; escorar; calçar.

UNDERSHERIFF ['ʌndə'ʃerif], *s.* substituto do xerife, subdelegado.

UNDERSHIRT ['ʌndəʃə:t], *s.* camiseta.

UNDERSIDE ['ʌndəsaid], *s.* lado de baixo.

UNDERSIGN [ʌndə'sain], *v.* subscrever.

UNDERSIZED ['ʌndə'saizd], *a.* de tamanho menor do que o normal.

UNDERSKIRT ['ʌndə-skə:t], *s.* saia de baixo, saia branca; combinação.

UNDERSTAND [ʌndə'stænd], *pret.* e *pp.* **UNDERSTOOD.** *v.* compreender, entender, perceber, penetrar; saber, ter conhecimento.

UNDERSTANDABLE [ʌndə'stændəbl], *a.* compreensível, inteligível.

UNDERSTANDING [ʌndə'stændiŋ], *s.* compreensão, entendimento, percepção; discernimento. *a.* inteligente.

UNDERSTATE ['ʌndə'steit], *v.* não dizer tudo.

UNDERSTATEMENT ['ʌndə'steitmənt], *s.* narração, declaração incompleta, atenuação da verdade.

UNDERSTOOD [ʌndə'stud], *pret.* e *pp.* de **UNDERSTAND.**

UNDERTAKE [ʌndə'teik], *pret.* **UNDERTOOK,** *pp.* **UNDERTAKEN.** *v.* empreender, tentar; encarregar-se de; comprometer-se a; aventurar-se, arriscar-se.

UNDERTAKEN [ʌndə'teikən], *pp.* de **UNDERTAKE.**

UNDERTAKER [ʌndə'teikə], *s.* empreendedor; empreiteiro; empresário.

UNDERTAKER ['ʌndəteikə], *s.* chefe ou empregado de empresa funerária = (E.U.) *funeral director, mortician.*

UNDERTAKING [ʌndə'teikiŋ], *s.* empresa, empreendimento. # *commercial undertaking,* empresa comercial.

UNDERTENANCY ['ʌndə'tenənsi], *s.* sublocação.

UNDER-THE-COUNTER ['ʌndəðə'kauntə], *a.* raro, precioso (artigo).

UNDER-THE-TABLE ['ʌndəðə'teibl], *a.* ilegal, ilícito (negócio, transação).

UNDERTONE ['ʌdətoun], *s.* meia-voz; meia-tinta.

UNDERTOOK [ʌndə'tuk], *pret.* de **UNDERTAKE.**

UNDERTOW ['ʌndətou], *s.* ressaca.

UNDERVEST ['ʌndəvest], *s.* camiseta.

UNDERWAIST ['ʌndəweist], *s.* (E.U.) corpete; blusa; camisola de criança = (Ing.) *bodice; camisole.*

UNDERWEAR ['ʌndəwɛə], *s.* roupa de baixo, roupa branca.

UNDERWENT ['ʌndə'went], *pret.* de **UNDERGO.**

UNDERWOOD ['ʌndəwud], *s.* arbustos que nascem entre as grandes árvores numa floresta; mata, bosque; mato.

UNDERWORLD ['ʌndəwə:ld], *s.* a Terra; o mundo sublunar; o inferno; gente vil.

UNDERWRITE ['ʌndərait], *pret.* **UNDERWROTE,** *pp.* **UNDERWRITTEN.** *v.* subscrever; concordar; garantir.

UNDERWRITER ['ʌndəraitə], *s.* subscritor de ações; segurador; (E.U.) inspetor de seguros.

UNDERWRITING ['ʌndəraitiŋ], *s.* segurança; seguro.

UNDERWRITTEN ['ʌndəritn], *pp.* de **UNDERWRITE.**

UNDERWROTE ['ʌndərout], *pret.* de **UNDERWRITE.**

UNDESERVED ['ʌndi'zə:vd], *a.* imerecido, injusto.

UNDESERVING ['ʌndi'zə:viŋ], *a.* que não tem merecimento; pouco digno; sem valor.

UNDESIRABLE ['ʌndi'zaiərəbl], *a.* indesejável; inapetecível; inconveniente.

UNDETERMINED ['ʌndi'tə:mind], *a.* indeterminado, não limitado; indeciso, incerto, indefinido.

UNDEVELOPED ['ʌndi'veləpt], *a.* rudimentar, primitivo; sem desenvolvimento.

UNDID ['ʌn'did], *pret.* de **UNDO.**

UNDIES ['ʌndiz], *s.* (gír.) roupa de baixo. *V.* **UNDERCLOTHES.**

UNDISGUISED ['ʌndis'gaizd], *a.* franco, leal, sincero, simples; sem disfarce.

UNDISMAYED ['ʌndis'meid], *a.* perseverante, firme; animoso, corajoso, intrépido.

UNDISPUTED ['ʌndis'pju:tid], *a.* incontestável, incontroverso, inconcusso, evidente, claro.

UNDISTINGUISHED ['ʌndis'tiŋgwiʃt], *a.* indistinto.

UNDISTURBED ['ʌndis'tə:bd], *a.* plácido, tranqüilo, sereno, sossegado, quieto, impassível.

UNDIVIDED ['ʌndi'vaidid], *a.* indiviso; inteiro.

UNDO ['ʌn'du:], *pret.* **UNDID**, *pp.* **UNDONE**, *v.* desfazer, desmanchar, desmontar; destruir; desatar, desligar; invalidar, anular; arruinar; desvirtuar; reparar um dano.

UNDOING ['ʌn'du:iŋ], *s.* destruição, ruína; arrasamento.

UNDONE ['ʌn'dʌn], *a.* destruído; desfeito; arruinado.

UNDOUBTED [ʌn'dautid], *a.* indubitável, incontestável, evidente, certo.

UNDOUBTEDLY [ʌn'dautidli], *adv.* indubitavelmente, incontestavelmente, evidentemente.

UNDREAMED, UNDREAMT [ʌn'dremt], *a.* não sonhado (com *of*).

UNDRESS ['ʌn'dres], *v.* despir, despir-se; tirar os ornamentos. *s.* traje caseiro.

UNDUE ['ʌn'dju:], *a.* indevido; excessivo, exagerado; impróprio; ilegal, irregular; injusto.

UNDULANT ['ʌndjulənt], *a.* ondulante.

UNDULATE ['ʌndjuleit], *v.* ondular.

UNDULATION [ʌndju'leiʃn], *s.* ondulação.

UNDULY ['ʌn'dju:li], *adv.* indevidamente; excessivamente; ilegalmente, ilicitamente, irregularmente; injustamente.

UNDYING [ʌn'daiiŋ], *a.* imortal, imorredouro, eterno; indestrutível.

UNEARNED ['ʌn'ə:nd], *a.* imerecido.

UNEARTH ['ʌn'ə:θ], *v.* desenterrar; descobrir.

UNEARTHLY [ʌn'ə:θli], *a.* sobrenatural; espantoso; terrífico, terrificante.

UNEASINESS [ʌn'i:zinis], *s.* mal-estar, desassossego, inquietação, inquietude, abalo.

UNEASY [ʌn'i:zi], *a.* penoso, trabalhoso; desassossegado, inquieto; incômodo, enfadonho; difícil de contentar; constrangido.

UNEATABLE ['ʌn'i:təbl], *a.* que não se pode comer, intragável.

UNEDUCATED ['ʌn'edjukeitid], *a.* sem instrução, ignorante; sem educação.

UNEMPLOYABILITY ['ʌnimplɔiə'biliti], *s.* incapacidade física, invalidez.

UNEMPLOYED ['ʌnim'plɔid], *a.* desempregado; desocupado, ocioso.

UNEMPLOYMENT ['ʌnim'plɔimənt], *s.* desemprego; inatividade, ociosidade.

UNENDING [ʌn'endiŋ], *a.* sem fim, infindável, inacabável, eterno, perene.

UNEQUAL ['ʌn'i:kwəl], *a.* desigual, irregular; inferior.

UNEQUALLED ['ʌn'i:kwəld], *a.* incomparável, sem igual, sem par.

UNEQUITABLE ['ʌn'ekwitəbl], *a.* injusto, parcial.

UNEQUIVOCAL ['ʌni'kwivəkəl], *a.* inequívoco, evidente, claro.

UNERRING ['ʌn'ə:riŋ], *a.* que não erra, infalível.

UNEVEN ['ʌn'i:vn], *a.* desigual, irregular, acidentado.

UNEVENNESS ['ʌn'i:vnnis], *s.* desigualdade, irregularidade; aspereza; escabrosidade; desnível.

UNEVENTFUL ['ʌni'ventful], *a.* sem acontecimentos notáveis; tranqüilo, calmo, sossegado.

UNEXCEPTIONABLE [ʌnik'sepʃnəbl], *a.* irrepreensível, inatacável, perfeito, sem falha.

UNEXPECTED ['ʌniks'pektid], *a.* inesperado, imprevisto, inopinado.

UNEXPECTEDLY ['ʌniks'pektidli], *adv.* inesperadamente, imprevistamente, inopinadamente.

UNEXPLORED ['ʌniks'plɔ:d], *a.* inexplorado, que ainda não foi descoberto; desconhecido, oculto, ignoto, ignorado.

UNFADING [ʌn'feidiŋ], *a.* que não murcha; que não fenece; inalterável; eterno, perpétuo, imortal, imorredouro.

UNFAILING [ʌn'feiliŋ], *a.* que não erra, infalível, certo, firme; incansável, infatigável.

UNFAIR ['ʌn'fɛə], *a.* falso, desleal, infiel; injusto; parcial.

UNFAIRNESS ['ʌn'fɛənis], *s.* falsidade, deslealdade; infidelidade; injustiça.

UNFAITHFUL ['ʌn'feiθful], *a.* infiel, traidor, pérfido; desleal.

UNFAITHFULNESS ['ʌn'feiθfulnis], *s.* infidelidade, traição, perfídia, deslealdade.

UNFALTERING [ʌn'fɔ:ltəriŋ], *a.* resoluto, sem hesitação, firme, seguro.

UNFAMILIAR ['ʌnfə'miljə], *a.* pouco comum, desusado, estranho.

UNFASHIONABLE ['ʌn'fæʃnəbl], *a.* que não está em moda, fora da moda, desusado; antiquado; raro.

UNFASTEN ['ʌn'fɑ:sn], *v.* desatar, desligar, desprender, soltar; afrouxar, desapertar.

UNFATHOMABLE [ʌn'fæðəməbl], *a.* insondável, impenetrável.

UNFAVOURABLE ['ʌn'feivərəbl], *a.* desfavorável, desvantajoso; adverso.

UNFEELING [ʌn'fi:liŋ], *a.* insensível, cruel.

UNFEIGNED [ʌn'feind], *a.* verdadeiro, sincero, não dissimulado; real.

UNFELT ['ʌn'felt], *a.* não sentido; não percebido.

UNFETTER ['ʌn'fetə], *v.* soltar, desagrilhoar, libertar.

UNFINISHED ['ʌn'finiʃt], *a.* inacabado, imperfeito.

UNFIT ['ʌn'fit], *a.* incapaz, incompetente, inábil; impróprio.

UNFIT [ʌn'fit], *v.* incapacitar; inabilitar.

UNFITNESS ['ʌn'fitnis], *s.* incapacidade, inabilidade; impropriedade.

UNFLAGGING [ʌn'flægiŋ], *a.* constante, persistente; incansável, infatigável.

UNFLEDGED ['ʌn'fledʒd], a. implume, imaturo.

UNFLINCHING [ʌn'flintʃiŋ], *a.* resoluto, firme; que não recua; bravo.

UNFOLD ['ʌn'fould], *v.* desdobrar, abrir, desenrolar, estender.

UNFOLD [ʌn'fould], *v.* revelar.

UNFORESEEABLE ['ʌnfɔ:'si:əbl], *a.* imprevisível.

UNFORESEEING ['ʌnfɔ:'si:iŋ], *a.* imprevisto.

UNFORGETTABLE ['ʌnfə'getəbl], *a.* inesquecível.

UNFORGIVABLE ['ʌnfə'givəbl], *a.* imperdoável.

UNFORGIVEN ['ʌnfə'given], *a.* não perdoado.

UNFORGIVING ['ʌnfə'giviŋ], *a.* implacável, inexorável, inflexível.

UNFORGOTTEN ['ʌnfə'gɔtn], *a.* lembrado.

UNFORTUNATE [ʌn'fɔ:tʃnit], *a.* infortunado, infeliz, desgraçado, desventurado.

UNFORTUNATELY [ʌn'fɔ:tʃnitli], *adv.* infelizmente, desgraçadamente, desventuradamente.

UNFOUNDED ['ʌn'faundid], *a.* sem base; infundado; insondável.

UNFREEZE ['ʌn'fri:z], *v.* descongelar; descongelar preços.

UNFRIENDLINESS ['ʌn'frendlinis], *s.* falta de amizade; desamparo.

UNFRIENDLY ['ʌn'frendli], *a.* pouco amistoso, inimigo; hostil; desumano; áspero. *adv.* hostilmente; desumanamente; asperamente.

UNFRUITFUL ['ʌn'fru:tful], *a.* infrutífero, estéril.

UNFULFILLED ['ʌnful'fild], *a.* não cumprido, não satisfeito, não executado.

UNFURL [ʌn'fə:l], *v.* desdobrar, abrir, estender.

UNFURNISHED ['ʌn'fə:niʃt], *a.* desmobiliado; desguarnecido.

UNGAINLINESS [ʌn'geinlinis], *s.* falta de graça, falta de jeito.

UNGAINLY [ʌn'geinli], *a.* rude, desajeitado, tosco.

UNGEAR [ʌn'giə], *v.* desengrenar.

UNGENTLE ['ʌn'dʒentl], *a.* descortês, impolido, indelicado, grosseiro.

UNGENTLEMANLY [ʌn'dʒentlmənli], *a.* grosseiro; incivil, mal-educado, vulgar.

UNGLOVED ['ʌn'glʌvd], *a.* sem luvas.

UNGLUE ['ʌn'glu:], *v.* descolar, desgrudar.

UNGODLY [ʌn'gɔdli], *a.* ímpio, malvado; anticristão.

UNGRACEFUL ['ʌn'greisful], *a.* desgracioso, desengraçado, feio.

UNGRACEFULNESS ['ʌn'greisfulnis], *s.* falta de graça.

UNGRACIOUS ['ʌn'greiʃəs], *a.* desagradável, desengraçado; aborrecido, odioso.

UNGRAMMATICAL ['ʌngrə'mætikəl], *a.* incorreto, errado; contrário às regras gramaticais.

UNGRATEFUL [ʌn'greitful], *a.* ingrato, desagradecido; desagradável.

UNGRATEFULNESS [ʌn'greitfulnis], *s.* ingratidão; desagrado.

UNGUARDED ['ʌn'gɑ:did], *a.* sem guarda, sem defesa, desprotegido; descuidado, negligente.

UNGUENT ['ʌŋgwənt], *s.* ungüento.

UNGUIDED ['ʌn'gaidid], *a.* não governado, sem guia.
UNHAMPERED ['ʌn'hæmpəd], *a.* desembaraçado, desenrolado, desenredado.
UNHAPPILY [ʌn'hæpili], *adv.* infelizmente, desgraçadamente.
UNHAPPINESS [ʌn'hæpinis], *s.* infelicidade, desgraça, infortúnio.
UNHAPPY [ʌn'hæpi], *a.* infeliz, desgraçado, infortunado.
UNHEALTHINESS [ʌn'helθinis], *s.* insalubridade, estado doentio.
UNHEALTHY [ʌn'helθi], *a.* insalubre, doentio.
UNHEARD [ʌn'hə:d], *a.* inaudível; inaudito. *V.* **UNHEARD-OF.**
UNHEARD ['ʌn'hə:d], *a.* despercebido, não ouvido.
UNHEARD-OF [ʌn'hə:dɔv], *a.* inaudito, sem precedente, fantástico.
UNHINGE [ʌn'hindʒ], *v.* desconjuntar, desengonçar, confundir, perturbar.
UNHOLINESS [ʌn'houlinis], *s.* impiedade, profanação.
UNHOLY [ʌn'houli], *a.* profano, não sagrado; ímpio, hereje.
UNHOOK ['ʌn'huk], *v.* desenganchar, despendurar.
UNHOSPITABLE ['ʌn'hɔspitəbl], *a.* inóspito.
UNHUMAN ['ʌn'hju:mən], *a.* *V.* **INHUMAN.**
UNICORN ['ju:nikɔ:n], *s.* unicorne.
UNIFICATION [ju:nifi'keiʃən], *s.* unificação.
UNIFORM ['ju:nifɔ:m], *a.* uniforme, regular, igual.
UNIFORMITY [ju:ni'fɔ:miti], *s.* uniformidade.
UNIFY ['ju:nifai], *v.* unificar, unir; reconciliar.
UNILATERAL ['ju:ni'lætərəl], *a.* unilateral.
UNILINGUAL ['ju:ni'liŋgwəl], *a.* unilíngüe.
UNIMPAIRED ['ʌnim'pɛəd], *a.* intacto, ileso, inalterado, incólume; inteiro.
UNIMPEACHABLE [ʌnim'pi:tʃəbl], *a.* impecável, irrepreensível, inatacável.
UNIMPORTANT ['ʌnim'pɔ:tənt], *a.* sem importância, trivial, insignificante.
UNINHABITABLE ['ʌnin'hæbitəbl], *a.* inabitável.
UNINHABITED ['ʌnin'hæbitid], *a.* inabitado, deserto, desabitado.
UNINJURED ['ʌn'indʒəd], *a.* ileso, incólume, intacto.
UNINTELLIGENT ['ʌnin'telidʒənt], *a.* pouco inteligente; estúpido; ignorante.
UNINTELLIGIBLE ['ʌnin'telidʒəbl], *a.* ininteligível, incompreensível.
UNINTENTIONAL ['ʌnin'tenʃnl], *a.* sem intenção, não premeditado, involuntário.
UNINTERESTED ['ʌn'intristid], *a.* desinteressado, indiferente.
UNINTERESTING ['ʌn'intristiŋ], *a.* sem interesse, desinteressante.
UNINTERMITTING ['ʌnintə'mitiŋ], *a.* ininterrupto, continuado, seguido.
UNINTERRUPTED ['ʌnintə'rʌptid], *a.* não interrompido, ininterrupto, contínuo.
UNINVITED ['ʌnin'vaitid], *a.* não convidado; não solicitado.
UNINVITING ['ʌnin'vaitiŋ], *a.* pouco convidativo; sem atrativos.
UNION ['ju:njən], *s.* união, reunião, aliança; sindicato de operários; emblema de união. # *union is strength,* a união faz a força.
UNION JACK ['ju:njəndʒæk], *s.* pavilhão do Reino Unido.
UNION SUIT ['ju:njən'sju:t], *s.* (E.U.) combinação (ceroula e camiseta em uma só peça) = (Ing.) *combinations.*
UNIQUE ['ju:'ni:k], *a.* único, singular, raro.
UNISON ['ju:nizn], *a.* uníssono. *s.* unissonância; harmonia.
UNIT ['ju:nit], *s.* unidade. # *unit store,* loja que faz parte de um grupo.
UNITARIAN [ju:ni'tɛriən], *s.* (rel.) unitário.
UNITARIANISM [ju:ni'tɛəriənizm], *s.* (rel.) unitarismo.
UNITARY ['ju:nitəri], *a.* unitário, relativo a uma unidade; integral.
UNITE [ju:'nait], *v.* unir, ligar, reunir; unir-se, ligar-se.
UNITED [ju:'naitid], *a.* unido, ligado, reunido, junto.
UNITED KINGDOM [ju:naitid'kiŋdəm], *s.* Reino Unido.
UNITER [ju:'naitə], *s.* o que une ou junta.

UNITY ['ju:niti], *s.* unidade; união, harmonia, concórdia.

UNIVALVE ['ju:nivælv], *a.* univalve. *s.* molusco univalve.

UNIVERSAL [ju:ni'və:səl], *a.* universal.

UNIVERSALITY [ju:nivə:'sæliti], *s.* universalidade, generalidade.

UNIVERSALIZE (ISE) [ju:ni'və:səlaiz], *v.* universalizar, generalizar.

UNIVERSALLY [ju:ni'və:səli], *adv.* universalmente.

UNIVERSE ['ju:nivə:s], *s.* universo, mundo.

UNIVERSITY [ju:ni'və:siti], *s.* universidade, academia. # *university professor,* professor catedrático.

UNJUST ['ʌn'dʒʌst], *a.* injusto.

UNJUSTIFIABLE [ʌn'dʒʌstifaiəbl], *a.* injustificável.

UNJUSTNESS [ʌn'dʒʌstnis], *s.* injustiça.

UNKEMPT ['ʌn'kempt], *a.* despenteado; sem trato; inculto, rude; áspero.

UNKIND [ʌn'kaind], *a.* indelicado, grosseiro, descortês; mau.

UNKINDNESS [ʌn'kaindnis], *s.* indelicadeza, grosseria, descortesia; maldade, dureza.

UNKNOWABLE ['ʌn'nouəbl], *a.* incognoscível.

UNKNOWING ['ʌn'nouiŋ], *a.* ignorante.

UNKNOWN ['ʌn'noun], *a.* desconhecido, ignorado, estranho, incógnito.

UNLADYLIKE ['ʌn'leidilaik], *a.* impróprio de uma senhora; pouco feminino.

UNLATCH ['ʌn'lætʃ], *v.* desengatar, abrir o trinco.

UNLAWFUL ['ʌn'lɔ:ful], *a.* ilegal; ilegítimo, bastardo.

UNLEAD ['ʌn'led], *v.* (impr.) tirar as entrelinhas.

UNLEARNED ['ʌn'lə:nid], *s.* as classes incultas, os iletrados. *a.* não aprendido, ignorado; ignorante, inculto, iletrado.

UNLEARNT ['ʌn'lə:nt], *pret.* e *pp.* de **UNLEARN.**

UNLEAVENED ['ʌn'levnd], *a.* ázimo (= asmo).

UNLESS [ən'les, ʌn'les, n'les], *conj.* a menos que, a não ser que, salvo se, senão.

UNLETTERED ['ʌn'letəd], *a.* iletrado, ignorante.

UNLEVEL ['ʌn'levl], *v.* desnivelar.

UNLICENSED ['ʌn'laisənst], *a.* sem licença, sem permissão, ilegal.

UNLIKE ['ʌn'laik], *a.* diferente, desigual, distinto, não parecido; inverossímil.

UNLIKELIHOOD [ʌn'laiklihud], *s.* diferença; inverossimilhança; improbabilidade.

UNLIKELINESS [ʌn'laiklinis], *s.* dessemelhança.

UNLIKELY [ʌn'laikli], *a.* improvável; inveıossímil. *adv.* improvavelmente; inverossimilmente.

UNLIMITED [ʌn'limitid], *a.* ilimitado, irrestrito.

UNLINK ['ʌn'liŋk], *v.* desatar, desligar, desprender, desunir; desenrolar, destorcer.

UNLOAD ['ʌn'loud], *v.* descarregar; exonerar.

UNLOADING ['ʌn'loudiŋ], *s.* descarga, descarregamento.

UNLOCK ['ʌn'lɔk], *v.* abrir, desferrolhar.

UNLOOKED [ʌn'lukt], *a.* inesperado, imprevisto (com *for*).

UNLOOSF ['ʌn'lu:s], *v.* desatar; afrouxar; alargar; soltar; desfazer-se.

UNLOOSEN [ʌn'lu:sn], *V.* **UNLOOSE.**

UNLOVELINESS ['ʌn'lʌvlinis], *s.* desamabilidade; falta de encanto ou de graça.

UNLOVELY ['ʌn'lʌvli], *a.* desamável, desagradável; desengraçado.

UNLUCKILY [ʌn'lʌkili], *adv* infelizmente, desditosamente, desgraçadamente.

UNLUCKY [ʌn'lʌki], *a.* infeliz, desditoso, desgraçado; funesto; de mau agouro.

UNMADE ['ʌn'meid], *pret.* e *pp.* de **UNMAKE.**

UNMAKE ['ʌn'meik], *pret.* e *pp.* **UNMADE.** *v.* desfazer, desmanchar, destruir, aniquilar; destituir.

UNMAN ['ʌn'mæn], *v.* desanimar, abater; afeminar (= efeminar), desvirilizar; castrar; desarmar, desguarnecer (navio, etc.).

UNMANAGEABLE [ʌn'mænidʒəbl], *a.* intratável, indomável, insubmisso, ingovernável.

UNMANLY ['ʌn'mænli], *a.* afeminado (= efeminado); inumano.

UNMANNERLY [ʌn'mænəli], *a.* incivil, grosseiro, descortês. *adv.* grosseiramente, descortesmente.

UNMARKETABLE ['ʌn'mɑ:kitəbl], *a.* invendável.

UNMARRIED ['ʌn'mærid], *a.* solteiro.

UNMASK ['ʌn'mɑ:sk], *v.* desmascarar; desmascarar-se.

UNMATCHED ['ʌn'mætʃt], *a.* único, inigualável, ímpar, sem par.

UNMENTIONABLE [ʌn'menʃnəbl], *a.* que não se deve mencionar; *s. pl.* calças, calções (uso jocoso).

UNMERCIFUL [ʌn'mə:siful], *a.* impiedoso, cruel, inexorável, inclemente.

UNMERCIFULNESS [ʌn'mə:sifulnis], *s.* impiedade, crueldade, inclemência.

UNMINDFUL [ʌn'maindful], *a.* descuidado, negligente, esquecido.

UNMISTAKABLE ['ʌnmis'teikəbl], *a.* evidente, claro, patente, manifesto; inequívoco.

UNMIXED ['ʌn'mikst], *a.* sem mistura, puro.

UNMOUNTED ['ʌn'mauntid], *a.* desmontado.

UNMUFFLE ['ʌn'mʌfl], *v.* desembuçar; descobrir.

UNNATURAL [ʌn'nætʃərəl], *a.* contrário às leis da natureza; artificial, afetado; forçado.

UNNECESSARILY [ʌn'nesisərili], *adv.* desnecessariamente, superfluamente.

UNNECESSARY [ʌn'nesisəri], *a.* desnecessário, supérfluo.

UNNERVE [ʌn'nə:v], *v.* enervar, debilitar, enfraquecer; desanimar, tirar a coragem.

UNNOTICED ['ʌn'noutist], *a.* despercebido.

UNOBJECTIONABLE ['ʌnəb'dʒekʃnəbl], *a.* irrepreensível.

UNOBSERVED ['ʌnəb'zə:vd], *a.* não observado; despercebido.

UNOBTRUSIVE ['ʌnəb'tru:siv], *a.* discreto; modesto, recatado.

UNOBTRUSIVELY ['ʌnəb'tru:sivli], *adv.* despercebidamente.

UNOCCUPIED ['ʌn'ɔkjupaid], *a.* desocupado, desembaraçado, livre, vago; devoluto.

UNOFFENDING ['ʌnə'fendiŋ], *a.* inofensivo.

UNOFFENSIVE ['ʌnə'fensiv], *a.* inofensivo.

UNOFFICIAL ['ʌnə'fiʃəl], *a.* não oficial, particular.

UNOPENED ['ʌn'oupənd], *a.* fechado.

UNORGANIZED ['ʌn'ɔ:gənaizd], *a.* não organizado; inorgânico.

UNORTHODOX ['ʌn'ɔ:θədɔks], *a.* heterodoxo.

UNORTHODOXY [ʌn'ɔ:θədɔksi], *s.* heterodoxia.

UNOSTENTATIOUS ['ʌnɔsten'teiʃəs], *a.* sem ostentação, sem fausto, simples, modesto.

UNPACK ['ʌn'pæk], *v.* desembrulhar, abrir pacotes; desenfardar; desarrumar as malas; desabafar, desafogar.

UNPAID ['ʌn'peid], *a.* não saldado; gratuito.

UNPALATABLE [ʌn'pælətəbl], *a.* desagradável ao paladar.

UNPARALLELED [ʌn'pærəleld], *a.* sem igual, sem paralelo, único, incomparável.

UNPARDONABLE [ʌn'pɑ:dnəbl], *a.* imperdoável.

UNPATRIOTIC ['ʌnpætri'ɔtik], *a.* impatriótico.

UNPEOPLE [ʌn'pi:pl], *v.* despovoar, devastar.

UNPLEASANT [ʌn'pleznt], *a.* desagradável, aborrecido, enfadonho.

UNPLEASANTNESS [ʌn'plezntnis], *s.* desagrado, aborrecimento, enfado.

UNPLEASING ['ʌn'pli:ziŋ], *a.* desagradável, descortês, indelicado.

UNPOETICAL ['ʌnpou'etikəl], *a.* sem poesia.

UNPOLISHED ['ʌn'pɔliʃt], *a.* não polido, áspero; indelicado, descortês, incivil; rude, bruto, grosseiro.

UNPOLLUTED ['ʌnpə'lu:tid], *a.* impoluto, puro, imaculado; incorrupto.

UNPOPULAR ['ʌn'pɔpjulə], *s.* impopular.

UNPOPULARITY ['ʌnpɔpju'læriti], *s.* impopularidade.

UNPRACTICABILITY ['ʌnpræktike'biliti], *s.* impraticabilidade.

UNPRACTICABLE ['ʌn'præktikəbl], *a.* impraticável.

UNPRACTICAL ['ʌn'præktikəl], *a.* que não é prático; inexperiente, teórico, fantasista = (E. U.) *impractical.*

UNPRACTICALITY ['ʌnprækti'kæliti], *s.* impraticabilidade.

UNPREJUDICED [ʌn'predʒudist], *a.* imparcial, livre de preconceitos.

UNPREMEDITATED ['ʌmpri'mediteitid], *a.* não premeditado, espontâneo.

UNPREPARED ['ʌmpri'pɛəd], *a.* não preparado; desprevenido.

UNPRETENDING ['ʌnpri'tendiŋ], *a.* sem pretensões, simples, modesto, sem presunção.
UNPRETENTIOUS ['ʌmpri'tenʃəs], *a.* despretensioso, simples, modesto.
UNPREVENTABLE ['ʌnpri'ventəbl], *a.* inevitável.
UNPRINTED ['ʌn'printid], *a.* não impresso, inédito.
UNPRODUCTIVE ['ʌnprə'dʌktiv], *a.* improdutivo; estéril.
UNPRODUCTIVENESS ['ʌnprə'dʌktivnis], *s.* esterilidade.
UNPROFITABLE [ʌn'prɔfitəbl], *a.* inútil, não proveitoso.
UNPRONOUNCEABLE ['ʌnprə'naunsəbl], *a.* que não se pode pronunciar.
UNPROPITIOUS ['ʌnprə'piʃəs], *a.* impropício, desfavorável, contrário.
UNPROTECTED ['ʌnprə'tektid], *a.* desprotegido, desamparado.
UNPUBLISHED ['ʌn'pʌbliʃt], *a.* não publicado, inédito, oculto, secreto.
UNPUNISHED ['ʌn'pʌniʃt], *a.* impune.
UNQUALIFIED ['ʌn'kwɔlifaid], *a.* não qualificado; inábil; incompetente; incapaz; impróprio.
UNQUENCHABLE [ʌn'kwentʃəbl], *a.* inextinguível; insaciável.
UNQUESTIONABLE [ʌn'kwestʃənəbl], *a.* inquestionável, indiscutível.
UNQUESTIONABLY [ʌn'kwestʃənəbli], *adv.* inquestionavelmente, indiscutivelmente.
UNQUIET ['ʌn'kwait], *a.* inquieto.
UNQUOTE ['ʌnkwout], *s.* aspas que indicam o fim de uma citação.
UNQUOTE [ʌn'kwout], *v.* terminar uma citação.
UNRAVEL [ʌn'rævəl], *v.* desenredar; deslindar, aclarar, decifrar; desenredar-se.
UNRAVELLER [ʌn'rævlə], *s.* desenrolador, decifrador.
UNREAD ['ʌn'red], *a.* não lido, iletrado, ignorante.
UNREADY ['ʌn'redi], *a.* não preparado.
UNREAL ['ʌn'riəl], *a.* irreal, imaginário, ilusório, falso.
UNREALITY [ʌnri'æliti], *s.* falta de realidade.
UNREASONABLE [ʌn'ri:znəbl], *a.* desarrazoado; exorbitante.
UNRECOGNIZABLE ['ʌn'rekəgnaizəbl], *a.* irreconhecível.
UNRECONCILABLE ['ʌn'rekənsailəbl], *a.* irreconciliável.
UNRECONCILED ['ʌn'rekənsaild], *a.* não reconciliado.
UNREDEEMABLE ['ʌnri'di:məbl], *a.* que não é resgatável; irremível, irredimível.
UNREDEEMED ['ʌnri'di:md], *a.* não remido; que não está resgatado.
UNREFINED ['ʌnri'faind], *a.* não refinado, em bruto; grosseiro, incivil, impolido.
UNRELENTING ['ʌnri'lentiŋ], *a.* inexorável, inflexível, impiedoso, duro.
UNRELIABLE ['ʌnri'laiəbl], *a.* que não merece confiança, pouco seguro; inexato.
UNREMITTING [ʌnri'mitiŋ], *a.* persistente, perseverante; incessante, contínuo.
UNREPAID ['ʌnri'peid], *a.* não indenizado, não reembolsado.
UNREPAIRABLE ['ʌnri'pɛərəbl], *a.* irreparável.
UNREST ['ʌn'rest], *s.* inquietude, desassossego, agitação.
UNRESTRAINED ['ʌnris'treind], *a.* livre, não impedido; imoderado, desenfreado, descomedido.
UNREWARDED ['ʌnri'wɔ:did], *a.* não recompensado, não remunerado.
UNRIGHTEOUS [ʌn'raitʃəs], *a.* mau, perverso; injusto.
UNRIGHTEOUSNESS [ʌn'raitʃəsnis], *s.* maldade, perversidade; injustiça.
UNRIGHTFUL ['ʌn'raitful], *a.* perverso, injusto.
UNRIPE ['ʌn'raip], *a.* verde, não maduro.
UNRIPENESS ['ʌn'raipnis], *s.* falta de amadurecimento, verdor.
UNRIVALLED [ʌn'raivəld], *a.* sem rival, incomparável, sem par.
UNROLL ['ʌn'roul], *v.* desenrolar, desenrolar-se.
UNRUFFLED ['ʌn'rʌfld], *a.* calmo, sereno, liso.
UNRULINESS [ʌn'ru:linis] *s.* desgoverno, turbulência, perturbação.

UNRULY [ʌn'ru:li], *a.* desgovernado: turbulento, desenfreado; intratável, desaforado.

UNSADDLE ['ʌn'sædl], *v.* desencilhar; tirar os arreios.

UNSAFE ['ʌn'seif], *a.* pouco seguro, arriscado, perigoso.

UNSAID ['ʌn'sed, 'ʌn-sed], *pret.* e *pp.* de **UNSAY.**

UNSALABLE, UNSALEABLE ['ʌn'seiləbl], *a.* não vendável, invendável.

UNSALTED ['ʌn'sɔ:ltid], *a.* não salgado, fresco; sem sal, insosso, insípido.

UNSATISFACTORY ['ʌnsætis'fæktəri], *a.* que não satisfaz, insuficiente.

UNSATISFIED ['ʌn'sætisfaid], *a.* insatisfeito.

UNSAVOURY ['ʌn'seivəri], *a.* insípido, desenxabido; fétido; desagradável.

UNSAY ['ʌn'sei, 'ʌn-sei], *pret.* e *pp.* **UNSAID.** *v.* desdizer; retratar-se.

UNSCATHED ['ʌn'skeiðd], *a.* incólume, ileso.

UNSCRAMBLE ['ʌn'skræmbl], *v.* ordenar, pôr em ordem; decifrar mensagem cifrada.

UNSCREW ['ʌn'skru:], *s.* desaparafusar (=desparafusar); desapertar.

UNSCRUPULOUS [ʌn'skru:pjuləs], *a.* inescrupuloso, imoral.

UNSCRUPULOUSNESS [ʌn'skru:pjuləsnis], *s.* falta de escrúpulo ou de moralidade.

UNSEAL ['ʌn'si:l], *v.* abrir, tirar o selo.

UNSEASONABLE [ʌn'si:znəbl], *a.* fora da estação, intempestivo; indevido.

UNSEASONED ['ʌn'si:znd], *a.* não sazonado, verde, novo.

UNSEEMLINESS [ʌn'si:mlinis], *s.* indecência, indecoro.

UNSEEN ['ʌn'si:n], *a.* despercebido; invisível; inexperiente.

UNSELFISH ['ʌn'selfiʃ], *a.* altruísta; desinteressado.

UNSERVICEABLE ['ʌn'sə:visəbl], *a.* imprestável, inútil.

UNSETTLE ['ʌn'setl, ʌn'setl], *v.* alterar, transtornar; deslocar, remover.

UNSETTLED ['ʌn'setld, ʌn'setld], *a.* incerto, não decidido; variável, inconstante; indeciso; agitado.

UNSHAKEN ['ʌn'ʃeikən], *a.* firme, imóvel, inflexível, inabalável.

UNSHAPELY ['ʌn'ʃeipli], *a.* desproporcionado, disforme.

UNSHAVEN ['ʌn'ʃeivn], *a.* não barbeado; barbado.

UNSHEATHE ['ʌn'ʃi:ð], *v.* desembainhar.

UNSHIP ['ʌn'ʃip], *v.* desembarcar, descarregar um navio.

UNSKILFUL ['ʌn'skilful], *a.* inexperiente; não destro, inábil, imperito.

UNSKILFULNESS ['ʌn'skilfulnis], *s.* inabilidade, imperícia.

UNSKILLED ['ʌn'skild], *a.* sem experiência; inábil, imperito.

UNSNARL [ʌn'snɑ:l], *v.* (E.U.) desenredar, desemaranhar, desembaraçar = (Ing.) *disentangle.*

UNSOCIABILITY ['ʌnsouʃə'biliti], *V.* **UNSOCIABLENESS.**

UNSOCIABLE [ʌn'souʃəbl], *a.* insociável, intratável.

UNSOCIABLENESS [ʌn'souʃəblnis], *s.* insociabilidade.

UNSOLD ['ʌn'sould], *a.* não vendido.

UNSOLVED ['ʌn'sɔlvd], *a.* não resolvido, não solucionado; sossegado, tranqüilo.

UNSOPHISTICATED ['ʌn-sə'fistikeitid], *a.* não adulterado, genuíno, legítimo.

UNSOUGHT ['ʌn'sɔ:t], *a.* não procurado; inexplorado; involuntário, espontâneo.

UNSOUND ['ʌn'saund], *a.* enfermo, doente; pouco firme; defeituoso, imperfeito; errôneo; rachado, quebrado; desonesto, embusteiro; corrompido.

UNSOUNDNESS ['ʌn'saudnis], *s.* falta de força; fraqueza, vício, corrupção.

UNSPARING [ʌn'speəriŋ], *a.* generoso, pródigo, liberal, franco; impiedoso.

UNSPEAKABLE [ʌn'spi:kəbl], *a.* indizível, inexprimível, inefável.

UNSPOILED ['ʌn'spɔild], *a.* *V.* **UNSPOILT.**

UNSPOILT ['ʌn'spɔilt], *a.* intato, indene, perfeito.

UNSPOKEN ['ʌn'spoukən], *a.* não dito. # *unspoken of,* não mencionado.

UNSPOTTED ['ʌn'spɔtid], *a.* puro, sem mácula, imaculado.

UNSTABLE ['ʌn'steibl], *a.* instável, mutável, variável.

UNSTAINED ['ʌn'steind], *a.* puro, limpo.

UNSTEADINESS ['ʌn'stedinis], *s.* inconstância, instabilidade, vacilação; irresolução.

UNSTEADY ['ʌn'stedi], *a.* inconstante, instável, volúvel; irresoluto.

UNSTRESSED ['ʌn'strest], *a.* não acentuado, átono.

UNSUBMISSIVE ['ʌn-səb'misiv], *a.* insubmisso, desobediente, rebelde.

UNSUCCESSFUL ['ʌn-sək'sesful], *a.* mal sucedido; infeliz, desafortunado.

UNSUITABILITY ['ʌnsju:tə'biliti], *s.* desproporção; impropriedade, inconveniência.

UNSUITABLE ['ʌn'sju:təbl], *a.* desproporcionado; impróprio, inadequado; inconveniente.

UNSUITABLENESS ['ʌn'sju:təblnis], *V.* **UNSUITABILITY.**

UNSULLIED ['ʌn'sʌlid], *a.* sem mancha; (fig.) imaculado.

UNSURMOUNTABLE ['ʌn-sə:'mauntəbl], *a.* insuperável.

UNSUSPECTED ['ʌn-səs'pektid], *a.* insuspeito.

UNSUSPECTING ['ʌn-səs'pektiŋ], *a.* confiante, de boa fé, ingênuo.

UNSUSPICIOUS ['ʌn-səs'piʃəs], *a.* confiante, ingênuo.

UNSWEAR ['ʌn'swɛə], *v.* abjurar.

UNSWERVING [ʌn'swə:viŋ], *a.* inabalável.

UNTAINTED ['ʌn'teintid], *a.* incorrupto, puro, imaculado, não contaminado.

UNTAMABLE ['ʌn'teiməbl], *a.* indomável.

UNTANGLE ['ʌn'tæŋgl], *v.* desembaraçar, desenlaçar; desenredar.

UNTARNISHED ['ʌn'tɑ:niʃt], *a.* limpo, asseado; sem mancha, imaculado.

UNTAUGHT ['ʌn'tɔ:t], *a.* ignorante, inculto; analfabeto; natural; espontâneo.

UNTENABLE ['ʌn'tenəbl], *a.* insustentável, indefensável.

UNTHANKFUL ['ʌn'θæŋkful], *a.* ingrato.

UNTHINKABLE [ʌn'θiŋkəbl], *a.* inimaginável, inconcebível; improvável.

UNTHINKING ['ʌn'θiŋkiŋ], *a.* irrefletido, inconsiderado; indiscreto.

UNTHOUGHT ['ʌn'θɔ:t], *a.* não imaginado. # *unthought of,* imprevisto.

UNTHRIFTINESS ['ʌn'θriftnis], *s.* desperdício.

UNTIDINESS [ʌn'taidinis], *s.* falta de asseio; desordem; negligência.

UNTIDY [ʌn'taidi], *a.* sujo; desarranjado, desarrumado; negligente.

UNTIE ['ʌn'tai], *v.* desligar, desatar, desamarrar, soltar, afrouxar, desfazer.

UNTIL [ən'til], *prep.* até. *conj.* até que.

UNTIMELINESS [ʌn'taimlinis], *s.* extemporaneidade.

UNTIMELY [ʌn'taimli], *a.* prematuro; intempestivo, extemporâneo, antecipado, fora de tempo. *adv.* prematuramente; extemporaneamente, intempestivamente.

UNTIRING [ʌn'taiəriŋ], *a.* infatigável.

UNTO ['ʌntu], *prep.* para.

UNTOLD ['ʌn'tould], *a.* não revelado, que não foi dito, não referido; vasto, imensurável (= incomensurável), desmedido.

UNTOUCHED ['ʌn'tʌtʃt], *a.* intacto; ileso; insensível.

UNTOWARD [ʌn'touəd], *a.* desagradável, incômodo; tosco, rude; teimoso, voluntarioso, obstinado; perverso, mau; fatal, sinistro, aziago; indecoroso; relapso.

UNTRAMMEL(L)ED ['ʌn'træməld], *a.* livre, desimpedido.

UNTRANSLATABLE ['ʌntrɑ:ns'leitəbl], *a.* intraduzível.

UNTRIED ['ʌn'traid], *a.* não experimentado; (jur.) não julgado.

UNTRODDEN ['ʌn'trɔdn], *a.* não trilhado, não pisado.

UNTROUBLED ['ʌn'trʌbld], *a.* calmo, sossegado, tranqüilo; descansado, despreocupado.

UNTRUE ['ʌn'tru:], *a.* mentiroso, falso, desleal; inexato.

UNTRUSTWORTHY ['ʌn'trʌstwe:ði], *a.* indigno de confiança.

UNTRUTH ['ʌn'tru:θ], *s.* mentira, inverdade; falsidade, deslealdade.

UNTRUTHFUL ['ʌn'tru:θful], *a.* mentiroso; falso, desleal; inverídico.

UNTUTORED ['ʌn'tju:təd], *a.* ignorante; simples, ingênuo.

UNTWIST ['ʌn'twist], *v.* destorcer, desenrolar, desnovelar.

UNUSED ['ʌn'ju:zd], *a.* não usado.

UNUSED ['ʌn'ju:st], *a.* não acostumado, desabituado.

UNUSUAL [ʌn'ju:ʒuəl], *a.* pouco comum, raro, extraordinário, estranho; desusado; desacostumado.

UNUSUALLY [ʌn'ju:ʒuəli], *adv.* raramente, extraordinariamente; desusadamente.

UNUTTERABLE [ʌn'ʌtərəbl], *a.* indizível, inexprimível, inefável, inenarrável.

UNVARYING [ʌn'vɛəriŋ], *a.* invariável.

UNVEIL [ʌn'veil], *v.* tirar o véu, desvendar, descobrir.

UNVOICED ['ʌn'vɔist], *a.* não manifestado; (fon.) surdo.

UNWARLIKE ['ʌn'wɔ:laik], *a.* não guerreiro, pacífico.

UNWARNED ['ʌn'wɔ:nd], *a.* desprevenido; inopinado.

UNWARRANTABLE [ʌn'wɔrəntəbl], *a.* indefensável, injustificável, ilegal.

UNWARRANTED ['ʌn'wɔrəntid], *a.* incerto, sem garantia; não autorizado.

UNWARRANTED [ʌn'wɔrəntid], *a.* injustificável.

UNWARY [ʌn'wɛəri], *a.* incauto, descuidado, imprudente, temerário.

UNWAVERING [ʌn'weivəriŋ], *a.* inabalável, firme, resoluto.

UNWEARIED [ʌn'wiərid], *a.* não fatigado; infatigável.

UNWELCOME [ʌn'welkəm], *a.* mal recebido; desagradável, incômodo.

UNWELL ['ʌn'wel], *a.* adoentado, indisposto.

UNWHOLESOME ['ʌn'houlsəm], *a.* doentio, insalubre; mórbido.

UNWIELDY [ʌn'wi:ldi], *a.* pesado, pesadão, incômodo; desajeitado.

UNWILLING ['ʌn'wiliŋ], *a.* relutante; contrafeito, constrangido; contrariado.

UNWILLINGLY ['ʌn'wiliŋli], *adv.* com má vontade; com repugnância.

UNWILLINGNESS ['ʌn'wiliŋnis], *s.* má vontade; repugnância.

UNWIND ['ʌn'waind], *pret.* e *pp.* **UNWOUND.** *v.* desembaraçar, desemaranhar, desenrolar, desembrulhar, desenredar, desenrolar-se.

UNWISE ['ʌn'waiz], *a.* desajuizado, insensato; ignorante.

UNWITTING [ʌn'witiŋ], *a.* inconsciente; ignorante.

UNWITTINGLY [ʌn'witiŋli], *adv.* inconscientemente.

UNWOMANLY [ʌn'wumənli], *a.* indigno ou impróprio de uma mulher.

UNWONTED [ʌn'wountid], *a.* raro, invulgar, infreqüente, insólito.

UNWORKABLE ['ʌn'wə:kəbl], *a.* impraticável.

UNWORTHINESS [ʌn'wə:ðinis], *s.* indignidade.

UNWORTHY [ʌn'wə:ði], *a.* indigno, vil.

UNWRAP ['ʌn'ræp], *v.* desembrulhar, abrir, desenrolar.

UNWRITTEN ['ʌn'ritn], *a.* não escrito, oral, verbal.

UNYIELDING [ʌn'ji:ldiŋ], *a.* inabalável, inflexível, firme, tenaz.

UP [ʌp], *adv.* em cima, acima, para cima; em pé, em posição vertical; completamente; com segurança. *prep.* acima de, para cima de. *pref.* forma vários vocábulos de sentidos análogos. *a.* ascendente. *v.* levantar-se. *s.* subida, ascensão; melhoria; prosperidade. *int.* upa! # *be up,* estar de pé. *be up against it,* estar em má situação financeira. *be up to,* estar à altura de. *it is up to me* (*to you,* etc.), compete a mim (a você, etc.). *up and up,* cada vez mais alto. *up to,* até. *up to!* para cima! upa! *up to now,* até agora. *up with you!* levante-se! *what is up?* que há? *who is up?* de quem é a vez?

UP-AND-COMING ['ʌpən'kʌmiŋ], *a.* (E.U. col.) empreendedor, ativo = (Ing.) *wide-awake.*

UP-AND-DOING ['ʌpən'du:iŋ], *a.* (col.) ativo, empreendedor.

UP AND DOWN ['ʌpən'daun], *adv.* para cima e para baixo.

UP-AND-DOWN ['ʌpən'daun], *a.* dirigido para cima e para baixo; perpendicular; ereto.

UPBEAR [ʌp'bɛə], *v.* elevar; suster.

UPBRAID [ʌp'breid], *v.* reprochar, exprobar, censurar; lançar em rosto; afrontar, ultrajar.
UPBRINGING ['ʌpbriŋiŋ], *s.* educação.
UPCAST ['ʌpkɑ:st], *s.* arremesso (para o alto). *a.* ereto.
UPCOUNTRY ['ʌp'kʌntri], *s.* interior (do país). *a.* interior. *adv.* [ʌp'kʌntri] terra a dentro.
UPDATE [ʌp'deit], *v.* atualizar.
UPGRADE ['ʌpgreid], *s.* aclive, subida; rampa.
UPHEAVE [ʌp'hi:v], *v.* levantar, erguer, alçar, levantar-se.
UPHELD [ʌp'held], *pret.* e *pp.* de **UPHOLD.**
UPHILL [ʌp'hil], *a.* ascendente; difícil, penoso, árduo. *adv.* dificilmente.
UPHOLD [ʌp'hould], *pret.* e *pp.* **UPHELD.** *v.* levantar, erguer; manter, sustentar; defender.
UPHOLDER [ʌp'houldə], *s.* sustentáculo, apoio; protetor.
UPHOLSTER [ʌp'holstə], *v.* acolchoar, estofar.
UPHOLSTERER [ʌp'houlstərə], *s.* estofador.
UPKEEP ['ʌpki:p], *s.* conserva, conservação (de máquinas, etc.).
UPLAND ['ʌplənd], *s.* planalto; terreno elevado; região montanhosa. *a.* alto, elevado; montanhoso.
UPLIFT ['ʌplift], *s.* elevação; melhoria; enaltecimento; melhora (de saúde).
UPLIFT [ʌp'lift], *v.* levantar, erguer, elevar; enobrecer.
UPMOST ['ʌpmoust], *a.* supremo.
UPON [ə'pɔn], *prep.* sobre, em cima de; junto de, próximo de; a; por; por causa de; contra.
UPPER ['ʌpə], *a.* superior, mais elevado, mais alto, de cima. *s.* gáspea e cano de bota; empenha do sapato. # *the upper ten thousand,* a alta roda = (E.U.) *the four hundred. upper bracket,* dos primeiros, do começo de uma lista. *upper case,* (tip.) caixa alta. *upper case letters,* (tip.) letras maiúsculas.
UPPER-CIRCLE ['ʌpə'sə:kl], *s.* (teat.) balcão de segunda ordem.
UPPER-CUT ['ʌpəkʌt], *s.* direto no queixo (boxe). *v.* dar um direto.
UPPER HAND ['ʌpəhænd], *s.* vantagem, supremacia.
UPPER HOUSE ['ʌpəhaus], *s.* Câmara Alta, Câmara dos Pares.
UPPERMOST ['ʌpəmoust], *a.* o mais alto, o mais elevado; superior; predominante.
UPPISH ['ʌpiʃ], *a.* arrogante, altivo.
UPPISHNESS ['ʌpiʃnis], *s.* arrogância, altivez, soberba, vaidade.
UPRAISE [ʌp'reiz], *v.* levantar; exaltar; excitar; estimular.
UPRIGHT ['ʌp'rait], *a.* ereto, aprumado, direito, vertical. *adv.* verticalmente.
UPRIGHT ['ʌprait], *a.* justo, íntegro, honesto, honrado. *s.* elevação vertical, verticalidade.
UPRIGHTNESS ['ʌpraitnis], *s.* verticalidade; justiça, integridade, retidão, honradez.
UPRISE ['ʌpraiz], *s.* subida; ascensão; ladeira.
UPRISE [ʌp'raiz], *v.* levantar-se; surgir.
UPRISING [ʌp'raiziŋ], *s.* sublevação, revolta; ato de levantar-se; encosta de um monte.
UPROAR ['ʌp-rɔ:, 'ʌp-rɔə], *s.* tumulto, barulho, alvoroço, confusão, gritaria.
UPROARIOUS [ʌp'rɔ:ries, ʌp'rɔəriəs], *a.* tumultuoso, ruidoso, barulhento.
UPROOT [ʌp'ru:t], *v.* tirar da terra, arrancar, desarraigar.
UPS AND DOWNS ['ʌpsən'daunz], *s. pl.* altos e baixos, reveses.
UPSET [ʌp'set], *pret* e *pp.* **UPSET.** *v.* derrubar, abater; derramar; virar; soçobrar; transtornar, desarranjar, arruinar. *s.* desarranjo, transtorno; derrubamento. *a.* determinado, estabelecido; desordenado; perturbado. # *gastric upset,* embaraço gástrico.
UPSHOT ['ʌpʃɔt], *s.* fim, conclusão, epílogo, desenlace.
UPSIDE ['ʌpsaid], *s.* a parte superior, a parte mais alta.
UPSIDE-DOWN ['ʌpsaid'daun], *a.* desordenado; de pernas para o ar. *adv.* desordenadamente.
UPSTAIRS ['ʌp'steəz], *adv.* lá em cima, no andar superior. *a.* que pertence a um andar superior. *s.* andar superior. # *go upstairs,* subir; ganhar altura.
UPSTANDING [ʌp'stændiŋ], *a.* ereto; forte, sadio; honesto.
UPSTART ['ʌpstɑ:t], *v.* levantar-se; saltar repentinamente; elevar-se repentinamente. *s.* novo-rico; filho da fortuna, aquele que do nada chegou ao poder, às honras e riquezas.

UPSTREAM ['ʌp'stri:m], *a.* e *adv.* contra a corrente, a montante.

UPSWING ['ʌpswiŋ], *s.* (E.U.) melhoramento, melhoria = (Ing.) *improvement.*

UP-TO-DATE ['ʌptə'deit], *a.* moderno.

UP-TO-THE-MINUTE ['ʌptəðə'minit], *a.* atualizadíssimo.

UPTOWN ['ʌp'taun], *s.* a parte superior ou a zona residencial de uma cidade. *a.* da parte superior de uma cidade; (E.U.) da zona residencial. *adv.* em ou para a parte alta de uma cidade; (E.U.) em ou para a zona residencial.

UPTURN [ʌp'tə:n], *v.* voltar para cima; revolver.

UPWARD ['ʌpwəd], *a.* ascendente. *adv.* para cima, para o alto.

UPWARDS ['ʌpwədz], *adv.* para cima, para o alto.

URAEMIA, UREMIA [juə'ri:miə], *s.* uremia.

URANIUM [juə'reiniəm], *s.* (min.) urânio.

URANUS ['juərənəs, jue'reines], *s.* (astron.) Urano.

URBAN ['ə:bən], *a.* urbano, da cidade.

URBANE [ə:'bein], *a.* urbano, cortês, afável.

URBANITY [ə:'bæniti], *s.* urbanidade, cortesia, civilidade.

URBANIZE ['ə:bənaiz], *v.* urbanizar.

URCHIN ['ə:tʃin], *s.* ouriçocacheiro ; ouriço-do-mar; criança travessa; moleque. *a.* travesso, endiabrado.

UREA ['juəriə], *s.* (quím.) uréia.

URETHRA [juə'ri:θrə], *s.* (anat.) uretra.

URETHRITIS [juəri'θraitis], *s.* (med.) uretrite.

URETIC [juə'retik], *a.* urético; diurético.

URGE [ə:dʒ], *v.* urgir, solicitar; insistir; apressar; instar, fazer pressão moral; incitar, induzir; provocar, irritar, exasperar.

URGENCY ['ə:dʒənsi], *s.* urgência; necessidade; insistência; pressão.

URGENT ['ə:dʒənt], *a.* urgente; insistente.

URGENTLY ['ə:dʒəntli], *adv.* urgentemente.

URIC ['juərik], *a.* úrico.

URINAL ['juərinl], *s.* urinol; mictório.

URINARY ['juərinəri], *a.* urinário.

URINATE ['juərineit], *v.* urinar.

URINE [juərin], *s.* urina.

URN [ə:n], *s.* urna, vaso, cântaro.

URTICARIA [ə:ti'kεəriə], *s.* (med.) urticária.

URUGUAYAN [uru'gwaiən], *s.* e *a.* uruguaio.

US [ʌs], *pron.* nós. # *all of us,* nós todos, todos nós. *both of us,* nós dois, nós ambos.

USABLE ['ju:zəbl], *a.* usável; aproveitável.

USAGE ['ju:zidʒ], *s.* uso, costume, hábito, prática; tratamento; procedimento. # *common usage,* praxe. *hard* (ou *rough*) *usage,* mau trato.

USE [ju:z], *v.* usar, empregar; estar habituado, estar acostumado. # *it used to be said,* diziam, costumava-se dizer. *there used to be a house here,* havia uma casa aqui. *used up,* exausto. *use up,* gastar.

USE [ju:s], *s.* uso, emprego; hábito, costume; vantagem, proveito, lucro. # *be of no use,* ser inútil. *be of use,* ser útil, servir. *for use,* para uso. *what's the use?* que adianta?

USED [ju:st], *a.* acostumado, habituado.

USED [ju:zd], *a.* de segunda mão; gasto; utilizado, usado.

USEFUL ['ju:sful], *a.* útil, proveitoso, conveniente, lucrativo.

USEFULNESS ['ju:sfulnis], *s.* utilidade, proveito, lucro.

USELESS ['ju:slis], *a.* inútil, imprestável.

USELESSNESS ['ju:slisnis], *s.* inutilidade.

USER ['ju:zə], *s.* o que faz uso de alguma coisa.

USHER ['ʌʃə], *s.* escudeiro; porteiro; introdutor; "vaga-lume" (empregado de cinema); oficial de justiça. *v.* anunciar, introduzir.

USUAL ['ju:ʒuəl], *a.* usual, habitual, vulgar, freqüente.

USUALLY ['ju:ʒuəli], *adv.* usualmente, habitualmente, freqüentemente.

USUFRUCT ['ju:sju(:)frʌkt], *s.* usufruto.

USURER ['ju:ʒərə], *s.* usurário; agiota.

USURIOUS [ju:'zjuəriəs], *a.* usurário.

USURP [ju:'zə:p], *v.* usurpar.

USURPATION [ju:zə:'peiʃən], *s.* usurpação.

USURY ['ju:ʒuri], *s.* usura.

UTENSIL [ju:tensl], *s.* utensílio; vasilha; instrumento.

UTERINE ['ju:tərain], *a.* uterino.

UTERITIS [ju:tə'raitis], *s.* uterite.

UTERUS ['ju:tərəs], *s.* útero.

UTILITARIAN [ju:tili'tεəriən], *a.* e *s.* utilitário.

UTILITARIANISM [ju:tili'tɛəriənizm], *s.* utilitarismo.

UTILITY [ju:'tiliti], *s.* utilidade, vantagem, proveito; *pl.* serviços públicos (companhia telefônica, etc.). *a.* funcional; de qualidade inferior. # *utility man,* (cin. e teat.) coadjuvante, extra, ator secundário.

UTILIZABLE ['ju:tilaizəbl], *a.* utilizável; aproveitável.

UTILIZATION (ISA) [ju:tilai'zeiʃən], *s.* utilização.

UTILIZE (ISE) ['ju:tilaiz], *v.* utilizar, empregar, aproveitar; lucrar.

UTMOST ['ʌtmoust], *a.* mais remoto, extremo, máximo, último, o mais alto. *s.* o extremo, o mais alto grau. # *at the very utmost,* no máximo, quando muito.

UTOPIA [ju:'toupjə], *s.* utopia.

UTOPIAN [ju:'toupjən], *a.* utópico, imaginário, quimérico.

UTRICLE ['ju:trikl], *s.* (anat. e bot.) utrículo.

UTTER ['ʌtə], *v.* falar, proferir, exprimir, pronunciar; revelar, divulgar, publicar.

UTTER ['ʌtə], *a.* completo, total, extremo; exterior.

UTTERABLE ['ʌtərəbl], *a.* exprimível.

UTTERANCE ['ʌtərəns], *s.* elocução; articulação.

UTTERLY ['ʌtəli], *adv.* completamente, totalmente, plenamente.

UTTERMOST ['ʌtəmoust], *V.* **UTMOST.**

UVULA ['ju:vjulə], *s.* úvula, campainha.

UVULAR ['ju:vjulə], *a.* (anat.) uvular.

UXORICIDE [ʌk'sɔ:risaid], *s.* uxoricídio; uxoricida.

UXORIOUS [ʌk'sɔ:riəs], *a.* uxório; marital.

V

V [vi:], *s.* vigésima segunda letra do alfabeto.

VACANCY ['veikənsi], *s.* vazio, vácuo; vaga, vacatura, vacância; lacuna.

VACANT ['veikənt], *a.* livre, vago, desocupado, desembaraçado; vazio; frívolo; fútil; desleixado, indiferente; ocioso.

VACATE [və'keit], *v.* invalidar, revogar, anular; abandonar; despejar, esvaziar; vagar.

VACATION [və'keiʃən], *s.* férias; sossego; descanso; vacância; anulação. *v.* tomar férias; gozar férias.

VACATIONIST [və'keiʃənist], *s.* (E.U.) o que está de férias = (Ing.) *holiday-maker.*

VACCINATE ['væksineit], *v.* vacinar.

VACCINATION [væksi'neiʃən], *s.* vacina, vacinação.

VACCINATOR ['væksineitə], *s.* vacinador; lanceta própria para vacinar.

VACCINE ['væksi:n], *s.* vacina. *a.* vacínico.

VACILLATE ['væsileit], *v.* hesitar, vacilar, duvidar, titubear, cambalear.

VACILLATING ['væsileitiŋ], *a.* hesitante, vacilante, indeciso.

VACUITY [væ'kjuiti], *s.* vão, vacuidade; inanidade; estupidez.

VACUOLE ['vækjuoul], *s.* (biol.) vacúolo.

VACUOUS ['vækjuəs], *a.* vazio; estúpido.

VACUUM ['vækjuəm], *s.* vácuo; vão; aspirador de pó. *v.* limpar (com aspirador). # *vacuum brake* (aut.) freio a vácuo.

VACUUM-BOTTLE ['vækjuəm'bɔtl], *s.* *V.* **THERMOS-FLASK.**

VACUUM-CLEANER ['vækjuəm'kli:nə], *s.* aspirador de pó.

VAGABOND ['vægəbənd, 'vægəbɔnd], *s.* e *a.* vadio, vagabundo, errante.

VAGABONDAGE ['vægəbɔndidʒ], *s.* vagabundagem, ciganaria.

VAGARY [və'gɛəri], *s.* capricho, excentricidade, veneta.

VAGINA [və'dʒainə], *s.* (anat.) vagina.

VAGINAL [və'dʒainəl], *a.* vaginal.

VAGRANCY ['veigrənsi], *s.* vagabundagem, vadiagem, vadiação, ociosidade.

VAGRANT ['veigrənt], *a.* e *s.* vagabundo, vadio, errante.

VAGUE [veig], *a.* incerto, vago, impreciso.

VAGUENESS ['veignis], *s.* imprecisão; incerteza.

VAGUS ['veigəs], *s.* vago, pneumogástrico, nervo vago.

VAIL [veil], *s.* véu; *pl.* gorjeta; alvíssaras; percalços. *v.* cobrir com véu; curvar-se, abaixar-se em sinal de respeito; amainar, ceder, render, (mar.) arriar as velas.

VAIN [vein], *a.* vão, inútil; convencido, vaidoso; pomposo, faustoso; orgulhoso, soberbo: fútil, inútil.

VAINLY ['veinli], *adv.* debalde, em vão, inutilmente; loucamente; orgulhosamente, soberbamente.

VAINNESS ['veinnis], *s.* orgulho; vaidade, soberba; frivolidade; inutilidade.

VALANCE ['væləns], *s.* franja; sanefa; rodapé *v.* ornar com sanefas ou franjas.

VALE [veil], *s.* (poes.) pequeno vale.

VALEDICTION [væli'dikʃən], *s.* adeus, despedida.

VALEDICTORIAN [vælidik'tɔ:riən], *s.* (E.U.) orador da turma na solenidade de formatura.

VALEDICTORY [væli'diktəri], *a.* de despedida. *s.* (E.U.) discurso de formatura.

VALENCE ['veiləns], s. (quím.) valência.

VALENCY ['veilənsi], *s.* *V.* **VALENCE.**

VALENTINE ['væləntain], *s.* galã; namorado; carta ou presente enviado no dia de São Valentim.

VALERIAN [və'liəriən], *s.* valeriana.

VALET ['vælit], *s.* valete, pajem, criado, servo, camareiro. *v.* pajear; servir como criado.

VALETUDINARIAN ['vælitju:di'nεəriən], *s.* e *a.* valetudinário.

VALIANT ['væljənt], *a.* valente, bravo, valoroso.

VALID ['vælid], *a.* válido, robusto, forte; eficaz; poderoso.

VALIDATE ['vælideit], *v.* validar.

VALIDATION [væli'deiʃən], *s.* validação.

VALIDITY [və'liditi], *s.* validade.

VALIDNESS ['vælidnis], *s.* validez, solidez, força.

VALISE [və'li:z], *s.* (E.U.) maleta, mala de mão = (Ing.) *portmanteau.*

VALLEY ['væli], *s.* vale. # *hanging valley,* (geol.) vale suspenso. *valley tile,* telha canelada.

VALOROUS ['vælərəs], *a.* valoroso, bravo, valente, intrépido, corajoso, forte.

VALO(U)R ['vælə], *s.* valor, bravura, valentia. intrepidez, coragem.

VALUABLE ['væljuəbl], *a.* valioso, precioso, importante, estimável, útil.

VALUATION [vælju'eiʃən], *s.* avaliação, apreciação.

VALUE ['vælju:], *v.* avaliar, apreciar, taxar; prezar, estimar. *s.* preço; valia, valor, mérito, importância; apreço, consideração. # *actual value,* valor real, valor efetivo. *assessed value,* valor tributário. *marketable value,* valor venal. *present value,* valor apurado. *rental value,* valor locativo.

VALUED ['vælju:d], *a.* avaliado; apreciado.

VALUER ['væljuə], *s.* avaliador; perito; apreciador.

VALVE [vælv], *s.* válvula de rádio = (E.U.) *tube, radio tube.* # *check valve,* (canal.) válvula de retenção. *valve lever,* (maq.) balancim. *valve rocker,* balancim.

VALVULAR ['vælvjulə], *a.* valvular.

VAMOOSE, VAMOSE [væ'mu:s, væ'mous], *v.* (E.U. gír.) fugir, sair na surdina.

VAMP [væmp], *s.* pala ou gáspea de sapato; remendo; (mús.) acompanhamento. *v.* remendar; (mús.) improvisar; acompanhar.

VAMP [væmp], *s.* (abr. de *vampire)* vampiro, mulher vampiro.

VAMPER ['væmpə], *s.* remendão.

VAMPIRE ['væmpaiə], *s.* vampiro. *V.* **VAMP.**

VAN [væn], *s.* vanguarda; crivo, joeira, ciranda; vagão; caminhão; carroça; (E.U.) andorinha (veículo) = (Ing.) *pantechnicon.* # *lead the van,* ir na vanguarda.

VANADIUM [və'neidiəm], *s.* (quím.) vanádio.

VANDAL ['vændəl], *a.* vandálico, vândalo, destruidor. *s.* vândalo; bárbaro.

VANDALISM ['vændəlizm], *s.* vandalismo, destruição, barbaridade.

VANE [vein], *s.* grimpa; cata-vento, ventoinha; pínula.

VANGUARD ['vængɑ:d], *s.* vanguarda.

VANILLA [və'nilə], *s.* baunilha.

VANISH ['væniʃ], *v.* passar, desvanecer-se, dissipar-se; eclipsar-se; desaparecer; escapar-se; desmaiar, desfalecer.

VANITY ['væniti], *s.* vaidade; frivolidade, ostentação; arrogância, orgulho; (E.U.) penteadeira = (Ing.) *dressing-table, toilet table.*

VANITY BAG ['vænitibæg], *s.* *V.* **VANITY CASE.**

VANITY BOX ['vænitibɔks], *s.* *V.* **VANITY CASE.**

VANITY CASE ['vænitikeis], *s.* poseira, pequeno estojo para pó-de-arroz.

VANITY TABLE ['væniti'teibl], *s.* (E.U.) toucador, penteadeira = (Ing.) *dressing-table, toilet table.*

VANQUISH ['væŋkwiʃ], *v.* conquistar, vencer; subjugar, domar.

VANQUISHABLE ['væŋkwiʃəbl], *a.* superável, conquistável, vencível.

VANQUISHER ['væŋkwiʃə], *s.* conquistador, vencedor; domador.

VANTAGE ['vɑ:ntidʒ], *s.* vantagem, superioridade; ganho, lucro, proveito; boa ocasião, oportunidade; excesso.

VAPID ['væpid], *a.* evaporado; insípido, sem graça; insulso (= insosso), desenxabido.

VAPIDITY [væ'piditi], *V.* **VALPIDNESS.**

VAPIDNESS ['væpidnis], *s.* sensaboria, insipidez.

VAPORIZATION (ISA) [veipərai'zeiʃən], *s.* vaporização.

VAPORIZE (ISE) ['veipəraiz], *v.* vaporizar; volatizar; evaporar-se.

VAPORIZER (ISER) ['veipəraizə], *s.* vaporizador; pulverizador.

VAPOROUS ['veipərəs], *a.* vaporoso; etéreo; quimérico.

VAPO(U)R ['veipə], *s.* vapor; fumaça, fumo; sonho, quimera, utopia; presunção, orgulho, arrogância; hálito; gás, fluido. *v.* evaporar-se, vaporizar-se; dissipar-se.

VAPOURY ['veipəri], *a.* vaporoso; sonhador; melancólico; rabujento, impertinente.

VARIABILITY [vɛəriə'biliti], *s.* variabilidade, mutabilidade, inconstância, volubilidade.

VARIABLE ['vɛəriəbl], *a.* variável, inconstante, volúvel. *s.* (mat.) quantidade variável.

VARIANCE ['vɛəriəns], *s.* diferença, variação; desavença, desinteligência, desacordo. # *at variance,* em desacordo, em desarmonia.

VARIANT ['vɛəriənt], *a.* variante; diverso; volúvel, inconstante, mudável (= mutável). *s.* variante; variação.

VARIATION [vɛəri'eiʃən], *s.* variação, alteração, mutação; desvio, diferença.

VARICELLA [væri'selə], *s.* varicela.

VARICES ['værisi:z], *pl.* de **VARIX.**

VARICOLOURED ['vɛərikʌləd], *a.* multicolor, multicor, variegado, matizado.

VARICOSE ['værikous], *a.* varicoso.

VARIED ['vɛərid], *a.* mudado, variado, diversificado; variegado; diverso.

VARIEGATE ['vɛərigeit], *v.* diversificar, mudar; variegar, matizar.

VARIEGATED ['vɛərigeitid], *a.* variegado, matizado.

VARIEGATION [vɛəri'geiʃən], *s.* variegação, matiz.

VARIETY [və'raiəti], *s.* variedade, sortimento, diversidade; mudança, variação; espetáculo de variedades; (E.U.) vaudeville. # *a variety of goods,* sortimento de vários artigos, grande sortimento de mercadorias. *variety is the spice of life,* a variedade é especiaria da vida.

VARIFORM ['vɛərifɔ:m], *a.* multiforme.

VARIOLA [və'raiələ], *s.* varíola, bexigas.

VARIOUS ['vɛəriəs], *a.* diferente, diverso, vário; sortido, variegado; inconstante, variável.

VARIX ['vɛəriks], *pl.* **VARICES.** *s.* variz.

VARLET ['vɑ:lit], *s.* velhaco, tratante.

VARMINT ['vɑ:mint], *s.* (col.) um patife.

VARNISH ['vɑ:niʃ], *s.* verniz *v.* envernizar. # *insulating varnish,* (eletr.) verniz isolante.

VARNISHER ['vɑ:niʃə], *s.* envernizador.

VARNISHING ['vɑ:niʃiŋ], *s.* envernizamento.

VARSITY ['vɑ:siti], *s.* (col.) universidade; a representação esportiva de uma universidade. *a.* universitário.

VARY ['vɛəri], *v.* mudar, variar, cambiar; alterar-se, mudar-se; discordar; afastar-se, desviar-se.

VASCULAR ['væskjulə], *a.* vascular.

VASE [vɑ:z], *s.* vaso, jarro, jarra.

VASELINE ['væsili:n], *s.* vaselina.

VASSAL ['væsəl], *s.* vassalo, escravo; súdito. *a.* tributário.

VAST [vɑ:st], *a.* vasto, amplo, imenso, enorme, dilatado, colossal. *s.* vastidão, imensidão, extensão, grandeza.

VASTLY ['vɑ:stli], *adv.* imensamente, vastamente, excessivamente.

VASTNESS ['vɑ:stnis], *s.* vastidão, imensidão; enormidade, grandeza.

VAT [væt], *s.* cuba, tina, tonel; fossa; reservatório. *v.* guardar em tinas.

VAULT [vɔ:lt], *s.* abóbada; subterrâneo; catacumba; caverna, adega; pulo, salto. *v.* abobadar; arquear; pular, saltar.

VAULTER ['vɔ:ltə], *s.* saltador, acrobata (= acróbata).

VAUNT [vɔ:nt], *s.* vaidade, fanfarrice, ostentação, gabo. *v.* louvar, exaltar, gabar; gabar-se; jactar-se.

VEAL [vi:l], *s.* vitela, carne de vitela.

VECTOR ['vektə], *s.* (mat.) vector; (biol.) transmissor.

VEDETTE [vi'det], *s.* (mil.) vedeta.

VEER [viə], *v.* virar, mudar; desviar.

VEGETABLE ['vedʒitəbl], *s.* vegetal, planta; *pl.* verduras, hortaliças, legumes. *a.* de hortaliças; vegetativo; vegetável; vegetal. # *green vegetables,* legumes, hortaliças. *vegetable garden,* horta.

VEGETABLE MAN ['vedʒitəblmən], *s.* (E.U.) verdureiro = (Ing.) *greengrocer.*

VEGETAL ['vedʒitl], *a.* e *s.* vegetal.

VEGETARIAN [vedʒi'tɛəriən], *s.* e *a.* vegetariano.

VEGETARIANISM [vedʒi'tɛəriənizm], *s.* vegetarianismo.

VEGETATE ['vedʒiteit], *v.* vegetar; brotar.

VEGETATION [vedʒi'teiʃən], *s.* vegetação.

VEHEMENCE ['vi:iməns], *s.* veemência, ímpeto, força.

VEHEMENT ['vi:imənt], *a.* veemente, violento, forte.

VEHICLE ['vi:ikl], *s.* veículo, carro, carruagem.

VEIL [veil], *s.* véu, venda; faixa; máscara, disfarce; capa; pretexto. *v.* vendar, velar, cobrir; disfarçar, mascarar, ocultar. # *take on the veil,* tornar-se freira.

VEILING ['veiliŋ], *s.* tecido para véus; ação de velar.

VEIN [vein], *s.* veia; nervura; veio, filão; disposição; gênio, talento; (bot.) nervura. # *be in the vein for,* estar disposto a, estar com disposição de.

VEINED [veind], *a.* venoso.

VELDT [velt], *s.* estepe (na África).

VELOCIPEDE [vi'lɔsipi:d], *s.* velocípede.

VELOCITY [vi'lɔsiti], *s.* rapidez, velocidade. # *velocity gauge,* velocímetro.

VELOUR [ve'luə], *s.* veludinha.

VELUM ['vi:ləm], *s.* véu.

VELVET ['velvit], *s.* veludo; (E.U. col.) lucro = (Ing.) *profit.* *a.* aveludado, de veludo.

VELVETED ['velvitid], *a.* aveludado.

VELVETEEN ['velvi'ti:n], *s.* belbutina, veludilho.

VELVETY ['velviti], *a.* aveludado.

VENAL ['vi:nl], *a.* venal, mercenário.

VENALITY [vi:'næliti], *s.* venalidade.

VEND [vend], *v.* vender; apregoar; divulgar, proclamar.

VENDEE [ven'di:], *s.* (jur.) comprador.

VENDER ['vendə], *s.* vendedor de rua; vendedor automático (doces, selos, etc.).

VENDOR ['vendɔ:], *s.* (jur.) vendedor.

VENDUE [ven'dju:], *s.* venda em leilão, em hasta pública.

VENEER [və'niə], *v.* embutir, entalhar, folhear, chapear. *s.* madeira para embutir; embutido (de madeira, marfim, etc.); madeira folheada, chapa folheada; aparência.

VENERABLE ['venərəbl], *a.* venerável, respeitável.

VENERAL [vi'niəriəl], *a.* venéreo.

VENERATE ['venəreit], *v.* venerar, respeitar.

VENERATION [venə'reiʃən], *s.* veneração, reverência, respeito.

VENERATOR ['venəreitə], *s.* venerador, respeitador.

VENETIAN [vi'ni:ʃən], *a.* e *s.* veneziano.

VENETIAN BLIND [vi'ni:ʃənblaind], *s.* veneziana, persiana.

VENETIAN BOAT [vi'ni:ʃənbout], *s.* gôndola.

VENGEANCE ['vendʒəns], *s.* vingança; desforra; castigo.

VENGEFUL ['ven(d)ʒful], *a.* vingativo.

VENIAL ['vi:niəl], *a.* venial, perdoável.

VENIREMAN [vi'nairimən], *s.* (E.U.) jurado = (Ing.) *juryman.*

VENISON ['venzn], *s.* carne de veado.

VENOM ['venəm], *s.* veneno, vírus, peçonha; animosidade, rancor; maldade.

VENOMOUS ['venəməs], *a.* venenoso, peçonhento, virulento; odiento, malvado, maligno.

VENOUS ['vi:nəs], *a.* venoso.

VENT [vent], *v.* exalar, dar livre curso a; emanar; descarregar; expandir, desafogar; divulgar. *s.* vento; passagem, saída, abertura; suspiro; respiradouro; divulgação; desafogo. # *cooling vents,* (mar.) canais de ventilação. *give vent to,* dar expansão a.

VENTILATE ['ventileit], *v.* ventilar, arejar; joeirar; abanar; examinar; elucidar; discutir, ponderar.

VENTILATION [venti'leiʃən], *s.* ventilação; arejamento (= arejo); discussão; (psic.) desabafo.

VENTILATOR ['ventileitə], *s.* ventilador, respiradouro.

VENT-PEG ['ventpeg], *s.* espiche (pau).

VENTRAL ['ventrəl], *a.* ventral, abdominal.

VENTRICLE ['ventrikl], *s.* ventrículo.

VENTRILOQUISM [ven'triləkwizm], *s.* ventriloquismo.

VENTRILOQUIST [ven'triləkwist], *s.* ventríloquo, ventriloquista.

VENTRILOQUY [ven'triləkwi], *s.* ventriloquia.

VENTURE ['ventʃə], *s.* aventura, empresa arriscada; acidente; risco, perigo; sorte, acaso; (com.) especulação; dinheiro. *v.* arriscar, aventurar; ousar; arriscar-se, aventurar-se. # *at a venture,* a esmo. *nothing venture, nothing have,* quem não arrisca não petisca.

VENTURER ['ventʃərə], *s.* aventureiro.

VENTURESOME ['ventʃesəm], *a.* arriscado, perigoso; audaz, ousado, atrevido, aventureiro.

VENTURESOMENESS ['ventʃəsəmnis], *s.* ousadia, temeridade.

VENTUROUS ['ventʃərəs], *a.* corajoso, audaz, audacioso, atrevido.

VENTUROUSNESS ['ventʃərəsnis], *s.* audácia.

VENUE ['venju:], *s.* local; jurisdição em que se cometeu um crime.

VENUS ['vi:nəs], *s.* Vênus.

VERACIOUS [və'reiʃəs], *a.* verídico, veraz, verdadeiro.

VERACIOUSNESS [və'reiʃəsnis], *s.* veracidade.

VERACITY [və'ræsiti], *s.* verdade, veracidade.

VERANDA(H) [və'rændə], *s.* varanda, galeria, pórtico =(E.U.) *porch, piazza.*

VERB [və:b], *s.* (gram.) verbo.

VERBAL ['və:bəl], *a.* verbal; literal; loquaz, verboso (desus.).

VERBALISM ['və:bəlizm], *s.* verbalismo; verbosidade.

VERBALIST ['və:bəlist], *s.* verbalista.

VERBATIM [və:'beitim], *adv.* literalmente, ao pé da letra.

VERBENA [və:'bi:nə], *s.* (bot.) verbena.

VERBIAGE ['və:biidʒ], *s.* verbiagem, verbosidade, loquacidade; parolagem, parolice; parola; palavrório (= palanfrório).

VERBOSE [və:'bous], *a.* verboso, loquaz, prolixo.

VERBOSENESS [və:'bousnis], *s.* verbosidade, loquacidade, prolixidade.

VERBOSITY [və:'bɔsiti]. *V.* **VERBOSENESS.**

VERDANCY ['və:dənsi], *s.* verdor; inexperiência.

VERDANT ['və:dənt], *a.* verdejante, verde; fresco; inexperiente, ingênuo, ignorante.

VERDICT ['və:dikt], *s.* veredicto; opinião. juízo. # *pass one's verdict upon something,* dar (ou manifestar) opinião sobre alguma coisa.

VERDIGRIS ['və:digris], *s.* verdete.

VERDURE ['və:dʒə], *s.* vegetação, verdura, frescura.

VERDURED ['və:dʒəd], *a.* verdoso, verdejante.

VERDUROUSNESS ['və:dʒərəsnis], *s.* verdor.

VERGE ['və:dʒ], *s.* vara (insígnia de autoridade); jurisdição; limite, fim, extremidade; margem, borda; âncora de relógio. *v.* pender ou inclinar-se para; dirigir-se; aproximar-se de; roçar. # *be on the verge of,* estar a ponto de. *on the verge of life,* no fim da vida.

VERGER ['və:dʒə], *s.* bedel, porteiro dos auditórios, maceiro; oficial de justiça.

VERIFIABLE ['vərifaiəbl], *a.* verificável, demonstrável, confirmável.

VERIFICATION [verifi'kəiʃən], *s.* verificação, demonstração; confirmação; prova, exame

VERIFIER ['vərifaiə], *s.* verificador, examinador.

VERIFY ['verifai], *v.* verificar, examinar; confirmar, provar, demonstrar; acreditar; cumprir (uma promessa); (for.) confirmar sob juramento.

VERILY ['verili], *adv.* verdadeiramente; realmente, certamente, indubitavelmente.

VERISSIMILITUDE [verisi'militju:d], *s.* verossimilhança, probabilidade.

VERITABLE ['veritəbl], *a.* verdadeiro.

VERITY ['veriti], *s.* veracidade, autenticidade, realidade.

VERJUICE ['və:dʒu:s], *s.* agraço; acidez (de frutos), mordacidade, rispidez.

VERMICELLI [və:mi'seli], *s.* aletria.

VERMICIDE ['və:misaid], *a.* vermicida.

VERMILION [və'milijən], *s.* vermelhão. *v.* tingir de vermelho.

VERMIN ['və:min], *s.* vérmina; canalha, gentalha; animais, pássaros e insetos daninhos.

VERMINOUS ['və:minəs], *a.* bichento, verminoso.

VERM(O)OUTH ['və:mu:θ], *s.* vermute.

VERNACULAR [və'nækjulə], *a.* vernáculo, nacional. *s.* vernáculo.

VERNAL ['və:nl], *a.* vernal, primaveril.

VERONICA [və'rɔnikə], *s.* verônica; (bot.) verônica.

VERSATILE ['və:sətail], *a.* versátil, volúvel, inconstante, mutável.

VERSATILITY [və:sə'tiliti], *s.* versatilidade, volubilidade; flexibilidade.

VERSE [və:s], *s.* verso, estrofe; poesia; poema. # *blank verse,* verso solto, verso branco.

VERSED [və:st], *a.* versado; prático, perito; experimentado.

VERSICLE ['və:sikl], *s.* versículo, verseto.

VERSIFICATION [və:sifi'keiʃən], *s.* versificação, metrificação.

VERSIFIER ['və:sifaiə], *s.* versejador, rimador, poetastro, poetaço.

VERSIFY ['və:sifai], *v.* versejar, versificar, rimar.

VERSION ['və:ʃən], *s.* tradução; versão.

VERSO ['və:sou], *s.* verso de página.

VERTEBRA ['və:tibrə], *s.* (anat.) vértebra.

VERTEBRAL ['və:tibrəl], *a.* vertebral; vertebrado.

VERTEBRATA [və:ti'breitə], *s. pl.* vertebrados.

VERTEBRATE ['və:tibrit], *a.* vertebrado. *s.* animal vertebrado.

VERTEX ['və:teks], *s.* vértice, ápice, cimo, zênite, cume.

VERTICAL ['və:tikəl], *a.* vertical.

VERTICALNESS ['və:tikəlnis], *s.* verticalidade.

VERTIGO ['və:tigou], *s.* vertigem, atordoamento, tonteira; desvario, capricho.

VERVE [vɛəv, və:v], *s.* verve; entusiasmo; inspiração, engenho poético.

VERY ['veri], *adv.* muito, excessivamente; bastante; inteiramente; perfeitamente. *a.* mesmo; próprio.

VESICANT ['vezikənt], *s.* e *a.* vesicante, vesicatório.

VESICLE ['vesikl], *s.* vesícula.

VESPER ['vespə], *s.* estrela da tarde, Vésper; véspera, tarde; *pl.* (rel.) vésperas, horas canônicas.

VESSEL ['vesl], *s.* vasilha, recipiente; vaso, navio, vapor, embarcação; (anat.) vaso. # *sailing vessel,* navio de vela.

VEST [vest], *s.* camiseta = (E.U.) *undershirt,* (E.U.) camisola de criança; (E.U.) camisa de mulher; (E.U.) colete = (Ing.) *waistcoat. v.* vestir; revestir; empossar, investir; confiar; colocar; revestir-se; ter validez.

VESTAL ['vestl], *s.* vestal; virgem, donzela. *a.* virginal, casta, pura.

VESTIBULE ['vestibju:l], *s.* vestíbulo, pórtico; (anat.) vestíbulo.

VESTIGE ['vestidʒ], *s.* vestígio, sinal, indício, traço; pisada, pegada.

VESTMENT ['vestmənt], *s.* vestimenta, vestuário, fato, veste.

VESTRY ['vestri], *s.* sacristia.

VESTURE ['vestʃə], *s.* envoltório, invólucro; vestido, veste, vestuário; cobertura; posse, investidura. *v.* vestir; envolver.

VET [vet], *s.* (col.) veterinário; (E.U.) veterano.

VETCH [vetʃ], *s.* (bot.) ervilhaca.

VETERAN ['vetərən], *s.* e *a.* veterano.

VETERINARIAN [vetərə'nɛəriən, vetrə'nɛəriən], *s.* e *a.* (E.U.) veterinário = (Ing.) *veterinary.*

VETERINARY ['vetərinəri, 'vetnri], *a.* e *s.* veterinário = (E.U.) *veterinarian.*

VETO ['vi:tou], *v.* vetar; opor-se, proibir; recusar a sanção a. *s.* veto; oposição, proibição.

VEX [veks], *v.* irritar, contrariar, enfadar; atormentar, afligir; perseguir; disputar.

VEXATION [vek'seiʃən], *s.* contrariedade; opressão; aflição; tormento; irritação.

VEXATIOUS [vek'seiʃəs], *a.* incômodo; irritante, doloroso, penoso.

VEXED [vekst], *a.* irritado; atormentado; molestado.

VEXING ['veksiŋ], *a.* aflitivo; desolador; incômodo, atormentador, irritante.

VIA ['vaiə], *s.* via, passagem, caminho, estrada, *prep.* por meio de, por via de.

VIABLE ['vaiəbl], *a.* capaz de viver; viável.

VIADUCT ['vaiədʌkt], *s.* viaduto.

VIAL ['vaiəl], *s.* frasco, garrafinha.

VIAND ['vaiənd], *s.* provisões (usado no *pl.*).

VIBRANT ['vaibrənt], *a.* vibrante; sonoro; oscilante, trêmulo.

VIBRATE [vai'breit, 'vaibreit], *v.* vibrar, tanger, agitar, mover; oscilar, balançar, abalar.
VIBRATION [vai'breiʃən], *s.* vibração; oscilação; trepidação.
VIBRATOR ['vaibreitə], *s.* vibrador.
VIBRATORY ['vaibrətəri], *a.* vibratório, oscilatório.
VIBURNUM [vai'bə:nəm], *s.* (bot.) viburno.
VICAR ['vikə], *s.* vigário; o cura; pároco; o substituto.
VICARAGE ['vikəridʒ], *s.* vigararia, vicariato.
VICARESS ['vikəris], *s.* vigária; vice-abadessa.
VICARIOUS [vai'kεəriəs], *a.* vicário, substituto, delegado; de vigário.
VICE [vais], *s.* vício, defeito, imperfeição; mácula (= mancha); libertinagem; maldade; manha de animal.
VICE ['vaisi], *prep.* em vez de, em lugar de.
VICE ['vais], *pref.* vice.
VICE [vais], *s.* tornilho, torno de mão = (E.U.) *vise.*
VICE-ADMIRAL ['vais'ædmirəl], *s.* vice-almirante.
VICE-CHAIRMAN ['vais'tʃεəmən], *s.* vice-presidente.
VICE-CHANCELLOR ['vais'tʃɑ:nsələ], *s.* vice--chanceler.
VICE-CONSUL ['vais'kɔnsəl], *s.* vice-cônsul.
VICE-CONSULATE ['vais'kɔnsjulit], *s.* vice--consulado.
VICE-PRESIDENT ['vais'prezidənt], *s.* vice-presidente.
VICEREINE ['vais'rein], *s.* vice-rainha.
VICEROY ['vais-rɔi], *s.* vice-rei.
VICE-VERSA ['vaisi'və:sə], *adv.* vice-versa.
VICINITY [vi'siniti], *s.* vizinhança, arredores, proximidade.
VICIOUS ['viʃəs], *a.* vicioso, defeituoso; viciado, corrompido; rigoroso, inclemente (tempo); perverso.
VICIOUSNESS ['viʃəsnis], *s.* vício; depravação; violência; indocilidade.
VICISSITUDE [vi'sisitju:d], *s.* vicissitude, revés; alteração, mudança; inconstância.
VICTIM ['viktim], *s.* vítima.
VICTIMIZE(ISE) ['viktimaiz], *v.* vitimar, sacrificar; enganar.
VICTOR ['viktə], *s.* e *a.* vencedor, conquistador, triunfador.
VICTORIOUS [vik'tɔ:riəs], *a.* vitorioso, vencedor, triunfante.
VICTORIOUSLY [vik'tɔ:riəsli], *adv.* vitoriosamente.
VICTORY ['viktəri], *s.* vitória, triunfo.
VICTROLA [vik'troulə], *s.* vitrola.
VICTUAL ['vitl], *v.* vitualha; *pl.* vitualhas, provisões, mantimentos.
VICTUALLER ['vitlə], *s.* abastecedor, fornecedor, vivandeiro.
VICTUALLING ['vitliŋ], *s.* abastecimento, fornecimento de víveres; mantimentos, provisões.
VIDELICET [vi'di:liset, vai'di:liset], *adv.* isto é, a saber.
VIDEO ['vidiou], *s.* televisão. *a.* relativo a televisão, de televisão.
VIE [vai], *v.* competir, porfiar, rivalizar; combater; disputar; desafiar; apostar.
VIENNESE [viə'ni:z], *s.* e *a.* vienense.
VIEW [vju:], *v.* ver; examinar, observar; investigar, inspecionar. *s.* vista, olhar; visão; inspeção, exame; golpe de vista; paisagem; perspectiva; intenção, propósito; desígnio; parecer, opinião. # *at one view,* num relance. *in view of,* à vista de. *on view,* em exposição, exposto, à vista. *view finder,* (foto) lente visora. *with a view to,* com a intenção de, com o fito de, com vistas as.
VIEWER [vju:e], *s.* examinador, investigador, inspetor.
VIEWLESS ['vju:lis], *a.* invisível.
VIEWPOINT ['vju:pɔint], *s.* ponto de vista.
VIGIL ['vidʒil], *s.* vigília.
VIGILANCE ['vidʒiləns], *s.* vigilância, precaução, cuidado; vigília; sentinela, vigia (desus.).
VIGILANT ['vidʒilənt], *a.* vigilante, diligente, cuidadoso.
VIGNETTE [vi'njet], *s.* vinheta; (arq.) ramagem.
VIGOROUS ['vigərəs], *a.* vigoroso, robusto, forte; enérgico.
VIGOROUSLY ['vigərəsli], *adv.* vigorosamente, energicamente.
VIGOROUSNESS ['vigərəsnis], *s.* vigor, robustez.
VIGO(U)R ['vigə], *s.* vigor, força; energia, força espiritual.

VILE [vail], *a.* vil, abjeto, imundo, desprezível, indigno; depravado; maligno.

VILENESS ['vailnis], *s.* vileza, abjeção, aviltamento, infâmia, baixeza.

VILIFIER ['vilifaiə], *s.* caluniador, difamador, vilipendiador.

VILIFY ['vilifai], *v.* caluniar, difamar, aviltar.

VILLA ['vilə], *s.* chácara, quinta, casa campestre.

VILLAGE ['vilidʒ], *s.* aldeia, burgo, povoação. *a.* de aldeia.

VILLAGER ['vilidʒə], *s.* aldeão.

VILLAIN ['vilən], *s.* vilão, malfeitor, bandido, celerado.

VILLAINOUS ['vilənəs], *a.* vil, infame, velhaco, desprezível, abjeto, repugnante.

VILLAINOUSNESS ['vilənəsnis], *s.* vilania, baixeza, maldade.

VILLAINY ['viləni], *V.* **VILLAINOUSNESS.**

VIM [vim], *s.* (E.U.) energia, vigor.

VINCIBLE ['vinsəbl], *a.* vencível, superável, conquistável.

VINDICATE ['vindikeit], *v.* defender, justificar; sustentar, afirmar; vingar; punir; reivindicar.

VINDICATION [vindi'keiʃən], *s.* defesa, proteção; justificação.

VINDICATIVE [vin'dikeitiv], *a.* vingativo; justificativo, vindicativo.

VINDICATOR ['vindikeitə], *s.* vindicador, defensor.

VINDICTIVE [vin'diktiv], *a.* vindicativo, vingativo.

VINDICTIVENESS [vin'diktivnis], *s.* índole vingativa.

VINE [vain], *s.* vinha; videira; (E.U.) trepadeira = (Ing.) *creeper*.

VINEGAR ['vinigə], *s.* vinagre.

VINERY ['vainəri], *s.* vinhas; estufa para vinha.

VINEYARD ['vinjəd], *s.* vinha, vinhedo.

VINTAGE ['vintidʒ], *s.* colheita, vindima.

VINTAGER ['vintidʒə], *s.* vindimadeiro, vindimador.

VINTNER ['vintnə], *s.* negociante de vinhos.

VINY ['vaini], *a.* de vinhas ou trepadeiras; que tem vinhas.

VIOLA ['vaiələ], *s.* (bot.) viola, violeta.

VIOLA [vi'oulə], *s.* viola (instrumento musical).

VIOLABLE ['vaiələbl], *a.* violável.

VIOLATE ['vaiəleit], *v.* violar, transgredir, ofender, perturbar, incomodar; profanar, ultrajar; violentar.

VIOLATION [vaiə'leiʃən], *s.* violação, infração; profanação.

VIOLATOR ['vaiələitə], *s.* violador, infrator.

VIOLENCE ['vaiələns], *s.* violência, força, fúria, impetuosidade; tirania.

VIOLENT ['vaiələnt], *a.* impetuoso, violento, veemente; severo.

VIOLENTLY ['vaiələntli], *adv.* à força, violentamente, impetuosamente.

VIOLET ['vaiəlit], *s.* violeta (flor). *a.* violeta, violáceo.

VIOLIN [vaiə'lin], *s.* violino.

VIOLINIST ['vaiəlinist], *s.* violinista.

VIOLONCELLIST [vaiələn'tʃəlist], *s.* violoncelista.

VIOLONCELLO [vaiələn'tʃəlou, viəl-], *s.* violoncelo.

VIOLONE ['vaiəloun], *s.* contrabaixo, rabecão.

VIPER ['vaipə], *s.* víbora.

VIRAGO [vi'reigou], *s.* virago.

VIRAL ['vairəl], *a.* virulento.

VIRGIN ['və:dʒin], *s.* donzela, moça, virgem. *a.* virginal, virgíneo, puro, casto.

VIRGINAL ['və:dʒinl], *a.* virginal, virgíneo, inocente. *s.* (mús.) virginal, espineta.

VIRGINITY [ve:'dʒiniti], *s.* virgindade.

VIRIDITY [vi'riditi], *s.* verdor, verdura.

VIRILE ['virail, 'vaiərail], *a.* viril, másculo, varonil.

VIRILITY [vi'riliti, vaiə'riliti], *s.* masculinidade, virilidade.

VIROSE ['vairous], *a.* virulento.

VIROSIS [vai'rousiz], *s.* infecção virulenta.

VIRTUAL ['və:tjuəl], *a.* virtual.

VIRTUALLY ['və:tjuəli], *adv.* virtualmente.

VIRTUE ['və:tju:], *s.* virtude; valor, mérito; eficácia; poder. # *by virtue of,* em virtude de, por força de.

VIRTUOUS ['və:tjuəs], *a.* virtuoso; casto; poderoso, eficaz.

VIRULENCE ['viruləns], *s.* virulência, malignidade, veneno; rancor.
VIRULENT ['virulənt], *a.* virulento, venenoso, peçonhento; malvado, rancoroso; mordaz.
VIRUS ['vaiərəs], *s.* vírus.
VISA ['vi:zə], *s.* visto. *v.* visar, pôr visto em.
VISAGE ['vizidʒ], *s.* face, rosto, semblante; aparência, aspecto.
VISCERA ['visərə], *s. pl.* vísceras; entranhas.
VISCERAL ['visərəl], *a.* visceroso, visceral.
VISCID ['visid], *a.* viscoso (= víscido, visguento), pegajoso.
VISCIDITY [vi'siditi], *s.* viscosidade.
VISCOSITY [vis'kɔsiti], *s.* viscosidade.
VISCOUNT ['vaikaunt], *s.* visconde.
VISCOUNTESS ['vaikauntis], *s.* viscondessa.
VISCOUNTY ['vaikaunti], *s.* viscondado.
VISCOUS ['viskəs] *a.* viscoso (= víscido, visguento), pegajoso, glutinoso.
VISE [vais], *s.* (E.U.) tornilho, torno de mão = (Ing.) *vice.*
VISÉ ['vi:zei], *V.* **VISA** *(s.* e *v.).*
VISIBILITY [vizi'biliti], *s.* visibilidade.
VISIBLE ['vizəbl], *a.* visível, perceptível, evidente; externo.
VISIBLENESS ['vizəblnis], *s.* visibilidade.
VISION ['viʒən], *s.* vista; visão; imaginação; fantasma. *v.* visionar, fantasiar, imaginar.
VISIONARY ['viʒnəri], *s.* visionário; utopista. *a.* visionário, imaginativo; ilusório, fantástico, imaginário.
VISIT ['vizit], *v.* visitar; conversar; inspecionar; freqüentar; castigar; atingir, inflingir. *s.* visita; inspeção, reconhecimento. # *pay a visit,* fazer uma visita. *return a visit,* pagar uma visita.
VISITATION [vizi'teiʃən], *s.* visita, inspeção; chamada; castigo; recompensa, prêmio.
VISITING ['vizitiŋ], *a.* visitante, que visita. *s.* visita, visitação.
VISITING-CARD ['vizitiŋkɑ:d], *s.* cartão de visita = (E.U.) *calling-card.*
VISITOR ['vizitə], *s.* visitante, visita, hóspede; inspetor.
VISOR ['vaizə], *s.* viseira; máscara.
VISTA ['vistə], *s.* vista, perspectiva; quadro, imagem ou cena mental.
VISUAL ['vizjuəl, 'viʒjuəl], *a.* visual. # *visual aid,* gravuras, filmes, mapas, etc. (para o ensino).
VISUALIZATION [vizjuəlai'zeiʃən], *s.* visualização.
VITAL ['vaitl], *a.* vital; indispensável; essencial, capital.
VITALITY [vai'tæliti], *s.* vitalidade.
VITALIZE (ISE) ['vaitəlaiz], *v.* vitalizar; reanimar.
VITALS ['vaitlz], *s. pl.* os órgãos vitais.
VITAMIN ['vitəmin, 'vaitəmin], *s.* vitamina.
VITAMINE ['vitəmi(:)n, 'vaitəmi(:)n], *V.* **VITAMIN.**
VITIATE ['viʃieit], *v.* viciar, perverter, depravar, arruinar; (jur.) invalidar (um documento).
VITIATOR ['viʃieitə], *s.* viciador, perversor.
VITICULTURE ['vitikʌltʃə], *s.* viticultura.
VITREOUS ['vitriəs], *a.* vítreo, vidrento, vidroso; vidrado.
VITRIFY ['vitrifai], *v.* vitrificar; vitrificar-se.
VITRIOL ['vitriəl], *s.* vitríolo, ácido sulfúrico.
VITUPERATE [vi'tju:pəreit], *v.* vituperar, injuriar, censurar.
VITUPERATION [vitju:pə'reiʃən], *s.* vituperação, injúria, censura.
VITUPERATIVE [vi'tju:pəreitiv], *a.* vituperioso, injurioso.
VIVACIOUS [vi'veiʃəs], *a.* vivaz, animado, ativo, vivo.
VIVACITY [vi'væsiti], *s.* vivacidade, esperteza, animação.
VIVID ['vivid], *a.* vívido, animado, vivo; ativo, enérgico; ardente, intenso; brilhante (cor).
VIVIDLY ['vividli], *adv.* vivamente.
VIVIDNESS ['vividnis], *s.* vivacidade, vividez; intensidade; vigor; brilho.
VIVIFICATION [vivifi'keiʃən], *s.* vivificação.
VIVIFY ['vivifai], *v.* vivificar; avivar.
VIVIPARIOUS [vi'vipərəs], *a.* vivíparo.
VIVIPARITY [vivi'pæriti], *s.* viviparidade.
VIVISECT [vivi'sekt], *v.* vivissectar.
VIVISECTION [vivi'sekʃən], *s.* vivissecção.
VIVISECTIONIST [vivi'sekʃənist], *s.* vivisseccionista, vivissector.
VIVISECTOR [vivi'sektə], *V.* **VIVISECTIONIST.**

VIXEN ['viksn], *s.* raposa (a fêmea); (fig.) megera. *V.* **DOG-FOX.**

VIZ [vi'di:liset, 'neimil], *abr.* de **VIDELICET.** *V.* **NAMELY.**

VIZIER [vi'ziə, 'viziə], *s.* vizir.

VOCABLE ['voukəbl], *s.* vocábulo, palavra, termo.

VOCABULARY [və'kæbjuləri], *s.* vocabulário. *a.* vocabular.

VOCAL ['voukəl], *a.* da voz, vocal; oral.

VOCALIC [vou'kælik], *a.* vocálico.

VOCALITY [vou'kæliti], *s.* vocalismo; som vocálico.

VOCALIZATION (ISA) [voukəlai'zeiʃən], *s.* vocalização.

VOCALIZE (ISE) ['voukəlaiz], *v.* vocalizar, pronunciar, articular.

VOCATION [vou'keiʃən], *s.* vocação, tendência, inclinação, posto; ocupação, profissão, ofício.

VOCATIONAL [vou'keiʃnəl], *a.* vocacional. # *vocational guidance,* orientação profissional.

VOCATIVE ['vɔkətiv], *a.* e *s.* (gram.) vocativo.

VOCIFERATE [vou'sifəreit], *v.* vociferar; urrar, berrar.

VOCIFERATION [vousifə'reiʃən], *s.* vociferação; vozeria, vozerio, vozearia.

VOCIFERATOR [vou'sifəreitə], *s.* vociferador.

VOCIFEROUS [vou'sifərəs], *a.* vociferante, barulhento, estrondoso.

VOGUE [voug], *s.* voga, moda.

VOICE [vɔis], *s.* voz; som; palavra; linguagem; voto; sufrágio; (gram.) voz do verbo. *v.* vociferar, bradar; divulgar, proclamar, publicar; exprimir; sonorizar. # *a rasping voice,* voz de taquara rachada.

VOICED [vɔist], *a.* sonante, sonoro.

VOICELESS ['vɔislis], *a.* sem voz, mudo, silencioso; (fon.) surdo, insonoro.

VOID [vɔid], *s.* vácuo, vazio, vacuidade. *a.* vago, vazio, desocupado; vão, inútil, nulo, inválido; isento, desprovido. *v.* evacuar, desocupar, esvaziar; vomitar; invalidar, anular.

VOIDNESS ['vɔidnis], *s.* vácuo, vacuidade; invalidade; nulidade; inutilidade.

VOLATILE ['vɔlətail], *a.* volátil; inconstante, versátil, mudável (= mutável), volúvel; sutil; transitório, fugaz. *s.* ave.

VOLATILITY [vɔlə'tiliti], *s.* volatilidade; versatilidade, inconstância.

VOLATILIZATION (ISA) [vɔlətilai'zeiʃən], *s.* volatilização.

VOLATILIZE (ISE) ['vɔlətilaiz], *v.* volatilizar; volatilizar-se.

VOLCANIC [vɔl'kænik], *a.* vulcânico.

VOLCANO [vɔl'keinou], *s.* vulcão.

VOLE [voul], *s.* (zool.) arganaz; capote (jogo).

VOLITION [vou'liʃən], *s.* vontade, volição.

VOLLEY ['vɔli], *s.* salva de artilharia; descarga; saraivada; aclamação; bando. *v.* dar uma salva; lançar uma descarga; aclamar.

VOLLEY-BALL ['vɔlibɔ:l], *s.* volibol.

VOLPLANE ['vɔl-plein], *v.* baixar em vôo plano.

VOLT [voult], *s.* (eletr.) volt; (esgr.) salto.

VOLTAGE ['voultidʒ], *s.* (eletr.) voltagem; tensão; potencial.

VOLTAIC [vɔl'teiik], *a.* (eletr.) voltaico.

VOLTAMETER [vɔl'tæmitə], *s.* voltâmetro.

VOLT-AMMETER ['voult'æmitə], *s.* volt-amperímetro (= volt-amperômetro).

VOLTEMETER ['voultmi:tə], *s.* voltímetro (= voltômetro).

VOLUBILITY [vɔlju'biliti], *s.* volubilidade, inconstância.

VOLUBLE ['vɔljubl], *a.* tagarela, palavroso, prolixo.

VOLUME ['vɔljum], *s.* livro, tomo; vulto, tamanho, massa, grossura; onda, vaga; (mús.) volume, intensidade da voz.

VOLUMETER [vɔ'lju:mitə], *s.* volúmetro.

VOLUMETRIC, AL [vɔlju'metrik, əl], *a.* volumétrico.

VOLUMINOUS [və'lju:minəs], *a.* volumoso; grosso; extenso, dilatado, difuso, copioso.

VOLUMINOUSNESS [və'lju:minəsnis], *s.* volume, grossura.

VOLUNTARILY ['vɔləntərili], *adv.* espontaneamente, voluntariamente, livremente.

VOLUNTARY ['vɔləntəri], *a.* espontâneo, voluntário, livre. *s.* teima, capricho; fantasia, arbítrio; (mús.) solo de órgão.

VOLUNTEER [vɔlən'tiə], *s.* e *a.* voluntário. *v.* oferecer-se; alistar-se como voluntário.

VOLUPTUOUS [və'lʌptjuəs], *a.* voluptuoso, libidinoso, sensual.

VOLUPTUOUSNESS [və'lʌptjuəsnis], *s.* voluptuosidade, volúpia.
VOLUTE [və'lju:t], *s.* voluta.
VOLUTION [və'lju:ʃən], *s.* giro, revolução.
VOMIT ['vɔmit], *s.* vômito; emético. *v.* vomitar.
VOMITING ['vɔmitiŋ], *s.* vômito. *a.* vomitivo, emético.
VOMITIVE ['vɔmitiv], *a.* vomitivo, emético.
VOMITORY ['vɔmitəri], *s.* e *a.* vomitório.
VOODOO ['vu:du:], *s.* feitiço, feitiçaria, bruxaria, macumba, feiticeiro, macumbeiro. *v.* conjurar, exorcizar; enfeitiçar, pôr feitiço, fazer feitiço, fazer macumba.
VORACIOUS [vo'reiʃəs], *a.* voraz, devorador, ávido.
VORACITY [vo'ræsiti], *s.* voracidade, avidez.
VORTEX ['vɔ:teks], *pl.* **VORTEXES** ou **VORTICES.** *s.* tufão, turbilhão, voragem, redemoinho.
VORTEXES ['vɔ:teksiz], *pl.* de **VORTEX.**
VORTICES ['vɔ:tisi:z], *pl.* de **VORTEX.**
VOTARY ['voutəri], *s.* devoto; sectário. *a.* votivo; consagrado.
VOTE [vout], *s.* voto, sufrágio; escrutínio; decisão. *v.* votar, decretar; eleger; resolver, decidir. # *be put to vote,* ser submetido a votação. *close vote,* votação em que quase há empate. *counting of votes,* apuração de votos. *vote down,* derrotar (por votos).
VOTER ['voutə], *s.* votante, eleitor.
VOTIVE ['voutiv], *a.* votivo; comemorativo.
VOUCH [vautʃ], *v.* testemunhar, testificar, atestar, garantir, asseverar, comprovar; certificar; conferir. *s.* testemunho; garantia; confirmação, certificação.
VOUCHER ['vautʃə], *s.* testemunha; fiador, responsável; prova, documento; título; recibo; comprovante; peça justificativa; fiança; certidão. # *voucher bill* (ou *invoice),* fatura. *voucher copy,* comprovante, cópia comprobatória = (E.U.) *tear sheet.*
VOUCHSAFE [vautʃ'seif], *v.* conceder, outorgar, permitir; dignar-se, condescender.
VOW [vau], *s.* voto, promessa; juramento. *v.* jurar; consagrar, dedicar; protestar; fazer votos.
VOWELIZE ['vauəlaiz], *v.* vocalizar.
VOYAGE [vɔidʒ], *s.* viagem. *v.* viajar.
VOYAGER ['vɔiədʒə], *s.* viajante.
VULCANITE ['vʌlkənait], *s.* vulcanite, ebonite.
VULCANIZATION (ISA) [vʌlkənai'zeiʃən], *s.* vulcanização.
VULCANIZE (ISE) ['vʌlkənaiz], *v.* vulcanizar.
VULGAR ['vʌlgə], *a.* baixo, grosseiro, plebeu; vulgar, comum. *s.* o vulgo, o povo, a plebe (desus.).
VULGARISM ['vʌlgərizm], *s.* vulgarismo; grosseria.
VULGARITY [vʌl'gæriti], *s.* vulgaridade.
VULGARIZE ['vʌlgəraiz], *v.* vulgarizar.
VULNERABILITY [vʌlnərə'biliti], *s.* vulnerabilidade.
VULNERABLE ['vʌlnərəbl], *a.* vulnerável.
VULPINE ['vʌlpain], *a.* vulpino; (fig.) astuto.
VULTURE ['vʌltʃə], *s.* abutre.
VULTURINE ['vʌltjurain], *a.* vulturino.
VULVA ['vʌlvə], *a.* (anat.) vulva.
VULVITIS [vʌl'vaitis], *s.* (med.) vulvite.
VYING ['vaiiŋ], *a.* desafiante, desafiador.

W

W ['dʌblju:], *s.* vigésima terceira letra do alfabeto.

WABBLE ['wɔbl], *V.* **WOBBLE.**

WACKINESS ['wækinis], *s.* (E.U. gír.) maluquice.

WACKY ['wæky], *a.* (E.U. gír.) maluco.

WAD [wɔd], *v.* encher, acolchoar, estofar; embuchar; fartar. *s.* molho, feixe ou monte de palha; estopa, estofo; opérculo; bucha (de arma de fogo); minério de manganês; pacote (de cédulas).

WADABLE ['weidəbl], *a.* vadeável.

WADDING ['wɔdiŋ], *s.* acolchoado, enchimento, estofo; estopa; bucha; forro, entretela; algodão em rama.

WADDLE ['wɔdl], *v.* cambalear, vacilar; balançar-se, menear-se, requebrar-se. *s.* cambaleio, meneio, requebro.

WADE [weid], *s.* vau. *v.* vadear; pôr-se a nado; patinhar; marchar com dificuldade; trabalhar com vigor.

WADER ['weidə], *s.* o que vadeia ou patinha; ave pernalta; *pl.* botas altas e impermeáveis.

WADI, WADY ['wɔdi], *s.* ravina; (E.U.) imigrante ilegal que atravessa o rio Grande a nado = *wet-back.*

WAFER ['weifə], *s.* biscoito de hóstia, com recheio; (rel.) hóstia.

WAFERY ['weifəri], *s.* semelhante a hóstia.

WAFFLE ['wɔfl], *s.* espécie de bolo chato para acompanhar o chá, feito em aparelho apropriado.

WAFT [wɑ:ft], *s.* sinal feito com bandeira; bafejo; odor muito suave. *v.* fazer um sinal, acenar; fazer flutuar; levar, transportar, conduzir; vogar, boiar, flutuar.

WAG [wæg], *s.* sacudidela; motejador, folgazão. *v.* mexer, mover, bolir, sacudir, agitar; remexer-se, mover-se, oscilar.

WAGE [weidʒ], *s. pl.* salário, honorários, remuneração, soldo, pagamento; parada (jogo). *v.* financiar. # *dismissal wage,* (fin.) indenização por dispensa de emprego. *hourly wage,* salário-hora. *minimum wage,* salário mínimo.

WAGE-EARNER ['weidʒə:nə], *s.* jornaleiro, assalariado.

WAGE FREEZE ['weidʒ'fri:z], *s.* congelamento de salários.

WAGER ['weidʒə], *s.* aposta; parada (jogo). # *name your wager?* quanto vale a aposta? *v.* apostar; arriscar-se, aventurar-se.

WAGERER ['weidʒərə], *s.* apostador.

WAGE SHEET ['weidʒ'ʃi:t], *s.* folha de pagamento = (E.U.) *pay roll.*

WAGE-TAX ['weidʒtæks], *s.* imposto salarial.

WAGEWORKER ['weidʒwə:kə], *s.* jornaleiro.

WAGGERY ['wægəri], *a.* brincadeira; motejo.

WAGGISH ['wægiʃ], *a.* travesso, traquinas; jocoso, faceto.

WAGGISHNESS ['wægiʃnis], *s.* facécia, jocosidade.

WAGGLE ['wægl], *v.* mover-se, balançar-se, agitar-se, vacilar; mexer, revolver, menear, agitar, sacudir.

WAG(G)ON ['wægən], *s.* vagão aberto, gôndola = (E.U.) *freight-car;* carro, carroça, carreta, carrinho. # *delivery wag(g)on,* carro de entrega.

WAG(G)ONER ['wægənə], *s.* carreiro, carreteiro, carroceiro.

WAG(G)ONETTE [wægə'net], *s.* vagonete.

WAG(G)ON-LIT ['wægɔ:n'li:], *s.* carro-dormitório (estrada de ferro).

WAIF [weif], *s.* criança, animal ou objeto, extraviado ou abandonado; pessoa sem lar.

WAIL [weil], *s.* vagido; queixume, gemido, lamento; pranto. *v.* choramingar, gemer; lamentar; prantear; lamentar-se, lastimar-se.

WAILFUL ['weilful], *a.* queixoso, lamuriento.

WAILING ['weiliŋ], *s. V.* **WAIL.** *a.* lamentoso, queixoso, lamuriento.

WAINSCOT ['weinskət], *s.* lambris. *v.* lambrisar.

WAIST [weist], *s.* cintura; talhe; cinta, espartilho; (E.U.) blusa = (Ing.) *blouse bodice.*

WAIST-BAND ['weistbænd], *s.* cinta.

WAIST-BELT ['weistbelt], *s.* cinturão.

WAISTCOAT ['weiskout], *s.* colete = (E.U.) *vest.*

WAISTLINE ['weistlain], *s.* cintura.

WAIT [weit], *s.* espera; demora; plantão, pausa; armadilha, cilada, emboscada. *v.* esperar, aguardar; ficar, demorar-se; servir; acompanhar. # *everything comes to him who waits,* quem espera sempre alcança. *lay wait for someone,* preparar emboscada para alguém. *lie in wait,* ficar de emboscada. *wait on* (ou *upon*), atender, servir.

WAITER ['weitə], *s.* copeiro, garção, garçom; bandeja, salva.

WAITING ['weitiŋ], *s.* espera. *a.* que espera. # *waiting room,* sala de espera.

WAITRESS ['weitris], *s.* copeira.

WAIVE [weiv], *v.* abandonar, afastar, fugir, evitar; desistir de; renunciar a.

WAIVER ['weivə], *s.* abandono, renúncia, desistência.

WAKE [weik], *pret.* **WOKE** ou **WAKED,** *pp.* **WAKED, WOKEN** ou **WOKE.** *v.* velar; estar acordado; acordar, despertar; fazer acordar. *s.* vigília; velório, esteira (de embarcação). # *wake up,* acordar, despertar.

WAKEFUL ['weikful], *a.* acordado, vigilante.

WAKEFULNESS ['weikfulnis], *s.* vigília; insônia; vigilância.

WAKEN ['weikən], *v.* acordar; fazer acordar.

WAKING ['weikiŋ], *s.* vigília; velório; vigilância. *a.* acordado, vigilante.

WALE [weil], *s.* vergão, sulco, vinco, pisadura. *v.* açoitar, fustigar, vergalhar; vincar.

WALK [wɔ:k], *s.* caminhada, passeio; volta; marcha, andar; alameda, avenida, aléia (=álea); passeio; ofício, carreira, especialidade; conduta, método de vida. *v.* passear; caminhar, andar, atravessar, percorrer; conduzir-se, portar-se, proceder; ir-se embora; levar a passear. # *go for a walk, take a walk,* dar um passeio, dar um giro, dar uma volta. *take a walk,* (E.U.) mudar de partido, virar a casaca. *walk up!* aproxime-se!

WALKAWAY ['wɔ:lkəwei], *s.* corrida ganha sem dificuldade; passadiço; (E.U.) caminho, passagem.

WALKER ['wɔ:kə], *s.* marchador, passeador, caminhante; rondante; transeunte, pedestre.

WALKIE-PUSHIE ['wɔ:ki'puʃi], *s.* transmissor portátil de televisão (usado para a transmissão de acontecimentos esportivos).

WALKIE-TALKIE ['wɔ:ki'tɔ:ki], *s.* rádio portátil, transmissor e receptor.

WALKING ['wɔ:kiŋ], *s.* andar, marcha; caminhada, passeio.

WALKING-STICK ['wɔ:kiŋstik], *s.* bengala = (E.U.) *cane;* (ent.) bicho-pau, fasmóide.

WALKOUT ['wɔ:kaut], *s.* (E.U.) greve improvisada.

WALKOVER ['wɔk'ouvə], *s.* vitória fácil, "barbada".

WALL [wɔ:l], *s.* parede; muro, muralha, amurada. *v.* emparedar; murar. # *main wall,* parede mestra. *rough wall,* muro de alvenaria. *wailing wall,* muro das lamentações. *walls have ears,* as paredes têm ouvidos.

WALLABY ['wɔləbi], *s.* pequeno canguru.

WALLET ['wɔlit], *s.* alforje, saco, sacola, mochila; pasta; carteira de dinheiro = (E.U.) *bill fold.*

WALL-EYE ['wɔ:lai], *s.* glaucoma; olho gázeo, olho de íris esbranquiçada; olho embaciado.

WALLFLOWER ['wɔ:lflauə], *s.* goiveiro amarelo; moça que, em baile, não dança, moça que "toma chá de cadeira" (Rio), moça que "come peru" (Minas).

WALLOON [wɔ'lu:n], *s.* e *a.* valão.

WALLOP ['wɔləp], *v.* requebrar-se; espernear, bater, sovar, espancar, desancar. *s.* bofetão, bofetada.

WALLOPING ['wɔləpiŋ], *s.* surra, sova, tunda = (E.U.) *whaling.*

WALLOW ['wɔlou], *s.* lamaçal. *v.* chafurdar, enlamear-se, atolar-se; espojar-se.

WALL-PAPER ['wɔ:lpeipə], *s.* papel de parede = (E.U.) *paper-hangings.*

WALL-SOCKET ['wɔ:lsɔkit], *s* (eletr.) tomada de parede.

WALL-TREE ['wɔ:ltri:], *s.* latada.

WALNUT ['wɔ:lnət], *s.* noz; nogueira. # *Brazilian walnut,* imbuia.

WALRUS ['wɔ:lrəs], *s.* cavalo-marinho.

WALTZ [wɔ:lts], *s.* valsa. *v.* valsar.

WALTZER ['wɔ:ltsə], *s.* valsista.

WAMPUM ['wɔmpəm], *s.* (E.U.) contas de conchas usadas pelos índios como dinheiro ou ornamento (gír.) dinheiro.

WAN [wɔn], *a.* lívido, descorado, pálido, desmaiado, sombrio, baço, desfalecido, lânguido.

WAND [wɔnd], *s.* bastão, vara, varinha; batuta; caduceu.

WANDER ['wɔndə], *v.* vagar, errar, perambular, vagabundear, vadiar, transviar-se, desviar-se; perder-se, apartar-se, extraviar-se, percorrer, atravessar, delirar, tresvariar, devanear.

WANDERER ['wɔndərə], *s.* vagabundo; pessoa errante.

WANDERING ['wɔndəriŋ], *s.* vadiagem, vagabundagem; desvio; erro; distração, divagação; delírio. *a.* vadio, vagabundo, errante; desviado; distraído, inconstante, delirante.

WANE [wein], *s.* míngua; declínio; minguante (lua). *v.* diminuir, minguar. # *on the wane,* em decadência.

WANLY ['wɔnli], *adv.* palidamente.

WANNESS ['wɔnnis], *s.* lividez, palidez, descoramento; languidez, desfalecimento.

WANT [wɔnt], *s.* deficiência, falta, carência, privação; necessidade; precisão; miséria penúria, pobreza. *v.* necessitar, precisar, carecer de; querer, desejar, pretender, exigir. # *for want of,* por falta de. *in want of,* em falta de, com falta de. *want ads,* (E.U.) anúncios classificados = (Ing.) *classified advertisements.*

WANTAGE ['wɔntidʒ], *s.* falta, carência, deficiência.

WANTING ['wɔntiŋ], *a.* deficiente, falto de, necessitado de; escasso.

WANTON ['wɔntən], *a.* brincalhão. folgazão, traquinas; petulante; faustoso, ostentoso; caprichoso; malicioso; desenfreado; dissoluto, licencioso, libertino, libidinoso. *s.* pessoa frívola; libertino, devasso.

WANTONNESS ['wɔntənnis], *s.* brincadeira, petulância, atrevimento; libertinagem, lascívia, luxúria, devassidão. # *in wantonness,* por maldade.

WAR [wɔ:, wɔə], *v.* estar em guerra, guerrear; lutar, pelejar, combater, batalhar. *s.* guerra; luta, batalha, combate, oposição; hostilidade; arte militar; carreira militar. # *at war,* em guerra. *declare war on a country,* declarar guerra a um país. *War Department,* Ministério da Guerra. *War Memorial,* monumento ao soldado desconhecido. *War Office,* Ministério da Guerra.

WARBLE ['wɔ:bl], *v.* chilrear, pipilar, trinar, gorjear, piar, cantar; modular; sussurrar, murmurar. *s.* chilro, pipilo, trinado, gorjeio, canto.

WARBLER ['wɔ:blə], *s.* cantor, chilreador, gorjeador; ave canora.

WARBLING ['wɔ:bliŋ], *s.* canto, gorjeio, trinado; modulação. *a.* mavioso, canoro, melodioso.

WARD [wɔ:d], *s.* pupilo, tutelado; menor; custódia, defesa, proteção; curadoria; guarda, vigia; quarteirão; bairro; distrito; sala, divisão, enfermaria; forte, fortaleza; presídio; mecanismo de fechadura. *v.* proteger, resguardar, defender, guardar. # *in ward to,* sob tutela de. *ward off,* desviar.

WARDEN ['wɔ:dn], *s.* tutor; reitor; guardião, vigia, guarda; (E.U.) diretor de presídio = (Ing.) *governor.*

WARDER ['wɔ:də], *s.* zelador, guardião, guarda; bastão de autoridade; carcereiro, guarda de presídio = (E.U.) *guard, prison guard.*

WARD HEELER ['wɔ:dhi:lə], *s.* (E.U.) adulador, servil; cabo eleitoral; politiqueiro.

WARDMAID ['wɔ:dmeid], *s.* criada de enfermaria.

WARDROBE ['wɔ:droub], *s.* guarda-roupa, armário; vestuário, roupa.

WARD-ROOM ['wɔ:d-rum], *s.* sala de oficiais em navio de guerra.

WARDSHIP ['wɔ:dʃip], *s.* tutela, curadoria, tutoria.

WARE [wɛə], *s. pl.* mercadorias, mercância, gêneros ou artigos de comércio. *a.* prevenido, acautelado, cuidadoso. *v.* acautelar-se.

WAREHOUSE ['wɛəhaus], *s.* armazém, depósito, entreposto. # *bounded warehouse,* armazéns gerais (na alfândega). *warehouse receipt,* certificado de depósito, recibo de depósito de mercadorias.

WAREHOUSE ['wɛəhauz], *v.* armazenar.

WAREHOUSING ['wɛəhauziŋ], *s.* armazenamento. # *warehousing costs, storage costs,* armazenagem.

WARFARE ['wɔ'fɛə], *s.* guerra, combate, batalha.

WARINESS ['wɛərinis], *s.* cautela, precaução.

WARLIKE ['wɔ:laik], *a.* guerreiro, belicoso, militar, marcial, bélico.

WARM [wɔ:m], *a.* quente, cálido, tépido, morno; aquecido; recente, fresco; afogueado, caloroso; arrebatado, apaixonado; vivo, ardente, violento; fogoso; colérico, irritável; indelicado; confortável; (pint.) vivo, berrante. *v.* esquentar, aquecer, amornar; entusiasmar, excitar, animar; bater, surrar, sovar; aquecer-se, esquentar-se; entusiasmar-se, animar-se. # *to warm up,* requentar.

WARMER ['wɔ:mə], *s.* aquecedor; aquele ou aquilo que aquece.

WARMING ['wɔ:miŋ], *s.* aquecimento; surra, sova.

WARMTH [wɔ:mθ], *s.* calor moderado; vivacidade; fervor, ânsia, ardor, entusiasmo; seriedade; veneta, capricho; irritação (pint.) colorido vivo.

WARN [wɔ:n], *v.* avisar, advertir, acautelar, prevenir; repreender, admoestar; notificar, informar.

WARNING ['wɔ:niŋ], *s.* admoestação; prevenção; aviso; advertência. # *give fair warning,* avisar a tempo, prevenir a tempo.

WARP [wɔ:p], *s.* urdidura; torcedura; aluvião; sirga. *v.* urdir, tramar; torcer, empenar; desviar; perverter; encurvar; arquear; rebocar, sirgar; fertilizar um terreno (por aluvião); dobrar-se, arquear-se; desviar-se. # *run out a warp,* (náut.) estender uma espia. *warp and woof,* (tec.) urdidura e trama.

WARPING ['wɔ:piŋ], *s.* urdidura; empenamento, torcedura, arqueamento; sirgagem.

WARPLANE ['wɔ:plein], *s.* avião militar.

WARRANT ['wɔrənt], *s.* autoridade, poder; ordem, autorização; decreto, sanção; garantia, comprovante, fiança, penhor; certificado; alvará; procuração; ordem de prisão. *v.* autorizar; sustentar, assegurar, asseverar, afirmar; atestar; garantir; responder por; justificar. # *warrant of arrest,* mandado de prisão. *warrant of distress,* alvará de penhora.

WARRANTABLE ['wɔrəntəbl], *a.* legal, autorizável; sustentável, justificável, afiançável.

WARRANTEE [wɔrən'ti:] *s.* garantido, afiançado.

WARRANTER ['wɔrəntə], *s.* fiador, afiançador, abonador.

WARRANTOR ['wɔrəntɔ:], *V.* **WARRANTER.**

WARRANTY ['wɔrənti], *s.* fiança, penhor, garantia, segurança, cautela; caução; ordem, autorização; autoridade, poder.

WARREN ['wɔrin], *s.* coelheira; bairro populoso e pobre.

WARRIOR ['wɔriə], *s.* guerreiro, combatente.

WARSHIP ['wɔ:ʃip], *s.* navio de guerra.

WART [wɔ:t], *s.* verruga; protuberância, nó.

WARTIME ['wɔ:taim], *s.* tempo de guerra.

WARTY ['wɔ:ti], *a.* verrugoso, verruguento; nodoso.

WARY ['wɛəri], *a.* prudente, previdente, cauto, cauteloso; circunspecto. # *to be wary,* suspeitar; estar alerta; "estar de orelha em pé".

WAS [wɔz], *pret.* de **BE** (1.ª e 3.ª pess. sing.).

WASH [wɔʃ], *s.* lavagem, ato de lavar; lavagem (para porcos); barrela, lixívia; roupa lavada; loção; (pint.) aquarela; marulhada, marulho; aluvião. *v.* lavar, limpar; branquear; purificar, banhar; molhar, regar; dar uma leve demão de tinta; tirar, apagar, fazer desaparecer; lavar-se; gastar-se pela ação da água; marulhar. # *wash off,* desbotar, *wash out,* escavar.

WASHABLE ['wɔʃəbl], *a.* lavável.

WASH-BASIN ['wɔʃbeisn], *V.* **WASH-HAND-BASIN.**

WASHBOARD ['wɔʃbɔ:d], *s.* tábua de lavar roupa; quebramar de madeira.

WASHBOWL ['wɔʃboul], *s.* (E.U.) bacia de rosto = (Ing.) *wash-hand-basin.*

WASHER ['wɔʃə], *s.* lavador, lavadeiro, máquina de lavar; arruela; anilho, argola de couro ou metal. # *hole-mending washer,* (mec.) arruela de rebitagem.

WASHERWOMAN ['wɔʃəwumən], *s.* lavadeira = (E.U.) *washwoman.*

WASH-HAND-BASIN ['wɔʃhændbeisn], *s.* bacia de rosto = (E.U.) *washbowl.*

WASH-HAND-STAND ['wɔʃhændstænd], *s.* lavatório.

WASH-HOUSE ['wɔʃhaus], *s.* lavanderia.

WASHING ['wɔʃiŋ], *s.* lavagem, banho, ablução, *pl.* lavadura, lavagem.

WASHING-MACHINE ['wɔʃiŋməʃi:n], *s.* máquina de lavar.

WASHOUT ['wɔʃ'aut], *s.* desmoronamento, desbarrancamento, queda de barreira; barreira, fracasso, reprovação (em exame de aviação), estudante reprovado em aviação.

WASH-RAG ['wɔʃræg], *s.* (E.U.) toalha para limpar o rosto = (Ing.) *face-flannel, face-cloth.*

WASH SALE ['wɔʃseil], *s.* venda fictícia de títulos para alterar o mercado.

WASH-STAND ['wɔʃstænd], *V.* **WASH-HAND-STAND.**

WASH-TUB ['wɔʃtʌb], *s.* tina de lavar roupa.

WASHWOMAN ['wɔʃwumən], *s.* (E.U.) lavadeira = (Ing.) *washerwoman.*

WASHY ['wɔʃi], *a.* úmido, aguado; fraco, débil, desvalioso.

WASP [wɔsp], *s.* vespa, pessoa irascível.

WASPISH ['wɔspiʃ], *a.* abespinhado, irascível, irritável, zangado, rabujento, impertinente.

WASPISHNESS ['wɔspiʃnis], *s.* irascibilidade, impertinência, rabujice, irritabilidade, mau humor.

WASPLIKE ['wɔsp-laik], *a.* semelhante a vespa.

WASSAIL ['wɔseil], *s.* orgia, festim, beberronia; bebedeira; brinde. *v.* brindar.

WASSAILER ['wɔseilə], *s.* beberrão.

WAST [wɔst], *pret.* de **BE** (2.ª pess. sing.).

WASTAGE ['weistidʒ], *s.* estrago; dissipação; perda, quebra, ruína, derrame; desgaste.

WASTE [weist], *s.* gasto, desgaste, desperdício; perda, derrame, diminuição; dissipação; decadência; assolação, destruição, devastação, ruína; imensidade, extensão; baldio (= terréu); deserto; resto, refugo; (geol. e com.) rejeito; estopa. *a.* destruído, arruinado, devastado; perdido, vago, ermo, deserto; inculto, agreste; inútil; exuberante; supérfluo. *v.* gastar, consumir, dissipar, esbanjar, desperdiçar; arruinar, devastar, destruir, danificar; gastar-se, consumir-se, diminuir; definhar, alterar-se, danificar-se. # *lay waste,* devastar. *waste away,* definhar. *waste drainage pipe,* cano de esgoto. *waste not, want not,* quem economiza tem quando precisa.

WASTE BASKET [weist'bɑ:skit], *s.* (E.U.) cesta de papéis = (Ing.) *waste-paper basket.*

WASTE-BIN ['weistbin], *s.* lata de lixo.

WASTEFUL ['weistful], *a.* dissipador, esbanjador, pródigo; assolador, destruidor, devastador; inculto, deserto; baldio.

WASTEFULNESS ['weistfulnis], *s.* desperdício, esbanjamento; prodigalidade; gasto, consumo.

WASTE-PAPER BASKET [weist'peipəbɑ:skit], *s.* cesta de papéis = (E.U.) *waste basket.*

WASTE-PIPE [weistpaip], *s.* cano de descarga.

WASTER ['weistə], *s.* pródigo, esbanjador; dissipador; destruidor; (ofic.) cinzel de desbastar.

WASTREL ['weistrəl], *s.* refugo; gastos, desperdícios; gastador; perdulário.

WATCH [wɔtʃ], *s.* vigilância; vigília; cuidado, precaução; atenção; relógio de bolso; guarda, vigia, sentinela, ronda; (náut.) quarto. *v.* velar; guardar; vigiar; cuidar; espreitar; observar; espiar; aguardar. # *keep watch (and ward),* estar vigilante, manter vigilância constante. *put the watch back,* atrasar o relógio. *put the watch on,* adiantar o relógio. *watch out,* estar alerta.

WATCHDOG ['wɔtʃdɔg], *s.* cão de guarda.

WATCHER ['wɔtʃə], *s.* inspetor; vigia, guarda, espreitador, observador; espião; fiscal.

WATCHFUL ['wɔtʃful], *a.* vigilante, atento; acautelado, precavido; esperto, vivo.

WATCHFULNESS ['wɔtʃfulnis], *s.* vigilância; atenção; cautela, cuidado, insônia.

WATCH-HOUSE ['wɔtʃhaus], *s.* casa da guarda; corpo da guarda.

WATCH-MAKER ['wɔtʃmeikə], *s.* relojoeiro.

WATCHMAN ['wɔtʃmən], *s.* guarda, vigia.

WATCHWORD ['wɔtʃwə:d], *s.* senha.

WATER ['wɔ:tə], *s.* água; corrente, torrente; qualquer extensão de água (mar, rio, lago, etc.); maré; chuva; lágrimas; suor, saliva; urina; linfa; brilho, limpidez, água (de pedras preciosas); brilho ondulado (em tecidos ou metais); (com.) ações emitidas sem capital; pureza, excelência. *v.* aguar, diluir; regar; borrifar; molhar, banhar; umedecer; ensopar, embeber; lacrimejar, chorar; banhar-se; vir água à boca; fornecer ou abastecer (de água); ondear (tecidos); (náut.) fazer aguada. # *aerated water,* água gasosa. *be in dead low water,* estar quase sem dinheiro. *brakish water,* água salobra. *carry water in a sieve,* tapar o sol com uma peneira. *chlorinated water,* água clorada. *draw lots of water,* ter grande importância; bancar o importante. *draw water to one's mill,* puxar a brasa para a sua sardinha. *fish in troubled waters,* pescar em águas turvas. *ground water,* água subterrânea. *make a hole in the water,* afogar-se, morrer afogado. *make water,* fazer água, vasar; verter águas, urinar. *slack water, standing water,* água estagnada. *soft water,* água doce. *still waters run deep,* águas paradas são profundas. *take the waters,* fazer uma estação de águas. *water adder,* cobra d'água. *water buffalo,* (mil.) veículo anfíbio. *water-scape,* paisagem marinha. *water table,* (geol.) nível hidrostático.

WATER-BATH ['wɔ:təba:θ], *s.* banho-maria.

WATER-BORNE ['wɔ:təbɔ:n], *a.* flutuante; transportado por água (via marítima ou fluvial).

WATER-BOTTLE ['wɔ:təbɔtl], *s.* cantil.

WATER-BRASH ['wɔ:təbræʃ], *s.* pirose, azia.

WATER-BURN ['wɔ:təbə:n], *s.* *V.* **WATER-BRASH.**

WATER-CART ['wɔ:təka:t], *s.* carro de irrigação = (E.U.) *sprinkling wagon.*

WATER-CLOSET ['wɔtəklɔzit], *s.* privada, latrina.

WATER-COLO(U)R ['wɔ:təkʌlə], *s.* aquarela.

WATER-COURSE ['wɔ:təkɔ:s], *s.* curso de água (rio, canal, etc.), leito de um rio.

WATERCRESS ['wɔ:təkres], *s.* agrião.

WATERER ['wɔ:tərə], *s.* regador.

WATERFALL ['wɔ:təfɔ:l], *s.* cachoeira; cascata; catarata; queda d'água.

WATERINESS ['wɔ:tərinis], *s.* aquosidade; umidade.

WATERING ['wɔ:təriŋ], *s.* irrigação, rega; abastecimento de água, ação de dar de beber ao gado; ondulação (nos tecidos, pintura); (náut.) aguada.

WATERING-CAN ['wɔ:təriŋkæn], *s.* regador = (E.U.) *sprinkling-can.*

WATERING-CART ['wɔ:təriŋka:t], *V.* **WATER-CART.**

WATERING-PAIL ['wɔtəriŋpeil], *s.* regador.

WATERING-PLACE ['wɔ:təriŋpleis], *s.* estação balneária; estação de águas; bebedouro.

WATERING-POT ['wɔ:təriŋpɔt], *s.* regador = (E.U.) *sprinkling-can.*

WATERISH ['wɔ:təriʃ], *a.* aquoso; aguado; úmido; desenxabido, insípido.

WATER-LILY ['wɔ:təlili], *s.* (bot.) nenúfar.

WATERLOGGED ['wɔ:təlɔgd], *a.* alagado, encharcado.

WATERMAN ['wɔ:təmən], *s.* barqueiro.

WATER-MELON ['wɔ:təmelən], s. melancia.

WATER-MONKEY ['wɔ:təmʌŋki], *s.* bilha (para água).

WATER-PLANE ['wɔ:təplein], *s.* hidravião (= hidroavião), hidroplano.

WATER-POLO ['wɔ:təpoulou], *s.* jogo de bola aquático.

WATER-POWER ['wɔ:təpauə], *s.* força hidráulica.

WATERPROOF ['wɔ:təpru:f], *v.* impermeabilizar. *s.* impermeável. *a.* impermeável. *V.* **MACKINTOSH.**

WATERSHED ['wɔ:təʃed], *s.* divisor de águas = (E.U.) *divide.*

WATERSIDE ['wɔ:təsaid], *s.* praia, margem, costa.

WATERSPOUT ['wɔ:tə-spaut], *s.* tromba-d'água; bica.

WATER-TABLE ['wɔ:təteibl], *s.* (geol.) nível do lençol freático; (arq.) pingadouro.

WATER TANK ['wɔ:tətæŋk], caixa-d'água.

WATERTIGHT ['wɔ:tətait], *a.* impermeável; estanque.

WATERWAY ['wɔ:təwei], *s.* canal, parte navegável de um canal ou rio.

WATERY ['wɔ:təri], *a.* aquático; aquoso, líqüido (= líquido); aguacento; úmido; seroso; choroso; insípido.

WATT [wɔt], *s.* vátio, "watt" (uma das unidades de potência elétrica).

WATTLE ['wɔtl], *s.* espécie de acácia; ramo flexível; sebe, caniçada; barbela de certos animais. *v.* enramar; entrelaçar; cobrir com ramos de árvores.

WATTMETER ['wɔtmi:tə], *s.* (fís.) vatímetro.

WAUL [wɔ:l], *v.* miar.

WAVE [weiv], *s.* vaga, onda; ondulação; agitação; aceno, sinal, gesto. *v.* ondular, ondear; tremular; agitar, sacudir, brandir; acenar; vacilar, hesitar. # *give me your carrier wave,* (av.) ligue sua onda portadora. *wave band,* (rád.) faixa.

WAVE-BREAKER ['weivbreikə], *s.* quebra-mar.

WAVED [weivd], *a.* ondulante, ondeante, ondulado, ondeado; (her.) denticulado, denteado, recortado.

WAVELESS ['weivlis], *a.* sem ondulações, liso; sem ondas, sereno (mar).

WAVELET ['weivlit], *s.* ondinha.

WAVER ['weivə], *v.* vacilar, hesitar; flutuar, balançar, ondular.

WAVERING ['weivəriŋ], *v.* vacilante, irresoluto, hesitante. *s.* vacilação, hesitação, dúvida.

WAVESON ['weivsn], *s.* destroços de naufrágio.

WAVINESS ['weivinis], *s.* indecisão, ondulação.

WAVING ['weiviŋ], *a.* ondeante, ondulante, ondulado; incerto, inconstante. *s.* flutuação, agitação, ondulação.

WAVY ['weivi], *a.* ondeante, ondeado; ondulado; instável.

WAWL [wɔ:l], *V.* **WAUL.**

WAX [wæks], *s.* cera; cerume; (min.) barro amassado; disco de gramafone; *pl.* exposição de figuras de cera. *v.* encerar; desenvolver-se, crescer; vir a ser, fazer-se, tornar-se. # *slack wax,* (petr.) parafina bruta. *still wax, wax tailing,* (petr.) resíduo parafinado. *wax and wane,* crescer e decrescer.

WAX-CLOTH ['wæksklɔ:θ], *s.* oleado, encerado.

WAXEN ['wæksən], *a.* de cera, feito de cera.

WAXING ['wæksiŋ], *s.* crescimento, aumento. *a.* crescente.

WAXY ['wæksi], *a.* de cera; ceráceo; pálido; pegajoso; (gír.) zangado.

WAY [wei], *s.* via; passagem, caminho, estrada, vereda; canal, conduto; rumo, rota, curso, direção; distância, espaço; expediente, processo, meio, modo, maneira; costume, hábito; procedimento, conduta; progresso. # *any way,* de qualquer forma. *be* (ou *lie*) *in the way,* obstruir a passagem. *be on one's way,* estar a caminho. *be on the way,* aproximar-se. *by the way,* a propósito. *by way of,* via; como; a título de. *by way of trial,* a título de experiência. *clear the way!* abre alas! *get off one's way,* fazer um sacrifício; fazer um esforço. *get the way of all flesh,* morrer. *in a roundabout way,* com rodeios, de modo indireto. *in a small way,* em pequena escala. *in a way,* de certa forma, até certo ponto; (col.) em estado deplorável. *in much the same way,* da mesmíssima forma. *in no way,* de forma alguma. *in the family way,* em estado interessante. *it's a long way,* é muito distante. *make one's way,* avançar, progredir (em uma profissão). *make one's way to,* dirigir-se para. *make way,* abrir caminho. *one way or another,* de um modo ou de outro. *on my way back,* no meu regresso. *on the way back,* de volta. *on the way to,* a caminho de. *out of the way,* afastado; desviado; inacessível; desusado; incomum. *that way,* por ali, por lá. *the other way about* (ou *round*), ao contrário. *this way,* por aqui. *to get under way,* pôr-se a caminho. *way in,* entrada. *way out,* saída. *ways and means,* meios e modos; recursos. *way up,* bem alto. *which way?* por onde?

WAY-BACK ['weibæk], *a.* afastado, remoto.

WAYBILL ['weibil], *s.* guia (documento de embarque).

WAYFARER ['weifɛərə], *s.* viajante, caminhante, transeunte.

WAYLAY [wei'lei], *pret.* e *pp.* **WAYLAID.** *v.* armar ciladas; surpreender alguém. # *be waylaid,* ser assaltado.

WAYLAYER [wei'leiə], *s.* armador de ciladas.

WAYSIDE ['weisaid], *s.* beira de estrada.

WAY-STATION ['wei'steiʃən], *s.* (E.U.) estação de pouca importância (estrada de ferro).

WAY TRAIN ['weitrein], *s.* trem que pára em todas as estações.

WAYWARD ['weiwəd], *a.* voluntarioso; impertinente, rabujento, caprichoso; perverso; indócil, desobediente.

WAYWARDNESS ['weiwədnis], *s.* perversidade; impertinência, capricho, teima; desobediência.

WE [wi:], *pron.* nós.

WEAK [wi:k], *a.* fraco, frágil, débil; delicado; deficiente, escasso; impotente, ineficaz; inábil; flexível, dócil; tolerante, frouxo, indulgente; imbecil; enfermo; (gram.) fraco. # *the weaker vessel* (ou *sex*), o sexo fraco, o belo sexo. *weak and weary,* exausto.

WEAKEN ['wi:kən], *v.* debilitar, enfraquecer, atenuar; deprimir-se; desconjuntar-se.

WEAKLING ['wi:k-liŋ], *s.* criatura fraca. *a.* fraco.

WEAKNESS ['wi:knis], *s.* debilidade, fraqueza; enfermidade; imbecilidade; futilidade; indecisão; o fraco, o ponto fraco.

WEAL [wi:l], *s.* ventura, felicidade; prosperidade; bem-estar; pisadura, vinco, vergão. *v.* chicotear.

WEALD [wi:ld], *s.* descampado.

WEALTH [welθ], *s.* riqueza, opulência, fortuna, dinheiro; situação financeira. # *wallow in wealth,* nadar em dinheiro.

WEALTHINESS ['welθinis], *s.* riqueza, prosperidade, opulência.

WEALTHY ['weilθi], *a.* rico, próspero; opulento; abundante.

WEAN [wi:n], *v.* desmamar; desacostumar, desapegar; alienar; afastar; privar; fazer perder um vício.

WEAPON ['wepən], *s.* arma; *pl.* meios de defesa de vegetais ou de animais (espinhos, garras, dentes, chifres, etc.). # *cutting weapon,* arma branca.

WEAR [wɛə], *pret.* **WORE,** *pp.* **WORN.** *v.* usar; vestir; exibir, mostrar; gastar; estragar; deteriorar; cansar, fatigar, esgotar; aborrecer; gastar-se, consumir-se; estragar-se; envelhecer; durar; passar, correr (tempo). *s.* uso; gasto; durabilidade; moda. # *be in wear,* estar na moda; estar em uso. *be the worse for wear,* estar gasto; estar em mau estado. *for hard wear,* rústico; resistente. *little the worse for wear,* quase novo. *wear and tear,* desgaste; estrago (devido ao uso). *wear away (down, off),* consumir-se; gastar-se, desgastar-se. *wear out,* gastar; estafar, fatigar. *wear well,* durar, ser durável; ficar bem (roupa). *worn out,* exausto.

WEAR, WEIR [wiə], *s.* reservatório; dique, represa; açude; caniçada para pesca.

WEARABLE ['wɛərəbl], *a.* usável.

WEARER ['wɛərə], *s.* o que usa ou gasta alguma coisa.

WEARILY ['wiərili], *adv.* penosamente; com tédio; de mau humor.

WEARINESS ['wiərinis], *s.* tédio, enjôo; fadiga, cansaço.

WEARING ['wɛəriŋ], *s.* vestidos, vestimentas, roupa; uso, desgaste. *a.* de uso; consumidor; fastidioso, enfadonho; fatigante.

WEARISOME ['wiəsəm], *a.* aborrecido, fastidioso, enfadonho; incômodo; monótono; fatigante, trabalhoso.

WEARY ['wiəri], *a.* enfadado, aborrecido, farto; fatigado; fatigante, enfadonho. *v.* enfadar, aborrecer; fatigar; molestar, incomodar.

WEASEL ['wi:zl], *s.* (zool.) doninha.

WEATHER ['weðə], *s.* tempo, estado atmosférico; intempérie; adversidades; (mar.) barlavento. *a.* relativo ao tempo; de barlavento, do lado do vento. *v.* arejar; agüentar (um temporal); vencer (dificuldades); sobreviver, resistir (à adversidade); dobrar (um cabo), ir além, transpor; barlaventear; desbotar (devido à exposição às intempéries). # *be under the weather,* estar adoentado. *keep one's weather eye open,* estar alerta, ficar de sobreaviso.

settled weather, tempo firme. *under stress of weather,* devido ao mau tempo. *weather intelligence,* boletim meteorológico.

WEATHER-BOARD ['weðəbɔ:d], *s.* barlavento; tábua de revestimento externo (de parede). *v.* revestir com tábuas.

WEATHER-BOUND ['wəðəbaund], *a.* retido pelo tempo.

WEATHERCOCK ['weðəkɔk], *s.* catavento, grimpa, biruta; pessoa inconstante.

WEATHERDROME ['weðədroum], *a.* estação meteorológica flutuante (ancorada próximo à praia).

WEATHERING ['weðəriŋ], *s.* desbotamento, desbotadura; (geol.) intemperismo.

WEATHERPROOF ['weðəpru:f], *a.* à prova de intempéries.

WEAVE [wi:v], *pret.* **WOVE** ou **WEAVED.** *pp.* **WOVEN, WOVE** ou **WEAVED.** *v.* tecer; entrelaçar, trançar; urdir, tramar; ter o ofício de tecelão.

WEAVER ['wi:və], *s.* tecelão, fiandeiro; urdidor; tecelão (ave).

WEAVING ['wi:viŋ], *s.* tecedura; tecelagem; tecido.

WEAZEN ['wi:zn], *a.* fino, magro, delgado seco; mirrado, definhado, murcho. *v.* enrugar; encolher; mirrar, definhar, murchar.

WEB [web], *s.* teia; tecido, trama; tela; fio; teia de aranha; membrana dos dedos de palmípedes; folha de serra; bobina de papel; braço (de remo, de manivela, etc.); orla, debrum; intriga; enredo; tramóia.

WEBBED [webd], *a.* (zool.) palmado.

WEBFOOTED ['webfutid], *a.* palmípede.

WED [wed], *v.* desposar, casar com; casar-se, consorciar-se, matrimoniar-se, unir.

WE'D [wi:d], *contr.* de **WE HAD** ou **WE WOULD.**

WEDDED ['wedid], *a.* casado.

WEDDING ['wediŋ], *s.* casamento, núpcias, matrimônio, enlace, boda; união. # *gold (silver) wedding,* bodas de ouro (de prata), *shotgun wedding,* casamento na polícia. *wedding announcement,* participação de casamento.

WEDDING-RING ['wediŋriŋ], *s.* aliança, anel de casamento.

WEDDING-TRIP ['wediŋtrip], *s.* viagem de núpcias.

WEDGE [wedʒ], *s.* cunha; calçadeira, calço; chaveta. *v.* acunhar; calçar; introduzir-se.

WEADGE-SHAPED ['wedʒ-ʃeipt], *a.* cuneiforme.

WEDLOCK ['wedlɔk], *s.* núpcias, casamento, matrimônio. *v.* casar (desus.),

WEDNESDAY ['wenzdi], *s.* quarta-feira.

WEE [wi:], *a.* pequeno, pequenino, pequerrucho. *s.* pequeno espaço de tempo; pequena distância. # *a wee bit,* um tanto, um pouquinho.

WEED [wi:d], *s.* erva daninha, cizânia; joio; ervilhaca; pessoa detestável; animal imprestável; crepe, fumo, sinal de luto; fumo, tabaco; charuto; *pl.* vestido de luto de viúva. *v.* limpar; mondar, sachar; desarranjar; extirpar; suprimir.

WEEDER ['wi:də], *s.* limpador; mondador, mondadeiro, sachador; sacho, mondador, utensílio empregado na monda.

WEED HOOK ['wi:dhuk], *s.* sacho.

WEEDING ['wi:diŋ], *s.* monda.

WEEDY ['widi], *a.* cheio de ervas daninhas; imprestável; detestável.

WEEK [wi:k], *s.* semana. # *by the week,* semanalmente. *in a week of Sundays,* por muito tempo. *in the week of four Fridays,* no dia de São Nunca. *today week,* de hoje a uma semana; há uma semana. *week about,* semana sim, semana não.

WEEK-DAY ['wi:kdei], *s.* dia de semana.

WEEK-END ['wi:k'end], *s.* fim de semana.

WEEKLY ['wi:kli], *a.* semanal, hebdomadário. *adv.* semanalmente. *s.* semanário, hebdomadário.

WEEL [wi:l], *s.* armadilha para peixe.

WEEN [wi:n], *v.* supor, imaginar, pensar, julgar (desus.).

WEEP [wi:p], *prep.* e *pp.* **WEPT.** *v.* chorar, prantear; lamentar-se; derramar, verter; lagrimejar (= lacrimejar), gotejar.

WEEPER ['wi:pə], *s.* pranteador, carpideira; véu de escumilha; sinal de luto, fumo, crepe.

WEEPING ['wi:piŋ], *s.* pranto, choro; lamento; lágrimas. *a.* pendente.

WEEVIL ['wi:vil], *s.* gorgulho.

WEFT [weft], *s.* tecido, entrançado; trama.

WEIGH [wei], *v.* pesar; medir, ponderar, considerar, examinar; erguer, suspender, levantar (a âncora); ter peso; ter importância; ter força ou eficácia; oprimir; (naut.) levantar ferro. *s.* pesagem.

WEIGHER ['weiə], *s.* pesador; aferidor de pesos.

WEIGHING ['weiiŋ], *s.* pesagem.

WEIGHT [weit], *s.* peso; gravidade; lastro; carga; opressão; ponderação, consideração; valor, importância; conseqüência. # *atomic weight,* peso atômico. *by weight,* a peso. *gross weight,* peso bruto. *light weight,* peso leve (no boxe). *net weight,* peso líquido. *put on weight,* ganhar peso, engordar. *put the weight,* (esp.) arremessar o peso. *putting the weight,* (esp.) arremesso de peso.

WEIGHTED ['weitid], *a.* carregado; sobrecarregado; oprimido.

WEIGHTY ['weiti], *a.* pesado; forte, eficaz; grave, severo, importante.

WEIR [wiə], *s.* barragem, represa.

WEIRD ['wiəd], *s.* sina, fado, dita, destino, sorte; encanto, feitiço, encantamento; adivinho. *a.* misterioso, fantástico, sobrenatural, fantasmagórico.

WELCOME ['welkəm], *a.* bem-vindo, bem recebido; afável, agradável, grato. *s.* boas-vindas, saudação. *int.* seja bem-vindo! *v.* saudar, dar as boas-vindas a; acolher, receber afavelmente. # *bid welcome,* dar as boas-vindas. *outstay* (ou *overstay*) *one's welcome,* prolongar demasiadamente uma visita. *you are welcome,* seja benvindo; não há de quê = *don't mention it. you are welcome to it,* está a suas ordens, disponha sempre.

WELCOMENESS ['welkəmnis], *s.* boas-vindas; afabilidade; recepção agradável.

WELD [weld], *s.* resedá amarelo; caldeamento. *v.* caldear; soldar; juntar, ligar, unir.

WELDABLE ['weldəbl], *a.* caldeável.

WELDER ['weldə], *s.* soldador.

WELFARE ['welfɛə], *s.* felicidade, ventura; prosperidade; saúde, bem-estar; segurança.

WELL [wel], *s.* poço; fonte, nascente, manancial, olho-d'água; remoinho, voragem; (náut.) arca de bombas; cavidade; cisterna, cacimba; vão no centro de uma escada; porão; sentina (de navio). *v.* manar, nascer, fluir, brotar, jorrar; derramar, verter. *a.* bom; feliz, venturoso; confortável, agradável; próprio, conveniente; útil, proveitoso, vantajoso. *adv.* bem; felizmente; favoravelmente; devidamente, convenientemente; razoavelmente, consienciosamente; suficientemente; muito largamente, consideravelmente. *int.* bem. # *all's well that ends well,* tudo está bem quando bem acaba. *it is all very well,* é muito fácil. *well begun is half done,* bem começado é meio caminho andado. *well done!* bem feito! *well, well!* ora, ora! calma! *well earned,* bem merecido. *well featured,* bem parecido, bem apessoado. *well heeled,* bem de fortuna, endinheirado. *well, I never!* por essa eu não esperava! *well meaning,* bem intencionado. *well stored,* bem provido. *well then?* e agora?

WELL-ADVISED ['weled'vaizd], *a.* prudente, bem-avisado.

WELL-BALANCED ['wel'bælənst], *a.* bem equilibrado; sensato.

WELL-BEHAVED ['wel-bi'heivd], *a.* bem-educado; bem comportado.

WELL-BEING ['wel'bi:iŋ], *s.* bem-estar, felicidade, ventura.

WELL-BELOVED ['welbi'lʌvd], *s.* e *a.* bem-amado.

WELLBORN ['wel'bɔ:n], *a.* bem-nascido; nobre; cortês.

WELL-BRED ['wel'bred], *a.* bem-educado, polido, cortês; de puro sangue (cavalo).

WELL-DOER ['wel'du:ə], *s.* benfeitor; pessoa virtuosa.

WELL-DOING ['wel'du:iŋ], *s.* beneficência. *a.* benfazejo.

WELL-DONE ['wel'dʌn], *a.* bem feito; bem passado (bife).

WELLINGTONS ['weliŋtənz], *s. pl.* botas.

WELL-INTENTIONED ['welin'tenʃənd], *a.* bem intencionado.

WELL-KNOWN ['wel'noun], *a.* conhecido.

WELL-MANNERED ['wel'mænəd], *V.* **WELL-BRED.**

WELL-MEANING ['wel'mi:niŋ], *V.* **WELL-INTENTIONED.**

WELL-MEANT ['wel'ment], *a.* feito com boa intenção, bem intencionado.

WELL-NIGH ['welnai], *a.* quase.

WELL-OFF ['wel'ɔ:f], *a.* rico, abastado; próspero.

WELL-READ ['wel'red], *a.* lido, versado.

WELL-SPOKEN ['wel'spoukən], *a.* bem falante; adequado.

WELL-TEMPERED ['wel'tempəd], *a.* bem-humorado.

WELL-TIMED ['wel'taimd], *a.* oportuno, que regula bem (relógio).

WELL-TO-DO ['wel-tə'du:], *V.* **WELL-OFF.**

WELSH [welʃ], *a.* galês. *s.* o idioma galês; os galeses.

WELSH ONION ['welʃ'ʌnjən], *s.* cebolinha.

WELSH RAREBIT ['welʃ'rɛəbit], *s.* torrada com queijo derretido.

WELT [welt], *s.* orla, cercadura, margem, debrum; vergão, vinco. *v.* orlar, debruar, guarnecer; açoitar.

WELTER ['weltə], *s.* açoitador; o que debrua ou guarnece; tumulto, agitação, reboliço. *v.* banhar-se; revolver-se, espojar-se, chafurdar-se, enxudar-se; avançar rebolando-se; agitar-se (o mar).

WELTERING ['weltəriŋ], *s.* ação de revolver-se na imundície.

WELTERWEIGHT ['weltəweit], *s.* (esp.) peso-médio (no boxe, etc.); peso adicional de 28 kg. (cavalo de corrida); peso superior ao normal (jóquei).

WEN [wen], *s.* quisto.

WENCH [wentʃ], *s.* donzela; moça; criada. *v.* andar em más companhias.

WEND [wend], *v.* viajar; ir; prosseguir; encaminhar; dirigir.

WENT [went], *pret.* de **GO.**

WEPT [wept], *pret.* e *pp.* de **WEEP.**

WERE [wə:, wɛə, wə], *pret.* de **TO BE.** # *as it were,* por assim dizer.

WE'RE [wiə], *contr.* de **WE ARE.**

WEREN'T [wə:nt], *contr.* de **WERE NOT.**

WER(E)WOLF ['wə:wulf], *pl.* **WER(E)-WOLVES.** *s.* lobisomem; licantropo.

WER(E)WOLVES ['wə:wulvz], *pl.* de **WERE-WOLF.**

WERT [wə:t], *pret.* de **TO BE.**

WEST [west], *s.* oeste, ocaso, ocidente, poente. *a.* ocidental, do oeste. *adv.* para o ocidente, para o oeste. *v.* dirigir-se para oeste.

WESTERLY ['westəli], *a.* ocidental. *adv.* para o oeste.

WESTERN ['westən], *V.* **WESTERLY** *(a.).* *s.* filme de Far West, filme de "mocinho".

WESTERNER ['westənə], *s.* pessoa do ocidente.

WESTWARD ['westwəd], *a.* que vai para o oeste. *adv.* em direção ocidental. *s.* o ocidente.

WESTWARDS ['westwədz], *adv.* para o oeste.

WET [wet], *a.* molhado, umedecido, úmido; chuvoso; embriagado, bêbedo (= bêbado); (E. U.) contrário à Lei Seca, não proibicionista. *s.* água, umidade; chuva; (gír.) beberagem, bebida. *v.* umedecer, molhar, banhar; regar, irrigar; festejar bebendo.

WET-BACK ['wetbæk], *s.* imigrante ilegal que atravessa o Rio Grande a nado = *wady.*

WETHER ['weðə], *s.* carneiro castrado.

WETNESS ['wetnis], *s.* umidade.

WET NURSE ['wetnə:s], *s.* ama-de-leite.

WETTING ['wetiŋ], *s.* molhadura, molhadela; gole de bebida alcoólica.

WETTISH ['wetiʃ], *a.* ligeiramente úmido.

WE'VE [wi:v], *contr.* de **WE HAVE.**

WHACK [wæk, hwæk], *s.* golpe, pancada; partilha, quinhão, porção. *v.* bater, golpear, espancar; partilhar, dividir; saldar contas.

WHACKER ['wækə], *s.* espancador; (gír.) pessoa enorme; coisa enorme.

WHACKING ['wækiŋ], *a.* enorme, muito grande, gigantesco, descomunal, colossal, monstruoso.

WHALE [weil, hweil], *s.* baleia; cachalote. *v.* espancar, surrar; pescar baleias; (E.U.) pessoa esperta. # *bull whale,* baleia macho. *cow whale,* baleia fêmea. *have a whale of a time,* (E.U.) passar um tempo agradável.

WHALE-BOAT ['weilbout], *s.* *V.* **WHALER.**

WHALEBONE ['weilboun], *s.* barbatana.

WHALER ['weilə], *s.* baleeiro, baleeira; baleeiro (pescador).

WHALING ['weiliŋ], *s.* pesca de baleia; (E.U.) sova, surra, tunda = (Ing.) *walloping.* *a.* relativo à pesca da baleia.

WHANG [wæŋ], *s.* pancada; cilada; correia; grande fatia. *v.* espancar; cilhar, cingir; cortar em fatias.

WHARF [wɔ:f, hwɔ:f], *.pl.* **WHARVES** ou **WHARFS.** *s.* cais, embarcadouro, desembarcadouro. *v.* colocar no cais; munir, proteger, cercar com um cais.

WHARFAGE ['wɔ:fidʒ], *s.* acomodação no cais; direitos de cais.

WHARFINGER ['wɔ:findʒə], *s.* proprietário ou guarda de cais.

WHARF LABOURER ['wɔ:f'leibərə], *s.* estivador = (E.U.) *roustabout.*

WHARVES [wɔ:vz, hwɔ:vz], *pl.* de **WHARF.**

WHAT [wɔt, hwɔt], *a.* que, qual, que espécie de. *pron.* que, que coisa, o que, o qual, aquilo que. *adv.* como, quão, em parte, tanto... como ou quanto. *int.* como! quê! # *and what not,* e tudo mais, et cetera, e outros que tais. *know what's what,* ser perito, entender do riscado. *so what?* que importa? *what a game!* que estopada! *what a lark!* que graça! *what a mug!* que bobo! *what d'ye call it,* um não sei quê. *what if...* suponhamos que... *what if?* que sucederia? *what's more,* de mais a mais. *what next!* que absurdo! *what of that?* que importa isso? e daí? *what's-his-name,* fulano de tal. *what's up?* que há?

WHATE'ER [wɔt'ɛə], *contr.* de **WHATEVER.**

WHATEVER [wɔt'evə], *pron.* e *a.* qualquer que, todo que, tudo o que, seja o que for, o que quer que seja.

WHATNOT ['wɔtnɔt], *s.* uma coisa qualquer; aparador; prateleira.

WHATSOEVER [wɔtsou'evə], *pron.* tudo aquilo que, tudo quanto, o que quer que seja.

WHEAL [wi:l], *s.* pústula, empola, bolha; contusão, vergão, vinco; minas (principalmente de estanho).

WHEAT [wi:t, hwi:t], *s.* trigo. # *separate the wheat from the chaff,* separar o joio do trigo.

WHEEDLE ['wi:dl], *v.* afagar; adular, lisonjear, bajular; seduzir. *s.* afago; lisonja; bajulação; sedução.

WHEEDLER ['wi:dlə], *s.* adulador, bajulador, lisonjeiro; sedutor.

WHEEDLING ['wi:dliŋ], *s.* carinho, afago; adulação, lisonja; sedução. *a.* embusteiro, lisonjeador; sedutor.

WHEEL [wi:l hwi:l] *s.* roda; disco; polia; timão; bicicleta; triciclo; "roda" (instrumento de suplício); dólar; rotação, revolução; vicissitudes. *v.* fazer rodar ou girar; transportar ou levar sobre rodas; rodar, girar, rodopiar; voltear; rolar; andar de bicicleta; mudar de rumo; mudar de opinião. # *big wheel,* (col.) manda-chuva, pessoa importante. *grease the wheels,* subornar. *put a spoke in* someone's *wheel.* atrapalhar a vida de alguém. *put one's shoulder to the wheel,* pôr mãos à obra, ajudar. *ratchet wheel,* roda de aço do tambor (relógio). *third wheel,* (mec.) roda intermediária. *wheel and axe* (mec.) cabrestante. *wheel hub,* (mec.) cubo de roda. *wheel rut,* sulco de roda.

WHEELBARROW ['wi:lbærou], *s.* carrinho de mão.

WHEEL CHAIR ['wi:l'tʃɛə], *s.* (E.U.) cadeira de rodas, cadeira de inválido = (Ing.) *bath chair, invalid's chair.*

WHEELMAN ['wi:lmən], *s.* (E.U.) ciclista = (Ing.) *cyclist.*

WHEELWRIGHT ['wi:lrait], *s.* carpinteiro de carros e rodas.

WHEEZE [wi:z], *v.* respirar com dificuldade; ofegar; resfolegar; assobiar. *s.* respiração ruidosa.

WHEEZY ['wi:zi], *a.* ofegante; que respira com dificuldade.

WHELK [welk], *s.* (med.) pústula.

WHELP [welp], *s.* cria de cachorra, leoa, raposa, etc. *v.* parir (a cadela, a leoa, etc.), dar cria.

WHEN [wen, hwen], *adv.* e *conj.* quando, logo que, assim que, depois que, ao passo que. # *when due,* (com.) no vencimento.

WHENCE [wens], *adv.* donde; de que lugar, de que parte, de que terra; de que modo, como.

WHENE'ER [wen'ɛə], *V.* **WHENEVER.**

WHENEVER [wen'evə], *adv.* e *conj.* quando, sempre que, todas as vezes que, cada vez que, em qualquer tempo que.

WHENSOEVER [wensou'evə], *V.* **WHENEVER.**

WHERE [wɛə, hwɛə], *adv.* e *pron.* onde, em que lugar; para onde, aonde. *s.* lugar.

WHEREABOUT [wɛərə'baut], *adv.* próximo, perto; onde, em que lugar.

WHEREABOUTS ['wɛərəbauts], *s.* paradeiro. *adv.* próximo; perto; onde.

WHEREAS [wɛər'æz], *conj.* visto que, considerando que; enquanto, ao passo que.

WHEREAT [wɛər'æt], *adv.* pelo que, à vista do que; onde.

WHEREBY [wɛə'bai], *adv.* por onde; como, por meio de que.

WHERE'ER ['wɛər'ɛə], *V.* **WHEREVER.**

WHEREFORE ['wɛəfɔ:] *s.* o porquê, motivo. *adv.* para quê? por quê? *conj.* por conseguinte.

WHEREIN [wɛər'in], *adv.* onde.

WHEREINTO [wɛər'intu], *adv.* para onde; para que.

WHEREOF [wɛər'ɔv], *adv.* donde; de que, do qual.

WHEREON [wɛər'ɔn], *adv.* em que, sobre que.

WHERESOEVER [wɛəou'evə], *V.* **WHEREVER.**

WHERETO [wɛə'tu:], *adv.* a que, ao qual; para que? onde?

WHEREUNTO [wɛərʌn'tu], *adv.* e *conj.* *V.* **WHERETO.**

WHEREUPON [wɛərə'pɔn], *adv.* no que; e nisso; sobre o que.

WHEREVER [wɛər'evə], *adv.* e *conj.* por toda a parte onde; em qualquer caso que, sempre que.

WHEREWITH [wɛə'wiθ], *s.* (col.) o dinheiro necessário, o "cunquibus".

WHEREWITHAL [wɛəwi'ðɔ:l], *s.* o dinheiro necessário, o "cunquibus", meios, recursos.

WHERRY ['weri], *s.* barco, bote.

WHET [wet], *v.* afiar, amolar; exasperar, incitar; excitar, estimular. *s.* estimulante, excitante.

WHETHER ['weðə], *conj.* se; ou, quer. *pron.* qual dos dois (desus.).

WHETSTONE ['wetstoun], *s.* pedra de amolar; estimulante.

WHETTER ['wetə], *s.* amolador.

WHETTING ['wetiŋ], *s.* ação de afiar; amoladura.

WHEW [hwu:], *int.* exprime surpresa, desânimo, aversão.

WHEY [wei], *s.* soro do leite. *a.* seroso, soroso. *v.* dessorar.

WHEYEY ['weii], *V.* **WHEY** (a.).

WHICH [witʃ; hwitʃ], *pron.* e *a.* que, qual; quem; o qual, a qual, os quais, as quais; o que; que; qual?

WHICHEVER [witʃ'əvə], *pron.* e *a.* um ou outro, qualquer.

WHICHSOEVER [witʃsou'evə], *V.* **WHICHEVER.**

WHIFF [wif, 'hwif], *s.* sopro, lufada, baforada; espécie de bote de corrida; (col.) um instante; bandeira. *v.* lançar baforadas; sair às baforadas; soprar.

WHIFFLE ['wifl, 'hwifl], *v.* vacilar, ser inconstante; falar em futilidades; prevaricar; mudar, variar; girar; agitar-se, mover-se; soprar às lufadas (vento); assobiar. *s.* pessoa inconstante; pessoa fútil; lufada, rajada; assobio.

WHIFFLER ['wiflə], *s.* pessoa inconstante; pessoa fútil.

WHIFFLETREE ['wifltri:], *s.* balancim de carro (E.U.) *singletree.*

WHIFFLING ['wifliŋ], *s.* inconstância; evasiva, subterfúgio. *a.* inconstante, volúvel; frívolo.

WHILE [wail, hwail], *s.* tempo, espaço de tempo; instante; momento; vez. *conj.* enquanto. *v.* passar o tempo; divertir, distrair. # *after a while,* pouco depois. *all this while,* durante todo este tempo. *a short* ou *little while ago,* há pouco. *between whiles,* de vez em quando. *it's not worth while,* não vale a pena. *once in a while,* de vez em quando. *while off,* adiar.

WHILST [wailst, hwailst], *V.* **WHILE** *(conj.).*

WHIM [wim, hwim], *s.* capricho, veneta, fantasia, extravagância; cabrestante; sarilho.

WHIMPER ['wimpə], *v.* lastimar-se, queixar-se, choramingar; chorar; soluçar. *s.* lamúria, queixume; choro, soluço; rabugice.

WHIMSEY, WHIMSY ['wimzi], *s.* capricho; esquisitice.

WHIMSICAL ['wimzikəl], *a.* caprichoso; esquisito.

WHIMSICALITY [wimzi'kæliti], *s.* capricho; esquisitice.

WHIMSICALNESS ['wimzikəlnis], *s.* caráter caprichoso, esquisitice.

WHIN [win, hwin], *s.* urze.

WHINE [wain, hwain], *v.* lamentar-se, queixar-se; gemer; choramingar, prantear; ganir (o cão). *s.* lamento, queixume; choro; ganido (do cão).

WHINNY ['wini], *s.* rincho, relincho. *v.* rinchar, relinchar.

WHIP [wip, hwip], *s.* açoite, látego, azorrague, chicote; picador; cocheiro, boleeiro. *v.* açoitar, fustigar; surrar; vencer; levar; apoderar-se, tirar, arrebatar; içar, levantar, erguer. # *crack a whip,* fazer estalar um chicote. *smart as a whip,* vivo como azougue. *whip round,* subscrição, coleta.

WHIPPER ['wipə], *s.* chicoteador, açoitador, fustigador.

WHIPPERSNAPPER ['(h)wipəsnæpə], *s.* fedelho, pessoa sem importância e pretensiosa.

WHIPPING ['wipiŋ], *s.* açoitamento, flagelação, fustigação.

WHIPPING-BOY ['wipiŋbɔi], *s.* menino que era educado com um príncipe e recebia os castigos por este merecidos; bode expiatório.

WHIPPING-POST ['wipiŋpoust], *s.* pelourinho.

WHIPPLETREE ['wipltri:], *s. V.* **WHIFFLETREE.**

WHIPPOORWILL ['wippuəwil], *s.* (orn.) curiango.

WHIPSTER ['wipstə], *V.* **WHIPPERSNAPPER.**

WHIR [wə:, hwə:], *s.* zunido, zumbido. *v.* zunir; zumbir; voar ou girar com estrondo; aturdir, atordoar; precipitar-se.

WHIRL [wə:l, hwə:l], *s.* volta, rotação, giro rápido; turbilhão, remoinho; tufão; roseta (de espora). *v.* rodar, voltear, girar rapidamente, rodopiar, turbilhonar.

WHIRLBLAST ['wə:lblɑ:st], *V.* **WHIRLWIND.**

WHIRL-BONE ['wə:lboun], *s.* rótula do joelho.

WHIRLIGIG ['wə:ligig], *s.* pião, carrapeta, piorra.

WHIRLPOOL ['wə:lpu:l], *s.* remoinho de água.

WHIRLWIND ['wə:lwind], *s.* remoinho de vento.

WHISK [wisk, hwisk], *s.* espécie de espanador; batedor de ovos; batedeira de ovos; movimento rápido; sopro repentino. *v.* espanar, varrer, escovar; bater (ovos); mover-se rapidamente; menear a cauda.

WHISKER ['wiskə], *s.* o que se move rapidamente; o que espana ou escova; *pl.* suíças.

WHISKEY ['wiski, 'hwiski], *V.* **WHISKY.**

WHISKY ['wiski, 'hwiski], *s.* uísque.

WHISPER ['wispə, 'hwispə], *s.* murmúrio, sussurro. *v.* murmurar, sussurrar, segredar.

WHISPERER ['wispərə], *s.* murmurador; mexeriqueiro, intrigante.

WHISPERING ['wispəriŋ], *s.* murmúrio, sussurro, cochicho; maledicência; intriga, mexerico.

WHIST [wist, hwist], *int.* silêncio! *s.* uíste (jogo de cartas).

WHISTLE ['wisl, 'hwisl], *s.* assobio, sibilo, silvo; zunido; apito. *v.* assobiar, sibilar, silvar; zunir. # *wet one's whistle,* molhar a garganta, tomar um gole, tomar um trago, molhar a palavra = *to take a gulp, to take a drink. whistle stop,* (estrada de ferro) parada; lugarejo (local em que os trens rápidos não param); povoado, lugarejo. *you can (go and) whistle for it...* vá esperando...

WHIT [wit, hwit], *s.* nadinha, pisca, porção mínima.

WHITE [wait, hwait], *s.* branco; cor branca, brancura, alvura; pessoa branca; clara de ovo; esclerótica; *pl.* leucorréia. *a.* branco, alvo; descorado, pálido; imaculado, puro, cândido, inocente. *v.* branquear, alvejar; caiar. # *French white,* talco. *white of egg,* clara de ovo. *white of the eye,* o branco do olho.

WHITE-ANT ['wait-ænt], *s.* térmita, cupim.

WHITE BEAR [w'aitbɛə], *s.* urso polar.

WHITEBEARD ['waitbiəd], *s.* velho, ancião.

WHITE HOUSE ['waithaus], *s.* Casa Branca (residência oficial do Presidente dos Estados Unidos).

WHITE IRON ['wait-aiən], *s.* folha de flandres.

WHITE-LEAD ['waitled], *s.* alvaiade.

WHITE LIE ['waitlai], *s.* mentirola, mentira inofensiva.

WHITE-LIVERED ['waitlivəd], *a.* covarde.

WHITEN ['waitn], *v.* embranquecer; branquear; alvejar, corar ao sol.

WHITENESS ['waitnis], *s.* alvura, brancura; pureza, candura, inocência.

WHITENING ['waitniŋ], *s.* alvejamento, branqueamento.

WHITE POTATO ['waitpə'teitə], *s.* (E.U.) batata-inglesa = (Ing.) *potato.*

WHITEWASH ['waitwɔʃ], *s.* cal, solução de cal para caiação; (esp.) lavagem. *v.* caiar, branquear; encobrir as faltas; reabilitar. # *get a whitewash,* (com.) fazer concordata. *give a whitewash,* (esp.) dar uma surra, dar uma "lavagem". *whitewash someone,* encobrir as faltas de alguém.

WHITHER ['wiðə, 'hwiðə], *adv.* aonde, para onde.

WHITHERSOEVER [wiðəsou'evə], *adv.* e *conj.* onde quer que, para onde quer que.

WHITISH ['waitiʃ], *a.* esbranquiçado.

WHITISHNESS ['waitiʃnis], *s.* cor esbranquiçada

WHITLOW ['witlou, 'hwitlou], *s.* panarício, unheiro.

WHITSUNDAY ['wit'sʌndi, 'hwit'sʌndi], *s.* domingo de Pentecostes.

WHITTLE ['witl, 'hwitl], *v.* cortar; descascar; talhar; aguçar.

WHIZ [wiz, hwiz], *s.* zunido, zumbido, silvo, assobio; sussurro. *v.* zunir, zumbir, sibilar, assobiar, chiar; sussurrar.

WHO [hu:], *pron.* quem, que, o qual, a qual, os quais, as quais.

WHODONIT [hu:'dʌnit], *s.* novela ou filme policial.

WHOE'ER [hu:'ɛə], *contr.* de **WHOEVER.**

WHOEVER [hu:'evə], *pron.* qualquer, quem quer que seja, todo aquele que.

WHOLE [houl], *a.* todo, total, integral, inteiro, completo; cheio; intacto, ileso; são. *s.* o todo, o total; totalidade, generalidade; o conjunto. # *a whole,* um todo. *on the whole,* de um modo geral.

WHOLEHEARTED ['houl'hɑ:tid], *a.* sincero; devotado, dedicado.

WHOLEHEARTEDLY ['houl'hɑ:tidli], *adv.* sinceramente; sem restrições.

WHOLE-LENGTH ['hou-leŋθ], *a.* de tamanho natural.

WHOLENESS ['houlnis], *s.* totalidade; integridade.

WHOLESALE ['houlseil], *s.* venda por atacado. *a.* por atacado, em massa; extenso.

WHOLESALER ['houlseilə], *s.* atacadista # *carrycash wholesaler,* atacadista que não se utiliza de vendedores e só vende à vista. *mail-order wholesaler,* atacadista que negocia por reembolso-postal.

WHOLESOME ['houlsəm], *a.* são, sadio, saudável; salubre; útil, salutar; agradável, amável.

WHOLESOMENESS ['houlsəmnis], *s.* sanidade; salubridade; utilidade.

WHOLLY ['houli], *adv.* integralmente, completamente, totalmente, puramente.

WHOM [hu:m], *pron.* quem, que, o qual, a qual, os quais, as quais.

WHOMEVER [hu:'mevə], *pron. V.* **WHOMSOEVER.**

WHOMSOEVER [hu:msou'evə], *pron.* qualquer que, todo aquele que, quem quer que seja.

WHOOP [hu:p], *s.* gritaria, algazarra; pio da coruja; grito de guerra. *v.* zombar, vaiar; gritar, berrar; bradar; dar o grito de guerra.

WHOOPER ['hu:pə], *s.* o que grita ou faz algazarra; espécie de cisne.

WHOOPING-COUGH ['hu:piŋkɔf], *s.* coqueluche.

WHOP [wɔp, hwɔp], *v.* bater, espancar, sovar; superar, ultrapassar. *whopper,* s. mentira # *to tell whoppers,* contar lorotas.

WHORE [hɔ:, hɔə], *s.* meretriz. *v.* corromper-se; prostituir-se.

WHOREDOM ['hɔ:dəm, 'hɔədəm], *s.* corrupção; prostituição; impudicícia.

WHORTLEBERRY ['wə:tlberi], *s.* arando. *V.* **BILBERRY.**

WHOSE [hu:z], *pron.* cujo, cuja, cujos, cujas; de quem, do qual, da qual, dos quais, das quais.

WHOSO ['hu:sou], *V.* **WHOSOEVER.**

WHOSOEVER [hu:sou'evə], *pron.* qualquer que, quem quer que seja, todo aquele que.

WHY [wai, hwai], *adv.* por que, por que motivo, por que razão. *int.* ora! *s.* o porquê. # *why so?*

como assim? *why on earth?* por que cargas--d'água?

WICK [wik], *s.* torcida, pavio; mecha, morrão.

WICK [wik], *suf.* Emprega-se para indicar aldeia ou jurisdição.

WICKED ['wikid], *a.* mau, ruim, malvado, perverso; travesso.

WICKEDNESS ['wikidnis], *s.* perversidade, maldade, imoralidade; crime.

WICKER ['wikə], *s.* vime. *a.* de vime. # *wicker-chair,* cadeira de vime = *basket-chair.*

WICKERWORK ['wikəwə:k] *s.* obra de vime.

WICKET ['wikit], *s.* portinhola, postigo, cancela. # *to bot a sticky wicket,* tentar uma tarefa difícil.

WIDE [waid], *a.* largo, amplo, vasto; grande; imenso; afastado, desviado. *adv.* longe; largamente, amplamente. *s.* (poes.) largura. # *be wide of the mark,* estar longe do alvo; estar enganado na avaliação ou no cálculo. *far and wide,* por toda a parte. *wide-eyed,* de (ou com) olhos arregalados. *wide open,* escancarado.

WIDE-AWAKE ['waidə'weik], *a.* ativo, esperto.

WIDELY ['waidli], *adv.* largamente, amplamente; extensamente.

WIDEN ['waidn], *v.* ampliar, alargar, dilatar; estender-se, dilatar-se.

WIDE-OPEN ['waidoupən], *a.* aberto; tolerante.

WIDE-SPREAD ['waidspred], *a.* difundido, divulgado.

WIDOW ['widou], *s.* viúva. *v.* enviuvar; despojar.

WIDOWER ['widouə], *s.* viúvo.

WIDOWHOOD ['widouhud], *s.* viuvez.

WIDTH [widθ], *s.* largura; vastidão, amplidão.

WIELD [wi:ld], *v.* manejar, vibrar, brandir; dominar, governar, dirigir.

WIELDY ['wi:ldi], *a.* manejável; ágil, destro.

WIENIE ['wi:ni], *s.* salsicha fina.

WIFE [waif], *pl.* **WIVES.** *s.* esposa, mulher; dona de casa.

WIG [wig], *s.* peruca, cabeleira postiça; (col.) juiz. *v.* pôr peruca; (col.) ralhar, admoestar, repreender.

WIGGLE ['wigl], *v.* balançar; menear; serpear; bambolear; rebolar; balançar-se, menear-se.

WIGGLY ['wigli], *a.* sinuoso; bamboleante.

WIGHT [wait], *s.* criatura; pessoa (arc.). *a.* ágil, ligeiro, veloz; forte, valente, corajoso (arc.).

WIGWAG ['wigwæg], *v.* acenar, fazer sinais com bandeiras. *s.* sinalização, transmissão de sinais com bandeiras.

WIGWAM ['wigwæm], palhoça dos índios norte-americanos.

WILD [waild], *a.* selvagem, bravio; agreste, selvático, silvestre; rústico, montês; inculto, deserto; desabitado, despovoado; bravo, feroz; rude, bárbaro; turbulento, tempestuoso, impetuoso, violento; entusiástico, ardente; fogoso; licencioso; desregrado, desordenado, desenfreado; estouvado, insensato; extravagante; desalinhado, descomposto; louco; travesso; inconstante; extraordinário, espantoso, assombroso. *s* deserto, páramo, região inculta.

WILDCAT ['waildkæt], *a.* inseguro, arriscado. *s.* gato selvagem *(wild cat). v.* cavar poços petrolíferos (sem certeza da existência de petróleo). # *wildcat strike,* greve não autorizada pelo sindicato; greve ilegal.

WILDEBEEST ['wildibi:st], *s.* (zool.) gnu.

WILDER ['wildə], *v.* desviar, desorientar, desencaminhar; emaranhar, confundir, embaraçar; perder-se, extraviar-se.

WILDERNESS ['wildənis], *s.* deserto; solidão, ermo.

WILD-HAIRED ['waildhεəd], *a.* despenteado, desgrenhado.

WILDING ['waildiŋ], *s.* planta silvestre; maçã silvestre.

WILDLY ['waildli], *adv.* selvagemente; desordenadamente, caprichosamente, loucamente.

WILDNESS ['waildnis], *s.* selvageria; ferocidade, rudeza; impetuosidade; desvario, loucura.

WILD-OAT ['waild-out], *s.* aveia brava. # *sow one's wild-oats,* fazer as loucuras da mocidade.

WILE [wail], *s.* astúcia, ardil; logro, fraude, velhacaria. *v.* enganar, lograr.

WILEFUL ['wailful], *a.* astucioso, manhoso; velhaco.

WILFUL ['wilful], *a.* voluntário, deliberado, intencional; voluntarioso, caprichoso, teimoso.

WILFULNESS ['wilfulnis], *s.* obstinação, teimosia, capricho.

WILINESS ['wailinis], *s.* logro, fraude, velhacaria.

WILL [wil], *v.* querer, desejar; pedir; exigir; dispor, determinar, resolver; mandar; ordenar, decretar; deixar em testamento, testar, legar; sugestionar. *s.* vontade, volição; desejo; prazer; inclinação, arbítrio, escolha; determinação, disposição, resolução; mando; testamento. # *at will,* à vontade. *free will,* livre arbítrio. *free will and accord,* livre e espontânea vontade. *God's will be done,* seja feita a vontade de Deus. *good will,* boa vontade. *ill will,* má vontade. *make* (ou *draw up*) *one's will,* fazer o próprio testamento. *of one's own (free) will,* de livre e espontânea vontade. *where there is a will there is a way,* querer é poder. *will he nill he,* quer queira, quer não. *with a will,* resolutamente, energicamente; de todo o coração. *work one's will on someone,* fazer prevalecer a própria vontade perante alguém.

WILL [wil], *pret.* **WOULD.** *v. aux.* do futuro.

WILLING ['wiliŋ], *a.* desejoso, disposto, pronto, inclinado; complacente, condescendente; voluntário, espontâneo.

WILLINGLY ['wiliŋli], *adv.* voluntariamente, espontaneamente, de bom grado, gostosamente.

WILLINGNESS ['wiliŋnis], *s.* boa vontade, espontaneidade, gosto, benevolência, complacência; prontidão.

WILL-O'-THE-WISP ['wiləðəwisp], *s.* fogo-fátuo.

WILLOW ['wilou], *s.* (bot.) salgueiro, chorão; pá ou taco de jogar o criquete; máquina para limpar lã, algodão, etc. *v.* limpar lã, algodão, etc.

WILLY-NILLY ['wili'nili], *adv.* quer queira, quer não; com ou sem vontade. *a.* hesitante, indeciso.

WILT [wilt], 2.ª pessoa do sing. do pres. do indicat. de **WILL.**

WILT [wilt], *v.* definhar, desfalecer; esmorecer; fazer murchar; murchar, secar.

WILY ['waili], *a.* astucioso, manhoso; velhaco.

WIMBLE ['wimbl], *s.* pua, broca, verrumão.

WIN [win], *pret.* e *pp.* **WON.** *v.* ganhar, vencer; obter, conseguir, conquistar, alcançar, lograr; cativar; seduzir; atrair; persuadir; prevalecer.

WINCE [wins], *v.* recuar, retroceder; encolher-se. *s.* retraimento.

WINCH [wintʃ], *s.* manivela; guincho, sarilho, cabrestante. *v.* içar com sarilho.

WIND [wind], *s.* vento; hálito, bafo; sopro, bafejo; respiração; fanfarronice. # *a capful of wind,* leve viração. *be in the wind,* estar em andamento. *between wind and water,* à flor da água. *get one's wind,* recuperar a respiração. *get the wind up,* ficar com medo. *get wind of,* ficar sabedor de, receber aviso de. *go against wind and tide,* remar contra a maré. *in the wind's eye* (ou *teeth*), contra o vento. *it is an ill wind that blows nobody any good,* desgraça de uns felicidade de outros. *raw wind,* vento úmido e frio. *see how the wind blows,* ver como vão as coisas, sondar o terreno. *sow the wind and reap the whirlwind,* quem semeia ventos colhe tempestades. *under the wind,* (náut.) a sotavento. *wind aft,* vento em popa. *wind ahead,* vento pela proa. *wind egg,* ovo gorado. *with fair wind,* com vento favorável.

WIND [waind], *pret.* e *pp.* **WOUND.** *v.* torcer, dobrar, enrolar; manejar, dirigir, governar; dar corda a; perseguir, seguir as voltas de; içar com cabrestante; virar; voltear, rodopiar, girar, rodar; enrolar-se, enroscar-se; torcer-se, dobrar-se, retorcer-se; serpear, serpentear; insinuar-se; induzir, persuadir. *s.* volta, curva; giro; dobra; sinuosidade. # *wind off,* desenrolar, *wind out,* desembaraçar. *wind up,* içar; enrolar; dar corda (relógio); concluir, liquidar ou fechar (negócio).

WIND [waind], *pret.* e *pp.* **WOUND** ou **WINDED.** *v.* tocar (instrumento de sopro); buzinar.

WIND [wind], *v.* arejar; tomar alento; cheirar, farejar.

WINDBAG ['windbæg], *s.* saco cheio de vento; pessoa enfatuada.

WIND-BREAKE ['windbreik], *s.* quebra-ventos, proteção contra o vento.

WIND-CONE ['windkoun], *s.* biruta em forma de cone presa a um mastro = *wind sock, wind sleeve.*

WINDER ['waində], *s.* dobadoura; planta trepadeira; coroa (relógio); bobinador (máquina de costura).

WINDFALL ['windfɔ:l], *s.* fruta caída da árvore; legado; fruto do acaso, vantagem inesperada. # *windfall tax,* imposto sobre lucros eventuais.

WINDINESS ['windinis], *s.* estado ventoso ou tempestuoso; flatulência; vaidade, presunção.

WINDING ['waindiŋ], *a.* torcido, retorcido; enrolado; arqueado; sinuoso; tortuoso, serpentino; espiralado; de caracol (escada, etc.). *s.* curva, volta, circuito; rodopio, giro; sinuosidade; meandro; dobra, tortuosidade, anfractuosidade; esquina, canto; ângulo; (tec.) dobagem; extração (mineral); (eletr.) enrolamento; (náut.) toque de apito do mestre. # *winding of the voice,* modulação ou inflexão da voz.

WINDING-SHEET ['waindiŋʃi:t], *s.* mortalha.

WINDING-STAIRS ['waindinstɛə], *s.* escada de caracol.

WIND INSTRUMENT ['wind-instrumənt], *s.* instrumento de sopro.

WINDJAMMER ['winddʒæmə], *s.* veleiro; tagarela.

WINDLASS ['windləs], *s.* cabrestante, molinete, sarilho, guindaste; capricho, manha.

WINDMILL ['winmil, 'windmil], *s.* moinho de vento. # *flying windmill* (gír.) helicóptero.

WINDOW ['windou], *s.* janela. *casement window,* janela de batente. *window dresser,* decorador de vitrina. *window dressing,* (col.) fingimento. *window sign,* anúncio em vitrina. *window thief,* ventanista (larápio).

WINDOW-CASE ['windoukeis], *s.* caixilho.

WINDOW FRAME ['windoufreim], *s.* *V.* **WINDOW-CASE.**

WINDOW PANE ['windoupein], *s.* vidraça.

WINDOW-SHUTTERS ['windowʃʌtəz], *s.* postigo da janela.

WINDOW-SILL ['windousil], *s.* peitoril da janela.

WINDPIPE ['windpaip, 'winpaip], *s.* traquéia.

WIND ROSE ['windrouz], *s.* rosa-dos-ventos.

WINDSCREEN ['windskri:n, 'win-skrin], *s.* pára-brisa = (E.U.) *windshield.* # *windscreen wiper,* (aut.) limpador de pára-brisa.

WINDSHIELD ['windʃi:ld], *s.* (E.U.) pára-brisa = (Ing.) *windscreen.* # *windshield wiper,* limpador de pára-brisa.

WIND-SLEEVE ['windsli:v], *s.* *V.* **WIND-CONE.**

WIND-SOCK ['windsɔk], *s.* *V.* **WIND-CONE.**

WINDWARD ['windwəd], *s.* barlavento. *a.* de barlavento. *adv.* para o lado do vento, a barlavento.

WINDY ['windi], *a.* ventoso, tempestuoso; enfatuado, vaidoso; empolado; fútil, vão, vazio.

WINE [wain], *s.* vinho. # *old wine's tales,* mexericos, fofoca. *red wine.* vinho tinto. *sorry wine,* zurrapa. *tart wine,* vinho verde.

WING [wiŋ], *s.* asa; (arq.) ala; flanco, lado; costado, amurado; (teat.) bastidor; crivo, joeira; vôo; proteção, amparo; pára-lama = (E.U.) *fender.* *V.* **MUD-GUARD.** *v.* transportar sobre as asas; levantar vôo; atravessar voando; dar asas; tornar apto para voar; ferir na asa; viajar de avião. # *make wings* levantar vôo. *on the wing,* em vôo. *rock your wings,* (av.) mova suas asas. *to flap the wings,* bater as asas. *to take wing,* levantar vôo = *to take off.* *wing-footed,* alípede.

WINGED [wiŋd], *a.* alado; ferido na asa; rápido, veloz; elevado, excelso.

WINGLESS ['wiŋlis], *a.* áptero.

WING NUT ['wiŋnʌt], *s.* (ofic.) porca de borboleta.

WINGY ['wiŋi], *a.* alado; voador; rápido.

WINK [wiŋk], *v.* pestanejar; piscar os olhos; acenar, dar sinal (com os olhos); tremeluzir, cintilar, bruxolear; consentir, permitir, tolerar; fingir que não vê, disfarçar. *s.* pestanejo, piscadela, nictação; olhadela; sinal com os olhos; um momento, um instante, um abrir e fechar de olhos. # *not to get a wink of sleep* (= *not to sleep a wink*), não pregar olhos. *forty winks,* uma soneca. *in a wink,* num instante. *tip one the wink,* piscar o olho para alguém. *to wink at somebody,* piscar para alguém. *wink the other eye,* fingir que não vê.

WINKER ['wiŋkə], *s.* o que pisca ou pestaneja; músculo que produz o pestanejar; antolhos; *pl.* (col.) óculos.

WINKING ['wiŋkiŋ], *s.* piscadela, pestanejo. *a.* que pisca ou pestaneja; hesitante, vacilante.

WINKLE ['wiŋkl], *V.* **PERIWINKLE.**

WINNER ['winə], *s.* vencedor; conquistador; ganhador.

WINNING ['winiŋ], *s.* triunfo, vitória, conquista; lucro, ganho, proveito, prêmio. *a.* vitorioso, triunfante; cativante, insinuante, atraente, simpático.

WINNOW ['winou], *s.* ciranda, joeira. *v.* peneinar; poeirar; examinar; investigar, esmiuçar; separar; soprar; bater com as asas; voar.

WINNOWING ['winouiŋ], *s.* peneiramento, peneiração.

WINNOWING-FAN ['winouiŋfæn], *s.* joeira, crivo, ciranda, peneira.

WINSOME ['winsəm], *a.* agradável, simpático, cativante, encantador: contente, alegre.

WINTER ['wintə], *s.* inverno. *a.* invernoso, hibernal (= hiberno). *v.* invernar, hibernar. # *a hard winter,* um inverno rigoroso. *a mild* (ou *soft*) *winter,* um inverno brando, suave. *in the depth of winter,* no rigor do inverno.

WINTERIZE ['wintəraiz], *v.* preparar(-se) para o tempo frio.

WINTRY ['wintri], *a.* invernoso, hiberno (= hibernal); chuvoso, brumoso; frio.

WINY ['waini], *a.* vinoso; avinhado.

WIPE [waip], *v.* limpar; secar, enxugar; esfregar, friccionar. *s.* limpeza; esfrega; sopapo, bofetão. # *wipe out,* apagar.

WIPER ['waipə], *s.* limpador (pessoa ou coisa); esfregão.

WIRE ['waiə], *s.* arame, fio metálico, cabo; fio elétrico; corda (de instrumento musical); (col.) telegrama. *v.* ligar ou prender com fio metálico; fechar com redes de arame; prover de arame; instalar fios elétricos; (col.) telegrafar. # *pull the wires* (ou *the strings*), mexer os pauzinhos. *wire brad,* (ofic.) preguinho sem cabeça. *wire nail,* ponta-de-paris.

WIRE-GAUZE ['waiəgɔ:z], *s.* tela de arame.

WIRELESS ['waiəlis], *s.* telegrafia sem fio; telefonia sem fio; radiotelegrafia; radiotelefonia, rádio = (E.U.) *radio. v.* radiografar = *radio.*

WIRELESS MESSAGE ['waiəlis'mesidʒ], *s.* radiograma.

WIRELESS SET ['waiəlisset], *s.* aparelho de rádio = (E.U.) *radio set, radio.*

WIRELESS TELEGRAPHY ['waiəlisti'legrəfi], *s.* radiotelegrafia.

WIRE-NET (TING) ['waiənet(iŋ)], *s.* tela de arame.

WIREPHOTO ['waiəfoutou], *s.* telefotografia.

WIRE-PULL ['waiəpul], *v.* movimentar bonecos, titerear; (fig.) mexer os pauzinhos; usar influência política.

WIRE-PULLING ['waiəpuliŋ], *s.* maquinações secretas; o emprego de pistolões = (E.U.) *pipe-laying.*

WIRE TAPPER [waiə'tæpə], *s.* pessoa que intercepta mensagens telefônicas, pessoa que dá palpites em corridas de cavalos baseada em informações secretas obtidas por intercepção de conversa telefônica.

WIRINESS ['waiərinis], *s.* ductibilidade.

WIRY ['waiəri], *a.* de arame, de fio, tenso; resistente.

WISDOM ['wizdəm], *s.* sabedoria, ciência, saber; erudição; juízo; prudência, discrição, discernimento, circunspecção (= circunspeção).

WISDOM TOOTH ['wizdəmtu:θ], *s.* dente do siso.

WISE [waiz], *a.* sábio, erudito, douto; hábil, perito; discreto, prudente; circunspecto (= circunspeto), sisudo, grave, sério. *s.* modo, maneira (desus.). # *in any wise,* de qualquer modo. *in no wise,* de modo algum.

WISEACRE ['waizəikə], *s.* sabichão.

WISECRACK ['waizkræk], *s.* (gír.) piada, dito, gracejo.

WISE GUY ['waizgai], *s.* águia, espertalhão.

WISELING ['waizliŋ], *V.* **WISEACRE.**

WISELY ['waizli], *adv.* discretamente; prudentemente; sabiamente, ajuizadamente.

WISE MAN ['waizmən], *s.* feiticeiro.

WISE WOMAN ['waizwumən], *s.* feiticeira, bruxa; parteira.

WISH [wiʃ], *v.* desejar, querer, anelar. cobiçar; pedir, rogar. *s.* desejo, vontade, anelo; pedido, rogo; empenho; voto. # *best wishes,* cumprimentos.

WISHBONE ['wiʃboun], *V.* **WISHING-BONE.**

WISHFUL ['wiʃful], *a.* desejoso, anelante.

WISHING-BONE ['wiʃiŋboun], *s.* fúrcula (osso do peito das aves).

WISHY-WASHY ['wiʃiwɔʃi], *a.* fraco, ralo, aguado (chá, etc.); (fig.) inferior, sem graça.

WISP [wisp], *v.* escovar; esfregar; enfeixar; fazer um feixe. *s.* escova; feixe, punhado; bando de pássaros; fogo-fátuo; fragmento, estilha; tira (de papel).

WISTFUL ['wistful], *a.* pensativo, embebido, atento; desejoso, anelante, ansioso.

WISTFULNESS ['wistfulnis], *s.* ânsia, anelo, desejo, avidez.

WIT [wit], *s.* graça, espírito; finura, sutileza; inteligência; imaginação, inventiva, engenho, talento; destreza; habilidade; política; prudência; *pl.* juízo. *v.* saber. # *at one's wit's end,* perplexo, embaraçado. *be out of one's wits,* estar louco; estar alucinado, estar fora de si. *lose one's wits,* ficar desorientado. *to live by* (= *on*) *one's wits,* viver de expedientes. *to wit,* a saber, isto é.

WITCH [witʃ], *s.* feiticeira, bruxa; mulher fascinante. *v.* enfeitiçar, fascinar, encantar.

WITCHCRAFT ['witʃkrɑ:ft], *s.* feitiçaria, bruxaria; fascinação.

WITCHERY ['witʃəri], *s.* feitiçaria, magia, sortilégio.

WITCH-HUNT ['witʃ'hʌnt], *s.* (col.) perseguição a inimigos políticos.

WIT-CRACKER ['witkrækə], *s.* gracejador.

WITCRAFT ['witkræft], *s.* invento.

WITH [wið], *prep.* com; em, entre, contra, de, por, para com, com respeito a.

WITHAL [wi'ðɔ:l], *adv.* também; além disso; ao mesmo tempo; aliás, demais; por outra parte. *prep.* com.

WITHDRAW [wið'drɔ:], *pret.* **WITHDREW.** *pp.* **WITHDRAWN.** *v.* retirar; remover, afastar, apartar; desviar; tomar, tirar, privar de; desistir; desdizer-se; ir-se, partir, sair; retirar-se; afastar-se.

WITHDRAWAL [wið'drɔ:əl], *s.* retirada; apartamento, afastamento. # *withdrawal of foreign capital,* (fin.) repatriamento de capital estrangeiro.

WITHDRAWN [wið'drɔ:n], *pp.* de **WITHDRAW.**

WITHDREW [wið'dru:], *pret.* de **WITHDRAW.**

WITHER ['wiðə], *v.* secar; murchar, definhar, mirrar, fenecer; enfraquecer, debilitar.

WITHER-BAND ['wiðəbænd], *s.* arção da sela.

WITHERED ['wiðəd], *a.* fenecido, murcho; seco; macilento.

WITHERING ['wiðəriŋ], *a.* que murcha, que seca, que mirra. # *withering look,* olhar fulminante.

WITHERS ['wiðəz], *s. pl.* cernelha, fio do lombo.

WITHHELD [wið'held], *pret.* e *pp.* de **WITHHOLD.**

WITHHOLD [wið'hould], *pret.* e *pp.* **WITHHELD.** *v.* impedir, estorvar, embargar, embaraçar, tolher; deter, reter; conter; recusar, negar; refrear-se, reprimir-se, conter-se.

WITHIN [wið'in], *prep.* em, dentro de, no interior de; no espaço de; à distância de; ao alcance de; acerca de; desde; daqui a. *adv.* em casa; dentro, por dentro. interiormente. # *within a while,* em breve, dentro em pouco.

WITHOUT [wið'aut], *prep.* sem; fora de. *adv.* fora; por fora; fora de casa; exteriormente.

WITHSTAND [wið'stænd], *pret.* e *pp.* **WITHSTOOD.** *v.* opor-se a; resistir a; impugnar.

WITHSTOOD [wið'stud], *pret.* e *pp.* de **WITHSTAND.**

WITLESS ['witlis], *a.* sem graça ou espírito; sem inteligência, imbecil, néscio.

WITNESS ['witnis], *s.* testemunha, espectador; (jur.) declarante, prova, sinal, indício, vestígio; testemunho, depoimento. *v.* testemunhar; assistir a, presenciar, ver; declarar, depor, testificar; demonstrar; dar fé; dar testemunho, servir de testemunha. # *bear witness,* dar testemunho. *in witness whereoff,* em fé do que, *the witness was sworn,* a testemunha prestou juramento. *to call as (or to) witness,* invocar como testemunha.

WITSNAPPER ['witsnæpə], *s. V.* **WIT-CRACKER.**

WITTED ['witid], *a.* inteligente; engenhoso; espirituoso.

WITTICISM ['witisizm], *s.* gracejo, dito, graça, piada.

WITTINGLY ['witiŋli], *adv.* de propósito, intencionalmente; premeditadamente.

WITTY ['witi], *a.* engenhoso; talentoso; arguto; espirituoso; sarcástico.

WITTY-SAYING ['witiseiŋ], *s.* chiste.

WIVES [waivz], *pl.* de **WIFE.**

WIZARD ['wizəd], *a.* fascinante, encantador, mágico; (E.U. col.) excelente. *s.* feiticeiro, bruxo, adivinho.

WIZARDRY ['wizədri], *s.* feitiçaria, encanto, bruxaria, magia.

WOBBLE ['wɔbl], *v.* hesitar, vacilar.

WOE, WO [wou], *s.* desgraça, infelicidade, infortúnio, miséria; desgosto, pesar, mágoa, aflição, angústia, dor, tristeza; imprecação, maldição, praga. # *woe be the day!* maldito o dia! *woe be you if...* ai de ti se... *woe is me!* ai de mim!

WOEFUL, WOFUL ['wouful], *a.* lamentável; infeliz, triste, doloroso; funesto, desastroso, miserável.

WOKE [wouk], *pret.* de **WAKE.**

WOLD [would], *s.* descampado.

WOLF [wulf], *pl.* **WOLVES.** *s.* lobo; pessoa cruel; conquistador, Dom Juan. *he-wolf,* lobo; *she-wolf,* loba. # *cry wolf,* dar falso alarma. *the wolf in sheep's skin* (ou *clothing),* o lobo em pele de cordeiro. *wolf down,* devorar.

WOLFISH ['wulfiʃ], *a.* de lobo; carnívoro; voraz; feroz.

WOLFISHNESS ['wulfiʃnis], *s.* ferocidade, crueldade; voracidade.

WOLFRAM ['wulfrəm], *s.* (quím.) volfrânio, tungstênio.

WOLF'S BANE ['wulfsbein], *s.* acônito.

WOLVES [wulvz], *pl.* de **WOLF.**

WOMAN ['wumen], *pl.* **WOMEN.** *s.* mulher; as mulheres; o sexo feminino; criada, servente, aia.

WOMANHOOD ['wumənhud], *s.* estado ou condição de mulher; sexo feminino.

WOMANISH ['wuməniʃ], *a.* afeminado; mulheril; feminino; fraco; gracioso.

WOMANKIND ['wumən'kaind], *s.* as mulheres, o sexo feminino.

WOMANLINESS ['wumənlinis], *s.* natureza ou caráter feminil, feminilidade.

WOMANLY ['wumənli], *a.* feminino; efeminado (= afeminado); mulheril; gracioso. *adv.* efeminadamente, como mulher; femininamente, feminilmente.

WOMB [wu:m], *s.* útero.

WOMEN ['wimin], *pl.* de **WOMAN.**

WON [wʌn], *pret.* e *pp.* de **WIN.**

WONDER ['wʌndə], *s.* ter curiosidade, desejar saber; espantar-se, assombrar-se, admirar-se, surpreender-se; maravilhar-se; perguntar a si mesmo. *s.* admiração; enleio; espanto, assombro; portento, prodígio; milagre; maravilha; mistério, enigma. # *for a wonder,* excepcionalmente, por acaso, por um milagre. *in wonder,* maravilhado; espantado. *no wonder,* não há que estranhar, não é de admirar, não admira.

WONDERFUL ['wʌndəful], *a.* maravilhoso, espantoso, assombroso, admirável.

WONDERFULLY ['wʌndəfuli], *adv.* maravilhosamente, espantosamente, admiravelmente; prodigiosamente.

WONDERING ['wʌndəriŋ], *a.* espantoso, maravilhoso, admirável; admirado, surpreendido.

WONDERLAND ['wʌndəlænd], *s.* país das maravilhas, terra da fantasia.

WONDERMENT ['wʌndəmənt], *s.* surpresa, espanto, admiração, prodígio.

WONDER-STRUCK ['wʌndəstrʌk], *a.* maravilhado, atônito.

WONDROUS ['wʌndres], *a.* maravilhoso, extraordinário, espantoso, prodigioso.

WONKY ['wɔŋki], *a.* bambo, frouxo; cambaleante.

WONT [wount], *a.* habituado, acostumado. *v.* habituar, acostumar; habituar-se, acostumar-se. *s.* rotina, hábito, costume, uso.

WON'T [wount], *contr.* de **WILL NOT.**

WONTED ['wountid], *a.* habitual, usual.

WOO [wu:], *v.* galantear, cortejar, namorar; desejar; solicitar, procurar, convidar.

WOOD [wud], *s.* madeira; lenha; pau; floresta, mata, selva; matagal; bosque. *v.* transformar em floresta; fornecer ou abastecer de lenha; prover-se de lenha. # *do not halloo till you are out of the wood,* não soltes os fogos antes da hora.

WOOD-CHISEL ['wud'tʃi:zl], *s.* formão.

WOODCHUCK ['wudtʃʌk], *s.* (zool.) espécie de marmota.

WOODCOCK ['wudkɔk], *s.* (zool.) espécie de galinhola.

WOODCUT ['wudkʌt], *s.* gravura ou escultura em madeira, entalho.

WOODCUTTER ['wudkʌtə], *s.* lenhador; entalhador.

WOODED ['wudid], *a.* coberto de mato; arborizado.

WOODEN ['wudn], *a.* de madeira; desajeitado, desastrado; grosseiro, rude; torpe; estúpido, bronco.

WOODEN-HEADED ['wudnhedid], *a.* estúpido.

WOOD-LOUSE ['wudlaus], *s.* bicho-de conta.

WOODMAN ['wudmən], *s.* mateiro; madeireiro; lenhador = (E.U.) *lumberjack;* habitante das matas.

WOOD-MITE ['wudmait], *s.* caruncho.

WOODPECKER ['wudpekə], *s.* (zool.) pica-pau (ave).

WOODPILE ['wudpail], *s.* pilha de lenha.

WOODSHED ['wudʃed], *s.* barracão para depósito de madeira.

WOODSHOCK ['wudʃɔk], *s.* (zool.) doninha.

WOODSMAN ['wudzmən], *s.* silvícola; mateiro; lenhador; matuto. *V.* **WOODMAN.**

WOOD-TICK ['wudtik], *s.* *V.* **WOOD-MITE.**

WOODWORK ['wudwə:k], *s.* obra de carpintaria; madeiramento.

WOODY ['wudi], *a.* cheio de arvoredo; cheio de matas; de madeira; lenhoso; silvestre.

WOOER ['wu:ə], *s.* namorado, galanteador.

WOOF [wu:f], *a.* urdidura, trama.

WOOFER ['wufə], *s.* alto-falante.

WOOING ['wu:iŋ], *s.* galanteio. *a.* galanteador.

WOOL [wul], *s.* lã; penugem, lanugem; pêlo; pubescência. # *died in the wool,* completo, perfeito; inveterado; firme; convicto.

WOOL-COMBING ['wulkoumiŋ], *s.* cardadura.

WOOL-GATHERING ['wulgæðəriŋ], *s.* devaneio. *a.* distraído.

WOOLLEN, WOOLEN ['wulin], *a.* de lã, lanudo, lanoso lanzudo. *s.* tecido de lã.

WOOLLY, WOOLY ['wuli], *a.* lanudo, lanoso, lanígero; crespo (cabelo); vago, sem pormenores; (bot.) pubescente.

WOOLLY-HEADED ['wulihedid], *a.* (col.) esquecido, sem memória.

WOOL PLAID ['wulplæd], *s.* pano de xadrez, tecido de lã axadrezado.

WOOLSEY ['wulzi], *a.* tecido de linha e lã.

WORD [wə:d], *s.* palavra, termo, vocábulo; voz, fala; linguagem, frase, sentença; conversação breve; notícia; recado, aviso, mensagem; promessa; ordem; sinal; santo-e-senha; *pl.* discussão. *v.* escrever, redigir; enunciar, exprimir; explicar; questionar, discutir. # *a word to the wise,* ao bom entendedor meia palavra basta. *bandy words,* trocar desaforos. *by word of mouth,* oralmente, verbalmente. *eat one's words,* retratar-se. *go back on one's word* (= *shrink from one's word),* roer a corda, faltar com a palavra. *give one's word,* dar a palavra. *give the word,* dar o sinal, avisar. *have a word on the tip of one's tongue,* estar com a palavra na boca. *have high* (ou *hot) words with,* discutir com, falar acaloradamente com. *in a word,* em suma. *keep one's word,* cumprir a palavra. *make words,* querelar. *on (= upon) my word (of honour),* sob minha palavra (de honra). *one word leads to another,* palavra puxa palavra. *play upon words,* fazer trocadilhos. *pledge one's word,* dar a palavra, empenhar a palavra. *put in a word for one,* recomendar alguém. *send word,* mandar dizer. *take at one's word,* pegar na palavra. *take my word for it,* dou-lhe minha palavra. *upon my word!* palavra de honra!

WORD-BUILDING ['wə:dbildiŋ], *s.* formação de palavras.

WORDBOOK ['wə:dbuk], *s.* vocabulário.

WORDING ['wə:diŋ], *s.* expressão, redação, fraseologia, construção, estilo.

WORD-PLAY ['wə:dplei], *s.* trocadilho.

WORDY ['wə:di], *a.* verbal; verboso, falador, prolixo, loquaz, eloqüente.

WORE [wɔ:, wɔə], *pret.* de **WEAR.**

WORK [wə:k], *pret.* e *pp.* **WORKED** ou **WROUGHT.** *v.* trabalhar; funcionar; laborar, obrar, executar, realizar, operar; manufaturar, fabricar; bordar; lavrar, gravar, talhar, esculpir; pesquisar, investigar; resolver (problema);

explorar (mina, privilégio, etc.); abrir caminho; dirigir, manobrar, manejar; manipular; impelir, excitar, estimular, incitar, induzir; formar, compor; causar, produzir; fazer andar; ser eficaz, surtir efeito; andar, ir ou marchar (bem ou mal); fermentar; estar ocupado ou empregado; exercer um ofício. *s.* trabalho, labuta, faina, ocupação; tarefa; ofício, emprego; negócio; obra; lavor, labor; costura, bordado; ação, ato; *pl.* fábrica, estabelecimento fabril, oficina; motor; engrenagem; rodagem; maquinismo, maquinaria. # *at work,* em (ou de) serviço, trabalhando; em uso, em funcionamento. *be past one's work,* não poder mais trabalhar. *catch up with one's work,* pôr o trabalho em dia. *it didn't work,* não surtiu efeito. *made work,* função criada simplesmente para dar emprego. *out of work,* desempregado. *part-time work,* trabalho para meio expediente. *scamped work,* trabalho feito às pressas. *to work for oneself,* trabalhar por conta própria. *work at,* ocupar-se em. *work clothes,* macacão, roupa de trabalho. *work loose,* estar frouxa (peça em máquina). *work of art,* obra de arte. *work out,* sair bem, resolver-se de acordo com os planos, dar certo. *work under someone,* trabalhar sob as ordens de alguém. *work upon,* influenciar; melhorar; desenvolver; executar; planejar. *work up to,* atingir.

WORKABLE ['wə:kəbl], *a.* executável, praticável, viável, exeqüível; que pode funcionar ou trabalhar; (min.) explorável.

WORKADAY ['wə:kədei], *a.* rotineiro, comum. # *workaday clothes,* roupas próprias para o trabalho. *this workaday world,* este mundo prosaico.

WORKDAY ['wə:kdei], *s.* dia de trabalho, dia de semana; as horas de trabalho.

WORKER ['wə:kə], *s.* obreiro, trabalhador, operário, artífice; formiga ou abelha obreira. # *non-skilled worker,* operário não especializado. *part-time worker,* funcionário ou operário de meio expediente. *self-employed worker,* trabalhador autônomo. *skilled worker,* operário especializado.

WORKHOUSE ['wə:khaus], *s.* asilo = (E.U.) *almshouse;* (E.U.) casa de correção, reformatório = (Ing.) *house of correction. V.* **REFORMATORY.**

WORKING ['wə:kiŋ], *s.* trabalho, tarefa, obra; movimento, jogo, operação; funcionamento; fermentação; (náut.) manobra; (min.) exploração. *a.* trabalhador; que funciona, que trabalha. # *working staff,* quadro do pessoal.

WORKING-OUT ['wə:kiŋaut], *s.* elaboração; (teat.) ação.

WORKMAN ['wə:kmən], *s.* operário, trabalhador, obreiro, artífice.

WORKMANSHIP ['wə:kmənʃip], *s.* mão-de-obra; manufatura; artefato, obra, trabalho; arte, habilidade.

WORKMASTER ['wə:kmɑ:stə], *s.* mestre-de-obras; artista hábil.

WORKS ['wə:ks], *s.* fábrica, oficina; indústria.

WORKSHOP ['wə:kʃɔp], *s.* oficina; fábrica.

WORK-SHY ['wə:k'ʃai], *a.* preguiçoso.

WORKWOMAN ['wə:kwumən], *s.* operária; obreira; costureira.

WORLD [wə:ld], *s.* mundo, universo; a Terra, o globo terrestre; a natureza; a humanidade, os homens; multidão, gente; comunidade; sociedade; infinidade, grande número. # *all the world and his wife,* todo o mundo. *all the world over (= the wide world over),* pelo mundo inteiro. *out of this world,* excelente, "do outro mundo". *throughout the world,* pelo mundo afora.

WORLDLINESS ['wə:ldlinis], *s.* mundanidade; frivolidade; ambição.

WORLDLY ['wə:ldli], *a.* mundano; terreno; material. *adv.* mundanamente; mundanalmente; materialmente.

WORLD-POWER ['wə:ldpauə], *s.* potência mundial (nação).

WORLD-WIDE ['wə:ldwaid], *a.* geral, universal, mundial.

WORM [wə:m], *s.* verme; helminto; gorgulho; (mec.) sem-fim, rosca de parafuso; saca-trapo, saca-bucha; pessoa vil ou desprezível; remorso. *v.* minar, corroer, solapar; rastejar; arrastar-se; insinuar-se; arrancar manhosamente um segredo; tirar buchas (com o saca-trapos).

WORM-GEAR ['wə:mgiə], *s.* engrenagem de rosca de sem-fim.

WORM-MEDICINE ['wə:m'medisin), *s.* vermífugo, lombrigueiro.

WORM THREAD ['wə:mθred], *s.* (mec.) rosca de sem-fim.

WORM-WHEEL ['wə:mwi:l], *s.* roda de rosca de sem-fim.

WORMWOOD ['wə:mwud], *s.* (bot.) absíntio (= absinto), losna.

WORMY ['wə:mi], *a.* verminoso, bichoso, bichento; rastejante, serpejante.

WORN [wɔ:n], *pp.* de **WEAR** e *a.* gasto, usado; esgotado, exausto.

WORN-DOWN ['wɔ:n'daun], *a.* gasto, usado; esgotado, exausto.

WORN-OUT ['wɔ:n'aut], *a.* gasto, usado; esgotado, exausto.

WORRIED ['wʌrid], *a.* atormentado, angustiado, inquieto, preocupado.

WORRIMENT ['wʌrimənt], *s.* (col.) aborrecimento, contrariedade; aflição; preocupação.

WORRISOME ['wʌrisəm], *a.* (E.U.) incomodativo = (Ing.) *troublesome.*

WORRY ['wʌri], *v.* atormentar; aborrecer, importunar, inquietar; afligir-se, preocupar-se. *s.* tormento; aborrecimento; preocupação; aflição.

WORRYING ['wʌriiŋ], *s.* ação de atormentar ou afligir. *a.* atormentador, aflitivo.

WORSE [wə:s], *a. comp.* de **BAD, ILL, EVIL,** pior. *adv.* pior; mais doente. *s.* o pior; inferioridade; detrimento, prejuízo, desvantagem. # *far worse,* muito pior. *get the worse,* ser vencido. *so much the worse,* tanto pior. *worse and worse,* cada vez pior, de mal a pior. *worse than never,* pior do que nunca.

WORSEN ['wə:sn], *v.* piorar.

WORSHIP ['wə:ʃip], *a.* adoração, veneração, culto; reverência, respeito, senhoria, excelência (no tratamento). *v.* cultuar; adotar, venerar; honrar, reverenciar, respeitar. # *please Your Worship,* saiba Vossa Excelência

WORSHIPFUL ['wə:ʃipful], *a.* venerável, adorável; respeitável. # *the Worshipful Master,* o Venerável (da Maçonaria).

WORSHIPPER ['wə:ʃipə], *s.* respeitador, venerador, adorador.

WORSHIPPING ['wə:ʃipiŋ], *s.* reverência, respeito, veneração, adoração.

WORST [wə:st], *a. sup.* de **BAD, ILL, EVIL,** o pior; o mais doente. *adv.* pessimamente, o pior possível; muito mal. *s.* o pior. *v.* vencer, derrotar. # *at the worst,* na pior das hipóteses. *let the worst come to the worst,* aconteça o que acontecer, haja o que houver.

WORSTED ['wustid], *s.* lã fiada, tecido de lã.

WORT [wə:t], *s.* planta, erva; cerveja não fermentada ou em fermentação.

WORTH [wə:θ], *a.* que vale, que tem o preço ou valor de; digno ou merecedor de; equivalente a. *s.* valor; preço, custo; mérito, merecimento; estima, consideração; importância; dignidade, nobreza. # *be worth one's while* ou *be worth (the) while,* valer a pena. *it is worth it!* vale a pena! *present worth,* valor atual.

WORTHILY ['wə:ðili], *adv.* merecidamente, justamente; dignamente; convenientemente.

WORTHINESS ['wə:ðinis], *s.* virtude; dignidade; valor, merecimento; excelência.

WORTHLESS ['wə:ðlis], *a.* vil, indigno, desprezível, sem valor; inútil.

WORTHLESSNESS ['wə:ðlisnis], *s.* vileza, indignidade, baixeza; inutilidade.

WORTH-WHILE ['wə:θwail], *a.* que vale a pena.

WORTHY ['wə:ði], *a.* digno, merecedor; benemérito, virtuoso, honrado; respeitável, estimável. *s.* sumidade; pessoa notável; pessoa digna.

WOULD [wud], *pret.* de **WILL.** # *would that it be so!* oxalá! *would to God!* queira Deus!

WOULD-BE ['wudbi:], *a.* suposto, pretenso; aspirante, pretendente. *s.* pretendente, candidato.

WOUND [waund], *pret.* e *pp.* de **WIND.**

WOUND [wu:nd], *s.* ferida, úlcera; chaga; lesão; golpe; ferimento; dano, mal; ofensa, agravo. *v.* ferir; vulnerar; golpear; danificar; ofender, magoar; agravar. # *dress a wound,* fazer um curativo.

WOUNDED ['wu:ndid], *a.* ferido; magoado.

WOVE [wouv], *pret.* e *pp.* de **WEAVE.**

WOVEN ['wouvən], *pp.* de **WEAVE.**

WOW [wau], *s.* sucesso; número sensacional, atração (no teatro).

WRACK [ræk], *s.* bodelha, alga, sargaço do mar; naufrágio; destruição, ruína.

WRAITH [reiθ], *s.* fantasma, espectro, aparição.

WRANGLE ['ræŋgl], *v.* disputar, brigar, questionar, altercar; (E.U.) tomar conta de animais. *s.* disputa, briga, altercação, rixa.

WRANGLER ['ræŋglə], *s.* disputador, pelejador, altercador; estudante da Universidade de Cambridge, que obteve distinção em matemática; (E.U.) tratador de animais.

WRANGLING ['ræŋgliŋ], *s.* disputa, contenda, discussão, altercação.

WRAP [ræp], *pret.* e *pp.* **WRAPPED** ou **WRAPT.** *v.* embrulhar, enrolar, envolver; agasalhar; cobrir, ocultar; encerrar, conter. *s.* abrigo; bata; *pl.* agasalho; manta de viagem.

WRAPPER ['ræpə], *s.* invólucro, capa, sobrecapa (livro), cobertura; envelope; pano de embrulho; faixa para meninos; papel de cigarros; cinta de jornal; embrulhador; (E.U.) roupão, chambre, "peignoir" = (Ing.) *dressing-gown.*

WRAPPING ['ræpiŋ], *s.* acondicionamento, embalagem.

WRAPPING-PAPER ['ræpiŋpeipə], *s.* papel de embrulho.

WRATH [rɔ:θ], *s.* indignação, fúria, ira, cólera, raiva.

WRATHFUL ['rɔ:θful], *a.* indignado, furioso, irado, colérico.

WREAK [ri:k], *v.* vingar; desforrar; descarregar, desafogar, desabafar (a cólera); satisfazer, saciar, fartar.

WREATH [ri:θ], *s.* grinalda; coroa de flores; trança; espiral.

WREATHE [ri:ð], *v.* engrinaldar, coroar; enroscar, entrelaçar, entretecer; cingir; rodear; enrolar-se, entrelaçar-se.

WREATHING ['ri:ðiŋ], *s.* coroação; coroa de flores.

WRECK [rek], *s.* naufrágio; destruição, ruína; restos ou destroços de um naufrágio; navio naufragado. *v.* fracassar; arruinar, destruir, fazer naufragar, pôr a pique; naufragar, soçobrar, ir a pique, afundar-se. # *a poor wreck,* um pobre-diabo.

WRECKAGE ['rekidʒ], *s.* salvados (de naufrágio ou incêndio); restos de naufrágio; naufrágio.

WRECKER ['rekə], *s.* o que rouba as mercadorias arrojadas à praia; provocador de naufrágio; salvador; navio salvador; carro-socorro.

WRECKING ['rekiŋ], *s.* destruição. *a.* de salvamento. # *wrecking-car,* carro-socorro. *V.* **WRECKER.**

WREN [ren], *s.* (zool.) cambaxirra (= carriça, garriça, garricha).

WRENCH [rentʃ], *v.* tirar, puxar com violência; arrebatar, arrancar; torcer; desconjuntar, desarticular, deslocar; tirar dos gonzos. *s.* puxão; arranco; chave de porca; chave inglesa; (med.) torcedura, luxação. # *crescent wrench,* (mec.) chave inglesa. *open-end wrench,* (ofic.) chave-de-boca.

WREST [rest], *v.* tirar com violência, arrancar, arrebatar; torcer; forçar, violentar; perverter, corromper, desvirtuar. *s.* ímpeto, violência; arrancamento; arrebatamento; torcedura; deslocação; impulso; força motriz; artifício; aliciação; perversão, corrupção; chave de afinar.

WRESTER ['restə], *s.* torcedor; arrancador; infrator, violador.

WRESTLE ['resl], *v.* discutir, altercar, disputar; brigar, combater, lutar. *s.* luta.

WRESTLER ['reslə], *s.* lutador, competidor; atleta.

WRESTLING ['resliŋ], *s.* luta, luta romana; contenda, briga.

WRETCH [retʃ], *s.* desgraçado; ente vil. # *a poor wretch,* um pobre-diabo.

WRETCHED ['retʃid], *a.* miserável, pobre, infeliz, inditoso, desgraçado; baixo, vil, indigno, desprezível.

WRETCHEDNESS ['retʃidnis], *s.* infelicidade, desgraça, desventura; miséria; calamidade; indignidade, vileza.

WRIC(K) [rik], *v.* torcer, dar um mau jeito.

WRIGGLE ['rigl], *v.* mover, mexer, agitar, menear; torcer, enrodilhar; mover-se, mexer-se, agitar; menear-se; serpentear; retorcer-se; enrolar-se, enroscar-se, enrodilhar-se; insinuar-se, introduzir-se. *s.* agitação; meneio; ondulação; torcedura; enroscadura.

WRIGGLER ['riglə], *s.* agitador.

WRIGGLING ['rigliŋ], *s.* reboliço, agitação; meneio; torcedura; enroscamento; ondulação.

WRIGHT [rait], *s.* operário, obreiro, artífice.

WRING [riŋ], *pret.* e *pp.* **WRUNG.** *v.* torcer; puxar, arrancar, arrebatar; extorquir; obrigar, forçar; apertar; espremer; esmagar; despedaçar, dilacerar; afligir, atormentar; dar má interpretação, torcer o sentido; torcer-se, contorcer-se (com dores); afligir-se, torturar-se, atormentar-se. # *a wring of the hand,* um aperto de mão. *wring out,* espremer.

WRINGER ['riŋə], *s.* torcedor; espremedor.

WRINGING ['riŋiŋ], *s.* torcedura; aflição, tormento.

WRINKLE ['riŋkl], *s.* ruga, sulco, prega, vinco; capricho; manha. *v.* enrugar, encrespar, encarquilhar, franzir; enrugar-se.

WRINKLED ['riŋkld], *a.* franzido, pregueado, enrugado.

WRINKLING ['riŋkliŋ], *s.* enrugamento, encolhimento, encarquilhamento.

WRIST [rist], *s.* pulso.

WRISTBAND ['ristbænd], *s.* punho de camisa.

WRIST-WATCH ['ristwɔtʃ], *s.* relógio-pulseira.

WRIT [rit], *s.* escrito; escritura; estatuto, lei, regulamento, decreto, édito; ordem; sentença; citação; execução. # *serve a writ upon any one,* (jur.) mandar citar alguém. *the Holy* (ou *Sacred) Writ,* a Sagrada Escritura. *writ of attachment,* ordem de prisão; mandado de penhora ou de posse. *writ of error,* mandado de revisão de processo. *writ of right,* mandado de reintegração de posse.

WRITE [rait], *pret.* **WROTE,** *pp.* **WRITTEN.** *v.* escrever; redigir; compor; descrever; gravar, imprimir; inscrever; ter correspondência epistolar; dizer (em carta); ser escritor ou autor. # *write down,* anotar, tomar nota. *write in full, write out,* escrever por extenso. *write up,* descrever ou relatar minuciosamente.

WRITER ['raitə], *s.* escrevente, amanuense, copista; escrivão; autor, escritor, literato.

WRITE-UP ['raitʌp], *s.* relatório; (E.U. impr.) relatório; reportagem ampla, minuciosa = (Ing.) *descriptive report.*

WRITHE [raið], *v.* entortar, torcer; retorcer; alterar, falsear (o sentido das palavras). *s.* contorção.

WRITING ['raitiŋ], *s.* escrita; documento, escritura; manuscrito; escrito, composição; obra; artigo; inscrição; caligrafia, letra; estilo. # *in one's own writing,* de seu próprio punho.

WRITING-PAD ['raitiŋpæd], *s.* bloco de papel.

WRITTEN ['ritn], *pp.* de **WRITE.**

WRONG [rɔŋ], *s.* ofensa, injúria, afronta, ultraje; injustiça; falta; erro, engano; falsidade, extravio; culpa; dano, mal, prejuízo. *a.* injusto; errado, desacertado; falso, errôneo, inexato; irregular; enganado, equivocado; inoportuno, inconveniente. *adv.* mal; erradamente, desacertadamente; irregularmente; injustamente; ao contrário, às avessas. *v.* ofender, injuriar, ultrajar; ser injusto com alguém; danificar; prejudicar, lesar. # *be in the wrong,* não ter razão; estar enganado. *do someone wrong,* cometer uma injustiça com alguém.

WRONGDOER ['rɔŋ'du:ə], *s.* afrontador; ofensor, injuriador; malfeitor.

WRONG-DOING ['rɔŋ'du:iŋ], *s.* injustiça; dano; delito.

WRONGFUL ['rɔŋful], *a.* ofensivo, injurioso; iníquo, injusto; pernicioso, nocivo.

WRONGLY ['rɔŋli], *adv.* injustamente; erradamente, erroneamente.

WRONGNESS ['rɔŋnis], *s.* erro; injustiça; falsidade; dano.

WROTE [rout], *pret.* de **WRITE.**

WROTH [rouθ, rɔ:θ], *a.* irritado, colérico, encolerizado; aborrecido, enfadado.

WROUGHT [rɔ:t], *pret.* e *pp.* de **WORK.** *a.* trabalhado, lavrado.

WROUGHT-IRON ['rɔ:t'aiən], *s.* ferro forjado; ferro batido.

WROUGHT-UP ['rɔ:t'ʌp], *a.* excitado, superexcitado; inflamado.

WRUNG [rʌŋ], *pret.* e *pp.* de **WRING.**

WRY [rai], *a.* torto, torcido; curvo, arqueado; dobrado; de esguelha; desviado, pervertido; alterado; forçado; feio, disforme.

WRYNECK ['rainek], *s.* papa-formiga (ave); (med.) torcicolo.

WRYNESS ['rainis], *s.* torção, trejeito, contorção; tortuosidade.

X

X [eks], *s.* vigésima quarta letra do alfabeto; abreviatura de exclusive , exclusivo; nota de 10 dólares; (av.) seguido de um número, significa — experimente (X 10 = experimente dez vezes).

XANTHUS ['zænθəs], *s.* (min.) xanto.

XEBEC ['zi:bek], *s.* (náut.) xaveco.

XENOGAMY [zi(:)'nɔgəmi], *s.* (bot.) xenogamia.

XENON ['zenɔn, 'gzenɔn], *s.* (quím.) xenônio.

XENOPHOBIA [zenə'foubjə], *s.* xenofobia.

X-EYED ['eks'aid], *a.* (gír.) estrábico.

X-LEGGED ['eks'legid], *a.* (gír.) de pernas tortas.

XMAS ['krisməs], *abr.* de **CHRISTMAS.**

X-RAY ['eks'rei], *a.* radiológico, radiográfico. *v.* tirar chapa, examinar ou tratar pelos raios X. # *X-ray machine,* aparelho de raios X. *X-ray photography,* chapa radiográfica, radiografia.

X-RAYS ['eks'reiz], *s. pl.* raios X.

XYLOGRAPH ['zailəgra:f], *s.* xilogravura.

XYLOGRAPHER [zai'lɔgrəfə], *s.* xilógrafo.

XYLOGRAPHY [zai'lɔgrəfi], *a.* xilografia.

XYLONITE ['zailənait], *s.* celulóide.

XYLOPHONE ['zailəfoun], *s.* xilofone (= xilofono, xilarmônico).

Y

Y [wai], *s.* vigésima quinta letra do alfabeto.

YACHT [jɔ:t], *s.* iate. *v.* governar um iate; passear ou viajar em iate.

YACHTING ['jɔ:tiŋ], *s.* navegação em iate, ação de viajar em iate; esporte do iate.

YACHTSMAN ['jɔtsmən], *s.* dono ou timoneiro do iate; aquele que se dedica ao iatismo.

YAH [jɑ:], *int.* exclamação de desagrado.

YAHOO [jə'hu:, jɑ:'hu:], *s.* selvagem; homem vil; (E.U.) caipira.

YAK [jæk], *s.* iaque; (rád.) uma gargalhada; uma pilhéria, uma piada = *yuk.*

YAM [jæm], *s.* (bot.) inhame.

YANK [jænk], *s.* puxão, arranco. *v.* puxar.

YANKEE ['jæŋki], *a.* e *s.* ianque.

YAP [jæp], *v.* latir, ganir; (gír.) palrar. *s.* (gír.) cãozinho; latido; (gír.) conversa, prosa; fanfarrão; (gír.) caipira.

YARD [jɑ:d], *v.* encurralar, apriscar. *s.* pátio; cercado; aprisco, curral; (náut.) verga; vara; jarda, vara (medida). # *marshalling yard,* (estr. de f.) pátio de manobras. *yard engine,* locomotiva de manobras.

YARN [jɑ:n], *s.* filaça; fio; história, conto. # *spin a yarn,* contar uma história inverossímil; contar uma lorota.

YARROW ['jærou], *s.* (bot.) erva do carpinteiro, mil-folhas, mil-em-ramas.

YAW [jɔ:], *s.* (mar. e av.) guinada. *v.* (mar. e av.) desviar-se, guinar; mover-se às guinadas; espumar; erguer-se, elevar-se.

YAWL [jɔ:l], *s.* iole; escaler; (col.) gritaria; lamento. *v.* berrar.

YAWN [jɔ:n], *v.* abrir-se; escancarar-se; ficar de boca aberta; bocejar; suspirar, ansiar, anelar, almejar. *s.* abertura, hiato; bocejo; abismo, precipício, voragem.

YAWNER ['jɔ:nə] *s.* bocejador.

YAWNING ['jɔ:niŋ], *a.* bocejador. *s.* bocejo.

YAWP [jɔ:p], *v.* vociferar, berrar.

YE [ji:], *pron.* vós; vos (desus.).

YE [ðə, ði, erroneamente-ji:], *(art).* arc. *the*) o, a, os, as.

YEA [jei], *adv.* sim, certamente. *s.* o sim, voto afirmativo. # *yea or nay,* sim ou não, voto pró ou contra.

YEAR [jə:, jiə], *s.* ano. # *all the year round,* o ano todo, o ano inteiro. *coming year,* ano vindouro. *every year,* todo ano. *fat year,* ano de fartura. *financial year,* (com.) ano econômico. *in after years,* em anos vindouros. *for (donkey's) years,* por muito tempo; há muito tempo. *lean year,* ano de escassez. *lunar year,* ano lunar. *next year,* ano vindouro. *the whole year,* o ano todo. *year before the last,* o ano atrasado. *year in year out,* ano por ano, entra ano sai ano. *year-to-date,* até a data presente.

YEARBOOK ['jə:buk, 'jiəbuk], *s.* anuário.

YEARLING ['jə:liŋ, 'jiəliŋ], *a.* de um ano. *s.* animal de um ano de idade.

YEARLY ['jə:li, 'jiəli], *a.* anual. *adv.* anualmente, uma vez por ano, todos os anos.

YEARN [jə:n], *v.* inquietar-se, afligir-se, compadecer-se; estar comovido, sofrer; desejar vivamente, ansiar, suspirar por; sentir saudades; aspirar a. *s.* ansiedade. ânsia; aspiração; anelo; saudade.

YEARNING ['jə:niŋ], *s.* anelo, ânsia, ansiedade; saudade; aspiração.

YEAST [ji:st], *s.* fermento; levedura; espuma. *v.* fermentar.

YEASTY ['ji:sti], *a.* fermentescente; espumoso; buliçoso, agitado.

YEGG [jeg], *s.* (E.U.) arrombador de cofres, ladrão.

YEGGMAN ['jegmən], *V.* **YEGG.**

YELK [jelk], *V.* **YOLK.**

YELL [jel], *v.* gritar, bradar, vociferar, bramir; uivar; rugir. *s.* grito, brado, alarido; uivo.

YELLOW ['jelou], *a.* amarelo. *s.* cor amarela; gema de ovo. *v.* amarelar. # *be yellow,* (E.U. gír.) ser covarde.

YELLOWBACK ['jeloubæk], *s.* novela popular.

YELLOW BIRD ['jeloubə:d], *s.* (orn.) pintassilgo.

YELLOW BOY ['jeloubɔi], *s.* (E.U.) mulato.

YELLOW-FEVER ['jeloufi:və], *s.* febre amarela.

YELLOW GIRL ['jelougə:l], *s.* (E.U.) mulata.

YELLOWISH ['jelouiʃ], *a.* amarelado.

YELLOW-JACK [jeloudʒæk], *V.* **YELLOW-FEVER.**

YELP [jelp], *v.* uivar, latir, ganir, ladrar. *s.* uivo, latido, ganido.

YEN [jen], *s.* iene.

YEOMAN ['jouman], *s.* lavrador; proprietário; burguês; membro da guarda nacional inglesa; guarda da Torre de Londres; membro do corpo de guarda.

YEOMANRY ['joumənri], *s.* burguesia; guarda nacional inglesa; corpo de guarda.

YES [jes], *adv.* sim, certamente.

YES-MAN ['jesmæn], *s.* o que concorda sempre, bajulador, lacaio, capacho, maria-vai-com-as--outras. *pl.* **YES-MEN.**

YES-MEN ['jesmen], *pl.* de **YES-MAN.**

YESTER ['jestə], *a.* de ontem. *pref.* passado, último, antecedente.

YESTERDAY ['jestədi], *adv.* ontem.

YESTERNIGHT ['jestənait], *s.* a noite passada. *adv.* ontem à noite.

YET [jet], *conj.* todavia, contudo; entretanto. *adv.* ainda, todavia, até agora; ao menos; mais, demais. # *not yet,* ainda não.

YEW [ju:], *s.* (bot.) teixo.

YIDDISH ['jidiʃ], *s.* e *a.* iídiche.

YIELD [ji:ld], *v.* dar, produzir, fornecer, render, entregar, restituir; conceder; ceder, abandonar; deferir, garantir; admitir, consentir; outorgar; render-se, entregar-se; sujeitar-se, submeter-se; sucumbir; fraquejar; condescender, assentir; dar de si; ser útil, produzir. *s.* rendição; (com.) produção, rendimento; (agr.) colheita.

YIELDING ['ji:ldiŋ], *a.* complacente, indulgente; fácil; dócil. *s.* submissão; consentimento, permissão, ato de ceder; rendimento, produto; entrega; rendição, abandono.

YOGA ['jougə], *s.* ioga.

YOGI ['jougi], *s.* iogue.

YOGISM ['jougizm], *s.* ioguismo.

YO-HO [jou'hou], *int.* olhe!

YOICK [jɔik], *v.* estumar cachorros.

YOKE [jouk], *s.* canga, jugo; ajougo; parelha, junta (de bois); par; (mar.) cana do leme; escravidão, opressão, domínio; (ofic.) forquilha, forqueta; pala (de um vestido). *v.* cangar, jungir, ajoujar; emparelhar; unir, casar; reprimir, conter; subjugar, dominar, oprimir.

YOKEL ['joukəl], *s.* camponês; caipira = *hayseed, rube.*

YOLK [jouk], *s.* gema de ovo; gordura, unto.

YON [jɔn], *a.* aquele, aquela, aqueles, aquelas (desus.). *adv.* acolá, além (desus.).

YONDER ['jɔndə], *V.* **YON.**

YORE [jɔ:, jɔə], *adv.* outrora, antigamente (desus.). # *of yore,* outrora.

YOU [ju:], *pron.* vós, você, etc.

YOUNG [jʌŋ], *a.* jovem, novo, moço; juvenil; pequeno; verde, tenro; novato; inexperiente. *s.* a mocidade; os jovens; crias, filhotes (de animais). # *be with young,* estar prenhe (diz-se de animal). *young one,* cria, filhote.

YOUNGISH ['jʌŋiʃ], *a.* um tanto jovem.

YOUNGLING ['jʌŋliŋ], *s.* cria; animal pequeno.

YOUNGSTER ['jʌŋstə], *s.* jovem, rapaz, rapazola, adolescente.

YOUNKER ['jʌŋkə], *s.* (arc.) moço, jovem, rapazola.

YOUR [jɔ:, juə, jɔə, joə], *pron.* vosso, seu etc.

YOU'RE [juə], *contr.* de **YOU ARE.**

YOURS [jɔ:z, juəz, jɔəz, joəz], *pron.* o vosso, o seu, etc.
YOURSELF [jɔ'self], *pron.* vós mesmos, você mesmo.
YOURSELVES [jɔ:'selvz], *pron.* vós mesmos.
YOUTH [ju:θ], *s.* mocidade, adolescência, juventude; um jovem, um adolescente; os jovens.
YOUTHFUL ['ju:θful], *a.* jovem, moço, novo, juvenil: sadio, vigoroso; alegre.
YOUTHFULNESS ['ju:θfulnis], *s.* juventude, mocidade; vigor.
YOU'VE [ju:v], *contr.* de **YOU HAVE.**
YTTRIUM ['itriəm], *s.* (quím.) ítrio.
YUCCA ['jʌkə], *s.* (bot.) iúca.
YUK [jʌk], *s.* (rád.) *V.* **YAK.**
YUGO-SLAV ['ju:gou'slɑ:v], *s.* iugoslavo.
YUGO-SLAVIAN ['ju:gou'slɑ:viən], *a.* iugoslavo.
YULE [ju:l], *s.* Natal.

[ɔə] - **door;** [uə] - **poor;** [j] - **yes;** [w] - **wet;** [g] - **give;** [h] - **hat;** [s] - **say;** [ŋ] - **king;** [ʃ] - **ship;** [ʒ] - **rouge;** [θ] - **thin;** [ð] - **then;** [tʃ] - **chin;** [dʒ] - **jam.**

Z

Z [zed, (E.U.) zi:], *s.* vigésima sexta letra do alfabeto.

ZAFFRE, ZAFFER ['zæfə], *s.* safra (óxido de cobalto).

ZAMIA ['zeimiə], *s.* (bot.) zâmia.

ZANY ['zeini], *s.* palhaço, truão.

ZEAL, [zi:l], *s.* zelo, desvelo, cuidado; ardor; fervor; paixão.

ZEALOT ['zelət], *s.* partidário, entusiasta; fanático; supersticioso.

ZEALOTRY ['zelətri], *s.* fanatismo, superstição.

ZEALOUS ['zeləs], *a.* zeloso, cuidadoso; entusiasta; ardente; impetuoso.

ZEALOUSNESS ['zeləsnis], *s.* zelo; entusiasmo.

ZEBRA ['zi:brə], *s.* zebra.

ZEBRINE ['zi:brain], *a.* zebrino (= zebral, zebrário).

ZEBU ['zi:bu], *s.* zebu.

ZEND [zend], *a.* zenda.

ZENITH ['zeniθ], *s.* (astr.) zênite; apogeu; auge; ápice; cume.

ZEPHYR ['zefə], *s.* zéfiro. # *zephyr cloth*, zefir (tecido).

ZEPHYRUS ['zefirəs], *s.* zéfiro.

ZEPPELIN ['zepəlin], *s.* zepelim.

ZERO ['ziərou], *s.* zero.

ZEST [zest], *s.* casquinha de laranja, limão, etc., lançada no vinho; gosto, sabor; aroma; animação, ardor, entusiasmo = (E.U.) *zip*. *v.* saborear; temperar; dar gosto.

ZEUGMA ['zju:gmə], *s.* zeugma.

ZIB [zib], *a.* estúpido, otário.

ZIGZAG ['zigzæg], *s.* ziguezague. *a.* ziguezagueante, tortuoso. *v.* ziguezaguear.

ZIGZAG RULE ['zigzæg'ru:l], *s.* metro dobradiço de madeira.

ZINC [ziŋk], *s.* zinco.

ZINC WHITE ['ziŋkwait], *s.* (quím.) óxido de zinco.

ZINCKY, ZINKY, ZINCY ['ziŋki], *a.* de zinco.

ZINCOGRAPH ['ziŋkogra:f], *s.* zincogravura.

ZINCOGRAPHER [zin'kɔgrəfə], *s.* zincógrafo.

ZINCOGRAPHY [ziŋ'kɔgrəfi], *s.* zincografia.

ZINGARO ['ziŋgərou], *s.* zíngaro; cigano.

ZINNIA ['zinjə], *s.* zínia.

ZIP [zip], *s.* sibilo, silvo; (E.U.) ardor, animação, entusiasmo = (Ing.) *zest*, *go*. *v.* sibilar.

ZIPPER ['zipə], *s.* fecho-relâmpago = *slide fastener*.

ZIP-FASTENER ['zipfa:snə], *V.* **ZIPPER.**

ZIPPY ['zipi], *a.* ativo, animado, vivo, entusiasmado, .

ZIRCONIUM [zə:'kouniəm], *s.* zircônio.

ZITHER ['ziθə], *s.* cítara.

ZOA ['zouə], *pl.* de **ZOON.**

ZODIAC ['zoudiæk], *s.* (astr.) zodíaco.

ZODIACAL [zou'daiəkəl], *a.* zodiacal.

ZOETROPE ['zouitroup], *s.* zootrópio.

ZOIC ['zouik], *a.* zóico.

ZOMBIE ['zɔmbi], *s.* pessoa curta de inteligência; bebida forte (mistura); fantasma (Índia).

ZONAL ['zounl], *a.* pertencente a uma zona, relativo a zona.

ZONARY ['zounəri], *a.* *V.* **ZONAL.**

ZONE [zoun], *s.* zona; faixa, cinta.

ZOO [zu:], *V.* **ZOOLOGICAL GARDEN.**

ZOOCHEMISTRY [zouou'kemistri], *s.* zooquímica.

ZOOGENY [zou'ɔdʒini], *s.* zoogenia.

ZOOGRAPHER [zou'ɔgrəfə], *s.* zoógrafo.

ZOOGRAPHY [zou'ɔgrəfi], *s.* zoografia.

ZOOIDE ['zouɔid], *s.* e *a.* (biol.) zoóide.

ZOOLATRY [zou'ɔlətri], *s.* zoolatria.

ZOOLITE ['zououlait], *s.* (geol.) zoólito.

ZOOLOGICAL [zouə'lɔdʒikəl], *a.* zoológico.

ZOOLOGICAL GARDEN [zu'lɔdʒikəl'ga:dn], *s.* jardim zoológico.

ZOOLOGIST [zou'ɔlədʒist], *s.* zoologista, zoólogo.

ZOOLOGY [zou'ɔlədʒi], *s.* zoologia.

ZOOM [zu:m], *v.* zumbir; (aer.) cabrar (forçar o aeroplano a subir rapidamente, a subir em chandela). *s.* subida rápida e quase vertical.

ZOOMANCY ['zououmænsi], *s.* zoomancia.

ZOOMORPHIC [zouou'mɔ:fik], *a.* zoomórfico.

ZOOMORPHISM [zouou'mɔ:fizm], *s.* zoomorfismo.

ZOON ['zouɔn], *pl.* **ZOA.** *s.* zoóide, indivíduo em uma colônia animal.

ZOONOSIS ['zu:nousis], *s.* (med.) moléstia transmitida ao homem por animais.

ZOOPHYTE ['zouəfait], *s.* zoófito.

ZOOPHYTIC [zouou'fitik], *a.* zoofítico.

ZOOSPERM ['zouəspə:m], *s.* espermatozóide; zoospório.

ZOOTER ['zu:tə], *s.* (E.U. gír.) *V.* **ZOOT-SUIT.**

ZOOTOMIC, AL [zou'ɔtəmik, əl], *a.* zootômico.

ZOOTOMIST [zou'ɔtəmist], *s.* zootomista.

ZOOTOMY [zou'ɔtəmi], *s.* zootomia.

ZOOT-SUIT ['zu:t'su:t], *s.* traje caseiro masculino casaco longo e largo e calças apertadas nos tornozelos).

ZORIL ['zɔril], *s.* zorilha.

ZOSTER ['zɔstə], *s.* (med.) herpes, cobreiro.

ZOUAVE [zu(:)'ɑ:v], *s.* zuavo.

ZOUNDS [zaundz], *int.* arre! irra! bolas!

ZULU ['zu:lu:], *s.* e *a.* zulo (= zulu).

ZYGAL ['zaigl], *a.* (anat.) zigal.

ZYGOMA [zai'goumə], *s.* (anat.) zigoma.

ZYGOMATIC [zaigə'mætik], *a.* zigomático.

ZYGOMORPHIC [zaigou'mɔ:fik], *a.* (biol.) zigomorfo.

ZYGOMORPHOUS [zaigou'mɔ:fəs], *a.* *V.* **ZYGOMORPHIC.**

ZYGOSIS [zai'gousis], *s.* (biol.) zigose.

ZYGOTE ['zaigout], *s.* zigoto.

ZYMASE ['zaimeis], *s.* (biol.) zimase.

ZYMOGENESIS [zaimou'ddʒenisis], *s.* zimogenia.

ZYMOLOGY [zai'mɔlədʒi], *s.* zimologia.

ZYMOSIS [zai'mousis], *s.* zimose.

ZYMOTIC [zai'inɔtik], *a.* zimótico (= zímico).

A presente edição de DICIONÁRIO INGLÊS-PORTUGUÊS de Oswaldo Serpa, é o volume Nº 17 da coleção "Dicionários Garnier". Impresso na Líthera Maciel Editora Gráfica, à Rua Simão Antônio, 1.070 Bairro Cincão - Contagem Minas Gerais, para Livraria Garnier, à Rua São Geraldo, 53 Belo Horizonte, Minas Gerais. No catálogo geral leva o número 03038/8E. ISBN. 85-7175-090-4.